Adolph Freiherr Knigge
Werke

Adolph Freiherr Knigge
Werke

Eine gemeinsame Veröffentlichung
der Wüstenrot Stiftung
und der Deutschen Akademie
für Sprache und Dichtung

Herausgegeben von Pierre-André Bois,
Wolfgang Fenner, Günter Jung, Paul Raabe,
Michael Rüppel und Christine Schrader

Mit einem Essay von
Sibylle Lewitscharoff

Band 1

Adolph Freiherr Knigge

Geschichte Peter Clausens

Herausgegeben von
Christine Schrader

WALLSTEIN VERLAG

Inhalt

Band 4

Adolph Freiherr Knigge

Von Sibylle Lewitscharoff

Geschätzter Leser,
ausgehend von Knigges berühmtem Buch *Über den Umgang mit Menschen*, hin und her kreuzend zwischen seinen anderen, heute unbekannten Schriften, möchte ich Ihnen den Freiherrn näherbringen.

Adolph Freiherr Knigge war ein Mann des späten achtzehnten Jahrhunderts, ein Aufklärer und Freigeist. Von seinem Hauptbuch, das zig Auflagen erfahren hat, ist große Wirkung ausgegangen, wenn auch der Titel beharrlich fehlgelesen wurde und wird. Knigges Berühmtheit beruht auf einem Mißverständnis. Der Mann hat kein Benimmbuch geschrieben. Wir lösen mit seiner Hilfe nicht die kniffligen Probleme des Alltags – wie decke ich einen Tisch? Wie begegne ich als Untergebener einem Höhergestellten? Wer muß wen zuerst vorstellen? Schon gar nicht können wir daraus entnehmen, wie wir uns im Berufsleben möglichst erfolgreich durchsetzen können. Es war Knigge nicht darum zu tun, seine Leser auf eine Erfolgsspur zu setzen, koste es, was es wolle. Es ging ihm um abgemessenes Denken und Handeln, das von einem Kranz bürgerlicher Tugenden behütet wird. Wie Menschen im Heikelraum der Nähe miteinander auskommen, nicht, wie sie die Gabel halten, das hat Knigge interessiert, und da wäre zu fragen, welche Anregungen wir bei freier Betrachtung von dem Mann heute empfangen können. Wer wollte nicht hinzulernen, da es um so etwas Wichtiges geht wie den Umgang mit Menschen? Wer käme ohne solchen Umgang durch sein verwirrtes und verwirrendes Leben?

Knigges Hauptanliegen könnte man mit der Frage umreißen: Wie bewahre ich im Umgang mit Menschen ein freies Haupt und weiß mich zugleich den Rechten und Pflichten verbunden, wie sie der Anstand gebietet?

Um Ihnen vom Freiherrn erzählen zu können, habe ich natürlich Umgang mit Knigges Werken gepflogen, aber da ich keine habhafte Knigge-Forscherin bin, sondern eine Knigge-Dilettantin, will ich gleich erwähnen, daß ich mich bei seinen Lebensumrissen auf eine herzhafte, geistreiche, mir äußerst hilfreiche Biographie stütze. Sie stammt von Ingo Hermann und trägt den knappen Titel *Knigge*. Ingo Hermann hat gleichsam Fleisch und Knochen zur Suppe geliefert, die hier für Sie gekocht wurde, ich habe bloß die Haarnudeln und Gemüsestreifen dazugeworfen.

Damit Sie sich ein Bild machen können, zunächst einige Lebensdaten. Adolph Freiherr Knigge wurde am 16. Oktober 1752 auf dem Gut Bredenbeck bei Hannover geboren. Er starb am 6. Mai 1796 in Bremen im Alter von dreiundvierzig Jahren. In seine spätere Lebenszeit fällt die gewaltige Französische Revolution, die sein Leben und Denken verwandelt hat, wie sie die Köpfe nicht nur vieler geistig tätiger Menschen in Deutschland verwandelt hat, sondern auch das Leben von Machthabern, Geheimpolizisten und Soldaten, die ins Feld geschickt wurden, die Revolutionäre zu bekämpfen. Von diesem Glutkern, der hell aufjauchzende Flammenideen freisetzte, sie aber nur allzu bald in der Blutrunst des Mobs und in der Kälte der guillotinierenden Technokraten wieder erstickte, wird noch die Rede sein.

Mit anderen deutschen Aufklärern seiner Generation teilte der Freiherr das Schicksal, ein bedrohtes und getriebenes, zumindest anstrengendes Leben führen zu müssen. Gelitten haben die freiheitsliebenden Männer um ihn her alle unter der deutschen Kleinstaaterei und Fürstenwillkür. Wer zur Feder griff, um die herrschenden Zustände anzuprangern, gar davon leben wollte, der tat sich schwer. Ein freies Berufsleben als Schriftsteller oder Journalist war noch längst nicht durchgesetzt, und nur ganz wenige Autoren, allen voran die Weimarer Dioskuren Friedrich Schiller und Johann Wolfgang Goethe, hatten ein einträgliches Auskommen; Schiller erreichte es allerdings erst nach mühsamen Schmalhansjahren.

Ob die Aufklärung Revolutionen befördere, das fragte sich die deutsche Obrigkeit und beäugte die Freiheitsmänner in ihrem Treiben scharf. Schließlich stand für die Fürsten und für die, die unmittelbar von ihrer Patronage lebten und weiter davon leben wollten, viel auf dem Spiel.

Wiewohl adliger Herkunft, war der Freiherr Knigge kirchenmäusleinarm. Sein Vater hatte das Gut Bredenbeck in zerrüttetem Zustand hinterlassen. Der überschuldete Besitz kam unter Fremdverwaltung, zeitlebens kämpfte der Sohn um die Restituierung des Gutes, was ihm allerdings nicht gelang. Von Jugend an war der Mann darauf angewiesen, verschiedene Posten bei verschiedenen Herrschaften anzunehmen, um sein Auskommen zu finden.

Als freier Schriftsteller, allein auf sich gestellt, konnte er schwerlich leben. Er hat es immer wieder tapfer versucht, doch sich selbst und seine Familie auf dem freien Schreibmarkt durchzubringen, in dem die Gesetze des Urheberrechts nicht verankert waren, geriet zu einem bitteren Unterfangen. An verschiedenen Kleinhöfen kam er zeitweilig unter – am Hof des Landgrafen Friedrich II. von Hessen-Kassel; es folgte die Ernennung zum sachsen-weimarischen Kammerherrn (leider unbesoldet); sodann die Stelle eines *Maître de plaisir* am Hof des Erbprinzen von Hessen in Philippsthal; und schließlich, nach einigen Jahren des Herumreisens und der Versuche, doch von der Schriftstellerei zu leben (welche mißlangen), bekleidete er die Stelle eines Oberhauptmannes in der freien Hansestadt Bremen, und zwar bis zu seinem Tod.

Klein, zäh, dünn, etwas nervös und unbeherrscht, hochsensibel, begabt mit den Kräften, andere zu bezaubern, und von unbändiger Energie sei er gewesen, so wird der Freiherr von Zeitzeugen beschrieben. Will man den überlieferten Portraits Glauben schenken, so steckten kluge, ausdrucksvolle Augen in einem länglichen Gesicht mit großer Nase, besonders lang war der Abstand zwischen Nasenende und Kinnspitze, ja man könnte von einer enorm langen Kinnpartie sprechen, über der ein kleines, mokantes Mündchen saß, welches man sich wiederum sehr beweglich vorstellen muß, denn Knigge war ein lebhafter, in seinen tollen Jugendjahren wohl ein etwas süffisanter Rhetor.

Dem Erbprinzen von Hessen soll sein Anblick widerwärtig gewesen sein, vielleicht wurde ihm Knigges Anblick aber erst dann unangenehm, als der ihm Contraworte gab, sich das Verhältnis trübte und Knigge entlassen wurde. Den Portraits sind jedenfalls keine unangenehmen, schon gar keine widerwärtigen Züge zu entnehmen; im Gegenteil, die längliche, ins Schmale gehende Gesichtsbildung hat etwas Feines.

Zweifellos wurde *Über den Umgang mit Menschen* zu Knigges berühmtestem Buch, hinter dem völlig verschwand, was er sonst geschrieben hatte, und das war durchaus eine stattliche Anzahl von Texten. Da wäre zum Beispiel die hochkomische Reise einiger Provinzler nach Braunschweig zu nennen, die es danach gelüstet, den Ballonfahrer Blanchard zu sehen, wie er über den staunenden Köpfen des Publikums in seinem Luftschiff davonfliegt. Dem Reisetrüppchen legen sich aber so viele Hindernisse in den Weg, daß die braven Leute aus Biesterberg den Ballonfahrer überhaupt nicht zu sehen bekommen, obendrein werden sie nach Strich und Faden ausgenommen. Das Possenspiel mit seinen Verwechslungen, Tölpeleien und einem zarten Liebesgeschichtchen, welches im Hintergrund webt, zeigt, wie's in den damaligen Wirtshäusern zuging, bei Biersuppe, Pökelfleisch und Pfannkuchen, eingenebelt in Pfeifenrauch, eingepfercht in enge Betten, gebissen von Wanzen; womöglich hat hier die *lederne Luftmatratze*, die das Wirtshausbett aufpolstern soll, ihren ersten literarischen Auftritt.

Der Ton ist locker, fröhlich, frech, das springt her, das springt hin, mal fühlt man sich an den *Don Quijote* erinnert, mal an *Das Sparschwein* von Eugène Labiche, diese herrliche Bühnenposse, die allerdings Jahrzehnte nach Knigges

Tod geschrieben wurde. Was unser Autor gerne tut, zeigt sich hier in munterer Weise: Er hüpft aus dem Text, spricht den Leser direkt an, hüpft zurück, schaltet Dialoge ein, wirft kurzweilige ästhetische Reflexionen in den Erzählfluß, kommt manchmal vom Hölzchen aufs Stöckchen, da gerät seine Geschichte in eine Schieflage, dann rettet er sie wieder, indem er dem Leser direkt vor die Augen hopst, die Peitsche schwingt und seine Figuren voranscheucht. Wird man als Leser durch Wirrsal gestraft, so wird man auch wiederum durch herrliche Sätze belohnt: »Des Herrn Amtmanns respectabler Bauch und sein mit Gold eingefasster blauer Rock hatten ihm, vermöge einer stillschweigenden Convention, den obersten Platz am Tische verschafft.«* Der Satz ist gleichsam ein Bauchschmeichler für rundliche Leser, die sich Knigge gemütlich auf dem Sofa oder im Bett zu Gemüte führen.

Ins Komödiantenhafte spielt auch die Geschichte des jungen Tunichtgutes *Peter Claus*, kein böser Mensch, ein Gimpel eher, der in kuriose Abenteuer verstrickt wird und dem dabei die Träume wie Schnee an der Sonne schmelzen. Als Besitzer eines Lotterieloses, als Diener, beim Militär, als Schwindler, Spieler, Assistent eines noch größeren Schwindlers, Wunderheiler, Mopshüter schlägt er sich durch (und erschlägt dabei versehentlich den Mops) – das rastlose Energiebündel steigt sogar ins Buchgewerbe ein, bei einem Buchhändler, der *Blumenlesen*, *Vademecums* und *rosenkreuzerische Schriften* verlegt. Ja, tollkühn versucht er sich als Schriftsteller und kürt einen *eingefleischten Teufel* zum Helden eines Trauerspiels, der im Alter von sechs Jahren *durch gestoßenes Glas* seine Mutter vergiftet.

Wild, lustig, unbekümmert, von den Aufschwüngen zu weiteren Taugenichtseleien verleitet, von den Abschwüngen nicht wirklich aus der Bahn geworfen, zieht der jugendliche Held durch die deutschen Lande. So manches Mal blinkt's und blitzt's, als marschierte der verkleidete Knigge höchstselbst in seinem Roman herum. Knigge ist zwar nicht Claus,

* Knigge, *Die Reise nach Braunschweig*, Bd. 4, S. 37.

aber wenn Knigge blinzelt, zuckt Spitzbub Claus mit seinen Lidern.

Reiseabenteuer zu verwursten, zu verquirlen, Nachrichten aus nahen und fernen Ländern heranzutragen, in Utopien zu schwelgen, Sittenfragen im Stile Montesquieus polemisch zuzuspitzen, indem das abscheuliche Bild des eigenen Landes in der Fremde aufersteht, das war Knigges eigentliche Leidenschaft. Seine abenteuernden Schriften ergeben ein Potpourri aus Fabulierlust, Journalismus und Gesellschaftslehre. Auf diese Weise verschlägt es ihn gar an den Hof des Negus nach Abessinien, und zwar in Gestalt seiner Romanhelden Benjamin Noldmann und Joseph von Wurmbrand. Die Vettern sind zu Aufklärungszwecken in Abessinien unterwegs, Wurmbrand ist schon dort, Noldmann wird nachgeholt. Nun, es geht alles gründlich schief. Bei den Abessiniern geht es despotisch und grotesk zu, umgekehrt wird die Reise des abessinischen Prinzen, der von Noldmann geleitet durch die deutschen Lande fährt, zu einem Fiasko, was an der weichlichen, lüsternen, allürenhaften Art des Prinzen liegt, aber auch an den deutschen Verhältnissen. Die Lektionen, die Noldmann dem Prinzen erteilt, gleiten von seinem *polierten Fürstenherzen* ab. Gottlob kommt dieser Prinz, der nach Ableben des klügeren Negus den Thron besteigt, rasch um, und ein Außenseiter, ein würdiger und redlicher Mann, ergreift das Zepter. Er hat von den beiden Aufklärern aber die Nase voll und ist heilfroh, als sie endlich das Land verlassen.

Den beiden Schriften merkt man an, daß Knigge mit allen Arten der Ausschweifung auf Kriegsfuß stand. Bei Luxus und Lüsternheit, da verließ ihn sein Humor. Luxus und Lüsternheit sind ihm der Despotie innig verschwistert. (Sein besonderer Haß galt übrigens der Mätressenwirtschaft Ludwigs XIV.) Im *Noldmann* wird der romanhafte Ornamentalstil abrupt verlassen zugunsten längerer Einschiebsel, eine neue Staatsverfassung betreffend, die eine Bestätigung der republikanischen Verfassung ist, wie sie die Französische Revolution zutage gefördert hat. Freiheitsrechte werden festgeklopft, die Rechte des Königs im Sinne einer konstitutionellen

Monarchie beschnitten. Auf Menschenrechte wird die Herrschaft gegründet, nicht auf die Willkür einzelner. Der Staat hat keinen Zweck in sich selbst, er erfüllt seinen Zweck nur, indem er den Zwecken der Menschen dient und dem Fortschreiten des Geistes nicht die Wege verlegt. Im *Wurmbrand* wird die Französische Revolution genauer untersucht. Dennoch spürt man ein Zögern des Autors – die Menschen, wie er sie kennt, sind zu krumm und zu unberechenbar, als daß alles nach einem schönen, vernünftigen Plan einzurichten wäre. Da kommt in Knigge der Realist zum Vorschein, der seinen Flugideen die Schwingen stutzt.

Von Knigge gäbe es heute wohl kaum eine Biographie, hätte sein Bestseller nicht überlebt. X-mal wurde er nach Knigges Ableben bearbeitet, gekürzt, massiv verändert oder einfach nur der Titel gestohlen, um das Ganze in eine Form zu bringen, die späteren Generationen tauglich erschien. Sein *Umgang* wurde zum Benimmbuch, also zu einer mit Regeln versehenen Etiketteschrift umgedeutet und entsprechende Eingriffe daran vorgenommen. Es wurde verkleinert und verspießert. Knigge ging es darum, wie man in wechselhaften Geschicken, umgeben von Menschen mit offenkundigen Schwächen, die Beherrschung wahrt, wie man die eigenen Charakterdefizite erkennt, sich davor hütet, daß diese allzu scharf hervortreten und wiederum die Würde anderer Menschen verletzen. Auch da zeigt er sich als Mann, der nicht unter der Verwirrung von Maßstäben litt. Was im hochmögenden Sinne wünschbar ist, entspricht nicht der Realität. Wenn das Wünschen helfen soll, muß es den Kompromiß mit den prosaischen Verhältnissen finden.

Vergleicht man seine Hauptschrift mit den Erfolgsratgebern, die in den letzten Jahrzehnten bei uns zirkulierten und sich an Rücksichtslosigkeit überbieten, um den Einzelnen gegen seine Konkurrenten zu stählen, so ist Knigges Buch ein wohltuendes Antidot. Der Freiherr hält den jeweils anderen Menschen im Blick, berechtigt in seinem Sein. Er wird nicht zum Konkurrenzfeind degradiert, der zu überrumpeln, niederzutreten, einzuseifen ist. In diesen frühen bürgerlichen

Tugendlehren, auch in denen Knigges, lebt versteckt der christliche Tugend- und Lasterkatalog weiter. Das Gebot der Nächstenliebe, verwandelt in ein Gebot des Respekts und der Aufrichtigkeit dem anderen gegenüber, wurde den damaligen Zeitumständen angepaßt.

Vom Schülerknirps Knigge berichtet Ingo Hermann, er habe einen Aufsatz geschrieben mit dem Titel *Lehre von Gott*. Größer und höher kann man nicht zielen. Leider ist der Aufsatz nicht erhalten geblieben. Aber ich hätte zu gern gewußt, ob in dieser aufs Ganze gehenden Lehre schon Ratschlüsse auf Gott und Mensch, auf die triadische Beziehung zwischen Mensch und Mensch zu Gott, gezogen werden. Als achtzehnjähriger Student gründet Knigge seinen ersten Orden und schreibt auch gleich die Satzung dazu: *Das Buch des Ordens für Freunde. Höchster Grad des Ordens der Freundschaft.*

Wer so inbrünstig an der Freundschaft hängt, der wähnt sich jedenfalls nicht allein auf der Welt, der will mit anderen sich verbinden, auch wenn menschliches Miteinander oft Enttäuschungen bereithält. Vom gottgefälligen Sein zum verantwortlichen geselligen Sein, von der Gottsuche zur Befestigung und Ausdeutung bürgerlicher Sittlichkeit, begleitet von der Suche nach Gleichgesinnten, und immer wieder mit Schwung empor zu einem neuen Freiheitsbegriff, der die Stickluft verscheuchen sollte, so könnte man Knigges philosophischen und lebensgeschichtlichen Weg umreißen. Rousseau wurde dabei sein Pate, er wurde zu Knigges Leib- und Magenphilosophen, dem er ein Leben lang die Treue hielt.

Als Erwachsener war Knigge ein politischer Mann, ein polemisch satirisches Talent, das sich kraftvoll als Aufklärer profilierte. Er zog gegen die Willkür der Despoten zu Felde, ihm war das deutsche Kleinstaatenwesen ein Dorn im Auge, ebenso der absolutistische französische Staat. Er blieb ein Anhänger der Französischen Revolution, noch als deren blutige Seiten zutage traten und das Schafott Köpfe im Minutentakt von den Leibern trennte. Zuviel an himmelschreiender Ungerechtigkeit hatte sich angestaut und damit die Monarchie delegitimiert. Deshalb war für Knigge das Morden im Schlepptau der Revolution, das Toben des Pöbels in den Straßen von Paris eine zwar beklagenswerte Erscheinung, aber dennoch unumgängliche Folge der nötigen, ja längst überfälligen geschichtlichen Großabrechnung. »Und wenn auch bey solchen gewaltsamen Umwälzungen Scenen vorfallen, bey deren Anblikke die Menschheit zurükschaudert; wer trägt dann die Schuld dieser Gräuel? Ganz gewiß mehr die, gegen welche man sich empört … als die Empörer selbst«* Der Hauptanteil der Sünde liegt bei den Gewalthabern, nicht bei den Aufrührern, da Menschen, denen es vergönnt ist, auskömmlich in Ruhe und Frieden zu leben, gar nicht aufzurühren sind.

Wenn er in seinen Schriften auch emporhielt und deutete, was man als bürgerlichen Lebenskatalog bezeichnen könnte, so war Knigge dennoch ein Mann des Adels, und das macht seinen speziellen Reiz aus. Nicht trocken, nicht asketisch bis auf die Knochen, nicht im Gewande eines Calvinisten nördlicher Prägung kamen seine Einsichten und die daraus destillierte Tugendlehre daher, sondern gleichsam in graziösem Spazierschritt – da gesellt sich so manches bei, da schlenkert so manches im Nebenher mit, was sich nicht allein der bürgerlichen Existenzweise verdankt. Die Lehre von der Selbstbezwingung ist nicht von einem rabiaten Erzwinger geschrieben. Den Sinn für Formen und die Verfeinerung derselben bezog der Freiherr aus seiner adeligen Herkunft, auch wenn er gegen übertriebene Höflichkeitsgesten, die krasse Ausziselierung der Manieren und allzu ölige Reden, da, wo diese ins pure Hofschranzentum übergingen, wetterte und spottete.

Was der Adel über viele Generationen hinweg kultiviert hatte, nämlich die Fähigkeit, stilsicher Haltung zu zeigen und diese Haltung mit immer feineren Manieren zu überwölben, davon nimmt Knigge nicht in Bausch und Bogen Abschied. Hin und wieder zog er durchaus wortmächtig vom

* Knigge, *Wurmbrand*, in dieser Ausgabe Bd. 4, S. 228.

Leder: »Es ist schwer, an Höfen nicht flach zu werden, sondern Eigenheit und Gepräge zu behalten. Wenn man beständig jene leere, conventionelle Höflichkeits- und Falschheitssprache hört, alle seine Worte nach dem Maaßstabe schlauer, lauernder Vorsichtigkeit abmessen, und jede Handlungen nach politischen Rücksichten modeln muß — Wer wird da nicht zuletzt zu Grunde gehn?«*

Zum perfekten Höfling wurde Knigge nie, sosehr er sich auch anfänglich darum bemühte, einer zu werden. Am Hofe des Landgrafen von Hessen-Kassel wurde es für ihn bald kompliziert. Knigge war zu mitreißend, und wenn ihn die Geisteslaunen hinrissen, auch zu frech und zu tollen Streichen aufgelegt. Er war offenherzig und direkt, wohl zu viel von beidem. Während der junge Goethe einen adeligen Gönner fand, der sich an allerlei ausgelassenen Späßen beteiligte, wobei dem damals schon im Geniekleidchen wandelnden Dichter das unziemliche Betragen rasch verziehen wurde, hatte der junge Knigge weniger Glück. Er fiel auf, wurde bestaunt, wurde beneidet – und fiel in Ungnade.

Apropos Späße. Was da an Höfen an Scherzen im Schwange war, kommt einem heute zwar nicht unsympathisch, aber etwas kindisch vor. Die Leute hatten viel Zeit, wußten oft nicht, wie die Langeweile vertreiben, und nahmen ihre Zuflucht zu allerlei Schabernack, zu kindischer Verschwörerei und Verkleidungsscherzen.

Es waren diesbezüglich auch allerhand Anekdoten über Knigge in Umlauf – von wegen bei der Abendgesellschaft der Gräfin angetan mit Nachtmütze und im Schlafrock des Ehegatten erscheinen oder eine englische Gesandtschaft dazu verleiten, den Westentaschenzipfel des Fürsten zu küssen (was nicht ohne komische Verrenkungen abging), oder Ungeziefer in die Bauschfrisuren der Damen setzen und sich an ihrem Gekreisch weiden.

Ob die wichtigste Anekdote stimmt, wissen allein die Götter. Knigge soll nämlich als Folge eines Streichs zu seiner

* Knigge, *Peter Claus*, in dieser Ausgabe Bd. 1, S. 405.

Ehefrau, Henriette von Baumbach, gekommen, präziser gesagt, zur Heirat genötigt worden sein. Weil sie der Schuh drückte, soll Henriette ihn bei Tisch ausgezogen, Knigge ihn entwendet und einem Lakaien befohlen haben, den Schuh der nervösen, in arge Nöte gekommenen Frau auf einem Tablett zu servieren. Der Landgräfin scheint dieses Scharmützel gegen den Strich gegangen zu sein. Intrigant habe sie beim Lever verkündet, Henriette von Baumbach und der Freiherr Knigge seien verlobt. Hätte Knigge dies Ansinnen Lügen gestraft, wäre die Landgräfin als Lügnerin dagestanden, und Knigge hätte sich selbst damit unmöglich gemacht. Ob das aber auch wahr ist? Oder wenigstens annähernd wahr? Oder hat man es erfunden, um den Widerspruch aufzulösen, weshalb ausgerechnet Knigge, der über das Zusammenleben von Eheleuten schrieb und dabei aufzählte, wovor sich Eheleute zu hüten hätten, eine ausgesprochen schlechte, zänkische Ehe führte?

Wie auch immer, er mußte, gewollt oder ungewollt, sich vermählen. Die Eheleute Knigge verstanden sich in wesentlichen Dingen nicht, und wie man sich leicht vorstellen kann, hat die zugespitzte finanzielle Lage für zusätzliche Erbitterung gesorgt.

Kurioserweise schrieb nun ausgerechnet ein Mann, der gerade nicht in der höfischen Welt reüssierte und in seiner Ehe mehr als nur ein bißchen unglücklich war, ein Buch, wie man mit Menschen umgehen soll, in Gesellschaft, mit nahen Angehörigen und mit Fernstehenden. Denkt man darüber nach, ist es so ungewöhnlich wieder nicht. Wer schwere Fehler begeht und ihre Folgen am eigenen Leib erfährt, aber klug genug ist, darüber zu reflektieren und das eigene Unvermögen zu analysieren, ist befähigt, sich im Wechselspiel eigener und fremder Unarten und Schwächen zu erkennen, und berufen, darüber zu schreiben, so er denn ein Händchen für die Feder hat, und Knigge hatte zweifellos ein solches.

Bevor wir auf seinen nun schon mehrfach erwähnten *Umgang* weiter zu sprechen kommen, sei aber noch eine andere

Liebhaberei des Freiherrn erwähnt, die ihn viele Jahre hindurch intensiv beschäftigte: das Freimaurerwesen. Die Freimaurerei hat heute einen absonderlicheren Klang als zu Knigges Zeiten. Alle bedeutenden Köpfe am Musenhof von Weimar waren in Logen organisiert, nur Friedrich Schiller war niemals Freimaurer oder Illuminat. Ihn hatte der harte Drill in der Karlsschule gegen alles Bündische aversiv werden lassen. Die Freimaurer bildeten in einer Zeit, in der noch keine politische Partei gegründet war, gleichsam die Säuglingsstationen künftiger Parteien.

Geheimnisumwittertes spielte dabei mit; penibel der katholischen Religion und den Templern abgeschaute und für bündische Zwecke abgewandelte Rituale kamen zur Aufführung. Vor allem wurden durch die Freimaurer Foren geschaffen, in denen sich freiheitlich gesinnte Männer austauschen konnten, die rochen, daß bedeutende gesellschaftliche Veränderungen in der Luft lagen. Natürlich bespitzelt von der Geheimpolizei, was dem Treiben aber eine interessante Würze gab.

Knigge stieg, wie es eben seine Art war, mit ungebremstem Elan in die Sache ein und wurde – wen nimmt es wunder – auf lange Sicht enttäuscht. Geheimniskrämerei, hinter der sich nur allzu oft die Machtgier verschanzte, ein Ehrfurchtskult, der oft genug ans Komische grenzte, stießen ihn ab. Befördert haben mag seine Abwendung, daß er in der Loge nicht bis zu den hohen Stellen hinaufkletterte, die er einzunehmen sich wünschte. Er war dafür schlicht zu arm und vielleicht auch zu forsch.

Ihn sprachen die idealischen Zielsetzungen der Bünde an, ihr Eintreten für Toleranz und Menschenwürde, das freie Entfalten der Persönlichkeit unter den Auspizien brüderlicher Hilfsbereitschaft. Nicht zufrieden mit der zuhandenen Kirchenpraxis, aber auch nicht der bloßen Vernunftreligion anhängend, suchte Knigge einen dritten Weg, in dem sich religiöse Bindung mit der Vernunft verschwistern und ins Weite schweifen sollte, zum allgemeinen Wohle der aufgeklärten Völker. Aber die Enttäuschung lauerte überall, vor allem so manche Groteske. Beim Geheimbund der Rosenkreuzer sorgte ihr skurriles Oberhaupt, der spätere preußische Staatsminister Johann Christoph Wöllner, für Aufregung. Wöllner demonstrierte seinen Gläubigen, was er im Reich der Toten vermochte. Auf sein Geheiß erschienen die Geister von Mark Aurel und Leibniz, um ihre philosophischen Ergüsse den staunenden Rosenbrüdern mitzuteilen. Wöllner wurde dabei ertappt, wie ein Bauchredner den jenseitigen Stimmendienst versah.

Nach einer Phase der Abkühlung gegenüber den Freimaurern versuchte Knigge noch einmal sein Glück bei den Illuminaten. Er bekommt darin den Ordensnamen *Philo* und muß sich zu äußerster Geheimhaltung verpflichten. Verborgen hält sich die oberste Spitze des Ordens, das heißt, sie tritt nur unter dem Namen *Spartacus* in Erscheinung und leugnet, Gründer und oberster Strippenzieher des Vereins zu sein.

In Wahrheit saß da oben wie die Spinne im Netz ein Juraprofessor aus Ingolstadt, ein ehemaliger Jesuitenschüler mit Namen Adam Weishaupt. Der Orden war völlig auf die Machtansprüche seines Gründers ausgerichtet. Die Zeitumstände erzwangen ein geheimes Vorgehen und begünstigten eine im verborgenen operierende Macht. Es wäre reizvoll, das Führungsmodell der Illuminaten mit dem Führungsstil moderner Sekten zu vergleichen, in denen selbsternannte Führer mit Hilfe eines rigiden, obzwar verschleierten Autoritarismus das Heft in der Hand haben. Die Illuminaten waren keine Sekte im modernen Sinn, ihr bürgerliches Freiheitsstreben, ihre Leitideen waren gewiß weniger albern als diejenigen der Scientology-Sekte heute. Aber man findet bei ihnen Vorstellungen, die ziemlich rigide auf die Verwandlung des Menschen zielen. Nicht umsonst hieß der Orden der Illuminaten ursprünglich *Orden der Perfectabilisten.* In diesem Namen deutet sich eine Verwandtschaft zu den Programmen moderner Sekten an. Eine perfekte Menschenzucht anzulegen um schier jeden Preis, darum geht es, wobei den Anhängern suggeriert wird, sie seien etwas ganz, ganz Besonderes, dem üblichen Menschengemüse weit überlegen.

Knigge wirbt fleißig neue Mitglieder, aber da tritt ein neuer Thronprätendent auf den Plan und sucht ihn kaltzustellen. Ein kurioses Vermittlungsgespräch fand im Februar 1784 ausgerechnet im Hause Goethes, in Weimar, statt. (Bei diesem Treffen wäre ich gern unsichtbar dabeigewesen und hätte mit Fledermausohren gelauscht.) Nun, Goethe hielt eh nicht viel von Knigge, hielt ihn verachtend auf Distanz, weil ihm der Vielschreiber mit seinen eher journalistischen Ambitionen auf die Nerven ging. Schiller behandelte den Freiherrn übrigens wohlwollender, weil er dessen politische Ambitionen achtete. Allein, durch Vermittlung seitens hochmögender Personen ist da nichts mehr zu kitten – im Juni desselben Jahres wird Knigge aus dem Orden gedrängt, ein Begehren, dem er zähneknirschend mit freiwilligem Austritt nachkommt.

Greifen wir noch einmal zu seinem *Umgang mit Menschen*. Beim Verfassen der Schrift hat Knigge keineswegs aus dem Nichts heraus gewirtschaftet, der Mensch im allgemeinen war sehr im Schwange, es menschengeschlechtelte an allen Ecken und Enden. Man denke an die berühmte Schrift Lessings von der *Erziehung des Menschengeschlechts* oder Schillers *Briefe über die ästhetische Erziehung des Menschengeschlechts*. Es gab die berühmten Schriften der Renaissance, die den Verkehr der Menschen am Hof zum Thema hatten. Klugheits- und Erziehungslehren machten die Runde, ein Vademecum folgte dem anderen. Aber Knigges Buch besitzt einen ganz eigenen Ton, wenn auch keine Fülle nie zuvor gedachter Gedanken, einen Ton, in dem sich die Gabe plastischer Darstellung in hurtig spazierende Reflexion verwandelt.

Er schreibt locker, schöpft aus eigenen Erfahrungen und trägt diese anstrengungslos in einen umfassenden Zusammenhang ein. Systematische Theorien sind seine Sache nicht, und solche wären wohl auch kaum angemessen, wo es um die Labilität des Menschen geht, um dies schwankende Rohr auf zwei Beinen, das selten tut, woran es glaubt, das von unvernünftigen Ideen im Kreis herumgejagt wird, dem selten ganz zu trauen ist.

Der Freiherr will vom *esprit de conduite* reden, der uns leiten muß, und bietet dazu kein geschlossenes Gehäus der Reflexion, sondern Bruchstücke aus der Erfahrungswelt an. Obwohl er von den Schriften Rousseaus magisch angezogen ist, betätigt er sich nicht als Rousseauist der strengen Observanz. Knigge ist ein zu scharfer Beobachter des Realen, als daß er seine Ansichten über den Menschen in einem engen Theoriebett unterbringen könnte. Und er weiß, daß es für den Einzelnen nur dann möglich ist, sich einigermaßen anständig durchs Leben zu bringen, wenn die politische Verfaßtheit der Gesellschaft dies toleriert oder gar begünstigt. Regiert die Tyrannei, wird der vereinzelt anständig sich bewahrende Mensch zerbrochen. Der Freiherr war kein Hitzkopf, der alles auf eine Karte setzte. Er kannte die Mühen, die es kostet, den Menschen zu ändern, ihn allmählich von einem für alle zuträglichen Verhalten zu überzeugen, auf daß sich sein Benehmen sachte, sachte, linde wandle.

Wiewohl es dabei um Tugenden geht, die sich durch das Erstarken des Bürgertums herausgebildet haben, wendet sich Knigge an alle Stände. Die Beteiligung des Adels an der Vervollkommnung und Erziehung des Menschen scheint ihm unerläßlich, eben weil der Adel eine wertvolle Mitgift in puncto Haltung und kulturreicher Lebensart besitzt, die es zu vergemeinschaften gilt.

Nicht zuletzt besteht das Verdienst der Schrift in ihrer Unterhaltsamkeit, fade ist sie jedenfalls nicht. Knigges Sittenlehre berücksichtigt Schwächen und Abgründe des Menschen, die durch eine wohlgeordnete Regierung zwar zu mildern, aber nicht aus der Welt zu schaffen sind. Ingo Hermann faßt das darin umherschwirrende Personal gekonnt zusammen: »Der Fächer der Ausdifferenzierung in Knigges *Umgang* ist weit gespannt: Verschiedene Temperamente und Gemütsarten, unterschiedliche Stimmungen des Geistes und des Herzens, Eltern, Kinder, Verwandte, Freunde, Verliebte, Ehepartner, Nachbarn, Herren und Diener, Wirte und Gäste, Fürsten, Geistliche, Gelehrte, Künstler, Kaufleute, Handwerker, sogar Tiere – sie alle treffen sich in seinem Buch wie auf einer Bühne, um sich dort in einem anmutigen Reigen, nach der Choreographie eines glücklichen Lebens, zu bewegen.«*

Immer entscheiden Taktgefühl und innerer Anstand – man könnte es auch Feinfühligkeit des Herzens nennen –, was gesagt und getan werden muß, wann man sich besser schweigend zurückziehen sollte, wo absolute Diskretion geboten ist. Natürlich verfügt ein in diesem Sinne anständiger Mensch über die beiherspielende Tugend der Pünktlichkeit. Auf einen anständigen Menschen muß Verlaß sein in jeder Beziehung, auf sein Wort, auf seine Taten. Er muß Sicherheit gewähren, er muß Rückgrat besitzen, um im entscheidenden Moment ein Wort zu wagen, auch auf die Gefahr hin, sich selbst damit zu schaden.

Keinesfalls geht es Knigge um eine perfide Lenkung des Menschen, um sie zielsicher den eigenen Absichten, dem eigenen Profit zuzuführen. In seinem Weltbild ist gottlob noch viel Platz für das Absonderliche und Verschrobene. »Ich habe aber in diesem Werke nicht die Kunst lehren wollen, die Menschen zu seinen Endzwecken zu misbrauchen, über alle nach Gefallen zu herrschen. … Der ehrliche Mann kann nicht aus allen Menschen alles machen, und will das auch nicht; und der Mann von festen Grundsätzen lässt auch nicht alles aus sich machen.«**

Man findet in seiner Schrift eine Fülle von Bemerkungen, die ihre Gültigkeit bewahrt haben, so zum Beispiel, wenn er davor warnt, auf unedle Weise die Schwächen der Nebenmenschen zu enthüllen, um sich auf Kosten ihrer Fehler selbst zu erheben. Gerne möchte man mit Knigge den heutigen Rednern ans Herz legen, sie sollten doch bitte nicht durch *wässrigen, weitschweifigen* Vortrag ermüden; zu Recht empfiehlt er Lakonismus, *die Gabe, mit wenig körnigten Worten viel zu sagen*. Wohl wahr, auch sollte man die Freiheit in Meinungen andern lassen, geradeso wie wir selbst sie einfordern. Auch ein schonender Umgang mit Vorurteilen,

* Ingo Hermann: *Knigge. Die Biografie.* Berlin 2007, S. 162.
** Knigge, *Umgang*, in dieser Ausgabe Bd. 2, S. 425.

die andere hegen, ist angezeigt, besonders in religiösen Dingen. Und Knigges Plädoyer für Schamhaftigkeit und Delikatesse in den Gunstbezeugungen der Liebenden wirkt erfrischend – ein keck aufgepflanzter Kommentar in unserer technisch-pornographisch verödeten Liebeslandschaft.

Zum Schluß soll der geneigte Leser mit Knigges Tod bekannt werden. Auch hier ist Delikatesse geboten. Ich erspare Ihnen die scheußlichen Details. Wir reden alle ohnehin viel zuviel über Krankheiten. Für den feinnervigen Menschen bergen detailversessene Krankheitsschilderungen die Gefahr, daß sie ihm nachts wieder einfallen und er sich mit eingebildeten Schmerzen im Bett herumwirft. Kurz gesagt, ein schweres Nierenleiden war über Knigge verhängt. Bemerkenswert an seinem Los ist, wie tapfer er es hinnahm. Darin war Knigge ein Charakterbruder Friedrich Schillers, in Sachen Krankheitsbekämpfung durch Arbeit der Tapfersten einer. Genauso zäh hat auch der Freiherr die Zerstörung seines Leibes durch Arbeit bekämpft, zumindest hat er der Krankheit nicht erlaubt, ihn zu entwürdigen. Er endigte nicht als Jammerlappen dauerhaft im Bett, rappelte sich wieder und wieder auf, so gut es eben ging. Ich finde darin keine Verbissenheit und kein idiotisches Leugnen, keinen Selbstbetrug und keine Allmachtsphantasie, sondern im Bündnis mit dem Leben den Versuch, bei schlimmem Angriff Haltung zu zeigen. Dafür bewundere ich ihn.

In gewissem Sinn war Knigge ein Gescheiterter: keine gute Ehe geführt, sich kaum je aus gedrückter finanzieller Lage befreit, mit extremen Widrigkeiten im Berufsleben gekämpft, in mittleren Jahren qualvoll gestorben. Aber welch ein Glanz, welche Standhaftigkeit, was für funkelnde Schriften sind aus diesem Scheitern hervorgegangen!

Adolph Freiherr Knigge war ein Vielschreiber, gewiß, kein Poet oder gewichtiger Theatermann, der mit seinen Schriften den Olymp erklomm. Aber er hat dafür gesorgt, daß der Begriff der Freiheit in verführerischer Schönheit glänzte, und er wurde nicht müde, seinen Lesern zu zeigen, daß eine milde, vernunftgeleitete Regierung zum Wohle aller, genährt von den Hoffnungen, Meinungen, Wünschen eines Volkes, sehr wohl zu dessen Glück ausschlagen kann. Wie total diese Freiheitsideen im zwanzigsten Jahrhundert untergepflügt werden würden, stand damals noch fern. Ferner noch, wie enthemmt sich die Mordlust ins Technische ergoß, Mitleid und Vernunft wegfegte, christliches Gebot und vernünftiges Gesetz aufhob, als hätten sie nie existiert.

Für heutige Zwecke ist Knigges Menschenbild nur bedingt tauglich. Zwar ist es gewonnen aus nicht geringen Katastrophen – man denke an den Dreißigjährigen Krieg, der verheerend war, aber nicht einherging mit solch unendlich potenzierter Vernichtungsenergie, wie wir sie aus junger Vergangenheit kennen. Sein Menschenbild rechnet nicht mit den destruktiven Verwerfungen, die zu unserer bösen Erfahrungsmitgift zählen. Der Mensch, den Knigge beschrieben hat, weiß noch nichts von der Radikalität der Triebenergien, die das mühsam gezimmerte Gebäude der Vernunft des Einzelnen, selbst eines ganzen Volkes, wegschwemmen können wie nichts. Sigmund Freud hat es in aller Deutlichkeit analysiert. Er hat gezeigt, wie teuer jedes Fortschreiten bei der Zivilisierung und Zähmung dieser Energien erkauft wird, hat davor gewarnt, daß mit einem vernichtenden Rückschlag jederzeit zu rechnen sei.

Davon konnte Knigge nichts wissen. Sein Weltbild als Aufklärer ist der aufsteigenden Linie verpflichtet. Knigges Mensch ist erziehbar und wird zum Besseren erzogen werden, auch wenn Faulheit, Schwachheit, Gier und Opportunismus niemals werden auszurotten sein. Die Tyrannis wird sich auf Dauer nicht halten können und vernunftgeleiteten Regierungen Platz machen müssen, wobei sich Knigge darunter konstitutionelle Monarchien vorstellte, unterfüttert mit demokratischen Formen der politischen Willensbildung. Auch da ist Skepsis angebracht. Zwar werden wir in Europa nicht von politischen Tyrannen gequält, dafür hat die Verrohung des allgemeinen Umgangs bedrohliche Formen angenommen. Menschen, die nur noch in Fäkalwörtern sprechen, deren entgrenzte Leiber sich jeder Formung entziehen, säuglingshafte Erwachsene, die unablässig kauen und trinken und ihren Müll überall verstreuen, gibt es zuhauf.

Wir haben mehr zu verlieren als das goldene Kettchen der Höflichkeit, das doch ganz nebenbei dafür sorgt, daß wir in unserem Gegenüber einen Menschen erkennen. Bricht es entzwei, sind da nur noch Fleischwesen, nicht einmal Tiere, denn diese Fleischernen sind ohne die Anmut der Tiere. Warum ist er nicht tot? fragt sich, wer in seinem Gegenüber den Menschen nicht erkennen kann. Kommt denn keiner und macht ihn tot?

Knigge hat sich in die halben Abgründe des Menschlichen hinabgeseilt und blieb bei seinen Überlegungen, wie wir denn zu formen seien, wohltuend skeptisch. Diesem adligen Wolf, der gehüllt in die Wolle des bürgerlichen Schafs umherging, haben wir einiges zu danken. Bedingungslos läßt sich eine wesentliche Forderung des Freiherrn propagieren: *Freyheit im Denken, Forschen, Auslegen, Accomodieren!*

Gäben wir uns etwas freier dem Umgang mit denen hin, die einmal waren, wäre Knigge nicht so sang- und klanglos auf sein Totenbett geklettert. Er würde Sie anblinzeln, und dann sähen Sie sein mokantes Mündchen sich regen im Takt einer Mitteilung, die – ja, was? – speziell für Ihren, geschätzter Leser, schwankenden, taumelnden, unvernünftigen Umgang mit Menschen bestimmt ist.

Geschichte
Peter Clausens
von
Adolph, Freyherrn Knigge

Erster Theil

Vorrede zu dieser neuen Ausgabe.

Die gütige Nachsicht, womit das Publicum seit mehr als zehn Jahren meine literarischen Arbeiten aufgenommen hat, ist vorzüglich auch diesem, im Jahre 1783 zuerst gedruckten, Roman, wovon hier eine neue Ausgabe erscheint, zu Statten gekommen. Er ist in Teutschland mit Beyfall gelesen worden und es würde schon früher eine neue Auflage davon erschienen seyn, wenn nicht die Nachdrucker dafür gesorgt hätten, daß es nie an Exemplaren fehlte.

Eine Uebersetzung dieses Buchs, welche unter dem Titel: le Gil Blas allemand, ou avantures de Pierre Claus, à Paris, hôtel de Bouthillier, rue des Poitevins, 1789, herauskam, machte auch in Frankreich ihr Glück, obgleich, wie es mir scheint, die mehrsten Züge in Peter Clausens Geschichte einem Franzosen, der nicht sehr bekannt mit teutschen Sitten ist, wenn nicht ganz unverständlich, doch wenig interessant vorkommen müssen.

In das Holländische ist dieser Roman erst neuerlich übersetzt und der erste Theil in einem Jahre dreymal aufgelegt worden (Pieter Klaus, te Haarlem, by François Bohn, 1792.) Die Übersetzung ist aber auch vorzüglich gut gerathen, und die holländische Sprache hat, so viel ich davon verstehe, besondre Kraft im Ausdrucke, zu Darstellung comischer Scenen von der Art, wie man sie hier antrifft.

Auch eine englische Übersetzung ist kürzlich von diesem Roman erschienen. Sie führt den Titel: The German Gil Blas; or the Adventures of Peter Claus. Translated from the German of Baron Kniegge. London 1793. 12. 3 voll. Kearsley. Fast sollte man glauben, sie sey nach dem Französischen verfasst, weil auch hier dem Buche der Titel des *teutschen Gil Blas* beygelegt ist.

Da nun dies Buch schon in so viel Händen ist; habe ich es nicht für schicklich gehalten, bey der neuen Auflage wesentliche Veränderungen damit vorzunehmen, obgleich ich wohl fühle, daß sich viel daran verbessern liesse. Nur hier und da ist an Styl und Rechtschreibung ein wenig gefeilt worden.

Das ist alles, was ich dem geneigten Leser bey der neuen Ausgabe dieses Werks zu sagen habe; Ueber Plan und Zweck bey Verfertigung dieses Romans und zweyer andrer, die demselben gleichsam zu Gegenstücken dienen, habe ich mich in der *Vorrede zu dem dritten Theile der Geschichte des armen Herrn von Mildenburg* erklärt.

Geschrieben in Bremen am 20. August, 1793.

Adolph, Freyherr Knigge.

Inhalt des ersten Theils.

Erstes Capitel.

Peters Herkunft und erste Erziehung

Mein Vater hieß Joachim Claus und war ein ehrlicher Schuster in Eldagsen, einem kleinen Städtchen, unweit Hannover. Er war durch seine Heyrath mit meiner Mutter, Leonoren Dromeyer, den vornehmsten Familien in Eldagsen verwandt geworden; denn mein Oheim, der Herr Apotheker und Bürgermeister Johann Valentin Dromeyer, trug des Sonntags und wenn er nach Hannover reiste, eine große runde Perüke, einen braunen Rock mit gelben Knöpfen und eine rothe plüschene Weste. Auch würde dieser Magnate schwerlich seine Schwester je einem Schuster gegeben haben, wenn nicht gewisse Umstände vorhergegangen wären, die mir hernach das Vergnügen verschafften, meiner Eltern Hochzeit mit beyzuwohnen.

Kaum war dies Hochzeitfest vorbey, auf welchem die Aermsten von meiner Mutter Verwandten Ehren halber erschienen, der Oncle Valentin aber sich mit einer leichten Unpäßlichkeit entschuldigte, als unsre vornehmen Verwandten sich fernerhin nicht mehr um uns bekümmerten, ihre Schuhe bey einem andern Meister machen liessen, und dem lieben Gotte, der so manchen Taugenichts zu ernähren hat, anheimstellten, weiter für uns zu sorgen.

Ich war sechs Jahr alt, als meine Mutter im Kindbette, zugleich mit einem kleinen Mädchen, das sie zur Welt brachte, starb; und so war ich nun fernerhin der Obhut meines Vaters überlassen, der nicht wieder heyrathen wollte, weil er ausser mir keine Kinder hatte, folglich seinem Hauswesen leicht ohne Weib vorstehn konnte, übrigens auch schon, in den funfzig Jahren, die er alt geworden, ziemlich von seiner Neigung zum schönen Geschlechte zurückgekommen war. Er theilte also seine Sorgen unter der Betreibung seines Handwerks und der Abrichtung einiger Blutfinken, die er das *Trompeterstückchen* und: *Nun ruhen alle Wälder* pfeifen lehrte, um sie sodann zu verkaufen. Den kleinen Haushalt führte seine alte Schwester und ich wurde in die Schule geschickt, woselbst der Cantor Klingenheim sich beschäftigte, einem Haufen Knaben allerley nützliche Kenntnisse einzuprügeln. Ich bekam meinen Antheil an Unterricht und Schlägen täglich zugemessen, aber ich bekenne gern, daß es mir immer mehr von letztern als ersterm trug, und dies um so mehr, da meines Vaters Vermögensumstände ihn ausser Stand setzten, dem Herrn Cantor durch seine Geschenke eine andre unschuldige Gemüthsergötzung auf unsre Kosten zu verschaffen.

Es wohnte in Eldagsen ein verabschiedeter Hauptmann, von Reyerberg, der zwey Söhne hatte, die er in eben dieselbe Schule schickte, weil er nicht reich genug war, einen Hauslehrer zu besolden, oder vielmehr, weil er lieber für das Geld, das er diesem hätte geben müssen, zwey Reitpferde hielt, die er auch zuweilen an einen kleinen ofnen Wagen spannte, wenn er nach Hannover fuhr, um seine Pension selbst abzuholen, und einen Theil davon in dem Wirthshause zu den drey Cronen, in der Beckerstraße, zu verzehren.

Der älteste Reyerberg hieß David, der jüngste Ludwig. David war sehr sittsam, führte sich immer still und anständig auf, schmeichelte dem Herrn Cantor, hielt sich gern zu alten Leuten, ermahnte oft seinen Bruder, wenn Dieser ungezogen war: doch seines Standes nicht zu vergessen, lernte alles wohl auswendig, was ihm aufgegeben wurde, und war also bey jedermann beliebt. Dabey wusste er sich durch Klatschereyen bey dem Herrn Vater in Gunst, und den armen Ludwig herabzusetzen. Uebrigens war er sehr reinlich in Kleidung; und da er gar kein Geschick zu Leibesübungen hatte, gab er sich auch damit nicht ab, fiel also nie, und zerriß selten etwas.

Ludwig hingegen war voll Feuers, balgte sich immer mit andern Jungen herum, lachte über alles, was ihm lächerlich vorkam, sagte immer, was er dachte, spielte seinem Lehrer und allen ernsthaften Personen, die ihm unerträglich waren, unzähliche böse Streiche, wollte nichts lernen, sprach über alles, was ihm vorkam, mit Wiz und grader gesunder Vernunft. Nichts war ihm unangenehmer, als geputzt zu seyn. Seine Kleider waren mehrentheils übel zugerichtet, denn er wollte jeden Sprung, jede körperliche Uebung, die er sahe, nachmachen, war auch sehr leicht und geschwind, fiel aber doch oft jämmerlich, und wurde vom Hauptmanne und allen seinen Freunden für einen Jungen gehalten, aus dem nichts werden würde, als ein liederlicher Fähndrich.

Was mich betrifft; so liebte ich den jüngsten Bruder mehr, wie den hochgepriesenen David. Indessen kann ich doch nicht sagen, daß ich ganz so wild gewesen wäre, wie Ludwig. Mein geringrer Stand, die Armuth und Unterdrückung meines Vaters, welches alles auf mich, bey der Begegnung, die ich von Andern erfuhr, würkte, gab meinem Geiste nicht so viel Schwung und Unabhängigkeit.

Bis in mein vierzehntes Jahr wiederfuhr mir eben nichts Ausserordentliches. Mein Vater hatte sein mäßiges Auskommen, war aber, wie es oft geschieht, so unzufrieden mit seinem Stande, daß er darauf fluchte und schwur, ich solle ein ganz andrer Kerl werden, als er. Zu diesem Endzwecke musste ich Musik, Rechnen, Schreiben, Lateinisch, und noch überdies ein wenig Geschichte und Erdbeschreibung lernen, wofür eine adeliche Dame in der Nachbarschaft, für welche mein Vater arbeitete und die sich Meiner annahm, besonders bezahlte. Meines Vaters Plane giengen auch so hoch mit mir hinaus, daß er einen braven Schulmeister aus mir zu ziehn dachte. Aber der gute Mann erlebte es nicht, mich in einer so glänzenden Laufbahn zu sehn, denn er starb, als ich eben das funfzehnte Jahr erreicht hatte; Seine Schwester war ihm kurz vorher vorausgegangen.

Es war an einem schwülen Sommertage, als er aus Calenberg, wohin er Schuhe gebracht hatte, erhitzt nach Hause kam, zu voreilig kalt trank, und augenblicklich krank wurde. Er lag nur neun Tage, während welcher Zeit ich einstmals Arbeit zu der gnädigen Frau, welche für mich einen Theil des Schulgeldes bezahlte, tragen musste. Sie erkundigte sich nach meinem Vater, und als ich ihr die mislichen Umstände meldete, in welchen er war, versprach sie mir, sich Meiner anzunehmen, im Fall mein Vater etwa sterben sollte.

Sobald dieser nun tod war, ließ mein Herr Vetter Valentin von Magistrats wegen alles im Hause versiegeln. Er kündigte mir dabey in harten Ausdrücken an, daß die Umstände so wären, daß die Schulden für geliefertes Leder und dergleichen den Werth der Verlassenschaft weit überschritten. »Nun Peter!« rief er trotzig aus, »Siehe zu, wie Du durch die Welt kommst! Der hochlöbliche Magistrat wird Dir einen Vormund setzen; Aber wo nichts ist, da hat gleichsam der Kaiser sein Recht verlohren; und wenn die Büchsen leer sind, kann ich nichts herausnehmen. Hätte Dein Vater, Gott habe ihn selig! nicht einen dummen Hochmuth im Kopfe gehabt, und hätte Dich ein ehrliches Handwerk lernen lassen; so wüsstest Du wo aus oder ein, statt, daß Du jetzt dem Stadt-Aerario zur Last fallen musst.«

Ich stellte dem Herrn Bürgermeister vor, daß ich schon selbst für mich sorgen würde, indem die Frau von Lathausen sich Meiner anzunehmen versprochen hätte — darauf ließ ich meine Verlassenschaft im Stiche und gieng gradeswegs zu meiner Gönnerinn.

Zweytes Capitel.

Er wird Bedienter bey einer adelichen Dame. Was er dort erlebt, und warum er diesen Dienst verlassen muß.

Meine ganze Habseligkeit bestand, ausser der Kleidung, welche ich am Leibe, und einigem kleinen Hausrathe, den ich in der Tasche hatte, in einem Bündelchen, darin ich zwey Hemder führte, nebst einem Paar schwarzen wollenen Strümpfen, zwey Kämmen und einem Viertel-Lotterie-Loose, das mein Vater kurz vor seinem Tode an sich gekauft, und der hochlöbliche Magistrat nicht mit in Arrest genommen hatte. Ich nahm Abschied von dem Herrn Bürgermeister, der mir drey Mariengroschen und eine Vermahnung, welche ungefehr eben so viel werth seyn mogte, auf den Weg gab, und gieng mit diesem Reichthume sorglos zu der Frau von Lathausen. Diese nahm mich, ihrem Versprechen gemäß, sehr gütig auf, ließ mir wenig Tage nachher aus einem alten Ueberrocke eine neue Livree machen; Der Jäger musste mich unterrichten, wie ich mich bey der Aufwartung zu verhalten hätte, wie ich die gnädige Frau und alle übrigen Leute im Hause nennen müsste, und so wurde ich dann ein Stück von einem Bedienten.

Die Schöpferinn meines Glücks war eine Dame von etwa vierzig Jahren, sehr tugendhaft — ob aus Mangel an Temperament und Gelegenheit, aus Furcht, oder weil sie nie sehr schön gewesen war, immer auf dem Lande gelebt, und weil kein Verführer ihr die Ehre erwiesen hatte, Plane auf sie zu machen — Wer kann von allen unsern Tugenden die Quelle entdecken? — Genug sie war eine sehr tugendhafte Witwe, sprach viel von Zucht und Sitten, war äusserst strenge in ihren Urtheilen über Andre, und konnte besonders nicht leiden, wenn unter ihrem Hausgesinde kleine Liebschaften vorfielen. Doch gab es zwey Leute, denen sie alle Schwachheiten nachsah, und diese zwey Leute waren: ein junger hübscher Vetter, Herr von Redmer, und ihr Kammermädchen, die Jungfer Nagelborn.

Der Herr von Redmer war Lieutenant in *** Diensten. Es hätte vielleicht ein guter Mensch aus ihm werden können, wenn er nicht in der Jugend von seinen Eltern, und nachher, seiner schönen Figur wegen, von Frauenzimmern zu sehr wäre verzogen worden. Man sagt es den armen Weibern nach, daß sie viel dazu beitragen sollen, hübsche Jünglinge eitel und thöricht zu machen, welche dann hernach, wann die Frühlingsjahre vorbey sind, langweilige kraftlose Männer, und zuletzt kindische lächerliche Greise werden. Ich habe in der Folge der Zeit würklich oft Gelegenheit gehabt zu bemerken, daß dieser Vorwurf einigen Grund haben könnte. Auch kluge Frauen, bey denen der Körper mitspricht, sind sehr geneigt, einen jungen Laffen, und wäre er ein noch so leerer Kopf, einem Paar rother Wangen und runder Waden wegen, recht artig zu finden. Ihr erster Lobspruch auf einen Menschen, der ihnen gefällt, lautet gewöhnlich: »Das ist ein hübscher Mann,« indeß wir Männer, auch da, wo uns weibliche Schönheit rührt, unser Urtheil, aus einer Art Schamhaftigkeit, damit zu rechtfertigen pflegen, daß wir hinzusetzen: »Die Frau scheint viel Güte, Verstand oder dgl. zu haben.« Doch das gehört nicht hierher — Genug der Herr von Redmer war ausnehmend zufrieden mit seiner Person, äusserst vorlaut, von der hohen Würde seiner innern und äussern Vorzüge überzeugt, von der Wichtigkeit seines Officierstandes eingenommen, und so geschwätzig, daß er das Wasser seiner Beredsamkeit nicht halten konnte, wenn irgend dazu gepfiffen wurde, obgleich er mehrentheils die schahlsten Dinge sagte. Da er ein wenig in einer Postkutsche herum gereist war, folglich viel Postmeister hatte kennen gelernt;

bildete er sich ein, er habe die Welt gesehn und beobachtet; und weil er einige Höfe besucht hatte, meinte er, er habe Menschenkenntniß, feine Welt, französische Lebensart. Das machte ihn, wenigstens in solchen Gesellschaften, wo man auf Character, Bescheidenheit, Talente und Kenntnisse sah, unerträglich. Aber wer das nicht merkte, war mein Herr von Redmer; Seine Eigenliebe ließ das nicht zu. Voll Selbstgenügsamkeit schob er seine lange Figur aller Orten hervor, mischte sich in alles, und übersahe in seinem Sinne alle Leute — Kurz! er war so, wie ich nachher manche junge Officiere gesehn habe. Nicht selten sprach er Zweydeutigkeiten, die seine gnädige Frau Baase, bey welcher er zuweilen und grade damals, als ich in ihren Dienst trat, seinen Urlaub aushielt, gewiß von keinem Andern ohne Entsetzen würde angehört haben. Aber was soll man machen? Sie musste wohl wissen, daß er es so böse damit nicht meinte, und so pflegte sie denn gewöhnlich nichts weiter zu sagen, als: »Pfuy! böser Mensch!« oder so etwas.

Jungfer Nagelborn war ein volljähriges Frauenzimmer, etwas lang, mager und bräunlich, übrigens nicht übel gewachsen. Ein halbes Dutzend Zähne mogten ihr wohl an derjenigen Anzahl fehlen, welche in des Ritters Linné Systeme stehen, allein da sie den Mund sehr behutsam öfnete und, wenn sie lachte, die Hand vorhielt; fiel dies nicht besonders in die Augen. Ad vocem Augen dient zur Nachricht, daß die ihrigen ungefehr wie geschmolzenes Calphonium aussahen, und viel zu fordern schienen; Ihr Haar aber war pechrabenschwarz — So viel von ihrer Person!

Dies züchtige Frauenzimmer hatte viel Gewalt über ihre gnädige Frau, welche sich so sehr an dieselbe gewöhnt hatte, daß sie kein Geheimniß vor ihr verbarg. Sie führte den Haushalt, war zugleich Kammermädchen, und alles was sie that war wohlgethan. Auch war sie von gar guter, plauderhafter Gemüthsart, lobte immer den Herrn Lieutenant von Redmer, wusste alle kleinen Geschichtchen aus der Nachbarschaft zu erzählen, und schimpfte tapfer auf alle Mädchen, die so dumm gewesen waren, Kinder zu bekommen.

Jungfer Nagelborn hatte übrigens ein zärtliches Herz und, ich kann es ihr nicht anders nachsagen, sie nahm sich vom ersten Augenblicke meines Eintritts in das Haus, sehr gütig Meiner an. Sie sprach freundlich mit mir, nannte mich »mein lieber Peter!« steckte mir zuweilen einen bessern Bissen vom herrschaftlichen Tische zu, und kniff mich wohl gar dabey in den Arm oder in die Backe. Zuweilen rief sie mich des Morgens mit einer Art von Heimlichkeit in ihr Zimmer, um mir ein Schälchen Caffee zu geben, und wenn dann das Halstuch, das ihre platte Brust deckte, von ungefehr aus seiner Richtung gekommen war, und ich dies in meiner Unschuld nicht bemerkte; schob sie es doch bey dem geringsten Geräusche, das etwa draussen entstand, zurecht, und sagte wohl dabey: »Ey Du Himmel! Das ist nicht, wie es seyn sollte. Wenn mich jemand so bey einem hübschen jungen Purschen sitzen sähe; so sollte er wohl etwas Böses davon denken« — Unglücklicherweise war ich noch so neu in der Welt, daß Caffee, Pasteten, Wein, Nuditäten und schöne Worte vergebens an mir verschwendet wurden.

Aber meine Blödigkeit dauerte nicht lange. An einem Morgen kam der Jude aus Eldagsen eilig geritten, und verkündigte mir, das Lotterieloos, wovon ich den vierten Theil besaß, habe zweyhundert Thaler gewonnen. Wer war froher wie ich! Ich fand es billig, dem Juden ein Geschenk zu machen, allein weil ich kein baares Geld hatte, rechneten wir zusammen ab; und nach Vergütung seiner Reisekosten, dem Geschenke für ihn, und den kleinen, höchst billigen Procenten, zu Bestreitung der Unkosten an die landesväterliche Lotteriedirection (die überhaupt nur für das Beste der Menschheit arbeiten und, wie die Bilanz am Ende der gedruckten Plane bezeugt, gar keinen Vortheil für sich verlangen); nach Abzug alles dessen bekam ich noch sieben und zwanzig Thaler, ein grünes lackirtes Zahnstocher-Etui, eine schwarze Schnupftabacksdose und eine Halsbindenschnalle von Glassteinen heraus. Der Jude bat mich, ich weiß nicht warum, die Sache zu verschweigen, welches ich auch that und das Geld in der Stille behielt.

Aber ich glaube, der Teufel, salva venia! fährt in uns, wenn wir reich werden. Wenigstens hat man alsdann gleich eine solche Zuversicht zu seiner werthen Person, daß uns kein Rock mehr weit genug ist; Es geht alles oben hinaus. Doch daran sind oft andre Leute Schuld, und ich habe, wie ich nachher in der Fremde herumgekommen bin, die elendesten, an Leib und Seele hospitalsfähigen Menschen angetroffen, die, wenn sie nur viel Geld hatten und täglich Gäste füttern konnten, von einem Haufen Schmarotzer so geschmeichelt wurden, daß sie sich für gar ausserordentliche Leute hielten. Es gab zwar unter diesem Haufen auch Personen, welche solchen Mäcenaten nur aus Spott also begegneten, sie genug fühlen liessen, daß sie mehr der guten Gesellschaft, die sie bey ihnen antrafen, als des Wirths wegen dahin kämen, und solche Häuser wie einen Gasthof betrachteten; Aber glücklicherweise merken das solche Menschen nicht, und man befindet sich indessen recht wohl bey ihnen, scherzt, schmaust, lacht auf ihre Unkosten, und sie sind Könige in ihrer Einbildung.

Mein Reichthum war freylich nicht ganz ausserordentlich; Unterdessen schienen mir dreyssig Thaler immer eben so viel, wie einem Banquier seine tausende, und da ich hie und da nicht unterlassen konnte, meine blanken Thaler vorzuzeigen; fand ich auch (ich kann es ohne mich zu rühmen sagen) viel Freunde im Dorfe. Die Leute fiengen an zu finden, daß ich ein hübscher artiger Junge wäre; Ein Barbier, der auch zugleich Musik trieb und neben der Kliestiersprütze noch ein andres Instrument, die Violine cultivirt hatte, auch bey allen Kirchenmusiken an hohen Festtagen gebraucht wurde, da er dann zugleich geigte und sehr fistulös sang, machte sich bekannt mit mir. Er fand, daß ich Genie zu allem hatte, wie es der Fall bey allen Leuten ist, die Geld haben, und bat mich um Gotteswillen, doch ja die Musik nicht liegen zu lassen. Wir übten uns also fleissig miteinander, und die Jungfer Nagelborn fand ein nicht geringes Vergnügen an unsern Bogenstrichen. Dabey nahm sie oft mein grünes Etui in die Hand, bewunderte es, und in einem

Anfalle von Freygebigkeit (wie denn überhaupt die Musik sehr weich macht) schenkte ich ihr dasselbe. Hierdurch und durch meine immerwährende Aufmerksamkeit für sie wurde sie mir täglich mehr zugethan. Die alten Jungfern nehmen sich gern, wie man sagt, der Knaben, die mannbar werden, an, um sie vor Verführungen zu warnen. Indessen lockte mich, ihrer Aufsicht ohngeachtet, Herr Haber, der Barbier, zuweilen mit sich in das Wirthshaus. Es fügte sich dann gewöhnlich, daß er grade kein Geld bey sich hatte; also bezahlte ich für uns beyde, und wenn ich nach Hause kam, waren meine Lebensgeister so herrlich in Bewegung gesetzt, daß Jungfer Nagelborn keinen Beruf fand, mich von der Gesellschaft dieses musikalischen Wundarztes abzuhalten. Weil sie aber nichts dagegen hatte, daß ich in das Wirthshaus gieng; erfuhr es auch die gnädige Frau nicht, bey welcher sie mich überhaupt sehr in Gunst setzte.

Die vielen leichtfertigen Reden, welche ich im Wirthshause hörte, und von der andern Seite die menschenfreundlichen Zuvorkommungen der Kammerjungfer siegten endlich über meine Blödigkeit. Ich wagte allerley Freyheiten, und da meine erfahrne Schöne meinem ersten Angriffe nicht sehr tapfer wiederstand, vielmehr immer mehr Blöße gab; wurden wir bald im höchsten Grade vertraulich. Ich darf nicht vergessen zu erwähnen, daß ich einst in der gnädigen Frau Zimmer ein Buch voll muthwilliger Gedichte von einem unsrer neuen teutschen Schriftsteller fand, daß ich glaubte, was eine so züchtige Dame, wie die Frau von Lathausen, lesen dürfte, das werde auch mir nicht schaden können, daß ich aber nachher wohl fühlte, wie leicht solche Bücher die wachsenden Begierden junger Leute entzünden, und wie gut es wäre, wenn auch Witwen dergleichen ungelesen liessen.

Drittehalb Jahre waren seit meinem Eintritte in das adeliche Haus verstrichen, und der Herr von Redmer hatte wiederum einen Winter bey uns hingebracht, als die Zeit herannahete, da er zurück in die Garnison musste. Den Tag vor seiner Abreise fuhr die Herrschaft zu einem benachbarten Edelmanne nach Pattensen, wo der Herr Vetter Abschied nehmen wollte; Der Jäger gieng mit, und ich blieb mit der liebenswürdigen Jungfer Nagelborn allein zu Hause. Wir liessen es uns gut seyn, hatten eine Bouteille Wein, Kuchen u. d. gl. vor uns stehn, und führten uns dabey nicht ganz in allen Ehren auf. Da wir also nur mit uns selber beschäftigt waren; hörten wir nicht, daß unterdessen die Kutsche wieder zurückkam, (denn die benachbarte Famile war nicht zu Hause gewesen) und wie groß war unser Schrecken, als sich die Thür öfnete, die gnädige Frau und der Herr Lieutenant hereintraten, und uns in einer nicht sehr consistorialrechten Beschäftigung antrafen. Herr von Redmer schlug ein so gewaltiges Gelächter auf, und ließ seinen Witz auf Unkosten der armen Jungfer so beissend heraus, daß ich nicht weiß, ob uns mehr dieser Spott oder der Dame Schimpfworte demüthigten. Allein diese brach in ein fürchterliches Toben aus — Es war auch wahrlich kein Spaß, sich bey solchen Gelegenheiten nicht besser vorzusehn. —

Ich stand da, wie ein armer Sünder, und erwartete mein Urtheil. Dies blieb nicht lange aus; War es aber, weil die gnädige Frau geheime Ursachen hatte, der Kammerjungfer ihre Sünden zu verzeihn, oder damit es nicht ruchtbar werden sollte, daß ihre Vertraute sich so weit vergessen hatte, oder war Diese ihr so unentbehrlich geworden, daß sie darüber wieder ihre Natur tolerant gegen weibliche Gebrechen war, oder gieng es nach dem gewöhnlichen Laufe der Welt, daß die kleinern Unschuldigen für die vornehmen Sünder büßen müssen — Genug! die bejahrte Schöne wurde begnadigt, und ich zum Hause hinausgejagt.

Doch fand ich an dem viel nachsichtigern Herrn Lieutenant einen Beschützer. Er versprach mir heimlich, mich in seine Dienste zu nehmen, und als er des folgenden Morgens wegfuhr, musste ich ein Stück Weges vorausgehn, da er mich dann mit aufsitzen ließ und also zum Regiment führte.

Drittes Capitel.

Was Peter Clausen in der *** Garnison begegnet;
wen er dort antrifft und wie er lebt.

Die Übereinkunft, welche der Herr von Redmer mit mir wegen meiner künftigen Versorgung getroffen hatte, war, wie ich schon erwähnt habe, ich sollte bey ihm Bedienter werden. Allein sein Eifer für seines Herrn Dienst schien ihm heiliger, wie sein gegebnes Wort. Er fand an mir einen wohlgebaueten Jüngling, im besten Wachsthume; Kaum waren wir daher an den Ort unsrer Bestimmung gekommen, als ich unter eine hölzerne Maschine gestellt wurde, an welcher man die Verdienste Derer nach Zollen abmisst, die für das Vaterland streiten sollen. Man fand mich sehr tüchtig, für die gerechte Sache, und um das Gleichgewicht von Europa mit erhalten zu helfen, meine graden Glieder daran zu wagen, und ließ mich also, ohne sich um meine Neigung zu bekümmern, Soldat werden. Vergebens reclamirte ich die Freyheitsrechte der Menschheit, die Rechte meines hannoverschen, noch nicht an Sclaverey gewöhnten Vaterlandes, das Ehrenwort eines Cavaliers — Es hieß immer: »Der Herr braucht Leute; Du kannst da Ehre einerndten, und wenn Du Dich gut aufführst, einmal Unterofficier, vielleicht gar Officier werden.« Ich versicherte, es fehle mir durchaus an Muth und Tapferkeit; aber man bedeutete mich, diese hohen Tugenden würden theils gar nicht mehr zum Kriegführen erfordert, theils durch gewisse fühlbare Mittel den Helden niedrer Classe eingeprägt. Die Officiere aber würden durch Ehrgeiz festgehalten, daß sie stehnbleiben müssten; doch habe man Beyspiele, daß Leute, die es hernach bis zum Obersten gebracht, in der ersten Schlacht, der sie beygewohnt hätten, fortgelaufen wären. Die Tapferkeit sey heut zu Tage ein Ding, das man lernen könne, wie die Regula de Tri. Was war also zu thun? Ich fasste mich in Geduld, und nachdem ich nur erst die schwere Kunst, meine Brüder von der Erde zu vertilgen, systematisch im Kopfe oder vielmehr im Griffe hatte, wobey es zuweilen einige Schläge setzte; fieng mein Zustand an, mir leidlicher vorzukommen, wie man sich überhaupt an alles gewöhnen kann. Ich aß mein grobes Brod mit frohem Sinne, trank so klares Wasser dazu, als ich bekommen konnte, ließ meinen Körper in ein enges Röckchen spannen, meine Waden in Cammaschen einzwängen, und fühlte zuletzt diese Grade der Tortur nicht mehr.

Während dies mit mir vorgieng, hatten meine ehemaligen Gespielen, die jungen Herrn von Reyerberg, auch ihren Geburthsort verlassen. Sie waren beyde zuerst nach Closter Bergen auf das Gymnasium gekommen. Die Art, wie dort die jungen Leute damals gebildet wurden, trug alles dazu bey, die Anlage des ältesten Bruders, zu einem sittsamen, heuchlerischen, nur nach der äussern Form und der Meinung andrer Menschen gerichteten Tugendwandel auszubilden. David wurde also bald allen Mitschülern zum Muster dargestellt. Er war in Gesellschaften erwachsener Personen gerngesehn, kramte da seine affenmäßige Weisheit aus, lernte bald den Ton der sogenannten großen Welt, spielte Kartenspiele mit Feinheit und Begierde, sah, wenn er konnte, seinem Nachbar in die Karte, gab, wenn er gewann, von dem Gewinnste dem ersten Armen, der ihm in Gegenwart andrer Leute begegnete, seinen Antheil, ließ sich von dem Reste ein Gebethbuch in schönen Saffian einbinden, und war allgemein geehrt und geliebt. Ludwig hingegen konnte sich durchaus nicht an den Schulzwang und an die falsche Frömmigkeit gewöhnen; und als er einmal bey einer Gelegenheit die Lehrer und seinen Bruder ein Pack Scheinheilige genannt hatte und deswegen gezüchtigt werden sollte, entwischte er, nahm seinen Hut, ließ alle seine Sachen zurück, und lief, ohne einen Heller Geld zu haben, fort in Gottes weite Welt hinein.

Nachdem er, ohne sich umzusehn, lange so fortgegangen war, wendete er sich, ermüdet vom Gehn und hungrig, an einen Dorfpfarrer, sechs Stunden von Closter Bergen, und erzählte ihm, voll Zutrauen zu seiner Redlichkeit und Menschenliebe, seine Geschichte. Der Herr Pastor zuckte die Achseln, erkundigte sich nach des Vaters Vermögensumständen, und schickte darauf zu dem Herrn Amtmann, welcher den armen Jungen in Verhaft nehmen ließ, an den alten Reyerberg schrieb und, nach Erstattung aller Unkosten, demselben seinen Sohn auslieferte. Der Herr Hauptmann wüthete wie ein Türke, fragte alle Geistlichen der Nachbarschaft um Rath, was nun zu thun sey, und der allgemeine Schluß fiel dahin aus, den ungerathenen Buben zur Züchtigung eine Zeitlang die Muskete tragen zu lassen. Hiervon wurde kaum meinem gestrengen Herrn Lieutenant ein Wink gegeben, als er den jungen Menschen durch einen Unterofficier abholen ließ, für ihn bestens zu sorgen versprach; und so hatte mich denn auf einmal das Schicksal wieder mit meinem Jugendfreunde vereinigt.

Es ist gewiß eine sehr falsche Curart, einen Jüngling, der unsittlich lebt, zur Strafe mit Menschen umgehn zu lassen, die noch schlechtere Sitten haben. Viel besser ist es, dem Ehrgeize eines Solchen dadurch einen neuen Sporn zu geben, daß man ihn mit Leuten in Verbindung bringe, die gleiche Talente, gleiche Erziehung mit ihm genossen haben, ihn aber an Tugend, Klugheit im Umgange, und Aufmerksamkeit auf sich selbst übertreffen. Von dieser Behandlungsart habe ich oft, von jener aber noch nie gute Folgen gesehn, welches denn auch bey dem jungen Reyerberg eintraf. Er fieng nun an, aus einer Art von Verzweiflung, so liederlich zu werden, daß er täglich tiefer in seinen und andrer Leute Augen sank. Da meine Gesellschaft sein einziger Trost war; erweckte mich bald sein Mismuth aus meiner Schlafsucht; zugleich zog er mich aber auch in diejenige Lebensart mit hin, welcher er sich ergeben hatte, um sich gegen sein Schicksal durch Uebertäubung zu wafnen.

Ich hatte noch einige Louisd'or von meinem Lotteriegewinnste und dem mir aufgedrungnen Handgelde übrig, und Ludwig bekam theils zuweilen etwas von unserm Herrn Lieutenant vorgestreckt, theils, weil man seine Geschichte wusste, und glauben mogte, sein Vater werde ihn nicht lange in diesem Zustande lassen, fand er auch Leute, die ihm Credit gaben.

Bey demselben Regimente diente ein Mann von etwa vier und dreyssig Jahren, der eilf Jahre des Studierens wegen auf Universitäten gewesen, seiner wilden Aufführung und Schlägereyen halber aber aus Göttingen, Jena und Halle fortgeschickt worden, hernach in österreichsche Dienste gegangen, dort desertirt, und nun zu den *** übergegangen war. Dieser hieß Haudritz, war der ungerathne Sohn eines wohlhabenden Kaufmanns in Cleve, ein Mensch voll Talente, voll Genie, aber ein durchtriebner Bösewicht, von Grund aus verderbt, ohne Gefühl, und also beynahe keiner Besserung fähig. In dieses gefährlichen Menschen Klauen geriethen wir. Er merkte, daß wir ein bischen Geld hatten, und zehrte also mit uns. Die Annehmlichkeit seines Umgangs, der durch die Erfahrungen aus den mannigfaltigen Lagen, darinn er gelebt hatte, interessant wurde, zog uns in seine Schlinge. Unser Kleeblatt schloß sich nun fest aneinander; Wir begiengen so viel böse Streiche, und lebten (in so fern es die militairische Zucht zuließ) so lange ausschweifend und wild, bis keiner mehr weder Geld noch Credit hatte. Herr von Redmer hätte bessere Aufsicht auf uns haben sollen, allein der war mit andern Dingen beschäftigt, lief zu den Damen, spielte den Stutzer, trug seine Weisheit in alle Gesellschaften umher, wo er sie an den Mann bringen konnte, und bekümmerte sich wenig um uns, bis wir endlich, wegen kleiner, kürzlich verübten Bubenstücke an einem Commissair, alle Drey auf acht Tage in Arrest kamen.

Viertes Capitel.

Bild des französischen Commissairs, mit welchem der Herr von Redmer in Streit geräth. Peter desertirt nebst zwey Cameraden.

Der Commissair, auf dessen Ansuchen wir gefangen gesetzt und täglich ein paar Stunden krumgeschlossen wurden, war einer von den ausländischen verdienstvollen Männern, welche, wenn sie in Frankreich als Perükenmacher, Kuppler, Finanz-Unterbedienten, Beutelschneider, oder dergleichen, ihr Glück nicht höher haben bringen können, als daß sie etwa im Begriff stehen, in einer geschlossenen Gesellschaft, mit braunen Wämsern auf den Ruderbänken sich zur See hervorzuthun, und ihnen diese Lebensart nicht gefällt, alsdann ihr undankbares Vaterland verlassen, um an irgend einem teutschen Hofe als Marquis aufzutreten, die Sitten zu verfeinern, für die menus plaisirs der kleinen Potentaten zu sorgen, oder ihnen das Recht abzupachten, ihre Unterthanen zu mishandeln und die Fremden zu chicaniren. Dieser war vor etwa sechs Jahren nach *** gekommen, in einem abgeschabten verbleichten grünen Rocke, an dem man nirgends die rechte Farbe erkennen konnte, als da, wo ihn der Riemen, an welchem sein Bündelchen gehangen, gegen die Sonnenstrahlen geschützt hatte. An den Falten seiner herunterhängenden Strümpfe konnte man das Journal seiner Fußreisen lesen, und ein kleines Hütchen, das schon mancher Stutzer als Chapeau bas getragen hatte, bedeckte den windvollen Kopf, hinter welchem an siebenzehn Haaren ein kleiner zerrissener Haarbeutel angeknüpft war. In diesem Aufzuge, sage ich, war er nach *** gekommen, und hatte mitleidige Seelen um eine petitte charité gebeten — Ayés pitié, Monseigneur, d'un pauvre financier de France, qui vient s'établir ici, et se faire fermier de douane, mais qui n'a pas le sol, ayant mangé tout son bien en voyage dans ce fouttu païs de l'Allemagne — So war sein bescheidner Einzug gewesen, jetzt rollte er in einer lackirten Kutsche durch die Gassen.

Ich und meine lustige Gesellschaft konnten den Kerl durchaus nicht leiden. Es ärgerte uns, daß dieser Taugenichts eine so glänzende Rolle spielte, indeß wir schildern mussten. Abgerechnet, daß aus uns also Neid sprach, weil wir selbst gern in der lackirten Kutsche gefahren wären; waren wir auch nicht Politiker genug, um zu fühlen, mit welcher Feinheit der Monarch jedes auch noch so verächtliche Subject da anzustellen weiß, wo er es als Maschine brauchen kann, seinen tief durchgedachten Plan auszuführen. Wir waren daher längst entschlossen, dem Franzmanne einen Possen zu spielen, hatten schon alle Vorbereitungen dazu gemacht, und eines Abends, als wir aus dem Wirthshause kamen, schritten wir zum Werke.

Wir wussten nämlich, daß seine schöne Carosse, an welche er das selbst erfundne Wapen seines Marquisats hatte malen lassen, des Nachts, wenn es trocknes Wetter war, vor dem Hause auf der Gasse stehn blieb. Da hatten wir nun schwarze und gelbe Oelfarbe gekauft, in der Absicht den ganzen Kasten damit anzustreichen, und sodann Galgen und Rad darauf zu pinseln. Zugleich wollten wir lange Rinderdärme, mit denen wir uns auch versehn hatten, an einen nahegelegenen Springbrunnen binden, und von da über die Gasse in seinen Keller leiten, damit die Nacht hindurch sein ganzes Unterhaus unter Wasser gesetzt würde. Hätten wir die Zeit abgewartet und, welches wir schon oft gethan hatten, uns um Mitternacht aus den Casernen geschlichen; so wäre unser Bubenstück ungestraft verübt worden. Allein wir waren zu begierig darauf, hatten auch ein bischen zu viel getrunken, um vorsichtig zu seyn, und legten also eben

Hand an das Werk, als wir überrascht, erkannt, verklagt und verurtheilt wurden.

Weil indessen der vorgehabte Frevel nicht vollführt worden war; kam der Commissair nach einem Paar Tagen selbst auf die Wache, um die Officiere zu vermögen, für uns um Milderung der Strafe zu bitten. Herr von Redmer hatte grade nebst einem Capitain die Hauptwache, als das ausländische Thier hereintrat. Die beyden Officiere spielten nebst zwey jungen fremden Reisenden, welche Vettern des Hauptmanns waren, in Carten. Wir wurden hereingerufen; man eröfnete uns die gute Absicht des Commissairs, und es wurde beschlossen, den folgenden Tag auf der Parade dem Gouverneur Bericht davon zu erstatten. Unterdessen hatte der Herr von Redmer den Franzosen gebeten, diesen Abend mit der Gesellschaft auf der Wache zuzubringen und zu speisen, vermuthlich um seinen Spaß mit ihm zu haben. Bey der Mahlzeit wurde tapfer getrunken; es wurden feine Weine und Liqueurs hergegeben, und mein Commissair fieng an, beredet zu werden. Redmer, dem auch der Rebensaft die Zunge gelöset hatte, wie er denn überhaupt nicht ungern schwatzte, fieng an, vom hochseligen Herrn zu reden. Der Herr Lieutenant fieng an, in das Creutz und die Queer über die *** Verfassung zu raisonniren, behauptete: der vorige Herr habe einen wahren Geist von Würde und Selbstständigkeit unter seine Unterthanen gebracht und durch eignes Beyspiel von strenger Tugend, häuslicher Pflichterfüllung und Gottesfurcht die Richtigkeit seiner Theorie bewiesen; Seine Militairverfassung habe nicht auf Willkühr und Despotismus, sondern auf Muth, Unerschrockenheit und darauf beruht, daß wenn nur jeder Einzelne seine Schuldigkeit gethan, er der Monarch selbst ihn nicht habe antasten können, ohne das ganze Corps gegen sich aufzubringen. Da er auf diese Art seinen eignen Leidenschaften einen Riegel vorgeschoben, und jedem, der seinen Platz recht erfüllte, den Preis seiner Arbeit selbst zu erringen in die Hände gegeben hätte; sey dies wohl das höchste Ideal eines militairischen Staats gewesen, in welchem der Herr grade das vorgestellt habe, was Fürsten billig vorstellen sollten, nämlich Vorsteher des Volks — Ein Staat, der, wenn er zweyhundert Jahre also gestanden, im Kleinen mächtiger wie der römische geworden wäre. Der jetzige Herr habe dies alles zu zerstöhren, und nur nach Willkühr zu leiten getrachtet — Der arme Redmer! Vermuthlich hat man in seiner Einbildung seine Verdienste noch nicht genug belohnt. Er bedachte nicht, daß ein großer Herr, der alles aus sich selbst nimt, alles mit eignen Augen sieht, dem nicht das Geringste entwischt, der das Gleichgewicht in allen Ständen, in allen noch so entfernten Ecken zu erhalten weiß — daß ein solcher Herr ein Phänomen ist, dessen Glanz ein junger Mensch nicht einmal durch ein geblendetes Glas anschauen darf.

Jemehr er aber sprach und ihm wiedersprochen wurde, um desto mehr erhitzte er sich. Er redete auch gegen die Zolldirection, gegen die Franzosen, bediente sich unehrerbiethiger Worte, und wurde endlich sogar gegen den Capitain, der ihm das Gegentheil hielt, beleidigend grob — Die Gesellschaft gieng stürmisch auseinander, und am folgenden Tage wurde der ganze Vorfall gehörigen Orts angebracht.

Was die Sache schlimmer machte, war, daß sie auf der Wache vorgefallen war. Der Herr von Redmer kam auf einige Zeit nach ***, und wurde sodann zur Strafe bey einem Garnisonsregimente angesetzt, wo er vielleicht noch jetzt steht.

Unterdessen kamen wir den zweyten Morgen aus unsrem Arreste los; Allein bey der Compagnie wurde ein Lieutenant angesetzt, der äusserst grob und ungeschliffen mit uns umgieng. Wir verlohren auch den geringsten Schatten von Freyheit, setzten aber nichts desto weniger, so viel es die Umstände litten, unsre vorige Lebensart fort, und da wir kein Geld mehr hatten, erlaubten wir uns allerley Mittel, auf andrer Leute Unkosten zu zehren.

Wir hatten uns einen heimlichen Eingang in den Keller eines reichen Weinhändlers gemacht. Dieser Keller lag abgelegen von der Wohnung des Eigenthümers, und wir schlichen, als Bänderknechte gekleidet, des Nachts hin, zogen durch Strohhalmen flaschenweise den Wein aus den Fässern, aus

Furcht, er mögte zu alt darinn werden, und tranken ihn auf die Gesundheit des braven Kaufmanns hinunter; Hernach, wenn wir unsre Ladung hatten, fiengen wir gewöhnlich allerley Lerm auf der Gasse an.

Einstmals, als Haudritz und ich (denn Reyerberg war an einem Thore auf der Wache) ziemlich benebelt wieder durch das Fenster in die Caserne steigen wollten; rief uns ein Camerad zu: Man habe uns vermisst, gesucht, und es werde böse Händel geben. Wir kannten die Strenge unsrer Officiere, fürchteten, man mögte uns eine militairische Schröpfcur verordnen, welche wir für unsre Gesundheitsumstände nicht nöthig hielten. Da wir uns nun längst vorgenommen hatten, aus der Sclaverey zu entwischen; wurden wir itzt gleich darüber einig, noch in dieser Nacht zu desertiren. Wir liefen daher augenblicklich an das Thor, wo Reyerberg war. Er stand, zu unserm Glücke, auf dem Walle Schildwache. Wir stiegen über eine Mauer, krochen hinauf zu unserm Freunde, und beredeten ihn, Gefahr und Freyheit mit uns zu theilen. Er war bereit dazu, nur kam es darauf an, auf welche Art wir den steilen Wall und die noch steilere Grundmauer hinunter in den Graben kommen sollten, welcher eben abgelassen, folglich ziemlich trocken war. Hier kam uns Haudritzens Erfindungsgeist zu Hülfe. Wir rissen drey Pfäle aus, an welche junge Bäume gebunden waren, und spitzten dieselben unten zu, wie Besenstiele — Es war keine Zeit zu verliehren, denn die Runde würde uns ertappt haben, wenn wir noch eine halbe viertel Stunde länger verzogen hätten. Wir nahmen daher, wie die Caminfeger zu thun pflegen, wenn sie in einen Schornstein hinunter fahren, unsre Besenstiele zwischen die Beine, die Spitzen hinten in die Wand gedrückt, hielten das Vordertheil mit den Händen fest, setzten uns darauf, und rutschten also ohne Schaden zu nehmen hinunter, kamen glücklich durch den Graben, waren aber auch kaum am andern Ende, als wir schon oben die Runde kommen und den Lerm hörten, welchen Reyerbergs Vermissung verursachte.

Wir liefen nun durch Hecken, Gärten, Graben und Bächen immer fort; Man schoß eine Canone ab, um den benachbarten Dorfschaften ein Zeichen zu geben — Wir waren in Todesängsten — doch beflügelte die Furcht unsre Beine. Wir liefen die ganze Nacht durch, und kamen, unter tausend Schwierigkeiten und Gefahren, deren Erzählung vermuthlich den Leser ermüden würde, glücklich über die Grenze.

Fünftes Kapitel.

Peter Claus und seine Gehülfen wandern nach Braunschweig. Wie sie sich unterwegens und dort auf eine ehrliche Art durchhelfen.

Jetzt war die Frage, wohin wir unsre Schritte leiten, und was wir anfangen sollten, Unterhalt zu finden. Unsre Entweichung war so eilig zugegangen, daß keiner von uns Zeit gehabt hatte, sich mit eigenem oder fremden Gelde zu versehn. Als indeß der Morgen herankam und wir uns ausser den *** Staaten sahen, fiengen Hunger und Durst an, sich bey uns zu melden. Es wurde deswegen ein Kriegsrath gehalten, in welchem der erfahrne, an Einfällen unerschöpfliche Haudritz den Vorsitz hatte. Man untersuchte den Cassenbestand, und entdeckte, daß derselbe sich nicht höher, als auf einen Groschen und vier Pfennige belief, welche Reyerberg bey sich führte. Bey diesen traurigen Umständen wurde beschlossen, wir wollten zuerst die Mildthätigkeit guter Menschen um Hülfe ansprechen, und wenn wir eine kleine Summe würden erbettelt haben, unsre Röcke gegen andre Kleider vertauschen, sodann, weil eben die Zeit der braunschweigschen Messe herannahete, diese große Stadt besuchen, um bey der Menge dahin kommender Fremden unser Heil zu versuchen, entweder als Bediente oder, wenn es gar nicht anders seyn könnte, in herzoglichen Diensten als Soldaten anzukommen.

Als wir eben hierüber einig geworden waren, hörten wir in einem nahegelegnen Dorfe zur Kirche läuten, denn es war

Sonntag. Wir wendeten desfalls unsre Schritte dahin, und dachten, an einem Tage, der zum Gottesdienst bestimmt ist, würden die Menschen auch zum höchsten Gottesdienste, zu der Erfüllung ihrer Pflichten, zur Wohlthätigkeit, am besten vorbereitet seyn. Der Pfarrer stand schon auf der Canzel, als wir in das Bethhaus traten. Es war gegen die Mitte des Augustmonats, und das Evangelium Math. Cap. VII. v. 15. Dies gab dem Redner Gelegenheit, von guten Werken zu predigen. Er ermahnte auch seine Zuhörer, mit so viel Salbung, gute wohlthätige Früchte zu bringen, daß er selbst gegen das Ende der Predigt wie ein Schloßhund heulte. Der dicke Mann schimpfte dermaßen gegen die Hartherzigkeit, daß er pechbraun dabey wurde — Eine solche Predigt, meinten wir, gehöre dazu, das ganze Dorf zu der edlen christlichen Freygebigkeit vorzubereiten, welche wir nach der Kirche auf die Probe zu setzen beschlossen hatten. Sobald also der geistliche Mann etwa zu Hause seyn und Mantel und Kragen abgelegt haben konnte, giengen wir demüthig seinem Hause zu.

Wir sahen ihn im Hofe vor der Thür stehen, wo er, mit einer Pfeife im Munde, gegen einen Bauer stritt, welcher ihn in den kläglichsten Ausdrücken beschwur, sein achtes Kind, in Betracht seiner großen Dürftigkeit, unentgeltlich zu taufen, aber der Pharisäer überhäufte den armen Mann mit Schmähungen und jagte den weinenden Vater, ohne ihm seine Bitte zu gewähren, fort. Dies war nun freylich keine Ermunterung, ihm unser Anliegen vorzutragen; dennoch wagten wir es, und erzählten ihm mit aller Offenherzigkeit, wie man uns betrogen und gezwungen habe, Soldaten zu werden (dies passte eigentlich auf Haudritz nicht mit) und wie wir endlich, um das Joch der Sclaverey abzuschütteln, entwischt wären, in der Absicht, auf andre ehrliche Art unser Brot zu verdienen. — Aber da hätten Ew. Hochwürden den heiligen Mann, der von der Wohlthätigkeit gepredigt hatte, ja! mein Herr! da hätten Sie ihn sollen toben hören. Er nannte uns Landläufer, drohete uns festsetzen und ausliefern zu lassen; allein wir eilten von ihm weg, nachdem wir ihm einige beissende Dinge gesagt hatten, die er vielleicht nicht einmal verstand, weil sein Geist schon mit der Mahlzeit beschäftigt war, zu welcher ihn seine Frau rief.

In der Hofnung, daß indessen die Predigt eine bessere Würkung auf das Herz der Zuhörer als auf den Redner selbst gemacht haben würde, giengen wir von Haus zu Haus — Traurige Erfahrung! Von den Leuten, bey denen irgend einiger Wohlstand zu herrschen schien, bekamen wir nicht nur kein Geld, sondern noch böse Worte obendrein, die Armen aber hatten selbst nichts. Der einzige Bauer, den wir bey dem Pfarrer angetroffen hatten, rief uns von freyen Stücken zu sich herein. Er war noch ganz traurig, setzte uns ein bischen Brod und ein Glas Brandtewein vor, und entschuldigte sich, daß er nicht mehr zu geben habe. Der gute Reyerberg wollte, in einer Aufwallung von Großmuth, unsre ganze Baarschaft zu Vergeltung dieser wahrhaftig edeln Gastfreundschaft hingeben, aber der arme Bauer nahm durchaus nichts. Indeß biß Haudritz, voll Unwillen über das Menschengeschlecht, die Zähne zusammen, und da er sich im Stillen einen Plan entworfen hatte, kaufte er für vier Pfennige einen Topf, und gieng mit uns zum Dorfe hinaus.

Wir schritten, ohne mit einander zu reden, ein Stück Weges fort, bis wir einen grünen Rasenplatz am Ufer eines Bachs antrafen, woselbst wir uns hinsetzten, da dann Haudritz also zu reden anfieng: »Da seht Ihr nun, wie die Schelme, die Menschen, sind! Der Bösewicht lebt im Ueberflusse, der Redliche von Noth und Armuth zu Boden gedrückt. Die Lehrer der Religion sind Heuchler, begnügen sich, zu predigen, was sie selbst nicht Lust haben auszuüben, und von den Zuhörern nimt jeder so viel für sich heraus, als mit seinem Eigennutze bestehn kann. Der aufrichtige Mann ist nirgends an seinem Platze, und der Bösewicht erlangt, was er will. Ist es ein Wunder, wenn zuletzt niemand mehr auf seine eignen Unkosten ehrlich seyn will? Ist es Wunder daß, wenn dann Betrug täglich allgemeiner wird, auch die Besten nicht mehr trauen und glauben wollen? Ist es Wunder, daß endlich, sobald alles Zutraun wegfällt, niemand mehr sich die Mühe giebt, als ein redlicher Kerl zu verhungern, wenn er auch nicht einmal mehr durch äussere Achtung belohnt wird? Die Welt will betrogen seyn; so lasst sie uns dann betrügen! Ich habe mir allerley Plane ausgesonnen, bey denen wir wahrlich nicht verhungern werden, und wenn Ihr folgen wollt; so sollen unsre Umstände bald anders aussehn.«

Ich sahe wohl die große Lücke in diesem Systeme, fühlte wohl, daß hier auf die innere Beruhigung, welche Rechtschaffenheit und Religion der Seele gewähren und sie mit stillem Frieden erfüllen, gar nicht gerechnet war; aber ich ersuche Sie, lieber Herr Geheimerath! dabey zu überlegen, daß man die Stärke dieser Gründe viel besser empfindet, wenn man reichlich besoldet wird; wenn die Augen des Publicums auf uns gerichtet sind; wenn kein Reiz da ist, anders zu handeln; viel besser, als wenn man in seinen besten Jahren, unsicher und ohne Namen in der Welt umherirrend, von den mächtigen Buben gedrückt, mit Mangel, Noth, Hunger und Durst kämpft — Kurz! wir versprachen zu folgen, und wer in denselben Umständen, mit denselben Leidenschaften und Anlagen, anders handeln würde, der — nun! der ist besser wie wir —

Wir fiengen nunmehr sogleich unsre Unternehmungen an. Haudritz lief mit seinem Topf in ein nahgelegnes Dorf. Daselbst weinte er bittre Thränen, in allen Häusern, klagte: »er sey ein armer verabschiedeter Soldat; seine Frau und vier unmündige Kinder lägen in der Nähe krank, kümmerlich, elend; Er bat nicht um Geld, nur um ein bischen Suppe und um ein altes Hemd.« Die Art, wie er dies den theils mitleidigen, theils eiteln Seelen vorbrachte, rührte Weiber und Männer. Man gab keine Suppe, man gab Geld, und als er Abends an einen von uns verabredeten Ort kam, brachte er, nebst einem vollen Magen, noch einen Thaler und sieben gute Groschen mit.

Ich hatte mir zwey Krücken im Walde geschnitten, die Füße mit unsern Schnupftüchern umwunden, und in dieser Verfassung hinkte ich in ein benachbartes Städtchen, erzählte, nicht ohne innern Wiederwillen, eine Fabel, welche Haudritz mich gelehrt hatte, und bewegte das Mitleid der Leute dahin, daß sie mir, besonders die alten Jungfern, so viel Brod, klingende Münze, und Segenswünsche auf den Weg gaben, daß wenn die letztern mich nicht in den Himmel brachten, ich doch von dem ersten sehr viel an andre Bettler gegen Heller vertauschen, und meinen Gefährten noch einen Gulden baar mitbringen konnte.

Reyerberg, welcher Seitengewehr mit sich führte, gab sich für einen beurlaubten preussischen Soldaten aus, dem die österreichschen Werber schelmischerweise seinen Paß und sein Geld des Nachts im Wirthshause abgenommen hätten. Durch diese Erzählung erpresste er auf den benachbarten adelichen Gütern etwas über einen französischen Laubthaler.

Bey diesen herrlichen Fortschritten unsrer Schelmereyen und der reichlichen Einnahme, welche wir dadurch erhielten, ist es leicht zu denken, daß wir dies edle Handwerk so lange forttrieben, bis wir die ganze Gegend in Contribution gesetzt hatten, welches alles glücklich von Statten gieng. Wir spielten nicht allzeit dieselbe Commödie, und Haudritz besonders wusste seine Erzählungen nach den Physiognomien und dem Rufe der Leute, mit denen er zu thun hatte, einzurichten. Wo er nicht glaubte, es mit Klagliedern durchsetzen zu können, da machte er den lustigen, sich auf Gott und gute Leute verlassenden Bettler, sang in den Bierhäusern ein fröhliches Stückchen und bey alten Weibern ein geistliches Lied; die Heuchler schmeichelte er durch die Versicherung, man spreche in der ganzen Gegend von ihrer Wohlthätigkeit und Gottesfurcht und bey alten Edelleuten gab er sich für einen Cavalier aus, der das Unglück gehabt habe, jemand im Duell zu erstechen und nun in einem Soldatenkleide auf der Flucht sey. Mit unwissenden Pfarrern sprach er lateinisch, und mit Leuten, die schlecht französisch redeten, französisch; Kurz! Er log sich mit unverschämter Frechheit durch, wurde freylich, wie sich jeder Betrug bestraft, zuweilen, wenn er dieselben Leute an einem dritten Orte antraf, und er indessen vergessen hatte, welchen Namen er sich das erstemal gegeben, sehr beschämt, entriß sich mit genauer Noth der Ahndung, wurde auch wohl durch die übermäßige Höflichkeit eines Gerichtsdieners über die Grenze gebracht — Aber unterdessen stiegen doch unsre Fonds, und als wir nach Helmstädt im Braunschweigschen kamen, hatten wir drey Louisd'or und ein Paar Thaler Baarschaften. Wir verkauften aber erst in Schöppenstädt unsre Röcke, die von der letzten Revüe und also noch ziemlich neu waren. Da Haudritz und ich den Abend der Entweichung aus der Garnison über unsre Montirungen her noch alte geliehene Ueberröcke gezogen hatten, um uns bey unsern Bubenstücken unkenntlich zu machen, diese Ueberröcke aber zu schwer fortzubringen gewesen waren; hatten wir dieselben schon vorher verhandelt. In Schöppenstädt nun veränderten wir unsre ganze Garderobe, schrieben uns selbst allerley falsche Attestate, und giengen dann nach Helmstädt, wo wir uns für Studenten ausgaben, die, mitten in ihren Studien, in ihr Vaterland zurück müssten, weil ihre Eltern durch Brandschaden unglücklich geworden waren. Diese neue Practik brachte uns dort viel freye Mahlzeiten und zwölf Thaler an Gelde ein, wodurch dann unsre Casse auf drey und dreyssig und einen halben Thaler stieg, und nun setzten wir unsre Reise über Schöningen nach Braunschweig fort.

Wären wir noch keine Bösewichte gewesen; so hätten wir es durch die Erfahrungen, welche wir auf diesen verschiednen Wegen machten, werden müssen. Wir sahen so mancherley Arten von Menschen und hatten Gelegenheit sie in der Stille zu beobachten, weil man sich gegen Bettler nicht so in Acht nimt, und da erblickten wir dann aller Orten, in allen Ständen, Betrug und Verstellung, in verschiednen Gestalten und Kleidern. Am genauesten hatten wir Gelegenheit die Schelmereyen der Gastwirthe und Fuhrleute kennen zu lernen. In Schöningen schliefen zugleich mit uns im Wirthshause einige Karrenführer, welche Wein nach Braunschweig bringen sollten. Die Fässer waren versiegelt, und dennoch wussten sie den Wein herauszubringen, schoben leise einen Reif zurück, bohrten ein kleines Loch darunter in das Faß, zogen durch einen Federkiel einige Flaschen heraus, indem sie durch ein andres Loch Luft hineinbliesen. Alsdann wurde das Fehlende durch Wasser und etwas Brandtewein ersetzt; in die Löcher steckte man kleine hölzerne Pfröpfe, welche oben gleichgeschnitten wurden; Darauf schlugen sie den Reif wieder fest, und verkauften dem Wirthe die einzelnen Bouteillen um eine Kleinigkeit.

Ich würde nicht fertig werden, wenn ich alle die verschiednen Betrügereyen erzählen wollte, welche wir aller Orten wahrnahmen, wodurch wir täglich in der bösen Meinung, die wir von den Menschen hatten, bestärkt, und von unsrer Seite gleichfalls schlecht zu handeln angereizt wurden, ja! uns, nach unsrer falschen Philosophie, dazu berechtigt glaubten.

Endlich kamen wir nach Braunschweig. Die Messe war kaum angegangen, und es kam nun darauf an, hier, wo so viel Menschen des Gewinstes wegen sich versammelt hatten, auch für uns ein Stück Brod zu finden; Unsre bessern Geldumstände hatten uns aber schon so übermüthig gemacht, daß vom Betteln gar nicht mehr die Rede war. Da nun die Schelmereyen so gut und glücklich abgiengen; vergaßen wir auch darüber unsern Endzweck, Dienste zu suchen, und dachten nur daran, zu mausen, wo eine Gelegenheit zu machen war. Dies edle Handwerk aber trieben wir ordentlich methodisch, durchstrichen zuerst des Abends die ganze Stadt, um uns zu orientiren, quartierten uns sodann auf die Nacht in ein ziemlich berüchtigtes Wirthshaus vor dem Augustthore ein. Der Wirth hieß Danehl; das Haus lag an der Straße, welche nach Wolfenbüttel führt, und von da durchsuchte täglich Jeder besonders einen Theil der Stadt, damit unsre Gesichtszüge in den übrigen Quartieren nicht bekannt werden mögten.

Des Morgens eines Ziehungstags der Zahlenlotterie gieng ich vor dem Hause eines Gewürzkrämers vorbey, da eben dieser aus seinem Fenster mit einem gegenüber wohnenden Schneidermeister sprach: »Lat Hey sek vertellen, Herr Naber!« hörte ich ihn sagen: »In twey Stunnen is min Schicksal entscheden. Komt mine Lottonummern herut; so bin ek up Tit-Lebens en glücklichen Kerel.« Er fügte noch hinzu: Er wolle Demjenigen zehn Thaler schenken, welcher ihm diese Nachricht brächte. Der Herr Nachbar fragte, welche Nummern er besetzt hätte; der Krämer nannte sie, und ich schrieb sie auf, ohne mich nur einmal umzusehn, gieng augenblicklich von da zu einem Collecteur, und nahm für eine Kleinigkeit ein Zettul auf dieselben Zahlen.

Sobald das Lotto gezogen wurde, gieng ich hin, auf den Platz vor Lutterlohs Hause, und als drey Nummern aus dem Rade heraus waren, lief ich schnell in die Gasse, wo der Gewürzkrämer wohnte, hielt immer mein Lottozettul in die Luft, rief und jauchzte laut, und stellte mich fast rasend von Freude. Der Mann stand voll Erwartung vor seiner Hausthür. Unmöglich konnte er bemerkt haben, daß unter der Menge Vorübergehender grade ich diesen Morgen sein Gespräch mit angehört hatte: »Was hat Er? guter Freund!« rief er mir zu; »Weswegen freuet Er Sich so sehr?« Ich antwortete nur flüchtig, als wenn mir nichts daran gelegen wäre, ihm diesen Bescheid zu geben: ich sey so glücklich gewesen, durch eine Terne, drey Reichsthaler zu gewinnen. »Was ist denn herausgekommen? Lasse Er doch sein Zettul sehn!« fiel mir der ungeduldige Krämer in die Rede. Ich zeigte es ihm; er fand drey seiner Zahlen — »Ists möglich?« schrie er, »das ist gezogen worden, und Er hat nur drey Thaler dabey gewonnen? Armer Mann! Komme Er her! Ich habe dieselben Nummern; Sie bringen mir einige tausend ein. Für Seine gute Nachricht soll Er zwey Pistolen geschenkt haben; Darauf habe ich mich verheissen.« Und so zog er mich in den Laden, verkündigte dem ganzen Hause seine Freude, drückte mir das Geld in die Hand; Ich bedankte mich, lief fort, und nicht Eine seiner Zahlen war herausgekommen.

Haudritz und Reyerberg hatten Fuhrmannskittel angezogen, und einen falschen Frachtbrief geschrieben, als wenn sie einem Speditionshändler sechs große Fässer voll Caffee brächten, mit der Bitte, diese Waare bis zur Abforderung bey sich stehn zu lassen. »Ich kann Euch die Last nicht vor das Haus bringen« sagte Haudritz »und muß auch noch heute wieder fort. Bezahlet mir nur die Fracht! Mein Knecht soll hier bleiben, und mit Euch in die Herberge gehn, wo Ihr die Fässer nach Gefallen abholen lassen könnt; Die Abgaben sind berichtigt.« Der Kaufmann bezahlte die, laut Frachtzettul, accordirten zwanzig Thaler, Haudritz gieng fort, und Reyerberg blieb. Der Kaufmann gieng indessen in sein Hinterstübchen, um sich anzukleiden, und Reyerberg blieb im Laden stehn, gieng von Zeit zu Zeit an die Hausthür, wischte endlich, da die Leute im Comtoir zu beschäftigt waren, um genau auf ihn Acht zu geben, hinaus auf die Gasse, sodann um die Ecke herum, zog geschwind sein Fuhrmannshemd über den Kopf heraus, warf es von sich und gieng, als wenn ihn nichts anfechten könnte, langsam weiter. Ehe Lerm in und vor dem Hause über seine Verschwindung entstand, war nirgends kein Fuhrmann mehr zu sehn. Vielleicht würde dieser Schelmstreich nicht so gut gerathen seyn, wenn meine Gefährten nicht gewusst hätten, daß der Mann, mit dem sie es zu thun hatten, schon früh Morgens sich in Brandtewein zu betrinken pflegte, wodurch nicht nur er zu vorsichtiger Behandlung seiner Geschäfte untüchtig wurde, sondern auch unter seinen Handlungsbedienten eine unverzeyhliche Sorglosigkeit herrschte.

Zu einiger Entschuldigung der Lebensart, welche wir itzt führten, muß ich sagen, daß wir (wenigstens Reyerberg und ich) anfiengen, uns für Werkzeuge der Vorsehung anzusehn, um die Thorheiten und Betrügereyen der Menschen zu bestrafen, daß wir desfalls keinen Mann kränkten, von dem der Ruf uns sagte, er sey redlich und weise. Dies rechtfertigt freylich unsre Diebstäle nicht, ich führe es aber nur an, um dem Leser zu zeigen, wie die Menschen so leicht für jedes ihrer Verbrechen eine Beruhigung zu finden wissen.

Unsre Capitalien waren durch diese und unzähliche andre dergleichen Cameraloperationen bis auf neunzig Thaler angewachsen. Dabey waren wir ziemlich gut in Kleidung und Wäsche, und zehrten mehrentheils unentgeltlich: denn wenn junge unerfahrne Leute auf Angotts Keller oder sonst in die

Wirthshäuser kamen; liessen wir uns mit denselben in ein Gespräch ein, schmeichelten ihre Eitelkeit, lobten ihre Feinheit in Billard- und Kartenspielen, gewannen ihnen dann das Geld ab, oder liessen uns wenigstens von ihnen frey halten. Endlich bekamen wir einmal Lust, auf die Mascarade zu gehn, um an der Pharaobank unser Glück zu versuchen; und wie das leichtfertige Glück mehrentheils solche Menschen sucht, welche keine dauerhaftere Freuden verdienen, hingegen diejenigen durch Wiederwärtigkeiten warnet, welche in der Rechtschaffenheit sich ohne den Besitz eitler Schätze entschädigen können; so gewannen wir, im Müssiggange und in Schelmerey versunkene Jünglinge, in kurzer Zeit beynahe achthundert Thaler.

So lange wir wenig gehabt hatten, war Einer von uns tageweise abwechselnd Schatzmeister gewesen. Jetzt, da wir viel besassen, fiengen wir an, gegen einander mistrauisch zu werden. Wir theilten daher unsern Mammon, und jeder sollte mit seinem Antheile wuchern, so gut er könnte. — Wie wollten auch Menschen, die andre Leute betrügen, unter sich ein dauerhaftes, auf gegenseitiges Vertrauen gestütztes Bündniß errichten können? Indessen hatten wir uns im goldenen Engel zwey Zimmer gemiethet und, wie es sich versteht, andre Namen angenommen.

Ich spielte täglich, und fast immer mit Glück, hatte dabey die Eitelkeit, mir allerley Ringe, Federhüte, Spitzenmanschetten, seidne Westen, Strümpfe, Schnallen und dergleichen zu kaufen, und in den Gesellschaften andrer müssigen Leute für einen jungen Edelmann zu gelten. Zuweilen machten wir Lustreisen auf das Land, und da trieben wir dann allerley Muthwillen, neckten die Leute, und prahlten entsetzlich.

Unter andern waren wir einmal mit einer lustigen Gesellschaft nach einem benachbarten Städtchen gefahren. Der Wirth im Gasthofe, wo wir den Nachmittag zubrachten, war ein langweiliger Schwätzer, der sein Haus, mit allem was darinn war, erhob und empfahl: Vorgestern hatten zwey Grafen bey ihm logirt; In jenem Bette hatte noch diese Nacht ein Geheimerrath geschlafen; Sein Wein war, wie er sagte, besser wie der, welchen man am Hofe in Braunschweig tränke. Haudritz nahm sich vor, den Mann zum Besten zu haben. Nachdem wir nun eine unbescheiden große Zeche bezahlt hatten und bald wieder fort wollten, fragte ich, ob man bey ihm auch Braten portionsweise haben könne? »Ey! Freylich« antwortete der Wirth: »Ich schneide Ihnen ein Stück ab, so groß Sie Appetit dazu haben, sogar für einen Groschen.« Nach einigen Augenblicken lobte Haudritz einen Canarienvogel, der in der Stube im Bauer unaufhörlich pfiff, und uns bey unserm Kartenspiele die Ohren betäubte. »Einen solchen Vogel mögte ich gebraten essen!« fügte er hinzu, »nur aus Neugier, ob das Fleisch sehr zart schmeckte.« »Ey potz Stern!« erwiederte der Wirth, »das mögte ein kostspieliges Gericht werden. Ew. Gnaden mögen es mir nun glauben, oder nicht, der Vogel kostet mich an die vier Reichsthaler« — »Das kann wohl seyn,« sagte Haudritz: »Indessen habe ich Appetit dazu, er sey auch noch so theuer« — Der Wirth lächelte boshaft — »und wenn Sie ihn braten wollen; so werden wir, so theuer auch der Vogel ist, doch für unser Geld unsre Neugier befriedigen« — »Je nun! warum nicht? Alles in meinem Hause ist Ew. Gnaden feil. Aber, wie gesagt, er kostet vier Thaler, der kleine Vogel, aus Freundschaft für Sie, mag er denn herhalten« — Und damit wurde der arme Vogel geschlachtet, in Butter gebraten, und hereingetragen. »Nun, meine Herrn! da ist der theure Braten!« — »Wohlan Herr Wirth!« rief Haudritz: »Jetzt schneiden Sie jedem von uns für einen guten Groschen ab!« Der Wirth sahe, daß er betrogen war; Er bat, sträubte sich, wollte grob werden; nichts half; Voll Aerger warf er den ganzen Braten zum Fenster hinaus, und wir fuhren, gerächt wegen der theuren Zehrung, wieder nach Braunschweig.

So verstrich ein großer Theil der Messe. Das Spiel gab uns Gelegenheit, mit manchen angesehenen Männern vertraut umzugehn, wie denn überhaupt dies edle Handwerk oft die erbärmlichsten Menschen in Gesellschaften emporhebt, und allerley Arten Originale durch das lose Band des Interesse vereinigt. Auf einer der letzten Mascaraden gieng Reyerberg mit seinem gefüllten Geldbeutel an den Pharaotisch. Der Glanz des ausgekramten Goldes blendete, reizte ihn; Er zog seinen Schatz hervor, verlohr etwas weniges, welches ihn nur noch mehr erhitzte; Er wagte einen Louisd'or nach dem andern — In kurzer Zeit war alles fort, und sein ganzer Reichthum bis auf zwey Harzgulden geschmolzen. »So geh' dann hin, Lumpenwaare! eben so liederlich zerronnen, wie sie erworben war — Geh hin!« rief er aus, fluchte ein wenig, und kehrte zu uns in den goldnen Engel zurück. Da sassen wir noch, und hatten einen holländischen Grafen in der Cur, dem wir in l'ombre seine gerändeten Ducaten abnahmen. Ein junger Engländer, ein äusserst ausschweifender, hitziger, aber sonst gutmüthiger und dabey reicher Mensch, saß neben uns, bey Punsch. Er hieß Southerland, und hatte immer vorzügliches Vergnügen an Reyerbergs Umgange gefunden. Auch war dieser würklich ein angenehmer, kühner, edler Junge, der bey allen Ausschweifungen und Betrügereyen, wozu uns Noth und Verführung verleitet hatten, doch bey weitem der Beste unter uns Dreyen blieb. Es vergieng fast kein Tag, ohne daß er irgend eine Handlung begieng, welche ihm ernsthaftere, tugendhaftere Menschen nicht nachthun würden, und wenn er einem armen Schelm in der Stille etwas Geld in die Hand gedrückt, einen Traurigen getröstet, oder sich eines Gekränkten, selbst gegen uns, angenommen hatte; dann verwünschte er allzeit die Lebensart, welche wir führten und fühlte recht gut den Vorwurf, daß er die Freude, edel zu handeln, nur halb und selten verdiente.

Als wir nun also da versammelt waren, bemerkten wir in der Ecke des Saals einen einfach grau gekleideten Mann, der auch schon seit acht Tagen im goldenen Engel logiert, und itzt die Wirthsrechnung vor sich liegen hatte. Er blickte mit sichtbaren Zeichen von Verlegenheit und Betrübniß, auf das Blatt hin, seufzte tief, und eine Thräne stahl sich aus seinen Augen hervor. Reyerberg, der, in der Stimmung, darinn er war, mit bessern Planen und Vorsätzen für sein künftiges Leben beschäftigt, still und ruhig den Fremden beobachtete, empfand

Mitleiden, und beschloß ihn zu bewegen, daß er ihm seine Noth klagen mögte. Er setzte sich neben den betrübten Mann, und ließ sich in ein Gespräch ein. Bald hatte er ihn dahin vermögt, sein Herz zu öfnen, und nachdem er von demselben die Ursachen, warum er so niedergeschlagen war, erfahren hatte, bewog er ihn, der übrigen Gesellschaft die Hauptbegebenheiten seines Lebens zu erzählen. Er sagte ungefehr Folgendes, obgleich in einem nicht so lustigen Tone:

Geschichte des Mannes im grauen Rocke.

»Ich heisse Brick, und bin der Sohn eines Tuchmachers aus dem Wirtembergischen. Hätte mich mein Vater, seiner Neigung gemäß, in seinem Stande und zu seinem Handwerke auferzogen; so wäre ich vielleicht jetzt ein nützlicher Bürger, ein wohlhabender Mann und ein glücklicher Hausvater. Aber meine Mutter, die in Stuttgart gebohren und durch die Stadterziehung an den falschen Glanz und das Geräusch gewöhnt war, wodurch die Leute am Hofe und in den Residenzen ihre Armuth, ihre Langeweile, ihren Müssiggang und ihren Mangel an nützlichen Kenntnissen vergessen zu machen suchen, hatte sich in den Kopf gesetzt, ich sollte studieren, um einst auch an dem herrlichen Elende der müssigen Städter Theil zu nehmen. Ich wurde daher nach Ulm geschickt und gieng von da nach Göttingen, um ein Gelehrter zu werden. Ich muß mir selbst das Zeugniß geben, daß ich sehr fleissig meine juristischen Hörsäle besuchte, daß ich mehr nachschrieb, wie irgend ein Andrer, und daß ich auch würklich in drey Jahren von der allertrockensten Wissenschaft der Rechtsgelehrsamkeit, ungeachtet alles Eckels, den sie mir verursachte, so viel in das Gedächtniß pfropfte, daß wenn ich also fortgefahren, ich gewiß zu allen übrigen Dingen untüchtig geworden wäre, wozu man graden Menschensinn braucht. Mein römisches Recht aber hatte ich sehr gut inne, dabey ein ungeheures Gedächtniß, und da mir die Natur noch obendrein ein bischen spitzfindigen Witz gegeben hatte; war ich im Stande, die auf unsre deutsche Verfassung am wenigsten passenden Gesetze und Verordnungen des Kaisers Justinian, so herumzuzerren, so zu drehn, daß niemand, der die gesunde Vernunft brauchte, mit mir fertig werden konnte, wenn ich in mein Fach kam. Allein mein Wiederwillen gegen diese Wissenschaft wurde dadurch nicht geringer. Ich hatte ein fühlbares Herz, einen ofnen Kopf, und einigen Geschmack an Literatur. Es empörte mich, als ich in meine Vaterstadt zurückkehrte, dort Sachwalter wurde und nun Processe unter die Hände bekam, daß ich sehn musste, wie unbarmherzig man mit dem Vermögen und den natürlichen Rechten der Menschen, mit verschuldeten Gütern, mit dem Eigenthume der Unmündigen umgeht; wie die Advocaten, um sich zu bereichern, was sie auf einer Quartseite sagen könnten, in dem unnatürlichsten, langweiligsten Styl auf zehn Bogen vortragen; wie die Richter zu diesem allen schweigen, weil sie auch ihren Vortheil dabey finden; wie also der Reiche, an der Hand eines verschmitzten Sachwalters, fast immer Mittel findet, seine Sache durchzusetzen, oder wenigstens seine ärmere Gegenparthey lahm und müde zu machen; wie fast jede Sache so zwey Seiten hat, daß auch der klügste Mann, weil er nicht nach Ueberzeugung, grader Vernunft und Billigkeit sprechen darf, sondern nach einer elenden Form richten muß, nicht sicher ist, ob er nicht den Unschuldigen gekränkt und dem Unterdrükker die Hand gereicht hat; daß eben deswegen dies traurige Handwerk mehrentheils von Leuten ergriffen wird, die entweder die schaalsten Köpfe sind, oder doch mit der Zeit alles Genie, allen bon sens weginterpretieren — Das alles, sage ich, empörte mein Gefühl für Tugend und Wahrheit. Ich wies eine Menge Processe, welche mir meine Verwandten zuführeten, wieder von mir, weil ich sie für unbillig hielt, verfasste meine Schriften in einer natürlichern Form und Schreibart, half dem redlichen Armen unentgeltlich gegen den reichen Schurken, und blieb also ohne Vermögen, ohne Ansehn und ohne Ruf.

Unterdessen starb mein Vater, und hinterließ ein ziemlich ansehnliches Vermögen, welches aber in meiner Mutter

Händen blieb. Diese begieng bald nachher die Thorheit, ihr Gewerbe aufzugeben, und sich an einen verschuldeten jungen Regierungsrath zu verheyrathen, der an ihrer Seite die schönen Thaler, welche mein Vater durch Fleiß und manche Sorge gesammelt hatte, nach und nach verzehrte, und dabey mit seiner Frau so schlecht umgieng, daß Diese nach wenig Jahren an der Auszehrung starb. Ich hatte also kein anders Einkommen, als welches ich mir durch meine Arbeit erwarb, und das war, wie ich schon gesagt habe, sehr wenig.

Unzufrieden mit dieser Lage, machte ich unzähliche Plane, wie ich etwa meine Aussichten verbessern könnte; aber es war alles vergebens. Dort sahe ich jemand auf den Gipfel des Glücks erhoben, weil er die Haushälterinn des Ministers geheyrathet hatte; hier einen Andern zum Secretair oder gar zum Rath bey einem Collegio angesetzt, damit er die Partie des Präsidenten gegen einen Feind, der sich seinen Schelmereyen entgegensetzte, verstärken und diesen beschwerlichen Mann zu Schande zu machen helfen sollte; Hier wurde ein Betrüger mit einer einträglichen Beamtenstelle bekleidet, damit er die Küche des Cammerdirectors stets gefüllt erhalten sollte; dort wurde ein höchst unwissender Mensch durch das Vorwort eines Weibes Stadtrichter, weil er seinem Wohlthäter Hörner aufsetzte — Nur ich allein, der ich meinen graden Weg gieng, konnte nie zu etwas gelangen.

Der Mismuth über diese verkehrte Einrichtung in der Welt fieng endlich an, meine Moral wankend zu machen. Wenn denn, dachte ich, der Schelm aller Orten den Meister spielt, und Du, alles Kämpfens ungeachtet, weder für Andre etwas Gutes stiften, noch Dich selber gegen Mangel und Verachtung schützen kannst; so stimme denn auch Deine Saiten hinunter, und sieh zu, ob Du aus dem allgemeinen Raubschatze Dein Theil mit zugetheilt bekommen könnest. Ich fieng an, die Armen von meiner Thür wegzuweisen, nahm eine vornehme Mine an, that, als wenn ich mit den wichtigsten Geschäften überladen wäre, machte Libelle, woran zwey Menschen zu tragen hatten, zog die unbeträchtlichsten Processe unverantwortlich in die Länge, und erregte dadurch bald die Aufmerksamkeit der Gerichte, erwarb mir den Beyfall der eigennützigen Richter, gewann Geld, lebte wollüstig, trug besetzte Kleider, und musste meine Camisöler weiter machen lassen.

Es fügte sich, daß der Minister, theils aus Privathaß, theils um sich bey seinem Herrn in Gunst zu setzen, einen höchst ungerechten Proceß gegen einen Edelmann mit Ernst treiben, und Diesen von Haus und Hofe verjagen wollte, weil sein Rittergut einem angrenzenden Amte recht bequem lag, um damit vereinigt zu werden. Es waren einige sehr ungültige Ansprüche hervorgesucht worden, aber der Advocatus principis hatte dem Dinge keine Glaubwürdigkeit geben können. Da ich nun anfieng für einen Mann zu gelten, der, wenn es darauf ankam, Jedem den Rock vom Leibe procedieren könnte; liessen mich Ihre Excellenz zu sich rufen, und trugen mir die Führung dieser Sache auf, mit dem Versprechen einer großen Belohnung, wenn ich sie durchsetzte — Wie stolz würde ich vor einem Paar Jahren einen solchen Antrag von mir gewiesen haben! Auch hätte man es damals nicht gewagt, mir dergleichen anzuvertraun. Jetzt nahm ich sogleich den Handel über mich. Ich trieb den armen Edelmann so in die Enge, gewann die Sache in possessorio und spielte den Proceß an die Reichsgerichte, fest überzeugt, daß er daselbst vor dem jüngsten Gerichte nicht würde entschieden werden — Aber es nahm eine andre Wendung. Die Frau und die unmündige Familie des Cavaliers warfen sich dem Fürsten zu Füßen, klagten über Gewalt, und Dieser, welcher von guter Gemüthsart war und keinen andern Fehler hatte, als daß er, in Zerstreuungen ersäuft, sich wenig um Regierungsgeschäfte bekümmerte, nicht mit eignen Augen sah, folglich nicht wusste, wie viel Unrecht in seinem Namen geschah, wie mancher Gedrückte über ihn seufzte und Gott um Rache anflehete, indeß der Landesvater in eiteln Freuden herumtaumelte; dieser Fürst, sich seines guten Willens bewusst, erschrack, daß so etwas in seinem Lande vorgehn könne. Er ließ sich die Sache vortragen; aber der Minister wusste sich fein herauszuziehn und schob alle Schuld auf den schelmischen Advocaten, welcher ihm diesen Handel von einer unrechten Seite vorgestellt hätte; ihm, der zu sehr mit Geschäften überhäuft sey, um alles so genau selbst zu durchlesen. Der gerechte Prinz, um ein Beyspiel zu geben, hob den Proceß auf, untersagte mir alle Praxin, und jagte mich sogar aus dem Lande; Mein Vermögen wurde zum Besten des Waisenhauses confiscirt, und jetzt, da diese Lection mir den Vorsatz eingab, wieder ein ehrlicher Kerl zu werden, fehlten mir leider! die Mittel, es der Welt zu zeigen, und wenn mir es auch darauf nicht angekommen wäre, wenigstens nicht zu verhungern. Ein verlaufener Advocat ist weder zum Holzhacker, noch sonst irgendwozu gut. Indessen kam ich mit dem Restchen meiner Baarschaft hierher, um eine Stelle in einem Kaufmannscomtoir zu suchen; aber auch diese Hofnung ist mir fehlgeschlagen. Nun habe ich hier im Wirthshause auf gute Hofnung gezehrt, und da ich so eben die Rechnung bekomme, übersteigt dieselbe um einen Gulden das bischen, das ich noch habe, und so bin ich denn ohne Aussichten, bald vierzig Jahr alt, dahin gebracht, zu stehlen, oder mich zu ersäufen.« — So weit des armen Bricks Erzählung —

»Das sollst Du beydes nicht thun« rief Reyerberg. »Ich habe heute alles, was ich besaß, im Spiele verlohren, bis auf diese zwey Gulden noch — Da hast Du sie! Ersäufe Dich nicht! Stehle nicht ferner! Bezahle Deine Schuld mit der einen Hälfte, für den andern Gulden wollen wir Punsch trinken, uns dann ruhig zu Bette legen, schlafen, wie Bettler, nicht Fürsten schlafen, und morgen sehn, wie wir uns weiter durch die Welt helfen. Ich denke immer, man steht sich vielleicht besser dabey, wenn man kein Schelm ist, und halb und halb bin ich der Meinung auch, eine andre Lebensart anzufangen. Wohlauf! Es soll schon gehn; Die Erde ist rund, breit und groß, und der liebe Gott braucht allerley Leute.«

Er sagte noch manches, das seine gute Laune, und seinen großmüthigen, freyen, zu etwas Besserm bestimmten Character entwickelte. Wir hörten mit Vergnügen zu, gaben unser Spiel auf — Unsre Herzen öfneten sich gegenseitig — Der Engländer war von Reyerbergs edler Gemüthsart bezaubert; Er schlug ihm vor, ihn mit sich auf Reisen zu nehmen — Alles wurde richtig gemacht, und Ludwig fiel ihm mit dankbar gerührter Zärtlichkeit um den Hals. Brick beschloß, mit einem teutschen Schauspieler, der auch gegenwärtig war, den folgenden Morgen zu dem Directeur zu gehn, und ihn um einen Platz in der Gesellschaft zu bitten — »Er wird die Mantelrollen herrlich machen« sagte Haudritz —

Um Mitternacht schieden wir fröhlich auseinander, und wenn Haudritz und ich nicht mit eben so guten Entschliessungen wie unser Freund zu Bette giengen; so war vielleicht der Anblick der klingenden Münze, welche uns unsre Schelmenstücke eingebracht hatten, daran Schuld.

Sechstes Capitel.

Schleunige Abwechselung von Peters Glücksumständen.
Haudritzens Schicksal.

Während unsres Aufenthalts in Braunschweig hatte ich in dem Circul von Abentheurern und Spielern, mit denen wir umgiengen, auch einen vorgeblich italienischen Grafen, den Conte di Tondini, kennen gelernt. Er war ein Mann von etwa vierzig Jahren, klein, bräunlich von Gesichte, schielte ein wenig, hatte die Narbe von einem Hiebe auf der linken Backe, und trug gewöhnlich eine spanische Officiersuniform. Dieser führte oft in die Commödie ein junges, sehr schönes Frauenzimmer, das aber so sittsam schien, daß es sich selten ohne Schleyer sehn ließ, auch mit niemand weder umgieng noch redete. Im Schauspielhause aber saß sie ein paarmal in einer der untern Logen so nahe bey dem Platze, den ich im Parquett eingenommen hatte, daß ich sie genau beobachten konnte. Sie schien etwas Leidendes und Furchtsames in ihren Gesichtszügen zu verrathen. Ich glaubte zugleich zu bemerken, daß sie sich vor der Eifersucht des Grafen fürchtete, denn wenn Dieser einen Augenblick hinausgieng; sah sie mich gleich freyer und freundlicher an. Mehr brauchte es nicht, für einen solchen Neuling wie ich war (denn ausser der sehr materiellen, unglücklich abgelaufenen Liebe zu der verdorrten Jungfer Nagelborn hatte ich während meines unruhigen Lebens kein Herzensabentheuer mit irgend einem Frauenzimmer gehabt) mehr brauchte es nicht, sage ich, um mich für diese schöne Italienerinn zu interessiren. Ich fieng an, mit meinen Augen ganze Sonette und Elegien durch die Luft zu ihr zu schicken, glaubte dann bald eine grausame abschlägige Antwort, bald eine Ausrufung, welche so viel sagen wollte, als: »Ach! ich darf ja nicht, werde zu genau bewacht;« bald einige hofnungsvolle Theilnehmung in ihren Augen zu lesen. Ich nahm einen italienischen Sprachmeister an und lernte, mitten in meiner zerstreueten Lebensart, binnen vier Wochen so viel von dieser Sprache, als nöthig war, ein gewöhnliches Gespräch zu führen. In der Commödie zeichnete ich meine Schöne, so gut ich konnte, ab, schnitt zu Hause diese Silhouette aus, ließ sie einfassen, und trug dieselbe auf meiner Brust. Auch meine musicalischen Talente gewannen dabey; Ich spielte ganze Nächte durch die zärtlichsten Adagios — Es war rührend zu sehn und zu hören.

Unterdessen erkundigte ich mich nach der Wohnung des Grafen, erfuhr, daß er in der Rose logierte, und daß das Frauenzimmer für seine Frau gelte. Nun creutzte ich den ganzen Tag vor der Hauptwache herum, sah sie zuweilen am Fenster stehn, und wenn sie mich dann freundlich grüßte — ach! dann war ich wie im Himmel. Gewöhnlich, wenn ich sie da stehn sah, hustete ich laut, und wiederholte nachher dies Zeichen, wenn sie einmal nicht sichtbar war — Wie groß war meine Wonne, wenn sie dann, sobald sie mich husten hörte, hinter dem Fenster erschien! Nunmehr fieng ich an, zu glauben, sie habe auch für mich einige Leidenschaft gefasst, und ich dachte nur auf Mittel, sie zu sprechen. Aber jetzt begann des Grafen Aufmerksamkeit, sich sichtbar zu verdoppeln. Er wich fast nicht von ihrer Seite, und wenn er in Gesellschaft ausgegangen war, ließ er sie durch einen alten Bedienten bewachen. Dieser begleitete meine Schöne auch zuweilen allein in die Messe und Vesper, und schien so dumm zu seyn, daß ich wohl Hofnung haben konnte, ihn zu bestechen. Ich suchte also Gelegenheit, mit ihm zu reden, aber dieser Kerl (ein gebohrner Franzose) kam mir so ganz entsetzlich tölpelhaft und seinem Herrn so treu vor, daß ich Mühe hatte, ihn durch Geschenke nur dahin zu bringen, daß er mir erlaubte, in dem Vorhause der catholischen Kirche ein Paar Worte mit seiner Gebietherinn allein zu reden, wobey, wie bey unsern folgenden Zusammenkünften, ich ihn immer versichern musste, ich habe von Familienangelegenheiten mit ihr zu reden —

Was soll ich die Leser lange mit einer Alltagsgeschichte ermüden? Also kurz! Meine Schöne gieng alle Weiberkünste durch, that spröde, gewissenhaft, seufzte, gab Hofnung, sprach davon, daß sie ihre eigne Schwachheit fürchtete, sich gegen ihr zu weiches Herz wafnen müsste, ließ eine Thräne fallen, ließ mich zuweilen vergebens auf sie warten, drückte mir einmal die Hand, fuhr dann wieder zurück, äusserte Mistrauen, klagte über die Unbeständigkeit der Männer, wünschte den Händen ihres Tyrannen entrissen zu werden, beschied mich zu einer unbequemen Stunde in ihr Haus, und wenn das Gespräch am interessantesten werden wollte, lief auf einmal die Nachricht ein, der Mann käme zu Hause, und ich musste fort — Mit Einem Worte! sie hatte mich am Stricke, und ich dachte an nichts anders, als sie zu entführen. Nur die äussersten Betheuerungen über die Redlichkeit und Treue meiner Empfindungen konnten sie bewegen, meinen dringenden Bitten nachzugeben. Sie willigte endlich in diesen Plan ein, und ich suchte meinen erfahrnern Freund Haudritz auf, um mit ihm die Sache zu überlegen, und das Nöthige zu verabreden; Reyerberg war schon mit seinem Engländer abgereist.

Da ich also verliebt bis über die Ohren war; hatte indeß die ganze übrige Welt kein Interesse mehr für mich gehabt. Ich besuchte zuweilen noch meine alten Spielgesellschaften, aber da war ich zerstreuet und verlohr mehrentheils, zwar nur kleine, unbeträchtliche Summen, die mich jedoch nach und nach ziemlich von der Spielsucht heilten. In dieser Stimmung meines Gemüths war es mir nicht sehr aufgefallen, daß Haudritz schon seit einigen Tagen nirgends zu sehn gewesen. Itzt da ich ihn aufsuchte, machte ich zuerst diese Bemerkung. Ich gieng in Haudritzens Quartier, der nicht mehr im goldenen Engel wohnte, und fragte nach ihm — Aber wie erschrack ich, als ich sein Schicksal erfuhr! — Sein Vater hatte einen seiner Handlungsbedienten, zu Betreibung seiner Geschäfte, auf die Messe geschickt. Haudritz, der dies auskundschaftete, malte seines Vaters Hand nach, schrieb einen falschen Wechsel auf seinen Namen, und wollte sich denselben hier auszahlen lassen. Zu seinem Unglücke aber musste der alte Mann wenig Tage nach Vorzeigung des Wechsels eilig nach Braunschweig kommen, und als der Sohn zum zweytenmal wiederkam, das Geld abzuholen, traf er zu seinem grössten Schrecken den Vater selber an, der ihn augenblicklich erkannte, festsetzen, und von da nach Hamburg in das Zuchthaus bringen ließ — Welchen Eindruck diese Nachricht auf mich machte, mögen meine Leser selbst beurtheilen. Doch verdrängte der Gedanke an mein bevorstehendes Abentheuer alle andre Ueberlegung, und da nun einmal Haudritz nicht mehr da war und ich mich keinem Andern vertrauen konnte; musste ich für alles selbst sorgen. Ich versuchte also nochmals mein Möglichstes, den alten Bedienten des Grafen auf meine Seite zu bekommen. Durch Hülfe eines ansehnlichen Geschenks und noch größerer Versprechungen, gelang es mir denn auch endlich; Er versprach mitzugehn, übernahm sogar die Mühe, einen Kutscher zu bestellen, von welchem er behauptete, daß er ihn genau kennte und auf seine Verschwiegenheit rechnen könne. Dieser sollte uns vorerst über Wolfenbüttel in ein catholisches Kloster unweit Goßlar bringen, von da wir weiter über den Harz nach dem Eichsfelde zu flüchten wollten. Dort dachten wir eine Zeitlang versteckt zu bleiben, und dann gradeswegs nach Graubünden zu gehn, wo meine Schöne mächtige, reiche Eltern und Verwandte zu haben vorgab, von denen sie sehr geliebt sey, und die um so mehr mit Freuden in unsre Verbindung willigen würden, da der Graf sie, wieder ihrer Aller Willen, als ein unerfahrnes Mädchen, aus dem Kloster entführt, aber sich nie habe mit ihr trauen lassen.

Der Tag der Ausführung wurde nun festgesetzt, und zwar ein solcher, an welchem der Graf des Abends zu einer geschlossenen Spielgesellschaft zu gehn pflegte. Ich packte meine Habseligkeit, meinen ganzen Reichthum, in einen großen Koffer; der bestimmte Abend kam heran; meine Schöne, begleitet von ihrem Waffenträger, fand sich vor dem Augustthore ein; dort wartete schon die bepackte Kutsche; wir stiegen geschwind ein, und fuhren schnell davon.

Bis zum Weghause, anderthalb Stunden von Braunschweig, kam ich mit meiner Beute glücklich und dankte unterwegens mehr als tausendmal dem geliebten Gegenstand meiner Zärtlichkeit für ihr Vertrauen zu mir. Ich glaubte der glücklichste Mensch auf Erden zu seyn, und sahe mich schon in Gedanken in Graubünden, im Schooße der reichen und angesehenen Familie, der ich ihre einzige, geliebte, verlohrne Tochter wiederbrächte; Wie mich die Eltern an ihr Herz drücken, wie sie Alle mir danken würden —

Aber kaum waren wir etwas weiter ins Lächlener Holz gekommen, als auf einmal der Kutscher seitwärts in den dikken Wald fuhr und gleich nachher auch der Graf zu Pferde herangesprengt kam. Jetzt wäre es zu spät gewesen, zu bedenken, wie unklug ich mich bey diesem ersten Handel von der Art betragen, daß ich mich gänzlich auf einen fremden Landläufer verlassen, und auch nicht einmal Pistolen mitgenommen hatte. Der Kutscher hielt still, stieg nebst dem alten vermaledeyeten Schelm von Bedienten ab, dessen Dummheit nichts wie Verstellung gewesen war, der Conte di Tondini sprang vom Pferde, und alle drey fielen über mich her, prügelten mich recht methodisch ab, ohne irgend ein Wort dabey zu verliehren, lachten, zu meiner größten Demüthigung, so hämisch wie möglich über die Figur, welche ich machte, der ich bald schimpfte, bald bat, bald rufen wollte, bald um mich schlug, nicht laut schreyen durfte, weil ich selbst auf unrechten Wegen gewesen war, nicht Ohnmacht gegen Gewalt setzen konnte, weil ich allein und wehrlos da lag. Nachdem sie also ihren Muth an mir abgekühlt hatten, zogen sie mich bis aufs Hemd aus, hiengen mir andre Kleidungsstücke an, stellten sich nebst meiner liebenswürdigen Gebietherinn noch einmal mir gegen über, lachten aus vollem Halse mir ins Gesicht hinein, und fuhren sodann mit meinem Koffer und allem was ich so rechtmäßig, wie ein Fürst seine eroberten Länder, auf dieser Welt besaß, unter tausend spöttischen Reden davon.

»Nun, mein lieber Peter!« sagte ich zu mir selbst, »das ist sehr hart. O! die verwünschten Weiber! Das ist das zweytemal, daß sie Dich in die traurigste Lage bringen — Was ist nun zu thun? Lerm machen? klagen? den Räubern nachsetzen lassen? — Wer bist Du denn? was für einen Namen willst Du bey den Gerichten angeben? was für Rechenschaft von dem Besitze des Geldes geben, womit diese Bande jetzt dahinfährt? Wenn man sich nach Deiner Lebensart erkundigt — wenn man« — Ein Strohm von Thränen unterbrach hier mein Selbstgespräch; Ich warf mich verzweiflungsvoll auf den Boden nieder und lag da, bis nach und nach mein Schmerz der Ueberlegung Raum machte, daß ich mich doch zu etwas entschliessen müsse; da ich dann aufstand, und mit gesenktem Haupte zurück nach dem Weghause zu gieng, ungewiß welchen Plan ich nun ferner einschlagen sollte. Ich fand in meinen schwarzen Beinkleidern, welche mir die Schelme nicht ausgezogen, noch etwas kleine Münze, die ich neben dem Geldbeutel (welchen il Conte di Tondini, verfluchten Andenkens, nicht verschont) besonders gesteckt hatte, um damit das Wegegeld zu bestreiten. Hiervor dachte ich ein Nachtlager zu bekommen, um welches ich den Wirth dieses Hauses anzusprechen mir vornahm; Aber das Schicksal wollte, daß ich noch in dieser Nacht freyes Logis erhielt. Denn, als ich in der Gaststube an einem Tische saß; bemerkte ich, daß ein dicker Mann, dem die Justitz aus den Augen blickte, mich sehr aufmerksam betrachtete; Er zog sodann ein Zeitungsblatt aus der Tasche, und fieng an mit einem andern Herrn, mezza voce, ein treues Bild meiner Kleidung herzulesen. Da war: »der leberfarbene Rock, mit kleinen gelben Knöpfen und steifen Schößen, die grüne Weste, von wollenem Damaste, mit Schnüren, der kleine spitze Hut mit der ausgezackten goldenen Tresse« — Kurz! der ganze lächerliche Aufzug beschrieben, womit mich die italienische Bande ausstafiert hatte, und welcher vermuthlich die Garderobe eines Mannes gewesen war, dem sie, so wie mir, die Verwaltung seiner zeitlichen Güter abgenommen hatten.

Die ehrwürdigen Gerichtspersonen hatten kaum gefunden, daß dies Bild auf meinen Anzug passte, als Einer von ihnen aufstand, dem Andern einen Wink gab, und sodann ein paar Cäremonienmeister der Gerechtigkeit hereinkommen ließ, die mich, alles Flehens und Sträubens ungeachtet, noch in dieser Nacht nach Wolfenbüttel führten, woselbst ich eingekerkert, und des folgenden Tags vor dem Residenzamte verhört wurde.

Es fand sich nun zwar in den ersten vierzehn Tagen der Untersuchung (während welcher man auf die gewissenhafteste Art für meine Gesundheit sorgte und mich die strengste Diät halten ließ), daß meine Figur und die Aussagen, welche ich zu Protocoll gab, gar nicht zu dem Bilde passten, das man von dem Menschen, den man suchte, in den Steckbrief gesetzt hatte; Weil sich aber doch in der Erzählung meiner Geschichte manche Lücke darthat, würde ich schwerlich so früh losgekommen seyn, wenn nicht die Gerichte aller Orten viel Mitleid mit armen Leuten hatten, und deswegen die kostbaren Inquisitionsprocesse, wo es irgend möglich ist, abkürzen. Ich entwischte also mit der geringen Strafe, aus der Stadt verwiesen zu werden, musste meine Kleider, als das corpus delicti, im Stiche lassen, und eilte in einem alten grauen Ueberrocke, den mir ein Secretair schenkte, zum Thore hinaus.

Siebentes Capitel.

Peter wird Bedienter bey verschiednen Herrschaften.

Es war ein kühler Herbstmorgen; die Luft schnitt gewaltig durch mein dünnes Röckchen; Mein Körper war von Hunger und den bösen Dünsten des Kerkers angegriffen; mein Gemüth durch die Vorstellung meines Schicksals niedergeschlagen: So wankte ich auf der Landstraße immer fort, ohne zu wissen, wohin ich meinen Weg lenken sollte. Nach einem Paar Stunden kam ich endlich nach Stetterburg, wo ein adeliches Fräuleinstift ist; Ich hoffte nicht ohne Grund, hier das weibliche Mitleid der guten Damen für mich zu gewinnen, und es gelang mir. Ich erzählte meine Geschichte, aber freylich nicht eben mit aller historischen Gewissenhaftigkeit — Genug, ich erzählte eine Geschichte, worinn Räuber, Kerker, Hunger, Armuth u. d. gl. zum öftern vorkamen, und erweichte dadurch die Herzen des ganzen Stifts dergestalt, daß eine jede von den geistlichen Seelen etwas zu meiner Erquickung beytragen wollte. Die Eine kaufte dem Stiftsdiener ein dickes Nachtcamisol ab; die Andre ließ mir eine wollene Mütze reichen; Auch Strümpfe, ein Hemd und etwas an Gelde wurde für mich herbeygeschafft, und die Kammerjungfern bewirtheten mich mit Caffee, Zwieback und Wurst. Nun! der Himmel segne sie dafür! und wenn noch eine von ihnen dort lebt, und dies liest; so lasse sie es sich nicht reuen, einen dankbaren Menschen im Elende gelabt zu haben! Eins von den Fräulein gab mir zugleich einen Brief an einen drey Meilen von da wohnenden Beamten zu bestellen, worinn sie mich demselben bestens empfahl. Damit machte ich mich dann auf den Weg, kam auch glücklich an, und übergab mein Beglaubigungsschreiben.

Der Herr Amtmann war einer von den wohlhabenden Männern, die zu Hause wie Prinzen leben, wenn sie aber vor dem herrschaftlichen Cammercollegio erscheinen müssen, am Thore der Residenz zwey von ihren Pferden ausspannen, ganz demüthig mit einem grünen Rocke angefahren kommen, und gewaltig über böse Zeiten, Miswachs und wohlfeile Fruchtpreise klagen. Es gieng sehr groß bey diesem Vierfürsten her; Die Frau Amtmannin war mit Juwelen behängt; Wenn sie Gastereyen gaben, pflegte man vier Stunden am Tische zu sitzen, ärger wie bey weyland Sardanapals Hofe zu schmausen, und der Informator und die Schreiber mussten, wenn der Braten kam, aufstehn. Ob die Bauern sich eben so wohl befanden, weiß ich nicht; Ich glaube auch nicht, daß jemand darnach fragte; wenigstens pflegt es in manchen Ländern so zu gehn, wo die Cammerräthe Nepoten der Minister sind, die das Land nicht kennen und überhaupt von ihrem Fache nichts verstehen, kaum ihre Namen schreiben können, die Subalternen aber von den Beamten bestochen und geschmeichelt werden.

Als ich mich dieser Herrschaft vorgestellt und meinen Empfehlungsbrief übergeben hatte, wurden mir zuerst einige Fragen über mein voriges Leben gethan. Ich half mir so gut ich konnte heraus, fand Glauben und Beyfall, und es kam nur darauf an, wozu man mich würde brauchen können. Der Herr Amtmann suchte einen Bedienten, an die Stelle eines kürzlich ausser Dienst gegangenen; und als ich versicherte, ich könne schreiben und frisieren, verstünde auch Musik, wurde ich sogleich angenommen, bekam die graue Livree mit grünen Aufschlägen, welche der vorige Laquaie, der freylich um einige Zolle kleiner wie ich gewesen war, getragen hatte, und trat meinen Dienst an.

Es gieng mir ganz gut in diesem Hause. Es ist wahr, daß ich vielerley Arbeit versah, bald des Herrn Amtmanns apocryphische Perüke in Ordnung bringen, bald der Frau Amtmanninn die schwarze Haartour aufsetzen, bald den Söhnen auf der Violine Unterricht geben, bald Obstbäume pflanzen helfen, bald Berichte an die Cammer abschreiben musste; doch ließ sich das alles bey guter Kost ertragen, und ich fieng an, mit meinem Schicksale zufrieden zu werden.

Allein, wie kein Glück in dieser Welt von Dauer ist, wie Rollin schreibt; (oder wenn er es nicht gethan, doch leicht hätte schreiben können, weil er viel sehr gemeine Dinge sagt) so blieb ich auch hier nicht lange, sonst würde ich wahrscheinlich einmal eine gute Bedienung erhalten, mich verheyrathet, Kinder gezeugt, und meine Leser würden nicht die überschwengliche Freude haben, noch so viel Bände von meiner lehrreichen Geschichte zu lesen, als ich (wenn nicht die Kunst, Papier zu machen, wie die Glasmalerey in diesen Zeiten verlohren geht) noch zu liefern gedenke.

Die Frau Amtmanninn hatte einen kleinen schäbigten Mops, der mit allen Gebrechlichkeiten des hohen Alters und einer vornehmen Erziehung kämpfte. Aus den Fleischtöpfen der immer rauchenden Küche hatte er das Gift geschöpft, das itzt seinem Körper so übel mitspielte, und die Leckerbissen der herrlichen Tafel hatten ihn mehr zu einem lehrreichen Beyspiel für alte Hofleute, als zu einem angenehmen Gegenstand des geselligen Umgangs gemacht. Dennoch war die Zärtlichkeit der dicken Dame für dieses halb lebendige Aas so groß, daß sie mir zumuthete, das Thier zu warten und zu pflegen, ja mit ihm zu wachen, wenn der arme Hund des Nachts vor Schmerz und Husten keine Ruhe hatte. Nun fügte es sich, daß, nachdem ich schon lange dieser Arbeit und Unruhe überdrüssig war, meine Gebietherinn mich rufen ließ, um den Mops, der ihr ein Paar Stunden Gesellschaft geleistet hatte, aus dem Zimmer zu tragen, damit er die Verdauung der genossenen Zuckerbretzel gehörig abwarten mögte. Als ich ihn nun auf den Arm nehmen wollte, schien die Bestie noch nicht geneigt, das Zimmer zu verlassen, sondern biß mich, zur Dankbarkeit für meine Sorgfalt, in den Finger. Eine Aufwallung von Schmerz und zugleich von

Verdruß über dies Thier bewog mich, ihm einen derben Schlag zu geben, und da ich unglücklicherweise ein sehr empfindliches Fleckchen am Kopfe treffen mogte, fiel der arme Hund tod zur Erde. Da hätte ich mich nun gern hundert Meilen weit von dort weggewünscht; denn nicht ärger klagte Niobe um ihre erschlagenen Kinder; nicht kläglicher jammerte Jacob um seinen Sohn Joseph; nicht fürchterlicher brüllt die Löwinn, der man ihre Jungen geraubt — Doch was helfen die poetischen Ausrufungen? Die Frau Amtmanninn klagte nicht, jammerte nicht, brüllte nicht, sie fuhr mir vielmehr mit zehn ziemlich geschmeidigen Fingern ins Gesicht und in die Haare, kratzte, ohrfeigte, riß, und schimpfte dabey wie ein Dragoner — Es war eine gräßlich erschütternde Scene! — Nachdem dies sanfte weibliche Geschöpf also eine Zeitlang die pii manes des nun im Tode schlummernden Mopses versöhnt hatte, lief sie voll Raserey zu ihrem Ehegatten, und verlangte, ich solle von Stunde an aus dem Hause gejagt werden. Ich muß dem Herrn Amtmann die Gerechtigkeit wiederfahren lassen, zu sagen, daß er nichts unversucht ließ, den Zorn seiner geliebten Medea zu besänftigen; Aber es war alles umsonst, und er, der von ihr an Schweigen und Dulden gewöhnt war, musste endlich nachgeben; doch beschenkte er mich noch reichlich, und gab mir einen ehrenvollen Abschied, worauf ich das Haus und viel Leute, die mir wohlwollten, verließ.

Ich hatte in diesem Hause zuweilen einen Herrn gesehn, der in der Nachbarschaft wohnte; Er hieß Marcelius, hatte ehemals in einem herzoglichsächsischen Orchester die Bratsche gespielt, da aber die linke Hand durch einen Schlagfluß gelähmt worden; wurde er vom Herzoge als Rath in das Cammercollegium gesetzt. Ob er auch in diesem Fache Virtuoso war, weiß ich nicht, aber immer schien es eine gute Versorgung, auch wusste er das Finanzsystem so obligat zu behandeln, daß er fast alles Solo in seinen Beutel spielte. Als aber ein andrer Herzog zur Regierung kam, der zugleich gerecht und gütig war; gab man dem Herrn Cammerrath zu verstehn: er mögte baldmöglichst auswandern. Dies that er denn auch, forderte seinen Abschied, und kaufte sich ein Gut in dieser Gegend, wo er nun von seinen Renten lebte. Zu diesem Manne, der noch immer Musik liebte, beschloß ich zu gehn, und ihm meine Dienste anzubiethen.

Ich fand ihn in seinem Garten, wo er beschäftigt war, allerley Veränderungen vornehmen zu lassen, erzählte ihm mein Schicksal, trug ihm mein Anliegen vor, und er war sogleich geneigt, mir zu willfahren. »Daß Er Musik versteht,« sagte er »mein Freund! das nimt mich sehr für Ihn ein; Ein guter Musikus ist zu allem zu gebrauchen. Ich bedarf eines Gärtners; Hätte Er wohl Lust zu dieser Stelle? Er darf nicht eben ein gelernter seyn; Ich verstehe das alles selbst, und werde Ihm schon Anweisung geben, wenn Er nur folgsam ist. Ein musikalischer Kopf kann alles lernen.« Es ist leicht zu denken, daß ich diesem Antrage willig Gehör gab; also waren wir bald über die Bedingungen einig, es wurde mir mein Würkungscreis angewiesen, und mir der Garten gezeigt.

Nicht leicht habe ich eine geschmacklosere Anlage gesehn, wie diesen quasi Garten. Der Besitzer schien recht darauf studiert zu haben, alles Wiedersinnige und Unnatürliche hier zu vereinigen. Die holländische Manier, nach welcher der Grundriß des Ganzen eingerichtet war, trug das Ihrige dazu bey, die Natur in der steifsten, lächerlichsten Maske darzustellen. Die Blumenbetten waren, statt der Blumen, mit Porcelainscherben und Glasstücken von allerley Farben ausgelegt, und zwar in Gestalt von geschlungenen Namen; Für Schatten war gar nicht gesorgt; vier ins Creutz gegen einanderüber in die Erde gesteckte, oben zusammenschliessende Wallfischribben stellten eine Laube vor. Die Stämme der Obstbäume waren weiß angemalt; Eine Menge Taxuspyramiden, die in der Form von Kegel, Scepter, Säulen mit Pferdeköpfen, und dergleichen geschnitten waren, begränzten zu beyden Seiten die Gänge. Dazu waren viel Statuen, mit Fleischfarbe angepinselt, da zu sehn, worunter sich unter andern ein Hercules mit einem Stutzbarte auszeichnete. Eine Grotte lag mit der ofnen Seite der Mittagssonne grade gegenüber, und in dieser Grotte waren theils Erzstufen, theils gemeine Steine eingemauert, die in der Form von Krebsen, Katzen, gebratnen und gespickten Haasen, Scorpionen, gekochten Schinken und andern Seltenheiten gehauen, und alle mit natürlichen Farben bemalt waren. An der Landstraße, die neben dem Garten vorbeygieng, war eine Einsiedeley angebracht; das Haus davon lag hart am Wege, und inwendig saß ein hölzerner, bemalter und angekleideter Socrates, der ein Schachspiel und eine Portion Caffee vor sich auf dem Tische stehn hatte, und aus dessen Munde ein Zettul hieng; worauf geschrieben war: »Salomon spricht: es ist alles eitel.« Ueber der Thür las man: »Dies ist des weisen Socrates Retirade.«

Eben so abgeschmackt war das Haus des Herrn Cammeraths meublirt. Er hatte von einem herumziehenden Gipsfigurenhändler allerley nach alten Mustern abgegossene Statuen gekauft, dieselben aber theils mit lebhaften Farben anstreichen, theils die Hälse in Gelenken von Drat henken lassen, so daß z. B. auf dem Ofen im Wohnzimmer eine Venus von Medicis stand, die beständig, wenn man hart auf den Boden trat, mit dem Kopfe wackelte. Im Besuchzimmer, wo der Fußboden grün gefärbt war, befand sich an der Thür ein Zug angebracht, der, wenn ein Fremder hereintrat, ihm einen großen Fuchsschwanz entgegenfahren machte. Die elendesten Kupferstiche hiengen aller Orten in blauen Rahmen umher, der König von Preussen und Heinrich der Vierte, Voltaire und Rousseau, Cartousche und Washington, die Gegend von Basel und die Bataille bey Collin; Auf dem Abtritte aber stand seine kleine Büchersammlung — So war des Mannes Geschmack beschaffen, dessen Kunstgärtner ich jetzt wurde.

Das erste Jahr hindurch waren wir die besten Freunde. Meinem neuen Herrn gefiel meine Sorgfalt für seinen Garten unbeschreiblich; Da ich nun bald gewahr wurde, mit welchem Manne ich es zu thun hatte; schmeichelte ich seinem Geschmacke zum Abenteuerlichen und machte solche Verbesserungen in seinen Anlagen, daß würklich kein

Mensch im Tollhause contrastierendere Gegenstände hätte verbinden können, wie wir da hinpflanzten. In den Erholungsstunden machten wir Musik, und da Herr Marcelius eine Haushälterinn hatte, die noch vor zehn Jahren Chorsängerinn in der französischen Oper gewesen war, auch trotz einer in Paris schrie, mein Herr selbst aber, ungeachtet der Lähmung, noch auf der Bratsche herumarbeiten konnte, und über dieselbe her zugleich einen etwas fettigen Tenor sang; waren wir, mit Hülfe des Schulmeisters und einem Paar Bierfidlern im Stande, ganze Oratorien aufzuführen. Auf diese Art beschimpften wir das Stabat mater von Pergolese und andre Meisterstücke der besten Tonkünstler.

Was nun die Haushälterinn betrifft; so hatte sich dieselbe der besondern Vertraulichkeit des Herrn Cammerraths zu erfreun; Sie waren alte Bekannte. Es schien aber, als wenn seine Beständigkeit nach und nach anfienge, sie zu ermüden, ja, als wenn sie sich noch werth fühlte, einen jüngern Liebhaber zu fesseln. Ich war unglücklich genug, ihr zu gefallen; sie machte also Plan auf mich, und da sie sich gleich Anfangs erbothen hatte, mich in der französischen Sprache zu unterrichten, damit ich im Stande seyn mögte in den Chören aus les talens lyriques und andern herrlichen Opern dieser Art, woraus man zuweilen Stücke sang, mit zu trillern; so hatten diese Unterweisungsstunden uns öfters die Gelegenheit verschafft, miteinander allein zu seyn, welche Gelegenheit sie dann nützte, die entscheidendsten Angriffe auf meine geringe Person zu machen. Es wurde hier nichts unversucht gelassen, Schminke, Reste von Theatergarderobe, Pantomime, und sogar sehr unzweydeutige wörtliche und thätige Anträge. Aber waren es die traurigen Erfahrungen, welche ich in der Liebe gemacht hatte, oder mein freundschaftlicher Umgang mit einer jungen Küchenmagd, oder das abgeschliffene Gepräge von Alterthum, das die französischen Reize der Dame Gangrelle (das war ihr Name) trugen — Mit Einem Worte! Tugend war es nicht, was mich bewog, allen ihren Nachstellungen auszuweichen, und gewiß, wenn Potiphars Weib nicht hübscher gewesen ist, wie diese verjährte Haushälterinn; so wundert es mich gar nicht, daß Joseph seinen Mantel bey ihr im Stiche gelassen haben soll. Denn abgerechnet, daß sie hohle, eingefallene Augen, ein etwas auf die Seite gezognes Maul, unter der in die Höhe stehenden Nase, fünf falsche Zähne, dürre, dissonierend klappernde Knochen, und eine gelbe runzliche Haut hatte; so war auch ihr Odem, ungeachtet der bonbons, welche sie unaufhörlich im Munde führte, nicht so lieblich, wie der, wovon im hohen Liede Salomons eine so poetische Beschreibung steht. Zu meinem größten Elende aber hielt die gute Person meinen Wiederstand für eine Art seltner Blödigkeit, und das reizte sie um destomehr, das Aeusserste zu wagen, sich genauer zu überzeugen, ob diese Blödigkeit aus physischen oder moralischen Gründen herrührte.

Das Küchenmädchen, von welcher ich vorher Erwehnung gethan habe, schlief in einem Kämmerchen allein, und ich hatte unter der Treppe gleichfalls ein einzelnes Bette. Der Mensch ist aber zur Geselligkeit geschaffen, wie man zu sagen pflegt, und es ist etwas fürchterliches, so ganz einsam die lange Nacht hinzubringen. Deswegen hatten wir die freundschaftliche Abrede genommen, uns zuweilen in unsern Zellen zu besuchen, ohne daß weiter im Hause etwas davon erfahren würde. Es fügte sich aber, daß in einer Winternacht, nachdem die Herrschaft und das übrige Gesinde zur Ruhe gebracht war, Charlotte, nach vollendeter Küchenarbeit, um nicht ein Stockwerk höher steigen zu dürfen, sich in mein Treppenstübchen verfügt hatte. Ich war indeß etwas später wie gewöhnlich auf den Hof gegangen, wo ich im Stalle mit dem Knechte, der erst eben aus der Stadt nach Hause gekommen war, etwas zu reden hatte. Das Mädchen wusste dies, und erwartete mich in meinem Bette. Mademoiselle Gangrelle ließ sich von dieser Einrichtung nichts träumen, und da sie beschlossen hatte, die Dunkelheit der Nacht (das Einzige, wobey sie freylich hätte etwas gewinnen können) zu ihrer Vertraueten zu machen; kam sie aus ihrem Kämmerlein nach der Treppe zu geschlichen, öfnete sanft meine Thür und rief mich zärtlich bey meinem Namen.

Charlotte fuhr zusammen, als sie diese Stimme hörte, hielt sich aber so ruhig wie möglich, um nicht erkannt zu werden. Jetzt glaubte die menschenfreundliche Französinn, ich schliefe so hart, und um näher mit mir reden zu können, legte sie sich leise neben die Person, welche sie im Bette fand. Allein bald kam es zu der Entdeckung ihres Irrthums, womit sich zugleich die ganze Geschichte auf eine höchst tragi-comische Art entwickelte. In dem interessantesten Augenblicke kam ich dazu, hörte einen gespensterähnlichen Lerm in meinem Schlafcabinette, und als ich hineinblickte (ich hatte eine Laterne in der Hand), sah ich, wie die beyden Vestalen, unter denen es indessen zu einem sehr gewürzten Wortwechsel gekommen war, sich itzt einander bey den Haaren ergriffen hatten, und dabey gewaltig schrien und schimpften. Diesem Greuel nun wehren zu wollen, würde verlohrne Mühe gewesen seyn, und vielleicht wären dann beyde Theile über mich hergefallen. Also dachte ich mich eilend wieder davonzumachen; Aber zum Unglück kam mir Herr Marcelius mit einem Lichte in der Hand in den Wurf. Ihn hatte das Poltern und Toben aus seinen Federn gejagt; Er glaubte, es seyen Diebe im Hause, und da er nun zu seiner treuen Dame Gangrelle seine Zuflucht nehmen wollte und quer über den Vorsal gieng, durchcreutzte er meinen Weg — Ich bemerkte ihn in der Eil nicht, rennte ihn um, das Licht gieng aus, und er lag auf den Boden hingestreckt. Er mogte wohl hart gefallen seyn, denn er klagte und fluchte entsetzlich — Nun, glaubte ich, sey für mich keine Zeit zu verliehren. Wenn auch der Herr Cammerrath nicht etwa ein Paar Rippen zerbrochen haben konnte; so musste doch die Sache auf alle Weise einen schlimmen Ausgang für mich nehmen. Daher nützte ich den Augenblick der Verwirrung, gieng in das Bedientenzimmer, packte meine besten Sachen, mein Geld, und so viel ich tragen konnte, auf, (doch nahm ich kein fremdes Eigenthum mit) floh aus dem Hause, aus dem Dorfe, und war, ehe es Tag wurde, über die Grenze.

»So hat doch der böse Feind sein Spiel mit den Haushälterinnen!« rief ich aus; »ich mag es gut oder übel mit ihnen meinen; so jagen sie mich fort. Wohl mir indessen, daß ich so glücklich davongekommen bin!« Würklich war ich des Herrn Cammerraths Hauses, seiner babylonischen Gärten und pierischen Concerte so überdrüssig, hatte einen, nach meiner gegenwärtigen Lage, ziemlich bespickten Geldbeutel, dabey guten Muth, Lust wieder in Bewegung und Würksamkeit zu kommen, und festes Vertrauen auf das Schicksal, das mich nun schon so oft in bessere Umstände versetzt hatte. Es fiel mir ein, so viel Gutes von Frankfurt am Mayn und der umliegenden Gegend gehört zu haben; also beschloß ich dahin zu gehn, um in dieser großen Stadt irgend eine Gelegenheit zu fernerm Fortkommen zu suchen. Der Weg war weit, allein ich verließ mich auf die Gutwilligkeit der deutschen Postknechte, welche, gegen ein geringes Trinkgeld, trotz aller Postordnungen, so viel blinde Passagiers aufzunehmen pflegen, daß Diejenigen, welche ihre Plätze bezahlt haben, von dem Gepresse, Gestanke, von der Unreinlichkeit und dem Ungeziefer dieser unbefugten Gäste, so wie von dem unerhörten Gepacke, das für Frachtkarrn, nicht für Postwagen bestimmt scheinen mögte, so viel Ungemach leiden müssen, daß, wenn sie irgend hinreichendes Geld auftreiben können, sie lieber Extrapost nehmen, und wenn sie nicht in solchen Umständen sind, entweder zu Fuß gehen, oder gleichfalls blind fahren, weil doch einmal ein solcher Reisender dieselbe Bequemlichkeit, um weniger Geld, wie ein rechtmäßiger hat, man zu Fuße aber geschwinder fortkömmt, welches freylich ein unerhörtes Ding ist.

Ich trog mich nicht in meiner Hofnung. Durchs Hannoverische, Hessische und durch die Wetterau kam ich um einige Gulden glücklich nach Frankfurt. Dabey hatte ich noch die Freude, von den Postillons besser wie die würklichen Passagiers behandelt zu werden; denn da Diese schon die Ausgabe des Postgeldes hatten, ich aber vor wenig Groschen dieselben Vortheile genoß; war ich mit Hülfe der übrigen blinden Gäste im Stande, etwas mehr an die Zehrung des Schwagers zu wenden, welches mich zu einer der wichtigsten Personen im Wagen machte und mir die Freyheit gab, die übrige Gesellschaft, so sehr sie auch dagegen klagte, von einem Morgen zum andern mit meiner Tobakspfeife nach Gefallen einzuräuchern.

Nun saß in der Ecke ein Mensch, in einer, wie es schien, französischen Uniform, der jedesmal, wenn wir durch eine Stadt fuhren, vor dem Thore ausstieg, mit einem Worte, der sich zu schämen schien, mit dem gewöhnlichen Postwagen zu reisen. Er sprach wenig; wenn er aber redete, war es in sehr entscheidendem Tone. Wir Alle hielten ihn für einen sehr vornehmen Mann, der incognito reisete, und weil der Mensch in dieser Welt gewöhnlich das gilt, wozu er sich selbst macht; so bewiesen wir diesem Herrn eine Art von Ehrerbiethung, reichten ihm die Hand, so oft er heraussteigen wollte, und man hätte glauben sollen, er bezahlte für uns sämtlich; Das that er aber nicht; Im Gegentheil! so bald wir irgendwo ein Paar Stunden liegen blieben; pflegte er den obersten Platz am Tische, das bequemste Lager, den weichsten Sessel, das wärmste Eckchen hinter dem Ofen für sich zu wählen, und wenn vom Bezahlen die Rede war; giengen wir Alle zu gleichen Theilen. Weil nun aber dies die gewöhnliche Weise vornehmer Leute ist; hielte ich ihn doch für eine Person von Wichtigkeit, und suchte mir, in den Umständen darinn ich war, seine Zuneigung zu erwerben. Ich nahm Gelegenheit, ihm einen Theil meiner Geschichte zu erzählen, zu sagen, daß ich Dienste suchte, und mich seinem Schutze zu empfehlen. Er nahm diesen Antrag mit derjenigen Mine von Würde an, die Leuten von Gewicht eigen ist, und versprach mir, noch ehe wir uns trennen würden, Vorschläge zu einer künftigen Lebensart zu thun. Als wir nun nach Friedberg kamen, sagte er: »Mein Freund! hier nehme ich Extrapost. Wenn Er mit mir kommen will; kann ich Ihn nicht nur mit nach Frankfurt nehmen, sondern auch eine Zeitlang als Bedienten bey mir behalten, bis Er sonst irgendwo unterkömmt. Ich bedarf zwar jetzt würklich keines Laquaien, kann Ihn auch nicht so reichlich besolden, wie ich wohl unter andern Umständen und vielleicht in der Folge thun mögte, aber Er gefällt mir. Lasse Er sich also immer diesen Plan vorerst gefallen!« Mit Freuden nahm ich das Anerbiethen an und fuhr mit nach Frankfurt, wo wir im goldenen Löwen abtraten.

Damit die Leser indessen mit meiner neuen Herrschaft etwas genauer bekannt werden mögen; will ich hier kurz sagen, wer und wie der Mann war, und welche Aussichten ich mir durch ihn versprechen durfte.

Herr von Lippeville (so hies dies Subject) war etwa fünf und vierzig Jahre alt. Sein Vater, ein Prediger im Hessischen, hatte Lippstadt geheissen. Nicht weit von ihnen wohnte ein Edelmann, der Hauptmann unter den französischen Husaren war. Dieser nahm den jungen Lippstadt als Knaben mit sich, kleidete und erzog ihn zum Laquaien. Der Junge wuchs heran, gieng mit ins Feld, kam unter mancherley Leute und nahm französische Sitten an. Nach einigen Jahren wurde er bey dem dänischen Gesandten in Paris Kammerdiener, und sodann Secretair bey einem Prälaten, der selbst nicht schreiben konnte, wie man deren zuweilen antrifft. Da schmeichelte er sich bey dessen Vetter ein, der ihn als Gesellschafter mit sich auf Reisen nahm und ihm einen Titel als Capitain kaufte. Als aber Derselbe in Aachen an dem mal de Naple starb, blieb Herr Lippstadt, der sich unterdessen Monsieur de Lippeville getauft hatte, sich selber überlassen. Doch hatte er sich ein bischen Geld erworben, das er in Leibrenthen verwandelte, welche zu einem Theil seiner Bedürfnisse hinreichten. Den Rest bestritt er von einem sichrern Capitale, nämlich von der Schmeicheley. Er reisete (und wie wir gehört haben, mit großer Sparsamkeit) von einem kleinen Hofe zum andern, wo solche Männerchen eine wichtige Rolle spielen, und von einer Reichsstadt zur andern. Wenn es ihm nun leider! nicht gelingen wollte, irgendwo in Dienste zu kommen, oder eine reiche Frau zu nehmen; (obgleich er um ein Paar anhielt, die ein Auge zu wenig, und dreyssig Jahre zu viel hatten) so zehrte er doch aller Orten frey. Er wusste sich in eines Jeden Launen zu schicken, Jedem zu sagen, was er gern hörte, sich selbst aber ein Ansehn von Wichtigkeit zu geben. Von abwesenden Fürsten sprach er, als wenn sie seine vertrauetesten Freunde wären; Man hielt es für ein Glück, mit einem solchen Manne in Verbindung zu stehn. Er that sehr geheimnißvoll, lebte sehr mäßig und züchtig, sagte nie über etwas gradezu seine Meinung, verdarb es also mit niemand und erregte aller Menschen unbedeutende Aufmerksamkeit. In Damengesellschaften war er ein willkommner Gast; Er wusste vierhundert fünf und siebenzig Histörchen zu erzählen, unzähliche Räthsel aus dem Mercure de France, Taschenspielerkünste, Annecdoten von Personen, die man nicht kannte u. d. gl. klammerte sich immer an diejenigen Leute an, welche am mehrsten du bon ton waren, und wurde also täglich zu Gaste geladen, um Rath gefragt, wenn parties de plaisir vorgeschlagen wurden, und wo kein Andrer Zutritt hatte, da vertrauete man ihm Weiber und Töchter an, denn er galt für einen homme sans consequente. Zu Hause behalf er sich kläglich, und da er den ganzen Tag ausser demselben war; ließ er fast nie sein Zimmer heitzen.

Frankfurt scheint ein Ort zu seyn, wo solche müßige Menschen, wie Fische im Wasser leben; Auch ziehen sie wie Heringe dahin. Allein ich kann nicht sagen, daß die Bedienten dieser Herrn ein eben so beneidenswürdiges Leben führen. Monsieur de Lippeville gab mir wenig Geld, und ich fieng an, mich nach einem andern Herrn umzusehn, als eines Abends, da ich eben in der Thür des Gasthofs stand, ein kleiner französischer Desobligeant, mit zwey Pferden bespannt, im goldenen Löwen ankam. Es war kein Bedienter vorausgeritten, und weil grade keiner von den Kellnern bey der Hand war, als der darinn sitzende Herr ausstieg; reichte ich Diesem den Arm, und sah einen magern, langen Mann, in einer Gensd'armesuniform mit viel Anstande und ausländischer Artigkeit hervortreten. Er redete französisch, und es schien ihn zu freuen, daß ich ihm in eben der Sprache antworten konnte. Nachdem ich ihn nun auf sein Zimmer begleitet hatte (mein Herr war zu einer Indigestionsparthie in den römischen Kaiser geladen), sagte er mir, daß er einen Bedienten suchte. Ich both ihm meine Dienste an; wir wurden unsers Handels einig, und am folgenden Morgen sagte ich dem Herrn von Lippstadt auf, der mir auch erlaubte, sogleich fortzugehn. Also hatte ich nun einen andern Herrn, von dem ich freylich nicht wusste, wer er war, aber doch dachte, er mögte leicht mehr seyn und besser bezahlen, wie der Sieur Lippeville. Auch hielt ich es länger bey ihm aus, und blieb zwey volle Jahre in seinem Dienste.

Es ist Zeit, daß ich meine Leser nun auch mit diesem Geschöpfe näher bekannt mache. Er nannte sich den Chevalier de Ventaulair, und gab sich, bey seinen beständigen Reisen, das Ansehn von geheimen großen Aufträgen, ohne sich näher über die Natur derselben zu erklären. Aber wenn er irgendwo ankam; kramte er einen Theil seines Koffers aus, stellte und legte gewöhnlich vor die Fenster hin allerley Gläser mit Essenzen, Flaschen mit Spiritus, Pulver und mystische Bücher, in welchen die Operationen der schaffenden Natur, die bis itzt den größten Philosophen so ehrwürdig dunkel und unbegreiflich gewesen, durch allerley lächerlich scheinende, aber ihrem Sinn nach höchst wichtige Figuren, zu Papier gebracht waren, also daß jeder auch noch so einfältige Mensch es fassen konnte, und wenn er es nicht verstand, es dem Mangel eines innern Lichts zuschreiben musste. Auch habe ich in der Folge wahrgenommen, daß dies innere Licht mehrentheils in den allerdümmsten Leuten wohnte, und daß selten ein Mann, der so frech war, seine gesunde Vernunft gebrauchen zu wollen, diese Bücher für etwas anders hielt, als für erborgten Unsinn, theils aus gewissen alten philosophischen Schulen, deren falsche Theorien längst der Welt entwickelt, und durch neuere Erfahrungen wiederlegt sind, theils aus den Schriften schwärmerischer, unwissender Thoren, in barbarischen Zeitaltern. Allein mein Chevalier war listig genug, zu wissen, wie leicht man die Menschen durch das Wunderbare fesseln kann, daß sich sogar unter ihnen eine falsche Schaam einführen läßt, so daß niemand dem Andern bekennen mag, er verstehe eine Sache nicht, damit er nicht für unempfänglich gehalten werde, und daß also ein solcher Betrug schwer aufzudecken ist. Was mich betrifft, der ich nur ein gemeiner Mensch bin; so habe ich nicht nöthig zu leugnen, daß ich nie etwas von diesem Zeuge habe begreifen, noch davon den würksamen Nutzen für die Welt entdecken können. Auch machte, als ich erst meines neuen Herrn Zutrauen erworben hatte, dieser mir kein Geheimniß daraus, daß das alles blos eine Finanzoperation gewisser Leute sey, und er mich in den Stand setzen wolle, in der Folge an den herrlichen Früchten Theil zu nehmen, welches er auch treulich hielt, wie man zu seiner Zeit sehn wird.

Ich muß dem Ritter die Gerechtigkeit wiederfahren lassen, daß er die Kunst, von den Narrheiten der Menschen Vortheil zu ziehn, meisterhaft studiert hatte. Er wusste zu rechter Zeit ein Wort hinzuwerfen, oder etwas wie von ungefehr zu zeigen, das die Neugier der Leute auf ihn zog, und dann ließ er sich bitten, und so viel abfragen, wie er nöthig fand, herzugeben. Hiermit verband er zugleich eine gewisse Art Freymaurerey, behauptete das Privilegium aus Frankreich zu haben, für Geld fünf und vierzig Grade in Deutschland austheilen zu dürfen. Es war lustig anzusehn, wie stark der Menschen Glauben an so etwas, und wie leicht es ist, die Leute zu überzeugen, daß man Wahrheit verkaufen, und ein Monopolium dieses Handels von unbekannten Weltweisen bekommen könne.

Unsre Erndte in dortigen Gegenden war auf diese Art herrlich. Ich spielte auch meine Rolle dabey, musste einen Theil des weitläuftigen Briefwechsels übernehmen, und wurde zuweilen an einen in der Nähe von Mannheim wohnenden Exjesuiten abgeschickt, der, wie es schien, die Schritte des Herrn von Ventaulair dirigierte, und ihm die nöthigen Verhaltungsbefehle gab.

Um zu zeigen, welche unerhörte Frechheit mein Herr hatte; will ich doch eine kleine Annecdote von ihm erzählen. Er wurde mit einem Arzte bekannt, der, vermuthlich um ihn auszuforschen, seinen Umgang suchte, und ihn einstmals des Abends nach Tische, da sie allein waren, bat, ihm die Geschichte seines Lebens, und wo er zu diesen himmlischen

Kenntnissen gekommen sey, zu erzählen. Mein Abentheurer, der seinen Mann nicht für vollwichtig ansah, glaubte, er könne ihm schon etwas vorlügen, und fieng daher, nach einigem Widerstände, folgendermaßen an:

»Ich will Ihnen, mein Freund! nichts verhehlen, und Sie von meinen Schicksalen unterrichten. Ich bin aus Madrid, und dies ist meine Abkunft. Ein Officier der teutschen Garde, der Baron von Steinbach genannt, wurde, als er einst des Abends zu Hause kam, am Fuß der Treppe ein Päcklein gewahr« —

»Etwa in weisses Leinwand gewickelt?« fiel ihm hier der Doctor in die Rede — »Ey! Du Erzlügner! das ist ja eine Geschichte aus dem Gil Blas de Santillana!«

Mein Chevalier wollte das Wort nehmen, aber der Arzt überschrie ihn, goß ihm eine so heisse Lauge von Spottreden und Schimpfwörtern über den Kopf, daß ihm der Odem stehn blieb. »Und Du elender Landläufer!« sagte er: »willst hier ehrliche Leute anführen, allgemeine Arzeneyen und den Stein der Weisen bereiten lehren? Erfahre, schändlicher Betrüger, daß ich Dich längst beobachtet und entlarvt habe. Wenn es dergleichen Kenntnisse giebt, wie die sind, deren Du Dich rühmst; so sind sie gewiß nicht in den Händen solcher verworfnen Windbeutel und Geldschneider, und die wenigen Menschen, welche sie besitzen, prahlen nicht nur nicht damit, werben keine Proseliten, geben nicht Unterricht in Dingen, die nicht aus Menschenhänden empfangen werden können; sondern halten es sogar für Pflicht, das Publicum von solchen Ideen abzulenken, ihm dieselben wie Speculationen und Hirngespinste abzuschildern, damit Keiner, mit vergeblichen Erwartungen von Gütern, die er nicht erreichen kann, getäuscht, ein müßiger Weltbürger werde, indem er Gegenständen nachjagt, die für ihn Träume bleiben. Die Wenigen aber, die von der weisen Vorsehung zu gewissen Dingen bestimmt sind, erhalten, was sie haben sollen, zu seiner Zeit, ohne solche Werbungsanstalten. Hüte Dich aber, noch Ein Wort von der Art hier fallen zu lassen, packe Deine Essenzen ein, reise fort, erspare Dir den Schimpf, den ich Dir zubereiten will, wenn Du meiner Warnung nicht folgst.«

Hierauf nahm der Doctor seinen Hut und Stock, warf noch einen verächtlichen Blick auf meinen Herrn, und gieng fort.

Der Chevalier de Ventaulair saß eine Zeitlang wie versteinert da, knirrschte mit den Zähnen — »Que la peste t'étouffe!« rief er darauf — »Pierre! nous partons demain pour Ratisbonne.« Damit gieng er zu Bette, ohne weiter etwas zu sagen, und am folgenden Morgen machten wir uns auf den Weg nach Regensburg.

Achtes Capitel.

Peter wird in höherer Weisheit eingeweyht und bekömmt einen andern Führer.

Unterwegens war unser Philosoph sehr übler Laune. Indessen suchte ich ihn aufzuheitern und ihm die Verlegenheit zu benehmen, in welcher er gegen mich zu seyn schien, weil ich das Gespräch zwischen ihm und dem ungläubigen Arzte mit angehört hatte. »Nicht wahr, gnädiger Herr!« sagte ich daher, als wir den ersten Tag Mittag hielten, »die Menschen sind es nicht werth, daß man für sie sorgt? Es ist uns nicht gut in Frankfurt gegangen. Aber was schadet es? Verliehren Sie den Muth nicht! Unsre Theorien sind gut, wenn sie auch nicht aller Orten anwendbar sind; die hochwürdigen Obern werden uns schon schützen. Das war, meiner Seele! ein grober Kerl, der Doctor!« »Sey nur ruhig, mein lieber Peter!« rief mir hier der redliche Chevalier mit getroster Mine entgegen — »Er wird seiner Strafe nicht entgehn. Ehe die nächste Messe herankömmt, muß Einer unsrer Leute eine solche Schandschrift gegen ihn drukken lassen, ihn dem Publicum so verdächtig machen, (und das alles von hintenher) daß er nicht wissen soll, an wen er sich zu halten habe, und daß Andre ein Beyspiel an ihm nehmen können. Zugleich wollen wir aller Orten schimpfliche Gerüchte von ihm ausstreun — Es soll ihn schon reuen, daß er uns das Handwerk hat legen wollen. Und wenn nichts helfen will — Tithymalum, Ancoram, et aquam tofanam semper aestima, nam sedant sitim persecutorum veritatis (vide reflectionem primae noctis) — Kurz! es soll ihn schon reuen! Sey nur indessen treu und verschwiegen! Das wird Dein Schaden nicht seyn, und ich will Dich in Regensburg mit Männern bekannt machen, die weiter für Dich sorgen werden.« So fuhren wir dann getrost Tag und Nacht fort und kamen des Nachmittags in dieser Stadt an, worauf sich mein Herr sogleich umkleidete und seine Bundesgenossen aufsuchte, mit denen er vierzehn Tage hindurch viel geheime Conferenzen hatte.

Ich muß es offenherzig gestehn, daß die Lehrer dieser höhern Weisheit, die ich dort und andrer Orten kennen lernte, in der That von Seiten ihrer Sittlichkeit nicht eben in einem sehr apostolischen Rufe standen. Der Eine hatte seiner Magd ein Kind angemessen, der Andre war nach Tische nie nüchtern, der Dritte unterhielt vor aller Welt Augen, neben seiner gesunden Ehefrau, noch eine Commödiantinn als Maitresse. Dies mögte würklich manchem Schwachen Mistrauen gegen eine Philosophie einflößen, welche ihre Bekenner nicht zu bessern Menschen macht, aber das war auch eigentlich das Fach der hochwürdigen Obern nicht. Man stoße sich auch nicht an die Erbärmlichkeit des Styls, der in den Schriften herrscht, welche sie damals herausgaben. Es war theils nicht möglich, auch ihrem Interesse gar nicht gemäß, viel vernünftige, grade denkende Männer, die sie als Schriftsteller hätten gebrauchen können, in ihre Gewalt zu bekommen, theils ist es eine feine Politik, einen solchen barbarischen Styl zu schreiben, um zu zeigen, wie sehr man über alles hinaus sey, was die leichtfertige Welt verständig, fein und witzig nennt.

Unter allen dortigen Freunden meines Herrn zeichnete sich vorzüglich ein Apotheker aus, der kürzlich aus Rußland gekommen und eben derselbe war, zu welchem, als er noch in Petersburg wohnte, ein Mann reisete, um mit ihm den Betrug zu verabreden, durch den er und seine Gesellen sich hernach für gewisse geistliche Personen ausgaben — Doch das gehört nicht hierher. Peter Claus mag niemand öffentlich beschämen, obgleich ihm manches Annecdötchen von der Art bekannt ist, womit man Menschen entzaubern könnte. Genug! dieser Neun und Neunziger war ein durchtriebner Schalk, bey den Jesuiten erzogen, von ihnen geleitet, ein würdiger Schüler würdiger Lehrer.

Da itzt mein Herr ernstlich daran dachte, mir eine bessere Versorgung zu verschaffen, und sich zugleich, weil er im Begriff war, eine größere Reise zu machen, eine Zeitlang ohne Bedienten zu behelfen; so empfahl er mich diesem berühmten Apotheker, der grade eines Gehülfen bedurfte. Das war für mich ein sehr glücklicher Umstand, denn es gieng herrlich in dieses Mannes Hause her, und da ich nun mit den feinsten Grundsätzen ihrer mystischen Wissenschaft bekanntwerden sollte; konnte ich mir auch die sichern Früchte einer so einträglichen Kunst versprechen. Ich trat also mit Vergnügen mein Aemtchen an, arbeitete mit in der Officin, und brachte es in kurzer Zeit, durch meines Patrons fleißigen Unterricht und seine Hülfe, dahin, daß ich für seinen Provisor gelten konnte. In den Nebenstunden machten wir Proben von allgemeinen Arzneyen, aus Recepten und chymischen Processen, die wir hie und da auftrieben. Wenn nun eine solche Panacäe fertig war: theilten wir davon eine Menge unter unsre Schüler aus, welche damit die Probe an kranken Profanen machen, und uns berichten mussten, wie Viele den Versuch überlebt hatten. Auf diese Weise jagten wir manche gute Seele aus ihrer irdischen Hülle, doch schoben wir alsdann immer die Schuld auf den Mangel an Glauben, Reinigkeit und Vorsichtigkeit Derer, welche die Cur übernommen hatten. Mit dem Allen aber fanden sich sogar Aerzte, welche schwankend genug in ihrer Kunst waren, die Würkung unsrer Arzeneyen an ihren Patienten zu versuchen. Ueberhaupt hatte ich in meiner itzigen Laufbahn Gelegenheit, die traurigsten Erfahrungen von der Unwissenheit dieser Söhne Aesculaps zu machen. Ich sah, daß die Mode, auf Unkosten der armen Kranken, auch in dieser Wissenschaft das Menschengeschlecht tyrannisirt. Was in diesem Jahre in einer Krankheit als höchst gefährlich anerkannt wurde, das verschrieb man im folgenden Jahre, unter eben den Umständen, als das einzige sichre Hülfsmittel dagegen. Wenn ein englischer oder französischer Arzt ein Buch in die Welt schickte, worinn er irgend einen neuen auffallenden Satz behauptete; so machten unsre jungen teutschen Doctorn sogleich den Versuch damit an ihren Leidenden. Die Medicin, welche die Quacksalber auf Märkten durch gedruckte Zettul ausbiethen, z. B. die Alliudschen Pulver u. d. gl. wurde von der Facultät zwar laut verschrien, weil sie selbst nicht wusste, woraus sie zusammengesetzt war, aber dennoch heimlich aufgekauft und den Kranken gegeben. Kurz! ich überzeugte mich täglich mehr, daß Mäßigkeit und Ordnung im Moralischen und Physischen die einzige sichre Universalarzeney sey, und daß man dem Grabe um eine Stufe näher trete, sobald man anfange die Natur in die Hände der Aerzte zu liefern (einige wenige Fälle ausgenommen, wo unschädliche Mittel derselben zu Hülfe kommen können.)

Um meinen Lesern einen Begriff von der Art des Unterrichts zu machen, den mir mein Apotheker ertheilte; so will ich Ihnen nur noch zuletzt Rechenschaft von einem Gespräche geben, das er einst mit mir über diese Gegenstände hielt.

Ich hatte ihm meine Verwunderung bezeigt, wie man es doch anfangen mögte, manche vernünftige Männer so lange bey der Nase herumzuführen, ohne je entdeckt zu werden. Seine Antwort hierauf war folgende: »Ohne mich darauf einzulassen, welche Mittel wir wählen, Jedem etwas zu geben, was ihm gefällt; wie wir aller Orten die seltensten Kenntnisse aufspüren, und einem Ungläubigen einen solchen Brocken vorwerfen; wie wir durch unsre Spione alles erfahren, was andrer Orten vorgeht, und dadurch uns in eine Art von Allwissenheitsruf setzen; wie wir Leute, welche es wagen, gegen uns zu reden oder zu schreiben, Andern zum Beyspiel, tödtlich verfolgen; wie wir geistlich schwache aber sonst mächtige Menschen an uns ziehen; wie wir uns in so manches Kleid zu werfen verstehen, und da, wo unser Betrug entdeckt wird, selbst gegen unsre Leute zu Felde ziehen, also immer im Hinterhalte bleiben; wie wir aller Orten mehrere Parthien erwecken, wovon die eine auf uns schimpfen muß, dadurch wir dann nicht nur alles erfahren, was gegen uns unternommen wird, sondern auch die ganze Welt in Rotten theilen, welche alle heimlich von uns zu unsern Zwecken geleitet werden; wie wir alle Fehler, welche vorgehen, auf die Schuld der Mittelobern schieben; wie wir von gewissen allgemeinen Volkssagen Nutzen zu ziehen wissen — Von dem Allen will ich itzt schweigen, und ich versichre Sie, es braucht wahrlich nicht so künstlicher Anstalten, um aus der Welt zu machen, was man will. Es giebt zwey Dinge, die für jedermann höchst wichtig seyn müssen, und diese sind Vernunft und Religion. Wenn beyde gehörig verbunden würden; so würden die Menschen an moralischer Glückseligkeit unendlich gewinnen (was man auch dagegen einwenden mag). Wenn wir mit den Augen der Vernunft, die uns der Schöpfer zur Leiterinn gegeben hat, den ganzen Würkungskreis, der uns hier angewiesen ist, überschaun, dies Leben mit Mäßigkeit geniessen, unsre Pflichten gegen das höchste Wesen, gegen unsre Mitmenschen und gegen uns selbst gehörig überdenken, und die Winke nützen wollten, welche uns die geoffenbarte Weisheit dazu gegeben hat; so würde jeder einzelne Mensch seinen Platz in der großen Kette ausfüllen, und keines weitern Schutzes als seiner Rechtschaffenheit bedürfen, würde frey und ruhig seyn, und sich also zu jener Zukunft, durch Veredlung seiner Selbst, vorbereiten. Aber dabey würden sich diejenigen Menschen sehr übel befinden, die auf Unkosten Andrer sich mächtig, reich und wichtig machen wollen. Solcher Menschen aber giebt es immer, weil nicht Jeder das einzige wahre Interesse, seine Wünsche zweckmäßig zu dirigiren, versteht, sondern von Leidenschaften irregeführt wird. Da es also stets eine unterdrückende herrschende, und eine leidende Parthie in der Welt giebt; so befindet man sich am besten dabey, wenn man sich auf jene, nicht diese Seite schlägt. Hierzu ist also nöthig, die feinsten Mittel zu studieren, wie man auf die beyden großen Ressorts, auf Vernunft und Religion also würken könne, daß man die Freyheit und das Gewissen der Leute in seiner Hand habe. Dann sind sie unser, wir theilen uns in ihre verfänglichen Güter, und nützen sie, wozu wir wollen. Der erste Schritt dazu ist, daß man die Aufklärung so viel möglich hindre, damit die Leute nie lernen, wie man es anzufangen habe, frey und unabhängig zu werden, welches nur allein das Eigenthum des Weisen ist. Man umwölke also ihren Kopf, erfülle denselben mit Schwärmereyen, mit Träumen, erschwere ihnen die Mittel, den Grund der Dinge zu untersuchen, und wenn man es dahin gebracht hat; dann kann man sich durch Gaukeleyen (die jeder verschrobne Kopf gern glaubt, ja sich vor dem Andern schämen würde, nicht daran zu glauben) in den Ruf setzen, allein in dem Besitze gewisser Geheimnisse zu seyn, welche alle diese, von uns selbst erregten Zweifel heben. Dies giebt uns ein solches überirdisches Gewicht, daß es uns leicht wird, die Menschen glauben zu machen, wir stünden mit höhern Wesen in unmittelbarer Verbindung, welches dann der erste Schritt ist, auch die Religion des Volks in unsre Gewalt zu bekommen. Hat man es dahin gebracht; so wird es nicht viel Schwierigkeit haben, die Sittlichkeit nach unsern Zwecken zu lenken, und die Welt durch ein süßes Band an uns zu knüpfen. Da nur der weise Mann der mäßige und redliche Mann seyn, und nur Dieser Ruhe, Frieden und Freyheit in der Welt finden kann, wir aber die Menschen nicht frey wissen wollen; so müssen wir, nachdem wir die Aufklärung verhindert haben, auch die Moralität zerstöhren, und in der Religion Mittel ausfindig machen, das Gewissen der Leute, das innere Gefühl der Richtigkeit, zu übertäuben, folglich Schlupfwinkel ausfindig machen, wo man, unter unserm Schutze, seine Leidenschaften befriedigen, und sich dabey beruhigen kann. Wer wollte dann nicht in unsre Arme eilen? — Und wer mit lebhafterem Vergnügen, wie die Großen der Erde? Diese lenken wir, wenn wir Meister über Kopf und Herz sind, nach unsern Zwecken, und wer wiedersteht uns dann? Auch ist diese Practik nicht neu; Sie ist so alt wie die Welt und stets von Fürsten, Pfaffen, Gesetzgebern und Philosophen, mehr oder weniger ausgeübt worden.«

Es ist eine leichte Sache, ein solches System teufelisch boshaft zu finden, wenn uns kein Interesse daran knüpft, aber nicht so leicht, wenn wir dabey zu gewinnen glauben. Dennoch bekenne ich, daß ich nicht verderbt genug war, diese vermaledeyeten Grundsätze ohne Schauer anzuhören — Was für eine unerhörte Verblendung! bey so feinen Kenntnissen ein studierter Bösewicht seyn zu können! — Aber ich wurde wieder eingeschläfert, durch Geschenke, Versprechungen, Schmeicheleyen gefesselt — Kurz! ich überließ mich vor wie nach meinem edeln Führer.

Neuntes Capitel.

Die Welt weiß ihre Philosophen und Propheten nicht zu schätzen.

Ein halbes Jahr hindurch genoß ich noch diesen herrlichen Unterricht. Unterdessen war der Chevalier de Ventaulair weiter auf Werbung gegangen, nachdem ihm vorher mein Apotheker tausendfältig dafür dankte, daß er mich zu ihm geführt hatte. Mein Patron und ich, wir waren itzt ein Herz und eine Seele, und die Practik gieng vortreflich von Statten. Auch seine Terminologie hatte ich meisterhaft inne und konnte stundenlang mit der heiligsten Wärme von Dingen reden, wobey ich weder etwas dachte, noch fühlte, und die ich so untereinander zu werfen verstand, daß meine Zuhörer nicht das Leere und Wiedersprechende in meinem Systeme fassen, ja! nicht einmal, bey so viel Winde, wenn ich alle Seegel spannte, mir in meinem Gedankenfluge folgen konnten. Auch schien ich nun bestimmt, das Handwerk bald ohne Führer treiben zu sollen; Denn, als in Regensburg ein ansteckendes Fieber wüthete, und wir manchen davon befallnen Kranken, durch unsre chymischen Mittel, von diesen und allen übrigen Leiden der Welt befreyet hatten, befiel es endlich auch meinen Herrn Apotheker, und ungeachtet wir sieben verschiedne Universalmittel bey ihm versuchten; starb doch der gute Mann den dreyzehnten Tag seiner Krankheit, unter heftigen Zuckungen. Er schien noch viel auf dem schweren Herzen zu haben, das er mir gern gesagt hätte, und das ihn sehr drücken mogte, aber er verlohr die Sprache und hinterließ uns Alle neugierig, verwaiset und traurig.

Herr Noldmann (ich hätte schon längst den Namen dieses Propheten nennen sollen) hatte keine Kinder, aber doch eine kleine dicke Frau, von etwa vierzig Jahren, die sich nur in so weit um den heiligen Beruf ihres Mannes bekümmerte, wie ihr derselbe Geld einbrachte. Sie lebte gern gut und bequem, doch wendete sie wenig an Kleidung, und auf ihre Sitten war nichts zu sagen. Häßlich war sie eben nicht, nur hatte sie etwas Sommerflecke und kleine schmaragdene Augen. Die arme Frau schien nun verlegen zu seyn, wie sie es künftighin mit der Apotheke halten sollte; da sie aber viel Zutrauen zu ihrem unwürdigen Provisor bezeugte; war sie auch nicht abgeneigt, das Werk unter meiner Anleitung fortzuführen, wozu ich gern die Hände both. Dies brachte eine Art von Vertraulichkeit unter uns, die sich damit endigte, daß nach und nach von beyden Theilen entfernterweise Heyrathsanträge auf die Bahn kamen, die dann auch nicht weit weggeworfen wurden. Endlich reifte dieser Plan zu einer förmlichen Erklärung, und wir versprachen uns in der Stille; die Hochzeit sollte, sobald das Trauerjahr zu Ende seyn würde, vor sich gehn.

Es fügte sich aber zum Unglücke, daß in Regensburg eine Gesellschaft menschenliebender, edler Männer war, die sich mit dem ächten reinen Studium der Natur beschäftigten und sichs angelegen seyn liessen, jeden Betrug zu entlarven, den Quacksalbern das Handwerk zu legen, und unter höherem Schutze einen sicherern, einfachen Weg der Erkenntniß zu eröfnen. Diese Männer waren seit langer Zeit aufmerksam auf die Schritte der Afterphilosophen gewesen, und hatten nur die Gelegenheit abgewartet, uns unser betrügliches Handwerk zu legen. So lange mein Apotheker lebte, war dies nicht so leicht zu bewerkstelligen gewesen. Er hatte viel Anhang unter großen und kleinen Leuten, und die verschiednen Schriften, in welchen man das Publicum aufmerksam auf unsern Schleichhandel gemacht hatte, halfen nur dazu, den Verfassern Verfolgung zuzuziehn, und die guten Menschen, die es redlich mit ihren Mitbürgern meinten, wie Verläumder zu brandmarken.

Aber jetzt war der Zeitpunct, wo man kräftiger würken konnte, und leider! musste die ganze Schande auf mich fallen. Ich fuhr fort ad modum Noldmanni Kranke zu heilen, und das müsste ein schlechter Schüler seyn, der es nicht weiter wie sein Meister brachte; Mein Ruf fieng an, groß zu werden, doch Eine unglückliche Cur, die ich an einem armen Tagelöhner vornahm, der von der rothen Ruhr befallen war und leicht hatte geheilt werden können, wenn er nicht in meine alchymischen Hände gerathen wäre, machte Allem ein Ende, und gab meinen Feinden das Zeichen zum Angriffe. Man sprach laut davon, daß ich den Mann umgebracht hätte und daß es der Mühe werth sey, den Magistrat, ja! den ganzen Reichstag aufmerksam auf eine Rotte von Giftmischern und Beutelschneidern zu machen, (Stellen Sie Sich vor! so wagte man es, uns zu nennen!) welche so lange ihr Handwerk ungestraft fortgeführt hätten. Ich versuchte nebst meinen treuen Gehülfen alle jesuitischen Mittel, dieses drohende Ungewitter zu zertheilen — Aber vergebens! Zum Glück erfuhr ich früh genug, daß man uns sämtlich in Verhaft nehmen und unsre Papiere untersuchen würde. Weil ich es nun nicht rathsam fand, eine solche Catastrophe abzuwarten; packte ich mein baares Geld, etwa fünfhundert Thaler, und meine besten Sachen in der Eil zusammen, schlich mich damit aus dem Thore, sah zuweilen hinter mich zurück, und verließ Braut, Ehre, Officin, Philosophie und Praxis.

Nun war ich dann dem Staupbesen glücklich entwischt und kaum über die Grenze; so setzte ich mich auf die Post, und fuhr Tag und Nacht durch, nach Straßburg zu, woselbst ich meinen ehemaligen Herrn, den Ritter Ventaulair zu finden, und ihm mein Schicksal klagen zu können hoffte. Allein ich verfehlte dieses Zwecks, und als ich, nach achttägigen verlohrnen Nachforschungen, schon entschlossen war, nach Paris, dem Tummelplatze aller Windbeutel Europens, zu reisen; gieng ich noch den letzten Abend, nachdem ich den ganzen Tag umhergelaufen war, die herrlichen Seltenheiten von Straßburg in Augenschein zu nehmen, in das französische Schauspiel, um mit Leib und Seele zu ruhn und mich abzukühlen.

Es war kaum der erste Aufzug eines Trauerspiels, voll schöner Sentiments überstanden, so daß ich nunmehro an den Fingern erzählen konnte, was folgen würde, als auf einmal ein Mann von meinen Jahren (Im Vorbeygehn gesagt! ich war deren jetzt ein und dreyssig alt) sich durch den Haufen der Zuschauer drängte und mir, mit allen Zeichen der lebhaftesten Freude, um den Hals fiel. Ich erschrack — Aber, wie groß war meine Ueberraschung, als ich gewahr wurde, daß mein Jugendfreund, Ludwig von Reyerberg, mich in seinen Armen hielt!

Nun liessen wir die Commödie Commödie seyn, giengen hinaus und gradeswegs in den Raben, wo Reyerberg abgetreten war, da ich dann kaum erwarten konnte, daß wir uns allein befanden, um mir seine Geschichte, von der Zeit an, da er mit seinem Engländer Braunschweig verließ, erzählen zu lassen. Er war bereit dazu, und befriedigte, bey einer Flasche elsasser Wein und einem leichten fröhlichen Abendessen, folgendermaßen meine Neugier:

»Du weißt, mein lieber Claus! daß die Absicht meines Engländers war, zuerst die teutschen Höfe in ihrem armseligen Glanze zu sehn, dann eine Curzeit in Spaa hinzubringen, und von da durch Holland und Frankreich nach Italien zu gehn. Der erste Theil dieses Plans wurde ins Werk gesetzt, und weil ich vermuthete, daß ich irgendwo meinen ältern Bruder David, oder einen Bekannten antreffen würde; so fand ich es nöthig, meinen Namen zu verändern, und Reyerberg in Falkenthal umzutaufen. An den Gesichtszügen war ich gewiß, von meinem Bruder nicht erkannt werden zu können. Ich will Dich, mein lieber Peter! nicht mit der Beschreibung der Höfe, die wir besuchten, ermüden. Nur so viel davon! Wer einen gesehn hat, der kennt sie, im Größern oder Kleinern, alle. Betteley im Oeconomischen und Intellectuellen, mit der Maske einer armseligen Pracht bedeckt, Neid, Bosheit, Unwissenheit, Selbstgenügsamkeit, bey der entschiedensten Dummheit, Langeweile, Schmeicheley, Ränke, Schlaffigkeit, Verderbniß der Sitten, Frivolität, Inconsequenz, Krankheit der Seele und des Leibes, Vorurtheile aller Art, in dem Gewande der Aufklärung, empöhrender Despotismus — Kurz! hospitalsmäßige Herabwürdigung des Menschengeschlechts — weiter habe ich an ihnen nichts wahrgenommen (ich nehme ein Paar Höfe aus). Auch waren wir so ermüdet von diesem allen, daß wir, da ohnehin die Brunnenzeit herannahete, uns auf den Weg nach Spaa begaben. Was mich noch vorzüglich wünschen machte, bald aus diesen Hofverbindungen zu kommen, war, daß ich in ***, wo wir aber nur drey Tage verweilten, meinen ältern Bruder antraf. Du kannst es nicht glauben, welchen Eindruck diese unvermuthete Zusammenkunft auf mich machte. Er kannte mich nicht, und ich sahe ihn also ganz in seiner eignen Brühe. Dort ist er Hofrath und Cammerjunker, und sein unglücklicher Hang, zur Schmeicheley, zur Verstellung und zu kleinen, kriechenden Mitteln seine Zuflucht zu nehmen, hat sich leider! immer deutlicher entwickelt, und weil er damit die äusserste Vorsichtigkeit im Umgange verbindet, den Großen und deren Creaturen Weyrauch streuet, auch äusserst fleissig in seinem Dienste ist; so wird er es gewiß weit bringen. Dabey steht er in dem Geruche von Heiligkeit, weil er mit verstellter Gottesfurcht fleissig die Kirche besucht, auf seinem Schreibtische Bibeln, Gesang- und Gebethbücher liegen hat, indeß ich, ungeachtet ich mir wahrlich Mühe darum gegeben, doch auch nicht einen einzigen edeln Zug aus seinem Privatleben erfahren, und nicht Einen Menschen gefunden habe, der sein warmer Freund oder Feind gewesen wäre. Wie gern hätte ich mich ihm entdeckt! Aber sein Character stieß mich zurück. Ich erfuhr von ungefehr durch ihn den Tod meines alten Vaters, der mich einige kindliche Thränen gekostet hat. Mein Bruder trauerte noch um ihn, und als er mir das erzählte, fügte er hinzu: Wir sind Alle in Gottes Händen; der alte Vater war ein guter, frommer Mann. Vermögen hat er nicht hinterlassen, aber mir, dem Himmel sey Dank! eine christliche Erziehung gegeben. Ich bin sein einziger Sohn, und muß mir meinen Unterhalt durch das Wenige was ich gelernt habe, und woraus die Leute mehr Werks machen, wie ich verdiene, erwerben. — Der Schalk! Wir wollen nicht weiter an ihn denken; Auch war ich froh, daß wir nicht länger an dem Orte blieben; Gegen Anfang des Junius kamen wir nach Spaa.

Es war eine ungeheure Menge von Fremden aus allen Nationen daselbst versammelt. Es schien eben nicht, als wenn sie hingereist wären, um Gesundheit zu holen, denn ausser daß sie sich Nacht und Tag in Ausschweifungen und Wollüsten herumtummelten, war auch keine Leidenschaft zu erdenken, welche hier nicht gereitzt wurde, wozu Trunk, Spiel und Weiber Gelegenheit gaben. Es befanden sich viel Engländer daselbst, und so viel teutsche Prinzen, daß es erbärmlich anzusehn war. Diese Letztern affectirten dann den großen Ton der pariser und londoner Welt, der sie freylich sehr schlecht kleidete, welches sie aber, wie sichs versteht, nicht merkten, sondern immer fortwatschelten, den reichen und feinen Fremden zum Gespotte dienten, und mehrentheils nach vier Wochen, mit leeren Beuteln und noch mit Schulden obendrein, abzogen. Es wurde stark gespielt, Southerland nahm sich aber sehr in Acht. Indessen gerieth er einst in eine Gesellschaft, in welcher ein Franzose, Monsieur de Saintouche, eine Quinze-Partie vorschlug, welche mein Freund annahm. Ich war eben damals unpäßlich, und also zu Hause geblieben. Mein Engländer hatte den Franzosen gleich Anfangs nicht leiden können, und da dies Spiel ohnehin leicht zu Streit Anlaß giebt und Saintouche ein paarmal fluchte, wenn Southerland ihn mit eilf Augen gegen dreyzehn nach Hause jagte; wurde unser Freund hitzig und gerieth mit Jenem in so heftigen Wortwechsel, daß sie sich endlich auf Pistolen herausforderten. Die Sache wurde so ernstlich getrieben, daß man von beyden Seiten sich den Tod schwur und alle Vorkehrungen zur Sicherheit des übrigbleibenden Theils machte. Southerland vertrauete mir seine Börse, Wechsel und Schriften an, mit der Bitte, sein Secundant zu seyn und, wenn er umkommen sollte, nach seinem

Tode das Geld zu behalten und zu seinem Bruder nach England zu reisen, der weiter für mich sorgen würde. Wir ritten am folgenden Morgen hinaus; Der Engländer war sehr hitzig, der Franzose hingegen sah heimtückisch und prahlerisch aus. Er hatte noch einen Aventurier, einen Italiener bey sich. Der Kampf fieng an; sie schossen beyde zweymal vorbey, ausser daß mein Freund mit einer Kugel seines Gegners linken Arm streifte. Nunmehr griffen sie zu den Degen. Saintouche focht meisterhaft gut, obgleich mit allen seiner Nation eignen Windbeuteleyen, machte Gebehrden, als wenn er Zuckungen bekäme, und schrie als wenn er rasend wäre. Southerland aber stach blindlings auf ihn zu, sah im Affect nicht die Blößen, die er gab, und rennte sich selbst den Degen durch das Herz, wodurch mein Freund und Wohlthäter augenblicklich tod zur Erde gestreckt wurde. Nun blieb mir nichts übrig, als mich eilig über die Grenze zu machen und die traurige Nachricht nach England zu bringen. Ich reiste mit schwerem Herzen ab; das Bild des sterbenden Southerlands, der so manche edle, schätzbare Seite hatte, der mein Retter gewesen, zu einer Zeit, wo ich arm, verlassen, und auf sehr schlüpfrigen Wegen war — Dies Bild folgte mir überall.

Ich fand, als ich nach England kam, den Bruder meines Freundes auf seinem Landgute. Er war ein stolzer Mann, empfieng mich äusserst kalt, hörte die Nachricht von dem unglücklichen Vorfalle ziemlich gleichgültig an, oder wenn er einige Empfindung dabey äusserte; so war es mehr Unwillen wie Betrübniß, und er schien selbst mir Vorwürfe darüber machen zu wollen, daß ich den Zweykampf nicht verhindert hätte. Unterdessen bat er mich doch, einige Zeit bey ihm zu bleiben, wurde nach und nach vertraulicher gegen mich, ich schien ihm zu gefallen, und endlich both er mir sogar an, mich als Gesellschafter bey sich zu behalten. Allein nicht nur misfiel mir der stolze Mann sehr, so daß ich weder Wohlthaten von ihm annehmen, noch in einem dauerhaften Bündnisse mit ihm stehn zu können glaubte, sondern ich erfuhr auch bald, daß er, wieder die Gewohnheit seiner Nation, so eifersüchtig gegen seine Frau wäre, daß ich fürchten musste, er mögte einst auch mir von dieser Seite nicht trauen. Also beschloß ich, wieder nach Teutschland zurückzukehren, und nahm Abschied. Dem Engländer war dies würklich empfindlich, aber er wollte es nicht merken lassen, folglich empfahl er sich mir höflich, drang mir noch Geschenke auf, mit denen ich dann nach Calais, und von da durch Frankreich hierher reiste. Jetzt, mein Bester! befriedige aber auch das Verlangen, das ich habe, Deine weitern Begebenheiten zu hören.«

Ich hatte meinem Freunde mit inniger Theilnehmung zugehört, und da jetzt die Reihe an mich kam, von meinen Schicksalen Rechenschaft zu geben; erzählte ich kurz alles, was die Leser schon wissen, und so brachten wir dann den Rest des Abends bis Mitternacht im Genusse der Freundschaft und in Fröhlichkeit hin.

Zehntes Capitel.

Peter und sein Freund suchen Civil- oder Militairdienste, müssen aber einen andern Glücksweg einschlagen.

Meine Leser sehen mich nunmehro wieder an der Seite meines Jugendfreundes. Nach einem Paar Tagen, die wir noch in Straßburg mit einander verlebten, und während welcher so manche kleine Annecdote aus unsrer Lebensgeschichte nachzuholen war, fiengen wir jedoch endlich an, ernstlich darauf zu denken, was wir nun wohl in der Zukunft treiben wollten. Es musste doch ein Plan darüber gemacht werden und desfalls wurde zuerst der Zustand unsers Oeconomicums untersucht. Wir waren beyde bereit, den ganzen Bettel von Baarschaft zusammenzuwerfen, und als das geschehn war, schritten wir zum Werke, zählten, und siehe da! es fand sich, ausser einigen Ringen, Tabattieren und andern Kostbarkeiten, eine Summe von zweytausend Gulden, an klingender Münze. Hiemit nun beschlossen wir zusammen eine Reise zu machen, welche zugleich Gelegenheit zu künftigem Unterkommen geben sollte. Wir liessen uns Beyde eine Art von Officiersuniform machen, nahmen einen Bedienten an, und dachten uns in diesem Aufzuge einem Fürsten Teutschlands als Cavaliere zu verkaufen, die wohlhabend wären, und welche man in den Dienst zu ziehn suchen müsste. Unsre Figuren waren (ohne uns zu rühmen) nicht unangenehm; An Welt fehlte es uns auch so wenig wie an einem in Teutschland so sehr geliebten ausländischen Ton; und so zweifelten wir dann nicht, irgendwo zu Hauptleuten bey der Garde oder dergleichen angestellt zu werden. Wir reisten also von Straßburg ab, wirtschafteten mit dem Gelde so sparsam wie es sich unter Leuten von Stande thun ließ, und besuchten zuerst, unter den Namen des Baron Clausfeld und Herrn von Falkenthals die benachbarten teutschen Höfe. Unterwegens gab mir Ludwig Unterricht im Englischen, und der Fleiß dieses Freundes ließ mich in kurzer Zeit viel größere Fortschritte darinn machen, wie ich je bey einem Sprachmeister würde gethan haben.

Indessen wurde unsre Erwartung nicht so bald erfüllt, wie wir gehofft hatten. Lag es an den schwachen Einsichten der Prinzen, die unsre Verdienste nicht nach Würden zu schätzen verstanden, oder gaben wir uns nicht Mühe genug, so lange unsre Cassen gut standen — Genug! wir reisten durch das Badensche, Darmstädtische, die Pfalz, die Wetterau und Fulda nach Sachsen, ohne etwas anders zu erlangen, als daß unser Geldkasten täglich leichter wurde, so daß uns, als wir nach Leipzig kamen, nur noch hundert Pistoletten übrigblieben.

Zum Unglück war auch hier die Zeit der Messe nahe, folglich vielfache Gelegenheit, sich zu vergnügen und Geld auszugeben. Wir geriethen in die Bekanntschaft eines Mannes, der sich für einen Major ausgab, und den Ruf haben wollte, bey viel Höfen in großem Ansehn zu stehn, vermuthlich aber, nicht weniger wie wir, auf gutes Glück lauerte. Wir vertraueten uns ihm, (doch, wie sichs versteht, nur dahin, daß wir als fremde Cavaliere Dienste suchten) und er versprach, sich für uns zu verwenden. Doch darüber gieng eine Woche nach der andern hin, ohne daß Antwort kam, und unser Schatz wurde sichtbar kleiner. Um das Maaß widriger Vorfälle voll zu machen, befiel mich ein hitziges Fieber, das mich nicht nur drey Wochen lang im Bette gefesselt hielt, sondern auch den Geldbeutel gänzlich ausleerte. Mein guter Reyerberg wich nicht von meiner Seite, pflegte Meiner, verkaufte seine kleinen Kostbarkeiten, damit mir nichts abgehn mögte, und das bekümmerte mich dann am mehrsten, daß mein Freund sich von dem Einzigen, was ihm übrigblieb, entblößte, um mir zu helfen, indeß er alle Gelegenheit, sonst irgendwo sein Glück zu machen, versäumte.

Als ich nun ungefehr so weit wieder hergestellt war, daß ich im Zimmer auf- und abgehn konnte, fiengen wir an, wieder von künftigen Planen zu reden. Officierstellen zu erhalten, daran war theils nicht zu denken, theils würden wir von dem geringen Gehalte eines Fähndrichs nicht haben leben können. In dieser Zeit aber hatte Ludwig mit einigen von den in jeder Messe nach Leipzig kommenden fünfhundert Buchhändlern Umgang bekommen, und sich den Ruf erworben, daß es ihm nicht an Talenten, an Sprach- und Sachkenntniß fehlte. Ein würdiger Mann unter ihnen aus Manheim hatte ihn kennengelernt, gewann ihn lieb, und schlug ihm vor, als er den Zustand erfuhr, darinn mein Freund war, ihn mit sich zu nehmen, um ihn zum Übersetzen und zu andern Fabrikgeschäften dieser Art zu brauchen. Reyerberg wollte mir das Opfer machen, da er sich von mir trennen sollte, lieber meine Armuth mit mir zu theilen, als diesen Antrag anzunehmen. Allein ich bestand darauf, daß er mit fortreisen sollte, welches ich dann endlich mit Mühe von ihm erlangte, unter der Bedingung, daß, sobald er an Ort und Stelle seyn, er sich bemühn würde, auch mir eine Aussicht zu eröfnen. Den kleinen Rest dessen, was wir aus unsern Ringen und dergleichen gelöst hatten, behielt ich, behalf mich, so sehr es angehn wollte, und war in wenig Tagen im Stande, wieder auszugehn.

Der Gedanke, in einem so furchtbaren Felde, wie die teutsche Literatur ist, mein Glück zu machen (wäre es auch nur als Handlanger) fieng an, mir zu gefallen, und da ich nicht daran verzweifelte, auch hier in Leipzig einen Buchhändler zu finden, der meine geringen Talente in Cours bringen könnte; trug ich mich Einigen an, und fand endlich einen Mann, der grade eines Correctors bedurfte. Wir schlossen einen Contract zusammen, und wenngleich die Einnahme, welche mir dies neue Handwerk verschaffte, nicht groß war; so reichte sie doch hin, ein Dachstübchen, ein leichtes Mittagsmal, und ein braunes Röckchen zu bezahlen. Nach und nach, als ich bekannter mit meinem Patron wurde, bekam ich auch etwas einträglichere Arbeiten. Ich musste Vorreden machen, Plane zu Vignetten erfinden und in Büchern, welche nachgedruckt oder neu aufgelegt werden sollten, sehr unnöthige Verbesserungen machen, damit man davorsetzen konnte: »Neue und verbesserte Auflage.« Zuletzt wurde ich sogar durch seine Vorsprache ein Critiker und Mitarbeiter an einer schlechten periodischen Schrift. Da schickten mir nun die Buchhändler die Werke zu, welche in ihrem Verlage herauskamen, legten gewöhnlich einen Gulden und ein freyes Exemplar bey, und schrieben mir vor, wie und was ich loben, tadeln, verdächtig machen sollte. Zuweilen musste ich es dahin zu bringen suchen, daß ein Buch in irgend einer Gegend verbothen wurde, damit es im Preise steigen mögte. Bey dieser Gelegenheit las ich dann viel, und wurde recht eingeweyhet in die neueste Literatur. Wenn meinem Schutzherrn Manuscripte geschickt wurden; so musste ich erst beurtheilen, ob sie des Drucks würdig waren, oder nicht — Aber wohl zu verstehn! nicht nach ihrem innern Werthe, sondern nach dem Gepräge, das ihnen die Mode gab. Ernsthafte, der Welt nützliche Werke, die den Verfasser Aufwand von Genie, Studium, Fleiß, manche Nachtwache gekostet hatten, und die das Resultat tiefer Nachforschungen, beschwerlicher, kostbarer Reisen und langjähriger Anstrengung waren, wurden schlecht bezahlt, oder die armen Schriftsteller wohl gar mit dem Bescheide abgefertigt: »Dieser Artikel geht nicht.« Aber kleine Romane, wie die Geschichte Peter Clausens, Jeremias Bocksprünge, Bücher über den Zweck der Freymaurerey, rosencreuzerische Schriften, Punctirbücher, über alte und neue Mysterien, Vademecums, Blumenlesen und dergleichen — das waren Bücher, die wir gut bezahlten. Bogenweise geschrieben und in die Druckerey geliefert, fand sich oft der erste Theil schon vergriffen, ehe der Plan zu dem zweyten zusammengelogen war — ja! sie wurden ohne Plan geschrieben, und indeß der erste Bogen aushieng, hieng der zweyte noch nicht in des Verfassers Kopfe. Wenn wir uns aber auch noch so viel von einem Buche zu versprechen hatten; so durfte doch das der Verfasser nicht gewahrwerden. Wir zuckten die Achseln, klagten, das Papier sey theuer, der Druckerlohn kostbar, der guten Werke dieser Gattung zu viel — Kurz! wir machten uns die besten Talente zinsbar, und lebten von dem sauern Verdienste Andrer, die indeß, bey aller Anstrengung ihrer Kräfte kaum das Brod hatten, und zuletzt, wenn sie merkten, wie wir mit ihnen umgiengen, auch aus Verzweiflung, um nicht zu verhungern, zu etwas Besserm gebohren, handwerksmäßig arbeiteten. Auf diese Art tödteten wir manches große Genie und hemmten jeden Fortschritt in großen nützlichen Kenntnissen, weil wir den schätzbarsten Fleiß niederschlugen, und nur den Pfuscher belohnten, der nach unsern eigennützigen Absichten arbeitete. Wollte ein Schriftsteller sich dieser Tyranney entziehn und auf seine Kosten ein Buch herausgeben; so verschworen sich alle Buchhändler, Freunde und Feinde, gegen ihn, das Werk nicht zu debitiren, und hätte er funfzig Procent schwinden lassen. Uebrigens, da wir einmal im Besitze waren, den Ton anzugeben, mussten uns alle kleinere Buchhändler huldigen. Da mogte einer von ihnen das herrlichste Werk verlegt haben, wenn nicht wir uns Seiner annahmen, in so fern er uns diese Protection bezahlte; so blieb sein Buch Maculatur in alle Ewigkeit, es müsste denn unerwartet so viel Aufsehn gemacht haben, daß wir es nachdrucken und wohlfeiler wie der rechtmäßige Besitzer verkaufen konnten.

Reyerberg hatte inzwischen oft geschrieben; Er war in einer ähnlichen Lage, und wir dachten nur daran, wie wir den Zeitpunct treffen wollten, wiederum an Einem Orte zusammen zu leben, welches aber itzt schwerer wie jemals war, da der Brodneid uns vielleicht, wie es unter Menschen, und vorzüglich in der gelehrten Welt, gewöhnlich ist, leicht würde getrennt haben, wenn wir auf demselben Schauplatze gestanden wären.

Eilftes Capitel.

Peter wird Schriftsteller.

Des Menschen Ehrgeiz begnügt sich nicht mit kleinen Befriedigungen. Als ich daher eine Zeitlang Corrector gewesen war, fieng diese subalterne Rolle an, mir zu misfallen. Ich hatte einen so hohen Begriff von meinen Talenten, und glaubte so gut das Bedürfniß des Publicums zu kennen, daß mich nichts abhalten konnte, selbst ein Schriftsteller zu werden. In Gedanken sahe ich schon die Unsterblichkeit einen Kranz um meine Schläfe winden, im Geiste zählte ich schon die Louisd'ors, welche wie Hagel in meinen Beutel regnen sollten. Also schritt ich zum Werke. Da das nonum prematur in annum jetzt gar nicht mehr Mode ist; war zwischen meinem Entschlusse ein Autor zu werden, und der Herausgabe meines ersten Werks kaum ein Zwischenraum von vier Wochen — Und nun erschien dies erhabene Werk. Es war ein Trauerspiel in sieben Aufzügen, ganz nach teutsch-englischem Geschmacke gearbeitet, ließ aber, meiner geringen Meinung nach, alle ähnlichen Stücke dieser Art weit hinter sich — Nichts wie Handlung, ja! gewaltsame Handlung, unerhörte Verwicklung, erschütternde Scenen — Die Haare standen mir schon zu Berge, als ich es abschrieb. Dies Trauerspiel umfasste einen Zeitraum von etwa fünf und neunzig Jahren. Der erste Aufzug handelte von Dingen, die in Quedlinburg vorgingen; Im zweyten wusste ich meine Zuschauer nach London zu versetzen, und am Ende starb die ganze Gesellschaft auf der Küste von Grönland. Da sah man einmal allerley Charactere, ey! und wahrhaftig Charactere, wie man sie in dieser Lumpenwelt nie antrifft. Der Held meines Stücks war, sobald er reden konnte, schon ein so eingefleischter Teufel, daß die ersten Worte, welche er stammelte, Gotteslästerungen waren, und im sechsten Jahre seines Lebens erfand er das Mittel, durch gestoßenes Glas seine Mutter zu vergiften. Menschen aus allen Ständen sprachen da durcheinander, jeder auf seine Weise. Waren es Bauern; so traten sie nie ab, ohne sich entweder derbe geprügelt, oder doch entsetzlich geschimpft und zu Gaste gebethen zu haben, und kein Fürst durfte auftreten, ohne von mir wie ein wollüstiger Wüthrich abgemalt zu werden. Kurz! was man im gemeinen Leben nur einzeln antrifft, das sah man hier wie entscheidend allgemein dargestellt. Dabey sprachen meine Leute Alle eine Sprache, die, wenn sie nicht eigentlich teutsch, doch ganz besonders naiv war, wie etwa die Mundart ist, welche die Kindermägde mit den kleinen Kindern reden: »'s is doch warlich 'n lieber Junge! Nit wahr? Hast 'n ja auch gsehn« u. s. f. Viel witzige Einfälle und Wortspiele, trotz den Zeiten Jacob des Ersten in England, kamen auch vor, und kühne poetische Bilder, als: »der Gedanke an einen Hauch, der Schatten eines Spinnegewebes« und mehr dergleichen. Im dritten Aufzuge ließ ich den Satan mit zwey und siebenzig seiner Cammeraden und Hofleute erscheinen, und vor aller Leute Augen einen Pfaffen lebendig zerreissen, dessen Geist aber im vierten Aufzuge wieder auftrat, so daß das ganze Parterre bey diesem Anblicke mit den Zähnen klapperte. In dem zweyten Act hatte dieser Pfaffe auf dem Theater ein unschuldiges Mädchen mit Gewalt entehrt, wobey immer die Musik gieng, welche ich selbst componirt hatte. Sieben und zwanzig Personen kamen überhaupt in diesem Stücke ums Leben, wovon Viele verhungerten, den Hals brachen, zerfleischt wurden, (Alles abwechselnd und höchst interessant) Einer aber über eine halbe Stunde im Todeskampfe lag — Allein Dieser war auch ein erzböser Kerl gewesen, und hatte im ersten Aufzuge, öffentlich vor den Zuschauern, seine Eltern und einen alten Großvater aufgefressen. Es gehörten wenigstens fünf Stunden Zeit dazu, um dies Stück mit allen Aufzügen, Seeschlachten, Verheerungen von Städten, und solchen großen Maschinerien, welche darinn vorkamen, aufzuführen. Wenn ich nun würklich eine Menge Ungeheuer hier zur Schau ausgestellt hatte; so war doch dafür gesorgt, daß ich auch dem elendesten Bösewichte, welcher Gott, der Natur und den Gesetzen trotzte, Eine so glänzende Seite gegeben hatte, daß junge Leute fast hätten versucht werden mögen, ihm zu folgen, und die guten Menschen meines Stücks wurden so sehr das Opfer ihrer edlen Denkungsart, daß man sie nur bedauern konnte — Das ist Natur! aber so etwas verliehrt bey der Erzählung; man muß es gesehn haben. Auch machte es in der Aufführung ungeheuren Effect. Sobald dies große Werk fertig war, lief ich damit zu dem Buchhändler. Mein Name war zu bekannt, mein Ruf zu festgesetzt, als daß ein Trauerspiel, wovon ich mich als Verfasser angab, nicht hätte sollen gut bezahlt werden. Ich bekam acht Louisd'or dafür, und bald nachher wurde es auf einem Nationaltheater aufgeführt. Es ist wahr, der Neid einiger gemeinen Schriftsteller wusste es durch Cabalen dahin zu bringen, daß bey der zweyten Vorstellung gewaltig gepfiffen wurde, und einige, nicht boshafte, aber schwache Menschen hatten so wenig Sinn für das Erhabne in diesem Trauerspiele, daß sie glaubten, das Ganze sey nur eine Parodie, und aus Satyre gegen die unbändigen Nachahmer des englischen Geschmacks also verfertigt. Dennoch fühlten die edlern Jünglinge, voll Kraft und Drang, den Werth davon, und gaben mir Muth, da ich in diesem Fache so viel Ehre eingeerndtet hatte, mich auch in den andern Zweigen der Literatur sehn zu lassen.

Um indessen ein wenig auszuruhn, gab ich allerley kleine Schriften heraus. Niedliche, süße Gedichte, auf ein Blümchen, an den Mond, an eine Silberquelle, und solche Sächelchen, die überaus empfindsam machten, und manchem holden Mädchen Thränen ablockten, so wenig ich auch dabey gefühlt hatte, als ich sie schrieb. Die Sylbenmaaße erfand ich zum Theil selbst, und wo ein langer Fuß mir Zwang verursacht haben würde, da nahm ich stattdessen ein halbes Dutzend kurze. Niemand wagte es, dies für eine unpoetische Freyheit zu halten, und da die Kenntniß der griechischen und lateinischen Literatur und der Geschmack an Regeln und Wohlklang immer seltner werden; so dachte man, ich hatte irgend ein Sylbenmaaß aus einem alten Dichter entlehnt. Man schämte sich, zu bekennen, daß meine Verse Gefühl und Ohren beleidigten, und man setzte sogar Musik dazu.

Ich bearbeitete auch mythologische Gegenstände, beschrieb, ungeachtet ich selbst nur schlechte Kost aus der Garküche aß, (Leipzig ist ein theures Pflaster) die Mahlzeiten der Götter, als wenn ich wöchentlich zweymal bey ihnen speiste, und wusste, durch die Erzählung von genossenen Paradiesvögeln mit Nectarsaucen, manchem hungrigen Schlucker das Maul wäßrich zu machen.

Kurz nachher gab ich ein altes Manuscript heraus, welches ich in der Vorrede für ein schätzbares Ueberbleibsel von der kraftvollen Poesie der alten teutschen Dichter des mitlern Jahrhunderts gelten ließ, obgleich es nichts mehr und nichts weniger war, als ein verworfnes Buch, das ich bey einem Verwalter auf dem Lande erhascht hatte und die Jugendversuche eines Großvaters enthielt, welcher Schulmeister gewesen war, diese jämmerliche Verse aber zu Papier gebracht hatte, als er noch in Secunda gieng, von da sie dann in die Spinnstuben gekommen waren.

Hierauf kam die Reyhe an Idyllen. Ich ließ Schäfer reden, wie kein Schäfer je geredet hat, und wusste den Leuten eine so idealische Welt vorzumalen, daß ihnen die gegenwärtige unerträglich und sie wiederum der Welt unnütz wurden. Die Waare gieng aber schlecht ab. Sie wurde nebst dem Briefwechsel zwischen Gleim und Jacobi kurz nach der Herausgabe um den halben Preis ausgebothen; ich warf mich also in ein anders Fach, und schrieb Satyren. Zuerst allgemeine, über den Verfall der Sitten und des Geschmacks, welches eigentlich darauf zielen sollte, daß man meine Schriften nicht nach Würden schätzte. Ich fand alle neuern Werke (die meinigen ausgenommen) kalt und wäßrich, und schrieb einen

Tractat: »Ueber Verkältung der Seele, und die daher rührende Seelenkolik —« Aber niemand wollte dies Büchelchen kaufen. Deswegen fieng ich an, gegen die Fürsten Teutschlands zu Felde zu ziehn. Da diese aber mit der Muttersprache nicht recht fertig werden konnten; lasen sie mein Buch nicht, und mein Zweck, sie zu verbessern, scheiterte.

Dieser letzte unglückliche Versuch schwächte ein wenig meinen Credit, und ich konnte beynahe keinen Verleger mehr finden, als auf einmal mein Kopf mir ein neues Hülfsmittel angab. Ich schrieb nämlich über die Freymaurerey. Meine Leser werden vielleicht hier fragen, warum ich denn, bey Erzählung meiner Begebenheiten, von meiner Aufnahme in diesen Orden Nachricht zu geben vergessen hatte? Nein, meine Herrn! vergessen habe ich das nicht; ich hätte Ihnen aber eine Lüge erzählen müssen, wenn ich mich für einen Freymaurer ausgegeben hätte. Ich bin nie dazu aufgenommen, aber deswegen lässt sich doch schon allerley darüber sagen, besonders wenn man in einer so guten Mysterienschule gewesen ist, wie ich bey dem Herrn Noldmann in Regensburg. Der größte Theil der Bücher, die über den Orden erscheinen, hat Leute zu Verfassern, die mit eben demselben Rechte eine Beschreibung von dem Hofe des Kaisers von Marocco liefern könnten. Ich muß immer lächeln, wenn ich sehe, daß so genannte Profanen dumm genug sind, Bücher über die Freymaurerey zu lesen. Denn, sehen Sie nur! Der, welcher würklich etwas von einem Geheimnisse weiß, darf ja nicht reden, und wenn er redet; so sagt er gewiß nur ein Märchen, das er hinwirft, um des Publicums Aufmerksamkeit von dem wahren Gesichtspuncte ab, auf Irrwege zu leiten. Wer aber nichts weiß, von dem kann man nichts lernen; Wenn ein Solcher also schreibt; so geschieht es, weil er Geld nöthig hat — Und das war auch mein Fall.

Ich schrieb ein großes Buch, mit einem Aufmerksamkeit erregenden Titel und allerley Kupferstichen. Darinn entwikkelte ich die ganze Geschichte, den Zweck und die Bedeutung der Hieroglyphen des Ordens. Ich bewies, daß die wahren Obern eigentlich im Oriente wohnten, und nannte

Einen von ihnen, mit dem ich im Briefwechsel zu stehn vorgab; Er hieß mit dem Ordensnamen Abracadremis. Seinen wahren weltlichen Namen aber erfuhr man erst (meiner Aussage nach) wenn er tod wäre. Den Ursprung des äussern Ordens setzte ich unter die Regierung Seiner Majestät des Königs Nimrod, und producierte ein von ihm der Loge in Babylon ertheiltes Privilegium. Was den Zweck betraf; so begnügte ich mich, zu erzählen, was er *nicht* sey, und überließ den Lesern, wenn sie sich durch mein mystisches Gewäsche hindurchgearbeitet hätten, wieder bey der Frage anzufangen: *welches* nun eigentlich der Zweck des Ordens seyn mögte. Dabey verketzerte ich alle übrigen *bekannten* Secten der Freymaurer, und hatte die Frechheit von einem Manne, der kürzlich aus gewissen Gründen etwas über diesen Gegenstand geschrieben hatte, gradehin zu behaupten, er sey gar nicht Freymaurer. Sodann zeigte ich den Zusammenhang zwischen den alten und neuen Mysterien, und bewies durch Kupferstiche, daß man schon lange vor Christi Geburth Triangel mit drey Ecken gezeichnet, und nachdem ich dargethan, daß die alten philosophischen Schulen ähnliche Hieroglyphen gehabt hätten; zog ich daraus die Folgerung — nicht, daß von den Freymaurern daher die verschiednen Bilder entlehnt, sondern, im Gegentheil, daß jene Philosophen Freymaurer gewesen wären — Mit Einem Worte! es war ein herrliches Buch, voll Weisheit, welches ich schrieb. In dem Anhange lieferte ich ein Recept, wie man aus Menschenblut, Brodrinden und Weintrauben Gold machen könne.

Kaum war mein Werkchen erschienen, von dem Verleger gut bezahlt und von dem Publico brav gekauft, als von allen Ecken her Freymaurer zu mir kamen, um sich nähere Erläuterungen über meine versteckten Winke auszubitten. Aber wer da geheimnißvoll that, das war ich. Vielleicht hätte ich indessen Vortheil davon ziehn können, und mich zum Haupt einer neuen Secte aufwerfen, wenn ich nicht gefürchtet hätte, meine Geschichte mit dem Apotheker mögte bey genauerer Nachforschung ruchtbar werden; Also gab ich dies Fach ganz auf.

Unterdessen bat mich ein Büchhändler aus Halle, etwas zu schreiben, das confiscirt werden könnte. Desfalls gab ich Scenen aus Davids Geschichte, theatralisch bearbeitet, heraus — Allein zu meinem Unglücke machten diese Blätter gar kein Aufsehn, worauf ich dann Zweifel gegen die Aechtheit der Evangelisten drucken ließ. Dies veranlasste einen gewaltigen Streit unter einem Paar Predigern, wovon der Eine dem Andern vorwarf, er habe durch seine heterodoxen Predigten Gelegenheit zu meinen gefährlichen Sätzen gegeben (obgleich ich nie in seine Kirche gieng). Während nun diese beyden ehrwürdigen Männer sich vor der Welt schimpften und preisgaben, wurde mein Buch, als der Stein des Anstoßes, fleissig mitgekauft.

Bald nachher fieng ich an, Schriften über die Reformation der Mönchsorden herauszugeben. Ich suchte darinn zu beweisen, daß die Domstifter eigentlich das wären, mit deren Einziehung man den Anfang machen müsste. »Ein armer unschädlicher Mönch,« sagte ich, »lebt still, niemand zur Last, von so wenig Gelde, da indeß ein Domherr, in Wollüsten ersauft, jährlich so viel verprasst, wie vielleicht der Unterhalt eines ganzen Klosters beträgt. Sagt man, daß die große Anzahl der Mönche dem Staate nicht nützen; so antworte ich: wenn man das Heer von Advocaten, Räthen, Hofleuten, Officieren u. s. f. ausmustern wollte, wie viel würden übrigbleiben, die dem gemeinen Wesen wahrhaftig Vortheil bringen? Das gebe ich gern zu,« fuhr ich fort, »daß unerhörte Misbräuche bey der Verfassung der Klöster eingeschlichen sind; Aber muß man desfalls das Ganze zerstöhren? Wie herrlich, wenn die Klöster Zufluchtsörter wären, in welchen der Mann, der den Frühling und Sommer seiner Jahre dem Staate treu und nützlich gewidmet hätte, am Ende seiner Laufbahn ausruhn könnte von seiner Arbeit, sich den Wissenschaften widmen, die Resultate seiner Erfahrungen sammeln, der Welt mittheilen, die Jugend bilden, ohne Nahrungssorgen, heiter und friedvoll leben und sterben, Trost und Rath um sich her verbreiten« — Ich sagte viel schöne Sachen über diesen Gegenstand, so wie über die gewissenhafte gemeinnützige Verwendung des jetzt eingezogenen Privateigenthums der Klostergüter. Fast glaube ich, dies war das beste meiner Werke, und doch, weiß der Himmel warum! fand es sehr wenig Beyfall.

Noch ein Versuch dieser Art lief eben so unglücklich ab. Es wurde nämlich aus einem benachbarten Lande von dem Fürsten ein Preis Demjenigen ausgesetzt, welcher die beste Schrift über die Frage einliefern würde: »Wie man es anzufangen habe, der einreissenden Betteley Einhalt zu thun?« Da machte ich mich nun an das Werk, schrieb, und that Vorschläge. Ich behauptete: Betteley käme von Müssiggang und Luxus, und Müssiggang und Luxus müssten nicht theoretisch, sondern praktisch bekämpft werden. Was hülfe alles Raisonnieren darüber? Am Hofe, von woher die Corruption sich in das Land ausbreitete, müsse der Fürst ein Beyspiel von Thätigkeit und Mäßigkeit geben, nicht, umringt von leeren, schalen Köpfen, beschäftigt mit unnützen Kleinigkeiten, sorglos sich in Ueppigkeit und Faulheit herumwälzen, nicht den Erwerb einer ganzen Familie, wie ein unwürdiger Prasser, mit Einem Bissen verschlucken. Er müsse Gelegenheit geben, daß jeder fleissige Mann in seinem Lande Brod und Freiheit finden könne, und wenn er durch sein eigenes Beyspiel den Müssiggang in Verachtung brächte, folglich Würksamkeit und Fleiß hier in allen Ständen zu Hause wären; so würden auch nicht so viel ausländische Faullenzer in das Land ziehen, noch ihren Unterhalt in einer Provinz suchen, wo die Zucht- und Arbeitshäuser den gemeinen Pöbel, und die allgemeine Verachtung den vornehmen Müssigganger abschrecken würden, dem Staate zur Last zu fallen.

Sie können Sichs leicht einbilden, meine Herrn und Damen! daß ich mit dieser Schrift den gehofften Preis nicht erlangte; Aber was ärger wie das war, mein schriftstellerischer Ruf sank immer tiefer. Wenn ich mich nur von weitem her in den Straßen, wo Buchhändler wohnten, blicken ließ; sahen sie mir, wenn sie eben vor der Thür standen, schon nach den Taschen, ob ich etwa einige funfzig Bogen Manuscript bey mir haben mögte; und wenn ich dann in den Laden trat, lächelten sie mir spöttisch mitleidig entgegen, winkten sich unter einander, deuteten auf mich, wiesen mich an einen andern Glaubensgenossen, weil sie eben mit Arbeit überladen wären, und ich fieng an, vorauszusehn, daß in Leipzig nichts mehr für mich zu thun seyn würde. Um jedoch mit meinem Pfunde unter der Hand noch zu wuchern, schrieb ich kleine elende Romane, die ein Chorschüler, gegen eine Erkenntlichkeit, für seine Arbeit verkaufen musste. Da bekam ich für den Bogen zwey Gulden, wenn es auch noch so elendes Zeug war, und da ich täglich wenigstens anderthalb Bogen von dergleichen Waare schreiben konnte; lebte ich doch ganz gut dabey. Ich verstellte dann meinen Styl, und musste mich oft selbst wundern, wie es möglich war, daß solches Gewäsche gekauft werden konnte. Zum Beweise schreibe ich nur den Anfang eines Romans ab, den ich in vier Bänden herausgab, und welchem ich den Titel gegeben hatte: »Anne Marie, oder Beyträge zur Aufklärung der Liebe, in einer rührenden Geschichte.« Hören Sie nur!

»Ein unverheyratheter Cavalier von Meriten gieng einstmals mit einer scharmanten Frauensperson, gleichfalls von guter Familie, in einem anmuthigen Garten promeniren. Die liebe Morgenröthe war, wie die heidnischen Poeten fälschlicherweise vorgeben, schon zu ihrem alten Gemahl in das Ehebette zurückgekehrt, und die wohlbeschnittenen Hecken- und Taxus-Pyramiden, zwischen denen dies adeliche Paar spazieren gieng, warfen längere Schatten auf die Erde, als der Cavalier folgendergestalt seine Anrede an die Dame begann, indem er sprach: Meine schöne gnädige Frölen! Es kann Ihnen nicht verborgen geblieben seyn, von welchen Sentiments mein Herz seit langer Zeit für Sie erfüllt ist, und wie gleichsam das Licht Ihrer hellen Augen mein Herz in Feuer und Flamme gesetzt hat. Der Cavalier wollte noch fortfahren, diese seine verliebte Anrede zu prosequiren, als plötzlich sich in dem nahegelegnen Orangeriehause ein gräßliches Geheule hören ließ. Der Cavalier und die Dame erschracken heftiglich, und kamen, wie der Franzose zu sagen pflegt, ganz ausser sich. Aber wie groß war ihre Verwunderung, als auf einmal ein junger Officier von guter Leibesgestalt mit bloßem Säbel aus dem Hause hervorsprang!« — Doch genug zur Probe! Alle diese Erbärmlichkeiten wurden indessen, zugleich mit Emilie Sommer, Carl von Hellberg, Ludwig Freudenthal und andern Meisterstükken dieser Art, frisch weggelesen, und ich trank wahrlich kein Wasser dabey.

Wie sich aber auch das größte Genie am Ende erschöpft, so wusste ich zuletzt, so wahr ich lebe! nichts Neues mehr zu Papier zu bringen, welche Armuth mich dann zu der Verzweiflung brachte, nunmehro meine opera omnia herauszugeben; Allein in Leipzig war dazu keine Hofnung. Weil ich mich indessen vortreflich bey Cassa befand; entschloß ich mich, nach Hamburg zu reisen, um dort mit einem Buchhändler einen leidlichen Accord zu treffen —

»So lebe dann wohl, undankbares Leipzig! unbequemer Musensitz! stiefmütterliches Dichterland! — Am Ufer der Elbe giebt es auch noch Menschen, die Talente und Verdienste zu schätzen wissen. Ich eile weg von Dir.« So sprach ich, und reiste ab.

Zwölftes Capitel.

Wie es Petern unterwegens bis Hamburg geht und welche alte Bekannten er antrifft.

So wenig ich jetzt eigentlich von Mangel gedrückt wurde, so hatte ich doch aus Erfahrung gelernt, auch in guten Tagen sparsam mit meinem Gelde Rath zu halten; also fuhr ich sehr bescheiden mit dem gewöhnlichen Postwagen. Es war eine ganz angenehme Reise; Ich lernte allerley Menschen kennen, und blieb hin und wieder in einer Stadt von einem Posttage zum andern liegen, um das Merkwürdigste in Augenschein zu nehmen. Als ich nun aus eben dieser Absicht mich ein Paar Tage in Gotha verweilte und daselbst im Mohren in der Vorstadt an der Wirthstafel speiste, trat ein Mann mit einer Violine, begleitet von einem alten Weibe mit der Zitter, in den Saal. Sie sungen herzbrechende Lieder, und zu den Ritornellos wusste der Violinist mit dem Munde die Waldhornstimme nachzuahmen, so natürlich und noch natürlicher, wie der Ritter Esser. Ich sah diese Leute mit einiger Aufmerksamkeit an; sie betrachteten mich wiederum nicht ohne dunkle Ahndung — Wir meinten, wir müssten einander irgendwo gesehn haben, und wir irrten nicht. Aber kaum hatte ich sie recht erkannt, als ich mich wohl hütete, mich näher zu entdecken. Wer glauben Sie nun, meine Herrn! wer dies Pärchen war? Niemand anders wie der Herr Chirurgus Haber mit meiner ehemals vielgeliebten Jungfer Nagelborn. Ich kann nicht sagen, daß sich diese würdigen Leute im geringsten verändert hätten, ausser daß beyde etwas kupfrich aussahen, welches vielleicht daher rühren mogte, daß sie zuweilen ein Gläschen doppelten Kümmel mehr nahmen, wie andere Leute, die keine Musici sind, zu thun pflegen. Cantores amant humores, sagt, glaube ich, irgend ein Kirchenvater, und das ist sehr richtig und wohl gesagt. Was mich betrifft; so hatte ich mich in zwanzig Jahren freylich so umgebildet, daß, sobald ich meine, ihnen Anfangs auffallend gewesene Aufmerksamkeit von ihnen ablenkte, sie weiter nicht daran dachten, daß ihr ehemaliger Mitgenosse itzt so nahe bey ihnen sitzen könnte; Und, wie gesagt, ich fühlte keinen Beruf, mich ihnen zu erkennen zu geben. Weil ich jedoch neugierig war, etwas von ihrer Geschichte zu erfahren; so stimmte ich einen unter den Gästen, ihnen diese Erzählung abzufragen: »Es mögte doch interessant seyn,« fügte ich hinzu, »zu erfahren, auf welche Art dergleichen Leute an ein so elendes Handwerk geriethen.« Dieser Wunsch wurde erfüllt, und Herr Haber fieng an, Folgendes zu erzählen:

»Ich war Gerichtschirurgus bey einer adelichen Dame im Hannoverschen, und diese meine Ehefrau, so zu sagen, war Kammerjungfer bey derselben. Wir liebten beyde sehr die Musik, und vergnügten uns zuweilen damit, kleine Concerte, so zu sagen, zu halten, in denen auch ein junger Pursche, ein böser Junge, ich versichre Sie, dem ich aus bloßer Güte einige Information auf der Violine gab, mitzuspielen pflegte. Dieser Knabe war aber ein verteufelt liederlicher Vogel, so zu sagen, und wurde von unsrer gnädigen Frau fortgejagt, worauf er in *** Dienste trat und, dem Verlauten nach, desertirt seyn soll. Inzwischen hatte diese, meine jetzige Ehefrau bey solcher Gelegenheit so viel Geschmack an unsern Concerten gefunden, daß sie mich bat, ihr auch einigen Unterricht, sowohl in Vocal-, als Instrumentalmusik zu geben. Ich fand mich ziemlich bereit dazu, aber, wie es zu gehn pflegt, Hercules, oder wie der heidnische Liebesgott heisst; spielte uns einen Streich. Ihro Gnaden wollen erlauben, man hat denn auch Fleisch und Blut —— Kurz! meine dermalige Eheliebste befand sich bald in gesegneten Umständen. Das

Ding schien gefährlich, obgleich naturalia non sunt turpis — Die gnädige Frau war, ich kanns wohl sagen, ein bischen zu punctillös in dergleichen Affairen. Zwar hatte man, mit allem Respect gegen hohe Standespersonen zu erwähnen, den Herrn Vetter, in *** Diensten einmal mit der Dame so allein angetroffen — — Meine Frau kam unerwartet ins Zimmer. Nun! ich schliesse gern meinen Mund — exempel sunt odiosel — Aber was wollte ich doch sagen? Die gnädige Frau nahm die Sache zu hoch; Sie merkte es bald, als meine Eheliebste so zu sagen schwanger war — Wie es dann geht, die Domestiken schweigen nicht — Gleich hieß es: marsch! zum Hause hinaus! und damit, was war nun zu thun? Sie nahm aber einen tüchtigen Heller Geld mit — In allen Ehren, versteht sich — Nun lebten wir dann so im Dorfe, und ich trieb meine Kunst fort, aber die Frau von Lathausen that uns allen Dampf an. Sie brachte von uns aus, wir waren beyde versoffene Leute, und ich verstünde nichts von der Chirurgie. Denken Ihro Gnaden an, welche Bosheit! Nun! wir sind Alle Menschen; Man trinkt, wenn man Durst hat, so zu sagen, und was die Kunst betrifft; so pflegt man zu reden: ars longus, vita breva. Es war am Ende nicht mehr auszuhalten. Wir kamen sehr zurück, und mussten endlich fort. Da kam ich dann auf den Einfall, also auf Reisen, so zu sagen, zu gehn. Unterdessen ist der gnädigen Frau ihr Recht geschehn, Gott behüte! Sie ist elendiglich gestorben; die Leute sprechen an Krämpfen, aber wer weiß was das für Krämpfe gewesen sind! Wir ziehen dann so herum, und ich kann Ihro Gnaden versichern, in Hessen, da haben wir was Rechtliches verdient. Viel Geld haben die Leute da nicht, aber dagegen verstehen sie auch nichts von Musik, und wir, obgleich wir nicht so ganz vortreflich spielen, wie des Grafen von Werthheim seine Musicanten, (ich bin daher gebürtig) fanden doch aller Orten, applausum. Hier in Sachsen will es nicht recht gehn; Der Henker weiß, die Leute haben Ohren, wie Postpapier so fein. Aber was wollte ich doch sagen?«
»Laß Er es nur gut seyn, theurer Herr Haber!« fiel ich ihm hier ins Wort, »laß Er es gut seyn! Er spielt gut, recht gut,

und erzählt noch besser; Aber wir wollen doch den Rest Seiner Geschichte lieber auf ein andermal versparen.« Wir gaben also dem holden Paare etwas Geld, und ich war froh, unerkannt loszukommen.

In Cassell logierte ich im Posthause am Königsplatze. In dem Zimmer neben mir an war ein alter fremder Geheimerrath abgetreten. Die Stadt gefiel mir so gut, daß ich acht Tage dort blieb. Wenn ich nun des Abends zu Hause kam; so hörte ich meinen Nachbar immer sehr laut, und das zuweilen bis Mitternacht, reden, ohne daß ich gewahr wurde, daß ihm jemand geantwortet hätte. Da mir dies ein sonderbarer Umstand schien; erkundigte ich mich eines Tages bey Tisch nach den genauern Umständen dieses Geheimenraths, und erfuhr dann durch einen Hofjunker, der eben auch an der Wirthstafel speisete, Folgendes:

»Der Herr von Erbschall ist ein herzlich guter Mann, hat aber die Schwachheit, immer allein reden zu wollen. Er hat eine kleine Anzahl Histörchen im Vorrathe, die er während seiner Kriegsdienstjahre gesammlet hat, und welche alle sich damit anfangen: ›Als ich in Schlesien bey der Armee war, da hatte ich einen Wachtmeister, das war ein verfluchter Kerl‹ u. s. f. Dieser verfluchte Kerl, dieser Wachtmeister, hat dann so viel närrische Streiche in seinem Leben gemacht, daß man unter zwey Stunden nicht fertig wird, wenn der gute Geheimerath jemand in die Ecke klemmt, um ihn mit seinen Erzählungen in Transpiration zu setzen. Allein man kennt ihn, und wenn er bey Hof kömmt; (Er ist seit drey Wochen als Fremder hier) so geht man ihm aus dem Wege, oder sucht wenigstens den Rücken frey zu haben. Weil diese Zurückhaltung ihm nun einen unleidlichen Zwang auflegt; so erholt er sich des Abends, wenn er zu Hause kömmt, und fängt an, seinem Bedienten vorzuerzählen: ›Hört einmal, Christian! Dabey fällt mir ein, als ich noch in Schlesien bey der Armee‹ u. s. f. Der Geduldigste wird es müde, bey einem solchen Herrn Bedienter zu seyn, und jeden Abend, stehendes Fußes, bis Mitternacht zu Boden erzählt zu werden. Also bleiben auch selten die Laquaien länger wie ein halbes

Jahr bey ihm. Glücklicherweise aber hat er itzt einen stocktauben Menschen bekommen, der mit der größten Gleichgültigkeit jedes Histörchen anhört. Seit zwey Monaten ist er bey ihm in Diensten, und da der Geheimerath nichts weniger wie Antwort und Unterbrechung bey seinem Vortrage verlangt; so passen sich diese Leute sehr gut zusammen; Der Herr von Erbschall merkt gar nicht, daß sein Christian taub ist, und was er sonst seinem Reisecoffer erzählen müsste, erzählt er nun seinem ohrenfesten Bedienten.« — Was es für Menschen in der Welt giebt!

Von Cassell aus gieng ich über Braunschweig. Eine Erinnerung an die Lebensart, die ich einst in dieser Stadt geführt hatte, wie meine Leser wissen, erregte allerley Empfindungen in meiner Seele. Ich sah wieder den Gasthof zum goldenen Engel, wo wir so manche Stunde, bey nicht sehr edlen Beschäftigungen hingebracht hatten. Ich sah die Rose und noch mehr Gegenstände dieser Art, und bekenne es, ich war in Verlegenheit, wenn ich mich selbst fragte: »Bist Du wohl jetzt besser, obgleich Deine gegenwärtigen Umstände Dich nicht nöthigen, so niederträchtig wie damals zu handeln?« Dann wusste ich nicht recht, was ich mir antworten sollte. Man handelt, so wahr ich Peter Claus heisse! mit einem gefüllten Beutel ganz anders wie mit einem leeren, und raisonnirt, wenn man allein sich selber überlassen ist, ganz anders, als wenn man in einer Gesellschaft liederlicher junger Leute herumschwärmt. Nun kamen wohl eigentlich die Jahre bey mir heran, wo man nicht mehr so leichtsinnig über die Folgen seiner Handlungen hinwegzudenken pflegt. Ich glaube auch, wenn ich damals auf einmal in irgend einen ansehnlichen Posten wäre verpflanzt worden, wo, bey gutem Gehalte, die Augen der Leute auf mich geheftet gewesen wären; so hätte ich für einen gar angesehenen, artigen, bescheidnen Mann gelten können. Aber ich war durch meine sonderbare Lage wie es schien zum Abentheurer bestimmt, und da hat dann das Aventurierwesen etwas so Anziehendes, daß man mit dem Strohme des Zufalls fortschwimmt, ohne weiter an die künftigen Zeiten zu denken. Daher verschwanden dann auch die ernsthaften Gedanken über mein ehemals in Braunschweig geführtes Leben, über Haudritzens Schicksal, über Reyerbergs und des Mannes im grauen Rocke, des Herrn Bricks Begebenheiten, und über meine Liebesintrigue mit der würdigen Contezza di Tondini, bald aus meinem Gedächtnisse.

Es war übrigens sonderbar, daß Braunschweig grade der Ort seyn sollte, wo mir immer höchstunerwartete Begebenheiten aufstiessen. Ich war würklich diesmal nur auf ein Paar Tage als ein Durchreisender hier, gieng zuweilen durch die Gassen, besuchte die Kaffeehäuser, das Schauspiel, und wollte schon eines Morgens weiter reisen, als ich des Abends vorher auf dem Burgplatze einen alten Bekannten aus Leipzig, auch von der Autorzunft, antraf. Es regnete stark; Er hatte einen seidenen Schirm, und ich trug meinen weissen Mantel. Wir schienen beyde gleich betroffen über diese unerwartete Zusammenkunft. »Nun, in aller Welt,« rief er aus, »wie treffen wir uns denn hier an?« Erläuterungen von beyden Seiten folgten hierauf, und dann war die Rede von unsern unsterblichen Schriften. Es regnete immer noch fort; aber wenn zwey Schriftsteller zusammen in ein gelehrtes Gespräch gerathen, dann mögen alle Elemente um sie her kämpfen! sie sind taub dafür. Bald hieß es: »Haben Sie mein letztes Schauspiel gelesen?« Bald: »Hören Sie einmal diese Idylle, welche ich kürzlich gemacht habe« u. s. f.

In dem Feuer unsres Gesprächs hatte ich nur obenhin bemerkt, daß nicht weit von uns, an der Burgkirche her, ein Mann ungeduldig auf und abschritt. Er war ungefehr so gekleidet wie ich, und so oft er auf seinem Wege umkehrte, und uns noch da stehn sah, so oft murmelte er etwas in den Bart. Dieses erinnerte ich mich nachher erst recht genau, als die Begebenheit vorbey war. Mein Dichterling hatte indeß eine so große Menge neuer Sinngedichte bey sich, die er eins nach dem andern hervorzog, und unter seinem Regenschirm, bey dem Schein einer Laterne am Musthofe las, (aber er wusste seine Werke auch ziemlich aus dem Gedächtnisse herzusagen) daß der Mann, von welchem ich eben geredet habe, und der vermuthlich da allein seyn wollte, endlich die Geduld verlohr, und fortgieng. Er hatte kaum den Platz verlassen, als eine ältliche Dienstmagd von der Brücke her gelaufen kam, und wie sie mich da im Mantel stehn sah, mich vermuthlich für jenen Mann halten mogte, folglich grade auf mich zugieng, sobald sie aber fand, daß ich nicht allein war, etwa zehn Schritte von mir stehn blieb, und ein Zeichen durch Husten und Winken gab, daß ich doch kommen mögte. Mein Schriftsteller war eben in der Mitte einer Romanze, in welcher er die Mordgeschichte von einer Frau besang, die, nachdem ihr Mann sie übel behandelt und ins Grab hinein geärgert hatte, nach dem Tode, mit den Geistern von sechs andern Weibern, Alle auf Katzenseelen reitend, zurückkam, um ihrem gewesenen Gatten die Augen auszukratzen. Es war rührend zu hören, obgleich damals schon der Regen, wie ich es fühlen konnte, bis auf mein Camisol gedrungen war. Die Dichter haben, wie bekannt, eine große Verehrung für Liebeshändel. Als daher mein Freund sah, daß ein Frauenzimmer mir zuwinkte, brach er plötzlich, mitten in der interessantesten Stelle seiner Romanze ab, steckte sein Manuscript bey sich, und sagte leise zu mir: »Ich sehe, Sie haben bestellte Arbeit — Ich will Sie nicht stöhren — Gutes Glück, mein Freund! Morgen, ehe Sie abfahren, besuche ich Sie auf einen Augenblick, und lese Ihnen den Rest vor« — Damit eilte er fort.

Ich war eben nicht böse darüber, daß, obgleich ich mir wohl bewusst war, daß das Frauenzimmer mich für einen Andern ansah, dieser Irrthum mich dennoch von dem beschwerlichen Vorleser befreyete. Allein, was noch mehr ist, ich gerieth auf den Einfall, mich für die gehabte Langeweile dadurch zu entschädigen, daß ich es versuchen wollte, dies Abentheuer weiter zu treiben. Daher verhüllte ich mein Gesicht in den Mantel und erwartete, was die Magd mir vortragen würde. Diese kam nun augenblicklich auf mich zu: »O Jemine! nehmen Sie es doch ja nicht übel, lieber Herr Löser!« sagte sie, »daß wir Sie so lange haben warten lassen! Meine Madam hat unmöglich eher abkommen können.

Der Herr ist eben erst ausgegangen, wird aber auch nun vor Mitternacht nicht zu Hause kommen. Sie sind gewiß bis aufs Hemd naß; Aber es schadet nichts; Sie sollen Sich gleich ausziehn und unsres Herrn Schlafrock anthun, indeß ich Ihre Kleider trocknen will.« Während sie so sprach und mich weiter nicht zu Worte kommen ließ, gieng sie vor mir her, und ich folgte ihr.

Wir waren einige Straßen durchgegangen, als meine Führerinn bey einem hübschen Hause stehn blieb, die Thür leise öfnete, mir dann einen Wink gab, daß ich folgen sollte, und als ich dies gethan, mich linker Hand in ein Kämmerchen hinten hinaus, im Erdgeschosse führte, worauf sie die Thür hinter mir verschloß, nachdem sie mir zugeflüstert hatte: »Ich komme gleich wieder.« Ein Paar Minuten nachher erschien sie wieder, und sagte: »Hier ist der Schlafrock, ein Camisol, und eine Mütze! Jetzt machen Sie Sich commode! Meine Madam wird gleich kommen und Licht bringen. Ich will vor der Hausthür Achtung geben.« »Nun das geht gut, Peter!« sagte ich zu mir selber, als ich mich wieder allein befand, »Frisch an das Werk! Du bist naß, ziehe Dich herzhaft aus! Wirf Dich in diesen Schlafrock! Wenn auch die Schöne auf einen Andern wartet, was thut es? Der Andre ist nicht da; der Mann kömmt vor Mitternacht nicht wieder, und Du bist einmal hier — Frisch daran!« Hierauf warf ich meinen Mantel ab, zog meinen nassen Rock aus, und griff im Dunkeln nach dem mir bestimmten Schlafrocke. Kaum hatte ich mich in des würdigen Ehegatten Nachtgeschirr geworfen, als die Thür der Kammer sich öfnete, und eine schöne junge Frau, mit einem Wachslichte in der Hand, hereintrat. Sie wollte mit ofnen Armen mir entgegen eilen, und ich kam ihr zuvor, als, sobald sie mein Gesicht erblickte, sie einen lauten Schrey that, den Leuchter fallen ließ, wieder zur Thür hinausfliehn wollte, aber über einen Stuhl, der hinter ihr stand, stolperte und auf die Erde fiel. Zu gleicher Zeit entstand draussen ein noch größerer Lerm. »Ihr wollt mich zum Narren haben,« rief eine Mannsstimme: »Ich habe über eine Stunde lang im Platzregen bey der Burgkirche gewartet, aber da war keine Catharine zu sehn, noch zu hören.« »Um des Himmels Willen,« erwiederte die Magd: »Sind Sie der böse Feind, oder sind Sie zweymal in der Welt? Dort in der Kammer ist schon ein Herr, den ich« — »Was, ein Andrer,« schrie darauf die männliche Stimme: »Warte, Du Betrügerinn!« — Und damit brach er mit Gewalt in das Kämmerlein, in welchem eben die Dame sich von der Erde aufgerafft hatte — Die Magd folgte; aber wir hatten kein Licht, und niemand hatte Lust, eins zu holen. Herr Löser nicht, weil er fürchtete, sein vermeinter Nebenbuhler mögte ihm entwischen, auch hätte er nicht leicht im Hause Licht schaffen können, und wir Andern hatten gute Gründe um diese Geschichte nicht aufgeklärt sehn zu wollen. Es gab also ein lautes Gespräch durcheinander, in welchem Jeder seine Sache auf der besten Seite vorstellte (wie in einem Final-Quartetto am Ende eines Opera Buffa-Acts) als auf einmal ein fünfter Mann mit einer Laterne dazukam, der uns Allen nichts weniger wie willkommen war, und dieser fünfte Mann war, wie ich aus der zärtlichen Anrede merkte, mit welcher er uns empfieng, niemand anders, wie der theure Ehegemahl und Hausherr. Vermuthlich hatte er etwas zu Hause vergessen, oder vielleicht auch seine Frau überraschen wollen — Kurz! er kam unerwartet, und als er in das Haus getreten war, und wahrscheinlich sich hatte von einer fremden Magd leuchten lassen (denn es stand ein solches Geschöpf vor der Thür, als ich mich nachher empfohl) war ihm der heterodoxe Lerm im Hinterstübchen so verdächtig vorgekommen, daß er im Eifer seiner Begleiterinn die Laterne aus der Hand genommen hatte, womit er dann zu uns eindrang.

Ich wusste nun wahrlich nicht, wie ich mich bey diesem Handel betragen sollte. Ludwig Reyerberg wäre stehngeblieben und hätte sich der armen Frau angenommen, aber Peter Claus war kein so gutherziger Narr. Ich hatte Gegenwart des Geistes genug, einzusehn, daß ich, in Betracht meines nächtlichen Anzugs, bey dieser Scene die gefährlichste Rolle spielen würde. Sobald daher die Laterne erschien, hatte ich mich weislich hinter ein Bette versteckt, das nahe bey der Thür stand, und als die beyden Herrn sich tapfer schimpften, indeß Alle zugleich riefen, die Weiber aber heulten und baten, fuhr ich, wie ein deus ex machina hinter dem Bette hervor, riß dem Manne die Laterne aus der Hand, und indem der gute Herr an nichts weniger dachte, als daß noch ein Kobolt erscheinen würde, gerieth er in einen solchen Schrecken, daß er wie versteinert da stand, und mir Zeit ließ, in seinem Schlafrocke zum Hause hinaus zu entwischen, denn glücklicherweise hatte er den Eingang nicht verschlossen.

Kaum war ich auf der Gasse; so lief ich, als wenn mir der Kopf brennte, bis ich meinen Gasthof erreichte, woselbst mich der Hausknecht, nicht ohne die größte Verwunderung, in meinem sonderbaren Aufzuge ankommen sah. Ich ließ mich aber hier auf keine Erläuterungen ein, sondern schlich auf mein Zimmer, wohin ich mir ein Paar Scheiben Butterbrod und eine Flasche Wein bringen ließ. Wie ich nun so allein da saß, da wusste ich wahrlich nicht recht, ob die ganze Geschichte ein Traum, oder eine wahre Begebenheit gewesen. Endlich konnte ich mich nicht enthalten, recht herzlich über den ganzen Vorfall zu lachen. Ich war einer derben Prügelsuppe von zwey Seiten glücklich entwischt, und wenn der rothe wollene Schlafrock mit gelben Streifen freylich nicht so viel werth war, wie Mantel und Rock; so war doch der Spaß unschätzbar; auch überließ ich mich ganz meiner lustigen Laune, und sah nur die lächerliche Seite von der Sache. So oft mir bey meinem Abendbrode der Gedanke einfiel, was nun wohl weiter aus den Leuten geworden seyn und welche Verwirrung nach meiner Entweichung mögte geherrscht haben; so oft konnte ich mich nicht enthalten, laut auszulachen.

Dies war ein zu schöner Gegenstand zu einer Romanze, als daß ich nicht das ganze Histörchen hätte meinem Dichterlinge erzählen sollen, welcher des folgenden Morgens früh zu mir kam, und mich mit seinen Versen bis auf den Postwagen hinauflas, worauf ich abfuhr, und nach Hamburg zu eilte.

Dreyzehntes Capitel.

Wie es in Hamburg mit der Ausgabe der Operum omnium geht.

»Der Schlafrock ist doch nicht übel,« sagte ich zu mir selber, und sahe dabey auf die gelben Streifen hinunter, als ich des Abends in Hamburg ankam, und mich auskleidete, um von den Ermüdungen der Reise auszuruhn. »Der Schlafrock ist doch wahrlich so übel nicht. Zwar ist der Stoff nicht nach der neuesten Mode, aber das Ding hält doch warm, und wenn ich auch erst werde meine opera omnia herausgegeben und des Geldes die Fülle haben; will ich doch diesen Schlafrock nicht verstoßen — Nein! ich will ihn zum Andenken an den herrlichen Spaß aufheben — Er hat auch Taschen« sagte ich weiter und griff in eine derselben. Aber was für Augen machte ich, als — Doch ich muß erst, bevor ich diese höchst unerwartete Begebenheit erzähle, meine Leser wieder zurückführen, und Sie bitten, einen Blick auf den Zustand meiner Finanzen zu werfen.

Die Gewohnheit, meine unreifen literarischen Arbeiten, wie warme Semmel, frisch weg verkaufen zu können, es sey auch um einen schimpflichen Preis oder nicht, hatte mich Anfangs so sicher gemacht, daß ich nicht lange im Voraus sorgte, sondern, wenn ich den letzten Conventionsthaler wechseln ließ, gewöhnlich ein Heft Papier zusammennähete und einen Roman anfieng, wovon ich das Titelblatt offenließ, bis mir während des Schreibens der Gedanke einkam, wovon das Buch eigentlich handeln sollte. Doch erinnere ich mich, meinen Lesern gesagt zu haben, daß ich zuletzt sorgsamer wurde, und als ich die Reise nach Hamburg antrat, einen ziemlich bespickten Beutel mitnahm. Reisen kosten aber Geld, und die feste Zuversicht, daß meine Verdienste in Hamburg besser geschätzt und meine opera omnia reichlich bezahlt werden würden, diese Zuversicht ließ mich eben nicht an Sparsamkeit denken. Es ist wahr, die hohe Meinung von der Gerechtigkeit, welche man hier meinen Talenten erweisen würde, minderte sich sehr, als ich, den Tag nach meiner Ankunft, incognito in einen Buchladen gieng, und nach den Werken des berühmten Dichters Claus fragte: »Sie meynen vielleicht« erwiederte der Buchhändler »den guten, liebenswürdigen Claudius, oder Asmus.« »Ey was! was geht mich Der an!« rief ich ungeduldig: »Ich rede von dem großen Manne, von Peter Claus, der den Roman *Anne Marie* und viel andre vortrefliche Werke dieser Art geschrieben hat.« »Ha! jetzt sehe ich« sagte der Buchhändler lächelnd »Ich sehe, Sie scherzen über den armen Peter Claus. Nun ja, mein Herr! freylich ist das ein elender Tropf, ein jämmerlicher Schriftsteller, ein hungriger Poet, ein schiefer Kopf. Aber, denken Sie nur an! so ein armer Schlucker will doch auch leben, hat vielleicht körperliche Gebrechen, so daß er nicht Holz hacken kann, und so schreibt er dann. Am Ende ist es doch besser, schlechte Bücher zu machen, als zu stehlen. Ich habe freylich noch viel Maculatur von seiner Arbeit liegen. Allein es findet sich doch hie und da noch ein Müssiggänger, der dies Zeug kauft und liest. Jetzt lasse ich eine Menge solcher Waare an die Meistbiethenden verhandeln. Es sind auch drey Jahrgänge vom teutschen Mercur dabey. Apropos! Haben Sie die ...sche Blumenlese gesehn? Das ist auch so ein Werkchen! Doch, lieber Gott! was kann auch von daher Gutes hervortreten? Aber freylich aus Sachsen solche Clausische Producte zu bekommen! — Das ist zu arg.«

Hier konnte ich mich nicht länger halten; Voll Unwillen über diese Lästerung nahm ich meinen Hut und Stock und gieng, ohne Abschied zu nehmen, zum Hause hinaus. Was mich indessen am empfindlichsten kränkte, war, daß ich, wohin ich auch in Hamburg kam, allgemein dasselbe Urtheil über meine Schriften hören musste, folglich bald merkte, daß auch hier wenig wahrer Geschmack herrschte, und daß alle Hofnung meine opera omnia herauszugeben so gut wie verschwunden war.

Freylich wusste ich dies Unglück noch nicht zum Voraus, als ich mich so herzlich meines neuen Schlafrocks freuete. Aber das Schicksal wusste es, und eben da ich würklich kaum noch drey Thaler in Baarschaft hatte und nur auf den nahen Erwerb, den ich aus meinen Schriften ziehn würde, rechnete, führte mir die Vorsehung eine Hülfe zu — Denn, daß Sie es nur wissen, meine Herrn! als ich in die Tasche griff, fand ich einen Geldbeutel darinn, den der gehörnte Ehemann in Braunschweig vermuthlich vergessen hatte, vielleicht auch eben deswegen zurückgekehrt war, um ihn wiederzuholen. — Kurz! ich fand einen Geldbeutel voll Gold und Silber — Als ich es zählte — o Du Welt! es waren vier und achtzig, schreibe 84 Reichsthaler, sieben gute Groschen, vier Pfenninge darinn — Wohl Dir, lieber Peter! Der Himmel verlässt die Seinen nicht. Jetzt laß die Schriftstellerey eine Zeitlang ruhn, und sey lustig und gutes Muths! Es lebe der Burgplatz in Braunschweig!

Als ich mich noch also der Freude über meinen gefundnen Schatz überließ, bekam ich einen Brief von meinem Freunde Reyerberg, darinn er mir den Verfolg seiner Begebenheiten meldete. Er hatte in Manheim eine Zeitlang mit der größten Geduld als Corrector und Uebersetzer kümmerlich sein Brod verdient, war es aber am Ende auch müde geworden, so abhängig von Andern, nur ein Werkzeug zu Beförderung der Gewinnsucht eigennütziger Leute zu seyn. Zu stolz, um wie ein schlechter Schriftsteller das Publicum in Contribution zu setzen; zu wenig von seinem Berufe überzeugt, um mit Ehren in diese Laufbahn zu treten, fasste er endlich einen Entschluß, wozu ihm die Liebe den ersten Anschlag gegeben hatte. Er verliebte sich nämlich in eine Schauspielerinn, und da er selbst eine sehr warme Einbildungskraft, Geschmack, viel Aeusserliches, feines Gefühl, Lectur, Sprachkenntniß und Wissenschaften besaß, dabey auch beynahe täglich mit den Schauspielern umgieng, und ihm Derselben freye Lebensart gefiel; ließ er sich bey der Gesellschaft in Leipzig, unter einem fremden Namen, als Acteur annehmen und entschloß sich bald darauf, nebst seiner Geliebten, nach Hamburg zu reisen, wohin ihn Herr Schröder berief, der ihn schon, dem Rufe nach, als einen Schauspieler voll Talente und guter Anlagen kannte. Also sollte ich dann das Vergnügen haben, meinen Jugendfreund auch hier wieder an meiner Seite zu sehn. Nun überließ ich mich ganz der Freude, gieng aus einem Caffeehause in das andre, machte allerley lustige Bekanntschaften, und legte es recht darauf an, mein bischen Geld bald loszuwerden.

Wenn man aber auch den Autorgeist, wie, glaube ich, Horaz sagt, mit der Ofengabel austreiben wollte; so würde er doch zu gewissen Zeiten wieder in den Menschen fahren, in welchem er einmal gewohnt hat. Es konnte also nicht fehlen, daß ich hin und wieder in Gesellschaften ein Wort von meinen Schriften hatte fallen lassen, und das machte dann, daß die feinern, einsichtsvollern Leute und Kenner der Literatur, wie ich nachher wohl merkte, aus Spott, die Schwächern aber, die jeden Menschen, dessen Gedanken irgend einmal gedruckt worden, wie ein höheres Wesen ansehen, aus wahrer Devotion, mir gewaltig viel ausgezeichnete Höflichkeit bewiesen. Ich nahm inzwischen diesen Weyhrauch, der mir gar lieblich roch, mit einer anständigen, stolzen Bescheidenheit an, und spielte indessen immer den wohlhabenden, von seinen Renten lebenden Mann, als einstmals des Abends, da ich mich in meinem Gasthofe zu Tisch setzen wollte, ein Mann, mit einem getiegerten Rocke, geglätteten Stiefeln und großem Hute, auf mich zugieng, mich auf die ehrerbiethigste Weise begrüßte, und ausrief: »O Gott! So bin ich doch endlich so glücklich, dem seelenvollen Schriftsteller, dem Herrn Claus, hier persönlich zu huldigen, dessen unvergeßliche Schriften mir so manche wonnevolle Stunde gemacht haben! Gesegnet sey der Tag, der mich diese Zierde unsres Vaterlandes von Angesicht zu Angesicht sehn lässt.« In diesem Tone, bey welchem ich vor Freude einen Fieberfrost bekam, fuhr er noch ein Weilchen fort, und fügte dann hinzu: »Aber wollen Sie denn so in dieser großen, unausgesuchten, Ihrer so wenig würdigen Gesellschaft speisen? Ich dächte, Sie liessen Sich lieber das Essen auf Ihr Zimmer bringen, und wenn Sie, vortreflicher Mann! mir dann erlauben wollten, Sie zu begleiten, und Sie wenigstens dies einzige Stündchen zu geniessen — Welches Glück für mich!« — Es war natürlich, daß ich einen so artigen Herrn, einen so feinen Kenner der Literatur, und der so herrlich räucherte, mit Vergnügen auf mein Zimmer nahm, daß ich sogleich zwey besondre Portionen Essen bestellte, daß ich dem Wirth anbefohl, das Beste herzugeben, was er im Hause hätte, daß ich französische feine Weine bestellte, daß ich — daß ich vor Freuden kaum wusste, was ich that —

»Aber sollten Sie es denken« fieng ich während der Mahlzeit an, auszurufen: »Sollten Sie es denken, daß es hier Leute giebt, die mich für einen platten Schriftsteller, für einen schiefen Kopf halten?« — »Schiefer Kopf?« rief hier mein Schmeichler aus: »Ha ha ha! Ich muß lachen! Sie, ein schiefer Kopf! Nun wahrhaftig! Das sind Kenner, die Leute! Sie ein platter Schriftsteller? Ein schiefer Kopf? Wenn noch von mir die Rede wäre! — Meine kleinen Schriften« — »In aller Welt!« unterbrach ich ihn: »So sind Sie auch Schriftsteller? Verzeyhen Sie mir! ich sollte Sie darum nicht fragen; Ich sollte das schon wissen, sollte aus Ihren Reden wissen, welchen Mann ich vor mir habe; Auch war eine Ahndung dessen« — »Beunruhigen Sie Sich nicht!« sagte mein Gast: »Es hat nichts auf sich; Ich mache keinen Anspruch auf Ruhm; Ich habe nur bis jetzt noch unbedeutende Kleinigkeiten herausgegeben. Das Letzte, was ich geschrieben habe, war ein Plan zu einem protestantischen Inquisitionsgerichte; Ich habe es dem Hauptpastor Götze zugeeignet, und es ist von ihm gütig aufgenommen worden. Sonst habe ich nichts Erhebliches drucken lassen.«

Ich nahm nun Gelegenheit, meinem neuen Freunde die Idee wegen Herausgabe meiner samtlichen Werke zu eröfnen. Er that mir den Vorschlag: ich sollte ihm nur das Manuscript anvertraun; es sey meiner Würde zuwieder, meine Waare selbst auszubiethen; Er habe Bekanntschaft mit Buchhändlern, die sich darum reissen würden, einen solchen Schatz zu erkaufen. Voll Freude über dies Anerbiethen lief ich in die Cammer und holte meine Schriften hervor. Es waren dreyzehn gedruckte Bände, mit Papier durchschossen, worauf meine Verbesserungen geschrieben waren. Dabey befanden sich noch ausserdem vier Bände Manuscript. Das alles lieferte ich mit großem Vergnügen in die Hände meines dienstfertigen Gastes. Er zeichnete mir seinen Namen auf, nannte mir seine Wohnung, bey dem Sattler Preller, am Mönke-Damm, und eilte darauf, unter tausend Danksagungen, beladen mit allen meinen Producten, davon.

Er war kaum fort, als ich meinen kleinern Geldbeutel suchte, der auf dem Tische gelegen hatte, denn ich wollte ausgehn, und es waren etwa funfzehn Thaler darinn gewesen. Aber wie erschrack ich, als dieser Geldbeutel und meine silberne Uhr, welche dabey gelegen, fort waren! Nun giengen mir die Augen auf. Ich dummer Mensch: Ja! wenn ich erst eben in die Welt geblickt hätte, dann wäre es kein Wunder gewesen; Aber daß ein Mann, den man so vielfältig betrogen, der so viel Betrug gesehn und selbst betrogen hatte, daß sich Der noch durch die elende Schmeicheley eines solchen Taugenichts also bey der Nase herumführen ließ — das war nie, nie zu vergessen, noch zu verzeyhn — O Peter Claus! Wo war da Deine Feinheit? — Unwürdiger Schüler des großen Haudritz, des größern Ventaulair, und des noch größern Noldmanns! So musst Du denn hier vor dem Leser in dem elendesten Lichte erscheinen.

»Wenn ich nur wenigstens meine opera omnia retten könnte!« rief ich aus, als der erste Taumel vorüber war — Und dann fort zu dem Sattler Preller auf den Mönke-Damm! Aber, o ihr Elemente! und Du ganzer verdammter Haufe von heidnischen Musen und Gottheiten! Wer von Euch wird mir die Ausdrücke eingeben, um den seelenkrampfartigen Schmerz zu beschreiben, der mich durchwühlte, als ich auf dem Mönke-Damme nach dem Sattler Preller fragte und erfuhr, daß ein solcher Mann gar nicht dort lebte noch webte, auch nirgends zu erfragen wäre? — Es war alles hin — o unglückliches Schicksal! Verflucht sey dann alle Schriftstellerey! — Ich hatte kaum noch drey alte Louisd'or im Vermögen — Und meine Werke — Was sollte ich nun anfangen?

Vierzehntes Capitel.

Beschreibung des edlen Schauspielerlebens.

Es ist eine gar herrliche Sache, um den lieben Leichtsinn. Was hilft es auch, sich über geschehene Dinge zu ängstigen, die nicht zu ändern sind? Die ganze Philosophie eines Aventuriers beruht auf diesem Leichtsinn, und eine bessere Philosophie lässt sich nicht denken. Sie ist practisch, beruhigend, auf Erfahrung gegründet und höchst balsamisch für den Mann, der nur Genuß des Augenblicks verlangt, von Alexander dem Großen bis auf Cartouche den Großen, für jedes Zeitalter passend. Auch kam sie mir, bey meinen jetzigen schweren Leiden, kräftig zu Hülfe. »Wie wäre es dann,« sagte ich zu mir selber, »wenn auch ich Schauspieler würde? Ich bin ein Mann von großen Talenten; Ich werde mich in jedes Fach zu schicken wissen. Dazu kömmt, daß ich Violine spiele; Ich könnte zugleich eine Stimme im Orchester mit übernehmen — Und welche Überraschung für den ehrlichen Freund Ludwig, wenn er mich hier schon in demselben Stande fände, den er seit kurzer Zeit ergriffen hat!« Die eiligen Entschlüsse sind mehrentheils die besten. Ich gieng also, nachdem ich noch ein Paar Tage um meinen Verlust getrauert hatte, zu dem Herrn Schröder, und bat denselben, mir zu erlauben, als Clavigo aufzutreten.

Gern bekenne ich es, es schlug meine Eitelkeit sehr nieder, als dieser Mann, von dem ich glaubte, er würde es für eine große Ehre schätzen, einen Menschen von meinen Verdiensten dem vaterländischen Theater zuzuführen, mir allerley Fragen über meine Abkunft, über mein moralisches Leben und über meine Kenntnisse aufwarf. »Traurig genug,« sagte der einsichtsvolle Mann, »daß eine Menge Directorn, theils aus eigner Unwissenheit, theils durch die geschmacklose Inconsequenz des Publicums gezwungen, so wenig Sorge für die Auswahl ihrer Mitglieder haben! Wenn jeder elende, gewinnsüchtige, ungebildete Mensch, der etwa als Bierwirth nicht zurechtkommen kann, die Freyheit hat, unter einem Haufen verlaufner Bedienten, liederlicher Studenten und verunglückter Kammermädchen, sich eine Gesellschaft zu wählen, die nachher den Geschmack einer Stadt bilden, Gefühl für die Tugend erregen, und den Bürgern eine sittliche vernünftige Seelenfreude, zur Erholung von ernstern, nothdürftigen Geschäften, gewähren soll; Wenn jeder, der nicht lahm und bucklich ist, indeß er nicht einmal seine Muttersprache reden kann, nicht fühlt was er sagt, in keiner Wissenschaft zu Hause ist, fremd mit den Sitten der verschiednen Stände und Völker, die Werke der Ausländer nie studiert, keine Idee von Poesie und Wohlklang hat, ohne Achtsamkeit auf seinen Körper, ohne Menschenkenntniß, ohne einige Erfahrung, nie die Leidenschaften empfunden hat, die er malen, an die Tugend nicht glaubt, die er liebenswürdig darstellen soll, von Brandtewein trunken den Seneca, voll Haß gegen das Menschengeschlecht den großmüthigen Wohlthäter spielen soll, und, nachdem er den Odoardo vorgestellt, gleich vom Theater aus hingeht, seine Frau einem reichen Engländer zu verhandeln — Ja! Dann können wir wohl nicht viel Würkung für die sittliche Bildung von unsern Schauspielen erwarten — Aber wehe Denen, die dergleichen Unternehmungen machen und begünstigen! Ich weiß, was ich mir und dem Publico schuldig bin, und will lieber sechs Schauspieler haben, welche die Wichtigkeit ihres Berufs fühlen, als um die Hälfte der Kosten eine Rotte von vierzig, die also zusammengesetzt ist. Allein ich habe eine gute Meinung von Ihnen; Ihr Gesicht redet zu Ihrem Vortheile, wenngleich Ihre Schriften mehr der Noth wie dem Genie ihre Entstehung zu danken haben. Bedenken Sie Sich aber wohl, ehe Sie eine so undankbare Lebensart ergreifen! Sie kennen nicht die Schwierigkeiten alle, mit denen Sie zu kämpfen haben werden, die Demüthigungen, welche man Sie wird empfinden lassen. Seyen Sie auch der beste Mann und der vortreflichste Schauspieler; so werden Sie da auf den unglücklichen Brettern jedermann preisgegeben, dem Urtheil der seichtesten Köpfe ausgesetzt, wie ein bezahlter Spaßmacher betrachtet, im gemeinen Leben zurückgesetzt, oder wenn ja geachtet, von eingebildeten Kennern zu den Tafeln gezogen, um ihrer Eitelkeit zu schmeicheln, doch schwerlich bey uns die Freude finden, welche Sie erwarten.« In diesem Tone fuhr er fort, und ich verstummte; Wie man aber zu jedem Entschlusse doppelt gereizt wird, sobald man uns Bedenklichkeiten in den Weg legt; so fuhr auch ich fort, den Herrn Schröder dringend zu bitten, mir den Debüt zu gestatten, und er that es endlich, nicht ohne einigen Wiederwillen.

Der Tag zu Aufführung des Clavigo erschien. Ich hatte meine Rolle bestmöglichst studiert, und nun merkte ich erst, welche schwere Arbeit ich übernommen hatte. Ich sahe bey den Proben, wie viel mir fehlte, wie manche nothwendige Ueberlegung ich wie eine Kleinigkeit übersehn hatte. Allein Herr Schröder half mir treulich, und das Publicum war ziemlich mit mir zufrieden; Ich wurde angenommen, jedoch, wie sichs versteht, angewiesen, vorerst mich an kleinere Rollen zu halten; denn das hamburgsche Publicum hat einen feinen Sinn für die Kunst, und wörtlich wurde mir bange für Reyerberg, der, wie bekannt, bis itzt in Manheim gespielt hatte, woselbst, wie man das überhaupt von dortigen Gegenden weiß, der Geschmack noch weit zurück ist.

Die erste Rolle, welche ich nächstdem übernehmen musste, war die vom Minister im Hamlet. Solche Rollen schienen meinem Alter und meinen Fähigkeiten angemessener, obgleich sie auch nicht ohne Schwierigkeiten sind. Man kann in eine Rolle sehr viel hineinlegen, so wie man sie auch, bey dem besten Spiel, ganz verderben kann, wenn man nicht vorher den Character, mit allen seinen Grundtriebfedern und feinern Nuancen, ganz ins Auge gefasst und durchstudiert hat.

Es ist vielleicht manchem meiner Leser nicht unangenehm, wenn ich zum Beweis davon hier etwas über diesen sonderbaren Character von schakespearscher Schöpfung sage. Es muß Vielen auffallen, daß der alte Geheimerath, der bey jeder Gelegenheit von Hamlet so lächerlich gemacht wird, der, wenn er anfängt mit dem Könige und der Königinn über des Prinzen Gemüthskrankheit zu reden, das allerplatteste, ungereimteste Zeug sagt, und überhaupt wie der steifste, dümmste Pedant auftritt, daß derselbe Mann seinem Sohne Laërtes die vortreflichsten, tiefdurchgedachten, wahrhaftig aphorismischen Lehren auf den Weg giebt, und von seinen Kindern so geliebt und betrauert wird. Dieser anscheinende Wiederspruch wird aber nur durch das ungeschickte Spiel mancher Acteurs erweckt. Man lässt nämlich gewöhnlich den alten Mann allen diesen Unsinn so gradeweg, mit der steifsten Ernsthaftigkeit hersagen — Das ist höchst unklug. Er ist ein äusserst zugespitzter, feiner Hofmann, der seinen niederträchtigen, falschen König recht gut kennt und die Gefahr der Situation, in welcher er ist, lebhaft fühlt. Um sich hier durch Spaß herauszuziehn, macht er in Gegenwart der Herrschaft den Hanswurst, ermüdet sie durch seinen langweiligen Witz und vermeidet also die Gelegenheit, das Ding ernsthaft angreifen zu müssen. Man soll ihn für einen kurzsichtigen Schwätzer halten, und wenn etwa die Sache zwischen dem Könige, Hamlet und Orphelien nicht gienge, wie es gehn sollte; so mögte er sich gern mit seinem wohlgemeinten Unverstande entschuldigen. Wenn er daher am Hofe redet; so darf es nur immer in einem lächerlichen Ton geschehn; Es muß der Spaßmacher durchschimmern; allein man soll es ihm auch ansehn, daß ihm dies nicht natürlich ist. Sobald er aber im Hause zu seiner Familie spricht; muß er mit natürlicher Würde, Feinheit und Wärme reden. Diese Behandlung des erwähnten Characters ist um so nöthiger, da sich sonst das Mitleiden empöhrt, wenn man sieht, daß der Dichter, ohne Ursache, sich die Mühe gegeben hat, einen so schwachen, unbedeutenden Menschen umbringen zu lassen — Nein! für seine Verstellung, für die zweydeutige Person, die er spielte, dafür und für seinen Vorwitz bestrafte ihn das Schicksal — Einem dummen Menschen würde das nicht begegnet seyn —

Ich habe dies nur zum Beyspiel anführen mögen, daß man doch wahrlich keine Rolle für klein halten solle. Große, bedeutende, mit starken Farben gezeichnete Charactere, sind oft nicht so schwer darzustellen, wie kleine, unbedeutend scheinende Vertrauete. In jenen wird ein gefühlvoller Mensch nicht nur, während der Handlung, nach und nach hingerissen und in Feuer gesetzt, sondern da der Zuschauer selbst nicht kalt bleibt; so misst er nicht so genau das zu Viel oder zu Wenig ab. Aber ein Vertraueter, der nicht blos horchender Zuhörer, sondern theilnehmender Freund seyn soll, muß dastehn, sich selbst, der Himmel weiß wie! in Feuer setzen, um, wenn es Zeit ist, zu zeigen, wie nahe ihm das Schicksal seines Helden am Herzen liegt; und das Parterre verzeyht es ihm nicht, wenn er, der mithandelt, weniger gerührt scheint, als Der, welcher nur schauet, und man bedenkt dann nicht, wie schwer es ist, nachdem man das Stück so oft gesehn und gelesen, auswendig gelernt und probiert hat, noch eben so warm mitzuspielen, wenn noch dazu der Geiz nach Beyfall nicht einmal ein Sporn werden kann; denn wer lobt je einen Confident?

Seyd achtsam, o Ihr Schauspieler und Critiker auf diese kleinen Winke! Sie sind nicht aus meinem Gehirne, nein! sie sind aus der Natur entlehnt, und wie oft habe ich mich geärgert, wenn ich so zuweilen die kenntnißlosen Urtheile eines eingebildeten Kenners über diese und jene Scene habe anhören müssen! Da glauben sie dann, für ihren Gulden das Recht erkauft zu haben, frischweg Dichter und Künstler zu tadeln und zu loben — O Du süßes, glattes, feines geputztes Männlein am Hofe! Solltest Du nur einmal Eine Scene aus diesem Stücke dem Herrn Schröder laut vorlesen; wie würdest Du in die Schule geschickt werden!

Ich war ungefehr zwey Monate in Hamburg, als ich einst in Gesellschaft einiger Freunde eine kleine Wasserfahrt auf der Alster machte — Ein herrliches Vergnügen — Der Abend war schön — In unsrer und noch in zwey andern Jagden hatte man Musicanten. Da saßen dann muntre Gäste, bey einem fröhligen Mahle — Der Mond spiegelte sich in dem Wasser, auf welchem sich die kleinen Fahrzeuge durchkreuzten. Nun steckte bald hier ein Bekannter den Kopf zum Fenster hinaus, und begrüßte seine vorüberfahrenden Freunde: Bald rief dort ein Andrer seinem Bruder einen freundlichen guten Abend zu. Als es etwa eine Stunde vor Mitternacht seyn mogte, legten sich unsre Schiffgen in der Mitte der See zusammen. Jetzt formte sich eine kleine schwimmende, lustige Republik. Wir stiegen von einem Nachen in den andern und machten manche interessante Bekanntschaft unter Einheimischen und Fremden.

Es befand sich unter Andern ein Hofrath aus Hannover in einem der Schiffe, ein wackrer Mann, der eben zum Besuche bey seinem Schwager hier war. Wir sprachen viel mit einander, und er schien Geschmack an meinen Gesprächen zu finden. »Wollen Sie,« sagte er nur, »morgen, nach der Commödie, meinem Schwager die Ehre erweisen, bey ihm zu Nacht zu speisen; so soll die Kutsche vor der Thür des Schauspielhauses bereit stehn.« Ich nahm mit Freuden die Einladung an, und kaum war am folgenden Abend der Vorhang gefallen; so eilte ich dem Ausgange zu, um unter der Menge Kutschen nach der mir bestimmten zu fragen. Aber ein eiliger Bedienter zog mich im Gedränge beym Ermel, und sagte! »Hier, hier mein Herr! hier ist die Kutsche!« Natürlicherweise glaubte ich ganz recht gefunden zu haben, und stieg ein, worauf der Kutscher eilig fortfuhr. Ich kam vor ein Haus; man ließ mich aussteigen, führte mich die Treppe hinauf, in eine Art von Vorzimmer. »Das ist doch hübsch,« dachte ich: »Hier behandelt man Dich wie einen Freund. Da sind keine große, prächtige Zubereitungen, keine kostbare Erleuchtungen; Ich werde einen vergnügten Abend zubringen.« Kaum war eine halbe viertel Stunde verstrichen, als ein Mann hereintrat, und mir entgegen rief: »O mein Herr! Wir haben Ihnen wohl sehr viel Verbindlichkeit. Der große Ruf Ihrer Kunst hat uns bewogen, zu Ihnen unsre Zuflucht zu nehmen. Verzeyhn Sie nur, daß wir Sie so aus der Commödie haben holen lassen.« Bey dieser Anrede musste ich nothwendig den Mann für den Herrn vom Hause, und seinen freundlichen Willkomm für ein höfliches Compliment halten. Aber er fuhr fort: »Ist es Ihnen nun gefällig, meine Frau zu sehn? Ich hoffe, es soll nichts zu bedeuten haben.« Er öfnete die Thür; Es lag eine Frau im Bette. »Ist die Frau Gemahlinn krank?« sprach ich verwundert. »So sehr krank ist sie bis jetzt noch nicht gewesen,« antwortete mein Begleiter, »aber nun werden doch wohl bald stärkere Wehen kommen. Sind Sie so gütig gewesen, für einen Accouchierstuhl zu sorgen?« »Hier muß,« dachte ich, »ein Irrthum seyn. Der Mann hält mich für einen Geburtshelfer.« Es kam also zu gegenseitigen Erklärungen, wie meine Leser denken können; Da wies es sich dann aus, daß der gute Mann einen geschickten Accoucheur aus Altona verschrieben hatte, der auch angekommen und, weil er den Fall nicht für so eilig gehalten, in das Schauspiel gegangen war. Die Frau fühlte aber gegen Abend Schmerzen, und der Herr schickte den Wagen mit einem Bedienten vor das Commödienhaus, um ihn abrufen zu lassen. Der Laquaie hatte den Doctor gesprochen, aber im Gedränge nicht so genau auf sein Gesicht Achtung gegeben. Weil ich nun auch dastand, und mich erkundigte, ob nicht eine Equipage auf einen einzelnen Mann wartete; so glaubte der Bediente, der indeß hatte vorfahren lassen, noch immer seinen Mann vor sich zu sehn, und so war dann das qui pro quo entstanden, von welchem beyde Theile nicht sehr zufrieden schienen, denn der Geburtshelfer war nicht gekommen, sondern statt dessen ein Schauspieler, der hier nicht nützen konnte, und ich hatte ein angenehmes Abendessen verscherzt, indeß vielleicht Kutsche und Mahlzeit Meiner erwarteten.

Nachdem ich mich höflich empfohlen hatte, glaubte ich nichts Bessers thun zu können, als in meinen Gasthof zurückzukehren, denn ich wusste nicht den Namen der Gasse, worinn das Haus des Mannes lag, der mich zum Essen gebeten hatte. Hamburg ist groß, und ich war in diesem Quartiere der Stadt ganz fremd. Das Ungefehr führte mich in allerley unbekannte kleine Winkel, bis ich endlich einen Mann fand, der mich zurechtzuweisen versprach. Er gieng vor mir her, und stand zuletzt vor einem alten schmutzigen Hause still. »Hier,« sagte er, »ist ein Durchgang in eine andre Gasse! Wir strecken viel zu, wenn wir da durchgehn.« Und damit öfnete er die Hausthür, worauf ein dicker Mann in einem braunen Wamse mir entgegenkam, und stillschweigend mit uns bis in den Hof, und von da in einen Stall gieng, dessen Thür er, nachdem wir hineingetreten waren, hinter uns zuwarf. Es war ganz dunkel in diesem Stalle. Mir fieng an, bange zu werden, und meine Angst stieg aufs Höchste, als ich mich von einigen starken Kerln ergriffen fühlte, die mir Hände und Füße banden, und mich durch eine Fallthür eine kleine Treppe hinunter, in ein Kellergefängniß brachten.

Ehe ich in der Erzählung meiner traurigen Begebenheit fortfahre, muß ich doch meinen Lesern Nachricht geben, wie es mit dem Entbindungsfalle, zu welchem ich unschuldigerweise berufen wurde, und mit dem Abendessen, das ich im Stiche lassen musste, ferner gieng, welches alles mir nachher der Hofrath aus Hannover erzählt hat. Der Accoucheur trat gravitätisch vor die Thür des Commödienhauses, und rief: »Wo ist denn mein Wagen?« Eine Zeitlang antwortete niemand, als aber alle übrigen Fahrzeuge fort waren, auch von den Fußgängern niemand da stand; blieb dem Bedienten des Hofraths, der mich auch nicht so genau kannte, nichts übrig, als den Herrn Doctor für meine Person zu halten, und ihn in den Wagen zu heben. Die Gesellschaft war unterdessen versammelt und erwartete mit Verlangen den Schauspieler Claus, der ihr einen fröhlichen Abend machen sollte. Endlich kam die Kutsche; die Flügelthüren öfneten sich, und ein langer hagrer Mann, mit einer weissen Perüke von Stukkaturarbeit, in einem grünen Rocke mit goldenen Schleifen, rothen gestrickten Hosen und schwarzen seidenen Strümpfen, schritt langsam herein. »Seyen Sie allerseits willkommen,« sagte er, ohne der Versammlung Zeit zu lassen, sich von ihrer Verwundrung zu erholen: »Seyen Sie allerseits willkommen! In welcher Person habe ich denn das Glück den Herrn vom Hause zu verehren?« Man zeigte ihm denselben. »Ich bin Ihnen obligiert für Ihr gütiges Zutrauen, mein Herr!« fuhr er fort, »und werde mich bestreben, dessen würdig zu seyn. Ihre Frau Gemahlinn ist, wie ich höre, jung. Da soll es, ich zweifle nicht, bald überstanden seyn; Und könnten sich Schwierigkeiten äussern; so bin ich mit vortreflichen Instrumenten versehn. Doch ist mein Wunsch, es möge ohne alle Gewalt zugehn. Ja, ja! ich denke, morgen um diese Zeit sollen Sie Ihren kleinen lächelnden Erben auf dem Schooße wiegen.« Nun war unglücklicherweise die Frau vom Hause zwischen funfzig und sechzig Jahre alt, und wenn Sara bey einer ähnlichen Prophezeyung lachte; so wurde diese hingegen über eine solche Impertinenz gewaltig aufgebracht. Sie glaubte, man habe ihr einen Possen spielen wollen, weil sie nie Kinder gehabt, und es kostete Mühe die Sache ins Klare zu bringen, den Doctor unbeschimpft wiederum in den Wagen zu packen, und ihn an den rechten Ort seiner Bestimmung zu bringen. Die Dame kam glücklich nieder, und die Gesellschaft, am andern Ende der Stadt, scherzte und lachte, indeß ich armer Schelm in meinem Kerker, mit noch zwey andern Unglücklichen, die auch von den Seelenverkäufern durch List hierhergelockt waren, unser Schicksal verwünschte.

Funfzehntes Kapitel.

Auf welche Art Peter wieder erlöst wird.

Dies Unglück hatte mich doch nun wahrlich ganz ohne meine Schuld betroffen, auch war es nicht von langer Dauer. Doch, wir haben den ehrlichen Ludwig von Reyerberg so lange aus den Augen verlohren, daß ich Ihnen erst Nachricht von demselben geben muß, ehe ich zu der Entwicklung meines Schicksals kommen kann. Als er des Herrn Schröders Brief bekam, hatte der gute Junge einige Schulden; er schrieb also wiederum nach Hamburg, bat um Vorschuß, und erlangte die Gewährung seiner Bitte. Da dieser Umstand einen Aufenthalt machte; kam er erst im August an den Ort seiner Bestimmung, und zwar grade auf den Tag nach meiner unglücklichen Begebenheit. Sein erster Weg war in mein Quartier, wo er die Nachricht hörte: ich sey die Nacht nicht nach Hause gekommen. Sonderbar! Man war das an mir nicht gewohnt. Denselben Tag sollte ich in dem Hausvater von Diderot die Rolle des Commandeurs machen, aber ich kam nicht zur Probe. Herr Schröder ließ mich suchen; niemand wusste, wo ich war. Seit der gestrigen Commödie war ich gänzlich vermisst worden, und mein Jugendfreund wurde innigst betrübt und verlegen um mich. Da ich nun vergessen hatte, irgend jemand etwas von der Einladung des Hofraths zu erzählen; würde vielleicht nie wieder sich einige Spur von mir gefunden haben, wenn mir nicht die Vorsehung ein unvermuthetes Rettungsmittel zugeschickt hätte, wie man nachher hören wird.

Sobald mich die Seelenverkäufer in das unterirdische Gefängniß geworfen hatten, banden sie mich los, und Einer von ihnen brachte ein Lämpchen. Nun sahe ich erst, daß dieser höllische Aufenthalt ein großes Zimmer, aber durch eisernes Gitterwerk in vier Theile getheilt war, und daß, ausser meinem Käfige, noch zwey andre bewohnt waren. Jedes dieser Behältnisse hatte etwa acht Fuß ins Gevierte. Ein Lager von Stroh und eine kleine Bank, sonst war nichts darinn, und den ganzen Tag über drang kein Licht in diesen Abgrund, als des Mittags und Abends, wenn man den armen Unglücklichen das Essen brachte. Mit den ärgsten Drohungen, uns umzubringen, wenn wir Lerm machten, wurden wir zum Stillschweigen verdammt, und uns angezeigt, daß man uns in drey Tagen zu Schiffe führen würde.

Es ist leicht zu begreifen, daß ich diese Nacht ohne Schlaf in dem erschrecklichsten Gemüthszustande zubrachte, aber ich seufzte nur, und jammerte in der Stille. Mein nächster Nachbar hingegen ertrug sein Schicksal nicht so ruhig. Er fluchte und tobte in einem Odem fort, allein ich war zu sehr mit meinem eignen Schmerze beschäftigt, um so genau auf das, was er sprach, Acht zu geben. Zwischendurch machte mich doch ein einzelnes Wort aufmerksam. Er sagte einmal: »O! warum blieb ich nicht lieber im Zuchthause!« Ein andermal rief er: »Nun bist Du gerächt, böser Vater!« und sprach noch manche andre Dinge, die mir sehr bedeutend vorkamen. Ich glaubte an diesen Zügen meinen alten Cameraden zu erkennen. Auch der Ton der Stimme begründete meine Vermuthung; ich rief also: »Haudritz!« »Wer kennt mich hier? Wer nennt meinen Namen?« antwortete der Unglückliche. »So bist Du es dann würklich. So hat uns dann das Elend hier wieder vereinigt?« fuhr ich fort: »Ach Haudritz! fluche nicht auf das Schicksal? Hier begegnet uns, was wir längst, schon in Braunschweig verdient hatten. Aber durch welchen Zufall bist Du in die Klauen dieser Ungeheuer gerathen?« »Schweig,« fiel mir hier Haudritz in die Rede: »Feiger! Es ist weder Zeit zu moralisiren, noch Histörchen zu erzählen. Laß uns vielmehr an ein Befreyungsmittel denken! Wenn Du noch der Kerl bist, der Du sonst warst; so laß uns mit vereinten Kräften etwas ersinnen und ausführen! Gut, daß Du hier bist! Mit dem Pinsel dort ist nichts anzufangen. Er antwortet nicht einmal, wenn man mit ihm reden will.« Würklich war auch dieser unser dritte Unglücksgefährte ganz still, gab keinen Laut von sich; Man hörte ihn nicht einmal seufzen.

Gemeinschaftliches Elend bindet, wie bekannt, die Menschen fester aneinander, und man trägt geduldiger, wenn man nicht allein trägt. Wir fiengen nun an, ernstlich an einem Plane zu unsrer Befreyung zu arbeiten, und verschworen uns, aus Verzweiflung uns lieber bis auf den Tod mit Händen und Füßen zu wehren, wenn alles fehlschlagen sollte, als uns aufs neue binden und zu Schiffe bringen zu lassen — Doch ich will die Leser nicht mit unsern Träumereyen ermüden, denn die gütige Vorsehung zernichtete zum Glück diese alle, und half mir, da ich es am wenigsten erwarten konnte, so daß ich nur eine einzige Nacht in dieser Höhle zubrachte. Dies gieng also zu:

Der dritte Mensch, welcher in unserm Kerker saß, war ein reicher junger Kaufmannssohn aus Bremen. Als er nach Hamburg reiste, gab ihm sein Vater einen alten treuen Diener mit, welcher insgeheim angewiesen wurde, jedem seiner Schritte genau nachzuspüren. Sobald nun der Jüngling in diese Stadt kam, suchte ein Mensch seine Bekanntschaft, der sich für einen Hauptmann in Diensten der ostindischen Compagnie ausgab, französisch sprach, und den jungen Teutschen in allerley Gesellschaften zog, wozu der ehrliche Johann den Kopf schüttelte. Der Herr Hauptmann gefiel ihm gar nicht; kam ihm ein wenig verdächtig vor, und er versäumte nicht, so oft die Herrn zusammen ausgiengen, von Weitem hinterherzuschleichen. Dieser Officier war nun der eigentliche Anführer der Seelenverkäuferbande. Eines Abends lockte er den fremden Bremer, unter irgend einem Vorwande, in dies Haus, und bald nachher sah der alte Bediente, in der Entfernung lauernd, in seinen Mantel gehüllt, den Franzosen allein wieder herauskommen. Er merkte sich also das Haus, wartete mit Ungeduld zwey Tage lang auf die

Wiederkunft seines jungen Herrn, und als dieser immer nicht erschien, zeigte er bey der Policey die Sache an. Monsieur de Ventaulair (denn, wenn Sie es noch nicht errathen haben; so will ich es Ihnen gleich sagen, Er war es, der nun das mystische Fach aufgegeben, und, auf einer Reise durch Holland, sich dort von einem Seelenverkäufer zum Missionair nach Hamburg hatte annehmen lassen, worauf er dann auch hier eine solche Mördergrube anlegte) Monsieur de Ventaulair wurde unerwartet überfallen, in Verhaft genommen, und der gute Johann, den der Himmel segnen wolle, wenn er noch lebt! führte die Policeybedienten vor das abscheuliche Haus. Es wurde gepocht, und als die Thür geöfnet war, augenblicklich Wache davorgestellt. Nun verteilten sich gleich die Policeyofficianten in alle Theile des Hauses, nachdem vorher die Hausgenossen sämtlich, bis auf den Wirth noch, der mitgehn musste, in einem Zimmer festgehalten wurden. Wir hörten unten aus unserm Abgrunde den Lerm, der im Hofe gemacht wurde, als daselbst die Nachsuchung angieng. Jetzt, glaubten wir, sey es Zeit zu schreyen. Ungeachtet der Drohung also, hielten wir nun nicht länger das auferlegte Stillschweigen, sondern riefen Beyde, Haudritz und ich, so gewaltig laut, daß man es oben hörte, den Stall aufbrach, die Fallthür fand, und uns hervorzog. Ich eile kurz zum Schlusse dieser für uns so erwünschten Catastrophe. Die ganze Rotte der Seelenverkäufer wurde eingezogen, verhört und verurtheilt, zeitlebens in den Eisen, doppelt geschlossen, zu arbeiten. Als ich ein Paar Jahre nachher meinen ehemaligen Herrn und Lehrer in diesem traurigen Zustande durch die Straßen ziehn sah, konnte ich mich der Thränen nicht enthalten, und wendete meine Blicke von ihm weg.

Wie froh, gleichsam zu einem neuen Leben erweckt, wir aus dem Kerker hervorstiegen, das bedarf wohl keiner Beschreibung. Wäre es möglich gewesen, in Haudritzens Herz ein Gefühl für die Tugend wieder zu erwecken; so hätte diese letzte Züchtigung ihn auf ernsthafte Gedanken bringen müssen. Mir wenigstens flößte dieser Wink der Vorsehung aufs Neue den festen Entschluß ein, künftighin wie ein ehrlicher

Kerl zu handeln. Sie werden, meine Herrn und Damen! in der Folge sehn, in wie fern ich meinem Vorsatze treu blieb. Aber Haudritz war nun einmal so verwildert, so erbittert gegen das Menschengeschlecht, daß jede Strafe, die ihm Gott zuschickte, ihn doppelt im Laster verhärtete, und gegen alle guten Eindrücke taub machte.

Nachdem ich mich bey meinem lieben Herrn Schröder gemeldet und ihm mein Schicksal erzählt hatte, brachten wir, Reyerberg, Haudritz und ich, vertraulich den Abend mit einander hin. Wir hatten Alle so viel aus unsern Geschichten nachzuholen, daß wir bis Mitternacht zusammen blieben, ehe wir mit den Erzählungen unsrer indeß gemachten Erfahrungen fertig wurden. Zuerst kam an mich die Reyhe, und dann sollte Haudritz unsre Neugier befriedigen; Er that es in folgenden Worten:

»Ihr wisst, daß mein Vater die Grobheit begieng, mich wegen einer kleinen unbedeutenden Ursache gefangennehmen zu lassen. Er ist ein steifer, ernsthafter Mann, der keinen Spaß leiden mag. Ich hatte in Braunschweig in seinem Namen ein Wechselchen geschrieben; das nahm er gewaltig übel auf. Ich dachte eben das Geld darauf abzuholen, als die Wache kam, die er hatte rufen lassen. Sie brachte mich ins Kühle, ohne mich um Erlaubniß zu fragen, und wenige Tage nachher wies man mir eine freye Wohnung im Zuchthause an. Ihr könnt Euch leicht einbilden, daß die geschlossene Gesellschaft, welche ich dort antraf, gar nicht nach meinem Geschmacke war, und doch fühlte ich mich in der ersten Zeit zu stolz, um gute Worte zu geben. Ich hielt meisterhaft aus, bis endlich die schlechte Kost, der Verdruß, und die eingesperrte Luft mich gefährlich krank machten. Ich lag einige Tage ohne Hofnung, während welcher Zeit der gutwillige Arzt, den man zu mir gerufen hatte, an meinen Vater schrieb. Dieser bekam nun einen Anfall von Zärtlichkeit, setzte sich in den Wagen, und kam zu mir gefahren. Er sagte allerley rührendes Zeug, sprach von Verzeyhung und dergleichen, und ließ mich in ein anders Haus bringen, wo ich dann bald ausser Gefahr kam. Nun nöthigten den alten

Mann seine Geschäfte, wieder abzureisen. Da ich nun zu schwach war, um das Bette zu verlassen; musste ich noch zuletzt eine ungeheure Portion väterlicher Vermahnungen hinunterschlucken, die sich mit den Worten endigten: Ich denke, Du sollst nun durch Schaden klug geworden seyn, und in dieser Hofnung will ich Dich nicht wieder ins Zuchthaus bringen, sondern Dich in vierzehn Tagen abholen lassen. Ich habe Dir in Gedanken eine Lebensart ausgewählt, in welcher Du brav arbeiten sollst; So verfällst Du nicht auf böse Gedanken. Müssiggang ist aller Laster Anfang, und wie die Predigt weiter gieng, Ich war indessen fest entschlossen, diese vierzehn Tage nicht abzuwarten, noch mich in eine neue Sclaverey zu begeben. Kaum war ich daher so weit hergestellt, daß ich wieder herumgehn konnte; so packte ich ganz in der Stille meine Sächelchen zusammen, und schlich mich zum Thore hinaus. Ich war noch schwach, gieng also langsam fort, täglich etwa vier Stunden. Viel Geld hatte ich freylich nicht; desfalls gab ich mich für einen Mann aus, der als Secretair hatte nach Koppenhagen gehn sollen, aber das Unglück gehabt hatte, bestohlen zu werden. Nachher sey ich von einer schweren Krankheit befallen u. s. f. Ihr wisst ja, wie ich das Ding anzufangen weiß, wenn ich das Mitleid der Leute in Bewegung setzen will. Ein Cammerherr nahm mich zu sich, um seine Correspondenz zu führen. Der hatte nun eine hübsche, schlanke, junge Frau, die aber gewaltig empfindsam und cokett war. Ich glaube eben nicht, daß sie bey der ersten Gelegenheit ihrem Manne untreu geworden seyn würde, auch hatte sie würklich, wie es schien, nicht viel Temperament, aber aus bloßer Eitelkeit, welche mehrentheils bey den Weibern im Hintergrunde steht, wenn sie einen Roman spielen, vergaffte sie sich in jeden Mann, der ein bischen mit ihr sympathisierte. Da liebäugelte sie dann gewaltig, sah schmachtend aus, verdrehete auf diese Art manchem Narren den Kopf, und machte sich bey Klügern lächerlich. Der arme Mann war hiebey am mehrsten zu bedauern, denn da er wenig Kenntniß vom weiblichen Herzen hatte; wurde ihm warm vor der Stirne, so oft ein artiger junger Herr ins Haus kam. Der gute Herr hätte dazu lächeln sollen, denn grade weil die Frau Gemahlinn merkte, daß ihn das beunruhigte; versäumte sie keine Gelegenheit, wie es alle Weiber machen, diese Empfindlichkeit zu reizen, denn auf diese Art hatte sie ihn immer am Stricke. Hätte er sie aber durch angenommene Verachtung oder durch Repressalien gestraft; hätte er gewusst, daß solche Schmelzende selten dauerhafte Leidenschaften erregen, daß überhaupt die Weiber fast nie wahrhaftig lieben, daß sie aber, aus Hang zur Abwechselung, stets so ein Herzensspielwerk haben müssen, und daß dies freylich oft weit führen kann, wenn man nicht die Politik beobachtet, sich ganz gleichgültig und kalt zu stellen, unter der Hand aber die Gelegenheit zu einer größern Thorheit abzuschneiden; Hätte er das alles gewusst; so würde er nicht so viel unruhige Stunden gehabt haben. Mich hielt er indessen für einen Menschen ohne Bedeutung, aber er wich dennoch dem Schicksal nicht aus, auch meinetwegen in Unruhe gesetzt zu werden. Die gnädige Frau hatte etwas Lectur; besonders waren die italienischen süßen Dichter ihr Steckenpferd, oder vielmehr ihre Puppe. Ich musste ihr vorlesen, und wenn sie dann mit verdreheten Augen meinen Vortrag lobte, und nachher bey Tische mit Enthusiasmus von unserm gleichgestimmten Geschmacke redete; umwölkte sich des Herrn Gemahls Gesicht, und das um so mehr, da er gar keinen Geschmack am Lesen fand. Mir war das Ding höchst zuwieder, (Ihr wisst, daß ich ohnehin keine Weiber leiden kann*) und da der Edelmann nur auf eine bequeme Gelegenheit zu warten schien, Meiner mit Ehren loszuwerden; kam ich ihm zuvor, und bat um meine Entlassung. Mit einigem Gelde, das er mir schenkte, arbeitete ich mich durch bis wieder hierher nach Hamburg in der Absicht, wo möglich auf einem Schiffe, das nach Ostindien gehn würde, eine kleine Bedienung zu erhalten; Da hat mich

* Peter Claus mag sie wohl leiden; das versichre ich Sie, und billigt diese Lästerungen keineswegs.

nun ein Lumpenkerl in jenes verfluchte Haus gebracht — Das Uebrige wisst Ihr.«

»Ich sehe,« fieng hier Reyerberg an, »daß Du ein Mensch bist, der nie einen graden, ehrlichen Weg in der Welt gehn wird, und also rathe ich Dir immer, Deinen Plan nach Ostindien nicht fahren zu lassen. Dort findest Du Deines Gleichen.« »Was nennst Du Meines Gleichen?« rief Haudritz — »Daß ich mich darüber mit Dir zanken sollte!« antwortete jener: »Genug! wir wollen Dir schon eine annehmliche Stelle bey einem Schiffscapitain ausmachen.«

Würklich waren wir auch so glücklich, diesen Welttheil von einer so unnützen Last zu befreyn, und noch in eben der Woche fuhr Haudritz aus Hamburg in die See hinein. Vielleicht sehn wir ihn noch einmal irgendwo wieder.

»Aber nun sage mir, mein lieber Ludwig!« sprach ich: »Wo ist denn Deine schöne Schauspielerinn, Dein Engel, Dein Abgott? Verschaffe mir doch die Bekanntschaft dieses Gegenstandes Deiner Zärtlichkeit!« »Ach!« erwiederte er, »erinnere mich daran nicht! Die Ungetreue, die Falsche, der zu gefallen ich diesen Stand ergriffen, der ich alles aufgeopfert habe, die Undankbare ist mit einem holländischen Officier davongelaufen. Laß uns nicht mehr hiervon reden! Aber eine alte Bekanntschaft musst Du erneuern, und die ist unser Herr Brick, den wir einst im goldenen Engel in Braunschweig im grauen Rocke sitzen und trauern sahen. Er wurde, wie Du weisst, Schauspieler, war nachher mit mir in Leipzig, bey der Gesellschaft, die er gleichfalls verlassen hat, um bey dem Herrn Schröder Engagement zu suchen. Aber kaum kam er hier an, als er tödlich krank wurde, und ich zweifle sehr, daß er davonkommen wird.«

Wir giengen des folgenden Tags zu ihm hin. Er hatte ein hitziges Fieber, das ihm gewaltig zusetzte, so daß er oft seiner Sinne nicht mächtig war. Wir wachten des Nachts abwechselnd bey ihm, und verpflegten ihn, so gut wir konnten; Es wurde aber täglich schlimmer mit ihm. In der letzten Nacht, als es bald zu Ende gehn wollte, deutete er auf ein versiegeltes Paquet, das auf seinem Tische lag, und sagte mir dann mit schwacher Stimme: In diesem Umschlage befänden sich so höchst wichtige Papiere, daß er mich nicht besser für meine ihm bezeigte Sorgfalt belohnen könnte, als indem er mir diesen Schatz anvertrauete. Ich würde erstaunen, wenn ich es nach seinem Tode eröfnete — Bald darauf starb er —

Es war den 27sten August Morgens um 3 Uhr, als ich dem Herrn Brick die Augen zudrückte, das Paquet in die Tasche steckte, und zu Reyerberg eilte, um ihm von allem Bericht zu erstatten. Aber was mir da begegnete, ist so ausserordentlich, daß ich die Erzählung davon bis auf den zweyten Theil meiner Geschichte versparen muß.

Ich scheue mich fast, den Lesern mit dieser ganz wunderbaren Begebenheit unter die Augen zu treten; Sie mögten das Ding für eine Fabel halten. Sonderbar ist es, daß ich immer das Schicksal hatte, für einen Andern angesehn zu werden, und es klingt sehr unwahrscheinlich, weil es so oft in meinem Lebenslaufe vorkömmt. Aber doch — ich will ein Zeitungsschreiber seyn, wenn ich Ihnen etwas erzähle, was nicht Wahrheit ist —

Giebt es Menschen, die zu ganz ausserordentlichen Abentheuern bestimmt sind, oder hat mein Gesicht etwas so Apokalyptisches, daß ein Jeder darinn die Physiognomie sieht, die er sucht? Ich weiß es nicht — Kurz! als ich kaum die Hälfte der Gasse hinuntergegangen war, hielt eine Kutsche plötzlich neben mir still — Zwey Herrn stiegen schnell heraus, ein Bedienter sprang hinten herunter — Alle riefen: »Da haben wir ihn endlich!« Darauf packten sie mich an, schoben mich gewaltsam in den Wagen, und fuhren mit mir fort.

Ende des ersten Theils.

Geschichte
Peter Clausens
von
Adolph, Freyherrn Knigge

Zweyter Theil

An die Leser.

Um Misverständnissen vorzubeugen, die zuweilen aus meinen Schriften und andern dieser Art geschöpft werden, muß ich Sie, meine Leser! daran erinnern, daß ich keinen persönlichen Antheil an denjenigen Sätzen nehme, daß es also nicht meine Grundsätze sind, welche die Personen in meinen Romanen vortragen. Es sollte sich das billig von selber verstehn; Man lässt in Schauspielen und Romanen die Personen nach ihrem Character reden, und von den Dingen so urtheilen — nicht wie man sie selbst würde beurtheilt haben, sondern wie man glaubt, daß jene, nach dem Character, den man ihnen gegeben hat, darüber raisonnieren müssten. Das hat dann den Nutzen, daß man dem Leser Gelegenheit giebt, einen Gegenstand aus verschiednen Gesichtspuncten anzusehn und zu bemerken, wie nicht alle Menschen über diese oder jene Sache einerley Meinung sind. Ich sage, das sollte Jeder von selber verstehn; Aber aus Bosheit oder Unverstand sieht das nicht Jeder, will das nicht Jeder sehn, und noch kürzlich habe ich erfahren, daß jemand einem Schriftsteller hat einen Proceß anhängen wollen, weil Derselbe für den Verfasser eines Buchs gehalten wurde, in welchem eine erdichtete Person etwas sagte, das der würdige Herr auf sich und seines Gleichen zog. Das ist in der That erbärmlich! Ich bitte Sie gehorsamst, machen Sie es nicht also mit mir, besonders was den Inhalt des Manuscripts des Herrn Brick's betrifft — Es ist ein Traum, und nichts weiter; und Herr Brick träumt, nicht ich.

Inhalt des zweyten Theils.

Erstes Capitel.

Woher die Irrung entstanden ist, welche dem armen Peter das neue Abentheuer zugezogen hat.

Die Leser des ersten Theils meiner Geschichte (Ich hoffe ihr Name heisst Legio) werden so gnädig seyn, Sich zu erinnern, daß ich Ihnen am Ende des funfzehnten Capitels ein gräßliches Abentheuer erzählt habe, das mir begegnete, als ich den 27sten August 1776, Morgens 3 Uhr, von dem Todtenbette des Herrn Brick weg, mit meinem versiegelten wichtigen Manuscripte in der Tasche, zu Reyerberg eilte. Ich zweifle nicht, Ihr gutes Herz wird indeß meinetwegen in Sorgen gewesen seyn; ja! Sie werden für mich gezittert haben, und Sich nicht eher beruhigen können, bis Sie erfahren werden, was wohl die Männer, welche mich mit Gewalt in die Kutsche schleppten, mit mir angefangen haben. Wenigstens müsste ich ein elender Schriftsteller seyn, wenn ich mich nicht mit der Hofnung schmeichelte, mein Buch habe bey Ihnen großes, warmes Interesse für meine Person erweckt. In dieser Zuversicht fange ich auch gleich wieder frisch die Fortsetzung meiner Geschichte an, ohne eine bescheidne Vorrede vorauszuschicken, und darinn um Verzeyhung zu bitten, daß der vorige Theil nicht besser gerathen ist. So etwas ist mir in den Tod zuwieder, und ich pflege ein Buch, worinn ich dergleichen finde, wegzuwerfen, ohne weiter zu lesen. Denn ich denke, wenn der Verfasser mit solchen erzdummen Erklärungen sein Werk in die Welt schickt; so sieht man es, er hat nicht einmal die einzige

Entschuldigung vor sich, daß wenigstens Er es für gut hielt. Diesemnach erkläre ich feyerlich, daß ich die Geschichte Peter Clausens als ein sehr lehrreiches und angenehmes Buch, als ein classisches Werk empfehle, hoffe und wünsche, Sie sämtlich, meine werthesten Damen und Herrn! werden eben so davon denken, und einer Fortsetzung begierig entgegensehn, weswegen ich dann nunmehr zur Sache eilen will.

Zu besserer Entwickelung und Erläuterung der Begebenheit, welche mich so plötzlich traf, muß ich aber mit meiner Erzählung wieder um ein Paar Schritte zurückgehn.

Als ich Abends den 26sten August zu dem Herrn Brick gehn wollte, um die Nacht bey seinem Bette zuzubringen, trat ich vorher in einen nahegelegnen Gasthof, und ließ mir daselbst ein Butterbrod und eine Flasche Wein geben, um mehr Kräfte zum Wachen zu haben. Es war ausser mir niemand im Tafelzimmer als ein Mann, ungefehr von meinen Jahren, das heisst etwa 36 bis 37 Jahre alt. Wie ich nun immer sehr gesellig gewesen bin; so war ich dann auch hier gleich bereit, ein Gespräch anzufangen. Er sah ganz rechtlich aus, trug ein gelblich seidnes Kleid, mit gestickten silbernen Knöpfen, eine Weste von Silberstoff, einen hübschen großen Castorhut, große Schnallen, die auch auf Kutschpferdegeschirre ihren Platz erfüllt haben würden — Mit Einem Worte, er war ein Mann, vor dem Jeder den Hut abgezogen haben würde, der nicht Chapeaux bas gegangen wäre. Ich fieng vom Wetter, von Krieg und Frieden, vom Schauspiele, vom Hauptpastor Götz, von Toleranz, und von manchen andern gemeinen Dingen ein Gespräch mit ihm an, aber seine Antworten waren kurz, zerstreuet, und er spazierte dabey mit großen Schritten im Zimmer auf und ab, rang die Hände, und schien von einer großen Gemüthsunruhe gequält, welche er vor mir zu verbergen suchte. Es mogte etwa eine halbe Stunde also vorübergegangen seyn, als der Hausknecht hereintrat, diesem Herrn ganz in der Stille ein Billet zusteckte, und dann wieder fortgieng. Kaum hatte es der Fremde gelesen, als sich seine Unruhe sichtbar vermehrte. Er schlug sich mit der dicken Faust vor die Stirne, kehrte oft schnell auf seinem Wege um, näherte sich der Thür, kehrte wieder um, gieng auf mich zu, entfernte sich wieder — Mir gieng das durch die Seele —

Ich bin würklich von je her ein guter, mitleidiger Narr gewesen, und wenn ich besonders meine Neugier, eine sonderbare Begebenheit zu erfahren, zugleich mit dem Triebe, einem Leidenden zu dienen, vereinigen konnte; war ich gern bereit, mich dem Unglücklichen aufzudringen. Ich stand daher vom Stuhle auf, gieng auf den Fremden zu, ergriff ihn bey der Hand, und sagte: »Mein Herr! Sie scheinen in Verlegenheit zu seyn. Kann ich Ihnen helfen; so eröfnen Sie Sich mir, ohne Scheu! Ich bin nicht unempfindlich bey dem Elende Anderer, und diene gern, wo ich kann.« Er blieb plötzlich stehn, sah mir starr in die Augen, vielleicht um in meinen Blicken zu lesen, ob ich es redlich meinte — Dann schwieg er eine Zeitlang — Endlich fieng er an: »Ja wohl bin ich in Verlegenheit, und das in sehr großer; Helfen können Sie mir auch, aber ich wage es nicht, Sie um eine kleine Gefälligkeit zu bitten, da ich Ihnen ganz fremd bin, obgleich diese Gefälligkeit Sie weder Mühe noch Geld kosten würde.« — »Und wenn das auch!« fiel ich ihm in die Rede: »Nur heraus damit!« — Er fuhr fort: »Meine Geschichte ist zu weitläuftig, zu verwickelt. Auch bin ich jetzt nicht in der Gemüthsverfassung, sie Ihnen zu erzählen. Nur so viel: Ich werde ohne meine Schuld verfolgt; Man lauert mir auf; Ich habe keinen Freund, keinen Bekannten hier, und muß eilig Hamburg verlassen, wenn ich nicht meinen Feinden in die Hände fallen will, wovor mich eben dieser Brief ohne Namen warnet. Es ist noch hell auf der Gasse; Man wird mich an meiner Kleidung kennen — Wenn Sie aber mit mir die Kleider vertauschen wollten« — »Mein Herr!« sagte ich bedächtlich, indem mir der Conte di Tondini und das Wäldchen bey Wolfenbüttel einfielen: »Mein Herr! das ist eine verteufelt kitzliche Sache« — »Wie so? bester Mann:« rief er dringend: »Wenn jemand käme, und Sie anredete — Man wird Ihrer Person kein Leid zufügen; Ich habe kein Verbrechen begangen — Dann wird sichs gleich ausweisen, daß Sie der rechte

Mann nicht sind. Zudem können Sie ja, bis es dunkel wird, hier verweilen, und ich schleiche mich indeß in Ihrem braunen Rocke und grauen Ueberrocke zum Hause hinaus, auf ein Schiff, dessen Besitzer mich schon verbergen wird, bis ich morgen ganz frühe die Stadt verlassen kann, um nach Holland zu reisen. An der Kleidung haben Sie keinen Verlust — Edler Menschenfreund! (denn dafür sehe ich Sie an); Helfen Sie einem Unglücklichen, der Ihnen ewig dankbar seyn wird!« — Was soll man machen? »Ey nun!« dachte ich, »was ist es dann auch weiter? Ich bleibe bis gegen zehn Uhr hier, gehe dann getrost die wenigen Schritte zu Brick, und lasse mir dahin morgen andre Kleider bringen.«

Gedacht, gethan! Wir wechselten die Kleider. Er umarmte mich mit den Ausdrücken der wärmsten Dankbarkeit, hüllte sich ein, drückte meinen runden Hut tief in die Augen, und schlich davon.

»Das war wieder ein dummer Streich, Peter Claus!« rief ich, als er fort war: »Wer weiß, wie das Ding zusammenhängt! — Doch was thut es? — Noch eine Flasche Wein, Friedrich! — Der Rock sitzt, hol' mich der Henker! als wenn er mir an den Leib gemessen wäre.« — Das Abentheuer fieng an, mir zu gefallen. Ich gieng sorgenlos im Zimmer auf und ab, setzte den schönen Castorhut auf — Es traten zwey Fremde herein, sahen mich von der Seite an, und entfernten sich wieder — Vermuthlich waren es dieselben, welche mich nachher spazieren fahren liessen (obgleich nicht acht Jahre lang, wie einst der Herzog von Curland seinen Feind durch das ganze russische Reich fahren ließ).

Nach zehn Uhr verfügte ich mich zu dem kranken Brick, und als Dieser seinen Geist aufgegeben hatte, war ich würklich zu sehr mit andern Empfindungen erfüllt, als daß ich hatte an meinen Rock denken sollen. Man hatte mich wahrscheinlich die ganze Nacht durch bewacht, und als ich aus dem Hause trat, fiel ich auch gleich den Feinden des Mannes, dessen Kleider ich trug, in die Hände.

Zweytes Capitel.

Peter Claus hatte das unerwartete Glück in den Stand der heiligen Ehe zu gerathen.

Man wird sich leicht vorstellen, daß ich nicht so gutwillig in den Wagen gestiegen seyn, sondern mich mächtig gesperrt haben würde, wenn ich irgend hätte vermuthen können, daß mir das etwas helfen mögte. Allein, sobald meine erste Ueberraschung vorbey war, und ich mich nun zur Wehre setzen wollte, hielt mir der eine meiner Führer seinen Degen auf die Brust, und drohete mir, mich augenblicklich zu erstechen, wenn ich einen Finger zu meiner Vertheydigung rühren, oder einen Laut von mir geben würde. Was war also zu thun? Es schlief noch jedermann in der Nachbarschaft; die Gasse war ohnehin abgelegen — — »Und dann, was ist es auch mehr?« dachte ich: »Man wird bald den Irrthum einsehn. Sie werden ja den Mann kennen, den sie suchen, und wenn Diese auch fremde Personen sind; so kostet es mich doch nur eine Erklärung, wie ich zu den fremden Kleidern gekommen bin, um wieder befreyet zu werden.« Doch nahm ich mir vor, das Letztere nicht eher zu thun, als bis die Noth am größten wäre, damit der arme Mensch, welcher mich so flehendlich um meinem Schutz gebeten hatte, unterdessen Zeit gewönne, sobald die Thore geöfnet seyn würden, aus der Stadt zu kommen.

Als wir in der Kutsche saßen, fuhr der Kutscher fort. Ich fieng nun an, meine Entführer genauer zu beobachten. Der Eine schien ein holländischer Officier, der Andre ein Kaufmann zu seyn. »Mein Herr!« sagte Dieser: »Sie hofften wohl nicht, daß die Familie, welche Sie beschimpft und entehrt haben, Ihnen aus Liefland her nachspüren, und hier in Hamburg Freunde finden würde, welche sich dieser Sache annähmen, als wenn es ihre eigne wäre? Ist es erlaubt, ein unschuldiges Mädchen aus einem der angesehensten und reichsten Häuser zu verführen, unglücklich zu machen, dann wie ein Dieb in der Nacht davonzugehn, und das entehrte Frauenzimmer bey einem trostlosen, kranken Vater zurückzulassen?« »Mein Herr!« antwortete ich: »Sehen Sie mich doch an! Halten Sie mich einer solchen Schandthat fähig? Hätte ich vermuthen können, daß Sie einen solchen Menschen suchten, nimmermehr hätte ich diese Kleider« — »Hier hilft kein Geschwätz,« fiel mir der Officier in die Rede: »Können Sie die That leugnen?« »Freylich kann ich das,« erwiederte ich: »Ich bin gar nicht der Mann, dem Sie nachstellen« — »Unverschämtheit ohne Beyspiel!« rief hier der Kaufmann: »Glauben Sie, daß, weil wir Ihnen fremde Gesichter sind, wir Sie deswegen nicht kennen? Man hat Sie uns zu genau beschrieben, und wir haben Ihnen seit einigen Tagen zu sorgfältig nachgespürt, um uns in der Person irren zu können. Waren Sie nicht gestern Abend im Gasthofe, in eben dieser Kleidung? Haben wir Sie nicht mit unsern eignen Augen dort gesehen? Haben Sie nicht die Nacht in einem Eckhause, welches einem Seifensieder gehört, zugebracht? Leugnen Sie das, wenn Sie können! — Doch was bedarf ich so vieler Worte? Bald werden Sie eine dritte Person sehn, gegen welche Sie, wenn noch ein Funken von Ehre in Ihrem Herzen ist, schwerlich die Frechheit haben werden, die Augen aufzuschlagen.«

Und nun hielt die Kutsche vor einem wohlgebauten Hause still. Wir stiegen aus; Man ließ mich in das erste Stockwerk hinaufsteigen, und wir traten sodann in eine Art von Vorzimmer, in welchem ein Mann im pfirschblüthfarbenen Rocke uns bewillkommte. »Freude, Freude! Glücklich gefangen!« rief der Officier: »Nun wird, hoffe ich, alles gutgehn. Aber was macht die arme Demoiselle, lieber Herr

Doctor?« »Sie ist der Stunde ihrer Entbindung nahe,« antwortete der Aesculap: »aber sie ist äusserst schwach. Gott weiß, ob sie es überlebt! Wenn nicht das Vergnügen, ihre Ehre auf diese Art gerettet zu sehn, ihr neue Kräfte giebt; so ist mir bange. Sie hat die ganze Nacht durch phantasiert.« »Sehen Sie,« sprach hier der Kaufmann zu mir: »Sehen Sie, Unbesonnener! das ist Ihr Werk! Herr Doctor! Ist denn ein Geistlicher bestellt?« »Ja!« antwortete derselbe: »Er ist würklich bey der Kranken und redet ihr Trost zu.« —

Ich stand wie versteinert da — Der Arzt rieth, man solle, um die Gebährende nicht auf einmal zu sehr zu erschrecken, erst leise den Herrn Pastor herausrufen, und durch denselben das Frauenzimmer benachrichtigen lassen, daß man ihren Liebhaber hierhergeführt habe — Das geschahe; Ich spielte eine elende Rolle dabey —

»Herr Magister!« sagte der Kaufmann als Sr. Ehrwürden erschienen: »Lesen Sie diese Papiere! Hier ist eine Einwilligung von dem Vater des Frauenzimmers, die uns bevollmächtigt, seine Tochter, sobald wir sie finden würden, dem jungen Mann, dem sie nachgereiset war, antrauen zu lassen; Und hier ist die Vollmacht von dem Vater des Verführers, aus Holland, die uns berechtigt, im Fall er sich weigern würde, durch priesterliche Einsegnung die Schande, welche er der Meinhardtschen Familie zugefügt, auszulöschen, ihn sogleich nach Ostindien zu schicken.« (Er gab ihm zwey Schriften) »Es kömmt nur jetzt darauf an, Herr Magister! daß Sie die Unglückliche auf gute Art zu dem Schritte vorbereiten. Uebrigens haben Sie doch kein Bedenken, die Trauung vorzunehmen?« »Im mindesten nicht,« erwiederte der geistliche Herr: »und wie wird sich das arme Kind freuen! Aber Sie, ruchloser Mann!« (Er wendete sich zu mir) »Greifen Sie in Ihr strafbares Gewissen! Das Maaß Ihrer Sünden ist voll. Wäre es Wunder, wenn der Allerhöchste dies unzüchtige Herz nicht wieder zu Gnaden annähme, wenn er über Sie den Fluch verhängte, den er über Sodom und Gomorra und über die Rotte Coran, Datan und Abiram ergehn ließ? Doch, ich überlasse alles seiner unendlichen

Barmherzigkeit, welcher Sie Sich jetzt in die Arme werfen müssen, und eile zu der unglücklichen verführten Kreutzträgerinn zurück.«

Er gieng in das Zimmer; Jetzt konnte ich nicht länger schweigen. »Ich bitte Sie um Gottes willen, meine Herrn!« rief ich: »Hören Sie mich! Ich bin nicht der Mann, den Sie suchen.« — »Still! guter Freund!« fuhr mich der Officier an: »Nicht raisonnirt! Nach Ostindien, oder getrauet!« »Nun, wenn es dann seyn muß,« sagte ich: »Aber Sie werden sehn, was das Frauenzimmer dazu sagen wird, wenn man sie mit einem Fremden, den sie gar nicht kennt, einsegnen will.« — Und damit schwieg ich —

Der Pastor hatte indeß seinen Auftrag vollzogen, und nun öfnete er die Thür des Zimmers. Die Vorhänge des Bettes, darinn meine schwangre Braut lag, waren halb, und die Fenstergardinen gänzlich zugezogen; doch war es noch hell genug, daß sie mich hätte erkennen können, wenn sie nicht, wie ich fest überzeugt bin, phantasiert hätte. Denn ihre Nerven waren hoch gespannt: »Ungetreuer!« rief sie mir entgegen: »Konntest Du mich verlassen? Doch nein! Du warst mir nie untreu. Die Furcht, daß unsre Eltern nicht in unsre Verbindung einwilligen würden, bewog Dich zur Flucht. O Carl! welchen Kummer hast Du aber Deiner Julie gemacht! Komm zurück in ihre Arme!« Nun fieng sie an ohne Zusammenhang zu reden. »Sie erschöpfen Ihre Lebensgeister,« unterbrach sie der Arzt: »und bedürfen noch dieser Kräfte zu größerer Anstrengung. Lassen Sie uns den Trauungs-Actus vornehmen!«

»Nun, mein Herr van Haftendonk!« sagte hierauf der Kaufmann spöttisch zu mir: »Irrt sich dies Frauenzimmer auch in der Person? Wollen Sie Sich itzt trauen lassen, oder lieber eine Lustreise nach Indien machen?« »Ich verstumme beynahe,« war meine Antwort. »Nie hat ein Mensch sich in so viel verwickelten Lagen befunden wie ich, seit meiner zartesten Jugend. Aus jeder derselben hat mich das Schicksal glücklich geführt; Es wird mich auch hier nicht stecken lassen. Machen Sie mit mir, was Sie wollen! Ich bin in Ihrer

Gewalt. Aber wenn es Sie je reuet, wozu Sie mich heute zwingen; so denken Sie, daß ich alles angewendet habe, Ihnen die Augen zu öfnen.«

Und nun gieng ich getrost an das Werk, und ließ mich frischweg als Herr Carl van Haftendonk mit der Demoiselle Julie Meinhardt trauen.

Wer von meinen Freunden mich hier erblickt hätte, in einem geborgten Rocke, einer der Geburtsstunde nahen Person im Bette, einer Person, die ich nie in meinem Leben gesehen hatte, als Ehemann die Hand geben, und ohne mein Zuthun zugleich Gatte und Vater werden, der hätte wahrlich nicht gewusst, ob er das Ding hätte tragisch oder comisch finden sollen. Es war ein so possierlich betrübter Anblick — Man hätte vor Lachen — weinen mögen.

Kaum war die Cäremonie vorbey, als meine Frau Gemahlinn anfieng, ganz erschrecklich zu phantasieren. Zugleich kamen die heftigen Geburtsschmerzen. Mein Stiefkind war im Begriff zu erscheinen, aber man erlaubte mir nicht, diesen zarten Sprößling, die neue Frucht meiner viertelstündigen Ehe zu sehn, sondern führte mich wieder in das Vorzimmer.

Hier redete der Officier viel freundlicher wie vorher mit mir: »Mein Herr!« sagte er, »die beyden Familien sind itzt befriedigt, und ich hoffe, Sie werden inskünftige die Ehre derselben als die Ihrige ansehn. Jetzt müssen Sie sogleich mit mir nach Holland zu Ihrem Herrn Vater. Ihre Frau Gemahlinn ist dazu vorbereitet und wird uns, sobald sie hergestellt ist, folgen. Indessen will Ihr Herr Vater Ihnen einen Plan zu künftiger Versorgung vorlegen. Kehren Sie reuevoll zu ihm zurück; so verzeyhet er Ihnen gewiß.«

Nun versuchte ich nochmals, zu bitten: man mögte mir wenigstens erlauben, erst meine Sachen einzupacken; eigentlich aber war meine Absicht, meine Freunde um Rath und Hülfe anzusprechen — Allein alles vergebens — »Ich habe mehr Geld, wie Sie brauchen, von Ihrem Herrn Vater bekommen,« sagte der Officier. »An Kleidern und Wäsche soll es Ihnen auch nicht fehlen. Also hält uns nichts auf.« — »So sey es dann! Es geht bunt in der Welt her,« erwiederte ich, in einem halb lustigen, halb verzweiflenden Tone — »Es wird sich alles zu seiner Zeit aufklären; Kommen Sie! — Es ist unvernünftig zu bellen, wenn man an der Kette liegt.«

Wir giengen fort, bestiegen ein Schiff und fuhren gegen neun Uhr des Morgens nach Holland zu.

Drittes Capitel.

Seereise. Er erinnert sich seines Manuscripts, findet es in der Tasche, erblickt es, und fängt an zu lesen.

Der Officier, dessen Gefangner ich itzt zu seyn die Ehre hatte, war im Grunde ein herzlich guter Mann, ein bischen rauh von Sitten, wie es zuweilen dieser Stand mit sich bringt, aber übrigens dienstfertig, von hellem, graden Kopfe, gesellig, fröhlich und menschenliebend, ohne es scheinen zu wollen. Viel gelesen schien er nicht zu haben, aber ich denke, man kann auch ein sehr kluger Mann seyn, und selbst denken, ohne zu wissen, was andre Leute gedacht haben. Ich hörte ihn nie von einem Buche reden, ausser von einem Paar Reisebeschreibungen, womit er dann jedesmal aufgezogen kam, so oft von Literatur die Rede war. Er sagte sein unmaaßgebliches Urtheil darüber, und ich bekenne es, meiner geringfügigen Schätzung nach, oft sehr richtig. So glaubte er, zum Beyspiel, daß Sherlock, gegen die Gewohnheit seiner Nation, ein niedriger Schmeichler wäre, der alle diejenigen Häuser und Personen lobte, wo er frey gefressen hatte, und jedem Fürsten, der ihm freundlich begegnet sey, ein ausschweifendes Compliment an den Hals würfe. Von Moor's sittenschildernder Reisebeschreibung behauptete er, daß sie, ausser den unbedeutenden, oft gänzlich falschen, zum Theil sehr giftigen, in Wirthshäusern und Weibergesellschaften aufgesammleten Annecdoten, eine Menge Geschwätz enthalte, das weder philosophischen Beobachtungsgeist, noch feine Kenntnisse verrathe. Er meinte, dieser dicke

Mentor hätte lieber das Bücherschreiben unterlassen sollen. »Da lobe ich mir,« rief er aus, »meinen herrlichen Brydon — das ist ein Mann!«

Unsre übrige Schiffsgesellschaft war sehr vermischt. Ein junger Arzt, der in Leiden seine Studien fortsetzen sollte, und unterwegens den ganzen Tag hindurch Verse machte; Eine Sängerinn, die in Holland auf irgend eine privilegirte Art Geld verdienen wollte; Ein reformirter Candidat des Predigtamts, der vom Morgen bis in die Nacht Tabac rauchte, und von Politik sprach; Ein Paar junge Kaufleute, unerträgliche, unbescheidene Laffen, aus teutschen Reichsstädten gebürtig, eingebildet von ihren Personen, so wie von ihrer Eltern Geldsäcken; Ein protestantischer Geistlicher aus Teutschland, der nach Holland reiste, um mitleidige, ehrgeizige, fromme und dumme Seelen zu beschwatzen, daß sie ihm ihre Kasten eröfneten, damit man ihm in seinem elenden Dörfchen ein Haus bauen könnte, in welchem er ungestraft Unsinn lehren dürfte, nachdem er die Hälfte des erbettelten Geldes auf der Reise verzehrt hatte — und viel andre Menschen mehr. Wir lebten indessen ganz freundschaftlich zusammen und hatten am ersten Tage, den wir zubrachten, Bekanntschaft unter einander zu machen, herrliches Wetter.

Es war die erste Seereise, welche ich machte, und ich nahm mir vor, alle unangenehme Ideen zu entfernen, und das Vergnügen, welches mir diese neue Scene gewähren würde, ganz rein zu schmecken. Es fiel mir gar nicht ein, jetzt weiter in meinen Officier zu dringen, um ihn zu überführen, daß ich nicht myn Heer van Haftendonk sey. »Warum sollte ich mir nicht,« dachte ich bey mir selbst, »diesen Irthum zu Nutz machen, um bey der Gelegenheit ohne Unkosten Holland zu sehn? Wenn ich an Ort und Stelle komme; wird der alte Herr schon gewahrwerden, daß ich sein Sohn nicht bin, und mir, nebst tausend Entschuldigungen und einer freyen Rückreise, noch ein Geschenk machen. Dann trete ich dem rechten Besitzer die Frau ab, und habe, wie es bey großen Herrn üblich ist, nur als Gesandter mich trauen lassen.« Diese

Ueberlegungen machten mir frohen Muth, wozu noch die Vermuthung kam, daß wohl der junge Haftendonk früher wie wir in Amsterdam ankommen würde, denn er war, aller Vermuthung nach, viel eher ausgefahren; Auch sahen wir in der That mit unsern Fernrohren ein Schiff weit vor uns her und geschwinder wie das unsrige seegeln.

Indeß ich den ersten Tag mir also mein System gemacht hatte, stieg ich ruhig in meine Hängematte, und schlief bis an den Morgen. Die Sonne war von Wolken verdunkelt, als ich aufstand; Der Wind blies stark, und war uns durchaus entgegen; Wir kamen gar nicht weiter. Die ganze Gesellschaft war verdrießlich, kränklich — Es war ein trüber, unangenehmer Tag —

»Wenn ich nur wenigstens ein Buch hätte! Die Menschen da unten machen mir Langeweile; Ich mögte lieber lesen.« — »Lesen?« antwortete ich mir selbst: »Was hindert mich, zu lesen? Habe ich nicht das kostbare Manuscript, das theure Unterpfand des sterbenden Bricks in meiner Tasche?« Bemerken Sie wohl, ich hatte, als ich die Kleider wechselte, wie sichs versteht, nicht vergessen, meine Taschen auszuräumen; aber die Verwirrung, in der ich mich nachher befunden, hatte mich mein Manuscript gänzlich vergessen gemacht; Es war noch unerbrochen in dem versiegelten Umschlage.

»Goldnes Manuscript! Welche neue Dinge wirst Du mich lehren!« — Ich hatte kaum so viel Geduld, das Siegel zu lösen, und als es offen da lag, verschlang ich es fast, zitterte aus freudigem Verlangen, und fieng an ämsig zu lesen, was im folgenden Capitel steht.

Viertes Capitel.

Anfang des Manuscripts. Sturm auf der See. Sie werden nach Dännemark verschlagen.

»Erzählung derjenigen Begebenheiten, welche mir, Christoph Heinrich Brick seit meiner Abreise aus Braunschweig begegnet sind.«

Ich will die wenigen Augenblicke, welche ich vielleicht noch zu leben habe, zum Besten meiner lieben Freunde, welche mich in meiner Krankheit so treulich verpflegt haben, anwenden, indem ich Euch eine höchstwichtige Nachricht melden will, welche, wenn Ihr sie in gute Hände liefert, Euch und ganz Europa beträchtliche Vortheile bringen kann. Es ist dies nämlich die Beschreibung einiger, durch sonderbare Zufälle, von mir ganz allein entdeckten, unbekannten Länder, unter dem Südpol. Kein Europäer ausser mir weiß die Lage, noch den Weg dahin. Am Ende dieser Handschrift aber werdet Ihr beydes auf das genaueste bezeichnet finden. Wenn Ihr irgend einer Seemacht diese Entdeckungen mittheilet; so lasset Euch gut dafür bezahlen! Versichert Euch der Bedingungen vorher, ehe Ihr die Reise antretet, denn Ihr wisst, daß die großen Herrn oft treulos und eidbrüchig handeln, und daß selbst die englische Nation zuweilen unedel mit Denen umgeht, die sie durch große Versprechungen angelockt hat, ihr Kräfte und Gesundheit zu widmen, um in fremden, wilden Gegenden, Leben, Gut und Blut zum Besten der Nation daranzuwagen. Hört nun meine Erzählung!

Es sind, wie Ihr wisst, ungefehr vierzehn Jahre, nämlich in der Mitte von 1766, als der edle Reyerberg in Braunschweig im goldenen Engel * mein niedergeschlagenes Herz mit Trost erfüllte, und dadurch daß er mich einem Schauspieldirector empfahl, mir Mittel verschaffte, einen ehrlichen Unterhalt zu haben. Ich blieb eine Zeitlang bey dieser Gesellschaft, bis ich Gelegenheit fand, von dem Herrn Abt, welcher in Holland eine Gesellschaft führte, einen Ruf zu erhalten. Ich gieng hin, und hielt mich zwey Jahre dort auf, wo ich, nicht ohne Beyfall des Publicums, die größten Rollen übernahm. Allein ich hatte immer Lust gehabt, fremde Länder zu sehn, und in der That überlegte ich auch, daß man doch bey dem Schauspielerleben nur ungewisse Aussichten für sein hohes Alter hat. Da ich nun mit einem Kaufmanne bekannt geworden war, der viel Wohlwollen für mich zeigte und überhaupt ein gutthätiger Mann war; eröfnete ich diesem von Zeit zu Zeit den Wunsch, bald eine andre Aussicht zu meinem Glücke ausfindig machen zu können, ›und wäre es auch,‹ fügte ich hinzu, ›in einem fernen Welttheile‹ — ›Wenn das Ihr Ernst ist,‹ antwortete der Kaufmann; ›so kann ich Ihnen, da Sie der Feder mächtig sind, vielleicht in kurzer Zeit eine gute Stelle auf einem Schiffe, das nach Cap de bonne espérance und weiter geht, verschaffen.‹ Ich bat ihn, diese Güte für mich zu haben; Er hielt Wort, und ich reiste bald nachher, in Diensten eines reichen Negotianten ab.

Wir hatten die glücklichste Fahrt, die man sich nur wünschen kann, und ich war beynahe der Einzige von der Equipage, welcher die ganze lange Reise hindurch, fast immer frisch und gesund blieb. Allein kaum kamen wir von dem Vorgebürge der guten Hofnung, nach Batavia, als ich anfieng, zu kränkeln. Die große Hitze, die ungesunden Dünste, die schlechten Nahrungsmittel, der Mangel an frischem Wasser, die hitzigen Getränke — Kurz! die ganze ungewöhnte Lebensart, zog mir eine hitzige Brustkrankheit zu,

* Erster Theil, Seite 66 bis 71

an welcher ich lange in Batavia schwer krank lag, welche mir ein schleichendes Fieber und eine Mattigkeit zurückließ, die mich zu allen Geschäften unlustig machte, und mir den Wunsch einflößte, wieder nach Europa zurückkehren zu können.

Ich war indeß nach dem Cap zurückgekehrt, wo die Luft gesunder ist und erwartete hier eine schickliche Gelegenheit, als der Capitain Cook im Jahre 1772, bey seiner großen Reise um die Welt dort ankam. Da wurde ich dann durch die Lust, ferne, unbekannte Länder zu sehn, durch die Hofnung, daß die gemildertere Luft in Süden, wohin Cooks Fahrt gerichtet war, meine in Batavia zerrüttete Gesundheit wieder herstellen würde, und endlich die Ungewißheit, wie bald ich ein Schiff finden würde, das mich nach Europa brächte (wo ich im Grunde doch auch nichts zu erwarten hatte, wenn ich auch die lange und heisse Reise aushielte) — durch dies alles, sage ich, wurde ich bewogen, den Capitain Cook zu bitten, mir einen Platz in seinem Gefolge zu geben, welches er willig that, und mir eine Schreibersstelle anwies, worauf ich um meinen Abschied bat und mit dem berühmten Seefahrer am 27sten November 1772 vom Vorgebürge der guten Hofnung wegfuhr.

Wir stachen frisch in die See, und der Zweck der Reise war, wie bekannt, zu untersuchen, ob unter dem Südpol nicht ein großes festes Land befindlich sey. Wir kreuzten hin und her, stießen aber immer auf große Eisflächen, durch welche es unmöglich war, hindurchzukommen.

Am 9ten Merz 1773 trennten sich die beyden Schiffe, und mich traf die Wahl, auf demjenigen zu bleiben, wovon der Capitain Furneaux Befehlshaber war. In Neu-Island trafen wir wieder zusammen, ohne weiter sehr wichtige Entdekkungen gemacht zu haben, und fuhren dann miteinander auf Tahitti zu.

In dieser schönen Insel wurde meine Gesundheit, welche schon auf der Reise sich merklich gebessert hatte, gänzlich hergestellt. Ich erinnere mich nie vorher so frohe, sorgenlose Tage verlebt zu haben, wie hier, glaubte auch damals nicht, daß es ein glücklichers Volk geben könne, wie die guten Tahittier.

So wie indessen mein Körper an Gesundheit und Stärke zunahm; wurde er dann auch empfänglicher für die sinnlichen Eindrücke. Eine junge Tahittierinn, welche uns oft besuchte und sich durch Sittsamkeit, Unschuld und Naivetät von den Uebrigen ihres Geschlechts sehr unterschied, gefiel mir unbeschreiblich wohl. Ich war fünf und dreyßig Jahre alt, und hatte noch nie in meinem Leben mit ganzem Herzen geliebt, auch waren mir immer die gezierten Manieren der Europäerinnen, ihre grobe und feine Coketterie, ihr Mangel an wahrhaftem reinen, innigen Gefühle, die stets durchschimmernde Eitelkeit oder Sinnlichkeit, an der Stelle der Liebe, die conventionelle Tugend, die studierte Sprödigkeit und die bedächtliche Ergebung nach Zeit und Umständen in den Tod zuwieder gewesen. War es daher Wunder, wenn hier Schönheit und Einfalt Eindruck auf mich machten? Meine junge Schöne schien auch bald für mich mehr wie gemeine Zuneigung zu fühlen, und diese stieg endlich bis zur größten Zärtlichkeit. Sie lebte nur für mich, brachte mir die schönsten Früchte, und war besorgt um mich, so oft ich nur einen trüben Blick auf sie warf. Und das kam nun freylich oft; denn wenn ich dachte, welche selige Tage ich hier verlebte, und wie das alles auf einmal vorbey, auf ewig vorbey seyn würde, wenn unsre Schiffe wieder abführen; wie ich dann wieder in den gezwungnen europäischen Circuln eingesperrt, von Sorgen, Leidenschaften, Vorurtheilen und unnützen Bedürfnissen in einem Wirbel umhergetrieben werden würde; dann konnte ich mich wahrlich oft der Thränen nicht enthalten.

Meine Geliebte, deren Sprache ich in kurzer Zeit gelernt hatte, (die Liebe ist eine herrliche Lehrmeisterinn) lockte mir endlich mein Geheimniß ab, und ich bekannte es ihr, wie sehr mein Herz von dem Gedanken, sie bald zu verliehren, zerrissen würde. ›O! wenn Du sonst keinen Kummer hast,‹ rief sie da aus, und umschlang mich mit ihren schönen Armen; ›so sey ruhig! Nichts soll uns trennen; Ich folge Dir durch die ganze Welt.‹ ›Armes Mädchen!‹ rief ich: ›Nein! so unglücklich will ich Dich und mich nicht machen. Du kennst diese glänzenden, geputzten Europäer noch nicht. Ich sollte Dich aus dem Schooße Deiner Eltern, aus diesen glücklichen, schönen Gefilden fortreissen, um Deine Ruhe und Unschuld meinen verderbten Landesleuten preiszugeben? — Nimmermehr! Ach! Könnte ich doch hier bey Dir bleiben!‹ — ›Und was hindert Dich, das zu thun?‹ sagte sie — ›O! bester, liebster Bricki!‹ (so nannte sie mich) ›o! bleibe hier!‹ — Sie bat und flehete so dringend, führte mich zu ihrem Vater, der ein guter alter Mann war und seine Bitten mit den ihrigen vereinigte — Kurz! ich gab nach, verschwieg meinen Entschluß vor unsern Leuten, und gieng in der letzten Nacht vor Abfahrt der Schiffe in das Haus des alten Vaters, der mir seinen ältesten Sohn mitgab, welcher nebst meiner Geliebten mich tief in das Land hineinführte, dort in einem Walde versteckte — und so war ich dann nun ein Einwohner von Tahitti, im Besitz eines lieben Weibes, vergaß Vaterland und Landesleute; Dem Capitain Cook aber schickte ich durch einen Wilden einen Brief, darinn ich ihm meinen Entschluß meldete, und ihn bat, sich die verlohrne Mühe zu ersparen, mich aufzusuchen. Ich dankte ihm für seine mir bezeigte Güte, und ließ den größten Theil meiner elenden Habseligkeiten auf dem Schiffe.

Nie habe ich lebhafter empfunden wie damals, welches Elend wir uns selbst, durch Vervielfältigung unsrer Bedürfnisse aufladen. Glücklich in dem Besitze eines lieben Weibes; An ihrer Seite, unter dem Schatten eines Baums ruhend, dessen wohlschmeckende Frucht mir zugleich die herrlichste und gesundeste Nahrung gab; In einer einfachen Hütte gegen die Launen des Wetters geschützt; Bezaubert von dem schönen Anblicke der reichen, immer neuen, unterhaltenden Natur; Gekleidet und bedeckt mit einem Stoffe, dessen Zubereitung mir sowohl gesunde Bewegung wie Zeitvertreib verschaffte; Unverfolgt von dem Neide, der Hinterlist und der Habsucht, ungekränkt von dem Stolze der feinen Europäer; Da wo kein wollüstiger Fürst meinem treuen

Weibe nachstellen, kein dummer Tyrann meine gesunden Glieder an auswärtige Potentaten verkaufen, noch mein Vieh aus dem Stalle holen konnte, um eine Arie trillern zu hören, eine Pastete zu fressen, einen Dieb mehr zu besolden, einen Hirsch mehr todzumartern, oder ein rares unnützes Thier mehr in der Menagerie zu füttern — Wer hätte nicht sagen sollen, daß man in diesem seligen Zustande Ewigkeiten lang vergnügt, ohne mehr zu wünschen noch zu fürchten, fortleben könnte? — Aber die Mängel einer unzweckmäßigen Erziehung drückten mich auch hier. Sobald der erste Reiz der Neuheit (leider! das Einzige, womit man den verwöhnten Kunstmenschen fesseln kann) vorüber war; da fieng ich an, mehr zu wünschen. Bald erzählte ich meinem Weibe von europäischen Künsten und Wissenschaften, damit ich Gelegenheit haben mögte, durch ihre Fragen und Gespräche wieder an jene glänzende Armseligkeiten erinnert zu werden; Dann wollte ich mich bemühn, sie unsre rauhen unbiegsamen Sprachen reden und schreiben zu lehren; Ein andermal schnitt ich mir eine Flöte aus Schilf, und begleitete den einfachen Herzensgesang der Natur mit meinen erkünstelten Tönen; Ich wünschte mir Bücher, und hatte doch das große Buch des Schöpfers, das man nie auswendig lernt, vor mir; Ich war nicht gewöhnt, wenn ich aß, meinen Hunger, sondern meinen Apetit zu fragen, aß mehr, trank mehr, wie ich nöthig gehabt hätte; dann war mir die Speise zuwieder geworden, und ich suchte Abwechselung; Oder ich empfand Kopfschmerzen und wünschte mir, aus der Apotheke ein schmerzstillendes Gift holen zu können; Meine Schnupftabaksdose war leer, ich suchte Kräuter, die mir das Gehirn kitzeln, und mich betäuben könnten; Ich legte künstliche, nach der Schnur gezogene Gärten an, da wo der Schöpfer Mannigfaltigkeit verordnet hatte, und pflanzte auf einem Fleck zusammen, was die Natur in so herrlicher Schattierung vertheilt; Dann hätte ich gern die Eingeweide der mütterlichen Erde durchwühlen und das unglückliche Metall herausholen mögen; Auch fieng ich an, die Jugend zu cultiviren; Sie mußten die Füße auswärts setzen, welche

Gott gradehin hat wachsen lassen, und wenn sie die Heiterkeit ihres frohen Herzens in ungezwungnen Sprüngen entfalten wollten; lehrte ich sie, nach einer schaalen Weise, in der Figur von gothischen Zahlen, von Schneckenlinien und Ketten, sich gleichförmig durcheinander hindurchzwängen — Ja! soll ich es bekennen? Wenn dann mein Geblüt erhitzt war, und ich sah, mit welcher natürlichen Grazie ein junges blühendes Mädchen dahinhüpfte; dann erwachten strafbare Begierden in meiner Seele — ›Pfui! sagte ich zu mir selbst, schändlicher Europäer! Wie wenig verdienst Du unter unverderbten Menschen zu leben, und doch bist Du keiner der Schlechtesten unter Deinen Landesleuten.

Auf diese Art nagte das Gefühl meiner eignen Unwürdigkeit, die unruhige Thätigkeit und das gewöhnte Verlangen nach immerwährendem Wechsel (Welch ein Wiederspruch!) an meinem Gemüthe. Mein Weib sah es, sie war im fünften Monate schwanger, und härmte sich darüber, daß ich nicht mehr so heiter wie ehemals aussah.

Eines Morgens, nachdem ich ungefehr drey und zwanzig Wochen in Tahitti gelebt hatte, ergriff mich auf einmal ein verzweifelter Gedanke. Ich saß einsam am Ufer des unruhigen Meers, und machte mir selbst Vorwürfe, daß ich im Begriff wäre, ein ruhiges Völkchen durch meine armselige Cultur um Glück und Frieden zu bringen — Flieh' weil es noch Zeit ist, und sollte es Dich das Leben kosten! rief ich aus, und sprang plötzlich auf. — Es stand ein Nachen, ein kleines unsichres Nachen am Strande; Ich schwang mich hinein — Wohin willst Du, Elender? Du wirst den Tod in den Wellen finden — Bleib — Was wird Dein treues Weib sagen? Es war zu spät; Eine Welle hob das leichte Fahrzeug, und trieb mich schnell vom Lande weg. Ausser einem kleinen Ruder und einigen Nahrungsmitteln, welche von ungefehr in dem Nachen lagen, fand ich nichts darinn. Ich musste der Gewalt des starken Elements weichen und erwartete ruhig, wohin ich verschlagen werden könnte.

Umsonst würde ich es versuchen, Euch die Gemüthsverfassung zu schildern, in der ich drey Tage hindurch zubrachte, während welchen ich so schnell fortgetrieben wurde, daß ich zuweilen in Ströhme gerieth, welche mich geschwinder wie ein Pfeil fortschossen. Der Nachen war federleicht; Es gelang mir, mit meinem alten Hute das einschlagende Wasser auszuschöpfen — Die Hand der Vorsehung erhielt mein Leben, um mich größere Erfahrungen machen, und dann hier in meinem Vaterlande auf dem Bette meinen Geist aufgeben zu lassen.

Nachdem gegen den vierten Tag meine Nahrungsmittel beynahe aufgezehrt waren, und ich schon den nahen Tod vor Augen zu sehn glaubte, stieß ich grade auf die große Eisfläche, durch welche Cooks Schiffe nicht kommen konnten. Schon war ich im Begriff, mich aus Verzweiflung in die See zu stürzen, als ein reissender Strohm, mitten durch die ungeheuren Eisschollen hindurch, mir einen Weg bahnte. Mein kleines Fahrzeug wurde mit ungeheurer Schnelligkeit auf diesem schmalen Canal fortgetrieben, und — o! überschwengliches Wunder! nach acht Stunden kam ich, durch alle diese Berge von Eis hindurch, in ein stilles Meer, das, je näher ich dem Südpol rückte, um desto wärmer und lieblicher schien.

Nun wurde mein Herz von einer nie zuvor gefühlten Wonne durchströhmt. Ich bekam Muth, Hofnung, das unter dem Pol liegende Land zu erreichen, und diese Hofnung trog mich nicht. Nachdem ich mein Ruder ergriffen und, so viel die durch Freudigkeit gestärkten Kräfte erlaubten, gearbeitet hatte, sahe ich gegen Abend das flache Ufer eines schönen Landes voll herrlicher Gewächse und Bäume vor mir hingebreitet. Ich verdoppelte meine Mühe, kam glücklich hin, stieg an das Land, warf mich auf die mütterliche Erde nieder, und dankte mit heissen Thränen meinem Schöpfer und Erretter.«

So weit hatte ich Bricks Manuscript gelesen, indeß das Wetter jeden Augenblick stürmischer wurde, und uns immer mehr rechter Hand von unserm Wege abtrieb. Aber so ämsig las ich, daß ich kaum merkte, in welcher Gefahr wir schwebten; Allein gegen Abend erhob sich ein so fürchterlicher Sturm, daß ich Ihnen Allen, meine schönen Damen und Herrn! nimmermehr wünsche, dergleichen zu erleben.

Seit einer Stunde schlage ich alle alte und neue, poetische und prosaische Schriftsteller, die ich in meiner kleinen Büchersammlung habe, nach, um für Sie ein recht dichterisches Gemälde eines Seesturms abzuschreiben. Aber sie gefallen mir alle nicht. Man sieht es ihnen vielmehr an, daß sie beym warmen Ofen geschrieben sind, und daß der Mann sich seinen eigenen Wind geschaffen hat — Mich soll der Henker holen, wenn Sie Sich nur einen Begriff davon machen können, ohne das Schauspiel selbst erlebt zu haben. Denn, sehen Sie, das Meer wird so schwarz, ja! wie soll ich nun gleich sagen? so schwarz, wie — meine manschesternen Beinkleider, und schäumt, schäumt, wie — wie Bartseife, und noch ärger. Dann thürmt sich auf einmal alles in die Höhe, und kocht wie — aber im Großen — wie wenn ein Topf voll Erbsen überkocht, und wirft dann das Schiff, das große schwere Schiff — ja! denken Sie nur! — als wenn es ein Ball wäre, meiner Seele! so hoch in die Höhe, daß man meint, man müsste sich den Kopf am Monde einstoßen. Die Wolken hängen pechbraun, couleur de puce und in allerley Farben dicht über der Scheitel, und werden fortgewälzt, als wenn der böse Feind hinter ihnen wäre. Aus Bosheit halten sie dann nicht fest, sondern giessen ganze Fässer voll trübes Wasser auf die armen Reisenden hinab, die doch wahrhaftig nichts dafür können, und schon da unten der Plage genug haben; Denn in dem Schiffe selbst, Mord, Pestilenz! da geht es erst recht bunt her. Krick, krack! und immer hin und wieder. Dort stürzt Einer über den Andern, und bittet nicht einmal um Verzeyhung, und dann ist ein Lerm, ein Rufen, ein Toben, ein Bethen — Man meint, man müsste toll und rasend werden.

So natürlich wie ich Ihnen das Ding beschrieben habe, ja! grade so gieng es bey uns zu. Es dauerte die ganze Nacht durch, und als der Tag herankam, sahen wir, daß wir nahe bey Dännemark waren.

»Was ist nun zu thun?« sagten die Schiffsleute. »Das Schiff ist schadhaft an allen Ecken, ein Mast ist geborsten, Gott Lob! daß wir nur Alle noch leben! Wir müssen nach

Dännemark, und dort erst das Schiff ausbessern.« Es blieb keine Wahl übrig. Ich war, scheint es, bestimmt, ein Stück dieses Reichs zu sehn. Wir segelten darauf los und kamen um zwölf Uhr Mittags in Koppenhagen, dem Zollhaus gegenüber, bey Christianhafen vor Anker.

Fünftes Capitel.

Erneuert alte Bekanntschaft. Entdeckung dadurch. Fortsetzung des Manuscripts. Abreise nach Holland.

Es ist eine herrliche Sache um das Reisen, mein Herr Officier!« sagte ich, als wir am Hafen auf und niedergiengen, »und ich komme jetzt so dazu, und weiß nicht wie.« »Uebel genug!« antwortete der Kriegsmann, »daß wir hier nach Dännemark gerathen sind, und wissen nicht wie! Ihr Herr Vater wird in großen Sorgen unsertwegen seyn.« »Das glaube ich schwerlich,« erwiederte ich mit Lächeln (Er hörte es aber nicht, sondern fuhr fort) »Und was machen wir hier? Ich habe von je her die Dänen nicht gut leiden können. Es ist nichts wie Körper an ihnen. Wir sind alle Erdenklöße, aber diese Menschen scheinen aus bloßer schweren Thonerde zusammengesetzt zu seyn.«

Er machte noch einige solche unbillige Anmerkungen über diese Nation, als eben ein Mann, mit Büchern unter dem Arm, eilig durch die Quergasse gestrichen kam. »Das ist gewiß ein Franzose oder so ein ›Ding‹« sagte mein Gefährte — Ich sah nun die Figur genauer an, und meinte, ich müsste das Wesen schon irgendwo gesehn haben. Als er näher kam, durfte ich nicht länger zweifeln: »Ah cäreste Clausen! Wo gord ed?« rief er in gebrochenem Dänischen aus, und fiel mir um den Hals. »Est-ce bien Vous, mon ami? Nun! wer hätte denn denken sollen, daß wir uns hier in Dännemark antreffen würden? Und zu urtheilen nach meines alten Peters Ansehn und Anzüge; so muß es Ihnen, mein Freund!

wohl gehn.« »Mein Herr!« sagte ich: »Zu dienen! So! So! Vielleicht sind Sie aber irre. Zwar heisse ich würklich, wie Sie mich genannt haben; allein dürfte ich fragen, mit wem ich die Ehre habe« — »Ah mon chèr!« rief er aus: »Die Umstände verändern sich, und das Schicksal verändert die Menschen, mais ne Vous souvient-il plus du Sieur Lippeville? Par Dieu! pour moi, je Vous ai d'abord reconnu« — Ja! er war es leibhaftig. »Und wie, in aller Welt!« fragte ich, »kommen Sie denn hierher?« »Nun, das will ich Ihnen erzählen,« war seine Antwort. »Es hat mir nicht recht glücken wollen in meinem Vaterlande, und so bin ich endlich sogar Hofmeister bey einem teutschen Grafen geworden, mit dem ich auf Reisen gieng. Der junge Mensch besaß hübsches Vermögen; aber, wie es dann geht, er verspielte alles, und zuletzt hatten wir Beyde nichts mehr; denn was mich betrifft, so verlohr ich auch meine rente viagère durch einen unglücklichen Bankerott, den die Casse machte. Der junge Graf sah sich genöthigt, in kaiserliche Dienste als Officier zu treten. Nun war für mich weiter keine Ressource übrig, als von meinen geringen Talenten Partie zu ziehn. Ich war damals grade in Schleßwig, wo ich meine Lage einem guten Manne entdeckte, der mir dann Addressen hierher gab. Es wollte aber Anfangs nicht recht gehn; Ich musste allerley Wege einschlagen; Endlich ergriff ich den Entschluß, der Jugend Unterricht im Französischen und Teutschen zu geben, und da finde ich nun als Sprachmeister mein ziemlich bequemes Auskommen. Ich habe eine Witwe geheyrathet, die einiges Vermögen hat, so daß ich nicht übermäßig viel Stunden zu übernehmen brauche. Aber freylich fällt mir oft mein ehemaliger Glanz ein. Doch wie kommen Sie, mein lieber Claus! denn hierher?« »Das ist,« antwortete ich ihm, »jetzt zu weitläuftig zu erzählen. Nur Eine Bitte habe ich an Sie, und die besteht darin, daß Sie diesem Herrn Officier hier sagen mögen, wer ich bin, und unter welchen Umständen Sie mich gekannt haben.«

Lippeville war sogleich bereit, meinem Gesuche zu willfahren. Wir Drey giengen zusammen in einen nahegelegenen

Gasthof; Dort versicherte mein ehemaliger Herr den Officier, daß ich Peter Claus hiesse, entholländerte mich also durch sein unverdächtiges Zeugniß; Es wurde alles aufgeklärt, ich erzählte die Veranlassung der Irrung, die Austauschung der Kleider, einen Theil meiner übrigen Schicksale, und setzte freylich dadurch den Officier, der mich unzählichmal um Verzeyhung bat, in nicht geringe Verlegenheit.

Jetzt war es schwer, einen Entschluß zu fassen, was nun bey den Umständen zu thun seyn würde. Doch fiel endlich die Entscheidung dahin aus, daß ich die Güte haben mögte, mit nach Holland zu schiffen; Der Herr Vetter des Hauptmanns, der alte Herr van Haftendonk, dem zur Freundschaft er nach Hamburg gereiset sey, den Sohn aufzusuchen, werde freylich nicht wissen, ob er ihm danken solle oder nicht. Doch sey ja der Sohn, meiner Versicherung nach, auch nach Holland abgegangen — »Kurz! Wir müssen sehn, wie es geht, mein lieber Herr Claus,« sagte der Officier: »Auf jeden Fall wird Sie mein Vetter reichlich entschädigen, und Sie reisen ja ohnehin gern. Das Unglück ist nicht so groß, einer reichen Frau angetrauet zu werden, wenn Sie sie auch behalten müssten. Nur mit dem Kinde wäre es so ein Umstand — Doch, was hilft es, vor der Zeit sich mit Grillen plagen? Nur so viel muß ich bitten, daß wir uns nicht länger wie einen Tag hier aufhalten. Wir können ja morgen die Hauptmerkwürdigkeiten der Stadt besehn, und indeß wird auch unser Schiff wieder im Stande seyn, abzufahren.«

Monsieur de Lippeville erboth sich, unser Cicerone zu seyn, hielt auch am folgenden Tage sein Wort, und wies uns, was man Fremden zu zeigen pflegt. Allein ich würde es für Misbrauch Ihrer Geduld halten, meine lieben Leser! wenn ich Sie hier mit einer Beschreibung von Koppenhagen ermüden wollte. Ich mag Ihnen lieber die Fortsetzung meines Brickischen Manuscripts abschreiben, wovon ich noch den Abend unsrer Ankunft ein Stück las, als mein Herr Hauptmann ausgegangen war, mit den Schiffern Abrede zu nehmen. Uebrigens war ich mit diesem Manuscripte sehr geheim, steckte es weg, sobald der Officier wiederkam, und weil derselbe diesmal nicht lange ausblieb; so verzeyhen Sie gnädigst, wenn Sie in diesem Capitel nur ein kurzes Stück davon zu sehn bekommen!

Fortsetzung des Manuscripts.

»Ich weiß wohl, meine werthesten Freunde! daß es Euch unglaublich vorkommen wird, wenn ich Euch erzähle, daß grade unter dem Pole ein so liebliches Clima herrscht, da es, nach der gemeinen Meinung, nirgends kälter seyn müsste wie da. Allein ich ersuche Euch, gewöhnt Euch, an keinem Dinge zu zweifeln, das Ihr nicht gesehn habt, und da ich gewiß der einzige Europäer bin, der bis dahin gedrungen ist; so glaubt mir vorerst — Es ist ein Glauben, der auf Eure Sittlichkeit keinen Einfluß hat. —

Epicur behauptete, man könne nicht beweisen, daß die Sonne größer sey, wie sie unsern Augen schiene. Alte und neue Persifleurs fanden diesen Satz sehr dumm; Ich finde ihn nicht also. Wer weiß denn, ob dieselben Regeln der Meßkunst, die unsern groben Sinnen einen Körper in dieser oder jener Größe darstellen, und ihn anders darstellen würden, wenn wir anders organisierte Sinne hätten, wer weiß, ob diese uns so heilig wahrscheinenden mathematische Gesetze in andern Regionen anwendbar sind? Wer weiß, ob dort nicht ein Körper größer scheint, je weiter er entfernt ist? Ihr seht in einiger Entfernung einen Baum stehn; Ihr nennt das Entfernung, und was dazwischen ist, Raum, weil Eure zwey groben Sinne, Gesicht und Gefühl, nicht eher anstoßen, sondern den Zwischenraum für Luft halten, bis zu diesem Baume. Aber wer sagt Euch, daß, wenn Ihr feinere Sinne hättet, Ihr nicht alles voll von Körpern, und zwischen Euch und einem Baume eine solche Kette von materiellen Wesen finden würdet, daß ihr den Baum und Euch selbst nicht als zwey abgesonderte Stücke, sondern als ein zusammenhangendes Wesen ansehn müsstet? Wenn nun so viel Unsicherheit in der Erkenntniß der Dinge hier unten ist, mit welcher Gewißheit wollt Ihr von den fernen Wesen dort oben reden? Also gehet gnädig um mit Geistersehern und speculativen Köpfen. Bauet nicht Eure Glückseligkeit auf Dinge, die ausser Eurer sinnlichen Empfänglichkeit sind, aber disputirt nicht weg, was Ihr nicht sehet oder fühlet.*

Doch, ich entferne mich von meinem Zwecke. Genug! unter dem Pole hören die Gesetze der Natur, wie sie in den übrigen Erdgürteln herrschen, auf, und sobald man durch die Eisburg, welche diesen Pol von den andern Welttheilen absondert, hindurch ist; ruht ewiger Frühling, unbeschreiblich sanftes Clima, auf den glücklichen Gefilden, die ich Euch beschreiben will. Vermuthlich wird es unter dem Nordpol eben so seyn.

So ungewiß es auch war, welches mein Schicksal seyn, ob ich hier lebendige Wesen antreffen, ja! ob ich je wieder Geschöpfe meiner Art erblicken, oder nicht vielleicht einsam eines traurigen Todes sterben würde, von keinem Freunde, der mir die Augen zudrücken könnte, mit einem Labetrunke erquickt, ohne Trost, ohne Pflege, ohne Schmerzenslindrung; so fiel mir doch ein solcher Gedanke gar nicht

* C'est une singulière que ce Monsieur Brick! Doch verdient, was er hier sagt, einige Aufmerksamkeit. Nach seinem Systeme wäre aller Begriff von Größe, Form, Gestalt, Farbe, Entfernung u. s. f. Täuschung. Die mathematischen Wahrheiten wären also gegen die gemeine Meinung, von allen die unsichersten; Die moralischen Gesetze hingegen unwandelbar, theils weil sie die Harmonie des ganzen Sichtbaren und Unsichtbaren befördern, theils weil das, was wir thun sollen, sich nur nach demjenigen bestimmen lässt, was wir kennen. Es könnten also eine Menge Dinge theoretisch wahr seyn, ohne daß wir sie einsähen; umgekehrt aber, practisch wahr für uns könnte nur das seyn, was für uns theoretisch begreiflich wäre. Ein weiser Mann wäre also Derjenige, der nichts fest behauptete, als was er klar einsähe; dennoch aber an nichts zweifelte, was er nicht einsähe, und der in seinen Handlungen nur nach dem Maaßstabe seiner Erkenntniß consequent handelte; einen Schwärmer und Thoren müsste man Denjenigen nennen, der seine Handlungen nach möglichen Wahrheiten, die er nicht einsähe, bestimmte, einen Bösewicht aber nur Den, welcher wieder seine Einsicht handelte.

Peter Clausens Anmerkung.

ein. Nur das einzige Gefühl, mich von den Gefahren der See errettet, und Gottes schönen Erdboden, die herrlichsten, reichsten Gefilde vor mir ausgebreitet zu sehn, erfüllte meine Seele mit überströhmender Wonne. Ich bemerkte keine Spur von Fleiß und Arbeit der Einwohner, kein Fahrzeug am weiten Ufer hinunter, keine Pflanzungen, keine Hütten, aber doch war rings umher das ganze Land, so weit ich sehn konnte, mit den schönsten Bäumen und Gewächsen bedeckt. Allein alle diese Erdproducte waren mir ihrer Gestalt nach völlig fremd, ja! ich erinnerte mich nicht einmal, in Tahitti einige derselben gesehn zu haben.

Nachdem ich eine Stunde lang freudetrunken diesen schönen Anblick genossen hatte, fieng nagender Hunger an, sich bey mir zu melden. Schöne Früchte, von denen die Bäume vollhiengen, schienen mich einzuladen, Erquickung bey ihnen zu suchen; Ich brach einige ab — Und ach! welch' ein Geschmack! Ich fühlte neues Leben durch mein Wesen hingegossen. Eine Quelle, hell, lieblich, und von Geschmack so süß, reichte mir den Trank dar. Vögel aller Art und kleine, freundliche vierfüßige Thiere hüpften um mich herum, und schienen mich gar nicht zu scheuen, sondern mich vielmehr als ihren ältern Bruder und Beschützer zu betrachten. Ein kleines Thier, das viel Aehnlichkeit mit unserm Eichhörnchen hatte, kratzte mit seinem Pfötchen in der Erde, und brachte endlich einige Wurzeln hervor, die es begierig verschlang. Mich wandelte die Lust an, diese Wurzeln auch zu versuchen; ich zog einige heraus, und fand sie wohlschmeckend und sättigend. Nachdem ich nun also eine gar erquickende Mahlzeit gehalten hatte, ergriff der Schlaf meine müden Glieder. Eine grüne Aue, voll schöner duftenden Kräuter, war mein Lager. Ich schlief ein, und erwachte erst, nachdem ich vielleicht zwölf Stunden lang geschlafen haben mogte.

Sobald ich die Augen öfnete, sah ich mit Verwundrung zwey menschliche Geschöpfe neben mir stehn, die mich aufmerksam betrachteten, und wahrscheinlich schon lange, während meines Schlafs, mich beobachtet hatten. Es war ein Mann und ein Weib, meiner Beurtheilung nach die höchsten

Ideale von Schönheit, weiß von Haut, geschmückt mit langen gelben Haaren; schöne schlanke Glieder, die kein unnatürliches Gewand bedeckte, denn sie waren, bis auf einen Schurz noch, gänzlich bloß; Gestalt und Blicke voll Milde, Hoheit und Güte, von keiner ängstlichen noch sträflichen Leidenschaft verzerrt, durch keine Kränklichkeit erschlafft — Das strahlende Ebenbild des großen Schöpfers glänzend auf der heitern Stirne —

Gern bekenne ich es, ich konnte den Anblick so vieler edler Größe kaum ertragen; Ich raffte mich von meinem Lager auf, und verneigte mich vor ihnen, indem ich zugleich ein Zeichen machte, welches so viel ausdrücken sollte, als daß ich sie um Schutz und Schonung bäte, daß ich unglücklich und ohne meinen Willen vom Meere hierhergetrieben wäre. Der junge Mann verstand mich, reichte mir die Hand, und führte mich nebst seiner Frau leutselig mit sich fort. Unterwegens sprachen Beyde viel mit einander. Ich verstand wenig davon, doch hörte ich zu meiner größten Befremdung, daß es eine Art von hebräischer Mundart war. Ich hatte, als ich noch wie Sachwalter* viel Processe für Juden führte, einige Unterweisung in dieser Sprache genommen, um Handlungsbücher und andre jüdische Documente verstehn zu können, aber freylich war mir theils viel davon wieder aus dem Gedächtnisse gekommen, theils schien mir das, was diese Wilden redeten, eine viel reichere Sprache zu seyn, wie das gewöhnliche Hebräische, so wie wir es itzt aus den Büchern des alten Testaments lernen — Doch, wie kann ich diese sanften, einfachen Naturmenschen Wilde nennen? Zehnmal richtiger verdienten wir verderbte, verwilderte Europäer den Namen.

Meine Führer betrachteten meinen Anzug, der halb europäisch, halb tahittisch war, mit Mitleiden. Sie zeigten mit Fingern auf die vielfachen unnöthigen Stücke, aus denen er zusammengesetzt war, und überhaupt schienen sie mehr

* Erster Theil Seite 68 und 69.

Bedauern wie Verwundrung zu empfinden, so oft sie ihre Augen auf mich hefteten — Nie ist mein europäischer Stolz so sehr gedemüthigt worden wie hier, da ich bemerkte, wie geringe die Achtung war, mit welcher diese ungezierten Geschöpfe auf ein Männlein herabblickten, das zu einer Nation gehört, die sich rühmt, die Herrschaft des Erdbodens zu Wasser und zu Lande zu besitzen und alle übrigen Völker zu cultiviren, wenn sie sich die Freyheit nehmen darf, in bretternen Kasten sich von Wind und Wasser umhertreiben zu lassen, dann auf fremden Küsten einen Rosenkranz zu bethen, oder eine Fahne mit einem Wapen aufzupflanzen, das dort niemand kennt, und unschuldige Geschöpfe ungestraft zu morden, wenn sie uns nicht erlauben wollen, was die Erde für Alle trägt, allein uns Einwohnern eines kleinen, unbeträchtlichen Erdfleckchens zuzueignen, oder wenn sie nicht als unentbehrlich zu ihrer zeitlichen und ewigen Glückseligkeit ansehn wollen, was ein Paar schiefe Köpfe erfunden, und dann der übrigen Welt zu glauben aufgedrungen haben.

Wir kamen bald in ein reizendes Thal, in welchem weit umher eine Menge Hütten zerstreuet lagen — Ein herrlicher, lachender Anblick! Die Hütten waren äusserst einfach gebauet — Doch, was sage ich, gebauet? — gepflanzt, von den schönsten blüthevollen Bäumen, deren Zweige dicht ineinander geflochten und verwachsen waren. Vor den Eingängen dieser Hütten saßen alte Leute, und erquickten sich an dem Anblicke der schönen Natur, und an der Freude ihrer Kinder und Enkel, deren Einige fröhlich herumsprangen, und sich mit allerley körperlichen Uebungen ergötzten, indeß kleinere Knaben und Mädchen im bunten Grase spielten — Gesundheit, Freude und Unschuld auf den Gesichtern Aller, mit Gottes Finger lesbar gezeichnet.

So wie wir nach und nach vor einigen Hütten vorbeygiengen, kamen die Kinder herangesprungen, zupften mich verwundrungsvoll, nicht unbescheiden, an den Kleidern, sahen sich dann einander mit einer Art von Besorgniß an, und machten Zeichen, als wenn sie mich für einen kranken, halbtodten Menschen hielten. Die Aelteren aber redeten mit meinen Begleitern, und kehrten dann, ohne übermäßige Neugier zu zeigen, zu ihren Spielen und Arbeiten zurück. Aber diese Arbeiten waren nicht saure Anstrengungen, im Schweisse des Angesichts unnütze Bedürfnisse zu schaffen — Nein! Einer bereitete seinem alten Vater ein kleines Mahl aus Früchten, die er von den reichen Bäumen abpflückte und, ohne den besten Saft am Feuer auszutrocknen, auf großen Blättern frisch dem Greise, der ihm dankbar entgegenlächelte, hinreichte; Ein Andrer bauete an seiner kleinen Wohnung, ein Dritter flocht sich einen Schurz.

Endlich näherten wir uns einer Hütte, an deren Eingang ein alter ehrwürdiger Greis mit seinem Weibe saß. Es waren die Eltern meines Führers und seiner Gattinn. Freundlich nahm mich der Hausvater auf, und indeß die jungen Leute ihm erzählten, auf welche Art sie zu meiner Gesellschaft gekommen wären, brachten mir die jüngern Kinder Obst, Wurzeln und, in großen Schalen von Nüssen, den ausgepressten Saft einer Frucht, den köstlichsten, erquickendsten Trank, den ich jemals genossen habe.

Ich werde Euch nicht damit aufhalten, hier ein ordentliches Tagebuch von der, obgleich kurzen Zeit fortzuführen, welche ich in diesen seligen Gefilden des Friedens zubrachte. Nur im Allgemeinen will ich Euch sagen, was ich dort gesehn und erfahren habe.

Es wird selten Nacht daselbst, und da ich mich nie recht in der dortigen Zeitrechnung habe finden können; kann ich nicht zuverlässig bestimmen, wie lange ich mich hier aufgehalten habe, aber so viel ist gewiß, daß es kein voller Monat gewesen ist. Und hierüber werdet Ihr Euch nicht wundern, wenn ich fortfahre, Euch zu erzählen, wie sehr die dortige Lebensart gegen die unsrige absticht.

Es gelang mir in kurzer Zeit, mit Hülfe der geringen hebräischen Sprachkenntniß, die ich hatte, und ihrer natürlichen, über die Vorstellung einförmigen, laut redenden Pantomime, fast alles zu verstehn, was mir die Einwohner von ihrer Geschichte, Sitte und Einrichtung erzählten. Ob diese Geschichte und Mythologie wahrhaft und ächt, oder nur, wie die mündlichen Ueberlieferungen mancher Völker, fromme Fabel gewesen, darüber gebührt mir nicht, zu urtheilen; Ich kann nur erzählen, was ich gehört habe.«

Sie glaubten nämlich, ihrer Tradition nach (denn von Schreibekunst sah ich auch nicht Eine Spur bey ihnen) unmittelbar von einem Sohne Adams abzustammen, der, als Verderbniß und Sünde unter den übrigen Kindern einriß, mit seiner Schwester, die sein Weib war, von einem Engel geleitet, zu Lande hierherflüchtete. Wie das möglich gewesen, überlasse ich den klugen Naturkündigern auszuforschen, und ob etwa damals ein Theil des Meers Erde gewesen, nachher aber durch die Sündfluth überschwemmt worden, oder auf welche andre Art der Sohn Adams hierhergekommen. Genug, er gründete eine Colonie unverderbter Menschen, welche von der großen Ueberschwemmung verschont blieben, das patriarchalische Regiment, Reinigkeit der Sitten und den wahren Gottesdienst behielten, also sich der traurigen Verkündigung entzogen, die Gott auf den übrigen Theil des menschlichen Geschlechts, der Sünden wegen, legen musste. Jeder Hausvater blieb König in seiner Familie und Priester vor Gott, dem sich nur der von Verderbniß und Laster freye Mensch, welcher das heilige Ebenbild nicht entweyhet hat, nähern darf. Zwar hatten sie die Unsterblichkeit verlohren, aber doch nie Krankheit noch Gebrechen gelitten. Ein sanfter Schlaf nahm jeden, zu einer bessern Sphäre Vorbereiteten, nach einer langen Reyhe glücklich und sorgenlos verlebter Jahre, aus der sichtbaren Welt hinweg. Indeß war auf dieser Erde Studium und Anschaun der schönen Natur, und Verfeinerung, Hinaufschwingen des geistigen Theils zu höhern Wesen, Umgang und Gemeinschaft mit Diesen, die selige Beschäftigung der von allen übrigen Sorgen und Bedürfnissen freyen Menschen. Welchen reichen mannigfaltigen Genuß diese höhere Glückseligkeit, keinem Wechsel und keinem Eckel unterworfen, ihnen gewähren musste, davon können freylich wir, mit unsern gröbern Sinnen, keinen Begriff haben. Aber ich sah' es und fühlte es, was ich nie wiedererzählen kann, auf welcher Stufe von Erhabenheit diese Geschöpfe Gottes über mir standen, wie ihr Geist in die Zukunft hineinschauete, und tiefe Blicke in mein innerstes verderbtes Wesen that, wie der Allgegenwärtige unmittelbar in und um ihnen war — Allein ich schweige — unwürdig — mismüthig — zu seyn, was und wie ich bin —

Die einfache Kost von den Früchten der reichen Erde, welche keines künstlichen Salzes bedurfte, um fruchtbar zu werden, erhielt den gesunden, mit aller Schnellkraft und Stärke ausgerüsteten Körper (das Meisterstück des höchsten Baumeisters) stets unzerrüttet. Sie aßen nie von dem Fleische ihrer Mitgeschöpfe. Ein kurzer, ruhiger Schlaf war hinreichend, den Gliedern neue Geschmeidigkeit zu geben; ein gelinder Regen und der süße Thau des schaffenden Himmels erhielt die wohlthätige, von keiner dürren Hitze getrennte, noch von herbem Froste verschlossene Erde stets bereit, aus ihrer Fülle ihren Kindern gesunde Säfte darzureichen. — Welch' ein Leben! — Keine Krankheiten — Kein Eigenthum — Kein Luxus — Keine Leidenschaften — Keine Fürsten — — Keine Pfaffen! —

Der Trieb der Fortpflanzung wurde nicht durch reizbare, wiedernatürliche Speisen gekitzelt, und der mäßige Ruf der Natur ließ, wenn er befriedigt war, keine misklingende, matte Stimmung zurück.

Also hatte der Patriarch das Glück, seine Nachkommen, bis in das vierte Glied, um sich her, sich ihrer Existenz freuen und ihren Schöpfer preisen zu sehn, den sie in harmonischen Gesängen, welche meinen Ohren so lieblich wie ein Sphärenklang vorkamen, erhoben.

Dieser glückliche Zustand aber würde nicht lange gedauert haben, wenn nicht der Allgewaltige, nach der Sündfluth, das Gleichgewicht der Erde verändert, und um dieses geweyhete Paradies eine Burg von Eis gelegt hätte, welche seine frommen Kinder von einer andern Insel, welche ich leider! bald nachher auch sehn musste, getrennt hätte.

Sie bedurften der geschriebnen Offenbahrung nicht, doch wussten sie, was Gott für den übrigen tiefer gefallnen Theil der Menschen gethan hatte, und sie, die sich näher der größern Erlösung fühlten, nahmen innigen, liebevollen Antheil an dem Schicksale der Brüder, welche weiter vom Ziele waren.

Für mich war gar kein Bleibens hier in diesen seligen Wohnungen. Die Höhe zu erreichen, auf welcher jene edlere Wesen standen, dazu fühlte ich mich bald zu schwach. Von Jugend an im Verderbnisse aufgewachsen, von einem Heere unruhiger Leidenschaften bestürmt — Wie hätte ich da je den göttlichen Frieden finden können, wozu Körper, Seele und Geist in vollkommnen Einklange stimmen müssen?

An einem schönen heitern Abende rief mich ein alter Greis zu sich vor die Thür seiner Hütte, ergriff mich väterlich bey der Hand, und sprach, theils in Worten, theils durch Zeichen also zu mir: ›Armer Fremdling! Ich sehe es. Du trauerst, weil Du nicht ganz bist, wie wir sind. Allein verzage nicht, guter Mensch! Einst in einer andern Welt wirst auch Du zu einer größern Stufe von Vollkommenheit gelangen, wenn Du hier Deine Bestimmung treu und fleißig erfüllst. In unsern Gefilden aber darfst Du nicht länger bleiben. So will es der weise Schöpfer, daß Du noch andre ferne Länder sehest, und endlich in Deinem Vaterlande Deine irdische Hülle ablegest, daß Deine Gebeine gesammlet werden zu den Gebeinen Derer, die Du kanntest, und die von Deinem Stamme und Geschlechtes sind. Geniesse von dieser Frucht, und Du wirst in einen Schlummer fallen, und wenn Du erwachst, dann werden Deine Augen mehr sehn wie Du erwartest.‹

Der ehrwürdige Mann gab mir eine röthliche Traube, die ich auf sein Geheiß verzehrte, und kaum hatte ich die letzte Beere genossen, als ein unwiederstehlicher Schlaf mich ergriff — Wie ich endlich aufwachte« —

So weit hatte ich in der Handschrift gelesen, als der Hauptmann wieder in die Thür trat, worauf ich dann sogleich meine Papiere zusammenpackte.

Sechstes Capitel.

Peter schreibt an Reyerberg. Ein kleines Abentheuer. Abreise nach Holland.

Nun, mein lieber Herr Claus!« rief der Officier: »Alles ist in Ordnung; Wir können übermorgen in See stechen. Morgen laufen wir in der Stadt herum, und diesen Abend wollen wir, denke ich, recht fröhlich hinbringen. Lassen Sie uns den Windbeutel, den Lippeville, oder wie der alte Kerl heisst, hier in den Gasthof zum Abendessen bitten! Er soll uns Geschichtchen erzählen. Der Mann ist weit in der Welt gewesen, mag allerley erfahren haben — Kommen Sie!« »Herzlich gern!« erwiederte ich: »Nur lassen Sie mich vorher einen Brief schreiben!«

Ich setzte mich hin, schrieb an meinen lieben Reyerberg nach Hamburg, und gab ihm Nachricht von dem, was mir begegnet war. Der gute Ludwig mogte wohl in die größte Verlegenheit meinetwegen gerathen seyn, als er des Morgens Brick tod im Bette gefunden hatte, und ich verschwunden war. Jetzt meldete ich ihm den ganzen Zusammenhang, versprach, sobald mein Geschäft in Holland geendigt seyn, und ich meine Frau an den rechten Mann gebracht haben würde, zu ihm nach Hamburg zurückzukehren. Dabey berichtete ich ihm, daß ich eine kostbare Handschrift besäße, die vielleicht unser Beyder Glück machen würde, aber in der That war, was ich bis itzt mit Ihnen, meine lieben Herrn! davon gelesen hatte, nicht von der Art, daß wir damit bey Fürsten etwas zu gewinnen hoffen durften. Wenn auch das

Ganze nicht vielleicht ein politischer Roman war, wie ich es noch dafür anzusehn Ursache fand; so konnte doch die Entdeckung eines Landes, wo weder Luxus noch Laster, sondern Unschuld und Freyheit herrschen, wenig Reiz für unsre Regenten haben — Das ist kein Land für europäische Tyrannen! Bey welchem Zipfel soll es der Despotismus angreifen? Wie soll man Menschen unterjochen, sie mit der närrischen Grille erfüllen können, daß ihrer hunderttausend Kluge Einem Mittelmäßigen gehorchen müssen, wenn dieser Einzige sich Jenen nicht nothwendig zu machen versteht? Und wie kann er das, wenn sie keine solche Bedürfnisse haben, deren Befriedigung in seiner Macht ist, wenn sie nichts brauchen, als was ihnen die mütterliche Erde liefert und, sobald ihnen ein Theil davon entzogen wird, sich ein anders wählen? Die noch dazu durch undurchdringliche Festungswerke von der übrigen Welt abgesondert sind, und endlich unter einem hohem Schutze stehen, der sie vor Cultur und Corruption bewahrt? Wenn sie ohne Rauchtabak und Schnupftabak, ohne Gold, Silber, Brod, Bier, Brandtewein, Priester u. d. gl. leben können? —

Mein Brief war eben fertig, so daß ich Licht bestellen wollte, um ihn zu versiegeln, und dann meinen Officier im Wirthszimmer aufzusuchen, da er unterdessen ausgegangen war, den alten Sieur Lippeville zu uns zu bitten, als leise an meine Thür gepocht wurde. Ich rief: »herein!« und siehe da! es trat ein junges liebliches Mädchen, mit schönen braunen Augen und schwarzen Haaren in das Zimmer. Sie redete mich französisch an: »Verzeyhen Sie,« sagte sie: »Ich glaube fast unrecht zu kommen.« »O! nichts weniger, mein Kind!« antwortete ich, und stand von meinem Stuhle auf, ihr entgegen zu gehn. »Ein so hübsches Frauenzimmer kömmt nie unrecht bey mir. Treten Sie ja näher!« »Um Verzeyhung!« erwiederte sie: »Ich suchte meinen Stiefvater hier« — »Und der ist?« — »C'est le Sieur de Lippeville, Monsieur, pour Vous servir. Je le croyois ici, mais voyant que Vour ètes seul, Vous m'excuserés, Monsieur« — Sie wollte fort — »Ey! wohin so eilig?« — »Um des Himmels willen, lassen Sie mich ja fort!«

rief sie: »Mein Vater ist gar strenge; Wenn er mich hier allein bey einem hübschen Herrn fände; Was würde er sagen?« Ich merkte nun wohl, was für Art Frauenzimmer ich vor mir hatte, und ich glaube dem edlen Herrn von Lippeville nicht zu viel Unrecht zu thun, wenn ich vermuthe, daß dies Stieftöchterchen von ihm abgeschickt war, den fremden Herrn die Zeit zu vertreiben, und dagegen einige holländische Ducaten mit nach Haus zu bringen. Einem Manne von seiner Art konnte man schon zutrauen, daß er, bey seinen jetzigen Umständen, nebenher einen kleinen Handel von dieser Art triebe, und daß, als er mir erzählt hatte, er habe eine Witwe mit einigem Vermögen geheyrathet, das Capital einer jungen Stieftochter mit in Anschlag gebracht war.

Peter Claus war aber nicht so neu in der Welt, um sich in einer solchen Schlinge fangen zu lassen. Zehn oder zwölf Jahre früher mögte es freylich wohl ganz anders ausgefallen seyn. Der Herr von Lippeville wäre dann zu rechter Zeit in das Zimmer getreten, um den gekränkten Vater, den Rächer der entehrten Tochter zu spielen, und den armen Peter die Thorheit theuer bezahlen zu lassen. Bey meiner vielfachen Erfahrung aber (und ich war ja auch ein verheyratheter Mann) hielt ich mich mit diesem jungen Frauenzimmer gar bescheiden in den Schranken der Ehrbarkeit. Weil indessen, wie der Apostel Paulus und Yorick (ich weiß nicht, ob bey einerley Veranlassung, genug! sie erzählen es Beyde) versichern, daß der Teufel ein Wiedersacher ist, der nur Gelegenheit sucht, uns Schelmstreiche zu spielen; so fand ich nöthig, ein wenig auf meiner Hut zu seyn. Man hat doch im sieben und dreyssigsten Jahre (man müsste denn gar zu arg bey Höfen sich durchgelebt haben) auch noch Fleisch und Blut, wovon bekanntlich ersteres zu den drey geistlichen Feinden gehört, und letzteres, wenn es anfängt recht heftig zu laufen, leicht mit unsern Grundsätzen davonrennt. Desfalls versäumte ich nicht, aus Vorsicht, die Stubenthür, welche das hübsche Frauenzimmer noch in der Hand hielt, nachdem ich sie davon weggeführt hatte, sorgfältig — halb offenstehn zu lassen.

»Setzen Sie Sich nur einen Augenblick wenigstens, mein schönes Kind!« sagte ich — Sie that es, nach einiger verstellten Weigerung.

Ich habe es schon oft bemerkt, beste Leser! daß wenn uns Liebe zum Guten, oder Eigensinn, oder Nothwendigkeit, oder Furcht treibt, unser sinnliches Vergnügen gewissen Grundsätzen aufzuopfern, wir uns ungern begnügen, blos das stille Bewusstseyn zu schmecken, das Böse nicht gethan, sondern überwunden zu haben — Nein! wir wollen mehr, wir mögten herzlich gern zugleich etwas Gutes ausführen, so etwas Erhabnes, um durch den Kitzel, den uns eine große That macht, den Verlust zu ersetzen, den die bezwungne Sinnlichkeit an jenem entbehrten Genusse gelitten hat — So spielt bey uns immer eine Leidenschaft der andern einen Possen, und dreymal glücklich ist noch Der, welcher die Kunst versteht, dies Satanspack auf solche unschädliche Art an einander zu hetzen.

Hätte ich die Demoiselle ganz trocken mit dem Bescheide abgewiesen, daß ihr lieber Papa nicht bey mir sey, und dann freundlich hinzugesetzt: »Ich bedaure also recht sehr, und empfehle mich gehorsamst,« so hätte ich genug gethan; Aber sobald ich merkte, welches Handwerk sie triebe, und ich nun wohl einsah, daß ich mich aus Vorsicht in einiger Entfernung von ihr halten müsste; wollte ich mich für diese Verleugnung dadurch schadlos halten, daß ich mir den Ruhm erwürbe, etwas zur Besserung einer Verirrten beyzutragen. Ich fasste sie aus dieser Ursache freundlich bey der Hand, fragte sie: wie alt sie sey, womit sie sich beschäftigte, wie ihre Vermögensumstände wären, ob sie keinen Liebhaber hätte, ob ich ihr in irgend einer Sache dienen könnte? u. d. gl. Sie drückte mir bey der letzten Frage dankbar die Hand, erzählte: sie sey neunzehn Jahre alt, lebe bey ihrer Mutter, die freylich nicht so reich wäre, daß sie sich auf den Fuß, comme les autres filles de mon état kleiden, und dadurch einem Manne gefallen könne. Zudem wolle sie nie heyrathen, liebe die *Freyheit,* und, setzte sie hinzu, wenn sie jetzt einen Bräutigam hätte; so würde sie es ja nicht wagen, bey einem so wackern Herrn allein im Zimmer zu seyn; dabey würde wenigstens sie ein Vergnügen entbehren, wenngleich mir daran wenig gelegen seyn mögte —

Ich fühlte, daß ich bald mit meiner Predigt hervorkommen müsste, wenn ich nicht das Concept aus dem Gedächtnisse verliehren sollte; also fieng ich herzhaft an: »Mein gutes Kind!« sagte ich etwas vertraulicher: »Ich verstehe Sie vollkommen, und bin zu sehr mit der Welt bekannt, um nicht zu begreifen, daß es nicht eben Männerhaß ist, der Sie bewegt, gegen den Ehestand eingenommen zu seyn. Es ist wahr, die Freyheit ist ein herrliches Gut, aber um gänzlich frey und unabhängig zu leben, muß man sich in bessern Glücksumständen befinden, wie Sie mir die Ihrigen schildern, sonst zwingen uns Mangel und Nothwendigkeit oft, von dem Willen reichrer Leute abzuhängen, und wenn Diese alsdann für ihr Geld das Recht zu haben glauben, etwas zu fordern, das der Rechtschaffenheit entgegen ist; so können wir nicht wiederstehn. Reue nach der That, ein zerrütteter Körper, ein unmuthsvoller Geist, und im Alter Krankheit, Elend, Verachtung und Verzweiflung sind dann gewöhnlich die Folgen einer solchen gefälligen Lebensart. Sehen Sie, meine Schöne! so weit kann Mangel führen, wenn nicht Fleiß und Wachsamkeit dabey sind, und hat schon manche eben so blühende Wange« — Ich klopfte sanft an die ihrige, denn nun hatte ich nichts mehr zu fürchten. Ich glühete von Bekehrungsfeuer, die Sinnlichkeit wurde durch den Stolz glücklich überschrien — Ich fuhr fort — »hat schon manche eben so blühende Wange bleich gemacht.«

Sie schlug beschämt die Augen nieder, und eine Thräne, auf welcher halb Schaam, halb Verdruß schwamm, fiel auf ihre rechte Hand, die ich in meiner linken hielt. »Lassen Sie Sich,« sagte ich ferner: »durch dies Bild nicht ängstigen! Wie könnte ein so hübsches, gutes Frauenzimmer je Mangel zu fürchten haben, wenn Tugend und Arbeitsamkeit Ihre Schritte leiten? Der Ruf Ihrer Sittsamkeit wird von Ihrer kleinen Wohnung aus in die Nachbarschaft, und von da weit umher in die Stadt verbreitet werden. Bey jetziger Zeit, wo es der tugendhaften, häuslichen, edeln Weiber so wenig giebt, wird es Ihnen, wenn Sie zu diesen Wenigen gehören, gewiß nicht an reichen, braven und hübschen Freyern fehlen. Sie werden dann als Frau und Mutter das Glück einer ganzen Familie ausmachen, und wenn diese Reize verblüht sind, wird die Achtung und Ehrerbiethung Ihrer Freunde und Verwandten Ihnen eine neue Bahn von Glückseligkeit eröfnen, die, von keinen Gewissensbissen noch körperlichen Leiden unterbrochen, bis an Ihr Ende Sie begleiten, und noch nach Ihrem Tode Ihnen aus dem Munde Derer nachlallen wird, die Ihr Andenken segnen werden« — »Ah, Monsieur,« rief sie aus: »Vous me percés le coeur! Plût au Ciel« — Sie konnte vor Rührung nicht weiter reden — »Nun, mein gutes Kind!« sagte ich: »Statt dieser augenblicklichen heftigen Empfindung wünschte ich lieber, daß meine Worte bleibenden, würksamen Eindruck auf Sie machen mögten. Nehmen Sie« — Ich hatte einen kleinen Ring mit einem grünen Steine am Finger. Er war nicht von großem Werthe. Auf der inwendigen Seite stand mein Namenszug P. C. eingegraben. Gern bekenne ich es, daß, als ich ihn kaufte, ich halb und halb die Absicht hatte, ihn einst als den Preis einer schlechtem Handlung, wie die war, welche ich heute begieng, hinzugeben — »Nehmen Sie diesen Ring, als ein kleines Andenken von mir an, und wenn Sie je in Gefahr und Versuchung kommen sollten, etwas zu thun, das den Grundsätzen entgegen wäre, von deren Wahrheit Sie itzt gerührt scheinen; so betrachten Sie den Ring, und erinnern Sich der Ermahnungen des Mannes, der es wahrhaftig gut mit Ihnen meinte. Und nun, mein Töchterchen! gehen Sie hübsch nach Haus, an Ihre Arbeit!« — Ich führte sie bis vor die Stubenthür, küsste sie auf die Backe, und machte die Thür hinter ihr her zu.

»*Bravo!* Peter Claus! Nun! da hast Du doch einmal eine gute Handlung begangen, und das macht Dich so froh, daß es wohl der Mühe werth wäre, mehr dergleichen zu thun, um ein so reines Vergnügen öfter zu empfinden. Es ist wahr, wenn nicht die Furcht gewesen wäre, Du könntest in Verlegenheit gerathen; wenn das Mädchen nicht des verteufelten

Kerls Tochter — Doch, sollte man die Quellen aller edeln Handlungen, aller Aufopferungen untersuchen — Genug! es ist geschehn, es ist überstanden« —

Ich siegelte meinen Brief zu, schickte ihn fort, fand den Hauptmann unten, und sah etwa eine halbe Stunde nachher den Sieur Lippeville herankommen.

Unsre Mahlzeit war recht fröhlich. Das Bewusstseyn eine gute That gethan zu haben macht doch wahrlich so heiter, wie sonst nichts in der Welt. Unser Gast zeigte Anfangs ein ziemlich zusammengesetztes Gesicht. Es schien, als wenn das Töchterlein ihm etwas von unsrer Unterredung erzählt haben mogte; Ich schwieg sorgfältig darüber. Nach und nach klärte sich indessen, bey einer Flasche Wein, die Mine des alten Sünders auf, und er fieng an, als er ein bischen im Kopfe hatte, auf unser Bitten, allerley Scenen aus seinem Leben zu erzählen.

Da kam nun in Wahrheit tolles Zeug zum Vorschein. Er hatte sich, wie es schien, von Jugend auf, um des leidigen Geldes willen, zu allem misbrauchen lassen. Als er Bedienter bey dem französischen Husarenofficier war,* da hatte er im Felde tapfer fouragieren helfen. Der Officier warb hernach um eine reiche Kaufmannstochter, und da musste Lippeville seinem Herrn helfen, den wohlhabenden französischen Marquis zu spielen. Er wurde nebst einigen andern losen Buben verkleidet, die Rollen von Kammerdienern, Leibjägern u. s. f. zu machen. Dann schrieb er falsche Briefe, im Namen der Verwalter von den Gütern des Officiers (die aber im Monde lagen) in welchen sie ihm meldeten, wie viel sie in diesem Jahre eingenommen, verbauet, an Pensionen ausgezahlt und baar überschickt hatten. Der alte Schwiegervater ließ sich dadurch täuschen, und gab die Tochter, welche indeß schon im Voraus für die Fortpflanzung der Familie gesorgt hatte, dem windigen Husaren, der nichts mehr und nichts weniger war, wie ein Aventurier und Spieler.

* Man sehe im ersten Theil! Seite 90.

Lippeville fieng während dieser Zeit an, mit seiner gnädigen Frau vertrauet zu werden, wurde mit ihr ertappt, herzhaft abgeprügelt, und fortgejagt.

Darauf half er sich als Kammerdiener an bey dem dänischen Gesandten in Paris, lernte dazumal das bischen Dänisch reden, welches ihm jetzt so großen Vortheil bringt, führte dem Herrn Gesandten Maitressen zu, welches herrliche Talent ihm die Secretairsstelle bey einem Cardinal verschaffte, bey einem Herrn, der weder recht lesen noch schreiben konnte, und ausser den Stunden, die er im Schlafe, am Tische, und in dem liebreichen Umgange mit einigen siebenzehnjährigen Knaben zubrachte (vermuthlich um ihren Geist zu bilden) seine Hauptbeschäftigung seyn ließ, Fliegen zu fangen, denselben die Flügel auszureissen, und papierne Figuren auf ihren Rücken zu kleben, mit denen die armen geplagten Thiere, zur grössten Freude Seiner Eminenz, herumwackeln mussten. Hiebey stand sich Lippeville vortreflich, gieng mit dem Cardinal nach Italien, sah dort alles, was nur zu sehn war, rutschte die Scala santa auf den Knien hinauf, und gieng endlich, als compagnon de voyage et de débauche, mit dem Vetter Seiner Eminenz, unter dem Namen des Capitaine de Lippeville, auf Reisen.

Nach dem Tode dieses jungen Herrn, der in Aachen an einer sehr galanten Krankheit starb, theilte er mit den Domestiken desselben die besten Sachen des Verstorbnen, und gieng sodann nach Spaa, wo er am Pharaotische seine ganze Baarschaft sitzen ließ, bis auf die Leibrente nach, von der wir aber gehört haben, daß er auch diese in der Folge verlohr.

Auf welche Art er sich unterdessen durch die Welt half, das haben wir im siebenten Capitel des ersten Theils gehört.

Es war schon beynahe Mitternacht, als wir auseinander giengen, und den folgenden Tag wendeten wir an, mit Lippeville durch die wahrhaftig schöne Stadt Koppenhagen zu spazieren.

Auch hier fand ich die Erfahrung bestättigt, daß man weit in der Welt umhergefahren seyn kann, ohne desfalls den geringsten Nutzen von diesen Reisen zu ziehn. Hätten wir einen

Mann von Kenntnissen bey uns gehabt; so würde uns derselbe, obgleich die Zeit so kurz war, dennoch auf manches aufmerksam gemacht haben, das uns einen Begriff von dem Nationalcharacter, den Sitten und dem Grade der Aufklärung der Einwohner hätte geben können. So aber, mit den Augen, womit der alte Landläufer alle Dinge ansah, war uns seine Führung nicht mehr wie die eines Lehnlakayen werth. Da sahen wir das Wahrzeichen der Stadt, die Bildsäule der Leda, welche zwischen Koppenhagen und Christianshaven, auf der Insel Amac, im Wasser steht, beschaueten die Citadelle Friedrichshaven, gafften das prächtige, wahrhaftig sehenswerthe Schloß in der Altstadt, wie die Kuh das neue Thor, von aussen an, betrachteten die Schandsäule auf dem Uhlefeldsplatze, die ich lieber nicht gesehn hätte, und würden nicht einmal das berühmte Hospital Wartow besucht haben, wenn nicht ich, der ich gern mich meiner Menschlichkeit erinnere, die Gewohnheit hätte, in jeder Stadt nach den Hospitälern und Tollhäusern zu fragen. Das, wovon ich hier rede, verdient vorzüglich Aufmerksamkeit. In mehr als dreyhundert Betten — Doch, ich habe Ihnen ja schon im vorigen Capitel versprochen, daß ich Sie mit einer genauen Beschreibung von Koppenhagen verschonen wollte, und ein ehrlicher Mann hält Wort —

Nachdem wir ziemlich ermüdet des Abends zu Hause kamen, nahmen wir Abschied von unserm Führer, und bestiegen des folgenden Morgens früh um fünf Uhr das Schiff, um nach Holland zu segeln.

Siebentes Capitel.

Auf der Reise wird das Manuscript
wieder hervorgesucht.

Es thut mir in der Seele weh, daß ich bey dieser Seefahrt meinen Lesern nicht wiederum mit einer so poetischen Beschreibung eines Sturms andienen kann, als diejenige war, womit ich Ihnen vor meiner Ankunft in Koppenhagen aufgewartet habe. Aber es ist wahrlich meine Schuld nicht, daß es diesmal so schönes Wetter war; daß am Tage die glänzende, majestätische Sonne über die unermeßliche Fläche des Meers hin ihre weiten durchdringenden Blicke warf; indeß die kleinen Wellen, voll Wonne ihre Strahlen auffangen zu dürfen, erquickt sich fortwälzten, und einander im unschuldig muthwilligen Spiele zu jagen schienen; die stillen Bewohner des nassen Abgrundes aber, durch die Anmuth der wärmenden Luft gereizt, um unser schwimmendes Haus herum scherzten, das mit kühnem Ernst dahinflog, und lange Furchen schnitt, welche von dem geschäftigen Wasser schnell wieder ebengemacht wurden, bis der bescheidne Abend herankam, aus welchem die ermüdete Natur neue Federkraft und labende Kühlung einsog, indem er mit sanfter Feuchtigkeit das Feuer des strengen Elements dampfte, wie das gefällige Zureden eines Freundes die Hitze des heftigern lebhaftern Bruders mäßigt; da dann der halbe Erdball, von der Arbeit und den Freuden des Tages auszuruhn, eine Pause machte, und die heitern Sterne, mit funkelnden Augen, bey dem Bette der schlummernden Hämisphäre wachten. —

Nun, bey meiner Seele! Das war doch vortreflich gesagt! Nicht wahr? Nun schenken Sie mir doch den Sturm? Finden Sie wohl solche herrliche Bilder, seitdem die asiatische Banise nicht mehr gelesen wird, in irgend einem unsrer teutschen Romane? O! und wenn ich Verse machen wollte, da sollten Sie erst Wunder sehn. A propos! Ich denke nächstens ein Bändchen voll von solcher Waare auf Pränumeration herauszugeben — Allein wir kommen von meinem Roman ab, der wohl verdient, daß man noch etwas darüber sage. Bey so mannigfaltigen Schönheiten wollten Sie ihn nicht allen andern Büchern vorziehn, nicht glauben, daß es der Mühe werth sey, diesen Roman, mit einem kaiserlichen Privilegio in der carlsruher Sammlung nachdrucken zu lassen, wenn auch tausendmal mein Verleger, der mich gut bezahlt hat, dagegen schrie, eine solche Operation für Diebstahl und das Privilegium für erschlichen hielte? — O! dann hätten Sie wahrlich weder Geschmack, noch Begriffe von Billigkeit! — Doch, ich ereifre mich; Fahren wir in unsrer Geschichte fort! —

Auf der vorigen Seite habe ich soviel sagen wollen, daß wir hübsches Wetter hatten, und daß uns also nichts abhielt, glücklich nach Holland zu kommen.

Da mir aber unterwegens die Zeit im Schiffe ein wenig lang vorkam, obgleich wir Punsch tranken, à l'hombre spielten, und Tabak rauchten; zog ich gegen Abend wieder mein Manuscript hervor, und las, was folgt:

Weitere Erzählungen des Herrn Bricks.

»Als ich endlich aufwachte, befand ich mich an eben dem Orte, wo ich zuerst aus meinem Nachen gestiegen war, und zwar so hungrig wie möglich. Jetzt schien mir alles, was ich gesehn und gehört hatte, ein Traum zu seyn. ›Sollte es,‹ dachte ich, ›möglich seyn, daß ich, aus Ermattung und Müdigkeit, in einen so heftigen Schlaf verfallen wäre, daß die beyden Personen, von denen es mir vorkam, als wenn sie bey meinem Erwachen vor mir gestanden wären, mir nur der geschäftigen Phantasie nach erschienen wären, und daß Morpheus mir den häßlichen Streich gespielt hätte, das ganze Bild eines unschuldigen Volks nur im Schlafe vor meine Augen zu stellen?‹ — Wer wird es wagen, meine Freunde! zu entscheiden, ob es würklich also gewesen ist, oder nicht? Ihr wisst, wie wenig Gewißheit in unsern Vorstellungen, selbst bey ofnen Augen, im Sinnlichen und Intellectuellen herrscht. Und wie soll man es anfangen, Andre zu überzeugen, daß das würklich existire, was wir gesehn zu haben vorgeben, da Ihr täglich wahrnehmen könnt, wie die klügsten Menschen sich einander Dinge abstreiten, die Viele von ihnen genau bemerkt und geprüft zu haben vorgeben? Sieht Der, dessen Augen weit in die Ferne tragen, nicht würklich Dinge, welche für den Blödsichtigen gar nicht existiren? Sieht der Mann mit dem Fernrohre nicht noch eine andre Welt? Soll hier die Uebereinkunft Mehrerer entscheiden? Ja, dann muß das Heer der Geisterseher und Geisterglauber gegen die Armee Derer, die dergleichen leugnen, entscheiden. Soll das Urtheil der Scharfsichtigern das Uebergewicht geben? Wer wird sich dann nicht dafür halten wollen. Genug! ich glaube noch immer, das alles erlebt zu haben, und wer es nicht mit mir glauben will, der reise selbst hin, auf Gefahr gleichfalls, wenn er zurückkömmt, für einen Windbeutel gehalten zu werden. Mir wäre es wahrlich fast lieber, wenn es nur ein Traum gewesen wäre; denn einen so seligen Wohnort gefunden zu haben, und ihn gleich wieder verlassen zu müssen — Das ist keine angenehme Sache! Höret indessen weiter! —

Ich befand mich auf demselben Platze wieder, auf der Erde liegend, und vor Hunger schmachtend. Sobald ich mich aber von meinem Lager erhoben hatte, um die Gegend umher zu durchschauen, sahe ich, zu meinem grössten Erstaunen, daß das Land nicht, wie es mir vorher geschienen, unbebauet, sondern, von allen Seiten her weit hinaus, an Flüssen, Bergen, Wäldern und Thälern, eine Aussicht voll großer Städte und Dörfer in Menge darstellte: — Wie, in aller Welt, kömmt denn das? Sollte man doch meynen, ich sey an der Küste von Europa! Aber was geht es mich an? Frisch darauf losgegangen! — Mein Hunger trieb mich ohnehin, Nahrung zu suchen. Ich schlich etwa hundert Schritte fort, als ich an einen umzäunten Garten kam, der voll von Obstbäumen stand. Nun konnte ich der Begierde nicht wiederstehn, etwas davon zu geniessen, um der Stimme meines bellenden Magens zu gehorchen; Ich stieg also über den Zaun, und brach einen großen Apfel ab, in welchen ich begierig hineinbiß. Aber kaum hatte ich das gethan, als hinter mir eine fürchterliche Stimme erscholl: ›He! Du verwünschter Dieb!‹ rief es in der gewöhnlichen Sprache der südlichen Inselbewohner, ›Dich soll ja die böse Krankheit befallen. Du Himmelhund, Du! Was machst Du in meinem Garten?‹ Ich sah mich schnell um; da stand hinter mir ein Mann, vom Kopfe bis zu den Füßen bekleidet, und das auf eine so unnatürliche Art, daß ich mich zum höchsten darüber verwunderte; denn sein Anzug bestand nicht nur aus unzählichen kleinen Stücken, so daß fast jedes Glied des Körpers mit einem einzelnen Fetzen bedeckt war, welches besonders angeheftet werden musste, sondern das Ganze machte auch ein so wiedriges Ansehn, daß dadurch alle Schönheit des Körpers, alle Form, aller Wuchs verunstaltet wurde. ›Lieber Mann!‹ sagte ich, ›verzeyhet mir! Ich habe in so langer Zeit nichts gegessen. Nagender Hunger trieb mich, in Euer Eigenthum zu greifen. Zudem bin ich fremd hier, wusste nicht, wem dieser Fleck gehörte, da ich gewöhnt bin unter Menschen zu leben, die, was Gott wachsen lässt, wie ein gemeinschaftliches Gut seiner Creaturen ansehen.‹

Der Mann. ›Ja! da hat sich was zu gemeinschaftlich! Wir müssen schwere Abgaben entrichten. Wovon wollte sonst unser Erif‹ (so nennen die Einwohner ihre Fürsten) ›die raren ausländischen Thiere füttern, die er weit herkommen lässt, um damit zu spielen, und sie tanzen zu lassen?‹

Ich. ›Ist das möglich? Und desfalls müsst Ihr Alle vielleicht darben, arbeiten, schwitzen, und einem hungrigen Fremden einen Bissen zur Labung versagen, damit Euer Erif in seinem kindischen Vergnügen nicht gestöhrt werde?‹

Der Mann. ›Nun gemach! Herr Fremder! Diesmals halte ich's Euch zu Gute; aber redet ein andermal mit mehr

Ehrerbietung von unserm gnädigen Herrn! Was hilft auch das alles? Es ist wohl wahr, ein Knabe ist ein Knabe, und unser Herr ist erst zehn Jahr alt — Aber kommt nur mit herein, wenn Ihr würklich in langer Zeit nichts genossen habt! Es wird sich ja noch wohl etwas finden, um Euch zu erquicken.‹

Wir giengen zusammen in seine Hütte, wo es nun in der That armselig genug aussah. Schlechter Hausrath, ein Weib mit sechs Kindern in zerrissene Lumpen gekleidet; in der Ecke ein Lager für sie Alle, von dürrem Laube.

Der Mann. ›Wundert Euch nicht, daß es hier so kümmerlich aussieht! Wir waren auch einmal in bessern Umständen, aber die Menge der Auflagen, die wir bezahlen müssen, hat gemacht, daß wir ein Stück Hausrath nach dem andern haben für herrschaftliche Abgaben hingeben müssen* Hier habt Ihr ein Stück von unserm gewöhnlichen Nahrungsmittel.‹ (Es war ein Teig, aus kleingeriebenen Körnern eines Staudengewächses mit Wasser zusammengeknätet, und dann in einem Ofen gedörrt.) ›Esset, so viel Euch schmeckt! Die Götter werden es uns ersetzen. Ihr glaubt doch an die Götter?‹

Ich. ›An Einen wenigstens! Wie könnt Ihr das fragen?‹

Der Mann. ›Ja! ich meinte nur so. In der Stadt glaubt kein Mensch mehr daran, und deswegen werden wir auch so gedrückt, denn wenn die Leute dort bedächten, daß die Götter die Bosheit bestrafen; so würden sie nicht so grausam mit uns umgehen. Sehet nur an! Diesen Teig, den Ihr da geniesst, habe ich selbst gemacht, denn ich ziehe die Körner dazu auf meinem eignen Acker, aber von jedem Gefäß voll, das ich abpflücke, muß ich einen kleinen Stein Abgabe entrichten.‹**

* »Ich bediene mich hier und in der Folge der europäischen Terminologie, und werde, um verständlich zu seyn, die Namen: Fürsten, Minister, Beamte u. s. f. brauchen.«

** »Eine gewisse Art seltener Steine, die tief in der Erde lagen, und welche die Sclaven, mit Gefahr ihres Lebens, aus den Gruben

Ich. ›Aber, wie in aller Welt könnt Ihr das leiden? Ihr sagtet vorher, Euer Herr sey ein Knabe. Es ist ja aber wieder die Natur, daß man einem Kinde gehorche, und daß so viel tausend Menschen sich quälen, um einem Jungen sein närrisches Spielwerk zu bezahlen. Gebet doch dem Lümmel die Ruthe, und wählt Euch einen alten verständigen Mann zum Oberhaupte.‹

Der Mann. ›Ach! das versteht Ihr nicht! Man sieht wohl, daß Ihr ein Fremdling seyd. Sobald der alte Fürst tod ist; ist der kleine Sohn gleich wieder Herr.‹

Ich. ›O! ich kenne das; aber es bleibt immer eine närrische Einrichtung. Wenn Ihr davon zufrieden seyd; so kann ich es leiden; Wenn aber die Mehrsten darüber klagen; so muß der größere Theil aufheben dürfen, was sich nur durch seine Nachsicht hat einschleichen können. Welche Unvernunft, einem Kinde zu gehorchen, das vielleicht noch nicht reden kann!‹

Der Mann. ›Ey nun! reden kann der Unsrige schon, aber er regiert auch nicht eigentlich, sondern da ist die Mutter, ein Priester und der oberste Mundkoch; Diese Drey machen alles, was sie gutdünkt, in des armen unmündigen Fürsten Namen; Da müssen wir dann freylich immer Haar lassen, bezahlen, was wir nur aufbringen können, und das alles unter dem Vorwande, des Prinzen rare Thierchen zu ernähren, im Grunde aber lebte die alte Mutter mit ihrem Priester und obersten Koche davon.‹

Ich. ›Nun! da lobe ich mir doch mein liebes Vaterland. Das sind ja unerhörte Dinge, die Ihr mir da erzählt.‹

Der Mann. ›O! das ist noch nichts. Wenn Ihr weiter ins Land geht, da werdet Ihr noch ganz andre Sachen hören.‹

herausholen mussten, vertraten die Stelle des Geldes. Wenn aber ein Unterthan dergleichen fand, musste er sie abliefern, denn alle gefundene und nicht gefundene Steine gehörten dem Fürsten, obgleich er selbst keinen einzigen suchte, und mancher Sclave, welcher die Gruben durchwühlte, darinn umkam.«

Ich. ›Behüte Gott! Lebet wohl! Seyd herzlich gedankt für Eure Gastfreundschaft! Der Himmel vergelte es Euch! — Ich kann es nicht — Wollt Ihr aber jetzt das Maaß Eurer Wohlthaten voll machen; so führt mich bald möglichst über die Grenze!‹

Der Mann. ›Dazu braucht Ihr nicht weit zu gehn, und wenn Ihr recht schnell fortwandert; so könnt Ihr vor Abends noch die Länder von vier Herrn durchreist seyn, die alle das Recht haben, Euch ungestraft den Kopf abschneiden zu lassen, wenn Ihr etwas redet, das ihnen nicht gefällt.‹

Ich. ›Schon gut! Also vier Länder? Da werde ich doch eines antreffen, worinn glückliche Menschen leben — Auf Wiedersehn, guter Freund!‹

Ich gieng nun grade fort, und war in wenig Augenblicken in einem fremden Lande: ›Aber sagt mir doch,‹ rief ich einem Bauern zu, der traurig auf dem Felde stand: ›sagt mir doch, mein Freund! Warum sieht denn dies Feld so verwüstet, so leer aus? Habt Ihr Krieg?‹ ›Ach nein!‹ erwiederte der Bauer, ›das haben die großen wilden Mäuse in dieser Nacht gethan.‹ — ›Ist denn kein Mittel,‹ fragte ich, ›diese auszurotten?‹ — ›Bey Leibe nicht,‹ erwiederte er, ›das ist des Fürsten größtes Vergnügen. Er lässt sie aus allen Gegenden hier zusammentreiben. Keiner von uns darf einer derselben Leid zufügen. Morgen aber wird eine große Jagd gehalten. Da kömmt der Fürst selbst. Ein schöner und freundlicher Herr! Und dann müssen eine Menge Sclaven auf unsern Feldern hinter den Mäusen herlaufen, um einige zu fangen. Wer drey fängt, der ist frey; Wer aber diese Zahl nicht bringt, der muß so lange laufen, bis er tod dahin fällt; Da lacht dann der gute Herr so herzlich; Ihr könnt es gar nicht glauben‹ — ›So hol' ihn der Henker mit seinem Lachen!‹ schrie ich: ›Geschwind zeiget mir, wo ich am nächsten über die Grenze komme!‹ Er wies mich zurecht, und ich gieng weiter.«

Sobald ich in das benachbarte Land kam, sah' ich auf der Grenze einen Mann stehn, welcher in der Hand Bogen und Pfeile hielt und mir mit fürchterlicher Stimme zurief: ›He! halt! Wer bist Du? Hülfe, Cameraden! Der Feind ist da!

Tod, Verderben, Pestilenz! Gleich sage an, wer bist Du?‹ — ›Ich bin ein unschuldiger, wehrloser Reisender,‹ gab ich ihm zum Bescheide — ›Nun so gehe Er dann nur hin, mein Freund! guten Tag!‹ Ich gieng lächelnd fort. ›Aber sage Er mir doch,‹ sprach ich, und kehrte wieder um, ›was macht Er dann da für einen höllischen Lerm? Ist der Feind hier im Lande?‹ ›Ey nicht doch,‹ antwortete der grimmige Bewafnete, ›Er sieht ja wohl, daß keine Sehne an meinem Bogen ist. Das geschieht nur so, um nicht aus der Uebung zu kommen, wenn es einmal Krieg geben sollte. Der Fürst ist ein Liebhaber davon. Es thut ihm zwar kein Mensch nichts zu Leide; Aber das ist nun so seine Freude. Des Nachts springt er vom Lager auf und schreyet: He da! Feinde! Mordbrenner! schiesset und hauet alles tod! Und so müssen wir's denn auch machen‹ — ›Und dafür werdet Ihr wohl gut bezahlt?‹ — ›So So! Einen Tag um den andern bekommen wir ein großes Stück Teig, davon müssen wir aber die Hälfte anwenden, kleine Kügelchen daraus zu kneten, womit wir uns des Morgens eine Stunde lang zum Zeitvertreibe werfen müssen. Versteht Er? das sollen Steine vorstellen, so einen kleinen Krieg; Der Fürst macht es selbst mit. Den folgenden Tag hungern wir dann; dagegen aber haben wir an demselben auch nichts zu thun. Hätte Er wohl nicht Lust, auch so ein Mann zu werden, als ich bin?‹ — ›Bewahre der Himmel, mein guter Mensch! Gott befohlen! Ist's noch weit bis in das Nachbarland?‹ ›Nein! gleich hier.‹ Als ich fortgieng, rief er noch einmal: ›He Cameraden! passt auf! Der Feind! Tod! Verderben! Pestilenz!‹ — ›Adieu! mein Freund!‹

›So sollte man doch meynen,‹ sagte ich zu mir selbst: ›ich sey in ein Land voll von Narren gerathen? Doch hier wird es vielleicht besser hergehn. Aber wer winselt denn da?‹ Es war ein armes Weib, das jämmerlich klagte: man habe ihren einzigen Sohn aus ihren Armen gerissen, um ihn dem Fürsten zu schicken; Dieser Sohn sey ihr süßer Trost gewesen, habe für sie und zwey unmündige Schwestern, seit des Vaters, ihres Mannes Tode, so treulich gearbeitet, daß Alle ihren Unterhalt davon gehabt hätten; Jetzt müsse sie, mit ihren schwachen Händen das Feld selbst bauen, da sie nicht in den Umständen sey, einen Sclaven anschaffen noch ernähren zu können. Dennoch dauerten die schweren Abgaben fort, welche auf die Felder vertheilt wären, obgleich man sie des Mittels beraubt habe, das ihrige zu bauen. Ich fragte die Frau, wozu dann der Erif ihres Sohns so nothwendig bedürfte? Sie wunderte sich, daß mir das unbekannt seyn konnte — Und wozu meinet Ihr wohl, meine Freunde! daß er ihn gebraucht hätte? Es ist schwer zu rathen; Ich will es Euch sagen: Er hielt sich zwanzig tausend Leyerspieler, die Alle von einerley Größe und Ansehn seyn mussten. Da nun sein Ländchen klein war; so kostete es freylich Mühe, so viel ähnliche Leute zusammenzutreiben. Fremde hätte er in Menge bekommen können; aber die hätte er bezahlen müssen, statt daß diese umsonst leyern mussten. Nun sähe freylich in seiner Stadt alles lebhaft und prächtig aus, und die Gassen wimmelten von — Leyerspielern. Aber desto ärmer und kläglicher war der Zustand auf dem Lande. Weiber mussten das Feld bauen, obendrein schwere Abgaben bezahlen; und wenn Eine einen guten Bissen hatte; so entzog sie sich's lieber, und trug ihn zu ihrem Sohne, Bruder, oder Vetter, in die Stadt, damit der arme Leyerspieler nicht verhungerte — Ja! da seht Ihr, wie die Fürsten dort so ihre eigne Grillen haben! Bey uns in Europa ist es gottlob! ganz anders. Indem nun also der Kern der nützlichsten Menschen, mit Gewalt zu elendem Spielwerke abgerichtet wurde; fiel bey dem kleinen Völkchen aller Muth, aller Erwerb, aller Fleiß weg. Sie wurden nach und nach an das Elend gewöhnt und waren oft froh, wenn sie nur noch leyern konnten; Denn wenn ein unglücklicher Zufall ihnen ihre Gesundheit raubte, oder der Erif das Gesicht irgend eines seiner Leyermänner nicht mehr leiden konnte; jagte er Diesen fort, und überließ ihm die Wahl, auf seine Gefahr, zu stehlen, oder zu verhungern. Ihr werdet mich fragen, ob denn dieser mächtige Leyerbeschützer ein so großer Tonkünstler gewesen? Gar nicht, meine Freunde! Er verstand nichts von Musik, und niemand konnte begreifen, zu welchem Endzwecke er diese

Leute um sich her dudeln ließ. Ihr könnt Euch leicht vorstellen, daß auch in diesem Lande meines Bleibens nicht lange war; Ich ließ mich bald möglichst hinausleyern; Allein es gieng mir sehr schlimm; Denn obgleich die Regierung dafür sorgte, daß es nicht an armen Leuten, wohl aber an Mitteln fehlte, etwas durch Fleiß und Arbeit zu erwerben; so hatte sie doch zugleich die weise Einrichtung getroffen, daß gar keine Bettelleute geduldet wurden. Sobald sich ein Mensch blicken ließ, der Andre um Hülfe ansprach; wurde derselbe durch eine Wache von Ort zu Ort bis über die Grenze begleitet — Gewiß eine herrliche Einrichtung, sich so viel Impunität zu verschaffen, daß, wenn man jemand den Geldbeutel gestohlen hat, er es nicht einmal wagen darf, sich die Rückgabe eines kleinen Theils zu erbitten! — Zum Glück war, wie ich schon gesagt habe, das Land nicht groß, denn sonst hätte man einen Menschen so lange spazieren führen können, bis er aus Hunger und Ermattung tod hingefallen wäre. Beynahe wäre es mir also gegangen; Ich hatte mich ein wenig zu heftig im Gehn angegriffen, so daß ich in einem Orte krank vor der Thür eines Hauses niedersank, in welchem ich Ruhe und Hülfe suchen wollte. Die Obrigkeit ließ mich sogleich auf ein Fahrzeug packen und meines Bittens ungeachtet, bis an das nächste Dorf bringen, woselbst man mich eben so behandelte, und dies so fort, bis ich in eines andern Herrn Lande war, da man mich dann ganz sanft auf Gottes Erdboden, im freyen Felde hinlegte. Kraftlos und mismüthig lag ich hier eine Stunde, unfähig mich bis zum nahegelegnen Orte zu schleppen, als endlich ein freundlicher, ziemlich gut gekleideter alter Mann vorbeygieng, mich da liegen sah, sich Meiner erbarmte, mich fort, und in seine Wohnung führte. Dieser redliche Mann verpflegte mich auf das Beste, und in vier und zwanzig Stunden war ich wieder ziemlich bey Kräften.

Ich fieng nun an, meinem Wohlthäter herzlich für meine Errettung zu danken. Ohne ihn wäre ich das Opfer der guten Policey des obersten Leyerbeschützers geworden. Nun muß ich Euch doch auch den Mann beschreiben, der mich so menschenfreundlich errettet hatte. Er war, was man bey uns Schulmeister nennt; Er unterwies die Jugend auf dem Lande, und das that er mit seltner Geschicklichkeit, Treue, und Einfalt. Er lehrte die Kinder früh, ihre Pflichten kennen, und die Beruhigung lebhaft empfinden, welche man hat, wenn man recht und gut und edel handelt. Zugleich gewöhnte er sie an Fleiß und Genügsamkeit, und bildete auf diese Art den wichtigsten Stand, der alles erwerben, alles tragen muß, auf dem die ganze Wohlfahrt des Staats beruht, das Landvolk, zu guten, mit ihrem Zustande zufriednen Menschen. Also war dieser Mann eine der wichtigsten Personen im Staate, und es fiel mir auch nicht anders ein, als daß, vom Fürsten bis zum Bettler, Jeder ihn also behandeln, und mit Ehrerbiethung sich gegen einen Menschen betragen würde, der den Grund zu einer bessern, glücklichern Generation legte — Aber wie sehr irrte ich mich! — Der Fürst, welcher, in rauschenden Freuden und Wollüsten ersäuft, sorglos über seine heilige Pflicht, nur darauf bedacht war, alles von sich zu entfernen, was ihm hätte ernsthafte, vernünftige Gedanken erwecken können, unterhielt einen Haufen von Luftspringern, die täglich vor ihm ihre Kunststücke wiederholen mussten. Diese Leute wurden reichlich besoldet und geehrt, ja! die erste Luftspringerinn bekam fünf und neunzigmal mehr zum Unterhalte gereicht, als der Lehrer des Landvolks. Dabey war dieser Schulmeisterstand ein so verachtetes Amt, daß ich offenbar sehn konnte, als mich mein Wohlthäter, wie Ihr nachher hören werdet, mit in die Stadt nahm, wie geringe man diesen würdigen Mann behandelte, wie er nirgends in vornehme Häuser Zutritt hatte, wie er aller Orten unter dem Pöbel mit fortgedrängt wurde, und wie überhaupt in diesem großen Lande die Bedienungen und Stände, nicht nach dem Grade der Nützlichkeit, welchen sie für den Staat hatten, sondern nach gewissen Vorurtheilen geschätzt und belohnt wurden. Da war es dann sehr natürlich, daß sich wenig Männer von Talenten zu Besetzung der höchst wichtigen, aber verachteten Stände fanden, und daß man desfalls gewöhnlich zu einem Schulmeister

Denjenigen nahm, der dies Amt um den geringsten Preis annehmen wollte. Es wurden dann solche Stellen mit Unwissenden, Nichtswürdigen besetzt, oder wenn ja ein geschickter Mann, durch sein gutes Herz, durch seinen Hang zu diesem edlen Geschäfte, oder durch Armuth getrieben, sich entschloß ein Lehrer des Landvolks zu werden; so schnitt ihm seine Lage die Mittel ab, seine Talente weiter zu entwickeln, und er musste wohl gar, um leben zu können, nebenher irgend eine rauhe, niedrige Handarbeit treiben. Zu Abschaffung dieses Unwesens wurde nun so wenig Anstalt gemacht, daß die Lehrer des Volks gar nicht unter genauerer Aufsicht der Regierung standen, welche sich mit solchen Kleinigkeiten nicht abgab. Sie waren dagegen einer Classe von Leuten untergeordnet, die sich mit Gewalt in den Besitz gesetzt hatten, für die wahren Priester der Gottheit zu gelten. Da Diesen nun daran gelegen war, das Volk dumm und voll von Vorurtheilen zu erhalten; so lässt sich leicht begreifen, daß sie die Aufklärung und weise Erziehung so viel möglich hinderten. Sie setzten daher zu den Lehrern des Landvolks mehrentheils ihre Creaturen, welche ihre Plane bey dem Unterrichte der Kinder befördern mussten, oder die allerdümmsten Menschen an. Auch war eine Form vorgeschrieben, nach welcher der Unterricht eingeleitet werden musste, und statt die guten Kinder auf die Süßigkeit der gesellschaftlichen Pflichten und auf die Schönheiten der wohlthätigen Natur aufmerksam zu machen, mussten sie funfzehn Jahre lang gewisse, von eigennützigen und listigen Menschen, zum einträglichen Betruge zusammengeflickte, unverständliche Systeme auswendiglernen. Und wehe dem Knaben, der hier seine Vernunft gebrauchen wollte! Wehe dem Lehrer, der nach einer andern Methode verfuhr! Er wurde im Namen der barmherzigen, gütigen, duldenden Gottheit bis in den Tod verfolgt. Würklich war auch mein Hauswirth schon in das schwarze Register dieser Bonzen eingeschrieben, und musste allen Ruf seiner Rechtschaffenheit, alle seine Klugheit aufbiethen, den Schlingen zu entgehn, welche man seiner Heterodoxie (das heisst dort so viel wie gesunde Vernunft) legte. Die Vorschriften, nach denen das ganze große Land leben musste, und welche jene Bonzen erfunden und dem Erif selbst zur Befolgung aufgezwungen hatten, giengen so weit, daß man an gewissen Tagen nicht einmal allerley geniessen, noch sich mit nützlichen Dingen beschäftigen durfte.

Ein Stamm der Unterthanen allein sonderte sich von diesen Gebräuchen ab. Die Glieder desselben waren einmal in dem Besitze, ihre eigne Ueberzeugung bey Regierung ihrer Handlungen zu Rathe ziehn zu dürfen. Aber dafür wurden sie auch auf die grausamste Weise gedrückt, mussten beynahe von der freyen Luft, welche sie einathmeten, eine Abgabe entrichten, wurden allgemein verächtlich, niedrig behandelt, und unfähig gehalten, irgendeinen Stand ergreifen zu dürfen. Man würde sie, glaube ich, Alle ausgerottet haben, wenn nicht der Eigennutz seine Rechnung bey diesen Leuten gefunden hätte; Denn, so sehr man sie auch drückte; so blieben sie doch im Lande, lebten still, in den Sitten ihrer Väter, mischten sich in keine Staatshändel, ertrugen alles geduldig, waren höchst arbeitsam, fleißig, mäßig, und es gab feine, witzige und tiefdenkende Köpfe unter ihnen. Es war natürlich, daß sie keine große Liebe zu dem übrigen, größern Theil des Volks bekommen konnten, indem sie so unedel gemishandelt wurden. Ich habe selbst gesehen, daß, als einst Reisende von diesem Stamme, welche in einem andern Lande so unglücklich gewesen, ihr ganzes Vermögen zu verliehren, und desfalls fortgegangen waren, eine andre Heymath zu suchen, daß, als Diese durch dies Land nur durchreisen wollten, man ihnen für diese Erlaubniß eine große Abgabe abforderte. Die armen Leute hatten kein Geld, baten daher um Erbarmen; aber nein! Wenn sie kein Geld hatten; so hatten sie doch Kleider auf dem Leibe. Man zog ihnen das Unterkleid aus, um sich wegen der verordneten Abgabe bezahlt zu machen, und ließ sie mit bloßem Oberkleide, halb nakkend weiter wandern. Ein Andrer von diesen Leuten gerieth einst auf der Gasse einer kleinen Stadt mit einem Knaben, der Seiner spottete, in Streit. Der arme Mann ertrug allen

Hohn, und wollte dem Buben ausweichen; Allein dieser ergriff einen Stein, und zielte nach des Menschen Kopfe. Was war natürlicher, als daß der Arme sein Haupt niederbeugte, um dem tödlichen Wurfe zu entgehn? Aber nun flog zum Unglück der Stein in das Haus eines reichen Bürgers und zerbrach daselbst ein kostbares Gefäß. Der Eigenthümer stürzte sogleich heraus, ergriff — nicht den Knaben, sondern den gekränkten Mann, schleppte ihn vor Gericht, und dies verurtheilte denselben, unerhörter Weise, das zerbrochne Gefäß zu bezahlen.

Nun war es wohl begreiflich, warum diese unbrüderliche Behandlung eines Völkchens, das einerley Ursprung mit dem übrigen Theile der Nation, ja! aus dessen Mitte diese ihre größten Helden aufzuweisen hatte, daß eine solche Behandlung die Unglücklichen aufbringen und erbittern, und sie oft zu gegenseitigen, unedlen Handlungen verleiten musste. Es ist wahr, daß fast kein Diebstahl geschähe, woran nicht jemand aus diesem gedrückten Stamme Antheil gehabt hätte, und daß sich diese Leute mehrentheils vom Wucher nährten; das war aber gar nicht zu verwundern, nachdem man ihnen alle Mittel zu ehrlichem Erwerbe und alle öffentliche Achtung geraubt hatte.

Ich habe Euch vorhin erzählt, daß die Bedienungen und Stände nicht nach dem Grade ihrer Nützlichkeit, sondern nach gewissen Vorurtheilen und Meinungen geschätzt wurden. So gab es, zum Beyspiel eine Absonderung eines Standes, welcher nächst dem Fürsten der vornehmste war, und welchen man den Stand der Schiefnasigen nannte. Es gab nämlich gewisse Familien und Stämme, die sich darauf etwas zu gut thaten, schiefe Nasen zu haben und beweisen zu können, daß ihre Vorfahren, seit einigen Jahrhunderten, in ununterbrochener Reyhe fort, schiefe Nasen gehabt und nur schiefnasige Mädchen geheyrathet hätten. Vermuthlich hatten irgend ein paar Stammväter dieser Familien, denen von Ungefehr die Nase ein wenig auf die Seite gebogen war, große Verdienste um den Staat gehabt, und hatte man sie vorzugsweise die edlen Schiefnasigen genannt. Das Ansehn, in welchem sie bey dem Volke gestanden, die gute Erziehung, welche sie ihren Kindern gaben, vielleicht auch der Reichthum, den Fleiß und Tapferkeit ihnen erworben hatte, dies alles machte, daß die Achtung für sie, sich auch auf ihre Nachkommen vererbte, und die Mütter versäumten nicht, um das Bild der großen Ahnherrn in ihren Kindern wieder aufleben zu sehn, ihnen gleich bey der Geburth die Nase schief zu drücken. Aber bald artete dieser Vorzug aus; Die spätern Enkel, stolz auf die geerbte öffentliche Achtung, glaubten der Verdienste nicht zu bedürfen, wenn sie nur ihre schiefnasige Abkunft beweisen konnten; und durch eine unbegreifliche Verblendung, ließ man diesen unwürdigen Nachkömmlingen nicht nur die den Vätern eingeräumten ökonomischen Vorrechte (das hätte sich noch vernünftig erklären lassen), sondern man räumte ihnen auch solche politische und moralische Vorzüge ein, die offenbar nur dem wahren Verdienste und Talente gebühren. Zu den ersten, einträglichsten und wichtigsten Stellen im Staate, ja! selbst zu denen, welche offenbar handwerksmäßige oder tiefe Kenntniß einer einzelnen Wissenschaft oder Kunst voraussetzten, wurde man nur vermittelst einer schiefen Nase erhoben, und der verdienstvollste, gelehrteste alte Mann, mit grader Nase, musste, bey kümmerlichem Auskommen, oft einem unwissenden Schiefnasigen gehorchen, welcher reichlich für das bezahlt wurde, was er — nicht that. Da nun diese Classe von Menschen sich über die Andern so sehr erhoben hielt; so glaubten sie auch, sich durch einen äussern Glanz auszeichnen zu müssen; und da kam es dann mehrentheils, daß der größte Theil dieser Leute, ungeachtet aller ihnen eingeräumten Vortheile, in sehr zerrütteten Vermögensumständen war; Aber so groß blieb das Vorurtheil und die Verblendung, daß dennoch der reichste und klügste Mann mit grader Nase sich vor einem höchst unwissenden armen Schiefnasigen bis auf die Erde bückte. Es herrschte aber auch ein solcher, auf gegenseitige Vertheidigung ihrer Albernheit gestützter esprit de corps unter ihnen, daß sie in ihren Gesellschaften nur ihres Gleichen duldeten, und eitle

Leute waren schwach genug, sich oft noch in ihren alten Tagen die Nase schief schlagen zu lassen, um nur in diese leeren Gesellschaften, in welchen mehrentheils Unwissenheit, Hochmuth und prahlerische Betteley herrschten, Zutritt zu erlangen. Andre sahen sich der Wohlfahrt ihrer Familien wegen zu diesem Schritte gezwungen, obgleich sie selbst die ganze Albernheit davon fühlten — Die Fürsten hatten seit Jahrhunderten dies Vorurtheil unterstützt; Einige, weil sie selbst fühlten, wie wenig die Natur sie durch wahre Verdienste zu dem Posten berechtigte, den sie bekleideten, weswegen sie dann Leute um sich her versammelten, die auch nicht klüger noch besser waren, weil ihnen die Gesellschaft der wahrhaftig Edlern ein beständiger stillschweigender Vorwurf gewesen seyn würde. Die schlauen Regenten aber wollten deswegen das Vorurtheil nicht abschaffen, weil ihnen eine nichts kostende Operation an der Nase eines Menschen Gelegenheit gab, die listigsten Köpfe zu gewinnen und zu Ausführung ihrer despotischen Plane zu nützen. Indessen muß man doch bekennen, daß es auch sehr würdige Männer mit schiefen Nasen gab, und Diese wurden dann, als Ausnahmen von der Regel, eben ihrer Nase wegen, doppelt geachtet. Ihr wisst, meine Freunde! daß auch mir die Natur zufälligerweise ein schiefes Riechwerkzeug gegeben hat, und ich konnte Anfangs, ehe ich die Verfassung kannte, nicht begreifen, weswegen jedermann mir mit so vorzüglicher Höflichkeit begegnete; Als ich aber mit meinem ehrlichen Schulmeister durch die Straßen der Stadt zog, da schien man mich zu bedauern, oder vielmehr, es mir zum Vorwurf zu machen, daß ich mich nicht mehr zu meines Gleichen hielte. Man fieng an, meine ächte Abstammung zu bezweifeln — So mächtig war das eingewurzelte Vorurtheil, daß man verlangte, ich sollte den wahren Genuß des Lebens, den Nutzen, den man aus dem Umgange mit weisen und guten Menschen zieht und die edle Anwendung einer Zeit, über welche man einst Rechenschaft geben soll, dem beständigen Anblicke schiefer Nasen aufopfern — Ja! meine Freunde! uns Europäern kömmt so etwas unglaublich vor;

aber es ist nun einmal nicht anders; und ich kann Euch noch ganz andre Thorheiten erzählen.

So herrschte z. B. hier ein sonderbarer Contrast zwischen gewissen Nationalgefühlen und Nationalgewohnheiten. Nahe an das große Land, in welchem ich itzt war, grenzte ein andres, welches Vent—i—ti hieß, und von einem Volke bewohnt wurde, das in seinen Sitten und seinem eigenthümlichen Character sehr weit von jenem unterschieden war. Hierzu kam noch, daß das fremde Volk schon sehr oft, mit Beleidigung aller natürlichen und vertragsmäßigen Rechte, in dies Land eingebrochen war, es verheert und beraubt hatte. Folglich herrschte ein sehr gegründeter Widerwille zwischen den Si—mi—schi—räs (So hieß das Volk, unter dem ich lebte) und den Vent—i—tihern; und von der andern Seite waren die Vent—i—tiher eine so übermüthige Nation, daß sie alle andre, und vorzüglich ihre Nachbarn sehr verachteten. Wenn sie einen Tölpel beschreiben wollten; so sagten sie, er sey ein rechter Si—mi—schi—rä. Dennoch waren diese Si—mi—schi—räs so sclavisch gesinnt, daß sie alles gutfanden, alles nachahmten, was nur die Vent—i—tiher unternahmen, sprachen, trieben. Diese, welchen ein solcher Nachahmungsgeist viel Spaß machte, versäumten nicht, jeden Tag neue Thorheiten zu erfinden, und dann herzlich zu lachen, wenn die si—mi—schi—räischen Fürsten und Vornehmen sich augenblicklich beeiferten, dieselbe Thorheit zu begehn. Das gieng so weit, daß der verworfenste Vent—i—tiher in Si—mi—schi—rä immer sicher war, wenn er nur dahin wanderte, eine große Rolle zu spielen. Die Fürsten und Schiefnasigen hier redeten nichts anders als in vent—i—tischer Sprache, ja! sie lernten nicht einmal ihre Muttersprache, durften dieselbe von Jugend auf nicht reden. Die Vent—i—tiher hatten die Gewohnheit, ihre kleinen Kinder in Tücher zu wickeln; Nun war kürzlich in Vent—i—ti ein kleiner Erif gebohren worden; Da nun Fürsten sowohl wie andre Menschen ihre natürlichen Ausleerungen haben; so konnte es nicht fehlen, daß der Knabe seine Tücher täglich beschmutzte. Da ließ nun der Erif von

Vent—i—ti einen Befehl ergehn, jedermann sollte Kleider tragen, welche die Farbe von diesen beschmutzten Tüchern hätten — ›Gebt Acht,‹ sagte er, und lachte herzlich, als er den Befehl unterschrieb: ›Gebt Acht! die Si—mi—schi—räs werden bald Alle in meines Sohns Unflath gekleidet seyn.‹ Gesagt, geschehn! Es dauerte nicht acht Tage; so ließ sich die Fürstinn von Si—mi—schi—rä die nassen Tücher des kleinen Prinzen ganz frisch ausbitten, sie durch einen eignen Gesandten abholen, und sich ein Mäntelchen daraus machen. Ein andermal sang die Amme des Prinzen ein Wiegenlied, das so elend wie möglich war; Der alte Erif hörte es, und befahl sogleich, es solle ein Gesandter nach Si—mi—schi—rä gehn und das Lied dort am Hofe singen. Seit dieser Zeit wurde es eingeführt, daß niemand in Si—mi—schi—rä den Andern begrüßte, ohne dabey dies Liedchen zu trillern. Auch hatte der alte Fürst von Vent—i—ti ein Hausthier, welches einst, als er es auf seinem Schooße streicheln wollte, ihn gewaltig beschmutzte. Sogleich zog er sein Gewand aus, und verkaufte es an den Fürsten von Si—mi—schi—rä, der Befehl ertheilte: wer eine Bedienung haben wollte, der sollte sich in diese Farbe kleiden — ›O, meine Freunde! und was für andre Thorheiten musste ich nicht erleben! Wie oft seufzte ich nach Europa zurück, und rief dann aus: ›Wäre ich doch erst wieder in meinem lieben teutschen Vaterlande! Da geht es doch anders her.‹«

Achtes Capitel.

Fortsetzung des Manuscripts. Ankunft in Holland.

Ich muß Sie, meine hochgeehrtesten Leser! gehorsamst um Verzeyhung bitten, wenn Ihnen etwa des Herrn Brick Handschrift ein wenig zu lang scheinen sollte, und Sie noch um einige Nachsicht ersuchen, im Fall Sie es lieber sähen, daß ich in Erzählung meiner eignen Begebenheiten fortführe. Vom zehnten Capitel an (das verspreche ich wie ein ehrlicher Schriftsteller) soll nie wieder von dem Herrn Brick noch von seinem Manuscripte die Rede seyn, und indessen erlauben Sie immer, daß hier auf dem Schiffe, wo Sie mich, ohne alles Abentheuer, ruhig mit einer Pfeife Tabac haben sitzen gesehn, daß hier meines verstorbnen Freundes sonderbare Begebenheiten den leeren Raum ausfüllen dürfen. Zudem steht so närrisches Zeug in diesem Aufsatze, daß, wenn ich auch bey der kurzen Schifffahrt das sonderbarste Schicksal gehabt hatte, mir doch nimmermehr so viel hätte aufstoßen können. Sie wissen, daß wir herrliches Wetter hatten; Aber wäre auch Sturm gewesen, an welche Küste hätten wir verschlagen werden können, wo es so bunt wie in des Herrn Brick südlichen Ländern hergegangen wäre? Oder wären wir gescheitert, und Alle ertrunken, ja! so hätte ja die ganze Music ein Ende; oder wären wir auf eine wüste Insel gekommen, hätten Hunger und Noth gelitten, hätten loosen müssen, wer von uns geschlachtet werden sollte, und ich wäre dann per plurima vota gegessen worden — Nun! das könnte doch wahrlich auch keine Lust für Sie seyn —

Genug! ich denke, Sie erlauben mir, nach meinem eignen Plane fortzufahren; Also frisch an das Werk!

Fortsetzung des Manuscripts.

»Die Erzählung meines wohlthätigen Schulmeisters wären mir aus jedes Andern Munde verdächtig gewesen. Indessen bat ich denselben: er mögte mich doch in den Stand setzen, einige dieser sonderbaren Gebräuche und Sitten mit eignen Augen zu sehn. Er war sogleich willig dazu, und da er ohnehin in die Residenz musste, wohin er vor den Rath der Priester vorgeladen war, um sich wegen einer Anklage zu rechtfertigen (Man gab ihm nämlich Schuld, er habe einst seinen Schülern gesagt: Ein gutes häusliches Beyspiel sey mehr werth wie die öffentlichen Reden von hundert Priestern), so machte ich mich mit ihm auf den Weg dahin. Wir mussten durch ein Paar kleinere Städte gehn, und da nahm ich wahr, wie auch bis hierher schon die unvernünftige Nachahmungssucht der vent—i—tischen Sitten gedrungen war. Die Bürger waren schaarenweise in die Hauptstadt gelaufen, hatten dort ihre besten, von gutem, schönen, dicken Stoffe gewürkten Kleider um den halben Preis verkauft, und leichtes, elendes Zeug dafür erhandelt, welches die neumodige Farbe von des vent—i—tischen Knaben Unflathe hatte. Der oberste Richter in einer kleinen Stadt, dessen eigentliche Besoldung sehr geringe war, der dagegen aber auf die ungerechteste Weise große Summen erpresste, um einen unzweckmäßigen Aufwand zu treiben, hatte sich kürzlich eine vent—i—tische Köchinn angeschafft, und in seinem Hause durfte keine andre Sprache geredet werden. Weil nun der Erif eine ausländische Beyschläferinn hatte und öffentlich über Treue, häusliche Pflichten und eheliche Bande spottete; so waren auch aus jedem kleinen Bürgerhause Friede, Eintracht, Religiosität und Tugend verbannt. Ich erfuhr nachher, daß fast alle Fürsten in diesem Welttheile den Luxus, das Verderbniß der Sitten, die Ungewissenhaftigkeit und den Hang zu sinnlichen Freuden unterstützten, weil sie dann um desto despotischer über ein Volk regieren könnten, das durch so lose Bande an einander hält, so leicht zu trennen, so leicht von ernsthaften Gedanken ab, auf Spielwerke aufmerksam zu machen ist, das ferner durch ein Heer schwer zu befriedigender Bedürfnisse, welche der Tyrann zu seinem Vortheile lenken kann, leicht unter sich uneinig und von Fürsten abhängig zu machen ist; das endlich, wenn es durch Luxus und Laster arm und entnervt wird, nie Muth hat, ein ungerechtes Joch abzuschütteln.

Ich habe vergessen Euch zu sagen, daß in den großen und kleinen südlichen Staaten, welche ich damals durchreiste, eine so sonderbare Verschiedenheit in Münzsorten, Maaß und Gewicht herrschte, daß man fast bey jeder Meile Weges eine andre Rechnung lernen musste, folglich ein Fremder nicht nur oft betrogen wurde, sondern auch die Geschäfte der Einwohner dieser kleinen, auf einander eifersüchtigen Staaten, dadurch ungemein erschwert wurden.

Es war gegen Mittag, als wir in der Residenz ankamen. Vor einem großen Gebäude sahen wir einen gewaltigen Zulauf des Volks. Ich fragte, was das zu bedeuten hätte, und da erfuhr ich, daß hier etwas getrieben wurde, das mir auch unerhört fremd schien. Dem Landesherrn war durch böse Rathgeber eingeblasen worden, eine neue unmerkliche Art von Auflage zu Vermehrung stiller, der Befriedigung unmäßiger Leidenschaften gewidmeten Cassa, zu gründen. Zu diesem Endzwecke hatte man eine Art von Spiel eröfnet, und Einheimische und Fremde eingeladen, daran Theil zu nehmen. Man rechnete nämlich, wie ich schon gesagt habe, in den dortigen Ländern statt unsres Geldes, nach Steinen. Nun war ein großes verschlossenes Behältniß gemacht, welches sich, ungefehr wie ein Rad, umdrehn ließ. Darum war eine kleine Oefnung. Man konnte durch dasselbe einen Stein hineinwerfen, auf welchen man vorher seinen Namen schrieb. Wenn eine Anzahl Steine hineingeworfen waren, wurde die Maschine schnell herumgedreht, und das Loch blieb offen. Fiel nun im Drehn von ungefehr ein Stein heraus; so bekam Derjenige, dessen Name auf dem Steine stand, die ganze Sammlung, welche grade darinn war. Geschahe dies aber in einer festgesetzten Frist nicht; so gehörte das Ganze der Regierung. Nun kann man sich leicht vorstellen, wie selten sich, bey der schnellen Bewegung, der erste Fall zutrug; Folglich stand sich der Landesherr bey diesem Spiele, welches er mit seinen Unterthanen trieb, sehr gut. Allein die Hofnung des Gewinnstes verleitete Arme und Reiche täglich, eine Menge Steine zu wagen; und nicht selten sahe man einen Unglücklichen, der hier sein letztes Steinchen verlohren hatte, mit gesenktem Haupte, traurig davonkriechen. Soll ich es bekennen? Auch ich war närrisch genug, den einzigen Stein, den ich hatte, daran zu wenden; So sehr verblendete mich diese prächtige Anstalt, die Ankündigung, welche ein Herold ausrief: Hier könne Jeder in einem Augenblicke reich werden, und endlich das Gepränge, welches hierbey herrschte. Ich warf meinen Stein hinein, und — o Wunder! — Man hatte vielleicht nicht schnell genug gedreht — Genug! er kam bald wieder herausgeflogen, und ich erhielt (obgleich man allerley Einwendungen versuchen wollte, mir meinen Gewinnst vorzuenthalten) hundert Stück Steine, vielleicht den Ruin von zwanzig Familien zur Beute.

Wer war in solchen Umständen froher wie ich? Nun wollte ich meinen Reichthum mit meinem Wohlthäter theilen; allein, zu meiner Verwundrung, wollte er von diesem Sündengelde nichts annehmen, und alles, was ich von ihm erlangen konnte, war, daß er mir erlaubte, ihn ein Paar Tage lang in einem guten Gasthofe freyzuhalten.

Da mein redlicher Begleiter etwas lange durch die Chicanen der Priester aufgehalten wurde; hatte er volle Zeit, mir alle Merkwürdigkeiten der Stadt zu zeigen — Und was für Inconsequenzen sahe ich da nicht, sahe, wie die Menschen sich untereinander durcharbeiteten, rieben, quälten, jagten, verfolgten, vorzogen und unterdrückten um — Nichts! sahe, wie ihnen alles so wichtig schien, was so klein war, wie zu ihren Festen, Verzierungen und Feyerlichkeiten, Armuth im Oeconomischen, Politischen und Intellectuellen, Geschmacklosigkeit und Langeweile, das Gewand der Pracht, des guten Tons, der Weisheit und des Vergnügens borgen wollten. Ich kaufte mir ein gutes Kleid und ließ mich, durch Hülfe meiner schiefen Nase, an den Hof führen. Dort erwartete ich, um den Fürsten, um den Ersten und Besten seines Volks her, die Edelsten der Nation versammelt zu finden; Aber was für Geschöpfe liefen hier herum? Ein Haufen leerer, müßiger, unwissender Männlein, von zwey oder drey ausstudierten Schelmen bey ihren schiefen Nasen herumgeführt, durcheinander gehetzt und in beständigem pudelnärrischen Kreislaufe erhalten, um dem Erif ein Spielwerk zu verschaffen, worüber er vergessen musste, auf jener Herrn Schleichwege Acht zu haben.

Bey einem großen Feste am Hofe nahm ich etwas wahr, das mir sehr characteristisch vorkam. Der Erif saß auf einer hohen Bühne und hatte, zum Zeichen seiner Würde, einen Stock in der Hand, auf welchem oben die fein in Stein ausgearbeitete Figur eines Raubvogels befestigt war — Es schien der Talismann der landesväterlichen Gewalt zu seyn.

Ich bemerkte in allen Pallästen Bildnisse und Statuen — nicht der Größten, sondern der Vornehmsten im Staate, ausgestellt — — nicht wie sie aussahen, sondern — wie sie gern ausgesehn hätten; und der treue Künstler blieb unberühmt, unbelohnt, indeß der Meissel des Schmeichlers bis in den Himmel erhoben wurde.

Ihr werdet nachher hören, daß ich mich nicht begnügte nur allein diese Stadt, dieses Land kennen zu lernen, sondern daß ich auch, in Gesellschaft eines weisen Mannes, eine Reise in die kleinen, umliegenden Staaten machte; Folglich gilt, was ich hier sagen werde, nicht alles von dieser einzigen Provinz, sondern ist aufgesammelt von der ganzen Nation.

Menschenfurcht, Mutlosigkeit, Verehrung Dessen, den das Glück zufälligerweise erhoben, durch ein verjährtes Vorurtheil geheiligt — Das alles erhielt das arme Volk in einer beständigen Unthätigkeit, und indeß man die Menschen einschläferte und sie selbst sich täglich mehr an das Joch gewöhnten, webten, von allen Seiten, Eigennutz, Priester- und Erifsdespotismus ihr Gewebe fester an einander, und verschlungen darinn Jeden, der sich noch rühren konnte oder wollte. Diese drey großen Ressorts spielten höchst künstlich, so oft sie es nöthig fanden, gegeneinander oder miteinander, je nachdem es die Convenienz erforderte. Wann die Priester des weltlichen Arms bedurften, oder einen ehrlichen Mann durch die dritte Hand stürzen wollten; predigten sie Gehorsam gegen die Obrigkeit, schrien über Empörung, und verfolgten Den, der zu frey redete. Kam aber ihr Eigennutz mit dem Interesse des Staats in Gegensatz; so lehrten sie, daß die Pflichten gegen die Götter weit über die Verbindlichkeiten gegen die Regenten giengen. Von einer andern Seite wussten die Erifs, so oft sie der Volksreligion, wie eines Zaums und Gebisses bedurften, die herrlichsten Vorschriften zu geben, was in ihren Ländern über die Natur der Götter geglaubt und gesprochen werden durfte: Auch zeigten sie dann selbst ein öffentliches Beyspiel von Anhänglichkeit an ihren Glauben. Sobald sie aber Gelegenheit fanden, gewissere Vortheile zu erlangen; bekannten sie eben so öffentlich das Gegentheil. Waren die Vorschriften der Volksreligion zu strenge für ihre Sitten; so schlugen sie sich zur Parthey der Irreligiosen. War ihnen aber der Aberglaube bequemer, zu Reinigung ihrer Gewissen, zu Versöhnung ihrer Unthaten; dann glaubten sie die allerlächerlichsten Fratzen. Alle diese Beyspiele verbreiteten sich aus der Residenz in die kleinern Städte, und von da unter das Landvolk — Und schon waren diese südlichen Völker so tief gefallen, hatten so sehr im Intellectuellen und Physischen abgenommen, daß es ein Jammer anzusehn war. Von ernsthaften, erhabenen Wissenschaften, dem Studium der Natur, nützlichen Bemerkungen, Nachforschungen über das Wesen und den Zweck aller Dinge und Creaturen ab, war ihr Geschmack auf nichtswürdige, oft sehr gefährliche, erniedrigende Kleinigkeiten gefallen. Durch die abscheulichsten, unnatürlichsten Laster, so wie durch Druck, Armuth, Weichlichkeit und Faulheit, war die ganze Generation so schwach und entnervt geworden, daß itzt kaum unter Hunderten Einer das gewöhnliche Menschenalter erreichte; Und doch waren sie ehemals ein so starkes, männliches Volk gewesen.

Alle diese Vorwürfe treffen aber nur den größten Theil der mehr oder weniger kleinen Staaten dieses Welttheils; Denn, ausser daß einige liebenswürdige, väterlich für ihre Unterthanen gesinnte Erifs die Wohlfahrt ihrer Kinder mit unermüdeter Sorgfalt beförderten, folglich eine Ausnahme vom Ganzen machten, so gab es auch noch, mitten unter diesen, zwey große Reiche, von weisen, mäßigen und edlen Erifs beherrscht. Diese sahen in ruhiger Stille dem Unwesen zu, machten ihre Unterthanen, (wenigstens nach ihrer Ueberzeugung; und das ist für Menschen genug gethan) so glücklich wie möglich, wachten, arbeiteten, kämpften für sie, und hielten sich für die ersten Diener im Staate. Freylich machte die höchstverworrene Staatsverfassung dieses ganzen Welttheils, dessen einzelne Provinzen unabhängig und eingeschränkt, in Verbindung und getrennt, nach ausländischen, vor zwölfhundert Jahren ersonnenen, jetzt nicht mehr passenden Gesetzen, und dann wieder zwischendurch nach einer ungeheuren Menge specieller, sich oft wiedersprechender Landesverordnungen regiert, diese verwickelte Verfassung, dies höchstabentheuerliche Gemische, sage ich, machte, daß beyde große Männer, welche immer Rücksicht darauf nehmen mussten, unmöglich ihre Provinzen gänzlich nach einem einförmigen Plane regieren konnten, und doch war es ohne offenbar gewaltsame Ungerechtigkeit nicht möglich, die kleinen Länder gradeswegs unter sich zu vertheilen. Man ließ diese also, wie billig, in Ruhe; Allein die kleinen Herrschaften arbeiten sich dennoch selbst ihrem Untergange entgegen, und ich bin überzeugt, daß in hundert Jahren ein großer Theil derselben eingeschmolzen, und die ganze, so sehr zusammengesetzte Verfassung, ohne alle Gewalt, über den Haufen gefallen seyn wird. Denn erstlich bekommen die jungen Erifs die elendeste Erziehung von der Welt, werden von Jugend an mit dem lächerlichen Vorurtheile von *natürlichem Rechte* zur Oberherrschaft erfüllt, mitten unter Schmeichlern aufgefüttert, und entweder den Händen eigennütziger Priester, oder unwissender, selbst nicht erzogner, oft nur politische und ökonomische Vortheile suchender Schiefnasen übergeben. Da werden ihnen dann, wie es leicht zu denken ist, keine vernünftige Grundsätze der Regierungskunst, keine klare Begriffe von den gegenseitigen Verhältnissen der Fürsten und Unterthanen gegen einander, kurz! es wird ihnen nichts Zweckmäßiges beygebracht, sondern, indem man ihnen in den wenig Stunden, worinn man von dergleichen redet, nur obenhin allerley schwankende, verfälschte Ideen beybringt. ohne sie auf ihr wahres Interesse aufmerksam zu machen, wird der übrige Theil der Zeit mit elenden Spielwerken, Zerstreuungen, und solchen Vergnügungen, welche allerley heftige Begierden erregen, verschleudert. Auf diese Art wächst der neue Landesvater heran, und es ist ein Werk des Schicksals, ob er wollüstig, grausam, hartherzig, weichlich, verschwenderisch, schwach, unthätig, oder das Gegentheil wird.

Sodann zerrüttet der Hang zur leeren Pracht, die hochmüthige Nachahmung der größern Erifs (welche oft die armseligsten Schauspiele liefert) bald, in den ersten Jahren der Regierung, den Zustand der Finanzen. Alsdann bleibt nichts übrig, als die Unterthanen auf die ungerechteste Art zu schinden. Diese verarmen, erholen sich wohl einmal wieder, verarmen noch einmal, können nichts mehr geben, nicht wieder zu Kräften kommen, wandern aus, oder thun einst einen kühnern Schritt, aus Verzweiflung, um des Jochs loszuwerden. So frisst ein kleines Land nach dem andern sich auf, und es ist leicht abzusehn, worauf das endlich hinausgehn wird, da indeß die größern Staaten, durch weise Anordnungen, durch Gerechtigkeit, durch Frieden, und durch den Ruin der andern, immer mächtiger und blühender werden. Wie es bey den einzelnen Provinzial- und allgemeinen Nationalgerichtshöfen hergieng, mag ich gar nicht erzählen. Nur so viel will ich sagen, daß dort der Mächtigre und Reichre, wenn er auch seine ungerechte Sache nicht gewinnen kann, die herrlichsten, gesetzmäßigsten Mittel in Händen hat, der ärmren Gegenparthey hundert Jahre lang das Ihrige vorzuenthalten, bis diese, muthlos und gänzlich verarmt, in den Händen des Räubers lässt, was sie nicht wiederbekommen kann.

Es giebt auch so genannte freye Staaten mitten in diesem großen Welttheile; Aber diese führen nur den Namen davon, indem ein kleiner Haufe von Verschwornen das Volk, unter dem Privilegium der Freyheit, durch Cabale, Klatscherey, Bestechung, Ueberstimmung, Aberglauben, Intoleranz, Verhindrung der Aufklärung, schlechte Schulanstalten u. d. gl. in einer noch ärgern Tyranney hält. Mehrentheils ist dann das Volk stolz darauf, *reden* zu dürfen, was es will, und die Vornehmern haben die Freude zu thun, was ihnen beliebt.

Das, meine lieben Freunde! waren die traurigen Bemerkungen, welche ich in diesen fremden Ländern machte und die mir tausendmal eine warme Sehnsucht nach meinem Vaterlande einflößten.

Den alten Mann, von dem ich Euch geredet habe, traf ich in einem Gasthofe an, wo ich zu Mittage speisete. Es saß da eine große Gesellschaft von allerley Leuten, die durch einander sprachen und über Politik, Religion, schöne Wissenschaften, und Gott weiß über was alles, mit herzlichem Wohlgefallen an sich selber, urtheilten. Nur mein alter Nachbar hörte alles mit Lächeln an und — redete nichts dazu. Das Gespräch fiel auch auf die verschiednen Misbräuche in der Regierung, auf die Bedrückungen der Unterthanen, auf Ungerechtigkeit, Bestechung, Inconsequenz, Planlosigkeit u. s. f. Dies dauerte so bis zu Ende der Mahlzeit fort, da dann der alte Mann, sobald er satt war, aufstand, und in einen nahegelegenen Garten gieng, wie er immer nach Tische zu thun pflegte. Ich sah ihn einsam auf- und niederwandeln, und beschloß, mich wo möglich zu ihm zu gesellen. Sobald ich auf ihn zugieng, blieb er freundlich stehn, und nach einigen gemeinen Höflichkeitsbezeugungen wurde ich bald in ein sehr interessantes Gespräch mit ihm verwickelt, welches ich Euch, in der Hofnung, daß Ihr Vergnügen daran finden werdet, hier, so viel ich mich dessen noch erinnere, herschreiben will.

Ich. ›Aber, wie in aller Welt, kömmt es denn, daß alle diese ungeheuren Misbräuche gar nicht abgeschafft werden, wenn doch Jeder darüber redet, Jeder dagegen schreyet? Ich dachte, auf diese Art müsste doch die Wahrheit bis zu den Ohren Ihrer Erifs und Großen des Reichs kommen.‹

Der Mann. ›Zuverlässig!‹

Ich. ›Und dann würden Diese doch wohl Anstalten zu Verbesserungen machen.‹

Der Mann. ›Das ist eine andre Frage.‹

Ich. ›Warum? Lassen Sie mich immer zur Ehre der Menschheit glauben, daß es ihnen nur an Einsicht, nicht an gutem Willen fehlt!‹

Der Mann. ›Es fehlt wohl hie und da an beydem; Im Ganzen aber fehlt es auch an Gewalt.‹

Ich. ›Wie das? Ist denn Ihr Erif nicht unumschränkter Herr?‹

Der Mann. ›Das ist er; Aber er ist es nicht über den Strohm der Cultur, der unaufhaltsam seinen Weg geht, den nichts hemmen kann, ist nicht Herr über das große Grundgesetz, nach welchem *diese Erde* regiert wird, nämlich den *beständigen Circul* des Irdischen.‹

Ich. ›Also glauben Sie, daß auch diese Verderbniß der heiligsten Dinge, die Verderbnisse der Staatsverfassungen, der Religionssysteme und das Herabsinken der Sittlichkeit, mit zu dem Plane der Gottheit in dieser besten Welt gehören?‹

Der Mann. ›Gewiß! denn sie hängen in der Kettenreyhe zusammen. Alles auf dieser Erde kann nur einen gewissen Grad von Vollkommenheit erlangen; Würde es darüber hinaussteigen; so hörte es auf sich für diesen Planeten zu passen. Wenn es also diesen höchsten irdischen Grad erlangt hat; so fällt es wieder, und die Maschine muß aufs Neue aufgezogen werden. Der Mensch steigt, von Einfalt der Sitten, durch stufenweise Cultur, bis zu dem höchstmöglichen Grade der Verfeinerung hinauf, und mit diesem Saamen wächst zu gleicher Zeit der Keim des Verderbnisses mit auf. Die Früchte werden zugleich reif, und wo die höchste Cultur ist, da war noch immer bis itzt, (wenigstens bey uns; wie es bey Ihnen in Europa ist, weiß ich nicht) zugleich die ärgste Corruption; So geht es auch im Politischen. Von der Freyheit an, durch Errichtung der Staaten, bis zum äussersten Misbrauche des Despotismus, und endlich im Religiosen, vom dümmsten Aberglauben, durch die Aufklärung, bis zur höchsten Freygeisterey — Und dann gränzt gleich wieder das andre äusserste Ende daran. Von der Freygeisterey geht es unmittelbar wieder zum Aberglauben über. Wenn der Mensch sich überzeugt hat, daß es Wahrheiten giebt, welche sein Verstand nie ergründen kann; so wird er muthlos, länger zu forschen, und glaubt nun lieber alles gradehin, was ihn nur einschläfern kann. Der Despotismus zerstört sich selbst, indem er sich entweder entkräftet und die Beute des Nachbars wird, oder die Wunde so arg macht, daß endlich der Kranke vor Schmerz aufspringt. Der von Wollüsten entnervte Staat muß, wie ein alter Sünder, wieder anfangen, sich an leichte Speisen zu halten, wenn entweder der Magen nichts mehr vertragen kann oder der übermäßige Genuß Eckel macht — So geht alles auf dieser Erde seinen Circul fort, und wer etwas Höheres oder Tieferes sehn will; muß es in andern Planeten aufsuchen. Alle Reformationsanstalten, die dahin abzielten, einen andern Plan zu Erziehung des Menschengeschlechts zu entwerfen, waren Hirngespinnste, Misgeburten, in dem Kopfe eines Mannes entstanden, der die Welt nicht wahrhaftig kannte, Misgeburten, erzeugt aus der Hurerey der gesunden Vernunft mit der Fantasie. Solchen Systemen bin ich seit Kurzem sehr feind geworden. Da sucht sich Einer ein Plätzchen aus, und bauet sich ein Häuschen, ein hohes, hohes Häuschen darauf. Er meint es sey ein fester Boden, weil er und seines Gleichen darauf herumspringen können. Er guckt auch wohl aus dem obersten Dachfenster seines Thurms mit seinen Freunden heraus, und lacht herzlich der armen Leute, die da unten sind. Auf einmal kömmt aber ein dicker Mann, klemmt sich durch die kleine Hausthür hinein — Siehe! da bleibt ihm das ganze Haus auf den Schultern hängen, und er rennt damit fort — Oder ein schwerer Lümmel tanzt rechtschaffen auf dem Boden herum, und der ganze Bettel stürzt übereinander.‹

Ich. ›Das wäre ja sehr betrübend! Es wird doch noch in jedem Zeitalter einige bessere Männer geben, die von dem Verderbnisse des Jahrhunderts nicht angesteckt sind?‹

Der Mann. ›Vielleicht! und wenn Diese‹ —

Ich. ›Nun ja! und wenn Diese sich verbinden‹ —

Der Mann. ›So können sie mit einander klagen, sich trösten, helfen, gewisse Wahrheiten fortpflanzen, lehren‹ —

Ich. ›Nicht nur *lehren*, dächte ich, ›sondern auch *handeln*, auf das Ganze würken, den Strohm wenigstens aufhalten.‹

Der Mann. ›Unmöglich! Das ist eine Grille!‹

Ich. ›Ich weiß es wohl, man wird ihnen von allen Seiten entgegenarbeiten; Aber sie müssen sich ins Geheim verbinden.‹

Der Mann. ›Da habe ich Sie, wo ich Sie gern sehn wollte. Also geheime Verbindungen? Das ist ein süßer Traum, den ich auch oft, und unter verschiednen Gesichtspuncten geträumt habe; Allein die Erfahrung hat mich gelehrt, und das noch kürzlich, daß man nur viel Zeit damit verliehrt, die man auf ganz einfache Art, in seinem gewöhnlichen häuslichen und politischen Circul viel nützlicher hinbringen könnte; indeß man eine Menge Leute, nach einem gemeiniglich sehr componirten Plane, zu einer unbestimmten Thätigkeit in Bewegung setzt, und endlich einen kleinen Circul von Menschen, die man in seinem oft falschen Enthusiasmus, für die edelsten hält, begünstigt, um gegen alle Uebrige ungerecht zu seyn.‹

Ich. ›Also sind Sie gegen alle geheime Verbindungen?‹

Der Mann. ›Gegen alle, nach studierten Planen handelnde, auf Reformation abzielende geheime Verbindungen. Sie bleiben nicht lange *geheime* Verbindungen, weil nichts in der Welt geheim bleibt; und dann fällt aller Nutzen weg. Sie bleiben nicht lange *unentweyht*, weil nichts in der Welt unverändert bleibt; und dann haben wir das alte Lied. Die Staaten, die Religionssysteme, die öffentlichen Anstalten zu Bildung der Jugend, alle diese Dinge waren auch herrliche Anstalten zum Besten der Menschheit; was sind sie aber jetzt?‹

Ich. ›Das kömmt daher, weil man in der Grundlage gefehlt hat. Jetzt sehen wir die Fehler ein, und können also, in der Stille, mit bessern Menschen, einen festern Plan ausführen.‹

Der Mann. ›Und wie werden Sie einen Plan erfinden, der in jedes Zeitalter, in jede Staatsverfassung hineinpasst? Was in diesen zehn Jahren das kräftigste Mittel ist, kann vielleicht in den folgenden zehn Jahren Gift seyn, welches Sie selbst, in menschlicher Kurzsichtigkeit, den Nachkommen zubereiten. Es hat doch vor unsrer Zeit auch kluge Männer gegeben, auch sind von denselben zuweilen Bündnisse von der Art errichtet, aber auch jedesmal nach einer kurzen Reyhe von Jahren zerstöhrt, entweyht, oder zum Bösen gemisbraucht worden. Glauben Sie mir! gewöhnlich werden solche Anstalten, zu Reformationen der Staaten, Religionen und Sitten, von Malcontenten gemacht, die bey der jetzigen Einrichtung ihr Conto nicht finden. Privatleidenschaft, gekränkte Eitelkeit, oder so etwas, wird dann die Triebfeder, und diese Menschen sind, wenn sie Macht erhalten, eben so intolerant gegen Leute, welche nicht ihrer Meinung sind, wie die Tyrannen, welche sie stürzen wollen. Glauben Sie mir! wer nur auf dem Platze, worauf er steht, mit vernünftiger Rücksicht und Duldung der, allen menschlichen Unternehmungen anklebenden Unvollkommenheit, die möglichste Summe des Guten thut, so viel er kann, ohne sich um Andre zu bekümmern, ausser, daß er gute Grundsätze ausbreite, wo er nur darf — Mit Einem Worte! wer so edel handelt, wie er vermag, und die Gelegenheit dazu nicht entwischen lässt, aber auch nicht ängstlich sucht, der thut, ohne geheime Verbindung, vollkommen genug.‹

Ich. ›Aber vereinte Kräfte würken doch mehr. Wenn nun die zerstreueten Edlern sich einander aufsuchen, sich vereinigen, jüngere Leute in ihr geheimes Bündniß ziehen, Diese bilden, sich einander beystehn, befördern, dem Bösen sich wiedersetzen, und so nach und nach eine neue glücklichere Generation bilden, die dann allgemeine Aufklärung verbreitet, welche der Grund aller Tugend und Weisheit ist, so, daß auf dem ganzen Erdboden ein auf reife Erfahrung von Jahrhunderten gestütztes Vernunft- und Sittenregiment herrschen würde; wenn‹ —

Der Mann. ›O! schweigen Sie! Das ist ein schöner Jünglingsplan, mit dem ich mich auch berauscht gehabt habe, der aber so viel Wiedersprüche in sich fasst, wie er Worte enthält. Ich schäme mich nicht, zu bekennen, daß ich einst mit Leib und Seele an einem ähnlichen Projecte krank gelegen bin, daß ich aber itzt meinen Irrthum einsehe. Lassen Sie Sich nur in der Kürze zeigen, was aus Ihrem Plane in wenig Zeit werden wird, und nach aller Erfahrung aus Geschichtskunde werden muß. Sie wollen allgemeine Aufklärung der ganzen Welt? — Welch ein Wiederspruch! Bey der ungeheuren Verschiedenheit der Organisation, der Lagen, der Schicksale, der Leidenschaften; da verlangen Sie, daß alle Menschen nach einem einzigen, weisen und redlichen Zwecke streben sollen? Das ist nur da möglich, wo noch keine Staaten je gewesen sind, wie in jenem glücklichen Lande, wovon Sie mir neulich erzählt haben; aber nicht bey uns, wo der Saamen der sogenannten Cultur so feste Wurzel geschlagen hat. So viel im Allgemeinen! Nun zu den einzelnen Theilen Ihres Plans! Sie wollen die Edlern aufsuchen, und also auf Vermehrung der Zahl der Verbündeten denken? Jede Gesellschaft, die auf Vermehrung ihrer Mitglieder bedacht ist, muß nothwendig ausarten. Wenn Sie auch die feinsten Prüfungen vorschreiben; so wird doch, wo nicht gleich, doch in der Folge, Privatleidenschaft, Nachgiebigkeit, Gefälligkeit, menschliche Kurzsichtigkeit und manche andre Rücksicht, mit Einfluß auf die Wahl der Mitglieder haben; Und hat sich ein einziges zweydeutiges Subject eingeschlichen und hinaufgearbeitet; so folgen Mehrere nach, und ihr ganzer schöner Plan ist zerstört. Sie wollen junge Leute bilden? Verstehen Sie darunter Ihre eignen Kinder; so können Sie das ohne geheime Verbindung bewürken. Denken Sie aber dabey an andrer Leute Kinder; so frage ich Sie: Wer giebt Ihnen Macht, Diese so unter Ihren Augen zu haben, daß sie nicht zehnmal mehr falsche

Eindrücke anderwärts bekommen, als sie von Ihnen gute erhalten? Geheime Anstalten zu Bildung der Jugend haben schon an sich etwas Verdächtiges und werden leicht gemisbraucht, bilden nur mittelmäßige Menschen, und unterdrücken das wahre Genie. Sie werden Sich nicht für so weise und unbefangen halten, daß es Ihnen nicht begegnen könnte, Ihre Privatmeinungen den jungen Leuten für Weisheit zu verkaufen. Irgend ein sich einschleichender listiger Bösewicht voll Verstellung wird noch mehr thun, er wird eben sobald gefährliche Grundsätze unmerklich bey diesen Alltagsmenschen mit unterlaufen lassen — Und was für Unheil kann ein Solcher dann nicht durch Hülfe einer so geheimen Anstalt stiften? Sie wollen Menschen im Politischen befördern? O! zittern Sie vor den Folgen! Dadurch öfnen Sie dem Geiste der Intrigue und Cabale Thor und Thür. Abgerechnet, daß Sie dabey, ohne Befugniß, Sich in den Fall setzen, aus Vorliebe zu Ihren Zöglingen, gegen viel würdigre Menschen ungerecht zu verfahren; so kann auch dieser Zweck, in den Händen böser Männer schreckliche Folgen haben. In den ersten Jahren wird Ihre Gesellschaft sehr viel Gutes thun, oder vielmehr: *das Gute, das vielleicht jeder Einzelne ohnedies würde gethan haben*, wird Ihnen sichtbarer werden, weil Sie es erfahren, und das wird Sie täuschen, zu glauben, Sie hätten Wunder verrichtet; Ich räume auch ein, daß in dieser ersten Zeit, wenn die Gesellschaft noch klein ist, der esprit de corps etwas thue — Nun aber werden in den folgenden Jahren schon unter Ihren Zöglingen einige weniger Gute sich eingeschlichen haben. Wenn diese heranwachsen; wird wohl hie oder da Einer darunter die Direction in irgend einer Gegend erhalten, und also natürlicherweise seines Gleichen bilden — Und nun halten Sie einmal den reissenden Strohm auf, wenn Sie können! Sie werden Zeit und Mühe verlohren, und vielleicht über Ihre weiten Aussichten die nahe vorliegende Gelegenheit, der existierenden Welt wahrhaftig nützlich zu seyn, versäumt haben. Doch, hören Sie ferner! Sie wollen das Böse hindern? Wissen Sie auch immer, was böse ist? Wird nicht hier die Beschränkheit Ihrer Einsichten und die Leidenschaft gegen die gute Sache und gegen den guten Mann, Sie blenden und mitreden? — Nicht? — So sind Sie dann mehr wie Mensch. Sie wollen aus der Erfahrung von Jahrhunderten die Regeln abstrahiren, nach welchen Ihre Leute handeln sollen? Es bedarf keines so langen Zeitspiegels. Wenn Erfahrung hätte helfen können; so wären wir schon längst Alle weise. Die Quantität der Erfahrungen thut hier nichts; Sie werden dadurch nicht mehr Gewalt gegen die Leidenschaften bekommen, welche sich nicht wegphilosophieren lassen, sondern mehrentheils alle unsre frommen Plane vereiteln. Sie wollen Aufklärung befördern? Sehen Sie selbst ganz klar? Haben Sie auch genug abgewogen, welchen Grad von Aufklärung jeder Mensch vertragen kann? Meinen Sie, das alles hätten andre Menschen nicht schon vor Ihnen durchgedacht, und Diejenigen waren so gänzlich für Narren zu halten, welche die blos speculativen Wissenschaften zu der Schaale ihrer geheimen Verbindung zu machen und aller Thätigkeit im Weltlichen zu entsagen scheinen? — Armer, gutherziger Mann! Wie weit sind Sie noch zurück! Und endlich wenn auch alle diese Zwecke zu erlangen wären; so würde doch die Maschine, mit welcher man dies große Werk regierte, so complicirt seyn müssen, daß selbst in dieser Composition der Keim der Vergänglichkeit liegen würde — Können Sie nun, bey allen diesen Schwierigkeiten, dennoch eine Anstalt von der Art fest gründen; so können Sie mehr, wie der Schöpfer aller Dinge.‹

Ich. ›Sie machen mich traurig. Also sind Sie so ganz gegen alle Verbindungen von der Art eingenommen?‹

Der Mann. ›Nichts weniger! Aber ich kann nur dreyerley Arten derselben gelten lassen. Die erste ist eine Verbindung von Männern, die in ihrem Schooße gewisse Ueberlieferungen bewahren, gewisse Wissenschaften treiben, und gewisse Plane ausführen wollen, (welche aber keinesweges weder mittel- noch unmittelbar in die Rechte der Staaten greifen,) die sich aber auf eine nie zu vermehrende festgesetzte Anzahl eingeschränkt haben. Wenn dann unter Diesen sich einmal ein Mittelmäßiger einschleicht; so kann derselbe wenigstens nicht viel schaden, und wann er stirbt, wählt man einen Bessern an seine Stelle. Diese Verbindung existirt, lächelt herzlich der übrigen Spielwerke, spielt zuweilen eine Zeitlang mit, und bleibt unentheiligt. Die zweyte Art von Verbindung, die ich gutheisse, ist eine solche, die nach einem Plane arbeitet, der einfach und so geordnet ist, daß man ihn jedem Mittheilnehmer vollständig zur Uebersicht vorlegen kann, und in welchem sich alle Arten Menschen passen, und mehr oder weniger an der Vollkommenheit desselben Theil nehmen können, wo Gute und Schlechte gleichsam durch einen allmächtigen Trieb zu Einem Zwecke hingezogen werden — Und auch eine solche Verbindung existirt hier, würkt das sichtbar Gute sehr langsam, aber sicher, an der Hand der Natur, dreht die Ordnung der Dinge nicht um, und wird von jener geheimen Verbindung — nicht regiert, aber geleitet, gestimmt. Die dritte Verbindung, die ich gelten lasse, ist, wenn eine Anzahl guter, in Eintracht lebender Familien, sich zu einem neuen Staatskörper absondert und eine Einrichtung macht, die wenigstens so lange Stich hält, wie der Gang der menschlichen Dinge es erlaubt. Aber dann muß sich eine solche Colonie, wenn sie nicht den herrschenden Ton des Zeitalters annehmen will, gänzlich von der übrigen Welt absondern — Und auch dergleichen Colonie giebt es. Ich will Sie sogar mit einer bekanntmachen. Sie wohnt auf einer Insel, wozu nur die Mitglieder des geheimen Bundes, welche die Rathgeber dieses neuen Staats sind, den Zugang wissen. Ich war eben im Begriff, morgen hinzureisen; Wollen sie mich begleiten? Sie sind der erste Fremde, dem diese Gunst wiederfährt. Auch dürfen Sie, nach den Gesetzen, nicht länger wie drey Tage dort bleiben, und indeß nie von meiner Seite weichen. Sind Sie dazu erböthig?‹

Ich nahm mit Freuden sein Anerbiethen an; Wir reiseten durch mancherley Wege in der Nacht ab, kamen an eine See, fuhren in einem Fahrzeuge von sonderbarer Bauart hinüber, und was ich da in drey Tagen sehn konnte, will ich Euch nun kürzlich erzählen.«

So weit war ich wieder mit Lesung der Handschrift des Herrn Brick gekommen, als wir bey Amsterdam die Anker warfen, da ich dann meine Papiere in die Tasche steckte und mit meiner Reisegesellschaft an das Land stieg.

Neuntes Capitel.

Aufenthalt in Amsterdam. Unerwartete Zusammenkunft. Bekanntschaften im Gasthofe.

Es war doch wahrlich ein herrlicher Anblick, mein Herr Hauptmann!« sagte ich, und knöpfte die Taschen zu, denn es war ein großes Gedränge da wo wir ausstiegen. »Ein herrlicher Anblick da draussen auf *de Laag*, so einen ganzen Wald von Schiffmasten zu sehn. Mich reuet die Reise in der That nicht. Ach! und das Gewimmle von kleinen Fahrzeugen zwischen der Stadt und der innern Reyhe von Pfählen. Was vermag nicht der menschliche Erfindungs- und Erwerbungsgeist!« Indem ich noch so fortredete, zupfte mich ganz leise ein Mann von hinten her am Rocke, winkte mir, zeigte mir einen Brief, und gab mir zu verstehn, er habe mir etwas zu sagen. Zu gleicher Zeit wurde der Hauptmann, welcher in einem grünen Rocke vor mir hergieng, von einem andern Menschen auf das Zärtlichste umarmt, und sollte dadurch abgehalten werden, im Gedränge sich nach mir umzusehn. Aber ich war zu sehr mit den Künsten der Seelenverkäufer theoretisch und practisch bekannt geworden, um mich in diese Falle führen zu lassen. Ich gab meinem zudringlichen Winker einen derben Rippenstoß, und arbeitete mich zu dem Officier hindurch, der indessen seinen zärtlichen Umarmer bey beyden Ohren gefasst hatte und nach einer kräftigen Maulschelle laufen ließ. So kamen wir dann ohne weitres Abentheuer, durch einen Schwarm von Menschen, wie ich ihn noch nie gesehn hatte, bis in die Stadt

Lion, einen Gasthof, wo mein Führer sehr bekannt war, obgleich er eigentlich in Harlem die letzten Jahre im Quartier gelegen hatte.

Es war heute zu spät zu dem alten Herrn van Haftendonk zu gehn, denn er wohnte weit in dem Theile der Stadt, den man die *alte Seite* nennt, und unser Gasthof lag auf der *neuen Seite*, und doch verlangte uns sehr nach einiger Nachricht, ob der Sohn angekommen wäre, oder nicht. Der Hauptmann beschloß daher, einen guten Freund aufzusuchen, um von Diesem genaue Erkundigung einzuziehn, ehe wir uns in Haftendonks Hause sehn liessen.

Unterdessen gieng ich in das große Wirthszimmer, ließ mir Thee geben, rauchte ein Pfeifchen, und machte meine kleinen Bemerkungen über die fremden und einländischen Gäste, welche da durcheinander saßen, giengen, spielten, schwatzten u. s. f. Es war eine seltsame Sammlung von Leuten und, ich gestehe es, noch ganz voll von den ernsthaften Bemerkungen über das Dichten und Trachten der Menschen, die ich in Bricks Manuscripte gelesen hatte, fiel mir oft ein, wie doch Jeder sich seine eigene Welt in dieser Welt schafft. Der Verliebte ist in einer Gesellschaft, seiner Meinung nach, der Erste, wenn ihn nur seine Geliebte vorzieht, und zeigt sich in allen Stücken von einer schiefen Seite, sobald er sich etwa mit ihr gezankt hat, und ihm diejenige Selbstzufriedenheit fehlt, die nur die Gunst seiner Schönen ihm gewähren kann — Er sieht sonst niemand. Der Edelmann sieht mehrentheils nur Adeliche, unbekümmert um die wahre Achtung Anderer, der Musiker nur Virtuosen als seinen Kreis an. Der Fürstenknecht lebt von den Blicken des Prinzen, und wundert sich gewaltig, wenn dies nicht für jedermann gültige Münze, wichtiges Interesse ist. Der Kaufmann denkt, wenn er Credit und Geld hätte; so wäre er ein Mann, den Jeder beneiden müsste — Wie wenig Menschen giebt es! Sie vergessen alle ihre Menschheit über ihre Personalität. Das sieht man dann auch in allen ihren Gesprächen hervorleuchten, mögte auch Einer noch so sehr den allgemeinen Weltbürger spielen wollen; Und wenn von großen

Weltbegebenheiten die Rede ist; so denkt Jeder nur zuerst an die wichtigen Folgen, welche daraus für seinen Stand, für sein Gewerbe entstehen. Es wäre würklich der Mühe werth, zuweilen ein Protocoll über solche Wirthshausgespräche zu führen. Es pflegt sich dann das Ganze gewöhnlich in gewisse Parthien, in gewisse Chöre zu theilen, deren jedes einen Stimmführer hat, und zwischendurch hört man dann einmal ein schwaches Instrument mit unter, das, wie eine Bratschenstimme in einer gewöhnlichen Symphonie, immer nur Mittelstimme bleibt, und nie allein klingt. Es giebt Menschen, die würklich blos dazu gebohren sind, zeitlebens solche Ripien-Bratschenstimmen zu machen, nichts obligat zu spielen, so wie Andre, die zwar auch keine Hauptmelodie führen können, dennoch, wie die Waldhörner, hie und da durch einzelne Töne, grössern Nachdruck geben.

Mit diesen und ähnlichen Bemerkungen hatte ich mich vergnügt, als meine Aufmerksamkeit, durch das Gespräch an einem kleinen Nebentische, auf einen andern Gegenstand gelenkt wurde. Es saß da ein teutscher Arzt, ein junger Candidatus theologiae, und ein Kaufmann, wie ich nachher erfuhr.

Der Arzt. »Ja! Er ist gestern gestorben. Schade um den jungen Menschen! Ein gesunder Körper! Keine Anzeigen eines morbi chronici; Die innern Theile alle frisch und unverletzt. So können aber dergleichen Inflammationskrankheiten in wenig Tagen dem robusteten Jünglinge das Garaus machen. Der Doctor Labberhuis hat gewiß nichts versäumt; Ich habe alle seine Recepte gesehn.«

Der Kaufmann. »Es ist traurig! Der einzige Sohn! Und der Vater steht sehr fest, macht gute Geschäfte.«

Der Candidat. »Und wird nun schwerlich wieder heyrathen, denn er ist ein alter Mann. Um desto mehr Gutes kann er aber künftig den Armen thun. Der Domine* Lummeldick rühmt dieses Haus ungemein, und versichert, der Jüngling sey in den christlichsten Gesinnungen verschieden, und

* So nennt man in Holland die Prediger.

habe aufrichtigst den Kummer bereuet, welchen er seinem Herrn Vater verursacht.«

Der Kaufmann. »Kummer hat er dem Vater eben nicht verursacht; Es war ein bloßes Misverständniß. Das Frauenzimmer, mit dem er sich in Riga versprochen hatte, ist aus einem guten Hause, und auch reich. Aber böse Leute hatten dem alten Haftendonk die Sache von einer unechten Seite vorgestellt und, nehmen Sie mir's nicht übel, Herr Candidat! Man giebt Ihrem Domine hier auch nicht ohne Wahrscheinlichkeit viel Schuld.«

Der Candidat. »Erlauben Sie, mein Herr! Da thut man ihm, wie nur leider! gar zu gern dem geistlichen Stande, höchst Unrecht. Er hat nach Gewissen geredet, und der junge Mensch hätte doch den väterlichen Willen, wenn er damals christliche Gesinnungen gehabt hätte, ehren müssen.«

Der Kaufmann. »Er hatte Anfangs nicht an der Einwilligung seines Vaters gezweifelt. Die Antwort blieb etwas lange aus, und da hatte er sich ein wenig zu weit eingelassen.«

Der Arzt. »Ich verstehe. O! das ist sehr zu verzeyhn. Wir hängen von der Organisation unsres Körpers ab, und denken Sie Sich zwey junge Leute! Fleisch und Blut!«

Der Kaufmann. »Unterdessen war dem alten Haftendonk, vermuthlich durch Ihren würdigen Domine —«

Der Candidat. »Erlauben Sie!«

Der Kaufmann. »Nun! ich lasse es dahin gestellt seyn; Genug! es war ihm gesagt worden: Sein Sohn vernachlässige in Riga die Handlungsgeschäfte des Hauses, habe sich mit einer schlechten Person eingelassen, lebe lüderlich, mache Schulden —«

Der Arzt. »War denn das nicht also?«

Der Kaufmann. »Nichts weniger! Er lebte sehr ordentlich. Man hatte vermuthlich die Briefe an den Vater aufgefangen, worinn er um die Einwilligung zu seiner Heyrath gebeten hatte; Kurz! der Vater schrieb auf einmal: er solle augenblicklich nach Holland kommen und nimmermehr an die vorhabende Verbindung denken.«

Der Arzt. »Der arme Mensch! Das war ja, um ein Fieber zu bekommen.«

Der Kaufmann. »Nun wusste er sich nicht zu helfen. Er ließ nur ein Paar Zeilen an seine unglückliche schwangre Braut zurück, eilte in der Nacht fort, und hoffte, bey seiner Ankunft hier alles gut zu machen.«

Der Arzt. »Er muß auf der Reise sein Blut fürchterlich erhitzt haben; Es kann nicht anders seyn.«

Der Kaufmann. »Unterdessen befand sich ein Officier, der hier in Diensten, aber ein Liefländer von Geburt ist, eben in Riga, als dies vorgieng. Er war ein Freund des Meinhardtschen Hauses, und kannte auch den alten Haftendonk. Da er eben im Begriff stand, hierher nach Holland zurückzugehn; übernahm er es, unterwegens in allen großen Städten dem Flüchtlinge nachzuspüren. Natürlicherweise konnte er die Sache nur einseitig ansehn. Er schickte also eine Estafette voraus, hierher an den Vater, erzählte Diesem, sein Sohn habe ein ehrliches Mädchen von gutem Hause verführt und verlassen, er bäte daher um Vollmacht, ihn auffangen und anhalten zudürfen.«

Der Candidat. »Ich meinte aber, das geschwächte Frauenzimmer wäre mitgereist?«

Der Kaufmann. »Nein! Sie folgte mit einem andern Freunde nach.«

Der Arzt. »Das ist ein recht verwickelter Handel! Aber was sagte denn der Vater, als er den Brief bekam?«

Der Kaufmann. »Er wusste freylich nicht, was er sagen sollte. Er sähe wohl, daß hier ein Irrthum vorgehen müsste, und der Sohn war ja auf seinen Befehl abgereiset. Indessen gab er doch Vollmacht, den jungen Mann anzuhalten, ihm das Frauenzimmer mit Gutem oder Bösem antraun zu lassen, und Beyde hierherzuführen.«

Der Candidat. »Ohne Sie zu unterbrechen, mein hochgeehrtester Herr! Nicht wahr, sie haben den Sohn nicht unterwegens angetroffen? Er kam früher hier an.«

Der Arzt. »Ja! und wurde sogleich von einer heftigen Pleuritide befallen, an welcher er auch gestorben ist.«

Der Kaufmann. »Man weiß nun noch nicht, was aus dem Frauenzimmer geworden ist; Der Officier ist auch noch nicht angekommen.«

Die Leser können sich leicht vorstellen, mit welchem Interesse ich diese Geschichte anhörte, was für Ideen in mir erweckt wurden — Also war der eigentliche Ehemann tod, und wenn die Frau noch lebte; so war ich so unbezweifelt gültig verheyrathet, wie irgend ein Mensch in der Welt — Aber in den Umständen, darinn ich mich befand, ohne Vermögen, ohne Stand! — Ich erwartete mit großer Ungeduld die Zurückkunft des Hauptmanns, hütete mich aber wohl, gegen die Fremde mir etwas von dem Antheile merken zu lassen, den ich an der Geschichte nahm.

Kaufmann und Candidat waren inzwischen fortgegangen, und der Doctor saß allein da. Sogleich gesellte er sich zu mir, überhäufte mich mit unzähligen Fragen und schien überhaupt ein zudringlicher Mensch zu seyn. In weniger wie einer halben Stunde hatte er schon eine Menge Annecdoten ausgekramt, die ich nicht zu wissen verlangte, erboth sich, mich in Amsterdam herumzuführen, und fragte endlich auf einmal; ob ich schon das Theatrum anatomicum gesehn hätte? »Wir haben,« sagte er: »heute einen Körper aus dem Raspelhause bekommen, der morgen angefangen wird, seciert zu werden. Ich will Sie um neun Uhr Vormittags abholen.« Alle meine Einwendungen, daß ich nichts von Anatomie verstünde, waren vergebens, und ich musste, um des Mannes loszuwerden, versprechen, ihn zur bestimmten Stunde zu erwarten, worauf er fortgieng.

Nun war ich des Tumultes müde, und wollte mich eben in ein Nebenzimmer zurückziehn, um den Rest meiner Handschrift zu lesen, als mein Hauptmann eilig hereintrat. »Kommen Sie!« sagte er: »Ich muss Sie allein sprechen. Lassen Sie uns einen kleinen Spaziergang vornehmen!« Wir giengen der *Nieuwen Plantagie* zu, an welcher das *Heeren Logement* der *neuen Seite* liegt, und wandelten da auf und ab, wo er mir, wie Sie leicht denken können, erzählte, was ich schon wusste.

Jetzt berathschlagten wir uns, was bey den Umständen anzufangen seyn mögte, und nach langem Hin- und Herreden, fiel der Entschluß dahin aus. Der Hauptmann sollte am folgenden Morgen zu dem alten Haftendonk gehn, ihm alles erzählen und, da doch nun sein Sohn gestorben war, ihn zu einiger Freygebigkeit gegen mich ermuntern, so daß er mir wenigstens (denn er war sehr geizig) ein Geschenk und die Unkosten der Rückreise nach Hamburg zu gut kommen liesse. Dem Frauenzimmer, das mir angetrauet war, sollte ein Freund den Tod ihres Geliebten auf eine vorsichtige Art vorbringen, ihr und der Meinhardtschen Familie vorerst aber verschweigen, daß nicht er, sondern ich, ihr angetrauet worden. Indeß sollte man sie aber bewegen, gleich nach überstandnem Kindbette, nach Riga mit dem Kinde zurückzukehren. Der alte Haftendonk sollte sogleich an die Eltern schreiben, und sich zu einer jährlichen Summe verstehn, welche er seiner quasi-Schwiegertochter und dem kleinen unglücklichen Bastarte, als ein Zeichen, daß sie zur Familie gehörten, billigerweise geben musste. Dabey sollte sich derselbe bemühn, mir baldmöglichst eine meinen geringen Talenten angemessene Stelle oder Bedienung zu verschaffen, und wann auch dies in Ordnung gebracht wäre; dann sollte ich wieder auftreten, meiner angetraueten Frau und ihren Eltern das Geheimniß entdecken, da sie mich dann, in Betracht der Umstände, gern zum Schwiegersohne annehmen, und ihre reiche und artige Tochter mir zum Eigenthume lassen würden.

Bey dieser Verabredung blieben freylich drey Dinge noch ungewiß, nämlich zuerst, ob nicht vielleicht die Kindbetterinn unterdessen gestorben wäre, (denn wir hatten sie in sehr schwachen Umständen verlassen) ferner, wie es alsdann und überhaupt um das Erbschaftsrecht des kleinen wilden Zweiges der Haftendonkschen und Meinhardtschen Familie aussehn, und ob die beiderseitigen Großeltern ihn legitimieren würden, und endlich, ob überhaupt unser ganzer Vorschlag von dem alten Haftendonk würde gutgefunden werden. Immer aber war das Ding gut ausgedacht, und wir hielten alle diese Vorschläge für so natürlich und billig, daß wir, voll Zuversicht, es werde auf diese Art zu Stande kommen, einen vergnügten Abend und eine ruhige Nacht zubrachten.

Des folgenden Morgens machte sich grade mein Hauptmann auf den Weg zu dem Alten, als der Doctor, seinem Versprechen gemäß, bey mir vortrat und mich mit höflicher Gewalt in das Collegium anatomicum schleppte. Es war noch früh, als wir dahinkamen, und ausser uns beyden nur der Prosector gegenwärtig. Der Körper lag zugedeckt da. »Ein starker, nervöser Körper!« rief der Doctor: »Wollen Sie ihn einmal sehn?« und damit deckte er ihn auf — Ich sah hin — Sollte ich meinen Augen trauen? — Ich sah noch einmal hin — Ja! er war es — Und wer meinen Sie? — Haudritz! niemand anders wie mein ehemaliger Verführer, Haudritz —

Dieser Anblick machte einen gewaltigen Eindruck auf mich. Die beyden Aerzte bemerkten es, und fragten mich um die Ursache. — »Und wie, in aller Welt,« rief ich aus: »kommen Sie zu diesem Körper, oder wie kam diese Creatur in das Raspelhaus?« Mein Führer erzählte mir die genauen Umstände, die ich dann meinen Lesern hier kürzlich mittheilen will.

Haudritz war, wie Sie Sich's aus dem ersten Theile meiner Geschichte* erinnern werden, von uns einem Schiffscapitain anvertrauet worden, der ihn nach Ostindien bringen sollte. Da sich unterdessen das Schiff noch einige Zeit in Amsterdam aufhalten musste; erweckte diese Muße in dem bösen Haudritz den alten Hang zu schlechten Streichen aufs Neue. Er bestahl den Capitain, welcher ihn als Schreiber zu sich genommen hatte, wurde ertappt, und kam diesmal mit allerley Schlägen und dem Verluste seines Dienstes davon. Nun hatte er nichts zu leben und fieng daher sein edles Handwerk um so eifriger wieder an: Zur Sicherheit der Handlung haben die Kaufleute in Amsterdam das Recht, wenn sie auf der Börse, wo oft ein Mann seine ganze zeitliche Glückseligkeit in der Tasche stecken hat, einen Dieb,

* Seite 159

in dem Augenblicke des Diebstahls haschen, sich sodann jede Art von Genugthuung an ihm nehmen zu dürfen. Haudritz ließ sich verleiten, jemand auf der Börse nach der Uhr zu greifen, wurde aber erwischt und, da bekanntlich die holländischen Kaufleute auf dergleichen keinen Spaß verstehen, von dem Haufen zusammentretender Kaufleute halb tod geprügelt, und in den Canal geworfen. Da fischte ihn ein Jude auf, rettete ihm das Leben, und nahm ihn in sein Haus. Zur Dankbarkeit bestahl er denselben, und wollte auch die Tochter verkuppeln. Da brach dem Israeliten die Geduld; Er würkte ihm ein Plätzchen im Raspelhause aus, woselbst er aber an einem hitzigen Fieber starb —

Das war dann das Ende eines Menschen, mit dem ich einst auf gleicher Bahn zum Laster fortschritt. Wer weiß, ob nicht, unter andern Umständen, bey anderm Körperbaue, bey andern Schicksalen, auch ich ein eben so durchtriebener Bösewicht geworden wäre? — Traurig, daß es solche Geschöpfe geben kann! — Was ist der Mensch? — Man hat schon oft gesagt, er sey ein unbeschriebnes Blatt, wenn er aus der Hand des Schöpfers kömmt, ein Blatt, worauf Schicksale und Erziehung alles zu schreiben vermögten. Ach! aber mögte man nicht versucht werden, zu glauben, es käme mancher schon als ein defectes, vielleicht gar vom Satanas verfälschtes Manuscript auf die Welt? — Wenn ich meine jetzige Denkungsart untersuchte; so fand ich freylich noch nicht in mir jene Fertigkeit, Festigkeit im Guten, die den Namen von Tugend verdient; aber doch Empfänglichkeit, Gefühl für das Edle, und wenn etwas mich in meinem Vorsatze, zu meinem Glücke gut zu handeln, befestigen konnte; so war es dergleichen bestättigte Erfahrung, daß auch in dieser Welt jede Verirrung vom graden Wege eine verhältnißmäßige Strafe nach sich zieht.

Solche Gedanken beschäftigten mich ernstlich, und ich konnte nicht länger den Anblick dieser Leiche ertragen; Ich beurlaubte mich daher von meinem Gefährten, und wollte nach Hause gehn. Indessen verirrte ich mich in der großen fremden Stadt, und da mir bange war, ich mögte in enge gefährliche Winkel gerathen (obgleich man wahrlich weniger in Amsterdam zu befürchten hat, als in manchen kleinern Städten) und sich's eben traf, daß ich die *Kalver-Straat* erreichte, in welcher eine große Anzahl Kaffeehäuser sind, trat ich in das *französische Kaffeehaus*.

Der erste Mann, welcher mir in den Weg kam, war ein .....er Officier. Da er grade zur Thür hinauswollte, als ich hineingieng; blieben wir beyde stehn, um uns einander Raum zu machen, und das gab mir Zeit, ihn genauer zu betrachten. Ein kleines Muttermal, das er am Kinne hatte, und das mir von Ungefehr gleich in die Augen fiel, machte mich aufmerksam. Der Vetter der Frau von Lathausen, welcher mich in den .... Dienst brachte, hatte eben ein solches Mal, und an Figur und Anstande waren sich beyde vollkommen gleich, nur daß der Officier, den ich hier sahe, freylich viel älter schien. Sobald mich nun diese Aehnlichkeit überraschte, wozu vielleicht der Umstand kam, daß mein Kopf noch von dem Anblicke des todten Haudritz eingenommen war, und mir nun um desto lebhafter alle Erinnerungen der ehemals in seiner Gesellschaft erlebten Schicksale und der dabey interessirten Personen ins Gedächtniß zurückkehrten — Kurz! ich war, sobald ich den Officier genau angesehn hatte, fest überzeugt, daß es der Herr von Redmer war; und wie ich in der Folge erfuhr, hatte auch er, vermuthlich durch den Ausdruck voll Verwunderung, den er auf meinem Gesichte las, aufmerksam gemacht, eine Ahndung bekommen, daß ich sein ehemaliger Recrut seyn könnte. Nun war ich ein ....scher Deserteur, und hatte also in der That viel von List oder Gewalt zu befürchten, wenn ich erkannt würde. Da aber der Herr von Redmer selbst damals Verdruß im Regimente gehabt hatte, wie wir gehört haben;* ließ ich mir gar nicht einfallen, daß er noch so eifrig auf seinen Dienst seyn würde, mir weiter nachzuspüren. Ich erholte mich daher bald von meinem Schrecken, blieb noch eine kleine Weile

* Im ersten Theil Seite 51

auf dem Kaffeehause, und ließ mich dann durch einen sichern Mann zurück nach der *Stadt Lion* begleiten.

Gegen Mittag kam der Hauptmann zurück und brachte nicht die tröstlichste Nachricht mit. Der alte Haftendonk war, wie es schien, geneigt gewesen, statt dem Officier zu danken, wie er es wohl verdient gehabt, ihm die Schuld des unglücklichen Erfolgs aufzuladen. Von mir hatte der alte Geizhals nichts wissen wollen. Doch sagte der Officier: er sey gegen das Ende ihrer Unterredung nachgebender geworden; Ich solle mich nur auf ihn verlassen, und dafür hafte er, daß ich frey nach Hamburg zurückgeliefert werden sollte; Immer mögte ich mir's indessen gefallen lassen, noch einige Wochen hier in Amsterdam mich umzusehn. Der gute Mann gab mir auch Geld, und versprach unterdessen weiter für unsern Plan zu arbeiten.

Ich wendete also die folgende Zeit an, in dieser großen Stadt allerley Merkwürdigkeiten zu sehn; und, in der That, wohin ich nur blickte, da stieß mir etwas Sonderbares auf. In Amsterdam ist eine starke Auflage auf die Kutschenräder gelegt. Wer daher nicht sehr reich ist, der fährt mit zwey Rädern, und die gewöhnlichsten Fuhrwerke haben gar keine Räder, sondern bestehen aus Kasten, die man auf Schleifen gesetzt hat, und wobey der Kutscher nebenher zu Fuß geht, welches dann freylich einem Fremden sehr auffällt.

Die Begräbnisse werden bey Tage vorgenommen, aber nichts destoweniger gehen Leute mit brennenden Laternen voraus und nebenher.

Ich machte nach und nach angenehme Bekanntschaften unter Fremden, in deren Begleitung ich, wenn der Hauptmann nicht Zeit hatte, mit mir zu gehn, die Stadt durchlief. Eben fällt mir ein, daß ich vergessen habe, Ihnen den Namen meines ehrlichen Hauptmanns zu melden; Er hieß von Dobelmayer.

Endlich gelang es diesem Freunde, den Herrn van Haftendonk zu bewegen, mich wenigstens zu sehn. Ich gieng hin, hatte aber unglücklicherweise meine Füße nicht genug auf den unzähligen Decken, Kratzern, Maten u. d. gl. abgestrichen, welche vor und in dem Hause herumlagen. Als ich nun eine schöne Treppe hinaufgestiegen, die zur Bequemlichkeit so glatt wie ein Spiegel gerieben und gewächst war, entdeckte eine dicke Magd, welche mir entgegenkam, zu ihrem größten Schrecken noch etwas Schmutz an meinen Schuhen. Sogleich nahm sie mich, wie ein Kind, auf den Arm, trug mich wieder hinunter, und ließ mich nicht eher wieder hinauf, bis meine Schuhe ganz sauber waren. Dieser comische Auftritt brachte mich ein wenig aus meiner Fassung, indessen besann ich mich doch bald wieder, und brachte mein Anliegen dem phlegmatischen, ernsthaften, dicken Herrn van Haftendonk aufs beste in französischer Sprache vor, wobey er ungefehr aussah, als Einer, der sich etwas erzählen lässt, um einschlafen zu können. Wenn sein seelenloser Blick auf mich fiel; so glänzte nicht das geringste Interesse aus seinen Augen hervor, sondern er hatte das Ansehn eines Menschen, der auf einen leeren *Platz* hinstarrt. Als ich lange, und mit allem Feuer der Beredsamkeit geredet hatte, fragte er mich ganz kaltblütig: »was Myn Heer eigentlich für Geschäfte machte?« Dies setzte mich in die Unkosten, meine Erzählung von Neuem wieder anzufangen. Er hätte sie, glaube ich, auf dieselbe Art noch zehnmal angehört, wenn nicht sein Buchhalter gekommen wäre, ihm etwas zu melden, worauf er mir ganz trocken *Adieu* sagte.

Als ich meinem Freunde diesen Ausgang der Sache erzählte, rieth er mir Geduld an, versprach nochmals das Seinige zu versuchen, und um meine Leser nicht länger aufzuhalten, will ich Ihnen nur kurz sagen, was wir nach drey Wochen erlangten. Der Alte setzte der Halbwitwe seines Sohns eine kleine Summe zum Unterhalte aus, und war davon zufrieden, daß man ihr vorerst verschwiege, wie es mit der Trauung gewesen sey; wie es aber mit dem Kinde gehalten werden sollte, darüber wollte er sich noch nicht bestimmen. Mir gestand er nichts zu, wie das Reisegeld und ein kleines Geschenk von zwanzig Ducaten, wovon ich dem Hauptmanne die mir vorgestreckte Summe erstattete und das Uebrige in Amsterdam verzehrte. Zugleich erlangte ich noch, mit genauer Noth, daß man eine Acte verfassen ließ, in welcher man mir bescheinigte, daß ich würklich der Mann wäre, mit welchem man das kranke Frauenzimmer in Hamburg getrauet hatte. Uebrigens überließ man es mir, davon Gebrauch zu machen oder nicht, und mir selbst eine Laufbahn zu eröfnen. Der Herr von Dobelmayer aber versprach, im folgenden Jahre, da er wieder nach Riga gehn würde, für mich bey der Meinhardtschen Familie zu reden, und wir verabredeten desfalls einen fortdauernden Briefwechsel.

Es war nun mein fester Entschluß, baldmöglichst nach Hamburg zurückzugehn, aber ich fand keinen Beruf, länger Schauspieler zu seyn. Da wälzte ich nun eine Menge Plane in meinem Kopfe umher, und endlich fiel mir ein, daß, weil ich doch ein guter Tonkünstler wäre, ich mich auf diese Art vielleicht nicht nur zu einem reichen Manne, sondern auch vielleicht einmal zu einem Concertmeister bey einem großen Fürsten, erheben könnte. Ich schrieb diesen meinen Plan an Reyerberg nach Hamburg, versprach, ihm bey meiner baldigen Hinkunft daselbst meine übrigen Schicksale weitläuftig zu erzählen, und gab indeß, zur Probe, in Amsterdam ein öffentliches Concert, in welchem ich großen Beyfall fand, und auch ziemlich viel Geld verdiente. Zu meiner äussersten Beunruhigung aber erschien auch in diesem Concerte der Herr von Redmer, und da ich nicht die Vorsicht gebraucht hatte, meinen Namen auf dem Ankündigungszettel zu verschweigen; sah ich nun gar deutlich, daß er seit diesem Tage jeden meiner Schritte beobachtete, mich an allen öffentlichen Oertern aufsuchte, und sich doch stellte, als hätte er mich nie gesehn. Nun fieng ich an, sehr ängstlich zu werden, und beschloß, mich baldigst aus Amsterdam zu entfernen, in welchem Vorsatze ich durch einen sonderbaren Zufall noch denselben Tag bestärkt wurde.

Ich gieng nemlich mit zwey meiner Bekannten durch eine kleine Gasse, welche der *Servet-Steeg* heisst, und in welcher nur lüderliche Weibsbilder und Kupplerinnen wohnen. Sie pflegen mehrentheils vor den Thüren zu sitzen und den Durchgehenden die Hüte wegzunehmen, die man dann mit einem Trinkgelde einlösen muß. Des Abends ziehen sich diese Weiber an und gehen in die so genannten *Musicos* oder *Speel-Huiser*, wo sie mit ausschweifenden Leuten Bekanntschaft machen, und von denselben entweder zurück in die Häuser der Kupplerinnen oder in ein oberes Zimmer (*boven*) geführt werden. Denn in den untern Zimmern der Musicos geht nichts Unrechtes vor, und diese werden von sehr gesitteten Leuten besucht.

Nachdem meine Begleiter mir dies erklärt hatten, indem wir über den *Servet-Steeg* giengen, bekam ich Lust, doch auch einmal ein solches Speel-Huis zu sehn. Wir besuchten also noch an dem Abend eines derselben. Es wurde da getanzt, getrunken, gespielt, und es gieng ziemlich laut darinn her. Der Lerm war mir aber zu groß, und wir beschlossen fortzugehn, verliessen auch würklich das große Zimmer, und mussten, um aus dem Hause zu kommen, vor einer Thür vorbey, durch welche ich so heftig lachen hörte, als wenn — ja! wie soll ich sagen, als wenn darinn — einem Frauenzimmer Gewalt angethan würde. Da ich zugleich des Herrn von Redmer Stimme erkannte; war ich neugierig genug, an der Thür zu horchen, und das zu meinem Glücke, denn ich hörte, wie der Bösewicht ein Mädchen beredete, und sie eine Rolle auswendiglernen ließ, durch welche sie mich einnehmen sollte. Vermuthlich hatte er mich in das Haus treten gesehn; Die ganze Absicht der Verhandlung aber war, so viel ich verstehn konnte, dies Weibsbild sollte mich in ihr Garn zu locken suchen, und mich ihm dann in die Hände liefern.

Dieser Zufall, wie ich schon gesagt habe, bestärkte mich in meinem Vorsatze, baldmöglichst Amsterdam zu verlassen. Ich nahm zärtlichen Abschied von meinem Wohlthäter, dem Hauptmanne von Dobelmayer, der mir nicht nur sein Versprechen, fleissig Briefe mit mir zu wechseln, und für mich zu arbeiten, erneuerte, sondern mir auch Empfehlungsschreiben nach Hamburg, Lübeck und Bremen verschaffte, in welchen Briefen mich die amsterdamer Kaufleute als einen der größten Virtuosen auf der Violine beschrieben;

Zur Sicherheit, so wie des Wohlklangs wegen, hatte ich meinen Namen Peter Claus in Signor Pedro Clozetti umgeschaffen, wonach dann auch die Briefe eingerichtet waren. Ich fand ein abgehendes Schiff, bestieg dasselbe, und meine Leser sehen mich also jetzt in einer neuen Laufbahn, als reisender Musiker, mein Glück suchen.

Zehntes Capitel.

Abreise von Amsterdam. Rest des Manuscripts.
Rückkunft nach Hamburg.

Die Gesellschaft, welche ich auf dem Schiffe antraf, war nicht die ausgesuchteste. Ein alter holländischer Officier, mit einer schwarzen Perüke und seiner ganzen Familie, die, um eine Erbschaft in Hildesheim zu holen, sich auf den Weg gemacht hatten — lauter elende Carricaturen! Sodann junge Kaufleute, ein Professor aus Leiden, eingenommen von seinen Kenntnissen in orientalischen Sprachen, in welchen es ihm auf unserm Schiffe niemand leicht zuvorthun konnte; Ein junger Jurist, gleichfalls aus Leiden, ein französischer Commödiant, und endlich ausser viel andern unbedeutenden Personen, noch ein junger teutscher Edelmann mit seinem Hofmeister. Dieser schien ein unerträglicher Egoist zu seyn, sprach mit beleidigender Selbstgenügsamkeit nur immer von seiner eignen Person, so daß jede seiner groben Reden von den Ausdrücken durchflochten war: »Sehen Sie, mein Herr! Mich kennen Sie nicht; Ich bin ein solcher Mann, der strenge auf Wahrheit und Gerechtigkeit hält,« oder: »Ich sehe alles von der graden Seite an; Mich kann nichts verblenden; Ich bin über alle Vorurtheile hinaus, so fest, so ohne Ansehn der Person.« Und so gieng dann sein Lob gewöhnlich auf aller übrigen Leute Unkosten hinaus. »Ich bin nicht, wie die mehrsten andern schwachen, elenden Menschen, welche die Sachen nur halb, nur durch Blendgläser betrachten« u. s. f. Da er sich auf diese Art als den Mittelpunct aller Weisheit und Unfehlbarkeit ansah; liessen wir ihm die Freude, sich selbst allein zu geniessen. Natürlicherweise mussten ihm auch so mittelmäßige Leute, wie wir waren, zur Last seyn. Einer nach dem Andern schlich sich neben ihm fort, und ich, da ich von der ganzen Gesellschaft nicht sehr erbauet war, stieg auf das Verdeck, setzte mich da hin, zog meine Handschrift wieder hervor, und las den Rest von Bricks Erzählung, der also lautete:

Rest des Manuscripts.

»Die ganze Insel hatte eigentlich keine durch schriftliche Gesetze gegründete Regierungsform; aber dagegen die allernatürlichste, die man haben kann, und diese beruhete ungefehr auf folgende Grundsätze: Die sechzig Familien, welche sich gleich Anfangs dort festgesetzt, hatten die Hälfte der Insel in eben so viel gleiche Theile getheilt. Auf jedes dieser Theile wurde sogleich ein kleines Haus gebauet, das für eine Familie von vier erwachsenen Personen groß genug war. Felder, Wald, Garten, kurz! alles auf dieser Hälfte war also in gleiche Theile getheilt, und jedem Hause ein solches Stück angewiesen. Ehe die Familien hingezogen waren, hatte man sich zuerst davon versichert, daß nicht eine einzige Person darunter wäre, die nicht irgend ein dem gemeinen Wesen nützliches Gewerbe treiben könnte, und gern triebe; Auch hatte man sich vorher zu gewissen vorläufigen Puncten auf das Heiligste verbunden. Ich will einige derselben hersetzen, die mir itzt grade noch in Gedanken schweben: Jeder Stand, jedes Gewerbe, das etwas zum gemeinen Besten beytrug, wurde ohne Unterschied gleich hochgeschätzt. Alle Einwohner der Insel hatten sich eine gleiche, vernünftige, bequeme, dem Körperbaue und dem Clima angemessene Kleidung vorgeschrieben. Keine Bücher, keine Schriften durften mit auf die Insel genommen, eben so wenig durfte dort irgend etwas geschrieben werden, und alle wissenschaftliche Kenntnisse wurden durch mündliche Überlieferungen fortgepflanzt, so wie auch Jeder, der etwas zu wissen glaubte, seine

Feyerstunden dazu anwenden konnte, diese Kenntnisse seinen Kindern und Freunden vorzuerzählen. War die Sache der Mühe werth; so pflanzte sie sich fort, die Thorheiten hingegen vergaß man. Also gab es keine gelehrte Zünfte, und die Wahrheit war ein freyes Capital, wovon jeder nach Gefallen so viel besitzen und wieder ausspenden durfte, wie er konnte, wollte, und Andre von ihm annehmen mogten. Zwanzig Häuser hatten immer vier gemeinschaftliche öffentliche Gebäude: Das eine zu Erziehung der Kinder beyder Geschlechter, die vom sechsten Jahre an bis in das vierzehnte Alle dem Staate gehörten, und eine gleiche Erziehung genossen. Alsdann aber wurde bestimmt, zu welcher Lebensart sie Geschick und Lust hatten: ob zum Unterrichte der Jugend? und dann blieben sie in diesem öffentlichen Gebäude, oder blos zum Landbaue, oder zu einem der wenigen Handwerke, deren man bedurfte; und dann wurden sie in die Wohnhäuser vertheilt, wo grade ein Platz offen war, denn Alle machten nur Eine Familie aus, und gelegentlich ohne Zwang, aber nach gutem Rathe und Ueberlegung, verheyrathet, wobey Rücksicht auf die Gemüthsart genommen wurde. Von heftigen und winselnden Leidenschaften hörte man nichts. Wer zur Arzeneykunde und Wartung der Kranken Geschick hatte, kam in das zweyte öffentliche Gebäude, wo Diese, deren es, bey so einfacher Lebensart wenige gab, verpflegt wurden.

Vermehrte sich die Bevölkrung, also, daß in jedem Hause mehr wie vier erwachsene Menschen oder zwey Paar wohnten; so nahm man von der andern unbebaueten Hälfte der Insel neue Landportionen von gleicher Größe dazu. Niemand aber durfte mehr bebauen wie sein dem Hause angewiesenes Stück, und dies Stück mussten die Bewohner jedes Hauses selbst bebauen, unbeschadet ihrer übrigen Gewerbe. Wald und Wiesen waren gemeinschaftlich, standen unter der Aufsicht der Aeltesten; Man aß Eyer und Milch der Thiere, aber nie das Fleisch, überhaupt wurde kein Thier getödtet, in der sichern Ueberzeugung, daß der Schöpfer dafür gesorgt hat, daß sich jede Gattung nur verhältnißmäßig vermehrt. Man hatte Mittel ersonnen, die Fluren gegen die Verheerung der Thiere zu bewahren; Gern gab man aber andern Creaturen einen Theil seines Ueberflusses; Wilde reissende Thiere sah man dort nicht.

»Sobald jemand sechzig Jahre alt war; wurde er von der gewöhnlichen Arbeit freygesprochen und kam dann in das dritte öffentliche Gebäude, um entweder Richter des Volks zu seyn, oder Aufsicht über die Erzieher, oder über die Krankenverpfleger zu haben. Die alten Frauen aber besorgten die Küche in den öffentlichen Gebäuden, oder machten sich ein anders freywilliges Geschäft, denn vom sechzigsten Jahre an war Jedem Muße und Ruhe vergönnt; Wer aber so lange thätig gelebt hat, pflegt dann nicht gern müßig zu seyn. In dem vierten öffentlichen Gebäude wurden die achtzig Personen, aus welchen die zwanzig Familien bestanden, täglich zweymal gespeist. Die Stunden, welche den Mahlzeiten gewidmet waren, die Anzahl und die Art der höchst einfachen Speisen, alles war bestimmt.

Die Menschen wurden auf dieser Insel sehr alt. Die Leute, welche über achtzig Jahr erlebt hatten, machten den engern Ausschuß Derer aus, welche über die ganze Insel die Aufsicht hatten, und sich jedes Jahr einmal an dem großen Festtage versammelten, wo sie, mit Zuziehung der Aeltesten jedes Stamms, berathschlagten, was im Allgemeinen zu thun wäre. Diese Greise waren die einzigen Priester auf der Insel, wie wir nachher hören werden.

Zwanzig Familien machten also eigentlich einen Stamm aus; aber die ganze Insel war nur wie ein einziges Haus zu betrachten, bewohnt von Menschen, bey denen kein Luxus, keine Unmäßigkeit, und kein Unterschied der Stände herrschte. Das Interesse eines jeden war das Interesse des Ganzen, und niemand hatte Reiz oder Veranlassung anders zu handeln, wie es die gesunde Vernunft mit sich brachte, wobey sich Jeder sehr wohlbefand, worinn Jeder erzogen war, und welches ihm zum Bedürfnisse geworden war. Er kannte nichts andres, sahe nichts andres, fühlte nichts andres; seine Lebensgeister waren immer in gehörigem Gleichgewichte, und sein Körper nicht zu reizbar und nicht abgestumpft. Dabey hatte niemand Nahrungssorgen, denn auch von dem Unterschiede der Vermögensumstände wusste man nichts. Es war hier kein Eigenthum; Jeder Handwerker musste wöchentlich sein festgesetztes Stück Arbeit in das Haus liefern, wo die alten Männer wohnten; jeder Landbauer den Ertrag seines Feldes auf den gemeinschaftlichen Boden tragen, und von daher wurde Jeder mit Nahrung und Kleidung versehn. Der von Natur Thätige half dem Trägern, denn ihm nützte seine größere Thätigkeit übrigens nichts, weil er nichts weiter damit erwerben konnte. Täglich wurden von den Richtern alle Häuser und Felder besucht, und nachgesehn, ob Jeder die Verträge der Gesellschaft erfüllte. Artete Einer aus (doch hatte man, bey dem guten Beyspiele und dem Mangel an falschem Interesse, in hundert und zwanzig Jahren nur Ein Beyspiel davon gehabt) so wurde Derselbe mit verbundnen Augen zu Schiffe gebracht, und bey den Si—mi—schi—räs ans Land gesetzt. Der Rückweg war nicht zu finden; niemand kannte die Insel wie die Mitglieder des geheimen Bundes in Si—mi—schi—rä, und kein Fremder durfte oder vielmehr konnte die Insel betreten, so wie auch kein Einwohner derselben je reisen durfte noch mogte. Eben so wenig kamen auch ausländische Producte in das Land, und die Stifter dieses Staats, welche sehr wohl einsahen, daß nichts so viel Einfluß auf die ganze Form eines Staats und die Sittlichkeit der Unterthanen hat, als der Gang, den die Handelschaft im Großen nimt, wollten keine Art von Handel einführen, um wenigstens so lange Meister über ihr Werk zu seyn, wie die Natur der Dinge es erlaubte.

Landesverweisung war, wie schon gesagt ist, die einzige Strafe für die, welche die Ordnung des Staats stöhrten. Dies gieng um so leichter an, da die Insel gänzlich unbekannt blieb; Aber wenn auch das nicht gewesen wäre; so würde man doch nie Todesstrafen eingeführt haben; denn die Richter waren sehr überzeugt, daß ein Mensch dem andern nichts nehmen darf, was er ihm nicht geben kann. Nun kann keine Regierung auf der Welt den Unterthanen das

Leben, weder geben, noch zusichern; folglich darf sie auch Keinem das Leben nehmen. Jedem in der Welt muß es erlaubt seyn, sich sein System von Moralität zu machen, und andre Systeme anzuerkennen oder nicht — Das ist seine Sache — Aber der größere Theil hat das Recht, sich zu verwahren, daß der Mangel an Grundsätzen bey Einzelnen nicht die Ruhe des Ganzen stöhre. Folglich darf man durch die Mehrheit der Stimmen jemand zwingen, gewisse vernünftige Gesetze anzuerkennen, und ihn, wenn er diese nicht halten will, verweisen, binden, zwingen, fesseln, ihn aus der Reyhe *der Bürger*, aber nie aus der Reyhe *der Menschen* ausstreichen; denn er war Mensch, ehe er Bürger war. Die bürgerliche Existenz giebt ihm der Staat, und kann sie ihm nehmen; aber die natürliche Existenz kann ihm nur Der nehmen, der sie ihm gegeben hat.

Also beruhete die ganze Verfassung auf Natur. Die Sache selbst regierte, der gemeinschaftliche Vertrag und nicht die Person. Leidenschaft und Interesse hatten keinen Einfluß auf Geschäfte, und alles erhielt sich selbst.

Der Umgang zwischen beyden Geschlechtern war so unschuldig wie möglich, und dies ohne alle Kunst. Man hatte kein Beyspiel von unregelmäßigen Verbindungen, denn die einfache Lebensart erweckte nicht unzeitige Begierden, und eine Menge andrer Dinge, welche bey uns Gelegenheit zu Ausschweifungen geben, fielen auch weg. Sobald jemand zu reifen Jahren gekommen war, und der, allen Geschöpfen eingepflanzte Trieb zur Begattung sich bey ihm regte; suchte er sich eine Gattinn, und fand sie leicht. Alle waren gleich reich, fast Keine gebrechlich noch entstellt, und beständige Geschäftigkeit und Aufsicht verhinderte die Entstehung sträflicher Begierden. Nie durfte (das war ein allgemein anerkanntes Gewohnheitsgesetz) ein Frauenzimmer mit einer Mannsperson allein reden, sie müssten denn Mann und Weib gewesen seyn. Ueberhaupt sprach auf der ganzen Insel kein Mensch, unter sechzig Jahren alt, nie das Geringste heimlich mit einem Andern, denn man begriff nicht, was sie hätten zu sagen haben können, das nicht Jeder hätte hören dürfen, da Alle gemeinschaftliches Interesse hatten, Jeder frey thun durfte, was recht war, und bey völlig gleicher Erziehung nie, so wie bey uns, der Fall eintrat, daß man mit gewissen Leuten von gewissen Dingen gar nicht hätte reden können.

Der Unterricht der Kinder war sehr einfach. Kenntniß der Natur und der Pflichten, das war es, was man sie lehrte. Man machte sie aufmerksam auf den majestätischen Bau des ganzen Weltgebäudes, und zeigte ihnen, wie auch in den kleinsten Theilen dieser großen Maschine die höchste Ordnung und Harmonie herrschen, wie hier nichts unnütz noch unthätig sey, die Vollkommenheit des Ganzen zu befördern. Man stellte ihnen ein lebhaftes Bild ihrer gegenwärtigen Bestimmung auf dieser Welt vor Augen, und bewies ihnen, daß, um darinn Glück und Ruhe zu finden, sie jene Harmonie der Natur nachahmen mussten. Aus diesem Gesichtspuncte zeigte man ihnen die Wichtigkeit aller häuslichen und geselligen Pflichten, nämlich so, daß sie sehn mussten, wie nur die vollkommenste Ausübung der Tugend allein den höchsten Grad von Glückseligkeit gewähren könne, und wie Derjenige seinem Interesse am mehrsten schadete, am mehrsten sich selbst beleidigte, der Andre kränkte. Dies war die Art des theoretischen Unterrichts, den sie erhielten. Der practische bestand in guten Beyspielen, in strenger Aufsicht auf ihre Sitten, in Rührung ihrer Herzen, durch seelenerhebende Gespräche — Aber hier durfte nur Wahrheit rühren, und gegen alle Eindrücke fantastischer Gegenstände wurden sie stumpf gemacht. Sie durften nichts glauben, als was sie fassen konnten, aber auch an keinem Dinge gradehin zweifeln, das sie nicht einsahen. Von dem Wesen Gottes wurde ihnen in diesen jungen Jahren nichts gesagt, als daß dies Wesen, welches alles schaffe, erfülle und erhalte, über unsre Begriffe, und daß der einzige Weg es näher kennen zu lernen der sey, uns selbst, nach dem Muster des ganzen Weltgebäudes, vollkommner zu machen, daß endlich, wenn sie auf diese Art ihr irdisches Leben nützlich hingebracht hätten, die Priester, (die Greise) am Ende ihrer Tage sie, aus eigner Erfahrung, von dem unterrichten würden, was sie als Preis ihrer Arbeit zu erwarten hätten. Kein Mensch auf der Insel erhielt daher eher Unterricht in der höhern Weisheit, in den Geheimnissen der Religion, als nachdem er sechzig Jahre lang nützlich und redlich in der Welt gelebt hatte, und man fand nicht Einen, der, wenn er die Tugend ausübte, unruhig gewesen wäre, und gefragt hätte: warum er sie ausüben müsse? Jedermann glaubte gern, daß diese Vorschriften würkliche Offenbahrungen Gottes wären, weil jedermann fühlte, daß es Resultate der höchsten Weisheit und Güte waren, und sie verlangten keinen andern Beweis von der Wohlthat der Gottheit, als daß sie die Früchte derselben genossen.

Um aber die Herzen der Einwohner von Zeit zu Zeit mit neuem göttlichen Feuer für die Tugend zu erwärmen, sie fester an einander zu knüpfen, sie einen Grad von Enthusiasmus fühlen zu lassen, der die Sinne rührte, ohne sie zu betäuben, und der zugleich dem ganzen Volke Gelegenheit gäbe, sich, wie eine einzige glückliche Familie, zu gemeinschaftlicher Freude versammelt zu sehn; war jährlich ein großer religiöser Festtag angesetzt. Hier wurde, mit majestätischen aber höchst einfachen Cäremonien, die Gottheit, durch Gesänge, Tänze, bey mäßigen fröhlichen Mahlzeiten von den besten Früchten der Insel, gepriesen, und ausser diesem Tage, auf welchen sich jeder Redliche das ganze Jahr hindurch freuete, war kein Tag zum äussern Gottesdienste bestimmt, damit diese wohlthuende Herzensergiessung durch Gewohnheit nicht ihre Kraft verlöhre. Jedem einzelnen Menschen aber blieb es überlassen, und es wurde ihm Bedürfniß der Seele, in einsamen Augenblicken, wenn das Herz durch eine Reyhe guter Handlungen veredelt war, dies Herz vor dem Schöpfer aller Dinge zu entfalten, und der höchste Genuß des Tugendgefühls war also ihr Gebeth, und brachte die Menschen der Gottheit näher. An jenem großen Feyertage aber, der eigentlich drey Tage lang dauerte, wurden zugleich alle Hauptangelegenheiten des Volks entschieden, Gerichte gehalten, neue Vertheilungen vorgenommen, Ehen geschlossen, die Sechzigjährigen losgesprochen u. d. gl.

Ich wohnte grade einem solchen Tage bey. Wir standen des Morgens« —

Wo Henker! war denn der Rest des Manuscripts? Ich hatte doch wahrlich nichts davon verlohren; die Bogenzahl war noch dieselbe, wie damals, als ich es zuerst auf meiner Reise von Hamburg nach Koppenhagen erbrach — Ich unglücklicher Mensch! Da fehlte ja das Hauptstück, die Nachricht, wo diese Länder lagen, welche Brick gleich Anfangs versprach. Wer wird mir nun glauben, daß das Ganze nicht ein Traum gewesen? Ach! Ich dachte es gleich, daß es wohl nur ein ipse fecit vom Herrn Brick, Gott hab' ihn selig! seyn mögte. Ich trauete gleich nicht viel auf die Reichthümer, welche Reyerberg und ich mit dieser Handschrift verdienen würden; Doch habe ich es für meine Pflicht geachtet, Ihnen, wertheste Leser! dies Bruchstück so mitzutheilen, wie ich es empfangen habe. Machen Sie nun damit, was Sie wollen! Ich dachte, das beste wäre, so unwahrscheinlich die Erzählung Ihnen auch vorkommen mag, sie vorerst für wahr anzunehmen und, wie die Juristen zu sagen pflegen, dem Vater in favorem partus zu glauben. Reiset aber einer von Ihnen hin, diese Länder zu suchen, so — reise ich nicht mit.

Der Wind war uns bey dieser Schifffahrt wiederum sehr günstig, und es begegnete mir nicht der geringste Unfall (weswegen ich abermals gehorsamst um Verzeyhung bitten muß) als daß ich gegen Abend eine heftige Colik bekam. Der französische Commödiant war der Einzige von der Gesellschaft, welcher aufrichtiges Mitleiden mit mir zu haben schien und mir treulich zur Hand gieng. Er war au désespoir mir nicht helfen zu können, doch wärmte er mir Servietten, wollte mir durchaus ein Lavement geben, und seine Dienstfertigkeit fieng beynahe an mir zur Last zu werden, als er auf einmal freudig in die Cajüte sprang, in welcher ich lag, und ein Buch in der Hand hielt: »Mein Herr!« sagte er: »Hier habe ich bey dem jungen Juristen, der oben auf dem Verdecke ist, ein Buch gefunden, ein goldenes Buch, in welchem Sie gewiß Mittel gegen Ihre Indigestion finden werden. Verstünde ich nur Latein! Aber Sie sind ja ein Gelehrter;

Suchen Sie Sich selbst ein Recept aus!« Ich musste, um Seiner loszuwerden, das Buch aufschlagen; Da sahe ich dann, daß es eine Introductio in jus digestorum war, und der Franzose hatte geglaubt, es sey darinn von einer jus de digestion (Verdauungssuppe) die Rede. Ich konnte, so krank ich auch war, mich nicht enthalten, über die Unwissenheit des guten Narren zu lächeln. Indessen wurde der Schmerz nach und nach leidlicher, und als wir durch den *Niederbaum* in Hamburg einfuhren, war ich völlig hergestellt, und stieg gesund an das Land.

Eilftes Capitel.

Was unterdessen dem armen Ludwig von Reyerberg wiederfahren ist. Signor Clozetti lässt sich in einigen Städten Teutschlands hören. Was ihm dort begegnet, bis er Secretair wird.

Mein erster Gang, als ich in Hamburg aus dem Schiffe trat, war, wie man sich vorstellen kann, meinen Freund Reyerberg aufzusuchen. Aber niemand wird sich so leicht eine Idee von dem Schrecken machen, der mich befiel, als ich hörte, er sey schon seit acht Tagen unsichtbar geworden, ohne daß man die geringste Spur von ihm entdecken könnte. Nur so viel wusste man, daß ein vornehmer fremder Herr ihn habe zu sich bitten lassen, daß Dieser gleich nachher fortgereist sey, und daß man seit dieser Zeit auch nichts wieder von Reyerberg gehört habe. Ich gieng zu meinem Herrn Schröder, und auch Dieser bestättigte die Nachricht. Was sollte ich davon denken? Hätte der gute Ludwig Gelegenheit gefunden, auf vortheilhafte Art bey einem reichen Herrn angestellt zu werden; so würde er doch seine Kleider, seine Wäsche, seine Schriften mitgenommen, und nicht alles so verworren in seinem Zimmer haben stehn lassen, wie ich es fand. Er würde Abschied von seinen Freunden genommen haben — Aber so hatte ich alle Ursache einen für ihn unglücklichen Vorfall zu vermuthen. Da ich dies Geheimniß nicht entwickeln konnte; tröstete ich mich mit der Hofnung, daß die Zeit alles aufklären, und das Schicksal, welches uns schon ein paarmal so unerwartet wieder zusammengeführt hatte, auch diesmal uns nicht auf immer würde haben trennen wollen.

Für mich war nun weiter nichts zu thun, als daß ich von dem Herrn Schröder, der mein Fach ohnehin schon wieder besetzt hatte, meine Entlassung erbat, um meine musikalische Laufbahn anzutreten.

Vorher aber erkundigte ich mich, wie man denken kann, nach meiner Frau Gemahlinn. Sie war mit dem Leben davon gekommen, und hatte auch das Kind glücklich zur Welt gebracht. Unterdessen war ihr Bruder, der Herr Meinhardt, aus Riga angekommen, und das grade zu der Zeit, als von Amsterdam die Nachricht einlief, der junge Haftendonk sey gestorben. Hierüber war sie nun freylich äusserst betrübt gewesen, doch richtete der Gedanke, wie eine ehrliche Frau in ihre Vaterstadt zurückkehren zu dürfen, sie wieder auf. Sie reiste, sobald sie sich ein wenig erholt hatte, mit ihrem kleinen Sohne, von dem Bruder begleitet, nach Riga ab, und das zwar des Tages vorher, ehe ich nach Hamburg kam. Wenige Tage darauf verließ auch ich diese Stadt.

Zuerst fuhr ich mit meinen Empfehlungsschreiben nach Bremen; Aber ich würde die Geduld der Leser ermüden, wenn ich Ihnen eine ausführliche Beschreibung meiner Reise liefern wollte. Deswegen will ich mich begnügen, Ihnen nur das Merkwürdigste zu erzählen, was ich, während derselben, erfahren und bemerkt habe.

Ein Virtuose, der reist, um sich hören zu lassen, baue nur ja nicht auf die Größe seines Talents. Wenn er in einem einfachen Rocke mit dem gewöhnlichen Postwagen ankömmt, sich bescheiden ankündigt, ohne daß ein Herold ihn unter das müssige Publicum ausschreyet; so mag er immerhin besser wie der selige Generalfeldmusicus Orphäus spielen; er wird wenig Bewundrer finden, und eine kärgliche Einnahme haben. Selbst die wahren Kenner, deren es in einer Stadt immer wenige giebt, werden entweder von dem Modeton hingerissen werden, oder ihrer eignen Empfindung nicht trauen, oder nicht den Muth haben, den Mann zu loben. Aber der elendeste musicalische Luftspringer, der keine Note rein greift, aber zuweilen mit der linken Hand bis zu dem Stege hinaufrennt, komme mit Extrapost vor den besten Gasthof gefahren, kündige sich prahlerisch an, erscheine in sammetnen und seidnen Kleidern, bringe Empfehlungsbriefe von vornehmen Halbkennern an vornehme Halbkenner mit, besuche Diese des Morgens, sage ihnen, wie viel Gutes er von ihren Talenten gehört habe, lasse sich von ihnen etwas auf einem elenden verstimmten Claviere vorrappeln, und rufe dann aus: »bravissimo! Wie glücklich ist die Kunst, an Ihnen, gnädiger Herr!, einen so einsichtsvollen, selbst so geschickten Gönner zu haben!« — o! dann sorge er nicht; er wird (und vorzüglich wenn er etwa eine hübsche Sängerinn bey sich hat) von einer teutschen Stadt zur andern wie der erste Virtuose seines Zeitalters ausposaunt werden, und ganze Säcke voll Ducaten verdienen, die er, so lüderlich wie ihm gefällt und es die Kunst mit sich bringt, verthun kann. Was mich betrifft; so hatte ich diese Rolle herrlich auswendig gelernt, und durch Hülfe meiner Empfehlungsschreiben galt bald in ganz Teutschland der Signor Pedro Clozetti für den ersten Geiger in Europa — Ich hoffe Sie werden alle von mir gehört haben — Was soll man machen? Ich hatte mir fest vorgenommen, wie ein ehrlicher, grader Kerl zu handeln; aber der Hunger ist etwas sehr Unangenehmes, und von den Thorheiten der Menschen in solchen Kleinigkeiten Vortheil zu ziehn, das hielt ich nicht für Sünde. Ich componirte meine Violinconcerte selbst, das heisst: ich nahm aus den Werken besserer Tonkünstler die besten Gedanken heraus, verstümmelte dieselben, verbrämte sie mit meinen zwölf bis vierzehn Lieblings-Passagen (die einzigen, die mir geläufig waren) nahm ein altes Gassenlied, schuf es zu einem Rondeau um, oder vielmehr, ich wiederkäuete dasselbe Thema sechs- oder achtmal in verschiednen Modulationen mit Veränderungen, und wenn ich dann durch ein Paar halbe Töne, ohne alle Kunst, wieder zu meinem Haupttone hinunterschlich — ach! da erscholl bey diesem Uebergange ein allgemeines: »bravissimo!« und »superièurement bien!« und »ganz vortreflich! Welch ein Ausdruck! Welch ein Ton! Welche Fertigkeit!«

In Stade erwarb ich mir die Gunst einer artigen bemittelten Witwe, von etwa dreyßig Jahren, welche sehr die Music liebte. Sie ließ mirs nicht undeutlich merken, daß sie es nicht verschworen hatte, zum zweitenmal sich in das sanfte Joch der Ehe zu spannen, wenn sie einen Mann fände, der ihr sonst gefiele, und der zugleich Music verstünde. So groß auch diese Versuchung war, eine solche Entschliessung zu meinem Vortheile zu lenken; so gab mir doch mein guter Genius ein: ich dürfe die Sache nicht weiter treiben, weil ich schon verheyrathet wäre, und ich lehnte also den Antrag ab.

In Lübeck liessen mich, sobald ich mich hatte ankündigen lassen, ein italienischer Tenorist und seine Frau bitten, gemeinschaftliche Sache mit ihnen zu machen, und mit einander unsre Concerte zu geben. Ich gieng hin, die Leute kennen zu lernen; Stellen Sie Sich vor, wie betroffen ich war, als ich in diesem edeln Paare, den berühmten Conte di Tondini und seine keusche würdige Gattinn wiedererkannte;* Es schien aber nicht, als wenn sie sich Meiner erinnerten. Ich empfand in dem ersten Augenblicke einen Trieb diesem betrügerischen Gesindel in die Haare zu fahren, denn auf einmal fiel mir die grausame Behandlung und der teufelische Spott ganz lebhaft wieder ein, mit welchen sie mir einst in dem Hölzchen bey Wolfenbüttel so grausam mitgespielt hatten. Wenn ich aber bedachte, wie wenig meine damalige Denkungsart und Aufführung ein anders Schicksal verdiente; so besänftigte ich mich wieder, dankte dem Himmel, daß ich jetzt ein besserer Mensch war, überließ demselben, sie zu bestrafen, und gieng voll Verachtung von ihnen. Allein ich bekenne es, daß es mir einen neuen Wiederwillen gegen die Lebensart beybrachte, welche ich jetzt aus Noth trieb, so oft ich überlegte, daß ich dieselbe in Gemeinschaft mit solchen nichtswürdigen Menschen führte. Ich sehnte mich daher ernstlich nach einer Art von Versorgung, machte nicht gemeinschaftliche Sache mit den Italienern, gab allein zwey Concerte, und reisete dann ab.

* Man lese das sechste Capitel des ersten Theils.

Ein redlicher Kaufmann, der auch nebenher ein bischen Kennerschaft und Mäcenatenhandwerk trieb, gab mir einen Brief an den preussischen Gesandten in .... mit, und empfahl mich demselben, wie einen in Sprachen, schönen Künsten und Wissenschaften, Music, Malerey und allerley Art nützlicher Geschäfte, besonders im Cameralwesen erfahrnen und geschickten Mann. Woher er wusste, daß ich in diesem allen bewandert wäre, weiß ich nicht. Ich hatte freylich mit ihm zuweilen über solche Gegenstände geredet, aber wovon redet man nicht in der Welt? Im Ganzen kann man nur daransehn, wie es gemeiniglich mit Empfehlungen zu gehn pflegt. Genug! es stand also auf dem Papiere, und ich befand mich wohl dabey. Den Gesandten traf ich bey seiner Durchreise in Stettin an; Er schien sogleich Wohlgefallen an meiner Person zu finden, hatte auch vielleicht einige Verbindlichkeit gegen den Kaufmann, der mich ihm empfohl — Kurz! er nahm mich, unter vortheilhaften Bedingungen, als Secretair in seine Dienste.

Zwölftes Capitel.

Clozetti reist mit seinem Herrn Gesandten, sieht die teutschen Höfe, und kömmt an einem derselben zu hohen Ehren.

Mein Herr Gesandter war ein sehr würdiger, rechtschaffner und kluger Mann, gewandt in Geschäften, angenehm im Umgange kurz! so wie sie der große Friedrich zu wählen weiß. Seine Gemahlinn war nicht weniger liebenswürdig und gut. Beyde verbanden mit dem feinsten Ton der großen Welt den gradesten Character und wahren Adel des Herzens. Auch waren sie an allen kleinen und größern teutschen Höfen sehr wohl angeschrieben, und hatten durch ihr Vorwort mächtigen Einfluß, den sie aber stets zum Guten anwendeten. Sie mischten sich überhaupt nur dann in solche Händel, wenn es zum Beyspiel darauf ankam, einen Redlichen, der (wie es an den kleinen Höfen hergeht) von irgend einem Kammerdiener oder dergleichen bey dem Fürsten angeschwärzt war, zu rechtfertigen, sich Seiner anzunehmen, und der Cabale das Gegengewicht zu halten. Ich habe einen Fall gesehn, wo dies edle Paar sich eines durch schändliche Ränke gestürzten Mannes öffentlich annahm, zu einer Zeit, wo Dieser von jedermann verlassen, und würklich aller Schein gegen ihn war, voll Zuversicht auf die Unschuld dieses Mannes, wenig bekümmert, was der Hof dazu sagen würde. Solche großmüthige Handlungen hätten ihnen die Achtung selbst von Dem erwerben müssen, der sie vielleicht ehemals miskannt hätte. Auch geschahe dies, und selbst der Hof, welcher unzufrieden darüber seyn musste, konnte doch der Festigkeit und Herzensgüte seine Bewunderung nicht versagen. Die Leser mögen mir diese kleine Ausschweifung gütigst verzeyhn. Ich denke aber, es tröstet und ermuntert den kleinen Haufen der Bessern, wenn sie sehen, daß solche Handlungen auch von Menschen in dieser Welt nicht unbemerkt noch ungeschätzt bleiben, und wenn der gute Gesandte noch lebt, von ungefehr in diesem unbedeutenden Buche blättert, und liest, was ich hier von ihm gesagt habe, muß es ihn doch freuen; Peter Clausens Lob, wenn es auch nicht sehr wichtig seyn mag, ist doch gewiß unbestechbar — Nun weiter!

Ich reiste mit meinem Gesandten an die teutschen Höfe herum. Gern erspare ich Ihnen aber die Langeweile, welche eine genaue Schildrung derselben Ihnen verursachen würde. Sie werden Sich aus dem ersten Theile meiner Geschichte* noch erinnern, daß ich einst, nebst meinem Freunde Reyerberg, unter dem Namen von Baron Clausfeld und Herr von Falkenthal an diesen Höfen mich umhergetrieben hatte. Das Personale an denselben hatte sich nun freylich indessen sehr verändert, aber im Ganzen waren sie ungefehr noch wie damals zusammengesetzt, und werden auch wohl vorerst noch also bleiben. Allein ich sah nun die Residenz von einer andern Seite; Denn da ich sie diesmal als Secretair besuchte; kam ich in andre Cirkel, und lernte mehr den Ton kennen, der in den Privathäusern herrschte.

Niemand erkannte mich wieder, selbst nicht in den Städten, wo ich mich vor Zeiten am längsten aufgehalten hatte. So waren wir zum Beyspiel vierzehn Tage lang in Regensburg, wo ich einst als Universalarzt practicirt hatte, und Keiner fand sich ein, der mich wegen meiner ehemaligen Wundercuren zur Rechenschaft gezogen hätte. Zwar hatte ich auch dafür gesorgt, und wenn sich jemand meinen Händen anvertrauete; so richtete ich es in der That immer so ein, daß er

* Erster Theil Seite 112.

von dem Effect der Arzeney, welche ich ihm gab, erst in jener Welt etwas erzählen konnte. Doch versäumte ich nicht, mich nach meiner lieben Witwe Noldmann zu erkundigen. Sie war gleich nach meiner Entweichung krank, und da sie meiner Hülfe beraubt war, von einem andren Freunde ihres seligen Mannes methodisch ins Grab curirt worden. Die Manuscripte, welche noch in ihrem Hause gelegen hatten, waren nun in fremde Hände gerathen, und mir gelang es, einen Theil davon, durch einen sonderbaren Zufall in die meinigen zu bekommen. Würklich besitze ich diesen alchymisch-magischen Schatz noch, und werde vielleicht einmal einen Theil desselben zu Erbauung des Publicums herausgeben.

In Pyrmont brachten wir eine Curzeit zu. Eine Menge Fürsten, Grafen, Gesandte und andre Männer, mit und ohne Ordensbänder kreutzten da durch einander. Ein Holländer, der zum erstenmal in seinem Leben aus seinem Vaterlande kam, sahe, daß so viel Menschen da herum giengen, welche Sterne auf der Brust und farbige Bänder um den Hals trugen. Er fand diese Mode hübsch, und meinte, ihm würde so etwas auch nicht übel stehn. Er ließ sich daher einen großen bunten Stern sticken, in welchem sein Wapen und eine lateinische Devise stand, die ihm ein muthwilliger Mensch, den er um Rath gefragt, comisch genug gewählt hatte. Dazu kaufte er sich ein breites Band, und hieng daran eine Schaumünze, die er besaß, und welche auf einen Erbstatthalter geschlagen war. Sie können Sich vorstellen, welch' ein Lerm unter den müßigen Brunnengästen entstand, als er in diesem Aufzuge die Allee besuchte; Doch hatte man alle Mühe, dem guten Manne verständlich zu machen, daß nur Fürsten das Recht hatten, solche Bänder auszutheilen, daß sich dergleichen gar nicht kaufen liesse, sondern nur den verdienstvollsten, weisesten Leuten gegeben würde.

In .... erlebte ich eine sonderbare Begebenheit. Eine geheime Gesellschaft von Leuten, die sich mit Geisterbannen abgaben, versammelte sich in einem Hause, neben unsrer Wohnung an. Sie hatten das Haus gemiethet, und trieben ihre Thorheiten in dem Keller desselben. Da sie die Geister mit Worten hervorzurufen hofften (Ein abentheuerlicher Gedanke!) hatten sie gewisse Formeln, welche sie laut riefen, und dabey gab es allerley fürchterliche Anstalten, Klopfen u. d. gl., so daß man von Aussen den Tumult der Leute, welche Alle vermummt in das Haus zu gehn pflegten, aus dem Keller hervorschallen hören konnte. Ein reiches altes Weib, zwischen deren Wohnung und unserm Hotel das Haus lag, fieng an, unruhig über diese Zusammenkünfte zu werden, und glaubte, man wolle bis in ihren Keller durchgraben, um sie zu bestehlen. Eines Abends nun, als die geheime Gesellschaft auch ihr Wesen da unten trieb, zeigte die Nachbarinn den gefährlichen Umstand der Obrigkeit an, und diese schickte einen Policeydiener mit Wache hin. Man bricht das Haus auf, durchsucht die leeren Zimmer, kömmt endlich unten in das Gewölbe; Die versammelten Männer hören in ihrer Begeisterung nichts; Endlich kömmt der Policeydiener bis an den Ort, wo die Schwärmer sämtlich in einem Kreise stehen — Wer hätte nicht denken sollen, daß hier Jeder aus Schaam über seine Thorheit, sich verkrochen haben würde? — Allein nichts weniger! So weit geht die Verblendung der Leute, daß Diese glaubten, der Mann, welcher hereintrat, sey nicht würklich der Policeydiener, sondern der Satan, der seine Gestalt angenommen hätte. Sie fiengen daher die fürchterlichsten Beschwörungen an, die aber der Policeydiener eben sehr materiel beantworten wollte, als einige der Anwesenden sich enthüllten, da er dann sehr vornehme Männer, zur Schande ihres Kopfes, unter diesen Schwärmern erkannte, welche ihm mit einem guten Trinkgelde die Zunge banden, worauf die ganze Sache so ziemlich verschwiegen blieb.

Ich reiste auf diese Art anderthalb Jahre mit meinem Herrn Gesandten umher, und hatte alle Ursache zufrieden von meinem Zustande zu seyn, nur daß ich mich nicht recht mit dem Haushofmeister vertragen konnte. Er war ein unleidlicher Kerl von Innen und Aussen; Ein agréable debauché, der täglich seine zwölf Flaschen Wein soff. Der Kopf steckte ihm so zwischen den Schultern, daß er aussah, wie ein Haase, der im Lager sitzt. Phlegmatisch und unentschlossen im höchsten Grade, übereilte er sich fast immer aus übergroßer Bedächtlichkeit. Dabey war er ein Erzschalk, und betrog unsern Herrn, wo er nur konnte. Ich hatte indessen das Glück, einige seiner Schelmereyen zu entdecken, dem Herrn Gesandten davon einen Wink zu geben, (aus Güte des Herzens hatte Dieser immer Geduld mit ihm) und durch bessere genauere Aussicht jährlich eine ansehnliche Summe zu ersparen. Dabey führte ich seinen Briefwechsel, und war in müßigen Stunden sein Gesellschafter, musste, wenn wir in und ausser Teutschland reisten, mit ihm in derselben Kutsche sitzen, gieng mit ihm spazieren, las ihm vor, und gewann täglich mehr seine Zuneigung.

Wir waren eben an dem Hofe des Fürsten von ... als ein kleiner unbedeutender Vorfall (dergleichen mehrentheils in der Welt zu den Haupt- und Staatsactionen Gelegenheit zu geben pflegt) diesen Fürsten aufmerksam auf meine geringe Person machte. Er war ein junger, großer, breitschultrichter Gesalbter des Herrn, eifriger Liebhaber von aller Art Wohlleben und Gemächlichkeit, übrigens aber gewiß nicht daran Schuld, wenn es in Europa bunt hergieng. Er drückte seine Unterthanen nicht besonders, aber Andre thaten es in seinem Namen; und da das fast auf eins hinausläuft; war würklich das Land in schlechten Umständen. Doch sorgten die Herrn Geheimenräthe dafür, daß der Fürst diesen Mangel bey Tisch und Bette nicht gewahr wurde, und so blieb alles auf dem alten Fuße; Nur daß die treuen Rathgeber von Jahr zu Jahr reicher, und die Unterthanen ärmer wurden. Bey aller Vorsicht nun, welche die Geheimenräthe anwendeten, diese Lage der Sache vor ihrem Sultan zu verbergen; konnte es doch nicht fehlen, daß hie und da, durch unvorsichtig überreichte, nicht früh genug aufgefangne Supliken, der Fürst nicht wäre von mancher Klage über Unterdrückung und Armuth belästigt worden. Nun war er nicht eigentlich böse, sondern vielmehr was man im gemeinen Leben einen guten Mann nennt, das heisst: ein Mann, der kein Schuhwachs speist, nichts Böses thut, wenn er Lust hat zu schlafen, an keiner Unthat Gefallen findet, die seine Ruhe stöhrt, aber auch nichts Gutes unternimt, wozu Anstrengung gehört. Wenn daher solche Klagen häufig eingereicht wurden, und die Leute jammerten und flehten; war der Fürst immer in der größten Verlegenheit. »Aber mein Gott!« sagte er dann: »Was heisst denn das? Die Leute sind doch niemals ruhig. Herr Geheimerrath! sorgen Sie doch, daß dieser Mann befriedigt werde! Er behelligt mich immer, und ich weiß nicht, wie die Sache zusammenhängt.« »Gnädiger Herr!« hieß es dann: »der Kerl ist ein unruhiger Kopf; Er glaubt, man hätte sonst nichts zu thun, als immer an ihn zu denken« u. s. f. Hiermit ließ sich zwar der durchlauchtige Landesvater abspeisen, aber wenn es zu oft kam; pflegte er doch wohl mit dem Kopfe zu schütteln, und zuweilen meinem Herrn Gesandten zu sagen: »Ich weiß nicht, wie es mit meinen Finanzen ist; Der Präsident ist ein ehrlicher Mann, wie ich glaube, aber er muß wohl das Ding nicht recht verstehn; denn ich mache nicht mehr Aufwand, wie mein hochseliger Herr Vater, und doch fehlt es immer in allen Ecken. Im Preussischen (ja! das muß man ihnen lassen) verstehn sie besser damit umzugehn. Ich wollte, ich könnte gelegentlich einmal so einen Mann, einen Rath, oder so etwas, aus dem Preussischen bekommen, der mir das Ding in Ordnung brächte.« Der Gesandte antwortete selten etwas darauf, bis endlich ein kleiner Vorfall, wie ich vorher gesagt habe, Gelegenheit gab, daß der Fürst ein aufmerksames Auge auf mich warf.

Es hätte nämlich der gnädige Herr eine Maitresse, die ehemals Tänzerinn gewesen war, bey welcher er die Nachmittagsstunden hinzubringen pflegte. Sie war ein gutherziges, lustiges Geschöpf, mischte sich in keine Staatshändel, und sorgte nur für ihren Geldbeutel. Deswegen war sie von allen Partheyen als unschädlich in Ruhe gelassen worden, bis endlich der erste Minister, ein gewisser Herr von Mehlfeld, mit ihr wegen einer Kutsche in Streit gerieth, welche Beyde taufen wollten, bey welcher Gelegenheit aber der Minister nachgeben musste. Verschiedne grobe Ausdrücke über die Maitresse, die sich Derselbe darauf gegen die Domestiken erlaubt, und welche sie wiedererfahren hatte, verstimmten Beyde sehr gegeneinander, und man fieng an, von beyden Theilen Minen zu legen. Gewiß würde die Dame, welche im Grunde wenig Weiberlist besaß, und nur bis itzt eine Existenz aus Zulassung gehabt hatte, den Kürzesten gezogen haben, wenn nicht ein dritter Mann dazwischen gekommen wäre, und dieser dritte Mann war ich.

Ich besaß zu der Zeit einen kleinen bologneser Hund, der in der That in seiner häßlichen Gattung ein schönes Thier war. Wenn ich spazieren gieng; pflegte ich ihn mitzunehmen, und da geschahe es, daß, wenn ich vor dem Hause der Madam Novanelle vorbeykam, und diese grade am Fenster stand, sie ihr Kammermädchen herbeyrief, und mit den fröhlichsten Zeichen der Bewundrung dem kleinen Thierchen nachsah.

Einst, als ich im herrschaftlichen Garten mit meinem Hündchen wandelte, begegnete mir die Maitresse. Sie blieb stehn, redete mich an, lockte meinen Lindor zu sich, wurde von ihm geliebkost, und ich merkte wohl, daß ich nicht übel thun würde, wenn ich ihr ein Geschenk mit diesem Thiere machte. Nun bin ich von jeher sehr galant gegen das schöne Geschlecht gewesen, folglich war ich auch hier nicht saumselig: »Madam!« sagte ich: »wenn Ihnen dies Hündchen gefällt; so darf ich diese Gelegenheit nicht vorbeilassen, für sein und seines Herrn Glück zu sorgen. Wollen Sie meinen Lindor in ihre Dienste nehmen; so ist einer von uns versorgt, und vielleicht giebt Ihnen das Gelegenheit, auch einmal an den Andern zu denken.« Sie nahm mein Geschenk mit sichtbarer Freude an; allein daran dachte ich nicht, daß dasjenige, was ich hier von meiner Versorgung gesagt hatte, etwas mehr wie ein leeres Compliment seyn sollte; Madam Fortuna hatte es aber anders beschlossen.

Wenig Tage nachher empfahl mir der Herr Gesandte, aus Ursachen, die mein künftiges Glück beträfen, fleißig Bücher über Cameralwissenschaften zu lesen. Er schlug mir die unschädlichsten vor, und ich folgte seinem Befehle, ohne die Ursache zu ergründen.

So vergiengen etwa vier Wochen, binnen welcher Zeit ich so viel Zeug im ökonomischen und politischen Fache gelesen hatte, daß ich mit der Ausführung desselben zehn Länder hätte in Verwirrung bringen können, als mein gütiger Herr mir endlich seinen Plan für mich eröfnete. Es hatte nämlich die Maitresse, bey Gelegenheit meines Hundes, dem Fürsten sehr viel Gutes von meiner Person gesagt. Dieser, welcher, wie wir gehört haben, längst gern einen Mann aus dem preussischen Dienste in die seinigen berufen hätte, wurde dadurch aufmerksam gemacht. Er redete mit dem Gesandten von mir, und der gab mir das beste Zeugniß. Sobald mein Gönner merkte, daß Se. Durchlaucht mich in ihre Dienste zu haben wünschte, rieth er mir an, mich auf das Cameralwesen ernstlich zu legen, und zugleich reizte er, auf eine feine Art, immer mehr die Begierde des Prinzen, meine persönliche Bekanntschaft zu machen. Als er aber merkte, daß es jetzt Zeit wäre, wurde ich endlich dem Herrn vorgestellt, redete mit ihm, zwischen Wachen und Träumen, einigemal über Finanzen und Oeconomie, und bekam, da ich an nichts weniger dachte, eines Morgens das Rescript als würklicher Cammerrath zugeschickt.

Die Privatrache der Maitresse hatte dafür gesorgt, daß der Herr Präsident von Mehlfeld bey diesem Schritte weder um Rath gefragt, noch davon unterrichtet worden war, und so bekam er sehr unerwartet einen Mann in sein Collegium eingeschoben, und einen Befehl, demselben den Gehalt auszahlen zu lassen.

Dem Herrn von Mehlfeld musste freylich dieser Umstand empfindlich seyn; Allein er war fein genug, sich zu verstellen. Einen größern Heuchler habe ich nie gesehen. Immer hatte er die christliche Religion im Munde, war aber sehr weit von Ausübung der christlichen Moral entfernt. Als ich mich bey ihm meldete, empfieng er mich mit demüthiger Güte, versicherte: Er habe Gott gestern auf den Knien gedankt, daß er ihm einen so würdigen und frommen Mann, wie ich zu seyn schiene, zu Erleichterung seiner schweren Last, zugeschickt habe, empfehle sich meiner Gewogenheit und meiner

Fürbitte, und bäte mich, mit seinen Fehlern, die jeder Christ zu bekennen sich nicht schämen dürfe, brüderlich Geduld zu haben.

Als ich dies meinem Herrn Gesandten erzählte, warnete er mich vor diesem Schalk, und hätte ich seinem Rathe gefolgt, da er die Höfe aus Erfahrung kannte; würde ich gewiß nie erlebt haben, was mir nachher begegnete. Aber ich war nicht so glücklich, lange seine Zurechtweisung zu geniessen, denn ehe noch ein halbes Jahr nach meinem Eintritt in diese Dienste verstrichen war, wurde er aus Teutschland abgerufen, und bekam einen wichtigern Gesandtschaftsposten.

Dreyzehntes Capitel.

Signor Clozetti macht herrliche Fortschritte im bürgerlichen Leben, wird mit einem Adelsbriefe versehn, und dirigirt die Finanzen.

Ich war nunmehr mir selbst überlassen, erinnerte mich zwar oft der Lehren, welche mir mein Wohlthäter gegeben hatte, kam aber in so manche verwickelte unvorhergesehene Lagen, daß ich mir mehrentheils mit meiner eignen Vernunft helfen musste, so gut ich konnte. Wozu nützt aber aller Mutterwitz, auf dem stürmischen Ocean der großen Welt, wenn nicht der sichre Compaß der Erfahrung unsre Fahrt leitet?

Die Leser erinnern sich, daß ich Ihnen gesagt habe, die Finanzen des Fürsten seyen in schlechten Umständen gewesen. Es ließ sich voraussehn, daß früh oder spät der Herr Präsident von Mehlfeld desfalls, wenn nicht Verantwortung, doch Verdruß haben würde. Was konnte ihm also willkommner seyn, als grade in dieser Crisis einen Deus ex machina erscheinen zu sehn, der ihm aus dieser Verlegenheit hülfe. Es kam nur darauf an, mich, der ich vom Finanzwesen nichts verstand, als was ich aus des Herrn von Justi und andern Schriften gelernt hatte, so in dies Fach zu verwickeln, daß ich freye Hand bekäme, neue Plane zu machen. Wenn diese dann nicht glückten, wie es gewöhnlich mit den Planen zu geschehn pflegt, die man, ohne Kenntniß des Landes, aus Büchern schöpft: fiel hernach die ganze Schuld von Unordnung der Geschäfte und Armuth des Landes auf den neuen Finanzier, und der alte Minister erschien in neuem Lichte, konnte, rein von aller Schuld, seine Rolle von obenher wieder anfangen.

Diesem Entwurfe gemäß ertrug Mehlfeld mit der größten Geduld den Verdruß, sich ohne sein Wissen einen Cammerrath aufgedrungen zu sehn, und nahm nicht seinen Abschied, wie man gehofft hatte. Da nun der Fürst, welcher nicht das Herz hatte, einen Mann ernstlich anzugreifen, sobald er den Schritt that, mich in seine Dienste zu nehmen, dem Präsidenten doppelt höflich begegnete; fieng der schlaue Fuchs an, bey jeder Gelegenheit die Kenntnisse des neuen Cammerraths bis in den Himmel zu erheben. Dabey affectirte er, kränklich zu werden, und ließ die kitzlichsten Geschäfte, wobey am mehrsten Verantwortung zu tragen war, liegen, damit zuweilen Klage entstünde, wovon dann immer die Folge war, daß man ihm mit aller Schonung den Vorschlag that, seinem neuen Gehülfen diese Dinge, zu Erleichterung seiner Arbeit, zu übergeben. Auf diese Art hatte er bald alle Gefahr auf mich geladen, da ich theils zu thätig, um irgend eine Arbeit von mir zu weisen, theils zu wenig mit dem Gange der Geschäfte bekannt war, um, ehe ich dergleichen übernahm, mir vorher vollkommnes Licht über die Lage der Sache zu verschaffen und mich ausser Verantwortung zu setzen.

Indessen hatte ich mehr Glück wie Verstand, und manches gerieth mir besser, wie mein Feind erwarten konnte. Ich brachte an einem Salzwerke eine Maschiene an, welche ich nur im Aufriß gesehn hatte, die aber herrliche Würkung that und dem Fürsten eine ansehnliche Ersparung verschaffte.

Nun schien es aber dem Herrn von Mehlfeld Zeit zu seyn, seinen Kopf gänzlich aus der Schlinge zu ziehn, und zugleich den Neid der übrigen Dienerschaft seinem Gegner auf den Hals zu laden. Zu diesem Endzwecke mussten Kammerdiener und andre Menschen von der Art dem Fürsten den Anschlag an die Hand geben, den Herrn Cammerrath Clozetti zum Cammerdirector zu machen, den Präsidenten von Mehlfeld aber, mit Beybehaltung seines Gehalts, in Ruhe zu setzen. Dies geschahe dann, als ich kaum sieben viertel Jahre bey der Cammer gedient hatte, und alle alte Räthe schüttelten die Köpfe darüber.

Allein noch etwas fehlte zu dem Plane, etwas, das zugleich Adel und Bürgerschaft gegen mich aufbringen sollte, und dies Etwas war ein Adelsbrief. Der Fürst war so sehr von meinen Verdiensten eingenommen, daß es keine Mühe kostete, ihn zu bewegen, mir ein solches Ding zu kaufen, und ich war Narr genug, der Eitelkeit nicht wiederstehn zu können, es anzunehmen.

Es wurde daher von dem Kaiser ein Adelsbrief für mich verschrieben. Ich stellte mich, als wüsste ich nichts davon, und da erschien dann auf einmal ein großes Buch, in Sammt eingebunden, an welchem ein kaiserliches Siegel von Metall hieng. In diesem Documente war der Herr Cammerdirector Clozetti, sowohl wegen seiner persönlichen Vorzüge, als wegen der treuen Dienste, die seine Vorfahren im Kriege dem teutschen Reiche geleistet hätten, in den Reichs-Adelstand erhoben, und ihm der Name Claus von Clausbach gegeben, dabey demselben ein Petschaft ertheilt, bestehend in einem von oben hinunter getheilten, halb weissen halb rothen Schilde, und sowohl in diesem Schilde als oben auf dem Helm ein schwarzer Bäre mit einem Schwerdte in der Hand zu sehn.

Was die Tapferkeit meiner Vorfahren betraf; so wusste ich mich eigentlich auf nichts weiter zu besinnen (denn mein Vater war, wie bekannt, Schuster gewesen) als daß mein Oheim väterlicher Seits in der Bataille bey Roßbach als Corporal bey der Reichsarmee gedient hatte, nach derselben aber vermisst worden war.

Ich darf meine Schwachheit, wertheste Herrn und Damen! als ein ehrlicher Geschichtschreiber, nicht verbergen, sondern gestehe frey, daß mein Adelsbrief mir unerhört viel Freude machte, daß ich mein Petschaft vier bis fünfmal auf verschiedne Art stechen ließ, und daß ich herzlich schmunzelte, als ich den ersten Brief unter meiner hochadlichen Aufschrift bekam. Ich bedankte mich ehrerbiethigst bey dem Fürsten für seine Gnade, ließ meinen Adelsbrief den

Collegien in Abschrift einreichen, empfieng die Glückwünsche von der ganzen Stadt, und werde, was dem Cammerdirector Claus von Clausbach ferner wiederfahren ist, wenn Sie es erlauben, im dritten Theile erzählen.

Ende des zweyten Theils.

Geschichte
Peter Clausens
von
Adolph, Freyherrn Knigge

Dritter Theil

Vorrede
zu der ersten Auflage.

Der allgemeine Beyfall, mit welchem das Publicum die ersten beyden Theile dieses Romans aufgenommen — Doch nein! liebe Leser! Ich kann unmöglich mit einer so unverschämten Lüge zuerst wieder vor Ihre Augen treten — Also offenherzig geredet! Von einem so allgemeinen Beyfall ist mir nichts zu Ohren gekommen, obgleich mir das ungemein angenehm seyn würde;

Was mich aber bewogen hat, diesen dritten Theil herauszugeben? Ey nun! was andre ehrliche Schriftsteller und Schriftstellerinnen bewegt, Bücher zu schreiben. Die ersten beyden Theile waren einmal da, und jedes Ding muß doch einen Anfang und ein Ende haben. Der Herbst ist vor der Thür; Die Kinder wollen gekleidet seyn; Die Frau spricht von einem neuen Pelzmantel; Man will sich auch sein Holzvorräthchen auf den Winter machen; Stehlen darf man nicht; Zu betteln, oder etwas auf Pränumeration herauszugeben, und dabey seine Freunde und Gönner zu misbrauchen, schämt man sich — Und doch braucht man Geld — Also sucht man einen Verleger, und wenn Dieser gut bezahlt, und die Finger nicht lahm sind; so schreibt man ein Bändchen voll, und streicht dafür ein billiges Honorarium ein — Kauft und lese dann, wer lesen kann und will!

Indessen mögen Sie immer froh seyn, meine Herrn und Damen! daß Sie so gut davon kommen. Die Zeit Ihrer Prüfung ist nun zu Ende, und dies ist würklich der letzte Theil, wie der Titel besagt. Herr Peter Claus hatte es, laut der 91sten Seite im ersten Theile viel ärger mit Ihnen im Sinne; Allein ich habe das Ding abgekürzt; Man muß leben und leben lassen.

Uebrigens, und ganz im Ernst gesprochen, danke ich Ihnen dann doch herzlich, daß Sie diesen kleinen Roman nicht verschmäht haben. Allen schriftstellerischen Dünkel bey Seite gesetzt; darf ich aus dem geschwinden Absatze der ersten beyden Theile schliessen, daß Sie noch immer einiges Vergnügen an meinen Arbeiten finden. Seyen Sie versichert, daß ich diese gütige Stimmung des Publicums nie misbrauchen werde.

Endlich bitte ich Sie noch, wenn Einigen von Ihnen dieser Theil weniger wie einer der vorigen gefallen sollte, nicht zu vergessen, daß wenn man für allerley Leser schreiben will, man jeder Classe von Menschen etwas darbiethen muß, das sie interessirt. Verschiedne Leute haben mit Widerwillen die Scenen aus den niedrigen Ständen, welche im ersten Theile vorkommen, betrachtet, den darinn herrschenden lustigen Ton, der Manche ergötzt hat, nicht gebilligt, und dagegen dem zweyten Theile den Vorzug gegeben, der Einigen langweilig schien. Andre, denen die philosophisch-politischen Träume des Herrn Brick wohlschmeckende Nahrung gewesen sind, werden vielleicht bey den Schilderungen der Hofcabalen, die sie in diesem dritten Theile finden, wenig Vergnügen haben, da indeß noch Andern, die sich in ähnlichen Lagen befunden, solche Bilder unterhaltend vorkommen werden. Nehmen Sie also gütigst Rücksicht auf die Verschiedenheit des Geschmacks, und verachten, wenn Sie die rembrandschen Gemälde lieben, nicht deswegen eine Gallerie, weil Sie darinn auch holländische Landschaften antreffen.

Nachricht an das Publicum.

Zu Bezeugung meiner Dankbarkeit für die Ehre, welche man mir erwiesen hat, einige meiner Schriften nachzudrucken, bin ich entschlossen, ein Werk auf Pränumeration herauszugeben, das den Titel führen soll: »*Diebeschronic, oder Sammlung von Lebensbeschreibungen und Bildnissen der berühmtesten teutschen Nachdrucker.*« Der Text der Biographien soll auf schönes graues Löschpapier, ungefehr nach dem Muster desjenigen, aus welchem kürzlich ein Nachdruck vom ersten Theile der Geschichte Peter Clausens in Leipzig erschienen ist, gedruckt werden, und die Kupferstiche werden ebenfalls nach denen vorbesagtem Nachdrucke befindlichen eingerichtet, folglich dem Titelkupfer vor dem hinkenden Bothen und dem Bildnisse des Präsidenten Lars in Claudius Werken nichts nachgeben. Wenn es der Raum erlaubt; werde ich auch noch die Lebensbeschreibungen einiger andern Spitzbuben, deren Fach nicht eigentlich das Nachdrucken, sondern Straßenrauben, Einbrechen und dergleichen war, hinzufügen.

Sobald ich einen Verleger zu diesem kostbaren Werke werde gefunden haben, kann Derselbe das Publicum mit den Bedingungen der Pränumeration näher bekannt machen.

Inhalt des dritten Theils.

Erstes Kapitel.

Etwas von Heyrathsangelegenheiten.

Es ist nicht gut, daß der Mensch allein sey,« dachte ich, und da das Schicksal würklich schon mir eine Gehülfinn zugeführt hatte, ich mich auch nunmehr in den Umständen befand, Diese mit Anstand ernähren zu können; so war mein erster Vorsatz, sobald mir der Gedanke an ein eheliches Leben durch den Kopf lief, an meinen alten Freund, den Hauptmann von Dobelmayer zu schreiben, und ihn zu bitten, die Sache mit dem Meinhardtschen Hause in Ordnung zu bringen.

Um offenherzig zu seyn, gestehe ich, daß meine jetzige glänzende Lage mir eine solche Sicherheit und Selbstgenügsamkeit einflößte, daß es mir gar nicht anders einfiel, als daß die Eltern meiner angetraueten Frau sich eine Ehre daraus machen würden, ihre Tochter an einen so angesehenen und vornehmen Cavalier verheyrathet zu sehn — So sehr hatten sich die Umstände verändert — Ja! es kamen Augenblicke, wo ich wankte, ob ich nicht besser thäte, mit einer altadelichen Familie in Bündniß zu treten, und Jene im Stiche zu lassen. War es aber aus Gefühl von Pflicht, oder aus Furcht, ich könne heut oder morgen böse Händel wegen der würklich in Hamburg vollzognen priesterlichen Einsegnung bekommen, oder floß noch zu viel bürgerliches Blut in meinen Adern, das mit dem Blute, worauf der Geist von sechzehn Ahnen schwamm, nicht sympathisiren konnte? — Ich weiß es nicht, aber das ist gewiß, daß mir alle Fräulein in der Stadt misfielen.

Wenn ich so des Morgens um zehn Uhr in das Cammercollegium fuhr, und dann die blassen Gesichter, eben erst mit Mühe aus den Betten hervorgekrochen, am ofnen Fenster standen, des lieben Müssiggangs zu pflegen und die vergiftete Stadtluft einzuathmen, bis die Stunde herankäme, wo der Friseur die dünnen Haare über Kissen ziehn sollte, die mit allerley heterogenen Producten ausgestopft wären; Wenn ich mir vorstellte, wie er, was auf fremdem Boden gewachsen war, hier wurzellos einpflanzte, um ein ungeheures gothisches Gebäude aufzuführen, welches auf den Abend am Hofe prangen sollte; wie dann die Schönen die rothen Wangen aus ihren Büchsen hervorholten, oder wohl gar die Zähne mit Drat befestigten, die an die Stelle derer kämen, welche ihnen gewürzte Speisen und warme Getränke weggenagt hatten; oder wie sie die großen Füße schmerzenvoll in kleine Schuhe zwängten; wie sie vielleicht mit allerley Polstern die Fehler ins Gleiche brächten, welche sie einer verwahrloseten, höchst unnatürlichen Wartung zu verdanken hatten, damit nach und nach gegen Mittag eine Art von menschenähnlicher Puppenfigur zum Vorschein käme, die dem reichen fremden Reisenden, den der Herr Vater zu einer noch nicht bezahlten Mahlzeit eingeladen hatte, das Herz fesseln sollte; Wenn ich des Abends auf dem Schlosse im Vorzimmer den Circul dieser armen Dingerchen, in Kleidern, welche auf Credit ausgenommen waren, um Geld spielen sah, das man eine Stunde vorher auf eine versetzte goldne Dose geliehn hatte; Wenn ich ihren unwichtigen, seelenlosen Gesprächen über Putz, unbedeutende Bücher und ärgerliche Annecdoten zuhörte; Wenn ich sah, wie so alles was Gepräge, Natur und edle Einfalt hinreissend Bezauberndes hat, aus ihren Seelen vertilgt war; wie die unglücklichen Geschöpfe nicht fühlten, welche traurige, genußleere Zukunft, welches elende Alter, welche reuevolle letzte Stunde sie sich zubereiteten; so konnte ich mir unmöglich einbilden, daß ein ehrlicher, grader Mann mit einem solchen weiblichen Wesen ein glückliches häusliches Leben führen könnte.

Dann kam ich zuweilen auf den Gedanken, um ein gutes, wackres Landfräulein anzuhalten. Ich hätte hoffen dürfen, daß mein Rang und mein Ansehn schon einen armen Edelmann mit verschuldeten Gütern bewogen haben würden, über meinen Mangel an geerbten Verdiensten hinwegzusehn; Allein wenn mir wieder der Dünkel in den Kopf kam, ich müsse eine Frau haben, welche die Ehre meines Hauses machen, meine Gäste unterhalten, und uns eine gewisse Würde geben könnte, die meiner Lage angemessen und fähig wäre, die Fremden zu bewegen, auswärts zu erzählen, des Herrn Cammerdirectors Claus von Clausbach Haus sey eines der glänzendsten in ... — Mein Gott! dann fürchtete ich wieder, ein Provinzialfräulein mögte mir Schande machen, sie mögte etwa einmal, wenn sie sich um die Küche bekümmerte, nach Rauch riechen, oder eine schiefe Verbeugung machen, oder nicht Französisch reden können, oder, wenn sie ihren Gästen ein Spiel anbiethen sollte, vielleicht das Blindekuhspiel vorschlagen, oder im Gespräche, wenn von dem procès des trois rois* Erwähnung geschähe, glauben, es sey von den heiligen drey Königen die Rede, und mich auf diese Art oft in Verlegenheit setzen. Ich gab also auch diesen Plan auf.

Endlich schien mir also der erste Gedanke, meine rigaische Schöne aufzusuchen, der Vernunft und Rechtschaffenheit am gemäßesten. Zwar kannte ich auch Diese nicht weiter, als von dem kurzen Augenblicke her, da ich sie in Kindesnöthen gesehn hatte. Allein nicht zu erwähnen, daß es würklich eine Schickung des Himmels schien, die mich mit ihr verbunden hatte; so liessen auch die Gespräche des Hauptmanns über die Vermögensumstände, die Lebensart der Meinhardtschen Familie, und über den sanften Character der Tochter mich muthmaßen, daß sie eine so gute Erziehung genossen, und sich so gebildet haben würde, daß sie

* Eine kleine pasquillartige Schrift, die mehr Aufsehn gemacht hat, wie sie verdiente.

vollkommen der Ehre würdig wäre, zur gnädigen Frau Cammerdirectorinn Claus von Clausbach erhoben zu werden.

Ich schrieb also so ziemlich im Cavalierstone einen Brief an meinen ehrlichen Dobelmayer, von dem ich wusste, daß er in Riga war, erzählte ihm, »wie das Glück mich auf eine so wunderbare Weise auf den Leuchter gestellt hätte, und daß ich nun im Stande wäre, eine Frau glücklich zu machen; daß ich dabey weniger auf Geburt wie auf gute Eigenschaften des Herzens Rücksicht zu nehmen entschlossen sey; daß ich zwar Gelegenheit genug hätte, unter den Fräulein aus den ersten Häusern zu wählen; daß ich aber dennoch den Winken des Schicksals folgen wolle, welches mir einst durch seine Vermittlung eine Ehehälfte zugeführt hätte. Er mögte also nun der Familie die ganze Lage der Sache entdecken, und veranlassen, daß einer von den Verwandten meiner künftigen Frau, welche ich hier als die Witwe des jungen Haftendonk ankündigen würde, herbegleitete, da wir uns dann noch einmal einsegnen lassen wollten« — Und was des adelichen, vornehmen Unsinns mehr war —

Indeß ich mir nun im Geiste vorstellte, wie das Meinhardtsche Haus mit beyden Händen diesen vortheilhaften Antrag ergreifen würde, fieng ich an, ohne in der Stadt etwas von meinen Absichten kund werden zu lassen, mich zu einer vollständigen Haushaltung einzurichten. Es wurde allerley neumodiger Hausrath gekauft, für zwey schöne seidne Betten gesorgt, ein Kammermädchen mit einer großen Haube im Vorrath gemiethet, und ein Bedienter angenommen, der Damen frisiren konnte. Die Domestiken und der Kutscher bekamen Haarbeutel und neue Livreen, nach meinem Wapen eingerichtet, und mit Schnüren besetzt, auf welchen mehr als funfzigmal der Bär aus meinem Petschafte mit dem Schwerdte zu sehn war.

Riga ist weit, und während die Posten hin und herreiten, habe ich Zeit genug, meinen Lesern zu erzählen, was für Würkung diese Vorkehrungen auf das Publicum machten, und wie es mit meiner politischen Lage aussah.

Die geneigten Leser werden sich erinnern, oder wenn sie sichs nicht erinnern; so können sie es unmaßgeblich im zweyten Theile, Seite 286 nachschlagen, daß ich ziemlich glücklich in meinen Planen zu Verbesserung der fürstlichen Finanzen war. Jetzt will ich ihnen auch sagen, wie das zugieng. Der Fürst hatte die Gewohnheit, die manche Fürsten haben sollen, gern mehr auszugeben, wie er einzunehmen hatte. Der Aufwand am Hofe war groß, und die Cammer sollte immer Geld schaffen. Von Einschränkung der Pracht durfte nicht geredet werden, und da unter des Herrn Präsidenten von Mehlfeld Regierung Bestechung und Betrug auch ihr Theil ziehen, Jeder sich bestmöglichst bereichern und, so lange Jener mit der Maitresse gut stand, auch Diese auf den allgemeinen Schatz loswirthschaften durfte; war in der That das Land von allen Seiten gewaltsam ausgesogen worden. Sobald ich nun an das Ruder kam; war ich ernstlich darauf bedacht, den Betrügereyen der Räthe und Beamten zu steuern, wodurch wohl viel gewonnen wurde, ich aber auch eine mächtige Parthey gegen mich bekam, die, wenn sie jetzt nicht offenbar auftreten konnte, doch auf eine schickliche Gelegenheit lauerte, mir den Stuhl zu rücken.

Um aber die Schulden des Fürsten zu tilgen, und auf einmal eine große Summe Geldes in die Casse zu liefern, erfand ich das Mittel, die Aemter, welche bis itzt sehr ungewissenhaft administrirt worden waren, zu verpachten. Die Pächter mussten Bürgschaft an baarem Gelde leisten, und wenn auf diese Art zwar eigentlich die Schulden des Herrn nicht getilgt wurden, weil doch früh oder spät die Cautionssummen wieder herausgegeben werden mussten; so leuchtete es doch dem Fürsten, der so weit nicht dachte, sehr in die Augen, auf einmal so große Capitalien in die Hände zu bekommen. Mein Credit bey ihm wuchs dadurch sehr, und man konnte nicht begreifen, wie der alte Mehlfeld nicht einmal so viel Geschick gehabt hatte, dergleichen Hülfsquellen zu finden.

Sobald die Maitresse Wittrung von der Silberflotte hatte, welche aus den Aemtern in die Residenz ankam, machte sie Plan darauf, ihren Antheil davon zu ziehn, und es fiel ihr gar nicht ein, daran zu zweifeln, ob ich, der ihr oder vielmehr ihrem Bologneser Hunde sein ganzes Glück zu verdanken hatte, zu diesem Unternehmen die Hände biethen würde. Allein diesmal irrte die gute Person, und der Eifer für meine Pflicht und für den Dienst meines Herrn erlaubte mir nicht, aus Dankbarkeit eine Schelmerey zu begehn. Ich lehnte daher ehrerbiethig alle Anträge von der Art ab, Madame Novanelle (so hieß sie) bekam vor wie nach ihre Pension, und nichts weiter. Dieser Umstand aber zog einen bitterkalten Nebel zwischen uns, den das aufmerksame Hofgesindel nur zu bald merkte, und der unfehlbar meinen Sturz würde nach sich gezogen haben, wenn nicht ein andrer unvermuthete Vorfall dazwischen gekommen wäre, der mich diesmal noch über Wasser hielt; Hier ist die Erzählung davon:

Wenn ein unverheyratheter Mann an irgend einem Hofe sein Glück macht und zu hohen Ehren kömmt; pflegen die alten Damen, welche erwachsene Töchter haben, nebst diesen lieben Kindern, so lange ziemlich gut auf ihn zu sprechen zu seyn, bis er sich unglücklicherweise bestimmt, entschieden erklärt, oder durch actus concludentes gezeigt hat, daß er nicht gewillt sey, eine von ihnen zu seiner Ehefrau zu nehmen — Dann sey der Himmel ihm und seiner künftigen Gattinn gnädig! — Diese Erfahrung machte auch ich. Kaum hatte ich meinen Adelsbrief in der Tasche, als ich, wider mein Vermuthen, in allen Häusern der Noblesse (Nota bene, wo große Töchter waren) vorgezogen, und mit Liebe und Güte aufgenommen wurde. Man scherzte dann zuweilen über die Hagestolzen, man neckte mich, warf mir vor, ich sey in das Fräulein B. oder in das Fräulein C. oder in das Fräulein D. verliebt, und wenn ich mich dessen wehrte; hieß es: »Nun! was wäre es dann mehr? Sie sind ein junger Mann, und wer würde Ihnen nicht gern seine Tochter geben?« und was dergleichen mehr war, wobey ich gewöhnlich verzweifelt albern aussah. Die etwas coketten Dämchen schossen auch wohl schmachtende, in Empfindsamkeit und Mondschein getauchte Pfeile aus ihren holden Aeugelein auf mich ab, aber sie streiften kaum meine Haut, und ich schüttelte sie von mir, aus Rücksichten, die ich oben entwickelt habe. Man kundschaftete meine Geburtstäge und Namenstäge aus, und da ich nur einen Vornamen, *Peter* hatte, musste sogar Petri Kettenfeyer mit herhalten, da ich dann eine reiche Erndte von Stockbändern und Geldbeuteln, auch wohl ein Verslein dazu bekam, in welchem gar artig auf die Ketten, welche Petrus getragen hatte, im Gegensatze mit denen, welche man mir wünschte, angespielt wurde — Die lieben Kinderchen! Der Cammerdirector Claus von Clausbach wollte von dem allen nichts merken; Diese Angriffe verdoppelten sich indessen, sobald man erfuhr, daß ich Mine machte, meinen Haushalt zu erweitern, ohne daß man etwas von meiner Braut wusste.

So unentschieden blieben die Sachen, als von einer andern Seite das Ding noch viel feiner angelegt wurde. Der Präsident nämlich, der nie verheyrathet gewesen war, hatte eine Nichte, gleiches Namens mit ihm, und etwa zwey und zwanzig Jahre alt, ein bischen verbuhlt, aber hübsch, artig, angenehm, und mit einem Paar funkelnden schwarzen Augen versehn, ach! mit einem Paar Augen, die so kerzenhell brannten, daß die Fliegen und Mücken darnach wie in ein Licht flogen, und die Stutzer wie Fledermäuse daran herumschwärmten.

Sobald der Herr Präsident sah: primo, daß meine Cameraloperationen mich immer fester in die Gunst des Fürsten setzten; secundo, daß ich nicht Mine machte, eines von den Stadtfräulein zu ehlichen; tertio, daß ich dennoch nicht abgeneigt seyn mögte, zu heyrathen, und quarto, daß ich itzt mit der Maitresse, gegen welche sein Haß unauslöschlich blieb, über den Fuß gespannt war; veränderte er seinen Plan, und beschloß mit mir in eine Of- und Defensivallianz zu treten. Der Vereinigungspunct aber sollte das Fräulein von Mehlfeld seyn. Die Präliminairartikel fiengen damit an, daß man mich ein paarmal zum Mittagsessen einladete. Hier sagte man mir dann allerley verbindliche Sachen, wünschte dem Fürsten und dem Lande Glück, daß ein so thätiger und geschickter Mann ein Geschäft übernommen hatte, welches des Herrn Präsidenten Kräfte bey seinem hohen Alter nicht mehr zu ertragen vermögten; »Und wenn Ihnen, mein lieber Freund!« hieß es: »in irgend einer Sache eine Nachricht fehlt, die ich vielleicht noch im Kopfe habe, da ich so lange Zeit mit diesen Geschäften umgegangen bin; so bitte ich Sie, disponiren Sie über mich! Ueberhaupt mögte ich, daß Sie mein Haus wie das Ihrige ansähen, daß wir nur Eine Familie ausmachten. Sie haben hier niemand von den Ihrigen, und an einem fremden Orte weiß man wohl, wie es geht. Man kann es nicht Jedem recht machen, und es thut wohl, wenn man dann wenigstens Ein Haus hat, das es gewiß gut mit uns meint. Auf mich und meine Nichte können Sie sicher rechnen, mehr als Sie vielleicht glauben — Nicht wahr, Caroline? — Nun! du brauchst nicht roth zu werden — Das Mädchen ist jetzt meine einzige treue Gesellschaft. Ehemals habe ich oft bedauert, daß ich unverheyrathet geblieben bin; Aber seit der Zeit, daß sie bey mir ist, denke ich daran nicht. Sie ist ein gar gutes Kind, auch soll sie einst mein bischen Habe und Gut erben. Ich würde, glaube ich, sterben, wenn ich mich ganz von ihr trennen sollte. Um alles in der Welt mögte ich sie nicht auswärts verheyrathet sehn.« u. s. f.

Ich war würklich fein genug, um zu merken, wohin das hinaus wollte, und dies um so mehr, da auf einmal die ganze Parthey des Präsidenten öffentlich zu meinem Lobe redete, ja! Einer oder der Andre von seinen Anhängern mich fragte: »ob man mir Glück wünschen dürfte?« Nun hielt ich es, in dem Verhältnisse darinn ich mit der Maitresse stand, der Klugheit gemäß, mich nicht bestimmt gegen die Sache zu erklären; So blieb es dann, und da der Herr von Mehlfeld noch immer hoffte, seinen Zweck zu erreichen; hatte ich an ihm und seinem Anhange die mächtigste Stütze in der Zeit, da Madame Novanelle ungnädig auf mich war.

Weil ich indessen täglich auf Antwort von Riga wartete, welche alles entscheiden und, sobald das Ding bekannt würde, den Herrn Präsidenten und Consorten gegen mich aufbringen musste; war ich so politisch, unter der Hand an meiner Versöhnung mit der Maitresse zu arbeiten, und dazu fand ich bald eine Gelegenheit, die mit meiner Gewissenhaftigkeit bestehn konnte. Sie wollte nämlich gern ein Gut ausser Landes kaufen; Ich verschaffte ihr eines, um sehr billigen Preis, rieth auch dem Fürsten, ihr ein Geschenk zu machen, um ihr den Kauf zu erleichtern, wodurch dann bald der Friede unter uns geschlossen wurde. Ich habe schon oben gesagt, daß sie kein boshaftes Geschöpf war; da dachte ich nun bey mir: »immer besser Diese, wie eine Schlimmere!« und die Folge überzeugte mich, daß ich Recht gehabt hatte.

Endlich kam die Antwort des Hauptmanns von Dobelmayer an, die mir freylich nicht ganz gefiel, weil sie meiner Eitelkeit eben nicht schmeichelte. Er schrieb nämlich: »Der alte Meinhardt sey sehr betroffen über die Entdeckung gewesen, daß man nicht den jungen Haftendonk, sondern mich seiner Tochter in Hamburg angetrauet hätte. Er sey ein Feind aller Unwahrheit und Verheimlichung. Indessen wäre die Sache nun geschehn, aber er wolle dennoch lieber seine Tochter mit einem unehlichen Kinde bey sich behalten, mögte auch die ganze Welt die Sache wissen, als sie einem Manne hingeben, den sie Alle nicht kennten; Recht und Ansprüche auf sein Kind gestünde er mir gar nicht ein; Er hielte nicht viel auf solche neugebackne Edelleute, die, ohne weitre Ursache, blos aus Titelsucht, sich ein *von* hatten anhängen lassen. Noch weniger hielte er von Cammerdirectorn kleiner teutschen Fürsten, weil Diese gewöhnlich ein sehr unsichres Stück Brod hätten, und heute oder morgen, wenn ihren Duodezdespoten einmal der Kopf schief stünde (vorausgesetzt daß sie einen hätten) wieder fortgejagt würden. Also sähe er es eben nicht für ein Glück an, seine Tochter an einen frisch geadelten fürstlichen Plusmacher zu überlassen. Wenn aber der Herr von Clausbach übrigens ein guter Mann sey; so wäre ihm das Ding schon recht, und liesse sich davon reden. Aber ich müsse kommen, und mich zeigen; Er sey nicht gewillt, seine Tochter aufs Markt zu bringen.«

Offenherzig zu gestehn; so schlug diese Antwort meinen Stolz sehr nieder. Doch flößte sie mir von einer andern Seite wieder Achtung für den braven alten Kaufmann ein, und die Sache war einmal angefangen, folglich nicht gut zurückzugehn. Ich verschwieg gegen jedermann meinen Vorsatz, vertrauete nur dem Fürsten: »man habe mir eine reiche Witwe zur Frau vorgeschlagen« (welches ihm sehr gefiel, in Betracht des fremden, ins Land kommenden Geldes), bat um Urlaub nach Riga, reiste ab, und erfuhr nachher, was ich vorher hätte wissen können, wenn ich Prinzen gekannt hätte, daß, ehe ich die erste Post erreicht hatte, mein Geheimniß aus des Fürsten Munde in die ganze Stadt ausgeflossen war.

Zweytes Capitel.

Herr Claus von Clausbach holt seine Frau Gemahlinn aus Riga ab. Unvermuthete Zusammenkunft auf der Reise.

Vor meiner Abreise schrieb ich an meinen großmüthigen Wohlthäter, den Herrn Gesandten, und unterrichtete ihn von der Lage, darinn ich mich itzt befand. Ich hätte wohl früher schreiben und seinen Rath bey manchen Vorfällen nützen können, wie er mir die Erlaubniß dazu gegeben hatte; Allein der glückliche Erfolg meiner Unternehmungen fieng schon an, mir so viel Zuversicht auf meine eignen Einsichten einzuflößen, daß wenn ich darüber nicht gänzlich vergaß, was ich jenem würdigen Manne zu verdanken hatte, ich doch von Zeit zu Zeit einen Hang verspürte, zu glauben, meine persönlichen Verdienste mögten nicht weniger wie sein Vorwort dazu beygetragen haben, mich auf den Gipfel des Glücks zu erheben. Die Antwort des Gesandten fand ich erst bey meiner Rückkunft, und ich weiß nicht, hatte ihm der Styl meines Briefes nicht gefallen, oder was war sonst die Ursache davon — genug, er schrieb ein wenig kalt, wünschte: mein Glück mögte von Dauer seyn; und warnte mich nochmals, dem alten Mehlfeld nicht zu trauen.

Ich reiste so geschwind wie möglich und wie es vornehmen Leuten zukömmt, rollte durch Städte, Dörfer und Provinzen hindurch, ohne mich weder rechts noch links umzusehn, bis nach Lübeck, wo ich mich zu Schiffe setzen und mit gutem Winde nach Riga fahren wollte. Ehe ich nun Lübeck verließ, trieb mich theils Dankbarkeit, theils die

Eitelkeit, mich in meinem Glanze zu zeigen, zu dem Kaufmanne, der mir einst durch seine Empfehlung zu der Secretairsstelle verholfen hatte.* Doch der gute Mann war indeß gestorben, und hatte durch Unglücksfälle im Handel seine Geschäfte in einiger Verwirrung zurückgelassen. Die Witwe lebte sehr klein, empfieng mich aber recht freundlich, und ich gieng nicht ohne Rührung, noch ohne Anmerkungen über die Veränderlichkeit der menschlichen Schicksale zu machen, von ihr weg. Auch das Haus, wo ich als Signor Clozetti Concerte gegeben hatte, sahe ich noch einmal, und kehrte dann in den Gasthof zurück, um am folgenden Morgen zu Schiffe zu gehn.

Als mich der Wirth auf mein Zimmer begleitet hatte, fragte er mich, ob ich etwas speisen wollte. Ich bestellte eine leichte Mahlzeit, und indeß hierzu die Anstalten gemacht, und die übriggebliebenen Bissen vom Mittagswirthstische zu Ragouts und dergleichen zubereitet wurden, nahm ich ein Buch in die Hand und las.

Es war neben meinem Zimmer ein kleines Kämmerchen, in welchem ich einen Mann auf und abspazieren und von Zeit zu Zeit seufzen hörte, wodurch bey mir Mitleid und Neugier erregt wurden, die mich trieben, mein Ohr näher an die dünne Wand zu legen, die uns schied. So hatte ich eine Zeitlang den Fremden belauscht, als ich seine Thür öffnen hörte, und der Wirth zu ihm hereintrat: »Mein Herr!« sagte Dieser, »die Post ist wiederum gekommen, ohne daß sie Geld für Sie mitgebracht hat. Ich bin des Wartens müde, und lasse mich nicht gern bey der Nase herumziehn. Kurz und gut! binnen heute und morgen früh bezahlen Sie mich, oder ich lasse Sie arretiren.« Der Fremde fieng an, so viel ich hören konnte, zu bitten, der Wirth aber war nicht zu bewegen. Endlich kam Jener, wie es schien, in eine Art von Verzweiflung, und mogte wohl, als der Wirth grob wurde, Diesen bey den Ohren ergreifen, da dann ein höllischer Lerm

* Zweyter Teil Seite 276.

entstand, worüber ich aus meinem Zimmer sprang, und ohne weiters Anmelden da hingieng, wo die Scene vorfiel: »Was giebt es hier, Herr Wirth?« sagte ich; Doch ehe ich weiter fragen oder Antwort erhalten konnte, fiel mir sogleich des Fremden Gesichtsbildung auf — »Mein Gott!« rief ich, »Reyerberg!« — »Und Du Claus?« antwortete Jener — Wir standen Alle sprachlos da — Der Wirth nahm die Mütze unter den Arm und gieng fort, den Vorfall vorerst seiner Frau zu erzählen.

Wer je die Wonne empfunden hat, zu einer Zeit, wo man, auf dem Meere der großen Weltgeschäfte umherfahrend, getrieben durch allerley Winde, als da sind: Ehrgeiz, Eitelkeit, Herrschsucht und dergleichen, mistrauisch gegen jedes Schiff, das neben uns herfährt, voll Sorge, es mögte uns den Wind abgewinnen, oder gar ein Caperschiff seyn — Doch was helfen die poetischen Bilder? Ich sehe ein, daß es mir verzweifelt schwer werden würde, in dieser Construction oder Wortfügung, mit fortgesetzter Metapher (welches man, glaube ich, eine Allegorie nennt) zu sagen, was ich eigentlich sagen wollte; Also will ich anders anfangen.

In der Lage, darinn mich die Vorsehung itzt versetzt hatte, bedurfte ich wohl sehr eines Freundes; Aber wo sollte ich Diesen suchen? Unter den Hofleuten? — Vertraue einer Diebesbande Deine Wechsel an! — Unter meinen Schmeichlern? — Bitte Deinen Schuldner, daß er Dir Geld borge! — Unter Denen, die mich beneideten? — Nimm Deinen Erben zu Deinem Arzte an! — Kurz! der Herr Cammerdirector konnte wohl in der Residenz keinem Menschen sich ganz anvertraun, sich auf niemand ganz verlassen; Auch fällt der Wunsch nach einem treuen Freunde nur selten Dem ein, dessen Handlungen durch das unselige Spiel der Politik bestimmt werden. Aber dennoch muß ich mir die Gerechtigkeit wiederfahren lassen, daß mein Herz noch nicht unempfindlich für das süße Glück der Freundschaft geworden war. Vielleicht würde es in der Folge noch so weit mit mir gekommen seyn; denn ich muß auch eben so offenherzig gestehn, daß ich schon im Taumel meines Glücks nur selten an meinen verlohrnen Freund Ludwig gedacht, und nicht eifrig genug mich bemühet hatte, etwas von seinem Schicksale zu erfahren. Dies vorausgesetzt; denke sich doch jeder gefühlvolle Leser, welche Freude ich genoß, als ich den Gespielen meiner Jugend, den Gefährten so mancher von meinen Abentheuern, mit einem Worte! den edlen, guten Mann, den ich immer so geliebt hatte, hier wiederfand.

Daß ich die Rechnung im Wirthshause für ihn bezahlte, daß wir uns voll freundschaftlicher Neugier den Verfolg unsrer Begebenheiten abfragten, und daß ich nunmehr fest beschloß, ihn nicht wieder von mir zu lassen, sondern ihn mit nach Riga zu nehmen, und dann mit mir an demselben Orte in den Dienst zu bringen, das versteht sich wohl von selber.

Aber Sie mögten vielleicht gern auch etwas von dem erfahren, was unserm armen Ludwig von Reyerberg unterdessen begegnet war. Ich will mich kurz fassen, um Sie nicht mit einer Reyhe von Begebenheiten, die Ihnen unwahrscheinlich vorkommen könnten, aufzuhalten. Also nur so viel: Sie erinnern Sich,* daß der ältere Bruder, David, in … Hofrath und Cammerjunker geworden war. Durch seine schändliche Heucheley und Schmeicheley hatte er es endlich dahin gebracht, daß er als Cammerherr und geheimer Regierungsrath angesetzt wurde. Unterdessen hatte er nicht versäumt, nach dem Aufenthalte seines jüngern Bruders zu forschen, und dies um so mehr, da er kürzlich unvermuthet von einer alten Tante ein beträchtliches Vermögen ererbt hatte, woran natürlicherweise Ludwig auch Anspruch machen konnte. Er erfuhr endlich, wo Dieser war, reisete selbst nach Hamburg, lockte ihn zu sich, und spielte ihn sodann einem schelmischen Hauptmanne in Diensten der ostindischen Compagnie in die Hände, der ihn zu Schiff brachte, worauf er gezwungen wurde, als Unterofficier zur See zu dienen, bis er von ungefehr erfuhr, daß sein Bruder auf die elendeste Art an einem Beinbruche gestorben sey, und eine Frau mit zwey

* Erster Theil Seite 107 Zweyter Theil Seite 272.

Kindern hinterlassen habe. Jetzt hielt es dem armen Ludwig nicht schwer, seinen Abschied zu erhalten, worauf er mit ein wenig erspartem Gelde nach Lübeck reiste. Unterwegens lag er einmal sorglos im Schiffe, in seiner Hangematte und schlief, hatte also nicht wahrgenommen, daß in der Nacht ein Boot mit Menschen, worunter sich unter andern ein Jude befand, von einem andern Schiffe hergekommen war, etwas hier am Bord zu bestellen. Vermuthlich hatte der Jude sich in die Cajüte geschlichen, in welcher Reyerberg lag, und sich seinen Schlaf zu Nutz gemacht; mit einem Worte! als er erwachte und aufstand, war sein ganzer kleiner Mammon fort. Niemand wollte das geringste davon wissen; Der Schiffscapitain war ein grober Mann, mein Freund ohne Schutz, und so kam er dann arm in Lübeck an und schrieb an mich, von dessen Aufenthalte er zufälligerweise Nachricht erhalten hatte, um Geld, bekam aber keine Antwort, weil ich schon abgereist war, bis er mich endlich hier persönlich antraf.

Wir reisten mit recht fröhlichen Herzen ab, versüßten uns die Stunden noch mehr durch freundschaftsvolle Gespräche, bey einem Glase alten teutschen Weins, und kamen gesund, wohlbehalten, und voll Erwartung, wie es mit meiner Heyrath gehn würde, in Riga an.

Reyerberg war von so lustiger Laune, daß er sich des Lachens nicht enthalten konnte, als meine beyden Bedienten die Koffer auspackten, ein schönes Kleid nach dem andern dahinlegten, und ich, so wenig mir auch der Putz am Herzen lag, doch anfieng, zu beratschlagen, welcher von diesen Anzügen mich wohl am besten kleiden würde. Es war eine Haupt- und Staatsaction, und man zeigt sich doch gern in seinem vollen Glanze, wenn man auf die Freyerey ausgeht. Barbier, Friseur und Marchand parfumeur, alles wurde in Bewegung gesetzt, um dies zu bewürken, und darüber hätte ich bald vergessen, daß mein Gesellschaftscavalier, ausser einer Unterofficiersuniform und einem grünen Kleidchen, keinen Rock in seiner Garderobe hatte, der würdig gewesen wäre, neben dem meinigen in der Kutsche zu erscheinen. Ich wollte ihn Anfangs bewegen, erstere in eine Officiersmontierung umzutaufen, aber Ludwig war zu keiner solchen Lüge fähig. Lieber, sagte er, wollte er im Wirthshause sitzen bleiben, als sich für etwas ausgeben, das er nicht wäre. Da man indessen nicht sogleich Anstalt zu einem neuen Kleide für ihn machen konnte, und in Riga nicht die Einrichtung wie in Paris ist, daß man bey jedem Schneider fertige Röcke, in welchen schon irgend ein Comte ou Baron allemand den Narren gespielt hat, kaufen kann; wurde beschlossen, er solle so lange ein schwarzes Kleid von mir anziehn — Vornehme Leute haben ja oft Familientrauer, auch ist es nichts ungewöhnliches bey Höfen, daß, wenn ein armer, schlecht bezahlter Cammerjunker seine ganze bunte Garderobe versetzt hat, er, bis das Quartal zu Ende ist, ein wenig um einen alten Vetter trauert, der nie gelebt hat.

Sobald dieser Punct in Ordnung gebracht war, ließ ich meine Ankunft bey dem Herrn Hauptmanne von Dobelmayer melden. Er kam sogleich selbst und begegnete mir mit derjenigen treuherzigen Güte, die seinem Character so eigen war, und der ich so viel zu verdanken habe. Da ich vielleicht in der Folge nicht mehr Gelegenheit finden werde, meinen Lesern etwas von diesem lieben Manne zu sagen; will ich itzt voraus erzählen, daß er noch in Riga lebt, nachdem er seinen Abschied in Holland genommen hat, und daß ich bis auf diese Stunde in beständigem Briefwechsel mit ihm stehe.

Nichts ist langweiliger für den müßigen Zuschauer als Zeuge zu seyn bey den kleinen Verhandlungen unter Leuten, die sich heyrathen wollen; zu sehn, wie so jeder von ihnen seine beste Seite hervorschiebt und seine Talente auskramt, um sich vortheilhaft zu zeigen; zu hören, welche Artigkeiten sie sich einander sagen, wenn es erst weiter mit ihnen kömmt, und dann gar, wenn sie anfangen verliebt in einander zu werden — Es ist ein gar närrisches Ding damit — Noch viel langweiliger aber ist wohl die Erzählung von einem solchen Casu, weswegen ich dann auch fest entschlossen bin, Sie, meine hochgeehrtesten Leser und Leserinnen! mit einem dito nicht heimzusuchen. — Kurz und gut also!

Ich war drey Wochen lang in Riga, die Sache wurde richtig, und ich bekam ein redliches, liebes Weib, das mir bis heute dato den Pfad durch dies Leben mit Rosen bestreuet, mir das Ungemach hat tragen geholfen, und die glücklichen Stunden doppelt schmackhaft gemacht.

»Aber, mein lieber Cammerdirector!« sprach eines Abends, als wir im Gasthofe zusammen saßen, mein Freund Ludwig zu mir: »Ich hoffe doch nicht, daß Du Deiner Braut auch nur die kleinsten zweydeutigen Scenen aus Deinem vergangnen Leben verschweigen wirst. Jetzt ist noch die Zeit, wo Dir alles verziehn wird; Aber wenn man mit größern Meinungen Einer von dem Andern zur Ehe schreitet, dann hin und wieder eine unbedeutende Kleinigkeit, wie es wohl vorfällt, uns verstimmt, und ein ungefehrer Zufall oder böse Leute bringen einmal so ein altes Annecdötchen an den Tag; dann giebt es Vorwürfe, Kälte, und nicht selten Zwist. Nein! mein lieber Cammerdirector Peter! wenn ich heyrathete; würde ich meiner künftigen Frau alles haarklein erzählen, was ich je Böses gethan hätte, und darauf sagen: Nun! mein Herzensengelchen! Jetzt kennen Sie mich ganz. Wollen Sie mich nun, wie ich da bin, haben? Ich denke ja, Sie hätten auch wohl so manches auf dem Herzen. Vielleicht können wir mit einander ausheben, oder abrechnen, wer dem Andern Verzeyhung herausgeben sollte. Dazu kömmt, mein lieber Freund! daß Du schon ein Langes und Breites erzählen kannst, ehe es mit dem Jungfernkindlein, das Deine Braut gehabt hat, ins Gleiche kömmt« — »Still! das sind Odiosa, mein ehrlicher Ludwig!« rief ich: »Aber du hast meiner Seele Recht, und morgen will ich dem ganzen Meinhardtschen Hause meinen Lebenslauf erzählen.«

Ich that es, und hatte die Freude zu sehn, daß diese Offenherzigkeit viel dazu beytrug, die gute Meinung zu befestigen, welche ich so glücklich gewesen war, von mir zu erwecken.

Ein Paar Worte muß ich doch von dem Character der Personen sagen, aus welchen diese liebe Familie bestand. Den alten Vater haben Sie schon einigermaßen aus seinem Briefe an den Hauptmann kennen gelernt. Er war ein biedrer, grader, hellsehender Mann, der seinem Fleiße, seiner Ordnung, und der guten bürgerlichen Zucht, die in seinem Hause herrschte, das große Vermögen zu verdanken hatte, welches er besaß. Wenig Tage vor unsrer Hochzeit sagte er mir: »Mein Freund! ich bin itzt überzeugt, daß Sie ein Mann sind, der Rechtschaffenheit liebt; Um desto mehr Grund habe ich zu vermuthen, daß Sie nicht lange den Posten behalten werden, den Sie itzt bekleiden. Ich kenne so ziemlich die kleinen teutschen Höfe, und was ein ehrlicher Mann dort zu erwarten hat. Vielleicht wäre es besser, Sie zögen Sich beizeiten freywillig zurück — Doch, wie Sie wollen, Erfahrungen aller Art sind gut. Also immerhin! Es wird mich nicht erschrecken, wenn ich höre, daß man Sie abgesetzt hat; und was den elenden Quark, das Geld betrifft; so wissen Sie ja, daß mich der Himmel gesegnet hat, und meine Kinder sind haushälterisch erzogen.« So dachte mein Schwiegervater, und denkt noch so, denn er lebt noch. Uebrigens setzte er seiner Tochter eine ansehnliche jährliche Summe zu unserm Unterhalte aus, behielt aber die Capitalien in der Handlung.

Meine Schwiegermutter, welche in vorigem Jahre gestorben ist, war auch ein braves häusliches Weib — de mortuis non nisi bene — doch, wie es dann zuweilen der Fall bey dem Geschlechte ist, ein bischen eitel und geschwätzig. Es gefiel ihr gar nicht übel, daß ihre Tochter nun gnädige Frau heissen sollte, und sie rief mehr als einmal aus: »Wer hätte sich das träumen lassen?« Sie hörte mich gern vom Hofleben erzählen, und fragte nach jedem kleinen Umstand, der dort vorfiele. Wenn sie uns einmal besuchte, meinte sie, da müsste sie wohl gar auch an den Hof gehn.

Der einzige Bruder meiner Frau ist ein edler junger Mann, ein wenig heftig und rasch, aber geschickt in Handlungsgeschäften, thätig, ein guter Tonkünstler, und noch unverheyrathet.

Aber, daß wir die Hauptperson nicht vergessen! Meine ehrliche Frau ist — ich kann es wohl sagen — ein schönes Weib, mit castanienbraunen Haaren, blauen Augen, lebhaft, gefühlvoll, war damals noch ein bischen romanhaft gestimmt, übrigens sehr verständig, und dabey voll von Witz und guter Laune. Meine Leser werden noch in der Folge sehn, von welcher herrlichen Seite sie alle menschlichen Dinge und alles was uns begegnete, ansah, wie sie sich in ihre Lage so vortreflich zu schicken wusste — Mit Einem Worte! Sie ist ein Muster von einem Weibe — Alle übrigen nicht zu verachten, versteht sich —

Ich will auch nicht schweigen von dem kleinen Knäblein, dem Pfande ihrer ersten treuen Liebe, das sie mir noch einen Augenblick vor unsrer zweyten Einsegnung, mit Thränen in den Augen, in meine Arme legte, und mich beschwor, Seiner zu pflegen, sein Vater, sein Schutzengel, sein Freund zu seyn. Und ich versprach ihr, ihn wie mein eignes Kind zu lieben, und dies Versprechen hat mich seitdem noch nie gereuet.

Es gieng recht herzig und fröhlich auf unsrer Hochzeit her, und wenige Tage darauf reisten wir, meine Gattinn, Reyerberg und ich, ab; Man weinte auf beyden Seiten nicht wenig beym Abschiede; Unsre Reise war glücklich, und wir kamen wohlbehalten in die prächtige Residenz meines Sultans zurück.

Drittes Capitel.

Wie sie bey ihrer Rückkunft von Hof- und Stadtleuten empfangen werden. Reyerberg kommt in den Dienst. Politische Lage des Herrn Cammerdirectors. Sein Glanz.

Mein erster Gang, sobald ich meiner Frau mein Haus gezeigt und das Gesinde ihr vorgestellt hatte, führte mich zu dem Fürsten, der mich auf das gnädigste empfieng. Wir geriethen bald in ein vertrauliches Gespräch, und er bekannte mir, daß man während meiner Abwesenheit nichts unversucht gelassen hätte, mich aus seiner Gunst zu verdrängen. Er wusste sich aber etwas mit seiner Festigkeit, indem er allen diesen Ohrenbläsern kein Gehör gegeben hätte. Dabey war er schwach genug, mir meine Feinde zu nennen, wie es dann überhaupt seinem fürstlichen Character angemessen schien, die Leute gern zusammenzuhetzen — Eine Art zu handeln, die schwachen Menschen eigen ist, welche dabey zu gewinnen glauben, und es gern sehen, wenn vernünftige Menschen uneinig untereinander sind, und sich also nicht miteinander gegen sie vereinigen können, sondern jede Parthey sie aufsuchen muß, um sich zu verstärken. Im Grunde hatte mein Monarch auch kein großes Verdienst von dem Schutze, den er mir angedeyen ließ; denn nicht zu rechnen, daß man mir würklich mit Grunde nichts vorwerfen konnte, und der Fürst Meiner noch bedurfte; hatte ich auch an Madame Novanelle eine mächtige Vorsprecherinn gehabt, und diese hasste jene Leute, welche mich stürzen wollten.

Ich nützte die gute Stimmung des Fürsten, um für meinen Freund Reyerberg etwas auszuwürken, und erlangte ohne Mühe, daß Derselbe als Rath bey der Cammer und zugleich als Stallmeister angesetzt wurde. Meine Frau stellte ich des Tags darauf bey Hofe vor, und sie betrug sich mit so viel Klugheit und Anstande, als wenn sie von ihrer ersten Jugend an auf diesem schlüpfrigen Boden gewandelt wäre.

Sehr unterschieden aber von der Güte, mit welcher mich mein Herr empfieng, war die Begegnung des hohen Stadtadels gegen mich. War ich vorher von demselben auf den Händen getragen worden, so lange man Hofnung haben konnte, mein Ehebette mit einem von den kränklichen Fräulein zu schmücken; so fiel jetzt seine Begegnung um so gröber aus. Man ließ mich, und vorzüglich meine Gattinn, diejenige Art von Verachtung fühlen, mit welcher gewöhnlich Leute von vornehmer Geburt auf solche herabzublicken pflegen, die sie parvenus nennen, das heisst: Menschen, die ihrem eignen verdienstvollen Bestreben zu verdanken haben, was dem Edelmanne ohne Verdienst schon in der Wiege angebohren ist. Indessen liessen wir uns durch dies alles nicht irremachen, und indem ich nur meine Vorsicht und meinen Eifer für des Herrn Dienst verdoppelte, stieg ich von Tage zu Tage merklich höher in seiner Gunst.

Zu meiner größten Verwunderung waren der Präsident von Mehlfeld und seine Nichte beynahe die einzigen Personen, die itzt wo möglich noch freundschaftlicher als vorher gegen mich schienen. Da ich aber selbst aus des Fürsten Munde erfahren hatte, daß eben jener äusserst falsche Mann mich während meiner Abwesenheit am ärgsten verläumdet hatte; wusste ich schon, was ich davon denken sollte.

Es versteht sich übrigens von selber, daß ein ganzes Heer von adelichen und unadelichen Menschen, die Meiner bedurften, mir schmeichelten, und daß selbst die hohe Noblesse, wenn ich Gastereyen, Bälle, oder dergleichen gab, wie ich zuweilen die Thorheit begieng, um meinem Hause Ehre zu machen, es sich ganz vortreflich bey mir schmecken ließ, und nichts desto weniger hinter meinem Rücken her über mich lästerte. Meine Frau rieth mir daher immer, diese Leute gänzlich laufen zu lassen, und meine Höflichkeit nicht an Undankbare zu verschwenden, aber meine rasende Eitelkeit ließ das nicht zu. Dabey war ich ein Mäcenat und Beförderer aller Wissenschaften und Künste, hatte die Schwachheit, von meinen ehemals herausgegebnen Schriften mit Gelehrten zu reden, die mich mit ihrem Lobe zum Besten hatten. Man dedicirte mir allerley Schriften. Unter meinen Auspiciis wurden zwey Academien, nach dem Beyspiele größerer teutscher Höfe, errichtet, die jährlich die lächerlichsten Preisfragen aufgaben: z. B. »Ob bey uns nicht die Schifffahrt in Aufnahme zu bringen seyn mögte?« da doch jedermann wusste, daß ausser einem Paar kleinen Flüssen, die im August beynahe trocken wurden, auch nicht ein einziges beträchtliches Wässerchen im ganzen Lande war. Ferner: »Wie man es anfangen könnte, alle Menschen dauerhaft zum Guten zu vereinigen?« welches eben so viel hieß, als, wie man es angreifen müsste, sie von allen Leidenschaften zu befreyn; oder Jeden einzeln einzusperren; oder Jedem denselben Grad von Verstandskräften zu geben; oder alles Eigenthum, alles Privatinteresse aufzuheben: oder neue, kräftigre, moralische und vernünftige Bewegungsgründe zu erfinden, als alle Weise ältrer und neuerer Zeit bis itzt zur Besserung des Menschengeschlechts vorgetragen hätten.

Mein gnädigster Herr fand aber ein inniges Vergnügen an diesen Academien, wohnte selbst den Versammlungen bey, und ließ sich nicht selten von mir Reden aufsetzen, die er darinn herlas. Es wurden einheimische und auswärtige Mitglieder aufgenommen, unter denen Einige kaum ihren Namen schreiben konnten. Auch wurde eine teutsche Gesellschaft errichtet, welche zu Vervollkommnung der Sprache Schriften herausgab, die auf jeder Seite von grammaticalischen Fehlern wimmelten.

Mitten unter diesen Thorheiten (die Gerechtigkeit muß ich mir wiederfahren lassen) veranlasste ich doch auch manche nützliche Anstalt. Ich verbesserte den erzdummen Canzleystyl und die Curialien, in welchen Serenissimus von Sich selbst sagten: »daß Sie Sich etwas hätten allerunterthänigst vortragen lassen, allergnädigst gewillet wären« u. s. f. »auch oft einen Mann ihren Lieben, Getreuen, Festen« nannten, der im Grunde ein loser Lumpenkerl war.

Diese Stylsverbesserung suchte ich in allen Departements durchzusetzen. So war z. B. das gewöhnliche Formular der Postkarten folgendes:

»Hochedler,
sonders Hochgeehrter Herr.

Den Samstag war mit der Ordinari mein Jüngstes, hoffe guten Empfang und Bestellung. Seither ist M. Hrn. Ordinari und Schreiben vom ... mir den .... wol zukommen, und sind alle dabey gewesene an ihr *Gehör* bestellet worden. Was jetzo hieneben gehet, und unten verzeichnet ist, wolle man ebenfalls sicher abgeben, und mich des Erfolgs unschwer nechstens berichten lassen. Womit Gott alles ergebend. ..... den ......

Anno ...

Meines Hochgeehrten *Herrns*
dienstwilliger Diener
N. N.«

Welch' ein barbarisches Gewäsche![*] Ich veränderte es. Ueberhaupt setzte ich die Posten auf einen andern Fuß, und hatte den Grundsatz, daß sie, so wie die Münze, weniger eine Revenüe für den Herrn, als eine Wohlthat für das Publicum seyn sollten, und daß es Jedem frey stehen müsste, sich dieses Vortheils nach Gefallen zu bedienen, oder nicht.

Vormals hatte der Fürst auf seinen Reisen sich Bauerpferde vorspannen lassen, und wenn, bey dem übernatürlichen Jagen, eines davon fiel, dem armen Eigenthümer zwey Pistolen bezahlt; dieser Tyranney half ich ab.

* Und doch ist dies die getreue Abschrift einer noch jetzt in .... gebräuchlichen Postkarte.

In der Hofküche und Kellerey waren vor meiner Zeit die ärgsten Betrügereien eingerissen. Ich vermehrte die Besoldungen der Officianten, und hemmte dagegen alles Stehlen und Abschleppen. Auch schränkte ich den Aufwand für die Tafel ein, und statt daß man, mit übermäßigen, unnützen Kosten, aus Treibhäusern und Mistbethen dem Fürsten im Februar Kirschen, im September Spargel, und im December grüne Erbsen geliefert hatte; ließ ich ihn nun, fest überzeugt, daß jeder Monat seinen ihm von der Natur bestimmten Reichthum hätte, im Mai, Junius und Julius, Kirschen, Spargel und grüne Erbsen essen.

Von einer andern und viel wichtigern Seite erleichterte ich die Unterthanen, so viel ich irgend konnte, suchte Viehzucht und Ackerbau bey ihnen empor zu bringen, befreyete sie von den Erpressungen schelmischer Beamten, und hätte wohl verdient, daß ich allgemein im Lande geliebt gewesen wäre. Aber auch dies Glück genoß ich nicht; Denn da der Bauer oft sehr unsichre Nachrichten von dem hat, was in der Residenz vorgeht; Da ich nicht allmächtig war, folglich nicht alles Böse hindern konnte, und man doch unbillig genug verfuhr, alles von mir zu fordern; Da ich viel Neuerungen zum Besten des Landvolks einführen musste, welches gewöhnlich gegen alle Neuerungen eingenommen ist; Da des Fürsten Hang zur Pracht manche meiner guten Absichten vereitelte; Da endlich viele meiner Vorschläge, die ich nur aus Büchern geschöpft hatte, nicht anwendbar waren, folglich mislangen, und niemand so viel Drang von Redlichkeit fühlte, mich zu warnen, weil mich, als einen Ausländer, beynahe Jeder beneidete, und meinen Sturz wünschte; erlangte ich, mit dem besten Willen nicht, was ich so sehnlichst wünschte, nämlich das Glück, im Lande geliebt zu seyn.

Dazu kam, daß, als ich nachher würklicher Staatsminister meines Fürsten wurde, welcher Unfall mir zu Ende des 1783sten Jahrs begegnete, und nun mehr Gewalt in meine Hände kam, ich zuweilen, wieder den Rath meiner sanften Frau, etwas strenge und rasch durchfuhr, welches, sowohl als meine so schnelle Standeserhöhung, mich noch immer mehr dem Neide und der Critic aussetzte. Zwar handelte ich wissentlich nie ungerecht, aber oft hätte ich mit mehr Nachsicht zu Werke gehn können. So ließ ich unter andern einen Pfaffen, welcher sich in politische Händel mischte, und wider seinen, in der duldenden Lehre Jesu bestimmten Beruf, Fürsten und Minister lästerte, zuerst zur Ruhe verweisen, und ihm befehlen, daß da Jeder im Staate seinen angewiesenen Gesichtspunct haben müsste, worauf er arbeiten sollte, er den seinigen nicht aus den Augen verliehren mögte, welcher darinn bestünde, gute Grundsätze von Religion und Tugend zu *lehren*, übrigens aber den Vorstehern der Gesetze zu überlassen, die *Uebertretung zu ahnden*. Da aber diese Vermahnung nicht helfen wollte, und er immer fortfuhr, zu schmähen, veranlasste ich, daß ihm angedeutet wurde: »Weil es schiene, als wenn er mehr Beruf zu Regierungs- als geistlichen Geschäften hätte; habe ihn Serenissimus seines Predigeramts entsetzt, und ihn dagegen — zum Pedellen bey der Regierung ernannt.«

Meinen Herrn aber suchte ich auf alle Art zur Liebe und Güte gegen sein Volk zu stimmen, und sagte ihm bey jeder Gelegenheit: »daß ihn Gott nur als Verwalter der ihm anvertraueten Provinzen auf den Fürstenstuhl gesetzt hätte; daß das Vermögen, die Ruhe und das Glück seiner Unterthanen Pfänder wären, von welchen er einst Rechnung ablegen müsste; daß er nicht das geringste Eigenthumsrecht darauf hätte, und daß, wenn ihn itzt Impunität, Gewohnheit des Volks an Sclaverey, und das Beyspiel größerer Tyrannen gegen alle Empörung und Rechenschaftsforderung sicherten, er doch einmal vor einem Gerichte würde erscheinen müssen, vor welchem nur die Unschuld seines Herzens, das Zeugniß seines Gewissens, und das Register seiner edlen Thaten, deren keine unaufgezeichnet bliebe, dem Urtheile über ihn eine günstige Wendung geben könnten.«

Ausser diesen Bewegungsgründen malte ich ihm noch mit Wärme ein Bild von der Glückseligkeit vor, die man durch Wohlthun erlangt; zeigte ihm dagegen das Nichtige, Ekelerweckende derjenigen Freuden, in welchen er sich bis dahin berauscht gehabt hatte; munterte ihn auf, die Wonne zu schmecken, mit der man am Abend eines Tages die Augen schliessen könne, wenn dieser Tag dem Wohl von so viel Tausenden gewidmet gewesen wäre; redete mit Enthusiasmus von der Seligkeit eines Mannes, der Gelegenheit hätte, seine Kräfte so nützlich zu verwenden, indem er an dem Heile seiner Brüder arbeitete, und sagte ihm, wie ruhig Derjenige schliefe, für den die segenvollen Gebethe getrösteter Unglücklichen, erquickter Armen, und gerechtfertigter Unterdrückten dankbar zum Himmel aufstiegen.

Ich bemühete mich, ihn mit dem Elende vertraueter zu machen. »Sie sind der Arzt,« sagte ich ihm oft, »und der Arzt, dem es ein Ernst ist, zu helfen, muß den Schaden mit eignen Augen sehn.«

Mit innigster Freude nahm ich wahr, daß alle solche Lehren von ihm gut aufgenommen wurden. Noch nie hatte man mit ihm aus diesem Ton geredet; Aber er fühlte die Kraft der Wahrheit. Wenn ich dann, bey einer häuslichen Mahlzeit, im vertraueten Familiencircul mit meiner Frau und mit Reyerberg von meinen Bemühungen, den Fürsten menschlicher zu machen, sprach; umarmte mich oft meine Gattinn, mit Thränen in den Augen, und dankte dem Allmächtigen, daß er mich in die Lage versetzt hätte, so viel Gutes zu würken; Nur Ludwig schüttelte den Kopf, und pflegte zu sagen: »Herr Minister! Herr Minister! das Ding hat gewiß keinen Bestand.«

Viertes Capitel.

Fortsetzung. Der Fürst hat gute Entschlüsse. Des Herrn Ministers von Clausbach Excellenz bekommen einen Orden und gehen mit Serenissimo auf Reisen.

Das Gute würkt langsam,« dachte ich, »und wie ist es möglich, daß ein Mensch, der von seiner ersten Jugend an, bey so fehlerhafter Erziehung, von Schmeichlern und bösen Buben umgeben, nichts wie schlechte Grundsätze eingesogen hat, bey dem endlich diese Grundsätze, durch Gewohnheit in der Ausübung, zum Bedürfnisse geworden sind, sich nun auf einmal so umschaffen liesse? Aber es wird schon mit der Zeit Wurzel fassen — Also nicht verzweifelt, mein lieber Peter!«

In der That bemerkte ich oft bey meinem Herrn unwillkührliche Aufwallungen, die mir viel Gutes versprachen. Einst, als ich mit ihm vor einem neuen Canzleygebäude, das wir aufführen liessen, vorbeygieng, verweilte er, und sahe das Wapen, welches über dem Haupteingange stand, aufmerksam an. Endlich sagte er: »Ich wollte, daß die Vorfahren der Fürsten ihren Raubthieren, statt Donnerkeilen und Schwerdtern, Herzen und Waagschalen in die Klauen gegeben hätten.«

Ein andermal fanden wir, bey einem Spaziergange, einen kranken, lahmen Menschen, dem seine Krücke zerbrochen war, ohnmächtig vom Falle, hülflos vor der Thür eines herrschaftlichen Gartens liegen. Es regnete ein wenig, und wir hatten Ueberröcke an. Der Fürst warf seinen Mantel ab, und bedeckte damit den Leidenden, indeß er seinen Laufer fortschickte, Hülfe herbeyzuschaffen. Freylich würde jeder andre gute Mann, nach Verhältniß seines Vermögens, eben so viel gethan haben; aber von einem Prinzen war das immer viel Menschlichkeit, auch erschien die Erzählung dieser That in mancher Zeitung.

Es wurde ferner ein großes Theil des unnützen Militairs abgedankt, damit dem Lande nicht so viel gesunde Arme entzogen würden, welche in der Residenz zweckloses Spielwerk trieben. Ja! der Fürst war einmal im Begriff, meinem Vorschlage zu folgen, die Kleidung der noch übrigen Regimenter natürlicher und bequemer einzurichten, und über die Thorheit, geputzte Maschinen herumlaufen zu haben, hinauszugehn. Sie sollten nämlich Alle die Haare rund und kurz abgeschnitten tragen, welches, sowohl wegen der Reinlichkeit als Geschwindigkeit beym Ankleiden, bequem gewesen seyn würde. Sodann wollte man ihnen kleine Stiefeln, lange Hosen, kurze Camisöler, Mäntel, runde Hüte, vorn mit einer Sonnenklappe, und an den Seiten mit einem umlaufenden Kranze geben, den man bey schlechtem Wetter hatte hinunter und über die Ohren ziehn können. Die Sache kam dennoch nicht zu Stande, so wie es überhaupt nicht an Leuten fehlte, die manche gute Zwecke, durch eine lächerliche Wendung, welche sie der Sache gaben, oder auf andre Art, vereitelten. Der Dame Novanelle aber muß ich das Zeugniß geben, daß sie mir zu Ausführung dergleichen edler Absichten behülflich war, wenn ich übrigens nur dafür sorgte, daß ihr Oeconomicum nicht bey solchen Reformen litt.

Allein das Haupthinderniß bey allen guten Entwürfen war der nie dauerhaft auszulöschende Hang des Fürsten zur Pracht, zum Glanze und zu rauschenden Freuden, wobey ich dann zu meiner Schande bekennen muß, daß, bey Unternehmungen, welche dahin abzielten, sobald ein Theil dieses Glanzes mit auf meine wertheste Person zurückfiel, ich nicht Stärke genug hatte, mich diesen Thorheiten zu widersetzen. So fiel es unter andern meinem Monarchen zu Anfang dieses 1784sten Jahrs, kurz nachher als ich Minister geworden war, ein, einen Ritterorden zu stiften, wobey er behauptete, vorzüglich darauf Rücksicht zu nehmen, daß er wünschte, ich mögte ein öffentliches Zeichen seiner Freundschaft zu mir auf der Brust tragen. Ich weiß nicht, welcher tolle Dämon ihm den Gedanken eingegeben hatte, zu dem Zeichen dieses Ordens ein so sonderbares Medaillon zu wählen — Genug! es wurde der Orden vom blauen Heering errichtet, und ich war der Erste, der ihn bekam. Meine Frau pflegte in ihrer scherzhaften Laune zu sagen: »sie begreife nicht, welche Analogie zwischen einem blauen Heeringe und den Verdiensten eines Cammerpräsidenten wäre, oder wie ein eingesalzener Seefisch typus seyn könnte, das Verdienst eines Ministers zu bezeichnen.«

Ich trug indessen nicht ohne heimliche Kitzel meinen Stern und mein Band, obgleich Freund Ludwig sich des Lachens nicht enthalten konnte, als ich zum erstenmal damit erschien. Zugleich zeigte ich mich aber auch bey dieser Gelegenheit in einem ziemlich vortheilhaften Lichte, welchen Umstand ich meinen Lesern, als ein treuer Geschichtschreiber, auch nicht verschweigen will. Es war nämlich des Fürsten Absicht, den Präsidenten bey Ernennung der Ritter zu übergehn, denn Dieser war seit einiger Zeit noch mehr aus seiner Gunst verdrängt worden. Nun hätte ich, wenn ich der Rachsucht Gehör gegeben hätte, wohl nicht Ursache gehabt, mich des Herrn von Mehlfeld anzunehmen. Aber es ist doch süß, seine Widersacher in warme Freunde umzuschaffen, oder, wenn das nicht angeht, sich wenigstens durch Wohlthaten an ihnen zu rächen. Ich habe zwar von je her in mir einen kleinen Hang zu unedler Rachsucht gefühlt, allein zwey Dinge haben mich immer sogleich wieder entwafnen, und jede solche Aufwallung in mir ersticken können, nämlich: wenn entweder mein Beleidiger nur Einen ersten Schritt zur Versöhnung that, oder wenn er unglücklich und verlassen war, und meines Schutzes bedurfte — Dann litt ich nie, daß Andre seine unangenehme Lage zu seinem Schaden nützten; Er fand an mir immer einen Vertheydiger, und das war itzt der Fall mit meinem Feinde. Ich würkte also dem

Herrn Präsidenten von Mehlfeld bey dem Fürsten, nicht ohne Mühe, die Erhaltung des Ordens aus, und Jener erfuhr vielleicht nicht einmal, wem er dies zu danken hatte.

Während ich nun auf der höchsten Staffel nichtigen Glücks stand, hatte mein Herr den Gedanken gefasst, eine Reise in fremde Länder zu machen. Er beschloß, mich mit sich zu nehmen, und ausser mir waren noch der Oberschenk, ein leerer, windvoller Hofmann, sodann ein gewisser Cammerherr und Obristlieutenant von Reifenstrauch, ein gutes, unschädliches Geschöpf, und endlich ein junger Mensch, der Graf Löhfeld, den ich als Cammerjunker in den Dienst gebracht hatte, und von dem wir hernach noch mehr hören werden, von der Gesellschaft. Ich hätte es leicht veranstalten können, daß man auch Reyerberg mitgenommen hätte; allein theils schien ihm selbst nicht sehr damit gedient zu seyn, denn er war des Reisens müde und unterwarf sich auch ungern dem Zwange, der im Gefolge eines Fürsten unvermeidlich ist, theils mogte ich nicht, daß man mir Schuld gäbe, ich packte, wie man es in der Hofsprache nennt, alle meine Creaturen mit auf. Auch war mir viel daran gelegen, während meiner Abwesenheit einen treuen Freund in der Cammer zurückzulassen, und der zugleich meiner lieben Gattinn ein Gesellschafter und Rathgeber wäre.

Der Endzweck der Reise schien sehr nützlich. Der Fürst wollte die Einrichtungen in fremden Provinzen und Ländern kennen lernen, um daraus Kenntnisse für sich zu sammeln. Wir sollten erst durch einen großen Strich von Teutschland fahren, sodann nach Frankreich gehn, und zuletzt durch den Elsaß und die Rheingegenden zurückkehren. Allein wer je Prinzen hat reisen gesehn, dem wird es nicht einfallen, zu glauben, daß sie in der That mit der innern Verfassung der Länder, welche sie durchstreifen, bekannt werden könnten. Wenn man in drey Kutschen durch die Städte, und Dörfer hinrollt, sich den Namen irgend eines Grafen oder Edelmanns giebt, indeß die Lakayen den Wirthen im Vertrauen sagen: »ihr Herr sey der Fürst, Herzog oder König von ….., welcher incognito reise« und sich dann ein Haufen müßiger, angaffender Menschen vor die Posthäuser drängt, und den großen Herrn wie ein Wunderthier aller Orten verfolgt, so daß er nirgends unbekannt hinschleichen und ruhig beobachten kann; Wenn man in den Hauptstädten nur die Cabinette, Gallerien, Kirchen, Schauspielhäuser und Gärten durchrennt, und wenn man Gesellschaften besucht, sich nicht unter diejenigen Stände mischt, die eigentlich noch National- oder Provinzialgepräge haben, sondern in den Circuln der Noblesse sich herumtreibt, die beynahe in einem Lande wie in dem andern aussehen — Wie sollte es da möglich seyn, Kenntnisse, wahre Kenntnisse von den innern Landesverfassungen einzusammeln? Ueberhaupt bin ich sehr davon zurückgekommen, mich auf die Nachrichten zu verlassen, welche Reisende aufzeichnen. Auf welche Art sollen diese die Wahrheit der Erzählungen prüfen, welche ihnen von den Einheimischen zukommen? Nicht immer haben sie das Glück, an unpartheyische Leute zu gerathen, und diese unpartheyischen Leute haben nicht immer die genauesten Kenntnisse, sind nicht immer feine Beobachter, können auch nicht beobachten, wenn sie nicht selbst in Staatsgeschäften verwickelt sind. Sind sie aber das; so bleiben sie selten unbefangen, sondern gehören entweder zu der herrschenden, oder zu der gedrückten Parthey, deren es fast in jedem Lande giebt. Ist das Erstere; so werden sie für alle Schritte der Regierung eingenommen seyn; Ist aber das Letztre; so hüte man sich noch mehr vor ihren Nachrichten. Fast aller Orten findet man eine solche Rotte von Malcontenten, die, weil sie eine hohe Meinung von sich haben, welche nicht immer den Ministern einleuchten will, sich gedrückt glauben, und weil sie unvorsichtig handeln und desfalls zuweilen auf die Finger geklopft werden, sich Kämpfer für die gute Sache nennen.

Dem sey nun, wie ihm wolle! Wir zogen mit dem festen Entschlusse ab, hundertmal klüger zurück nach Hause zu kommen, wie wir ausgereiset wären, und verliessen im Merz dieses Jahrs die Residenz.

Fünftes Capitel.

Bemerkungen und Begebenheiten auf der Reise.

Nach dem, was ich eben über die Bemerkungen, welche Reisende machen, gesagt habe, werden meine Leser, hoffe ich, mir zutrauen, daß ich sie nicht mit denen, welche wir einzeln aufsammelten, heimzusuchen, und überhaupt hier keine weitläuftige Beschreibung unsers Zuges zu liefern die Absicht hege. Da wir übrigens gleich Anfangs ausgemacht hatten, daß Jeder von uns ein Journal führen sollte, auch vom Fürsten bis auf den Kammerdiener Jeder in seinem Departement angewiesen war, welche Gegenstände ihm vorzüglich zu beobachten oblägen, und endlich dieser ganze Schatz von Beobachtungen gegenwärtig in meinen Händen ist; so könnte es leicht noch kommen, daß, wenn mich einmal wieder die Autormanie befiele, ich den ganzen Bettel auf Pränumeration herausgäbe.

So viel kann ich Sie indessen versichern, daß wir die Menschen aller Orten gleich fanden — Ein närrisches Volk, wahrhaftig! In ewigem Streite um Kleinigkeiten; mit einander, gegen einander, durch einander würkend; in unbestimmter Thätigkeit; in unaufhörlichem Wiederspruche mit sich selber; Tugend wollend, und Bosheit ausübend; Wahrheit suchend, Wahrheit verwerfend; die Stecknadel aufhebend, und den Ducaten mit Füßen tretend; bauend, um niederstürzen zu dürfen; sich einander zerreissend, um dann die Stücke wieder zusammensuchen zu können; Wie die Kinder, von erdichteten Begebenheiten gerührt, und bey wahrhaften Unglücksfällen kalt; weinend bey einem Roman, aber gleichgültig den Jammer von Messina im Calender lesend; Herr seines Schicksals, und doch murrend über das Werk seiner Hände; nie zufrieden mit seinem Zustande; suchend, was es hier unten nie finden kann; begehrend, was es nicht hat; seyn wollend, was es nicht ist; strebend nach dem, was ihm nicht nützen kann. Da will der kleine Graf den Kaiser spielen, und Kaiser und König mögten lieber leben wie Bürger; der Gelehrte trägt gern einen Rock, der einer Uniform ähnlich sieht, und der Officier Cavalierskleider, der Geistliche bunt, und der Weltmann ein clericalisches Gewand; der Pfarrer sammelt Insecten, und der Arzt liest Kirchenväter. Der Eine speist bey Tische die besten Brocken zuerst vom Teller weg, der Andre sucht die Kastanien aus dem braunen Kohl heraus, legt sie auf die Seite, und spart sich den Genuß auf; und Jeder raisonnirt darüber, und behauptet, daß Er Recht habe. »Ich verlängre meine Freuden,« sagt Hans, »indem ich die Kastanien erst lange vorher mit Vergnügen anschaue, und endlich speise.« »Ich nütze den Augenblick,« sagt Fritz, »weil ich noch Hunger habe und noch lebe.« — »Meinetwegen thut, was Ihr wollt, nur schlaget Euch nicht um die Meinungen,« sagt der Minister, Peter Claus von Clausbach. — Arme Narren! Lasset uns doch Geduld haben Einer mit dem Andern! Ich trage meine Kappe mit Freuden, mag sie keinem Andern abreissen, auch die meinige niemand aufhängen.

Doch wohin gerathe ich? Das alles wissen Sie ja eben so gut. Es ist nun einmal unter dem Monde nicht anders; Wir wollen es in Gottes Namen also seyn lassen.

Zur Abwechselung will ich Ihnen aber noch allerley erzählen, was uns unterwegens begegnete. Wir reisten durch mein hannöversches Vaterland, und kamen bey dem Thore des Städtchens Pattensen vorbey. An der Kutsche, darinn ich mit dem Fürsten saß, zerbrach etwas, und wir mussten über sechs Stunden lang liegen bleiben. Ich nützte diesen Zwischenraum, um den Fürsten zu bitten, mir zu erlauben, nach Eldagsen zu fahren. Warum? darüber erklärte ich mich gegen ihn nicht deutlich. Doch Sie wissen, meine Herrn und Damen, es war mein Geburtsort, und der Geburtsort hat so etwas Anziehendes, das sich nun freylich besser empfinden wie beschreiben lässt. Wenn man sich da zurückdenkt, in jene unschuldig glücklichen Jahre der Kindheit, wo das harmlose Gemüth noch von keinen Nahrungssorgen gedrückt, von keiner der unzählichen Leidenschaften, Begierden, Bedürfnisse und Wünsche, die nachher unser Elend bauen, in Aufruhr gebracht wurde; wo noch kein mislungner Plan, keine betrogne Hofnung, kein untreuer Freund, kein schelmischer Bube, kein leichtsinniges Mädchen unsre Ruhe untergraben hatte; wo noch nicht das Andenken an so manche ausgestandne Leiden noch die Furcht vor künftigem Gram, uns den Genuß der Lebensgüter verbitterte; wo noch nicht Abnahme der geistigen und körperlichen Kräfte uns jeden Augenblick an die Vergänglichkeit und Nichtigkeit der irdischen Freuden erinnerte, und keiner dieser traurigen Eindrücke den glücklichen Unwissenden mit Sehnsucht nach einer bessern Welt erfüllte — Nein! wo, versunken in den Genuß des Gegenwärtigen, noch eine weite lachende Aussicht von freudenvoller Zukunft, in dem herrlichsten Lichte, mit lebhaften Farben vor unsern Augen dastand — Wenn man sich da herumtummelte auf seinem Steckenpferdchen, das keinen willkührlichen Sprung machte, sondern treulich folgte, durch Dick und Dünn, ohne hintenauszuschlagen, wohin man es auch zog — Ach! lachen Sie nicht, Monsieur! Sie werden ja das auch wohl schon einmal in Ihrem Leben empfunden haben. Oder fehlt Ihnen der Sinn dafür — Was hilft es dann, daß ich viel davon schwatze? — Also zur Sache!

Ich kam nach Eldagsen, und sahe nicht ohne Rührung die Hütte und das Gärtchen meines Vaters — jetzt in fremden Händen — Ich sahe, wie sich hier alles in dreyssig Jahren verfeinert, cultivirt und corrumpirt hatte, wie der Luxus gestiegen war, wie die Mädchen nicht mehr freundlich und treuherzig mit dem Kopfe nickten, sondern, als ich mit meinem Orden vom blauen Heeringe vorübergieng, mir eine französisch-teutsche Verbeugung machten. Es lebte von meinen Verwandten noch der einzige Sohn meines Oheims, des Bürgermeisters und Apothekers Dromeyer, aber er war gänzlich verarmt. So wenig Beruf ich nun fühlte, mich ihm und Andern zu erkennen zu geben; so hätte ich ihm doch gern etwas zu gut gethan, nur wusste ich es nicht recht anzugreifen. Als ich noch darüber nachdachte, gieng ich vor dem Rathhause vorbey (das in Amsterdam ist schöner, auch größer): Es fiel mir ein, die Anschlagzettul am schwarzen Brette zu lesen, und da fand ich dann, daß: »Peter Claus, von mittler Größe, mager von Statur, mit etwas einwärts gebognen Knien, und röthlich blonden Haaren, (das Lumpengesindel! wie sie mich da abmalten!) gebogner Nase, großen blauen Augen u. s. f. vor etwa dreyssig Jahren das Land verlassen, und sich seit dieser Zeit nicht wieder in demselben habe betreten, auch nichts von sich hören lassen, nach dreimaliger Citation nunmehro zum letztenmal vorgeladen werde, eine gewisse Erbschaft von der alten verstorbnen Jungfer Catharina Tütgenmüller, welche deductis deducendis, und nach Bezahlung der clausischen väterlichen Schulden, 125 Rthlr. 17 Mariengroschen und 3 Pfenninge betrüge, in Empfang zu nehmen, oder aber zu gewärtigen, daß besagter Nachlaß seinem Vetter, Jost Heinrich Dromeyer, als nächstem Erben verabfolgt werden würde« — »Desto besser!« rief ich aus: »Ich will mich gewiß nicht melden; so hat doch der arme Schlucker auch einmal einen fröhlichen Tag.« Wie konnte auch der Ritter vom blauen Heeringe sich um die geringe Erbschaft einer alten Jungfer melden? —

Als ich gegen Abend nach Pattensen zurückkam, fand ich, daß indeß der Kammerdiener des Fürsten eine comische Beschreibung dieses Städtchens, in welchem mein gnädigster Herr und sein Gefolge, ich bekenne es, die Stunden nicht eben sehr kurz gefunden, aufgesetzt hatte. Hier ist zur Probe der Anfang dieses Manuscripts:

»Pattensen soll, wie Büsching, versichert, ehemals Pattenhusen geheissen haben. Da der alte Name weit länger wie der jetzige ist; so steht zu vermuthen, daß diese in der That gegenwärtig nicht sehr glänzende Stadt ehemals viel größer gewesen seyn müsse, und man den Namen abgekürzt habe, als der Ort kleiner geworden, aus Bescheidenheit, um keine große Erwartungen bey Reisenden zu erregen. Die Unsrigen wurden würklich äusserst mäßig, sobald meines gnädigsten Herrn Durchlaucht nebst Suite in den besten Gasthof zur Leuchte eintraten, und denselben nicht allerdings mit den größten Bequemlichkeiten versehn fanden. Da für das Gefolge des Fürsten, ausser dem ziemlich sauren weissen Bier und dem in Lübeck verfertigten Franzweine, sich kein genießbares Getränk fand; eilte ich nebst dem Friseur Jaques la Marque in die Apotheke, und liessen wir uns daselbst zwey Gläser voll einfachen Kümmelaquavit reichen, (vom doppelten war grade damals nichts vorräthig.) Besagte Apotheke liegt an einem etwas unfreundlichen Platze, welcher aber, wenn er von schönen Häusern umgeben (das Rathhaus ist doch eines der ansehnlichsten darunter), sehr viel größer, gut gepflastert, und etwa mit einem Springbrunnen oder dergleichen versehn wäre, gewiß einer der vorzüglichsten in Teutschland seyn würde. Wir besahen gleich darauf die nahe liegende Kirche. Wäre diese von beträchtlich größerm Umfange und besser gebauet; so würde sie den berühmtesten Domkirchen nichts nachgeben. An dem Thurme, welcher in ganz eignem Geschmacke aufgeführt, mit keiner Spitze geziert ist, und fast zu niedrig scheint, fiel uns der Mechanismus von zwey Wetterhähnen in die Augen, die, welches gar curios anzusehn ist, sich jedesmal umdrehen, so oft der Wind sich verändert. Es fügte sich grade, daß der Stadtmusicus ein geistliches Lied vom Thurme herabposaunte, und es gereichte uns nicht zu geringer Freude, zu bemerken, daß, da er vermuthlich gegenwärtig mit keinem Gehülfen versehn ist, er sein Amt auf das treueste allein in seiner Person versah, so daß würklich seine Backen, wie man es gar eigentlich wahrnehmen konnte, vor Diensteifer pechbraun wurden. Nachdem wir auch die Parade hatten stellen gesehn, welches im Grunde nicht viel Zeit wegnahm, trieb mich die Neugier die in Büschings Erdbeschreibung angezeigten fünf adlichen Güter in Augenschein zu nehmen. Hier muß ich aber sagen, daß es uns sehr leid that, die schönen Schlösser der Gutsherrn nebst den Haushaltungsgebäuden nicht bewundern zu können, welches hauptsächlich von dem Umstande herrührte, daß dergleichen zur Zeit nicht vorhanden, sondern in den leidigen heillosen Kriegsjahren verbrannt und verwüstet sind, doch liessen sich noch die Plätze bemerken, wo besagte Gebäude gestanden haben sollten. Nur Ein Gut fanden wir in vollkommnem Stande, und wenn die Wohn- und ökonomischen Häuser auf selbigem nicht massiv gebauet waren; so mag dies daher rühren, daß etwa die Steine daselbst rar sind, welches ich schon in mehr Gegenden von Teutschland bemerkt zu haben glaube. Der Besitzer dieses Guts, so wie einiger andern, welche in der Nachbarschaft liegen sollen, hatte, wie es unter Cavalieren Sitte ist, von seinen Vorfahren beträchtliche darauf haftende Schulden geerbt, welche aber, in seiner Abwesenheit, seit neunzehn Jahren, unter der strengsten Aufsicht der Justitz, von den Revenüen abbezahlt werden. Er selbst soll, wie ich hörte, die freudenvollen Aussichten, welche ihm diese Einrichtung eröfnet, in fremden Provinzen abwarten, woselbst er aber auf einen gar zu bürgerlichen, einfachen Fuß mit seiner Familie, fern von seinem Vaterlande, als ein Fremdling, mäßig, ein wenig kränklich, aber zufrieden lebt, dabey allerley unnützes Zeug treibt, seine Kinder selbst unterrichtet, Bücher schreibt, viel reist, und sich um seine Güter gar nicht bekümmert, welches manchen Leuten sonderbar scheint, doch aber wohl seine Ursachen haben mag.«

Nur getrost, liebe Leser! Wir wollen es zwar bey dieser Probe bewenden lassen; Wenn ich aber erst unsre vollständige Reisejournale herausgebe; dann sollen Sie den ganzen Aufsatz über Pattensen in extenso haben, nebst einem saubern, in Kupfer gestochenen Plane der ganzen Gegend, um welchen ich würklich an jemand aus dem dortigen Magistrate geschrieben habe.

Uebrigens reisten wir, sobald der Wagen hergestellt war, weiter.

Sechstes Kapitel.

Fortsetzung. Allerley Abentheuer.

So viel ich konnte, suchte ich den Fürsten während der Reise auf solche Dinge aufmerksam zu machen, welche sonst große Herrn selten sehen. So lange wir Teutschland durchstreiften, ließ ich ihn bemerken, welche Verschiedenheiten unter den Regierungsarten unsrer Prinzen herrschen; wie so manche unter ihnen, in einem kleinen unbedeutenden Ländchen, durch weise, väterliche und haushälterische Anordnungen, sich den Würkungskreis ihrer Wohlthaten erweitern, bey ihren Unterthanen Segen und Liebe, und auswärts Ruhm erwerben, indeß andre weit Größere, durch Faulheit, Sorglosigkeit, Inconsequenz ihrer Handlungen, schlechte Auswahl ihrer Freunde, Mangel an Grundsätzen und elende Oeconomie, trotz ihres Ehrfurcht erzwingenden Despotismus, wie schwache Menschen verachtet, ausgeschrien und in Büchern der Nachwelt preisgegeben werden. Ich spottete über den falschen Flitterglanz der Hofhoheit aller Orten, wo wir dergleichen antrafen. Er hörte alles an, lachte mit, sah den Splitter in seiner Herrn Collegen Augen, und sagte mit dem Pharisäer: »Ich danke Dir, Gott! daß ich nicht bin, wie andre Leute« — Es war verlohrne Mühe; ich wurde am Ende des Predigens müde, und auch nach und nach an den Anblick aller dieser Thorheiten gewöhnt. Dazu kam, daß keiner von den übrigen Reisegefährten mich in meinen Bemühungen unterstützte. Wir zogen daher durch manche Stadt, ohne etwas anders wie Schauspiele, Wachtparaden, Bälle und Processionen gesehen zu haben, und in des Fürsten Journal, wovon er mir zuweilen etwas vorzulesen die Gnade hatte, standen gewöhnlich nur Bemerkungen über Gebäude, Theatereinrichtungen, Parforcejagduniformen, englische Gärten und dergleichen notirt, die er bey seiner Zurückkunft zu Hause einführen und nachahmen wollte — Mir standen die Haare zu Berge, wenn ich dachte, was das kosten würde.

Weil wir eben von englischen Gärten reden; so kann ich nicht verschweigen, welche närrische Anlagen von der Art ich in Teutschland antraf. Ich sah deren einige, wo man die Natur gemishandelt hatte, um auf kleine Plätze ganze Landcharten in nuce aufzutragen. Berge, zwischen denen, wenn man nicht die Rockschöße fest an sich drückte, man Gefahr lief, stecken zu bleiben, und Flüsse, in welchen ein großer Hecht, den man hineingesetzt hätte, durch einen ausdrücklich dazu besoldeten Menschen jedesmal bey dem Schwanze wieder hätte zurückgezogen werden müssen, wenn er am Ende gewesen wäre, und sich nun nicht hätte umdrehn können, ohne die am Ufer stehenden indianischen Palläste über den Haufen zu stürzen.

Meine Bemerkungen giengen aber mehrentheils nur auf Beobachtung der Sitten und Character der Menschen. Dies ist immer mein Lieblingsstudium gewesen. Der Anblick des kostbarsten Edelgesteins, des ausländischen Gewächses, das Lesen des unterrichtendsten Buchs oder die Bewunderung des herrlichsten Kunstwerks sind mir nie halb so viel werth gewesen, wie das Leben mit Menschen; und aus Einer Stunde, mit einem Thoren oder Pinsel hingebracht, habe ich doch oft mehr Nutzen geschöpft, wie aus zwanzig Bogen von einem Weisen geschrieben. Wehe Dir, wenn je ein Mann von Dir gieng, ohne daß Du etwas von ihm gelernt hattest!

Als wir in .... waren, wo wir acht Tage lang blieben, gieng ich gewöhnlich des Morgens gegen sieben Uhr spazieren, und oft vor einem Hause vorbey, in welchem ich jedesmal um eben dieselbe Zeit ein klägliches Gewinsle hörte. Dies machte mich äusserst neugierig, und ich wendete mich desfalls an jemand, der sehr bekannt in der Stadt war, beschrieb demselben das Haus, und bat ihn, sich zu erkundigen, was für eine Art Leiden hier so periodisch herrschte. Der Mann lächelte, und half mir sogleich aus dem Traume. »Dort wohnt,« sagte er, »der Legationsrath Sanderstein, ein Mann, der ein Jahr in England zugebracht hat, und dabey ein großer Verehrer von Rousseaus Erziehungsmethode ist. Diese will er dann auch mit Gewalt in seinem Hause einführen; Unglücklicherweise aber sind seine Kinder von sehr schwächlicher Leibesbeschaffenheit; Doch nimmt er darauf keine Rücksicht. Des Morgens, wenn Sie die armen Dingerchen haben klagen gehört, war grade die Stunde, wo das ganze Haus gewaltsam in kaltes Wasser gesteckt, und gebadet wurde. Man hört im Winter oft bis in das dritte Haus das Geschrey und Zähnklappern der Frierenden, und das ganze Jahr hindurch ist die Familie enrhümirt« — Sonderbar genug! Was man nicht alles auf Reisen zu sehn und zu hören bekömmt!

In allen großen und kleinen Städten, durch welche wir reisten, glaubte der Adel, ein Recht zu haben, uns Langeweile zu machen. Er drängte sich, sobald er unsre Ankunft erfuhr, um den Fürsten herum, und belagerte denselben dermaßen, daß es nicht möglich war, andre verdienstvolle Männer, z. B. große Kaufleute, Fabricanten, Künstler u. d. gl., von denen wir hätten etwas lernen können, aufzusuchen; Dies gefiel mir gar nicht. Wir bemerkten, daß auch in den kleinsten Provinzialstädten sich die Stände auf eine so lächerliche Weise absonderten, und drey Häuser von der so genannten Noblesse lieber täglich zusammen gähnten und spielten, als daß sie sich in dem angenehmen Umgange schätzbarer bürgerlicher Personen unterrichtet hätten. Diese Erbärmlichkeit fiel uns auch in den Reichsstädten auf. Hier, wo in der That mehrentheils in den Häusern der Kaufleute nicht nur der größte Reichthum, sondern auch die feinste Cultur, der beste Geschmack und die edelste Gastfreundschaft herrschten, rissen sich doch die adlichen, oft sehr dürftigen Familien von jenen Verbindungen los, und machten einen Circul vor sich aus, in welchen sie alle angesehenen

Fremden hineinzuziehn trachteten, um sie an ihrer Langenweile Theil nehmen zu lassen. Ja! wenn man es genau untersuchte; bestand der größte Theil dieser Noblesse aus Leuten, die entweder, wie der Minister Claus von Clausbach, erst seit kurzer Zeit das Recht erkauft hatten, drey Buchstaben mehr vor ihre Namen zu setzen, oder deren Mütter vielleicht grade aus einer der Handlung treibenden Familien waren, und durch ihren reichen Brautschatz ihre hochadlichen Gatten in den Stand gesetzt hatten, mit einigem Anstande zu leben.

Da mein gnädigster Herr seine neu errichteten Academien nie aus den Augen verlohr; versäumten wir auch nicht, in den verschiednen Oertern die Gelehrten und Schriftsteller zu besuchen. Aber mein Gott! was für Leute lernten wir da zuweilen kennen! Ich weiß wohl, daß es eine unbillige Forderung ist, zu verlangen, daß ein Mann, der sich durch seine Schriften Ruhm erworben hat, wenn man ihn vielleicht zu einer Stunde spricht, wo er kränklich, zerstreuet, oder voll böser, hypochondrischer Laune ist, welches alles wohl Gelehrten öfter wie anderen Menschen wiederfährt, daß, sage ich, die Leute alsdann von einem solchen Manne fordern, daß er nichts wie Sentenzen und erhabne, neue, ausserordentliche Sachen reden soll. Ueberhaupt erheischt man von einem großen Manne zu viel, wenn man verlangt, er solle alles, auch die gemeinsten Dinge, auf eine ausgezeichnete Weise thun. Man erwartet ja von einem Balletmeister nicht, daß, wenn er auf der Gasse geht, er immer pas de bourré, glissades, tortiliers, pirouettes u. d. gl. mache. Dazu kömmt, daß würklich ein Schriftsteller von einigem Rufe täglich der Ungemächlichkeit ausgesetzt ist, von allerley Menschen überlaufen zu werden, die ihn nicht immer sehr interessiren, mit denen oft nicht ein gescheutes Wort zu reden ist, die ihn wohl recht zu ehren glauben, wenn sie ihm platte Schmeicheleyen an den Hals werfen, oder die sich selbst in vortheilhaftem Lichte zeigen wollen, damit er ihnen etwas Verbindliches sage, und sie sich hernach der Freundschaft eines großen Mannes rühmen dürfen. Von einer andern Seite aber giebt es dann auch leider! Gelehrte, welche im Privatleben unerträgliche Geschöpfe sind, und deren trafen wir eine ziemliche Anzahl auf unserm Wege an. Einige waren in ihrem häuslichen Wesen entweder so unsittlich, oder so unordentlich, zwecklos, schmutzig, oder böse Wirthe, schlechte Hausväter, daß man versucht wurde, sehr wenig von der Wissenschaft eines Mannes zu halten, der noch nicht gelernt hatte, ein Mensch zu seyn. Andre waren nur auf ihr Fach abgerichtet, verachteten alles Uebrige und alle andre fremde Weisheit, wussten von nichts zu reden, als von dem, was ihnen der Mittelpunct aller menschlichen Erkenntniß schien, und wunderten sich höchlich, wenn man darinn ganz fremd war. Noch Andre hatten über ihre Speculationen jede Anständigkeit im äussern Betragen vergessen. Ihr pöbelhaftes Aeusserliche, ihre groben Manieren, ihr unerträglicher Egoismus scheuchten Jeden zurück — Kurz! wir fanden nur sehr Wenige, welche Gelehrsamkeit, Geschmack, Gradheit des Kopfs und Herzens mit einer gesitteten Aufführung, mit nützlicher Thätigkeit für die Welt, mit Ausübung der häuslichen und geselligen Pflichten, mit Bescheidenheit, Heiterkeit, Weltkenntniß und feiner Lebensart verbanden.

Von Bonn aus nahmen wir unsern Weg über Trier, Luxemburg, durch einen Theil von Champagne, über Verdün, Chalons (sur Marne) und Meaux. Von da giengen wir über Charenton nach Paris; Es war so die Fantasie meines Herrn, diesen Weg zu nehmen.

Jenseits Meaux liessen wir den Kammerdiener nebst dem Friseur in einem kleinen zweysitzigen Wagen vorausfahren. Der Postknecht, welcher sie führte, warf sie auf eine höchst ungeschickte Weise um; doch bekam niemand Schaden. Als er nun die Pferde losgeknüpft hatte, rief er: »Sortés, sortés toujours, Messieurs! Il n'y a plus rien à craindre« (Sie lagen schon) Und als sie ausgestiegen waren: »Dieu merci! Vous voilà saufs et sains« — und dann: »Mais je Vous défie par exemple, de renverser avec plus d'adresse. Le Diable m'emporte! Si Vous seriés tombé ici sous la conduite d'un chien d'Allemand, Vous en auriés eu pour le reste de Vos jours.«

Wir reisten ziemlich geschwind; Es war sehr warmes Wetter, und der Fürst hatte schon in Meaux ein wenig Kopfschmerzen gehabt. Deswegen wurde beschlossen, in das unruhige Paris erst am folgenden Morgen einzuziehn, und dagegen die Nacht in Vincennes hinzubringen. Es war noch ziemlich früh, als wir hierherkamen, und ich hatte Lust, mit dem Grafen Löhfeld die Porcelainfabrik zu besehn; Wir giengen also hin. Als wir vor einem schlechten Wirthshause vorbey wanderten, bemerkten wir einen großen Zulauf des Pöbels. Ich war neugierig, die Ursache davon zu erfahren, und fragte daher jemand aus dem Haufen darnach. Es hieß: Ein Weibsbild, von der niedrigsten Art, deren es leider! in Paris eine so ungeheure Menge giebt, sey gestern Abend aus der Hauptstadt nach Vincennes gekommen, habe weiter gewollt, sey aber hier krank an einem gräßlichen Uebel, welches die Folge ihrer ausschweifenden Lebensart gewesen, vor der Thür dieses Wirthshauses liegen geblieben. Sie habe darauf den Wirth um Gottes und aller Heiligen Willen beschworen, sie doch nur zwey Tage lang zu beherbergen, wobey sie einen kleinen Ring vom Finger gezogen, und ihn gebeten habe, denselben wie eine Bezahlung der letzten menschenfreundlichen Dienste, die er ihr leisten würde, anzunehmen. »Ich bin das unglücklichste Geschöpf auf Erden,« hatte sie ausgerufen: »Vielleicht werde ich in wenig Stunden das Ende meines Lebens erreicht haben, eines Lebens, das von dem ersten Fehltritte an, den ich begieng, aus einer Reyhe von Verirrungen bestand, deren eine die andre herbeyführte, und ich nun zu spät bereue. Vom Schicksale, von allen Menschen, von mir selbst, von meinem Gewissen und von der Vorsehung verlassen, bleibt mir nichts übrig, als dieser Ring, der mich aber nur noch lebhafter an meine Vergehn erinnert, so oft ich ihn ansehe, und die Hofnung, bald von meiner Quaal erlöst zu werden; aber auch diese Hofnung wird durch die schrecklichsten Blicke in die ewige Zukunft erstickt.« Der Wirth war vorwitzig genug gewesen, von der Unglücklichen, in dieser schrecklichen Lage, noch die Erzählung ihrer Geschichte zu erpressen. Dann wurde doch sein Herz von menschlichem Gefühle des Mitleidens bewegt; Er nahm den Ring an, und — schleppte das Mädchen in einen alten feuchten Stall, wo sie an diesem Nachmittage, nach fürchterlichen Todeskämpfen, verschieden war. Da nun der Wirth den Leichnam in die Erde senken lassen wollte, hatte, wie sichs versteht, die Geistlichkeit ihm das Begräbniß verweigert. Man war daher im Begriff das Mädchen auf eine unehrliche Art (wenn es möglich ist, noch nach dem Tode einen entseelten Körper zu verunehren) wegführen und irgendwo einscharren zu lassen, welches dann den Zulauf des Volks veranlasst hatte.

Da ich gern menschliche Geschichte höre; bat ich den Gastwirth, mir von Erzählung der Elenden Bericht zu erstatten. Er that es mit aller französischen Geschwätzigkeit; Ihnen aber, meine Leser! will ich nur so viel daraus mittheilen: daß dies Mädchen von einem Verführer als Maitresse mit von Koppenhagen nach Paris geführt und, nachdem Dieser ihrer müde gewesen, von demselben verlassen und in die Nothwendigkeit war versetzt worden, das schändliche Handwerk, welches sie schon ergriffen hatte, öffentlich zu treiben. Von dieser abscheulichen Lebensart war dann ihre Gesundheit das Opfer gewesen, und als sie, um der Ahndung der Policey auszuweichen, Paris verließ, hatte sie kaum noch so viel Kräfte, bis nach Vincennes zu kriechen.

Was ich aber empfand, als ich den Ring, den der Wirth in Händen hatte, betrachtete, und ihn für denselben erkannte, den ich einst in Koppenhagen der Tochter des Sieur Lippeville,* begleitet von guten Vermahnungen, geschenkt hatte; was ich empfand, wenn ich bedachte, wie schlecht das arme Mädchen meinem Rathe gefolgt war, wie großen Antheil vielleicht ihr eigner Vater an ihrem grenzenlosen Elende haben mogte; wenn ich einen Blick auf den Leichnam warf, wie er da lag, entstellt, verwüstet durch das schreckliche Gift des Lasters — Gottes Ebenbild vertilgt, ausgelöscht aus ihren

* Man lese im zweyten Theile die 206. Seite.

Zügen — Gottes Siegel weggerissen von ihrer Stirne; Und wenn ich dann überlegte, wie es so eine Zeit giebt bey jedem Menschen, wo die heilige Unschuld in unentweyheter Würde in dem reinen Herzen wohnt, Friede, Glück, und Ruhe durch das ganze Wesen hingiesst, und wie Ein Augenblick, ein einziger kleiner Augenblick nur, oft nur Ein zu sinnlicher Wunsch, Ein freyer Blick voll Sünde, das Thor eröfnet zu namenlosem Jammer, Verderben, Elend, Reue, Zerknirschung und Hölle — und was Wachsamkeit und Gebeth nicht vermögen, die so oft vergebens gepredigt werden — Ach! ich kann es nicht beschreiben, wie mir zu Muthe wurde —

Ich kaufte den Ring um hohen Preis; Er war mir seit dieser Zeit viel werth. Ich werde meine Kinder erziehn mit diesem Ringe. Er ist meine letzte Appellation, so oft ich von guten Vorsätzen, von treu gemeintem Rathe, den Müssiggang zu fliehn, von Gefahren des Lebens, von Misbräuchen der Leidenschaften, von Verführbarkeit der Jugend, von Empfänglichkeit zum Guten rede — Doch genug hiervon! Löhfeld war es nicht werth, daß ich ihm die Ursache meiner Rührung erzählt hätte; Der Körper wurde beygescharrt — Mogte er doch liegen, wo sie ihn eingraben wollten! — Die Porcelainfabrik blieb unbesehn.

Siebentes Capitel.

Zurückkunft von der Reise. Hofcabalen.
Gespräch darüber.

Es fällt mir eben noch zur rechten Zeit ein, daß ich Ihnen zu viel von unsrer Reise erzähle. Sie mögten nachher auf das ganze Werk nicht pränumeriren wollen, wenn ich fortführe, die besten Stellen aus meinem Journale voraus herzugeben. Also wollen wir das Ding dabey bewenden lassen, und uns begnügen, zu sagen, daß ich im Junius dieses Jahrs glücklich mit meinem Herrn in die Residenz zurückkam.

»Nun, mein lieber Peter!« — sprach kurz nachher Reyerberg eines Abends zu mir, als wir in dem Zimmer meiner Frau beysammen saßen: »Ist es wohl erlaubt, Ihrer Excellenz einmal die Wahrheit zu sagen?«

»Warum nicht, mein guter Ludwig,« antwortete ich, »Du weisst, daß ich gern den Rath eines Freundes annehme.«

Reyerberg. »Das weiß ich nun wohl eben nicht, denn ich habe Dich doch oft sagen gehört: Man solle einem klugen Manne nie seine Fehler zeigen, sondern ihm so viel Selbsterkenntniß zutrauen, daß er sie unerinnert einsehn und zu verbessern suchen würde; wenn er das könnte.«

Ich. »Du verdrehest meine Worte. Wenn ich das gesagt habe; so war von Hauptfehlern die Rede, von herrschenden Leidenschaften, deren jeder Mensch einige hat; Und da habe ich dann mit Recht, wie ich denke, behauptet, daß es unvernünftig seyn würde, einen Verständigen auf Dinge aufmerksam machen zu wollen, die er längst an sich selbst bemerkt haben, und wohl unübersteigliche Hindernisse bey seinem Kampfe dagegen gefunden haben müsste, wenn er sich noch immer nicht davon hätte losmachen können. Aber bey kleinen Verirrungen, Unvorsichtigkeiten in der Aufführung und dergleichen, wer würde da nicht gern sich liebreich zurechtweisen lassen?«

Reyerberg. »Hast Du aber nicht auch oft gesagt: Man solle sich gänzlich enthalten, über die Handlungen eines weisen Mannes zu urtheilen? und wenn man ihn auch auf Einem Beine herumspringen sähe, indeß andre Biedermänner auf zweyen einhergiengen; so solle man doch schweigen, und denken: Ey nun! Er wird schon wissen, was er thut.«

Ich. »Ich sehe, daß man sich in Acht nehmen muß, paradox scheinende Sätze in Deiner Gegenwart vorzutragen. Du schnappst alles auf, verstehst es halb, reissest mir die Scheide aus der Hand, und meinst, Du hättest mir mein Schwerdt entwunden, das Du nun gegen mich selbst brauchen könntest.«

Reyerberg. »Wenn Du aus dem Tone redest, mein Lieber! so wollen wir davon abbrechen — Doch nein! Magst Du immerhin ein wenig ungehalten auf mich werden! Ich will es darauf wagen. Dein gutes Herz wird Dir schon einst zuflüstern, daß ich es wenigstens gut gemeint habe; sollte ich auch hie und da im Irrthum gewesen seyn — Also zur Sache!«

Und nun, meine lieben Leser! erlauben Sie mir, dies ganze Gespräch zwischen Reyerberg, meiner Frau und mir, so viel ich mich dessen noch erinnere, hier abzuschreiben. Da ich bald nachher die Wahrheit von allem erfuhr, was mir mein Freund damals sagte, so wenig ich es auch zu der Zeit glaubte; kann dieser Dialog, besser wie meine trockne Erzählung dazu dienen, Sie von der Lage, darinn ich mich befand, zu unterrichten.

Reyerberg. »Also zur Sache! Ohne ein Prophet zu seyn, kann ich Dir voraussagen, daß Du hier nicht lange mehr Dein Ministerwesen treiben wirst.«

Meine Frau und ich zugleich. »Nun! das klingt ja gefährlich.«

Reyerberg. »Es ist gewiß, und wäre es nicht also; desto schlimmer für Dich! Dann mögte ich nicht Ein Wort darüber verliehren. Kurz! Du bleibst entweder der redliche Peter, der Du bist, und dann wird man Dich bald fortzuschaffen wissen, oder Du gehst selbst zu Grunde, lässest Dich von dem Strohme des Verderbnisses hinreissen.«

Meine Frau. »Für das Letztere hafte ich.«

Reyerberg. »So zuversichtlich, meine gnädige Frau?«

Meine Frau. »Sehr zuversichtlich.«

Ich. »Und das Erste beunruhigt mich wenig. Wenn ich, bey den treuesten Absichten, verkannt, gemisbraucht, mit Undanke belohnt werde; so soll es mich doch nie reuen, Gutes gewollt und Gutes gethan zu haben, so viel ich nämlich konnte.«

Reyerberg. »Ihr bringet mich aus meinem Concepte, Ihr Leutchen! Lasset mich ausreden, und fallet mir nicht in die Rede!«

Ich. »Nun! so laß denn einmal hören!«

Reyerberg. »Du hast schon herrlich die äussern Hofsitten angenommen, siehest immer freundlich, liebreich und süßlich aus; sagst den Leuten handgreifliche verbindliche Artigkeiten, die niemand für Ernst halten kann; kannst zur rechten Zeit zerstreuet scheinen, wenn Du etwas nicht hören, auf etwas nicht antworten willst; fragst sechserley in einem Odem fort, und erwartest die Antworten nicht, damit ja nicht Dein Herz Antheil an etwas zu nehmen das Ansehn habe. Du sagst mit Kälte die wärmsten Verbindlichkeiten, und mit Wärme die unbedeutendsten Kleinigkeiten. Du scheinst an Staatssachen zu denken, wenn Du überrechnest, wie viel Schüsseln auf dem Tische stehen, und machst Plane zum Besten des Landes, wenn Du mit dem Papagayen der Dame Novanelle spielst. So weit wären wir also schon gekommen, und wenn Du ein junger Mensch, und nicht mein alter geprüfter, redlicher, erfahrungsvoller Peter wärst; mögten wohl die gnädige Frau nicht so ganz gewiß behaupten dürfen, daß es nun gar nicht möglich wäre, am Ende, durch lange Gewohnheit sich zu verstellen, den edeln, ofnen Character einzubüßen, und Geschmack daran zu finden, die Menschen am Narrenseile herumzuführen, auf ihre Unkosten zu lachen, damit sie nicht mit uns ihr Spielwerk treiben. Doch das hat nun freylich bey Dir keine Gefahr, und zwar aus zwey Ursachen: zuerst wegen Deiner wahrhaften Rechtschaffenheit und thätigen Tugendliebe, und dann, weil ich sehr überzeugt bin und gewiß weiß, daß man Dir eher den Stuhl rücken wird, ehe Du Zeit haben kannst, zu Grunde zu gehn.«

Ich. »Sollte man nicht meinen, Du seyest auf die Spur von einer fürchterlichen Verschwörung gegen mich gekommen?«

Reyerberg. »Alle Schelme stehen in einer ewigen großen Hauptverschwörung gegen die Bessern, und Diese sind noch von je her das Opfer davon gewesen. Dazu kömmt, daß ich wie ein müssiger Zuschauer mehr sehe, wie Du gewahrwerden kannst, und während Deiner Abwesenheit noch manches bemerkt habe, was mir sehr auffiel. Glaube mir, meine theure Excellenz! Du thust am besten, wenn Du bey Zeiten und mit Ehren den Kopf aus der Schlinge ziehst. Entsage der elenden Eitelkeit, hier als ein Sclave zu glänzen! Wirf Deinen blauen Heering zum Teufel! Ihr seyd ja reiche Leute. Kaufet Euch doch ein Landgut, und lebet dort sorgenlos, glücklich, von niemand gekränkt! So wehe mir's thun würde, mich von Euch zu trennen; so muß ich Dir doch als ein Freund diesen Rath geben. Ich will mich dann schon hier durchschlagen, mein lieber Claus! Ueber die kleinen Gesträuche geht der Sturm hinweg.«

Ich. »Et saevius ventis agitatur ingens pinus — Ich weiß es wohl; Aber sieh nur, mein Bester! Gern will ich diesen Sturm aushalten, in Betracht des vielfachen Guten, das ich hier zu würken Gelegenheit habe.«

Reyerberg. »O mein Gott! als wenn Du nicht auf dem Lande zehnmal mehr zuverlässig sichers, individuelles Gutes thun könntest! Rechne doch einmal die Summe dessen, was

Du hier nicht auszurichten vermagst, trotz Deiner Mühe, gegen das, was du würklich thust! Rechne von diesem ab, was jeder andrer Mittelmäßige, der an Deinem Platze stünde, auch vollbringen würde, da er jetzt vielleicht Böses oder gar nichts thut! Rechne ferner ab dasjenige, wovon die Würkung noch ungewiß ist — Was bleibt übrig?«

Ich. »Ja! wenn man also calculiren will.«

Reyerberg. »Und glaube mir: Die Menschen, denen Du Wohlthaten erzeigst, verdanken es Dir wenig, und lachen noch in ihrem Herzen, und halten Dich für einen Pinsel, der das nicht merkt. Der Graf Löhfeld, den Du in den Dienst gebracht hast, ist der niederträchtigste Pursche, den ich kenne. Er spürt jedem Deiner Schritte nach, hat Dich auf der ganzen Reise beobachten müssen, ist des alten Mehlfelds Spion und des schwarzäugichen Fräuleins Buhler. Wie konntest Du auch dem Jungen trauen? Mann voll Menschenkenntniß! Wie konntest Du ihm trauen? Ich hatte kaum die ersten Aushängebogen von diesem Buben gesehn, als er hierher kam, da bemerkte ich schon eine Menge Druckfehler in seinem Herzen. Die Leute, welche durch Dich bey der Cammer sind angesetzt und befördert worden — Ich denke mich wirst Du ausnehmen — sind Dir nicht treuer. Sie tragen den Mantel auf beyden Schultern. Heute sind sie Deine unterthänigen Knechte; Laß aber morgen Deine Parthey schwächer werden; so suchen sie alles gegen Dich hervor, was Deinen Sturz beschleunigen kann, um einem neuen Vezir zu gefallen.«

Ich. »Da sagst Du mir nichts neues. Glaubst Du denn würklich, ich trauete diesen Leuten? Sey versichert, mein lieber Ludwig! daß ich so wenig auf Dankbarkeit rechne, daß es mir gar nicht anders einfällt, als gewiß zu erwarten, daß mich Jeder hintergehe. Allein das bekümmert mich sehr wenig. Die Menschen sind Narren; ich weiß es.«

Reyerberg. »Und Du lassest Dich also von Narren misbrauchen?«

Ich. »Von meines Gleichen — Und doch nicht misbrauchen — Jeder handelt in der Welt um sein Selbst willen, befördert sein idealisches Glück, seine Freude, wo er kann. Meine Neigung geht dahin, wohlzuthun; Dies ist mein Augenmerk, mein Interesse, meine Freude. Um die Personen ist mirs gar nicht zu thun. Wenn mich jemand betrügt; so lache ich herzlich, und lasse ihn laufen. Wenn er dann Meiner bedarf; kömmt er wieder herangeschlichen, macht allerley lustige Entschuldigungen und Bemäntelungen über seine Undankbarkeit daher, und da thue ich, als glaubte ich das alles, und meine Frau seufzt oder weint über meine anscheinende Verblendung. Allein ich lasse mich nicht irremachen, und höre alle Schmeicheleyen an, und Jener geht, freuet sich, daß er mich noch einmal angeführt hat, und ich diene ihm noch einmal, und wenn er Meiner entbehren kann, betrügt er mich auch noch einmal. Das ist denn ein gar herrlicher Spaß.

Meine Frau. »Ja ja! so macht er es, und ich habe dann die Unruhe davon, und mögte zuweilen toll werden, wenn ich sehe, wie er sich Jedem aufopfert, für Jeden arbeitet, und von Jedem mit schändlichem Undanke belohnt, verkannt, verläumdet wird.«

Ich. »Pah! das geht nun nicht anders her.«

Reyerberg. »Und Du glaubst nicht, daß zuletzt Dein Herz entweder hart, wie der Rücken eines Postgauls, werden wird, wenn so jedermann darauf herumjuckert, oder daß auf einmal dies gefühlvolle Herz erwachen wird aus seiner Betäubung, und dann doppelt bluten von den vielfachen harten Schlägen? Daß Du allen Glauben an Menschheit verliehren, in Dich selbst gekehrt, feindselig, zu keiner guten That mehr in Bewegung zu setzen seyn wirst?«

Ich. »Hat nichts auf sich.«

Reyerberg. »O! gewiß, mein Lieber! Und rechnest Du Deine Gesundheit, die Du aufopferst, für nichts? Die Du aufopferst, um Geschäfte zu treiben, die jeder elende Tropf eben so gut versehn könnte?«

Ich. »So thue ich doch wenigstens das Böse nicht, das er hineinmischen würde.«

Reyerberg. »Das ist der Mühe werth! So mag dann ein

Mann, der zum Feldmarschall gebohren wurde, Musketier werden, wenn er glaubt, er würde im Felde, stehn bleiben, wo vielleicht ein Andrer wegliefe.«

Ich. »Deine Gleichnisse hinken. Dazu kömmt, ich bekenne es Dir, daß mein jetziger Glanz meine Eitelkeit kitzelt. Ich mag vor mein Leben gern gelobt werden.«

Reyerberg. »Aber ist es nicht noch einmal so süß, geliebt zu seyn?«

Ich. »Und bin ich das nicht? Habe ich nicht einen Freund an Dir, der mich mit der Menschheit aussöhnt? Habe ich nicht ein Weib, das mir jedes Ungemach des Lebens versüßt? Habe ich nicht einen Knaben, bey dessen Erziehung mir meine Erfahrungen zu Statten kommen?«

Reyerberg. »Und wirst Du nicht zuletzt auch uns nicht mehr trauen?«

Ich. »Daß ich es Euch grade heraus sage! Auch Euch würde ich nicht trauen, wenn ich nicht gewiß wüsste, daß Ihr weder Interesse noch Hang haben könntet, mich zu hintergehn.«

Meine Frau. »Böser Mann! Siehst Du? das ist schon wahrlich ein Anfang von Feindseligkeit.«

Reyerberg. »Es ist nicht so ernstlich damit gemeint; Wir wissen es besser. Er ist in sein System verliebt, und mögte gern, daß es aller Orten hinpasste. Aber wie, wenn Du nun durch die Cabalen Deiner Feinde fortgetrieben würdest von hier, mit Schimpf, Verdruß und Undanke belohnt, und nun in einer viertel Stunde die ganze Frucht verlohrner Mühe, verwendeter Gesundheit und verschwendeter schöner Jahre verlohren gienge?«

Ich. »Das ist vorerst nicht zu befürchten; Der Fürst bedarf Meiner noch.«

Reyerberg. »Sollte er das immer einsehn? Du wirst es nicht merken, wenn das Ungewitter losbrechen will. Die Prinzen lernen früh, sich verstellen. Auch der dümmste Despot versteht diese Kunst, lernt sie an seinem Hofe. Und wenn es nun also käme — Ach! mein liebster Freund! wie würde mein Herz bluten! Und Du selbst müsstest dann gewiß Dir Vorwürfe machen, müsstest innigst betrauren die schönen entflohnen Stunden, in welchen Du, in einem kleinen unbeneideten Würkungscreise so viel Gutes hättest stiften können.«

Ich. »Wo in dieser Welt findest Du einen unbeneideten Würkungscreis? Du vergissest, in Deinem rednerischen Durchfalle, daß Du unmögliche Dinge forderst. Sage mir: wo findest Du ein Leben, das nicht durch den Neid der Menschen verbittert würde, wenn man sich dadurch irremachen lassen will?«

Reyerberg. »Bey dem stillen Landleben, da finde ich es. Wenn man, unter dem Schutze der holden Mutter Natur, seine einfache Kost, die uns Feld und Garten freundlich darbiethen, ohne Kummer und ohne Reue verzehrt, seinen Ueberfluß mit dem Armen brüderlich theilt, durch keine der unzählichen Leidenschaften in Fieber gebracht wird; Wenn man in der Stille und unbemerkt seinem ehrlichen Nachbar mit Rath und That an die Hand geht, die Jugend zweckmäßig *bildet*, nicht *cultivirt*, den Körper durch Mäßigkeit, Ordnung und Bewegung gesund und stark erhält, den Schöpfer aller Dinge bey jeder aufgehenden Sonne dankbar preist, und in seiner Seele erhebt; Arm in Arm an der Seite seines treuen Weibes die Fluren durchwandelt, die der liebe Gott so herrlich ausschmückt, mit Reichthum und Schönheit aller Art; und dann, nach einem ruhigen Tage voll seligen Genusses, die matten Glieder auf sein Lager hinstreckt, die Augen schliesst, seine Seele der Obhut des liebreichsten Wesens anvertrauet, und dann in ungestörtem Schlafe neue Kräfte für den folgenden frohen Tag sammelt.«

Ich. »O! schweige, bester Ludwig! Gewiß will ich einst dies Glück schmecken. Aber noch kann ich nicht. Ich kann unmöglich, habe noch so manchen guten Vorsatz vorher auszuführen, habe so manches angefangen, was ich vollenden muß — Man soll ja nichts halb thun — Nur noch ein Paar Jahre Geduld!«

Reyerberg. »So schlaf denn wohl, mein lieber Minister! Gutes Glück! Wir sprechen uns bald wieder.«

Er gieng fort. Meine Frau saß tiefsinnig da. »Wir wollen davon mit Ludwig nicht mehr reden,« sagte ich: »Er setzt uns nur allerley in den Kopf; Laß uns zu Bette gehn!«

Achtes Capitel.

Das Ding fängt an, schief auszusehn.

Diejenigen unter meinen Lesern, denen es nicht blos darum zu thun ist, die Erzählung von allerley lustigen Abentheuern zu hören, sie mögen wahrscheinlich seyn oder nicht, sondern welche fähig sind, mit Vernunft und Theilnehmung den Gängen nachzuspüren, auf welchen Leidenschaften und Schicksale den Menschen fortstoßen und ihn zu den verschiednen guten und bösen, weisen und unweisen Handlungen bestimmen, solche Leser werden mir es gern verzeyhn, wenn ich hier einige Augenblicke die Geschichte abbreche, um ein Paar Bemerkungen über das vorhergehende Gespräch zu machen.

Es könnte Ihnen nämlich sonderbar vorkommen, daß Ludwig Reyerberg, den ich, von seiner ersten Jugend an, wie einen äusserst lebhaften, unternehmenden Kopf geschildert habe, der schon als Knabe allerley kühne Sprünge machte, keinen Zwang ertragen konnte und gern gegen Unverstand und Tücke kämpfte, daß Dieser mich itzt, aus dem Circul meiner Würksamkeit heraus, zu einem ruhigen Landleben stimmen wollte, da hingegen bey mir, der ich würklich von Kindes Beinen an nur eine Art von subalterner Rolle spielte, mich mehr von Menschen und Schicksalen treiben ließ, als daß ich mich selbst und Andre getrieben hätte, daß, sage ich, jetzt mein Character sich gänzlich umgeformt, und eine Art von Kraft und Unternehmungssucht angenommen zu haben schien. Dies mögte Ihnen nun freylich unnatürlich vorkommen, doch hoffe ich, Sie überzeugen zu können, daß wir, in Betracht der Lagen, darinn wir Beyde uns befunden hatten und itzt befanden, gar nicht anders zu handeln im Stande waren.

Würklich hatte Reyerberg von Natur mehr Anlage zu einem unruhigen und thätigen Leben wie ich, aber seine Schicksale hatten ihn mürbe gemacht, und seine Lebhaftigkeit merklich herabgestimmt. Ihm war alles mislungen, was er unternommen hatte, dagegen ich, den sonderbare Verhältnisse und unerwartete Begebenheiten in einen Wirbel von Abentheuern hineingezogen hatten, fast immer, einige kleine Widerwärtigkeiten ausgenommen, glücklich davongekommen, und stufenweise bis zu einer glänzenden Laufbahn hingetrieben worden war, welches dann meinen Glauben an das Glück meiner Unternehmungen sehr vermehrt haben musste. Sehr lebhafte Leute sind durch langwierigen Widerstand müde zu machen, da hingegen bey gemäßigten Temperamenten, wenn diese durch vortheilhafte Umstände oder durch Nothwendigkeit in würksame Thätigkeit gesetzt werden, diese Geschäftigkeit zu einem Bedürfnisse, zu einem Theile ihres Wesens wird, das man ihnen so leicht nicht wieder entreisst.

Reyerberg* entwischt seinem Schullehrer und sucht das freye Feld. Man erhascht ihn, und zwängt ihn; der wie ein Edelmann erzogen war, in das Joch des gemeinen Soldatenlebens. Er theilt nachher alle Ungemächlichkeiten meines Vagabondenzugs mit mir, wird endlich von einem Engländer mit auf Reisen genommen, aber auch dies Glück dauerte nicht lange. Er geht nach England, und findet dort seines Bleibens nicht. Er kömmt zurück, sucht in Teutschland Dienste an Höfen, und verfehlt seinen Zweck. In der litterarischen Welt geht es ihm nicht besser. In der Liebe ist er unglücklich. Kaum hat er als Schauspieler ein beschwerliches Einkommen; so wird er von seinem schelmischen Bruder wie-

* Erster Theil Seite 45 Zweyter Theil Seite 202.

der entführt, und an die ostindische Compagnie verkauft. Wenn eine solche Reyhe von Widerwärtigkeiten einem sinnlichen Menschen, von sanguinischem Temperamente, nicht den Kopf brechen und ihn ruhiger machen will; so wüsste ich nicht, wie es zugehn sollte.

Dagegen durchlaufe man meine Geschichte: Als eines Schusters Sohn, unter dem Schutze einer adlichen Dame, über meinen Stand erzogen, von ihr aus meiner Armuth gerissen und zum Lakayen erhoben, mitten in meinen Abentheuern noch immer glücklicher wie ich es in der Hütte meines dürftigen Vaters hätte seyn können; oft sehr reich; aus allen Gefahren wunderbar gerettet; als Bedienter, als pseudohermetischer Arzt, als Schriftsteller, als Schauspieler, jedesmal vom Schicksale leidlich behandelt; wie mit den Haaren herbeygezogen, zu der Verbindung mit einer reichen, hübschen, guten Frau gezwungen; ohne Unkosten auf Reisen in der Welt umhergeführt; als reisender Musiker bewundert und beklatscht; bey einem guten, würdigen Herrn als Secretair angesetzt; durch einen bologneser Hund zum Cammerdirector ernannt, nachher geadelt, excellenzirt, mit einem schönen bunten Orden behängt; im Besitz eines großen Vermögens, wahrer häuslicher Glückseligkeit und politischer Herrlichkeit — Wer, zum Henker! wird nicht da anfangen, dem Glücke und seinem savoir faire alles zuzutraun?

Sehen Sie, meine holden Damen und Herrn! Dies sind keine unnütze Winke, wenn man so aufmerksam gemacht wird auf den Einfluß, den das Schicksal auf unsre Denkungsart und auf unsre Handlungen hat, wie es uns umarbeiten kann, so daß man wahrlich recht vernünftig thut, wenn man nicht eher über die Handlungen und Grundsätze seiner Brüder urtheilt, als bis man alle diese Umstände in Erwägung gezogen hat, und wenn man das nicht kann, lieber schweigt, duldet und nicht urtheilt.

Ich bin auch sehr überzeugt, daß, wenn Reyerberg an meinem Platze gestanden wäre, er eben so voll politischer Schwärmerey wie ich gewesen seyn, und daß, wenn ich meine Lage ohne Leidenschaft hätte betrachten können, ich seinen

Vorstellungen vollkommen Recht gegeben haben würde — Doch genug hiervon! Ich fahre in meiner Geschichte fort.

Leider! fieng bald nach unsrem letzten Familiengespräche die Prophezeyung meines Freundes an, nach und nach einzutreffen, und zwar kamen hier folgende Umstände meinen Feinden zu Hülfe.

Wenn ich den Tag über im Gewirre meiner Geschäfte gesteckt, und nun mein Tagewerk fleissig vollbracht hatte; war ich des Abends gegen sechs Uhr immer heiter und zur Geselligkeit aufgelegt. Der Fürst, welcher vom Morgen an im Zwange des Hoflebens zugebracht hatte, pflegte um eben diese Stunde zu Madame Novanelle zu gehn, und mich zu bitten, ebenfalls dahin zu kommen. Dort saßen wir dann im vertrauten Circul, hatten manchen lustigen Einfall, ich gestehe es, zuweilen auf Unkosten andrer Leute, und da der Fürst hier gänzlich seine Hoheit vergaß, und aus unsern freundschaftlichen Gesprächen alle Zurückhaltung verbannt war; wog auch ich, ungeachtet der mir von Ludwig vorgeworfnen Politic, meine Worte nicht sehr ab, denn ich dachte: das bliebe so alles unter uns, und werde kein Misbrauch davon gemacht werden.

Nun bestand das sogenannte Ministerium, in welchem Serenissimus in höchsteigner Person präsidirte, ausser mir, nachdem den Herrn von Mehlfeld seine ihm aufgedrungene Schwächlichkeit abhielt, den Sitzungen beizuwohnen, nur noch aus zwey Personen, nämlich aus dem Justitzpräsidenten von Schwarzhelm, und dem Geheimenrathe von Lämmersdorf. Beyde waren ein Paar äusserst schwache Menschen, und ehemals von dem alten Präsidenten nur wie negative Größen betrachtet, oder besser als Nullen hinter seine Zahl gesetzt und in das Ministerium gezogen worden, damit keine Andre hineinkämen, die weniger geneigt wären, zu allem ja zu sagen. Schwarzhelm war ein langweiliger steifer Jurist und dabey filzig geizig. Er hatte eine alte Schwester bey sich, welche ihm die Haushaltung führte, und mit Dieser hatte er ausgemacht, daß wer von ihnen beyden den Andern überleben würde, dessen Erbe seyn, aber dagegen auch den

Leichnam waschen und ankleiden sollte, damit der Gulden, welchen sonst die Todtenfrau dafür bekömmt, erspart würde. Lämmersdorf mogte noch wohl um ein Köpfchen größer seyn wie Jener, denn Schwarzhelm hatte eigentlich gar keinen Kopf. Doch war er auch ein lächerliches Original. Er hatte den Fürsten erzogen und war, wie es alten Hofmeistern geht, nachher mit kalter Ehre, so kühl wie Mondschein, belohnt und umstrahlt worden, denn er saß im Ministerio, durfte aber den Mund nicht aufthun. In seiner Jugend hatte er flink gelebt, gegenwärtig war er ein alter Sünder, hatte daher zur Andächteley seine Zuflucht genommen, und wohnte den Betstunden bey, die der Herr von Mehlfeld des Abends in seiner Haushälterinn Zimmer hielt.*

Sobald ich es mit diesen Leuten zu thun bekam, setzte ich mich freylich bey ihnen in das gehörige Ansehn; Da ich indessen keine gefährliche Plane hatte, und ich mich zuweilen Ihrer zum Guten bedienen zu können hoffte; betrug ich mich doch mehrentheils ganz freundlich gegen sie. Ich kann wohl zu erlaubten Zwecken auch schlechten Leuten ein wenig schmeicheln, aber lange gelingt es mir nie, mich in ihrer Gunst zu erhalten, denn wenn mir einmal der Kopf nicht recht steht und ein solcher Pinsel kömmt mir in den Wurf; verderbe ich dann oft in einem Augenblicke alles, was ich ein Jahr lang gut gemacht hatte. Auch rede ich gern ein wenig frey über Thoren und Schelme. Freylich könnte ich das bleiben lassen, aber es ist nun so meine Weise, und ich habe

* Daß es solcher lächerlichen Originale unter den Geheimeräthen giebt, hat wohl keinen Zweifel; daß ich die hier geschilderten und nicht von mir namentlich bekannten Personen entlehnt habe, versichre ich auf Ehre; daß ich nicht weiß, ob grade jetzt an irgend einem teutschen Hofe eine Sammlung solcher Narren auf einem Brette zusammen anzutreffen ist, betheure ich gleichfalls; daß ich, wenn ich es wüsste, nicht so dumm seyn würde, auf diese Menschen ein Pasquill zu schreiben, und sogar die Jahreszahl 1784 dabey zu setzen, kann man mir zutrauen; Also verbitte ich gehorsamst alle Aufregungen. Anmerkungen des Verfassers.

keine Tücke dabey. Doch nehmen es die Leute zuweilen übel auf. So bald indessen nur der Schalk anfängt, sich zu bessern; wiederrufe ich gern alles Ueble, das ich von ihm geredet habe. Es geschieht eigentlich nur, um Ew. Hochwohlgebohren aufmerksam auf Sich selber zu machen. Auch bessern sich die Leute wahrlich oft, durch Hülfe eines kleinen Spottes, wenn sie es auch nicht gestehen. Seyen Sie immer aufgebracht über mich! Sie haben ja volle Freyheit, es mir eben also zu machen. In der That geschieht das zuweilen, und dergleichen Demüthigungen haben mich schon sehr gebessert.

Dies im Vorbeygehn! — Daß wir nun wieder zu unsern beyden Geheimenräthen zurückkommen! Sie waren an nichts wie schiefe Wege gewöhnt, und da ich sahe, wie sie auf keine Art zum Guten in Bewegung zu setzen waren; konnte ich sie gar nicht mehr ohne Ekel vor Augen dulden. Ich machte daher mich oft lustig über sie, erzählte Anecdötchen von ihnen, und das besonders in unsern Abendgesellschaften bey der Dame Novanelle. Die saubern Herrn von ihrer Seite hatten auch nicht eben die größte Zärtlichkeit für einen Mann, der, so wie ich auf einmal da in das Ministerium hineingesetzt wurde, und wenigstens zehn Jahre jünger war, wie Einer von ihnen. Hatten sie nun wohl nicht den Muth, sich öffentlich wie meine Feinde zu zeigen; so schüttelten sie doch zu rechter Zeit bedeutungsvoll die Köpfe und wurden unter der Hand von dem würdigen Mehlfeld in dieser Stimmung erhalten, wozu die Abendbetstunden nicht ungenützt blieben.

Also sahe es im Ministerio aus. Das Hofgeschmeisse hatte ich von Anfang meiner Laufbahn an, mehr wie die Klugheit es erforderte, verachtet. Ich war mir bewusst, dem Fürsten ein nützlicher Mann zu seyn, da ich hingegen jenes Gesindel wie elende Müssiggänger betrachtete, an ihrem leeren, geistlosen Geschwätze einen gewaltigen Widerwillen hatte, und diese Empfindung besonders alsdann hervorblicken ließ, wenn sie meinem Herrn allerley kostspielige, zwecklose und närrische Tändeleyen in den Kopf setzten.

Der Hofmarschall war ein kleines, liebliches, glattes, süßes Männlein. Das Schelmchen sah immer gar zu freundlich und artig aus, hätte indessen doch gern Jeden fortgeschafft, der bey dem Fürsten in einigem Ansehn stand, wenn Derselbe etwa den Herrn Hofmarschall übersah, hetzte zur Abwechselung die Leute ein wenig an einander, und gieng übrigens immer recht zierlich und wacker gekleidet, gekämmt, gewaschen und parfümirt einher. Unwissender, leerer und superficieller aber wie er, kann man in der Welt nicht seyn. Dagegen erzählte er auch gewöhnlich nur des Mittags aus den Zeitungen, berichtete, wie ihn alle Spiele nun schon seit vier Wochen so übel behandelten, was für Saucen ihm gestern wohlgeschmeckt hatten, zog Muster von Stickereyen und neuen Kleidern, die er aus Lion kommen ließ, aus der Tasche, und machte hie und da ein wäßrichtes Späßchen dazwischen, über welches er unter Allen zuerst, zuweilen auch nur ganz allein lachte. Ich sagte einmal: wenn seine schönen Kleider einst als Lumpen durch die Papiermühlen gelaufen wären; müssten nichts anders als Blätter von dem Courier du bas Rhin, Kochbücher, Anweisung zum Whistspiele und Vademecums darauf gedruckt werden. Wenn er sich in seinem Geschwätze höher verstieg und ich grade gegenwärtig war; pflegte ich ihn ein wenig zurecht zu schütteln.

Der Oberschenk, ein Herr von Gerlüb, war ein dickes Mastvieh, an jedem Nachmittage betrunken, und ein Lügner wie ich je einen gesehn habe. Uebrigens schlich er gewöhnlich von der Tafel nach Hause, um dort Nachmittagsruhe zu halten; Alsdann zu seiner Maitresse, einer französischen Sängerinn, wohin er aus dem fürstlichen Keller ein Paar Flaschen voll alten Weins bringen ließ. Wenn diese ausgeleert waren, ließ er sich entweder mit seiner Schönen in das Schauspielhaus, oder allein zu dem Herrn Präsidenten in die Betstunde fahren. Von da gieng es zur Abendtafel bey Hofe, und dann zu seiner Frau, die sich indeß ihre Zeit mit jungen Officieren verkürzt hatte. Da ich diesem Ehrenmanne zuweilen Monita über den Aufwand am Hofe in Weinen aller Art machte; stand ich auch bey Diesem nicht sehr in Gnaden.

Von dem jungen Grafen Löhfeld habe ich schon erwähnt, daß er mir seine ganze politische Existenz zu danken hatte. Er war ein armer Schlucker, der Jüngste von acht hochgräflichen Kindern. Sein verschuldeter Vater wendete sich an mich, und bat mich, diesen Buben in den Dienst zu bringen. War es Güte des Herzens oder die kleine Eitelkeit, gern den Gönner eines Reichsgrafen zu spielen — Ich war damals eben erst geadelt worden, und hatte noch wenig Gelegenheit gehabt, vornehmen Leuten meine Protection angedeyen zu lassen — Kurz! ich verschaffte seinem Sohne Dienst und Gehalt. Aber dieser Knabe belohnte mich sehr undankbar. Er hatte, was man leider! Genie nennt, Lebhaftigkeit, einen Hang zur Klatscherey und zu kleinen Ränken, unbestimmte Thätigkeit, Drang, eine Rolle zu spielen, und Sie werden bald sehn, wie er, unter Anführung des würdigen Präsidenten von Mehlfeld, von diesen herrlichen Talenten gegen mich Gebrauch machte.

Es giebt wenig Menschen, die irgend eine Art von Uebergewicht Andrer über sie vertragen können, wäre es auch das Uebergewicht des Wohlthäters über den, welcher Wohlthaten empfängt. Ich habe einen Mann gekannt, der zu sagen pflegte: »Heute habe ich mir wieder einen Feind mehr gemacht, denn ich habe einem ehrgeizigen Menschen einen Dienst geleistet.« Das war dann der Fall mit dem jungen Grafen. Bey den Uebrigen mogte wohl das innere Bewusstseyn ihrer Erbärmlichkeit der Grund zur Feindschaft gegen einen Mann seyn, der sie zuweilen demüthigte.

Mit Einem Worte! Diese ganze Rotte, vereinigt mit einigen noch geringern Geschöpfen, hatten gegen mich eine Ligue geschlossen, welche Reyerberg von Weitem witterte, ehe ich das geringste davon ahndete, weil ich zu stolz war, auf die Handlungen dieser subalternen Menschen Acht zu geben.

Neuntes Capitel.

Unsers Herrn Ministers Actien fallen merklich.
Wie man gegen ihn würkt.

Die Leser würden der ganzen Dienerschaft meines gnädigsten Fürsten und Herrn sehr großes Unrecht thun, wenn sie glauben wollten, es sey auch darunter nicht ein einziger ehrlicher Mann gewesen, der zu edel gedacht hätte, sich in eine so schändliche Cabale gegen einen Unschuldigen einzulassen. Gewiß waren dergleichen dort, allein sie hielten sich ruhig und sahen das Ding von Weitem mit an. Einige von ihnen, durch langjährige Erfahrung mit den Ränken bekannt, welche an kleinen Höfen herrschen, wollten nicht thätig seyn, weil sie wohl wussten, daß, wenn einmal die Bosheit einen durchgedachten Plan gegen die unbefangne, sorgenlose Redlichkeit ersonnen hat, alles Bestreben der Bessern, den Verfolgten zu retten, vergebens ist. Sie wussten, daß, wenn man sich in solche Händel mischt, man entweder selbst das Schlachtopfer wird, oder doch den Zustand Dessen, dem man helfen will, dadurch noch ärger, und die Feinde erbitterter macht. Diese vorsichtigen Leute also thaten, als sähen und hörten sie nichts, aber ihre Aufführung gegen mich war immer gleich achtungsvoll und freundschaftlich, mein Ansehn mogte steigen oder fallen.

Andre, die den Zusammenhang dessen was vorgieng nicht wussten, nicht nahe, nicht hoch genug standen, um zu sehn, ob Cabale von Seiten meiner Feinde oder Unrecht von der meinigen gegen mich arbeitete, oder die nur mit sich selbst zu thun hatten, um festzustehn, oder die zu phlegmatisch waren, sich in verwickelte Händel einzulassen, liessen die Sache ihren Gang gehn, und dachten: »Ein Jeder fege vor seiner Thür rein!«

Noch Andre, die weder Glücksgüter noch entschiedne Verdienste hatten, hiengen natürlicherweise mit ihrer ganzen Existenz von der herrschenden Parthey ab, mussten, um ihren Weg zu machen, und nicht, bey etwa erfolgendem Sturze, mitzupoltern, bald clausisch bald mehlfeldisch seyn, je nachdem Dieser oder Jener der Schutzpatron war, der am Staatsruder stand.

Eine vierte Parthey war vielleicht gegen mich eingenommen, weil ihr entweder mein Betragen unvorsichtig vorkam, oder weil ich hie und da ihre Wünsche und Erwartungen nicht befriedigt hatte. Da nun die schwachen Menschen fast alle Dinge durch die Brille der Vorurtheile und Leidenschaften ansehen; so würde es höchst unbillig seyn, Diesen Vorwürfe darüber zu machen, daß sie sich Meiner nicht annahmen.

Endlich verdarb eine fünfte Parthey, durch ihr unvernünftiges Schreyen zu meinem Lobe, und durch Schmähen auf meine Feinde, meinen Handel noch mehr; denn obgleich es diesen unruhigen Köpfen mehr um das Vergnügen zu thun war, ihr Mäulchen spazieren zu lassen, als um den Eifer, mir wahrhaftig zu dienen; setzte man doch voraus, ich, der ich nicht den geringsten Antheil an ihrem Geschrey hatte, habe sie aufgehetzt.

Nur ein Paar Männer unter den Unterbedienten bey der Cammer gab es, die, als nachher das Gewitter gegen mich losbrach, obgleich sie mir nicht die geringste Verbindlichkeit hatten, blos aus Wärme für die Rechtschaffenheit, auf Unkosten ihres eignen Glücks, großmüthig, öffentlich für mich auftreten wollten. Allein Diese bat ich, sich ruhig zu verhalten, und nicht ihre eignen Aussichten mir, den sie doch nicht retten konnten, aufzuopfern.

Nachdem ich Ihnen nun gesagt habe, wie die Personen gestimmt waren; so will ich itzt zu der Erzählung des ganzen Vorgangs schreiten.

Ich habe vorhin erzählt, daß ich mir gar nicht die Mühe gab, darüber nachzusinnen, ob ich Feinde hätte oder nicht, weil ich mir bewusst war, muthwilligerweise mir keine gemacht zu haben. So unbekümmert war ich von der Reise zurückgekommen, und wenn auch Reyerbergs Gespräch mich ein wenig nachdenkend gemacht hatte; so schlug ich mir doch seine Prophezeyung bald aus dem Sinne, glaubte, er sähe die Sache nicht recht ein, und wurde täglich fester in meine Ruhe eingewiegt, da der Fürst itzt beynahe noch freundschaftlicher und vertraulicher wie zuvor gegen mich schien.

Unterdessen trat ein Umstand ein, welcher verursachte, daß ich nicht mehr so oft wie ehemals meinen Herrn in kleinern Circuln sehn und sprechen konnte. Madame Novanelle nämlich war schon kurz vor unsrer Reise zuweilen schwächlich gewesen, doch gieng sie noch immer aus, und sahe auch Leute bey sich. Während unsrer Abwesenheit aber war ihre Unpäßlichkeit zu einer Art von Auszehrung hinangestiegen, so daß, als wir am 2ten Junius dieses Jahrs in die Residenz zurückkamen, die arme Person fast immer das Bette hüten musste. Jetzt hörten freylich unsre Abendgesellschaften bey ihr auf; der Fürst schien aber in den ersten acht Tagen sehr besorgt um ihren Zustand, gieng täglich hin und opferte ihr manche Stunde auf, fuhr nicht in das Schauspiel, (besonders wenn Stücke gegeben wurden, die er nicht sehr liebte) und brachte dagegen die Zeit vor dem Bette seiner Freundinn zu. In den folgenden acht Tagen gieng er nur zweymal zu ihr, weil der Leibarzt, der zugleich des Herrn Präsidenten Hausmedicus war, ihm gerathen hatte, seine hohe Person nicht den gefährlichen Dünsten bey dem Krankenbette einer Schwindsüchtigen auszusetzen. Die Woche darauf kam er gar nicht mehr selbst, sondern schickte täglich einmal seinen Laufer hin, den er hernach aber um die kleinsten Umstände, welche die Kammerfrau zur Antwort gemeldet hatte, befragte, und wie dann so nach und nach die Menschen, besonders Fürsten, in der Lebhaftigkeit ihrer Theilnehmung an Gegenständen, *die ihnen kein Vergnügen gewähren*, nachlassen; so war es gegen Ende des Junius-Monats schon dahin gekommen, daß ein Generalbefehl in der Garderobe ertheilt war, täglich sich nach dem Befinden der Kranken zu erkundigen, ohne daß man jedoch weiter, als etwa gelegentlich einmal nachfragte, wie es um sie stünde.

Diesen Augenblick nun wusste das Hofgesindel vortreflich zu nützen. Man musste etwas erfinden, um die leeren Stunden des gnädigsten Herrn auszufüllen, und das wurde auf folgende Art bewerkstelligt: Unter den Vergnügungen, welche der Fürst in dem Hause seiner Maitresse genoß, war auch die Music nicht vergessen. Novanelle sang recht schön; Unser Herr spielte eine fürstliche Flöte; Ich war, wie Sie wissen, ein Virtuoso auf der Violine, und ein Paar Männer aus der Capelle wurden von Zeit zu Zeit zur Begleitung dazu genommen. Auf diese Art hatten wir oft kleine Privatconcerte, die unserm Sultane unbeschreiblich viel Freude machten, und ausser diesen wurden noch zuweilen an Courtagen bey Hofe musicalische Academien gehalten, in welchen aber, wie sichs versteht, der Fürst nicht selbst mitspielte.

Seitdem nun die Maitresse so krank war, daß der Herr nicht mehr hingieng, hörten jene kleineren Concerte auf, und wurden dagegen die Academien mehrentheils zweymal in der Woche auf dem Schlosse gehalten, wobey der Stadtadel freyen Zutritt hatte, und also auch das Fräulein von Mehlfeld erschien. Diese besaß selbst eine sehr reizende Stimme zum Singen, und dabey ziemlich viel Geschicklichkeit im Clavierspielen, ja! sie gab sich sogar mit der Tonsetzung ab. Ich will nicht leugnen, daß es mit ihren Compositionen so gieng, wie es gewöhnlich der Fall bey vornehmen Leuten ist, nämlich, daß sie irgend einen aufgeschnappten Gedanken ihrem Lehrmeister, dem Herrn Capelldirector dahertrillerte, er denselben dann zu Papier brachte, ausführte, und wenn das Ganze mit allen Stimmen aufgesetzt war, es für ihre Arbeit ausgeben, spielen und bewundern ließ. Genug! die Signora Mehlfeldina schrieb Arien, Concerte, Sinfonien, sei quartetti per Cembalo obligato, und schickte diese unehelichen Kinder frisch weg in die Welt. Der Herr Capelldirector war ein geschickter und artiger Mann, hatte dem

Herrn Präsidenten viel zu danken, auch unter andern eine ehemalige Haushälterinn von ihm geheyrathet, speiste alle Donnerstage zu Mittage bey ihm, und ließ sich dann aus Dankbarkeit also misbrauchen.

Kürzlich hatte dies musicalische Paar eine schöne Bravourarie, nicht ohne Ursache, wie man nachher sehn wird, mit einer obligaten Flöte componirt. Der Text war aus Metastasios Demetrio (erster Aufzug 14ter Auftritt) genommen, und fängt sich an:

Dal suo gentil sembiante
Nacque il mio primo amore.

Sobald dies Stück fertig war, wurde es in der Academie bey Hofe aufgeführt; und wie jeden Tonkünstler die Sachen vorzüglich interessieren, in welchen das Instrument, das er spielt, am mehrsten zu thun hat; so wurde auch der Fürst durch die obligate Flöte sehr aufmerksam gemacht. Sie war mit Fleiß brillant und doch nicht sehr schwer gesetzt, und bey dem Worte sembia-a-a-a-ante machte sie tausend italienische Schnörkel. Serenissimus fanden ein großes Wohlgefallen an dieser Arie, lobten sie ungemein, und hätten, wenn sie die Stimme exercirt gehabt und es für schicklich gehalten hätten, sich gern gleich an den Platz des Flötenspielers hingestellt und mitgetrillert. »Von wem ist dann diese Composition?« fragte der Fürst den Capellmeister. Hier trat der saubere junge Graf Löhfeld hervor, der überhaupt diesen ganzen Plan ersonnen hatte: »Wir haben,« sprach er, »diese herrliche Arie den Talenten des Fräuleins von Mehlfeld zu danken, von deren Erfindung schon so manche schöne Stücke hier aufgeführt worden sind.«

Der Fürst hatte im Grunde dieses schwarzäugige Mädchen nie recht leiden können, auch fast nie mit ihr geredet; Aber oft können kleine Umstände den Menschen umstimmen; Er erfuhr hier zum erstenmal, daß sie sehr musicalisch wäre; Ihr Oheim stand freylich nicht in Gnaden, aber doch wurde er noch immer mit einiger Schonung behandelt; Dazu kam, daß, da der Herr nun einmal gefragt hatte: von wem die

Composition sey, es anständigerweise gar nicht zu ändern war, der anwesenden Verfasserinn ein Compliment darüber zu machen. Dies that er dann mit aller fürstlichen Artigkeit, und sie hatte eine so bescheidne Antwort auf diese zu erwartende Anrede auswendig gelernt, (es fehlte ihr aber überhaupt nicht an Verstand) daß der Fürst zuerst den Gedanken fasste: »Ey! die Person ist doch wahrlich nicht so übel, wie mir Novanelle sie immer beschrieben hatte. Und was kann das arme Mädchen dafür, daß der alte Mehlfeld ihr Oheim ist?« Er sprach noch ein Paar Augenblicke mit ihr über diese Arie, als sie hinzusetzte: »Mögte ich nur ein einzigmal so glücklich seyn, Ihro Durchlaucht die Flötenstimme spielen zu hören, und ich dürfte dann die Singestimme übernehmen! — Allein das ist freylich ein Wunsch, den ich nicht einmal so kühn seyn sollte, zu hegen; Auch würde ich zu furchtsam seyn, mich vor den Ohren eines so hohen und feinen Kenners hören zu lassen.« — »Mein Gott! also singen Sie auch?« rief der Fürst erstaunt (Fürsten erstaunen dann leicht) — »et cela supérieurement bien, sur mon honneur« setzte der Hofmarschall, welcher dabey stand, hinzu.

Es wurde noch allerley hin und her gesprochen, aber der Circul von verschwornen Hofleuten suchte immer wieder auf den Punct zurückzukommen, wie sehr es zu wünschen wäre, man mögte Ihro Durchlaucht nebst dem Fräulein diese Arie executieren hören. Dem Fürsten selbst war der Gedanke schon genug durch den Kopf gelaufen; Er wusste es nur nicht recht anzugreifen. Man wollte nicht öffentlich spielen; das Fräulein an einem andern Tage auf das Schloß holen zu lassen, gieng doch auch nicht — Der Hofmarschall schnitt den Knoten mit der ihm eignen Unverschämtheit durch — »Wenn Sie, gnädigster Herr! es befehlen; so wird das Fräulein, wie ich glaube, mit tausendfachem, unendlichen Vergnügen un de ces jours in ihres Oheims Hause ein kleines Privatconcert veranstalten.« Das Fräulein, welches dabey stand, nahm die Sache, als wenn der Prinz schon ja gesagt hätte — Es ließ sich daher höhern Orts ohne Unhöflichkeit die Sache nicht abschlagen; Der nächste Sonntag wurde dazu festgesetzt, und auf den Gesichtern der ganzen Parthey war Freude und planreiche Hofnung ausgedrückt.

Ich pflegte gewöhnlich spät an den Hof zu gehn, um zu Hause noch ein wenig arbeiten zu können. Als ich diesmal gegen Ende des Concerts erschien, schlich der Fürst, wie ein Mann der kein gutes Gewissen hat, auf mich zu, zog mich auf die Seite, und sagte: »Sie werden Sich wundern, Clausbach! wenn Sie hören, daß ich auf künftigen Sonntag bey dem alten Präsidenten ein Concert veranstalten lasse. Es war nicht zu ändern, und man kann ja auch dem alten Manne einmal die kleine Freude gönnen. Nicht wahr? Was? Es scheint, als wenn die Leute das für etwas recht Großes rechnen. Nun! Sie werden doch auch erscheinen, Clausbach! und ihre Geige hinschicken?« — »Wenn ich eingeladen werde,« fiel ich ihm lächelnd in die Rede — Wir wurden aufmerksam beobachtet, und ich bin sehr überzeugt, daß die auf jede Mine so ausstudierten Hofleute getreulich übersetzt hatten, was unsre Gebehrden sagten; Denn kaum verließ mich der Fürst, als das Fräulein von Mehlfeld, nach einem kurzen Gespräche mit ihrem jungen Grafen, voll falscher Freundlichkeit auf mich zu kam, und mich auf den Sonntag zu sich einladete, da ich dann zu erscheinen versprach.

Sollten Sie es aber glauben? Der einzige kleine Umstand, daß der Fürst mit dem Fräulein gesprochen und eingewilligt hatte, in Mehlfelds Haus zu gehn, brachte auf einmal dem Hofgeschmeisse eine solche Steifigkeit in seine Reverenzknochen, daß es sich um drey bis vier Zoll weniger tief vor meiner Excellenz verneigte. Dies hatte ich nicht bemerkt, aber meinem Freunde Reyerberg, der auch zugegen war, entwischte dergleichen nicht, und nachdem er mich noch denselben Abend aufmerksam darauf gemacht hatte, wurde auch ich, mehr mit Verdruß als Unruhe, die folgenden Tage hindurch bis zum Sonntage gewahr, wie viel würklich meine Feinde schon gewonnen zu haben glaubten — Sie kannten den Fürsten vielleicht besser wie ich, und der Hofmarschall betrachtete mich, von diesem Augenblicke an, schon wie einen verlohrnen Menschen.

Zehntes Capitel.

Des Fräuleins von Mehlfeld Concerte
thun sonderbare Würkung.

Der gewünschte Tag erschien, und alles in Mehlfelds Hause wurde zum Empfange des Fürsten zubereitet. Man richtete sich auf das Pünctlichste nach seinem Geschmacke; Es wurde eine ausgesuchte Gesellschaft von Leuten gebeten, die er gern hatte, und alles sah heiter, geschmackvoll, einfach, zwanglos, und doch ehrerbiethig aus.

Der alte Mehlfeld ersparte dem Fürsten jede kleine Verlegenheit, in welche er leicht durch diese erste Zusammenkunft hätte gesetzt werden können. Er ließ sich (so stark er auch war, wie sein gesunder Appetit bey Tische und sein ganzes Aussehn es deutlich genug zeigten) dennoch durch zwey Domestiken die Treppe hinunterführen, um seinen gnädigsten Herrn an der Hausthür zu empfangen, da er ihm dann, mit Thränen in den Augen, die Hand küsste, und den Tag segnete, wo er noch einmal so glücklich seyn sollte, ihn von Angesicht zu Angesicht zu sehn. Sodann ließ der alte schwache Mann den Fürsten vorausgehn, folgte nebst mir, vor welchem er sich bis zur Erde bückte, hintennach, und sprach, laut genug um vom Fürsten gehört zu werden: (der Schalk!) »er habe gewiß *mir* die Verbindlichkeit wegen der Ehre, die ihm heute wiederführe.« Wenn es der Fürst gehört hatte, wie ich nicht daran zweifle; musste es nothwendig sehr widrigen Eindruck für mich auf ihn machen, daß man gleichsam sagte: »Dir, Herr Claus! der Du Dir hier das Ansehn giebst, alles zu vermögen, muß man es wohl danken, wenn einmal der Fürst sich zu einem von uns Andern herablässt, oder etwas thut, das uns freuet.« Nun mögen bekanntlich auch die schwächsten Potentaten nicht, daß man einen von ihren Leuten für so allmächtig, für so unentbehrlich halte, und ich erfuhr bald nachher, daß dieser und andre Züge von der Art die gehoffte Würkung gethan hatten.

Das Concert gieng an. Mit des gnädigsten Herrn Leibsinfonie wurde es eröfnet. Sodann übertraf sich das Fräulein von Mehlfeld in einem Clavierconcerte, und darauf bat man Serenissimum demüthig, die Flöte zu ergreifen, mit welcher der Präsident auf ihn zugehinkt kam. Der Fürst ließ sich erbitten, und die Arie wurde angefangen. Ich stand bey der ersten Violine mit meinem blauen Heeringsorden, und wenn der Fürst, wie es wohl so unter großen Herrn Weise ist, eben nicht sehr genau Tact hielt; gab jedermann im Tempo nach, nur ich konnte mich nicht immer zu dieser Schmeicheley herablassen, sondern gab zuweilen etwas hart den Tact mit dem Fuße an. Diese Freyheit war ich bey unsern kleinen Privatconcerten mir zu nehmen gewöhnt gewesen; Allein hier, wo sich der durchlauchtige Virtuose in seinem Glanze wollte hören lassen, runzelte Derselbe einigemal die Stirne, und die Hofleute sahen mich verstöhrt an, als wenn ich ein entsetzliches Verbrechen begangen hätte.

Indessen gieng alles seinen Gang fort, und es wurde bis um neun Uhr Abends geleyert und gepfiffen, wobey in den kleinen Zwischenräumen das Fräulein Caroline mit unnachahmlicher Artigkeit den gnädigsten Herrn mit Erfrischungen bediente, und ihn dabey angenehm unterhielt. Dieser war in der That so heiter und fröhlich, wie ich ihn in langer Zeit nicht gesehn hatte, und als er weggieng, sagte er mir: (vielleicht um mich ein wenig für das Tacttreten zu bestrafen) »Das war ein angenehmer Abend, sehr angenehm, Herr von Clausbach! und dergleichen Parthien könnten wir ja oft haben. Nicht wahr? Was?« — »Warum nicht, gnädigster Herr?« antwortete ich in einem vielleicht spöttisch scheinenden Ton, und wir schieden aus einander.

Der Hofmarschall, der Graf Löhfeld und ihr Anhang liessen, wie sichs versteht, diese Stimmung unsers Herrn nicht ungenützt, und man fand wenige Tage nachher einen neuen Vorwand zu einer ähnlichen Parthie in dem Landhause des Erstern. Da den Leuten nun daran gelegen war, mich nach und nach zu entfernen; so brauchten sie einen Kunstgriff, von dessen Erfolge sie gewiß seyn konnten, weil sie meinen Ehrgeiz kannten. Man sagte nämlich dem Fürsten: »Er mögte so gnädig seyn, es denjenigen von seinen Leuten, welche Musicverständige wären, und die er dort sehn wollte, zu befehlen, sich einzufinden, und sich also sein Accompagnement selbst wählen.« Da nun der Minister von Clausbach zu stolz war, sich, wie ein andrer Geiger, *bestellen* zu lassen, dem Fürsten dies auch nicht einfiel, weil er glaubte, ich sey gewiß insbesondere eingeladen worden, welches aber nicht geschehn war; erschien ich nicht. Der Sultan aber gewöhnt an meine musicalische Begleitung, nahm dies ein wenig übel auf, die Hofcabale goß Oel zum Feuer, und diese Kleinigkeit warf den ersten Funken von Kaltsinn zwischen meinen Herrn und mich.

Ich bin mit Vorsatz ein wenig weitläuftig bey Auseinandersetzung dieser wichtigen Kleinigkeit gewesen, um zu zeigen, wie geringe oft die Veranlassung zu Zwist und Uneinigkeit ist, woraus nachher sehr große Folgen entspringen können. Wer nun erfahren hat, wie schwer es hält, wenn sich dergleichen unter Freunden *gleiches* Standes einschleicht, solche Mishelligkeiten wieder ins Gleiche zu bringen, und wie mit jeder untergehenden Sonne die Wege zur Versöhnung neue Schwierigkeiten bekommen; Wer ferner die unbilligen Forderungen und Einbildungen der mehrsten Prinzen kennt, die jeden ersten Schritt von ihrer Seite, auch wenn sie noch so sehr Unrecht haben, für entehrend halten; und wer endlich meinen Stolz, die Ueberzeugung, welche ich hatte, dem ganzen Lande ein nützlicher Mann zu seyn, die Zuversicht auf meine gute häusliche Lage, die mich ausser der Nothwendigkeit setzte, dienen zu müssen; Wer dies alles in Anschlag bringt, dem wird es nicht schwer seyn, zu begreifen, warum von diesem zweyten Concerte an, mein Ansehn am Hofe merklich von Tage zu Tage abnahm. Ich will daher nur kurz die Thatsachen erzählen, welche die Entwicklung der ganzen Catastrophe ziemlich schnell herbeyführten.

Die musicalischen Zusammenkünfte bey dem Herrn Präsidenten wurden fleissig fortgesetzt; Der Prinz gewöhnte sich an diese Art von Vergnügen, wie solche Gewohnheitsmenschen sich an alles gewöhnen; Ich aber erschien nicht ein einzigmal mehr dabey. Anfangs machte mir mein Herr verblümte Vorwürfe darüber; Ich entschuldigte mich mit meinen Geschäften; Er war zu stolz, weiter in mich zu dringen, und zuletzt fiel es ihm nicht mehr ein, mich zu vermissen, und da fieng diese Vergessenheit an, mich zu verdriessen. Ich hätte mich nun gern erbitten lassen; aber man bat mich nicht mehr.

Sobald diese Concerte eine Art von Bedürfniß für unsern Sultan geworden waren, wagten es die Hofleute, ihm begreiflich zu machen, daß der Aufwand dabey, so klein er auch scheinen mögte, doch für den *armen alten, in Schulden steckenden, itzt durch den Herrn von Clausbach auf eine mäßige Pension herabgesetzten Präsidenten*, zu schwer zu tragen wäre — Er bekam dadurch Zulage —

Wenn von Madam Novanelle die Rede war; sprach man mit einer Art von Ekel über ihre auszehrende Krankheit, so daß der Herr, welcher nicht gern unangenehme Bilder vor Augen gestellt haben mogte, sehr selten diese Saite berührte. Zwischen durch hieß es auch: »Die Person schont sich gar nicht. Wenn sie des Abends Gesellschaft zu Tische hat« (Sehr selten kam ausser meiner Frau jemand zu ihr) »so isst sie zu viel.«

Man stellte Leute an, die, wenn ich einmal irgend einen Secretair auf ein Stück Rindfleisch zum Gaste gehabt, oder irgend einen Strich auf der Violine gethan hatte, erzählen mussten: »Haben Sie gehört? In Clausbachs Hause war heute ein allerliebstes Concert« oder: »Es ist heute wieder ein großes Diner bey Clausbach — Das ist wahr! Man speist vortreflich bey ihm; Aber er kann es auch wohl thun.« Was für

Eindrücke nun dergleichen Dinge machten, das kann man ohne Hexerey errathen.

Die Gesellschaft in des Präsidenten Hause wurde immer lebhafter und vertraulicher, und der alte Mann von Tage zu Tage gesunder — Es schien, als wenn die Freude, seinen Herrn so oft bey sich zu sehn, ihm neue Kräfte, neues Leben gäbe.

Zuweilen, wenn man recht aufgeheitert und die Unterredung am zwanglosesten war, brachte der Fürst einige meiner lustigen Einfälle über die Geheimenräthe von Lämmersdorf und von Schwarzhelm und über andre Personen zu Markte, nannte dann auch, mit aller, manchen Gesalbten des Herrn so eignen Indiscretion, den Namen des Verfassers eines solchen Epigramms, und da verfehlten dann meine Feinde nicht, den Personen, welche auf diese Art lächerlich gemacht waren, den Vorfall mit Zusätzen wiederzuerzählen, wodurch diese meine unversöhnlichen Widersacher wurden, und sich an den Haufen der oben erwähnten zerstreueten Malcontenten schlossen.

So oft es möglich war, ließ man ein Wort fallen, das Verdacht gegen einige meiner Schritte erregen sollte. Freylich musste man es fein damit anfangen, denn man konnte keine Schelmereyen auf mich bringen. Indessen ist es nicht schwer, dergleichen Schein gegen einen Cammerpräsidenten zu finden, wenn es einmal darauf angesehn ist.

Es hatten ein Paar Amtspächter mit der Bezahlung nicht Wort gehalten, und bey dem Cautionspuncte des Einen war ein kleiner Umstand übersehn worden. Eine angelegte Fabric war, aus Mangel an Absatz, eingegangen, und eine neue Maschine bey einem Bergwerke mislungen. Es ist wahr, daß die Vorfälle mit den Amtspächtern sich während meiner Reise nach Paris zugetragen hatten, daß die Fabric, wider mein Anrathen, aus Eigensinn des Fürsten, der von Aller Art etwas haben wollte, angelegt, und daß die Maschine, wie eine Probe, mit geringen Kosten, nach der Angabe eines berühmten Schriftstellers, verfertigt worden war; Man nahm aber darauf keine Rücksicht, stichelte oft dahin, und erlangte wenigstens so viel, daß mein Herr kalter und zurückhaltender gegen mich wurde.

Es sollte dann auch frisch auf das Bauen losgehn, um alle die Thorheiten nachzuahmen, die man in fremden Provinzen gesehn hatte. Ich wagte es, den Zustand der erschöpften Cassen zu schildern, und bekam einst die bittre Antwort: »Wenn man keine Schelme zu Amtspächtern nähme; so würde auch mehr Geld da seyn.«

Die öftern feinen Spöttereyen, die man, so daß es der Fürst mit halbem Ohre hören konnte, über des Herrn von Clausbach Allmacht hinwarf, erweckten den sultanischen Hochmuth meines kleinen Despoten. Er unternahm desfalls täglich unüberlegte Sachen, ohne mein Wissen, ließ Befehle ausfertigen, wovon ich nichts vorher erfahren hatte, und die meine sichern Plane durchkreuzten, warf dennoch die Schuld auf mich, wenn das Ding nicht gutgieng, welches er selbst verdorben hatte, und sprach sehr oft an der Tafel von Ministern, die sich einbildeten, große Herrn zu seyn, und von Prinzen, die schwach genug waren, sich bey der Nase herumführen zu lassen.

Mein Verdruß und meine Indignation stiegen nun auf das Höchste, und als ich einst des Abends zu Hause kam, und meinen Ludwig da fand, rief ich: »Es ist beschlossen; Ich will fort! Ich will meinen Abschied nehmen! Ich will meinen undankbaren Tyrannen verlassen! — O! wäre ich Dir gefolgt!« —

Reyerberg. »Davon ist itzt nicht Zeit zu reden. Aber das ist gewiß, daß, wenn Du unter den gegenwärtigen Umständen den Abschied nimmst, Du sehr närrisch handeln wirst; Dazu ist es nun zu spät. Das ganze Publicum würde sagen, daß Du keine reine Sache gehabt hättest. Erwartest Du aber ruhig und mit Würde die letzte Entwicklung, und man jagt Dich dann, wie es gewiß bald der Fall seyn wird, durch schändliche Cabale fort; so wirst Du, ausser dem Beyfalle Deines Gewissens, das Urtheil aller Rechtschaffnen, die beschämende innere Ueberzeugung selbst Deiner Feinde, die bey aller Mühe dennoch nichts Pflichtwidriges gegen Dich werden zu finden wissen, mit Dir nehmen, und nach einiger Zeit wird, durch Reue und Bestrafung Deiner Verläumder, der gewiß im Grunde nur schwache nicht böse Fürst, Dich an ihnen öffentlich rächen« — »So sey es dann!« sprach ich, »aber es ist hart zu ertragen; doch will ich den teufelischen Spaß abwarten.« Ich wafnete mich, so viel ich konnte, mit Geduld, und arbeitete meinen Gang fort.

Eilftes Capitel.

Clausbach trägt nicht wenig dazu bey, seinen Sturz zu beschleunigen.

Es ist schon oft gesagt worden, daß, wenn man den Muth verliehrt, man alles verlohren habe, und daß alsdann jede Sache krebsgängig gehn müsse, da hingegen der Mann, den Verstand, Gegenwart des Geistes, Hofnung und Zuversicht in entscheidenden Augenblicken nicht verlassen, sich auch aus den verwickeltsten Lagen mit Ehren herausziehen könne. Ferner will man bemerkt haben, daß auch die größten Minister mehrentheils den Kopf verliehren, wenn ihr Ansehn zu wanken anfängt, und daß sie dadurch ihren Sturz beschleunigen. Wenn man Unruhe und Furcht an der Stelle der vorigen Selbstgenügsamkeit und Sicherheit auf dem Gesichte eines großen Mannes liest; so giebt das den Feinden Muth und den Unpartheyischen Argwohn; Wenn er anfängt ängstlicher, zudringlicher um die Person des Fürsten herumzugehn; so fällt auch bey Diesem jene Ehrerbiethung gegen das wahre Verdienst weg, die vielleicht bis dahin noch die Waagschale des Mannes, den man anzutasten sich nicht erkühnt hätte, gegen die Verläumdung niederhielt; Und wenn er endlich in seinem äussern Betragen höflicher, herablassender wie vorher gegen das kleine Hofvolk, und vertraulicher mit niederträchtigen Subalternen wird — ja! wenn er gar sich so weit vergisst, über Feinde und Verfolgung zu klagen — so ist er verlohren! Bleibt er hingegen sich immer gleich, verbeisst jeden Kummer, jeden Unwillen, bis er in sein Kämmerlein, oder in den Schooß seiner Familie zurückkömmt; (Nota bene! wenn er ein kluges Weib hat, denn sonst wollte ich bitten, auch da zu schweigen) Thut er ohne Affectation, als wenn er freywillig wenig mit dem Fürsten redete — Man weiß ja nicht, ob er nicht schon im Cabinette bey ihm gewesen ist — Scheint er nicht nachdenkender, nicht ernsthafter, nicht mistrauischer, nicht gefälliger, nicht höflicher, nicht kränklicher, aber auch nicht gezwungen lustiger, noch gröber, noch hochmüthiger, noch erheischender wie vorher; so merkt die große Anzahl Derer, die den Zusammenhang nicht wissen, weiter nichts, forscht auch nicht, und die dii minorum gentium wagen nichts, sondern denken: »Ma foi! der Mann muß seiner Sache sehr gewiß seyn! Vielleicht hat er geheimen Schutz. Fürsten sind falsch; Vielleicht hält selbst der Herr es im Grunde mit ihm, und will uns nur auf die Probe setzen.« Dann werden auch die Hauptfeinde irre, können wenigstens nicht alle ihre Maschinen in Bewegung setzen, fallen zuweilen in ihre eigenen Schlingen, oder die Sache wird dergestalt in die Länge gezogen, daß der erste Eifer verraucht, oder indeß eine neue Revolution in den Gemüthern und Begebenheiten zum Vortheile des Verfolgten vom Schicksale herbeygeführt wird.

Ueberhaupt, meine werthe Leser! wage ich es, Ihnen aus eigner Erfahrung mit dem Rathe unter die Arme zu greifen, jeden Unfall Ihres Lebens so viel möglich vor allen andern Menschen zu verbergen. Wenn Sie diesem meinem Rathe folgen; so stehe ich dafür ein, daß Sie eine Menge Ihrer Brüder von Einer schlechten Seite weniger kennen lernen, und Sich manche noch trübere Stunde ersparen werden.

Da es übrigens sehr gewöhnlich ist, daß man andre Leute zu Tugenden ermahnt, die man selbst nicht hat; so brauche ich mich wohl nicht zu scheuen, Ihnen zu bekennen, daß ich mich in meiner vorher beschriebenen critischen Lage gar nicht so aufführte, wie es die Ihnen eben angepriesene Klugheit erfordert hätte, denn, so wie ich von Tage zu Tage mein Ansehn sinken sah, wich auch aller Schein von Ruhe, Würde, Zufriedenheit und Gesetztheit von mir. Alles Zureden meines

Freundes und meiner Frau half nichts; Meine Launen waren unerträglich, und diese meine unweise Aufführung machte, daß von den erbärmlichsten Hofschranzen an bis zu dem Fürsten hinauf, alle Schonung, alles äussere Zeichen von Achtung und Ehrerbiethung, und alle Dankbarkeitsbezeugungen für meine wahrhaftig uneigennützigen Dienste sehr merklich gegen mich nachliessen.

Der alte Mehlfeld warf nun auch öffentlich seine Larve ab. Er und seine Nichte begegneten mir mit ausgezeichneter Verachtung. Der alte Heuchler fieng an, wieder auszugehn, zuckte die Achseln, wenn von mir die Rede war, versicherte: »es sey ihm leid, zu hören, daß sich so sehr böse Dinge gegen den Herrn Geheimenrath von Clausbach hervorthäten; Auf gewisse Weise mache er sich selbst Vorwürfe deshalb, da er im Grunde mit die Veranlassung gegeben hätte, diesen Fremden in einem so ansehnlichen Posten zu placieren. Auch fehle es dem Herrn von Clausbach nicht an Verstande und Fähigkeiten; Aber das Herz, das Herz! Und das sey doch die Hauptsache. Ein Mann ohne Christenthum sey ein gefährlicher Mann; doch solle man niemand richten; Gott wisse alles an den Tag zu bringen.« Auf dergleichen Art hetzte er unaufhörlich, reizte Jeden an, aufzusuchen, was man mir etwa zur Last legen könnte, und brachte es endlich dahin, daß der Fürst ihm, *als einem unpartheyischen, der Sache aus alter Erfahrung, kundigen Manne*, auftrug, mit Hülfe von einem Paar andern Leuten, die er selbst wählen mögte, in der Stille, die gegen mich angebrachten Gravamina unter der Hand zu untersuchen.

Kaum hatten es meine Feinde dahin gebracht; so präsentirte sich mein Sultan in einem Lichte, in welchem ich ihn lieber nicht mögte erblickt haben, obgleich böse Menschen behaupten, daß Viele seiner Collegen sich gern darinn zu zeigen pflegen; Ich meine nämlich mit der schändlichsten Verstellung ausgerüstet. Er war immer gleich freundlich und artig gegen mich; Man sahe ihm auch nicht im Mindesten an, daß es ihn betrübt hätte, sich von einem Freunde hintergangen zu glauben, und vorzüglich galant und verbindlich war er gegen meine Frau, der er, so oft sie bey Hof erschien, tausend Schmeicheleyen sagte. Hier muß ich einen Augenblick abbrechen, um Ihnen etwas von der Lebensart dieses guten Weibes und von unsrer häuslichen Lage zu erzählen; Ich denke, ich habe zu lange davon geschwiegen; allein daran sind die verzweifelten Hofcabalen Schuld.

Sie, wissen, daß, als ich meine Frau nach … brachte, der hohe Adel uns zum Theil von oben herab mit stiftsmäßiger Verachtung behandeln und uns persifliren wollte. Ein Paar kräftige Scenen aber, die meine Gattinn mit Einigen von diesen noblen Damen spielte, und in welchen von ihrer Seite Witz, gute Laune und Gegenwart des Geistes, sehr auf Unkosten dieser armen Geschöpfe hervorglänzten, machten auf einmal dem Dinge also ein Ende, daß Keine es fernerhin wagte, ihr anders wie mit Huldigung zu begegnen. Weil sie indessen nicht den geringsten Beruf fühlte, sich mit solchen Menschen enger zu verbinden; wählte sie sich ein Paar gute, mit ihr sympathisirende Weiber zu ihrem Umgange, und enthielt sich übrigens, so viel es ohne Verletzung der höflichen Anständigkeit geschehn konnte, aller leeren, unbedeutenden Gesellschaften. Bey Hofe erschien sie grade so oft, wie es Klugheit und Gefälligkeit für unsern Despoten forderten, und sie wurde daselbst mit derjenigen ausgezeichneten Aufmerksamkeit bewillkommt, welche der Rang ihres Mannes, noch mehr aber die Würde und Feinheit ihres untadelhaften Betragens mit Recht erwarten konnten. Den übrigen größten Theil ihrer Zeit widmete sie ihren häuslichen Pflichten. Es schien nicht, als wenn wir mehr Kinder bekommen sollten; Unterdessen wuchs aber unser Albert heran (Er ist jetzt acht Jahre alt, und verspricht ein redlicher teutscher, grader, gesunder Kerl an Leib und Seele zu werden) und seine Erziehung war ihr wichtigstes und liebstes Geschäfte.

Madame Novanelle war, wie bekannt, die Schöpferinn meines Glücks. Nicht nur also verbanden mich Gefühl der Dankbarkeit, sie mit Güte und Schonung zu behandeln, sondern, wenn ich auch, so lange sie in Ansehn stand, nicht hätte auf politische Klugheit Rücksicht nehmen wollen; so war sie doch, wie wir gesehn haben, weder eine gefährliche Person von schlechter Gemüthsart, noch auch unangenehm im Umgange. Ihre Verbindung mit dem Fürsten war freylich nicht sehr canonisch, aber Dieser hatte ja keine Gemahlinn, und am Ende war ich nicht Richter über ihre Handlungen; — Man geht ja auch in der großen Welt oft mit vornehmen Damen um, die ein weit ärgerlichers Leben führen, ohne daß weiter jemand darüber spricht. Desfalls nun hielt es meine Frau nicht für schimpflich, die Dame Novanelle zuweilen freundschaftlich zu besuchen; und als ihre Gesundheit zugleich mit ihrem Glanze zu sinken anfieng, wurde es ein Gewissenspunct für uns, sie nicht zu verlassen. Meine Gattinn gieng daher auch jetzt noch fast täglich an der Hand unsres Söhnchens, mit ihrer Arbeit zu ihr, setzte sich dann vor das Bette der Kranken, und plauderte ihr etwas vor — Es war Trost für die Leidende, denn das Heer von Schmeichlern und Schmeichlerinnen flohe nun weit von ihr, seitdem es Ihrer nicht mehr bedurfte.

So standen dann überhaupt die Sachen, als ich die unerwartete Nachricht bekam, daß der alte Haftendonk in Amsterdam, ohne alle rechtmäßige Erben gestorben wäre, auf seinem Todtenbette zwar den größten Theil seines Vermögens den Armen hinterlassen, aber auch ein Capital von achtzigtausend holländischen Gulden dem kleinen Albert menschenfreundlich vermacht hätte. Gott segne ihn noch dafür in der Ewigkeit! Es war doch wahrlich recht edel gehandelt, und wir hatten nun ansehnlich an Reichthum gewonnen. Soll ich es indessen zu meiner Schande bekennen? Ich war noch so voll falschen Vorurtheils über die elende Ehre der Welt, daß ich gern alles Geld hingegeben hätte, wenn es möglich gewesen wäre, mich dadurch aus meiner unangenehmen Lage zu reissen.

Unterdessen wurde alles folgendermaßen verabredet: Die Erbschaft sollte ein Geheimniß vor der ganzen Stadt bleiben. Das Geld war schon in Hamburg deponirt; Dahin musste ich also nothwendig reisen. Unterwegens sollte ich ein gewisses Landgut beschaun, das wir uns zu unsrer Retirade ausersehn hatten, deren wir, wie es klar am Tage lag, nun bald nöthig haben würden, und wovon wir im folgenden Capitel mehr reden werden.

Ich nahm, unter einem scheinbaren Vorwande, auf vierzehn Tage Urlaub von meinem Herrn, welcher mir denselben mit der falschesten Freundlichkeit zugestand, und so begieng ich dann auch den letzten erzdummen Streich, mich in einer so kitzlichen Situation zu entfernen, und meinen Feinden das freye Feld zu lassen. Aber es war nun einmal von der Vorsehung zu meinem Besten beschlossen; Ich reiste also am zwölften August ab.

Zwölftes Kapitel.

Er verreist, um eine reiche Erbschaft in Besitz zu nehmen, besieht unterwegens ein Landgut bey Urfstädt, woselbst er sich ankauft. Beschreibung desselben, und der Leute die dort leben.

Schon vor längrer Zeit, und ehe ich glaubte, daß die Cabalen meiner Feinde gegen mich losbrechen würden, hatten wir uns nach einem Landgute umgesehn. Ich wollte durch den Ankauf desselben einen Theil des Vermögens meiner Gattin sicher anlegen, und mir zugleich einen angenehmen Sommeraufenthalt zubereiten, wohin ich, um mich von Geschäften zu erholen, zuweilen reisen könnte. Jetzt schien ich nun ein solches Ding zu meinen Zufluchtsorte nöthig zu haben, im Fall es mit meiner Ministerschaft schief gehen mögte. Man hatte uns ein sehr beträchtliches Rittergut in Vorschlag gebracht, welches mir aber bis dahin zu kostbar gewesen war; allein die Erbschaft, die unser Kind itzt gethan hatte, hob diese Bedenklichkeit. Da nun das Landgut, wovon ich rede, nicht weit ausser meinem Wege nach Hamburg lag; reisete ich grade hin, um es zu besehn und, wenn es mir gefallen würde, den Kauf richtig zu machen.

Daß es mir aber gefallen würde, davon war ich schon im Voraus gewiß. Ich hatte nämlich im vorigen Jahre die Bekanntschaft eines gewissen Hauptmanns von Weckel*

* Hier finden die Leser also einige Nachrichten von dem jetzigen Zustande der Personen in Urfstädt, deren Geschichte wir im vierten Theile des Romans meines Lebens nur bis zum Junius 1772 verfolgt haben.

gemacht, der zuweilen des Winters an den Höfen herumzureisen, und was er sahe, mit lustiger, hie und da ein wenig zu satyrischer Laune zu beobachten pflegte. Dieser Mann schien, als er sich vierzehn Tage an unserm Hofe aufhielt, mich vorzüglich seiner Aufmerksamkeit und Güte zu würdigen. Ich war in der That stolz hierauf, denn, wenngleich er gern über Thorheiten lachte und spottete; hatte er doch ein sehr gefühlvolles, für Freundschaft edler Menschen empfängliches Herz. Ich würde Jeden bedauern, der glauben mögte, dies könne nicht miteinander bestehn, und man könne nicht zugleich Menschen lieben, und doch nicht blind gegen ihre Fehler seyn, auch zuweilen lachen über ihre Narrheiten und Verkehrtheiten. Ich weiß es wohl, die Schelme, die kein reines Gewissen haben, pflegen einem Manne, der ihre Heucheleyen auf eine lustige Art zu entlarven versteht, gern einen bösen Leumuth zu machen, damit man ihm nicht glauben soll, wenn er einmal ihren Casum an das Tageslicht bringt — Doch das gehört ja nicht hierher.

Dieser Herr von Weckel nun sprach einst ungefehr aus eben dem Tone wie mein Freund Reyerberg mit mir. »Mein Herr!« sagte er: »Ich sehe Ihre Excellenz für eine sehr redliche Excellenz an, und ich habe daher Ursache, zu vermuthen, daß Sie bald einmal hier das Vezirshandwerk werden aufgeben wollen oder müssen. Sollten Sie Sich alsdann, wie es doch wahrhaftig am weisesten gethan ist, auf das Land in Ruhe setzen und pflanzen und säen wollen, da, wo der Samen nicht, wie in diesem häßlichen Hofboden, von Dornen und Disteln erstickt wird; so kommen Sie zu uns, in die Nachbarschaft von Urfstädt. Dort leben wir so glücklich, wie man es sich auf dieser bunten Weltkugel wünschen darf. Es ist wohl grade kein Paradies von unschuldigen Menschen, aber doch eine recht angenehme Gegend, deren Bewohner, theils aus natürlichem Instinct, theils aus Klugheit und Erfahrung, und theils durch unser Beyspiel gestimmt, wie ehrliche, einfache und muntre Leute leben. Ein alter Greis, der Baron von Leidthal sitzt da in Urfstädt wie unser Aller Patriarch. Seine langjährige Erfahrung und seine von Leidenschaften nie irregeführte Philosophie ist unser Codex. Sein Pflegsohn, der Herr von Hohenau, wohnt mit einem jungen wackern artigen Weibe seit zehn Jahren eben daselbst, beschäftigt mit der Landwirthschaft, und vorzüglich mit der Erziehung von drey liebenswürdigen Kindern, wovon das älteste, ein Sohn, zehn Jahre alt ist. Sein ehemaliger Mentor, ein gewisser Secretair Meyer, ist zugleich Finanzminister und Curator des ganzen Schul-, Buchstabier- und Studierwesens. Ich bin, nebst einem ehrlichen Weibe und einer Tochter, der nächste Nachbar, und wir leben in ununterbrochnem Freundschaftsbunde, führen nie Krieg mit einander, sondern haben vielmehr, um das Gleichgewicht unter den Landedelleuten zu erhalten, eine Off- und Defensivallianz geschlossen, die wohl weit unschuldiger und uneigennütziger ist, wie das Bündniß großer Höfe, zu Befestigung des Gleichgewichts von Europa; denn wir sichern uns nicht unsre Ungerechtigkeiten zu, sondern Unsre Ruhe, und die Erlaubniß Gutes zu thun. Ich bekenne aber auch, daß wir sehr liebe Menschen um uns her wohnen haben, die mit uns ziemlich Einen Strang ziehen. Wir halten zuweilen große Reichstäge, auf welchen wahrhaftig keine solche —— wie in Regensburg vorkommen, sondern wo über Erziehungswesen, Luxus, Baumschulen, Armenanstalten, Aufklärung, Scheibenschießen, Bienenzucht, Cultur, Futterkräuter, Lesebibliotheken, Schweizervieh, Stutereyen, Besetzung der Pfarrerdienste, Erndtefeste und dergleichen, Abreden genommen und Schlüsse gefasst werden. Gewöhnlich macht ein Ausschuß von uns, welche wir die Missionarien nennen, obgleich sie niemand bekehren, jährlich eine Reise von zwey bis drey Monaten umher, zuweilen auf das Land, zuweilen um Höfe, und noch öfter um andre Arten von Hospitälern, Tollhäusern und Krankenhäusern zu sehn. Jedesmal werden ein Paar von den jungen Leutchen mitgenommen. Daß alsdann Reisejournale geführt, und diese im Winter bey dem warmen Ofen hergelesen und commentirt werden, das versteht sich von selber. An auswärtigen Freunden und Correspondenten fehlt es auch nicht, und ich habe das département des affaires étrangères. Nun fügt sich's aber, daß eine Stunde von Urfstädt ein großes Gut zu verkaufen ist; Wir mögten nicht gern einen Mann dahin haben, der unser System von Gleichgewicht erschütterte; Wie wäre es also, wenn Sie dies Gut kauften? Ihr häusliches Leben gefällt mir, und darnach pflege ich die Menschen zu beurtheilen; Ich glaube, wir würden uns sehr wohl vertragen.«

Dieser Vorschlag nun schien mir ungemein anständig; Ich fieng desfalls, gleich nach des Herrn von Weckels Zuhausekunft, einen Briefwechsel mit ihm an und, wie gesagt, da nur der zu hohe Werth des Guts Anstoß gemacht hatte, und diese Rücksicht jetzt wegfiel; reisete ich nun grade nach Urfstädt, um das Ding richtig zu machen.

Wie herzlich gastfreundschaftlich ich empfangen wurde, wie sehr die Leute und der Ton der Leute, ihre Lebensart und ihre Sitten mit meinem Geschmacke übereinstimmten, das kann ich gar nicht beschreiben. Ich entwarf in einem Briefe an meine Frau ein so enthusiastisches Bild davon, daß Diese, die unterdessen manchen Verdruß hatte, und die Aussicht zu vielfachem Kummer für mich immer näher erblickte, gern gleich die Residenz verlassen und Besitz von dem ländlichen Aufenthalte genommen hätte.

Ich kam gegen Abend in Urfstädt an. Der alte brave Leidthal saß (welche Wonne!) im Cirkel der Menschen, die durch ihn glücklich waren. Jeder von ihnen erstattete Bericht von seinem Tagewerke. Sie hatten sich ihre Stunden eingetheilt und bemerkt, daß eine solche Ordnung in Geschäften, so pedantisch sie auch scheint, viel dazu beyträgt, das Gemüth an Regelmäßigkeit im Denken und Handeln zu gewöhnen; daß man sich leichter Rechenschaft geben kann, ob man seine Pflicht gethan hat, wenn man weiß, was man hätte thun sollen, als wenn man, ohne Plan, in das Wilde hinein, mit unbestimmter Thätigkeit fortarbeitet, und seinen Launen folgt, die uns bald zu diesem, bald zu jenem Geschäfte treiben.

Die ganze Familie bewillkommte mich freundlich und brüderlich, und da ich den alten Leidthal bat, sich in seinem

Geschäfte nicht stören zu lassen, und ihn versicherte, daß ich den Werth der Ordnung zu schätzen, und an den Amtsverrichtungen eines Hausvaters warmen Antheil zu nehmen wüsste; vollendete er sein Geschäft, das schon beynahe zu Ende war, und ich wurde ein aufmerksamer und bewundernder Zeuge dabey.

Jedes der Kinder des Herrn von Hohenau trug, nach den Fähigkeiten seines Alters, die vollbrachten Arbeiten des Tages hervor; Das Eine zeigte sein Schreibebuch, das Andre eine Uebersetzung, oder erzählte etwas Neues aus der Geschichte, Erdbeschreibung und Naturgeschichte. Ein freundliches Lächeln von dem alten Patriarchen, oder ein ernsthafter Blick von demselben, je nach Verdienst und Unverdienst, war Aufmunterung zu neuem Fleiße, und Beschämung für den Nachlässigen. Es kamen auch Verwalter, Haushälterinn, Förster, Jäger, Gärtner, ja! Hohenau und Meyer selbst, statteten Bericht von dem Geschehenen ab, und empfiengen Anweisung auf den morgenden Tag. Und als nun das alles in Richtigkeit war, da folgte die Stunde zur Ruhe und zur geselligen Fröhlichkeit, in welche auch ich bald so hineingezogen wurde, daß ich glaubte, zu dieser liebenswürdigen Familie zu gehören.

Hohenau's ältester Knabe spielte das Clavier: die jüngere Schwester sang dazu; der Hofmeister, kein steifer Pedant, ohne Welt und Lebensart, sondern ein bescheidner, muntrer und feiner Mann, nahm die Geige von der Wand, und begleitete den Gesang. Der jüngste Knabe hatte sich indes an mich geschlossen; Er schien Zuneigung zu mir zu fühlen, und da mir diese wahrhafte Ehre oft von Kindern wiederfährt; bin ich versucht, mich für keinen übeln Menschen zu halten. Er fieng auch an, mit meinem Orden zu spielen, und setzte mich durch die Frage in Verlegenheit: Was das Band zu bedeuten habe? Da ich nicht gleich darauf antwortete; lief er hinaus und plagte die Haushälterinn, ihm auch einen Orden zu machen. Man schlug, um ihn zu befriedigen, ein seidenes Tuch zusammen, hieng ihm dies um, und band unten einen Haasenfuß daran, mit welcher Parodie eines

Ritterordens dann der kleine muntre Knabe wieder zur Gesellschaft kam.

So gieng der Abend innigst fröhlich hin, und schon am folgenden Tage ritt ich, in Gesellschaft des Herrn Meyers, zuerst zu Weckel, und von da mit ihm nach Ruhethal, (so heisst das Gut). Eine grade Allee von Lindenbäumen läuft bis Urfstädt, und scheint gleichsam bestimmt, beyde Güter freundschaftlich und gesellig zusammen zu knüpfen. Die Gebäude des Guts selbst waren wohl nicht ganz nach meinem Geschmacke angelegt; denn um das Schloß herum geht ein breiter Graben mit einer Zugbrücke, und giebt dem ganzen Wesen ein mistrauisches, unfreundliches Festungsansehn, das mir gleich nicht gefiel. »Aber ich kann ja den Graben ausfüllen lassen,« sagte ich zu dem Herrn Meyer, »und die kleinen Veränderungen, welche ich an Häusern und Gärten vornehmen will, werden mich gleich Anfangs so beschäftigen, daß mein jetzt an Thätigkeit, an Bauen und Einreissen gewöhnter Geist nicht auf einmal in eine Ruhe versinken kann, für die ich noch nicht empfänglich genug bin.«

Bey dieser kauflustigen Stimmung des Gemüths und dem Zureden meiner neuen Freunde, mit welchen ich Aecker, Wiesen, den Wald voll rieselnder Quellen, und kurz! alles besah, und alles angenehm fand; endlich bey meiner stündlich zunehmenden Sehnsucht, dem Verdrusse und dem Gewirre des Residenzlebens zu entweichen; war der Handel schon am folgenden Tage geschlossen, und alles unterschrieben. Während einer fröhlichen ländlichen Malzeit in dem Hause meines neuen Beamten, der ein guter teutscher Biedermann ist, wurde mit einem Glase edeln, alten, vaterländischen Weins, aus Leidthals Keller, der Kauf, nach der Weise unsrer Vorfahren besiegelt; Man trank auf die Gesundheit meiner lieben Frau und unsres Kindes — Ich vergaß Fürsten, Präsidenten, Hofmarschälle und schwarzäugige Sängerinnen. Der redliche Pfarrer des Orts war auch gegenwärtig, ein tugendhafter, bescheidner, sanftmüthiger und vernünftiger Mann, gelehrt ohne Pedanterey, aufgeklärt ohne Dünkel, anhänglich an das System seiner Kirche ohne Intoleranz und Aberglauben, voll stiller Würde ohne Egoismus und geistlichen Stolz, gegen Laster eifernd, nie auf Menschen schimpfend, endlich angenehm im Umgange ohne vorlaut oder frech zu seyn, noch Andre zu überschreyen.

Meinen Bauern gab ich ein ländliches Fest. Unsre urfstädter Freunde und Weckel nebst den Seinigen waren auch dabey, und die vereinigten Familien tanzten frisch mit — Welch' ein Tag! Der erste unschuldig, unverstellt frohe Tag seit viel Jahren! —

Durch Anweisung auf ein Handelshaus in Hamburg wurde der Kaufschilling bezahlt. Ich selbst reiste zu Ende der Woche dahin ab, brachte das Uebrige bald genug in Ordnung, und eilte dann zu meinem Despoten zurück, als wenn es zur Hochzeit gienge — »Gehe es doch nun, wie es wolle!« rief ich: »Ich weiß, wo mich Freude und Ruhe warten.«

Dreyzehntes Capitel.

Das Ungewitter bricht los, und das Fräulein von Mehlfeld erscheint in einer neuen Rolle.

Meine Gegenfüßler waren während meiner Abreise unermüdet gewesen, Klagen aufzusuchen, die meinen Untergang befördern sollten. Man brachte alle Leute zusammen, die ich je etwa konnte beleidigt haben, und bat dieselben, offenherzig zu sagen, was ihnen an mir anstößig wäre, und sie mir zur Last legten. »Sie brauchen Sich nicht zu scheuen;« hieß es: »Es soll Ihnen gewiß Gerechtigkeit wiederfahren. Die Zeiten der clausischen Tyranney sind aus, wo man Prediger zu Pedellen bey der Regierung machen wollte.* Sagen Sie nur dreist, was Sie wissen! Es ist Pflicht gegen Land und Landesvater, hier aufzutreten. Unser gnädigster Herr hat endlich die Augen geöfnet, und gesehn, wie unchristlich man ihn hintergangen und seine Huld und Gunst gemisbraucht hat. Also reden Sie ohne Furcht! Verlangen Sie es aber; so soll auch Ihr Name verschwiegen bleiben« u. s. f.

Mit allen diesem Bestreben, mich zum Schelm zu machen, fand sich doch nicht eine einzige Klage gegen mich, die von der Art gewesen wäre, daß die Untersuchungscommission ihren Zweck vollständig erreichen zu können hätte hoffen dürfen, und desfalls machte man einen andern Versuch. Man schrieb mir nämlich nach Hamburg einen sehr übel

* Man lese, was oben im dritten Capitel steht.

stylisirten verstellten französischen Brief, in welchem ein Mann, den sie — Gott weiß aus welcher schiefen Idee? — Condillac genannt hatten, mich warnete: »ja nicht wieder nach ... zurückzukommen, sondern lieber gleich den Abschied zu fordern, da dann alles unterdrückt werden sollte, was man im andern Falle gegen mich strenge zu untersuchen im Begriff sey.« Ich hatte auf meiner kleinen Reise, wo ich aller Orten so edel aufgenommen und behandelt wurde, allen Kleinmuth abgelegt, nahm daher sogleich den erhaltnen Brief (an welchem wahrscheinlicher Weise der schwache Fürst selbst Antheil haben mogte) und legte denselben in einen andern, den ich meinem Herrn schrieb, und worinn ich erklärte: »daß ich den namenlosen Verfasser dieser Zeilen für einen niederträchtigen Schurken hielte; daß ich ein gutes Gewissen hätte; daß ich ihn bäte, wenn Anzeigen gegen mich eingelaufen wären, dieselben strenge untersuchen zu lassen, und daß ich zu diesem Zwecke, früher wie mein Urlaub zu Ende wäre, zurückkehren würde.«

Diese Festigkeit hatte man, nach meiner ängstlichen Ausführung, beym ersten Anfange des Handels, nicht erwartet, und nun sahen meine Feinde wohl, daß sie alle ihre Kunst in der Art der Untersuchung setzen müssten, nachdem weder aus der Sache selbst, noch aus meinem Betragen Mittel zu Erreichung ihres Zwecks zu schöpfen waren. Dennoch hatte man drey und vierzig Gravamina gegen mich zusammengestoppelt, welche aber sämtlich von eben der Gattung waren, wie die, von denen ich oben ein Paar angeführt habe. Man legte diese dem Fürsten vor, und Er, welcher, im Gedränge wie er sich betragen sollte, da man ihm beständig in den Ohren lag, würklich nicht den Muth hatte, mich vor Augen zu sehn, reiste wenig Tage vor meiner Zurückkunft auf ein Lustschloß, ernannte den Präsidenten von Mehlfeld und die Geheimenräthe von Lämmersdorf und von Schwarzhelm zu Commissarien über mich, und ließ mir andeuten, daß ich mich ruhig verhalten, und bis zu ausgemachter Sache weder die Stadt verlassen, noch mich schriftlich an ihn wenden sollte.

Unterdessen war Madam Novanelle immer schwächer geworden. Meine Frau verließ sie bis zu ihrem letzten Augenblicke nicht, und dies gab dann den Hofleuten einen herrlichen Vorwand, auch Diese während meiner Abwesenheit vom Hofe zu entfernen. Man ließ ihr nämlich in den artigsten Ausdrücken sagen: »da der gnädigste Herr sehr fürchtete, der Dame Novanelle Krankheit mögte ansteckend seyn; so bäte er die Frau von Clausbach, welche täglich zu dem Krankenbette gienge, lieber vorerst nicht in das Schloß zu kommen.« Meine Gattinn ließ, in ihrer lustigen Laune, dem Herrn Hofmarschall sagen: »obgleich die Hofluft wohl ansteckender seyn mögte, wie die Luft in dem Hause der armen verlassenen Kranken; so wolle sie doch dem Winke gehorchen.« Den Tag vor meiner Rückkunft nun starb Novanelle, welche in ihren letzten Stunden die ganze Heiterkeit ihres Gemüths wiederbekam. Sie ließ ihren Beichtvater vor ihr Bette kommen, und gab ihm, nachdem er sie mit den Sacramenten versehn hatte, folgenden Auftrag an den Fürsten: Er solle ihm sagen: »obwohl ihr sträflicher Umgang mit ihm ein Verbrechen wäre, dessen Verzeyhung sie kaum von der allgütigen Barmherzigkeit hoffen dürfte; so sterbe sie dennoch mit dem zuversichtlichen Bewusstseyn, daß sie, während ihrer Verbindung mit ihm, nie seine Schwäche, zum Nachtheile irgend eines seiner Unterthanen, genützt hätte. Das Einzige, was sie sich vorwerfen könnte, mögte seyn, daß sie sich bereichert hätte. Sie habe aber die Unbeständigkeit ihres durchlauchtigen Liebhabers gekannt, und sich desfalls für ihr Alter, wenn er sie einst verlassen würde, sicherstellen wollen. Um indessen auch diesen Fehler gut zu machen, setze sie ihn zum Erben ihres Vermögens ein, und gäbe also dadurch alles in die Hände Dessen zurück, von dem sie es empfangen hätte. Wenn er übrigens den Rath einer Sterbenden nicht verachten wolle; so mögte sie ihn wohl bitten, ein wenig vorsichtiger in der Wahl Derer zu seyn, denen er sein Ohr liehe. Er sollte doch ja, mit eignen Augen zu sehen, sich angewöhnen, seine Freunde prüfen, und gegen geprüfte Freunde keinem Mistrauen Raum geben.« Bald darauf starb sie; Meine

Frau drückte ihr die Augen zu, und ich gestehe es, wenn ihre moralische Aufführung freylich nicht die exemplarischste gewesen war; so schien sie mir doch immer eine bessere Person zu seyn, wie eine Menge Derer, die in der Stadt in äusserlicher Zucht und Ehrbarkeit lebten.

Ich weiß nicht, ob der Beichtvater seinen Auftrag in seiner ganzen Ausdehnung ausgerichtet hat; aber das weiß jedermann, daß die Würkung davon nicht groß war, daß der Fürst sehr bald die Dame Novanelle vergessen hatte, und daß das Hofgesindel alles dazu beytrug, jeden ernsthaften Gedanken, welcher den Herrn hätte anwehn können, zu verscheuchen.

Zu diesem Endzwecke wurden wöchentlich Concerte, Bälle und Mascaraden auf dem Lustschlosse gegeben. Es war zu Anfange des Monats August dieses Jahrs; die Abende waren schön, und man pflegte, bey dem Scheine vieler Lampen, bey welchen vielleicht hundert Armen der Stadt den ganzen Winter hindurch hätten arbeiten und ihr Brod verdienen können, in Gartensälen zu tanzen, zu prassen und sich allen Ausschweifungen rauschender Freuden zu übergeben. Jetzt war der Zeitpunct, wo der niederträchtige junge Graf Löhfeld seinen letzten Plan ausführen wollte, und es gelang ihm. Um den Casum kurz zu erzählen! er hätte längst gern seine eigne Buhlerinn, das Fräulein von Mehlfeld, seinem Herrn zur Maitresse gegeben, um dadurch sein Glück zu machen, und dies erlangte er gegenwärtig mit Hülfe jener nächtlichen Bachanale.

Sobald die wichtige Begebenheit von der Standeserhöhung des Fräuleins von Mehlfeld ruchtbar wurde, trat Reyerberg mit den Worten zu mir in das Zimmer: »Jetzt, mein Lieber! mache nur Dein Bündelchen! Die schwarzen Augen, die Du verschmäht hast, haben unsern gnädigsten Herrn gefangen, und diese schwarze Augen werden auch sehr vermuthlich die Untersuchungsacten über Deine Verbrechen durchschauen.« — Er hatte sehr Recht, denn schon am folgenden Tage, wo meine Commission zum drittenmal zu mir kam, bemerkte ich an dem Präsidenten einen solchen Uebermuth, daß ich alle Gegenwart des Geistes nöthig hatte, um nicht grob gegen ihn zu werden.

Nie hat vielleicht irgend ein fürstliches Kebsweib so übermüthig stolz gethan auf den Stand ihrer moralischen Erniedrigung wie das Fräulein von Mehlfeld. Das Bewusstseyn des wahren Verdienstes, die Ueberzeugung, auf einem wichtigen Platze in einer ehrenvolle Laufbahn, Land und Leuten durch Fleiß und Rechtschaffenheit nützlich zu werden, kann keine solche Selbstzufriedenheit erzeugen, wie man itzt auf der Stirne dieses herabgewürdigten Weibes erblickte. Sie empfieng mit schamloser Frechheit die schändlichen Schmeicheleyen und Verbeugungen niederträchtiger Höflinge, die elend genug dachten, in der Hofnung ihr Glück zu machen, der lasterhaften Dirne mit einer Ehrerbietung zu huldigen, welche sie der stillen Tugend zu versagen gewöhnt waren. Das Vorzimmer des Präsidenten wimmelte nun von solchen Creaturen, die dem alten Sünder Hände und Füße küssten. Reyerberg war beynahe der Einzige, der seine Knie nicht beugte vor dem Götzen; Aber dafür musste er denn auch manchen Blick von Verachtung aushalten, worauf er jedoch stolz war, und im Grunde wurde er auch von Einer Seite wegen seiner beissenden Satyre gefürchtet, von einer andern aber für nicht wichtig genug gehalten, um verfolgt zu werden. Der Herr Graf von Löhfeld vertauschte die Rolle eines bisherigen Liebhabers, wenigstens öffentlich vor der Welt, mit dem Amte eines Gesellschaftscavaliers der neuen Maitresse. Er war aller Orten neben ihr, führte sie, begleitete sie, trug ihr das Mäntelchen nach, hatte ihre Katze auf dem Arm, und wurde, zur Vergeltung dieser edlen treuen Dienste, zum Reisemarschall des Fürsten ernannt.

Das Fräulein hatte die Unverschämtheit, sich auf dem Lustschlosse des Fürsten Zimmer anweisen und meublieren zu lassen. Ihr Aufwand in Kleidern, Juwelen und dergleichen war unerhört, und der Hang des Herrn zur Verschwendung wurde bestmöglichst auf die Probe gesetzt. Sie war unersättlich, Geschenke zu nehmen, und sich und ihren Liebhaber in allen Arten von rauschenden und kostbaren Lustbarkeiten herumzutummeln; der Prinz aber ließ das Wohl seiner Unterthanen von den raubgierigen Händen feiler

Bösewichte abwiegen, indeß er seine Aufmerksamkeit dem Tanze, dem Putze, den Schauspielen, der Music und der Wollust widmete, und der Herr Präsident von Mehlfeld nahm wieder ad interim, bis meine Sache entschieden seyn würde, den Vorsitz in dem Cammercollegio.

Es ist Zeit, daß wir über diese Feste und Gallatäge meine Angelegenheiten nicht vergessen; Meine Feinde vergaßen sie gewiß nicht, und die Untersuchung wurde mit so redlichem Ernst, als man ihn von dergleichen unpartheyischen Commissarien erwarten konnte, eifrig fortgesetzt. Ich musste es noch als eine Wohlthat ansehn, daß man mich in meinem eignen Hause befragte, und vielleicht hätte ich diesen Vorzug nicht einmal erlangt, wenn ich nicht, größtentheils aus Verdruß, würklich unpäßlich geworden, und also genöthigt gewesen wäre, das Zimmer zu hüten.

Den ersten Besuch der Herrn Commissarien eröfnete der Herr Präsident mit einer heuchlerischen Rede, in welcher er mir erzählte, wie sehr es sein christlich brüderliches Herz kränkte, zu einem so unangenehmen Geschäfte von Serenissimo bevollmächtigt zu seyn; und darauf gieng dann nach und nach das Fragen und Untersuchen an, wobey besonders die andern beyden Geheimenräthe, theils aus eigner Galle gegen mich, theils den geheimen Instructionen gemäß, welche ihnen Mehlfeld gab, mit aller ersinnlichen Bosheit, die Sachen dunkel und verwirrt zu machen bemüht waren. Dies gelang ihnen nun freylich nicht, denn meine Papiere, die ich ihnen übergab, waren in der besten Ordnung, und ich hatte alle Beläge aufgehoben; Daß ich mich nicht bereichert, sondern im Gegentheil einen großen Theil meiner Ausgaben von dem Vermögen meiner Frau bestritten hatte, das konnte ich auch beweisen; Allein, wie ich schon oben gesagt habe, was ist leichter, als durch Verdrehung mancher Umstände, Verschweigung dessen, was diese Dinge aufklären könnte, und durch falsche Darstellungsart der Thatsachen, ein böses Licht auf die Handlungen eines Beklagten zu werfen? Ich sahe wohl, nach der ganzen Wendung, welche die Untersuchung nahm, daß ich noch von Glück zu sagen haben würde, wenn ich mit einem stillen Abschiede davonkäme —— Wem dies unglaublich scheint, der hat es noch nie erlebt, wie wenig, bey schwachen Regierungen, Unschuld und Gradheit gegen Hofcabale und Bosheit vermögen.

Unterdessen erfuhr ich doch auch bey dieser Gelegenheit, daß es aller Orten eine kleine Anzahl edler Menschen giebt, die uns abhalten, allen Glauben an Tugend und Treue in der Welt zu verliehren. Schon zu Anfange des neunten Capitels habe ich Ihnen gesagt, daß ich einige sehr warme Anhänger und Vertheydiger hatte, obgleich Diese, durch zu unvorsichtiges Partheynehmen, meine und ihre Sache mehr verdarben als gutmachten. Meinen Freund Ludwig brauche ich hier nicht einmal zu nennen — Er blieb mir, wie sichs versteht, standhaft treu, aber ich hatte es mit ihm verabredet, (weil wir es der Klugheit gemäß hielten, da schon der Haß der neuen Maitresse auf ihm ruhete) daß er nie wieder, weder im Guten noch Bösen, von mir reden sollte. Allein jene zu lebhafte Vertheydiger meiner Unschuld, wovon Einige mich täglich besuchten, nahmen sich Meiner so warm an, daß ich mich endlich gezwungen sahe, sie ernstlich zu bitten, nicht ferner sich um mich zu bekümmern. »Was hilft es, meine Freunde! Euch und mir,« sagte ich ihnen, »wenn Ihr durch unüberlegtes Reden mit in mein Verderben rennet? Mich hat die Vorsehung in so gute Vermögensumstände gesetzt, daß ich, wenn mich Cabale und Neid von hier wegtreiben, in einem stillen, gemächlichen Privatleben, alle diese elenden Verfolgungen vergessen kann; Ihr aber müsst noch in diesem trüben Elemente leben; Eure Beförderung und Eure Ruhe sind in den Händen meiner Feinde; Retten könnet Ihr mich doch nicht; Also stellet Eure Besuche bey mir ein, die keine andre Würkung haben, als die, Euch verdächtig zu machen; Höret auf, von mir zu reden, und mich zu vertheidigen! Die Güte meiner Sache, und die alles aufklärende Zeit werden schon einst meinen Ruf retten, und meine Unschuld an den hellen Tag bringen.« Diese Gründe waren vernünftig, und wurden befolgt, also daß ich doch nun ruhig die Catastrophe abwarten konnte, ohne fürchten zu müssen, meine Freunde mit in mein Verderben zu ziehn.

Was ich aber am wenigsten erwartet hätte, war die Anhänglichkeit, welche mir eine gewisse Gattung von Leuten zeigte, von denen man sonst, unbillig genug, wenig edle Gefühle zu erwarten pflegt — ich meine die Juden. Dies arme Volk, welches wir so unbrüderlich drücken und verachten, ungeachtet wir theils von ihnen abstammen, theils ihnen unsre Religion zu danken haben, theils an Sittlichkeit und Industrie, und nicht selten auch an Mutterwitz, von ihnen oft so sehr übertroffen werden, dies arme Volk, sage ich, war in dem ... Lande, vor meiner glänzenden Zeit, unverantwortlich chicanirt und mit Abgaben aller Art belästigt gewesen. Empfindung von Billigkeit und Pflicht hatten mich bewogen, sie während meiner Administration sehr zu erleichtern, und sie liebten mich deshalb, sahen mich wie ihren Wohlthäter an, und betrübten sich, als sie hörten, daß man meine bürgerliche Ehre kränkte. Um mir dies zu erkennen zu geben, schickten sie mir eine eigne Deputation, welche mir kürzlich ungefehr Folgendes sagen sollte: »Sie hätten mit Leidwesen vernommen, welche unverdiente Behandlung ich erfahren müsste. Sie hielten es, nach ihrem schlechten Verstande, zwar überhaupt einem Fürsten sehr unanständig, wenn er einen wichtigen Mann, dem er sein ganzes Zutrauen und seine Freundschaft öffentlich geschenkt hatte, nachher eben so öffentlich beschimpfen wollte; Noch abscheulicher aber wäre es, wenn ein solches Unglück unschuldigerweise einen so würdigen Herrn, als ich wäre, und den sie wie ihren Vater verehrten, treffen müsste. Wenn sie mir in etwas dienen könnten; so mögte ich auf sie rechnen können« u. s. f.

So wenig ich von diesem Anerbiethen Gebrauch machen konnte und wollte; so rührte es mich dennoch, und bestättigte mich in dem Glauben: *daß wir mehrentheils selbst daran Schuld sind*, wenn es unter den Juden weniger edle Menschen giebt, indem wir sie durch Verachtung, Druck und Abschneidung aller bürgerlichen Vortheile zwingen, zum Wucher und zum Betruge ihre Zuflucht zu nehmen.

Nachdem man mich bis gegen die Mitte des Augustmonats täglich ein paarmal befragt und alles zu Protocoll genommen hatte, fieng ich an, das Resultat vorauszusehn, welches darauf hinauslaufen würde, daß der Fürst aus Clemenz die Sache niederschlüge, und mir in Gnaden den Abschied ertheilte. Schon hatte ich mich geduldig in diese zu erwartende Gnade gefunden; Schon fieng meine Gattinn an, mit ziemlich ruhigem Herzen unsre besten Sachen einzupacken; als auf einmal ein höchst sonderbarer Vorfall, den ich im folgenden Capitel erzählen will, meinen Feinden neue Waffen gegen mich in die Hände gab, um den Streit ärger wie jemals wieder anzufangen.

Vierzehntes Capitel.

Ein sonderbarer Casus, wie zuweilen alte Bekannte zu ungelegner Zeit auftreten können.

Da ich, wie schon erwähnt worden, nun gar nicht ausgieng, und auch fast niemand, ausser Ludwig, zu mir kam; wendete ich, um mich zu zerstreun, manche Stunde an, diese Geschichte meines Lebens, welche ich schon längst angefangen hatte, aufzusetzen. Es heiterte mich in der That auf, wenn ich so einen Blick auf die mancherley höchst sonderbaren Scenen aus meinem vergangnen Leben warf. Das aber hätte ich nimmermehr vermuthet, daß ich um eben diese Zeit auf eine viel unangenehmere Art an einige derselben sollte erinnert werden — Folgendes ist der ganze Verlauf der Sache.

Sie erinnern Sich vermuthlich aus dem ersten Theile meiner Geschichte,* daß ich einst in Regensburg als alchymischer Arzt den Leuten Pässe in die Ewigkeit ausgefertigt hatte, und daß ich dieses Handwerk in Gesellschaft einiger andern Wunderthäter trieb. Unter Diesen befand sich dann auch ein gewisser elender Magister, Otterhof mit Namen. Dieser Kerl hatte sich auf Universitäten in nichts wie im Müssiggange, in Unverschämtheit, und in allen Arten von Ausschweifungen geübt, war von da aus Informator bey einem Beamten geworden, mit dessen ältester Jungfer Tochter aber er sich zu gemein machte, und desfalls fortgejagt

* Seite 105.

wurde. Nach einigen andern Schicksalen ähnlicher Art, war er nach Regensburg gerathen, woselbst er als Schreib- und Rechenmeister Unterweisung gab, und nebenher zu der Gesellschaft mystischer Kohlenbläser gehörte, wovon ich oben geredet habe. Er gieng also viel in dem Hause des Herrn Apothekers Noldmann aus und ein, und als Dieser starb, hatte er einen kleinen Plan auf dessen Witwe gemacht, die aber meine geringe Person ihm vorzog. Dies reizte ihn zuerst zum Hasse gegen mich, welcher dadurch nicht geringer wurde, daß, als mich meine Wundercuren zwangen, Praxin, Stadt und Witwe mit dem Rücken anzusehn, der Herr Magister Otterhof auch fortmusste, und daher meine Unvorsichtigkeit in Behandlung meiner Kranken wie die Ursache des Schicksals ansah, das unsre ganze Gesellschaft traf. Ich weiß nicht recht, was nach dieser Zeit aus ihm geworden; Als ich aber, wie ich schon Cammerdirector war, einst in Cameralgeschäften auf das Land kam, fand ich, Gott weiß durch welchen Zufall! meinen Herrn Magister als Schulmeister in einem Dorfe wieder. Ich hatte ihn gleich erkannt, und er mich gleichfalls; Indessen waren wir, aus mancherley Ursachen, von beyden Seiten nicht sehr gedrängt gewesen, unsre alte Bekanntschaft zu erneuern. Doch musste der Niederträchtige (vielleicht im betrunkenen Muthe) einmal ein Wort haben fallen lassen, welches so lautete: »als wenn er den Herrn Cammerdirector recht wohl kennte — und daß, wenn er reden wollte und erzählen, was er von mir wüsste, mir das übel bekommen dürfte« u. d. gl. Meine sehr aufmerksamen Feinde hatten diese Worte nicht ganz verlohren gehn lassen, vielleicht auch nähere Erkundigung bey ihm eingezogen, und die Wahrheit seiner Angaben, durch Hülfe des Grafen Löhfeld, auf unsrer Reise, zu bestättigen gesucht; wenigstens kamen mir von Zeit zu Zeit manche Ausdrücke, die dem Präsidenten entfuhren, und die auf mein ehemaliges Leben anspielten, zu Ohren. Dennoch war alles ruhig, vielleicht auch vergessen worden, als grade, während der Untersuchung meiner angeblichen Verbrechen, der Schulmeister Otterhof, wegen Ehebruch, gefänglich eingezogen wurde. War es nun bey seinem Verhöre meinen Widersachern auf einmal wieder eingefallen, daß dieser Kerl ehemals Winke über meine Chronique scandaleuse gegeben hatte, oder wurde er durch sein eignes schadenfrohes Herz und ein Gefühl von alter Rache getrieben — Kurz! er hatte alles, was er von meinem Curriculo vitae wusste, erzählt, man hatte weiter geforscht, geschrieben, verglichen, und mein Schrecken war nicht geringe, als zu einer Zeit, wo ich mich am Ende meiner Leiden glaubte, der Herr Präsident, mit satanischer Wonne, mir ankündigte: »daß Serenissimus, aus Ursachen, weil sich ganz neue Dinge hervorthäten, die meinen ruhmvollen Lebenslauf beträfen, und welche höchst vermuthlich eine ordentliche Inquisition veranlassen würden, mein freywilliges Zuhausebleiben in einen würklichen Arrest verwandelt hätten.« — Ein Wort von *Landläuferey*, das der alte Schelm bey dieser Gelegenheit fallen ließ, brachte mich dermaßen in Hitze, daß ich ihn bey der Gurgel ergriff, worauf er schrie, als wenn er am Spiesse steckte, und Gewalt und Mord rief, mein gutes Weib aber und meine Domestiken herzusprangen und uns trennten, da dann der schändliche Mehlfeld ein Papier aus der Tasche zog, dasselbe auf den Tisch warf, und forteilte.

Ich schlug den Zettul auseinander, und fand darauf, so viel ich, zitternd vor Zorn, lesen konnte, mit großen Buchstaben geschrieben: *»Herr Peter Claus, der Schuster, desertirt als Soldat, wird in Regensburg Giftmischer, und entweicht von da, um sich hier zum Minister machen zu lassen«* —

Was ich empfand, als ich dies las — wer wird das beschreiben? Ich bekam noch an demselben Abend eine Wache, und der Präsident hatte, wie ich nachher erfuhr, in seinem Berichte ad Serenissimum gesagt: »ich hätte ihn mit meinen Leuten in meinem Hause erdrosseln wollen, als er die Person seines Herrn vorgestellt hätte.«

Nun war freylich guter Rath theuer; Reyerberg wurde gerufen, und die Sache von allen Seiten überlegt — Meine Frau schwamm in Thränen — Im Grunde hatte wohl der Fürst nicht das geringste Recht, zumal kein eigentlicher Ankläger da war, über mein vergangnes Leben mich zu richten, und mit der Erdrosselung des Präsidenten hatte es so viel nicht auf sich. Aber was bekümmert man sich um Recht, wenn einmal ein Mann zu Boden gestürzt werden soll? Wie leicht war nicht auch eine Desertionsklage von Seiten des ...schen Regiments, das ich verlassen hatte, herbeizuschaffen! — Und welch' ein Schimpf für einen Minister, solcher Dinge wegen inquisitionsmäßig verhört zu werden! —

Wir Alle fanden nur Ein Mittel aus dieser übergroßen Verlegenheit zu kommen; Aber das Mittel schien uns fast entehrender wie die Untersuchung selbst — Und doch — Die Noth lässt uns über manche Bedenklichkeiten hinausgehn — Es kam nämlich in Vorschlag, meine Frau sollte sich persönlich an die schändliche Maitresse wenden, um dieselbe zu Anwendung ihres Vorworts für mich zu bereden, damit die Untersuchung aufgehoben und uns erlaubt würde, ruhig abzuziehn. Der Schritt war erschrecklich! Es ließ sich voraussehn, daß dies Weib, geschmeichelt von dem Triumphe, ihre Feinde bittend zu den Füßen ihres Throns zu sehn, und um dem Publico die erste Probe ihrer Gewalt und Großmuth zu geben, gewiß die Bitte erfüllen würde; Es ließ sich aber auch eben so sicher voraussehn, daß man die beleidigend erniedrigendeste Begegnungen zu erdulden, sich gefasst machen müsste.

Dennoch gieng meine liebe Gattinn über alle diese Bedenklichkeiten, aus treuer Liebe zu mir, hinweg — Ja! es fiel ihr nicht einmal ein, daran zu denken, und am folgenden Morgen, ehe ich aufgewacht war, (Unruhe und Verdruß hatten mir die Nacht hindurch die Ruhe geraubt, und erst gegen Morgen war ich recht fest eingeschlafen) hatte sie sich aus ihrem Bette geschlichen, angekleidet, in den Wagen gesetzt, war nach dem Lustschlosse gefahren, und wieder zurück bey mir, ehe ich erwachte — Welch' ein Weib!

»Es ist alles in Ordnung, mein Bester!« das waren die Worte, womit sie mich aufweckte: »Es ist alles in Ordnung, und wir sind so frey, wie die Vögel in der Luft.«

Funfzehntes Capitel.

Des Herrn von Clausbach Excellenz kommen noch mit halbem Ohre davon, und halten ihren Einzug in Ruhethal.

Redest Du im Traume?« sagte ich, und rieb mir die Augen — »Aber Du bist ja gänzlich angekleidet.«

Meine Frau. »Ich rede nicht im Traume; So eben komme ich von der Mehlfeld; Du kannst vollkommen ruhig seyn; Wir dürfen reisen, wenn wir wollen.«

Ich. »O! liebstes Weib! Was hast Du gethan? Was wirst Du haben leiden müssen?«

Meine Frau. »Schweig davon! Es ist schon vergessen. Laß uns nie wieder davon reden! Was ist denn ein Augenblick von Demüthigung, gegen eine weite heitre Aussicht voll Ruhe und Wonnegenuß?«

Ich. »Gott! welch' ein Glück, ein kluges und treues Weib zu haben! Ich will auch nicht weiter fragen; Es würde mir das Herz brechen, wenn ich erfahren müsste, daß die schändliche Dirne Dir unehrerbiethig und verächtlich begegnet wäre. Mögte ich Dir es je vergelten können, was Du heute an mir gethan hast!«

Bald nachher trat Reyerberg in das Zimmer, begleitet von einem würdigen alten Manne, Brinkmann mit Namen, einem Gelehrten, der aber jetzt auf dem Lande wohnt, und diesmal in die Stadt gekommen war, um sich nach meinem Schicksale zu erkundigen; denn er liebte mich, und pflegte uns zuweilen zu besuchen. Ich war indeß aus dem Bette gestiegen, und mein Frühstück stand vor mir; Meine Frau saß an meiner Seite, und hatte ihren Arm um mich geschlungen; den kleinen Albert aber hatte ich auf meinen Schooß genommen, und sprach von unsern künftigen zwanglosen, kummerfreyen Aussichten, als unsre Freunde hereintraten: »Von heute an, mein Sohn!« rief ich eben voll Rührung aus: »Von heute an soll meine ganze Sorgfalt Dir gewidmet seyn; Wir werden hinfort nur für Dich leben, und Du wirst gewiß unsre Arbeit nicht mit Undank belohnen.«

Reyerberg. »Nun! Das ist ja eine recht empfindsame Gruppe. Ihr sehet so ruhig aus, daß ich wohl errathe, was vorgegangen ist. Was gilt es, die gnädige Frau hat es so gemacht, wie wir es gestern verabredet hatten, und alles ist glücklich überstanden?«

Wir bejaheten es. Das Gespräch wurde lebhaft — Unsre Herzen öfneten sich gegenseitig; in das meinige senkte sich Ruhe und Friede, indem wir von unsern Planen zu künftiger stiller Glückseligkeit redeten. Es wurde beschlossen, daß wir noch an diesem Abende abreisen und den Transport unsrer Sachen durch unser Gesinde, unter Reyerbergs Aufsicht, wollten besorgen lassen.

Reyerberg. »Es freuet mich in der Seele, daß ich Dich so heiter sehe. Vergiß nun auch alle diese Lumpereyen; Du bist das Deiner wahrhaftig sehr schwächlich gewordnen Gesundheit und Deiner Familie schuldig. Vergiß alles — Aber das sage ich Dir, ich vergesse es nicht. Du weisst, daß ich, durch die Erbschaft von meiner Tante, jetzt für mich ein mäßiges Einkommen habe, und mich also auch zurückziehn könnte aus dieser pestilenzialischen Hofluft. Allein ich bin weit entfernt, daran zu denken. Die niederträchtige Behandlung, die man Dich hat erfahren lassen, erweckt wieder meine ganze Thätigkeit zur Rache. Ich habe nichts zu verliehren, habe keine Gattinn, keine Kinder, und bin Gottlob! auch so empfindlich nicht, daß ich mir die Sachen so sehr zu Gemüthe ziehn sollte. Also will ich hier bleiben, und will es dem ganzen Pack eindrängen, was sie an Dir gethan haben. Mit aller nur ersinnlichen Geschmeidigkeit will ich von nun an mich hinauf in die Gunst unsers schwachen Fürsten arbeiten, und wenn mir das gelingt; dann adieu Mehlfeld, Hofmarschall, Maitresse und Löhfeld! Ich will dies Volk so durcheinander jagen, das: sie sich wundern sollen, und das ohne Leidenschaft, mit kaltem Blute — Und wenn ich hier mein Tagewerk vollbracht habe, dann und nicht eher ziehe ich zu Euch nach Ruhethal.«

Es war ein sonderbarer Plan von Ludwig. Wir sprachen noch ein Weilchen darüber, dann kamen wir auf allerley zu reden, und blieben den ganzen Tag beyeinander. »Es wundert mich im mindesten nicht,« sagte Brinkmann, »daß man Ihnen also mitgespielt hat. *Wer andern Menschen glückliche und frohe Stunden machen will, der muß auch erwarten und den Muth haben, für sich selbst saure und bittre Tage ertragen zu können.* Es wäre wohl die höchste Vermessenheit, wenn Sie ein besseres Schicksal hätten erwarten wollen, wie noch bis itzt alle Wohlthäter der Menschen, älterer und neuerer Zeit erlebt haben. Auf die Dankbarkeit seiner Zeitgenossen und Mitbürger und auf die Hülfe treuer und verbundner Freunde zu rechnen, das heisst auf seichtem Grunde bauen. Man kann in dieser Welt froh seyn, wenn es die Herrn nur nicht übelnehmen, daß man ihnen Gutes gethan, und wenn man aus einem Hause, in welchem man dem Bewohner einen Sack voll Geld gebracht hat, ohne Stockschläge herauskömmt. Da findet sich etwa ein leichter Louisd'or unter dem geschenkten Gelde, um dessenwillen sie den Zank mit uns anfangen und uns mishandeln zu dürfen glauben.«

Ich fühlte mich sehr gestimmt, diese Bemerkungen für Wahrheit zu halten. Vor einem Paar Tagen hatte ich in Sturzens (dieses edlen, geist-, seelen-, gefühl- und kenntnißvollen Mannes) Schriften gelesen, da war mir hauptsächlich eine Stelle aus den Denkwürdigkeiten von J. J. Rousseau aufgefallen, und fiel mir itzt wieder ein, weil sie nicht nur anwendbar auf mein Schicksal war, sondern auch vollkommen zu dem passte, was Brinkmann hier sagte. Diese Stelle steht in einer Anmerkung, und es sey mir erlaubt, sie hier abzuschreiben. Sie lautet also: »Wer, in einer goldnen

Mittelmäßigkeit, unbemerkt durch das Leben schleicht, begreift Rousseaus Menschenfeindschaft nicht, oder findet sie übertrieben; Aber lernet Eure Nebenbuhler im Amte, im Verstande, im Glücke kennen, erhebet Euch durch irgend ein Verdienst, und glaubet in der Unschuld Eures Herzens, daß man Euch liebe und schätze, weil man Euch umlächelt und umarmt. Wenn endlich unter Euch der Boden wegsinkt, durch freundliche Mörder untergraben — Dann sehet, wie sich Eure Freunde retten, als vergiftetet Ihr die Luft, wie Eure Klienten Euch für genossne Wohlthaten anspeyen; Ertraget der Glücklichen stolzes, niedertretendes, erwürgendes Mitleid, und liebet die Menschen, wenn Ihr könnt!«

Sehr wahr, alles sehr wahr! — O! mögte es nicht also seyn! Aber leider! ist es so. Der Dummkopf und der mittelmäßige unthätige Mann sind ihres bischen bürgerlicher Ehre und ihres Einkommens so sicher, wie der Mann, der irgend ein wenig hervorsticht, gewiß seyn kann, verleumdet und verfolgt zu werden, und oft sind die gutmüthigsten Menschen so unverantwortlich unbillig, daß es ihnen gar nicht einfällt, wenn ein solcher Mann in ihrer Gegenwart gelästert und verschrieen wird, duldender zu seyn und zu denken, daß eben dies Schmähen daher rührt, weil man die Flecken an einem reinen, weissen, glänzenden Körper deutlicher sieht, wie an einem finstern und schmutzigen — Doch das ist ja schon so oft gesagt worden! — Ich bin sehr weit entfernt zu glauben, Verfolgung sey der sicherste Stempel des entschiedensten Verdienstes — Und doch, das bekenne ich, habe ich zwar schon manchen unruhigen, gemeinen Kerl gehasst und verachtet, aber auch noch nicht Einen würklich verfolgt gesehn, an dem nicht etwas Vorzügliches gewesen wäre, das den Neid der Schlechteren auf ihn gezogen hätte. Ich sage: ich habe das noch nicht gesehn, aber ich kann irren, und wenigstens soll dies keine Lobrede auf mich seyn; Lenken wir wieder ein!

Es war auch von meinen Entschlüssen und Vorsätzen bey Erziehung meines Alberts die Rede: »Die beste Erziehung,«

sagte ich, »ist wohl die, welche Erfahrung und Schicksale geben; aber sie kostet gar zu viel. Ich habe sie genossen, und kann, wenn mir Gott Leben und Gesundheit verleyht, aus den Resultaten meiner Erfahrungen, unsern Sohn so weit unterrichten und führen, daß, wenn er einst in die große Welt kömmt, er fast da anfangen kann, wo ich itzt in meinem vier und vierzigsten Jahre aufgehört habe, es müssten dann Leidenschaften böse Commentarien zu meinem Texte machen. Doch werde ich zuerst noch ein wenig an mir selber arbeiten müssen, um die unglücklichen Eindrücke, welche mein Character von meiner bisherigen Lage angenommen hat, wieder auszuwetzen. Es ist schwer, an Höfen nicht flach zu werden, sondern Eigenheit und Gepräge zu behalten. Wenn man beständig jene leere, conventionelle Höflichkeits- und Falschheitssprache hört, alle seine Worte nach dem Maaßstabe schlauer, lauernder Vorsichtigkeit abmessen, und jede Handlungen nach politischen Rücksichten modeln muß — Wer wird da nicht zuletzt zu Grunde gehn? Und doch ist es, wenn man einmal in solchen Verhältnissen lebt, höchst nothwendig, auf seiner Hut zu seyn, sich nie vollständig zu entwickeln. Es giebt in der großen Welt wenig Menschen, die nicht Misbrauch davon machen, wenn sie uns ganz kennen, uns irgend eine Schwäche abgejagt haben. Indem man nun also zurückhalten muß, um sich niemand in die Hände zu liefern, und so manche gute, treuherzige Aufwallung unterdrücken; wird nicht nur Heucheley und Verstellung bey uns zur andern Natur, sondern man entbehrt auch die seligsten Freuden reiner Hingebung, Herzensergiessung und Entwicklung wahrhaftig characteristischer Züge. Von diesem Allen nun will ich mich unter dem Schutze des glücklichen freyen Landlebens losreissen; will natürlich, grade und ungekünstelt handeln gegen jedermann; jede kleine Freude unversalzen zu geniessen suchen; mich zeigen, wie ich bin, mit allen meinen Fehlern, und meinem Sohne, so oft er mich über irgend eine Schwachheit erwischt, nichts zu bemängeln suchen, sondern ihm mit treuer Offenherzigkeit sagen: Siehe, mein Kind! diese böse

Eigenschaft, welche Du an mir bemerkst, hat für mich, in meinem unruhigen Leben, diese oder jene üble Folge gehabt. Suche daher, sie zu vermeiden, wenn Du besser und glücklicher wie ich werden willst.«

Herr Brinkmann meinte, ich würde Mühe haben, mich an das einsame Landleben und an die Ruhe von bestimmten Geschäften zu gewöhnen. Er rieth mir desfalls sehr vernünftigerweise an, mir gleich eine Hauptarbeit zu wählen, an welche ich meine übrigen Geschäfte anbinden könnte. »Ich habe es oft bemerkt,« sagte er, »daß es höchst nützlich ist, seiner Thätigkeit einen einfachen Vereinigungspunct zu geben, und daß auch der fleißigste Mensch, welcher dies nicht thut, viel weniger ausrichtet, wie ein etwas Trägerer, der aber das beobachtet. Wenn ich zum Beyspiel mir vorgenommen hatte: diesen Winter will ich hauptsächlich nur die englische Sprache treiben; so irrte ich dann nie im Zweifel und in der Wahl herum, was ich diesen Augenblick vornehmen wollte. In den Erholungsstunden aber that ich wahrlich nebenher mehr Nützliches, und war ausgelegter zu Allem, wie zu einer andern Zeit, wo ich meinem Fleiße keine bestimmte Richtung gegeben hatte, sondern blos dachte: Du willst recht viel beschicken; Denn da war ich immer in der Wahl mit mir selbst uneins, ergriff Dieses, ergriff Jenes, verwarf das wieder, glaubte zu etwas Anderm aufgelegt zu seyn, fand aber, daß ich keine Laune hatte, und wenn der Tag herum war und ich mir Rechenschaft geben wollte, war nichts geschehn, nichts fertig geworden, und ich verdrießlich und mürrisch.«

Vielleicht sind es die Leser müde, uns über allerley Gegenstände plaudern zu hören. Ich begnüge mich daher, Ihnen zu sagen, daß wir es nicht so leicht müde wurden, sondern daß unter solchen Gesprächen, einer häuslichen Mahlzeit und dem Einpacken unsrer Koffer, der Tag schnell vorüberging, bis gegen Abend unsre Kutsche bereit vor der Thür stand. Es war ein herzlicher, stummer Abschied — Allerley Ideen drängten sich in meinen Kopf, und pressten mir das Herz. Ein Haufen von schamhaften Armen, denen wir zuweilen brüderlich mitgeteilt hatten, was Gott den Reichen zu diesem Endzwecke giebt, hatten es erfahren, daß wir abreisen würden. Sie drängten sich herzu, als wir in den Wagen steigen wollten. Wenige sprachen etwas aber Alle weinten, drückten uns die Hände, und wollten von Segen und Dank reden; aber die Worte erstickten auf ihren Lippen. Ich schwamm im Gefühle von wonnevollem Schmerze — — Meine Augen wurden trübe — Ich riß mich los, sprang in die Kutsche, und wir fuhren fort —

Das war dann nun das Ende meines Traums von irdischer Hoheit. Wohl dem, der gesund erwacht von einem solchen Traume, ohne Schmerzen und Erschlaffung an Leib und Seele! Es war grade noch zu rechter Zeit, daß ich mich losgerissen hatte, oder vielmehr, daß mich meine Feinde fortgeschoben hatten, aus dem Gedränge des aufrührerischen, hinreissenden Hofpöbels. Ich bin noch jung genug, um in der letzten Periode meines Lebens das Glück der Freyheit, des häuslichen Friedens und des ländlichen Reichthums zu schmecken; auch danke ich Gott aus ganzer Seele, daß er mir Sinn dafür gegeben hat.

Wir sprachen eine Stunde lang kein einziges Wort. Als wir aber die Residenz aus den Augen verlohren hatten, und nun in das Freye kamen; da ergossen sich die Herzen voll heitrer Freudensempfindung. *Nichts in der Welt vergisst sich so leicht, und so gern, wie überstandner Schmerz.* Der Anblick der schönen Natur, welcher wir in die Arme eilten, das schöne windstille Wetter — alles ladete uns friedlich ein, und jagte jede Rückerinnerung an das vergangne Leiden aus dem Gedächtnisse. Wir beschlossen, ein wenig zu Fuße zu gehn, stiegen aus, liessen das Fuhrwerk langsam folgen, und schlenderten so durch die reifen Aehrenfelder hin. Mein kleiner Albert hatte meinen Stock zwischen die Beine genommen, und ritt vor uns her, und mein treues Weib hieng an meinem Arme.

»Wie komme ich dann zu der Ehre,« sagte der ehrliche Pfarrer, bey dem wir die erste Nacht einkehrten, und den ich sehr gut kannte; »Wie komme ich zu der Ehre, Ihre Excellenz in meiner schlechten Hütte zu sehn?« — »Ich habe ausexcellenzirt, mein Freund!« antwortete ich, »und will nun mein eigner Geheimerrath werden. Beherbergen Sie nur diese Nacht den vertriebenen Exminister; Es soll Ihnen bey Hofe keinen Schaden thun.«

Gestern von acht Tagen, das heisst: Diensttags den 21sten September war dann der glückliche Augenblick, wo wir unsern kleinen Einzug in Ruhethal hielten. Ich dachte, unsre Freunde in Urfstädt und die weckelsche Familie zu überraschen; allein sie hatten sich, wie es scheint, auf Kundschaft gelegt, und erfahren, daß wir unterwegens wären; Denn als wir vor meinem Hause ausstiegen, fanden wir uns auf einmal von einer Menge lieber Arme umschlungen — Arme redlicher, warmer, treuer Freunde, die nun seit acht Tagen meinen neuen Aufenthalt zu einem Paradiese für mich machen.

Ich habe die übrigen Tage der vorigen Woche angewendet, die letzten Hefte zu der Geschichte meines Lebens zusammen zu suchen. Die ersten beyden Theile hatte schon der Hauptmann von Dobelmeyer, ohne mein Bitten, herausgegeben, und diesen dritten und (zum Trost der Leser) letzten Theil hatte ich, während meiner Inquisition, stückweise aufgeschrieben. Jetzt will ich auch dies Paquet Demselben zuschicken. Ich hoffe, daß mein Leben von nun an so einförmig seyn wird, daß mehr dabey zu empfinden, als darüber zu schreiben seyn soll. Wenn indessen das eigensinnige Schicksal durch irgend etwas, es sey gut oder böse, Variazionen zu jener stillen sanften Melodie setzen sollte; so will ich Sie, die Sie bis itzt Freude und Leid mit mir ertragen haben, redlich auch daran Theil nehmen lassen.

Ausser einem Geschäfte, wovon ich im folgenden letzten Capitel Rechenschaft geben werde, habe ich noch ein Paar Tage angewendet, den ersten Entwurf zu machen, wie ich die Gebäude auf meinem Gute theils anlegen, theils verbessern, und das Ganze ordnen will. Schon in künftigem Monate soll angefangen werden, zu bauen, und den Winter hindurch, wo diese Arbeit ruht, wird der Unterricht meines Sohns die größte Summe meiner Stunden wegnehmen.

Ich habe gestern meiner Frau etwas vorgeschlagen, daß sie gleich gut fand und meine Leser auch billigen werden. Der Himmel hat mich in gute Vermögensumstände gesetzt, und ich habe da noch den armen Vetter in Eldagsen; den will ich zu mir nehmen — Ich schäme mich armer und niedriger Verwandten nicht; das wäre auch sehr schlecht, obgleich wohl Manche dies thun.

Gestern kamen die Wagen mit unserm Hausrathe an, begleitet mit einem Briefe meines lieben Freundes Ludwig.

Noch muß ich erinnern, daß ich meinen blauen Heeringsorden, gleich zu Anfange der Untersuchung, in die Hände des Fürsten zurückgeliefert habe.

Sechzehntes Capitel.

Ein Brief an den Fürsten. Schluß.

Das Geschäft, worauf ich vorher anspielte, und das eines der ersten, gleich nach meiner Ankunft in Ruhethal war, bestand darinn, daß ich dem Fürsten einen Brief schrieb, von dessen Würkung ich zwar wenig erwartete, der doch aber, wie ich mir schmeichelte, Wahrheiten enthielt, deren Bekenntniß ich mir und Andern schuldig zu seyn glaubte. Zudem war ich, wie ein Dieb in der Nacht, mit einer nicht aufgeklärten Sache, aus der Residenz eines Prinzen fortgegangen, der, durch Schelme verblendet, mich, seinen ehemaligen Freund, itzt für einen Bösewicht hielt. Der größte Theil des nicht unterrichteten Publicums musste wohl dieselbe Parthey ergreifen, wenn ich keinen Schritt that, um den wahren Zusammenhang bekannt zu machen. Zu diesem Endzwecke nun erlauben mir meine Leser jenen Brief hier mit einzurücken.

Ich weiß es wohl, der freye Mann, dessen Gewissen rein ist, kann sehr gleichgültig seyn bey dem Urtheile des großen Haufens, und er hat sehr viel weniger Verbindlichkeit bey jeder Verläumdung, die man ihm aufhängt, die Documente seiner Unschuld vorzuzeigen, wie vielmehr jeder Einzelne, der über ihn ein Urtheil wagen will, billigerweise verbunden seyn sollte, mit eignen Augen alle Beweise der Anklage durchzusehn, bevor er sich unterstünde, die Schmähung nachzuplaudern. Es wäre eine böse Sache, wenn man den ruhigen Weisen zwingen könnte, beständig in einem solchen

Stande des Streitens und Kämpfens zu leben, und seine theure Zeit damit zu verschleudern, daß, wenn es wöchentlich ein paarmal einem losen Buben einfiele, seine Redlichkeit für bankerott auszuschreyen, er wöchentlich ein paarmal jedem Narren seine Handlungsbücher, ja sogar seine Privatrechnungen, die niemand nichts angehen, aufschlagen müsste; Und hierzu ist er um so weniger verpflichtet, wenn er, um bey dem Gleichnisse der Kaufmannschaft zu bleiben, sein Wesen so für sich treibt, niemand zwingt, Geschäfte mit ihm zu machen, und nicht mehr Credit verlangt, als wofür er Geldeswerth vorzeigen kann.

Allein damit begnügen sich die Menschen nicht. Jeder glaubt, Rechenschaft fordern zu können, wo er selbst keine geben kann; und doch sollte in der Welt kein Gesetz natürlicher scheinen, als daß nur Derjenige fordern darf, an dem man Gegenforderungen machen und Regreß nehmen darf und will, niemand aber Richter seyn soll, als wer Schutz zu verleyhen im Stande ist.

Wenn indessen ein freyer Mann sich die Mühe geben will, über unerwiesene Verläumdungen, womit man ihn zu beschimpfen gesucht hat, sich zu erklären, so kann ihm das auch freystehn, und in diesem Falle bin ich itzt — Hier ist der Brief!

»Gnädigster Herr!

Es gereicht mir zu einer nicht geringen Beruhigung, daß, indem ich mit Schande und Verachtung von Ihrer Durchlaucht beladen, Ihre Residenz verlasse, mein Herz mir nicht die geringsten Vorwürfe macht, ja! daß, wenn ich ohne Heucheley mein Gewissen frage, ob ich in diesem Augenblicke lieber an der Stelle Desjenigen, der mich auf diese Art verstoßen hat, als an meiner eignen seyn mögte; jener innere unbestechbare Richter mir antwortet, daß ich, um alle Güter der Welt, meinen Platz nicht vertauschen mögte.

Ich wünsche, daß Höchstdieselben es weder als Hochmuth, noch Trotz, noch Rachgier ansehn wollen, wenn ich es wage, etwas weitläuftiger von diesen unsern sehr verschiednen Verhältnissen zu reden. Auch geschieht es nicht, um meine Unschuld zu vertheidigen, sondern Sie zu bewegen, in andern ähnlichen Fällen vorher alles behutsamer zu überlegen, ehe Sie, dem die Vorsehung diese Macht verliehn hat, durch ein Paar Worte die ganze bürgerliche Existenz eines ehrlichen Mannes zerstöhren, denn die moralische können Sie mir freylich nicht rauben. Die Unschuld eines freyen, rechtschaffnen Mannes ist sehr über beweislose Verläumdung, so wie über Fürstengewaltthätigkeit erhaben, und da Ihrer Durchlaucht es gnädig nicht gefällig gewesen ist, meine ersten Beschuldigungen bewahrheiten zu lassen; so glaube auch ich mich nicht eigentlich berechtigt, einen Gegenbeweis zu führen, ehe meine Ankläger ihre Gründe bestättigt haben. Nur der letzte hervorgesuchte Vorwurf, den man mir in Ansehung meines ehemalichen Lebens machte, scheint, durch meine Bitte um Unterdrückung der weitern Inquisition, und durch meine schnelle Entfernung ein schiefes Licht auf mich zu werfen. Allein ich bitte unterthänig, dies nur wie einen Schritt zur Appellation anzusehn, und diese Appellation kündige ich hiemit ehrerbiethigst an. Sie wird, da ich in meinen, in einem fremden Gebiethe liegenden ländlichen Aufenthalte sehr sicher bin, von meinen unbilligen Richtern an das Publicum ergehn. Ich werde nämlich die ausführliche Geschichte meines Lebens bis auf den heutigen Tag durch öffentlichen Druck bekannt machen. Es würde wohl sonderbar genug seyn, wenn man dies Verfahren eine Rache von meiner Seite nennen wollte. Wenn ein an seiner bürgerlichen Ehre gekränkter Mann gegen öffentliche Verläumdungen sich öffentlich vertheidigt; wenn er seine Würger nicht wieder würgt, sondern nur entlarvt; wenn er also einen würklich ihm zugefügten Schaden nur durch Darstellung, Erzählung erwiedert; so rächt er sich nicht, sondern er thut, was er sich selber und seinen Freunden schuldig ist. Warum soll er den Ruf solcher Leute schonen, die seiner ganzen bürgerlichen Existenz nicht geschont haben?

So viel aber kann ich Ihre Durchlaucht heilig versichern, daß ich gegen Hochdero Person nicht den geringsten Haß in meinem Herzen hege, und es ist der Endzweck dieses Briefes, Ihnen das nebst einem Paar guten Rathschlägen zu sagen, welche ich hinzuzufügen wage. Wenn Ihre Durchlaucht das Erste für vermessen und das Zweyte für unnöthig halten; so bitte ich unterthänig, in Erwegung zu ziehn, daß, wenn das Verhältniß vom Herrn und Diener aufhört, doch die Verhältnisse des Menschen gegen den Menschen übrig bleiben, und wenn nicht ganz gewiß bewiesen werden kann, (welches in dieser Welt sehr schwer ist) daß Leidenschaft von beyden Theilen nicht den geringsten Antheil an unserm Urtheile hat, auch der Privatmann zuweilen eine Sache eben so gut wie ein Fürst einzusehn im Stande ist — Also zur Sache!

Gnädigster Herr! Sie haben alle nöthige Anlage, um ein vortreflicher Mann an Kopf und Herzen zu seyn — Dies ist viel gesagt — Ein Lob, welches ich nicht zu verschwenden pflege —. Dabey sind Sie in einem Stande gebohren, und in eine Lage versetzt, die, durch die Gelegenheit so viel Menschen wohlzuthun und durch die Gewißheit, daß keine Ihrer guten Thaten unbemerkt bleibt, den Antrieb, den der innere Hang zur schönen Tugend jedem gefühlvollen Redlichen giebt, unbeschreiblich vermehren muß — Welch' ein Reiz für einen Herrn von Ihrem Verstande und glücklichen Temperamente, Sich von so Vielen Ihres Standes und Amts, durch gerechte und weise Handlungen auszuzeichnen! Gerechtigkeit, Durchlauchtigster Fürst! ist die erste aller Tugenden, die uns der Gottheit am nächsten bringt, weil sie, in ihrer höchsten Würde, alle Vortreflichkeiten des Kopfes und Herzens voraussetzt, und jede Erschlaffung des Geistes, so wie jede leidenschaftliche Schwäche ausschliesst. Wie kann aber der Mann gerecht handeln, der, wenn ihn Temperamentsschwäche und Weichlichkeit zu wohlthätigen Aufwallungen treibt, diese momentane Ergiessung für wahre Güte hält? der, wenn Eigensinn, böse Laune und Aufstiftung andrer Menschen, zu irgend einer raschen, nicht kaltblütig durchgedachten That ihn hinreissen, sich seiner Thätigkeit, Festigkeit und Entschlossenheit rühmen zu dürfen glaubt? der, wenn zwanzig niedrige Schmeichler sich vor ihm beugen, und zwanzigtausend arme Sclaven zittern, so bald er den Mund öfnet, zu regieren glaubt, indeß er von einem schwachen Weibe beherrscht wird? der, wenn er an unnütze Müssiggänger Gaben ausspendet, die nicht sein Erbe, sondern das Eigenthum seiner Unterthanen sind, sich seiner Wohlthätigkeit und Großmuth rühmt, indeß tausend Unglückliche im Schweisse ihres Angesichts darben müssen, um Einem Taugnichts das Vermögen zu sybaritischem Aufwande herbeyzuschaffen? —

Und doch, gnädiger Herr! Werfen Sie nur einen Blick auf manche Ihrer gesalbten Nachbarn, um wahrzunehmen, daß dies Bild nicht aus der Luft geschöpft ist — Allein dahin darf es mit meinem Fürsten nicht kommen, oder ich würde die theuren Stunden bedauern, wo ich mit Ihnen, in welchem ich mehr den Menschen wie den Fürsten liebte, verlohrne Worte über landesväterliche Pflichten und Beförderung menschlicher Glückseligkeit wechselte. Es war nicht Täuschung, wenn ich damals glaubte, Ihre Durchlaucht wären empfänglich für solche heilige Gegenstände, wenngleich die Ungerechtigkeit, welche Sie kürzlich an mir bewiesen haben, das Gegentheil anzudeuten scheint — Es war nicht Täuschung! Noch sind Sie nicht zu der Classe jener Tyrannen hinabgesunken; Aber der erste Schritt dazu ist geschehn. Verblendung hat Sie einen Augenblick Sich selbst vergessen gemacht; Noch ist es Zeit zurückzukehren.«

So weit war meine Vermahnungsepistel fertig, und ich bildete mir recht etwas darauf ein, daß ich dem kleinen Despoten also den Kopf gewaschen hatte, als der würdige alte Baron Leidthal zu mir in das Zimmer trat. Ich las ihm meine Arbeit vor, in der Hofnung, er würde den Schritt sehr vernünftig und gut finden, aber ich irrte mich.

»Wenn ich Ihnen rathen soll, mein Lieber!« sagte er, »so lassen Sie es dabey bewenden, und schicken diesen Brief nicht ab. So sehr Sie darinn vermieden haben, Leidenschaft zu zeigen; so leuchtet sie doch hie und da mit einiger Bitterkeit hervor, und das beleidigt, bessert aber nicht, wie Sie wohl wissen. Zudem ist diese Art von Menschen nicht zu bessern, Ihr Fürst aber gewiß am wenigsten, nach allem, was Sie mir von ihm erzählt haben. Denn wenn einmal ein Mann, der über die flüchtigen Jugendjahre hinaus ist, an der Hand eines treuen und vernünftigen Freundes, schon die Wonne geschmeckt hatte, edel und gerecht zu handeln, wie er denn unter Ihrer Leitung dies Glück genoß, und er dennoch wieder fähig ist, sich elenden Menschen preiszugeben; so ist wohl billig an seiner Bekehrung zu verzweifeln; Seine Schwäche wird ihn nie verlassen. Vielleicht kann er durch Schaden einmal wieder auf Augenblicke klug werden — Aber was hilft das? Itzt, in dem Taumel der Wollust und üppigen Freuden, würde er ohnehin Ihren Brief kaum lesen. Die Zeit muß Ihnen öffentliche Rechtfertigung verschaffen, und wenn Sie wollen, können Sie allenfalls diesen Brief Ihrer gedruckten Lebensbeschreibung beyfügen, da Sie doch einmal angefangen haben, dieselbe herauszugeben.«

Ich fand diesen Rath vernünftig, und habe ihn befolgt. Hier, theuerste Leser und Leserinnen! empfangen Sie also den Schluß meiner Geschichte! Finden Sie etwas darinn, das zu Ihrem Frieden und zu Ihrer Freude dient; so soll es mir sehr angenehm seyn. Ich habe mich nicht gescheuet, Ihnen jede Thorheit, jede Verirrung meines Lebens, deren ich mich erinnern konnte, offenherzig zu erzählen. Mögten Sie Alle weiser, reiner von dergleichen Fehlern wie ich seyn! Darf ich aber eine kleine Bitte wagen; so wäre es folgende: Wenn es Ihnen einfallen sollte, den armen Peter Claus und Consorten, oder irgend einen andern Ihrer Brüder in Ihrem Herzen zu tadeln oder zu verachten, wenn Sie sehen, daß er während seiner Laufbahn so oft strauchelt, oder gar fällt; so unterdrücken Sie duldend und menschenfreundlich diesen Tadel, und danken vielmehr der Vorsehung, daß Sie nicht in ähnliche Lagen versetzt worden, und daß Erziehung, Schicksale, Temperament und Leidenschaften mit Ihnen einen andern Weg gegangen sind; Denn ich fürchte sehr, wir Erdenklöße kommen mehrentheils Alle so auf die Welt, daß, wenn jene Triebfedern auf einerley Art bey uns angelegt, wir Alle uns in unsern Handlungen ziemlich ähnlich seyn würden —

Aber ich preise den Schöpfer aller Dinge, und es ist doch wahrlich schön, daß es ihm nicht gefallen hat, es also zu verordnen.

Ende des dritten und letzten Theils.

Anhang

Nachwort

Die *Geschichte Peter Clausens* ist Knigges zweiter Roman. Der Autor hatte bereits in den Jahren 1780 bis 1783 den *Roman meines Lebens* bei Andreä in Frankfurt am Main in vier Bänden veröffentlicht. Knigge war mit seinem ersten Roman zu einem viel gelesenen Schriftsteller geworden. Auch die *Geschichte Peter Clausens* ist (mit der Angabe »von dem Verfasser des Romans meines Lebens«) erstmals in diesem Verlag erschienen. Der erste Teil lag zur Ostermesse 1783 vor und ist demnach im Winter 1782/83 entstanden, der zweite Teil erschien 1784 und der dritte 1785. Knigge hat an dem Roman vom Winter 1782/83 bis zum Herbst/Winter 1784 gearbeitet. Es war eine Zeit produktiven Schaffens. Später wird er sie als die heiterste seines Lebens bezeichnen.

Nachdrucke seien immer verfügbar gewesen, erklärt der Autor sarkastisch das späte Erscheinen einer autorisierten zweiten Auflage seines Romans im Jahre 1794. Sie ist als die Ausgabe letzter Hand Vorlage für den Abdruck in diesem Band. Von dem Roman sind Übertragungen in sechs Sprachen bekannt: Eine ins Französische erschien 1789 in Paris, im Jahr des Sturms auf die Bastille, eine ins Niederländische wurde in gleich drei Auflagen des ersten Teils innerhalb eines Jahres vorgelegt. Der Titel der englischen Ausgabe (London 1793) *The German Gil Blas; or the adventures of Peter Claus* lässt vermuten, dass der Roman über Frankreich nach England gelangt ist. 1793 erschien auch eine Ausgabe in Dublin. Ende des Jahrhunderts entstanden eine polnische, eine dänische und eine schwedische Fassung, 1800 kam in Leipzig noch einmal eine französische unter dem Titel *Le Gilblas allemand, ou aventures de Pierre Claus, traduit* [!] *par Baron Knigge* heraus. Knigges *Geschichte Peter Clausens* hatte demnach bis ins 19. Jahrhundert hinein über Deutschland hinaus ein europäisches Publikum. Der Roman wurde aber schon in die Ausgabe der *Schriften* von 1804/06 in 12 Bänden nicht mehr aufgenommen. Das Nachlassen des öffentlichen Interesses am Anfang des 19. Jahrhunderts ist auffällig. Der *Peter Claus* ist, bei vielfältigen ästhetischen und gedanklichen Brechungen im Text, ein von grundsätzlichem Optimismus getragener Roman der deutschen Aufklärung. Folgerichtig wird er im Zusammenhang mit der Französischen Revolution intensiv rezipiert. Ebenso folgerichtig gerät er in der Zeit der Restauration wieder aus dem Blickfeld.

In Deutschland ist der Roman bis gegen Ende der sechziger Jahre des 20. Jahrhunderts vergessen gewesen. Daran ändern auch gelegentliche Erwähnungen in literaturgeschichtlichen Darstellungen nichts, die die treffende Satire, den utopischen Gehalt und das »Abspiegeln der Zeit«[1] vermerken, wodurch das Buch einen nicht geringen Wert erhalten habe. Erst Hedwig Voegt hat das Verdienst, 1968 einen kleinen Teil des Peter-Claus-Romans unter der Überschrift *Geschichte des Herrn Brick* in ihre Sammlung Kniggescher *Essays, Satiren und Utopien* aufgenommen zu haben.[2] Sie interessierte sich für die »philosophisch-politischen Träume des Herrn Brick«, in denen verschiedene Gesellschaftsbilder beschrieben werden, die Knigges politische Schriften der neunziger Jahre vorbereiteten. 1971 ist dann ein unveränderter Nachdruck der Ausgabe von 1794 erschienen, und Paul Raabe nahm 1978 den *Peter Claus* der ersten Auflage in seine Reprintausgabe sämtlicher Werke Knigges als Band

1 Karl Gödeke, Adolph Freiherr Knigge. Hannover 1844, S. 87.
2 Adolph Freiherr Knigge, Der Traum des Herrn Brick. Hrsg. und eingeleitet von Hedwig Voegt. Berlin (DDR) 1968.

drei auf. Die zehnbändige Leseausgabe Wolfgang Fenners von Knigges Werken beginnt mit der *Geschichte Peter Claussens*. Trotzdem muss man wohl davon ausgehen, dass der Gesamttext des Romans auch jetzt noch kaum bekannt ist.

Für Knigge war der Roman ein Verkaufserfolg. Die zeitgenössischen Rezensenten aber verhielten sich zunächst distanziert. Der *Vorbericht,* mit dem Knigge die erste Auflage einleitet, könnte ein Hinweis darauf sein, warum. Hier heißt es:

> »Dieser ziemlich leichtfertige Roman ist eine meiner Jugendarbeiten. Ich fand ihn beynahe fertig unter meinen Papieren liegen, las ihn durch, und dachte, er verdiene nicht ganz unterdrückt zu werden. Er ist mit einiger Laune geschrieben, und da man jetzt im Geschmack von Romanen ist; so wird auch diesen das Publicum vielleicht nicht ohne Vergnügen lesen. Viel Zeit an die Ausfeilung zu wenden, dazu habe ich weder Muße noch Lust gehabt. Bey Schriften von der Art, die flüchtig gelesen und leicht vergessen werden, erwartet man auch das nicht; Genug wenn das Ganze nicht ganz leer von Interesse, wenn die Schreibart nicht schlecht, die Ausführung nicht langweilig ist, und wenn man hier getreue Bilder aus dem gemeinen Leben findet.«[3]

Das ist ironisch gemeint. Knigge baut immer wieder bewusst die Fiktion auf, es handle sich um einen leichten Moderoman. Das Publikum kauft begierig. Der Rezensent des *Allgemeinen Verzeichnisses neuer Bücher*, der 1784 die ersten beiden Teile des Romans bespricht, hat das selbstironische Element des zitierten Textes offenbar übersehen. Er nimmt die Autorvorgabe wörtlich und bemerkt:

> »Besser wäre es indeß doch gewesen, der Verfasser hätte sich Muße genommen, und seine Jugendarbeit nicht ohne Ausfeilung in die Welt geschickt: denn von einem Manne wünscht man keinen Jüngling, und es ist immer sonder-

3 SW, Bd. 3, S. 3f.

bar, wenn er als Mann herausgiebt, was er sich nicht als Jüngling getraute.«[4]

Das fiktive Herausgeberspiel, das Knigge mit dem Leser treibt, hat den zeitgenössischen Rezensenten verunsichert, trotzdem versäumt er nicht zu betonen: »Ohne die Erfordernisse eines klassischen Romans wird diese Geschichte doch gern gelesen werden.« Und als ob er die Worte des Rezensenten bestätigen will, lässt Knigge seinen Helden am Anfang des zweiten Teils erklären,

> »daß ich die Geschichte Peter Clausens als ein sehr lehrreiches und angenehmes Buch, als ein classisches Werk empfehle, hoffe und wünsche, Sie sämtlich, meine werthesten Damen und Herrn! werden eben so davon denken, und einer Fortsetzung begierig entgegensehn, weswegen ich dann nunmehr zur Sache eilen will.« (S. 168)

Diese Erklärung, natürlich auch nicht ohne Ironie, ist allerdings kein Hindernis für den Autor, an die Fiktion, dass hier ohne Bedenken ein auf Absatz orientierter Moderoman vorgelegt werde, in der Vorrede zum dritten Teil wieder anzuknüpfen, um sie im Anschluss erneut aufzuheben. Wer denkt bei so viel ironischem Diskurs mit dem Leser nicht an Christoph Martin Wieland, den deutschen Autor, den Knigge am meisten verehrt hat?

Adolph Freiherr Knigge war einer der ersten freien Schriftsteller in Deutschland. Die Meinungen der Kritiker dürften (das war damals nicht anders als heute) für ihn nicht ohne Bedeutung gewesen sein. In der zehn Jahre später erschienenen zweiten Auflage fehlt die alte *Vorrede.* Ebenso fehlen die Kupferstiche von E. L. Riepenhausen und H. A. Schmidt. Diese hatte der Rezensent von 1784 als »erbärmlich« eingestuft. – Damit sich der heutige Leser, ganz im Kniggeschen Sinne, über diese Kupferstiche seine Meinung bilden kann,

4 Allgemeines Verzeichnis neuer Bücher. (Leipzig 1784), Bd. 8, 11. Stück, S. 857.

wurden sie in den Anhang dieser Neuausgabe (S. 440ff.) aufgenommen. Immerhin ist Riepenhausen der Kupferstecher, der auch die verkleinerten Kopien von William Hogarths berühmten Stichen angefertigt hat, die von Georg Christoph Lichtenberg als die vollkommensten, die er wenigstens je gesehen hätte, beschrieben werden. – Diese zweite, als »von dem Verfasser verbesserte Ausgabe« angekündigt, die alle drei Teile in einem Band zusammenfasst, erschien wie die erste in Frankfurt am Main in der Andreäischen Buchhandlung. Auf dem Titelblatt fehlt nun der Hinweis auf den *Roman meines Lebens;* dafür wird nun Knigges Name (ohne *von*) mitgeteilt. Der Text entspricht bis auf wenige stilistische und orthographische Abweichungen dem der ersten Auflage. Lediglich der zitierte *Vorbericht* zum ersten Teil ist durch eine von Knigge unterschriebene und mit genauer Ort- und Zeitangabe versehene *Vorrede* ersetzt. Diese beschreibt die gute Aufnahme des Buches beim zeitgenössischen Publikum und ist mit »Bremen am 20. August 1793« und Knigges Namen unterzeichnet: Der Schriftsteller bekennt sich in den neunziger Jahren öffentlich zu seinem Roman und stellt ihn in den Kontext seiner großen politischen Schriften wie der *Geschichte der Aufklärung in Abyssinien* oder *Wurmbrands politisches Glaubensbekenntnis.*

Am 27. August 1794 wird der Roman in der viel gelesenen *Oberdeutschen allgemeinen Litteraturzeitung* überaus positiv besprochen. Die Rezension zeigt, welche Wertschätzung Knigge inzwischen erworben hatte und sie zeigt, dass dieser Rezensent den Text wohl verstand:

> »Hr. von Knigge hat sich in allen seinen Schriften als ein Mann gezeigt der Welt und Menschen nicht aus der Ferne durch die Lorgnette, sondern in der Nähe mit freyem sicherem Auge beobachtet hat, und der besonders vertraut ist mit den Nuditäten und Gebrechen der Hof und Drathmenschen, und sich nicht täuschen ließ von dem erbettelten Glanze, womit sie sich vor der Welt brüsten. Peter Clausens Geschichte ist ein treuer Spiegel des Men-

schen=lebens, besonders an kleinen Höfen; und der Leser, der es sonst gewohnt war, sich von Romanschreibern Geschöpfe vorführen zu lassen, die Hr. Meiners schwerlich unter eine seiner beyden Menchenracen würde registrieren können, findet hier auf jedem Schritte eine Bekanntschaft aus der wirklichen Welt, und stößt alle Augenblicke auf Männer, wie er sie zu Hunderten in Antichambern und an den Tafeln der Großen kennen lernte.«[5]

Knigge beschreibt die zeitgenössische Realität, von »Scenen aus den niederen Ständen« bis zur Sphäre der Politik. Seine Themen sind so vielfältig wie das Leben selbst: Kleinbürger und Kaufleute, Landadel, Militär, Geheimbünde, Geistlichkeit, Höfe, auch Theater und Musik. Er greift Themen auf, die sowohl die Situation des Einzelnen als auch die Gesellschaft als Ganzes betreffen. Der Roman arbeitet mit Lebensbeschreibungen, Reiseberichten, mit spannenden Geschichten, mit parodistischen und mit lustspielhaften Elementen. Am 4. April 1790 schreibt Knigge in seinem handschriftlich erhaltenen Text *Aufrichtiges Geständnis meiner Poligraphie* über seinen zweiten Roman:

»In der Geschichte Peter Clausens, in drey Theilen, ist ein nicht ohne Interesse durchgeführter Plan. Im comischen Gewande ist manche nicht zu verachtende derbe Wahrheit anschaulich gemacht. Es ist durchaus das beste, was ich geschrieben habe.«[6]

Der Roman zeichnet das Bild kultureller, sozialer und politischer Zustände in den deutschen Territorien der achtziger Jahre. Es ist ein deutscher Zeitroman, und das trägt ihn auch über seine Entstehungszeit hinaus.

Wesentlich für den Erfolg des Kniggeschen Romans dürfte aber nicht nur die thematische Fülle des Dargestellten sein.

5 Oberdeutsche allgemeine Litteraturzeitung, Salzburg 1794, 7. Jg., Bd. 2, Sp. 409.

6 Adolph Freiherr Knigge, Aufrichtiges Geständnis meiner Polygraphie, in: SW, Bd. 24, S. 53-56, hier S. 53.

Es ist die Art und Weise, wie die Themen behandelt werden. Es ist das Humorvoll-Spielerische, das so gar nicht zum Bild des Benimmapostels passt, das bis heute von Knigge verbreitet wird. Die *Geschichte Peter Clausens* erzählt eine Lebensgeschichte. Dies hat sie mit vielen Romanen der Zeit gemein. Erzählt wird zunächst in Form eines Schelmenromans. Knigge knüpft an berühmte Erzählmuster an. Es ist aber nicht der barocke deutsche oder spanische Schelmenroman mit seiner Jenseitsorientierung, den sich Knigge als Vorbild nimmt, sondern dessen französischer Nachfolger, Alain René Lesages in der zweiten Hälfte des achtzehnten Jahrhunderts in Deutschland viel gelesener Roman *Geschichte des Gil Blas von Santillana*. Für seinen Roman habe er sich Lesages Manier zum Muster gewählt, bekennt der Autor in einem Brief aus dem Jahre 1787. Die französische Übersetzung des *Peter Claus* beginnt im Titel mit den Worten *Le Gil Blas Allemand*. Knigge erzählt heiter und in fast immer ironischer bis satirischer Grundhaltung. Sternes *Empfindsame Reise* und den *Tristram Shandy* habe er vielleicht zwölfmal gelesen, schreibt Knigge am 31. März 1783. Knigge und Lesage begegnen einander in ihrem Anspruch auf vorurteilsfreie Widerspiegelung der zeitgenössischen Realität. Im realistischen Ansatz liegt, neben Analogien in Struktur und Motivwelt, die Gemeinsamkeit der beiden Romane.

Der *Peter Claus* ist jedoch keine Nachahmung des *Gil Blas*. Handlungsführung und Figurenentwicklung entfernen sich mehr und mehr vom Vorbild. Die *Geschichte Peter Clausens* gerät tendenziell zum Bildungsroman. Knigge will herausfinden, »warum der Mensch so und nicht anders gewandelt ist.« Ein elitäres Element sucht man vergebens. Der Roman ist für Knigge »Gespräch mit der Leserwelt«. Er hat Diskurscharakter. Darin zeigt sich ein durch und durch demokratischer Zug. Knigges Sprache ist an Wieland und Cicero geschult, leicht daherkommend, dabei einen erheblichen Bildungshintergrund verratend, immer lebendig und anschaulich, reich an Bildern. Es sind wahre Kabinettstücke an Beschreibungen von Personen und Episoden zu finden.

(Man lese nur die Beschreibung von Jungfer Nagelborn, mit der der frauenunerfahrene Peter Claus sein erstes, für ihn so verhängnivoll ausgehendes Techtelmechtel hat.)

Knigge spielt in seinen Romanen oft auf tatsächliche Vorgänge, Ereignisse, Personen oder aktuelle Debatten an. Er benennt real existierende Orte und arbeitet mit genauen Zeitangaben, die spielerisch mit Erfundenem verknüpft werden. Das verleiht den Geschichten eine scheinbare Authentizität. Alle Kniggeschen Romantexte enthalten Anspielungen auf Autobiographisches, fast immer vermittelt über fiktive Figuren, manchmal im direkten Bekenntnis. Dennoch ist keiner der Romane Knigges Autobiographie. Auch hierfür ein Beispiel: Während seiner Reise begegnet Herr Brick einer Gruppe von Menschen, dem »Stand der Schiefnasigen«. Auf ergötzliche Art und Weise werden Privilegien des Adels beschrieben. Und dann heißt es:

> »Ihr wisst, meine Freunde! daß auch mir die Natur zufälligerweise ein schiefes Riechwerkzeug gegeben hat, und ich konnte Anfangs, ehe ich die Verfassung kannte, nicht begreifen, weswegen jedermann mir mit so vorzüglicher Höflichkeit begegnete; [...]« (S. 226)

Hier handelt es sich ohne Zweifel um ein ironisches Selbstporträt des Autors. (Wohl auch wegen seiner markanten Nase hatte Johann Caspar Lavater den Freiherrn Knigge, dem er im Sommer 1782 bei einem Besuch in Frankfurt am Main begegnet war, freilich mit einer Boshaftigkeit, die hier von der prätentionslosen Selbstironie des Autors Knigge beschämt wird, in einem Brief an Goethe vom 10. August 1782 als »Henry quatre en Carrikatüre« bezeichnet.) Knigge bringt selbst Erlebtes als Material ein. Wie mit den verschiedenen epischen Formen und Erzählweisen spielt er auch mit Elementen der eigenen Biographie. Bezugsgröße für das Spiel ist dabei stets das Beobachten menschlicher Verhaltensweise in deutlich beschiebener Umgebung. »Die beste Erziehung [...] ist wohl die, welche Erfahrung und Schicksale geben« (S. 404f.), reflektiert der vierundvierzigjährige nunmehrige

Claus von Clausbach und zeigt sich damit als Anhänger von Popularphilosophie und Sensualismus.

Als der erste Teil der *Geschichte Peter Clausens* entstand, arbeitete Knigge noch mit großer Intensität für den Orden der Illuminaten, dem er von Januar 1780 bis Mitte 1784 (mit besonderer Aktivität bis Frühjahr 1783) angehörte. Das Engagement für den aufklärerischen Illuminatenorden wirkte zunächst befruchtend auf sein schriftstellerisches Werk. Im Auftrag der Illuminaten unterhielt er eine Vielzahl von Kontakten. So lud z.B. am 14. April 1784 Friedrich Schiller von Mannheim aus Knigge zum Besuch von *Kabale und Liebe* ein: »Wenn mir nicht an einigen angenehmen Augenblicken, die ich bei dieser Gelegenheit in Ihrer Gesellschaft gewinne, zu viel gelegen wäre, so würde ich mir diese Freiheit niemals erlaubt haben.« Schiller hat Knigge aufgesucht. Es ist anzunehmen, dass sein Marquis Posa im *Don Carlos* auch in Knigge ein Diskursvorbild fand.

Die Beschäftigung mit Literatur im Rahmen von Illuminatismus und Freimaurerei findet sich an der Schnittstelle von Geheimbundtätigkeit und Öffentlichkeit. Grundideen aufklärerischen Schreibens und illuminatischen Wirkens stimmen überein: Humanisierung des menschlichen Lebens in der Gesellschaft durch Bildung und Erziehung des Einzelnen. Die ersten beiden Romane Knigges sind in besonderer Weise Dokumente solcher Verklammerung. Schon die Verwendung der Struktur des Schelmenromans deutet darauf hin, dass Knigge zumindest zu Beginn der Niederschrift mit dem *Peter Claus* nicht nur die Geschichte einer individuellen Entwicklung zu erzählen beabsichtigte, sondern eine satirische Spiegelung der zeitgenössischen Gesellschaft in der Figur des Schelms. Dabei offenbart sich Widersprüchliches: Der Picaro Peter Claus geht in Regensburg bei einem Apotheker namens Noldmann in die Lehre, der einem mystischen Geheimbund angehört, dem alle Mittel recht sind, die Menschen ins Dunkle zu leiten und Kapital daraus zu schlagen. Dieser »Neun und Neunziger« erklärt seinem Adepten seine Moral:

> »Es giebt zwey Dinge, die für jedermann höchst wichtig seyn müssen, und diese sind Vernunft und Religion. [...] Wenn wir mit den Augen der Vernunft [...] den ganzen Würkungskreis, der uns hier angewiesen ist, überschaun, dies Leben mit Mäßigkeit geniessen, unsre Pflichten gegen das höchste Wesen, gegen unsre Mitmenschen und gegen uns selbst gehörig überdenken, und die Winke nützen wollten, welche uns die geoffenbarte Weisheit dazu gegeben hat; so würde jeder einzelne Mensch seinen Platz in der großen Kette ausfüllen, und keines weitern Schutzes als seiner Rechtschaffenheit bedürfen, würde frey und ruhig seyn, und sich also zu jener Zukunft, durch Veredlung seiner Selbst, vorbereiten.« (S. 100)

Wir sind verblüfft. Das könnte in jedem illuminatischen Text stehen, und das entspricht auch völlig Knigges Ansichten. Ein Dilemma wird sichtbar. Die Gegenaufklärung bedient sich frech einer Moral, die auch Aufklärung und insbesondere die Illuminatenschriften lehren. Der Apotheker entwickelt gerade daraus seine Philosophie des Betruges. Die Menschen seien nicht reif für die Freiheit:

> »Da nur der weise Mann der mäßige und redliche Mann seyn, und nur Dieser Ruhe, Frieden und Freyheit in der Welt finden kann, wir aber die Menschen nicht frey wissen wollen; so müssen wir, nachdem wir die Aufklärung verhindert haben, auch die Moralität zerstöhren, und in der Religion Mittel ausfindig machen, das Gewissen der Leute, das innere Gefühl der Richtigkeit, zu übertäuben« (S. 101)

Das ist die Moral krimineller Gauner und zugleich die Moral des Machtmissbrauchs der Mächtigen. Das ist das Gegenprogramm zur Aufklärung. Im Grunde richtet Knigge hier implizit auch bereits das Geheimbundwesen. Die ästhetische Logik der Satire trägt ihn weiter als seine bewusste Erkenntnis, denn noch arbeitet er für die Illuminaten. Knigge bezieht den Leser in sein unabgeschlossenes Denken ein. Indem er seine positive Moral der negativsten Figur des Romans in den Mund legt, sie formuliert und zugleich ästhetisch relativiert, nimmt er der Moral die Absolutheit und macht das Denken frei für neue Ansätze.

Noch mehr Nüsse zu knacken gibt Knigge mit dem zweiten Teil des Romans. Peter Claus erhält von einem »armen Herrn Brick« ein Manuskript, das sich als eine fiktive Reisebeschreibung erweist. Wie in der späteren *Geschichte der Aufklärung in Abyssinien* (1791) die Romanfiguren Noldmann und Wurmbrand gerät Brick in einige despotisch regierte Kleinstaaten, die er in grotesken Bildern beschreibt. Diesen entgegengestellt werden drei Inselgesellschaften, in denen die Menschen in Harmonie leben. Es sind Utopien, Denkexperimente. Brick kommt nach Tahiti, dann in »selige Gefilde des Friedens«, in denen es keine Krankheiten, kein Eigentum, keinen Luxus, keine Leidenschaften, keine Fürsten und keine Pfaffen gibt. Da er selbst die Verderbtheiten der europäischen Zivilisation nicht einfach abstreifen kann, muss er die Inseln nach kurzer Zeit wieder verlassen. Schließlich trifft er, bevor er zu der letzten Insel reist, einen alten Mann und führt mit ihm ein langes Gespräch, gleichsam als ob sie im »Garten des Epikur« wandelten. Es erinnert an Lessings *Ernst und Falk* (von dem Wolfgang Fenner herausgefunden hat, dass es Knigge war, der den letzten Teil dieses Textes zum Druck gegeben hatte). »Alle Reformationsanstalten, die dahin abzielten, einen andern Plan zu Erziehung des Menschengeschlechts zu entwerfen, waren Hirngespinnste« (S. 239). Das sind Worte des alten Mannes, in denen, allem Versteckspiel zum Trotz, die aktuelle Meinung des Autors deutlich zu hören ist. Eine große Idee hat sich als Illusion erwiesen. Die Absicht, eine Humanisierung der Gesellschaft mithilfe geheimbündlerischer Tätigkeit durch sittliche Bildung des Individuums zu bewirken, ist an der Praxis gescheitert.

Der Gesprächspartner des alten (weisen) Mannes ist Brick – eigentlich aber ist es der Leser. Den fragt er: »Sie wollen Aufklärung befördern? Sehen Sie selbst ganz klar?« (S. 244) Der alte Mann formuliert Fragen der Aufklärungsdebatte und beantwortet sie mit Gegenfragen. Die Kritik des Dialogs geht über zur Kritik an der Aufklärungsutopie überhaupt. Knigge vollbringt ein kleines literarisches Meisterwerk. Es gelingt ihm, seinen Beitrag zur in dieser Zeit sehr theoretisch geführten Diskussion um die Frage »Was ist Aufklärung?« auf die rationale Ebene des Verstehenkönnens von »allerley Lesern« zu versetzen. Er verwässert die Probleme nicht, er macht sie zugänglich.

Die Krise des Ordens der Illuminaten spiegelt die Krise der Aufklärung. Das zwingt zur Überprüfung der Denkmodelle. Knigge tritt von nun an für ein Konzept von Öffentlichkeit ein, das den Diskurs über alle Fragen anstrebt, auch über Fragen der Politik. Er wird zum Förderer freier, von Verboten unbedrohter Diskussion. Der Schelmenroman wandelt sich mit dem dritten Teil zum Staatsroman, allerdings mit negativem Ausgang. Knigges Weg führt erst einmal aus dem Gebiet der Politik heraus. »Wo in dieser Welt findest Du einen unbeneideten Würkungscreis?«, lässt er den Minister Claus von Clausbach, dessen Sturz von seinen Feinden am Hofe bereits aktiv vorbereitet wird, fragen. Und sein Freund Ludwig von Reyerberg antwortet: »Bey dem stillen Landleben, da finde ich es« (S. 351). Knigge selbst hat in diesen Jahren vergeblich versucht, die von einem Sequestor verwalteten Güter seiner Familie im Hannoverschen wieder zurück zu erhalten. Als er am Ende des *Peter Claus* schreibt, hat er die Hoffnung noch nicht aufgegeben, auf seinen Gütern ein unabhängiges Leben führen zu können. Auch das Ende des Romans ist Utopie. »Meinen Bauern gab ich ein ländliches Fest [...]«(S. 387).

Zum Text

Dieser Ausgabe der *Geschichte Peter Clausens* liegt die »Zweyte, von dem Verfasser verbesserte Auflage« zugrunde, die 1794 in drei Teilen zu Frankfurt am Main in der Andreäischen Buchhandlung erschienen ist. Auch die Erstausgabe war bei Andreä, ebenfalls in drei Teilen, 1783-1785 vorgelegt worden.

Die hier wiedergegebene zweite Auflage, letzte Ausgabe zu Knigges Lebzeiten, unterscheidet sich, bis auf wenige Änderungen in Orthographie und Wortwahl, kaum von der ersten: Das Wort *wider* im Sinne von *gegen* wird nun durchgängig *wieder* geschrieben, auch in Zusammensetzungen; das *als* beim Komparativ, z.B. *besser als*, wird nun durchgängig zu *wie*, also z.B. *besser wie*.

Der Text folgt dem Original, Lautstand und Grammatik bleiben unverändert, offensichtliche Druckfehler werden stillschweigend korrigiert. Eingriffe in Orthographie und Zeichensetzung gibt es in nur wenigen Fällen bei offensichtlichen Irrtümern. Hervorhebungen im Original werden *kursiv* wiedergegeben, Sperrungen bleiben erhalten. Die Verwendung von Antiqua im Fraktursatz der Vorlage (fremdsprachige Namen und Zitate) wird durch Groteskschrift kenntlich gemacht. Anmerkungen Knigges werden getreu der Druckvorlage am Fuß der jeweiligen Seite wiedergegeben, Verweise auf andere Textstellen sind ohne weitere Kennzeichnung an die Paginierung dieser Ausgabe angepasst.

Auf den Seiten 440ff. sind die Frontispize und Titelseiten der Erstausgabe abgebildet. Titelvignetten und Kupfer des ersten und zweiten Teils stammen von E. L. Riepenhausen, die des dritten Teils wurden von J. L. E. Schulze gezeichnet und von H. A. Schmidt gestochen.

Verwendete Siglen:

AdB Allgemeine Deutsche Bibliothek.

AW Adolph Freiherr Knigge: Ausgewählte Werke in zehn Bänden. Im Auftrag der Adolph-Freiherr-von-Knigge-Gesellschaft zu Hannover hrsg. von Wolfgang Fenner. Hannover 1991-1996.

SW Adolph Freiherr Knigge: Sämtliche Werke. In Zusammenarbeit mit Ernst-Otto Fehn u.a. hrsg. von Paul Raabe. Nendeln/Liechtenstein 1978 bzw. München, London, New York, Paris 1992-1993.

29 *Gil Blas de Santillana*] Der Schelmenroman *Geschichte des Gil Blas von Santillana* von Alain René Lesage (1668-1747), auf den sich Knigge im *Peter Claus* vielfach bezieht.

32 *Operum omnium*] (lat.) der Sämtlichen Werke.

36 *dem Stadt-Aerario*] dem Stadtsäckel.

37 *mit in Arrest genommen*] beschlagnahmt.

39 *Linnés Systeme*] Carl von Linné (1707-1778), schwed. Naturforscher, Begründer der modernen biologischen Systematik.

Ad vocem Augen] (lat.) zu diesem Wort Augen.

Calphonium] Kolophonium, ein gelbes bis braunschwarzes Baumharz von glasglänzender, brüchiger Substanz.

41 *salva venia!*] (lat.) mit Verlaub!

45 *die Regula de Tri*] den Dreisatz.

Closter Bergen] Klosterberge, Benediktinerkloster bei Magdeburg, 1565 in ein protestantisches Stift umgewandelt.

48 *in einer geschlossenen Gesellschaft*] als Galeerensträflinge.

menus plaisiers] kleinen Vergnügungen.

Chapeau bas] (frz.) Hütchen.

49 *petit[t]e charité*] (frz.) kleine Mildtätigkeit.

Ayés pitié, Monseigneur, ... paїs de l'Allemagne] (frz.) Haben Sie Erbarmen, Herr, mit einem armen Finanzier aus Frankreich, der gekommen ist, um sich hier als Zöllner niederzulassen, aber kein Land besitzt, da er all seine Habe unterwegs in diesem verfluchten Deutschland für Essen ausgeben musste.

55 *Math. Cap. VII. v. 15*] Matthäus 7,15: Sehet euch vor vor den falschen Propheten, die in Schafskleidern zu euch kommen, im Innern aber sind sie reißende Wölfe.

58 *Laubthaler*] frz. Münze, im 18. Jahrhundert auch in Deutschland weit verbreitet.

59 *Revüe*] (frz.) hier: Heerschau, Einkleidung.

60f. *»Lat Hey sek ... Kerel.«*] (niederdt.) »Laß er sich erzählen, Herr Nachbar!« ... »In zwei Stunden ist mein Schicksal entschieden. Kommt meine Lottonummer heraus, so bin ich zeitlebens ein glücklicher Kerl.«

62 *Cameraloperationen*] Haushaltsvorkehrungen.

65 *Pharaotisch*] Pharao ist ein altes Glücksspiel.

l'ombre] Glücksspiel, das zu den Ahnen des Skatspiels gehört.

67 *Gesetze und Verordnungen des Kaisers Justinian*] Der oströmische Kaiser Justinian (482-565) ließ im 6. Jahrhundert das *Corpus iuris civilis* (Zivilgesetzbuch) ausarbeiten, das mit seiner Systematik auf die Zivilgesetzgebung bis in die Neuzeit hinein starken Einfluss ausübte.

allen bon sens] (frz.) allen gesunden Menschenverstand.

68 *machte Libelle*] setzte Klageschriften (auch: Streit- und Schmähschriften) auf.

69 *Camisöler*] Wämser, Westen.

Advocatus principis] (lat.) Anwalt des Fürsten.

in possessorio] (lat.) sinngemäß: mit Anspruch auf Wiederherstellung früheren Besitzes.

70 *alle Praxin*] alle Berufsausübung (griech. Akkusativ von praxis).

Kaufmannscom(p)toir] Handelsniederlassung, Kaufmannsbüro.

77 *mezza voce*] (ital.) mit halber, d.h. verhaltener Stimme.

78 *corpus delicti*] (lat.) Beweisstück.

80 *diesem Vierfürsten*] Anspielung auf den Tetrarchen von Galiläa und Peträa (bei Luther: Vierfürsten) Herodes Antipas (4 v. Chr. – 39 n.Chr.), der nach Markus 6,14 ff. und Matthäus 14,1-21 Johannes den Täufer auf Betreiben seiner Stieftochter Salome köpfen ließ.

wie bey ... Sardanapals Hofe] wie am Hofe des assyrischen Königs Assurbanipal (7. Jh. v. Chr.), der als verweichlichter Schlemmer galt.

Nepoten] Günstlinge.

apocryphische] spöttischer Vergleich: Als Apokryphen wurden antike Schriften der Juden und Christen bezeichnet, die keine Aufnahme in den biblischen Kanon fanden.

81 *Rollin*] Charles Rollin (1661-1741), frz. Historiker.

82 *pii manes*] (lat.) die frommen Manen (Totengeister).

84 *Retirade*] Rückzugsort, auch: Abort.

85 *Pergolese*] Giovanni Battista Pergolesi (1710-1736) komponierte als letztes Werk *Stabat mater* für Sopran, Streicher und Orgel.

les talen[t]s lyriques] (frz.) die lyrischen Talente, gemeint ist hier wohl die gleichnamige Ballettoper von Jean-Philippe Rameau (1683-1764).

Potiphars Weib] Siehe 1, Moses 39; Potiphar war Hofkämmerer in Ägypten und kaufte Joseph, der als intelligenter Sklave rasch das Vertrauen seines Herrn gewann, bis dessen Frau Gefallen an ihm fand und – vergeblich – versuchte, ihn zu verführen.

88 *pierischen Concerte*] In der griechischen Mythologie galt Pierien am Olymp als Geburtsort der Musen.

90 *mal de Naple[s]*] (frz.) neapolitanische Krankheit, Syphilis.

91 *Mercure de France*] frz. Zeitschrift (1672 als *Mercure Galant* gegründet).

du bon ton] (frz., wörtlich: des guten Tons) konventionell.

parties de plaisier] (frz.) Vergnügungen.

homme sans consequente] (frz.) Mann ohne Folgen, harmloser Mann.

Indigestionsparthie] Indigestion = Verdauungsstörung.

93 *fünf und vierzig Grade*] Freimaurern wurden Grade erteilt (mitunter mit phantasievollen Titeln aus der mythischen Geschichte der Orden), die ihrem Erkenntnisstand und ihrer Reife entsprechen sollten. Die Zahl der Grade ist umstritten. Zu Knigges Zeiten gab es sowohl Bestrebungen, diese Anzahl gering zu halten, als auch Ausweitungen, im vorliegenden Falle die der Rosenkreuzer, die mit betrügerischer Geheimnistuerei verbunden waren.

95 *»Que la peste t'étouffe!« ... »Pierre! nous partons demain pour Ratisbonne.«*] (frz.) »Dass dich die Pest ersticke!« ... »Peter, wir reisen morgen nach Regensburg!«

96 *Tithymalum, Ancoram, et quam ... primae noctis*] Nonsenslatein aus allerlei unverstandenen Sprachbrocken, die aber für lateinerfahrene Leser heitere Assoziationen enthalten.

98 *Neun und Neunziger*] spöttisch für Apotheker, die mit ihrem Geschäft 99% (also sehr viel) Gewinn machen.
Panacäe] Allheilkraut, benannt nach Panakeia, einer der vier Schwestern des Asklepios des griech. Gottes der Heilkunst.

105 *ad modum Noldmanni*] (lat.) nach der Art Noldmanns (des Apothekers).

116 *nonum prematur in annum*] (lat.) Man behalte (ein Manuskript) bis zum neunten Jahr zurück (Horaz), sinngemäß: Man übereile sich nicht mit dem Veröffentlichen.

119 *Briefwechsel zwischen Gleim und Jacobi*] Johann Wilhelm Ludwig Gleim (1719-1803) und Johann Georg Jacobi (1740-1814) waren bekannte und beliebte Dichter, deren Ansehen aber schon im Abnehmen begrifffen war.

124 *zu prosequiren*] fortzusetzen.

125 *Emilie Sommer ... Ludwig Freudenthal*] Romane, die Knigge in der AdB negativ rezensierte (vgl. Adolph Freiherr Knigge, *Rezensionen 1779-1797 in Friedrich Nicolais »Allgemeiner deutscher Bibliothek« [...].* Hrsg. von Ernst August Freiherr Knigge. Göttingen 2009, S. 76, 103).

126 *Ritornellos*] mehrfach wiederholte Teile eines Instrumentalkonzertes.
Ritter Esser] Karl Michael Ritter von Esser (um 1736 – um 1795), damals berühmter Violinist.

127 *Cantores amant humores*] (lat.) Sänger lieben Feuchtes oder, wie es Knigge im *Umgang* (siehe Bd. 2, S. 363) selbst übersetzt, »auf ein Liedchen schmeckt ein Schlückchen«.
Hercules, oder wie der heidnische Liebesgott heisst] Der mit seiner Bildung protzende, aber ungebildete Hochstapler Haber verwechselt hier den Halbgott Herakles (lat. Hercules) aus der griechischen Sage mit Eros (lat. Cupido), dem Liebesgott und Sohn der Aphrodite (lat. Venus).

128 *naturalia non sunt turpis*] eigtl. naturalia non sunt turpia (lat.): Natürliches ist nicht peinlich.
punctillös] hier etwa: leicht gekränkt, eingeschnappt.
exempel sunt odiosel] eigtl. exempla sunt odiosa (lat.): Beispiele sind widerwärtig.
ars longus, vita breva] eigtl. ars longa, vita brevis (lat.): Lang ist die Kunst, kurz ist das Leben.
applausum] (lat.) den Beifall.
134 *eines Opera Buffa-Acts*] eines Akts einer heiteren ital. Oper.
135 *deus ex machina*] (lat.) Gott aus der Maschine, im antiken Drama der von einer Bühnenmaschinerie herabgelassene Gott, der dramatische Verwicklungen löst; im übertragenen Sinn: überraschender Helfer in einer Notlage.
137 *Claudius, oder Asmus*] Matthias Claudius (1740-1815) nannte sich als Autor auch Asmus.
teutschen Mercur] Teutscher Merkur, 1773 bis 1810 von Christoph Martin Wieland (1733-1813) herausgegebene Monatsschrift.
139 *Hamburg ... Herr Schröder*] Friedrich Ludwig Schröder (1744-1816), Schauspieler, Dramatiker und Theaterleiter in Hamburg.
140 *Hauptpastor Götze*] Johann Melchior Goeze (auch: Goetze oder Götze, 1717-1786), Hauptpastor in Hamburg, war entschiedener Gegner der Aufklärung und polemisierte u.a. scharf gegen Goethe und Lessing. Lessing gab der Rolle des Patriarchen in *Nathan der Weise* satirisch Züge Goezes und veröffentlichte seine Schrift *Anti-Goeze* (1778).
143 *Cartouche den Großen*] Louis Dominique Bourguignon (1693-1721), genannt Cartouche, berühmt-berüchtigter französischer Bandenchef und Mörder.
145 *Minister im Hamlet*] Polonius in Shakespeares *Hamlet*.
149 *qui pro quo*] (lat.) »Wer für wen«, Verwechslung einer Person mit einer anderen.
151 *wenn Sara bey einer ähnlichen Prophezeyhung lachte*] Nach 1. Moses 21,1-7 prophezeite Gott, dass Abrahams Frau Sara ein Kind gebären würde, was die schon Betagte heiter stimmte. Dem hundertjährigen Abraham gebar sie aber den Isaak und wurde damit zur Stamm-Mutter Israels.
152 *Hausvater von Diderot*] *Le père de famille*, Prosakomödie von Denis Diderot (1713-1784).
168 *Castorhut*] ein Filzhut aus Biberhaar, Kopfbedeckung für den gehobenen Stand, Vorläufer des Zylinderhuts.
Hauptpastor Götz] siehe Erl. zu S. 140.
170 *wie einst der Herzog von Curland*] Offenbar ist eine Episode aus dem unsteten Leben des Ernst Johann von Biron, Herzog von Kurland und Semgallen (1690-1772), gemeint, der als

Günstling der Kaiserin Anna seine Gegner mit brutalsten Mitteln verfolgte, unter Kaiserin Elisabeth viele Jahre nach Sibirien verbannt war und erst von Katharina II. begnadigt wurde.

172 *Liefland*] Livland, historischer Name für eine Region im Baltikum mit wechselvoller Geschichte, seit 1721 russisches Gouvernement (heute Gebiete der Länder Estland und Lettland).

173 *der Aesculap*] lateinische Form von Asklepios (griech. Gott der Heilkunst), hier: der Arzt.

die Rotte Coran, Datan und Abiram] Korah vom Stamm der Leviten empörte sich mit seiner »Rotte«, darunter Dathan und Abiram, gegen Moses und dessen Bruder Aaron (4. Moses, 16).

177 *Sherlock*] Thomas Sherlock (1678-1761), bekannter anglikanischer Theologe und Bischof.

Moor's sittenschildernder Reisebeschreibung] John Moore (1729-1802), englischer Arzt und Schriftsteller, Verfasser von Reisebüchern über Frankreich, die Schweiz, Deutschland und Italien.

178 *Brydon*] Patrick Brydone (Bryden, 1741-1818), englischer Reiseschriftsteller.

181 *Herrn Abt*] Karl Friedrich Abt (1733-1783), Leiter einer Schauspielgesellschaft, mit der er von 1773 bis 1777 in verschiedenen Städten Hollands gastierte.

Cap de bonne espérance] (frz.) Kap der guten Hoffnung.

Batavia] Hauptstadt der niederländischen Ostindischen Kompanie auf der Insel Timor, heute Jakarta, Hauptstadt Indonesiens.

188 *couleur de puce*] (frz.) Farbe wie ein Floh.

190 *Est-ce bien Vous, mon ami?*] (frz.) Sind Sie es wirklich, mein Freund?

191 *Ah mon chèr!*] (frz.) Ah, mein Lieber!

mais de Vous ... d'abord reconnu] (frz.) Erinnern Sie sich denn nicht an den Herrn von Lippeville? Bei Gott, ich für meinen Teil habe Sie sofort wiedererkannt.

rente viagère] (frz.) Leibrente.

193 *Epicur*] Der griechische Philosoph Epikur (341-270 v. Chr.) war der Begründer der nach ihm benannten Schule, die Knigge vielfach rezipierte.

194 *C'est une singulière [tête] que ce Monsieur Brick!*] (frz.) Es ist ein sonderbarer Kopf, dieser Herr Brick!

203 *C'est le Sieur de Lippeville, ... m'excuserés, Monsieur.*] (frz.) Das ist der Herr von Lippeville, mein Herr, zu Ihren Diensten. Ich glaubte, er sei hier, aber da ich Sie nun hier allein sehe, entschuldigen Sie mich, mein Herr.

204 *Yorick*] Hauptfigur des Romans *Yoricks empfindsame Reise durch Frankreich und Italien* von Laurence Sterne (1713-1768).

205 *comme les autres filles de mon état*] (frz.) wie andere Mädchen meines Standes.
207 *Vous me percés le coeur! Plût au Ciel.*] (frz.) Sie dringen mir ins Herz! Beim Himmel!
208 *fouragieren*] verpflegen.
209 *Scala santa*] die Heilige Treppe in Rom. Nach der Sage wurde Jesus in Jerusalem bei Pilatus über diese Treppe geführt, die später nach Rom verbracht worden sein soll.
compagnon de voyage et de débauche] (frz.) Reise- und Saufgefährte.
212 *seitdem die asiatische Banise nicht mehr gelesen wird*] Der Roman *Die Asiatische Banise* von Heinrich Anselm von Ziegler und Kliphausen (1663-1696), eine Mischung aus Staatsroman und spannendem Reisebericht, war lange außerordentlich beliebt, geriet aber in der zweiten Hälfte des 18. Jahrhunderts in Vergessenheit.
219 *Leyerspielern*] Leier, ein volkstümliches, liegendes Streichinstrument, bei dem der runde Bogen mittels einer Kurbel mechanisch bewegt (»geleiert«) wird.
224 *Stand der Schiefnasigen*] Knigge spielt hier ironisch auf seine eigene ungewöhnliche Nasenform und seinen Adelsstand an.
225 *esprit de corps*] (frz.) Standesbewusstsein.
229 *per plurima vota*] (lat.) durch Mehrheit.
234 *Convenienz*] Schicklichkeit, hier auch: Sachdienlichkeit.
241 *Malcontenten*] Unzufriedene.
249 *eines morbi chronici*] (lat.) einer chronischen Erkrankung.
251 *Pleuritide*] Rippenfellentzündung.
252 *Theatrum anatomicum*] (lat.) anatomisches Theater, Schau-Anatomie.
255 *Raspelhaus*] Zuchthaus, in dem Strafgefangene Färbeholz raspeln (zerspanen) mussten.
270 *ein ipse fecit*] (lat.) Selbstgeschaffenes.
in favorem partus] (lat.) zugunsten des Kindes.
au désespoir] (frz.) untröstlich.
Lavement] Einlauf.
271 *Introductio in jus digestorum*] (lat.) Einführung ins Digestenrecht (Bestandteil des *Corpus iuris civilis*; siehe Erl. zu S. 67).
273 *Orphäus*] Orpheus, mythischer thrakischer Sänger; rührte die Götter der Unterwelt so mit seinem herrlichen Gesang, dass sie die Rückkehr seiner Gattin Eurydike aus dem Totenreich erlaubten.
280 *agréable debauché*] (frz.) wahrhaftiger Säufer.
286 *Herrn von Justi*] Johann Heinrich Gottlob von Justi (1717-1771), deutscher Jurist und Kameralist.
295 *Claudius*] siehe Erl. zu S. 137.

301 *procès des trois rois*] (frz.) Titel einer, wie Knigge in seiner Fußnote schreibt, anonymen »pasquillartigen Schrift«, die 1780 unter dem Titel *Le procès des trois rois* bekannt wurde (dt.: »Rechtshandel der drey Könige ..., so vor dem Tribunal der europäischen Mächte abgehandelt worden ...«).

304 *actus concludentes*] (lat.) überzeugende Handlungen.
Nota bene] (lat.) wohlgemerkt.

305 *Petri Kettenfeyer*] katholischer Festtag (1. August) im Andenken an die Ketten, die der Apostel Petrus angeblich in Jerusalem und Rom während seiner Gefangenschaft trug.

313 *Marchand parfumeur*] (frz.) Parfümhändler.

314 *Comte ou Baron allemand*] (frz.) deutscher Graf oder Freiherr.
einem solchen Casu] einem solchen Fall.
mit einem dito] mit ebendem.

315 *das mir bis heute dato*] das mir bis zum heutigen Tag.
Odiosa] (lat.) Widerwärtigkeiten.

316 *de mortuis non nisi bene*] eigtl. de mortuis ni[hi]l nisi bene (lat.): über Tote nur Gutes.

319 *parvenus*] (frz.) Emporkömmlinge.

320 *Unter meinen Auspiciis*] Unter meiner Obhut.

323 *zum Pedellen*] zum Hausmeister.

326 *Camisöler*] siehe Erl. zu S. 69.

327 *typus*] hier: Sinnbild.

329 *Malcontenten*] siehe Erl. zu S. 240.

331 *Jammer von Messina*] 1743 hatte die Pest in Messina auf Sizilien 40000 Todesopfer gefordert, 1783 erlitt die Stadt ein zerstörerisches Erdbeben.

333 *deductis deducendis*] (lat.) nach Abzug der Kosten.

334 *Büschings Erdbeschreibung*] Voluminöses geographisches Werk von Anton Friedrich Büsching (1724-1793).

335 *in extenso*] (lat.) ausführlich.

337 *in nuce*] (lat.) im Kern, kurzgefasst.

338 *enrhümirt*] erkältet.

339 *pas de bourré, glissades, tortiliers, pirouettes*] verschiedene französische Tanzschritte.

340 *Sortés, ... reste de Vos jours.*] (frz.)»Steigen Sie nur aus, nur zu, meine Herren! Sie haben nichts zu befürchten.« (Sie lagen schon.) Und als sie ausgestiegen waren: »Gott sei Dank! Sie sind nun wohlbehalten« – und dann: »Aber ich bitte Sie doch, niemanden umzurennen. Der Teufel hol mich, wenn Sie hier ausgerechnet unter Anleitung eines Hunds von einem Deutschen strauchelten. Sie hätten genug davon für den Rest ihrer Tage.«

347 *Et saevius ventis agitatur ingens pinus*] (lat.) Auch die gewaltige Fichte wird grimmiger im Wind geschüttelt (Horaz).

355 *seinem savoir faire*] seinem Können.

359 *superficieller*] oberflächlicher.
Monita] (lat.) Ermahnungen.

364 *sei quartetti per Cembalo obligato*] (ital.) sechs Quartette für begleitendes Cembalo obligato

365 *Metastasios Demetrio*] Pietro Metastasio (1698-1782), Opernlibrettist, der u.a. den Text für die Oper *Demetrio* geschrieben hat. Seine Texte wurden wegen ihrer poetischen und sanglichen Qualität vielfach komponiert.
Dal suo gentil sembiante ... primo amore.] (ital.) Die Oper *Demetrio* von Antonio Caldero, zuerst 1731 in Wien aufgeführt, handelt von den Abenteuern des späteren Königs Demetrio von Syrien, der als Alceste die schöne Cleonike liebt und wiedergeliebt wird. Der zitierte Text der ersten Liebesarie, geschickt ausgewählt und neu in Musik gesetzt von der künftigen Mätresse des Fürsten, lautet sinngemäß: »Ihr anmutiges Antlitz / erweckt meine erste Liebe« (und geht im Original etwa weiter: »... und erst der Tod / wird sie auslöschen«).
Serenissimus] (lat.) der Durchlauchtigste.

366 *et cela supérieurement bien, sur mon bonneur*] (frz.) und das überaus gut, bei meiner Ehre.
un de ces jours] (frz.) demnächst.

376 *dii minorum gentium*] (lat.) die kleineren Leute (eigentlich: die unteren Götter).
Ma foi!] (frz.)»na ja«.

377 *Gravamina*] (lat.) schwere Vorwürfe.

382 *Leumuth*] Leumund.

383 *Reichstäge ... wie in Regensburg*] Seit 1663 war Regensburg der Sitz des Reichstages, der zur Zeit Knigges kaum noch Ansehen genoss.

384 *das département des affairs étrangères*] (frz.) die Abteilung für auswärtige Angelegenheiten.

389 *Condillac genannt*] wie den frz. Geistlichen und Philosophen Etienne Bonnot, Abbé de Condillac (1714-1780).

393 *ad interim*] (lat.) bis auf Weiteres.

396 *Clemenz*] (lat.) clementia = Milde.

398 *Praxin*] siehe Erl. zu S. 70.

403 *Sturzens ... Schriften*] Helfrich Peter Sturz (1736-1779) war Staatsbeamter in Dänemark und Oldenburg. Seine postum herausgegebenen Schriften wurden vor allem wegen der lebendigen Schilderungen des politischen und geistigen Lebens in Frankreich und England gern gelesen.
Denkwürdigkeiten von J. J. Rousseau] Knigge hat Werke Jean-Jacques Rousseaus (1712-1778) intensiv studiert und einige Texte ins Deutsche übersetzt. Die *Geschichte Peter Clausens* erhielt viele Anregungen aus Rousseaus Werk.

I T. S. 22.

E. Riepenhausen inv. & sculps. 83.

Geschichte
Peter Clausens

von dem

Verfasser des Romans meines Lebens

Erster Theil

mit Kurfürstl. Sächs. gnädigster Freiheit

Frankfurt am Main
im Andreäischen Verlage 1783

C Riepenhausen del & sculp.

Geschichte
Peter Clausens

von dem

Verfasser des Romans meines Lebens

Zweiter Theil

mit Kurfürstl. Sächs. gnädigster Freiheit

Frankfurt am Main

im Andreäischen Verlage 1784

J. L. E. Schulze delin: 1784. H. A. Schmidt sc:

Geschichte

Peter Clausens

von dem

Verfasser des Romans meines Lebens

J. E. L. Schulze del: M. A. Schmidt sc.

Dritter und letzter Theil

mit Kurfürstl. Sächs. gnädigster Freiheit

Frankfurt am Main

im Andreäischen Verlage 1785

Bibliografische Information der Deutschen Nationalbibliothek

Die Deutsche Nationalbibliothek verzeichnet
diese Publikation in der Deutschen Nationalbibliografie;
detaillierte bibliografische Daten sind im Internet
über http://dnb.d-nb.de abrufbar.

Erste Auflage

www.wallstein-verlag.de
Vom Verlag gesetzt aus der Sabon Roman und der Frutiger Roman
Schmuckhülsengestaltung: Susanne Gerhards, Düsseldorf
unter Verwendung eines unsignierten Kupferstiches aus
»Over de verkeerking met menschen«, Amsterdam 1789 sowie
Knigges Silhouette aus dem »Buch der vollkommenen Freundschaft«
(1780) aus dem Besitz des Historischen Museums, Hannover
Druck und Verarbeitung: Hubert & Co, Göttingen
ISBN 978-3-8353-0410-9

Adolph Freiherr Knigge
Werke

Adolph Freiherr Knigge
Werke

Eine gemeinsame Veröffentlichung
der Wüstenrot Stiftung
und der Deutschen Akademie
für Sprache und Dichtung

Herausgegeben von Pierre-André Bois,
Wolfgang Fenner, Günter Jung, Paul Raabe,
Michael Rüppel und Christine Schrader

Mit einem Essay von
Sibylle Lewitscharoff

Band 2

Adolph Freiherr Knigge

Ueber den Umgang mit Menschen

Herausgegeben von
Michael Rüppel

WALLSTEIN VERLAG

Bibliografische Information der Deutschen Nationalbibliothek

Die Deutsche Nationalbibliothek verzeichnet
diese Publikation in der Deutschen Nationalbibliografie;
detaillierte bibliografische Daten sind im Internet
über http://dnb.d-nb.de abrufbar.

Erste Auflage

www.wallstein-verlag.de
Vom Verlag gesetzt aus der Sabon Roman und der Frutiger Roman
Schmuckhülsengestaltung: Susanne Gerhards, Düsseldorf
unter Verwendung eines unsignierten Kupferstiches aus
»Over de verkeerking met menschen«, Amsterdam 1789 sowie
Knigges Silhouette aus dem »Buch der vollkommenen Freundschaft«
(1780) aus dem Besitz des Historischen Museums, Hannover
Druck und Verarbeitung: Hubert & Co, Göttingen
ISBN 978-3-8353-0410-9

Inhalt

Band 1

Band 2

Band 3

Band 4

Ueber den

Umgang mit Menschen.

Von

Adolph Freyherrn Knigge.

In drey Theilen.

Erster Theil.

Inhalt des ersten Theils.

zen der Dienstfertigkeit. 14) Halte strenge Wort und sey wahrhaft! 15) Sey pünctlich, ordentlich, fleissig! 16) Interessire Dich für Andre, wenn Du willst, daß Andre sich für Dich interessiren sollen! 17) Verflechte niemand in Deine Privat-Zwistigkeiten und setze Dich immer in Gedanken in andrer Leute Stelle! 18) Laß Jeden seine Handlungen selbst verantworten, wenn Du nicht sein Vormund bist! 19) Handle nur selbst immer folgerecht! 20) Habe stets ein gutes Gewissen! 21) Sey, was Du bist, immer und ganz! 22) Unterschied im äussern Betragen. 23) Sey nicht zu offenherzig! 24) Suche nie, jemand lächerlich zu machen! 25) Schrecke, zerre, beunruhige und necke nicht! 26) Alle Menschen wollen amüsirt seyn. Ueber das Spasmachen. 27) Sage Jedem etwas Lehrreiches oder Angenehmes! 28) Ueber Spott und Medisance. 29) Ueber Anecdoten. 30) Trage keine Nachrichten aus einem Hause in das andre! 31) Sey vorsichtig in Tadel und Widerspruch! 32) Rede nicht zu viel und nicht langweilig! 33) Noch von Dingen, die nur Dich interessiren! 34) Ueber Egoismus. 35) Widersprich Dir nicht im Reden! 36) Wiederhole Dich nicht und schärfe Dein Gedächtniß! 37) Vermeide Zweydeutigkeiten; 38) Gemeinsprüche; 39) unnütze Fragen! 40) Lerne Widerspruch ertragen! 41) Wo man sich zur Freude versammelt, da rede nicht von Geschäften! 42) Ueber Religions-Gespräche. 43) Sey vorsichtig in Gesprächen über Andrer Gebrechen! 44) Andre Vorsichtigkeits-Regeln. 45) Bringe bey niemand unangenehme Dinge in Erinnerung! 46) Nim nicht Theil an fremden Spotte! 47) Ueber Disputirgeist. 48) Ueber Verschwiegenheit. 49) Wohlredenheit und äusserer Anstand. 50) Ueber kleine gesellschaftliche Unschicklichkeiten. 51) Betragen, wenn uns Langeweile gemacht wird. 52) Leichtigkeit im Umgange. 53) Man hüte sich vor zu großen Forderungen! 54) Kleidung. 55) Soll man viel oder wenig in Gesellschaften gehn? 56) Man kann in jeder Gesellschaft etwas lernen. 57) Mit wem soll man umgehn? 58) Ueber den Umgang in großen Städten, in kleinern und auf dem Lande. 59) In fremden Gegenden. 60) Regeln beym Briefwechsel. 61) Wie man die

Menschen beurtheilen solle? 62) Ob diese Regeln allgemein passen? 63) In wie fern auch Frauenzimmer nach diesen Regeln handeln können?

Zweytes Capitel; Seite 84

Ueber den Umgang mit sich selber.

1) Es ist nützlich und interessant, über den Umgang mit andern Menschen, seine eigne Gesellschaft nicht zu vernachlässigen. 2) Es kommen Augenblicke, wo wir uns selbst am nöthigsten sind. 3) Gehe eben so vorsichtig, fein, redlich und gerecht mit Dir selber um, wie mit Andern! 4) Sorge für Deine Gesundheit, aber verzärtle Dich nicht! 5) Respectire Dich selbst, und habe Zuversicht zu Dir selber! 6) Verzweifle nicht bey dem Bewusstseyn mangelnder Vollkommenheiten, bey den Schwierigkeiten, ein großer Mann zu werden! 7) Sey Dir ein angenehmer Gesellschafter! 8) Aber sey Dir auch kein Schmeichler, sondern ein aufrichtiger und gerechter Freund! Sey eben so strenge gegen Dich, wie Du gegen Andre bist! 9) Wie man Abrechnung mit seiner Moralität halten solle.

Drittes Capitel; Seite 89

Ueber den Umgang mit Leuten von verschiednen Gemüthsarten, Temperamenten und Stimmungen des Geistes und Herzens.

1) Ueber die vier Haupt-Temperamente und deren Mischungen. 2) Ueber herrschsüchtige Leute. 3) Ueber Ehrgeizige. 4) Eitle. 5) Hochmüthige, im Gegensatze von Stolzen. 6) Ueber sehr empfindliche Leute. 7) Ueber den Umgang mit Eigensinnigen. 8) Mit Zanksüchtigen, Widersprechern und Solchen, die Paradoxie lieben. 9) Mit Jähzornigen. 10) Mit Rachgierigen. 11) Mit unentschlossenen, faulen und phlegmatischen Leuten. 12) Mit Menschenfeinden, mistraui-

schen, argwöhnischen, mürrischen und verschlossenen Leuten. 13) Mit neidischen, hämischen, verleumdrischen, schadenfrohen, misgünstigen und eifersüchtigen Menschen. 14) Ueber den Geiz und die Verschwendung. 15) Ueber das Betragen gegen Undankbare. 16) Gegen ränkevolle Leute und Lügner. 17) Gegen Windbeutel. 18) Gegen Unverschämte, Müssiggänger, Schmarotzer, Schmeichler und zudringliche Leute. 19) Gegen Schurken. 20) Gegen zu bescheidne, zu furchtsame Menschen. 21) Gegen Unvorsichtige und Plauderhafte, Vorwitzige und Neugierige, Zerstreuete und Vergessene. 22) Gegen Wunderliche, Sonderlinge und Launenhafte. 23) Ueber den Umgang mit dummen, schwachen, übertrieben gutherzigen, leichtgläubigen und solchen Menschen, die gewisse Liebhabereyen und Steckenpferde haben. 24) Mit muntern und satyrischen Leuten. 25) Mit Trunkenbolden, groben Wollüstlingen und andern lasterhaften Leuten. 26) Mit Enthusiasten, Ueberspannten, Romanhaften, Kraft-Genies und excentrischen Leuten. 27) Etwas von Andächtlern, Heuchlern und abergläubischen Leuten. 28) Von Deisten, Freygeistern und Religions-Spöttern. 29) Ueber die Art, wie man Schwermüthige, Tolle und Rasende behandeln müsse. Geschichte zweyer Wahnsinnigen.

Einleitung.

1.

Wir sehen die klügsten, verständigsten Menschen im gemeinen Leben Schritte thun, wozu wir den Kopf schütteln müssen;

Wir sehen die feinsten theoretischen Menschenkenner das Opfer des gröbsten Betrugs werden;

Wir sehen die erfahrensten, geschicktesten Männer, bey alltäglichen Vorfällen, unzweckmäßige Mittel wählen; sehen, daß es ihnen mislingt, auf Andre zu würken, daß sie, mit allem Uebergewichte der Vernunft, dennoch oft von fremden Thorheiten, Grillen und von dem Eigensinne der Schwächern abhängen, daß sie von schiefen Köpfen, die nicht werth sind, mit ihnen verglichen zu werden, sich müssen regieren und mishandeln lassen, daß hingegen Schwächlinge und Unmündige an Geist, Dinge durchsetzen, die der Weise kaum zu wünschen wagen darf;

Wir sehen manchen Redlichen fast allgemein verkannt;

Wir sehen die witzigsten, hellsten Köpfe, in Gesellschaften, wo Aller Augen auf sie gerichtet waren und jedermann begierig auf jedes Wort lauerte, das aus ihrem Munde kommen würde, eine nicht vortheilhafte Rolle spielen; sehen, wie sie verstummen, oder nur gemeine Dinge sagen, indeß ein andrer, äusserst leerer Mensch die kleine Summe von Begriffen, die er hie und da aufgesammelt hat, so durch einander zu werfen und aufzustutzen versteht, daß er Aufmerksamkeit erregt und, selbst bey Männern von Kenntnissen, für etwas gilt;

Wir sehen, daß die glänzendsten Schönheiten nicht allenthalben gefallen, indeß Personen, mit weniger äussern Annehmlichkeiten ausgerüstet, allgemein interessiren. — Kurz! wir werden täglich gewahr, daß die klügsten und gelehrtesten Männer, wenn nicht zuweilen die untüchtigsten zu allen Weltgeschäften, doch wenigstens unglücklich genug sind, durch den Mangel einer gewissen Gewandtheit, zurückgesetzt zu bleiben, und daß die Geistreichsten, von der Natur mit allen innern und äussern Vorzügen beschenkt, oft am wenigsten zu gefallen, zu glänzen verstehen.

Manche Leute glauben, größere Eigenschaften berechtigten sie, die kleinen gesellschaftlichen Schiklichkeiten, die Regeln des Anstands, der Höflichkeit, oder der Vorsicht zu vernachlässigen — Das ist nicht gut gethan. Großer Eigenschaften wegen verzeyht man große Fehler, weil Menschen von feinerm Stoffe heftige Leidenschaften zu haben pflegen; Wo aber keine Leidenschaft im Spiele ist, da soll der bessere Mann auch weiser handeln, als der alltägliche; und es ist nicht weise gehandelt, die unschuldigen Gebräuche der Gesellschaft zu verachten, wenn man in der Gesellschaft leben und würken will.

Ich rede aber hier nicht von der freywilligen Verzichtleistung des Weisen auf die Bewunderung des vornehmen und geringen Pöbels. Daß der Mann von bessrer Art da in sich selbst verschlossen schweigt, wo er nicht verstanden wird; daß der Witzige, Geistvolle, in einem Cirkel schaaler Köpfe sich nicht so weit herablässt, den Spaßmacher zu spielen; daß der Mann von einer gewissen Würde im Character zu viel Stolz hat, sein ganzes Wesen nach jeder ihm unbedeutenden Gesellschaft umzuformen, die Stimmung anzunehmen, wozu die jungen Laffen seiner Vaterstadt den Ton mit von Reisen gebracht haben, oder den gerade die Laune einer herrschenden Cokette zum Conversations-, Cammer- und Chorton erhebt; daß es den Jüngling besser kleidet, bescheiden, schüchtern und still, als nach Art der mehrsten unsrer heutigen jungen Leute, vorlaut, selbstgenügsam und plauderhaft zu seyn; daß der edle Mann, je klüger er ist, um desto bescheidner, um desto mistrauischer gegen seine eignen Kenntnisse, um desto weniger zudringlich seyn wird; oder daß, jemehr innerer, wahrer Verdienste sich jemand bewusst ist, er um desto weniger Kunst anwenden wird, seine vortheilhaften Seiten hervorzukehren, so wie die wahrhafte Schönheit alle kleinen anlockenden, unwürdigen Buhlkünste, wodurch man sich bemerken zu machen sucht, verachtet. — Das alles ist wohl sehr natürlich! — davon rede ich also nicht.

Auch nicht von der beleidigten Eitelkeit eines Mannes voll Forderungen, der unaufhörlich eingeräuchert, geschmeichelt und vorgezogen zu werden verlangt und, wo das nicht geschieht, eine traurige Figur macht; nicht von dem gekränkten Hochmuthe eines abgeschmackten Pedanten, der mislaunicht wird, wenn er das Unglück hat, nicht aller Orten für ein großes Licht der Erden bekannt und als ein solches behandelt zu seyn, wenn nicht Jeder mit seinem Lämpchen herzuläuft, um es an diesem großen Lichte der Aufklärung anzuzünden. Wenn ein steifer Professor, der gewöhnt ist, von seinem bestaubten Dreyfuße herunter, sein Lehrbuch in der Hand, einem Haufen gaffender, unbärtiger Musensöhne stundenlang hohe Weisheit vorzupredigen, und dann zu sehn, wie sogar seine platten, in jedem halben Jahre wiederholten Späße sorgfältig nachgeschrieben werden; wie jeder Student so ehrerbiethig den Hut vor ihm abzieht und Mancher, der nachher seinem Vaterlande Gesetze giebt, ihm des Sonntags im Staatskleide die Aufwartung macht; Wenn ein Solcher einmal die Residenz oder irgend eine andre Stadt besucht, und das Unglück nun will, daß man ihn dort kaum dem Namen nach kennt, daß er in einer feinen Gesellschaft von zwanzig Personen gänzlich übersehn, oder von irgend einem Fremden für den Cammerdiener im Hause gehalten und *Er* genannt wird, er dann ergrimmt und ein verdrossenes Gesicht zeigt; Oder wenn ein Stuben-Gelehrter, der ganz fremd in der Welt, ohne Erziehung und ohne Menschen-Kenntniß ist, sich einmal aus dem Haufen seiner Bücher hervorarbeitet, und er dann äusserst verlegen mit seiner Figur, buntschäckig und altväterisch gekleidet, in seinem, vor dreyßig Jahren nach der neuesten Mode verfertigten Bräutigamsrocke, da sitzt und an nichts von allem, was gesprochen wird, Antheil nehmen, keinen Faden finden kann, um mit anzuknüpfen; so gehört das alles nicht hierher.

Eben so wenig rede ich von dem groben Cyniker, der, nach seinem Hottentotten-Systeme, alle Regeln verachtet, welche Uebereinkunft und gegenseitige Gefälligkeit den Menschen im bürgerlichen Leben vorgeschrieben haben, noch von dem Kraft-Genie, das sich über Sitte, Anstand und Vernunft hinauszusetzen, einen besondern Freybrief zu haben glaubt.

Und wenn ich sage, daß oft auch die weisesten und klügsten Menschen in der Welt, im Umgange und in Erlangung äusserer Achtung, bürgerlicher und andrer Vortheile, ihres Zwecks verfehlen, ihr Glück nicht machen; so bringe ich hier weder in Anschlag, daß ein widriges Geschick zuweilen den Besten verfolgt, noch daß eine unglückliche leidenschaftliche oder ungesellige Gemüthsart bey Manchem die vorzüglichsten, edelsten Eigenschaften verdunkelt.

Nein! meine Bemerkung trifft Personen, die wahrlich allen guten Willen und treue Rechtschaffenheit mit mannigfaltigen, recht vorzüglichen Eigenschaften und dem eifrigen Bestreben, in der Welt fortzukommen, eignes und fremdes Glück zu bauen, verbinden, und die dennoch mit diesem Allem verkannt, übersehn werden, zu gar nichts gelangen. Woher kömmt das? Was ist es, das Diesen fehlt und Andre haben, die, bey dem Mangel wahrer Vorzüge, alle Stuffen menschlicher, irdischer Glückseligkeit ersteigen? — Was die Franzosen den esprit de conduite nennen, das fehlt Jenen: die *Kunst des Umgangs mit Menschen* — eine Kunst, die oft der schwache Kopf, ohne darauf zu studieren, viel besser erlauert, als der verständige, weise, witzreiche; die Kunst, sich bemerken, geltend, geachtet zu machen, ohne beneidet zu werden; sich nach den Temperamenten, Einsichten und Neigungen der Menschen zu richten, ohne falsch zu seyn; sich ungezwungen in den Ton jeder Gesellschaft stimmen zu können, ohne weder Eigenthümlichkeit des Characters zu verliehren, noch sich zu niedriger Schmeicheley herabzulassen. Der, welchen nicht die Natur schon mit dieser glücklichen Anlage hat gebohren werden lassen, erwerbe sich Studium der Menschen, eine gewisse Geschmeidigkeit, Geselligkeit, Nachgiebigkeit, Duldung, zu rechter Zeit Verleugnung, Gewalt über heftige Leidenschaften, Wachsamkeit auf sich selber und Heiterkeit des immer gleich gestimmten Gemüths; und er wird sich jene Kunst zu eigen machen. Doch hüte man sich, sie zu verwechseln mit der schädlichen, niedrigen Gefälligkeit des verworfnen Sclaven, der sich von Jedem misbrauchen lässt, sich Jedem preisgiebt, um eine Mahlzeit zu gewinnen, dem Schurken huldigt, und um eine Bedienung zu erhalten, zum Unrechte schweigt, zum Betruge die Hände biethet, und die Dummheit vergöttert.

Indem ich aber von jenem esprit de conduite rede, der uns leiten muß, bey unserm Umgange mit Menschen aller Gattung; will ich nicht etwa ein Complimentir-Buch schreiben, sondern einige Resultate aus den Erfahrungen ziehn, die ich gesammelt habe, während einer nicht kurzen Reihe von Jahren, in welchen ich mich unter Menschen aller Arten und Stände umhertreiben lassen und oft in der Stille beobachtet habe. — Kein vollständiges System, aber Bruchstücke, vielleicht nicht zu verwerfende Materialien, Stoff zu weiterm Nachdenken.

2.

In keinem Lande in Europa ist es vielleicht so schwer, im Umgange mit Menschen aus allen Classen, Gegenden und Ständen, allgemeinen Beyfall einzuernten; in jedem dieser Kreise wie zu Hause zu seyn; ohne Zwang, ohne Falschheit, ohne sich verdächtig zu machen und ohne selbst dabey zu leiden, auf den Fürsten wie auf den Edelmann und Bürger, auf den Kaufmann wie auf den Geistlichen, nach Gefallen zu würken, wie in unserm teutschen Vaterlande; denn nirgends vielleicht herrscht zu gleicher Zeit eine so große Mannigfaltigkeit des Conversationstons, der Erziehungsart, der Religions- und andrer Meinungen, eine so große Verschiedenheit der Gegenstände, welche die Aufmerksamkeit der einzelnen Volks-Classen in den einzelnen Provinzen beschäftigen. Dies rührt her von der Mannigfaltigkeit des Interesse der teutschen Staaten gegen einander und gegen auswärtige, von dem Unterschiede der Verbindungen mit diesem oder jenem auswärtigen Volke und von dem sehr merklichen Abstande der Classen in Teutschland von einander, zwischen denen verjährtes Vorurtheil, Erziehung und zum Theil auch Staats-Verfassung eine viel bestimmtere Grenzlinie gezogen haben, als in andern Ländern. Wo hat mehr als in Teutschland die Idee von sechszehn Ahnen des Adels wesentlichen moralischen und politischen Einfluß auf Denkungsart und Bildung? Wo greift weniger allgemein, als bey uns, die Kaufmannschaft in die übrigen Classen ein? (Soll ich die Reichsstädte ausnehmen?) Wo macht mehr als hier, das Corps der Hofleute eine ganz eigne Gattung aus, in welche hinein, so wie zu der Person der mehrsten Fürsten, nur Leute von gewisser Geburt und gewissem Range sich hindrängen können? Wo durchkreuzen sich mehr Arten von Interesse? — Und diese treffen nicht etwa auf irgend einen, dem ganzen Volke merkbaren Punct zusammen, auf allgemeine National-Bedürfnisse, Volks-Angelegenheiten, Vaterlands-Nutzen, wie in England, wo Aufrechthaltung der Constitution, Freiheit und Glück der Nation, Flor des Vaterlandes, der Punct ist, in welchem sich das Streben, Dichten und Trachten so mancher originellen Charactere vereinigt, noch wie in fast allen übrigen europäischen Ländern, die entweder unter einem einzigen Oberhaupte stehen, oder durch ein einziges, allen Gliedern wichtiges Interesse beherrscht werden, wie die Schweiz, oder in welchen eine allein herrschende Religion, oder ein tyrannisches Clima, über Denkungsart, Ton und Stimmung allgemein überwiegende Gewalt hat.

Daß im Ganzen unsere teutsche Verfassung, so zusammengesetzt sie auch ist, sehr große, wesentliche Vorzüge gewährt, das leidet keinen Zweifel; allein es ist nicht weniger gewiß, daß dieselbe den mächtigsten Einfluß auf die Verschiedenheit der Stimmung in den einzelnen Provinzen und Staaten und unter den mancherley von einander abgesonderten Ständen hat. Eben daher kömmt es, daß unsre Schauspieler, Schauspiel-Dichter und Romanen-Schreiber ein viel schwereres Studium haben, wenn sie alle diese Nüancen kennen, bearbeiten und dennoch einen Anstrich von originellem National-Character wollen durchschimmern lassen; viel schwerer, als in Frankreich, wo die Sitten der verschiednen Stände und einzelnen Provinzen nicht so sehr gegen einander abstechen. Eben daher kömmt es, daß man über wenige unsrer literarischen Producte ein allgemein einstimmig beyfälliges Volks-Urtheil hört, daß überhaupt so wenige unsrer Werke wie National-Monumente auf die Nachwelt übergehen, und eben daher endlich kömmt es, daß es so schwer ist, mit Menschen aus allen Ständen und Gegenden in Teutschland umzugehn und bey Allen gleich wohl gelitten zu seyn, auf Alle gleich vortheilhaft zu würken.

Der treuherzige, naive, zuweilen ein wenig bäurische, materielle Bayer ist äusserst verlegen, wenn er auf alle verbindlichen, artigen Dinge antworten soll, die ihm der feine Ober-Sachse in einem Othem entgegenschickt; dem schwerfälligen Westphälinger ist alles hebräisch, was ihm der Oesterreicher in seiner, ihm gänzlich fremden Mundart vorpoltert; die zuvorkommende Höflichkeit und Geschmeidigkeit des, durch französische Nachbarschaft polirten Rheinländers, würde man in manchen Städten von Niedersachsen für Zudringlichkeit, für Niederträchtigkeit halten. Man glaubt da, ein Mann, der so äusserst unterthänig und nachgiebig ist, müsse gefährliche oder niedrige Absichten haben, oder müsse falsch, oder sehr arm und hülfsbedürftig seyn; und oft ist dort ein wenig zu weit getriebne äussere Höflichkeit hinlänglich, den Mann, der sich am Rheine dadurch allgemeine Liebe erwerben würde, an der Leine verächtlich zu machen. Dagegen wird aber auch der, nicht kältere, nur weniger leichtsinnige, weniger zuversichtliche, nicht so im Gedränge von Fremden, noch auf Reisen an Leib und Seele abgeschliffne, geglättete, sondern ernsthaftre Niedersachse, der bey der ersten Bekanntschaft nicht sehr zuvorkommend, sondern wohl gar ein wenig verlegen ist, an einem Hofe im Reiche vielleicht für einen schüchternen Menschen, ohne Lebensart, ohne Welt, angesehn werden.

Sich nun also nach Ort, Zeit und Umständen umzuformen, und von verjährten Gewohnheiten sich loszumachen; das erfordert Studium und Kunst.

In Gegenden, aus welchen weder Unzufriedenheit mit dem Vaterlande, noch Müßigang, noch Verderbniß der Sitten, noch unbestimmte, rastlose Thätigkeit, noch Anecdoten-Jagd, noch vorwitzige Neugier, die Menschen schaarenweise auswandern macht und jeden Pinsel zum Reisen treibt, sind die Einwohner mit dem, was es daheim giebt, so herzlich wohl zufrieden, daß sie nichts Größers kennen, nichts Größers kennen mögen, als das, was sie in ihrem Vaterlande von Jugend auf betrachtet, schon als Knaben bewundert, oder von ihren Verwandten und Freunden haben stiften, bauen, anlegen gesehn. Ihnen sind die kleinen jährlichen oder andern Feste immer gleich glänzend und merkwürdig — Glückliche Unwissenheit! nicht zu vertauschen mit dem Eckel, welcher den Mann anwandelt, der in seinem Leben so gar viel aller Orten erlebt, erfahren, gesehn, bauen und zerstören gesehn hat, und zuletzt an nichts mehr Freude finden, nichts mehr bewundern kann, alles mit Tadel und Langerweile anblickt! Ich reiste vor einigen Jahren im rauhesten Wetter in nothwendigen Geschäften vierzig Meilen weit von *** nach ***. Es fügte sich, daß in letztrer Stadt am Tage meiner Ankunft ein General, mit den dabey aller Orten mehr oder weniger üblichen Feyerlichkeiten, sollte begraben werden. Die ganze Stadt, die dergleichen selten gesehn, war vom frühen Morgen an in Bewegung; alles sprach von dem Begräbnisse des Generals. Ein Officier von meiner alten Bekanntschaft begegnete mir im Gasthofe: »Ey! wo kommen Sie her?« rief er; Ich sagte es ihm. Der gute Mann vergaß in dem Augenblicke, daß *** vierzig Meilen weit läge und daß eine solche Feyerlichkeit mir wohl schwerlich in so schlechtem Wetter eine so weite Reise werth seyn könnte: »O!« sagte er, »Sie kommen gewiß, um unsern General begraben zu sehn; ja! es wird sich schön ausnehmen.« — Nun! zu so etwas kann ich kaum lächeln; Mögten alle Menschen das am schönsten finden, *was sie haben*! Doch gestehe ich auch, daß dies oft zu Intoleranz führt; daß die Anhänglichkeit an einheimische Sitten zuweilen ungerecht, ungeschliffen gegen Menschen macht, die sich durch kleine Verschiedenheiten, wäre es auch nur in Anstand, Kleidung, Ton, Mundart oder Gebehrden, unschuldigerweise auszeichnen.

In Reichsstädten ist diese Anhänglichkeit an väterliche Sitten, Kleidertrachten u. d. gl. sehr auffallend und hat nicht selten Einfluß auf Regierungs-Verfassung, Religions-Verträglichkeit und andre wichtige und unwichtige Dinge. So legen z. B. alle calvinistische Kaufleute in *** ihre Gärten nach holländischem Geschmacke an; Nun hörte ich einst einen Solchen von einem andern Negocianten dieses Bekenntnisses, der aber in seinem Garten einige, der reformirten Gemeine auffallende Veränderungen vorgenommen hatte, sagen: »der Mann habe in seinem Garten allerley *lutherische Streiche* gemacht.« Ich meine, diese Verschiedenheit der Sitten und der Stimmung in den teutschen Staaten macht es sehr schwer, ausser seiner vaterländischen Gegend, in fremden Provinzen, in Gesellschaften zu gefallen, Freundschaften zu stiften, Geschmack am Umgange zu finden, Andre für sich einzunehmen und auf Andre zu würken.

Aber diese Schwierigkeiten werden in Teutschland noch größer unter Personen von verschiednen Ständen und Erziehungen. Wer wird nicht schon mehrmal in seinem Leben die Erfahrung gemacht haben, in welche Verlegenheit man kommen kann und wie groß die Langeweile ist, die uns befällt, oder die wir Andern verursachen, wenn wir in eine Gesellschaft gerathen, deren Ton uns gänzlich fremd ist; wo alle, auch noch so warme Gespräche an unserm Herzen vorbeygleiten; wo die Form der ganzen Unterhaltung, alle Gebräuche und äussere Manieren der Anwesenden weit ausser unserm Systeme liegen, nicht zu unsern Gewohnheiten passen; wo die Minuten uns Tage scheinen; wo Zwang und Verwünschung unsrer peinlichen Lage auf unsrer Stirne gemalt stehen.

Man sehe nur einen ehrlichen Land-Edelmann, aus treuer Lehnspflicht, einmal nach langen Jahren wieder an dem Hofe seines Landesherrn erscheinen! Er hat sich schon früh Morgens auf's beste ausgeschmückt und sich die sonst gewöhnte liebe Pfeife Tabac versagt, um nicht nach Rauch zu riechen. Auf den Gassen der Stadt war es noch öde und still, als er schon in seinem Wirthshause umherwandelte und alles in Bewegung setzte, um ihm beyzustehn, bey dem beschwerlichen Geschäfte, sich hofmäßig auszuschmücken. Jetzt ist er endlich fertig; sein gekräuseltes und gepudertes Haar, das ausserdem selten ohne Nachtmütze auftritt, hat er der freyen Luft preisgegeben und er leidet nun höllische Kopfschmerzen; die seidnen Strümpfe ersetzen bey weitem nicht, was die heute zurück gelegten Stiefel ihm sonst gewähren; ihn friert gewaltig an den, ihm nackend scheinenden Beinen. Der besetzte Rock ist in den Schultern nicht so bequem, wie sein treuer, alter, warmer Ueberrock; der Degen geräth jeden Augenblick zwischen die Beine; er weiß nicht, was er mit dem kleinen Hütchen in der Hand anfangen soll; das Stehn wird ihm unerträglich sauer. — In dieser grausamen Verfassung erscheint er im Vorzimmer. Um ihn her wimmelt ein Haufen Hofschranzen herum, die, obgleich sie wahrlich sämtlich vielleicht nicht so viel werth, wie dieser ehrliche, nützliche Mann, und im Grunde ihrer Herzen nicht weniger als er von Langerweile geplagt sind, dennoch mit Naserümpfen und Verachtung hier, wo sie in ihrem Elemente zu seyn scheinen, ihn ansehen. Er fühlt jeden Spott, übersieht sie, und muß sich dennoch von ihnen demüthigen lassen. Sie nähern sich ihm, thun mit zerstreuter, wichtiger Mine, einige Fragen an ihn, Fragen an denen das Herz keinen Antheil nimt und worauf sie auch die Antworten nicht abwarten. Er glaubt Einen unter ihnen zu entdecken, der ihm theilnehmender scheint, als die Uebrigen; mit diesem fängt er ein Gespräch von Dingen an, die ihm, vielleicht auch dem Vaterlande, wichtig sind: von seiner häuslichen Lage, von dem Wohlstande der Provinz, in welcher er lebt; er redet mit Wärme; Redlichkeit athmet alles, was er sagt — aber bald sieht er, wie sehr er sich in seiner Hofnung getäuscht hat; das Männchen hört ihm mit halbem Ohre zu, erwidert irgend ein Paar unbedeutende Sylben zur Antwort, und lässt dann den braven Hausvater da stehn. Nun nähert er sich einem Cirkel von Leuten, die mit Interesse und Lebhaftigkeit zu reden scheinen; An diesem Gespräche wünscht er Theil zu nehmen; aber alles, was er hört, Gegenstand, Sprache, Ausdruck, Wendung, alles ist ihm fremd. In halb teutschen, halb französischen Wörtern wird hier eine Sache abgehandelt, auf welche er nie seine Aufmerksamkeit geschärft, von welcher er nie geglaubt hat, daß es möglich wäre, teutsche Männer könnten sich damit beschäftigen. Seine Verlegenheit, seine Ungeduld steigt mit jedem Augenblicke, bis er endlich das verwünschte Schloß weit hinter sich sieht.

Und nun, den Fall umgekehrt, lasse man einen sonst edeln Hofmann einmal hinaus auf das Land in die Gesellschaft biedrer Beamte und Provinzial-Edelleute gerathen! Hier herrschen ungezwungne Fröhlichkeit, Offenherzigkeit, Freyheit; Man redet von dem, was am nächsten den Landmann angeht; Man wiegt die Worte nicht ab; der Scherz ist kunstlos, treffend, gewürzt, aber nicht zugespitzt, nicht studiert. Unser Hofmann versucht es, sich in diese Manier hineinzuarbeiten; Er mischt sich in die Gespräche; aber der Ausdruck der Offenheit und Treuherzigkeit fehlt; Was bey Jenen naiv war, wird bey ihm beleidigend. Er fühlt dies und will die Leute in seinen Ton stimmen; In der Stadt gilt er für einen angenehmen Gesellschafter; Er spannt alle Segel auf, um auch hier zu glänzen; allein die kleinen Anecdoten, die feinen Züge, worauf er anspielt, sind hier gänzlich unbekannt, gehen verlohren. Man findet ihn medisant, da in der Stadt niemand ihm Verleumdung Schuld giebt; Seine Complimente, die er wahrlich gut meint, hält man für Falschheit;

die Süßigkeiten, die er den Frauenzimmern sagt, und die nur höflich und verbindlich seyn sollen, betrachtet man wie Spott. — So groß ist die Verschiedenheit des Tons unter zweyerley Classen von Menschen! —

Ein Professor, der in der literarischen Welt eine nicht gemeine Rolle spielt, meint, in seiner gelehrten Einfalt, die Universität, auf welcher er lebt, sey der Mittelpunct aller Wichtigkeit und das Fach, in welchem er sich Kenntnisse erworben, die einzige, dem Menschen nützliche, wahrer Anstrengung allein werthe Wissenschaft. Er nennt Jeden, der sich darauf nicht gelegt hat, verächtlicherweise einen Bellettristen; Einer Dame, die bey ihrer Durchreise den berühmten Mann kennen zu lernen wünscht, und ihn desfalls besucht, schenkt er seine neue, in lateinischer Sprache geschriebne Dissertation, wovon sie nicht ein Wort versteht; Er unterhält die Gesellschaft, welche sich darauf gefreuet hatte, ihn recht zu geniessen, bey der Abendtafel, mit Zergliederung des neuen akademischen Credit-Edicts, oder, wenn der Wein dem guten Manne jovialische Laune giebt, mit Erzählung lustiger Schwänke aus seinen Studenten-Jahren.

Einst speisete ich mit dem Benedictiner-Prälaten aus J*** bey Hofe in H***; Man hatte dem dicken hochwürdigen Herrn den Ehrenplatz neben der Fürstinn Hoheit gegeben; Vor ihm lag ein großer Ragout-Löffel, zum Vorlegen; Er glaubte aber, dieser größere Löffel sey, ihm zur besondern Ehre, zu seinem Gebrauche dahingelegt, und um zu zeigen, daß er wohl wisse, was die Höflichkeit erfordert, bat er die Prinzessinn ehrerbiethig, sie möchte doch statt seiner sich des Löffels bedienen, der freylich viel zu groß war, um in ihr kleines Mäulchen zu passen.

In welcher Verlegenheit ist zuweilen ein Mann, der nicht viel Journale und neuere Modeschriften liest, wenn er in eine Gesellschaft von schöngeisterischen Herrn und Damen geräth!

Gleichsam wie verrathen und verkauft scheint ein so genannter Profaner, wenn er sich unter einem Haufen Mitglieder einer geheimen Verbindung befindet.

Freylich kann nichts ungesitteter, den wahren Begriffen einer feinen Lebensart mehr entgegen seyn, als wenn eine Anzahl Menschen, die sich auf diese Art unter einander verstehen, einem Fremden, der gutmüthig unter sie tritt, um an den Freuden der Geselligkeit Theil zu nehmen, durch ununterbrochene Lenkung des Gesprächs auf Gegenstände, wovon Dieser gar nichts versteht, jeden Genuß der Unterredung raubt. Auf diese Art habe ich zuweilen in meiner ersten Jugend in Familien-Cirkeln, wo die Unterhaltung beständig mit Anspielungen auf mir gänzlich unbekannte Anecdoten durchflochten, und durch gewisse mir fremde Redensarten und Bonmots, womit ich gar keinen Begriff verbinden konnte, gewürzt war, tödtende Langeweile gehabt. Man sollte wohl mehr Rücksicht nehmen; allein selten sind ganze Gesellschaften so billig, sich nach Einzelnen zu richten; auch lässt sich das nicht immer mit Recht fordern; folglich ist es wichtig für Jeden, der in der Welt mit Menschen leben will, die Kunst zu studieren, sich nach Sitten, Ton und Stimmung Andrer zu fügen.

3.

Ueber diese Kunst will ich etwas sagen — Aber habe ich denn auch wohl Beruf, ein Buch über den esprit de conduite zu schreiben, ich, der ich in meinem Leben vielleicht sehr wenig von diesem Geiste gezeigt habe? Ziemt es mir, Menschenkenntniß auszukramen, da ich so oft ein Opfer der unvorsichtigsten, einem Neulinge kaum zu verzeyhenden Hingebung gewesen bin? Wird man die Kunst des Umgangs von einem Manne lernen wollen, der beynahe von allem menschlichen Umgange abgesondert lebt? — Lasset doch sehn, meine Freunde! was sich darauf antworten lässt!

Habe ich widrige Erfahrungen gemacht, die mich von meiner eignen Ungeschicklichkeit überzeugt haben — desto besser! Wer kann so gut vor der Gefahr warnen, als Der, welcher darinn gesteckt hat? Haben Temperament und Weichlichkeit (oder darf ich es nicht Fühlbarkeit eines so gern sich anschliessenden Herzens nennen?), haben Sehnsucht nach Liebe und Freundschaft, nach Gelegenheit Andern zu dienen und sympathetische Empfindungen zu erregen, mich oft unvorsichtig handeln gemacht, oft die calculirende Vernunft weit zurückgelassen; so war es wahrlich nicht Blödsinnigkeit, Kurzsichtigkeit, Unbekanntschaft mit Menschen, was mich irreleitete; sondern Bedürfniß zu lieben und geliebt zu werden, Verlangen thätig zu seyn, zum Guten zu würken. Uebrigens werden vielleicht wenig Menschen in einem so kurzen Zeitraume in so manche sonderbare Verhältnisse und Verbindungen mit andern Menschen aller Art gerathen, wie ich, seit ungefehr zwanzig Jahren; und da hat man denn schon Gelegenheit, wenn man nicht ganz von der Natur und Erziehung verwahrlost ist, Bemerkungen zu machen und vor Gefahren zu warnen, die man selbst nicht hat vermeiden können. Daß ich aber jetzt einsam und abgezogen lebe, geschieht weder aus Menschenhaß, noch Blödigkeit; ich habe sehr wichtige Gründe dazu; Allein diese hier weitläuftig zu entwickeln, das hiesse zu viel von mir selbst reden, da ich ohnhin noch, zum Schlusse dieser Einleitung, etwas über meine eignen Erfahrungen werde sagen müssen, bevor ich zum Zwecke komme. — Also nur noch dieses:

4.

Ich trat als ein sehr junger Mensch, beynahe noch als ein Kind, schon in die große Welt und auf den Schauplatz des Hofes. Mein Temperament war lebhaft, unruhig, bewegsam, mein Blut warm; die Keime zu mancher heftigen Leidenschaft lagen in mir verborgen; Ich war in der ersten Erziehung ein wenig verzärtelt und durch große Aufmerksamkeit, deren man meine kleine Person früh gewürdigt hatte, gewöhnt worden, sehr viel Rücksichten von andern Leuten zu fordern. In einem Vaterlande aufgewachsen, wo Schmeicheley, Verstellung und ein gewisses kriechendes Wesen nicht sehr zu Hause sind, hatte man mich freylich auch nicht zu jener Geschmeidigkeit vorbereitet, deren ich bedurfte, um, unter mir ganz fremden Leuten, in despotischen Staaten große Fortschritte zu machen; Auch ist der theoretische Unterricht in wahrer Weltklugheit bey der Jugend theils selten mit Erfolge, theils nicht immer ohne Gefahr zu ertheilen; Eigne Erfahrung muß da in der Folge das beste thun. Diese Lectionen, wenn man das Glück hat wohlfeil daran zu kommen, sind von der heilsamsten Würkung, und prägen sich tief ein. Noch erinnere ich mich einer kleinen Scene von der Art, die mich auf eine Zeitlang vorsichtig machte: Ich saß in C*** in der italiänischen Oper in der herrschaftlichen Loge; Ich war früher als der Hof gekommen, weil ich Mittags nicht auf dem Schlosse, sondern in der Stadt zu Gaste gespeist hatte; Noch waren wenig Menschen da; In der ganzen Reyhe des ersten Rangs saß nur einzig der Land-Commandeur, Graf J***, ein würdiger Greis. Er hatte, wie es scheint, auch darauf gerechnet, daß es schon später wäre, als es würklich war; Weil er nun Langeweile hatte und mich gleichfalls einsam da sitzen sah; trat er zu mir herein und fieng eine Unterredung mit mir an. Er schien sehr zufrieden mit dem, was ich ihm über verschiedne Gegenstände, von denen ich einige Kenntniß besaß, sagte; Der Greis wurde immer freundlicher und herablassender, und dies kitzelte mich so sehr, daß ich darauf allerley Seitensprünge in meinem Gespräche machte, und zuletzt ein wenig medisant wurde. Endlich entwischte mir eine mir gegenwärtig nicht mehr erinnerliche, grobe Unvorsichtigkeit im Reden; Der Graf sah mir ernsthaft in das Gesicht, und ohne weiter ein Wort zu verliehren, ließ er mich stehn und gieng zurück in seine Loge. Ich fühlte die ganze Stärke dieses Verweises, aber die Arzeney half nicht lange. Meine Lebhaftigkeit verleitete mich zu großen Inconsequenzen; ich übereilte alles, that immer zu viel oder zu wenig, kam stets zu früh oder zu spät, weil ich immer entweder eine Thorheit begieng, oder eine andere gutzumachen hatte. Daher kamen unendliche Widersprüche in meinen Handlungen, und ich verfehlte fast bey allen Gelegenheiten des Zwecks, weil ich keinen einfachen Plan verfolgte. Zuerst war ich zu sorglos, zu offen, gab mich zu unvorsichtig hin, und schadete mir dadurch; Alsdann nahm ich mir vor, ein feiner Hofmann zu werden; Mein Betragen wurde gekünstelt, und nun traueten mir die Bessern nicht; Ich war zu geschmeidig, und verlohr dadurch äussere Achtung und innere Würde, Selbstständigkeit und Ansehn. Erbittert gegen mich und Andre, riß ich mich dann los, und wurde bizarr. Dies erregte Aufsehn; die Menschen suchten mich auf, wie sie alles Sonderbare aufsuchen. Dadurch aber erwachte mein Trieb zur Geselligkeit wieder; ich näherte mich auf's Neue, lenkte wieder ein, und nun verschwand der Nimbus, den nur meine Abgezogenheit von der Welt um mich hergezogen hatte. In einer andern Periode spottete ich der Thorheiten, zuweilen nicht ohne Witz; Man fürchtete mich, aber man liebte mich nicht; Dies schmerzte mich; Um das wieder gut zu machen, zeigte ich mich von der unschädlichen Seite, entfaltete ein liebevolles, wohlwollendes Herz, unfähig zu schaden und zu verfolgen — und die Würkung davon war, daß jedermann, der noch einen Rest von Groll auf mich, oder irgend einen lustigen Einfall von mir auf seine Rechnung geschrieben hatte, mir itzt auf der Nase spielte, sobald er sah, daß ich nur mit Rappieren und nicht mit Schwerdtern focht, daß meine Waffen nicht zum Morde geschliffen waren. Oder wenn meine satyrische Laune durch den Beyfall lustiger Gesellschafter aufgeweckt wurde, hechelte ich große und kleine Thoren durch; die Spaßvögel lachten dann; aber die Weisern schüttelten die Köpfe und wurden kalt gegen mich. Um zu zeigen, wie wenig bösartig meine Laune wäre, hörte ich auf, zu medisiren und entschuldigte alle Fehler; und nun hielten Einige mich für einen Pinsel, Andre für einen Heuchler. Wählte ich mir meinen Umgang unter den ausgesuchtesten, aufgeklärtesten Männern; so erwartete ich vergebens Schutz von dem am Ruder stehenden Dummkopfe; Gab ich mich elenden Leuten preis; so wurde ich mit diesen in Eine Classe gesetzt. Menschen ohne Erziehung, von niederm Stande, misbrauchten mich, wenn ich mich ihnen zu sehr näherte; Mit Vornehmern verdarb ich es, sobald sie meine Eitelkeit beleidigten. Bald ließ ich zu viel Uebergewicht den Dummen fühlen, und wurde verfolgt; bald war ich zu bescheiden, und wurde übersehn. Bald richtete ich mich nach den Sitten der Leute, nach dem Ton aller unbedeutenden Gesellschaften, in welche ich lief, verlohr goldne Zeit, Achtung der Weisern und Zufriedenheit mit mir selber; dann wurde ich zu einfach, und spielte eine schiefe Rolle, da, wo ich hätte glänzen können und sollen, durch Mangel an Zuversicht zu mir selber. Zu Einer Zeit gieng ich zu selten aus; man hielt mich für stolz oder menschenscheu; zu einer andern zeigte ich mich überall, und wurde ein Alltagsgesicht. In den ersten Jünglingsjahren gab ich mich unbedachtsam Jedem ausschließlich, einzeln und ganz hin, der sich meinen Freund nannte und mir einige Zuneigung bewies, wurde oft schändlich betrogen und in den süßesten Erwartungen getäuscht; nachher war ich jedermanns Freund, bereit, Jedem zu dienen; und dann schloß sich niemand mit ganzer Seele an mich, weil niemand mit dem kleinen, in so viel Partikeln getheilten Stückchen Herzen vorlieb nehmen wollte. Wenn ich zu viel erwartete, wurde ich getäuscht; wenn ich ohne allen Glauben an Treue und Redlichkeit unter den Menschen umherrennte, hatte ich gar keinen Genuß, nahm an gar nichts Theil. Es ist dem Publico nicht unbekannt, welchen thätigen Antheil ich an der Verbindung der so genannten Illuminaten genommen, wovon ich in einer eignen Schrift (*Philo's Erklärung etc.*) Rechenschaft gegeben habe. Diese Verbindung, an deren Spitze Personen standen, die zum Theil, ihrer Geburt, ihren bürgerlichen Verhältnissen und ihren Talenten nach, zu den wichtigsten Männern in Teutschland gehörten, machte vorzüglich auch Menschenkenntniß zu einem Gegenstande ihrer Nachforschungen. Der, durch dessen Hände, wie das bey mir eine Zeit lang der Fall war, fast alle Geschäfte einer so ausgebreiteten Gesellschaft giengen, fand freylich Gelegenheit genug, Leute aus allen Ständen und von sehr verschiedener Bildung und Stimmung, welche Mitglieder des Ordens waren, von mancher Seite und in allerley

Lagen kennen zu lernen; Allein da man mit diesen Leuten größtentheils nur schriftlichen Umgang pflog; so gewann im Ganzen meine practische Erfahrung nicht so viel dabey. Reichhaltiger war die Ausbeute, die ich an Höfen, an welchen ich mich vielfältig umhertrieb, gemacht habe. Soll ich es mir aber zur Schande, oder zur Ehre rechnen? — genug! auch auf diesem Schauplatze habe ich mehr beobachtet, als meine Beobachtungen zu eignem Vortheile nützen gelernt, und nie habe ich über mein zu lebhaftes Temperament so viel gewinnen können, daß ich meine schwachen Seiten so sorgfältig, wie ich thun sollen, verborgen hätte — Und so vergiengen dann die Jahre, in welchen ich hätte mein Glück machen können, wie man das gewöhnlich nennt; Jetzt, da ich die Menschen besser kenne, da Erfahrung mir die Augen geöfnet, mich vorsichtig gemacht und vielleicht die Kunst gelehrt hat, auf Andre zu würken; jetzt ist es zu spät für mich, diese Wissenschaft in Anwendung zu bringen. Mein Rücken krümmt sich mit Mühe zu Reverenzen; ich habe nicht viel unnütze Zeit mehr zu verschwenden, die ich preisgeben könnte; das Wenige, was ich noch in dem Reste meines Lebens auf solchen Wegen erlangen könnte, lohnt die Mühe und Anstrengung nicht, die mich das kosten würde, und es ziemt den Mann, dessen Grundsätze Alter und Erfahrung befestigt haben, eben so wenig, jetzt erst anzufangen, den Geschmeidigen, wie den Stutzer zu spielen. — Es ist zu spät, sage ich, mit der Ausübung anzuheben; aber nicht zu spät, Jünglingen zu zeigen, welchen Weg sie wandeln müssen — und so lasset uns dann den Versuch machen und der Sache näher rücken!

Erstes Capitel.

Allgemeine Bemerkungen und Vorschriften über den Umgang mit Menschen.

1.

Jeder Mensch gilt in dieser Welt nur so viel, als er sich selbst gelten macht. Das ist ein goldner Spruch, ein reiches Thema zu einem Folianten, über den esprit de conduite und über die Mittel, in der Welt seinen Zweck zu erlangen; ein Satz, dessen Wahrheit auf die Erfahrung aller Zeitalter gestützt ist. Diese Erfahrung lehrt den Abentheurer und Großsprecher, sich bey dem Haufen für einen Mann von Wichtigkeit auszugeben, von seinen Verbindungen mit Fürsten und Staatsmännern, mit Männern, welche nicht einmal von seinem Daseyn etwas wissen, in einem Tone zu reden, der ihm, wo nichts mehr, doch wenigstens manche freye Mahlzeit und den Zutritt in den ersten Häusern erwirbt. Ich habe einen Menschen gekannt, der auf diese Art von seiner Vertraulichkeit mit dem Kaiser Joseph und dem Fürsten Kaunitz redete, obgleich ich ganz gewiß wusste, daß Diese ihn kaum dem Namen nach, und zwar als einen unruhigen Kopf und Pasquillanten kannten. Indessen hatte er hierdurch, da niemand genauer nachfragte, sich auf eine kurze Zeit in solches Ansehen gesetzt, daß Leute, die bey des Kaisers Majestät etwas zu suchen hatten, sich an ihn wendeten. Dann schrieb er auf so unverschämte Art an irgend einen Großen in Wien, und sprach in diesem Briefe von seinen übrigen vornehmen Freunden daselbst, daß er, zwar nicht Erlangung seines Zwecks, aber doch manche höfliche Antwort erschlich, mit welcher er dann weiter wucherte.

Diese Erfahrung macht den frechen Halbgelehrten so dreist, über Dinge zu entscheiden, wovon er nicht früher als eine Stunde vorher das erste Wort gelesen oder gehört hat, aber so zu entscheiden, daß selbst der anwesende bescheidene Literator es nicht wagt, zu widersprechen, noch Fragen zu thun, die des Schwätzers Fahrzeug auf's Trockene werfen könnten.

Diese Erfahrung ist es, durch welche der empordringende Dummkopf sich zu den ersten Stellen im Staate hinaufarbeitet, die verdienstvollsten Männer zu Boden tritt und niemand findet, der ihn in seine Schranken zurückwiese.

Sie ist es, durch welche sich die unbrauchbarsten, schiefsten Genies, Menschen ohne Talent und Kenntnisse, Plusmacher und Windbeutel, bey den Großen der Erde unentbehrlich zu machen verstehen.

Sie ist es, die größtentheils den Ruf, den Gelehrte, Musiker und Maler sich erwerben, bestimmt.

Auf diese Erfahrung gestützt, fordert der fremde Künstler hundert Louisd'or für ein Stück, das der einheimische, zehnfach besser gearbeitet, um funfzig Thaler verkaufen würde; Allein man reisst sich um des Ausländers Werke; Er kann nicht so viel fertig machen, wie von ihm gefordert wird, und am Ende lässt er bey dem Einheimischen arbeiten und verkauft das für ultramontanische Waare.

Auf diese Erfahrung gestützt, erschleicht sich der Schriftsteller eine vortheilhafte Recension, wenn er in der Vorrede zu dem zweyten Theile seines langweiligen Buchs mit der schamlosesten Frechheit von dem Beyfalle redet, womit Kenner und Gelehrte, deren Freundschaft er sich rühmt, den ersten Theil beehrt haben.

Diese Erfahrung giebt dem vornehmen Bankerottirer, der Geld borgen will und nie wieder bezahlen kann, den Muth, das Anlehn in solchen Ausdrücken zu fordern, daß der reiche Wuchrer es für Ehre hält, sich von ihm betrügen zu lassen.

Fast alle Arten von Bitten um Schutz und Beförderung, die

in diesem Tone vorgetragen werden, finden Eingang und werden nicht abgeschlagen, dahingegen Verachtung, Zurücksetzung und nicht erfüllte billige Wünsche fast immer der Preis des bescheidnen, furchtsamen Clienten sind.

Diese Erfahrung lehrt den Diener, sich bey seinem Herrn, und Den, welcher Wohlthaten empfangen hat, sich bey dem Wohlthäter so wichtig zu machen, daß Der, welcher die Verbindlichkeit auflegt, es für ein großes Glück rechnet, einem solchen Manne anzugehören.

Kurz! der Satz: *daß jedermann nicht mehr und nicht weniger gelte, als er sich selbst gelten macht*, ist die große Panacee für Abentheurer, Prahler, Windbeutel und seichte Köpfe, um fortzukommen auf diesem Erdballe — ich gebe also keinen Kirschkern für dieses Universalmittel — Doch still! sollte denn jener Satz uns gar nichts werth seyn? Ja, meine Freunde! er kann uns lehren, nie ohne Noth und Beruf unsre ökonomischen, physikalischen, moralischen und intellectuellen Schwächen aufzudecken. Ohne also sich zur Prahlerey und zu niederträchtigen Lügen herabzulassen, soll man doch nicht die Gelegenheit verabsäumen, sich von seinen vortheilhaften Seiten zu zeigen.

Dies darf aber nicht auf eine grobe, gar zu merkliche, eitle und auffallende Weise geschehn, denn sonst verliehren wir vielmehr dadurch; sondern man muß die Menschen nur muthmaßen, sie selbst darauf kommen lassen, daß doch wohl etwas mehr hinter uns stecke, als bey dem ersten Anblicke hervorschimmert. Hängt man ein gar zu glänzendes Schild aus; so erweckt man dadurch die genauere Aufmerksamkeit; Andre spüren den kleinen Fehlern nach, von denen kein Erdensohn frey ist; und so ist es auf einmal um unsern Glanz geschehn. Zeige dich also mit einem gewissen bescheidnen Bewusstseyn innerer Würde, und vor allen Dingen mit dem auf Deiner Stirne strahlenden Bewusstseyn der Wahrheit und Redlichkeit! Zeige Vernunft und Kenntnisse, wo Du Veranlassung dazu hast! Nicht so viel, um Neid zu erregen und Forderungen anzukündigen, nicht so wenig, um übersehn und überschrien zu werden! Mache Dich rar, ohne daß man Dich weder für einen Sonderling, noch für scheu, noch für hochmüthig halte!

2.

Strebe nach Vollkommenheit, aber nicht nach dem Scheine der Vollkommenheit und Unfehlbarkeit! Die Menschen beurtheilen und richten Dich nach dem Maaßstabe Deiner Forderungen, und sie sind noch billig, wenn sie nur das thun, wenn sie Dir nicht Forderungen aufbürden. Dann heisst es, wenn Du auch nur des kleinsten Fehlers Dich schuldig machst: »Einem *solchen Manne* ist das gar nicht zu verzeyhn;« und da die Schwachen sich ohnehin ein Fest daraus machen, an einem Menschen, der sie verdunkelt, Mängel zu entdecken; so wird Dir ein einziger Fehltritt höher angerechnet, als Andern ein ganzes Register von Bosheiten und Pinseleyen.

3.

Sey aber nicht gar *zu sehr* ein Sclave der Meinungen Andrer von Dir! Sey selbstständig! Was kümmert Dich am Ende das Urtheil der ganzen Welt, *wenn Du thust, was Du sollst?* und was ist Dein ganzer Prunk von äussern Tugenden werth, wenn Du diesen Flitterputz nur über ein schwaches, niedriges Herz hängst, um in Gesellschaften Staat damit zu machen?

4.

Vor allen Dingen wache über Dich, daß Du nie die innere Zuversicht zu Dir selber, das Vertrauen auf Gott, auf gute Menschen und auf das Schicksal verliehrest! Sobald Dein Nebenmann auf Deiner Stirne Mismuth und Verzweiflung liest — so ist alles aus. Sehr oft aber ist man im Unglücke ungerecht gegen die Menschen. Jede kleine böse Laune, jede kleine Mine von Kälte deutet man auf sich; Man meint, Jeder sehe es uns an, daß wir leiden, und weiche vor der Bitte zurück, die wir ihm thun könnten.

5.

Schreibe aber auch nicht auf deine Rechnung das, wovon Andern das Verdienst gebührt! Wenn man Dir, aus Achtung gegen einen edlen Mann, dem Du angehörst, Vorzug oder Höflichkeit beweist; so brüste Dich damit nicht, sondern sey bescheiden genug, zu fühlen, daß dies alles vielleicht wegfallen würde, wenn Du einzeln aufträtest! Suche aber selbst zu verdienen, daß man Dich um Deinetwillen ehre! Sey lieber das kleinste Lämpchen, das einen dunkeln Winkel mit eignem Lichte erleuchtet, als ein großer Mond einer fremden Sonne, oder gar Trabant eines Planeten!

6.

Fehlt Dir etwas; hast Du Kummer, Unglück; leidest Du Mangel; reichen Vernunft, Grundsätze und guter Wille nicht zu; so klage Dein Leid, Deine Schwäche niemand, als dem, der helfen kann, selbst Deinem treuen Weibe kaum! Wenige helfen tragen; fast Alle erschweren die Bürde; ja! sehr Viele treten einen Schritt zurück, sobald sie sehen, daß Dich das Glück nicht anlächelt. Sobald sie aber gar wahrnehmen, daß Du ganz ohne Hülfsquellen bist, daß Du keinen geheimen Schutz hast, niemand, der sich Deiner annimt — o! so rechne auf Keinen mehr! Wer hat den Muth, einzig und fest als die Stütze des von aller Welt Verlassenen öffentlich aufzutreten? Wer hat den Muth, zu sagen: »Ich kenne den Mann; er ist mein Freund; er ist mehr werth, als Ihr Alle, die ihr ihn schmähet!« Und fändest Du ja einen Solchen; so würde es doch nur etwa ein andrer armer Tropf seyn, der selbst in elenden Umständen, aus Verzweiflung sein Schicksal an das Deinige knüpfen wollte, dessen Schutz Dir mehr schädlich, als nützlich wäre.

7.

Rühme aber auch nicht zu laut Deine glückliche Lage! krame nicht zu glänzend Deine Pracht, Deinen Reichthum, Deine Talente aus! Die Menschen vertragen selten ein solches Uebergewicht, ohne Murren und Neid. Lege daher auch Andern keine zu große Verbindlichkeit auf! Thue nicht zu viel für Deine Mitmenschen! Sie fliehen den überschwenglichen Wohlthäter, wie man einen Gläubiger flieht, den man nie bezahlen kann. Also hüte Dich, zu groß zu werden in Deiner Brüder Augen! auch fordert Jeder zu viel von Dir, und eine einzige abgeschlagene Wohlthat macht tausend würklich erzeigte in Einem Augenblicke vergessen.

8.

Enthülle nie auf unedle Art die Schwächen Deiner Nebenmenschen, um Dich zu erheben! Ziehe nicht ihre Fehler und Verirrungen an das Tageslicht, um auf ihre Unkosten zu schimmern!

9.

Suche weniger selbst zu glänzen, als Andern Gelegenheit zu geben, sich von vortheilhaften Seiten zu zeigen, wenn Du gelobt werden und gefallen willst. Die wenigsten Menschen vertragen ein Uebergewicht von Andern. Lieber verzeyhen sie uns eine zweydeutige Handlung, ja! ein Verbrechen, als eine That, durch welche wir sie verdunkeln. Doch, wenn du fern von ihnen, ausser ihrem Würkungskreise stehst; dann vielleicht lassen sie Dir Gerechtigkeit wiederfahren. Auch im bloß geselligen Umgange soll man sich hüten, hervorstechen zu wollen. Ich habe den Ruf eines vernünftigen und witzigen Mannes aus mancher Gesellschaft mitgenommen, in welcher wahrlich kein kluges Wort aus meinem Munde gegangen war, und in welcher ich nichts gethan hatte, als mit musterhafter Geduld vornehmen und halbgelehrten Unsinn anzuhören, oder hie und da einen Mann auf ein

Fach zu bringen, wovon er gern redete. Wie Mancher besucht mich, mit der demüthigen Ankündigung (wobey ich mich oft nicht des Lachens erwehren kann): er komme, um mir, als einem gewaltigen Gelehrten und Schriftsteller, seine Ehrerbietung zu bezeugen! der Mann setzt sich dann hin und fängt an zu reden, lässt mich, den er bewundern will, gar nicht zu Worte kommen, und geht, entzückt über meine lehrreiche und angenehme Unterhaltung, zu welcher ich nicht zwanzig Worte geliefert habe, von mir, höchst vergnügt, daß ich Verstand genug gehabt habe — ihm zuzuhören. Habe Geduld mit allen Schwächen dieser Art! Wenn daher auch jemand ein Geschichtchen, oder sonst etwas vorbringt, das er *gern* erzählt, und Du hättest es auch schon mehr gehört und es wäre vielleicht ein Märchen, das *Du selbst* ihm einst mitgetheilt hättest; so laß es ihn doch nicht auf unangenehme Weise merken, daß die Sache Dir alt und langweilig ist, wenn die Person anders Schonung verdient! Was kann unschuldiger seyn, als solche Ausleerungen zu befördern, wenn man dadurch Andern Erleichtrung und sich einen guten Ruf verschafft? Und wenn die Leute unschuldige Liebhabereyen haben, z. B. gern von Pferden reden, es gern sehen, daß man eine Pfeife Tabac mit ihnen rauche, ein Glas Wein mit ihnen trinke; so erzeige man ihnen diese kleine Gefälligkeit, wenn es ohne große Ungemächlichkeit und ohne Falschheit geschehn kann! Desfalls habe ich nie die Gewohnheit der Hofleute von gemeinerm Schlage gut finden können, die jedermann nur mit halbem Ohre und zerstreueter Mine anhören, ja! gar mitten in einer Rede, die sie veranlasst haben, einfallen, ohne das Ende abzuwarten.

10.

Gegenwart des Geistes ist ein seltnes Geschenk des Himmels, und macht, daß wir im Umgange in sehr vortheilhaftem Lichte erscheinen. Dieser Vorzug nun lässt sich freylich nicht durch Kunst erlangen; allein man kann an sich arbeiten, daß, wenn er uns fehlet, wir wenigstens nicht durch Uebereilung uns und Andre in Verlegenheit setzen. Sehr lebhafte Temperamente haben hierauf vorzüglich zu achten. Ich rathe daher, wenn eine unerwartete Frage, ein ungewöhnlicher Gegenstand, oder irgend etwas anders uns überrascht, nur eine Minute still zu schweigen und der Ueberlegung Zeit zu lassen, uns zu der Parthey vorzubereiten, die wir nehmen sollen. So wie ein einziges rasches, unvorsichtiges Wort, oder ein in der Verwirrung unternommener Schritt zu späte Reue und unglückliche Folgen würken können; so kann ein schnell auf der Stelle gefasster und ausgeführter rascher Entschluß, in entscheidenden Augenblicken, in welchen man so leicht den Kopf verliehrt, Glück, Rettung, Trost bringen.

11.

Wünschest Du zeitliche Vortheile, Unterstützung, Versorgung im bürgerlichen Leben; mögest Du in einer Bedienung angestellt werden, in welcher Du Deinem Vaterlande nützlich seyn könntest; so musst Du darum bitten, ja! nicht selten betteln. Rechne nicht darauf, daß die Menschen, sie müssten dann Deiner ganz nothwendig bedürfen, Dir etwas anbiethen, oder sich ungebeten für Dich verwenden werden, wenn auch Deine Thaten noch so laut für Dich reden, und jedermann weiß, daß Du Unterstützung bedarfst und verdienst! Jeder sorgt für sich und die Seinigen, ohne sich um den bescheidnen Mann zu bekümmern, der indeß nach Gemächlichkeit in seinem Winkelchen seine Talente vergraben, oder gar verhungern kann. Darum bleibt so mancher Verdienstvolle bis an seinen Tod unerkannt, ausser Stand gesetzt, seinen Mitbürgern nützlich zu werden — weil er nicht betteln, nicht kriechen kann.

12.

So wenig wie möglich lasset uns indessen von Andern Wohlthaten fordern und annehmen! Man trifft gar selten Leute an, die nicht früh oder spät für kleine Dienste große Rücksichten forderten, und das hebt dann das Gleichgewicht im

Umgange auf, raubt Freyheit, hindert uneingeschränkte Wahl, und wenn auch unter zehnmal nicht einmal der Fall einträte, daß dies uns in Verlegenheit setzte, oder Verdruß zuzöge; so ist es doch weislich gehandelt, dies mögliche Einmal zu vermeiden, und lieber immer zu geben, Jedem zu dienen, als von Andern Dienste oder sonst etwas anzunehmen. Auch giebt es wenig Menschen, die mit guter Art Wohlthaten erzeigen. Versuchet es, meine Freunde! wie viele unter Euren Bekannten nicht auf einmal, mitten in der fröhlichsten, höflichsten Gemüthsstimmung, ihr Gesicht in feyerliche Falten ziehen, wenn Ihr Eure Anrede mit den Worten anhebet: »Ich muß eine große Bitte an Sie wagen; Ich bin in einer erschrecklichen Verlegenheit.« Sehr bereit aber pflegen die Menschen zu seyn, uns solche Dienste anzubiethen, deren wir nicht bedürfen, oder gar, die sie selbst nicht zu leisten im Stande sind. Der Verschwender ist immer willig, mit Gelde zu dienen, der Dummkopf mit gutem Rathe.

Vor allen Dingen hüte man sich, jemand um eine Gefälligkeit zu bitten, wenn man voraus wissen kann, daß er uns nicht wohl, wenn er es auch wollte, eine abschlägige Antwort geben darf! (z. B. wenn er uns Verbindlichkeit schuldig, oder sonst von uns abhängig ist.)

Wohlthaten annehmen, macht abhängig; Man weiß nicht, wie weit das führen kann. Man kömmt da oft in's Gedränge zwischen der Nothwendigkeit, schlechten Menschen zu viel nachzusehn, oder undankbar zu scheinen.

Um nun fremdes Beystandes entbehren zu können, dazu ist das beste Mittel, wenig Bedürfnisse zu haben, mäßig zu seyn, und bescheidne Wünsche zu nähren; Wer aber von unzählichen Leidenschaften in rastlosem Taumel umhergetrieben wird, bald Ehrenstellen, bald Wucher, bald Erwerb, bald wollüstigen Genuß verlangt; wer, von dem Luxus des Zeitalters angesteckt, alles begehrt, was seine Augen sehen; wen vorwitzige Neugier und ein unruhiger Geist treiben, sich in jeden unnützen Handel zu mischen; der wird freylich nie der Hülfe und Unterstützung fremder Leute, zu Befriedigung seiner zahllosen Wünsche, sich entäussern können.

13.

Wenn ich aber gesagt habe, daß man lieber Allen *geben*, als von irgend jemand *empfangen* sollte; so hebt doch das den Satz nicht auf, daß man nicht gar zu viel für Andre thun dürfe. Ueberhaupt sey dienstfertig, aber nicht zudringlich! Sey nicht jedermanns Freund und Vertrauter! Vor allen Dingen bessere und bemoralisire die Menschen nicht, rathe ihnen nicht, ohne entschiednen Beruf dazu! Die Wenigsten wissen Dir Dank dafür und selbst wenn sie uns um Rath fragen, sind sie gewöhnlich schon entschlossen zu thun, was ihnen gefällt. Man belästige nicht seine Bekannten mit kleinen, unwichtigen Aufträgen, z. B. etwas für uns einzukaufen u. d. gl. wenn man auf andre Weise Rath schaffen kann; auch suche man sich von ähnlichen Besorgungen loszumachen! Gewöhnlich büßt man Zeit und Geld dabey ein, und erndtet dennoch selten Dank und Zufriedenheit. Mische Dich auch nicht in Familien-Händel! Ich bin ein paarmal mit der besten Absicht sehr übel dabey gefahren. Vor allen Dingen hüte Dich, Zwistigkeiten schlichten und Versöhnungen stiften zu wollen (Es sey denn unter geliebten, geprüften Personen)! Mehrentheils werden beyde Partheyen einig, um über Dich herzufallen. Das Kuppeln und Heyrathen-Schmieden überlasse man dem Himmel und einer gewissen Classe von alten Weibern!

14.

Keine Regel ist so allgemein, keine so heilig zu halten, keine führt so sicher dahin, uns dauerhafte Achtung und Freundschaft zu erwerben, wie die: unverbrüchlich, auch in den geringsten Kleinigkeiten, Wort zu halten, seiner Zusage treu und stets wahrhaftig zu seyn in seinen Reden. Nie kann man Recht und erlaubte Ursachen haben, das Gegentheil von dem zu sagen, was man denkt, wenngleich man Befugniß und Gründe haben kann, nicht alles zu offenbaren, was in uns vorgeht. Es giebt keine Nothlügen; noch nie ist eine

Unwahrheit gesprochen worden, die nicht früh oder spät nachtheilige Folgen für jemand gehabt hätte; der Mann aber, der dafür bekannt ist, strenge Wort zu halten und sich keine Unwahrheit zu gestatten, gewinnt gewiß Zutraun, guten Ruf und Hochachtung.

15.

Sey strenge, pünctlich, ordentlich, arbeitsam, fleissig in Deinem Berufe! Bewahre Deine Papiere, Deine Schlüssel und alles so, daß Du jedes einzelne Stück auch im Dunkeln finden könnest! Verfahre noch ordentlicher mit fremden Sachen! Verleyhe nie Bücher, oder andre Dinge, die Dir sind geliehen worden; Hast Du von Andern dergleichen geborgt; so bringe oder schicke sie zu gehöriger Zeit wieder und erwarte nicht, daß sie, oder ihre Domestiken, noch Wege gehn, um diese Dinge abzuholen! — Jedermann geht gern mit einem Menschen um und treibt Geschäfte mit ihm, wenn man sich auf seine Pünctlichkeit in Wort und That verlassen kann. Finde Dich genau, zur bestimmten und gehörigen Stunde, da ein, wo Du erscheinen willst; und wärst Du auch der Einzige, der diese Ordnung beobachtet; Gute und böse Beyspiele von der Art reizen zur Nachfolge; und die Unrechtlichkeit andrer Menschen rechtfertigt nicht die unsrige.

16.

Interessire Dich für Andre, wenn Du willst, daß Andre sich für Dich interessiren sollen! Wer untheilnehmend, ohne Sinn für Freundschaft, Wohlwollen und Liebe, nur sich selber lebt, der bleibt verlassen, wenn er sich nach fremdem Beystande sehnt.

17.

Verflechte niemand in Deine Privat-Zwistigkeiten, und fordre nicht von Denen, mit welchen Du umgehst, daß sie Theil an den Uneinigkeiten nehmen sollen, die zwischen Dir und Andern herrschen!

Eine Menge dieser Vorschriften umfasst die alte Regel: Setze Dich in Gedanken oft in andrer Leute Stelle und frage Dich selbst: »Wie würde es Dir unter denselben Umständen gefallen, wenn man *Dir* dies zumuthete, gegen *Dich* also handelte, von *Dir* das forderte? — diesen Dienst, diese Verwendung, diese langweile Arbeit, diese Erklärung?«

18.

Bekümmre Dich nicht um die Handlungen Deiner Nebenmenschen, in so fern sie nicht Bezug auf Dich, oder so sehr auf die Sittlichkeit im Ganzen haben, daß es Verbrechen seyn würde, darüber zu schweigen! Ob aber jemand langsam oder schnell geht, viel oder wenig schläft, oft oder selten zu Hause, prächtig oder schlecht gekleidet ist, Wein oder Bier trinkt, Schulden oder Capitalien macht, eine Geliebte hat oder nicht — was geht das Dich an, wenn Du nicht sein Vormund bist? Thatsachen hingegen, die man durchaus wissen *muß*, erfährt man oft am besten von dummen Leuten, weil diese ohne Witz, ohne Consequenzmacherey, ohne Seitenblicke, ohne Verbrämung und ohne Leidenschaft, gradehin erzählen.

19.

Von Deinen *Grundsätzen* gehe nie ab, so lange Du sie als richtig anerkennst! Ausnahmen machen ist sehr gefährlich und führt immer weiter, vom Kleinen zum Großen. Hast Du Dir also einmal aus guten Gründen vorgenommen, keine Bücher zu verleyhn, keinen Wein zu trinken u. d. gl.; so müsse kein Sterblicher Dich bewegen können, davon abzugehn, so lange die Gründe Deiner ersten Entschliessung nicht wegfallen! Sey fest; aber hüte Dich, so leicht etwas zum Grundsatze zu machen, bevor Du alle möglichen Fälle überlegt hast, oder eigensinnig auf Kleinigkeiten zu bestehn!

Vor allen Dingen also handle nur stets folgerecht (consequent)! Mache Dir einen Lebensplan, und weiche nicht um ein Tüttelchen von diesem Plane! Hätte dieser Plan auch allerley Sonderbarkeiten — Die Menschen werden eine Zeitlang die Köpfe darüber zusammenstecken, und am Ende schweigen, Dich in Ruhe lassen und Dir ihre Hochachtung nicht versagen können. Man gewinnt überhaupt immer durch Ausdauern und durch planmäßige, weise Festigkeit. Es ist mit Grundsätzen, wie mit jeden andern Stoffen, woraus etwas gemacht wird, nämlich, daß der beste Beweis für ihre Güte der ist, wenn sie lange halten, und in der That, wenn man recht genau den Gründen nachspüren will, warum auch den edelsten Handlungen mancher Menschen nicht Gerechtigkeit wiederfährt; so wird man oft finden, daß das Publicum deswegen Verdacht gegen die Wahrheit und den Zweck dieser Handlungen gefasst hat, weil sie nicht in das System des Mannes, der sie begeht, weil sie nicht zu seinen übrigen Schritten zu passen scheinen.

20.

Was aber noch heiliger als jene Vorschrift ist — Habe immer ein gutes Gewissen! Bey keinem Deiner Schritte müsse Dir Dein Herz über Absicht und Mittel Vorwürfe machen dürfen! Gehe nie schiefe Wege; und baue dann sicher auf gute Folgen, auf Gottes Beystand und auf Menschenhülfe in der Noth! Und verfolgt Dich auch wohl eine Zeitlang ein widriges Geschick — o! so wird doch die selige Ueberzeugung von der Unschuld Deines Herzens, von der Redlichkeit Deiner Absichten, Dir ungewöhnliche Kraft und Heiterkeit geben; Dein kummervolles Antlitz wird im Umgange mehr, weit mehr Interesse erwecken, als die Fratze des lächelnden, grinzenden, glücklich scheinenden Bösewichts.

21.

Sey, was Du bist, immer ganz, und immer Derselbe! Nicht heute warm, morgen kalt; heute grob, morgen höflich und zuckersüß; heute der lustige Gesellschafter, morgen trocken und stumm, wie eine Bildsäule! Mit solchen Leuten ist übel umzugehn; Sie überhäufen uns, wenn sie grade in guter Laune sind, oder niemand um sich haben, der vornehmer als wir, oder spashafter, oder ein größerer Schmeichler ist, mit allen Zeichen der herzlichsten, vertraulichsten Freundschaft. Wir bauen darauf und wollen wenig Tage nachher den Mann wieder besuchen, der uns so gern bey sich sieht, der uns so freundlich eingeladen hat, recht oft zu kommen. Wir gehen hin, und werden nun so frostig und verdrießlich empfangen, oder man lässt uns ohne Unterhaltung in einer Ecke sitzen, antwortet uns nur mit gebrochnen Sylben, weil man grade von Creaturen umgeben ist, die mehr Weyrauch spenden, als wir. Von solchen Menschen muß man sich unmerklich zurückziehn, und wenn sie nachher, in einem Augenblicke von Langeweile, uns wieder aufsuchen, gleichfalls gegen sie den Spröden machen und ihnen unter den Händen fortschlüpfen.

22.

Mache einigen Unterschied in Deinem äussern Betragen, gegen die Menschen mit denen Du umgehst, in den Zeichen von Achtung, die Du ihnen beweisest. Reiche nicht Jedem Deine rechte Hand dar! Umarme nicht Jeden! Drücke nicht Jeden an Dein Herz! Was bewahrst Du den Bessern und Geliebten auf, und wer wird Deinen Freundschafts-Bezeugungen trauen, ihnen Werth beylegen, wenn Du so verschwenderisch in Austheilung derselben bist?

23.

Zwey Gründe hauptsächlich müssen uns bewegen, nicht gar zu offenherzig gegen die Menschen zu seyn: zuerst die Furcht, unsre Schwäche dadurch aufzudecken und misbraucht zu werden, und dann die Ueberlegung, daß, wenn man die Leute einmal daran gewöhnt hat, ihnen nichts zu verschweigen, sie zuletzt von jedem unsrer kleinsten Schritte

Rechenschaft verlangen, alles wissen, um alles zu Rathe gezogen werden wollen; Allein eben so wenig soll man übertrieben verschlossen seyn, sonst glauben sie, es stecke hinter allem, was wir thun, etwas Bedeutendes, oder gar Gefährliches, und das kann uns in unangenehme Verlegenheit verwickeln und veranlassen, daß wir verkannt werden, besonders in fremden Ländern, auf Reisen, bey manchen andern Gelegenheiten, und kann uns überhaupt auch im gemeinen Leben, selbst im Umgange mit edeln Freunden, schaden.

24.

Suche keinen Menschen, auch den Schwächsten nicht, in Gesellschaften lächerlich zu machen! Ist er dumm; so hast Du wenig Ehre von dem Witze, den Du an ihm verschwendest; Ist er es weniger, als Du glaubst; so kannst *Du* vielleicht der Gegenstand *seines* Spottes werden; Ist er gutmüthig und gefühlvoll; so kränkst Du ihn, und ist er tükkisch und rachsüchtig; so kann er Dir's vielleicht auf eine Rechnung setzen, die Du früh oder spät auf irgend eine Art bezahlen musst. — Und wie oft kann man nicht, wenn das Publicum auf unsre Urtheile über Menschen achtet, einem guten Manne im bürgerlichen Leben wahrhaften Schaden zufügen, oder einen Schwachen so niederdrücken, daß aller Ehrgeiz in ihm erlöscht und alle Keime zu bessern Anlagen erstickt werden, indem man ihn, durch Hervorziehn seiner uns lächerlich scheinenden Seiten, der Verachtung preisgiebt.

25.

Schrecke, zerre und necke auch niemand, selbst Deine Freunde nicht, mit falschen Nachrichten, mit Witzeleyen, oder was sonst auf einen Augenblick beunruhigt, in Verlegenheit setzt! Es giebt der wahrhaftig misvergnügten, unangenehmen, ängstlichen Augenblicke so viele in der Welt, daß es wohl brüderliche Pflicht ist, alles hinwegzuräumen, was die Last der würklichen und eingebildeten Plagen auch nur um ein Sandkorn erschweren kann. Für eben so unschicklich halte ich es, einem Freunde, aus Scherz, wie es die Gewohnheit mancher Leute ist, mit selbst erfundnen erfreulichen Neuigkeiten ein kurzes Vergnügen zu machen, das nachher vereitelt wird. Das alles ist Neckerey, durch welche die Freuden des Umgangs nicht gewürzt, sondern versalzen werden. Auch soll man nicht die Neugier reizen, oder die Leute durch halb abgebrochne Worte ängstigen, sondern lieber gänzlich schweigen, wenn man nicht ausreden will. Es giebt Menschen, welche die Gewohnheit haben, ihren Freunden solche mystische Warnungen hinzuwerfen, wie z. B.: »Es läuft ein böses Gerücht von Ihnen herum, aber ich kann, ich darf Ihnen noch nichts darüber sagen.« Dergleichen hat gar keinen Nutzen und beunruhigt.

Ueberhaupt muß man so wenig wie möglich die Leute in Verlegenheit setzen, vielmehr sich bemühn, wenn auch jemand im Begriff ist, eine Unvorsichtigkeit zu begehn (z. B. schlecht von einem Buche zu reden, dessen Verfasser gegenwärtig ist) oder sonst beschämt zu werden, ihm diese Verlegenheit zu ersparen, oder die Sache auf irgend eine Weise wieder in's Feine zu bringen. Und wenn jemand aus Unachtsamkeit etwas zerbrochen, fallen gelassen, oder sonst sich einer kleinen Unvorsichtigkeit schuldig gemacht hat; so blicke man nicht hin, wenigstens nicht mit Lächeln, oder Unwillen, noch betroffen, um seine Verwirrung nicht zu vermehren!

26.

Vor allen Dingen aber vergesse man nie, daß die Leute unterhalten (amüsirt) seyn wollen; daß selbst der unterrichtendste Umgang ihnen in der Länge ermüdend vorkömmt, wenn er nicht zuweilen durch Witz und gute Laune gewürzt wird; daß ferner nichts in der Welt ihnen so witzreich, so weise und so ergötzend scheint, als wenn man sie lobt, ihnen etwas Schmeichelhaftes sagt; daß es aber unter der

Würde eines klugen Mannes ist, den Spaßmacher, und eines redlichen Mannes unwerth, den niedrigen Schmeichler zu machen. Allein es giebt einen gewissen Mittelweg; diesen rathe ich einzuschlagen, und da jeder Mensch doch wenigstens Eine gute Seite hat, die man loben darf, und dies Lob, wenn es nicht übertrieben wird, aus dem Munde eines verständigen Mannes, Sporn zu größerer Vervollkommung werden kann; so ist das Wink genug für Den, der mich verstehn will.

Zeige, so viel Du kannst, eine immer gleiche, heitre Stirne! Nichts ist reizender und liebenswürdiger, als eine gewisse frohe, muntre Gemüthsart, die aus der Quelle eines schuldlosen, nicht von heftigen Leidenschaften in Tumult gesetzten Herzens hervorströmt. Wer immer nach Witz hascht; wem man es ansieht, daß er darauf studiert hat, die Gesellschaft zu unterhalten; der gefällt nur auf kurze Zeit, und wird bey Wenigen Interesse erwecken; Er wird nicht aufgesucht werden von Denen, deren Herz sich nach besserm Umgange, und deren Kopf sich nach socratischer Unterhaltung sehnt.

Wer immer Spaß machen will, der erschöpft sich nicht nur leicht und wird matt, sondern hat auch die Unannehmlichkeit, daß, wenn er einmal gerade nicht aufgelegt ist, seinen Vorrath von lustigen Kleinigkeiten zu öfnen, seine Gefährten das sehr ungnädig aufnehmen. Bey jeder Mahlzeit, zu welcher er gebeten wird, bey jeder Aufmerksamkeit, die man ihm beweist, scheint die Bedingung schwer auf ihm zu liegen, daß er diese Ehre durch seine Schwänke zu verdienen suchen solle; und will er es einmal wagen, den Ton zu erheben und etwas Ernsthaftes zu sagen; so lacht man ihm gerade in das Gesicht, ehe er mit seiner Rede halb zu Ende ist. Wahrer Humor und ächter Witz lassen sich nicht erzwingen, nicht erkünsteln, aber sie würken, wie das Umschweben eines höhern Genius, wonnevoll, erwärmend, Ehrfurcht erregend. Willst du witzige Einfälle anbringen; so überlege auch wohl, in welcher Gesellschaft Du Dich befindest! Was Personen von einer gewissen Erziehung sehr unterhaltend scheint, kann Andern sehr langweilig und unschicklich vorkommen, und ein freyer Scherz, den man sich in einem Cirkel von Männern erlaubt, würde bey Frauenzimmern übel angebracht seyn.

27.

Gehe von niemand und laß niemand von Dir, ohne ihm etwas Lehrreiches, oder etwas Verbindliches gesagt und mit auf den Weg gegeben zu haben; aber beydes auf eine Art, die ihm wohlthue, seine Bescheidenheit nicht empöhre und nicht studiert scheine, damit er die Stunde nicht verlohren zu haben glaube, dir er bey Dir zugebracht hat, und daß er fühle, Du nehmest Interesse an seiner Person, es gehe Dir von Herzen, Du verkaufest nicht blos deine Höflichkeits-Waare ohne Unterschied jedem Vorübergehenden! Man verstehe mich also recht! Ich mögte gern, wenn es möglich wäre, alles leere Geschwätz aus dem Umgange verbannt sehn; mögte, daß man, ohne Aengstlichkeit, auf sich Acht hätte, nie etwas zu sagen, wovon Der, welcher es anhören muß, weder Nutzen noch *wahres* Vergnügen haben, woran er, weder mit dem Kopfe, noch mit dem Herzen Antheil nehmen könnte. Weit entfernt bin ich also, das System solcher Leute empfehlen zu wollen, die Jeden ohne Unterlaß mit leeren Complimenten, Schmeicheleyen oder Lobsprüchen in die Verlegenheit setzen, ihnen auf tausend nicht eins antworten zu können. Uebrigens tadle ich auch nicht ein gut gemeintes Höflichkeits-Wort, ein verdientes, bescheidnes, zu fernerm Guten ermunterndes Lob. Ein Beyspiel wird meine wahren Grundsätze darüber deutlicher machen: Ich saß einst an einer fremden Tafel zwischen einer hübschen, verständigen jungen Dame und einem kleinen, garstigen Fräulein, von etwa vierzig Jahren. Ich beging die Unhöflichkeit, die ganze Mahlzeit hindurch, mich nur mit Jener zu unterhalten, zu Dieser hingegen kein Wort zu reden. Beym Nachtische erst erinnerte ich mich meiner Unart; und nun machte ich den Fehler gegen die Höflichkeit durch einen andern gegen die Aufrichtigkeit und Wahrhaftigkeit gut. Ich wendete mich zu ihr und redete von einer Begebenheit, die vor zwanzig Jahren vorgegangen war — Sie wusste nichts davon — »Es ist kein Wunder« sagte ich »Sie waren damals noch ein Kind.« Das kleine Wesen freuete sich innigst darüber, daß ich sie für so jung hielte, und dies einzige Wort erwarb mir ihre günstige Meinung — Sie hätte mich dieser niedrigen Schmeicheley wegen verachten sollen. Wie leicht hätte ich einen Gegenstand zu einem Gespräche mit ihr finden können, das ihr auf irgend eine Weise interessant gewesen wäre! und es war meine Pflicht, darauf zu denken und ihr nicht einen ganzen Mittag hindurch die Thür der Unterhaltung zu verschliessen. Jene elende Schmeicheley hingegen war eine unwürdige Art, den ersten Fehler zu verbessern.

Man kann sich indessen oft sehr schlecht empfehlen, indem man den Menschen etwas recht Verbindliches gesagt zu haben meint. So giebt es Leute, die es sehr übel nehmen würden, wenn man ihnen bezeugte, daß man sie für gutmüthig hielte, und Andre, die sich beleidigt fühlen, wenn man sie versichert, sie sähen gesund aus.

28.

Wem es darum zu thun ist, dauerhafte Achtung sich zu erwerben; wem daran liegt, daß seine Unterhaltung niemand anstößig, Keinem zur Last werde; der würze nicht ohne Unterlaß seine Gespräche mit Lästerungen, Spott, Medisance und gewöhne sich nicht an den auszischenden Ton von Persifflage! das kann wohl einigemal und, bey einer gewissen Classe von Menschen, auch öfter gefallen; aber man flieht und verachtet doch in der Folge den Mann, der immer auf andrer Leute Kosten oder auf Kosten der Wahrheit die Gesellschaft vergnügen will, und man hat Recht dazu; denn der gefühlvolle, verständige Mensch muß Nachsicht haben mit den Schwächen Andrer; Er weiß, welchen großen Schaden oft ein einziges, wenngleich nicht böse gemeintes Wörtchen, anrichten kann; auch sehnt er sich nach gründlichrer und nützlichrer Unterhaltung; ihn eckelt vor leerer Persifflage.

Gar zu leicht aber gewöhnt man sich in der sogenannten großen Welt diesen elenden Ton an; Man kann nicht genug davor warnen.

Uebrigens aber möchte ich auch nicht gern alle Satyre für unerlaubt erklären, noch leugnen, daß manche Thorheiten und Unzweckmäßigkeiten, *im weniger vertrauten Umgange*, am besten durch eine feine, nicht beleidigende, nicht zu deutlich auf einzelne Personen anspielende Persifflage bekämpft werden können. Endlich bin ich auch weit entfernt, zu fordern, man solle alles loben und alle offenbahren Fehler entschuldigen, vielmehr habe ich nie den Leuten getrauet, die so merklich affectiren, alles mit dem Mantel der christlichen Liebe bedecken zu wollen. Sie sind mehrentheils Heuchler, wollen durch das Gute, das sie von den Leuten *reden*, das Böse vergessen zu machen, welches sie ihnen *zufügen*, oder sie suchen dadurch zu erlangen, daß man eben so nachsichtig gegen ihre Gebrechen sey.

29.

Erzähle nicht leicht Anecdoten, besonders nie solche, die irgend jemand in ein nachtheiliges Licht setzen, auf bloßes Hörensagen nach! Sehr oft sind sie gar nicht auf Wahrheit gegründet, oder schon durch so viel Hände gegangen, daß sie wenigstens vergrößert, verstümmelt worden, und dadurch eine wesentlich andre Gestalt bekommen haben. Vielfältig kann man dadurch unschuldigen guten Leuten ernstlich schaden, und öfter sich selber großen Verdruß zuziehn.

30.

Hüte Dich, aus einem Hause in das andre Nachrichten zu tragen, vertrauliche Tischreden, Familien-Gespräche, Bemerkungen, die Du über das häusliche Leben von Leuten, mit welchen Du viel umgehst, gemacht hast und dergleichen, auszuplaudern! Wenn dies auch nicht eigentlich aus Bosheit geschieht; so kann doch eine solche Geschwätzigkeit

Mistraun gegen Dich und allerley Zwist und Verstimmung veranlassen.

31.

Sey vorsichtig im Tadel und Widerspruche! Es giebt wenig Dinge in der Welt, die nicht zwey Seiten haben. Vorurtheile verdunkeln oft die Augen, selbst des klügern Mannes, und es ist sehr schwer, sich gänzlich an eines Andern Stelle zu denken. Urtheile besonders nicht so leicht über kluger Leute Handlungen, oder Deine Bescheidenheit müsste Dir sagen, daß Du noch weiser als sie seyst! und da ist es dann eine misliche Sache um diese Ueberzeugung. Ein kluger Mann ist mehrentheils lebhafter, als ein Andrer, hat heftigre Leidenschaften zu bekämpfen, bekümmert sich weniger um das Urtheil des großen Haufens, hält es weniger der Mühe werth, sein gutes Gewissen durch große Apologien zu rechtfertigen. Uebrigens soll man nur fragen: »Was thut der Mann Nützliches für Andre?« und wenn er dergleichen thut, über dies Gute die kleinen leidenschaftlichen Fehler, die nur ihm selber schaden, oder höchstens unwichtigen, vorübergehenden Nachtheil würken, vergessen.

Vor allen Dingen maße Dir nicht an, die Bewegungsgründe zu jeder guten Handlung abwägen zu wollen! Bey einer solchen Rechnung würden vielleicht manche Deiner eignen großen Thaten verzweifelt klein erscheinen. Jedes Gute muß nach seiner Würkung für die Welt beurtheilt werden.

32.

Habe Acht auf Dich, daß Du in Deinen Unterredungen, durch einen wäßrichen, weitschweifigen Vortrag nicht ermüdest! Ein gewisser Laconismus — in so fern er nicht in den Ton, nur in Sentenzen und Aphorismen zu sprechen, oder jedes Wort abzuwägen, ausartet — Ein gewisser Laconismus, sage ich, das heisst: die Gabe, mit wenig körnigten Worten viel zu sagen, durch Weglassung kleiner, unwichtiger Details die

Aufmerksamkeit wach zu erhalten; und dann wieder, zu einer andern Zeit, die Geschicklichkeit, einen nichtsbedeutenden Umstand durch die Lebhaftigkeit der Darstellung interessant zu machen — das ist die wahre Kunst der gesellschaftlichen Beredsamkeit. Ueberhaupt aber rede nicht zu viel! Sey haushältrisch mit Spendung von Worten und Kenntnissen, damit es Dir nicht früh an Stoffe fehle, damit Du nicht redest, was Du verschweigen sollst, verschweigen willst, und damit man Deiner nicht satt werde! Laß auch Andre zu Worte kommen, ihren Theil mit hergeben, zur allgemeinen Unterhaltung! Es giebt Leute, die, ohne es selbst zu merken, aller Orten die Sprachführer sind; und wären sie in einem Cirkel von funfzig Personen; so würden sie sich dennoch bald Meister von der ganzen Unterhaltung machen.

So unangenehm dies für die Gesellschaft ist; eben so widrige, Freude stöhrende Eindrücke macht die Weise mancher Leute, die stumm und gespannt horchen und lauern, und die man leicht für gefährliche Beobachter halten kann, denen es nur darum zu thun scheint, jedes unvorsichtige, nicht gehörig gewählte Wort, das man in sorgloser Redseligkeit fallen lässt, zu irgend einem hämischen Zwecke aufzusammeln.

33.

Es giebt Menschen, die (so wie Manche sich fruges consumere natos glauben) auch im geselligen Leben immer nur empfangen, nie geben wollen, die vom übrigen Theile des Publicums belustigt, unterrichtet, bedient, gelobt, bezahlt, gefüttert zu werden verlangen, ohne etwas dafür zu leisten; die über Langeweile klagen, ohne zu fragen, ob sie Andern weniger Langeweile gemacht haben; die behaglich da sitzen, sich's wohlseyn, sich erzählen lassen, aber nicht daran denken, auch für das Vergnügen der Uebrigen zu sorgen — Das ist aber eben so ungerecht, als lästig.

Noch Andre findet man, die immer nur ihre eigne Person, ihre häuslichen Umstände, ihre Verhältnisse, ihre Thaten und ihre Berufs-Geschäfte zum Gegenstande ihrer Unterredung machen, und alles dahin zu drehn wissen, jedes Gleichniß, jedes Bild von daher nehmen. So wenig wie möglich übertrage in gemischte Gesellschaften den Schnitt, den Ton, den Dir Deine specielle Erziehung, Dein Handwerk, Deine besondre Lebensart geben! Rede nicht von Dingen, die, ausser Dir, schwerlich jemand interessiren können! Hüte Dich, in den Fehler Derjenigen zu verfallen, die sich selbst persiffliren, ihre eigne werthe Person zum Besten haben! Das setzt die Anwesenden in Verlegenheit und verräth einen eiteln Egoismus. Spiele nicht auf Anecdoten an, die Deinem Nachbar unbekannt sind, auf Stellen aus Büchern, die er wahrscheinlich nicht gelesen hat! Rede nicht in einer fremden Sprache, wenn es glaublich ist, daß nicht jeder, der um Dich ist, dieselbe versteht. Lerne den Ton der Gesellschaft annehmen, in welcher Du Dich befindest! Nichts kann abgeschmackter seyn, als wenn der Arzt einige junge Damen mit Beschreibung seiner Sammlung anatomischer Präparaten, der Rechtsgelehrte einen Hofmann über die unwürksame Possessions-Ergreifung und das edictum Diui Martii, der alte gebrechliche Gelehrte eine junge Cokette von seinem ofnen Beinschaden unterhält.

Oft aber tritt der Fall ein, daß man in Gesellschaften geräth, wo es schwer ist, etwas vorzubringen, das Theilnahme erweckte. Wenn ein verständiger Mann von leeren, elenden Menschen umgeben ist, die für gar nichts von bessrer Art Sinn haben; ey nun! so ist es seine Schuld nicht, wenn er nicht verstanden wird. Er tröste sich also damit, daß er von Dingen geredet hat, die billig *interessiren müssten*!

34.

Rede also nicht zu viel von Dir selber, ausser in dem Kreise Deiner vertrautesten Freunde, von welchen Du weisst, daß die Sache des Einen unter ihnen eine Angelegenheit für Alle ist; und auch da bewache Dich, daß Du nicht Egoismus zeigest! Vermeide, selbst dann zu viel von Dir zu reden, wenn gute Freunde, wie es vielfältig geschieht, das Gespräch aus

Höflichkeit auf Deine Person, auf Deine Schriften und dergleichen leiten! Bescheidenheit ist eine der liebenswürdigsten Eigenschaften, und macht um so vortheilhaftre Eindrücke, je seltner diese Tugend in unsern Tagen wird. Sey also auch nicht so bereit, jedermann Deine Schriften unberufen vorzulesen, Deine Anlagen zu zeigen und Deine rühmlichen Handlungen zu erzählen, noch auf feine Art Gelegenheit zu geben, daß man Dich darum bitten müsse! Auch *drücke* niemand durch Deinen Umgang, das heisst: zeige in keiner Gesellschaft ein solches Uebergewicht, daß Andre verstummen, sich in schlechtem Lichte zeigen müssen!

35.

Widersprich Dir nicht selbst im Reden, so daß Du einen Satz behauptest, dessen Gegentheil Du ein andermal vertheidigt hast! Man kann seine Meinung von Dingen ändern; allein man thut doch wohl, in Gesellschaften nicht eher, wenigstens nicht entscheidend zu urtheilen, als bis man alle Gründe vor und gegen dieselben gehörig abgewogen hat.

36.

Hüte Dich, in den Fehler Derjenigen zu verfallen, die, aus Mangel an Gedächtniß, oder an Aufmerksamkeit auf sich, oder weil sie so verliebt in ihre eignen Einfälle sind, dieselben Histörchen, Anecdoten, Späße, Wortspiele, witzigen Vergleichungen und so ferner, bey jeder Gelegenheit wiederholen! Ueberhaupt ist es, und besonders auch für den geselligen Umgang, wichtig, sein Gedächtniß zu schärfen, und sich deswegen nicht zu sehr daran zu gewöhnen, alles schriftlich aufzuzeichnen, was man behalten will.

37.

Würze nicht Deine Unterhaltung mit Zweydeutigkeiten, mit Anspielungen auf Dinge, die entweder Eckel erwecken, oder keusche Wangen erröthen machen; Zeige auch keinen Beyfall, wenn Andre dergleichen vorbringen! Ein verständiger Mann kann an solchen Gesprächen keine Lust haben. Auch in blos männlichen Gesellschaften verleugne nicht die Schamhaftigkeit, Sittsamkeit und Dein Misfallen an Zoten!

38.

Flicke keine platte Gemeinsprüche in Deine Reden ein; zum Beyspiel: daß Gesundheit ein schätzbares Gut; daß das Schlittenfahren ein kaltes Vergnügen; daß Jeder sich selbst der Nächste sey; daß, was lange dauert, gut werde, wovon ich das Gegentheil zu beweisen übernehme; daß man durch Schaden klug werde, welches leider! selten eintrifft; oder daß die Zeit schnell hingehe — welches, im Vorbeygehn zu sagen! gar nicht wahr ist; denn da die Zeit nach einem bestimmten Maaßstabe berechnet wird; so geht sie nicht schneller vorbey, als sie grade muß, und Der, welchem ein Jahr kürzer vorkömmt, als es ist, der muß in demselben über Gebühr geschlafen haben, oder sonst seiner Sinne nicht mächtig gewesen seyn — oder: daß Ausnahmen die Regel *bestättigten* — Gleich als wenn ein particularer verneinender Satz die Wahrheit eines allgemeinen bejahenden beweisen könnte, oder umgekehrt! da doch vielmehr durch die Ausnahme klar wird, daß die Regel *nicht* allgemein ist. Solche Sprüchwörter sind sehr langweilig und nicht selten sinnlos und unwahr.

Es giebt solche mechanische Menschen, deren Gespräche zur Hälfte aus gewissen Formeln bestehen, welche sie, ohne etwas dabey zu denken, herplappern. Sie treffen Dich tödlich krank im Bette an und freuen sich, Dich wohl zu sehn. Zeigst Du ihnen Dein Bildniß; so finden sie, daß es zwar ähnlich sehe, aber viel zu alt gemalt sey. Allen Kindern sagen sie: sie seyen groß für ihr Alter und gleichen dem Vater, und was dergleichen leeres Geschwätze mehr ist. Einen eben so elenden Stoff zur Unterhaltung liefern Räthsel, Wortspiele, Pfandspiele u. d. gl.

39.

Belästige nicht die Leute, mit welchen Du umgehst, mit unnützen Fragen! Man findet Menschen, die, nicht eben aus Vorwitz und Neugier, sondern weil sie nun einmal gewöhnt sind, ihre Gespräche in Catechisations-Form zu verfassen, uns durch Fragen so beschwerlich werden, daß es gar nicht möglich ist, auf unsre Weise mit ihnen in Unterhaltung zu kommen.

40.

Lerne Widerspruch ertragen! Sey nicht kindisch eingenommen von Deinen Meinungen! Werde nicht hitzig, noch grob im Zanke! Auch dann nicht, wenn man Deinen ernsthaften Gründen Spott und Persifflage entgegensetzt! Du hast, bey der besten Sache, schon halb verlohren, wenn Du nicht kaltblütig bleibst, und wirst wenigstens auf diese Art nie überzeugen.

41.

An Oertern, wo man sich zur Freude versammelt, beym Tanze, in Schauspielen, rede mit niemand von häuslichen Geschäften, noch weniger von verdrießlichen Dingen! Man geht dahin, um sich zu erholen, um auszuruhn, um kleine und große Sorgen abzuschütteln, und es ist also unbescheiden, jemand mit Gewalt wieder mitten in sein tägliches Joch hineinschieben zu wollen.

42.

Daß ein redlicher und verständiger Mann über wesentliche Religionslehren, auch dann, wenn er das Unglück haben sollte, an der Wahrheit derselben zu zweifeln, sich dennoch keinen Spott erlauben wird; ich meine, das versteht sich von selber; Aber auch über kirchliche Verfassungen, über die

Menschensatzungen, welche in einigen Secten für Glaubenslehren gehalten werden, über Cäremonien, die Manche für wesentlich halten und dergleichen, soll man nie in Gesellschaften spotten. Man respectire das, was Andern ehrwürdig ist! Man lasse Jedem die Freyheit in Meinungen, die wir selbst verlangen! Man vergesse nicht, daß das, was wir Aufklärung nennen, Andern vielleicht Verfinsterung scheint! Man schone der Vorurtheile, die Andern Ruhe gewähren! Man beraube niemand, ohne ihm etwas Bessers an die Stelle dessen zu geben, was man ihm nimt! Man vergesse nicht, daß Spott nicht bessert; daß unsre, hier auf Erden noch nicht entwickelte Vernunft über so wichtige Gegenstände leicht irren kann; daß ein mangelhaftes System, auf welchem aber der Grund einer guten Moral liegt, nicht so leicht umzureissen ist, ohne zugleich das Gebäude selbst über den Haufen zu werfen, und endlich, daß solche Gegenstände überhaupt gar nicht von der Art sind, daß man sie in Gesellschaften abhandeln könne!

Doch dünkt mich, man vermeidet heut zu Tage oft zu vorsetzlich alle Gelegenheit, über Religion zu reden. Einige Leute schämen sich, Wärme für Gottes-Verehrung zu zeigen, aus Furcht, für nicht aufgeklärt genug gehalten zu werden, und andre affectiren religiose Empfindungen, scheuen sich, auch nur im mindesten gegen Schwärmerey zu reden, um sich bey den Andächtlern in Gunst zu setzen. Ersters ist Menschenfurcht und Letzteres Heucheley; beydes aber eines redlichen Mannes gleich unwerth.

43.

Wenn Du von cörperlichen, geistigen, moralischen oder andern Gebrechen redest, oder Anecdoten erzählst, die gewisse Grundsätze oder Vorurtheile lächerlich machen, oder gewisse Stände in ein nachtheiliges Licht setzen sollen; so siehe Dich vorher wohl um, ob niemand gegenwärtig sey, der das übel aufnehmen, diesen Tadel oder Spott auf sich und seine Verwandten ziehn könnte!

Halte Dich über niemands Gestalt, Wuchs und Bildung auf! Es steht in keines Menschen Gewalt, diese zu ändern. Nichts ist kränkender, niederschlagender und empöhrender für den Mann, der unglücklicherweise eine etwas auffallende Gesichtsbildung oder Figur hat, als wenn er bemerkt, daß diese der Gegenstand der Verspottung oder Befremdung wird. Leuten, die ein wenig mit der großen Welt bekannt sind und unter Menschen von allerley Formen und Ansehn gelebt haben, sollte man darüber billig gar nichts mehr erinnern dürfen; aber leider! trifft man hie und da, selbst unter fürstlichen Personen, besonders unter Damen, solche an, die so wenig Gewalt über sich, oder so wenig Begriffe von Wohlanständigkeit und Billigkeit haben, daß sie die Eindrücke, welche ein ungewöhnlicher Anblick von der Art auf sie macht, nicht verbergen können. — Das ist schwach, und wenn man noch dabey überlegt, wie relativ und dem verschiednen Geschmakke unterworfen die Begriffe von Schönheit und Häßlichkeit sind, wie so wenig auf sichern Grundsätzen beruhend unsre physiognomische Wissenschaft ist, und wie oft unter einer anscheinend häßlichen Larve ein schönes, edles, warmes, großes Herz, mit einem feinen, tiefdenkenden Kopfe steckt; so sieht man leicht, daß man sehr selten Recht, auf das äussere Ansehn eines Menschen nachtheilige Folgerungen zu bauen, und nie Befugniß haben kann, die Eindrücke, welche ein solcher Anblick etwa auf uns macht, zu jemands Kränkung, durch Lachen oder auf andre Art kund werden zu lassen.

Ausser einer sonderbaren Figur können uns aber noch andre Dinge an einem Menschen auffallend seyn, zum Beyspiel: lächerliche, phantastische, abgeschmackte Gebehrden, Manieren, Verzerrungen des Cörpers, Unbekanntschaft mit gewissen Sitten, Unvorsichtigkeiten im Betragen, ungewöhnlicher, altmodischer Anzug, u. d. gl. Es gehört nicht weniger zu einer guten Lebensart, hierüber nicht durch Lachen oder durch Zeichen, die man einem der Anwesenden giebt, sein Befremden zu erkennen zu geben, und dadurch den armen Mann, der sich dergleichen zu Schulden kommen lässt, noch mehr in Verlegenheit zu setzen.

44.

Wenn Du in einer Gesellschaft von einem der Anwesenden mit Deinem Freunde reden willst (obgleich dies, wie das in das Ohr Flüstern, überhaupt unanständig ist); so gebrauche wenigstens die Vorsicht und Schonung, die Person, von welcher Du redest, nicht dabey anzusehn! Und ist Dir daran gelegen, etwas zu hören, das in einiger Entfernung von Dir gesprochen wird; so wende auch Deine Blicke nicht dahin! Man wird sonst aufmerksam auf Dich, und man hört ja auch nur mit den Ohren, nicht mit den Augen.

45.

Man hüte sich, bey Personen, mit denen man umgeht, unberufen unangenehme Dinge in Erinnerung zu bringen! Oft bewegt eine Art von unkluger Theilnehmung die Leute, uns um die Beschaffenheit unsrer öconomischen und andrer verdrießlicher Sachen zu befragen, obgleich sie uns nicht helfen können, und zwingen sie uns dadurch, Gegenstände, die wir in Gesellschaften, wo wir uns aufzuheitern dachten, so gern vergessen möchten, ohne Unterlaß vor Augen zu behalten. Man muß so viel Menschenkenntniß haben, zu unterscheiden, ob der Mann, den wir vor uns sehen, seinem Temperamente, seiner Lage und der Art seines Kummers nach, durch solche Gespräche erleichtert werden kann, oder ob nicht vielmehr sein Leiden dadurch doppelt erschwert wird.

Man enthalte sich auch, andern Leuten das, was sie nun einmal haben und nicht wieder abschaffen können, zuwider zu machen, ihnen die Lage, darinn sie nun einmal leben müssen, durch unangenehme Schilderungen zu verleiden. Es giebt solche unberufene Wahrheits-Prediger, die sich ein Geschäfte daraus machen, uns auch den unschuldigsten glücklichen Wahn weg zu raisonniren.

46.

Nim nicht Theil daran, lächle nicht beyfällig, thue lieber, als hörtest Du es gar nicht, wenn jemand einem Dritten unangenehme Dinge sagt, oder ihn beschämt! Die Feinheit eines solchen Betragens wird gefühlt, und oft dankbar belohnt.

47.

Ueber die Gewohnheit, Paradoxen vorzubringen, über Widersprechungsgeist, Disputirsucht, Citiren und Berufen auf die Meinungen und Aussprüche Andrer, werde ich mich im dritten Capitel dieses Theils erklären, und beziehe mich hier darauf.

48.

Eine der wichtigsten Tugenden im gesellschaftlichen Leben und die würklich täglich seltner wird, ist die Verschwiegenheit. Man ist heut zu Tage so äusserst trügerisch in Versprechungen, ja! in Betheuerungen und Schwüren, daß man ohne Scheu ein, unter dem Siegel des Stillschweigens uns anvertrautes Geheimniß gewissenloserweise ausbreitet. Andre Menschen, die weniger pflichtvergessen, aber höchst leichtsinnig sind, können ihrer Redseligkeit keinen Zaum anlegen. Sie vergessen, daß man sie gebeten hat, zu schweigen, und so erzählen sie, aus unverzeyhlicher Unvorsichtigkeit, die wichtigsten Geheimnisse ihrer Freunde an öffentlichen Wirthstafeln. Oder, indem sie Jedem, der ihnen in dem Drange sich zu entladen in den Wurf kömmt, für einen treuen Freund ansehen, vertrauen sie das, was sie doch nicht wie ihr Eigenthum betrachten sollten, eben so leichtsinnigen Leuten an, wie sie selbst sind. Solche Menschen gehen dann auch nicht weniger unklug mit ihren eignen Heimlichkeiten, Planen und Begebenheiten um, zerstöhren dadurch sehr oft ihre zeitliche Glückseligkeit und vernichten ihre Absichten.

Welchen Nachtheil überhaupt solche unvorsichtige Bewahrung fremder und eigner Geheimnisse gewährt, das bedarf wohl keiner weitläuftigen Auseinandersetzung. Es giebt aber eine Menge andrer Dinge, die zwar nicht eigentlich Geheimnisse sind, wovon uns aber die Vernunft lehrt, daß es besser sey, sie zu verschweigen, und andre Dinge, deren Ausbreitung wenigstens für niemand lehrreich und unterhaltend seyn kann, und wovon es doch möglich wäre, daß ihre Verplaudrung irgend jemand nachtheilig seyn mögte. — Ich empfehle also eine kluge Verschwiegenheit, die jedoch nicht in lächerliche Mysteriosität ausarten muß, wie eine sehr wichtige Tugend im Umgange. Uebrigens wird man die Bemerkung wahr finden, daß in despotischen Staaten die Menschen, im Ganzen genommen, verschwiegner sind, als da, wo mehr Freyheit herrscht. Dort machen Furcht und Mißtraun verschlossen und zurückhaltend; hier folgt Jeder dem Triebe seines Herzens, sich freymüthig mitzutheilen.

Wenn man auch mehrern Leuten zugleich sein Geheimniß anvertrauen muß; so lege man doch unbedingte Verschwiegenheit auf, damit jeder von ihnen glaube, er wisse es allein, müsse allein für die Bewahrung haften.

Manche Leute haben die sehr unartige Gewohnheit, wenn man sie zum Voraus um Verschwiegenheit über eine Sache bittet, die man ihnen entdecken will, sich nicht bestimmt zu erklären, nichts zu versprechen. Aus Gutmüthigkeit hält man dann nicht zurück, sondern redet, indem man die Bedingung voraussetzt. Dies Betragen ist nicht nachzuahmen; der aufrichtige Mann äussert sich ohne Rückhalt und hört nicht eher, als bis er gesagt hat, in wie fern er sich zur Verschwiegenheit verbindlich machen kann, oder nicht.

49.

Was die Franzosen Contenance nennen, Haltung und Harmonie im äussern Betragen, Gleichmüthigkeit, Vermeidung alles Ungestüms, aller leidenschaftlichen Ausbrüche und Uebereilungen, dessen soll sich vorzüglich ein Mann von lebhaftem Temperamente befleissigen.

Ein großes Talent und das durch Studium und Achtsamkeit erlangt werden kann, ist die Kunst, sich bestimmt, fein, richtig, körnicht, nicht weitschweifig auszudrücken, lebhaft im Vortrage zu seyn, sich dabey nach den Fähigkeiten der Menschen zu richten, mit denen man redet, sie nicht zu ermüden, gut und launicht zu erzählen, nicht über seine eignen Einfälle zu lachen, nach den Umständen trocken oder lustig, ernsthaft oder comisch, seinen Gegenstand darzustellen und mit natürlichen Farben zu malen. Dabey soll man sein Aeusseres studieren, sein Gesicht in seiner Gewalt haben, nicht grimaciren, und wenn wir wissen, daß gewisse Minen, zum Beyspiel beym Lachen, unsrer Bildung ein widerwärtiges Ansehn geben, diese zu vermeiden suchen. Der Anstand und die Gebehrdensprache sollen edel seyn; Man soll nicht bey unbedeutenden, affectlosen Unterredungen, wie Personen aus der niedrigsten Volksclasse, mit Kopf, Armen und andern Gliedern herumfahren und um sich schlagen; man soll den Leuten gerade, aber bescheiden und sanft in's Gesicht sehn, sie nicht bey Ermeln, Knöpfen und dergleichen zupfen. Kurz! alles was eine feine Erziehung, was Aufmerksamkeit auf sich selbst und auf Andre verräth, das gehört nothwendig dazu, den Umgang angenehm zu machen, und es ist wichtig, sich in solchen Dingen nicht nachzusehn, sondern jede kleine Regel des Wohlstandes, selbst in dem Cirkel seiner Familie, zu beobachten, um sich das zur andern Natur zu machen, wogegen wir so oft fehlen und was uns Zwang scheint, wenn wir uns Nachlässigkeiten in *der* Art zu verzeyhn gewöhnt sind. Hierüber in diesen Blättern viel mehr zu sagen; zu lehren: daß man den Leuten nicht in die Rede fallen dürfe; daß wir einen Teller, oder was uns dargereicht wird, auch dann abnehmen müssen, wenn wir nichts davon behalten wollen, damit der Andre nicht die Mühe habe, es unsertwegen in der Hand zu tragen; daß man so wenig wie möglich in einer Gesellschaft den Leuten den Rücken zukehren, in Titeln und Namen nicht irre werden solle; daß man bey Personen, die das genau nehmen, den Vornehmern immer auf der rechten Seite, oder, wenn Drey beysammen sind, in der Mitte gehn lasse; daß man, wenn jemand, dem wir Auszeichnung schuldig sind, vor unserm Hause vorübergeht, wo wir am Fenster stehen und er uns grüßt, man das Fenster auf einen Augenblick öfnen, oder wenigstens thun müsse, als wolle man es öfnen; daß eben dies in der Kutsche, beym Vorüberfahren zu beobachten sey; daß man Dem, mit welchem man spricht, frey und offen, doch nicht starr und frech in das Gesicht schauen, seine Stimme in seiner Gewalt haben, nicht schreyen und doch verständlich reden, in seinem Gange Anstand beobachten, nicht aller Orten das große Wort führen solle; daß man, wenn man ein Frauenzimmer führt, um sie nicht zu stoßen, mit ihr gleichen Schritt halten und mit demselben Fuße, wie sie, antreten, ihr auch zuweilen seine linke Hand reichen müsse, wenn sie an der rechten Seite nicht so bequem gehn würde; daß man auf *steilen* Treppen im Hinuntersteigen die Frauenzimmer vorausgehn, im Hinaufsteigen aber sie folgen lassen müsse; daß, wenn man uns nicht versteht und man voraussieht, daß eine genauere Erklärung nichts helfen würde, oder der Gegenstand von so geringer Wichtigkeit ist, daß er keinen großen Aufwand von Worten verdient, man dann die ganze Sache fallen lassen müsse; daß vornehme Leute, wenn sie nicht über Vorurtheile hinaus sind, es übel nehmen, wenn ein Geringrer von sich und ihnen in Gemeinschaft spricht (z. B. »Als *wir* gestern zusammen spazieren giengen.« »*Wir* haben gewonnen im gestrigen Spiele und *unsre* Gegner verlohren«), sondern, daß sie verlangen, man solle thun, als seyen sie allein in der Welt des Nennens werth: »Ihro Excellenz, Ihro Gnaden haben gewonnen« (höchstens mögte man hinzusetzen: »mit mir«); daß man bey Tische den abgeleckten Löffel, womit man gegessen, nicht wieder vor sich hinlegen solle, wie das so Viele thun; daß man einen Zahnstocher, womit uns ein Andrer ausgeholfen, ihm nicht, wenn wir ihn gebraucht haben, wiedergeben dürfe; daß, wenn man mit jemand in Einem Bette schlafen muß (ich kenne nichts eckelhafters und unanständigers, als zu Zwey unter derselben Decke zu liegen), man ihm so wenig Ungemächlichkeit, wie möglich, verursache; daß man die Leute nicht zehnmal wieder zurückrufe, ihnen noch hundert Dinge zu sagen und nachzuschreyen habe, wenn sie im Zimmer, oder auf der Gasse, von uns gehen, schon die Thür in der Hand, schon Abschied genommen haben; daß es eine unartige Gewohnheit sey, immer etwas zwischen den Fingern, oder im Munde zu führen, das man zerdrückt und spielend zernichtet, es sey brauchbar, oder nicht, gehöre uns, oder Andern; daß man erst um Erlaubniß fragen müsse, wenn man, in Gegenwart fremder Personen, Briefe lesen, oder andre Geschäfte von der Art treiben will; daß es anständig sey, wenn man jemand im Vorbeygehn grüßen will, den Hut auf *der* Seite abzuziehn, wo der Fremde *nicht* geht, damit man ihn nicht damit berühre, und sein Gesicht nicht vor ihm verberge; daß man, wenn man jemand etwas darreicht, es, in so fern dies zu ändern steht, nicht mit der bloßen Hand hingeben müsse; daß es sich nicht schicke, in Gesellschaften in das Ohr zu flüstern, bey Tafel krumm zu sitzen, unanständige Gebehrden zu machen, noch zu leiden, daß ein Frauenzimmer, oder jemand, der vornehmer ist als wir, von einer Speise, die vor uns steht, vorlege; daß es unartig sey, in Gesellschaften jemand einen unschuldigen Spaß zu verderben, z. B. wenn er Kartenkünste zeigt und wir wissen, wie das Stück gemacht wird, das kleine Wunder zu enthüllen, und dergleichen Regeln mehr zu geben, dazu ist hier nicht der Ort. Leuten von gewissem Stande und einer nicht ganz gemeinen Erziehung ist das in der ersten Jugend schon eingeprägt worden; Nur erinnere ich, daß diese kleinen Dinge in mancher Leute Augen keine kleine Dinge sind, und daß oft unsre zeitliche Wohlfahrt in solcher Leute Händen ist.

50.

Es giebt noch andre kleine gesellschaftliche Unschicklichkeiten und Inconsequenzen, die man vermeiden, und wobey man immer überlegen muß, wie es wohl aussehn würde, wenn Jeder von den Anwesenden sich dieselbe Freyheit erlauben wollte; zum Beyspiel: während der Predigt zu schlafen; in Concerten zu plaudern; hinter eines Andern Rücken einem Freunde etwas zuzuflüstern, oder ihm Winke zu geben, die Jener auf sich deuten kann, wenn man lächerlich schlecht tanzt, oder ein Instrument elend spielt, sich damit sehn und hören zu lassen und dadurch die Anwesenden zum Spotte und zum Gähnen zu reitzen; wenn uns die Leute aus dem Wege gehn wollen, ihnen, wie Yorick der Marquise von F*** in Meiland, zehnmal auf allen Seiten entgegen zu rennen; wenn wir ein Kartenspiel nicht verstehen, oder höchst langsam spielen, uns dennoch dabey hinzusetzen, unsrer Gegner Geduld auf die Probe zu stellen und unsern Gehülfen durch Ungeschicklichkeit in Verlust zu bringen; bey dem Tanze zugleich die Melodie mit zu singen; in Schauspielen so hinzutreten, daß man nicht über uns wegsehn kann; in jede Versammlung später zu kommen, früher wegzugehn, oder länger zu verweilen, als alle übrige Mitglieder der Gesellschaft — Vermeide dergleichen Unschicklichkeiten! Blicke nicht in fremde Papiere! Auch mag Mancher nicht leiden, wenn man ihm beym Lesen, Arbeiten u. d. gl. auf die Finger sieht. Bleibe auch nicht allein im Zimmer, wo Schriften oder Gelder herumliegen! Wenn zwey Personen, die vor mir hergehen, leise mit einander reden, ohne Meiner gewahr zu werden; so pflege ich einiges Geräusch zu machen, um mich von allem Verdachte, wie wenn ich sie beschleichen wollte, und sie von aller Verlegenheit zu befreyn. So klein dergleichen Aufmerksamkeiten scheinen; so machen sie doch den Umgang angenehm und leicht.

51.

Oft sind wir in dem Falle, daß uns durch Gespräche Langeweile gemacht wird. Vernunft, Vorsichtigkeit und Menschenliebe gebiethen uns dann, wenn nun einmal nicht auszuweichen ist, Geduld zu fassen und nicht durch beleidigendes Betragen unsern Ueberdruß zu erkennen zu geben. Man kann ja, je seelenloser das Gespräch und je geschwätziger der Mann ist, um desto freyer nebenher an andre Dinge denken; Und wäre auch das nicht — ey nun! es geht im menschlichen Leben so manche verträumte Stunde verlohren! Ist man denn nicht einige Aufopferung der Gesellschaft schuldig, mit welcher man umgeht? — Und geschieht es nicht vielleicht zuweilen, daß auch wir dagegen, so groß auch die Meinung seyn mag, die wir von der Wichtigkeit unsrer Gespräche haben, dennoch durch unsre Redseligkeit Andern Langeweile machen?

52.

Gewissen Leuten ist eine Leichtigkeit im Umgange und die Gabe, geschwind Bekanntschaften zu machen und Zuneigung zu gewinnen, wie angebohren; Andern hingegen hängt von Jugend auf eine gewisse Blödigkeit und Schüchternheit an, die sie nicht abzulegen vermögen, wenngleich sie täglich fremde Leute aller Arten um sich sehn. Diese Blödigkeit nun ist freylich sehr oft die Folge einer fehlerhaften Erziehung, so wie auch zuweilen die Würkung einer heimlichen Eitelkeit, die in Verlegenheit geräth, aus Furcht, nicht zu glänzen. Manchen Menschen aber scheint diese Schüchternheit gegen ganz fremde Leute würklich von Natur eigen zu seyn, und alle Mühe, welche sie sich dagegen geben, ist verlohren. Ein regierender Fürst, einer der edelsten und verständigsten Männer, die ich kenne, und der auch wahrlich seines Aeussern wegen sich nicht zu schämen noch zu fürchten braucht, nachtheilige Eindrücke zu machen, hat mich versichert, daß obgleich ihn sein Stand von Kindheit an in die Lage gesetzt habe, täglich große Cirkel und viele fremde Gesichter zu sehn, er dennoch an keinem Tage in sein Vorzimmer trete, wo der versammelte Hof Seiner wartete, ohne aus Verlegenheit auf einen Augenblick ganz blind zu werden. Uebrigens fällt bey diesem liebenswürdigen Herrn, sobald er sich ein wenig erholt hat, die Schüchternheit weg, und dann redet er freundlich und offen mit jedermann, und sagt bessere Dinge, als gewöhnlich Fürsten, bey solchen Gelegenheiten, über Wetter, böse Wege, Pferde und Hunde zu sagen wissen.

Eine gewisse Leichtigkeit im Umgange also, die Gabe, sich gleich bey der ersten Bekanntschaft vortheilhaft darzustellen, mit Menschen aller Art zwanglos sich in Gespräche einzulassen und bald zu merken, wen man vor sich hat und was man mit Jedem reden könne und müsse; das sind Eigenschaften, die man zu erwerben und auszubauen trachten soll. Doch wünsche ich, daß dies nie in jene, den Abentheurern so eigne Unverschämtheit und Zudringlichkeit ausarte, die oft, in weniger als einer Stunde Frist, einer ganz fremden Tischgesellschaft im Wirthshause ihre Lebensläufe abgefragt, und dagegen den ihrigen erzählt, Dienste und Freundschaft angebothen und Dienste, Verwendung und Hülfe für sich erbeten haben. Die Hauptsache kömmt immer darauf an, leicht in den fremden Ton mit einzustimmen und nichts auskramen, nichts gelten machen zu wollen, was da nicht verstanden oder nicht geschätzt wird.

53.

Man vermeide also auch, in alle Cirkel große Fordrungen mitzunehmen, allen Menschen alles allein seyn, mit aller Gewalt glänzen, hervorgezogen werden zu wollen; zu verlangen, daß aller Menschen Augen nur auf uns gerichtet, ihre Ohren nur für uns gespitzt seyen; denn sonst werden wir freylich uns aller Orten zurückgesetzt glauben, eine traurige Rolle spielen, uns und Andern Langeweile machen, menschenscheu und bitter die Gesellschaft fliehn und von ihr geflohn werden. Ich kenne viel Leute von der Art, die durchaus, wenn sie sich in vortheilhaftem Lichte zeigen sollen, der Mittelpunct seyn müssen, um welchen sich alles dreht, so wie überhaupt manche Menschen im gemeinen Leben niemand neben sich vertragen, der mit ihnen verglichen werden könnte. Sie handeln vortreflich, groß, edel, nützlich, wohlthätig, geistreich, sobald sie es allein sind, an die man sich wendet, von denen man bittet, erwartet, hofft; aber klein, niedrig, rachsüchtig und schwach, sobald sie in Reyhe und Gliedern stehn sollen, und zerstöhren jedes Gebäude, wozu sie nicht den Plan gemacht, oder wenigstens die Kranz-Rede gehalten haben, ja! ihr eignes Gebäude, sobald nur ein Andrer eine kleine Verzierung daran angebracht hat. Dies ist eine unglückliche, ungesellige Gemüthsart. Ueberhaupt rathe ich, um glücklich zu leben und Andre glücklich zu machen, in dieser Welt so wenig wie möglich zu erwarten und zu fordern.

54.

So viel über den Anstand, über schickliche Manieren und über die Höflichkeit im äussern Betragen, Bescheidenheit und Mäßigung! Und nun noch etwas über die Kleidung! Kleide Dich nicht unter und nicht über Deinen Stand; nicht über und nicht unter Dein Vermögen; nicht phantastisch; nicht bunt; nicht ohne Noth prächtig, glänzend noch kostbar; aber reinlich, geschmackvoll und, wo Du Aufwand machen musst; da sey Dein Aufwand zugleich ächt und schön! Zeichne Dich weder durch altväterische, noch jede neumodische Thorheit nachahmende Kleidung aus! Wende einige größere Aufmerksamkeit auf Deinen Anzug, wenn Du in der großen Welt erscheinen willst! Man ist in Gesellschaft verstimmt, sobald man sich bewusst ist, in einer unangenehmen Ausstaffierung aufzutreten.

Trage nie geliehene Sachen! Das hat von mehr als Einer Seite nachtheiligen Einfluß auf den Character.

55.

Wenn die Frage entsteht: ob es gut sey, viel oder wenig in Gesellschaft zu erscheinen; so muß die Beantwortung derselben freylich nach den einzelnen Lagen, Bedürfnissen, und nach unzähligen kleinen Umständen und Rücksichten, bey jedem Menschen anders ausfallen; Im Ganzen aber kann man den Satz zur Richtschnur annehmen: daß man sich nicht aufdringen, die Leute nicht überlaufen solle, und daß es besser sey, wenn man es einmal nicht allen Menschen recht machen kann, daß gefragt werde, warum wir so selten, als geklagt, daß wir zu oft und aller Orten erscheinen. Es giebt einen feinen Sinn dafür (wenn uns nicht übertriebne Eitelkeit und Selbstsucht die Augen blenden), einen Sinn, der uns sagt, ob wir gerngesehn, oder überlästig sind, ob es Zeit ist, fortzugehn, oder ob wir noch verweilen sollen. Aus der Art, wie uns von Kindern und Domestiken in einem Hause begegnet wird, pflegt man am leichtesten zu merken, wie die Herrschaften oder Eltern gegen uns gestimmt sind.

Uebrigens rathe ich, wenn man sich so weit in seiner Gewalt haben kann, mit so wenig Leuten wie möglich *vertraulich* zu werden, nur einen kleinen Cirkel von *Freunden* zu haben, und diesen nur mit äusserster Vorsicht zu erweitern. Gar zu leicht misbrauchen und vernachlässigen uns die Menschen, sobald wir mit ihnen vollkommen vertraulich werden. Um angenehm zu leben, muß man fast immer ein *Fremder* unter den Leuten bleiben. Dann wird man geschont, geehrt, aufgesucht. — Deswegen ist das Leben in großen Städten so schön, wo man alle Tage andre Menschen sehn kann. Für einen Mann, der sonst nicht schüchtern ist, ist es ein Vergnügen, unter *Unbekannten* zu sitzen. Da hört man, was man sonst nicht hören würde; man wird nicht gehütet, und kann in der Stille beobachten.

56.

Uebrigens aber rathe ich auch an, um sein Selbst und um Andrer Willen, ja nicht zu glauben, es sey irgend eine Gesellschaft so ganz schlecht, das Gespräch irgend eines Mannes so ganz unbedeutend, daß man nicht daraus etwas lernen, eine neue Erfahrung, einen Stoff zum Nachdenken sammeln könnte. Aber man soll nicht aller Orten Gelehrsamkeit, feine Cultur fordern, sondern gesunden Hausverstand und graden Sinn begünstigen, vorziehn, und reden und würken lassen, sich auch unter Menschen von allerley

Ständen mischen; so lernt man zugleich nach und nach den Ton und die Stimmung annehmen, die nach Zeit und Umständen erfordert werden.

57.

Mit wem aber soll man am mehrsten umgehn? Natürlicher Weise lässt sich auch diese Frage nur nach eines Jeden besondern Lage beantworten. Hat man die Wahl (und würklich hat man diese doch öfter, als man glaubt); so wähle man sich die Weisern zu seinem Umgange, Leute, von denen man lernen kann, die uns nicht schmeicheln, die uns übersehen; Allein gewöhnlich gefällt es uns besser, einen Cirkel untergeordneter Geister um uns her zu versammeln, die in Kreisen tanzen, so oft unser hoher Genius seine Zauberruthe schwingt. Wir bleiben indessen dadurch immer, wie wir waren, kommen nie weiter in Weisheit und Tugend. Es giebt zwar Lagen, in welchen es nützlich und lehrreich, sich unter Menschen von allerlei Fähigkeiten zu mischen, ja! wo es auch Pflicht ist, nicht blos mit Leuten umzugehn, von denen wir, sondern auch mit solchen, die von uns lernen können, und die ein Recht haben, dies zu fordern; Diese Gefälligkeit aber darf nie so weit gehn, daß die Rechenschaft, die wir einst von unsrer goldnen Zeit und von der Obliegenheit uns zu vervollkommnen, geben sollen, dabey Gefahr laufe.

58.

Es ist oft eine höchst sonderbare Sache um den Ton, der in Gesellschaften herrscht. Vorurtheil, Eitelkeit, Schlendrian, Autorität, Nachahmungssucht, und wer weiß, was sonst noch? stimmen diesen Ton so, daß zuweilen Menschen, die an einem Orte zusammen leben, Jahr aus, Jahr ein, sich auf eine Weise versammeln, unterhalten, Dinge mit einander treiben und über Gegenstände reden, die Allen zusammen und jedem Einzelnen unendliche Langeweile machen. Dennoch glauben sie, sich den Zwang anthun zu müssen, diese

Lebensart also fortzuführen. Gewährt wohl die Unterhaltung in den mehrsten großen Cirkeln einem Einzigen von den da Versammelten wahres Vergnügen? Spielen unter funfzig Personen, die jeden Abend die Karten in die Hand nehmen, wohl zehn aus wahrer Neigung? um desto erbärmlicher ist es, wenn freye Menschen in kleinern Oertern, oder gar auf Dörfern, die zwanglos leben könnten, um den Ton der Residenzen nachzuahmen, sich eben so peinlich unter das Joch dieser Langeweile krümmen. Hat man Gewicht bey seinen Mitbürgern und Nachbarn; so ist es Pflicht, alles dazu beyzutragen, den Ton vernünftiger zu stimmen. Ist das aber nicht der Fall, und man geräth einzeln in einen solchen Cirkel; so vermehre man nicht, durch ein schiefes, stummes, oder mürrisches Betragen, unter den Anwesenden und dem Hauswirthe die Verlegenheit, es vor einander zu verbergen, daß sie sich sämtlich weit von da weg wünschten; sondern man zeige sich vielmehr wie einen Meister in der Kunst, viel zu reden, ohne etwas zu sagen, und mache sich wenigstens das Verdienst, den Raum auszufüllen, wovon ausserdem gewöhnlich die Verläumdung Besitz nimt!

In volkreichen, großen Städten kann man am unbemerktesten und ganz nach seiner Neigung leben; Da fallen eine Menge kleiner Rücksichten weg; man wird nicht ausgespäht, controllirt, beobachtet; Es laufen nicht so aus Mund in Mund die interessanten Nachrichten: wie vielmal in der Woche ich Braten esse; ob ich oft oder selten ausgehe, und wohin; wer zu mir kömmt; wie stark der Lohn ist, den ich meiner Köchinn gebe, und ob ich kürzlich mit ihr geschmählt habe? Meine Kleidung wird nicht gemustert; Man fragt nicht in jedem Kramer-Hause meine Magd, wenn sie vor vier Pfennige Pfeffer holt, für wen der Pfeffer ist, und wozu der Pfeffer gebraucht werden soll? Eine unbedeutende Anecdote beschäftigt da nicht sechs Wochen lang alle Zungen; Man wandelt unbemerkt, friedenvoll und ungeneckt durch den großen Haufen hin, besorgt seine Geschäfte und wählt sich eine Lebensart, wie man sie für zweckmäßig hält. In kleinen Städten ist man verurtheilt, mit einer Anzahl, oft sehr langweiliger Magnaten, in strenger Abrechnung von Besuchen und Gegenbesuchen zu stehn, die gewöhnlich gleich nach dem Mittagstische ihren Anfang nehmen, und bis zu der Bürgerglocke, das heisst bis zehn Uhr Abends, fortdauern, während welcher Zeit die Unterhaltung gewöhnlich den König von Preussen, den Kaiser, andre hohen Potentaten und was der Reichspostreuter von ihnen meldet, zum Gegenstande hat. Das ist nun freylich erschrecklich; doch giebt es auch Mittel, dort den Ton des Umgangs nach und nach zu verfeinern, oder das schwache Publicum dran zu gewöhnen, nachdem es ein viertel Jahr hindurch über uns gelästert hat, uns endlich auf unsre Weise leben zu lassen, wenn man sich übrigens redlich, menschenfreundlich, dienstfertig und gesellig beträgt. Am übelsten aber pflegt man in den mitlern Städten daran zu seyn, sowohl in den Reichsstädten der geringern Classe, als in unbeträchtlichen Residenzen. Da herrschen gewöhnlich, neben einem übertriebnen Luxus und solchen sittlichen Verderbnissen, die mit der Corruption in den größten Städten wetteifern, noch obendrein alle Gebrechen kleiner Städte, Klatschereyen, Anhänglichkeit an Schlendrian, an Gewohnheiten und Familien-Verbindungen, die abgeschmacktesten Forderungen und die lächerlichste Classificirung der Stände. So habe ich eine Stadt gesehn, in welcher ein Mann, durch seine kürzlich erhaltene Bedienung, die ehemals dort nicht existirt hatte, so sehr von allen übrigen, einmal bestimmten Rang-Ordnungen abgesondert war, daß er, wie ein Elephant in einer Menagerie, immer für sich allein spazieren gehn musste, ohne seines Gleichen, weder einen Gesellschafter, noch eine Gefährtinn finden zu können. Vielleicht bin ich partheyisch für meine Vaterstadt, aber ich glaube (und auch andre einsichtsvollere Männer lassen ihr diese Gerechtigkeit wiederfahren), daß, obgleich Hannover nicht zu den größten Städten in Teutschland gehört, man dennoch hier so frey und unbemerkt leben könne, wie irgendwo. Vermuthlich hat unsre Verbindung mit England, wo manche Vorurtheile von der Art verachtet werden, hierzu viel beygetragen. Da nun aber in den wenigsten Städten von Teutschland diese glückliche Stimmung angetroffen wird; so muß man lernen, sich nach den herrschenden Sitten zu richten; und nichts kann unvernünftiger und für den Eifrer selbst von nachtheiligern Folgen seyn, als wenn ein Einzelner, der nicht besonders in Ansehn steht, auftreten und seine Vaterstadt reformiren will. Nirgends kömmt indessen ein solcher Declamator übler an, als in den Reichsstädten, wo alte Sitte und Schlendrian innig verwebt sind in die Regierungsform und in alle übrige Verhältnisse. Dort kann zuweilen der bloße Schnitt eines Rocks, oder ein bischen mehr oder weniger Gold darauf, wodurch ein Kaufmann sich von seinen Mitbürgern unterscheidet, ihn um seinen Credit bringen, und eine Perücke im richtigen Costum, die über einen leeren Hirnkasten gehängt wird, bey der Rathsherrn-Wahl den Sieg über ein eignes Haar, das einen feinen Kopf deckt, davontragen.

In Dörfern und auf seinem Landgute lebt man in der That am ungezwungensten; und für jemand, der Lust hat sich zu beschäftigen und zum Besten Andrer etwas beyzutragen, findet sich da mannigfaltige Gelegenheit, indem man an dem nützlichsten, zu sehr niedergedrückten und vernachlässigten Stande zum Wohlthäter werden kann; allein die geselligen Freuden sind auf dem Lande nicht so leicht zu verschaffen. In Augenblicken, wo man gerade Bedürfniß fühlt, seine Arme nach einem treuen Freunde auszustrecken, ist dieser Freund vielleicht Meilen weit von uns entfernt; oder man müsste reich genug seyn, einen ganzen Hofstaat von Freunden um sich her zu versammeln; aber auch das hat seine üble Seite, und sehr reiche Leute fühlen ja ohnehin selten dies Bedürfniß. Um also hier glücklich und vergnügt leben zu können, ohne so sehr wohlhabend zu seyn, soll man die Kunst verstehn, das Gute aus dem Umgange der Menschen, die man bey sich haben kann, zu schmecken und zu erkennen, der einfachen Freuden nicht müde zu werden, damit zu geizen, und ihnen auf erfindungsreiche Art Mannigfaltigkeit zu geben. Weil man auf dem Lande seine Frau, seine Kinder und seine Hausfreunde vom Morgen bis zum

Abend ununterbrochen um sich zu sehn pflegt; so entsteht leicht Ueberdruß, Leere im Umgange. Dies kann durch einen Vorrath guter Bücher, die neuen Stoff zur Unterhaltung geben, durch interessanten Briefwechsel mit abwesenden Edeln und durch weise Eintheilung der Zeit, indem man manche Tagesfristen einzeln in seinen Zimmern zubringt, gehoben werden, und nichts ist süßer auf dem Lande, als wenn, nach einem nützlich verlebten Tage, wo Jeder vor sich seine Geschäfte besorgt hat, des Abends sich der kleine Cirkel zum Spatziergange, muntern Scherze und zwanglosem Gespräche wieder versammelt. Es giebt selbst Prinzen, die diesen Genuß kennen, und ich habe einst am Fuße der vogesischen Gebürge einige Wochen an dem Hofe eines guten und klugen Fürsten auf diese Art sehr glücklich hingebracht.

Nichts aber ist erschrecklicher und doch häufiger zu finden, als wenn Menschen, die in kleinen Städten, oder gar auf dem platten Lande, täglich mit einander umgehn müssen, in ewigem Zwiste mit einander leben und dabey doch nicht reich genug sind, sich Jeder für sich eine besondre Existenz zu schaffen. Sie bauen sich eine Hölle auf Erden. Nirgends also ist es so wichtig, wie hier, schonend, nachsichtig, geschmeidig, vorsichtig, klug und mit einer Art von Coketterie im Umgange zu verfahren, um Misverständnissen, Eckel und Ueberdrusse vorzubaun. Aber auch nirgends hat man Ursache vorsichtiger im Reden und Handeln zu seyn, als in kleinen Städten und da, wo ein kleinstädtischer Ton herrscht, weil da die Menschen wenig Zerstreuung haben und nichts anders zu thun wissen, als alles nachzuplaudern und sich um fremde Händel zu bekümmern.

59.

In fremden Städten und Ländern ist Vorsichtigkeit im Umgange zu empfehlen, und das in manchem Betrachte. Wir mögen nun dort Unterricht und Belehrung, oder öconomische und politische Vortheile, oder blos Vergnügen suchen;

so ist es sehr nothwendig, gewisse Rücksichten nicht zu verachten. Im ersten Falle, nämlich wenn wir reisen, um uns zu unterrichten, versteht sich's vor allen Dingen von selber, daß wir wohl überlegen, in welchem Lande wir sind, und ob man da ohne Gefahr und Verdruß von Allem reden und nach Allem fragen dürfe. Es giebt leider! auch in Teutschland Staaten, in welchen die Regierungen es nicht gern sehen und es scharf ahnden, wenn gewisse Werke der Finsterniß an das Tages-Licht gezogen werden. Da ist Behutsamkeit nöthig, so wohl in Gesprächen und Nachforschungen, als in der Wahl der Menschen, mit denen man sich in Verbindung einlässt. Uebrigens muß ich auch hier erinnern, daß sehr wenig Reisende eigentlich Beruf haben, sich um die innere Verfassung fremder Länder zu bekümmern; allein thörichte Neugier, Vorwitz, oder unruhiger Thätigkeitstrieb jagt jetzt haufenweise die Menschen hinaus, um in fremden Gasthöfen, Posthäusern, Clubbs und in den Schwitzcammern hypochondrischer Gelehrten, unsichre Anecdoten zu einem Werkchen zu sammeln, indeß sie daheim noch unendlich viel zu würken und zu lernen gefunden haben würden, wenn es ihnen um ihr und Andrer Wohl ernstlich zu thun wäre.

Daß diese Vorsicht verdoppelt werden müsse, sobald man an einem fremden Orte für sich etwas zu suchen oder zu fordern hat, versteht sich wohl von selber. Da alsdann manches Auge auf uns gerichtet ist; so müssen wir den Umgang mit Leuten vermeiden, die, unzufrieden mit der Regierung, sich so gern den Fremden an den Hals werfen, weil sie unter ihren Mitbürgern durch unkluge Aufführung sich einen bösen Namen gemacht und sich auf diese Art den Weg versperrt haben, bürgerliche Vortheile zu erlangen, die sie aber zu verachten scheinen, wie der Fuchs die Trauben. Diese Art Leute sucht sich dann dadurch ein bischen zu heben, daß sie mit den Reisenden, denen sie sich in den Gasthöfen oder auf andre Art aufdringen, durch die Gassen der Stadt laufen, und dadurch Verbindungen in andern Ländern muthmaßen lassen. Ein Fremder, der nur wenig Tage sich an einem Orte aufhalten will, kann ohne Nachtheil mit diesen, mehrentheils sehr geschwätzigen und von lustigen und ärgerlichen Mährchen aller Art vollgepfropften Ciceroni's, nach Gefallen herumrennen, und kein vernünftiger Mann wird ihm das verdenken; Wer aber länger in einer Stadt verweilen, in den bessern Cirkeln Zutritt haben, oder gar ein Geschäfte zu Stande bringen will; dem rathe ich, in der Auswahl seines Umgangs auch die Stimme des Publicums zu ehren.

Es giebt fast in jeder Stadt eine Parthey solcher Unzufriedner; sey es nun mit der Regierung, oder nur mit der Gesellschaft. Zu Diesen geselle Dich also nicht! Wähle nicht unter ihnen Deinen Umgang! Diese Malcontenten glauben sich nicht geehrt genug, oder sind unruhige Köpfe, Lästermäuler, Menschen voll unvernünftiger Forderungen, ränkevolle, oder unsittliche Leute. Da sie nun, einer dieser Ursachen wegen, von ihren Mitbürgern geflohn werden; so suchen sie unter sich eine Art von Bündniß zu errichten, in welches sie, wenn sie können, verständige und wackre Männer zu ihrer Verstärkung durch Schmeicheley hineinziehen. Laß Dich weder darauf, noch überhaupt auf das ein, was Parthey und Faction genannt werden kann, wenn Du mit Annehmlichkeit leben willst!

60.

Briefwechsel ist schriftlicher Umgang; Fast alles, was ich vom persönlichen Umgange mit Menschen sage, leidet Anwendung auf den Briefwechsel. Dehne also Deinen Briefwechsel, so wie Deinen Umgang, nicht über Gebühr aus! Das hat keinen Zweck, kostet Geld und ist Zeitverderb. Sey eben so vorsichtig in der Wahl Derer, mit denen Du einen *vertrauten* Briefwechsel anfängst, wie in der Wahl Deines täglichen Umgangs und Deiner Lectüre! Nim Dir auch vor, nie irgend einen ganz leeren Brief zu schreiben, in welchem nicht wenigstens etwas stünde, das Dem, an welchen er gerichtet ist, Nutzen oder reine Freude gewähren könnte! Vorsichtigkeit ist im Schreiben noch weit dringender als im

Reden zu empfehlen, und eben so wichtig ist es, mit den Briefen, welche man erhält, behutsam umzugehn. Man sollte es kaum glauben, was für Verdruß, Zwist und Mißverständniß durch Versäumniß dieser Klugheits-Regel entstehn können. Ein einziges hingeschriebnes, unauslöschliches Wort, ein einziges, aus Unachtsamkeit liegen gebliebnes Papier, hat manches Menschen Ruhe und oft auf immer den Frieden einer Familie zerstöhrt. Brief-Klatschereyen, voreilig schriftlich mitgetheilte, nicht gegründete Nachrichten, können unendlichen Schaden stiften, den redlichen Mann bey Tausenden verdächtig machen.

Ich kann daher nicht genug Vorsichtigkeit in Briefen und überhaupt im Schreiben empfehlen. Noch einmal! Ein übereiltes mündliches Wort wird wieder vergessen; aber ein geschriebnes kann noch nach funfzig Jahren, in Erben Händen, Unheil stiften.

Briefe, an deren richtigen und schnellen Besorgung irgend etwas gelegen ist, muß man immer auf die gewöhnliche Weise mit der Post oder durch eigne Bothen abgehn lassen, nie aber, etwa zu Ersparung des Porto, sie Reisenden mitgeben, oder sonst durch Gelegenheit und in fremden Umschlägen fortschicken; Man kann sich gar zu wenig auf die Pünctlichkeit der Menschen verlassen.

Lies Deine Briefe, wenn Du es ändern kannst, nicht in Andrer Gegenwart, sondern wenn Du allein bist, sowohl weil es die Höflichkeit also befiehlt, als aus Vorsicht, um durch Deine Minen den Inhalt nicht zu verrathen!

Es giebt Personen, besonders unter den Damen, welche die Leute, die mit ihnen an demselben Orte leben, bey den unbedeutendsten Veranlassungen, mit kleinen Briefen und Zetteln bestürmen und dadurch Dem, der bessere Dinge treiben kann, als unnütze Billette zu lesen und zu beantworten, seine Zeit rauben.

61.

Glaube immer, und Du wirst wohl dabey fahren, daß die mehrsten Menschen nicht halb so gut sind, wie ihre Freunde sie schildern und nicht halb so böse, wie ihre Feinde sie ausschreyen!

Beurtheile die Menschen nicht nach dem, was sie reden, sondern nach dem, was sie thun! Aber wähle zu Deinen Beobachtungen solche Augenblicke, in welchen sie von Dir unbemerkt zu seyn glauben! Richte Deine Achtsamkeit auf die kleinen Züge, nicht auf die Haupt-Handlungen, zu denen Jeder sich in seinen Staatsrock steckt! Gieb Acht auf die Laune, die ein gesunder Mann beym Erwachen vom Schlafe, auf die Stimmung die er hat, wenn er des Morgens, wo Leib und Seele im Nachtkleide erscheinen, aus dem Schlafe geweckt wird! auf das, was er vorzüglich gern isst und trinkt: ob sehr materielle, einfache, oder sehr feine, gewürzte, zusammengesetzte Speisen; auf seinen Gang und Anstand; ob er lieber allein seinen Weg geht, oder sich immer an eines Andern Arm hängt; ob er in einer graden Linie fortschreiten kann, oder seines Neben-Gängers Weg durchkreuzt, oft an Andre stößt und ihnen auf die Füße tritt; ob er durchaus keinen Schritt allein thun, sondern stets Gesellschaft haben, immer sich an Andre anschliessen, auch um die geringsten Kleinigkeiten erst Rath fragen, sich erkundigen will, wie es sein Nachbar, sein College macht; ob er ofne Thüren, ofne Fenster, helles Licht, lautes und deutliches Reden liebt, oder nicht; ob, wenn er etwas fallen lässt, er es sogleich wieder aufnimt, oder es da liegen lässt, bis er gelegentlich, nach seiner Gemächlichkeit, einmal hinreicht, um es aufzuheben; ob er gern andern in die Rede fällt, niemand zu Worte kommen lässt; ob er gern geheimnißvoll thut, die Leute auf die Seite ruft, um ihnen gemeine Dinge in das Ohr zu sagen; ob er gern in allem entscheidet, und so ferner! Auch die Handschriften der Leute tragen mehrentheils den Stempel ihres Characters. Alle Kinder, mit deren Erziehung ich beschäftigt gewesen bin, haben nach meiner Hand das Schreiben gelernt; allein, so wie sich nach und nach ihre Gemüthsarten entwickelten, brachte jedes von ihnen seine eignen Züge hinein. Beym ersten Anblicke schienen sie Alle einerley Hand zu schreiben; wer aber genauer Acht gab und sie kannte, fand in der Manier des Einen Trägheit, bey Andern Kleinlichkeit, oder Unbestimmtheit, Flüchtigkeit, Festigkeit, Verschrobenheit, Ordnungsgeist, oder irgend eine andre Eigenthümlichkeit. — Fasse alle diese Wahrnehmungen zusammen, nur sey nicht so unbillig, nach einzelnen solchen Zügen den ganzen Character zu richten!

Sey nicht zu partheyisch für Menschen, die Dir freundlicher begegnen, als Andre!

Baue nicht eher fest auf treue, immer Stich haltende Liebe und Freundschaft, als bis Du erst solche Proben gesehn hast, die *Aufopferung* kosten! Die mehrsten Menschen, die uns so herzlich ergeben scheinen, treten zurück, sobald es darauf ankömmt, ihren Lieblings-Neigungen zu unserm Vortheile zu entsagen. Darauf ist also Rücksicht zu nehmen, wenn man wissen will, was ein Mensch *uns* werth ist. Es ist keine Kunst, alles zu leisten, was man nur wünschen mag, das Einzige ausgenommen, was Ueberwindung kostet.

62.

Alle diese allgemeinen, sodann die folgenden besondern Regeln nun, und viele mehrere noch, die ich, um mein Werk nicht über Gebühr auszudehnen, der eignen Einsicht der Leser überlasse, zielen dahin, den Umgang leicht, angenehm zu machen, und das gesellige Leben zu erleichtern. Es kann aber Mancher seine besondern Gründe haben, warum er sich über einige derselben hinaussetzen will, und da ist es dann freylich sehr billig, Jedem zu erlauben, auf seine eigne Art seine Ruhe zu befördern. Dringen wir niemand unsre Specifica auf! Wer weder Gunst der Großen sucht, noch allgemeines Lob, noch glänzenden Ruhm, noch Beyfall verlangt; Wer, seiner politischen und öconomischen Lage, oder andrer Rücksichten wegen, nicht Ursache hat, den Cirkel seiner Bekanntschaft zu erweitern; Wer Alters oder Schwächlichkeit halber den menschlichen Umgang flieht; der bedarf keiner Regeln des Umgangs. Wir sollen daher so billig seyn, von niemand zu fordern, daß er sich nach unsern Sitten richte, sondern jedermann seinen Gang gehn lassen; denn da jedes Menschen Glückseligkeit in seinen Begriffen von Glückseligkeit beruht; so ist es grausam, irgend Einen zwingen zu wollen, wider seinen Willen glücklich zu seyn. Es ist oft lustig anzusehn, wie ein Haufen leerer Köpfe sich über einen sehr verständigen Mann aufhält, der keinen Beruf fühlt oder nicht aufgelegt ist, den Ton ihrer Gesellschaft anzunehmen, sondern, mit seiner abgesonderten Existenz sehr wohl zufrieden, seine theure Zeit nicht jedem Narren preisgeben will. Wenn Wir nicht gerade Sclaven der Gesellschaft seyn wollen; so nehmen das die müßigen Leute, die nichts bessers zu thun wissen, als aus dem Bette vor den Spiegel, von da an Tafel, von da an den Spieltisch, von da wieder an Tafel, und von da endlich in das Bett zu wandern, sehr übel, daß wir nicht wie sie leben, der Geselligkeit nicht höhere Pflichten aufopfern wollen — das ist eine Unart, deren man sich enthalten soll. Es heisst nicht, sich absondern, wenn man zu Hause bleibt, um zu thun, was man *thun soll*, wovon man Rechenschaft geben muß.

63.

Und nun weiter, zu den besondern Umgangs-Regeln — doch vorher noch eine Erinnerung! Wenn ich allein, oder auch nur vorzüglich für Frauenzimmer schriebe; so würde ich eine Menge der schon gegebnen und noch folgenden Vorschriften theils gänzlich übergehn, theils modificiren, theils andre an deren Stelle setzen müssen, die alsdann für Männer weniger brauchbar wären. — Das ist indessen nicht der Zweck meines Buchs. Weise Frauenzimmer allein können den Personen ihres Geschlechts die besten Lehren über ihr Betragen im gesellschaftlichen Leben ertheilen; das ist eine Arbeit, die Männern nicht gelingen würde. Findet jedoch das schöne Geschlecht auch etwas für sich Brauchbares in diesen Blättern; so wird das meine Zufriedenheit über mein eignes Werk sehr vermehren. Uebrigens haben Frauenzimmer in ihrem Umgange in der That Rücksichten zu nehmen, die bey uns gänzlich wegfallen. Sie hängen viel mehr vom äussern Rufe ab, dürfen nicht so zuvorkommend im Umgange seyn. Man verzeyht ihnen von Einer Seite weniger Unvorsichtigkeiten, und von der andern mehr Launen; Ihre Schritte werden früher wichtig für sie, indeß dem Knaben und Jünglinge manche Unvorsichtigkeit nachgesehn wird; Ihre Existenz schränkt sich ein auf den häuslichen Cirkel, da hingegen des Mannes Lage ihn eigentlich fester an den Staat, an die große bürgerliche Gesellschaft knüpft; Deswegen giebt es Tugenden und Laster, Handlungen und Unterlassungen, die bey einem Geschlechte von ganz andern Folgen sind, als bey dem andern. — Doch über dies alles ist den Damen so viel Gutes in andern Büchern gesagt worden, daß jede weitre Ausführung dieses Gegenstandes hier am unrechten Orte stehn würde.

Zweytes Capitel.

Ueber den Umgang mit sich selber.

1.

Die Pflichten gegen uns selbst sind die wichtigsten und ersten, und also ist der Umgang mit unsrer eignen Person gewiß weder der unnützeste, noch uninteressanteste. Es ist daher nicht zu verzeyhn, wenn man sich immer unter andern Menschen umhertreibt, über den Umgang mit Menschen seine eigne Gesellschaft vernachlässigt, gleichsam vor sich selber zu fliehn scheint, sein eignes Ich nicht cultivirt, und sich doch stets um fremde Händel bekümmert. Wer täglich herumrennt, wird fremd in seinem eignen Hause; Wer immer in Zerstreuungen lebt, wird fremd in seinem eignen Herzen, muß im Gedränge müßiger Leute seine innere Langeweile zu tödten trachten, büßt das Zutrauen zu sich selber ein, und ist verlegen, wenn er sich einmal mit sich selber allein befindet. Wer nur solche Cirkel sucht, in welchen er geschmeichelt wird, verliehrt so sehr den Geschmack an der Stimme der Wahrheit, daß er diese Stimme zuletzt nicht einmal mehr aus sich selber hören mag; Er rennt dann lieber, wenn das Gewissen ihm dennoch unangenehme Dinge sagt, fort, in das Getümmel hinein, wo diese wohlthätige Stimme überschrien wird.

2.

Hüte Dich also, Deinen treuesten Freund, Dich selbst, so zu vernachlässigen, daß dieser treue Freund Dir den Rücken kehre, wenn Du Seiner am nöthigsten bedarfst! Ach! es kommen Augenblicke, in denen Du Dich selbst nicht verlassen darfst, wenn Dich auch jedermann verlässt; Augenblicke, in welchen der Umgang mit Deinem Ich der einzige tröstliche ist. — Was wird aber in solchen Augenblicken aus Dir werden, wenn Du mit Deinem eignen Herzen nicht in Frieden lebst, und auch von dieser Seite aller Trost, alle Hülfe Dir versagt wird?

3.

Willst Du aber im Umgange mit Dir Trost, Glück und Ruhe finden; so musst Du eben so vorsichtig, redlich, fein und gerecht mit Dir selber umgehn, wie mit Andern, also daß Du Dich weder durch Mishandlung erbitterst und niederdrückest, noch durch Vernachlässigung zurücksetzest, noch durch Schmeicheley verderbest.

4.

Sorge für die Gesundheit Deines Leibes und Deiner Seele; aber verzärtle beyde nicht! Wer auf seinen Cörper losstürmt; der verschwendet ein Gut, welches oft allein hinreicht, ihn über Menschen und Schicksal zu erheben, und ohne welches alle Schätze der Erde eitle Bettelwaare sind. Wer aber jedes Lüftchen fürchtet und jede Anstrengung und Uebung seiner Glieder scheuet; der lebt ein ängstliches, nervenloses Austern-Leben, und versucht es vergeblich, die verrosteten Federn in den Gang zu bringen, wenn er in den Fall kömmt, seiner natürlichen Kräfte zu bedürfen. Wer sein Gemüth ohne Unterlaß dem Sturme der Leidenschaften preisgiebt, oder die Segel seines Geistes unaufhörlich spannt; der rennt auf den Strand, oder muß mit abgenutztem Fahrzeuge nach Hause laviren, wenn grade die beste Jahrszeit zu neuen Entdeckungen eintritt. Wer aber die Kräfte seines Verstandes und Gedächtnisses immer schlummern lässt, oder vor jedem kleinen Kampfe, vor jeder Art von minder angenehmer Anstrengung zurückbebt; der hat nicht nur wenig wahren Genuß, sondern ist auch ohne Rettung verlohren, da, wo es auf Kraft, Muth und Entschlossenheit ankommt.

Hüte Dich vor eingebildeten Leiden des Leibes und der Seele! Laß Dich nicht gleich niederbeugen von jedem widrigen Vorfalle, von jeder cörperlichen Unbehaglichkeit! Fasse Muth! Sey getrost! Alles in der Welt geht vorüber; alles lässt sich überwinden, durch Standhaftigkeit; alles lässt sich vergessen, wenn man seine Aufmerksamkeit auf einen andern Gegenstand heftet.

5.

Ehre Dich selbst, wenn Du willst, daß Andre Dich ehren sollen! thue nichts im Verborgnen, dessen Du Dich schämen müsstest, wenn es ein Fremder sähe! Handle, weniger Andern zu gefallen, als um Deine eigne Achtung nicht zu verscherzen, gut und anständig! Selbst in Deinem Aeussern, in Deiner Kleidung sieh Dir nicht nach, wenn Du allein bist! Gehe nicht schmutzig, nicht zerlumpt, nicht unrechtlich, nicht krumm, noch mit groben Manieren einher, wenn Dich niemand beobachtet! Miskenne Deinen eignen Werth nicht! Verliehre nie die Zuversicht zu Dir selber, das Bewusstseyn Deiner Menschenwürde, das Gefühl, wenn nicht eben so weise und geschickt als manche Andre zu seyn, doch weder an Eifer, es zu werden, noch an Redlichkeit des Herzens, irgend jemand nachzustehn!

6.

Verzweifle nicht, werde nicht mismüthig, wenn Du nicht die moralische oder intellectuelle Höhe erreichen kannst, auf welcher ein Andrer steht, und sey nicht so unbillig, andre gute Seiten an Dir zu übersehn, die Du vielleicht vor Jenen voraus haben magst! — Und wäre das auch nicht der Fall! Müssen wir denn Alle groß seyn?

Stimme Dich auch herab von der Begierde zu herrschen, eine glänzende Haupt-Rolle zu spielen! Weisst du nicht, wie theuer man das oft erkaufen muß? Ich begreife es wohl, diese Sucht, ein großer Mann zu seyn, ist bey dem innern Gefühle von Kraft und wahrem Werthe schwer abzulegen. Wenn man so unter mittelmäßigen Geschöpfen lebt, und sieht, wie wenig Diese erkennen und schätzen, was Gutes in uns ist, wie wenig man über sie vermag, wie die elendesten Pinsel, die alles im Schlafe erlangen, aus ihrer Herrlichkeit herunter blicken — Ja! es ist wohl freylich hart! — Du versuchst es in allen Fächern: Im Staate geht es nicht; Du willst in Deinem Hause groß seyn; aber es fehlt Dir an Gelde, an dem Beystande Deines Weibes; Deine Laune wird von häuslichen Sorgen niedergedrückt; und so geht dann alles den Werktags-Gang; Du empfindest tief, wie so alles in Dir zu Grunde geht; Du kannst Dich durchaus nicht entschliessen, ein gemeiner Kerl zu werden, in der Fuhrmanns-Gleise fortzuziehn — Das alles fühle ich mit Dir; Allein verliehre doch darum nicht den Muth, den Glauben an Dich selbst und an die Vorsehung! Gott bewahre Dich vor diesem vernichtenden Unglücke! Es giebt eine Größe — und wer die erreichen kann, der steht hoch über Alle — Diese Größe ist unabhängig von Menschen, Schicksalen und äusserer Schätzung. Sie beruht auf innerem Bewusstseyn; und ihr Gefühl verstärkt sich, je weniger sie erkannt wird.

7.

Sey Dir selber ein angenehmer Gesellschafter! Mache Dir keine Langeweile! das heisst: Sey nie ganz müssig! Lerne Dich selbst nicht zu sehr auswendig; sondern sammle aus Büchern und Menschen neue Ideen! Man glaubt es gar nicht, welch ein eintöniges Wesen man wird, wenn man sich immer in dem Cirkel seiner eignen Lieblings-Begriffe herumdreht, und wie man dann alles wegwirft, was nicht unser Siegel an der Stirne trägt.

Der langweiligste Gesellschafter für sich selbst ist man ohne Zweifel dann, wenn man mit seinem Herzen, mit seinem Gewissen in nachtheiliger Abrechnung steht. Wer sich davon überzeugen will, der gebe Acht auf die Verschiedenheit seiner Laune! Wie verdrießlich, wie zerstreuet, wie sehr sich selbst zur Last ist man nach einer Reyhe zwecklos, vielleicht gar schädlich hingebrachter Stunden; und wie heiter, sich selbst mit seinen Gedanken unterhaltend dagegen am Abend eines nützlich verlebten Tages!

8.

Es ist aber nicht genug, daß Du Dir ein lieber, angenehmer und unterhaltender Gesellschafter seyest, Du sollst Dich auch, fern von Schmeicheley, als Deinen eignen, treuesten und aufrichtigsten Freund zeigen, und wenn Du eben so viel Gefälligkeit gegen Deine Person, als gegen Fremde haben willst; so ist es auch Pflicht, eben so strenge gegen Dich, wie gegen Andre zu seyn. Gewöhnlich erlaubt man sich alles, verzeyht sich alles, und Andern nichts; giebt bey eignen Fehltritten, wenn man sie auch dafür anerkennt, dem Schicksale, oder unwiederstehlichen Trieben die Schuld, ist aber weniger duldend gegen die Verirrung seiner Brüder — Das ist nicht gut gethan.

9.

Miß auch nicht Dein Verdienst darnach ab, daß Du sagest: »ich bin besser, als Dieser und Jener, von gleichem Alter, Stande« und so ferner; sondern nach den Graden Deiner Fähigkeiten, Anlagen, Erziehung, und der Gelegenheit, die Du gehabt hast, weiser und besser zu werden, als Viele! Halte hierüber oft in einsamen Stunden Abrechnung mit Dir selber, und frage Dich, wie ein strenger Richter, ob Du alle diese Winke zu höherer Vervollkommung genützt habest!

Drittes Capitel.

Ueber den Umgang mit Leuten von verschiednen Gemüthsarten, Temperamenten und Stimmungen des Geistes und Herzens.

1.

Man pflegt gewöhnlich vier Haupt-Arten von Temperamenten anzunehmen, und zu behaupten, ein Mensch sey entweder cholerisch, phlegmatisch, sanguinisch, oder melancholisch. Obgleich nun wohl schwerlich je eine Dieser Gemüthsarten so ausschließlich in uns wohnt, daß dieselbe nicht durch einen kleinen Zusatz von einer andern modificiret würde, da dann aus dieser unendlichen Mischung der Temperamente jene feine Nüancen und die herrlichsten Mannigfaltigkeiten entstehen; so ist doch mehrentheils in dem Segelwerke jedes Erdensohns einer von jenen vier Hauptwinden vorzüglich würksam, um seinem Schiffe auf dem Oceane dieses Lebens die Richtung zu geben. Soll ich mein Glaubensbekenntniß über die vier Haupt-Temperamente ablegen; so muß ich aus Ueberzeugung Folgendes sagen:

Blos *cholerische* Leute flieht billig Jeder, dem seine Ruhe lieb ist. Ihr Feuer brennt unaufhörlich, zündet und verzehrt, ohne zu wärmen;

Blos *Sanguinische* sind unsichre Weichlinge, ohne Kraft und Festigkeit;

Blos *Melancholische* sind sich selber, und blos *Phlegmatische* andern Leuten eine unerträgliche Last.

Cholerisch-sanguinische Leute sind Die, welche in der Welt sich am mehrsten bemerken, gefürchtet, welche Epoche machen, am kräftigsten würken, herrschen, zerstöhren und bauen; Cholerisch-sanguinisch ist also der wahre Herrscher-, der Despoten-Character; aber noch ein Grad von melancholischem Zusatze! und der Tyrann ist gebildet.

Sanguinisch-Phlegmatische leben wohl am glücklichsten, am ruhigsten und ungestöhrtesten, geniessen mit Lust, misbrauchen nicht ihre Kräfte, kränken niemand, vollbringen aber auch nichts Großes; allein dieser Character, im höchsten Grade, artet in geschmacklose, dumme und grobe Wollust aus.

Cholerisch-Melancholische richten viel Unheil an; Blutdurst, Rache, Verwüstung, Hinrichtung des Unschuldigen und Selbstmord sind nicht selten die Folgen dieser Gemüthsart.

Melancholisch-Sanguinische zünden sich mehrentheils an beyden Enden zugleich an, reiben sich selber an Leib und Seele auf.

Cholerisch-phlegmatische Menschen trifft man selten an; Es scheint ein Widerspruch in dieser Zusammensetzung zu liegen; und dennoch giebt es Deren, bey welchen diese beyden Extremen wie Ebbe und Flut abwechseln, und solche Leute taugen durchaus zu keinen Geschäften, zu welchen gesunde Vernunft und Gleichmüthigkeit erfordert werden. Sie sind nur mit äusserster Mühe in Bewegung zu setzen, und hat man sie endlich in die Höhe gebracht, dann toben sie, wie wilde Thiere umher, fallen mit der Thür in das Haus und verderben alles, durch rasenden Ungestüm.

Melancholisch-phlegmatische Leute aber sind wohl unter allen die unerträglichsten, und mit ihnen zu leben, das ist für jeden vernünftigen und guten Mann Höllenpein auf Erden.

Noch einmal! die Mischungen sind unendlich verschieden; Wo man aber eines dieser Temperamente entschieden die Oberhand nehmen sieht, da findet man auch in seinem Gefolge gewisse, diesem Temperamente besonders eigne

Tugenden und Laster. So sind z. B. sanguinische Leute mehrentheils eitel, aber wohlwollend, theilnehmend, ergreifen leicht alles mit Lebhaftigkeit und Leidenschaft; cholerische pflegen ehrgeizig zu seyn; melancholische sind mistrauisch und nicht selten geizig; und phlegmatische beharren eigensinnig auf vorgefassten Meinungen, um sich die Mühe des Nachdenkens zu ersparen. — Man muß die Gemüthsarten der Menschen studieren, in so fern man im Umgange mit ihnen auf sie würken will. Ich kann hier nur einzelne Fingerzeige geben, wenn ich mein Buch nicht zur Ungebühr ausdehnen will.

2.

Herrschsüchtige Menschen sind schwer zu behandeln, und passen nicht zum freundschaftlichen und geselligen Umgange. Sie wollen aller Orten durchaus die erste Rolle spielen; alles soll nach ihrem Kopfe gehn. Was sie nicht errichtet haben, was sie nicht dirigiren, das verachten sie nicht nur, nein! sie zerstöhren es, wenn sie können. Wo sie hingegen an der Spitze stehen, oder wo man sie wenigstens glauben macht, daß sie an der Spitze stehen, da arbeiten sie mit unermüdetem Eifer, und stürzen alles vor sich weg, was ihrem Zwecke im Wege ist. Zwey herrschsüchtige Leute neben einander taugen zu gar nichts in der Welt und zertrümmern alles um sich her, aus Privat-Leidenschaft. Hieraus nun ist leicht abzunehmen, wie man sich gegen solche Leute zu betragen habe, wenn man mit ihnen leben muß, und ich glaube darüber nichts hinzufügen zu dürfen.

3.

Ehrgeizige Menschen müssen ungefehr auf eben diese Art behandelt werden. Der Herrschsüchtige ist zugleich auch ehrgeizig, aber umgekehrt der Ehrgeizige nicht immer herrschsüchtig, sondern begnügt sich auch wohl mit einer Neben-Rolle, in so fern er darin nur mit einigem Glanze zu erscheinen hoffen darf; ja es können Fälle kommen, wo er selbst in der Erniedrigung Ehre sucht; doch verzeyht er nichts weniger, als wenn man ihn an dieser schwachen Seite kränkt.

4.

Der *Eitle* will geschmeichelt seyn; Lob kitzelt ihn unaussprechlich; und wenn man ihm Aufmerksamkeit, Zuneigung, Bewundrung widmet; so braucht nicht eben große Ehrenbezeugung damit verbunden zu seyn. Da nun jeder Mensch mehr oder weniger von dieser Begierde, zu gefallen und vortheilhafte Eindrücke zu machen, an sich hat; so kann man ohne Sünde hie und da einem sonst guten Manne, dem diese kleine Schwachheit anklebt, in solchen Puncten ein wenig nachsehn, ein Wörtchen, das er gern hört, gegen ihn fallen lassen, ihm erlauben, an dem Lobe, das er einerndtet, sich zu erquicken, oder sich selbst nach Gelegenheit ein wenig zu loben. Das schändlichste Handwerk aber treiben die niedrigen Schmeichler, die durch unaufhörliches Weyhrauch-Streun eiteln Leuten den Kopf so einnehmen, daß Diese zuletzt nichts anders mehr hören mögen, als Lob; daß ihre Ohren für die Stimme der Wahrheit verschlossen sind, und daß sie jeden guten, graden Mann fliehen, und zurücksetzen, der sich nicht so weit erniedrigen kann, oder es für eine Art von Unbescheidenheit und Grobheit hält, ihnen dergleichen Süßigkeiten in's Gesicht zu werfen. Gelehrte und Damen pflegen am mehrsten in diesem Falle zu seyn, und ich habe deren Einige gekannt, mit denen ein schlichter Biedermann deswegen fast gar nicht umgehn konnte. Wie die Kinder dem Fremden nach den Taschen schielen, um zu erfahren, ob man ihnen keine Zuckerplätzen mitgebracht hat; so horchen Jene auf jedes Wort, das Du sprichst, um zu vernehmen, ob es nicht etwas Verbindliches für sie enthält, und werden mürrischer Laune, sobald sie sich in ihrer Hofnung betrogen finden. Der höchste Grad dieser Eitelkeit führt zu einem Egoismus, der zu aller gesellschaftlichen und freundschaftlichen Verbindung untüchtig macht, und dem Eiteln eben so sehr zur Last, wie Dem zum Eckel wird, der mit ihm leben muß.

Obgleich man nun solchen eiteln Leuten nicht schmeicheln soll; so hat doch auch nicht Jeder Beruf, sie zu bessern, zum Pädagogen an ihnen zu werden, besonders nicht an solchen Menschen, die mit ihm in gar keiner Verbindung stehen; ihnen auf ungeschliffene Art den Text zu lesen; sie zu demüthigen, oder weniger Höflichkeit und Gefälligkeit gegen sie zu üben, als man jedem Andern widmen würde; und es ist unbillig, wenn Diejenigen, welche täglich mit ihnen leben müssen, dies von uns verlangen, wenn sie fordern, daß wir mit Hand anlegen sollen, ihre verzognen Freunde umzubilden.

Eitle Leute pflegen gern Andre zu schmeicheln, um dagegen wieder mit Weyhrauch eingeräuchert zu werden und weil sie das für das einzige würdige Opfer, für die einzige vollwichtige Münze halten.

5.

Von Herrschsucht, Ehrgeiz und Eitelkeit ist *Hochmuth*, so wie von *Stolz*, unterschieden. Ich mögte gern, daß man Stolz für eine edle Eigenschaft der Seele ansähe; für ein Bewusstseyn wahrer innrer Erhabenheit und Würde; für ein Gefühl der Unfähigkeit, niederträchtig zu handeln. Dieser Stolz führt zu großen, edeln Thaten; Er ist die Stütze des Redlichen, wenn er von jedermann verlassen ist; Er erhebt über Schicksal und schlechte Menschen und erzwingt, selbst von dem mächtigen Bösewichte, den Tribut der Bewundrung, den er wider Willen dem unterdrückten Weisen zollen muß. Hochmuth hingegen brüstet sich mit Vorzügen, die er nicht hat, bildet sich auf Dinge etwas ein, die gar keinen Werth haben. Hochmuth ist es, der den Pinsel von sechzehn Ahnen aufbläht, daß er die Verdienste seiner Vorfahren — die oft nicht einmal seine ächten Vorfahren sind, und oft nicht einmal Verdienst gehabt haben — daß er diese sich anrechnet, als wenn Tugenden zu dem Inventario eines alten Schlosses gehörten! Hochmuth ist es, der den reichen Bürger so grob, so steif, so ungesellig macht. Und wahrlich! dieser pöbelhafte Hochmuth ist, da er mehrentheils von Mangel an Lebensart und ungeschickten Manieren begleitet wird, wo möglich, noch empöhrender, als der des Adels. Hochmuth ist es, der den Künstler mit so viel Zuversicht zu Talenten erfüllt, die, sollten sie auch von niemand anerkannt werden, ihn dennoch in Gedanken über alle Erdensöhne hinaussetzen. Er wird, wenn niemand ihn bewundert, eher auf die Geschmacklosigkeit der ganzen Welt schimpfen, als auf den natürlichen Gedanken gerathen, daß es wohl mit seiner Kunst nicht so ganz richtig aussehn müsse.

Wenn dieser Hochmuth nun gar in einem armen, verachteten Subjecte wohnt; dann wird er ein Gegenstand des Mitleidens und pflegt eben nicht viel Unheil anzurichten. Er ist aber übrigens fast immer mit Dummheit gepaart, also durch keine vernünftigen Gründe zu bessern, und keiner bescheidnen Behandlung werth. Hier hilft nichts, als Uebermuth gegen Uebermuth zu setzen, oder zu scheinen, als bemerkte man ein hochmüthiges Betragen gar nicht; oder Leute die sich aufblasen, gar keiner Achtsamkeit zu würdigen, sie anzusehn, wie man auf einen leeren Platz hinblickt, selbst wenn man Ihrer bedarf; denn wahrhaftig! — ich habe das oft erfahren — je mehr man nachgiebt, desto mehr fordern, desto übermüthiger werden sie. Bezahlt man sie aber mit gleicher Münze; so weiß ihre Dummheit nicht, wie sie das Ding nehmen soll, und spannt gewöhnlich andre Saiten auf.

6.

Mit sehr *empfindlichen*, leicht zu beleidigenden Leuten ist es nicht angenehm umzugehn. Allein diese Empfindlichkeit kann verschiedne Quellen haben. Hat man daher nachgespürt, ob der Mann, mit welchem wir leben müssen und der leicht durch ein kleines unschuldiges Wörtchen, oder durch eine zweydeutige Mine, oder durch einen Mangel an Aufmerksamkeit, gekränkt und vor den Kopf gestoßen wird, ob dieser Mann, sage ich, aus Eitelkeit, wie es mehrentheils der Fall ist, oder aus Ehrgeiz, oder weil er oft von bösen Menschen hintergangen und geneckt worden, oder endlich deswegen so leicht zu beleidigen ist, weil sein Herz zu zärtlich fühlt, weil er von Andern eben so viel verlangt, wie er ihnen selbst giebt; so muß man sein Betragen darnach einrichten, und jeden Anstoß von der Art zu vermeiden suchen; doch pflegt das schwer zu seyn. Ist er übrigens redlich und verständig; so wird seine Verstimmung nicht lange dauren; Er wird durch eine gerade, freundliche Erklärung bald zu besänftigen seyn; Er wird nach und nach seinen besten Freunden trauen lernen, und vielleicht zuletzt, wenn man immer edel und offen mit ihm verfährt, von seiner Schwachheit zurückkommen.

Von diesen Allen sind in der That Diejenigen am schwersten zu befriedigen und der Gesellschaft am lästigsten, die sich jeden Augenblick vernachlässigt, zurückgesetzt, nicht genug geehrt glauben; Man hüte sich also, in diesen Fehler zu verfallen, wodurch man sich selber quält und Andern peinliche Mühe macht!

7.

Eigensinnige Menschen sind viel schwerer zu behandeln, als sehr empfindliche. Noch ist mit ihnen auszukommen, wenn sie übrigens verständig sind. Sie pflegen dann, in so fern man ihnen nur in dem ersten Augenblicke nachzugeben scheint, bald von selber der Stimme der Vernunft Gehör zu geben, ihr Unrecht und die Feinheit unsrer Behandlung zu fühlen, und wenigstens auf eine kurze Frist geschmeidiger zu werden; Ein Elend aber ist es, Starrköpfigkeit in Gesellschaft von Dummheit anzutreffen und behandeln zu müssen. Da helfen weder Gründe, noch Schonung. Es ist da mehrentheils nichts weiter zu thun, als einen solchen steifsinnigen Pinsel blindlings handeln zu lassen, ihn aber so in seine eignen Ideen, Plane und Unternehmungen zu verwikkeln, daß er, wenn er durch übereilte, unkluge Schritte in Verlegenheit geräth, sich selbst nach unsrer Hülfe sehnen muß. Dann lässt man ihn eine Zeitlang zappeln, wodurch er nicht selten demüthig und folgsam wird und das Bedürfniß, geleitet zu werden, fühlt. Hat aber ein schwacher, eigensinniger Kopf von ungefehr ein einzigmal gegen uns Recht gehabt, oder uns über einen kleinen Fehler erwischt; dann thue man nur Verzicht darauf, ihn je wieder zu leiten! Er wird uns immer zu übersehn glauben, unsrer Einsicht und Rechtschaffenheit nie trauen; und das ist eine höchst verdrießliche Lage.

Bey beyden Gattungen von Leuten aber helfen in dem ersten Augenblicke keine weitläuftige Vorstellungen, indem sie dadurch nur noch mehr verhärtet werden. Hängen wir von ihnen ab, und sie geben uns Aufträge, wovon wir wissen, daß sie dieselben nachher selbst misbilligen werden; so kann man nichts Klügers thun, als ihnen ohne Widerrede Gehorsam zu versprechen, aber entweder die Befolgung so lange zu verschieben, bis sie sich indeß eines Bessern besinnen, oder in der Stille die Sache nach eignen Einsichten einzurichten, welches sie gewöhnlich in ruhigen Augenblicken zu billigen pflegen, in so fern man nur etwa thut, als habe man ihren Befehl also verstanden, sich aber ja nie seiner größern, kaltblütigen Einsicht rühmt.

Nur in sehr wenig eiligen, oder sonst höchst wichtigen Fällen kann es nützlich und nöthig seyn, Eigensinn gegen Eigensinn aufzuspannen, und schlechterdings nicht nachzugeben. Doch geht alle Würkung dieses Mittels verlohren, wenn man es zu oft und bey unbedeutenden Gelegenheiten, oder gar da anwendet, wo man Unrecht hat. Wer immer zankt, der hat die Vermuthung gegen sich, immer Unrecht zu haben; Es ist also weise gehandelt, den Andern in diesen Fall zu setzen.

8.

Eine besondre Gemüthsart, die mehrentheils aus Eigensinn entspringt, doch auch wohl zuweilen blos Sonderbarkeit, oder ungesellige Laune, oder nur üble Gewohnheit zur Quelle hat, ist die *Zanksucht*. Es giebt Menschen, die alles besser wissen wollen, allem widersprechen, was man vorbringt, oft gegen eigne Ueberzeugung widersprechen, um nur das Vergnügen zu haben, streiten zu können; Andre setzen eine Ehre darin, *Paradoxen* zu sprechen, Dinge zu behaupten, die kein Vernünftiger irgend ernstlich also meinen kann, blos damit man mit ihnen darüber plaudern solle; Endlich noch Andre, die man Querelleurs, *Stänker* nennt, suchen vorsetzlich Gelegenheit zu persönlichem Zanke, um eine Art von Triumph über furchtsame Leute zu gewinnen, über Leute, die wenigstens noch feiger sind, als sie, oder, wenn sie mit dem Degen umzugehn wissen, ihren falschen Muth in einem thörichten Zweykampfe zu offenbaren.

In dem Umgange mit allen diesen Leuten rathe ich die unüberwindlichste Kaltblütigkeit an, und daß man sich durchaus nicht in Hitze bringen lasse. Mit Denen von der ersten Gattung lasse man sich in gar keinen Streit ein, sondern breche gleich das Gespräch ab, sobald sie aus Muthwillen anfangen, zu widersprechen! Das ist das einzige Mittel, ihrem Zankgeiste, wenigstens gegen uns, Schranken zu setzen und viel unnütze Worte zu sparen. Denen von der zweyten Gattung kann man je zuweilen die Freude machen, ihre Paradoxen ein wenig zu bekämpfen, oder noch besser, zu bespötteln. Die Letztern aber müssen viel ernsthafter behandelt werden. Kann man ihre Gesellschaft nicht vermeiden; kann man in derselben, durch ein entfernendes, fremdes Betragen, sie sich nicht vom Leibe halten, ihren Grobheiten nicht ausweichen; so rathe ich, einmal vor allemal ihnen so kräftig zu begegnen, daß ihnen die Lust vergehe, sich ein zweytesmal an uns zu reiben. Saget ihnen auf der Stelle, in unzweydeutigen, männlichen Ausdrücken Eure Meinung, und lasset Euch durch ihre Aufschneiderey nicht irremachen!

Man wird mir zutraun, daß ich über den Zweykampf so denke, wie jeder vernünftige Mann darüber denken muß, nämlich, daß er eine unmoralische, unvernünftige Handlung sey; Sollte nun aber auch jemand, seiner bürgerlichen Lage nach, zum Beyspiel ein Officier, durchaus sich dem Vorurtheile unterwerfen müssen, eine Beleidigung durch die andre und durch persönliche Rache auszulöschen; so kann doch dieser Fall nie dann eintreten, wenn er, ohne die geringste Veranlassung von seiner Seite, hämischer Weise angetastet wird, und Der hat doppelt Unrecht, der gegen einen so genannten Stänker mit andern Waffen, als mit Verachtung, oder, wenn es ihm gar zu nahe gelegt wird, anders, als mit einem geschmeidigen spanischen Rohre kämpft, und hat nachher Unrecht, wenn er ihm Genugthuung giebt, wie man das zu nennen pflegt.

Im Allgemeinen aber wohnt in manchen Menschen ein sonderbarer Geist des Widerspruchs. Sie wollen immer haben, was sie nicht erlangen können, sind nie von Dem zufrieden, was Andre thun, murren gegen Alles, was grade *sie* nicht also bestellt haben, und wäre es auch noch so gut. Es ist bekannt, daß man solche Leute sehr oft dadurch leiten kann, daß man ihnen entweder das Gegentheil von Dem vorschlägt, was man gern durchsetzen mögte, oder auf andre Weise sorgt, daß sie unsre eignen Ideen gegen uns durchsetzen müssen.

9.

Jähzornige Leute beleidigen nicht mit Vorsatz. Sie sind aber nicht Meister über die Heftigkeit ihres Temperaments; und so vergessen sie sich, in solchen stürmischen Augenblicken, selbst gegen ihre geliebtesten Freunde und bereuen nachher zu spät ihre Uebereilung. Ich brauche wohl nicht zu erinnern, daß Nachgiebigkeit — vorausgesetzt, daß diese Leute, andrer guten Eigenschaften wegen, einiger Schonung werth scheinen, denn ausserdem muß man sie gänzlich fliehn — daß weise Nachgiebigkeit und Sanftmuth die einzigen Mittel sind, den Jähzornigen zur Vernunft zurückzuführen. Allein ich muß dabey erinnern, daß, phlegmatische Kälte dem Erzürnten entgegen zu setzen, ärger als der heftigste Widerspruch ist; Er glaubt sich dann verachtet, und wird doppelt aufgebracht.

10.

Wenn der Jähzornige nur aus Uebereilung Unrecht thut, und über den kleinsten Anschein von Beleidigung in Hitze geräth, nachher aber auch eben so schnell wieder das erwiesene Unrecht bereuet, und das erlittene verzeyht; so verschliesst hingegen der *Rachgierige* seinen Groll im Herzen, bis er Gelegenheit findet, ihm vollen Lauf zu lassen. Er vergisst nicht, vergiebt nicht, auch dann nicht, wenn man ihm Versöhnung anbiethet, wenn man alles, nur keine niederträchtigen Mittel anwendet, seine Gunst wieder zu erlangen. Er erwiedert sowohl das ihm zugefügte wahre, wie das vermeintliche Uebel, und dies nicht nach Verhältniß der Größe und Wichtigkeit desselben, sondern tausendfältig; für kleine Neckereyen, würkliche Verfolgung; für unüberlegte Ausdrücke, in Uebereilung geredet, thätige Rache; für eine Kränkung unter vier Augen, öffentliche Genugthuung; für beleidigten Ehrgeiz, Zerstöhrung wesentlicher Glückseligkeit. Seine Rache schränkt sich nicht auf die Person ein, sondern erstreckt sich auch auf die Familie, auf die bürgerliche Existenz und auf die Freunde des Beleidigers. Mit einem solchen Manne leben müssen, das ist in Wahrheit eine höchst traurige Lage, und ich kann da nichts rathen, als daß man so viel möglich vermeide, ihn zu beleidigen, und zugleich sich in eine Art von ehrerbiethiger Furcht bey ihm setze, die überhaupt das einzige würksame Mittel ist, schlechte Leute im Zaume zu halten.

11.

Faule und *phlegmatische* Menschen müssen ohne Unterlaß getrieben werden, und da doch fast jeder Mensch irgend eine herrschende Leidenschaft hat; so findet man zuweilen Gelegenheit, durch Aufrührung derselben, solche schläfrige Geschöpfe in Bewegung zu setzen.

Es giebt unter ihnen Solche, die bloß aus *Unentschlossenheit* die kleinsten Arbeiten Jahre lang liegen lassen. Auf einen Brief zu antworten, eine Quitung zu schreiben, eine Rechnung zu bezahlen — ja! das ist eine Haupt- und Staats-Action, zu welcher unbeschreibliche Vorbereitungen gehören. Bey ihnen muß man zuweilen würklich Gewalt brauchen, und ist das schwere Werk einmal überstanden, dann pflegen sie sich recht dankbar zu bezeugen, so übel sie auch Anfangs unsre Zudringlichkeit aufnahmen.

12.

Mistrauische, *argwöhnische*, *mürrische* und *verschlossene* Leute sind wohl unter Allen die, in deren Umgang ein edler, gerader Mann am wenigsten von den Freuden des geselligen Lebens schmeckt. Wenn man jedes Wort abwägen, jeden unbedeutenden Schritt abmessen muss, um ihnen keine Gelegenheit zu schändlichem Verdachte zu geben; wenn kein Funken von erquickender Freude aus unserm Herzen in das ihrige übergeht; wenn sie keinen frohen Genuß mit uns theilen; wenn sie die Wonne der seltnen heitern Augenblicke, welche uns das Schicksal gönnt, nicht nur durch Mangel an Theilnehmung uns unschmackhaft machen, sondern sogar, mitten in unsern glücklichsten Launen, uns unfreundlich stöhren, aus unsern süßesten Träumen uns verdrießlich aufwecken; wenn sie unsre Offenherzigkeit nie erwiedern, sondern immer auf ihrer Hut sind, in ihrem zärtlichsten Freunde einen Bösewicht, in ihrem treuesten Diener einen Betrüger und Verräther zu sehn glauben; dann gehört wahrlich ein hoher Grad von fester Rechtschaffenheit dazu, um nicht darüber selbst schlecht und menschenfeindlich zu werden. Hiebey ist nichts zu thun, wenn ein ungezwungnes, immer gleich redliches Betragen vergebens angewendet wird, wenn es nichts hilft, daß man ihnen jeden Zweifel, sobald man denselben gewahr wird, hebt, als daß man sich um ihren Argwohn und um ihr mürrisches Wesen schlechterdings nichts bekümmre, sondern muthig und munter den Weg fortgehe, den uns Klugheit und Gewissen vorschreiben. Uebrigens sind solche Menschen herzlich zu bedauren; Sie leben sich und Andern zur Quaal. Es liegt bey ihnen nicht immer Bösartigkeit zum Grunde, nein! eine unglückliche Stimmung des Gemüths, dickes Blut, oft auch Einwürkung des Schicksals, wenn sie gar zu oft sind hintergangen worden — das sind mehrentheils die Quellen ihrer Seelenkrankheit. Und diese Krankheit ist in jüngern Jahren nicht ganz unheilbar, wenn Die, welche einen solchen Mann umgeben, stets edel und grade gegen ihn handeln, ohne sich um seine Grillen und Launen zu bekümmern, und er dadurch endlich überzeugt wird, daß es noch Redlichkeit und Freundschaft in der Welt giebt. Bey alten Personen hingegen fasst dies Uebel immer tiefre Wurzel, und muß mit Geduld ertragen werden.

Am mehrsten sind Diejenigen zu beklagen bey denen dies Mißtraun bis zum *Menschenhasse* gestiegen ist. Der Verfasser des Schauspiels: *Menschenhaß und Reue* lässt in demselben den Major sagen: »ich hätte vergessen, Vorschriften für den Umgang mit dieser Art von Menschen zu geben.« Es ist wahr, ich habe hier wenig darüber gesagt: allein es ist auch unmöglich, dazu allgemeine Regeln vorzuschlagen, da es nothwendig ist, bey jedem einzelnen Falle, genau mit den Quellen des Uebels bekannt zu seyn.

13.

Neidische, *schadenfrohe*, *misgünstige* und *eifersüchtige* Gemüthsarten sollten wohl nur das Erbtheil hämischer, niederträchtiger Menschen seyn; und doch trifft man leider! einen unglücklichen Zusatz von diesen bösen Eigenschaften in den Herzen solcher Leute an, die übrigens manche gute Eigenschaft haben — Allein so schwach ist die menschliche Natur! — Ehrgeiz und Eitelkeit können in uns das Gefühl erwecken, Andern ein Glück nicht zu gönnen, nach welchem wir ausschließlich streben; sey es nun Vermögen, Glanz, Ruhm, Schönheit, Gelehrsamkeit, Macht, ein Freund, eine Geliebte, oder was es auch sey; und sobald diese Empfindung einen gewissen Widerwillen gegen die Person in uns erzeugt hat, die, trotz unsrer Misgunst, trotz unsrer Eifersucht, im Besitze jenes ihr beneideten Guts bleibt; dann können wir uns heimlich eines schadenfrohen Kitzels nicht erwehren, wenn es dieser Person ein wenig hinderlich geht, und die Vorsehung unsre feindseligen Gesinnungen, besonders nachdem wir schwach genug gewesen sind, diese bekannt werden zu lassen, gleichsam rechtfertigt. Ich werde, bey den Gelegenheiten, wenn von Künstler-, Gelehrten- und Handwerks-Neide, von Misgunst unter Fürsten, Vornehmen, Reichen und Leuten, die in der großen Welt leben, von Eifersucht unter Ehegenossen, Freunden und Geliebten die Rede seyn wird, manches sagen, was auch hier anwendbar, aber überflüssig zu wiederholen seyn würde, und es bleibt mir würklich nichts hinzuzufügen übrig, als daß, um allem Neide in der Welt auszuweichen, man auf jede gute Eigenschaft, so wie auf alles, was Erfolg unsrer Bemühungen und Glück heisst, Verzicht thun, und wenn es darauf ankömmt, mitten unter einem Schwarme von misgünstigen Leuten zu leben, und dennoch dem Neide und der Eifersucht so wenig wie möglich Nahrung zu geben, man seine Vorzüge, seine Kenntnisse und seine Talente mehr verbergen als kundmachen, keine Art von Eminenz zeigen, anscheinend wenig fordern, wenig begehren, auf Weniges Ansprüche machen, und wenig leisten müsse.

Jener Neid nun erzeugt dann oft die schrecklichen *Verläumdungen*, denen auch der edelste Mann ausgesetzt ist. Es lässt sich nicht fest bestimmen, wie man sich immer zu betragen habe, wenn man verläumdet wird. Oft erfordern Redlichkeit und Klugheit die schnellste und deutlichste Darstellung der wahren Beschaffenheit; oft hingegen ist es unter der Würde eines rechtschaffnen Mannes, sich auf Erläuterungen einzulassen. Der Pöbel hört nicht auf, uns zu necken, wenn er sieht, daß dies uns anficht, und die Zeit pflegt, früh oder spät, die Wahrheit an das Licht zu ziehn.

14.

Der Geiz ist eine der unedelsten, schändlichsten Leidenschaften. Man kann sich keine Niederträchtigkeit denken, zu welcher ein Geizhals nicht fähig wäre, wenn seine Begierde nach Reichthümern in das Spiel kömmt, und jede Empfindung bessrer Art, Freundschaft, Mitleid und Wohlwollen, finden keinen Eingang in sein Herz, wenn sie kein Geld einbringen; ja! er gönnt sich selber die unschuldigsten Vergnügungen nicht, in so fern er sie nicht unentgeltlich schmecken kann. In jedem Fremden sieht er einen Dieb, und in sich selber einen Schmarotzer, der auf Unkosten seines bessern Ichs, seines Mammons, zehrt.

Allein in den jetzigen Zeiten, wo der Luxus so übertrieben wird; wo die Bedürfnisse, auch des mäßigsten Mannes, der in der Welt leben und eine Familie unterhalten muß, so groß sind; wo der Preis der nöthigen Lebensmittel täglich steigt; wo die Macht des Geldes so viel entscheidet; wo der Reiche ein so beträchtliches Uebergewicht über den Armen hat; endlich, wo von der einen Seite Betrug und Falschheit, und von der andern Mistrauen und Mangel an brüderlichen Gesinnungen in allen Ständen sich ausbreiten und daher die Zuversicht auf die Hülfe der Mitmenschen ein unsichres Capital wird; in diesen Zeiten, meine ich, hat man Unrecht, wenn man einen sparsamen, vorsichtigen Mann, ohne nähere Prüfung seiner Umstände und der Bewegungsgründe, welche seine Handlungen leiten, sogleich für einen Knicker erklärt.

Es giebt ferner unter den würklich geizigen Leuten solche, die, neben dieser Geld-Begierde, noch von einer andern mitherrschenden Leidenschaft regiert werden. Diese scharren dann zusammen, sparen, betrügen Andre und versagen sich alles, ausser da, wo es auf Befriedigung dieser Leidenschaft ankömmt; sey es nun Wollust, Gefräßigkeit, Ehrgeiz, Eitelkeit, Neugier, Spielsucht, oder was es auch immer sey. So habe ich Menschen gekannt, die, um einen Louisd'or zu gewinnen, Bruder und Freund verrathen, und sich der öffentlichen Beschimpfung ausgesetzt haben würden, für den sinnlichen Genuß eines Augenblicks hingegen, hundert hingegebne Gulden für gut angelegtes Geld hielten.

Noch Andre rechnen so schlecht, daß sie Heller sparen, und Thaler wegwerfen. Sie lieben das Geld, aber sie verstehen nicht damit umzugehn. Um also die Summen wieder zu erhaschen, um welche sie von Gaunern, Abentheurern und Schmeichlern betrogen werden, geben sie ihrem Gesinde nicht satt zu essen, und um tausend Thaler wieder zu gewinnen, die sie verschleudert haben, wechseln sie auf die unanständigste Weise aller Orten einzelne feine Gulden ein, damit sie an jedem vielleicht einen Heller Agio gewinnen.

Endlich noch Andre sind in allen Stücken freygebig und achten das Geld nicht; in einem einzigen Puncte aber, worauf sie grade Werth setzen, lächerlich geizig. Meine Freunde haben mir oft im Scherze vorgeworfen, daß ich auf diese Art karg in Schreib-Materialien sey, und ich gestehe diese Schwachheit. So wenig reich ich bin; so kostet es mich doch geringre Ueberwindung, mich von einem halben Gulden, als von einem holländischen Brief-Bogen zu scheiden, obgleich man für zwölf Groschen vielleicht ein Buch des feinsten Papiers kaufen kann. Ja! ich habe reiche und freygebige Leute gekannt, die der Versuchung nicht widerstehn konnten, Kleinigkeiten, auf welche sie einen vorzüglichen Werth setzten, zu entwenden, wo sie dergleichen liegen sahen.

Die allgemeine Regel im Umgange mit geizigen Leuten ist wohl die, daß, wenn man ihre Gunst erhalten will, man nichts von ihnen fordern müsse. Da dies nun aber nicht immer zu ändern ist; so scheint es der Klugheit gemäß, daß man prüfe, zu welcher der vorhin geschilderten Gattungen von Geizigen der Mann, mit dem man es zu thun hat, gehöre, um darnach seine Behandlung einzurichten.

Ueber den Umgang mit *Verschwendern* brauche ich nichts zu sagen, als daß der verständige Mann sich nicht durch ihr

Beyspiel zu thörichten Ausgaben verleiten lassen, und daß der redliche Mann von ihrer übel geordneten Freygebigkeit, weder für sich, noch für Andre, Vortheile ziehn soll.

15.

Reden wir jetzt von dem Betragen gegen *Undankbare*! Ich habe bey mancher Gelegenheit erinnert, daß man auf dieser Erde, auch bey den edelsten und weisesten Handlungen, weder auf Erfolg, noch auf Dankbarkeit rechnen dürfe. Diesen Grundsatz soll man, wie ich dafür halte, nie aus den Augen verliehren, wenn man nicht karg mit seinen Dienstleistungen, feindselig gegen seine Mitmenschen werden, noch gegen Vorsehung und Schicksal murren will. Bey dem Allen aber müsste man jeder menschlichen Empfindung entsagt haben, wenn es uns nicht kränken sollte, daß Menschen, denen wir treulich, eifrig und uneigennützig gedient, die wir aus der Noth gerettet, denen wir uns ganz gewidmet, uns ihnen vielleicht aufgeopfert haben, daß Diese uns vernachlässigen, sobald sie Unsrer nicht mehr bedürfen, oder gar verrathen, verfolgen, mishandeln, wenn sie dadurch zeitliche Vortheile oder die Gunst unsrer mächtigen Feinde gewinnen können. Doch wird der weise Menschenkenner und warme Freund des Guten sich dadurch nicht abschrecken lassen, großmüthig zu handeln. Mit Bezug auf das, was hierüber im zehnten Capitel des zweyten Theils und im fünften Abschnitte des zweyten Capitels in dem dritten Theile gesagt wird, erinnere ich nur nochmals, daß jede gute Handlung sich selbst belohnt, ja! daß der Edle eine neue Quelle von innrer Freude aus der Undankbarkeit der Menschen zu schöpfen versteht, nämlich die Freude, sich bewusst zu seyn, gewiß uneigennützig, blos aus Liebe zum Guten, Gutes zu thun, wenn er vorausweiß, daß er auf keine Erkenntlichkeit rechnen darf. Er bedauert die Verkehrtheit Derer, die fähig sind, ihres Wohlthäters zu vergessen, und lässt sich dadurch nicht abhalten, den Menschen zu dienen, die seiner Hülfe um so nöthiger bedürfen, je schwächer sie sind, je weniger Glück sie in sich selber, in ihren Herzen haben.

Klage also nicht über die Undankbarkeit, mit welcher man Dich lohnt; Wirf sie Dem nicht vor, der sie Dir erzeigt; Fahre fort, ihn großmüthig zu behandeln; Nim ihn wieder auf, wenn er zu Dir zurückkehrt! Vielleicht geht er endlich in sich, fühlt den ganzen Werth, die Feinheit Deiner Behandlung, und wird dadurch gebessert — wenn nicht; so denke, daß jedes Laster sich selbst bestraft, und daß das eigne Herz des Bösewichts und die unausbleibliche Folge seiner Niederträchtigkeit Dich an ihm rächen werden — O! welch' ein langes Capitel über die Undankbarkeit der Menschen könnte ich schreiben, wenn ich nicht, aus Schonung gegen Die, welche sich von dieser Seite an mir versündigt haben, meine vielfachen traurigen Erfahrungen in diesem Fache lieber verschweigen wollte!

16.

Manchen Leuten ist es schlechterdings unmöglich, in irgend einer Sache den graden Weg zu gehn! *Ränke, Schwänke* und *Winkelzüge* mischen sich in alle ihre Unternehmungen, ohne daß sie deswegen von Grund aus böse sind. Eine unglückliche Stimmung des Gemüths und die Einwürkung von Lebensart und Schicksalen können diesen Character bilden. So wird, zum Beyspiel, ein sehr mistrauischer Mann auch wohl die unschuldigste Handlung heimlich thun, sich verstellen, und seinen wahren Zweck verschleyern. Ein Mann von übel geordneter Thätigkeit, oder von zu viel raschem Feuer, ein schlauer, unternehmender Kopf, der in einer Lage ist, wo ihm alles zu einfach hergeht, wo es ihm an Gelegenheit fehlt, seine Talente zu entwickeln, wird allerley schiefe Seitensprünge wagen, um seinen Würkungskreis zu erweitern, oder mehr Interesse in die Scene zu bringen; und dann wird er nicht immer eckel genug in der Wahl seiner Mittel seyn. Ein sehr eitler Mensch wird in manchen Fällen versteckt handeln, um seine Schwäche zu verbergen. Ein Mann, der lange an Höfen gelebt hat, um sich her nichts als Verstellung, Intrigue, Cabale und Gegeneinanderwürken zu sehn, und selbst auf gradem Wege nichts zu erhalten gewöhnt ist, findet ein Leben, das ohne Verwicklung fortgeht, zu einförmig; Er wird seine unbedeutendsten Schritte so thun, daß man ihm nicht nachspüren kann, und seinen unschuldigsten Handlungen einen räthselhaften Anschein geben. Der Jurist, der sich stets mit den Spitzfündigkeiten der Chicane beschäftigt, findet innigen Seelen-Genuß darinn, daß er in Worten und Werken allerley Cautelen und Schwänke anbringt. Wer seine Gehirn-Nerven durch Romanen-Lesen und andre phantastische Träumereyen überspannt, oder wer durch ein üppiges, müßiges Leben, durch schlechte Gesellschaft und dergleichen, den Sinn für Einfalt, kunstlose Natur und Wahrheit verlohren hat, der kann nicht existiren, ohne Intrigue — und so giebt es eine Menge Menschen, die, was sie auf gradem Wege erlangen könnten, nicht halb so eifrig wünschen, wie das, was sie heimlich zu erschleichen hoffen. Man kann aber auch endlich den edelsten, offenherzigsten Menschen, besonders in jüngern Jahren, zu Winkelzügen verleiten, wenn man ihm ohne Unterlaß Mistraun zeigt, oder ihn mit so viel Strenge behandelt, ihn in einer solchen Entfernung von uns hält, daß er kein Zutraun zu uns haben kann.

Was nun auch dazu beygetragen haben mag, manchen Menschen Ränke und Winkelzüge zur Gewohnheit zu machen; so ist wohl folgende Art sich gegen sie zu betragen, die beste, die man wählen kann:

Man handle selbst immer so offen und unverstellt, und zeige sich ihnen in Worten und Thaten wie einen so entschiednen Feind von allem, was Schiefigkeit, Intrigue und Verstellung heisst, und wie einen so warmen Verehrer jedes redlichen, aufrichtigen Mannes, daß sie wenigstens fühlen, wieviel sie in unsern Augen verliehren würden, wenn wir sie auf bösen Schlichen ertappten!

Man zeige ihnen, so lange sie uns noch nicht getäuscht haben, ein unbegränztes Vertraun, stelle sich, als könne man sich auch die Möglichkeit nicht einbilden, daß sie uns hintergehn würden! Ist ihnen dann an unsrer Achtung gelegen; so werden sie sich vor dem ersten uns misfälligen Schritte hüten.

Man zeige sich so duldsam gegen kleine Schwachheiten und so bereit, begangne Fehler zu verzeyhn und zu entschuldigen, in so fern nur keine Tücke dabey im Spiele gewesen, daß sie sich nicht vor uns, wie vor strengen Sittenrichtern zu scheuen und zu verstecken nöthig finden!

Man kundschafte nie um sie her, beschleiche sie nie, erlaube sich keine versteckte Wege, sondern frage, wenn man Recht dazu hat, und uns daran gelegen ist, etwas, das uns nicht klar scheint, erläutert wissen zu wollen, gradezu, mit festem Tone, begleitet von einem durchdringenden Blicke, um den Grund der Sache! Stottern sie, suchen sie auszuweichen; so breche man entweder ab, um ihnen zu verstehn zu geben, daß man ihnen die Schande eines Betrugs erspare wolle, nehme aber nachher eine kältere Aufführung gegen sie an, oder man warne sie, mit freundlichem, doch ernsthaftem Wesen, Ihrer nicht unwürdig zu handeln!

Haben sie uns aber dennoch einmal hintergangen; so nehme man die Sache nicht auf einen leichten, scherzhaften Fuß! Man zeige sich über diesen ersten falschen Schritt so entrüstet, sey nicht so gleich bereit, denselben zu verzeyhn! und hilft dann alles das nicht, und sie fahren fort, uns mit Winkelzügen und Ränken zu hintergehn; so bestrafe man sie durch Verachtung und fortgesetztes Mistraun, das man in alles was sie reden und thun, setzt, bis sie sich bessern; aber selten kömmt Der, welchem schiefe Streiche zur Gewohnheit geworden, wieder auf den Weg der Wahrheit zurück.

Alles hierüber Gesagte passt also auch auf das Betragen gegen *Lügner*.

17.

Was man aber im gemeinen Leben einen *Windbeutel* oder *Aufschneider* und *Prahler* nennt, das ist eine andre Gattung von Menschen. Diese haben nicht die Absicht, jemand eigentlich zu hintergehn; Um sich in besserm Glanze zu zeigen; um sich bemerken zu machen; um Andern eine so hohe Meinung von sich beyzubringen, wie sie selbst haben; um Aufmerksamkeit durch Erzählung wunderbarer Vorfälle zu erregen; oder um für angenehme, unterhaltende Gesellschafter zu gelten, erdichten sie, was nie existirt hat, oder vergrößern, was wenigstens nie also gewesen ist; und haben sie einmal die Fertigkeit erlangt, auf Unkosten der Wahrheit, eine Begebenheit, ein Bild, einen Satz zu verzieren; so fangen sie zuweilen an, ihren eignen Windbeuteleyen zu glauben, alle Gegenstände durch ein Vergrößerungs-Glas anzusehn, und so in Riesengestalten wieder zu Papier zu bringen.

Die Erzählungen und Beschreibungen eines solchen Aufschneiders sind zuweilen ganz lustig anzuhören, und wenn man erst mit seiner Bildersprache bekannt ist; weiß man schon, was man vom Ganzen abzurechnen hat, um den Ueberrest für baares Geld anzunehmen. Geht es aber mit seinen Verbrämungen zu weit; so kann es nicht schaden, wenn man ihn entweder durch eine Menge von Fragen über die genauesten Umstände so in sein eignes Gewebe verwickelt, daß er, indem er weder rückwärts noch vorwärts kann, beschämt wird, oder wenn man ihm für jede Unwahrheit auf comische Art eine noch derbere wieder aufheftet, und ihm dadurch merklich macht, daß man nicht dumm genug gewesen sey, ihm zu glauben, oder aber wenn man, sobald er anfängt zu blasen, die Segel der Unterhaltung auf einmal einzieht, und seinem Winde ausweicht, da er dann, wenn dies öfter und von mehrern verständigen Männern geschieht, behutsamer zu werden pflegt.

18.

Unverschämte, *Müssiggänger*, *Schmarozer*, *Schmeichler* und *zudringliche Leute* rathe ich in der gehörigen Entfernung von sich zu halten, sich mit ihnen nicht gemein zu machen, ihnen durch ein höfliches, aber immer steifes und ernsthaftes Betragen zu erkennen zu geben, daß ihre Gesellschaft und Vertraulichkeit uns zuwider ist. Einer meiner Bekannten erzählte mir einst: Er habe in Holland über der Thür des Arbeitszimmers eines verständigen Mannes folgende Worte mit großen Buchstaben geschrieben gefunden: »Es ist erschrecklich beschwerlich für einen Mann, der bestimmte Geschäfte hat, von Leuten überlaufen zu werden, die keine Geschäfte haben.« — Der Einfall war nicht übel. Die, welche gern bey uns schmausen, kann man am leichtesten dadurch verscheuchen, daß man sie, ohne ihnen etwas zu reichen, wieder fortgehn lasse; aber gegen Schmeichler, besonders gegen die von feinrer Art, soll man, seines eignen Gefühls wegen, auf seiner Hut seyn. Sie verderben uns von Grund aus, wenn wir unser Ohr an ihren Sirenen-Gesang gewöhnen. Dann wollen wir ohne Unterlaß gestreichelt und gekitzelt seyn, finden die wohlthätige Stimme der Wahrheit nicht harmonisch genug, und vernachlässigen und versäumen die treuern, bessern Freunde, die uns aufmerksam auf unsre Fehler machen wollen. Um nicht so tief zu fallen, wafne man sich mit Gleichgültigkeit gegen die gefährlichen Lokkungen der Schmeicheley; Man fliehe vor dem Schmeichler, wie vor dem bösen Feinde! Allein das ist nicht so leicht, wie man wohl glaubt; Es giebt eine Art, Süßigkeiten zu sagen, die das Ansehn hat, als wollte man grade das Gegentheil thun. Der schlaue Schmeichler, der Deine schwache Seite studiert hat, wird, wenn er Dich für zu verständig hält, um nicht die gröbern Schlingen dieser Art für gefährlich zu erkennen, Dir nicht immer Recht geben; Er wird vielmehr Dich tadeln; Er wird Dir sagen: »daß er nicht begreifen könne, wie ein so edler und weiser Mann, wie Du seyest, sich einen kleinen Augenblick auch einmal habe vergessen können; Er hätte geglaubt, so etwas könne nur gemeinen Leuten, von seinem Schlage, begegnen.« Er wird an Deinen Schriften Fehler rügen, die Dir gleich beym ersten Anblicke unbedeutend scheinen müssen, und ihm nur dazu dienen, diejenigen Stellen um desto unverschämter zu loben, von welchen er weiß, daß Du Dir etwas darauf zu gut thust.

»Schade!« wird er ausrufen »daß Ihre Sinfonien — ich bin kein Schmeichler; ich sage meine Meinung immer rund heraus — Schade, daß diese herrlichen Sinfonien, die gewiß in allem Betracht ein classisches Werk genannt werden können, so äusserst schwer vorzutragen sind. Wo findet man Meister, die würdig wären, so etwas aufzuführen? Und doch ist das ein wesentlicher Fehler, den Sie, verzeyhen Sie meiner Offenherzigkeit! hätten vermeiden sollen.« Er wird Mängel an Dir finden, und mit verstelltem Eifer dagegen declamiren, Schwachheiten und Mängel auf welche Deine Eitelkeit sich etwas einbildet. Er wird Dich einen Mysantropen schimpfen, wenn Du gern siehst, daß Deine abgezogne Lebensart Aufsehn erregen soll; er wird Dir vorwerfen, Du seyest intrigant, wenn es Dich behagt, für einen schlauen Hofmann angesehn zu werden. Auf diese Weise wird er sich bey Dir und andern Kurzsichtigen in den Ruf eines unpartheyischen, wahrheitliebenden Mannes setzen; sein honigsüßer Trank wird glatt hinuntergehn, und in der Berauschung werden Dein Herz und Dein Beutel dem verschmitzten Spötter offenstehn. Vielfältig habe ich, besonders an Höfen, dergleichen Männer angetroffen, die unter der Maske der Bonhomie, und bey dem Rufe, den Fürsten tapfer die Wahrheit zu sagen, die ärgsten Maulschwätzer waren.

19.

Jetzt werde ich im Allgemeinen von dem Betragen gegen *Schurken*, das heisst, gegen Leute, die von Grund aus schlecht sind, reden, obgleich ich dafür halte, daß — ein bischen Erbsünde abgerechnet — eigentlich kein Mensch von Grund aus ganz schlecht, wohl aber durch fehlerhafte Erziehung, Nachgiebigkeit gegen seine Leidenschaften, oder durch Schicksale, Lagen und Verhältnisse, so verwildert seyn könne, daß von seinen natürlichen guten Anlagen fast keine Spur mehr zu sehn ist. Hier aber kömmt es nicht darauf an, wie jemand ein Schurke geworden, sondern wie er, wenn er ein Solcher ist, müsse behandelt werden. Ich beziehe mich dabey zuerst auf das, was ich über den Umgang mit Feinden und über das Betragen gegen Verirrte und Gefallne sagen werde, und füge nur noch nachstehende Bemerkungen hinzu:

Daß man, wo möglich, den Umgang mit schlechten Leuten fliehn müsse, wenn uns unsre Ruhe und unsre moralische Vervollkommung am Herzen liegt, das versteht sich wohl von selber. Wenn ein Mann von festen Grundsätzen auch nicht eigentlich schlecht durch sie wird; so gewöhnt er sich doch nach und nach an den Anblick der Unthaten, und verliehrt jenen Abscheu gegen alles, was unedel ist, einen Abscheu, der zuweilen einzig hinreicht, uns in Augenblicken von Versuchung vor feinern Vergehungen zu bewahren. Leider! aber zwingt uns unsre Lage zuweilen mitten unter Schurken zu leben und mit ihnen gemeinschaftlich Geschäfte zu treiben; und da ist es dann nöthig, gewisse Vorsichtigkeits-Regeln nicht aus der Acht zu lassen.

Glaube nicht, wenn Du einiges Verdienst von Seiten des Kopfs und des Herzens hast, glaube nicht, es dahin zu bringen, daß Du von schlechten Menschen je gänzlich in Ruhe gelassen werden, noch mit ihnen in Frieden leben könnest! Es herrscht ein ewiges Bündniß unter Schurken und Pinseln, gegen alle verständige und edle Menschen, eine so sonderbare Verbrüderung, daß sie unter allen übrigen Menschen einander erkennen und bereitwillig die Hand reichen, mögten sie auch durch andre Umstände noch so sehr getrennt seyn, sobald es darauf ankömmt, das wahre Verdienst zu verfolgen und mit Füßen zu treten. Da hilft keine Art von Vorsichtigkeit und Zurückhaltung; Da hilft nicht Unschuld, nicht Gradheit; Da hilft nicht Schonung, noch Mäßigung; Da hilft es nicht, seine guten Eigenschaften verstecken, mittelmäßig scheinen zu wollen. Niemand erkennt so leicht das Gute, das in Dir ist, als Der, dem dies Gute fehlt. Niemand lässt innerlich dem Verdienste mehr Gerechtigkeit wiederfahren, als der Bösewicht; aber er zittert davor, wie Satan vor dem Evangelio, und arbeitet mit Händen und Füßen dagegen. Jene große Verbrüderung wird Dich ohne Unterlaß necken, Deinen Ruf antasten, bald zweydeutig, bald übel von Dir reden, die unschuldigsten Deiner Worte und Thaten boshaft auslegen. — Aber laß Dich das nicht anfechten! würdest Du auch wirklich von Schurken eine Zeitlang gedrückt; so wird doch die Rechtschaffenheit und Consequenz Deiner Handlungen am Ende siegen, und der Unhold bey einer andern Gelegenheit sich selbst die Grube graben. Auch sind die Schelme nur so lange einig unter sich, als es nicht auf männliche Standhaftigkeit ankömmt, so lange sie im Dunkeln fechten können. Hole aber Licht herbey, und sie werden auseinander rennen! Und wenn es nun gar zur Theilung der Beute gienge; dann würden sie sich unter einander bey den Ohren zausen, und Dich indeß mit Deinem Eigenthume ruhig davon wandern lassen. Gehe Deinen graden Gang fort! Erlaube Dir nie schiefe Streiche, nie Schleichwege, um Schleichwegen zu begegnen; nie Ränke, um Ränke zu zerstöhren; Mache nie gemeinschaftliche Sache mit Bösewichten, gegen Bösewichte! Handle großmüthig! Unedle Behandlung und zu weit getriebnes Mistrauen können Den, welcher auf halben Wegen ist, ein Schelm zu werden, vollends dazu machen, und Großmuth hingegen kann einen nicht ganz verstockten Unhold vielleicht auf einige Zeit wenigstens bessern, und die Stimme des Gewissens in ihm erwecken. Aber er müsse fühlen, daß Du nur aus Huld, nicht aus Furcht also handelst! Er müsse fühlen, daß, wenn es auf das Aeusserste kömmt, wenn der Grimm eines unerschrocknen redlichen Mannes losbricht, der kühne, rechtschafne Weise im niedrigsten Stande mächtiger ist, als der Schurke im Purpur; daß ein großes Herz, daß Tugend, Klugheit und Muth, stärker machen, als erkaufte Heere, an deren Spitze ein Schuft steht! Was kann Der fürchten, der nichts mehr zu verliehren hat, als das, was kein Sterblicher ihm rauben kann? und was vermag in dem Augenblicke der äussersten, verzweifelten Nothwehre, ein feiger Sultan, ein ungerechter Despote, der in sich selbst einen Feind herumträgt, der ihm immer in die Flanke fällt, gegen den Niedrigsten seiner Unterthanen, der ein reines Herz, einen hellen Kopf, Unerschrockenheit und gesunde Arme zu Bundesgenossen hat?

Es ist unmöglich, sich von gewissen Leuten geliebt zu machen, und da kann es nicht schaden, wenn Diese uns wenigstens fürchten.

Es giebt Leute, die uns zu Vertraulichkeiten, zu gewissen Eröfnungen zu bewegen suchen, damit sie nachher Waffen gegen uns in Händen haben, womit sie uns drohen können, wenn wir ihnen nicht zu Gebothe stehn wollen. Die Klugheit erfordert, davor auf seiner Hut zu seyn.

Beschenke Den, von dem Du fürchtest, er werde Dich *bestehlen*, wenn Du glaubst, daß Großmuth noch Eindruck auf ihn machen könnte!

Ermuntre, ehre äusserlich Menschen, an denen Du irgend eine Thatkraft zum Guten findest! Bringe sie nicht ohne Noth um Credit; Es giebt Leute die viel Gutes *sagen*, im *Handeln* aber heimliche Schalke sind, oder Menschen, voll Inconsequenz, Leichtsinn und Leidenschaften. Entlarve Diese nicht, in so fern es nicht der Folgen wegen seyn muß! Sie würken durch ihre Reden manches Gute, das nicht geschieht, wenn man sie verdächtig macht. Man sollte sie immer herumreisen lassen, um gute Zwecke zu befördern; allein sie müssten jeden Ort früh genug verlassen, um sich nicht zu verrathen und durch ihr Beyspiel nicht die Würkung ihrer Lehren zu verderben.

20.

Zu übertrieben *bescheidne* und *furchtsame* gute Menschen soll man zu ermuntern, sie mit größrer Zuversicht zu sich selber zu erfüllen suchen. So verachtungswerth Unbescheidenheit und Dünkel sind, so unmännlich ist zu weit getriebne Schüchternheit. Der Edle soll seinen Werth fühlen, und eben so wenig ungerecht gegen sich, als gegen Andre seyn. Uebertriebnes Lob und zu weit ausgedehnter Vorzug aber beleidigen den Bescheidnen. Er müsse weniger aus Deinen Worten, als aus Deinen ungekünstelten, wahre Zuneigung verrathenden Handlungen, Deine Hochachtung zu ihm erkennen!

21.

Unvorsichtigen und *plauderhaften* Leuten darf man natürlicher Weise keine Geheimnisse anvertraun. Besser wäre es, man hätte überhaupt keine Geheimnisse in der Welt, könnte immer frey und offen handeln, und alles, was im Herzen vorgeht, vor jedermann sehn lassen; Besser wäre es, man dächte und redete nichts, als was man laut denken und reden darf; Da dies indessen, besonders bey Männern, die in öffentlichen Aemtern stehen, oder sonst fremde Geheimnisse zu verwahren haben, nicht möglich ist; so muß man freylich vorsichtig in Mittheilung seiner Heimlichkeiten seyn.

Man findet Menschen, denen es schlechterdings unmöglich ist, eine Sache zu verschweigen. Man sieht es ihnen an, wenn sie ängstlich umherlaufen, daß sie etwas Neues tragen, und daß sie leiden, bis sie einem andern Plaudrer ihre Nachricht heiß mitgetheilt haben. Andern fehlt es zwar nicht an dem guten Willen, zu schweigen, wohl aber an der Klugheit, sich nicht durch Winke, Blicke, oder auf andre Art zu verrathen, oder an der Festigkeit, sich nicht ausfragen zu lassen, oder sie haben eine zu gute Meinung von der Ehrlichkeit und Verschwiegenheit Derer, welchen sie sich anvertrauen — Gegen alle Diese muß man verschlossen seyn.

Es kann auch zuweilen nicht schaden, wenn man plauderhafte Leute bey der ersten Gelegenheit, da sie etwas über uns geschwatzt haben, dergestalt in Furcht setzt, daß sie es nicht wagen dürfen, hinter unserm Rücken auch nur einmal unsern Namen zu nennen, es sey im Guten, oder Bösen. Die eigentlichen bekannten Zeitungsträger aber, deren es fast in jeder Stadt Einige giebt, kann man nützen, wenn man ein Märchen im Publico ausgebreitet wissen will. Nur muß man dann nicht verfehlen, sie um Verheimlichung der Sache zu bitten, sonst halten sie es vielleicht der Mühe nicht werth, dieselbe auszuplaudern.

Vorwitzige und *neugierige* Menschen kann man nach den Umständen entweder auf ernsthafte oder spaßhafte Manier behandeln. Im erstern Falle muß man, sobald man merkt, daß sie sich im mindesten um unsre Angelegenheiten bekümmern, uns belauschen, behorchen, sich in unsre Geschäfte mischen, unsern Schritten nachspüren, oder unsre Plane und Handlungen ausspähn wollen, sich gegen sie mündlich, schriftlich oder thätig so kräftig erklären, sie auf eine solche Weise zurückschicken, daß ihnen die Lust vergehe, auch nur von Weitem sich an uns zu wagen. Will man aber seinen Spaß mit ihnen haben; so kann man ihrer Neugier ohne Unterlaß so viel zu schaffen machen, daß sie über die Kindereyen, worauf man ihre Aufmerksamkeit lenkt, keine Muße behalten, sich um diejenigen Dinge zu bekümmern, woran uns gelegen ist, daß sie dieselben nicht beobachten.

Zerstreuete und *vergessene* Leute taugen nicht zu Geschäften, wo es auf Pünctlichkeit ankömmt. Jungen Personen kann man diese Fehler zuweilen noch abgewöhnen und es dahin bringen, daß sie ihre Gedanken bey einander halten. Manche, die aus zu großer Lebhaftigkeit des Temperaments leicht alles vergessen, und nie da zu Hause sind, wo sie seyn sollten, kommen von dieser Schwachheit zurück, wenn sie älter, kühler und sittsamer werden. Andre affectiren, zerstreuet zu seyn, weil sie glauben, das sähe vornehm oder gelehrt aus, und über solche Thoren soll man nur die Achseln zucken und sich wohl hüten, ihre Distractionen artig zu finden. Es gilt von ihnen, was ich über Die sage, welche sich cörperlich krank stellen, um Interesse zu erwecken. Wessen Gedächtniß aber würklich schwach und nicht etwa durch Uebung nach und nach zu stärken ist, dem rathe man, sich alles schriftlich aufzuzeichnen, was er behalten will und diesen Zettel täglich, oder wöchentlich einmal durchzulesen; denn es ist wahrlich nichts verdrießlicher, als wenn uns jemand verspricht, eine Sache zu besorgen, an welcher uns gelegen ist, wir uns auch auf sein Wort verlassen, er aber nachher rein vergisst, wovon die Rede gewesen.

Sehr zerstreueten Leuten muß man es übrigens so hoch nicht anrechnen, wenn sie gegen uns zuweilen in Aufmerksamkeit, Höflichkeit, oder was man sonst im geselligen und freundschaftlichen Umgange fordert, unvorsetzlich fehlen.

22.

Es giebt eine Art Menschen, die man *wunderliche* (difficiles) *Leute* nennt. Sie sind nicht bösartig, sind nicht immer zänkisch und mürrisch; aber man kann ihnen doch nicht leicht etwas ganz recht machen. Sie haben sich, zum Beyspiel, an eine pedantische Ordnung gewöhnt, deren Regel nicht Jeder, so wie sie, im Kopfe hat; und da kann es dann leicht kommen, daß man einen Stuhl in ihrem Zimmer anders hinstellt, als sie es gernsehen (Wenn dies übrigens aus wahrem Ordnungsgeiste herrührt; so habe ich an der Sache selbst nichts auszusetzen); Oder sie hängen gewissen Vorurtheilen an, denen man sich unterwerfen muß, wenn man in ihren Augen Werth haben will, zum Beyspiel in Kleidertrachten, in der Art laut oder leise zu reden, groß oder klein zu schreiben und dergleichen. Man sollte wohl sagen, daß ein vernünftiger Mann über solche Kleinigkeiten hinausgehn müsste; unterdessen trifft man doch Männer an, die über andre Gegenstände sehr verständig und billig denken, nur in solchen Puncten nicht; und was wichtiger als das ist, an dieser Männer Gunst kann uns vielleicht sehr viel gelegen seyn. Wenn dies Letztre nun der Fall ist; so rathe ich, in Dingen von geringem Belange und die mit einiger Aufmerksamkeit so leicht zu befolgen sind, sich ihnen gefällig zu zeigen. Andre aber, mit denen wir weiter in keinem Verhältnisse stehen, lasse man, in so fern sie übrigens brave Männer sind, bey ihrer Weise, und vergesse nicht, daß wir Alle unsre Schwachheiten haben, die man brüderlich ertragen muß!

Leute, die etwas darin suchen, sich durch ihr Betragen in unwesentlichen Dingen von Andern zu unterscheiden (nicht eigentlich aus Ueberzeugung, daß es besser so sey, als anders, sondern hauptsächlich darum, weil sie das zu thun vorziehen, was Andre nicht thun) solche Leute nennt man *Sonderlinge*. Sie sehen es gern, wenn man ihre Weise bemerkt, und ein verständiger Mann muß in seinem Betragen gegen sie wohl überlegen, ob ihre Bizarrerien von unschädlicher Art, und ob sie Männer sind, die in irgend einer Rücksicht

Schonung verdienen, um darnach im Umgange mit ihnen zu verfahren, wie es Vernunft und Duldung fordern.

Was endlich Leute betrifft, die von *Launen* regiert werden, so daß man ihnen heute der willkommenste Gast, morgen der überlästigste Gesellschafter ist; so rathe ich — vorausgesetzt, daß diese Launen nicht ihren Grund in geheimen Leiden haben (denn wenn das ist; so habe Mitleiden!) gar nicht zu thun, als bemerkte man solche Ebben und Fluthen, sondern auf immer gleich vorsichtigen Fuß mit ihnen umzugehn.

23.

Dumme Leute, die ihre Schwäche fühlen, sich von vernünftigen Menschen leiten lassen, und zwar, einem natürlich gutmüthigen, wohlwollenden, sanften Temperamente gemäß, sich leicht zum Guten und schwer zum Bösen leiten lassen; die sind nicht zu verachten. Es können nicht alle Menschen hohen, erhabnen Geistes-Schwung haben, und die Welt würde auch sehr übel dabey fahren, wenn es also wäre. Es müssen mehr subalterne, als Herrscher-Genies unter den Erdensöhnen seyn, wenn nicht Alle in ewiger Fehde mit einander leben sollen. Daß ein gewisser höherer Grad von Tugend, zu welcher Kraft, Muth, Festigkeit, oder feine Beurtheilungskraft gehört, nicht mit Schwäche des Geistes bestehn könne, das ist wohl freylich gewiß; allein das gehört ja nicht hierher. Wenn im Ganzen nur das Gute geschieht, und die dümmern Menschen zu diesem Guten sich die Hände führen lassen, so füllen sie ihren Platz nützlicher aus, als die überschwenglichen Genies, die Feuerköpfe, mit ihrem, sich durchkreuzenden, unaufhörlichen Würken und Streben.

Unerträglich hingegen ist die Lage, wenn man es mit einem Stockfische zu thun hat, der sich für einen Halbgott hält, mit einem eiteln, eigensinnigen, mistrauischen Pinsel, mit einem verzognen, verzärtelten, vornehmen Schöps, der Länder und Völker zu regieren hat, und alles selbst regieren will. Doch werde ich bey verschiednen einzelnen Gelegenheiten in diesem Buche sagen, wie man mit dieser Art Menschen umgehn müsse.

Eine gewisse Gattung gutmüthiger, aber schwacher und plumper Menschen, ist, selbst in der Jugend, schwer zu verfeinern. Die Sprache der Ironie verstehen sie nicht; Ist sie zu fein; so nehmen sie es für baares Geld. Ein ernsthafter Ton greift auch nicht ein und beleidigt sie. Warme, gefühlvolle Ermahnungen bleiben gänzlich ohne Würkung.

Allein man thut oft den Leuten großes Unrecht, indem man Solche für schwach, dumm, gefühllos, oder unwissend hält, die es wahrlich gar nicht sind. Nicht Jeder hat die Gabe, seine Gedanken und Empfindungen an den Tag zu legen, am wenigsten auf unsre Manier. Nach seinen Thaten muß man ihn richten, aber auch das nur mit Rücksicht auf seine Lage und auf die Gelegenheit, die er gehabt, oder die ihm gefehlet hat, sich auszuzeichnen. Man überlegt selten, daß der Mensch schon sehr viel Werth hat, der in der Welt nur nichts Böses thut, und daß die Summe dieses negativen Guten zur Wohlfahrt des Ganzen oft mehr beyträgt, als der lange Lebenslauf eines thätigen Mannes, dessen heftige Leidenschaften in unaufhörlichem Kampfe mit seinen großen, edlen Zwecken stehen. Und dann sind Gelehrsamkeit, Cultur und gesunde Vernunft wieder sehr verschiedne Dinge. Es herrscht unter Menschen von einer gewissen Erziehung und Bildung so viel Convention, und wir verwechseln nur gar zu leicht die Grundsätze, welche auf diese Uebereinkünfte beruhen, mit den unwandelbaren Vorschriften der reinen Weisheit. Wir sind nun einmal gewöhnt, nach jenem Maaßstabe zu denken, oder vielmehr Worte nachzulallen, deren zweydeutigen Sinn wir Mühe haben würden, einem ganz rohen Wilden zu erklären; und so halten wir denn Denjenigen, für einen Schafskopf, der von allem diesen auswendig gelernten Zeuge nichts weiß, und nur so redet — wie ihm der Schnabel gewachsen ist. Wie oft haben mich, über Kunstwerke, die Aussprüche gemeiner Leute ohne alle Cultur, Aussprüche, die dem sogenannten Kenner sehr abgeschmackt vorkommen würden, aus dem Zauber einer falschen, erzwungnen Täuschung gerissen und den Sinn für wahre, ächte Natur in mir wieder erweckt! Wie oft habe ich im Schauspielhause erst das nüchterne Urtheil der Gallerie erwartet, habe erwartet, was für Eindruck eine Scene auf das unbestochne Volk, das wir Pöbel nennen, machen, habe erwartet, ob ein rührender Auftritt allgemeine Stille, oder lautes Gelächter verbreiten würde, um mich zu bestimmen in meinem Glauben, wie treu der Schriftsteller und Schauspieler die Natur copiert, oder ob er sie verfehlt hätte! Auf mich würkt Illusion, weil ich in einer Welt voll Täuschungen von Jugend auf gewandelt habe; Jene aber leben und weben in Wahrheit. Groß ist der Künstler, der durch das Spiel seiner Phantasie, durch seine die Natur nachahmende Darstellung, auch uncultivirte Menschen vergessen machen kann, daß sie getäuscht werden. Groß ist ferner der Mann, der den Sinn für ungeschminkte Wahrheit nicht in dem Meere von Neben-Ideen, Vorurtheilen und Conventionen ersäuft hat. Aber wie selten trifft man Kunst und Wahrheits-Sinn, Cultur und Einfalt, Arm in Arm an! — Lasset uns also Den nicht verachten, der den bessern Theil auf Unkosten des Schlechtern gerettet hat, und lasset uns ihn ja nicht aufklären, sondern lieber bey solchen dummen Leuten in die Schule gehn!

Auf *gutmüthige*, aber *schwache* Leute soll man zum Besten zu würken, soll, wenn man kann, edle Freunde um sie her zu versammeln suchen, von denen sie nicht misbraucht, sondern zu Thaten gelenkt werden, die eines wohlwollenden Herzens würdig sind. Es giebt Personen, die nichts abschlagen können, wenigstens nicht mündlich; und da geschieht es dann, daß, um niemand zu kränken, oder damit man nicht glaube, daß es ihnen an gutem Willen fehle, sie mehr versprechen, als sie erfüllen können, mehr hingeben, mehr Arbeit für Andre übernehmen, als sie gerechter Weise thun sollten. Andre sind so *leichtgläubig*, daß sie Jedem trauen, sich Jedem preisgeben und aufopfern, Jeden für einen treuen Freund halten, der die Aussenseite des ehrlichen, menschenliebenden Mannes trägt. Noch Andre sind nicht im Stande, für sich etwas zu erbitten, sollten sie auch darüber nichts in der Welt von demjenigen erlangen, worauf sie die billigsten Ansprüche machen dürfen. Ich brauche wohl nicht zu sagen, wie sehr alle diese Schwachen gemishandelt werden; wie man auf die Gutherzigkeit und Dienstfertigkeit der Erstern losstürmt, und wie den Andern die Unverschämtheit alles vor dem Munde wegnimt, weil sie nicht den Muth haben, zuzugreifen. Misbrauche keines Menschen Schwäche! Erschleiche von Keinem Vortheile, Geschenke, Verwendung von Kräften, die Du nicht nach den Regeln der strengsten Gerechtigkeit, ohne ihm Verlegenheit und Last aufzuladen, von ihm fordern darfst; Suche auch zu verhindern, daß Andre dergleichen thun; Mache dem *Blöden* Muth! Verwende Dich, rede für ihn, wenn seine Schüchternheit ihn abhält, sein eigner Vorsprecher zu seyn!

Manche Leute haben die Schwachheit, mit ganzer Seele *gewissen Liebhabereyen nachzuhängen*. Sey es nun irgend eine noble Passion: Jagd, Pferde, Hunde, Katzen, Tanz, Musik, Malerey, oder die Wuth, Kupferstiche, Naturalien, Schmetterlinge, Petschafte, Pfeifenköpfe und dergleichen zu sammeln, oder Bau-Geist, Garten-Anlage, Kinder-Erziehung, Mäcenatenschaft, physicalische Versuche — oder was für ein Steckenpferd sie auch reiten; so dreht sich doch der ganze Kreis ihrer Gedanken immer um diesen Punct herum; Sie reden von keiner Sache so gern, wie von diesem ihrem Lieblings-Gegenstande; Jedes Gespräch wissen sie dahin zu lenken. Sie vergessen dann, daß der Mann, welchen sie vor sich haben, vielleicht von keinem Dinge in der Welt weniger versteht, als von diesem, verlangen aber auch dagegen nicht gerade, daß er mit großer Kenntniß davon rede, wenn er nur die Geduld hat, ihnen zuzuhören, wenn er ihre Sächelchen nur mit Aufmerksamkeit betrachtet, nur bewundert, was sie ihm wie die größte Seltenheit empfehlen, und Interesse daran zu nehmen scheint. Nun! wer wird denn wohl so hartherzig seyn, diese kleine Freude einem Manne, der übrigens redlich und verständig ist, nicht zu gewähren? Vorzüglich empfehle ich Aufmerksamkeit auf die — doch wie sich's versteht, unschuldigen — Liebhabereyen der Großen, an deren Gunst uns gelegen ist; denn, wie Tristram Schandy anmerkt, so wird ein Hieb, welchen man dem Steckenpferde giebt, schmerzlicher empfunden, als ein Schlag, den der Reuter selbst empfängt.

24.

Mit *muntern, aufgeweckten Leuten*, die von ächtem Humor beseelt werden, ist leicht und angenehm umzugehn. Ich sage, sie müssen von ächtem Humor beseelt werden; die Fröhlichkeit muß aus dem Herzen kommen, muß nicht erzwungen, muß nicht eitle Spaßmacherey, nicht Haschen nach Witz seyn. Wer noch aus ganzem Herzen lachen, sich den Aufwallungen einer lebhaften Freude überlassen kann; der ist kein ganz böser Mensch. Tücke und Bosheit machen zerstreuet, ernsthaft, nachdenkend, verschlossen, mais un homme, qui rit, ne sera jamais dangereux. Daraus folgt indessen nicht, daß Jeder, der nicht von fröhlicher Gemüthsart ist, deswegen etwas Böses im Schilde führen sollte. Die Stimmung des Gemüths hängt vom Temperamente, so wie von Gesundheit und von innern und äussern Verhältnissen ab. Aechte muntre Laune aber pflegt ansteckend zu seyn, und diese Epidemie hat etwas so wohlthätiges; es ist ein so wahres Seelen-Glück, einmal alle Sorgen und Plagen dieser Welt weglachen zu dürfen, daß ich dringend anrathe, sich zur Munterkeit anzufeuern und wenigstens ein Paar Stunden in der Woche auf diese Weise der gesitteten Fröhlichkeit zu widmen.

Allein es ist schwer, in lustiger Stimmung und wenn man dem Witze den Zügel schiessen lässt, nicht in einen *satyrischen* Ton zu fallen. Was giebt uns reichern Stoff zum Lachen, als das unzählige Heer von Thorheiten der Menschen? Und diese Thorheiten treten am lebhaftesten vor unsre Augen, wenn wir uns die Originale dazu denken, in welchen sie wohnen. Lachen wir nun über die Narrheit; so ist es fast unvermeidlich, auch über den Narren mit zu lachen, und da kann dann dies Lachen sehr ernsthafte, verdrießliche Folgen haben. Wenn ferner unsre Spöttereyen Beyfall finden, so werden wir verleitet, unsern Witz immer feiner zuzuspitzen, und Andre, denen es ausserdem vielleicht an Stoff zu muntrer Unterhaltung fehlen würde, schärfen, durch unser Beyspiel verführt, ihre Aufmerksamkeit auf die Mängel ihrer Nebenmenschen, und was daraus entstehn könne, das ist theils bekannt genug, theils habe ich darüber schon etwas im ersten Capitel gesagt. Ich halte es daher für Pflicht, im Umgange mit sehr satyrischen Leuten auf seiner Hut zu seyn. Nicht, daß man sich persönlich vor ihrer spitzen Zunge oder Feder fürchten müsste, denn das zeigt würklich den höchsten Grad von innerm Bewusstseyn eigner Erbärmlichkeit an; sondern daß man nicht durch sie verführt werde, mit zu lästern, daß man sich und Andern dadurch nicht schade, und daß der Geist der Duldung nicht von uns weiche! Man zeige daher satyrischen Leuten keinen zu lauten Beyfall, bestärke sie nicht in der Gewohnheit, ihren Witz auf Andrer Menschen Unkosten spielen zu lassen, und lache nicht mit, wenn sie lästern und schmähen.

Ich sage, man hat gar nicht Ursache, satyrische Leute eigentlich zu fürchten; Denn sind sie übrigens edle Männer; so werden sie, wenn sie auch über Thorheiten lachen, doch den Character des redlichen Mannes schonen; Sind sie aber boshafte Spötter; so werden sie sich, mehr als Andern, schaden — An den Mann von Würde wagt sich denn auch nicht leicht ein Solcher, wenigstens nicht zum zweytenmal.

25.

Trunkenbolde, grobe *Wollüstlinge* und alle andre Arten von *lasterhaften Leuten* soll man freylich fliehn und ihren Umgang, wenn man kann, vermeiden; Ist dies aber durchaus unmöglich; so bedarf es wohl keiner Erinnerung, daß man sich hüten müsse, von ihnen zur Untugend verführt zu werden. Allein das ist nicht genug; Es ist auch Pflicht, ihren Ausschweifungen, mögten sie solche auch in das gefälligste

Gewand hüllen, nicht durch die Finger zu sehn, sondern vielmehr, wo es mit Klugheit geschehn kann, einen unüberwindlichen Abscheu dagegen zu zeigen, sich auch wohl zu enthalten, an unzüchtigen, schmutzigen Gesprächen beyfälligen Antheil zu nehmen. Man sieht in der großen Welt die sogenannten agréables débauchés mehrenteils die glänzendste Rolle spielen, und in manchen, besonders männlichen Cirkeln, die Unterhaltung auf Zoten und Zweydeutigkeiten hinausgehn, wodurch die Phantasie junger Leute erhitzt, mit schlüpfrigen Bildern erfüllt, und die Corruption weiter ausgebreitet wird. Zu diesem allgemeinen Verderbnisse der Sitten, zu Unterdrückung, vielleicht gar zu Verachtung der Keuschheit, Nüchternheit, Mäßigkeit und Schamhaftigkeit, darf kein redlicher Mann auch nur das Mindeste beytragen. Er muß vielmehr, so viel an ihm ist, ohne Ansehn der Person, sein Misfallen daran bestimmt zu erkennen geben und, wenn er Menschen, die auf dem Wege des Lasters wandeln, durch freundschaftliche Warnung und Hinlenkung ihrer Thätigkeit auf würdigre Gegenstände, nicht bessern kann, ihnen wenigstens zeigen, daß er den Sinn für Reinigkeit und Tugend nicht verlohren habe, und daß in seiner Gegenwart die Unschuld respectirt werden müsse.

26.

Einen ganz eignen Abschnitt verdienen die *Enthusiasten*, *überspannten*, *romanhaften Menschen*, *Kraft-Genies* und *excentrischen Leute*. Sie leben und weben in einer Atmosphäre von Phantasien, wie ein Fisch im nassen Elemente, und sind geschworne Feinde der kalten Ueberlegung. Mode-Lectur, Romane, Schauspiele, geheime Verbindungen, Mangel an gründlichen wissenschaftlichen Kenntnissen und Müssiggang, stimmen einen großen Theil unsrer heutigen Jugend auf diesen Ton, man trifft aber auch Schwärmer mit grauen Köpfen an. Sie streben ohne Unterlaß nach dem Ausserordentlichen und Uebernatürlichen; verachten das nahe liegende Gute, um nach fernen Erscheinungen zu greifen; versäumen das Nöthige und Nützliche, um Plane für das Entbehrliche zu machen; legen die Hände in den Schooß, wo es Pflicht wäre, zu würken, um sich in Händel zu mischen, die sie nichts angehen; reformiren die Welt, und vernachlässigen ihre häuslichen Geschäfte; finden das Wichtigste zu klein, und das Abgeschmackteste erhaben; verstehen das Deutlichste nicht, und predigen das Unbegreifliche. Vergebens stellst Du ihnen die Gründe der gesunden Vernunft vor; Sie werden Dich wie einen gemeinen Menschen, ohne Gefühl, ohne Sinn für das Große, verachten, Mitleiden mit Deiner Weisheit haben und sich lieber an ein Paar andre Narren von ähnlichem Schwunge anschliessen, die in ihren Unsinn einstimmen. Ist Dir's also darum zu thun, einen solchen Schwärmer von etwas zu überzeugen, oder auch nur irgend in Ansehn bey ihm zu stehn; so müssen Deine Gespräche warm und feurig seyn und Du musst mit eben so viel Enthusiasmus der gesunden Vernunft das Wort reden, als womit er die Sache seiner Thorheit verficht. Selten aber richtet man überhaupt etwas mit solchen Menschen aus, und es ist am besten gethan, der Zeit ihre Cur zu überlassen. Indessen steckt zum Unglücke Schwärmerey an, wie der Schnupfen. Wer daher eine sehr lebhafte Einbildungskraft hat und nicht ganz sicher von der Herrschaft seines Verstandes über dieselbe ist, dem rathe ich, im Umgange mit Enthusiasten jeder Gattung, auf seiner Hut zu seyn. In diesem Jahrhunderte, in welchem die Wuth nach geheimen Verbindungen, die fast alle auf solche Grillen beruhen, so allgemein geworden ist, hat man sogar Mittel gefunden, alle Arten von religioser, theosophischer, chemischer und politischer, oder wer weiß von was für Schwärmerey? in Systeme zu bringen. Ich mag nicht entscheiden, welche von diesen Gattungen die gefährlichste ist, halte aber doch dafür, diejenigen, welche auf politische, halb phantastische, halb jesuitische Plane und auf Welt-Reformation hinausgehen, gehören wohl wenigstens nicht zu den unschädlichsten Donquixoterien; ich glaube dies um so fester, da gerade diese Art von Schwärmer-Systemen, am mehrsten Verwirrung im

Staate anrichten kann und die blendendste Aussenseite zu haben pflegt, statt daß die übrigen bald Langeweile machen, und nur schiefe und mittelmäßige Köpfe dauerhaft beschäftigen. Man gewöhne sich daher im Umgange mit den Aposteln solcher Systeme, die, jeden Biedermanne sonst so theuren Ausdrücke: Glück der Welt, Freyheit, Gleichheit, Rechte der Menschheit, Cultur, allgemeine Aufklärung, Bildung, Weltbürgergeist und dergleichen, für nichts anders, als für Lockspeisen, oder höchstens für gutgemeinte leere Worte zu nehmen, mit denen diese Leute spielen, wie die Schulknaben mit den oratorischen Figuren und Tropen, welche sie in ihren magern Exercitien anbringen müssen.

Kraft-Genies und excentrische Leute lasse man laufen, so lange sie sich noch nicht gänzlich zum Einsperren qualificiren! Die Erde ist so groß, daß eine Menge Narren neben einander Platz darauf haben.

27.

Reden wir itzt ein Wort von *Andächtlern*, *Frömmlern*, *Heuchlern und abergläubischen Leuten*!

Wem es mit seinen Empfindungen für die Religion, mit seiner Wärme für Gottes-Liebe, Gottes-Furcht und Gottes-Verehrung und mit seiner Anhänglichkeit an die gottesdienstlichen Gebräuche der Kirche, zu welcher er sich in seinem Herzen bekennt, ein aufrichtiger Ernst ist; der hat die gegründetsten Ansprüche auf unsre Achtung. Sollte er auch das Wesen der Religion, mehr als wir für gut halten, in bloßem Gefühle, ohne allen Gebrauch seiner ihm von Gott verliehenen Leiterinn, der Vernunft, setzen; sollte auch, unsrer Meinung nach, eine erhitzte Phantasie sich in seine religiösen Empfindungen mischen; sollte er auch zu anhänglich an gewisse Cäremonien, Gebräuche und Systeme seyn; so verdient er, wenn er übrigens ein redlicher Mann, ein practischer Christ ist, Duldung, Schonung und Bruderliebe. Allein um desto verachtungswürdiger ist ein Schuft, ein gleisnerischer Bösewicht, der hinter der Larve der Heiligkeit,

Sanftmuth und Religiosität, den wollüstigen Verführer, den tückischen Verleumder, Aufrührer, Anhetzer, rachgierigen Bösewicht, oder den fanatischen Verfolger versteckt. Beyde Arten von Leuten sind aber nicht schwer zu unterscheiden. Der fromme Edle ist grade, offen, still und heiter, nicht übertrieben höflich, nicht übertrieben zuvorkommend, noch übertrieben demüthig, aber liebevoll, einfach und zutraulich in seinem Betragen. Er ist nachsichtig, milde und duldend, redet auch nicht viel, ausser mit vertrauten Freunden, über religiose Gegenstände; der Heuchler hingegen pflegt süß, kriechend, schmeichlend, immer auf seiner Hut, ein Sclave der Großen, ein Anhänger der herrschenden Parthey, ein Freund der Glücklichen, nie ein Vertheidiger der Verlaßnen zu seyn. Er führt Rechtschaffenheit und Religion ohne Unterlaß im Munde, giebt seine reichen Allmosen und erfüllt seine christlichen Liebespflichten mit Geräusch und Aufsehn, tobt und schäumt über den Gottlosen und Lasterhaften, oder entschuldigt fremde Fehler auf solche Weise, daß sie dadurch tausendfältig vergrößert scheinen. Hüte Dich Diesem auf irgend eine Weise in die Hände zu fallen; Fliehe ihn; Tritt ihm nicht auf den Fuß; Beleidige ihn nicht, wenn Dir Deine Ruhe lieb ist!

Abergläubische Leute, die an Ammen-Märchen, Gespenster-Histörchen und dergleichen hängen, sind nicht durch Gründe der Philosophie und durch vernünftige Zweifels-Erweckung, von ihrem Wahne zu befreyn, am wenigsten aber durch Declamationen, Persifflage und Ereiferung. Es ist da kein anders Mittel, als ihnen nicht eher zu widersprechen, bis man zugleich eine einzelne Thatsache strenge und kaltblütig untersuchen, und sie mit eignen Augen von dem Betruge oder Ungrunde überzeugen kann, obgleich es wahrlich unbillig ist, daß man Dem, welcher eine übernatürliche Erscheinung behauptet, den Beweis erlässt, und ihn Demjenigen auflegt, der die Rechte der Vernunft vertheidigt.

28.

Nicht toleranter als die Frömmler pflegen ihre Gegenfüßler, die *Deisten*, *Freygeister* und *Religions-Spötter* von gemeiner Art zu seyn. Ein Mann, der unglücklich genug ist, sich von der Wahrheit, Heiligkeit und Nothwendigkeit der christlichen Religion nicht überzeugen zu können, verdient Mitleiden, weil er ein sehr wesentliches Glück, einen kräftigen Trost im Leben und Sterben entbehrt; Er verdient mehr als Mitleiden, er verdient Liebe und Achtung, wenn er dabey seine Pflichten als Mensch und Bürger, so viel an ihm ist, treulich erfüllt, und niemand in seinem Glauben irremacht; Wenn aber jemand, der aus bösem Willen, aus Verkehrtheit des Kopfs oder des Herzens, ein Religions-Verächter geworden ist, oder gar zu seyn nur affectirt, aller Orten Proseliten zu werben sucht, öffentlich mit schaalem Witze oder nachgebeteten voltairischen Floskeln, der Lehren spottet, auf welche andre Menschen ihre einzige Hofnung, ihre zeitliche und ewige Glückseligkeit bauen; Wenn er Jeden verfolgt, verachtet, schimpft, Jeden einen Heuchler oder heimlichen Jesuiten schilt, der nicht wie Er denkt; so ist ein solcher bösartiger Thor unsrer Verachtung werth, ist werth, daß man ihm diese Verachtung zeige, wäre er auch ein noch so vornehmer Mann; und wenn man es für vergebliche Mühe hält, seinem Gewäsche ernsthafte Gründe entgegen zu setzen; so stopfe man ihm wenigstens, wenn es irgend möglich ist, sein Lästermaul!

29.

Ueber die Art, wie man *schwermüthige*, *tolle* und *rasende Menschen* behandeln müsse, sollte billig ein philosophischer Arzt ein eignes Werk schreiben. Dieser Mann müsste Leute von der Art, in und ausser den Hospitälern, aufsuchen, dieselben genau und in verschiednen Jahreszeiten und Monds-Veränderungen beobachten, und aus den Resultaten dieser Untersuchungen ein ganzes System ausarbeiten. Mir fehlt es an der Menge von Thatsachen, so wie an medicinischen Kenntnissen dazu, und hier würde eine weitläuftige Abhandlung über diesen Gegenstand auch zu viel Raum wegnehmen, da ich schon so manches Blatt mit Bemerkungen über den Umgang mit nicht *eingesperrten Narren* anzufüllen habe. Also nur noch wenig Zeilen darüber!

Der wichtigste Punct scheint bey solchen Kranken Anfangs der zu seyn, daß man die ersten Quellen ihres Uebels aufsuche, daß man bewahrheite, ob und wie dieselben, durch Zerrüttung einzelner cörperlicher Werkzeuge, oder durch Gemüthslagen, heftige Leidenschaften, oder Unglücksfälle, entstanden sind. Zu diesem Endzwecke muß man Acht darauf geben, womit sich ihre Phantasie, in den Augenblicken der Raserey oder Verwirrung und ausser denselben, beschäftigt, worauf ihre Einbildungskraft brütet. Da würde sichs dann zeigen, daß man, um diese Unglücklichen nach und nach zu heilen, mehrentheils nur auf einen einzigen Punct zu würken, in ihnen auf vorsichtige Weise nur eine einzige herrschende Grille zu zerstöhren oder zu modificiren brauchte. Ferner würde es wichtig seyn, darauf Acht zu geben, welche Art von Wetter-Verändrung, Jahrszeit und Monds-Wandlung Einfluß auf ihre Krankheit hätte, um die glücklichen Augenblicke zur Behandlung zu nützen. Endlich habe ich bemerkt, daß das Einsperren und jede harte Verfahrungsart fast immer das Uebel ärger macht. Ich muß bey dieser Gelegenheit mit wahrem, aufrichtigem Lobe der Einrichtung Erwähnung thun, welche im Tollhause in Frankfurt am Mayn herrscht, und welche ich vielfältig zu beobachten Gelegenheit gefunden habe. Man lässt dort die Wahnsinnigen, wenn es nur irgend ohne Gefahr geschehn kann, wenigstens in den Jahrszeiten, von welchen man weiß, daß alsdann ihre Tollheit weniger heftig ist, unter unmerklicher Beobachtung, frey im Hause und Garten herumgehn, und der Zuchtmeister verfährt so sanft und liebreich mit ihnen, daß viele derselben nach einigen Jahren völlig geheilt wieder herauskommen, und eine größere Anzahl wenigstens nur melancholisch bleibt, allerley Handarbeiten zu verrichten im Stande ist, indeß diese Menschen in manchen andern Hospitälern, durch Einsperren und Härte, vielleicht im höchsten Grade wüthend geworden seyn würden.

Man kann aber auch schwache Menschen stufenweise um ihren Verstand bringen, wenn man eine heftige Leidenschaft, von welcher sie regiert werden, sey es Liebe, Hochmuth oder Eitelkeit, nährt, reizt und dann wieder kränkt. Zwey solcher elenden Geschöpfe erinnere ich mich gesehn zu haben. Der eine trug ein Hofnarren-Kleid an dem Hofe des Fürsten von ***. Er war in der Jugend ein Mensch von feinem Kopfe, guten Anlagen und voll Witz gewesen; Noch loderten davon in ruhigen Augenblicken Flammen hervor. Er hatte studieren sollen, aber nichts gelernt, sondern sich einem lüderlichen Leben überlassen. Als er darauf in sein Vaterstädtchen zurückkam, behandelte man ihn wie einen unwissenden Müssiggänger, und er selbst fühlte, daß er weiter nichts war. Er hatte aber einen ungeheuren Hochmuth, und war nicht gänzlich arm. Von seiner Familie und den Leuten seines Standes verstoßen, fieng er nun an, mit den Hof-Officianten des Fürsten von *** sich herumzutreiben. Seine lustigen Einfälle zogen sogar die Aufmerksamkeit dieses fast sehr muntern Herrn auf ihn. Er wurde bald vertrauet mit demselben und mit dem ganzen Hofe, wodurch Anfangs seine Eitelkeit gekitzelt wurde; Doch endigte sich das natürlicher Weise damit, daß man ihn misbrauchte und wie einen privilegirten Spaßmacher betrachtete. Dies war indessen immer noch eine Art von Existenz, die ihn behagte, so lange das Ding in gewissen Schranken blieb, und es ihm erlaubt war, auf vertraulichem Fuße mit vornehmen Leuten umzugehn, und ihnen zuweilen derbe Wahrheiten zu sagen. Weil diese aber sich nicht umsonst so weit herablassen wollten, auch nicht zu aller Zeit gleich gut aufgelegt waren, seinen Witz, der zuweilen in das Grobe fiel, anzunehmen; so erfuhr er Demüthigungen aller Art, bekam zuweilen Schläge, und konnte doch nun nicht mehr zurück, indem ihm seine Verwandten und Bekannten in der Stadt mit äusserster Verachtung begegneten, und sein kleines Vermögen geschmolzen war. — Und so sank er dann immer tiefer. Er wurde gänzlich abhängig vom Hofe; der Fürst ließ ihm eine buntschäckigte Kleidung machen, und es war kein Küchenjunge im Schlosse, der nicht das Recht zu haben glaubte, einen Spaß von ihm zu begehren, oder ihm für einen Schoppen Wein einen Nasenstüber zu geben. Aus Verzweiflung berauschte er sich nun täglich, und war er ja einmal nüchtern; so nagten die Vorstellung seiner fürchterlichen Lage, das Gefühl der unedeln Rolle, welche er spielte, die Anstrengung, neue Späße zu erfinden, um nicht auf immer verstoßen zu werden, und sein aufwachender Hochmuth an seiner Seele, indeß er seinen Cörper durch Ausschweifungen zerrüttete. Er wurde würklich ein Narr, und einmal so rasend, daß man ihn ein halbes Jahr hindurch an der Kette verwahren musste. Als ich ihn sahe, war er ein alter Mann, trieb sich in einem armseligen Zustande umher, wurde wie ein verrückter Mensch angesehn, war aber mehr ein Gegenstand des Widerwillens, als des Mitleidens, und hatte doch noch helle Augenblicke, in welchen er ungewöhnlichen Scharfsinn, Witz und Genie verrieth, auch, wenn er einen halben Gulden erbetteln wollte, auf eine feine Weise zu schmeicheln, und mit so schlauer Menschenkenntniß die schwachen Seiten der Leute zu fassen verstand, daß ich nicht wusste, ob ich nicht mehr über die Leute, die ihn so tief hinabgestossen hatten, als über seine Verirrungen seufzen sollte.

Der andre Mensch, von welchem ich reden wollte, war einst Verwalter auf einem adelichen Gute gewesen, nachher aber in Pension gesetzt worden. Da nun solchergestalt die Herrschaft nichts mit ihm anzufangen wusste; trieb sie ihren Spaß mit ihm, indem er sehr dumm und zugleich hochmüthig und verliebt war. Sie nannten ihn Fürst, gaben ihm einen Orden, liessen erdichtete Briefe von hohen Potentaten an ihn schreiben, in welchen ihm entdeckt wurde, daß er eigentlich aus einem großen Hause abstamme, aber in seiner Jugend entführt worden sey; daß der Großsultan, welcher unrechtmäßiger Weise seine Länder besäße, ihm nach dem Leben trachtete; daß eine griechische oder hebräische

Prinzessinn in ihn verliebt sey, und dergleichen mehr. Es mussten lustige Freunde, wie Gesandte verkleidet, in Unterhandlungen mit ihm treten — Und kurz! nach wenig Jahren brachte man es dahin, daß der arme Tropf würklich verrückt wurde, und diese Thorheiten glaubte.

Ich enthalte mich aller Anmerkungen über diese beyden Geschichten; Der Leser wird sie ohne meine Anweisung machen können.

Ende des ersten Theils.

Ueber den

Umgang mit Menschen.

Von

Adolph Freyherrn Knigge.

Zweyter Theil.

Zweyter Theil.

Inhalt des zweyten Theils.

Drittes Capitel; Seite 163

Von dem Umgange unter Eheleuten.

1) Gute Wahl der Gatten ist das sicherste Mittel zu künftigem Eheglücke und das Gegentheil hat traurige Folgen. 2) Warum so manche, in der Jugend mit sehr wenig Ueberlegung geschlossene Ehen dennoch glücklich ausfallen? 3) Ob vollkommne Gleichheit in Temperamenten und Denkungsart zu einer glücklichen Ehe nothwendig sey? 4) Vorschriften, welche man beobachten soll, um sich einander immer neu, angenehm und werth zu bleiben. 5) Haupt-Regel: Erfülle sorgsam jede Deiner Pflichten! 6) Wie wir uns zu verhalten haben, wenn die liebenswürdigen Eigenschaften fremder Personen zu lebhafte Eindrücke auf unsre Ehegenossen machen. 7) Wie man sich selber gegen solche Eindrücke wafnen solle, besonders gegen die feinern Coketten; in der Jugend; im reifern Alter. 8) Eheliche Pflicht schliesst aber nicht alle zärtlichen Empfindungen für andre Personen aus. 9) Man soll von einander auch nicht Aufopferung alles eignen Geschmacks, aller andern unschuldigen Neigungen verlangen, sich aber nach und nach in gleiche Stimmung zu setzen suchen. 10) Wie man würkliche Ausschweifungen vermeiden solle? 11) Ob man Geheimnisse vor einander haben dürfe? 12) Jeder Ehegenosse soll seine angewiesenen Geschäfte haben. 13) Wie es mit Verwaltung der Cassen zu halten? 14) Wie aber, wenn Ein Theil die Verschwendung liebt? Häusliche Sparsamkeit ist ein Mittel zum Eheglücke. 15) Ist es besser, daß der Mann, oder daß die Frau reich sey? Ersteres! warum? Betragen gegen eine reiche Frau. 16) Ist es besser, daß der Mann klüger sey, als das Weib, oder umgekehrt? 17) Ob man seiner Gattinn sein Unglück klagen dürfe? Verhalten in würklichen Unglücksfällen. 18) Betragen bey gar zu großer Ungleichheit der Denkungsart. 19) Wie man sich verhalten solle, wenn das Schicksal uns mit einer unmoralischen, lasterhaften Person auf ewig verbunden hat? 20) Leide nicht, daß Fremde sich in Deine häuslichen Geschäfte mischen! Etwas über böse alte Schwiegermütter.

21) Ueber Verletzung ehlicher Treue und Ehescheidung. 22) Ob diese Regeln auch anwendbar auf die Ehen unter sehr vornehmen und sehr reichen Leuten sind?

Viertes Capitel; Seite 189

Ueber den Umgang mit und unter Verliebten.

1) Kurze Vorschrift, wie man mit Verliebten umgehn solle. 2) Warum man den Verliebten keine Vorschriften für ihren Umgang untereinander geben könne? 3) Glückseligkeit der ersten Liebe, im Gegensatze mit den Empfindungen eines Herzens, das schon oft Tausch und Handel getrieben. 4) Eifersucht und Zwist unter Verliebten knüpfen das Band fester, doch nicht die Eifersucht einer Cokette. 5) Ob Weiber, oder Männer inniger und beständiger lieben? 6) Sey verschwiegen in der Liebe! Es giebt ein Glück, das man sich selbst kaum gesteht, und Gefälligkeiten, die ihren Werth verliehren, wenn sie erläutert werden. 7) Warnung vor übereilten Eheversprechungen. 8) Nach dem Bruche mit der Geliebten soll man edel handeln.

Fünftes Capitel; Seite 197

Ueber den Umgang mit Frauenzimmern.

1) Erklärung des Verfassers, über das, was er etwa zum Nachtheile des weiblichen Geschlechts in diesem Capitel sagen müsste. 2) Umgang mit Frauenzimmern dient zur Bildung des Jünglings und gewährt reine Freuden. 3) Warum äussere und innere Vorzüge nicht immer das einzige sichre Mittel sind, uns in dem Umgange mit Frauenzimmern angenehm zu machen? 4) Die Frauenzimmer lieben an den Männern keine Infirmitäten; warum? 5) Warum man es den Damen nicht zum Vorwurfe machen solle, wenn sie sich für ausschweifende Männer interessiren? 6) Was für ein Anzug den Weibern an uns gefällt? 7) Man soll nicht mehrern Frauenzimmern zugleich einerley Huldigung bezeugen; 8)

Nicht in ihrer Gegenwart andre Damen von eben solchen Ansprüchen zu sehr loben. 9) Bestrebe Dich, ein angenehmer Gesellschafter zu seyn, wenn du den Damen gefallen willst! Schmeicheley gefällt ihnen vorzüglich wohl. 10) Ueber die Neugier der Weiber. 11) Wie man sich nach ihren Launen richten müsse? Man soll sich ihnen nicht aufdringen. 12) Sie finden Vergnügen an kleinen Neckereyen. 13) Man lasse ihnen den Triumph, und beschäme sie nicht! 14) Ueber Weiber-Rache. 15) Wie man sich hüten könne, nicht verliebt zu werden? 16) Niederträchtigkeit Derer, die junge Mädchen betrügen, täuschen, verführen, zu Grunde richten. 17) Ueber den Umgang mit Coketten und Buhlerinnen. 18) Etwas von gelehrten Weibern. 19) Ueber die Verstellung der Weiber. 20) Ueber alte Coketten, Prüden, Spröden, Betschwestern, Gevatterinnen. 21) Noch etwas im Allgemeinen, von den Freuden im Umgange mit edeln und verständigen Weibern.

Sechstes Capitel; Seite 215

Ueber den Umgang unter Freunden.

1) Ueber die Wahl der Freunde, in der Jugend und im reifern Alter. 2) In wie fern zur Freundschaft Gleichheit des Alters, des Standes, der Denkungsart und der Fähigkeiten erfordert werde? 3) Warum sehr vornehme und sehr reiche Leute wenig Sinn für Freundschaft haben? 4) Rechne nie auf die dauerhafte Freundschaft solcher Menschen, die von unedeln, heftigen oder thörichten Leidenschaften regiert werden! 5) Ob es so schwer sey, treue Freunde zu finden? Wie sie beschaffen seyn müssen? Ob man deren Viele antreffe? 6) Bestimmung der Grenzen der Anhänglichkeit für einen Freund. 7) Freunde in der Noth. 8) Ob man seinen Freunden sein Unglück klagen solle? 9) Was wir thun sollen, wenn uns ein Freund seine Noth klagt? 10) Grenzen der Vertraulichkeit. 11) Schmeicheley muß unter Freunden wegfallen, nicht aber Gefälligkeit. Man muß den Muth haben, Wahrheit zu sagen

und anzuhören. 12) Vorsichtigkeit im Fordern und Annehmen von Freundschaftsdiensten, Wohlthaten und Gefälligkeiten. 13) Wie man es anzufangen habe, daß wir unserm Freunde nicht überlästig werden und daß der öftere, zu vertrauliche Umgang nicht widrige Eindrücke erzeuge? Daß man auch Trennung von geliebten Freunden ertragen lernen müsse. 14) Ueber den Briefwechsel mit abwesenden Freunden. 15) Ueber Eifersucht in der Freundschaft. 16) Alles, was Deinem Freunde angehört, sey Dir heilig! 17) Man soll seine Freunde nicht nach der Wärme beurtheilen, die sie äusserlich zeigen. 18) Man soll nicht ängstlich um Freunde werben. 19) Es giebt Menschen, die gar keine vertrauete Freunde haben, und andre, die jedermanns Freunde sind. 20) Vorschriften über die Aufführung, wenn Mißverständnisse unter Freunden entstehen. 21) Wie aber, wenn uns Freunde täuschen, verlassen, oder wir uns in unsrer Meinung von ihnen betrogen glauben? 22) Betragen nach dem Bruche mit einem unwürdig befundnen Freunde.

Siebentes Capitel; Seite 235

Ueber die Verhältnisse zwischen Herrn und Diener.

1) Man soll der unterwürfigen Menschenclasse die Dienstbarkeit leicht zu machen suchen. 2) Die mehrsten Menschen scheinen zwar zur Sclaverey gebohren zu seyn; woher aber das komme? 3) Doch fühlen sie den Werth des größern Verdienstes und einer edlen Behandlung. Regeln, daher genommen. Gutes Beyspiel wird empfohlen. 4) Nachsicht und Vertraulichkeit mit Dienstbothen soll nicht übertrieben werden. Mittel, gut bedient, und von seinen Leuten geliebt zu werden. 5) Auf welchem Fuße gewöhnlich heut zu Tage der Hausvater mit dem Gesinde lebt. Vortheile und Nachtheile von dem Unternehmen, seine Domestiken sich selbst zu erziehn. 6) Warum man das Gesinde nicht schlagen noch schimpfen solle? 7) Betragen gegen fremde Bediente. 8) Ueber Friseurs, Barbiers und Putzmacherinnen. 9) Etwas über das

Betragen des Dieners gegen den Herrn. 10) Diebstahl zu hindern.

Achtes Capitel; Seite 244

Betragen gegen Hauswirthe, Nachbarn und Solche,
die mit uns in demselben Hause wohnen.

1) Nächst den ersten natürlichen Verhältnissen ist man zuerst seinen Nachbarn und Hausgenossen Rath, That und Hülfe schuldig. 2) Man soll sich ihnen aber nicht aufdringen, noch ihre Handlungen ausspähn. 3) Kleine Gefälligkeiten gegen Personen, die unter, neben uns, und uns gegenüber wohnen. 4) Verhalten gegen Hauswirthe, und Betragen des Hauswirths gegen Miethsleute. 5) Kleine Mishelligkeiten müssen gleich geschlichtet werden.

Neuntes Capitel; Seite 248

Ueber das Verhältniß zwischen Wirth und Gast.

1) Ueber die Rechte der Gastfreundschaft in alten und neuern Zeiten. 2) Einige Regeln für Den, welcher Gastfreundschaft erzeigt. 3) Betragen des Gastes, gegen den Wirth. 4) Es giebt Menschen, die den Werth der erwiesenen Gastfreundschaft zu hoch anrechnen.

Zehntes Capitel; Seite 253

Ueber die Verhältnisse unter Wohlthätern und Denen,
welche Wohlthaten empfangen, wie auch unter Lehrern
und Schülern, Gläubigern und Schuldnern.

1) Dankbarkeit für empfangne Wohlthaten; Auch dann, wenn uns der Wohlthäter nicht mehr nützen kann. 2) Man soll nie durch unedle Schmeicheley Wohlthaten weder erringen, noch vergelten. Ob erwiesene Menschen-Pflicht besondern Dank verdiene? 3) Grenzen der Dankbarkeit gegen schlechte Menschen. 4) Ueber die Art, Wohlthaten zu erzeigen, und

über den Umgang mit Dem, welchem man sie erwiesen. 5) Verhältniß zwischen Lehrer und Schüler. Betragen gegen Personen, die sich dem Erziehungsgeschäfte widmen. 6) Ueber das Betragen gegen Schuldner und Gläubiger.

Eilftes Capitel; Seite 259

Ueber das Betragen gegen Leute, in allerley besondern Verhältnissen und Lagen.

1) Gegen Feinde, Beleidiger und Beleidigte. 2) Ueber den Umgang mit Leuten, die einander feind sind. 3) Ueber die Art, Kranke zu behandeln. 4) Ueber das Betragen gegen Arme, Leidende, Verlassene, Verirrte und Gefallene.

Zwölftes Capitel; Seite 276

Ueber das Betragen bey verschiednen Vorfällen im menschlichen Leben.

1) In eignen und fremden Gefahren. 2) Auf Reisen. Einige Regeln, um bequem, angenehm, wohlfeil und nützlich zu reisen, und wie man sich gegen Reisende und in Bädern zu betragen habe? 3) Ueber das Betragen in Gesellschaft betrunkner Leute. 4) Regeln beym Rathgeben und Rathfragen. 5) Bey feyerlichen Gelegenheiten. 6) Beym Tanze.

Einleitung.

Der erste Theil dieses Buchs enthält Bemerkungen über den Umgang mit Menschen von allerley Art, ohne Rücksicht auf ihre besondern Verhältnisse unter einander. Die mannigfaltigen natürlichen, häuslichen und bürgerlichen Verbindungen aber erfordern eine verschiedne Anwendung der Regeln des Umgangs und neue Vorschriften für einzelne Fälle. Ich rede daher in diesem zweyten Theile zuerst von demjenigen, was wir in der menschlichen Gesellschaft zu beobachten haben, in so fern wir auf Verschiedenheit des Alters und des Geschlechts, auf Blutsfreundschaft, auf die ersten Bande des häuslichen Lebens und auf Freundschaft, Liebe, Dankbarkeit, Wohlwollen, endlich auf die Lagen mancher Art, in welche Menschen aus allen Ständen gerathen können, unser Augenmerk richten. Der dritte Theil aber wird die Pflichten entwickeln, die uns Stand, bürgerliche Verbindung, Uebereinkunft und alle übrige zusammengesetztere Verhältnisse auflegen.

Erstes Capitel.

Von dem Umgange unter Menschen von verschiednem Alter.

1.

Der Umgang unter Menschen von gleichen Jahren scheint freylich viel Vorzüge und Annehmlichkeit zu haben. Aehnlichkeit in Denkungsart und wechselseitige Austauschung solcher Ideen, die gleich lebhaft die Aufmerksamkeit erregen, ketten die Menschen an einander. Jedem Alter sind gewisse Neigungen und leidenschaftliche Triebe eigen. In der Folge der Zeit verändert sich die Stimmung; Man rückt nicht so fort mit dem Geschmacke und der Mode; Das Herz ist nicht mehr so warm, fasst nicht so leicht Interesse an neuen Gegenständen; Lebhaftigkeit und Phantasie werden herabgestimmt; Manche glückliche Täuschungen sind verschwunden; Viel Gegenstände, die uns theuer waren, sind um uns her abgestorben, entwichen, unsern Augen entrückt; Die Gefährten unsrer glücklichen Jugend sind fern von uns, oder schlummern schon im mütterlichen Schooße; der Jüngling hört die Erzählungen von den Freuden unsrer schönsten Jahre nur aus Gefälligkeit ohne Gähnen an. Gleiche Erfahrungen geben reichhaltigern Stoff zur Unterhaltung, als wenn das, was ein Mensch erlebt hat, dem andern ganz fremd ist — Das alles leidet keinen Widerspruch; Doch rückt Verschiedenheit der Temperamente, der Erziehung, der Lebensart und der Erfahrungen diese Grenzlinien oft vor und zurück. Viel Menschen bleiben in gewissem

Betrachte ewig Kinder, indeß Andre vor der Zeit Greise werden. Der an Leib und Seele abgenutzte Jüngling, der alle Welt-Lüste bis zum Eckel geschmeckt hat, findet freylich wenig Genuß im Kreise junger unschuldiger Landleute, die noch Sinn für einfache Freuden haben, und der alte Biedermann, der nicht weiter, als höchstens in einem Umkreise von fünf Meilen sich von seiner Heimat entfernt hat, ist unter einem Haufen erfahrner und belebter Residenz-Bewohner, mit ihm von gleichem Alter, eben so wenig an seinem Platze, wie ein betagter Capuziner in einer Gesellschaft von alten Gelehrten. Dagegen aber binden auch manche Neigungen, zum Beyspiel die noblen Passionen der Jagd, des Spiels, der Medisance und des Trunks, vielfältig Greise, Jünglinge und alte Weiber recht herzlich an einander; Diese Ausnahme von jener allgemeinen Bemerkung, von der Bemerkung: daß der Umgang unter Leuten von gleichen Jahren viel Vorzüge hat, kann indessen die Vorschriften nicht unkräftig machen, die ich jetzt über das Betragen der Menschen von verschiednem Alter gegen einander geben werde. Nur muß ich noch eine Anmerkung hinzufügen: Es ist nicht gut, wenn eine zu bestimmte Absonderung unter Personen von verschiednem Alter Statt findet, wie zum Beyspiel in Bern, wo fast jedes Stufenjahr seine eignen, angewiesenen gesellschaftlichen Cirkel hat, so daß, wer vierzig Jahre alt ist, anständiger Weise nicht mit einem Jünglinge von fünf und zwanzig Jahren umgehn kann. Die Nachtheile eines solchen conventionellen Gesetzes sind wohl nicht schwer einzusehn. Der Ton, den die Jugend annimt, wenn sie immer sich selbst überlassen ist, pflegt nicht der sittlichste zu seyn; manche gute Einwürkung wird verhindert, und alte Leute bestärken sich in der Selbstsucht, im Mangel an Duldung, und werden mürrische Hausväter, wenn sie keine andre, als solche Menschen um sich sehen, die mit ihnen gemeinschaftliche Sache machen, sobald von Lobes-Erhebung alter Zeiten und Heruntersetzung der gegenwärtigen, deren Ton sie nie kennen lernen, die Rede ist.

2.

Selten nehmen ältere Leute so billige Rücksicht, daß sie sich in Gedanken an die Stelle jüngerer Personen setzten, die Freuden derselben nicht stöhrten, sondern vielmehr zu befördern und durch Theilnahme lebhafter zu machen suchten. Sie denken sich nicht in ihre eignen Jugendjahre zurück; Greise verlangen von Jünglingen dieselbe ruhige, nüchterne, kaltblütige Ueberlegung, Abwägung des Nützlichen und Nöthigen gegen das Entbehrliche, dieselbe Gesetztheit, die ihnen Jahre, Erfahrung und physische Herabspannung gegeben haben. Die Spiele der Jugend scheinen ihnen unbedeutend, die Scherze leichtfertig. Es ist aber auch wahrlich erstaunlich schwer, sich so ganz in die Lage zurück zu denken, in welcher wir vor zwanzig oder dreyssig Jahren waren, und bey dem besten Willen entstehen daraus manche unbillige Urtheile und manche Uebereilungen, bey Erziehung der Jugend. — O! lasset uns doch lieber selbst so lange jung bleiben, wie möglich ist, und, wenn der Winter unsers Lebens unser Haar mit Schnee deckt, und nun das Blut langsamer durch die Adern rollt, das Herz nicht mehr so warm und laut im Busen pocht, doch mit theilnehmender Wonne auf unsre jüngern Brüder herabsehn, die noch Frühlings-Blumen pflücken, wenn wir, dick eingehüllt, am häuslichen, väterlichen Heerde Ruhe suchen! Lasset uns nicht durch platte Gemeinsprüche die süßen Freuden der Phantasie niederpredigen! Wenn wir zurückschauen auf jene seligen Tage, wo ein einziger Liebesblick des holden Mädchens, das jetzt eine alte runzlichte Matrone ist, uns bis in den dritten Himmel entzückte; wo bey Music und Tanz jede Nerve in uns wiederhallte; wo Scherz und Witz jeden trüben Gedanken verjagten; wo süße Träume, Ahnungen, Hofnungen, unsre Existenz froh machten — o! so lasset uns doch diese glückliche Periode bey unsern Kindern zu verlängern trachten und so viel möglich Theil nehmen, an ihrem Wonnegefühle! Mit zärtlicher Ehrerbiethung drängen sich dann Kind, Knabe, Mädchen und Jüngling um den freundlichen alten Mann, der sie zu unschuldiger Fröhlichkeit aufmuntert. Ich bin als Jüngling mit so liebenswürdigen alten Damen umgegangen, daß ich wahrlich, wenn ich die Wahl gehabt hätte, an ihrer Seite lieber mein Leben hingebracht haben würde, als bey manchen hübschen, jungen Mädchen; und wenn bey großen Tafeln mich, als einen jungen Menschen, die Reyhe traf, neben einer dummen Schönheit Platz zu nehmen; habe ich oft den Mann beneidet, dem sein Rang ein Recht gab, der Nachbar einer verständigen, muntern alten Frau zu seyn.

3.

So schön aber diese gutmüthige Herablassung zu der Stimmung der Jugend ist; so lächerlich muß es uns vorkommen, wenn ein Greis so sehr Würde und Anstand verleugnet, daß er in Gesellschaft den Stutzer oder den lustigen Studenten spielt; wenn die Dame ihre vier Lustra vergisst, sich wie ein junges Mädchen kleidet, herausputzt, cokettirt, die alten Gliedmaßen beym englischen Tanze durch einander wirft, oder gar andern Generationen Eroberungen streitig machen will. Solche Scenen würken Verachtung; Nie müssen Personen von gewissen Jahren Gelegenheit geben, daß die Jugend ihrer spotte, die Ehrerbietung, oder irgend eine der Rücksichten vergesse, die man ihnen schuldig ist.

4.

Es ist indessen nicht genug, daß der Umgang älterer Leute den jüngern nicht lästig und hinderlich werde; er muß ihnen auch Nutzen schaffen. Eine größere Summe von Erfahrungen berechtigt und verpflichtet Jene, Diese zu unterrichten, zurechtzuweisen, ihnen durch Rath und Beyspiele nützlich zu werden. Dies muß aber ohne Pedanterey, ohne Stolz und Anmaßung geschehn, ohne auf lächerliche Weise für alles eingenommen zu seyn, alles anzupreisen, was alt ist, ohne Aufopferung aller Jugend-Freuden, beständige Huldigung und unterthänige Aufwartung zu fordern, ohne Langeweile zu erregen, und ohne sich aufzudringen. Man soll sich vielmehr aufsuchen lassen, und das wird gewiß nicht fehlen, da gutgeartete junge Leute sich's zur Ehre zu rechnen pflegen, mit freundlichen und verständigen Greisen umgehn zu dürfen, und es der Unterhaltung mit einem Solchen, der so manches gesehn und erlebt hat und davon zu erzählen weiß, nicht an Reiz fehlt.

5.

So viel über das Betragen bejahrter Personen gegen jüngere Leute! Jetzt noch etwas von der Aufführung der Jünglinge, im Umgange mit Männern und Greisen!

In unsern, von Vorurtheilen so säuberlich gereinigten, aufgeklärten Zeiten, werden manche Empfindungen, welche die Natur uns eingeprägt hat, wegvernünftelt. Dahin gehört dann auch das Gefühl der Ehrerbiethung gegen das hohe Alter. Unsre Jünglinge werden früher reif, früher klug, früher gelehrt; Durch fleissige Lectur, besonders der reichhaltigen Journale, ersetzen sie, was ihnen an Erfahrung und Fleiß mangeln könnte; Dies macht sie so weise, über Dinge entscheiden zu können, wovon man ehemals glaubte, es würde vieljähriges, ämsiges Studium dazu erfordert, nur einigermaßen klar darinn zu sehn. Daher entsteht auch jene edle Selbstigkeit und Zuversicht, die schwächere Köpfe für Unverschämtheit halten, jene Ueberzeugung des eignen Werths, mit welcher unbärtige Knaben heut zu Tage auf alte Männer herabsehen, und alles mündlich und schriftlich überschreyen, was ihnen in den Weg kömmt. Das Höchste, worauf ein Mann von ältern Jahren Anspruch machen darf, ist gnädige Nachsicht, züchtigende Critic, Zurechtweisung von seinen unmündigen Kindern und Enkeln, und Mitleiden mit ihm, der das Unglück gehabt hat, nicht in diesen glücklichen Tagen, in welchen die Weisheit, ungesäet und ungepflegt, wie Manna vom Himmel regnet, gebohren worden zu seyn. Ich, der ich auch das Schicksal gehabt habe, in einem Jahre zur Welt zu kommen, in welchem der größte

Theil der Polyhistoren, von denen ich hier rede, ihre itzt so scharfen Zähne noch am Wolfszahn übten, oder gar noch Embrionen waren, ich habe es nicht zu jenem Grade der Aufklärung bringen können, und muß daher um Verzeyhung bitten, wenn ich hier einige Regeln zu geben wage, die ziemlich nach der alten Mode schmecken werden. — Doch zur Sache!

6.

Es giebt viel Dinge in dieser Welt, die sich durchaus nicht anders als durch Erfahrung lernen lassen; Es giebt Wissenschaften, die so schlechterdings langwährendes Studium, vielfaches Betrachten von verschiednen Seiten und kältres Blut erfordern, daß ich glaube, auch das feurigste Genie, der feinste Kopf, sollte einem bejahrten Manne, der, selbst bey schwächern Geistesgaben, Alter und Erfahrung auf seiner Seite hat, in den mehrsten Fällen einiges Zutraun, einige Aufmerksamkeit nicht versagen. Und wäre auch nicht von wissenschaftlichen Fächern die Rede; so ist doch wohl im Ganzen unleugbar, daß die Summe mannigfaltiger Erfahrungen, die jeder in der Welt lebende Mann in einer langen Reyhe von Jahren einsammelt, ihn in den Stand setzt, schwankende Ideen zu berichtigen, von idealischen Grillen zurückzukommen, sich nicht so leicht von Phantasie, warmem Blute und reizbaren Nerven irreführen zu lassen, und die Menschen und die Dinge um ihn her aus einem richtigern Gesichtspuncte anzusehn. Endlich dünkt es mich so schön, so edel, Dem, welcher nun nicht lange mehr die Schätze und Freuden dieser Welt schmecken kann, den Rest seines Lebens, in welchem gewöhnlich Sorgen und Kümmernisse wachsen und der Genuß vermindert wird, so leicht wie möglich zu machen, daß ich kein Bedenken trage, dem Jünglinge und Knaben zuzurufen: »Vor einem grauen Haupte sollst Du aufstehn! Ehre das Alter! Suche den Umgang ältrer kluger Leute! Verachte nicht den Rath der kältern Vernunft, die Warnung des Erfahrnen! Thue dem Greise, was Du willst, daß man Dir thun solle, wenn einst Deiner Scheitel Haar versilbert seyn wird! Pflege Seiner, und verlasse ihn nicht, wenn die wilde, leichtfertige Jugend ihn flieht!«

Uebrigens aber ist es auch gewiß, daß es sehr viel alte Gecke und Schöpfe, so wie es hie und da weise Jünglinge giebt, die schon geerndtet haben, wo Andre noch kaum ihr Handwerksgeräthe zum Graben und Pflügen schleifen.

7.

Nun noch etwas von dem Umgange mit Kindern, aber nur sehr wenig! denn hiervon weitläuftig zu reden, das hiesse ein Werk über Erziehung schreiben, und das ist ja nicht mein Zweck.

Der Umgang mit Kindern hat für einen verständigen Mann unendlich viel Interesse. Hier sieht er das Buch der Natur in unverfälschter Ausgabe aufgeschlagen. Er sieht den wahren, einfachen Grundtext, den man nachher oft mit Mühe nur unter dem Wuste von fremden Glossen, Verzierungen und Verbrämungen herausfinden kann; Die Anlage zu der Eigenthümlichkeit in den Charactern, die nachher leider! mehrentheils entweder ganz verlohren geht, oder sich hinter der Larve der feinern Lebensart und hinter conventionellen Rücksichten versteckt, liegt noch offen da; Ueber viel Dinge urtheilen Kinder, von Systemgeist, Leidenschaft und Gelehrsamkeit unverführt, weit richtiger, als Erwachsene; Sie empfangen manche Eindrücke weit schneller, haben noch eine große Anzahl Vorurtheile weniger gefasst — Kurz! wer Menschen studieren will, der versäume nicht, sich unter Kinder zu mischen! Allein der Umgang mit denselben erfordert auch Ueberlegungen, die im Leben mit ältern Personen wegfallen. Heilige Pflicht ist es, ihnen auf keine Weise Aergerniß zu geben; sich leichtfertiger Reden und Handlungen zu enthalten, die von niemand so lebhaft, wie von den auf alles Neue so aufmerksam horchenden, so fein beobachtenden Kindern aufgefangen werden; ihnen in jeder

Art Tugend, in Wohlwollen, Treue, Aufrichtigkeit und Anständigkeit Beyspiel zu geben — kurz! zu ihrer Bildung alles nur Mögliche beyzutragen.

Immer herrsche Wahrheit in Deinen Reden und in Deinem Betragen gegen diese jungen Geschöpfe; Laß Dich herab (jedoch nicht auf eine Weise, die ihnen selbst lächerlich vorkommen muß) zu dem Tone, der ihnen nach ihrem Alter verständlich ist! Zerre, necke die Kinder nicht, wie einige Leute die Gewohnheit haben! — das hat böse Einflüsse auf den Character.

Gutgeartete Kinder werden durch einen ganz eignen Sinn zu edlen, liebevollen Menschen hingezogen, wenn Diese sich auch nicht so sehr viel mit ihnen zu thun machen, da sie hingegen Andre fliehen, die ihnen ausserordentlich gefällig sind. Reinigkeit, Einfalt des Herzens ist das große Zauberband, wodurch dies bewürkt wird, und die lässt sich dann freylich nicht nach Vorschriften lernen.

Daß das Herz des Vaters und der Mutter an ihren Kindern hängt, ist sehr natürlich; Eine Klugheits-Regel ist es also, wenn uns an der Gunst der Eltern gelegen ist, ihre geliebten Kinder nicht zu übersehn, sondern ihnen einige Aufmerksamkeit zu widmen! Weit entfernt von uns aber bleibe es, die ungezognen Knaben und Mädchen der Großen niederträchtiger Weise zu schmeicheln, dadurch den Hochmuth, den Eigensinn und die Eitelkeit dieser mehrentheils schon so sehr verderbten Dingerchen zu nähren, zu ihrer moralischen Verschlimmerung etwas beyzutragen, und das Grundgesetz der Natur zu übertreten, welches befiehlt, daß das Kind dem reifen Alter, nicht aber der Mann dem Knaben huldige!

Vor allen Dingen hüte man sich auch, wenn Eltern in unsrer Gegenwart ihren Kindern Verweise geben, nicht etwa die Parthey der Kinder zu nehmen! denn dadurch werden Diese in ihrer Unart bestärkt und Jene in ihrem Erziehungsplane gestöhrt.

Zweytes Capitel.

Von dem Umgange unter Eltern, Kindern und Blutsfreunden.

1.

Das erste und natürlichste Band unter den Menschen, nächst der Vereinigung zwischen Mann und Weib, ist von je her das Band zwischen Eltern und Kindern gewesen. Wenn gleich das Zeugungs-Geschäft nicht eigentlich absichtliche Wohlthat für die folgende Generation ist; so giebt es doch wenig Menschen, die nicht ganz gut damit zufrieden wären, daß jemand sich die Mühe gegeben hat, sie in die Welt zu setzen; und obwohl in unsern Staaten die Eltern ihre Kinder nicht blos aus freyem Willen auferziehen, nähren und pflegen; so ist es doch abgeschmackt, zu sagen: die mannigfaltige Bemühung, welche dies erfordert und nach sich zieht, lege keine Art von Verbindlichkeit auf, oder es sey nicht wahr, daß ein Zug von Wohlwollen, Sympathie und Dankbarkeit uns denen Personen näher bringe, deren Fleisch und Blut wir sind, unter deren Herzen wir gelegen, die uns gefüttert, für uns gewacht, gesorgt, die alles mit uns getheilt haben.

Unmittelbar darauf folgt die Verbindung unter den Zweigen Eines Stammes. Die Mitglieder derselben Familie, durch ähnliche Organisation, gleichförmige Erziehung und gemeinschaftliches Interesse harmonisch gestimmt und an einander geknüpft, fühlen für einander, was sie für Fremde nicht fühlen, und fremder werden ihnen die Menschen, je mehr sich dieser Kreis erweitert.

Vaterlands-Liebe ist schon ein zusammengesetzteres Gefühl, aber immer noch inniger, wärmer als Weltbürger-Geist, für einen Menschen, der nicht, früh verwiesen aus der bürgerlichen Gesellschaft, ein Abentheurer, von Lande zu Lande irrend, kein Eigenthum und keinen Sinn für bürgerliche Pflichten hat. Wer die Mutter nicht liebt, deren Brüste er gesogen; wessen Herz nicht warm wird bey dem Anblicke der Gefilde, in welchen er die unschuldigen, glücklichen Jahre seiner Jugend fröhlich und sorgenlos verlebt hat — was für Interesse soll Der wohl an dem Ganzen nehmen, da Eigenthum, Moralität, und alles, was den Menschen auf dieser Erde irgend theuer seyn kann, doch am Ende auf Erhaltung jener Familien- und Vaterlands-Bande beruhet?

Daß aber diese Bande täglich lockrer werden, beweist nichts, als daß wir uns täglich weiter von der edlen Ordnung der Natur und deren Gesetzen entfernen; und wenn ein schiefer Kopf, den sein Vaterland wie ein unbrauchbares Mitglied ausstößt, weil er sich den Gesetzen nicht unterwerfen will, unzufrieden mit dem Zwange, den ihm Sittlichkeit und Policey auflegen, behauptet, es sey des Philosophen würdig, alle engern Verbindungen aufzulösen, und kein anders Band anzuerkennen, als das allgemeine Bruderband unter allen Erdbewohnern; so überzeugt uns das von nichts weiter, als daß kein Satz so närrisch ist, der nicht in unsern Tagen in irgend einem philosophischen Systeme als Grundpfeiler aufgestellt würde. — Glückliches achtzehntes Jahrhundert, in welchem man so große Entdeckungen macht, wie zum Beyspiel: daß man, um lesen zu lernen, nicht mit den Buchstaben und Sylben bekannt zu seyn brauche, und daß man, um alle Menschen zu lieben, keinen Einzelnen lieben dürfe! Jahrhundert der Universal-Arzeneyen, der Philalethen, Philanthropen, Alchymisten und Cosmopoliten! wohin wirst Du uns noch führen? Ich sehe im Geiste, allgemeine Aufklärung sich über alle Stände verbreiten; Ich sehe den Bauer seinen Pflug müßig stehn lassen, um dem Fürsten eine Vorlesung zu halten, über Gleichheit der Stände und über die Schuldigkeit, die Last des Lebens gemeinschaftlich zu tragen; Ich sehe, wie Jeder die ihm unbequemen Vorurtheile wegraisonnirt, wie Gesetze und bürgerliche Einrichtungen der Willkühr weichen, wie der Klügre und Stärkre sein natürliches Herrscher-Recht reclamirt, und seinen Beruf, für das Beste der ganzen Welt zu sorgen, auf Unkosten der Schwächern gelten macht; wie Eigenthum, Staats-Verfassungen und Grenzlinien aufhören, wie Jeder sich selbst regiert, und sich ein System zu Befriedigung seiner Triebe erfindet. — O gebenedeyetes, goldenes Zeitalter! dann machen wir Alle nur Eine Familie aus; dann drücken wir den edeln, liebenswürdigen Menschenfresser brüderlich an unsre Brust, und wandeln, wenn dies Wohlwollen sich erweitert, endlich auch mit dem genievollen Orang-Outang Hand in Hand durch dies Leben. Dann fallen alle Fesseln ab; dann schwinden alle Vorurtheile; Ich brauche nicht meines Vaters Schulden zu bezahlen; habe nicht nöthig, mich mit Einem Weibe zu begnügen, und das Schloß vor meines Nachbars Geldkasten ist kein Hinderniß, mein angebohrnes Recht auf das Gold, das die mütterliche Erde uns Allen darreicht, in Ausübung zu bringen.*

So weit sind wir nun aber noch nicht gekommen, und da es viel Menschen giebt, unter die auch ich gehöre, die ihre Verwandten lieben, und Sinn für häusliche Freuden und für das Familienband haben; so will ich doch hier einige Bemerkungen über den Umgang unter Blutsfreunden liefern.

2.

Es giebt Eltern, die, umhergetrieben in einem beständigen Wirbel von Zerstreuungen, ihre Kinder kaum ein Paar Stunden des Tages sehen, ihren Vergnügungen nachrennen, und indes Miethlingen die Bildung ihrer Söhne und Töchter überlassen, oder wenn Diese schon erwachsen sind, mit ihnen

* Und das sind die Grundsätze eines Mannes, den Georg Zimmermann, Aloisius Hoffmann und Consorten als einen Volks-Aufwiegler verketzerten.

auf einem so fremden, höflichen Fuße leben, als wenn sie ihnen gar nicht angehörten. Wie unnatürlich und unverantwortlich dies Verfahren sey, das bedarf wohl keines Beweises. Es giebt aber andre Eltern, die von den Kindern eine so sclavische Ehrerbiethung und so viel Rücksichten und Aufopferungen fordern, daß durch den Zwang und den gewaltigen Abstand, der hieraus entsteht, alles Zutraun, alle Herzens-Ergiessung wegfällt, so daß den Kindern die Stunden, welche sie an der Seite ihrer Eltern hinbringen müssen, fürchterlich und langweilig vorkommen. Noch andre vergessen, daß Knaben auch endlich Männer werden; Sie behandeln ihre erwachsenen Söhne und Töchter immer noch wie kleine Unmündige, gestatten ihnen nicht den geringsten freyen Willen, und trauen den Einsichten derselben nicht das Mindeste zu. — Das alles sollte nicht so seyn. Ehrerbiethung besteht nicht in feyerlicher, strenger Entfernung, sondern kann recht gut mit freundschaftlicher Vertraulichkeit bestehn. Man liebt Den nicht, an welchen man kaum hinauf zu schauen wagen darf; Man vertrauet sich Dem nicht, der immer mit steifem Ernste Gesetz predigt; Zwang tödtet alle edle, freywillige Hingebung. Was kann hingegen entzückender seyn, als der Anblick eines geliebten Vaters, mitten unter seinen erwachsenen Kindern, die nach seinem weisen und freundlichen Umgange sich sehnen, keinen Gedanken ihres Herzens verbergen vor ihm, der ihr treuester Rathgeber, ihr nachsichtsvoller Freund ist, der an ihren unschuldigen, jugendlichen Freuden Theil nimt, oder sie wenigstens nicht stöhrt, und mit ihnen wie mit seinen besten und natürlichsten Freunden lebt! — Eine Verbindung, zu welcher sich alle Empfindungen vereinigen, die nur den Menschen theuer seyn können, Stimme der Natur, Sympathie, Dankbarkeit, Aehnlichkeit des Geschmacks, gleiches Interesse und Gewohnheit des Umgangs! Allein diese Vertraulichkeit kann auch übertrieben werden, und ich kenne Väter und Mütter, die sich dadurch verächtlich machen, daß sie die Gefährten der Ausschweifungen ihrer Kinder, oder gar, wenn Diese besser sind, als sie selbst, mit ihren Lastern, die sie nicht zu verhehlen trachten, das Gespötte oder der Abscheu Derer werden, denen sie ein lehrreiches Beyspiel geben sollten.

3.

Es ist in unsern Tagen nichts seltnes, Kinder zu sehn, die ihre Eltern vernachlässigen, oder unedel behandeln. Die Jünglinge finden ihre Väter nicht weise, nicht unterhaltend, nicht aufgeklärt genug. Das Mädchen hat Langeweile bey der alten Mutter, und vergisst, wie manche langweilige Stunde Diese bey seiner Wiege, bey Wartung desselben in gefährlichen Krankheiten, oder bey den kleinen schmutzigen Arbeiten zugebracht, wie sie sich in den schönsten Jahren ihres Lebens so manches Vergnügen versagt hat, um für die Erhaltung und Pflege des kleinen eckelhaften Geschöpfs zu sorgen, das vielleicht ohne diese Sorgfalt nicht mehr da seyn würde. Die Kinder vergessen, wie viel schöne Stunden sie ihren Eltern durch ihr betäubendes Geschrey verdorben, wie viel schlaflose Nächte sie dem sorgsamen Vater gemacht haben, der alle Kräfte aufboth, für seine Familie zu arbeiten, sich manche Bequemlichkeit entziehn, vor manchem Schurken sich krümmen musste, um Unterhalt für die Seinigen zu erringen. Gutgeartete Gemüther werden indessen nie so sehr das Gefühl der Dankbarkeit ersticken, daß sie meiner Ermahnungen bedürften, und für niedre Seelen schreibe ich nicht. Nur erinnere ich, daß, wenn auch Kinder Ursache hätten, sich der Schwachheiten, oder gar der Laster ihrer Eltern zu schämen, sie doch weiser und besser handeln, wenn sie die Fehler derselben so viel möglich zu verstecken suchen, und im äussern Umgange nie die Ehrerbiethung aus den Augen setzen, die sie ihnen in so manchem Betrachte schuldig sind. Segen des Himmels und Achtung aller gutgesinnten Menschen sind der sichre Preis der Sorgfalt, welche die Söhne und Töchter auf die Pflege, Erhaltung und edle Behandlung ihrer Eltern verwenden. Traurig ist die Lage für ein Kind, wenn es durch die Uneinigkeit, in welcher seine Eltern leben, oder sonst, in die Verlegenheit geräth, Parthey vor oder gegen Vater oder Mutter nehmen zu sollen. Vernünftige Eltern werden es aber immer vermeiden, ihre Kinder in solche unglückliche Zwistigkeiten zu verwickeln, und gute Kinder werden dabey mit derjenigen Vorsichtigkeit zu Werke gehen, die Rechtschaffenheit und Klugheit gebiethen.

4.

Ich höre so oft darüber klagen, daß man unter fremden Leuten mehr Schutz, Beystand und Anhänglichkeit finde, als bey seinen nächsten Blutsfreunden; allein ich halte diese Klage größtentheils für ungerecht. Freylich giebt es unter Verwandten eben so wohl unfreundschaftliche Menschen, wie unter Solchen, die uns nichts angehen; Freylich geschieht es wohl, daß Verwandte ihrem Vetter nur dann Achtung beweisen, wenn er reich, oder geehrt vom großen Haufen ist, sich aber des unbekannten, armen, oder verfolgten Blutsfreundes schämen; ich denke aber, man fordert auch oft von seinen Herrn Oheimen und Frauen Baasen mehr, als man billiger Weise verlangen sollte. Unsre politischen Verfassungen und der täglich mehr überhand nehmende Luxus machen es wahrlich nothwendig, daß Jeder für sein Haus, für Weib und Kinder sorge, und die Herrn Vettern, die oft, als unwissende und verschwendrische Tagediebe, in der sichern Zuversicht, von ihren mächtigen und reichen Verwandten nicht verlassen zu werden, sorglos in die Welt hinein leben, haben dann so unersättliche Forderungen, daß der Mann, dem Pflicht und Gewissen kein Spielwerk sind, diese unmöglich befriedigen kann, ohne ungerecht gegen Andre zu handeln. Um nun diesen unangenehmen Collisionen sich nie auszusetzen, rathe ich, zwar die herzliche Vertraulichkeit, die den Umgang im Familien-Kreise so angenehm macht, nicht zu verachten, aber so wenig wie möglich bey Blutsfreunden Erwartungen von Unterstützungen und Schutz zu hegen und zu erwecken, sich seiner Verwandten anzunehmen, in so fern es ohne Unbilligkeit gegen bessere

Menschen geschehn kann, nicht aber seine dummen Vettern, wenn man die Macht in Händen hat, Andre glücklich zu machen, auf Unkosten verdienstvoller Fremden, zu befördern und hinaufzuschieben.

Ausserdem lässt sich auf den Umgang mit Verwandten noch dasjenige anwenden, was ich unten von dem Umgange unter Eheleuten und Freunden sagen werde, nämlich, daß Menschen, die sich lange kennen und oft ohne Larve und Schminke sehen, doppelt vorsichtig in ihrem Betragen gegen einander seyn müssen, damit Einer des Andern nicht müde und, wegen kleiner Fehler, nicht ungerecht gegen größere Tugenden werde.

Endlich wünschte ich auch, daß zahlreiche Familien in mittlern Städten nicht so beständig nur unter sich leben mögten, dadurch die Gesellschaft in kleine abgesonderte Theile zerschnitten, trennten, und Menschen, die nicht mit ihnen verwandt noch verschwägert sind, von sich entfernten, so, daß, wenn ungefehr ein Fremder unter sie geräth, derselbe wie verrathen und verkauft ist.

Doch nun noch ein Paar Anmerkungen! Die erste: Alte Vettern und Tanten, besonders unverheyrathete, pflegen so gern zu hofmeistern, ihre podagrischen, und hysterischen Launen an ihren erwachsenen Nichten und Neffen auszulassen, und Diese zu behandeln, als liefen sie noch im Rollwägelchen herum. — Ich denke, das sollten sie bleiben lassen. Dadurch sind würklich die alten Tanten und Onkel zu einem Sprüchworte geworden, und manche geringe Erbschaft wird zu theuer erkauft, wenn man dafür so viel einschläfernde, würkungslose Predigten anhören muß, dahingegen die guten alten Leute von ihren jungen Verwandten, mit Freuden, liebevoll gepflegt und gewartet werden würden, wenn sie weniger säuerlich in ihrem Betragen gegen sie wären. Die andre Anmerkung: Es herrscht in manchen Städten, besonders in Reichsstädten, ein äusserst steifer und übler Ton unter den Personen Einer Familie. Bürgerliche, öconomische und andre Rücksichten zwingen sie, sich oft zu sehn, und dennoch zanken, necken, hassen sie sich unaufhörlich unter einander, und machen sich dadurch das Leben sehr schwer. Wo gar keine Sympathie in Denkungsart ist; wo gar keine Einigkeit und Freundschaft herrschen; da lasse man sich doch lieber ungeplagt, betrage sich höflich gegen einander, wähle sich aber Freunde nach seinem Herzen!

Drittes Capitel.

Von dem Umgange unter Eheleuten.

1.

Eine weise und gute Wahl bey Knüpfung des wichtigsten Bandes im menschlichen Leben, ist freylich das sicherste Mittel, um in der Folge sich Freude und Glück in dem Umgange unter Eheleuten versprechen zu können. Wenn hingegen Menschen, die nicht gegenseitig dazu beytragen, sich das Leben süß und leicht zu machen, sondern die vielmehr widersprechende, sich durchkreuzende Neigungen und Wünsche und verschiednes Interesse hegen, unglücklicher Weise sich nun auf ewig an einander gekettet sehen; so ist es in der That eine höchst traurige Lage, eine Existenz voll immerwährender herber Aufopferung, ein Stand der schwersten Sclaverey, ein Seufzen unter den eisernen Fesseln der Nothwendigkeit, ohne Hofnung einer andern Erlösung, als wenn der dürre Knochenmann mit seiner Sense dem Unwesen ein Ende macht.

Nicht weniger unglücklich ist dies Band, wenn auch nur von Einer Seite Unzufriedenheit und Abneigung die Ehe verbittern, wenn nicht freye Wahl, sondern politische, öconomische Rücksichten, Zwang, Verzweiflung, Noth, Dankbarkeit, dépit amoureux, ein Ungefehr, eine Grille, oder nur cörperliches Bedürfniß, wobey das Herz nicht war, dieselbe geknüpft hat, wenn der eine Theil immer nur empfangen, nie geben will, unaufhörlich fordert, Befriedigung aller Bedürfnisse, Hülfe, Rath, Aufmerksamkeit, Unterhaltung, Vergnügen, Trost im Leiden fordert — und dagegen nichts leistet. Wähle also mit Vorsicht die Gefährtinn Deines Lebens, wenn Deine künftige häusliche Glückseligkeit nicht ein Spiel des Zufalls seyn soll!

2.

Ueberlegt man aber, daß gewöhnlich auch diejenigen Ehen, welche auf eigne Wahl beruhen, in einem Alter und unter Umständen geschlossen werden, wo weniger reife Ueberlegung und Vernunft, als blinde Leidenschaft und Naturtrieb diese Wahl bestimmen, obgleich man in dieser Verblendung wohl sehr viel von Sympathie und Herzenshange träumt und schwatzt; so sollte man sich beynahe verwundern darüber, daß es noch so viel glückliche Ehen in der Welt giebt. Aber die weise Vorsehung hat alles so herrlich geordnet, daß eben das, was diesem Glücke im Wege zu stehn scheint, dasselbe vielmehr befördert. Ist man in den Jahren der Jugend weniger geschickt zu weiser Wahl; so ist man dagegen von der andern Seite auch noch geschmeidiger, leichter zu leiten, zu bilden, und nachgiebiger, als in dem reifern Alter. Die Ecken — möchten sie auch noch so scharf seyn! — schleifen sich leichter ab an einander und fügen sich, wenn der Stoff noch weich ist. Man nimt die Sachen nicht so genau, wie nachher, wenn Erfahrung und Schicksale uns eckel, vorsichtig gemacht, und große Forderungen in uns erweckt haben; wenn die kältre Vernunft alles abwägt, jeden Diebstahl an Genuß sehr hoch anrechnet, berechnet, wie wenig Jahre man vielleicht noch zu leben habe, und wie geizig man mit Zeit und Vergnügen seyn müsse. Entstehen unter jungen Eheleuten gern Zwistigkeiten; so ist auch die Versöhnung desto leichter gestiftet. Widerwillen und Zorn fassen nicht so feste Wurzel, und wenn der Cörper mitspricht, wird oft der heftigste Streit durch eine einzige eheliche Umarmung wieder geschlichtet. Dazu kommen dann nach und nach Gewohnheit, Bedürfniß mit einander zu leben, gemeinschaftliches Interesse, häusliche Geschäfte, die uns nicht viel Zeit zu müßigen Grillen lassen, Freude an Kindern, getheilte Sorgfalt für derselben Erziehung und Versorgung — welches alles, statt die Last des Ehestandes zu erschweren, in den Jahren, wo Jugend, Kräfte und Munterkeit mitwürken, dies Joch sehr süß macht, und mannigfaltig abwechselnde Freude gewährt, die durch Theilung mit einer Gattinn doppelt schmackhaft wird. Nicht also im männlichen Alter! Da fordert man mehr für sich, will erndten, geniessen, nicht neue Bürden übernehmen; man will gepflegt seyn; der Character hat Festigkeit, mag sich nicht mehr umformen lassen; die Begierden dringen nicht so laut auf Befriedigung. Nur wenig Ausnahmen mögten hier Statt finden, und diese nur unter den edelsten Menschen, die bey zunehmenden Jahren nachsichtiger, sanfter werden, und, fest überzeugt von der allgemeinen Schwäche der menschlichen Natur, wenig fordern und gern geben; aber immer ist dies eine Art von Heroïsmus, eine Aufopferung, und hier ist ja von wechselseitiger Glückseligkeits-Beförderung die Rede — kurz! ich würde anrathen, in diesem Alter langsamer bey der Wahl einer Gattinn zu Werke zu gehn, wenn ein solcher Rath nicht überflüssig wäre. Das giebt sich von selber; wer sich aber in männlichen Jahren auf diese Weise übereilt, der mag dann die Folgen von den Thorheiten tragen, zu welchen ein Jünglings-Kopf auf Mannes-Schultern verführt!

3.

Ich glaube nicht, daß eine völlige Gleichheit in Temperamenten, Neigungen, Denkungsart, Fähigkeiten und Geschmack, durchaus erfordert werde, um eine frohe Ehe zu stiften; vielmehr mag wohl zuweilen grade das Gegentheil (nur nicht in zu hohem Grade, noch in Haupt-Grundsätzen, noch ein zu beträchtlicher Unterschied von Jahren) mehr Glück gewähren. Bey einem Bande, das auf gemeinschaftlichem Interesse beruht, und wo alle Ungemächlichkeit des einen Theils zugleich mit auf den Andern fällt, ist es, zu Vermeidung übereilter Schritte und deren schädlicher Folgen, oft sehr gut, wenn die zu große Lebhaftigkeit, das rasche Feuer des Mannes, durch Sanftmuth oder ein wenig Phlegma von Seiten des Weibes gedämpft wird, und umgekehrt. So würde auch mancher Haushalt zu Grunde gehn, wenn beyde Eheleute gleichviel Lust an Aufwand, Pracht, Ueppigkeit, einerley Liebhaberey, oder gleich viel Hang zu einer nicht immer wohlgeordneten Wohlthätigkeit und Geselligkeit hätten; und da unsre jungen Roman-Leser und Leserinnen gemeiniglich die Ideale zu ihren künftigen Lebens-Gefährten nach ihrem eignen werthen Ich schnitzeln; so ist es doch so übel nicht, wenn zuweilen ein alter grämlicher Vater oder Vormund einen Querstrich durch dergleichen Verbindungsplane macht — So viel nur von der Wahl des Gatten! und das ist beynahe schon mehr, als eigentlich hierher gehört.

4.

Wichtig ist die Sorgfalt, welche Eheleute anwenden müssen, wenn sie sich so täglich sehn und sehn müssen, und also Muße und Gelegenheit genug haben, Einer mit des Andern Fehlern und Launen bekannt zu werden und selbst durch die kleinsten derselben, manche Ungemächlichkeit zu leiden — wichtig ist es, Mittel zu erfinden, sich dann nicht gegenseitig lästig, langweilig, nicht kalt, gleichgültig gegen einander zu werden, oder gar Eckel und Abneigung zu empfinden. Hier ist also weise Vorsicht im Umgange nöthig. Verstellung fällt in allem Betrachte weg; aber einer gewissen Achtsamkeit auf sich selbst, und der möglichsten Entfernung alles dessen, was sicher widrige Eindrücke machen muß, soll man sich befleissigen. Man setze daher nie gegen einander jene Höflichkeit aus den Augen, die sehr wohl mit Vertraulichkeit bestehn mag, und die den Mann von feiner Erziehung bezeichnet. Ohne sich fremd zu werden, sorge man doch dafür, daß man durch oft wiederholte Gespräche über dieselben Gegenstände nicht langweilig sey, daß man sich nicht so auswendig lerne, daß jedes Gespräch der Eheleute unter vier Augen lästig scheint, und man sich nach fremder Unterhaltung sehnt! Ich kenne einen Mann, der eine Anzahl Anecdötchen und Einfälle besitzt, die er nun schon so oft seiner Frau, und in deren Gegenwart fremden Leuten ausgekramt hat, daß man dem guten Weibe jedesmal Eckel und Ueberdruß ansieht, so oft er mit einem dergleichen Stückchen angezogen kömmt. Wer gute Bücher liest, Gesellschaften besucht, und nachdenkt, der wird ja leicht täglich neuen Stoff zu anziehenden Gesprächen finden; Aber freylich reicht dieser nicht zu, wenn man den ganzen Tag müßig einander gegenüber sitzt, und man darf sich daher nicht wundern, wenn man solche Eheleute antrifft, die, um dieser tödtenden Langenweile auszuweichen, wenn gerade keine andre Gesellschaft aufzutreiben ist, mit einander halbe Tage lang Piquet spielen, oder sich zusammen an einer Flasche Wein ergötzen. Sehr gut ist es desfalls, wenn der Mann bestimmte Berufs-Arbeiten hat, die ihn wenigstens einige Stunden täglich an seinem Schreibtisch fesseln, oder ausser Hause rufen; wenn zuweilen kleine Abwesenheiten, Reisen in Geschäften und dergleichen, seiner Gegenwart neuen Reiz geben. Ihn erwartet dann sehnsuchtsvoll die treue Gattinn, die indeß ihrem Hauswesen vorgestanden. Sie empfängt ihn liebreich und freundlich; die Abendstunden gehen unter frohen Gesprächen, bey Verabredungen, die das Wohl ihrer Familie zum Gegenstande haben, im häuslichen Cirkel vorüber, und man wird sich einander nie überdrüssig. Es giebt eine feine, bescheidne Art sich rar zu machen, zu veranlassen, daß man sich nach uns sehne; diese soll man studieren. Auch im Aeussern soll man alles entfernen, was zurückscheuchen könnte. Man soll sich seinem Gatten, seiner Gattinn, nicht in einer eckelhaften, schmutzigen Kleidung zeigen, sich zu Hause nicht zu viel Unmanierlichkeiten erlauben — das ist man ja schon sich selber schuldig — und vor allen Dingen, wenn man auf dem Lande lebt, nicht verbauern, nicht pöbelhafte Sitten, noch niedrige, plumpe Ausdrücke im Reden annehmen, noch unreinlich, nachlässig an seinem Cörper werden. Denn wie ist es möglich, daß eine

Frau, die immer an ihrem Manne unter allen übrigen Menschen, mit welchen sie umgeht, am mehrsten Fehler und Unanständigkeiten wahrnimt, denselben vor allen andern gern sehn, schätzen und lieben soll? Noch einmal! wenn die Ehe ein Stand der Aufopferung wird, wenn ihre Pflichten als ein schweres Gewicht auf uns liegen; o! wie kann dann wahres Glück ihr Theil seyn?

5.

Eine Haupt-Vorschrift aber für alle Stände und für alle Verhältnisse, wende man auch auf den Ehestand an! Sie ist diese: Erfülle so sorgsam, so pünctlich, so nach einem festen Plane Deine Pflichten, daß Du, wo möglich, darinn alle Deine Bekannten übertreffest; so wirst Du auch auf die wärmste Hochachtung Anspruch machen können, und in der Folge alle Diejenigen verdunkeln, welche nur durch *einzelne* glänzende Eigenschaften augenblickliche vortheilhafte Eindrücke machen. Aber erfülle sie auch alle, diese Pflichten! *Der* Mann prahle nicht etwa mit seiner Uneigennützigkeit, mit seinem Fleisse, mit seiner guten Hauswirthschaft, mit der Achtung guter Männer, der indeß in der Stille sich wöchentlich ein paarmal ein Räuschchen trinkt! Die Frau poche nicht auf ihre Keuschheit, welche vielleicht das Verdienst des Zufalls oder eines kalten Temperaments ist, wenn sie indeß sorglos die Erziehung ihrer Kinder vernachlässigt! Nein! wer Achtung und Zuneigung als Pflicht fordert, der muß auch Achtung und Zuneigung zu verdienen wissen, und wenn Du willst, daß Deine Frau Dich unter allen Menschen am mehrsten ehren und lieben soll; so verlasse Dich nicht darauf, daß sie Dir's am Altare versprochen hat — wer kann so etwas versprechen? — sondern darauf, daß Du alle Kräfte aufbiethest, besser zu seyn als Andre! aber besser in jedem Betrachte; Nur den Folgen nach lassen sich Tugenden und Laster classificiren, denn übrigens sind sie alle gleich wichtig, und ein sorgloser Hausvater ist eben so strafbar, wie ein unkeusches Eheweib. Allein das ist der Menschen gewöhnliche Art zu handeln! Sie eifern gegen Laster, zu welchen sie keinen Hang haben, und denken nicht, daß die Verabsäumung wichtiger Tugenden ein eben so schweres Verbrechen ist, wie die Ausübung einer bösen That. Ein altes Weib verfolgt mit wüthendem Grimme ein armes junges Mädchen, das durch Temperament und Verführung zu einem Fehltritte ist verleitet worden; daß aber die gute Matrone ihre Kinder wie das dumme Vieh hat aufwachsen lassen, darüber glaubt sie keine Verantwortung geben zu dürfen — hat sie doch nie die eheliche Treue verletzt! — Sorgsame Pflicht-Erfüllung in allen Rücksichten ist also das sicherste Mittel, um der beständig fortdauernden Zärtlichkeit seiner Ehehälfte gewiß zu seyn.

6.

Mit dem Allen aber wird es nicht fehlen, daß nicht zuweilen fremde liebenswürdige Menschen auf kurze Zeit vortheilhaftere Eindrücke auf Ehegenossen machen sollten, als einer von Diesen seiner Ruhe wegen wünschen mögte. Es ist nicht zu erwarten, daß, wenn die erste blinde Liebe verraucht ist, — und die verraucht denn doch bald — man so partheyisch für einander bleiben, daß man nicht oft die Vorzüge andrer Leute sehr lebhaft fühlen sollte. Hierzu kömmt dann noch, daß Personen, mit denen wir seltner umgehen, sich immer von ihren besten Seiten zeigen und uns mehr schmeicheln, als die, mit denen wir täglich leben. Eindrücke von der Art werden aber bald wieder verschwinden, wenn nur der Gatte fortfährt seine Pflichten treulich zu erfüllen, und wenn er keinen niedrigen Neid, keine närrische Eifersucht blicken lässt, die ohnehin nie gute, sondern allemal schlimme Folgen hat. Liebe und Achtung lassen sich nicht erzwingen, nicht ertrotzen; ein Herz, das bewacht werden muß, ist, wie der Mammon eines Geizigen, mehr eine unnütze Last, als ein wahrer Schatz, dessen man froh wird; Widerstand reizt; keine Wachsamkeit ist so groß, daß sie nicht hintergangen werden könnte, und es liegt in der Natur des Menschen, daß man ein Gut, das vielleicht sonst gar keinen Reiz für uns haben würde, doppelt eifrig wünscht, sobald der Besitz desselben mit Schwierigkeiten für uns verbunden ist.

Man soll auch jene kleinen Künste, die höchstens unter Verliebten, nicht aber unter Ehegatten, Statt finden dürfen, verachten, durch welche man, um die Liebe des andern Theils mehr anzufeuern, mit Vorsatz Eifersucht zu erregen sucht. Bey einem Bande, das auf gegenseitige Hochachtung beruhn muß, darf man sich durchaus keiner schiefen Mittel bedienen. Glaubt meine Frau, ich könne in der That meine Pflicht und Zärtlichkeit gegen sie, fremden Neigungen aufopfern; so muß das ihre eigne Achtung gegen mich vermindern, und merkt sie hingegen, daß ich nur Spielwerk mit ihr treiben will; so ist das mehr als verlohrne Arbeit, die noch obendrein oft ernstliche Folgen haben kann.

Ich sage, wenn auch auf kurze Zeit der Mann seinem Weibe oder die Frau ihrem Gatten Veranlassung zu solchen Unruhen giebt; so wird doch diese kleine Herzens-Verirrung, wenn der leidende Theil nur fortfährt, seinen Pflichten treu zu seyn, nicht dauern können. Bey kaltblütiger Prüfung wird der Gedanke aufleben: »Mögte auch Jener, mögte auch Jene die liebenswürdigsten Eigenschaften haben; so ist er *mir* doch, ist sie *mir* doch nicht, was mir mein Mann, mein Weib ist, theilt doch nicht mit mir jede Sorge des Lebens, hat nicht mit mir schon so viel Glück und Unglück gemeinschaftlich getragen, hängt nicht so mit ganzer Seele, mit erprobter Treue an mir, ist nicht Vater, nicht Mutter meiner lieben Kinder, wird nicht so ewig alles Gute und alles Böse mit mir theilen, wird mir nicht den Verlust ersetzen, wenn ich meinen Gatten von mir stoße« — und ein solcher Triumph der Rückkehr, komme er früh oder spät! ist dann süß, und macht alle Leiden vergessen.

7.

Klugheit und Rechtschaffenheit aber erfordern, daß man sich selber gegen die Eindrücke größrer Liebenswürdigkeit, welche fremde Personen auf uns machen könnten, wafne. In der frühen Jugend, wenn die Phantasie lebhaft ist, die Begierden heftig würken, und das Herz noch oft mit dem Kopfe davon läuft, würde ich rathen, solchen gefährlichen Gelegenheiten auszuweichen; Ein junger Mann, welcher merkt, daß ein Frauenzimmer, mit dem er umgeht, ihm vielleicht einst besser als seine Frau gefallen, wildes Feuer in ihm entzünden, oder wenigstens seine häusliche Glückseligkeit verbittern könnte, thut wohl, wenn er, in so fern er sich nicht Festigkeit genug zutrauet — und er urtheilt weise, wenn er sich diese nicht leicht zutrauet — thut, sage ich, wohl, wenn er solchen Umgang, so viel möglich, meidet, damit derselbe ihm nicht zum Bedürfnisse werde. Diese Vorsicht ist am nöthigsten gegen die feinern Coketten zu beobachten, die, ohne eben Plane auf Verletzung der Ehre zu haben, ihr Spielwerk mit der Ruhe eines gefühlvollen redlichen Mannes treiben, und einen zwecklosen Triumph darinn suchen, schlaflose Nächte zu verursachen, Thränen zu veranlassen, und andrer Weiber Neid zu erregen. Es giebt viel solcher eiteln Damen, die nicht immer durch böses Herz, noch Temperament, aber wohl durch die rasende Begierde, stets zu glänzen, allgemein zu gefallen, getrieben, manche stille häusliche Ruhe und den Frieden unter Eheleuten auf diese Weise zerstöhren. In reifern Jahren hingegen rathe ich die entgegengesetzte Cur-Art an. Ein Mann von festen Grundsätzen, der seinem Verstande Rechenschaft von den Gefühlen seines Herzens giebt und dauerhaftes Glück sucht, wird am leichtesten von den zu vortheilhaften Begriffen, die er von fremden Personen in Vergleichung mit seiner Gattinn gefasst hat, zurückkommen, wenn er Jene so oft und vielfältig sieht, daß er an ihnen mehr Fehler wahrnimt, als an seinem edeln, verständigen, treuen Weibe. Und dann kommen die Augenblicke des Seelen-Bedürfnisses, wo man sich nach der theilnehmenden Gefährtinn sehnt, wenn schwere Bürden das Herz drücken, die kein Fremder so uns tragen hilft, oder wenn Freuden jedes Gefäß in uns erweitern, Freuden, die kein Fremder so mit uns theilt, oder Verlegenheiten uns aufstoßen, die man keinem Fremden so aufrichtig, so sicher entdecken darf, wie der Person die einerley Interesse mit uns hat; und dann ein Blick auf wohlerzogne, durch gemeinschaftliche Sorgfalt erzogne Kinder, auf die Früchte der ersten jugendlichen Liebe! — und das Herz kehrt ungezwungen zu den süßesten Pflichten zurück.

8.

Uebrigens aber kann nichts abgeschmackter, läppischer, lästiger, von verkehrterer Würkung seyn, noch was mehr das Leben verbittert, als wenn Eheleute durch die priesterliche Einsegnung ein so ausschließliches Recht auf jede Empfindung des Herzens von einander erzwungen zu haben glauben, daß sie wähnen, nun dürfe in diesem Herzen auch nicht ein Plätzchen mehr für irgend einen andern guten Menschen übrig bleiben; der Gatte müsse tod seyn für seine Freunde und Freundinnen, dürfe kein Interesse empfinden für kein Geschöpf auf der Welt, als für die werthe Ehehälfte, und es sey Verbrechen gegen die eheliche Pflicht, mit Wärme, Zärtlichkeit und Theilnahme von und mit andern Personen zu reden. Diese Fordrungen werden doppelt abgeschmackt bey einer ungleichen Ehe, wo von der einen Seite schon Aufopferungen mancher Art Statt finden. Wenn da der eine Theil, um sich in dem Umgange mit liebenswürdigen Leuten aufzuheitern, auf einen Augenblick sein Unglück zu vergessen, und neue Kräfte zum Ausdauern zu sammeln, seinen Geist zu erheben und wieder zu erwärmen, in die Arme zärtlicher, ihm wahrhaftig treu ergebner Freunde eilt; so soll der andre Theil ihm dafür danken, nicht durch närrisches Betragen oder gar durch Vorwürfe, den Gatten, die Gattinn kränken, zur Verzweiflung bringen, und endlich zu würklichen Verbrechen verleiten.

9.

Die Wahl aber dieser Freunde muß dem Herzen, so wie die Wahl sittlicher Vergnügungen und unschuldiger Liebhabereyen dem Geschmacke eines Jeden überlassen bleiben. Ich habe oben gesagt, daß ich glaube, es werde nicht durchaus Gleichheit von Neigungen, Temperamenten und Geschmack zum Eheglück erfordert. Unerträgliche Sclaverey wäre es daher, sich dergleichen aufdringen lassen zu müssen. Es ist wahrlich schon hart genug, wenn man die Freude entbehren soll, edle Empfindungen, erhabne Gedanken, feinere Eindrücke, welche seelenerhebende Bücher, schöne Künste und dergleichen auf uns machen, mit der Gefährtinn unsers Lebens theilen zu können, weil die stumpfen Organen derselben dafür nicht empfänglich sind; aber nun gar diesem allen entsagen, oder sich in der Wahl seines Umganges und seiner Freunde nach den abgeschmackten, gefühllosen Grillen eines schiefen Kopfs und kalten Herzens richten, allen wohlthätigen Erquickungen von der Art entsagen zu müssen — Das ist Höllenpein! und ich brauche wohl nicht hinzu zu fügen, daß am wenigsten *der Mann*, der doch von der Natur und bürgerlichen Verfassung bestimmt ist, das Haupt, der Regent der Familie zu seyn, und der oft Gründe haben kann, warum er diesen oder jenen Umgang wählt, dieser oder jener Beschäftigung sich widmet, diesen oder jenen Schritt thut, der Manchen auffallend seyn kann, daß Dieser wohl am wenigsten auf solche Weise sich wird einschränken lassen. Es erleichtert hingegen das Leben unter Menschen, die nun einmal verbunden sind, alle Leiden und Freuden gemeinschaftlich zu tragen, wenn man nach und nach seine Neigungen, seinen Geschmack gleich zu stimmen, wenn der eine Sinn für das zu bekommen sucht, was der Andre liebt und gernsieht, besonders wenn dies würklich groß, erhaben und edel ist, und es zeugt wahrlich von fast unbegreiflicher Dummheit, oder von der verächtlichsten Indolenz, wo nicht von dem bösesten Willen, wenn man, nach vieljähriger Verbindung mit einem verständigen, gebildeten, fein fühlenden, liebevollen Geschöpfe, noch eben so unwissend, roh, stumpf und starrköpfig geblieben ist, wie man vorher war. Wenn dann der erste Rausch der Liebe vorüber ist, und dem leidenden Theile gehen die Augen auf, über das, was der Ehegatte ihm seyn könnte, seyn sollte, seyn müsste, was Andre ihm gewesen seyn würden, oder sind — dann gute Nacht, Ruhe! Frieden! Glück! Zärtlichkeit und Hochachtung hingegen werden bey vernünftigen Personen jene Gleichstimmung leicht bewürken, wenn nicht störrischer Eigensinn oder empöhrende Ungleichheit in Denkungsart die Trennung unterhält.

10.

Wie aber soll man sich gegen würkliche Ausschweifungen wafnen — denn bis jetzt habe ich nur von *Herzens-Verirrungen* geredet — wie soll man sich wafnen, wenn von Einer Seite heftiges Temperament, ein reizbarer Cörper, Mangel an Herrschaft über Leidenschaften, Verführung, Buhler-Künste, anlockende Schönheiten und Gelegenheit uns hinziehen, von der andern vielleicht der Gattinn mürrisches Betragen, üble Launen, Dummheit, Kränklichkeit, Mangel an Schönheit, an Jugend, an Gefälligkeit, an Temperament uns zurückstoßen? — Dies Buch ist kein vollkommnes System der Moral; also überlasse ich jedem vernünftigen Manne, diese Frage ausführlich zu beantworten und selbst zu beurtheilen, wie er es anfangen müsse, Meister zu werden über seine Begierden, auch gefährlichen Gelegenheiten und Verführungen auszuweichen, welches freylich in der Jugend nicht so leicht ist, wie man wohl denkt. Doch so viel über diesen Gegenstand, wie hierher gehört, und sich ohne Beleidigung der Sittsamkeit sagen lässt! Man gewöhne sich selbst und Einer den Andern nicht an Ueppigkeit, Wollust, Weichlichkeit und Schwelgerey, mache, daß die cörperlichen Bedürfnisse und Begierden nicht zu heftig in uns werden; man sey, selbst in der Ehe, schamhaft, keusch, delicat und cokett in Gunstbezeugungen, um Eckel, Ueberdruß und faunische Lüsternheit zu entfernen. Ein Kuß ist ein Kuß, und es wird wahrlich fast immer des Weibes Schuld seyn, wenn ein sonst nicht schlechter Mann diesen Kuß, den er von treuen, reinen und warmen Lippen ehrenvoll und bequem zu Hause erlangen könnte, mit Hintansetzung von Pflicht und Anstand, bey Fremden holt. Hat aber die größre Schwierigkeit und Seltenheit so viel Reiz für den Menschen; ey nun! so suche man, auch der ehelichen Vertraulichkeit diesen Reiz der Neuheit zu geben, zuweilen kleine Hindernisse in den Weg zu legen, oder durch Enthaltsamkeit, Entfernung u. d. gl. das Verlangen darnach zu vermehren! In weiter fortrückenden Jahren fällt dann auch dieser Vorwitz so ziemlich weg, denn da werden ja die Triebe bescheidner und leichter von der Vernunft zu regieren, oder man müsste sie muthwilliger Weise reizen.

11.

In der Ehe soll gegenseitiges uneingeschränktes Zutraun, soll Offenherzigkeit Statt finden. Kann denn aber gar kein Fall eintreten, wo Einer vor dem Andern Geheimnisse bewahren dürfte? O ja; gewiß! Freylich, da der Mann von der Natur bestimmt ist, der Rathgeber seines Weibes, das Haupt der Familie zu seyn; da die Folgen jedes übereilten Schritts der Gattinn auf ihn fallen; da der Staat sich nur an ihn hält; da die Frau eigentlich gar keine Person in der bürgerlichen Gesellschaft ausmacht, da die Verletzung der Pflichten von ihrer Seite schwer auf ihm liegt, und diese Verletzung die Familie weit unmittelbarer beschimpft und derselben Schande und Nachtheil bringt, als die Ausschweifungen des Mannes dies thun; da sie mehr von dem äussern Rufe abhängt, als er; endlich da Verschwiegenheit mehr eine männliche, als weibliche Tugend ist; so kann es wohl seltner gut seyn, wenn die Frau ohne ihres Mannes Wissen Schritte unternimt, und dieselben vor ihm verheimlicht. Er hingegen, der an den Staat geknüpft ist, oft Geheimnisse zu bewahren hat, die nicht ihm gehören und durch deren Verbreitung er mit Andern in Verlegenheit kommen kann, Er, der das Ganze seines Hauswesens übersehn soll, auch vielfältig den Plan, nach welchem er handelt, nicht den schwächern Einsichten unterwerfen darf, sondern fest und unerschüttert seinem

Verstande und Herzen folgen und das Urtheil des Volks verachten muß; er kann ohnmöglich immer so alles erzählen und mittheilen. Verschiedenheit der Lagen aber kann diesen Gesichtspunct verrücken; Es giebt Männer, die sehr übel fahren würden, wenn sie einen einzigen Schritt ohne Rath und Wissen ihrer Weiber thäten; Es giebt sehr plauderhafte Herrn und sehr verschwiegne Damen. Eine Frau kann weibliche Geheimnisse von einer Freundinn anvertrauet bekommen haben. — In allen diesen und ähnlichen Fällen müssen Klugheit und Redlichkeit das Verhalten beyder Theile bestimmen. Das aber bleibt eine heilige Regel, daß, wenn wahrhaftes Mistrauen sich einschleicht, wenn man Offenherzigkeit erzwingen muß, alles Glück der Ehe entflieht. Nichts kann endlich schändlicher, niederträchtiger seyn, als wenn der Mann pöbelhaft genug denkt, heimlich die Briefe seiner Frau zu erbrechen, ihre Papiere zu durchwühlen, oder ihre Schränke zu durchsuchen. Auch verfehlt er mit solchen unwürdigen Mitteln immer seines Zwecks. Nichts ist leichter, als die Wachsamkeit eines Menschen zu täuschen, wenn es blos auf beweisbare Vergehen ankömmt und man die feinern Bande zerrissen, die Verlegenheiten der Delicatesse und des Zutrauens gehoben hat; Ein Mann, der einmal seine Frau eine Ehebrecherinn nennt, steckt sich selbst das Horn der Hahnreyhschaft auf; Nichts ist leichter, als einen Menschen zu hintergehn, den man genau kennt, bey dem man allen Glauben verlohren hat, den man oft auf falschem Argwohn ertappen kann, weil Leidenschaft ihn blind macht, und der durch Mistrauen verdient hat, getäuscht zu werden. — Betrug ist fast immer die sichre Folge davon, und man kann auf diese Weise das edelste Geschöpf moralisch zu Grunde richten und zu Verbrechen reizen.

12.

Ich rathe, aus Gründen, die wohl jeder vernünftige Mensch selbst einsehn wird, auch nicht einmal an, daß Eheleute alle Geschäfte gemeinschaftlich treiben, sondern daß Jeder seinen angewiesenen Würkungskreis habe. Es geht selten gut im Hause, wenn die Gattinn für ihren Gatten die Berichte ad serenissimum entwerfen und er dagegen, wenn Fremde eingeladen sind, die Capaunen braten, Cremen machen, und die Töchter ankleiden helfen muß. Daraus entsteht Verwirrung; man setzt sich dem Gespötte des Hausgesindes aus; der Eine verlässt sich auf den Andern, will sich aber dagegen in alles mischen, alles wissen. — Mit Einem Worte! das taugt nicht.

13.

Was aber die Verwaltung der Gelder betrifft; so kann ich die Weise der mehrsten Männer von Stande nicht billigen, welche ihren Gemahlinnen eine gewisse Summe geben, womit sie auskommen müssen, um davon den Haushalt zu bestreiten. Dadurch entsteht getheiltes Interesse; die Frau tritt in die Classe der Bedienten, wird zu Eigennutz verleitet, sucht zu sparen, findet daß der Mann zu lecker ist, macht schiefe Gesichter, wenn er einen guten Freund zur Tafel einladet; der Mann, wenn er nicht fein denkt, meint immer, er speise für sein theures Geld zu schlecht, oder wagt es im Gegentheil, aus übertriebner Zurückhaltung und Feinheit nicht, zuweilen ein Gerichtchen mehr zu fordern, um seine Gattinn nicht in Verlegenheit zu setzen. Gieb also Deiner Hausfrau (wenn nicht etwa ein Haushofmeister oder eine Ausgeberinn diejenigen Geschäfte bey Dir versieht, die eigentlich zu den Pflichten der Gattinn gehören), gieb ihr eine Summe Geldes, die Deinen Umständen angemessen sey, zur Ausgabe! Wenn diese verwendet ist; so komme sie, und fordre mehr von Dir; Findest Du, daß zu viel ist ausgegeben worden; so laß Dir die Rechnung zeigen! Ueberlege mit ihr gemeinschaftlich, auf welcher Seite gespart werden könne! Mache ihr kein Geheimniß aus Deinen Vermögens-Umständen; allein bestimme ihr auch eine kleine Summe zu ihren unschuldigen Vergnügungen, zu ihrem Putze, zu stillen wohlthätigen Handlungen, und fordre davon keine Berechnung!

14.

Gute Hauswirthschaft ist eines der nothwendigsten Stücke zur ehelichen Glückseligkeit. Man suche desfalls vor allen Dingen, wenn man auch im ledigen Stande einigen Hang zur Verschwendung gehabt hätte, sich davon loszumachen und sich häuslicher Sparsamkeit zu befleissigen, sobald man heyrathet! Einem einzelnen Menschen ist alles leicht zu ertragen; Noth, Mangel, Demüthigung, Zurücksetzung; Am Ende steht ihm, wenn er gesunde Arme hat, die ganze Welt offen; er kann alles im Stiche lassen und in einem unbekannten Winkelchen der Erde leicht mit seiner Hände Arbeit sein Leben fristen; Aber wenn schlechte Haushaltung den Ehemann und Vater in Armuth gestürzt hat, und er nun den Blick umherwirft auf die Personen seiner Familie, die von ihm Unterhalt, Nahrung, Wartung, Erziehung, Vergnügen fordern; wenn er dann oft nicht weiß, woher er auf morgen Brod nehmen, wovon er die großen Mädchen kleiden soll, die ihre jetzigen Lumpen bald aufgerissen haben; oder wenn seine bürgerliche Ehre, seine Befördrung, die Versorgung seiner Kinder davon abhängt, daß er mit den Seinigen in einem gewissen anständigen Aufzuge, vielleicht gar mit einigem Glanze erscheine, und es doch von allen Seiten dazu fehlt; Wenn das Silber-Geräthe, vom Wuchrer, wo es im Versatze steht, auf einen Mittag geborgt werden muß, um Gäste darauf bewirthen zu können, indeß unten im Hause ein Knabe wartet, der es gleich nach der Mahlzeit wieder in Empfang nehmen soll; Wenn Gläubiger und Advocaten ihn in die Enge treiben, und Juden an den Zipfeln seines schlaffen Geldbeutels melken; dann fallen böse Launen, Krankheit des Leibes und der Seele den Unglücklichen an; Verzweiflung ergreift ihn; er sucht sich zu betäuben, verfällt in Ausschweifungen; Von Innen zernagt ihn das unruhige Gewissen, von Aussen verfolgen ihn bittre Vorwürfe seines Weibes; das Winseln seiner Kinder schreckt ihn auf, aus fürchterlichen Träumen; Die Verachtung, womit der vornehme und reiche Pöbel auf ihn herabblickt, umwölkt jeden

Strahl von Hofnung; Muth und Trost schwinden; die Freunde fliehen, das Hohngelächter der Feinde und Neider erschüttert jede Nerve, und in dieser traurigen Lage schwindet dann freylich aller Schatten von häuslicher Freude; Der Elende flieht auch nichts so sehr, wie den Anblick und den Umgang Derer, die er mit sich in das Unglück gestürzt hat. — Sollte also einer von den Eheleuten zur Verschwendung geneigt seyn; so ist es rathsam, weil es noch Zeit ist, Mittel vorzuschieben, jener gräßlichen Lage auszuweichen. Der andre Theil, der besser mit Gelde umzugehn weiß, übernehme die Casse! Man mache sich einen genauen Etat, wie man dem Haushalte wieder aufhelfen will, und befolge diesen pünctlich, schränke sich ein, sorge aber dafür, daß, wo möglich, auch etwas zu erlaubten Vergnügungen übrig bleibe, damit dem Verschwender die Einschränkungen und Entbehrungen nicht zu schwer werden!

15.

Ist es aber besser, daß der Mann, oder daß die Frau reich sey? Wenn eins seyn soll; so stimme ich für Ersteres. Gut ist es, wenn Beyde einiges Vermögen haben, um zu den Nothwendigkeiten des Lebens gemeinschaftlich beytragen zu können, damit nicht Einer so ganz auf Unkosten des Andern zehre. Soll aber die Abhängigkeit, welche doch natürlicher Weise daraus auf Seiten des ärmern Theils entsteht, Statt finden; so ist es der Natur gemäßer, daß das Haupt der Familie am mehrsten zum Unterhalte der Familie beytrage. Heyrathet ein Mann eine reiche Frau; so setze er sich wenigstens in den Fall, dadurch nie ihr Sclave zu werden! Aus Verabsäumung dieser Vorsicht sind so wenig Ehen von der Art glücklich. Hätte meine Frau mir großes Vermögen zugebracht; so würde ich mich doppelt bestreben, ihr zu beweisen, daß ich geringe Bedürfnisse hätte; Ich würde wenig an meine Person wenden; Ich würde ihr beweisen, daß ich dies Wenige mit meinem Fleisse mir erwerben könnte; Ich würde ihr Kostgeld geben; Ich würde nur der Verwalter ihres Vermögens seyn; Ich würde Aufwand im Hause machen, weil das sich für reiche Leute schickt; aber ich würde ihr zeigen, daß dieser Aufwand meine Eitelkeit nicht schmeichelte; daß ich bey zwey Speisen eben so vergnügt, wie bey zwanzigen bin, daß ich keiner Aufwartung bedarf, daß ich gesunde Beine habe, die mich eben so weit, wenngleich nicht so schnell fortbringen, wie ihre vergoldeten Wagen; und dann würde ich, wie es dem Hausherrn zukömmt, über die Anwendung ihres Vermögens unumschränkte Gewalt verlangen.

16.

Ist es nöthig, daß der Mann klüger sey, als die Frau? — Das ist wiederum eine nicht unwichtige Frage; wir wollen sie näher beleuchten. Der Begriff von Klugheit und Vernunft wird, mit allen seinen Beziehungen und Modificationen, nicht immer auf einerley Art verstanden. Die Klugheit eines Mannes soll wohl von ganz andrer Art seyn, als die, welche man von einer Frau verlangt; und wenn nun vollends Klugheit mit Welt-Erfahrung, oder gar mit Gelehrsamkeit verwechselt wird; so wäre es Unsinn, von diesen bey einem Geschlechte so viel, wie bey dem andern voraussetzen zu wollen. Ich fordre daher von einem Frauenzimmer einen esprit de detail, eine Feinheit, unschuldige Verschlagenheit, Behutsamkeit, einen Witz, ein Dulden, eine Nachgiebigkeit und Geduld — lauter Stücke, die doch auch zur Klugheit gehören; — welche in *dem* Grade nicht immer das Eigenthum des männlichen Characters sind. Dagegen erwarte ich, daß der Mann zuvorschauender, gefasster bey allen Vorfällen, fester, unerschütterlicher, weniger den Vorurtheilen unterworfen, ausdauernder und gebildeter sey, als das Weib. Jene Frage aber war in allgemeinem Sinne zu verstehn, nämlich also: Wenn einer von beyden Theilen schwach, stumpf von Organen und unwissend in manchen zum Weltleben nöthigen Kenntnissen seyn sollte; würde es da besser seyn, daß der Mann, oder daß die Frau der schwächere Theil wäre? — Ich antworte ohne Anstand: noch habe ich nie eine glückliche und weise geordnete Haushaltung gesehn, in welcher die Frau die entschiedne Alleinherrschaft gehabt hätte. Es geht in einem Hause, wo ein Mann von mittelmäßigen Fähigkeiten das Regiment führt, größtentheils immer noch besser her, als in einem, wo eine kluge Frau ausschließlich Herr ist. Es kann vielleicht Ausnahmen davon geben; allein ich kenne deren keine. Es versteht sich aber, daß hier nicht von der feinern Herrschaft über das Herz eines edlen Gatten die Rede ist; Wer wird diese nicht gern einem klugen Weibe einräumen? welcher verständige Mann wird nicht fühlen, daß er oft sanfter Zurechtweisung bedarf? Jene ausschließliche Herrschaft hingegen scheint der Bestimmung der Natur zuwider. Schwächerer Cörperbau; eingepflanzte Neigung zu weniger dauerhaften Freuden; Launen aller Art, die den Verstand, oft in den entscheidendsten Augenblicken, fesseln; Erziehung; und endlich bürgerliche Verfassung, welche die Verantwortung des Hausregiments allein auf den Mann wälzt; das alles bestimmt laut die Gattinn, Schutz zu suchen, und legt dem Gatten die Pflicht auf, zu schützen. Nun ist aber doch nichts lächerlicher, als wenn der Weisere und Stärkere Schutz suchen soll, bey dem Thoren und Schwachen. Frauenzimmer von vorzüglichen Geistesgaben handeln daher wahrlich gegen ihren eignen Vortheil und bereiten sich unangenehme Aussichten, wenn sie aus Herrschsucht sich dumme Männer wünschen oder wählen; Die sichern Folgen davon sind Ueberdruß, verwirrte Haushaltung und Verachtung des Publicums für einen von beyden Theilen, und das heisst ja, für beyde Theile. Männer aber, die so unmündig am Geiste sind, daß sie die Rolle eines Hausvaters nicht gehörig zu spielen, nicht Herr in ihrem Hause zu seyn vermögen, thun besser, Hagestolze zu bleiben und sich ein Plätzchen in einem Hospital, oder eine Präbende zu kaufen, als daß sie sich vor Kindern, Hausgesinde und Nachbaren lächerlich machen. Ich habe einen schwachen Fürsten gekannt, dessen Gemahlinn so unumschränkte Gebietherinn über ihn war, daß, als sie einst bestellt hatte, auszufahren, der Fürst hinunter in den Schloßhof schlich, und den Kutscher welcher da hielt, leise fragte: »Wisset ihr nicht, ob ich mitfahre?« Das macht solche Ehemänner zum Gespötte, und niemand mag Geschäfte mit einem Manne treiben, dessen Willen, dessen Freundschaft und dessen Art irgend einen Gegenstand anzusehn, von den Launen, Winken und Zurechtweisungen seiner Frau abhängen, der seine Briefe erst seiner Hofmeisterinn zur Durchsicht vorlegen, und über die wichtigsten, geheimsten Angelegenheiten erst Instruction bey dem Bratenwender holen muß. Sogar in der Höflichkeit gegen die Ehefrau soll der Mann seine Würde nicht verleugnen. Verächtlich ist, selbst den Weibern, ein Mann, der, bevor er sich zu etwas entschliesst, erst jedesmal sagt: »Ich will es mit meiner Frau überlegen«, der ihr immer das Mäntelchen nachträgt, sich nicht untersteht, in eine Gesellschaft zu gehn, wo *sie* nicht ist, oder der seine treuesten Bedienten abschaffen muß, wenn Madam ihre Gesichtsbildung nicht vertragen kann.

17.

Es giebt in diesem Leben eine Menge Ungemachs zu tragen. Auch der, welcher der Glücklichste zu seyn scheint, hat geheime Leiden mancher Art zu überwinden, wahre und eingebildete, unverschuldete oder selbst geschaffne, — gleichviel! aber immer darum nicht minder Leiden. Sehr wenig Weiber haben Kraft genug, das Unglück standhaft zu leiden, guten Rath in der Noth zu ertheilen, und ihren Gatten die Bürde tragen zu helfen, die nun einmal getragen werden muß. Die mehrsten erschweren das Uebel, durch unzeitige Klagen, durch Geschwätz über das, was seyn könnte, wenn es nicht so wäre, wie es ist, oder gar durch übel angebrachte, zuweilen sehr unbillige Vorwürfe. Ist es daher irgend möglich, kleinere Unannehmlichkeiten (mit Haupt-Unglücksfällen lässt sich das selten thun) vor Deiner Ehefrau zu verbergen; so verschliesse lieber den Kummer in Deinem Herzen! Es kann ja ohnehin ein gutgeartetes Gemüth nicht erleichtern, wenn es Andre, die es liebt, mit sich leiden macht; und wenn nun gar die Last dadurch nicht erleichtert, sondern vielmehr erschwert wird; wer wollte dann nicht lieber schweigen, und seinen Rücken dem Sturme allein preisgeben? Schickt die Vorsehung Dir aber einen großen, nicht zu verschweigenden Unfall, Noth, Schmerz, Krankheit zu; verfolgen Dich widrige Geschicke, oder böse Menschen; o! dann rufe Deine ganze Standhaftigkeit auf! fasse Deinen Muth zusammen, und versüße der Gefährtinn Deines Lebens die Bitterkeit des Kelchs, den sie mit Dir austrinken muß; Wache über Deine Launen, damit nicht der Unschuldige durch Dich leiden müsse! Verschliesse Dich in Dein Cämmerlein, wenn das Herz zu schwer wird! Dort erleichtre Dich durch Thränen oder Gebet! Stärke und stähle Dein Herz durch Philosophie, durch Zuversicht auf Gott, durch Hofnung und durch weise Entschliessungen! und dann tritt hervor mit heitrer Stirne, und sey der Tröster des Schwächern! Ach! es ist kein Elend in der Welt von beständiger Dauer, kein Schmerz so groß, der nicht freye Augenblicke übrigliesse; Ein gewisser Heroïsmus, im Kampfe gegen das Unglück, führt Freuden mit sich, die wahrlich das härteste Ungemach vergessen machen, und der Gedanke, Andre zu trösten und aufzurichten, erhebt wunderbar das Herz, erfüllt mit unbeschreiblicher Heiterkeit. — Ich rede aus Erfahrung.

18.

Wir sind darüber einig geworden, daß vollkommne Gleichheit in Denkungsart und Temperamenten zu einer glücklichen Ehe nicht nothwendig sey; traurig aber ist doch immer die Lage, wenn die Ungleichheit gar zu auffallend ist, wenn die Gattinn so an gar nichts von allem warmen Antheil nimt, was dem Gatten wichtig und interessant scheint. Traurig ist es immer, wenn man, um Genuß unschuldiger Freuden, um Leiden, um hohe Gefühle, ferne Aussichten, Unternehmungen, kurz! um alles, was Kopf und Herz beschäftigt, zu theilen, sich nach fremden Mitgenossen umsehn muß. Traurig ist es, wenn ein phlegmatisches Geschöpf zu jedem geistreichen Tropfen, den uns die süße Phantasie einschenkt, Wasser giesst, und aus jeder seligen Täuschung unsanft aufweckt, unsre wärmsten Gespräche und Plattitüden beantwortet, und unsre schönsten Pflanzungen zertritt. — Was ist aber in solchen Lagen zu thun? Vor allen Dingen Hiobs Specificum gebraucht! Nicht lange moralisirt, wo keine Besserung zu hoffen ist, geschwiegen, wenn man doch nicht verstanden wird; und dann die Gelegenheit vermieden, Scenen zu veranlassen, wodurch wir zu arg entrüstet, oder gekränkt, oder durch die Dummheit des Weibes öffentlich beschimpft würden! — so kann man denn doch wenigstens negativ so ziemlich glücklich seyn.

19.

Wie aber, wenn das Schicksal oder eigne Thorheit uns auf ewig an ein Geschöpf gekettet hat, das, mit großen moralischen Gebrechen, oder gar mit Lastern behaftet, der Liebe und Achtung edler Menschen unwerth ist; wenn unsre Gattinn uns durch ein mürrisches, feindseliges Temperament, durch Neid, Geiz, oder unvernünftige Eifersucht das Leben verbittert, oder wenn sie sich durch ein falsches, tückisches Herz verächtlich macht, oder wenn sie in Unzucht, oder Völlerey lebt? Ich brauche hier nicht zu erinnern, daß mancher ehrliche Mann unschuldiger Weise in dies Labyrinth gerathen kann, wenn ihm die Liebe in früher Jugend einen Streich gespielt hat, indem der böse Feind Asmodäus im Brautstande immer die schönste Larve vornimt. Ich schweige hingegen auch davon, daß sehr oft der Mann durch üble oder unvorsichtige Behandlung daran Schuld ist, wenn Untugenden und Laster, zu welchen der Keim in dem Herzen seiner Frau lag, zum Ausbruche kommen. Es würde mich endlich zu weit führen, wenn ich Regeln für das Verhalten in jeder einzelnen unglücklichen Lage von der Art geben wollte — Also nur so viel im Allgemeinen! Man muß in solchen Lagen dreyerley

Rücksichten nehmen; nämlich: zuerst solche, welche auf Beförderung unsrer eignen Ruhe abzielen; sodann Rücksichten auf Kinder und Hausgenossen; und endlich auf das Publicum. Was uns selbst betrifft; so rathe ich, wenn einmal keine Hofnung zu Bewürkung sittlicher Besserung da ist, sich nicht mit Klagen, Vorwürfen und Zänkereyen aufzuhalten, sondern in der Stille solche kräftige Gegenmittel zu wählen, die uns Vernunft, Rechtschaffenheit und Gefühl von Ehre anrathen. Entwirf reiflich und mit möglichst kaltem Blute Deinen Plan! Ueberlege wohl, ob eine Trennung nöthig sey, oder wie Du es anzufangen habest, Deinen Zustand, wenn derselbe nun einmal nicht zu verbessern ist, leidlich zu machen, und laß Dich dann von dieser Richtschnur durch nichts, selbst durch keine blos anscheinende Besserung, noch durch Liebkosungen abwendig machen! Erniedrige Dich aber nie so weit, daß Du Dich durch Hitze zu groben Behandlungen verleiten liessest, sonst hast Du schon zur Hälfte Unrecht. Erfülle endlich um so treuer Deine Pflichten, je öfter Dein Weib dieselben übertritt; so wird auch Dein Gewissen beruhigt seyn, und mit einem ruhigen Gewissen lässt sich alles, auch das Aergste, ertragen. In Betracht Deiner Kinder, des Hausgesindes und des Publicums aber vermeide alles Aufsehn! Laß, wo möglich, Dein Unglück nicht ruchtbar werden! Wenn Uneinigkeit unter Eheleuten herrscht; so werden die Kinder immer schlecht erzogen. Ist diese Uneinigkeit also nicht zu verbergen; so trenne Dich lieber von Deinen Kindern, und überlasse ihre Leitung fremden guten Händen! Wenn bekannte Uneinigkeit unter Eheleuten herrscht; so ist das Hausgesinde nie zur Ordnung, Treue und Gradheit geneigt. Es entstehen Partheyen und Klatschereyen, ohne Ende. Vermeide daher allen Zank in Gegenwart des Gesindes! Wenn öffentliche Uneinigkeit unter Eheleuten herrscht; so verliehrt der unschuldige Theil, zugleich mit dem schuldigen, die Achtung der Mitbürger. Vertraue deswegen nicht leicht Dein häusliches Unglück fremden Leuten!

20.

Sehr gern aber pflegen sich dienstfertige gute Freunde, alte Weiber, beyderley Geschlechts, Vettern und Baasen in solche Angelegenheiten zu mischen. Leide nicht, daß irgend jemand, wer es auch sey, ohne Dein Bitten, sich um Deine häuslichen Umstände bekümmre! Weise solche Naseweisigkeiten mit aller männlichen Entschlossenheit von Dir! Gute Seelen vertragen sich, ohne Vermittlung, und mit schlechten richtet ein Friedensstifter doch nichts aus. Allein bete, daß der Himmel Dich bewahre vor solchen alten Hexen von Schwiegermüttern, die alles wissen, alles thun und, wenn sie auch dumm wie das Vieh sind, dennoch alles dirigiren wollen; deren Geschäft ist, Hetzereyen anzustiften, zu unterhalten, und die mit Köchinnen und Haushälterinnen gemeinschaftliche Sache machen, um aus christlicher Liebe die Handlungen des Nächsten auszuspähn. Solltest Du aber zum Unglücke so eine Meerkatze, ein solches satanisches Hausgeräth mit erheyrathet haben; so ergreife die erste Gelegenheit, da sie sich in Deine Hausvaters-Angelegenheiten mischen will, um ihre freundlichen, frommen Dienste auf eine solche Art zu verbitten, daß sie Dir so bald nicht wiederkomme! Es giebt aber auch gute, edle Schwiegermütter, die ihrer Kinder Ehegenossen wie ihre eignen Kinder lieben, ihren verheyratheten Töchtern mit treuem Rathe beystehen, und denen man dann um so mehr Ehrerbiethung und Aufmerksamkeit schuldig ist, wenn man ihnen die Bildung eines geliebten Weibes zu danken hat.

Ueberhaupt sollen alle Zwistigkeiten unter Eheleuten nur unter ihren vier Augen ausgemacht werden und, wenn es auf das Höchste kömmt, von der Landes-Obrigkeit; Alle Mittel-Instanzen taugen gar nichts, und fremde Friedens-Stifter und Beschützer des leidenden Theils machen immer das Uebel ärger. Der Mann muß Herr seyn in seinem Hause; so wollen es Natur und Vernunft! Mit einem Herrn zankt man nicht; Er hat Richter über sich, nicht neben sich. Er soll sich auf keine Weise diese Herrschaft rauben lassen, und auch dann, wenn die weisere Frau seiner offenbaren Macht die heimliche Gewalt über sein Herz entgegenstellt; muß doch das äussere Ansehen der Herrschaft nie wegfallen.

21.

Nichts erschüttert so heftig das Glück unter Gatten und Gattinnen, als die Verletzung ehelicher Treue. Der Moralität nach und unsern religiosen und politischen Grundsätzen gemäß, ist die Uebertretung der ehelichen Pflichten von einer Seite so unedel wie von der andern; In Rücksicht auf die Folgen hingegen ist freylich die Unkeuschheit einer Frau weit strafbarer, als die, eines Mannes. Jene zerreisst die Familien-Bande, vererbt auf Bastarte die Vorzüge ehelicher Kinder, zerstöhrt die heiligen Rechte des Eigenthums, und widerspricht laut den Gesetzen der Natur, nach welchen immer Vielweiberey weniger unnatürlich, als Vielmännerey seyn würde. — Man hat nicht einmal in irgend einer Sprache einen üblichen Ausdruck für das Letztere. Der Mann ist das Haupt der Familie; Die schlechte Aufführung seiner Frau wirft zugleich Schande auf ihn, als den Haus-Regenten — nicht umgekehrt also! Ohne Betracht auf Folge und Rechenschaft aber; dünkt mich, handelt ein Theil, der den andern für untreu hält, sehr unweise, wenn er durch Vorwürfe, oder gar durch unvernünftiges Toben ihn in Schranken halten will. Ist es ihm um sein Herz zu thun; so muß er wissen, daß man nur durch sanfte, liebevolle Mittel Herzen fesselt, durch das Gegentheil aber zurückstößt; Verlangt er nur den alleinigen Besitz seines Leibes; so ist er ein Geschöpf der gemeinsten Art. Eheleute, die durch kein edlers Band an einander geknüpft sind, finden tausend Mittel, sich zu hintergehn, und es ist daran nicht viel verlohren. In so fern also bey der Untreue nicht Zärtlichkeit und Hochachtung gekränkt werden; so ist wahrlich, nach der Franzosen Meinung, die Hahnreyhschaft, wenn man die Sache weiß, sehr wenig, und wenn man sie nicht weiß, gar nichts. Noch ärger aber, und das sicherste Mittel, auch den treuesten Gatten zu

Ausschweifungen zu verleiten, ist, ihn auf bloßen Verdacht durch Vorwürfe und niedriges Mistraun zu beleidigen. Sollte aber Dein Unglück gewiß, und Deine Schande nicht zu verbergen seyn; so ist freylich kein anders Mittel, als Trennung durch gerichtliche Hülfe, oder durch gütliche Uebereinkunft, obgleich der Schandfleck dadurch nicht ausgelöscht wird. In allen übrigen Fällen ist die Ehescheidung eine höchst bedenkliche Sache. Leute die eine Reyhe von Jahren mit einander verlebt haben, können einen solchen Schritt nicht leicht thun, ohne Beyde an öffentlicher Achtung zu verliehren. Eheleute, die Kinder haben, können nie sich trennen, ohne sehr nachtheilige Folgen für die Bildung und zeitliche Glückseligkeit dieser Kinder. Ist es daher irgend möglich, bey einem weisen, vorsichtigen Vertrauen, es mit einander auszuhalten; so ertrage, leide und dulde man, und vermeide öffentliches Aergerniß!

22.

Allein alle diese Vorschriften sind wohl nur besonders anwendbar auf Personen im mittlern Stande. Die sehr vornehmen und sehr reichen Leute haben selten Sinn für häusliche Glückseligkeit, fühlen keine Seelen-Bedürfnisse, leben mehrentheils auf einem sehr fremden Fuße mit ihren Ehegatten, und bedürfen also keiner andern Regeln, als solcher, die eine feine Erziehung vorschreibt. Und da sie auch eine eigne Moral zu haben pflegen; so werden sie wohl in diesem Capitel wenig finden, das für sie tauglich wäre.

Viertes Capitel.

Ueber den Umgang mit und unter Verliebten.

1.

Mit Verliebten ist vernünftiger Weise gar nicht umzugehn; Sie sind, so wenig wie andre Berauschte, zur Geselligkeit geschickt; Ausser ihrem Abgotte ist die ganze Welt tod für sie. Man mag übrigens leicht mit ihnen fertig werden, wenn man nur Geduld genug hat, sie von dem Gegenstande ihrer Zärtlichkeit reden zu hören, ohne zu gähnen, wenn man im Gegentheil dabey einiges Interesse zeigt, sich über ihre Thorheiten und Launen nicht zu ärgern, und im Fall die Liebe heimlich gehalten seyn soll, sie nicht zu beobachten, nichts zu merken scheint, wüsste auch die ganze Stadt das Geheimniß (wie es denn mehrentheils geschieht); endlich wenn man ihre Eifersucht nicht erregt.

Und so hätte ich dann über diesen Gegenstand weiter nichts zu reden — Doch noch ein Paar Bemerkungen! Suchet Ihr einen verständigen Freund, der Euch mit weisem Rathe, oder mit festem Muthe, mit Fleiß und dauernder Arbeit dienen soll; so wählet keinen Verliebten dazu! Ist es Euch aber darum zu thun, eine theilnehmende, empfindelnde Seele zu finden, die mit Euch klage, winsle, oder Euch ohne Sicherheit Geld borge, auf etwas subscribire, ein reiches Almosen gebe, ein armes Mädchen ausstatte, einen beleidigten Vater besänftigen helfe, oder mit Euch Ritterstreiche mache, Kindereyen treibe, oder Eure Verse, Eure Liederchen und Sonaten lobe; so wendet Euch nach den Umständen an einen glücklichen oder leidenden Liebhaber!

2.

Den Verliebten selbst Regeln über ihren Umgang mit einander zu geben, das würde verlohrne Mühe seyn; Denn da diese Menschen selten bey gesunder Vernunft sind; so wäre es eben so unsinnig, zu verlangen, daß sie sich dabey gewissen Vorschriften unterwerfen sollten, als wenn man einem Rasenden zumuthen wollte, in Versen zu phantasiren, oder Einem, der die Colic hat, nach Noten zu schreyen. Doch liesse sich Einiges sagen, das gut zu beobachten wäre, wenn man hoffen dürfte, daß solche Menschen der Vernunft Gehör gäben.

3.

Die erste Liebe bewürkt ungeheure Revolutionen in der ganzen Sinnesart und dem Wesen des Menschen. Wer nie geliebt hat, kann keinen Begriff haben von den seligen Freuden, die der Umgang unter Verliebten gewährt; wer zu oft mit seinem Herzen Tausch und Handel getrieben hat, verliehrt den Sinn dafür. Ich habe einst ein Bild davon entworfen, und da ich jetzt nichts Bessers darüber zu sagen weiß; will ich diese Stelle hier abschreiben.*

»Es ist eine gar sonderbare Sache um die ersten Liebes-Erklärungen. Wer mit seinem Herzen schon oft Spielwerk getrieben, seine zärtlichen Seufzer vor manchen Schönen schon ausgeblasen hat, dem wird es eben nicht schwer, wenn er einmal wieder sich die Lust macht, verliebt zu werden, seine Empfindungen bey einer schicklichen Gelegenheit an den Tag zu legen; auch weiß dann die Cokette schon, was sie bey solchen Vorfällen zu antworten hat; Sie glaubt das Ding nicht sogleich, meint, der Herr wolle sie zum Besten haben, er spiele den Romanhelden, oder, wenn er dringend wird, und sie glaubt nach und nach überzeugt werden zu

* Die Verirrungen des Philosophen, oder Geschichte Ludwigs von Seelberg, Theil 1, Seite 108.

müssen; kömmt zuerst eine Bitte, ihrer Schwachheit zu schonen, ihr nicht ein Geständniß abzunöthigen, wobey sie erröthen müsste; und dann will der entzückte Liebhaber dem holden Engel um den Hals fallen, und in Wonne dahinschmelzen; aber die Schöne protestirt feyerlich gegen alle solche Freyheiten, verlässt sich überhaupt auf seine Ehre und Rechtschaffenheit, reicht ihm höchstens die Backe dar, theilt ihre Gunstverwilligungen in unendlich kleine Parcelen, um täglich nur um ein Haar breit dem Ziele näher rücken zu dürfen, damit der schöne Roman desto länger dauern möge, und wenn auf andre Art keine Zeit mehr zu gewinnen ist, muß ein kleiner Zwist dazwischen kommen, die völlige Entwickelung aufhalten, und die Uhr für die Schäferstunde zurückstellen. Bey allen diesen conventionellen Gaukeleyen aber empfinden dergleichen Leute gar nichts, lachen, wenn sie allein sind, des Possenspiels, das sie mit einander treiben, können voraus calculiren, wie weit sie morgen und übermorgen mit ihrem Geschäfte kommen müssen, und werden dick und fett bey ihrer Liebespein.

Ganz anders aber ist es mit einem Paar unschuldigen Herzen, die, zum erstenmal vom wohlthätigen Feuer der Liebe erwärmt, so gern ihren süßen, schuldlosen Gefühlen Luft machen mögten, und immer nicht Muth fassen können, mit Worten zu sagen, was Augen und Gebehrden oft schon deutlich gesagt und beantwortet haben. Der Jüngling sieht die Geliebte zärtlich an; sie erröthet; ihr Blick wird unruhig, unstät, wenn Er mit einem andern Mädchen zu viel und zu freundlich redet; sein Auge mögte zürnen, er mögte gleichgültig vor ihr vorbeyblicken, wenn sie einem Andern vertraulich etwas in das Ohr gesagt hat; man fühlt den Vorwurf, giebt augenblickliche Genugthuung, bricht plötzlich und fast unhöflich das Gespräch ab, welches den Argwohn erweckt hat; der Versöhnte dankt durch das zärtlichste Lächeln und durch die fröhlichste, plötzlich aufwachende Laune; Man nimmt mit den Augen Verabredungen auf morgen, entschuldigt sich, warnet vor Beobachtern, erkennt sich gegenseitige Rechte auf einander an — und hat sich doch noch mit keinem Wörtchen gesagt, was man für einander fühlt. Allein man sucht von beyden Seiten ernstlich die Gelegenheit dazu; sie kömmt, kömmt oft, und man lässt sie ungenützt vorbeystreichen, drückt sich höchstens einmal leise die Hand, und doch auch das nie ohne irgend einen schicklichen Vorwand, sagt sich aber kein Wort, ist mißmüthig, zweifelt an Gegenliebe, und hat sich oft noch nicht gegen einander erklärt, wenn man schon die Fabel der ganzen Stadt und der Gegenstand der schändlichsten Verläumdung ist. Ist endlich das längst im Busen pochende Bekenntniß den furchtsamen Lippen stotternd entflohn, und mit gebrochnen, halb erstickten Worten, von einem bis in das Innerste dringenden Händedrucke begleitet, beantwortet worden; dann lebt man vollends erst ganz für einander, ist wenig um die übrige Welt bekümmert, sieht und hört nichts um sich her, ist in keiner Gesellschaft verlegen mit seiner Person, wenn nur der theure Gegenstand uns freundlich anlächelt, findet alles Ungemach des Lebens leicht zu ertragen, an der Seite der Geliebten, glaubt nicht, daß es Krankheit, Armuth, Druck und Noth in der schönen Welt geben könne, lebt mit aller Creatur in Frieden, verachtet Gemächlichkeit, köstliche Speise, Schlaf — O Ihr! wenn Ihr je so wonnevolle Zeiten verlebt habt, sprechet! ist auch ein süßerer Traum zu träumen möglich? Ist unter allen phantastischen Freuden des Lebens Eine, die so unschuldig, so natürlich, so unschädlich wäre? Eine, die so überschwenglich glücklich, fröhlich, so friedenvoll machte? — Ach! daß dieser selige Zustand der Bezaubrung nicht ewig dauern kann, daß man oft nur gar zu unsanft aufgeschreckt wird aus diesem elisischen Schlummer!«

4.

In der Ehe ist Eifersucht ein schreckliches, Ruhe und Frieden stöhrendes Uebel, und jeder Streit von bösen Folgen; in der Liebe hingegen würkt Eifersucht neue Mannigfaltigkeit hinein; nichts ist süßer, als der Augenblick der Versöhnung nach kleinen Zwistigkeiten, und solche Scenen knüpfen das Band fester; Zittre aber vor der Eifersucht einer Cokette, vor der Rache eines Weibes, dessen Liebe Du verschmäht hast, oder für welches Dein Herz nicht mehr spricht, wenn sie Deiner — sey es nun aus Lust, oder aus Eitelkeit, aus Vorwitz, oder aus Eigensinn! — noch begehrt! Sie wird Dich verfolgen mit wüthigem Grimme, und keine Schonung von Deiner Seite, keine Nachgiebigkeit, keine Verschwiegenheit über die ehemaligen Verhältnisse, keine öffentliche Ehrerbiethungs-Bezeugungen werden Dir helfen, besonders wenn sie Dich nicht etwa fürchtet.

5.

Weiber-Feinde schreyen laut: das schöne Geschlecht liebe nie mit so gänzlich treuer Ergebung, wie wir Männer; Eitelkeit, Vorwitz, Lust an Abentheuern oder cörperliches Bedürfniß sey es nur, was sie hinreisse zu uns, und man dürfe nicht länger auf Weibertreue rechnen, als so lange wir eine von diesen Leidenschaften und Trieben nach Zeit und Gelegenheit befriedigen könnten; Andre hingegen lehren grade das Gegentheil, und beschreiben mit den reizendsten Farben die Beständigkeit, die Innigkeit und das Feuer eines weiblichen, von Liebe erfüllten Herzens. Jene eignen dem Geschlechte viel mehr Sinnlichkeit und Reizbarkeit, als edlere Gefühle zu, und sagen, es sey nur Grimmasse, wenn Weiber ihre Männer glauben machten, sie hätten ein sehr kaltes Temperament; Diese hingegen behaupten: die reinste, heiligste Liebe, ohne Begehren, ja! auf gewisse Art ohne Leidenschaft, diese göttliche Flamme, könne nur in weiblichen Seelen in ihrer ganzen Fülle wohnen. Wer von beyden Partheyen Recht hat, das mögen Diejenigen entscheiden, denen eine größere Kenntniß des weiblichen Herzens, — obgleich ich in dem Umgange mit Frauenzimmern viel Jahre hindurch kein unaufmerksamer Beobachter gewesen bin — Diejenigen sage ich, mögen das entscheiden, denen diese größere Kenntniß und feinere Welt-Erfahrung ein Recht geben, über den Character der Weiber kühler, unpartheyischer, mit mehr Scharfsinn und mit gründlicherer Vernunft als ich, zu urtheilen und zu schreiben! Ich wage das nicht; auch sind es zwey verschiedne Fragen: aus welchen Quellen zuerst Weiberliebe zu entspringen pflege? und: welche Eigenschaften nachher diese Liebe habe, wenn einmal die Seele davon ergriffen ist? Das aber getraue ich mir zu behaupten, ohne einem von beyden Geschlechtern zu nahe zu treten, daß wir Männer an Treue und gänzlicher Hingebung in der Liebe wohl schwerlich die Weiber übertreffen können. Die Geschichte aller Zeiten ist voll von Beyspielen der Anhänglichkeit, der Ueberwindung aller Schwierigkeiten und Verachtung aller Gefahren, mit welcher ein Weib sich an ihren Geliebten kettet. Ich kenne kein höheres Glück auf der Welt, als so innig, so treu geliebt zu werden. Leichtsinnige Gemüther findet man unter Männern, wie unter Frauenzimmern; Hang zur Abwechselung ist dem ganzen Menschengeschlecht eigen; Neue Eindrücke größrer Liebenswürdigkeit, wahrer oder eingebildeter, können die lebhaftesten Empfindungen verdrängen; aber fast möchte ich sagen, die Fälle der Untreue wären häufiger bey Männern, als bey Weibern, würden nur nicht so bekannt, machten weniger Aufsehn; wir wären würklich nicht so leicht auf immer zu fesseln, und es würde vielleicht nicht schwer halten, die Ursachen davon anzugeben, wenn das hierhergehörte.

6.

Treue, ächte Liebe freuet sich in der Stille des seligen Genusses, prahlt nicht nur nie mit Gunstbezeugungen, sondern gesteht sich's sogar selbst kaum, wie froh sie ist. Die glücklichsten Augenblicke in der Liebe sind da, wo man sich noch nicht gegen einander mit Worten entdeckt hat, und doch jede Mine, jeden Blick versteht. Die wonnevollsten Freuden sind die, welche man mittheilt und empfängt, ohne dem Verstande davon Rechenschaft zu geben. Die Feinheit des Gefühls leidet oft nicht, daß man sich über Dinge erkläre, die ganz ihren hohen Werth verliehren, die anständigerweise, ohne Beleidigung des Zartgefühls, gar nicht mehr gegeben und angenommen werden können, sobald man etwas darüber gesagt hat. Man verwilligt stillschweigend, was man nicht verwilligen darf, wenn es erbeten, oder wenn es merkbar wird, daß es mit Absicht gegeben werden soll.

7.

In den Jahren, in welchen so gern das Herz mit dem Kopfe davonläuft, bauet so Mancher das Unglück seines Lebens durch übereilte Ehe-Versprechungen. Im Taumel der Liebe vergisst der Jüngling, wie wichtig ein solcher Schritt ist, wie, von allen Verbindlichkeiten, die man übernehmen kann, diese die schwerste, die gefährlichste und leider! die unauflöslichste ist. Er verbindet sich auf ewig mit einem Geschöpfe, das sich seinen von Leidenschaft geblendeten Augen ganz anders darstellt, als es ihn nachher die nüchterne Vernunft kennen lehrt, und dann hat er sich eine Hölle auf Erden bereitet; Oder er vergisst, daß mit einer solchen Verbindung die Bedürfnisse, Sorgen und Arbeiten wachsen, und dann muß er, an der Seite eines innigst geliebten Weibes, mit Mangel und Kummer kämpfen und doppelt alle Schläge des Schicksals fühlen; Oder er bricht sein Wort, wenn ihm vor der priesterlichen Einsegnung noch die Augen aufgehen; und dann sind Gewissensbisse sein Theil. — Allein, was vermögen Rath und Warnung im Augenblicke des Rausches? Uebrigens beziehe ich mich auf das, was ich im 15ten und 16ten Abschnitte des folgenden Capitels sagen werde.

8.

Haben Liebe und Vertraulichkeit Dich an ein Geschöpf gekettet, und Eure Bande würden getrennt, sey es nun durch Schicksale, Untreue und Leichtfertigkeit des einen Theils, oder durch andre Umstände; so handle, nach dem Bruche, oder wenn die Verbindung sonst aufhört, nie unedel! Laß

Dich nicht hinreissen zu niedriger Rache! Mißbrauche nicht Briefe, noch Zutraun! Der Mann, der fähig ist, ein Mädchen zu lästern, einem Weibe zu schaden, das einst in seinem Herzen geherrscht hat, verdient Haß und Verachtung, und wie mancher sonst nicht sehr liebenswürdige Mann, hat die Gunst artiger Frauenzimmer nur allein seiner erprobten Bescheidenheit, Verschwiegenheit und Vorsichtigkeit in Liebessachen zu danken!

Fünftes Capitel.

Über den Umgang mit Frauenzimmern.

1.

Ich will gleich zu Anfange dieses Capitels feyerlich erklären — Zwar sollte es billig einer solchen Erklärung nicht bedürfen, weil schon der gesunde Menschen-Verstand das lehrt, und ich kühn sagen darf, daß meine Schriften nicht Gelegenheit geben, mich für einen Lästerer des schönen Geschlechtes zu halten; doch der Schwachen wegen füge ich es hinzu — daß, was ich hier etwa im Allgemeinen zum Nachtheile des weiblichen Characters sagen mögte, der Verehrung unbeschadet gesagt seyn soll, die nicht nur jedes einzelne edle Weib und Mädchen, sondern die auch das Geschlecht, im Ganzen genommen, von so manchen Seiten, nur nicht grade von der fehlerhaften, verdient. *Diese* zu verschweigen, um *jene* zu erheben, das ist das Handwerk eines feilen Schmeichlers; und der bin ich nicht, der mag ich nicht seyn. Die mehrsten Schriftsteller aber, welche etwas über die Frauenzimmer sagen, scheinen sich's zum Geschäfte zu machen, nur die Schwächen derselben aufzudecken — das ist noch weniger meine Absicht. Wenn ich über den Umgang mit Menschen schreibe; so muß ich auch die Schwächen in Erwägung ziehn, denen man nachgeben, die man schonen muß, um in diesem Umgange gut fortzukommen. Jedes Geschlecht, jeder Stand, jedes Alter, jeder einzelne Character hat dergleichen Schwächen. In so fern ich diese kenne, gehört es zu meinem Zwecke, davon zu reden und man wird finden, daß ich von der andern Seite weder die Tugenden verschwiegen, die den Umgang mit Männern und Frauenzimmern, mit Alten und Jungen, mit Weisern und Schwächern, mit Vornehmen und Geringen, angenehm machen, noch irgend eine einzelne Classe auf Unkosten oder zum Vortheile der andern, gelobt oder getadelt habe — so viel als Vorrede zu diesem Capitel!

2.

Nichts ist so geschickt, die letzte Hand an die Bildung des Jünglings zu legen, wie der Umgang mit tugendhaften und gesitteten Weibern. Da werden die sanftern Tinten in den Character eingetragen; da wird, durch mildere und feinere Züge manche rauhe Härte gemäßigt — kurz! wer nie mit Weibern bessrer Art umgegangen ist, der entbehrt nicht nur sehr viel reinen Genuß, sondern er wird auch im geselligen Leben nicht weit kommen, und den Mann, der verächtlich vom ganzen weiblichen Geschlechte denkt und redet, mag ich nicht zum Freunde haben. Ich habe die seligsten Stunden in dem Cirkel liebenswürdiger Frauenzimmer verlebt, und wenn etwas Gutes an mir ist; wenn, nach so vielfältigen Täuschungen von Menschen und Schicksalen, Erbitterung, Mismuth und Feindseligkeit noch nicht Wohlwollen, Liebe und Duldung aus meiner Seele verdrängt haben; so danke ich es den sanften Einwürkungen, die dieser Umgang auf meinen Character gehabt hat.

3.

Die Weiber haben einen ganz eignen Sinn, um diejenigen unter den Männern zu unterscheiden, welche mit ihnen sympathisiren, sie verstehn, sich in ihren Ton stimmen zu können. Man hat sehr Unrecht, wenn man ihnen Schuld giebt, cörperliche Schönheit allein mache auf sie so lebhafte Eindrücke; sehr oft hat grade der entgegengesetzte Fall Statt. Ich kenne Jünglinge mit Antinous-Gestalten, die ihr Glück bey dem schönen Geschlechte nicht machen, und hingegen Männer mit fast garstigen Larven, die dort gefallen und Theilnehmung erwecken. Auch liegt nicht der Grund darinn, daß sie die Klügern und Witzigern vorzögen, noch in der mehr oder mindern Schmeicheley und Huldigung; Es giebt aber eine Art, mit Frauenzimmern umzugehn, die nur von ihnen selbst erlernt werden kann; und wer die nicht versteht, der mag mit allen innern und äussern Vorzügen ausgerüstet seyn — er wird sie nicht behagen. Man findet Männer, die von der Gabe, den Frauenzimmern zu gefallen, großen Mißbrauch machen, denen man erwachsene Töchter anvertrauet, die zu allen Tages-Zeiten bey den Damen freyen Zutritt und sich in den Ruf gesetzt haben, ohne Bedeutung zu seyn, denen man die freyesten Scherze erlaubt, oft aber Gelegenheit giebt, nachher zu spät zu bereuen, was man ihnen eingeräumt hat. Der Mißbrauch hebt indessen den erlaubten Gebrauch jener Kunst nicht auf. Ein kleiner Anstrich von weiblicher Sanftmuth, die aber ja nicht in unmännliche Schwäche übergehn darf; Gefälligkeiten, die nicht so groß, nicht so merklich seyn dürfen, daß sie Aufsehn erregen, oder größere Gegenforderung veranlassen, aber auch nicht so heimlich, daß sie gar nicht gefühlt, sondern übersehn würden; kleine, feine Aufmerksamkeiten, wofür sich kaum danken lässt, die also kein Recht geben, ohne Anspruch zu seyn scheinen, und doch verstanden, doch angerechnet werden; eine Art von Augensprache, die, sehr vom Liebäugeln unterschieden, von zarten, empfindungsvollen Herzen aufgefasst wird, ohne in Worte übersetzt werden zu dürfen; das nie Erläutern gewisser geheimen Gefühle; ein freyer, treuherziger Umgang, der nie in freche, gemeine Vertraulichkeit ausarten muß; zuweilen sanfte Schwermuth, die nicht Langeweile mache; ein gewisser romanhafter Schwung, der weder in's Süßliche, noch Abentheuerliche fällt; Bescheidenheit, ohne Schüchternheit; Unerschrockenheit, Muth und Lebhaftigkeit, ohne stürmisches Wesen; cörperliche Gewandtheit, Geschicktheit, Behändigkeit, angenehme Talente — Ich denke, das ist es ungefehr, was den Weibern an uns gefallen könnte.

4.

Das Gefühl der Schutzbedürftigkeit und die Ueberzeugung, daß der Mann ein Wesen seyn müsse, das fähig sey, diesen Schutz zu verleyhn, ist von der Natur auch *denen* Frauen eingepflanzt, die Stärke und Entschlossenheit genug haben, sich selbst zu schützen. Desfalls fühlen auch weichgeschaffne Damen eine Art von Widerwillen gegen äusserst schwächliche, gebrechliche Männer. Sie können herzliches Mitleid empfinden gegen Leidende, zum Beyspiel gegen Verwundete, Kranke und dergleichen; aber eigentliche, bleibende Infirmitäten, die den freyen Gebrauch der Kräfte hemmen, werden die Zuneigung, selbst des sittsamsten Weibes, von Dir abwendig machen.

5.

Man hat oft den Damen vorgeworfen, daß sie sich vorzüglich für ausschweifende Leute interessirten. Wenn das wahr ist; so kann ich doch nicht etwas durchaus Anstößiges darinn finden. Sind sie, bey dem Bewusstseyn eigner Schwäche, toleranter als wir; so macht das ihrem Herzen Ehre; Allein wir Männer tadeln auch oft nur aus Neid solche glücklichen Verbrecher von unserm Geschlechte, finden hingegen, wenn wir die Lovelace und Carl Moor nur auf dem Papiere oder auf der Schaubühne sehen, heimliches Wohlgefallen an ihnen. Der Grund von dem Allen liegt wohl in einem dunkeln Gefühle, welches uns sagt, daß zu Verirrungen von der Art eine gewisse Prästanz, eine Thätigkeit, eine Kraft gehöre, die immer Interesse erweckt. Uebrigens will man bemerkt haben, daß die mehrsten Frauenzimmer nur vorzüglich duldsam gegen *hübsche Männer* und gegen *garstige Weiber* seyen.

6.

Noch muß ich erinnern, daß die Frauenzimmer an den Männern Reinlichkeit und eine wohl gewählte, doch nicht phantastische Kleidung lieben, und daß sie leicht mit Einem Blicke kleine Fehler und Nachlässigkeiten im Anzuge bemerken.

7.

Huldige nicht mehrern Frauenzimmern zu gleicher Zeit, an demselben Orte, auf einerley Weise, wenn es Dir darum zu thun ist, Zuneigung oder Vorzug von einer Einzelnen zu erlangen; Sie verzeyhen uns kleine Untreuen, ja! man kann dadurch bey ihnen zuweilen gewinnen; aber in dem Augenblicke, da man ihnen etwas von Empfindungen vorschwatzt, muß man fühlen, was man sagt, und es nur für sie fühlen. Sobald sie merken, daß Du Dein zärtliches Gewäsche Jeder auskramst, ist alles vorbey; Sie mögen, was sie uns sind, uns gern ungetheilt, allein bleiben.

8.

Zwey Frauenzimmer, die Forderungen und Ansprüche von einerley Art machen, sey es nun von Seiten der Schönheit, Gelehrsamkeit, oder sonst, stimmen in einer Gesellschaft nicht gut zusammen. Doch werden sie zuweilen mit einander fertig; kömmt aber die Dritte hinzu; dann hat der böse Feind sein Spiel.

Hüte Dich daher auch, in Gegenwart einer Dame, die Ansprüche von irgend einer Art macht, eine Andre, wegen gleicher Eigenschaften, zu sehr zu loben, besonders eine Nebenbuhlerinn, mit denselben Ansprüchen! Es pflegt allen Menschen, die ein Gefühl von eignem Werthe und Begierde zu glänzen haben, vorzüglich aber den Damen, eigen zu seyn, daß sie gern ausschließlich bewundert werden mögen, es sey nun wegen Schönheit, wegen Geschmack, wegen Pracht, wegen Talente, wegen Gelehrsamkeit, oder weswegen es auch sey. Sprich daher auch nicht von Aehnlichkeiten, die Du findest, zwischen der Frau mit welcher Du redest, und ihren Kindern, oder irgend einer andern Person!

Frauenzimmer haben zuweilen sonderbare Grillen; man weiß nicht immer, wie sie sich vorstellen, daß sie aussehen, wie sie gern aussehen mögten. Die Eine affectirt Simplicität, Unschuld, Naivetät; Die Andre macht Anspruch an hohe Grazie, Adel und Würde, in Gang und Gebehrde; Die Eine sähe es gern, wenn man sagte: ihr Gesicht verrathe so viel Sanftmuth; Eine Andre mögte männlich klug, entschlossen, geistvoll, erhaben aussehn; Diese mögte mit ihren Blicken zu Boden stürzen können; Jene mit ihren Augen alle Herzen wie Butter zerfliessen machen; Die Eine will ein gesundes und frisches, die Andre ein kränkliches, leidendes Ansehn haben. — Das sind nun kleine unschädliche Schwachheiten, nach denen man sich wohl richten kann.

9.

Die mehrsten Frauenzimmer wollen ohne Unterlaß angenehm unterhalten seyn; Der angenehme Gesellschafter ist ihnen oft mehr werth, als der würdige, verdienstvolle Mann, von dessen Lippen Weisheit ströhmt, wenn er redet, der aber lieber schweigen, als leere Worte sprechen mag. Allein kein Gegenstand scheint ihnen unterhaltender, als ihr eignes Lob, wenn es nicht zu grob eingekleidet wird — doch auch damit nehmen es Manche so genau nicht. Man erhebe immer einmal die Schönheit einer alten Matrone! Man sehe immer einmal die Mutter für die Tochter im Hause an! — Sie werden uns darum die Augen nicht auskratzen. Ueberhaupt aber ist es mit dem Alter der Frauenzimmer ein kitzlicher Punct; Man thut am besten, diese Saite gar nicht zu rühren. Wenn man übrigens die Kunst versteht, ihnen Gelegenheit zu geben, zu glänzen; so bedarf man weiter keiner Unterhaltung, und man wird ihnen gewiß nicht unangenehm seyn. — Ist das nicht bey allen Menschen mehr oder weniger der Fall? Gewiß! doch bey Weibern öfter, weil man wohl ohne Sünde ein wenig mehr Eitelkeit auf Rechnung ihres Geschlechts schreiben, als dem unsrigen Schuld geben darf.

10.

Ein großes Triebrad im weiblichen Character ist die Neugier. Auch darauf muß man zu rechter Zeit im Umgange mit ihnen zu würken und dies Bedürfniß nach den Umständen zu erwecken, zu beschäftigen und zu befriedigen verstehn. Sonderbar genug ist es, wie weit oft Vorwitz und Neugier bey ihnen gehen. Auch die mitleidigsten Seelen unter ihnen empfinden zuweilen einen unbezwinglichen Trieb, schreckliche Scenen, Executionen, Operationen, Wunden und dergleichen anzuschaun, jämmerliche Mordgeschichten zu hören — Gegenstände, denen sich der weniger weichliche Mann nicht ohne Widerwillen gegenüber sieht. Deswegen sind ihnen auch diejenigen Romanen und Schauspiele größtentheils die angenehmsten, in welchen Abentheuer ohne Ende, unerwartete Begebenheiten in Menge und Greuel auf Greuel gehäuft sind. Deswegen forschen die Schlimmern unter ihnen so gern nach fremden Geheimnissen, und spähen die Handlungen ihrer Nachbarn aus, wenn auch nicht immer Bosheit, Neid und Schadenfreude zum Grunde liegen. Chesterfield sagt: »Wenn Du Dich bey Weibern einschmeicheln willst; so vertraue ihnen ein Geheimniß!« — Freylich wohl nur ein kleines Geheimniß. — Doch warum nicht auch größere? Können nicht manche Weiber besser schweigen, als ihre Männer? Es kömmt nur auf den Gegenstand des Geheimnisses an.

11.

Auch die edelsten Weiber haben mehr abwechselnde Launen, sind weniger gleichgestimmt zu allen Zeiten, als wir Männer. Reizbarere Nerven, die leichter zu allerley Gemüthsbewegungen in Schwingung zu bringen sind und ein schwächrer Cörperbau, der manchen unbehaglichen Gefühlen ausgesetzt ist, die wir gar nicht kennen, sind Schuld daran. Wundert Euch daher nicht, meine Freunde! wenn Ihr nicht jeden Tag denselben Grad von Theilnehmung und Liebe in den Augen derjenigen Damen zu finden glaubet, an deren Zuneigung Euch gelegen ist! Ertraget diese vorübergehende Launen, aber hütet Euch in solchen Augenblicken von Verstimmung, Euch aufzudringen, oder zur Unzeit mit Eurem Witz oder Troste angezogen zu kommen; sondern überleget wohl, was sie in jeder Gemüthslage etwa gern hören mögten, und wartet ruhig den Augenblick ab, wo sie selbst den Werth Eurer Nachsicht und Schonung fühlen, und ihr Unrecht gutmachen!

12.

Die Frauenzimmer finden ein gewisses Vergnügen an kleinen Neckereyen, mögen, selbst denen Personen, die ihnen am theuersten sind, zuweilen unruhige Augenblicke machen. Auch hiervon liegt der Grund in ihren Launen, und nicht in Bösartigkeit des Gemüths. Wenn man sich dabey vernünftig, duldsam, nicht stürmisch beträgt, noch durch eigne Schuld den kleinen Zwist zu einem würklichen feyerlichen Bruche heranwachsen lässt; so löschen sie in einer andern Stunde die Beleidigungen, die sie uns erwiesen haben, durch verdoppelte Gefälligkeit aus, und man erlangt dabey oft ein Recht mehr auf ihre Zuneigung.

13.

In solchen und allen übrigen kleinen Kämpfen und Streitigkeiten mit Frauenzimmern muß man ihnen den Triumph des Augenblicks lassen, nie aber sie merklich beschämen, denn das ist etwas, das ihre Eitelkeit selten verzeyht.

14.

Daß die Rache eines unedeln Weibes fürchterlich, grausam, dauernd und nicht leicht zu versöhnen sey, das hat man schon so oft gesagt, daß ich es hier zu wiederholen fast nicht nöthig finde. Würklich sollte man es kaum glauben, welche Mittel solche Furien ausfindig zu machen wissen, einen ehrlichen Mann, von dem sie sich beleidigt glauben, zu martern, zu verfolgen; wie unauslöschlich ihr Haß ist; zu welchen niedrigen Mitteln sie ihre Zuflucht nehmen. Der Verfasser dieses Buchs hat leider! selbst eine Erfahrung von der Art gemacht. Ein einziger unbesonnener Schritt in seiner frühen Jugend, durch welchen sich der Ehrgeiz und die Eitelkeit eines Weibes gekränkt hielten, obgleich sie ihn, früher, als er sie, auf den Fuß getreten hatte, war Schuld daran, daß er nachher aller Orten, wo sein Schicksal ihn nöthigte, Schutz und Glück zu suchen, Widerstand und fast unübersteigliches Hinderniß fand; daß heimliche, durch allerley Wege gewonnene Verleumder, mit bösen Gerüchten vor ihm hergiengen, um jeden Schritt zu hindern, jeden unschuldigen Plan zu vereiteln, den er zu seinem Fortkommen und zum Wohl seiner Familie anlegte. Ihm half nicht das vorsichtigste, untadelhafteste Betragen, nicht die öffentliche Erklärung, wie sehr er sein Unrecht erkenne. — Die rachgierige Frau hörte nicht auf, ihn zu verfolgen, bis er endlich freywillig allem entsagte, wozu man die Hülfe Andrer braucht, und sich auf eine häusliche Existenz einschränkte, die sie ihm nicht rauben kann. — Und das that eine Frau, in deren Macht es gestanden, viel Menschen glücklich zu machen, und die von der Natur mit sehr seltnen Vorzügen des Cörpers und des Geistes ausgerüstet war.

Es scheint übrigens in der Natur zu liegen, daß Schwächre immer grausamer in ihrer Rache sind, als Stärkre, vielleicht, weil das Gefühl dieser Schwäche die Empfindung des erlittenen Drucks verstärkt, und lüsterner nach der Gelegenheit macht, auch einmal Kraft zu üben.

15.

Eine philosophische Abhandlung des Herrn Professor Meiners, über die Frage: »ob es in unsrer Macht stehe, verliebt zu werden, oder nicht?« lässt mich daran verzweifeln, irgend etwas Neues über die Mittel sagen zu können, welche man anzuwenden hat, um im Umgange mit liebenswürdigen

Frauenzimmern die Freyheit seines Herzens nicht einzubüßen. Die Liebe ist zwar ein süßes Ungemach, das über uns kömmt, grade wenn wir uns dessen am wenigsten versehen, gegen welches wir also gewöhnlich erst dann anfangen Maaßregeln zu nehmen, wenn es schon zu spät ist; da sie aber oft sehr bittre Leiden und Zerstöhrung aller Ruhe und alles Friedens mit in ihrem Gefolge führt; da hoffnungslose Liebe wohl eine der schrecklichsten Plagen ist, und äußre Verhältnisse zuweilen auch den edelsten, zärtlichsten Neigungen unübersteigliche Hindernisse in den Weg legen; so ist es doch der Mühe werth, besonders für Den, welchen die Natur mit einem lebhaften Temperamente und mit warmer Phantasie ausgestattet hat, sich an eine gewisse Herrschaft des Verstandes über Gefühle und Sinnlichkeit zu gewöhnen, und wo er sich dazu zu schwach fühlt — der Gelegenheit auszuweichen. Groß ist die Verlegenheit, für ein fühlendes Herz, geliebt zu werden, und Liebe nicht erwiedern zu können; Schrecklich ist die Quaal, zu lieben und verschmäht zu werden; Verzweiflungsvoll die Lage Dessen, der für grenzenlose, treue Zärtlichkeit und Hingebung mit Betrug und Untreue belohnt wird. — Wer gegen dies alles sichre Mittel weiß; der hat den Stein der Weisen gefunden. Ich gestehe meine Schwäche — ich kenne keines, als die Flucht, ehe es dahin kömmt.

16.

Es leben unter uns Männern Bösewichte, denen Tugend, Redlichkeit und die Ruhe ihrer Nebenmenschen so wenig heilig sind, daß sie unschuldige, unerfahrne Mädchen, wenn nicht durch schlaue Künste würklich zum Laster verführen, doch mit falschen Erwartungen oder gar mit Versprechungen einer künftigen Eheverbindung täuschen, sich dadurch für den Augenblick eine angenehme Existenz verschaffen, die armen Kinder aber, die indeß ihrentwegen aller Gelegenheit zu anderweitiger Versorgung ausgewichen sind, nachher verlassen, um neue Verbindungen zu schliessen. Die Schändlichkeit eines solchen Verfahrens wird ja wohl Jeder einsehn, der noch einen Funken von Gefühl für Ehre in seinem Busen trägt, und wem ein solches Gefühl fremd ist, für den schreibe ich nicht. Es giebt aber ein anders, den Folgen nach nicht weniger schädliches, obgleich in Betracht der Absicht nicht so strafbares Betragen der Männer gegen gefühlvolle Frauenzimmer, worüber ich einige Worte zur Warnung sagen muß. Es glauben nämlich Manche unter uns, es könne gar kein Interesse in den Umgang mit jungen Mädchen kommen, wenn man ihnen nicht Süßigkeiten sagte, sie schmeichelte, oder eine Art von Wärme und Herzens-Andringlichkeit aus Worten und Gebehrden hervorleuchten liesse. Dies nährt nicht nur den ohnehin schon großen Hang des Geschlechts zur Eitelkeit, sondern, da eben diese Eitelkeit, die Ueberzeugung von der Macht ihrer Reize, gern jedes Honigwort für Sprache inniger Empfindung hält; so setzen die guten Dingerchen sich gleich in den Kopf, es sey ernstlich auf eine Heyrath angesehn. Der Stutzer merkt das nicht, oder wenn er es merkt; so ist er zu leichtsinnig, den Folgen nachzudenken; er verlässt sich darauf, daß er nie bestimmt etwas von Heyraths-Anträgen hat fallen lassen, und wenn er nun früh oder spät aufhört, einer solchen Schönen zu huldigen; so ist das Mädchen eben so unglücklich, wie wenn er sie absichtlich betrogen hätte. Sie welkt dahin, die arme Verlassne, wenn getäuschte Hofnung, fehlgeschlagne Erwartung an ihrem Herzen nagt, indeß der süße Herr sorglos bey Andern herumschwärmt und das Unglück nicht einmal ahnet, das er angerichtet hat.

Eine nicht minder gewöhnliche Art, junge Mädchen zu Grunde zu richten, ist, wenn man entweder durch leichtfertige Reden und luxuriosen Witz ihre Neugier und ihre Sinnlichkeit reizt, oder durch Erweckung romanhafter Begriffe ihre Phantasie erhitzt, ihre Aufmerksamkeit von solchen Gegenständen, womit sie, ihrem Berufe gemäß, sich beschäftigen sollten, ableitet, in ihnen den Sinn für einfaches, häusliches Leben ertödtet, oder ein junges Land-Mädchen, durch reizende Darstellung der Stadt-Freuden, mit ihrer

Lage unzufrieden macht. Da ich nicht blos schreibe, um zu lehren, wie man angenehm, sondern auch, wie man nützlich im Umgange seyn solle; so ist es Pflicht für mich, vor dergleichen zu warnen, und glaube mir, junger Mensch! sorgsame Eltern werden Dich segnen, Dich mit Freuden an der Seite ihrer Töchter sehn, ja! sie werden Dir ihr einziges Kind zutrauvoll zur Gattinn hingeben, wenn Du meinem Rathe folgst, und Dich dadurch in den Ruf eines verständigen und gewissenhaften Jünglings setzest.

17.

Ich sollte hier billig auch etwas von dem Umgange mit groben Coketten und Buhlerinnen sagen; allein das würde mich zu weit führen, und schwerlich mögte meine Mühe mit Erfolge belohnt werden. Die Schlingen, denen man auszuweichen hat, sind unzählich. Ich wünschte, man flöhe diese Art Weiber, wie die Pest; Hat man aber einmal das Unglück, in dergleichen Fallstricke gerathen zu seyn; so wird man selten so viel kalte Ueberlegung haben, ehe man ein solches Geschöpf besucht, vorher ein Capitel aus meinem Buche zu lesen. Zudem hat der König Salomon das alles weit besser gesagt — Doch ein Paar Zeilen darüber! Unbeschreiblich fein sind solche verworfne Geschöpfe in der Kunst, sich zu verstellen, unverschämt zu lügen, Empfindungen zu heucheln, um ihre Habsucht, ihre Eitelkeit, ihre Sinnlichkeit, ihre Rache, oder irgend eine andre Leidenschaft zu befriedigen. Unendlich schwer ist es, zu erforschen, ob eine Buhlerinn Dir würklich um Dein Selbst willen anhängt. Hast Du sie vielfältig auf die Probe von Uneigennützigkeit gesetzt, und immer so befunden, wie Du wünschest; so ist das etwas, aber noch sehr wenig. Sie verachtet vielleicht Dein Silber, um desto sichrer Dich selbst mit allem Deinem Golde zu gewinnen; oder ihr Temperament leitet sie weniger zum Gelde, als zur Wollust. Hast Du sie bey mancherley Versuchungen, wo sie Gelegenheit und Anreizung gehabt hätte, Dich heimlich zu hintergehn, stets treu befunden; hat sie zärtliche Sorgfalt, selbst für Deinen Ruf, für Deine Ehre gezeigt; zieht sie Dich nicht ab von andern natürlichen und edeln Verbindungen; opfert sie Dir Jugend, Schönheit, Gewinn, Glanz, Eitelkeit auf; — ey nun! die Mischungen der Anlagen und Temperamente sind mannigfaltig — so kann auch eine Buhlerinn von andern Seiten gute, liebenswürdige Eigenschaften haben; Aber traue nicht; traue nicht! Ein Weib, das die ersten und heiligsten aller weiblichen Tugenden, die Keuschheit und Sittsamkeit für nichts achtet; wie kann das wahre Ehrfurcht für feinere Pflichten haben? Doch bin ich weit entfernt, alle unglücklichen Gefallnen und Verführten in die Classe verachtungswerther Buhlerinnen setzen zu wollen. Wahre Liebe kann auch ein verirrtes Herz zur Tugend zurückführen; Es ist schon oft gesagt worden, daß Derjenige sichrer vor der Verführung sey, der die Gefahr kennt, als Der, welcher nie ist in Versuchung geführt worden; allein es bleibt bey dieser Art von Vergehungen immer eine mißliche Sache um die sichre, dauerhafte Besserung, und keine Lage ist demüthigender und beunruhigender, als wenn man die Person, an welcher unser Herz hängt, von Andern verachtet sieht, wenn man sich vor der Welt der Bande schämen muß, die uns so theuer sind. Liebe, reine Liebe, sichert übrigens am besten gegen Ausschweifungen, und der Umgang mit edeln, sittsamen Weibern verfeinert den Sinn des Jünglings für Tugend und Unschuld, wafnet sein verwöhntes Herz gegen studierte und freche Buhlerkünste. — Uebrigens bleibt es doch immer gewaltig hart, daß wir Männer uns so leicht alle Arten von Ausschweifungen erlauben, den Weibern aber, die von Jugend auf durch uns zur Sünde gereizt werden, keinen Fehltritt verzeyhn wollen, obgleich freylich für die bürgerliche Verfassung diese größere Strenge gegen das schwächere Geschlecht sehr heilsam ist.

Ist es aber wohl wahr, was man im gemeinen Leben so oft hört, daß jedes Weib zu verführen sey? — o ja! so wie jeder Richter auf irgend eine Art bestechbar, und jeder Erdensohn, wenn alle innre und äussre Umstände dazu mitwürkten, zu jedem Verbrechen fähig seyn würde. — Aber heisst das etwas anders gesagt, als daß wir alle — Menschen sind? Ueberlegt man dabey, wie auf die feinern Sinne der Frauenzimmer größre Reizung, Verführung, Schmeicheley, Eitelkeit, Neugier, Temperament, so mächtigen Einfluß haben; wie der kleinste Fleck von dieser Seite an ihnen so leicht bemerkt wird, weil sie in keinen bürgerlichen Verhältnissen stehen, ihre Verirrungen nicht durch *höhere Tugenden* vergessen machen können — o! wer wollte dann nicht dulden und schweigen? — Wenden wir uns zu einer erhabnern Classe von Frauenzimmern — zu den *gelehrten Weibern!*

18.

Ich muß gestehn, daß mich immer eine Art von Fieberfrost befällt, wenn man mich in Gesellschaft einer Dame gegenüber oder an die Seite setzt, die große Ansprüche auf Schöngeisterey, oder gar auf Gelehrsamkeit macht. Wenn die Frauenzimmer doch nur überlegen wollten, wie viel mehr Interesse Diejenigen unter ihnen erwecken, die sich einfach an die Bestimmung der Natur halten, und sich unter dem Haufen ihrer Mitschwestern durch treue Erfüllung ihres Berufs auszeichnen! Was hilft es ihnen, mit Männern in Fächern wetteifern zu wollen, denen sie nicht gewachsen sind, wozu ihnen mehrentheils die ersten Grundbegriffe, welche den Knaben schon von Kindheit an eingebläuet werden, fehlen? Es giebt Damen, die, neben allen häuslichen und geselligen Tugenden, neben der edelsten Einfalt des Characters und neben der Anmuth weiblicher Schönheit, durch tiefe Kenntnisse, seltne Talente, feine Cultur, philosophischen Scharfsinn in ihren Urtheilen und Bestimmtheit im Ausdrukke, Gelehrte vom Handwerke beschämen. Dürfte ich es wagen, hier öffentlich ein Paar Namen zu nennen; so könnte ich beweisen, daß ich Originale zu diesem Bilde nicht lange zu suchen brauchte; Allein wie geringe ist nicht die Anzahl solcher Frauen! und ist es nicht Pflicht, die mittelmäßigen weiblichen Genies abzuschrecken, auf Unkosten ihrer und Andrer Glückseligkeit, nach einer Höhe zu streben, die so Wenige erreichen?

Ich tadle nicht, daß ein Frauenzimmer ihre Schreib-Art und ihre mündliche Unterredung durch einiges Studium und durch keusch gewählte Lectur zu verfeinern suche, daß sie sich bemühe, nicht ganz ohne wissenschaftliche Kenntnisse zu seyn; aber sie soll kein Handwerk aus der Literatur machen; sie soll nicht umherschweifen in allen Theilen der Gelehrsamkeit. Es erregt wahrlich, wo nicht Eckel, doch Mitleiden, wenn man hört, wie solche arme Geschöpfe sich erkühnen, über die wichtigsten Gegenstände, die Jahrhunderte hindurch der Vorwurf der mühsamsten Nachforschung großer Männer gewesen sind, und von denen Diese dennoch mit Bescheidenheit behauptet haben, sie sähen nicht ganz klar darinn; wenn man hört, wie ein eitles Weib darüber am Thee- oder Nachttische, in den entscheidendsten Ausdrükken, Machtsprüche wagt, indeß sie kaum eine klare Vorstellung von der Materie hat, wovon die Rede ist. Aber der Haufen der Stutzer und Anbeter bewundert dennoch mit lautem Beyfalle die feinen Kenntnisse der gelehrten Dame, und bestärkt sie dadurch in ihren unglücklichen Ansprüchen. Dann sieht sie die wichtigsten Sorgen der Hauswirthschaft, die Erziehung ihrer Kinder und die Achtung unstudierter Mitbürger wie Kleinigkeiten an, glaubt sich berechtigt, das Joch der männlichen Herrschaft abzuschütteln, verachtet alle andre Weiber, erweckt sich und ihrem Gatten Feinde, träumt ohne Unterlaß sich in idealische Welten hinein; Ihre Phantasie lebt in unkeuscher Gemeinschaft mit der gesunden Vernunft; Es geht alles verkehrt im Hause; Die Speisen kommen kalt oder angebrannt auf den Tisch; Es werden Schulden auf Schulden gehäuft; Der arme Mann muß mit durchlöcherten Strümpfen einherwandeln; Wenn er nach häuslichen Freuden seufzt, unterhält ihn die gelehrte Frau mit Journals-Nachrichten, oder rennt ihm mit einem Musen-Almanach entgegen, in welchem ihre platten Verse stehen, und wirft ihm höhnisch vor, wie wenig der Unwürdige,

Gefühllose, den Werth des Schatzes erkennt, den er zu seinem Jammer besitzt.

Ich hoffe, man wird dies Bild nicht übertrieben finden. Unter den vierzig bis funfzig Damen, die man jetzt in Teutschland als Schriftstellerinnen zählt — die Legionen Derer ungerechnet, die keinen Unsinn haben drucken lassen — sind vielleicht kaum ein halbes Dutzend, die, als privilegirte Genies höherer Art, wahren Beruf haben, sich in das Fach der Wissenschaften zu werfen, und Diese sind so liebenswürdige, edle Weiber, versäumen so wenig dabey ihre übrigen Pflichten, fühlen selbst so lebhaft die Lächerlichkeiten ihrer halbgelehrten Mitschwestern, daß sie sich durch meine Schilderung gewiß nicht getroffen und beleidigt finden werden. Ist es aber nicht bey männlichen Schriftstellern auch der Fall, daß unter der großen Menge derselben nur Wenige ausgezeichneten Werth haben? Gewiß! nur mit dem Unterschiede, daß Begierde nach Ruhm oder Gewinn Diese irreleiten kann; die Frauenzimmer hingegen nicht so leicht Entschuldigung finden können, wenn sie, mit mittelmäßigen, oder weniger als mittelmäßigen Talenten und Kenntnissen, eine Laufbahn betreten, welche weder die Natur, noch die bürgerliche Verfassung ihnen angewiesen hat.

Was nun den Umgang mit solchen Frauenzimmern angeht, die auf Literatur Anspruch machen; so versteht sich's, daß, wenn diese Ansprüche gerecht sind, ihr Umgang äusserst lehrreich und unterhaltend ist, und was die von der andern Classe betrifft; so kann ich nichts weiter anrathen, als — Geduld, und daß man es wenigstens nicht wage, ihren Machtsprüchen Gründe entgegenzusetzen, oder ihren Geschmack zu reformiren, wenn man sich auch nicht so weit erniedrigen will, den Haufen ihrer Schmeichler zu vermehren.

19.

Das weibliche Geschlecht besitzt, in viel höherm Grade als wir, die Gabe, seine wahren Gesinnungen und Empfindungen zu verbergen. Selbst Frauenzimmer von weniger feinen Verstandes-Kräften haben zuweilen eine besondre Fertigkeit in der Kunst, sich zu verstellen. Es giebt Fälle, wo diese Kunst ihnen Schutz gegen die Nachstellungen der Männer gewährt. Der Verführer hat gewonnenes Spiel, wenn er bemerkt, daß das Herz der Schönen, oder ihre Sinnlichkeit, mit ihm gegen ihre Grundsätze gemeinschaftliche Sache macht. Also rechne man es ihnen nicht zum Vorwurfe, wenn sie zuweilen anders scheinen, als sie sind! aber man nehme darauf Rücksicht in dem Umgange mit ihnen! man glaube nicht immer, daß ihnen Derjenige gleichgültig sey, dem sie mit merklicher Kälte begegnen, noch daß sie sich vorzüglich für Den interessiren, mit dem sie öffentlich vertraulich umgehen, den sie auszuzeichnen scheinen! Oft thun sie dies grade, um ihr Spiel zu verbergen, wenn es nicht etwa blos Neckerey, oder Würkung ihrer Laune, ihres Eigensinnes ist. Sie ganz zu entziffern, dazu gehört tiefes Studium des weiblichen Herzens, vieljähriger Umgang mit den Feinern unter ihnen, kurz! mehr als in diesen Blättern entwickelt werden kann.

20.

Ich schweige von der Vorsichtigkeit im Umgange mit alten Coketten; mit Solchen, die sich einbilden, die Ansprüche auf Bewundrung, auf Huldigung und die Gewalt ihrer Schönheit würden, wie die gesetzmäßigen Rechte der Juristen, durch dreyßigjährigen Besitz um desto sichrer, die in fünf Jahren nur einmal ihren Geburtstag feyern, und die, wenn sie an der Spitze einer Bücher-Censur stünden, am ersten den Calender verbiethen würden. Ich schweige von den Prüden, Strengen, Spröden und Betschwestern, mit welchen man zuweilen, wie ich höre, unter vier Augen ganz anders als in Gesellschaft umgehn darf, und von denen leichtfertige Leute behaupten: verschwiegne und kühne Männer machten bey dieser Classe grade am leichtesten ihr Glück. Ich schweige von den sogenannten alten Gevatterinnen und Frauen Baasen, die sich's zur christlichen Pflicht machen, den Ruf ihrer Nachbarn und Bekannten von Zeit zu Zeit an die Sonne zu ziehn, und mit denen man es daher nicht verderben darf. — Ich schweige von diesen Allen, um die guten Damen nicht gegen mich aufzubringen, der ich an allen diesen Lästerungen keinen Theil nehme.

21.

Aber noch ein Paar Worte über die seligen Freuden, die der Umgang mit verständigen und edeln Weibern gewährt! Ich habe schon vorhin gesagt, daß ich demselben die glücklichsten Stunden meines Lebens zu verdanken habe, und in Wahrheit! das sprach ich aus der Fülle meines Herzens. Ihr zartes Gefühl; ihre Gabe, so schnell zu errathen, zu begreifen, Gedanken aufzufassen, Minen zu verstehn; ihr feiner Sinn für die kleinen, süßen Gefälligkeiten des Lebens; ihr reizender, naiver Witz; ihre oft so scharfsinnigen, von gelehrten, systematischen, vorgefassten Meinungen so freyen Urtheile; ihre unnachahmlich liebenswürdige Launen — interessant, selbst in ihren Ebben und Fluthen; ihre Geduld in langwierigen Leiden, wenngleich sie im ersten Augenblicke, wo der Unfall sie trifft, dem Gefährten das Uebel durch Klagen schwerer machen; ihre sanfte, liebliche Art, zu trösten, zu pflegen, zu warten, zu harren, zu dulden; die Milde, welche in ihrem ganzen Wesen herrscht; die kleine, unschädliche Geschwätzigkeit und Redseligkeit, wodurch sie die Gesellschaft beleben — das alles kenne ich, schätze ich, verehre ich. — Und wer wird nun, bey dem, was ich zum Nachtheil Einiger unter ihnen habe sagen müssen, mir Lästerung aufbürden, oder gehässige Absichten beymessen?

Sechstes Capitel.

Ueber den Umgang unter Freunden.

1.

Da bey dem Betragen gegen unsre Freunde alles auf die Wahl derselben ankömmt; so muß ich zuerst einige Bemerkungen über diesen Gegenstand vorausschicken. Keine freundschaftliche Verbindungen pflegen dauerhafter zu seyn, als die, welche in der frühern Jugend geschlossen werden. Man ist da noch weniger mistrauisch, weniger schwürig in Kleinigkeiten; das Herz ist ofner, geneigter sich mitzutheilen, sich anzuschliessen; die Charactere fügen sich leichter zusammen; man giebt von beyden Seiten nach und setzt sich in gleiche Stimmung; Man erfährt mit einander so manches, erinnert sich der sorglosen, gemeinschaftlich vollbrachten glücklichen Jugend-Jahre, und rückt mit gleichen Schritten in Cultur und Erfahrung fort. Dazu kommen dann Gewohnheit und Bedürfniß; Wird Einer aus dem vertrauten Kreise durch die Hand des Todes dahingerissen; so kettet das die übrigbleibenden Gefährten um desto fester an einander. — Ganz anders sieht es aus, in reifern Jahren. Von Menschen und Schicksalen vielfältig getäuscht, werden wir verschloßner, trauen nicht so leicht; das Herz steht unter der Vormundschaft der Vernunft, die genauer abwägt, und sich selbst Rath zu schaffen sucht, bevor sie sich Andern anvertraut. Man fordert mehr, ist eckler in der Wahl, nicht mehr so lüstern nach neuen Bekanntschaften, wird nicht so lebhaft betroffen von glänzenden Aussenseiten; Man hat ächtere

Begriffe von Vollkommenheit, von dauerhaften Bündnissen, von Nutzen und Schaden einer gänzlichen Hingebung; der Character ist fester; die Grundsätze sind auf Systeme zurückgeführt, in welche die Gesinnungen und Theorien eines uns fremden Menschen selten passen; folglich wird es schwerer, eine dauerhafte Harmonie zu Stande zu bringen, und endlich sind wir in so manche Geschäfte und Verbindungen verflochten, daß wir kaum Muße, und wenigstens selten Drang haben, neue zu schliessen. Also vernachlässige man seine Jugendfreunde nicht; und wenn auch Schicksale, Reisen und andre Umstände uns in der Welt umhergetrieben und von unsern Gespielen getrennt haben; so suche man doch, jene alten Bande wieder anzuknüpfen, und man wird selten übel dabey fahren!

2.

Es ist ein ziemlich allgemein angenommner Grundsatz, daß zu vollkommner Freundschaft Gleichheit des Standes und der Jahre erfordert werde. »Die Liebe« sagt man »sey blind; sie feßle, durch unerklärbaren Instinct, Herzen aneinander, die dem kalten Beobachter gar nicht für einander geschaffen zu seyn schienen, und da sie nur durch Gefühle, nicht durch Vernunft geleitet werde, so fallen bey ihr alle Rücksichten des Abstandes, den äussere Umstände erzeugen, weg. Die Freundschaft hingegen beruhe auf Harmonie in Grundsätzen und Neigungen; nun aber habe jedes Alter, so wie jeder Stand, seine ihm eigne Stimmung, nach der Verschiedenheit der Erziehung und Erfahrungen, und desfalls finde unter Personen von ungleichen Jahren und ungleichen bürgerlichen Verhältnissen keine so vollkommne Harmonie Statt, wie zu Knüpfung des Freundschaftsbandes erfordert werde.«

Diese Bemerkungen enthalten viel Wahres, doch habe ich schon zärtliche und dauerhafte Freundschaften unter Leuten wahrgenommen, die, weder dem Alter noch dem Stande nach, sich ähnlich waren, und wenn man sich an dasjenige erinnert, was ich zu Anfange des ersten Capitels in diesem

Theile gesagt habe; so wird man dies leicht erklären können. Es giebt junge Greise und alte Jünglinge; Feine Erziehung, Mäßigkeit in Wünschen, Freyheit in Denkungsart und Unabhängigkeit der Lage, erheben den Bettler zu einem Manne von hohem Stande, so wie verachtungswürdige Sitten, unedle Begierden und niedrige Gesinnungen, selbst einen Fürsten zu dem Pöbel herabwürdigen können. Das ist aber zuverlässig gewiß, daß zu einer dauerhaften, innigen Freundschaft, Gleichheit in Grundsätzen und Empfindungen erfordert wird, und daß dieselbe auch bey einer zu großen Verschiedenheit in Fähigkeiten und Kenntnissen nicht leicht Platz finden kann. Fällt nicht eine der höchsten Glückseligkeiten bey einer solchen Verbindung, die Austauschung von Ideen und Meinungen, die Mittheilung verschwisterter Gefühle, die Berichtigung dunkler Ahnungen und Zurechtweisung in wichtigen Fällen alsdann weg, wenn unser Freund sich durchaus nicht in unsre Lage hineindenken kann, wenn ihm unsre Empfindungen gänzlich fremd sind? Es giebt Leute, die man nur bewundern darf, an welche man immer hinaufschauen muß, und diese Menschen verehrt man, aber — man liebt sie nicht, oder man verzweifelt wenigstens daran, von ihnen wieder geliebt zu werden. In der Freundschaft müssen beyde Theile gleichviel geben und empfangen können. Jedes zu große Uebergewicht von Einer Seite, alles, was die Gleichung hebt, stöhrt die Freundschaft.

3.

Warum haben sehr vornehme und sehr reiche Leute so wenig wahren Sinn für Freundschaft? Sie fühlen weniger Seelen-Bedürfniß. Ihre Leidenschaften zu befriedigen; rauschenden, betäubenden Freuden nachzurennen; immer zu geniessen; geschmeichelt, gelobt, geehrt zu werden; darum ist es ihnen Allen mehr oder weniger zu thun. Von Personen ihres Gleichen werden sie durch Eifersucht, Neid und andre Leidenschaften getrennt; die noch Größern suchen sie nur auf, wenn sie Ihrer, zu Begünstigung eigennütziger oder ehrgeiziger Absichten, bedürfen; die geringern und Aermern aber halten sie in einer so großen Entfernung von sich, daß sie von ihnen weder die Wahrheit annehmen, noch den Gedanken ertragen können, sich mit ihnen gleichzustellen. Auch bey den Besten unter ihnen erwacht früh oder spät die Vorstellung, daß sie von besserm Stoffe seyen, und das tödtet dann die Freundschaft.

4.

Allein selbst unter denen Menschen, die Dir an Stand, Vermögen, Alter und Fähigkeiten gleich sind, rechne nur auf die dauerhafte Freundschaft Derer, die nicht von unedeln, heftigen, oder thörichten Leidenschaften beherrscht, noch wie ein Wetterhahn, von Launen und Grillen hin und hergetrieben werden! Wer rastlos rauschenden Freuden und Zerstreuungen sich ergiebt; wer wilden Begierden, der Wollust, dem Trunke, dem vermaledeyeten Spiele alles aufopfert; wessen Abgott falsche Ehre, Gold, oder sein eignes Ich ist; wer, wankelmüthig in Grundsätzen und Meinungen, einen Character hat, der sich, wie Wachs von Jedem in jede Form drücken lässt; der mag vielleicht ein guter Gesellschafter, aber nie wird er ein beständiger, treuer Freund seyn. Sobald es auf Verleugnung, Aufopferung, auf Beharrlichkeit und Festigkeit ankömmt, wird ein Solcher Dich im Stiche lassen; Du wirst allein dastehn, und Dich hintergangen glauben, da doch Du allein Dich betrogen, indem Du unvorsichtig gewählt hast. Ueberhaupt ist es in dieser Welt so oft der Fall, daß unsre Phantasie uns die Menschen malt, wie wir gern mögten, daß sie aussehn sollten, und es nachher sehr übel nimt, wenn sie gewahr wird, daß die Natur nicht das Original dem Gemählde gleich geschaffen hat.

5.

Man pflegt zu sagen: das sicherste Mittel Freunde zu haben, sey — keiner Freunde zu *bedürfen*; aber jeder Mensch von

Gefühl *bedarf* Freunde. — Und sollte es denn wirklich so schwer seyn, in dieser Welt treue Freunde zu finden? Ich meine, nicht halb so schwer, wie man gewöhnlich glaubt. Unsre empfindelnden jungen Herrn schaffen sich nur zu überspannte Begriffe von der Freundschaft. Freylich, wenn wir gänzliche Hingebung, unbedingte Aufopfrung, Verleugnung alles eignen Interesse in höchst critischen Augenblikken, blinde Ergreifung unsrer Parthey gegen eigne bessre Ueberzeugung, sogar Bewundrung unsrer Fehler, Billigung unsrer Thorheiten, Mitwürkung bey unsern leidenschaftlichen Verirrungen — mit Einem Worte! wenn wir mehr von unsern Freunden fordern, als Billigkeit und Gerechtigkeit von Menschen verlangen darf, die Fleisch und Bein sind und freyen Willen haben; so werden wir nicht leicht unter tausend Wesen Eins finden, das sich so gänzlich in unsre Arme würfe. Suchen wir aber verständige Menschen, deren Hauptgrundsätze und Gefühle mit den unsrigen übereinstimmen, kleine unmerkliche Verschiedenheiten abgerechnet; Menschen, die Freude finden an dem, was uns freuet; die uns lieben, ohne von uns bezaubert, das Gute in uns schätzen, ohne blind gegen unsre Schwächen zu seyn; die uns im Unglücke nicht verlassen, uns in guten und redlichen Dingen treu und standhaft beystehen, uns trösten, aufrichten, tragen helfen, uns, wo es höchst nöthig ist und wir dessen werth sind, alles aufopfern, *was man ohne Verletzung seiner Ehre und der Gerechtigkeit gegen sich selbst und die Seinigen aufopfern darf,* uns die Wahrheit nicht verhehlen, uns aufmerksam auf unsre Mängel machen, ohne uns vorsetzlich zu beleidigen, uns allen andern Menschen vorziehen, in so fern es ohne Unbilligkeit geschehn kann — — suchen wir ernstlich Solche; nun! so finden wir Deren gewiß. — Viele? nein! das sage ich nicht, aber doch wohl ein Paar für jeden Biedermann — und was braucht man mehr in dieser Welt?

6.

Hast Du nun einen solchen treuen Freund gefunden; so bewahre ihn auch! Halte ihn in Ehren, auch dann, wenn das Glück Dich plötzlich über ihn erhebt, auch da, wo Dein Freund nicht glänzt, wo Deine Verbindung mit ihm durch die Stimme des Volks nicht gerechtfertigt zu werden scheint! Schäme Dich nie Deines ärmern, weniger hochgeschätzten Freundes; Beneide nicht den Dir vorgezognen Freund! Hänge fest an ihm, ohne ihm lästig zu werden! Fordre nicht mehr von ihm, als Du selbst leisten würdest, ja! fordre nicht einmal so viel, wenn Dein Freund nicht in allen Stücken mit Dir einerley lebhaftes Temperament, einerley Fähigkeiten, einerley Grad von Empfindniß hat! Ergreife warm und eifrig die Parthey Deines Freundes, aber nicht auf Unkosten der Gerechtigkeit und Redlichkeit! Du sollst nicht seinetwegen blind gegen die Tugenden Andrer seyn, noch, wenn Du die Macht in Händen hast, eines würdigen, geschickten Mannes Glück zu bauen, Diesen dem weniger fähigen Freunde nachsetzen. Du sollst nicht seine Uebereilungen vertheidigen, seine Leidenschaften wie Tugenden erheben, in kleinen Zwistigkeiten mit andern Menschen, wenn er Unrecht hat, vorsetzlicher Weise die Parthey des Beleidigers verstärken; nicht Dich mit in sein Verderben stürzen, wenn ihm dadurch nicht geholfen wird, noch vielleicht gar durch unkluge Vertheidigung seine Feinde mehr erbittern, und Dir und den Deinigen den Untergang bereiten. Aber retten sollst Du seinen Ruf, wenn er unschuldig verleumdet wird, auch dann, wenn jedermann ihn verlässt und verkennt, sobald Du hoffen darfst, daß dies ihm irgend Vortheil bringen kann. Oeffentlich ehren sollst Du den Edeln und Dich nie Deiner Verbindung mit ihm schämen, wenn Schicksale oder böse Menschen ihn unverdient zu Boden gedrückt haben. Nicht mitlächeln sollst Du, wenn lose Buben hinter seinem Rücken her ihm höhnen. Mit Vorsicht und Klugheit sollst Du ihm Nachricht geben von Gefahren, die ihm und seiner bürgerlichen Ehre drohen; aber nur in so fern dies dazu dienen kann, dem Uebel auszuweichen, oder Unvorsichtigkeiten wieder gut zu machen, nicht aber, wenn er dadurch blos eine unruhige Stunde gewinnt.

7.

Freunde, die uns in der Noth nicht verlassen, sind äusserst selten — Sey Du Einer dieser seltnen Freunde! Hilf, rette, wenn Du es vermagst! opfre Dich auf — nur vergiß nicht, was Klugheit und Gerechtigkeit gegen Dich und Andre von Dir fordern! aber tobe nicht, klage nicht, wenn Andre nicht ein Gleiches für Dich thun! Nicht immer herrscht böser Willen bey ihnen. Ich habe vorhin gesagt, daß schwache und durch Leidenschaft beherrschte Menschen unsichre Freunde sind; doch wie Wenige giebt es, die ganz fest und unerschütterlich in ihrem Character, ganz frey von kleinen Leidenschaften und Nebenabsichten wären, die nicht bey ihrer Anhänglichkeit an Dich mit Rücksicht nähmen auf Deinen äussern Ruf, auf Deine Verhältnisse, darauf, daß sie, wenn nicht durch Dich geehrt werden, doch wenigstens nicht Schande vor der Welt wegen ihrer Zuneigung zu Dir auf sich laden wollen; Wie Wenige, die nicht, wo es auf Verleugnung ankömmt, den Schwächern gegen den Mächtigern aufopfern! Wenn Diese nun, sobald ein Ungewitter sich über Deinem Haupte zusammenzieht, einen kleinen Schritt zurücktreten, oder wenigstens ihre Liebe und Verehrung in eine Art von Protection und Rathgebersrolle verwandeln — nun; so sey billig! Schiebe die Schuld auf das ängstliche Temperament der mehrsten Leute, auf ihre Abhängigkeit von äussern Umständen, auf die Nothwendigkeit, heut zu Tage *durch Gunst* sein Glück zu machen, um bey den wahrhaftig theuren Zeiten fortzukommen! Wie wenig Menschen würden übrig bleiben, mit denen Du Hand in Hand auf dieser Erde durch Glück und Unglück wandeln könntest, wenn Du es so genau nehmen wolltest! Zuweilen ist auch der Fall da, daß würklich unsre Freunde (wenn wir uns durch kleine oder große Unvorsichtigkeiten unser Schicksal selbst zugezogen haben) sich die Rechtfertigung schuldig sind, öffentlich zu zeigen, daß sie nicht in unsre Thorheiten verwickelt gewesen. Oft werden sie durch unsre widrige Lage grade so gestimmt, wie sie immer hätten gestimmt seyn sollen; das heisst: sie hören auf, uns so zu schmeicheln, wie sie es vorher aus Furcht, uns zu verliehren, thaten, so lange wir von jedermann aufgesucht wurden und unsre Freunde wählen konnten. Ich habe in einigen blendenden Situationen meines Lebens einen Haufen von Leuten sich mir aufdringen gesehn, die mir ohne Unterlaß Weyrauch streuten, jeden meiner witzigen Einfälle mit lauter Bewundrung auffiengen, schmeichelhafte Verse auf mich machten, meine Worte wie Orakelsprüche ausschrien, und meinen Ruf im Posaunenton erhoben. Ich kannte das Menschengeschlecht genug, um nicht alles das für baare Münze aufzunehmen, sondern fest überzeugt zu seyn, daß, wenn ich einst in eine weniger angenehme Lage kommen, und sie Meiner nicht mehr bedürfen, sie mir ganz anders begegnen würden. Ich irrte nicht, aber deswegen waren Diese doch nicht insgesammt Schurken und Heuchler. Viele von ihnen, es ist wahr, lernte ich als Solche kennen; sie erlaubten sich die ärgsten Niederträchtigkeiten gegen mich; Es befremdete mich nicht; ich verachtete sie; aber Manche waren vorher nur von dem Strohme mit fortgerissen worden. Die Stimme meiner Feinde erweckte sie nun; sie stutzten, betrachteten mich mit forschendem Auge, und sahen meine Fehler; sie warfen mir diese Fehler durch Worte oder einige Kälte in ihrem Betragen, vielleicht ein wenig zu unsanft vor, gaben mir dadurch Gelegenheit, selbst aufmerksam auf dieselben zu werden, an mir zu arbeiten, und wahrlich Diese sind mir nützlichere, ächtere Freunde gewesen, als manche Andre, die nicht aufhörten, mich in meiner Eitelkeit und Selbstgenügsamkeit zu bestärken.

8.

Kein Grundsatz scheint mir unfeiner und eines gefühlvollen Herzens unwürdiger, als der: »daß es ein Trost sey, Gefährten oder Mitleidende im Unglücke zu haben.« Ist es nicht genug, selbst leiden, und dabey überzeugt seyn zu müssen, daß in der Welt noch viel eben so redlich gute Menschen, wie wir sind, nicht weniger Elend zu tragen haben? Sollen wir noch die Summe dieser Unglücklichen muthwilligerweise dadurch vermehren, daß wir Andre zwingen, auch unsre Last mitzutragen, die dadurch um nichts leichter wird? Denn man sage doch nicht, daß es Erleichtrung sey, sich von seinem Schmerze zu unterhalten! Nur für einige alte Weiber, nicht aber für einen verständigen Mann, kann Geschwätzigkeit von der Art Wohlthat werden. Ich habe im ersten Capitel des ersten Theils davon geredet: ob es gut sey, Andern seine Widerwärtigkeiten zu klagen. Damals sagte ich zu Beantwortung dieser Frage nur das, was Weltklugheit und Vorsichtigkeit lehren; Im Umgange mit Freunden hingegen, wovon hier die Rede ist, muß uns auch Feinheit des Gefühls vorschreiben, unsre unangenehme Lage vor dem mitempfindenden, zärtlich theilnehmenden Freunde so viel möglich zu verbergen. Ich sage: so viel möglich, denn es können Fälle kommen, wo die Bedürfnisse des gepressten Herzens, sich zu entladen, zu groß, oder die liebreichen Anfordrungen des Freundes, der den Kummer auf unsrer Stirne liest, zu dringend werden, wo länger zu schweigen Folter für uns, oder Beleidigung für den Vertrauten werden würde. In allen übrigen Fällen lasset uns der Ruhe unsers Freundes, wie unsrer eignen schonen! Das aber versteht sich, daß hier nicht von Gelegenheiten die Rede ist, wo sein Rath oder seine Hülfe uns retten kann. — Was wäre Freundschaft, wenn man da schwiege?

9.

Klagt Dir ein Freund seine Noth, seine Schmerzen; so höre ihn mit Theilnehmung an! Halte Dich nicht mit moralischen Gemeinsprüchen auf, mit Bemerkungen über das, was anders hätte seyn, und was er hätte vermeiden können, da es doch einmal nicht anders ist! Hilf, wenn Du es vermagst!

tröste und verwende alles, was ihm Lindrung geben kann; aber verzärtle ihn nicht an Leib und Seele, durch weibische Klagen! Erwecke vielmehr seinen männlichen Muth, daß er sich erhebe über die nichtigen Leiden dieser Welt! Schmeichle ihn nicht mit falschen Hofnungen, mit Erwartungen eines blinden Ungefährs; sondern hilf ihm, Wege einschlagen, die eines weisen Mannes würdig sind!

10.

Aus dem Umgange mit Freunden muß alle Verstellung verbannt seyn. Da soll alle *falsche* Schaam, da soll aller Zwang, den Convenienz, übertriebne Gefälligkeit und Mistraun im gemeinen Leben auflegen, wegfallen. Zutraun und Aufrichtigkeit müssen unter innigen Freunden herrschen. Allein man überlege dabey, daß die Entdeckung von Heimlichkeiten, deren Mittheilung gar keinen Nutzen stiften, hingegen, durch die kleinste Unvorsichtigkeit in Bewahrung derselben, Nachtheil bringen kann, kindische Geschwätzigkeit ist; daß wenig Menschen, unter allen Umständen, unverbrüchlich ein Geheimnis zu bewahren vermögen, wenn auch diese Menschen alle übrigen Eigenschaften haben, die zur Freundschaft erfordert werden; daß fremde Geheimnisse nicht unser Eigenthum sind, und endlich, daß es auch eigne Geheimnisse geben kann, die man ohne Schaden, Gefahr und Nachtheil durchaus keinem Menschen auf der Welt anvertraun darf!

11.

Jede Art von schädlicher Schmeicheley muß im Umgange unter ächten Freunden wegfallen, nicht aber eine gewisse Gefälligkeit, die das Leben süß macht, Nachgiebigkeit und Geschmeidigkeit in unschuldigen Dingen. Es giebt Menschen, deren Zuneigung man augenblicklich verlohren hat, sobald man aufhört, ihnen Weyrauch zu streun, sobald man nicht in allen Dingen einerley Meinung mit ihnen ist, einerley

Geschmack mit ihnen hat. In ihrer Gegenwart darf man den größten Vorzügen andrer Leute nicht Gerechtigkeit widerfahren lassen. Gewisse Saiten kann man gar nicht berühren, ohne sie aufzubringen. Haben sie eine Thorheit begangen; sind sie blindlings eingenommen vor oder gegen eine Sache; werden sie von Phantasie oder Leidenschaft irregeleitet; haben sie unanständige oder schädliche Gewohnheiten an sich; findet man in ihrer Art zu leben und zu wirthschaften etwas mit Grunde auszusetzen, und man untersteht sich, hierüber etwas zu sagen; so schlägt das Feuer aller Orten heraus. Andre werden hiedurch nicht sowohl beleidigt, wie gekränkt. Sie sind gewöhnt, sich so zu verzärteln, daß sie die Stimme der Wahrheit gar nicht hören können. Man soll nur von solchen Dingen mit ihnen reden, die ihren faulen Seelen-Schlummer befördern. — »Wenn ich Dich bitten darf«; sagen sie, »so laß uns davon abbrechen! das sind Gegenstände, die ich nicht gern in mein Gedächtniß zurückrufe. Es ist nun einmal nicht anders! Ich weiß wohl, daß ich Unrecht habe, daß ich vielleicht anders handeln sollte; aber es würde einen zu schweren Kampf kosten — meine Gesundheit, meine Ruhe, meine schwachen Nerven vertragen es nicht, daß ich ernstlich darüber nachsinne.« — Pfui! ein Mensch von festem Character und der ernstlich das Gute liebt und sucht, muß den Muth haben, bey jedem Gegenstande mit reifer Ueberlegung verweilen zu können. — Alle solche weich gekochte Seelen taugen nicht zur Freundschaft. Man muß das Herz haben, Wahrheit zu sagen und Wahrheit anzuhören, auch dann, wenn diese Wahrheit hart ist, und unser Innerstes erschüttert. Der Freybrief eines Freundes, dem andern die Wahrheit nicht zu verhehlen, berechtigt ihn aber nicht, dies mit Anmaßung, mit Grobheit, mit Ungestüm, mit Zudringlichkeit zu thun, ihn durch lange Predigten zu ermüden und zu erbittern, oder mit ängstlichen Besorgnissen zu erfüllen, wenn, seinem Temperamente oder den Umständen nach, gar kein Nutzen davon zu erwarten steht.

12.

Ich habe vorhin gesagt, daß alles, was die Gleichheit unter Freunden aufhebt, der Freundschaft schädlich sey; Da nun das Verhältniß zwischen einem Wohlthäter und Dem, welcher Wohlthaten empfängt, am wenigsten mit Gleichheit bestehn kann; so scheint es der Zartheit der Gefühle angemessen, zu verhindern, daß durch ein zu großes Gewicht von Wohlthaten auf Einer Seite ein Freund dem andern gleichsam unterwürfig werde. Verbindlichkeiten von der Art sind der Freyheit, der uneingeschränkten Wahl entgegen, auf welcher die Freundschaft beruhn soll. Sie bringen etwas in dies Bündniß hinein, das nicht hinein gehört, nämlich die Dankbarkeit, welche nicht freywillig, sondern Pflicht ist. Man hat selten den Muth, so kühn und offenherzig mit dem Wohlthäter zu reden, wie mit dem Freunde. Dazu kömmt, daß, wenn ich einen Freund um eine Gefälligkeit bitte, er aus Zartgefühl mir nicht gern abschlägt, was er vielleicht einem Fremden abschlagen würde. Ich weiß wohl, daß es ein edles, stolzes Herz, wenn es Wohlthaten annimt, fast mehr kostet, als wenn es giebt, selbst dann, wenn das, was es hingiebt, Aufopfrung fordert; allein immer ist dann doch auf Einer Seite Last der Verbindlichkeit — und heisst das nicht, unter Freunden, auf *beyden Seiten*? Wäre es endlich auch nur aus der einzigen Rücksicht, daß empfangene Wohlthat uns partheyisch für den Wohlthäter macht, und Partheylichkeit Bestechung ist; so wünschte ich doch schon darum, dergleichen so viel möglich aus der Freundschaft verbannt zu sehn. Also sey man äusserst eckel in Erheischung und Annahme von Freundschafts-Diensten! Man suche lieber in Fällen, wo irgend eine solche Bedenklichkeit Statt finden mögte, Hülfe bey Fremden, besonders in Geldsachen! Man misbrauche nicht durch Empfehlungen fremder Angelegenheiten die Dienstfertigkeit seiner mächtigen Freunde! Allein es giebt Mittel, den edeln Mann, der gern Gutes thut, aufmerksam zu machen auf Gegenstände, die seiner Hülfe werth sind. Mylord Marshall Keith wurde von einem Officier gebeten, ihn dem Könige von Preussen zu empfehlen. Er antwortete nicht, gab ihm aber, bey seiner Abreise nach Potsdam, einen kleinen Sack voll Erbsen mit, den der Officier dem Könige, ohne Brief, überreichen sollte. Friedrich begriff, daß sein Freund keinem Menschen von gemeinem Schlage einen solchen Auftrag würde gegeben haben und nahm den Officier in seinen Dienst. Ueberhaupt haben feinere Seelen unter sich eine eigne geheime, Andern unverständliche Sprache. Doch giebt es Fälle, in denen man ohne Scheu sich an Freunde wenden muß, nämlich wenn die Freundschafts-Dienste, deren wir bedürfen, von der Art sind, daß der Freund sie uns ohne Ungemächlichkeit erweisen, oder ohne uns in Verlegenheit zu setzen und uns im Mindesten zu beleidigen, verweigern kann; wenn wir in den Umständen sind, ihm gelegentlich wieder gleiche Gefälligkeiten zu erweisen; wenn niemand so gut wie er von der Lage der Sache, von der Sicherheit, mit welcher er unsre Bitte zu gewähren vermag, überzeugt ist, oder wenn unser ganzes Glück auf Verschweigung einer Sache beruht; wenn wir uns keinem Andern sicher, ohne Gefahr und Schaden anvertraun, von keinem Andern Hülfe erwarten dürfen, und wenn wir dann gewiß wissen, daß unser Freund dabey nichts verliehren, keiner Unannehmlichkeit ausgesetzt seyn kann. In allen diesen und ähnlichen Fällen würden wir gegen das Zutraun sündigen, das wir ihm schuldig sind, wenn wir ihm unsre Verlegenheit verschwiegen.

13.

Etwas von dem, was ich über das Verhältniß unter Eheleuten gesagt habe, findet auch bey Freunden Statt, nämlich, daß man sich hüten muß, einander überdrüssig zu werden, oder durch zu öftern, zu vertraulichen Umgang, widrige Eindrücke zu veranlassen. Zu diesem Endzwecke wähle man dieselben Mittel, die ich bey jener Gelegenheit vorgeschlagen habe! Man sehe sich nicht so übermäßig oft, daß die Gesellschaft unsers Freundes aufhöre Wohlthat, daß sie anfängt etwas Alltägliches für uns zu werden, daß wir zu genaue Bekanntschaft mit den kleinen Fehlern des Freundes machen, deren jeder Mensch mehr oder weniger hat, die auch nicht so sehr auffallen, wenn man nicht immer mit einander lebt, die aber bey manchen Stimmungen und Launen auf die Länge von nachtheiliger Würkung seyn können! Diese Vorsicht ist in der Freundschaft noch nöthiger, als in der Ehe, da in jener nicht, wie in dieser, andre Rücksichten und der Gedanke, daß man nun einmal auf die ganze Lebenszeit mit einander zu Freude und Leid, zu gemeinschaftlicher Ertragung, und um Ein Leib und Eine Seele zu seyn, vereint ist; da, sage ich, dieser Gedanke und manches andre Band der Liebe in der Freundschaft wegfällt, folglich die Beständigkeit derselben von feiner Schonung abhängt. Es ist wahr, daß jene unangenehme Eindrücke bey edeln und verständigen Menschen nicht von Dauer sind, und daß es nur eines Zwischenraums von wenig Tagen bedarf, um uns wieder die Augen zu öfnen, über den Werth und Vorzug unsers Freundes vor andern mittelmäßigen Leuten, mit denen wir indeß gelebt haben; allein besser ist es doch, wenn dergleichen Empfindungen gar nicht in unser Herz kommen, und das kann man ja ändern. Man verbanne daher auch aus dem Umgange mit Freunden jene pöbelhafte Vertraulichkeit, jenen Mangel an Höflichkeit und jene Nachlässigkeit im Aeussern, wovon ich im dritten Capitel dieses Theils, besonders in dessen vierten Abschnitte geredet habe, und lege endlich auch dem Freunde keine Art von Zwang auf, verlange nicht, daß er sich nach unsern Launen, nach unserm Geschmacke richten, noch daß er den Umgang solcher Leute, gegen welche wir eingenommen sind, fliehn solle!

Eben so wichtig aber ist es auch, sich den Umgang mit geliebten Personen nicht so sehr zum Bedürfnisse zu machen, daß man ohne sie durchaus nicht leben zu können glaubt. Wir sind auf dieser Welt nicht Herrn über unser Schicksal. Man muß sich gewöhnen, Trennungen durch Tod, Entfernung und andre Umstände, zu ertragen, und wenn man ein Gut besitzt, sich mit dem Gedanken gemeinmachen, daß man dies Gut auch verliehren könne. Ein weiser Mann bauet nicht seine ganze Existenz auf das Daseyn eines andern Wesens.

14.

Bleibe aber immer, auch in der Entfernung, ein warmer Freund Deiner Freunde! sonst scheint es, als habest Du aus Eigennutz, um den Genuß ihrer Unterhaltung zu schmecken, Dich an sie geschlossen. Sey nicht so nachlässig im Briefwechsel mit ihnen, wie wohl manche Menschen es sind! Wie leicht ist nicht ein Zettelchen beschrieben! Wer hat so viel Geschäfte, daß ihm nicht täglich wenigstens eine Viertelstunde frey bliebe? Wie erfreulich für einen entfernten Freund, und wie wohlthuend für uns selbst können aber nicht oft ein Paar zärtliche, tröstliche Zeilen seyn! Ich lasse auch die Entschuldigung nicht gelten, daß man zuweilen lange Zeit hindurch gar nicht gestimmt sey, seine Gedanken in Ordnung auf das Papier zu bringen. Briefe an den Vertrauten unsers Herzens sind keine rednerische Ausarbeitungen; jedes Wort wird ihm willkommen seyn, das Abdruck dessen ist, was in unsrer Seele vorgeht, und auf diese Weise wird uns ja die Trennung von geliebten Personen erträglich.

15.

Man sieht zuweilen Menschen eben so eifersüchtig in der Freundschaft, wie in der Liebe seyn. Das zeugt mehr von einer neidischen, als von einer zärtlichen Gemüthsart. Freuen soll es uns, wenn auch andre Leute den Werth Dessen zu schätzen wissen, der uns theuer ist; Freuen soll es uns, wenn unser Liebling noch ausser uns gute Seelen findet, denen er sich mittheilen, in deren Gemeinschaft er reine Wonne schmecken kann. Er wird darum nicht blind gegen unsre Vorzüge, nicht undankbar gegen uns werden — und würden wir denn dadurch mehr innern Werth bekommen, daß wir ihm die Augen über die Vortreflichkeit Andrer zuhielten?

16.

Alles, was Deinem Freunde angehört, sein Vermögen, sein bürgerliches Glück, seine Gesundheit, sein Ruf, die Ehre seines Weibes, die Unschuld und Bildung seiner Kinder — das alles sey Dir heilig, sey ein Gegenstand Deiner Sorgfalt und Deiner Schonung! Auch Deine heftigste Leidenschaft, Deine unmäßigste Begierde müsse diese Unverletzlichkeit ehren!

17.

Gaben, Anlagen und die Art, seine Empfindungen an den Tag zu legen, sind bey den Menschen verschieden. Nicht immer ist Derjenige der Gefühlvollste, welcher am mehrsten von innern Regungen und Empfindungen schwatzt, nicht immer Derjenige der treuste und beharrlichste Freund, der mit dem heftigsten Feuer uns an seine Brust drückt, der mit der größten Hitze hinter unserm Rücken sich Unsrer annimt. Alles Ueberspannte taugt nicht, dauert nicht; Ruhige, stille Hochachtung ist mehr werth, als Anbetung, Verehrung, Entzückung. Man verlange daher nicht von Jedem denselben Grad von äussern Freundschafts-Bezeugungen, sondern beurtheile seine Freunde nach der fortgesetzten, immer gleichen Zuneigung und treuen Ergebenheit, welche sie uns in der That, ohne Uebertreibung und ohne Schmeicheley, beweisen! Leider aber ordnet unsre Eitelkeit mehrentheils den Werth der Menschen nach dem Grade der Huldigung, welche sie uns leisten und die mehrsten Leute suchen solche Freunde um sich her zu versammeln, an deren Seite sie in doppelt vortheilhaftem Lichte erscheinen, und denen ihre Worte Orakelsprüche sind.

18.

Werbe nicht ängstlich um Freunde! Mache nicht Jagd auf jeden guten Mann, daß er Dir besonders zugethan werden soll! Jede Art von Andringlichkeit, wäre sie auch noch so gut gemeint, pflegt in dieser Welt Verdacht zu erwecken, und wer in der Stille auf dem Pfade fortwandelt, den Redlichkeit und Klugheit bezeichnen, und dabey ein wohlwollendes, zur Mittheilung gestimmtes Herz in seinem Busen trägt; der bleibt nicht unbemerkt, nicht unaufgesucht; Er findet planlos ein Paar Edle, die ihm die Hand zum brüderlichen Bunde reichen.

19.

Es giebt aber Menschen, die gar keinen vertrauten Freund, sondern nur Bekannte haben; entweder weil ihnen der Sinn für dies Seelen-Bedürfniß fehlt, oder weil sie keinem lebendigen Wesen trauen, oder weil ihre Gemüthsart kalt, unverträglich, verschlossen, eitel, oder zänkisch ist. Andre sind aller Welt Freunde; Sie werfen ihr Herz jedermann vor die Füße, und deswegen bückt sich Keiner, greift niemand darnach, es aufzunehmen — Lasset uns zu keiner von beyden Classen gehören!

20.

Auch unter den vertrautesten Freunden können Irrungen entstehn, Misverständnisse eintreten. Wenn man darüber Zeit verstreichen lässt, oder zugiebt, daß sich dienstfertige Leute hineinmischen; so erwächst daraus nicht selten eine dauerhafte Feindschaft, ja! eine Feindschaft, die mehrentheils um so heftiger wird, je zärtlicher, je vertrauter die Verbindung gewesen, und je ärger man sich also hintergangen glaubt. Es ist wahrlich ein trauriger Anblick, auf diese Weise zuweilen die edelsten Seelen gegen einander empöhrt zu sehn. Dringend rathe ich daher, bey dem ersten Schatten von Unzufriedenheit über irgend ein Betragen des Freundes, nicht zu säumen, ohne Zuthun eines Dritten, auf Erläuterung zu dringen. Da pflegt alles sehr bald verglichen zu werden, vorausgesetzt daß kein böser Willen obwaltet, wie man es denn bey gutgesinnten, wohlwollenden Freunden voraussetzen muß.

21.

Wie aber, wenn uns nun Freunde täuschen, wenn wir nach einiger Zeit wahrnehmen, daß unser gutes Herz uns irregeleitet, uns an Menschen gekettet hat, die Unsrer nicht werth sind? — Meine Leser! Ich kann es nicht oft genug wiederholen, daß wir mehrentheils selbst daran Schuld sind, wenn wir bey näherm Umgange die Menschen anders finden, als wir sie uns Anfangs gedacht haben. Partheyische Gefühle; Sympathie; Aehnlichkeit des Geschmacks, der Neigung; feine Schmeicheley; Seelen-Drang, in Augenblicken, wo Jeder uns ein Wohlthäter scheint, der nur einige Theilnahme an unserm Schicksale zeigt — Diese und andre dergleichen Eindrücke lassen uns von den Menschen, denen wir unser Herz schenken, solche Ideale fassen, die nachher unmöglich wahrgemacht werden können. Wir denken sie uns engelrein, und sind nachher viel unduldsamer gegen diese unsre Lieblinge, als gegen fremde Leute, sobald wir menschliche Schwachheiten an ihnen gewahr werden, indem wir daraus eine Ehrensache für unsre Klugheit machen. Spannet Eure Erwartung, Eure Meinung von Euren Freunden nicht zu hoch; so wird Euch ein menschlicher Fehltritt, den sie in Augenblicken der Versuchung begehen, nicht befremden, nicht ärgern! Habet Nachsicht! Ihr bedürft deren vielleicht selbst bey andern Gelegenheiten. Richtet nicht, damit auch Ihr nicht gerichtet werdet! — Und was für Recht hast Du denn auch über die Moralität Deines Freundes? Was ist er Dir anders schuldig, als Treue, Liebe und Dienstfertigkeit? Wer hat Dich zum Sittenrichter über ihn bestellt? — Suche einen vollkommnen Mann auf dieser Erde! und Du kannst hundert Jahre alt werden und noch immer vergebens umherrennen.

Vor allen Dingen aber soll man sich hüten, jedem elenden Geschwätze, womit böse oder schwache Menschen zum Nachtheile unsrer Freunde unsre Ohren erfüllen, Glauben beyzumessen. Leute, die heute mit einem Manne, den sie bis in den Himmel erheben, ihren letzten Bissen theilen würden, und morgen, wenn irgend ein altes Weib ihnen ein ärgerliches Märchen aufgehängt hat, Denselben zu dem verächtlichsten Betrüger herabwürdigen; Leute, die einen vieljährigen, geprüften Freund, auf Angabe des niederträchtigen, unwürdigen Pöbels, einer ihm schuldgegebnen Schandthat fähig halten können — wäre auch alle Wahrscheinlichkeit auf Seiten der Verleumder! — solche wankelmüthige, elende Lumpenseelen verdienen nur Verachtung, und der Verlust ihrer Freundschaft ist baarer Gewinn. Der Anschein ist oft sehr trüglich; Man kann Veranlassungen haben, es können Nothwendigkeiten eintreten, die es uns unmöglich machen, gewisse zweydeutig scheinende Schritte zu erläutern; aber, daß ein bewährter, edler Mann keine schlechte Handlung begangen habe, davon bedarf es gar weiter keines Beweises, als dessen, daß ein edler Mann nie schlechte Handlungen begeht.

22.

Wenn denn nun aber würklich unser Freund sich so moralisch verschlimmert, oder unser leichtgläubiges Herz sich in einem solchen Grade in seinem Zutrauen zu ihm betrogen, daß er unsre Vertraulichkeit gemisbraucht, uns mit Undank belohnt hätte — Nun! so hört er auf, unser Freund zu seyn; Ich meine aber, er behält doch nicht mehr und nicht weniger Recht auf unsre Duldung, als jeder andre uns fremde Mensch. Ich halte es für eine falsche Zärteley, an welcher mehrentheils die Eitelkeit, indem wir uns ungern wollen geirrt haben, ihren Theil hat, wenn man glaubt, man müsse nun von einem solchen Verräther immer mit großer Schonung reden, weil er einst unser Freund gewesen. Das Einzige, was uns bewegen kann, Seiner zu schonen, ist der Gedanke, daß überhaupt das menschliche Herz ein schwaches Ding ist, und daß man leicht zu weit in seinem Widerwillen geht, wenn eine Art von Rache sich in unser Urtheil mischt. Von der andern Seite aber macht der Umstand, daß der Mann *uns* betrogen, sein Verbrechen auch nicht um ein

Haar breit größer, berechtigt uns nicht, ärger gegen ihn zu Felde zu ziehn, als gegen jeden andern Schelm, der *andre Menschen* und überhaupt die Tugend betrügt.

Siebentes Capitel.

Ueber die Verhältnisse zwischen Herrn und Diener.

1.

Es ist traurig genug, daß der größte Theil des Menschengeschlechts, durch Schwäche, Armuth, Gewalt und andre Umstände, gezwungen ist, dem kleinern zu Gebothe zu stehn, und daß oft der Bessre den Winken des Schlechtern gehorchen muß. Was ist daher billiger, als daß Die, denen das Schicksal die Gewalt in die Hände gegeben hat, ihren Nebenmenschen das Leben süß und das Joch erträglicher zu machen, diese glückliche Lage nicht ungenützt lassen?

2.

Wahr ist es aber auch, daß die mehrsten Menschen zur Sclaverey gebohren, daß edle, wahrhaftig große Gesinnungen und Gefühle hingegen nur das Erbtheil einer unbeträchtlichen Anzahl zu seyn scheinen. Lasset uns indessen den Grund dieser Wahrheit weniger in den natürlichen Anlagen, als in der Art der Erziehung und in unsern, durch Luxus und Despotismus verderbten Zeiten suchen! Durch sie wird eine ungeheure Menge Bedürfnisse erzeugt, die uns von Andern abhängig machen. Das ewige Angeln nach Erwerb und Genuß erzeugt niedrige Leidenschaften, zwingt uns, zu erbetteln und zu erkriechen, was wir für so nöthig zu unsrer Existenz halten, statt daß Mäßigkeit und Genügsamkeit die Quellen aller Tugend und Freyheit sind.

3.

Bleiben nun die mehrsten Menschen stumpf für feinere Empfindungen und unfähig zu erhabnen, hohen Gesinnungen; so sind sie doch nicht Alle unerkenntlich gegen großmüthige Behandlung, noch blind gegen wahren Werth. Rechne also weder auf die Zuneigung und Achtung, noch auf freywillige Folgsamkeit Derer, die Dir unterworfen sind, wenn Diese selbst fühlen, daß sie moralisch besser, weiser, geschickter sind, als Du, daß Du nöthiger Ihrer bedarfst, als sie Deiner; wenn Du sie mishandelst, schlecht für wesentliche Dienste belohnst, die Schmeichler unter ihnen den graden, aufrichtigen, treuen Dienern vorziehst; wenn sie sich schämen müssen, einem Manne anzugehören, den Jeder hasst, oder verachtet; wenn Du mehr von ihnen verlangst, als Du selbst an ihrer Stelle würdest leisten können; wenn Du Dich weder um ihr moralisches, noch öconomisches, noch physisches Wohl bekümmerst, ihnen den Lohn ihrer Arbeit so sparsam zutheilst, daß sie verzweifeln, oder Dich betrügen müssen, oder wenigstens keine frohe Stunde haben können; wenn Du nicht Rücksicht nimst auf ihren cörperlichen Zustand, sie verstoßest, sobald sie alt und schwächlich werden; wenn Du ihnen wenig Ruhe und Schlaf erlaubst; wenn sie, indeß Du schwelgst, in rauher Jahrszeit bis nach Mitternacht, vielleicht gar dem bösen Wetter bloßgestellt, auf Dich voll tödtender Langerweile warten müssen; wenn Dein lächerlicher Hochmuth ein Gegenstand ihres Spottes wird, oder Dein Jähzorn sie mit Schimpfwörtern überhäuft; wenn sie mit aller Aufmerksamkeit kein freundliches Wort von Dir gewinnen können! — Gradheit, Redlichkeit, wahre Menschenliebe, Würde und Folgerichtigkeit in unsern Handlungen zu zeigen, das ist, so wie überhaupt das sicherste Mittel uns allgemeine Achtung zu erwerben, so insbesondre geschickt, uns der Ehrerbiethung und Zuneigung Derer zu versichern, die von uns abhängen, uns oft ohne Schminke, in mancherley Launen sehen, und gegen welche wir uns also schwerlich lange verstellen können. Es ist ein altes, aber sehr wahres Sprüchwort: »So wie der Herr; also der Knecht!« Es versteht sich, daß dies nur von Dienstbothen gilt, die lange genug in einem Hause gedient haben, um den darinn herrschenden Ton anzunehmen; aber bey Diesen trifft es dann auch fast unfehlbar ein. Ein Cammerdiener, der ein Windbeutel ist, dient mehrentheils einem Prahler; Bescheidne Herrschaften haben höfliches Gesinde; In stillen, ordentlichen Haushaltungen findet man sittsame, fleissige Leute zur Aufwartung; Zänkische, lüderliche Bediente und Mägde sind da zu Hause, wo Zwist und zügellose Sitten unter den Herrschaften im Gange sind. — Also ist ein gutes Beyspiel (wortreicher Ermahnungen bedarf es nicht) das sicherste Mittel, brauchbares Gesinde zu bilden.

4.

So sehr ich nun einen freundlichen, liebreichen Umgang mit Bedienten anrathe; so wenig kann ich es billigen, wenn man sich ihnen vorsetzlicher Weise in allen seinen Blößen zeigt, sie zu Vertrauten in heimlichen Angelegenheiten macht, sie durch übermäßige Bezahlung an ein üppiges Leben gewöhnt; wenn man sie nicht gehörig beschäftigt, alles ihrer Willkühr überlässt, sie zu unumschränkten Herrn über Cassen und Vorräthe macht und dadurch in ihnen Reiz zum Betrug erweckt; wenn man alle Gewalt über sie und alles Ansehn freywillig aufgiebt und sich zu Gemeinmachung und übertrieben vertraulichen Scherzen mit ihnen herablässt. — Man findet unter hundert Menschen von der Art kaum Einen, der das vertragen kann, der nicht Misbrauch von einer solchen Nachsicht macht. Auch ist nicht das eben ein Mittel, sich geliebt zu machen. Ein wohlwollendes, ernsthaftes, gesetztes, immer gleiches Betragen, unterschieden von steifer, hochmüthiger Feyerlichkeit; gute, richtige, nicht übermäßige, der Wichtigkeit ihrer Dienste angemessene Bezahlung; strenge Pünctlichkeit, wenn es darauf ankömmt, sie zur Ordnung und zu demjenigen anzuhalten, wozu sie sich verbindlich gemacht haben; Liebe und Freundlichkeit, wenn sie die Gewährung einer anständigen, bescheidnen Bitte, die Vergünstigung eines unschuldigen Vergnügens von uns begehren, oder auch ungebeten nur erwarten können; weise Ueberlegung in Zutheilung der Arbeit, so daß man sie nicht mit unnützen Arbeiten überhäufe, mit Geschäften, die blos unser eitles Vergnügen zum Gegenstande haben, dennoch aber nicht leide, daß sie je müßig seyen, sondern sie auch anhalte, für sich selbst zu arbeiten, sich in Kleidung reinlich und rechtlich zu halten, sich Geschicklichkeit zu erwerben; Aufmerksamkeit und Aufopfrung unsers eignen Interesse, wenn man Gelegenheit hat, ihnen ein bessers Schicksal zu verschaffen, sie zu befördern; Väterliche Sorgsamkeit für ihre Gesundheit, für ehrlichen Erwerb und für ihre sittliche Aufführung. — Das sind die sichersten Mittel, gut, treu bedient und von Denen, die uns dienen, geliebt zu werden. Hierzu füge ich noch den Rath, nicht zu viel Dienstbothen zu halten, aber die wenigen, die man hat und deren man bedarf, nützlich zu beschäftigen, gut zu bezahlen und vernünftig zu behandeln. Je mehr Bedienten man hat, um desto schlechter ist man bedient.

5.

Unsre feine Lebensart hat einem der ersten und süßesten Verhältnisse, dem Verhältnisse zwischen Hausvater und Hausgenossen, alle Anmuth, alle Würde genommen. Hausvaters-Rechte und Hausvaters-Freuden sind größtentheils verschwunden; Die Gesinde werden nicht wie Theile der Familien angesehn, sondern wie Miethlinge betrachtet, die wir nach Gefallen abschaffen, so wie auch sie uns verlassen können, sobald sie sonst irgendwo mehr Freyheit, mehr Gemächlichkeit oder reichere Bezahlung zu finden glauben, und ausser den Stunden, die sie unserm Dienste widmen müssen, haben wir kein Recht auf sie, leben nicht unter ihnen, sehen sie nur dann, wenn wir ihnen das Zeichen mit der Schelle geben, und sie nun aus ihren, gewöhnlich sehr schmutzigen, ungesunden Löchern zu uns hervorkriechen.

Diese lose, auf ungewisse Zeit geknüpfte Verbindung, zieht daher eine Grenzenlinie zwischen dem Interesse beyder Theile; Der Herr sucht den Miethling recht wohlfeil zu bekommen, er müsste denn aus Eitelkeit oder Verschwendung mehr an ihn wenden; Was im Alter aus dem armen dienstbaren Geschöpfe werden wird, darum bekümmert er sich nicht, und der Bediente, der das weiß, sucht bey so ungewissen Aussichten zu erhaschen, was zu erhaschen ist, um wo möglich einen Nothpfennig zurückzulegen. Welchen Einfluß dies auf Sittlichkeit, auf Bildung, auf Vertraun und gegenseitige Zuneigung haben müsse, das ist leicht einzusehn. Es ist wahr, daß nicht alle Herrschaften vollkommen so fremd und unnatürlich mit ihrem Gesinde umgehen; aber wo findet man in jetzigen Zeiten noch Solche, die als Väter und Lehrer Derer, die ihnen dienen, sich's zur Freude machen, mitten unter ihnen zu sitzen, durch weise und freundliche Gespräche sie zu unterrichten, an ihrer sittlichen und geistigen Bildung zu arbeiten, und für ihr künftiges Schicksal besorgt zu seyn? Es ist wahr, daß die Wenigsten von Denen, die bey Privat-Leuten in Dienst treten, so wohl erzogen sind, daß sie den Werth einer solchen Herablassung zu erkennen und gehörig zu nützen wissen; allein was hindert uns, die Gesinde selbst zu erziehn, sie als Kinder anzunehmen, sie dann lebenslang, wie die Mitglieder unsrer Familie, bey uns zu behalten, und ihr Schicksal, nach Verhältniß ihres Verdienstes und unsers Vermögens, zu verbessern? Ich kenne aus Erfahrung alle Ungemächlichkeiten einer solchen Unternehmung, bin mehrere Jahre hindurch diesem Plane gefolgt; Vielfältig mislingt es; unsre Arbeit belohnt sich nicht, wird nicht erkannt; die Kinder, wenn sie herangewachsen sind, fangen an sich zu fühlen, und entziehen sich unsrer väterlichen Zucht. Allein oft sind wir selbst durch fehlerhafte Behandlung daran Schuld, und nicht immer handeln sie undankbar gegen uns. Wir geben ihnen zuweilen eine ganz andre Art von Erziehung, als für ihre Lage taugt, und dadurch gerade machen wir sie unzufrieden mit ihrem Zustande, statt ihr Glück zu bauen; oder wir behandeln sie, wenn sie schon erwachsen sind, noch immer wie Kinder. Der Freyheitstrieb ist allen Creaturen von der Natur eingeprägt; sie glauben sich einem Joche zu entziehn, wenn sie von uns gehen, glauben Unsrer nicht mehr zu bedürfen, sich selbst rathen und regieren zu können. Vielfältig aber reuet es solche Menschen in der Folge, uns verlassen zu haben, wenn sie erst den Unterschied unter einem *Herrn* und einem *Hausvater* erfahren und lebhafte, ächte Begriffe von wahrer Freyheit erhalten. Das Fremde, das man nicht kennt, sieht immer besser aus, als das gewöhnte auch noch so Gute. Auf Erfolg und Dankbarkeit soll man übrigens in dieser Welt nie rechnen, sondern das Gute blos aus Liebe zum Guten thun. Nicht alle Mühe aber ist verlohren, die verlohren zu seyn scheint, und die Würkungen einer guten Erziehung äussern sich oft erst spät nachher. Es ist auch süß, für Andre zu pflanzen, da hingegen Früchte zu ziehn, die man selbst geniesst, ein gemeines Verdienst ist.

6.

Ein Hausvater hat das Recht, sein Gesinde ernstlich zur Pflicht-Erfüllung anzuhalten; allein nie soll er sich durch Hitze verleiten lassen, erwachsene Dienstbothen mit groben Schimpfwörtern, oder gar mit Schlägen zu behandeln. Ein edler Mann mag nur Kraft gegen Kraft setzen; nie wird er Den mishandeln, der sich nicht wehren darf.

Fast noch härter ist es, den armen Dienstbothen, wegen kleiner Unachtsamkeiten, z. B. wenn sie etwas zerbrochen haben, einen Theil ihres sparsamen Lohns zu entziehn. Uebrigens muß ich bey dieser Gelegenheit einen Rath geben, der, so unbedeutend er scheinen mögte, dennoch nicht zu verachten ist: Man suche nämlich bey Domestiken so viel Zutraun zu erwecken, daß sie, sobald durch ihre Schuld etwas im Hause verlohren gegangen oder zerbrochen ist, es uns sogleich melden; und dann ersetze man das fehlende Stück ohne Anstand wieder, lasse sein häusliches Inventarium nie verringert werden. Ist von einem Dutzend Tassen,

Teller, Gläser oder d. gl. erst ein Stück fort; so wird nicht mehr auf die übrigen so viel Sorgfalt verwendet, und bald sind sie alle verschwunden, da man dann in einen vollen Beutel greifen muß.

7.

Fremden Bedienten soll man in aller Rücksicht höflich und liebreich begegnen, denn in Betracht Unsrer sind sie freye Leute, oder wir dürfen selbst uns nicht frey nennen, wenn wir Fürsten dienen. Dazu kömmt, daß manche Bediente sehr viel Einfluß auf ihre Herrschaften haben, an deren Gunst uns gelegen ist, daß die Stimme der niedrigen Classen von Menschen oft sehr entscheidend für unsern Ruf werden kann, und endlich, daß diese Classe es sehr viel genauer damit zu nehmen pflegt, sich leichter beleidigt, nicht gehörig gepflegt glaubt, als Personen, welche die Grundsätze einer feinen Erziehung über elende Kleinigkeiten hinaussetzt.

8.

Es wird hier nicht am unrechten Orte stehn, wenn ich die Warnung hinzufüge, sich vor Geschwätzigkeit und Vertraulichkeit in dem Umgange mit Friseurs, Barbiers und Putzmacherinnen zu hüten. Dies Volk — doch giebt es auch da Ausnahmen — ist sehr geneigt aus einem Hause in das andre zu tragen, Intriguen, Ränke, Klatschereyen anzuspinnen, und sich zu allerley unedeln Diensten brauchen zu lassen. Am besten ist es, sich mit ihnen auf einen ernsthaften Fuß zu setzen.

9.

Das Gesinde pflegt kleine Veruntreuungen in Eß-Waaren, Caffee, Zucker u. d. gl. für keinen Diebstahl zu halten. So unrecht dies ist; so bleibt es doch darum nicht weniger die Pflicht der Herrschaften, ihren Domestiken die Gelegenheit zu benehmen, dergleichen Unredlichkeiten sich schuldig zu machen. Zwey Dinge sind hiebey am würksamsten; zuerst ein gutes Beyspiel von Mäßigkeit und Bezähmung der Begierlichkeit, und dann von Zeit zu Zeit freywillige Darreichung solcher Bissen, welche die Lüsternheit reizen könnten.

10.

Und nun sollte ich auch etwas von dem Betragen des Dieners gegen den Herrn reden; Ich werde aber diesen Gegenstand größtentheils da abhandeln, wo ich von dem Umgange mit Vornehmern, Reichern und Fürsten rede. Also nur so viel hier: Wer dient; der erfülle treu die Pflichten, zu welchen er sich verbindlich gemacht hat; Er thue darinn lieber zu viel, als zu wenig; Den Vortheil seines Herrn sehe er wie seinen eignen an; Er handle immer so offenbar und führe seine Geschäfte mit solcher Ordnung, daß es ihm zu keiner Zeit schwer fallen könne, Rechenschaft von seinem Haushalte abzulegen; Er mißbrauche nie das Zutraun, die Vertraulichkeit seines Herrn; Er decke nie die Fehler Dessen auf, dessen Brodt er isst; Er lasse sich nicht verleiten, weder im Scherze, noch im Unwillen, die Grenzen der Ehrerbiethung zu überschreiten, die er Dem schuldig ist, dem das Schicksal ihn unterwürfig gemacht hat; Allein er betrage sich auch immer mit einer solchen Würde, daß es dem Obern nie einfallen könne, ihm mit Verachtung zu begegnen, oder unedle Dienste zuzumuthen, sondern daß Dieser seinen Werth als Mensch fühle und, wenn er einer guten Empfindung fähig ist, des Abstandes ungeachtet, den die bürgerliche Verfassung zwischen ihnen gesetzt hat, ihm dennoch seine Hochachtung widmen müsse! Er lasse sich nicht durch blendende Aussenseiten bewegen, seinen Zustand zu verändern, sondern überlege, daß jede Lage ihre Ungemächlichkeiten hat, die man in der Ferne nicht wahrnimt! Hat er bey diesem redlichen und vorsichtigen Betragen dennoch das Unglück, einem undankbaren, harten, ungerechten Herrn zu dienen; so ertrage er, wenn sanfte Vorstellungen nichts helfen, geduldig, ohne Geschwätz und ohne Murren, so lange er sich dieser Lage nicht entziehn kann. Kann er aber das; so folge er andern Aussichten, schweige nachher über das, was ihm begegnet ist, und enthalte sich aller Rache, aller Lästerung, aller Plauderey! Doch können Fälle eintreten, wo seine gekränkte Ehre eine öffentliche oder gerichtliche Rechtfertigung gegen den mächtigen Unterdrücker fordert, und dann trete er ohne Winkelzüge, aber kühn und fest, voll Zuversicht auf die Güte seiner Sache, auf Gottes und der Menschen Gerechtigkeit, hervor, und lasse sich weder durch Menschenfurcht, noch durch Armuth und fremde Ränke abschrecken, seinen Ruf zu retten, wenn auch der stärkre Bösewicht ihm alles Uebrige rauben kann!

Achtes Capitel.

Betragen gegen Hauswirthe, Nachbarn und Solche, die mit uns in demselben Hause wohnen.

1.

Wenn wir in der Ordnung von den ersten und natürlichsten Verhältnissen ausgehen und immer von den einfachen zu den zusammengesetztern fortschreiten; so denken wir, nach den bis dahin betrachteten Verhältnissen, nun zuerst an die Verbindung mit Nachbarn und Hausgenossen.

Unsre neuere Philosophie überspringt zwar diese engen Verhältnisse; allein ich bin dazu noch nicht aufgeklärt genug, und schreibe also aus Ueberzeugung den Satz hin: Nächst den Personen Deiner Familie, bist Du am ersten Deinen Nachbarn und Hausgenossen Rath, That und Hülfe schuldig. Es ist sehr süß, sowohl in der Stadt, wie auf dem Lande, wenn man mit lieben, wackern Nachbarn eines zwanglosen, freundschaftlichen und vertraulichen Umgangs pflegen darf. Es kommen im menschlichen Leben so manche Fälle, wo augenblickliche kleine Hülfe uns Wohlthat ist, wo wir uns zur Erholung von ernsthaften Arbeiten, wenn Sorgen uns drücken, nach der Gegenwart eines guten Menschen sehnen, den wir nicht erst weit zu suchen brauchen — also vernachlässige man seine Nachbarn nicht, wenn sie irgend von geselliger, wohlwollender Gemüthsart sind! Ich habe die Wohlthat eines solchen Umgangs drey Jahre hindurch in meiner Einsamkeit bey Frankfurt am Mayn geschmeckt, und werde mich Lebens lang mit Dankbarkeit und Freude der fröhlichen Stunden erinnern, die mir an der Seite einer liebenswürdigen Familie, die neben mir an wohnte, nur zu schnell entflohn sind. Da war es, wo die verständigen und muntern Gespräche dieser edeln Leute mich aufheiterten, mich wieder mit den Menschen aussöhnten, mich so manches Ungemach vergessen machten! In großen Städten pflegt man zu glauben, es gehöre zu dem Tone, nicht einmal zu wissen, wer mit uns in demselben Hause wohnt. Das finde ich sehr abgeschmackt, und ich weiß nicht, was mich bewegen sollte, eine halbe Meile weit zu fahren, wenn ich die Unterhaltung, oder die Langeweile, welcher ich nachrenne, eben so gut zu Hause finden könnte, oder um einen Freundschafts-Dienst die ganze Stadt zu durchjagen, wenn neben mir an ein Mensch wohnt, der mir denselben gern erzeigen würde, in so fern ich mir seine Freundschaft und sein Zutraun erworben hätte. Schämen würde ich mich, wenn es der Fall wäre, daß die Miethkutscher und Straßenbuben mich besser als meine Nachbarn kennten.

2.

Man soll sich aber hüten, sowohl sich Denen aufzudringen, Diejenigen zu überlaufen, die, wenn sie mit uns unter Einem Dache wohnen, uns nicht ausweichen können, wie auch besonders, ihre Handlungen auszuspähn, uns in ihre häuslichen Angelegenheiten zu mischen, ihren Schritten, die uns nichts angehen, nachzuspüren und kleine mißfällige Dinge, die wir an ihnen bemerken, unter die Leute zu bringen. Da vor Allen das Gesinde hierzu sehr geneigt zu seyn pflegt; so soll man seine Dienstleute davon abzuhalten und den Geist der Klatscherey aus seinem Hause zu verbannen suchen.

3.

Es giebt kleine Gefälligkeiten, die man Denen schuldig ist, mit welchen man in demselben Hause, denen man gegenüber wohnt, oder deren Nachbar man ist; Gefälligkeiten, die an sich geringe scheinen, doch aber dazu dienen, Frieden zu erhalten, uns beliebt zu machen, und die man deswegen nicht verabsäumen soll. Dahin gehört: daß wir Poltern, Lärmen, spätes Thür-Zuschlagen im Hause vermeiden, Andern nicht in die Fenster gaffen, nichts in fremde Höfe oder Gärten schütten, und dergleichen mehr.

4.

Manche Menschen denken so wenig fein, daß sie glauben, gemiethete Häuser, Gärten und Hausgeräthe brauchten gar nicht geschont zu werden, und es sey bey Bestimmung der Mieths-Summe, schon auf die Abnutzung und Verwüstung mitgerechnet worden. Ohne zu erwähnen, daß dies wenigstens nicht immer der Fall ist; so denke ich auch, ein Mann, der Erziehung hat, kann kein Vergnügen daran finden, muthwilliger Weise etwas zu verderben, das nicht sein ist, wodurch er jemand betrübt, und sich verhasst macht. Es wird sehr bald bekannt, wenn man pünctlich im Bezahlen, nicht grob, dabey ordentlich und reinlich ist, und man wird dann lieber und um billigern Preis zum Miethsmanne aufgenommen, als mancher viel Vornehmere und Reichere. So lange ich Hausvater bin, habe ich nebst den Meinigen nie auch nur den kleinsten Streit mit meinen Hauswirthen und Nachbarn gehabt, und ich darf es sagen, sie haben sich mehrentheils mit Thränen in den Augen von uns getrennt.

Der Wirth soll aber gleichfalls gegen seinen Miethsmann gefällig seyn, mit Billigkeit verfahren und nicht über jede Kleinigkeit zanken, die nicht weniger vorgefallen seyn würde, wenn er selbst sein Haus bewohnt hätte.

5.

Wenn unter Leuten, die zusammen in demselben Hause wohnen, oder sonst täglich mit einander leben müssen, Verstimmungen oder Misverständnisse entstehen; so thut man wohl, die Erläuterung zu beschleunigen, denn nichts ist peinlicher, als mit Personen unter einem Dache zu leben, gegen die man einen Widerwillen hegt.

Neuntes Capitel.

Ueber das Verhältniß zwischen Wirth und Gast.

1.

In alten Zeiten hatte man hohe Begriffe von den Rechten der Gastfreundschaft. Noch pflegen diese Begriffe in Ländern und Provinzen, die weniger bevölkert sind, oder wo einfachere Sitten, bey weniger Reichthum, Luxus und Corruption, herrschen, so wie auf dem Lande, in Ausübung gebracht und die Rechte der Gastfreundschaft heilig gehalten zu werden. In unsern glänzenden Städten hingegen, wo nach und nach der Ton der feinen Lebensart allen Biedersinn zu verdrängen anfängt, da gehören die Gesetze der Gastfreundschaft nur zu den Höflichkeits-Regeln, die Jeder nach seiner Lage und nach seinem Gefallen, mehr oder weniger anerkennt und befolgt, oder nicht. Auch ist es wahrlich zu verzeyhn, wenn, bey immer zunehmendem Luxus und dem mannigfaltigen Misbrauche, den man in unsern Zeiten von der Gutherzigkeit der Menschen macht, man vorsichtig in Erzeigung solcher Gefälligkeiten wird, und wenn man genauere Rücksprache mit seinem Geldbeutel nimt, bevor man jedem Müssiggänger und freundlichen Schmarotzer Haus, Küche und Keller öfnet. Wer hierinn aus thörichter Eitelkeit zu viel thut; betrügt zugleich sich und Andre. Sich, indem er ein Vermögen verschwendet, das er besser anwenden könnte; und Andre, indem er, unter dem Titel von Gastfreundschaft, nur seinen Hang zur Prahlerey befriedigt. Von der Gastfreundschaft der Großen und Reichen rede ich gar nicht; Langeweile, Eitelkeit und Prachtliebe ordnen da alles auf's Beste, und Der, welcher giebt, weiß, sowohl wie Der, welcher empfängt, auf welche Rechnung er dies zu schreiben, und wie er sich dabey zu betragen hat. Aber von der Gastfreundschaft unter Personen vom mittlern Stande will ich doch etwas reden und einige allgemeine Regeln geben, die auf diesen Gegenstand anwendbar sind.

2.

Man reiche das Wenige, was man der Gastfreundschaft opfern kann, in gehörigem Maaße, mit guter Art, mit treuem Herzen und mit freundlichem Gesichte dar! Man suche, bey Bewirthung eines Fremden oder eines Freundes, weniger Glanz, als Ordnung und guten Willen zu zeigen; Fremde Reisende kann man sich vorzüglich durch gastfreundschaftliche Aufnahme verpflichten. Es kömmt ihnen nicht auf eine köstliche, freye Mahlzeit, aber darauf kömmt es ihnen an, daß sie Eingang in guten Häusern und dadurch Gelegenheit erhalten, sich über Gegenstände zu unterrichten, die zu dem Zwecke ihrer Reise gehören. Gastfreundschaft gegen Fremde ist desfalls sehr zu empfehlen. Man sehe nicht verlegen aus, wenn uns unerwartet ein Besuch überrascht! Nichts ist unangenehmer und peinlicher, als wenn wir merken, daß es dem Manne, der uns bewirthet, sauer wird, daß er ungern und nur aus Höflichkeit hergiebt, oder daß er mehr Aufwand dabey verschwendet, als seine Umstände leiden; wenn er ohne Unterlaß seiner Frau oder seinen Bedienten in die Ohren flüstert, oder mit ihnen zankt, so bald eine Schüssel unrecht gestellt oder etwas vergessen worden; wenn er selbst im Hause herumlaufen, alles anordnen muß, und also an den Freuden der Gesellschaft gar nicht Theil nimt; wenn er zwar gern giebt, seine Frau hingegen uns jeden Bissen in den Mund zählt; wenn so wenig in den Schüsseln liegt, daß Der, welcher vorlegt, unmöglich herumreichen kann; wenn der Wirth und die Wirthinn uns ungestüm zum Essen und Trinken nöthigen, oder auf eine Weise geben, die uns zu sagen scheint: »Es ist nun einmal angeschafft; also füllet Euch den Bauch voll! Werdet recht satt; so habt Ihr auf lange Zeit genug, und brauchet sobald nicht wieder zu kommen!« endlich wenn wir Zeugen von Familienzwist und der Unordnung, die im Hause herrscht, seyn müssen. Mit einem Worte! Es giebt eine Art, Gastfreundschaft zu erweisen, die dem Wenigen, das man darreicht, einen höhern Werth giebt, als große Schmausereyen haben. Vieles trägt hierzu die Unterhaltung bey. Man muß daher die Kunst verstehn, mit seinen Gästen nur von solchen Dingen zu reden, die sie gern hören, in einem größern Kreise solche Gespräche zu führen, woran Alle mit Vergnügen Theil nehmen und sich dabey in vortheilhaftem Lichte zeigen können. Der Blöde muß ermuntert, der Traurige aufgeheitert werden. Jeder Gast muß Gelegenheit bekommen, von etwas zu reden, wovon er gern redet. Weltklugheit und Menschenkenntniß müssen hier in den besondern Fällen zum Leitfaden dienen. Man muß nichts als Auge und Ohr seyn, ohne daß dies mühsam aussehe, ohne daß man an uns Anstrengung wahrnehme, oder als geschähe dies nur aus Pflicht, nur, um zu zeigen, man wisse zu leben, nicht aber von Herzen. Man bitte nicht Menschen zusammen, oder setze solche an Tafeln neben einander, die sich fremd, oder gar feind sind, sich nicht verstehen, nicht zu einander passen, sich Langeweile machen! Alle diese Aufmerksamkeiten aber müssen auf eine solche Art erwiesen werden, daß sie nicht mehr Zwang auflegen, als sie Wohlthat für den Gast sind. Haben die Bedienten aus Versehn den unrechten Mann, oder haben sie einen Gast auf den unrechten Tag gebeten; so muß der Fremde doch nicht merken, daß er uns unerwartet kömmt, wenigstens nicht, daß er uns in Verlegenheit setzt, uns unwillkommen ist.

Manche Menschen unterhalten sich und Andre am besten, wenn man sie zu großen Cirkeln bittet; Andre muß man, wenn sie glänzen, oder sich an ihrem Platze finden sollen, ganz *allein*, oder nur zu einem kleinen Familienmahl einladen; Auf dies alles muß man Acht haben. Jeder, der auf kurze oder lange Zeit in Deinem Hause ist, und wäre er

Dein ärgster Feind, muß daselbst von Dir gegen alle Arten von Beleidigungen und Verfolgungen Andrer, so viel an Dir ist, geschützt seyn! Es müsse Jeder unter unserm Dache sich so frey wie unter seinem eignen fühlen; Man lasse ihn seinen Gang gehn, renne ihm nicht in jedem Winkel nach, wenn er vielleicht allein seyn will, und verlange nicht von ihm, daß er für die Kost, welche er geniesst, *uns* unterhalten, und dadurch seine Zeche bezahlen solle; Endlich lasse man nicht nach, in Gefälligkeit und Bewirthung, wenn der Freund sich längre Zeit bey uns aufhält, sondern erzeige ihm gleich in den ersten Tagen nicht mehr und nicht weniger, als man in der Folge fortsetzen kann!

3.

Der Gast aber hat gegen den Wirth auch gegenseitig Rücksichten zu nehmen. Ein altes Sprüchwort sagt: »Ein Fisch und ein Gast halten sich beyde nicht gut länger, als drey Tage im Hause.« Diese Vorschrift leidet nun wohl Ausnahmen; allein so viel Wahres steckt doch darinn, daß man sich niemand aufdringen und Ueberlegung genug haben soll, zu bemerken, wie lange unsre Gegenwart in einem Hause angenehm und für niemand eine Bürde ist. Nicht immer ist man so aufgelegt, nicht immer in seinen häuslichen Angelegenheiten so eingerichtet, daß man gern Gäste bey sich sieht, oder lange beherbergt. Bey Leuten, die nicht auf einem sehr großen Fuß leben, soll man daher nicht leicht unvermuthet kommen, oder sich selbst einladen. Dem Manne, der uns Gastfreundschaft erweiset, sollen wir, zum Lohne seiner Güte, so wenig Last wie möglich machen. Hat der Wirth mit seinen Leuten zu reden, oder sonst häusliche Geschäfte; so schleicht man davon, bis er fertig ist. Wir sollen ruhig und still unsern Gang gehn, uns nach den Sitten des Hauses richten, den Ton der Familie annehmen, wie wenn wir Glieder derselben wären, wenig Aufwartung fordern, genügsam seyn, uns nicht in häusliche Angelegenheiten mischen, nicht durch unsre Launen den Ton verstimmen, und wenn es, unsrer Meinung nach, irgendwo in der Bewirthung gemangelt hat, nicht undankbar hinter dem Rücken her darüber, oder über das, was wir sonst etwa in dem Hause gesehn haben, unsern Spott treiben.

4.

Es giebt aber auch Menschen, die einen so gewaltig hohen Werth auf die Gastfreundschaft setzen, welche sie uns erweisen, daß sie dafür gelobt, geschmeichelt, bedient, häufig besucht, und wer weiß was sonst alles? seyn wollen. Das ist nun freylich nicht billig. Ein mäßiger Mann verlangt doch nicht mehr, als satt zu essen, und das kann er ja leicht um geringern Preis. Das Mehr oder Weniger ist so viel nicht werth, und ich halte wahrhaftig meine Gesellschaft und meine verlohrne Zeit eben so theuer, wie Ihro Hochmögenden Dero Pasteten und Braten.

Zehntes Capitel.

Ueber die Verhältnisse unter Wohlthätern und Denen, welche Wohlthaten empfangen, wie auch unter Lehrern und Schülern, Gläubigern und Schuldnern.

1.

Die Dankbarkeit ist eine der heiligsten Tugenden; Wer Dir Gutes gethan hat, den ehre! Danke ihm nicht nur mit Worten, die ihm die Wärme Deiner Erkenntlichkeit zeigen; sondern suche auch jede Gelegenheit auf, wo Du ihm wieder dienen und nützlich werden kannst! Fehlt Dir aber dazu die Veranlassung; so entfalte ihm wenigstens durch ein unterscheidend liebreiches äusseres Betragen Dein dankbares Herz! Miß dies Betragen nicht pünctlich nach der Größe der Wohlthat ab, die Du empfangen, sondern nach dem Grade des guten Willens, den Dein Wohlthäter Dir gezeigt hat! Höre auch dann nicht auf, dankbar gegen ihn zu seyn, wenn Du Seiner nicht mehr bedarfst, oder wenn Unglücksfälle ihn von seiner Höhe herabgestürzt, ihn seines äussern Glanzes beraubt haben!

2.

Nie aber lasse Dich zu niederträchtiger Schmeicheley herab, um entweder Wohlthaten zu erschleichen, oder, für den empfangnen Schutz, auf unedle Weise, Dich zum Sclaven eines schlechten Mannes zu machen! Wo Pflicht und Rechtschaffenheit es fordern, da müsse Dein Mund nie zum Unrechte schweigen, und keine Art von Bestechung die Stimme der Wahrheit zum Schweigen bringen! Du bezahlst reichlich die Wohlthat, wenn Du dafür die Pflichten eines ächten Freundes erfüllst und, selbst mit Gefahr den Schutz zu verliehren und für undankbar gehalten zu werden, dem Wohlthäter sagst, was ihm nöthig und heilsam ist, zu hören. Eben so wenig leide, daß jemand sich's zum Verdienste anrechne, daß er Dich bis itzt hochgeschätzt, Dich bey Andern gelobt und vertheidigt hat! Warst Du dessen würdig; so erfüllte er eine Pflicht, die man auch seinen Feinden nicht versagen darf; wo nicht; so hat er nicht gehandelt, wie ein gerechter und verständiger Mann, selbst in Rücksicht seiner Freunde, handeln soll.

3.

Es ist eine unangenehme Lage, wenn wir jemand, dem wir viel Verbindlichkeit schuldig sind, nachher von einer schlechten Seite kennen lernen. Diesem weicht man nun freylich aus, wenn man das befolgt, was ich schon einmal gesagt habe, nämlich, daß man so wenig wie möglich Wohlthaten annehmen solle. Allein nicht immer lässt sich das ändern, und wenn wir dann würklich in die Verlegenheit kommen, einem schlechten Menschen auf diese Art verpflichtet zu werden; so rathe ich an, ihn wenigstens mit so viel Schonung zu behandeln, wie mit Redlichkeit und weiser Wahrheitsliebe bestehn kann, und zu schweigen über ihn; doch nur in so fern Schweigen nicht Verbrechen ist — denn in diesem letztern Falle muß alle Rücksicht aufhören. So wie aber unter den Menschen, welche Wohlthaten erzeigen; so ist auch ein Unterschied unter den Wohlthaten selbst. Es giebt unbedeutende Gefälligkeiten, die man ohne Furcht, auch von den schlechtesten Leuten annehmen kann. Es ist dann ihre Schuld, wenn sie dieselben höher anrechnen, als was sie werth sind. In andern wichtigern Fällen hingegen rathe ich, besonders wenn man nicht vorausweiß, ob man je im Stande seyn wird, das Gute zu erwiedern, lieber nichts anzunehmen.

4.

Die Art, wie man Wohlthaten erzeigt, ist oft mehr werth, als die Handlung selbst. Man kann durch dieselbe den Preis jeder Gabe erhöhn, so wie, von der andern Seite, ihr alles Verdienst rauben. Wenig Menschen verstehen diese Kunst; Es ist aber wichtig, sie zu studieren, die Kunst: auf edle Weile Gutes zu thun; die Delicatesse Dessen zu schonen, dem wir es erzeigen; keine schwere Last von Verbindlichkeit aufzulegen; erwiesene Wohlthaten weder auf feine, noch auf grobe Art vorzuwerfen; dem beschämenden Danke auszuweichen; nicht Dank zu erbetteln, und dennoch dem dankbaren Herzen nicht die Gelegenheit zu rauben, sich seiner Pflicht zu entledigen. Der giebt doppelt, der *gleich*, zu rechter Zeit, ungebeten und mit Freuden giebt. Gieb gern! Es ist seliger Genuß, es ist Wohlthat, geben, zur Freude Andrer etwas beytragen zu dürfen. Gieb also gern, aber verschwende nicht Deine Wohlthaten! Sey dienstfertig, bereitwillig; aber dringe niemand Deine Dienste auf! Rechne nicht, ob es erkannt und belohnt werden wird! Brauche doppelte Schonung im Umgange mit Denen, welchen Du Gutes erwiesen, aus Furcht, sie mögten argwöhnen, Du wolltest Dich für Deine Mühe bezahlt machen, sie Dein Uebergewicht fühlen lassen, Dir größere Freyheit gegen sie erlauben, weil sie aus Dankbarkeit schweigen müssen! Oft ist es feiner gehandelt, von Dem keine Gegen-Gefälligkeiten anzunehmen, dem wir Wohlthaten erzeigt haben; oft hingegen ist es edler, ihm Gelegenheiten zu geben, uns durch kleine Dienste, die man ihm hoch anrechnen kann, für große gleichsam zu bezahlen, damit keine zu schwere Last von Verbindlichkeiten auf ihm zu liegen scheine. Weise nicht die Bittenden von Deiner Thüre zurück! Wenn Dich jemand um Rath, Hülfe, Wohlthat anspricht; so höre ihm freundlich, theilnehmend und aufmerksam zu! Laß ihn ausreden, Dir seine Sache vorstellen, ohne ihm in die Rede zu fallen! Und kannst Du ihm nicht willfahren; so sage grade heraus, ohne beleidigende Ausdrücke, den Grund, warum Du es nicht kannst! Enthalte Dich aller falschen Ausflüchte, aller leeren Vertröstungen! Dringe den Leuten keine Geschenke oder andre Wohlthaten auf, wenn Du voraussehn kannst, daß ihr Ehrgeiz oder ihre Eitelkeit ihnen nicht erlauben wird, dergleichen ohne Erwiederung oder Gegen-Geschenk anzunehmen! Im Uebrigen beziehe ich mich auf das, was ich über diesen Gegenstand im ersten Theile I. 12. gesagt habe.

5.

Keine Wohlthat ist größer, als die des Unterrichts und der Bildung. Wer jemals etwas dazu beygetragen hat, uns zu weisern, bessern und glücklichern Menschen zu machen, der müsse unsers wärmsten Danks lebenslang gewiß seyn können! Hat er dabey nicht alles geleistet, was wir itzt, bey reifern Jahren, bey weitern Fortschritten in der Cultur, von einem Lehrer und Hofmeister fordern würden; so sollen wir doch nicht unerkenntlich gegen das Wenige seyn, was wir von ihm empfangen haben.

Ueberhaupt verdienen ja Diejenigen wohl mit vorzüglicher Achtung behandelt zu werden, die sich redlich dem wichtigen Erziehungs-Geschäfte widmen. Es ist wahrlich eine höchst schwere Arbeit, Menschen zu bilden — eine Arbeit, die sich nie mit Gelde bezahlen lässt. Der geringste Dorf-Schulmeister, wenn er seine Pflichten treulich erfüllt, ist eine wichtigere und nützlichere Person im Staate, als der Finanz-Minister, und da sein Gehalt gewöhnlich sparsam genug abgemessen ist; was kann da billiger seyn, als daß man diesem Manne wenigstens durch einige Ehrenbezeugung das Leben süß und das Joch erträglich zu machen suche? Schämen sollten sich die Menschen, die den Erzieher ihrer Kinder wie eine Art von Dienstbothen behandeln! Mögten sie nur bedenken (wenn sie auch nicht fühlen können, wie unedel dies Betragen an sich schon ist) welchen nachtheiligen Einfluß dies auf die Bildung der Jugend hat! Es kann mir durch die Seele gehn, wenn ich den Hofmeister in manchem adelichen Hause demüthig und stumm an der

Tafel seiner gnädigen Herrschaft sitzen sehe, wo er es nicht wagt, sich in irgend ein Gespräch zu mischen, sich auf irgend eine Weise der übrigen Gesellschaft gleichzustellen, wenn sogar den ihm untergebnen Kindern, von Eltern, Fremden und Bedienten, der Rang vor ihm gegeben wird, vor ihm, der, wenn er seinen Platz ganz erfüllt, als der wichtigste Wohlthäter der Familie angesehn werden sollte. — Es ist wahr, daß es unter den Männern dieser Art hie und da Solche giebt, die eine so traurige Figur ausser ihrer Studierstube spielen, daß man nicht wohl auf einen bessern Fuß mit ihnen umgehn kann; allein das widerlegt nicht dasjenige, was ich von der Achtung gesagt habe, die man diesem Stande schuldig ist — Wehe den Eltern, die ihre Kinder solchen, selbst nicht erzognen Miethlingen anvertrauen!

Hast Du aber einen edeln Freund gefunden, der sich der Erziehung Deines Sohnes annimt; so ist es auch nicht genug, daß Du ihm ausgezeichnet freundlich, ehrenvoll und dankbar begegnest; Du musst ihm auch freye Macht lassen, ohne Widerspruch seinen Erziehungsplan durchzusetzen; und von dem Augenblicke an, da Du Dein Kind in seine Hände lieferst, hast Du den wichtigsten Theil Deiner väterlichen Rechte auf ihn übertragen — Doch dies alles gehört mehr in ein Werk über Erziehung, als daß hier der Ort wäre, weitläuftig davon zu handeln. Ich schweige daher auch von dem Betragen der Lehrer und Hofmeister im Umgange mit ihren Untergebnen, und eile weiter.

6.

Ueber den Umgang mit Schuldnern und Gläubigern habe ich wenig zu sagen. Man sey menschlich, billig und höflich gegen die Erstern! Man glaube nicht, daß jemand, der uns Geld schuldig ist, deswegen unser Sclave geworden sey, daß er sich alle Arten Demüthigungen von uns müsse gefallen lassen, daß er uns nichts abschlagen dürfe, noch überhaupt, daß der elende Bettel, der Mammon, einen Menschen berechtigen könne, sein Haupt über den Andern emporzuheben!

Seine Gläubiger bezahle man pünctlich und halte sein Wort treulich! Man verwechsle nicht den ehrlichen Mann, der von billigen Zinsen leben muß, mit dem jüdischen Wuchrer; so wird man immer Credit haben und, wenn man sich in Verlegenheit befindet, billige Menschen antreffen, die uns, ohne ihren Schaden, aus der Noth helfen.

Eilftes Capitel.

Ueber das Betragen gegen Leute, in allerley besondern Verhältnissen und Lagen.

1.

Zuerst über die Aufführung gegen unsre *Feinde*! Man kränke niemand vorsetzlich; Man sey wohlwollend, dienstfertig, verständig, vorsichtig, grade und ohne Winkelzüge in allen Handlungen; Man erlaube sich keinen Schritt zum Nachtheil eines Andern; Man zerstöhre keines Menschen Glückseligkeit; Man verläumde niemand; Man verschweige selbst das würklich Böse, das man von seinem Mitmenschen weiß, wenn man nicht entschiednen Beruf hat, oder das Wohl Andrer es bestimmt erfordert, darüber zu reden; — so wird man — etwa keine Feinde haben? — das sage ich nicht; aber man wird, wenn uns dennoch Neid und Bosheit verfolgen, wenigstens die Beruhigung empfinden, keine Veranlassung zur Feindschaft gegeben zu haben.

Es steht nicht immer in unsrer Willkühr, geliebt, aber es hängt immer von uns ab, nicht verachtet zu werden. Allgemeiner Beyfall, allgemeines Lob sind sehr entbehrliche Dinge; allgemeine Achtung können dem Redlichen und Weisen, wider Willen, selbst die Schurken in ihren Herzen nicht versagen, und der warmen Freunde bedarf man etwa nur drey in der Welt, um glücklich zu seyn.

Will man ohne Angst in dem Umgange mit Menschen leben; so darf es uns nicht beunruhigen, wenn nicht alle Menschen uns für gut und weise halten. Je mehr hervorleuchtende edle Eigenschaften aber ein Mann hat; um desto gewisser kann er darauf rechnen, von der Scheelsucht schwacher und schlechter Menschen manches ertragen zu müssen, und Die, welche die allgemeine Stimme des Pöbels aller Classen vor sich haben, sind mehrentheils die mittelmäßigsten Leute, Leute ohne Character, oder niedrige Schmeichler und Heuchler. Es ist wahrlich nicht schwer, Menschen zu gewinnen, auch Die zu gewinnen, welche am heftigsten gegen uns eingenommen waren, und das oft durch ein einziges Gespräch unter vier Augen, wenn man ihre schwache Seite studiert hat und es recht darauf anlegt — allein das ist eine elende, des redlichen Mannes unwürdige Kunst — und was kümmert es mich am Ende, ob Menschen, die mein Herz nicht kennen, ja! die mich nie gesehn haben, durch die Geschwätze irgend eines alten Weibes gegen mich eingenommen sind, oder nicht?

Klage aber nie über Verfolgung und Feinde, wenn Du nicht Lust hast, die Anzahl der Letztern zu vermehren; Es schleicht immer eine Anzahl furchtsamer, niederträchtiger Geschöpfe umher, die nicht den Muth haben, gegen einen Mann von Würde sich öffentlich zu erklären, die aber sich augenblicklich an Dich wagen, sobald sie Dich hülflos, scheu und niedergeschlagen erblicken; und Diese, so unbedeutend sie Dir auch scheinen mögten, können mit ihren Neckereyen Dir tausendfältigen Kummer machen. Der feste Mann muß sich selbst schützen; Zeige Zuversicht zu Dir selber; so wirst Du ganze Heere von Schelmen im Zaume halten! Zudem ist des Kämpfens in der Welt so viel; Jeder gute Mann hat mit seinen eignen Angelegenheiten genug zu thun, so daß es vergebens ist, Alliirte zu suchen, weil Diese bey der ersten Gelegenheit, wo es eigne Sicherheit gilt, davonlaufen. Der Mann, welcher sich stellt, als merke er es nicht einmal, daß man ihn verfolgt, der von Zeit zu Zeit sagt: »Gottlob! mir geht es gut; ich habe Freunde« wird für einen mächtigen Bundesgenossen gehalten, Dessen man schonen müsse, dahingegen über den Verlassnen Jeder, wie die benachbarten Fürsten über das Eigenthum einer kleinen Reichsstadt, herfällt.

Werde nie hitzig oder grob gegen Deine Feinde, weder in Gesprächen, noch Schriften! und wenn böser Willen und Leidenschaft, wie es mehrentheils geschieht, bey ihnen im Spiele sind; so lasse Dich auf keine Art von Erläuterung ein! Schlechte Leute werden am besten durch Verachtung bestraft, und Klatschereyen am leichtesten widerlegt, wenn man sich gar nicht darum bekümmert.

Wenn man daher unschuldig verleumdet, angeklagt, verkannt wird; so zeige man Stolz und Würde in seinem Betragen! und die Zeit wird alles aufklären.

Nicht alle Bösewichte sind unempfindlich gegen eine edle, großmüthige, immer gleiche, gerade Behandlung. Mit diesen Waffen also kämpfe man, so lange sich's irgend thun lässt, gegen seine Feinde! Sie müssen nicht Rache fürchten, sondern fürchten, daß sie selbst sich in den Augen des Publicums herabsetzen würden, wenn sie fortführen, einen Mann zu verfolgen, dem niemand seine Ehrerbiethung versagt.

Wollen sie aber dennoch nicht das Gewehr strecken, und macht Dein Stillschweigen bey ihren Ausfällen sie noch kecker; dann zeige einmal mit großer Kraft, was Du *thun könntest*, wenn Du *wolltest*! Aber gebrauche dabey keine Winkelzüge! Vereinige Dich nie mit andern schlechten Leuten; Mache keine gemeinschaftliche Sache mit einem Schelme, um den andern zu bekämpfen; sondern tritt ganz allein, muthig, kühn, schnell, gerade und öffentlich gegen sie auf! Es ist unglaublich, wie viel ein Einziger, mit einem guten Gewissen und mit edlem Feuer, gegen Schaaren von Nichtswürdigen vermag.

Sey nur trotzig gegen mächtige, siegende Feinde! Des Ueberwundnen, des Unglücklichen schone, und verschweige alles Unrecht, das er Dir vormals zugefügt, sobald er ausser Stande ist, Dir ferner zu schaden, sobald er die Stimme des Publicums gegen sich hat! Allein der Bösewicht wendet alles an, um es dahin nicht kommen zu lassen — das Gefühl seiner eignen Ungerechtigkeit wird ein neues Verbrechen für Den, welchen er muthwillig gekränkt hat. Doch endlich kömmt alles an den Tag, und dann geniesse mit Bescheidenheit die Freuden des Triumphs!

Lasse Dir nie zweymal die Hand zur Versöhnung reichen! Vergiß dann alle Beleidigungen, solltest Du auch fürchten müssen, daß der Mann bey der ersten Gelegenheit die Feindseligkeit erneuern wird! Sey zwar auf Deiner Hut; aber zeige kein Mistrauen! Es ist besser, unschuldigerweise zum zweytenmal beleidigt zu werden, als ein einzigmal den Mann zu kränken, zu erbittern, und ihm allen Muth zu nehmen, dem es mit seiner Rückkehr zu Dir ein Ernst ist! Aber man muß auch verzeyhn können, ohne darum gebeten zu werden.

Man hat oft die beste Gelegenheit, die Gemüthsart eines Menschen dann kennen zu lernen, wenn er uns beleidigt hat. Man gebe Acht, ob er es wieder gut zu machen sucht, durch Bitten um Verzeyhung? und wie? gleich, oder spät nachher? öffentlich, oder heimlich; Und warum nicht gleich, und nicht vor allen Leuten? Aus Starrköpfigkeit, Eitelkeit, oder Blödigkeit? Oder ob er gar keinen Schritt thut, sondern uns laufen lässt, wohl gar mault und Feindschaft auf den Beleidigten wirft? Ob jenes aus Leichtsinn, oder Tücke? Oder ob er den Fehler zu beschönigen sucht, Winkelzüge macht, den Gesichtspunct zu verrücken sucht, um Recht zu behalten? Schon in den Jahren der Kindheit kann man aus diesen Zügen auf den künftigen Character schliessen.

Hast Du jemand beleidigt; so suche so bald möglich Dein Unrecht gut zu machen! — nicht auf kriechende, aber auf herzliche Weise! Unmöglich lassen sich hier für alle einzelne Fälle Vorschriften geben; nur muß ich bemerken, daß es Menschen giebt, die durch jede kleine Herablassung, die man ihnen zeigt, so übermüthig und geneigt werden, uns Unrecht zuzufügen, daß man gegen Diese, wenn man ihnen eine unbedeutende Beleidigung zugefügt hat, die oft nur in ihrer Einbildung besteht, die Ersatzleistung nicht zu weit treiben, sondern lieber, durch nachheriges vorsichtigers Betragen, die Uebereilung vergessen zu machen suchen muß.

Je vornehmer der Mann, der von Feinden verfolgt wird, um desto wichtiger ist es, daß er den größten Theil dieser

Vorschriften sich zu Nutzen mache. Ein Minister wird oft durch kleine, sehr kleine Leute, deren Einfluß er verachtet, blos dadurch gestürzt, daß er, bey dem ersten Angriffe, Furchtsamkeit, Mangel an Zuversicht blicken lässt.

Uebrigens hat man nicht Unrecht, wenn man behauptet, daß unsre Feinde oft, ohne es zu wollen, unsre größten Wohlthäter sind. Sie machen uns aufmerksam auf Fehler, die unsre eigne Eitelkeit, die Nachsicht unsrer partheyischen Freunde und die niedrige Gefälligkeit der Schmeichler vor unsern Augen verbergen. Ihre Schmähungen feuern in uns den Eifer an, um desto sorgsamer den Beyfall der Bessern zu verdienen; und wenn sie jedem unsrer Schritte auflauren; so lehren sie uns, auf unsrer Hut zu seyn, um ihnen keine Blöße zu geben.

Keine Feindschaft pflegt heftiger zu seyn, als die unter entzweyten Freunden. Unsre Eitelkeit kömmt da in das Spiel; Wir schämen uns, das Spielwerk eines Bösewichts gewesen zu seyn; Wir wenden alles an, um Diesen nun im schlechtesten Lichte zu zeigen, damit wir vor der Welt unsre Trennung von ihm rechtfertigen mögen. — Es ist ein trauriger Anblick, zu sehn, wie dann selbst edle Menschen, wenn sie gegen einander aufgebracht sind, sich gegenseitig zu verkleinern suchen, um sich gegen sich selber zu rechtfertigen. Doch, über das Betragen gegen Freunde nach dem Bruche habe ich ja schon im sechsten Capitel dieses Theils geredet.

2.

Man kömmt oft in nicht geringe Verlegenheit, wenn unsre Lage uns zwingt, mit *Leuten* umzugehn, *die einander feind sind*, wo man es gar leicht mit einer Parthey verdirbt, sobald man mit der andern gut steht, oder es mit beyden verdirbt, wenn man sich ungebeten, oder auf unvorsichtige Weise, in diese Händel mischt; Ich empfehle dabey folgende Vorsichtigkeits-Regeln:

So viel man kann, vermeide man die Unannehmlichkeit, mit zwey Partheyen zu gleicher Zeit umzugehn, die mit einander in Zwist leben!

Kann man dies aber nicht ändern, zum Beyspiel, ohne plötzlich ein Verhältniß aufzuheben, in welchem man lange Zeit gestanden; so setze man sich wo möglich auf den Fuß, durchaus nicht eingeflochten zu werden in die obwaltenden Streitigkeiten! Man bitte sich's vielmehr aus, daß in den Gesprächen diese Sache nie berührt werde! Diese Regel findet vorzüglich dann statt, wenn Menschen, die ehemals vertraute Freunde gewesen sind, nun auf einmal in Feindschaft mit einander gerathen. Verhalte Dich ganz leidend, wenn dann Einer über den Andern bey Dir klagt! Er mag nun in der ersten Empfindlichkeit ein Wort zu viel gesagt haben und nachher wieder einig mit seinem Gegentheile werden, oder es mag in dauernde Feindschaft übergehn; so wird er es doch bey kaltem Blute übelnehmen, wenn Du zum Guten oder Bösen gerathen hast.

Kann man aber auch dies nicht ändern; so enthalte man sich zuerst aller Zweyzüngigkeit! Das heisst: man rede nicht, wenn man bey der einen Parthey ist, zum Nachtheile der andern, und wiederum zum Tadel jener, wenn diese es wünscht; sondern, wenn man sich durchaus darüber erklären muß, immer so, wie es einem redlichen, gerechten Manne zukömmt!

Noch schändlicher aber, als jene Duplicität, ist das Verfahren mancher Menschen, die, um dabey im Trüben zu fischen, oder um dadurch zu einer wichtigen Person zu werden, oder aus Schadenfreude und Geist der Intrigue, von beyden Seiten Oel zum Feuer giessen und den Zwist unterhalten.

Wenn man ferner die streitenden Theile nicht recht genau kennt; wenn sie nicht unsre vertrautesten Freunde sind; wenn man nicht ganz gewiß weiß, daß man es mit edeln, von Vernunft regierten Leuten zu thun hat, die vielleicht nur durch Misverständnisse, oder durch andre, mit Hülfe eines Dritten leicht zu hebende Irrungen getrennt werden; sondern wenn böser Willen, Eigennutz, ungesellige Gemüthsart, oder unbändige Leidenschaft im Spiele ist, folglich keine dauerhafte Wiedervereinigung nach den Gemüthsarten der Leute zu hoffen steht; so lasse man sich nicht darauf ein, Versöhnungen stiften zu wollen! Man verdirbt es dabey leicht mit einer Parthey, und nicht selten mit beyden.

Ist es endlich gar nicht zu vermeiden, daß man sich vor oder gegen eine von den beyden Partheyen bestimmt erkläre; so nehme man sich nicht etwa, wie Leute von niedriger Denkungsart zu thun pflegen, immer der stärkern gegen die schwächre an, oder drehe gar den Mantel nach dem Winde, um abzulauern, wer siegen wird, und alsdann Den im Stiche zu lassen, der von dem Andern durch allerley Cabale unterdrückt worden; sondern man entscheide sich, ohne Ansehn der Person und ohne Rücksicht auf Freundschaft, Schmeicheley und Verwandtschaft, männlich und unerschütterlich, nach den Regeln der Gerechtigkeit, für Den, von dem uns unsre Vernunft sagt, daß er Recht habe, und bleibe ihm treu und beständig zugethan, es gehe auch, wie es wolle!

3.

Wenden wir uns jetzt zu *Kranken und Leidenden*! Wer je empfunden hat, welch' ein Labsal bey Krankheiten und Schmerzen eine gute, sorgsame, stille und bescheidne Wartung gewährt, der wird es nicht unnütz finden, daß ich ein Paar Worte hierüber sage. Die Art der Behandlung und Sorgfalt muß sich aber freylich nach der Verschiedenheit der Krankheiten richten, mit welchen der Leidende kämpft, und ich kann also keine allgemein passende Regeln vorschlagen; Doch, so viel sich im Ganzen über diesen Gegenstand sagen lässt, möge hier Platz finden!

Es giebt Krankheiten, in welchen Aufmunterung des Gemüths, Zerstreuung und angenehme Unterhaltung sehr viel zur Genesung beytragen, und hingegen andre, bey denen Ruhe und stille Wartung das Einzige sind, wodurch man dem Leidenden Linderung verschaffen kann. Man soll daher wohl unterscheiden und beobachten, welche Art von Behandlung anwendbar seyn mögte.

Ich gestehe, daß in schweren Krankheiten mir die Aufwartung bezahlter Wärter immer angenehmer gewesen ist, als die sorgfältige, liebevolle Zudringlichkeit werther Freunde. Jene sind durch Erfahrung mit den kleinen Handgriffen bekannt, und leisten ihre Dienste, mit unverdrossener Geduld, Kaltblütigkeit und strenger Pünctlichkeit, bekümmern sich nicht um unsre Launen, und leiden nicht bey unsern Schmerzen; Diese hingegen werden uns oft, besonders wenn unsre Nerven sehr reizbar sind, durch zu viel Eifer, lästig; wissen nicht behutsam genug bey ihren Handreichungen mit uns umzugehn; erregen unsre Ungeduld durch Fragen und machen unser Leiden, durch zu warmes Mitgefühl, das wir in ihren Augen lesen, doppelt schwer; wozu dann noch kömmt, daß der Gedanke, sie zu häufig zu bemühn, und die Furcht, sie zu beleidigen, wenn wir über etwas unzufrieden sind, uns einen peinlichen Zwang auflegen. Will man daher seinen Freund selbst verpflegen; so suche man die Art geübter Kranken-Wärter nachzuahmen, und dem Leidenden so wenig wie möglich lästig zu werden, sondern alles mechanisch so zu machen, wie er es gern zu haben scheint; Man werde nicht misvergnügt, wenn ein Kranker zuweilen auffahrend, böser Laune, oder zänkisch wird! Wir fühlen nicht, wie ihm zu Sinne ist, und wie seine zerrüttete Maschine auf seinen Geist würkt. Doch kann ein Mann, der achtsam auf sein eignes Ich ist, viel über sich erlangen und selbst in schweren Krankheiten in so weit Meister über seine Launen werden, daß er diejenigen Personen, welche ihm Sorgfalt widmen, nicht unnützerweise plage.

Man mache nicht, besonders bey einem Kranken von sehr empfindlicher, weicher Gemüthsart, sein Leiden durch Wehklagen und ängstliches Bezeigen noch schwerer!

Man rede nicht von Dingen, die ihm, selbst wenn er gesund wäre, unangenehm seyn würden, nicht von häuslichen Verlegenheiten, vom Tode, noch von Vergnügungen, an welchen er nicht Theil nehmen kann!

Leute, die blos in der Einbildung krank sind, muß man zwar nicht verspotten, noch zu überzeugen suchen, daß ihnen nichts fehle, denn das macht ganz verkehrte Würkung auf sie; aber man soll sie auch nicht in ihrer Thorheit bestärken, sondern, wenn vernünftige Vorstellungen nichts helfen, nur gar keine Theilnahme zeigen, ihre Klagen mit Stillschweigen beantworten, und wenn der Sitz des Uebels im Gemüthe ist, sie durch weise gewählte Zerstreuungen auf andre Gedanken zu bringen suchen.

Auch giebt es Menschen, die dadurch Interesse zu erwekken glauben, daß sie sich kränklich stellen. Das ist eine thörichte Schwäche! Auf unmännliche, marzipanene Stutzer vielleicht, nicht aber auf verständige Menschen, kann geistige und cörperliche Gebrechlichkeit besonders vortheilhaft würken, und nur in einem Zeitalter von allgemeiner Entnervung darf man auf den Gedanken gerathen, durch Klagen über Mangel an Prästanz, so wie durch blöde Augen, Blähungen und schwache Werkzeuge, sich von einer artigen Seite zeigen zu wollen. Man suche solche Leute von ihrer Albernheit zurück zu führen, sie zu überzeugen, daß es besser sey, Bewundrung, als Mitleiden zu erregen, und daß nichts so allgemein vortheilhafte Eindrücke mache, wie der Anblick eines Wesens, das, an Leib und Seele gesund, in seiner vollen Kraft, zur Ehre der Schöpfung dasteht!

Endlich in Unpäßlichkeiten, wo der Geist viel über den Cörper vermag, wo Seelen-Leiden das Uebel vermehren und die Besserung hindern, da soll man alle Kräfte aufspannen, seine ganze Lebhaftigkeit in Bewegung setzen, um Heiterkeit, Muth, Trost und Hofnung in das Gemüth des Kranken zurück zu rufen.

4.

Noch schonender als mit diesen Leidenden soll man mit *Leuten* umgehn, *auf welchen die schwere Hand des Schicksals liegt*; mit Unglücklichen, Armen, Bedrängten, Verstoßenen und Zurückgesetzten, mit Verirrten und Gefallenen. Reden wir von jeder dieser Classen ein Paar Worte besonders!

Nim Dich des *Armen* an, wenn Dir Gott die Mittel in die Hände gegeben hat, seine Noth zu erleichtern! Weise nicht den Dürftigen von Deiner Thür zurück, so lange Du noch, ohne Ungerechtigkeit gegen die Deinigen, eine kleine Gabe zu geben hast! Sey es wenig oder viel; so gieb es mit gutem Herzen, und — wie ich es bey Gelegenheit gesagt habe, als von der Art Wohlthaten zu erzeigen die Rede war, — gieb es mit guter Art! Berechne nicht so genau, ob der Mann, dem Du helfen kannst, selbst an seinem Unglücke Schuld sey, oder nicht! Wer in der Welt würde ganz unschuldig an den Leiden, die ihn treffen, befunden werden, wenn man alles so strenge untersuchen wollte? Willst oder kannst Du aber gar nichts, oder nur wenig geben; so brauche keine leere Ausflüchte! Laß den Armen nicht durch Deine Bedienten unter allerley Vorwande wieder bestellen, oder vertrösten! Am wenigsten aber erlaube Dir, etwa zu Rechtfertigung Deiner Hartherzigkeit Grobheiten, beleidigende Strafpredigten gegen Den, dessen Bitte Du abzuschlagen entschlossen bist; sondern sprich den Mann selbst und sage ihm kurz und menschenfreundlich, warum Du nicht geben kannst, nicht geben willst! Thue auch auf das erste Wort, was zu thun vernünftig und gut ist, und warte nicht darauf, daß man durch wiederholtes Betteln Dein Herz erweiche! Gieb aber nicht wie ein Verschwender, sondern laß Deine Wohlthaten von der Gerechtigkeit gegen Dich und Andre geordnet werden, und verschleudre nicht an den Landläufer, Bettler von Handwerke und Faullenzer, was Du dem hülflosen Alter, der Gebrechlichkeit, und dem durch widrige Zufälle Verunglückten, schuldig bist! Und wo es Labsal geben kann, da begleite Deine kleine Gabe ein sanftes Trostwort, ein vertraulicher Rath, und ein freundlicher, mitleidiger Blick! Gehe schonend und äusserst fein mit Leuten um, die in unangenehmen häuslichen Lagen sind! Sie pflegen sehr empfindlich zu seyn, pflegen leicht zu glauben, man verachte sie, setze sie zurück, ihrer Armuth wegen. Das elende Geld hat leider nur gar zu viel Einfluß auf den Pöbel aller Stände. Unterscheide Dich von diesem Haufen! Ehre den verdienstvollen Armen öffentlich! Suche ihm wenigstens einen frohen Augenblick zu machen, wenn Du auch seine Umstände nicht verbessern kannst! Ueberhaupt sind alle Unglückliche mistrauisch und meinen, jedermann sey gegen sie. Suche ihnen diesen Wahn zu benehmen! Bemühe Dich, ihr Zutraun zu gewinnen! Entziehe Dich nicht dem Anblicke des Jammers! Fliehe nicht die Wohnungen der Noth und der Dürftigkeit! Man muß vertraut seyn mit dem mancherley Elende auf dieser Welt, um theilnehmend mitempfinden zu können, bey dem Leiden des unglücklichen Bruders. Wo der bescheidene Arme im Verborgnen seufzt, es nicht wagt, sich herbeyzudrängen und um Hülfe zu bitten; wo widrige Vorfälle den fleissigen Mann, den Mann, der einst bessre Tage gesehn hat, zu Boden schlagen; wo eine zahlreiche ehrliche Familie, mit allem Fleisse, durch die tägliche Arbeit ihrer Hände nicht so viel erringen kann, um sich gegen Hunger, Blöße und Krankheit zu schützen; wo auf hartem Lager, in durchwachten, durchseufzten Nächten, schamhafte Thränen über gerungene Hände rollen — Dahin, menschenfreundlicher Wohlthäter! dahin dringe Dein Blick! Da kannst Du Deine Gelder, den Ueberfluß dessen unterbringen, was Dir der Schöpfer anvertrauet hat, und Zinsen damit erwerben, die keine Bank auf Erden Dir zusichern kann.

Wer kein Geld hat; der hat auch keinen Muth. Er fürchtet aller Orten zurückgesetzt zu werden, glaubt jede Demüthigung ertragen zu müssen, und zeigt sich aller Orten in schwachem Lichte. — Ach! ermuntre einen also Niedergedrückten! Ehre ihn, wenn er es sonst verdient, und bewege Deine Freunde, daß sie ein Gleiches thun!

Manchen aber drücken schwerere Leiden, als die der Armuth und des Mangels; *Seelenleiden*, die an der Knospe des Lebens nagen. O! schone des Kummervollen! Pflege Seiner! Suche ihn aufzurichten, zu trösten, mit Hofnung zu erfüllen, Balsam in seine Wunden zu giessen, und wenn Du seine Last nicht erleichtern kannst; so hilf wenigstens tragen, und weine eine brüderliche Thräne mit ihm! Richte aber die Art Deiner Behandlung nach Vernunft ein! Es giebt Augenblicke des

Schmerzes, wo alle Gründe der Philosophie keinen Eingang finden; und da ist das Mitgefühl oft das beste Labsal. Es giebt Kummer, dessen Tilgung man ruhig und still der Zeit überlassen muß; Es giebt Leidende, die erleichtert werden, wenn man mit ihnen über ihr Unglück plaudert; Es giebt Schmerzen, die nur Einsamkeit lindert; Es giebt andre Lagen, in welchen ein festes männliches Zureden, Erweckung des Muths, Aufruf zu stolzerer Zuversicht, angewendet werden müssen — ja! es giebt Lagen, wo man den Niedergebeugten mit Gewalt herausziehn und der Verzweiflung entreissen muß. Die Klugheit aber soll uns in jedem dieser einzelnen Fälle lehren, was für Mittel wir zu wählen haben.

Die Unglücklichen ketten sich gern an einander. Statt sich aber gemeinschaftlich zu trösten, winseln sie mehrentheils nur mit einander, und versinken immer tiefer in Schwermuth und Hofnungslosigkeit. Hiervor warne ich daher, und rathe jedem Bedrängten, wenn weder Gründe der Vernunft, die er sich selbst vorhalten kann, noch Zerstreuungen, seinen Zustand erträglich machen, den Umgang eines verständigen, nicht empfindelnden Freundes zu wählen, und an dieses Mannes Seite die Gedanken auf andre Gegenstände zu richten, die seinen Schmerz nicht nähren.

Es giebt Menschen, die, bey Veranlassung zur Betrübniß, weniger *traurig*, als *mürrisch*, *zänkisch*, ja! sogar *hämisch* sind, so, daß sie andre Unschuldige darunter leiden lassen, daß nicht alles nach ihrem Kopfe geht. Ein edles Herz wird sanfter durch Schmerz, und selbst der Menschenfeind, den Schicksale erbittert haben, wird, wenn er sonst ein guter Mann ist, wohl düster, verschlossen, auch, nach seinem Temperamente, vielleicht einmal ungeduldig und geneigt werden, aufzufahren; aber er wird nie vorsetzlich auf einen Dritten die Last seines Kummers wälzen, und dies um so weniger, je schwerer seine Leiden sind.

Die mehrsten Menschen haben nur Mitleid mit stillem Kummer, empfinden aber Ueberdruß bey lauten Klagen; vielleicht weil diese sie gleichsam zwingen zu wollen scheinen, Theil daran zu nehmen.

Der *Unterdrückten*, *Zurückgesetzten* und *Verfolgten* soll man sich annehmen, in so fern es die Klugheit erlaubt, und wir ihnen dadurch nicht etwa mehr schaden, als nützen. Dies ist nicht nur Pflicht, wenn von thätiger Hülfe und Rettung des ehrlichen Namens die Rede ist; sondern man soll es sich auch zum Gesetze machen, im gesellschaftlichen Umgange, wo das bescheidne Verdienst so oft übersehn und von leeren Windbeuteln über die Achsel angeschauet wird, wo Rang und Glanz den innern Werth verdunkeln, und der Schwätzer und Windbeutel den Weisen überschreyen, in diesen Kreisen den guten Mann, der stumm und verlegen dasteht, von niemand angeredet, ja! mit Verachtung behandelt, gedemüthigt, lächerlich gemacht wird, aus seinem Winkel hervorzuholen, und ihn durch ehrenvolles, freundliches Zureden in gute Laune zu setzen. Man gebe einem Solchen nur Gelegenheit, sich auf anständige Weise in die Unterhaltung zu mischen; und man wird sich wundern, welch' ein ganz andrer Mensch aus ihm werden kann. Oft habe ich mich innerlich geärgert über die Art, mit welcher zuweilen Staabs-Officiere jungen Leuten begegnen, die doch schon die erste Stuffe erstiegen haben, um zu werden, was Jene sind; wie die Hofmeister in großen Häusern, die Gesellschafterinnen vornehmer Thörinnen, die Auditoren auf manchen Aemtern, die armen Landmädchen in den Cirkeln der dürren Stadt-Fräulein, die Candidaten an den Tafeln feister Consistorialräthe und die jungen Kaufmannsdiener in den Gesellschaften ihrer Patrone behandelt werden; und wo mein Betragen nur irgend von Gewicht seyn konnte, da rechnete ich es mir immer zur Ehre, solche Märtirer des Hochmuths aus ihrer peinlichen Lage zu reissen, mich Ihrer anzunehmen und mit ihnen zu reden, wenn jedermann sie stehn ließ.

Sonderbar ist eine Bemerkung, die ich so oft zu machen Gelegenheit gehabt habe, und die ich hier anführen will. Sie ist nämlich diese: Neid und Misgunst verfolgen den Glücklichen; Bosheit und Cabale ruhen selten eher, als bis sie alles niedergedrückt haben, was über sie emporragte; aber kaum ist ein Mensch ganz zu Boden geschlagen; so sucht Jeder, selbst Der, welcher ihn verfolgt hat, eine Ehre darinn, seine Parthey zu ergreifen; doch, wohl zu merken! wenn keine Hoffnung mehr da ist, daß er hierdurch wieder emporkomme. Man mögte also fast sagen, man wäre nicht ganz unglücklich, so lange man noch Feinde hätte.

Unter allen Unglücklichen sind wohl die *Verirrten* und *Gefallnen* am mehrsten zu bedauern. Hierunter verstehe ich Solche, die, vielleicht durch einen einzigen begangnen Fehltritt in eine Kettenreyhe von Vergehungen eingeflochten, das Gefühl für die Tugend erstickt, oder die Fertigkeit schlecht zu handeln erlangt, oder alle Zuversicht zu Gott, Menschen, zu sich selber und den Muth verlohren haben, den bessern Weg wieder zu suchen, oder die wenigstens im Begriff stehen, so tief zu fallen. Sie sind, sage ich, am mehrsten zu bedauern, denn sie entbehren den einzigen Trost, der uns in den schwersten Leiden aufrichten kann, das Bewusstseyn, nicht muthwilligerweise sich das Schicksal zugezogen zu haben. Diese Unglücklichen verdienen aber nicht nur unser Mitleiden, nein! auch unsre brüderliche Nachsicht, unsre Zurechtweisung und, wenn es noch Zeit ist, unsern Beystand. Wenn man immer weise, duldend und unpartheyisch genug wäre, zu überlegen, wie leicht das schwache menschliche Herz irrezuleiten ist; wie unwiderstehlich, bey heftigen Leidenschaften, warmem Blute und verführerischen Gelegenheiten, manche Reizungen scheinen; wie blendend, anlockend und bezaubernd die Aussenseiten mancher Laster sind; wie diese zuweilen sogar den Mantel der Philosophie umzuhängen und durch sophistische Gründe die innere Stimme der bessern Ueberzeugung zum Schweigen zu bringen verstehen, und wie es dann nur auf einen kleinen Schritt ankömmt, um das Opfer der feinsten Täuschung und stufenweise, unmerklich in das schrecklichste Labyrinth gelockt zu werden; wenn man bedenken wollte, wie oft Mismuth, oder Verzweiflung über ein feindseliges Schicksal, aus einem Menschen von den besten Anlagen einen Bösewicht und Verbrecher machen, wie man durch ungerechtes, schändliches Mistraun ihn verleiten kann, das *zu werden*, wofür man ihn doch einmal *hält*; wenn man dann demüthig auf seine Brust schlüge, und gestünde, daß mehrentheils nichts als das Zusammentreffen derselben innern und äussern Umstände, wodurch Jene gefallen sind, erfordert worden wäre, um aus uns zu machen, was sie sind — o! so würden wir nicht so strenge richten, würden nicht so zuversichtlich pochen auf unsre Tugenden, die nicht selten nur das Spiel des Temperaments, das Werk des Zufalls sind, würden uns der Gefallnen annehmen und dem Strauchelnden liebevoll die Hand reichen — aber heisst das nicht tauben Ohren predigen? — Doch mein Herz drängt mich, über diesen Gegenstand etwas zu sagen; also zur Sache! Nichts bessert weniger als kalte moralische Predigten. Es giebt wenig Menschen, selbst unter den Lasterhaften, die nicht eine Menge herrlicher Gemeinsprüche über die Pflichten, welche sie übertreten, zu sagen wüssten; das Unglück will nur, daß die Stimme der Leidenschaft mit wärmerer Beredsamkeit spricht, als die Stimme der Vernunft. Willst Du also dieser gegen jene Gewicht geben; so musst Du die Kunst verstehen, Deine Tugend-Lehren in ein reizendes Gewand zu hüllen, musst nicht nur den Kopf, sondern auch das Herz und die Sinnlichkeit Dessen, den Du zurechtweisen willst, auf Deine Seite bringen; Dein Vortrag muß warm und nach den Umständen bildreich, sinnlich, erschütternd, hinreissend seyn; Allein der Mann, den Du vor Dir hast, muß Dich auch lieben und hochschätzen, muß sich zu Dir hingezogen fühlen, muß mit Enthusiasmus für das Gute und Schöne erfüllt werden und dabey in der Entfernung Ehre, Freude und Genuß auf dem Wege voraussehn, auf welchen Du ihn zu leiten die Absicht hast. Dein Umgang, Dein Rath muß ihm zum Bedürfnisse werden. Dies aber erlangst Du nicht, wenn Du wie ein stolzer, strenger Gesetzprediger vor ihn hintrittst; wenn Du ihm mit Deiner kalten Moral Langeweile machst; wenn Du ihn mit Anmerkungen über das Geschehene, das doch nun nicht mehr zu ändern ist, ermüdest, und ihm erzählst, wie es ganz anders würde gekommen seyn, wenn — es nicht so gekommen wäre, wie es gekommen ist, wenn er Dir hätte folgen wollen. Nichts ist ferner so fähig, zur Niederträchtigkeit zu verleiten, wie öffentliche Verachtung und Bezeugung eines fortdauernden Mistrauens in die Besserung eines Menschen. Wem es daher ein Ernst ist, einen Verirrten zurechtzuführen, der begegne ihm mit Schonung, und zeige ihm wenigstens äusserlich, daß man die beste Erwartung von ihm habe, daß man von seinen herrlichen und guten Vorsätzen alles hoffen könne, und gebe ihm zu verstehn, daß, wenn er einmal wieder mit festem Fuße auf edlerer Bahn wandle, er sichrer vor neuer Verführung seyn werde, als Der, welcher die Gefahr nicht kennt! Man zeige ihm, wenn er würklich anfängt, sich zu bessern, wäre diese Besserung auch Anfangs nur erzwungen oder verstellt, wie mit jedem Tage unsre Achtung für ihn wächst! — Wenn er Verstand hat; wird er schon sehn, ob Du der Mann bist, den er in der Folge täuschen kann. — Man werfe ihm nie, auch nicht auf die entfernteste Weise, seine ehemaligen Verirrungen vor; sondern scheine nur Augen für seine jetzige Aufführung zu haben! Allein es geht nicht so schnell mit Ablegung von Lastern, die uns schon zu einer Art von Fertigkeit geworden sind; also darf uns ein kleiner Rückfall nicht befremden, und obgleich man dann die Stärke seines Vortrags und der angewendeten Mittel zur Besserung verdoppeln muß; so soll man doch nicht muthlos werden, noch dem Rückkehrenden den Muth benehmen. Lasset uns endlich zur Ehre der Menschheit und zu Erweckung unsers Eifers, glauben, daß niemand in der Welt so tief gefallen, so von Grund aus verdorben seyn könne, daß ihm nicht, bey redlicher, eifriger Anwendung der besten Mittel, noch zu helfen wäre! Und Ihr, die Ihr in der großen Welt lebet, und so bereitwillig seyd, einen Mann oder ein Weib, die durch irgend eine zweydeutige oder schlechte Handlung sich erniedrigt oder auch wohl nur etwa lächerlich gemacht haben, auf immer aus Euren Gesellschaften zu verbannen und mit Schande und Spott zu beladen, indeß Hunderte unter Euch umherwandeln, die entweder dasselbe heimlich treiben, oder wenigstens treiben würden, wenn es die Umstände erlaubten; denket, daß Ihr es zu verantworten habt, wenn Verzweiflung Jene ergreift; wenn sie von Stufe zu Stufe hinabsinken, und wenn sie, da die bessern Häuser ihnen verschlossen sind, sich einen Umgang wählen, in welchem sie immer niederträchtiger werden, und zuletzt, ohne Rettung verlohren, durch Eure Schuld zu Grunde gehen!

Zwölftes Capitel.

Ueber das Betragen bey verschiednen Vorfällen im menschlichen Leben.

1.

Ich habe bey mancher Gelegenheit Gegenwart des Geistes und Kaltblütigkeit, als Haupt-Erfordernisse zu allen Geschäften und Verrichtungen im menschlichen Leben, empfohlen; Nirgends aber sind uns diese Eigenschaften nothwendiger, als in Vorfällen, *wo wir, oder Andre, in augenscheinlicher Gefahr schweben*. Hier hängt die ganze Rettung in critischen Augenblicken zuweilen von einem raschen Entschlusse ab. Halte Dich daher nicht mit Geschwätzen auf, wo es Noth ist, zu handeln! Unterdrücke Dein zu zartes Gefühl, und winsele nicht, wo Du zugreifen solltest! Sey Dir gegenwärtig in Feuer- und Wassers-Noth und dergleichen, wo man oft alles verliehrt, wenn man den Kopf verliehrt, wo Die, welche wir retten können, zuweilen gezwungen werden müssen, sich uns zu überlassen! Vorzüglich wichtig wird diese Gegenwart des Geistes auch dann, wenn man unerwartet von Dieben und Mördern angegriffen wird. Räuber und Banditen sind fast immer entweder furchtsam, oder, wenn Verzweiflung sie berauscht, nicht genug auf ihrer Hut, auf ernsthaften, förmlichen Widerstand nicht vorbereitet. Ein entschlossener, kaltblütiger Mann ist da stärker, als zehn solcher Elenden, die ihn angreifen. Hier muß aber wohl überlegt werden, ob es Schaden oder Nutzen stiften könne, sich mit Schieß- oder anderm Gewehre zu vertheidigen, oder nicht; ob es gerathener sey, Lerm zu machen oder sich in sein Schicksal zu finden, der Uebermacht zu weichen und mit Hingebung seines Mammons sein Leben zu erkaufen. Es lassen sich darüber unmöglich allgemeine Regeln geben; Um aber auf jeden dieser Fälle sich gefasst zu halten, rathe ich, bey kaltem Blute sich in dergleichen Lagen hineinzudenken und sich dann dienliche Maaßregeln vorzuschreiben. Ich halte es auch für einen wichtigen Theil der Erziehung, seine Kinder zuweilen nicht nur durch Fragen, wie sie sich bey solchen Gelegenheiten betragen würden, aufmerksam auf unerwartete Vorfälle aller Art zu machen, sondern sie auch zuweilen in würkliche kleine Verlegenheit zu setzen, um sie an Gegenwart des Geistes zu gewöhnen und sie auf die Probe zu stellen.

2.

Ich habe einmal den Wunsch geäussert, es mögte jemand, statt die ungeheure Anzahl von Beschreibungen großer und kleiner Reisen durch alle Winkel von Teutschland zu vermehren, ein Werk drucken lassen, in welchem er Vorschriften gäbe, wie man sich im Allgemeinen zu betragen hätte, um wohlfeiler, angenehmer und nützlicher zu reisen; sodann darinn sagte, in welchen Provinzen zu Wagen, in welchen aber zu Pferde besser fortzukommen wäre, und so ferner. Stehen auch Bemerkungen darüber zerstreuet in solchen nützlichen Werken, wie zum Beyspiel in des Herrn Nicolai Reisebeschreibung; so würde dennoch ein Buch, in welchem diese Vorschriften gesammelt wären, meiner Meinung nach, nicht überflüßig seyn. In einer Schrift über den Umgang mit Menschen kann nur ein geringer Theil dieser Regeln Platz finden; doch darf ich diesen Gegenstand auch nicht ganz mit Stillschweigen übergehn, denn zu dem, was man unter Menschen treibt, gehört doch auch das Reisen mit. Also einige einzelne Anmerkungen *über das Betragen auf Reisen und gegen Reisende!*

Es ist weise gehandelt, bevor man ausreist, aus Büchern oder mündlichen Erzählungen, sich genau von dem Wege, den man nehmen will, von Demjenigen, was unterwegens und in den Oertern, die man besuchen mögte, zu bemerken, zu beobachten und zu vermeiden ist, nicht weniger von den Preisen und den unvermeidlichen Geld-Ausgaben zu unterrichten, damit man weder betrogen werde, noch in Verlegenheit gerathe, noch etwas zu sehn versäume, das der Aufmerksamkeit werth scheint.

Der Mann von Kenntnissen, von einigen Talenten, von unbescholtnem gutem Rufe und von feinen und guten Sitten bedarf nicht so einer Menge von Empfehlungsbriefen, wie die mehrsten Reisenden von gemeiner Art mit auf den Weg zu nehmen pflegen. Er wird sich schon aller Orten bekannt und bemerken zu machen wissen, ohne sich und Andern Zwang aufzulegen. Oft fügt es sich indessen, daß man in einer Stadt, durch Empfehlungsbriefe oder sonst, mit zwey Personen in Bekanntschaft kömmt, die mit einander in Feindschaft leben. Es ist daher der Klugheit gemäß, an einem fremden Orte, bevor man von solchen kleinen Umständen unterrichtet ist, in den Häusern, in welchen man Zutritt erhält, von seinen übrigen Verbindungen nicht zu reden, gelegentlich aber zu äussern, daß man, als ein Fremder, sich um dergleichen Händel nicht bekümmern wolle.

Man verrechnet sich leicht in seinen Ueberschlägen der Reisekosten; ich rathe daher nicht nur, nach gemachtem Etat, sich immer etwa auf ein Drittel mehr gefasst zu halten, als die gezogne Summe beträgt, sondern auch besorgt zu seyn, daß man in den Haupt-Oertern, durch welche man kömmt, an sichre Geschäfts-Männer addressirt sey, oder sonst Mittel habe, im Fall unvorhergesehne Umstände eintreten, sich aus der Verlegenheit zu reissen.

In Teutschland hat man mehr als in andern Ländern Ursache, wegen des sehr verschiedenen Münzfußes, sich beym Geld-Wechseln in Acht zu nehmen, und es ist etwas sehr gewöhnliches, daß schelmische Gastwirthe den Fremden dabey hintergehen, oder ihm auf Gold, Münze heraus geben, die er auf der nächsten Post nicht brauchen kann.

In manchen Gegenden, besonders im Reiche, ist es vortheilhafter, und geht dennoch eben so schnell (besonders, wenn man nur wenig Tagereisen macht, bevor man sich in einer Stadt verweilt), sich durch sogenannte Haudrer oder Miethkutscher fahren zu lassen; in andern hingegen kömmt man am besten mit Postpferden fort. Im erstern Falle ist es nicht gut, einen eignen Wagen zu haben, wenigstens ist dann selten Vortheil dabey. Es giebt aber auch Landschaften, in welchen man am bequemsten und nützlichsten zu Pferde reist, und andre, wo man seinen Zweck am vollkommensten erreicht, wenn man zu Fuße wandert.

Leute von gewissem Stande pflegen Tag und Nacht fortzurollen, ohne sich unterwegens aufzuhalten. Dies mag recht gut seyn, wenn man die theuren Zehrungen in den Wirthshäusern ersparen will, wenn man eilig ist, um den Ort seiner Bestimmung zu erreichen, oder wenn man mit den Gegenden, welche man durchreist, schon so ist bekannt geworden, daß man da nichts mehr sehn kann, das unsrer Beobachtung werth wäre. Ausserdem aber rathe ich, lieber kleine Reisen aufmerksam zu unternehmen, als große, auf denen man bis in die Hauptstädte hinein nur Postmeister und Postknechte kennen lernt.

Auch mische man sich, wenn es uns ein Ernst ist, unsre Menschen- und Länder-Kenntniß zu erweitern, unter Personen von allerley Ständen! Die Leute von gutem Tone sehen einander in allen europäischen Staaten und Residenzen ähnlich, aber das eigentliche Volk, oder noch mehr der Mittelstand, trägt das Gepräge der Sitten des Landes. Nach ihnen muß man den Grad der Cultur und Aufklärung beurtheilen.

Nicht in allen Provinzen von Teutschland sind Wege und Post-Anstalten gleich gut. Man muß dies in genaue Erwägung ziehn und darnach seine Verfügungen treffen, besonders wenn uns daran gelegen ist, schnell fortzukommen.

Zum Reisen gehört Geduld, Muth, gute Laune, Vergessenheit aller häuslichen Sorgen, und daß man sich durch kleine widrige Zufälle, Schwierigkeiten, böses Wetter, schlechte Kost und dergleichen nicht niederschlagen lasse. Dies ist doppelt zu empfehlen, wenn man einen Gesellschafter bey sich hat; denn nichts ist langweiliger und verdrießlicher, als mit einem Manne zu reisen und in einem Kasten eingesperrt zu sitzen, der stumm und mürrischer Laune ist, bey der geringsten unangenehmen Begebenheit aus der Haut fahren will, über Dinge jammert, die nicht zu ändern sind, und in jedem kleinen Wirthshause so viel Gemächlichkeit, Wohlleben und Ruhe fordert, wie er zu Hause hat.

Das Reisen macht gesellig; Man wird da mit Menschen bekannt und auf gewisse Weise vertraut, die wir ausserdem schwerlich zu Gesellschaftern wählen würden; das ist auch weiter von keinen Folgen, und ich brauche wohl übrigens nicht zu erinnern, daß man sich hüten müsse, in der Vertraulichkeit gegen Fremde, die man unterwegens antrifft, zu weit zu gehn und dadurch Abentheurern und Spitzbuben in die Hände zu fallen.

Wer viel reist, oder häufige Besuche von Reisenden bekömmt und kein vorzüglich gutes Gedächtniß hat, geräth oft in die Verlegenheit, von einem guten alten Bekannten angeredet zu werden, dessen Namen und Verhältnisse er sich aber nun nicht wieder erinnern kann und der es dann für Hochmuth hält, wenn ihm fremd begegnet wird. Mit einiger Gewandtheit hilft man sich indessen leicht heraus, ohne daß der Andre etwas davon gewahr wird.

Ich rathe niemand, sich auf Reisen einen fremden Namen zu geben; Man kann dadurch, ehe man sich's versieht, in große Verlegenheit gerathen, und selten ist es nöthig und nützlich, ein solches Incognito zu beobachten.

Manche Leute suchen etwas darinn, auf Reisen zu prahlen, viel Geld zu verzehren, glänzen zu wollen, und prächtig gekleidet zu seyn. Das ist eine thörichte Eitelkeit, die sie in den Wirthshäusern theurer abbüßen müssen, ohne für ihr Geld mehr zu erhalten, als der einfache Reisende. Niemand erinnert sich weiter des Fremden, der so viel Aufwand gemacht hat, wenn Dieser weiter gereist, und nichts mehr von ihm zu ziehn ist. Doch ist es der Klugheit gemäß, anständig, und was man in Niedersachsen *rechtlich* nennt, in seinem Aufzuge zu seyn, sich nicht zu vornehm und nicht zu demüthig, nicht zu reich und nicht zu arm zu stellen, weil man sonst, in beyden Extremitäten, leicht entweder für einen unwissenden Pinsel, dessen erste Ausflucht dies ist, und den man also nach Gefallen prellen kann, oder für einen gewaltig vornehmen Herrn, von dem etwas zu ziehn ist, oder für einen Aventurier angesehn wird, dem man aus dem Wege gehn und der mit schlechter Bewirthung vorliebnehmen muß.

Man kleide sich bequem! Ein ungemächlicher Anzug macht unbehaglich, ungeduldig und müde.

Man spare auf der Reise nicht am unrechten Orte! So gebe man, zum Beyspiel, den Postknechten zwar nicht übertriebne, aber doch nach den Umständen reichliche Trinkgelder! Sie sagen sich das Einer dem Andern auf den Stationen wieder; man kömmt dann schneller fort und hat manche Vortheile davon.

Wenn man, seiner Gesundheit wegen, oder um sich zu zerstreuen und zu erheitern, in ein Bad reist; so hüte man sich, seine häuslichen und andern Sorgen mit dahin zu nehmen! Man bestrebe sich, wenigstens für die Zeit alles zu entfernen und daheim zu lassen, was böse Laune und Kümmernisse erwecken kann! Man unterbreche seinen ernsthaften Briefwechsel, fliehe jede Arbeit, die Anstrengung erfordert und versehe sich mit so viel Gelde, daß man sich nicht manches unschuldige Vergnügen zu versagen brauche! Wer klug ist, flieht das Spiel, das eigentlich aus allen Bad- und Brunnen-Oertern auf ewig verbannt seyn sollte und überhaupt nur für die unbedeutendsten Menschen eine Lieblings-Beschäftigung seyn kann. In Bädern soll Jeder dazu mitwürken, allen lästigen Zwang, nicht aber Sittsamkeit und Gefälligkeit, aus den gesellschaftlichen Cirkeln zu verbannen. Hier, besonders wenn der Kreis der Gäste klein ist, muß eine Menge Rücksichten und Vorsichtigkeits-Regeln, denen man sich im bürgerlichen Leben unterwirft, wegfallen, Duldung und Einigkeit herrschen und aller Partheygeist muß bey Seite gesetzt werden. Man lebt da nur für unschuldigen Genuß und Vergnügen. Nach Ablauf dieser Zeit rückt Jeder wieder in die Rolle ein, die der Staat ihm anvertrauet hat.

Teutsche Posthalter, Wagenmeister und Postknechte pflegen in dem Ruf einer ausgezeichneten Grobheit zu seyn. Es kömmt aber alles auf die Art an, wie man mit ihnen umgeht; ein ernsthaftes, von einer gewissen Würde begleitetes Betragen und, wo es anzubringen ist, ein freundliches Wort, das wird bey diesen Leuten selten ohne gute Würkung angewendet.

Wenn man an dem Wagen etwas zerbricht; so sind mehrentheils in den Städten die Handwerksleute sogleich bey der Hand, verstehen sich auch wohl mit den Postknechten, den Schaden für viel größer auszugeben, als er ist, um desto mehr Geld von uns zu ziehn. Ich rathe desfalls, bey solchen Gelegenheiten alles selbst zu untersuchen, oder durch treue Bedienten untersuchen zu lassen, bevor man Befehle zur Ausbesserung giebt.

Die Postknechte sind größtentheils von den Gastwirthen bestochen (oder ein Wirth verabredet sich mit dem andern in der nahe gelegnen Stadt), um den Fremden gewisse Gasthöfe zu empfehlen, die darum aber weder immer die besten, noch die wohlfeilsten sind. Es ist daher vernünftig, sich hierauf nicht zu verlassen, sondern sich bey andern sichern Leuten zu erkundigen: wo man am besten und billigsten behandelt wird.

Nichts ist auf Reisen bey kaltem Wetter erwärmender und unschädlicher zu trinken, als zuweilen ein wenig Wein-Essig.

Die Bedienten, die man mit sich auf Reisen nimt, sollen wohl darauf Acht geben, daß die Postknechte, welche mit den Pferden zurückreiten, nicht, wie es vielfältig geschieht, Schwengel, Nägel oder andre Kleinigkeiten, die zum Wagen gehören, mitnehmen. Auch pflegen Diese mit den Chaussee-Aufsehern sich zu verstehn, an den Weghäusern vorbey zu fahren, unter dem Vorwande, uns nicht aufhalten zu wollen, nachher aber eine Rechnung zu machen, vermöge deren wir doppelt so viel bezahlen müssen, wie festgesetzt ist, und man gegeben haben würde, wenn man das Weggeld jedesmal selbst entrichtet hätte.

Es ist eine Gewohnheit der Postknechte, in allen Städten rasch zu fahren; eine Gewohnheit, die ihren Nutzen hat, und gegen welche man nicht eifern soll. Ist nämlich an der Kutsche etwas zerbrechlich; so würde es besser seyn, wenn es da vollends bräche und risse, wo die Hülfe nahe ist, als auf offner Straße. Hält aber das Fuhrwerk die Probe des Rasselns auf dem Steinpflaster aus; so kann man hoffen, damit an Ort und Stelle zu kommen.

Es ist eine Regel der Klugheit, vorher mit Handwerksleuten auf das Genaueste zu dingen, bevor man etwas ausbessern lässt, oder sonst Dinge, die zur Bequemlichkeit dienen, an fremden Oertern anschafft.

Das sicherste Mittel für einen Gastwirth, viel Zuspruch zu bekommen und also Geld zu gewinnen, ist: höflich, billig, nebst seinen Leuten schnell zur Aufwartung, und nicht neugierig zu seyn. Da dies aber nicht immer der Fall ist; so fährt der Fremde, der nicht Lust hat, doppelt zu bezahlen, am besten, wenn er sich mit Geduld wafnet, und so wenig wie möglich zankt.

Kehrt man zum erstenmal in ein Wirthshaus ein; so kann es Vortheil bringen, wenn man den Wirth hoffen lässt, man werde öfter da ansprechen; Er pflegt dann billiger mit der Zeche zu seyn, um sich zu empfehlen.

Wenn der Gastwirth übermäßig viel für die Zehrung fordert, und sich nicht auf einen starken Abzug einlassen will; so thut man doch nicht wohl, ihm schriftliche Rechnung und genaue Specification jedes einzelnen Puncts abzufordern, es müsste denn der Mühe werth seyn, ihn bey der Policey zu belangen. Fängt er an aufzuschreiben; so rechnet er immer noch mehr heraus, als er Anfangs gefordert hatte — und wer kann dann mit einem solchen Taugenichts über die Preise der Lebensmittel sich herumzanken? In Wirthshäusern, wo Wein zu haben ist, wird der Wirth, wenn man Bier fordert, immer versichern: das Bier sey sehr schlecht.

Hier ist der beste Rath, nur gleich Wein zu bestellen und (wenn uns daran gelegen ist, Bier zu trinken) dies hinterher zu verlangen.

In den mehrsten schlechten Wirthshäusern rauchen die Oefen, und werden nicht geschmiert, damit der Gast bestelle, daß man das Holz wieder herausziehn soll und es dennoch bezahlen müsse; Die Betten sind zu kurz, die Kissen mit blauen Ueberzügen versehn, damit man den Schmutz nicht wahrnehme. Gegen die erste Ungemächlichkeit ist kein Mittel zu finden, als gar nicht einheizen zu lassen. Die andern kann man heben, wenn man auf der Erde auf Stroh — seine eignen mitgenommenen Betten und Bettücher legen lässt.

Die Wirthe fragen uns gemeiniglich: was wir zu essen befehlen? — Das ist ein Kunstgriff, durch den man sich nicht zu fangen lassen braucht; Denn bestellt man nun etwas, zum Beyspiel, ein Huhn, einen Pfannekuchen, oder dergleichen; so muß man dies Gericht und noch obendrein eine gewöhnliche Mahlzeit bezahlen. Man thut da am besten, zu antworten: man verlange nichts, als was grade im Hause, oder schon zubereitet sey. Auch rathe ich, — ausgenommen in so großen Gasthöfen, wie etwa in Frankfurt am Mayn, bey meinem ehrlichen Krug, Herrn Dyck, Fritsch und in andern solchen Häusern — keine fremde Weine, sondern nur gemeinen Tischwein zu begehren. Es kömmt doch alles aus demselben Fasse, nur mit dem Unterschiede, daß das, was man uns als alten oder fremden Wein verkauft, kostbarers Gift ist, als das, womit man uns am allgemeinen Wirthstische versorgt. Und selbst an dieser Wirthstafel zu speisen, ist gewiß für einen einzelnen Reisenden wohlfeiler und unterhaltender, als auf seinem Zimmer, seiner eignen Person gegen über zu sitzen.

Manche Postmeister, die zugleich Gastwirthe sind, brauchen folgenden Kunstgriff zu ihrem öconomischen Vortheile: wenn man Pferde wechselt und indeß eine kleine Mahlzeit bestellt; so dauert es ungebührlich lange, ehe diese fertig wird. Indeß werden die Pferde gefüttert und angeschirrt.

Kaum aber steht unser Essen auf dem Tische; so meldet schon der Postillon mit dem Horn, daß er fertig sey und fort wolle. Man soll also in Eil wenig essen und dennoch eine ganze Mahlzeit bezahlen. Ich rathe aber, wenn man nicht sehr eilig ist, sich nicht irremachen zu lassen; sondern mit voller Muße zu speisen.

Wenn Postmeister, in Ländern, wo keine gute Post-Ordnung eingeführt ist, uns mehr Pferde aufdringen wollen, als billig, und zu Fortschaffung unsers Fuhrwerks nöthig ist, sey es nun unter dem Vorwande von schlechten Wegen, böser Jahrszeit, oder daß unsre Kutsche zu schwer sey; so hilft es selten, wenn man sich auf's Bitten legt, oder sein Recht, auf eben solche Weise weiter befördert zu werden, wie man gekommen ist, strenge behaupten will; denn jene Leute wissen wohl, daß einem Fremden mehr daran gelegen ist, nicht aufgehalten zu werden, als sich zu verweilen, um einen Proceß bey dem Ober-Postamte zu führen. Da indessen das Vorspannen mehrerer Pferde Folgen für alle übrigen Stationen hat; so pflegen sich die Posthalter, wenn sie recht höflich sind, zu erbiethen, uns einen schriftlichen Schein auszustellen, daß dies weiter nicht von Folgen seyn solle. Hierauf aber lasse man sich nicht ein! Dies Papier hat keinen Nutzen; Auf dem nächsten Wechselplatze wird man uns, wenn grade ein Paar Pferde müßig stehen, nichts desto weniger eben so viele vorspannen, und uns wiederum einen Schein anbiethen, der eben so unwürksam bleiben würde, wie der erste. Das sicherste Mittel bey solchen Fällen ist, entweder dem Wagenmeister ein gutes Trinkgeld zu geben und den Postillon, welcher fahren soll, auf eben diese Art zu gewinnen, oder aber ein oder zwey Pferde mehr zu bezahlen, ohne sie vorspannen zu lassen.

Wenn man Wasser-Reisen auf Ströhmen macht, oder Hausrath auf diese Weise fortbringen lässt; so baue man nie auf die Versprechungen der Schiffer, in Ansehung der Zeit, binnen welcher sie an Ort und Stelle seyn wollen! Sie halten sich mehrentheils unterwegs auf, um noch mehr Fracht zu ihrem Vortheile aufzunehmen, oder Schleichhandel zu treiben, wenn sie heimlich Kaufmannsgüter mit eingeladen haben; es müsste dann über dies alles der bündigste schriftliche Contract aufgesetzt seyn.

Wer zu Pferde reist, sey es nun mit oder ohne Reitknecht, der darf sich nicht auf die Leute in den Wirthshäusern in Ansehung der Verpflegung seiner Reuterey verlassen, sondern muß selbst besorgt seyn, oder seine Bedienten dazu anhalten, daß die Pferde in einem guten, reinen und gesunden Stalle, von fremden Gäulen getrennt, gehörig gewartet und gefüttert werden.

Man unternehme keine weite Reise auf Miethkleppern, wenn man nicht zuverlässig weiß, daß die Pferde gesund und gut sind, ein Paar Tage vorher geruht haben, und frisch fortgehen; Denn, wenngleich die Pferde-Verleyher sehr ernsthaft zu bitten pflegen: man möge ja dem Gaule mit den Sporren nicht zu nahe kommen; er sey gewaltig feurig; so sind doch diese feurigen Bucephalen oft mit Sporren, Peitschen und Verwünschungen nicht aus der Stelle zu bringen.

Wenn ich nicht fürchtete weitschweifig zu werden; so würde ich hier noch manche, gewiß nicht unnütze Vorschrift geben, z. B. daß man fremde Pferde schonen; daß man, wenn man größre Reisen machen will, langsam *in* und langsam *aus* den Stall reiten solle; daß man nicht wohl thue, in Städten über Canäle, die mit Brettern bedeckt sind, zu reiten, und so ferner. Man sage nicht, daß dies bekannte Dinge sind! Sehr viel Leute lernen zu Pferde sitzen und Pferde bändigen, aber practisch reiten lernt man nicht auf der Bahn. Allein ich sehe schon die Herrn Krittler die Nase rümpfen darüber, daß so etwas in einem Buche *über den Umgang mit Menschen* Platz finden sollte. Wer aber überlegt, daß in diesem Buche überhaupt *Vorschriften zu einem glücklichen, ruhigen und nützlichen Leben in der Welt und unter Menschen* gegeben werden sollen, der wird sich wundern, wenn er hört, daß ein *teutscher* Recensent gesagt hat: ich sey in den Fehler so vieler *teutschen* Schriftsteller gefallen, die ihren Werken zu viel Vollständigkeit geben wollten, und darüber freylich — weniger amüsant schrieben.

Das Fußgehn ist gewiß die angenehmste Art zu reisen. Man geniesst die Schönheiten der Natur; Man kann sich unerkannt unter allerley Leute mischen; beobachten, was man ausserdem nicht erfahren würde; Man ist ungebunden; kann das freundlichste Wetter und den schönsten Weg wählen; sich aufhalten, einkehren, wann und wo man will; man stärkt den Körper; wird weniger erhitzt und gerüttelt; hat Appetit, hat Schlaf, und ist, wenn Müdigkeit und Hunger der Bewirthung das Wort reden, leicht mit jeder Kost und jedem Lager zufrieden. Ich bin auf diese Weise einige Kreise von Teutschland verschiedenemal durchwandert, und habe unter andern auf solche Art die erste genauere Bekanntschaft mit dem Paradiese von Teutschland, mit der schönen Pfalz gemacht. Hier wurde der Entschluß in mir reif, eine Zeitlang mich da niederzulassen, wo ich nachher vier Jahre hindurch so manche glückliche Stunde in der herrlichsten Gegend, an der Seite edler Menschen und unvergeßlich lieber Freunde, verlebt habe, denen ich hier dies kleine Opfer treuer, dankbarer Hochachtung bringe; aber ich habe doch auch gefunden, daß diese Art zu reisen in Teutschland mit einiger Schwierigkeit verknüpft ist. Zuerst hat man die Ungemächlichkeit, nur wenig Kleidungsstücke, Bücher, Schriften und dergleichen mit sich führen zu können. Diesem kann man indessen dadurch einigermaßen abhelfen, daß man, was etwa ein Bothe nicht tragen kann, mit der Post in die Haupt-Oerter schickt, durch welche man reisen will. Allein eine zweyte Unbequemlichkeit besteht darinn, daß diese, in Teutschland für einen Mann von Stande ungewöhnliche Art zu reisen, zu viel Aufmerksamkeit erregt, und daß die Gasthalter nicht eigentlich wissen, wie sie uns behandeln sollen. Ist man nämlich besser gekleidet, als gewöhnliche Fußgänger; so hält man uns entweder für verdächtige Menschen, für Abentheurer, oder für Geizhälse; Man wird beobachtet, ausgefragt und, mit Einem Worte! man passt nicht in den Tarif, nach welchem die Wirthe ihre Fremden zu taxiren pflegen. Ist man aber schlecht gekleidet; so wird man, wie ein reisender Handwerkspursche, in Dachstübchen und schmutzige Betten einquartiert, oder man muß jedesmal weitläuftig erzählen: wer man ist, und warum man nicht mit Kutschen und Pferden erscheint? Bey Fußreisen ist die Gesellschaft eines verständigen und muntern Freundes vorzüglich angenehm.

Man verlasse sich nicht auf die Bauren, wenn sie uns Fußwege anzeigen, die näher als die gewöhnlichen seyn sollen! So wie überhaupt diese Menschen voll Vorurtheile und voll Anhänglichkeit an alte Gewohnheiten sind; so gehen sie auch immer die Wege, die vom Vater auf den Sohn herab, für die nächsten sind anerkannt worden, ohne daß sie Augenmaß und Ueberlegung gebrauchen, um die Irrthümer ihrer Voreltern zu berichtigen.

Hat man große Tagereisen zu Fuße zu machen; so geniesse man früh Morgens nichts als ein Glas Wasser! Hat man dann einige Stunden zurückgelegt und fühlt sich ermüdet; so ist Caffee und Brod zur Erquickung heilsam. Selten ein Glas Wein kann auch nicht schaden; Brandtewein macht müde und schlaff.

Will man ausruhn; so hüte man sich, zu nahe an der Straße sich unter einen Baum zu legen! Das sind gewöhnlich Plätze, wo Bettelleute sich lagern und Ungeziefer zurücklassen.

Macht man den Weg durch einen unbekannten Wald und denkt binnen ein oder zwey Tagen wieder zurückzukehren; so streue man hie und da abgerissene Zweige auf seinen Pfad, um darnach den Weg wieder zu finden; Man gehe nie ohne Gewehr, wenigstens nie ohne Stock!

Ueber das Betragen gegen fremde Reisende ist schon im *neunten Capitel* dieses Theils etwas gesagt worden. Hier füge ich nur noch folgende Bemerkungen bey: Man hat in jetzigen Zeiten Ursache, vorsichtig gegen solche Leute zu handeln, nicht nur, um von Abentheurern und schlechten Menschen unbehelligt zu bleiben, sondern auch den sogenannten reisenden Gelehrten nicht Gelegenheit zu geben, aus unsern vertraulichen Gesprächen ihre Anecdoten-Sammlungen zu bereichern und uns nachher, zum Danke für unsre Gastfreundschaft, gedruckt aufzustellen. Von der andern

Seite aber sey man auch so billig, Fremde, *die sich uns nicht aufdringen*, edel zu behandeln und sie nicht etwa zur Geschwätzigkeit zu verleiten, um nachher, aus diesen unsichern einzelnen Zügen, ein Bild von ihnen zu entwerfen und der Welt mitzutheilen.

3.

Ich komme jetzt zu dem Umgange mit *betrunknen Leuten.* Der Wein erfreuet des Menschen Herz, und wenn man diese Arzeney nicht wie ein nothwendiges Bedürfniß, ohne welches man durchaus nicht in frohe Laune zu setzen ist, sondern wie ein Erweckungsmittel braucht, um in trüben Augenblicken den natürlichen guten Humor, der nie ganz aus dem Gemüthe eines ehrlichen Biedermanns weichen darf, unter dem Schutte von häuslichen Sorgen hervorzurufen; so habe ich nichts dagegen einzuwenden, sondern gestehe vielmehr, daß ich selbst die wohlthätige Würkung dieser herrlichen Arzeney aus dankbarer Erfahrung kenne. Allein kein Anblick ist so widrig für den verständigen Mann, wie der eines Menschen, welcher sich durch starke Getränke um Sinne und Vernunft gebracht hat. Wenn dies auch nicht der Fall ist; so bleibt es schon unangenehm, der Einzige ganz Kaltblütige in einer Gesellschaft von Leuten zu seyn, die sich durch ein Gläschen über die Gebühr um einen Ton höher gestimmt haben; Und wenn man den Tag mit ernsthaften Geschäften hingebracht hat, und dann von Ungefehr des Abends in einen Cirkel solcher muntrer Gäste geräth; so ist fast kein anders Mittel zu finden (oder man müsste denn von Natur immer zum Scherze aufgelegt seyn) als ein wenig mit zu zechen, um sich denselben Schwung zu geben.

Die Würkungen des Weins auf die Gemüther der Menschen sind aber, nach ihren natürlichen Temperamenten, sehr verschieden. Manche zeigen sich äusserst lustig; Andre sehr zärtlich, wohlwollend und offenherzig; Andre melancholisch, schläfrig, verschlossen; Andre hingegen geschwätzig, und noch Andre zänkisch, wenn sie berauscht sind. Man thut wohl, der Gelegenheit auszuweichen, mit Betrunknen von dieser letztern Art in Gesellschaft zu gerathen. Ist dies aber nicht zu vermeiden; so kann man doch darinn mehrentheils mit einem vorsichtigen, nachgebenden und höflichen Betragen, und dadurch, daß man ihnen nicht widerspricht, so ziemlich gut fortkommen. Daß man auf das, was ein Mensch im Rausche verspricht, nicht bauen dürfe; daß man sich doppelt ernstlich hüten müsse, eine Ausschweifung im Trunke zu begehn, wenn man weiß, daß man einen bösen Rausch hat; daß es unedel gehandelt sey, diesen schwachen Zustand eines Menschen zu nützen, um ihm Zusagen oder Geheimnisse zu entlocken, und endlich, daß man mit Leuten, die zu tief in die Flasche geschauet haben, keine ernsthafte Sachen verhandeln müsse — das versteht sich wohl von selber.

4.

Nun etwas über das *Rathgeben*! Wenn Dich jemand um *Rath* und Zurechtweisung bittet; so überlege wohl, ob es Pflicht sey, daß Du ihm Deine Meinung aufrichtig sagest, oder nicht; sodann ob es ihm mit seinem Begehren Ernst sey, oder nicht! Fragt er Dich, wenn er sich schon vorgenommen hat, was er thun oder lassen will; fordert er Zurechtweisung, Critic, blos um gelobt, geschmeichelt zu werden; so lasse Dich darauf nicht ein! Man muß seine Leute kennen, wenn man sich nicht unnütze, oft obendrein sehr undankbare Mühe geben will. Man braucht darum doch kein Schmeichler zu seyn, noch in unweisen und unrechten Vorsätzen zu bestärken — Es giebt leicht einen Weg, den Auftrag von sich abzulehnen. Am vorsichtigsten sey man im Rathgeben bey Heyraths-Angelegenheiten!

Dagegen aber frage auch Du nicht nach Rath und fremdem Urtheile, wenn Du schon entschlossen bist, Dein Ohr nur zum Beyfalle und Lobe zu neigen!

5.

Bey Sterbe-Betten, Geburts-Festen und andern solchen Gelegenheiten, enthalte Dich aller steifen, *feyerlichen Aufzüge*, prunkvollen Spruchreden und Theater-Scenen! Solche Ziereyen und Förmlichkeiten machen doch keine bleibende Eindrücke, sind mehrentheils für beyde Theile ermüdend und für jeden Dritten äusserst langweilig.

6.

Ich habe bemerkt, daß man (dies ist besonders bey Frauenzimmern der Fall) sich *beym Tanze* oft von einer nicht vortheilhaften Seite zeigt. Wenn das Geblüt in Wallung kömmt; so ist die Vernunft nicht ganz Meister von der Sinnlichkeit; allerley Arten von Temperaments-Fehlern werden dann offenbar. Man sey also auf seiner Hut! Der Tanz giebt uns eine Art von Rausch, in welchem die Gemüther die Verstellung vergessen. — Wohl Dem, der nichts zu verbergen hat! Anständigkeits-Regeln beym Tanze übergehe ich hier. Wer Erziehung hat, bedarf deren nicht und weiß zum Beyspiel: daß er Acht auf die Gänge geben solle, nicht, wenn er im englischen Tanze die Hälfte der Reyhe hinuntergekommen ist, anfangen dürfe, nachlässiger zu tanzen; daß man sich niemand vordrängen und Frauenzimmer von Stande nicht plump angreifen, drücken und herumreissen müsse; daß es schicklich sey, beym Händegeben, der Hand des Vornehmern über der seinigen den Platz zu lassen, und dergleichen mehr. — Das alles würde in der That nicht verdienen, daß man Ein Wort darum verlöhre, wenn nicht in der heutigen Welt Mancher, durch Beobachtung oder Vernachlässigung solcher Kleinigkeiten, sein zeitliches Glück und Unglück bauete.

Ende des zweyten Theils.

Ueber den

Umgang mit Menschen.

Von

Adolph Freyherrn Knigge.

Dritter Theil.

Dritter Theil.

Inhalt des dritten Theils.

Vertraulichkeit mit andern Menschen, woraus Fürsten und Vornehme Verdacht schöpfen können. 12) Rede mit den Großen der Erde nicht von Deinen häuslichen Umständen! Klage ihnen nicht Dein Leid! Vertraue ihnen nichts! Suche ihnen zu zeigen, daß Du Ihrer nicht bedarfst! Mache Dich vielmehr ihnen nothwendig! 13) Aber hüte Dich, sie Dein Uebergewicht fühlen zu lassen, sie zu verdunkeln, besonders Deine Vorgesetzten! 14) Ueber kleine unschädliche Gefälligkeiten gegen die Großen. Ueber ihre Liebhabereyen und ihren Hang zum Reisen. 15) Betragen, wenn Vornehme und Reiche um Rath fragen. 16) Alle diese Vorsichtigkeits-Regeln werden doppelt wichtig im Umgange mit vornehmen Dummköpfen. 17) Betragen, wenn man der Liebling eines Erden-Götzen ist. 18) Aufführung gegen einen gestürzten Großen. 19) Ueber die Almosen der Großen. 20) Nicht alle Große der Erde haben die Fehler ihres Standes. Es giebt edle, gute Menschen unter ihnen. 21) Noch etwas über den Umgang der Großen und Reichen unter einander. 22) Spötte nicht über das Kleine, an kleinen Höfen!

Zweytes Capitel; Seite 326

Ueber den Umgang mit Geringern.

1) Der Leser wird zum Theil auf das verwiesen, was im siebenten Capitel des zweyten Theils ist gesagt worden. 2) Man sey höflich gegen Geringre, auch dann, wenn man Ihrer nicht bedarf! Man ehre das Verdienst, auch im niedern Stande, auch in Gegenwart der Großen, und aus reiner Absicht! 3) Aber diese Höflichkeit sey weder übertrieben, noch beleidigend, noch abgeschmackt! 4) Man hüte sich vor grenzenloser Vertraulichkeit gegen Leute, die keine Erziehung haben! 5) Man soll sich im Wohlstande nicht rächen, wenn Leute von niederm Stande uns im Unglücke nicht geachtet, sondern unsern mächtigen Feinden gehuldigt haben. 6) Man soll nicht mit leeren Versprechungen, nicht mit falschen Hofnungen täuschen. 7) Man muß auch abschlagen

können. 8) Zu viel Aufklärung taugt nicht für niedre Stände. 9) Noch etwas über das Betragen gegen Subalterne.

Drittes Capitel; Seite 332

Ueber den Umgang mit Hofleuten und ihres Gleichen.

1) Hierher gehören die Bemerkungen über den Umgang mit Leuten, die in der sogenannten großen Welt leben, überhaupt. Bild der dort herrschenden Sitten. 2) Wer das kann, der bleibe fern von Höfen und großen Cirkeln! Und das steht öfter in unsrer Gewalt, als man gewöhnlich glaubt. 3) Will oder muß man aber in der großen Welt auf immer oder auf einige Zeit leben, ohne den Ton derselben annehmen zu können; so giebt es doch Mittel, sich geachtet zu machen. Welche sind diese? 4) Lebt man endlich immer in der großen Welt; so soll man sich in derselben nicht auszeichnen. 5) Wie weit man in Nachahmung der Hofsitten gehn dürfe? 6) Etwas über den heutigen Hofton junger Leute. 7) Verachte nicht alles, was blos conventionellen Werth hat! 8) Der beßre Mann wird in der großen Welt nicht leicht unangetastet bleiben; Betragen dabey. 9) Sey in der großen Welt zuversichtlich, frey, und mache Dich gelten, doch ohne Unverschämtheit und Prahlerey! 10) Man messe sein Betragen gegen Hofleute pünctlich nach dem ihrigen gegen uns ab! Ueber Klatschereyen. 11) Man sey höflich gegen sie, mache sich aber fürchten, setze sich in Ansehn und Würde, und sage ihnen nach Gelegenheit die Wahrheit! 12) Noch einige Vorsichtigkeits-Regeln über Vertraulichkeit und Offenherzigkeit. 13) Wie viel größre Vorsicht noch Derjenige beobachten müsse, welcher nicht blos in der großen Welt leben, sondern auch in derselben würksam seyn will? 14) Ueber Gesandten. 15) Wozu das Leben in der großen Welt nützen könne?

Viertes Capitel; Seite 348

Ueber den Umgang mit Geistlichen.

1) Bild eines redlichen Priesters, im Gegensatze mit einem ächten Pfaffen. 2) Vorsichtigkeits-Regeln im Umgange mit allen Geistlichen, ohne Unterschied. 3) Betragen in Prälaturen, Klöstern, Stiftern und gegen Domherrn.

Fünftes Capitel; Seite 354

Ueber den Umgang mit Gelehrten und Künstlern.

1) Was man heut zu Tage unter einem Gelehrten und Künstler verstehe? 2) Ob man den Gelehrten nach seinen Schriften beurtheilen könne, und ob ein Schriftsteller auch im Umgange immer anders reden müsse, als gewöhnliche Menschen? Es ist sehr zu verzeyhn, wenn ein Mann gern von seinem Fache redet. Ueber Verlästerung berühmter Männer. Ueber decidirende junge Gelehrte. 3) Einige Vorsichts-Regeln im Umgange mit Schriftstellern. 4) Ueber den Umgang der Gelehrten unter einander. 5) Man soll nicht prahlen mit der Freundschaft der Gelehrten, noch mit den Brocken aus ihren Schriften. 6) Vorsicht im Umgange mit Journalisten und Anecdoten-Sammlern. 7) Ueber den Umgang mit Dichtern, Musikern, Dilettanten; und wie sich ein Künstler betragen solle, der heut zu Tage sein Glück machen will? 8) Etwas über das Schauspieler-Leben. Warnung für den Jüngling, der sein Leben den gefälligen Musen und dem Umgange mit ihren Priestern widmet. 9) Wie man sich zu betragen habe, wenn man die Direction über Tonkünstler und Schauspieler führt? 10) Man soll den jungen Künstler nicht durch Schmeicheley verderben. Regeln für Diesen. 11) Glück, im Umgange mit dem ächten philosophischen Künstler, beschrieben. 12) Ueber gesellschaftliche Bühnen.

Sechstes Capitel; Seite 373

Ueber den Umgang mit Leuten von allerley Ständen, im bürgerlichen Leben.

1) Etwas von Aerzten; welche man sich wählen, und wie man sich gegen sie betragen solle? 2) Ueber Juristen und die Art, mit ihnen zu verfahren. 3) Ueber den Soldaten-Stand und den Umgang mit Officieren. 4) Ueber Kaufmannschaft, den Umgang und den Handel mit großen und kleinen Kaufleuten. Etwas vom Pferdehandel. 5) Etwas über Buchhändler, Nachdrucker und dergleichen. 6) Ueber Sprachmeister, Musicmeister und dergleichen. 7) Von dem Umgange mit Künstlern und Handwerksleuten. 8) Ueber Juden und die Art, mit ihnen zu verfahren. 9) Ueber die Art, wie man Bauern und überhaupt Landleute behandeln müsse.

Siebentes Capitel; Seite 399

Ueber den Umgang mit Leuten von allerley Lebensart und Gewerbe.

1) Mit Aventuriers, von der unschädlichern Art. 2) Mit denen von schlimmerer Gattung. 3) Etwas von Spielern; über das Spiel und von dem Betragen bey demselben. 4) Ueber mystische Betrüger, Geisterseher, Goldmacher und dergleichen, und über die Anhänglichkeit unsers Zeitalters an Mystic.

Achtes Capitel; Seite 408

Ueber geheime Verbindungen und den Umgang mit den Mitgliedern derselben.

1) Ueber Unnützlichkeit und Schädlichkeit geheimer Verbindungen. 2) Vorsichtigkeits-Regeln, in Rücksicht auf dieselben. 3) Betragen, wenn man ein Mitglied einer solchen Verbindung ist.

Einleitung.

Nach dem, was ich in der Einleitung zu dem zweyten Theile dieses Buchs, über die darinn beobachtete Ordnung der Gegenstände gesagt habe, führt mich mein Plan nun zu Entwicklung der Vorschriften für den Umgang mit Personen von verschiednen Ständen und Verhältnissen im bürgerlichen Leben, da ich dann, wie billig, mit den Großen der Erde den Anfang mache.

Erstes Capitel.

Ueber den Umgang mit den Großen der Erde, Fürsten, Vornehmen und Reichen.

1.

Man würde ungerecht handeln, wenn man behaupten wollte, alle Fürsten, alle sehr vornehme und alle sehr reiche Leute hätten dieselben Fehler mit einander gemein, durch welche viele von ihnen ungesellig, kalt, unfähig zum ächten Freundschaftsbande, und schwer zu behandeln im Umgange werden; allein man versündigt sich wahrlich nicht, wenn man sagt, daß dies bey den mehrsten von ihnen der Fall ist. Sie werden in der Erziehung verwahrlost, von Jugend auf durch Schmeicheley verderbt, durch Andre und sich selbst verzärtelt. Da ihre Lage sie über Mangel und Bedürfniß mancher Art hinaussetzt; da sie selten in Verlegenheit und Noth gerathen; so lernen sie nicht, wie nöthig ein Mensch dem Andern, wie schwer, allein zu tragen, manches Ungemach in der Welt, wie süß, theilnehmende, mitleidende Seelen zu finden, und wie wichtig es ist, Andrer zu schonen, damit man einst zu ihnen seine Zuflucht nehmen könne. Sie lernen sich selbst nicht kennen, weil man sie, aus Furcht oder Hofnung, die widrigen Eindrücke, welche ihre Fehler und Gebrechen würken, nicht empfinden lässt. Sie sehen sich als Wesen besserer Art an, von der Natur begünstigt, zu herrschen und zu regieren, die niedern Classen hingegen, bestimmt, ihrem Egoismus, ihrer Eitelkeit zu huldigen, ihre Launen zu ertragen und ihre Phantasien zu schmeicheln.

Auf die Voraussetzung, daß die mehrsten Großen und Reichen größtentheils diesem Bilde gleichen, muß man sein Betragen im Umgange mit ihnen gründen. Um desto wohlthätiger zwar ist die Empfindung, wenn man unter ihnen Einen antrifft, der mit einem gewissen edeln Stolze, mit mehr Feinheit, Großmuth und besserer Cultur — Vortheile, welche freylich eine zweckmäßige, vornehme Erziehung gewähren kann! — alle Privat-Tugenden verbindet. — Und, noch einmal! es giebt Deren, selbst unter Fürsten — aber sie sind dünne gesäet, und nicht immer macht der allgemeine Ruf sie uns bekannt. Auf diesen und auf die Posaunen der Zeitungsschreiber und Journalisten rathe ich, nicht zu sehr zu bauen. Ich habe oft mit inniger Betrübniß gesehn, wie so ganz anders der allgemein bewunderte, als Wohlthäter des Menschengeschlechts und Beförderer alles Edeln, Großen und Schönen gepriesene Erdengott und Liebling des Volks in der Nähe so klein, so erbärmlich war. *Die besten Fürsten sind nicht selten die, von denen am wenigsten geredet wird, sowohl im Guten, wie im Bösen.*

2.

Der Umgang mit Großen und Reichen muß aber sehr verschieden seyn, je nachdem man Ihrer bedarf oder nicht, von ihnen abhängig, oder frey ist. Im erstern Falle darf man wohl nicht immer so gänzlich seinem Herzen folgen, muß zu Manchem schweigen, sich Manches gefallen lassen, darf nicht so kühn die Wahrheit sagen, obgleich ein fester, redlicher Mann diese Geschmeidigkeit dennoch nie bis zu niedriger Schmeicheley treiben wird. Indessen verändern kleine Umstände, so wie die feinen Mischungen der Charactere, das Verhältniß, weswegen ich dann in dem Folgenden alle Regeln für den Umgang mit den Großen zusammenfassen, und den Lesern überlassen werde, zu ordnen und auszuwählen, was in jeder Lage anwendbar ist.

3.

Ein allgemeiner Satz für alle Fälle ist der: Dringe Dich den Vornehmen und Reichen nicht auf, wenn Du nicht von ihnen verachtet werden willst! Ueberlaufe sie nicht mit Bitten für Dich und Andre, wenn sie Deiner nicht überdrüßig werden, wenn sie Dich nicht fliehn sollen! Laß Dich vielmehr von ihnen aufsuchen! mache Dich rar; doch dies alles, ohne daß Deine Absicht merklich, ohne daß es gezwungen scheine!

4.

Suche nicht, Dir das Ansehn zu geben, als gehörtest Du zu der Classe der Vornehmern, oder lebtest wenigstens mit ihnen in engster Vertraulichkeit! Rühme Dich nicht ihrer Freundschaft, ihres Briefwechsels, ihres Zutrauens, noch Deines Uebergewichts über sie! Wenn eine solche Verbindung ein Glück ist; — Ich meine, man kennt hierüber meine Grundsätze — so erfreue man sich in der Stille dieses unbequemen Glücks! Es giebt Menschen, die durchaus dafür angesehn seyn wollen, eine größere Figur in der Welt zu spielen, in höherm Ansehn zu stehn, als es wirklich der Fall ist. Sie führen, auf Unkosten ihres Geldbeutels, den Luxus der Vornehmen und Reichen in ihren Häusern, oder drängen sich in deren Kreise ein, wo sie eine elende Figur spielen, nur hinterher laufen müssen, und keinen frohen Genuß haben, indeß sie lehrreichern und süßern Umgang gänzlich vernachlässigen, und gute Freunde und weise Männer von sich entfernen. Die geizigsten Leute sparen zuweilen keine Kosten, wenn sie Gelegenheit finden können, Zutritt in großen Häusern zu erlangen, und hungern gern Monate hindurch, um einmal einen Fürsten bey sich zu bewirthen, der dieses Opfer gar nicht gewahr wird, nicht dankbar dafür ist, vielleicht Langeweile bey ihnen hat, alles sehr bürgerlich findet, und nach vierzehn Tagen wohl gar den Namen des thörichten Wirths vergessen hat. Andre lassen es sich wenigstens angelegen seyn, die nichtsbedeutenden und verderbten Sitten der Großen pünctlich nachzuahmen, ihre hochmüthige Herablassung, ihren geschäftigen Müßiggang, ihre Zerstreuungen, ihr Wichtigthun, ihre leeren Vertröstungen, ihre seelenlosen Gespräche, ihre Zweyzüngigkeit, Windbeuteley, Gefühllosigkeit, Nachahmung der Ausländer, die Verachtung ihrer Muttersprache, ihre fehlerhafte Schreibart, ja! so gar ihre lächerlichen Geberden, Gewohnheiten und Gebrechen, ihr Stammeln, Lispeln, Achselzucken, ihre Grobheit gegen Niedre, Kränklichkeit, ihr Podagra, ihre schlechte Hauswirthschaft, ihre dummen Launen, und mehr dergleichen herrliche Vorzüge zu copiren, und sich eigen zu machen. Ihnen ist der beste Beweis für die Güte einer Sache der, wenn sie sagen: jedermann von Stande handle so und nicht anders, als wenn das eine Narrheit heiligen könnte! — Handle selbstständig! Verleugne nicht Deine Grundsätze, Deinen Stand, Deine Geburt, Deine Erziehung; so werden Hohe und Niedre Dir ihre Achtung nicht versagen können!

5.

Man traue nicht zu sehr den freundlichen Gesichtern der mehrsten Großen, glaube sich nicht auf dem Gipfel der Glückseligkeit, wenn der gnädige Herr uns anlächelt, die Hand schüttelt oder uns umarmt! Vielleicht bedarf er Unsrer in diesem Augenblicke, und behandelt uns mit Verachtung, wenigstens mit Kälte, sobald dieser Augenblick vorüber ist. Vielleicht fühlt er gar nichts bey seiner Freundlichkeit, wechselt Minen, wie Andre Kleider wechseln, ist grade in der Verdauungs-Stunde zu unthätigem Wohlwollen gestimmt, oder will einen Andern seiner Sclaven dadurch demüthigen. Man bleibe mit dieser Gattung Menschen immer in seinen Schranken, mache sich nicht gemein mit ihnen und vernachlässige nie die äussere unterscheidende Höflichkeit und Ehrerbiethung, die man ihrem Stande schuldig ist, sollten sie sich auch noch so sehr herablassen! Früh oder spät fällt es ihnen doch ein, ihr Haupt wieder empor zu heben, oder sie verabsäumen uns, wenn ein andrer Schmeichler sie an sich zieht; und dann setzt man sich unangenehmen Demüthigungen aus, die man mit weiser Vorsicht vermeiden kann.

6.

Ueberschreite nicht bey Deiner Gefälligkeit gegen die Großen der Erde, in deren Händen Dein bürgerliches Glück ist, die Grenzen der wahren Ehre! Es ist eine große Versuchung für einen armen oder ehrbegierigen jungen Menschen, der in dem Dienste eines schwachen Fürsten sich empor schwingen will, ob er nicht dessen ränkevollem Minister, dem regierenden Cammerdiener, oder einer tyrannischen Buhlerinn huldigen soll; aber selten nimt das ein gutes Ende. Solche Lieblinge stürzen sich früh oder spät selbst, und reissen dann ihre Geschöpfe mit in ihr Verderben; und wäre auch das nicht; so werden doch die größten Vortheile, die man dadurch erlangen könnte, zu theuer erkauft, wenn man dafür die Achtung weiser und rechtschaffner Männer aufopfern muß; und das ist gewiß immer der Fall. — Der grade Weg hingegen führt unfehlbar, wenn nicht zu einem glänzenden, doch zu einem dauerhaften Glücke.

7.

Auch lasse man sich von den Erden-Göttern nicht nur zu keinen unedeln Geschäften misbrauchen, sondern sey auch vorsichtig in allen Diensten, welche man ihnen erweist! Sie machen leicht aus jeder Gefälligkeit eine Pflicht, und halten es nachher für Verabsäumung unsrer Schuldigkeit, wenn wir zu einer andern Zeit uns nicht grade aufgelegt zeigen, uns eben also preiszugeben. Wenigstens vergessen sie leicht, was man für sie gethan hat. Es bat mich einmal der *** von ***, der sonst in der That viel gute Eigenschaften hatte, ihm ein Paar Aufsätze in französischer und teutscher Sprache zu verfassen, die er bey einer gewissen Gelegenheit öffentlich vorlesen wollte, um die Gemüther zu lenken. »Es fehlt mir *an Zeit*, mein Lieber!« sagte er »sonst würde ich Sie nicht bemühn; doch, Sie sind auch *in dergleichen* Arbeiten geübter, als ich.« Ich wendete einige Stunden Fleiß und Anstrengung daran, und als ich ihm das Ganze brachte, drückte er mich an seine Brust, dankte mir unter vier Augen in den zärtlichsten, herablassendsten Ausdrücken dafür, und schwur, sehr übertrieben: meine Arbeit sey ein Meisterstück von Beredsamkeit. Kurz! er gebehrdete sich, wie wenn ich ihm den wichtigsten Dienst geleistet hätte, bat mich aber, die Sache zu verschweigen, welches ich auch that. Nach einem Paar Jahren kam ich des Morgens in *** zu ihm. Er erzählte mir allerley zu seinem eignen Lobe — ich hörte demüthig zu — »Und das alles« fuhr er fort »habe ich durch ein Paar Memoires bewürkt, die mir, ohne mich zu rühmen, nicht übel gerathen sind. Sie sollen sie selbst lesen. Nehmen Sie sie mit Sich nach Hause!« Er überreichte mir darauf meine eigne Geistes-Waare, nur von seiner Hand geschrieben, und ich steckte sie ein, legte aber zu Hause meine Concepte dazu, und schickte ihm dann die Papiere zurück. Er wurde ein wenig beschämt, und wir scherzten nachher darüber — Allein so sind auch oft die Besten unter ihnen!

Vor allen Dingen hüte man sich, von ihnen in gefährliche Händel gezogen zu werden! Sehr gern pflegen sie das zu thun, und schieben dann entweder die Schuld auf uns, wenn die Unternehmung nicht gelingt, oder lassen uns gar darin stecken und alles Ungemach allein auf uns fallen, wenn die Sache schief geht. Auch von letztrer Art habe ich in den Jahren meiner unvorsichtigen Jugend Erfahrungen gemacht, wovon indessen die Erzählung hier um so weniger Platz finden kann, da ich mir fest vorgesetzt habe, keine Anecdote einzumischen, wobey eigentlich irgend jemandes Character in ein schlechtes Licht gesetzt würde. Kurz! Man lasse sich ihre Geheimnisse nicht mittheilen! Sie schonen des Mannes, der um ihre Heimlichkeiten weiß, nur so lange, wie sie Seiner unumgänglich bedürfen; aber sie fürchten ihn, und suchen sich von ihm loszumachen, sobald sie können, mögte man ihnen auch noch so deutlich zeigen, daß man unfähig ist, dies Uebergewicht und ihr Zutrauen zu misbrauchen!

8.

Ueberhaupt darf man auf die Dankbarkeit der mehrsten Vornehmen und Reichen, so wie auf ihre Versprechungen, nicht bauen. Opfre ihnen also nichts auf! Sie fühlen den Werth davon nicht, glauben, alle andre Menschen seyen ihnen einen solchen Tribut schuldig, für den Schutz, für die gnädigen Blicke, ja! für eine ungestöhrte Existenz, oder man wolle dadurch kleine Vortheile erringen. Schenke ihnen also auch nichts! Das heisst einen Tropfen köstlichen Balsams in einen Eymer trüben Wassers fallen lassen. Ich besaß ein altes kostbares Gemälde; ein geschickter Maler schätzte den Werth desselben auf hundert Pistolen. Die Hälfte dieser Summe, die ich leicht dafür bekommen haben würde, wäre bey meinen damaligen häuslichen Umständen mir äusserst nützlich gewesen; mein gutmüthiges Temperament aber, oder vielmehr meine Thorheit, verleitete mich, das Gemälde dem Durchlauchtigsten *** von *** zu schenken, welcher es auch annahm. Ich dachte dadurch nichts zu erschleichen, aber theils wollte ich diesem Fürsten hiermit meine Zuneigung bezeugen, theils hoffte ich, da ich im Begriff stand, ihn um etwas zu bitten, das er mir, weil er mir's versprochen hatte, längst schuldig war, er werde sich nun endlich seines Worts erinnern, so oft er das Gemälde erblickte; allein ich betrog mich. Er umarmte mich, als ich zu ihm kam, und zeigte mir den Ehrenplatz, welchen er meinem Geschenke angewiesen; doch sein Versprechen erfüllte er nicht, und als ich mich nach Jahres Frist eines Abends, zugleich mit einem Gesandten, dem er seine Schätze der Kunst zeigte, in seinem Cabinette befand; sagte er diesem Fremden in meiner Gegenwart, indem er von meinem theuren Gemälde redete: »Es ist wahrlich ein schönes Stück, und ich bin *ziemlich wohlfeil* daran gekommen.« — Er hatte also vergessen, daß ich es war, der ihm diesen *sehr wohlfeilen* Preis gemacht hatte, und ich beseufzte die verschwundne Hofnung und die verlohrne Summe, von welcher ich mit den Meinigen eine Zeitlang hätte leben können.

Eben so wenig rathe ich, den Großen Geld zu leyhn, oder von ihnen zu borgen. Im erstern Falle sehen sie nicht nur ihre Gläubiger wie Wucherer und wie Solche an, die sich eine Ehre daraus machen müssen, den gnädigen Herrn mit ihrem Vermögen aufzuwarten, sondern auch, wenn sie saumselig in Wiederbezahlung der Schuld sind, wie man denn das sehr oft erlebt (da sie mehrentheils größern Aufwand machen, und unordentlicher in ihren häuslichen Geschäften zu seyn pflegen, als sie sollten); so hat man unerhörte Weitläuftigkeiten, hat zuweilen Mühe, Gerechtigkeit gegen sie zu erlangen, und macht sich wohl noch obendrein eine mächtige Parthey zu Feinden. Im andern Falle aber, nämlich wenn man von ihnen borgt, wagt man, tausendfältig ihr Sclave zu werden.

9.

Trage nichts dazu bey, sie und ihre Kinder noch mehr zu verderben, moralisch zu verschlimmern! Schmeichle sie nicht! Nähre nicht ihren Stolz, ihre Ueppigkeit, ihre Eitelkeit, ihren Hang zu nichtigen und wollüstigen Freuden! Bestärke die Großen nicht in den Grundsätzen von angebohrnen Vorzügen, von Herrschers-Rechten, von Gesalbtheit und dergleichen Grillen! Heuchle nicht! Verleugne nicht Wahrheit, selbst die bittre Wahrheit nicht! Sey freymüthig, aber ohne grob zu werden, und ohne Dich selbst zu Grunde zu richten! Nim Dich der verkannten Unschuld, des verleumdeten Edeln, des durch Hof-Ränke verschwärzten Ehrenmanns an; doch mit Vorsicht, ohne seine Feinde dadurch noch mehr zu erbittern, und so viel Deine Lage es Dir erlaubt! Befördre, unterstütze, wo Klugheit es gestattet, die Wünsche, den guten Ruf und die billigen Gesuche Derer, die zu schüchtern, zu arm, zu bescheiden, oder zu sehr niedergedrückt, verkannt, von zu geringem Stande sind, um sich den Pallästen zu nähern! Man sollte es kaum glauben, welchen Einfluß die Reden eines verständigen, allgemein geschätzten Mannes auf diese Menschen haben können, sowohl im Guten wie Bösen, wie gern sie alles zum Vortheile ihres Dünkels auslegen, und wie viel man auf sie würken kann, wenn auch die Folgen nicht sichtbar werden.

10.

Man hüte sich, mit ihnen von Planen und Projecten zu reden, von denen man nicht gewiß ist, daß sie, wenn sie auf dies bloße Wort also unternommen werden, ausführbar sind, theils aus Furcht, sie zu misleiten (besonders, wenn sie uns vielleicht nur halb verstanden haben, und nun gleich für sich an das Werk gehen), theils damit nicht die Schuld auf uns falle, wenn der Erfolg nicht der Erwartung gemäß ist! Ich erinnere mich (um nur ein ganz kleines Beyspiel zu geben), daß einst ein gewisser Prinz mit mir von einem platten Dache redete, das er auf sein Gartenhaus hatte legen, aber wieder abnehmen lassen, weil er es zu schwer befunden. Mir fiel grade ein, daß ich von einem französischen Ingenieur-Officier gehört hatte: man könne ein wohlfeiles, leichtes und dauerhaftes plattes italienisches Dach aus einer Menge Lagen von blauem Zucker-Papiere, zwischendurch und oben auf mit Schiff-Theer beschmiert und mit Kieß (Fluß-Sand) bestreuet, verfertigen. Dies erzählte ich dem Prinzen beyläufig, ohne jedoch für die Güte der Sache einzustehn. Lange nachher erfuhr ich, daß er den Versuch, — wer weiß, wie? — gemacht hatte, daß dieser mislungen war, und daß er nicht undeutlich zu verstehn gegeben hatte, ich sey ein Mann, auf dessen Projecte man sich nicht zu sicher einlassen dürfte.

Ueberhaupt kann man kaum vorsichtig genug in seinen Reden mit ihnen seyn. Man enthalte sich daher in ihrer Gegenwart aller nachtheiligen Urtheile über andre Leute, aller Spöttereyen! Sie pflegen dergleichen ganz gern zu hören, aber die Folgen sind oft sehr unglücklich. Zuerst setzt man dadurch sich und Andre in ihren Augen herab, denn sie lachen zwar mit, hassen aber doch den Lästerer und Ausspäher fremder Fehler, bey dem heimlichen Bewusstseyn ihrer eignen vielfachen Gebrechen (so gern sie dies auch unterdrücken), und da sie schon alle übrigen Menschen verachten; so wächst diese Verachtung durch Aufdeckung fremder Schwachheiten. Sodann misbrauchen sie wohl gelegentlich unsern Namen, in dem sie unsern Einfall nacherzählen, hetzen uns mit Andern zusammen. Endlich weiß man zuweilen nicht, ob nicht das zeitliche Glück solcher Menschen, von denen man nachtheilige Begriffe erweckt, in ihren Händen ist; und da erstaunt man, wenn man erfährt, wie oft ein einziges, ohne böse Absicht hingeworfnes Wort feste Wurzel fasst und nach langer Zeit noch die schädlichsten, unglücklichsten Folgen haben kann. Das Gute gleitet auf ihren untheilnehmenden Herzen ab, das Böse hingegen setzt sich fest und wird so leicht nicht ausgelöscht. Ich könnte davon die sonderbarsten Beyspiele anführen, wenn ich nicht fürchtete, dadurch die Geduld der Leser zu ermüden. Am aller vorsichtigsten aber soll man in seinen Gesprächen über andre Personen von höherm Stande seyn. Obgleich die Erden-Götter sich unter einander selten lieben, sondern mehrentheils durch allerley Leidenschaften getrennt sind; so hören sie doch nicht gern, daß man die privilegirten Lieblinge des Himmels in ihrer Gegenwart ohne Ehrerbiethung nennt. Uebrigens wollen die Vornehmen und Reichen angenehm unterhalten und in fröhliche Laune gesetzt seyn; Thue dies auf unschuldige Weise, wenn Dir an ihrer Gunst gelegen ist! Aber erniedrige Dich nicht zu ihrem besoldeten Spaßmacher, der Schwänke liefern muß, so oft sie winken, und von dem sie kein vernünftiges Wort hören mögen!

11.

In den Herzen der mehrsten Großen wohnt Mistraun. Es herrscht bey ihnen der Gedanke, alle übrigen Menschen hätten einen Bund gegen sie gemacht. Deswegen sehen sie es so ungern, wenn unter Denen, welche ihnen unterworfen sind, enge Freundschaften entstehen. Wer sich um Fürsten und Vornehme nicht zu bekümmern braucht, der kann sich hierüber gänzlich hinaussetzen, Verbindungen nach seinem Herzen schliessen, und überhaupt wird kein redlicher Mann, aus niedriger Gefälligkeit gegen irgend einen Beschützer und Gönner, einen wahren Freund vernachlässigen, noch einen würdigen Mann, der ihm die Hand reicht, von sich stoßen. Wer aber an Höfen sein Glück machen will, der thut doch wohl, wenn er vorsichtig in der Wahl seines Umgangs, seiner Vertrauten und der Gesellschaften ist, welche er am häufigsten besucht. Es herrschen da immer Partheyen und Cabalen, in welche ein wohlwollendes, theilnehmendes Herz gar zu leicht hineingezogen wird; Und wenn nun eine dieser Partheyen über die andre siegt; so muß oft der Unschuldigste, in so fern er nur irgend Mitwissender bey dem, was vorgefallen, gewesen ist, die Zeche bezahlen helfen. Ich habe an einem Orte, wo ich mich wahrlich — wider meine sündliche Natur — äusserst vorsichtig aufgeführt hatte, unbeschreiblichen Verdruß blos dadurch gelitten, daß man muthmaßte, ich hätte eine gewisse Sache, die vorgegangen, gewusst, oder wenigstens gemerkt, weil ich viel mit den Personen umgieng, welche darinn verwickelt waren. Und doch konnte man leicht schliessen, daß ich keine Rolle dabey gespielt, ja! daß ich diese Sache nicht eher erfahren haben konnte, als bis sie schon geschehn, folglich durch meinen Rath oder Angabe nicht mehr zu hindern gewesen war. Man hätte mir also meine Verschwiegenheit in jedem Betrachte und auch deswegen zum Verdienste anrechnen sollen, weil ich meine Freunde nicht verrathen hatte. Man hätte überlegen sollen, daß ich ein freyer dienst- und pflichtloser Mensch war, folglich keine Obliegenheit hatte, den Fiscal oder Angeber zu machen, und mich in solche Händel zu mischen — Aber man ist dann nicht so billig, und ich rathe angelegentlichst, an Höfen sich zu keiner Parthey merklich zu schlagen, sondern seinen graden Gang fortzugehn, sich um nichts zu bekümmern, was uns nicht unmittelbar betrifft, höflich gegen jedermann, vertraulich aber nur unter vier Augen gegen die Allergeprüftesten zu seyn.

12.

Die sogenannten Großen, besonders schlaue Minister, haben eine seltne Gabe, andern Leuten ihre Heimlichkeiten zu entlocken; und da Viele von ihnen es mit Treue und Glauben so genau nicht nehmen, hinterher, wo es ihnen nützen, oder ihren Feinden schaden kann, das Zutraun gutmüthiger Menschen zu misbrauchen. Ich rathe daher gegen diese Leute Verschlossenheit an.

Rede auch mit den Großen der Erde ohne Noth nicht von Deinen häuslichen Umständen, von Dingen, die nur persönlich Dich und Deine Familie angehen! Klage ihnen nicht Dein Ungemach! Vertraue ihnen nicht den Kummer Deines Herzens! Sie fühlen ja doch kein warmes Interesse dabey, haben keinen Sinn für freundschaftliche Theilnahme; Es macht ihnen Langeweile; Deine Geheimnisse sind ihnen nicht wichtig genug, um sie treu zu bewahren; Immer meinen sie, man wolle bey ihnen betteln, und sie verachten den Mann, der nicht glücklich, nicht frey ist. Von Jugend auf glauben sie, jedermann mache Plan auf ihren Geldbeutel, auf ihre Wohlthaten. Ueberhaupt sehen uns die Leute von dem Augenblicke an, da wir etwas zu suchen, Andrer zu bedürfen scheinen, mit ganz andern Augen an, als vorher. Man lässt uns Gerechtigkeit wiederfahren, ja! man zeigt sich bezaubert von unsern angenehmen Talenten, von unsern Kenntnissen, von unsrer Herzensgüte, von den glänzenden Vorzügen unsers Geistes, so lange wir mit allen diesen schönen Eigenschaften nichts als höfliche Behandlung und Gefälligkeit verdienen wollen, so lange wir wie Fremde, wie unabhängige Menschen, niemand im Wege stehen, niemand verdunkeln; Aber viel genauer, strenger und unbilliger fängt man an, uns zu beobachten und zu richten, wenn wir unsre Vorzüge im Staate gelten machen und die erlaubten Vortheile damit erringen wollen, worinn sich so gern die vornehmen Dummköpfe und deren Creaturen theilen. Am besten wird man von den Vornehmen und Reichen behandelt, wenn sie erkennen, daß man Ihrer gar nicht bedarf; wenn man ihnen dies auf feine Art zeigt, ohne sich dessen laut zu rühmen; wenn ihnen im Gegentheil unsre Hülfe, unsre Einsicht unentbehrlich ist; wenn wir dabey nie die Bescheidenheit und äussere Huldigung ausser Augen setzen; wenn unser Scharfsinn, unsre größre Weisheit, unsre Festigkeit und Gradheit, ihnen Ehrerbiethung einflößen, ohne daß sie uns eigentlich fürchten; wenn wir uns bitten, uns aufsuchen lassen, nicht aber unsern Beystand aufdringen — Einen solchen Mann schonen sie sorgfältig. —

13.

Hüte Dich aber, einen Großen, der Ansprüche auf Verstand, Witz, hohe Tugenden, Gelehrsamkeit, Kunstgefühl, oder worauf es immer sey, macht, hüte Dich, ihn deutlich, oder gar in Gegenwart Andrer merken zu lassen, daß Du Dir bewusst bist, Du übertreffest, Du übersehest, Du verdunkelst ihn! In der Stille darf er das wohl fühlen, aber er muß es nur *allein* zu fühlen glauben. Vor allen Dingen ist diese Vorsicht nöthig gegen Vorgesetzte, die ungeschickter in ihrem Fache sind, als Du. Gern mögen sie Dir Deine bessern Einsichten, gleichsam als prüften sie Dich, abfragen, sich zu eigen machen, Dir nach Gelegenheit Deine eigne Waare wieder verkaufen; doch wehe Dir, wenn Du das rügst, wenn Du nur einmal thust, als merktest Du das, oder gar, wenn Du den unterrichtenden Ton gegen sie annimst! — Wie werden sie Dir das Leben sauer machen! Wie viel werden sie von Dir fordern, das sie selbst nie zu leisten im Stande seyn würden, damit sie Gelegenheit haben, Dich eines Fehlers zu zeyhn!

14.

Es giebt aber geringe, unschuldige Gefälligkeiten gegen die Großen der Erde, die man ihnen, ohne sich ein Gewissen daraus zu machen, erweisen, und unwichtige Forderungen von ihrer Seite, die man ohne niedrige Schmeicheley erfüllen kann. Diese verzognen Schooßkinder des Glücks sind nämlich von Jugend auf daran gewöhnt worden, daß man sich in Kleinigkeiten nach ihren Phantasien fügt, ihren Geschmack zur Richtschnur annimt, ihre Liebhabereyen artig findet und alles vermeidet, was ihnen aus Vorurtheil oder kindischem Eigensinne zuwider ist. Auch die besten unter ihnen sind von solchen Grillen und Einbildungen nicht ganz frey, und wenn man nun auf einen sonst redlichen, edeln Fürsten dadurch zum Guten würken kann, daß man sich hierzu bequemt, oder wenn unser und unsrer Familie zeitliches Glück in seinen Händen ist — wer wird da nicht nachgebend seyn, und sich ein wenig nach einem Solchen richten? So reden zum Beyspiel manche Fürstenkinder sehr geschwind und undeutlich und sehen es nicht gern, wenn man noch einmal fragt, sondern wollen gleich verstanden seyn. Freylich wäre es besser, wenn man ihnen diese Unart in der Kindheit abgewöhnt hätte; aber es ist nun einmal nicht geschehn; Oder sie lieben Pferde, Hunde, bunte Soldatchen, Schauspiele, Pfeifenköpfe, Bilder, Geiger, Fidler, componiren auch wohl selbst, bauen, pflanzen, errichten Academien, Musäa und dergleichen. — Wie unschuldig ist es nicht da, zuweilen mit einzustimmen, einige Kennerschaft zu zeigen? Nur muß man sie in ihren Lieblings-Fächern nicht übersehn, nicht übertreffen wollen, welches leicht zu geschehn pflegt, da sie oft von den Dingen, womit sie sich am mehrsten beschäftigen, am wenigsten verstehen (wie sich denn über den vorsichtigen Umgang mit vornehmen Componisten und unwissenden Mäcenaten ein weitläuftiges Capitel schreiben liesse). Auch was gewisse Kleidertrachten, Manieren, den Ton der Stimme, was Styl, Handschrift und mehr solche Dinge betrifft, darüber haben sie zuweilen gewisse eigne Meinungen, die man schonen muß, wenn man sich ihnen nicht unangenehm machen will. Uebrigens versteht sich's, daß diese Gefälligkeit aufhören soll, sobald dieselbe schädlichen Einfluß auf den Character haben kann, wenn sie dadurch im Egoismus merklich bestärkt, von ernsthaften Beschäftigungen abgezogen, unbillig gegen Andre, ungerecht gegen würkliche Verdienste werden, oder wenn ihre Liebhabereyen von solcher Art sind, daß dadurch ihr Herz verwildert, verhärtet, grausam wird.

Zu den *mehrentheils* schädlichen Liebhabereyen großer, besonders *regierender* Herrn, gehört auch die Lust, ausser Lande zu reisen. Ungern mögte ich einen Fürsten darinn bestärken. Sie rennen da gewöhnlich in fremden Himmels-Gegenden herum, bevor sie ihr eignes Land kennen, in welchem tausend Gegenstände, mehr als die Carnavals von Venedig und die Pferderennen in England, ihrer Aufmerksamkeit werth sind, kaufen für den sauren Erwerb ihrer Unterthanen ausländische Possen, Krankheiten des Leibes und der Seele, und bringen nicht selten große Forderungen, Hang zur Verschwendung, Wollust und Ueppigkeit, böse Laune, Müßiggang, Abentheurer und dergleichen in ihre arme Residenz zurück.

15.

Fürsten, Vornehme und Reiche pflegen zuweilen sich so weit zu Leuten von geringerm Stande herabzulassen, daß sie dieselben um Rath fragen, oder sie um Beurtheilung ihrer Spielwerke, ihrer Schriften, Anlagen, Plane, Meinungen und dergleichen bitten. Ich empfehle da Behutsamkeit, und daß man sich erinnere, wie übel das Rathgeben und Warnen dem armen Gil Blas von Santillana in dem Hause des Cardinals bekam, obgleich Dieser ihn so dringend aufgefordert hatte, ihm zu erzählen, was die Leute von seinen Predigten redeten. So wie fast alle übrige Menschen; so legen besonders die Großen der Erde uns mehrentheils nur darum solche Dinge zur Beurtheilung vor, damit wir sie loben sollen, und fragen nicht eher um Rath, als bis sie schon entschlossen sind über das, was sie thun wollen.

16.

Noch mögten alle diese Regeln der Vorsichtigkeit nicht so gefährlich zu übertreten seyn im Umgange mit solchen Personen, die zwar nicht frey von den Fehlern einer vornehmen Erziehung, übrigens aber gut geartet, wohlwollend und verständig sind; allein doppelt wichtig wird ihre Befolgung, wenn man es mit vornehmen Pinseln, mit Menschen zu thun hat, die zugleich hochmüthig, unwissend, dumm, von Jedem, wie ein Rohr hin und her zu leiten, mistrauisch, kalt und rachsüchtig sind, und ich bedaure jede Christen-Seele, die von dergleichen kleinen und großen Tyrannen abhängen muß.

17.

Wenn Du das glänzende Unglück hast, der Liebling eines schwachen Erden-Götzen zu seyn; so bereite Dich nicht nur selbst dazu vor, daß diese Freude nicht lange dauern, daß ein Schmeichler Dich aus Deinem Posten verdrängen werde; sondern zeige auch sowohl Deinem Sultane, daß Du nicht gänzlich von seinen Blicken lebst, als auch dem Volke, wie wenig Du Dir auf diesen nichtigen Vorzug zu gut thust, wie unwesentlich zu Deiner moralischen Existenz ein solcher unbedeutender, zufälliger Glanz ist! Wenn Du dann in tiefe Ungnade fällst; so fliehen doch wenigstens die Bessern nicht vor Dir, wie vor einem vernichteten, verpesteten Menschen, und der undankbare Despot fühlt, daß es noch Leute giebt, die Seiner entbehren können. Baue überhaupt nicht auf die Freundschaft, Festigkeit und Anhänglichkeit der Großen! Sie achten Dich, so lange sie Deiner bedürfen, sind wankelmüthig, glauben lieber das Böse, als das Gute, und der Letzte hat bey ihnen immer Recht. Bey den mehrsten von ihnen wiegen Politic und Vorsichtigkeit die Freundschaft auf. Sie werden Dir nicht leicht nützliche Winke geben, aus Furcht, daß Du sie compromittiren mögtest. In großen Verlegenheiten werden sie Dich stecken lassen, selbst wenn sie Dich hineingeführt haben.

Nütze aber die Zeit ihrer Gunst, um sie zur Gerechtigkeit, Treue, Wahrheit und Menschenliebe zu ermuntern! Stimme ihnen nicht bey, wenn sie je vergessen wollen: *daß sie, was sie sind und was sie haben, nur durch Uebereinkunft des Volks sind und haben; daß man ihnen diese Vorrechte wieder nehmen kann, wenn sie Misbrauch davon machen; daß unsre Güter und unsre Existenz nicht ihr Eigenthum, sondern, daß alles, was sie besitzen, unser Eigenthum ist, weil wir dafür alle ihre und der Ihrigen Bedürfnisse befriedigen und ihnen noch obendrein Rang und Ehre und Sicherheit geben und Geiger und Pfeifer bezahlen; endlich, daß in diesen Zeiten der Aufklärung bald kein Mensch mehr daran glauben wird, daß ein Einziger, vielleicht der Schwächste der ganzen Nation, ein angeerbtes Recht haben könne, hundert tausend weisern und bessern Menschen das Fell über die Ohren zu ziehn; daß sie aber ohne Trabanten und Wachen ruhig schlafen können, wenn das dankbare Volk, dessen treue Diener sie sind, sie liebt und für das Wohl der Edeln Segen vom Himmel erfleht.* — Es versteht sich, daß diese Wahrheiten einiger Einkleidung bedürfen, wenn sie den verwöhnten Ohren der Großen harmonisch klingen sollen.

Willst Du Dich in Gunst erhalten; so mache, daß nie der eitle Große merke, daß Du Dich Deiner Gewalt über ihn freuest, noch daß Du gern Deine Meinung gegen die seinige durchsetzen wollest; Zeige ihm, daß würklich Achtung und Liebe zu seiner Person und das Verlangen, nützlich zu seyn, Deine Schritte leiten, nicht aber Eigennutz, oder kindische Eitelkeit! Aber sey auch nicht so närrisch, billige Vortheile, Belohnungen Deiner Dienste, zurückzuweisen, Dein Vermögen aufzuopfern, und nachher vielleicht, wenn er Deiner müde ist, Dich mit einem weißen Stabe fortschicken zu lassen!

Ueber alle Geschäfte, die Dir von Fürsten aufgetragen werden, führe so genaue, pünktliche Rechnung und Controlle, daß Du zu jeder Zeit die Rechtmäßigkeit Deiner Schritte gegen Verleumder und Ankläger beweisen könnest!

Ungebeten übernim kein Geschäfte, das nicht zu Deinem Amte gehört!

Vermeide es, ihnen durch trocknen, langweiligen Vortrag, die Geschäfte noch unangenehmer zu machen, als sie ihnen schon gewöhnlich sind!

Bist Du des Fürsten Günstling; so fehlt Dir's nicht an Neidern und Ausspähern; Sey daher dann doppelt vorsichtig in Deinem sittlichen Betragen! So lange man kein Aufsehn in der Welt macht, lassen uns die Leute Gerechtigkeit widerfahren; aber sobald man eine Rolle spielt (hätte man sich auch noch so wenig dazu gedrängt, wäre man auch noch so bescheiden); erwacht die Misgunst.

Es giebt immer an Höfen Leute, denen daran gelegen ist, genau zu wissen, wie groß Dein Einfluß auf den Kopf und das Herz des Fürsten ist. Um diese nie in Deine Karte blicken zu lassen, und damit sie nicht wissen mögen, von welcher Seite etwa der Herr gegen Dich gewonnen werden könnte; vermeide alle Gelegenheit, in Andrer Gegenwart mit ihm von Geschäften, oder sonst von Gegenständen, über welche Du vielleicht mit ihm nicht gleicher Meinung bist, zu reden!

Sey vorsichtig, höchst vorsichtig, in bestimmter Anempfehlung andrer Leute, zum Dienste des Fürsten!

Baue nie auf die Anhänglichkeit Deiner sogenannten Creaturen, das heisst solcher Menschen, die Dir ihr Glück zu verdanken haben!

Versprich nicht Dein Vorwort, wenn Du des Erfolgs nicht gewiß bist!

Begünstige die Gesuche der Creaturen Deiner muthmaßlichen Feinde in billigen Dingen!

18.

Wenn Dein Beschützer, wenn ein Großer, dem Du in der Zeit seines äussern Glücks, aus Noth, Höflichkeit, Politic oder gutem Willen, gehuldigt hast, von seiner Höhe herabstürzt; wenn er Stand, Vermögen, Einfluß oder Glanz verliehrt; so schlage Dich nicht zu der Parthey der Niederträchtigen, die dem Unglücklichen, der ihnen zu nichts mehr helfen kann, den Rücken zukehren! Verdient er Deine Hochachtung; so zeige ihm nun mit doppeltem Eifer, daß Dein Herz nicht von der Stimme des Pöbels abhängt; Ist er aber Deiner Zuneigung unwerth; so schone seiner wenigstens darum, weil er von jedermann verlassen ist, und also zu Mishandlungen schweigen muß! Räche Dich auch eben deswegen nie an Dem, von welchem Du verfolgt, gedrückt worden bist, so lange er Gewicht hatte! Sammle vielmehr feurige Kohlen auf sein Haupt, damit er in sich gehe, und wo möglich durch Großmuth gebessert werde!

19.

Sammle nicht leicht für Arme bey Vornehmen und andern Leuten von der großen Welt! Sie geben mehrentheils nur aus Prahlerey, und behandeln Dich, als wäre es ein Almosen für Dich — Ueberhaupt hilf *selbst*, wo Du kannst! Gieb nicht Anweisungen auf fremde Hülfe! Tadle aber auch nicht sogleich den Reichen, wenn er Dir eine Wohlthat für einen Dürftigen versagt, die ein Aermerer Dir gewährt! Denke immer, daß seine größern Bedürfnisse (ob wahrhafte, oder eingebildete? gleichviel!) und die größern Anforderungen Andrer auf seine Wohlthätigkeit ihn mit Dem, der weniger hat, in Eine Classe setzen, und daß, wenn man gegen Alle freygebig seyn will, man nicht gegen Einige wohlthätig seyn kann.

20.

Und nun noch einmal! Wenn ich hier sehr viel zum Nachtheile des Characters der mehrsten Großen und Reichen gesagt habe; so bin ich doch weit entfernt, dies ohne Unterschied auf alle Personen der höhern Classen ausdehnen zu wollen. Es ist mir immer äusserst zuwider gewesen, zu sehn, wie manche unsrer neuern Schriftsteller es sich zum Geschäfte machen, auf die höhern Stände zu schimpfen. Viele von ihnen sind so wenig mit dieser Menschen-Classe bekannt, daß es die höchste Impertinenz verräth, wenn sie über Sitten und Denkungsart derselben ein Urtheil wagen. Von ihren Dachstübchen herunter schielen sie neidisch und hämisch nach den Pallästen der Glücklichern hinunter; Wenn, bey grober Kost und dem Wasserkruge, die süßen Düfte aus den Küchen und Kellern Derer, die im Ueberflusse leben, zu ihnen hinaufsteigen; so reizt das ihre Nerven; erregt ihre Galle; Es ärgert sie, daß ihre Glücks-Umstände ihnen nicht wie Jenen erlauben, ihre Leidenschaften zu befriedigen; Sie verwünschen den Mann im vergoldeten Wagen, den sie zu Fuße nicht einholen können, schimpfen auf den hartherzigen Mäcen, der nicht eben so überzeugt scheint von ihren großen Verdiensten, wie sie selbst es sind, und fluchen auf das Geschick, welches die Güter der Erde so ungleich ausgetheilt hat. Da müssen es dann die armen Fürsten, Minister, Edelleute und Reichen entgelten, die sie wie Tyrannen, Bösewichte, Thoren und hartherzige Unterdrükker alles dessen, was edel und gut ist, abschildern. Ein so fanatischer Eifer kann wohl nie mein Gehirn ergreifen. Selbst im Ueberflusse und mit großen Erwartungen aufgewachsen, kenne ich recht gut die Vortheile und Nachtheile einer reichen und vornehmen Erziehung. Meine nachherigen Schicksale aber, mein Aufenthalt an Höfen und der Umgang mit Menschen aller Art — das alles hat mich gelehrt, wie nöthig es sey, Denen, die nicht durch widrige Erfahrungen vollends ausgebildet werden, und die so selten reine, lautre, unpartheyische Wahrheit hören, ohne Leidenschaft zu sagen, was ihnen so nöthig ist, zu hören. Viele von ihnen sind wahrlich herzlich gut; Selbst die Schwächern haben oft manche Temperaments-Tugend, deren Würkungen für die Welt viel wohlthätiger werden können, als die sanften Aufwallungen ärmerer und ohnmächtigerer Sterblichen. Sie haben von ihrer ersten Jugend an alle Muße und Gelegenheit, ihren Geist zu bilden, sich Talente zu erwerben, Welt und Menschen kennen zu lernen, haben Veranlassungen in Menge, Gutes zu thun, die Freuden der Wohlthätigkeit zu schmecken. Ihr Character wird nicht niedergedrückt, verschoben durch Unglück und Mangel, durch die Nothwendigkeit, sich zu schmiegen und zu beugen. Und wenn von Einer Seite Schmeicheley sie leicht verderben kann; so ist von der andern der Gedanke, daß jede ihrer edeln Handlungen bemerkt wird und ihre Verirrungen oft noch der späten Nachwelt vorerzählt werden, ein Sporn mehr, um groß und vortreflich zu werden. Auch nützen Viele von ihnen alle diese Triebfedern, und es ist ein Glück, an der Seite eines Fürsten zu leben und Einfluß auf ihn zu haben, der die Würde seines Standes kennt und sich seines hohen Berufs werth zeigt. Ich kenne deren Einige, die es auch gewiß nicht übel aufnehmen, wenn man ihnen die Klippen zeigt, an welchen so Viele von ihnen scheitern.

21.

Zum Schlusse noch ein Paar Worte über den Umgang der Großen und Reichen unter sich! Sie verderben sich größtentheils Einer den Andern. Die Kleinern beeifern sich, es den Größern nach, ja! es ihnen an Aufwande und übel verstandner Erhabenheit zuvorzuthun; und so verewigen sie ihre Thorheiten, welche von noch kleinern Magnaten bis auf den Geringsten, der nur einen Schuhputzer in seiner Livree herumlaufen hat, nach möglichsten Kräften nachgeahmt wird. Lustige Beyspiele von dieser Art sieht man an den kleinen teutschen Höfen; wie sie einander auflauern, sich wechselseitig controlliren, beneiden, zu übertreffen suchen; wie, wenn der durchlauchtige Herr in Y*** an seinem Geburtstage einen Ball und zugleich eine Illumination von sieben Pfund Talg-Lichtern gegeben hat, der Fürst in V*** an seinem Feste ein Feuerwerk von acht Pfunden Pulver hinzuthut; wie, wenn der Eine sich einen Ober-Hof-Marschall für dreyhundert Gulden Gage und zwölf Scheffel Haber hält, der Andre dem Cheff seines Hofes noch obendrein ein breites Ordensband über den hungrigen Magen hängt. Der eine regierende Graf verschreibt sich eine Meute Jagdhunde, wie sie kein Potentat in Europa hat, der Angrenzende besoldet eine Meute Hofmusici, die wenigstens eben so viel Lerm macht. Der Dritte, voll Verzweiflung darüber, daß er es seinen Nachbarn nicht zuvorthun kann, verzehrt lieber den sauren Erwerb seiner geplünderten Unterthanen in Paris, spielt lieber da eine elende Rolle, als in seiner Residenz die des guten, treuen Landesvaters. Und so geht das weiter hinunter! Man fange nur in Städten an, ein Concert oder dergleichen zu geben, welches abwechselnd von einer geschlossenen Gesellschaft gehalten wird, und womit etwa ein Abend-Essen verknüpft ist. Der Erste, bey welchem sich der Kreis versammlet, wird ein Paar Flaschen Wein und kalte Küche hergeben; der Andre fügt einen Punsch hinzu; und ehe ein Vierteljahr vergeht, ist die Anstalt in eine kostspielige Fresserey ausgeartet. Das sollte nun unter verständigen vornehmen und reichen Leuten nicht also seyn. Sie sollten den Niedern Beyspiel geben, von Ordnung, Einfalt, Hinwegsetzung über steife Etikette und von Mäßigkeit in Speise, Kleidung, Pracht, Bedienung, Hausrath und allen solchen Dingen. Sie sollten das Vorurtheil vernichten, daß die Herzen der Großen zu keinen dauerhaften Freundschaften fähig seyen — mit Einem Worte! sie sollten nicht vergessen, daß die Augen so Vieler auf sie gerichtet sind.

22.

Spöttle nicht über das Kleine an *kleinen* Höfen! Besser so, als wenn ein Herr über vier Quadrat-Meilen Landes Garden zu Fuß und zu Pferde, Minister, Hof-Cavaliere in Menge hält und Schulden über Schulden macht! Es ist nur alles beziehungsweise klein und ist immer gut, wenn es nur nicht zwecklos und voll abgeschmackter Forderungen ist. Dreyssig Mann, die abwechselnd Ordnung in der Stadt halten, sind mehr werth, als dreissigtausend, die man von nützlicher Arbeit abzieht, um auf Kosten des fleissigen armen Unterthanen Spielwerk mit ihnen zu treiben.

Zweytes Capitel.

Ueber den Umgang mit Geringern.

1.

Im siebenten Capitel des zweyten Theils dieses Werks habe ich von dem Betragen des Herrn gegen den Diener und von den Pflichten geredet, welche der Vornehmere auf sich hat, Denen, die vom Schicksale bestimmt sind, in Unterwürfigkeit zu leben, ihr Daseyn leicht und süß zu machen. Ich verweise also zuerst die Leser dahin, und füge hier nur noch einige Regeln für den Umgang mit solchen Personen hinzu, die zwar nicht in unsern Diensten, aber doch, der Geburt, dem Vermögen, oder andern bürgerlichen Verhältnissen nach, tiefer als wir stehen.

2.

Man sey höflich und freundlich gegen solche Leute, denen das Glück nicht gerade eine so reichliche Summe nichtiger zeitlicher Vortheile zugeworfen hat, wie uns, und ehre das wahre Verdienst, den ächten Werth des Menschen, auch im niedern Stande! Man sey nicht, wie die mehrsten Vornehmen und Reichen, etwa nur dann herablassend gegen Leute von geringerm Stande, wenn man Ihrer bedarf, da man sie hingegen verabsäumt, oder ihnen übermüthig begegnet, sobald man Ihrer entbehren kann! Man vernachlässige nicht, sobald ein Größerer gegenwärtig ist, den Mann, den man unter vier Augen mit Freundschaft und Vertraulichkeit behandelt, schäme sich nicht, öffentlich den Mann vor der Welt zu ehren, der Achtung verdient, mögte er auch weder Rang, noch Geld, noch Titel führen! Man ziehe aber nicht die niedern Classen blos aus Eigennutz und Eitelkeit vor, um die Stimme des Volks auf unsre Seite zu bringen, um als ein lieber, leutseliger Herr gepriesen und über Andre erhoben zu werden! Man wähle nicht vorzüglich den Umgang mit Leuten von gemeiner Erziehung, um etwa in diesen Kreisen mehr geehrt, mehr geschmeichelt zu werden, und glaube nicht, daß man populär und natürlich sey, wenn man die Sitten des Pöbels nachahmt! Man sey nicht lediglich darum freundlich gegen die Geringern, um irgend einen Höhern im Range zu demüthigen, nicht aus Stolz herablassend, um desto mehr geehrt zu werden, sondern überall aus reiner, redlicher Absicht, aus richtigen Begriffen von Adel, und aus Gefühl von Gerechtigkeit, die, über alle zufällige Verhältnisse hinaus, in dem Menschen nur den Werth schätzt, den er als Mensch hat!

3.

Aber diese Höflichkeit sey auch wohl geordnet; sie sey nicht übertrieben! Sobald der Geringere fühlt, daß ihm die Ehre, welche wir ihm erweisen, unmöglich zukommen kann; hält er es entweder für Mangel an Vernunft, für Spott, oder gar für Falschheit, argwöhnt, es stecke etwas dahinter, wir wollen ihn misbrauchen. Sodann giebt es auch eine Art von Herablassung, die wahrhaftig kränkend ist, wobey der leidende Theil lebhaft fühlt, daß man ihm nur ein mildthätiges Almosen der Höflichkeit darreicht, oder die von einer solchen Protections-Mine begleitet ist, daß man sich dadurch bey Geringern, die aber ihren innern Werth fühlen, lächerlich macht. Endlich giebt es eine abgeschmackte Art von Höflichkeit, wenn man nämlich mit Leuten von geringerm Stande eine Sprache redet, die sie gar nicht verstehen, die unter Personen von der Classe gar nicht üblich ist, wenn man das Gewäsche von Unterthänigkeit, Gnade, Ehre, Entzücken und so ferner, bey Personen anbringt, die an solche starke Gewürze gar nicht gewöhnt sind. Dies ist der gemeine Fehler der Hofleute. Sie halten ihren Jargon für die einzige allgemeine Sprache, und machen sich dadurch oft bey dem besten Willen verächtlich, oder verdächtig. Die große Kunst des Umgangs ist, wie ich gleich zu Anfange dieses Buchs gesagt habe, den Ton jeder Gesellschaft zu studieren, und nach Gelegenheit annehmen zu können.

4.

Man hüte sich aber vor grenzenloser Vertraulichkeit gegen solche Menschen, die keine feine Erziehung haben! Sie misbrauchen leicht unsre Gutwilligkeit, fordern immer mehr und werden unbescheiden. Man gebe Jedem, so viel er zu ertragen vermag!

5.

Laß es den Geringern in Deinen glänzenden Umständen nicht entgelten, wenn er Dich, so lange Dich das Glück nicht anlächelt, verabsäumt, wenn er Deinen mächtigen Feinden gehuldigt hat, wenn er sich, wie die großen gelben Blumen, nach der Sonne dreht! Denke, daß solche Menschen oft in die Nothwendigkeit versetzt werden, wenn sie mit den Ihrigen leben und essen wollen, sich zu krümmen und zu schmiegen, daß Wenige unter ihnen so erzogen sind, daß sie Sinn für gewisse feinere Gefühle und Aufopferungen haben, und daß alle Menschen mehr oder weniger nach Eigennutz handeln, den die Geschliffnern nur künstlicher verbergen.

6.

Täusche nicht den Niedern, der Dich um Schutz, Vorsprache, oder Hülfe bittet, mit falschen Hofnungen, leeren Versprechungen und nichtigen Vertröstungen, wie es die Weise der mehrsten Vornehmen ist, die, um die Clienten sich vom

Halse zu schaffen, oder in den Ruf von Leutseligkeit zu kommen, oder aus Schwäche, aus Mangel an Festigkeit, jeden Bittenden mit süßen Worten und Verheissungen überschütten, sobald er aber den Rücken gewendet hat, nicht mehr an sein Anliegen denken! Der Arme geht indeß voll Hofnung nach Hause, glaubt seine Angelegenheit den besten Händen anvertrauet zu haben, versäumt alle andern Wege, die er zu Erlangung seines Zwecks einschlagen könnte und fühlt sich nachher doppelt unglücklich, wenn er sieht, wie sehr er sich betrogen hat.

7.

Hilf Dem, der dessen bedarf! Befördre und schütze Die, welche Dich um Hülfe, Wohlthat und Schutz ansprechen, in so fern die Gerechtigkeit es gestattet! Aber hüte Dich, so schwach zu seyn, daß Du durchaus nichts abschlagen könnest! Daraus entstehen zweyerley nachtheilige Folgen: zuerst, daß Leute von niedriger Denkungsart Deine Schwäche misbrauchen, und Dir eine Last von Verbindlichkeiten, Arbeiten und Sorgen auflegen, die für Dein Herz, für Deine Kräfte, oder für Deinen Geldbeutel zu schwer ist, oder wodurch Du gezwungen wirst, ungerecht gegen Andre zu handeln, die weniger zudringlich sind. Und dann der zweyte Schaden: Wer zu viel verspricht, der wird wider Willen zuweilen sein Wort zu brechen genöthigt. Ein fester Mann muß auch den Muth haben, eine abschlägige Antwort geben zu können, und wenn er dies auf edle, nicht beleidigende Weise, aus wichtigen Gründen thut und sonst dafür bekannt ist, daß er gerecht handelt und gern hilft; so wird er sich dadurch keine Feinde erwecken. Allen Menschen kann man es freylich nicht recht machen, aber wenn man immer folgerecht und weise handelt; so werden uns wenigstens die Bessern nicht verkennen. Schwäche ist nicht Güte, und verweigern, was man vernünftiger Weise nicht zugestehn kann, heisst nicht hartherzig seyn.

8.

Verlange nicht einen übermäßigen Grad von Cultur und Aufklärung von Leuten, die bestimmt sind, im niedern Stande zu leben! Trage auch nichts dazu bey, ihre geistigen Kräfte zu überspannen und sie mit Kenntnissen zu bereichern, die ihnen ihren Zustand widrig machen und den Geschmack an solchen Arbeiten verbittern, wozu Stand und Bedürfniß sie aufrufen! Das Wort Aufklärung wird in unsern Zeiten oft sehr gemisbraucht, und bedeutet nicht sowohl Veredlung des Geistes, wie Richtung desselben auf grillenhafte, speculative und phantastische Spielwerke. Die beste Aufklärung des Verstandes ist die, welche uns lehrt, mit unsrer Lage zufrieden und in unsern Verhältnissen brauchbar, nützlich und zweckmässig thätig zu seyn. Alles Uebrige ist Thorheit, und führt zum Verderben.

9.

Begegne Deinen Untergebnen liebreich, ohne Dein Ansehn bey ihnen zu verliehren! Es taugt nie, wenn die Subalternen sich ihren Vorgesetzten unentbehrlich machen, und verächtlich wird der Cheff eines Departements, der, weil er selbst nicht arbeiten will, oder nicht arbeiten kann, sich auf die Untergebnen verlassen muß; da er dann nicht Ansehn und nicht Muth genug behält, einen nachlässigen oder eigensinnigen Secretair an seine Pflicht zu erinnern, sondern sich alles muß gefallen lassen, was Dieser gut findet, vorzunehmen, oder zurückzulegen. Manche Leute rechnen aber zu viel auf die Eindrücke, welche eine feyerliche Amtsmine, die sie auch im gemeinen Leben nicht ablegen, ein gewisser steifer Ernst, alte gothische Geschäfts-Formeln, große Perükken, Mantel-Kleider und dergleichen äussere Kennzeichen der obrigkeitlichen Gewalt bewürken sollen. Anstand und Würde sind in allen Verhältnissen des Lebens zu empfehlen; allein durch bloßen Prunk täuscht man, besonders in den jetzigen aufgeklärten Zeiten, das Volk nicht mehr, und sichrer werden Ehrerbiethung und Gehorsam durch den innern Werth des Befehlenden gewonnen, wenn Dieser auch, ausser Geschäften, mit dem Gehorchenden vertraulich und zwanglos umgeht. Wer sich davon überzeugen will, der braucht nur die französischen Kriegsheere zu sehn.

Drittes Capitel.

Ueber den Umgang mit Hofleuten und ihres Gleichen.

1.

Ich fasse hier die Bemerkungen über den Umgang mit Hofleuten und mit solchen Personen überhaupt, die in der sogenannten großen Welt leben und den Ton derselben angenommen haben, zusammen. Leider! wird dieser Ton, den Fürsten und Vornehme von solcher Art, wie ich sie im ersten Capitel dieses Theils beschrieben habe, angeben und ausbreiten, von allen Ständen, die einigen Anspruch auf feine Lebensart machen, nachgeäfft. Entfernung von Natur; Gleichgültigkeit gegen die ersten und süßesten Bande der Menschheit; Verspottung der Einfalt, Unschuld, Reinigkeit und der heiligsten Gefühle; Flachheit; Vertilgung, Abschleifung jeder characteristischen Eigenheit; Mangel an gründlichen, wahrhaftig nützlichen Kenntnissen; an deren Stelle hingegen Unverschämtheit, Persifflage, Ungebührlichkeit, Geschwätzigkeit, Inconsequenz, Abhängigkeit von fremder Thorheit; Kälte gegen alles was gut, edel und groß ist; Ueppigkeit, Unmäßigkeit, Unkeuschheit, Weichlichkeit, Ziererey, Wankelmuth, Leichtsinn; abgeschmackter Hochmuth; Flitterpracht, als Maske der Betteley; schlechte Hauswirthschaft; Rang- und Titelsucht; Vorurtheile aller Art; Abhängigkeit von den Blicken der Despoten und Mäcenaten; sclavisches Kriechen, um etwas zu erringen; Schmeicheley gegen Den, dessen Hülfe man bedarf, aber Vernachlässigung auch des Würdigsten, der nicht helfen kann; Aufopferung auch des

Heiligsten, um seinen Zweck zu erlangen; Falschheit, Untreue, Verstellung, Eidbrüchigkeit, Klatscherey, Cabale; Schadenfreude, Lästerung, Anecdoten-Jagd; lächerliche Manieren, Gebräuche und Gewohnheiten — Das sind zum Theil die herrlichen Dinge, welche unsre Männer und Weiber, unsre Söhne und Töchter, von dem liebenswürdigen Hofgesindel lernen — Das sind die Studien, nach welchen sich die Leute von feinem Tone bilden! Da, wo dieser Ton herrscht, wird das wahre Verdienst nicht nur blos übersehn, sondern so viel möglich mit Füßen getreten, unterdrückt, von leeren Köpfen zurückgedrängt, verdunkelt, verspottet. Kein größerer Triumph für einen faden Hofschranzen, als wenn er den Mann von entschiednem Werthe, dessen Uebergewicht er heimlich fühlt, demüthigen, ihn auf einen Mangel an conventioneller feinen Lebensart ertappen und, durch die Art wie er dies bemerken macht, oder dadurch, daß er mit ihm in einer Sprache, oder über Gegenstände redet, wovon er nichts versteht, es dahin bringen kann, daß Jener verwirrt wird und sich in schiefem Lichte zeigt! Kein größerer Triumph für die weibliche Zierpuppe, als wenn sie eine redliche Frau, voll wahrer innerer und äusserer Vorzüge und Würde, in einer Gesellschaft von Weltleuten von einer lächerlichen Seite darstellen kann! Das alles muß man erwarten, wenn man sich unter Menschen von dieser Classe mischt. Man muß sich dann nicht beunruhigen, wenn uns dergleichen widerfährt, und hinterher sich kein graues Haar darum wachsen lassen. Man hat sonst keinen friedlichen Augenblick, wird unaufhörlich von tausend Leidenschaften, besonders von Ehrgeiz und Eitelkeit, in Aufruhr gebracht. Es giebt aber drey Mittel, allen diesen Ungemächlichkeiten auszuweichen, indem man nämlich entweder sich mit der großen Welt unbefangen lässt, oder aber in derselben seinen graden Gang fortgeht, ohne sich alle diese Thorheiten anfechten zu lassen, oder endlich, indem man den Ton derselben studiert und, soviel es ohne Verleugnung des Characters geschehn kann, mit den Wölfen heult.

2.

Wer nicht, seiner Lage nach, schlechterdings dazu verdammt ist, an Höfen, oder sonst in der großen Welt zu leben, der bleibe fern von diesem Schauplatze des glänzenden Elends, bleibe fern vom Getümmel, das Geist und Herz betäubt, verstimmt und zu Grunde richtet! In friedlicher, häuslicher Eingezogenheit, im Umgange mit einigen edeln, verständigen und muntern Freunden, ein Leben zu führen, das unsrer Bestimmung, unsern Pflichten, den Wissenschaften und unschuldigen Freuden gewidmet ist, und dann zuweilen einmal mit Nüchternheit an öffentlichen Vergnügungen, an großen, gemischten Gesellschaften Theil zu nehmen, um für die Phantasie, die doch auch nicht leer ausgehn will, neue Bilder zu sammeln und die kleinen, widrigen Gefühle der Einförmigkeit zu verlöschen, — Das ist ein Leben, das eines weisen Mannes werth ist! Und in Wahrheit! es steht öfter in unsrer Macht, als man gemeiniglich denkt, sich der großen Welt zu entziehn! Menschenfurcht, elende Gefälligkeit gegen mittelmäßige Leute, Eitelkeit, Schwäche, Nachahmungssucht, das ist es, was so manchen, sonst nicht schlechten Mann bewegt, seine schönsten Stunden da zu verschleudern, wo er im Grunde nicht zu Hause ist, wo so oft Eckel und Langeweile ihn anwandeln, und allerley unedle Leidenschaften ihr Spielwerk mit ihm treiben. Freylich aber muß man, um sich diesem zu entziehn, nicht nur, seinen Verhältnissen nach, unabhängig seyn, sondern auch nach festen Grundsätzen zu handeln und sich über das Geschwätz der Leute hinauszusetzen den Muth haben, mag auch davon gesprochen werden, was da will!

3.

Muß oder will man aber in der großen Welt leben, und man ist nicht ganz sicher, den Ton derselben annehmen zu können; so bleibe man lieber der Art von Stimmung und Wendung treu, die uns Natur und Erziehung gegeben haben!

Nichts kann abgeschmackter seyn, als wenn man jene Sitten halb und unvollständig copirt, wenn der ehrliche Landmann, der schlichte Bürger, der grade, teutsche Biedermann, den französischen Stutzer, den Hofmann, den Staatsmann spielen will, wenn Leute, die einer ausländischen Sprache nicht mächtig sind, alle Gelegenheit aufsuchen, mit fremden Zungen zu reden, oder, wenn sie auch in ihrer Jugend an Höfen gelebt haben, nicht merken, daß die galante Sprache aus Ludwig des Vierzehnten Zeiten jetzt gar nicht mehr im Umlaufe ist, und eine Stutzer-Garderobe aus dem vorigen Jahrhunderte im Jahr 1796 nur auf dem comischen Theater Würkung thut. Solche Menschen machen sich muthwilliger Weise zum Gespötte, da man hingegen mit einem ungezwungnen, natürlichen und verständigen Betragen, Anstande und Anzuge, wenn dies alles auch nicht nach dem feinsten Hofschnitte ist, sich, mitten unter dem leichtfertigen Gesindel, Achtung und, wenn nicht ein angenehmes, doch ein ruhiges, ungekränktes Leben verschaffen kann. Sey also einfach in Deiner Kleidung und in Deinen Manieren, ehrlicher Biedermann! Sey ernsthaft, bescheiden, höflich, ruhig, wahrhaftig! Rede nicht zuviel und nie von Dingen, wovon Du nichts weisst, noch in einer Sprache, die Dir nicht geläufig ist, in so fern Der, welcher mit Dir spricht, Deine Muttersprache versteht! Betrage Dich mit Würde und Gradheit, ohne grob zu seyn, ohne Ungeschliffenheit; so wird man Dich ungeneckt lassen. Allein freylich wirst Du auch nicht sehr vorgezogen, Dein Gesicht wird kein Mode-Gesicht werden. Hierüber aber beruhige Dich! Zeige Dich nicht verlegen, ängstlich, wenn in einer großen Gesellschaft kein Mensch mit Dir redet! Du verliehrst nichts dabey, kannst für Dich an allerley gute Dinge denken, auch manche nützliche Bemerkung machen, und man wird Dich nicht verachten, sondern vielleicht gar fürchten, ohne Dich zu hassen, und das ist denn doch zuweilen so übel nicht.

Leute, die in der Jugend an Höfen und in großen Städten keine unbeträchtliche Rolle gespielt, die vielmehr dort geglänzt, nachher aber sich zurückgezogen, sich einer einfachern Lebensart gewidmet haben, vergessen gar zu leicht, daß, um hier immer ein Mode-Gesicht zu bleiben, man nie den Faden der herrschenden Unterhaltung aus der Hand verliehren, nie versäumen darf, auch in den kleinsten Fortschritten, der Cultur — wenn man das Cultur nennen muß — nachzufolgen. Das ist aber, bey der unbeschreiblichen Veränderlichkeit des Geschmacks und der Phantasie unmöglich, sobald man nicht immer mit der ganzen Flotte auf dem großen Weltmeere herumschwimmt. Es geschieht dann, daß wir sehr böser Laune werden, wenn wir sehen, daß man uns vernachlässigt, daß jüngere, oft sehr unbedeutende Menschen jetzt die Coriphäen sind, daß Diese und deren Bewundrer uns über die Achsel ansehen, uns nur aus nachsichtiger Höflichkeit einige Aufmerksamkeit beweisen. — O! es ist unglaublich, wie so etwas die Gemüthsruhe, auch des klugen Mannes (denn selbst kluge Leute sind nicht immer ganz von Eitelkeit frey) erschüttern, wie es verstimmen und bewürken kann, daß man sich in recht unangenehmer Haltung zeigt und, wenn man etwas zu suchen hat, die Frucht einer weiten Reise und große Unkosten verliehrt, dahingegen unser Witz, unsre Laune unaufhaltsam und bezaubernd fortströhmen, wo wir uns geehrt, geliebt und mit Aufmerksamkeit behandelt wissen. Wer sich viel Jahre hindurch an großen und kleinen Höfen und sonst in der großen Welt hat umhertreiben müssen, der wird nie in Verlegenheit von jener Art kommen können. Er wird die Fertigkeit erlangt haben, sich geschwind zurechtzufinden, schnell zu fassen, welche Sprache anwendbar ist; die guten Leute hingegen, die nicht Gelegenheit gefunden haben, diesen Grad von Verfeinerung zu erlangen, sollen wohl beherzigen, was zu Anfange dieses Abschnitts ist gesagt worden.

4.

Wer aber endlich viel und immer in der großen Welt lebt, der thut doch wohl, den herrschenden Ton zu studieren und die äussern Gebräuche derselben anzunehmen. Ersteres ist so schwer nicht, und Letzteres kann ohne schädlichen Einfluß auf unsern Character geschehn. Zeichne Dich also nicht aus, durch altväterische Kleidung oder Manieren! aber vergiß nicht, dabey auf Dein Alter, Deinen Stand und Dein Vermögen Rücksicht zu nehmen, und copiere nicht die Lächerlichkeiten einzelner Thoren, noch die flüchtigen Moden des Augenblicks! Mache Dich mit der Sprache der Hofleute, mit ihrer Art sich gegen einander zu betragen, mit den Uebereinkunfts-Gesetzen im Umgange bekannt; aber verleugne nicht innere Würde, Character und Wahrheit!

5.

Es lassen sich unmöglich allgemeine Regeln geben, wie weit man in Nachahmung der Hofsitten gehn dürfe. Ein verständiger und redlicher Mann wird das am besten selbst nach seiner Lage, Gemüthsart und nach seinem Gewissen abmessen können. Doch nur so viel! Unschädliche Thorheiten, die man nicht Lust hat nachzuahmen, hat man deswegen nicht immer Beruf, zu bekämpfen, und gleichgültige Gewohnheiten und Sitten, die weiter keinen Einfluß auf den Character haben, kann man, ja! muß man zuweilen auf kurze Zeit mitmachen, und darf sich das um so weniger übelnehmen, wenn man dadurch manches größre Gute zu bewürken in den Stand gesetzt wird.

Es giebt auch Moden in Literatur und Kunst, im Geschmacke, in gewissen Vergnügungen und Schauspielen, in dem Beyfalle, den irgend eine Sängerinn, irgend ein Tonkünstler, Schriftsteller, Prediger, Maler, Geisterseher, Schneider, oder Friseur, oft gegen Verdienst und Würdigkeit, vom vornehmen großen Haufen einerndtet, und es ist verlohrne Mühe, diesem Mode-Geschmacke sich widersetzen zu wollen. Am besten ist es da, ruhig abzuwarten, daß eine neue Narrheit die alte verdränge. Es giebt Moden im Gebrauche von Arzeneyen, denen sich die Vornehmern unterwerfen zu müssen glauben — sey es, daß sie sich täglich clistieren, oder in ein gewisses Bad und in kein anders reisen, oder sich mit den Pillen oder Pulvern irgend eines Marktschreyers langsam vergiften. Lächle in der Stille darüber! clistire Dich unmaßgeblich auch ein wenig, und mache mit, was sich ohne Gefahr und Tollheit mitmachen lässt! Wenigstens mache Dich mit diesen Moden bekannt, um nicht in Deinen Gesprächen dagegen anzustoßen! Du wirst übel anlaufen, wenn Du nach Deiner Empfindung eine Theaternympfe tadelst, deren Gebrülle grade zu der Zeit in der feinen Welt für Götterstimme gilt, oder wenn Du ein Buch erbärmlich nennst, dessen Verfasser als ein großes Genie anerkannt wird. Du wirst übel anlaufen, wenn Du eine Dame, die gerade in der Periode ist, in welcher sie nach der Mode freygeisterische Grundsätze haben muß, von religiosen Gegenständen unterhältst. Denn auch das hat seine Gesetze, die von der Mode bestimmt werden. Jünglinge fangen an im fünf und zwanzigsten Jahre alt zu werden, nicht mehr zu tanzen, sich den Cirkeln der Greise zuzugesellen, ein feyerliches, philosophisches, ein Geschäfts-Gesicht mit in die Gesellschaft zu bringen. Kommen sie aber nahe an die Vierzige, dann werden sie wieder jung, hüpfen herum, spielen um Pfänder mit jungen Mädchen — das alles muß man beobachten und seine Maaßregeln darnach nehmen.

6.

Uebrigens gestehe ich — es bleibt aber unter uns — daß der Ton, welcher jetzt unter unsern ganz jungen Leuten ziemlich allgemein an Höfen und in der feinen Welt eingeschlichen ist, mir gar nicht so gefallen will, wie der, welcher vor etwa zwanzig Jahren herrschte. Viele von ihnen kommen mir äusserst ungeschliffen und plump vor; Es scheint mir, als suchten sie etwas darin, Bescheidenheit, Höflichkeit und Zartgefühl zu beleidigen, stumm, ungefällig gegen Frauenzimmer und Fremde zu seyn, selbst ihren Cörper zu vernachlässigen, ohne alle Grazie beym Tanze herumzuspringen, krumm und schief und gebückt zu gehn, keine Kunst, keine Wissenschaft gründlich zu lernen, ungeachtet aller

Mühe, welche die neuern Pädagogen anwenden, und ungeachtet des vortreflichen Beyspiels, das sie der Jugend in Höflichkeit, Bescheidenheit und Gründlichkeit geben. Es giebt freylich einen Bocksbeutel, einen Zwang und eine Steifigkeit im Umgange, die in vorigen Zeiten in Teutschland herrschend waren, und wovon es ein Glück ist, daß wir anfangen, sie abzulegen; aber edler Anstand ist nicht Steifigkeit, verbindliche Höflichkeit und Aufmerksamkeit nicht Bocksbeutel, Grazie nicht Zwang, und ächtes Talent, wahre Geschicklichkeit nicht Pedanterey. Und man sehe auch die papiernen Männchen an, wie Ueberdruß und Langeweile auf ihrer früh sich runzelnden Stirne wohnen, wie sie unfähig sind, von ganzem Herzen froh zu werden, wie sie in den schönsten Jahren des Lebens schon bey den unschuldigen Freuden der Jugend Eckel empfinden! — Doch, ich habe Hoffnung, daß es bald wieder besser damit werden soll und, ohne Stolz auf unsre Vaterstadt kann ich es wohl sagen, wir haben hier eine liebenswürdige, wohlerzogne Jugend in allen Classen und Ständen aufzuweisen.

7.

Verachte nicht alles, was blos durch Uebereinkunft Werth hat, wenn Du mit Annehmlichkeit in der großen Welt leben willst! Verachte nicht so ganz und gar Titel, Orden, Glanz, äussere Zierathe und dergleichen! aber setze keinen innern Werth darauf! ringe nicht ängstlich darnach! Es giebt doch wohl Fälle, wo ein solcher, an sich nichtiger Stempel Dir und den Deinigen, wenn nicht wesentliche Vortheile, doch Annehmlichkeiten zu Wege bringen kann. Heimlich in Deinem Cämmerlein darfst Du herzlich aller dieser Thorheiten lachen; aber thue das nicht laut! mit einem Worte! zeichne Dich nicht zu sehr aus, unter den Weltleuten, mit denen Du leben musst! Es ist nicht nur Regel der Klugheit; nein! sondern es ist auch Pflicht, die Sitten des Standes anzunehmen, den man wählt, ganz zu seyn, was man ist, doch, wie sich das versteht, nie auf Unkosten der Eigenthümlichkeit des

Characters. Erwarte übrigens auf diesem Schauplatze nicht, daß man in Dir den edeln, weisen, geschickten Mann schätze, sondern nur, daß man Dich artig finde, daß man von Dir sage: Par dieu! il a de l'esprit, comme nous autres!

8.

Und willst Du auch nur dies eitle Lob davon tragen; so darfst Du selbst nicht einmal merken lassen, daß Du von besserm Stoffe bist, als der große Haufen jener hirnlosen Müßiggänger. Der klügere und edlere Mann, bequemte er sich auch noch so pünctlich nach den Sitten der sogenannten feinen Societät, wird dennoch dem Neide, der Verleumdung und den unaufhörlichen Neckereyen und Klatschereyen, welche hier herrschen, nicht ausweichen; denn um schaalen Köpfen zu gefallen, muß man selbst ein schaaler Kopf seyn. Ich rathe dann, sich das gar nicht anfechten zu lassen, vor allen Dingen aber keinen Verdruß, keine Unruhe *zu äussern*, sonst bekömmt man nie Frieden. Man gehe also seinen Gang fort, folge seinem Systeme, und lasse die Thoren schwatzen, bis sie müde werden! Hier sind auch alle Erläutrungen, alle Entschuldigungen übel angebracht, und wenn Du mit Widerlegung Einer Verläumdung fertig bist; wird man schon eine andre in Bereitschaft haben.

9.

In der großen Welt ist der oben entwickelte Grundsatz vorzüglich nicht aus den Augen zu lassen, nämlich daß jedermann nur so viel gilt, wie er sich selbst gelten macht. Man zeige sich also frey, zuversichtlich, seiner Sache gewiß! Man lasse die Leute nicht einmal ahnen, daß es möglich wäre, man könne uns zurücksetzen, sich unsers Umgangs schämen, in unsrer Gesellschaft Langeweile haben! Hofleute und ihres Gleichen pflegen die Grade ihrer Höflichkeit und Aufmerksamkeit gegen uns darnach abzumessen, in welcher äussern Achtung wir in den vornehmen Cirkeln stehen. Man mache sich also da gelten, mache sich eine gewisse Würde und Ungezwungenheit eigen, die man nur durch Uebung erlernt, die sehr unterschieden von Unverschämtheit, Zudringlichkeit und Prahlerey ist, und die vorzüglich in einem ruhigen, leidenschaftfreyen, anständigen, gleichmüthigen Betragen, das planlos und ohne Forderungen zu seyn scheint, besteht, und zu welchem man nie gelangt, wenn unsre Eitelkeit aller Orten Glanz sucht, und wenn im Grunde des Herzens unser eigner Beyfall uns nicht mehr werth ist, als die Bewunderung, womit leere Köpfe uns beehren.

10.

Man messe sein Betragen gegen Hofleute pünctlich nach dem ihrigen gegen uns ab und gehe ihnen keinen Schritt entgegen! Diese Menschen-Gattung nimt eine Hand breit, wo man ihnen einen Finger breit einräumt. Man erwiedre Stolz mit Stolz, Kälte mit Kälte, Freundlichkeit mit Freundlichkeit, gebe aber nicht mehr und nicht weniger, als man empfängt; Die Befolgung dieser Vorsicht hat mannigfaltigen Nutzen. Die feinen Weltleute sind wie ein Rohr, das vom Winde bewegt wird. Da sie selbst so wenig Bewusstseyn innrer Würde haben; beruht ihre ganze Existenz auf ihrem äussern Rufe. Sie werden sich an Dich schliessen, sobald sie sehen, daß Du in gutem Lichte wandelst; Aber wenn Du nicht durch niedrige Schmeicheley und Preisgebung alle alten Weiber beyderley Geschlechts auf Deine Seite ziehst; so wird bald einmal eine Lästerzunge etwas Nachtheiliges gegen Dich aussprengen. Kaum wird ein solches Gerücht herumlaufen; so werden jene Sclaven lauern, welche Würkung dies auf das Publicum macht, und fasst es Wurzel; so werden sie den Kopf um ein Paar Zolle höher gegen Dich tragen. Macht Dich das unruhig, ängstlich; behandelst Du sie nach Deinem Herzen, wie Leute, deren Freundschaft Du gern erhalten mögtest; so werden sie immer unbescheidner und helfen die elende Klatscherey weiter tragen, woraus Dir dann, so geringe auch die Sache scheinen mögte, mancherley Verdruß erwachsen kann.

Wirf aber auf den Ersten, der Dir kalt begegnet, einen verächtlichen Blick; so wird er zurück springen, vor seinen eignen Ruf beben, kein nachtheiliges Wort von Dir über seine Zunge kommen lassen, und sich vor dem Manne beugen, von dem er glaubt, er müsse geheimen Schutz haben, weil er so fest steht, so gleichgültig gegen die seligmachende Stimme des hohen Pöbels ist. Ja! gieb ihm doppelt wieder, was er wagt, Dir zu biethen! Laß Dich durch kein freundliches Wörtchen wieder heranlocken, bis er gänzlich zu Creuze kriecht! Ich, der ich nun keine Plane mehr auf das Glück mache, in der großen Welt zu glänzen, folge darinn eben keinem festen Systeme, sondern meiner jedesmaligen Gemüthsstimmung und Laune. An ächte, unverfälschte Herzens-Ergiessung gewöhnt, voll Wärme für alles, was Freundschaft und Zuneigung heisst, weniger darum bekümmert, geehrt, als geliebt zu seyn, beunruhigt mich — ich schäme mich dieses Geständnisses nicht — beunruhigt, verstimmt mich jedes kalte Betragen von Leuten, die mir gute Eigenschaften zu haben scheinen, mehr als mir, nach so mancher Erfahrung in der großen Welt, zu verzeyhn ist. Zu andern Zeiten aber behandle ich auch das Ding von der lustigen Seite, und freue mich herzlich, indem ich höre, daß das müßige Publicum sich auf Unkosten meiner Wenigkeit beschäftigt, darüber, daß dies grade einen Mann trifft, der nur als Freywilliger in der großen Welt dient und darinn keine weitere Beförderung verlangt. Indessen ist, was ich meinem Temperamente nach thue, darum noch nicht gut gethan. Am besten ist es gewiß, über dergleichen und über Klatschereyen aller Art wenigstens nicht die geringste Unruhe *zu zeigen*, mit niemand weiter darüber zu reden, und sich auf keine Erläuterung einzulassen. Dann ist in acht Tagen das Märchen vergessen, da auf jede andre Art hingegen die Sache ärger gemacht wird.

11.

Sey höflich und geschliffen im Aeussern! Man muß an Höfen und im Umgange in großen Städten manchen Menschen sehn, ertragen und freundlich behandeln, den man nicht schätzt, auch sucht man ja in diesem Getümmel keine Freunde, sondern nur Gesellschafter. Allein wo es Nutzen stiften, oder wenigstens unser Ansehn befestigen, wo es würken kann, daß Der Dich fürchte, der nicht anders als durch Furcht im Zaume zu halten ist; da laß ihn Dein Ansehn fühlen! Nim eine Art von Würde, von edelm Stolze und von Hoheit an, gegen den Hofschranzen, damit nie der Gedanke in ihm aufkeimen könne, Dich zu foppen, oder zu misbrauchen! Diese Sclaven-Seelen zittern vor dem Uebergewichte des verständigen, consequenten Mannes; allein das muß weder in Aufgeblasenheit, noch in Bauernstolz ausarten. Sage diesen Leuten zuweilen einmal, doch ohne Hitze und Grobheit, die Wahrheit! Schlage ihre flachen, schiefen Urtheile kaltblütig mit Gründen nieder, wo es nach den Umständen die Klugheit erlaubt! Stopfe ihnen den Mund, wenn sie den Redlichen lästern! Setze ihren Schleichwegen Muth, Thätigkeit und wahre Kraft entgegen! Scherze nicht vertraulich mit ihnen! Laß ächter Laune nicht den Lauf; aus Furcht ein Wort zu sprechen, das man misbrauchen, verdrehn könnte!

12.

Ueberhaupt rede in der großen Welt nie warme Herzenssprache! das ist dort eine fremde Mundart. Rede nicht von den reinen, süßen, einfachen häuslichen Freuden! Das sind Mysterien für solche Profane. Habe Dein Gesicht in Deiner Gewalt, daß man nichts darauf geschrieben finde, weder Verwundrung, noch Freude, noch Widerwillen, noch Verdruß! Die Hofleute lesen besser Minen, als gedruckte Sachen; Das ist fast ihr einziges Studium. Vertraue Deine Angelegenheiten niemand! Sey vorsichtig, nicht nur im Reden, sondern sogar im Hören! sonst wird Dein Name leicht gemisbraucht.

13.

Ich habe schon vorhin gesagt, daß unser Betragen in der großen Welt nach eines Jeden besondern Lage modificirt werden müsse und daß, was dem Einen darinn zu beobachten wichtig, für den Andern vielleicht von gar keinem Belange seyn könne. Wer nicht blos in derselben leben und geachtet werden, sondern wer auch würken, sich emporarbeiten, regieren will, der muß das Ding freylich noch viel feiner studieren. Da kann es äusserst wichtig werden, entweder zu der herrschenden Parthey, oder (wobey man größtentheils am sichersten geht, wenn man sonst kein ganz unwichtiger Mann ist) zu gar keiner zu gehören, um von allen aufgesucht zu werden, und nach Gelegenheit unmerklicher Anführer einer eignen zu werden. Da muß oft die Politic uns lehren, wo wir des sichern Vortheils nicht gewiß sind, wo nicht zu helfen, vielleicht gar zu schaden ist, unsre verfolgten Freunde allein kämpfen zu lassen, und uns Ihrer nicht öffentlich anzunehmen. Da kann es nöthig seyn, sich Anfangs sehr klein zu stellen, um nicht beobachtet, in unsern Planen nicht gestöhrt, vielmehr, wie ein unbedeutender Mensch (weil ein solcher immer mehr Stimmen auf seiner Seite hat, als der von besserer Art), befördert zu werden. Zu allen Geschäften aber, die man in der großen Welt führen muß, ist nichts so dringend anzuempfehlen, wie — *Kaltblütigkeit*, das heisst: sich nie zu vergessen; nie sich zu übereilen; den Verstand nie dem Herzen, dem Temperamente, der Phantasie preiszugeben; Vorsicht, Verschlossenheit, Wachsamkeit, Gegenwart des Geistes, Unterdrückung willkührlicher Aufwallungen und Gewalt über Launen. Mit Kaltblütigkeit und den dahin gehörigen Eigenschaften sieht man Personen von den mittelmäßigsten natürlichen Gaben über den lebhaftesten, feinsten Feuer-Kopf herrschen. Aber diese schwere Kunst — wenn sie sich je erlernen lässt, wenn sie nicht ausschließlich ein Geschenk der Natur ist — erlangt man nur nach vieljähriger Arbeit und Erfahrung.

14.

Für niemand kann die Beobachtung jeder, auch der feinsten Vorschriften, die auf den Umgang in der großen und feinen Welt Bezug haben, wichtiger seyn, als für *einen Gesandten.* Ich rede hier nicht von den unbedeutenden Männern dieser Art, die man, weil sie einiges Vermögen für sich besitzen, das sie auf eine solche Weise verzehren mögten, die ihrer Eitelkeit schmeichelt, an einen auswärtigen Hof schickt, wo man keine wichtige Geschäfte zu besorgen hat und von dem Herrn Gesandten nichts weiter fordert, als daß er, auf seine Kosten, zur Ehre seines Fürsten, einen anständigen Aufwand mache. Auch rede ich nicht von den jungen Herrn Vettern, die ein Minister einige Jahre hindurch als Bothschafter anstellt, um sie hernach, für die wesentlichen Dienste, die der ihnen mitgegebene klügere Gesandtschafts-Secretair dem Staate geleistet hat, und wozu Jene dann den Namen hergegeben haben, schnell befördern und verdienstvollen Männern vorziehn zu können. Endlich rede ich auch nicht von den privilegirten Ausspähern, die von manchen Höfen, unter dem Titel von Ministern, auswärts unterhalten werden, und die eine zu niedrige Rolle spielen, als daß es der Mühe werth seyn sollte, Vorschriften anzupreisen, nach denen sie sich betragen könnten, da man vielmehr Ursache hat, sich selber Regeln der Vorsicht im Umgange mit ihnen festzusetzen. — Von diesen Allen rede ich nicht, sondern von solchen Gesandten, die, zu Verhandlung wichtiger, geheimer Geschäfte, an einen Hof geschickt werden, wo sie die Würde ihres Herrn oder ihrer Nation behaupten, Rechte verfechten, Vortheile erkämpfen, Plane durchsetzen, Fürsten und Cabinette umstimmen sollen. Diese Männer bedürfen mehr als irgend jemand aller Eigenschaften, die einen vollkommen gebildeten Weltmann bezeichnen; Anstand, Würde, Leichtigkeit und Lebhaftigkeit im Umgange; Gegenwart des Geistes; Gewandtheit in Geschäften; die äusserste Vorsichtigkeit, Verschlossenheit und Wachsamkeit; Geschmeidigkeit; Beharrlichkeit; Scharfblick; wissenschaftliche

Kenntnisse; Sprachen; Beredsamkeit; Geschmack! Und wenn dann Rechtschaffenheit und Wahrhaftigkeit allen diesen Eigenschaften die Crone aufsetzen; was kann dann lehrreicher für den Jüngling seyn, der sich zum Staatsmann bilden will, als unter der Aufsicht eines solchen Gesandten im diplomatischen Fache zu arbeiten?

15.

Und nun zum Schlusse dieses Capitels auch etwas über den Nutzen, den uns der Umgang mit Menschen in der großen Welt gewährt! Er ist wahrlich nicht unbeträchtlich. Vorschriften, welche uns auf die erlaubten Sitten der feinern Gesellschaft verweisen, sind freylich keine Grundsätze der Moral, sondern nur der Uebereinkunft; allein eben diese Uebereinkunft beruht doch darauf, daß man suche, sich und Andern, in einer zwangvollen Lage, deren Ungemächlichkeit wir nun einmal nicht ganz aus dem Wege räumen können, seinen Zustand so leidlich wie möglich zu machen, ohne dazu solche Mittel zu ergreifen, die unsern innern Werth auf das Spiel setzen. Dieser innre Werth aber, der, wie ein Schatz unter der Erde, immer, auch verborgen, Gold bleibt, kann doch Witwen und Waisen nähren, und Monarchen und Reiche zum Wohl der Welt in Würksamkeit setzen, wenn er hervorgeholt und durch den Stempel der Uebereinkunft in Umlauf gebracht, wenn er allgemein anerkannt wird — anerkannt von Denen, die sich auf reines Gold verstehen, und anerkannt von Denen, die nur auf das Gepräge achten. — Also wünschte ich, man eiferte nicht so heftig gegen den wahren feinen Weltton. Er lehrt uns, die kleinen Gefälligkeiten nicht außer Acht zu lassen, die das Leben süß und leicht machen. Er erweckt in uns Aufmerksamkeit auf den Gang des menschlichen Herzens, schärft unsern Beobachtungsgeist, gewöhnt uns daran, ohne zu kränken und ohne gekränkt zu werden, mit Menschen aller Art leben zu können. Der ächte und zugleich redliche alte Hofmann verdient wahrlich Verehrung, und man braucht nicht in die

Wüsten zu fliehn, noch sich in Studierzimmer zu vergraben, um auf den Titel eines Philosophen Anspruch machen zu dürfen. Ja! ohne einige Kenntniß der großen Welt hilft uns alle Stuben-Gelehrsamkeit, alle Menschenkunde aus Büchern sehr wenig. Ich rathe also jedem jungen Manne, der edeln Ehrgeiz, Durst nach Welt- und Menschen-Kenntniß und Begierde hat, nützlich und thätig zu seyn, wenigstens auf einige Zeit den größern Schauplatz zu betreten, wäre es auch nur, um Stoff zu sammeln zu Beobachtungen, die einst im Alter seinen Geist beschäftigen und ihn in den Stand setzen, seinen Kindern und Enkeln, die vielleicht bestimmt sind, an Höfen oder in großen Städten ihr Glück zu suchen, weise Lehren zu geben.

Viertes Capitel.

Ueber den Umgang mit Geistlichen.

1.

Ich mache, da ich nun auf den Umgang mit Leuten von andern Ständen und Verhältnissen komme, billiger Weise in einem eignen Capitel mit der Geistlichkeit den Anfang. Lehrreich und wohlthätig ist der Umgang mit einem Solchen, der sich aus ganzer Seele seinem heiligen Berufe widmet, seinen Verstand und Willen durch den sanften Einfluß der liebevollsten Religion Jesu geläutert hat; der Wahrheit und Tugend mit Eifer und Wärme nachstrebt, und die Kraft des Worts durch eignes Beyspiel bestättigt; der seiner Gemeine Bruder, Freund, Wohlthäter und Rathgeber, in seinem Vortrage populär, warm und herzlich ist; durch Bescheidenheit, Einfalt der Sitten, Mäßigkeit und Uneigennützigkeit sich als einen würdigen Nachfolger der Apostel auszeichnet; duldend gegen fremde Religions-Verwandte, väterlich nachsichtig gegen Verirrte, kein Feind unschuldiger Fröhlichkeit und dabey in seinem häuslichen Kreise ein guter, zärtlicher und weiser Hausvater ist. Allein nicht alle Diener der Kirche sehen diesem Bilde ähnlich. Menschen, ohne Erziehung und Sitten, aus dem niedrigsten Pöbel entsprossen, ohne gesunde Vernunft und ohne andre Kenntnisse, als die dazu gehören, sich nach einem elenden Schlendrian examiniren zu lassen, dringen sich in diesen Stand ein, haschen nach reichen Pfründen und Pfarren, und erlauben sich, um dahin zu gelangen, alle Arten von Schleichwegen und Niederträchtigkeiten. Haben sie nun ihren Zweck erreicht; dann fährt der rechte Pfaffen-Geist in sie. Geizig, habsüchtig, wollüstig, gefräßig, Schmeichler der Großen und Reichen, übermüthig und stolz gegen Niedre, voll Neid und Scheelsucht gegen ihres Gleichen, sind sie größtentheils daran Schuld, wenn Verachtung der heiligsten Religion so allgemein einreisst. Diese Religion behandeln sie wie eine trockne Wissenschaft, und ihr Amt wie ein einträgliches Handwerk. Auf dem Lande verbauern sie, ergeben sich dem Müßiggange und der Bequemlichkeit und klagen über ungeheure Arbeit, wenn sie alle acht Tage einmal von der Kanzel herunter die Zuhörer mit ihren dogmatischen, armseligen Spitzfindigkeiten einschläfern müssen. Sie angeln nach Geschenken, Erbschaften und Vermächtnissen, wie der Teufel nach ihrer Seele. Ihr Ehrgeiz ist unermeßlich; ihr geistlicher Stolz, ihr Despotismus, ihre hierarchische Herrschsucht ohne Gränzen. Den Eifer für die Religion brauchen sie zum Deckmantel ihrer Leidenschaften. Orthodoxie ist das Losungswort, blinder Glauben und Ehre Gottes das Feldgeschrey, wenn sie den unschuldigen, ruhigen Bürger, der einen Unterschied unter Religion und Theologie macht, die Pfaffen nicht schmeichelt und ihnen nicht opfert, bis in den Tod verfolgen wollen. Ihre Rache ist fürchterlich, unersättlich, ihre Feindschaft unversöhnlich — ich rede aus Erfahrung — gegen Den, der sich ihrem eisernen Scepter nicht unterwerfen, oder zu ihren Bosheiten nicht schweigen will. Ihre Eitelkeit ist größer, als die eines Weibes. Sie schleichen sich in die Häuser und Familien ein, aus Vorwitz, kindischer Neugier, um sich in Händel zu mischen, die sie nichts angehen, um Ränke zu schmieden, Zwietracht zu stiften, und im Trüben zu fischen. Niemand versteht, besser als sie, die Kunst, ein Vorhaben, mit Ueberwindung aller Schwierigkeiten, listig durchzusetzen, ohne das Ansehn zu haben, als hätten sie die Hände im Spiele. Geht es auf die eine Weise nicht; so greifen sie die Sache am verkehrten Ende an, drehen, wenden, bemänteln, verrücken den Gesichtspunct und ruhen nicht eher, als bis sie, zu Befriedigung ihrer Herrschsucht, ihrer Rache, oder ihrer Habsucht, den vorgesetzten Zweck erreicht haben.

Ihre Predigten, ihre Gespräche und Minen sind Bannstrahlen, Verdammungsurtheile und Drohungen gegen andre Religions-Verwandte und gegen Jeden, der das Unglück hat, nicht glauben zu können, was sie — oft selbst nicht glauben, sondern nur lehren, weil es Geld einbringt. Sie lauschen auf die Fehler ihrer Nebenmenschen, schreyen sie vergrößert aus, oder wo sie das alles nicht öffentlich thun dürfen, da würken sie durch Andre im Verborgnen, oder hängen die Maske der Demuth, der Heucheley, des Eifers für Gottseligkeit und gute Sitten vor, um mit sanfter Stimme, mit Klagen und Winseln, die Schwachen auf ihre Seite zu bringen, und den Weisern und Bessern bey dem Volke verdächtig zu machen — Ja! solche Ungeheuer giebt es unter den Dienern der Kirchen, und nicht etwa nur in Mönchs-Kutten und Jesuiten-Mänteln — nein! mancher protestantische Pfaffe würde ein zweyter Hildebrand seyn, wenn ihm nicht die Flügel beschnitten wären.

2.

Da nun aber hie und da auch unter den weniger boshaften, ja! unter den redlichen Geistlichen, Einige doch einen kleinen Anstrich von manchen dieser Fehler, zum Beyspiel von geistlichem Stolze, von Intoleranz, von Anhänglichkeit an Systemgeist, von falschem esprit de corps, von Habsucht, oder von Rachsucht haben; so kann es wohl nicht schaden, wenn man gewisse Vorsichtigkeits-Regeln beobachtet, die im Umgange mit allen Personen dieses Standes, ohne Unterschied, nicht ganz übel angebracht sind.

Man hüte sich also, ihnen Gelegenheit zu Verketzerungen zu geben! und so wie überhaupt ein verständiger Mann sich enthält, über religiose Gegenstände in Gesellschaften zu plaudern; so soll man vorzüglich Acht haben, in Gegenwart eines

Geistlichen nie ein Wort fallen zu lassen, das übel ausgelegt, und wie ein Ausfall gegen irgend ein Kirchensystem oder einen Religionsgebrauch angesehn werden könnte! Auch besuche man die Kirchen, selbst wenn die Art des Gottesdienstes und der Vortrag des Predigers unsre Andacht nicht sehr befördern, des Beyspiels wegen, und um nicht Gelegenheit zu geben, daß man uns Gleichgültigkeit gegen Religion aufbürde!

Man mache in Gesellschaft nie einen Geistlichen lächerlich, mögte er auch noch so viel Veranlassung dazu geben! auch rede man mit Vorsicht von ihnen! Theils machen diese Herrn gar zu gern ihre eigne Sache zur Sache Gottes, theils verdient dieser ehrwürdige Stand auf alle Weise eine Schonung, die man wegen der Unwürdigkeit einzelner Mitglieder nicht aus den Augen setzen darf, theils kann man durch das Gegentheil Verachtung der Religion, die leider! so sehr einreisst, wider Willen befördern.

Man bezeuge hingegen den Geistlichen alle äussere Ehrerbiethung, die sie nur irgend billiger Weise fordern können, und beleidige nicht nur keinen Derselben, auf keine auch noch so geringe Art, sondern mache sich auch nicht der mindesten, von jedem Andern leicht zu verzeyhenden Unterlassungs-Sünde, keines Mangels an Höflichkeit gegen sie schuldig!

Man lasse, in Entrichtung der ihnen zukommenden Gebühren und Abgaben, sich keine Abkürzung, noch Saumseligkeit zu Schulden kommen, gebe aber auch, bey Fällen die öfter eintreten können, nicht zu viel! denn sie schreiben gern alles auf und machen aus Freygebigkeit ein Gesetz, ein Recht, das sie sogar auf ihre Nachfolger zu vererben trachten.

Man sey gastfrey gegen Diejenigen, welche eine gute Tafel und ein volles Gläschen lieben!

Man hüte sich, bevor man den Mann nicht recht genau kennt, einen Geistlichen von der alltäglichen Art zum Vertrauten in häuslichen Angelegenheiten und andern Dingen von Wichtigkeit zu machen, und halte ihn entfernt, wenn er sich unberufen in dergleichen mischen will!

Man verhindre die zu große Vertraulichkeit der Weiber und Töchter mit gewissen Beichtvätern und geistlichen Rathgebern!

3.

In Prälaturen und Klöstern muß man den Ton der Herrn Patrum anzunehmen verstehn, wenn man ihnen willkommen seyn will. Ein guter, gesunder Apetit; nach Verhältnis eben so viel Durst, und die Gabe, ein Gläschen mit Geschmack und oft genug ausleeren zu können; ein jovialischer Humor; ein Witz, der nicht zu fein, sondern ein wenig materiel seyn muß; zuweilen ein Wortspielchen; ein lateinisches Räthsel, eine Anspielung auf eine scholastische Spitzfindigkeit; einige Bekanntschaft mit Legenden und Kirchenvätern; Beyfall, durch Bauch erschütterndes Lachen an den Tag gelegt, wenn der Pater Spaßmacher — dies Amt pflegt selten unbesetzt zu seyn — einen Schwank hervorbringt; viel Ehrerbiethung gegen den hochwürdigen Herrn Prälaten, Guardian, oder Prior; Bewundrung der Kostbarkeiten, Reliquien, Gebäude und Anstalten; kein Gespräch über Aufklärung und Literatur, aber desto mehr über Politik, Krieg und Frieden; Zeitungs-Nachrichten; Befriedigung der Neugier, wenn nach Familien-Umständen und Anecdoten geforscht wird; da, wo man Musik treibt, gezeigt, daß man in dieser Kunst nicht fremd ist; Vorsichtigkeit, wenn von andern geistlichen Orden, besonders von Jesuiten, die Rede ist; Rang, Ansehn, Reichthum, Pracht, Titel, Orden und, mehr als dies alles, wo es nöthig ist, Geschenke — das sind ungefehr die Mittel, dort gut aufgenommen zu werden, und sich Achtung zu erwerben.

Zu Domherrn braucht man größtentheils nur Apetit zum Essen und Trinken, muthwillige, ein wenig faunische Laune und Stillschweigen über gelehrte Gegenstände mitzubringen.

In Nonnenklöstern, so wie in katholischen und protestantischen weiblichen Stiftern, kann man mit einer hübschen, stämmigen Figur, mit treuherziger, doch äusserlich anständiger Vertraulichkeit, mit einem Sacke voll Mährchen, Neuigkeiten und Späschen auch ziemlich weit kommen.

Von dem Umgange der Religiosen unter sich rede ich nicht; Darüber ist in den Briefen über das Mönchswesen, in den Briefen aus dem Noviciate und in unzähligen andern Schriften schon sehr viel Gutes und Treffendes gesagt worden.

Fünftes Capitel.

Ueber den Umgang mit Gelehrten und Künstlern.

1.

Wenn der Titel eines Gelehrten nicht heut zu Tage so gemein würde, wie der eines Gentelman in England; wenn man sich unter einem Gelehrten immer nur einen Mann denken dürfte, der seinen Geist durch wahrhaftig nützliche Kenntnisse ausgebildet, und diese Kenntnisse zu Veredlung seines Herzens angewendet hätte — kurz! einen Mann, den Wissenschaften und Künste zu einem weisern, bessern und für das Wohl seiner Mitbürger thätigern Menschen gemacht hätten; dann brauchte ich hier kein Capitel über den Umgang mit solchen Leuten zu schreiben. Bedarf es einer Vorschrift, wie man mit dem Weisen und Edeln umgehn soll? An seiner Seite zu horchen auf die Lehren, die von seinen Lippen ströhmen; seine Augen auf ihn gerichtet zu haben, um sein Beyspiel die Richtschnur unsrer Handlungen seyn zu lassen; die Wahrheit von ihm zu vernehmen, und dieser Wahrheit zu folgen — das ist ein Glück, dessen Genuß nicht nach Regeln gelernt zu werden braucht. Wenn aber heut zu Tage jeder elende Verseschmidt, Compilator, Journalist, Anecdoten-Jäger, Uebersetzer, Plündrer fremder literarischer Güter, und überhaupt Jeder, der die unbegreifliche Nachsicht unsers Publicums misbraucht, um ganze Bände voll Unsinn, Thorheit und Wiederholung längst besser gesagter Dinge drucken zu lassen, sich selber einen Gelehrten nennt; wenn die Wissenschaften nicht nach dem Grade ihrer

Nützlichkeit für die Welt, sondern nach dem veränderlichen, leichtfertigen Geschmacke des lesenden Pöbels geschätzt, speculative Grillen Weisheit genannt werden, fieberhafte Phantasie für Schwung und Begeisterung gilt; wenn ein Knabe, der sein rauhes Gewäsch in abwechselnd kurzen und langen Zeilen in einen Musen-Almanach einrücken lässt, ein Dichter heisst; wenn der Mensch, der mit seinen Fingern ein Gewühl von falschen Tönen, ohne Verbindung und Ausdruck, den Saiten entlockt, ein Tonkünstler, Der, welcher schwarze Puncte, in Abschnitte eingetheilt, auf Papier setzen kann, ein Componist, Der, welcher auf Brettern herumspringt, ein Tänzer genannt wird; dann muß man wohl ein Paar Worte darüber sagen, wie man sich im Umgange mit solchen Leuten zu betragen hat, wenn man nicht für einen Mann ohne Geschmack und Kenntniß angesehn seyn und Jedem das Seinige geben will.

2.

Beurtheile nicht den moralischen Character des Gelehrten nach dem Inhalte seiner Schriften! Auf dem Papiere sieht der Mann oft ganz anders aus, als in natura. Auch ist das so übel nicht zu nehmen. Am Schreibtische, wo man die ruhigste Gemüthsverfassung wählen kann, wenn keine stürmische Leidenschaften unsern Geist aus seiner Fassung bringen; da lassen sich herrliche moralische Vorschriften geben, die nachher in der würklichen Welt, wo Reizung, Ueberraschung und Verführung von Seiten der berüchtigten drey geistlichen Feinde uns hin und hertreiben, nicht so leicht zu befolgen sind. Also soll man freylich den Mann, der Tugend predigt, darum nicht immer für ein Muster von Tugend halten, sondern auch bedenken, daß er ein Mensch bleibt, ihm wenigstens dafür danken, daß er vor Fehlern warnt, wenn er selbst auch nicht stark genug ist, diese Fehler zu vermeiden, und es würde unbillig seyn, ihn desfalls für einen Heuchler zu halten (obgleich es eben so unbillig wäre, ohne Beweis vorauszusetzen, er thue das Gegentheil von dem, was er lehrt, oder man müsse seine Worte anders auslegen, als sie lauten). Von der andern Seite soll man auch nicht die Grundsätze, die ein Schriftsteller den Personen seiner eignen Schöpfung in den Mund legt, wie seine eignen ansehn, noch einen Mann deswegen für einen Bösewicht oder Faun, oder Menschenhasser halten, weil seine üppige Phantasie, sein Feuer ihn verleitet, irgend einen boshaften Character von einer glänzenden Seite darzustellen, oder eine wollüstige Scene mit lebhaften Farben zu schildern, oder mit Bitterkeit über Thorheiten zu spotten. Wohl thäte er besser, wenn er das unterliesse, aber er ist darum noch kein schlechter Mann, und so wie man bey hungrigem Magen Götter-Malzeiten schildern kann; so kenne ich Dichter, die Wein und materielle Liebe besingen, und dennoch die mäßigsten, keuschesten Menschen sind; kenne Schriftsteller, die Greuel von Schandthaten mit der treffendsten Wahrheit dargestellt haben, und dennoch Rechtschaffenheit und Sanftmuth in ihren Handlungen zeigen; kenne endlich Satyriker, voll Menschenliebe und Wohlwollen.

Eine andre Art von Ungerechtigkeit gegen Schriftsteller und Künstler begeht man, wenn man von ihnen erwartet, sie sollen auch im gemeinen Leben nichts als Kernsprüche reden, nichts als Weisheit und Gelehrsamkeit predigen. Der Mann, der am glänzendsten von einer Kunst schwatzt, ist darum nicht immer der, welcher die gründlichsten Kenntnisse davon besitzt. Es ist nicht einmal angenehm und schmeckt nach Pedanterey, wenn wir Jeden ohne Unterlaß von unsern eignen Lieblings-Beschäftigungen unterhalten. Man geht in Gesellschaften, um sich zu zerstreun, um auch einmal Andre, nicht sich selbst zu hören. Nicht Jeder hat so viel Gegenwart des Geistes, um mitten im Getümmel und wenn er durch Fragen und Vorwitz überrascht wird, mit Würde und Bestimmtheit von Gegenständen zu reden, die er vielleicht zu Hause in seinem einsamen Zimmer mit der größten Klarheit durchschauet. Und dann giebt es auch Gesellschaften, in welchen die Leute so gänzlich anders als wir gestimmt sind, die Dinge von so durchaus andern Seiten ansehen, daß es nicht möglich ist, in dem ersten Augenblicke sich so zu fassen, daß man etwas Gescheutes auf das antworte, was sie uns vortragen. Auch hat ja ein Gelehrter, so gut wie ein andrer Erdensohn, seine Launen, ist nicht stets gleich aufgelegt zu wissenschaftlichen und überhaupt zu solchen Gesprächen, die Nachdenken erfordern; oder die Menschen, die er um sich sieht, behagen ihn nicht, scheinen ihm keines Aufwandes von Verstand und Witz würdig.

Als vor vielen Jahren der Abbé Raynal in den Rhein-Gegenden war, wurde ich einst mit ihm in einem vornehmen Hause zu Gaste geladen. Es hatte sich da eine Schaar neugieriger Damen und Herrn nebst einigen schönen Geistern versammelt, um ihn zu bewundern, und von ihm bewundert zu werden. Er schien zu beydem nicht aufgelegt und, ich gestehe es, der Ton seiner Unterhaltung gefiel mir gar nicht. Die ganze Gesellschaft aber war aufgebracht und erbittert gegen den Mann, der ihre Erwartungen so getäuscht hatte, und das gieng dann so weit, daß Alle behaupteten: Dieser sey nicht der Abbé Raynal gewesen, oder es sey unmöglich, daß der Abbé Raynal so schöne Sachen geschrieben habe.

Es ist ein recht garstiger Zug in dem Character unsers Zeitalters, daß man so gern von guten Schriftstellern und überhaupt von Männern, die sich Ruf erworben haben, ärgerliche Anecdoten aufsammelt, um ihnen einen Grad der öffentlichen Achtung zu entziehn, wenn ihre Schriften ihnen Bewundrer gewonnen, wenn ihre Talente die Aufmerksamkeit verständiger Menschen mehr auf sie, als auf Männer gleiches Standes, gezogen haben, ja! es giebt so gewisse abderitische kleine Städte, in welchen man würklich affectirt, den Mann mit Verachtung zu behandeln, dem es gelungen ist, durch gute literarische Producte, auswärts, das heisst ausser dem Kreise der Herrn Vettern und Frauen Baasen, seinen Namen bekannt zu machen. Daß man einen Solchen im Vaterlande nicht aufkommen, auch allenfalls darben lasse, das finde ich ganz in der Ordnung der menschlichen Dinge; aber seinen moralischen Character aus Neid verdächtig zu machen, und ihm, wenn er auch noch so demüthig, noch so forderungslos seinen stillen Gang fortgeht, ausgezeichnet grob zu behandeln — das ist zu hart und geschieht doch hie und da, besonders in einigen minder großen Städten.

Spricht aber ein Gelehrter, ein Künstler gern und viel von seinem Fache; so nimm ihm auch das nicht übel auf! Die unglückliche Polyhistorey, die Wuth, auf allen Zweigen der Wissenschaften und Künste herumzuhüpfen, sich zu schämen, daß irgend etwas unter der Sonne seyn dürfte, worüber wir nicht raisonniren könnten, ist nicht eben das, was unserm Zeitalter am mehrsten Ehre macht, und wenn es langweilig ist, einen Mann alle Gespräche auf seinen Lieblings-Gegenstand lenken zu hören; so ist es mehr als langweilig, es ist empöhrend, wenn ein Schwätzer entscheidende Urtheile über Dinge ausspricht, die gänzlich ausser seinem Gesichtskreise liegen, wenn der Priester über Politic, der Jurist über Theater, der Arzt über Malerey, die Cokette über philosophische Gegenstände, der süße Herr über Tactic deraisonnirt. Erlaube dem Manne, der etwas gelernt hat, mit Leidenschaft von seiner Kunst, von seiner Wissenschaft zu reden, ja! gieb ihm Gelegenheit dazu! Man ist wahrlich recht viel werth in der Welt, wenn man — doch übrigens bey gesundem Hausverstande — Ein Fach aus dem Grunde versteht, und mich eckelt vor den herumwandelnden encyclopädischen Wörterbüchern; Mich eckelt vor den allwissenden, aburthelnden jungen Herrn, mit denen man dann so zuweilen einmal das Unglück hat in Gesellschaft zu kommen, die den bescheidnen, zweifelnden Forscher mit Machtsprüchen zu Boden schlagen und die, besonders wenn sie von liebenswürdigen gelehrten Damen unterhaltend gefunden, ganz unausstehlich werden.

3.

Haben die Gelehrten weniger Vorurtheile, als andre Menschen; so hängen sie dagegen um desto fester an denjenigen, welche ihnen einmal eigen sind. Man muß daher sehr behutsam mit ihnen umgehn. Nichts wird leichter gekränkt, als die Eitelkeit eines Gelehrten; Man muß sogar alle Zweydeutigkeiten in den Lobeserhebungen vermeiden, die man an sie ausspendet.

Die mehrsten Schriftsteller verzeyhen es uns leichter, wenn wir ihren sittlichen Character, als wenn wir ihren Ruf in der gelehrten Welt antasten. Man sey daher vorsichtig in Beurtheilung ihrer Producte! Selbst dann, wenn sie uns um unsre Meinung darüber fragen, ist dies immer so auszulegen, als bäten sie uns um ein Lob. Den Fall ausgenommen, wenn Freundschaft uns zu völliger Offenherzigkeit verpflichtet, rathe ich also, bey solchen Gelegenheiten, wo man unmöglich ohne Niederträchtigkeit loben, wenigstens etwas zu sagen, was die beleidigte Eitelkeit nicht wie Tadel auslegen kann.

Fast noch ungnädiger pflegen es die Herrn aufzunehmen, wenn man gar nichts von ihrer Autorschaft weiß, gar nichts von ihnen gelesen, oder wenn man den Mann, eines Buches wegen, das er geschrieben hat, dennoch im gemeinen Leben nicht anders als Jeden behandelt, der auf andre Weise der Welt nützlich wird, endlich, wenn man Grundsätze äussert, die nicht in ihr System passen, die mit denen streiten, zu deren Behauptung sie so manchen Bogen Papier mit Buchstaben versehn haben. Hüte Dich vor diesem Allen, wenn Du einen Schriftsteller nicht beleidigen willst! Allein unterscheide auch wohl, welchen Mann Du vor Dir hast; groß, klein, oder mittelmäßig! Alle riechen den Weyhrauch gern, der ihnen gestreuet wird, aber nicht Jeden darf man auf gleich grobe Art einräuchern. Der Eine nimt vorlieb, wenn Du es ihm grade in das Gesicht sagst: er sey ein großer Mann; der Andre ist zufrieden, wenn Du nur ohne Widerspruch erlaubst, daß er dies selbst von sich sage; der Dritte verlangt nichts von Dir, als Hiobs Geduld, wenn er Dir seine elenden Producte vorlieset; den Vierten kitzelt eine kleine vortheilhafte Anspielung auf irgend eine Stelle aus seinen Schriften; den Fünften behagt äussere ausgezeichnete Ehrerbiethung, wenn auch von seiner Autorschaft nicht ausdrücklich Erwähnung geschieht und ein Sechster endlich —

es sey mir erlaubt, neben Diesem mein Plätzchen zu nehmen; begnügt sich, wenn die wenigen Edeln ihm die Gerechtigkeit widerfahren lassen, zu glauben, daß es ihm wenigstens um Wahrheit und Tugend zu thun sey, daß er nichts geschrieben habe, dessen sein Herz sich zu schämen brauchte, und daß, wenn seine Werke keine Meisterstücke sind, sie sich doch auch nicht ausschließlich zu Rosinen-Düten qualificiren.

4.

Lustig anzusehn aber ist es, wenn zwey Schriftsteller sich einander mündlich oder schriftlich loben und preisen, vortheilhafte Recensionen gegenseitig erschleichen, sich bey lebendigem Leibe einbalsamiren und eine glänzende Ewigkeit zusichern. Auch mag ich wohl ein ruhiger Zuschauer seyn, wenn ein Paar Leute zusammenkommen, die gern von einander bewundert werden mögten, oder die sehr viel Gutes von einander gehört haben. Wie sie sich drehen und wenden, um sich wechselsweise die schwache Seite abzujagen! Wenn sie nun auseinander gehen, zeigt sich immer, daß der Eine den Andern vortrefflich findet, wenn Dieser ihm entweder Gelegenheit gegeben hat, seine Talente auszukramen, oder wenn beyde Narren sich auf ähnliche sympathetische Thorheiten ertappt haben.

Nicht so lustig aber ist der Anblick des Unwesens, das man so oft unter Gelehrten wahrnimt, die entweder, wegen der Verschiedenheit ihrer Meinungen und Systeme, sich vor dem ehrsamen Volke wie Bettelbuben herumzanken, oder, wenn sie an demselben Orte leben, und in demselben Fache auf Ruhm Anspruch machen, einander verfolgen, hassen, sich gegenseitig auch nicht die mindeste Gerechtigkeit widerfahren lassen; wie Einer den Andern zu verkleinern und bey dem Publico herabzusetzen sucht. — Pfui! der Niederträchtigkeit! Ist denn die Quelle der Wahrheit nicht reich genug, um zugleich den Durst vieler Tausende zu stillen, und können Neid, Scheelsucht und pöbelhafte Erbittrung auch Geister herabwürdigen, die der Weisheit geweyhet sind? — doch hierüber ist schon oft so Vieles gesagt worden, daß ich es für besser halte, einen Vorhang vor solche gelehrte Prostitutionen zu ziehn, die leider! in unsern Zeiten nicht selten gesehn werden.

5.

Es giebt Leute, die sich dadurch Gewicht zu geben suchen, daß sie sich ihrer Verbindung, ihrer Verwandtschaft, Freundschaft, oder ihres Briefwechsels mit Gelehrten rühmen. Das ist eine Thorheit, der man sich enthalten soll. Ein Mann kann große Verdienste als Schriftsteller haben, ohne daß uns desfalls eine genaue Verbindung mit seiner Person Ehre macht. Man ist auch darum nicht gleich weise und gut, wenn Weise und Edle uns mit Nachsicht und Freundlichkeit behandeln. Auch kann ich das Citiren und Berufen auf fremde Autoritäten, wie überhaupt alles Prahlen und Schmücken mit fremden Federn nicht leiden. Das mittelmäßigste selbst Gedachte und mit Ueberzeugung Gefühlte, ist für uns mehr werth, als das Vortreflichste, was wir blos nachlallen.

6.

Unter den heutigen so genannten Gelehrten muß man billiger Weise einigen unsrer Journalisten und Anecdoten-Sammler einen ansehnlichen Rang einräumen. Mit diesen Leuten aber ist eine ganz besondre Vorsicht im Umgange nöthig. Sie stehen gemeiniglich, bey geringem Vorrathe von eigner Gelehrsamkeit, im Solde irgend einer herrschsüchtigen Parthey oder eines Anführers derselben, sey es nun von politischen Ketzermachern, Orthodoxen, Schwärmern, Vernunft-Feinden, Mystikern, oder wovon es immer sey. Dann ziehen sie durch's Land, um Märchen zu sammeln, die sie nach Gelegenheit Documente nennen, oder mit dem Schwerdte der Verleumdung Jeden zu verfolgen, der nicht zu ihrer Fahne schwören will, Jedem den Mund zu stopfen, der es wagt, an ihrer Unfehlbarkeit zu zweifeln. Ein einziges Wörtchen, das nicht in ihr System passt und das sie irgendwo auffangen, giebt ihnen Stoff zu Verketzerungen, zu unwürdigen Neckereyen, zu Verfolgungen der besten, sorglosesten, planlosesten Menschen. Sey behutsam im Reden, wenn ein Solcher Dich freundlich besucht, und erwarte, daß er nachher einmal ein Bild von Dir und alles drucken lassen werde, was er bey Dir gesehn und gehört hat! Der Mann, der dies Handwerk in Teutschland am heftigsten treibt, und gegen den alle Art von rechtlicher und handfester Hülfe vergebens angewendet wird; dieser Mann heisst — ich muß ihn hier öffentlich nennen — heisst — Anonymus, und ist ein gar sonderbarer Mann. Da er sich, wie Cartouche, in so vielfache Gestalten umzuformen weiß, daß kein Steckbrief auf ihn passt; so rathe ich, jeden Unbekannten, der gewisse Mode-Wörter, wie zum Beyspiel: gefährliche und schädliche Aufklärung, Publicität, Denk-Freyheit, Toleranz, oder Gefahr für den einzig seligmachenden Glauben, höhere Wissenschaften, Magnetismus, oder dergleichen gar zu oft im Munde führt, vorerst für jenen Herrn Anonymus zu halten, der ein garstiger, schadenfroher Spitzbube ist, und umhergeht, wie ein brüllender Löwe, um zu suchen, wenn er verschlingen mögte — leo rugiens, mugiens, quaerens, quem devoret.

7.

Mit Tonkünstlern, einer Gattung von Dichtern, Componisten, Tänzern, Schauspielern, Malern und Bildhauern ist der casus ganz anders zu behandeln. Diese sind — es versteht sich immer, daß ich in jeder Classe von Menschen die Bessern ausnehme — wohl keine gefährliche, aber desto eitlere und oft sehr zudringliche und unsichre Leute. Weit entfernt zu fühlen, daß die schönen Künste, obgleich man ihnen nicht den Einfluß auf Herz und Sitten absprechen kann, doch am Ende zum Hauptzwecke nur *das Vergnügen* haben, folglich, im Werthe für das Glück der Welt, den höhern, wichtigern, ernsthaftern Wissenschaften nachstehn müssen; weit entfernt zu fühlen, daß, um wahrhaftig den Titel eines großen Mannes zu verdienen, man mehr verstehn und mehr müsse bewürken können, als Augen zu vergnügen, Ohren zu kitzeln, Phantasien zu erhitzen, und Herzchen in Aufruhr zu bringen, sehen sie ihre Kunst wie das Einzige an, was des Bestrebens eines vernünftigen Menschen werth wäre, und es muß uns nicht befremden, wenn ein Tänzer, der höher besoldet wird, als ein Staatsminister, herzlich bedauert, daß Dieser nichts bessers gelernt habe. Der philosophischen Künstler, so wie Georg Benda Einer war, der bescheidnen Virtuosen, wie der edle Fränzl in Mannheim und sein liebenswürdiger Sohn, der verständigen, mit allen Privat-Tugenden geschmückten Maler, wie der selige Tischbein, der Schauspieler, bey denen Kopf, Herz und Sitten gleich viel Hochachtung verdienen, wie der unnachahmliche Schröder, solcher Männer giebt es nicht so gar Viele unter ihnen. Ich rathe desfalls, einen äusserst vertrauten Umgang mit dieser Menschen-Classe nur nach der strengsten Auswahl zu suchen. Cantores amant humores, das heisst: auf ein Liedchen schmeckt ein Schlückchen. Sänger, Dichter und dergleichen lieben das Wohlleben, und das kann uns nicht wundern. Es giebt wohl eine Art von Begeisterung, zu der sich die Seele bey der einfachsten, mäßigsten Lebensart erheben kann und, die Wahrheit zu gestehn, das ist wohl die einzige, deren Früchte auf Unsterblichkeit Anspruch machen dürfen. Hoher Schwung des Genius, hinauf zu der heiligen, reinen Quelle, aus welcher er entsprungen, ist freylich ganz von andrer Art, als Spannung der Nerven, Erhitzung der Phantasie, durch Reizung der Sinne; und man sieht es solchen Werken, wie Klopstocks Messias und Schillers Don Carlos sind, bald an, daß ihr Feuer nicht aus der Champagner-Flasche ist gezogen worden. Allein wie wenig Künstler werden von jener bessern Glut entzündet! Ihre, durch unordentliche Aufführung und unglückliche äusserliche Verhältnisse, über welche sie nicht Kraft genug haben, sich durch Philosophie zu erheben, ihre dadurch geschwächte Maschine, sage ich, fordert, um nicht ganz den Geist niederzudrücken, gewaltsame Stärkungs- oder vielmehr berauschende Mittel. Dies treibt sie zuerst zu einem, den sinnlichen Freuden gewidmeten Leben. Dazu kömmt, daß Der, welcher einmal die schönen Künste zu seinem einzigen Berufe gemacht hat, selten noch Geschmack an ernsthaften Geschäften findet, sondern daß diese ihm äusserst trocken scheinen, und da man doch nicht immer singen, geigen, pfeifen und klecksen kann; so bleiben viel Stunden des Tages auszufüllen, welche dann dem Wohlleben geopfert werden. An weise Vertheilung und Anwendung der Zeit, an Aufsuchung eines lehrreichen und vernünftigen Umgangs denken also diese Herrn selten, und sie schätzen den Mann, der ihnen sinnliche Freuden gewährt und sie dabey schmeichelt, höher, als den Weisen, der sie auf den Weg der Wahrheit und Ordnung führt. Jenem drängen sie sich auf, Diesen fliehen sie. Bey dem allgemein einreissenden frivolen Geschmacke unsers Zeitalters, bey der Vernachlässigung solider Wissenschaften, ist dies, wie ich glaube, ein Wort zu seiner Zeit geredet, mögte man mich auch deswegen für einen Pedanten halten! Jeder seichte Kopf, der nur ein weiches Herzchen hat, den edeln Müssiggang und ein liederliches Leben liebt, legt sich heut zu Tage auf die schönen Wissenschaften, glaubt Beruf zum Künstler zu haben, macht Verse, schreibt für das Theater, spielt ein Instrument, componiert, pinselt — und so muß dann am Ende der Geschmack ausarten und die Kunst verächtlich werden. Deswegen sehen wir auch ganze Heerden solcher Künstler herumlaufen, die nicht einmal mit den ersten theoretischen Grundsätzen ihrer Kunst bekannt sind; Musiker, die nicht wissen, aus welcher Tonart sie spielen, die nichts vorzutragen verstehen, als was sie auf ihrer Geige oder Pfeife auswendig gelernt haben; ohne philosophischen Geist, ohne gesunde Vernunft, ohne Studium, ohne wahres Natur-Gefühl, aber dagegen mit desto mehr Selbstgenügsamkeit und Impertinenz ausgerüstet; unter sich von Brodneid entbrannt; neidisch auf einen Liebhaber, der ihr Hauptstudium nur wie Nebensache treibt, und dennoch mehr davon weiß, als sie, die weiter nichts gelernt haben. Hat ein Solcher aber Anhang unter den Leuten nach der Mode, geniesst er den Schutz der anmaßlichen Kenner; so wage man es ja nicht, laut zu sagen, daß er ein Stümper sey, wenn man nicht für einen unwissenden Menschen gelten und alle Dilettanten gegen sich aufbringen will; Allein wen eckelt nicht vor der Menge solcher vornehmen und geringen Dilettanten, vor ihren schiefen Urtheilen, vor ihrem albernen Gewäsche? Willst Du Dich bey diesem wilden Haufen beliebt machen; so musst Du die Geduld haben, ihren Unsinn anzuhören, oder gar die Niederträchtigkeit begehn, ihn zu loben, und ihren Machtsprüchen beyzupflichten. Willst Du Dich aber bey ihnen in Ansehn setzen; so sey ja nicht bescheiden, sondern eben so unverschämt, wie sie! Entscheide mit Kühnheit! Tritt mit Zuversicht mitten unter die größten Männer! Dränge Dich hervor! Thue, als seyest Du äusserst eckel in Deinem Geschmacke, als sey es schwer, den Beyfall Deines verwöhnten Auges und Ohrs zu gewinnen! Rede von dem allgemeinen Rufe, in welchem Deine Kenntnisse stünden! Verachte, was Dir zu hoch ist! Schüttle bedeutend mit dem Kopfe, wenn Du nichts Passendes zu sagen weisst! Begegne dem Anfänger mit Uebermuthe! Schmeichle vornehme, reiche, mächtige Dilettanten und Mäcenaten! Befördre die Lust an Spielwerken und Kleinigkeiten, an niedlichen Rondo's, an Bierhaus-Menuetten, mitten in ernsthaften Stücken, an buntschäckigtem Colorit, an Sinn-Gedichtchen, an Bombast und leerer Phraseologie, an Schauspielen voll Greuel, Verwicklung und Uebertreibung! — So kannst Du Dein Schärflein zum allgemeinen Verderbnisse des Geschmacks redlich beytragen! Fühlst Du aber Kraft in Dir, und hast nicht Ursache, Menschen zu scheun; so widersetze Dich dem Unwesen! Eifre gegen diese Erbärmlichkeiten, aber eifre mit Gründen, und rücke den Midassen unsrer Zeit die großen Perücken und Narrenkappen zurück, damit man ihre langen Ohren sehe, und sich nicht durch ihre Amtsgesichter täuschen lasse! Traurig ist es indessen, daß auch der wahrhaftig große Künstler heut zu Tage einen Theil dieser Wege einschlagen muß, wenn er nicht dem Marktschreyer das Feld räumen will; daß er oft Natur, Bescheidenheit, Einfalt und Würde, der Mode und dem Vorurtheile aufzuopfern, sich mit falschem Glanze auszurüsten, sich zum Windbeutel und Spaßmacher zu erniedrigen gezwungen ist, um zu gefallen und Brod zu finden. Uebel ist auch oft der Künstler, besonders der Musiker, daran, wenn er in eine Gesellschaft von Leuten geräth, die ihn bewundern wollen, die ihn bitten, sich vor ihnen hören zu lassen, und die dann doch weder Aufmerksamkeit, noch Kenntniß der Kunst haben. Abschlagen darf er es nicht, wenn er nicht will für eigensinnig gehalten werden, und doch fühlt er, daß er seine Perlen den Säuen vorwirft. Er setzt sich an das Clavier, spielt das sanfteste Adagio, und nun brüllen die zuhörenden Liebhaber mitten in der rührendsten Stelle überlaut: »O! das ist gar schön! vortrefflich!« — und darüber geht die Stelle verlohren — Solcher Unschicklichkeiten soll man sich enthalten.

8.

Nun noch ein Wort zur Warnung für den Jüngling, in Betracht der Künstler, besonders der Schauspieler, von gemeiner Art! Ich habe vorhin gesagt, daß der vertraute Umgang mit den Mehrsten derselben, von Seiten ihrer Kenntnisse, ihres sittlichen Lebens und ihrer öconomischen Umstände, für Kopf, Herz und Geldbeutel nicht sehr vortheilhaft seyn könne; allein noch in andern Rücksichten muß ich Vorsicht empfehlen. Wenn man aber weiß, welch ein warmer Verehrer der schönen Künste ich selbst bin; so wird man mir wohl nicht Schuld geben, daß es aus Vorurtheil oder Kälte geschehe, wenn ich dem Jünglinge rathe, mäßig im Genusse der schönen Künste, mäßig im Genusse des Umgangs mit den gefälligen Musen und deren Priestern zu seyn. Music, Poesie, Schauspielkunst, Tanz und Malerey würken freylich wohlthätig auf das Herz. Sie machen es weich und empfänglich für manche edle Gefühle; sie erheben und bereichern die Phantasie, schärfen den Witz, erwecken Fröhlichkeit und Laune, mildern die Sitten, und befördern die geselligen Tugenden. Allein eben diese herrlichen Würkungen können, wenn sie übertrieben werden, mannigfaltiges Elend veranlassen. Ein zu weiches, weibisches, von allen wahren und eingebildeten, eignen und fremden Leiden in Aufruhr zu bringendes Gemüth ist wahrlich ein trauriges Geschenk; ein Herz, das, empfänglich für jeden Eindruck, wie ein Rohr von mannigfaltigen Leidenschaften hin und her bewegt, jeden Augenblick von andern, sich durchkreuzenden Empfindungen hingerissen wird; ein Nerven-System, auf welchem jeder Betrüger, der nur den rechten Ton zu treffen weiß, nach Gefallen spielen kann — das alles wird uns sehr zur Last, da, wo es auf Festigkeit, unerschütterlichen männlichen Muth, auf Ausdauern und Beharrlichkeit ankömmt. Eine zu warme, zu hochfliegende Phantasie, die allen unsern geistigen Anstrengungen einen romanhaften Schwung giebt und uns in eine Ideen-Welt versetzt, kann uns in der würklichen Welt theils sehr unglücklich, theils zu gänzlich unbrauchbaren Menschen machen. Sie spannt uns zu Erwartungen, erregt Forderungen, die wir nicht befriedigen können, und erfüllt uns mit Eckel gegen alles, was den Idealen nicht entspricht, nach welchen wir in der Bezauberung, wie nach Schatten greifen. Ein üppiger Witz, eine schalkhafte Laune, die nicht unter der Vormundschaft einer keuschen Vernunft stehen, können nicht nur leicht auf Unkosten des Herzens ausarten, sondern würdigen uns auch herab, verleiten zu Spielwerken, so daß wir, statt der höhern Weisheit und nüchternen Wahrheit nachzustreben, und unsre Denkkraft auf wahrhaftig nützliche Gegenstände zu verwenden, nur den Genuß des Augenblicks suchen, und statt, mitten durch die Vorurtheile hindurch, in das Wesen der Dinge einzudringen, uns bey den glänzenden Aussenseiten verweilen. Fröhlichkeit kann in Zügellosigkeit, in Streben nach immerwährendem Taumel übergehn. Milde Sitten verwandeln sich nicht selten in Weichlichkeit, in übertriebne Geschmeidigkeit, in niedre, unverantwortliche Gefälligkeit, die alles Gepräge von männlichem Character abschleifen, und ein Leben, das blos den geselligen Freuden und dem sinnlichen

Vergnügen gewidmet ist, leitet uns fern von allen ernsthaften Geschäften, bey welchen der spätre, aber sichre, dauerndere Genuß durch Ueberwindung von Schwierigkeiten und durch anhaltende Arbeit und Anstrengung erkauft werden muß; Es macht uns die für Geist und Herz so wohlthätige Einsamkeit unerträglich, macht uns ein stilles häusliches, den Familien- und bürgerlichen Pflichten gewidmetes Daseyn unschmackhaft — Mit einem Worte! wer sich gänzlich den schönen Künsten widmet, und mit den Priestern ihrer Gottheiten sein ganzes Leben verschwelgt, der wagt es darauf, sein eignes dauerhaftes Wohl zu verscherzen, und wenigstens nicht so viel zur Glückseligkeit Andrer beyzutragen, wie er nach seinem Berufe und nach seinen Fähigkeiten vermögte. Alles, was ich hier gesagt habe, trifft vorzüglich bey dem Theater und bey dem Umgange mit Schauspielern ein. Wenn unsre Schauspiele das wären, wofür wir sie so gern ausgeben mögten; wenn sie eine Schule der Sitten wären, wo uns auf eine gefällige und zweckmäßige Weise unsre Verirrungen und Thorheiten dargestellt und an das Herz gelegt würden; ja! dann könnte es immer recht gut seyn, oft die Bühne zu besuchen und den Umgang mit Männern zu wählen, welche man als Wohlthäter ihres Zeitalters ansehn müsste. Man darf aber nicht das Theater nach demjenigen beurtheilen, was es *seyn könnte*, sondern nach dem, *was es ist*. Wenn in unsern Lustspielen die comischen Züge der Narrheiten der Menschen so übertrieben geschildert sind, daß niemand das Bild seiner eignen Schwachheiten darinn erkennt; wenn romanhafte Liebe darinn begünstigt wird; wenn junge Phantasten und verliebte Mädchen daraus lernen, wie man die alten vernünftigen Väter und Mütter, die zur ehlichen Glückseligkeit mehr als eingebildete Sympathie und vorübergehenden Liebes-Rausch fordern, betrügen und zu ihrer Einwilligung bewegen muß; wenn in unsern Schauspielen Leichtsinn im gefälligen Gewande erscheint, eminentes Laster in Glanz und Hoheit auftritt und, durch einen Anstrich von Größe und Kraft, wider Willen Bewundrung erzwingt; wenn im Trauerspiele unser Auge mit dem Anblicke der ärgsten Greuel vertrauet; wenn unsre Einbildungskraft an Erwartung wunderbarer, feenmäßiger Entwicklungen und Auflösungen gewöhnt wird; wenn man uns in den Opern dahin bringt, daß es uns gleichgültig ist, ob die gesunde Vernunft empöhrt wird, in so fern nur die Ohren gekitzelt werden; wenn der elendeste Fratzen-Schneider, die ungeschickteste Dirne, in so fern sie Anhang unter dem Volke haben, allgemeine Bewundrung einerndten; wenn endlich, um alle diese nichtigen Zwecke zu erlangen, unsre Theater-Dichter sich über Wahrscheinlichkeit, ächte Natur, weise Kunst und Anordnung hinaus, folglich den Zuschauer in den Fall setzen, im Schauspielhause keine Nahrung für den Geist, sondern nur Zeitverkürzung und sinnlichen Genuß zu suchen — Wer wird sich's da nicht zur Pflicht machen, Jünglingen und Mädchen den sparsamsten Genuß dieser Vergnügungen zu empfehlen? Und nun, was die Schauspieler betrifft! Ihr Stand hat sehr viel blendendes; Freyheit; Unabhängigkeit von dem Zwange des bürgerlichen Lebens; gute Bezahlung; Beyfall; Vorliebe des Publicums; Gelegenheit, da einem ganzen Volke öffentlich Talente zu zeigen, die ausserdem vielleicht versteckt geblieben wären; Schmeicheley; gute gastfreundschaftliche Aufnahme von jungen Leuten und Liebhabern der Kunst; viel Muße; Gelegenheit, Städte und Menschen kennen zu lernen — Das alles kann manchen Jüngling, der mit einer unangenehmen Lage, oder mit einem unruhigen Gemüthe, mit übel geordneter Thätigkeit kämpft, bewegen, diesen Stand zu wählen, besonders, wenn er in vertraueten Umgang mit Schauspielern und Schauspielerinnen geräth. Aber nun die Sache näher betrachtet! Was für Menschen sind gewöhnlich diese Theater-Helden und Heldinnen? Leute, ohne Sitten, ohne Erziehung, ohne Grundsätze, ohne Kenntnisse; Abentheurer; Leute aus den niedrigsten Ständen; freche Buhlerinnen — Mit Diesen lebt man, wenn man sich demselben Stande gewidmet hat, in täglicher Gemeinschaft. Es ist schwer, da nicht mit dem Strohme fortgerissen zu werden, nicht zu Grunde zu gehn. Neid, Feindschaft und Cabale erhalten immerwährenden

Zwist unter ihnen; Diese Menschen sind nicht an den Staat geknüpft, folglich fällt bey ihnen ein großer Bewegungsgrund, gut zu seyn, die Rücksicht auf ihren Ruf unter den Mitbürgern, weg. Kömmt noch etwa die Verachtung, mit welcher, freylich unbilliger Weise, manche ernsthafte Leute auf sie herabsehen, hinzu; so wird das Herz erbittert und schlecht. Die tägliche Abwechselung von Rollen benimt dem Character die Eigenheit; Man wird zuletzt aus Gewohnheit, was man so oft vorstellen muß; Man darf dabey nicht Rücksicht auf seine Gemüths-Stimmung nehmen, muß oft den Spaßmacher spielen, wenn das Herz trauert, und umgekehrt; Dies leitet zur Verstellung; Das Publicum wird des Mannes und seines Spiels überdrüssig; Seine Manier gefällt nicht mehr nach zehn Jahren; Das so leichtfertigerweise gewonnene Geld geht eben so leichtfertig wieder fort — und so ist dann ein armseliges, dürftiges, kränkliches Alter nicht selten der letzte Auftritt des Schauspieler-Lebens.

9.

Wer Schauspieler und Tonkünstler unter seiner Aufsicht und Direction hat, dem rathe ich, sich gleich Anfangs auf einen gewissen Fuß mit ihnen zu setzen, wenn man nicht von ihrem Eigensinne und ihren Grillen abhängen will. Die Hauptpuncte, worauf es dabey ankömmt, sind: ihnen zu zeigen, daß man dem Geschäfte gewachsen sey; daß man einen Künstler zu beurtheilen und zurechtzuweisen verstehe; sie an Pünctlichkeit und Ordnung zu gewöhnen und bey der ersten Uebertretung, Naseweisigkeit oder Zügellosigkeit, Strenge fühlen zu lassen; sie übrigens aber, nach Verhältniß der Talente und der sittlichen Aufführung eines Jeden, mit Höflichkeit und Auszeichnung zu behandeln, ohne sich je gemein mit ihnen zu machen.

10.

Ermuntre durch bescheidnes Lob, aber schmeichle nicht, erhebe nicht zur Ungebühr den jungen angehenden Schriftsteller und Künstler! dadurch verdirbt man die Mehrsten von ihnen in Teutschland. Das übertriebne Beklatschen und Lobpreisen macht sie schwindlicht, aufgeblasen, hochmüthig. Sie beeifern sich dann nicht weiter, der größern Vollkommenheit nachzustreben und hören auf, ein Publicum zu achten, das so leicht zu befriedigen scheint. Leider! aber treibt uns der Zustand unsrer heutigen Literatur, gar zu leicht, alles zu loben was nicht offenbar Unsinn ist, weil man fast gewöhnt ist, lauter abgeschmacktes Zeug gedruckt zu lesen, besonders in dem Fache der schönen Wissenschaften.

Laß Dich dadurch nicht verderben, junger Mann von Talenten! Bewahre auch Dein Herz vor Neid! Laß fremdem Verdienste Gerechtigkeit widerfahren! Suche immer die Gesellschaft solcher Männer, durch deren Umgang Du zum Vortheile Deiner Kunst, weiser und besser werden kannst, nicht aber den Schwarm niedriger Schmeichler oder Enthusiasten!

11.

So wenig Vortheil man von der Vertraulichkeit mit Künstlern von gemeiner Art hat; so lehrreich und unterhaltend ist der Umgang mit einem Manne, der philosophischen Geist, Gelehrsamkeit und Witz mit seiner Kunst verbindet. Es ist ein Glück an der Seite eines solchen Künstlers zu leben, dessen Geist durch Kenntnisse gebildet, dessen Blick durch Studium der Natur und der Menschen geschärft, bey dem, durch die milden Einwürkungen der Musen, das Herz zu Liebe, Freundschaft und Wohlwollen gestimmt und die Sitten gereinigt worden. Seine freundliche Beredsamkeit wird uns in trüben Stunden aufheitern, sein Umgang uns wieder mit der Welt aussöhnen, wenn Mismuth und Unzufriedenheit uns plagen; Er wird uns Erholung gewähren von verdrießlichen, mühsamen, trocknen Berufs-Geschäften, wird uns erwärmen, wird uns neue Federkraft geben, wenn wir durch lange Anstrengung herabgespannt sind; Er wird uns die mäßigste Kost zu einem Göttermale, unsre Hütte zu einem Heiligthume, zu einem Tempel, unsern Heerd zu einem Altare der Musen erhöhn.

12.

Man pflegt viel zum Vortheile gesellschaftlicher Bühnen und von ihrem wohlthätigen Einflusse auf die Bildung junger Leute zu sagen. Es würde mich zu weit führen, wenn ich hier alles auseinandersetzen wollte, was sich vor und gegen die Sache sagen lässt, und was ich selbst vielfach darüber zu beobachten und zu erfahren Gelegenheit gehabt habe. Nur so viel mit wenig Worten! Ein großer Theil dessen, was über das Theaterwesen überhaupt in diesem Capitel gesagt worden, ist auch auf die gesellschaftlichen Bühnen anwendbar. Welche besondre Vorsicht aber noch bey der Wahl der Stücke und der Rollen-Vertheilung zu beobachten ist, wenn gesittete junge Leute Schauspiele aufführen sollen; das fällt leicht in die Augen. Allein ich würde den Eltern noch ausserdem vorzüglich eine weise Rücksicht auf das Alter, auf die Gemüthsart, auf die Temperamente ihrer Kinder, auf den Grad der Ausbildung und Bestimmtheit des Characters, den sie schon erlangt, oder noch nicht erlangt hätten, dringend empfehlen, wenn ich um Rath gefragt würde.

Sechstes Capitel.

Ueber den Umgang mit Leuten von allerley Ständen, im bürgerlichen Leben.

1.

Machen wir den Anfang mit den *Aerzten*! Kein Stand ist für das Menschengeschlecht wohlthätiger, als dieser, wenn er seine Bestimmung erfüllt. Der Mann, welcher alle Schätze der Natur durchwühlt, und ihre Kräfte erforscht, um Mittel aufzusuchen, das Meisterstück der irdischen Schöpfung, den Menschen, von den Plagen zu befreyn, von denen sein sichtbarer, materieller Theil befallen wird, die seinen Geist zu Boden drücken, und oft schon seine Maschine zerstöhren, ehe noch einmal sich jede Kraft in ihm entwickelt hat; Der Mann, der sich nicht scheuet vor dem Anblicke des Elendes, Jammers und Schmerzens, der seine Gemächlichkeit, seine Ruhe, selbst seine eigne Gesundheit und sein Leben daranwagt, um den leidenden Brüdern beyzustehn; dieser Mann verdient Verehrung und warmen Dank. Er giebt einer zahlreichen Familie ihren Beschützer, ihren Erhalter, ihren Wohlthäter wieder, rettet unmündigen Kindern ihren Vater, Ernährer und Erzieher, führt vom Rande des Grabes den edeln Gatten zurück in die Arme seines treuen Weibes. — Mit einem Worte! kein Stand hat so unmittelbar segenvollen Einfluß auf das Wohl der Welt, auf das Glück, auf die Ruhe, auf die Zufriedenheit der Mitbürger, wie der, eines Arztes. Und wenn man bedenkt, welch' ein Umfang von Kenntnissen dazu gehört! — Man wird es ohne Genie in keinem Stande recht weit bringen; doch giebt es Wissenschaften, in welchen ein schlichter gesunder Hausverstand und wohl noch etwas weniger, recht gute Dienste thut; große Aerzte hingegen können durchaus nur die feinsten Köpfe seyn. Doch das Genie macht es nicht allein aus; Es gehört das ämsigste Studium dazu, um es in diesem Fache weit zu bringen; Endlich, wenn man überlegt, daß diese Kenntnisse, mit allen Hülfswissenschaften, welche die Arzneykunde voraussetzt, grade die erhabensten, natürlichsten, ersten Grundkenntnisse des Menschen sind — Studium der Natur in allen ihren Reichen, in allen ihren möglichen Wirkungen, in allen ihren Bestandtheilen; Studium des Menschen, an Leib und Seele, in seinen festen und flüssigen Theilen, in seiner ganzen Composition, in seinen Gemüthsbewegungen und Leidenschaften — Was kann dann lehrreicher, tröstender, erquickender seyn, als der Umgang und die Hülfe eines solchen Mannes? Es giebt aber unter den Söhnen Aesculaps auch unzählige Leute von ganz andrer Art, Leute, denen der Doctorhut das Privilegium giebt, an armen Kranken, Versuche ihrer Unwissenheit zu machen; Leute, die den Cörper des Patienten wie ihr Eigenthum, wie ein Gefäß ansehen, in welches sie nach Willkühr allerley flüssige und trockne Materien schütten dürfen, um wahrzunehmen, welche Würkung durch den Streit dieser salzartigen, sauren und geistigen Dinge hervorgebracht wird, und wobey sie nichts wagen, als höchstens, daß — das Gefäß zu Grunde geht. Andern fehlt es, bey der gründlichsten Kenntniß, an Beobachtungsgeist. Sie verwechseln die Zeichen der Krankheiten, lassen sich durch falsche Berichte der Patienten täuschen, forschen nicht kaltblütig, nicht tief, nicht fleissig genug, und verordnen dann Mittel, die gewiß helfen würden — wenn wir die Krankheit hätten, mit welcher sie uns behaftet glauben. Wieder Andre kleben an Systemgeist, an Autorität, an Mode, und schieben nie auf ihre Blindheit, sondern auf die Natur die Schuld, wenn ihre Arzneymittel andre Würkungen hervorbringen, als die, welche sie, aus Vorurtheil, ihnen zutrauen; Endlich noch Andre halten aus

Gewinnsucht die Genesung der Leidenden auf, um desto länger nebst dem Apotheker und Wundarzte den Vortheil davon zu ziehn. In wessen von dieser Herrn Händen man nun auch fällt; so wagt man es doch darauf, das Opfer der Unwissenheit, der Sorglosigkeit, des Eigensinns, oder der Bosheit zu werden.

Nun ist es freylich, selbst einem Layen, der sonst einen graden Blick mit einiger Menschenkenntniß, Erfahrung und Gelehrsamkeit verbindet, nicht so schwer, den *groben* Charlatan von dem geschickten Manne, an seinem Vortrage, an der Art seiner Fragen und Verordnungen, zu unterscheiden; unter *den Bessern* aber Den auszuzeichnen, dem man am sichersten seinen Cörper anvertrauen kann, das ist sehr viel schwerer. Folgende Vorschriften würde ich daher, in Rücksicht auf den Umgang mit Aerzten, empfehlen:

Lebe mäßig in allem Betrachte; so magst Du den Arzt als Freund bey Dir sehn, aber Du wirst seiner Hülfe selten bedürfen!

Gieb wohl Acht auf das, was Deiner Constitution schädlich und dienlich ist, was Dir wohl, und was Dir übel bekömmt! Richte darnach strenge Deine Lebensart ein; so wirst Du nicht oft in den Fall kommen, Dein Geld in die Apotheke zu schicken!

Wenn man nicht ganz fremd in der Physic, dabey ein wenig bewandert in medicinischen Büchern ist, sein Temperament kennt, und weiß, zu welchen Krankheiten man Anlage hat, und was Würkung auf uns macht; so kann man auch oft, bey würklichen Krankheiten, sein eigner Arzt seyn. Jeder Mensch ist einer Art von Gebrechen mehr ausgesetzt, als einer andern, in so fern er einförmig lebt. Studiert er nun mit Ernst diesen einzigen Zweig der Heilkunde; so müsste es sonderbar zugehn, wenn er davon nicht vielleicht mehr, wenigstens eben so viel Einsicht erlangen sollte, als ein Mann, der das ganze Heer von Krankheiten übersehn muß.

Fordert aber die Noth, daß Du Dich an einen Arzt wendest, und Du willst Dir einen unter dem Haufen aussuchen; so gieb zuerst Acht, ob der Mann gesunde Vernunft hat; ob er über andre Gegenstände, mit Klarheit, unpartheyisch, ohne Vorurtheil raisonnirt; ob er bescheiden, verschwiegen, fleissig, anhänglich an seine Kunst ist; ob er ein gefühlvolles, menschenliebendes Herz zeigt; ob er seine Kranken mit einer Menge verschiedner Arzeneyen zu bestürmen, oder sich einfacher Mittel zu bedienen, der Natur wo möglich ihren Lauf zu lassen pflegt; ob er eine Diät empfiehlt, die nach seinen Begierden abgemessen, ob er verbiethet, was ihm zuwider ist, anräth, wozu er Apetit hat; ob er sich im Reden zuweilen widerspricht; ob er fest in seinem Systeme ist, oder sich irremachen lässt und von einer Heilart zur andern übergeht; ob er einzelnen Kennzeichen entgegen arbeitet, oder immer die Hauptsache vor Augen hat; ob er Brodneid gegen seine Kunst-Verwandten, ob er sich bereitwilliger zeigt, den Großen und Reichen, als den Niedern und Armen beyzustehn? Bist Du über diese Puncte befriedigt und beruhigt; so vertraue Dich ihm an!

Vertraue Dich aber ihm allein, gänzlich und ohne Zurückhaltung! Verschweige auch nicht den kleinsten Umstand, der dazu dienen mag, ihn mit dem Zustande und dem Sitze Deines Uebels bekannt zu machen! Doch mische keine nichtsbedeutende Kleinigkeiten, keine Thorheiten, keine Grillen, keine Einbildungen hinein, die ihn irremachen könnten! Folge strenge und pünctlich seinen Vorschriften, damit er sicher seyn dürfe, ob das, was Du nachher empfindest, die Folge seiner angewendeten Mittel sey! Desfalls laß Dich auch nicht verleiten, nebenher kleine Haus-Arcana, mögten sie auch noch so unschuldig scheinen, zu gebrauchen, noch heimlich einen zweyten Arzt um Rath zu fragen! Vor allen Dingen nim nicht etwa zu gleicher Zeit zwey solcher Herrn öffentlich an! Die Resultate ihrer medicinischen Consilien werden eben so viel Todes-Urtheile für Dich seyn; Keinem von Beyden wird Deine Genesung am Herzen liegen; Sie werden Deinen Cörper zu dem Kampfplatze ihrer verschiednen Meinungen gebrauchen; Sie werden Einer dem Andern die Ehre misgönnen, Dich gesund zu machen, und Dich also lieber gemeinschaftlich in jene Welt schicken, um nachher wechselseitig die Schuld auf einander schieben zu können.

Den Mann, der alles anwendet, was in seinen Kräften steht, Deine Gesundheit herzustellen, belohne nicht sparsam! Gieb ihm reichlich, nach Deinem Vermögen! Hast Du aber Ursache, zu glauben, daß er eigennützig sey; so setze Dich auf den Fuß, ihm jährlich etwas Festgesetztes zu zahlen, Du mögest unpaß oder gesund seyn, damit er kein Interesse dabey habe, Dich mit allerley Krankheiten zu versehn, oder Deine Herstellung aufzuhalten!

2.

Wenden wir uns nun zu den *Juristen*! Nächst den natürlichen Gütern, nächst der Wohlfahrt des Geistes, der Seele und des Leibes, ist in der bürgerlichen Gesellschaft der sichre Besitz des Eigenthums das Heiligste und Theuerste. Wer dazu beyträgt, uns diesen Besitz zuzusichern; wer sich weder durch Freundschaft, noch Partheylichkeit, noch Weichlichkeit, noch Leidenschaft, noch Schmeicheley, noch Eigennutz, noch Menschenfurcht bewegen lässt, auch nur einen einzigen kleinen Schritt von dem geraden Wege der Gerechtigkeit abzuweichen; wer durch alle Künste der Chicane und Ueberredung, durch die Unbestimmtheit, Zweydeutigkeit und Verwirrung der geschriebnen Gesetze hindurch, klar zu schauen, und den Punct, den Vernunft, Wahrheit, Redlichkeit und Billigkeit bestimmen, zu treffen weiß; wer der Beschützer des Aermern, des Schwächern und Unterdrückten gegen den Stärkern, Reichern und Unterdrücker; wer der Waisen Vater, der Unschuldigen Retter und Vertheidiger ist — der ist gewiß unsrer ganzen Verehrung werth.

Was ich hier gesagt habe, beweist aber auch zugleich, wie sehr viel dazu gehört, auf den Titel eines würdigen Richters und auf den eines edeln Sachwalters Anspruch machen zu dürfen, und es ist, am gelindesten gesprochen, sehr übereilt geurtheilt, wenn man behauptet, es werde, um ein guter Jurist zu seyn, wenig gesunde Vernunft, sondern nur Gedächtniß,

Schlendrian und ein hartes Herz erfordert, oder die Rechtsgelehrsamkeit sey nichts anders, als die Kunst, die Leute auf eine privilegierte Art um Geld und Gut zu bringen. Freylich, wenn man unter einem Juristen einen Mann versteht, der nur sein römisches Recht im Kopfe hat, die Schlupfwinkel der Chicane kennt und die spitzfindigen Distinctionen der Rabulisten studiert hat; so mag man Recht haben; aber ein Solcher entheiligt auch sein ehrwürdiges Amt.

Doch ist es in der That traurig — um auch das Böse nicht zu verschweigen — daß in diesem Stande die Handlungen so vieler Richter und Advocaten, so wie die Justitz-Verfassung in den mehrsten Ländern, sehr mannigfaltige Gelegenheit zu jenen harten Beschuldigungen geben. Da widmen sich dann die schiefsten Köpfe dem Studium der Rechtsgelehrsamkeit, womit sie keine andre feine Kenntnisse verbinden, dennoch aber so stolz auf diesen Wust von alten römischen, auf unsre Zeiten wenig passenden Gesetzen sind, daß sie von dem Manne, der die edlen Pandecten nicht am Schnürchen hat, glauben, er könnte gar nichts gelernt haben. Ihre ganze Gedanken-Reyhe knüpft sich nur an ihr Buch aller Bücher, an das Corpus Juris an, und ein steifer Civilist ist wahrlich im gesellschaftlichen Leben das langweiligste Geschöpf, das man sich denken mag. In allen übrigen menschlichen Dingen, in allen andern, den Geist aufklärenden, das Herz bildenden Kenntnissen unerfahren, treten sie dann in öffentliche Aemter. Ihr barbarischer Styl, ihre bogenlangen Perioden, ihre Gabe, die einfachste, deutlichste Sache weitschweifig und unverständlich zu machen, erfüllt Jeden, der Geschmack und Gefühl für Klarheit hat, mit Eckel und Ungeduld. Wenn Du auch nicht das Unglück erlebst, daß Deine Angelegenheit einem eigennützigen, partheyischen, faulen, oder schwachköpfigen Richter in die Hände fällt; so ist es schon genug, daß Dein oder Deines Gegners Advocat ein Mensch ohne Gefühl, ein gewinnsüchtiger Gauner, ein Pinsel, oder ein Chicaneur sey, um bey einem Rechtsstreite, den jeder unbefangne gesunde Kopf in einer Stunde schlichten könnte, viel Jahre lang hingehalten zu werden, ganze Zimmer voll Acten zusammengeschrieben zu sehn, und dreymal so viel an Unkosten zu bezahlen, als der Gegenstand des ganzen Streits werth ist, ja am Ende die gerechteste Sache zu verliehren und Dein offenbares Eigenthum fremden Händen preiszugeben. Und wäre beydes nicht der Fall; wären Richter und Sachwalter geschickte und redliche Männer; so ist der Gang der Justitz in manchen Ländern von *der* Art, daß man Methusalems Alter erreichen muß, um das Ende eines Processes zu erleben. Da schmachten dann ganze Familien im Elende und Jammer, indeß sich Schelme und hungrige Scribler in ihr Vermögen theilen. Da wird die gegründeteste Forderung wegen eines kleinen Mangels an elenden Formalitäten, für nichtig erklärt. Da muß der Aermere sich's gefallen lassen, daß sein reichrer Nachbar ihm sein väterliches Erbe entreisst, wenn die Chicane Mittel findet, den Sinn irgend eines alten Documents zu verdrehn, oder wenn der Unterdrückte nicht Vermögen genug hat, die ungeheuren Kosten zu Führung des Processes aufzubringen. Da müssen Söhne und Enkel ruhig zusehn, wie die Güter ihrer Voreltern, unter dem Vorwande, die darauf haftenden Schulden zu bezahlen, Jahrhunderte hindurch in den Händen privilegierter Diebe bleiben, indeß weder sie, noch die Gläubiger, Genuß davon haben, wenn diese Diebe nur die Kunst besitzen, Rechnungen aufzustellen, die der gebräuchlichen Form nach richtig sind. Da muß mancher Unschuldige sein Leben auf dem Blutgerüste hingeben, weil die Richter nicht so bekannt mit der Sprache der Unschuld, wie mit den Wendungen einer falschen Beredsamkeit sind. Da lassen Professoren Urtheile über Gut und Blut durch ihre unbärtigen Schüler verfassen, und geben Demjenigen Recht, der das Responsum bezahlt — Doch was helfen alle Declamationen, und wer kennt nicht diese Greuel der Verwüstung?

Einen bessern Rath weiß ich nicht zu geben, als den: Man hüte sich, mit seinem Vermögen oder seiner Person in die Hände der Justitz zu fallen!

Man weiche auf alle mögliche Weise jedem Processe aus, und vergleiche sich lieber, auch bey der sichersten Ueberzeugung von Recht, gebe lieber die Hälfte dessen hin, was uns ein Andrer streitig macht, bevor man es zum Schriftwechsel kommen lasse!

Man halte seine Geschäfte in solcher Ordnung, mache alles darinn bey Lebzeiten so klar, daß man auch seinen Erben nicht die Wahrscheinlichkeit eines gerichtlichen Zwistes hinterlasse!

Hat uns aber der böse Feind zu einem Processe verholfen; so suche man sich einen redlichen, uneigennützigen, geschickten Advocaten — man wird oft ein wenig lange suchen müssen — und bemühe sich, mit ihm also einig zu werden, daß man ihm, ausser seinen Gebühren, noch reichere Bezahlung verspreche, nach Verhältniß der Kürze der Zeit, binnen welcher er die Sache zu Ende bringen wird!

Man mache sich gefasst, nie wieder in den Besitz seiner Güter zu kommen, wenn diese einmal in Advocaten- und Curatoren-Hände gerathen sind, besonders in Ländern, wo alter Schlendrian, Schläfrichkeit und Inconsequenz in Geschäften herrschen!

Man erlaube sich keine Art von Bestechung der Richter! Wer dergleichen giebt, der ist beynahe ein eben so arger Schelm, wie Der, welcher nimt.

Man wafne sich mit Geduld in allen Geschäften, die man mit Juristen von gemeinem Schlage vorhat!

Man bediene sich auch keines Solchen, zu Dingen, die schleunig und einfach behandelt werden sollen!

Man sey äusserst vorsichtig im Schreiben, Reden, Versprechen und Behaupten, gegen Rechtsgelehrte! Sie kleben am Buchstaben; Ein juristischer Beweis ist nicht immer ein Beweis der gesunden Vernunft; juristische Wahrheit zuweilen etwas mehr, zuweilen etwas weniger, als gemeine Wahrheit; juristischer Ausdruck nicht selten einer andern Auslegung fähig, als gewöhnlicher Ausdruck, und juristischer Wille oft das Gegentheil von dem, was man im gemeinen Leben Willen nennt.

3.

Ich komme jetzt zu dem *Wehrstande*. Wenn in unsern heutigen Kriegen noch Mann gegen Mann föchte und die Kunst, Menschen zu vertilgen, nicht so methodisch und maschinenmäßig getrieben würde; wenn allein persönliche Tapferkeit das Glück des Krieges entschiede, und der Soldat nur für sein Vaterland, zu Vertheidigung seines Eigenthums und seiner Freyheit stritte; so würde auch freylich noch kein solcher Ton unter diesen Männern herrschen, wie jetzt, da zu einem geschickten Kriegshelden ganz andre Arten von Kenntnissen gehören, da ein Paar neue Ressorts, nämlich Subordination und ein conventioneller Begriff von Ehre, auf gewisse Weise an die Stelle des kühnen Muths getreten sind, und diese die Menschen zwingen müssen, da stehn zu bleiben und aus der Ferne auf sich schiessen zu lassen, wo die Leidenschaften der Fürsten ihnen gebiethen, zu stehn und ihr Leben für wenig Groschen daran zu wagen. Dennoch war eine gewisse Rohigkeit, Zügellosigkeit und ein Hinaussetzen über alle Regeln der Moral und bürgerlichen Uebereinkunft — gleich als wären diese Gesetze nur Kinder des Friedens — noch in der ersten Hälfte dieses Jahrhunderts fast der allgemeine Character eines Soldaten von hohem und niederm Range. In unsern Tagen aber sieht es damit ganz anders aus. Fast in allen europäischen Staaten findet man unter Männern und Jünglingen im Soldatenstande Personen, die durch Kenntnisse in allen Fächern der Wissenschaften und Künste, besonders in solchen, die zu ihrem Handwerke gehören, durch eine bescheidne, feine Aufführung, durch strenge Sittlichkeit, Sanftmuth des Charakters und nützliche Anwendungen ihrer Muße, zu Bildung des Geistes und Herzens, sich der allgemeinen Achtung und Liebe werth machen. Ich würde also gar keine besondre Vorschriften über den Umgang mit Officieren zu geben haben, wenn nicht theils, so wie in allen Ständen, also auch hier, Ausnahmen vom Guten Statt fänden, theils einige andre Rücksichten nicht mit Stillschweigen übergangen werden dürften; doch kann ich mich dabey kurz fassen.

Wer seinem Stande, seinem Alter, oder seinen Grundsätzen nach, sich weder aufziehn und beleidigen zu lassen, noch eine Beleidigung durch den Zweykampf auszutilgen Lust haben kann; der thut wohl, wenn er die Gelegenheit vermeidet, bey Spiel, Trunk oder andern dergleichen Fällen, mit *rohen* Leuten vom Soldatenstande in Gemeinschaft zu kommen, oder, wenn er solchen Gelegenheiten nicht ausweichen kann, sich so behutsam, höflich und ernsthaft, wie möglich, aufzuführen. Indessen kömmt hiebey auch sehr viel auf den Ruf an, in welchen man sich gesetzt hat, und ein grader, fester, redlicher und verständiger Mann pflegt, selbst von ausschweifenden, ungesitteten Leuten, respectirt und geschont zu werden.

Ueberhaupt aber rathe ich, im Reden und Handeln gegen Officiere vorsichtig zu seyn. Das Vorurtheil von übel verstandner Ehre, das in den mehrsten Armeen, vorzüglich in der französischen, herrschend ist, und das von mancher andern Seite einen Nutzen stiften kann, der hier zu weitläuftig zu entwickeln seyn würde, befiehlt dem Officiere, auch nicht das kleinste zweydeutige Wörtchen, das ihm gesagt wird, hinzunehmen, ohne Genugthuung durch Waffen zu fordern, und da hat dann vielmals ein Ausdruck, den man sich im gemeinen Leben erlauben dürfte, für ihn einen beleidigenden Sinn. Man darf, zum Beyspiel, wohl sagen: »das war doch *nicht gut*« aber keineswegs: »das war *schlecht* von Ihnen« und doch muß das, was *nicht gut* ist, nothwendig *schlecht* seyn. Mit dieser Sprache der Uebereinkunft soll man sich also auch bekannt machen, wenn man mit Personen, denen dieselbe Gesetze auflegt, umgehn will.

Daß man in Gegenwart eines Officiers nie, auch nicht das Mindeste, zum Nachtheile dieses Standes vorbringen dürfe, versteht sich wohl um so mehr von selber, da es in der That nöthig ist, daß der Soldat seinen Stand für den ersten und wichtigsten in der Welt halte. — Denn was soll ihn dann bewegen, sich einer so beschwerlichen und gefährlichen Lebensart zu widmen, wenn es nicht die Ansprüche auf Ruhm und Ehre sind?

Endlich pflegt bey dem Soldatenstande eine Art von ofnem, treuherzigen, nicht sehr feyerlichen, sondern muntern, freyen und durch gesitteten Scherz gewürzten Betragen uns beliebt zu machen, mit welcher man daher vertraut werden muß, wenn man mit dieser Classe leben will. Doch sind vielleicht die Zeiten nicht mehr fern, wo jede dieser Vorschriften unnütz werden, und der Stand eines Soldaten nicht länger von dem eines Bürgers getrennt bleiben wird.

4.

Kein Stand hat vielleicht so viel Annehmlichkeit, wie der eines *Kaufmanns*, wenn Dieser nicht ganz mit leerer Hand anfängt, wenn das Glück ihm nicht entschieden zuwider ist, wenn er ein wenig vor sich gebracht hat, wenn er seine Unternehmungen mit gehöriger Klugheit treibt, nicht zu viel wagt und auf das Spiel setzt. Kein Stand geniesst einer so glücklichen Freyheit, wie dieser. Kein Stand hat von jeher so unmittelbar thätigen, wichtigen Einfluß auf Moralität, Cultur und Luxus gehabt, wie die Kaufmannschaft. Wenn durch sie und durch die Verbindung, welche dieselbe zwischen entlegnen, von einander in so viel Dingen verschiednen Völkern stiftet, der Ton ganzer Nationen umgestimmt, und Menschen mit geistigen und cörperlichen Bedürfnissen, mit Wissenschaften, Wünschen, Krankheiten, Schätzen und Sitten bekannt werden, die ausserdem vielleicht nie, wenigstens sehr viel später, bis dahin gedrungen seyn würden; so lässt sich wohl nicht zweifeln, daß, wofern die feinsten Köpfe unter den Kaufleuten eines großen Reichs sich über ein System von Würksamkeit nach festen Grundsätzen vereinigten, es in ihrer Macht stehn müsste, welche Richtung des Verstandes und Willens sie ihrem Vaterlande geben wollten. Zum Glück für unsre Freyheit aber giebt es theils nicht viel so weitsehende, planvolle Köpfe unter Leuten dieses Standes in der Welt, theils sind sie durch sehr verschiednes Interesse so getrennt, daß sie sich nicht zur Tyranney vereinigen können; und so fällt zwar die Würkung nicht weg, welche der Handel auf Sitten und Aufklärung hat, aber es geht doch damit nicht methodisch zu, sondern alles rückt seinen Gang an der Hand der Zeit fort. Indessen begreift man leicht, daß eben das Ideal, welches ich von einem großen Negocianten aufgestellt habe, einen Mann von feinem, vorausschauenden, weit umfassenden Geiste und, wenn es ihm um das Wohl der Welt zu thun ist, einen Mann von edeln, erhabnen Gesinnungen bezeichnet. Auch giebt es solcher Männer in diesem Stande, und ich habe, besonders während meines Aufenthalts in Hamburg, Bremen und andern Gegenden, deren einige kennen gelernt, die wahrlich, wenn sie auf einem andern Schauplatze gestanden, unter den größten Männern ihrer Zeit genannt worden wären.

Da man nun aber keiner Vorschriften bedarf, um zu lernen, wie man mit weisen und guten Menschen umgehn soll; so will ich hier nur von dem Betragen im Umgange mit Kaufleuten von gemeinem Schlage reden. Diese werden, von ihrer ersten Jugend an, gewöhnlich so mit Leib und Seele nur dahin gerichtet, auf Geld und Gut ihr Augenmerk, und für nichts anders Sinn zu haben, als für Reichthum und Erwerb, daß sie den Werth eines Menschen fast immer nach der Schwere seiner Geldkasten beurtheilen, und bey ihnen: *der Mann ist gut*, so viel heisst, wie: *der Mann ist reich*. Hierzu gesellt sich wohl noch, besonders in Reichsstädten, eine Art von Prahlerey, eine Begierde, es Andern ihres Gleichen, da wo es in die Augen fällt, an Pracht zuvorzuthun, um zu zeigen, daß ihre Sachen fest stehen. Da sie aber mit dieser Neigung immer noch Sparsamkeit und Habsucht verbinden, und sie, sobald es nicht bemerkt wird, in ihren Häusern äusserst eingeschränkt und hungrig leben und sich sehr viel versagen; so bemerkt man da einen Contrast von Kleinlichkeit und Glanz, von Geiz und Verschwendung, von Niederträchtigkeit und Stolz, von Unwissenheit und Forderung, der Mitleiden erregt, und so industrios auch sonst die Kaufleute sind; so fehlt es ihnen doch mehrentheils an der Gabe, ein kleines Fest durch geschmackvolle Anordnung glänzend, und mit wenig Kosten einen anständigen Aufwand zu machen. Ausser Hamburg ist dies wohl in allen teutschen Handelsstädten mehr oder weniger der Fall.

Willst Du bey diesen Leuten geachtet seyn; so musst Du wenigstens in dem Rufe stehn, daß Deine Vermögens-Umstände nicht zerrüttet sind; Wohlstand macht auf sie den besten Eindruck. Sey es durch Deine Schuld, oder durch Unglück; so wirst Du, auch bey den herrlichsten Vorzügen des Verstandes und Herzens, von ihnen verachtet werden, wenn Du Mangel leidest.

Willst Du einen Solchen zu einer milden Gabe, oder sonst zu einer großmüthigen Handlung bewegen; so musst Du entweder seine Eitelkeit mit in das Spiel bringen, daß es bekannt werde, wie viel dies große Haus an Arme giebt, oder der Mann muß glauben, daß der Himmel ihm die Gabe hundertfältig vergelten werde; Dann wird es andächtiger Wucher.

Große Kaufleute spielen, wenn sie spielen, gewöhnlich um hohes Geld. Sie betrachten das, wie jeden andern Speculations-Handel; aber sie spielen dann auch mit aller Kunst und Aufmerksamkeit. Man hüte sich daher, wenn man das Spiel nicht versteht, oder es nachlässig, blos wie Zeitvertreib ansieht, sich mit solchen Männern darauf einzulassen!

Laß es Dir hier ja nicht einfallen, Werth auf Geburt und Rang zu setzen, besonders wenn Du arm bist! oder Du wirst Dich kränkenden Demüthigungen aussetzen.

Doch pflegt in manchen Kaufmannshäusern ein Mann mit Stern, Orden und Titel geschmeichelt zu werden, und das geschieht dann aus Prahlerey, um zu zeigen, daß auch Vornehme da Gastfreundschaft geniessen, oder daß man mit Höfen und großen Familien in Verhältnissen stehe.

Auch der Gelehrte und Künstler wird hier übersehn, oder nur aus Eitelkeit vorgezogen. Er erwarte nicht, daß sein wahrer Werth erkannt werde!

Da die Sicherheit des Handels auf Pünctlichkeit im Bezahlen und auf Treue und Glauben beruht; so setze Dich bey den Kaufleuten in den Ruf, strenge Wort zu halten und ordentlich zu bezahlen! so werden sie Dich höher achten, als manchen viel reichern Mann.

Man hüte sich, wenn man nicht selbst den Handel aus dem Grunde versteht, sich von Kaufleuten zu gemeinschaftlichen Unternehmungen und Speculationen verleiten zu lassen. Ist bey der Sache ein sichrer Gewinn wahrscheinlich zu erwarten; so enthält sich der Kaufmann wohl, einem Layen, und wäre er sein bester Freund, davon Eröfnung zu thun, um ihn Theil nehmen zu lassen. Solche Anträge sind also immer verdächtig. Daß man noch ausserdem, wenn auch der Erfolg glücklich ausfällt, bey der Berechnung und Theilung verkürzt wird, versteht sich von selber.

Wer wohlfeil kaufen will, der kaufe für baares Geld — das ist eine sehr bekannte Lehre! Man hat dann die Wahl von Kaufleuten und von Waaren und man kann es niemand übel auslegen, wenn er, bey der Ungewißheit, ob und wie bald er bezahlt werden wird, für seine Waare einen übertriebnen Preis fordert, oder das Schlechteste hingiebt, was er hat.

Hat man Ursache, mit dem Betragen des Mannes zufrieden zu seyn, mit welchem man Handlungs-Geschäfte getrieben hat; so wechsle man nicht ohne Noth, laufe nicht von einem Kaufmanne zu dem andern! Man wird treuer bedient von Leuten, die uns kennen, denen an der Erhaltung unsrer Kundschaft gelegen ist, und sie geben uns auch, wenn es ja unsre Umstände erforderten, leichter Credit, ohne deswegen den Preis der Waaren zu erhöhn.

Man enthalte sich, einem Krämer, für den geringen Vortheil, der ihm aus einem kleinen Handel mit uns zuwächst, viel Mühe, Zeitverlust und Wege zu machen! diese Unart ist besonders den Frauenzimmern eigen, die zuweilen sich für tausend Thaler Waaren auspacken lassen, um, nach zweystündiger Beäuglung und Betastung, für einen Gulden zu kaufen, oder gar alles Gesehene zu schlecht und theuer zu finden.

Bey kleinen Kaufleuten und in Städten, wo eigentlich nur Krämer wohnen, ist die unartige Gewohnheit eingerissen, daß Diese oft sehr viel mehr für ihre Waare fordern, als wofür sie dieselbe hingeben wollen. Andre affectiren mit angenommner Treuherzigkeit und Biederkeit, immer den äussersten Preis zu setzen und sich keinen Heller abdingen zu lassen; und so muß man oft doppelt so viel bezahlen, als die Sache werth ist. Erstern würde man ihre kleinen Künste leicht abgewöhnen können, wenn die Angesehensten in einer Stadt sich vereinigten, solchen Gaunern gar nichts abzukaufen. Es ist aber das jüdische Verfahren beyder Art von christlichen Krämern eben so unredlich, wie unklug. Sie betrügen damit höchstens nur einige Fremde und Solche, die von dem Werthe der Waaren nichts verstehen; bey Andern hingegen verliehren sie allen Glauben; und wenn man erst ihre Weise kennt; so biethet man ihnen nur die Hälfte von dem, was sie fordern. Uebrigens soll Der, welcher kaufen will, die Augen aufthun, und es ist unvernünftig, einen Handel von einiger Wichtigkeit zu schliessen, ohne vorher sich Kenntniß von dem wahren Werthe der Sache erworben zu haben, die man zu kaufen die Absicht hat.

Welch' eine große Vorsicht man im Pferde-Handel zu beobachten habe, das ist eine bekannte Sache. Bey diesem hat sich das Vorurtheil eingeschlichen, daß Eltern und Kinder, Geschwister und Freunde, Herrn und Diener sich keinen Gewissens-Vorwurf machen zu dürfen glauben, wenn sie einander betrügen.

5.

Die Herrn *Buchhändler* verdienten wohl ein eignes Capitel. In demselben könnte man sehr viel Wahres zum Lobe Derer unter ihnen sagen, die diesen Handel nicht wie einen jüdischen Erwerb treiben, so daß sie etwa wenig darum bekümmert wären, was für Bücher bey ihnen verlegt und verkauft, in so fern nur Gelder daraus gelöst werden; denen es nicht gleichgültig ist, ob man sie zu Hebammen von kleinen Krüppeln und Misgeburten braucht, ob sie zu Werkzeugen der Ausbreitung eines elenden, frivolen, falschen Geschmacks und schlechter Grundsätze dienen; sondern denen, wie unserm Nicolai, Wahrheit, Cultur und Aufklärung am Herzen liegen; die das miskannte, im Dunkeln lebende Talent ermuntern, aus dem Staube hervorziehen, in Thätigkeit setzen und großmüthig unterstützen; die den täglichen Umgang und das Verkehr mit Gelehrten und Büchern dazu anwenden, sich selber Kenntnisse zu sammlen, ihren Geist zu bilden, und bessre Menschen zu werden. Und dann würde, des Contrastes wegen, das Gegenbild keine üble Würkung machen — Das Bild eines Mannes, der, nachdem ein halbes Jahrhundert hindurch die vortreflichsten Werke durch seine schmutzigen, geldgierigen Finger gegangen, noch immer eben so unwissend und dumm geblieben — ausser was die kleinen Wucher-Künste betrifft — wie ein zehnjähriger Knabe; der Manuscripte und neue Bücher nach der Dicke, nach dem Titel, und nach dem Verhältnisse schätzt und kauft, nach welchem er vermuthen kann, daß ein von falschem Geschmacke irregeleitetes Publicum darnach greifen wird; der, um diesen falschen Geschmack zu unterhalten, durch unbärtige Knaben jämmerliche Broschüren, Romänchen und Märchen schreiben und unter seiner Firma in die Welt gehn lässt; der die erbärmlichste Schmiererey, deren Nichtswürdigkeit er selbst fühlt, durch einen viel versprechenden Mode-Titel, oder durch saubre Bildlein aufgestutzt, nach Frankfurt und Leipzig schleppt, und für diese Lumpereyen ein schändendes Lob von feilen Recensenten erkauft; der den Mann von Talenten wie einen Taglöhner behandelt und bezahlt, von der eingeschränkten häuslichen Lage eines armen Schriftstellers Vortheil zieht, um ein Werk, das Anstrengung aller Kräfte, Nachtwachen und Aufwand von wahrer Geistesgröße erfordert hat, und womit er Tausende gewinnen kann, wie Maculatur zu erhandeln; der, so oft ihm ein Werk angebothen wird, verächtlich die Nase rümpft und den Kopf schüttelt, um desto wohlfeiler daranzukommen; der, wie unter andern unsre Carlsruher und Frankenthaler Freunde, durch Nachdruck ein Dieb an fremdem Eigenthume wird. Endlich könnte ich Vorschriften geben, wie die Schriftsteller mit Buchhändlern von dieser Art umgehn sollen, um nicht ihre Sclaven zu werden; wie man sich bey ihnen Gewicht geben kann, und in welche Form man seine Geistes-Producte giessen muß, damit sie von den Sosiern unsrer Zeit in Verlag genommen werden — Das aber sind zum Theil Zunft-Geheimnisse, die unter uns großen Gelehrten nur mündlich fortgepflanzt werden, und die man also nicht Jedem, der bloß Leser ist, verrathen darf.

Bey der ersten flüchtigen Uebersicht sollte man glauben, alle Buchhändler, die nur irgend einigen Verlag hätten, müssten reich werden. Wenn man in Teutschland vier und zwanzig Millionen Einwohner annimt, und dann rechnet, daß jedes Buch tausendmal abgedruckt würde; so beträgt das auf 24,000 Menschen nur Ein Exemplar — Und welches Buch könnte so schlecht seyn, daß nicht unter 24,000 Leuten, Einer Lust bekäme, es zu kaufen? Allein man wird bald andrer Meinung, wenn man die Schuldbücher der Herrn Buchhändler durchsieht; wenn man erfährt, daß sie von ihren Amtsbrüdern nicht mit Gelde, sondern mit Maculatur und Ladenhütern, von andern Käufern aber oft mit Vertröstungen bezahlt werden, daß man von der Summe jener 24,000,000 beynahe den ganzen Bauernstand abrechnen muß, und daß die häufigen Leyh-Bibliotheken und Nachdruck-Fabriken ihnen beträchtlichen Schaden zufügen.

Doch noch Eine Bemerkung! Wer sich bey Buchhändlern, besonders in minder großen Städten, beliebt machen will, der leyhe und verleyhe nicht viel Bücher, und errichte keine Lese-Gesellschaften! Man kann es sonst wahrlich den armen Handelsmännern nicht übel nehmen, daß sie sich, durch Nachdruck, kleine Künste und sparsames Honorarium, an ihren Collegen, am Publico und an den Autoren zu erholen suchen, wenn unter zwanzig Personen kaum Einer ein Buch kauft, die übrigen aber umsonst mitlesen.

6.

Ich habe im ersten Theile dieses Buchs, bey Gelegenheit, da ich Bemerkungen über den Umgang mit Wohlthätern machte, zugleich von dem Betragen in Rücksicht auf Lehrer und

Erzieher geredet. Unter dieser Classe habe ich aber die sogenannten Maîtres, das heisst: die stundenweise bedungnen *Unterweiser in Sprachen und Künsten*, nicht mit begriffen. Von diesen werde ich daher noch hier ein Paar Worte sagen.

Würklich ist es eine recht lästige Beschäftigung, zu Erringung seines Unterhalts, den ganzen Tag durch, in Wind und Wetter, von einem Hause in das andre zu laufen und, ohne freye Wahl der Schüler, dieselben Anfangsgründe einer Kunst oder Sprache unzählichemal wiederholen zu müssen. Findet man nun unter diesen Meistern dennoch einen Mann, dem, trotz dieser abschreckenden Schwierigkeiten, die Fortschritte, welche seine Schüler machen, mehr als der Gewinn am Herzen liegen, dem es ernstlich darum zu thun ist, seine Kunst leicht, gründlich, lebhaft und deutlich vorzutragen; so ehre man Diesen, wie jeden Andern, der etwas zu unsrer Bildung beyträgt! Man folge ihm! Man lasse es nicht dabey bewenden, die Lehrstunde auszuhalten, sondern bereite sich darauf vor und wiederhole das Gelernte, damit er seine schwere Arbeit nicht mit Seufzen verrichte! Oft aber trifft man unter diesen Herrn sehr schlechte Subjecte an; Menschen ohne Erziehung und Sitten, die von dem, was sie Andern beybringen wollen, selbst keine klare Begriffe, am wenigsten aber die Gabe haben, in andern dergleichen zu erwecken; Menschen, die, besonders wenn sie es mit Kindern zu thun haben, ihre Schüler etwas auswendig lernen lassen, womit sie gelegentlich die unwissenden Eltern täuschen können, welche dann große Begriffe von den Fortschritten fassen, die gemacht werden, indeß der Meister froh ist, wenn die Stunde glücklich vorüber gegangen; Menschen, die, um diese Stunde zu vertreiben, Stadt-Mährchen erzählen, aus einem Hause in das andre tragen, oder gar das unedle Handwerk von Kupplern und Liebesbriefträgern verwalten. Ich kann jeden sorgsamen Vater, und wem sonst junge Leute anvertrauet sind, nicht genug vor dieser bösen Gattung von Unterweisern warnen, und rathe, so viel möglich, bey den Lehrstunden solcher Meister, die man nicht recht genau kennt, gegenwärtig zu seyn. Ich kann mich nicht enthalten, diese

Vorsicht gegen Music-Meister zu empfehlen. Die größere Anzahl Tonkünstler besteht aus sehr leichtsinnigen, üppigen, sinnlichen Leuten. Die Music erregt Gefühle, aber dunkle Gefühle, die öfter für Wollust, als für hohe Tugenden empfänglich machen, mehr die Phantasie, als die Vernunft beschäftigen. Deswegen giebt es unter den Virtuosen so viel verderbte und dumme Menschen. Ganz anders verhält es sich mit großen Componisten; ich rede nur von ausübenden Musikern.

7.

Ein redlicher, arbeitsamer und geschickter *Handwerksmann* oder *Künstler* ist eine der nützlichsten Personen im Staate, und es macht unsern Sitten wenig Ehre, daß wir diesen Stand so geringschätzen. Was hat ein müßiger Hofschranze, was hat ein reicher Tagedieb, der um sein baares Geld sich Titel und Rang erkauft hat, vor dem fleissigen Bürger voraus, der seinen Unterhalt auf erlaubte Weise durch seiner Hände Arbeit erwirbt? Dieser Stand befriedigt unsre ersten und natürlichsten Bedürfnisse! Ohne ihn würden wir für unsre Nahrung und Kleidung und für alle Gemächlichkeiten des Lebens mit eignen hohen Händen sorgen müssen; und erhebt sich nun gar der Handwerker oder Künstler (wie es sehr oft der Fall ist) über das Mechanische, durch Erfindungskraft und Verfeinerung seiner Kunst; so verdient er doppelte Achtung. Dazu kömmt, daß man würklich unter diesen Leuten, die bey ihren Geschäften Zeit genug haben, an andre gute Dinge zu denken, zuweilen die hellsten Köpfe und Männer antrifft, die freyer von Vorurtheilen sind, als Viele, die durch Studieren und Systemgeist ihre gesunde Vernunft verschroben haben.

Man ehre also einen rechtschaffnen und fleissigen Handwerksmann, und betrage sich höflich gegen ihn! Man gehe nicht ohne Noth, so lange man von seiner Arbeit, von seinem Fleisse und von seinen Preisen zufrieden ist, von ihm ab, um sich an einen andern zu wenden! Man mache nicht den Handwerksneid unter diesen Leuten rege! Man ziehe, bey gleichen Umständen, den Handwerksmann, der unser Nachbar ist, dem entfernter wohnenden vor! Man bezahle ordentlich, pünctlich, baar, und dinge ihm nicht über die Grenzen der Billigkeit ab!

Unverantwortlich ist das Verfahren so vieler Vornehmen und selbst Reichen, die, bey allem Aufwande, den sie machen, nur zuletzt daran denken, die Handwerksleute, welche für sie arbeiten, zu befriedigen. Sie verliehren vielleicht in Einem Abende Tausende im Spiele, und machen es sich zu einem Ehrenpuncte, diese Schuld ohne Aufschub zu tilgen; ihr armer Schuster hingegen muß, um eine Rechnung von zehn Thalern, worunter mehr als die Hälfte in baaren Auslagen von seiner Armuth besteht, bezahlt zu erhalten, Jahrelang manchen sauren Weg vergebens thun und sich von einem groben Haushofmeister abweisen lassen. Dies stürzt so manchen ehrlichen, sonst wohlhabenden Bürger in Mangel, oder verleitet ihn, ein Betrüger zu werden.

Es herrscht aber unter den Handwerksleuten die unartige Gewohnheit des Lügens. Sie versprechen, was sie weder halten können, noch halten wollen und übernehmen mehr Arbeit, als sie in der verheissenen Frist zu liefern im Stande sind. Es würde der Mühe werth seyn, daß sich, wie ich etwas Aehnliches vorgeschlagen habe, als ich von dem Ueberfordern der Krämer redete, die angesehensten Leute einer Stadt dahin vereinigten, bey einem solchen Windbeutel nicht mehr arbeiten zu lassen. Was mich betrifft (der ich vielleicht zu pedantisch auf Worts-Erfüllung und Ordnung halte), ich mache mit den Handwerksleuten, welche für mich arbeiten, den Vertrag, daß ich augenblicklich von ihnen abgehe, sobald sie mir ihre Zusage nicht halten. In ihrer Gegenwart schreibe ich mehrentheils die Stunde auf, in welcher sie die Arbeit zu liefern verheissen; Ist nun diese Stunde erschienen, und sie stellen sich nicht ein; so haben sie vom frühen Morgen bis in die Nacht vor mir und meinen Leuten keine Ruhe. Dadurch nun und wenn man jedesmal bey Ablieferung der Arbeit baar bezahlt, erlangt man, daß man seltner belogen wird, als Andre.

8.

Ein Blick zurück auf das, was ich von dem Umgange mit Kaufleuten gesagt habe, erinnert mich, daß ich bey dieser Gelegenheit auch von den *Juden*, als gebohrnen Handelsmännern, hätte reden sollen. Ich will aber das Wenige, was ich etwa über diesen Gegenstand vorzutragen habe, hier nachholen.

In America trifft man sehr viel Juden an, die durchaus in allen ihren Sitten mit den Christen übereinstimmen, auch sogar mit christlichen Familien, durch wechselseitige Heyrathen, sich verbinden. In Holland und einigen Städten von Teutschland, besonders in Berlin, ist die Lebensart mancher jüdischen Familien von der Weise, wie andre Religions-Verwandte leben, auch fast gar nicht unterschieden. In diesen Fällen nun ist eine von den Ursachen gehoben, weswegen der Character dieses Volks so viel nicht vortheilhafte Eigenheiten hat. Freylich bringen es leider! die mehrsten Juden in der höhern Cultur nicht weiter, als daß sie die Einfalt und Strenge ihrer Sitten gegen christliche Laster und Thorheiten vertauschen. Ein jüdischer Stutzer, Libertin, oder Freygeist spielt dann mehrentheils eine sehr unvortheilhafte Rolle. Daß übrigens die höchst unverantwortliche Verachtung, mit welcher wir den Juden begegnen, der Druck in welchem sie in den mehrsten Ländern leben, und die Unmöglichkeit, auf andre Weise, als durch Wucher ihren Lebens-Unterhalt zu gewinnen, daß dies alles nicht wenig dazu beyträgt, sie moralisch schlecht zu machen und zur Niederträchtigkeit und zum Betruge zu reizen; endlich daß es, ungeachtet aller dieser Umstände, dennoch edle, wohlwollende, großmüthige Menschen unter ihnen giebt — das sind bekannte, oft gesagte Dinge. Betrachten wir aber hier die Juden, nicht wie sie unter andern Umständen seyn *könnten*, noch wie *einzelne* Subjecte unter ihnen sind, sondern so, wie wir jetzt ihren Volks-Character nach der größern Anzahl beurtheilen müssen!

Sie sind unermüdet da, wo etwas zu gewinnen ist und machen, durch ihren Zusammenhang in allen Ländern und dadurch, daß sie sich durch keine Art von Behandlung und Zurückweisung abschrecken lassen, fast unmögliche Dinge möglich. Man kann sie daher unter der Hand zu den wichtigsten Verhandlungen brauchen, nur muß man ihre Dienste gut bezahlen.

Sie sind verschwiegen, wo sie Interesse dabey finden; vorsichtig; zuweilen zu furchtsam, doch für's Geld bereit, das Aergste zu wagen; verschlagen; witzig; originell in ihren Einfällen; Schmeichler im höchsten Grade, und finden also Mittel, sich ohne Aufsehn in den größten Häusern Einfluß zu verschaffen und durchzusetzen, was man ohne sie schwerlich erlangen würde.

Sie sind mistrauisch. Haben wir sie aber einmal von unsrer Pünctlichkeit im Bezahlen und von der Heilighaltung unsers Worts überzeugt; haben sie oft Geschäfte mit uns gemacht und wissen, daß wir mit unsern Finanzen nicht ganz übel stehen; so kann man auch bey ihnen Hülfe finden, wenn alle christliche Wuchrer uns im Stiche lassen.

Bist Du aber ein schlechter Wirth, oder sind Deine Vermögens-Umstände in einer zweydeutigen Lage; so wird niemand dies leichter gewahr werden, als der Jude. Rechne dann nicht darauf, daß er Dir Geld vorschiessen werde, oder mache Dich gefasst, ihm, wenn er es auf Speculation daran wagt, Dich zu so übertriebnen Procenten und zu solchen Clauseln verbindlich machen zu müssen, daß dadurch Deine Lage gewiß noch unglücklicher wird!

Es wird den Juden gewaltig schwer, sich vom Gelde zu scheiden. Wenn jemand, den sie nicht recht genau kennen, sie um ein Darlehn anspricht; so werden sie denselben auf einen andern Tag wieder bestellen. Unterdessen forschen sie bey Handwerkern, Nachbarn, Bedienten und dergleichen, nach den kleinsten Umständen des künftigen Schuldners. Kömmt Dieser zur bestimmten Zeit wieder; so lässt sich der Jude verleugnen, oder verschiebt die Zahlung noch um einige Wochen, Tage oder Stunden. Und ist auf Deinem Gesichte nur irgend eine Spur von Verlegenheit über Deine Umstände, oder von zu großer Freude über die zu hoffende Hülfe zu lesen; so wird der Jude sich nicht von seinem Mammon trennen, und hätte er auch schon angefangen, das Geld hinzuzählen. Daß er Dir immer das leichteste Gold giebt versteht sich von selber. Auf dies alles muß man sich gefasst machen, wenn man in solche Fälle kömmt.

Bey dem Handel mit Hebräern gemeiner Art rathe ich die Augen oder den Beutel zu öfnen. Es ist sehr natürlich, daß ein Christ sich auf ihre Gewissenhaftigkeit, auf ihre Betheuerungen nicht verlassen darf. Sie werden euch Kupfer für Gold, drey Ellen für vier, alte Sachen für neue verkaufen, falsche Münze für ächte geben, wenn Ihr es nicht besser verstehet.

Wenn man alte Kleider oder andre Sachen an Juden verhandeln will; so suche man mit dem Ersten, der uns ein irgend leidliches Geboth thut, sogleich einig zu werden! Lässest Du ihn fortgehn, ohne sein Geboth anzunehmen; so wird die Nachricht, daß bey Dir etwas zu schachern sey, und daß man Mendeln oder Jokef den Handel nicht verderben dürfe, wie ein Lauffeuer durch die ganze Judenschaft gehn, und in der Sinagoge publicirt werden; In solchen Fällen halten sie treulich zusammen. Es werden dann haufenweise die Israeliten, fremde und einheimische, Dein Haus bestürmen, aber jeder später Kommende wird immer etwas weniger biethen, als der Vorhergehende, bis Du endlich entweder den Ersten wieder aufsuchst, der aber dann die gleich Anfangs gebothene Summe noch vermindert, oder bis Deine Waare Dir so zuwider wird, daß Du sie für die Hälfte des Werths einem Andern hingiebst, der sie treulich dem Ersten einhändigt. Wenn auch ein Jude von gemeiner Art Dir im Handel so viel biethet, wie Du etwa fordern zu dürfen glaubst; so schlage doch nicht gleich zu! Er wird sonst zurückziehn, entweder weil er nun denkt, er hätte noch wohlfeiler daran kommen können, oder es stecke Betrug dahinter.

Ist man seines Kaufs mit einem Trödel-Juden völlig einig; so wird er doch noch versuchen, uns zu hintergehn. Er wird gewöhnlich sagen: »er habe kein baares Geld bey sich, wolle uns aber die Uhr oder sonst etwas zum Unterpfande lassen.« Er weiß wohl, daß man das selten annimt. Giebt man ihm nun Credit und das Gekaufte mit; so schleppt er dies in der ganzen Stadt umher, biethet es feil, und bringt es wieder, mit dem Bedeuten: »man solle etwas schwinden lassen; er habe sich übereilt.« Oder er kömmt gar nicht wieder, und man muß lange hinter der Bezahlung herlaufen. Auch wollen sie gar zu gern Waare statt Geld geben, denn die baare Münze ist ihnen sehr an das Herz gewachsen. — Auf dies alles darf man sich nicht einlassen. Etwas ganz Characteristisches hat diese Nation übrigens in Allem — Ich rede von dem großen Haufen derselben, nicht von Denen, die sich (vielleicht nicht zu ihrem Glücke) nach den Sitten der Christen umgebildet haben — Man höre die Music in ihren Tempeln und die ganz originelle Art, wie sie dieselbe vortragen! Man sehe sie tanzen! Man gebe Acht auf die Verzierungen, welche auch die reichsten alten Juden in ihren Häusern anbringen, ob nicht immer etwas von den Knäufen an dem Tempel Salomons, von den Verzierungen der Bundeslade, Scharlach, Rosenroth und gezwirnte weisse Seide mit unterläuft.

9.

In den mehrsten Provinzen von Teutschland lebt der *Bauer* in einer Art von Druck und Sclaverey, die wahrlich oft härter ist, als die Leibeigenschaft desselben in andern Ländern. Mit Abgaben überhäuft, zu schweren Diensten verurtheilt, unter dem Joche grausamer, rauhherziger Beamten seufzend, werden sie des Lebens nie froh, haben keinen Schatten von Freyheit, kein sichres Eigenthum und arbeiten nicht für sich und die Ihrigen, sondern nur für ihre Tyrannen.

Wen nun die Vorsehung in die glückliche Lage gesetzt hat, zu Erleichterung dieser so sehr gedrückten und doch so wichtigen, so nützlichen Menschen-Classe etwas beytragen zu können; o! der schaffe sich doch die süße Wonne, in den kleinen Hütten der Landleute Freude zu verbreiten und seinen Namen von Kindern und Enkeln mit Segen genannt zu hören!

Wohl freylich sind die Bauern zum Theil so hartnäckige, zänkische, widerspenstige und unverschämte Geschöpfe, daß sie aus der geringsten Wohlthat eine Schuldigkeit machen, daß sie nie zufrieden sind, immer klagen, immer mehr haben wollen, als man ihnen zugestehn kann; Allein sind wir nicht selbst, durch lange fortgesetzte unedle Behandlung und Vernachlässigung ihrer Bildung, daran Schuld, daß niederträchtige Gesinnungen bey ihnen herrschend werden? und giebt es nicht einen Mittelweg, zwischen übertriebner Nachsicht und despotischer Strenge und Grausamkeit? Ich verlange nicht, daß ein Landes- oder Gutsherr sich, so lange die jetzige Ordnung der Dinge noch Statt hat, des Rechts begeben soll, seine Unterthanen zu schuldigen Diensten zu brauchen; allein er soll nicht, damit er zum Beyspiele, das grausame Vergnügen einer Hirsch- und Schweine-Metzeley schmecke, den Bauer, zu einer Zeit, wo seine Gegenwart zu Hause ihn und seine Familie gegen Mangel schützen muß, mehr Tage hinter einander in strenger Kälte mit leerem Magen herumlaufen, und Ohren und Nasen erfrieren lassen. Er soll ihm die schuldigen Abgaben nicht schenken; aber er soll Nachsicht mit seinen Umständen haben, Rücksicht auf erlittene Unglücksfälle nehmen und darauf halten, daß die Beamten die Gelder zu einer Zeit eintreiben, wo es dem armen Landmanne weniger schwer wird, baare Münze aufzutreiben, ohne sich mit Leib und Seele dem Juden oder dem bösen Feinde zu verschreiben.

Man schwatzt so viel von Verbesserung der Dorfschulen und Aufklärung des Landvolks; allein überlegt man auch wohl immer genau genug, welch' ein Grad von Aufklärung für den Landmann, besonders für den von niedrigem Stande taugt? Daß man den Bauer nach und nach, mehr durch Beyspiele als durch Abhandlungen, zu bewegen suche, von manchen ererbten Vorurtheilen, in der Art des Feldbaues und überhaupt in Führung des Haushalts, zurückzukommen; daß man durch zweckmäßigen Schul-Unterricht die thörichten Grillen, den dummen Aberglauben, den Glauben an Gespenster, Hexen und dergleichen zu zerstöhren trachte; daß man die Bauern gut schreiben, lesen und rechnen lehre; das ist löblich und nützlich. Ihnen aber allerley Bücher, Geschichten und Fabeln in die Hände zu spielen; sie zu gewöhnen, sich in eine Ideen-Welt zu versetzen; ihnen die Augen über ihren armseligen Zustand zu öfnen, so lange man nicht die ernstliche Absicht hat, diesen zu verbessern; sie durch zu viel Aufklärung unzufrieden mit ihrer Lage, sie zu Philosophen zu machen, die über ungleiche Austheilung der Glücksgüter declamiren; ihren Sitten Geschmeidigkeit und den Anstrich der feinen Höflichkeit zu geben — das taugt wahrlich nicht, obgleich es auch grausam und ungerecht ist, die natürlichen Fortschritte einer solchen Aufklärung vorsetzlich *hindern* zu wollen. Ohne alle diese künstlichen Hülfsmittel trifft man indessen unter alten Landleuten Menschen von so unverfälschtem Sinne, von so hellem, heiterm Kopfe, und von so festem Character an, daß diese manchen hochstudierten Herrn beschämen könnten. Im Ganzen betrage man sich gegen den Bauer treuherzig, grade, offen, ernsthaft, wohlwollend, nicht geschwätzig, consequent, immer gleich! und man wird sich seine Achtung, sein Zutrauen erwerben, und viel über ihn vermögen.

Von *Land-Edelleuten* und andern Personen höhern Standes, die in den Dörfern leben, gilt zum Theil dasselbe. Man nehme keinen Residenz-Ton mit zu ihnen hin, hüte sich vor leeren Complimenten, nehme Theil an ihren ländlichen Freuden, Sorgen und Geschäften und verbanne allen Zwang im Umgange mit ihnen, ohne jedoch zu schmutziger, pöbelhafter Aufführung herabzusinken; so wird man ihnen als Gast, Nachbar, Freund und Rathgeber willkommen seyn.

Siebentes Capitel.

Ueber den Umgang mit Leuten von allerley Lebensart und Gewerbe.

1.

Zuerst von den so genannten *Aventuriers!* Ich rede hier nicht von den eigentlichen Betrügern und Gaunern — Von diesen soll gleich nachher gehandelt werden! sondern von der unschädlichen Art der Abentheurer, die, wenn sie sich mit Madam Fortuna gar zu oft überworfen haben, zuletzt an die kleinen Neckereyen dieses launigten Weibes so gewöhnt sind, daß sie immer auf's Neue blindlings in den Glückstopf hineingreifen, und es wagen, entweder auf die Finger geklopft zu werden, oder einmal einen fetten Brokken zu erhaschen. Sie leben ohne festen Plan für den folgenden Tag, auf gute Hofnung los, unternehmen alles, was ihnen für den Augenblick eine Aussicht zu einigem Unterhalte zu eröfnen scheint. Wo eine reiche Witwe zu heyrathen, eine Pension, eine Bedienung an irgend einem Hofe, oder dergleichen zu erhalten ist; da sind sie nicht saumselig. Sie taufen sich, adeln sich, schaffen sich um, so oft es ihnen beliebt, und es die Sache erleichtern kann. Was sich als Edelmann nicht durchsetzen lässt, das versuchen sie als Marquis, als Abbé, als Officier. Zwischen Himmel und Erde ist kein Fach, kein Departement, in welchem sie nicht bereit wären, sich an die Spitze der Geschäfte stellen zu lassen, keine Wissenschaft, über welche sie nicht mit einer Zuversicht plaudern, die so gar den Gelehrten zuweilen stutzen macht. Mit einer bewundernswürdigen Gewandtheit, mit einem savoir faire, das selbst der bessere Mann zum Theil von ihnen lernen sollte, gelangen sie zu Dingen, die der Rechtschaffenste und Verständigste nicht einmal zu wünschen den Muth hat. Ohne tiefe Menschenkenntniß haben sie grade das, womit man in dieser Welt über wahre Weisheit den Meister spielt — esprit de conduite. Gelingt das nicht, was sie unternehmen; so werden sie doch dadurch nicht in ihrem guten Humor gestöhrt; die ganze Welt ist ihr Vaterland, und wie blinde Passagiers sind sie auf dem Postwagen eben so zu Hause, wie in einer prächtigen Carosse. — Ein gutmüthiges Völkchen! durch das Nomaden-Leben gewöhnt, Freuden und Leiden geduldig zu ertragen und zu theilen! Haben sie irgendwo ihre Rolle ausgespielt; so schnüren sie ihr Bündelchen und gehen aus ihren Pallästen so leichtfüßig davon, wie ein flüchtiger Morgen-Traum.

Als Gesellschafter mag man diese Leute nicht verachten! Sie haben so manches gesehn und erfahren, daß dem Menschenkenner ihr Umgang nicht ganz uninteressant seyn kann. Ja! wenn sie sonst nicht bösartig sind; so findet man bey ihnen Theilnehmung, Dienstfertigkeit und Gefälligkeit in hohem Grade. Dagegen ist zu einer genauen freundschaftlichen Verbindung mit ihnen gar nicht zu rathen. Man sey nicht zu vertraulich gegen sie, und bediene sich nicht ihrer Hülfe zu wichtigen Geschäften! Theils leidet dadurch unser eigner Ruf; theils kann man sich von ihrem Leichtsinne und ihrer Characterlosigkeit wenig wahre Hülfe versprechen; auch pflegen sie nicht eben sehr eckel in der Wahl der Mittel zu seyn, welche sie anwenden, um zu einem Zwecke zu gelangen.

2.

Beschäme nicht leicht den Aventurier, auch Den von schlechtrer Art nicht, wenn Du ihn irgendwo in einer erborgten Gestalt, unter falschem Namen, oder mit selbst geschaffnen Titeln und Ehrenzeichen geschmückt antriffst, in so fern nicht wichtige Gründe eintreten, oder Du besondern Ruf dazu hast! Auch würde Dir das nicht immer gelingen; denn seine Unverschämtheit mögte vielleicht Wege finden, das Unangenehme einer solchen Scene, auf Dich selbst fallen zu machen. Doch kann es zuweilen nützlich seyn, so einen Herrn unter vier Augen merken zu lassen, daß er von unsrer Bekanntschaft sey, und daß es in unsrer Macht stehn würde, ihn zu entlarven, daß man aber Seiner schonen wolle. Dann wird ihn vielleicht die Furcht vor der Entdeckung zurückhalten, böse Streiche zu spielen. Es giebt aber unter diesen Landläufern äusserst gefährliche Leute, Ausspäher, Verführer, Verleumder, Diebe und Schelme aller Art. Nicht nur sollte Diesen die Thür jedes ehrlichen Mannes verschlossen bleiben, sondern die kleinern teutschen Fürsten würden auch wohlthun, wenn sie sich weniger mit solchem Gesindel einliessen, welches gewöhnlich mit einer Tasche voll von Planen und Projecten zum Besten des Landes, zu Beförderung des Handels, zum Flor und zur Verschönerung ihrer Residenzen, angezogen kömmt, redliche Diener aus ihren Aemtern verdrängt und verdächtig macht, seinen Beutel zum Ruin des Landes spickt, freylich seine Rolle selten lange spielt, aber, wenn es auch, mit Schimpf und Schande beladen, davongehn muß, mehrentheils viel gestiftetes Unglück zurücklässt, was es nie wieder gut machen kann, und irgend einen andern schwachen Herrn findet, mit dem es seine Operationen auf das Neue anfängt. In diesen Fällen ist es Pflicht, dem Bösewichte öffentlich die Maske abzuziehn; doch thue man das nicht eher, als bis man die deutlichsten Beweise gegen ihn in Händen hat! denn dergleichen Menschen haben die Gabe, ihre Sache von solchen Seiten vorzustellen, daß man sehr viel wagt, wenn man sie mit unsichern Waffen angreift.

3.

Unter allen Abentheurern sind, nach meiner Empfindung, die *Spieler* vom Handwerke die verächtlichsten. Indem ich nun von ihnen rede, werde ich auch Gelegenheit nehmen, über das Spiel im Allgemeinen und über das Betragen bey demselben etwas zu sagen.

Keine Leidenschaft kann so weit führen, keine kann den Jüngling, den Mann und ganze Familien in ein grenzenloses Elend stürzen, keine den Menschen in eine solche Kettenreyhe von Verbrechen und Lastern verwickeln, als die vermaladeyte Spielsucht. Sie erzeugt und nährt alle nur ersinnlichen unedeln Empfindungen: Habsucht, Neid, Haß, Zorn, Schadenfreude, Verstellung, Falschheit und Vertraun auf blindes Glück; Sie kann zu Betrug, Zank, Mord, Niederträchtigkeit und Verzweiflung führen, und tödtet auf die unverantwortlichste Weise die goldne Zeit. Wer reich ist, thut thöricht, wenn er sein Geld auf so ungewisse Speculation anlegt, und wer nicht viel zu wagen hat, muß furchtsam spielen, kann die Launen des Glücks nicht abwarten, sondern muß bey dem ersten widrigen Schlage das Feld räumen, oder er wagt es darauf, aus einem Dürftigen, ein Bettler zu werden. Doch ist die Thorheit der Erstern noch weit größer, als die der Letztern. Selten stirbt der Spieler wie ein reicher Mann; Wer daher auf diesem elenden Wege Vermögen erworben hat und dann nicht aufhört, zu spielen; der hat zehnfaches Unrecht.

Wenig Leute bedenken, daß, wenn sie täglich spielen, sie sich eine jährliche *gewisse* Ausgabe von wenigstens sechzig Thalern aufladen, die sie von dem möglichen *ungewissen* Gewinne abrechnen müssen; nämlich das Kartengeld.

Hüte Dich, mit Leuten vom Handwerke Dich auf ein Spiel einzulassen, wenn Dir Dein Geld lieb ist!

Traue Keinem von ihnen; in keiner Sache! — Die wenigen Ausnahmen, wo diese Regel einem ehrlichen Spieler von Profession Unrecht thun könnte, verdienen nicht in Anschlag gebracht zu werden, und wer sich dieser verächtlichen Lebensart widmet, mag es nicht übelnehmen, daß man ihm den Geist der Zunft zutraut, zu welcher er sich bekennt.

Laß Dich auf keine bloße Hazard-Spiele ein! Um geringen Preis gespielt, sind sie äusserst langweilig, und hohes Geld dem Ungefehr preisgeben, ist Narrheit. Ein verständiger Mann verachtet jede Beschäftigung, bey welcher Kopf und Herz schlummern müssen, und man darf nur ein mittelmäßiger Rechner seyn, um sich zu überzeugen, daß bey solchen Glück-Spielen die Wahrscheinlichkeit immer gegen uns ist. Wollen wir aber gar keine Wahrscheinlichkeit annehmen; so bleibt der Erfolg ein Werk des Zufalls — und wer wird denn vom Zufalle abhängen wollen?

Auf die so genannten Commerce-Spiele thue entweder auch Verzicht, oder lerne sie vorher recht und spiele mit gleicher Aufmerksamkeit, es mag um hohen Preis, oder um eine Kleinigkeit gelten! Lerne Dich aber auch im Spiele bemeistern und wage nicht mit Unverstand! Mache nicht durch gehäufte Fehler an Aufmerksamkeit und Kunst, Dich selbst arm, und Deinen Mitspielern Ungeduld und Langeweile!

Zeige keine böse Laune, wenn Du schlechte Karten bekömmst, wenn Du verliehrst! Wer nie Geld im Spiele verliehren will, der muß sich auf die Blindekuh einschränken.

Manche Leute geben immer vor, gewonnen zu haben; Andre klagen stets über Verlust. Die Erstern belügen nur ihren eignen Geldbeutel; die Andern aber sprechen sich selbst ein böses Urtheil. Denn wer ohne Unterlaß verliehrt, ist ein Narr, wenn er nicht endlich das Spielen aufgiebt.

Spiele nicht so unerträglich langsam, daß Deinen Gesellschaftern alle Geduld vergeht!

Zanke nicht, wenn Deine Mitspieler Fehler machen!

Zeige keine laute Freude, wenn Du gewinnst! das pflegt Dem, welcher verlohren hat, empfindlicher zu seyn, als der Verlust selbst.

Nöthige niemand zum Spiele, wenn er nicht gern, oder unglücklich spielt! Dies geschieht vielfältig von Leuten, denen es eine wichtige Angelegenheit ist, ihre Parthien vollzählich zu haben.

— Doch diese Materie ist wohl kaum einer so langen Abhandlung werth. — Wenden wir uns zu andern Gegenständen!

4.

Unter den Abentheurern unsrer Zeit spielen die *Geisterseher*, *Goldmacher* und andre *mystische Betrüger* keine unbeträchtliche Rolle. Diese Art von Schwärmerey, nämlich der Glaube an übernatürliche Würkungen und Erscheinungen ist sehr ansteckend. Bey dem Gefühle, wie manche Lücke in unsern philosophischen Systemen und Theorien übrigbleibt, so lange unser Geist in den Grenzen irdischer Ausdehnung eingeschränkt ist, und bey der Begierde, dennoch, über die Grenzen dieser Eingeschränktheit hinaus, Blicke zu thun, scheint es dem Menschen ganz natürlich, die unerklärbaren Sachen a posteriori zu erläutern, wenn es mit den Beweisen a priori nicht recht gehn will; das heisst: aus den gesammelten Thatsachen Resultate zu ziehn, die ihm angenehm sind, Resultate, die theoretisch, durch Schlüsse, nicht vollständig herauskommen. Da geschieht es dann, daß, um eine Menge solcher Thatsachen zu gewinnen, man geneigt ist, jedes Märchen für wahr, jede Täuschung für Realität zu halten, damit man seinem Glauben Gewicht gebe. Je aufgeklärter aber die Zeiten werden, je ämsiger man sich bestrebt, der Wahrheit auf den Grund zu kommen; desto sichtbarer wird es uns, daß wir auf Erden diesen Grund nicht finden, um desto leichter also gerathen wir auf jenen Weg, den wir vorher verachtet haben, so lange noch auf dem hellen Wege der Theorien neue Entdeckungen zu machen waren. Ich glaube, daß dies eine ungezwungne Erklärung des Phänomens ist, das so Manchem höchst wunderbar scheint, des Phänomens, daß in den Zeiten der größten Aufklärung ein blinder Glaube an Ammen-Märchen grade am stärksten einreisst.

Diese Stimmung des Publicums nun machen sich eine Menge Betrüger zu Nutzen, die, theils planmäßig verbunden, uns zu unterjochen, theils einzeln, nach Zeit und Gelegenheit, darauf ausgehen, die Augen der Schwachen zu blenden.

Sey es nun dabey auf unsre Geldbeutel, oder auf Tyranney über unsern Willen, oder auf irgend einen andern moralischen, intellectuellen, oder politischen Misbrauch angesehn; so ist es immer sehr wichtig, dagegen auf seiner Hut zu seyn.

Obgleich ich mich nicht fest überzeugen kann, daß eben alle Abentheurer solcher Art, daß die Cagliostros, Saint Germains, Schröpfer und Consorten bis auf den armen Masius hinunter, sämtlich von einer einzigen Triebfeder regiert werden, und daß jeder solcher Wundermann seine Unternehmungen auf denselben Zweck zu leiten die Absicht haben sollte; so sind wir doch Denen allen Dank schuldig, die uns vor solchen Abentheurern warnen, und uns wenigstens zeigen, *wohin das führen könnte*. Um aber nicht zu wiederholen, was so vielfältig ist gesagt worden, und noch immer gesagt wird; will ich hier, bey dem Betragen gegen Leute von der Art, nur folgende Vorsichtigkeits-Regeln vorschlagen:

Laß es an seinen Ort gestellt seyn, ob man Geister sehn und Gold machen könne, oder nicht! Leugne nicht das, wovon Du nicht das Gegentheil so klar beweisen kannst, daß es nicht möglich ist, dagegen etwas einzuwenden! — denn Beweise, die auf Vordersätze beruhen, welche nur willkührlich angenommen sind, können blos Den überzeugen, der Lust hat, davon überzeugt zu werden. — Aber baue nicht, auf die Möglichkeit einer Sache, den Schluß auf ihre Würklichkeit, noch auf metaphysische Grillen, moralische Handlungen! Sollte auch jemand durch Schlüsse überführt werden können, daß wohl sehr wahrscheinlich jedes sichtbare Wesen von einer Menge unsichtbarer umgeben ist; so bleibt es doch immer thöricht gehandelt, wenn dies sichtbare Wesen seine sichtbaren Handlungen mehr nach der vermuthlich unsichtbaren Gesellschaft, die ihn umgiebt, einrichtet, als nach den Sitten der wackern würklichen Personen, unter denen es umherwandelt.

Man zeige also in Worten und Handlungen mehr Wärme für thätige, nützliche Würksamkeit, als für Speculation; so werden sich die Herrn Mystiker nicht leicht zu uns gesellen!

Geräth man aber an einen solchen Wundermann und es ist uns daran gelegen, ihn und sein System genauer kennen zu lernen; so hüte man sich, vorher Unglauben und Vorwitz zu offenbahren! Er wird sonst bald merken, daß mit uns nicht viel anzufangen ist, daß wir nicht empfänglich für seine Weisheit sind; Er wird uns nicht einweyhn in seine Geheimnisse, nicht zulassen zu seinem esoterischen Unterrichte, und wir werden den Vortheil entbehren, uns und unsre Freunde von dem wahren Zusammenhange zu unterrichten — ungerechnet, daß es sich würklich für einen vernünftigen Mann nicht schickt, sich früher vor oder gegen eine Sache einnehmen zu lassen, bevor er dieselbe kaltblütig untersucht hat, wäre auch aller Anschein dagegen, besonders wenn es Dinge betrifft, in welchen selbst der Weiseste lebenslang im Finstern tappt.

Glaubt man zuversichtlich einen Betrug entdeckt zu haben; so ist Spott, so ist Persifflage nicht das Mittel, Schwärmer zu bekehren. Man gehe also Schritt vor Schritt und, da die Sinne leichter getäuscht werden können, als die Vernunft; so fordre man, bevor man sich auf Erscheinungen, Proben und Processe einlässt, daß uns vor allen Dingen zuerst die Theorie, auf welcher das alles beruht, recht deutlich erklärt werde! und hier lasse man sich nicht etwa auf eine bildliche Sprache ein, sondern auf bestimmte, verständliche teutsche Worte und auf den Ideen-Gang und Sprach-Gebrauch, der einmal unter Gelehrten üblich ist. Es mag vielleicht sehr viel Weisheit in dem Jargon der Mystiker stecken; aber für *uns* kann nur *das* Werth haben, was *wir* verstehen. Man gönne also einem Jeden die Freude, einen schmutzigen Kiesel für einen Diamanten zu halten! aber wenn man kein eben so großer Kenner von Edelgesteinen ist; so sage man gutmüthig ohne Scham, frey heraus: »daß man diesen Stein für nichts anders, als für einen schmutzigen Kiesel halten könne!« Es ist keine Schande, etwas nicht einzusehn, aber es ist mehr als Schande, es ist Betrug, das Ansehn haben zu wollen, als verstünde man — was man nicht versteht.

Hat Dich indessen ein Landstreicher, ein Goldmacher, oder Geisterseher, bey Deiner schwachen Seite gefasst, eine Zeitlang sein Spielwerk mit Dir getrieben — o! wer ist mehr in dieser Leute Händen gewesen, als ich? — und Du entlarvst endlich den Schurken; dann scheue Dich nicht, nein! denke, daß es Pflicht ist, zur Warnung andrer ehrlicher, leichtgläubiger Leute, öffentlich den Betrug bekannt zu machen — mögtest Du auch dabey in keinem sehr vortheilhaften Lichte erscheinen!

Achtes Capitel.

Ueber geheime Verbindungen und den Umgang mit den Mitgliedern derselben.

1.

Unter die mancherley schädlichen und unschädlichen Spielwerke, mit welchen sich unser philosophisches Jahrhundert beschäftigt, gehört auch die Menge geheimer Verbindungen und Orden verschiedner Art. Man wird heut zu Tage in allen Ständen wenig Menschen antreffen, die nicht, von Wißbegierde, Thätigkeitstrieb, Geselligkeit, oder Vorwitz geleitet, wenigstens eine Zeitlang Mitglieder einer solchen geheimen Verbrüderung gewesen wären. Und doch mögte es wohl nun endlich einmal Zeit seyn, diese theils zwecklosen, thörichten, theils dem gesellschaftlichen Leben gefährlichen Bündnisse aufzugeben. Ich habe mich lange genug mit diesen Dingen beschäftigt, um aus Erfahrung reden und jeden jungen Mann, dem seine Zeit lieb ist, abrathen zu können, sich in irgend eine geheime Gesellschaft, sie möge Namen haben, wie sie wolle, aufnehmen zu lassen. Sie sind alle freylich nicht in gleichem Grade, aber doch alle ohne Unterschied, zugleich unnütz und gefährlich. Unnütz sind sie zuerst, weil man in unserm Zeitalter keine Art von wichtigem Unterrichte in Geheimnisse einzuhüllen braucht. Die christliche Religion ist so klar und befriedigend, daß sie nicht, wie die Volks-Religionen der alten Heiden, einer geheimen Auslegung, einer doppelten Lehrart bedarf, und in den Wissenschaften werden die neuesten Entdeckungen zum Wohl der Welt öffentlich bekannt gemacht, müssen und sollen öffentlich bekannt gemacht werden, damit sie jeder Sachverständige prüfen und bewahrheiten könne. In den einzelnen Ländern hingegen, wo noch Finsterniß und Aberglauben herrschen, muß man den kommenden Tag erwarten. Man darf da nichts übereilen; Man verdirbt oft mehr, als man gutmacht, wenn man die Zwischenstufen überspringen will; Es hat gar keinen Nutzen, daß einzelne Menschen die Periode der Aufklärung zu beschleunigen trachten; auch können sie das nicht, und wenn sie es können; so ist es Pflicht, dies öffentlich zu thun, um desto mehr Pflicht, damit andre vernünftige Männer, in demselben Lande und in andern Gegenden, über den Beruf der Aufklärer, über den Werth der geistigen Waare, welche sie feilbiethen, und darüber mögen urtheilen können, ob das, was sie lehren, auch würklich Aufklärung sey, oder ob sie nicht vielleicht schlechtre Münze ausprägen, als die ist, welche sie verrufen. Unnütz sind solche Verbindungen ferner, von Seiten ihrer Würksamkeit, weil sie mehrentheils sich mit elenden Kleinigkeiten und abgeschmackten Cäremonien beschäftigen, eine Bilder-Sprache reden, die alle mögliche Auslegung leidet, nach schlecht durchgedachten Planen handeln, unvorsichtig in der Wahl ihrer Mitglieder sind, folglich bald ausarten und, wenn sie auch Anfangs in ihrer Einrichtung Vorzüge vor öffentlichen Gesellschaften haben könnten, nachher dieselben und noch mehr solcher Gebrechen bey ihnen einreissen, über die man in der Welt klagt. Wer Lust hat, etwas Großes und Nützliches zu thun, der findet dazu im bürgerlichen und häuslichen Leben sehr viel Gelegenheit, die fast kein Einziger ganz so anwendet, wie er könnte. Es müsste erst bewiesen werden, daß auf diesem öffentlich privilegirten Wege nichts mehr zu thun übrigbliebe, oder daß dem warmen Befördrer des Guten unübersteigliche Hindernisse in den Weg gelegt wären, bevor man das Recht haben dürfte, sich einen vom Staate nicht sancirten, geheimen, besondern Würkungskreis zu schaffen. Wohlthätigkeit bedarf keiner mysteriosen Hülle; Freundschaft muß auf freye Wahl beruhn und Geselligkeit braucht nicht durch geheime Wege befördert zu werden.

Allein diese geheimen Verbindungen sind auch schädlich für die Welt. Schädlich, weil alles, was im Verborgnen geschieht, mit Recht in Verdacht gezogen werden kann; weil die Vorsteher der bürgerlichen Gesellschaft die Befugniß haben, von dem Zwecke jeder Thätigkeit, zu welcher sich Mehrere vereinigen, sich unterrichten zu lassen; weil sonst, unter dem Schleyer der Verborgenheit, eben so wohl gefährliche Plane und schädliche Lehren, wie edle Absichten und weise Kenntnisse, versteckt seyn können; weil selbst nicht alle Mitglieder von solchen verderblichen Absichten, die man zuweilen hinter der schönsten Aussenseite zu verhüllen pflegt, unterrichtet sind; weil nur mittelmäßige Genies sich in diesen Schraubestock einzwängen lassen, die bessern hingegen entweder bald zurücktreten, oder zu Grunde gehen, ausarten und eine schiefe Richtung bekommen, oder auf Unkosten der Andern herrschen; weil mehrentheils unbekannte Obern im Hinterhalte stehen, und es eines verständigen Mannes unwerth ist, nach einem Plane zu arbeiten, den er nicht übersieht, für dessen Wichtigkeit und Güte ihm Leute einstehen — die er nicht kennt, denen er sich verbindlich machen muß, ohne daß sie sich ihm verbindlich machen, ohne daß er weiß, an wen er sich zu halten hat, wenn man ihm dafür gar nichts leistet; weil schiefe Köpfe und Schurken sich dies zu Nutzen machen, sich zu unbekannten Obern aufwerfen, und die übrigen Mitglieder zu ihren Privat-Absichten misbrauchen; weil jeder Erdensohn Leidenschaften hat, und diese Leidenschaften also mit in die Gesellschaft bringt, wo sie dann im Schatten, unter der Maske der Verborgenheit, freyern Spielraum haben, als am Tageslichte; weil alle diese Verbindungen, durch nach und nach einschleichende üble Wahl der Mitglieder, ausarten; weil sie Geld und Zeit kosten; weil sie von ernsthaften bürgerlichen Geschäften ab, zum Müssiggange, oder zu zweckloser Geschäftigkeit leiten; weil sie bald der Sammelplatz von Abentheurern und Tagedieben werden; weil sie allerley Gattungen von politischer, religioser und philosophischer Schwärmerey begünstigen; weil mönchischer esprit de corps bey ihnen einreisst und viel Unheil stiftet; endlich, weil sie Gelegenheit zu Cabalen, Zwist, Verfolgung, Intoleranz und Ungerechtigkeit gegen gute Männer geben, die keine Mitglieder eines solchen, oder wenigstens nicht desselben Ordens sind.

Dies ist mein Glaubens-Bekenntniß über geheime Verbindungen! Giebt es eine unter ihnen, die manche dieser Gebrechen nicht hat — ey nun! so mag sie dann wie Ausnahme gelten! — ich kenne keine, die nicht wenigstens an einigen derselben krank läge.*

2.

Ich rathe daher nochmals, sich auf diese Mode-Thorheit nicht einzulassen; sich so wenig wie möglich um die Systeme, um das Personale und um die Schritte geheimer Verbindungen zu bekümmern; seine Zeit nicht mit Lesung ihrer Streitschriften zu verschwenden; vorsichtig im Reden über diesen Gegenstand zu seyn, um sich Verdruß zu ersparen, und weder ein gutes noch böses Urtheil über solche Systeme zu wagen, weil der Grund derselben oft sehr tief verborgen liegt.

3.

Haben aber Vorwitz, übel geordnete Begierde thätig zu seyn, Neugier, Ueberredung, Eitelkeit, oder andre Bewegungsgründe Dich verleitet, in eine solche Verbindung zu treten; so hüte Dich wenigstens, von Thorheiten und

* Und noch jetzt (im Jahre 1796) ist dies meine unveränderte Meinung über geheime Verbindungen. Ich habe sie nicht geändert, ungeachtet ich kürzlich das Werk: *über geheime Welt- und Regierungskunst* gelesen habe. Ich miskenne des Herrn Hofraths Weishaupt redliche Absichten nicht; aber seine Gründe haben mich nicht überzeugt.

Schwärmereyen angesteckt, vom Secten-Geiste hingerissen zu werden! Hüte Dich, das Spielwerk, die Maschine verkappter Bösewichte zu werden! Dringe, wenn Du kein Knabe mehr bist, auf deutliche Entwicklung des ganzen Systems! Nim nicht eher Andre auf, als bis Du selbst vollkommen unterrichtet bist! Laß Dich nicht durch räthselhafte Vorspieglungen, durch große Verheissungen, durch blendende Plane zum Besten der Menschheit, durch den Anschein von Uneigennützigkeit, Heiligkeit und Reinigkeit der Absicht blenden; sondern fordre Beweise von Thaten und gänzliche Uebersicht! Wirft man Dir dann Deinen Mangel an Empfänglichkeit, Deine Unwürdigkeit vor; so laß Dir erzählen, welche Eigenschaften die hohen Obern fordern, und beleuchte sie, diese Obern, selber, nach ihrem Maßstabe, um ihren Werth, alle Eitelkeit bey Seite gesetzt, gegen den Deinigen zu halten! Laß Dich aber durchaus nicht darauf ein, *unbekannten* Obern zu huldigen, mögte man auch noch so einleuchtend scheinende Gründe dafür anführen! Sey vorsichtig in jedem Worte, was Du in Ordens-Geschäften schreibst, und noch mehr in Uebernehmung irgend einer eidlichen oder andern Verbindlichkeit! Fordre Rechenschaft von Anwendung der Gelder, die man Dich bezahlen lässt! — Und wenn, bey dieser vielfachen Vorsicht Du der Verbindung müde wirst, oder die Verbindung Deiner überdrüssig wird; so trenne Dich ohne Geräusch und Zank von ihr, und rede nachher nie wieder von der Sache, damit Du allen Verfolgungen ausweichest! Sollte man Dich aber dennoch nicht in Ruhe lassen; so tritt öffentlich auf, und scheue Dich nicht, Betrug, Narrheit und Bosheit vor den Augen des ganzen Publicums, Andern zur Warnung, bekannt zu machen!

Uebrigens hat man weder Verbindlichkeit, noch Beruf, alles zu zerstöhren, was man nicht gut findet. Man kann theoretisch gegen manche Dinge in der Welt eifern, ohne deswegen sich als Verfolger zu zeigen, wodurch ohnehin das Uebel fast immer ärger gemacht wird. Man kann sogar Ordens-Versammlungen von der unschädlichsten Art besuchen, wenn man einmal ein Mitglied ist; Sie sind, wie Clubs,

Beförderungs-Mittel der Geselligkeit — ja! es kann dies Pflicht werden, um das größere Uebel zu hindern, gefährlichen Einwürkungen entgegen arbeiten zu helfen, daß man seine Hand nicht aus dem Spiele ziehe.

Neuntes Capitel.

Ueber die Art, mit Thieren umzugehn.

1.

In einem Buche über den Umgang mit Menschen scheint wohl freylich ein Capitel über die Art mit Thieren umzugehn, nicht an seinem Platze. Allein was ich hierüber zu sagen habe, ist so wenig, und hat doch im Ganzen so viel Bezug auf das gesellschaftliche Leben überhaupt, daß ich hoffen darf, man wird mir diese kleine Ausschweifung gütigst verzeihn.

2.

Der Gerechte erbarmt sich auch seines Viehes — Das ist ein vortreflicher Spruch! ja! der edle, der gerechte Mann martert kein lebendiges Wesen. Wenn doch die hartherzigen, grausamen, oder, um billiger zu urtheilen, zum Theil nur leichtsinnigen, verwilderten Menschen, deren Augen sich an der Quaal eines rastlos umhergetriebnen Hirsches, oder an der Todesangst eines in dem Schauplatze der Barbarey auf den Tod gehetzten Viehs weiden können; wenn die Unbesonnenen, die mit dem Leben eines armen Geschöpfs, das in ihre kindischen Hände fällt, wie mit einem Balle spielen, Fliegen und Käfern Beine ausreissen, oder sie spiessen, um zu sehn, wie lange ein also leidendes Thier in convulsivischer Pein fortleben kann; wenn die vornehmen Müssiggänger, die, um die Ehre zu haben, am schnellsten der lieben

Langenweile in den Rachen zu reiten oder zu fahren, ihre armen Pferde auf den Tod jagen; wenn diese und Alle, die nicht erweicht werden durch den Anblick der geängsteten, duldenden, von dem grausamsten aller Raubthiere, von dem Menschen, mit kaltem Blute, nicht aus Hunger, sondern aus Muthwillen nur, gemarterten Creatur; nicht erweicht werden durch das anklagende Seufzen und Winseln dieser unglücklichen Geschöpfe, zu ihrem und unserm gemeinschaftlichen Schöpfer; wenn sie doch nur bedenken wollten, daß diese Thiere zwar zu unsrer Nahrung auf der Erde sind, nicht aber, um von uns gepeinigt zu werden, und daß keine Creatur das Recht haben könne, mit dem Leben einer andern Creatur, der Gott einen Othem eingeblasen hat, *sein Spielwerk zu treiben*; daß dies Versündigung an dem Vater aller lebendigen Wesen ist; daß ein Thier eben so schmerzhaft Mishandlung, barbarischen Mißbrauch größerer Stärke und Wehe fühlt, wie wir, und vielleicht noch lebhafter, da seine ganze Existenz auf sinnlichen Empfindungen beruht; daß diese Existenz vielleicht seine erste Stufe ist, um, auf der Leiter der Schöpfung, dahinauf zu steigen, wo *wir* itzt stehen; daß Grausamkeit gegen unvernünftige Wesen unmerklich zur Härte und Grausamkeit gegen unsre vernünftigen Nebengeschöpfe führt — Wenn sie doch das alles fühlen und ihr Herz dem sanften Mitleiden gegen alle Creaturen eröfnen wollten!

3.

Doch wünsche ich, man möge diese Exclamationen nicht auf die Rechnung einer abgeschmackten Empfindeley schreiben. Es giebt so zarte Männlein und Weiblein, die gar kein Blut sehn können, die zwar mit großem Apetit ihr Rebhünchen verzehren; aber ohnmächtig werden würden, wenn sie eine Taube abschlachten sehn müssten! Leute deren Federn und Zungen mit moralischem Gifte und Dolche den Freund und Bruder verfolgen, aber mitleidig einer matten Fliege das Fenster öfnen, damit sie fern von ihren Augen — zertreten werden könne; die ihre Bedienten in dem rauhesten Wetter ohne Noth stundenlang umherjagen, aber dagegen herzlich den armen Sperling bedauren, der, wenn es regnet, ohne Regenschirm und Ueberrock herumfliegen muß. Zu diesen süßen Seelchen gehöre ich nicht, halte auch nicht alle Jäger für grausame Menschen — Es muß ja dergleichen Leute geben, so wie wir, wenn keine Schlächter in der Welt wären, blos von Speisen aus dem Pflanzenreiche leben müssten — Aber ich verlange nur, daß man nicht ohne Zweck und Nutzen Thiere martern, noch ein vornehmes Vergnügen darinn suchen solle, mit wehrlosen Geschöpfen einen ungleichen Krieg zu führen.

4.

Ich habe immer nicht begreifen können, welche Freude man daran haben kann, Thiere in Kefigen und Kasten einzusperren. Der Anblick eines lebendigen Wesens, das ausser Stand gesetzt ist, seine natürlichen Kräfte anzuwenden und zu entwickeln, darf keinem verständigen Manne Freude gewähren. Wer mir daher einen schönen Vogel in einem Bauer schenken will, dem kann ich vorhersagen, daß das einzige Vergnügen, welches er mir dadurch verschaffen kann, das seyn wird, sein Bauer zu öfnen, und das arme Thier aus der Sclaverey in Gottes freye Luft hinausfliegen zu lassen; Auch ist eine Menagerie, in welcher wilde Thiere mit großen Kosten in kleinen Verschlägen aufbewahrt werden, meiner Meinung nach, ein sehr ärmlicher Gegenstand der Unterhaltung.

5.

Noch abgeschmackter aber scheint es mir, wenn man sich an einem Vogel ergötzt, der seinen schönen wilden Gesang hat vergessen müssen, um vom Morgen bis zu dem Abende die Melodie einer elenden Polonaise zu pfeifen, oder wenn man Geld ausgiebt, um einen Hund zu sehn, den man gelehrt hat, einen Reverenz wie ein Tanzmeister zu machen und auf den Wink seines Meisters anzudeuten, wie viel schöne Junggesellen in der Versammlung sind.

6.

Habe ich aber diejenigen getadelt, die grausam gegen Thiere verfahren; so muß ich doch auch sagen, daß Andre in die entgegengesetzte Uebertreibung fallen, indem sie mit dem Viehe, wie mit Menschen umgehen. Ich kenne Damen, die ihre Katze zärtlicher umarmen, als ihre Ehegatten; junge Herren, die ihren Pferden sorgsamer aufwarten, als ihren Oheimen und Baasen, und Männer, die gegen ihre Hunde mehr Zärtlichkeit, Schonung und Nachsicht beweisen, als gegen ihre Freunde, die sich von Jenen müssen mit Flöhen bevölkern lassen. Indessen scheinen manche Thiere in besserm Rufe zu stehn, wie andre. Niemand schämt sich, zu bekennen, daß er Flöhe habe; gewisse andre kleine Insecten hingegen darf kein Mensch von Erziehung mit sich führen, und doch ist beydes Ungeziefer, und an Geselligkeit geben die Letztern den Erstern nichts nach.

Es scheint manchen Leuten, besonders Frauenzimmern, eine natürliche Furcht vor gewissen Thieren, als Mäusen, Spinnen etc. angebohren zu seyn. Sollte sich auch dergleichen Widerwillen, wie ich es doch glaube, nicht nach und nach überwinden lassen; so vermag man es doch gewiß, in so fern Meister über sich zu werden, daß man in Gesellschaft, bey dem Anblicke dieser Feinde, sich nicht so kindisch betrage und gebehrde, wie es vielfältig geschieht.

Mitleiden, nicht Spott, verdienen die Unglücklichen, denen die Menschen so übel mitgespielt haben, daß sie (mistrauisch gegen alle vernünftige Wesen, die so oft ihre Verstandskräfte nur zum Schaden ihrer Brüder anwenden) in dem liebevollen Drange des Herzens, das sich gern ein Geschöpf zugesellen will, einen treuen Hund wie ihren einzigen Freund behandeln.

Zehntes Capitel.

Ueber das Verhältniß zwischen Schriftsteller und Leser.

1.

Ich halte es für billig, bevor ich dies Werk über den Umgang mit Menschen schliesse, mit meinen Lesern auch ein Paar Worte über unsre wechselseitigen Verhältnisse gegen einander zu reden. Zuerst also einige Bemerkungen über den Beruf, den ein Mann haben kann, ein Buch zu schreiben!

Ich habe bey andern Gelegenheiten geäussert, daß ich die Schriftstellerey in unsern Zeiten für nichts mehr, als für schriftliche Unterredung mit der Lesewelt halte, und daß man es dann im freundschaftlichen Gespräche so genau nicht nehmen dürfe, wenn auch einmal ein unnützes Wort mit unterliefe. Man soll es also dem Schriftsteller nicht übel ausdeuten, wenn er, verführt von ein wenig Geschwätzigkeit, von der Begierde, über irgendeine Materie allerley Arten von Menschen seine Gedanken mitzutheilen, etwas drucken lässt, das nicht grade die Quintessenz von Weisheit, Witz, Scharfsinn und Gelehrsamkeit enthält. Man behält ja die Freyheit, dem Schwätzer zuzuhören, oder nicht, kann, bevor man sein Buch kauft, sich erst ein wenig bey Andern nach dem Manne erkundigen, hat aber, denke ich, auf keinen Fall das Recht, ihm allein deswegen Grobheiten zu sagen, weil *uns* seine gedruckte Unterhaltung nicht gefällt, in so fern er uns nicht vorher mit unverschämten Prahlereyen und großen Versprechungen getäuscht hat. Es ist überhaupt sehr viel schwerer, als man glauben sollte, seine eignen Producte zu beurtheilen; nicht nur weil unsre Eitelkeit da in das Spiel kömmt; sondern auch weil die Objecte, über deren Beobachtung wir lange gebrütet, für uns, eben durch das Nachdenken, welches wir darauf verwendet, einen solchen Werth bekommen haben können, daß wir unsre Gedanken darüber für äusserst wichtig halten, indeß einem Andern, was wir auch davon sagen mögen, unwichtig und gemein vorkommt. Und haben wir etwa gar Sprache und Beredsamkeit nicht in unsrer Gewalt, oder sind verstimmt zu der Zeit, wenn wir unsre Gedanken zu Papier bringen wollen, oder vergessen, daß der Gegenstand, über welchen wir schreiben, nur durch kleine besondre Beziehungen auf unsre damalige Lage, die sich nicht mit übertragen lassen, uns am Herzen liegt; oder dies Herz ist zu voll, um, was es empfindet, nach der Reyhe hererzählen zu können; so geschieht es, daß wir etwas schreiben, welches uns, die wir alle Nebenbegriffe daranknüpfen, die dazu gehören, das Bild auszumalen, sehr unterhaltend scheint, jeden Andern aber gähnen macht und mit Unwillen gegen uns erfüllt. Indem es nun desfalls leicht geschehn kann, daß selbst ein verständiger Mann, von Eitelkeit geblendet, oder durch jene Gefühle irregeleitet, ein Buch schreibt, das andre Menschen für ein unnützes und langweiliges Buch halten! so kann und darf es doch einem verständigen Manne nie begegnen, etwas öffentlich vor dem Publico zu reden, das gegen Moralität und gesunde Vernunft stritte, oder wodurch er einem seiner Mitmenschen muthwillig Schaden zufügte. Denn wenngleich Schriftstellerey nur Unterredung ist; so ist sie doch eine solche Unterredung, auf welche man sich so lange Zeit zu besinnen Muße gehabt hat, wie dazu gehört, jeden unsittlichen, ganz schiefen und boshaften Gedanken zu unterdrücken. Ich meine daher, alles, was das Publicum von einem Schriftsteller, der ohne zu weit getriebne Ansprüche auftritt, fordern kann, ist, daß er durch seine Werke nichts dazu beytrage, Sitten-Verderbniß, Dummheit und Unduldsamkeit zu verbreiten. Alles Uebrige: Beruf zu schreiben; Wahl des Gegenstands; Einkleidung;

Ansprüche auf Ruhm, Beyfall und Lob; zu stiftender Nutzen; einzunehmender Gewinn; Hofnung auf Unsterblichkeit — das alles ist *seine Sache*, und es geht auf seine Gefahr, wenn er sich dem Schimpfe aussetzt, entweder in der Stille zu Fuße vom Parnasse wieder herunterschleichen zu müssen, oder von der Meute der Recensenten parforce gejagt zu werden.

2.

Wenn also ein Autor nichts Schädliches und nichts Unsinniges sagt; so muß man ihm erlauben, seine Gedanken drukken zu lassen; Wenn er etwas Nützliches sagt; so macht er sich ein Verdienst um das Publicum — Aber wird deswegen sein Buch auch gewiß gefallen? Das ist wieder eine ganz andre Frage. Allgemeiner Beyfall, von Guten und Bösen, von Weisen und Thoren, von Hohen und Niedern? — Ey nun! wer wird so eitel seyn, darauf Anspruch zu machen? Aber um auch nur dem größten Theile der Lesewelt zu gefallen, welche niedrige Mittel wählt da nicht mancher Schriftsteller? — Wer sich nicht, in Ansehung der Form, der Einkleidung, des Titels seines Buchs, nach dem Geschmacke des Jahrs richtet; Wer keine Anecdötchen einmischt; Wer nicht dafür sorgt, daß sein Werkchen hübsch fein gedruckt und mit Bildlein ausgeziert sey; Wer herrschende Vorurtheile, Mode-Systeme, glänzende Thorheiten, politischen, kirchlichen, gelehrten und moralischen Despotismus angreift oder lächerlich macht; Wer sich einen Verleger wählt, auf den die andern Buchhändler neidisch, dem sie feind sind; Wer sich nicht demüthig unter den Schutz irgend eines gelernten Posaunen-Blasers begiebt; Wer nicht die Schreyer im Publico und Die, welche in der feinen Welt den Ton angeben, zu gewinnen sucht; Wer zu bescheiden auftritt; Wer sein Buch einem Manne widmet, oder in demselben einem Manne Gerechtigkeit wiederfahren lässt, dessen Verdienste beneidet, verfolgt werden; Wer das Unglück hat, durch seine Geistes-Producte mehr Aufmerksamkeit zu erregen, als seine Anspruch machende Mitbürger; Wer dadurch auswärts sich einen Namen macht, den ihm seine Landesleute nicht gönnen — der wird, wenigstens in dieser Generation, vielleicht sein Glück als Schriftsteller nicht machen und auch sein nützlichstes Werk bald wie Maculatur behandelt sehn. Ich rathe daher, die unschuldigsten unter diesen kleinen Autorkünsten nicht eben gänzlich zu vernachlässigen. Viele davon aber sind eines edeln, verständigen Mannes unwerth.

In prahlerischen Vorreden, sich für den bisher erhaltenen allgemeinen Beyfall zu bedanken; An feile Recensenten Beurtheilungen seiner Werke einzusenden, die man selbst, oder die ein gefälliger Freund aufgesetzt hat und in welchen man dem Publico dazu Glück wünscht, daß *der Lieblingsschriftsteller der Nation* die Welt abermals mit einem schönen Buche beschenkt habe und dergleichen elende Künste mehr, helfen doch nur auf kurze Zeit. Sichrer, als die Recensionen, obgleich nicht unfehlbar für den bleibenden innern Werth eines Buchs entscheidend, ist die allgemeine Stimme des Publicums. Wenigstens ist es einem Schriftsteller zu verzeyhn, wenn er ein Werk nicht für ganz schlecht, sondern dem Bedürfnisse des Zeitalters angemessen hält, das, eine Reyhe von Jahren hindurch, häufig gekauft, gelesen, neu aufgelegt und übersetzt wird, wenn er dann auf den einzelnen Tadel unberufner Kunstrichter wenig achtet und fortfährt, die Lesewelt zu unterhalten, so lange diese Stimmung dauert; aber wenn sie auch nachlässt — dann ist es freylich Zeit, aufzuhören.

3.

Reden wir jetzt auch von dem Betragen, von den Pflichten des Lesers gegen den Schriftsteller! Zuerst soll, denke ich, Jener nie vergessen, daß Dieser sich nicht nach dem Geschmacke jedes Einzelnen richten kann. Was für Dich, in Deiner Lage, in Deiner Stimmung, höchst interessant ist, das scheint einem Andern vielleicht äusserst langweilig und unbedeutend, und wahrlich! der Mann müsste ein Hexenmeister seyn, der ein Buch verfassen könnte, in welchem Jeder für sein Paar Groschen fände, was er suchte. Es giebt Bücher, die man durchaus nur dann lesen muß, wenn man eben so gestimmt ist, wie der Mann war, der sie schrieb, so wie es auch andre giebt, deren Sinn und Schönheit man immer, in jeder Laune, fassen und sich eigen machen kann. Nicht immer sind darum *Jene* geistvoll, groß und erhaben von Inhalte, noch im Gegentheil immer schwärmerisch und fieberhaft. Nicht immer enthalten darum *Diese* lauter bestimmte, ewige Wahrheiten, auf kalte, unwiederlegbare, allein des vollkommnen Mannes würdige, unerschütterliche Philosophie gegründet, oder, im Gegentheile, nicht immer gemeine, ohne Mühe leicht zu verdauende Seelen-Speise. Sey also nicht zu strenge, mein gelehrtes Leserlein! in Beurtheilung eines sonst nicht schlecht geschriebnen Buchs! oder behalte wenigstens Deine Meinung darüber in Deinem Kopfe, in welchem oft viel leerer Raum ist, und verschreye das Buch nicht! Am wenigsten aber laß Dich verleiten, den moralischen Character des Schriftstellers, auf bloße Muthmaßung, bey dieser Gelegenheit anzugreifen, ihm schädliche Absichten beyzumessen, seinen Worten einen erzwungnen Sinn zu geben, und seine Winke hämisch auszudeuten! Beurtheile nicht ein Buch, wenn Du nur einzelne Stellen daraus gelesen hast, und bete nicht das Lob und den Tadel unwissender, boshafter, oder feiler Recensenten nach!

4.

Bey der Menge unnützer Schriften thut man übrigens wohl, eben so vorsichtig im Umgange mit Büchern, wie mit Menschen zu seyn. Um nicht zu viel Zeit mit Lesung unnützes Papiers zu verschwenden, das heisst: um nicht von Schwätzern mir die Zeit verderben zu lassen, suche ich, auch von dieser Seite, nicht viel neue Bekanntschaft eher zu machen, bis der allgemeine Ruf mich auf ein gutes, oder besonders originelles Buch aufmerksam macht. Ich bin mit einem kleinen Cirkel alter guter Freunde zufrieden, die ich oft, und immer mit neuem Vergnügen, schriftlich mit mir reden lasse.

5.

Hier wäre dann wohl der Ort, einen eigenen, nicht unbedeutenden Abschnitt den Bemerkungen über den Umgang *mit verstorbenen großen und edeln Männern* zu widmen; allein das würde mich zu weit führen; Wichtig ist aber gewiß der Einfluß, den das Studium der Geschichte, des Characters und der Schriften, der berühmtesten Helden und Weisen verschlossener Jahrhunderte auf die Ausbildung eines Mannes hat. Man träumt sich in jene Zeiten hinein, wird beseelt von dem Geiste, der aus den Thaten und Reden jener erhabnen Menschen hervorgeht; und in diesem Sinne hat der Umgang mit Verstorbenen sehr oft größere Würkung auf Köpfe, Herzen, und durch diese auf große Weltbegebenheiten, geäussert, als der Umgang mit den Zeitgenossen.

Eilftes Capitel.

Schluß.

1.

Und nun, wertheste Leser! eile ich zum Schlusse dieses Werks über den Umgang mit Menschen. Finden Sie etwas darinn, das ihrer Aufmerksamkeit werth ist; wird dies Buch vom Publico gütig aufgenommen und billig beurtheilt; so wird mir das mehr Freude machen, als mir bis itzt selbst der beste Erfolg irgend einer meiner Schriften gewährt hat. Wenigstens hoffe ich, Sie werden hier keine Grundsätze antreffen, deren sich ein rechtschaffner und verständiger Mann schämen dürfte und, wenn es sonst kein anders Verdienst hat, ihm doch das der Vollständigkeit, nicht absprechen; Denn ich glaube, daß doch nicht leicht irgend ein Verhältniß im geselligen Leben gefunden werden könne, über welches ich nicht etwas gesagt hätte — Ob gut, oder schlecht, oder beydes vermischt, oder mittelmäßig von Anfang bis zu Ende; das darf ich nicht entscheiden.

2.

Daß ein solches Buch aber, vorausgesetzt nämlich, daß der Gegenstand mit gehöriger Einsicht, Erfahrung und Menschenkenntniß behandelt wäre, nicht nur Jünglingen, sondern selbst Männern Nutzen gewähren könnte; das darf ich wohl behaupten. Man verlangt von feinen, hellsehenden Leuten immer auch esprit de conduite; aber man hat darinn

Unrecht. Dieser Geist des Umgangs erfordert Kaltblütigkeit, Achtsamkeit auf geringe Dinge, auf Kleinigkeiten, die man bey feurigen Genies selten antrifft. Ein Wink hingegen aus einem solchen Buche kann Manchen aufmerksam auf Fehler in Behandlung der Menschen machen, auf Fehler, die er an sich aus zu großer Lebhaftigkeit bis itzt übersehn hatte, ohne ihn deswegen abzuhalten, *meine* Erfahrungen auf *seine* Weise zu nützen und dennoch selbstständig zu handeln.

3.

Ich habe aber in diesem Werke nicht die Kunst lehren wollen, die Menschen zu seinen Endzwecken zu misbrauchen, über alle nach Gefallen zu herrschen, Jeden nach Belieben für unsre eigennützigen Absichten in Bewegung zu setzen. Ich verachte den Satz: »daß man aus dem Menschen machen könne, was man wolle, wenn man sie bey ihren schwachen Seiten zu fassen verstünde.« Nur ein Schurke kann das, und will das, weil nur ihm die Mittel, zu seinem Zwekke zu gelangen, gleichgültig sind; Der ehrliche Mann kann nicht aus allen Menschen alles machen, und will das auch nicht; und der Mann von festen Grundsätzen lässt auch nicht alles aus sich machen. Aber das wünscht, und das kann jeder Rechtschaffene und Weise bewürken, daß wenigstens die Bessern ihm Gerechtigkeit wiederfahren lassen; daß niemand ihn verachte; daß er Frieden von Aussen her habe; daß man ihn in Ruhe lasse; daß er Genuß aus dem Umgange mit allen Classen von Menschen schöpfe; daß Andre ihn nicht misbrauchen, oder bey der Nase herumführen. Und wenn er ausdauert, immer folgerecht, edel, vorsichtig und grade handelt; so kann er sich allgemeine Achtung erzwingen, kann auch, wenn er die Menschen studiert hat und sich durch keine Schwierigkeit abschrecken läßt, fast jede *gute* Sache am Ende durchsetzen. Und hierzu die Mittel zu erleichtern, und Vorschriften zu geben, die dahin einschlagen, — das ist der Zweck dieses Buchs.

Wer aber sein ganzes Leben hindurch, bey jeder willkührlichen Handlung, bey jedem kleinen Schritte, den er zu unternehmen hat, erst nachsehn wollte, ob er dazu in diesem Buche kein Recept, keine Vorschrift fände; der würde freylich alle Eigenthümlichkeit des Characters verleugnen — doch, wie kann das auch meine Absicht seyn? Kaum bedürfte es dieser Erinnerung, wenn es weniger schiefe Köpfe und boshafte Ausleger in der Welt gäbe.

4.

Daß ich bey dieser Gelegenheit die Schwachheiten mancher Classen von Leuten habe aufdecken müssen, ohne jedoch auf einzelne Subjecte unedle Fingerzeige zu geben; das war wohl sehr natürlich. Aber o! was hätte ich sagen können, wenn ich mein Buch mit würklichen Anecdoten hätte auszieren, und specielle Erfahrungen aus meinem Leben erzählen wollen! — Schmeichle ich mich zu viel, wenn ich hoffe, daß man mir dergleichen nicht Schuld geben, und mir wenigstens von dieser Seite wird Gerechtigkeit wiederfahren lassen?

Ende des dritten Theils.

Vorreden

zu weiteren Auflagen

Vorrede
zu dieser dritten Auflage.

Die gütige, nachsichtsvolle Aufnahme, deren das Publicum in und ausser Teutschland dies Buch würdigt, übertrifft sehr meine Erwartung. Der schnelle Absatz der ersten beyden Auflagen; die vortheilhaften Urtheile einsichtsvoller Kunstrichter; die Auszüge, welche der Herr Prediger Fest und Andre daraus gemacht haben, und endlich die Uebersetzungen desselben – Das alles fordert mich auf, keine Mühe zu sparen, nach und nach das Fehlerhafte darinn auszumerzen, und durch nöthige Zusätze, so wie durch Verbesserung der Schreibart, meinem Werke mehr Vollkommenheit zu verschaffen.

Aufmerksame Leser werden finden, welche große Veränderungen, sowohl was die Anordnung, als was den Inhalt selbst betrifft, ich bey dieser dritten Auflage, wenn man sie gegen die ersten beyden hält, vorgenommen habe. Ich bin dabey, neben meiner eigenen Ueberzeugung, der Zurechtweisung würdiger Männer gefolgt. Unter Diese zähle ich, wie billig, mit Dankbarkeit, auch den Herrn Recensenten im *sieben und achtzigsten Bande der allgemeinen deutschen Bibliothek*, dessen milde, aber verständige und ernsthafte Winke, ich größtentheils zu meinem Vortheile genützt habe.

Ueber unweisen, nicht reiflich durchgedachten Tadel hingegen, habe ich mich hinausgesetzt. Ohne der verachtenswerthen Beschuldigung des salzburgischen Herrn Kritikers Erwähnung zu thun, will ich nur des Vorwurfs: *Der, den teutschen Schriftstellern, so eignen, zu großen Vollständigkeit* gedenken, womit der *unteutsche* Herr Recensent in der allgemeinen Literatur-Zeitung mich beehrt. Ich werde mich bestreben, dieses Vorwurfs in vollem Maße würdig zu werden. Hat mein Buch einigen Werth; so bestimmt gewiß eben diese möglichste Vollständigkeit einen großen Theil desselben, und jedermann wird zum Wohlthäter an mir werden, der mir jetzt anzeigt, über welche Verhältnisse und Lagen im menschlichen Leben ich noch Bemerkungen und Vorschriften zu liefern versäumt habe.

Man hat gegen den Titel dieses Werks die Erinnerung gemacht: daß er nur Regeln des *Umgangs* ankündigte, da hingegen das Buch selbst fast über alle Theile der Sittenlehre sich ausdehnte. Billige Richter haben indessen eingesehn, wie schwer dies zu vermeiden war. Wenn die Regeln des Umgangs nicht bloß Vorschriften einer conventionellen Höflichkeit, oder gar einer gefährlichen Politic seyn sollen; so müssen sie auf die Lehren von den Pflichten gegründet seyn, die wir allen Arten von Menschen schuldig sind, und wiederum von ihnen fordern können – Das heisst: ein System, dessen Grundpfeiler Moral und Weltklugheit sind, muß dabey zum Grunde liegen. Sollte man an meinem Buche *das* tadeln dürfen, daß es *mehr* leistet, als der Titel verspricht; so könnte man *dem* Uebel auf einmal abhelfen, wenn man diesem Werke etwa *die* Ueberschrift gäbe: »Vorschriften, wie der Mensch sich zu verhalten hat, um in dieser Welt und in Gesellschaft mit andern Menschen glücklich und vergnügt zu leben und seine Nebenmenschen glücklich und froh zu machen.« Allein dieser Titel kömmt mir eben so geschwätzig, als prahlerisch vor. Man verzeyhe mir's also, daß ich es damit beym Alten gelassen habe!

Andre haben hier Vorschriften für junge Leute vermisst, die, als Studenten, Officiers u.s.f. in die Welt treten – Vorschriften, wie Diese sich gegen andre junge Leute gleiches Standes zu betragen hätten. Der Herr Recensent in den Wirzburger gelehrten Anzeigen hat dagegen sehr vernünftig angemerkt, daß, wenn ich so hätte in das Detail gehn wollen, ich vielleicht in zehn Bänden meinen Gegenstand nicht würde erschöpft haben, und daß ich mich sehr vielfach hätte wiederholen müssen. Ich füge noch hinzu, daß unter jungen Leuten, die noch keinen festen Character haben, die Mannigfaltigkeit der Sonderbarkeiten, welche sie in ihrer Art sich zu betragen zeigen, zwar unendlich groß, aber auch zugleich so unwichtig scheint, daß ein Jüngling, dem es Ernst ist, sich für die Welt zu bilden, auf diese weiter keine Rücksicht zu nehmen braucht, wenn er sich, im Umgange mit Menschen von gleichem Alter, so vorsichtig, ordentlich und redlich beträgt, als die Vorschriften dazu in diesem Buche, sowohl im Allgemeinen, als nach den verschiednen Stimmungen und Verhältnissen unter allen Gattungen von Menschen, angegeben werden.

Hannover, im Januar 1790.

Vorrede
zu den ersten beyden Auflagen.

Der Gegenstand dieses Buchs kömmt mir groß und wichtig vor, und irre ich nicht; so ist der Gedanke, in einem eignen Werke Vorschriften für den Umgang mit allen Classen von Menschen zu geben, noch neu.* Eben dieser Umstand aber, und daß mir in Teutschland, so viel ich weiß, niemand vorgearbeitet hat, muß einen Theil der Unvollkommenheiten meiner Arbeit entschuldigen. Es ist ein weites Feld, vollständig und gründlich zu bearbeiten, vielleicht für Einen Menschen, und gewiß für meine Kräfte zu groß. Kann aber das in magnis voluisse aliquid Verdienst geben; so darf ich einigen Anspruch auf den Dank des Publicums machen, um so mehr, wenn etwa meine Arbeit bey einem grössern

* Ein gewisser Herr Kunstrichter hat die Entdeckung gemacht, und diese, in seiner Beurtheilung der ersten Ausgabe meines Buchs, dem Publico mitgetheilt, nämlich die Entdeckung: daß ich sehr irrte, wenn ich glaubte, der Gedanke, Vorschriften für den Umgang mit Menschen zu geben, sey neu; man finde vielmehr dergleichen in manchen andern Büchern. Der gute Mann hat in der That recht; selbst in Gesenii Haustafel trifft man solche Vorschriften an. Nur meine ich, *der* Gedanke, solche Vorschriften, und die nicht sämtlich von ganz gemeiner Art sind, für *alle* Verhältnisse zu sammeln, das wäre doch wohl nicht eben abgenutzt. Es würde mir indessen angenehm seyn, wenn gedachter Herr Kunstrichter mir ein Werk von dieser Art namhaft machen, und mir zugleich Gelegenheit geben wollte, die in meiner Schrift im Allgemeinen gerügte Sprach-Unrichtigkeit durch Studium seiner mir unbekannten Schriften zu verbessern.

Menschenkenner und feinern Philosophen einst die Lust erwecken sollte, etwas Vollkommneres hierüber zu liefern.

Vielleicht wird man mir Weitschweifigkeit vorwerfen, und mich beschuldigen, ich hätte Raisonnements eingemischt, die nicht eigentlich zu den Regeln über den Umgang mit Menschen gehören; Allein es ist hier schwer, die wahre Grenzenlinie zu finden. Wenn ich zum Beyspiel lehren will, wie vertrauete Freunde im Umgange mit einander sich betragen sollen; so scheint es mir sehr passend, erst etwas über die Wahl eines Freundes und über die Grenzen freundschaftlicher Vertraulichkeit zu sagen, und wenn ich über das Betragen im geselligen Leben mit manchen Classen von Menschen rede, und zeige, wie man ihrer Schwächen schonen soll; so stehen philosophische Bemerkungen über diese Schwächen selbst, und über deren Quellen, nicht am unrechten Orte.

Uebrigens habe ich dies Buch nicht flüchtig hingeschrieben, wie wohl andre meiner Schriften, sondern lange an den Materialien dazu gesammelt – Es enthält Resultate aus meinem ziemlich unruhigen Leben unter Menschen mancher Art. Bey dem veränderlichen und leichtfertigen Geschmacke des teutschen Publicums und der übertriebnen Nachsicht, mit welcher dasselbe unbedeutende Romane, leere Journale, platte Schauspiele und nichtswürdige Anecdoten-Sammlungen aufnimt, mögte es zwar kaum einer Entschuldigung bedürfen, wenn man diesen grössern Theil des Publicums nicht so sehr respectirte, daß man strenge gewissenhaft in Wahl und Ausfeilung der Producte wäre, welche man in die gelehrte Welt schickt. Schriftstellerey ist in jetzigen Zeiten nicht viel mehr, als Gespräch mit der Lesewelt; In freundschaftlichen Unterredungen wiegt man aber nicht jedes Wort ab. Der müßige Haufen will ohne Unterlaß etwas Neues hören; ernsthafte, wichtige Werke werden von den Buchhändlern nicht halb so gern in Verlag genommen und vom Publico nicht halb so eifrig gelesen, als jene Modewaare; Wenn man sich nun herablässt, die Wahrheiten, die man zu sagen hat, wenigstens in ein solches Gewand zu hüllen, wie es der große Haufen gern sieht; so läuft wohl freylich je zuweilen ein unnützes Wort mit unter, und das ist vielleicht auch mein Fall gewesen. Doch will ich offenherzig genug seyn, noch etwas zu Entschuldigung meiner bisherigen Vielschreiberey anzuführen.

Niemand kann lebhafter als ich selbst fühlen, welcher Ausfeilung meine zuerst herausgegebenen Schriften noch bedurft hätten, um irgend einen Grad von Vollkommenheit zu erreichen. Indessen wurden sie und werden noch immer häufiger gelesen und öfter aufgelegt, als sie es verdienen. Der Verleger bat um mehr Waare von der Art, machte mir vortheilhafte Bedingungen, und ich wies den Erwerb nicht von mir. Ich schäme mich dieses Geständnisses nicht: Wer nur irgend weiß, auf welche Weise mein Vermögen eine lange Reihe von Jahren hindurch, sehr ohne meine Schuld, ist verwaltet worden, der wird mir das gern verzeyhn, und wer mit meiner häuslichen Lebensart bekannt ist, muß mir das Zeugniß geben, daß ich das Gewonnene auf keine unedle Art verwendet habe.

Nicht immer habe ich mich vor meinen Schriften genannt; Zuweilen hat man mich als Verfasser von Büchern angegeben, die ich nicht einmal gelesen hatte. Das hat mich bis itzt wenig bekümmert; Anders aber handelt der Mann, der in fremden Provinzen lebt, ohne an den Staat geknüpft zu seyn, dem es desfalls weniger ängstlich um seinen bürgerlichen und gelehrten Ruf zu thun ist, und anders Der, welcher in seinem Vaterlande wohnt, und dem die Achtung, auch des Geringsten unter seinen Mitbürgern, nicht gleichgültig seyn darf. Nach achtzehnjähriger Abwesenheit befinde ich mich nun wieder in dem letztern Falle. Ich würde fürchten, man mögte das Unkraut, das ich hergäbe, dem vaterländischen Boden zur Last legen, auf welchem es gewachsen wäre, wenn ich fortführe, so schnell zu arbeiten; Ich würde fürchten, mein liebes Vaterland zu beschimpfen, in welchem gottlob! der Haufen elender Scribler noch nicht so groß ist, als in den mehrsten andern Provinzen Teutschlands. Was ich also hier liefre und etwa ferner liefern werde (wenn ich je noch ausser diesem Werke etwas schreiben sollte); muß wenigstens keine lose Waare seyn, und nicht leicht werde ich wieder etwas drucken lassen, ohne meinen Namen davor zu setzen.

Es hat nicht Unzufriedenheit mit meinem Herrn Verleger in Frankfurth am Mayn, sondern andre Rücksichten haben mich bewogen, dies Buch einer hiesigen Buchhandlung in Verlag zu geben; vielmehr muß ich dem Herrn Andreä das Zeugniß geben, daß er sich jederzeit sehr billig, redlich und freundschaftlich gegen mich betragen hat.

Einige meiner Schriften sind in Wien und Leipzig nachgedruckt worden; Sollte Einer von der berüchtigten Zunft etwa auch auf dies Büchelchen eine corsarische Unternehmung von der Art wagen wollen; so dient Demselben zur Nachricht, daß alle Vorkehrungen getroffen sind, den Schaden eines solchen Diebstahls auf den Räuber selbst fallen zu machen.

Hannover im Jenner 1788.

Anhang

Ueber den Umgang mit Menschen.

Von

A. Freyherrn von Knigge.

In zwey Theilen.

Mit Churfürstl. Sächsischem Privilegio.

Hannover,
in der Schmidtschen Buchhandlung.
1788.

Nachwort

»Spielt mir die Eitelkeit keinen gar zu bösen Streich; so kann ich Ihnen [...] vielleicht endlich hier ein Büchelchen überreichen, das Ihrer Aufmerksamkeit nicht gänzlich unwürdig ist.« Mit diesen Worten beginnt der Brief, den Knigge am 8. März 1788 an Friedrich Nicolai nach Berlin sandte. Sie markieren das erstmalige Erscheinungsdatum des Buchs *Über den Umgang mit Menschen*, das kurz zuvor in Hannover die Druckerpresse verlassen hatte. Knigge hatte dort erst ein knappes Jahr zuvor, im Mai 1787, mit seiner Familie eine Wohnung bezogen. Schweren Herzens hatte Knigge das ihm liebgewordene Heidelberg aufgegeben, um den zwangsverwalteten väterlichen Gütern in Bredenbeck und Pattensen näher zu sein. Er machte sich Hoffnung, wieder in Besitz seines Vermögens zu kommen, wenigstens seinem einzigen Kind, der Tochter Philippine, geregelte Verhältnisse zu hinterlassen.

Knigge richtete sich auf einen längeren Aufenthalt in Hannover ein. Seinen Lebensunterhalt verdiente er mit dem Schreiben. 1787 war in Frankfurt sein dritter Roman erschienen: *Die Verirrungen des Philosophen oder Geschichte Ludwigs von Seelberg*. Im Gegensatz zu den vorangegangenen Romanen war dieser jedoch wenig erfolgreich und verkaufte sich schlecht. Es fehlte eine spannende Handlung zu den lang ausgearbeiteten Charakterschilderungen der Hauptpersonen. Knigge war sich dieser Mängel durchaus bewusst. Den *Ludwig von Seelberg* habe er, so bekennt er kurz darauf, nicht für »Romanen-Leser«, sondern für Menschen geschrieben, die sich zu Widersprüchen »in den menschlichen Systemen über Weisheit und Tugend« Gedanken machten.[1] Knigge interessierte sich für psychologische Zusammenhänge. Er wollte – so das Vorwort zum Roman – mit der Lebensgeschichte seines Helden zeigen, »wie früh schon im Menschen der Grund zu großen, edeln Handlungen, so wie zu unzähligen Irrthümern und Vergehungen gelegt werden«, dass durch eine Verschiebung des Gleichgewichts »die zu mächtig gewordenen Triebe die andern niederdrücken, nach und nach unsers ganzen Wesens sich bemeistern, unsern Weltlauf lenken und uns Schicksale auf den Hals laden, deren keines von ungefehr kömmt.«[2]

Knigge hatte, nicht zuletzt auf Grund eigener Erfahrungen, erkannt, wie unsicher der Boden sein kann, auf dem richtiges Handeln baut. Auch der konsequenteste Mensch sei in seinen Grundsätzen von den »geheimen Wünschen seiner versteckten Leidenschaften« beeinflusst. Eben daher kämen »die unzähligen Widersprüche in den Handlungen der Menschen, nach Zeit, Ort, Gelegenheit und Antrieb und die Verschiedenheiten der Meinungen, selbst unter den Weisen, über das, was moralisch gut, nützlich, möglich und wünschenswerth« sei.[3]

In seinem Roman plädiert Knigge zwecks »Beförderung der Duldung und Bruderliebe« für ein tolerantes Umgehen mit menschlichem Handeln. Insbesondere seien die Ursachen in den Blick zu nehmen, die zu dem jeweiligen Handeln geführt hätten. Knigge, der sich gerade aus dem Illuminatenorden gelöst hatte, erinnerte daran, dass man eine Meinungsänderung nicht für Schwäche halten sollte, wie auch umgekehrt den Dogmatiker, der »stets in der nemlichen

1 Vorrede zu: Geschichte des armen Herrn von Mildenburg, Hannover 1790. SW, Bd. 6, S. [13].
2 Die Verirrungen des Philosophen oder Geschichte Ludwigs von Seelberg, SW, Bd. 4, S. 5f.
3 Ebd., S. 7f.

Gleise bleibt«, nicht für einen gefestigten Menschen.[4] Ludwig von Seelberg entscheidet sich am Schluss des Romans nicht für eines der von ihm im Verlauf seines Lebens bevorzugten Extreme, sondern für ein »System, welches weder zu strenge noch zu leicht, nicht überspannt, sondern auf Vernunft und Liebe gegründet« ist.[5] Der Roman bildete die Vorarbeit für das Buch, das Knigge weithin berühmt machen sollte, und das die Resultate seines eigenen »ziemlich unruhigen Lebens unter Menschen mancher Art«[6] zusammenfasste: *Über den Umgang mit Menschen.*

Knigge war von der Bedeutung seines Projekts überzeugt. In der Vorrede zu den ersten beiden Auflagen betont er, etwas völlig Neues geschaffen zu haben: ein Werk, das sich an »alle Klassen von Menschen« richte. Es sollte denjenigen Hilfe leisten, die trotz bester Voraussetzungen stets »verkannt« und »übersehn werden«, denen es versagt war, »alle Stuffen menschlicher, irdischer Glückseligkeit« zu ersteigen.[7]

Mit dem Ziel der Beförderung menschlicher Glückseligkeit stand Knigge im Einklang mit der damals gängigen Eudämonismuslehre, die das Glück als Endziel menschlichen Handelns betrachtete. Der Weg dorthin ist dem Menschen durch die ihm naturgegebene Vernunft aufgegeben. Tugend ist nichts anderes als »die Fertigkeit, dem Gesetze der Natur gemäß zu leben«, das Glück stellt sich – so Christian Wolff – als Resultat eines tugendhaft-vernünftigen Verhaltens ein.[8] Erst die Kritiken Immanuel Kants bereiteten dieser Ineinssetzung von Glück und Tugend ein Ende. Trotz des nur schwer objektivierbaren Begriffs »Glück« hielten alle popularphilosophischen Schriftsteller bis zum Ende des 18. Jahrhunderts an der moralischen Begründung ihrer Glückseligkeitslehre

4 Ebd., S. 9.
5 Ebd., S. 618.
6 Vorrede zu den ersten beyden Auflagen; in diesem Band S. 432.
7 Einleitung zum ersten Teil, 1; in diesem Band S. 18.
8 Christian Wolff: Vernünfftige Gedancken von der Menschen Thun und Lassen, 4. Aufl., Frankfurt u. Leipzig 1733, S. 43.

fest. Noch 1795 veröffentlichte Knigge die gegen Kants Philosophie gerichtete Schrift *Über Eigennutz und Undank.*[9]

Die mit der Glückseligkeitslehre verbundenen Probleme wurden von deren Vertretern durchaus wahrgenommen. Gottsched machte deutlich, dass der Weg zur Glückseligkeit mit manchen Mühen gepflastert ist, und nur mit »viel Fleiß, Verstand, Ernst und einer langen Übung« zu bewältigen sei.[10] Das Ziel ließ sich nur mit einer an der Erfahrung geschulten Klugheit erreichen. Nicht zufällig fügte Johann Georg Heinrich Feder seinem 1781 erschienenen *Lehrbuch der praktischen Philosophie* auch eine »Klugheitslehre« bei.

Knigge, der kein philosophisches Werk schreiben, sondern praktische Hinweise zu einem besseren zwischenmenschlichen Umgang geben wollte, unternahm den Versuch, die Sittenlehre seiner Zeit durchgängig mit den Handlungsanweisungen der Klugheitslehre zu verbinden. Diese, traditionell mit der Erziehung des Adels verknüpft, sucht Knigge standesübergreifend für alle Menschen zu verallgemeinern. Er orientiert sich dabei am Begriff des »esprit de conduite«, einer Kunst, sich »Studium der Menschen, eine gewisse Geschmeidigkeit, Geselligkeit, Nachgiebigkeit, Duldung, zu rechter Zeit Verleugnung, Gewalt über heftige Leidenschaften, Wachsamkeit auf sich selber und Heiterkeit des immer gleich gestimmten Gemüths« zu erwerben.[11] Der Leitgedanke eines durch Souveränität und Autonomie, gleichwohl auch durch Verantwortung für das Gemeinwohl und das Glück des Einzelnen gekennzeichneten Sozialverhaltens, durchzieht das gesamte Buch. Diesen zentralen Aspekt in seiner Bedeutung zu vernachlässigen, hieße Knigges Absicht

9 Ueber Eigennutz und Undank. Ein Gegenstück zu dem Buche: Ueber den Umgang mit Menschen. SW, Bd. 11.

10 Johann Christoph Gottsched: Erste Gründe der gesammten Weltweisheit. Zit. nach: Frank Grunert: Die Objektivität des Glücks. In: F. Grunert u. F. Vollhardt (Hrsg.): Aufklärung als praktische Philosophie, Tübingen 1998, S. 361f.

11 Einleitung zum ersten Teil, 1; in diesem Band S. 19.

misszuverstehen, wie dies von späteren Herausgebern bis in unsere Tage auch immer wieder geschehen ist. Zum »Studium der Menschen« gehört selbstverständlich auch die möglichst umfassende Kenntnis der Verhaltensweisen einzelner Menschen in ihren jeweiligen psychischen Strukturen, sozialen und berufsbedingten Rollen.

In seiner Absicht, die Gesellschaft in allen ihren Facetten darstellen zu wollen, in der geradezu enzyklopädischen Vielfalt, hat Knigge wohl leider auch der Auffassung späterer Herausgeber, man könne das Buch beliebig anpassen, ihm neue Regeln für alle Fälle des zwischenmenschlichen Umgangs hinzufügen, unbeabsichtigt Vorschub geleistet. Bereits die zeitgenössische Kritik rügte den »unseligen Hang zur Vollständigkeit«, der ein Fehler und kein Vorzug des Werks sei.[12] Das Streben nach Vollständigkeit entsprang jedoch Knigges pädagogischer Haltung, den Leser mit allen erdenklichen Situationen vertraut zu machen, und sie war vergleichbar mit anderen Lehrbüchern pädagogisch-volksaufklärerischer Absicht. Rousseaus *Émile, ou de l'éducation* (1762) war eine der einflussreichsten Schriften jenes »pädagogischen Jahrhunderts«. Knigge stand unter dem Einfluss Rousseaus und war zutiefst davon überzeugt, dass der Mensch von der Geburt an bildbar sei, dass die Einwirkungen von Eltern, Erziehern und Umwelt, sowie eigene Erkenntnis vermittels der Vernunft, maßgeblichen Einfluss auf Denken und Handeln ausübten. Erziehung bedeutete, sich mit dem Leben und seinen wechselvollen Bedingungen vertraut zu machen.

Knigge berief sich auf seine eigene Lebenserfahrung. Er betont ausdrücklich, daraus »kein vollständiges System« zu ziehen, sondern »Bruchstücke, vielleicht nicht zu verwerfende Materialien, Stoff zu weiterm Nachdenken.«[13] Das Werk richtete sich an den männlichen Leser aus dem »mittleren

12 Allgemeine Literatur-Zeitung, 15. Mai 1788, Sp. 321-326. Hier: Sp. 325.

13 Einleitung zum ersten Teil, 1; in diesem Band S. 19.

Stand«, dessen Selbstvertrauen Knigge zu stärken beabsichtigte. Es war ein Personenkreis, der ein äußerst disparates Erscheinungsbild aufwies. In kaum einem anderen Land Europas gab es, wie Knigge feststellte, »zu gleicher Zeit eine so große Mannigfaltigkeit des Conversationstons, der Erziehungsart, der Religions- und andrer Meinungen, eine so große Verschiedenheit der Gegenstände, welche die Aufmerksamkeit der einzelnen Volks-Classen in den einzelnen Provinzen beschäftigen«, wie in Deutschland.[14] Knigge wollte ein besseres Miteinander ermöglichen, sein Buch zielt auf eine neue urbane Kultur der Geselligkeit. Es enthält, unter diesem Aspekt betrachtet, durchaus eine politische Utopie. Knigges Entwurf richtete sich an den Bürger einer noch nicht existierenden deutschen Nation.

Knigge folgte mit seinem Umgangsbuch einem ehrgeizigen Anspruch. Bis zur fünften Auflage, der letzten, die zu Lebzeiten erschien, feilte er an seinem Werk, ordnete und fügte neue Textpassagen hinzu. Die einzelnen Auflagen unterscheiden sich hauptsächlich durch Ergänzungen. Darüber hinaus bemühte sich Knigge, die Anordnung der Kapitel oder die Abschnitte innerhalb eines Kapitels in eine ihm sinnvoller erscheinende Reihenfolge zu bringen. Gegenüber diesen Umstellungen und den Ergänzungen sind inhaltliche Änderungen im Text – oftmals nur wenige Worte – weit schwerer aufzuspüren.

Die erste Auflage erschien 1788 in der Schmidtschen Buchhandlung in Hannover. Die darin enthaltene Vorrede ist datiert »Jenner 1788«. Das Buch erschien in zwei Teilbänden. Im ersten Teil handelt Knigge die »natürlichen« engeren Verhältnisse der Menschen untereinander ab, nämlich: »Regeln für den Umgang unter Alten und Jungen, unter beyden Geschlechtern, Eltern und Kindern, Eheleuten, Geliebten, Freunden, Verwandten, Herrn und Dienern, Wirthen

14 Einleitung zum ersten Teil, 2; in diesem Band S. 20.

und Gästen, Nachbarn, Wohlthätern und Verpflichteten, Lehrern und Schülern, Gläubiger und Schuldnern.«[15] Im zweiten, umfangreicheren Teil folgen dann »Betrachtungen über den Umgang mit Personen von verschiedenen Ständen und bürgerlichen Verhältnissen«, beginnend mit den »Großen der Erde« über verschiedene Berufsgruppen bis hin zum »Umgang mit Thieren«. Dem Schema widersprechend schließen sich hiernach Betrachtungen über den Umgang mit sich selbst und andere allgemeine Bemerkungen an.

Diese unbefriedigende Anordnung suchte Knigge – auch unter dem Eindruck der ihm bekannt gewordenen Rezensionen – in den folgenden Auflagen zu beheben. Die »zweyte verbesserte Auflage« erschien noch im Jahr 1788, ebenfalls bei Schmidt. In ihr wurde zunächst einmal die zuvor am Schluss (II, 15. Kapitel) befindliche Sammlung »allgemeiner Vorschriften« in das erste Kapitel eingearbeitet. Von dieser zweiten Auflage erschienen – auch dies ein Zeichen des großen Erfolgs – 1789 und 1790 die ersten Nachdrucke in Frankfurt und Leipzig.

Eine gründliche Umgruppierung der Kapitel folgte dann in der dritten Auflage, die 1790 in Hannover im Verlag von Christian Ritscher erscheint. Auf dem Titelblatt fehlt erstmals das »von« im Namen des Autors. Auffälligste Änderung ist neben der neuen Gliederung in nunmehr drei Teile die Verlegung zweier Kapitel an den Anfang des Buchs: die zuvor weit hinten (in II, 13) zu findenden Bemerkungen über den »Umgang mit sich selbst« bilden nun – ihrer Bedeutung entsprechend – im ersten Teil das zweite Kapitel; die Ausführungen »Über den Umgang mit Leuten von verschiedenen Gemüthsarten« (früher II, 10) schließen sich an. Mit dieser dritten Auflage erhielt das Werk seine endgültige Gestalt, die Knigge auch in den folgenden Auflagen nicht mehr änderte. Der erste Teil enthielt nun »Bemerkungen über den Umgang mit Menschen von allerley Art, ohne

15 Umgang, 1. Aufl. 1788, 2. Teil, S. 1 (1. Kapitel).

Rücksicht auf ihre besondern Verhältnisse unter einander.« Im zweiten Teil handelte Knigge die »natürlichen, häuslichen und bürgerlichen Verbindungen« ab, während er im dritten Teil die »Pflichten« darstellte, »die uns Stand, bürgerliche Verbindung, Convenienz und alle übrige zusammengesetztere Verhältnisse auflegen.«[16] Die nunmehrige Dreiteilung entsprach der Einsicht, dass menschliches Verhalten nur aus einer mehrfachen Perspektive zu betrachten sei: nach individueller Konstitution, nach äußeren Einflüssen der unmittelbaren Umgebung und nach den jeweiligen sozialen Relationen.[17]

1792 druckte Ritscher die »vierte verbesserte und vermehrte Auflage«. Darin fehlen die Anmerkungen, mit denen Knigge in den vorherigen beiden Ausgaben einige Rezensionen kommentiert hatte. Auch die Vorreden zur ersten und zur dritten Auflage wurden weggelassen. Inzwischen waren auf dem Buchmarkt erneut Nachdrucke erschienen, die mehrere Auflagen erreichten. Knigges Buch wurde im Ausland bekannt: den Anfang machten Übersetzungen ins Niederländische und ins Dänische. Im Jahre 1796 kam dann in Hannover die fünfte Auflage heraus, sie ist Textgrundlage der vorliegenden Edition. In dieser Ausgabe letzter Hand finden sich erneut kleine Korrekturen und etliche Hinzufügungen, die den Umfang des Buchs weiter anschwellen ließen. Ein besonderes Augenmerk widmete Knigge erneut den 63 Abschnitte umfassenden »Allgemeinen Bemerkungen und Vorschriften« (I, 1), hier wurden innerhalb des Kapitels wieder zahlreiche Umstellungen vorgenommen. Manche Ausführungen wechselten auf diese Weise fast von Auflage zu Auflage ihren Ort. Beispielsweise befinden sich die Bemerkungen zum Thema »Gib andern Gelegenheit, zu glänzen!« 1788 in Abschnitt 6, 1790 (um zwei Einschübe erweitert) in

16 3. Aufl. 1790. Einleitung zum zweiten Teil; vgl. S. 145.

17 Gunhild Berg: Erzählte Menschenkenntnis. Moralische Erzählungen und Verhaltensschriften der deutschsprachigen Spätaufklärung, Tübingen 2006, S. 116.

Abschnitt 50, und schließlich 1796 (erneut um einen Einschub erweitert) in Abschnitt 9 des ersten Teils. Knigge ordnete den Text im Hinblick auf einen besseren systematischen Zusammenhang, gewiss wollte er dadurch einer »Ermüdung« verursachenden »gewissen Gleichförmigkeit« begegnen, die ihm ein Kritiker vorgehalten hatte.[18] Die Anordnung lässt jedoch auch auf die zentrale Bedeutung einiger wichtiger Klugheitsregeln schließen. Nach vorn gerückt sind nun die Themen: Zurückstellung des eigenen Selbst (9), die rechte Distanz zu seinen Mitmenschen (11, 13, 18) sowie die Abschnitte 19 und 20, die prinzipienfestes Handeln betonen. Bereits in der 4. Auflage 1792 (Abschnitt 20) hatte Knigge die nun in Abschnitt 17 zu lesende »alte Regel« eingefügt, das heißt, die bereits in der Antike formulierte »Goldene Regel« der Reziprozität: »Setze Dich in Gedanken oft in andrer Leute Stelle und frage Dich selbst: ›Wie würde es Dir unter denselben Umständen gefallen, wenn man Dir dies zumuthete, gegen *Dich* also handelte, von *Dir* das forderte? – diesen Dienst, diese Verwendung, diese langweile Arbeit, diese Erklärung?‹«. Neu ist (erstmals 1796) auch der Hinweis auf die »Contenance«, die Knigge besonders Menschen mit lebhaftem Temperament anempfiehlt (I, 1, 49).

Es gibt allerdings auch längere Textstellen, in denen Knigge bis zuletzt nichts änderte. Das betrifft zum Beispiel die Ausführungen zu den »geheimen Verbindungen«.[19] Sein »Glaubensbekenntnis über geheime Verbindungen« stand 1788 fest und auch später sah Knigge keinen Anlass, hiervon abzuweichen. Dem Verbot des Illuminatenordens im Jahr 1785, dem Knigge durch seinen Austritt zuvorkam, folgte eine Welle von Verdächtigungen und Verfolgungen, der alle tatsächlichen oder vermeintlichen Mitglieder ausgesetzt waren. Im

18 Allgemeine deutsche Bibliothek, Bd. 87, 1. St., 1789, S. 366-373. Hier: S. 372.

19 III. Teil, 8. Kap. Knigge ändert hier nur wenige Worte (»demselben« statt »dem nemlichen«, »geistigen Ware«, statt »intellectuellen Ware«).

gleichen Jahr, in dem der »Umgang mit Menschen« erschien, veröffentlichte Knigge die Rechtfertigungsschrift »Philos endliche Erklärung und Antwort auf verschiedene Anforderungen und Fragen, die an ihn ergangen, seine Verbindung mit dem Orden der Illuminaten betreffend.«[20] Eine neue Welle der Verfolgung setzte nach Beginn der Französischen Revolution ein, Grund genug, die Bemerkungen über »geheime Verbindungen« unverändert bestehen zu lassen.

Die veränderte Anordnung der Kapitel und die Ergänzungen und Einschübe fallen eher ins Auge als die zahlreichen kleinen stilistischen Überarbeitungen. Das betrifft zunächst einmal die Wortwahl. Wie Knigge in der Vorrede zur dritten Auflage ausführt, wollte er seinem Werk »durch Verbesserungen der Schreibart [...] mehr Vollkommenheit« verschaffen. Auch hatten Kritiker auf »zuweilen niedrige Ausdrücke« aufmerksam gemacht.[21] Knigge ersetzte viele Wendungen durch solche eines gehobeneren Sprachstils: aus »lumpicht gekleidet« wird »schlecht gekleidet«; »viehische Dummheit« wird in »unbegreifliche Dummheit« abgeändert. Ist 1788 von einer phlegmatischen Ehegattin zu lesen, dass diese »unsere wärmsten Gespräche mit Plattitüden beantwortet und auf unsre schönsten Pflanzungen mit schweren Tatzen heruntertrampelt«, so schwächt Knigge dies in: »...unsre schönsten Pflanzungen zertritt.« In so gut wie allen Fällen mildert oder verallgemeinert Knigge, auch mit bisweilen kuriosem Ergebnis. So werden zum Beispiel die »Läuse«, die im Gegensatz zu den Flöhen »kein Mensch von Erziehung mit sich führen« dürfe, auch verbal getilgt. Es sind nun »gewisse andre kleine Insecten«.

20 Hannover, in der Schmidtschen Buchhandlung, 1788. »Philo« war Knigges Illuminatenname.

21 Allgemeine Literatur-Zeitung 1788, Nr. 117, Sp. 326. Allgemeine deutsche Bibliothek, Bd. 87, 1. St., 1789. Vgl. Thomas Pittrof: Knigges Aufklärung über den Umgang mit Menschen, München 1989, S. 66ff. Pittrof zählt zwischen 1788 und 1796 »weit mehr als 300 Korrekturen«.

Besondere Bedeutung kommt Knigges Verdeutschungen ausländischer, insbesondere französischer Wörter zu. In seiner Abhandlung »Über Schriftsteller und Schriftstellerey« (Hannover 1793) lobte er als »sehr verdienstliches Unternehmen, die teutsche Sprache, so viel als möglich, von fremden, ausländischen Wörtern zu reinigen.« Campe habe darin »einige sehr glückliche Versuche« gemacht. Dessen Bestrebungen, möglichst alle ausländischen Wörter ins Deutsche zu übertragen und sie damit überflüssig zu machen, kann Knigge jedoch nicht folgen. Es käme nämlich darauf an, »daß der neue teutsche Ausdruck, ohne Umschreibung, bestimmt dieselbe Idee erwecke.« Es werde aber nie möglich sein, alle ausländischen Wörter genau zu übersetzen und entbehrlich zu machen.[22]

Knigge wusste, wovon er redete, hatte er doch in der Bearbeitung des »Umgangs« ein weites Übungsfeld gefunden. Als 1796 die fünfte Auflage erschien, hatte er fast alle fremdsprachlichen Ausdrücke durch deutsche Wörter ersetzt, die mit sehr viel Feingefühl für die Sprache gewählt waren. Aus einem Mann »sans conséquence« wird ein Mann »ohne Bedeutung« (II, 5, 3), die »petite Maîtresse« wird zur »weiblichen Zierpuppe« (III, 3, 1). Die »Facultäten« des Verstandes sind nun »Kräfte« des Verstandes (I, 2, 4). Knigge greift durchaus Vorschläge Campes auf, indem er »folgerecht« an Stelle von »consequent« und »Zartgefühl« statt »Delicatesse« schreibt. Die Änderungen erfolgen jedoch nie schematisch, stets beachtet Knigge den Kontext: für »amüsiert« wählt er »belustigt«, für »amüsant« das Wort »unterhaltend«. Das »Interesse« wird zur »Theilnahme«, aus »interessanten« Gesprächen werden – als Rat für Eheleute treffend gewählt – »anziehende« Gespräche.[23]

Knigge redigierte seinen Text mit großer Sorgfalt. Und so unterscheiden sich die letzten Auflagen des »Umgangs mit

22 Ueber Schriftsteller und Schriftstellerey, Hannover 1793, S. 107f., SW, Bd. 19, S. 177f.

23 Vgl. Pittrof, S. 66f.

Menschen« doch mehr, als ein oberflächlicher Blick vermuten ließe. Die treffendere und verständlichere Wortwahl ist das besondere Merkmal der Ausgabe von 1796, die als Knigges eigentliches Vermächtnis anzusehen ist. Die Herausgeber des 19. Jahrhunderts sahen sich diesem allerdings weniger verpflichtet, und so entstanden nicht nur inhaltlich verfälschte Ausgaben, sondern auch solche, die den wohlgewählten Ausdruck und die feine Ironie des Freiherrn für entbehrlich hielten.

Verfolgt man die Inhalte der im »Umgang« abgehandelten Themen, so weicht Knigge in den einzelnen Auflagen so gut wie nie von einer einmal gefassten Beurteilung ab. Eine Ausnahme gibt es jedoch: Unter dem Eindruck der Französischen Revolution verschärft Knigge in einigen Textpassagen den Ton, und sei es nur durch die Änderung eines einzigen Wortes. Am deutlichsten äußert sich Knigge in dem – oft zitierten – längeren Zusatz, den er in der dritten Auflage von 1790 dem Kapitel über den Umgang mit den »Großen der Erde« (III, 1) hinzufügte. Hier rät Knigge dem, der in der Gunst eines der fürstlichen »Erden-Götzen« stehe, diesen »zur Gerechtigkeit, Treue, Wahrheit und Menschenliebe zu ermuntern.« Weiter heißt es dann – im Original hervorgehoben –:

> »Stimme ihnen nicht bey, wenn sie je vergessen wollen: *daß sie, was sie sind und was sie haben, nur durch Uebereinkunft des Volks sind und haben; daß man ihnen diese Vorrechte wieder nehmen kann, wenn sie Misbrauch davon machen; daß unsre Güter und unsre Existenz nicht ihr Eigenthum, sondern, daß alles, was sie besitzen, unser Eigenthum ist […]; endlich, daß in diesen Zeiten der Aufklärung bald kein Mensch mehr daran glauben wird, daß ein Einziger, vielleicht der Schwächste der ganzen Nation, ein angeerbtes Recht haben könne, hundert tausend weisern und bessern Menschen das Fell über die Ohren zu ziehn; daß sie aber ohne Trabanten und Wachen ruhig schlafen können, wenn das dankbare Volk, dessen treue*

Diener sie sind, sie liebt und für das Wohl der Edeln Segen vom Himmel erfleht.« (III, 1, 17)

Es ist im *Umgang mit Menschen* Knigges deutlichstes Bekenntnis zum Konstitutionsgedanken und zu den in Rousseaus *Gesellschaftsvertrag* formulierten Ideen. Es gibt weitere Textstellen, die unter dem Eindruck der Französischen Revolution geändert wurden. So wird noch 1788 ein von seinen Freunden Verlassener verglichen mit jemandem, auf dem »Jeder, wie die benachbarten Fürsten auf das[!] Eigenthum einer kleinen Reichsstadt, herumtanzt« (II, 9, 1). 1790 verschärft Knigge diesen Vergleich und schreibt: »Jeder, wie die benachbarten Fürsten über das Eigenthum einer kleinen Reichsstadt herfällt« (II, 11, 1).

Auch das Erscheinen der Revolutionsarmee hinterließ Spuren. Den Ausführungen zum »Soldatenstande« fügt Knigge in der 5. Auflage von 1796 den Satz hinzu: »Doch sind vielleicht die Zeiten nicht mehr fern, wo jede dieser Vorschriften unnütz werden, und der Stand eines Soldaten nicht länger von dem eines Bürgers getrennt bleiben wird« (III, 6, 3). In ähnliche Richtung geht eine längere – 1790 noch fehlende – Ergänzung im Kapitel »Über den Umgang mit Geringern«. Knigge betont darin, dass »gothische Geschäfts-Formeln, große Perücken, Mantel-Kleider und dergleichen« endgültig einer vergangenen Epoche angehörten. Durch bloßen Prunk täusche man, »besonders in den jetzigen aufgeklärten Zeiten«, das Volk nicht mehr. Ehrerbietung und Gehorsam würden sicherer durch den inneren Wert des Befehlenden gewonnen, nicht zuletzt, wenn dieser mit dem Untergebenen vertraulich und zwanglos umgehe. Wer sich davon überzeugen wolle, der brauche »nur die französischen Kriegsheere zu sehn« (III, 2, 9).

Obgleich Knigge während der Überarbeitungen des *Umgangs* seine politischen Schriften veröffentlichte, in denen er die staatliche Ordnung seiner Zeit einer Kritik unterzog, lesen sich viele Textstellen des *Umgangs* eher staatstragend als kritisch oder gar revolutionär. Bei allem Lob der »aufgeklärten Zeiten« ist für Knigge Aufklärung ein relativer Begriff. Er bedauert zwar den Stand der Bauern, die »in einer Art von Druck und Sclaverey« [...] nur für ihre Tyrannen« arbeiteten, schreibt dann aber, dass man »so viel von Verbesserung der Dorfschulen und Aufklärung des Landvolks« schwatze, ohne sich zu überlegen, »welch' ein Grad von Aufklärung für den Landmann, besonders für den von niedrigem Stande« tauge. Man solle den Bauern nicht zu sehr »die Augen über ihren armseligen Zustand [...] öfnen« und sie nicht »durch zu viel Aufklärung unzufrieden mit ihrer Lage« machen. Knigge ringt sich in der fünften Auflage 1796 mit einem Nachsatz allenfalls das Zugeständnis ab, dass es »auch grausam und ungerecht« sei, die »natürlichen Fortschritte einer solchen Aufklärung vorsätzlich *hindern* zu wollen.« (III, 6, 9). »Wie der sel. Knigge sich über die Aufklärung der Leute aus niedern Stande so unbestimmt und schielend hat ausdrücken können [...], ist uns unbegreiflich«, lautet umgehend der Protest eines zeitgenössischen Kritikers. Ein »so rüstiger Vertheidiger der Aufklärung« hätte so etwas nicht schreiben sollen.[24]

Bedauerlicherweise sind auch Knigges Äußerungen über die Juden (III, 6, 8) kein Indiz für eine kritische Reflexion. Sie lassen auf eine eher oberflächliche Beschäftigung mit dem Thema schließen. Zwar spricht Knigge von der »höchst unverantwortlichen Verachtung, mit welcher wir den Juden begegnen«, auch räumt er ein, dass es ihre bedrückten Lebensbedingungen seien und die »Unmöglichkeit, auf andre Weise als durch Wucher« den Unterhalt zu verdienen, der sie »moralisch schlecht« mache. Es gebe unter ihnen »dennoch edle, wohlwollende, großmüthige Menschen«. Die folgende Beschreibung ihres »Volkscharakters« geht jedoch nicht über das bekannte Zerrbild des Geld raffenden Juden hinaus. Warnungen und Vorschläge, wie man mit diesen

24 Allgemeine Literatur-Zeitung 1797, Nr. 260, Sp. 429f.

»gebohrnen Handelsmännern« umgehen sollte, stehen im Mittelpunkt der Betrachtungen.

Aus heutiger Sicht ähnlich fragwürdig – aber von der zeitgenössischen Kritik durchaus gelobt[25] – ist das Frauenbild, das Knigge im Kapitel »Über den Umgang mit Frauenzimmern« zeichnet (II, 5). Seiner Tochter Philippine verhalf er zu einer überdurchschnittlich guten Ausbildung und auch im *Umgang mit Menschen* bekundet er durchaus Respekt vor gebildeten Frauen, die allerdings diese Kenntnisse »neben allen häuslichen und geselligen Tugenden, neben der edelsten Einfalt des Characters und neben der Anmuth weiblicher Schönheit« besitzen sollten. Freimütig bekundet Knigge, dass ihn immer »eine Art von Fieberfrost« befalle, wenn er in Gesellschaft einer Dame begegne, die »große Ansprüche auf Schöngeisterey, oder gar auf Gelehrsamkeit« mache (II, 5, 18). Es überrascht nicht, dass Knigge auch anderen Frauen, die nicht dem gängigen Bild entsprachen, mit Vorbehalten begegnete. Schauspielerinnen waren für ihn meist eben doch »freche Buhlerinnen« (III, 5, 8).

Knigge kannte das Bühnenwesen, er hatte in Liebhabertheatern selbst mitgespielt, fürs Theater geschrieben und in Hannover die *Dramaturgischen Blätter* herausgegeben. Sein Fazit: Man dürfe das Theater nicht nach dem beurteilen, was es *sein könnte*, sondern nach dem, *was es ist* (III, 5, 8). Auch auf diesem Gebiet aktualisiert Knigge seine Ratschläge. Nach dem Ende des Bremer Amateurtheaters, das er selbst geleitet hatte, gibt er 1796 im Kapitel »Über den Umgang mit Gelehrten und Künstlern« seine Bedenken über »gesellschaftliche Bühnen« zu Protokoll (III, 5, 12).

Auch bei den Ausführungen zum Theater werden wieder kleine Änderungen im Text vorgenommen, die für den Leser unbedeutend, jedoch für den Autor von großer Wichtigkeit waren. So wechselt Knigge mehrfach seine Sympathien für

25 »Ein schönes Capitel, mit Erfahrung und Vorsicht geschrieben, mit einigen starken Stellen.« AdB, Bd. 87, 1. St., 1789, S. 368.

seiner Meinung nach vorbildliche Theaterleute. In den ersten beiden Auflagen zählt er hierzu Iffland, dann ergänzt er in der dritten Auflage von 1790 die Namen Schröder und Großmann. Letzterer stand als Schauspieldirektor in Hannover mit Knigge in engem Kontakt. In der fünften Auflage ist von diesen Namen lediglich »der unnachahmliche Schröder« übrig geblieben, der Hamburger Theaterleiter und Freimaurer. Die zunächst freundschaftliche Beziehung zu Großmann war, wie wir aus der Bremer Theatergeschichte wissen, deutlich abgekühlt.

Auch der Streit, in dem Knigge sich mit den Pädagogen Campe und Trapp überworfen hatte, hinterließ vorübergehend seine Spuren. In der ersten Auflage ist über die »heutigen sogenannten Gelehrten«, zu denen Knigge »einige unsrer Journalisten und Anecdotensammler« rechnete, zu lesen, sie stünden »gemeiniglich, bey geringem Vorrathe von eigner Gelehrsamkeit, im Solde irgend einer herrschsüchtigen Parthey oder eines Anführers derselben, sey es nun von Naturalisten, Orthodoxen, Deisten, Schwärmern, Weltbürgern, Mystikern, oder wovon es immer sey.« (1788: II, 4, 6). In der dritten Auflage von 1790 finden sich neben solch illustren Leuten auch noch die »Philanthropen« (III, 5, 6). Erst in der fünften Auflage verschwanden sie wieder, mit ihnen auch die »Deisten« und die »Weltbürger«. Knigge warnte jetzt nur noch vor »politischen Ketzermachern, Orthodoxen, Schwärmern, Vernunft-Feinden und Mystikern.« Die Korrekturen sind eine deutliche Reaktion auf die Anfeindungen, denen der Freiherr in seinen letzten Lebensjahren ausgesetzt war und Zeichen der erfolgten Versöhnung mit Campe und Trapp.

Knigges Mühe bei der Sammlung und Bearbeitung des Stoffes weist nicht nur auf die ihm zugemessene Bedeutung, sondern auch auf ein grundsätzliches Problem hin. Im ausgehenden 18. Jahrhundert ist das Bewusstsein über die Komplexität, ja Undurchschaubarkeit des Verhaltens ebenso angewachsen wie das Bedürfnis, Erkenntnis über sein Gegenüber zu erlangen. Erinnert sei an Lavaters Versuche, aus der Physiognomie verlässliche Auskunft über das menschliche Gemüt und eine zu erwartende Reaktion zu erhalten. Erinnert sei auch an die große Anziehungskraft, die das Theater ausübte. Hier setzte inzwischen das Schauspiel Kotzebues neue Maßstäbe, wo nicht typisierte Verhaltensweisen, sondern die Intentionen der Protagonisten, ihre inneren Konflikte, und oft unkonventionelle Lösungen im Mittelpunkt standen. Kotzebues *Menschenhaß und Reue* – das Schauspiel thematisierte den Ehebruch einer Frau – wurde im Dezember 1788 uraufgeführt und trat im Folgejahr seinen Triumphzug durch alle deutschen Bühnen an. Knigge und sein Buch vom *Umgang mit Menschen* wird in Kotzebues Schauspiel beiläufig einmal erwähnt. »Ein Menschenfeind ist mir im Laufe meines Lebens noch nicht vorgekommen«, heißt es in der ersten Szene des vierten Aufzugs. »Knigge hat ein schönes Buch über den Umgang mit Menschen geschrieben; aber wie man mit einem solchen Geschöpf umgehen soll [...], darüber hat er Vorschriften zu erteilen vergessen.« Knigges Replik – sie findet sich im Kapitel über den »Umgang mit Leuten von verschiednen Gemüthslagen« – ist aufschlussreich. Es sei unmöglich, hier allgemeine Regeln vorzuschlagen, man müsse »bey jedem einzelnen Falle, genau mit den Quellen des Uebels bekannt« sein (I, 3, 12). Entsprechend fügt Knigge 1792 (4. Auflage) dem resümierenden Schlusskapitel seines Werks einen Absatz hinzu, in dem er unmissverständlich deutlich macht: »Wer aber sein ganzes Leben hindurch, bey jeder willkührlichen Handlung, bey jedem kleinen Schritte, den er zu unternehmen hat, erst nachsehn wollte, ob er dazu in diesem Buche kein Recept, keine Vorschrift fände; der würde freylich alle Eigenthümlichkeit des Characters verleugnen.« (III, 11, 3).

Der aufklärerische Optimismus ist zum Ende des Jahrhunderts bereits einer gehörigen Portion Skepsis gewichen. Knigge wusste um die Verschiedenheit der Menschen und ihre unterschiedlichen Vorstellungen vom Glück. Die in seinem Buch formulierten Regeln, die dazu dienten, »den Umgang leicht, angenehm zu machen, und das gesellige Leben zu erleichtern«, folgten keinem starren moralphilosophischen System. Da es unmöglich war, alle »Eigentümlichkeiten des Charakters« jemals zu erfassen, war Toleranz gegenüber den Verhaltensweisen der Mitmenschen angebracht: »Wir sollen daher so billig seyn, von niemand zu fordern, daß er sich nach unsern Sitten richte, sondern jedermann seinen Gang gehn lassen; denn da jedes Menschen Glückseligkeit in seinen Begriffen von Glückseligkeit beruht; so ist es grausam, irgend Einen zwingen zu wollen, wider seinen Willen glücklich zu seyn.« (I, 1, 62).

Die moralische Beurteilung des anderen lässt sich nur relativ auf Grund der moralischen Selbstdarstellung des Beurteilten vornehmen.[26] Jeder Mensch muss sich dabei an seinen eigenen Ansprüchen messen lassen und umgekehrt: »Die Menschen beurtheilen und richten Dich nach dem Maaßstabe Deiner Forderungen, und sie sind noch billig, wenn sie nur das thun, wenn sie Dir nicht Forderungen aufbürden.« (I, 1, 2). Es ist also nur konsequent, dass Knigge – wenn auch mit großer Vorsicht – für eine kluge Verstellung plädiert. Der Satz »Jeder Mensch gilt in dieser Welt nur so viel, als er sich selbst gelten macht« – die »große Panacee für Abentheurer, Prahler, Windbeutel und seichte Köpfe« könne immerhin lehren, sich »von seinen vortheilhaften Seiten zu zeigen.« (I, 1, 1).

Knigges Zeitgenossen, das belegen die Rezensionen, machte diese Verbindung von moralischen Grundsätzen mit denen der Klugheitslehre nicht wenig zu schaffen. Zwar räumen manche von ihnen ein, dass es unmöglich sei, in diesem Punkt klar zu trennen, es wird aber auf die Gefahr hingewiesen, die eine Klugheitslehre ohne Moral habe, was insbesondere bei jungen Lesern »äußerst verderbliche Folgen« haben könnte.[27] Dies ein Vorwurf, der auch bei späte-

26 Gunhild Berg: Erzählte Menschenkenntnis, S. 160f.
27 Allgemeine Literatur-Zeitung 1788, Nr. 117.

ren Kommentatoren von Knigges Werk selten fehlt, und der sich im 19. Jahrhundert zu einem Rezeptionsmuster verdichtet, bei dem der Autor des *Umgangs* als Verfechter eines moralisch fragwürdigen privaten Machiavellismus gilt.[28] Knigge distanzierte sich ausdrücklich – bereits in der ersten Auflage von 1788 – von einer solchen Interpretation. Er habe »in diesem Werke nicht die Kunst lehren wollen, die Menschen zu seinen[!] Endzwecken zu misbrauchen.« (1796: III, 11, 3).

Der Vorwurf eines nicht an moralischen Normen orientierten, bloß taktisch klugen Verhaltens war zentrales Argument der Hofkritik. Sie diente im 18. Jahrhundert einer gegen den Adel gerichteten Selbstlegitimation des Bürgers. Es war somit kein einfaches Unterfangen, der Moral die Weltklugheit zur Seite zu setzen. Knigge war sich dessen bewusst und hätte sein Buch, dessen Titel eher konventionelle »Regeln des Umgangs« erwarten ließ, gerne benannt: »Vorschriften, wie der Mensch sich zu verhalten hat, um in dieser Welt und in Gesellschaft mit andern Menschen glücklich und vergnügt zu leben und seine Nebenmenschen glücklich und froh zu machen.« Ein Titel, der ihm allerdings ebenso »geschwätzig« wie »prahlerisch« vorkam.[29]

Knigges Buch vom *Umgang mit Menschen* steht in der bis in die Antike zurückreichenden Traditionslinie der Verhaltenslehren, die immer auch Kommunikationskunst waren. Von besonderer Wirkung waren dabei Ciceros *De oratore* und seine Ethik *De officiis*, Schriften, die sich an den kultivierten Bürger der römischen Oberschicht richteten. Knigge lobt einmal Garves »meisterhafte Übersetzung« des Werks über die Pflichten.[30] Da Knigge »überhaupt nicht viel auf Autorität

28 Michael Schlott: Wirkungen und Wertungen. Adolph Freiherr Knigge im Urteil der Nachwelt (1796-1994), Göttingen 1998, S. XLVII.

29 Vorrede zur dritten Auflage; in diesem Band S. 430.

30 Journal aus Urfstädt, 3. St., Frankfurt/M. 1786. SW, Bd. 17, S. 682.

und Citiren« hielt[31], lässt sich nur mutmaßen, welche Werke der Antike und der nachfolgend erwähnten Zeitalter er kannte und welche ihm wichtig erschienen.

Im Zeitalter der Renaissance erlangten die Verhaltenslehren besondere Bedeutung, zu nennen wäre hier vor allem Baldassare Castigliones *Libro del Cortegiano* (1528). Castiglione geht es in diesem Buch um die Beschreibung eines Charakters, um den Habitus des »Hofmanns«. Es handelt von angemessener Würde, von Bescheidenheit, von der Wahrung der Ehre. Mehrfach wird der bereits bei Aristoteles beschriebene »goldene Mittelweg« betont, der einzuhalten sei. Im Zusammenhang mit der Frage nach der »Anmut« und der Vermeidung jeglicher »Ziererei« gelangt Castiglione zu einer Regel, die ihm »allgemein gültig zu sein scheint bei allen menschlichen Taten und Reden«: Man solle eine gewisse Nachlässigkeit (»sprezzatura«) zur Schau tragen, die die angewandte Mühe verberge. Alles was man tue oder spreche, solle gleichsam wie »absichtslos hervorgebracht« erscheinen.[32] Der solchermaßen vollendete Hofmann wirkte als Vorbild noch lange nach, seine Gestalt ist noch im »honnête homme« der französischen Salons und beim englischen »Gentleman« zu spüren.

Der mit Hilfe von simulatio und dissimulatio nach außen hin zu wahrende Schein war eine für den Erfolg bei Hof ebenso notwendige Fähigkeit wie das überlegene Durchschauen des Konkurrenten. Castigliones Zeitgenosse Niccolò Machiavelli brachte dabei die geschickte Taktik der Machtbehauptung unter Zurückstellung jeglicher moralischer Erwägungen zu besonderer Vollendung. Rund hundert Jahre nach Castiglione legte 1653 der spanische Jesuit Baltasar Gracián die an Machiavellis Lehren anknüpfende Kunst der Weltklugheit in seinem *Oráculo manual y arte de prudencia* vor. Das *Handorakel* ist eine Zusammenstellung von 300

31 Knigge, Über Eigennutz und Undank, SW, Bd. 11 ,S. 327.
32 Baldassare Castiglione: Der Hofmann, Buch I, 26.

Sentenzen und Maximen, es wurde in andere Sprachen übersetzt und fand zahlreiche Nachahmer. »Ein Krieg ist das Leben des Menschen gegen die Bosheit des Menschen«, lautet eine der zentralen Maximen Graciáns.[33] Im zwischenmenschlichen Umgang war demnach die Kunst der Verstellung, aber auch die Kunst, mit solchen Verstellungen klug umzugehen, von grundlegender Bedeutung. Diese Regeln der Klugheit ließen sich auch auf den Bereich der Privat-Politik beziehen. Der Einfluss Graciáns auf die Klugheitslehren des Barockzeitalters ist unverkennbar.

In Frankreich entwickelte sich im Laufe des 17. Jahrhunderts das Ideal des »honnête homme« und eine wieder mehr moralisierende Salonkultur, in deren Umkreis einige einflussreiche Schriften entstanden. Zu den ersten Verfassern der Honnêteté-Traktate gehört vor allem Nicolas Faret (1596-1646), der aus bescheidenen Verhältnissen stammte, nach seiner juristischen Ausbildung als Günstling des Kardinals Richelieu am Hof Karriere machte, und es schließlich bis zum Gründungsmitglied der Académie française brachte. Farets Ausführungen sind stark von Castiglione beeinflusst. Seine Schrift *L'honneste-homme ou l'Art de plaire à la Court* erschien 1630. Sie wurde unter dem Titel *Ehrliebender Hof-Mann* (Leipzig 1647/48) auch in Deutschland bekannt. Hier klingen erstmals auch kritische Töne an. Bei Hofe sei das »wüste Leben« allgemein verbreitet, das Gute geschehe »ohne Vorsatz und ungefehr«, das Böse »gleich ob man Profession davon machte«.[34] Karrieredienlich sei vor allem eine umfassende Allgemeinbildung. Farets Schrift war sehr erfolgreich, sie begründete eine Gattung von ähnlichen

33 13. Maxime. Zit. nach Gracian: Handorakel und Kunst der Weltklugheit. Deutsch von Arthur Schopenhauer, Stuttgart 1978.

34 Nicolas Faret: Ehrliebender Hof-Mann 1648. Hrsg. von P. Born und A. Noe. Berlin 2007, S. 44.

Werken, deren Verbreitung in den beiden letzten Jahrzehnten des 17. Jahrhunderts ihren Höhepunkt erreichte.[35]

Das neu geprägte Leitbild des »honnête homme« verbreitete sich in Frankreich über den Hof hinaus in gesellschaftliche Kreise, die eine eigenständige »Salonkultur« pflegten. Begünstigt wurde diese Entwicklung durch die zunehmende Entmachtung des alten Adels zugunsten der zentralen Monarchie. Konflikte mit dem König führten manch einen Adeligen zum Rückzug in das literarische Leben der »Salons«. Hier gaben die Frauen den Ton an. Um Madame de Rambouillet versammelte sich die vornehme und gebildete Gesellschaft zur ungezwungenen Konversation. Um 1650 gründete dann die Schriftstellerin Madeleine de Scudéry ihren Salon der geistreich-kultivierten Gespräche.

Einen weiteren Höhepunkt des Honnêteté-Ideals bildeten die Schriften des Duc de La Rochefoucauld und des Chevalier de Méré. Beide standen in Distanz zum Pariser Hof – La Rochefoucauld war in die Adelsverschwörung der Fronde verwickelt gewesen – beide entwickelten ihre Gedanken im Bewusstsein der Zugehörigkeit zu einer kulturellen Elite. Bekanntestes Werk La Rochefoucaulds sind die erstmals 1664/65 anonym erschienenen und danach mehrfach ergänzten *Maximen*, worin der Verfasser »ein Portrait des menschlichen Herzens«[36] zu zeichnen sucht, das den Leidenschaften, vor allem dem »Amour propre« unterworfen ist. Vom »Hofmann« hatte sich der »honnête homme« im Frankreich des 17. Jahrhunderts zum Weltmann und galanten Konversationskünstler der Salons weiterentwickelt, ein Persönlichkeitsideal mit einer »aristokratisch-elitären Aura«, das erst mit der Französischen Revolution an Geltung ein-

35 Anette Höfer, Rolf Reichardt: Honnête homme, Honnêteté, Honnêtes gens. In: Handbuch politisch-sozialer Grundbegriffe in Frankreich 1680-1820, Heft 7, S. 13f.

36 Vorrede zur ersten Auflage von 1665. Zit. nach Fritz Schalk (Hrsg.): Die Französischen Moralisten. 2. Aufl., Bremen 1980, S. 61.

büßte.[37] Als Höhepunkt moralistischer Gesellschaftskritik darf vielleicht das Werk Jean de La Bruyères (1645-1696) *Les Charactères* angesehen werden, das zur Zeit Ludwigs XIV. ein freimütiges Urteil über seine Zeit zeichnet. Die sechzehn Kapitel des Werks sind scharfe Beobachtungen, bei deren Lektüre das Publikum nun »mit Muße das Bild betrachten« könne, das er »nach der Natur von ihm entworfen habe«, wie La Bruyère in der Vorrede schreibt.[38] Wie La Rochefoucauld pflegt La Bruyère ein pessimistisches Weltbild und propagiert eine abgeklärte Haltung im zwischenmenschlichen Umgang. Dazu will er – vergleichbar mit Knigge – keine »Gesetze« formulieren, sondern Beobachtungen schildern, aus denen jeder selbst seine Schlussfolgerungen ziehen kann. »Wer genau weiß, was er von den Menschen im allgemeinen und von jedem von ihnen im besonderen erwarten darf, kann sich getrost ins Getriebe der Welt stürzen.«[39]

Die Schriften der italienischen Renaissance und der französischen Gesellschaftsethik fanden auch in Deutschland große Beachtung. Vor allem zwischen 1570 und 1620 ist eine rege Übersetzertätigkeit festzustellen. 1582 erscheint unter anderem die erste deutsche Übersetzung des *Cortegiano*.[40] Für die Adelserziehung in Deutschland war diese Hofliteratur, zu der auch Della Casas *Il Galateo* gehörte, von besonderer Bedeutung.[41] Das Bedürfnis nach galanter Erziehung und Bildung wird vor allem durch den Erfolg von Harsdörffers achtbändigem Konversationshandbuch *Frauenzimmer-Ge-*

37 Höfer/Reichardt, S. 71f.

38 Zit. nach La Bruyère: Die Charaktere oder Die Sitten des Jahrhunderts. Übertragen und hrsg. von Gerhard Hess, Leipzig 1978, S. 23. Das Werk erschien erstmals 1688 und erreichte noch im Erscheinungsjahr drei Auflagen.

39 Ebd., S. 271 (»Vom Menschen«).

40 Emilio Bonfatti: Verhaltenslehrbücher und Verhaltensideale. In: H. A. Glaser (Hrsg.): Deutsche Literatur. Eine Sozialgeschichte, Bd. 3, S. 77f.

41 Wilfried Barner: Barockrhetorik. Untersuchungen zu ihren geschichtlichen Grundlagen. Tübingen 1970, S. 372.

sprächspiele (1641-49) deutlich, ein Werk, das auch auf den gebildeten Bürger abzielte. Zahlreiche Komplimentierbücher informierten über angemessenes Verhalten in Gestus, Wort und Tat. »Von besonderen Materien, als von Dantzen, von Briefschreiben, von *Complimens*, von *Titulaturen*, vom Range u.s.w. haben wir Bücher genug«, schreibt Julius Bernhard von Rohr 1728 in seiner *Einleitung zur Ceremoniel-Wissenschafft*.[42] Es sind jene »Complimentir-Bücher«, mit denen Knigge sein Werk vom *Umgang mit Menschen* nicht verwechselt wissen will.

Anknüpfend an das französische Höflichkeitsideal suchte vor allem Christian Thomasius (1655-1728) den »Anstand« philosophisch zu begründen und neu zu bewerten. Thomasius, die »Pedanterey oder Schulfüchserey« seiner Kollegen vor Augen, empfahl den Studenten weltmännisches Verhalten am Beispiel der Franzosen, deren Gelehrte durch den Umgang am Hof insgesamt an Ansehen gewonnen hätten und bemüht seien, »anmuthige und nützliche Wissenschafften fortzupflantzen«.[43] Graciáns *Oráculo manual* folgend hielt Thomasius dafür, dass man bei der Bildung der Persönlichkeit »der Natur durch Kunst merklich forthelfen könne.«[44] Damit kritisierte Thomasius nicht nur die überkommenen Traditionen der deutschen Universität, sondern führte seine am Naturrecht orientierten Ideale in den zwischenmenschlichen Umgang ein. Die ursprüngliche, naturgegebene Gleichheit aller Menschen implizierte auch eine neue standesübergreifende Höflichkeit, die nicht länger theologisch zu begründen war.

42 Einleitung zur Ceremoniel-Wissenschafft der Privat-Personen, Berlin 1728, Vorwort.

43 Helmuth Kiesel: »Bei Hof, bei Höll«. Untersuchungen zur literarischen Hofkritik von Sebastian Brant bis Friedrich Schiller. Tübingen 1979, S. 189.

44 Zit nach: Ebd., S. 188. Thomasius folgt hier Graciáns 12. Sentenz.

Der Mensch wird als soziales Wesen angesehen, der Umgang miteinander, das Gespräch, die wechselseitige Förderung, haben zentralen Stellenwert. Wahre Weisheit sei nicht, sich vor den Menschen und deren Narrheiten in die Einsamkeit zurückzuziehen, sondern sich mit ihnen auseinanderzusetzen. Auch die eigene »Narrheit« werde »gemeiniglich durch menschliche Conversation gedämpffet«.[45] Diese gebe uns Gelegenheit, »andere Menschen kennen zu lernen und vielen gutes zu thun.«[46] Thomasius setzt einen neuen Akzent im Höflichkeitsdiskurs: die freundschaftlich-liebevolle Haltung zum Mitmenschen. Dementsprechend widmet er in seiner Abhandlung zur politischen Klugheit ein ganzes Kapitel der »auserlesenen Conversation mit guten Freunden.«

Von ganz praktischem Nutzen war Weltklugheit für die Angehörigen der bürgerlichen Oberschicht, die es an den Fürstenhöfen weiterbringen wollten. Gleichzeitig mit dem wachsenden Selbstbewusstsein des Bürgers entwickelte sich jedoch auch die Hofkritik, die sich an der »Unmoral« des Adels entzündete. Vor allem im Gefolge der Moralischen Wochenschriften entstand ein neues empfindsames Geselligkeitsideal, das gegen den Adel gerichtet, identitätsstiftende Wirkung hatte. Auch bei Knigge heißt es: »Ueberhaupt rede in der großen Welt nie warme Herzenssprache! Das ist dort eine fremde Mundart« (III, 3, 12).

Das empfindsame Verhaltensideal und die damit einhergehende Moral bedeutet jedoch keineswegs eine Zäsur im Bereich der Verhaltensstandards.[47] Sie verlagert lediglich den Blickwinkel vom Ergebnis einer Handlung auf die Moralität der handelnden Person. Hierzu bedarf es jedoch mehr denn je einer umfassenden Menschenkenntnis, da der moralische oder psychische Ursprung einer Handlung beurteilt

45 Thomasius, Kurzer Entwurf der politischen Klugheit (1710), Repr. Frankfurt/M. 1971, S. 111.

46 Ebd., S. 116.

47 Dazu: Berg, Erzählte Menschenkenntnis, S. 60.

werden muss.[48] Bei der Kommunikation imstande zu sein »wie das Chamäleon [...] jede verschiedne Farbe anzunehmen«, ist daher, wie Chesterfield schreibt, »keineswegs eine lasterhafte oder niederträchtige, sondern notwendige Gefälligkeit; denn sie bezieht sich bloß auf das Bezeigen, nicht auf die Grundsätze.«[49] »Lerne den Ton der Gesellschaft annehmen, in welcher Du Dich befindest!« heißt es bei Knigge. Das Buch des britischen Staatsmanns und Adeligen gehört zu den Werken, dessen breite Wirkung unverkennbar ist. Als Knigge den *Umgang* verfasste, war nicht nur die sechs Bände umfassende deutsche Übersetzung seit zehn Jahren bekannt, auch eine an Chesterfield orientierte Kurzfassung, die *Regeln einer feinen Lebensart und Weltkenntniß für die Jugend*, war seit 1784 erhältlich. Verfasser war der englische Reverend John Trusler, die *Regeln* übersetzt hatte Karl Philipp Moritz. Auch die unmittelbare Wirkung Chesterfields auf Joachim Heinrich Campes *Theophron* ist offensichtlich.[50]

Die Unterschiedlichkeit der Menschen und der stets unvollkommen bleibende Einblick in die Motive ihres Verhaltens führt notwendig zu einem Rückgriff auf die Klugheitslehre, mit der Knigge die moralischen Grundsätze zu ergänzen sucht. Kluges Handeln bedeutet vor allem, ein gleich bleibendes und ausgeglichenes Wesen an den Tag zu legen. Dies fördert die Berechenbarkeit und dient der sozialen Stabilität. Nicht zuletzt deswegen verabscheut Knigge jegliches exzentrische Verhalten. Der äußere »Schein« höflichen Umgangs dämpft die Affekte und bewirkt eine Zivilisierung. Trotz seiner grundsätzlichen Gegnerschaft zu Kant befindet

48 Berg, S. 65f.

49 Philip Dormer Stanhope, Earl of Chesterfield: Briefe an seinen Sohn Philip Stanhope, Leipzig und Weimar 1983, S. 118.

50 Theophron, oder der erfahrne Rathgeber für die unerfahrne Jugend. Frankfurt u. Leipzig 1783. Als Anhang befinden sich darin »Lebensregeln aus des Grafen Chesterfields Briefen an seinen Sohn, in einem zweckmäßigen Auszuge und mit nöthigen Abänderungen«.

sich Knigge mit dieser Auffassung nicht weit entfernt von der Feststellung des Königsberger Philosophen, dass die Menschen insgesamt, »je zivilisierter, desto mehr Schauspieler« seien. Kant hegte dabei die Überzeugung, dass zuletzt die Tugenden, deren Schein die Menschen »eine geraume Zeit hindurch nur gekünstelt haben, nach und nach wohl wirklich erweckt« würden und »in Gesinnung« übergingen.[51]

Der »gute Ruf«, den der Bürger in der Öffentlichkeit bewahren muss, legitimiert die Anleitungen zur Selbstinszenierung. Knigge geht dabei nicht vom Stand, sondern – dies zeigt bereits die Gliederung seines Buches – vom Individuum aus. Er umging damit das eingangs erwähnte Problem der Aufklärungsphilosophie Wolffscher Prägung, die sich unter Vernachlässigung aller individueller Unterschiede verallgemeinernd auf die Gleichheit »menschliche Natur« bezog.[52] Nicht zuletzt machte auch die zunehmende Unsicherheit über die bestehenden ständischen Grenzen und eine Verabschiedung althergebrachter Rituale eine neue Orientierung innerhalb der gesellschaftlichen Kommunikation notwendig. Knigges Verdienst besteht darin, die zwischenmenschlichen Verkehrsformen auf eine neue, individuelle Grundlage gestellt zu haben.[53] Im Mittelpunkt steht die Kunst, »sich nach den Temperamenten, Einsichten und Neigungen der Menschen zu richten, ohne falsch zu seyn; sich ungezwungen in den Ton jeder Gesellschaft stimmen zu können, ohne weder Eigenthümlichkeit des Characters zu verliehren, noch sich zu niedriger Schmeicheley herabzulassen« (Einleitung, 1).

51 Kant, Anthropologie in pragmatischer Hinsicht (»Von dem erlaubten moralischen Schein«).

52 Pittrof, Knigges Aufklärung, S. 82f.

53 Mark Galliker u. Margot Klein: Knigge lesen. Zur Bedeutung des »Umgangsbuches« für die Kommunikation in der bürgerlichen Gesellschaft. In: Psychologie und Geschichte, Jg. 3 (1991/92), H. 3/4, S. 50f. Vgl. dazu auch: Nolte, S. 207ff.

Idealerweise ist es die Kommunikation gleichberechtigter autonomer Partner, die in der Anonymität der Großstadt am besten gedeiht. »Um angenehm zu leben, muß man fast immer ein *Fremder* unter den Leuten bleiben. Dann wird man geschont, geehrt, aufgesucht. – Deswegen ist das Leben in großen Städten so schön, wo man alle Tage andre Menschen sehn kann. Für einen Mann, der sonst nicht schüchtern ist, ist es ein Vergnügen, unter *Unbekannten* zu sitzen.« (I, 1, 55). Knigge bekennt sich zu einer urbanen Kultur, in der Achtsamkeit und Distanz gleichermaßen gewahrt bleiben. Er macht sich dennoch keinerlei Illusionen über den alltäglich ablaufenden Kommunikationsprozess, der, wie das Umgangsbuch zu berichten weiß, niemals ohne Störungen ist. Er kennt die menschlichen Schwächen. Mit diesen gilt es umzugehen. Es ist dabei notwendig, eigene wie fremde Interessen zu beachten, aufmerksam auf sich und andere zu sein. Im Mittelpunkt steht die Wahrung der kommunikativen Äquivalenz: Menschen, die »im geselligen Leben immer nur empfangen, nie geben wollen« (I, 1, 33), verstoßen dagegen ebenso wie diejenigen, die sich anderen stets aufdrängen. Auch im Umgang mit sich selbst gilt es, diese Äquivalenz, das »Gleichgewicht im Umgange« (I, 1, 12) zu wahren. »Der Edle soll seinen Werth fühlen, und eben so wenig ungerecht gegen sich, als gegen Andre seyn« (I, 3, 20), heißt es bei Knigge, oder auch: »Ehre Dich selbst, wenn Du willst, daß Andre Dich ehren sollen!« (I, 2, 5). Es waren die Bearbeitungen des 19. Jahrhunderts, die gerade diesen Aspekt in Richtung einer Ungleichheit verkehrten. Während Knigge schreibt, man solle »ebenso strenge« gegen sich wie gegen andere sein, so steht nun die Selbstdisziplin im Vordergrund: Es ist von der Pflicht die Rede, »strenger« gegen sich als gegen andere zu sein.[54] Bereits in der ersten von Karl Goedeke »durchgesehenen« Ausgabe von 1844 war der von

54 Über den Umgang mit Menschen, 16. Original-Ausgabe. Eingeleitet und aufs neue verbessert von Karl Goedeke. Hannover 1878, S. 69.

Knigge nie formulierte Satz zu lesen: »*Bekämpfe dich selbst* und laß dich nicht von Leidenschaften beherrschen und überwältigen.«[55] Goedeke, der ohnehin Knigges Schriften dem als »seicht und flach« gewerteten Aufklärungszeitalter zurechnete, war daran gelegen, aus dem *Umgang mit Menschen* einen beliebig aktualisierbaren Vorschriftenkatalog bürgerlicher Pflichten zu machen. Dass Knigge »flache egoistische Lebenskunst« lehre, war noch bis ins 20. Jahrhundert hinein gängiges Urteil.[56] Ohnehin waren in Deutschland Verhaltenslehren, besonders solche, die den Einfluss französischer Lebensart erkennen ließen, nicht sonderlich gefragt. Man huldigte mehr dem Ideal einer derb-biederen Direktheit. Toleranz dem Fremden gegenüber, die Geduld als »Kernstück der Höflichkeit«[57] ging verloren.

Ein zwischenmenschlicher Umgang auf Kosten jeweils eines Kommunikationspartners war jedoch nicht Knigges Anliegen, sondern die gegenseitige, durchaus wörtlich zu verstehende »Wert-Schätzung«[58]. Er formuliert damit das Ideal einer Zivilgesellschaft, in der gleichgestellte, selbstbestimmte Individuen zum Wohl der Allgemeinheit ihre unterschiedlichen Standpunkte aufeinander abstimmen. Es gilt das Prinzip »wechselseitiger Glückseligkeits-Beförderung« (II, 3, 2). Das ist weit mehr, als der bloße Austausch höflicher Floskeln. Mit dem Blick auf den Einzelnen, der in den unterschiedlichsten Situationen auf den Umgang mit anderen angewiesen ist und eine gemeinsame Ebene des Gesprächs suchen muss, nähert sich Knigge bereits dem psychologisch begründeten modernen Interaktionsbegriff. Sein Buch propagiert

55 Über den Umgang mit Menschen, 12. Originalausgabe. Durchgesehen und eingeleitet von Karl Gödeke. Hannover 1844, S. 73. Hervorhebung im Original.

56 Erich Schmidt in Allgemeine Deutsche Biographie, Bd. 16. So noch Newalds *Geschichte der deutschen Literatur* (1957). Schlott, Wirkungen, S. XLIX.

57 Walter Benjamin, Gesammelte Schriften, IV,1. Frankfurt/M. 1972, S. 402f.

58 Galliker/Klein, S. 58.

eine Art des Umgangs, die es ermöglicht, auf das Ungewohnte und Fremde gelassen zu reagieren. Es rät zu einer Höflichkeit, die nicht auf starrer Konvention beruht, sondern Einfühlungsvermögen und eine relativierende Sichtweise verlangt: »Es giebt wenig Dinge in der Welt, die nicht zwey Seiten haben. Vorurtheile verdunkeln oft die Augen, selbst des klügern Mannes, und es ist sehr schwer, sich gänzlich an eines Andern Stelle zu denken« (I, 1, 31).

Zum Text

Der vorliegenden Ausgabe von Knigges *Ueber den Umgang mit Menschen* liegt die fünfte verbesserte und vermehrte Auflage zugrunde, die in drei Teilbänden 1796 in Hannover im Verlag von Christian Ritscher erschien. Gedruckt wurden die Bände in der hannoverschen Hofbuchdruckerei, die 1749 von Hieronymus Michael Pockwitz gegründet und von seinem Sohn fortgeführt wurde.
Die fünfte Auflage ist die letzte, die Knigge, der am 6. Mai 1796 starb, noch selbst besorgte. Nach seinem Tod erschienen bei Ritscher weitere drei Auflagen. Mit der dann folgenden 9. Auflage, die im Verlag der Gebrüder Hahn erschien und von Friedrich Philipp Wilmsen herausgegeben wurde, beginnen die bearbeiteten, gekürzten und um Zusätze vermehrten Ausgaben. Besonders starke Veränderungen erfuhr der Text ab 1844 durch die Bearbeitungen des Literaturhistorikers Karl Goedeke. Erst 1878 brachte der Reclam-Verlag in Leipzig wieder eine dem Wortlaut der 3. Auflage folgende Ausgabe heraus.
Der Text der vorliegenden Ausgabe folgt dem Original. Der historische Lautstand blieb ebenso unverändert wie die Grammatik. Offensichtliche Druckfehler wurden stillschweigend berichtigt. Eingriffe in Orthographie und Zeichensetzung blieben auf ein Minimum beschränkt. Einige Fremdworte wurden der üblichen Schreibweise angepasst (Orthodoxie, Philanthropen). Nicht immer war eindeutig zu entscheiden, ob variierende Schreibweisen einzelner Wörter als Druckfehler anzusehen gewesen wären. In den meisten Fällen wurde gegen eine Vereinheitlichung der Schreibweisen entschieden, insbesondere dann, wenn diese damals beide gebräuchlich waren oder die Ausnahme einem moderneren Lautstand folgt. Für die Korrekturen wurden nach Möglichkeit frühere Ausgaben, besonders die erste Auflage von 1788, als Vergleich zu Rate gezogen.
Hervorhebungen des Originals sind *kursiv* wiedergegeben, die Verwendung von Antiqua bei fremdsprachigen Wörtern und Zitaten ist durch Groteskschrift gekennzeichnet, Sperrungen bleiben erhalten.
Die unsignierte Titelvignette der auf Seite 438 abgebildeten Titelei der Erstausgabe stammt vermutlich von Christian Gottlob Geyser.

Verwendete Siglen:

AdB Allgemeine deutsche Bibliothek.

AW Adolph Freiherr Knigge: Ausgewählte Werke in zehn Bänden. Im Auftrag der Adolph-Freiherr-von-Knigge-Gesellschaft zu Hannover hrsg. von Wolfgang Fenner. Hannover 1991-1996.

SW Adolph Freiherr Knigge: Sämtliche Werke. In Zusammenarbeit mit Ernst-Otto Fehn u.a. hrsg. von Paul Raabe. Nendeln/Liechtenstein 1978 bzw. München, London, New York, Paris 1992-1993.

11 *esprit de conduite*] (frz.) wörtlich: Geist der Aufführung, des Betragens; die Geistesart angemessenen Verhaltens, ein Ideal, das der »Kunst des Umgangs« zugrunde liegt. Vgl. dazu die Einleitung (S. 13ff.), in der Knigge diese wünschenswerte Fertigkeit näher beschreibt.

12 *Medisance*] médisance (frz.): üble Nachrede, Verleumdung.

17 *Dreyfuße*] Anspielung auf das Orakel von Delphi, das von der Seherin Pythia gesprochen wurde, deren Sitz ein Dreifuß war.

18 *esprit de conduite*] siehe Erl. zu S. 11.

19 *Bedienung*] Anstellung, Amt.
Complimentir-Buch] Anstandsbuch des Barockzeitalters, mit dem das streng reglementierte Komplimentierwesen einen Höhepunkt erreichte.

20 *sechszehn Ahnen des Adels*] Eine Ahnentafel sollte bis zu den 16 Ururgroßeltern vollständig nachweisbar sein.

22 *merkwürdig*] denkwürdig, bemerkenswert.
vierzig Meilen] eine hannoversche Landmeile hatte die Länge von 9,3 km.

23 *Negocianten*] Kaufleute, Händler.

25 *medisant*] schmähsüchtig.

28 *Blödsinnigkeit*] Verstandesschwäche, Dummheit.
Blödigkeit] Schüchternheit, Scheu.

29 *medisant*] siehe Erl. zu S. 25.

30 *Rappieren*] Rapier: Übungsdegen mit stumpfer Klinge.
medisiren] verleumden, in Misskredit bringen; siehe Erl. zu S. 12.

31 *Philo's Erklärung*] *Philo's endliche Erklärung und Antwort, auf verschiedene Anforderungen und Fragen, die an ihn ergangen, seine Verbindung mit dem Orden der Illuminaten betreffend* erschien 1788 in der Schmidtschen Buchhandlung in Hannover. »Philo« war Knigges Ordensname.

33 *Kaiser Joseph*] Joseph II., Kaiser des Heiligen Römischen Reiches Deutscher Nation, regierte 1765 bis 1790 und galt als besonders aufgeklärt.
Fürsten Kaunitz] Wenzel Anton Graf Kaunitz (1711-1794), österreichischer Staatskanzler, Mitglied des Illuminatenordens.
Pasquillanten] Pasquillant: Verfasser von Schmähschriften.

34 *Literator*] Schriftsteller, Bücherkenner, Gelehrter.
hundert Louisd'or .... funfzig Thaler] 1 Louisd'or entsprach etwa dem Wert von 5 Reichstalern.
ultramontanische Waare] italienische, römische Ware bzw. Kunst.

35 *Panacee*] Allheilmittel.
40 *Bedienung*] siehe Erl. zu S. 19.
51 *Medisance*] siehe Erl. zu S. 12.
52 *affectiren*] vortäuschen, sich den Anschein geben, zur Schau tragen.
54 *fruges consumere natos*] (lat.) geboren, um die Früchte zu genießen.
55 *unwürksame Possessions-Ergreifung*] unrechtmäßige Inbesitznahme.
edictum Diui Martii] Edictum (bzw. decretum) Divi Marci. Die Verordnung des römischen Kaisers Mark Aurel verbot die eigenmächtige Aneignung von Sachen eines Schuldners.
59 *affectiren*] siehe Erl. zu S. 52.
60 *physiognomische Wissenschaft*] Die Physiognomik als Lehre von der Entsprechung körperlicher Merkmale mit Charaktereigenschaften wurde vor allem durch Johann Caspar Lavater (1741-1801) populär gemacht.
64 *Regel des Wohlstandes*] Regel des Anstands.
67 *Yorick der Marquise von F****] Laurence Sterne (1713-1768) beschreibt in seinem Roman *Yoricks empfindsame Reise durch Frankreich und Italien* eine kuriose Szene, in der die Hauptperson und die Marquise an einer Tür sich mehrmals zur gleichen Seite hin auszuweichen suchen.
68 *Blödigkeit*] siehe Erl. zu S. 28.
73 *geschmählt*] schmälen: schelten, auch: schlecht von jemandem reden.
74 *Reichspostreuter*] Titel einer in Altona erscheinenden Zeitung.
Bedienung] siehe Erl. zu S. 19.
unsre Verbindung mit England] Der englische König Georg III. war gleichzeitig Kurfürst von Hannover bzw. des Kurfürstentums Braunschweig-Lüneburg, wie die amtliche Bezeichnung lautete.
78 *Ciceroni's*] Cicerone (ital.): Fremdenführer.
Malcontenten] mit der Politik der Regierung Unzufriedene.
Faction] Fraktion.
97 *Zweykampfe*] gemeint ist das Duell.
101 *Verfasser des Schauspiels: Menschenhaß und Reue*] Verfasser dieses seinerzeit berühmten Theaterstücks (Uraufführung: Reval 1788) war August von Kotzebue (1761-1819). In der ersten Szene des vierten Aufzugs heißt es: »Knigge hat ein schönes Buch über den Umgang mit Menschen geschrieben; aber wie man mit einem solchen Geschöpf umgehen soll, dem die ganze Welt und sein eigenes Ich zur Last geworden, darüber hat er Vorschriften zu erteilen vergessen.«

102 *Eminenz*] Erhabenheit, Größe.
104 *Agio*] Aufgeld, das beim Wechsel ungleicher Geldsorten zugezahlt werden muss.
ein Buch des feinsten Papiers] Maßeinheit: 1 Buch sind 24 Bogen Schreibpapier.
106 *eckel*] hier in der Bedeutung »wählerisch, heikel, bedenklich«.
107 *Cautelen*] Vorbehalte.
111 *Bonhomie*] Gutmütigkeit, Biederkeit.
115 *Zeitungsträger*] Überbringer von Nachrichten.
116 *affectiren*] siehe Erl. zu S. 52.
Distractionen] Zerstreutheiten.
117 *difficiles*] difficile (frz.): schwierig, wählerisch, heikel.
118 *Schöps*] Hammel.
120 *Gallerie*] Bezeichnung für den obersten Rang im Theater, wo sich die billigsten Plätze befanden.
121 *dem Blöden*] dem Schüchternen, Furchtsamen; siehe Erl. zu S. 28.
Petschafte] das Petschaft: Handstempel, der zum Siegeln verwendet wird.
122 *Tristram Schandy*] *The Life and Opinions of Tristram Shandy, Gentleman*, London 1759-67 (dt. von J. J. C. Bode: *Tristram Schandis Leben und Meynungen*, Hamburg 1774). Roman von Laurence Sterne (1713-1768).
mais un homme, qui rit, ne sera jamais dangereux] (frz.) aber ein Mensch, der lacht, wird niemals gefährlich sein.
124 *agréables débauchés*] (frz.) liebenswerte Wüstlinge (ironisch).
126 *oratorischen Figuren und Tropen*] rhetorischen Figuren und Wendungen.
128 *Proseliten*] Proselyten: neue Anhänger einer Sekte, Neubekehrte.
voltairischen Floskeln] Der französische Schriftsteller Voltaire (1694-1778) war ein scharfer Kritiker von Religion und Kirche.
139 *Infirmitäten*] Gebrechen.
148 *Medisance*] siehe Erl. zu S. 12.
150 *Lustra*] Pl. von Lustrum (lat.): Zeitraum von fünf Jahren.
152 *Polyhistoren*] Polyhistor: ein in vielen Fächern bewanderter Gelehrter, Universalgelehrter.
Wolfszahn] wurde einem zahnenden Kleinkind als Amulett umgehängt und hatte so die Funktion eines Beißrings.
156 *Policey*] Ordnung des Gemeinwesens, Staatsgewalt.
Philalethen] Philaleth: Wahrheitsfreund.
157 *Georg Zimmermann, Aloisius Hoffmann und Consorten*] Johann Georg Zimmermann (1728-1795), königl. Leibarzt in Hannover, hatte in der von Alois Hoffmann (1748-1806) herausgegebenen antirevolutionären *Wiener Zeitschrift* Knigge

wiederholt angegriffen. Einen von Knigge daraufhin angestrengten Beleidigungsprozess verlor Zimmermann 1795.

161 *podagrischen*] Podagra: Gicht.

163 *dépit amoureux*] (frz.) Liebeskummer.

164 *eckel*] siehe Erl. zu S. 106.

167 *Piquet*] Kartenspiel für zwei Personen.

173 *Indolenz*] Unempfindlichkeit, Trägheit.

177 *ad serenissimum*] an seine Hoheit (den Fürsten).

180 *esprit de detail*] (frz.) Sinn für Feinheiten, Einzelheiten.

181 *Präbende*] kirchliche Pfründe, Einkünfte aus Kirchengütern.

184 *Hiobs Specificum*] Hiobs Mittel, d.h. Geduld.
Asmodäus] Dämon persischen Ursprungs, erstmals erwähnt im Alten Testament (Buch Tobit 3,8), tötete die Ehemänner der Sara, daher als »Eheteufel« und Dämon der Wollust aufgefasst.

190 *Die Verirrungen des Philosophen, oder Geschichte Ludwigs von Seelberg, Theil 1, Seite 108*] Der zitierte Text befindet sich in Bd. 4 der SW, S. 126-129. Er enthält gegenüber dem hier vorliegenden nur geringfügige Abweichungen.

198 *Antinous*] Geliebter des röm. Kaisers Hadrian (76-138). Der aus Bithynien stammende Antinous (griech. Antinoos) wurde nach seinem Tod (130) zum Gott erklärt und in zahlreichen Bildnissen und Skulpturen verewigt. Er galt als Ideal des schönen Jünglings.

200 *Infirmitäten*] siehe Erl. zu S. 139.
Lovelace] Robert Lovelace, Figur aus Samuel Richardsons Roman *Clarissa* (1748), ein ebenso charmanter wie gewissenloser Aristokrat, Verführer der tugendhaften Titelheldin.
Carl Moor] Held in Schillers Drama *Die Räuber* (uraufgeführt 1782 in Mannheim). Knigge rezensierte *Die Räuber* in der *Allgemeinen deutschen Bibliothek*, Bd. 49 (1782), S. 127.
Prästanz] Vorzüglichkeit, Leistungsfähigkeit.

202 *affectirt*] siehe Erl. zu S. 52.

203 *Chesterfield*] Philip Dormer Stanhope, Earl of Chesterfield (1694-1773), britischer Staatsmann. Die *Briefe an seinen Sohn* (*Letters written by the Earl of Chesterfield to his son Philip Stanhope*) erschienen 1774 posthum und wurden von Johann Gottfried Gellius ins Deutsche übersetzt (Leipzig 1774-77).

205 *Abhandlung des Herrn Professor Meiners*] *Betrachtungen über die Frage: Ob wir es in unserer Gewalt haben, uns zu verlieben oder nicht?* Abhandlung des Göttinger Philosophieprofessors Christoph Meiners (1747-1810), erschienen in: *Vermischte philosophische Schriften*, 3. Teil, Leipzig 1776, S. 55-114.

208 *König Salomon*] gemeint ist das *Buch der Weisheit*, ein deuterokanonisches Buch des Alten Testaments mit fiktionaler Zuschreibung zu Salomo.

215 *eckler*] siehe Erl. zu S. 106.

226 *Mylord Marshall Keith*] George Keith, 10th Earl Marischal of Scotland (1693-1778) war Offizier und Anhänger der Jakobiten. Nach einem Aufenthalt in Spanien ging er 1747 nach Berlin, war preußischer Gesandter in Paris und wurde ein enger Vertrauter Friedrichs des Großen.

244 *in meiner Einsamkeit bey Frankfurt am Mayn*] Knigge lebte 1780-1783 in einem Landhaus vor dem Bockenheimer Tor.

250 *Der Blöde*] der Schüchterne.

262 *Blödigkeit*] siehe Erl. zu S. 28.

267 *Prästanz*] siehe Erl. zu S. 200.
blöde Augen] schwache, schlechte Augen.

277 *des Herrn Nicolai Reisebeschreibung*] *Beschreibung einer Reise durch Deutschland und die Schweiz im Jahre 1781* von Friedrich Nicolai (1733-1811) erschien in 12 Bänden 1783-1796.

281 *Ausflucht*] Ausflug, Reise.

283 *zu dingen*] auszuhandeln.

286 *Bucephalen*] Bukephalos (griech.): legendäres Lieblingspferd Alexanders des Großen, das ihn bei allen Feldzügen begleitete.
ein teutscher Recensent] Knigge bezieht sich hier auf die Rezension in der *Allgemeinen Literatur-Zeitung*, No. 117 vom 15. Mai 1788.

287 *wo ich nachher vier Jahre hindurch ... verlebt habe*] Knigge lebte 1783-1787 in Heidelberg.

291 *im englischen Tanze*] Englischer Tanz (Anglaise, Contretanz). Bei diesem Tanz stehen sich Herren und Damen in einer Reihe gegenüber, das erste Paar rückt nach jeder »Tour« in der Reihe weiter, bis es an das Ende der Kolonne gelangt.

297 *Medisance*] siehe Erl. zu S. 12.

307 *Podagra*] siehe Erl. zu S. 161.

309 *Memoires*] mémoire (frz.): Abhandlung, Denkschrift.

314 *Fiscal*] Beamter, der über die Aufrechterhaltung der Gesetze wacht oder für die landesfürstlichen Einkünfte zuständig ist.
Angeber] Ankläger, jemand der Anzeige erstattet.

318 *Gil Blas von Santillana*] *Histoire de Gil Blas de Santillane*. Gesellschaftskritischer Schelmenroman von Alain-René Lesage (1668-1747).

320 *mit einem weißen Stabe fortschicken*] als Bettler fortschicken. Der weiße Stab galt als Zeichen der Bettler.

321 *Vorwort*] Fürsprache, Empfehlung.

324 *Haber*] Hafer.

337 *clistieren*] einen Darmeinlauf vornehmen.

339 *Bocksbeutel*] Festhalten an althergebrachten Sitten und Gebräuchen.

340 *Par dieu! il a de l'esprit, comme nous autres!*] (frz.) Bei Gott! Er hat so viel Verstand wie wir!

342 *vor seinen eignen Ruf beben*] um seinen eignen Ruf fürchten.

350 *ein zweyter Hildebrand*] Taufname des Papstes Gregor VII. (amt. 1073-1085). Gregor VII. führte einen kompromisslosen Kampf um die Vorrangstellung seines Amtes innerhalb der Kirche, gegen Priesterehe, Simonie und Laieninvestitur. Die Auseinandersetzung zwischen weltlicher und kirchlicher Macht endete für Kaiser Heinrich IV. mit der demütigenden Unterwerfung in Canossa (1077).

esprit de corps] (frz.) Korpsgeist.

352 *Guardian*] Oberhaupt eines Franziskaner- oder Kapuzinerklosters.

353 *in den Briefen über das Mönchswesen, in den Briefen aus dem Noviciate*] Es handelt sich um die anonym erschienenen Schriften: *Briefe über das Mönchswesen von einem catholischen Pfarrer an einen Freund*, Bd. 1 (1771) von Georg Michael von La Roche, Bd. 2-4 (1780/81) von Johann Kaspar Riesbeck, und *Briefe aus dem Noviziat*, Bd. 1-3, Zürich 1780-82, von Johann Pezzl.

355 *drey geistlichen Feinde*] vermutlich Anspielung Knigges auf die u.a. auch bei Thomasius benannten drei »Hauptlaster oder herrschenden Begierden« Wollust, Ehrgeiz und Geldgeiz. Christian Thomasius: *Kurzer Entwurf der politischen Klugheit*, Frankfurt u. Leipzig 1710.

357 *Abbé Raynal*] Guillaume Thomas François Raynal (1713-1796), frz. Schriftsteller. Verfasser des damals aufsehenerregenden (und wegen seiner kritischen Betrachtung verbotenen) Werks *Histoire philosophique et politique des établissements et du commerce des Européens dans les deux Indes*, erstmals: Amsterdam 1770. Eine Übersetzung von Jakob Mauvillon, *Philosophische und politische Geschichte der Besitzungen und des Handels der Europäer in beiden Indien*, erschien in Hannover 1774-78.

abderitische kleine Städte] Die Einwohner der griechischen Stadt Abdera standen in ähnlichem Ruf wie die Schildbürger. Bekannt durch Wielands satirischen Roman *Geschichte der Abderiten*. (*Teutscher Merkur* 1774-1780, verm. Ausg. Leipzig 1781).

affectirt] siehe Erl. zu S. 52.

358 *Polyhistorey*] Universalgelehrsamkeit.

360 *sympathetische*] sympathetisch: von gleicher Empfindung, seelenverwandt.

362 *Cartouche*] Louis Dominique Bourguignon, genannt Cartouche (1693-1721), legendärer Anführer einer Pariser Räuberbande.

leo rugiens, mugiens, quaerens, quem devoret] nach 1. Petrus, 5,8: »Sobrii estote vigilate quia adversarius vester diabolus tamquam leo rugiens circuit quaerens quem devoret« – »Seid nüchtern und wachet; denn euer Widersacher, der Teufel, geht umher wie ein brüllender **Löwe** und sucht, welchen er verschlinge«.

363 *Georg Benda*] (1722-1795) Hofkapellmeister in Gotha, Komponist beliebter Singspiele.

der edle Fränzl in Mannheim und sein liebenswürdiger Sohn] Ignaz Fränzl (1736-1811), Direktor der kurfürstlichen Kapelle in Mannheim und sein Sohn Ferdinand Fränzl (1767-1833), Geiger und Komponist.

der selige Tischbein] Johann Heinrich Tischbein d. Ä. (1722-1789), Hofmaler in Kassel und Direktor der dortigen Kunstakademie.

Schröder] Friedrich Ludwig Schröder (1744-1816), Schauspieler und Leiter des hamburgischen Theaters.

Cantores amant humores] (lat.) Sänger lieben Flüssigkeiten.

Klopstocks Messias] *Der Messias. Ein Heldengedicht.* Epos in 20 Gesängen von Friedrich Gottlieb Klopstock (1724-1803), erschienen 1748-1773.

Schillers Don Carlos] Friedrich Schillers Drama *Don Carlos* wurde am 29. August 1787 in Hamburg uraufgeführt. Schiller hatte 1784 den ihm als Romanautor bekannten Knigge zur Aufführung von *Kabale und Liebe* nach Mannheim eingeladen.

365 *eckel*] siehe Erl. zu S. 106.

Midassen] Pl. von Midas: Der griechischen Mythologie zufolge entschied sich König Midas in einem musikalischen Wettstreit zwischen Pan und Apollon für ersteren, woraufhin ihm Apollon zur Strafe Eselsohren wachsen ließ.

372 *gesellschaftlicher Bühnen*] gemeint sind die Amateur- oder Liebhabertheater. Knigge hatte 1791/92 in Bremen bei einer solchen Bühne selbst mitgewirkt.

376 *Haus-Arcana*] geheime Hausmittel.

378 *Rabulisten*] Rabulist: Wort-, Rechtsverdreher, Haarspalter.

Pandecten] Sammlung römischer Rechtssprüche.

Civilist] hier: ein auf das Zivilrecht (Ius civile) spezialisierter Jurist.

379 *Responsum*] Gutachten, Rechtsauskunft.

384 *Negocianten*] siehe Erl. zu S. 23.

industrios] betriebsam, fleißig.

386 *affectiren*] siehe Erl. zu S. 52.

387 *abdingen*] abhandeln.

unserm Nicolai] Friedrich Nicolai (1733-1811), Schriftsteller, Buchhändler und Verleger in Berlin. Herausgeber des Rezensionsorgans *Allgemeine deutsche Bibliothek*, zu dessen Mitarbeitern auch Knigge gehörte.

388 *unsre Carlsruher und Frankenthaler Freunde*] gemeint sind die Nachdrucker Christian Gottlieb Schmieder in Karlsruhe und Ludwig Bernhard Friedrich Gegel in Frankenthal. Knigge beteiligte sich an der seinerzeit kontrovers geführten Diskussion über die Schädlichkeit des Nachdrucks mit der Schrift *Ueber den Büchernachdruck* (Hamburg 1792).

389 *Sosiern*] Sosius: Name einer Buchhändlerfamilie im antiken Rom. Daher »Sosier« hier stellvertretend für »Buchhändler«.

392 *dinge ihm nicht .... ab*] siehe Erl. zu S. 387.

393 *Libertin*] (frz.) Freigeist, ausschweifender Mensch.

399 *Bedienung*] siehe Erl. zu S. 19.

400 *savoir faire*] (frz.) Können, Geschicklichkeit
esprit de conduite] siehe Erl. zu S. 11.

402 *Kartengeld*] Geld, das dem Wirt für die Spielkarten bezahlt werden musste.
Hazard-Spiele] Glücksspiele. Hier: Kartenspiele, bei denen Gewinn und Verlust allein vom Zufall abhängen.

403 *Commerce-Spiele*] Bezeichnung für eine bestimmte Art von Kartenspielen, die im Gegensatz zu den »Hazard-Spielen« mehr spielerisches Können verlangten.

404 *a posteriori .... a priori*] a posteriori (lat.: vom Späteren her): Schluss von (aus der sinnlichen Wahrnehmung gewonnenen) Resultaten auf die Ursache. A priori (lat.: vom Früheren her): unabhängig von der Erfahrung, durch logische Schlüsse gewonnene Erkenntnis.

405 *die Cagliostros, Saint Germains, Schröpfer und Consorten bis auf den armen Masius hinunter*] Abenteurer des 18. Jahrhunderts: Alexander Graf von Cagliostro (eigtl. Guiseppe Balsamo, 1743-1795); der unter verschiedenen Namen auftretende Graf von Saint Germain (gest. 1784); der Geisterbeschwörer Johann Georg Schröpfer (gest. 1774); der religiöse Schwärmer Johann Nikolaus Masius (eigtl. Meese, 1754 bis nach 1830).

409 *sancirten*] sanktionierten, genehmigten.

411 *esprit de corps*] siehe Erl. zu S. 350.
Werk: über geheime Welt- und Regierungskunst .... Hofraths Weishaupt] Adam Weishaupt (1748-1830): *Pythagoras oder Betrachtungen über die geheime Welt- und Regierungs-Kunst.* Frankfurt und Leipzig 1790. Der Begründer des Illuminatenordens lebte nach dessen Verbot und Aufhebung als Hofrat in Gotha und veröffentlichte mehrere Schriften, in denen er sich kritisch mit Sinn und Zweck geheimer Verbindungen auseinandersetzte.

414 *Der Gerechte erbarmt sich auch seines Viehes*] Sprüche Salomos

12, 10: Der Gerechte erbarmt sich seines Viehs; aber das Herz der Gottlosen ist unbarmherzig.

417 *andre kleine Insecten*] gemeint sind Läuse (so in der 3. Aufl. 1790).

420 *parforce*] Parforcejagd: Hetzjagd durch berittene Jäger und mit Hunden.

424 *esprit de conduite*] siehe Erl. zu S. 11.

425 *Zweck dieses Buchs*] In der 3. Aufl. 1790 hatte Knigge an dieser Stelle folgende Anmerkung beigefügt, die sich auf die Rezension in der *Allgemeinen Literatur-Zeitung*, No. 117 vom 15. Mai 1788 bezieht: »Ich muß bey dieser Gelegenheit ein Paar Worte über den moralischen Werth und Unwerth meiner Vorschriften sagen, weil der Recensent in der *allgemeinen Litteratur-Zeitung* (die Recension ist ohnerbeten eingeschickt worden) hierüber einige Zweifel äussert. Was ich sagen werde, soll sich nur auf eine Stelle in dieser Recension beziehn, und wer die nicht gelesen hat, mag diese Anmerkung überschlagen! Es ist kein eigentlicher Unterschied unter dem, was wahrhaftig klug, weise und tugendhaft handeln heisst. Ob eine Handlung gut, schön, anständig sey, oder nicht, das kann nur nach der Nützlichkeit der Handlung beurtheilt werden, und *nützlich* ist nichts, was nicht edel ist. Es giebt keine Moral, als die uns lehrt, was wir uns und Andern schuldig sind, und keine practische Weisheit, als die uns thun heisst, was *gut* ist. Gut seyn, heisst weise, heisst klug seyn; denn List und Ränke sind Thorheit. Ich habe nicht gelehrt, wie man *gewisse Absichten*, sondern wie man die *einzige* Absicht erreichen soll, sich und Andern das Leben süß und leicht zu machen. Das kann weder ohne Moral, noch ohne Weisheit geschehn; aber beyde zielen auf Einen Zweck. Fast in jedem Capitel habe ich unterscheidend gesagt: ›das lehrt Klugheit; das sind die Grenzen der Gefälligkeit, der Duldung, der Geschmeidigkeit; das *darf*, das *soll* man thun; das ist gleichgültig, dies schädlich, das nützlich; dies Pflicht!‹«

426 *Gerechtigkeit wiederfahren lassen*] Auch an dieser Stelle findet sich in der 3. Aufl. 1790 eine Anmerkung, die sich auf die Rezension in den Göttingischen Anzeigen für gelehrte Sachen, 57. St. (10.4.1788), bezieht (Verfasser der Rezension war der Göttinger Altphilologe und Bibliothekar Christian Gottlob Heyne): »Sonderbar ist es, zu sehn, aus welchen schiefen Gesichtspuncten ein Recensent zuweilen die Sachen ansieht. Diese letzten Zeilen haben einen grundgelehrten Mann, der aber vielleicht bekannter mit seinen Büchern, als mit der Welt ist, bewogen – ob in gelehrter Unschuld, oder aus hämischen Absichten, das will ich nicht untersuchen – in einer Recension zu sagen:

›Für diese Schonung brauche man einem ehrlichen Manne gar nicht zu danken.‹ Der grundgelehrte Herr lasse sich doch erzählen, daß man ein sehr ehrlichen Mann seyn, und dennoch, aus übel verstandnem Eifer für die gute Sache, Schurken- und Pinsel-Streiche öffentlich bekannt machen kann; daß, wenn ich selbst dies in jüngern Jahren gethan habe, mich nun aber dessen enthalte, nicht etwa Wachsthum in Rechtschaffenheit, sondern erworbne Vorsichtigkeit und die Erfahrung, daß dergleichen öffentliche Darstellungen nicht bessern, sondern nur erbittern und unnütze Fehden veranlassen, mich davon abhält! Das Verbrechen, Anecdoten von der Art drucken zu lassen, ist übrigens bey Weitem so groß nicht, als die Bosheit, einen ehrlichen Mann, der seine Kräfte verwendet, in einem Werke die Resultate seiner nicht ganz gemeinen Welt-Erfahrungen für die Zeitgenossen zu sammeln, bey seinen Mitbürgern verdächtig machen zu wollen.«

429 *Vorrede zu dieser dritten Auflage*] Die 5. Aufl. 1796 erschien ohne Vorreden. Der hier wiedergegebene Text folgt dem Wortlaut der 3. Aufl., Hannover 1790, S. I-VI.

Herr Prediger Fest] Johann Samuel Fest (Hrsg.): *Beiträge zur Beruhigung und Aufklärung über diejenigen Dinge, die dem Menschen unangenehm sind oder sein können, und zur nähern Kenntniß der leidenden Menschheit.* Fest veröffentlichte im ersten Band, Leipzig 1789, S. 381-425, Auszüge aus dem *Umgang mit Menschen.*

Recensenten im sieben und achtzigsten Bande] Die Rezension im 87. Bd. der AdB verfasste Prof. Albrecht Georg Walch, Schulrektor in Schleusingen.

salzburgischen Herrn Kritikers] gemeint ist die Rezension in der *Oberdeutschen allgemeinen Litteraturzeitung* 1788, Sp. 1356-1359.

430 *der unteutsche Herr Recensent*] siehe Erl. zu S. 286.

Wirzburger gelehrten Anzeigen] Die Rezension erschien in: *Wirzburger Gelehrte Anzeigen für das Jahr 1789* (1. Quartal), S. 177-181. Ein Verfasser ist nicht genannt.

432 *Vorrede zu den ersten beyden Auflagen*] Der hier wiedergegebene Text folgt dem Wortlaut der 3. Aufl., Hannover 1790, S. VII-XII.

in magnis voluisse aliquid] (lat.) in Großem etwas erstrebt zu haben. Knigge bezieht sich hier auf das geflügelte Wort aus Properz' *Elegien*: In magnis et voluisse sat est (In großen Dingen genügt auch das Wollen).

Ein gewisser Herr Kunstrichter] Knigge bezieht sich hier auf die anonyme Rezension in der *Allgemeinen Literatur-Zeitung*, No. 117 vom 15. Mai 1788; siehe Erl. zu S. 425.

432 *Gesenii Haustafel*] Justus Gesenius (1601-1673), Hofprediger und Generalsuperintendent in Hannover. Seine *Catechismus-Schule* (1631, neu bearb. 1635) war lange Zeit hindurch in allen lutherischen Kirchen Norddeutschlands in Gebrauch. Darin findet sich die »Haustafel«, eine Verhaltenslehre »für alle Stände der Christenheit, wie ein jeder Christe insonderheits seines Ampts und Standes sich annehmen und nach GOttes Wort drinnen sich verhalten solle.«

Adolph Freiherr Knigge
Werke

Adolph Freiherr Knigge
Werke

Eine gemeinsame Veröffentlichung
der Wüstenrot Stiftung
und der Deutschen Akademie
für Sprache und Dichtung

Herausgegeben von Pierre-André Bois,
Wolfgang Fenner, Günter Jung, Paul Raabe,
Michael Rüppel und Christine Schrader

Mit einem Essay von
Sibylle Lewitscharoff

Band 3

Adolph Freiherr Knigge

Benjamin Noldmann's Geschichte der Aufklärung in Abyssinien

Herausgegeben von
Günter Jung

WALLSTEIN VERLAG

Inhalt

Band 1

Band 2

Band 3

Benjamin Noldmann's

Geschichte

der

Aufklärung in Abyssinien,

oder

Nachricht von seinem und seines Herrn Vetters Aufenthalte an dem Hofe des großen Negus, oder Priesters Johannes.

Erster Theil.

Mit kaiserl. Abyssinischem allergnädigsten Privilegio.

Vorbericht.

Ich überreiche hier dem hochgeneigten Leser — doch sage ich das nicht etwa, um mich zu rühmen — ein äußerst interessantes Werk. Ohne die Wahrheit und Bescheidenheit zu verläugnen, von welchen die ältern und neuern Reisebeschreiber und alle statistischen und politischen Schriftsteller sich so ungern zu entfernen pflegen, kann ich mit Recht behaupten, es werde Ihnen ein solches Buch noch gar nicht vorgekommen seyn. Sie finden darin nicht etwa Beschreibungen von längst und oft beschriebnen Städten und Gegenden; nicht etwa unterwegens in Wirthshäusern und andern unbedeutenden Gesellschaften aufgesammelte Anecdoten; nicht etwa ärgerliche Nachrichten und falsche Schilderungen von der sittlichen und politischen Verfassung gewisser Städte und Länder, in dem Umgange mit unzufriednen, unruhigen Köpfen aufgeschnappt und ohne weitre Untersuchung nacherzählt; nicht etwa einseitige Urtheile über Menschen und Welt-Begebenheiten, nach gewissen Lieblings-Ideen und herrschenden Vorurtheilen gemodelt, oder mit den freyen Mahlzeiten in Verhältniß gesetzt, die dem Reisebeschreiber in besagten Städten sind gereicht worden; noch verliebte Abentheuer, kleine bunte Bilderchen von empfindsamen Scenen, und was dergleichen Materialien mehr sind, woraus unsre lieben Landsleute und Nachbarn ihre Reisebeschreibungen zusammen setzen: — nein! ich liefre Ihnen die Beschreibung eines großen, wichtigen, bis jetzt fast gänzlich unbekannt gewesenen Reichs in Africa, von welchem diejenigen, die bis auf den heutigen Tag darüber geschrieben, (wie Sie aus meiner so glaubwürdigen Erzählung sehen werden) ganz falsche Nachrichten gegeben haben; zugleich aber auch enthält mein Buch die Erzählung einer höchst merkwürdigen Revolution, welche in diesem Reiche, durch mich und meinen Herrn Vetter, den jetzigen Herrn Notarius Wurmbrand in Bopfingen, ist bewirkt worden.

Es wird manchen Leser befremden, daß von allen diesen Dingen, so wie von dem großen Zuge, den wir, mein Herr Vetter und ich, mit dem ältern Prinzen des großen Negus, an den Deutschen Höfen umher, unternommen haben, und von welchem ich in diesem Werke gleichfalls Nachricht gebe, noch gar nichts in Zeitungen und Journalen ist bekannt gemacht worden; allein diese Verwundrung wird aufhören, wenn man erstlich bedenkt, daß wir die Reise im strengsten Incognito vorgenommen, und dann am Ende des zweyten Theils die Beschreibung des traurigen Unfalls lieset, durch welchen alle mit uns in Abyssinien gewesenen Europäer ihren Tod in den Wellen gefunden haben.

Ich zweifle nicht, daß mein Buch reissend abgehen wird, und daß die Herren Nachdrucker sich die Mühe nicht werden verdrießen lassen, den Debit desselben zu befördern. Es war Anfangs meine Absicht, es diesen redlichen Männern zu widmen; denn da ich in demselben zugleich eine kurze Erzählung von meinem Aufenthalte in Fetz und Marocco liefre, so dachte ich, es würde ihnen nicht uninteressant seyn, die Nachrichten, welche ich von ihren dortigen Mitbrüdern gebe, sich von mir zueignen zu lassen. Allein mein Herr Vetter redete mir die Dedications-Gedanken aus. Er berichtete mir, man sey jetzt im Begriff, der edeln Nachdrucker-Zunft im Heiligen Römischen Reiche das Handwerk zu legen, und da meinte er, es könne meinem Rufe schaden, wenn ich mich öffentlich als ein Anhänger derselben zeigte. Da es nun ein Mahl Sitte in der Welt ist, seine Freunde, wenn sie im Gedränge sind, aus Politik zu verlassen; so gab ich denn auch den Vorstellungen des Herrn Wurmbrand nach. Um jedoch in der Stille etwas zum Besten der gelehrten Corsaren zu thun, bat ich meinen Herrn Verleger, sich mit keinem andern Privilegio versehen zu lassen, als mit einem Abyssinischen. Sollte also der gegen den Nachdruck auszuwirkende Reichsschluß so bald noch nicht zu Stande kommen; so behalten meine verehrten Freunde in Carlsruhe, Reutlingen, Wien, Frankenthal etc. noch immer freye Hände, dieß Werk, in so fern sie glauben, daß dabey etwas zu gewinnen seyn möchte, auf ihre Weise umgearbeitet, das heißt mit den gewöhnlichen Castrationen, auf weichem Lösch-Papiere, erscheinen zu lassen. Mein Honorarium habe ich richtig erhalten und mein Herr Verleger mag sehen, wie er zurecht kommt!

Erstes Kapitel.

Etwas von der Familie und den übrigen Verhältnissen des Verfassers.

Ich weiß wohl, daß man es Schriftstellern, und besonders einigen neuern Reisebeschreibern, sehr übel auslegt, wenn sie in ihren Werken viel von sich selber, ihren Freunden und Verwandten reden; und da ich mir fest vorgenommen habe, in diesem Buche einen ganz andern Weg zu gehn, als den gewöhnlichen, so sollte ich mich freylich hüten, gleichfalls in diesen Fehler zu verfallen: allein ich halte es doch für Pflicht, bevor ich zu der Erzählung der Begebenheiten selber schreite, die Leser zuerst genauer mit den Personen bekannt zu machen, von deren Abenteuern und Unternehmungen ich ihnen Rechenschaft geben will. Meine Geschichte gewinnt dadurch an Glaubwürdigkeit; und wenn ich mich kurz fasse, so hoffe ich auch, Sie sollen, meine werthesten Herren und Damen! nicht ungebührlich viel lange Weile dabey haben. — Also frisch daran!

Mein Vater, seligen Andenkens, war ein Bierbrauer in Goßlar und verfertigte die vortreffliche Gose, von welcher der große Hübner, was ihren Geschmack und ihre eröffnende Wirkung betrifft, rühmlichst Erwähnung thut. Wir hielten zugleich ein Wirthshaus und hatten immer die Stube voll lustiger Gäste. Hier fielen dann sehr angenehme Gespräche, besonders über politische Gegenstände, Krieg und Frieden vor; reisende Handwerksburschen, Soldaten u. d. gl. erzählten von fremden Ländern und Städten; und wenn ich, als ein

Knabe, mit meinen Büchern aus der Schule kam (wo man mir zehn Jahre lang hauptsächlich mit Gesenii Catechismus-Lehren und nebenher mit einigen nützlichen weltlichen Kenntnissen das Gedächtniß schmückte, die Bildung des Herzens, nebst der Uebung des Scharfsinns und der richtigen Beurtheilungskraft aber der Zeit und den Umständen überließ), verweilte ich oft in dem allgemeinen Gast-Zimmer, um jenen Erzählungen zuzuhören, und ließ schon früh die Lust zum Reisen und Wandern in mir erwecken.

Es hatten aber meine Aeltern beschlossen, mich die Rechte studieren zu lassen, und aus mir einen Advocaten zu machen. Von dieser wohlthätigen und nützlichen Menschenclasse befanden sich damahls kaum funfzig in Goßlar, von denen einige, die schon sehr alt waren, vermuthlich bald aus dieser Welt heraus contumacirt werden mußten; und so war denn Hoffnung da, daß ich, nach vollbrachten Studien, in meiner Vaterstadt als Sachwalter Brot finden würde. Man schickte mich zu diesem Endzwecke, sobald ich confirmirt war, auf die Schule zu Holzminden, und dann, im zwanzigsten Jahre meines Lebens, nach Helmstädt, woselbst ich von einem kleinen Stipendio lebte, und, in einer großen Fütterungs-Anstalt für arme Studierende, mit derber Kost versehen wurde, die in der That wohl passender für Tagelöhner, als für Gelehrte gewesen wäre, jedoch meinen Vater, der monathlich ein paarmahl bey Trompeten- und Paucken-Schalle beträchtliche Summen im Braunschweigschen Lotto verspielte, von der Sorge befreyete, sehr viel auf meinen Unterhalt zu verwenden.

Im Jahre 1764 befahl mir mein Vater, nach Goßlar zurückzukehren. Ich fand ihn in sehr zerrütteten Gesundheits- und Vermögens-Umständen. Es schien, als wenn die ungerechten Flüche derer, denen seine Gose zuweilen Leibschmerzen verursachte, alles nur mögliche Ungemach über sein Haupt brächten. Außer dem Verluste, den er in der Zahlen-Lotterie erlitten hatte, war er noch auf andre Weise unglücklich gewesen. Die Sache ging also zu. Der berühmte Graf St. Germain, der bekanntlich ein großer Alchymist und Universal-

Arzt war, oder vielmehr ist (denn den Gerüchten, als sey er kürzlich in Schleßwig gestorben, darf man keinen Glauben beymessen; ein solcher Mann stirbt nicht; und wäre dem so, und hätte man am Ende entdeckt, daß er ein Betrüger gewesen, so würden ja doch die Leute, bey denen er zuletzt gelebt, es für Pflicht der Rechtschaffenheit gehalten haben, seine Schelmereyen, zur Warnung des abergläubischen Publicum, öffentlich bekannt zu machen, möchte man auch ein Bischen über ihre Leichtgläubigkeit lächeln, oder seufzen!), dieser Mann nun bereisete den Harz, und hielt sich einige Wochen lang in Goßlar auf, wo er seinen herrlichen Thee, den er wohlthätiger Weise, das Pfund für einen Carlsd'or, verkaufen ließ, debitirte. Dieser Thee hatte, wie man weiß, die unvergleichliche Gabe, wenn er lange genug gebraucht wurde, von allen Sorgen dieses Lebens zu befreyen, und zu einer bessern Welt vorzubereiten. Der Graf war damahls in seinen besten Jahren, kaum Ein tausend acht hundert Sommer alt. Einer seiner Lakayen, der noch nicht viel über fünf hundert Jahre bey ihm diente, kam täglich in meiner Aeltern Haus, war sehr geschwätzig, redete viel von den Arzeneymitteln seines Herrn, und machte endlich meinem Vater begreiflich, daß, wenn er dem Herrn Grafen einen großen Vorrath von dem Wunder-Thee auf Speculation abkaufte und damit den ganzen Unterharz laxirte, er nicht nur an manchen Familien zum Wohlthäter werden, sondern auch ein ansehnliches Capital gewinnen könnte. Mein Vater ließ sich ankörnen, erhandelte zwey hundert Pfund von der wohlthätigen Waare und der Wundermann reisete weiter. Die ersten Proben, welche Herr Noldmann mit diesem Universal-Mittel machte, fielen unglücklich aus; die Patienten hatten nicht Geduld genug, so lange zu leben, bis die eigentliche Wirkung des Thees erfolgen konnte, und der Stadt-Physicus, der sein Privilegium, für die Bevölkerung des Paradieses zu sorgen, mit niemand theilen wollte, verklagte meinen Vater bey dem Magistrate. Der Proceß fiel zum Nachtheile des Beklagten aus; der Thee wurde confiscirt, von Sachkundigen geprüft, und, da man ihn aus äußerst gemeinen, wohlfeilen, aber bey unvorsichtigem Gebrauche schädlichen Kräutern zusammen gesetzt fand, in's Wasser geworfen, mein armer Vater aber, zu einer großen Geld-Strafe verurtheilt. Aus Kummer über diesen neuen Unfall und über seine täglich sich verschlimmernden häuslichen Umstände, fiel er in eine gefährliche Krankheit. In dieser Zeit schrieb er mir, ich möchte zu ihm kommen, indem er durch meine Praxis sich wieder in eine bessre Lage zu versetzen hoffte. Was aber seine Gesundheit betraf, so war er jetzt gegen den Arzt aufgebracht, und wollte sich also seiner Hülfe nicht bedienen; noch hatte er ein Paar Pfunde von seinem Thee heimlich gerettet, und da sein Glaube an die Wirkung desselben um nichts schwächer geworden war, so trank er selbst fleissig davon. Vierzehn Tage nach meiner Ankunft brachten ihn so weit, als die beharrlichsten unter St. Germain's Patienten früher oder später zu kommen pflegten; er starb in meinen Armen, und hinterließ seiner Familie drückende Sorgen für die Zukunft.

Meine Mutter, von der ich noch nichts gesagt habe, lebte damahls noch; mein Vater hatte für sie in eine auswärtige Witwen-Casse gesetzt; allein da die Einrichtung derselben auf unrichtigen Berechnungen beruhete, so konnte sie keinen Bestand haben; die Direction der Casse hatte daher schon vor einigen Jahren bekannt gemacht, daß sie nicht Wort halten könnte; das ganze Institut zerfiel; eine Menge von Familien verloren ihren Unterhalt, ihre, von der Landesherrschaft gesicherten Forderungen, die armen Weiber ihre Aussichten, ihre Hoffnungen, künftig vor Mangel geschützt zu seyn; und unter diesen war denn auch meine Mutter.

Da es meinem Vater gefallen hatte, aus mir das zu machen, was man einen Gelehrten nennt, so schickte es sich nicht für mich, als Bierbrauer und Schenkwirth in seine Fußstapfen zu treten; auch fanden sich so viel Schulden, daß wir Haus und Inventarium verkaufen mußten, um diese zu tilgen. Ich miethete also ein Paar kleine Zimmer, that den sehr unbedeutenden Rest, der von unserm Vermögen übrig blieb, auf Zinsen aus, und beschloß vorerst davon, und dann von meiner Arbeit als Advocat, mich und meine Mutter, so gut es gehen wollte, zu unterhalten.

Zweytes Kapitel.

Fortsetzung des Vorigen.

So viel von meiner eignen werthen Person, bis zu der Catastrophe, die mich bewog, auf Reisen zu gehen! Jetzt muß ich von den übrigen Personen meiner Familie, besonders von meinem Herrn Vetter reden, dessen Schicksale mit den meinigen zusammen hängen.

Ich war nicht der einzige Sprößling des Noldmannschen Geschlechts, sondern hatte eine ältere Schwester, die, als ich noch ein Knabe von sechs Jahren war, mit dem Prediger Wurmbrand im Eisenachschen getraut wurde. Dieser Mann war reich, und schon verheirathet gewesen. Mit der ersten Frau hatte er zehn Söhne erzeugt; meine Schwester beschenkte ihn mit dem eilften, den er, indem ihm der Erzvater Jacob im Kopfe steckte, Joseph taufte. Die Jungen sollten sämmtlich Theologie studieren; das war denn so die geistliche Grille des Herrn Pastors; doch wurde sein Plan vereitelt. Zwey von den jungen Herren liefen aus der Schule weg, und ließen sich zu Soldaten anwerben; Einer wurde blödsinnig und deßwegen in ein Hospital gesteckt; der vierte starb auf Universitäten, an der zurück getriebnen Krätze; der fünfte ertrank auf der Reise, als er eben nach Ilefeld auf das Gymnasium ziehen wollte; Einer wurde Landprediger und lebt noch; ein andrer ließ sich verleiten, mit den Spanischen Luftspringern in die Welt hinein zu gehen, und die hohen Herrschaften in den Frankfurther Messen durch seine Gaukeleyen zu unterhalten; der achte verschwand auf Ein Mahl, nachdem er sich auf Schulen allerley Ausschweifungen ergeben hatte, soll gegenwärtig Schauspieler seyn und edle Helden-Rollen spielen; der neunte, welcher Isaschar hieß, plagte seine Aeltern so lange, bis sie einwilligten, daß er Bartscherer und Wundarzt würde (zwey Künste, die in Deutschland, wie jedermann weiß, zur Ehre der gesunden Vernunft, in Einem Stande vereinigt sind); Sebulon aber, als der zehnte Sohn, vollendete seine Studia, war ein wenig taub und kurzsichtig, wurde daher zum Informator gut genug befunden, in welcher Qualität er sich vielleicht noch jetzt herum treibt. Der kleine Joseph, der wenig Jahre jünger als ich war, blieb am längsten in seines Vaters Hause, und wurde also, wie sich das versteht, von Vater und Mutter verzogen. Gern hätten Sr. Hochehrwürden noch einen kleinen Benjamin geliefert; allein so gut wurde es ihnen nicht; es blieb also Joseph Wurmbrand der Liebling der Aeltern. Er war ein lebhafter Knabe, voll Muthwillen und unruhigen Geistes. Da die kleinen Tücken, die er ausübte, als Zeichen seines aufgeweckten Temperaments ausgelegt, und seine Naturgaben bey jeder Gelegenheit zur Ungebühr erhoben wurden; so gewann der Junge bald eine große Meinung von seinem eignen Ich. Der Vater pflegte ihm oft in der Bilder-Bibel, die Geschichte von Jacob's Söhnen aufzuschlagen. Wenn dann das naseweise Kind auf dem Holzschnitte den Aegyptischen Finanz-Minister Joseph, mit königlichen Kleidern angethan, auf einem großen Stuhle sitzen sah, wie er seine Brüder, die als lumpige Juden vor ihm erscheinen und seine Füße küssen, von oben herab seiner Gnade versichert: so dachte der kleine Wurmbrand, es könne ihm auch wohl noch so gut werden; und dann kam es ihm im Schlafe vor, als wenn er dem Oberschenken und dem Schloßhauptmanne in Weimar ihre Träume ausgelegt hätte, und dieser merkwürdige Umstand der durchlauchtigsten Herzoginn Regentinn wäre berichtet worden, da er dann einen Ruf bekommen, vor Ihrer Durchlaucht zu erscheinen, und der erhabenen Fürstinn den Rath gegeben, zu rechter Zeit Magazine anzulegen, und wie er darauf stante pede zum Kammer-Präsidenten wäre ernannt worden, wodurch er dann Gelegenheit erhalten hätte, seine ganze Familie zu hohen Ehren zu bringen; und was dergleichen Thorheiten mehr waren.

Indessen ließen sich solche erhabne Gedanken nicht wohl mit seines Vaters Plane, ihn der Gottesgelahrtheit zu widmen, vereinigen; deßwegen empfand er denn auch sehr wenig Neigung, diesen Stand zu wählen. Wenn der alte Pastor mit seinem Ideen-Schwunge nicht weiter hinauf konnte, als daß er in Gedanken seinen lieben Sohn auf dem Consistorio in Weimar sein examen rigorosum rühmlichst aushalten sah, indeß der Alte hinter dem grünen Schirm auf jede Frage und Antwort lauerte, und unter der Hand zu erfahren suchte, ob der hoffnungsvolle junge Candidat bene oder valde bene zum Urtheil erhalten habe; so flog Joseph mit seiner Phantasie viel höher. Er erblickte sich als Minister, an der herzoglichen Tafel auf dem großen Schlosse (dessen prächtige Merkwürdigkeiten so wohl, als die schönen Gärten, Lust- und Jagd-Schlösser sich der Herr Pastor nebst seiner Familie, bey einer Reise nach Weimar, ein Mahl hatte zeigen lassen), sah sich da den herrlichen Pasteten und Fleisch-Massen gegen über, woran die herzoglichen Mundköche ihre Kunst verschwendet hatten, und erlauerte den Augenblick, da er, durch irgend ein Abenteuer in die Residenz geführt, dort einer vornehmen Dame Liebe einflößen, von ihr, nach vorher gegangener Mantel-Scene, auf die Wartenburg verwiesen werden, und dort, durch Traum-Deuterey, den Grund zu jener glänzenden Laufbahn legen würde.

Es war aber im Buche des Schicksals anders beschlossen. Sein Vater unterwies ihn selbst bis in das funfzehnte Jahr, nach der damahls allgemein üblichen alten Methode, und in der That war über seinen Fleiß nicht zu klagen. Dann wurde er nach Eisenach auf die Schule geschickt, wo er bey seinem Oheim, einem Cantor, im Hause wohnte. Hier gerieth er mit andern wilden jungen Leuten in Verbindung; man wachte nicht sorgfältig genug über seine sittliche Aufführung; sein Kopf war voll von Erwartungen sonderbarer Abenteuer; es dauerte ihm zu lange, ehe sich eine Aussicht zeigte, die Träumereyen seiner Kindheit realisirt zu sehen; es wurde nun immer ernstlicher davon geredet, daß er sich den theologischen Wissenschaften widmen sollte; das Ding gefiel ihm nicht; er gerieth über einige Reisebeschreibungen, die ihm die Lust einflößten, fremde Länder zu sehen; er fing an zu glauben, Weimar sey wohl nicht der Ort, wo er die große Josephs-Rolle würde spielen können, und da ihn die Abenteuer nicht suchten, so beschloß er, sie aufzusuchen. In dieser Stimmung wurde er durch einen andern jungen Menschen bestärkt, der ihm den Plan entwerfen half, fortzulaufen, und mit ihm auf gutes Glück in die weite Welt zu gehen. Hierzu kam, daß er ein wenig zu bekannt mit des Herrn Cantors Tochter geworden, woraus Folgen entstanden waren, die bald sichtbar werden mußten, und die ihn in große Verlegenheit setzten. In diesem Puncte ahmte er also seinem Aegyptischen Helden nicht nach, der sich bey Madam Potiphar ganz anders betragen hatte; allein das hielt ihn nicht ab, zu glauben, er könne wenigstens im Uebrigen sein Vorbild erreichen. Er ging also fort, und um die Leser nicht mit einer weitläuftigen Beschreibung seiner Wanderschaften zu ermüden, will ich davon nur das Hauptsächlichste erzählen.

Joseph Wurmbrand erlebte, was jedem leichtsinnigen Knaben begegnen muß, der, ohne zu wissen wohin, und ohne alle Erfahrung, in die Welt hinein läuft. Daß man wohl thue, sich mit Gelde zu versehen und einen bestimmten Plan zu entwerfen, bevor man einen solchen Schritt wagt, daran hatte der junge Herr so wenig wie sein Reisegefährte gedacht. Einige Tage lag es ihnen nur am Herzen, ihre Tritte zu beschleunigen, weil sie fürchteten, man möchte ihnen nachsetzen. In dieser Zeit nun waren sie bis an die Preußische Grenze gekommen, fühlten sich aber so ermüdet und, da sie indeß fast gar nichts genossen hatten, einer guten Mahlzeit so bedürftig, daß sie sich entschlossen, hier Halt zu machen, sich mit Speise und Schlaf zu erquicken, und inter pocula mit einander zu berathschlagen, wohin nun eigentlich die Reise gehen sollte. Ein einsam liegendes Wirthshaus ladete sie eines Abends ein, hier Quartier zu nehmen. Sie fanden darin, außer dem dicken, einäugigen Gastwirthe und seinem buckligen Weibe, noch zwey große, starke Kerl um den Tisch herum sitzen, die zuvorkommend freundlich gegen sie waren, und mit denen sie bald in allerley vertrauliche Gespräche geriethen. Dabey ließen sie sich zu essen und zu trinken geben. Die beiden Fremden nöthigten sie, ein Paar Gläser Wein mit ihnen auszuleeren, wobey unsre jungen Abenteurer treuherzig genug waren, ihre Geschichte zu erzählen, nähmlich: wie sie, um sich dem Schulzwange und dem ewigen Einerley einer sitzenden Lebensart zu entziehen, sich mit der Absicht auf den Weg gemacht hätten, die Welt zu sehen; und daß es nun ihr Plan sey, nach Holland zu reisen, und dort, weil sie doch im Schreiben und andern nützlichen Kenntnissen erfahren wären, sich zu bemühen, auf einem Schiffe, das zu einer großen Reise bestimmt wäre, als Schreiber oder dergleichen angesetzt zu werden. Die übrige Gesellschaft lobte diesen Entschluß, und weil es indeß spät geworden war und die beiden jungen Leute sich ungewöhnlich schläfrig fühlten, so wurde Anstalt zu einer Streue gemacht, auf welcher Joseph mit seinem Gefährten, und bald nachher auch ihre neue Bekannte Platz nahmen.

Es war schon heller Tag, als mein Herr Vetter von seinem festen Schlafe erwachte; er rief seinem Freunde, aber niemand antwortete; er stand auf, fragte den Wirth und die Wirthinn, wo denn die andern wären, und bekam zur Antwort, daß sie das nicht wüßten. Schon vor Tage habe einer von ihnen die Magd geweckt, habe die Zeche für sie alle bezahlt, und sey weiter gereiset; vermuthlich sey der junge Mensch mit den beiden Männern gegangen. So wenig dieß nun mein Herr Vetter begreifen konnte, so blieb ihm doch nichts übrig, als sich in Geduld zu fassen. Vergebens wartete er bis zum Mittage auf die Zurückkunft seines Freundes; er erschien nicht, und Joseph mußte sich entschließen, einsam seine Reise fortzusetzen. Er ließ sich den nächsten Weg, der auf die Holländische Heerstraße führte, beschreiben, nahm sein Bündelchen, und ging fort.

Unterwegens gesellte sich ein Mann zu ihm, mit dem er bald eine Unterredung anfing, und dem er den ihn betroffenen

Unfall klagte. Der Mann schien großen Antheil an der Sache zu nehmen, und erklärte ihm zugleich, wie es damit zugegangen wäre. Er sagte ihm dieß Wirthshaus sey eine Herberge für Preußische Werber, und die beiden gestrigen Gäste seyen dergleichen gewesen; er wisse auch recht wohl, wie es diese Herrn machten. Sehr wahrscheinlich hätten sie ihm und seinem Freunde einen Schlaftrunk in den Wein geschüttet, dann in der Nacht den jungen Menschen von der Streue aufgenommen, auf einen Wagen gelegt, und wären mit ihm nach Magdeburg gefahren. Dieß war auch in der That also geschehen, und was meinen Vetter von einem gleichen Schicksale gerettet hatte, war der Umstand gewesen, daß er nicht sehr ansehnlich von Figur ist, da hingegen der andre ein schlanker, hübscher Pursche war. Der ehrliche Mann beschloß seine Rede mit der ziemlich bekannten Anmerkung: daß es aller Orten böse Leute gebe, und daß ein junger Mensch sich auf Reisen sehr in Acht nehmen müßte.

Schon am folgenden Morgen hatte Joseph Gelegenheit, die Wahrheit und Wichtigkeit dieser Bemerkung zu fühlen; denn, nachdem er mit seinem neuen Bekannten in einem kleinen Städtchen übernachtet hatte, und nun weiter seiner Straße ziehen wollte, fand sich's, daß der Fremde voraus gegangen war, und, theils um ihn von der Last zu befreyen, gar zu schwer tragen zu müssen, theils um seine Lehre von der Vorsichtigkeit auf Reisen ihm anschaulicher zu machen, sein Bündel mitgenommen hatte.

Das war denn ein harter Schlag für meinen armen Herrn Vetter; denn das Päcklein enthielt seine besten Sachen, an Wäsche, silbernen Schnallen und dergleichen, und nun hatte er, außer der Kleidung, die er auf dem Leibe trug und einem halben Thaler baarer Münze, nichts im Vermögen, das ihm hätte die Mittel verschaffen können, Holland zu erreichen. Er schritt also, traurig und unentschlossen, was er anfangen wollte, weiter. Indessen machte er es hier, wie die mehrsten Menschen; denn er nahm sich jetzt, da es zu spät war und er nichts mehr zu verlieren hatte, vor, künftig behutsamer zu seyn.

Der halbe Thaler, der Josephs ganzen Reichthum ausmachte, war nun auch bald ausgegeben, und so blieb ihm denn, nach einigem Kampfe zwischen seinem hungrigen Magen und dem Ehrgeize, nichts übrig, als mitleidige Menschen um einen Zehrpfennig anzusprechen. In dieser Lage wünschte er wohl freylich zuweilen, daß irgend eine reiche Madam Potiphar ihn in Versuchung führen möchte; allein so gut wurde es ihm nicht; doch bettelte er sich, mit ziemlichem Anstande und Erfolge, noch einige Tage lang weiter.

Ich habe vorhin gesagt, daß der jetzige Herr Notarius Wurmbrand, von dem hier die Rede ist, keine vorzüglich schöne Leibesgestalt besäße. Hierdurch habe ich aber keinesweges eine nachtheilige Schilderung von meinem Herrn Vetter entwerfen wollen. — Im Gegentheil! er hat gewiß keine ganz gemeine Notariats-Physiognomie, und was ich jetzt erzählen will, wird dieß beweisen. Als er nähmlich auf dieser Wanderschaft einen Westphälischen Edelmann um eine kleine Gabe ansprach, gefiel diesem Herrn seine Gesichtsbildung so vorzüglich, daß er ihm den Antrag that, ihn als Lakayen zu sich zu nehmen. Des armen Josephs Erwartungen von seinem künftigen Schicksale waren nun schon durch die ersten Widerwärtigkeiten ziemlich herab gespannt, und so besann er sich denn nicht lange, ob er ein so gütiges Anerbiethen annehmen sollte, oder nicht.

Unter den Westphälischen Edelleuten, so wie überhaupt unter der Deutschen, auf ihren Gütern wohnenden Noblesse, gibt es, wie bekannt, ungemein viel feine, gebildete und gelehrte Männer. Sie nützen die glückliche Muße des Landlebens zu Ausbildung ihres Geistes, und da sie sehr wohl fühlen, daß ein bloßer Stammbaum noch nicht beweiset, daß der Abkömmling von sechzehn adelig gebornen Personen ein edler Mann und kein Tölpel sey; so suchen sie, sich wirkliche Vorzüge des Geistes und Herzens zu erwerben und, durch Beförderung einer weisen Aufklärung und durch väterliche Sorgfalt für die ärmern Landleute, ihren Mitmenschen wahrhaftig nützlich zu werden. Ja, in der That! so sind die Deutschen Edelleute, und ich kann es nicht begreifen, wie manche Menschen das Gegentheil behaupten können. — Ein solcher Mann war denn auch der Cavalier, der meinen Herrn Vetter zu sich nahm. Er besaß eine große Büchersammlung, in vergoldetes Leder gebunden und mit seinem Wapen geziert, und da er fand, daß Joseph nicht ohne Kenntnisse und nicht ohne gute Anlagen zu weitrer Ausbildung derselben war, so verstattete er ihm den freyen Gebrauch dieser Bibliothek, ließ ihn auch nicht lange die Livree tragen, sondern nützte ihn, als eine Art von Schreiber, zu Führung seines Briefwechsels und zu andern Geschäften.

Hier lebte Herr Wurmbrand zwey Jahre lang, fand Gelegenheit bey dem Prediger des Orts Unterricht in einigen Sprachen und Wissenschaften zu erlangen, befestigte sich aber, besonders durch Lesung vieler Reisebeschreibungen, immer mehr in dem Vorsatze, ferne Länder und Völker kennen zu lernen.

Einstens erhielt der Edelmann Besuch von einem Professor aus Frankfurth an der Oder, der sehr stark in Orientalischen Sprachen war. Dieser lernte meinen Vetter kennen, gewann ihn lieb und that dem gnädigen Herrn den Vorschlag, er möchte ihm den jungen Menschen überlassen, indem er für seine weitern Studien und für sein Fortkommen zu sorgen versprach. Der Herr Professor hatte großen Einfluß an Höfen, den er auf edlere Art nützte, als wohl mancher andrer Professor der Philologie, den ich kenne. Der Edelmann willigte ein, und Joseph reisete mit dem Professor nach Frankfurth.

Drey Jahre brachte Herr Wurmbrand bey diesem Gelehrten hin, war sein Amanuensis, schrieb das, was dieser drucken ließ, ins Reine, übernahm die Correcturen, gab sich ein wenig mit Recensiren ab, studierte aber und las dabey fleissig, was nicht jeder Recensent thut, hörte indessen nicht auf, seinen Wohlthäter zu bitten, er möchte ihn doch irgend einem vornehmen Herrn, der eine weite Reise vorhätte, als Gesellschafter empfehlen, wozu man, wie billig ist, gern Leute wählt, die sich auf Orientalische Sprachen gelegt haben.

So standen die Sachen, als ein Pommerscher Edelmann, welcher Deutscher Ordens-Ritter war, sich eine Zeitlang in der dortigen Gegend aufhielt und sich an verschiedne Personen mit dem Anliegen wendete, sie möchten ihm doch einen geschickten Secretair verschaffen; da dann mein Vetter, durch Vorsprache seines Beschützers, diese Stelle erhielt.

Den in diesen Dingen etwa unwissenden Lesern, dient zur Nachricht, daß der Deutsche Orden ein für die Menschheit sehr nützliches Institut ist. Der Haupt-Gegenstand der Bemühungen desselben bleibt, seitdem seine Bestimmung am heiligen Grabe wegfällt, die Ausrottung der Erbfeinde der Christenheit, der vermaledeyeten Türken. Es wäre wohl zu wünschen, daß andre, der Welt eben so nützliche Unternehmungen, zum Beyspiel: die Erziehung der Jugend, die Beförderung der Wissenschaften, die Aufmunterung unterdrückter Talente, die Minderung der Noth und Armuth, der Sturz des Fürsten-Despotismus und der Ungerechtigkeit, die Beschützung der unterdrückten Hülflosen, die Ermunterung des echten Verdienstes und dergleichen, den Hauptzweck eben so reicher und mächtiger Gesellschaften ausmachen möchten — doch vielleicht erleben wir auch das noch. Obgleich nun der Deutsche Orden mit der menschenfreundlichen Absicht, die Ungläubigen zu vertilgen, in den letztern fünf hundert Jahren nicht sehr weit fortgerückt ist, so muß doch jeder Ritter drey Feldzüge gegen die Türken thun, das heißt: er muß drey verschiedne Campagnen hindurch bey irgend einer Armee, die gegen den Erbfeind in Bewegung ist, sich aufhalten, und sich's im Haupt-Quartiere wohl seyn lassen. Der Orden hat auch Priester, die aber den Türken keinen Abbruch thun, und nach Priesterweise, statt gegen sie zu fechten, sie nur anathematisiren. Um Deutscher Ritter zu werden und Anspruch auf reiche Commenthureyen machen zu dürfen, muß man das Gelübde der Armuth und auch die des Gehorsams und der Keuschheit, welche auf eben solche Weise in Erfüllung gebracht werden, eidlich ablegen. Ein strenger Beweis von sechzehn echten Ahnen beurkundet die Würdigkeit, in den Orden aufgenommen zu werden, welches mit kirchlichen Ceremonien geschieht, die, besonders einem Protestanten, gar sonderbar mitzumachen vorkommen müßten, wenn die Menschen nicht ein Mahl daran gewöhnt wären, Spielereyen Feyerlichkeiten zu nennen, und das Alte ehrwürdig zu finden, wenn auch gar kein Sinn darin liegt.

Der Ritter, welcher den Herrn Wurmbrand zu sich nahm, war in der Jugend ein wenig zu cavaliersmäßig erzogen worden; man hatte vergessen, ihn das Schreiben und Lesen gehörig zu lehren, und mein Herr Vetter war ihm also ein sehr nützlicher Mann, zu Führung seines Briefwechsels. Da sich sonst keine Gelegenheit fand, wider die Türken zu Felde zu ziehen, so beschloß er, nach Malta zu reisen und mit den Galeren, die Jahr aus Jahr ein von dort aus auf die Kinder Muhameds Jagd machen, gegen die Ungläubigen zu kreuzen.

Gleich, bey der ersten Expedition dieser Art, wenig Wochen nach ihrer Ankunft auf der Insel (mein Vetter wich seinem Herrn nicht von der Seite), hatten sie das Unglück, einem Barbarischen Seeräuber in die Hände zu fallen, der sich, ohne großen Widerstand, ihres Fahrzeugs bemächtigte und die ganze Equipage zu Gefangnen machte. Der Ritter schaffte in wenig Monathen ein ansehnliches Lösegeld herbey, und wollte auch seinen Secretair los kaufen, allein der Corsar hatte den Herrn Wurmbrand so lieb gewonnen, daß er ihn durchaus nicht wollte fahren lassen. Hierzu trug nicht wenig meines Herrn Vetters Kenntniß der Orientalischen Sprachen bey. Der Seeräuber war übrigens ein Mann von Kopf und von menschenfreundlichem Herzen. Er hielt und behandelte seinen Sclaven so wohl, daß dieser oft in Versuchung gerieth, zu glauben, man könne in der Türkischen Gefangenschaft fast eben so viel Freyheitsgefühl schmecken, als in den Diensten manches alten Edelmanns in Deutschland. Ali Muski (so hieß der Corsar) war ein Deutscher Renegat, der, nachdem er in Europa lange genug von kleinen und großen Despoten, Schelmen und Pinseln war herum gehudelt worden, sein Glück zur See versucht hatte. Sein Schicksal hatte ihn nach Tripoli geführt; er war einem billig denkenden Manne in die Hände gefallen, hatte den Vortheil gehabt, diesem einst das Leben zu retten; wurde aus Erkenntlichkeit in Freyheit gesetzt; hielt es für vernünftig, den Gottesdienst des Landes anzunehmen, und bekam von seinem ehemahligen Herrn einen Vorschuß, womit er anfing Handel zu treiben und Fahrzeuge auszurüsten. Die Vorsehung begünstigte sein Unternehmen; er wurde reich; eigne Erfahrungen hatten ihn Mitleiden mit fremdem Kummer gelehrt; er behandelte seine Sclaven mit Milde und Schonung, hatte Sinn für fremden Werth und Dankbarkeit für erwiesene Dienste.

Ali Muski hatte ein wichtiges Geschäft in Cairo zu besorgen; dieß trug er meinem Vetter auf, der es zu seiner Zufriedenheit ausrichtete, und zum Preise seiner Bemühung die Freyheit erhielt.

Nun erwachte in Josephs Kopfe der Gedanke, in diesen Weltgegenden die Rolle zu spielen, von welcher er in seinen Kinderjahren so schön geträumt hatte. Er fand, daß unter den Menschen, welche wir Räuber und Barbaren nennen, wohl eben so viel Treue und Glauben herrschen, als in unsern so genannten verfeinerten bürgerlichen Verbindungen; er beschloß also in Africa zu bleiben, wo man ihn wenigstens nicht zwang, Candidatus Theologiä zu werden. Er kleidete sich nach Landessitte; und was die Religion betraf, so war der Renegat billig genug, von ihm nicht zu fordern, daß er seinem Beyspiele folgen sollte. Ali Muski versicherte ihn, daß, wenn er sich nur enthielte, gegen die herrschenden Meinungen und Gebräuche zu eifern, so könnte er ungestört bey seinem Lutherthume bleiben.

Jetzt kam es nur darauf an, einen Plan für die Zukunft zu entwerfen. Handel zu treiben, wozu ihm Ali Muski gern Geld vorgestreckt haben würde, war seine Sache nicht; und der Gedanke, in einem von den unzähligen großen Africanischen Reichen eine wichtige Rolle zu spielen, blieb immer herrschend bey ihm, zu welchem Endzwecke er denn die Coptische Sprache und die von Tigre oder Geez, und die Amharische fleissig studierte. — Im Arabischen war er schon geschickt.

Indessen fügte es sich, daß er bald noch eine Reise nach Cairo, in Geschäften seines ehemahligen Gebiethers zu machen hatte. Er traf dort einige Abyssinier an, die ihm so viel Gutes von ihrem Vaterlande sagten, daß er, nachdem er vorher in Tripoli Ali Muski Rechenschaft von seinen Verhandlungen gegeben hatte, sich entschloß, nach Gondar zu gehen, und dort sein Glück zu versuchen. Da er, der Kleidung und Sprache nach, völlig wie ein Muselmann aussah, so hatte er auf der Reise nichts zu fürchten; allein sein Wohlthäter erwies ihm noch die Großmuth, dafür zu sorgen, daß es ihm nicht an Gelde, oder vielmehr an wollnem Zeuge fehlte, welches in Abyssinien statt der Silbermünze gebraucht wird, und daß der Bassa von Aegypten ihm eine Bedeckung von Sclaven und so dringende Empfehlungs-Schreiben an die Nayben, oder Statthalter an der Grenze mitgab, daß mein Herr Vetter in der That in jenen unbekannten Ländern aller Orten so freundlich aufgenommen und bewirthet wurde, als ein junger Gelehrter in Deutschland, der, um die schönen Franzbände der öffentlichen Bibliotheken und die Studierzimmer der Bücherschreiber zu beäugeln, versehen mit einem Firman, oder mit einem Hirtenbriefe von irgend einem Stimmführer in der Literatur, seine Wanderschaft mit dem Postwagen, von Zürch bis Kiel, oder von Wien bis Bonn antritt.

Da indessen die Türken vom festen Lande Abyssiniens vertrieben sind, so war es nöthig, gleich bey seiner Ankunft in Adowa, der Hauptstadt von Tigre, für einen Coptischen Christen zu gelten. Uebrigens versah er sich mit einigen einfachen Arzeneymitteln, und gab sich für einen Medicus aus, welches, so unwissend er auch in dieser Wissenschaft war, in den dortigen Gegenden, wo die Heilkunde eben keine große Fortschritte gemacht hatte, durch Hülfe der, den Europäischen Charlatanen abgelernten Windbeuteleyen, sehr leicht auszuführen war.

Auf diese Weise kam er glücklich nach Gondar, der Residenz des Königs von Abyssinien, wurde dem Monarchen vorgestellt, hatte das Glück, demselben einige Würmer abzutreiben und ihn, durch Gebrauch einer Mercurialsalbe, von dem Aussatze zu befreyen — zwey der gewöhnlichsten Krankheiten in diesen Africanischen Ländern, die aber unter unsern Europäischen Fürsten noch nicht eingeführt sind —, und kam durch diese Cur zu hohen Ehren.

In seinem Glücke nun erinnerte er sich seiner Verwandten in Deutschland, und ich bekam im Jahre 1766 einen Brief von ihm, wovon ich im folgenden Kapitel Rechenschaft geben werde.

Drittes Kapitel.

Der Verfasser erlebt unangenehme Schicksale in Goßlar und reiset zu seinem Herrn Vetter nach Abyssinien.

Ich habe vorhin erzählt, daß ich nebst meiner Mutter eine kleine Wohnung in Goßlar bezog, um dort mit ihr, so gut es gehen wollte, zu leben; allein neue Widerwärtigkeiten trafen mich ohne Unterlaß. Im ersten Jahre wollte es mit meiner Praxis gar nicht fort. Bey den kleinen Zwistigkeiten unter den Bürgern, Bauern und Bergleuten, war wenig Geld zu verdienen; ich verstand die eigentliche Advocatenkunst nicht, klare Sachen dunkel zu machen, friedliebende Leute vom Vergleiche abzuhalten, wenig Sachen mit viel Worten zu sagen, und dann meine Schriften nicht nach der Wichtigkeit der Arbeit, sondern nach der Anzahl der unnütz voll geschriebnen Bogen mir bezahlen zu lassen; ich nahm von armen Leuten kein Geld, und reichre wendeten sich nicht an mich, sondern an irgend einen alten Advocaten, der schon, durch vieljährigen Besitz, sich das Recht erworben hatte, ein Organ der Chicane zu seyn, und dasjenige in seinen Beutel zu spielen, worüber sich zwey andre Leute zankten. Zu Anfange des andern Jahrs gerieth endlich ein etwas wichtigrer Proceß in meine Hände, allein ich mußte in dieser Sache nach Wetzlar appelliren — das hieß denn, in gewissem Sinne, für die Ewigkeit arbeiten, brachte aber kein Geld ein. Der Reichs-Cammergerichts-Assessor, in dessen Hände die Acten fielen, legte sie zu den übrigen hundert und funfzig Processen, aus denen er Relationen schuldig war; und jetzt, nach fünf und zwanzig Jahren, da ich dieses schreibe, werden sie noch wohl an demselben Platze liegen, wenn die Parteyen nicht etwa Mittel gefunden haben, durch Sollicitiren einige Beschleunigung auf Unkosten andrer, vielleicht noch ängstlicher nach Recht und Gerechtigkeit seufzenden, zu bewirken.

Es ging also sehr schlecht mit meiner Einnahme, und die Ausgaben hingegen vermehrten sich, da meine Mutter erkrankte, und nach dreymonathlichem Leiden starb. Ich mußte unser kleines Capitälchen angreifen, und war in der That in der traurigsten Lage, als ich von meinem Herrn Vetter den oben erwähnten Brief erhielt, dessen Inhalt ungefähr folgender war: Er sey, nach mancherley erlebten Schicksalen, nach Abyssinien gerathen, und habe jetzt die Ehre daselbst erster Staatsminister des Königs, oder großen Negus zu seyn, den wir irriger Weise den Priester Johannes nennten. Dieser Monarch nun beglücke ihn mit seiner vorzüglichen Gunst, habe auf seinen Rath verschiedne gute Einrichtungen, nach dem Muster der Europäischen Staaten, in seinem weitläuftigen Reiche gemacht, und wünsche, noch mehr Europäer dahin zu ziehen, auch Bücher, Maschinen und andre Dinge, wovon das Verzeichniß hiebey erfolge, aus unserm Vaterlande zu erhalten. Er, der Herr Minister, habe diese Gelegenheit, mich glücklich zu machen, nicht entwischen lassen wollen, da ich von den Personen seiner Familie der einzige Mann sey, von dem er glaubte, er könne ihn in seinem großen Vorhaben unterstützen. — Mein Herr Vetter bat mich daher, mich auf die Reise nach Africa zu machen, schrieb mir den Weg vor, den ich nehmen sollte, schickte mir die nöthigen Addressen für die verschiednen Handlungsplätze, nebst den Anweisungen, wo ich das Geld zur Reise und zu Anschaffung der Bücher und andern Sachen, die ich mitbringen sollte, heben könnte, versicherte mich der besten Aufnahme, seiner hohen Protection, und versprach mir ein glänzendes Glück, das meine Erwartungen weit übertreffen würde. Uebrigens kam mir die Auswahl der Bücher, welche ich anschaffen sollte, sonderbar genug vor;

ich werde in der Folge wohl noch etwas darüber zu sagen haben, wenn ich von dem Grade der Aufklärung rede, zu welchem ich den Hof des großen Negus durch meines Herrn Vetters Bemühungen erhoben fand!

Der Vorschlag, den mir Joseph Wurmbrand that, hatte in meinen dürftigen Umständen viel Anlockendes. Ich bekenne zwar, daß es meinen Stolz ein wenig empörte, die bessern Aussichten, welche mir derselbe eröffnete, weniger meinen eignen Verdiensten, als der Vetterschaft des Herrn Ministers zu danken zu haben. Der Nepotismus war mir stets ein Gräuel gewesen; allein die Noth wurde bey mir dringender. Die Begierde fremde Länder zu sehen, war denn auch noch immer bey mir sehr lebhaft geblieben, und obgleich mein Vetter ein wenig aus einem hoch trabenden Tone von der Wohlthat sprach, die er mir zu erweisen dachte, so war es doch auch sehr bemerklich, daß er Meiner zu Ausführung seiner dortigen Plane bedurfte, und es blieb mir ja noch die Erwartung übrig, daß ich selbst mich vielleicht bey dem Könige durch eigne Geschicklichkeit in Gunst setzen könnte, besonders im juristischen Fache, wenn es mit der Aufklärung in Abyssinien schon so weit sollte gekommen seyn, daß man dort Processe führte.

Ich erschien nun in meiner besten Kleidung, die, im Vorbeygehen zu sagen, in einem leberfarbenen Rocke mit gelben Knöpfen und einer blauen Weste mit Silber bestand, vor dem Magistrate in Goßlar, und hielt eine lange Rede, in welcher ich feyerlich meinem Bürgerrechte entsagte, und den hochweisen Herrn anzeigte, daß ich meine Vaterstadt auf immer verlassen würde. Der hohe Magistrat schien dieß als eine sehr unwichtige Sache anzusehen, und einige von den Gliedern desselben verwiesen es mir, daß ich mit dieser feyerlichen Anzeige einer so unbedeutenden Begebenheit ihre Aufmerksamkeit gespannt und sie von der Mittags-Tafel abgehalten hätte. »Und wo geht denn die Reise hin?« fragte der regierende Bürgermeister. Da erzählte ich denn: daß ich von dem Könige in Abyssinien, durch seinen Minister, der mein Herr Vetter wäre, sey eingeladen worden, dorthin zu ziehen, und ein wenig an dem Aufklärungswesen mit zu arbeiten. Weil nun die Herren vom Magistrate nicht sehr erfahren in der Geographie waren, und in den Zeitungen nie etwas von einem solchen Könige gelesen hatten; so hielten sie meine Erzählung für eine Fabel, glaubten, ich wollte sie zum Besten haben, oder sey närrisch geworden, und gaben mir deßwegen die ernstliche Weisung, sie mit meinen Thorheiten zu verschonen. Allein nach einem Paar Tagen erschienen in Goßlar zwey Aegyptische Kaufleute, welche meinem Herrn Vetter versprochen hatten, mich abzuhohlen. Sie waren von einigen, theils schwarzen, theils braungelben Sclaven begleitet, und erregten unter dem Pöbel gewaltigen Auflauf.

Nun sahen die Herren vom Rathe wohl, daß es mit der Einladung nach Abyssinien seine gute Richtigkeit hatte, und dieß versetzte das ganze Publicum in Goßlar in eine sehr verschiedne Stimmung. Einige, die bisher den armen Advocaten Noldmann nicht der geringsten Aufmerksamkeit gewürdigt hatten, und die zu der Classe von Menschen gehörten, welche jedes fremde Glück beneiden, sie mögen selbst darauf Anspruch machen wollen oder nicht, erlaubten sich hämische und spöttische Bemerkungen über diesen Vorfall, bemüheten sich, mich auf alle Weise zu verkleinern und mein Vorhaben lächerlich zu machen. Andre, aus denen das Häuflein der in allen großen und kleinen Staaten zu findenden Unzufriednen bestand, denen die Regierung nichts recht machen kann, suchten, so wenig sie auch von mir und meinen Verdiensten wußten, diese Gelegenheit zu nützen, um laut darüber zu schreyen, daß der Magistrat, welcher es, wie sie sagten, zur Schande der Republik Goßlar, immer also mache, hier nun wiederum einen geschickten und fähigen Mann, den ein großer König mit offnen Armen aufnehme, aus dem Lande gehen ließe. Die Andächtigen und Schwachen an Geist, von der Geistlichkeit gestimmt, verfehlten nicht, bey dieser Veranlassung ihren Eifer für die Religion zu zeigen, indem sie riefen, es sey ein Gräuel, daß ein christlich geborner Einwohner in Goßlar sein Vaterland und die Gemeine verließe, um bey verdammten Heiden, Türken und

Mohren zu leben, und sein Seelenheil zu verscherzen. Der größte Theil des Magistrats aber wollte gern die Ehre, welche mir wiederfuhr, auf die Stadt lenken. Man beschloß, mir aufzutragen, dem Könige von Abyssinien, im Nahmen der Reichsstadt, zu danken für die Ehre, welche er einem ihrer Bürger erwiese; Se. Majestät um ferneres gutes Vernehmen mit der Republik Goßlar, und, bey etwa entstehendem Kriege, um Schutz und Beystand zu bitten. Ich hatte Mühe, zu verhindern, daß man mir nicht, zum Geschenke für den König, einige Krüge des besten Goßlarschen Bieres mitgab; und acht Tage nachher las man in der Braunschweigschen Zeitung einen Artikel des Inhalts: Es habe Sr. Majestät der König von Abyssinien die freye Reichsstadt Goßlar, durch eine eigne Deputation ersuchen lassen, ihm aus ihren Mitteln einen geschickten Rechtsgelehrten zu senden, der das dortige Justizwesen auf einen soliden Fuß bringen sollte, und habe der hochweise Magistrat, um diesem königlichen Verlangen ein Gnüge zu leisten, den Advocaten, Herrn Benjamin Noldmann, dahin abgehen lassen.

Ich machte mich indessen mit meinen Reisegefährten auf den Weg, und will nun über den Verfolg meiner Begebenheiten in den nachstehenden Kapiteln Bericht erstatten.

Viertes Kapitel.

Benjamin Noldmann's Abreise von Goßlar am Harz, um nach Gondar in Abyssinien zu gehen, nebst den Nachrichten von seiner Audienz bey dem Kaiser von Marocco.

Auf meiner Reise zu Lande bis Stade begegnete mir nichts merkwürdiges, als daß in den Städten und Dörfern zwischen Goßlar und jener Stadt Kinder und erwachsene Leute hinter uns herliefen, weil die schwarzen und braunen Gesichter meiner Begleiter ihnen sehr auffallend waren. Von da mußten wir zu Wasser nach Plymouth gehen, weil ich dort verschiedne Englische Waaren einzukaufen hatte. Dort wurden wir bald nachher wieder eingeschifft, und erreichten, ohne widrige Vorfälle, die Canarischen Inseln.

Mein Herr Vetter war so sorgsam gewesen, mir einen geschickten Sprachmeister zu senden, und ich wendete die ganze Zeit, die wir auf der Nordsee, auf dem Atlantischen und nachher auf dem Mittelländischen Meere zubringen mußten, dazu an, mir die gehörigen Kenntnisse zu erwerben, um wenigstens nicht ganz unwissend in den Sprachen der Länder zu seyn, in denen ich nun künftig leben sollte.

In Madeira fand ich das Schiff, welches mich nach Marocco führen sollte. Daß wir dazu mit den nöthigen Pässen versehen waren, versteht sich von selber; ich hatte aber einen wirklichen Auftrag an dem Maroccanischen Hofe, von dem Könige in Abyssinien auszurichten. Mein Herr Vetter wollte, daß ich hier die erste Probe ablegen sollte, ob ich zum

Staatsmanne taugte, und der Zweck meiner Gesandtschaft war, Sr. kaiserlichen Majestät ein Bündniß anzubiethen, und zugleich mit dem braunen Monarchen einen Handlungs-Tractat zu schließen.

In dem Schiffe fand ich eine vollständige Africanische Garderobe für mich, und so bald wir die Canarischen Inseln aus den Augen verloren hatten, vertauschte ich meinen braunen Rock und die blaue Weste mit einer prächtigen Abyssinischen Kleidung. Mein Herr Vetter hatte von mir verlangt, daß ich meiner Bierbrauers-Genealogie nicht Erwähnung thun, sondern mich für einen Deutschen Cavalier von altem Adel ausgeben sollte. Es that mir weh, daß ich mir eine solche Lüge erlauben mußte, und ich seufzte darüber, daß auch in Abyssinien die Abstammung eines Menschen, die doch weder persönlichen Werth gibt, noch persönliche Unvollkommenheiten tilgt, für etwas Wesentliches gelten sollte; weil es nun aber ein Mahl erfordert wurde, und ich so wohlfeil dazu kommen konnte, ohne die gewöhnlichen Gebühren zu bezahlen, so reisete ich als ein Edelmann von Madeira ab.

Unter den Büchern, deren ich im vorigen Kapitel Erwähnung gethan habe, und die ich mit nach Gondar bringen sollte, hatte mir der Minister von Wurmbrand auch den Titel des sehr interessanten, großen Werks aufgeschrieben, welches der Freyherr von Moser in Quarto heraus gegeben hat, und das die Beantwortung der wichtigen Frage enthält: ob die Gesandten vom zweyten Range den Titel *Excellenz* fordern dürfen oder nicht? Dieß schätzbare Buch war, so wie noch ähnliche andre, welche Gegenstände des Staatsrechts abhandeln, die einen beträchtlichen Einfluß auf die Wohlfarth des heiligen Römischen Reichs haben, eigentlich zu meinem Gebrauche mitgenommen worden, indem ich daraus den nöthigen Unterricht erhalten sollte, wie ich es anzufangen hätte, meiner eignen und des allergnädigsten Königs Ehre an dem Maroccanischen Hofe nichts zu vergeben. So bald ich daher im Hafen Mazagan angekommen war, schickte ich meinen Dolmetscher voraus nach Marocco, um vorläufig jeden kleinen Punct des Ceremoniels bey meiner feyerlichen Audienz in's Reine bringen zu lassen. Nun gingen fast täglich Couriere hin und her, zwischen Mazagan und Marocco; die dortigen Zeitungsschreiber urtheilten, es müßten am Hofe äußerst wichtige Dinge verhandelt werden, um so mehr, da binnen den sechs Wochen, die ich im Hafen zubrachte, um über jene Puncte bestimmte Erklärung zu erhalten, alle, auch die wichtigsten einländischen Geschäfte im Maroccanischen Ministerio liegen blieben. Anfangs begnügten sich die öffentlichen Blätter, nur oft wiederhohlt zu erzählen, es sey schon wieder ein Courier durchpassirt, von dessen Ausrichtung — *man nichts wisse*. Als aber dem Publico die Zeit zu lange dauerte, und ich die strengste Verschwiegenheit beobachtete, erfanden die Zeitungsschreiber allerley zuverlässige Nachrichten von bevorstehenden Kriegen und Ländertausch, bis endlich die ganze Sache klar wurde. Man erlaubte sich nähmlich am Hofe des Kaisers von Marocco die unerhörte Anmaßung, zu fordern, der Abyssinische Gesandte sollte in des Kaisers Gegenwart durchaus sich nicht unterstehen zu niesen. Nun hatte ich aber nicht nur, durch Verkältung auf der Reise, einen ungeheuern Schnupfen bekommen, sondern es stand auch bestimmt in meiner Instruction, daß ich auf diesem höchst wichtigen Punct, weßwegen schon ein Mahl ein zehnjähriger Krieg war geführt worden, mit aller Beharrlichkeit bestehen sollte. Es glückte mir endlich, durch ernstliche Bedrohung, daß man wieder zu den Waffen greifen würde, nicht nur die Freyheit zu erlangen, bey Hofe ungehindert zu niesen, sondern auch daß man mich von dem ärgerlichen Ceremoniel befreyete, während der Audienz eine Pomeranze im Munde zu führen. Da indessen mein Catharr vorüber gegangen war, und ich mich doch in den Besitz des Rechts zu niesen setzen wollte, so versah ich mich mit dem grünen Schneeberger Schnupftobacke, der auch solche Wirkung hervor brachte, daß darüber ein großer Theil der schönen Reden verloren ging, die bey dieser Gelegenheit gehalten und verdolmetscht wurden.

Ich verschone die Leser mit Beschreibung meines feyerlichen Einzugs, und schweige über den übrigens sehr glücklichen Erfolg meiner Verhandlungen am Maroccanischen Hofe, als welche, wie billig ein Geheimniß bleiben müssen; dagegen aber will ich einiges von der Person des Kaisers, von dem Lande selber und von einem sehr interessanten Gespräche, das ich mit seiner Majestät führte, hier erzählen.

Der damahlige Kaiser von Marocco war ein stattlicher, corpulenter Herr, der einen vortrefflichen Appetit bey Tafel hatte, und die Frauenzimmer ungemein liebte. Die Zeit, welche er diesen beiden Gegenständen widmete, erlaubte ihm nicht, sich sehr viel um Regierungsgeschäfte zu bekümmern. Diese waren deßwegen gänzlich den Händen seines Premierministers überlassen, der ein Jude und ein wenig schmutzig in seinem Aeußerlichen war. Der Kaiser schien, wenn ich die wenigen Stunden zwischen dem Frühstücke und der Mittagsmahlzeit ausnehme, fast immer schläfrig und abgespannt zu seyn, und dann begegnete es ihm wohl, Gespräche zu führen, die man bey einem Privatmanne äußerst albern finden würde, welches aber bey einem großen Herrn der Fall nie seyn kann. Mit unter kam indessen auch wohl ein Mahl etwas in seinen Reden vor, das nicht ohne Vernunft war, und dann pflegte er dieß einige Mahl zu wiederhohlen und zu erwarten, daß man ihm darüber eine Schmeicheley sagte. Eines Morgens war ich nebst meinem Dolmetscher und dem Ober-Ceremonienmeister bey dem Kaiser allein, und da fiel folgendes Gespräch unter uns vor:

Kaiser. Das Europa, wo Du zu Hause bist, mein lieber Gesandter! mag ein ganz hübsches Ländchen seyn; es ist Schade, daß es nicht einem einzigen Herrn gehört.

Ob. Cer. Mstr. Und einem so weisen Monarchen, als Ew. Majestät sind.

Kaiser. Halte jetzt Dein Maul! Ich rede mit dem Gesandten. Wenn ich ein Mahl des Nachmittags auf dem Ruhebette liege, so sollst Du mir dergleichen vorsprechen. Also, was ich sagen wollte! Fürchten sich Eure Könige und Fürsten nicht, daß ich sie ein Mahl absetze?

Ich. Man kennt die edle Denkungsart Ew. Majestät, rechnet auf die Verträge und Friedensschlüsse, und dann auch ein wenig auf die weite Entfernung.

Kaiser. Laß sehen! Was sagtest Du? Es war viel auf Ein Mahl: aber ich kann es noch alles zusammen bringen. Man rechnet auf die Entfernung? Ja! man kennt mich noch nicht; wenn ich mir ein Mahl etwas vorgenommen habe, so muß das gehen, und wenn es auch noch so viel Schwierigkeiten hat. Meine edle Denkungsart? — Nun! das ist etwas. Ja! wenn man mich nicht in Zorn bringt, so geht alles gut. Aber was die Verträge betrifft, Herr Gesandter! so lasse ich mich darauf mit den Europäischen Fürsten nicht ein, weil sie unter sich selber auch nicht Wort halten. Wenn meine Schiffe fremden Fahrzeugen begegnen, und sie haben Lust dazu, so nehmen sie sie weg, und damit Punctum!

Ich. Aber, allergnädigster Kaiser! doch nicht, wenn diese fremden Fahrzeuge solchen Mächten gehören, mit denen Ew. Majestät Frieden haben?

Kaiser. Gesandter! Du hast den Sinn meiner Worte nicht begriffen. Ich schließe mit keinem Europäischen Könige Frieden, weil sie ihn doch nicht halten, so bald sie glauben, daß sie ungestraft nehmen können. Plündern sie sich doch selber Einer den Andern, und nehmen sich Länder weg, die ihnen so wenig zugehören, als mir Deine Nase!

Ich. Ew. Majestät halten zu Gnaden! Wenn einer unsrer Könige in die Nothwendigkeit versetzt wird, seinem Nachbar den Krieg anzukündigen —

Kaiser. Dein Wort in Ehren! aber ich sehe es nicht ein, wie dabey eine Nothwendigkeit eintreten kann — doch nur weiter!

Ich. Dann läßt er, durch einen geschickten Rechtsgelehrten, eine Deduction verfertigen —

Kaiser. Was ist das für ein Ding?

Ich. Das ist eine Schrift, darin bewiesen wird, daß dieser König ein Recht auf diese oder jene Provinz habe.

Kaiser. Ich möchte, bey meiner Seele! wohl ein Mahl sehen, wie man es anfängt, wenn man beweisen will, daß irgend ein Mensch, oder irgend ein Volk auf irgend ein Stück der Welt ein andres Recht habe, als das, was ihm die Stärke gibt. Aber laß hören! Wird nun der Andre dadurch überzeugt? Und wenn er es nicht wird, wer entscheidet dann? Wer ist Richter?

Ich. Der Gegentheil schreibt gleichfalls eine Deduction, und dann greifen sie zu den Waffen.

Kaiser. Das ist eine dumme Einrichtung. Was kann die unnütze Schmiererey helfen, wenn man sich ein Mahl vorgenommen hat, seinem Kopfe zu folgen? Ist es nicht viel ehrlicher gehandelt, wenn man grade zugreift und hinnimmt, ohne den Andern mit Heucheleyen zu betriegen? Ist es nicht ehrlicher gehandelt, gar keinen Frieden zu versprechen, wenn man voraus weiß, daß ein Mahl das, was Du Nothwendigkeit nennst, uns bewegen kann, über den Nachbar herzufallen? Wer hält da mehr Treue und Glauben, Ihr oder Wir? Aber ohne alle diese unnützen Versicherungen lassen wir unsre Nachbarn in Ruhe, und nur die falschen Europäer glauben wir nicht schonen zu dürfen, weil sie Unsrer nicht schonen. Wenn wir uns auf ihre Bündnisse und beschwornen Frieden einließen, so würden sie auch bald gegen uns mit ihren Deductionen, oder wie die Dinger heißen, angezogen kommen. Jetzt hält die Furcht sie beständig im Zaume, weil sie wissen, daß mit uns nicht zu scherzen ist.

Ich sahe wohl, daß ich den Mohrischen Kaiser nicht überzeugen konnte, und schwieg also, da ich ohnehin in Marocco nicht als ein Europäer, sondern als Abyssinischer Abgesandter erschien. Uebrigens gefiel es mir sehr gut an diesem Hofe, und ich kann nicht sagen, daß ich, während meines zweymonathlichen Aufenthalts die geringste Ungerechtigkeit ausüben gesehen hätte, so wenig gegen mich, als gegen andre. Wenn die Seeräuber die Sache mit dem wahren Nahmen nennen, und kein anders Recht, als das des Stärkern respectiren; so erkennen sie doch zugleich die Pflicht des Mächtigern, den Schwächern zu schützen, und da sie wohl einsehen, welche Verwirrung daraus entstehen würde, wenn kein Privatmann sicher seyn könnte, die Früchte seines Fleisses einzuernten; so ist das wahre, selbst erworbne Eigenthum, ohne geschriebne Gesetze, durch Herkommen heilig und gesichert, außer unter den herum ziehenden Horden.

Die Königreiche Fetz und Marocco haben einen Ueberfluß an allem, was zur Annehmlichkeit des Lebens dienen kann; sie bestehen aus den schönsten, reizendsten Gegenden, in einem milden, gemäßigten Himmelsstriche gelegen. Die Einwohner haben Verstand, Witz und Liebe zu den Wissenschaften. — Mit Einem Worte! ich bin überzeugt, daß, wenn unsre Europäischen Majestäten hoffen dürften, mit einigem Erfolge die Sache betreiben zu können, man schon längst einem Professor aufgetragen haben würde, in einer gründlichen Deduction das Recht zu beweisen, sich in Sr. Maroccanischen Majestät Provinzen zu theilen.

Ich genoß ausgezeichnete Achtung an dem Hofe dieses Kaisers, und wurde reichlich beschenkt. Um dafür meine Dankbarkeit zu zeigen, und die Ehre des königlich Abyssinischen Gesandten zu behaupten, kam ich auf den Gedanken, Sr. Majestät eine vollständige Europäische Kleidung zu Füßen zu legen. Ich suchte also meinen leberfarbnen Rock mit der blauen Weste, sodann Beinkleider, Hut, Schuhe, Hemd, Schnallen, Strümpfe, kurz alles was zu einem zierlichen Anzuge nach unsrer Weise gehört, hervor, und ließ mir dieß aufs Schloß nachtragen. Der Kaiser hatte eine unbeschreibliche Freude bey dem Anblicke aller dieser Stücke, und lachte überlaut über die Menge von Kleinigkeiten, mit allen Knöpfen, Lappen, Ecken, Nähten und dergleichen, woraus diese Kleidung bestand, von welcher er behauptete, daß sie dem menschlichen Körper ein solches verschobnes, unförmliches Ansehen gäbe, daß, wer das zum ersten Mahle sähe, kaum wissen würde, was für eine Creatur in diesem Flickwerke steckte. Er lachte so überlaut, daß er fast erstickt wäre, und statt, daß ich erwartet hatte, er würde den Europäischen Geschmack bewundern, erlebte ich die Demüthigung, zu sehen, daß Sr. Majestät es gar nicht für möglich hielten, daß ein Mensch im Ernst also gekleidet seyn könnte. Ja! er befahl seinem Hofnarren, diesen leberfarbnen Rock, nebst Zubehör, jeden Mittag nach Tafel anzuziehen, und also vor ihm zu erscheinen, damit er ihn aufs Neue in lustige Laune versetzen, und dadurch seine Verdauung befördern möchte. Indessen schien er doch großen Werth auf dieß Geschenk zu setzen. Ich beurlaubte mich, stieg nebst meinem Gefolge in Mazagan in ein Schiff, das ausdrücklich für mich und zwar aufs prächtigste ausgerüstet war. Eine Fregatte diente zu unsrer Bedeckung. Wir fuhren vor Gibraltar vorbey, hielten uns immer nahe an der Barbarischen Küste, und stiegen in Tolomita, einem Hafen im Königreiche Barkan, an das Land.

II.

I. Th. S. 56.

Fünftes Kapitel.

Fortsetzung des Vorigen. Kurze Schilderung einiger großen Africanischen Höfe, die der Verfasser bey seiner Durchreise besuchte.

Mein Herr Vetter hatte mir geschrieben, ich sollte von Barkan aus an der Grenze von Aegypten hinauf, und dann durch Nubien reisen, woselbst ich an den Höfen der Könige, die dem Monarchen von Abyssinien zinsbar sind, wichtige Geschäfte zu besorgen hatte.

Es gehört nicht zu dem Plane meines Werks, eine weitläuftige Beschreibung dieser in der That sehr beschwerlichen Reise zu liefern; ich fand übrigens, als ich nach Tolomita kam, daß man dort von Gondar aus alles so eingerichtet hatte, daß ich mir die möglichste Gemächlichkeit und Sicherheit auf meinem Wege versprechen konnte. Jetzt bedurfte ich nun auch kaum noch eines Dolmetschers, und so reisete ich denn mit meinen Leuten getrost längs dem Nil fort, der, in einer Entfernung von einigen Meilen, mir zur linken Seite hinfloß. Ich ritt auf einem Elephanten; hinter mir saß ein schwarzer Sclave, der mir, so oft mich dürstete, in einem Becher Meth oder Hydromel reichte, wovon ein großer Vorrath in Schläuchen auf den Cameelen, welche meine Leute ritten, mitgeführt wurde. — Was nicht aus einem Menschen werden kann! Wer hätte ein Paar Jahre vorher denken sollen, daß der Advocat Benjamin Noldmann, der in Goßlar kaum das liebe Brot hatte, jetzt, mit einem glänzenden Gefolge, als Gesandter, an den Africanischen Höfen herum ziehen würde?

Obgleich ich mir nun vorgesetzt habe, keine ausführliche Schilderung von diesen Höfen zu liefern, so will ich doch im Vorbeygehen über einige derselben etwas sagen; einst aber denke ich geographische, politische, statistische, cameralistische, philosophische, theologische, physicalische, medicinische und andre Bemerkungen über Nubien und dessen Könige und Fürsten heraus zu geben. Da ich ein ganzes Jahr lang an den Höfen in Nubien herum gereiset bin, so habe ich Gelegenheit genug gehabt, diese Bemerkungen zu machen.

Der erste König, den ich sah, war der von Sennar. Er ist unumschränkt in seiner Macht, aber ganz blödsinnig. Bey der Audienz, welche ich bey ihm hatte, war er auf dem Throne fest gebunden, weil ihn sonst zuweilen in der Narrheit die Grille anwandelte, den Gesandten oder andern Fremden auf die Schultern zu springen, oder mit Gewalt einen Schleifer mit ihnen zu tanzen. Wie das Land unter dem Scepter eines solchen Monarchen regieret wird, das kann man sich leicht einbilden. Die Personen seiner Familie und die Großen des Reichs reissen ihm diesen Scepter wechselsweise aus der Hand, suchen Einer den Andern zu stürzen; oft läßt ihn dieser etwas unterschreiben, das dem widerspricht, was jener eine Stunde vorher hat ausfertigen lassen; das Glück der Unterthanen ist ein Spielwerk der Cabale; Gunst und Gabe und Privat-Leidenschaften, Nepotismus, Rachsucht — das sind die Triebfedern, und an ein festes System ist nicht zu denken.

Der König von Dequin war ein großer Liebhaber der Fischerey. Zwey seiner schönsten Provinzen hatte er, mit ungeheuern Kosten, ausgraben und in Seen ummodeln lassen; ja! ein Schmeichler hatte ihm einst den Vorschlag gethan, das ganze Reich in ein Meer zu verwandeln, auf demselben mit seinem Volke in großen Schiffen herum zu fahren, und nur vom Fischfange zu leben; folglich ein ganzes neues schwimmendes Reich zu stiften, und sich den Beherrscher aller Gewässer der Welt und deren Bewohner zu nennen. In seinen Schlössern hatte er in allen Zimmern große und kleine Teiche anlegen lassen. Da saß er denn mit seinen Lieblingen und Weibern, die Angelruthe in der Hand, indeß die Statthalter und Minister das Volk plünderten. Wollte dieses mit seinen Klagen bis zum Könige dringen, so geboth man ihm, unter fürchterlichen Drohungen, Stillschweigen, weil durch lautes Reden die Fische verscheucht wurden und nicht anbissen. Jedermann wurde daher vom Schlosse entfernt gehalten. Alles ging in demselben in größter Stille zu, außer bey den Mahlzeiten, wo jedoch nichts als Fische gespeiset wurden. Ich erreichte den Zweck meiner Sendung dadurch, daß ich Sr. Majestät, durch Se. Excellenz den geheimen Hof-Fischer, eine neue Art von Köder (oder Lockspeise für die kleinern Fische) überreichen ließ, durch dessen Hülfe ich, in meinen Knabenjahren, manche Forelle aus den Harz-Bächen gestohlen hatte. Dieß gefiel dem Monarchen ungemein, und er unterschrieb auf der Stelle den Handlungs-Tractat mit Abyssinien, ohne ihn gelesen zu haben.

Den König von Bugia fand ich beschäftigt, Zahnstocher aus Sandelholz zu schnitzeln. Dieß war seine einzige Beschäftigung, vom Morgen bis zum Abend. Er hatte einem benachbarten Volke kürzlich zwey und zwanzig einträgliche Aemter gegen einen kleinen Wald von Sandelbäumen abgetreten; denn schon fing es an, ihm an Materialien zu Zahnstochern zu fehlen. Er beschenkte jedermann mit diesen Kostbarkeiten. Die Beamten mußten die Unterthanen zwingen, Sandelbäume zu pflanzen, und unter diesem Vorwande wurden sie denn schrecklich gedrückt; denn wenn unter andern ein solcher Geld brauchte, so befahl er dem Bauer, seine besten Felder in einen Wald zu verwandeln, und dann war kein andres Mittel da, als sich mit einer Summe Geldes den kleinen Tyrannen vom Halse zu schaffen.

Als ich nach Fungia kam, war der Monarch dieses Volks in einen blutigen Krieg mit seinen Nachbarn, den Barbirini, verwickelt. Der Gegenstand dieses Kriegs war die Auslieferung der heiligen Knochen eines Priesters, der am Aussatze gestorben war. Der König war nähmlich im höchsten Grade andächtig und abergläubisch. Er war von Pfaffen erzogen worden, die ihn in der äußersten Dummheit erhalten hatten, damit sie desto despotischer das Land regieren könnten. Die

Hälfte aller Güter im Lande gehörte den Priestern, und bey diesem Kriege war es eigentlich auf nichts angelegt, als gewisse hell sehende Köpfe, zu denen der König einige Zuneigung gefaßt hatte, und die sich listig und um sicher zu seyn, in das Gewand der Religiösität gehüllt hatten, dadurch zu entfernen, daß man sie mit der Armee fortschickte. Meine Unterhandlung an diesem Hofe ging dadurch gut von statten, daß ich dem Könige drey ganze Körper von Einsiedler-Mönchen aus den Gebirgen Waldubba, in Abyssinien, versprach. Solche Mönche werden für Wunderthäter und Heilige gehalten, und pflegen ein hohes Alter zu erreichen, wenn sie nicht von venerischen Krankheiten aufgerieben werden, welches sehr oft der Fall ist. Schwerlich würden indessen diese Gebeine mein Wort geredet haben, wenn ich nicht dem Oberpriester ein großes Geschenk an Abyssinischem Golde versprochen hätte.

Der König von Tasi war ein warmer Freund der Beredsamkeit. Den sehr gedrückten Unterthanen, die um Brot baten, pflegte er lange Reden zu halten, worin er ihnen bewies, daß es unpatriotisch sey, so viel Hunger zu haben. Bey meiner ersten Audienz erinnerte ich mich der Actus, denen ich in meiner Jugend auf der Schule in Holzmünden beygewohnt hatte. Es ging ungefähr eben so dabey her, und wurden im ‚großen Rittersaale' sieben Reden gehalten; auch wurde da viel unnütze Feyerlichkeit angestellt. Den Allianz-Tractat unterschrieb man unter Absingung von Hymnen; doch baueten sie in Abyssinien nicht viel auf die Treue des Königs von Tasi, und der Erfolg rechtfertigte dieß Mißtraun. Beym Abschiede beschenkte ich den König mit neun Bänden von Freymaurer-Reden, die ich ins Arabische hatte übersetzen lassen, und die sehr gnädig aufgenommen wurden.

In Ilab mußte alles durch Weiber durchgesetzt werden. Der Monarch war mit neun wirklichen Gemahlinnen und fünf und dreyßig Kebsweibern versehen, deren jede ihren Anhang, ihre Creaturen, ihre Grillen und ihr Privat-Interesse auf Kosten der andern gelten machen wollte. Der entnervte Wollüstling war das Spielwerk aller dieser Parteyen.

Sie verleiteten ihn zu tausend Thorheiten und Ungehörigkeiten, und das ehemahls so mächtige Reich war seinem Sturze nahe, als, gleich nach meiner Abreise von dort, der schwache Regent starb, und sein Sohn zur Regierung kam, von welchem man, wie von allen Thronfolgern in der Welt, die besten Hoffnungen hatte.

In Omazib, einem der größten Reiche in Nubien, und in welches vor mir, und vielleicht auch bis jetzt, noch kein andrer Europäer gekommen ist, regierte ein König, oder wurde vielmehr ein König von seiner Gemahlinn regiert, deren Herz über alle Maßen an Glanz, Pracht, an der Bewundrung des Pöbels und an Feyerlichkeiten hing. Statt für den innern Flor des Landes zu sorgen, machte man, mit ungeheurem Kostenaufwande, ohne Unterlaß, Plane zu Eroberung fremder Provinzen, nicht so wohl, um dadurch wahre Vortheile für die übrigen eignen Länder zu ziehen, als vielmehr, um das Vergnügen zu haben, große Huldigungsfeste zu feyern, den königlichen Titel um einige Zeilen zu verlängern, und in den Jahrbüchern, von kurzsichtigen und knechtischen Geschichtschreibern, unter die mächtigen Eroberer gezählt zu werden. Die unnützen Kriege und die Summen, welche man der weibischen Eitelkeit opferte, erschöpften die Cassen; der Staat wurde mit großen Schulden belastet, und den armen Bedienten blieb man den Gehalt schuldig.

In Agazan herrschte ein Monarch, der allen guten Willen hatte, sein Land glücklich zu machen, verjährte Vorurtheile auszurotten, und eine vernünftige Gleichheit unter allen nützlichen Ständen in seinem Reiche einzuführen; allein der Ungestüm, mit dem er das alles trieb, Mangel an weiser, nüchterner Uebersicht, an Ueberlegung und Festigkeit, verdarben auch seine edelsten Absichten. Er mußte oft Schritte zurückgehen, die er übereilt gethan, oft widerrufen, was er befohlen hatte, weil es nicht ausführbar war. Dabey respectirte er zu wenig die Freyheit der Menschen und ihr Eigenthum, rechnete zu wenig auf ihre verschiednen Stimmungen und Vorstellungen von Glückseligkeit, denen der Weise zur rechten Zeit in Kleinigkeiten nachgibt, um größere Zwecke zu erreichen. Er wollte alles gewaltsam, nach Willkühr, mit der eisernen Hand des Despotismus durchsetzen; und so erbitterte er denn die Gemüther des Volks, so wie er von einer andern Seite die Großen durch zu viel Popularität vor den Kopf stieß und demüthigte, die Andächtler gegen sich aufbrachte, und die strengen Moralisten durch seine unreinen Sitten empörte. Er war krank, als ich ihm vorgestellt wurde, aber ich konnte mich nicht enthalten Interesse für ihn zu empfinden, und wenn er länger in der Welt lebt, und nicht durch seinen Ungestüm mehr verdirbt, als wieder gut zu machen möglich ist, so kann noch einst sein Reich sehr glücklich unter seiner Leitung werden.

Der König von Nemas hatte keinen Sinn für andre Freuden, als für die elenden Freuden der Jagd. Das Land wimmelte von Löwen und Hyänen, welche ungeheure Verwüstungen anrichteten, aber nicht geschossen werden durften, damit der Monarch seine rasende Mordlust befriedigen konnte, so oft er wollte, das heißt: täglich, vom Morgen bis zum Abend. Er sahe sein ganzes Land nur als einen großen Park an, der ihm zum Vergnügen vom Schöpfer angelegt wäre. Seine Unterthanen, nebst ihrem Viehe und ihren Früchten, betrachtete er als das bestimmte Futter für die Thiere, unter denen er sein Wesen trieb. Was aber die Löwen und Hyänen nicht fraßen, das nahmen die Beamten und Statthalter weg. Die Klagen der Bauern über Noth, Druck und Armuth zu hören, dazu hatte er weder Muße noch Lust. Es fand sich kein Augenblick, wo man ihm eine Bittschrift überreichen konnte, als wenn er durch die Gallerie ging, um sein Jagdpferd zu besteigen; dann nahm er kalt und untheilnehmend die Papiere an, achtete der Thränen nicht, lachte über die comischen Figuren, welche die um Hülfe flehenden machten, wenn sie vor ihm niederfielen und seine Knie umfassen wollten, oder befahl den Leuten, wenn er ein Mahl recht gnädig war, aufzustehen, indem er hinzu fügte, *er sey ja nicht der liebe Gott* (welches sie nun freylich wohl merkten), übrigens wolle er die Sache seinen Räthen empfehlen. Und dabey blieb es. Die Bittschriften wurden an die verschiednen Departements abgeliefert; — und wehe dem, der darin über Ungerechtigkeit und Bedrükkung geklaget hatte! Ihm wußten es die Bassen einzudrängen! Wurde aber Einer, dem man es recht arg gemacht, und der nun nichts mehr zu verlieren, nichts mehr zu fürchten hatte, gar zu laut, ging hin zu dem Könige und wußte sich Gehör zu verschaffen, so daß Se. Majestät etwa ein Mahl aus ihrem Seelenschlafe erwachten, und ernstlich befohlen, dem Armen zu helfen: dann verbanden Alle sich gegen ihn; er wurde dem Monarchen als ein Querulant, als ein unruhiger Kopf geschildert, der nie zufrieden wäre, den man gar nicht anhören müßte. Zugleich machte man ihn dem Volke verdächtig, brachte allerhand böse Gerüchte von ihm in Umlauf, als sey er ein gefährlicher, boshafter Mann; und so fand denn der Unglückliche weder Gehör, noch Glauben, noch Beystand.

Der König von Orawad schien eine unförmliche Fleischmasse, ohne Geist und Leben zu seyn; unfähig, an irgend einer Sache wahres Vergnügen zu finden, für irgend einen Gegenstand Interesse zu fassen, irgend ein Paar Begriffe zu verbinden und zu ordnen, war er nicht nur weit entfernt, seine Regentenpflichten erfüllen zu können, sondern auch ungeschickt, mitten in dem Schlaraffenleben, das er führte, einen Augenblick von Genuß zu haben und eine leidlich anständige, ernsthafte Mine anzunehmen, wenn seine Hinterviertel den Thron seiner Väter ausfüllten. Echte Stupidität und lange Weile dehnten sich auf seiner Stirne, und wenn er den Mund öffnete, so geschah es um eine Albernheit zur Welt zu bringen. Unter seinen Weibern das wollüstigste und ränkevollste beherrschte ihn, und das auf eine so verächtliche, erniedrigende Weise, daß sie ihn bey jeder Gelegenheit öffentlich zu einem Gegenstande des Spottes machte. So unersättlich wie ihre körperlichen Begierden, so grenzenlos war ihr Hang zur Pracht und Verschwendung. Da war keine Art von Auflage zu erdenken, womit man nicht das arme Land heimsuchte, um den unvernünftigen Aufwand der Königinn zu bestreiten, und ihre niederträchtigen Sclaven,

Lieblinge und Buhler zu bereichern. Der höchste Grad von Verderbniß der Sitten herrschte in allen Ständen, und verhinderte das an Leib, Seele und Vermögen zu Grunde gerichtete Volk, sich dem abscheulichen Despotismus entgegen zu stämmen, womit es geschunden wurde. Ein zweydeutiges Wort, ja! nur ein lauter Seufzer war hinlänglich, den, welchem dieß Wort, oder dieser Seufzer entfahren war, auf seine Lebenszeit im Kerker schmachten zu lassen. Verhaftbefehle und Todesurtheile wurden, unter muthwilligen Scherzen, in der Garderobe und im wollüstigen Taumel ausgefertigt, indeß man dem seelenlosen Monarchen, in dessen Nahmen man dieß Unwesen trieb, kleine Nüsse hinwarf, womit er spielen mußte, und ihn mit Hohn in die Schranken seiner Dummheit zurückwies, wenn er es ein Mahl wagte nach etwas zu fragen. Ein glücklicher Leichtsinn, und die Gabe mit Lebhaftigkeit die kleinen guten Seiten an jedem Dinge zu entdecken, und die Augenblicke von frohem Genuß zu erhaschen, hatte denn auch die Nation bis jetzt abgehalten, ernsthaft über ihren traurigen Zustand nachzudenken, und kräftige Mittel zu wählen, ihre schimpflichen Fesseln abzuschütteln; allein ich sahe doch feste, edle Männer mit finsterm Blicke umher schleichen, sich zuweilen verstohlen die brüderliche Hand drücken, und sich mit dem großen, wohlthätigen Plane beschäftigen, der auch nachher ist ausgeführet worden.

Von dem Könige von Tafak habe ich wenig zu sagen. Er ist den Türken zinsbar, welche ihm die Krone auf den Kopf gesetzt haben, die auf diesem leeren Haupte nur so lange fest sitzt, als er der demüthige Diener der Pforte bleibt. Er ist aber von dieser gekrönten Sclaven-Rolle sehr zufrieden, in so fern ihn seine Königs-Bedienung nur in den Stand setzt, ungestört in Völlerey und Wollust zu leben.

Sechstes Kapitel.

Fortsetzung. Beschreibung der kleinern Höfe Nubiens.

Die kleinern Fürsten Nubiens, deren Höfe ich im Vorbeygehen besuchte, waren nicht weniger originell in ihrer Art, als jene großen; nur fehlte es ihnen an Macht, ihre Thorheiten und Untugenden mit so viel Aufwande zu offenbaren. Größten Theils erregten sie bey mir nur Mitleid und Lächeln. Wo sie aber konnten und durften, da übten sie eine Tyranney aus, die, wenigstens für einzelne Unterthanen, eben so fürchterlich, als die des größten Despoten war.

Am auffallendsten war mir's, daß ich nicht Einen dieser unbedeutenden Menschen sah, der nicht in seiner Residenz von zwanzig Häusern, in seinem Ländchen, das auf der Landcharte gänzlich bedeckt ist, wenn sich eine große Fliege darauf setzt, sich so erhaben, so wichtig vorgekommen wäre, als der Kaiser von China. Je kleiner ein solcher Gesalbter war, einen desto längern Titel gab er sich; ja! zwey von ihnen führten seit drey Jahren einen fürchterlichen Krieg mit einander, weil der Eine sich unterfangen hatte, den Titel: *Herr des Sonnenscheins* seinem durchlauchtigen Nahmen hinzu zu fügen, da hingegen der Andre behauptete, dieß sey ein ausschließliches Recht seines Hauses.

Indessen hindert doch dieser Hochmuth nicht, daß Einer in des Andern Dienste tritt, und sich dafür jährlich eine Kleinigkeit bezahlen läßt, daß er die Farbe trägt, worin der Nachbar seine Sclaven kleidet, oder daß er eine goldene

Kette umhängt, die ihm ein Fürst, der einige Hufen Landes mehr als er besitzt, geschenkt hat, und worauf eingegraben steht, daß dieß ein Zeichen von Verdienst seyn solle.

An jedem dieser kleinen Höfe herrschten ein andrer Ton, andre Grillen, andre Liebhabereyen, und das alles leider! auf Unkosten der armen Unterthanen. Der Fürst von Schankala hatte einen übertriebnen Sammlungsgeist. Ich mußte seine Cabinette besehen. An Messern und Scheren von aller Art; an Schuhen, Pantoffeln, Sandalen und dergleichen, und wie nur die Fußbekleidung heissen mag, die irgend ein Volk des Erdbodens trägt; an Haarkämmen, Bürsten und andern ähnlichen Kleinigkeiten, besaß er einen solchen Schatz, daß er, zu Herbeyschaffung dieser Dinge, aus allen Theilen der Welt, sein Land mit ungeheuren Schulden belastet hatte.

Der Fürst von Goyam fand ein großes Vergnügen an chirurgischen Versuchen, und ließ wöchentlich zwey Mahl an einem seiner Unterthanen eine Operation vornehmen; zum Beyspiel, ihm die Leber zur Hälfte aus dem Leibe schneiden, um zu sehen, wie lange man ohne Leber noch athmen könne. Dieß war in der That sehr unterrichtend für junge Wundärzte; dabey war er so billig, wenn ein Mensch in einer solchen, bey lebendigem Leibe vorgenommnen Section, nicht starb, ihm ein kleines Jahrgeld auszusetzen, welches denn auch, wenn die Cassen nicht erschöpft waren, zuweilen wirklich ausgezahlt wurde.

In Gonga habe ich die prächtigsten Pferde, Cameele und Elephanten gesehen, die in Africa gefunden werden können. Es ist wahr, daß diese Thiere so viel fraßen, daß darüber jährlich tausend Unterthanen verhungern mußten; allein dagegen konnte sich auch kein Kaiser rühmen, einen solchen Schatz zu besitzen, und mehr Löwen, Hyänen, Affen aller Gattungen, Ratzen, Ibis und dergleichen sind nirgends anzutreffen, als in der Menagerie zu Gonga. Ein Spottvogel sagte einst, der Hof von Gonga sey ein Hof voll Vieh, und das sey doch ein angenehmer Anblick.

Der Fürst von Enam war ein großer Beförderer der schönen Künste. Alle Suppliken, welche ihm eingereicht wurden, mußten in Versen verfaßt seyn; nicht anders, als singend, durfte ihm referirt werden. Sein oberster Paukenschläger und der geheime Posaunenbläser, welche beide zugleich Sitz und Stimme im Ministerio hatten, bekamen jeder doppelt so viel Gehalt, als der Justiz- und der Finanz-Minister.

Der unumschränkte Beherrscher des kleinen Landes Ghedm ließ prächtige Palläste errichten und herrliche Gärten anlegen. Seine Schlösser, mit allen ihren Nebengebäuden, hatten einen solchen Umfang, daß seine sämmtlichen Unterthanen darin hätten wohnen können. Es wäre fast zu wünschen gewesen, daß er sie dazu hätte einrichten lassen; denn die armen Leute konnten es doch in ihren verfallnen Hütten nicht aushalten, sondern wanderten haufenweise aus, um sich den herum ziehenden Nomaden zuzugesellen.

In Damot war die Gelehrsamkeit zu Hause; der Fürst beschäftigte sich mit speculativen Wissenschaften. Für diesen Herrn war es wirklich Schade, daß ihm seine Studien nicht Muße ließen, sich der Landesregierung anzunehmen; es fehlte ihm gar nicht an Fähigkeiten dazu. Nun aber war alles in den Händen seines General-Ober-Land-und-Feld-Sonnenschirm-Trägers, der sein Liebling war, und von dem man nun freylich nicht ohne Grund behauptete, daß ihm nicht anders, als durch Bestechung beyzukommen wäre.

Da das Ländchen Contisch durch seine Armuth und seine Lage gegen alle feindliche Angriffe gesichert ist, und der Landesherr doch wünschte, seine Unterthanen möchten einige Kenntniß vom Kriegswesen erlangen, wozu ihm schon in seiner Kindheit sein Hofmeister, der, man weiß nicht recht warum? ein alter Soldat aus Abyssinien war, große Neigung erweckt hatte; so theilte er seine sämmtlichen Unterthanen in Regimenter ein, belegte alle übrige Stände mit einer Art von Schimpfe, und wird dadurch den Zweck erreichen, daß, wenn nun bald niemand mehr im Lande die Felder bauet, er ein wohl geübtes Heer hat, an dessen Spitze er die blühenden Fluren seiner Nachbaren erobern kann.

Das ist eine treue Schilderung der Höfe, die ich in Nubien, als Gesandter des Königs von Abyssinien, besucht habe!

Doch muß man keinesweges glauben, es herrschten in dem großen, zum Theil noch gänzlich unbekannten Africa, nicht auch edle, weise Könige und Königinnen, Fürsten und Fürstinnen; vielmehr habe ich deren, besonders in dem mittägigen Theile, einige in der Nähe und Entfernung zu bewundern Gelegenheit gehabt, die von ihren Völkern verehrt, geliebt, und deren Nahmen, wie die Nahmen: Adolph, August, Carl, Catharina, Christian, Ernst, Franz, Franziske, Friedrich, Georg, Gustav, Joseph, Leopold, Ludwig, Maximilian, Peter, Stanislaus, Victor, Wilhelm, Wolfgang und andre uns in Europa so theure, heilige Nahmen, mit Segen genannt werden; allein es liegt außer meinem Gesichtskreise, von diesen hier zu reden, und sie sind über das Lob eines armen, unbedeutenden Schriftstellers, wie ich bin, erhaben. — Wahre Größe kann nur im Stillen bewundert, angestaunt, mit warmen Herzen gefühlt, aber sie muß und will nicht gelobt werden.

Es gibt auch kleine Freystaaten in Nubien; allein sie sind es mehrentheils nur dem Nahmen nach, sind Oligarchen-Regierungen, wo man statt Eines Tyrannen, deren zehne hat, von denen, so wie von ihren Weibern, Kindern und Creaturen man abhängen, kriechen, schmeicheln und sich krümmen muß, wenn man sein Glück machen will, in so fern man nicht zu den herrschenden Pinsel-Familien gehört — Tyrannen, ohne Erziehung, ohne Ehrgefühl, die nur darauf denken, sich und ihre Vettern zu bereichern, die nicht, wie in Monarchien, durch irgend einen äußern Sporn zu großen Thaten getrieben werden, weder durch die Stimme des Rufs, noch durch die Feder des Geschichtschreibers, sondern die, ohne Verantwortung und Scheu, alles Böse thun können, weil man voraus setzen darf, es sey durch die Mehrheit der Stimmen also entschieden, und die selten Reitz haben, etwas Gutes zu bewirken, weil sie die Ehre doch theilen müssen; die, wenn sie auch dieß Gute ernstlich und uneigennützig wünschen, unendliche Schwierigkeit finden es durchzusetzen, weil die Zahl der Edlern immer die kleinere Zahl ist, der größere Haufen aber theils aus Schelmen, theils aus unbedeutenden Menschen besteht, die nicht zu erwärmen sind, und sich leichter von Schurken und Schleichern, als von graden, edlen Männern stimmen lassen. Da läßt man denn kein eminentes Genie empor kommen, sondern macht es dem Volke verdächtig; da heißt Eifer für das Gute — Empörungsgeist, Bekämpfung schädlicher Mißbräuche und Vorurtheile — Neuerungssucht und Ketzerey; da heißt der Mann, der die Schliche der heuchlerischen Bosheit aufdeckt und der ernsthaften Dummheit die Larve abreißt — ein Satyriker, ein gefährlicher Friedensstörer. — O! wer würde nicht lieber Einem gekrönten Pinsel gehorchen, der doch nicht unsterblich ist, und endlich ein Mahl einem bessern Menschen Platz macht, als das Joch von unzähligen solchen Geschöpfen tragen, die nie aussterben?

Und nun, liebe Leser! muß ich Sie, ehe ich dieß Kapitel schließe, fragen, ob Sie, bey der Schilderung des Despotismus in Nubien, nicht mit mir Ihr Schicksal gesegnet haben, das Sie in Europa hat geboren werden lassen, wo wir dergleichen Tyranneyen nicht kennen, wo die Rechte der Menschheit heilig gehalten werden, und die echte Philosophie Regenten und Volk über ihre gegenseitigen Pflichten aufgeklärt hat? Aber auch in Nubien wird es einst dahin kommen, daß man diese Rechte und Pflichten näher beleuchtet. Dann wird man es laut und kühn sagen: es ist gegen die Ordnung der Natur, daß Millionen bessere Menschen, ohne Wahl, ohne Uebereinstimmung, grade dem Schwächsten, dem Elendesten unter ihnen gehorchen; gegen die Ordnung der Natur, daß nicht das Gesetz, sondern die Willkühr eines Einzigen, Tod und Leben, Eigenthum, Ehre und Schande frey und gleich geborner Menschen bestimmen soll; daß ein Knabe, ein Blödsinniger, ein Bösewicht an der Spitze großer, edler, gesunder und weiser Männer stehen, und diese zum Spielwerke seiner Grillen und Thorheiten machen soll; gegen die Ordnung der Natur, daß es vom blinden Ungefähr abhängen soll, ob der, welcher in ein Hospital oder Waisenhaus gehörte, auf einem Fürsten-Throne sitzen und mit Ländern und Völkern Possen treiben soll; gegen die Ordnung der

Natur, daß man Menschen und Provinzen und Recht über Leben und Tod erben kann. Wir wollen gern gehorchen, aber nur den Gesetzen, denen wir uns freywillig unterworfen haben, nicht der Willkühr, und Einer soll an unsrer Spitze stehen, und über Haltung der Gesetze wachen; aber dieser Eine soll ein weiser und guter Mann, und wäre er auch nicht der Beste und Weiseste unter uns, wenigstens nicht der allgemein anerkannt Schwächste und Schlechteste seyn. Unsre Fürsten sollen es erfahren, daß alles, was sie besitzen und verwalten, unser Eigenthum ist; daß ihr Amt, ihr Stand, nur von unsrer Uebereinkunft und Beystimmung abhängt; daß erst der geringste arbeitsame Bürger unter uns Brot haben muß, ehe an den Hofschranzen und Tagedieb die Reihe kömmt; ehe aus dem öffentlichen Schatze dem Müssiggänger Pasteten und Braten gekauft, und Geiger und Pfeifer und Buhlerinnen besoldet werden. Und wenn das unsre Fürsten einsehen, anerkennen und darnach handeln, dann wollen wir sie in Ehren halten, und nicht absetzen, wollen ihnen ihr Leben süß und leicht machen, wollen ihnen, für ihre Arbeit und Sorgfalt, Gemächlichkeit und erlaubte Freuden des Lebens und Wohlstand zusichern, und dafür sorgen, daß ihre Kinder nach diesen Grundsätzen erzogen und würdig werden, nach ihnen an unsrer Spitze zu stehen. Und wenn sie todt sind, wollen wir das Andenken des guten, thätigen, väterlichen Wohlthäters segnen, der für Viele gelebt und seine Kräfte dem allgemeinen Besten gewidmet hat.

Ich hoffe, daß man bald aus diesem Tone auch in Nubien reden wird; und welch ein glückliches Reich, glücklich wie unser Europa, wird dann Nubien werden!

Nach dieser Ausschweifung kehre ich zu der Geschichte meiner Reise zurück, womit ich ein neues Kapitel anfangen will.

Siebentes Kapitel.

Ankunft in Gondar. Empfang und andre Nachrichten, das Land, den Hof und die Stadt betreffend.

Es war nun im Jahre 1768, als ich Nubien verließ, wo ich nicht nur die mir aufgetragnen Verhandlungen vollkommen nach Wunsche ausgerichtet hatte, sondern auch an allen Höfen mit ausgezeichneter Achtung war behandelt worden. Die Hitze war groß am Tage, und in der Nacht dagegen die Kälte fast unerträglich; mein Vetter, der Minister, hatte aber dafür gesorgt, daß ich mich gegen beides verwahren konnte.

Die Reise ging immer längs den Ufern des Nils hinauf. Mit wahrem Entzücken erblickte ich hier das schönste Land, das ich noch je gesehen hatte; ganze Wälder von Acacienbäumen; eine angenehme Abwechselung von Bergen und Thälern; das schönste Obst, und aller Orten die Spuren des Fleisses der Einwohner; den herrlichsten Weizen; großes, fettes Vieh — kurz! ich durchreisete Provinzen, die mir dem mittägigen Theile von Frankreich nichts nachzugeben schienen, nähmlich der Beschreibung nach, die ich davon gelesen hatte, denn ich kannte damahls von Europa noch nichts, als die Gegenden von Goßlar, Holzmünden, Helmstädt und den Strich von meiner Vaterstadt an bis Stade. Die Fruchtbarkeit in manchen Provinzen von Abyssinien, zum Beyspiel um Selechleche her und in der Provinz Waggora, ist so groß, daß die Einwohner drey Mahl im Jahre ernten.

Manche von den Abyssinischen Völkern, die ich sah, waren schwarz, andre braun und noch andre olivenfarbig.

Schon einige Meilen von Gondar, welches eine große, prächtige, schön gebaute Stadt ist, erblickte ich vortreffliche Anlagen, Lustschlösser, Gärten, Alleen, Straßen-Dämme, Wasserkünste — alles nach Europäischem Fuße. Wenn dieß sämmtlich meines Herrn Vetters Werk ist, sagte ich zu mir selber, so hat er wahrlich große Verdienste um dieß Königreich. Ich wollte, daß seine Aeltern die Freude erlebt hätten, das alles so zu sehen, wie ich es jetzt sehe.

Ungefähr eine halbe Meile von der Residenz kam mir der Minister mit einem zahlreichen Gefolge entgegen. Er ließ sich langsam von seinem prächtig geschmückten Elephanten herunter heben; ich sprang, so gut ich konnte, von dem meinigen, und ging auf ihn zu. Herr Wurmbrand umarmte mich, freylich nicht so herzlich, als ein weniger vornehmer Herr seinen Vetter würde umarmt haben, aber doch mit viel Anstande und freundlicher Herablassung. Es war Harmonie in meinen Ohren, zum ersten Mahl wieder seit zwey Jahren meine Muttersprache reden zu hören, und ich konnte mich nicht enthalten ihm meine Freude darüber zu bezeugen. »Dieß Vergnügen«, antwortete mir Joseph, »könnt Ihr, mein lieber Vetter! hier oft genießen; denn des Königs Majestät reden selbst Deutsch, worin ich die Ehre gehabt, Ihnen Unterricht zu geben, und haben diese Sprache zur Hofsprache erhoben. Jetzt ist, bis auf die Küchenjungen hinunter, kein rechtlicher Mensch in Gondar, der, so elend und fehlerhaft er auch das Deutsche redet, nicht sich schämen würde, sich seiner Muttersprache anders als im Gebete zu bedienen.« »Ew. Excellenz haben hier große Dinge bewirkt«, erwiderte ich, »Sie haben sich unsterblich gemacht.« — Mein Herr Vetter lächelte bescheiden, und nickte gnädig mit dem Kopfe. »Wer hätte das denken sollen«, fuhr ich fort, »als Ew. Excellenz aus des Cantors Hause in Eisenach« — der Minister zog seine Stirn in ernsthafte Falten; ich brach das Gespräch ab.

Wir setzten uns nun zusammen in eine Art von Sänfte, einander gegenüber, und so ging denn der Zug langsam, bis zur Residenz, wo alle Wachen vor uns ins Gewehr traten; unterwegens aber bereitete mich Joseph zu demjenigen vor, was Meiner wartete, und unterrichtete mich von dem, was ich zu beobachten hätte, wenn ich morgen dem Könige vorgestellt würde.

Jetzt kamen wir zu dem Pallaste des Ministers, über dessen Pracht, der Menge von Sclaven, und der Ordnung und Zierlichkeit, welche darin herrschten, ich die Augen gewaltig aufriß. Da ich indessen sehr müde von der Reise war, so wurde ich, nach einer leichten Abendmahlzeit, die ich allein mit dem Minister einnahm, in meine Wohnung geführt, wozu ich den einen Flügel seines Palais aufs beste eingerichtet, und mehr als zwölf Sclaven fand, die auf meine Befehle warteten. In Goßlar, wo ein Stiefelknecht meine einzige Bedienung, und ein schwarzer Pudel das einzige Geschöpf war, das auf meinen Wink herbey eilte, würde ich mich freylich bey einer so schleunigen Veränderung ein wenig links genommen; ja! ich würde es unbequem gefunden haben, einen Haufen müssiger, gaffender Menschen ohne Unterlaß um mich zu sehen, und über das, was ich ganz bequem selbst thun konnte, erst Worte und Zeit zu verlieren, bis ein andrer seinen Arm dazu ausstreckte; allein man nimmt nichts leichter an als die vornehmen Manieren, und so viel hatte ich schon auf meinem Gesandtschaftszuge gelernt, daß ich jetzt meinen Advocaten-Anstand gänzlich abgelegt hatte, und die Rolle eines Deutschen Edelmanns, in welcher mein Herr Vetter mich auftreten ließ, vielleicht mit mehr Würde spielte, als mancher Landjunker, der, durch ähnliche Protection und Familien-Verbindung, in einen solchen Posten hinauf gerückt ist.

Am folgenden Tage nun wurde ich dem Monarchen vorgestellt. Meine Augen wurden fast verblendet, von dem Glanze den ich auf dem Schlosse erblickte; aber auch das hatte ich schon gelernt, daß vornehme Leute immer das Ansehen haben müssen, als fänden sie alles gemein und höchst alltäglich, was ihnen auch noch so fremd ist. Ich schritt zuversichtlich und selbstgenügsam durch die Reihe der Hofschranzen und Großen des Reichs hindurch, und hielt, nachdem ich mich, der dortigen Sitte gemäß, zur Erde geworfen hatte

III I. Th. S. 87.

Z. & R. f.

(wobey meine Nase einen derben Stoß bekam), an Se. Majestät, in Deutscher Sprache, meine Anrede, in welcher ich nicht nur mein Dankgefühl auszudrücken suchte, sondern auch, nebst Ueberreichung der Schreiben von den verschiednen Nubischen Höfen, einen kurzen Bericht von meinen glücklichen Verrichtungen erstattete.

Der König, oder große Negus, hatte einen kleinen Schaden am Gehör, und daher war es Mode, daß alle Hofleute ein wenig taub zu seyn affectirten. Kaum hatte ich daher meine Rede begonnen, so zog, als wie auf einen Wink, der ganze hier versammelte Zirkel seine tubos acusticos oder Hör-Trompeten aus den Taschen, hielt dieselben vor die Ohren, und machte, ohne übrigens wirklich auf das Acht zu geben, was ich sagte, die Pantomime des Wohlgefallens, die man schicklicher Weise machen muß, wenn ein Mann von Gewicht redet.

Se. Majestät, ein Herr von vier und funfzig Jahren, waren äußerst prächtig gekleidet; der hohe Turban war mit so viel Juwelen geziert, daß man damit hätte das ganze Deutsche Grafen-Collegium auskaufen können; auch waren Sie dabey gewaltig parfümirt und schön frisirt.

Als dieser feyerliche Actus vollendet war, bezeugte mir der Monarch seine gnädige Zufriedenheit, und fragte nach allerley gleichgültigen Dingen, z. B. ob ich böse Wege angetroffen hätte; wo sich jetzt der Fürst von Anhalt Zerbst aufhielte; ob es wahr sey, daß die Jesuiten, die er aus Abyssinien vertrieben hätte, Gold machen und Geister sehen könnten; ob in Hanau noch so gute Pasteten verfertigt würden; ob man an den Deutschen Höfen noch immer Französisch redete, u. d. gl. m. Dann winkte der König dem Obermarschalle, daß er sich nähern sollte, und sagte ihm etwas in das Ohr, worauf dieser dem Hofe mit lauter Stimme verkündigte: Se. Majestät hätten den anwesenden Deutschen Cavalier (mich nähmlich) zu Ihrem Baalomaal, oder Gentilhomme de la Chambre und Obersten der Leibgarde ernannt. Hierauf küßte ich, mit der demüthigsten Dankbarkeit, Sr. Majestät die Füße, empfing die heuchlerischen Glückwünsche der neidischen Hofleute;

der König erhob sich vom Throne, ging in sein Cabinet, und wir nach Hause.

»Aber um Gottes Willen, verehrungswürdigster Herr Vetter!« rief ich, so bald ich mit Joseph allein war, »was fange ich nun an? Ich verstehe nichts, weder vom Hof- noch vom Cavallerie-Dienste, bin, außer auf den Philisterpferden in Helmstädt, nie, Zeit meines Lebens auf ein Pferd gekommen.« — »Seyd unbekümmert!« erwiderte er, »um Cammerjunker zu seyn, braucht man gar nichts zu wissen, und bey der Garde du Corps, obgleich sie nur aus einer Schwadron besteht, sind, außer euch, noch sechs Obersten, die den Dienst für Euch thun können. Ihr seyd zu größern Dingen bestimmt; dieß ist nur der Anfang, um Euch einen Rang und Besoldung zu geben. Vorerst wird Euer Geschäfte seyn, Sr. Majestät, wenn Sie einschlafen wollen, aus den Büchern, die ich Euch nahmhaft machen werde, etwas vorzulesen, mit Ihnen über die Verfassung der Europäischen Staaten zu reden, und Sie unvermerkt zu demjenigen zu stimmen, was ich durchzusetzen mir vorgenommen habe. Wenn Ihr dabey leidlich grade auf dem Pferde hängen könnt (ich will Euch schon eine geduldige Mähre geben lassen), so oft die Garde gemustert wird, und bey Tafel guten Appetit habt, so wird der Himmel schon weiter sorgen, bis der Zeitpunct da ist, wo ich Euch in Eurem Fache ansetzen kann.« — »Aber«, sagte ich ängstlich, »mein Hauptfach sind die Pandecten, und was soll ich damit hier?« — »Noch ein Mahl!« sprach mein Vetter mit Ungeduld, »verlasset Euch nur auf mich und raisonniret nicht!«

Achtes Kapitel.

Fragmente aus der ältern Geschichte Abyssiniens.

Das vorige Kapitel ist besonders für solche Leser geschrieben, denen Gesandten-Einzüge, Hof-Feyerlichkeiten, Fürstengespräche, Audienzen und dergleichen interessante Dinge sind. Diese Personen muß ich dann um Verzeihung bitten, daß ich jetzt solche Sächelchen linker Hand liegen lasse, und einen andern Gegenstand abhandle, der ihnen trocken vorkommen wird, von dem ich aber nothwendig eine kurze Uebersicht geben muß, wenn mein Werk so verständlich und nützlich werden soll, als ich es von Herzen wünsche.

Um nähmlich zu zeigen, wie mein Herr Vetter es angreifen mußte, sein Aufklärungs-Geschäft in Abyssinien mit Erfolge zu treiben; wie weit es dort mit der Cultur und gewissen andern politischen und moralischen Umständen damahls gekommen war, die Einfluß auf die Stimmung des Geistes und Herzens eines Volks haben, und welche Ressorts also vor und gegen seine Bemühungen wirkten; sehe ich mich gezwungen, einen Blick in die ältere und mittlere Geschichte dieses Reichs zu werfen.

Ich würde dabey in große Verlegenheit gerathen seyn, besonders was die Zeiten des grauen Alterthums betrifft, weil diese in den Jahrbüchern aller Völker in Fabeln gehüllt sind, welche die Unwissenheit, bey dem Mangel zuverlässiger Urkunden, aus verstümmelten, mündlichen Ueberlieferungen zusammen buchstabirt, und nachher mehrentheils der Betrug in ein gewisses System gebracht zu haben pflegt, welches System dann, wenn es zu einem Glaubens-Artikel geworden, dem Forscher den Weg versperrt, der Wahrheit auf den Grund zu kommen, oder wenigstens, seine Entdeckungen bekannt zu machen. — Ich würde, sage ich, in große Verlegenheit gerathen seyn, wenn nicht ein weiser, menschenliebender und von Vorurtheilen freyer Mann in Abyssinien, von dem ich in der Folge noch öfter zu reden Gelegenheit haben werde, und der als ein Verwiesener in den Gebirgen von Waldubba lebte, mir sehr schätzbare Beyträge zu dieser alten Geschichte geliefert hätte. — Rücken wir der Sache näher!

Die Geschichte aller Völker stößt zuletzt auf eine Haupt-Revolution der Natur, die, wie es scheint, nach einem Zwischenraume von viel tausend Jahren periodisch dem Erdboden eine andre Gestalt gibt. Ohne zu entscheiden, ob diese Revolution jedes Mahl mit einer großen Ueberschwemmung (so genannten Sündfluth) oder mit einer andern großen Naturbegebenheit, als Erdbeben und Brand, ihren Anfang nimmt; ohne zu entscheiden, ob diese Umkehrung des Erdbodens, nach gewissen Gesetzen, in gewissen Zeiträumen erfolgen muß, oder, durch zufällige Umstände herbey geführt, bald früher, bald später eintritt: so scheint doch aus den Beobachtungen der Naturkündiger, Astronomen und Philosophen folgendes als ungezweifelt angenommen werden zu können.

Nach Verlauf einer Reihe von Jahrtausenden wird ein großer Theil der bewohnten Erde, durch eine Empörung der Elemente, gänzlich umgeschaffen, Land in See, See in Land verwandelt; Berge werden umgewälzt, Thäler empor gehoben; die Bewohner dieses Theils des Erdbodens kommen um, und mit ihnen gehen ihre Kunstwerke, ihre Anlagen, die Monumente und Resultate ihres Fleisses und ihrer Nachforschungen verloren; blühende Staaten werden vernichtet, und vor der Aussicht in die Geheimnisse der Weisheit, in welche man schon im Begriff war mit kühnem Schritte zu dringen, fällt nun wieder ein Vorhang.

Das allsehende Auge der Vorsehung scheint diese Catastrophe immer dann herbey zu führen, wenn die menschlichen Erkenntnisse und Erfahrungen grade das Ziel erreicht haben, über welches sie nicht hinaus gehen sollen, wenn Cultur im Intellectuellen und Moralischen alle Stufen hinauf gelaufen ist, die zu ersteigen möglich, nützlich, ja! zur Erziehung dieser Generationen für eine höhere Sphäre, nöthig war — nöthig war, um die Triebfedern des Strebens, des Forschens und Wirkens, die der Zweck des Erdenlebens sind, aufs neue anzuspannen; weil nun ein Mahl unter dem Monde über einen gewissen Punct des Wissens und Wollens nicht hinaus zu kommen, und Ruhe, Unthätigkeit, klares, unvermischtes Anschauen und Durchschauen nicht die Bestimmung des ungeläuterten Geistes ist, so lange er in Menschenformen sichtbar wirken muß, bis alles, auch der gröbeste Stoff bearbeitet und veredelt worden, und alle Form aufhört.

Allgemein, über den ganzen Erdboden verbreitet, kann eine solche Revolution nie sich erstrecken, hat nie sich so weit erstreckt, darf das auch nicht — das haben alle verständige Naturkündiger und Philosophen eingesehen.

Je nachdem nun entweder kein Einziger von denen, welche dieß zerstörte Stück des Erdbodens bewohnt haben, sich rettet, und also die neue Bevölkerung aus andern benachbarten oder entfernten, civilisirten, oder barbarischen Ländern her unternommen wird; oder je nachdem die, welche dem Sturme entkommen, viele oder wenige an der Zahl, alte oder junge, cultivirte oder unwissende Menschen sind: je nachdem fängt denn auch die neue Generation den Zirkel der Cultur ganz von vorn oder in der Mitte wieder an. Immer aber folgt unvermeidlich, daß die Nachrichten, welche die Personen uns von jener wichtigen Catastrophe geben können, weil sie in ihrem hülflosen Zustande nöthigere Dinge zu thun haben, als Anstalt zu Verfertigung von Geschichtbüchern zu machen, durch die mündlichen Ueberlieferungen äußerst unzuverlässig werden müssen. Eben so unvermeidlich folgt, daß der Zustand der neuen Bevölkerer dieses wüsten Erdstrichs, wären sie auch noch so cultivirte Menschen, sich doch sehr dem ersten rohen Zustande der Natur nähern muß, theils weil es ihnen an allen Hülfsmitteln, Werkzeugen, Veranlassungen fehlt, an etwas anders, als die nöthigsten Bedürfnisse zu denken, und der verwilderte Boden sich weigert, das Erforderliche zu den Gemächlichkeiten und Annehmlichkeiten des Lebens herzugeben, theils weil eine Menge conventioneller Begriffe, die im geselligen und bürgerlichen Leben unendliche Mannigfaltigkeiten, Gesetze, Wünsche, Freuden, Pflichten, Unruhen, Unternehmungen etc. erzeugen — hier gänzlich wegfallen.

Die älteste Geschichte jedes Volks ist daher, kleine Modificationen abgerechnet, die Geschichte fast aller Völker. — Das ist nicht auffallend; aber auffallender ist es wohl, und doch nicht weniger wahr, daß auch die nachfolgenden Veränderungen, die mit der Cultur und allen moralischen und politischen Umschaffungen vorgehen, in allen Reichen, wenn man die Geschichte derselben von ihrem Schmucke und von den Episoden entblößt, und über das langsamere und geschwindre Fortrücken hinaus geht, in allen Theilen der Welt nach Einem und demselben Systeme herbey geführt werden.

Indem ich nun eine Skizze von der Geschichte des Königreichs Abyssinien entwerfe, wünsche ich, daß die Leser bemerken mögen, daß dieß zugleich die Geschichte des Despotismus überhaupt, in seiner Entstehung, seinem Wachsthume und seinen Folgen ist, die ihm früh oder spät das Grab bereiten. Fangen wir jetzt ohne weitere Ausschweifung an!

In Abyssinien kannte man in den ältesten Zeiten, wie in allen Ländern, nur das Familien-Regiment. Jeder Hausvater, der mit seiner Familie das Stückchen Landes bauete, das ihn, sein Weib und seine Kinder ernähren sollte, wies jedem seiner Hausgenossen seine Arbeit an. Es fand kein getheiltes Interesse statt; jeder wirkte zum Wohl der ganzen Familie; jeder war arbeitsam, weil Menschen ohne andre Zerstreuungen und Bedürfnisse, folglich auch ohne kränkliche Launen und Leidenschaften, nichts kannten, als die Sorgfalt, ihr kleines Tagewerk zu vollenden und dann zu ruhen. Der Begattungstrieb paarte die Kinder des Patriarchen. So lange die Familie nicht zu groß wurde, blieb sie beysammen. Konnte das Fleckchen Erde, das sie umzäunt hatten, sie nicht mehr ernähren, so theilte sie sich ab, und *so entstanden mehr Familien*, die weiter mit einander in keiner Verbindung standen, sondern ungestört sich ihren Wirkungskreis schufen, weil Raum genug für sie da war, und sie nichts bedurften, als was sie sich selbst, ohne fremde Hülfe, verschaffen konnten. *Hier entstand also Eigenthum*; nicht eines einzelnen Menschen, sondern einer ganzen Familie. Sie glaubten mit Recht, daß das Land ihnen zugehörte, welches ihr Fleiß bebauet hatte, und starb ein Glied aus dieser Familie, so blieben die übrigen im Besitze.

Indessen traten Fälle ein, wo eine Familie der andern beystehen mußte. Die eine hatte etwas mehr Vorrath von Lebensmitteln gewonnen, als sie grade zu verzehren vermochte; die andre hatte durch einen unfreundlichen Sturm, durch den Einbruch wilder Thiere, oder irgend eine andre kleine irdische Widerwärtigkeit, etwas eingebüßt — und die benachbarte Bruder-Familie half aus. Der Tod raffte dagegen in dieser einen nützlichen Arbeiter weg — ein Mitglied aus jener ersetzte auf eine Zeitlang freundschaftlich den Platz. Durch Heirathen verbanden sich denn auch manche Familien mit einander — und so wurde das *erste zusammengesetztere Gesellschaftsband* geknüpft.

In dieser Periode darf man nicht erwarten, andre Künste erfunden zu sehen, als die, welche den unmittelbarsten, leicht zu übersehenden Nutzen auf das häusliche Leben und die Befriedigung der unentbehrlichsten Lebensbedürfnisse zum Gegenstande hatten.

Sobald aber in den Geschäften der Familien-Glieder, eben durch die Vervielfältigung der Arten von Arbeit, eine Verschiedenheit eintrat, war der Antheil, den jeder an dem Unterhalte der ganzen Gesellschaft nahm, nicht mehr so leicht zu übersehen, und indem jeder Einzelne die Verwendung seiner Kräfte nach seiner Art taxierte, hatte er nicht mehr die

Aufmunterung, Einen Strich von Thätigkeit mit den übrigen zu halten; die Verschiedenheit der Temperamente wirkte dabey mit, und so gab es nun bald *faulere und fleissigere Menschen.*

War das Haupt einer Familie ein weniger thätiger, weniger fleissiger Mann, so ging es auch in seinem Hauswesen schläfriger her. Die nöthigen Bedürfnisse für jedes Jahr wurden nicht gewonnen, am wenigsten Vorrath auf das folgende gesammelt, indeß sein arbeitsamerer Nachbar zurücklegte, oder seine Besitzungen erweiterte, unbebauetes Land urbar machte, kurz! anfing, mehr zu haben, als er brauchte. — Was folgte hieraus? Nicht nur die Entstehung des Unterschieds zwischen *Armen und Reichen*, sondern auch des Unterschieds zwischen *Herrn und Knecht.* Denn, wenn jemand fortgesetzt faul war, folglich gänzlich verarmte und Mangel litt, so blieb ihm, um nicht zu verhungern, nichts anders übrig, als den Nachbar um Hülfe zu bitten, und wenn dieser nicht geneigt war, ihn unentgeltlich zu füttern, so wurde eine Art von Vertrag unter ihnen geschlossen, zum Beyspiel, daß die Familie A. der Familie B. das von ihr urbar gemachte, aber seit einiger Zeit vernachlässigte Gut abtrat (welches vielleicht ein erwachsener Sohn aus der Familie B. anfing zu bauen) wogegen aber die Familie A. auf gewisse Zeit von der andern mußte ernährt werden; oder, ein einzelner Mensch, der nicht gern arbeitete, und dadurch zurück gekommen war, verdung sich endlich aus Noth einer andern Familie, für ein Bißchen Kost und Kleidung, als Handlanger. Es läßt sich begreifen, daß ein solcher, durch Faulheit verarmter Mensch, in keiner großen Achtung stand, daß er in der Familie, welcher er diente, zurück gesetzt, daß ihm nicht eben die fettesten Brocken gereicht wurden. Dieser *erste Unterschied der Stände*, nähmlich der zwischen Herrn und Diener, wirkte also auch schon auf die äußere Begegnung der Menschen unter einander.

Hierbey aber sind zwey Dinge wohl zu bemerken, nähmlich: *daß also der erste Anspruch auf das Recht, andrer Menschen Herr zu seyn und von ihnen mit ausgezeichneter*

Achtung behandelt zu werden, in Abyssinien, so wie in allen Ländern, nur dadurch gewonnen wurde, daß man arbeitsamer wie sie war, und es ist wahrlich zu verwundern, wie jetzt in manchen Ländern der Welt diese ursprüngliche Entstehung der Herrschers-Rechte so sehr in Vergessenheit gekommen ist, daß grade der, welcher Millionen Menschen despotisch beherrscht, einen Freybrief zu haben glaubt, der Faulste und Unthätigste unter ihnen Allen zu seyn. Ferner ist zu bemerken: *daß natürlicher Weise von Seiten des Knechts der Vertrag der Abhängigkeit und Dienstbarkeit jeden Augenblick aufgehoben werden konnte, sobald der Knecht Mittel fand und Lust hatte, sich selbst zu ernähren und für sich zu arbeiten.*

Bis dahin war alles, was Recht und Unrecht heissen konnte, so leicht zu übersehen, so keinem Zweifel unterworfen, daß es weder eines Gesetzes, noch eines Richters bedurfte. Nun aber traten einige sonderbare Fälle ein: eine Familie starb aus, und hinterließ ein schönes, wohl angebauetes Gütchen; es entstand die Frage, wer nun die Früchte des Fleisses dieser Familie genießen, mit andern Worten, wer das Gut erben sollte (denn von der albernen Idee, daß ein Mensch bestimmen, was nach seinem Tode geschehen soll, oder das, was man ein Testament nennt, machen könne, war man damahls noch weit entfernt). Verschiedne machten Anspruch darauf; wer sollte entscheiden? Ferner, man mußte sich gegen die Ueberschwemmungen des Nils sichern; dieß erforderte gemeinschaftliche Mitwirkung mehrerer einzelner Familien, Vereinigung zu einem Zwecke. Man war nicht einig über die Art, das Werk zu betreiben; wer sollte die Oberaufsicht führen? Endlich: ein unruhiger Kopf, der sich auf die Stärke seiner Arme verlassen konnte, fand es bequemer, seinem schwächern Nachbarn die Früchte wegzunehmen, als selbst zu arbeiten. Dem Schwächern kamen andre zu Hülfe; es entstand Streit, vielleicht gar Mord und Todtschlag; wie war es anzufangen, Ruhe und Frieden zu erhalten, und, da nun ein Mahl das *Recht des Stärkern* anerkannt werden muß, durch Vereinbarung gegen den, welcher

Mißbrauch von diesem Rechte machen wollte, ein gewisses Gleichgewicht herzustellen? Auch entstand wohl Zwist über den Besitz der Weiber, über Grenzen, Verwüstungen, welche des Nachbars Hausthiere angerichtet hatten, und dergleichen mehr. — Dieß alles brachte denn die sämmtlichen Familien auf den Gedanken, sich ein *gemeinschaftliches Oberhaupt des ganzen Stammes* zu wählen, der ihr Schiedsrichter, Rathgeber und Anführer wäre.

Auf wen nun sollte diese Wahl fallen? Natürlicher Weise auf den Aeltesten; denn wo alle zusammengesetztere Bedürfnisse, Kenntnisse und Wissenschaften wegfallen, da ist Weisheit Erfahrung, und um diese zu erlangen, war ein langes Leben hinlänglich. Der Aelteste wurde also zum Fürsten gewählt, und wenn er starb, folgte ihm in seinem Platze der, welcher nach ihm der Aelteste war. Hier nun haben wir *die erste Entstehung eines kleinen Staats in Abyssinien*. Da dieß Oberhaupt, nach Verhältniß, wie die Bevölkerung zunahm, sehr viel zu thun bekommen mußte, indem jeder seine Zuflucht zu ihm nahm, so blieb ihm keine Muße übrig, sein Feld zu bauen. Dieß war nun freylich bey denen, welche sich andern Geschäften, als dem Ackerbaue widmeten, auch der Fall; doch konnten diese das, was sie producirten, unmittelbar gegen Nahrungsmittel umsetzen. Der, welcher Körbe flocht, konnte dem Nachbar seinen Korb gegen ein Lamm umtauschen; der Jäger lieferte dem Schneider einen Braten in die Küche, und erhielt dafür ein Gewand, zu Bedeckung seiner Blöße. Allein das Oberhaupt der kleinen Republik hätte verhungern und nackt einher gehen müssen, wenn nicht alle Familien zusammen getreten wären, und ihm dafür, daß er jedem mit Rath und That diente, seinen Unterhalt gereicht hätten. *Der Fürst wurde also vom Staate ernährt; allein nie kam ihm der tolle Gedanke ein, daß er deßwegen der Eigenthümer des ganzen Landes wäre*, weil das ganze Land seine nöthigen Bedürfnisse befriedigte, ihm auch wohl ein wenig bessere Kost, Wohnung und Kleidung reichte, weil man ihm, seiner Weisheit, seines Alters und seines allgemeinern Einflusses wegen, mehr Achtung bewies. Uebrigens war er ein Mitglied des Ganzen, wie die Andern, und Oberhaupt und Richter zu seyn, oder Jäger zu seyn, oder Korbmacher, oder Hirte, oder Ackermann zu seyn, das hieß: *einen von den im Staate gleich nützlichen Ständen gewählt haben, ohne sich deßwegen besser halten zu dürfen*, als die, welche andre Geschäfte nach ihrer Neigung treiben. Es war aber der Familie des Fürsten und ihm selber unverwehrt, nebenher noch ein andres Geschäft zu treiben, folglich auch Güter-Besitzer zu seyn (das nennen wir in Europa *Domainen haben*); und als ein solcher genoß er nicht mehr und nicht weniger Vorrechte, als jeder andre Eigenthümer von Grundstücken.

Neuntes Kapitel.

Fortsetzung des Vorigen.

Je mehr die Bevölkerung in Abyssinien zunahm, desto mannigfaltiger wurden die Fälle, in denen man des Raths und der Entscheidung des Oberhaupts bedurfte. Um nun nicht über jeden kleinen streitigen, oder schwierigen Punct seine Zuflucht zu diesem nehmen zu müssen, und um zu verhindern, daß nicht zuweilen eine Partey sich durch den Ausspruch des Fürsten gekränkt glaubte, oder ihn im Verdacht einer Parteylichkeit hätte, traten alle Häupter der Familien zusammen, und setzten über oft vorkommende Fälle gewisse Regeln fest, wonach diese entschieden werden sollten. Dieß waren die *ersten Gesetze*. Bey so einfachen Verhältnissen bedurfte es keiner großen Menge solcher Gesetze. Der Fürst hatte nun eine Richtschnur, welche alle Willkühr hinderte, einen Codex, nach welchem er richten mußte. Nur in außerordentlichen, noch nie vorgekommenen, oder nicht klar determinirten Fällen, überließ man es seiner Klugheit, ein billiges Urtheil zu sprechen.

Unter diesen Gesetzen war auch eines, die *Erbschaften* betreffend. Darin wurde unter andern ausgemacht, daß, wenn eine Familie ausstürbe, ihre Besitzungen dem ganzen Staate anheim fallen sollten, und da es nicht gut möglich war, diese in unendlich kleine Stücke unter alle übrigen Familien zu vertheilen, so räumte man dem jedesmahligen Fürsten das Recht ein, sie, im Nahmen des Staats, nach bestem Wissen und Gewissen, vorzüglich würdigen, fleissigen, oder durch

Unglücksfälle verarmten Familien zu schenken. — Als dieß Gesetz gemacht wurde, schüttelten einige weise, in die Zukunft voraus sehende Männer bedenklich die Köpfe; allein es ging, durch Mehrheit der Stimmen, durch.

Auf große Tafeln wurden nun die neuen Gesetze gegraben, und da, wo die Sammelplätze der verschiednen Stämme waren, aufgehenkt. Sie kamen also zu jedermanns Wissenschaft, und waren auf Kinder und Kindeskinder verbindlich, weil das *Corps der Familien-Häupter dazu eingewilligt hatte*. Doch verstand sichs von selber, daß es jeder Einzelne die Freyheit behielt, ihre Gültigkeit nicht anzuerkennen, folglich auf seine Gefahr dagegen zu handeln, oder das Land zu verlassen.

Was die Strafen betrifft, so waren sie äußerst einfach. Wo Ersatz möglich war, Ersatz; in einzelnen Fällen Einkerkerung, auf einige Zeit, oder, wenn die Sicherheit des Staats es erforderte, doch äußerst selten, auf immer; vielmehr, statt dieses letzten heftigen Mittels, die Landesverweisung, mit der Bedrohung einer ewigen Einkerkerung, wenn der Verbrecher sich wieder unter den Abyssiniern sehen ließe. *An Todesstrafen war* auf keine Weise zu denken. Dieser abscheuliche Gedanke kam nicht in die Seele der guten Gesetzgeber. Wie sollte es ihnen eingefallen seyn, sich das Recht anzumaßen, einem ihrer Brüder eine Existenz zu rauben, die sie ihm weder geben noch zusichern konnten, worauf er ein Recht gehabt hatte, ehe an ihre Gesetze gedacht war, und dieß deßwegen, weil er andre Begriffe von Recht und Unrecht hatte, als sie? Wie konnte es ihnen einfallen, selbst zu Bestrafung des Todtschlags, noch einen Todtschlag zu begehen; ohne Zweck, ohne das geschehene Uebel dadurch gut zu machen, ohne den Verbrecher zu bessern, ohne hoffen zu dürfen, daß durch diese unbefugte Gewaltthätigkeit andre Rasende abgehalten werden würden, in der Wuth der Leidenschaften ähnliche Verbrechen zu begehen?

Von diesen Strafen nun wurden nie Ausnahmen gemacht, *am wenigsten stand dem Fürsten die Befugniß zu, sie zu mildern, oder zu erschweren; denn noch war der Begriff, daß der Fürst in Staats-Angelegenheiten nach seinem Willen handeln, sich an die Stelle des Staats setzen, Rache ausüben, willkührlich verdammen und los sprechen, Gesetze aufheben, aus eigner Macht Verordnungen geben, Gnade für Recht ergehen lassen, und überhaupt Gnaden ertheilen könnte*, nie in eines Abyssiniers Kopf gekommen. Gerechtigkeit üben, das war seine Pflicht; Gesetze, gesunde Vernunft und Billigkeit, seine Richtschnur; Er, ein Verwalter des Staats; seine Verrichtungen ein übertragnes Amt, wofür er ernährt, versorgt und geehrt wurde.

So standen die Sachen, und ich meine, sie standen so übel nicht, als einige Stämme in Nubien, welches von Aegypten aus durch rauhe, wilde Menschen war bevölkert worden, die mit den Abyssiniern in keiner Verbindung lebten, auf den unglücklichen Einfall geriethen, mit bewaffneter Hand in dieß schöne, friedliche Land einzubrechen und unserm guten Völkchen seine fruchtbaren Besitzungen streitig zu machen. Dieß war der *erste Krieg*, den die Abyssinier führten; sie waren aber nicht ungeübt in Waffen; gegen Löwen und Hyänen hatten sie sich vertheidigen gelernt; nur gegen ihre Brüder das Schwert zu ziehen, das war ihnen neu. Aber hier galt es Rettung des Eigenthums, des Lebens, der Freyheit, und sie waren an Leib und Seele gesund, nervig, stark. Der Zorn der muthwillig gereitzten Sanftmüthigen ist fürchterlicher, als das Toben des unruhigen Zänkers. Unsre Abyssinier empfingen, schlugen und verfolgten siegreich die Nubier, auf eine Weise, die diesen auf lange Zeit die Lust benahm, sich wieder an ihnen zu vergreifen. Hierdurch entwickelte sich bey dem Volke ein bisher unbekannt gewesenes, schlafen gelegenes Ressort, *die Tapferkeit*, aber mit ihr zugleich sproß auch der Keim der Ehr- und Ruhmsucht hervor, und in denen, welche in der Schlacht sich vorzüglich ausgezeichnet hatten, war ein Toben, ein Streben entstanden, daß ihnen nachher die stillen häuslichen und ländlichen Geschäfte unschmackhaft machte. Man focht Mann gegen Mann; die Niederlage der Nubier war groß; viele von ihnen wurden gefangen; keiner von Abyssinischer Seite.

Noch kannte man die Speculation nicht, Menschen gegen Geld und Waare umzusetzen; also nahm jeder seinen Gefangenen mit sich nach Haus, und betrachtete ihn als seinen Knecht. Die Erbitterung aber gegen sie war so groß, daß man diese Gefangnen nicht wie andre Knechte, die, wie vorhin ist gesagt worden, immer wieder frey werden konnten, behandelte, sondern ihnen die schwerste Arbeit aufbürdete, ihnen schlechtere Kost und Kleidung gab, und ihnen nicht das Recht zugestand, sich frey zu machen, in ihr Vaterland zurück zu kehren, oder sich in Abyssinien fest zu setzen. Das war denn die Entstehung des unnatürlichen *Sclavenstandes*. Wie man sich indessen an alles gewöhnt, so hörten diese Sclaven zuletzt auf, den Verlust ihrer Freyheit zu fühlen, besonders wenn sie das Glück gehabt hatten, an gute Herren zu gerathen, und weil sie denn doch ohne häusliche Sorgen lebten, indem die Herren ihnen alle Bedürfnisse des Lebens reichen mußten. Ja! da es hübsche Männer unter ihnen gab, so geschah es zuweilen, daß die Liebe, die keinen Unterschied der Stände kennt, zwischen ihnen und den Töchtern des Landes Ehebündnisse zu Stande brachte. Nun wurde durch ein Gesetz verordnet, daß auch die Weiber, Kinder und deren Abkömmlinge Sclaven seyn sollten — also Sclaven-Familien! Daß durch diese Einrichtung wieder ein großer Unterschied in den Vermögens-Umständen der Eingebornen entstand, ist sehr natürlich; denn wer viel Sclaven hatte, konnte nicht nur größere Anlagen machen, von denen er den ganzen Vortheil zog, sondern man kam auch bald auf die Finanz-Operation, seine *Sclaven zu vermiethen*.

Jedermann hatte freye Macht, mit seinem Vermögen, also auch mit seinen Sclaven, nach Gutdünken zu schalten und zu walten. Hatte nun ein gutmüthiger Herr einen seiner Sclaven lieb gewonnen, oder dieser hatte des Herrn Tochter zum Weibe gemacht, oder der Herr hatte nicht Arbeit genug für ihn; so schenkte er ihm und seiner Familie die Freyheit. Diese *Freygelaßnen* genossen dann alle Rechte der Einheimischen, und da jeder freye Mann in Abyssinien sich niederlassen und anbauen konnte, wo er wollte, so entstanden nach und nach Familien die von Fremden abstammten, und die hernach hie und da auch wohl andre in das Land lockten, wodurch zugleich fremde Sitten, Gebräuche und Bedürfnisse nach Abyssinien verpflanzt wurden.

Die Nubier waren durch den ersten unglücklichen Erfolg ihrer Waffen noch nicht vom Kriege abgeschreckt worden, sondern erneuerten ihre Anfälle in Abyssinien. Dieß setzte die Einwohner in die Nothwendigkeit, sich stets zur Vertheidigung bereit zu halten. Das Oberhaupt, der Fürst, war immer, wie wir gehört haben, ein alter Mann, folglich weniger geschickt, die Beschwerlichkeiten der Feldzüge auszuhalten, in denen er sein Volk, das jetzt kriegerisch geworden war, anführte. Dieß lehrte die Abyssinier, daß es nun besser sey, bey entstehendem Todesfalle ihres Oberhaupts, einen jüngern Mann an seiner Stelle zu wählen. Natürlicher Weise traf die Wahl den, welcher in den Feldzügen die größten Beweise von Muth gegeben hatte. *Nun also wurde, statt daß vorher bloß Weisheit, Alter, Erfahrung ein Recht zum Throne gegeben hatten, noch persönliche Tapferkeit ein Erforderniß, um Fürst zu seyn.*

Persönliche Tapferkeit hat zum Theil ihren Grund in Organisation des Körpers, zum Theil wird sie durch einen Enthusiasmus, durch ein Ehrgefühl erzeugt, und beides pflegt in gewissen Familien fortgepflanzt zu werden. Der tapfre, nervige Sohn, des tapfern, nervigen Fürsten focht an der Seite seines Vaters, wurde angefeuert durch das Beyspiel seines Muths, und zu Hause durch kühne, große Grundsätze empor gehoben. Die Achtung, Furcht und Ehrerbiethung, welche man für den Fürsten empfand, fing bald an, sich auch auf ihre Familien zu erstrecken. Bey einer neuen Fürstenwahl glaubte man dem tapfern Oberhaupte keinen bessern Nachfolger geben zu können, als seinen tapfern Sohn. Nach Verlauf eines halben Jahrhunderts wurde es zu einer Art von Observanz, *die Fürsten aus Einer Familie* zu wählen, um so mehr, da diese früh zu Regenten auferzogen wurden, und keine andre Handthierung trieben. Endlich wurde ein Recht daraus und das Reich wurde *ein Erbreich.*

Zwey Umstände trugen hierzu noch sehr viel bey. Nähmlich, erstlich: da jeder Bürger im Staate, der das männliche Alter erreicht hatte, mitwählte, und das Volk nun auf einen kriegerischen Ton gestimmt war, so hatte der tapfre Fürstensohn immer die Stimmen derer auf seiner Seite, unter deren Augen er bey der Armee gefochten hatte, indeß die kleinere Anzahl der weisern Alten, die nicht mit im Felde gewesen waren, wohl freylich lieber für einen Mann stimmten, der mehr durch Einsicht, Kaltblütigkeit und Erfahrung, als durch Kühnheit und Muth des Thrones würdig schien. Zweytens: der Tapferste gewann im Kriege die mehrsten Gefangnen, erhielt folglich die mehrsten Sclaven, konnte folglich reicher und mächtiger werden, als die andern (und Reichthum verblendet ja das Volk, und gibt Zuversicht), konnte endlich mehr Sclaven frey lassen, die dann Bürger wurden, aber ihm aus Dankbarkeit verpflichtet blieben, und seinem Sohne ihre Stimme nicht versagten, vielleicht gar nur unter dieser Bedingung die Freyheit erhielten. *Hier haben wir eine Entstehung der Hof-Creaturen, und den schwachen Anfang des dem Despotismus so vortheilhaften Lehnsystems in Abyssinien.*

Auf stürmische Zeiten folgten ruhigere; der Krieg, den die Nubier angefangen hatten, war hauptsächlich darauf abgezielt gewesen, sich in den Besitz einer Provinz von Abyssinien zu setzen, aus welcher ein Product gezogen werden konnte, an welchem es in Nubien fehlte. Dagegen gab es aber in diesem Lande wieder Producte welche man in Abyssinien nicht hatte. Kältere Ueberlegung unterrichtete beide Parteyen von der Möglichkeit, durch Tausch ihre gegenseitigen Wünsche zu befriedigen; man schloß einen Vergleich. — *Dieß war die Enstehung des Handels*, mit welcher wiederum die Abyssinische Cultur, Stimmung und Verfassung eine andre Gestalt und Wendung bekamen, wovon es der Mühe werth ist, etwas weitläuftiger zu reden; und das soll im folgenden Kapitel geschehen.

Zehntes Kapitel.

Fragmente aus der mittlern Geschichte von Abyssinien.

Wie groß der Einfluß ist, den der Handel auf die Cultur der Völker, auf ihren Geist und auf ihre Moralität hat, das erfährt jeder, der die Geschichte mit einiger Aufmerksamkeit studiert; auch das Königreich Abyssinien fühlte bald diesen Einfluß, wie wir jetzt sehen werden. Vorher aber müssen wir noch zergliedern, welche Art von Revolution die Einführung des Geldes und die Entdeckung der Bergwerke bewirkten.

Da der Tausch-Handel große Ungemächlichkeiten hatte, so wünschte man längst, eine Waare zu finden, die immer gleichen Werth behielte, die jedermann brauchen, leicht herbey schaffen, leicht in Verhältniß mit allen seinen Bedürfnissen setzen, die der allgemeine Maßstab des Werths aller Landesproducte werden könnte — mit Einem Worte, die ihnen das würde, *was wir Geld nennen*. Ein Ausländer gerieth nach Abyssinien, und lehrte dem Fürsten den Werth kennen, den andre Völker auf die edeln Metalle und auf Juwelen setzen, und den Gebrauch, welchen sie davon machen. Abyssinien ist reich an Gold, Silber, Eisen, Kupfer, Edelsteinen aller Art, hat Salz, Marmor, und dabey einen solchen Ueberfluß von Früchten, Korn und andern Nothwendigkeiten und Annehmlichkeiten des Lebens, daß es dem Fremden nicht schwer hielt, dem Fürsten zu beweisen, wie groß der Vortheil des Handels auf Seiten der Abyssinier seyn würde, wenn man die Bergwerke fleissig betriebe, Gold und Silber zum Maßstabe der größern Waaren machte, zu kleinern Summen aber, statt der Scheidemünze, sich des blauen wollnen Zeugs bediente, welches im Lande verfertigt wurde.

Nun war nur die Frage, wer den Nutzen von den Bergwerken ziehen sollte. Erlaubte man jedem Eigenthümer eines Bodens, alles, was dieser Boden enthielte, auszugraben und als sein Eigenthum zu betrachten; so konnte das Ungefähr den Besitzer eines kleinen Stückchen Landes unermeßlich reich machen, indeß der Eigenthümer einer zehen Mahl so großen Besitzung arm blieb, welches eine unnatürliche Vertheilung des Vermögens zu seyn schien. Noch fand man, daß Bergwerke viel Hände erfordern, folglich mancher unterirdische Schatz, aus Unvermögen des Grund-Eigenthümers, ihn aus der Erde zu fördern, vergraben geblieben seyn würde. Das Natürlichste war also, die Bergwerke auf Kosten und zum Vortheile des ganzen Staats zu betreiben, den Besitzern des Bodens aber, welchen man umwühlte, den dadurch verursachten Schaden zu ersetzen. Was sollte aber nun mit dem Schatze angefangen werden, den der Staat auf diese Weise gewann? Billig wäre es gewesen, ihn unter alle Familien zu vertheilen. — Aber welche Weitläuftigkeit! Hierzu kam, daß man anfing, den Nutzen einer *öffentlichen Staats-Casse* einzusehen. Wenn Heerstraßen, Wasser-Dämme, Wasser-Leitungen anzulegen und dergleichen, dem ganzen Lande vortheilhafte Einrichtungen zu machen waren; so wurde es schwer, die entfernt wohnenden Familien an der gemeinschaftlichen öffentlichen Arbeit, ohne große Versäumniß ihrer eignen Geschäfte, eben so viel Antheil nehmen zu lassen, als die benachbarten Einwohner. Hatte man aber eine öffentliche Casse, in welche die Einkünfte des Staats flossen, so wurden auch die öffentlichen Ausgaben daraus bestritten, und hatte man Geld, so konnte man die, welche an solchen Werken arbeiteten, daraus bezahlen, und das Geld, welches die Arbeiter gewannen, war hinreichend, sie dafür zu entschädigen, daß sie indeß für sich nicht thätig seyn konnten; denn für dieß Geld vermochten sie alle Bedürfnisse des Lebens von denen, welche indeß ihre Geschäfte trieben, einzuhandeln. Also wurde Geld eingeführt, eine öffentliche Casse errichtet, und die Bergwerke gehörten dem Staate. Weil aber der Staat nur eine metaphysische Person ist, so glaubte *der Vorsteher des Staats, der Fürst, sich an die Stelle desselben setzen zu dürfen.* Als ich in Holzmünden auf der Schule war, nannte unser Rector diese oratorische Figur eine Metonymia praesidis, pro re, cui praesidet — ich glaubte niemahls, daß diese Pedanterey in der Anwendung so ernsthafte, wichtige Resultate liefern könnte. Also noch ein Mahl! *Hier setzte sich der Fürst zuerst an die Stelle des Staats*, wurde der Verwalter der öffentlichen Casse und der Inhaber der Bergwerke.

Allein es verstand sich doch von selber, daß der Fürst nicht willkührlich mit dem Staats-Schatze wirthschaften durfte, sondern daß er zu gewissen Zeiten *den Häuptern der einzelnen Stämme Rechnung von seinem Haushalte ablegen* mußte. Da sich nun überhaupt die Geschäfte sehr vervielfältigten, und er nicht allem allein vorstehen konnte, so beschloß man *Collegia*, das heißt, *Ausschüsse verständiger, alter Männer*, aus dem Volke zu errichten, welche, unter Anführung des Oberhaupts, sich in die Geschäfte theilen mußten. Die Subjecte dazu, oder die Repräsentanten der Nation, *wählte* theils das Volk, theils ernannte sie der Fürst, weil es ihm doch nicht einerley war, mit wem er gemeinschaftlich arbeiten sollte. Diese Männer aber mußten nun freylich ihre häuslichen Geschäfte aufgeben; man suchte sie dafür zu entschädigen, und wies ihnen *Besoldungen* aus der öffentlichen Casse an.

Die wohl verdiente Verehrung, welche man gegen das gewählte Oberhaupt des Reichs hatte, entfernte alles Mißtrauen. Man dachte nicht daran, ihn so sehr einzuschränken, daß man verlangt hätte, er sollte zu jedem Schritte erst die Beystimmung der Collegien zu erlangen suchen. *Der Fürst fing daher nach und nach an, nach Gutdünken die Besoldungen auszutheilen und die erledigten Bedienungen zu besetzen; und dieß that er damahls sehr gewissenhaft, weil er für sich nichts durchzusetzen, kein andres Interesse hatte, als das allgemeine, weil ihm nichts zu wünschen übrig blieb, als daß die Geschäfte ordentlich getrieben würden.*

Das Ruder war also ganz in des Fürsten Händen, das Staats-Vermögen unter seiner Aufsicht und die Staats-Bediente standen unter ihm; allein man setzte doch fest, daß große, *wichtige National-Angelegenheiten der Entscheidung gewählter Repräsentanten aus allen Stämmen*, die sich, so oft es nöthig wäre, versammeln würden, überlassen werden sollten.

Der Umlauf des Geldes machte bald eine gänzliche Veränderung in den Vermögens-Umständen der Einwohner. Da man sahe, daß man für einen Haufen von dieser kleinen Waare alles erlangen konnte, was man brauchte und wünschte, ohne selbst graben, säen, spinnen zu dürfen; so bemühete sich nun jeder, theils durch vortheilhaften Handel, theils dadurch, daß er sich für seine weniger mühsamen Dienste so theuer als möglich bezahlen ließ, so viel Geld als zu gewinnen war, zu gewinnen.

Die Folgen davon auf die Moralität und auf die Industrie sind leicht zu überdenken. Der esprit public wurde lauer; man dachte bey jedem Schritte an das Privat-Interesse. Der kriegerische Geist ließ nach; eine Gefahr die dem Staate im Allgemeinen drohete, schreckte den Einzelnen nicht so sehr, in so fern er nur hoffen konnte, für sich und die seinigen ruhig zu bleiben. Durch Errichtung der Staats-Casse war das Privat-Eigenthum von dem allgemeinen getrennt; man hielt den Staat für sehr reich, und machte unaufhörlich Jagd auf Besoldungen und Vergütungen. *Da diese von dem Fürsten abhingen, so fing man an ihm zu schmeicheln*, sich ihm gefällig zu machen, um für kleine, unwichtige Dienste, große Bezahlung zu erhalten. Der herrschende Gedanke nun, alles, Arbeit, Mühe, Verwendung zum Besten des Staats, nach baarem Gelde taxiren zu können, erniedrigte die Seelen der Menschen; Großmuth, Aufopferung, Uneigennützigkeit wurden seltner. Man hielt keine Art von Geschäfte mehr für unedel, sobald es nur Geld einbrachte. Die Nothwendigkeit, sich einzuschmeicheln, um sich Gönner oder Käufer zu verschaffen, benahm dem

Character Eigenheit und Energie, *erzeugte Falschheit, Verstellung, Höflichkeit und feine Lebensart*, und da man den Handel als einen freywilligen Contract ansah, so nahm man sichs nicht übel, wenn der Andre den Werth der Waare nicht verstand, ihn zu *überlisten, zu betrügen.* — Treue und Wahrheit verschwanden.

Die Begierde, Geld zu erwerben, gab indessen doch auch Gelegenheit zu *Erfindung mancher nützlichen Künste.*

Die täglich zunehmende Vervielfältigung der Verhältnisse erforderte eine *Menge neuer Gesetze.* Je größer die Zahl derselben wurde, desto mehr verloren sie von ihrer Ehrwürdigkeit und Heiligkeit. Bald machte man sich kein Verbrechen mehr daraus, sie heimlich zu übertreten, wenn man seinen Vortheil dabey fand.

Der Fürst, der nun immer mehr anfing, sich an die Stelle des ganzen Staats zu setzen, wagte es, zuerst unwichtige und nachher wichtigere Gesetze aus eigner Macht zu geben. Man ließ ihn wirken; die Mehrsten dachten an ihren Privat-Nutzen, und ließen im Staate alles geschehen, in so fern sie nicht unmittelbar dabey verloren; viele traueten dem Fürsten; auch hatte er ja noch kein Interesse dabey, schlecht zu handeln: *allein die Sache war wichtig der Folgen wegen.* Seine Macht wurde durch Indolenz der Nation immer größer; man hätte ihn im Zaume halten sollen; aber die Collegien bestanden aus seinen Creaturen, die Zahl der hungrigen Schmeichler nahm täglich zu, erfüllte ihn mit thörichter Eitelkeit, und verschrob ihm, seinen Weibern und seinen Kindern Kopf und Herz.

Auf einer großen Versammlung der National-Deputirten wurde nun aufs neue die Frage wegen der Erbschaften aufgeworfen. Man wollte es unbillig finden, daß einem Menschen, der keine Familie hinterließ, nicht das Recht zustehen sollte, das liebe, schöne Geld, welches er gesammelt hatte, nach seinem Tode einem Freunde zuzusichern, sondern daß diese Reichthümer in den öffentlichen Schatz kommen sollten. Diese Motion bewies genug, wie sehr man jetzt das Privat-Interesse vom allgemeinen trennte. Wirklich wurden die *Er-*

laubniß zu testiren und die Rechte der Seiten-Verwandten auf den Nachlaß eines Menschen, der ohne Testament starb, fest gesetzt, und dieß öffnete dann den Weg, durch Schmeicheley Erbschaften zu erschleichen, gab reichen Leuten Gelegenheit, ihre ärmern Verwandten zu tyrannisiren, brachte Eigennutz in die ehlichen Bündnisse, machte, daß die Leute anfingen, sich in ihrer Verwandten häusliche Geschäfte und Ehestands-Sachen zu mischen, und da der Staat nun nicht mehr Gelegenheit hatte, durch Verschenkung solcher heim gefallenen Güter an Aermere eine gewisse Gleichheit der Vermögens-Umstände herzustellen; so wurden einige Stämme durch Erbschaften ungebührlich reich.

Das waren die ersten und natürlichsten Folgen welche die Schätze, die man der Erde entlockt hatte, sodann der Geld-Umlauf, *der inländische Handel*, und die dadurch entstandne große Verschiedenheit unter den Vermögens-Umständen in Abyssinien nach sich zogen. *Der ausländische Handel* aber bewirkte, außer allen diesen, noch weit wichtigere Revolutionen, wovon ich jetzt reden will.

Der Verkehr mit den benachbarten Nationen erzeugte *den Luxus*, machte die Abyssinier mit Annehmlichkeiten und Gemächlichkeiten des Lebens bekannt, die ihnen bis dahin fremd gewesen waren, und die, nachdem sie dieselben ein Mahl geschmeckt hatten, ihnen bald zum Bedürfnisse wurden. Sie lernten die Zubereitung betäubender, *starker Getränke*, den Gebrauch langsam vergiftender *Gewürze*, Nerven kitzelnder Opiate, des *Tobaks*, des *Rauchwerks* und balsamischer *Wohlgerüche*. Die durch den Handel reich gewordnen Leute fingen an, einen Asiatischen *Aufwand in ihrem Hausrathe*, in ihrer Kleidung zu machen, schliefen des Nachts auf weichen Betten, wälzten sich bey Tage auf seidnen Polstern. *Die starken Körper wurden entnervt*; da erwachte eine Menge unmäßiger Begierden, heftiger Leidenschaften — Grillen, Launen, Kränklichkeit, kurz! *Verderbniß der Sitten*. Herabwürdigung an Leib und Seele waren die sichern Wirkungen dieser weichlichen, wollüstigen Lebensart. Hohe Tugenden schliefen; der Nerv zu großen Thaten wurde gelähmt; Einfalt, häusliche Glückseligkeit, unschuldige Freuden, Kindersinn, Treue, herzliche Hingebung und froher, reiner Genuß verschwanden.

Da die Bedürfnisse immer mannigfaltiger wurden, und die Preise der Lebensmittel stiegen, so bedurfte nun jedermann mehr als bisher; reich zu seyn wurde also täglich wichtiger, nöthiger; denn einfach, mäßig und weise seyn, hieß nun schon: sich etwas versagen; arm zu seyn, kein Geld zu haben, war eine Art von Schimpf; der Wohlhabende wurde geschmeichelt, geehrt, um von ihm zu ziehen, der Dürftige zurückgesetzt, verachtet; persönliches Verdienst kam nicht mehr in Anschlag; Eigennutz war die große Triebfeder und man erlaubte sich, um reich zu werden, alle, auch die niedrigsten, schiefsten Mittel und Wege.

Der Reiche wollte nun nicht mehr arbeiten, hatte für nichts Sinn, als für Genuß. Um sich her versammelte er einen Haufen bezahlter Schmeichler und Gaukler, die ihm die Zeit vertreiben halfen. Der *Müssiggang* erzeugte theils neue Laster und Thorheiten, theils gab er Gelegenheit zu Erfindung und Vervollkommnung *der schönen Künste*. Der Mißbrauch derselben machte nun vollends weibisch, erhitzte die Phantasie, erregte die Begierden. Bald war der Geist der ganzen Nation nur für Kleinigkeiten, Thorheiten, Spielwerke empfänglich. Witz galt mehr als gesunde Vernunft; Bombast in Worten mehr, als nüchterne Weisheit. Die Sinne wollten ohne Unterlaß gekitzelt seyn. Man entfernte von sich alles, was Anstrengung, Ernst, Ausdauern erforderte, und sehnte sich nur nach dem Genuß des Augenblicks; floh alles, was unangenehme Eindrücke machte, lebte und webte in immerwährendem sinnlichem Taumel und haschte nach Idealen.

Jetzt entstanden eine große Menge neuer Verhältnisse, Conventionen, Umgangs-Regeln, leere Complimente, wobey man nichts dachte, unnütze Geschäfte, um die Zeit zu tödten, *gesellschaftliche Vergnügungen von alberner Art*; und jemehr man darauf studierte, seinen Genuß zu vervielfältigen, um desto weiter floh die wahre, reine Freude; und *lange Weile*, die man ehemahls nie gekannt hatte, nagte an den friedenlosen, von tausend unbestimmten, thörichten Wünschen und Unruhen in Tumult gebrachten Herzen.

Der Reiche mißbrauchte das Uebergewicht, welches er über den Armen hatte, den er nur geschaffen glaubte, um seinen Lüsten und Phantasien zu frohnen; und dieser, der auch corrumpirt war und tausend Bedürfnisse hatte, die ihn von Jenem abhängig machten, trug sclavisch sein Joch, und beschäftigte sich nur mit listigen Planen auf den Geldbeutel des dümmern Reichen.

Wer hatte aber ein größeres Recht über Alle, als der Fürst? Er hatte die Mittel in Händen, reicher als jemand im Lande zu werden; er wurde also auch üppiger und wollüstiger als Einer; er wurde mehr als Einer durch Schmeicheley verderbt. Er, in dessen Händen die Staats-Casse war, hatte mehr als Einer die Macht, die Aermern zu drücken, die Lebensmittel zu vertheuern und auf alle wirkliche und eingebildete Bedürfnisse seine schwere Hand zu legen. Auch that er das, und die Menschen, die sich zu Sclaven ihrer Begierden gemacht hatten, mußten nun wohl die Sclaven dessen werden, der Gewalt hatte, diese thörichten Begierden zu befriedigen, oder nicht. Der genügsame, mäßige, gesunde Mann findet aller Orten Freyheit und Vaterland; der schwache Wollüstling lebt in ewiger Knechtschaft von Innen und Außen. *Luxus und Corruption wurden die ersten Grundpfeiler des Despotismus.* Das entnervte Volk fühlte nicht nur die Fesseln nicht, die es sich geschmiedet hatte, sondern, da es auch durch den Handel mit Völkern in Verbindung gekommen war, bey denen der Despotismus schon größere Fortschritte gemacht hatte; so veränderten sich auch nach und nach ihre Ideen von den Verhältnissen zwischen Fürsten und Nation so sehr, daß sie sichs für eine Ehre hielten, einen eben so unumschränkten, in eitler Pracht glänzenden Monarchen auf ihrem Nacken sitzen zu haben, als ihre Nachbarn, die Völker Nubiens. In dieser Periode nahm denn auch das Oberhaupt der Abyssinier *den königlichen Titel an, oder den Titel des großen Negus.*

Eilftes Kapitel.

Bruchstücke aus der neuern Geschichte Abyssiniens.

Wir haben gesehen, wie nach und nach sich das Familien-Regiment an der Hand der Zeit, durch natürliche Revolutionen, in eine republicanische, dann in eine monarchische Form ummodelte, und endlich in unbegrenzten Despotismus ausartete. Allein bis jetzt wurde von Seiten des Königs dabey nicht eigentlich planmäßig zu Werke gegangen; doch bald kam es auch dahin, daß der Despotismus in ein System gebracht wurde. Aus dem vorhin erzählten läßt sich leicht schließen, daß die Menschen, welche der König um sich her versammelte, eine Rotte nichtswürdiger, sclavischer Schmeichler ausmachten; denn die, deren Herz und Sitten noch unverderbt waren, flohen den Hof, welcher der Sitz der Schwelgerey, der Ueppigkeit und des Müssiggangs geworden war. Jene aber verführten den Despoten zu immer größern Ausschweifungen, Inconsequenzen, Thorheiten und zu dem Mißbrauche seiner Gewalt. Die Schlauesten unter ihnen wurden seine *Lieblinge*, gaben ihm Anschläge, wie er es anfangen müßte, der Nation noch den letzten Schatten von Freyheit zu rauben, und indem sie ihm behülflich waren, die unumschränkteste Gewalt in seine Hände zu legen, regierten sie den Despoten und suchten sich auf Kosten des Staats zu bereichern.

Nun wurden alle Bedienungen mit den *Creaturen* der Lieblinge besetzt, Besoldungen und Jahrgelder an Unwissende und Bösewichte ausgetheilt; Parteylichkeit, Ungerechtigkeit und Bestechung herrschten in allen Departements. Man gab *willkührlich Verordnungen und Gesetze*, deren eines dem andern widersprach, verhing gegen die Uebertreter derselben *Strafen*, die nicht im Verhältnisse mit den Verbrechen standen, und die man nach Gutdünken, *erschwerte, minderte oder nachließ*. Freygeborne Menschen wurden wie Sclaven *am Leibe* bestraft, ja! endlich sogar *am Leben*.

In den Befehlen, welche der König gab, las man nun die Ausdrücke: *Gnade, unterthänigste Befolgung* und mehr solcher empörenden Phrasen. Man sprach von der *Heiligkeit der Person* des Monarchen, von *Majestät* und dem Verbrechen der *beleidigten Majestät*.

Rechte, die jedem freyen Manne zukommen, zum Beyspiel, die wilden Thiere auf dem Felde, die Vögel in der Luft zu schießen, und die Fische im Wasser zu fangen, erklärte man für *Regalien*, oder beschenkte nichtswürdige Günstlinge mit diesen Befugnißen.

Auch Handel und Gewerbe blieben nicht frey. Man ertheilte *Privilegien, Monopolia, Exemtionen* von gewissen Verordnungen, an einzelne Personen, und hielt es nicht für Pflicht, noch der Mühe werth, der Nation *andre Ursachen* für dieß alles anzugeben, *als daß es Seiner Majestät gnädig gefallen habe, es also zu verordnen.*

Um jedoch irgend einen Schein anzunehmen, als wenn diese abscheulichen Eingriffe in die Rechte der Menschheit und der gesunden Vernunft mit Beystimmung des Volks geschähen, versammelte man noch ein Mahl die Repräsentanten der ganzen Nation; allein man wußte, durch Bestechungen, Verheissungen und Drohungen die *Wahl dieser Repräsentanten so zu lenken*, daß nur sclavische und unwissende Menschen sich dort versammelten und alles billigten, was der Despot vorschlug.

Der König bauete sich eine große, prächtige Stadt, die Axum hieß, jetzt aber nicht mehr die *Residenz* ist, seitdem Gondar gebauet worden. Dort lebte er in Asiatischem Puppenglanze, von seinen Sclaven umgeben. Man veranstaltete daselbst das ganze Jahr hindurch *Feste, Schauspiele und Feyerlichkeiten*, welche die Augen des Volks blendeten, die Sinne reitzten, die Vernunft übertäubten und *von ernsthaften Betrachtungen ableiteten.* Da tanzte und spielte man die Grillen weg, und umwand sich die Sclavenketten mit Rosen.

Allein noch gab es eine Anzahl fester, von der allgemeinen Corruption weniger angesteckten Männer, die endlich des Unwesens müde wurden, sich laut und kräftig den Tyranneyen und Bedrückungen widersetzten, und sich weigerten, willkührliche, thörichte und verderbliche Verordnungen zu befolgen. Die Besitzer nähmlich der größern Güter, die Häupter der Stämme, die des Hofs nicht bedurften, nach keinen Pensionen angelten, keine Bedienungen suchten, sondern fern von der Residenz, auf dem Lande lebten, und sich, wie billig, als Mitregenten und Stellvertreter ihrer ärmern Nachbarn ansahen, hielten lange Zeit dem Despotismus die Stange. Dieß war der eigentliche *Adel des Reichs*. Es war eine mächtige Partey, die man schonen mußte; und wirklich sah sich der Despot gezwungen, einige seiner Verordnungen zurück zu nehmen, um einem allgemeinen Aufruhr vorzubeugen. Freylich wurden viele von ihnen auch nach und nach des ewigen Protestirens müde, liebten die Ruhe, und ließen manches geschehen, was grade nicht unmittelbar sie und ihre Unterthanen traf; doch blieb diese Partey noch immer mächtig genug, um den Despoten in die Nothwendigkeit zu setzen, auf andre Mittel zu denken, sich auch diesen Stand unterwürfig zu machen. Hierzu nun bediente man sich schlauer Kunstgriffe. Man ertheilte einigen von ihnen wichtige Bedienungen, *lockte sie in die Residenz*, verführte ihre Kinder, erweckte in ihnen den Hang zur Pracht, zu eiteln Vergnügungen, zum Flitterstaate. Da ließen sie nun ihre Besitzungen in den Händen eigennütziger Verwalter und Pächter, verzehrten, was ihnen diese gaben, in der Stadt, richteten sich durch unnützen Aufwand zu Grunde und verarmten. Als man viele so weit gebracht hatte, schoß man einigen Geld vor, und machte sie dadurch abhängig vom Hofe. Andern that man den Vorschlag, gegen gewisse Summen, die man ihnen schenkte, ihre Güter für ein Eigenthum des Königs zu erklären und sie von ihm *zu Lehn* zu nehmen. Wenn die Familien ausstarben, ertheilte man diese Lehne an Creaturen des Hofs. Man reitzte die Eitelkeit von andern, erfand unnütze Hof-Bedienungen, Titel und dergleichen, die man ausschließlich dem Adel zusicherte, maßte sich das Recht an, diesen *Adel zu ertheilen und erblich werden zu lassen.* Man gewöhnte die Menschen Werth auf kleine, elende *äußere Auszeichnungen* zu legen, auf Bänder und Ketten, die man ihnen umhing, auf gewisse Kleidungen, die man ihnen zu tragen erlaubte, auf Stellen, die einen gewissen Rang gaben. Da rissen sich dann die Leute um die Ehre, dem Könige den Sonnenschirm nachtragen zu dürfen, oder den Schlüssel zu seinem heimlichen Gemache in Verwahrung zu haben, ihm die Braten zu zerlegen, seine Livree zu tragen, ihm die Schuhe küssen, und dann *wieder seine eignen Knechte zu ähnlichen niederträchtigen Diensten zwingen zu dürfen.* Diese Vorrechte aber wurden nur dem Adel ertheilt, und die Idee, daß hierin wirklich wahrer Werth beruhe, ging unmerklich in alle Stände über; jeder rang darnach, ein Aemtchen, wobey er müssig gehen konnte, ein Titelchen, einen Adelsbrief, oder dergleichen zu erhaschen. Nun fehlte es dem Despoten nicht an Mitteln, das Volk zu fesseln, und der Adel, welcher ehemahls eine Vormauer gegen die Eingriffe des Tyrannen gewesen war, wurde nun das *Werkzeug zu gänzlicher Unterjochung der Nation.*

Seitdem der König sich das Recht zu verschaffen gewußt hatte, nach Belieben seine Einkünfte zu vermehren, die Staats-Cassen als die seinigen anzusehen, Lehne einzuziehen, Regalien zu erfinden etc. war er freylich sehr reich geworden; allein der ungeheure Luxus, welcher am Hofe herrschte, die Verschwendung aller Art und dabey die unordentliche und betriegerische Verwaltung der Staats-Einkünfte, erschöpfte doch die Cassen. Davon war nun gar nicht mehr die Rede, daß man dem Volke Rechnung von Verwendung der Gelder thun müsse. Dem Könige war jedermann Rechenschaft schuldig; er niemand. Allerley neue Regalien, die man erfand, Handlungs-Operationen, neue

Anlagen von Bergwerken, Marmor-Gruben, Zölle, Geld-Strafen und viel andre Mittel hatte man schon versucht; doch war man noch nicht so kühn gewesen, das bestimmte Privat-Vermögen der Unterthanen unmittelbar anzugreifen, und sie mit Auflagen zu belästigen; jetzt kam auch daran die Reihe. Man forderte Abgaben, Steuern; um aber gegen alle Widersetzung sicher zu seyn, befreyete man den Adel und andre Stände, die Einfluß auf das Volk hatten, von diesen Steuern, und wälzte die ganze Last derselben *auf den ärmern Theil der Nation*, der nun, um das Geld herbey zu schaffen, wovon Müssiggänger, Hofschranzen, Geiger, Pfeifer und Huren besoldet wurden, vom frühen Morgen bis spät in die Nacht, im Schweisse seines Angesichts arbeiten mußte. Da verlor dann der niedergebeugte Unterthan allen Muth, allen Lebens-Genuß, alle Hoffnung ein wenig wohlhabender zu werden, für seine Kinder etwas zu sammeln. — Ja! man fing an, genau zu berechnen, *wie viel man dem Bauer erlauben dürfe, zu besitzen; wie viel man ihm jährlich, von seinem eignen, selbst erworbnen Vermögen lassen dürfe, ohne daß er übermüthig würde, das heißt: ohne daß er fühlte, daß er ein Mensch wäre, und damit er doch auch nicht verhungerte, auch Kräfte genug behielte, um wieder so viel herbey zu arbeiten, als man ihm im folgenden Jahre nehmen wollte.*

Dabey herrschte in der Residenz und in den übrigen Städten das *allgemeinste Verderbniß der Sitten.* Die unnatürlichsten, unmenschlichsten Laster wurden öffentlich getrieben; man rühmte sich seiner Verbrechen; die abscheulichsten Ausschweifungen zu begehen, das gehörte zu dem Ton der großen Welt. Von den schändlichsten Krankheiten wurden ganze Familien angegriffen. Man erreichte nicht mehr die Hälfte des ehemahls gewöhnlichen Menschenalters; häusliche Glückseligkeit, Treue und Glauben, Menschenliebe und Gesundheit fand man nur in den Hütten der Armen.

Die Vornehmen hielten sich berechtigt, nicht unter dem Zwange der Gesetze zu stehen, und konnten sie sich ihnen auch nicht ganz entziehen, so war doch mit einer Hand voll

Geld alles wieder gut zu machen, und es gab andre Strafen *für den Reichen, als für den Armen, andre für den Edelmann, als für den Bauer*. Wenn dieser ein Jagd-Thier schoß, so wurde er lebendig gespießt; wenn jener einen Knecht tödtete, so wurde er zu einer mäßigen Geld-Buße verurtheilt. — *Ein Gesetz aber, dem der König unterworfen gewesen wäre, gab es gar nicht.*

Nun wirkten in allen Ständen nur drey Triebfedern zu allen Handlungen: Eitelkeit, sinnlicher Genuß und Geldgier. Um Gewinst war es dem Richter bey Verwaltung der Justiz zu thun. *Gerechtigkeit wurde eine Wissenschaft*; die Menge der unbestimmten, schwankenden, sich widersprechenden Gesetze erforderte bey jedem einzelnen Falle eine besondere Auslegung. Man stellte *Sachwalter* an, welche die Kunst, diese Gesetze auf allerley Seiten zu drehen, zu einem eignen Studium machten. Gesunde Vernunft, und klare, kurze mündliche Darstellung wurden aus den Gerichtshöfen verbannt. Die einfachsten Processe wurden Jahre lang herum gezerrt, bis beide Parteyen so viel an Gerichtsgebühren und Proceßkosten ausgegeben hatten, als der ganze Gegenstand des Streits werth war. Falsche Beredsamkeit, Bestechung, Gunst und Chicane lenkten das Urtheil zu ihrem Vortheile.

Der für die Menschheit so wohlthätige *Stand eines Arztes* verlor nicht weniger, als der des Richters, von seiner Würde. Zu ihm durfte nicht mehr der Arme seine Zuflucht nehmen, wenn der Tod drohete, sechs unmündige Kinder zu Waisen zu machen, die, so bald sie ihrer einzigen Stütze, ihres Vaters, beraubt wurden, von dessen Erwerbe sie lebten, betteln mußten; sondern der Arzt war nun nur für reiche Kranke sichtbar. Wie sollte er es anfangen, wenn er mit seiner Familie leben, und was man nennt anständig leben wollte? Und anständig, das heißt: mit einigem Aufwande, mußte er leben, wenn es ihm um Praxis zu thun war, denn sonst nannte man ihn den Bettel-Doctor, und niemand vertrauete sich ihm an; denn, wenn der Kerl etwas verstünde, sprach man, so würde er nicht so armselig leben müssen. Der Staat besoldete ihn nicht; also mußte er sich bey den Großen und Reichen einzuschmeicheln suchen, des Morgens seine theure Zeit bey ihnen verlieren, um ihre Klagen über eingebildete, oder solche Uebel anzuhören, die sie sich selber durch Unmäßigkeit zugezogen hatten. Aber er mußte auch dabey ein Schmeichler, ein angenehmer Gesellschafter seyn, mußte Stadt-Anecdoten zu erzählen wissen. Seine Arzeneyen sollten leicht und angenehm zu nehmen, durften nicht zu wohlfeil seyn, und da man immer nach neuen, unerhörten Dingen haschte, so mußten seine Methoden auch neu seyn, oder wenigstens neue Nahmen haben. Er durfte keine strenge Diät vorschreiben, und das Publicum mußte einige glückliche Haupt-Curen von ihm zu erzählen wissen. Da war denn keine Art von Charlatanerie, zu welcher sich die Söhne Aesculaps nicht herab ließen, um Geld in ihren Beutel zu spielen, ihre Amtsbrüder herab zu würdigen und sich zu erheben. Bey den unbedeutendsten Uebeln schüttelten sie bedächtlich den Kopf, um nachher ihre Mühe und ihr Verdienst desto theurer anrechnen zu können; gegen eine Unpäßlichkeit, die durch das einfachste Mittel, vielleicht nur durch Lebensordnung, zu überwinden war, zogen sie mit ganzen Heeren von Quacksalbereyen zu Felde. Sie suchten Einer den Andern zu verleumden und zu verfolgen, statt brüderlich in Gemeinschaft zu arbeiten, um ihre Kunst auf feste Grundsätze zu bringen. Sie verkauften Arcana, Wunder-Essenzen, von deren Nichtigkeit sie selbst überzeugt waren; sie machten an armen Leuten allerley Proben von Curarten, und erhoben die, an welchen die wenigsten Schlachtopfer starben, als neu erfundne, unfehlbare Heilungsmittel. Da herrschten dann allerley Moden in der Arzeneykunst, und was man in diesem Jahre in einer Krankheit für Gift hielt, wurde im folgenden als ein unfehlbares Mittel in derselben Krankheit angepriesen.

So wie mit der Heilkunde, so ging es auch mit den *übrigen Wissenschaften*. Die Begierde zu allem, was unbekannt, wunderbar, unerhört war, brachte eine Frivolität, Bizarerie und Neuerungssucht in alle Fächer, die der wahren Gelehrsamkeit unendlichen Schaden thaten; und da ernsthaftes

Nachdenken über denselben Gegenstand lange Weile machte, so wurde alles nur oberflächlich behandelt, von der lustigen Seite angesehen. — Witz und Persiflage spielten den Meister über gründliche Darstellung; man bezahlte sich mit wohl klingenden Worten, ohne Sinn, und ernsthaftes Studium; Bestimmtheit in Begriffen und Ausdrücken, hieß Pedanterey. Jedermann wollte *alles wissen*, um von allem reden, über alles lachen zu können; ein Mann, der nur in Einem Fache groß war, galt für einen beschränkten Kopf. Der Stutzer plauderte über Staatswirthschaft; in dem Zirkel um den Nachtstuhl einer Dame her, wurden philosophische Probleme aufgelöset. Comische Gegenstände wurden metaphysisch; wichtige, der ganzen Menschheit interessante Materien, in Marionettenspielen abgehandelt. Man prägte neue Worte für Dinge, womit man gar keinen Begriff verband; man appellirte an das Gefühl, wo die Vernunft zu ungeschmeidig war, sich von der Phantasie nicht wie ein Freudenmädchen wollte behandeln lassen. Man schwätzte, wo man wirken sollte; man spannte ohne Unterlaß die *Einbildungskraft* an, interessirte sich für eine *Ideenwelt*, indeß man in der wirklichen alles gehen ließ, wie es ging. Man fand Genuß, Wonne darin, nie aus einem *fieberhaften Zustande* zu kommen, und machte sich eine Ehre daraus, an Leib und Seele *kränklich* zu scheinen. Männliche, ernste *Beredsamkeit* verwandelte sich in zierlichen, schallenden Wortprunk; die *schönen Künste* arbeiteten nur zu dem Zwecke, die Nerven zu kitzeln; die Dichter feuerten nicht mehr durch erhabne, geistreiche Gesänge zu großen Thaten an, sondern sangen im Posaunenton das Lob der Großen und Reichen, beleyerten unwichtige, kleine Gegenstände, oder erhitzten durch üppige Bilder die Einbildungskraft feuriger Jünglinge und geiler Schwelger; und als auch dieß Gewürz den Gaumen nicht mehr kitzelte, suchte man durch Darstellung riesenmäßiger Zauber-Scenen und schändlicher Gräuel, die verwöhnten, immer nach unerwarteten Eindrücken schnappenden Herzen aufzurühren. Eine natürliche, gesangvolle Melodie ermüdete die Ohren; man forderte ein Gewühl von Tönen. Ein einfacher Plan, kunstlos, mit Wahrheit und Würde ausgeführt, machte lange Weile; man forderte Verwicklung, Ueberspannung, buntes Guckkasten-Spiel.

Zwölftes Kapitel.

Fortsetzung des Vorigen.

Dahin war es in allen Classen der Bürger in den Städten gekommen, indeß das Landvolk zum Theil noch unverderbt war, als ein neuer Einfall der Nubier in das Abyssinische Land, den großen Negus zwang, in Eil ein *Kriegsheer* zusammen zu bringen; allein jetzt war dieß mit mehr Schwierigkeiten verknüpft, als in den goldnen ältern Zeiten, wo jeder Abyssinier, voll Wärme für das Wohl des Ganzen und für die Ehre der Nation, zu Rettung des Vaterlandes herbey eilte. Es fanden sich so viel Ausflüchte um nicht ins Feld zu gehen; nothwendige Geschäfte zu Hause, Kränklichkeit des Körpers etc. Zu einem üppigen, weichlichen Leben gewöhnt, erschütterte der Gedanke an die Beschwerlichkeiten des Kriegs und die Gefahr des Todes, besonders den Adel und die Städte-Bewohner so sehr, daß unter Zehn nicht Einer mit wollte. — Ja! Mord und Todtschlag auf dem Theater zu sehen, das ist recht unterhaltend, und man meint, das zeige Stärke und Muth an, den Anblick solcher fürchterlichen Scenen ertragen zu können; aber in natura — nein das ist nichts!

Nun! endlich kam denn eine Art von Armee zu Stande; allein da ging es wieder an ein Cabaliren um die Anführer-Stellen. Daß die adeligen Herren allein sich in den Besitz derselben setzen wollten, verstand sich von selber; aber auch unter diesen gönnte keiner dem andern die Ober-Befehlshaber-Rolle. — Die gesunden, nervigen Landleute verachteten ihre weichlichen, feigen Anführer, welche ganze Serails von Metzen, ganze Waarenlager voll starker Getränke, einen unzählbaren Troß von unnützen Bedienten, Fuhrwerken, Tragsesseln, Lastvieh, Küchengeräthe, Lebensmittel, Garderoben und Toiletten mit sich herum schleppten. Man gehorchte also solchen weibischen Anführern theils gar nicht, theils ungern. Diese Elenden hingegen waren immer unter sich durch Neid getrennt, wollten keiner dem andern den Sieg gönnen, hatten auch überhaupt nicht viel Lust zu entscheidenden Schlachten. — Aber focht denn nicht der König an ihrer Spitze, gab Beyspiele von Muth, Entschlossenheit, Ueberwindung aller Gefahren, Beschwerden und Schwierigkeiten? — Nein! der große Negus besuchte in der Residenz die Schauspiele, ließ sich da Schlachten liefern, die kein Blut kosteten, schwelgte mit seinen Weibern, und sprach von den prächtigen Triumphen, die er halten wollte, wenn sein damahliger Liebling, der Ober-Küchenmeister, dem er die Armee anvertrauet hatte, die Feinde würde geschlagen haben.

Zum Glücke hatten es die Abyssinier mit einem eben so verderbten, ausgemergelten Volke zu thun, als sie selber waren. Da gab es denn ungeheure Zurüstungen zu kleinen Vorfällen, Märsche hin und her, Prahlereyen von beiden Seiten, wenn ein kleines Corps ein Mahl mit dem andern handgemein geworden war; aber dagegen desto mehr Plünderungen, Städte- und Länder-Verwüstungen, Nothzüchtigungen, Ermordung von Weibern und Kindern — denn wer ist grausamer, als der Feige? — Das Ende vom Kriege war ein Frieden, in welchem alles auf dem vorigen Fuß blieb, bis auf den Ruin so vieler unschuldigen Familien, die das Unglück gehabt hatten, durch diese Helden ihre ehemahls so blühenden Fluren in Einöden verwandelt zu sehen.

Die Beschwerlichkeiten dieses Kriegs nun und die Schwierigkeit, ein Heer dazu zusammen zu bringen, führte den großen Negus und seine Rathgeber zuerst auf den Gedanken, ein *stehendes Heer* zu errichten. Dieß sollte nicht nur immer in Bereitschaft seyn, *gegen den Feind* zu Felde zu ziehen, sondern auch *rebellische Unterthanen*, die sich unterstehen würden, den allergnädigsten Verordnungen ihre unterthänigste Befolgung zu versagen, zu Paaren treiben, endlich auch für die *innere Sicherheit des Landes* sorgen, indem nun bey immer zunehmendem Luxus und allgemeiner werdenden Corruption, Diebstahl, Straßenraub und Mord, trotz aller Todesstrafen, täglich mehr einrissen. Daß übrigens der Bürger und Bauer dafür, daß er, bey der Gefahr, die dem Vaterlande drohete, ruhig zu Hause bleiben konnte, den Soldaten, der für ihn in das Feld ging, im Kriege und Frieden bezahlen mußte, das verstand sich von selber.

Sonderbar war in der That der Gedanke, auch aus dem Soldaten einen eignen Stand zu machen, gewisse Leute dafür zu bezahlen, daß sie sich für die andern todt schießen lassen und ihr Leben eines Streits wegen aufs Spiel setzen sollten, dessen Gegenstand sie auf keine Weise interessirte. Wer diese Einrichtung nicht schon längst in unserm civilisirten Europa zur Wirklichkeit gebracht gesehen hätte, der sollte es fast nicht glauben, daß es Menschen geben könnte, die sich zu so etwas verleiten ließen, ja! eine Ehre darin suchten, und das Tapferkeit nennen könnten, wenn man da nicht fortläuft, wo man — nicht fortlaufen kann. Doch das gehört ja nicht hierher. Genug! es wurde in Abyssinien ein Heer errichtet, und wir müssen doch hören, wie.

Zu Anführern wurden, wie man denken kann, die Söhne der Vornehmen genommen, und weil diese in der That nicht immer die Tapfersten waren, und man sie auch nicht übermäßig für ihre Dienste belohnen konnte; so mußte man andre Ressorts erfinden, um sie zu bewegen, sich durch kühne Thaten auszuzeichnen. Man fand diese Ressorts in der thörichten Eitelkeit der Menschen, in ihren falschen Begriffen von Ehre, von Rang und in ihrer Albernheit, auf kleine Auszeichnungen, auf Bänder, Kleidung, Lob und dergleichen Werth zu setzen. Man gab dem ganzen Heere einerley Kleidung zu tragen, der König selbst erschien in diesem Gewande, und man legte einen hohen Werth darauf, im Kriegsrocke einher gehen zu dürfen, diesem Rocke Ehre zu machen und keine Beschimpfung zu ertragen, wenn man ihn am Leibe hatte. Der nützlichste Mann im Staate, der Handwerker, durfte es nicht wagen, sich mit einem Trommelschläger in Eine Classe zu setzen. Schimpfwörter, die man in Uebereilung gegen jemand auszustoßen pflegt, durfte der, auf innere, wahre Ehre stolze Bürger großmüthig verzeihen; der Kriegsmann mußte sich mit Blute rächen. Der Officier, der in der Schlacht seine Pflicht that, wurde durch ein Bändchen, oder ein andres kleines Angehänge, daß man ihm zu tragen erlaubte, belohnt. Man verzieh dem Soldatenstande leichtsinnige Uebereilungen, Unsittlichkeiten, Ausschweifungen, rauhes Betragen und Unwissenheit, weßwegen Menschen in andern Ständen verachtet und geflohen wurden. — Und so hatte denn der Stand eines Officiers, neben dem Müssiggange, in welchem er den größten Theil seines Lebens zubringen konnte, für Leute mancher Art viel Reitz. Ein solcher rückte denn auch nach und nach von Stufe zu Stufe weiter, wo er immer etwas besser besoldet, mehr geehrt, mehr geschmeichelt wurde; und war er alt, kränklich, oder im Kriege verstümmelt, so konnte er sich mit einer mäßigen Pension in Ruhe setzen. Die Schwierigkeit, in andern Ständen sich durch Cabalen und Hudeleyen mancher Art bis zu einer Stelle hindurch zu arbeiten, die in diesen theuern Zeiten eine Familie ernährte, bewog denn auch würdige und edle, aber arme Männer, Officier zu werden, weil sie doch dadurch eine kleine, aber sichre, mit äußerer Ehre verknüpfte Versorgung erhielten, und weniger Chicanen ausgesetzt waren.

Das alles fand aber nur bey den Officiern statt; mit den *gemeinen Soldaten* sah es ganz anders aus. Schlecht bezahlt, dürftig gekleidet, mager gespeiset, ohne Hoffnung weiter fortzurücken, und mit der Aussicht, wenn sie einst Krüppel, oder sonst zum Dienste unfähig würden, fortgejagt und Bettler oder Räuber zu werden, und dabey in sclavischem Zwange lebend, außer Stande, sich durch Tapferkeit Ruhm zu erwerben, wollte kein arbeitsamer Mensch gutwillig sich diesem Stande widmen. Es mußten daher andre Mittel gewählt werden, die Armee vollzählig zu machen. Taugenichts und Vagabonden, die durch den Reitz eines zügellosen, müssigen Lebens herbey gelockt wurden, ließ man die Waffen tragen; bessere Menschen wurden theils mit Gewalt, theils durch List angeworben. Man übte sie in den Waffen, das heißt, da man jetzt auf persönliche Tapferkeit im Kriege nicht mehr rechnen durfte, so lehrte man sie, gehen und kommen, schießen und sich todt schießen lassen, so oft ihnen der Wink dazu gegeben wurde. Mit fürchterlichen Schlägen wurden die Widerspenstigen und Ungeschickten zu diesen mechanischen Uebungen abgerichtet; die *strengste Unterwürfigkeit*, der pünctlichste Gehorsam eingeführt, das kleinste Verbrechen, das geringste Murren auf die abschreckendste Weise bestraft; jeder Officier übernahm die Unterjochung einiger solcher Leute. Die Schlechtern unter diesen hatten nicht den Muth, sich der unmenschlichen Tyranney zu widersetzen; die Bessern wurden nach und nach des Jochs gewöhnt, und wußten nicht, ob sie sich bey einer Empörung auf die Mitwirkung ihres Nebenmannes verlassen konnten; als Bauern zu Hause war auch nicht viel Glück und Freyheit für sie, — da wurden sie von den Beamten geschunden; und so erhielt und befestigte sich dann — in der That ein Wunder der Menschheit! — eine Maschine, in welcher viel tausend Unzufriedne und Unglückliche sich auf den Wink eines Einzigen zu Handlungen bestimmen ließen, die gänzlich gegen ihre Neigung, gegen Billigkeit, gegen Vernunft und Natur waren, ohne jedoch zu murren, ohne die Rechte der freyen Menschheit zu reclamiren, ohne empört zu werden von dem entehrenden Schauspiele, dem wahren Sinnbilde des Despotismus, *wenn sich ein ehrwürdiger Greis unter den Schlägen von der Hand eines Knaben krümmen mußte.*

Nun wurde die Kunst, Menschen von der Erde zu vertilgen, in ein System gebracht, und man sahe auch in Abyssinien ein, daß nicht mehr die Tapferkeit, sondern das, was man *Kriegskunst* nennt, das Glück der Feldzüge entscheide. Es kam darauf an, die Maschine, welche man aus vernünftigen Wesen, denen man den freyen Willen geraubt, zusammen gesetzt hatte, mit größrer Behendigkeit und Schnelligkeit zu bewegen, als der Feind, um über diesen den Meister zu spielen. Feuergewehr hatten die Abyssinier schon längst über Arabien her bekommen; ein Jesuit (denn jetzt rede ich schon von den neuern Zeiten, von der Regierung der letztern drey Könige) lehrte sie, den besten, schnellsten und gleichförmigsten Gebrauch von diesen Waffen machen, und führte sie selbst im nächsten Kriege an, der entscheidend zum Vortheile der Abyssinier ausfiel, und eine Menge Nubischer Könige dem großen Negus zinsbar machte.

Auf diese Zeiten folgte ein langjähriger Frieden, während welchem die Soldaten Anfangs unthätig in den Städten lagen. Viele von ihnen waren eingeborne, mit Gewalt aus dem Schoße ihrer Familie, von nützlicher Arbeit weggerissene Bauern- und Bürger-Söhne. Mit reinen Sitten waren sie zum Theil zum Heere gekommen; jetzt wurden sie von den Uebrigen *zu allen Arten von Lastern verführt*, die durch sclavische Behandlung, Müssiggang und böses Beyspiel erzeugt und genährt werden. Von ihrem geringen Solde konnten sie in der Residenz nicht leben; ein jeder half sich so gut er konnte, und trieb nebenher irgend ein, mit unter sehr unedles Gewerbe, um Brot zu haben. Wer Verwandte auf dem Lande hatte, dem brachten diese Nahrungsmittel in die Stadt; und nicht genug, daß man den Vater seines Sohnes beraubt hatte, der ihm in der Arbeit beystehen konnte, mußte er diesem noch oben drein seinen kleinen Vorrath zutragen. Die Schwestern und Geliebten der jungen Krieger kamen bey dieser Gelegenheit häufig in die Residenz, wurden von dem Flitterglanze geblendet, verführt und nicht selten von ihrem eignen Bruder vornehmen Wollüstlingen in die Hände geliefert. Andre Soldaten erhielten Erlaubniß, auf gewisse Zeit bey ihren Verwandten in den Provinzen sich aufhalten zu dürfen; dann brachten sie alle Stadt-Laster mit hinaus auf das Land; und so wurde denn *durch die stehenden Heere die Corruption auch in den Strohhütten verbreitet und Einfalt der Sitten und Unschuld verschwanden aus allen Ständen.*

Damahls kam ein Negus zur Regierung, der sich gern auf wohlfeile Weise einen großen Nahmen machen wollte. Er bekam Lust, ein wenig Krieg zu führen und fremde Provinzen zu erobern. Die Armee war da, war ein Mahl bestimmt, sich zur Schlachtbank führen zu lassen, wohin man wollte. Der oben schon rühmlichst genannte Jesuite bewies Sr. Majestät nicht nur, daß die Könige dazu ein Recht hätten, sondern daß es auch höchst nöthig sey, bey dem Soldaten nicht, durch gar zu langen Frieden, die Kriegszucht sinken zu lassen. Es wurde also *der erste muthwillige Krieg* geführt. Hundert tausend vernünftige Wesen wurden von beiden Seiten ermordet; man schloß endlich einen Frieden, durch welchen man halb so viel Land gewann, als die Heere verwüstet hatten; der Negus hielt ein großes Fest, das den schon verarmten Unterthanen den letzten Heller aus dem Beutel lockte, und fand nun Vergnügen daran, mehr dergleichen unschuldige Possen zu treiben.

Einem seiner Gesandten wurde an einem Hofe in Nubien eine unbedeutende Ehrenbezeugung versagt — und man fing einen Krieg an. Der Liebling des Negus hatte einen Privat-Haß gegen den Minister des Königs von Sennar — und man fing einen Krieg an.

Man würde sich irren, wenn man glaubte, die Völker Abyssiniens hätten nicht endlich die Abscheulichkeit dieser Handlungen gefühlt, hätten nicht sich dagegen sträuben wollen, *mit Gut und Blut der Ball der thörichten Leidenschaften und Grillen ihres Despoten zu seyn.* Wirklich entstand in der Provinz Hangot ein fürchterlicher Aufruhr; allein man schickte einen Theil des Heers dahin, und nun zum ersten Mahl *besudelten die Krieger ihre Hände mit dem Blute ihrer Brüder*, halfen Menschen unterjochen und morden, von denen sie besoldet, ernährt, gepflegt wurden. Der Sohn mußte gegen den Vater fechten, der Freund den Freund zu Boden strecken. Nun erst war der Despotismus fest gegründet, das Volk zu Sclaven gemacht; keiner wagte es ferner, zu murren; *der gekrönte Schurke spielte mit dem Leben, mit dem Vermögen, mit der ganzen natürlichen, bürgerlichen und moralischen Existenz derer, die ihm freywillig und zutrauvoll ihr zeitliches Glück in die Hände gegeben hatten.* Ein einziges freyes Wort brachte den redlichsten, weisesten Mann ohne Urtheil und Recht, ohne Verhör, ohne Mitleid gegen seine trostlose Familie, auf das Blutgerüste; die bewaffneten Henker rissen den Edeln, der dem Günstlinge nicht zu schmeicheln verstand, aus den Armen seines treuen Weibes, schleppten ihn in den Kerker und ließen ihn da verschmachten.

Doch das war nicht der letzte Mißbrauch, den der Despot von seinem Kriegsheere machte; man zeigte ihm noch einen Weg, Vortheil davon zu ziehen. *Er verkaufte nähmlich das Leben seiner Unterthanen an benachbarte Mächte*, vermiethete vernünftige Wesen, wie man Lastthiere vermiethet, ließ sich große Summen bezahlen, die in seine Cassen flossen, und die er mit seinen Lieblingen und Kebsweibern verschwelgte. — Höher sollte man meinen, könne der Despotismus nicht steigen; allein da würde man irren; das folgende Kapitel wird dieß klar machen.

Dreyzehntes Kapitel.

Schluß des Vorigen.

Frey geborne Menschen, durch stufenweise verstärkte Eingriffe in ihre Rechte, dann durch immer mehr gewagte Mißhandlungen, nebenher durch Corruption ihrer Sitten, wodurch Seele und Leib geschwächt, zum Widerstande unfähig gemacht werden, endlich durch erschreckliche Strafen, sich unterwürfig zu machen, daß heißt, *Meister über alle ihre Handlungen zu werden*; das ist freylich ein abscheulicher Despotismus! — Aber was bedeutet das, gegen die Tyranney, die man ausübt, wenn man auch *über ihre Meinungen, über ihre Vorstellungen und über ihren Glauben sich eine Herrschaft anmaßt*? Dennoch kam es auch so weit in Abyssinien. Daß dieß das Werk der Priester war, versteht sich wohl von selber.

Bis jetzt habe ich von dem Religionswesen in Abyssinien noch gar nichts gesagt; hier ist der Ort dazu. In den ältesten Zeiten, das heißt, in den Zeiten, die unmittelbar auf die große Ueberschwemmung folgten, war der Gottesdienst der Abyssinier äußerst einfach; ihre Religion beruhete auf sehr dunklen Ideen vom göttlichen Wesen, und von Theologie und Priesterstande hatten sie das Glück, nichts zu wissen.

Die Tradition von der Ueberschwemmung durchkreuzte ihre Traditionen über die Schöpfung der Welt und über das, was bis zu jener Ueberschwemmung in ihren Gegenden vorgefallen war. Indessen glaubten sie, daß die ganze Welt von einem einzigen unsichtbaren Wesen wäre geschaffen worden, und noch im Gange erhalten werde; daß dieß Wesen ehemahls sich den Menschen sichtbar gezeigt hätte; sie wären ihm aber ungehorsam gewesen, und hätten sich der Abgötterey ergeben; da wäre das Wesen erzürnt worden und hätte sie alle vertilgt, bis auf eine fromme Familie, durch welche nachher Abyssinien wieder wäre bevölkert worden.

Ihr Gottesdienst bestand nur in Verehrungsbezeugung und Huldigung gegen das unsichtbare höchste Wesen, dem sie ihre Unterwürfigkeit und ihren Gehorsam zu bezeugen suchten, um es zu bewegen, nie wieder eine so schreckliche Verwüstung auf dem Erdboden anzurichten. Die wenigen Ceremonien, deren sie sich bedienten, trugen noch das Gepräge des Schreckens, der durch die Ueberschwemmung damahls in den Herzen derer, die sie erlebt hatten, war erzeugt worden. Sie gossen an gewissen Tagen Wasser in die Luft und heulten und klagten dabey; sie wuschen und badeten mit Feyerlichkeiten ihre Kinder, wenn diese ein gewisses Alter erreicht hatten; sie warfen sich bey Aufgang und Untergange der Sonne zur Erde nieder, stießen Seufzer aus, wenn die Nacht heran brach und Freuden-Töne, wenn sie des Morgens, ohne Unfall zu erleben, erwacht waren.

Allen diesen Gebräuchen nun stand jeder Hausvater an der Spitze seiner Familie vor; nur an dem großen Versöhnungstage, wenn alle Familien sich vereinigten, um die oben beschriebne Libation vorzunehmen, präsidirte der Aelteste unter ihnen, oder, nachdem sie sich ein Oberhaupt gewählt hatten, dieses bey der großen Feyerlichkeit. — Also noch ein Mahl! *sie hatten damahls keine Priester*.

Ueber das Wesen Gottes, über seine Oeconomie bey Schöpfung und Erhaltung der Welt, über den Zustand jenseits des Grabes nachzudenken; das fiel ihnen vielleicht nicht ein Mahl ein; vielleicht glaubten sie auch, daß das Grübeln über Gegenstände, in denen die Vernunft doch nie sich Licht zu verschaffen vermag, Thorheit wäre; vielleicht endlich ließ ihnen ein thätiges Leben, im Schweisse ihres Angesichts, auch nicht die Muße, sich mit Speculationen abzugeben. — *Also hatten sie auch keine Theologie*, und was jeder in müssigen Stunden über solche Dinge denken und träumen wollte, das blieb ihm überlassen.

Indessen kamen lange nachher durch einen Zufall unter den Abyssiniern die Traditionen in Cours, welche in den Geschichtsbüchern des Jüdischen Volks enthalten sind. Dieß geschahe in einer Periode, wo schon die Cultur weiter um sich gegriffen hatte und die Neugier zuweilen, von den täglichen Bedürfnissen ab, in das Gebieth der Phantasie einen Gang zu wagen, Zeit gewann. Da faßten dann die in den *Mosaischen Gedichten* enthaltnen, theologischen, theosophischen, theocratischen, cosmogonetischen und übrigen Begriffe von Gott, der Schöpfung und dem Weltgebäude in Abyssinien Wurzel, und es wurden auch einige der Orientalischen Religions-Gebräuche, unter andern die Beschneidung, Opfer und dergleichen dort eingeführt.

Als sich verschiedne Stände im Lande abzusondern begannen, und jeder sich einer eignen Lebensart widmete, sich ein eignes Gewerbe ausschließlich wählte, und nach und nach auch die Abyssinier an äußerm Prunk und an Feyerlichkeiten Geschmack fanden, ordnete man mehr jährliche öffentliche Feste, Bußtage und, nach dem Beyspiele der Israeliten, auch einen wöchentlichen, dem Gottesdienste und der Ruhe von Geschäften gewidmeten Sabbat an; bauete Tempel und ernannte einen Stamm, der, wie der Stamm Levi, den religiösen Ceremonien vorstehen, dem Volke vorbeten und die Opfer verrichten sollte. Da dieser Stamm, wie billig, vom Staate ernährt werden mußte, so wies man ihm einen Antheil an den Opfern an, verwilligte ihm den Zehnten von gewissen Feldern, beschenkte ihn auch wohl mit heim gefallnen Gütern. *Zu bereichern suchten sich diese Leviten, wie alle Priester;* allein sie durften doch ohne Beystimmung des Fürsten nichts an sich reissen. *Geherrscht hätten sie gern, wie alle Priester;* aber dazu fand sich noch keine Gelegenheit. Freylich suchten sie sich in den Ruf zu setzen, als seyen sie in unmittelbarer Verbindung mit dem höchsten Wesen, gaben Wunder und Weissagungen vor, wollten zu Rathe gezogen seyn, wenn etwas Großes in dem Staate unternommen werden sollte; doch war ihr Credit noch immer sehr eingeschränkt. *Auf unnütze Speculationen fielen sie auch, wie alle Müssiggänger;* sie fingen an, die Jüdischen heiligen Bücher auf mannigfaltige Weise zu commentiren; allein sie zankten sich nur unter sich, *und die Layen nahmen keinen Antheil an ihren theologischen Streitigkeiten.* Da wurde zum Beyspiel die große, wichtige Frage unter ihnen aufgeworfen, wie viel Sprossen die Himmelsleiter gehabt, welche Jacob im Traume gesehen hätte; ob es Engel weiblichen Geschlechts gäbe, und dergleichen mehr; aber das Volk ging seinen Nahrungs-Geschäften nach, und ließ die Priester das unter sich verfechten.

Da alle diese Mittel, sich gelten zu machen, nicht anschlagen wollten, so erlauerten sie den Zeitpunct, als grade ein schwacher, abergläubischer Fürst auf dem Throne saß, suchten diesem eine große Meinung von der Wirkung ihres Gebets und von ihrer Gabe, Wunder zu thun und zu weissagen beyzubringen, und erlangten von ihm das Privilegium, *Schulen anzulegen und Menschen, die zu nützlicher, bürgerlichen Lebensart bestimmt waren, und überhaupt ohne Unterschied alle Bürger, mit Gewalt in der Theologie zu unterrichten.*

Die Folgen davon sind leicht einzusehen. Der Geist des ganzen Volks wurde von dem graden Wege der gesunden Vernunft, die sich berechtigt glaubt, nichts als wahr annehmen zu dürfen, als wovon sie den Grund einsieht, auf Spitzfindigkeit, Sophismen und Aberglauben, von zweckmäßiger Thätigkeit auf unnütze Speculationen geleitet, nicht nach Ueberzeugung, sondern nach Autorität zu urtheilen, nach Autorität zu glauben, und darnach zu handeln; das Herz wurde für warme, innige, einfältige Gottes-Verehrung unempfänglich gemacht und an Formeln, kalte Feyerlichkeiten und mechanische Andächteley gewöhnt; die schönsten Jugend-Jahre, wo es Zeit gewesen wäre, den Verstand aufzuklären und das Gedächtniß mit heilsamen Vorkenntnissen auszurüsten, wurden mit kaltem Wortkrame verschleudert; *die Priester aber machten sich dem Volke wichtig und noth-*

wendig, erfüllten die Kinder mit blinder Verehrung des geistlichen Standes, schlichen sich in die Familien ein, mischten sich in allerley Händel, und bereicherten sich.

Als sich endlich die Könige in Abyssinien unabhängig machten, waren die Priester schon ein äußerst bedeutender Stand geworden, den man nicht vor den Kopf stoßen durfte. Sie fanden aber ihre Rechnung dabey, den Despotismus zu unterstützen; *sie bewiesen dem Volke, daß der König ein Statthalter Gottes sey, und unbedingten Gehorsam fordern könne.* Sie erfanden ein Geschlechtsregister für die Familie des Monarchen, der man nun die erbliche Thronfolge zugesichert hatte, und ließen den großen Negus von dem Jüdischen Könige Salomon und der Königinn Saba abstammen.* Für diese geistliche Unterstützung aber ließen sie sich denn auch von dem Despoten wichtige Privilegien einräumen; *und seit dieser Zeit hielten sie es immer so, daß, je nachdem ein verständiger, oder schwacher, ein ihnen ergebner oder nicht gut gegen sie gesinnter Regent auf dem Throne war, sie entweder, gegen gute Bezahlung sich zu seinen Werkzeugen, oder sich ihm furchtbar, entweder gemeinschaftliche Sache mit dem weltlichen Despotismus machten, oder Meuterey erregten.* — Wie es aber auch kam; so war immer das Volk das Opfer davon.

So stand es, als die *Christliche Religion*, oder vielmehr ein Mittelding zwischen ihr und der Jüdischen, nähmlich die *Coptische* Religion in Abyssinien eingeführt wurde. Die einfache, so jedermann klare, für alle Stände unter den Menschen so heilsame, so verständliche, so weise, für Kopf und Herz gleich beruhigende Lehre des Erlösers der Welt, fand in ihrer Reinigkeit keinen Eingang bey Menschen, die sich durch jene Albernheiten verschroben und verstimmt hatten. — Wie hätten auch die Priester da ihr Conto finden sollen, wo nichts auswendig zu lernen, nichts zu glauben war, als daß man, um Gott wohlgefällig zu seyn, ihn über alles und

* Man sehe Bruce Reisen nach.

seinen Nächsten, wie sich selbst lieben müsse; wo keine andre Beweise für die Echtheit der Lehre gefordert wurden, als daß man an sich selber die Probe anstellen sollte, ob sie uns besser und ruhiger machte, oder nicht?

Die Coptische Religion hingegen war eine wahre Pfaffen-Religion, und vereinigte dabey alle Gebräuche der Jüdischen und Christlichen mit einander: Beschneidung und Taufe, Abendmahl und Confirmation, und Firmelung, und Priester-Weihe, und Mönchsstand und Heiligen-Dienst. — Und welch eine herrliche Menge mystischer Lehren, die auf die Sittlichkeit und auf die Ruhe im Leben und im Sterben gar keinen Einfluß hatten, worüber sich aber gewaltig disputiren und schwätzen ließ! Nun waren vierzehn Jahre, selbst für einen Layen, kaum hinlänglich, die Skizze dieses ganzen theologischen Systems in sein Gedächtniß zu propfen; und doch wurde das von jedem Abyssinier gefordert.

Um den Negus ganz für dieß System und für den Priesterstand zu interessiren, bewogen ihn die Pfaffen, *sich zum Diaconus weihen zu lassen*. Seit dieser Zeit ist der Beherrscher von Abyssinien immer zugleich Diaconus, wird, wenn er die Regierung antritt, von jenen Kerln gesalbt, und trägt einen Hauptschmuck, der halb Priestermütze, halb Krone ist. Nun sahe er sich auch als das Oberhaupt der Priesterschaft an; jetzt wurden *die fruchtbarsten Felder, die fettesten Wiesen ein Eigenthum der Pfaffen; es wurden Klöster gestiftet* und reich dotirt, in welchen ein Haufen erzdummer Schurken sich bey frommen Müssiggange Schmerbäuche zeugten, und dabey in Unzucht und Völlerey lebten. Auch *Einsiedler, die das Volk für Wunderthäter hielt*, setzten sich in den Gebirgen von Waldubba fest. Alles dieß begünstigte und beförderte der große Negus; dagegen aber sprachen ihn denn auch die Priester im Nahmen Gottes von allen vergangnen, jetzigen und künftigen Sünden los, predigten dem Volke unaufhörlich die Lehre von der Heiligkeit der königlichen Majestät, und erhielten es in der Dummheit und Unwissenheit, so daß es nie den Gedanken wagte, sich der unmenschlichen Tyranney zu widersetzen.

Um ihr Reich noch vollends zu befestigen, war es nöthig, auch dafür zu sorgen, daß kein andrer, als ein so *frommer* Monarch auf den Abyssinischen Thron käme. Hierzu war das wirksamste Mittel, die *Erziehung der Prinzen* in ihre Hände zu spielen, welches ihnen auch so wohl gelang, daß in den letzten hundert Jahren nicht nur kein einziger Negus von andern als Pfaffen-Händen ist gebildet worden, sondern auch, daß ihnen die Wahl überlassen blieb, welcher von den Prinzen zur Regierung kommen sollte, und daß die *übrigen königlichen Kinder nach Waldubba in ihre Klöster verwiesen wurden*. Dieser letzte Umstand war ihnen sehr nützlich. Die Prinzen bürgten ihnen als Geisseln für die beständige Dauer ihres Systems; denn, starb die regierende Familie aus, so hatten sie im Voraus dafür gesorgt, daß der Thronfolger, den man aus ihrem Kloster hohlen mußte, gewiß wenigstens eben so dumm und ein eben so großer Pfaffenfreund war, als der jüngst Verstorbne; und wollte der König zuweilen Mine machen, als wenn er ihr Joch abschütteln möchte, so *regten sie das Volk gegen ihn auf*, indem sie dasselbe anhetzten, daß es das Kloster stürmen und einen von den frommen Prinzen zum Könige ausrufen mußte. Dann gab der Negus gute Worte, bat und flehete, daß die Priester den Aufruhr stillen möchten, und räumte ihnen neue Vortheile, neue Vorrechte ein.

Die gewaltige Uebermacht nun, welche die Pfaffen in Abyssinien hatten, machte sie aber auch im höchsten Grade übermüthig und schamlos. Ihr Hochmuth, ihr geistlicher Stolz kannte keine Grenzen mehr; und wer sich nicht vor ihnen im Staube beugte, vielleicht gar einem ihrer eigennützigen Plane etwas in den Weg legte, der wurde mit seiner ganzen zeitlichen Glückseligkeit das Opfer davon. In alle Häuser schlichen sie sich als Rathgeber ein, verschafften sich das Vorrecht, sich die wichtigsten *Geheimnisse anvertrauen* lassen, und gegen jedermann verschwiegen, folglich auch *mit Mädchen und Weibern Gespräche unter vier Augen* halten zu dürfen, die weder der Ehemann noch der Vater zu unterbrechen wagte.

Allein das war ihnen noch nicht genug. Wer vierzehn Jugend-Jahre in ihren Schulen verschleuderte, konnte denn doch die übrige Zeit seines Lebens anwenden, die schiefen Begriffe wiederum aus seinem Kopfe heraus zu arbeiten, die er dort aufgesammelt hatte; und wenn er dann der Clerisey die schuldigen Gebühren entrichtete und gegen keines ihrer Privilegien Eingriffe wagte, so mußten sie ihn wohl in Ruhe lassen. — So blieb es aber nicht; es kam darauf an, auch ein Mittel zu finden, mit einigem Schein des Rechts offensive gegen ruhige Bürger verfahren zu können, und das Mittel mußte den Pfaffen die herrliche Erfindung der *Orthodoxie* darreichen.

Die Ueberzeugung des Verstandes ist, wie bekannt, ein Ding, das durchaus nicht in unsrer Gewalt steht. Sehr unwillkührlich sind die Eindrücke, welche die äußern Gegenstände auf uns machen, sehr unwillkührlich die Vorstellungen, die in uns erzeugt werden. Selbst bey solchen practischen Sätzen, auf welchen gewisse Handlungen beruhen, ist das höchste, was derjenige, welcher mir Gesetze vorschreibt, von mir verlangen kann, daß ich jene Handlungen so begehe, wie er sie mir vorschreibt. Aber noch obendrein zu fordern, daß ich den Gründen, *warum* er sie mir vorschreibt, meinen vollkommenen Beyfall geben soll; das ist Tyranney! Vollends aber bey bloß theoretischen, oder gar speculativen Sätzen, die gar keinen Einfluß auf Handlungen haben, meine Vernunft in einen fremden Schraubestock zwängen zu sollen; wer das fordert, der will die Menschen unter die Thiere erniedrigen, das kann — nur ein Priester wollen! Und dennoch wagten die Pfaffen in Abyssinien, unter der Regierung eines erzfrommen Negus, auch diesen Eingriff in die Rechte der Menschheit. Man machte damit den Anfang, zu befehlen, daß, da die Sätze der Theologie und dasjenige, was in den Schulen von dem Wesen des unsichtbaren Gottes, von Schöpfung der Welt und dergleichen vorgetragen würde, unzählige Menschen überzeugte und glücklich und ruhig machte; so solle sich keiner unterstehen, *Zweifel gegen diese Lehren vorzutragen.*

Schon dieß Gesetz empörte die Weisern im Volke. Man sagte, eine Lehre, die keine Prüfung und Beleuchtung verstatte, müsse jedem sehr verdächtig vorkommen; es sey möglich, daß jemand, der bis dahin bey dem Glauben an diese Lehren ruhig gewesen sey, doch noch ruhiger werden würde, wenn er andre Sätze annähme, wozu man ihm nun aber den Weg versperrte; die Ueberzeugung solcher Leute, die von jedem sophistischen Zweifel in ihrem Systeme irre gemacht würden, sey gar nichts, sey nicht mehr werth, als der Unglaube eines solchen; und endlich sey es ja doch möglich, daß Menschen irren könnten, daß man durch Zweifeln und Streiten auf den Grund besserer Wahrheiten käme, welches offenbarer Gewinst für die Menschheit sey. — Indessen gehorchte man der Verordnung und — schwieg.

Damit aber war den Pfaffen noch immer nicht geholfen. Bald fing man an, auch zu *befehlen, was die Menschen glauben sollten*. Es wurde ein eigenes Gericht niedergesetzt, welchem sogar der König selbst in Glaubenssachen sich unterwarf. Dieß Gericht hatte das Recht, jeden vorladen zu lassen und ihn zu befragen, ob er dieß, oder jenes glaube, oder nicht. War der Mann kein Heuchler, sondern gestand offenherzig, er könne dieß oder jenes nicht glauben, wolle aber gern still dazu schweigen; so half ihm das nichts, sondern er wurde, seines Unglaubens wegen, mit willkührlicher, ja! zuweilen mit Todesstrafe belegt.

Darauf erschien ein Befehl, daß auch kein Fremder, der im Lande sich niederlassen wollte, oder schon sich niedergelassen hätte, darin geduldet werden sollte, er habe denn vorher seine *alten Irrthümer abgeschworen und den Glauben der Abyssinier angenommen*. Man nannte dieß aber: die Religion des Landes annehmen, *denn nun waren Religion, Theologie und Gottesdienst schon gleichbedeutende Dinge geworden.*

Jetzt hatten die Pfaffen freye Hand, ihre *Privat-Sache* gegen die besten Menschen auszuüben; denn wenn sie gern jemand auf die Seite schaffen wollten, der ihnen im Wege war, oder ihnen sein Weib nicht preis geben mochte, so brachten sie falsche Zeugen gegen ihn auf, die aussagen mußten, er habe gegen die Religion, oder deren Priester geredet. (Denn *sie machten ihre Sache zur Sache Gottes.*) Seine Vertheidigung, ja! sein Widerruf half nichts, und er wurde auf grausame Weise *hingerichtet.*

Jeder Druck, jeder Zwang reitzt zum Widerstande. Vorher war es keinem Layen eingefallen, sehr eigensinnig für oder gegen die Glaubenslehren eingenommen zu seyn; jetzt fanden sich eine Menge Irrgläubiger, Sectirer, Freygeister, und von der andern Seite blinde Fanatiker. Die *Dogmatik und Orthodoxie also waren es, in Abyssinien, wie in allen übrigen Ländern, welche Unglauben und Aberglauben erzeugten.* Diese verschiednen Secten aber haßten und verfolgten sich, auf das schrecklichste, im bürgerlichen Leben. — *Und so wurde denn auch da die heilige, zum Wohl der Welt den Menschen gegebene, Frieden und Bruderliebe predigende Religion, die reichste Quelle des Zwistes, der Verfolgung und unnennbaren Elendes unter ihnen.*

Doch nicht genug daran; in ihrem Schoße fand auch der *heuchlerische Bösewicht* Mittel, alle Bubenstücke zu begehen, und dennoch für einen frommen, *rechtschaffnen* Mann zu gelten. Da nun das *Wesen der Religion in blindem Glauben, in Werkheiligkeit*, gottesdienstlichen Gebräuchen, Verehrung und Bereicherung der Priester und Unterwürfigkeit gegen sie beruhete, *so sahen diese nicht nur dem Scheinheiligen*, bey allen seinen heimlichen und öffentlichen Lastern und Verbrechen, *durch die Finger*, sondern der *Andächtler* wußte sich auch von dem abergläubischen Volke *durch verstellte Demuth und Gottesfurcht Ehrerbiethung zu erzwingen.* Leute hingegen, die an den Glaubenslehren zweifelten, schüttelten nicht selten, da in dem Religions-Unterrichte, den sie genossen hatten, alle *sittliche Pflichten aus den Glaubenslehren waren herbey geleitet worden, so bald ihr Glauben an diese wankte, zugleich die reine, hier auf Erden ewig wahre Moral von sich.* — Auf diese Weise untergrub also auch die *Theologie die moralische Glückseligkeit der Menschen.*

Die Folgen dieses Priester-Unwesens wurden noch abscheulicher, als endlich gar die Pfaffen unter sich selber in Uneinigkeit geriethen. Dieß geschahe zuerst bey einer sonderbaren Veranlassung. Es hatte nähmlich ein Pfaffe in Sire, einer Stadt, die noch größer ist, als die ehemahlige Residenz Axum, sich unterstanden, in der Schule, die er hielt, zu sagen, man dürfe die Geschichte von Elias Wagen nicht wörtlich verstehen; jedermann wisse, daß es nicht möglich sey, mit einem Wagen durch die Luft zu kutschiren, und ein feuriger Wagen sey nun gar etwas, wobey ein ehrlicher Mann, der sich darauf setzte, seine fleischernen Hintertheile in große Gefahr bringen würde; die ganze Geschichte sey also so zu verstehen, daß ein starkes Gewitter das Vehiculum gewesen sey, dessen sich Gott bedient habe, den Propheten aus der Welt zu nehmen. — Kaum war das Gerücht von dieser fürchterlichen Ketzerey den Mitgliedern des Glaubens-Collegium in Axum zu Ohren gekommen, so wurde der irrgläubige Priester vorgeladen, verhört und ihm zugemuthet, öffentlich zu widerrufen. Er war ein Mann von Grundsätzen und — widerrief nicht. Man ließ ihm drey Wochen Zeit, die erfordert wurden, die nöthigen Anstalten zu seiner feyerlichen Execution zu machen, und als er da sein Wort nicht zurück nahm, wurde er, mit großer Pracht, in Gegenwart des Hofs und vieler tausend Zuschauer, auf dem Markte in Axum am Spieße gebraten.

Ich, Benjamin Noldmann, muß bey dieser Gelegenheit meine Schwäche bekennen, wenn es anders eine Schwäche ist. Ich würde mich, eines bloß theoretischen Satzes wegen, gewiß nicht braten lassen, sondern augenblicklich widerrufen, glaube auch, der Schöpfer, welcher mir das Leben gegeben hat, womit ich kein Spielwerk treiben darf, würde mirs zur großen Sünde anrechnen, wenn ich, aus Eigensinn und um meine Ueberzeugung öffentlich darthun zu dürfen, mir auch nur Ein Glied verstümmeln ließe. Durch mich wird daher nie die Feyerlichkeit eines Auto da Fe vermehrt werden.

Wer hatte bis dahin sich um die Construction jenes Wagens bekümmert? Jetzt wurde des Propheten Callesche der

Gegenstand des allgemeinen Interesse. — Eine Lehre, für die ein Mann sein Leben läßt, muß doch wohl wahr und von der höchsten Wichtigkeit seyn. — Ehe ein Jahr verging, war die Secte derer, die öffentlich erklärten, sie könnten und würden nie glauben, daß man mit einem feurigen Wagen zum Himmel fahren könnte, zu mehr als tausend angewachsen. Man ergriff eine Menge von ihnen; einige widerriefen, bey den schrecklichen Martern, womit man sie peinigte; die Hartnäckigsten versiegelten ihre Lehre mit dem Märtyrer-Tode; aber jemehr Anti-Calleschianer gefoltert, gespießt, gebraten, gekreuzigt, geschunden, gesteinigt und ihrer Augen beraubt wurden,* desto zahlreicher wurde diese Secte, die endlich anfing, sich eine eigne kirchliche Verfassung zu errichten, sich Oberhäupter und eigne Priester zu wählen, und sich der Obrigkeit zu widersetzen, die ihre Anführer gefangen nehmen wollte.

Nun war es Zeit, die Kriegsvölker gegen diese Rotte anrücken zu lassen; allein die Ketzer hatten dieß voraus gesehen, sich bewaffnet und mit einem der Nubischen Völkerschaften verbunden. *Da fing denn ein blutiger Religionskrieg an*, und Elias Wagen kostete tausend arbeitsamen Bürgern das Leben.

Mit abwechselndem Glücke wurde dieser einländische Krieg eine lange Reihe von Jahren hindurch geführt. In einem Feldzuge wurde die schöne Stadt Axum von Grund aus zerstört (noch jetzt sieht man nur die Rudera davon); der große Negus mußte fliehen, und bauete die neue Residenz Gondar. Im folgenden Jahre war der Nachtheil auf der Seite der Ketzer; und so ging es fort; zuweilen siegte die eine, dann die andre Partey; Ströme von Blut flossen, und die schönsten Provinzen wurden in Wüsteneyen verwandelt. Zuweilen schloß man einen Frieden mit den Ketzern, der aber, wie sich das von Priestern nicht anders erwarten läßt,

* Alle diese Strafen sind noch jetzt in Abyssinien üblich, wie uns Bruce erzählt.

jedes Mahl von Seiten der Orthodoxen treulos gebrochen wurde. Das Ende von diesem allen aber war, daß zuletzt der fortdauernden Bedrückungen und Verfolgungen müde, mehr als hundert tausend fleissige und geschickte Unterthanen, die nicht glauben konnten, daß man in einem Räder-Fuhrwerke durch die Lüfte fahren könne, zum Lande hinaus wanderten, und sich in Nubien fest setzten, wo sie geduldet wurden, Handel und Manufacturen in Flor brachten, und sich als ruhige Bürger betrugen.

Vierzehntes Kapitel.

Geschichte der letzten Vorfälle in Abyssinien, bis zu der Ankunft des Verfassers.

Als sich dieser letzte Vorfall zutrug, starb grade der damahls regierende Negus, der sich den Titel des allerrechtgläubigsten Monarchen hatte ertheilen lassen. Sein Nachfolger, obgleich auch unter Pfaffen-Händen aufgewachsen, war, durch ein Ungefähr, dergleichen in dieser Welt oft das Schicksal von Ländern und Völkern entscheidet, ein wenig aufgeklärter und verständiger, als wohl den geistlichen Herren lieb seyn mochte. Er sahe bald den Fehler ein, den man begangen hatte, die besten Unterthanen aus dem Reiche zu jagen, und suchte ihn wieder zu verbessern, indem er den so genannten Ketzern Frieden und die Erlaubniß zu freyer Religions-Uebung versprach; allein sie traueten seinem Worte nicht, hatten sich auch schon in Nubien fest gesetzt; und so bestand denn alles, was der Negus thun konnte, darin, daß er in der Folge mehr Duldung in seinen Ländern einführte, und den Priestern ein wenig den Daumen aufs Auge hielt, die jetzt nicht mehr so furchtbar waren, und sich sehr verhaßt gemacht hatten. Nun setzten sich in der Handelsstadt Gauza Mahometaner und in Adowa Juden fest; doch blieb der Schaden, den der Fanatismus angestiftet hatte, unersetzlich.

Ich habe oben zuweilen eines Jesuiten Erwähnung gethan, dem die Abyssinier die Verbesserung ihres Kriegswesens und die Errichtung eines stehenden Heers zu danken hatten.

Nach seinem Tode war kein Mitglied dieses Ordens wieder nach Abyssinien gekommen; und in den nachherigen Zeiten, von denen ich im vorigen Kapitel geredet habe, wurden ja auch keine Fremde im Reiche geduldet. Kaum aber war es in Cairo bekannt geworden, daß der jetzige Negus tolerantere Grundsätze ausübte, so machte die Gesellschaft Jesu, die leicht zu wittern pflegt, wo für sie etwas zu thun ist, Plan auf ein dauerhaftes Etablissement in diesem Lande, das so schönes Gold und Silber und Herrlichkeiten aller Art hervor bringt. Sie schickte daher eine Mission nach Gondar; ein Paar verschmitzte Jesuiten, die alle Gestalten anzunehmen wußten, schmeichelten sich bey dem Monarchen ein, dessen Steckenpferd nun ein Mahl Toleranz war, und erlangten von ihm die Erlaubniß, den christcatholischen Glauben predigen, und in Freniona ein Jesuiter-Collegium stiften zu dürfen. Hierdurch nisteten sich denn diese schlauen Herren bald so gut ein, daß, nach und nach, besonders in der Provinz Tigre, eine Menge catholischer Kirchen und Klöster gebauet wurde.

Dieß ging eine Zeitlang ganz gut von statten, und die verschiednen Secten lebten mit einander in Frieden. Allein das System der Römischen Kirche und Hierarchie verträgt, wie jedermann weiß, keine Unterwürfigkeit unter den weltlichen Arm; und so tolerant auch der Negus war, so schien er doch gar nicht geneigt, seine Pfaffen zu unterdrücken, um sich unter das Joch von andern, noch herrschsüchtigern Pfaffen zu begeben. Als daher die Herren Jesuiten anfingen das Bekehrungswesen ein wenig grob zu treiben, gab man ihnen den Wink, sie möchten es damit leise angehen lassen. Zwey von ihnen drängten sich ohne Unterlaß dem Monarchen auf und sprachen von Träumen, worin ihnen Gott offenbart hätte, es würden Se. Majestät mit ihrem ganzen Hofe sich in den Schoß der Römischen Kirche werfen. — Am Hofe herrschten damahls freygeisterische Grundsätze; man spottete der Träumer. Sie versicherten den König, er könne nach den Grundsätzen ihrer Religion unendlich mehr Sünden begehen, als nach Coptischen Grundsätzen. — Er antwortete, diese Freyheit nähme er sich, ohne ihre Erlaubniß. Sie bestachen ein Paar Lieblinge und sogar die Iteghe, oder Königinn unter den Weibern des Negus. — Diese waren sämmtlich so ehrlich, das Geld zu nehmen, es aber dem Monarchen anzuzeigen, und mit ihm über die feinen Herren zu lachen.

Indessen gestattete man den Jesuiten, daß sie ihren Glauben predigen, Gemeinen stiften, viel Kirchen und Klöster bauen und endlich gar einen Bischof weihen durften; der Hof sahe dieser Feyerlichkeit zu und fand sie recht artig; übrigens erlaubte man den Catholiken, den Bischof aus ihrem Beutel zu bezahlen. Allein nun kamen sie auf Ein Mahl mit einem Heere von päbstlichen Rechten, Exemtionen von weltlicher Gerichtsbarkeit, Gebühren und Abgaben für Dispensationen und dergleichen, die man nach Rom schicken sollte, angezogen; das gefiel denn dem Negus nicht; er ließ also den Bischof zu sich rufen, und fragte ihn ganz trocken: Wer ist der Kerl in Rom, der in meinem Lande Befehle geben, und Geld heben will? Der Bischof suchte die Sache in das beste Licht zu setzen; aber seine Beredsamkeit fruchtete nichts. »Ihr Schlingel sämmtlich«, sprach der König, »sollt unter der weltlichen Obrigkeit stehen; den alten Glaubens-Gerichtshof, der monathlich einige gute Leute braten ließ, habe ich abgeschafft; meinet Ihr, ich wollte nun gar von solchem Gesindel als Ihr seyd, meine Unterthanen hudeln lassen? — Das sollt Ihr, meiner Seele! wohl bleiben lassen, und der Erste von Euch, der mir wieder den alten Pfaffen in Rom nennt, den lasse ich bey den Beinen aufknüpfen.«

Die Jesuiten und ihre Anhänger gehorchten nicht; sie fuhren fort in ihrem hierarchischen Eifer, predigten laut das Pabstthum, die Rechte der alleinseligmachenden Kirche, Verdammung der Ungläubigen, Intoleranz, und erweckten den Geist des Zwiespalts. Der große Negus ließ einen von diesen unverschämten Predigern fangen und ihm vorerst nur den Staubbesen, zur Warnung der Uebrigen, geben. Nun kannte die Wuth der Jesuiten, die nicht die Kunst verstehen, sich im Zorne zu mäßigen, keine Grenzen mehr. Sie erregten insgeheim Aufruhr und Empörung, und wurden endlich über einem Complott gegen das Leben des Monarchen ertappt. Da verging dem guten Herrn die Geduld; die Rädelsführer wurden gespießt, alle Römische Priester auf ewig des Landes verwiesen, das Jesuiten-Collegium in Freniona wurde zerstört und den Catholiken kein öffentlicher Gottesdienst mehr verstattet. Einige Jesuiten kamen, als Aegyptische Kaufleute verkleidet, wieder nach Abyssinien, richteten aber nicht viel aus.

Kurz nach diesen Vorfällen starb der Negus, und an seine Stelle kam der Prinz zur Regierung, dessen Baalomaal und Oberster der Leibgarde zu seyn ich die unverdiente Ehre gehabt habe. Er war nicht im Kloster erzogen worden, sondern am Hofe seines Vaters, wo er sehr viel von Aufklärung hatte reden gehört, und wo ein Bißchen schöne Künste, Wissenschaften und Deismus getrieben wurde. Seine theoretische und practische Moral war nicht die strengste; ein großer Geist war er übrigens auch nicht, wenigstens nicht halb so sehr, als er glaubte und die Schmeichler ihm sagten, daß er es sey; sich aber einen Nahmen unter den Monarchen zu machen, das steckte ihm sehr im Kopfe, und diese Stimmung nützte mein Herr Vetter, Benjamin Wurmbrand, um ihn zu bewegen, das Aufklärungswesen in Abyssinien mit großem Eifer nach Europäischer Weise zu treiben.

»Die Pfaffen, so wohl die unsrigen, als die catholischen, haben meine Unterthanen in der Dummheit erhalten«, sagte der große Negus zu meinem Herrn Vetter. »Freylich sehe ich wohl ein«, fuhr er fort, »daß es zu viel verlangt wäre, wenn ich fordern wollte, daß jemand in meinem Reiche so weise seyn sollte, als ich; allein es macht doch einen Staat blühend und eine Regierung berühmt, wenn Wissenschaften und Künste im Lande getrieben werden. Die Abyssinier aber, die wenigen ausgenommen, die sich an meinem Hofe gebildet haben, sind noch sehr weit zurück. Es ist mir daher sehr lieb, daß Du gekommen bist; Du scheinst ein Mann zu seyn, den ich brauchen kann. Du sollst mir helfen, hier alles auf Europäischen Fuß setzen. Schaffe mir Leute, die Dich in

III. S. 183

J. Zimmer del. Riep. sc.

diesem Geschäfte unterstützen können, Bücher, Maschinen und dergleichen, aus Deinem Vaterlande. Zugleich wollen wir neue Verbindungen mit andern Nationen knüpfen und die alten erneuern. Ich erwarte über dieß ganze Werk Deinen Plan, den ich prüfen und berichtigen will.«

Diesen Plan nun arbeitete Herr Wurmbrand aus; mein Ruf nach Abyssinien zu kommen, und was ich mit dahin bringen mußte und meine Gesandtschaft in Nubien, das alles war mit in diesem gnädigst approbirten Plan enthalten; indeß aber war auch mein Herr Vetter nicht unthätig gewesen, und als ich nach Gondar kam, fand ich, wie schon gesagt, sehr vieles nach Europäischer Manier eingerichtet.

Funfzehntes Kapitel.

Des Herrn Wurmbrands erste Anstalten zur Aufklärung Abyssiniens.

Als mein Herr Vetter seinen Aufklärungsplan ausgearbeitet hatte, überreichte er ihn Sr. Majestät, die ihn sich vorlesen ließen, und dann über die einzelnen Theile desselben mit dem Verfasser redeten.

Mit einer prächtigen Lobrede auf die Aufklärung hatte Herr Wurmbrand angefangen. »Derjenige Monarch«, hieß es darin, »ist der größte und mächtigste, welcher den weisesten Menschen Gesetze vorschreibt; nur ein Tyrann kann wünschen, über eine Horde unwissender Menschen zu herrschen; aber auch der Tyrann bedarf, da er doch nicht hundert Augen, Ohren, Hände und Köpfe hat, wenigstens einiger vernünftigen, gebildeten Menschen, durch deren Hülfe er den großen Haufen in Ordnung hält; und wie will er zu diesem Zwecke die besten Köpfe aus seinem Volke auslesen können, wenn er nicht, durch Beförderung allgemeiner Aufklärung, den Funken erweckt, der außerdem verborgen liegen bliebe?« — Nun waren denn eine Menge Gemeinsprüche über den herrlichen Einfluß der Wissenschaften und Künste auf den Character und die Glückseligkeit eines Volks gesagt, und wie Weisheit und Geschicklichkeit die Griechen und Römer zu Herren über alle übrige Nationen erhoben hätten; und aus diesem allen war der Schluß gezogen, daß der große Negus mit aller Gewalt sein Volk aufklären müßte.

»Das ist«, sprach der König, »dasselbe, nur mit andern Worten gesagt, was Du neulich von mir gehört, und es freut mich, daß Du den Sinn meiner Reden so gut gefaßt hast; allein ich wollte, Du könntest mir auch recht gründlich einen Zweifel heben, der oft in mir erwacht, nähmlich, ob mir die Leute auch wohl noch gehorchen werden, wenn ich sie gar zu klug mache. Du weißt, daß ich die Pfaffen nicht leiden kann; aber darin hatten sie, meiner Seele! Recht, daß sie immer sagten, man müsse die Menschen in der Dummheit erhalten, sonst glaubten sie, sich selbst regieren zu können. Und was die Dummheit angeht, Herr Minister! so meine ich, das verstünden doch die Priester, wie man damit umgehen müsse.« — »O! was das betrifft« erwiderte mein Herr Vetter, »so brauchen Ew. Majestät sich vor dem Raisonniren nicht zu fürchten, so lange Sie hundert tausend Soldaten auf den Beinen haben.« — »Aber wenn nun der Teufel der Aufklärung auch in diese fährt, und auch sie nicht mehr auf jeden Wink zu Gebothe stehen wollen.« — »Dafür ist der Stock gut.« — »Und wenn nun die Vielen nicht länger von Einem sich wollen prügeln lassen?« — »Das hat nichts zu bedeuten; keiner trauet auf des andern Mithülfe; die erste schiefe Mine muß wie offenbare Meuterey bestraft werden. Nach und nach gewöhnt sich dann der Mensch daran, nicht selbst denken und handeln zu dürfen, und wer wenig im Magen und Beutel hat, ohne Unterlaß beschäftigt und beobachtet wird, dem vergehen die aufrührischen Gedanken.« — »Das ist gut geantwortet« sprach der Negus »ich habe das auch gedacht, und wollte nur sehen, ob Du die Sache aus dem rechten Gesichtspuncte betrachtetest.«

Das Erste, was nun der neue Minister zu thun für nöthig hielt, war, Buchdruckereyen anzulegen, wobey er in einer langen Declamation zeigte, welche große Summe neuer Wahrheiten durch diese herrliche Erfindung in der Welt wäre verbreitet worden. Der König machte den Einwurf, ob durch diese Lichtigkeit, seine Ideen allgemein zu machen, wohl nicht eben so viel und mehr schiefe Begriffe und Irrthümer wären in Umlauf gekommen? Wurmbrand gab dieß zu, behauptete aber, selbst diese Albernheiten hätten wiederum auf die Spur von neuen Wahrheiten geführt. Der

Hofnarr des Königs, der gegenwärtig war, meinte, nach diesem Grundsatze müsse man auch die Ansteckung epidemischer Krankheiten zu erleichtern suchen, damit hierdurch die Arzeneykunst auf die Erfindung neuer Heilmethoden geleitet würde. — Der Hofnarr wurde aus dem Zimmer gejagt, und Anstalt zu Errichtung der Buchdruckereyen gemacht. »Damit aber«, sprach mein Herr Vetter, »niemand sichs einfallen lasse, gefährliche Grundsätze zu verbreiten, die das Volk gegen die weisen Regierungs-Maximen Ew. Majestät und gegen die herrschende Religion mißtrauisch machen könnten, so wird es gut seyn, zu befehlen, daß nichts dürfe gedruckt werden, als was vorher einem eignen Collegio sey vorgelegt worden.« Der Hofnarr hatte vor der Thür gehorcht; bey diesem Gespräche steckte er den Kopf wieder herein und sagte: »das macht Ihr gut! da werden die Menschen in allen Dingen klug werden und ihre Ideen berichtigen, außer in dem, was ihnen auf der Welt am wichtigsten ist. Und wenn Ihr Euch auf Eure Weisheit und auf Eure hundert tausend Puppen verlassen dürft, so dächte ich, Ihr könntet auch die Leute immer reden und schreiben lassen, was sie wollten.« — Der Hofnarr bekam zwanzig Prügel auf die Hintertheile, und das Censur-Collegium wurde errichtet.

Nächst Anlegung der Buchdruckereyen, empfahl mein Herr Vetter dem Könige vorzüglich die Beförderung des Studiums fremder Sprachen. Neue Wörter, Redensarten und Wendungen wären, meinte er, das wenigste, was man dadurch lernte; aber man gewänne auch neue Ideen, die unmerklich, mit den fremden Redensarten zugleich, zu uns übergingen. Es wäre, zum Beyspiele, wohl der Mühe werth, mit philosophischem Scharfsinne genauer nachzuspüren, wie der Character der Deutschen und ihre Sitten von mancher Seite eine andre Richtung bekommen hätten, seitdem in unserm Vaterlande die Französische Sprache nach und nach allgemeiner geworden wäre. Hierauf machte dann Herr Wurmbrand den Negus mit einigen ausländischen Wörtern bekannt, die, theils übersetzt, theils in unsre Sprache aufgenommen, eine Revolution in unsrer Art zu denken und zu handeln gemacht hätten. Dahin gehörten, meinte er, die Worte: Delicatesse, Discretion, compromittiren, Sentiment, empfindsam, conventionell, und dergleichen mehr. »Wie *undelicat*«, rief mein Herr Vetter aus, »war nicht der alte rauhe, grade, biedre Deutsche! Wie wenig *discret*! Wie leicht *compromittirte* er durch seine Freymüthigkeit? Die feinern *Sentiments* rührten nie seine starke Seele zur *Empfindsamkeit* und er hielt alles für eine Art unnützen Zwanges, oder gar für Betrug, was bloß auf *conventionellen* nicht natürlichen Pflichten beruhete, bis er durch jene fremden Wörter aufmerksam auf alle diese herrlichen Dinge gemacht wurde.« — »Wenn die fremden Ideen gut und klar sind« fiel ihm der König in die Rede, »und man dadurch nicht zuletzt so viel neue Seiten bekömmt, daß man nicht mehr recht weiß, welche die rechte und eigne Seite ist; so lasse ich das Ding gelten. Doch das ist zu weitläuftig. — Ich will es versuchen, will meinen Unterthanen ein Beyspiel geben, will selbst Deutsch lernen. Aber mit den Sprachen ist es so eine Sache. Selbst *Unser Einer* kann doch diese nicht so ohne alle Anweisung studieren, wenigstens ist das mühsamer. Du sollst also die Ehre haben, mir Unterweisung zu geben; aber ich verbitte mir, daß Du dich dessen nicht etwa rühmest.« Mein Vetter lehrte also den Negus die Deutsche Sprache; er wählte dabey die Methode, welche unsre neuern Pädagogen so sehr anpreisen, und wodurch man die Sprachen freylich weniger gründlich lernt, aber desto geschwinder und ohne Anstrengung einige Fertigkeit darin erlangt, nähmlich durch beständiges Plaudern; und bald wurde, wie ich schon oben erzählt habe, die Deutsche Sprache, die Hofsprache in Gondar.

Zu dem Aufklärungsplane des Herrn Wurmbrand gehörte ferner mit, daß er dem Monarchen vorschlug, Fremde in das Land zu locken und diese vorzüglich auszuzeichnen. »Das mag geschehen« sagte der Negus, »aber notire dabey, daß es Fremde seyn müssen, die rechtliche Kerl und geschickter und arbeitsamer als meine Unterthanen sind; sonst fressen mir die Tagediebe das Fett des Landes, und verderben noch wohl obendrein die Einheimischen!« Bey dieser Gelegenheit nun wagte es mein Herr Vetter zuerst meiner geringen Person, als eines sehr nützlichen Subjects, Erwähnung zu thun, und es wurde fest gesetzt, daß vorerst niemand als ich aus Deutschland verschrieben werden sollte.

»Ew. Majestät«, hieß es ferner in dem Aufsatze, »klagen darüber, daß Allerhöchst Dero Unterthanen in sich selber nicht Trieb genug fühlten, in Weisheit, Tugend und Aufklärung zu wachsen. Diese schlafende Kräfte nun zu ermuntern, weiß ich keine diensamern Mittel, als gewisse Preise auf vorzüglich edle Handlungen, auf Proben von beharrlichem Fleisse und auf neue Entdeckungen zu setzen.« — Und nun kamen Vorschläge von Rosenfesten, von Geld-Verwilligungen für nützliche Erfindungen, von Titeln für Gelehrte etc. — »Dießmahl« rief der Negus, indem er meinem Vetter abermahls in die Rede fiel, »bist Du auf einem Holz-Wege; das laß Dir von mir gesagt seyn! Wenn Du nichts bessres weißt, um die Abyssinier klüger und tugendhafter zu machen; so streiche nur die ganze Stelle aus! Meinst Du, ich wollte aus der Tugend und Weisheit Metzen machen, die sich bezahlen ließen? Ich sollte meine Unterthanen daran gewöhnen, zu glauben, daß man seine und seiner Nebenmenschen Köpfe und Herzen vervollkommnen müsse, um Geld damit zu verdienen? Meinst Du, ein wahres Genie ließe sich deßwegen in seinem Schwunge aufhalten, weil ich ihm noch nicht den Titel als Baalomaal gegeben hätte? Meinst Du, die Keuschheit sey etwas werth, die nur nach einem elenden Rosenkranze und einer Aussteuer gerungen hätte? — Wenn Ihr in Europa keine bessere Antriebe habt, vollkommner zu werden, so sind die Abyssinier, meiner Seele! nicht weiter zurück, als Ihr.« — Der Punct mit den Rosenfesten, Prämien und Titeln ging also nicht durch.

Mit dem darauf folgenden Vorschlage ging es nicht viel besser. Mein Vetter wünschte nähmlich, der König möchte jährlich gewisse Summen aussetzen, die angewendet werden sollten, armer Leute Kinder studieren zu lassen. »Du willst« wendete dagegen der Negus ein, »daß armer Aeltern Kinder

Gelehrte werden sollen, und ich möchte, daß mehr reicher Leute Söhne Bauern würden. Wer wird zuletzt das Feld umgraben wollen, wenn wir diese Menschen-Classe als einen unglücklichen Stand betrachten, aus welchem man die Menschen erlösen muß? Ich möchte auch gern, daß ein Mann, der Wissenschaften triebe, zugleich eine feine Erziehung hätte. Ihr mög't wohl ungeschliffene Gelehrte in Deutschland haben, wenn jeder Bauer-Bengel, der bis in die Jahre, wo er Lust zeigt, zu studieren, auf dem Miste herum gelaufen ist, die Ochsen-Peitsche mit der Schreibfeder vertauschen darf. — Doch, das magst Du hinschreiben, daß, wenn sich ein Mahl ein ganz außerordentliches Genie unter den Kindern eines armen Mannes findet, ich dem Vater Geld geben will, damit der Sohn in irgend einem Fache, etwas Tüchtiges lernen könne; aber das braucht nicht grade als Gelehrter zu seyn. Wenn es Genies unter den Bauern und Handwerkern gibt, so ist das auch gut für den Landbau und für die Manufacturen. Wer übrigens sich zu etwas Höherm berufen fühlt, der arbeitet sich durch Armuth und andre Schwierigkeiten hindurch. Man muß den Leuten nicht alles so leicht machen. Durch Ueberwindung von Hindernissen wird das Genie verstärkt, wie eine gespannte Feder.« — Was der König da sagte, schien meinem Herrn Vetter so vernünftig, daß er fast nicht glauben konnte, es käme aus Sr. Majestät Gehirne; auch war das richtig geurtheilt. Diese ganze Stelle war aus einem Aegyptischen Manuscripte entlehnt, und hatte dem Negus deßwegen so gut gefallen, weil er darin eine Entschuldigung fand, kein Geld herzugeben, und er die allgemeine Aufklärung in seinem Reiche gern so wohlfeil als möglich betreiben wollte.

Gegen den Vorschlag, der hierauf folgte, Künstler in fremden Ländern reisen zu lassen, fand sich weniger einzuwenden, und es wurden Gelder dazu verwilligt, doch mit der Bedingung, daß diese Leute, nach ihrer Zurückkunft, einige Jahre hindurch für den Hof umsonst arbeiten sollten.

Hierauf wurde fest gesetzt, in Adova, der Hauptstadt von Tigre, eine Universität, in einigen andern Städten aber Gymnasien und Schulen anzulegen, worauf denn auch endlich der König den Vorschlag billigte, sich zu bemühen, nach und nach Deutsche Gelehrte nach Abyssinien zu ziehen.

Um diesen letztern Punct in Ordnung zu bringen, und überhaupt dem Werke die Krone aufzusetzen, wagte mein Vetter den Antrag *den Erbprinzen von Abyssinien auf Reisen zu schicken*. Viel Widerstand fand er Anfangs bey Durchsetzung dieser Sache. — Scheuete der große Negus die Kosten, oder fürchtete er, wie es zuweilen der Fall bey den Fürsten seyn soll, daß sein Sohn, durch eine bessere Erziehung und Bildung, als er selbst genossen, auch klüger, als er, werden möchte? — Genug! er sträubte sich ein wenig, dazu einzuwilligen, gab aber doch nach, und folgender Plan wurde gnädigst approbirt.

Der König hatte nähmlich zwey Söhne. Der Aelteste, welcher einst dem Vater in der Regierung folgen sollte, war ein Jüngling von sechzehn Jahren, sehr von sich eingenommen, durch Hof-Schmeicheley verderbt, kalt, eingebildet von seinem Fürstenstande, hatte dabey viel Hang zur Sinnlichkeit, zum Geize, wenig Genie, gar keine Kenntnisse und keinen Trieb, dergleichen zu erlangen. Der Jüngste hingegen war sanft, bescheiden, wohlwollend, aufmerksam auf alles, was ihn belehren konnte, nicht eben von durchdringendem Geiste, aber von gutem, graden Hausverstande, und unschuldig von Seiten der Sitten. Jener war von Jugend auf in den Händen eines eigennützigen, unwissenden Hof-Pedanten gewesen; dieser aber einem guten alten Manne anvertrauet worden, der, nicht ohne Mühe, von dem Monarchen die Erlaubniß erlangte, seinen Zögling, fern vom Residenz-Getümmel, auf dem Lande zu erziehen. Wir werden künftig sehen, mit welchem Erfolge dieser Erziehungsplan gekrönt wurde. Jetzt will ich nur noch sagen, daß jener alte Mann derselbe war, dem ich die oben mitgetheilten Bruchstücke aus der Geschichte Abyssiniens zu danken habe. — Wenden wir uns wieder zu dem ältern Fürsten-Knaben! Herr Wurmbrand hatte seinem Monarchen so viel von Peter des Großen in Rußland kühnem Unternehmen, als Privatmann zu reisen, alle Verhältnisse des Lebens kennen zu lernen und als Soldat und Schiffmann und Handwerker von unten auf zu dienen, erzählt, daß, als er der Negus seinen Plan zur Reise des Kronprinzen billigte, um doch auch etwas von eignen hohen Einfällen hinzu zu thun, zugleich erklärte, sein Sohn sollte, wie Peter von Rußland, in Deutschland als gemeiner Soldat dienen, und nach und nach alle Stufen, bis zum Throne, ersteigen. Es wurde vorläufig beschlossen, daß ich, den man damahls in Abyssinien erwartete, wenn ich anders dem Könige zu gefallen das Glück hätte, den Prinzen nebst einem zahlreichen Gefolge auf Reisen führen, und, bey unsrer Zurückkunft, einige Fuder Deutscher Gelehrten und Künstler mit nach Abyssinien bringen sollte. Da ich diese Reise im zweyten Theile meines Buchs beschreiben werde, so sage ich hier nichts mehr davon, und eile zu dem letzten Puncte, der in meines Herrn Vetters Aufklärungsplane weitläuftig aus einander gesetzt war.

Dieser Punct betraf den Luxus. Herr Wurmbrand gab sich Mühe, zu beweisen, daß dieser einem Lande gar nicht schädlich wäre; daß man ihm manche neue Erfindungen zu danken hätte; daß er das Geld in gehörigen Umlauf brächte und Thätigkeit und Industrie ermunterte; endlich daß er das Volk beschäftigte und von Meutereyen gegen den Alleinherrscher abhielte, und zugleich, indem er tausend neue Bedürfnisse erzeugte, die Unterthanen von dem Monarchen abhängiger machte. Bey dieser Gelegenheit war denn auch von den glänzenden Vergnügungen in der Residenz, von Pracht und zuletzt von Schauspielen die Rede. »Es ist ein eitler Einwurf« schrieb mein Herr Vetter, »wenn man sagt, diejenigen, welche bloß für das frivole Vergnügen der Bürger sorgten, bereicherten sich, auf Unkosten der nützlichern, arbeitsamern Classen. Ich will hier nicht ein Mahl von dem Nutzen der Schauspiele auf Bildung des Kopfs und Herzens reden, sondern nur das bemerklich machen, daß solche Künstler und muntre Gesellen selten Reichthümer sammeln, sondern das Geld, was sie heute verdienen, morgen wieder verzehren.« — »Das mag seyn« erwiederte der Negus, »aber die Gastwirthe, Modehändler und Andre, an welche das Geld aus diesen leichtfertigen Händen kömmt, sind ein eben so böses Volk, das es gleichfalls nicht zu besitzen verdient. Die arbeitende Classe also trägt es hin, um es durch Hände von Verschwendern, an Müssiggänger zu bringen, die sich damit bereichern.« — »Und das finden Ew. Majestät nicht gut?« fragte Wurmbrand, »grade das paßt, in das System einer unumschränkten Regierung! Was würde aus den Monarchien werden, wenn man darin frugale und fleissige Menschen reich werden ließe? *Um über diese Herr zu bleiben, dürfen sie sich nie im Wohlstande fühlen, indeß die Andern, sammelten sie auch noch so viel Schätze, immer durch ihre Thorheiten abhängig, immer Sclaven von Innen und Außen bleiben.«* — »Du hast zu meiner Zufriedenheit geantwortet«, sprach der König. »Ich machte Dir nur den Einwurf, um zu sehen, ob Du die Sache gehörig durchgedacht hättest. Ich erwarte von Dir einen Entwurf zu einem neuen Schauspiel-Etat. Laß mir auch die Aegyptischen Luftspringer wieder kommen, die im vorigen Jahre hier waren! Und wenn Dein Vetter, der Herr von Noldmann aus Deutschland kömmt, soll er directeur des plaisirs werden.«

Sechzehntes Kapitel.

Der Verfasser tritt seine Bedienungen an, und unterredet sich mit dem Negus über verschiedne Gegenstände.

Am zweyten Tage, nachdem ich von des Negus Majestät zum Baalomaal, oder Cammerjunker und Leib-Garde-Obersten war ernannt worden, kündigte mir mein Herr Vetter an, daß es nun Zeit wäre, Besitz von den mir gnädigst anvertraueten Stellen zu nehmen. Ich mußte daher erst des Morgens den Waffen-Uebungen der Garde du Corps beywohnen, zu welchem Endzwecke mir von besagtem meinem Vetter ein schöner Gaul, der auf drey von seinen Beinen noch so ziemlich flink war, zum Geschenke gemacht wurde. Wem Gott ein Amt gibt, dem gibt er auch Verstand dazu. Es ging mit der Reuterey besser, als ich gedacht hatte; und was die Manoeuvres betraf, so verstanden die andern Officiers nicht mehr davon, als ich. Der König war selbst gegenwärtig; unter seinen Augen machten wir allerley hübsche Angriffe; hätte ein Feind da gestanden, wo wir einhaueten, so würden wir ihn garstig zugerichtet haben. Jetzt ging alles ohne Unglück ab, außer daß wir ein altes Weib und zwey Kinder, die im Wege standen und sich nicht so schnell retten konnten, tödteten, indem wir sie überritten, weil wir, wie sich das versteht, dieser Kleinigkeit wegen, nicht unsre Glieder trennen durften.

»Herr Vetter!« sprach ich, als ich zu Hause kam, »ich habe mir, mit Erlaubniß zu sagen, einen Wolf geritten.« — »Das thut nichts«, antwortete er, »in des Königs Dienste muß man Leib und Leben für nichts achten. Indessen sollt Ihr Euch noch heute in einer andern Amts-Verrichtung zeigen, zu welcher Ihr dieser beschädigten Theile, die Ihr einstweilen mit Cammeelsfett schmieren möget, gar nicht bedürft. Sr. Majestät befehlen nähmlich, daß Ihr Allerhöchst-Denenselben heute zum ersten Mahl vorlesen sollt; also haltet Euch nach der Mittags-Tafel bereit dazu!«

Indeß wir noch also sprachen, wurde der Minister abgerufen, ehe er mir genauere Anweisung geben konnte, aus welchem Buche der König sich wollte vorlesen lassen. Darüber kam die bestimmte Zeit heran, und ich steckte ein Paar Bände zu mir, die mir grade in die Hände fielen. Unglücklicher Weise waren es Französische Bücher, und zwar ein Theil von Rousseau's Werken, worin sein Contract social stand, und der erste Theil von Montesquieu esprit des loix. In diesen Werken steht nun freylich wohl nichts, womit man einen Despoten in den Schlaf lesen kann; aber ich hatte nun ein Mahl kein anderes; doch fragte ich zum Ueberflusse, in welcher Sprache Ihro Majestät beföhlen, sich vorlesen zu lassen. — »Das ist mir einerley« erwiederte der Monarch, »lies Du nur her, was Du hast!« Also fing ich an, laut und vernehmlich, doch mit sanfter Stimme, das erste Kapitel aus Montesquieu herzudeclamiren. Der König nickte von Zeit zu Zeit mit dem Kopfe, als wollte er mir seinen Beyfall zu erkennen geben, und endlich verwandelte sich dieß Nicken in einen sanften Schlummer, worauf ich, meiner Instruction gemäß, das Buch beysteckte und davon schleichen wollte; allein der Negus erwachte in demselben Augenblicke, und winkte mir, wieder zu kommen: »Nein, nein!« rief er, »gehe nicht fort! Mein Schlaf ist schon vorüber. Es hat recht hübsch geklungen, was Du gelesen hast; ich bin zufrieden; doch magst Du ein ander Mahl Deutsche Bücher mitbringen. Jetzt will ich mit Dir über verschiedne Gegenstände reden.« — Nun begann unter uns ein Gespräch, das ich hier, in so fern ich mich dessen noch erinnre, mittheilen will.

Negus. Da ich Dir nun die Direction der Schauspiele übertragen habe, so mußt Du auch ein wachsames Auge auf die Musik halten. Die Kerl spielen mir da nicht immer Alle mit; es sind faule Schlingel darunter, die zuweilen mitten im Stücke aufhören und die Andern fortspielen lassen. Sie meinen, ich merkte das nicht; aber ich sehe alles, und will, daß Du sie anhaltest, fleissiger zu seyn.

Ich. Allergnädigster Herr! Es findet sich oft, daß einzelne Stimmen pausiren müssen.

Negus. Was? pausiren? In meinem Dienste leide ich keine Pausen; das laß Dir gesagt seyn! Und was die Regimentsmusik bey meiner Garde betrifft, so sollst Du mir die Größten von den Spielleuten auf die beiden Flügel stellen, und diese sollen mir die Posaunen von Jericho blasen. Ich kann es nicht leiden, wenn ein kleiner Knirps sich pechbraun an einem Instrumente drückt, das noch ein Mahl so lang als er selbst ist.

Ich. Aber Ew. Majestät geruhen, zu überlegen, daß doch nicht jedermann sich auf alle Instrumente gelegt hat. Wenn nun ein solcher Mann grade die Posaunen von Jericho zu spielen nicht gelernt hätte?

Negus. Darauf nehme ich keine Entschuldigung an; er muß so lange geprügelt werden, bis er bläst. O! ich sehe wohl, Du kennst die Subordination noch nicht, die ich eingeführt habe. Aber, weil wir doch von Schauspielen reden, damit muß mirs auch auf einen andern Fuß kommen. Ich weiß nicht, was die Abyssinischen Theater-Dichter dabey haben, daß sie dem Volke lauter jämmerliche, infame Mordgeschichten darstellen, daß sie nichts als Schurken, Stock-Narren, Carricaturen und Nickel und solches Lumpengesindel zu Helden und Heldinnen ihrer Trauerspiele und Lustspiele wählen; daß bey dem Plane ihrer Stücke oft eine Begebenheit zum Grunde liegt, die entweder höchst unwahrscheinlich ist, in hundert Jahren nicht Ein Mahl im menschlichen Leben vorfällt, oder die aus einer so höchst elenden Verkettung unglaublich ungücklicher Zufälle, die sich gegen die besten Menschen verschworen zu haben scheinen, zusammen gesetzt ist, daß man, bey meiner Seele! nichts dabey empfinden kann, als Ekel vor diesen Gräueln, und Unwillen

IV.

I. Th. S. 302

S. Zimmer del. Riep. f.

gegen Gott, der, wenn man solchen Unglücks-Mahlern glauben soll, auch dann seine Geschöpfe peinigt und mit Gewalt in den Abgrund zieht, wenn sie nichts verschuldet haben. Nein! ich mag wohl, daß der Zuschauer seine Thorheiten und Laster in Beyspielen geschildert sehe; aber es müssen keine Tollhaus-Thorheiten und keine Straßenräubers-Laster seyn, damit der Zuschauer sich selber in seinen Augen nicht als ein Engel von Tugend und Weisheit in Vergleichung mit jenen Creaturen erscheine. Ich mag wohl, daß auf dem Theater anschaulich gezeigt werde, in welches Labyrinth von Elend der schwache Mensch durch einen einzigen schiefen Bockssprung gerathen kann; aber bloß eine Gallerie von Jammer und Noth zu eröffnen, um zu zeigen, daß man die elende Kunst versteht, uns zu erschüttern; den Mann, der in das Schauspiel geht, um sich, auf anständige und vernünftige Weise, von seinen häuslichen und bürgerlichen Geschäften zu erhohlen, seine Sorgen und Leiden zu vergessen, und sein Gemüth durch Lächeln aufzuheitern, oder durch sanfte Rührung in süße Schwermuth einzuwiegen, und dadurch den Sturm wilder Leidenschaften zu dämpfen; einen solchen Mann dergestalt zu handhaben, daß ihm die Haare zu Berge stehen müssen; ihm gleichsam zu sagen: Siehst Du, Kerl! alles Unglück, was Du zu Hause und auswärts gesehen und erlebt hast, ist gar nichts gegen das, was Dir noch jeden Augenblick begegnen kann, wärst Du auch der edelste und klügste Mann auf der Welt; damit er dann trauriger, muthloser und verzweiflungsvoller, als je, nach Hause gehe — Mich dünkt, das ist ein unedler Zweck, dessen sich die Schauspielkunst schämen sollte. Und wenn denn die Bösewichte in solcher Herrlichkeit und Kraft dargestellt werden, daß man über ihre Größe die Abscheulichkeit und Gefahr ihrer Grundsätze vergißt, oder so liebenswürdig, daß wir uns hingezogen fühlen, zu ihnen, und daß leise der Gedanke in uns erwacht: für ein so eminentes Genie gäbe es keine Gesetze, keine Moral, und daß der feurige Jüngling leicht versucht wird, sich für ein solches privilegirtes Wesen zu halten; und wenn nun neben diesen Riesen von abscheulicher Erhabenheit die kalten Tugendbilder wie geschmacklose Zwerg-Figuren aussehen. Endlich wenn man uns, statt natürlicher, menschlicher Scenen und interessanter Begebenheiten, höchst verwickelte, sich durchkreuzende, immer unerwartet sich auflösende Geschichten darstellt, so daß man zuletzt keinen Sinn mehr für das Einfache hat, und uns alles in der wirklichen Welt langweilig und zu alltäglich vorkömmt, weil man unsre Phantasie ohne Unterlaß reitzt, mit uns in idealischen Sphären herum zu segeln — Was für Nutzen hat dann das Schauspiel für Kopf und Herz? Nein! Du sollst mir das Theaterwesen auf andern Fuß bringen, so wie es in Deutschland ist, denn ich hoffe, da wird es ja besser seyn.

Ich. Allergnädigster König! Ich bewundre in tiefster Demuth Ew. Majestät hohe Einsichten, und werde diese gnädigsten Befehle zu meiner Richtschnur nehmen. Was aber unsern Geschmack in diesem Fache in Deutschland betrifft, so geht es leider! dort eben so damit, wie hier und in allen übrigen Ländern. Der Trieb nach Neuheit jagt die Menschen ohne Unterlaß weiter von dem gebahnten Wege ab, und nachher, wenn die Einbildungskraft erst an das Herumschwärmen gewöhnt ist, dann hält es schwer, sie wieder zurück zu führen. Auf Ein Mahl wird sich das auch hier wohl nicht thun lassen; allein ich denke, nach und nach wird man der Hirngespinste müde, und sehnt sich wieder nach Einfalt und Wahrheit.

Negus. Nun, nun! wir wollen schon sehen, wie sich das Ding treiben läßt. Seitdem ich Buchdruckereyen habe anlegen lassen, schreiben die Abyssinischen Gelehrten ziemlich fleissig; noch ist zwar nicht viel kluges Zeug erschienen, aber ich denke, wenn sie erst ein wenig in Uebung kommen, so soll es schon besser gehen. In Deutschland kommen wohl recht viel Bücher heraus?

Ich. Viel tausend jährlich.

Negus. Gott bewahre! Da sind wir noch weit zurück. Aber da können doch unmöglich in jedem Buche neue Sachen stehen.

Ich. Nichts weniger! Einer schreibt den Andern aus; was schon hundert tausend Mahl gesagt ist und täglich am Tische und auf der Gasse, im Wachen und Traume gesagt wird, das läßt man auf unzählige Art, anders eingekleidet, drucken.

Negus. Das halte ich aber wahrlich für den elendesten Zeitverlust, woran die Leichtigkeit, solches dummes Zeug durch Buchdruckereyen in die Welt schicken zu können, Schuld ist.

Ich. Ich halte es auch für Zeitverlust, aber was ist dagegen zu machen? Kein Buch ist so schlecht, daß es nicht Leser finden sollte. Bey täglich wachsendem Luxus, Reichthume und Müssiggange, steigt auch das Bedürfniß, sich die Zeit durch Lesen zu vertreiben. Eine Menge Leute, die weder Lust, noch Geschicklichkeit haben, nützliche Arbeiten im Staate zu treiben, leben davon, daß sie Bücher machen. Das Erste, was ihnen grade in den Kopf kömmt, werfen sie auf das Papier. Am mehrsten Unfug wird mit den so genannten schönen Wissenschaften getrieben; sie sollten der Gelehrsamkeit eigentlich nur das seyn, was bey den Armeen die leichten Truppen sind. So wie man diesen wohl erlauben darf, auch zuweilen in Reihen und Gliedern zu fechten; sie aber, ohne von einem regulairen Corps unterstützt zu werden, doch nichts ausrichten können; so sollten die soliden Wissenschaften auch die eigentliche Stärke der gelehrten Haupt-Armee ausmachen. Nun aber bleibt es immer bey der Spiegel-Fechterey, und die litterarischen Husaren verstehen nichts Gründliches vom Dienste. Weil sie nicht Lust haben, die Regeln zu lernen, die doch aus der Natur geschöpft sind, und ohne welche man des sichern Erfolgs nie gewiß ist, sich auch leicht zu weit verirrt; so stellen sie sich, als verachteten sie alle Regeln, als wären diese völlig überflüssig. Selbst gute Köpfe werden von diesem so bequemen Vorurtheile angesteckt, und leisten nicht, was sie leisten könnten. Es erscheint jetzt in Deutschland, unter dem Nahmen von Gedichten, Schauspielen und Romanen, ein solcher Wust von geschmacklosem Zeuge, daß wir uns dessen vor unsern Nachbarn schämen müßten, wenn es nicht leider! in allen Ländern eben so herginge. An fleissige Ausfeilung seiner Werke denkt niemand. In einer müssigen Stunde, oder wenn der Autor Geld bedarf, bey guter oder schlechter Laune, heiterm oder umwölktem Kopfe, ohne seinen Gegenstand im Ganzen durchgedacht zu haben, schreibt er den Bogen voll, und schickt ihn vor Abend in die Druckerey. Er muß auch eilen; denn Eine Messe später, und die Form seiner Werke (worauf es mehr, als auf den Inhalt ankömmt) und die Sprache, darin er schreibt, sind nicht mehr in der Mode. — Niemand würde das Buch lesen, und enthielte es auch eine Quint-Essenz von Weisheit. Da er, bey dieser Veränderlichkeit des Geschmacks, gewiß weiß, daß sein Buch spätstens nach zehn Jahren Maculatur seyn wird; so spornt ihn kein Ringen nach Unsterblichkeit an; er sucht also bey seinen Lebzeiten noch einigen Vortheil von seinen Talenten zu ziehen, ein eitles Lob einzuernten, etwas Geld zu gewinnen. Dieser letzte Punct hängt von der Gefälligkeit des Verlegers ab, den er durch Nachgiebigkeit gegen den verderbten Mode-Geschmack, durch auffallende Titel, durch bizarre Einkleidungen und durch allerley andre unwürdige Künste zu gewinnen, schadlos zu halten, und gegen die Räubereyen der Nachdrucker zu sichern suchen muß. Aus diesem Allem erfolgt nun, daß der Geschmack an gründlichen Wissenschaften, die Lust, ernsthafte Werke zu lesen und zu schreiben, immer geringer wird, daß das Publicum den Sinn für Wohlklang, Numerus, Würde und Eleganz im Ausdrucke, Sprach-Richtigkeit und Ordnung in Gedanken und Einkleidung verliert; daß jeder schiefe Kopf, oder Tagedieb, der keinen Trieb hat, etwas Gründliches zu lernen, keine Geduld, eine nützliche Handthierung im Staate zu treiben, Schriftsteller wird; daß hierdurch der Stand eines Schriftstellers tief herabsinkt, und mancher gute Kopf deßwegen nicht schreibt, weil er sich schämt, mit Jenen in Eine Classe geworfen, und von einem unwissenden, undankbaren, verschrobnen Publicum beurtheilt zu werden.

Negus. Ich erstaune; Dein Vetter hat mir Wunderdinge von Eurer Literatur erzählt; wenn ich wüßte, daß er mich zum Narren gehabt hätte, so ließe ich ihn spießen. Wenn die Buchdruckerey solches Unwesen stiftet, so wäre es ja fast besser, man erschwerte die Mittel, schlechte Einfälle allgemein auszubereiten.

Ich. Ew. Majestät halten zu Gnaden! Der Erfindung der Buchdruckerey haben wir unendlich mehr Gutes zu danken, als sie Verwirrung angerichtet hat. Ich habe auch keinesweges sagen wollen, daß es uns an guten Büchern in Deutschland fehlt; aber es könnte besser mit unsrer Literatur aussehen, wenn —

Negus. Wenn, wenn — Vollkommen ist nichts in der Welt. — Wir wollen das Wesen mit den Buchdruckereyen ein wenig ablauern. Wenn mir die Kerl denn gar zu dummes Zeug schreiben, so will ich ein Mahl an Einem ein Exempel geben, das die Andern abschrecken soll. Aber Dein Vetter spricht mir ja immer so viel von der Critik in Deutschland, und daß gewisse Leute sichs zum Geschäfte machten, alle neue Schriften öffentlich zu beurtheilen und vor schlechten Büchern zu warnen; hilft denn das nicht?

Ich. Allergnädigster Herr! Mit der Critik sieht es bey uns nicht besser aus. Von Obrigkeits wegen kann man doch keine Leute ansetzen, die in Werken des Geschmacks Urtheile sprechen sollen; also wirft sich Jeder zum Kunstrichter auf, der Beruf dazu fühlt; beurtheilt, ohne seinen Nahmen zu nennen, folglich ohne daß man weiß, ob die Machtsprüche von einem Manne herrühren, der in dem Fache erfahren ist, Bücher, die er nicht versteht, oft nicht ein Mahl durchgelesen hat; posaunt die Schriften seiner Freunde aus; schimpft aus Neid und Parteylichkeit die größten Männer; mischt persönliche Angriffe auf den Character der Schriftsteller mit in die Recensionen — und so ist man denn auch dahin gekommen, auf die Critik gar nicht mehr zu achten — ja! man hält sichs fast für einen Schimpf, sein Werk in manchen gelehrten Zeitungen und Journalen gelobt zu sehen.

Negus. Das ist eine tolle Einrichtung. Indessen muß man dem Dinge hier den Lauf lassen. Ich möchte doch gar zu gern, daß Abyssinien auch durch Aufblühen der Wissenschaften und Künste berühmt würde. — Aber es ist schon spät; es wird wohl Zeit seyn, in das Schauspiel zu gehen. Was wird heute gegeben?

Ich. Das Trauerspiel: *Der Levit vom Stamme Ephraim.*

Negus. Ha! das ist die Geschichte aus dem Buche der Richter. Da wird die Frau des armen Leviten genothzüchtigt, bis sie stirbt, und dann geviertheilt. Das ist ganz lustig anzusehen. Komm mit mir! Und morgen nach der Tafel sollst Du mir aus einem Deutschen Buche vorlesen.

Siebenzehntes Kapitel.

Des Verfassers zweyte Unterredung
mit dem großen Negus über Staats-Angelegenheiten.

Mit der Aengstlichkeit, die einen Minister zu befallen pflegt, wenn er eine seiner Creaturen in den Dienst seines Despoten gebracht hat, und er nun noch in der Ungewißheit schwebt, ob der gnädigste Herr auch zufrieden mit seiner Wahl ist, oder ob nicht vielleicht diese Empfehlung ihm, dem Minister selber, schaden, seinen Credit schwächen könnte — mit dieser Aengstlichkeit zog mich mein Herr Vetter, so bald er im Schauspiele sich mir nähern konnte, auf die Seite, und fragte mich, wie meine erste Amtsverwaltung bey dem Monarchen abgelaufen wäre. »Ihr seyd, wie ich höre, sehr lange bey seiner Majestät gewesen«, sagte er, »ich hoffe, Ihr werdet mit Vorsicht und nichts geredet haben, was uns schaden könnte. Ihr seyd mit Fürsten und Höfen noch nicht sehr bekannt. Jedes Wort muß man hier auf die Wagschale legen. Die großen Herrn sind denn auch mißtrauisch, und verschweigen können sie gar nichts von dem, was man ihnen im Vertrauen sagt.«

Ich bat den Herrn Minister, nur ruhig zu seyn, und erzählte ihm alles, was zwischen dem Könige und mir vorgefallen war. »Aber« rief mein Vetter aus »seyd Ihr denn toll, Sr. Majestät aus einem Buche vorzulesen, das in einer Sprache geschrieben ist, wovon er nicht eine Sylbe versteht?« »Konnte ich das wissen?« erwiederte ich, »warum sagte er mirs nicht, daß er kein Französisch gelernt hätte?« — »Als wenn es sich für einen König schickte, zu bekennen, daß er in irgend einer Sache unerfahren wäre, die einer seiner Unterthanen weiß! Ich hoffe, Ihr habt es ihm nicht merken lassen, daß Ihr dieß nur ein Mahl ahnden könntet?« — »Nichts weniger! Aber ich gestehe Euch auch, der Herr sprach so verständig über manche Gegenstände, daß ich versucht war, ihm alle mögliche Gelehrsamkeit zuzutrauen. Unter andern fällte er über die Schauspielkunst sehr treffende Urtheile.« — »O! bleibt mir damit vom Leibe! diese lange Declamation habe ich schon so oft von ihm gehört; die hat er in einem Deutschen Manuscripte gelesen, das ich ihm geliehen habe, hat sie auswendig gelernt und prahlt nun damit; doch, das bleibt unter uns! Diese Gabe haben alle Fürsten, mit fremden Kenntnissen zu prangen; und Ihr werdet sehen, daß wenn Ihr ihm heute etwas Gutes gesagt habt, er nach einigen Tagen vergessen haben wird, daß das von Euch kam, und daß er Euch dann vielleicht Eure eigne Waare wieder verkaufen wird. Uebrigens wünschte ich, Ihr möchtet suchen, künftig die Gespräche unvermerkt auf politische Gegenstände zu lenken, und ihm ein wenig von den herrlichen Einrichtungen unsrer Deutschen Staaten erzählen; denn von dieser Seite habe ich meine Last mit ihm; er will in Allem seinem Kopfe folgen, und hat so despotische Grundsätze, daß ich selbst oft für meine und Eure Sicherheit bange bin. Hier ist der Ort nicht, davon zu reden. Kommt morgen früh in mein Cabinet! da will ich Euch weitläuftig instruiren.«

Ich ermangelte nicht, diesen Befehl des Herrn Ministers zu vollziehen, und ging des andern Tages nach der Tafel, vollkommen vorbereitet, zu meinem allergnädigsten Negus.

Die Leser werden es mir, wie ich hoffe, nicht zur Eitelkeit auslegen, wie Einige von ihnen es einem großen Deutschen Schriftsteller, bey einem ähnlichen Falle dafür ausgelegt haben, wenn ich ihnen noch ein Paar von meinen Gesprächen mit dem Monarchen Abyssiniens erzähle. Es ist nothwendig, daß ich berichte, wie der Negus über manche Gegenstände, welche auf die Aufklärung seines Landes Bezug haben konnten, dachte, wenn ich von meinen und meines Herrn Vetters Bemühungen, dort alles auf Europäischen

Fuß zu setzen, Rechenschaft geben will. — Also ohne Umschweife!

Ich las heute dem Negus aus Wielands Geschichte der Abderiten vor, wobey Se. Majestät herzlich lachten, als wir durch einen großen Lerm, der draußen vor den Fenstern des Schlosses entstand, unterbrochen wurden. Ich erschrak und fürchtete einen Auflauf des Volks; allein der König beruhigte mich und erklärte mir den Vorfall. Es war nähmlich von undenklichen Zeiten her in Abyssinien eingeführt, daß täglich, um eine gewisse Stunde, eine Anzahl Menschen vor die Fenster der königlichen Zimmer treten, und mit großem Geschreye Gerechtigkeit und Hülfe erflehen und fordern mußten.* Der Zweck dieser Ceremonie war, den Monarchen, mitten in seinen Freuden und Wollüsten, aus dem Schlummer der Sinnlichkeit zu erwecken, und ihn daran zu erinnern, daß tausend Menschen jeden Augenblick auf seine Thätigkeit und Wachsamkeit Anspruch zu machen ein Recht hätten.

Diesen Gebrauch lobte ich und fügte hinzu: ich wünschte, es möchte etwas Aehnliches bey uns in Deutschland eingeführt werden.

»Ich hoffe« sprach der Negus, »Eure Könige und Fürsten werden solcher Erinnerungen so wenig als ich bedürfen.« — »Wenigstens« erwiederte ich ganz freymüthig, »kann es wohl nicht schaden, wenn man es ihnen zuweilen an das Herz legt, daß sie Menschen sind, wie wir Alle. Auf dem Throne, umringt von Schmeichlern, die jedes halb kluge Wort, das aus ihrem Munde geht, wie einen Orakel-Spruch bewundern, jede menschliche Handlung, deren ein guter Privatmann, nach Verhältniß seines Vermögens, ohne ein Mahl zu ahnden, daß er etwas anders als seine Pflicht gethan hat, unzählige begeht, in Zeitungen und Gedichten ausposaunen; angebetet von Sclaven-Seelen, die sie ohne Unterlaß in dem Wahne erhalten, als sey jeder Fürst ein Statthalter Gottes,

* Siehe Bruce's Reisen.

folglich alles Gute, was er seinen Unterthanen erwiese, und alle Sorgfalt, welche er ihnen widmete, und wofür er doch ernährt, gepflegt und geehrt wird, eine Gnade, sey das Geld, welches er ausspendet, das Almosen, welches er gibt, die Besoldung, womit er den Fleiß belohnt, *aus seinem* Schatze hergegeben, da es doch nur das Eigenthum des Landes ist, welches er verwaltet; in eitlen Freuden, Zerstreuungen und Lüsten herumtaumelnd, vergessen die Großen der Erde, wenn sie nicht so erhaben, so edel wie Ew. Majestät denken, gar zu leicht, daß indeß Millionen Menschen nach Brot und nach Sicherheit gegen Unrecht und Bedrückungen seufzen. Man entfernt von ihnen den Anblick des Elendes, damit sie nicht auf die Spur kommen, woher dieß Elend rührt, nicht erfahren, daß die kleinen Unter-Tyrannen es sind, die das Volk so unglücklich machen; damit sie nicht böser Laune werden, noch verstimmt seyen, wenn irgend ein Liebling für sich oder seine Creaturen eine neue Gunst auf Unkosten Andrer erbetteln will. Da würde es denn ganz heilsam seyn, wenn man sie zuweilen durch die laute Volksstimme daran erinnerte, daß dieß Volk ein Recht hat, sie zu ihrer Pflicht aufzufordern, und daß, wenn sie auch vor dieser lauten Stimme ihre Ohren verschlössen, jeder dieser schreyenden Mäuler auch zwey Arme hat, womit man Felsen sprengen, also auch Throne umstürzen kann.«

Negus. Darfst Du das in Deutschland laut sagen, was Du Dich unterstehst, hier vor mir zu reden?

Ich. Allergnädigster König! Ein großer, edler Regent fürchtet die Stimme der Wahrheit nicht, und haßt nicht Den, welcher die Stimme führt; und die kleinen, niedrigen Despoten scheuet man jetzt nicht mehr. Man schreibt und redet schon ziemlich laut über Menschenrechte und Regentenpflichten, und wird bald noch lauter darüber reden. Nur ist es zu bedauern, daß solche Wahrheiten selten zu den Ohren unsrer Fürsten kommen. Die Vezirs und Muftis, die mehr als die Sultane dabey interessirt sind, daß alles auf dem alten Fuße bleibe, verstopfen ihren Herrn die Ohren, und verbinden ihnen die Augen. Unsre Fürsten sind zum Theil gutgeartete Menschen; wenn man ihnen an das Herz redete, so würden wohl Viele von ihnen auf bessere Wege zu lenken seyn; ja! sie würden die Nothwendigkeit einsehen, ihr System zu ändern. — Denn das läßt sich doch begreifen, daß, früh oder spät, das gemißhandelte Volk die Last der unnatürlichen Ketten fühlen und sich wundern wird, wie es wohl kömmt, daß es erst jetzt einsieht, es liege nur an ihm, diese Fesseln abzuschütteln. Und dann möchte vielleicht eine ärgre Revolution erfolgen, als gegenwärtig zu befürchten wäre, wenn die Despoten gutwillig sich den ersten, heiligsten Gesetzen, den Gesetzen der Menschheit unterwürfen.

Negus. Aber wenn Eure Fürsten das, was gegen die Mißbräuche ihrer Gewalt geschrieben und gesprochen wird, nicht erfahren, so stiftet ja das ganze Geschrey darüber keinen Nutzen, wohl aber den Nachtheil, daß das Volk zum Aufruhr, auch gegen gute Regenten, zur Unzufriedenheit, auch über die besten Einrichtungen, angereizt werden kann.

Ich. Nein, mein gnädigster König! Das Volk im Ganzen ist nie zum Aufruhre geneigt, und einzelne unruhige Köpfe würden es vergebens versuchen, Menschen zur Meuterey zu verführen, die sich, unter einer väterlichen Regierung, glücklich fühlen, Menschen, die Freude und Wonne und Sicherheit und Wohlstand in ihren stillen, friedlichen Hütten schmecken; die nach öffentlich bekannten Grundsätzen regiert, nicht im Blinden geführt, nach Gerechtigkeit und Verordnungen, nicht nach Willkühr gerichtet werden. Einzelnes Klagen und Murren wird dann freylich wohl dennoch gehört werden; nicht Jeden wird man zufrieden stellen können; auch werden einzelne Unvollkommenheiten mit unterlaufen; aber allgemeine Meuterey wird nie Wurzel fassen, und schrieben die Bösgesinnten auch noch so arge Libelle. Also schaden dergleichen freye Reden und Schriften nicht. — Aber sie stiften auch Nutzen. Lieset und hört sie der Fürst nicht, so lesen und hören sie doch zuweilen seine Verführer, zittern bey dem Gedanken, daß ihr Reich sich seinem Ende nahen könne, und verlieren den Muth. Der Gedrückte, Gebeugte, Scheue, Furchtsame aber wird belebt, wagt es ein

Mahl, bey einer entscheidenden Gelegenheit, wo er aufs Aeußerste gebracht ist, den Götzen die Kniebeugung zu versagen; und der Schwache, der im Begriff war, sich zum Werkzeuge der Unterdrückung mißbrauchen zu lassen, schämt sich, und tritt zurück, tritt auf die Seite der Bessern, wenn jene Wahrheiten in allgemeinen Umlauf kommen, und niedrige Sclaven-Seelen der öffentlichen Verachtung preisgegeben sind.

Negus. Du redest kühn; aber ich mag dergleichen wohl hören, und werfe darum keine Ungnade auf Dich. Komm morgen wieder! Für heute habe ich genug. Nur bitte ich, wenn Du nicht Lust hast, gekreuzigt zu werden, daß Du über dergleichen Gegenstände *nur mit mir* und außerdem höchstens noch mit Deinem Vetter, sonst aber mit niemand redest.

Ehrerbiethig verbeugte ich mich nun zur Erde, und ging von dannen; aber ich gestehe es, ich war sehr zufrieden von meiner Wenigkeit an diesem Tage.

Achtzehntes Kapitel.

Drittes Gespräch mit dem Negus;
über die Deutsche Verfassung.

Ich konnte unmöglich meinem Herrn Vetter die Behaglichkeit verbergen, die mir das Bewußtseyn, als ein redlicher, freymüthiger Mann geredet zu haben, gab; so bald ich daher mit ihm allein war, erzählte ich ihm haarklein jedes Wort, das zwischen dem Negus und mir gewechselt worden war. »So habt Ihr es denn« rief der Herr Minister aus, »recht darauf angelegt, mich und Euch durch Eure Unvorsichtigkeit ins Verderben zu stürzen? Solche Dinge einem Monarchen zu sagen! — Hat man je so etwas gehört? Mich wundert, daß er Euch nicht auf der Stelle hat spießen lassen. Nun gottlob! daß es so abgelaufen ist! Aber ich rathe es Euch, vorsichtiger zu werden, sonst werde ich der Erste seyn, der seine Hand von Euch abzieht.«

Als mein Vetter also sprach, glaubte ich, es sey grade Zeit, mich Ein für alle Mahl bey ihm in Ansehen zu setzen; ich ging also ernsthaft auf ihn zu, runzelte ein wenig die Stirn, und sprach mit Nachdruck folgendes zu ihm: »Herr Minister! ich muß es Euch grade heraus sagen, daß mir dieser Protectors-Ton gar nicht gefällt. Wer immer grade und redlich handelt, bedarf keines Schutzes, und wer nicht eher redet, als bis er gefragt wird, und dann, wenn es Pflicht ist, so redet, wie es Rechtschaffenheit und Wahrheit fordern; der hat nicht Ursache, irgend jemand zu fürchten. Drohen aber lasse ich mir nun vollends von niemand auf der Welt. Wenn

Ihr geglaubt habt, Ihr würdet aus mir hier einen Sclaven machen, der kein andres Wort über seine Lippen brächte, als was Ihr ihm vorschriebet, und was in Euren Plan paßte; so hättet Ihr mich lieber in Goßlar in meiner Armuth lassen sollen. Ich mag keines sterblichen Menschen Maschine seyn. Hof-Erfahrungen habe ich freylich wenig; aber das finde ich doch auch hier bestätigt, was ich immer geglaubt habe, daß die Fürsten selbst nicht so schlimm sind, als die, welche sie umgeben. Ihr seyd es, welche diese Menschen verderben, indem Ihr aus knechtischer Furcht sie in ihren schädlichen Grillen durch unterthänigen Beyfall bestärkt, oder gar, aus niedrigen Neben-Absichten, ihnen gefährliche Grundsätze in den Kopf jagt. Ihr sehet es, Herr Vetter! der Negus hat die Dinge, welche ich ihm gesagt habe, geduldig angehört und hat mich nicht spießen lassen; und Ihr, die Ihr Euch freuen solltet, daß Ihr ein Mahl einen ehrlichen Mann in den Dienst gebracht habt, Ihr wollt mir das Maul stopfen. Nein! ich werde reden, so lange ich meine Stelle behalte; ich fühle es, der König ist kein schlimmer Mann; er verdient es, daß man ihm die Wahrheit nicht verhehle. Glaubt Ihr, ich werde mich deßwegen je zu der Rolle eines schändlichen Schmeichlers erniedrigen, weil ich hier umsonst Pasteten bey Hofe fresse, oder ich ließe mich besolden, um den Negus mit verderben zu helfen; so irrt Ihr Euch gewaltig. Dient das nicht in Euern Kram; bedürft Ihr eines Menschen, der anders denkt; so schickt mich wieder zurück nach meinem schmutzigen Goßlar — und damit Gott befohlen!«

Leichenblaß wurde mein Herr Vetter bey dieser Erklärung; er versuchte es verschiedene Mahl, mich zu unterbrechen, und mich durch ungnädige Minen in Furcht zu setzen; aber vergebens! Ich fuhr ernsthaft fort; und als ich fertig war, wollte ich ihn verlassen. Nun spannte er andre Saiten auf, lobte meine Redlichkeit, versprach, mich zu unterstützen, und bat mich nur, nicht gar zu unvorsichtig zu Werke zu gehen. Das verhieß ich ihm denn sehr gern, und wir schieden als Freunde aus einander.

Gegen Abend fand ich mich wieder bey meinem Monarchen ein, der mich mit heiterm Gesichte empfing. »Heute« sprach er, »sollst Du mir etwas von der Verfassung Eurer Deutschen Höfe erzählen. Ich denke, das wird ganz lustig anzuhören seyn, und ich erlaube Dir, von nun an immer eben so offenherzig, wie gestern, mit mir zu reden. Fange nur gleich an!« Das that ich denn, und machte ihm ungefähr nachstehende Schilderung:

»Unsre größern Deutschen Staaten werden mehrentheils nach menschlichen und gerechten Grundsätzen regiert; ein mächtigrer Fürst fühlt lebhafter die Wichtigkeit seines Berufs, weiß, daß so viel Augen auf ihn gerichtet sind, daß er einst in der Geschichte seines Zeitalters auftreten muß; er wird sorgsamer erzogen; seine Verbindung mit andern Reichen leidet nicht, daß er willkührlich sein Regierungs-System ändern könne, und fremde Mächte wachen über ihn und sein Land, als einen wichtigen Theil des Ganzen. Große, allgemeine Gebrechen, worüber ganz Europa seufzt, drücken freylich diese mächtigern Staaten auch; die täglich anwachsenden, ungeheuren, stehenden Heere, die der Bevölkerung und der Industrie schaden, und müssige Menschen auf Kosten der arbeitsamen ernähren; schädliche Vergrößerung der Residenzen, wohin aller Reichthum aus den öden Provinzen fließt; unnützer Aufwand; Sittenlosigkeit; Liebe zur Pracht, Ueppigkeit und Wollust, die von daher sich in alle Classen verbreiten — das alles sind freylich schwere Landplagen; aber sie werden von dem unaufhaltsamen Strome der Cultur herbey geführt, und es steht fast nicht in der Macht des Landesherrn, diesen Lauf zu hemmen. — Im Ganzen herrscht denn doch in diesen beträchtlichern Deutschen Staaten eine gewisse, wenigstens nicht ganz unsystematisch vertheilte Summe von Wohlstand und Zufriedenheit unter allen Classen der Bürger, und wenn gleich die albernen Grundsätze von Fürstenrechten, die nun ein Mahl allgemein angenommen sind, echte, der freyen Menschheit zukommende Behaglichkeit verdrängen; so tritt doch an deren Stelle eine Art conventioneller Glückseligkeit, und alles ist so calculirt, daß wenigstens jeder Stand diejenige kleine Portion von Lebensgenuß schmeckt, die man ihm, nach jenen Grundsätzen, gestatten kann. Die Völker beruhigen sich dabey, wenn es nicht zu arg wird, und man sie nicht zur Verzweiflung bringt; und vielleicht würde es noch schlimmer werden, wenn sie auf Ein Mahl dieß System über den Haufen werfen wollten.

Ganz anders aber sieht es mit den kleinern Fürsten aus. Diese könnten, nach Verhältniß, sehr viel glücklicher seyn, und sehr viel mehr Gutes verbreiten, als die mächtigern. Auch sind unter ihnen edle, vortreffliche Männer, die ihre Unterthanen, wie ihre Kinder betrachten und behandeln, und von ihnen wie Väter geliebt werden. Ein kleinerer Zirkel ist leichter zu übersehen; es ist leichter, da zu helfen, wo es fehlt, wenn das ganze Ländchen gleichsam nur Eine ruhige Familie ausmacht. Sie bedürfen des ungeheuren Aufwandes von Kriegsheeren, Hof- und Staats-Bedienten, Tafeln, Festen, Gesandten und dergleichen nicht. — Und ist es nicht rühmlicher, erhabner, größer, in der Stille tausend Menschen an Leib und Seele glücklich, frey und froh zu machen, von ihnen gesegnet und zärtlich geliebt zu werden, als Millionen Sclaven mit eisernen Ketten an ein Joch zu schmieden, damit die Nachwelt, den Mann, der nicht Einen Freund je gehabt, für den nicht Eines Menschen Herz je geschlagen hat, als einen — merkwürdigen Beherrscher bewundre?

Und diese Wonne könnten alle unsre kleinen Fürsten schmecken; allein dafür haben nur Wenige unter ihnen Sinn. Die rasende Begierde, es den größten Monarchen gleich zu thun, sich bemerken zu machen, von sich reden zu lassen, verleitet sie zu hundert Thorheiten und bösen Streichen. Der Fürst will einen churfürstlichen Hofstaat haben, der Graf kauft sich den Fürsten-Titel. Die kleinen, von arbeitsamen Menschen leeren, hölzernen Residenzen, wimmeln von müssigen, liederlichen, hungrigen, bunten Soldaten, und von hirnlosen, niederträchtigen, bettelarmen Hofschranzen, die sich unter einander hassen, verleumden, verfolgen, und, durch die schändlichste Schmeicheley und durch die Bereitwilligkeit sich zu den entehrendsten Diensten brauchen zu lassen, den schwachen Fürsten noch täglich mehr verderben. Feile, menschenscheue Schriftsteller und erkaufte Zeitungsschreiber posaunen dann Handlungen von diesen durchlauchtigen Sündern aus, um welche gelobt zu werden, ein Privatmann sich schämen würde, und beschreiben ihre geschmacklosen Feste. Noch geht es leidlich, wenn die Potentaten ihr Unwesen nur zu Hause treiben, und das, was der arme Unterthan im Schweisse seines Angesichts aufbringt, wenigstens im Lande wieder verzehren; allein da kutschieren manche von ihnen alle Jahre nach Frankreich, Italien, oder England, oder figuriren im Dienste größerer Herren; und wenn sie denn ein Mahl nach Hause kommen, so wissen sie nichts zu treiben, als vor langer Weile die Thorheiten nachzuahmen, die sie auswärts gesehen haben. Dazu bringen sie auch noch wohl einen Schwarm fremder Windbeutel und Schelme mit, die dann an die Spitze der Geschäfte gestellt werden, verdienstvolle Einheimische verdrängen und die größte Verwirrung in einem Lande anrichten, von dessen Verfassung sie nichts verstehen. Diese Fremde setzen dem Fürsten nun vollends allerley kostbare Spielereyen in den Kopf. Da wird das ganze Land zu einem Jagd-Park umgeschaffen; oder es werden prächtige Theater erbauet, indeß das alte Schloß den Einsturz droht, Schauspieler und Tänzer reichlich besoldet, indeß die Räthe nicht das liebe Brot haben; oder Tonnen Goldes an Kutsch- und Reitpferden verschwendet, indeß der arme Bauer keine Mähre hat, die seinen Pflug zieht.

Zu diesem allen muß das unglückliche Ländchen das Geld aufbringen, und da gibt es denn keine Art von Finanz-Operation, zu welcher man nicht seine Zuflucht nähme, um dem unglücklichen Bauer den letzten Häller aus dem Beutel zu locken. Ist, bis auf die freye Luft nach, alles, was sich taxiren läßt, mit Auflagen beschwert; so legt man Lotterien und Lotto an. Da hohlt der arme Dienstbothe, der sich einen sauer erworbnen Noth-Pfennig, zur Sicherheit gegen Alter und Krankheit, zurück gelegt hatte, getäuscht durch die eitle Vorspieglung des zu hoffenden Gewinstes, seine Sparbüchse hervor, und verliert seinen einzigen Trost, im Spiele gegen seinen durchlauchtigsten Landesvater. Und sind alle Mittel, Geld zu erhaschen, durchprobiert, so nimmt man noch zu dem letzten und abscheulichsten seine Zuflucht — man verkauft das Leben seiner Unterthanen fremden Potentaten.

So wie das ganze Augenmerk solcher Fürsten nur dahin geht, aus dem Lande so viel Geld als möglich zu ziehen, um den unnützen Aufwand zu bestreiten; so studieren denn auch die Räthe und Diener allein darauf, sich zu bereichern; und ihnen wird durch die Finger gesehen, in so fern sie nur neue Plünderungs-Mittel erfinden helfen — ja! es gibt Länder, wo die Besoldungen ausdrücklich darum so geringe sind, weil man darauf rechnet, daß das Uebrige durch Betrug und Bestechung herbey geschafft wird. Es gibt besonders Einen Staat in Deutschland, wo dieser Unfug aufs Höchste getrieben wird; wo öffentlich, unter des Ministers Schutze, und mit Vorwissen des Fürsten, ein Jude die Bedienungen dem Meistbiethenden verkauft; wo dieser Handel schamlos in des Ministers Vorzimmer getrieben wird; wo die Beamten Recht und Gerechtigkeit um Geld feil haben, und das alles vor den Augen des ganzen Deutschen Publicum, dem man diese Abscheulichkeiten schon oft in Journalen und andern Büchern gedruckt vor Augen gelegt hat, worüber aber die unverschämten Schelme nur lachen und ihr Wesen forttreiben.«

Negus. Es ist kaum möglich, daß Du deine Schilderung nicht übertreiben solltest. Was würden Eure Landstände zu solchen Abscheulichkeiten sagen?

Ich. Daß es Gott erbarme! Was sind denn unsre Landstände? Gewählte Repräsentanten aus solchen Volks-Classen, die bey diesen Bedrückungen am wenigsten leiden, zuweilen sogar ihren Vortheil dabey finden, folglich, auf Unkosten des Standes, der alles tragen muß und nicht mitsprechen darf, verwilligen, was der Despot fordert. Mit den Wahlen geht es denn auch so her, daß es ein Jammer ist. Unwissende Menschen, ohne Kenntniß des Landes, ja! nicht selten ohne gesunde Vernunft; Leute die vom Hofe abhängen, Bedienungen haben, oder dergleichen für sich und die Ihrigen suchen, versammeln sich da. Der Bevollmächtigte des Fürsten hält da eine Rede, worin er landesväterliche Grundsätze auskramt, fordert dann neue Abgaben und die Deputirten — verwilligen. Die Versammlungen werden in die Länge gezogen, damit man mehr Diäten gewinne, und die Bürden, die das Land drücken, werden von Jahr zu Jahr größer.

Negus. Das ist freylich traurig; aber am Ende bleibt doch dem, welchen man gar zu arg mißhandelt, der Weg der Justiz übrig, die, wie mich Dein Vetter versichert, in Deutschland, sogar gegen den Fürsten selber, unparteyisch durchgreift.

Ich. Das ist wahr; allein dem sey der Himmel gnädig, der in Deutschland einen Proceß zu führen hat! Kostbarer und weitläuftiger kann wohl im keinem Lande die Justiz verwaltet werden, als bey uns. Unsre Streitigkeiten werden nach den Sammlungen der alten Römischen Gesetze entschieden; diese Gesetze sind voll von Albernheiten und Spitzfindigkeiten, passen nicht auf unsre Zeiten, auf unsre Verfassung, und lassen sich auf zehnfache Weise auslegen. Es gibt eine eigne Classe von Menschen, die bloß davon leben, daß sie die Processe in die Länge ziehen und die Gesetze verdrehen. Niemand darf mündlich und klar seine Sachen vortragen, sondern alles muß schriftlich durch die Hände der Advocaten verhandelt werden. Ueber die Beendigung der einfachsten Streitigkeiten, welche die gesunde Vernunft in zwey Minuten entscheiden könnte, verstreicht eine ganze Lebenszeit, und wenn unzählige Rieße Papier sind verschrieben worden, so haben beide Parteyen mehr an Gerichtsgebühren und Proceßkosten bezahlt, als der ganze Gegenstand des Streits, vielleicht mehr als ihre Habe und Gut werth ist. Zu dieser Menge unnützer Römischer Gesetze kommen denn noch in jedem Staate ungeheuer viel besondre Landes-Verordnungen, die niemand im Gedächtnisse behalten kann, und deren eine die andre aufhebt. Noch sind die Parteyen glücklich und können wenigstens hoffen, daß endlich ein

Mahl ihr Rechtshandel entschieden werden wird, wenn sie in einem Lande wohnen, wo die Appellationen nicht nach Wetzlar gehen; denn wer das Elend erlebt, bey dem Reichs-Cammergerichte einen Proceß anhängig zu haben, der ist sehr zu beklagen. Dort bleiben jährlich viel hundert Sachen liegen, wovon die zeitliche Glückseligkeit so mancher Familie abhängt. Und das kann, bey dem besten Willen der dortigen Richter, der ein Mahl eingeführten Form nach, gar nicht anders seyn. Nun setzen Ew. Majestät den Fall, daß einem von den unzähligen Herren über Leben und Tod, die in Deutschland ihr Wesen treiben, daß es einem von den kleinen Fürsten einfällt, aus meiner Haut Riemen zu seinen Parforce-Peitschen schneiden zu lassen, wie sie denn zuweilen gar sonderbare Grillen haben, und ich sterbe nun an einer solchen Operation; so hat denn freylich meine arme Witwe das Recht, den Tyrannen in Wetzlar zu belangen. Sie erlebt es nicht, meine Kinder und Kindeskinder erleben es nicht, daß das Urtheil gesprochen wird. Zu Bettlern wird die ganze Generation. — Endlich erscheint der längst erseufzte Spruch; der Fürst wird verurtheilt — Geld zu bezahlen. In das Leben zurückrufen kann er den Ermordeten nicht; die durchweinten, durchjammerten Nächte sind nicht zurückzurufen — doch Geld soll er bezahlen, oder vielmehr sein unschuldiges Land — aber er bezahlt nicht — einem benachbarten Fürsten wird die Execution aufgetragen — aber sie erfolgt nicht; tausend Chicanen hindern die Vollziehung des Urtheils. —

Negus. Schweig! so geht es ja in Marocco nicht her! Du selbst sagst, daß unter den Fürsten in Deutschland so viel edle Männer sind; würden diese, wenn es also wäre, wie Du es beschreibst, nicht längst zusammen getreten seyn, nicht längst in Regensburg, oder wie das Nest heißt, wo der große Divan gehalten wird, die Mißbräuche ihrer Verfassung in Ueberlegung genommen und abgestellt haben?

Ich. Ja! wenn das eine so leichte Unternehmung wäre! Vorgekommen sind diese Gegenstände oft genug und laut genug geschrien wird auch darüber; allein in Deutschland erfordert so etwas Zeit und Förmlichkeiten, und darüber zerschlägt sich das Ganze. Ueber unnützes Ceremoniel werden unendliche Verhandlungen gepflogen, und wie manche große, wichtige Unternehmung, hat sich, nachdem sie schon einen Aufwand von Millionen gekostet hatte, bloß darum zerschlagen, weil man nicht darüber einig werden konnte, ob alle Gesandten, oder nur einige von ihnen in Armsesseln sitzen dürften?

Negus. Nein! Da lobe ich mir doch unsre Einrichtung; aber mehr Aufklärung ist in Deinem Vaterlande, als bey uns; das muß man gestehen. Uebrigens bleibt es dabey, daß Du mit dem Kronprinzen nach Deutschland reisest, und das bald. Er soll das Gute und Böse dort kennen lernen; in vier Wochen sollt Ihr fort.

Und so schloß sich denn mein heutiges Gespräch mit dem Negus.

Neunzehntes Kapitel.

Noch ein Gespräch mit dem großen Negus, moralischen und vermischten Inhalts.

Manche Leser mögen mir vielleicht Schuld geben, ich hätte das Gemählde, welches ich dem großen Negus von unsern Deutschen Höfen entwarf, mit zu starken Farben aufgetragen. Wer das Glück hat, in dem nördlichen Theile von Deutschland, unter einer milden Regierung und umringt von zufriednen, nicht gedrückten Menschen zu leben, dem kömmt das unglaublich vor, was in den südlichen Gegenden täglich vorgeht, und was der warme Freund der Menschheit nicht ohne Unwillen und Zähneknirschen sehen und hören kann. Allein es ist nun ein Mahl so, und da es öffentlich vorgeht, so muß es auch öffentlich erzählt werden dürfen. Doch hatte ich noch einen andern Grund, warum ich dem Könige dieß Unwesen so fürchterlich schilderte; einige der Gebrechen, die ich hier als meinem Vaterlande eigen angab, waren, wie man sich aus meinen Fragmenten der Abyssinischen Geschichte erinnern wird, hier nicht weniger eingerissen. Es war ein delicater Punct, dieß gegen den Monarchen zu rügen; indem ich aber die Scene nach Deutschland hin verlegete, und dennoch der Wahrheit treu blieb, gab ich ihm Gelegenheit, die Uebel mit allen ihren Folgen kaltblütig zu überschauen.

Ich hielt dieß um so mehr für Pflicht, da ich sah, wie mein Vetter, nicht eigentlich aus bösem Herzen, aber aus einer unverzeihlichen Schwäche und aus Furcht, Gunst und Ehrenstellen zu verlieren, dem Negus auf unendliche Weise schmeichelte, sein Steckenpferd, die Aufklärung zu verbreiten und von sich als einem Beförderer der Wissenschaften und Kunste reden zu machen, streichelte, und wie mit der Europäischen so genannten Aufklärung, alle unsre schädliche Thorheiten und Ungehörigkeiten mit nach Abyssinien zogen. Hindern konnte ich das nicht; aber ich wollte wenigstens nichts dazu beytragen. Benjamin Noldmann ist weit davon entfernt, sich denen zum Muster aufdringen zu wollen, die Einfluß auf Potentaten haben; aber das kann er doch nicht verhehlen, daß er die Erfahrung gemacht hat, daß man mehr als bloß die innere Beruhigung, die Pflicht der Rechtschaffenheit erfüllt zu haben, dabey gewinnt, wenn man freymüthig die Partey der Wahrheit, Gerechtigkeit und Menschlichkeit nimmt. Die Fürsten verachten doch im Grunde den sclavischen Schmeichler, und schonen und ehren den unbestechbar redlichen Mann. Und ist es nicht das feinste Lob, das man einem Fürsten zu geben vermag, wenn man in seiner Gegenwart Andre seines Gleichen tadelt? Heißt das nicht so viel gesagt, als daß man ihn unfähig hält, in ähnliche Fehler zu verfallen? Geschieht dieß ohne Bitterkeit und Leidenschaft; so kann es auch wirklich, in so fern es oft wiederhohlt wird, eine Sinnes-Aenderung bey ihm bewirken und ihn wenigstens von manchem raschen Schritte abhalten, wenn er sieht, daß auch er der öffentlichen Prüfung unterworfen ist.

Diesem Systeme bin ich immer treu geblieben, so lange ich in Gondar war. Ich hatte einige Belesenheit in der Geschichte der Europäischen Staaten, und das gab mir Gelegenheit, was ich vorzubringen hatte, zuweilen von daher zu entlehnen. Wir redeten von Ludwig dem Vierzehnten, den die Schmeichler einst den Großen genannt haben, und ich machte ihm bemerklich, welch ein elender, kleiner, eitler Kerl dieser große König gewesen wäre, wie er die Menschen als das Vieh betrachtet hätte, erzählte ihm unter andern, wie viel Tausende er in seinen unnützen Kriegen aufgeopfert; wie er an armen Leuten Proben mit Arzeneyen und gefährlichen Fistel-Curen hätte vornehmen lassen, um zu sehen, ob sie daran stürben, oder ob er seinen gesalbten Körper einer gleichen Behandlung unterwerfen dürfte. Ich hätte ihm einen ähnlichen Zug von einem Deutschen Fürsten erzählen können, unterließ das auch nicht etwa aus Menschenfurcht — denn an den Ufern des Nils pflegt man sich nicht viel um einen Despoten zu bekümmern, der an den Ufern des Rheins hauset — aber ich erlangte ja denselben Zweck durch das Beyspiel eines verstorbnen Königs. Ich zeigte ihm, wie bis dahin unsre mehrsten historischen Werke nicht etwa die Geschichten der Völker, sondern das Inventarium der Thorheiten der Großen enthielten, und machte ihn unter andern aufmerksam auf die Reihe von Octavbänden: la vie privée de Louis XV, in welchen mit großer Wichtigkeit Armseligkeiten erzählt sind, worüber die Nachwelt nur spotten kann.

Ich erzählte ihm, wie tyrannisch einige Deutsche Fürsten mit ihren Dienern umgehen, und bestritt das Recht des Landesherrn, seine Räthe willkührlich zu verabschieden, die eben so wohl als er selbst, in Diensten des Staats stehen, dessen oberster Aufseher er ist, und die, wenn sie ihre Pflicht erfüllen, nicht nach Gutdünken abgeschafft werden können. — Ein Satz, den der Freyherr von Moser in einer eignen, sehr lesenswerthen Schrift mit den wichtigsten Gründen unterstützt hat!

Einst hatte ein Abyssinischer Schriftsteller sehr frey über die Landes-Verfassung geschrieben, und den persönlichen Character des Negus angegriffen. Die Censur-Commission verboth nicht nur die öffentliche Bekanntmachung dieses Buchs, sondern trug auch darauf an, den Verfasser für seine Kühnheit zu bestrafen. Se. Majestät verzieh ihm, und bildete sich sehr viel auf diese gnädige Nachsicht ein. Ich schwieg; aber einige Tage nachher nahm ich Gelegenheit, dem Könige einen Aufsatz über Scheintugenden vorzulesen; er war von mir, ich gab aber vor, er stehe in einem gedruckten Werke. Folgende Stelle sollte auf jenen Vorfall zielen; es hieß da: »Man nennt das Großmuth, wenn der vornehme Beleidigte dem geringern Beleidiger verzeiht, wenn man sich im Glücke nicht an dem rächt, der uns im Unglücke gekränkt hat. Begreift man denn nicht, daß es kein Verdienst seyn kann, wenn angenehme Verhältnisse uns in eine heitre Laune setzen, sich nicht durch das unangenehme Gefühl der Rache wieder zu verstimmen; daß stolze Verachtung nicht Großmuth ist; daß der Reiz des Ehrgeizes, deßwegen gelobt zu werden, weit größer geworden seyn kann, als das Gefühl der alten Wunde; daß der Mann uns vielleicht nicht wichtig genug ist; endlich, daß uns daran gelegen seyn muß, eben ihn um so mehr zu unserm Anhänger zu machen, je furchtbarer er als Feind gewesen ist?« —

Ich sah mit Vergnügen, daß solche hingeworfne Ideen nicht ohne gute Wirkung blieben, und hätte mein Vetter und das Heer der Hofleute mit mir gemeinschaftliche Sache gemacht, so zweifle ich nicht daran, daß wir noch etwas Gutes aus unserm alten Negus würden haben ziehen können.

Da nun die Zeit unsrer Abreise immer näher heran rückte; so bat ich um Erlaubniß, noch vorher eine kleine Reise in einige Provinzen von Abyssinien machen zu dürfen, die ich auch erhielt. Hauptsächlich aber war mir's darum zu thun, den merkwürdigen Mann kennen zu lernen, von dem ich nun schon ein paar Mahl Erwähnung gethan habe; ich meine den Erzieher des jüngern königlichen Prinzen. Mit wahrer Traurigkeit bemerkte ich auf dieser Reise das abscheuliche Verderbniß der Sitten in allen Ständen, das leider! mit den Graden der Cultur in gleichem Verhältnisse stand, und ich rief oft mißmüthig aus: »Müssen denn die Menschen um so lasterhafter werden, je mehr sie ihre intellectuellen Anlagen ausbilden; oder ist dieß alles nur Folge der *halben* Aufklärung; werden nicht endlich diese Nebenwege, diese Abwege dennoch zu dem letzten großen Ziele, zu dem Triumphe der Aufklärung, zu der auf Erfahrung gestützten Wahrheit hinführen, daß der höchste Grad von Weisheit in dem höchsten Grade von Tugend beruhe, und daß nur der mäßige, nüchterne, von unruhigen Leidenschaften freye Mensch den großen Genuß des Lebens, aller geistigen und körperlichen Kräfte, häuslicher Glückseligkeit und bürgerlicher Vortheile schmecken könne?«

Die Weiber in Abyssinien, besonders die in Tabelaque, sind im höchsten Grade frech und verbuhlt;* sie spotten öffentlich der Pflicht und der Tugend; die Priester und Mönche sind allen Ausschweifungen ergeben, und dabey die ärgsten Diebe. — Und dennoch hält man strenge auf Beobachtung der religiösen Ceremonien, betet sehr viel, und besucht fleissig die zahlreichen Kirchen.

Ueber alle diese Gegenstände, und hauptsächlich über die Kraft des Einflusses der Religion auf die Sittlichkeit, hatte ich, nach meiner Zurückkunft, sehr weitläuftige Gespräche mit dem großen Negus. Eines Tags fragte mich der König, ob es wahr sey, daß in Deutschland jeder Mann sich mit Einer Frau, jede Frau sich mit Einem Manne begnügte?

Ich. Das nun eben nicht; aber gesetzmäßig sind doch die Vielweiberey und Vielmännerey verbothen.

Negus. In der Bibel steht nichts von dem Verbothe der Vielweiberey. Was die Vielmännerey betrifft, so sagt uns schon die gesunde Vernunft, daß unter Menschen, die nicht wie das Vieh leben wollen, eine Frau nicht mehr als Einen Mann haben dürfe, der ihr Herr, ihr Ernährer und der Vater ihrer Kinder sey; aber das sehe ich nicht ein, warum Eure bürgerlichen Gesetze dem Manne nicht erlauben, so viel Weiber zu nehmen, als er ernähren kann.

Ich. Weil in Europa die Gattinn zugleich des Mannes treue Gefährtinn, seine theilnehmende Freundinn im Glück und Unglücke, die sorgsame Mutter und Mit-Erzieherinn seiner Kinder seyn soll — Bande, die nur durch gegenseitiges Zutrauen, durch gegenseitige Hochachtung, durch gegenseitige ausschließliche Hingebung und durch die Ueberzeugung fester geknüpft werden können, daß, auch außer den Augenblicken der Befriedigung sinnlicher Begierden, und auch dann, wenn Schönheit und Jugend von ihr weichen,

* Siehe Bruce.

die Frau dem Manne noch etwas seyn werde. — Und wo findet man das in einem orientalischen Harem?

Negus. Das Ding klingt ganz hübsch; aber wenn nun der Mann sich bey der Wahl seines Weibes übereilt hat, so hat er dann ein solches Geschöpf, seine ganze Lebenszeit hindurch, auf dem Halse, und darf sich für dieß Ungemach nicht an der Seite eines liebenswürdigern Gegenstandes entschädigen.

Ich Das ist freylich ein großes Leiden; allein dem sind ja beide Theile ausgesetzt; und muß nicht jedermann die Folgen seiner Uebereilungen tragen?

Negus. Nein! das steht mir nicht an, und das Gesetz soll in Abyssinien nie eingeführt werden. Aber Du sagtest vorhin, man begnügte sich auch in Deutschland damit nicht.

Ich. Ey nun! Die Verfeinerung der Sitten, die Galanterie, worin uns zuerst unsre Nachbarn, die Franzosen, unterrichtet haben, hat meine verheiratheten Landsleute gelehrt, jenes beschwerliche Gesetz von beiden Seiten durch Convention aufzuheben. Die Dame hat einen Freund, der zugleich sich des Herrn Gemahls Zutrauen und Zuneigung zu erwerben weiß; folglich kann die Welt nichts darüber sagen, wenn er Tag und Nacht im Hause freyen Zutritt hat, in so fern der Ehemann nichts dagegen zu erinnern findet. Und dieser ist sehr zufrieden mit der Einrichtung, wenn man ihm nur unterdessen die Freyheit erlaubt, bey seinem verheiratheten Nachbar gleichfalls den Hausfreund zu spielen. So bleibt das Aeußere der bürgerlichen Verfassung immer in seinen Würden, und der Teufel verliert doch nichts dabey.

Negus. Ihr seyd, wie ich sehe, in Deutschland gewaltig anhänglich an Formen. Um die Sachen selbst bekümmert Ihr Euch wenig, wenn Ihr nur den Schein davon seht, und dann raisonnirt Ihr mächtig viel, über Eure vortrefflichen Einrichtungen, indeß es im Innern bey Euch hergeht, wie bey uns und aller Orten.

Ich. Freylich gibt es überall auf der Erde menschliche Unvollkommenheiten; aber sehr cultivirte Staaten haben denn doch das zum Voraus, daß sie, durch diese Anhänglichkeit an äußere Formen, dem allgemeinen Einreissen mancher Verderbnisse steuern. Sehr unweise handeln daher solche Fürsten die öffentlich das Beyspiel von Hinwegsetzung über dergleichen Conventionen geben, die vor den Augen ihres Volks einer feilen Buhlerinn alle Ehre und Rechte einer Gattinn einräumen. Hat Politik, oder ein unglückliches Geschick einen solchen Fürsten an ein Geschöpf gekettet, das Seiner unwerth, das unfähig ist, durch angenehmen Umgang, die Sorgen seines wichtigen und schweren Berufs zu erleichtern; so erlaube man ihm denn, in der Stille, an der Seite eines liebenswürdigern Wesens, seine Sorgen zu vergessen und das Glück der Liebe und Freundschaft wie ein Privatmann zu schmecken! Aber er, und zwar Er, mehr als irgend ein Andrer, respectire die äußern Formen, welche die Gesetze vorschreiben (so lange nun ein Mahl die Menschen nicht nach natürlichen, sondern nach conventionellen Vorschriften handeln sollen.)! Und das nicht etwa bloß, weil Aller Augen auf ihn gerichtet sind, weil er schuldig ist, dem Volke aller Classen Beyspiel zu geben, sondern auch seines eignen Vortheils wegen. Denn wenn er den Unterthanen zeigt, daß derjenige den Gesetzen nicht zu gehorchen braucht, der mächtig genug ist, sich Impunität zu verschaffen; so gibt er ihnen den Wink, daß auch Jeder den Pflichten gegen ihn und dem ihm schuldigen Gehorsame sich entziehen dürfe, der nur die Mittel ausfindig machen könne, dieß heimlich, oder ungestraft zu thun.

Negus. Das läßt sich hören; aber wenn Ihr mit den Pflichten des Ehestandes so viel Zwang verbindet, so hoffe ich, Eure Gesetze schränken desto weniger die freye Wahl der Leute ein, die sich nun einander heirathen und ihr ganzes Leben ausschließlich mit einander hinbringen wollen.

Ich. Ew. Majestät wissen, daß die Grade der Blutsverwandtschaft wenigstens einige Einschränkung in diese Freyheit legen.

Negus. Warum denn das?

Ich. Ey! schon in den Mosaischen Gesetzen. —

Negus. Das ist ein albernes Geschwätz! Was kümmern Euch die Gesetze, die man einem Volke in Palästina gegeben hat, und die nach dem Clima und nach den Bedürfnissen der Juden eingerichtet waren? Ich sehe gar nicht ein, warum bey Euch nicht der Bruder seine Schwester heirathen soll, wenn sie ihm gefällt, um so mehr, da er diese besser als andre Mädchen kennt, und also weiß, ob ihre Gemüthsart sich zu der seinigen schickt.

Ich. Wenn aber das Vorurtheil von Blutschande ausgerottet würde; sollten dann nicht die frühern Ausschweifungen unter jungen Leuten beiderley Geschlechts, die uneingeschränkt in den Häusern der Aeltern mit einander umgehen, allgemeiner werden?

Negus. Gar nicht! Der Reiz der Neuheit und die Ueberwindung der Schwierigkeiten — das ist es grade, was verbothene Begierden erweckt; und Menschen, die sich täglich sehen und mit allen ihren Unvollkommenheiten kennen lernen, werden nie lüstern nach einander werden; und wenn sie dennoch Liebe zu einander fassen, so wird das eine vernünftige Liebe seyn, bey welcher die Sinne nur die Nebenrolle spielen, und der man keine Hindernisse in den Weg legen sollte. Allein von den Schwierigkeiten, die das Vorurtheil der Verwandtschaft der freyen Wahl bey den Heirathen in den Weg legt, redete ich nicht; sondern das wollte ich von Dir hören, ob Du ein so schweres Monopolium nicht unbillig fändest, da auch die Verhältnisse des bürgerlichen Lebens es Euern Jünglingen unmöglich machen, bey der Wahl ihrer Gattinnen, gänzlich ihrer Neigung zu folgen. Du siehst, daß ich nicht ohne Kenntniß der Sache rede; ich lese Deutsche Bücher. Alle Eure Schriftsteller klagen über den steigenden Luxus, der es zur Nothwendigkeit macht, bey den Heirathen vorzüglich auf die Vermögens-Umstände Rücksicht zu nehmen.

Ich. Und dennoch halte ich diese Klagen für ungegründet. Aufwand in Kleidern hat zugenommen; aber dagegen kostet auch jetzt ein seidnes Gewand weniger, als ehemahls eines von Leinen oder Wolle. Man besetzt die Tafeln mit mehr

Speisen und trinkt mehrere Arten von Wein; aber dagegen werden auch jährlich mehr Gärten und Weinberge angebaut, mehr Bäume gepflanzt, mehr Wüsten urbar gemacht. Die kleinen Bedürfnisse des Lebens vervielfältigen sich, aber mit ihnen zugleich die Anstalten, sie in größrer Zahl und zu wohlfeilern Preisen zu liefern. Seiden-, Porcelain- und andre Fabriken werden aller Orten angelegt, und indeß alle Preise steigen, vermehrt sich auch die Summe des Geldes durch die ungeheure Menge des Metalls, das jährlich der Erde entlockt wird. Jetzt sind also hundert Thaler grade das, was ehemahls zehn Thaler waren. Gehalt, Gagen, Lohn und Tagelohn steigen in demselben Verhältnisse; der Arbeitsmann nimmt mehr für seine Waaren, und so wird in allen Ständen das Gleichgewicht wieder hergestellt, außer daß der Verschwender jetzt mehr Anlockung hat, sein Eigenthum zu verprassen; aber wessen Schuld ist das anders, als seine eigne?

Negus. Der Unterschied der Stände legt denn auch den Heirathen nach bloßer Neigung Hindernisse in den Weg.

Ich. Für Leute, die nicht den Muth haben, sich über Vorurtheile hinaus zu setzen.

Negus. Und der Unterschied der Religion?

Ich. Bey der jetzt immer allgemeiner werdenden Toleranz. —

Negus. Ihr mögt mir ja tolerant seyn! In Worten seyd Ihr es, aber in der That nichts weniger, als das. In allen Euren Journalen lese ich Klagen darüber. In Einer Deutschen Stadt kann niemand zum Bürger aufgenommen werden, als der die Prädestination glaubt; in der andern darf niemand gute Schuhe machen, als der den heiligen Kerl in Rom für unfehlbar hält; in der dritten hilft dem Manne die größte Geschicklichkeit nicht, er kann keinen Thorschreibers-Dienst erlangen, wenn er nicht Martin Luthers Begriffe vom Abendmahle hat. — Das ist mir eine schöne Toleranz! Und wie zanken sich nicht Eure Gelehrte, und zwar solche, die gar keine Pfaffen sind, schimpfen wie die Bettelbuben auf einander, und suchen Einer den Andern auf die abscheulichste Weise verhaßt und verdächtig zu machen, wenn Einer, der bis jetzt für einen Calvinisten gegolten, sich ein Mahl hat merken lassen, daß es doch wohl möglich wäre, daß der liebe Gott die Menschen nach dem richten würde, was sie gethan, und nicht nach dem, was sie geglaubt hätten! — Nein! so etwas mußt Du mir nicht aufhängen wollen. Ich weiß wohl, was Ihr in Deutschland Gutes und Böses habt; aufgeklärter seyd Ihr im Ganzen, als wir; das muß wahr seyn; aber toleranter mit Nichten!

Im Grunde konnte ich hierauf wenig antworten; der Negus hatte nicht so durchaus Unrecht. Zur Ehre meines Vaterlandes hätte ich wohl wünschen mögen, daß er weniger belesen in Deutschen Büchern gewesen wäre, in welchen wir ewig über die Gebrechen unsrer Verfassung schreyen, ohne daß die, welche ihnen abhelfen könnten, desfalls mehr oder weniger thun. Von einer andern Seite aber war mirs doch lieb, daß diese Klagen Eindruck auf ihn gemacht hatten, weil ich hoffte, er würde dadurch aufmerksam auf die Mängel in seinen eignen Staaten werden.

Ich gab sogar hierzu nähere Gelegenheit, indem ich ihm bemerklich machte, wie sehr es noch in allen Europäischen Ländern an Gesetzen fehlte, welche die moralische Verbesserung der Menschen zum Gegenstande hätten. »Dafür« sagte ich, »wird so ziemlich gesorgt, daß das Eigenthum und das Leben der Bürger gesichert sey; aber in welchem Lande ist eine Strafe auf heimliche Verleumdung, auf Lügen, auf falsche Betheuerungen, auf offenbar verwahrlosete Kinder-Erziehung, auf Betrug und unvernünftiges Ueberfordern im Handel und Wandel, auf Verspottung des Schwachen, Verkleinerung des Rufs des Edeln, auf Einmischung in fremde Geschäfte gesetzt? Ja! wir haben einige Gesetze und bürgerliche Einrichtungen, die offenbar die heimlichen Uebertretungen der Pflichten begünstigen. Ein armes Mädchen, welches das Unglück gehabt hat, einen einzigen Fehltritt zu begehen, und schwanger zu werden, wird wirklich härter bestraft, als eine offenbare Gassenhure, die man ertappt, und die dasselbe Verbrechen täglich begeht. Durch diese Härte gegen verunglückte Mädchen und durch den Schimpf, womit sie und ihre unehliche Kinder belegt sind, befördern wir den Kindermord, und bestrafen dann diesen auf die grausamste Art. Das Zeugniß eines Menschen, der das schändliche Handwerk eines Kupplers treibt, oder von dem sich beweisen läßt, daß er ein Lügner, oder sonst ein sittenloser, seinen Pflichten untreuer Mensch ist, gilt, wenn er einen Eid ablegt, vor Gericht eben so viel, als das Wort des Mannes von unbescholtnen Sitten.

Und bey allen diesen Gebrechen unsrer Staats-Verfassungen, legt man noch in manchen Ländern den Leuten den Zwang auf, nicht auswandern zu dürfen. Es scheint so billig, als möglich, daß man sich entweder den Verordnungen eines Landes unterwerfen, oder dasselbe verlassen muß; grausam aber ist es, die Menschen zwingen zu wollen, da zu leben, wo sie nicht leben mögen, und sich Gesetzen zu unterwerfen, zu deren Bestimmung sie ihre Einwilligung nicht gegeben haben.«

Dem Könige mochte es wohl gefallen, daß ich, unparteyischer als mein Herr Vetter, das Gute und Mangelhafte in meinem Vaterlande mit gleicher Freymüthigkeit bekannte; endlich aber schien ihm doch mein Gespräch, über diese ernsthafte Gegenstände, lange Weile zu machen. — Und gestehen Sie es, liebe Leser! es geht Ihnen auch so! — Er beurlaubte mich also für heute; und da meine Unterredungen mit ihm in den folgenden Tagen nur den Plan zu meiner bevorstehenden Reise betrafen, so will ich Sie mit Erzählungen dieser unwichtigen Dinge nicht ferner ermüden.

Zwanzigstes Kapitel.

Zurüstungen zu der Reise des Kronprinzen. Abreise des Verfassers mit ihm von Gondar.

Nun rückte denn die Zeit immer näher heran, wo ich den großen Beruf erfüllen sollte, den Kron-Erben von Abyssinien auf Reisen zu führen. Da der Czaar Peter der Große von Rußland unser Vorbild bey diesem Zuge war; so wurde alles, was Voltaire und andre glaubwürdige Männer davon erzählt hatten, fleissig gelesen und darnach unser Plan eingerichtet. Die Schätze des Reichs wurden nicht geschont; ein Ueberfluß an Gold und Juwelen war da; man machte Geschäfte mit Aegyptischen Kaufleuten, die uns mit Wechsel- und Creditbriefen auf alle die Hauptstädte versahen, durch welche wir reisen würden; und so wurde dieser öconomische Punct geschwinder aufs Reine gebracht, als es wohl bey ähnlichen Reisen andrer Potentaten geschehen ist; es kam nun nur noch auf die übrigen Einrichtungen an.

Mein Herr Vetter zeigte sich dabey als ein wahrer Minister. Sorgenvoll und zerstreuet ging er umher, während dieß große Geschäft schwer auf ihm lag; und die Conferenzen, sowohl mit Sr. Majestät als den übrigen Staatsräthen nahmen gar kein Ende. Die Zeitungsschreiber redeten von nichts anderm mehr, so uninteressant und langweilig dieß auch auswärts zu lesen war; die Abyssinischen Poeten sangen sich heiser, und beeiferten sich, die frommen Wünsche der Unterthanen in Reime zu bringen; die Hofleute aber cabalirten und schmiedeten Ränke, um Einer vor dem Andern zum Voraus die Ehre zu erlangen, mit von der Reisegesellschaft zu seyn, und die Uebrigen davon zu verdrängen.

Was die Wahl dieser Reisegesellschaft betraf, so ernannte sie der Negus, theils aus eigner Bewegung, theils auf den Vorschlag meines Herrn Vetters. Mich bat niemand, als der alte ehrliche Hofnarr, ein Vorwort für ihn einzulegen, damit er mitgehen dürfte; ich verwendete mich zu seinem Besten, und der König willigte ein. Ich fand in der Folge keine Ursache, mich das reuen zu lassen; denn er war in der That der Klügste von der ganzen Gesellschaft; der Hofmarschall übernahm es, unterdessen sein Amt in Gondar zu verwalten. Er schickte sich dazu recht gut, und arbeitete nur in einer andern Manier, als der eigentliche Hofnarr; indem dieser andre Leute zum Besten zu haben pflegte, der Hofmarschall hingegen dadurch belustigte, daß er sich zum Besten haben ließ.

Als nun die ganze Liste der Begleitenden aufgesetzt war, fand sich's, daß sie mehr als sechzig Personen ausmachten. Unter diesen waren außer mir nur noch sechs Weiße; die Uebrigen waren, theils so, wie der Prinz selbst, schwarz, theils olivenfarbig; und so wie ihr Aeußerliches, so waren auch ihre Gemüthsarten sehr verschieden. Manche von ihnen, an den Ufern des Nigers geboren, waren schön von Gestalt und sanft von Sitten; Andre, die von der Zahnküste abstammten, häßlich, wild und grausam. Ich wurde mit Vollmachten, Instructionen und mit uneingeschränkter Gewalt über alle diese Leute versehen, die, wie die sämmtlichen Unterthanen des Königs, Sclaven waren. Was man mir übrigens in Ansehung des Zwecks und der Einrichtung unsrer Reise, der Art, den Prinzen zu behandeln, und seine Schritte und Beobachtungen zu leiten, vorschrieb, war nicht in allen Stücken nach meinem Geschmacke; allein so geht es ja immer denen, die Fürsten-Söhne führen; ich nahm mir also vor, so viel möglich diesen Anweisungen zu folgen.

Sodann war mir verordnet, wie viel Stück Deutscher Gelehrten, Philosophen, Pädagogen, Fabrikanten, Dichter, Mahler, Bildhauer, Tonkünstler u. s. f. ich bey unsrer Zurückkunft mitbringen sollte.

Nach dem Muster der Reise des Czaar Peters wurde ich als Abyssinischer Gesandter an alle Höfe und Republiken, die wir besuchen würden, bevollmächtigt; der Kronprinz aber sollte sich incognito in meinem Gefolge befinden.

Wie denn bey Höfen alle wichtige Schritte, die vorgehen sollen, oder vorgegangen sind, sich mit Festen, Schmausereyen und Farcen anfangen und endigen, so gab es denn auch in der Residenz und im ganzen Lande bey dieser Gelegenheit sehr viel Schauspiele, Bälle, Erleuchtungen, Gallatage und Kirchengebete.

Endlich erschien der Tag des Aufbruchs; der Zug war prächtig anzusehen; ich habe eine weitläuftige Beschreibung davon aufgesetzt; aber mein Herr Verleger weigert sich, sie hier mit abdrucken zu lassen. Der Mann nimmt es ein Bißchen genau mit seinem Honorario, und weiß nicht, wie viel vernünftige Leute an der Schildrung solcher Feyerlichkeiten Vergnügen finden. Des alten Negus Majestät begleiteten uns, nebst zahlreicher Suite, bis an die Grenze; den 1. May 1772 reiseten wir aus Gondar ab. — Das Weitre ist im zweyten Theile dieses Buchs zu lesen.

Ende des ersten Theils.

Benjamin Noldmann's Geschichte der Aufklärung in Abyssinien,

oder

Nachricht von seinem und seines Herrn Vetters Aufenthalte an dem Hofe des großen Negus, oder Priesters Johannes.

Zweyter Theil.

Mit kaiserl. Abyssinischem allergnädigsten Privilegio.

Erstes Kapitel.

Vermischte Reise-Nachrichten. Ankunft in Deutschland.

Da ich den ersten Theil dieses Buchs mit der Nachricht von meiner Abreise aus Gondar beschlossen habe, so werden nun wohl die Leser sich zum Voraus vor einer weitläuftigen Reisebeschreibung fürchten, oder (wie denn der Geschmack sehr verschieden ist) sich zum Theil darauf freuen. So viel möglich, möchte ich gern beiden Parteyen gefallen; ich will daher zwar einige Nachrichten von demjenigen, was uns bis zu unsrer Ankunft in Hessen begegnet ist, aus meinem Tagebuche auszeichnen, sie aber mit einer ausführlichen Reisebeschreibung verschonen.

Der Weg, welchen ich mit dem Kronprinzen und unserm ganzen Gefolge machen sollte, war mir folgender Maßen vorgeschrieben: Wir reiseten zu Lande durch einen großen Theil des Abyssinischen Reichs, um den Thronfolger den getreuen Unterthanen zur Schau auszustellen. Da wurden dann in Städten und Dörfern Ehrenpforten ohne Zahl errichtet und Reden gehalten, und Gedichte überreicht; der arme Handwerksmann hohlte seinen kleinen Geldbeutel hervor, gab die Hälfte daraus dem drohenden Contributions-Einnehmer hin, und kaufte für die andre Hälfte ein Paar Lichter, womit er seine Fenster erleuchtete, hinter welchen er mit hungrigem Magen stand und sich die Thränen trocknete, als wir in einem prächtigen Zuge auf Elephanten und Cameelen durch die Gassen zogen.

Wir hatten auf der Reise gewaltig viel von der Hitze auszustehen, besonders unter der Linie. Gegen Ende des May-Monaths erreichten wir die Grenze von Unter-Guinea. Man hat in diesen Gegenden vom April an, bis zum September, in welchem der Sommer eintritt, fast immer Regenwetter; das verleidete uns ein wenig das Vergnügen der Reise: doch, da es unsre Absicht war, die Könige dieses Landes zu besuchen; so hatten wir Gelegenheit, uns von Zeit zu Zeit von den Beschwerlichkeiten des Wegs auszuruhen, und an den Höfen findet man ja stets dasselbe Wetter.

Wir hielten uns einige Tage in der Residenz des Monarchen von Loango auf. Er war aber ein gar wunderlicher Herr, der uns wenig Gastfreundschaft erzeigte. Nach den Landes-Gesetzen darf, bey Todesstrafe, niemand ihn speisen sehen; wir wurden also an besondern Tafeln, und zwar ziemlich mager bewirthet. Bey den Audienzen redete der König nicht ein einziges Wort, weßwegen ihn dann das Volk für einen sehr weisen Herrn hielt und ihm göttliche Verehrung bezeugte. Man wollte uns zumuthen, die Füße dieses gekrönten Sterblichen zu küssen. Da hiervon nichts in meiner Instruction stand und ich es abgeschmackt fand, diese ekelhafte und lächerliche Unterwürfigkeit einem Erdensohne zu beweisen, so vergingen vier Tage mit Forderungen von seiner und Protestationen von unsrer Seite. Unser Hofnarr war der Einzige, der sich aus Scherz entschloß, dem Könige ein Mahl den Fuß zu küssen, da er dann zu einer Audienz zugelassen und mit einem Ordensbande beschenkt wurde. Uebrigens reiseten wir ziemlich unzufrieden und ohne Abschied zu nehmen von dannen.

Den Hof in Congo fanden wir viel glänzender und geselliger. Der König und die ersten Kron-Bedienten, Edelleute und Ritter waren prächtig in Gold und Seide gekleidet, trugen weiße Halbstiefel und große Mützen. Man bewies uns ausgezeichnete Höflichkeit, die uns viel lange Weile machte, und uns prächtige Geschenke an die hungrigen, schlecht besoldeten Hofleute kostete. Die Einwohner in Congo waren indessen sehr artig und gesittet; wir fanden viel catholische Christen unter ihnen; sogar der ganze Hof war der Römischen Kirche zugethan. Bey Gelegenheit, da wir einige in diesem Reiche von den Portugiesen angelegte Festungen besahen, hatte ich viel Mühe, dem Prinzen das Recht zu beweisen, das die Europäer hätten, in allen Gegenden des Erdbodens, ohne gutwillige Erlaubniß der Einwohner, sich niederzulassen, Besitz von Grundstücken zu nehmen, und mit den Producten des Landes zu ihrem Vortheile zu wuchern.

In Angola gefielen mir die Orang-Outang vorzüglich wohl. Man konnte sie kaum von den übrigen Hofleuten unterscheiden; denn auch das in der Naturgeschichte angegebne Kennzeichen, daß sie keine Waden und keine Hinterbacken haben, paßte eben so wohl auf die dortigen Cammerjunker. Es ist aber jene Affenart mehr in Congo, als in Angola einheimisch.

Uebrigens ist ganz Unter-Guinea ein fruchtbares, reiches und angenehmes Land.

Bey der Insel Loanda bestiegen wir ein portugiesisches Schiff, und fuhren damit, ohne große Widerwärtigkeiten, nachdem wir zum zweyten Mahl den Aequator durchschnitten hatten, Cabo Verde vorbey, bis Lissabon. Da es nun unser Zweck nicht war, uns in andern Europäischen Reichen lange aufzuhalten, so suchte ich sogleich ein Schiff auf, das nach Deutschland segeln wollte, verdung uns sämmtlich mit unsern Päckereyen darauf, und kam, nach einer ziemlich beschwerlichen Reise, in Hamburg im Hafen an.

Zweytes Kapitel.

Reise des Kronprinzen von Abyssinien und seines Gefolges durch Deutschland.

Eine so volkreiche und in allem Betrachte so interessante Handelsstadt, wie Hamburg, verdiente wohl, daß wir uns eine Zeitlang hier aufhielten; ich nahm also auf vierzehn Tage Quartiere für unsre ganze Suite in zwey großen Gasthöfen am Jungfernstiege, und führte meinen Prinzen, in Begleitung seiner Cavaliers und meines Feundes des Hofnarren und Ritters, in der Stadt herum.

Es war eine unbeschreiblich angenehme Empfindung für mich, als wir in Hamburg an das Land stiegen, nach so langer Zeit den vaterländischen Boden wieder zu betreten; und dieß Gefühl wurde verstärkt durch die Ueberlegung, daß es grade der erste freye, von Despotismus aller Art unentweihte Staat war, den ich dem Kronprinzen von Abyssinien zeigen konnte. »Hier, mein Prinz!« sagte ich, als er beym Blockhause, wo man nach unserm Nahmen fragte, auf den albernen Einfall gerieth, sich für einen Grafen, oder dergleichen ausgeben zu wollen, »hier bedarf es keines Incognito; hier sind wir Alle gleich, und niemand bekümmert sich um Ihren Fürstenstand. Kaum wird Ihr schwarzes Gesicht in einer Stadt Aufsehen erregen, wo man gewöhnt ist, allerley Arten von Figuren zu sehen, wo jedermann, unbesorgt um fremde Händel, sich nur um seine eignen Geschäfte bekümmert; wo kein Haufen müssiger Tagediebe und besoldeter Ausspäher, den Schritten der Fremden auflauert, um dem neugierigen Fürsten, oder seinem mißtrauischen Minister Nachricht davon zu geben, so bald ein fremdes Gesicht sich in der Stadt blicken läßt.«

Ich nahm überhaupt Gelegenheit, dem Prinzen richtige Begriffe von der Glückseligkeit einer, nicht dem Nahmen nach, sondern in der That republicanischen Verfassung beyzubringen. Gewiß kann der kleine Staat von Hamburg den übrigen Deutschen reichsstädtischen Gebiethen zum Muster dienen. Unsre Deutschen Schriftsteller declamiren zum Theil so gewaltig zum Vortheile der Monarchien, und behaupten, früh oder spät arte doch ein Freystaat in eine Oligarchie aus, und dann sey man schlimmer daran, als unter der unumschränkten Herrschaft eines Einzigen. Wenn doch die guten Leute nur einen Blick auf die Regierungsform in Hamburg werfen, und sagen wollten, ob es möglich ist, bey der größten Ordnung und strenger Aufrechthaltung der Gesetze, freyer, ungekränkter zu leben, als dort! Und diese Verfassung hat nun unverändert, so manches Menschenalter hindurch, also fortgedauert. Man hört von keinen Klagen, von keinen Bedrückungen; man hat keine stolze Patrizier-Familien, die, wie in andern Reichsstädten, den Ton angeben, die kleinen Fürsten spielen, und vor deren unmündigen Knaben der bessere Bürger sclavisch den Hut abzieht. Man würde in Hamburg kaum wissen, daß es einen Adel in Deutschland gibt, wenn nicht einige Menschen dieser Art dort wohnten, die auf ihre Kutschen allerley bunte Bestien gemahlt haben, wodurch sie ihre Abstammung beweisen. Man läßt diesen Leuten ihren Werth; sind sie übrigens verständige Menschen, so wird ihnen mit Achtung begegnet, ohne daß man ihnen den elenden Vorzug einer adligen Geburt beneidet. Ich habe nie gehört, daß sich ein Hamburgischer Bürger einen Adelsbrief gekauft hätte — und dennoch bemerkt man einen feinen Ton in allen Gesellschaften; und dennoch gehen alle Geschäfte ihren ordentlichen Gang; es herrscht keine Anarchie; die kleine Republik steht bey auswärtigen Mächten in hohem Ansehen; Kaiser und Könige schicken ihr Gesandten, und sie bleibt ungekränkt von ihren eifersüchtigen

Nachbarn. — Warum sollte es unmöglich seyn, daß diese wohlthätige Verfassung in allen Deutschen Staaten nach und nach, wenigstens in den Reichsstädten allgemein eingeführt würde?

Wir sahen des Abends die Bürgerwache aufziehen, die des Nachts, zu Bewachung der Stadt, die Lohn-Soldaten ablöset. Mein junger Prinz erlaubte sich einige muthwillige Scherze über die Verschiedenheit der Kleidung und Bewaffnung dieser guten Leute; ich hielt es für Pflicht, ihm hierüber einen kleinen Wink zu geben: »diese Menschen« sprach ich, »scheinen mir tausend Mahl ehrwürdiger, als die bezahlten Krieger in den einförmigen Sclaven-Röcken, mit ihren mechanischen Uhrwerks-Bewegungen. Jene bewachen ihr und ihrer Brüder Eigenthum und ihre Rechte, und es ist ziemlich einerley, in welchem Rocke sie das thun; es ist wahrlich ein närrisches Vorurtheil, daß man denjenigen höher achtet, der ernährt und gekleidet wird, als denjenigen, welcher ihn ernährt und kleidet; allein ich begreife wohl, daß es zum Systeme des Despotismus gehört, da man nun ein Mahl dieser künstlichen Werkzeuge so nothwendig bedarf, einen hohen äußern Werth darauf zu legen, um, durch den Reiz der Ehre, freye Menschen anzulocken, sich für wenig Geld zu Unterjochung ihrer Brüder mißbrauchen zu lassen. Der von Vorurtheilen freye Mann nennt die Sache bey ihrem rechten Nahmen; er verlangt nicht umzustürzen, was auf Ein Mahl nicht zerstört werden kann; aber er will, daß man das nothwendige Uebel (wenn es denn wirklich nothwendig ist) nicht höher schätze, als das ursprüngliche Gute; daß man nicht hochmüthig mit seinen Ketten prale, und nicht diejenigen höhne, die so glücklich sind, dieses traurigen Schmucks nicht zu bedürfen.«

Ich merkte wohl, daß, außer Soban (so hieß der Hofnarr) und mir, nur wenige von unsrer Gesellschaft Sinn für solche Wahrheiten hatten, und daß die Hofschranzen mächtig die Nasen rümpften; aber ich hielt es für Pflicht, so zu reden, und werde es immer für Pflicht halten. Man bekehrt die Despoten und ihre Kinder nicht; aber man erweckt doch ernsthafte Gedanken in ihnen, daß sie sich vielleicht scheuen, noch weiter zu greifen, indem sie ahnden, es könne ein Mahl dem ganzen Volke einfallen, ihre Rechte und Pflichten ein wenig näher zu beleuchten. Erlangt man das, so hat man doch wahrhaftig schon viel gewonnen; es wird dann wenigstens nicht ärger, als es jetzt ist; und am Ende muß man doch auch dafür sorgen, daß gewisse natürliche Begriffe unter dem Haufen von conventionellen nicht gänzlich verloren gehen.

Ich habe oben gesagt, daß wenige von unserer Gesellschaft Sinn für kühne, unverstellte Wahrheit hatten. Ich muß doch aber hiervon den geheimen Secretair des Kronprinzen ausnehmen, der Manim hieß, ein sehr verständiger Mann und richtiger Beobachter war. Er fing in Hamburg ein Tagebuch an, in welchem er alles aufzeichnen wollte, was ihm in Deutschland im Guten und Bösen merkwürdig vorkommen würde, und ich werde zuweilen etwas daraus anführen.

Dem Plane gemäß, den ich zu unsrer Reise entworfen hatte, wollten wir von Hamburg über Braunschweig und Berlin, durch einen Theil von Sachsen, nach Frankfurth am Mayn; dann in den Rhein-Gegenden umher; hierauf nach Bayern und Oesterreich reisen, und zuletzt zurück bis Cassel, wo der Kronprinz in Kriegsdienste treten und zwar, nach Peter des Großen Beyspiele, von unten auf dienen sollte. Da ich indessen Vollmacht hatte, diesen Plan nach Gutdünken zu verändern, so beschloß ich, die Reise zu theilen, gleich von Berlin aus nach Cassel zu gehen, und dort den Prinzen in Thätigkeit zu bringen. Ich hatte oft gehört, welche klägliche Rolle zuweilen die Fürstensöhne spielen, wenn sie unmittelbar aus der väterlichen Residenz in die große Welt kommen und sich an fremden Höfen zeigen, welche lächerliche Prätensionen sie dann mit sich herum tragen, und wie wenig Nutzen sie von ihren Reisen ziehen. Da ich doch gern einige Ehre mit meinem Prinzen einlegen wollte, so hielt ich es für besser, daß er erst im Dienste ein Bißchen geschmeidig gemacht, mit verschiednen menschlichen Verhältnissen bekannt und an militairische Subordination gewöhnt würde. Wenn die Leser sich zu erinnern belieben, welche Schilderung ich im funfzehnten Kapitel des ersten Theils dieses Buchs von Sr. Hoheit gemacht habe; so werden Sie meinen Entschluß nicht anders als billigen können. Wir besuchten auch desfalls auf dieser Reise gar keine Höfe, sondern besahen nur andre Merkwürdigkeiten, Hospitäler, Philantropine, Werk- und Spinnhäuser und dergleichen in den Städten, durch welche wir reiseten.

Nicht weit von Dresden stießen wir auf einen Haufen großer und kleiner Knaben, begleitet von einigen erwachsenen Leuten; alle zu Fuße und sämmtlich einförmig gekleidet. Sie schienen sehr munter zu seyn und machten allerley Bockssprünge, weßwegen wir sie denn für eine Gesellschaft von Seiltänzern oder etwas ähnliches hielten, die einen Jahrmarkt besuchen wollten. Indessen erfuhren wir, bey genauer Erkundigung, daß es die Zöglinge eines Erziehungs-Instituts nebst ihren Lehrern waren, die jetzt eine Lustreise von zwanzig Meilen unternommen hatten, um sich in Sachsen umzusehen. Das Wetter war angenehm, und ich schlug meinem schwarzen Prinzen, mit welchem ich in einer zweysitzigen Kutsche allein saß, vor, auszusteigen, den Rest des Wegs bis Dresden in Gesellschaft dieses fröhlichen Haufens zu machen, und indeß das Gefolge voraus zu schicken. Er willigte ein, und wir sahen uns bald umgeben von diesen artigen Kindern, die sich an unsern ausländischen Figuren nicht genug ergetzen konnten, und, nachdem wir uns mit ihnen in Gespräche eingelassen hatten, uns tausend neugierige, doch bescheidne Fragen vorlegten, deren Beantwortung einige von ihnen auf der Stelle in ihre Tagebücher aufzeichneten.

Da ich so lange Zeit aus Deutschland entfernt gewesen war, und sich unterdessen der Ton in den öffentlichen Erziehungs-Anstalten und überhaupt die Grundsätze der Pädagogen sehr verändert hatten, so war mir alles, was ich sah und hörte, neu. Ich gesellte mich zu einem der Lehrer und erkundigte mich genau nach der Art, wie jetzt die Jugend in solchen Philanthropinen (der Nahme gefiel mir ungemein) gebildet und unterrichtet würden. Die Erläuterungen, die er mir darüber gab, setzten mich wirklich in einige Verwunderung, weil sie sich gar nicht zu meinen altväterischen Begriffen von Erziehung passen wollten; doch da ich, ohne mich zu rühmen, wohl behaupten kann, daß ich nicht eigensinnig auf meiner Meinung bestehe, sondern mich gern eines Bessern belehren und von Vorurtheilen zurück bringen lasse, so wagte ich nur behutsam einige Einwürfe und ließ mir die Zurechtweisung des Pädagogen wohl gefallen.

Ich meinte nähmlich, diese Art von Erziehung passe nicht so recht eigentlich zu unsern übrigen bürgerlichen Verfassungen; es könne doch wohl nicht schaden, wenn man die Jugend an ein wenig mehr Zwang und Pedanterie gewöhnte, da sie in der Folge in allen Verhältnissen sich dergleichen gefallen lassen müßte.

Ich hörte ferner mit Verwunderung, daß es den stärkern Knaben erlaubt sey, die schwächern zu Leistung der niedrigsten Dienste zu zwingen; daß die, welche mehr Taschengeld als andre bekämen, die ärmern als Lackeyen besoldeten (denn wirklich sahe ich einen armen kleinen Grafen, der dem baumstarken Sohne eines Bierbrauers ein schweres Bündel nachtragen mußte); daß, weil man also durch Geld sich große Gemächlichkeiten, oder nach den Umständen, Befreyung von Mißhandlungen erkaufen konnte, die jungen Leute unter sich einen Handel trieben, wobey nicht selten Einer den Andern übervortheilte. Die Lehrer machten mir aber begreiflich, wie nützlich es wäre, daß die Kinder mit diesen Verderbnissen, die im Großen in der Welt, wo doch Reichthum und Stärke die Haupt-Triebräder wären, aller Orten herrschten, früh bekannt würden.

Von einer andern Seite fürchtete ich, der Freyheitssinn, den ich an ihnen wahrnahm und die Hinwegsetzung über allen Zwang, den Conventionen, Stand und eine gewisse im Leben nöthige Geschmeidigkeit auflegen, möchten die Knaben in eine solche Stimmung setzen, daß sie hernach im Zwange des bürgerlichen Lebens sich sehr unbehaglich und unglücklich fühlten.

Ich fand es zwar sehr gut, daß die Kinder nicht verzärtelt, sondern an Wind und Wetter gewöhnt, auch zu mäßigen

Bewegungen und nützlichen körperlichen Uebungen angehalten werden; aber das konnte ich nicht fassen, warum man Menschen, die sich den Wissenschaften widmen und einen großen Theil ihres Lebens am Schreibpulte hinbringen sollen, mit so viel Sorgfalt in den brotlosen Künsten des Schwimmens, Springens, Ringens und Kletterns unterrichtet, wodurch ihnen eine sitzende Lebensart verhaßt gemacht wird, und wovon sie in unsern Tagen nie Gebrauch machen können, auch wohl, wenn der Fall der Noth eintritt, mehrentheils von ihrer Geschicklichkeit verlassen werden.

Ich erfuhr mit Mißvergnügen aus einzelnen Gesprächen der Knaben unter einander, die sich von mir nicht beobachtet glaubten, daß, ungeachtet der strengen Aufsicht im Erziehungs-Hause, welche der Herr Pädagoge so hoch pries, die Kinder zuweilen Gelegenheit fänden, des Nachts hinaus zu schleichen, die Garten- oder Hof-Mauern zu ersteigen um, wenn sie nicht noch etwas Aergers treiben, wenigstens — Obst zu stehlen.

Ich warf die Frage auf, ob es nicht gut seyn würde, wenn man das Gedächtniß der Kinder, ein wenig mehr, als jetzt üblich sey, mit einigem mechanischen Auswendiglernen schärfte, und wenigstens Eine Sprache, zur Grundlage der übrigen, nach Regeln lernte?

Ueberhaupt kam es mir vor, als wenn das Studium der todten Sprachen bey diesem Manne in keinem so großen Ansehen stünde, als ich wünschte und aus eigner Erfahrung heilsam gefunden hatte.

Der Pädagoge machte mich auch mit einer neuen von einem gewissen Herrn Basedow erfundnen Methode, die Kinder das Lesen zu lehren, bekannt, die ich Anfangs für Scherz, oder unwürdige Spielerey hielt, nachher aber den großen Nutzen davon einsah. Herr Basedow hatte nähmlich Bräzel backen lassen, welche die Figur von Buchstaben hatten. An diesen, den Kindern so interessanten Gegenständen nun zeigte er ihnen, aus welchen Zügen ein A ein B etc. besteht, und wie man zum Beyspiel aus einem lateinischen W sogleich ein V machen kann, wenn man die Hälfte davon herunter beißt. Dieß ist in der That recht artig und wurde von mir in mein Tagebuch notirt. Uebrigens aber waren wir doch darin einig, daß es besser ist, wenn man die Kinder gewöhnt, ernsthafte Sachen ernsthaft zu treiben, Vergnügen an Ueberwindung von Schwierigkeiten zu finden und nicht an allen Dingen die leichtesten Seiten aufzusuchen.

Was nun das Reisen des ganzen Instituts betrifft, so fürchtete ich, es könnten manche Leute glauben, die Lehrer hätten mehr Vergnügen und Nutzen davon, als die Zöglinge; die Aeltern kostete das unnützes Geld; die Knaben wären in dem Alter doch noch nicht im Stande zweckmäßige Beobachtungen zu machen; auf der Reise sey es unmöglich, die jungen Leute so genau zu bewachen; sie könnten also in den Wirthshäusern und sonst manches sehen und hören, das sie besser nicht hören und nicht sehen sollten.

Ueberhaupt aber glaubte ich zu finden, daß die Erziehung in solchen Philantropinen zu viel Kosten-Aufwand erforderte; folglich dachte ich, käme diese Wohlthat ärmern Aeltern nicht zu Statten, und die reichen thäten besser, ihre Kinder unter ihren Augen erziehen zu lassen.

Alle diese Zweifel nun hob mir der Lehrer mit Höflichkeit, Gründlichkeit und Bescheidenheit, drey Eigenschaften, die man, nebst der Uneigennützigkeit, wie ich höre (jedoch vermuthlich mit Unrecht) einigen neuern Pädagogen zuweilen hat streitig machen wollen.

Im Ganzen waren wir beide doch der Meinung, daß nicht alles Neue gut und nicht alles Alte zu verachten sey; daß die Menschen in Deutschland, wie aller Orten, sehr geneigt seyen, von einer Uebertreibung in die andre zu fallen; daß in der Erziehung durchaus keine allgemeine Vorschriften Platz haben können; daß also die Pädagogik nie eine positive Wissenschaft werden könne; daß es jedermann frey stehen müsse, über dieß Geschäft, über diese allgemeine Menschen-Angelegenheit, seine Meinung zu sagen; daß die Methoden in solchen Instituten immer höchst mangelhaft bleiben werden, so lange die Aufseher derselben entweder sich dadurch bereichern wollten, diese Unternehmung als eine Finanz-

Operation ansähen, oder aus Mangel an Fonds gezwungen wären, nach einer großen Anzahl Zöglinge, deren Aeltern reich wären, zu streben, ihre Einrichtungen anzupreisen, auszuposaunen, die Fehler derselben zu bemänteln und denen mit Grobheiten das Maul zu stopfen, die mit Recht oder Unrecht etwas daran tadelten; endlich, daß die alte Erziehung doch auch sehr viel große Männer gebildet hätte, und daß wir beiden selbst, die wir davon redeten, Ursache hätten, die Methoden unsrer ehmahligen Lehrer nicht zu verachten; daß man übrigens, was die neuere Erziehung geleistet hätte, erst gegen Ende dieses Jahrhunderts nach dem Erfolge würde beurtheilen können.

Ich gestehe, daß ich mich freundschaftlich hingezogen fühlte zu dem wackern Erzieher, und da ich von meinem allergnädigsten Könige Auftrag hatte, auch ein Paar Pädagogen mit dem nächsten Transporte nach Abyssinien zu schicken, so that ich meinem neuen Freunde den Antrag, einer von diesen zu seyn und überließ ihm die Wahl des Andern. Allein er schlug mein Anerbiethen aus, so verführerisch es auch, wie er sagte, für ihn war. Dagegen aber empfohl er mir zwey andre Männer, wovon der Eine kürzlich sich mit dem Director eines solchen Instituts verunwilligt hatte, wobey es zu einigen Schlägen gekommen war, der Zweyte aber das Unglück gehabt hatte, zu bekannt mit einem Fräulein zu werden, in deren Aeltern Hause er Erzieher gewesen war, weßwegen er denn hatte flüchten müssen. Da mein Freund beiden Männern übrigens ein sehr gutes Zeugniß gab, so nahm ich keinen Anstand, ihm die Bedingungen mitzutheilen, unter denen ich sie annehmen dürfte, und wir verabredeten, daß sie sich binnen vier Wochen in Cassel bey mir einfinden sollten.

Indeß wir nun also mit einander plauderten, hatten sich die Knaben mit meinem Prinzen unterredet. Dieser war, wie man weiß, über siebenzehn Jahre alt; aber sehr verzärtelt und schwach an Kräften. Er hatte, wie es schien, bey den jungen Leuten seinen Fürstenstand gelten machen wollen; sie aber waren nicht gewöhnt, darauf etwas gut zu thun; auf einige Stichelreden, die man desfalls gegen ihn vorgebracht hatte, war er grob geworden; ein nervichter Junge nahm dieß krumm, und ehe ich es hindern konnte, sahe ich den Prinzen von seinem Gegner zur Erde gestreckt. Ich sprang herzu, und erlösete ihn, dem diese Lection sehr mißbehagte, und hielt mit Mühe ein Paar herbeyeilende Bediente des Prinzen ab, sich in das Spiel zu mischen. Da übrigens hier an keine Bestrafung des Verbrechens der beleidigten Majestät zu denken war, so blieb uns nichts übrig, als in den Wagen zu steigen, und von dannen zu fahren; und so kamen wir in einer Stunde in Dresden an.

Drittes Kapitel.

Fortsetzung des Vorigen.

Wir hielten uns nicht lange in Dresden auf; es war die Zeit der Leipziger Buchhändler-Messe, und ich hatte eine doppelte Ursache, gern alsdann dort seyn zu wollen. Ich war nähmlich, durch meine Abwesenheit, ein wenig verhindert worden, in der Kenntniß der Deutschen Literatur mit fortzurücken; hier, wo einige hundert Buchhändler alle neuern Producte vaterländischer Gelehrsamkeit und des Geschmacks gegen einander austauschen, konnte ich hoffen, in wenig Tagen deutlichere Begriffe von dem gegenwärtigen Zustande der Cultur und dem literarischen Tone in Deutschland zu bekommen, als andrer Orten in langen Monathen. Da ich ferner den Auftrag, Gelehrte und Schriftsteller aller Art für Abyssinien anzuwerben, nie aus den Augen verlor, so dachte ich, Leipzig sey zur Zeit der Messe grade der Ort, wo ich theils einige derselben persönlich kennen lernen, theils von den Buchhändlern erfahren könnte, welche unter ihnen in vorzüglich großem Rufe stünden. Die jungen reisenden Prinzen müssen, wie bekannt, daran Geschmack finden, was ihre Hofmeister wählen; also war auch mein schwarzer Prinz sogleich bereit, meinem Plane zu folgen.

Wir kamen gegen Abend an und traten in einem großen Gasthofe ab. Indeß die Tafeln für Se. Hoheit und uns alle bereitet wurden, ging ich hinunter in das allgemeine Gastzimmer und unterhielt mich ein wenig mit den dort sitzenden Gästen. Es waren auch, wie ich bald merkte, Gelehrte und Buchhändler darunter. Einer von ihnen zeigte mir den großen Meß-Catalogus. — Mein Gott! wie erschrack ich! Gegen Ein Werk von nützlichem Inhalte, zehn dickleibichte Romane, deren Titel nicht ein Mahl von Sprachfehlern und Albernheiten frey waren; eben so viel in acht Tagen verfertigte Lust- und Trauerspiele, eben so viel Werke über Freymaurerey, Taschenspielerkünste, Geistersehen und Goldmachen; eben so viel Schmähschriften gegen den persönlichen Character solcher Männer, die man, bey ihrer ersten Erscheinung in der gelehrten Welt, zur Ungebühr ausposaunt hatte, an denen man nun seine eigne Blödsinnigkeit bestrafte, alles wirklich Gute an ihnen mit Füßen trat und auf die unwürdigste Weise kleine Anecdoten aus ihrem Privatleben, die niemand nichts angingen, hervor suchte, um den Mann öffentlich zu beschimpfen und preis zu machen, der im Grunde nichts weiter versehen, als daß er das Unglück gehabt, einst, mehr als er gefordert hatte, hochgepriesen zu werden; eben so viel Mährchen-Sammlungen, in welchen Geschichtchen, die schon hundert Mahl gedruckt waren, ja! deren einige in aller Ammen Munde waren, neu aufgestutzt erschienen. — Und endlich Musenalmanache, Blumenlesen! — Einer von den Gästen hohlte ein solches Büchelchen aus der Tasche hervor; ich blätterte darin, und erstaunte. »O Himmel!« rief ich, »sind das Verse? Ist es genug, daß man seinen Unsinn in kurzen, langen und mittelmäßig langen Zeilen absetze, um das ein Gedicht zu nennen? So kann ja jeder Knabe seine Schul-Exercitia, wenn er sie auf diese Weise schreibt, zu Versen erheben! Wo man verlegen ist, eine lange Sylbe zu finden, da nimmt man statt dessen fünf kurze; oder macht auch nach Belieben zu kurzen Sylben, solche, in denen sechs rauhe Consonanten, zwey doppelte m und dergleichen vorkommen. Was in aller Welt« fragte ich, indem ich weiter blätterte, »will dieser Barde aus Wien mit seinem holprichten reimlosen Gewäsche, voll Provinzialismen? Kann etwas als Gedicht wohlklingen, was schon als Prosa das Ohr beleidigen würde? Und welch eine unwürdige Veranlassung zu diesem kleinen Liede? Kann man in

Dichterfeuer gesetzt werden, von einem Gegenstande, der der Aufmerksamkeit jedes verständigen Mannes unwerth ist? Und dieß platte Sinngedicht! Ist ein Einfall, dessen sich ein Knabe von einigen Anlagen schämen sollte, werth, in der erhabnen Sprache der Begeisterung vorgetragen zu werden? Und diese Kleinigkeit von dem edeln Gleim! Kann der würdige Sänger der Kriegslieder sich, aus Gefälligkeit gegen ein entnervtes Publicum, zu solchen wäßrichten Spielereyen herab lassen? Lieset denn niemand mehr unsre alten Lehrer, Hagedorn, Gerstenberg, Lessing, Kleist, Utz, Gellert, Ramler, Wieland, Klopstock und andre, um zu lernen, was Versbau, Wohlklang, Erhabenheit heißt? Und was sagen unsre Critiker dazu?« Als ich der Critiker Erwähnung that, sahe ich, wie ein Paar von den Buchhändlern schelmisch einander anlächelten. Ich bat sie, mich zurecht zu weisen, wenn ich etwas Albernes sollte gesagt haben. »Nein!« antwortete der eine, der ein stattlicher Mann aus Hamburg war, »Sie würden vollkommen Recht haben, von der Critik zu verlangen, daß sie Schriftsteller und Dichter vor Vernachlässigung weiser Regeln warnte, wenn unsre Kunstrichter bekannte Männer von Kenntnissen und Ruf wären. Wenn aber jeder unbärtige Knabe, der ein wenig Lectur hat, sich mit einer Gesellschaft von Halbgelehrten seines Gleichen vereinigt, und dann hinter der Maske der Anonymität, die Werke der größten Männer von entschiednem Rufe mit Machtsprüchen für lose Waare erklärt, seiner unbedeutenden Freunde unreife Geburten hingegen als Meisterstücke ausposaunt; oder wenn ein elender Zeitungsschreiber seinen interessanten Nachrichten von den geschmacklosen Festen, welche die Fürsten und Gesandten gegeben haben, von Universal-Arzeneyen und von Couriern, deren Depeschen noch niemand gelesen hat, größern Gewinnstes wegen, auch einen so genannten gelehrten Artikel anhängt, das heißt, ein leeres Blatt, bestimmt, um darauf gegen gute Bezahlung die Lobes-Erhebungen abzudrucken, welche wir Verleger, oder die Schriftsteller selbst, von ihren eignen Büchern ihnen einschicken; oder wenn ein Dutzend junger Leute, unter der

Firma eines Mannes von einigem Rufe in der gelehrten Welt, in einem critischen Journale, statt unparteyisch die herauskommenden Werke nach dem innern Gehalte zu beurtheilen, den darin herrschenden bestimmten Begriffen Gerechtigkeit wiederfahren zu lassen, die schwankenden hingegen zu widerlegen, wenn sie, sage ich, statt dessen, die Lieblings-Meinungen ihres Anführers allgemein zu machen suchen, und jedes Buch tadeln müssen, in welchem gegentheilige Sätze vorgetragen werden; oder wenn nun gar, unter dem Nahmen von gelehrter Critik, der persönliche Character der Schriftsteller hämischer Weise angegriffen wird; wenn man ehrliche, harmlose Leute dem Publico verdächtig zu machen sucht; Scenen aus ihrem Privatleben, die niemand nichts angehen, auf die gehässigste Art hervor zieht, um dem Manne, dessen literarische Verdienste man vielleicht beneidet, die öffentliche Achtung zu rauben, von welcher sein bürgerliches Glück abhängt — sagen Sie mir, mein Herr! ob dann noch die Critik bey uns in Ansehen stehen kann, und ob nicht die Recensionen auch der unparteyischten, kenntnißvollsten Journalisten verdächtig werden müssen?«

Diese Schilderung gefiel mir nicht; ich faßte aber Zutrauen zu dem Manne, welcher sie mir entwarf, und eröffnete ihm meinen Vorsatz, in Leipzig einige Gelehrte, Künstler und einen Buchhändler anzuwerben, die sich entschließen könnten, nach Abyssinien zu reisen, wobey ich ihm dann die vortheilhaften Bedingungen bekannt machte, unter denen sie sich in Adova niederlassen könnten. Der redliche Buchhändler sagte mir grade heraus, daß schwerlich Männer von einigem Rufe, und die in Deutschland ihr Auskommen hätten, sich zu dieser weiten Reise verstehen würden; doch versprach er, die Sache in Leipzig bekannt zu machen.

Am folgenden Tage nun hatte ich einen großen Ueberlauf von Leuten aller Art, die sich für Dichter, Philosophen, Tonkünstler, Mahler und dergleichen ausgaben, und mir, zum Beweise ihrer Geschicklichkeit, ihre Werke überreichten. Von Buchhändlern meldete sich niemand, als Herr Schulz aus Hanau. Dieser schien ein ganz guter Mann zu seyn, und wir wären gewiß unsers Handels einig geworden, wenn er nicht noch an demselben Tage die Nachricht bekommen hätte, daß man einen Buchhändler-Umschlag in Hanau anlegen wollte, bey welchem für ihn viel zu gewinnen seyn würde; er zog also sein Wort zurück. Dagegen wollte mir Herr Schmieder aus Carlsruhe einen seiner Freunde empfehlen, allein man warnte mich, mich mit diesem nicht einzulassen. »Sie werden sich« sagte man mir, »unangenehmen Vorfällen aussetzen, wenn anders Policey in Abyssinien ist; denn diese Leute, so wackre Männer sie auch sonst sind, können das vermaledeyte Nachdrucken nicht lassen, und dagegen hat man nun ein Mahl das Vorurtheil, es für Dieberey zu halten.« Endlich wurde ich mit einem jungen Manne aus Berlin einig, der einen Buchladen in Adova anzulegen versprach.

Ich wollte nun auch gleich ein großes Sortiment von Deutschen Büchern mit nach Abyssinien schicken, und ging desfalls mit dem redlichen Hamburgischen Buchhändler, wegen der Wahl dieser Schriften, zu Rathe. Er stellte mir folgendes vor: »Ich weiß nicht« sprach er, »ob in Abyssinien, wie etwa in England, ein bestimmter, fester Geschmack herrscht, oder ob, wie bey uns, eine Mode-Seuche von der andern verdrängt wird. In Deutschland machen zum Beyspiel jetzt alle Schriften über Freymaurerey und Jesuiten ihr Glück; in der folgenden Messe kauft diese Waare kein Mensch mehr, weil die Periode von Empfindeley eingetreten ist, welche Herr Miller in Ulm mit seinen Romanen voll Mondenschein angegeben hat; ein halbes Jahr nachher muß Sturm und Drang aus allen Producten der neuesten Literatur hervor brausen; die Leute müssen dann Alle reden, als wenn sie im Fieber-Paroxysmus lägen; dieser Geschmack wird wieder von einem andern überwältigt, und wenn grade gar keine solche Thorheit herrschend ist, schreibt man über Pädagogik. Auf allen Fall werden Sie indessen am besten thun, wenn Sie von jedem Sortimente einige Centner mitschicken. Als Ballast können Sie die größte Anzahl Artikel brauchen, die bey den Gebrüdern Korn in Breslau heraus kommen. Wo am mehrsten von den Schiffsmäusen zu besorgen ist, dahin legen Sie die Erziehungs-Schriften und die Anecdoten- und Mährchen-Sammlungen. Wenn auch einige Alphabethe davon weggefressen werden, so schadet das nichts, weil das mehrste von dem, was darin steht, doch schon oft anderwärts gedruckt ist. Die Musenalmanache und dergleichen müssen Sie vor der Nässe bewahren, sonst verderben die Bilder, und die sind das Beste darin. Die Romanen, die ein gewisser geistlicher Herr heraus gibt, bedürfen weniger Sorgfalt; sie sind ziemlich weitschweifig geschrieben, so daß ohne Nachtheil aus jedem zwanzig Bogen ausfallen können, und zudem wiederhohlt er sich ja in jedem seiner neuen Producte; folglich kann nicht leicht etwas von dem, was er je gesagt hat, verloren gehen. Die theologischen Schriften würde ich sorgfältig von andern verständigen Werken absondern; es gibt sonst Streit. Die juristischen können Sie statt der Matratzen in die Hangematten legen; es schläft sich gut darauf. In die Journale mögen Sie die übrigen Waaren einwickeln. Wollen Sie Uebersetzungen mitschicken, so müssen Sie zwey Schiffe ausrüsten. Die wenigen guten Geschichtsbücher, die wir seit kurzer Zeit gewonnen haben, einige philosophische, mathematische und cameralistische Aufsätze, und die Schriften unsrer geschicktesten Aerzte und Naturkündiger will ich Ihnen aufzeichnen; diese bitte ich in Ehren zu halten; sie haben alle in der Cajüte Platz. Meines lieben Bürgers Gesänge und drey unsrer andern neuern Dichter will ich Ihnen, nebst Wielands Meisterstücken, in Franzband einbinden lassen, damit Ihre Leute unterwegens darin lesen und darüber die Beschwerlichkeiten der Reise vergessen mögen.«

Ich dankte dem ehrlichen Buchhändler für diesen Unterricht und folgte pünctlich seinem Rathe. Was aber die Gelehrten und Künstler betraf, die ich in Leipzig in Sold nehmen wollte, so war ich doch in einiger Verlegenheit über die Wahl, welche ich unter der Menge derer, die sich gemeldet hatten, treffen möchte. In meiner Instruction stand, daß ich durchaus zwey Philosophen vom Handwerke liefern sollte; dieß schien mir aber leichter zu befehlen, als auszuführen. »Wer wahrhaftig den Nahmen eines Philosophen verdient«

sagte ich, als ich mit Manim, dem geheimen Secretär, darüber sprach, »der wird da, wo er lebt, zufrieden seyn, und sich nicht durch den Wink eines Fürsten verleiten lassen, nach Abyssinien zu wandern. Indeß nennt sich heut zu Tage jeder Mensch, der ein Bißchen quer Feld ein raisonnirt, einen Philosophen; aber mit solchen so genannten Philosophen würde ich wenig Ehre einlegen.« Zwey Männer hatten sich bey mir unter diesem Titel gemeldet; der Eine schien ein etwas ungeschliffener Geselle zu seyn, der allem widersprach, was man in seiner Gegenwart vorbrachte, übrigens aber beynahe so vernünftig redete, wie ein Mensch, der kein Philosoph ist. Das Einzige, was mir an ihm mißfiel, war, daß er auf alle solche Dinge schimpfte, zu deren Besitz er entweder, seinen bürgerlichen Verhältnissen nach, nicht gelangen konnte, zum Beyspiel Rang und Ehrenstellen, oder wozu er keine Neigung in sich empfand, und daß er sich über alle Conventionen der gesellschaftlichen Verbindung hinaus setzte, von welcher er doch nicht gänzlich unabhängig leben konnte, auch die Vortheile vorlieb nahm, die ihm ihre Einrichtungen gewährten. Uebrigens hatte er einen Widerwillen gegen den Wein und empfohl daher die goldne Mäßigkeit. Die Philosophie des andern Mannes, der sich bey mir angab, war in ein lächelndes Gewand gehüllt; seine Weisheit bestand eigentlich darin, alles von der lustigen Seite anzusehen; er genoß, wo er Gelegenheit hatte und Trieb dazu fühlte; er spottete über das, was er nicht verstand, floh alle beschwerliche Arbeit und Anstrengung und war kein Feind von einer wohlbesetzten Tafel. Ich war lange Zeit unschlüssig, ob ich diese beiden Philosophen nach Abyssinien schicken sollte, oder nicht; endlich aber, und da mir ohnehin keine Wahl übrig blieb, bestimmte ich mich dazu, und gab ihnen die Anweisung, zu eben der Zeit, wie die von mir in Sold genommnen Pädagogen und der Buchhändler, nach Cassel zu kommen.

Was die Dichter betraf, so hatte ich unter Ein hundert und drey und vierzig Poeten, die sich bey mir meldeten, die Wahl. Dieß waren insgesammt junge Leute, an welche die

Aeltern zum Theil den Rest ihres Vermögens gewendet hatten, um sie in Leipzig Brot-Studien lernen zu lassen, damit sie einst die Stützen ihrer Familien und nützliche Bürger im Staate werden sollten. Weil sich aber Neigungen nicht zwingen lassen, so waren die Söhne ihrem Hange zu dem bequemern Studium der schönen Wissenschaften und Künste gefolgt, und hatten sich vorzüglich auf das Versemachen gelegt. Ich hielt es vier Tage lang mit aller möglichen Geduld aus, mir von ihnen Producte in aller Art Poesie vorlesen zu lassen, und die Manuscripte, welche sie mir, zur Probe ihrer Geschicklichkeit, überreichten, durchzublättern; endlich aber wurde mir's zu viel; ich mußte mich wohl für zwey unter ihnen entscheiden. Einen jungen Menschen, welcher Hexameter machte und ein Heldengedicht, betitelt: *Herkules Arbeiten*, in zwölf Gesängen verfertigt, und einen Andern, der mir funfzehnhundert Sinngedichte, einen dicken Stoß Trinklieder und ein Trauerspiel: *Achab und Jesebell* in Alexandrinern überreicht hatte; diese beiden nahm ich an. Die übrigen verdroß der Vorzug, den ich diesen gab; sie machten Pasquillen auf mich und den Abyssinischen Hof, den sie nicht kannten, besangen die Freyheit des Dichterlebens und die Schande, von den Großen der Erde Pensionen anzunehmen, und Einer von ihnen warf mir gar in der Nacht die Fenster ein.

Ich wollte Leipzig nicht verlassen, ohne einen Mann kennen zu lernen, der damahls dort war, und der mir eben so merkwürdig wegen seines edeln Herzens, als wegen der unverkennbaren, großen Verdienste um die Deutsche Literatur schien. Auch ein Buchhändler, aber nicht von gemeinem Schlage; ein Mann, der Studium, Geschmack, echte Philosophie und unbestechbaren Eifer für Wahrheit in gleich hohem Grade besitzt; ich meine Nicolai, der nun seit einer langen Reihe von Jahren, mit den besten Köpfen Deutschlands in Verbindung, vernünftige und gründliche Critik in ihrer Würde zu erhalten sucht, und den falschen Geschmack und die jedesmahligen Thorheiten des Zeitalters muthig bekämpft. Ich hatte das Glück, mich ein Paar Stunden lang mit ihm zu meiner Belehrung zu unterhalten. Wirklich bedurfte ich dieser Belehrung, denn ich war gar nicht mehr zu Hause in der Deutschen Literatur. Als ich mein Vaterland verlassen hatte, warf man unsern Gelehrten mit Recht Pedanterey vor; jetzt hatte man Ursache gegen den allgemein einreissenden Mangel an Gründlichkeit und Anordnung in Gedanken und Vortrag zu eifern.

Um den ersten Transport von Gelehrten und Künstlern, die ich nach Abyssinien schicken sollte, vollständig zu machen, fehlten mir noch einige Tonkünstler; auch hierzu hoffte ich in Leipzig Gelegenheit zu finden. Es gaben sich viel Leute bey mir an; aber soll ich meinen altväterischen, verdorbnen Geschmack anklagen, oder waren die Künstler daran Schuld? genug! keiner von diesen Herren wirkte mit seiner Musik auf mein Herz. Derjenige, welcher als Capellmeister angenommen zu werden verlangte, spielte mir auf dem Clavier etwas von seiner eignen Composition vor, und phantasirte nachher noch ein Stündchen; allein ich hörte nichts, als ein verwirrtes Gewühl von Tönen unter einander — das war keine Sprache menschlicher Empfindung, menschlicher Leidenschaft. Ausweichungen in entfernte Tonarten, durch Verwandlungen von × in b, die nur dazu dienen konnten, die Ohren für den feinen Unterschied zwischen Dis und Es, Cis und Des u. s. f. stumpf zu machen und Verhältnisse unter Harmonien zu finden, die nichts mit einander gemein haben; ungeheuer schwere Passagen und Finger-Kunststückchen, die lustiger anzusehen, als ihre Wirkungen reizend zu hören waren. Mit dem Allem aber hatte der Mann sich doch einen gewissen Namen gemacht, und man würde meiner gespottet haben, wenn ich ihn nicht angenommen hätte.

Der zweyte Tonkünstler, den ich für die Capelle meines gnädigsten Königs anwarb, war ein Violinist, der eine bewunderungswürdige Fertigkeit in seiner linken Hand hatte. Er fuhr damit jeden Augenblick bis an den Steg hinauf; ich kann nicht sagen, daß er immer ganz rein intonirt hätte; allein das bemerkt man auch bey diesen schnellen Spässen und Sprüngen nicht, und empfinden konnte man nun freylich nicht mehr dabey, als bey dem Anblicke eines Seiltänzers; immer aber war seine Kunst merkwürdig zu sehen. Ich brachte eine kleine musicalische Gesellschaft zusammen; unser Virtuose spielte ein Violin-Concert. Das erste Allegro war erhaben und schön; fast im hohen tragischen Style geschrieben; ein Bißchen verdarb er es durch die letzte Cadenz, in welcher er das Katzengeschrey, obgleich sehr natürlich, nachahmte. Dann kam ein Adagio, dessen langsame, melodische Fortschreitung er durch eine Menge unnützer Läufe und Schnörkel, dem Gange eines Hundes gleich machte, der denselben Weg zehn Mahl hin und her läuft. Zuletzt folgte ein artiges Rondeau, wovon das Thema die Melodie des Liedes war: Meine Mutter, die hat Gänse; fünf graue, sechs blaue; sind das nicht Gänse? Alle Zuhörer, mich ausgenommen, bewunderten dieß allerliebste Stück; ich konnte es nicht fassen, wie man Vergnügen daran finden könnte, ein elendes Gassenlied, das schon Ekel erweckt, wenn es Ein Mahl geleyert wird, auf vielfache Art, mit allerley armseligen Veränderungen wiederhohlen zu hören. Indessen erschallte, so oft der Virtuose durch ein Paar Semitone wieder in das Thema fiel, und wieder anhub die Melodie: Meine Mutter, die hat etc. ein lautes Bravo, Bravissimo! Er zeigte mir auch die Partitur eines von ihm componirten musicalischen Hochamts. Die Ouvertüre war im Dreyviertel-Tacte geschrieben; ein Bißchen geschwinder gespielt, so würde man sie für eine von den Wienerischen Wirthshaus-Minuetten gehalten haben, womit der große Haydn leider! seine erhabensten Werke buntschäckicht macht. Alle übrigen Theile der Messe waren im galanten Theater-Styl geschrieben und das Agnus dei war eine Art von Pastorale. Ich hatte von jeher ganz andre Begriffe von der Würde der gottesdienstlichen Musik gehabt, als daß ich hätte glauben können, daß dergleichen Spielereyen darin angebracht werden dürften, und ich erinnerte mich noch recht wohl, wie herzlich ich ein Mahl in meiner Jugend lachte, als ich in Goßlar, von dem Cantor unsrer Schule (der, im Vorbeygehen gesagt, da es ihm an Sängern fehlte, zwey Stimmen zu übernehmen pflegte, indem er bald einen fürchterlichen Bierbaß, bald eine unangenehme fistula ani sang) als ich von diesem Cantor des guten Schwindels Oratorio: *Die Hirten bey der Krippe in Bethlehem* aufführen hörte. In dieser Cantate ließ er es im Stalle, wo die Mutter Gottes doch wohl keine englische Wand-Uhr stehen gehabt hat, zwölf schlagen, und jeden Glockenschlag beantworteten die Violinen mit einem Accord. Das war nun wohl auch Spielerey gewesen; allein im Ganzen hatte doch vor zehn Jahren mehr Ernst im Kirchenstyl geherrscht, als ich jetzt fand. Ich äußerte meine Verwunderung darüber; man versicherte mich aber, das sey jetzt der neueste Geschmack und man fände, besonders in catholischen Kirchen-Musiken, nicht nur äußerst selten einfachen edeln Gesang, ohne melismatische Verzierungen, sondern es wäre auch nichts ungewöhnliches, den Organisten, während der Wandlung, das Thema eines Liedchens aus einer Opera buffa leyern zu hören; überhaupt forderte man jetzt von der Musik nichts, als daß sie das Ohr kitzeln, und von dem Spieler und Componisten nichts, als daß sie überraschen, sich durch irgend eine Bizarrerie auszeichnen sollten. Die Italiener fingen schon wieder an, die Recitative, dem Nahmen und Zwecke dieser Gattung gänzlich entgegen, statt eines einfachen, der gewöhnlichen Sprache, bis auf die stärkere Accentuirung nach, so nahe als möglich kommenden Vortrags, mit Manieren, Läufen und Passagen zu überladen. Kürzlich wäre eine vortreffliche Sängerinn, die aber zu reine Begriffe von ihrer Kunst gehabt hätte, um jenen verdorbnen Geschmack anzunehmen, in einer großen Residenz angekommen; man hätte es ihr aber unmöglich gemacht, sich so viel Zuhörer zu verschaffen, als zu Bestreitung der Unkosten eines Concerts erforderlich gewesen wären. Bald nachher hätte ein reisender Charlatan angekündigt, er wolle sich auf der Maultrommel öffentlich hören lassen, und da hätte nicht nur die Policey den Kerl nicht zur Stadt hinaus gejagt, sondern er wäre mit einem bespickten Beutel weiter gereiset.

Am mehrsten Beyfall fand damahls, wie ich merkte, die Musik der Italienischen Opere buffe. Deutsche Männer, die Talente zu bessern Dingen gehabt hätten, fingen an, diese elenden geschmack- und sittenlosen Farcen zu übersetzen, der Italienischen Composition, ohne Rücksicht auf Vernunft, Wohlklang und echte Declamation, holprichte, Deutsche Worte unterzulegen, und das Publikum tödtete in diesem abscheulichen Schauspiele seine besten Stunden, hörte nur auf das Geleyer und übersah den Unsinn — als wenn es unmöglich wäre, Vernunft und Geschmack zu vereinigen. — Die welschen Possenspieler hatten Zulauf in Menge und unsre einländischen Meisterstücke wurden vor leeren Bänken aufgeführt.

Da es denn nun ein Mahl mit der Tonkunst in Deutschland nicht anders aussah, und ich doch Deutsche Tonkünstler anwerben sollte, so schloß ich mit dem Capellmeister und dem Violinisten meinen Contract, und nahm noch einen Virtuosen auf einem ganz neuen Instrumente an, welches man das Basset-Horn nannte und das viel Aehnlichkeit mit dem Geschrey einer wilden Gans hatte.

Auf diese Weise waren nun meine Geschäfte in Leipzig beendigt, und ich reisete mit meinem Prinzen und seinem Gefolge weiter.

Viertes Kapitel.

Ankunft in Cassel. Transport der Gelehrten und Künstler nach Abyssinien. Der Kronprinz tritt in den Dienst.

Es würde die Leser ermüden, wenn ich Ihnen eine längere Beschreibung von demjenigen liefern wollte, was wir auf dieser ersten Reise bis zu unsrer Ankunft in Cassel sahen und beobachteten; deßwegen will ich meine Erzählung nun von unserm Einzuge in diese letztere Stadt wieder anfangen.

Hier war es, wo mein Prinz in Kriegsdienste treten und zwar von unten auf anfangen und so von Stufe zu Stufe bis zu den höchsten militärischen Ehrenstellen fortrücken sollte, welches, wie bekannt ist, bey Fürstensöhnen, ihrer angebornen Verdienste wegen, ziemlich schnell zu gehen pflegt.

Ich glaubte nicht, daß man diesem Plane das geringste Hinderniß in den Weg legen würde, denn er war ja wahrlich so gut Prinz als Einer, und wollte nur der Ehre wegen dienen; allein es fiel sehr gegen meine Erwartung aus. Des Königs von Abyssinien Majestät hatten mich als Gesandten an dem Hofe des damahls regierenden Landgrafen acreditirt und Se. Hoheit der Thron-Erbe befand sich in meiner Suite incognito. Unser Gefolge war prächtig und ich zweifelte keinesweges daran, daß man uns mit ausgezeichneter Ehre am Hofe empfangen würde. Um desto größer war mein Befremden, als man uns für Abenteurer hielt, gar nichts von einem Königreiche Abyssinien wissen wollte, und mich, den Gesandten eines großen Monarchen, lächerlich zu machen suchte. Der damahlige Bibliothecar in Cassel, ein Franzose, bekam Auftrag in Reisebeschreibungen nachzusehen, ob und wo in der Welt das Königreich Abyssinien gelegen sey? Ich war zuweilen bey seinen mühsamen Nachforschungen gegenwärtig, und fand, zu meiner Verwunderung, Sophiens Reisen von Memel nach Sachsen mit unter die Reisebeschreibungen gestellt. War nun der Umstand daran Schuld, daß der gute Mann kein Deutsch verstand, oder wußte man wirklich in Cassel nichts von Abyssinien und hatte auch keine Bücher darüber; genug! das Resultat blieb, daß man mir ankündigte, man wollte uns zwar erlauben, in der Residenz als Fremde unser Geld zu verzehren, könne mich aber keinesweges als den Gesandten eines fremden Hofes anerkennen, und den Prinzen schon deßwegen nicht in Kriegsdiensten ansetzen, weil sein schwarzes Gesicht gar zu sehr gegen die Physionomien der schönen jungen Leute, woraus des Landgrafen Armee bestand, abstechen würde. Indessen fand sich ein Mittel, diesen letzten Einwurf zu heben; es hatte nähmlich der Landgraf beschlossen, bey seiner ersten Garde Mohren zu Trommelschlägern anzunehmen; da nun mein Prinz, wie Peter der Große, von unten auf dienen sollte, und Trommelschläger zu werden in der That von unten auf dienen heißt; so that man mir den Vorschlag, den Thron-Erben von Abyssinien das Kalbfell schlagen zu lassen. Ein gewisser Italienischer Graf Bollo galt damahls sehr viel am Hofe; ein würdiger Mann, der einst in Polen eine wichtige Rolle gespielt, einer kleinen kühnen Unternehmung wegen aber, die in dem kalten Polen für nicht so unbedeutend angesehen wird, als in dem wärmern Italien, aus dem Lande gejagt worden war. Dieser rieth mir, den Antrag vorerst anzunehmen, indeß aber nach Abyssinien zu schreiben, mir Verhaltungs-Befehle und wichtigre Documente zu meiner Beglaubigung schicken zu lassen, wobey er mir dann Hoffnung machte, daß in der Folge mein Prinz doch noch wohl, trotz seines schwarzen Antlitzes, zu den höchsten kriegerischen Ehrenstellen gelangen könnte. Ich ließ also Se. Hoheit Tambour werden, und miethete für mich und unser Gefolge ein großes Haus. Hier lebten wir als reiche Privatleute, gaben oft große Schmausereyen und hatten das Glück unsre Tafel immer von

Gästen, besonders von Fremden, deren eine Menge dort wohnten, umringt zu sehen, unter welchen sich vorzüglich einige Französische Marquis, zum Beyspiel der Chevalier de Batincourt, der mit den ersten Häusern in Frankreich in Verhältnissen stand, fleissig einfanden.

Während dieser Zeit nun kamen die von mir in Sold genommenen Gelehrten und Künstler, der Verabredung gemäß an. Ich beschloß, sie, begleitet von einigen unsrer Leute, zu Schiffe auf der Fulda bis Münden, dann auf der Weser bis Bremen, und von da zur See weiter spediren zu lassen. Mein lustiger Freund, der päbstliche Ritter und Hofnarr Soban, gab ihnen, als sie abreiseten, einen comischen Frachtbrief mit, der in dem gewöhnlichen Kaufmanns-Styl verfaßt, an den Minister Wurmbrand addressirt war, und sich anfing: Unter Geleite Gottes und durch den Schiffer N. N. liefern wir Ew. Edeln zehn Stück Deutscher Gelehrten und Kunststückmacher, welche wir hier für Se. Majestät eingekauft haben, und zwar Nro. 1 et 2 ein Paar Poeten, wovon der Eine Lieder und Reime, der Andre ganz ungereimte Verse macht; Nro. 3 et 4 zwey wohlconditionirte Menschen-Erzieher u. s. f.

Nachdem ich diesen meinen Auftrag nach bestem Vermögen ausgerichtet hatte, war nun meine ganze Sorgfalt auf den mir anvertraueten Kron-Erben gerichtet; allein da erlebte ich bald die unangenehmsten Vorfälle, die im folgenden Kapitel erzählt werden sollen. Der Prinz war, wie alle Fürstenkinder, mit hohen Begriffen von seinem Stande auferzogen worden; Subordination war schon an sich ein Ding, woran er gar nicht gewöhnt war, und nun vollends einer so strengen Zucht sich zu unterwerfen, als unter welcher ein Trommelschläger bey der Hessischen Garde zu stehen pflegt, das war etwas unleidliches für Se. Hoheit; doch ging es ein ganzes Jahr hindurch ziemlich gut. Zwar wollte man von seinem Fürstenstande nichts wissen, weil die Mohren gewöhnlich da, wo man ihre Genealogie nicht untersuchen kann, sich für Prinzen auszugeben pflegen, die man in ihrer Jugend ihren durchlauchtigen Aeltern geraubt hätte; allein man behandelte ihn doch ziemlich freundlich; die jungen Officier scherzten mit ihm; der Dienst war nicht schwer, und man erlaubte ihm, wenn er nicht auf der Wache war, in unserm Hause zu leben, wo er seinen Hofstaat bereit fand, alles zu seinem Vergnügen und zur Entschädigung für die ertragnen Ungemächlichkeiten beyzutragen. Ja! was sonst unerhört, von ihm aber in seiner Capitulation ausbedungen war, man gab ihm, während der Landgraf sich in Paris aufhielt, die Erlaubniß, mit mir eine Reise zu machen. Wir gingen zur Messe nach Frankfurth, sahen noch andre merkwürdige Städte, besuchten einige Bäder und blieben vier Monate lang aus.

Diese Reise hatte auf die Sitten des Prinzen keine so vortheilhaften Einflüsse, als ich gewünscht hätte. Durch die freyen, zum Theil zügellosen Reden, die der junge Herr in der Wachtstube in Cassel gehört, und durch muthwillige Scherze, die man dort mit ihm getrieben hatte, war der Keim zu allerley unregelmäßigen Begierden in ihm rege, und sein Sinn für Trunk, Spiel und Weiber erweckt worden. Seine Hofleute hatten bald gemerkt, zu welchem Grade von Aufklärung der Prinz gekommen war, und hatten, um sich ihm gefällig zu machen, ihm heimlich Gelegenheit verschafft, auszuschweifen. Mein ehrlicher Manim machte mich aufmerksam darauf; aber was sollte ich thun? Der Prinz war kein Kind mehr; es war mir unmöglich, ihn so ängstlich zu bewachen; auch hatte ich manche andre Geschäfte. Jetzt, auf dieser Reise, fanden sich der Gelegenheiten irre zu gehen noch weit mehr. Er kam in Frankfurth ein paar Mahl betrunken zu Hause; ich machte sanfte und ernste Vorstellungen; man antwortete leichtsinnig und spöttisch. In Maynz hatten sich ein Paar junge Domherren ein Fest daraus gemacht, ihn in ein berüchtigtes Haus zu führen, wo er sich eine ekelhafte Krankheit hohlte. Ich ahndete dieß bald an seiner Gesichtsfarbe, ließ einen Arzt rufen und hoffte, dieser Unfall sollte ihn von Ausschweifungen zurück bringen; allein kaum war er hergestellt, so ging wieder das vorige Leben an. Nun hatte ich freylich unumschränkte Gewalt über die Personen seines Hofstaats und hätte seine Haupt-Verführer fortjagen können; aber ich gestehe es, dazu hatte ich den Muth nicht. Was hätten diese verstoßnen Elenden mitten in Deutschland anfangen wollen? Wer weiß ferner, ob ich nicht ihre heimliche Rache hätte fürchten müssen! Bey einem, ein Mahl an Zügellosigkeit gewöhnten Prinzen würden auch bald andere ihre Plätze eingenommen haben. Und wer kann sagen, was endlich meiner erwarten, was Verleumdung und Ahndung, von Seiten des Kronprinzen selbst, mir zubereiten konnte, wenn wir nach Abyssinien zurück kamen? Also, ich bekenne es zu meiner Schande, sahe ich durch die Finger; und Ihr, die Ihr oft die armen Prinzen-Hofmeister tadelt, wiegt ein wenig diese Gründe ab, und setzet Euch in unsre Stelle!

Bey einem Orte, dessen Bäder und Brunnen-Quellen eine Menge Leidende hinziehen, denkt man sich einen ruhigen, friedevollen Aufenthalt, wo die armen Kranken, neben dem Gebrauche der Heilmittel, Leib und Seele durch zwanglose Geselligkeit und durch Entfernung von allen häuslichen Sorgen, von tobendem Geräusche und leidenschaftlichem Tumulte, zu stärken und zu erheitern suchen. Um desto auffallender mußte den Bessern unter unsern Abyssinischen Reise-Gefährten, die mit den Europäischen Sitten noch nicht völlig bekannt waren, der Anblick der Lebensart in den Bädern seyn, die wir besuchten. Pracht, Aufwand, Residenz-Ton, Hof-Etikette, Schmausereyen, Ueppigkeit, Bachanten-Unfug, bis in die späte Nacht hinein; die heftigsten Ausbrüche der Liebe, des Zorns, der Rache, der Eifersucht; Intriguen, Cabalen, hohes Spiel, das so manchen um seine und der seinigen ganze zeitliche Glückseligkeit und um seine Gemüthsruhe brachte; Völlerey; Wollust — und kurz! alles, was Leidenschaften und Begierden im Tumult erhalten kann, das fand man hier. — »Und hierher reiset man seiner Gesundheit wegen?« rief Manim aus. »Und was treibt man an jenem grünen Tische, den Leute mit Sternen und Ordensbändern nun schon seit sechs Stunden umringen? Auf den Gesichtern der Umstehenden lese ich abwechselnd ängstliche Erwartung, Schadenfreude, Verzweiflung, Wuth. — Hier müssen wichtige Sachen verhandelt werden, denn ich sehe da Männer von Jahren und Erfahrung, ja! Regenten sitzen, die gewiß ihre Zeit nicht mit Kleinigkeiten, oder gar mit schädlichen Dingen verderben werden. Sehen Sie nur an! jetzt führt man auch unsern Prinzen hin. Nun! das ist doch ein Mahl gut, daß er sich auch den bessern Leuten zugesellt.« — O Himmel! wie sehr irrte Manim! Es war ein Pharao-Tisch. Man hatte Se. Hoheit verleitet, sich an dieß abscheuliche Spiel zu geben; er spielte, wie jeder reiche Neuling, und dabey machte man seinen Ehrgeiz rege. Ein Fürst hieß es, müsse großmüthig spielen. — *Großmuth und Spiel?* — wie herrlich die beiden Dinge zusammen passen! — Das Ende vom Liede war, daß ich am folgenden Tage eine ungeheure Summe bezahlen mußte. »Pfui!« rief ich aus, »Freylich macht Sie dieser Verlust nicht arm; aber können Sie, ohne zu erröthen, hier, in fremden Ländern, Tausende auf Eine Karte setzen, indeß Sie in Ihren Staaten, mit der Hälfte der Summe, zehn Familien vom Untergange erretten könnten? Und vergessen Sie denn, daß dieß Geld, welches Sie hier vergaunern, gar nicht Ihr, sondern der guten Abyssinier Eigenthum ist, die es im Schweiß ihres Angesichts erworben haben?«

»Hier scheint alles recht lustig herzugehen«; sprach Soban, als wir einst dem Tanze in einem großen Saale zusahen; »aber woher kömmt es, daß diese Menschen, mitten in den Freuden des Tanzes, so gezwungen, so ernsthaft aussehen, als wenn sie ein verdrießliches, wichtiges Geschäfte trieben? Heißt das Tanzen? Woher kömmt es überhaupt, daß hier in Deutschland die Jünglinge, wenigstens in den Städten und in den Zirkeln der höhern Stände, so feyerlich, so kalt, so kränklich, so gelehrt, so erfahren, so untheilnehmend, so verschlossen scheinen?« — »Ach!« erwiederte ich, »daran ist leider! die Erziehung Schuld. Sie werden zu früh mit der Welt und ihren Verderbnissen bekannt, werden zu früh klug, lesen zu viel Romane und Bücher, zu Beförderung der Menschenkenntniß. Und wenn sie nun in die wirkliche große Welt treten, dann bringen sie schon Widerwillen, Ekel und überspannte Forderungen mit. Alles ist ihnen zu alltäglich; sie kennen alles schon aus Büchern; es ekelt sie an. Vererbte

Krankheiten nagen am Körper; der einfache Genuß hat keinen Reiz der Neuheit für sie; sie jagen also dem erkünstelten nach; Ausschweifungen aller Art erschlaffen die Nerven, in den Jahren schon, wo die Natur ihre Kräfte zum Wachsthume braucht. Kränklichkeit und böse Launen folgen ihnen dann ohne Unterlaß; sie machen sich und andern das Leben sauer. — Lassen Sie mich dieß Bild nicht weiter ausmahlen! Wo ist jetzt noch ein Platz auf dem Erdboden, der nicht die Originale zu diesem Gemählde bey Tausenden liefert?«

Die Zeit unsers Urlaubs war nun bald verstrichen und wir reiseten nach Cassel zurück. Wir hatten große Summen verschwendet — mit wie viel Nutzen, das können sich die Leser selbst sagen. Der Kronprinz war nicht mehr der blühende, starke Jüngling, und seine Launen wurden mir oft unerträglich. Er war auffahrend, ungestüm, dann ein Mahl ausgelassen munter und offenherzig, und gleich nachher herabgespannt, mißtrauisch, bitter, heimtückisch.

Was dabey noch meinen Verdruß vermehrte, war ein Brief von meinem Herrn Vetter aus Abyssinien, den ich in Cassel fand, und aus welchem ich hier einige Auszüge liefern will.

»Was zum Henker!« schrieb er mir, »was für Kerl hat mir der Herr Vetter da aus Deutschland geschickt? Wenn ich nicht glaubte, daß sie alle toll geworden, indem sie die Linie passirt sind, so würde ich nicht wissen, was ich zu des Herrn Vetters Auswahl sagen sollte. Die beiden Philosophen haben sich schon unterwegens auf dem Schiffe gewaltig prostituirt. Der Eine war fast immer besoffen, und da der Andre sehr jähzornig ist, so gab es zuweilen fürchterliche Auftritte. Einst geriethen sie über die echte Toleranz in Streit, und da Jener behauptete, daß man Jedem seine Privat-Meinungen lassen müsse, Dieser hingegen für das Gegentheil eiferte, wurde der Zwist so lebhaft, daß der Duldungs-Prediger, als er seinen Gegner gar nicht überzeugen konnte, ihn bey den Ohren faßte; da kam es dann zu einer solchen Prügeley, daß sie mit verbundnen Köpfen hier ankamen. Die Pädagogen sind noch ärger; Herr Ilsenberth läuft allen Mädchen und Knaben nach, und der Magister Löffler schreibt, statt sich um das Erziehungswesen zu bekümmern, über Politik. Er hat kürzlich ein Werk heraus gegeben, in welchem er gegen alle Regenten eifert, ungeachtet er doch von dem unsrigen die schöne Pension einstreicht; er nennt die Fürsten gesalbte Henker, und ermuntert das Volk zum Aufruhre und zu Gründung einer freyen Republik. Von den beiden Dichtern mahlt der Eine die Freuden der Wollust mit den reizendsten Farben, und der Andre singt in rauhen Barden-Gesängen die aufrührerischen Grundsätze, die der politische Pädagoge in Prosa ausbreitet. Der Buchhändler verlegt und empfiehlt allen diesen gefährlichen Unsinn und hat heimlich eine Menge irreligioser und unsittlicher Bücher mitgebracht. Die unschädlichsten Narren sind Eure drey Musiker; aber die Kerl machen ein solches Geleyer, daß der alte Obermarschall neulich im Hof-Concerte die Strangurie davon bekommen hat. Se. Majestät waren im Begriffe sehr ungnädig auf Euch zu werden; ich habe alle Mühe gehabt, Sie zu überzeugen, daß alles dieß zur Aufklärung gehörte; daß die Männer, welche Ihr uns geschickt hättet, im Grunde sehr geschickte Leute wären, denen man aber, nach den Regeln der Toleranz, Denk- und Preßfreyheit, ihre kleinen Eigenheiten übersehen müßte. Indessen bitte ich doch den Herrn Vetter, bey dem nächsten Transporte recht vorsichtig in der Wahl der Subjecte zu Werke zu gehen, und vor allen Dingen die Speditionen über das Mittelländische Meer her zu machen, damit sie nicht die Linie zu passiren brauchen, denn ich merke wohl, das verträgt kein Deutscher Gelehrter. Uebrigens rückt es nun mit der Universität in Adova ziemlich gut fort. Die beiden Erzieher sind auch dahin geschickt worden, haben ein Institut angelegt, und schon ziemlich viel Zöglinge. Bezahlen lassen sie sich nicht schlecht, geben sich aber auch viel Mühe mit den Kindern, lehren sie unter andern allerley Sprünge, und baden sie täglich in dem Flusse Rieberaini.«

Dieß war der Haupt-Inhalt des Briefes, der mir einige Unruhe verursachte, und mich zu dem Entschlusse bewog, künftig vorsichtiger in der Wahl der Leute zu seyn, die ich nach Abyssinien senden würde.

Fünftes Kapitel.

Der Kronprinz erlebt einen verdrießlichen Vorfall, verläßt die Hessischen Dienste und geht wieder auf Reisen.

Ich habe vorhin gesagt, daß unsre letztre Reise keine lobenswerthe Veränderung in der Gemüthsart und in den Sitten des Kronprinzen von Abyssinien bewirkt hatte, und daß dieß unangenehme Vorfälle nach sich zog; jetzt komme ich zu der Erzählung dieses Umstandes.

Die Ausschweifungen, denen sich Se. Hoheit ergab, hatten seine Natur geschwächt. Er war nicht mehr so leicht aus dem Schlafe zu wecken, als ehemahls, und mehrentheils übler Laune, wenn er aus dem Bette aufstand. Eines Tages, da sein Kammerdiener vergebens sich bemüht hatte, ihn zu gehöriger Zeit auf die Beine zu bringen, erschien er vor seines Hauptmanns Hause, als die Compagnie schon nach dem Paradeplatze marschirt war. Der Capitän, ein Herr von Natsmer, der überhaupt den Ruf hatte, ein wenig strenge im Dienste zu seyn, fragte den Prinzen, als er sich endlich bey der Colonnade am Schlosse einfand, warum er so spät käme? Se. Hoheit nahmen dieß sehr ungnädig, antworteten etwas naseweis, und wurden (es thut mir leid, daß ich es erzählen muß) nachdem man ihnen erst zwanzig derbe Stockprügel hatte zumessen lassen, verurtheilt, einige Stunden krumm geschlossen zu werden.

Sobald ich Nachricht von dieser unehrerbiethigen Behandlung erfuhr, begab ich mich zu dem Herrn General, Commendanten und Obersten der ersten Garde, bat, versprach,

V. II Th. S. 59

Z & R. f.

drohete sogar mit der strengsten Ahndung von Seiten Sr. Abyssinischen Majestät, mußte aber die Demüthigung erleben, daß auf dieß alles nicht geachtet, und mir sogar bedeutet wurde, ich sollte mich bescheidner ausdrücken, wenn ich nicht Lust hätte, an mir selber eine kleine Execution vollziehen zu lassen. Was war also zu thun? der Prinz mußte seine Strafe aushalten.

Wüthend kamen Se. Hoheit aus der Wachstube in ihr Hotel zurück; ich that alles, um den Prinzen zu trösten. »Man muß« sagte ich, »aus jedem widrigen Vorfalle im menschlichen Leben nützliche Lehren zu ziehen suchen. Unsers allergnädigsten Königs Majestät haben gewünscht, daß Sie mit der militärischen Subordination bekannt werden möchten; und Sie haben diese Bekanntschaft, obgleich freylich auf schmerzliche Art, gemacht. Wer einst befehlen will, muß gehorchen lernen; auch diese Lection haben Ew. Hoheit heute erhalten. Endlich aber kann Sie dieser Vorfall noch auf wichtige Betrachtungen leiten. Sie sind von königlichem Stamme; in ganz Africa macht man Ihnen das nicht streitig; hier hingegen will niemand Sie für einen Prinzen anerkennen; man behandelt Sie bloß als einen Menschen in den Verhältnissen von Unterwürfigkeit gegen stärkere Menschen. Dieß, denke ich, müßte Ew. Hoheit auf den Gedanken führen, daß es doch wohl nicht eigentlich ein allgemeines Naturgesetz ist, was gewisse Sterbliche zu Fürsten macht, sondern daß man die Rücksicht auf den Unterschied der Stände nur der Uebereinkunft zu danken hat; daß die Menschen, was in ihrer Macht steht zu geben und einzuräumen, auch wieder nehmen können; daß es also höchst wichtig und nöthig ist, sich Eigenschaften zu erwerben, die nicht von der willkührlichen Bestimmung des größern Haufens abhängen, sondern deren Werth von jedem Erdensohne anerkannt werden muß. Setzen Ew. Hoheit nun den Fall, daß, so wie man hier nichts von Ihrer königlichen Abstammung wissen will, auch die Völker in Africa plötzlich auf den Einfall kämen, Sie nicht mehr für vornehmer halten zu wollen, als jeden andern Bürger im Staate; dann, gnädigster Herr! würden Sie doch wirklich aufhören, Fürst zu seyn, weil Sie nur dadurch Fürst sind, daß man Sie dafür anerkennt, weil nicht die Natur, sondern die Convention Fürsten schafft. — Was würde Ihnen dann übrig bleiben, womit Sie sich Unterhalt, Schutz und Achtung erwerben könnten, wenn Sie nicht dafür gesorgt hätten, sich zu einem *bessern Menschen* zu bilden? Sie sehen hier, daß man in der Welt Schläge austheilt und Schläge bekömmt, je nachdem die äußern Umstände es mit sich bringen, und daß die Natur es nicht ist, die manche Menschen-Gattungen geboren werden läßt, um ewig geprügelt zu werden, und andre, um immer zu prügeln.«

Sehr kräftige dauernde Eindrücke machte diese meine Predigt nun wohl nicht auf den Prinzen; aber ich tröstete mich damit, meine Pflicht erfüllt zu haben; übrigens war doch auch mir dieser Vorfall sehr ärgerlich, und da ohnehin nie zu erwarten war, daß Se. Hoheit in Deutschland zu höhern militärischen Ehrenstellen hinauf rücken würden, so glaubte ich es verantworten zu können, daß ich den Prinzen seinen Abschied fordern ließ, welcher ihm, seiner Capitulation gemäß, nicht verweigert werden durfte. Die Begebenheit selber aber berichtete ich, mit einiger Vorsicht, nach Abyssinien, und meldete dem Könige, daß wir nun unsre Reise durch Deutschland fortsetzen und auch die Höfe besuchen würden.

Von dieser Reise werde ich, wie von der vorigen, keine weitläuftige Beschreibung liefern, sondern wiederum nur einzelne Bemerkungen mittheilen, die meine Abyssinier über die Sitten und Einrichtungen in Deutschland machten, und hie und da irgend einen Vorfall erzählen, der uns begegnete. Wir durchstreiften übrigens dieß Mahl den größten Theil der westlichen und südlichen Provinzen meines Vaterlandes, und nahmen dann, wie man hören wird, den Rückweg durch die Preußischen Staaten.

Aeußerst auffallend war meinen Reisegefährten die Menge und Mannigfaltigkeit der Gesetze, die Verschiedenheit des Münzfußes, des Maßes, des Gewichts, der Regierungsform, der Lebensart und der Gebräuche. Sie meinten auf unsern

Reichstagen, wo doch wohl manche wichtige Dinge verhandelt würden, möchte es der Mühe werth seyn, diese Buntscheckigkeit endlich abzuschaffen. »Für Fremde und Einheimische ist das alles gleich unbequem« sagte Manim, »in manchem Deutschen Staate, der kaum drey Quadrat-Meilen groß ist, gibt es mehr, zum Theil sich widersprechende Verordnungen, als ein Mensch, erreichte er auch Methusalem's Alter, im Gedächtnisse fassen kann. Jeder Stand, jeder Ort hat seine eignen Sitten und mit der feinen Lebensart, mit welcher man in Einer Gesellschaft allgemein gefällt, gilt man in der andern für einen abgeschmackten Menschen. Die Verschiedenheit des Maßes, Gewichtes und Münzfußes macht unbeschreibliche Verwirrung und Erschwerung im Handel. Ihr rechnet nach Geld-Sorten, die gar nicht existiren. Der Kaufmann, der sein Hauptbuch schließen will, muß sich den Kopf zerbrechen, um die Procente mit courenten, mit den Species- mit den Banco-Thalern, leichten und schwerern Gulden, Kreuzern, Stübern, guten Groschen, Marien-Groschen, Albus, Dreyern, Batzen, Pfennigen, Hellern, Lübischen, Dänischen, Flämischen Schillingen und Groten, Petermännchen und Gott weiß! mit welchem Zeuge zu vergleichen, seine Agio-Rechnung und seinen Abschluß zu machen. Post-Anstalten, Meilen-Berechnung, Wege, Zölle, alles ist unendlich verschieden. Man verliert Geduld, Zeit und Geld dabey.«

Was die Post betrifft, so hatten wir damit einen sonderbaren Vorfall. Einer unsrer Bedienten hatte, ich weiß nicht mehr wo, der öffentlichen fahrenden Post einen Koffer, worin seine sämmtliche Wäsche war, weil kein Raum mehr dafür auf unserm Bagage-Wagen gewesen, anvertrauet. Der Addresse nach sollten wir ihn in Frankfurth finden; allein es kam die Nachricht, der Koffer sey vom Wagen gestohlen worden, und man könne ihm nichts dafür vergüten, weil in dem Lande, wo er ihn auf die Post gegeben, eine Verordnung statt habe, nach welcher man nur dann den Werth der von dem Postwagen gestohlnen Sachen ersetzte, wenn dieser Werth von dem Eigenthümer vorher wäre angegeben worden. Wir stellten dagegen vor: es sey albern von einem Fremden zu verlangen, daß er jede Verordnung eines Landes kennen sollte, besonders solche Verordnungen, die gegen alle Begriffe von Billigkeit und Recht stritten. Ein Landesherr sollte überhaupt, so viel er kann, für die Sicherheit der Heerstraßen einstehen, und selbst dann, wenn die Post mit Gewalt angefallen und bestohlen würde, den Schaden ersetzen; weil die Post ihm eine Revenüe gewährte, weil man theures Porto bezahlen müßte, weil es einem Reisenden in diesem Lande nicht ein Mahl frey gestellt sey, ob er mit der Post, oder mit anderm Fuhrwerke reisen wollte; allein dieß Mahl sey gar nicht der Fall einer gewaltsamen Beraubung gewesen, sondern man hätte denen Leuten den Koffer unter den Händen weggestohlen, welchen er anvertrauet gewesen. Die Post-Direction sey doch also wenigstens gewiß als ein negotiorum gestor anzusehen, und müsse für dasjenige haften, was durch Vernachlässigung ihrer Leute verloren ginge. Die Verordnung, daß der Werth der Sachen vorher angegeben werden müßte, sey dem Fremden, bey Ablieferung des Koffers, nicht bekannt gemacht worden; woher sollte er sie also wissen? Man könne sich leicht einbilden, daß, wenn er sie gewußt hätte, er, da es nicht wohl möglich sey, seine Wäsche u. d. gl. genau zu taxiren, den Werth zehn Mahl höher würde angegeben haben, da dieß doch nichts mehr kostete; und wäre das geschehen, so müßte sie nun mehr bezahlen, als gerecht wäre. Diese eben so unbillige, als zwecklose Verordnung könne also nur dazu dienen, die Postknechte zu verleiten, daß sie unerfahrne Reisende bestöhlen, und Fremde zu bestimmen, ein Land zu fliehen, wo man seines Eigenthums nicht sicher sey, wenn man nicht zehn tausend Verordnungen in der kurzen Zeit seines Aufenthalts durchstudieren könne. — Alle diese Vorstellungen halfen nichts, und der arme Bediente erhielt keine Vergütung für seinen Verlust.

In einer Stadt, die ich nicht nennen will, waren wir Zeugen einer Scene, die mich innigst rührte, weil sie mir bewies, daß noch nicht alle Stände in Deutschland den Sinn für Tugend und Keuschheit verloren hatten. Dem regierenden Fürsten daselbst, der ein sehr ausschweifendes, sittenloses Leben führte, war einst die Tochter eines Bürgers begegnet; sie hatte ihm gefallen, und er hatte ihr den Antrag thun lassen, seine Buhlerinn zu werden. Das Mädchen verwarf mit Würde diesen entehrenden Antrag, und ihr Vater, ein nervichter Bierbrauer, warf den Unterhändler zur Thür hinaus. Kurz darauf starb das ehrliche Mädchen; und nun beeiferte sich jedermann, ihren Sarg mit atlaßnen Kissen, mit Kronen und Blumen zu schmücken, und vor des Fürsten Schloß vorbey führte man den Leichenzug, dem unzählige gutgesinnte Einwohner aus allen Ständen folgten. Wir hatten das Glück, grade um diese Zeit in der Stadt zu seyn, und ich nützte die Gelegenheit, um meinem Prinzen eine kleine Lection zu geben, die aber leider! auf seinem polirten Fürsten-Herzen abgleitete.

Auf der benachbarten Universität hielten wir uns einige Tage auf, und besuchten da einige berühmte Männer, von denen ich hier keine Schilderung entwerfe, weil ich es für unverschämt halte, dem Beyspiele unserer neuern Reisenden zu folgen, die sich in die Studierzimmer der Gelehrten eindrängen, ihnen da eine Menge platter Schmeicheleyen vorsagen, und wenn dann die gutmüthigen Männer das für baares Geld annehmen, in froher Herzens-Ergießung irgend ein nicht ganz weises Wort fallen lassen, oder in Augenblikken der Zerstreuung und Ueberraschung ein wenig unzusammenhängend reden, oder das Unglück haben, nicht grade so zu seyn und auszusehen, wie es den Reisenden gefallen hat, sich den Mann zu denken, das Unglück erleben müssen, eine schiefe Schilderung von sich, oder eine wörtliche Wiederhohlung ihrer vertraulichen Gespräche, in irgend einem Journale gedruckt zu lesen.

Man behandelte uns sehr ehrenvoll auf dieser Universität, und ich beschloß, mit meinem Prinzen sechs Wochen da zu bleiben, und einigen Vorlesungen beyzuwohnen.

Einst hatte ich mit einem Professor der Statistik ein Gespräch über die Sitten einiger wilden Völker. Ich wagte es, zu behaupten, daß nicht eigentlich die Natur, sondern nur gewisse, durch Vorurtheil erzeugte Begriffe uns einen so großen Abscheu gegen das Essen des Menschenfleisches einflößten. Ob Menschenfleisch ein appetitlicher Bissen sey, sagte ich, das wüßte ich nicht; aber das glaubte ich nicht, daß ein allgemeiner Instinct in uns einen größern Ekel gegen das Fleisch eines frisch getödteten Menschen erzeugte, als gegen das Fleisch irgend eines andern Thiers. Dieß war eine Hypothese, die ich nur so hinwarf; aber ich war nicht wenig verwundert, als ich kurz nachher in einer historischen Zeitschrift, die dieser Professor heraus gab, die Nachricht las, daß die Abyssinier Menschenfresser wären.

Man that kurz vor unsrer Abreise von da dem Kronprinzen den Antrag, die Doctorwürde in der Rechtsgelehrsamkeit anzunehmen. Ich hatte Mühe, Sr. Hoheit begreiflich zu machen, wozu eigentlich diese pedantische Posse dienen könnte; und als es ihm deutlich wurde, da konnte ich doch weder ihn, noch einen von seinen Hofleuten bewegen, diese Farce mit sich spielen zu lassen, welche sie wirklich als ein Ueberbleibsel der Barbarey und als eine Satyre auf die wahre Gelehrsamkeit ansahen. Der einzige Soban entschloß sich endlich, diese Mummerey mit sich vornehmen zu lassen. Zu diesem Endzwecke schrieb ich ihm eine sehr gelehrte Dissertation. Ich wählte einen Gegenstand aus der Lehre von den Testamenten, und bewies, wie philosophisch, billig und vernünftig das Gesetz in Ansehung der Quadrigae wäre. Dieß Gesetz nähmlich, welches vielleicht manchen meiner Leser unbekannt ist, verordnet, daß, wenn jemand in seinem Testamente, einem Freunde einen Zug von vier Pferden vermacht, und indeß eines von den vier Pferden stirbt, der Freund — gar nichts bekömmt, weil der Erblasser ihm nicht drey sondern vier Pferde habe schenken wollen. In der That kann man nichts weiseres ersinnen, als dieß Gesetz; auch fand meine Disputation allgemeinen Beyfall; der Ritter und Hofnarr Soban wurde Doctor juris darüber; las Reden und Antworten her, die ich ihm aufgesetzt hatte; ich und der Reise-Stallmeister opponirten, und alles ging vortrefflich von statten, denn bey dem Examen wurde alter Rheinwein herum gereicht. Zwey Tage nach dieser Feyerlichkeit reiseten wir weiter.

Sechstes Kapitel.

Fortsetzung der Reise-Nachrichten.

Sobald wir über den oberrheinischen Kreis hinaus kamen, beschloß ich, meinen Prinzen an die zahlreichen großen und kleinen Höfe in dortiger Gegend zu führen. Sie sind wirklich, jeder in seiner Art, sehr merkwürdig zu sehen; dennoch aber übergehe ich, um nicht zu weitläuftig zu werden, die Schilderung derselben mit Stillschweigen. Nur so viel muß ich aus Dankbarkeit erwähnen, daß man uns aller Orten äußerst höflich und artig behandelte, sobald man erfuhr, daß Se. Hoheit ein Königssohn, wir Andern Abyssinische echte Edelleute und dabey überflüssig mit Gelde versehen wären. Uebrigens mußten wir immer gewaltig viel von Africa erzählen, und wurden, besonders von den Prinzessinnen und Hof-Damen, reichlicher gefragt, als gespeiset.

In Mannheim konnte Soban der Versuchung nicht widerstehen, sich einen Geheimenraths-Titel zu kaufen. Er wurde um neunhundert Gulden einig, konnte aber nicht die Erlaubniß erlangen, diesen Titel auf seinen siebenjährigen Sohn, der in Gondar geblieben war, vererben zu dürfen, indem in der Pfalz nur die wirklichen Bedienungen, nicht aber die Titel auch Kindern versichert und gegeben werden.

In derselben Stadt warb ich auch zwey Mahler, einen Bildhauer, einen Baumeister und noch einen Tonkünstler für Abyssinien an. Mit Vergnügen sahe ich, in welchem blühenden Zustande hier die schönen Künste waren. Vor zwanzig Jahren schien man in Deutschland so sorglos über diesen

Punct, und überlegte nicht, welchen Einfluß der beständige Anblick von falschen Schnörkeln, überladnen Zierrathen, zwecklosen Kleinigkeiten und die Gewohnheit, Mißtöne zu hören und verzeichnete Carricaturen und bunten Popanz zu sehen, auf den Geschmack, auf die Denkungsart und auf die Einfalt des Characters haben, schöne Formen und allgemein herrschende Harmonie hingegen Kopf, Herz und Sinn veredeln. Die Entdeckung der Monumente des schönern Alterthums in Italien hat einigen wohlthätigen Einfluß auf den Geschmack und das Gefühl der Deutschen gehabt. Leider! aber reißt jetzt, da ich dieß schreibe, wieder die elende Augenlust an bunten Arabesquen und kindischem Firlfanz bey uns ein; und so werden wir denn wohl bald wieder in die Zeiten der Gothischen Barbarey zurück sinken.

Die Menge der Bettler, die uns in manchen Städten, besonders in solchen, wo catholische geistliche Fürsten regierten, haufenweise anfielen und auf allen Spatziergängen das unschuldige Vergnügen des Genusses der schönen Natur durch den Anblick des Elendes verbitterten, gaben meinen Reisegefährten sehr üble Begriffe von der Policey in Deutschland und von der Menschenliebe der Regierungen. Niemand ging in seinem Tadel unbilliger Weise weiter, als der Geheimerath, Ritter, Doctor und Hofnarr Soban. Einst sah ich ein Heft von seinem Reise-Journale liegen, blätterte darin und fand folgende bittre Stelle:

»Die Schauspiele und andre öffentliche Vergnügungen sind in manchen Deutschen Städten sehr prächtig; die Hospitäler, Waisen- und Findelhäuser hingegen elend und jämmerlich. In großen Residenzen geht man unentgeldlich in die Oper, muß aber seinen Platz in der Kirche und alle gottesdienstlichen Handlungen, Trauung, Taufe, Beichte etc. bezahlen. Ein Tänzer, oder ein verschnittner Welscher Sänger, bekömmt jährlich funfzig Mahl mehr Gehalt, als ein Volkslehrer und Kinder-Erzieher. Jener wird bey den Großen des Reichs zur Tafel gebeten, wenn sie sich selber ehren, für Kenner der Kunst gelten wollen; diesen hingegen bittet höchstens dann ein Minister ein Mahl zum Essen, pflanzt ihn neben der Thür hin, und redet kein Wort mit ihm, wenn er, außer seinen Kindern und dem Informator, grade niemand an der Tafel hat, als etwa seinen Advocaten und den Gerichtshalter von seinem Gute. Sammle in einer Gesellschaft von reichen Leuten zu einer Summe, wofür Philadelphia, oder irgend ein andrer Gaukler seine unnütze Künste zeigen soll — und es wird Ducaten in Deinen Hut regnen; sammle ein Almosen für eine fleissige, in Dürftigkeit gerathne Familie — und man wird mit Verdruß Groschen hinein werfen. Die müssigen Hofschranzen fahren in vergoldeten Kutschen; der nützliche Handwerker und Künstler muß zu Fuße umher schleichen, um vergebens die Rechnungen in die Palläste zu tragen, die ihm jene Windbeutel zu bezahlen schuldig sind. Er wird von groben Lakkeyen zurück gewiesen, die in Kleidern stecken, welche bey ihm auf Credit ausgenommen sind. Die Fürsten lassen in die Zeitungen und Journale einrücken, wie sehr sie einländische Fabriken und Manufacturen unterstützten, und tragen nichts an ihrem Leibe, was nicht außer Landes gekauft und verfertigt ist. Die Noth des armen Landmannes rührt nicht die hartherzigen Minister; sie lesen Französische Romane und werfen die Suppliken der jammernden Unterthanen in die Ecke. Es bekümmert sie wenig, ob das Volk sie segne, oder ihnen fluche; aber ein erkauftes oder erbetteltes Ordensband von einem fremden Könige, der nie ihren Nahmen gehört hat, halten sie für den wahren Stämpel ihres Verdienstes; und wenn sie ihr kaltes Herz mit einem silbernen Stern beklebt haben, so sehen sie voll Zuversicht und Unverschämtheit auf bessre Menschen herab. Willst Du, daß der Präsident, wenn er um zehn Uhr des Morgens sich aus dem Bette erhebt, beym Frühstücke, unter der Menge von Briefen, die unerbrochen da liegen, Deiner Klage einige Aufmerksamkeit widmen soll, so fange Deine Bittschrift mit den Worten an: durch den Fuhrmann N. N. schicke Ew. etc. ein Fäßchen mit Austern; und Du wirst sehen, wie sich sein Gesicht erheitert. Schwätzer, Windbeutel und unverschämte Ignoranten machen ihr Glück; das bescheidne Verdienst wird übersehen. Verwandtschaft, niedrige

Schmeicheley und gewissenlose Gefälligkeit sind die Mittel, sich empor zu schwingen. Wenn der ohne seine Schuld Arme einige Thaler stiehlt, so wird er gesetzmäßig aufgeknüpft; wer aber im Handel und Wandel überfordert, schlechte Waare für theures Geld liefert; den nennt man einen schlauen Mann. Der Richter, der Sachwalter und der Deputirte dürfen ihre Geschäfte unnützer Weise in die Länge ziehen, um desto mehr Gebühren und Diäten zu bekommen; der Tagelöhner darf faullenzen, so bald der Aufseher die Augen wegwendet; verdungne Arbeit darf liederlich von der Hand geschlagen werden; der Schneider darf doppelt so viel Zeug zum Kleide berechnen, als er gebraucht hat; zu seiner Rechtfertigung ist es genug, daß es alle übrige Schneider auch so machen.«

»Nein! das ist zu arg!« rief ich aus, als ich dieß las, »gibt es nicht edle Fürsten, sorgsame Landesväter, wohlthätige, aufmerksame Regierungen in Deutschland?«

Soban. Nun ja! diese sind also Ausnahme; aber ist darum jenes weniger wahr? Soll man darum von den Gebrechen schweigen, weil sie nicht ganz durchaus allgemein sind?

Ich. Allein das sind ja Gebrechen, die man in allen Staaten, in allen bürgerlichen Einrichtungen des Erdbodens antrifft.

Soban. Vielleicht! doch sind sie darum nicht nothwendig, nicht unvermeidlich. Man rede um desto öfter und lauter davon, um zu bewirken, daß endlich zu ihrer Abstellung Anstalten getroffen werden!

Ich. Was hat Dir denn das arme Deutschland gethan, daß Du das Original zu diesem abscheulichen Gemählde grade daher entlehnst?

Soban. Närrischer Kerl! ich schreibe ja ein Journal von meiner Reise durch Deutschland und nicht durch Spanien, oder Marocco. Bist Du doch, wie die mehrsten Menschen, die es übel nehmen, wenn man die Wahrheit sagt, und wenn sie die Thatsachen nicht leugnen können, mit der elenden Ausflucht gegen uns zu Felde ziehen, daß es andrer Orten nicht besser hergeht.

Ich sah wohl, daß Soban nicht zu bekehren war, und daß man Ritter, Doctor und Rath seyn und dennoch übereilt und unbillig von den Sitten, die in Ländern und Städten herrschen, urtheilen kann.

Da ich immer fortfuhr, zu dem zweyten Transporte der Gelehrten und Künstler, welche ich nach Abyssinien schikken sollte, Subjecte aufzusuchen und anzuwerben, so hatte ich auch in Regensburg einen Mann bewogen, diese weite Reise zu machen, der mir als ein großer Chymiker gerühmt wurde. Er trieb hauptsächlich den pharmaceutischen Theil der Scheidekunst, und bewies mir durch Zeugnisse und Documente, daß er mit gewissen Wundertropfen alle Krankheiten zu heilen im Stande wäre. So sehr auch der Vorfall, den mein Vater mit dem Grafen St. Germain erlebt hatte, und dessen sich die Leser noch aus dem ersten Theile dieses Buchs erinnern werden, mich hätte von meinem Glauben an Universal-Arzeneyen ablenken können, so gestehe ich doch, daß ich nicht im Stande war, der einleuchtenden und überzeugenden Beredsamkeit dieses Mannes zu widerstehen. Ich hielt es vielmehr für ein großes Glück, ihn mit nach Abyssinien spediren zu können, wo es doch wirklich noch in dem Fache der höhern geheimen Natur-Wissenschaften sehr dunkel aussah. Wir nahmen diesen Mann mit uns, da wir grade noch einen Platz in der dritten Kutsche übrig hatten; allein der arme Schelm war so schwächlich, daß wir ihn in München zurück lassen mußten, wo er auch vier Wochen nachher starb.

Siebentes Kapitel.

Ein neuer Transport von Gelehrten wird nach Abyssinien geschickt. Unerwartete Nachrichten nöthigen zur Rückreise.

Bis jetzt waren wir Alle, die wir aus Abyssinien gereiset waren, immer gesund und munter gewesen, den Kronprinzen ausgenommen, der sich, wie ich oben erzählt habe, durch seine Ausschweifungen allerley Uebel zuzog; dennoch aber führten wir zwey Aerzte in unserm Gefolge, nicht sowohl, um uns ihrer Hülfe unterwegens zu bedienen, als vielmehr, weil ich den Auftrag hatte, ein Paar tüchtige Männer in diesem Fache nach Abyssinien zu schicken, und ich doch dieß Mahl gern die Subjecte, die ich nach Africa überschiffen ließ, erst genauer kennen lernen wollte. Ich weiß wohl, daß man einem gewissen großen Manne vorwirft, er habe, bey einem ähnlichen Auftrage, nicht so gewissenhaft in Rücksicht auf ein fremdes Reich gehandelt, sondern dahin ein solches Sortiment von elenden Aerzten spedirt, daß seit dieser Zeit die Sterblichkeit in Deutschland bey weitem nicht so groß gewesen, als vorher. Dem sey wie ihm wolle! ich that das Meinige, nahm jene beiden Männer auf dringende Empfehlung einer ganzen Facultät an, und suchte auf der Reise, durch Gespräche mit ihnen (in so fern ein Laye dazu im Stande ist) mich von ihren Talenten und Kenntnissen zu überzeugen. Jetzt indessen fand sich auf ein Mahl eine Gelegenheit, wo sie ihre Geschicklichkeit practisch zeigen konnten.

Wir wurden nähmlich in Wien zu so viel herrlichen Gastereyen eingeladen und dann mit einer solchen Menge von nahrhaften Speisen versehen, daß Manims, des geheimen Secretärs, Africanische Constitution dieß Uebermaß des Guten nicht zu ertragen vermochte; wenigstens schoben wir nachher die Schuld auf die in Wien geführte Lebensart, als er in Prag von einem heftigen Fieber befallen wurde, das Anfangs die Wirkung aller Arzneymittel, welche ihm unsre Aerzte reichten, vereitelte. Endlich wurde er hergestellt, und dieß gab mir, da ich meinen Freund schon für verloren gehalten hatte, in der That sehr große Begriffe von der Geschicklichkeit der beiden Aesculapen. Soban, der ein Erz-Spötter war, dachte ganz anders darüber. Er hatte schon vorher seinen Hohn über die unter Aerzten übliche Terminologie gehabt. Er fand es lächerlich, daß sie etwas mit dem Nahmen der *ersten Wege* belegten, was, seiner Meinung nach, offenbar die *letzten Wege* wären, und daß sie von *zwölf außerordentlichen Dingen* redeten, um die *allernatürlichsten Dinge* von der Welt auszudrücken. Als aber der gute Manim hergestellt wurde, da erzählte Soban noch, auf Unkosten der beiden Aerzte, ein Mährchen, dem ich aber keinen Glauben beymessen mochte. Er behauptete nähmlich, er hätte zu Anfange der Krankheit ein Mahl die beiden Herren belauscht, als sie sich, beynahe bis zum Schlagen, über den Sitz des Uebels gezankt hätten. Der Eine hätte behauptet, es stecke in der Leber, der Andre, in der Lunge. Nun hätten sie gegenseitig gedroht, einander als Ignoranten der Welt bekannt zu machen, endlich aber, um die Hoffnung auf die schönen Pensionen in Abyssinien nicht zu verlieren, sich dahin verglichen, daß sie den Kranken auf ein Magen-Fieber, folglich auf eine Krankheit, von der sie beide glaubten, daß er sie nicht hätte, curiren wollten; — und siehe da! das Glück habe ihre Unwissenheit begünstigt und Manim sey gerettet worden.

Noch ein Mahl! ich hielt dieß für einen muthwilligen Scherz, glaubte dankbar an die Geschicklichkeit der beiden Aerzte, und als im nächsten Frühjahre der zweyte Transport von Gelehrten und Künstlern abging, schickte ich sie, nebst den Mahlern, Bildhauern, Baumeistern, einem Apotheker, zwey Wundärzten, noch einigen Tonkünstlern und verschiednen Fabrikanten und Manufacturisten, nach Italien, woselbst sie eingeschifft wurden, glücklich nach Cairo und von da zu Lande weiter nach Abyssinien kamen.

Das Heer der Mönche, die wir in den catholischen Gegenden, durch welche wir reiseten, antrafen, fiel unsern Abyssiniern sehr auf. Sie wünschten alle, man möchte diese völlig unnütze Menschenclasse gänzlich aussterben lassen. Ich konnte nicht anders, als diesen Wunsch billigen, nur fügte ich die Bemerkung hinzu, es möchte, wenn es ein Mahl dahin kommen sollte, die unnützen Stände ganz oder zum Theil aufzuheben, doch auch die Reihe solche treffen, die wenigstens eben so unnütz und vielleicht viel schädlicher wären, und da dachte ich denn freylich, obgleich ich selbst einst Sachwalter gewesen war, an das ungeheure Heer der Advocaten und an manche andre Menschenclassen, die ihren Unterhalt von den Thorheiten und Verderbnissen der Leute ziehen.

Die Menge religioser Gebräuche und der zum Theil geschmacklose, kleinliche Prunk, welcher in den catholischen Kirchen herrscht, war gleichfalls ein Stein des Anstoßes für meine Reisegefährten, die an keinen andern Gottesdienst, als an kurze, feyerliche Gebethe gewöhnt waren. Nicht besser aber waren sie von den protestantischen Kirchen-Gebräuchen zufrieden. »Etwas für die Sinne muß jedoch der äußere Gottesdienst haben« sagte Manim, »eben weil es äußerer Gottesdienst ist, und die Menschen sinnlich, durch sinnliche Mittel zu rühren sind, und für höhere Eindrücke empfänglicher gemacht werden. Eine bloße Verstandes-Religion, bey welcher gar nicht auf das Gefühl Rücksicht genommen wäre, würde daher aller äußern Feyerlichkeiten entbehren können. Sollen aber gottesdienstliche Gebräuche statt finden, zu welchen sich Menschen aus allen Volksclassen versammeln, so müssen diese Gebräuche nicht kindisch, aber auch nicht langweilig seyn. Eine Predigt, das heißt, eine

Rede, über irgend einen religiosen Gegenstand, ist eine gute Sache; aber sie kann nicht als ein gottesdienstlicher Gebrauch angesehen werden, und wirkt nur bey denen, welche, ihrer Gemüthsstimmung nach, grade zu der Zeit an dem verhandelten Gegenstande Theil nehmen können, und nur bey denen, welchen der Vortrag gut und geschmackvoll vorkömmt, also bey einer sehr kleinen Anzahl von Zuhörern, einige Rührung; wirkt durch den Verstand auf das Herz, statt daß das Wesen des äußern Gottesdienstes gewiß darin bestehen soll, durch das Gefühl, durch das Herz, durch die Sinne, auf den Verstand, auf den Willen zu wirken. Sollte nun aber ein kalter Raisonneur, oder so genannter Philosoph alle äußern sinnlichen Mittel, nähmlich Feyerlichkeit, einfache Pracht, Zauber der Musik, der Baukunst und der Mahlerey für unwürdige Mittel halten, das Herz zur Gottesverehrung zu stimmen, so wird er doch zugeben müssen, daß es noch viel unverständiger und unwürdiger sey, Eindrücke von ganz entgegengesetzter Art zu bewirken, und solche gottesdienstliche Gebräuche einzuführen, die jeden Mann von edelm Geschmack, von feinem Gefühle und von gesunder Vernunft empören, ihm lange Weile machen, und dem höchsten Wesen, wenn es sich herab ließe, dieß Unwesen zu beschauen, äußerst mißfällig seyn müßten. Nun besuche man aber ein Mahl Eure protestantischen Kirchen, besonders auf dem Lande, und erstaune über die Verkehrtheit der Menschen! In dem geschmacklosesten, feuchtesten, kältesten und schmutzigsten Gebäude des ganzen Städtchens oder Dorfs versammelt sich das Volk beiderley Geschlechts und setzt sich, theils wie in den Schulen auf Bänken, theils in kleinen hölzernen Kasten, den Tollhaus-Kojen gleich, theils auf andern erkauften, oder nicht erkauften Plätzen, in groteskem Anputze hin. Dann beginnt ein Gesang, dessen Poesie oft platt und comisch, die Musik abscheulich und die Begleitung einer verstimmten Orgel unerträglich ist. Ein Schulmeister gibt mit gräßlich verzerrtem Gesichte die Melodie an, und wiederhohlt durch die Nase die letzten Worte jedes Verses. Einige hundert unmusicalische Menschen brüllen aus Leibeskräften mit. Und solcher Gesänge muß man vielleicht sechs in Einer Sitzung hören. Wollt Ihr durchaus Musik geben, so gebet gute Musik! Soll gesungen werden, so lasset doch Menschen singen, die singen können! Zwischendurch werden von einem Manne in einer großen Perücke, in heulendem Tone, Stellen aus der Bibel verlesen; es werden Gebethe gesprochen, die jedermann auswendig weiß. Dann tritt der Geistliche in einen kleinen, erhaben gestellten Kasten, und hält eine Rede, die nur auf den Gemüthszustand weniger Zuhörer paßt. Hierauf geht das Gebrülle noch ein Mahl an, und am Ende spielt der Organist ein lustiges Stückchen, worauf die Versammlung, wovon die Hälfte geschlafen hat, im Winter durch und durch gefroren, im Sommer von den Dünsten fast erstickt ist, aus einander geht. — Und das soll ein dem erhabensten Wesen gefälliger, zu wahrer Andacht erweckender Gottesdienst seyn? Versammelt Euch doch lieber in einfach verzierten, reinlichen Gebäuden, wo gesunde, gemäßigte Luft herrscht! Lasset vier Menschen, die gute Stimmen haben und musikalisch sind, kurze, erhabne Hymnen singen! Euer Priester trete in einem anständigen und geschmackvollen Gewande auf, und bethe aus der Seele! Fallet auf Eure Knie und bethet ihm in der Stille nach! Lasset ihn eine kurze Rede in kunstloser, aber warmer Herzenssprache über die Schönheiten der Natur und die Herrlichkeiten der Schöpfung halten! Das Ganze daure nicht zu lange und komme nicht zu oft, damit Ihr mit Vergnügen und Wonne die Tempel besuchet und in froher, heitrer Stimmung wieder heraus gehet!«

Ich glaubte, daß Manim Recht hatte; aber was ist zu thun? Einzelne Fürsten, besonders die Regenten kleinerer Staaten, könnten freylich nach und nach, mit Vorsicht und ohne das gegen jede Neuerung eingenommene Volk zu empören, zweckmäßige Verbesserungen in der Liturgie einführen, und so würde der Nachbar dem Beyspiele folgen; eine allgemeine Veranstaltung dieser Art von Seiten aller protestantischen Fürsten hingegen ist wohl weder zu erwarten, noch auszuführen; allein das ist gewiß, daß die täglich mehr einreissende Gleichgültigkeit gegen Religion, größtentheils mit von der geschmacklosen Einrichtung unsers äußern Gottesdienstes herrührt, und daß man es wahrlich, bey immer mehr zunehmender Aufklärung und Ausbreitung eines eklern Geschmacks in allen Ständen, einem Manne, der kein Heuchler ist und nicht etwa, seiner bürgerlichen Lage nach, Andern ein Beyspiel geben muß, nicht übel deuten kann, wenn er selten die Kirchen besucht, wo er nicht nur weniger als zu Hause zur Andacht gestimmt wird, sondern auch tödtende lange Weile und Empörung seines Sinnes für alles was schön und groß ist, seiner wartet.

In einem Sächsischen Dorfe sahen wir auf dem Gute des Edelmanns einen Auflauf von Menschen; wir fragten nach der Ursache und erfuhren, daß der Besitzer dieses Guts kürzlich gestorben war; der, welchen jedermann für den rechtmäßigen Erben hielt, befand sich außer Landes. Nun nützte ein Andrer, der Ansprüche auf die Verlassenschaft machte, diesen Augenblick, um sich vorerst in den Besitz zu setzen. — »Und wie fängt der Mann das an?« fragte Manim. »Er läßt«, antwortete man ihm, »von einem Notarius und Zeugen einen Splitter aus der Hausthür schneiden, Feuer auf dem Heerde anzünden, den Schafen ein Bißchen Wolle abschneiden; und nun erlangt er dadurch den Vortheil, daß er in Possession des Guts bleibt, seine Ansprüche mögen auch noch so ungegründet seyn, daß sein Gegner klagen muß, und vielleicht das Ende des Streits nicht erlebt.« — »Aber« rief Manim, und wendete sich gegen mich, »ist dieser Gebrauch allgemein in Deutschland eingeführt?« »Nichts weniger« sprach ich, »und ich denke, er sollte nirgends Platz finden, wo man Billigkeit und gesunde Vernunft respectirt; allein« fügte ich hinzu, »es gäbe noch wohl wichtigre Mißbräuche in der Justiz-Verfassung einzelner Deutschen Staaten abzuschaffen, wenn sich das eben so leicht thun ließe, als man darüber raisonnirt. Glaubst Du zum Beyspiel wohl, daß es bey uns Länder gibt, in welchen die Tortur, das Monument der grausamsten Barbarey noch jetzt im Gange bleibt?«

Manim. Tortur? Was ist das?

Ich. Eine Reihe von körperlichen Peinigungen, durch welche man dem Verbrecher das Geständniß seiner verübten Schandthaten zu entlocken sucht.

Manim. Aber wenn nun der Bösewicht so starke Nerven hat, daß er die Martern aushält, und dennoch nicht bekennt? oder wenn der unschuldig Angeklagte von der Grausamkeit der Schmerzen überwältigt, Verbrechen gesteht, die er nie begangen hat.

Ich. Von dem letztern Falle hat man, wenigstens in Deutschland, nur sehr seltene Beyspiele.

Manim. Ich dächte eines wäre genug, um diesen schändlichen Gebrauch abzuschaffen.

Ich. Es wird aber auch nicht eher jemand zur Tortur verurtheilt, als bis er schon des Verbrechens überwiesen ist. Bekennt er dann nicht, so wird er doch nicht frey gelassen. Höchstens kann er der Todesstrafe entgehen; ein lebenslängliches Gefängniß erwartet nichts desto weniger seiner.

Manim. Nun! so dächte ich doch, es sey hundert Mahl menschlicher, einen Bösewicht mit einer geringern Strafe davon kommen zu lassen, als ein einzig Mahl sich dem erschrecklichen Falle auszusetzen, einen Mitbürger unverdienter Weise zu peinigen.

Ich. Die Gesetze fordern das eigne Geständniß.

Manim. Das ist thöricht, wenn man die Sache schon gewiß weiß.

Ich. Und der Verbrecher soll die Mitschuldigen angeben.

Manim. Meine gesunde Vernunft getrauet sich, zu beweisen, daß dieß die höchste Grausamkeit ist. Der Staat kann den Bürger, welcher in diesem Staate leben will, zwingen, nach den moralischen Grundsätzen zu handeln, die der größere Theil des Volks als richtig und heilsam erkannt und ihnen gesetzliche Kraft gegeben hat. Er kann den, welcher dagegen handelt, bestrafen, ausstoßen, einsperren; er kann *offenbar gewordne Handlungen* richten, nie aber kann er, ohne die höchste Tyranney, das Bekenntniß *verborgen gebliebner Uebertretungen*, durch grausame Martern erzwingen.

Ich. Ich sehe, Du bist kein Jurist.

Manim. Nein! ich bin ein Mann, der gesunde Vernunft und Freyheit und Menschenwürde respectirt. Reden wir nicht mehr davon!

Allein ich will auch die Leser nicht länger mehr mit den Bemerkungen meiner Abyssinischen Reisegefährten über solche Dinge, welche ihnen in Deutschland auffielen, ermüden; was ich davon erzählt habe, das sollte ihnen nur zeigen, aus welchen sonderbaren Gesichtspuncten zuweilen die Leute, denen Europäische Verfassungen fremd sind, dergleichen Gegenstände ansehen. Daß es übrigens unbillig seyn würde, wenn man ihre verkehrten Meinungen auf meine Rechnung schreiben wollte, das versteht sich, wie ich glaube von selber. Kürzer aber habe ich mich unmöglich fassen können. Ich bin in sieben Kapiteln einen Zeitraum von mehr als fünf Jahren durchlaufen; denn so lange waren wir jetzt aus Abyssinien abwesend gewesen, und nun bin ich schon im Begriffe von unsrer Rückreise zu reden.

Im August des Jahrs 1777 nähmlich bekam ich, eben als ich mit dem Kronprinzen und seinem Gefolge in Berlin war, einen Brief von meinem Herrn Vetter, dem Minister von Wurmbrand. Dieser Brief enthielt den Befehl, gleich nach Empfang desselben Anstalt zu unsrer Rückkehr nach Abyssinien zu machen, so schnell als möglich zu reisen, und den kürzesten Weg zu nehmen. »Se. Majestät der König«, schrieb mir mein Vetter, »befinden sich in sehr bedenklichen Gesundheits-Umständen, und wünschen den Thron-Erben hier zu sehn. Ihr müßt also die Rückreise Sr. Hoheit so viel sich's nur irgend thun läßt, beschleunigen. Allein der Weg ist weit, und ich zweifle sehr, daß der Prinz seinen Herrn Vater noch lebendig antreffen wird. Indessen hoffe ich, mein lieber Vetter! es wird sich unser künftiger Monarch unter Eurer Anleitung so gebildet haben, daß die Länder, welche nun unter seinem Scepter stehen werden, sich blühende, glückliche Zeiten versprechen können. Ich darf dabey Eurer Klugheit und Redlichkeit zutrauen, daß Ihr nichts werdet versäumt haben, nicht nur Euch Sr. Hoheit Gunst, Gnade und Vertrauen zu erwerben, sondern auch, bey schicklichen Gelegenheiten, dem Prinzen meine eifrigen und treuen Dienste von einer solchen Seite zu schildern, daß ich ruhig und ohne Besorgniß der nahe bevorstehenden Regierungs-Veränderung entgegen sehen könne.«

So bald ich diesen Brief erhielt, machte ich dem Kronprinzen den Haupt-Inhalt desselben bekannt, und zwey Tage nachher befanden wir uns schon auf der Rückreise nach Abyssinien.

Achtes Kapitel.

Etwas über den Prinzen. Rückkunft nach Gondar.

Der letzte Theil von meines Herrn Vetters Briefe, nähmlich was den Kronprinzen und meinen Einfluß auf denselben betraf, machte mir in der That unruhige Nächte, und meine Beklemmung nahm zu, je mehr ich ihn, nachdem er die Nachricht von des Königs gefährlichen Gesundheits-Umständen erhalten hatte, auf der Reise beobachtete. Der Minister erwartete, wie ich aus seinen Aeußerungen sah, nun bald einen, durch meine Sorgfalt und durch eigne Erfahrungen gebildeten würdigen Fürsten auf Abyssiniens Thron zu sehen — und ach! wie wenig Ursache hatte ich, seinen Hoffnungen einen guten Erfolg zu versprechen!

Ich habe schon im funfzehnten Kapitel des ersten Theils dieses Buchs, als ich den Character der beiden königlich Abyssinischen Prinzen schilderte, ein Bild von diesem ältesten entworfen, das leider! zu erkennen gab, welche schlimme Anlagen dieser Königs-Sohn schon in seiner frühen Jugend verrieth, und was ich von seiner Aufführung in Cassel, und überhaupt auf der Reise erzählt habe, paßt vollkommen zu jenen Zügen. Daß ich es an Eifer, Fleiß und Ermahnungen nicht mangeln ließ, um bessere Gesinnungen und Gefühle in ihm zu erwecken, das kann ich auf meine Ehre versichern; aber ich muß es gestehen, als ich sah, daß alle meine Vorstellungen vergebens waren, daß die Schmeicheleyen der Hofschranzen, die man uns mitgegeben hatte, nebst den bösen Beyspielen, die er an den Höfen und in den Städten, welche wir besuchten, sahe, mächtiger auf ihn wirkten, als meine Lehren, und oft in Einer Stunde alles vereitelten, was ich durch wochenlange Predigten bewirkt zu haben glaubte; da verlor ich den Muth, und wurde, um mich ihm zuletzt nicht durchaus verhaßt zu machen, nachsichtiger gegen ihn, und — wenn man glaubt, daß es Pflicht sey, auch da zu arbeiten, wo man gewiß weiß, daß alle Arbeit verloren ist — nachlässiger in Erfüllung meiner Pflichten.

Die kalte, untheilnehmende Seele des Prinzen war schlechterdings durch nichts, was gute Menschen interessirt, zu rühren. Glaubte ich zuweilen wohlwollende Aufwallungen in ihm zu bemerken, so erfuhr ich doch bald nachher, daß diese entweder nur von schwachen Nerven herrührten, die manchen unwillkührlichen Eindrücken nicht zu widerstehen vermochten, oder daß er, wie das bey sanguinischen Temperamenten nicht ungewöhnlich ist, sich hingab, wo diese Hingebung ihm eignen Genuß gewährte, auch keine Art von Aufopferung kostete, und daß er aus langer Weile Freundschaften schloß, wobey sein Herz nicht war.

Eitel im höchsten Grade und nur dann herablassend, gefällig und höflich, wenn er Schmeicheley und niedrige Gefälligkeit dafür einzuernten hoffen durfte, hatte er keinen Sinn für fremdes Verdienst, schätzte niemand, betrachtete alle Menschen als geborne Sclaven, und sich von der Natur bestimmt, hoch über sie alle da zu stehen, und sie zu Werkzeugen seiner thörichten Unternehmungen zu machen. Er hielt jedermann für eigennützig, glaubte so wenig Andre fähig, aus Liebe zum Guten, ohne Nebenabsichten zu handeln, als er selbst in sich fühlte, wie wenig er im Stande war, etwas aus edlern Trieben zu unternehmen. Der Gedanke, daß jedermann Plane auf seine Schätze machte, trieb ihn zu dem schmutzigsten Geize; wo es aber Befriedigung seiner Lüste, oder seiner kindischen Eitelkeit galt, da warf er große Summen weg.

Sein Hang zu Ausschweifungen und sinnlichen Vergnügungen aller Art nahm mit jedem Jahre zu, und bald wurde ihm eine ununterbrochne Reihe von wollüstigen und betäubenden Freuden zum Bedürfnisse.

Nicht eine Spur von wahrhafter Festigkeit war in seinem Character; momentane Eindrücke, Launen und Grillen bestimmten ihn; aber in dem Augenblicke, daß er etwas wollte, durfte nichts der Erfüllung seiner Wünsche im Wege stehen; allein er hob die Schwierigkeiten nicht, sondern ertrotzte es von Andern, daß diese sie aus dem Wege schaffen mußten.

Ich sah bald, daß dieser Jünglings-Character einen Mann ankündigte, der einst als kalter Tyrann und schwacher Wollüstling viel tausend Menschen elend machen würde, und mit traurigem Herzen wurde ich gewahr, daß er aus jeder fremden Stadt, die wir besuchten, neue Laster, verstärkte Eindrücke zu Ausbildung seiner unglücklichen Gemüthsart mit sich nahm. Wo Verderbniß der Sitten herrschte und die Gelegenheit zu Ausschweifungen häufig war, da ergab er sich blindlings seinem Hange zur Wollust und Völlerey. Wo der Despotismus am höchsten getrieben wurde, da bestärkte er sich in seinen Grundsätzen von unbedingtem Gehorsame, den er forderte. Statt in den Preußischen Staaten die unermüdete Wachsamkeit und Thätigkeit des großen, unsterblichen Friedrichs zum Wohl seiner glücklichen Unterthanen anzustaunen und zum höchsten Ideale eines Vorbilds für ihn zu machen, freuete er sich nur, wenn er hörte, daß der weise Monarch nicht litte, daß man ihm widerspräche, und nahm die Idee aus Berlin mit, daß ein König nie irren könne. Er ahmte nicht die Einfalt, Gradheit, Prunklosigkeit und Popularität des edeln, für die gute Sache so warmen Josephs nach; aber er legte die Art zu handeln des Kaisers nach seiner Weise aus, und bildete sich daraus übel verstandne Grundsätze zu Unterdrückung und Demüthigung aller höhern Stände, und zu willkührlicher Anwendung einer unumschränkten Gewalt, die keine Gesetze, keine Meinungen, kein Eigenthum respectirt; und statt von Carl Theodor zu lernen, wie ein Fürst Talente, Wissenschaften und Künste ermuntern und belohnen soll, nährte er in Mannheim und in München seinen Hang zur Unkeuschheit, zur Unmäßigkeit und zur Pracht.

Kurz! er kam an Leib und Seele sehr viel verderbter zurück, als er ausgereiset war; dennoch aber war es mir gelungen, ihm eine gewisse Furcht vor meinen strengen Grundsätzen einzuflößen, in so weit nähmlich, daß er sich doch scheuete, in meiner Gegenwart sich ganz so zu zeigen, wie er war, ganz so zu handeln, wie er gern gehandelt hätte. Allein auch dieser Ueberrest von Scham verschwand, als er den Brief gelesen hatte, den ich aus Abyssinien erhielt. Nun sahe er sich schon in Gedanken auf dem Throne eines großen Reichs, über jede Einschränkung, jede Rücksicht hinaus; von diesem Augenblicke an veränderte sich sein Gesicht gegen mich, und er behandelte mich, als wenn ich der geringste seiner Sclaven gewesen wäre.

Wie wenig er sich nun noch um meinen Beyfall und meine Achtung bekümmerte, davon gab er mir, als wir uns in Venedig einschifften (denn wir nahmen den Weg durch Tyrol dahin) eine auffallende Probe. Er hatte nähmlich in Cassel Bekanntschaft mit einer verbuhlten und ränkevollen Französischen Schauspielerinn gemacht, und diese während der ganzen Zeit seines Aufenthalts in dieser Stadt unterhalten. Ich habe oben erzählt, daß seine Hofleute, so bald sie merkten, daß er sich dergleichen Ausschweifungen ergäbe, ihm allen Vorschub dazu leisteten; unter diesen Kupplern und Gelegenheitsmachern war aber keiner so geschäftig, als der erste Cammerjunker Sr. Hoheit, welcher Stilky hieß. Dieser Mensch machte mir unerhört viel Kummer; er war unerschöpflich an Ränken und Niederträchtigkeiten, und der Einzige, der sich durch schändliche Gefälligkeit dem Prinzen nothwendig zu machen verstand.

Als wir Cassel verließen hatte Stilky die Veranstaltung getroffen, daß die Französische Schauspielerinn uns nachreisen mußte. Es befremdete mich ein wenig, in Frankfurth am Mayn und nachher in Mannheim im Schauspiele und an andern öffentlichen Oertern ein Frauenzimmer-Gesicht wahrzunehmen, das ich schon öfter gesehen zu haben glaubte; allein ich dachte nicht weiter daran, bis ich dieselbe Person wiederum in München, in der Oper und zwar mit Sr. Hoheit im Gespräch begriffen fand. Da merkte ich nun wohl, daß dieß Zusammentreffen nicht von ungefähr kam. Der Prinz schlich oft gegen Abend, allein von Stilky begleitet, aus, und kam dann erst gegen die Morgen-Dämmerung wieder zu Hause. Es wurden mir von den Oertern her, durch welche wir gereiset waren, Wechsel, die der Prinz ausgestellt hatte, zur Zahlung vorgelegt, ohne daß ich deutlich sah, wozu er diese Summen angewendet haben konnte. — Das alles war mir sehr unangenehm; aber was sollte ich thun? Vorstellungen halfen nicht; er war kein Knabe mehr, gegen den ich heftigre Mittel hätte anwenden, ihn etwa einsperren können; am Ende war es auch wohl für seine Gesundheit wenigstens besser, wenn er doch nun ein Mahl ausschweifen wollte und mußte, daß er sich an ein einziges Frauenzimmer hing, als wenn er aus einem berüchtigten Hause in das andere gelaufen wäre. Wenn wir Europa verlassen, dachte ich, so wird doch die Dame zurück bleiben müssen, und habe ich den Prinzen erst in Gondar abgeliefert, dann mögen Andre die Sorge übernehmen, auf seine Schritte Acht zu geben!

Allein, wie soll ich mein Erstaunen schildern, als er in Venedig in mein Zimmer trat, und mit einem hohen, befehlenden Ton und Blicke mir ankündigte, daß ich dafür sorgen müßte, eine Dame, welche ihn nach Abyssinien begleiten würde, nebst ihren Domestiken mit an Bort zu nehmen, und ihnen alle Gemächlichkeiten zu verschaffen? Jetzt glaubte ich reden zu müssen, und ich that das mit Nachdruck. Von ernsten Vorstellungen und männlichen Weigerungen ließ ich mich zu den dringendsten, flehentlichsten Bitten herab — alles umsonst! Ich mischte Spott und Satyre hinein, suchte seine Eitelkeit rege zu machen, ihm vorzumahlen, wie schimpflich es für einen Fürsten sey, sich in den Fesseln einer feilen Dirne zu schmiegen — alles vergebens! Endlich erklärte er mir mit dem frechsten Ungestüm, daß die Zeiten vorüber wären, wo ich ihn hätte als ein Kind behandeln dürfen, und daß, wenn Einer von uns beiden, die Französinn oder ich, in Europa bleiben müßte, die Reihe mich treffen würde.

Nun schwieg ich, aber ich warf einen Blick auf ihn, der ihn hätte erröthen machen müssen, wenn Africanische Fürsten erröthen könnten. — Die Buhlerinn wurde, nebst zwey Kammermädchen und zwey Livree-Bedienten, eingeschifft, und wir segelten mit günstigem Winde aus dem Golfo di Venezia ab.

Nie ist mir eine Reise unangenehmer, langweiliger gewesen, als diese Seereise von Venedig bis Alexandrien. Unser Schiff glich einem schwimmenden Bordelle. Vom frühen Morgen bis in die späte Nacht wurden Bachanale gefeyert, und die zügelloseste Frechheit herrschte in Reden und Handlungen. Soban's und Manim's Gesellschaft waren mein einziger Trost. Wir saßen, so oft wir konnten, in einer kleinen Cajüte, oder auf dem Verdecke zusammen, suchten zu vergessen, von was für Menschen wir umgeben waren, unterredeten uns mit einander, oder lasen, und hatten die Ehre, spottweise von der ausgelassenen Bande, die Philosophen genannt zu werden.

In Alexandrien fanden wir alles zu der Landreise durch Aegypten und Nubien in Bereitschaft. Mein Herr Vetter hatte dafür gesorgt; Kameele und Elephanten nebst allen Lebensbedürfnissen und einer zahlreichen Bedeckung hatten schon seit zwey Monathen auf uns gewartet; bey Abreise des Zugs hatte der alte Negus noch gelebt.

Hier nun theilte ich mit des Kronprinzen Erlaubniß die Caravane in zwey Theile. Die Wahrheit zu gestehen, so schämte ich mich, mit dem Gefolge dem Könige und dem Minister unter die Augen zu treten; ich wollte also voraus reisen und sie erst vorbereiten zu dem, was sie sehen würden. Mit mir reisete Soban, der ein herzliches Verlangen hatte, Weib und Kind wieder zu sehen. Wir nahmen nur wenig Leute mit; Manim blieb, mit dem Reste der Suite, bey dem Prinzen, und führte den zweyten Zug. Wir kamen zu Anfange des Februars im Jahre 1778 in Gondar an; der Kronprinz hielt zehn Tage später seinen Einzug in der Residenz.

Neuntes Kapitel.

Schilderung des Zustandes, in welchem der Verfasser den Hof von Gondar fand. Betragen des neuen Königs.

Sobald ich die Grenzen des Abyssinischen Reichs betrat, erfuhr ich, daß der gute alte König vor vier Wochen gestorben wäre. Nach allem, was ich von dem Kronprinzen und meinen Verhältnissen mit ihm gesagt habe, wird man leicht begreifen, daß diese Nachricht mich recht sehr niedergeschlagen machte. Ich trat in Gondar sogleich in dem Hause meines Herrn Vetters, in welchem, wie man weiß, auch ich wohnte, ab, und wurde von ihm, der mich längst sehnlich erwartet hatte, liebreich empfangen. Zwischen Furcht und Hoffnung schwebend, legte er mir tausend Fragen über die Erwartungen vor, die man von dem neuen Monarchen hegen dürfte, und ich hielt es für Pflicht, ihm offenherzig zu gestehen, wie wenig Glück ich dem Lande von dieser Veränderung versprechen könnte.

Ich habe im ersten Theile dieses Buchs den alten Negus so treu als möglich geschildert. Das war freylich nicht das Gemähldе eines großen Regenten; aber doch eines Mannes, der das Gute mit Wärme zu lieben, zu wünschen und zu befördern im Stande war; der sich gern unterrichten, gern etwas in der Welt ausrichten wollte, das nützlich und lobenswerth wäre; der dabey, obgleich er eine zu hohe Meinung von sich selber hatte und gern glänzen wollte, dennoch auch fremdem Werthe Gerechtigkeit wiederfahren zu lassen, guten Rath anzunehmen, nützliche Dienste zu erkennen und zu vergelten wußte; endlich der, so viel er auch auf seinen Fürstenstand und auf unumschränkte Gewalt hielt, doch kein eigentlicher Tyrann war.

Wie der Kronprinz von allen diesen Zügen nicht einen einzigen hatte, wie er dagegen alle Fehler seines Vaters in dem höchsten Grade und Uebermaße mit unzähligen Lastern vereinigte, wovon in des alten Negus Character keine Spur zu finden war; das wissen die Leser nun auch. — Meinem Vetter aber entfiel der Muth, als er diese Umstände erfuhr. Indessen war es der Klugheit gemäß, dieß gegen niemand zu äußern, und ruhig abzuwarten, welche Wendung das Ganze nehmen, und wie sich der neue König bey seiner Ankunft gegen jedermann betragen würde.

Das Volk in allen Ländern ist, wie bekannt, nie von der gegenwärtigen Regierung vollkommen zufrieden, verspricht sich unter dem Scepter des Thronfolgers ein goldnes Zeitalter, und hegt immer von den Kronprinzen gewaltige Hoffnungen, von welchen es dann gewöhnlich, nach Jahres Frist, wenn der neue Herr nicht jeden unruhigen Kopf zufrieden stellt, tief wieder herab sinkt, und den hochseligen Fürsten wieder aus dem Grabe hervor wünscht. So ging es auch hier! Noch ehe der Prinz nach Gondar kam, lief schon der Ruf seiner großen Tugenden, seiner Menschenliebe, Huld, Weisheit und Gerechtigkeit vor ihm her, und die Zeitungen waren voll Anecdoten von edeln Zügen und Proben der liebenswürdigsten, erhabensten Denkungsart, die er auf seiner Reise hätte blicken lassen, und wovon ich freylich nichts gesehen hatte. Als er nun aber vollends seinen feyerlichen Einzug in der Residenz hielt, schön geschmückt auf einem Elephanten saß, und von beiden Seiten mit fürstlicher Herablassung und Freundlichkeit den herzudringenden Haufen anlächelte, die Glückwünsche in Prosa und Versen und die leeren Complimente so gnädig annahm und so artig beantwortete; da erschallten aus allen Ecken die Ausrufungen: o! der gute Herr! der gnädige Herr! das ist ein Herr! wie wird nun das Land so glücklich seyn!

Es kostet die Fürsten sehr wenig, die Herzen des Pöbels zu ihrem Vortheile zu stimmen; das eingewurzelte Vorurtheil, daß diese Menschen-Classe aus Wesen höherer Art besteht, wirkt, daß man alles, was sie menschliches thun, für Herablassung erklärt. Durch diese sclavische Anbethung hat man wirklich den mehrsten von ihnen so den Kopf verdreht, daß sie glauben, was Andre ihnen erwiesen, das wäre strenge Pflicht, was sie hingegen für Andre thäten, bloße willkührliche Gnade. Man sollte ihnen doch von Jugend auf sagen, daß Titus ein eitler Narr war, wenn er ausrief: der Tag sey verloren, an welchem er nicht eine gute Handlung begangen, eine Wohlthat erzeigt hätte. Das ist bey allen Menschen in der Welt der Fall, daß die Tage verloren sind, an welchen man nichts Gutes thut; aber bey Fürsten ist es keine Kunst, Wohlthaten zu erzeigen, denn sie nehmen die Mittel dazu aus fremden Geldbeuteln. Was sie geben, gehört nicht ihnen, sondern dem Staate; was man von ihnen erbittet, in so fern man es mit Gerechtigkeit von ihnen erbitten kann, ist nicht mehr und nicht weniger, als was man sich selbst geben oder nehmen würde, wenn man nicht darüber einig geworden wäre, einem gemeinschaftlichen Ausspender und Verwalter sich anzuvertrauen, und dieser hat Ursache dem Volke dafür zu danken, daß es ihm erlaubt, auf so wohlfeile Art Gutes zu thun, und Menschen froh zu machen, ohne daß es ihm etwas kostet. — Man verzeihe mir diese Ausschweifung! Das sind Wahrheiten, die man nicht oft genug sagen kann. — Kehren wir nun zu unserm neuen Könige zurück!

Jedermann war nun in Erwartung, wodurch der junge Negus den Antritt seiner Regierung bezeichnen würde. Die ersten Monathe verstrichen mit Feyerlichkeiten, Krönungen, Huldigungen, mit Ertheilung von Titeln, Orden, und Ausspendungen von Geschenken an allerley gute, schlechte und unbedeutende Menschen. Da Se. Majestät sich nicht gern mit Arbeiten abgaben, und mein Herr Vetter als ein fleissiger, der Geschäfte kundiger Mann bekannt war, dem Negus auch als Kronprinzen nie etwas zu Leide gethan hatte, so blieb es Anfangs mit ihm beym Alten, und er behielt seine Stellen und Würden. Was mich betrifft, so hätte ich freylich eine Beförderung zu höheren Ehrenämtern erwarten können;

VI.

II. Th. S. 109

denn es hatte mir der alte Negus dergleichen versprochen, wenn ich den Prinzen glücklich zurück brächte. Allein man weiß ja, wie wenig ich mich bey dem jungen Herrn und seinen Günstlingen eingeschmeichelt hatte; ich blieb also, was ich war, Baalomaal, und konnte froh seyn, daß ich nicht verabschiedet wurde. Einige schiefe Gesichter, die ich zuweilen bekam, und je ein Mahl einen matten Spott über langweilige Philosophen abgerechnet, ging mir's also nicht schlimm. Manim wurde Finanz-Rath, Soban aber erhielt eine Pension und die Erlaubniß, oder vielmehr den Wink, mit seiner Familie nach Sire zu ziehen, woher er gebürtig war. Sein Hofnarren-Amt würde ihm den Freybrief gegeben haben, ungestraft derbe Wahrheiten zu sagen, und die hatte man nicht Lust zu hören.

Der neue König wurde nun mit Bitten und Klagen aller Art bestürmt, wie denn bey solchen Regierungs-Veränderungen alles Alte wieder aufgerührt zu werden pflegt, und nun Jeder das durchsetzen zu können hofft, was ihm bis jetzt nicht hat glücken wollen. Die mehrsten dieser Bittschriften wurden dem Minister zur Prüfung und um das Nöthige zu verfügen, von Sr. Majestät übergeben, und dieß gab meinem Herrn Vetter wirklich Gelegenheit, manche nützliche Abänderung zu machen, wovon der alte Negus, aus einem kleinen Eigensinne, oder irgend einem Vorurtheile, nichts hatte hören wollen. Die Räthe in allen Departements suchten sich angenehm zu machen, und kamen mit nützlichen Vorschlägen, die zum Theil ausgeführt wurden. Wo irgend in Geschäften Schläfrigkeit eingeschlichen war und Sachen liegen geblieben waren, da trat nun neue Thätigkeit ein. — Die Ehre von diesem Allen fiel auf den jungen König, und da hieß es wieder: Sehet! das ist ein Herr! der sorgt für sein Land!

Es war unter der vorigen Regierung den Unterthanen eine gewisse Auflage zugemuthet worden, die ein wenig drückend für einige Classen der Bürger schien. Die Summen waren zum Theil nicht einzutreiben gewesen, aber immer in den Rechnungen liquidirt worden. Man legte dem neuen Könige ein langes

Verzeichniß dieser inexigibeln Posten vor, und Se. Majestät hatten die hohe Gnade, zu befehlen, daß ein Strich dadurch gemacht werden sollte — *Sie schenkten den Unterthanen, was doch nie zu erlangen war* — und alle Zeitungen posaunten, es habe der huldreiche Monarch dem Lande einen großen Theil der rückständigen Abgaben erlassen.

Weiter fiel in dem ersten halben Jahre eben nichts Neues vor; nun schwiegen nach und nach die Stimmen der Lobredner; mancher hatte auch nicht erlangt, was er gehofft und erbeten hatte; da fing man denn an, Se. Majestät mit kälterm Blute in der Nähe zu beobachten, und wir werden künftig hören, was man bemerkte.

Zehntes Kapitel.

Nachricht von den Fortschritten, welche indeß die Aufklärung in Abyssinien gemacht hatte.

Es ist Zeit, daß wir nun sehen, wie weit das edle Aufklärungsgeschäft in Abyssinien bis zu der Thronbesteigung des neuen Königs vorgerückt war.

Wir haben gehört, daß der gute alte Negus sehr ernstlich darauf bedacht war, Wissenschaften und Künste in seinem Lande blühen zu machen, daß er dabey dem Rathe meines Herrn Vetters folgte, und alles auf Europäischen Fuß einzurichten sich bestrebte. Die Universität in Adova kam bald in großen Flor; die von mir nach Abyssinien spedierten Gelehrten und Künstler suchten, jeder in seiner Art, sich Ruhm, Anhang, Schüler und Zöglinge zu verschaffen. Wo sie in den niedern Ständen einen Knaben entdeckten, in dem ein Funken eines höhern Genius loderte, da zogen sie, wie sie das nannten, das verborgne Talent aus dem Staube hervor; der Bauer-Junge lief vom Pfluge weg, und setzte sich an den Schreibtisch, oder hinter die Staffeley, und der Gärtner warf das Grabscheit in die Ecke, um die Geige zur Hand zu nehmen; der Schuster machte Verse und beschmutzte seine Dichter-Werkzeuge nicht mehr mit garstigem Pechdrahte; Academien der bildenden Künste wurden gestiftet, Preise ausgetheilt, und der alte Negus freuete sich herzlich, in Prosa und Versen als ein zweyter August geschildert zu werden, und von einheimischen Künstlern hundert Mahl sein Antlitz auf Leinwand getragen und in Marmor gehauen zu sehen.

Die schönen Künste haben etwas sehr Verführerisches; bald wurde im ganzen Reiche in allen Ecken gepinselt, gefiddelt, geleyert, gedichtet, und wer auch über diese angenehmen Zeitvertreibe nicht jede bürgerliche und häusliche Beschäftigung aufgab, der theilte doch seine Zeit zwischen nützlicher Thätigkeit und dem Umgange mit den gefälligen Musen. Man fing an einzusehen, daß es zu einer guten Erziehung gehörte, nicht fremd in den schönen Künsten zu seyn, sich angenehme Talente zu erwerben; die jungen Mädchen ließen die einförmige Spindel ruhen, und sangen und spielten süße Abyssinische Lieder.

Man weiß, welchen Einfluß Poesie und Musik auf das Herz und die Sitten haben; auch in Abyssinien wurde dieser Einfluß sichtbar. Süßes Schmachten und zärtliche Sehnsucht schwammen nun in den Blicken der cultivirtern Bürger-Töchter; nun erst sahen sie, welch ein liebliches, holdes Gesicht der bescheidne Mond hätte, und wie traulich er auf sie herab lächelte, wenn sie der langweiligen Spinnstube entschlichen und Arm in Arm mit den Nachbars-Söhnen in dem stillen Garten umher schlenderten. Der kleine, lose Liebesgott nützte diese glücklichen Stimmungen; der Schalk war aller Orten, und ließ den bedächtlichern Hymen zu Hause. Man kam zurück von den altväterischen Begriffen von übertriebner Sittsamkeit und Keuschheit. — Sich des Lebens zu freuen, zu genießen, hier, wo so reiche Fülle ist, die schöne Jugend nicht zu verträumen und eine Hand voll kurzer Jahre nicht mit ernsthaften Grillen zu verderben — das war die bessere Philosophie, welche jetzt die weiser gewordnen, aufgeklärten, gebildeten Abyssinier studierten und in Ausübung brachten.

Die Großen des Hofs, und überhaupt die Edelleute, die Affen des Monarchen, die ehemahls sich's fast zu einer Ehre rechneten, nicht lesen und schreiben zu können, affectirten nun, wie Er, Beschützer der Gelehrten und Künstler zu seyn; Landjunker forderten von einem Manne, den sie als Verwalter annehmen wollten, daß er auch ein Bißchen Baßgeige spielen mußte, schickten ein Fuder Korn in die Stadt, und gaben ihrem Advocaten Auftrag, für das daraus zu lösende Geld Bücher für ihre Weiber und Töchter zu kaufen, die nun auch anfingen von Wonne und Lebensgenuß und Mondenschein zu reden, Cicisbei zu halten, und Romane zu spielen.

Als die Leute merkten, daß der Stand eines Gelehrten und Künstlers in Abyssinien in Ansehen kam, und etwas dabey zu gewinnen war, da wollte nun jedermann studieren; der Schneider schämte sich seiner Nadel, und schickte seinen Tölpel von Jungen in die Stadt-Schule, um einst die Ehre zu haben, ihn einen Degen tragen zu sehen, und der Bauer verkaufte einen Theil seines Erbguts, um seinen Knaben nach Adova zu senden, damit dort in den gelehrten Treibhäusern die Keime des Genius aus seiner bäurischen Natur hervor gejagt würden.

Die Folgen von diesem allgemeinen Drange zur so genannten Gelehrsamkeit wurden nach zehn Jahren, ja! schon, als ich nach Abyssinien zurück kam, sehr sichtbar. Man wird sich hierüber um so weniger wundern, wenn man sich erinnert, daß ich im eilften und zwölften Kapitel des ersten Theils dieses Buchs erzählt habe, wie weit es damit schon gekommen war, ehe wir Deutsche in Abyssinien unser Wesen trieben. Die nützlichsten Stände im Staate, die erwerbenden Classen der Bürger, kamen in Verachtung und Abnahme und die glänzendere, verzehrende Classe in Flor. Da jetzt auch sehr viel mittelmäßige und schiefe Köpfe sich in die Studien warfen, so verlor man nach und nach die Idee, daß ein Mann, der sich einen Gelehrten nennte, gründliche Kenntnisse in seinem Fache haben müßte; und so erntete denn oft der unwissende Schwätzer und Windbeutel den Preis ein, zog die Vortheile, die dem wahren Verdienste gebührten. Die Menge der jungen Gelehrten, die sich zu den öffentlichen Aemtern drängten, war so groß, daß, um auf der Versorgungsliste in die Reihe zu kommen, man früher anfangen mußte, als der Verstand reif war, und ein Vater, um noch in seinem Alter die Freude zu erleben, seinen Sohn in einer Bedienung zu sehen, sich gezwungen sah, ihn ohne

Vorkenntnisse auf Universitäten zu schicken, und beynahe eben so unwissend von da zurück in ein Amt zu rufen. Daraus entstand dann eine stillschweigende Convention, keine gründliche Kenntniß in einzelnen Fächern zu fordern, sich mit oberflächlichem Wortkram zu begnügen; aber dagegen auch in allen Zweigen der Gelehrsamkeit herum zu pfuschen. — Doch, ich habe ja schon den größten Theil dieser Verkehrtheiten beschrieben, als ich von dem Zustande der Wissenschaften bey meiner ersten Ankunft in Gondar redete, und füge also nur hinzu, daß dieß alles im höchsten Grade zugenommen hatte, seitdem die Regierung die so genannten Gelehrten und Künstler vorzüglich zu unterstützen, Aufklärung zu befördern, Academien, Buchdruckereyen und Buchläden anzulegen und Preßfreyheit einzuführen anfing.

Nun wetteiferten die Bücherschreiber in Abyssinien mit einander um den Preis, wer die größte Menge von Geistes-Producten liefern könnte, um die Wuth aller Stände, nach täglich neuer Lectur, zu stillen. Man kann sich wohl einbilden, was für Zeug dann zum Vorschein kam; allein die unbeschreibliche Veränderlichkeit der literarischen Moden, die eine sichere Folge des Mangels an gründlichen Kenntnissen und an echtem Geschmacke ist, bewirkte gewisse Perioden, wovon ich doch einige nahmhaft machen will.

Am fruchtbarsten waren die Romanschreiber. Anfangs nannte man einen Roman ein Buch, in welchem die Sitten guter und böser Menschen aus verschiednen Ständen, so, wie sie in der wirklichen Welt beschaffen zu seyn pflegen, durch Erzählung und lebhafte Darstellung ihres Betragens, in erdichteten, aber wahrscheinlichen, doch nicht immer alltäglichen Begebenheiten, zum Beyspiele, zur Warnung und überhaupt zu Vermehrung der Menschenkenntniß, geschildert wurden. — Und so war dann ein Roman ein nützliches Buch für junge Leute, die in die große Welt treten wollten, und noch unbekannt waren in dem, was die Menschen, mit allen ihren Leidenschaften und Thorheiten, in derselben treiben, wirken, wünschen und begehren. Allein bald waren ihnen die gewöhnlichen, wirklichen oder möglichen

Begebenheiten zu gemein, und die mit Wahrheit dargestellten Menschen zu alltäglich. Da schafften die Herren Romanschreiber für ihr Publicum eine neue Welt, arbeiteten ins Wunderbare hinein, stellten Ideale von Menschen dar, wie sie nun freylich der Schöpfer nicht zu liefern im Stande ist, und ließen ihre Helden die unerwartetsten, unerhörtesten Schicksale, Freuden und Leiden erleben. Nun wurde die Phantasie der Jünglinge und Mädchen hoch über die gewöhnliche Welt hinaus erhoben; nun war alles, was sie umgab, ihnen zuwider; alles ekelte sie an; der gemeine Gang der Dinge war nichts für sie. Ein Mädchen hielt sich für verloren, wenn sie, ohne vorhergegangne Entführung, mit Beystimmung ihrer braven Aeltern, einem ehrlichen Kerl die Hand als Gattinn reichen sollte, und ein Jüngling, in dem der Geist der Aventüre in Brand gerieth, lief ohne bestimme Ursache in die weite Welt hinein, um zu sehen, was die wohlthätigen Feen da für ihn thun würden.

Als die Ideale, welche auf diese Weise den jungen Leuten in den Kopf gesetzt waren, sich nirgends realisirt finden wollten, da ging das Winseln über die erbärmliche Alltagswelt los. — So nannte man die Welt, welche der Schöpfer selbst recht gut fand, als er sie fertig hatte! Nun schrieben die Herren Büchermacher nur klägliche, rührende Geschichten; alles jammerte, empfindelte, seufzte. Diese empfindsame Periode griff dann die Nerven gewaltig an; jedermann klagte über Kränklichkeit und Vapeurs, beschwor seinen Freund, ihm einen Dolch in das Herz zu stoßen, um dem Leben voll Jammers ein Ende zu machen, und beschwor die Sterne, mitleidig auf das Elend dieses Erdenlebens herab zu blicken.

Aber bald erwachte der Geist andrer Schriftsteller voll Drang und Kraft. Diese sprachen der Jugend Muth ein, ermunterten sie, nicht zu verzweifeln, sondern das Uebel mit der Wurzel auszureissen. Die leidigen Conventionen und Regeln und Moralien — das waren die Fesseln, in denen die freye Menschheit seufzte, und die man brechen mußte. — Fort also mit dem Zwange, den so genannter Anstand, unnatürliche Gesetze, eingebildete Regeln auflegen! Dem Herzen, der Natur, den innern Trieben gefolgt und umgestürzt, was dem Genusse, für welchen wir geschaffen sind, und der Entwicklung größerer Kraft entgegen ist! — Das war die Parole, mit welcher nun das Reich des Geniewesens anfing. Nun trotzte der Jüngling kühn den langweiligen Vorschriften des Sittenpredigers, warf das Joch des bürgerlichen Zwanges und der feinern Lebensart weg, ließ die Haare um den Kopf hängen, nahm seinen Knotenstock in die Hand und ging, wohin ihn zu gehen gelüstete, wäre es auch in das Ehebette seines Bruders und Freundes gewesen. Er folgte seinen Trieben, und die Schriftsteller bewiesen ihm, daß kein Mensch anders handeln könne, als er handelt, daß oft der, welchen die ganze Welt für einen Bösewicht, Verwüster und Zerstörer der öffentlichen Ruhe gehalten hätte, ein größerer Mann gewesen, als der hochgepriesene Wohlthäter des Menschengeschlechts; und daß alles gut und groß sey, wozu Kraft gehörte. Vergebens suchten einige ernsthafte Männer zu beweisen, daß Auflodern nicht erwärmendes Feuer, Stoß nicht Kraft genannt werden dürfe; daß wahre Kraft und Festigkeit und Muth im Ausdauern, in consequentem, regelmäßigem, bestimmtem Fortrücken, zu reinen verständigen Zwecken besteht. — Man spottete der Pedanten und rasete darauf los. Auch in den Wissenschaften und Künsten warf man alle Regeln zur Seite und verschrie die Vorschriften, welche aus der Natur geschöpft waren, als schändliche Fesseln des höhern Genies.

Diese Periode erhielt sich bis zu der größern Revolution, wovon ich in der Folge reden werde, und schien auch in der That äußerst passend für die Abyssinier, wie sie jetzt waren. Weichlichen, verzärtelten Menschen, mit äußerst reitzbaren Nerven und dabey gewöhnt an Ueppigkeit und Wohlleben und sinnlichen Kitzel, deren Phantasie immer mit der gesunden Vernunft davon lief, und die dabey jede dauernde Anstrengung flohen; solchen Menschen war freylich ein System willkommen, nach welchem ihre Ausschweifungen gerechtfertigt wurden, ihre Fieber-Wuth für Kraft, ihre Unverschämtheit und Regellosigkeit für angeborne natürliche

Freyheit und ihr polyhistorsches Geschwätz für Gelehrsamkeit galt.

Es ist nun Zeit, auch zu sagen, wie sich die Priester hiebey betrugen. Aus der neuern Geschichte von Abyssinien, die ich im ersten Theile dieses Buchs vorgetragen habe, wird man sich noch erinnern, daß das Ansehen der Geistlichkeit und der edeln Orthodoxie unter der Regierung des zuletzt verstorbnen Negus nicht eben sehr groß war. Als nun die Aufklärung so mächtige Fortschritte machte, man allen Zwang abschüttelte, und eine gewisse Kühnheit in Grundsätzen und Handlungen allgemein wurde; da kam denn auch die Reihe an das Kirchen-System. Die Zeiten waren vorbey, wo man sich mit unnützen Grübeleyen über Glaubenslehren abgab; aber auch die Zeiten waren vorbey, wo man sich von dem Priesterstande vorschreiben ließ, was man glauben und denken sollte. Jetzt, da es auf alle Weise, wegen des unangenehmen Gedränges, in welches zuweilen die jetzige Moralität mit dem Religions-Systeme kam, bequemer war, auch dieses wegzuwerfen, machte man dazu Anstalt. Allein es war dem Genius des Zeitalters zuwider, dieß mit einigem Forschungsgeiste zu unternehmen; leichter war es, auch in diesem Fache, wie in allen übrigen, mit Spott und Persifflage das anzugreifen, was zu mühsam mit Gründen zu bekämpfen war, und da der alte Negus die Pfaffen nicht schätzte, und selbst immer aufgeklärter und toleranter wurde, so mußten die geistlichen Herren dieß wohl geschehen lassen. Um jedoch nicht allen Einfluß zu verlieren, dreheten die Feinsten unter ihnen den Mantel nach dem Winde, fingen selbst an, Duldung zu predigen und die Glaubenslehren nach Zeit und Umständen zu modificiren. — Wie consequent dieß gehandelt war, und ob nicht die wenigen eifrigen Zeloten weiser handelten, die auch nicht Ein Tittelchen ausgelöscht haben wollten, und, in Erwartung besserer Zeiten, nicht aufhörten die Kanzel zu pauken, den Unglauben zu anathematisiren, Verderben und Untergang zu prophezeyen und mit Feuer vom Himmel zu drohen — das überlasse ich dem geneigten Leser zu entscheiden.

Eilftes Kapitel.

Fortsetzung des Vorigen.

Ich habe eben gesagt, daß der alte Negus täglich toleranter und aufgeklärter geworden wäre; doch darf ich nicht behaupten, diese Vervollkommnung sey das Werk eines tiefen, reiflichen Nachdenkens über dergleichen Gegenstände gewesen; vielmehr riß ihn der allgemeine Strom des Lichts unmerklich mit sich fort. Wir haben gehört, daß er eine Bücher-Censur errichtet hatte; diese wurde freylich nicht aufgehoben; aber das konnte er doch nicht ändern, daß die Censoren selbst allmählich anfingen, die Grundsätze ihres Zeitalters anzunehmen. Nach und nach starben denn auch die alten, ungeschmeidigen Männer und junge, freyer denkende kamen, in diesem Departement, an das Ruder. Man wird immer weniger empört durch kühne Sätze, je öfter man sie hört, und zuletzt kommen sie in allgemeinen Cours und erhalten durch vieljährigen Besitz die Rechte der Wahrheit. Dieß haben diejenigen wohl gewußt, welche den Menschen Thorheiten und Irrthümer aufheften wollten. Sie haben so lange dieselben Fratzen gepredigt, gesungen, geschrieben, gemahlt, bis zuletzt kein Mensch mehr das Herz hatte, sich selber zu fragen, ob auch wohl ein gesunder Begriff in dem allen liege; und beobachten wir mit philosophischem Auge, auf welche Weise, mitten in aufgeklärten Zeiten, gewisse Betrüger sich großen Anhang zu verschaffen wissen; so werden wir finden, worauf die Kunst dieser Leute beruht; sie wissen, daß wenn sie nur nicht müde werden, den Unsinn zu behaupten, der

Anfangs verlacht, nachher übersehen, dann geduldet, hierauf vertheidigt wird, und endlich Märtyrer findet, sie doch zuletzt ihren Zweck erreichen; und daß, wenn es erst so weit ist, dann wenig Leute den Muth haben, sich *allgemeinen* Meinungen zu wiedersetzen. Diese Bemerkung könnten sich, wie ich glaube, diejenigen zu Nutzen machen, welchen es darum zu thun ist, edle, große und nützliche Wahrheiten auszubreiten. Noch ein Mahl! Das ganze Geheimniß, um alles in der Welt durchzusetzen, beruht in diesen vier Worten: *nicht müde zu werden.*

Bey dieser kleinen Ausschweifung habe ich nur die Absicht gehabt, begreiflich zu machen, wie es zuging, daß die Aufklärung in Abyssinien so schnelle Fortschritte machte. In der That brachte man kurz vor dem Tode des alten Negus, in öffentlichen gemischten Gesellschaften, an Tafel und sonst gesprächsweise Sätze vor, die man zehn Jahre früher kaum würde zu denken gewagt haben; und die Großen des Hofs, ja! der Monarch selbst, glaubten jetzt schon den Ruf vorurtheilfreyer Beförderer der Aufklärung auf das Spiel zu setzen, wenn sie, so ungern sie auch manches hörten, die natürliche Befugniß der Leute, über alles ihre Meinung zu sagen, einschränkten. Es schlich sich also unvermerkt eine gänzliche Denk- und Preß-Freyheit ein, von welcher denn auch, wie von allen guten Dingen in der Welt, vielfältig Mißbrauch gemacht, und weder die häusliche Ruhe der Bürger, noch die wohlthätigen Vorurtheile der Schwächern, noch der Ruf der Edlern, noch das Vertrauen der Freundschaft, noch das Familien-Geheimniß — kurz nichts geschont, sondern alles an das Tageslicht gezogen, beurtheilt, verdächtig gemacht, angegriffen, verspottet und ohne Ersatz vertilgt wurde.

Unmittelbar aber traf diese Folge auch den ersten Beförderer der Aufklärung, den König selber. Das Licht, welches er angezündet hatte, leuchtete weiter, als seine Absicht gewesen war. Nachdem man lange genug frey und kühn über Moral, Religion und Privat-Verhältnisse geredet und geschrieben hatte, fing man auch an, eben so ungezwungen über Menschen- und Völker-Rechte, über Fürsten-Ansprüche und Befugnisse, über Sclaverey und Freyheit zu raisonniren.

So standen die Sachen, als meine Deutschen Philosophen und Pädagogen nach Abyssinien kamen. Diese, besonders die letztern, hätten nun viel dazu beytragen können, alles in ein vernünftiges Geleise zu bringen. Unglücklicher Weise aber thaten sie das Gegentheil. Ich habe immer geglaubt, daß sich über Erziehung keine allgemeine Regeln geben ließen, sondern daß sich diese nach Zeit und Umständen richten müßten, weil doch ihr Hauptzweck ist, Menschen zu bilden, *die in ihr Zeitalter* passen, und als nützliche Bürger zu Ihrer und ihrer Mitbürger Vervollkommnung und Glückseligkeit alles mögliche beytragen sollen. In einer Periode also, in welcher die Abyssinier ausschweifende Begriffe von Freyheit und Zwanglosigkeit hatten, jede ernsthafte Anstrengung scheueten, sehr vorlaut und egoistisch waren, alle Conventionen und alle Rücksichten auf Stand, Alter und Erfahrung verachteten und, über ihren Gesichtskreis hinaus, über alles im Himmel und auf Erden raisonnirten, schien es der Klugheit gemäß, die Jugend an mehr Ordnung, Pünctlichkeit, Gehorsam, Bescheidenheit, Mißtrauen in eigne Fähigkeiten, emsigen Fleiß, Ueberwindung von Schwierigkeiten, und Aufopferung zum allgemeinen Besten zu gewöhnen; allein daran dachten leider! meine Pädagogen nicht. Sie ermunterten vielmehr in den Knaben den übel verstandnen Freyheitssinn, declamirten gegen Pedanterie, Autorität, Sclaverey und Despotismus und erzogen die jungen Leute so, daß sie sich hernach durchaus nicht in den Zwang des bürgerlichen Lebens fügen wollten, und die frohen, im Spielen hingetändelten Stunden, welche sie in den Erziehungs-Instituten genossen, nachher durch manche unbehagliche, bittre büßen mußten, folglich die Summe der unzufriednen, unruhigen Bürger vermehrten.

Noch etwas verstärkte diese allgemeine Gährung, und das waren die geheimen Verbindungen, wovon ich doch auch noch ein Wort sagen muß. Nachdem die Abyssinier in allen Gebiethen wissenschaftlicher Kenntnisse herum geirrt waren, und über alles nachgedacht zu haben glaubten, was den Menschen wichtig seyn kann, fanden sie, was man auf der letzten Seite jedes Systems findet, daß unser Wissen und Wollen und Wirken Stückwerk, unvollkommen und dunkel bleibt. In diesen Grenzen irdischer Weisheit und Thätigkeit aber sich einpfälen zu lassen, das dünkte Menschen von so reitzbaren Nerven, schwärmender Phantasie und unruhigem Thätigkeitstriebe, zu gemein; weil indessen ihre Begriffe nicht gehörig geordnet, sondern verwirrt und schwankend waren; so nährten sie unaufhörlich heimliche Wünsche und dunkle Ahndungen. Hie und da theilten sich Menschen, in denen dieß kochte und wurmte, solche Empfindungen mit, und freueten sich, wenn sie sahen, daß sie einander verstanden, oder zu verstehen glauben durften, obgleich sie nicht im Stande waren, mit Worten deutlich zu machen, was sie eigentlich wollten und suchten. Sie wurden aber über gewissen Hieroglyphen, Zeichen und Phrasen einig, wodurch sie in einander ihre dunkle Ideen wieder erwecken konnten und der Gedanke, daß dieß nun eine Sprache war, die nicht Jeder verstand, hatte etwas angenehmes, kitzelndes. Bald hielten sie diese neue Typen für wirkliche neue Sachen, für neu erfundene Wahrheiten, täuschten sich selbst, sprachen von ihren geheimen Kenntnissen, nahmen andre in diesen Bund auf, welche auch diese Bilder lernten, einen Sinn damit zu verbinden glaubten, aber eigentlich nichts bestimmtes darüber zu sagen wußten, als daß sich so etwas mit gemeinen Worten gar nicht ausdrücken ließe. Der gemeinschaftliche Besitz eines Geheimnisses bindet die Bewahrer desselben enge zusammen, und in einem Zeitalter, wo alle natürliche Bande locker geworden sind, und den Menschen zu alltäglich und langweilig vorkommen, erweckt eine neue Art von Verhältniß, das gar nicht auf den gewöhnlichen Conventionen beruht, den doch zur Geselligkeit geschaffenen Menschen zu neuer Wärme für seine Nebenmenschen. Er vergißt dann, daß er dieß Glück auf eine viel natürlichere Weise finden könnte, schimpft auf die Mängel der bürgerlichen Einrichtungen, ohne Vorschläge zu ihrer Verbesserung zu thun, und schafft sich neue Verbindungen, die noch größere Mängel, aber den Reitz der Neuheit und das Verdienst haben, *daß er selbst ihr Schöpfer* ist. Dieß alles wohl überlegt; so darf man sich darüber nicht wundern, daß in kurzer Zeit die Wuth zu geheimen Bündnissen in Abyssinien sehr hoch stieg, und daß deren eine Menge von allerley Art errichtet wurde.

So lange die ersten Stifter noch lebten, verband man doch einigen dunkeln Sinn mit der Bilder-Sprache und den mystischen Gebräuchen dieser Gesellschaften; nachher fing man an, sich nicht viel um die Deutung zu bekümmern, sondern hielt sich an die geselligen Zwecke; als aber die Gährung in den Köpfen und Gemüthern der Abyssinier unter allen Ständen so allgemein wurde, und Aufklärer, Reformatoren und Aufrührer von vielfacher Art im Volke hervor traten, und sich Parteyen zu machen suchten, da nützten diese Menschen, zu guten und bösen Zwecken, den Schleyer und das Vehiculum geheimer Verbindungen, und weil die Hieroglyphen und Gebräuche alle mögliche Auslegungen litten, so war dieß ein herrliches Mittel, jedes System darauf zu bauen. Noch konnten solche Verbindungen an Ehrwürdigkeit viel gewinnen, wenn man ihnen ein hohes Alterthum andichtete; zum Glück war auch dazu Rath zu schaffen. Man untersuchte die Pyramiden und Obelisken in Aegypten (die, im Vorbeygehen zu sagen, der übrigens gelehrte Herr Professor Witte kürzlich für vulcanische Producte und die innere Einrichtung der Zimmer etc. für Arbeiten gewisser Schnecken erklärt hat) und fand mit Freuden, daß darauf, so wie auf den Ruinen der Stadt Axum, Figuren eingegraben waren, die mit den Hieroglyphen der geheimen Verbindungen sehr viel Aehnlichkeiten hatten; und da war denn bald eine zusammenhängende Geschichte der verborgnen Weisheit heraus buchstabirt, die jede Partey zum Vortheile ihrer Lehre auslegte, und die übrigen Practicanten verketzerte. Schwärmer und Betrüger aller Art, Geisterseher, Goldmacher, Diebe, politische Reformatoren, Stifter neuer Religions-Secten — alle hingen dieß Gewand um, und setzten phantastische Menschen, schwache Denker und unruhige Köpfe in Bewegung, lockten sie von nützlicher Thätigkeit ab, und erfüllten sie mit Reformations-Geiste. — Doch, ich habe schon zu viel von diesen Armseligkeiten gesagt; wir werden bald hören, was am Ende aus dieser allgemeinen Gährung entstand.

Zwölftes Kapitel.

Nachricht von dem, was in den ersten Regierungsjahren des neuen Landesvaters vorging.

Wir haben am Ende des neunten Kapitels gehört, daß die abgöttische Verehrung, welche man in den ersten Monathen der neuen Regierung dem jungen Könige erwiesen hatte, nach und nach der kältern Ueberlegung wich. Und diese kältere Ueberlegung lehrte die Abyssinier bald, wie viel sie bey der Veränderung gewonnen oder verloren hatten. Kaum war der erste Taumel der Feyerlichkeiten vorüber, und der Gang der Geschäfte wieder in die gewöhnliche Ordnung gekommen, als der junge Despot sich durch einige willkührliche Verordnungen ankündigte, die jedermann furchtsam und muthlos machten. Er führte das Kniebeugen und das alte sclavische Ceremoniel wieder ein, beschränkte die Freyheit der Presse, verstattete nicht mehr jedem aus dem Volke freyen Zutritt zu seiner Person, sondern schloß sich mit seiner Französischen Buhlerinn und seinen Lieblingen in dem Pallaste ein, lebte dort in Völlerey und Unthätigkeit, erschien dann nur Ein Mahl in der Woche, und zwar, nach alter Abyssinischer Weise, verhüllt, von Trabanten umgeben, in dem Zirkel seiner verachtungswerthen Günstlinge, wovon die Niederträchtigsten in alle Departements eingeschoben, den verdienstvollen Männer vor und an die Seite gesetzt, und zu Geschäften gebraucht wurden, wovon sie nichts verstanden. Diese machten dann den Negus mißtrauisch gegen seine treuesten Diener, welche er nicht mehr hörte, nicht mehr um Rath fragte, sondern sie kalt und rauh behandelte. Es wurden Einrichtungen gemacht, die nicht in die Landes-Verfassung paßten, alle natürliche Freyheit einschränkten und sehr drückend für die Unterthanen waren. Er nahm keine Gegenvorstellungen an; sein Wink war strenger Befehl; sein Wille die Ursache; die geringste Weigerung, oder auch nur ein bescheidner Einwurf, war hinreichend, den würdigsten Mann um Bedienung und Freyheit zu bringen. Es schlichen Ausspäher, Auflaurer und Horcher in allen öffentlichen und Privathäusern herum, und sammelten jedes Wort auf, das einem Manne in guter oder böser Laune entwischte. Dann wurde auf ein Mahl ein sorgloser, unschädlicher Mann durch Wache des Nachts aus seinem Bette gehohlt und, ohne öffentlichen Proceß, seiner Bedienungen entsetzt, oder eingekerkert, oder des Landes verwiesen, oder verschwand, ohne daß man wußte, wohin. Zuweilen wurde bey Todesstrafe verbothen, von gewissen Dingen, oder von gewissen Personen zu reden. Gab jemand ein Mahl seinen Freunden ein fröhliches Mahl, oder vergnügte sich in seinem Hause mit Musik und Tanz, oder kaufte sich ein schönes Cameel, so wurde dieß dem Negus hinterbracht. Es hieß, dem Manne sey zu wohl, und es wurde ihm ein Theil seines Gehalts genommen. Allgemeine Muthlosigkeit herrschte nun, niemand trauete dem Andern; Geselligkeit, heitre Laune und Gastfreundschaft verschwanden, und wer einen guten Bissen essen wollte, verschloß sich in sein Cabinet.

Desto üppiger und wollüstiger aber lebte das Kebsweib des Negus mit seinem Anhange. Palläste und Lustschlösser wurden für diese mit ungeheuren Kosten erbauet, oder gekauft, oder den Eigenthümern abgenöthigt, und nichts glich der Pracht, die in ihrem Putze und Hausrathe herrschte. Unersättlich waren die Begierden des abscheulichen Weibes, in dessen räuberischen Händen Glück und Unglück von Millionen edler Menschen lag. Nun gab es kein andres Mittel, als diesen Götzen anzubeten und ihm Geschenke zu bringen, wenn man etwas erlangen wollte. Ihr Vorzimmer wimmelte von den Großen des Reichs, denen sie mit Uebermuth und Spott begegnete; Generale mußten ihr den Fußschämel nachtragen; ehrwürdigen Greisen äffte sie vor dem versammelten Hofe die körperlichen Schwachheiten ihres Alters nach, und machte sie zum Gegenstande des allgemeinen Gelächters. Sie beherrschte despotisch ihren Negus; gab ihm nicht die Erlaubniß mehr Weiber zu nehmen, ja! nur eine einzige freundlich anzublicken, und wenn er mit ihr und einem Paar Günstlingen allein war, dann trieb sie muthwillige Französische Scherze mit ihm, und nöthigte ihn zu kindischen Spielen, die sonderbar mit der Majestät des Throns contrastirten, worauf man so strenge hielt.

Nach dem Beyspiele der königlichen Buhlerinn waren auch die von ihr beschützten Lieblinge nicht unthätig zu Vermehrung ihrer Gewalt und ihres Vermögens. Auch sie ließen sich Güter schenken, welche Andern gehörten; auch sie ließen sich bestechen, um durch ihr Vorwort einen Schurken auf einen Platz zu stellen, auf welchen ein redlicher Mann Recht hatte, Ansprüche zu machen. Justiz wurde verkauft, ja! man mußte dafür bezahlen, daß man von seinen Nachbarn in Ruhe gelassen würde.

Bey dieser abscheulichen Wirthschaft konnte es freylich mit den Finanzen nicht besser aussehen, als mit der Moralität. Die ungeheure Verschwendung, die am Hofe herrschte, erschöpfte die Cassen; man nahm seine Zuflucht zu allen Mitteln, welche in solchen Fällen angewendet zu werden pflegen; man forderte Abgaben von allen, auch von den nöthigsten Bedürfnissen des Lebens; man erfand Auflagen, wovon in Abyssinien noch kein Beyspiel war, und trieb diese mit einer grausamen Strenge ein, die die Menschheit empörte.

So standen die Sachen, als ein verderblicher Krieg mit dem Könige von Nemas, das Werk, die Abyssinischen Unterthanen zu Grunde zu richten, vollendete. Dieser Krieg hatte einer elenden Grenz-Streitigkeit wegen seinen Anfang genommen; beide Monarchen wurden von schelmischen Lieblingen regiert, die voraus sahen, daß sie dabey im Trüben fischen könnten und daher das Feuer anbliesen, das außerdem leicht zu dämpfen gewesen wäre. Man verwarf also von beiden Seiten alle Vergleichs-Vorschläge, und rüstete sich zum Feldzuge. Die beiden Könige brauchten ja nicht mitzugehen, sondern konnten sich's bey Weibern und Flaschen wohl seyn lassen, indeß ihre Unterthanen die Ehre hatten, sich die Hälse zu brechen.

Nun wurde durch ganz Abyssinien eine gewaltsame Werbung vorgenommen; einzige Söhne, die Stützen ihrer Familien, Greise und Knaben mußten mit in den Krieg. An die Spitzen der Regimenter und des ganzen Heers aber wurden die Günstlinge der Buhlerinn gestellt, die weder militärische Kenntnisse, noch Muth besaßen, aber desto besser die Kunst verstanden, sich zu bereichern. Der Ausgang dieses Kriegs war leicht voraus zu sehen. Die Soldaten stritten mit Unlust, liebten ihre Anführer nicht, wurden schlecht behandelt, dabey betrogen und durch die Unwissenheit der Generale aufgeopfert; am Ende des dritten Feldzugs erfolgte ein für Abyssinien sehr nachtheiliger Frieden, durch welchen, ohne die ungeheuren Summen zu rechnen, die der Krieg gekostet hatte, mehr verloren ging, als vor demselben der König von Nemas je in Anspruch genommen hatte.

Allein wie verhielten sich denn der Herr Minister Joseph von Wurmbrand und der Baalomaal Benjamin Noldmann bey diesem Allen? — Das werden wir im nächsten Kapitel erfahren.

Dreyzehntes Kapitel.

Wie es dem Verfasser und seinem Herrn Vetter geht.

Ich habe bis jetzt die Fehler nicht verschwiegen, welche man meinem Herrn Vetter, als Staatsmann betrachtet, vorwerfen könnte. Einer der hauptsächlichsten war gewiß der, daß er den alten Negus in despotischen Grundsätzen bestärkte, oder vielmehr, durch Verpflanzung der Europäischen Einrichtungen nach Abyssinien, die Ausübung des dortigen Despotismus erleichterte und in ein zusammenhängendes System brachte, ohne dennoch ernstlich genug auf Einführung weiser Grundsätze zu denken, nach welchen man despotisch regieren wollte. Was mich selber betrifft; so habe ich gleichfalls nicht verhehlt, daß ich mir einige Unvorsichtigkeiten in der Wahl der nach Abyssinien geschickten Gelehrten und Künstler und einigen Mangel an Festigkeit, bey Leitung des Kronprinzen, habe zu Schulden kommen lassen; allein mit eben dieser Aufrichtigkeit und Wahrheitsliebe darf ich doch auch behaupten, daß wir beide uns, als unter der neuen Regierung nur Schelme und Schmeichler, auf Unkosten der Bessern, ihr Glück machen konnten, gewiß so betragen haben, wie es redliche Männer ziemt. — Auch wird man mir das glauben, wenn ich nun erzähle, daß wir das Opfer davon wurden.

So lange die Einrichtungen, welche der neue Monarch machte und seine raschen Schritte, nur Unkunde, jugendliche Uebereilung und Schwäche verriethen; hoffte der Minister immer noch, Zeit, Erfahrung und sanfte Vorstellungen würden in der Folge das Ihrige thun. Er verbarg oft seinen Unwillen, ertrug manche Demüthigung, beruhigte sich, wenn er nach Gewissen geredet hatte, und ließ dem Dinge seinen Lauf. Als aber endlich der Haufen der niederträchtigen Creaturen, in allen ihm anvertraueten Fächern, nach Willkühr schaltete und waltete; man dann von ihm verlangte, daß er Befehle unterschreiben und ausfertigen lassen sollte, die tyrannisch und unvernünftig waren; da wagte er endlich einen Schritt, wovon er voraus sah, daß er ihm theuer zu stehen kommen würde, den er aber sich selber, der Redlichkeit und seinem Rufe schuldig zu seyn glaubte. Er weigerte sich grades Wegs, die Hände zu solchen Grausamkeiten zu biethen, und forderte, daß man ihm folgen, oder ihm den Abschied geben sollte. Hierauf hatte man gelauert; das hatte man gehofft und voraus gesehen. Er bekam nicht nur den Abschied, sondern auch Befehl, ein kleines Jahrgeld, welches man ihm aussetzte, in den Gebirgen von Waldubba zu verzehren. Sein Sturz (wenn man den Triumph der Rechtschaffenheit also nennen muß) zog den meinigen nach sich; mein Urtheil war dem seinigen gleich; und Stilky, der bekannte Liebling und Kuppler des Negus, wurde erster Minister.

Ich meine, gesagt zu haben, daß die Dörfer, welche in den Gebirgen von Waldubba liegen, woselbst auch viel Einsiedler-Mönche wohnen, wie das Russische Sibirien, zu einem Exil für die in Ungnade gefallnen Staatsbedienten bestimmt sind, daß man ferner die jüngern Prinzen, welche nicht auf den Thron kommen sollen, dahin zu senden pflegt, und daß also auch der jüngere Bruder des neuen Negus mit seinem Hofmeister, den ich als einen edeln und weisen Mann beschrieben habe, dort lebte. Die Einrichtung, die jüngern königlichen Kinder auf diese Weise aus aller Verbindung mit dem Hofe und dem Volke zu setzen, rührte aber eigentlich aus ältern Zeiten her, und war das Werk herrschsüchtiger Minister, die auf diese Weise unter den Prinzen den schwächsten zum Thronerben auswählen, und die übrigen in Dunkelheit vergraben konnten. Als nun mein Herr Vetter an das Ruder der Geschäfte trat, und dieser in der That die besten, uneigennützigsten Absichten hatte, wenn gleich er nicht immer glücklich in der Wahl der Mittel war, bat er den alten Negus, jene grausame Gewohnheit, die Prinzen als Gefangne zu behandeln und in Unwissenheit zu erhalten, abzuschaffen. Er erhielt ohne Mühe von dem gutmüthigen Könige, zugleich mit dem Befehle, den Kronprinzen unter meiner Führung auf Reisen zu schicken, auch für den andern Negus-Sohn die Erlaubniß, nebst seinem einsichtsvollen Mentor, den Aufenthalt in Waldubba mit Adowa zu vertauschen, wo nun die neue Universität gegründet und der Umgang mit Gelehrten fähig war, seinen Geist vollends auszubilden, und ihn sein Leben angenehm hinbringen zu machen. Seit fünf Jahren wohnte also der junge Herr nebst seinem kleinen Hofstaate in Adowa.

Als nun meinem Herrn Vetter und mir angekündigt wurde, daß wir jene rauhe und zugleich ungesunde Gegend zu unserm künftigen Aufenthalte wählen sollten; da wurde uns in der That das Herz schwer. Unser Umgang würde sich haben auf die dort wohnenden heuchlerischen und ausschweifenden Mönche einschränken müssen — und welch ein elendes Leben war das! Nach Europa zurück zu reisen, daran war jetzt nicht zu denken. Die Jahrszeit schien dazu nicht günstig; man würde uns nicht erlaubt haben, etwas von dem Vermögen, welches wir uns gesammelt hatten, mitzunehmen, und als Bettler in unser Vaterland wieder zu kommen, nach der Rolle, die wir gespielt hatten — das war ein bittrer Gedanke. Hierzu kam noch, daß, ohne besondre Empfehlung und Sorgfalt der Abyssinischen Regierung, worauf wir doch jetzt nicht rechnen durften, diese weite Reise für uns gefährlich, ja! unmöglich wurde.

In dieser Verlegenheit hielten wir es für Pflicht gegen uns selber, den Umständen nachzugeben, und uns zu guten Worten herab zu lassen. Wir demüthigten uns also und baten, daß man uns gestatten möchte, ruhig in Adowa uns niederzulassen, wo jetzt eine große Anzahl unsrer Landesleute wohnte, an denen wir in unsern glänzenden Tagen so viel auszusetzen gefunden hatten, und nach deren Umgang wir uns nun innigst sehnten. Nicht ohne Schwierigkeit erlangten wir diese Vergünstigung; doch gab man endlich nach, und wir zogen im Anfange des Jahres 1781 nach Adowa.

Undankbar müßte ich gegen das Schicksal seyn, wenn ich nicht laut bekennen wollte, daß die sechs Jahre, welche ich dort im Exil zugebracht habe, mit zu den glücklichsten meines Lebens gehört haben. Wir kauften, mein Vetter und ich, ein kleines artiges Häuschen, nebst Hof und Garten, richteten uns nicht prächtig, aber gemächlich ein, schlossen uns auf gewisse Weise an den kleinen Hof des liebenswürdigen Prinzen an, von welchem ich in der Folge noch so viel werde sagen müssen, und genossen den lehrreichen Umgang seines mir unvergeßlichen Führers Alwo (Wie kommt es, daß ich den Nahmen dieses vortrefflichen Mannes noch nicht genannt habe?). Aber auch die Gesellschaft der Deutschen Gelehrten und Künstler, die dort wohnten, gewährte uns manche angenehme Unterhaltung. Es waren darunter doch gute Köpfe, wenn auch hie und da ein wenig Verschraubtheit mit unterlief. — Unser Leben war den Wissenschaften, der Gemüthsruhe und geselligen Freuden gewidmet; die Ausbildung meines Geistes und Herzens habe ich dieser sechsjährigen Periode zu danken.

Was nachher in Abyssinien vorging, und ich in den folgenden Kapiteln erzählen werde, das habe ich größtentheils in der Entfernung, mit kaltem Blute, ohne thätige Theilnahme beobachtet, und um desto unparteyischer wird nun der Rest meiner Geschichte ausfallen.

Vierzehntes Kapitel.

Aufruhr in Nubien. Wirkung davon im Abyssinischen Reiche.

Obgleich die willkührlichste, höchst tyrannische und drückendste Regierung in Abyssinien herrschte, und allgemeines Verderbniß der Sitten täglich mehr Ueberhand nahm, so war es dem Negus doch unmöglich, den ein Mahl angezündeten Funken von Freyheit im Denken und Reden gänzlich auszulöschen. So allgemein war denn auch wirklich die Corruption nicht, daß nicht, besonders in den Mittelständen und unter solchen Leuten, die bey Hofe nichts zu suchen hatten, noch Tugend, Weisheit und Gradheit geherrscht hätten. Brachte die übereilte Aufklärung in schiefen und aufbrausenden Köpfen verkehrte Wirkungen hervor, so gab sie doch auch in den besser organisirten Anlaß zu einer nützlichen Gährung, regte manche schlafende Kraft auf, und erweckte auch wohl den echten Sinn für Wahrheit und Freyheit. Ich möchte wünschen, daß diejenigen, welche so geneigt sind, wegen des Mißbrauchs einer Sache, die Sache selbst zu verwerfen, und die daher auch jetzt jede Anstalt zur Aufklärung verdächtig zu machen suchen, weil das Wort Aufklärung so oft mißverstanden wird, und zur Firma schädlicher Zwecke dient; ich möchte doch wünschen, daß diese Leute recht wohl calculirten, ob es besser gethan sey, bey ausgemacht tödlichen und ansteckenden Krankheiten, der Natur alles zu überlassen, oder Mittel zu wählen, unter denen, wenn sie auch ein wenig gewagt sind, doch wohl

Eines anschlagen kann, und woran wenigstens kein Einziger stirbt, der nicht ohne dasselbe auch gestorben wäre, oder einen siechen Körper behalten hätte.

Je strenger der Negus jedes kühne Wort, das gegen ihn ausgestoßen und ihm hinterbracht wurde, bestrafte, um desto größer (wie immer das Verbothene süßer schmeckt) wurde der Reitz, heimlich über die neue Regierung zu raisonniren. Aber es war nicht bloß vom Raisonniren die Rede, sondern das Elend, die Armuth, der Jammer der Völker rührten jedes gefühlvollen Mannes Herz, und erzeugten den leisen Wunsch in ihm: möchte doch die Vorsehung Hülfe schicken! Er suchte dann unter dem Haufen einen Freund, dem er sich vertrauen konnte, dem, wie ihm, die allgemeine Noth des Landes die Seele erschütterte, und er fand bald einen solchen, da nach einem Paar Jahren schon, außer dem glänzenden Pöbel, der in den Ringmauern des Pallastes sein Wesen trieb, kein Mensch mit zufriedner, heitrer, froher und freyer Mine umher wandelte. Wenn dann zwey solcher Unzufriednen sich gegen einander aufschlossen, dann stieß auch wohl Einer von ihnen das Wort heraus: nein! das kann so nicht bleiben; es muß anders werden!

Die geheimen Verbindungen, welche seit einiger Zeit jeder Anführer einer Partey, jeder Erfinder eines Systems, jeder Reformator, zu seinen Zwecken nützte, waren auch bey dieser Gelegenheit nicht unthätig. Man stiftete dergleichen, in welchen, unter dem Siegel der Verschwiegenheit, kühne politische Grundsätze gepredigt und die Mitglieder mit Wärme und Enthusiasmus für Freyheit erfüllt wurden.

Der allgemeine Haß, der in allen Classen der Bürger gegen den corrumpirten Hof herrschte, erweckte einen sehr wohlthätigen Widerwillen gegen verderbte Sitten; und dieselben Menschen, welche bis dahin sich von dem allgemeinen Strome zu einem üppigen, wollüstigen und müssigen Leben hatten hinreissen lassen, suchten nun eine Ehre darin, eine Lebensart zu führen, die von jener abstach. Man sahe nun wieder, wenigstens äußerlich, Eifer für Keuschheit, Mäßigkeit, Simplicität und für alle gesellige Tugenden erwachen.

Bittre Spötter, die, ohne wahre Wärme für das Gute, nur jede Gelegenheit, etwas Witziges und Beissendes zu sagen, begierig ergriffen, schrieben Satyren auf den König, auf das Kebsweib und die Günstlinge. Man hört auf zu fürchten, was man ein Mahl gewagt hat, in verächtlichem, burleskem Lichte anzusehen. Diese Spöttereyen liefen abschriftlich aus Hand in Hand und wurden endlich gar heimlich gedruckt. Einländische und auswärtige Dichter, Blätter-Schreiber, Mahler und Kupferstecher wählten den Abyssinischen Hof zum Gegenstande ihres Witzes. Bald circulirte eine ungeheure Menge solcher Pamphlete. Nun wollte die Regierung größern Ernst brauchen, Untersuchungen anstellen, ließ einen armen Pasquillanten einkerkern — das sicherste Mittel, das Uebel ärger zu machen! Wer bis dahin noch nicht frey geschrieben, gelesen, geredet hatte, der fing jetzt erst an, und unter Menschen, die außerdem vielleicht geschworne Feinde waren, entstand eine stillschweigende Verabredung, sich einander nicht zu verrathen; die Buchhändler aber wurden reich dabey und sorgten für geheime Austheilung aller so genannten rebellischen Schriften. Das Volk wurde immer kühner; der Minister Stilky fand auf seinem Schreibtische, unter den Suppliken, Schandschriften und Drohungen gegen ihn, und des Morgens prangten an den Thorpfeilern des Schloßhofs Pasquillen auf Se. Majestät.

Vielleicht hätte dennoch diese allgemeine Gährung weiter keine entscheidende Folgen gehabt, wenn nicht auf ein Mahl die große Revolution, welche in Nubien anfing und vielleicht noch jetzt nicht gänzlich zu Stande gekommen ist, in Abyssinien eine Haupt-Catastrophe herbey geführt hätte. Man wird sich erinnern, welche Schilderung ich im fünften und sechsten Kapitel des ersten Theils dieses Buchs von dem Despotismus in Nubien entworfen habe; die Völker seufzten dort alle unter dem abscheulichsten Drucke; aber noch war die Unzufriedenheit zu keinem thätlichen Ausbruche gekommen. Ein kleiner Umstand, dergleichen mehrentheils in dieser Welt die größern Begebenheiten zu erzeugen pflegt, reizte die Unterthanen des blödsinnigen Königs von Sennar zu einem Aufruhre gegen seine Statthalter. Man wählte verkehrte Mittel, um die Unruhen zu dämpfen, die dann bald weiter um sich griffen, und sich den mehrsten Nubischen monarchischen und republicanischen Staaten mittheilten. Der Pöbel, der keine Grenzen kennt, wenn er ein Mahl die erste Linie überschritten hat, wurde nun in allen Reichen unbändig; Könige und Fürsten wurden aus ihren Ländern vertrieben, die Volks-Unterdrücker ermordet, Gefängnisse erbrochen, Palläste geschleift, Magazine geplündert, ganze Städte verwüstet. — Freylich gingen dabey fürchterliche Grausamkeiten und Ungerechtigkeiten vor; aber an wem liegt denn die Schuld, wenn abscheuliche Mißbräuche, verzweiflungsvolle Mittel unvermeidlich machen?

Die Abyssinischen Zeitungen waren voll von den Erzählungen dieser Empörungen in Nubien, und so vorsichtig sie auch waren, dergleichen Unfug als verderblich, unglücklich und unerlaubt darzustellen; so machten doch diese Erzählungen dem Abyssinischen Volke die Wahrheit einleuchtend: *daß tausend vereinigte Menschen stärker sind als ein Einziger, und daß jene sich nur so lange von diesem mißhandeln zu lassen brauchen, als es ihnen beliebt.* Diese an sich sehr einfache Wahrheit wurde jetzt laut und öffentlich gesagt und geschrieben.

Noch war der Zeitpunct da, wo der Negus alles hätte gut machen können, wenn er weise und redliche Rathgeber gehabt hätte; und sollten je ähnliche Scenen in einem Europäischen Staate vorfallen *; so möchte ich wünschen, daß die benachbarten Fürsten sich an diesen Africanischen Begebenheiten spiegeln möchten, um bessere Maßregeln zu nehmen, als damahls der Negus nahm. Ein ganzes Volk ist nicht so leicht zum Aufruhre geneigt, als man gewöhnlich glaubt. Jeder Einzelne liebt seine Ruhe, bauet, bey Revolutionen, nicht so ganz fest auf den Beystand des Nachbars, hofft noch immer

* Vermuthlich hat Herr Noldmann dieß vor dem Jahre 1787 geschrieben.

auf bessere Zeiten. Viele sind dann auch durch Privat-Interesse an die jetzige Regierungsform geknüpft; sieht die Nation nur guten Willen von Seiten des Hofs und darf sich nur vergleichungsweise weniger gedrückt halten, als das benachbarte Volk, so trägt sie mit Geduld das Joch, wenn dieß Joch irgend ein wenig ausgefüttert, ausgepolstert ist. Nur dann, wenn die Unterthanen fast aller Classen, durch Tyranney aller Art, so auf's Aeußerste gebracht sind, daß sie, deren Leben, Freyheit und Eigenthum ja ohnehin jeden Augenblick von der Willkühr ihres Despoten abhängen, bey dem Aufruhre nichts mehr verlieren und alles gewinnen können; nur dann greifen sie zu diesem verzweifelten Mittel.

Hätte daher der Negus Deputirte aus allen Ständen versammelt, und, ohne von seiner wahren Würde etwas zu vergeben, noch kindische Furcht oder böses Gewissen zu verrathen, ihnen vorgestellt, sie sähen, welche schreckliche Unruhen in den benachbarten Ländern herrschten, und wie nichts weniger als bessere Ordnung, sondern allgemeine Anarchie die Folgen der willkührlichen, gewaltsamen Schritte des großen Haufens wären; es sey aber billig, daß das Volk mit seinen Klagen über die Regierung gehört werde, und daß man ihm Rechenschaft von der Staatsverwaltung ablege; der Fürst sey doch eigentlich nur der Vorsteher des Staats; es sey dieß ein beschwerliches, gewiß weder angenehmes, noch leicht zu verwaltendes Amt. Auch Er, der Negus, könnte vielleicht manches darin versehen; gern wollte er einem Würdigern den Platz auf dem Throne überlassen, auf welchem sich's wahrlich nicht so weich und ruhig sitzen ließe, als wohl mancher glaubte. Wollten sie aber fernerhin Zutrauen zu ihm fassen; so sey er bereit, allen billigen Beschwerden abzuhelfen, und, gemeinschaftlich mit den Repräsentanten, Grundsätze zu bestimmen, nach welchen dann unabänderlich verfahren werden sollte u. s. w. — Ich sage, hätte er das gethan; so wäre alles gut gegangen.

Wenn doch nur die Fürsten weise genug seyn wollten, einzusehen, daß sie sichrer und unumschränkter ein Volk regieren können, das sich für frey hält, sich selber zu regieren glaubt, als einen Haufen immer unzufriedner, immer murrender Sclaven, denen man nie Rechenschaft gibt, sie nicht ein Mahl dann, wenn man ihnen Gutes erweiset, genug würdigt, um ihnen die Ursache zu sagen, warum man es ihnen erweiset! Ein guter Fürst kann doch nur die Absicht haben, sein Volk glücklich zu sehen, von den weisesten, treuesten und besten Menschen umgeben und geliebt zu seyn, und für sich und die Seinigen eine frohe, bequeme, auch wohl ein wenig glänzende Existenz zu haben. Das alles kann er ja erlangen, wie es der gute Vater Georg erlangt, und dennoch selbst den Gesetzen unterworfen seyn. Wo diese Gesetze regieren, diese Gesetze von der Nation selbst gegründet sind, der König aber nur die ausübende Macht hat, alles Gute und nichts Böses thun kann; da darf sich niemand an ihn halten, wenn nicht alles geht, wie es gehen sollte, und man wälzt nicht wie in unumschränkten Regierungen, die Schuld von allem, was Schicksal, Zeit und Umstände herbey führen, auf den, welcher sich als allmächtig ankündigt. Allein die kleinen Unter-Tyrannen, die sind es, welche den Fürsten solche verkehrte Begriffe einprägen. Sie fürchten, ihren Einfluß zu verlieren, und von bessern Menschen aus dem Sattel gehoben zu werden, wenn ihr Herr ein Mahl zu der Erkenntniß käme, daß sein und des Landes Interesse ein einziges und dasselbe ist.

Unser alberner Negus hatte für diese Wahrheiten keinen Sinn; auch sagte sie ihm niemand. Wie er sich betrug; davon will ich in den nächsten Blättern Bericht erstatten.

Funfzehntes Kapitel.

Fortsetzung des Vorigen. Großer Sturm in Abyssinien.
Des Negus Flucht und Tod.

Als zuerst die Unterthanen des Königs von Sennar die Waffen gegen ihre Tyrannen ergriffen, und man sich gezwungen sahe, die benachbarten Könige um Hülfsvölker anzusprechen; da schrieb mir Manim, man affectire am Hofe zu Gondar, von diesem Aufruhre gar nicht zu reden; so sehr wolle man das Ansehn haben, dieß als eine Kleinigkeit zu verachten. Allein die Gährung breitete sich bald weiter aus; in Dequin, Bugia und in einigen kleinern Nubischen Staaten griff das Feuer der Empörung gleichfalls um sich, und nun wurde auch unser Negus gebeten, eine Armee zu Hülfe zu schicken. Er war sogleich dazu bereit, zog die Achseln über die Schwäche seiner nachbarlichen Könige, weil sie das rebellische *Lumpen-Gesindel* (so nannte man die Leute, welche ihre Menschenrechte gegen schändliche Unterdrücker vertheidigten und Macht durch Macht vertilgten!) noch nicht zu Paaren getrieben hätten; und so ließ er denn ein Heer ausrüsten, das einer von des würdigen Stilky's Brüdern anführte, der übrigens kein ganz schlimmer Mensch war.

Anfangs schrieben die Officier von der Armee, sie hofften bald wieder nach Gondar zu kommen, die Rebellen wären nur zusammengelaufner, buntscheckiger Pöbel, ohne Disciplin und Waffen-Uebung; man hätte kaum Ehre davon, gegen solches Pack zu streiten; sie liefen in die Wälder, so bald sich nur ein tapfrer Abyssinier sehen ließe.

Ganz anders lauteten die Briefe im folgenden Jahre. Da bekamen die tapfern Abyssinier, wo sie sich zeigten, von jenem so genannten Pack derbe Schläge; ganze Corps wurden gefangen genommen, und da verwandelte sich dann des Negus Verachtung in bittern Grimm, vermischt vielleicht mit einer kleinen Ahndung, daß der Geist des Aufruhrs wohl über die Grenze nach Abyssinien herein schleichen könnte. In der That hatte es auch dazu allen Anschein; kühne Unternehmungen, besonders wenn sie vom Schicksale begünstigt werden, erwecken immer Bewundrung; man sprach jetzt, in Gondar selbst, laut, mit Interesse und Wärme, zum Lobe der Tapferkeit jener braven Nubier, die mit kleinen Haufen ungeübter Leute ganze Armeen erfahrner Krieger in die Flucht schlügen. Es fanden sich Dichter, die dreist genug waren, diese Thaten zu besingen; man las mit Eifer die neuen Zeitungen von daher, und murrte unter der Hand darüber, daß der Negus, mit Aufopferung so vieler wackern Abyssinier, sich in Händel mischte, die ihn nichts angingen.

Ich merkte in Adova, wo ich dieß alles in der Entfernung beobachtete, daß meinen Deutschen Gelehrten, besonders den republicanisch gesinnten Pädagogen, die Finger juckten, etwas Kühnes über diesen Gegenstand schreiben zu können; allein ich suchte dieß zu verhindern, zeigte ihnen die Unzweckmäßigkeit und Gefahr eines solchen Unternehmens. »Man muß«, sagte ich, »der wohlthätigen Hand der Zeit die Sorge überlassen, dergleichen Revolutionen zur Reife zu bringen; vielleicht kömmt der Augenblick, wo Sie, wenn das Feuer auch hier ausgebrochen ist, ihre schriftstellerische Talente auf eine würdigere Art anwenden können, zur allgemeinen Ruhe etwas beyzutragen und mit philosophischem Geiste Volk und Monarchen über ihre gegenseitigen Pflichten aufzuklären. Und denken sie denn nicht daran, welcher Gefahr Sie sich selber, den edeln Prinzen, und uns Alle aussetzen würden, wenn der Negus glauben müßte, daß, von Adova aus, der Geist des Aufruhrs, vielleicht aus Privatrache von mir und meinem Vetter angereitzt, in Abyssinien erweckt würde?« — Meine Vorstellungen bewirkten, was ich gehofft hatte, und nirgends vielleicht im ganzen Reiche wurde mit so viel Mäßigung und Nüchternheit von diesen Angelegenheiten geredet, als grade da, wo ein kleiner Haufen von Menschen lebte, die sich nicht wenig über den Monarchen zu beklagen hatten, und deren Einfluß nicht geringe gewesen seyn würde, wenn sie ihn hätten anwenden wollen.

Bald nachher erschienen von Seiten des Hofs die strengsten Verordnungen, über den Aufruhr in Nubien nicht zu reden, nebst einem Verbothe aller Schriften, welche davon handelten und aller ausländischen Zeitungen. — Wie wenig diese Befehle fruchteten, das wird man leicht begreifen; man sah nun, daß sich der Negus fürchtete, und das verschlimmerte das Uebel.

Das nächste Frühjahr kam heran, und es sollte eine große Recruten-Ausnahme für die Armee in Nubien vorgenommen werden; aber da weigerten sich, als sey deßwegen eine allgemeine Verabredung getroffen worden, die sämmtlichen Dorfschaften, ihre junge Mannschaft auf die Schlachtbank zu schicken. Man ließ Regimenter gegen die widerspenstigen Bauern anrücken — aber die Soldaten wurden zurück geschlagen.

In dieser Noth rief man das ziemlich geschmolzene Heer aus Nubien zurück. Es kam; aber Anführer und gemeine Soldaten hatten dort Freyheit und Menschenwürde respectiren gelernt; alle weigerten sich einstimmig, gegen ihre Mitbürger die Waffen zu führen; und der armselige Negus stand, nebst dem Haufen seiner Lieblinge, in vernichteter Majestät, verlassen da.

Nun wollte er anfangen, mit dem Volke zu capituliren; allein es war zu spät; die Partey war jetzt zu ungleich. Ein zahlreiches Heer hatte sich unter Anführung eines vom Könige übel behandelten, zurück gesetzten und beschimpften alten Generals zusammen gezogen, wurde täglich durch neuen Zulauf verstärkt, und rückte schnell gegen Gondar an.

Was war zu thun? Se. Majestät lagen damahls an einer Entkräftung krank, die Sie sich durch allerhöchstdero viehische Ausschweifungen zugezogen hatten; Schreck und Aergerniß vermehrten das Uebel; und doch mußte eilig ein Entschluß gefaßt werden. Der Haufen der Hofschranzen selbst fing nun an, da die Altäre der Götzen wankten, dem Negus und seinem Kebsweibe nicht mehr mit jener sclavischen Ehrerbiethung zu begegnen; sie wären gern Alle davon gelaufen, wenn sie nicht geahndet hätten, daß sie bey der Armee mit dem Staubbesen würden empfangen werden.

In diesen Augenblicken von Verzweiflung hatte mein Herr Vetter, der Exminister, den Triumph, einen Courier vom Könige in Adova ankommen zu sehen, welcher ihm einen Brief von dem Monarchen brachte, der ihn in den herablassensten Ausdrücken bat, alles Vergangne zu vergessen, und ihn beschwor, sich sogleich zum Kriegsheere zu begeben und alles anzuwenden, das unruhige Volk zufrieden zu stellen, indem er die Bedingungen gänzlich seiner Klugheit und Großmuth überließ. Der König selbst hatte sich indeß nebst seinem Hofstaate nach einer Festung führen lassen, wo er wenigstens vor den kleinen wilden Haufen, die jetzt ohne Zucht und Ordnung durch das ganze Reich rennten, sicher seyn konnte.

Mein Vetter genoß diesen Triumph, wie es einem verständigen und redlichen Manne zukömmt; er vergaß den alten Groll und begab sich, begleitet von meiner Wenigkeit, unverzüglich in das Lager der Insurgenten.

Allein die Zeiten, Vergleichs-Vorschläge anzunehmen, waren vorbey. Wir wendeten unsre ganze Beredsamkeit vergebens an; die Nation drang auf gänzliche Abschaffung der monarchischen Regierung, auf Vernichtung des Adels, auf Abdankung des stehenden Heers, auf Auslieferung der Volks-Unterdrücker, um sie gebührend zu bestrafen, verlangte endlich, daß der Negus selbst den Thron verlassen und in den Stand eines Privatmannes zurück treten sollte.

Das waren nun harte Bedingungen; weil wir aber keine Hoffnung vor uns sahen, dieß National-Urtheil zu mildern, so wollten wir wenigstens den unglücklichen König nicht verlassen. Der jüngre Prinz war großmüthig genug, seines Bruders Schicksal mit ihm theilen zu wollen; und so zogen wir denn, der gute Prinz, sein vortrefflicher Lehrer, mein Herr Vetter und ich, im Frühjahre 1787 zu dem Negus in die kleine Festung, um dort den Ausgang der Sache zu erwarten.

Als wir dahin kamen, fanden wir seinen Gesundheits-Zustand so sehr verschlimmert, daß wir bald sahen, er würde den Schimpf, welcher ihm bevorstand, nicht erleben. Wirklich starb er wenig Tage nachher, wie solche unbedeutende Menschen zu sterben pflegen, und wir ließen ihn in der Stille begraben.

Jetzt harrte freylich der Buhlerinn und des ganzen Anhangs ein sehr trauriges Looß. Der Pöbel, welcher bey solchen Revolutionen sich nie in den Schranken der Gerechtigkeit und Mäßigung hält, hatte schon in Städten und Dörfern alle diejenigen auf die grausamste Weise ermordet, welche er für Creaturen des Hofs hielt; was für ein Schicksal die Haupt-Gegenstände des allgemeinen Hasses zu erwarten hatten, das ließ sich leicht voraus sehen. Wir wollten doch gern, so viel an uns lag, allem fernern Blutvergießen steuren; und so sorgten wir dafür, daß dieser ganze Haufen in der Nacht verkleidet die Festung verließ, und durch unbekannte Wege in das Königreich Congo flüchtete; da wir dann weiter nichts mehr von diesen unwürdigen Menschen gehört haben.

Sechzehntes Kapitel.

Erste Anstalten, zu Gründung einer neuen Regierungsform. National-Versammlung.

Als die Nachricht von des Negus Tode und der Entweichung seiner Lieblinge im Lande bekannt wurde, war die Volks-Armee nur noch wenig Meilen von der Festung entfernt, in welcher wir uns mit dem Prinzen befanden. Eine unbeschreibliche Freude bemeisterte sich der Gemüther; allein zugleich schien auch der Pöbel zu glauben, mit der Vernichtung der Tyranney sey aller Zwang der Gesetze aufgehoben. Allgemeine Unordnung herrschte, besonders auf dem platten Lande; der Stärkere griff zu, um seine Habsucht, schlug zu, um seine Rachsucht zu befriedigen. Gewaltthätigkeiten aller Art und Sittenlosigkeit nahmen die Oberhand; es war Zeit schleunige Mittel zu wählen, um diesem Unwesen Einhalt zu thun; allein wer sollte hierzu Anstalt treffen, da kein Oberhaupt an der Spitze stand, und die Menschen besserer Art selbst unter sich uneinig waren, welche Gattung von Regierungsform sie künftig wählen und gründen sollten? Das Abyssinische Reich ist groß; wie in den entfernten Provinzen die Gemüther gestimmt waren, und ob dort das gebilligt werden würde, was man nun in Gondar vornahm, das konnte man nicht wissen. Hier, wo man die liebenswürdigen Eigenschaften des jüngern Prinzen kannte, schien der größte Theil des Volks geneigt, diesem die Regierung zu übertragen; mißtrauischere, vorsichtigere und sehr republicanisch gesinnte Leute hingegen wollten dieß theils nur unter gewissen Einschränkungen zugeben, theils durchaus nichts von Herrschaft eines Einzigen hören. Indessen war die Armee groß, und es ließ sich voraus setzen, daß, wenn diese sich einstimmig für ein System erklären würde, es nicht schwer halten könnte, dasselbe durchzusetzen.

In dieser Lage baten wir alle inständigst den Prinzen, sich an die Spitze des Heers zu stellen, davon der größte Theil ihm schon ergeben war, und wovon er den Rest leicht durch seine Leutseligkeit und edle Beredsamkeit gewinnen würde; allein er wollte sich durchaus nicht dazu entschließen, bis endlich die Generale zu ihm gekommen waren, und ihn im Nahmen aller Corps angefleht hatten, sie nicht zu verlassen, sondern durch seine Gegenwart den Gewaltthätigkeiten im Lande zu steuren und Ruhe und Ordnung wieder herzustellen. Da machte sich denn der Prinz, begleitet von seinem ehrwürdigen Mentor und uns Andern, auf, und begab sich in das Lager, woselbst er mit lautem Jauchzen empfangen wurde.

So bald wir bey der Armee angekommen waren, ließ der Prinz allen Truppen ankündigen, daß er ihnen etwas vorzutragen hätte, weßwegen er sie ersuchte, von jedem Regimente, oder (da das Heer zum Theil nur aus zusammengelaufenen Haufen bestand) je aus tausend Mann, zwey auszuwählen, die man ihm als Abgeordnete schicken möchte, damit er diesen seine Absichten und Plane eröffnen könnte. Dieß geschahe mit aller Ordnung und Bereitwilligkeit, worauf er denn den Deputirten eine Rede hielt, die, so wenig sie studiert war, für ein Meisterstück männlicher, einfacher und erhabner Beredsamkeit gelten konnte. — Ich will nur etwas von dem Haupt-Inhalte derselben hier herschreiben; es hieß darin, ihn blende nicht der Glanz der Krone; er habe gelernt die Süßigkeit eines den Wissenschaften und der nützlichen Thätigkeit in kleinern Kreisen gewidmeten Lebens zu schmecken. Er habe oft gefühlt, und fühle noch, wie schwer es sey, sich selber, ohne den Rath eines weisen Freundes, zu regieren — welche Thorheit also, Millionen Menschen, nach den Einsichten seines eignen beschränkten Kopfs und nach den Gefühlen seines leicht irre zu führenden Herzens lenken, und, ohne fremden Beyrath, unumschränkt beherrschen zu wollen! — Ihm sey daher schon der Gedanke einer willkührlichen Alleinherrschaft unerträglich. Nur nach bestimmten, mit reifer Ueberlegung verfaßten Gesetzen müßten vernünftige Wesen ihre Handlungen einrichten, nicht nach den Winken eines Einzigen unter ihnen. Indessen sey jetzt ein so stürmischer Zeitpunct, wo es nicht möglich sey, über Gründung dieser Gesetze sogleich einig zu werden. Er wollte also, *doch nur auf Ein Jahr*, das Ruder des Staats in seine Hände nehmen, nicht als sein Eigenthum, sondern als ein ihm anvertrautes Pfand, bis er es würdigern Händen übergeben könne. Es sey hier nöthig, rasche, entschlossene Schritte zu thun, um der Anarchie zu steuern und Anstalt zu einer festen Constitution zu machen. Wenn die Abgeordneten der Armee dieß billigten; so sollten diese dann sogleich sich an die Spitze einzelner Corps stellen, mit diesen in alle Provinzen des Reichs marschieren und dort mit vollem Ernst einer militärischen Strenge die Ordnung und Ruhe herstellen. Sie sollten hierauf Sorge tragen, daß jedes Dorf und jede Stadt Einen, oder, nach Verhältniß der Größe, mehr Deputirte, zu welchem die Gemeinen oder Kirchspiele das größte Zutrauen hätten, ohne allen Unterschied der Stände, wählten; solche Deputirten aus allen den Oertern, welche zu einem Amte gehörten, sollten wiederum unter sich zwey Männer auszeichnen, zu deren Vortheil sich das Urtheil der mehrsten unter ihnen vereinigte; mehrere Aemter, aus welchen eine Provinz bestehe, sollten nach eben diesem Maßstabe verfahren; und so würde denn aus zwölf Provinzen eine Anzahl von vier und zwanzig Menschen zusammen kommen — grade nicht zu viel, um wichtige Gegerstände mit Ordnung und Ruhe verhandeln zu können, und nicht zu wenig, um doch die Verschiedenheit der Meinungen und Einsichten zu nützen! Diese vier und zwanzig Personen sollten sich in Gondar versammeln, und ein National-Collegium ausmachen, dessen Präsident er, der Prinz, vorerst zu seyn, sich verbindlich mache. Der Zweck dieser Versammlung müßte seyn, eine auf bestimmte Gesetze gegründete

Staats-Verfassung zu Stande zu bringen. Einen Plan hierzu hätte der Prinz, unter Anführung seines weisen Lehrers, schon seit einigen Jahren fertig liegen gehabt — nicht in der stolzen Absicht, je der Gesetzgeber seines Volks zu werden; sondern um seine Gedanken über Gegenstände zu berichtigen, die der ganzen Menschheit so wichtig wären, und weil er, bey der fürchterlichen Regierungs-Verfassung der letztern Zeiten, voraus gesehen hätte, daß er vielleicht einst seinen lieben Mitbürgern durch guten Rath nützlich werden könnte. Diesen Plan nun sollte die National-Versammlung durchgehen, prüfen, die einzelnen Theile desselben ausarbeiten und dann ihre Gedanken darüber ihren Committenten mittheilen. Dort würden diese Gesetze abermahls geprüft, berichtigt und noch weiter hinunter an die größern Ausschüsse geschickt und endlich jedem Einzelnen vorgelegt; durch eben diesen Weg kämen sie wieder, verbessert oder bestätigt, bis an die Quelle, an den National-Congreß zurück, welcher die Resultate davon, nach der Mehrheit der Stimmen, als Grundgesetz niederschriebe. Auf diese Weise würde die neue Constitution durch die Mehrheit der Stimmen aller Hausväter, aus allen Ständen, im ganzen Reiche gegründet werden, und nach Jahres Frist könne alles in Ordnung seyn. Bis dahin wolle er, der Prinz, obgleich sehr gegen seine Neigung, sich als den König des Landes betrachten, weil das National-Collegium nicht Zeit haben würde, neben der Gesetzgebung, sich noch mit Regierungs-Angelegenheiten zu befassen. Er wolle dafür sorgen, daß die Geschäfte einen ordentlichen Gang gingen, nach der Weise, wie es unter seines Vaters Regierung gewesen sey. Man möge nur nicht den Einwurf machen, ein Jahr sey nicht hinreichend ein so großes Werk zu Stande zu bringen; sobald man über Grundsätze einig geworden wäre (und das hoffte er bald zu bewirken), würde die weitre Ausarbeitung nicht viel Zeit wegnehmen; denn die Menge der Gesetze mache ein Land nicht glücklich, sondern ihre Einfalt, Bestimmtheit und pünctliche Befolgung. Auch dürfe man nicht einwenden, daß die Prüfung und Beystimmung aller, auch der weniger cultivirten Stände, weder nützlich, noch erforderlich zu diesem Geschäfte wären. Jeder volljährige Mensch sey cultivirt genug, um über das zu urtheilen, was er thun oder lassen müsse, oder vielmehr, es sey ungerecht, verlangen zu wollen, daß ein Mann etwas leisten oder unterlassen sollte, wenn man ihm nicht ein Mahl so viel Verstand zutrauete, einzusehen, warum man dieß von ihm forderte. Menschen im Staate seyen ja keine Kinder, welche im Blinden zu leiten und gegen ihren Willen ihre Handlungen zu lenken, andre gewisse Menschen, und noch obendrein die wenigsten an Menge, das Privilegium haben könnten. Wenn also der mögliche Fall angenommen werden könnte, daß die größere Anzahl der Bürger in einem Staate Thoren wären; so würde es sehr viel natürlicher seyn, dort, mit Einwilligung Aller, thörichte Gesetze zu geben, als einigen Klügern, oder sich klüger dünkenden zu gestatten, jenen mit Gewalt ihre Weisheit aufzudringen.

Diese Vorschläge fanden allgemeinen Beyfall, wurden niedergeschrieben und von den sämmtlichen Deputirten der Armee, welche mit ihren Corps in alle Gegenden des Reichs zogen, im Lande bekannt gemacht. Hierauf schritt man sogleich zu den Wahlen und binnen wenig Wochen waren die vier und zwanzig National-Deputirten in Gondar versammelt. Der Prinz aber übernahm, unter dem Titel eines Regenten, die Interims-Regierung, schaffte vorerst die drückendsten Mißbräuche ab, machte aber übrigens keine wichtige eigenmächtige Veränderungen.

Da ich hoffe, daß es den Lesern nicht unangenehm seyn wird, wenn ich Sie mit seinen Regierungs-Begriffen bekannt mache; so will ich in den folgenden Kapiteln den ganzen Plan, welchen er der ehrwürdigen Versammlung von Deputirten aus allen Ständen vorlegte, stückweise abschreiben.

Siebenzehntes Kapitel.

Entwurf der neuen Staats-Verfassung. Richtige allgemeine Begriffe von bürgerlicher Freyheit und Gesetzgebung.

Der Mensch in dieser Welt sucht Glückseligkeit, sucht sie vorzüglich, wenn er mit andern Menschen in Verbindung tritt; allein fühlt er sich hülflos und unbehaglich; um die Summe seiner Glückseligkeit zu vermehren, schließt er sich an seines Gleichen an.

Glückseligkeit ist Lebens-Genuß, und um des Lebens genießen zu können, muß man frey seyn. Lebt man aber in Verbindung mit andern Menschen, so kann nicht jeder Einzelne verlangen, Alles zu genießen; er muß auch den Uebrigen erlauben, ihren Antheil Genuß von den allgemeinen Lebens-Gütern und Vortheilen zu schmecken; er muß also seiner Freyheit gewisse Grenzen setzen; doch nur solche Grenzen, in welchen er, mit der allgemeinen Glückseligkeit, seine eigne, durch einzelne Aufopferungen befördert; denn sind die Grenzen der Freyheit zu enge gezogen, die Aufopferungen zu groß, so fühlt sich der Mensch in Verbindung unglücklicher, als im isolirten Zustande; und so fällt also die Ursache weg, weßwegen er sich an Andre angeschlossen hat. Jedermann wünscht daher, auch als Staatsbürger, noch immer so viel von der natürlichen Freyheit zu behalten, als mit der Wohlfarth des Ganzen bestehen kann. Es kömmt desfalls darauf an, *richtige Begriffe von der bürgerlichen Freyheit* fest zu setzen, damit wir, die wir das Joch der Tyranney abgeschüttelt haben, um freye Bürger zu werden, uns unter einander verstehen und wissen mögen, was wir suchen und was wir erlangen können.

Die Systeme des Natur- und Völkerrechts, die bey den Europäischen Nationen im Gange sind, und die ich studiert habe, finde ich voll verdrehter, conventioneller Ideen, die nichts weniger als aus der Natur entlehnt, nicht von der nüchternen, vorurtheilsfreyen Vernunft eingegeben sind; ich finde künstliche, ja! sogar religiose Begriffe mit eingemischt, die gar nicht dahin gehören, wovon der Mensch im Stande der Natur nichts wissen kann.

Die Freyheit des Menschen, im natürlichen, rohen, wilden Zustande, besteht darin, daß jeder Einzelne alle seine Handlungen willkührlich einrichten, thun darf, was ihm beliebt und wozu er Kräfte hat, und nehmen, was ihn gelüstet und was er bekommen kann.

Der Mensch im geselligen Zustande unterläßt manche willkührliche Handlung, versagt sich manchen Besitz und Genuß, um Andern dergleichen zu überlassen, in der Absicht, daß diese ein Gleiches in Rücksicht seiner thun werden, oder er gibt etwas hin, um wieder zu erhalten, und desto sichrer das Uebrige zu besitzen; allein diese Aufopferungen sind willkührlich, sind das Werk wohlwollender Empfindungen, oder Speculation des Eigennutzes.

Die Menschen im bürgerlichen Leben bringen diese Regeln der Geselligkeit und gegenseitigen Aufopferung in gewisse Systeme, setzen, mit Uebereinstimmung Aller, Vorschriften darüber fest, die man Gesetze nennt, nach welchen dann jeder handeln muß, zu deren Befolgung man jeden zwingen kann, der im Staate geduldet seyn will. Nun fallen alle willkührliche Handlungen weg, weil keine Handlung erdacht werden mag, die nicht Einfluß auf die Wohlfarth des Ganzen haben könnte. Wollte man, wie es von vielen geschieht, gewisse Handlungen davon ausnehmen und diese der freyen Willkühr der Einzelnen überlassen, so würden sich bald Ursachen und Vorwände für jede Handlung finden. Dieß nun, nähmlich daß jede Handlung des Bürgers vom Staate eingeschränkt werden darf, ein Gegenstand der

Gesetzgebung werden kann, klingt sehr despotisch; doch wird das wegfallen, wenn ich mich deutlicher erkläre. Despotismus besteht in der Befugniß, die Einem oder Mehrern verstattet, von Einem oder Mehrern genommen wird, Andern willkührlich vorzuschreiben, was sie in einzelnen Fällen thun oder unterlassen sollen; die Gewalt einer vernünftigen Staats-Verfassung hingegen beruht auf der Befugniß des ganzen Corps der Bürger, unter sich, durch Mehrheit der Stimmen, Regeln fest zu setzen, nach welchen jeder einzelne Bürger seine Handlungen einrichten soll, so lange er im Lande leben will, und in der Befugniß der Vorsteher des Staats, mit aller Strenge auf Befolgung dieser Regeln oder Gesetze zu dringen und zu halten.

Nach diesen allgemeinen Begriffen bestimme ich folgende besondere Sätze:

1) Alle Handlungen eines Bürgers im Staate können ein Gegenstand der Gesetzgebung seyn, weil sie alle Einfluß auf das Ganze haben können; eine andre Frage aber ist, ob es gut sey, über alle Handlungen Vorschriften zu geben? Es ist also keinem Zweifel unterworfen, daß der Staat sich zum Beyspiel in das Erziehungswesen mischen und darüber Gesetze geben dürfe, weil es ihm nicht einerley seyn kann, was für Bürger ihm die folgende Generation liefert; allein es ist noch nicht ausgemacht, ob es zweckmäßig und vortheilhaft sey, oder nicht, sich in das Geschäft der Privat-Erziehung zu mischen. Ganz gleichgültige Handlungen einzuschränken, wäre nun vollends Thorheit.

2) Neue Gesetze aber, welche die Freyheit gewisser Handlungen einschränken, können nur mit Wissen und Willen aller erwachsenen Bürger im Staate gegeben werden.

3) Da nicht zu erwarten steht, daß Tausende leicht einerley Meinung seyn werden; so muß, bey einer solchen Gesetzgebung, die Mehrheit der Stimmen entscheiden. Die weiseste Meinung ist nun aber freylich nicht immer die Meinung des größern Haufens; allein jeder kann sich für den Weisesten halten; und wer darf dann entscheiden? Es bleibt daher kein anderes Mittel übrig, als die Meinung der mehrsten für die

beste Meinung zu halten; und am Ende muß es ja auch von dem größten Haufen abhängen, unweise Gesetze zu geben, wenn er nun ein Mahl keine andre haben will, weil der größere Haufen der stärkste Theil ist, und das Recht der Stärkern in der ganzen Natur die Oberhand hat.

4) Es muß jedermann erlaubt seyn, wenn ihm diese Gesetze nicht gefallen, das Land zu verlassen, in welchem man gezwungen wird, nach denselben zu handeln. Ein Gesetz also, welches den Bürgern im Staate das Auswandern verbiethet, ist ein tyrannisches Gesetz; denn die bürgerliche Einrichtung soll eine Wohlthat für einzelne Menschen seyn, und man darf niemand zwingen, wider seinen Willen Wohlthaten anzunehmen.

5) Durch das Recht des Stärkern, folglich auch durch Vereinigung der größern Anzahl gegen die kleinere, folglich auch durch Entscheidung der Mehrheit der Stimmen, könnten ungerechte Befehle gegeben werden; die bloße Freyheit aber, sich diesen Ungerechtigkeiten durch Auswanderung aus dem Lande zu entziehen, scheint manchen guten und nützlichen Bürger in die Verlegenheit stürzen zu können, des Eigensinns vieler schiefen Köpfe wegen, mit seinem gradern Kopfe, das Land zu verlassen und die Früchte seines Fleisses darin mit dem Rücken anzusehen, ein Land, in welchem er manche andre Gemächlichkeit fand und auf vielfache Weise Gutes stiften konnte. Um auch diesen Nachtheil vom Staate abzuwälzen, muß man jedem erlauben, die Gemüther der größern Anzahl zum Vortheile seiner Meinung zu lenken. Da doch am Ende alles auf dem Recht des Stärkern beruht, so darf man auch niemand die Mittel benehmen, durch *Stärke des Geistes*, durch die Uebermacht, welche höhere Verstandeskräfte gewähren, der andern Macht das Gleichgewicht zu halten. Es muß daher jedem unverwehrt bleiben, frey über zu machende und zu verändernde Gesetze seine Meinung zu sagen und zu schreiben, und alle Künste der Ueberredung und jedes andre Mittel anzuwenden, um den großen Haufen, welcher entscheidet, auf seine Seite zu bringen. Wendete er unedle Mittel an, und ließen

seine Mitbürger sich durch unedle oder sophistische Gründe lenken, so wäre das ein Zeichen, daß die mehrsten dieser Leute schlechte, unvernünftige Menschen wären; und da würde dann erfolgen, was sie verdienten und der Ordnung der Dinge angemessen ist — sie würden eine schlechte Staats-Verfassung bekommen. Dieß wird aber schwerlich je der Fall seyn, und wenn man nur zwanglos der Ordnung der Natur den freyen Lauf läßt, so wird auf die Länge immer die Sache der gesunden Vernunft die Oberhand behalten.

6) Ist ein Gesetz ein Mahl gegründet, so muß freylich die heranwachsende Generation sich demselben unterwerfen, obgleich sie nicht ihre Stimme dazu gegeben hat; denn sie hat ja keinen neuen Staat zu errichten, sondern der Staat ist schon gegründet, in welchem zu leben die Neuhinzukommenden entweder die Freyheit behalten, und sich dann den Vorschriften unterwerfen müssen, oder aber auswandern mögen. Allein auch dieß könnte zu einer Art von Ungerechtigkeit werden; nach Verlauf eines Jahrhunderts lebt ja keiner von den Gesetzgebern mehr; auch verändern sich die Zeiten und Umstände; da ist es dann unbillig, daß Menschen ihren freyen Willen nach Vorschriften einschränken sollen, die in alten Zeiten Personen gegeben haben, welche gar keine Gewalt über die Handlungen solcher Menschen haben konnten, die damahls noch nicht existirten. Um auch diesen abzuhelfen, muß jedem Bürger im Staate frey stehen, nicht nur über zu gebende Verordnungen ungestört seine Meinungen zu sagen und sie auf alle Art gelten zu machen, sondern diese Freyheit muß sich auch auf sein Urtheil über schon existirende Gesetze und Einrichtungen erstrecken, die er abgeschafft zu sehen wünscht. — *Frey und ungehindert muß also jeder Bürger über Regierung und Staatsverwaltung reden und schreiben dürfen.*

7) Da der Ton des Zeitalters, da Lebensart und Sitten, Verhältnisse der Einwohner gegen einander und gegen Fremde, das Land selbst, kurz! alles, in einem Zeitraume von einem Menschenleben sich verändert, so werden manche heute gegebene Gesetze, nach funfzig Jahren unnütz und zwecklos

seyn. Es ist daher der Klugheit gemäß, daß die Volks-Versammlung, nach Ablauf einer gewissen, zu bestimmenden Zeit, die sämmtlichen Landesverordnungen auf's neue durchgehe, untersuche, Einwendungen dagegen und nützliche Vorschläge zu Abänderungen und Neuerungen, von jedem Bürger im Staate sich vorlegen lasse, und darnach ein neues Gesetzbuch verfertige.

8) So gewiß jede Handlung eines Bürgers durch Gesetze bestimmt oder eingeschränkt werden darf, wie ich das schon bewiesen habe, so sehr befördert es die allgemeine und die Privat-Glückseligkeit, daß man bey der Gesetzgebung darauf Rücksicht nehme, *so wenig als möglich* die natürliche Freyheit einzuschränken, sich unter einander keinen unnützen, oder gar schädlich werdenden Zwang aufzulegen. Es werden daher bey unsrer Legislation eine Menge kleiner Verordnungen wegfallen, die bey andern Völkern ganze Bände füllen.

9) Da die Gewalt der Gesetzgebung sich nur auf *Handlungen* erstreckt, so können *Gedanken* und *Meinungen* gar nicht, offenbare *Absichten* sehr selten ein Gegenstand derselben seyn.

10) Was der Mensch besaß, ehe er in die bürgerliche Verbindung trat, was er ohne sie besitzen kann, was er ihr nicht zu verdanken, von ihr nicht zu erwarten hat, wovon sie ihm den Besitz nicht zuzusichern vermag, endlich was er ihr nicht aufopfern kann, weil er selbst nicht Herr darüber ist; das darf eben so wenig ein Gegenstand der Gesetzgebung werden.

11) Weil es jedermann erlaubt seyn muß, auch über die wichtigsten Dinge frey und offenherzig seine Meinung zu sagen, und nur Handlungen der Gegenstand der Gesetzgebung sind, so dürfen also gesprochene und geschriebne Worte, von welcher Art sie auch seyn mögen, nie durch Gesetze eingeschränkt werden.

12) Da auf diese Weise der Staat den Bürgern Gelegenheit gibt, öffentlich alles Gute zu thun und zu reden, zum Besten des Ganzen und zu ihrer eignen Wohlfarth alle redliche

Mittel anzuwenden, sie auch gegen Beeinträchtigung dieser Freyheit kräftig schützt; so darf er dagegen desto strenger jede geheime Machination, jede versteckte Meuterey, jede im Finstern schleichende Wirksamkeit einzelner und verbundner Menschen, jede anonyme Verunglimpfung, Schmähung und Anklage, verdächtig finden und ahnden; denn da, wo man der Vernunft der Ausbreitung nützlicher Kenntnisse und der Ausführung nützlicher Zwecke keinen Zwang auflegt, da kann es keine erlaubte geheime Künste und keine redliche geheime Plane geben. — So viel von der bürgerlichen Freyheit und den Grenzen der gesetzgebenden Macht im Allgemeinen!

Achtzehntes Kapitel.

Fortsetzung. Staatsbediente und Vorsteher; Aemter; Stände.

Ich sehe voraus, daß, bey den besondern Vorschlägen, die ich nun zu Errichtung einer neuen Staatsverfassung wagen will, von allen Seiten der Einwurf mir entgegen gestellt werden wird, solche gegen alle bisher herrschend gewesene Ideen streitende Einrichtungen ließen sich, ohne gänzlichen Umsturz der ganzen Verfassung und ohne unabsehliche Verwirrung, nicht einführen. — Ich will dieß zugeben; allein meine Absicht ist auch nur, meinen Mitbürgern das Ideal einer vollkommnen Verfassung, wie ich sie mir denke, hinzustellen. Betrachten Sie dieß Ideal genau, untersuchen Sie, ob es ganz oder zum Theil zu erreichen ist! und wenn Sie dann auch nur einige meiner Vorschläge nützlich und anwendbar finden, so werde ich meine Mühe nicht verloren zu haben glauben. Allein ich muß Sie zugleich ermuntern, sich nicht durch Vorliebe für das Alte, nicht durch Privat-Eigennutz, noch durch Schwierigkeiten abschrecken zu lassen, das wahrhaftig Gute, dem Ganzen Nützliche, mit Hinwegwerfung alles dessen, was auch durch verjährte Vorurtheile gleichsam geheiligt scheint, mit Wärme und unverdrossen zu ergreifen. Ist man ein Mahl von der Güte eines neuen Systems und von der Mangelhaftigkeit des bisherigen überzeugt, so ist es besser, das alte mit Stumpf und Stiel auszurotten, als ewig zu flicken und nie ein vollkommnes Ganzes zu Stande zu bringen. Was helfen Palliativ-Curen, wenn man voraus sieht, daß, früh oder spät, ohne gewaltsamen Schnitt, der Tod unvermeidlich ist? — Rücken wir der Sache näher!

Ohne Haupt-Triebfeder kann keine Maschine bestehen, ohne Oberhaupt keine Gesellschaft Bestand haben; es muß also das Ruder des Staats gewissen Händen anvertrauet werden; nur muß dafür gesorgt seyn, daß der Mechanismus des Ganzen so geordnet sey, daß die dirigirende Kraft darin dem Gange keine willkührliche Richtung geben, nichts mehr thun könne, als grade was eine Feder in einem Uhrwerke bewirkt, nähmlich, alle übrigen, nach gewissen Regeln fortlaufenden Räder und Walzen die erste Bewegung zu geben. Je einfacher dieß erste Ressort ist, desto weniger Verwirrung wird zu besorgen seyn; nach dieser Analogie halte ich es für besser, daß Eine, als daß mehrere Personen die mechanischen Bewegungen des Staats-Cörpers dirigiren. — Ich rathe Euch also Einen Mann — nennt ihn König, oder wie Ihr wollt! — zu wählen, der für Ausübung Eurer Gesetze und Aufrechthaltung Eurer Einrichtungen sorge. Man weiß dann, an wen man sich zu halten hat, und Er fühlt, daß Ehre und Schande und Verantwortung auf ihn allein fällt, statt daß da, wo Mehrere die Hände am Ruder haben, Verschiedenheiten in den Characteren, Zwist, Mißverständnisse, die Einheit des Ganzen stören, die Geschäfte aufhalten und, indem Einer die Schuld auf den Andern schiebt, die Last dem Andern aufladet, nichts mit Eifer und Ordnung betrieben wird.

Unsern König müssen wir aus dem ganzen Volke wählen, und das ganze Volk muß ihn wählen, und zwar einen Mann, der schon der Nation bekannt ist, folglich einen unter den Statthaltern, von denen ich nachher reden werde. Er bekleidet seine Stelle, so wie alle übrige höhere Staats-Bediente, nur sechs Jahre lang, und tritt dann in den Privatstand zurück, wenn man ihn nicht etwa auf's Neue wählt. Während seiner Amtsführung kann niemand ihn zur Verantwortung ziehen; so bald seine Zeit verflossen ist, kann die National-Versammlung Rechenschaft von ihm fordern. Eine Art, aller mannbaren Bürger Stimmen zu sammeln, habe ich vorgeschlagen, als ich den Häuptern des Kriegsheers meinen ersten Entwurf zu Errichtung einer National-Versammlung vorlegte.

Der König hat, so lange seine Regierung dauert, unumschränkte Gewalt, die Gesetze der Nation mit aller vorgeschriebenen oder erlaubten Strenge, in Ausübung bringen zu lassen. Er wacht über die Ordnung im Ganzen; an ihn laufen die Berichte der Statthalter; bey eiligen, in den Gesetzen nicht bestimmten Fällen, befiehlt er vorerst, was geschehen soll; ist die Sache wichtig, betrifft sie zum Beyspiel Krieg und Frieden; so beruft er die National-Versammlung, oder erbittet sich schriftlich ihre Stimmen. Diese National-Versammlung kömmt ordentlich zwar nur alle sechs Jahre ein Mahl zusammen, weil dann die Mitglieder, woraus sie bestehen soll, aus allen Provinzen gewählt werden; allein diese sechs Jahre hindurch bleibt doch jeder von den National-Räthen in dem Verhältnisse, daß er bereit seyn muß, mit seiner Person oder seinem Gutachten sich einzustellen. In allen Fällen, die ein Mahl in den Landes-Gesetzen bestimmt sind, bedarf es weiter keiner Anfragen, der König darf darin nichts willkührlich thun, muß immer pünctlich auf Befolgung derselben halten, darf eigenmächtig keine Strafen verhängen, aber auch keine Strafen erlassen, noch mildern.

Im Kriege ist der König kein Heerführer, sondern bleibt, so wie alle Staatsbediente, im Lande. Die Generale werden von der National-Versammlung ernannt und mit Instructionen versehen.

Er ist verpflichtet, jeden Morgen drey Stunden lang jedermann, der ihn sprechen will, vor sich zu lassen, Klagen anzuhören, oder schriftliche Aufsätze darüber zu fordern, wenn das nöthig ist, und dann die Sachen den verschiednen Gerichtshöfen zur Besorgung zu übergeben. Sechs untergeordnete Staats-Räthe arbeiten unter seiner Anweisung in diesen Geschäften.

Mit ihm zugleich wird ein Vice-König erwählt, der aber nicht eher etwas mit Staats-Geschäften zu thun hat, als bis der wirkliche König krank, zur Arbeit unfähig wird, oder stirbt.

Die Residenz des Königs und des Staatsraths wird gleichfalls alle sechs Jahre, nach der Reihe, aus einer der zwölf Hauptstädte des Landes in die andre verlegt.

Des Königs Person ist nicht heiliger als die eines jeden andern nützlichen Bürgers; ihm wird keine Art von äußerer, sclavischer Verehrung bewiesen; er ist kein Gesalbter und kein Statthalter Gottes; er hat keine Leibwachen, keine ausgezeichnete Kleidung; seine Kinder und Verwandte sind Privat-Leute, wie wir Alle; er ist niemand in Gnaden gewogen, und niemand ist ihm unterthänig. Er erhält während der sechs Jahre seiner Amtsführung, da er nicht Muße übrig hat, durch Betreibung andrer Geschäfte seinen Unterhalt zu gewinnen, ein ansehnliches, doch nicht das Einkommen eines reichen Privatmannes überschreitendes Jahrgeld; allein der Staat besoldet ihm keine Hofschranzen, keine Müssiggänger, hält ihm keine Spielwerke. — Unser König soll ein weiser Mann seyn, und ein weiser Mann ist über Flitterstaat, unnütze Bedürfnisse und Thorheiten hinaus.

Der König kann keinen, auch den geringsten Diener des Staats nicht, weder ernennen, befördern, noch absetzen. Alle werden entweder von ihren Untergebenen, oder von ihres Gleichen gewählt, oder, besonders die, welche Besoldung erhalten, von dem Collegio ihrer Vorgesetzten ernannt. Zu allen diesen Aemtern aber die Subjecte, so wie überhaupt alles, was der König nöthig und nützlich findet, in Vorschlag zu bringen, das ist seine Pflicht; und seine Mitbürger werden gewiß gern, wenn sie können, auf seine Empfehlungen Rücksicht nehmen, da seine Geschäfte ihn in den Stand setzen, die Bedürfnisse des Landes und die Fähigkeiten einzelner Personen genauer kennen zu lernen.

Wundert Euch nicht, meine lieben Mitbürger! wenn ich meinem Könige so wenig willkührliche Macht einräume, ihn so gänzlich den Gesetzen und der Nation unterwerfe! Ihr habt es hier gesehen, welche schreckliche Dinge der Despotismus anstellen kann; und wenn Ihr überleget, wie groß der Reitz eines ehrgeitzigen Mannes ist, seine Gewalt über andre Menschen immer weiter auszudehnen; wenn Ihr einen

Blick in die Geschichte werfet und da leset, wie die Beherrscher der Völker in allen Zeitaltern stufenweise weiter gegriffen haben, von einer Gewaltthätigkeit zur andern fortgeschritten sind, bis zuletzt ganze Völker sich und Gottes Erdboden, den sie bebauet hatten, als das Eigenthum eines höchst elenden Menschen ansahen, der ihnen nach Belieben Gesetze gab, die er selbst nicht hielt, und, wenn er ein Mahl einen Ueberrest von Menschlichkeit und Pflicht-Erfüllung zeigte, dieß denen Leuten, welche ihn ernährten und beschützten, für überschwengliche Gnade und Huld verkaufte — wenn Ihr das alles überlegt; so denke ich, Ihr werdet die Nothwendigkeit einsehen, bey Gründung einer neuen Constitution, auch die entfernteste Möglichkeit, wiederum unter das Joch der Tyranney zu kommen, aus dem Wege zu räumen. Wem schaudert nicht die Haut, wenn er lieset, wie Philipp der zweyte von Spanien und sein Herzog von Alba mit der Existenz der Menschen gespielt haben; wie gegen Sclaverey unempfindlich gewordene Menschen den kleinen, verachtungswerthen Ludwig den Vierzehnten, der seiner niedrigen, kindischen Eitelkeit Millionen Leben und den Flor des Reichs aufopferte — *den Großen* nannten; wie das Oberhaupt eines Standes, der den Eid der Keuschheit schwören muß, der Chef einer Religionspartey, die Hurer und Ehebrecher zur Verdammung verurtheilt, wie der Pabst Alexander der Sechste seine anerkannten Bastarte zu Herzogen erhob, und in öffentlicher Unzucht und Blutschande lebte; wie endlich noch jetzt in allen Ländern Europens große und kleine Fürsten mit Verordnungen und Strafen Unfug treiben, und Todes-Urtheile über Verbrechen unterzeichnen, die sie und ihre Lieblinge täglich begehen! — Und diese Beyspiele sollten uns nicht die Augen öffnen? — Doch, lasset uns jetzt von den übrigen Staats-Bedienten reden!

So lange ein Mann Mitglied des Nationalraths, oder des höchsten Volks-Tribunals ist, kann er kein Amt im Staate bekleiden, denn er kann nicht zugleich Herr und Diener seyn.

Die Staatsräthe des Königs haben keine Stimme, sondern besorgen nur, unter seiner Anweisung, das Mechanische der

Geschäfte. Sie sind also eigentlich keine Staats-Bediente, obgleich die Nation sie besoldet; der König allein wählt sie sich, kann sie nach Willkühr annehmen und verabschieden, denn er allein hat mit ihnen zu arbeiten.

Das ganze Reich ist in zwölf Provinzen getheilt; jede Provinz hat eine große Stadt, die, wie ich schon gesagt habe, abwechselnd die Residenz des ganzen Reichs wird. In jeder dieser Städte wohnt ein Statthalter, der in seiner Provinz die Stelle bekleidet, welche der König im ganzen Reiche versieht, doch also daß er an den König berichten muß. Der Statthalter ist der Präsident des Provinzial-Tribunals, das, außer ihm, aus sechs Räthen besteht, und Justiz-, Finanz- und alle andre Angelegenheiten der Provinz dirigirt. Jeder Rath hat eine Stimme; der Statthalter nur dann, wenn die Meinungen getheilt sind. Der Statthalter und diese Räthe werden aus den Municipal-Magistraten und von denselben gewählt, und von der Nation besoldet. Weiter hinunter muß jeder Staats-Bediente sein Amt unentgeltlich verwalten. Nur die unbeträchtlichsten kleinen Stellen, wie zum Beyspiele die der Aufseher über Straßen und Dämme, Nachtwächter und so ferner sind mit Gehalt verknüpft. Alle wichtige Aemter werden nur sechs Jahre lang von denselben Personen bekleidet.

Außer der großen Provinzial-Stadt sind in jeder Provinz nur noch drey kleinere Landstädte und drey große und neun kleinere Dörfer. Es ist vorgeschrieben, aus wie viel Häusern und Familien höchstens diese Städte und Dörfer bestehen dürfen. Dieß ist nach der möglichst zu erwartenden Bevölkerung bestimmt. Nimmt irgendwo die Volks-Menge über diese Grenze hinaus zu, so wird den übrigen Familien in einer andern Gegend, wo die Anzahl noch nicht vollständig ist, ein Aufenthalt angewiesen.

In jeder der kleinern Städte ist ein Municipal-Magistrat, der aus einem Vorsteher und vier Beysitzern besteht; diese werden aus und von der Bürgerschaft gewählt.

Drey kleinere Dörfer stehen unter einem Beamten, der zwey Gehülfen hat, und mit diesen in dem größern Dorfe wohnt. Er und sie werden von den Landleuten gewählt. Es müssen aber Männer seyn, die in dem größern Dorfe ansässig sind.

Jedes kleinere Dorf hat einen Richter, den die Einwohner wählen.

Alle kleinere Stellen werden durch Wahlen in den Stadt-Quartiren und Dorf-Gemeinen alle drey Jahre besetzt. Berichte, Anfragen und Forderungen gehen von unten hinauf, doch also, daß die Dorf-Angelegenheiten durch die Beamten, die Stadt-Sachen durch die Magistrate an das Provinzal-Collegium gehen. Eben so laufen die Antworten und Bescheide von oben herunter. Was in den Gesetzen klar bestimmt ist, darüber wird nicht angefragt, sondern es wird kurz abgethan. Die letzte Instanz für jemand, der auf diesem Wege keine Befriedigung findet, ist der König, der, wenn die Sache wichtig ist, sie dem National-Collegio vorträgt.

Da die Regierungsgeschäfte auf diese Weise gar nicht verwickelt seyn werden, so bedarf es nicht für jeden Zweig derselben eines eignen Collegiums. Die Haupt-Regierung, die Provinzial-Directionen, die Stadt-Collegia und die Dorf-Obrigkeiten haben zugleich das Justiz-, Finanz-, Kriegs- und Policeywesen, kurz! alles zu besorgen.

Jeder Abyssinier in der Stadt und auf dem Lande ist verbunden, noch außer den Jahren, da er die Waffen tragen muß, wovon in der Folge geredet werden wird, wenigstens drey Jahre seines Lebens hindurch unentgeltlich ein kleineres bürgerliches Amt zu verwalten — gleichviel welches! Er muß es annehmen, wenn das Zutrauen seiner Mitbürger ihn dazu erwählt.

Alle Aemter, Stände und Gewerbe im Staate aber sehen wir für gleich wichtig und vornehm an. Das Wort Rang wird bey uns gänzlich unbekannt werden. Der Staat bedarf eben so nothwendig eines Nachtwächters, als eines Beamten, eben so nothwendig eines Schusters, als eines Gelehrten. Wer kann bestimmen, wie viel eignes Verdienst der Mann, und wie viel mehr oder weniger Nutzen das gemeine Wesen davon zieht, daß dieser Mann grade Talente zu dem und nicht zu jenem Geschäfte von der Natur erhalten, oder ausgebauet hat? Und welcher Mann verdient wohl mehr Achtung und Vorzug, der, welcher, mit besondrer Fertigkeit und mit unausgesetztem Fleisse, Jahr aus Jahr ein, Schwefelhölzer schnitzelt und davon seine Familie ernährt, oder der Bücherschreiber, der ein Mahl vortreffliche Dinge hat drukken lassen, die übrige Zeit seines Lebens aber gefaullenzt und, bey der Ungewißheit, ob er mit seiner Schriftstellerey wirklich etwas Gutes gestiftet, die Gelegenheit und Pflicht, unmittelbar seine Kräfte dem gemeinen Wesen zu widmen, verabsäumt hat? Vom Schuster kaufe ich Schuhe, weil er das Schuhmachen gelernt hat, vom Arzte eine Vorschrift für meine Gesundheit, weil er sich darauf versteht. Der Eine kann sich glücklicher fühlen in dem Besitze einer edlen Kunst, als der Andre mit seiner bloß mechanischen Geschicklichkeit; das ist seine Sache; aber ich, der ich beider bedarf, warum soll ich weniger tief den Hut abziehen vor dem, der meine Blöße bekleidet, damit ich nicht durch Verkältung krank werde, als vor dem, der mir, wenn ich krank bin, zu helfen sucht? Mit der innern Ehrerbiethung und Achtung, ja! da ist es ganz etwas anders; wenn wir diese zum Maßstabe unsrer äußern Behandlung annehmen wollen, so bin ich gern zufrieden. Da wird man denn aber auch dem ehrlichen Tagelöhner oft eine tiefe Verbeugung machen müssen, indeß der schelmische Minister, wie er es verdient, über die Schulter angesehen wird. In despotischen Staaten hält sich der geringste Fürsten-Sclave, und wäre er auch nur ein gemeiner Schreiber, für ein Wesen besserer Art, als der freye, unabhängige Handwerksmann. — Fort mit diesen Armseligkeiten! Fort mit Rang und Titeln! Die Rücksichten, welche man auf höheres Alter, auf bessere Erfahrungen, auf Weisheit, Güte, feinere Sitten und Herzens-Sympathie nimmt und im äußern Betragen zeigt, die werden nie wegfallen; aber vor falschem Glanze und eingebildeten Vorzügen wollen wir nicht länger die Knie beugen. Der redliche und verständige Bauer stehe in unsrer Achtung hoch über den nichtswürdigen Sohn des Staatsraths. Der Vorgesetzte im Amte ist nur in Amts-Geschäften vornehmer, als sein

Untergeordneter; außerdem gilt er nicht mehr, als was er, als Mensch betrachtet, werth ist. Sollten wir Gesandten an fremde Höfe schicken, so müssen diese in Gesellschaft andrer Bothschafter allen Rangstreit aufgeben. Sie sind nicht Stellvertreter eines Despoten, sondern Geschäftsträger einer Nation; und ein Volk ist nicht vornehmer, als das andre.

Noch viel alberner als die Idee von Rang und Titel überhaupt, ist der Begriff von ererbten oder erkauften, oder von einem Menschen dem andern verwilligten Range und Titeln — mit einem Worte! der Begriff von erblichem und ertheiltem Adel. Wie kann ein Fürst, und wäre seine Macht auch unbegrenzt, ein ganzes Volk zwingen, einen Menschen für edel zu halten? Wie kann er die Nachkommenschaft dieses Mannes, die noch nicht existirt, schon zum voraus für edel erklären? Wie kann der, welcher Verdienste um sein Vaterland hat, die größere Achtung seiner Mitbürger auf einen Andern übertragen, der vielleicht gar keine Verdienste hat, gar keine Achtung verdient? Wie schreyet man über Ungerechtigkeit, wenn in einem Lande der rechtschaffne Sohn eines schlechten Vaters einen Theil der Verachtung und Strafe mit tragen muß, die sein Erzeuger verwirkt hat? — Und dennoch findet man es billig, daß ein verachtungswerther, dummer Mensch auf die größte äußere Ehre, auf die höchsten Staats-Bedienungen, auf Freyheiten, Vorrechte, Exemtionen, Einkünfte und andre Vortheile Anspruch machen dürfe, weil das Ungefähr ihn muthmaßlich hat von einer Familie abstammen lassen, von welcher ein Mahl ein Mann von vorzüglich guten Eigenschaften das Oberhaupt gewesen ist, vielleicht auch nur diese Vorrechte für sich und die Seinigen erkauft oder erschmeichelt hat!

Also kein Adel und keine Titel mehr unter uns! Ist es aber nicht grausam und gewaltthätig, einer ganzen Classe von Bürgern Vorrechte zu rauben, in deren langjährigem Besitze sie sind? — Nichts weniger! denn nach dieser Lehre dürften ja gar keine verjährte Mißbräuche abgeschafft, keine durch Usurpation erschlichene Rechte vernichtet werden. Und hätten unsre Vorfahren ihren Tyrannen und deren Gehülfen jene Privilegien, die wir nun aufheben, durch die heiligsten Eide, auf ewig zugesichert; — was kümmert das uns? Durften sie etwas verschenken, was nicht ihr Eigenthum war? Durften sie Gesetze geben, die den ersten Gesetzen der Menschheit widersprechen?

Allein ich sehe auch schon voraus, wie wenig Verwirrung diese Abschaffung der erblichen Vorzüge, diese Vernichtung eines falschen Stämpels des Verdienstes stiften wird. Die Edeln unter den Edelleuten werden sich nun freuen, wenn sie überzeugt seyn können, daß sie die Achtung, welche ihnen ihre Mitbürger vor wie nach beweisen werden, nun wirklich ihrem wahren Werthe und nicht dem Vorurtheile zu danken haben; ihre Kinder werden sich bestreben, sich zu guten nützlichen Mitgliedern der Gesellschaft zu bilden, um nicht die Demüthigung zu erleben, geringere Vorrechte, als ihre Aeltern zu genießen. Nur die so genannten Parvenüs, die so lange nach diesen elenden Vorzügen gekämpft haben, und die Unwürdigsten unter den jetzt lebenden Edelleuten werden murren und schreyen, besonders die letztern, darüber, daß man ihnen das Einzige nimmt, was sie noch ein wenig empor heben konnte — aber denen geschieht schon recht.

Daß Sclaverey und Leibeigenschaft von jetzt an auf immer in Abyssinien aufhören müssen, versteht sich wohl von selber. Wir sind alle freye Menschen, und wer bey dem Andern in Dienste tritt, kann sich jeden Augenblick wieder frey machen, sobald er Mittel findet sich häuslich niederzulassen und sein eigner Herr zu werden.

Neunzehntes Kapitel.

Fortsetzung. Ehen. Kinder-Erziehung. Väterliche Gewalt.

Das erste und natürlichste Band unter den Menschen, ist das zwischen Mann und Weib; auch diese Verbindung muß die bürgerliche Gesellschaft veredeln, fester knüpfen und durch weise Gesetze den Unordnungen steuern, die den Ehestand verbittern oder trennen könnten, ohne ihn jedoch durch drückenden Zwang zu einem beschwerlichen Joche zu machen.

Im rohen Stande der Natur suchen beide Geschlechter, wenn sie sich verbinden, nichts, als Befriedigung ihrer körperlichen Triebe; im bürgerlichen Leben soll die Frau des Mannes treue Gefährtinn, Gehülfinn, Gesellschafterinn, Theilnehmerinn an seinen Leiden und Freuden, Mitregentinn seines Hauswesens und Mutter und Mit-Erzieherinn seiner Kinder seyn. Vernunft, Gefühl und Kenntniß der menschlichen Natur sagen uns daher sehr laut, daß Ein Mann nicht zugleich mehr Weiber, Ein Weib nicht zugleich mehr Männer haben soll, und daß das ehliche Bündniß nicht willkührlich, jeden Augenblick, wenn es einem der beiden Theile gefällt, wieder getrennt werden darf. Von einer andern Seite aber würde es hart seyn, wenn der Staat zwey Menschen, die in jugendlicher Uebereilung sich verbindlich gemacht haben, mit einander zu leben, nachher aber finden, daß ihre Gemüthsarten durchaus nicht zu einander passen, und daher beiderseits unter sich darüber einig geworden sind, sich wieder zu trennen, wenn er diese zwingen wollte, einander zur Qual, ein unzertrennliches Paar auszumachen.

Folgende Gesetze über den Ehestand wird man daher der Vernunft und Billigkeit gemäß finden:

Es muß ein dem Clima angemessenes Alter bestimmt werden, unter welchem Jünglinge und Mädchen nicht heirathen dürfen.

Er und sie melden sich bey der Obrigkeit, lassen sich als Mann und Weib einschreiben, und geben zugleich an, welche Art von Gewerbe oder Beschäftigung sie künftig treiben wollen.

Es gibt keine Verwandtschafts-Grade, die ein ehliches Bündniß unter Blutsfreunden unerlaubt machten.

Die Aeltern der jungen Leute haben nicht das Recht, der Wahl ihrer Kinder bey den Heirathen Zwang aufzulegen.

Werden aus der Verbindung zweyer Personen, die sich nicht als Mann und Weib bey der Obrigkeit angekündigt haben, Kinder erzeugt, so entsteht die Frage: ob der Mann verehlicht oder ledig ist? In beiden Fällen trifft das Kind nicht der geringste Nachtheil von dieser Unregelmäßigkeit, sondern dieß erbt den Vater wie jedes andre ehliche Kind. Er muß es in sein Haus aufnehmen, und die Obrigkeit wacht darüber, daß er ihm eben so viel Sorgfalt, als den Söhnen und Töchtern widme, die in öffentlicher Ehe erzeugt werden. — Der Nahme Bastart ist also bey uns gar nicht schimpflich. Wo man den zufälligen Umständen der Geburt und Abstammung keine Vortheile einräumt, da muß man ihnen auch keine nachtheiligen Einflüsse gestatten.

Ist nun der Vater des Kindes unverehlicht, oder Witwer, so werden beide Aeltern vor Gericht gefordert und befragt, was sie abgehalten haben kann, sich auf gesetzmäßige Weise zu verbinden? Zeigen sich öconomische Hindernisse, so sucht man diese aus dem Wege zu räumen. Wollen aber beide Theile oder will einer von ihnen sich auf keine ehliche Verbindung einlassen, so wird der Vater angehalten, sich des Kindes vollkommen so anzunehmen, als wenn er es in rechtmäßiger Ehe erzeugt hätte. Außerdem legt ihm das Gericht noch eine nach den Umständen zu bestimmende Strafe auf, die, wenn der Fall öfter eintritt, verstärkt wird. Das

Mädchen wird nicht bestraft, theils in Rücksicht der Schwäche des Geschlechts, theils um nicht Gelegenheit zu Verheimlichung und Kindermord zu geben.

Ist der Vater ein Ehemann, so muß er das Kind in sein Haus aufnehmen, und es wird ihm eine schwere Strafe auferlegt, doch keine Geldbuße, weil dadurch sein Weib und seine andern Kinder am mehrsten gestraft seyn würden.

Ehescheidungen können statt haben, wenn entweder, beide Theile es verlangen, oder wenn nur der eine Theil darum anhält. In beiden Fällen wird die Klage nicht eher angenommen, als nachdem Mann und Frau drey Jahre lang mit einander gelebt haben, es müßte dann ein bewiesener Ehebruch, oder Lebensgefahr von einer Seite die Ursache der verlangten Scheidung seyn.

Halten Eheleute, die nach dreyjährigem Ehestande durchaus nicht länger mit einander leben zu können glauben, gemeinschaftlich um die Trennung an, so wird ihnen noch ein halbes Jahr Bedenkzeit gegeben. Melden sie sich dann wieder, so werden sie geschieden, dürfen wieder heirathen; dem Mann liegt die Versorgung der Kinder ob, und die Frau muß sich zu ernähren suchen, so gut sie kann.

Bittet einer von den beiden Theilen um die Ehescheidung, so kömmt es auf die Ursache an, weßwegen er die Trennung fordert. Bey einem Ehebruche, welcher erwiesen der Frau zur Last fällt, darf der Mann sogleich wieder heirathen; die Frau wird auf eine nach den Umständen zu bestimmende Zeit entweder in ein Straf-Arbeitshaus oder gar in ein Gefängniß gesetzt, und darf nach Verlauf dieser Zeit, wenn sich ein Mann findet, der Ihrer begehrt, wieder heirathen. Sie kann sich gebessert haben und es wäre grausam, sie lebenslang den Qualen eines heftigen Temperaments auszusetzen. Die Kinder, welche der Mann nicht für die seinigen erkennen kann, nimmt der Staat in die Waisenhäuser auf.

Fordert die Frau die Scheidung wegen eines erwiesenen Ehebruchs von Seiten des Mannes, so muß dieser die Fran lebenslang unterhalten. Seine Strafe wird eben so bestimmt wie im vorigen Falle.

Ehescheidungs-Klagen wegen Unfruchtbarkeit werden nicht angenommen.

Unvermögenheit oder solche Kränklichkeit, die den vertrautesten Umgang unter Eheleuten unmöglich oder gefährlich macht, muß von Aerzten bestätigt werden. Die Scheidung geschieht dann auf gute Weise; beide Theile treten in die Rechte unverheiratheter Personen zurück. Sind Kinder da, so muß sie der Mann ernähren. Ist die Frau während der Ehe kränklich geworden, so muß der Mann für ihren Unterhalt sorgen.

Eheleute, die über sechs Jahre lang, ohne gerichtliche Klage gegen einander, zusammen gelebt haben, können, auf Verlangen des Einen Theils, nicht so leicht, nach zehnjähriger ruhiger Ehe aber, gar nicht geschieden werden; es sey dann, daß bewiesener Ehebruch, oder Lebensgefahr die Ursache wäre.

Ehescheidungs-Klagen von Einem Theile, wegen Verschiedenheit der Gemüthsart oder dergleichen, werden nicht angenommen; aber gegen Mißhandlungen, Verschwendung des Vermögens etc. schützen die Gerichte und können, wenn gar kein andres Mittel da ist, ex officio scheiden.

Geschiedene Eheleute, die sich zum zweyten Mahle mit einander verheirathen, können nie wieder getrennt werden.

Da bey uns, wie man in der Folge sehen wird, jeder arbeitsame Mensch mit Weib und Kindern Unterhalt finden, folglich im ganzen Reiche kein Bettler geduldet werden kann; also auch die Schwierigkeit, eine Familie zu ernähren, niemand abhalten darf, sich zu verheirathen, so kann man desto strenger alle Hurerey bestrafen. Deßwegen werden Personen beiderley Geschlechts, welche überwiesen sind, daß sie sich einer liederlichen, ausschweifenden Lebensart ergeben haben, bey der ersten Ertappung scharf gezüchtigt und, wenn sie zum zweyten Mahl eines solchen Lebenswandels überwiesen werden, sowohl wie Kuppler und Kupplerinnen, nach den Umständen, zu kurzer, langer oder immerwährender Gefängniß-Strafe, oder zur Landes-Verweisung verurtheilt.

Es kann dem Staate nicht gleichgültig seyn, wie die Kinder der Bürger im Physischen, Intellectuellen und Moralischen erzogen und gebildet werden. Ein großer Theil der Möglichkeit, unsre neue Staats-Verfassung einzuführen und dauerhaft zu machen, beruht auf der Hoffnung, daß die folgende Generation so geartet seyn soll, daß gesunde Vernunft, gemäßigte Begierden, veredelte Leidenschaften und einfache Sitten, bey ihnen die Oberhand über Vorurtheile, Phantasie, Sinnlichkeit, Reitzbarkeit, Kränklichkeit und Corruption aller Art gewinnen werden, so daß es kaum des Zwanges der Gesetze bedürfen wird, um sie zu solchen Handlungen und Unterlassungen zu bewegen, die verständiger, an Leib und Seele gesunder Menschen würdig sind. Obgleich nun also wirklich der Staat sich als den gemeinschaftlichen Vater seiner jungen Mitbürger ansehen kann; und, wenn es ihm obliegt, dafür zu sorgen, daß sie nicht Noth leiden, und daß sie Genuß des Lebens und der Freyheit haben, ihm auch das Recht zugestanden werden muß, dafür zu sorgen, daß sie nützliche, verständige Menschen werden, die diese Sorgfalt nicht erschweren und vereiteln: so ist es doch der Klugheit und Billigkeit gemäß, sich in das Erziehungs-Geschäft nur grade so viel zu mischen, als zweckmäßig ist; die süßen häuslichen Verhältnisse nicht zu trennen; den Aeltern die Freude nicht zu rauben, ihre Kinder unter ihren Augen aufwachsen zu sehen; nicht zu veranlassen, daß die Eigenheiten, kleinen Familien-Sonderbarkeiten, Verschiedenheiten und Mannigfaltigkeiten, die dem geselligen Leben so viel Reitz geben, gänzlich ausgelöscht und alle Menschen im Lande pedantisch nach einerley Norm und Form gemodelt werden — ohne zu erwähnen, daß wirklich eine vernünftige häusliche Erziehung manche unverkennbare Vorzüge vor der öffentlichen hat. Um hier die Mittelstraße zu halten, schlage ich folgende Einrichtungen vor:

Da wir allen Unterschied der Stände aufheben, so muß man dafür sorgen, daß künftig in ganz Abyssinien wenigstens kein eigentlicher Pöbel gefunden werde, daß folglich alle Bürger im Staate zu einem gewissen Grade von Aufklärung gelangen, ohne jedoch die Einzelnen zu hindern, diesen Grad noch zu erhöhen. Unter dieser Aufklärung verstehe ich: eine Sammlung von klaren Begriffen über Menschen-Verhältnisse, gesellige und bürgerliche Pflichten, eine nicht gelehrte, aber richtige Kenntniß von dem Erdboden und besonders von dem Vaterlande, endlich einige Fertigkeit in solchen Dingen, die uns bey Erlernung und Ausübung jeder Kunst, Wissenschaft und Handthierung zu Hülfe kommen. Deßwegen sollen in allen Städten und Dörfern, auf Kosten des Staats, öffentliche Schulen angelegt werden, in welchen allen Kindern, sie mögen künftig bestimmt seyn, zu welcher Lebensart es auch sey, unentgeltlich, ein gleicher Unterricht im Lesen und Schreiben der Muttersprache, so wie im Rechnen ertheilt werde; dabey mache man sie mit einigen Hauptsätzen der Naturlehre und Naturgeschichte, des Landbaues und der Meßkunst bekannt; lehre sie ein wenig Geschichte und Erdbeschreibung; rede mit ihnen von den verschiednen Temperamenten der Menschen, von den Regeln der Klugheit und Redlichkeit, die man im Umgange mit diesen verschieden gestimmten Leuten zu beobachten hat, von den natürlichen und geselligen Pflichten, von den Mitteln zu Beförderung eigner und fremder, innerer und äußerer Glückseligkeit, und lege ihnen endlich einen Auszug aus den wichtigsten Gesetzen des Landes vor, wobey der vernünftige Grund jedes Gesetzes erklärt werden muß! Dieß sind die wichtigsten Vorkenntnisse für jeden Bürger eines gut eingerichteten Staats. Was die Religion betrifft; so rede man mit Ehrfurcht von dem unbegreiflichen Wesen Gottes, des Schöpfers und Erhalters; lehre sie, daß treue Berufs-Erfüllung die beste Weise sey, sich seiner Wohlthaten werth zu machen; verbinde mit dem Studium der Geschichte eine Nachricht von den verschiednen Meinungen verschiedner Völker über das Wesen Gottes und der Art, ihm äußere Verehrung zu bezeugen, und überlasse ihnen, sich bey reiferm Alter eine von diesen Methoden zu wählen!

So bald einem Vater ein Kind geboren wird, ist er verbunden der Obrigkeit Anzeige davon zu thun, damit das Kind, unter dem Nahmen, den ihm der Vater gleich bey der Geburt gibt, in die Listen eingetragen werde.

Bis in das zehnte Jahr bleiben die Kinder der Sorgfalt der Eltern einzig überlassen, und der Staat mischt sich nicht in ihre Erziehung.

Hinterläßt ein Hausvater bey seinem Tode unmündige Kinder, so werden denselben Vormünder gesetzt, und zwar jedem Kinde ein eigner. Von den Vormündern hängt es ab, ob sie die Kinder in ihre Häuser aufnehmen und mit ihren Söhnen und Töchtern erziehen, oder aber, besonders wenn öconomische Rücksichten dieß nothwendig machen, sie dem Staate übergeben wollen. Im letztern Falle werden die Kinder, welche unter zehn Jahre alt sind, dem Waisenhause anvertrauet, diejenigen aber, welche dieß Alter schon erreicht haben, bey einem Mitbürger in die Kost gegeben. Der Staat bezahlt eine bestimmte, im ganzen Reiche gleichförmige Summe dafür, und die Kinder besuchen die öffentliche Schule des Orts, wovon schon vorhin ist geredet worden, und woselbst sie unentgeltlich in den, jedem Bürger nöthigen Kenntnisse unterrichtet werden.

Unter einem Waisenhause darf man sich keine solche Anstalt denken, darin armer Leute Kinder dürftig ernährt, unterrichtet und zu den niedrigsten Bestimmungen im Staate zubereitet werden, sondern ein öffentliches Gebäude, worin die Kinder aus allen Classen der Bürger, wenn sie früh ihre Aeltern verlieren, aufgenommen und nicht weniger sorgsam als alle übrige Kinder gebildet und gepflegt werden.

Von den Schulanstalten ist noch folgendes zu sagen. So bald ein Kind das zehnte Jahr erreicht hat, so ist der Vater oder Vormund verbunden, der Obrigkeit anzuzeigen, ob er demselben häuslichen Privat-Unterricht geben und geben lassen, oder es in die öffentliche Schule schicken will. Im ersten Falle hält die Obrigkeit ein wachsames Auge darauf, daß auch in der Privat-Erziehung nichts vernachlässigt werde. Zu diesem Endzwecke wird jährlich an gewissen Tagen die Jugend, welche die öffentliche Schule nicht besucht, versammelt, und in Gegenwart eines Richters und einiger

Zeugen von den öffentlichen Lehrern und Lehrerinnen geprüft. Diese Prüfung erstreckt sich, wie sich das versteht, nicht eigentlich auf gelehrte Kenntnisse; auch wird dabey Rücksicht auf Fähigkeiten, Temperamente und Umstände genommen. Findet sich's aber, daß der Vater oder Vormund sich eine auffallende Nachlässigkeit in der Bildung des Kindes hat zu Schulden kommen lassen, so wird er ernstlich zu größerer Sorgsamkeit ermahnt, und, wenn dann die nächstjährige Prüfung nicht besser ausfällt, gezwungen, das Kind in die öffentlichen Lehrstunden zu schicken. Hat der Vater Vermögen, oder, wenn er nicht mehr lebt, dergleichen hinterlassen, so muß er das festgesetzte jährliche Schulgeld in die Staats-Casse bezahlen, wo nicht, so bleibt es bey der Einrichtung, daß die Kinder unentgeltlich die Wohlthat des Unterrichts genießen.

Die Wahl der Lehrer und Lehrerinnen liegt der Obrigkeit ob. Es gehören aber diese Personen zu der geachtetsten Classe unsrer Mitbürger, und wenn wir nicht alle Rang-Ordnungen abgeschafft hätten, so würden sie gewiß zu dem ersten Range gerechnet werden müssen. Sie werden vom Staate so besoldet, daß sie gemächlich und ohne häusliche Sorgen leben können. Unverheirathete Personen werden nie zu öffentlichen Lehrern und Lehrerinnen gewählt, wohl aber Witwer und Witwen.

Es versteht sich, daß in jedem Dorfe und jeder Stadt wenigstens Eine besondre Schule für Knaben und eine andre für Mädchen errichtet werde. In letztern wird der literarische Unterricht als Nebensache, die Anweisung zu aller Art weiblichen häuslichen Handarbeit als der Hauptgegenstand betrachtet.

Um aber auch in männlichen Schulen die Kinder an Arbeitsamkeit zu gewöhnen, so ist mit denselben eine Industrie-Schule verknüpft. Ein mehrere Stunden lang fortdaurender trockner Vortrag ermüdet; recht bequem kann nebenher und in den Zwischenfristen eine nützliche Handarbeit getrieben werden, und es ist ein abgeschmacktes Vorurtheil, daß dergleichen für das männliche Geschlecht, besonders für die, welche sich den Wissenschaften widmen, unanständig wäre. Die Arbeiten, welche hier verfertigt werden, liefert der Lehrer in die öffentlichen Magazine ab, und erhält von daher die Materialien und Werkzeuge. Was in den Mädchen-Schulen gearbeitet wird, kömmt gleichfalls dahin. Man wird in der Folge hören, wozu diese Magazine genützt werden.

Der Unterricht in den öffentlichen allgemeinen Schulen wird vom zehnten bis zum funfzehnten Lebensjahre der Kinder fortgesetzt. So bald ein Kind dieß Alter erreicht hat, so ist der Vater oder Vormund verbunden, der Obrigkeit anzuzeigen, zu welcher Lebensart er den jungen Menschen bestimmt. (Die Mädchen bleiben als Gehülfinnen bey ihren Müttern oder Verwandten oder andern guten Leuten, bis sie Gelegenheit finden, sich zu verheirathen.) Leiden es die öconomischen Umstände, so sorgt nun der Vater oder Vormund dafür, daß der junge Mensch, je nachdem er aus ihm einen Handwerker, Gelehrten, Künstler, Kaufmann, Landmann, oder was er aus ihm machen will, auf eigne Kosten seine Lehrjahre in der neuen Laufbahn antrete; wo nicht, so übernimmt der Staat diese Sorgfalt; dann aber wird der Knabe erst geprüft, und es hängt von der Obrigkeit ab, wenn man ihn zu einem Geschäfte untauglich findet, ihm dazu keine Unterstützung zu geben. Gezwungen wird niemand zu irgend einer Lebensart; aber dem Staate kann man auch nicht zumuthen, Kosten zu verwenden, um Menschen auf Plätze zu stellen, auf welchen sie sich und Andern zur Last sind, und immer eine schlechte Rolle spielen.

Zwingen darf auch kein Vater den Sohn, eine Lebensart zu ergreifen, zu welcher er keine Neigung hat. Beklagt sich der Sohn desfalls bey der Obrigkeit, so wird die Sache untersucht, und findet man, daß er Geschick und Lust zu einem andern Studium hat, als wozu ihn der Vater bestimmt, so wird dieser angehalten, so viel herzugeben, als er seinem Plane nach verwenden wollte, der Sohn folgt seinem bessern Berufe, und der Staat trägt den Rest der Unkosten.

Bis in das funfzehnte Jahr der Kinder leidet die väterliche

Gewalt weiter keine Einschränkung, als die, von der vorhin in Ansehung des Unterrichts ist geredet worden; es müßte denn seyn, daß grausame, durch Zeugen bewahrheitete Mißhandlungen von Seiten der Aeltern, die Obrigkeit nöthigten, sich in ihre häuslichen Geschäfte zu mischen. Nach dem funfzehnten Jahre hingegen gehören die Kinder schon mehr dem Staate, als ihren Aeltern, können sich gänzlich der väterlichen Gewalt entziehen und sich in den Schutz des Staats begeben. Dann aber ist der Vater auch nicht mehr verbunden, den Sohn zu unterhalten, und dieser muß sich's gefallen lassen, welche Art von Laufbahn ihm der Staat anweisen will, damit er nicht dem gemeinen Wesen zur Last falle. Ist hingegen der Vater von dem Sohne unzufrieden, so kann er gleichfalls (jedoch nicht vor dem funfzehnten Jahre) seine Hand von ihm abziehen. Indem er ihn aber dem Staate übergibt, muß er zugleich eine zu bestimmende Summe zu Abkaufung seiner Verbindlichkeiten in den öffentlichen Schatz erlegen.

Mit dem zwanzigsten Jahre des Jünglings hört alle Gewalt des Vaters über ihn, aber auch alle Verbindlichkeit desselben, ihn zu ernähren, auf.

Zwanzigstes Kapitel.

Fortsetzung. Eigenthum. Erbschaften. Versorgung der Bürger.

Beynahe eben so vernunftwidrig, als der Begriff von geerbten Ständen, Titeln und Würden, ist die Idee von geerbtem Vermögen. Es ist billig, daß der, welcher durch seinen Fleiß sich Vermögen erworben hat, in dem ruhigen Besitze dieses Vermögens geschützt werde und, so lange er lebt, frey mit dem Erworbnen schalten und walten dürfe; aber daß er auch nach seinem Tode einen Willen haben und berechtigt seyn soll, die Schätze der Erde an wen er will auszutheilen und den Besitz derselben, der nur dem Arbeitsamen zukömmt, wenn er nicht mehr lebt, auf einen Andern, auf einen faulen, unthätigen Menschen zu übertragen; daß dieser anfangen kann, wo Jener aufgehört hat; daß er ohne Mühe und Arbeit freye Macht erhält, Tausende zu verwenden, indeß sein würdigrer und fleissiger Nachbar Hunger leidet; endlich, daß dieser vom blinden Ungefähr ihm zugetheilte Vortheil, ihm in allen andern Verhältnissen ein Uebergewicht über bessere Menschen gibt — das ist doch wohl höchst widersinnig und ungerecht. Ließe sich nicht der mögliche Fall denken, daß auf diese Weise zuletzt aller Reichthum eines Landes, und sogar das Land selbst, in die Gewalt eines einzigen schlechten Menschen käme, indeß alle Edeln darben, oder seine Sclaven werden müßten? Freylich sorgt das Schicksal dafür, und auf einen Geizhals folgt in der Familie gewöhnlich ein Verschwender, der den väterlichen Schatz wieder zerstreuet und eine Art von Gleichheit herstellt; allein das ist nur zufällig, ist hundert Mahl auch nicht der Fall, und indessen stiftet doch der unmäßige Unterschied zwischen zufällig reich und arm gewordnen Leuten unendlich viel Unheil. Wie schön wäre es daher, wenn man eine neue, gleiche Vertheilung der Güter vornehmen und dann das Recht, sein Vermögen auf Andre zu vererben, gänzlich aufheben könnte! Der Staat wäre verbunden, jeden seiner Bürger, so bald er mündig würde und seinen Haushalt anfangen wollte, auszustatten; dagegen fielen ihm auch alle von Verstorbnen besessene Güter wieder zu. Ich weiß wohl, welche Einwürfe man dagegen machen kann: wer wird Muth haben, zu arbeiten, etwas zu erwerben, wenn er nicht voraus sieht, für wen er arbeitet, wenn er vielmehr voraus sieht, daß seine Kinder, so bald er todt ist, sein sauer erworbnes Eigenthum mit dem Rücken ansehen müssen? Ich halte diesen Einwurf für sehr unbedeutend; denn mancher gute Mann wird viel ruhiger schlafen, wenn er weiß, daß seine Kinder dem Staate gehören, daß dieser sie versorgen wird und muß, wenn auch Unglücksfälle ihm sein ganzes Vermögen raubten; und er wird doppelt eifrig arbeiten, den Schatz des Landes zu vermehren, der zu so wohlthätigen Zwecken verwendet wird. Der thätige, betriebsame Mann wird darum nicht faul und nachlässig werden; denn ihm ist Arbeit ein Bedürfniß. Der Verschwender wird darum nicht mehr verprassen; im Gegentheil! er weiß ja, daß er auf keine Erbschaft je rechnen darf und daß, wenn das väterliche Vermögen durchgebracht ist, der Staat ihn zwingen wird (wie das in der Folge gezeigt werden soll), in einem öffentlichen Werkhause zu arbeiten, um Brot zu haben. Auch wird niemand seine Verschwendung dadurch begünstigen, daß man ihm Geld liehe, und ihm hülfe, seine Güter mit Schulden belasten, die nachher der Sohn bezahlen muß. Und der Geizhals? — der sammelt Geld, aus Liebe zum Gelde, nicht aus Sorgfalt für die Erben. Er glaubt nie genug zu haben; er hofft hundert Jahre zu leben und zittert nur davor, daß es ihm noch einst am Nothwendigsten fehlen könnte. Aber der

Sohn des reichen Mannes wird nun nicht mehr die Nase so hoch tragen gegen ärmere bessere Menschen; er wird nicht, voll Zuversicht auf die zu erwartende Erbschaft, die Gelegenheit verabsäumen, Kopf und Herz zu bilden, sondern, da er nun weiß, daß er, wenn zwey Augen sich schließen, nichts zu erwarten hat, als was er sich durch Fleiß und Geschicklichkeit erwirbt, sich anstrengen, geschickt und gut zu werden. Und der reiche Vater, der sein Kind liebt, wird, weil er doch dem Sohne sonst nichts hinterlassen kann, als eine gute Erziehung, einen Theil seiner Schätze anlegen, um diesen in allen Wissenschaften und Künsten geschickt zu machen, die ihm einst sichern Unterhalt und Wohlstand versprechen können. Freylich aber würde eine neue gleiche Vertheilung der Glücksgüter in einem schon errichteten Staate schwer zu Stande zu bringen seyn — ich sage schwer, denn unmöglich ist sie ganz gewiß nicht. Lasset uns daher eine Mittelstraße wählen! jedoch muß ich nochmahls erinnern, daß alle meine Vorschläge mehr auf eine gänzlich neu zu gründende, als auf eine nur in einzelnen Nebentheilen zu verbessernde Regierungs-Verfassung abzielen. Ich muß das ganze Gemählde mit allen Haupt- und Neben-Figuren ausmahlen; von meinen lieben Mitbürgern hängt es ja ab, nur einzelne Gruppen daraus zu copiren.

Ich theile also die Ländereyen aller Provinzen des ganzen Reichs in gleiche Theile, von solchem Umfange, daß der Ertrag einer solchen Portion, nach einem Durchschnitte von guten, schlechten und mittelmäßigen Jahren, grade hinreiche, eine Familie, die aus acht Personen besteht, bequem zu ernähren. Es versteht sich, daß bey dieser Eintheilung auf das Verhältniß des bessern gegen den weniger fruchtbaren Boden Rücksicht genommen werden muß. Von diesen Portionen dürfen die Stadt-Einwohner keine besitzen; ihnen werden nur Gartenplätze verstattet; Dörfern allein kömmt es zu, die Landwirthschaft zu treiben; dagegen wohnen aber auch alle feinere Handwerker, Künstler, Manufacturisten, Kaufleute etc. nur in den Städten. Jede Familie in den kleinen und großen Dörfern bekömmt vom Staate eine solche

Portion nebst dem dazu erforderlichen Viehe, dem übrigen Inventarium und den nöthigen Gebäuden in gutem Stande überliefert, und muß dann für ihr weitres Fortkommen sorgen; die übrig bleibenden Portionen und die, welche dem Staate durch Aussterben etc. heimfallen, werden unter Aufsicht des in dem größern Dorfe wohnenden Beamten und der in den kleinern Dörfern angesetzten Dorfrichter auf Rechnung des Staats administrirt, bey Zunahme der Volksmenge aber, oder wenn ein junges Paar einen Haushalt anfangen will, werden diese vacante Portionen wieder ausgetheilt.

Die Wiesen bleiben ungetheilt dem Dorfe; die Waldungen dem Amte gemeinschaftlich, und weiset der Beamte jedem Bauer jährlich eine gleiche Menge Holz an. Steinbrüche und Bergwerke werden zum Vortheile der Staats-Casse genützt; Jagd und Fischerey dürfen nur von sachkundigen Personen betrieben werden. Jede Gemeine hat ihren Dorf-Fischer und Dorf-Jäger; von diesen werden Fische und Wildbret nach einer bestimmten geringen Taxe verkauft und das Geld wird in die Staats-Casse geliefert.

Kein Einwohner in Abyssinien darf mehr als Eine solche Landportion besitzen und nach seinem Tode fällt sie dem Staate wieder anheim, der sie auf's Neue austheilt. — Kein Grundstück kann also um Geld verkauft, noch auf jemand vererbt werden, aber das, was man mit seinem Fleiße verdient, folglich der Erwerb aus den verkauften Früchten dieser Ländereyen, das baare Geld; davon erben die Kinder ihr Theil. Es wird daher jeder gute Hausvater sein Land, obgleich es nach seinem Tode an einen fremden Besitzer kömmt, dennoch möglichst zu verbessern suchen, um durch den Verkauf der Producte, Schätze für seine Nachkommen zu sammeln. Es fällt also nicht aller Unterschied zwischen armen und reichen Leuten weg; aber die Reichen können nun nicht mehr die Gewalt des Geldes zu Unterdrückung ihrer Mitbürger anwenden, viel Grundstücke zusammen kaufen, große, mächtige Herren im Lande werden und viel Menschen zu Sclaven und Knechten machen.

Keinem Dorf-Bewohner wird gestattet, auf seine Landportion mehr als Einen Knecht und Eine Magd zu halten. — Lasset uns aber das Wort Knecht abschaffen und diese Leute Gehülfen oder Arbeiter nennen! Ist seine Familie stark, so sind dagegen die ältesten seiner Kinder auch gewiß schon im Stande, ihm und der Mutter in der Land-Arbeit zu helfen.

Wer sein Gut ansehnlich verbessert oder den Werth des Inventariums und der Gebäude zweckmäßig erhöht, dem oder dessen Erben bezahlt der Staat, wenn ihm das Gut heimfällt eine Vergütung.

Auf kein Grundstück darf Geld geliehen werden.

Wer dem Andern Geld leiht, darf keine Zinsen nehmen. Hierdurch wird allem Wucher, aller Uebermacht des Capitalisten gesteuert und doch behält der reiche Mann einen Wirkungskreis, indem er mit seinem Gelde Handel treiben, Manufacturen anlegen darf u. s. f.

Es ist im vorigen Abschnitte gesagt worden, daß die jungen Leute im funfzehnten Jahre sich zu einer Lebensart bestimmen müßten. Wählen sie nun die Landwirthschaft zu ihrem Fache; so haben sie Gelegenheit, sich in derselben zu vervollkommnen, indem sie als Gehülfen bey andern Landleuten oder auf den Aemtern dienen. Haben sie aber das zwanzigste Jahr erreicht, verheirathen sich und wollen einen eignen Haushalt anfangen, so übergibt ihnen der Staat eine Land-Portion und sie können ihre Geschäfte ohne alle häuslichen Sorgen anfangen. Durch die Menge der Kinder wird kein Hausvater zurückkommen, weil der Staat auf die bisher beschriebne Weise für sie sorgt; der arbeitsame Mann kann also nie verarmen. (Von Erleichterung in Unglücksfällen soll in der Folge geredet werden.)

Wie wird es aber mit dem Verschwender? Ihm wird niemand Geld leihen, weil bey dem Geldleihen nichts zu gewinnen ist. Kömmt er nun sehr zurück, läßt sein Land unbebauet liegen, seine Gebäude verfallen und verkauft sein Vieh, so greift endlich der Staat zu, nimmt sein Gut in Besitz, versorgt seine Kinder und gibt ihm seine Stelle in einem Werkhause, oder bey andern öffentlichen Arbeiten. Hier wird er zur Thätigkeit angehalten, aber sein Schicksal ist doch noch immer sehr milde. (Seine Frau muß freylich dieß Schicksal mit ihm theilen.) Zeigt er aber Besserung, so wird er auf's Neue in den Besitz eines Guts gesetzt, oder vorerst auf den Amtsgütern angestellt.

Nichts von dem, was Pachtung heißt, findet hier im Lande statt; denn wer ein Gut verwalten kann, dem übergibt man es ja gern zum lebenslänglichen Eigenthume.

Die Regierung bemüht sich nach und nach alle Gegenden des Reichs urbar, fruchtbar zu machen, Holz anzupflanzen und neue Land-Portionen einzurichten.

Wenn ein Mann zu einem öffentlichen Amte gewählt wird, welches ihn verhindert, seinem Gute vorzustehen, so läßt der Staat dasselbe verwalten, bis die Jahre seiner Amtsführung vorüber sind.

Die Mädchen in Abyssinien haben gar keinen Antheil, weder an den Gütern der Väter, noch an ihrer baaren Verlassenschaft, also überhaupt kein Vermögen. Indessen ist doch auch für sie gesorgt: so lange sie Kinder sind, leben sie in den Häusern ihrer Aeltern oder Vormünder, oder in den Waisenhäusern und werden in allem frey gehalten; nach dem funfzehnten Jahre aber haben sie ja Gelegenheit, als Gehülfinnen in einer Privat- oder Amts-Haushaltung, oder in den Städten ihren Unterhalt zu finden. So bald ein Mädchen dieß Alter erreicht hat, ist der Staat verbunden, ihm eine Ausstattung an Kleidungsstücken und Wäsche zukommen zu lassen. Diese wird aus den öffentlichen Magazinen genommen und ist für alle Mädchen in Abyssinien gleich groß.

Man sage nicht, daß bey dieser Einrichtung, nähmlich wenn die Töchter nicht miterben, häßliche Frauenzimmer, die außerdem vielleicht des Brautschatzes wegen ausgesucht werden, keine Männer bekommen würden. Schönheit ist ein vergänglicher Vorzug und ist dabey ein sehr relativer Begriff. Manchem gefällt ein Gesicht, das der Andre unerträglich findet; häßliche Personen können etwas sehr Angenehmes in ihrem Betragen, und was noch mehr als das ist, sehr schätzbare Eigenschaften haben, die mehr, als ein glattes

Gesicht, das Glück der Ehe befördern. Heirathen, die bloß des Reichthums wegen geschlossen werden, pflegen ja ohne hin selten glücklich auszufallen; reiche Mädchen sind mehrentheils schlechte Wirthinnen, lieben Aufwand und Putz, und verschwenden ihren Brautschatz in den ersten Jahren der Ehe. Ist aber ein Frauenzimmer so äußerst häßlich und ungestaltet, daß sich der Fall gar nicht denken läßt, daß man sie ihrer Person wegen heirathen könnte, so scheint eine solche von der Natur zu keiner ehlichen Verbindung bestimmt. Sie thut besser, ledig zu bleiben, und würde, wäre sie auch noch so reich, nicht glücklich als Hausfrau an der Seite eines Mannes seyn. Sie kann in einem öffentlichen Arbeitshause ein angenehmes und nützliches Leben führen. Alle Witwen finden in diesen Häusern, wovon in der Folge noch mehr geredet werden soll, gleichfalls ihren Unterhalt, oder können, wenn sie Talente dazu haben, öffentliche Lehrerinnen werden.

So viel von den Landleuten! Was die Einwohner der Städte betrifft, so wird, wenn der Knabe, welcher das funfzehnte Jahr erlebt hat, ein städtisches Gewerbe zu seiner künftigen Lebensart wählt, entweder von dem Vater, dem Vormunde, oder dem Staate dafür gesorgt, daß er an einen Ort gebracht werde, wo er Gelegenheit hat, die zu dem gewählten Fache nöthigen Kenntnisse zu erlangen. Wird hierzu ein Kosten-Aufwand erfordert, und es ist kein baares Vermögen da, um diesen zu bestreiten, so hilft der Staat. Hat der Jüngling das zwanzigste Jahr erreicht, will heirathen, oder sonst seinen eignen Stadt-Haushalt anfangen und sein Gewerbe treiben, so wird ihm ein vacant gewordnes Haus in der Stadt, nebst dem dazu gehörigen Garten und Inventarium, und, je nachdem das Geschäft ist, wovon er sich künftig ernähren will, werden ihm auch die nöthigsten Geräthe und Werkzeuge unentgeltlich vom Staate überliefert. Man überläßt ihm dann, für sein weiteres Fortkommen zu sorgen, und wenn er durch schlechte Wirthschaft zurück kommt, findet er, wie in demselben Falle der Landmann, in den öffentlichen Werkhäusern noch immer seine Versorgung.

Es bleibt mir nun übrig, von dem baaren Vermögen der Mitbürger zu reden. Jedermann kann, mit dem, was er sich erworben hat, so lange er lebt, schalten und walten wie er will, in so fern er die vorgeschriebnen Abgaben entrichtet. So bald ein Hausvater stirbt, wird sein Nachlaß von der Obrigkeit untersucht; der zehnte Theil fällt dem Staate anheim und das Uebrige wird zu gleichen Theilen unter seine Söhne vertheilt.

Kein Vater darf einen Sohn enterben, noch sonst ein Testament machen, dessen Inhalt dieser Einrichtung widerspräche; allein man kann ihm die Freyheit nicht rauben, bey seinen Lebzeiten so viel zu verschenken, als er will. Bey der Erziehung, die wir unsern Kindern geben und bey der Ueberzeugung, die sie haben müssen, daß die gewählten Obrigkeiten nur für das Beste des Ganzen sorgen, läßt sich der Fall nicht denken, daß künftig ein Abyssinier, durch betrügerische Schenkungen bey Lebzeiten, dem Staate das entziehen sollte, was ihm gebührt und was er zu Versorgung der Mitbürger anwendet. Erwiesene Betrügereyen von der Art würden mit Confiscation des Vermögens bestraft werden.

Wo kein Sohn ist, da fällt die ganze Erbschaft dem Staate anheim; Brüder, Aeltern, Seiten-Verwandte und andre Personen können nie erben.

Obgleich die Stadt-Gewerbe manchen Hausvater in die Nothwendigkeit setzen, mehr Bediente oder Gehülfen anzunehmen, als den Landleuten gestattet sind, so muß doch dafür gesorgt werden, daß diese Freyheit nicht in einen unnützen Aufwand ausarte, und nicht jedem eiteln Manne erlaubt sey, eine Menge Müssiggänger zu seiner Bedienung zu unterhalten. Man setzt also voraus, daß ein gewöhnliches bürgerliches Gewerbe ungefähr so viel, als eine gemeine Land-Portion eintragen, folglich, außer den Personen, die zur Familie gehören, noch zwey Gehülfen, männlichen oder weiblichen Geschlechts, ernähren könne; hält nun ein Stadt-Einwohner mehr als diese, so wird angenommen, daß er reicher sey, und er muß von jedem Gehülfen jährlich so viel dem Staate bezahlen, als von einer halben Land-Portion gesteuert wird.

Es ist noch Ein Fall zu bestimmen übrig: Wie, wenn nun ein Mitbürger seine Lebensart verändern, und aus einem Stadt-Einwohner ein Landmann werden will, oder umgekehrt? — Auch diese Freyheit mag ihm gestattet werden; dann aber muß er sich gefallen lassen, daß die Obrigkeit untersuche, ob er zu der neuen Lebensart die nöthigen Kenntnisse habe, und nicht etwa bloß ein schlechter Wirth sey, der, nachdem das, womit ihn der Staat ausgestattet hatte, verzehrt ist, nun auf's Neue darauf loszehren will. Ist dieß der Fall, so kann man ihm darum die Freyheit nicht rauben, seine Lebensart zu verändern; aber der Staat vertrauet ihm weder Grundstücke, noch Geld, noch Hausrath und Geräthe an.

Ein und zwanzigstes Kapitel.

Fortsetzung: Auflagen; Abgaben; Staats-Einkünfte; öffentliche Anstalten.

Man sieht aus dem, was bisher ist gesagt worden, daß unser Staat große Lasten übernimmt, daß ihm die Ausstattung und Versorgung fast aller seiner Bürger allein obliegt, daß also auch für beträchtliche Einnahme gesorgt werden muß, wenn die Verfassung Bestand haben soll. Freylich fällt eine Menge unnützer Ausgaben weg, die in andern Ländern erfordert werden, als: Besoldungen, Pracht am Hofe und dergleichen; immer aber bleiben die Bedürfnisse sehr beträchtlich. Auf folgende Weise wird nun dafür gesorgt, daß die Cassen im Stande seyen, dieß zu bestreiten und jeder Mitbürger verhältnißmäßig dazu beytrage.

Eine Haupt-Einnahme zieht der Staat, wie man weiß, aus dem Ertrage der Amtsländereyen und der vacanten Güter. Die Früchte werden in den öffentlichen Magazinen aufbewahrt, in wohlfeilen Zeiten aufgehäuft und in theuren zu einem immer gleichen, mäßigen Preise verkauft, damit dieser nie zu hoch steigen und der jüdische Wuchrer sich nicht auf Unkosten des ärmern Landmanns bereichern könne. Dagegen kann aber auch jeder Dorf-Bewohner sein Getreide in diese Magazine liefern, und baares Geld dafür empfangen.

Die Bergwerke, Steinbrüche, die Münze, die Jagden und Fischereyen sind gleichfalls beträchtliche Hülfsquellen für den Staat.

Sodann der zehnte Theil von allen Erbschaften und das Vermögen derer, die keine Söhne hinterlassen.

In die öffentlichen Waaren-Lager werden die Arbeiten aus den Werkhäusern abgeliefert, und dann theils verkauft, theils zu Ausstattung der Jünglinge und Mädchen angewendet.

Manufacturen und Fabriken, deren Anlage die Kräfte eines Privat-Vermögens übersteigt, werden auf öffentliche Kosten betrieben. Der Vortheil daraus, besonders durch den ausländischen Handel, fließt in die Staats-Casse.

Allein dieß alles würde zu den Abgaben bey weiten nicht hinreichen; es müssen also auch Auflagen und Abgaben statt finden, und um diese so einfach, so billig als möglich, und zugleich so einzurichten, daß ihre Hebung nicht schwer falle, schlage ich folgendes vor:

Von jeder Land-Portion wird jährlich der zehnte Theil dessen, was sie in mittelmäßig guten Jahren eintragen kann, in die Staats-Casse geliefert. — Das ist die einzige Abgabe, die der Landmann zu bezahlen hat. Der Stadt-Bewohner entrichtet dieselbe runde Summe jährlich, und, wie schon ist erwähnt worden, für jeden Hausgenossen, den er über die verwilligte Anzahl hält, so viel, als wenn er noch eine halbe Land-Portion besäße. Wenn ein ähnliches Gesetz in Ansehung des Viehes, das jemand halten darf, verfaßt wird; so trägt der Reichere oder der, welcher größern Aufwand macht, als nöthig wäre, verhältnißmäßig mehr, als der Aermere und niemand wird Ursache zu klagen haben.

Außer diesen Auflagen ist nur noch eine Zoll-Abgabe bestimmt, nähmlich der zehnte Theil des Werths von allen ausländischen Waaren ohne Unterschied, die in das Reich eingeführt werden; von den ausgehenden Waaren wird nichts entrichtet.

Die Posten sollen dem Staate keine Einkünfte tragen, sondern nur eine wohlthätige Anstalt zur Gemächlichkeit des Publicums seyn; Jedem aber steht frey, sich ihrer auch nicht zu bedienen.

Große Straßen, Dämme und dergleichen öffentliche Werke anzulegen, dazu werden die Soldaten in Friedenszeiten genützt und bekommen dafür eine gewisse Vergütung. Da nun jeder Mitbürger eine Zeitlang in der Armee dienen muß; so ist auch keiner von dieser Arbeit befreyt. — Handarbeit schändet niemand, und stärkt den Körper.

Von den Waisenhäusern ist schon vorhin geredet worden; die Kinder werden darin mit der größten Sorgsamkeit, die bey öffentlichen Anstalten irgend möglich ist, erzogen, in allerley Art Arbeit unterrichtet; sie besuchen die allgemeinen Schulen, und wenn sie das funfzehnte Jahr erreicht haben, wird für sie, wie für alle andre Mitbürger gesorgt.

Die übrigen Arbeitshäuser sind von dreyerley Art: In einigen finden einzelne bejahrte Personen beyderley Geschlechts und Witwen einen Zufluchts-Ort und Gelegenheit, ein ihren Kräften und Kenntnissen angemessenes Geschäft oder Handwerk zu treiben. Wer Vermögen hat, kauft sich ein, und kann sich zugleich mehr Gemächlichkeit ausbedingen; wer kein Vermögen hat wird auf den gewöhnlichen, anständigen, reinlichen, aber freylich einfachen, nicht prächtigen Fuß behandelt und muß sich gefallen lassen, bestimmte Stunden des Tags für die Manufacturen, oder was ihm sonst, seinen Talenten gemäß, aufgetragen wird, zu arbeiten.

In die zweyte Art von Arbeitshäuser werden Menschen aufgenommen, die durch schlechte Wirthschaft zurück gekommen sind. Sie genießen hier wie billig, nicht so viel Gemächlichkeit und Freyheit, als in den vorhin beschriebnen Werkhäusern, müssen gröbere Arbeit verrichten, werden genauer beobachtet, aber doch keineswegs strenger behandelt.

Die Arbeitshäuser der dritten Gattung sind für Verbrecher bestimmt. Sie sind die eigentlichen Gefängnisse. Die Art der diesen Leuten obliegenden leichten oder schweren Arbeit richtet sich nach dem Grade ihrer Vergehungen. Viele unter ihnen werden, gefesselt und bewacht, auch außer den Gebäuden, bey beschwerlichen und unangenehmen Arbeiten angestellt, wozu freye, gebildete Menschen sich ungern brauchen lassen; doch wird auf alle Weise auch für ihre Gesundheit gesorgt.

Alle diese öffentlichen Anstalten sind von der Art, daß der Staat, durch die darin verfertigten Arbeiten, mehr, oder wenigstens eben so viel Vortheil zieht, als die Unterhaltung derselben kostet; Hospitäler und Tollhäuser hingegen erfordern mehr Aufwand; doch muß für diejenigen, welche Vermögen haben und darin aufgenommen werden wollen, eine bestimmte Summe eins für alles in den öffentlichen Schatz niedergelegt werden.

Damit der Staat von richtiger Einnahme der festgesetzten Abgaben gewiß sey, und nicht zuweilen Haupt-Unglücksfälle einzelne Familien oder ganze Gegenden insolvent machen, so sind im ganzen Reiche Assecuranz-Cassen errichtet, durch welche alle Mitbürger sich einander nicht nur für erlittenen Brandschaden, sondern auch für Mißwachs, Hagel-Schlag, Viehsterben, Verlust von Schiffen und dergleichen entschädigen.

Auf dem Lande und in den Städten sind Aerzte, Wundärzte, Apotheker und Hebammen angestellt, denen jede Familie jährlich eine gewisse von der Obrigkeit einzusammelnde kleine Summe bezahlt, wogegen sie aber auch ohne Unterschied jedermann, ohne weitre Forderungen zu machen, mit Rath und That beystehen müssen; so wie denn auch alle von den besoldeten Aerzten verschriebne Arzneymittel denenjenigen, welche nur einfache Taxen entrichten (das heißt, so viel, als von einer einzelnen Land-Portion bezahlt wird) unentgeltlich verabfolgt werden.

Obgleich jedem Mitbürger erlaubt ist, das Land zu verlassen, so fällt doch, wenn er sein baares Vermögen mit aus Abyssinien nehmen will, die Hälfte davon der Staats-Casse anheim. Dieß ist sehr billig; dem Ertrage des vaterländischen Bodens, der ihn ernährt hat, verdankt er seinen Reichthum, dem Staate seine Bildung und Sicherheit aller Art. — Kann er sich beklagen, wenn man, was sein eigner Fleiß dabey bewirkt hat, auf die Hälfte des Erworbnen anschlägt? Es ist sehr begreiflich, daß dieß Gesetz leicht zu täuschen seyn würde; allein sollen wir denn gar nichts auf den Erfolg der bessern moralischen Bildung unsrer Bürger und darauf rechnen, daß sie nicht geneigt seyn werden, aus Leichtsinn ein Land zu verlassen, in welchem sie sich freyer und glücklicher fühlen, als sie in irgend einem andern seyn können?

Zwey und zwanzigstes Kapitel.

Fortsetzung: Religion; Justiz; Strafen und Belohnungen; Policey.

Die Religion kann eigentlich gar kein Gegenstand der Gesetzgebung seyn. Die innere Gottes-Verehrung und die Begriffe, die man sich von dem göttlichen Wesen und seinen Verhältnissen gegen dasselbe macht, richten sich nach den Fähigkeiten und Empfindungen jedes Einzelnen, und es kann vom Staate nichts darüber bestimmt werden, weil dieser nur über Handlungen, nicht aber über Gedanken und Meinungen Richter ist. Die moralischen Vorschriften, zu denen man die Gründe aus religiosen Sätzen herleitet, müssen gleichfalls der innern Ueberzeugung eines Jeden überlassen bleiben; der Staat soll nur dafür sorgen, daß keine Handlungen geduldet werden, die solchen moralischen Regeln zuwider sind, auf welchen die Gesetzgebung beruht. Eben so wenig darf die Regierung den Mitbürgern verbiethen, laut und öffentlich ihre Meinung über diese, ihnen wichtige Dinge zu sagen und zu schreiben, weil überhaupt Worte keinem Zwange unterworfen sind. Was endlich die religiosen und gottesdienstlichen Gebräuche betrifft, so darf sich der Staat nur in so fern darein mischen, als sie die befohlnen Handlungen hindern und die verbothnen befördern könnten, zum Beyspiel, wenn sie anstößig, unsittlich wären, oder die Bürger von nützlicher Thätigkeit abhielten. Uebrigens also ist die speculative, theoretische und practische Religion keinem Zwange unterworfen; wir wissen nichts von einer Landes-Religion; jedermann kann glauben, was er will, und seinen

Gott verehren und ihm dienen, wie es ihm beliebt. Wollen mehrere Familien zusammen treten und nach ihrer Weise gottesdienstliche Versammlung halten, auch aus ihrem Vermögen Leute besolden, die sie Priester oder Prediger nennen; so steht ihnen auch das frey; nur mit der Einschränkung, daß zu diesen Zusammenkünften niemand der Zutritt versagt werden darf, weil überhaupt in einem Lande, wo alles Gute und Gleichgültige öffentlich geschehen kann, jede geheime Versammlung, jede heimliche Unternehmung unerlaubt ist. Auch ist es jeder Secte verstattet, auf nicht ungestüme, aber auf öffentliche Weise, Proselyten zu machen, so viel sie will.

Es erkennt aber der Staat die Priester und Prediger, die sich übrigens kleiden mögen, wie es ihnen beliebt, für gar keinen besondern Stand, nimmt keine Wissenschaft von ihrem geistlichen Berufe, sondern behandelt sie nach der Rücksicht auf das bürgerliche Gewerbe, zu welchem sie sich als Jünglinge haben einschreiben lassen, befreyet sie von keinen Abgaben und Diensten, weiset ihnen keine besondre Einkünfte an, und entscheidet nie in so genannten geistlichen Dingen. Die Lehren einer echten göttlichen Religion müssen durch ihre innere Kraft über Irrthümer siegen, und deßwegen muß es erlaubt seyn, diese wie jene, laut zu predigen, sie der freyen Prüfung zu unterwerfen; der Stifter des erhabnen Christenthums legte es nie darauf an, seine Religion zu einer Staatssache zu machen, und die ersten Prediger derselben verlangten weder Exemtionen, noch Besoldungen, noch Titel, noch Pfründen, noch die Freyheit, müssige Mitglieder im gemeinen Wesen zu seyn.

Um aber das Volk zuweilen zu gemeinschaftlicher Gottesverehrung zu ermuntern und durch edle, religiose Empfindungen die Herzen zur Liebe, Dankbarkeit, zum Wohlwollen und zur brüderlichen Eintracht zu stimmen, wird jährlich Ein Mahl an einem festgesetzten Tage, in der schönsten Gegend jeder Provinz ein großes Volks-Fest veranstaltet, woran Jeder ungezwungen mit seiner Familie Theil nehmen darf. Unter freyem Himmel werden dann herzerhebende, schöne Hymnen, welche die Kinder in den Schulen vollstimmig aufführen lernen, mit Begleitung musicalischer Instrumente gesungen. Gute Redner, denen die Obrigkeit dieß Geschäft aufträgt, halten kurze, rührende Anreden an das Volk und ermahnen es zu Erfüllung seiner Pflichten; die andre Hälfte des Tages verstreicht unter geselligen, gastfreundschaftlichen und gesitteten Freuden. Die Obrigkeit sorgt dabey für Beobachtung des Anstandes und der Ordnung.

Die Justiz wird in Abyssinien unentgeltlich verwaltet; wie die Land- und Stadt-Obrigkeiten erwählt werden, das ist in einem der vorigen Abschnitte gesagt worden; sie bekommen keinen Gehalt und dürfen keine Sporteln nehmen. Nebst denen ihnen obliegenden gewöhnlichen Amts-Verrichtungen, sind sie auch verbunden, jeden Vormittag gewisse Stunden hindurch jedermann vorzulassen, der Klage zu erheben hat. Da wir nicht eine Menge dunkler, sich durchkreuzender Gesetze haben, und unsre Staats-Verfassung nicht Gelegenheit zu mannigfaltigen, verwickelten Streit-Fragen und Händeln gibt, die Haupt-Fälle aber sehr klar in den Gesetzen bestimmt sind, so kömmt weniger darauf an, daß unsre Richter sehr gelehrte Leute, als daß sie verständige, hell sehende, erfahrne und unverführbar rechtschaffne Leute seyen.

Alle Rechtshändel werden mündlich verhandelt, worüber jedoch Protocolle geführt werden. Die Parteyen müssen ihre Nothdurft, nebst den Gründen, selbst einfach vortragen, und kein Advocat, noch Vorsprecher wird geduldet.

Jeder Proceß muß wenigstens nach Ablauf eines Jahrs beendigt seyn.

Wenn zwey Personen mit einander in Streit gerathen, so muß jeder von ihnen, bevor sie sich bey der Obrigkeit melden dürfen, sich einen Schiedsrichter wählen. Diese beiden Schiedsrichter treten zusammen, und suchen einen Vergleich zu Stande zu bringen. Gelingt dieser Vergleich nicht, so stellen sich die Parteyen, begleitet von ihren Schiedsrichtern, vor die Obrigkeit. Diese hört ihre Klagen und Vertheidigungen, hört, wenn es nöthig ist, die Zeugen ab, auf welche man sich beruft, und entscheidet dann, nach Gesetz, Billigkeit und gesunder Vernunft und mit Rücksicht auf Umstände und

Menschenkenntniß. In diesem Gerichte haben die beiden Schiedsmänner, so wohl wie die obrigkeitlichen Personen, Sitz und Stimme.

Nur in wenig Fällen, die bestimmt werden müssen, findet eine Appellation Platz. Diese geht an den Statthalter, und in äußerst wichtigen, gleichfalls zu bestimmenden Fällen, noch von da an den König und den National-Rath.

Alle Eide sind als unnütz abgeschafft. Wie falsche Zeugnisse bestraft werden, das wird in der Folge vorkommen.

Es ist oben gesagt worden, daß es nicht erlaubt sey, Geld auf Zinsen auszuleihen. Jedoch findet davon folgende Ausnahme statt: wenn jemand zu einer nützlichen Unternehmung, wobey etwas zu gewinnen ist, mehr Geld braucht, als er vorräthig hat, und ein Andrer zeigt sich geneigt, ihm das Geld vorzuschießen, so kann nicht verlangt werden, daß dieser dieß umsonst thue, indem er ja selbst durch Handel oder auf andre Weise mit seiner Baarschaft sich erlaubte Vortheile verschaffen könnte. In diesem Falle nun, melden sich beide Theile bey der Obrigkeit, und werden über die Bedingungen einig, welche der Richter bestätigt.

Nur solche, mit Bewilligung der Obrigkeit ausgeliehene Gelder, ferner die bedungne Summe für erhandelte Waare und dergleichen, Erbschaftsgelder, und endlich alle Arten von Arbeits-Tagelohn etc. dürfen gerichtlich eingetrieben werden; wegen aller übrigen Schulden wird keine Klage angenommen.

Strafen können nur dreyerley Zweck haben: entweder das verübte Unrecht wieder gut zu machen, und den dadurch erlittnen Verlust zu ersetzen, oder die Verbrecher zu bessern, oder endlich böse Menschen außer Stand zu setzen, die bürgerliche Ruhe ferner zu stören (jedoch nur durch ein solches Mittel, das Gegenstände trifft, über welche sich der Staat ein Recht anmaßen kann). Aus diesen Voraussetzungen, und aus dem, was in der Einleitung über die Grenzen der gesetzgebenden Macht ist gesagt worden, folgt natürlich, daß weder Tod noch Verstümmlung der Gliedmaßen eine bürgerliche Strafe seyn kann, selbst nicht zur Ahndung eines begangnen Mordes. Und dieß auch schon darum nicht, weil hierdurch das vollbrachte Unglück nicht ungeschehen gemacht, nicht gehoben, der Verlust nicht ersetzt wird; weil der Staat nichts nehmen darf, was er weder geben noch zusichern kann; weil es andre Mittel gibt, einen Verbrecher außer Stand zu setzen, ferner zu schaden; endlich weil Strafe nie Rache werden soll; alle übrige Arten der Strafen sind für rechtmäßig zu halten, in so fern sie mit den Verbrechen in richtigem Verhältnisse stehen.

Wo Ersatz möglich ist, da ist Ersatz des Schadens und der Unkosten, nebst billiger Vergütung für Versäumniß, Verdruß, Schmerz u. d. gl. die natürlichste Strafe.

Selbstvertheidigung und erwiesene unvermeidliche Nothwehr werden nicht geahndet, wohl aber Rache und thätige Erwiderung des Uebels.

Thätige Rache für wörtliche Beleidigung wird bestraft.

Bloße Worte, selbst wenn es Gottes-Lästerungen wären, können, unsern Haupt-Grundsätzen gemäß, nicht bestraft werden. Nur um Handlungen kann sich der Staat bekümmern. Es ist ein elendes Vorurtheil, zu glauben, daß Schimpfwörter und Verleumdungen einem wirklich unschuldigen, ehrlichen, festen Manne je Schaden thun, ihn kränken, oder erniedrigen könnten. Uebrigens steht es in jedermanns Macht, ein von ihm ausgesprengtes nachtheiliges Gerücht, öffentlich zu widerlegen, und wird dann offenbar, daß der, welcher ihm eine Schandthat Schuld gegeben, aus Bosheit gelogen hat, und der Beleidigte beweiset dieß, und verlangt gerichtlich seine Genugthuung, so wird der Verleumder dadurch bestraft, daß er in den öffentlichen Blättern, die unter Aufsicht der Regierung herauskommen, dem Publicum als ein Lügner bekannt gemacht wird. Diese Strafe ist, unter einem Volke, das nach den Grundsätzen der wahren Ehre und Redlichkeit erzogen wird, an sich schon sehr hart; sie hat aber auch noch schlimme Folgen im bürgerlichen Leben; denn ein solcher kann kein öffentliches Amt im Staate verwalten, kein Zeugniß vor Gericht ablegen, kein Geld leihen etc.

Dieß ist dann auch die Strafe, womit erwiesenes falsches Zeugniß geahndet wird.

Wir sehen aber dieselbe für so hart an, daß sie immer nur auf gewisse Jahre verhängt wird, und zwar auf mehr oder weniger Jahre, je nachdem die Verleumdung oder das falsche Zeugniß boshaft, oder der Gegenstand von Wichtigkeit war. Nach Verlauf dieser Zeit wird der Bestrafte öffentlich wieder in die Rechte eines glaubwürdigen Mannes eingesetzt.

Ein Mensch, der zum dritten Mahl diese Strafe verdient, wird, als ein unnützes Mitglied in einem Staate, dessen Wohlfarth auf Treue und Glauben beruht, des Landes verwiesen.

Wer den Andern mit Schlägen mißhandelt, der muß ihm nicht nur, für erlittnen Schmerz und Schimpf, eine Summe Geldes bezahlen, oder, wenn er das nicht kann, auf gewisse Zeit im Gefängnisse büßen; sondern es wird auch, in so fern der gekränkte Theil es verlangt, der Thäter, durch einen Gerichtsdiener, grade eben so öffentlich, als er jene Handlung verübt hat, wiederum mit Schlägen bestraft.

Menschen, die gar zu oft die bürgerliche Ruhe stören, und die Gesetze des Staats höhnen, in welchem sie dennoch immer fortleben, obgleich sie auswandern könnten, werden denn endlich, entweder auf viel Jahre, oder auf immer, eingesperrt.

Ein Landes-Verwiesener, der sich wieder im Abyssinischen Reiche blicken läßt, wird, wenn man seiner habhaft geworden, auf seine Lebenszeit eingekerkert.

Wer sich unberufen thätig in fremde häusliche oder andre Geschäfte mischt, wird, wenn Klage darüber entsteht, von der Obrigkeit bestraft.

Da bey Kauf und Verkauf beide Theile ihren freyen Willen haben, und man von einem verständigen Manne billiger Weise fordern kann, daß er sich in keinen Handel einlasse, wenn er nichts von dem Werthe der Waaren und ihren Preisen versteht; so werden keine Klagen wegen Uebervortheilung im Handel angenommen. Es steht indessen dem Betrognen frey, den Betrug, zur Warnung Andrer, öffentlich bekannt zu machen. Wird aber gerichtlich erwiesen, daß der Verkäufer seine

Waare selbst für etwas ausgegeben, was sie nicht ist, oder, auf Treue und Glauben, ein falsches Maß oder Gewicht angegeben, welches der Käufer auf sein Wort also angenommen; dann wird vorausgesetzt, daß dieser mehr auf jenes Redlichkeit, als auf seine eigne Einsicht und Vorsicht gebauet habe, und der Betrüger muß dem Betrognen nicht nur den Schaden ersetzen, sondern noch den hundertfältigen Werth obendrein in die öffentliche Casse bezahlen.

Todtschlag wird mit lebenslänglichem Gefängnisse von der schwersten Art bestraft; ein mißlungner Angriff auf das Leben eines Menschen, nicht weniger mit lebenslänglichem, doch gelinderm Gefängnisse. In sehr seltnen Fällen kann der Umstand, daß der Angriff in der Blindheit des Zorns geschehen, einige Milderung bewirken. Wer seine Leidenschaften so wenig im Zügel zu halten vermag, der muß dafür büßen.

Diebstahl wird nach den Umständen strenger, oder gelinder bestraft. Strenger ein Haus-Diebstahl, ein Raub, den man an dem Eigenthume seines Freundes begeht, eine Vergreifung an anvertrauetem Gute, die Beraubung eines Armen, ein Diebstahl aus bloßem Geitze, ohne den Antrieb der dringenden Noth, ein solcher, wobey Gewalt angewendet worden, u. s. f.

Da bey uns überhaupt kein Unterschied der Stände statt hat, so ist es fast überflüssig, zu sagen, daß auf die Härte und Milde der Strafen der Stand des Verbrechers gar keinen Einfluß haben kann; es darf also bey uns der, welcher einst das höchste Amt im Staate bekleidet hat, zu der schimpflichsten Strafe verurtheilt werden, wenn er ein schimpfliches Verbrechen begeht. Soll man Rücksicht auf sein feineres Ehrgefühl nehmen, so zeige er dieß feinere Ehrgefühl durch bessere Handlungen! Uebrigens aber bringt eine weise Obrigkeit, bey Bestrafung der Verbrechen, Alter, Temperament, cörperliche Constitution u. d. gl. mit in Anschlag.

Der Klugheit unsrer Richter bleiben die Arten der zu verhängenden Strafen, so wie ihre Stufen und Dauer, nach Maßgabe der Größe der Verbrechen und der damit verbunden gewesenen Umstände, überlassen.

Alle Gefängnisse sind zugleich Werkhäuser; keiner der Gefangnen ist müssig; sie arbeiten theils im Kerker, theils werden sie, geschlossen und bewacht, auf die öffentlichen Arbeits-Plätze geführt. Nach Verhältniß der Größe ihrer Vergehungen, werden ihnen leichtre oder schwerere, angenehmere oder unangenehmere Arbeiten auferlegt, und nach eben diesem Verhältnisse werden sie auch nachsichtiger oder strenger, bequemer oder weniger gemächlich gehalten, besser oder schlechter gespeiset, und wird ihnen mehr oder weniger Freyheit gestattet, zum Beyspiel: in den Erhohlungsstunden ihre Verwandten zu sehen, oder sich andre unschuldige Vergnügungen zu machen. Aber dafür wird bey Allen gleich gewissenhaft gesorgt, daß Reinlichkeit und gesunde Luft in den Kerkern herrschen, und daß, wenn die Gefangnen erkranken, es ihnen nicht an Pflege fehle.

Keine Strafe beschimpft, wenn sie überstanden ist.

So viel von Strafen! Belohnungen für gute Handlungen kann der Staat eigentlich gar nicht austheilen, und am wenigsten möchten wir unsre Mitbürger daran gewöhnen, eitles Lob, äußere Ehrenzeichen, Ordensbänder, Monumente, oder andre Narrheiten von der Art, für Belohnungen zu halten. Jede gute Handlung belohnt sich selber durch das innere Bewußtseyn, seine Pflicht erfüllt zu haben, durch die Freude an dem Guten, das man gestiftet hat, durch den lauten oder stillen Dank, den man einerntet, durch den guten Ruf und durch die Achtung und Liebe edler Menschen, die sich ein redlicher, nützlicher, wohlthätiger Mann sicher erwirbt. — Ein Abyssinier bedarf weiter keiner andern Belohnungen; allein dafür muß doch die Regierung sorgen, daß große, schöne Thaten nicht unbekannt, nicht unbemerkt bleiben, und daß nicht dem, welcher sie ausübt, ein Theil jener natürlichen Belohnungen entzogen werde. Desfalls nun werden solche Handlungen in den Staats-Zeitungs-Blättern öffentlich bekannt gemacht. Diese Blätter dienen überhaupt im ganzen Lande zu allgemeiner Verbreitung und Bekanntmachung dessen, was in den einzelnen Provinzen vorgeht und alle Mitbürger interessiren kann. Was sich in unserm Lande zuträgt, das ist uns wichtiger, als was auswärts geschieht. Wir nehmen wenig Theil an fremden politischen Händeln; es kümmert uns sehr wenig, in welchem Lustschlosse ein müssiger Europäischer Fürst nebst seinem elenden Hofgesindel seinen Wanst gefüllt hat; aber ob Bevölkerung, Fleiß, Tugend, Einfalt der Sitten bey uns zu oder abgenommen haben; das liegt uns sehr am Herzen zu erfahren, und das ist der Inhalt unsrer Landes-Zeitung. Sie kömmt in der Residenz heraus und die Materialien dazu liefern, von unten hinauf, alle Obrigkeiten, durch monatliche Berichte; die Zeitung ist gleichsam der Haupt-Bericht an das Volk.

In dieser Zeitung werden auch alle Haupt-Urtheilsprüche und verhängte Strafen bekannt gemacht. Auch werden darin nützliche Bemerkungen und neue Entdeckungen, zu Verbesserung des Landbaues, zu Erhaltung der Gesundheit etc. der Nation mitgetheilt. — Dieß alles so kurz und deutlich, als möglich.

Die Policey, in den Städten, wie in den Dörfern, sorgt, so viel sie kann, für die Sicherheit, Freyheit, Ruhe, Gesundheit und Gemächlichkeit der Mitbürger. Zur Reinhaltung, Sicherheit und Erleuchtung der Straßen, Hinwegschaffung der Unreinigkeiten durch Canäle, Austrocknung stehender Sümpfe, Ausbesserung der Wege, Nachtwachen, Vorkehrungen gegen Feuers-Gefahr, Löschungs-Anstalten und was dahin gehört, werden die besten Vorkehrungen getroffen.

In unserm Staate wird niemand geduldet, der nicht irgend ein bürgerliches Geschäft treibt und zu treiben versteht, womit sich Unterhalt erwerben läßt; eine bloß verzehrende Classe kennen wir nicht. Ob er übrigens in diesem Berufe sehr fleißig sey, oder ob er nicht mehr Zeit auf Nebendinge, mit denen er sich lieber beschäftigt, verwendet; darum kann sich die Regierung nicht genau bekümmern; auch hieße das zu sehr die natürliche Freyheit einschränken. Nur davon wollen wir gewiß seyn, daß, wenn ein solcher ein Mahl durch seine Faulheit verarmt, und nun von dem Staate Hülfe fordert, dieser ihn nicht umsonst zu füttern brauche, sondern ihn bey irgend einer Arbeit, die er versteht, anstellen könne. Leute also, die, ohne andre Geschäfte, bloß von ihren Renten leben, werden bey uns nicht geduldet, und wollten fremde Müssiggänger von der Art mit großen Schätzen nach Abyssinien ziehen, so würden wir sie nicht aufnehmen; es ist uns weniger daran gelegen, sehr reiche, als fleißige, thätige Mitbürger zu haben. Auch bloß speculirende Gelehrte dulden wir nicht; wir wissen recht gut, daß die höchste Geistes-Anstrengung und das emsigste Studium sich vortrefflich mit einiger nützlicher Thätigkeit im bürgerlichen Leben vereinigen läßt. Derselbe Fall ist mit Menschen, die sich mit schönen Künsten beschäftigen; ein Mahler, ein Tonkünstler, ein Dichter zu seyn, das gilt bey uns für keinen Stand. Wir glauben nicht daran, daß die Begeisterung, welche den Künstler beleben muß, durch die Aufmerksamkeit auf die kleinen Details, die bey bürgerlichen Geschäften vorfallen, verscheucht werde.

Wir leiden nicht, daß Gaukler, Springer und überhaupt Menschen, die eine Kunst üben, welche weder der bürgerlichen Gesellschaft nützlich ist, noch wohlthätigen Einfluß auf Kopf oder Herz hat, bey uns ihr Wesen treiben; sie werden sogleich des Landes verwiesen. Daß kein einziger Bettler in einem Reiche sich blicken lassen dürfe, wo jeder arbeitsame Mensch bequem Unterhalt finden kann; das versteht sich wohl von selber.

Es sind bey uns alle Zünfte abgeschafft; Jedermann kann frey eine Hantierung, ein Gewerbe treiben, welches er will und worin er sich geschickt glaubt, und kann seine Arbeit so hoch taxiren, als ihm beliebt. Es wird sich bald ausweisen, ob er sein Handwerk versteht, oder nicht, und der Pfuscher wird gewiß nicht lange dem geschickten Arbeiter das Brot vor dem Munde wegnehmen. Fordert aber jemand, zu Betreibung seines Handwerks oder seiner Kunst, Unterstützung vom Staate; dann muß er freylich erst Beweise seiner Geschicklichkeit geben.

Der Lohn für Gesinde, für Arbeitsleute, Tagelöhner etc. ist im ganzen Abyssinischen Reiche bestimmt; wer mehr nimmt, oder mehr bezahlt, wird bestraft.

Aller Aufwand bey Begräbnissen ist verbothen. So bald ein Abyssinier stirbt, sind seine Verwandte oder Freunde verbunden, es dem vom Staate angesetzten Arzte anzuzeigen. Dieser begibt sich in das Sterbehaus, besichtigt den Körper und stellt, wenn er ihn wirklich todt findet, darüber ein Zeugniß aus. Dieß Zeugniß wird der Obrigkeit vorgezeigt, die den Befehl zur Beerdigung nach Verlauf einer bestimmten Anzahl Tage, ausfertigt. Länger darf dann auch der Leichnam nicht liegen bleiben. Die allgemeinen Begräbnißplätze sind weit genug von den Wohnungen der Lebendigen entfernt. Der Todte wird unbekleidet in einen Kasten von gemeinem Holze, ohne alle Zierathen, gelegt. Bevor der Kasten vernagelt wird, öffnet man dem Verstorbnen eine Pulsader; der Todte wird in der Stille fortgebracht. Es ist bestimmt, wie tief der Kasten in die Erde eingegraben werden muß; vor funfzig Jahren darf kein altes Grab umgegraben werden. Die Begräbnißplätze sind daher in Quartiere eingetheilt, deren jedes die Todten aus einem Jahrzehend umfaßt. Monumente und dergleichen Spielwerke der Eitelkeit werden nicht geduldet. Das Andenken unsrer edeln Männer verewigt sich in der Wirkung ihrer guten Handlungen, und kein großer Nahme geht verloren, wenn er auch nicht in Marmor oder Erz eingegraben steht.

Jedermann hat bey uns die Freyheit, seine Lebensart, seine Kleidung und dergleichen nach seinem Geschmacke und seiner Phantasie einzurichten; es findet darin durchaus kein Zwang statt. Wäre es möglich, so wünschten wir, daß unsre ganze Nation darüber einig würde, alles, was Mode und Convention heißt, abzuschaffen, und daß Jeder, ohne sich um den Andern zu bekümmern, thäte und trüge, was er wollte. Mancher kann vielleicht seiner Gesundheit und seinem Körperbau eine lange Türkische, oder eine Armenische Kleidung angemessen finden; er kleide sich also Türkisch, oder Armenisch! Einem Andern behagt mehr eine kurze Spanische, oder irgend eine andre von den albernen Europäischen Trachten; auch dieser folge seiner Phantasie! Gesetze gegen den Luxus haben wir gar nicht. Unsre Mitbürger werden so erzogen, daß sie über zwecklose Thorheiten und über Flitterprunk hinaus seyn werden; und da wir Alle gleich sind; so fällt die Haupt-Ursache eines glänzenden Aufwandes, nähmlich die Absicht, für einen vornehmen Mann angesehen zu werden, weg; wir haben ja unter uns keine vornehme Männer.

So wie Jeder die Freyheit hat, sich zu kleiden, wie er will und so viel Aufwand zu machen, als ihm beliebt, so bleibt es auch seiner Willkühr überlassen, sein Haus so zu bauen und auszuzieren, wie es ihn am besten und zierlichsten dünkt. Weil doch aber wirklich der Geschmack in Verzierungen und dergleichen sehr viel mehr Einfluß auf die Denkungsart der Menschen hat, als man glauben sollte, so ist die Obrigkeit jedes Orts bereit, jedem Mitbürger, der sich an sie wendet, Risse und Zeichnungen, nach den edelsten und einfachsten Planen und Formen, zu Gebäuden aller Gattung, so wie zu aller Art Hausrath, unentgeltlich mitzutheilen. Auch werden solche Aufrisse von Zeit zu Zeit in Kupfer gestochen und öffentlich angeschlagen. Die Baumeister, welche der Staat besoldet, und die über die öffentlichen Gebäude die Aufsicht haben, sind angewiesen, den Mitbürgern mit Rath und That beyzustehen, und in den öffentlichen Fabriken wird dafür gesorgt, daß nur nach den einfachsten und edelsten Mustern und Formen gearbeitet werde.

Da uns daran gelegen ist, daß unsre Sitten nicht durch Ausländer verderbt werden, daß man uns nicht fremde Thorheiten und Laster von außen herein spedire, und daß nicht eine Menge vorwitziger, müssiger, neugieriger Reisender, welche die lange Weile aus ihrem Vaterlande jagt, unter uns herum renne; so sehen wir uns gezwungen, zu fordern, daß jeder Fremde, der unsre Grenze betritt, sich sogleich erkläre, was für ein Geschäft er bey uns habe, auch wie lange und in welchen Gegenden er sich aufzuhalten gedenke. Werden seine Verrichtungen erlaubt und wichtig genug befunden, so erhält er von der Obrigkeit einen Paß, der nach diesen Umständen eingerichtet ist. Diesen muß er aller Orten in Abyssinien, wohin er kömmt, vorzeigen. Ertappt man ihn auf einem Nebenwege, oder in einem Geschäfte, das er nicht angezeigt hat, oder bleibt er über die bestimmte Zeit, so wird er sogleich über die Grenze gebracht.

Der Policey liegt auch ob, ein wachsames Auge auf die Buchdruckereyen zu halten, das heißt, dafür zu sorgen, daß die Preß-Freyheit nicht gemißbraucht werde. Es ist nähmlich im Vorhergehenden gesagt worden, daß jedermann frey und offen über alle Gegenstände und über alle Personen seine Meinung sagen und schreiben dürfe, und daß er von der Regierung in dem Besitze dieser Freyheit geschützt werde; daß ihm deßwegen von niemand ein Haar gekrümmt werden dürfe, in so fern er die Wahrheit gesagt habe, und nicht vom beleidigten Theile dargethan würde, daß er ein Verleumder sey. — Doch dieß alles unter der Bedingung, daß der Nahme des Schreibers nicht verschwiegen sey. Die Policey nun wacht darüber, daß durchaus keine anonyme Schriftsteller auftreten dürfen, und forscht, wenn dergleichen Blätter dennoch zum Vorschein kommen, genau nach dem Urheber, um denselben zu bestrafen. Doch ist ein Fall ausgenommen, wo der Nahme des Schreibers nicht erfordert wird, nähmlich, wenn jemand Facta bekannt macht, die auf öffentlichen Documenten beruhen, oder von deren Grund oder Ungrunde sich jedermann durch den Augenschein, oder bey der geringsten Erkundigung überzeugen kann; zum Beyspiel, wenn er den ungerechten Gang eines Processes öffentlich rügte, da dann, wenn die Angabe falsch wäre, ein von den Richtern, Schiedsrichtern und Zeugen unterschriebner Auszug aus den Acten, das Publicum sogleich von der wahren Lage der Sachen unterrichten könnte.

Wirthshäuser, in welchen müssige Leute sich bloß zum Trinken versammeln, werden bey uns gar nicht geduldet; den Gastwirthen, die Fremde beherbergen, sind genaue Taxen vorgeschrieben.

Drey und zwanzigstes Kapitel.

Kriegswesen. Handlung.

Wir können nie in den Fall kommen, einen offensiven Krieg zu führen. Zufrieden mit unserm Zustande, wenn Fleiß, Industrie, Einfalt der Sitten und Frieden bey uns herrschen, bauen wir unsre Felder, verarbeiten unsre Producte, und begehren nichts von dem, was fremde Völker besitzen. Unser Land ist groß genug, um doppelt so viel arbeitsame Menschen zu ernähren, als jetzt darin leben; also suchen wir auch unsre Grenzen nicht zu erweitern. *Ueber dieß halten wir es für unnatürlich und den ersten Rechten der Menschheit zuwider, daß ein Staat sich die Befugniß anmaße, durch Eroberung, Tausch oder Vertrag, ein anders Land an sich zu bringen, wenn er nicht weiß, ob die Einwohner desselben damit zufrieden sind, daß sie nun von andern Menschen regiert werden sollen.* Denn wenn nun auch alte Usurpationen gegen die heiligen Menschen-Rechte ewig gültig bleiben, und Völker, die vor tausend Jahren ihren Nacken unter das Joch eines Einzelnen gekrümmt haben, immerfort auch noch den späten Nachkommen dieses Einzelnen sclavisch gehorchen sollen, so empört doch das alle gesunde Vernunft, daß diese Herrschers-Familien das Recht haben sollen, sich einander Länder und Völker zu schenken, zu verkaufen, oder zu rauben, wie man Heerden Vieh veräußert.

Wir führen also keine offensive Kriege; allein wir müssen uns in einem solchen Stande erhalten, daß wir, so bald ein unruhiger Nachbar uns angreift, gerüstet seyen, ihm mit einem starken und geübten Heere die Spitze zu biethen.

Zu diesem Endzwecke bleibt jeder Bürger bis in sein sechzigstes Jahr Soldat, und muß in das Feld, sobald die Noth es erfordert, ist in seinem Provinzial-Regimente eingeschrieben, hat in seinem Hause eine vollständige Kriegs-Kleidung und Bewaffnung liegen, und wohnt jährlich vierzehn Tage lang, wenn die Waffen-Uebungen vorgenommen werden, denselben bey. Die übrige Zeit kann er ruhig zu Hause bleiben.

Drey Jahre seines Lebens hindurch muß aber jeder Abyssinier, auch in Friedenszeiten, fortgesetzt als Soldat dienen. Diese fangen mit seinem zwanzigsten Jahre an, das heißt, bevor er sich häuslich niederläßt. Ihm wird dann vom Staate eine vollständige Kleidung gegeben, die er aber hernach auf seine Kosten unterhalten muß; er lernt den Dienst, und muß alles thun, was einem Soldaten obliegt; der Staat gibt ihm nur Brot; allein da er, wie man nachher hören wird, in seiner Heimath bleibt, und nebenher seinen Unterhalt erwerben kann, man ihn auch für die öffentlichen Arbeiten, wozu das Heer gebraucht wird, zum Beyspiel, Straßen, Dämme, Wasser-Leitungen etc. anzulegen, besonders bezahlt; so kann er keinen Mangel leiden. Dieser Dienst ist aber nicht schwer, und wird ein Jüngling dadurch gewiß nicht in der Wissenschaft, der Kunst oder dem Handwerke, das er gewählt hat, binnen diesen drey Jahren zurück kommen, indem ihm Zeit genug übrig bleibt, sehr viel nebenher zu arbeiten. Nach Verlauf der drey Jahre geht er nach Hause, und ist, außer den jährlichen vierzehn Tagen, wo die Waffen-Uebungen getrieben werden und außer dem Falle, wenn Krieg entsteht, völlig frey.

Jede Provinz hält in Friedens-Zeiten nur Ein Regiment, das aus zwölf Compagnien, drey zu zweyhundert, und neun zu hundert Mann besteht. In jedem der drey großen und neun kleinen Dörfer liegt eine dieser zwölf Compagnien, die aus den Jünglingen desselben Dorfs zusammen gesetzt ist, so daß also keiner durch seinen Soldaten-Dienst sich von seiner Heimath entfernt. Dieß macht zuerst, in den zwölf

Provinzen, ein Kriegsheer von achtzehntausend Mann, das in Friedens-Zeiten auf den Beinen, und zur innern Sicherheit und den öffentlichen Arbeiten hinlänglich ist. So bald eine Armee zur Vertheidigung des Reichs zusammen treten, und nun jeder Bürger unter sechzig Jahren die Waffen ergreifen muß, werden aus jedem kleinen Regimente vier stärkere gemacht. Dann haben wir ein furchtbares Heer, furchtbarer noch, weil es nicht aus Miethlingen und Fremden, sondern aus freyen Menschen besteht, die für ihr Eigenthum und ihre Ruhe fechten.

Die Städte liefern die Artilleristen, Ingenieurs, Pontoniers und Pioniers. Jeder Stadt-Einwohner muß sich gleichfalls im zwanzigsten Jahre zu einem von diesen Corps einschreiben lassen, und bekömmt, während seiner drey Dienstjahre, unentgeltlich Unterricht in den dazu erforderlichen Kenntnissen.

Nur wenn Krieg entsteht, schafft der Staat Cameele und Elephanten an, und besetzt diese mit einem Corps von Freywilligen, die bald eine Fertigkeit erlangen, mit diesen Thieren gegen den Feind zu operiren, da überhaupt die Abyssinier zu Leibes-Uebungen sehr geschickt sind. Uebrigens machen wir, weil wir nur Vertheidigungs-Kriege führen, wenig Gebrauch von Reiterey.

Das bleibende Heer der Jünglinge übt sich, Jahr aus Jahr ein, täglich eine Stunde in den Waffen. In einer Jahrszeit aber, wo der Landmann am wenigsten Geschäfte hat, wird die vorhin erwähnte größere Uebung, vierzehn Tage hindurch, von allen Mitbürgern unter sechzig Jahren vorgenommen. Alsdann zieht sich in dem Mittelpuncte jeder Provinz das kleine Provinzial-Corps, welches dann aus vier Regimentern besteht, zusammen, zu welchem die Corps aus den vier Städten stoßen, und mit jenen gemeinschaftlich allerley Kriegs-Evolutionen machen.

Wir halten es nicht für zweckmäßig, in unsern eigentlichen Schulen, den Kindern Anweisung in körperlichen Uebungen geben zu lassen. Bis zum funfzehnten Jahre kann man die Stunden besser anwenden, und so lange der Körper noch im ersten Wachsthume ist, können Anstrengungen von der Art gefährlich werden. In jeder Stadt aber unterhält die Obrigkeit ein Paar Männer, die in einem öffentlichen Gebäude Unterricht im Ringen und besonders im Reiten und schnellen Lenken der Cameele geben. Hier wird kein Schüler, der unter funfzehn Jahre alt ist, angenommen. Wer Vermögen hat, muß dafür bezahlen, eine gewisse Anzahl Aermerer aber wird Ein Jahr lang unentgeltlich unterrichtet. Auf diese Weise kann doch nach und nach die sämmtliche Jugend in den Städten sich in Leibes-Uebungen geschickt machen. Monathlich an einem gewissen Tage stehen die dazu bestimmten Gebäude jedermann offen; dann können auch die, welche grade zu der Zeit keinen Unterricht mehr genießen, den Platz betreten und mit den Schülern wetteifern. Für die Landleute halten wir eine solche Anstalt überflüssig. Die Beschäftigungen, die bey dem Ackerbaue vorfallen, stärken den Körper hinlänglich; doch ermuntert die Obrigkeit das junge Volk in den Dörfern, an den beiden monathlichen Ruhetagen, die künftig, statt des ehemahligen wöchentlichen Sonntags, in ganz Abyssinien einzuführen sind, sich mit allerley körperlichen Uebungen, im Laufen, Springen, Ringen, nach dem Ziele werfen und dergleichen, zu belustigen, und theilt dann Preise an die Geschicktesten aus. Was aber jenen monathlichen Tag in den Städten betrifft, so pflegen da viel Zuschauer gegenwärtig zu seyn, und reiche Mitbürger machen sich das Verdienst, kleine Preise für diejenigen Jünglinge zusammen zu legen, die sich dabey vorzüglich auszeichnen. — Das sind unsre Schauspiele! Jährlich aber ist in jeder Stadt ein Festtag angesetzt, an welchem jene Gebäude von Innen verziert, und dann, bey dem Klange musicalischer Instrumente, große Wett-Uebungen vorgenommen werden. Hier bezahlt jeder Zuschauer einen freywilligen Beytrag, und von diesem Gelde werden denen, die an dem Tage besondre Ehre einlegen, Geschenke gereicht. Auf solche Weise erlangen wir, daß unsre Krieger keine unbehülfliche, bloß nach dem Stocke abgerichtete Maschinen sind, sondern daß ihr Körper stark und biegsam wird.

Ich muß nun sagen, auf welche Weise wir unsre Officiers-Stellen besetzen. Da die ältern Mitbürger, binnen den vierzehntägigen jährlichen Waffen-Uebungen, Gelegenheit haben, die Fähigkeiten der einzelnen jungen Leute kennen zu lernen; so beruft jede Orts-Obrigkeit, an dem letzten dieser vierzehn Tage, die zwölf Aeltesten unter jenen Mannern zusammen, und läßt durch diese, aus der Compagnie des Orts, vier Unter-Officier, unter den Jünglingen, für das folgende Jahr wählen. Es muß aber ein solcher, der Unter-Officier werden soll, schon zwey seiner Dienst-Jahre zurück gelegt haben. Die übrigen Unter-Officier, nähmlich die, welche, wenn die ganze Compagnie von alten und jungen Leuten beysammen ist, erforderlich sind, werden gleichfalls auf diese Weise gewählt, bekleiden aber lebenslang ihre Stellen, und treten in Verrichtung, so bald sich die Compagnie zusammen zieht.

Jede Compagnie des bleibenden Heers der Jünglinge hat einen Hauptmann, zwey Lieutenante und einen Panier-Träger. Diese werden von der Orts-Obrigkeit, mit Zuziehung der zwölf Aeltesten, ernannt und behalten ihre Stellen lebenslänglich; denn auf ihre Erfahrung, Uebung und Geschicklichkeit muß sich der Staat bey Bildung der jungen Mannschaft verlassen. Sie werden besoldet und avanciren unter sich, bis zum Hauptmanne. Zu der größern Armee werden gleichfalls die Compagnie-Officier ernannt, die auch ihre Stellen lebenslang behalten, aber, da sie nur in der Exercier-Zeit und im Kriege in Function treten, nicht besoldet werden.

Die Stabs-Officier wählt das Provinzial-Collegium, aus den Hauptleuten der Provinz. Sie bleiben immer in ihren Stellen, bekommen aber in Friedenszeiten keinen Gehalt.

Die Heerführer wählt die National-Versammlung, so bald ein Krieg entsteht.

Jeder Hauptmann erstattet Bericht von dem Zustande seiner Compagnie an die Obrigkeit des Orts, die auch bey den Haupt-Waffen-Uebungen gegenwärtig ist. Da alle Abyssinier geübte Soldaten sind, so ist nie zu befürchten, daß unsre Magistratspersonen unwissend in diesem Fache seyn sollten.

Wenn Krieg entsteht, so müssen zwar alle Mitbürger sich fertig halten, die Waffen zu führen; allein Städte und Dörfer dürfen deßwegen nicht leer stehen, die Felder nicht unbebauet bleiben, noch die Geschäfte der Handwerker und Künstler ruhen. Die Obrigkeiten sorgen also dafür, daß, außer den Fällen der äußersten Noth, niemand in's Feld rücke, der seinem Hauswesen unentbehrlich ist.

Im Kriege werden alle Soldaten aus der Staats-Casse besoldet, und wenn diese den Aufwand nicht bestreiten kann, so werden sich's die Mitbürger gefallen lassen, eine außerordentliche Steuer zu bezahlen.

Es ist vorhin von einer Kriegs-Kleidung geredet worden. Man muß sich dabey aber keine Europäische bunte Soldaten-Röckchen denken, die dem Auge den lächerlichen Contrast zwischen Armseligkeit und Flitterglanz darstellen. Unsre Soldaten sollen nicht glänzen; ihre Kleidung ist bequem, zweckmäßig, dem Clima angemessen, so wohlfeil, als jede andre bürgerliche Kleidung, und zeichnet sich nur dadurch aus, daß sie gleichförmig ist, die Provinzen sich aber durch die Farben unterscheiden. — Dieß sey genug von unserm Kriegswesen: Reden wir nun von dem Handel!

Wir kennen alle die schönen Floskeln, die sich über die Glückseligkeit, den Reichthum und den Wohlstand eines Landes, das einen vortheilhaften großen auswärtigen Handel treibt, sagen lassen; allein da wir uns fest vorgenommen haben, bey Einrichtung unsrer Staats-Verfassung, von Grundsätzen auszugehen, die nur auf gesunder Vernunft beruhen und über alle conventionelle Ideen und verjährte Vorurtheile hinaus gehen sollen; so gestehen wir, daß, wenn wir so glücklich sind, Abyssinien zu dem innern Flor zu bringen, nach welchem wir ringen, wir den Nationen, die durch auswärtigen Handel reich werden, ihre Glückseligkeit nicht beneiden. Wenn alle unsre Felder bebauet und fruchtbar sind; wenn wir dann Früchte genug ziehen, um, auch bey zunehmender Bevölkerung, uns reichlich zu sättigen; Wenn wir alle unsre rohen Producte selbst bearbeiten, alle unsre Bedürfnisse befriedigen können; kurz! wenn unser Land, wie es denn wirklich dazu im Stande ist, uns alles liefert, was zur Nothdurft und Annehmlichkeit des Lebens gehört; so begnügen wir uns gern mit diesem innern wahrhaften Reichthume, und wollen lieber die echte Arbeitsamkeit unsrer Mitbürger, als ihre Habsucht ermuntern. Wir möchten lieber auf die hochgepriesenen Vortheile, die der Handel gewähren soll, auf die Vermehrung und Ausbreitung so mancher nützlichen Kenntnisse, Vervollkommnung der Künste und dergleichen Verzicht thun, um nicht zugleich ihr trauriges Gefolge, den übertriebnen Luxus, die Entstehung so mancher unnützen Bedürfnisse, Unmäßigkeit, Corruption der Sitten, Verstimmung des Characters, Verlust der Originalität, ausländische Krankheiten und Thorheiten, Wucher-Geist, Untreue und unzählige andre Verderbnisse mit aufnehmen zu müssen. Der Staat wird also nie den geringsten Schritt thun, um den Handel der Privatleute in fremde Länder zu befördern; doch will er auch nicht hindern, daß unsre Mitbürger ihre überflüssigen Producte und diejenigen Waaren und Fabricate, deren man im Lande nicht bedarf, an fremde Nationen verkaufen.

Es steht also jedermann frey, einen uneingeschränkten Handel, in und außer Lande, zu treiben und jedes Landes-Product aus dem Abyssinischen Reiche auszuführen.

Von den ausgehenden Gütern wird nicht der geringste Zoll entrichtet. Ausländische Waaren hingegen dürfen der Regel nach durchaus nicht in das Land eingeführt werden, bey Strafe der Confiscation. Sollten vorerst, bis alle unsre Fabriken in vollem Gange sind, einige Artikel davon ausgenommen werden müssen; so wird von diesen der zehnte Theil des Werths als Zoll abgegeben.

Der Staat selbst aber treibt in und außer Lande einen Handel, der für das Reich höchst vortheilhaft ist. Er läßt durch Agenten den Ueberfluß der in den öffentlichen Fabriken und Manufacturen verfertigten Waaren fremden Nationen für baares Geld verkaufen. Er häuft in den Magazinen Früchte und Waaren aller Art auf, und schlägt diese, so bald die Wucherer eine Theurung verursachen wollen, zu billigen

Preisen los, so daß alle Artikel der Nothdurft und der Gemächlichkeit stets in ganz Abyssinien in einem Mittelpreise bleiben. In diese Magazine kann auch Jeder seine guten Waaren statt sie mit Unkosten auf fremde Märkte zu bringen, jedoch zu einem niedrigern Preise, abliefern, und empfängt baares Geld dafür.

Die größten und wichtigsten Magazine dieser Art haben wir an den vornehmsten Grenzörtern angelegt. Dort werden auch zu gewissen Zeiten im Jahre große Märkte gehalten, wodurch wir zu bewirken hoffen, daß die Fremden die Kaufmannsgüter, deren sie bedürfen, dort abhohlen, und daß nicht, unter dem Vorwande des Handels, müssige Ausländer in dem Innern unsers Reichs herum schleichen.

Vier und zwanzigstes Kapitel.

Wissenschaften und Künste.

Wie viel Wissenschaften und Künste zur moralischen Bildung einer Nation, zu Beförderung wahrer menschlicher Geselligkeit, zu Erweckung wohlwollender Gesinnungen, und überhaupt zu Gründung der bürgerlichen Glückseligkeit beytragen, davon liefert die Geschichte aller Zeitalter die Beweise; und es kann keinem Zweifel unterworfen seyn, ob es zu den Pflichten einer weisen und sorgsamen Regierung gehöre, Wissenschaften und Künste zu befördern und wahre Gelehrte zu unterstützen. Allein wir machen billiger Weise, ohne einem einzigen Studium seinen Werth benehmen zu wollen, einen Unterschied unter den verschiednen gelehrten und andern Kenntnissen und Talenten. Wir halten diejenigen hauptsächlich unsrer Aufmerksamkeit und Unterstützung würdig, die einen unmittelbar vortheilhaften Einfluß auf das Wohl des Staats und überhaupt der menschlichen Gesellschaft haben. An den Fortschritten der bloß speculativen Wissenschaften hingegen und solcher Künste, die nur zur angenehmen Unterhaltung oder Beschäftigung der Phantasie dienen, nehmen wir weniger thätigen Antheil.

Es ist vorhin gesagt worden, daß wir den Stand eines Gelehrten nicht eigentlich für einen besondern Stand im Staate anerkennen, sondern dafür halten, daß der, welcher sich den Wissenschaften widmet, schuldig sey und auch Muße genug übrig behalte, nebenbey seine Pflichten im geselligen und bürgerlichen Leben zu erfüllen und irgend ein Geschäft zu treiben, das ihn in die Reihe der arbeitenden Mitbürger classificirt. Wenn indessen ein Mann von großen Gaben, Fähigkeiten und Kenntnissen, durch seine Schriften oder durch Unterricht der Jugend, eine lange Reihe von Jahren hindurch vortheilhaft auf sein Zeitalter gewirkt, oder eine Wissenschaft mit neuen Entdeckungen bereichert, darneben aber auch treulich seine Pflichten als Mitbürger erfüllt hat, so hält es die Regierung für gerecht, einem solchen ein ruhiges Alter zuzubereiten. Zu diesem Endzwecke sind in drey der größten Städte des Reichs geräumige Häuser erbauet, die theils auf Kosten des Staats, theils von den freywilligen Beyträgen unterhalten werden, welche man an dem jährlichen, zur allgemeinen Gottes-Verehrung bestimmten Tage, unter allen Classen des Volks einsammelt.

In diese Gebäude werden zuerst überhaupt alle Greise, die durch Alter und Schwachheit außer Stand gesetzt sind, ihr Gewerbe ferner zu treiben, nebst ihren Weibern aufgenommen. Doch wird ein großer Theil dieser Veteranen auch zu Aufsehern in den öffentlichen Arbeitshäusern, Fabriken und Mannfacturen angestellt. Sodann nimmt man darin diejenigen auf, die im Kriege verstümmelt worden. (Die wirklich Kranken finden in den Hospitälern ihre Verpflegung.) Endlich werden jene Häuser, wie gesagt worden, von Gelehrten bewohnt, denen man in ihrem Alter, zum Preise ihrer Verdienste um das Menschengeschlecht, eine glückliche Muße verschaffen will. Sie werden an großen Tafeln gespeiset, haben in den angrenzenden Gärten Gelegenheit frische Luft einzuathmen und sich eine gelinde Bewegung zu machen, und werden überhaupt, bey einem kleinen Jahrgelde, das sie erhalten, in Wohnung, Kleidung und allem, was zu einem von Sorgen freyen, angenehmen, doch philosophisch mäßigen Leben gehört, so gepflegt, daß sie Zufriedenheit und Ruhe genießen können. Hat Einer von ihnen baares Vermögen, so muß er bey seinem Eintritte eine Summe, die sehr geringe angesetzt ist, welche aber zu erhöhen, seiner Großmuth überlassen bleibt, zu dem Fond dieser wohlthätigen Anstalt zuschießen.

Ein Theil der Einkünfte dieser Häuser wird verwendet, Bücher-Sammlungen, Naturalien-Cabinette, Maschinen, Modelle und dergleichen anzuschaffen.

Eine gewisse Anzahl junger Leute, die sich den Wissenschaften widmen, die Bibliotheken und den Umgang erfahrner Männer nützen wollen, und denen es ein Ernst ist, in ihrem Fache groß zu werden, erhalten die Erlaubniß, wenn sie Zeugnisse ihres bisherigen Fleißes beybringen können, gegen Erlegung eines gewissen Kostgeldes, drey Jahre lang in diesen Häusern zu wohnen. Die Greise sind nicht verbunden, ihnen Unterricht zu geben; es müssen aber die Jünglinge, durch bescheidne Bitten und Fragen, durch Proben von Lehrbegierde und durch edle Aufführung, zu erlangen suchen, daß ihnen die Wohlthat eines guten Raths und einer belehrenden Zurechtweisung nicht versagt werde.

Es ist erwähnt worden, daß bey uns alle junge Leute bis in ihr funfzehntes Jahr in den öffentlichen Schulen eine gleiche Art des Unterrichts genießen, folglich alle gleich vorbereitet sind, neben dem Gewerbe, dem sie sich alsdann widmen, auch die gelehrte Laufbahn zu betreten. Zu Fortsetzung der Studien nun für diejenigen, welche sich den Wissenschaften ergeben wollen, ist das zweckmäßigste Mittel, daß sie einen Gelehrten, zu dessen Kenntnissen, in dem Fache, daß sie gewählt, sie das größte Zutrauen haben, bewegen, sie als Schüler anzunehmen; denn *wir haben keine Universitäten, und so wenig als wir Handwerks-Zünfte haben, so wenig gibt es bey uns Gelehrten-Zünfte, oder Facultäten.*

Die Ursache, weßwegen wir keine Facultäten haben können, ist sehr begreiflich. Die Theologie ist in Abyssinien keine positive, autorisirte Wissenschaft; die Rechtsgelehrsamkeit ist gleichfalls bey uns kein besondres Studium, da jeder Mitbürger verbunden ist, sich mit den sehr einfachen Landesgesetzen bekannt zu machen, wozu er schon in der Schule die erste Anweisung erhält. Eine philosophische Facultät oder Zunft ist vollends eine Albernheit, da Philosophie auf freyem Nachdenken beruht, und jeder verständige, nachdenkende Mann sich sein eignes besondres philosophisches System, wie es für seinen Kopf und sein Herz paßt, bauen wird. Mathematische, physicalische und alle dahin einschlagende Wissenschaften werden täglich durch neue Entdeckungen bereichert, und werden am besten aus den ältern und neuern Schriften, verbunden mit eignen Versuchen, erlernt. Es bliebe also noch die Arzeneykunst übrig, von der nachher geredet werden soll.

Was nun die Universitäten betrifft, so lehrt uns die Erfahrung, daß dort die Jünglinge mit einer Menge unnützer Dinge geplagt werden, die sie nachher wieder vergessen müssen; daß der dort herrschende Systemgeist, Schlendrian, Autoritätszwang, Pedantismus und dergleichen, manchen guten Kopf verschraubt und vom Selbstdenken ableitet.

Es fehlt aber darum dem jungen Gelehrten bey uns nicht an Gelegenheit, sich in seinem Fache zu vervollkommnen. Männer, die in einer Wissenschaft groß sind, pflegen Freude daran zu finden, von dem zu reden, womit sie sich immer und gern beschäftigen, pflegen mit Vergnügen ihre Kenntnisse mitzutheilen. Ein junger Mensch also, dem es ein Ernst ist, mehr zu lernen, und dieß gründlich zu lernen, wird leicht einen Gelehrten bereit finden, ihn als Schüler, vielleicht auch als Kostgänger, auf gewisse Jahre anzunehmen. Er wird dann gewiß von einem solchen practischen Gelehrten, mit geringerm Aufwande, in kürzerer Zeit weiter geführt werden, als ihn auf einer Universität die Stuben-Gelehrten mit ihren unnützen Spitzfindigkeiten und ihrem critisch-historischen Wort-Krame leiten können. Jener wird dieß alles linker Hand liegen lassen, und dem Schüler überlassen, einst wenn er erst in dem Wesentlichen seines Faches fest ist, durch Lectüre sich auch damit bekannt zu machen, und ihn indeß immer auf die einfachen Grundsätze und das Practische der gewählten Wissenschaft lenken.

Dieß ist besonders von der Arzeneykunst wahr, und ein geschickter Arzt und Wundarzt, welcher seinen Zögling mit zu seinen Kranken führt, und ihm dann, bey den wirklichen Fällen, die Natur dieser und der damit verwandten Krankheiten und die Wirkung der Arzneymittel erklärt, ihm auch darneben zu Hause einigen theoretischen Unterricht gibt und ihm die besten Bücher empfiehlt, wird einen geschicktern Mann aus ihm bilden, als die Universität.

Durch Schriststellerey kann unendlich viel Gutes bewirkt werden; wir ehren also diejenigen Männer unter uns, die durch ihre literarischen Producte, welche nützliche, der menschlichen und bürgerlichen Gesellschaft interessante Gegenstände behandeln, auf ihr Zeitalter vortheilhaft gewirkt, oder große bis jetzt versteckt oder verdunkelt gewesene Wahrheiten, in Cours gebracht und in ein helleres Licht gesetzt haben. Wir ehren sie; aber wir verderben sie nicht durch Schmeicheley, durch übertriebne Lobeserhebungen, und setzen nicht den Mann, welchen die Natur mit hinreissender Beredsamkeit, lebhafter Einbildungskraft und einem hellen Blicke ausgerüstet hat, so daß er Sätze, die in manches Biedermanns Kopfe und Herzen ruhen, klar, lichtvoll und rührend vorträgt, diesen setzen wir nicht in unsrer Achtung weit über den hinaus, der ein langes Menschenleben hindurch in der Stille und unbemerkt, ohne Bücher geschrieben zu haben, immer gleich edel, verständig, consequent und fest gehandelt und durch Rath, That und Beyspiel viel Gutes um sich her verbreitet hat. Endlich, da wir allen Prunk, alle Spielerey hassen, und uns der Gedanke empört, daß man wahre Tugend und wahres Verdienst belohnen und krönen könne, so ist bey uns an keine Preise für literarische Verdienste und an keine Bildsäulen und dergleichen Thorheiten zu denken. Unsre Jünglinge ermuntern wir durch Preise, sich in körperlichen Uebungen geschickt zu machen; aber Tugend und Weisheit lassen sich nicht taxiren, noch bezahlen. Das mittelmäßige Genie wird dadurch nicht groß, und das erhabene bedarf solcher Ermunterungen nicht, sondern arbeitet sich sogar durch Schwierigkeiten und Hindernisse empor.

Ueber die Grenzen der Preßfreyheit und Publicität ist im Vorhergehenden schon genug gesagt worden.

Dem Buchhandel gestattet die Regierung alle mögliche Freyheit; allein aus Ursachen, die hier zu weitläuftig zu entwickeln wären, kann sie den Nachdruck nicht durch ein bestimmtes Gesetz verbiethen. Sie hält ihn für eine moralische Unthat und alle Nachdrucker für Schelme; als bürgerliche Verbrecher aber kann sie diese Schleichhändler nicht betrachten.

Eine vernünftige Critik stiftet gewiß für die Gelehrsamkeit großen Nutzen und eine unvernünftige richtet gar keinen Schaden an. Da nun überhaupt jedermann frey steht, über alles seine Meinung zu sagen; so muß es auch Jedem erlaubt seyn, fremde, öffentlich gedruckte Geistes-Producte öffentlich zu beurtheilen. Freylich wäre zu wünschen, das dieß immer in einem bescheidnen, höflichen Tone geschähe; allein auch das läßt sich nicht von Obrigkeits wegen befehlen. Dafür aber sorgt die Policey, daß erstlich keine Critik oder Recension erscheinen dürfe, ohne daß der Beurtheiler seinen Nahmen nenne, und zweytens, daß in diese Critiken auf keine Weise der geringste Angriff auf den persönlichen Character eines Schriftstellers mit eingemischt werde. Beydes wird, wenn es auskömmt, strenge bestraft.

Wir wünschten, daß die Herren Gelehrten das Publicum mit ihren, oft in Grobheit ausartenden, für den dritten Mann sehr uninteressanten Streitigkeiten verschonen möchten. Jedoch läßt sich auch das durch kein Gesetz bewirken; die Regierung wird aber bey Unterstützung und Versorgung der Gelehrten vorzüglich auf diejenigen Rücksicht nehmen, die sich zugleich als bescheidene, sanftmüthige und weltkluge Männer bekannt gemacht haben.

Die schönen Künste verfeinern den Geschmack, mildern die Sitten, rühren das Herz, machen es zum Wohlwollen geneigt und stimmen es zu allerley sanften und edeln Empfindungen; allein die Freuden, welche sie gewähren, müssen keusch und vorsichtig genossen werden. Ihr Mißbrauch macht weich, weibisch, wollüstig, erhitzt die Phantasie, bringt die Sinnlichkeit in Aufruhr und lenkt von ernsthafter Anstrengung ab. Deßwegen nun machen wir es nicht eben zu einer Staats-Angelegenheit, den Flor der schönen Künste thätig zu befördern, sondern überlassen dieß der Zeit und der zunehmenden Cultur. Dafür aber sucht doch die Regierung zu sorgen, daß ein edler, einfacher Geschmack herrschend werde und weder das Kleinliche, Spielende, Witzelnde, noch das Wilde, Unregelmäßige, Ungestüme, noch das Luxuriose, die gröbere Sinnlichkeit reitzende die Oberhand gewinne. Was für Anstalten in Ansehung der Baukunst getroffen sind, das ist vorhin erwähnt worden. Für Musik und Poesie ist in so fern gesorgt, daß man die Verfertigung der Hymnen, welche an großen feyerlichen Tagen abgesungen werden, solchen Dichtern und Tonkünstlern aufträgt, von deren reinem Geschmacke man überzeugt ist; sie werden für ihre Bemühung belohnt; in den Schulen werden, wie schon ist gesagt worden, die jungen Leute auch in der Tonkunst unterrichtet; und auch auf diesen Unterricht hat die Regierung ein wachsames Auge. Ueber die Meisterstücke unsrer besten Dichter werden gleichfalls in den Schulen Vorlesungen gehalten, um den Geschmack der Jugend zu bilden! Endlich werden auch die besten Werke von der Art auf Kosten des Staats gedruckt und eine große Anzahl Exemplare in allen Gegenden des Reichs unter den Mitbürgern ausgetheilt.

Schauspiele werden bey uns nicht geduldet. Wir können uns von ihrem überwiegenden Nutzen nicht überzeugen, sind aber sehr gewiß von dem nachtheiligen Einflusse, den ein mittelmäßiges Schauspiel und ein solches, dessen Inhalt nicht mit so viel Strenge gesäubert ist, als es fast nicht möglich scheint, ohne ihm das Interesse zu benehmen, wir sind gewiß von dem nachtheiligen Einflusse, den ein solches Schauspiel auf die Jugend haben kann. Was die großen National-Schauspiele betrifft, zu deren Vertheidigung man uns so viel von den Wirkungen der alten Griechischen Schauspiele erzählt; so verlangen wir gar nicht, so gar gewaltsame Eindrücke auf die Herzen und die Phantasie unsrer Mitbürger zu machen. Sie sollen zu keinen Handlungen angefeuert werden, die eine Art von Berauschung erfordern, sondern wir wünschen Alle, immer recht nüchtern, in der ruhigsten Gemüthsstimmung und nach Vernunft handeln zu können, und unser Enthusiasmus soll nie von kochendem Blute und erhitzter Phantasie, sondern von unwiderstehlicher

Bewunderung und fester Ueberzeugung von der Schönheit der Tugend und Weisheit herrühren.

Dieß, meine lieben Mitbürger! wäre dann die Skizze meines Plans zu einer neuen Verfassung von Abyssinien. Wie manches kleine Detail ich übergangen bin; wie oft meine Einrichtungen sich in unbedeutenden Nebenstücken zu durchkreuzen, zu widersprechen scheinen; wie Manches wohl vorerst noch ganz unausführbar ist; das wird Euch freylich leicht in die Augen fallen. Allein lasset Euch dadurch nicht abschrecken, den Haupt-Inhalt meiner Vorschläge zu prüfen! Verwerfet, verbessert, sichtet; aber wenn Ihr denn doch gestehen müßt, daß die Hauptsätze meines Systems aus der graden, natürlichen, gesunden Vernunft entlehnt sind; so lasset Euch nicht durch Vorurtheile und Schwierigkeiten davon abhalten, das Uebel bey der Wurzel anzugreifen und auszurotten! Jetzt ist der Zeitpunct da — so vortheilhaft kömmt er gewiß nie wieder; begnügt Ihr Euch aber jetzt mit halben Verbesserungen, so habt Ihr ewiges Flickwerk.

Fünf und zwanzigstes Kapitel.

Des Verfassers Gespräch mit dem Prinzen.

Bevor der edle Prinz diesen Entwurf den versammelten vier und zwanzig Deputirten der Nation vorlegte, war er so gütig, ihn meinem Herrn Vetter und mir zum Durchlesen zu geben. Ich war so entzückt über den Inhalt — er war so ganz aus meiner Seele hingeschrieben — daß ich mich in dem Drange meiner Empfindungen dem Prinzen zu Füßen warf und ausrief: Erhabenster Monarch! Wie ist es möglich, daß ein Fürstensohn so den heiligen Natur-Gesetzen und Menschenrechten das Wort reden kann? Du allein bist würdig, als König und Kaiser über Abyssinien, ja! über die ganze Welt zu herrschen. O! erlaube mir, daß ich diesen Entwurf in Deutschland drucken lasse, damit meine Landsleute gewahr werden, daß noch ein Platz auf dem Erdboden ist, wo die gesunde Vernunft nicht ganz durch die conventionellen, erkünstelten Begriffe ist verdrängt worden! Erlaube, großer Monarch! daß ich zugleich die Geschichte dieses Reichs und die Erzählung dessen, was ich selbst nebst meinen Deutschen Gefährten hier erlebt habe, der Welt mittheile! Erlaube endlich, daß ich mein Buch unter Deinem Schutze, mit Deinem Privilegio versehen, heraus gebe! Vielleicht respectiren die räuberischen Nachdrucker mehr diesen Abyssinischen Schutzbrief, als die Privilegien, welche unsre Fürsten ertheilen, gegen die sie so wenig Achtung bezeugen. Ich will dieß Werk in einem Lande heraus geben, das von einem edel denkenden, großen Könige regiert wird, der Menschenwürde ehrt; in dessen Staaten die Rechte des Eigenthums heilig gehalten werden; wo persönliche Sicherheit unangetastet bleibt; wo auch der geringste Unterthan, geschützt vor jeder Gewaltthätigkeit, selbst gegen die Landes-Regierung frey seine Rechte verfechten darf; wo Gesetze, nicht Willkühr, das Schicksal der Unterthanen bestimmen, wo man der Wahrheit, die mit Bescheidenheit vorgetragen wird, kein Stillschweigen auflegt — dort will ich mein Werk drucken lassen, und es wird gewiß Beyfall finden.

Prinz. Stehe auf, Noldmann! Ich sehe wohl, daß Du den Europäer nicht ganz vergessen kannst, so viel Sinn Du auch für Wahrheit und Freyheit zu haben scheinst. Du glaubst mich zu ehren, indem Du mich zum Monarchen von Abyssinien erheben willst, und überlegst nicht, daß mir dein Lob tausend Mahl willkommner seyn würde, wenn Du mir sagtest, daß Du mich würdig hieltest, ein Privatmann in einem freyen Staate zu seyn. Du glaubst mit der Bekanntmachung meines Entwurfs in Deutschland große Ehre einzulegen, und bedenkst in dem Augenblicke nicht, daß Eure schiefköpfigen Rechtsgelehrten ihn um so alberner und phantastischer finden werden, je mehr gesunde Vernunft darin herrscht. — Doch führe immerhin Deinen Plan aus; aber laß uns jetzt von Deiner und Deiner Landesleute künftigen Bestimmung reden! Ihr könnt nicht in Abyssinien bleiben; ich sehe voraus, daß, von allen meinen Vorschlägen, der, keine Ausländer unter uns zu dulden, den allgemeinsten Beyfall finden wird. Und wollten wir auch zu Eurem Vortheile eine Ausnahme machen, so weiß ich doch gewiß, daß Ihr bald anfangen würdet, Euch unbehaglich zu fühlen. Reiset also, begleitet von meinen besten Wünschen, in Euer Vaterland zurück! Noch habe ich, aber wie ich hoffe nicht lange mehr, unumschränkte Gewalt in diesem Reiche; ich glaube es verantworten zu können, daß ich Euch nicht mit leerer Hand von hier ziehen lasse. Ich will Euch so viel Gold und Edelgesteine mitgeben, daß ihr den Rest Eures Lebens bequem und ruhig in Deutschland sollt hinbringen können. Rüstet Euch also zur Reise! Für Eure Sicherheit und Bequemlichkeit bis an den Hafen von Cairo in Aegypten soll gesorgt werden; dort werdet ihr leicht ein Europäisches Schiff finden, das Euch aufnehmen kann. Es thut mir leid, mich von Euch trennen zu müssen; aber unser Verhängniß will es so, Ihr könnt vielleicht Eurem Vaterlande noch sehr nützlich werden; es scheint, als wenn bald Zeiten kommen würden, wo man auch dort des Raths und der Hülfe verständiger, vorurtheilsfreyer und vorsichtiger Männer bedürfen wird. Dann habt Ihr einen großen und würdigen Gesichtskreis vor Euch. Lebet also wohl! — Doch wir sprechen uns noch vor Eurer Abreise.

Mit diesen Worten verließ uns der gute Prinz ohne unsre Antwort zu erwarten.

Sechs und zwanzigstes, letztes Kapitel.

Abreise der Europäer aus Abyssinien. See-Sturm. Nur der Verfasser und sein Herr Vetter retten ihr Leben, und lassen sich in Deutschland nieder. Schluß.

Ich gestehe, daß es meinem Herrn Vetter und mir ein Bißchen wehe that, ein Reich verlassen zu müssen, in welchem, nachdem wir so manche unangenehme und unruhige Scenen darin erlebt hatten, wir nun erst recht glückliche und heitre Tage zu sehen hofften; doch erwachte auch in unsern Herzen die Vaterlandsliebe, und das großmüthige Versprechen des Prinzen, uns reichlich zu beschenken, eröffnete uns die frohe Aussicht, in Deutschland ohne Nahrungssorgen das Alter herbey kommen zu sehen. Dieß Versprechen blieb nicht lange unerfüllt; wir bekamen, Herr Wurmbrand und ich, jeder an Golde und Diamanten für mehr als dreyßig tausend Thaler zugetheilt, welches uns in der That, nebst dem was wir nun erspart hatten, zu reichen Leuten machte. Nach Verhältniß wurden auch unsre übrigen Landsleute sehr großmüthig ausgestattet. Die Pädagogen hatten noch außerdem Gelegenheit gefunden, sich hübsche Capitälchen zu sammeln, die Philosophen und Künstler hingegen waren hie und da, besonders in den Wirthshäusern schuldig; der Prinz bezahlte aber auch diese Rückstände; der Tag unsrer Abreise wurde angesetzt, und kam endlich herbey.

Mit Thränen in den Augen nahmen wir von unserm edeln Fürstensohne und seinem vortrefflichen Mentor Abschied und wünschten ihnen tausendfachen Segen zu ihrem großen

Vorhaben; dann machten wir uns auf die Reise. Unsre Caravane war groß und ansehnlich; wir zogen längs dem Ufer des Nils fort. Für unsre Sicherheit und Gemächlichkeit war so sehr gesorgt, daß wir keine Art von Unbequemlichkeit fühlten und nichts entbehrten, was dazu dienen konnte, uns die kleinen unvermeidlichen Beschwerden eines so weiten Weges in diesen zum Theil unbewohnten Gegenden vergessen zu lassen. Uebrigens hatten wir alles, was das Reisen angenehm machen kann, Gesundheit, einen bespickten Beutel und gute Gesellschaft. Unsre Unterhaltung war mannigfaltig; bald spielten uns ein Paar Tonkünstler auf ihren Instrumenten ein schönes Duetto, und beseelten von ihren Cameelen herunter das stille Thal durch ihre Harmonien; bald verkürzten uns unsre gelehrten Gefährten die Zeit durch Socratische Gespräche, indeß wir, um auszuruhen, unter Zelten gelagert, die vollen Becher aus Hand in Hand rings umher gehen ließen. Und wenn ein Mahl eine kurze Frist hindurch alles schwieg, dann beschäftigten Jeden für sich angenehme Plane für die Zukunft.

Auf diese Weise kamen wir glücklich in Cairo an, und schickten unser Gefolge mit schriftlichen Zeugnissen unsrer wärmsten Dankbarkeit nach Gondar zurück.

Wir brauchten hier nicht lange auf Gelegenheit zu harren, nach Europa zu kommen. Ein Genuesischer Schiffer, der außerdem fast ganz leer hätte zurück segeln müssen, nahm uns sämmtlich mit unsern sehr geringen Päckereyen (denn das mehrste davon bestand in Gold und Juwelen) an Bort.

Unsre Fahrt war Anfangs sehr glücklich; wir hatten das schönste Wetter, bis wir schon von fern die reitzenden Italienischen Küsten erblicken konnten. Da aber erhob sich ein fürchterlicher Sturm, der mit jeder Viertelstunde zunahm. Die Leser erinnern sich vermuthlich aus Reisebeschreibungen mancher Schilderung eines See-Sturms; ich will Sie also mit Ausmahlung des unsrigen verschonen. Lange hatten wir in der schrecklichsten Gefahr geschwebt und alle unsre Kräfte erschöpft; zwey Masten waren gekappt; die wenigen Kanonen und was noch etwa von schweren Gütern auf dem

Schiffe gewesen, war über Bort geworfen worden, um die Last zu erleichtern, und zu Verstopfung eines großen Lecks Anstalt machen zu können, den das Schiff, durch einen heftigen Stoß an einen Felsen, bekommen hatte — als auf ein Mahl ein klägliches Geschrey, es sey Feuer im Raume, unser Elend aufs höchste trieb und einen großen Theil der Equipage zur Verzweiflung brachte. Nun rief jedermann, man solle die Schaluppe aussetzen und, so gefährlich dieß Unternehmen war, so wurde es doch mit Gewalt in's Werk gesetzt. Kaum aber war dieß geschehen, so drängte sich alles hinzu, um in dieß kleine Fahrzeug zu springen und sein Leben zu retten. Wir sahen, mein Herr Vetter und ich, voraus, welchen kläglichen Ausgang dieß nehmen würde, beschlossen daher, das Schiff nicht zu verlassen, und suchten auch unsre Gefährten von ihrem tollen Vorhaben abzuhalten, allein vergebens. Niemand verlor früher die Gegenwart des Geistes, als unsre beiden Philosophen, und ihrem Beyspiele folgten bald alle übrigen Deutschen; jeder ergriff sein Bündel, und eilte hinunter in die Schaluppe. Allein die stürmische Bewegung des Meers legte diesem Vorhaben gewaltige Schwierigkeiten in den Weg. Verschiedne von denen, die diesen Sprung wagten, erreichten das Bort nicht, sondern wurden von den Wellen verschlungen, und die Uebrigen beschwerten das kleine Fahrzeug so, daß es vor unsern Augen untersank. — Und so waren denn von allen nach Abyssinien gereiseten Deutschen nur wir beide noch übrig, und auch uns umschwebte fast unvermeidliche Todesgefahr.

Alles kam jetzt auf Gegenwart des Geistes an, und diese fehlte dem größten Theile des Schiffsvolks, das noch obendrein betrunken war, indem es sich, in der Verzweiflung und allgemeinen Verwirrung, der Branntweinsfässer bemächtigt, und diese fast ganz ausgeleert hatte. Selbst das Feuer war auf diese Weise entstanden, indem ein Matrose einem noch angefüllten Fasse mit dem Lichte zu nahe gekommen war, und den Branntwein angesteckt hatte. Unser Schiffs-Capitän, ein entschloßner Mann, traf die besten Anstalten zum Löschen, und war so glücklich, in kurzer Zeit seinen Zweck zu erreichen. Indeß strengten auch wir unsre letzten Kräfte an, und versammelten bald einige Matrosen um uns (denn nun hatte die dringende Noth alle wieder nüchtern gemacht), mit denen wir ohne Unterlaß pumpten, bis es endlich auch dem Schiffs-Zimmermann gelang, den Leck zu finden und nothdürftig zu verstopfen.

Um die Hoffnung zu unsrer Rettung zu erhöhen, fing auch der Sturm an, sich allmählich zu legen; und bald sahen wir über uns den heitersten Himmel, und um uns her die ruhige Spiegelfläche des besänftigten Meers — ja! wir hatten die Freude, durch unsre Gläser von fern die Genuesische Küste zu erblicken. Diese glücklichen Umstände belebten eines jeden Muth wieder. Man flickte noch einen kleinen Mast zusammen, brachte das Segelwerk ein wenig in Ordnung, und so erreichten wir bald den Hafen. Wir dankten, gewiß sehr inbrünstig, Gott für unsre Rettung, widmeten unsern verlornen Gefährten eine Thräne, und eilten, unsre Reise zu Lande fortzusetzen, nachdem wir zuvor Europäische Kleidung angelegt hatten.

Unser Plan war, durch den obern Theil von Italien über die Alpen, durch Oesterreich, Baiern, Schwaben, Franken und Sachsen zu gehen; mein Herr Vetter machte mir einige Hoffnung, an meiner Seite den Rest seines Lebens in meiner lieben Vaterstadt Goßlar hinzubringen; und so begaben wir uns dann getrost auf den Weg. Was für Empfindungen aber unsre Seelen durchströmten, als wir zuerst den Fuß auf Deutschen Boden setzten — o! wer könnte es unternehmen wollen, das zu beschreiben?

Wir waren, ohne alle Unfälle, bis Bopfingen gekommen, als meinen armen Vetter eine Krankheit befiel, die ihn nöthigte, vier Wochen lang das Bette zu hüten. Gefährlich war diese Krankheit nicht, aber beschwerlich und schmerzhaft, denn sie bestand in gichtischen Zufällen. Ich wich selten von seinem Bette, und wir verkürzten uns mehrentheils die Zeit durch Rückerinnerungen an die erlebten außerordentlichen Vorfälle, durch Gespräche über Abyssinien, und waren oft so stolz, uns zu schmeicheln, wir hätten doch auch, durch Beförderung der Aufklärung, unser Scherflein zu der erwünschten Revolution beygetragen, die jetzt diesem Reiche bevorstünde.

Wir hatten uns in Bopfingen in einem Gasthofe niedergelassen, in welchem die Wirthinn die Witwe eines Notarius und noch in ihren besten Jahren war. Die gute Frau bezeugte meinem Herrn Vetter in seiner Krankheit ungewöhnlich viel zärtliche Sorgfalt und Aufmerksamkeit, und dieß stimmte, wie ich bald merkte, sein Herz zum Vortheile der artigen Witwe. Eines Morgens nun, als ich zu ihm in das Zimmer trat, begann folgendes Gespräch unter uns:

Wurmbrand. Sagt mir doch, mein lieber Vetter! habt Ihr nie Lust gehabt, zu heirathen?

Ich. Ey nun, mein lieber Vetter! Jeder hat seine schwachen Augenblicke, und wenn dann eine gute Mahlzeit und ein Glas voll alten Weins —

Wurmbrand. Ihr versteht mich unrecht; ich meine ob Ihr nie daran gedacht habt, zur Pflege in Eurem Alter und überhaupt zur Annehmlichkeit des Lebens, Euch eine Gefährtinn zuzugesellen. —

Ich. Damit ich nachher doppelte Lasten zu tragen hätte? Nein! dazu habe ich nie Lust gehabt, tadle aber niemand, der diesen Schritt thut, und auch Euch nicht, mein Bester! der Ihr, wie ich merke, im Begriff seyd, so ein Stückchen zu wagen. Ich will Euch die Mühe ersparen, mir Eure Absichten mit allen den Bewegungsgründen vorzutragen. Mir gefällt die Frau; auch hat sie Vermögen; Ihr fügt das Eurige hinzu; die Gastwirthschaft wird aufgegeben und Ihr lebt hier als Privatmann von Euren schönen Renten. — Das alles finde ich recht gut und wohl ausgedacht.

Wurmbrand (mich umarmend). Nun! so hebt Ihr mir doch einen schweren Stein vom Herzen; ich dachte schon, Ihr würdet die Sache nicht billigen. Aber nun tritt noch ein gar curioser Umstand ein; die gute Frau will nähmlich durchaus, weil ihr erster Mann Notarius gewesen, auch jetzt niemand heirathen, als einen solchen, der diesen Titel führt. Nun wäre der freylich leicht zu erhalten; aber wenn man denn wieder bedenkt: in Gondar erster Minister und hier Notarius. — Doch was ist am Ende aller eitler Glanz, alle Titelsucht?

Ich. So gefallt Ihr mir, Herr Vetter! Die Hand her! Ihr werdet Notarius und ich, der ehemahlige Baalomaal ziehe wieder nach Goßlar, lebe dort als Advocat und führe nur für Arme und Unterdrückte Processe.

Wurmbrand. Nein! Ihr müßt bey mir bleiben; ich kann den Gedanken nicht ertragen, mich wieder von Euch trennen zu sollen.

Ich. Das kann nicht geschehen, daß ich bey Euch bleibe. Meine liebe Vaterstadt muß ich wiedersehen; ich will da begraben werden, wo meine Augen zum ersten Mahl das Licht des Tages erblickt haben; aber was hindert uns, uns von Zeit zu Zeit zu besuchen und Monathe mit einander hinzubringen? —

Mein Herr Vetter fuhr fort, mich zu bitten; allein ich weigerte mich standhaft. Am folgenden Tage gingen wir zusammen (denn er war nun so weit wieder hergestellt, daß er ausgehen durfte) zu meinem Comes Palatinus, woselbst er sich, gegen die Gebühr, zum Notarius umschaffen ließ, und, zum Andenken an seine vorigen Begebenheiten, in sein Notariats-Siegel einen Africaner in Abyssinischer Kleidung stechen ließ, mit der Unterschrift: Olim meminisse juvabit. Hierauf blieb ich noch vierzehn Tage lang bey ihm, binnen welcher Zeit seine Hochzeit ohne großen Aufwand vollzogen wurde. Gleich hernach trennte ich mich von ihm. Seit dieser Zeit sind nun anderthalb Jahre verflossen. Wir stehen im fortgesetzten Briefwechsel mit einander; seine Frau hat ihn mit einem jungen Sohne beschenkt, und ich denke ihn im nächsten Frühjahre zu besuchen.

Im Junius 1789 kam ich hierher, nach Goßlar; mein Herz pochte vor Freude, als ich die alten Thürme zuerst wieder erblickte. Meine Mitbürger, und selbst der hochweise Magistrat, nahmen mich sehr liebreich auf, besonders als sie hörten, daß ich ein hübsches Vermögen mitgebracht hätte. Ich wurde in der ersten Zeit täglich in irgend ein Haus zu Gaste geladen, und mußte dann gewaltig viel von Africa erzählen. Die gar zu lästigen Frager verwies ich auf dieses mein Werk, an welchem ich damahls schon anfing zu arbeiten.

In der Herbstmesse des vorigen Jahrs reisete ich nach Leipzig, und verkaufte dort ziemlich theuer meine Diamanten an Polnische Juden. Den größten Theil meines Vermögens habe ich zu Ankauf meines kleinen Guts, eine Meile von hier entlegen, verwendet. Dort bringe ich die angenehmsten Monathe des Jahrs hin. Im Winter ziehe ich nach Goßlar, wo ich ein Haus gekauft habe. Ich advocire nicht für Geld; wendet sich aber ein armer Mann an mich, so diene ich ihm, wie es Christenpflicht ist.

Dieß Büchelchen wird nun in der Oster-Messe erscheinen, und ich kann wohl sagen, ich freue mich darauf; denn ich habe noch nie etwas drucken lassen, und ich meine, es stünde doch manches darin, was man nicht alle Tage zu hören bekömmt. Uebrigens empfehle ich mich dem geneigten Leser ergebenst.

Geschrieben in Goßlar im December 1790.

Ende des zweyten und letzten Theils.

Anhang

Nachwort

Am 14. Juli 1789 erstürmte das Volk von Paris die Bastille, das Symbol feudalabsolutistischer Unterdrückung, am 4./5. August wurde unter dem Druck der Bauernunruhen ein Teil der feudalen Privilegien aufgehoben, und am 26. August 1789 verkündete die Verfassungsgebende Versammlung die »Deklaration der Menschen- und Bürgerrechte« mit den zentralen Losungen Liberté, Egalité, Fraternité!

Diese Ereignisse übten auf alle antifeudalen Kräfte im Deutschen Reich eine ungeheure Wirkung aus, und auch für Knigge sollte der Ausbruch der Französischen Revolution einen tiefen Einschnitt bedeuten.

Seine schriftstellerische Produktion erhielt einen bis dahin in diesem Ausmaß nicht vorhandenen politischen Charakter, wodurch gleichzeitig auch seine Ausdrucksfähigkeit und Prägnanz gewann, sodass man die Jahre 1791/92 als Höhepunkte seines literarischen Schaffens bezeichnen kann.[1]

Erster Ausdruck dieser neuen Qualität ist Knigges großer anonym erschienener Staatsroman *Benjamin Noldmann's Geschichte der Aufklärung*,[2] der Ostern 1791 zur Leipziger

1 Außer *Benjamin Noldmann's Geschichte der Aufklärung* sind hiermit gemeint: *Des seligen Herrn Etatsraths Samuel Conrad von Schaafskopf hinterlassene Papiere*, 1792, und *Josephs von Wurmbrand, kaiserlich abyssinischen Ex-Ministers, jezzigen Notarii caesarii publici in der Reichsstadt Bopfingen, politisches Glaubensbekenntniß*, 1792.

2 Benjamin Noldmann's Geschichte der Aufklärung in Abyssinien, oder Nachricht von seinem und seines Herrn Vetters Aufenthalte

Buchhändlermesse erschien.[3] Den Plan zu diesem Werk hatte Knigge aber ganz offensichtlich schon unter den ersten Eindrücken der Französischen Revolution gefasst und auch die Niederschrift hat er bereits 1790 abgeschlossen.

Knigge lebte mit seiner Familie seit 1787 in Hannover, von wo er drei Jahre lang auf vielfältige Weise versuchte, die väterlichen Güter[4] zurückzuerlangen. Auch seine Bemühungen um ein Amt außerhalb einer höfischen Residenz waren nicht erfolgreich. Schließlich bewarb er sich am 27. Februar 1790[5] bei der Regierung in Stade um die Stelle des Oberhauptmanns in Bremen.[6] Ab März hält sich Knigge in der Freien Reichsstadt Hamburg auf, die er wegen ihrer offenen, liberalen Atmosphäre besonders schätzt. Hier beginnt er mit der Arbeit an der *Geschichte der Aufklärung*. Sein Freund Carl Friedrich Cramer,[7] Professor in Kiel, lädt ihn im April für den August des Jahres mit dem Hinweis ein, Knigge könne bei ihm »nach Herzenslust [...] Abyssinien aufklären«.[8] Es ist offensichtlich, dass Knigge diesem Roman große Bedeutung zumaß und mit Gesinnungsfreunden seine Absichten besprach. Spätestens im Mai 1790[9] hat er

an dem Hofe des großen Negus, oder Priesters Johannes. Göttingen 1791.

3 Vgl. dazu die Aussage des Verlegers Johann Christian Dieterich in seinem Brief an Knigge vom 17.6.1790. In: Aus einer alten Kiste. Originalbriefe, Handschriften und Documente aus dem Nachlasse eines bekannten Mannes. Leipzig 1853, S. 40f.

4 Die hochverschuldeten Güter seines Vaters, der 1766 gestorben war, wurden für die Gläubiger von einem Advokaten verwaltet, wodurch die Schulden sich aber kaum verminderten.

5 Vgl. die Zeittafel in Bd. 4 dieser Ausgabe, S. 460.

6 Der Oberhauptmann (Landdrost) war für die hannoverschen Besitzungen in Bremen zuständig.

7 In seinem literarischen Testament zählt Knigge auch Cramer zu seinen Freunden, die möglicherweise die Herausgabe seiner Werke übernehmen könnten. Vgl. Aus einer alten Kiste. A.a.O., S. 28.

8 Brief an Knigge vom 23.4.1790. Ebenda, S. 66.

9 Etwa ab dem 21.4.1790 ist Knigge wieder in Hannover, bevor er im Juli wieder nach Hamburg fährt.

einen ausführlichen Entwurf schriftlich fixiert, den er an Gottfried August Bürger nach Göttingen mit der Bitte schickt, ihn dem Buchhändler Dieterich vorzulegen, mit dem Knigge ins Geschäft zu kommen hofft.[10] Dieterich, dem die Materie gefällt, schließt mit Knigge schon im Juni einen Kontrakt ab.[11] Er weist Knigge vorsorglich darauf hin, dass er alles »[...] hier der Censur übergeben muß, daß sie solches billige.«[12] In Hamburg wird in den Kreisen, in denen Knigge verkehrt, mit Begeisterung dem bevorstehenden Jahrestag des Beginns der Französischen Revolution entgegengesehen. Auch Knigge teilt diese Euphorie und begrüßt sogar die Abschaffung des erblichen Adels in Frankreich.[13] In diese Zeit fällt auch seine Entscheidung, sich fortan nur noch »Freiherr Knigge« zu nennen und auf das »von« in seinem Namen zu verzichten. Der liberale Hamburger Kaufmann Georg Heinrich Sieveking lädt zum 14. Juli diesen Kreis der Revolutionsfreunde zu einem Freiheitsfest nach Harvestehude ein. Knigge berichtet seiner Tochter brieflich davon.

> »Alles, was von rechtlichen, für Freiheit warmen Leuten in Hamburg lebt, war zugegen, kein Edelmann, außer mir, dem Grafen Dohna und Ramdohr aus Celle – kein Fürstenknecht war dazu eingeladen. [...] Wir hatten auch Musik. Ein Chor von Jungfrauen [...] sang ein dazu verfertigtes Lied, dessen Refrain von uns Allen wiederholt wurde.[14] [...] Bei Abfeuerung der Kanonen, Musik und lautem Jubel wurden Gesundheiten getrunken, unter

10 Vgl. Brief Bürgers an Knigge vom 27.5.1790. Ebenda, S. 38.
11 Vgl. Brief Dieterichs an Knigge vom 17.6.1790. Ebenda, S. 40f.
12 Ebenda, S. 41.
13 Abschaffung am 19.6.1790.
14 Der Text dieses Liedes ist von Sieveking. Der Refrain lautet:
»Laßt uns großer Tat uns freun,
Frei, frei, frei und reines Herzens sein!«
Zitiert nach: Hans-Werner Engels: Gedichte und Lieder deutscher Jakobiner. Stuttgart 1971, S. 9.

> anderen: auf baldige Nachfolge in Deutschland, Abschaffung des Despotismus usw. […] Es war ein herrlicher Tag […].«[15]

Schon in diesem Brief teilt Knigge seiner Tochter mit, dass er die Stelle in Bremen wohl erhalten werde.

> »Es scheint also, als wenn mir doch endlich etwas gelingen soll.«[16]

Und tatsächlich wird seine Bestallung am 10. August 1790 von Georg III. in London vollzogen.[17] Exakt in diesen Tagen schließt Knigge das erste Viertel des Noldmann-Manuskripts ab, das Verleger Dieterich am 12. August erhält.[18] Wegen der Zensur sorgt sich Dieterich aber doch, weshalb er seinen Freund, den Göttinger Professor Georg Christoph Lichtenberg, um Rat fragt. Im Brief vom 13. August an Knigge berichtet er dann:

> »Ich sollte denken, daß die Censur Ihr Werk passiren ließe und habe den Herrn Hofrath Lichtenberg gefragt, welcher hin und wieder darin geblättert und Ihnen sein Compliment machen läßt und dabei wünscht, daß Ew. Hochwohlgeboren öfters Dero glückliche Laune anbringen möchten, welche ihm wohl gefiel.«[19]

Knigge wird weiter fleißig an seinem Buch gearbeitet haben, damit er möglichst schon vor Antritt seines Bremer Amtes einen Großteil fertig bekommt. Wir wissen, dass er seinen

15 Aus einer alten Kiste. A.a.O., S. 221.
16 Ebenda, S. 222.
17 Georg III. ist König von England und Kurfürst von Hannover. Die Mitteilung über diese Bestallung ist Knigges erster Eintrag in sein Diensttagebuch im September 1790. Vgl. Adolph Freiherr Knigge in Bremen. Texte und Briefe. Hrsg. u. kommentiert v. Michael Rüppel u. Walter Weber. Bremen 1996, S. 47.
18 Vgl. Brief Dieterichs an Knigge vom 13.8.1790. Aus einer alten Kiste. A.a.O., S. 42.
19 Ebenda, S. 42.

Aufenthalt in Hamburg kurz unterbricht, weil er am 3. September von seinen Vorgesetzten in Stade vereidigt wird.[20] Seinen ersten Dienstaufenthalt in Bremen hat er vom 24. bis 29. September, um dann wieder nach Hamburg zurückzukehren. Erst am 8. November 1790 nimmt er die Amtsgeschäfte in Bremen richtig auf.[21] Vermutlich hat er die Zwischenzeit intensiv für die *Aufklärung in Abyssinien* genutzt. Es ist sehr gut möglich, dass die Datierung des fiktiven Erzählers, Benjamin Noldmann, am Ende des Romans – »Geschrieben in Goßlar im December 1790.«[22] – dem tatsächlichen Abschluss des Romans entspricht. Auf jeden Fall hat Knigges Roman die Göttinger Zensur passiert,[23] bevor er dann im Frühjahr 1791 erschien.

Knigges *Geschichte der Aufklärung* steht in der Tradition des Reise- und Staatsromans, worüber Einigkeit bei den Experten herrscht. Allerdings werden die Schwerpunkte verschieden gesetzt. Während Göttert den Roman eher als Fürstenspiegel beschreibt,[24] betont Iwai stärker seine Wirkung als satirische Reiseliteratur.[25] An die Satire in Montesquieus *Lettres persanes* fühlt sich auch Wolf Kaiser erinnert, der zusätzlich auf die Einflüsse des abenteuerlichen Reise-

20 Die für das ehemalige Herzogtum Bremen-Verden zuständige Behörde befand sich in Stade. Vgl. Adolph Freiherr Knigge in Bremen. A.a.O., S. 47.

21 Die Daten sind dem Diensttagebuch zu entnehmen. Vgl. ebenda, S. 48f.

22 Benjamin Noldmann's Geschichte der Aufklärung in Abyssinien. In: SW, Bd. 14, 2. Teil, S. 300 (zukünftig vereinfacht zitiert: SW, Bd. 14 [...]); in diesem Band S. 356.

23 Vgl. Knigges Hinweis in der »Replicirenden Gegenschrift« vom Prozess gegen Johann Georg Zimmermann vom 17.12.1792. Aus einer alten Kiste. A.a.O., S. 253.

24 Vgl. Karl-Heinz Göttert: Knigge oder: Von den Illusionen des anständigen Lebens. München 1995, S. 207ff.

25 Masayasu Iwai: Knigges »satirische Reisen« im Kontext der satirischen Reiseliteratur der Spätaufklärung. St. Ingbert 2007, S. 21ff.

romans hinweist.[26] Diese Romanform hatte Knigge mit der *Geschichte Peter Clausens*[27] schon erfolgreich angewandt. Jürgen Walter versteht Knigges *Geschichte der Aufklärung* formal als »ein Konglomerat überkommener Formen«,[28] verlangt aber, dass die Struktur vom Zweck her gesehen werden müsse. So sei die Satire »Analyse und Diagnose des Bestehenden« und die Utopie »Planung und Programm des Zukünftigen«.[29] Die besondere Leistung Knigges sieht Walter deshalb in der kritisch-rationalistischen Selbstreflexion der deutschen Aufklärungsbewegung um 1790.[30] Dieser Zugang zu Knigges Roman ist hilfreicher als Götterts Klagen über die Unzeitgemäßheit des Romans und sein Vorwurf, Knigge habe Wielands *Goldnen Spiegel*[31] plagiiert.[32] Obgleich auch Bersier Knigges *Aufklärung in Abyssinien* in der Tradition des Fürstenspiegels wielandscher Prägung sieht, erkennt sie die progressive Entwicklung dieser Form in der zweiten Hälfte des 18. Jahrhunderts.[33] Dass die Anlehnung an den *Goldnen Spiegel* auch Knigges Zeitgenossen bewusst war, zeigt eine Äußerung Cramers, der aufgrund einer kritischen Anmerkung zu Knigges Roman davon spricht, dass

26 Vgl. Wolf Kaiser: Epochenwende und Erzählform. Zu Romanen Knigges, Klingers und Goethes. In: Der deutsche Roman der Spätaufklärung. Fiktion und Wirklichkeit. Hrsg. v. Harro Zimmermann. Heidelberg 1990, S. 46.

27 Geschichte Peter Clausens von dem Verfasser des Romans meines Lebens. Frankfurt a. M. 1783-1785.

28 Jürgen Walter: Adolph Freiherrn Knigges Roman *Benjamin Noldmanns Geschichte der Aufklärung in Abyssinien*. Kritischer Rationalismus als Satire und Utopie im Zeitalter der deutschen Klassik. In: Germanisch-Romanische Monatsschrift. Neue Folge. Bd. XXI, 1971, S. 158.

29 Ebenda, S. 160.

30 Ebenda, S. 177.

31 Christoph Martin Wieland: Der Goldne Spiegel, oder Die Könige von Scheschian, 1772.

32 Vgl. Karl-Heinz Göttert: Knigge oder: Von den Illusionen des anständigen Lebens. A.a.O., S. 207-209.

33 Vgl. Gabrielle Bersier: Wunschbild und Wirklichkeit. Deutsche Utopien im 18. Jahrhundert. Heidelberg 1981, S. 180f.

»auch der *goldenste der Spiegel* [...] hier und da einen Fleck«[34] habe. Unterschiedliche Akzente werden in der Forschung auch bei der Frage gesetzt, welche Bedeutung die Romanform überhaupt für Knigges Buch habe. Sprechen die einen von einem reinen Instrumentalcharakter für die gesellschaftspolitischen Aussagen,[35] betonen andere die eigenständige Bedeutung und Qualität der Fabel.[36] Knigge selbst hebt die besondere Funktion der Gattung Roman hervor:

> »Keine Gattung von Schriften scheint geschickter, das Nützliche mit dem Gefälligen zu verbinden und ernsthafte, wichtige Wahrheiten in ein angenehmes Gewand zu hüllen, wie der *Roman.*«[37]

Einen weiteren Vorteil sieht Knigge in der Romanform, weil man dort die Personen »handeln, schreiben, erzählen, dichten, raisonniren über hohe und niedre Gegenstände, sich mit einander unterhalten« lassen könne, ohne dass man dafür den Schriftsteller zur Verantwortung ziehen dürfe, weil die Meinungen und Grundsätze ja nur zu dem Charakter der jeweiligen Person gehörten.[38] Hier wird sehr deutlich, warum Knigge gerade für dieses Werk die Form des Romans wählt. Schon im Titel hebt er den exotischen Charakter bewusst hervor, indem eine *Geschichte der Aufklärung in Abyssinien* angekündigt wird und Nachrichten vom *Hofe des großen Negus* versprochen werden. Dass Abyssinien als

34 Carl Friedrich Cramer: Menschliches Leben. Drittes Stück. Gerechtigkeit und Gleichheit! Neseggab oder Geschichte meiner Reisen nach den caraibischen Inseln. Altona und Leipzig 1791, S. 131.

35 Vgl. Jürgen Walter: Adolph Freiherrn Knigges Roman. A.a.O., S. 161.

36 Vgl. Inge Stephan: Literarischer Jakobinismus in Deutschland (1789-1806). Stuttgart 1976, S. 128.

37 Adolph Freyherr Knigge: Ueber Schriftsteller und Schriftstellerey. Hannover 1793. In: SW, Bd. 19, S. [342].

38 Ebenda, S. [342]f.

Motiv bzw. Hintergrund in der europäischen Kunst selten verwendet wurde, darauf weist Veronika Six hin. Sie führt weiter aus, was Knigge beim zeitgenössischen Leser möglicherweise damit angesprochen hat:

> »Äthiopien [Abyssinien, G. J.] steht als Symbol für die gesamte Palette der abendländischen Vorstellungen von positiven Elementen des schwarzen Kontinents: Christentum, Priester Johannes, Königin von Saba, Prachtentfaltung, Königtum. Äthiopien ist das bekannteste afrikanische Königreich, das seine Unabhängigkeit bewahrt hatte. Daher war es möglich, das »zivilisierte Äthiopien« auf die Ebene der höfischen Gesellschaft des 18. Jahrhunderts zu heben. Zugleich stand Äthiopien auch für negative Elemente, wenn es mit Muslimen, die seit der Zeit der Kreuzfahrer als Gegner des Abendlandes gesehen werden, in Verbindung gebracht wurde oder mit der Vorstellung von Rückständigkeit, schwer zugänglichem Land, Exotik, Unbekanntem und Wildem.«[39]

An diesem epischen Fiktionsraum hält Knigge im ganzen Roman fest, führt aber den Leser schrittweise zu der Erkenntnis, dass es sich hier nicht um eine mehr oder weniger glaubwürdige Reisebeschreibung von einem »bis jetzt fast gänzlich unbekannt gewesenen Reichs in Africa«[40] handelt, sondern vielmehr um eine politische Schrift, in der Geschichte und Kritik des Absolutismus und der Aufklärung in Deutschland sowie der Entwurf einer prognostizierten Gesellschaftsordnung dargestellt werden. Die Form des Reise- und Staatsromans dient Knigge zum äußeren Rahmen und zum inneren Zusammenhalt seiner politischen Theorien. Ihm gelingt es auf diese Weise, seine zwei Hauptabhandlungen – die Geschichte des Despotismus und den utopischen Gesellschaftsentwurf – so in die fiktive Handlung einzubau-

39 Veronika Six: Das Äthiopien in Adolph Knigges Roman: Realität oder Hilfsmittel? In: Aethiopica, Heft 2, 1999, S. 157.
40 SW, Bd. 14, 1. Teil, S. 5; in diesem Band S. 9.

en, dass auch der ungebildetere Leser motiviert worden sein mag, den Gedankengängen des Autors zu folgen.

> »Elemente tradierter Romanformen, ja die Romanform selbst haben so zutragende Funktion, die Form hat hier weitgehend reinen Instrumentalcharakter, ist *delectare*, das funktional vom Endzweck des *prodesse* her eingesetzt ist und darauf bezogen bleibt.«[41]

Knigge selbst sah in der *Geschichte der Aufklärung* ein »historisch-philosophisch-politisches Werk«[42] und ordnete es in seinem literarischen Testament auch nicht unter die Rubrik »Romane« ein, sondern unter »moralische, philosophische und politische Schriften«.[43]

Keinen unterhaltsamen Roman, der nebenher einige politische Wahrheiten verbreitet, wollte Knigge schreiben, sondern ein verständliches und nützliches Werk, das ein Bild von der »Ausartung der bürgerlichen Gesellschaften und ihres Wiederspruchs mit den ersten Zwekken des Societäts-Vertrags«[44] gibt und ein Ideal »von einer, nach den Grundsäzzen der reinsten Vernunft und natürlichen Billigkeit errichteten Verbindung der Menschen zu einem Staatskörper«[45] aufstellt.

Der Verleger Dieterich hätte die *Geschichte der Aufklärung* gerne unter Knigges Namen herausgegeben,[46] aber Knigge hatte zu diesem Zeitpunkt vermutlich zwei Gründe,

41 Jürgen Walter: Adolph Freiherrn Knigges Roman. A.a.O., S. 161.

42 Josephs von Wurmbrand, kaiserlich abyssinischen Ex-Ministers, jezzigen Notarii caesarii publici in der Reichsstadt Bopfingen, politisches Glaubensbekenntniß, mit Hinsicht auf die französische Revolution und deren Folgen. Frankfurt und Leipzig 1792. In: SW, Bd. 15[B], S. 2; in dieser Ausgabe Bd. 4, S. 217.

43 Aus einer alten Kiste. A.a.O., S. 31.

44 Josephs von Wurmbrand politisches Glaubensbekenntniß. A.a.O., S. 4; in dieser Ausgabe Bd. 4, S. 218.

45 Ebenda, S. 7; in dieser Ausgabe Bd. 4, S. 219.

46 Brief Dieterichs an Knigge vom 17.6.1790. In: Aus einer alten Kiste. A.a.O., S. 40.

dies nicht zu tun. Zum einen wollte er so Noldmann als fiktiven Verfasser stärken, zum anderen konnte er sich in der Phase der Bewerbung um das Amt in Bremen und auch in der ersten Phase der Ausübung dieses Amtes nicht sicher sein, ob das Bekenntnis zu diesem Buch ihm nicht schaden würde. Im Zuge der sich zuspitzenden Auseinandersetzungen zwischen Revolutionsfreunden und -gegnern in Deutschland beschließt Knigge, sich öffentlich zu der *Geschichte der Aufklärung* zu bekennen, indem er das Vorwort des 1792 erschienenen *Wurmbrand* mit seinem Namen unterzeichnet[47] und hier auch ausführlicher auf seine Absichten mit der *Aufklärung in Abyssinien* eingeht. In der Rezension zu seinem Roman in der *Allgemeinen deutschen Bibliothek* vermutete man noch einen anderen Verfasser, nämlich Johann Gottwerth Müller (genannt Müller von Itzehoe).[48] Aber schon im nächsten Band der *Allgemeinen deutschen Bibliothek* lässt der Rezensent mitteilen, dass er sich geirrt habe und »der Verleger selbst den Hrn. Knigge als Verfasser dieses trefflichen Buches angegeben hat«.[49]

Auf den ersten Blick wirkt der Roman mit seinen zwei Bänden und insgesamt 46 Kapiteln etwas unübersichtlich. So findet denn auch Göttert Knigges Darstellung »vom Aufbau her eigentümlich überkompliziert«.[50] Andere Autoren sehen das nicht so, sondern erkennen eine deutliche Gliederung in fünf oder sechs Teile.[51] Wenn wir Knigges Intentionen

47 Josephs von Wurmbrand politisches Glaubensbekenntniß. A.a.O., S. VIII; in dieser Ausgabe Bd. 4, S. 214.

48 Vgl. Allgemeine deutsche Bibliothek. 107. Bd., 1. St., 1792, S. 179.

49 Allgemeine deutsche Bibliothek. 108. Bd., 1. St., 1792, S. 620.

50 Karl-Heinz Göttert: Knigge oder: Von den Illusionen des anständigen Lebens. A.a.O., S. 209.

51 Vgl. Jörg-Dieter Kogel: Knigges ungewöhnliche Empfehlungen zu Aufklärung und Revolution. Berlin [o. J.], S. 14-16. – Vgl. Hans Wolfgang Kaiser: Knigges *Geschichte der Aufklärung in Abyssinien.* Hausarbeit im Rahmen der Ersten (wissenschaftlichen) Staatsprüfung. [Freie Universität Berlin 1972, masch. schriftlich], S. 33-35.

berücksichtigen, dann gibt es unzweifelhaft im ersten und zweiten Band je ein Zentrum: im ersten die Geschichte der Despotie und im zweiten die neue Staatsverfassung. Dies spricht dafür, sich bei einer Gliederung nicht so sehr an der Fabel zu orientieren, sondern die gesellschaftlich-politischen Zusammenhänge in den Mittelpunkt zu stellen. So lässt sich der ganze Roman in fünf Hauptteile gliedern, die eng miteinander zusammenhängen, in Bezug auf den Leser jeweils ein Lernziel enthalten und im Endeffekt die Übereinstimmung mit dem Autor zum Ergebnis haben sollen:

- antiabsolutistische Satire,
- geschichtsphilosophische Darstellung der Entwicklung der Völker vom ursprünglichen Familienregiment zum herrschenden Despotismus,
- aufklärerische Reformversuche,
- gesamtgesellschaftliche Krisis und Revolution,
- utopischer Gesellschaftsentwurf.

Die Reise Benjamin Noldmanns durch Afrika dient Knigge zu einer satirischen Karikatur absolutistischer Herrscher. Durch die räumliche Verlagerung nach Afrika und die innere Distanz des deutschen Beobachters erreicht Knigge eine Verfremdung, die beim Leser eine kritische Bewusstheit ermöglichen soll.[52] Dabei setzt Knigge mannigfache satirische Mittel ein, z.B. ironische Werturteile, zum Grotesken tendierende Hyperbolik, Sarkasmen, Sprachsatire usw.[53] Der Verfasser der Rezension der *Aufklärung in Abyssinien* hält den Roman für »eines der witzigsten Produkte«, das eine »Menge der feinsten satyrischen Züge« enthalte. Am Beispiel der afrikanischen Höfe sei »eine Gallerie schwacher Fürsten, so vorsichtig gezeichnet, daß nicht einer in Europa

52 Vgl. Jürgen Walter: Adolph Freiherrn Knigges Roman. A.a.O., S. 162.

53 Vgl. Hans Wolfgang Kaiser: Knigges *Geschichte der Aufklärung*. A.a.O., S. 55.

und Deutschland sein vollkommnes Ebenbild findet«.[54] Über die Bedeutung der Satire hat Knigge sich 1793 in seiner Schrift *Ueber Schriftsteller und Schriftstellerey* geäußert. Diese Beschreibung passt genau zu Noldmanns Reise durch Nubien und macht auch deutlich, weshalb wegen der Zensur und der Gerichte Knigge gerade dieses Verfahren wählt.

> »Es giebt Unthaten, die kein Gegenstand der gerichtlichen Bestrafung werden können; ein gelinder und milder Weg, diese zu ahnden, ist, sie der Verspottung preiszugeben, ohne den Namen des Verbrechers zu nennen. Sobald dies letztere nicht geschieht, darf die Satyre für kein Pasquill gelten und greift nicht in die Rechte der Justiz.«[55]

Knigges Freund Carl Friedrich Cramer hat sehr gewünscht, dass Knigge sich zukünftig traut, die Tyrannen beim Namen zu nennen.

> »Ich hoffe aber sehr stark, einst schwingt sich Ihr Geist noch zu der Kühnheit empor, alle die Frevel der nubischen Tyrannen [...] alle die tausend Unterdrückungen, *ohne Bild,* darzustellen, mit Namen, und in ihrer nackten Gestalt, die Sie zum Theil selbst an den Höfen der Barbarn, in Ihrem *Umgange* mit den .. *Menschen?* gesehn; und Klopstock und mir auf unserer unvergeßlichen Wallfahrt nach Flottbeck[56] erzählt.«[57]

54 Allgemeine deutsche Bibliothek. 107. Bd., 1. St., 1792, S. 179.
55 Adolph Freyherr Knigge: Ueber Schriftsteller und Schriftstellerey. A.a.O., S. [296].
56 Hier handelt es sich offensichtlich um einen Besichtigungsbesuch am 2.4. oder 18.4.1790 auf dem Mustergut Flottbek des Caspar Voght, eines wichtigen liberalen hamburgischen Kaufmanns, der auch zu dem Kreis um Sieveking und Reimarus gehörte. Siehe dazu: Gerhard Ahrens: Caspar Voght und sein Mustergut Flottbek. Englische Landwirtschaft in Deutschland am Ende des 18. Jahrhunderts. Hamburg 1969.
57 Carl Friedrich Cramer: Menschliches Leben. A.a.O., S. 127f.

Cramer haben wir es auch zu verdanken, dass wir wissen, von welchen »tausend Unterdrückungen« Knigge erzählt hat. Da werden ungestraft Briefe von Untertanen erbrochen, Dachdecker zur Lust wie Vögel erschossen, Menschen wie Schlachtvieh nach Amerika verkauft, hundert Pferde gequält und eines schließlich getötet, weil es sich gegen den Hund eines Herzogs gewehrt hat. Knigge berichtet von den Gefangenen (»die Schubarte«[58]), die man in unterirdische oder wolkenhohe Kerker sperrt, von Untertanen, die man bestraft, weil sie ihre Äcker mit Zäunen vor den Hirschen schützen wollten, von den hohen Abgaben, die an die Oligarchen von Nürnberg zu zahlen sind und von den sequestrierten Lehnsgütern[59], die man ihren Eigentümern entzieht.[60]

Einen besonderen Einführungscharakter hat Noldmanns erste Reisestation, das real existierende Königreich Marokko. In einem Gespräch mit dem dortigen Kaiser stellt Knigge die »Seeräubermoral« der Marokkaner (nämlich: das Recht des Stärkeren) der heuchlerischen europäischen Diplomatie gegenüber und zieht den Schluss, dass erstere ehrlicher und in ihren Auswirkungen humaner als die verlogene europäische »Staatskunst« sei.

> »Ist es nicht ehrlicher gehandelt, gar keinen Frieden zu versprechen, wenn man voraus weiß, daß ein Mahl das, was Du Notwendigkeit nennst, uns bewegen kann, über den Nachbar herzufallen? Wer hält da mehr Treue und Glauben, Ihr oder Wir? Aber ohne alle diese unnützen

58 Der Lyriker, Publizist und Journalist Christian Friedrich Daniel Schubart war auf Veranlassung des Herzogs Karl Eugen von Württemberg von 1777 bis 1787 auf der Festung Hohenasperg eingekerkert.

59 Hier denkt Knigge sicher auch an seine eigene Situation. Siehe Anm. 4.

60 Cramer schreibt dies in seiner neuen Zeitschrift *Menschliches Leben* in einem offenen Brief am 14.6.1791 an Knigge. Vermutlich hat Cramer Knigge diesen Brief tatsächlich geschrieben. Er konnte bisher allerdings nicht aufgefunden werden. – Vgl. Carl Friedrich Cramer: Menschliches Leben. A.a.O., S.127f.

Versicherungen [Friedensverträge, G. J.] lassen wir unsre Nachbarn in Ruhe, und nur die falschen Europäer glauben wir nicht schonen zu dürfen, weil sie Unsrer nicht schonen.«[61]

Indem Knigge ein im Rufe der Barbarei stehendes Land verteidigt und damit gleichzeitig den Unwert europäischer Verhältnisse entlarvt, weist er den Leser einführend darauf hin, dass die folgende scharfe Satire keine überhebliche Kritik afrikanischer »Barbarei«, sondern eine vernichtende Kritik »zivilisierter« europäischer Herrschaftsverhältnisse darstellen soll.

Noldmann reist nun durch achtzehn größere und kleinere Länder,[62] in denen er jeweils satirisch die Herrschaftsform durchleuchtet und dem despotischen Alleinherrscher das Elend, Unglück und die Armut seiner Untertanen gegenüberstellt. Jedem Despoten ordnet er ein Hauptübel zu, das er bis zur Groteske übersteigert, um damit den Erkenntnisprozess des Lesers über die deutsche Wirklichkeit schlaglichtartig aufzuhellen. Da gibt es den König, der »unumschränkt in seiner Macht, aber ganz blödsinnig«[63] ist, einen anderen, der zwei »seiner schönsten Provinzen [...] mit ungeheuern Kosten [hat] ausgraben und in Seen ummodeln«[64] lassen, weil er ein Liebhaber der Fischerei ist, in einem Land hält sich der Fürst so viel Pferde, Kamele und Elefanten, »daß darüber jährlich tausend Unterthanen verhungern«,[65] und in einem anderen Land lässt der Landesherr alle Untertanen in Regimenter einteilen, sodass, »wenn nun bald niemand

61 SW, Bd. 14, 1. Teil, S. 54; in diesem Band S. 40.

62 Die Rundreise eines Helden an verschiedene Höfe kann bei Knigge (und anderen zeitgenössischen Autoren) geradezu als Topos angesehen werden. Siehe dazu seine beiden Romane *Geschichte des armen Herrn von Mildenburg*, 1790, und *Das Zauberschloß oder Geschichte des Grafen Tunger*, 1791.

63 SW, Bd. 14, 1. Teil, S. 59; in diesem Band S. 45.

64 Ebenda, S. 60; in diesem Band S. 45.

65 Ebenda, S. 74; in diesem Band S. 53.

mehr im Lande die Felder bauet, er ein wohl geübtes Heer hat, an dessen Spitze er die blühenden Fluren seiner Nachbaren erobern kann«.[66] Wenn Noldmann-Knigge[67] am Abschluss dieser Schilderungen sich an den Leser wendet und seine Freude darüber ausdrückt, dass man in Europa dergleichen Tyranneien nicht kenne, sondern vielmehr die »Rechte der Menschheit«[68] heilig hielte, so zwingt er den Leser durch diesen ironischen Einwurf zur Reflexion seiner gesellschaftlichen Lage, zur Feststellung, dass eben diese »Tyrannei« sein Leben bestimmt. Und Knigge belässt es an dieser Stelle nicht bei seiner durch die Satire ausgesprochenen Negation des Bestehenden, sondern entwickelt als zuversichtliche Hoffnung seine positive Gegenvorstellung, von der her er die geschilderten Zustände als Unwert betrachtet und deren Übernahme er sich durch den Leser erhofft:

> »[...] es ist gegen die Ordnung der Natur, daß Millionen bessere Menschen, ohne Wahl, ohne Uebereinstimmung, grade dem Schwächsten, dem Elendesten unter ihnen gehorchen; gegen die Ordnung der Natur, daß nicht das Gesetz, sondern die Willkühr eines Einzigen, Tod und Leben, Eigenthum, Ehre und Schande frey und gleich geborner Menschen bestimmen soll; [...] gegen die Ordnung der Natur, daß man Menschen und Provinzen und Recht über Leben und Tod erben kann. Wir wollen gern gehorchen, aber nur den Gesetzen, denen wir uns freywillig unterworfen haben, nicht der Willkühr [...].«[69]

Der zweite Hauptteil des Romans dient Knigge zur Entwicklung seiner kultur- und geschichtsphilosophischen Theorie, womit er einerseits die Entstehung des herrschenden

66 Ebenda, S. 76; in diesem Band S. 54.
67 Die Meinungen des Erzählers Noldmann sind oft, aber nicht immer, mit denen des Autors gleichzusetzen.
68 Ebenda, S. 79; in diesem Band S. 56.
69 Ebenda, S. 79f.; in diesem Band S. 56f.

Despotismus erklären will und andererseits mit der Herausarbeitung des ursprünglichen Gesellschaftsvertrages im *Kern* das normative Ideal aufstellt, an dem sich später seine Utopie orientiert.[70] Die Ausbreitung dieser Theorie ist für Knigge auch deshalb so wichtig, weil sich in dieser Geschichte der Menschheit die Nahtstellen zeigen lassen, an denen die Entwicklung eine verhängnisvolle Richtung einschlug, und die deshalb bei der Aufstellung eines Ideals zu beachten sind, damit sich nicht wieder die gleichen Folgen einstellen. Auf den großen Stellenwert dieser Abhandlung weist Knigge selbst hin, wenn er betont, dass er diese Übersicht notwendigerweise geben müsse, »wenn mein Werk so verständlich und nützlich werden soll, als ich es von Herzen wünsche«.[71]

Er stellt die Theorie auf, dass es in der Geschichte aller Völker periodisch eine katastrophenartige »Haupt-Revolution der Natur«[72] gebe, die die ganze Erde grundlegend umwandele und nur wenige Menschen überleben lasse. Daraus leitet er ab, dass der Ausgangspunkt aller Kulturen immer der gleiche sei und die Menschheit immer wieder von vorn, im natürlichen Zustand beginne. Anschließend führt Knigge aus, dass seine Ausführungen über die Gesetzmäßigkeiten des Despotismus in Abyssinien allgemeinere Bedeutung haben:

> »Indem ich nun eine Skizze von der Geschichte des Königreichs Abyssinien entwerfe, wünsche ich, daß die Leser bemerken mögen, daß dieß zugleich die Geschichte des Despotismus überhaupt, in seiner Entstehung, seinem Wachsthume und seinen Folgen ist, die ihm früh oder spät das Grab bereiten.«[73]

Knigge schildert ausführlich die ältere, mittlere und neuere Geschichte als Entwicklung vom Familienregiment über die

70 Vgl. Jürgen Walter: Adolph Freiherrn Knigges Roman. A.a.O., S. 164.
71 SW, Bd. 14, 1. Teil, S. 90; in diesem Band S. 64.
72 Ebenda, S. 92; in diesem Band S. 65.
73 Ebenda, S. 96; in diesem Band S. 67.

Republik und Monarchie zum Despotismus. Hier werden frei geborene Menschen durch stufenweise verstärkte Eingriffe in ihre Rechte, durch Misshandlungen, durch Korruption ihrer Sitten und durch schreckliche Strafen immer mehr unterworfen.

> »*Meister über alle ihre Handlungen zu werden;* das ist freylich ein abscheulicher Despotismus! – Aber was bedeutet das, gegen die Tyranney, die man ausübt, wenn man auch *über ihre Meinungen, über ihre Vorstellungen und über ihren Glauben sich eine Herrschaft anmaßt?*«[74]

Politische, ökonomische, kulturelle und religiöse Verhältnisse versucht er in ihrem Veränderungsprozess und in ihren gegenseitigen Beziehungen darzustellen, um im Ergebnis den Gesamtzustand eines absolutistischen Systems zu erhalten, wie es Wurmbrand bei seiner Ankunft in Abyssinien vorfand.

Knigges Darstellung der Ursachen dieser Entwicklung orientiert sich deutlich an der Gesellschaftskritik Jean-Jacques Rousseaus, vor allem in seinen Schriften *Discours sur l'origine de l'inégalité parmi les hommes* (1754),[75] *Discours sur l'économie politique* (1755)[76] und *Du contrat social* (1762).[77] Nübel weist ausdrücklich darauf hin, dass Knigge Rousseau dabei nicht kopiere, sondern ihn häufig gegen den Strich lese, ihn umdeute, sich dialogisch zu ihm verhalte.[78]

74 Ebenda, S. 156; in diesem Band S. 104.

75 Vgl. Hans Wolfgang Kaiser: Knigges *Geschichte der Aufklärung*. A.a.O., S. 60.

76 Birgit Nübel: »jede Zeile von ihm mit dem wärmsten Interesse«. Aspekte der Rousseau-Rezeption bei Knigge. In: Zwischen Weltklugheit und Moral. Der Aufklärer Adolph Freiherr Knigge. Hrsg. v. Martin Rector. Göttingen 1999, S. 118.

77 Vgl. Jörg-Dieter Kogel: Knigges ungewöhnliche Empfehlungen. A.a.O., S. 44.

78 Vgl. Birgit Nübel: »jede Zeile von ihm mit dem wärmsten Interesse«. A.a.O., S. 106, 120.

Der Rezensent in der *Allgemeinen deutschen Bibliothek* widmet diesem ganzen Teil des Buches nur einen einzigen Satz, der aber seine Übereinstimmung mit Knigges geschichtsphilosophischer Darstellung erkennen lässt.

> »Ehe er [das ist Noldmann, G. J.] aber seinen Posten in Gondar antritt, wird eine Geschichte von der Entstehung und den Revolutionen des Abyßinischen Reichs vorausgeschickt, eine Geschichte, worin jeder Staat die seinige liest, Familienregiment, Republik, Monarchie und Despotismus, nach seinen gewöhnlichen Werkzeugen, Folgen und Aeußerungen.«[79]

Erheblich enthusiastischer begrüßt Cramer die Darstellung Knigges, die mit ihren 94 Seiten innerhalb des gesamten Romans immerhin einen Anteil von siebzehn Prozent ausmacht. Was Cramer so lobt, ist besonders die Einfachheit, Klarheit und Anschaulichkeit der Schilderung der Geschichte Abyssiniens.

> »[...] wer zu den *glattgeschornen* Philosophen, und nicht zu denen mit den langen bis an den Gürtel reichenden *Bärten der ehrwürdigen Metaphysika* gehört; [...] der wird schwerlich bey sich anstehn, Ihre zehn Capitel [...] über die ältere, mittlere und neuere Geschichte Abyssiniens, Allem vorzuziehen, was er, sogar bey Rousseau, Ferguson,[80] und Montesquieu [...] über Entstehungsart und Verhältnisse der menschlichen Gesellschaft und großer oder kleiner Staatskörper fand. Sie haben in meinen Augen die so vielfältig erörterte und nie erschöpfte Materie popularisirend – erschöpft!«[81]

Der weitere Verlauf des Romans ist durch Bemühungen gekennzeichnet, mit Hilfe der Aufklärung den Absolutismus

79 Allgemeine deutsche Bibliothek. 107. Bd., 1. St., 1792, S. 180.
80 Adam Ferguson (1723-1816), schottischer Historiker der Aufklärung.
81 Carl Friedrich Cramer: Menschliches Leben. A.a.O., S. 124f.

in ein für die Untertanen annehmbares System umzuwandeln, einen *aufgeklärten Absolutismus* zu schaffen.

Wurmbrand erhält nun den Auftrag, »das Aufklärungswesen in Abyssinien mit großem Eifer nach Europäischer Weise zu treiben«[82] und arbeitet einen Plan aus, wie unter Beibehaltung des absolutistischen Regimes die Aufklärung des Volkes zu befördern sei. Der Negus gefällt sich in der Rolle des Förderers von Kunst und Wissenschaften äußerst gut, hat keine Angst vor einem Aufruhr seiner aus der Dummheit entlassenen Untertanen, solange er »hundert tausend Soldaten auf den Beinen«[83] hat. Noldmann sieht voller Ärger, dass der Plan seines Neffen dahin führt, dass »mit der Europäischen so genannten Aufklärung, alle unsre schädliche Thorheiten und Ungehörigkeiten mit nach Abyssinien zogen«.[84]

Er beginnt nun selbst einen anderen idealistischen Reformversuch, indem er nach der Tradition der Fürstenspiegel, dem Negus neue Begriffe von seinen Pflichten gegenüber dem Volk beizubringen versucht. Diese Gespräche zwischen Noldmann und dem Negus geben Knigge die Gelegenheit, direkt die deutschen Missstände darzustellen, und zwar unter dem Vorwand, dies seien die Verhältnisse in Abyssinien, die Noldmann mit Rücksicht auf den Negus nach Deutschland verlegen müsse. Diese doppelte Verfremdung nimmt Knigge zum Anlass, seine Absicht zu offenbaren, die er mit der Verlegung der Romanhandlung nach Abyssinien bezweckte, nur dass er jetzt Noldmann mit umgekehrtem Vorzeichen diese Worte in den Mund legt:

> »[...] indem ich aber die Scene nach Deutschland [bzw. Abyssinien, G. J.] hin verlegete, und dennoch der Wahrheit treu blieb, gab ich ihm [dem Negus bzw. dem Leser, G. J.]

82 SW, Bd. 14, 1. Teil, S. 182; in diesem Band S. 120.
83 Ebenda, S. 187; in diesem Band S. 124.
84 Ebenda, S. 240; in diesem Band S. 158.

> Gelegenheit, die Uebel mit allen ihren Folgen kaltblütig zu überschauen.«[85]

Aber auch dieses Mittel – dem König mit der Wahrheit entgegenzutreten – kann das absolutistische System nicht erschüttern, und schließlich scheint dem Negus das »Gespräch, über diese ernsthafte Gegenstände, lange Weile zu machen«.[86]

Der nächste Reformversuch gilt der Erziehung des Kronprinzen, mit welchem Noldmann eine Bildungsreise nach Deutschland antritt. Sie bietet außerdem vielfältige Gelegenheit, die Kritik an den deutschen Zuständen zu entwickeln. Knigge lässt den Leser diese Verhältnisse mit den Augen der Abyssinier kritisch sehen. So schreibt der Hofnarr Soban, der alles andere als ein Narr ist, in seinem Reisejournal:

> »Die Schauspiele und andre öffentliche Vergnügungen sind in manchen Deutschen Städten sehr prächtig; die Hospitäler, Waisen- und Findelhäuser hingegen elend und jämmerlich. [...] Die müssigen Hofschranzen fahren in vergoldeten Kutschen; der nützliche Handwerker und Künstler muß zu Fuße umher schleichen, um vergebens die Rechnungen in die Paläste zu tragen, die ihm jene Windbeutel zu bezahlen schuldig sind. [...] Die Fürsten lassen in die Zeitungen und Journale einrücken, wie sehr sie einländische Fabriken und Manufacturen unterstützten, und tragen nichts an ihrem Leibe, was nicht außer Landes gekauft und verfertigt ist. Die Noth des armen Landmannes rührt nicht die hartherzigen Minister; sie lesen Französische Romane und werfen die Suppliken der jammernden Unterthanen in die Ecke.«[87]

Der Widerspruch zwischen den moralischen Grundsätzen einer aufgeklärten Gesellschaft und den realen Erscheinun-

85 Ebenda, S. 240; in diesem Band S. 157.
86 Ebenda, S. 257; in diesem Band S. 167.
87 SW, Bd. 14, 2. Teil, S. 72ff.; in diesem Band S. 215f.

gen der politischen und sozialen Welt in Deutschland wird überdeutlich. Dazu trägt auch bei, dass Knigge die abyssinische Reisegesellschaft in Hamburg hat an Land gehen lassen. Noldmann ist froh, »daß es grade der erste freye, von Despotismus aller Art unentweihte Staat war, den ich dem Kronprinzen von Abyssinien zeigen konnte.«[88] Aber angesichts der despotischen Verhältnisse im übrigen Deutschland haben die Erziehungsversuche keinen Erfolg, was Noldmann aber nicht wirklich überrascht, denn er hat schon zu Beginn der Reise konstatiert:

> »Man bekehrt die Despoten und ihre Kinder nicht [...].«[89]

Auch Iwai betont, dass Knigge das Scheitern der Prinzenerziehung »unter Berücksichtigung des sozialen Umfeldes und der psychologischen Anlage« dargestellt habe.[90] Der Prinz bildet in Deutschland all seine schlechten Eigenschaften weiter aus, und so wird durch die Reise genau das Gegenteil vom angestrebten Zweck erreicht. Sie »mißrät auch zur Karikatur«,[91] behauptet Göttert, was er zum Beispiel daran belegt sieht, dass in Mainz der Prinz ausgerechnet von einem Domherren ins Bordell geschleppt wird. Karikieren gehört sicherlich zu einer von Knigges Darstellungsmethoden und über die Wahrscheinlichkeit des Beispiels kann man vielleicht streiten, aber die Behauptung, dass diese Reiseschilderung missraten sei, findet unsere Zustimmung nicht. Da stimmen wir eher mit Rector überein, der feststellt:

> »Knigge nützt diese Reisebeschreibung zu einem seiner glänzenden Sittenbilder.«[92]

88 SW, Bd. 14, 2. Teil, S. 8; in diesem Band S. 176.
89 Ebenda, S. 12; in diesem Band S. 178.
90 Masayasu Iwai: Knigges »satirische Reisen«. A.a.O., S. 36.
91 Karl-Heinz Göttert: Knigge oder: Von den Illusionen des anständigen Lebens. A.a.O., S. 211.
92 Martin Rector: Knigge oder die Grenzen der Aufklärung. In: Zwischen Weltklugheit und Moral. Der Aufklärer Adolph Freiherr Knigge. Hrsg. v. Martin Rector. A.a.O., S. 12.

Auch viele Zeitgenossen Knigges sahen die von ihm geschilderten Bilder durchaus als real an. Und wenn der Rezensent der *AdB* davon spricht, dass Knigge »einige harte aber wahre Bemerkungen über deutsche Justiz und Polizey«[93] gemacht habe, dann gilt dies unseres Erachtens für viele Szenen dieser Reise. Was Knigge dem Leser in diesem Teil des Romans liefert, ist eine kritische Bestandsaufnahme der Aufklärungsbewegung, ihrer Hoffnungen und Illusionen, ihrer Fehlentwicklungen und schädlichen Auswirkungen.

Durch den zurückgekehrten Kronprinzen verschärft sich der Despotismus in Abyssinien und die Aufklärung tritt in ihr vorrevolutionäres Stadium.

> »Brachte die übereilte Aufklärung in schiefen und aufbrausenden Köpfen verkehrte Wirkungen hervor, so gab sie doch auch in den besser organisierten Anlaß zu einer nützlichen Gährung, regte manche schlafende Kraft auf, und erweckte auch wohl den *echten* Sinn für Wahrheit und Freyheit.«[94]

Die Dialektik der Aufklärung, Verfall und Formierung, tritt immer deutlicher zutage, und die gesellschaftliche Krise strebt ihrem Höhepunkt zu. Die Revolution im Nachbarstaat – Frankreich ist unschwer zu erkennen – ist der Auslöser. Von der Diagnose des deutschen Zustands im Jahre 1790 schreitet Knigge also zur Prognose,[95] wenn er die Revolution auf Abyssinien (Deutschland)[96] übergreifen

93 Allgemeine deutsche Bibliothek. 107. Bd., 1. St., 1792, S. 182.
94 SW, Bd. 14, 2. Teil, S. 145; in diesem Band S. 261.
95 Zum Verhältnis von Analyse, Diagnose und Prognose in Knigges Roman vgl. Jürgen Walter: Adolph Freiherrn Knigges Roman. A.a.O., S. 163.
96 Hárs weist richtig darauf hin, dass die Länderallegorien (Nubien gleich Frankreich, Abyssinien gleich Deutschland) vielfältiger und komplizierter sind, also z.B. Abyssinien auch Abyssinien ist oder auch ein wenig Frankreich usw. Vgl. Endre Hárs: Revolutionspoetik. Benjamin Noldmanns Beitrag zum literarischen Werk Adolph Freiherrn Knigges. In: Vom Zweck des Systems.

lässt.[97] Er beschreibt die Entwicklung zu einer Situation, in der das ganze Volk sich gegen den Despotismus empört und die Unterdrücker vor der herannahenden »Volks-Armee«[98] überstürzt ins Ausland fliehen müssen. Hier wird ganz deutlich, wie die Französische Revolution als Beispiel für die Möglichkeit eines Sturzes absolutistischer Herrschaft die Zuversicht antifeudaler Kräfte in Deutschland stärkte und an die Stelle einer pessimistischen Grundhaltung ein neuer, oftmals revolutionärer Optimismus trat.

Knigge hat in seinem Roman nicht einfach das Ereignis der Französischen Revolution nachgezeichnet; vielmehr hat er eine Entwicklung beschrieben, die seiner Meinung nach auch in Deutschland zu einer Erhebung führen könnte: Die Revolution in Abyssinien wird ja durch die im Nachbarstaat Nubien ausgebrochene[99] ausgelöst, und zwar beschleunigt dadurch, dass der Negus mit seinen Söldnerheeren den nachbarlichen Despoten zur Hilfe eilt. Die für die Freiheit kämpfenden »braven Nubier«[100] schlagen die im Sold des Despotismus stehenden Armeen vernichtend[101] und als der

Beiträge zur Geschichte literarischer Utopien. Hrsg. v. Árpád Bernáth u.a. Tübingen 2006, S. 61ff.

97 Möglicherweise stand Knigge auch unter dem Eindruck des kursächsischen Bauernaufstands im August 1790 und hat ein Übergreifen der Revolution zu diesem Zeitpunkt als eine reale Möglichkeit angesehen.

98 SW, Bd. 14, 2. Teil, S. 163; in diesem Band S. 272.

99 Von ihr sagt Knigge, dass sie »vielleicht noch jetzt nicht gänzlich zu Stande gekommen ist […]«, was nichts anderes heißt, als dass er vermutet, die in Frankreich zu diesem Zeitpunkt geschaffene konstitutionelle Monarchie sei noch nicht der Endpunkt der Revolution. SW, Bd. 14, 2. Teil, S. 149; in diesem Band S. 263.

100 Ebenda, S. 157; in diesem Band S. 268.

101 Knigge sieht hier bereits das Ausbrechen des 1. Koalitionskrieges (1792) voraus und prophezeit die Niederlage der konterrevolutionären Truppen. Er bekämpft in den nächsten Jahren immer wieder einen Krieg gegen Frankreich. Vgl. Wurmbrand. A.a.O., S. 85ff.; in dieser Ausgabe Bd. 4, S. 222f. Rückblicke auf den, wenn Gott will, für Teutschland nun bald geendigten Krieg. 1795. In: SW, Bd. 15[C]; in dieser Ausgabe Bd. 4, S. 291ff.

Negus eine neue Rekrutenaushebung verordnet, um die noch in Nubien stehenden Truppen wieder aufzufüllen, weigern sich die abyssinischen Bauern geschlossen, sich »auf die Schlachtbank«[102] schicken zu lassen.

> »Man ließ Regimenter gegen die widerspenstigen Bauern anrücken – aber die Soldaten wurden zurück geschlagen. In dieser Noth rief man das ziemlich geschmolzene Heer aus Nubien zurück. Es kam; aber Anführer und gemeine Soldaten hatten dort Freyheit und Menschenwürde respectiren gelernt; alle weigerten sich einstimmig, gegen ihre Mitbürger die Waffen zu führen [...].«[103]

Es bildete sich ein Volksheer, das auf die Hauptstadt zumarschiert; in den Städten und Dörfern werden die »Creaturen des Hofs«[104] beseitigt, die engsten Vertrauten des Negus fliehen ins Ausland, und er selbst entzieht sich dem Schicksal durch seinen plötzlichen Tod. Dieses bedeutet für Noldmann-Knigge den Sieg der Revolution, und damit ist seiner Meinung nach auch die Aufgabe des »Pöbel[s], welcher bey solchen Revolutionen sich nie in den Schranken der Gerechtigkeit und Mäßigung hält«,[105] erfüllt. In allen weiteren revolutionären Maßnahmen von unten sieht er Unordnung und Anarchie. Zweierlei hält Knigge in dieser Situation, in der die Häupter des alten Systems beseitigt sind, eine neue Ordnung aber noch nicht besteht, für unumgänglich: die vorübergehende Herrschaft eines Mannes, der das Vertrauen der Volksarmee besitzt, und die Vorlage einer Verfassung, die nach einer ausführlichen Diskussion von der Mehrheit aller Bürger angenommen werden soll. Diese Aufgabe übernimmt nun der fern vom Hof erzogene, deshalb tugendhafte, aufgeklärte Prinz,[106] der für ein Jahr eine Art militärische Dik-

102 SW, Bd. 14, 2. Teil, S. 159; in diesem Band S. 269.
103 Ebenda, S. 159; in diesem Band S. 269.
104 Ebenda, S. 162; in diesem Band S. 271.
105 Ebenda.
106 Knigges Auffassung, dass Tugend für die wahre Aufklärung

tatur ausüben will, »um der Anarchie zu steuern«,[107] und der dem Volk einen bereits ausgearbeiteten Verfassungsplan vorlegt, der in dieser Zeit diskutiert und »verbessert oder bestätigt [...] nach der Mehrheit der Stimmen, als Grundgesetz«[108] niedergeschrieben werden soll. Um von einem despotisch regierten Staat zu einem auf Volkssouveränität beruhenden zu gelangen, hält Knigge also eine revolutionäre Erhebung der Volksmassen für unumgänglich, um nämlich das »Alte« zu beseitigen; sei aber diese Bedingung erfüllt, dann müsse das Volk, das von sich aus keinen Gemeinsinn entwickele, sondern nur Einzelinteressen vertrete,[109] zur Ruhe und Ordnung gezwungen werden, damit das »Neue« von oben entworfen, gesteuert und unter Aufsicht in Kraft gesetzt werden könne. Wenn Knigge die revolutionäre Aktion der Massen als notwendig erachtet und gutheißt, dann vertritt er einen radikaldemokratischen Standpunkt, wenn er jedoch die Autorität eines großen Mannes für notwendig hält, um das Volk solange zu bändigen, bis es die von eben dieser Autorität vorgeschlagenen Gesetze erhalten hat, die zukünftig sowohl Despotie als auch Anarchie verhindern sollen, dann steht er mitten im liberalen Denken der Mehrzahl der bürgerlichen Intellektuellen seiner Zeit. Das geringe Vertrauen in die vom Despotismus geknechteten Volksmassen verbindet sich hier mit den durch die Französische Revolution gewonnenen Erkenntnissen von der revolutionären Kraft eines Volkes. Und Knigge sieht in der Französischen Revolution ganz offensichtlich nicht nur ein singuläres Ereignis, sondern

von ausschlaggebender Bedeutung ist, stellt Rector anschaulich dar. Vgl. Martin Rector: Knigge oder die Grenzen der Aufklärung. A.a.O., S. 14ff.

107 SW, Bd. 14, 2. Teil, S. 166; in diesem Band S. 274.

108 Ebenda, S. 168; in diesem Band S. 275.

109 Im *Wurmbrand* mahnt Knigge: »[...] welche gewaltsame Umkehrungen, welche blutige Kämpfe alsdann da erfolgen müssen, wo, wenn alle umstürzen helfen, jeder auf seine eigne Weise und zu seinem eignem Vortheile wieder aufbauen will.« Wurmbrand. A.a.O., S. 6; in dieser Ausgabe Bd. 4, S. 219.

eine für die ganze »Menschheit wichtige Begebenheit«,[110] womit er ihre universale Relevanz postuliert.[111]

Erst nachdem Knigge den Absolutismus von allen Seiten beleuchtet, eine kulturgeschichtliche Deutung seiner Entstehung gegeben, das Scheitern aufklärerischer Bemühungen geschildert und Krisis und Sturz des ganzen Systems vorausgesagt hat, kann er damit rechnen, dass der Leser die nachfolgende Utopie tatsächlich als eine vernünftige Alternative zum bestehenden System anerkennt.

Der Entwurf der neuen Staatsverfassung nimmt ein Fünftel des ganzen Romans ein und muss als das eigentliche Kernstück betrachtet werden. Knigge zieht aus seiner satirischen und historischen Kritik am Despotismus die Konsequenzen und entwirft das Gegenbild eines Staatswesens. Bedeutsam, aber selten in der Geschichte der Utopien vorkommend, ist die Tatsache, dass Knigge eine politische Entwicklung beschreibt, in der die kritisierte und abgelehnte Herrschaftsform durch eine revolutionäre Erhebung beseitigt wird und sich dadurch die Möglichkeit zur Schaffung einer neuen, idealen gesellschaftlichen Ordnung ergibt. Nur das Erleben der Französischen Revolution kann diese Darstellung im Roman erklären.

Der von dem Prinzen vorgelegte Entwurf einer neuen Staatsverfassung ist mehr als nur eine Sammlung von Paragraphen, die die Rechte und Pflichten der Bürger bestimmen. Knigge versucht, einen Gesamtentwurf eines Staates mit allen seinen sozialen, politischen und ökonomischen Beziehungen zu geben: Familie, Ehe und Erziehung sind ebenso Gegenstand seiner Verfassung wie das Wahlsystem und Be-

110 Ebenda, S. 69; in dieser Ausgabe Bd. 4, S. 246.
111 Vgl. Pierre-André Bois: Zwischen Revolution und aufgeklärtem Absolutismus: Knigges Vorstellung von der Politik. In: Zwischen Weltklugheit und Moral. Der Aufklärer Adolph Freiherr Knigge. Hrsg. v. Martin Rector. Göttingen 1999, S. 122.

stimmungen für Handel und Landwirtschaft. Weil Knigge nicht nur die rechtlichen Verhältnisse, sondern auch die sozialen einzubeziehen versucht, kann man von einer rational konstruierten Sozialutopie sprechen. Die Maximen, die er aufstellt, sind nicht phantasievoll erdachte, sondern aus der allgemeinen Geschichte des Despotismus entwickelte. In der satirischen Darstellung hat er das Bestehende kritisiert, in der Geschichte hat er die Gründe für die Entfernung der Staaten vom ursprünglichen Vertrag aufgesucht, und in der Utopie konstruiert er einen Staat, in dem alle Ursachen, die die Entwicklung zum Despotismus ermöglichen, ausgeschaltet werden sollen. Knigges Staatskonstruktion in der *Geschichte der Aufklärung* stellt kein Zurück mehr dar zu einem Zustand des additiven Familienregiments, wie er es noch in seinem utopischen Entwurf in der *Geschichte Peter Clausens*[112] geschildert hatte; die französischen Ereignisse und die Verschärfung der politischen Auseinandersetzungen in Deutschland haben seinen Gesichtskreis erweitert, seine Kulturfeindschaft vermindert, seine revolutionären Hoffnungen gestärkt und insgesamt den Realitätswert der Utopie erhöht.

Die Realisierung dieses Plans in Deutschland war allerdings aus mehr Gründen nicht möglich, als nur aus dem, dass die »schiefköpfigen Rechtsgelehrten ihn um so alberner und phantastischer finden werden, je mehr gesunde Vernunft darin herrscht«.[113] Es fehlte die gesellschaftliche Kraft, die eine vollständige Umwälzung hätte vollbringen können, und zudem entsprach Knigges Zielprojektion auch nicht den materiellen Interessen der Bourgeoisie, ohne die jede Erhebung perspektivlos bleiben musste. Dass Knigge 1790 eine Entwicklung – ähnlich der abyssinischen – in Deutschland für möglich hielt, deutet er vorsichtig an, wenn er den

112 Geschichte Peter Clausens von dem Verfasser des Romans meines Lebens. Frankfurt a. M. 1783-1785. In: SW, Bd. 3, hier besonders S. [478]-[493]; in dieser Ausgabe Bd. 1, S. 263-270.

113 SW, Bd. 14, 2. Teil, S. 288; in diesem Band S. 348.

Prinzen zu Noldmann und Wurmbrand bei deren Abschied sagen lässt:

> »[...] Ihr könnt vielleicht Eurem Vaterlande noch sehr nützlich werden; es scheint, als wenn bald Zeiten kommen würden, wo man auch dort des Raths und der Hülfe verständiger, vorurteilsfreyer und vorsichtiger Männer bedürfen wird.«[114]

Der Enthusiasmus bürgerlicher Kreise zu Beginn der neunziger Jahre, der sich symptomatisch in dem Ausruf: »[...] auf baldige Nachfolge in Deutschland«[115] ausdrückt, kennzeichnet auch Knigges Roman. In der *Geschichte der Aufklärung* herrscht ein handlungsbetonter Optimismus vor, der auch vor einer begrenzten Gewaltaktion des Volkes nicht zurückschreckt, wenn dadurch die Bedingungen zu einem völligen Neuanfang geschaffen werden, dessen leitende Prinzipien Knigge in dem utopischen Entwurf[116] entwickelt und mit der Aufforderung nach völliger Umwälzung der alten Verfassung verbindet:

> »Verwerfet, verbessert, sichtet; aber wenn Ihr denn doch gestehen müßt, daß die Hauptsätze meines Systems aus der graden, natürlichen, gesunden Vernunft entlehnt sind; so lasset Euch nicht durch Vorurtheile und Schwierigkeiten davon abhalten, das Uebel bei der Wurzel anzugreifen und auszurotten! Jetzt ist der Zeitpunkt da – so vortheilhaft kömmt er gewiß nie wieder; begnügt Ihr Euch aber jetzt mit halben Verbesserungen, so habt Ihr ewiges Flickwerk.«[117]

Gerade dieser letzte Satz klingt wie eine Aufforderung an die französischen Revolutionäre, sich nicht mit einer Modi-

114 Ebenda, S. 289; in diesem Band S. 349.
115 Aus einer alten Kiste. A.a.O., S. 221.
116 Hárs nennt ihn »ein überzeugendes aufklärerisches Dokument«. Endre Hárs: Revolutionspoetik. A.a.O., S. 65.
117 SW, Bd. 14, 2. Teil, S. 285; in diesem Band S. 346.

fizierung des monarchischen Systems zufriedenzugeben, denn in Frankreich sah Knigge die Bedingungen erfüllt, die er in Abyssinien eintreten lässt, bevor der Prinz den Verfassungsplan zur Diskussion stellt. In Bezug auf Frankreich hielt Knigge seinen Entwurf für ein realisierbares Projekt, und den Beweis dafür gibt er selbst, wenn er in einem Brief an Campe und Trapp die Absicht äußert, seinen Roman mit der Staatsverfassung darin an den französischen Nationalkonvent zu senden, um sein »Schärflein zu der neuen, großen Pyramide« beizutragen.[118]

In Deutschland konnte er seinen Roman nur an seine Freunde verschicken – z.B. an Cramer und Unzer[119] –, denn einen Konvent, der vom Volk legitimiert war, neue Gesetze zu geben, gab es nicht und die Illusion, einer der absoluten Herrscher würde den Plan verwirklichen, hatte er nicht, auch nicht in Bezug auf »Vater Georg«,[120] wie er, mit Blick auf die hannoverschen Zensurbehörden, den König von Großbritannien und Kurfürst von Hannover, Georg III., nannte. Aber trotzdem sah er auch in Bezug auf Deutschland – und für die Deutschen hatte er den Roman schließlich geschrieben – einen Sinn in der ausführlichen Darlegung einer neuen Konstitution: Er wollte der Wirklichkeit ein Ideal entgegenstellen, damit der Leser »durch Betrachtung desselben, sich überzeuge, wie weit man sich von demselben entfernt«[121] hatte. Und insofern war der Roman auch indirekt eine Auf-

118 Brief vom 3.11.1792. In: AW, Bd. 10, S. 99ff.; Göttert findet nicht, dass Knigge mit seinem Entwurf »auf der Höhe seiner Zeit« liege, sondern dass er die Ereignisse in Paris missverstehe. Karl-Heinz Göttert: Knigge oder: Von den Illusionen des anständigen Lebens. A.a.O., S. 219f.; Kaiser weist darauf hin, dass auch Franz Heinrich Ziegenhagen eine Kurzfassung seiner »Verhältnislehre« an den Konvent geschickt hat. Vgl. Hans Wolfgang Kaiser: Knigges *Geschichte der Aufklärung*. A.a.O., S. 36.

119 Johann Christoph Unzer (1747-1809), Arzt und Schriftsteller in Altona.

120 SW, Bd. 14, 2. Teil, S. 153; in diesem Band S. 266.

121 Josephs von Wurmbrand politisches Glaubensbekenntniß. A.a.O., S. 7; in dieser Ausgabe Bd. 4, S. 219.

forderung zur Herstellung von Verhältnissen, unter denen überhaupt erst an die »Gründung einer neuen Constitution«[122] zu denken war.

Wie ernst Knigges Zeitgenossen den Verfassungsentwurf nahmen, geht u.a. aus der bereits erwähnten Rezension in der *Allgemeinen deutschen Bibliothek* hervor, dessen Verfasser Knigges Plan mit der amerikanischen und französischen Verfassung verglich und ihn »weit vorzüglicher«[123] fand. Möglicherweise hat auch der Hinweis dieses Rezensenten – dass der Plan »wegen mancher ganz neuen Einrichtungen zu Gründung einen Freystaats wohl erwogen zu werden«[124] verdient – Knigge erst auf die Idee gebracht, sein Buch an den Pariser Konvent zu schicken, wozu er Campe und Trapp um ihr Urteil bat. Auf jeden Fall war Knigges erdachte Konstitution weder in seinen Augen noch in denen der liberalen und demokratischen Öffentlichkeit dieser Jahre nur ein phantasievolles, romanhaftes Produkt, sondern sie wurde vielmehr als ein ernst gemeinter Beitrag zu den politischen Ereignissen verstanden. Das Loblied, das Cramer über Knigges Verfassungsentwurf singt, könnte wohlklingender nicht sein:

> »[...] alle diese großen Wahrheiten einer gesunden lycurgischen Legislation sahen, vor Mirabeau, und zum Theil noch rencherirend [überbietend, G. J.] über Mirabeau Sie ein – obgleich Sie ein Freyherr und Edelmann sind? – *Edel-mann, Frey-herr in der That!* Von Vorurtheilen frey!«[125]

Im Folgenden wollen wir Knigges Verfassungsentwurf aufgrund seiner besonderen Bedeutung innerhalb des Romans etwas ausführlicher analysieren, um die Art der Utopie und

122 Ebenda.
123 Allgemeine deutsche Bibliothek. 107. Bd., 1. St., 1792, S. 183.
124 Ebenda.
125 Carl Friedrich Cramer: Menschliches Leben. A.a.O., S. 127.

die politische Position, die Knigge hier einnimmt, näher bestimmen zu können. Wir beschränken uns auf die wesentlichen Bestimmungen der politischen und ökonomischen Ordnung, des Freiheits-, Gleichheits- und Eigentumsbegriffs, der Religions- und Erziehungsvorstellungen und der Rolle, die in seinem Staat den Wissenschaften und Künsten zukommt.

Der zentrale Begriff, der Knigge als Ausgangspunkt für die Konstruktion seiner menschlichen Gemeinschaft dient, ist die Glückseligkeit.[126] Wenn Göttert schon zum Einstieg des Verfassungsentwurfs behauptet, dass sich hier zeige, wie sehr dieser »Traum der Vergangenheit«[127] angehöre, dann ist das viel zu einseitig, wie wir im Weiteren zeigen werden. Knigges Betonung der Glückseligkeit – die die Menschen in dieser Welt zu erreichen suchen – ist eine Absage an die christlich bestimmte Weltsicht, nach der die Erde nur ein Jammertal und die Erlangung von Glückseligkeit erst im Jenseits zu erwarten ist.

> »Glückseligkeit ist Lebens-Genuß, und um des Lebens genießen zu können, muß man frey seyn.«[128]

Da der einzelne Mensch sich aber alleine nicht wohlfühle, schließe er sich mit anderen zusammen. Die Verbindung zu einer Gemeinschaft müsse notwendigerweise die Freiheit des Einzelnen einschränken, damit alle zusammen zu einer »allgemeinen Glückseligkeit«[129] gelangen und nicht der eine auf Kosten der anderen mehr erhielte, als er zu geben bereit sei. Die Freiheit des einen höre dort auf, wo die Freiheit des Nächsten beginne. Knigge betont aber, dass die Grenzen der

126 »Glückseligkeit« ist nach Voegt eines der »Fahnenworte« in der spätaufklärerischen Literatur. Vgl. Hedwig Voegt: Einleitung. In: Adolph Freiherr Knigge: Der Traum des Herrn Brick. Essays, Satiren, Utopien. Berlin 1968, S. 7.

127 Karl-Heinz Göttert: Knigge oder: Von den Illusionen des anständigen Lebens. A.a.O., S. 215.

128 SW, Bd. 14, 2. Teil, S. 171; in diesem Band S. 277.

129 Ebenda.

»natürlichen Freyheit«[130] nicht zu eng gezogen werden dürften, da sonst der Grund zum Zusammenschluss, nämlich höherer Lebensgenuss, wieder wegfiele.

> »Es kömmt desfalls darauf an, *richtige Begriffe von der bürgerlichen Freyheit* fest zu setzen [...].«[131]

Durch Gesetze soll also gewährleistet werden, dass *alle* ein Höchstmaß an Befriedigung ihrer Bedürfnisse erlangen und die *bürgerliche* Freiheit noch ein Maximum der *natürlichen* Freiheit enthält. Solche Gesetze können sich aber die Bürger nur selbst geben, so folgert Knigge, und zwar durch die Mehrheit aller Stimmen. Ausdrücklich lehnt er eine Trennung in kultivierte Stände und unkultivierte ab:

> »Jeder volljährige Mensch sey cultiviert genug, um über das zu urteihlen, was er thun oder lassen müsse, oder vielmehr, es sey ungerecht, verlangen zu wollen, daß ein Mann etwas leisten oder unterlassen sollte, wenn man ihm nicht ein Mahl so viel Verstand zutrauete, einzusehen, warum man dieß von ihm forderte.«[132]

Mit dieser demokratischen Position geht Knigge bereits selbst über die französische Verfassung von 1791 hinaus, die eine Teilung in Aktiv- und Passivbürger nach dem Besitzstand vornahm. Wenn Knigge seine diesbezügliche Argumentation mit der Wendung einleitet: »Auch dürfe man nicht einwenden, daß die Prüfung und Beystimmung aller [...] weder nützlich, noch erforderlich [...] wären.«,[133] so legt dies die Vermutung nahe, dass er über solche und ähnliche Fragen in einem Diskussionsprozess stand und bei allem Lob, das er beispielsweise der Hamburger Verfassung zollte,[134] doch die Tatsache, dass dort nur die Erbgesessenen, also die wohl-

130 Ebenda, S. 172; in diesem Band S. 277.
131 Ebenda.
132 Ebenda, S. 169; in diesem Band S. 276.
133 Ebenda.
134 Ebenda, S. 8ff.; in diesem Band S. 176ff.

habenden Bürger, alle politischen Rechte besaßen,[135] kritisch beurteilte. Knigge, der in seinen Schriften immer wieder darauf verweist, dass geistige Unmündigkeit in den niederen Ständen durch die gesellschaftlichen Verhältnisse bedingt sei, und der besonders die Kirche anklagt, die diesen Zustand zementiere,[136] argumentiert, dass unter anderen gesellschaftlichen Bedingungen die angebliche Dummheit der großen Masse des Volkes nicht mehr bestehen bleiben würde.

> »[...] wenn man nur zwanglos der Ordnung der Natur [einer natürlichen Staatsverfassung, G. J.] den freyen Lauf läßt, so wird auf die Länge immer die Sache der gesunden Vernunft die Oberhand behalten.«[137]

Knigge tritt damit nicht nur abstrakt, sondern in Bezug auf Frankreich auch ganz konkret für die Beteiligung aller Bürger an der politischen Willensbildung ein und bestreitet, dass nur Besitzende staatsbürgerliches Bewusstsein und Gewissen entwickeln würden.

Nachdem Knigge die allgemeinen Bestimmungen über Freiheit und Gesetzgebung entwickelt hat, versucht er in zwölf Grundsatzartikeln anzugeben, wie weit ein Staat nach der »graden, natürlichen, gesunden Vernunft«[138] die Freiheit des einzelnen Bürgers einschränken könne und müsse. Als Antwort auf die Willkür des Feudalabsolutismus, durch die eine Minderheit privilegiert und die Mehrheit unterdrückt wird, legt er erst einmal fest, dass alle Handlungen eines Bürgers ein Gegenstand der Gesetzgebung sein *können*; da aber ein Maximum an natürlicher Freiheit bestehen bleiben soll, relativiert er diese Bestimmung sogleich wieder und be-

135 Vgl. Walter Grab: Norddeutsche Jakobiner. Demokratische Bestrebungen zur Zeit der Französischen Revolution. Frankfurt a.M. 1967, S. 11.

136 Siehe: Peter Claus. A.a.O., S. [391]ff.; in dieser Ausgabe Bd. 1, S. 221ff. – SW, Bd. 14, 1. Teil, S. 161ff.; in diesem Band S. 107f. – Wurmbrand. A.a.O., S. 126ff.; in dieser Ausgabe Bd. 4, S. 219.

137 SW, Bd. 14, 2. Teil, S. 178; in diesem Band S. 281.

138 Ebenda, S. 285; in diesem Band S. 346.

tont, dass sie es nicht sein *müssen.*[139] Allerdings werden wir sehen, dass Knigges Staat von seinen Bürgern eine weitgehende Unterordnung unter die Ansprüche der Gesellschaft verlangt.

> »Der gesellschaftliche Nutzen für alle gilt als oberste Richtschnur.«[140]

Wenn Knigge die Gesetzgebung in seinem Staat nur auf »Handlungen«, nicht aber auf »Gedanken« und »Meinungen«[141] bezogen wissen möchte, dann erklärt er damit sehr deutlich, dass kein Staat befugt sei, die Denk- und Pressefreiheit in irgendeiner Weise einzuschränken.

> »Weil es jedermann erlaubt seyn muß, auch über die wichtigsten Dinge frey und offenherzig seine Meinung zu sagen [...] so dürfen also gesprochene und geschriebene Worte, von welcher Art sie auch seyn mögen, nie durch Gesetze eingeschränkt werden.«[142]

Die Geistesfreiheit, eine der Hauptforderungen des liberalen Bürgertums, erhält hier durch Knigge eine naturrechtliche Begründung, die sie ganz aus dem Bereich der durch Menschen bestimmbaren Gesetzgebung ausschließt. Denk- und Pressefreiheit können also auch von Fürsten weder verboten noch gewährt werden, weil sie zu den natürlichen Rechten der Menschheit zählen.

Als ein Ausdruck von Knigges Fortschrittsgläubigkeit und als Kritik am Beharren feudaler Ideologen auf der Unveränderbarkeit herrschender Zustände muss man die vorgesehene Fortentwicklung interpretieren, der auch die Gesetze unterworfen werden sollen.

139 Ebenda, S. 175; in diesem Band S. 279.
140 Jörg-Dieter Kogel: Knigges ungewöhnliche Empfehlungen. A.a.O., S. 76.
141 SW, Bd. 14, 2. Teil, S. 180; in diesem Band S. 282.
142 Ebenda.

»Es ist daher der Klugheit gemäß, daß die Volks-Versammlung, nach Ablauf einer gewissen, zu bestimmenden Zeit [...] ein neues Gesetzbuch verfertige.«[143]

Obgleich dieser Entwicklungsgedanke bei der Darstellung der Staatsverfassung nicht wieder aufgegriffen wird, bedeutet diese allgemeine Bestimmung der Veränderbarkeit eine Einschränkung der sonst in Utopien meistens anzutreffenden völligen Statik.[144]

Der von Knigge in seinem Verfassungsentwurf beschriebene Staat hat nichts mehr gemein mit einer kleinen, begrenzten, insularen Gemeinschaft, wie er sie noch in der *Geschichte Peter Clausens* dargestellt hat. Aus einer *Kolonie*, bestehend aus einer Anzahl von völlig gleich strukturierten Stämmen, ist ein in zwölf Provinzen unterteiltes *Reich* mit Hauptstädten, Provinzstädten, großen und kleinen Dörfern geworden. Knigge bricht mit der gerade in Deutschland weit verbreiteten Ansicht, dass nur kleine überschaubare Gemeinschaftswesen, wie beispielsweise der Freistaat Hamburg, sich für eine republikanische Verfassung eignen würden. Ganz bewusst lehnt er sich an das Vorbild Amerika an und konstruiert einen Staat, der in Anbetracht der deutschen Kleinstaaterei eine beachtliche Größe hat, nicht mit einer Stadtrepublik zu verwechseln ist und trotzdem ein im Prinzip republikanisches System erhält. Welche Bedeutung der junge amerikanische Staat in den ideologischen Auseinandersetzungen erhalten hatte und wie stark Knigges Staatskonstruktion durch dieses Beispiel eines bürgerlichen Staates beeinflusst worden sein mag, kann man aus den politischen Grundsätzen des »Pinselordens« schließen, in denen Knigge, die feudale Reaktion verhöhnend, unter anderem ironisch schreibt:

143 Ebenda, S. 179; in diesem Band S. 282.

144 »Denn die Utopie soll unveränderlich sein. Sie kennt keine Entwicklung und duldet keine.« Hans Freyer: Die politische Insel. Eine Geschichte der Utopien von Platon bis zur Gegenwart. Leipzig 1936, S. 35.

»Es ist unbegreiflich, wie bey solchen Einrichtungen [der bürgerlich-demokratischen amerikanischen Verfassung, G. J.] ein so großes Land bestehn kann, da man bis jetzt wenigstens immer gehofft hatte, es würden nur kleine Staaten sich einfallen lassen, bey einer republicanischen Verfassung gedeyen zu können.«[145]

Die Größe des fiktiven abyssinischen Reiches hält Knigge nun aber keineswegs davon ab, diesen Staat in ein zahlenmäßig genau durchgliedertes System zu bringen: Er teilt ihn auf in zwölf Provinzen mit je einer Hauptstadt, drei Landstädten, drei großen und neun kleinen Dörfern. Diese geradezu symmetrische Anordnung, die häufig in Utopien anzutreffen ist, verrät den Willen, alle Zufälligkeiten auszuschließen, und ist ein Ausdruck einer stark rationalistisch bestimmten Grundhaltung. Selbst die Anzahl der Häuser und Familien pro Stadt und Dorf ist vorgeschrieben und verleiht Knigges Staatskonstruktion trotz der relativen Größe einen kleinlichen, ja statischen Charakter.

Das Wahlsystem und die Position des Staatsoberhauptes weisen starke Parallelen zur amerikanischen Verfassung auf. Die Nationalversammlung geht aus allgemeinen, gleichen und indirekten Wahlen hervor und setzt sich aus je zwei Abgeordneten der zwölf Provinzen zusammen. Sie hat die legislative Gewalt und wird, genau wie das Staatsoberhaupt, alle sechs Jahre gewählt. Der Volkswille soll durch die Wahl der Nationalversammlung und des Oberhauptes seinen Ausdruck erhalten. Knigge hält die Zentralisierung der Exekutive in einer Hand für natürlicher und plädiert deshalb für eine Einzelperson an der Staatsspitze.

»Ich rathe Euch also Einen Mann – nennt ihn König, oder wie Ihr wollt! – zu wählen, der für Ausübung Eurer

145 Des seligen Herrn Etatsraths Samuel Conrad von Schaafskopf hinterlassene Papiere; von seine Erben herausgegeben. Breslau 1792. In: SW, Bd. 15[A], S. 124; in dieser Ausgabe Bd. 4, S. 205.

Gesetze und Aufrechthaltung Eurer Einrichtungen sorge.«[146]

Dieser »König« – so nennt ihn Knigge meistens, obwohl er mehr Ähnlichkeit mit dem amerikanischen Präsidenten hat – hat während seiner Amtszeit die »unumschränkte Gewalt, die Gesetze der Nation [...] in Ausübung bringen zu lassen«.[147] Bei wichtigen neu auftretenden Problemen, die nicht schon gesetzlich fixiert sind, beruft der König die Nationalversammlung ein, die diese Fälle entscheidet bzw. durch Gutachten dem König eine Ausführung nahelegt, die durch die Mehrheit der Stimmen abgedeckt ist. Zur Verantwortung kann der Regierungschef nur am Ende seiner Amtszeit gezogen werden.

Die Beamten in den Städten und Dörfern werden direkt von der Bevölkerung gewählt. An der Spitze jeder Provinz stehen ein Statthalter und sechs Räte für die verschiedenen Ressorts. Die ganze Verwaltung und Regierung bis zum Dorfrichter hinunter hat Knigge zahlenmäßig festgelegt, und er betont ausdrücklich die Einfachheit des ganzen Behördenapparats gegenüber der Aufgeblähtheit feudalabsolutistischer Verwaltungen. Der politische Aufbau soll für jeden einzelnen Bürger überschaubar bleiben und möglichst wenig Geld kosten; die unteren Beamtenstellen sind ehrenamtlich und nehmen nach Knigges Vorstellungen nur so wenig Zeit in Anspruch, dass jeder seinem bürgerlichen Gewerbe nachgehen kann. Durch die unbedingte Gesetzesherrschaft und die vollständige politische Gleichheit aller Bürger sieht er die Unkompliziertheit der Verwaltungstätigkeit gewährleistet.

»Da die Regierungsgeschäfte auf diese Weise gar nicht verwickelt seyn werden, so bedarf es nicht für jeden Zweig

146 SW, Bd. 14, 2. Teil, S. 184; in diesem Band S. 285.
147 Ebenda, S. 185; in diesem Band S. 286.

derselben eines eignen Collegiums. Die Haupt-Regierung, die Provinzial-Directionen, die Stadt-Collegia und die Dorf-Obrigkeiten haben zugleich das Justiz-, Finanz-, Kriegs- und Policeywesen, kurz! alles zu besorgen.«[148]

Da alle Beamten direkt oder indirekt von der Bevölkerung gewählt werden und die Gesetze klar und eindeutig festgelegt sind, hält Knigge eine Trennung in Exekutive und Judikative nicht für notwendig. Die Beamten sind gleichzeitig auch Richter.

»Da wir nicht eine Menge dunkler, sich durchkreuzender Gesetze haben, und unsre Staats-Verfassung nicht Gelegenheit zu mannigfaltigen, verwickelten Streit-Fragen und Händeln gibt, die Haupt-Fälle aber sehr klar in den Gesetzen bestimmt sind, so kömmt weniger darauf an, daß unsre Richter sehr gelehrte Leute, als daß sie verständige, hell sehende, erfahrne und unverführbar rechtschaffne Leute seyen.«[149]

Die Annahme, dass durch eine weise Gesetzgebung »alle willkührliche Handlungen«[150] wegfielen, ist auch der Grund für die geringe Bedeutung, die Knigge der Regierungsform zumisst.[151] Knigge hat zwar in dieser Verfassung ein republikanisches System entwickelt, betont jedoch später in seinem *Wurmbrand*, dass die Regierungsform zweitrangig sei und er »[...] vielmehr glaube, man könne ruhig und froh leben in jedem Lande, die Regierungsform möge auch seyn, welche sie wolle, wenn nur eine weise Gesezgebung alle Stände gegen einander vor Mishandlung sichert [...]«.[152] Fink drückt

148 Ebenda, S. 193; in diesem Band S. 290.
149 Ebenda, S. 240f.; in diesem Band S. 320.
150 Ebenda, S. 173; in diesem Band S. 278.
151 Knigge verlege »den Akzent von der Form der Regierung auf ihre Grundsätze«. Gabrielle Bersier: Wunschbild und Wirklichkeit. A.a.O., S. 224.
152 Josephs von Wurmbrand politisches Glaubensbekenntniß. A.a.O., S. VII; in dieser Ausgabe Bd. 4, S. 214.

es etwas anders aus, wenn er den »Geist« des Staates als Kernpunkt bezeichnet.

> »Dabei betont er [Knigge, G. J.] mit Montesquieu, daß nicht die Regierungsform als solche, sondern der Geist, der den Staat beseelte, ausschlaggebend sei.«[153]

So ist auch nicht die äußere Form, die er seinem Staat gibt, das Entscheidende; sein demokratisches Bekenntnis liegt vielmehr in der Betonung der natürlichen Freiheit des Menschen, die durch eine auf Volkssouveränität beruhende Verfassung so wenig wie möglich eingeschränkt werden dürfe und nur bei völliger politischer Gleichheit aller Staatsbürger zu verwirklichen sei. Für die Forderung nach Wiederherstellung der Gleichheit der Menschen erhält Knigge auch das Lob von Zeitgenossen.[154] Alle Privilegien und Titel, alle Stände und Rangordnungen werden abgeschafft; die Berufe und Ämter werden alle gleich hoch geschätzt, denn der »Staat bedarf eben so nothwendig eines Nachtwächters, als eines Beamten, eben so nothwendig eines Schusters, als eines Gelehrten«.[155] In diesem Land soll es zukünftig weder erblichen Adel noch Leibeigene geben und auch »Leute [...], die, ohne andre Geschäfte, bloß von ihren Renten leben, werden [...] nicht geduldet [...]«.[156]

Auf Ordnungs- und Sicherheitskräfte, sowohl für die innere Ruhe als auch gegen den äußeren Feind, will Knigge nicht verzichten. Offensivkriege und Eroberungen sind grundsätzlich untersagt. Für den Fall, dass eine fremde Armee in das Land einfällt, können alle Bürger mobilisiert

153 Gonthier-Louis Fink: Die Revolution als Herausforderung in Literatur und Publizistik. In: Deutsche Literatur. Eine Sozialgeschichte. Bd. 5: Zwischen Revolution und Restauration: Klassik, Romantik. 1786-1815. Hrsg. v. Horst Albert Glaser. Reinbek bei Hamburg 1980, S. 116.

154 Vgl. Carl Friedrich Cramer: Menschliches Leben. A.a.O., S. 127.

155 SW, Bd. 14, 2. Teil, S. 193; in diesem Band S. 290.

156 Ebenda, S. 252; in diesem Band S. 327.

werden, da sie alle über eine militärische Grundausbildung verfügen und außerdem noch jedes Jahr an kurzen Übungen teilnehmen. Vom zwanzigsten bis zum dreiundzwanzigsten Lebensjahr besteht für jeden Jüngling Wehrpflicht; diese jungen Männer bilden das eigentliche stehende Heer. Alle Übel des feudalen Militarismus aber versucht Knigge bei seiner Konstruktion eines Volksheeres zu vermeiden. Die Soldaten bleiben in ihren Dörfern und Städten und haben nur einen begrenzten Dienst, sodass sie weiter ihrem bürgerlichen Gewerbe nachgehen können. Alle Offiziere werden gewählt oder von demokratisch legitimierten Organen ernannt. Die Heerführer werden im Kriegsfalle von der Nationalversammlung bestimmt. Der »König« hat auf das Heer keinen Einfluss und kann es deshalb auch nicht für eigennützige Interessen einsetzen.

Knigges relativ ausführliche Bemerkungen über das Militär machen deutlich, dass er gerade seinen republikanischen Staat durch die feudalabsolutistischen Mächte einer dauernden Bedrohung ausgesetzt sieht und deshalb den Söldnerheeren das Bild eines demokratisch legitimierten und kontrollierten Volksheeres gegenüberstellt. Für utopische Gesellschaftsentwürfe sind solche Festlegungen eher ungewöhnlich. Meier hebt dies besonders bezüglich des verbotenen Angriffskrieges, der demokratischen Besetzung der Offiziersstellen und der Einrichtung eines Volksheeres hervor.[157]

Knigges Ausführungen über die gesellschaftlichen Reproduktionsbedingungen und die Eigentumsfrage in seinem Idealstaat sind von der Antinomie zwischen Gleichheit und Privateigentum geprägt. Dass Knigge überhaupt die Frage der sozialen Gleichheit so konkret zu beantworten versucht, ist zu seiner Zeit eher ungewöhnlich. Die meisten Aufklärer

157 Vgl. Martin Meier: Zur Bedeutung des Militärs in den politischen Utopien, Staatsromanen und Robinsonaden der Frühen Neuzeit. In: Utopie kreativ, Heft 195, Jan. 2007, S. 47-55.

mieden diese Problematik.[158] Die Erlangung und Anwendung von übermäßigem Besitz musste – und diese Erfahrung hatte Knigge sowohl in Bezug auf feudalen als auch auf bürgerlich-kapitalistischen Besitz gemacht – die politische und rechtliche Gleichheit unterhöhlen und damit auch die Freiheit jedes einzelnen Bürgers gefährden. Knigge aber war nun keineswegs ein Gegner des Privateigentums an sich, und wenn er in der *Geschichte Peter Clausens* für den utopischen Patriarchalstaat noch die Idee des ursprünglichen Gemeinschaftsbesitzes vertrat, so hielt er 1790 diese Forderung für seine weit wirklichkeitsnähere Staatskonstruktion nicht aufrecht und machte sich die Bestimmung der »Deklaration der Menschenrechte« von 1789, dass das Eigentum ein natürliches und unveräußerliches Recht sei, zu eigen. Aber dieses Recht auf Eigentum erfährt sofort einschneidende Beschränkungen: Das Eigentum des Standes, den Knigge in seiner Republik für abgeschafft erklärt, nämlich das feudale Eigentum, ist genauso wenig wie alle angemaßten Vorrechte und Privilegien des Adels ein natürliches Recht. Auch die französischen Jakobiner hielten das feudale Eigentum für kein durch das Gesetz geschütztes Recht.

> »Eigentum wird nicht schlechthin für sakrosankt erklärt, sondern zwischen Eigentum und Eigentum scharf differenziert: das eine ist Menschenrecht, das andere Verbrechen.«[159]

Knigge geht aber noch einen Schritt weiter und schränkt auch das bürgerliche Eigentum ein: nur Eigentum, das durch persönliche Arbeit erworben worden ist, erkennt er an.

> »Es ist billig, daß der, welcher durch seinen Fleiß sich Vermögen erworben hat, in dem ruhigen Besitze dieses

158 Vgl. Pierre-André Bois: Zwischen Revolution und aufgeklärtem Absolutismus. A.a.O., S. 130.

159 Walter Markov: Grenzen des Jakobinerstaates. In: Grundpositionen der französischen Aufklärung. Berlin 1955, S. 222.

Vermögens geschützt werde und, so lange er lebt, frey mit dem Erworbnen schalten und walten dürfe [...].«[160]

Diese weitgehende Beschneidung des Eigentumsrechts zielt ab auf eine Gesellschaft, in der das Kleineigentum die garantierte und geschätzte Besitzform ist; was Knigge in seiner fiktiven Republik verwirklicht sehen möchte, wird durch die Sansculotten nur wenige Jahre später zu einer zentralen Forderung an die junge französische Republik.[161]

Ähnlich wie für die Sansculotten stellte sich auch für Knigge das Problem, dass er seinen neuen Staat nicht aus dem Nichts aufbauen kann, sondern aus einem Land – in dem es Arme ohne eigenes Verschulden und Reiche ohne persönliche Leistung gibt – ein neues Gemeinwesen bilden will, in dem nur das persönliche Verdienst einen Unterschied in den Vermögensverhältnissen rechtfertigt. Knigge stellt sich diesem Problem, um ihm gleich wieder auszuweichen, denn er sieht kaum eine andere Möglichkeit als eine völlig neue und gleiche Verteilung allen Besitzes durch den Staat, wenn nicht das ganze Gebäude von Freiheit, Gleichheit und Glückseligkeit gefährdet werden soll. Zwar fordert er seine Mitbürger dazu auf, einen Mittelweg zu wählen, kann diesen aber selbst nicht angeben.

»Freylich aber würde eine neue gleiche Vertheilung der Glücksgüter in einem schon errichteten Staate schwer zu Stande zu bringen seyn – ich sage schwer, denn unmöglich ist sie ganz gewiß nicht. Lasset uns daher eine Mittelstraße wählen! jedoch muß ich nochmahls erinnern, daß alle meine Vorschläge mehr auf eine gänzlich neu zu gründende, als auf eine nur in einzelnen Nebentheilen zu verbessernde Regierungs-Verfassung abzielen. Ich muß das

160 SW, Bd. 14, 2. Teil, S. 216; in diesem Band S. 304.
161 Über die Position der Sansculotten zum Eigentum vgl. Albert Soboul: Die Sektionen von Paris im Jahre II. Bearb. u. hrsg. v. Walter Markov. Berlin 1962, S. 90-107.

ganze Gemählde mit allen Haupt- und Neben-Figuren ausmahlen […].«[162]

Das ganze landwirtschaftlich nutzbare Land wird in gleiche Teile geteilt, sodass eine achtköpfige Familie davon leben kann. Jeder Bauer erhält vom Staat eine solche Parzelle mit allem dazugehörigen Inventar wie Haus, Geräten und Vieh. Wiesen und Waldungen bleiben Gemeinschaftsbesitz. Stadt und Land werden scharf getrennt. Die Stadtbewohner dürfen kein Land besitzen und erhalten ein Haus mit den für ihr Gewerbe notwendigen Produktionsmitteln. Kein Staatsbürger darf mehr als eine Landparzelle oder ein Grundstück besitzen; er kann sie weder verkaufen noch vererben, und nach seinem Tod fallen sie wieder an den Staat zurück, der sie aufs Neue verteilt. Nur das erwirtschaftete Geld kann auf die Söhne vererbt werden.

»Es fällt also nicht aller Unterschied zwischen armen und reichen Leuten weg; aber die Reichen können nun nicht mehr die Gewalt des Geldes zu Unterdrückung ihrer Mitbürger anwenden, viel Grundstücke zusammen kaufen, große, mächtige Herren im Lande werden und viel Menschen zu Sclaven und Knechten machen.«[163]

Die Basis für die Gleichheit bildet bei Knigge, ganz im Sinne des Naturrechts, die Gleichheit des Grundeigentums. Und das ist beim Vorherrschen des feudalen Eigentums am Ende des 18. Jahrhunderts auch nicht anders zu erwarten.

»Unter den vorindustriellen Bedingungen des 18. Jahrhunderts ist die Eigentumsfrage vor allem eine Bodenfrage […].«[164]

162 SW, Bd. 14, 2. Teil, S. 219f.; in diesem Band S. 306.
163 Ebenda, S. 222; in diesem Band S. 307.
164 Walter Markov: Grenzen des Jakobinerstaates. A.a.O., S. 231.

Die Forderung nach gleichmäßiger Verteilung des Grund und Bodens bedeutet eine eindeutige Kampfansage an die ökonomische Grundlage des Feudalismus. In ihrer Unbedingtheit und Losgelöstheit von bürgerlichen Interessen musste diese Forderung, die einem kleinbürgerlichen Eigentumsbegriff entsprang, notwendig einen utopischen Charakter annehmen. Was Knigge rein theoretisch, fern von jeder Verwirklichungsmöglichkeit, entwarf, wurde zwar in allerersten Ansätzen in Frankreich mit den Agrargesetzen von 1793 von den Jakobinern verwirklicht, offenbarte aber seinen illusionären Charakter, als die Enragés mit ihrem weit gefassten Programm einer »Loi agraire« vollständig scheiterten.[165]

Wenn Knigge betont, dass trotz gleicher Startbedingungen aller Bürger wieder Unterschiede zwischen Arm und Reich entstehen werden, und zwar auf Grund der persönlichen Leistung (faul – fleißig) und der Tatsache, dass Geldvermögen vererbbar ist, dann steht seine Befürchtung dahinter, dass bei völliger materieller Egalität das Erwerbsstreben und der Fleiß der Bürger nachlassen würde.

> »Es wird [...] jeder gute Hausvater sein Land, obgleich es nach seinem Tode an einen fremden Besitzer kömmt, dennoch möglichst zu verbessern suchen, um durch den Verkauf der Producte, Schätze für seine Nachkommen zu sammeln.«[166]

Die Möglichkeiten »Schätze« anzuhäufen sind nun allerdings sehr gering, und es ist deutlich spürbar, wie Knigge jede Entstehung extremer Unterschiede zwischen Armut und Reichtum verhindern will. Der Staat, der die anfängliche Gleichheit herstellt, erhält auch die Aufgabe, diese durch teilweise tiefgreifende Eingriffe möglichst aufrechtzuerhalten. Die Akkumulation von Kapital wird tatsächlich

165 Vgl. ebenda, S. 221ff.
166 SW, Bd. 14, 2. Teil, S. 222; in diesem Band S. 307.

weitgehend verhindert. Damit erhält Knigges Utopie einen rückwärtsgewandten Charakter, denn mit der Festschreibung auf die kleine Warenproduktion ist eine Weiterentwicklung der Produktivkräfte nahezu ausgeschlossen.

Die Erbschaftsgesetze[167] haben noch über das bisher Gesagte hinaus eine nivellierende Funktion. Der Staat erhält in jedem Fall ein Zehntel des vererbbaren Geldvermögens, und nur die Söhne, nicht die Töchter, nicht Verwandte oder andere Personen, können Erben sein; fehlen männliche Nachkommen, so fällt alles an den Staat zurück. Diesen Punkt, die »Aufhebung der Testamentirkraft«, hebt Knigges Freund Cramer bei seinem Lob der Verfassung besonders hervor.[168]

Für das Verleihen von Geld dürfen in der Regel keine Zinsen genommen werden.

> »Hierdurch wird allem Wucher, aller Uebermacht des Capitalisten gesteuert und doch behält der reiche Mann einen Wirkungskreis, in dem er mit seinem Gelde Handel treiben, Manufacturen anlegen darf u. s. f.«[169]

Aber die Möglichkeit, Handel und Manufaktur im Großen zu betreiben, ist so stark eingeschränkt, dass wir meinen, von einem Widerspruch sprechen zu können, der sich durch Knigges ganze Utopie zieht: Einerseits wird bürgerlicher Reichtum als durchaus legitim angesehen, andererseits soll versucht werden, durch staatliche Maßnahmen einen »unmäßige[n] Unterschied«[170] in den Vermögensverhältnissen nicht entstehen zu lassen. Das Betreiben von Manufakturen wird dem Bürger nämlich weitgehend unmöglich gemacht, weil ihm – wie auch dem Bauern – nur zwei Arbeiter zugestanden wer-

167 Forderungen nach Erbschaftsgesetzen, die die Besitzverhältnisse allmählich ausgleichen sollten, wurden auch in der Französischen Revolution erhoben. Vgl. Walter Markov: Grenzen des Jakobinerstaates. A.a.O., S. 230.

168 Carl Friedrich Cramer: Menschliches Leben. A.a.O., S. 126.

169 SW, Bd. 14, 2. Teil, S. 223; in diesem Band S. 308.

170 Ebenda, S. 217; in diesem Band S. 305.

den. Für jeden weiteren, den er anwendet, muss er um die Hälfte mehr Steuern bezahlen. Deshalb heißt es auch an anderer Stelle, dass Manufakturen und Fabriken, »deren Anlage die Kräfte eines Privat-Vermögens übersteigt«,[171] durch den Staat betrieben werden. Auch der Handel ist stark eingeschränkt, da die Einfuhr von ausländischen Waren untersagt ist und der Staat selbst einen Innen- und Außenhandel betreibt, der dem privaten Bereich kaum noch Raum lässt.

Teuerungen durch Wucher und Spekulation werden durch die Anlage von öffentlichen Magazinen unterbunden, aus denen die Güter bei einem Ansteigen der Preise billiger auf den Markt gebracht werden, sodass immer ein mittlerer Preis erhalten bleibt.[172] Die staatlichen Manufakturen sind Arbeitshäuser, von denen es mehrere Arten gibt: solche, in denen die Arbeit leicht ist und nur bestimmte Stunden am Tag einnimmt (Waisenhäuser und Altenheime), und solche, in denen schwerere Arbeiten zu verrichten sind, die einen großen Teil des Tages einnehmen (Häuser, in die aus eigener Schuld Verarmte kommen, und Gefängnisse). Diese Art der Produktionsstätten war für damalige Verhältnisse nichts Außergewöhnliches. Der Erlös der in diesen Häusern produzierten Waren dient ausschließlich dem Unterhalt dieser Anstalten. Außer diesen Werkhäusern betreibt der Staat auch Amtsländereien, die den noch nicht zur Verteilung gekommenen Teil des Bodens umfassen; Bergwerke, Steinbrüche, Jagd und Fischerei kommen ausschließlich der Staatskasse zugute. Alle diese Einkünfte werden hauptsächlich dazu verwendet, um an junge Paare, die sich in der

171 Ebenda, S. 231; in diesem Band S. 314.

172 Die Beseitigung der »accapareurs« war eine Hauptforderung der Sansculotten. In einem Plan, den die Sektion Arcis dem Jakobinerklub am 8.11.1793 vorlegte, heißt es u.a.: »Soziale Gesetze sollen die Ausübung der Freiheit regeln, vor allem der Freiheit des Handels; Börsenwucher und böswilliger Aufkauf werden nur beseitigt werden können durch die Einrichtung von nationalen Magazinen.« Albert Soboul: Die Sektionen von Paris. A.a.O., S. 93.

Stadt oder auf dem Land niederlassen wollen, eine Grundausstattung auszuteilen. Da auch der Lohn aller Arbeiter, Gesellen etc. vorgeschrieben ist, erfüllt der Staat eine umfassende Existenzsicherung aller Bürger, die letztlich gleichzeitig die Garantie für eine weitgehende materielle Egalität kleiner Warenproduzenten ist.

Die Vorstellungen, die Knigge zur Frage des Eigentums und der gesellschaftlichen Reproduktionsbedingungen entwickelt, sind primär von seiner Analyse und Kritik der Feudalverhältnisse geprägt. Soweit es die demokratischen, auf einer weit gefassten Gleichheit beruhenden Prinzipien seiner Republik nicht gefährdet, versucht Knigge, bürgerliche ökonomische Interessen zur Geltung kommen zu lassen. Der Spielraum dafür ist bei seiner kleinbürgerlichen Lösung der Beseitigung feudaler Verhältnisse allerdings so gering, dass seine Aussagen teilweise widersprüchlich werden.

Das Ergebnis ist eine Republik von Kleineigentümern, deren weitgehende Gleichheit durch einen stark reglementierend eingreifenden Staat gewährleistet wird.

Knigge erkannte die Rolle der Kirchen und der christlichen Religion als Instrumente zur Unterdrückung gerade der untersten Volksschichten und brandmarkte sie in seinen Schriften immer wieder. Vor allem in der Verknüpfung religiöser und politischer Dinge, der Macht von Priestern und Jesuiten über den Landesfürsten, in der Einmischung des Staates in die Glaubensangelegenheiten des Bürgers sah Knigge eine völlige Entartung wahrer Religiosität. In seinem utopischen Entwurf gibt es deshalb auch keine »Landesreligion«, und der Glaube der Bürger ist kein Gegenstand der Gesetze, da der Staat über Gedanken und Meinungen grundsätzlich keine Bestimmungen erlassen darf.[173] Jeder Bürger

173 SW, Bd. 14, 2. Teil, S. 237; in diesem Band S. 318. – Das preußische Religionsedikt von 1788 stand noch so im Mittelpunkt der Kritik, dass zu vermuten ist, dass Knigge diese Bestimmungen auch mit Blick auf Preußen festlegte. Noch 1793 war das

kann glauben, was er will, und Knigge äußert die Überzeugung, dass die echte Religion sich dank ihrer inneren Überzeugungskraft durchsetzen werde. Er betont, »daß treue Berufs-Erfüllung die beste Weise sey«,[174] das höchste Wesen zu verehren. Der Priesterstand ist in seiner neuen Staatsverfassung vollständig abgeschafft. Zwar können sich mehrere Familien zusammenschließen und Prediger ernennen und besolden, der Staat nimmt aber keine Rücksicht darauf und behandelt sie nicht als einen besonderen Stand, »sondern [...] nach der Rücksicht auf das bürgerliche Gewerbe, zu welchem sie sich als Jünglinge haben einschreiben lassen [...]«.[175] Ein deistisch bestimmtes Fest findet aber jährlich statt, um die Tugend der Bürger zu festigen und sie zu einer »brüderlichen Eintracht«[176] zu führen. Die Tugend der Menschen ist für Knigge eine unabdingbare Notwendigkeit für das Gelingen der neuen Verfassung. Im *Wurmbrand* wird sogar darauf hingewiesen, dass Tugendhaftigkeit ein Hauptmerkmal für die neuen Staatsordnungen in Amerika und Frankreich sei.[177]

Die bürgerliche Familie bildet die vom Staat geschützte Grundeinheit der Gesellschaft. Weise Ehegesetze sollen diese natürlichste Verbindung zwischen den Menschen festigen, ohne sie durch Zwang zu einem Joch zu machen.[178] Anders noch als in der *Geschichte Peter Clausens* plädiert Knigge hier für die Liebesheirat, bei der die Eltern kein Recht haben,

gesamte 2. Stück der *Allgemeinen deutschen Bibliothek* (Bd. 114) den bis dahin erschienenen Schriften über das Religionsedikt gewidmet.

174 SW, Bd. 14, 2. Teil, S. 208; in diesem Band S. 299.

175 Ebenda, S. 239; in diesem Band S. 319.

176 Ebenda.

177 Vgl. Pierre-André Bois: Zwischen Revolution und aufgeklärtem Absolutismus. A.a.O., S. 125.

178 Göttert hebt als überraschend hervor, dass Scheidungen möglich seien, Bastarde wie eheliche Kinder behandelt und gefallene Mädchen nicht bestraft würden. Vgl. Karl-Heinz Göttert: Knigge oder: Von den Illusionen des anständigen Lebens. A.a.O., S. 217.

»der Wahl ihrer Kinder [...] Zwang aufzulegen«.[179] Die Rolle, die Knigge der Frau zuteilt, entspricht ganz dem besitzbürgerlichen Ideal einer »Dame« am Ende des 18. Jahrhunderts, wie Knigge es in Sophie Reimarus[180] z.B. verwirklicht gesehen haben mag. Das Recht des Staates, in die Erziehung und Bildung der Kinder einzugreifen, steht für Knigge außer Zweifel. Er misst der bürgerlichen Familie aber einen besonderen Wert für die Herausbildung des bürgerlichen Individuums zu.

> »[...] so ist es doch der Klugheit und Billigkeit gemäß, sich in das Erziehungs-Geschäft nur grade so viel zu mischen, als zweckmäßig ist; die süßen häuslichen Verhältnisse nicht zu trennen; den Aeltern die Freude nicht zu rauben, ihre Kinder unter ihren Augen aufwachsen zu sehen; nicht zu veranlassen, daß die Eigenheiten, kleinen Familien-Sonderbarkeiten, Verschiedenheiten und Mannigfaltigkeiten, die dem geselligen Leben so viel Reitz geben, gänzlich ausgelöscht und alle Menschen im Lande pedantisch nach einerley Norm und Form gemodelt werden – ohne zu erwähnen, daß wirklich eine vernünftige häusliche Erziehung manche unverkennbare Vorzüge vor der öffentlichen hat.«[181]

Knigge schlägt nun einen Mittelweg vor, der die Vorteile der Privaterziehung mit dem öffentlichen Interesse, »daß [...] alle Bürger im Staate zu einem gewissen Grade von Aufklärung

179 SW, Bd. 14, 2. Teil, S. 201; in diesem Band S. 295.

180 Sophie Reimarus, geborene Hennings (Schwester des bekannten liberalen Publizisten August von Hennings), war die Frau des Hamburger Arztes Johann Heinrich Albert Reimarus. Knigge führte von 1793 bis 1796 einen angeregten Briefwechsel mit Sophie (Siehe *Aus einer alten Kiste.* A.a.O., S.102-157). Der »Teetisch« der Familie Reimarus war ein beliebter Treffpunkt fortschrittlicher bürgerlicher Persönlichkeiten in den neunziger Jahren.

181 SW, Bd. 14, 2. Teil, S. 206f.; in diesem Band S. 298.

gelangen«,[182] verbinden soll. Bis zum zehnten Lebensjahr gehören die Kinder ganz der Familie. Vom zehnten bis zum fünfzehnten Lebensjahr besteht für alle Kinder das Recht auf Ausbildung in einer öffentlichen Schule; die Eltern können aber stattdessen auch die Weiterführung des häuslichen Unterrichts beantragen, wobei dann jedoch eine jährliche Prüfung durch die staatlichen Lehrer stattfindet. Der Unterricht in den öffentlichen Schulen ist ganz von der Nützlichkeit für die Ausübung eines bürgerlichen Gewerbes bestimmt. Jeder Schule ist auch eine Industrieschule angegliedert, in der die Kinder nebenher eine nützliche Handarbeit betreiben, damit sie von vornherein an Arbeitsamkeit gewöhnt werden.

Knigges Nützlichkeitsprinzip entspringt einem kleinbürgerlichen Ideal von einfacher Warenproduktion. Der Hauptstoß der Kritik richtet sich eindeutig gegen feudale Untätigkeit und Schmarotzertum, stellt dem trägen und unnützen Adligen den fleißigen und nützlichen Handwerker und Bauer entgegen.

Von dieser Position aus sieht Knigge auch den nur spekulierenden Gelehrten, den Musiker, Dichter und Maler für keinen eigentlichen Beruf an. Gerade hierüber ärgert sich Knigges Freund Cramer, der diese Aussagen tadelt. Knigge verkenne das Verdienst von Künstlern und Schriftstellern. Rousseaus *Émile* (1762) habe z.B. Basedow und Campe zu besseren Erziehern gemacht. Und Knigge würdige damit auch seine eigenen Arbeiten herab.

> »Was werden, ferner, die Altfranken[183] sagen, wenn sie sehn, daß Noldmann seinen »*Umgang*«, seinen »*Mildenberg*« [richtig: Mildenburg, G. J.], seine »*Aufklärung*« selbst herabwürdigt unter den Ruhm: ein *tüchtiger gemeinnütziger Oberhauptmann in Bremen* zu seyn?«[184]

182 Ebenda, S. 207; in diesem Band S. 298f.
183 Nach Klopstock sind das diejenigen Deutschen, die nicht zur Gelehrtenrepublik gehören.
184 Carl Friedrich Cramer: Menschliches Leben. A.a.O., S. 130.

Cramer trifft hier genau Knigges widersprüchliche Einstellung zur Schriftstellerei bzw. den nur spekulierenden Gelehrten. Allerdings hat Knigge die völlige Kulturfeindschaft, die er noch in seiner Utopie in der *Geschichte Peter Clausens* vertrat, wo noch nicht einmal Bücher erlaubt waren, aufgegeben. Er spricht den Wissenschaften und Künsten ausdrücklich eine wichtige Rolle in der bürgerlichen Gesellschaft zu:

> »Wie viel Wissenschaften und Künste zur moralischen Bildung einer Nation, zu Beförderung wahrer menschlicher Geselligkeit, zu Erweckung wohlwollender Gesinnungen, und überhaupt zu Gründung der bürgerlichen Glückseligkeit beytragen, davon liefert die Geschichte aller Zeitalter die Beweise; und es kann keinem Zweifel unterworfen sein, ob es zu den Pflichten einer weisen und sorgsamen Regierung gehöre, Wissenschaften und Künste zu befördern und wahre Gelehrte zu unterstützen.«[185]

Während er der Schriftstellerei als Nebenberuf immerhin noch eine wichtige Funktion in der Gesellschaft zuspricht, weil sie in großem Maße dazu geeignet sei, Aufklärung im Volk zu verbreiten, lehnt er das Schauspiel ab und lässt es durch ein Gesetz verbieten, weil es seiner Meinung nach meistens zu gewaltsame Eindrücke auf das Herz und die Phantasie ausübe. Die Bürger in Knigges kleinbürgerlicher Republik »[…] sollen zu keinen Handlungen angefeuert werden, die eine Art von Berauschung erfordern, sondern wir wünschen Alle, immer recht nüchtern, in der ruhigsten Gemüthsstimmung und nach Vernunft handeln zu können, und unser Enthusiasmus soll nie von kochendem Blute und erhitzter Phantasie, sondern von unwiderstehlicher Bewunderung und fester Überzeugung von der Schönheit der Tugend und Weisheit herrühren.«[186] Fenner nimmt an, dass Knigge

185 SW, Bd. 14, 2. Teil, S. 273; in diesem Band S. 339.
186 Ebenda, S. 284f.; in diesem Band S. 345f. Die starre Opposition von Vernunft und Sinnlichkeit hält Rector schon zu Knigges

das Verbot nicht ganz ernst gemeint habe, weil er kurze Zeit später selbst das Liebhabertheater in Bremen gegründet hat.[187] Knigges Widersprüchlichkeit erklärt Fenner mit dessen Erfahrungen als Rezensent von Schauspielen: er »war gegen den Schund, der die Theater überschwemmte und den er nur zu gut kannte.«[188] Knigge selbst sieht dies – wie überhaupt seinen Verfassungsentwurf – als einen Beitrag zum Diskurs.

> »Ueber solche, der ganzen Menschheit wichtige Gegenstände kann nie genug nachgedacht, gesagt und geschrieben werden. Uebrigens kann man ein sehr ruhiger Bürger seyn, und dennoch manches in seinem Vaterlande anders wünschen, als es ist, sich auch darüber gelegentlich deutlich herauslassen. […] Man kann behaupten, daß, wenn man einen neuen Staat zu errichten hätte, man in demselben keine Schauspiele dulden wollte, und dennoch in dem Staate, darin man lebt, sich des Schauspiels annehmen.«[189]

Knigges Verfassungsentwurf zu einem Staate, der »[…] auf gerade gesunde Vernunft, auf die natürlichsten, keines künstlichen oder gelehrten Beweises bedürftigen Begriffe von Recht und Unrecht, von Billigkeit und Unbilligkeit, von Nützlichkeit und Schädlichkeit und auf eigne Erfahrungen gestützt […]«[190] sein sollte, ist ein Produkt, das aus der ersten großen Begeisterung für die Französische Revolution heraus entstanden ist. Sein auf Veränderung feudaler Zustände gerichtetes Streben erhielt durch den Sturz des Absolutismus in Frankreich eine neue Dimension. Ausgehend von seiner Kritik an den deutschen Verhältnissen, gestaltet er seine

Zeiten für überholt. Vgl. Martin Rector: Knigge oder die Grenzen der Aufklärung. A.a.O., S. 16.

187 Wolfgang Fenner: Knigges Leben anhand seiner Briefe und Schriften. In: AW, Bd. 10, S. 304.

188 Ebenda.

189 Josephs von Wurmbrand politisches Glaubensbekenntniß. A.a.O., S. 7f.; in dieser Ausgabe Bd. 4, S. 219f.

190 Adolph Freyherr Knigge: Ueber den Bücher-Nachdruck. Hamburg 1792. In: SW, Bd. 19, S. [34].

neue Hoffnung in einer Theorie vom idealen Staat. Dieses Ideal weist weit über den 1790 in Frankreich erreichten Stand der Revolution (die konstitutionelle Monarchie) hinaus und enthält Grundsätze, die besonders in Bezug auf die Gleichheitsforderungen jakobinischen, ja sansculottischen Vorstellungen nahekommen. Knigges Ideal einer weitreichenden materiellen Egalität in einem republikanischen Staatswesen musste unter deutschen Verhältnissen in doppelter Hinsicht einen utopischen Charakter tragen: Die Bedingungen zur Schaffung einer Republik waren noch nicht herangereift, und Knigges Konkretisierung der Begriffe Freiheit, Gleichheit, Brüderlichkeit ging an dem historisch Realisierbaren vorbei. Der Versuch, die Unterschiede zwischen Armen und Reichen weitgehend zu nivellieren, konnte in der Epoche des Übergangs vom Feudalismus zum Kapitalismus nur utopisch gedacht werden. Bei der Aufstellung des Ideals eines bürgerlichen Staates entsteht so eine kleinbürgerliche Utopie, die teilweise rückschrittliche Züge trägt. So folgt z.B. aus seiner Ablehnung des Luxus an den Höfen eine gewisse Kulturfeindlichkeit und letzten Endes auch eine Interesselosigkeit an einer Fortentwicklung der Produktivkräfte; er befürchtet eine Vermehrung unnötiger Bedürfnisse.

»Wir möchten lieber auf die hochgepriesenen Vortheile, die der Handel gewähren soll, auf die Vermehrung und Ausbreitung so mancher nützlichen Kenntnisse, Vervollkommnung der Künste und dergleichen Verzicht thun, um nicht zugleich ihr trauriges Gefolge, den übertriebnen Luxus, die Entstehung so mancher unnützen Bedürfnisse [...] und unzählige andre Verderbnisse mit aufnehmen zu müssen.«[191]

191 SW, Bd. 14, 2.Teil, S. 270; in diesem Band S. 337. Bethmann/Dongowski sehen generell bei Knigge die »menschliche Moral« als Hauptforderung. Vgl. Anke Bethmann/Gerhard Dongowski: Verhältnis von Moral und Politik bei Knigge. In: Zwischen Weltklugheit und Moral. Der Aufklärer Adolph Freiherr Knigge. A.a.O., S. 35.

Historischen Fortschritt konnte Knigges Verfassungsentwurf durch das Beharren auf der einfachen Warenproduktion und einer dirigistischen Staatsbevormundung[192] nicht erreichen.

Aus zwei Gründen ist unserer Ansicht nach die Utopie in der *Geschichte der Aufklärung* von nicht zu unterschätzender Bedeutung für die Untersuchung ideologischer Strömungen in der deutschen Literatur während der Französischen Revolution: Erstens entwickelt Knigge – zu einem Zeitpunkt, als die große Mehrheit der deutschen Intelligenz zwar der Französischen Revolution zujubelt, aber eben nur die Erreichung einer konstitutionellen Monarchie erhofft – eine kleinbürgerlich-demokratische Republik und dokumentiert damit nicht nur seine Zustimmung zum Sturz des Absolutismus, sondern gibt die Richtung der historischen Entwicklung zu einem demokratischen Verfassungsstaat an, die er nicht nur in Frankreich für möglich hält, sondern auch für Deutschland erhofft; dass Knigge bis zu seinem Tode die Französische Revolution im Prinzip verteidigte und befürwortete – und das im Gegensatz zu den meisten deutschen Intellektuellen, die sich spätestens beim Einsetzen der Jakobinerherrschaft distanzierten und oft zu Revolutionsfeinden wurden – ist bereits in seinem hier gegebenen Bekenntnis zur Republik angelegt. Zweitens erweist sich Knigge in seiner Utopie hinsichtlich des Eigentums als einer der wenigen deutschen Vertreter einer kleinbürgerlich-jakobinischen Tendenz. Seine Beschneidung der Kapitalanhäufung und -vererbung, seine Parzellierung des Bodens, seine weitgehende Verstaatlichung des Handels u.a.m. weisen große Ähnlichkeiten mit den Theorien des linken Flügels der Jakobiner auf.[193] Segeberg

192 Hermann betont auch die dirigistische Überregulierung im Verfassungsentwurf. Vgl. Ingo Hermann: Knigge. Die Biografie. Berlin 2007, S. 231.

193 Bersier weist in diesem Zusammenhang auch auf den rousseauistischen »Cercle Social« hin, der von 1789 bis 1791 ähnliche

beschreibt den kleinbürgerlichen Demokraten zutreffend, wenn er feststellt:

> »Republik ist für ihn gleich Demokratie, der Staat muß daher den Besitzbürger disziplinieren (deshalb 1793 die sozialstaatlichen Prinzipien in der jakobinischen Verfassung, die dabei allerdings sehr viel vorsichtiger als Knigges *Noldmann* verfährt).«[194]

Knigges kleinbürgerlicher Demokratismus und Egalitarismus bedeutet nun aber keineswegs, dass er die konstitutionelle Monarchie, wie sie von 1789-1792 in Frankreich bestand, schroff ablehnte, denn schließlich war seine Utopie kein revolutionäres Programm, sondern, wie er selbst betonte, »ein Ideal [...] der reinsten Vernunft«.[195] Immerhin waren selbst die französischen Jakobiner bis 1791 noch mehr oder weniger Monarchisten bzw. tolerierten zumindest die Monarchie. Knigge wollte nicht mehr und nicht weniger als ein Ziel aufstellen, dem die französische Nation 1790 schon einen großen Schritt näher gekommen war als das deutsche Volk, das immer noch unter den größten Willkürherrschaften stöhnte. Es ist von daher auch kein Widerspruch, wenn Knigge einerseits die Verfassung von 1791 – z.B. im *Wurmbrand* – enthusiastisch begrüßt und andererseits nach dem Sturz der Monarchie in Frankreich mit Freuden an dem Aufbau einer republikanischen Verfassung teilhaben

Forderungen vertrat. Vgl. Gabrielle Bersier: Nation contra König. Die Französische Revolution im Spiegel der spätaufklärerischen Utopie. In: Der deutsche Roman der Spätaufklärung. Fiktion und Wirklichkeit. Hrsg. v. Harro Zimmermann. A.a.O., S. 167.

194 Harro Segeberg: Ein radikaler Popularaufklärer: Adolph Freiherr Knigge. In: Wirkungen und Wertungen. Adolph Freiherr Knigge im Urteil der Nachwelt (1796-1994). Eine Dokumentensammlung. Eingel., erläutert u. hrsg. v. Michael Schlott. Unter Mitarbeit v. Carsten Behle. Göttingen 1998, S. 393.

195 Josephs von Wurmbrand politisches Glaubensbekenntniß. A.a.O., S. 7; in dieser Ausgabe Bd. 4, S. 219.

möchte.[196] Eine neue Verfassung, das heißt für Knigge vor allem eine neue Chance für Frankreich, dem von ihm formulierten Ideal noch näher zu kommen. Es ist nicht verwunderlich, dass Knigge der französischen Gesetzgebung eine so große Aufmerksamkeit zukommen lässt, denn auch in seinem utopischen Staat werden die sozioökonomischen Verhältnisse durch weise Gesetze bestimmt.

Knigges Sozialutopie ist kein ausgeschmücktes Chiliastenreich und die Autarkie seiner Nation besteht nicht in einer vollständigen Trennung von der übrigen Menschheit, sondern soll nur vor den Übeln der sie umgebenden Monarchien schützen. Die Form des naturrechtlich geprägten Verfassungsentwurfes ist eine typische Erscheinung für die historische Phase einer bürgerlichen Revolution, in der weniger phantasievoll-üppige als konstruktiv-planende Sozialutopien in Erscheinung treten.[197] Die Wirklichkeit der bürgerlichen Revolution stellt die Aufgabe, etwas gänzlich Neues bewusst und planmäßig zu schaffen und lässt den bloßen Traum nicht zur Entfaltung kommen.

Benjamin Noldmann's Geschichte der Aufklärung war im Frühjahr 1791 erschienen. Verleger Dieterich muss sich des Verkaufserfolges ziemlich sicher gewesen sein, denn er zahlte immerhin pro Bogen zehn Taler und bot, was damals nicht unbedingt üblich war, auch für eine zweite Auflage noch fünf Taler pro Bogen an.[198] Diese zweite Auflage ist allerdings nie erschienen. Eventuell lag es daran, dass im gleichen Jahr, also 1791, in Frankfurt/Leipzig ein unberechtigter Nachdruck erschien. Dieser weist die gleiche Seitenzählung auf, unterscheidet sich aber im Druck und ihm

196 Vgl. den Brief Knigges an Campe und Trapp vom 3.11.1792. In: AW, Bd. 10, S. 99ff.

197 Vgl. Ernst Bloch: Freiheit und Ordnung. Abriß der Sozialutopien. [o. O.] 1969. (rowohlts deutsche enzyklopädie), S. 86ff.

198 Vgl. Brief Dieterichs an Knigge v. 17.6.1790. In: Aus einer alten Kiste. A.a.O., S. 40f. Für die erste Auflage des Romans erhielt Knigge 350 Taler und zusätzlich zwölf Freiexemplare.

fehlen die sechs Kupfer,[199] die Dieterich der Erstausgabe beigefügt hatte. Die sich schnell verändernden politischen und gesellschaftlichen Verhältnisse im Europa dieser Jahre mögen ein weiterer Grund dafür sein, dass es zu keiner neuen Auflage kam. So geriet Knigges Roman verhältnismäßig schnell in Vergessenheit. Fast 180 Jahre dauerte es, bis sich die Literaturwissenschaft in der DDR an »diesen streitbaren Publizisten und brillanten Satiriker« erinnerte und seine *Geschichte der Aufklärung* 1968 neu herausgab.[200] In dem *Traum des Herrn Brick* versammelte Voegt Knigges Utopie aus der *Geschichte Peter Clausens*, den vollständigen *Benjamin Noldmann*, den *Wurmbrand*, den *Schaafskopf* und das *Manifest einer nicht geheimen, sondern sehr öffentlichen Verbindung echter Freunde der Wahrheit, Rechtschaffenheit und bürgerlichen Ordnung, an ihre Zeitgenossen* (1795). Dieser Sammelband wurde 1979 ein zweites Mal aufgelegt. So ist es nicht verwunderlich, dass Knigges *Geschichte der Aufklärung* und sein Werk insgesamt eine größere Aufmerksamkeit erlangten. In den Jahren 1978 bis 1980 konnte Paul Raabe mit einem Wissenschaftlerteam aus Göttingen eine Reprintausgabe der Werke Knigges herausgeben.[201] Im

199 Sie sind von Samuel Zimmer gezeichnet und von Ernst Ludwig Riepenhausen gestochen, beides Künstler aus Göttingen.

200 Adolph Freiherr Knigge: Der Traum des Herrn Brick. Essays, Satiren, Utopien. Hrsg. v. Hedwig Voegt. Berlin 1968. Das Zitat findet sich im Klappentext. – Hedwig Voegt hatte 1955 eine Monographie über *Die deutsche jakobinische Literatur und Publizistik* veröffentlicht, in der sie konstatierte: »Auch er gehört zu den Totgeschwiegenen dieser Epoche. Das Studium seiner Schriften, das bis heute noch von niemanden [sic!] ernstlich in Angriff genommen wurde, zeigt […] die Emanzipations- und Organisationsbestrebungen des deutschen Bürgertums.« Hedwig Voegt: Die deutsche jakobinische Literatur und Publizistik. 1789-1800. Berlin 1955, S. 29.

201 SW: Adolph Freiherr Knigge: Sämtliche Werke. In Zusammenarbeit mit Ernst-Otto Fehn u.a. hrsg. v. Paul Raabe. Nendeln/Liechtenstein: KTO Press 1978 [für die Bde. 1-12, 14-20, 22]. München u.a.: Saur 1992/93 [für die Bde. 13, 21, 23, 24].

14. Band wurde die Erstausgabe der *Geschichte der Aufklärung* abgedruckt. Im Rahmen einer zehnbändigen Ausgabe von Knigges Werken, die Wolfgang Fenner herausgab, erschien der *Noldmann* als neunter Band pünktlich vor dem 200. Todestag Knigges.[202] Die erste Einzelausgabe der *Geschichte der Aufklärung* seit 1791 verdanken wir einem Prinzen aus Äthiopien. Asfa-Wossen Asserate hörte das erste Mal von Knigges Roman an der Deutschen Schule in Addis Abeba und las ihn nach seiner Ankunft in Deutschland 1968 in der Universitätsbibliothek Tübingen. In der Reihe *Die Andere Bibliothek* des Eichborn Verlags erschien der Roman 2006: »Vorgestellt und mit einem äthiopisch-deutschen Brückenschlag versehen« von Asserate.[203] Dass in den letzten vierzig Jahren vier verschiedene Neuausgaben des Romans erschienen sind, ist Ausdruck des gestiegenen wissenschaftlichen und öffentlichen Interesses an Knigge und seiner *Geschichte der Aufklärung*.

Für die Rezeptionsgeschichte interessant und bisher in Bezug auf den *Noldmann* noch nicht umfassend untersucht, sind auch die Seitenstücke, die Gegen- und Verteidigungsschriften. Wir finden sie über einen Zeitraum von ca. 25 Jahren nach Erscheinen des Romans verteilt. In Anbetracht der Tatsache, dass Knigge schon 1796 gestorben ist und sich seit 1791 die politisch-gesellschaftlichen Verhältnisse in Europa stark verändert haben, ist das erstaunlich. Eine erste Antwort erhält Knigges *Aufklärung in Abyssinien* durch den 1794 anonym erschienenen satirischen Roman *Sultan Peter der Unaussprechliche und seine Vezire*,[204] der den konserva-

202 AW: Adolph Freiherr Knigge: Ausgewählte Werke in zehn Bdn. Hrsg. v. Wolfgang Fenner. Hannover 1991-1996.

203 Adolph Freiherr Knigge: Benjamin Noldmanns Geschichte der Aufklärung in Abyssinien. Frankfurt a. M. 2006.

204 Sultan Peter der Unaussprechliche und seine Vezire. Oder politisches A. b. c. Büchlein zum Gebrauch der Königskinder von Habessinien. Herausgegeben, und mit doppeltem Connoissement versehen, von einem Freunde der höhern Pädagogik. Im Jahr 1794. Das Buch hat einen zweiten Titel: Philosophisch-

tiven weimarischen Geheimen Kammerrat Ernst August Anton von Göchhausen zum Autor hat. Dieser Roman bezieht sich primär auf Knigges Aufklärungsgeschichte, stellt aber einzig Wurmbrand als Gegenspieler von Ignaz *Brandtwurm* dar und lässt Noldmann nicht auftreten. »Was Knigge im *Benjamin Noldmann* gleichsam verschwiegen habe, hier soll es nun zur Sprache kommen.«, so charakterisiert Harro Zimmermann den Ansatz Göchhausens.[205] In seiner Untersuchung macht Zimmermann deutlich, was Göchhausen an Knigges Roman besonders stört:

> »Das Messen der Realität an politischen und sozialtheoretischen Idealen, der anthropologische Optimismus einer erhofften menschheitsbeglückenden Zukunft und das Pochen auf die Durchsetzung von Natur- und Bürgerrechten sind es, die den konservativen Staatsbeamten vor allem zum Kampf rufen.«[206]

Dieser Kampf wird mit wenig brauchbaren Mitteln geführt und die Satire bleibt letztendlich stumpf, sodass ihre Wirkung – gemessen an der Aufmerksamkeit, die Knigges Roman erhielt – gering war. Göchhausens Versuch fand höchstens bei anderen Obskuranten Zustimmung. Seine Absichten fasst Zimmermann deutlich zusammen:

Politische Beobachtungen gesammelt in Habessinien nebst politischem Glaubensbekäntnis des Abbé Erasmus Puff genannt Ignaz Brandtwurm weiland heimlichen Raths des Kaisers von Habessinien und Missionar S. I. daselbst. Erstes, und wahrscheinlich nicht letztes Bändchen. 1794. Ein zweiter Teil ist nicht erschienen. Göchhausen hat aber ein Jahr später noch eine Nachschrift veröffentlicht: Ein paar Worte an das deutsche Publikum über die Schrift: Sultan Peter der Unaussprechliche und seine Vezire nebst dem Schlüssel dazu vom Verfasser. 1795.

205 Harro Zimmermann: Staatsbürger oder Rebell. Göchhausens Roman-Satire gegen den Freiherrn Knigge. In: Derselbe: Aufklärung und Erfahrungswandel. Studien zur deutschen Literaturgeschichte des späten 18. Jahrhunderts. Göttingen 1999, S. 186.

206 Ebenda, S. 205.

»In der grotesk verzerrten Grimasse, die das Revolutionsproblem in diesem Roman annimmt, wird nicht Geschichte wahrgenommen, sondern ein erzkonservativer Interessenstandpunkt gegen jeden Wandel, gegen jede Erfahrung abgedichtet.«[207]

In Knigges Todesjahr erschien anonym eine kleine Schrift mit dem Titel: *Gedanken über den Patriotismus von einem Gerichtsscheffen in Abyssinien.*[208] Bis 1818 sind uns drei weitere Titel bekannt, die sich in unterschiedlicher Weise auf Noldmann-Wurmbrand-Abyssinien beziehen.[209]

Der Widerhall in den Journalen und in der Öffentlichkeit ist nicht so groß, was vermutlich daran liegt, dass durch das Erscheinen des *Schaafskopf* und des *Wurmbrand* eine Überlagerung stattgefunden hat. Besonders diese beiden Schriften »waren Gegenstand der konservativen Treibjagd auf Knigge«.[210] In einem Brief an Nicolai, dem Herausgeber der *Allgemeinen deutschen Bibliothek*, bittet Knigge am 2.5.1791 um einen passenden Rezensenten für seinen Roman.

»Darf ich gehorsamst bitten, meine *Geschichte der Aufklärung in Abyssinien* einem Rezensenten mitzutheilen, der frey, nüchtern und mit philosophischem Geiste über

207 Ebenda, S. 206.
208 Cairo 1796.
209 [Johann Erdmann Keck]: Naphthali Wurmbrands Reisen in Abyssinien dreißig Jahre nach der dortigen Aufklärung, welche sehr interessante politische, kameralistische, ökonomisch-veterenärische Bemerkungen enthalten. Adowa [d. i. Leipzig: Rein 1803], in der akademischen Buchhandlung. – [H. C. Schiede]: Cosmopolitische Wanderungen eines Zigeuners. Nebst der Geschichte seiner Carriere zum Politikus. Ein Seitenstück zu Faustin, und Benjamin Noldmanns Geschichte der Aufklärung in Abyssinien. Cölln bey Peter Hammer 1806. – Gemälde der Verfinsterung in Abyssinien. Seitenstück zu Benjamin Noldmanns Geschichte der Aufklärung in Abyssinien. Ein Roman von Julius Voß. Berlin, 1818. In der Schüppelschen Buchhandlung.
210 Harro Zimmermann: Staatsbürger oder Rebell. A.a.O., S. 180.

Staats-Verfassungen und Menschenrechte zu urtheilen im Stande ist?«[211]

Bereits am 16.5.1791 bedankt sich Unzer bei Knigge für den übersandten Roman.

»Dein Buch [...] habe ich noch lange nicht durch, aber ich erkenne Dich auf jeder Seite und stimme in den Beifall Deutschlands mit ein. Möge es fruchten!«[212]

Eine frühe öffentliche Reaktion auf Knigges Buch erfolgt durch seinen Freund Cramer, der im dritten Stück seiner Zeitschrift *Menschliches Leben* in einem Brief unter dem 14.6.1791 mit dem Titel *Knigge* schreibt, dass er das Buch schon bei einem Buchhändler bestellt habe, »aber durch Sie selbst mit diesem lieben Briefe geschenkt, erhält es für mein Herz einen individuellen, doppelten Werth«.[213] Der Text beginnt mit einer Lobpreisung auf den Autor, der »die Nationalversammlung zu Ehren bringt; der die *Gewaltigen vom Stuhl stößt* und *erhöhet die Niedrigen* [...] Allah segne Sie, mein geliebter Lycurgus-Mirabeau-Noldmann, für Ihr Buch.«[214] Cramer beklagt, dass das Volk in Deutschland noch nicht so weit sei, aber die aufgeklärten Bürger sich dreifach angesprochen fühlten.

»Sie hätten Abyssinien [Deutschland, G. J.] erleuchtet, wären zur Zeit noch die Augen dieses Volks nicht für die

211 Brief Knigges an Nicolai vom 2.5.1791. In: Adolph Freiherr Knigge. Friedrich Nicolai. Briefwechsel 1779-1795. Hrsg. v. Mechthild u. Paul Raabe. Göttingen 2004, S. 100.

212 Brief Unzers an Knigge vom 16.5.1791. In: Aus einer alten Kiste. A.a.O., S. 191. – Über Unzer schreibt Walter Grab: »Auch ist die Vermutung nicht unfundiert, daß [...] der als Demokrat bekannte Arzt Johann Christoph Unzer, zum Jakobinerkonventikel [gemeint ist der in Altona 1792/93 hervorgetretene, G. J.] Beziehungen hatte.« Walter Grab: Norddeutsche Jakobiner. A.a.O., S. 45/47.

213 Carl Friedrich Cramer: Menschliches Leben. A.a.O., S. 124.

214 Ebenda, S. 123f.

> Strahlen der Freyheit und Gleichheit zu blind. Uns, der sehenden gewählteren Triade, haben Sie häufig an den *Verstand* geredet, die *Herzen* durchströmt, und das *Zwerchfell* bewegt. Es giebt zu weinen und zu lachen dabey [...].«[215]

Im Dezember 1791 erhält Knigge einen Brief von Albrecht Wittenberg, der Mitarbeiter an der *Kayserlich-privilegirten Hamburgischen Neuen Zeitung* ist und sich lobend über den *Schaafskopf* äußert. Auch den *Noldmann* hat er schon gelesen und bedankt sich besonders für das in der »Aufklärungsgeschichte Abyssiniens ertheilte Lob« seiner Vaterstadt Hamburg.

> »Es ist wahr, obgleich auch unsere Einrichtung nicht vollkommen ist.«[216]

Eine erste kurze Rezension erscheint auch noch 1791 in den *Tübingischen gelehrten Anzeigen*.[217] Eine umfangreiche Besprechung finden wir dann 1792 in der *Allgemeinen deutschen Bibliothek*. Nicolai hat Albrecht Georg Walch (1736-1822) damit beauftragt. Dieser ist sächsischer Professor der Philosophie und Mathematik und Rektor des Gymnasiums in Schleusingen. Er schreibt eine mehr als fünfseitige Rezension, die überwiegend aus einer Nacherzählung der Fabel besteht. An vielen Stellen streut er dabei aber sein positives Urteil ein. Am Ende kommt er zum Ergebnis, dass er »das ganze Buch jedem Leser von Geschmack, Herzen und Verstand« empfehle.[218] Am 6. Juni 1792 bedankt sich Knigge in einem Brief an Nicolai »für die sehr vortheilhafte Rezension«.[219] Über ein

215 Ebenda, S. 124.

216 Brief Wittenbergs an Knigge vom 17.12.1791. In: Aus einer alten Kiste. A.a.O., S. 162.

217 Tübingische gelehrte Anzeigen auf das Jahr 1791, 77. Stück, S. 616.

218 Tb [d. i. Albrecht Georg Walch]. In: Allgemeine deutsche Bibliothek. 107. Bd., 1. St., 1792, S. 184.

219 Brief Knigges an Nicolai vom 6.6.1792. In: Adolph Freiherr Knigge. Friedrich Nicolai. Briefwechsel. A.a.O., S. 113.

weiteres Lob aus Hamburg wird Knigge sich besonders gefreut haben. Sein Freund Reimarus schreibt ihm, dass er den *Noldmann* und den *Wurmbrand* für seine bisher bedeutendsten Schriften hält.[220] Das sieht vermutlich auch Johann Jacob Wierz (auch Wiertz) so, wenn er in einer Schrift gegen Knigge anmerkt, dieser sei ein »rüstiger Verbreiter illuminatischer Grundsäzze [...] wie man sich dessen aus [...] seiner Aufklärung von Abyssinien [...] des breiteren überzeugen kann«.[221] Auch noch Mitte des 19. Jahrhunderts erregt sich ein Literaturwissenschaftler über seinen Roman. Knigge sei ein »rein subalternes Talent« und als Autor »so geschmackloser« Werke wie der »Geschichte der Aufklärung in Abyssinien« in Erscheinung getreten.[222]

Knigge selbst war auf seine *Geschichte der Aufklärung* schon stolz, obwohl er die Kombination von politisch-geschichtsphilosophischen Inhalten mit der populären Fabel als nicht unproblematisch ansah.

> »Ein großer Fehler darin ist, daß ich im ersten Theile (der Verkäuflichkeit wegen) die ernsthaften Sachen in zu viel Possen und schalen Witz gehüllt habe – das hat Männer, die Würde im Ausdrucke und Vortrage fordern, verscheucht, denn übrigens hat doch mein armer Kopf nie etwas Besseres geliefert.«[223]

220 Brief von Johann Albert Heinrich Reimarus (1729-1814) an Knigge vom 3.8.1792. In: Aus einer alten Kiste. A.a.O., S. 95.

221 [Johann Jacob Wierz]: Auszug eines Briefes die Illuminaten betreffend, ohne Einwilligung des Schreibers, aber gewiß in der redlichsten Absicht zum Drucke befördert von seinem Freunde. Zweyte, vermehrte und sehr erläuterte Ausgabe. 1795, S. 62f.

222 Friedrich W. Ebeling: Geschichte der Komischen Literatur in Deutschland während der 2. Hälfte des 18. Jahrhunderts. Dritter Band. Leipzig 1869, S. 594f., zitiert nach: Jörg-Dieter Kogel: Knigges ungewöhnliche Empfehlungen. A.a.O., S. 10.

223 Brief von Knigge an Campe und Trapp vom 3.11.1792. In: AW, Bd. 10, S. 101.

Für Varnhagen von Ense war Knigge eher ein nüchterner Held, der sich mit den Übeln seiner Zeit kämpferisch auseinandergesetzt hat.

> »[...] so zeigte [...] das achtzehnte Jahrhundert ein sehr nüchternes Heldenthum, das mit ganz wirklichen Uebeln zu thun hatte, und Knigge war ein hervorragendes Mitglied dieser Ritterschaft. Allgemeines Licht und Recht, milde Menschlichkeit und freies Denken sollten durchgekämpft werden wider Finsterniß und Roheit [...].«[224]

Wenn Varnhagen von Ense seinen Aufsatz über Knigge von 1844 mit der Mahnung schließt, dass nicht vergessen werden sollte, welche Verdienste »jene Kämpfer um unsere Geistesfreiheit sich erworben«[225] haben, dann lässt sich dies getrost auch auf dieses Werk Knigges beziehen. Hedwig Voegt ist sich sicher, dass die *Geschichte der Aufklärung* Knigges bedeutendstes Werk ist.[226] Und Jürgen Walter lobt Knigge besonders dafür, dass er »seine Zeit und ihre Forderungen weit eher begriff (schon das große Echo seiner Schriften beweist, wie zeitgemäß er offensichtlich war) als mancher ins Irrational-Ästhetische, Zeitlos-Innerliche, Spekulativ-Idealistische vorstürmende oder abbiegende Vertreter der später literarhistorisch sanktionierten Literaturrichtungen.«[227] Paul Raabe und die Herausgeber der *Sämtlichen Werke* stellen Knigges Roman in eine Reihe mit Büchern von Georg Forster, Joachim Heinrich Campe, Gerhard Anton von Halem und anderen.[228] Johann Albert Heinrich Reimarus bringt es viel-

224 Varnhagen von Ense: Leben und Schriften des Adolf v. Knigge. In: Derselbe: Literaturkritiken. Hrsg. v. Klaus F. Gille. Tübingen 1977, S. 101.

225 Ebenda, S. 105.

226 Vgl. Hedwig Voegt: Einleitung. In: Adolph Freiherr Knigge: Der Traum des Herrn Brick. A.a.O., S. 28.

227 Jürgen Walter: Adolph Freiherrn Knigges Roman. A.a.O., S. 156.

228 Hinweise zu den Bdn. 1-11, 14-23. Kommentar zu den Bdn. 12 u. 13. In: SW, Bd. 24, S. 145.

leicht auf den Punkt, was Freunde, Verehrer und Kampfgefährten an dem Buch und an der Person insgesamt so schätzten, wenn er Knigge in einem seiner Briefe so voller Hochachtung anspricht:

> »Verehrenswürdiger braver Vertheidiger der Menschenrechte!«[229]

229 Brief von Reimarus an Knigge vom 9.6.1792. In: Aus einer alten Kiste. A.a.O., S. 94.

Zum Text

Der vorliegenden Ausgabe von *Benjamin Noldmann's Geschichte der Aufklärung in Abyssinien, oder Nachricht von seinem und seines Herrn Vetters Aufenthalte an dem Hofe des großen Negus, oder Priesters Johannes*, dem ersten politischen Roman des Freiherrn Adolph Knigge, liegt die Erstausgabe zugrunde, die in zwei Bänden zur Ostermesse 1791 bei Christian Dieterich in Göttingen erschien. Die der Erstausgabe entnommenen sechs Kupfer wurden von S. Zimmer gezeichnet und von E. L. Riepenhausen gestochen.

Der Text der vorliegenden Ausgabe folgt dem Original. Der historische Lautstand blieb ebenso unverändert wie die Grammatik. Offensichtliche Druckfehler wurden stillschweigend berichtigt. Eingriffe in Orthographie und Zeichensetzung wurden nur selten vorgenommen. Eine Vereinheitlichung der Rechtschreibung fand nur dann statt, wenn es sich aufgrund der Häufigkeit einer Schreibweise vermutlich um einen Druckfehler handelte. In wenigen Fällen wurde wegen der Lesbarkeit die Reihenfolge von Zeichen korrigiert.

Hervorhebungen des Originals werden *kursiv* wiedergegeben, die Verwendung von Antiqua bei fremdsprachigen Wörtern und Zitaten wird durch Groteskschrift gekennzeichnet, Sperrdruck bleibt erhalten.

Verwendete Siglen:

AdB Allgemeine deutsche Bibliothek.

AW Adolph Freiherr Knigge: Ausgewählte Werke in zehn Bänden. Im Auftrag der Adolph-Freiherr-von-Knigge-Gesellschaft zu Hannover hrsg. von Wolfgang Fenner. Hannover 1991-1996.

SW Adolph Freiherr Knigge: Sämtliche Werke. In Zusammenarbeit mit Ernst-Otto Fehn u.a. hrsg. von Paul Raabe. Nendeln/Liechtenstein 1978 bzw. München, London, New York, Paris 1992-1993.

7 *Abyssinien*] ältere Bezeichnung für Äthiopien.
seines Herrn Vetters] Vetter früher allgemein für männliche Verwandte; hier ist der Neffe Joseph Wurmbrand gemeint; vgl. S. 17.
Negus] amharisches Wort für König.
des ... Priesters Johannes] mythischer Regent des Mittelalters, der angeblich ein mächtiges christliches Reich im östlichen Asien beherrscht haben soll; seit dem 14. Jahrhundert wurde das Reich auch in Äthiopien vermutet. Siehe dazu auch Knigges Bemerkung auf S. 31.

10 *die Herren Nachdrucker*] heute als Raubdrucker bezeichnet, also Verleger, die unberechtigt und ohne Honorar zu zahlen Bücher drucken; im 18. Jahrhundert war das Urheberrecht noch nicht rechtlich geregelt. Knigge setzt sich 1791/92 in seiner Schrift *Ueber den Bücher-Nachdruck* ausführlich damit auseinander.
Debit] Warenverkauf, Absatz.
Fetz und Marocco] damalige Königreiche (Fes, Marokko).
aus Politik] hier: im Sinne von Klugheit, Weltkenntnis.

11 *Freunde in Carlsruhe, Reutlingen, Wien, Frankenthal etc.*] In Karlsruhe wirkte der Nachdrucker Christian Gottlieb Schmieder, in Reutlingen Johann Georg Fleischhauer, in Wien Johann Thomas Edler von Trattner und in Frankenthal Ludwig Bernhard Friedrich Gegel.

12 *Gose*] mit dem Wasser der Gose in Goslar gebrautes Weißbier.
der große Hübner] Johann Hübner (1668-1731), Pädagoge, ab 1711 als Rektor in Hamburg; seit 1704 Herausgeber eines wichtigen Nachschlagewerks der Aufklärung: *Reales Staats-, Zeitungs- und Conversationslexikon.*

13 *Gesenii Catechismus-Lehren*] Die *Catechismus-Fragen, über den kleinen Catechismum D. Martini Lutheri* des hannoverschen evangelischen Theologen Justus Gesenius (1601-1673) waren im 17. und 18. Jahrhundert in Norddeutschland weit verbreitet.
contumacirt] in der Rechtsprechung: wegen Abwesenheit verurteilt.
Helmstädt] Helmstedt war von 1576 bis 1810 Universitätsstadt.
Gose] siehe Erl. zu S. 12.
Graf St. Germain] berühmter Abenteurer des 18. Jahrhunderts (ca. 1710-1784) im Umfeld des freimaurerischen Hochgradsystems der Strikten Observanz. In Knigges *Beytrag zur neuesten Geschichte des Freymaurerordens in neun Gesprächen*,

Berlin 1786, heißt es über St. Germain: »So viel ist glaublich, daß St.. G... einige artige chymische Kenntnisse hatte, obgleich sein reinigender Kräuterthee mich beynahe in die Ewigkeit purgirt hätte.« (S. 135).

14 *Carlsd'or*] braunschweigische Goldmünze im Wert von fünf Talern.

debitirte] siehe Erl. zu S. 10.

laxirte] laxieren: abführen.

ankörnen] anlocken.

Stadt-Physicus] öffentlich bestellter Arzt.

17 *Ilefeld*] Stadt im Harz (Ilfeld), nördlich von Nordhausen.

mit den Spanischen Luftspringern] Artisten aus Spanien.

18 *der durchlauchtigsten Herzoginn Regentinn*] Herzogin Anna Amalia von Sachsen-Weimar-Eisenach, Regentin von 1759-1775.

stante pede] (lat.) stehenden Fußes, sofort.

19 *Gottesgelahrtheit*] Theologie.

examen rigorosum] (lat.) wörtlich: strenge Prüfung; mündliche Prüfung zur Erlangung eines akademischen Grades.

bene oder valde bene] (lat.) gut oder sehr gut.

Wartenburg] Wartburg.

20 *Madam Potiphar*] Nach dem Alten Testament versucht die Frau des Potiphar vergeblich, Joseph zu verführen (Buch Genesis, Kapitel 39).

inter pocula] (lat.) zwischen den Bechern, beim Trinken.

24 *Amanuensis*] (lat.) Gehilfe, Schreiber, Sekretär.

25 *Deutscher Ordens-Ritter*] Mitglied des 1190 gegründeten »Deutschen Ordens«, eines geistlichen Ritterordens, der maßgeblich an der Ostkolonisation beteiligt war; in der Aufklärung galt die Mitgliedschaft als altmodisch; seit 1929 ein rein geistlicher Orden, der sich vorwiegend karitativen Zwecken widmet.

anathematisiren] mit dem Kirchenbann belegen.

Commenthureyen] Ordensbezirke; hier: die Einkünfte daraus.

26 *einem Barbarischen Seeräuber*] Seeräuber, die von der Nordküste Afrikas (Barbarei bzw. Berberei) kommen, besonders aus Algier, Tunis und Tripolis.

Equipage] hier: Schiffsmannschaft.

Deutscher Renegat] ein vom Christentum zum Islam Übergetretener.

von kleinen und großen ... Pinseln] Pinsel: törichter Mensch, Dummkopf. In der Satire *Des seligen Herrn Etatsraths Samuel Conrad von Schaafskopf hinterlassene Papiere*, Breslau 1792, beschreibt Knigge die Geschichte und das Wirken eines Pinsel-Ordens, der sich gegen die menschliche Vernunft verschworen hat.

27 *die Coptische Sprache und die von Tigre oder Geez, und die Amharische*] Das Koptische ist seit dem 3. Jahrhundert die Literatursprache der christlichen Ägypter; Tigre (Tigray) ist eine Provinz im Norden Äthiopiens; die Sprache wird von den meist muslimischen Hirten und Nomaden im Norden Äthiopiens, in Eritrea und in Teilen des Sudan gesprochen; Ge'ez wird auch Altäthiopisch genannt und war die Sprache des spätantiken Reiches von Aksum; als Hauptschriftsprache hat sie sich in Äthiopien bis ins 19. Jahrhundert erhalten; Amharisch (nach der alten Provinz Amhara) hat das Ge'ez seit dem 13. Jahrhundert langsam verdrängt und entwickelte sich zur Hauptverkehrssprache.

28 *Gondar*] auch Gondär: vom 17. Jahrhundert bis 1850 Hauptstadt von Äthiopien.

Bassa] im 18. Jahrhundert verbreitete Bezeichnung für Pascha, einem Statthalter, hohen Beamten oder hohen Militär in asiatischen oder afrikanischen Ländern.

Nayben] (arab.) Naib, Statthalter.

Franzbände] aufwendiger Bucheinband, ursprünglich aus Frankreich.

Firman] (pers.) auch Ferman, Verordnung, Vollmacht, Pass.

Adowa] Adwa (auch Adua) ist die damalige Hauptstadt der Provinz Tigre.

29 *Mercurialsalbe*] quecksilberhaltige Salbe, seinerzeit vor allem zur Behandlung der Syphilis beliebt.

30 *Wetzlar*] Sitz des Reichskammergerichts.

Relationen] Rechtsgutachten, Berichte.

31 *Sollicitiren*] Nachsuchen.

den wir irriger Weise den Priester Johannes nennten] siehe Erl. zu S. 7.

36 *Freyherr von Moser*] Friedrich Carl Freiherr von Moser (1723-1798), Jurist, Politiker, Schriftsteller; von 1772-1780 Minister in Hessen-Darmstadt; eine Bewerbung Knigges am Hof wurde 1776 von Moser abschlägig beschieden; mit dem »Titel des sehr interessanten, großen Werks« ist Mosers *Teutsches Hof-Recht*, 1754/55, gemeint.

Mazagan] Hafenstadt in Marokko; heutiger Name: El Jadida.

41 *Fetz und Marocco*] siehe Erl. zu S. 10.

42 *an der Barbarischen Küste*] im 18. Jahrhundert übliche Bezeichnung für die Nordwestküste Afrikas (Berberei).

Tolomita] Tolmeita, alter Hafen im östlichen Libyen.

Barkan] Barka: arabisch-türkischer Name für Kyrenaika, Gebiet im östlichen Libyen.

44 *Nubien*] Gebiet zwischen Assuan in Ägypten und Karima im Sudan.

44 *Hydromel*] Honigwasser, das nach längerem Gärungsprozess Met genannt wird.

45 *Sennar*] Das Sultanat von Sannar (auch Reich der Fung oder Funji genannt) mit der gleichnamigen Hauptstadt bestand von 1504-1821 auf dem Gebiet des heutigen Sudan.

einen Schleifer ... tanzen] alter Tanz, Vorgänger des Walzers.

Dequin] nach Pfennig ein Königreich in Nubien (Johann Christoph Pfennig: *Anleitung zur gründlichen und nützlichen Kenntniß der neuesten Erdbeschreibung*, Berlin, Stettin 1787, S. 333).

46 *Bugia*] nach Pfennig ein Teil von Nubien (Pfennig, *Anleitung*, S. 333).

Fungia] vermutlich abgeleitet von dem Volk der Fung (siehe Erl. zu S. 45), die Pfennig als Fungi bezeichnet (Pfennig, *Anleitung*, S. 333).

Barbirini] Barberini: nach Pfennig die Bewohner der Landschaft Barabra in Nubien (Pfennig, *Anleitung*, S. 333).

47 *Waldubba*] Wäldäbba, Provinz in Äthiopien.

48 *In Agazan herrschte ein Monarch*] Knigge hat bei der Charakterisierung sicher an Kaiser Joseph II. gedacht.

50 *Bassen*] Paschas, siehe Erl. zu S. 28.

51 *Pforte*] »Hohe Pforte«: Eingangspforte zu Städten und Palästen; von 1718-1922 Bezeichnung des Sitzes des osmanischen Großwesirs bzw. der osmanischen Regierung in Konstantinopel.

52 *Herr des Sonnenscheins*] vermutlich Anspielung auf Ludwig XIV., den »Sonnenkönig«.

53 *Schankala*] auch Schangalla oder Schankela: dunkelhäutige Stämme an den westlichen Abhängen des abessinischen Hochlandes; nach Pfennig eines von 30 Königreichen in Abessinien (Pfennig, *Anleitung*, S. 334).

Goyam] Gojjam oder Goǧǧam: historische Provinz Äthiopiens im Westen des Landes; nach Pfennig ein Königreich (Pfennig, *Anleitung*, S. 334).

Gonga] Volksstamm im Südwesten Äthiopiens; nach Pfennig ein Königreich (Pfennig, *Anleitung*, S. 334).

Suppliken] Bittschriften.

54 *Ghedm*] Gedem: Region im Osten der äthiopischen Provinz Shewa; nach Pfennig ein Königreich (Pfennig, *Anleitung*, S. 334).

Damot] Region in der Provinz Goǧǧam südlich des Tanasees; nach Pfennig ein Königreich (Pfennig, *Anleitung*, S. 334).

Contisch] Contsch: nach Pfennig ein Königreich in Abessinien (Pfennig, *Anleitung*, S. 334).

55 *Adolph, August, Carl, ... Wolfgang und andre uns in Europa so theure, heilige Nahmen*] gemeint sind aufgeklärte Fürsten, die in der zweiten Hälfte des 18. Jahrhunderts in ihren Ländern Reformen durchgeführt hatten und dafür in der Literatur und

Publizistik häufig gelobt wurden. Vermutlich handelt es sich um folgende Personen: Adolf Friedrich IV. (1738-1794), Herzog von Mecklenburg-Strelitz; August (1747-1806), Prinz von Sachsen-Gotha-Altenburg; Karl Wilhelm Ferdinand (1735-1806), Herzog von Braunschweig-Wolfenbüttel; Katharina II. (1729-1796), Zarin von Rußland; Christian (1763-1830), Landgraf von Hessen-Darmstadt; Ernst II. Ludwig (1745-1804), Herzog von Sachsen-Gotha-Altenburg; Franz Ludwig von Erthal (1730-1795), Fürstbischof von Würzburg und Bamberg; Franziska Theresia (1748-1811), Reichsgräfin von Hohenheim; Friedrich II. (1712-1786), König von Preußen; Georg III. (1738-1820), König von Großbritannien und Irland, Kurfürst von Hannover; Gustav III. (1746-1792), König von Schweden; Joseph II. (1741-1790), Kaiser; Leopold II. (1747-1792), Kaiser; Ludwig (1745-1794), Fürst von Nassau-Saarbrücken; Maximilian II. Franz (1756-1801), Kurfürst und Erzbischof von Köln; Peter Friedrich Ludwig (1755-1829), Herzog von Oldenburg; Stanislaus II. August (1732-1798), König von Polen, Großfürst von Litauen; Victor II. Friedrich (1700-1765), Fürst von Anhalt-Bernburg; Wilhelm (1724-1777), Graf von Schaumburg-Lippe; Wolfgang Ernst II. (1754-1803), Fürst von Isenburg und Büdingen.

55 *Oligarchen-Regierungen*] Carl Friedrich Cramer bezieht dies ausdrücklich auf Nürnberg und verweist diesbezüglich auf mündliche Erzählungen Knigges (C. F. Cramer: *Menschliches Leben. Drittes Stück. Gerechtigkeit und Gleichheit! Neseggab oder Geschichte meiner Reisen nach den caraibischen Inseln*, Altona und Leipzig 1791, S. 128).

Pinsel-Familien] siehe Erl. zu S. 26.

58 *Provinzen, die mir dem mittägigen Theile von Frankreich ... die ich davon gelesen hatte*] Anspielung auf *Reise in die mittäglichen Provinzen von Frankreich im Jahr 1785 bis 1786* von Moritz August von Thümmel (1738-1817).

Selechleche] Selehlala, Ortschaft in der Provinz Tigre.

Waggora] Wagera oder Wägära, Region im Norden von Gondar.

60 *links genommen*] hier: ungeschickt benommen.

affectirten] gaben vor, spiegelten vor.

Fürst von Anhalt-Zerbst] Friedrich August (1734-1793) regierte von 1747-1793, hielt sich wegen Streitereien mit Preußen oft in Luxemburg auf und ließ sein Fürstentum von Hofräten regieren.

Baalomaal] Balemwal: königlicher Ratgeber, Kammerherr; Knigge übernahm den Titel von Bruce (James Bruce: *Zu den Quellen des Blauen Nils*, Stuttgart, Wien 1987, S. 158). Zu Bruce siehe Erl. zu S. 108.

62 *Gentilhomme de la Chambre*] (frz.) Kammerherr.
63 *Garde du Corps*] (frz.) Leibgarde.
Pandecten] eine Sammlung von Aussprüchen römischer Rechtsgelehrter.
64 *vor und gegen*] für und gegen.
65 *Naturkündiger*] Naturkundige, Naturforscher.
77 *Observanz*] Gewohnheitsrecht.
81 *Metonymia praesidis, pro re, cui praesidet*] (lat.) Vertauschung des Statthalters mit der Sache, für die er steht.
82 *Industrie*] hier: Gewerbefleiß, Betriebsamkeit.
esprit public] (frz.) Gemeingeist.
83 *Motion*] Parlamentsantrag.
88 *Regalien*] Hoheitsrechte.
Exemtionen] Befreiungen von bestimmten Lasten oder gesetzlichen Pflichten.
Axum] Aksum: frühere Hauptstadt des gleichnamigen Königreichs; liegt im Norden Äthiopiens.
89 *hielten lange Zeit dem Despotismus die Stange*] hier: nahmen es mit dem Despotismus auf, fühlten sich dem Despotismus gewachsen.
90 *Lehne*] Plural von Lehen.
102 *Sennar*] siehe Erl. zu S. 45.
Hangot] Angot: Distrikt im östlichen Äthiopien; nach Pfennig ein Königreich (Pfennig, *Anleitung*, S. 334).
105 *Libation*] Trankopfer.
106 *in den Mosaischen Gedichten*] in den Büchern Moses im Alten Testament.
theosophischen] nach der Lehre der Theosophie, die durch Meditation über Gott den Sinn des Weltgeschehens erkennen will.
cosmogonetischen] nach der Lehre der Kosmogonie, der Weltentstehungslehre.
108 *ließen den großen Negus von dem Jüdischen Könige ... abstammen*] Dem *Kebra Nagast* (mindestens 700 Jahre altes Hauptwerk äthiopischer Literatur) zufolge leitet sich die kaiserliche Dynastie von Salomon und der Königin von Saba her.
Bruce Reisen] James Bruce (1730-1794), schottischer Naturwissenschaftler und Reisender, verfasste das fünfbändige Werk *Travels to Discover the Source of the Nile*, 1790, in dem er seine Reisen in den Jahren 1768-1773 beschreibt. Die erste deutsche Übersetzung erschien 1790/91 in Leipzig (*Reisen zur Entdeckung der Quellen des Nils in den Jahren 1768. 1769. 1770. 1771. 1772 und 1773*, 5 Bde., übersetzt von J. J. Volkmann). Bruce' Buch diente Knigge als Hauptquelle für seine Beschreibungen Abyssiniens.
Coptische Religion] siehe Erl. zu S. 27.

114 *Sire*] Stadt südöstlich von Addis Abeba; nach Six ein westlich von Aksum gelegener Distrikt in Tigray. Vgl. Veronika Six: Das Äthiopien in Adolph Knigges Roman: Realität oder Hilfsmittel? In: *Aethiopica*, Heft 2, 1999, S. 147.
Axum] siehe Erl. zu S. 88.
Geschichte von Elias Wagen] Nach dem Alten Testament (2. Buch der Könige, Kapitel 2) fuhr Elias (auch Elija) mit einem feurigen Wagen und feurigen Pferden in den Himmel.
Auto da Fe] Autodafé: Ketzergericht und -verbrennung.
Callesche] leichte, vierrädrige Kutsche.
115 *Bruce*] siehe Erl. zu S. 108.
Rudera] Schutthaufen, Trümmer.
117 *Adowa*] siehe Erl. zu S. 28.
118 *Freniona*] Fremona: Siedlung im nördl. Äthiopien; im 16. und 17. Jahrhundert Ausgangspunkt katholischer Missionierung.
119 *Iteghe*] Itege: Titel für äthiopische Kaiserin.
Exemtionen] siehe Erl. zu S. 88.
Staubbesen] Der Staupbesen bestand meist aus einem Reisigbündel und wurde zur öffentlichen Züchtigung eingesetzt.
120 *Baalomaal*] siehe Erl. zu S. 62.
130 *Fuder*] Wagenladung.
131 *Aegyptischen Luftspringer*] siehe Erl. zu S. 17.
directeur des plaisirs] (frz.) Zeremonienmeister.
132 *Garde du Corps*] siehe Erl. zu S. 63.
»ich habe mir ... einen Wolf geritten«] durch Reibung sich eine Entzündung am Gesäß zuziehen.
133 *Rousseau's ... Contract social*] Jean-Jacques Rousseau (1712-1778): *Du Contrat social ou Principes du droit politique*, Amsterdam 1762; erste deutsche Übersetzung 1763: *Der gesellschaftliche Vertrag oder die Grundregeln des allgemeinen Staatsrechts*.
Montesquieu esprit des loix] Charles-Louis de Secondat, Baron de la Brède et de Montesquieu (1689-1755): *De l'esprit des lois*, Paris 1648; erste deutsche Übersetzung 1753: *Von den Gesetzen.*
134 *Posaunen von Jericho*] Nach dem Alten Testament (Buch Josua, Kapitel 6) stürzten die Mauern der belagerten Stadt Jericho ein, als die Belagerer die Posaunen bliesen.
Stock-Narren] Hofnarren.
Nickel] boshafter, liederlicher Mensch.
139 *Räubereyen der Nachdrucker*] siehe Erl. zu S. 10.
141 *Geschichte aus dem Buche der Richter*] siehe Altes Testament im Buch Richter, 19. Kapitel.
143 *einem großen Deutschen Schriftsteller*] Anspielung auf den Arzt und Schriftsteller Johann Georg Zimmermann (1728-1795) und sein Buch *Ueber Friedrich den Großen und meine Unterredung*

mit Ihm kurz vor seinem Tode, Leipzig 1788. Die große Eitelkeit, mit der Zimmermann seine Gespräche mit dem König schildert, stieß auf Kritik bei den Zeitgenossen. Knigge veröffentlichte noch im selben Jahr eine beißende Parodie: *Ueber Friedrich Wilhelm den Liebreichen und meine Unterredung mit Ihm; von J. C. Meywerk, Chur-Hannöverschem Hosenmacher*, Frankfurt/Leipzig 1788.

144 *Wielands Geschichte der Abderiten*] Christoph Martin Wieland (1733-1813): *Die Geschichte der Abderiten*, 1774/1781; zeitkritischer, satirischer Roman.

Bruce's Reisen] siehe Erl. zu S. 108.

145 *Vezirs*] Wesire: Minister.

146 *Libelle*] Schmähschriften.

153 *Es gibt besonders Einen Staat in Deutschland*] Vermutlich ist das Herzogtum Württemberg gemeint, wo Herzog Carl Eugen (1728-1793) mit Hilfe seines Ministers Graf Montmartin und des Lorenz Wittleder auf jede Art versuchte, Geld einzutreiben.

154 *Rieße*] Rieß oder Ries ist ein Papiermaß: 1 Ries = 480 Bogen Schreibpapier (historisch).

155 *Wetzlar*] siehe Erl. zu S. 30.

in Regensburg ... wo der große Divan gehalten wird] Von 1636-1806 war Regensburg Sitz des »Immerwährenden Reichstags«, der Ständevertretung des Heiligen Römischen Reiches Deutscher Nation.

158 *Ludwig dem Vierzehnten*] Ludwig XIV. (1638-1715), seit 1643 König von Frankreich, gilt als klassischer Vertreter des höfischen Absolutismus.

159 *la vie privée de Louis XV*] B.-F.-J. Mouffle d'Angerville (1729-1794): *Vie privée de Louis XV, ou Principaux événemens, particularités et anecdotes de son règne*, Londres 1781.

Freyherr von Moser] siehe Erl. zu S. 36.

161 *Bruce*] siehe Erl. zu S. 108.

163 *Impunität*] Straflosigkeit.

165 *Prädestination*] Vorherbestimmung; die Anhänger der Lehre Calvins glauben an die Bestimmung des einzelnen Menschen zur Seligkeit oder Verdammnis.

169 *Zahnküste*] Elfenbeinküste.

171 *des ... Priesters Johannes*] siehe Erl. zu S. 7.

174 *unter der Linie*] südlich des Äquators.

Loango] Das Königreich Loango war ein zentralafrikanischer Staat an der Atlantikküste auf dem Gebiet der heutigen Republik Kongo.

175 *Insel Loanda*] Luanda: Insel vor der Küstenstadt Luanda, der Hauptstadt Angolas.

175 *Cabo Verde*] (port.) grünes Vorgebirge, westlichste Spitze Kontinentalafrikas (Dakar, Senegal).

176 *Blockhause*] Wachhaus.

179 *Prätensionen*] Prätentionen: Anmaßungen, Ansprüche.

180 *Philanthropinen*] Erziehungsinstitute im Sinne der aufklärerischen Pädagogik, benannt nach dem Philanthropinum in Dessau, das 1774 von Johann Bernhard Basedow gegründet wurde.

182 *Herrn Basedow*] Johann Bernhard Basedow (1724-1790), Pädagoge, Gründer des Philanthropinums in Dessau. Basedow versuchte, das Lernen mit den kindlichen Bedürfnissen in Einklang zu bringen. Knigge hatte sich 1788 in seinen *Briefen über die neuere Erziehungsart/neuern Erziehungs-Methoden* (Jahrbuch für die Menschheit, 2. Bd., 1788) kritisch-polemisch mit diesen Reformideen auseinandergesetzt.

187 *Barde aus Wien*] Gemeint ist vermutlich der Lyriker Lorenz Leopold Haschka (1749-1827), der bis zur Französischen Revolution als Aufklärer galt, danach aber nur noch patriotische und antirevolutionäre Gedichte schrieb. Knigge lästerte schon 1786 über Haschkas misslungene Oden (*Journal aus Urfstädt von dem Verfasser des Romans meines Lebens* [d. i. Knigge], 2. Bde., Frankfurt am Main 1786, S. 113).

188 *dem edeln Gleim ... Sänger der Kriegslieder*] Johann Wilhelm Ludwig Gleim (1719-1803), populärer Lyriker der Aufklärungszeit; gemeint sind Gleims *Preußische Kriegslieder in den Feldzügen 1756 und 1757 von einem Grenadier*, Berlin 1758.

unsre alten Lehrer, Hagedorn, Gerstenberg, Lessing, ... Klopstock] Friedrich von Hagedorn (1708-1754), anakreontischer Lyriker und Fabeldichter; Heinrich Wilhelm von Gerstenberg (1737-1823), vielseitiger Dichter zwischen Aufklärung, Empfindsamkeit und Sturm und Drang, mit Knigge bekannt; Gotthold Ephraim Lessing (1729-1781), Hauptvertreter der Aufklärung; Ewald Christian von Kleist (1715-1759), philosophischer Naturdichter der Aufklärung; Johann Peter Uz (1720-1796), bedeutendster deutscher Anakreontiker; Christian Fürchtegott Gellert (1715-1769), beliebter Volksschriftsteller der Aufklärungszeit; Karl Wilhelm Ramler (1725-1798), Lyriker der Aufklärung; Christoph Martin Wieland (1733-1813), neben Lessing der bedeutendste Dichter der deutschen Aufklärung; Friedrich Gottlieb Klopstock (1724-1803), als Epiker, Lyriker und Dramatiker Initiator des deutschen Irrationalismus und der Erlebnisdichtung, mit Knigge bekannt.

ein stattlicher Mann aus Hamburg] vermutlich Benjamin Gottlob Hoffmann (1748-1818), Buchhändler und Verleger.

189 *Schulz aus Hanau*] Gotthelf David Schulz, Buchhändler und Verleger, verlegte 1779/80 die ersten Werke Knigges.

190 *Buchhändler-Umschlag in Hanau*] Hanauer Bücherumschlag 1775-1778. Es gab den Versuch, in Hanau eine Gegenmesse zu Leipzig zu etablieren und hauptsächlich Nachdrucke (Raubdrucke) für den süddeutschen und österreichischen Markt zu tauschen.

Schmieder aus Carlsruhe] Christian Gottlieb Schmieder (1749-1827) war seinerzeit der Inbegriff des Nachdruckers, der unerlaubt und ohne den Autoren ein Honorar zu bezahlen deren Werke nachdruckte und vertrieb.

Miller in Ulm] Johann Martin Miller (1750-1814), Lyriker und Erzähler der Empfindsamkeit. Sein Roman *Siegwart. Eine Klostergeschichte* (1776) war damals ein viel gelesenes Buch.

bey den Gebrüdern Korn in Breslau] Wilhelm Gottlieb Korn und Johann Friedrich Korn, Buchhändler und Verleger; bei Korn erschien auch die *Schlesische Privilegierte Zeitung*, auf die Knigge hier anspielt.

191 *Naturkündiger*] siehe Erl. zu S. 65.

Bürgers Gesänge] Gottfried August Bürger (1747-1794), Lyriker und Balladendichter des Sturm und Drang.

Wielands Meisterstücken] siehe Erl. zu S. 144 und 188.

Franzband] siehe Erl. zu S. 28.

193 *Nicolai*] Friedrich Nicolai (1733-1811), Schriftsteller und bedeutender Verleger der Aufklärungszeit, Herausgeber der *Allgemeinen deutschen Bibliothek*, dem wichtigsten Rezensionsorgan der Spätaufklärung. Knigge selbst schrieb für die AdB zwischen 1779 und 1795 1266 Rezensionen.

194 *Verwandlungen von × in b*] × = Kreuz; Das Kreuz erhöht den Stammton um einen Halbton, das b erniedrigt ihn um einen Halbton. Knigge spricht hier die enharmonische Verwechslung an, die z.B. aus dem Dis ein Es macht.

195 *Semitone*] Halbtöne.

Haydn] Joseph Haydn (1732-1809), österreichischer Komponist, Hauptvertreter der Wiener Klassik.

Agnus dei] (lat.) Lamm Gottes, Symbol für Jesus Christus. Als Teil der Liturgie beim Abendmahl ist das Agnus Dei von vielen Komponisten als Bestandteil einer Messe vertont worden.

Pastorale] Hirtenlied.

196 *fistula ani*] (lat.) wörtlich: Arschpfeife.

des guten Schwindels] Friedrich Schwindel, auch Schwindl, (1737-1786), niederländischer Musiker und Komponist, ab 1780 in Karlsruhe.

melismatische Verzierungen] koloraturhafte Verzierungen.

197 *Basset-Horn*] Das Bassetthorn vertritt die Tenorlage in der Klarinettenfamilie. Erste Instrumente wurden ca. 1760 gebaut.

198 *Bibliothecar in Cassel*] Marquis de Luchet; Landgraf Friedrich II. machte seinen Günstling 1777 zum Direktor der Bibliothek, obwohl dieser nichts von der Materie verstand.

199 *Sophiens Reisen von Memel nach Sachsen*] *Sophiens Reise von Memel nach Sachsen*, 1769-1773 in 5 Bdn. erschienen, von Johann Timotheus Hermes (1738-1821), war einer der erfolgreichsten Romane der Aufklärungszeit.

Graf Bollo] Comte de Bollo, italienischer Abenteurer am Kasseler Hof, bot Friedrich II. 1770 die polnische Königskrone an, war Mitglied in der 1773 gegründeten »Gesellschaft des Ackerbaues und der Künste«, in der auch Knigge Mitglied war; 1774 hatte Knigge ihn um Unterstützung bei seinen Bemühungen gebeten, ein besser bezahltes Amt am Kasseler Hof zu erhalten.

200 *Chevalier de Batincourt*] Baron de Battincourt war Mitglied in der 1773 gegründeten Kasseler »Gesellschaft des Ackerbaues und der Künste«, in der auch Knigge Mitglied war.

203 *Pharao-Tisch*] Pharao, auch Pharo, ist ein Glücksspiel mit französischen Karten, das im Europa des 18. und 19. Jahrhunderts weit verbreitet war.

204 *die Linie passirt sind*] den Äquator überquert haben.

205 *Strangurie*] schmerzhafter Harndrang.

211 *eine Revenüe gewährte*] Einkünfte einbrachte.

negotiorum gestor] (lat.) Geschäftsführer.

213 Quadrigae] (lat.) vierspännige Wagen.

215 *Policey*] hier: Ordnung, Sittenaufsicht.

216 *Philadelphia*] Jakob Philadelphia (1735-1779, verschollen), in ganz Europa bekannter Magier und Taschenspieler.

Suppliken] siehe Erl. zu S. 53.

218 *Scheidekunst*] veraltet für Chemie.

Grafen St. Germain] siehe Erl. zu S. 13.

230 *des großen, unsterblichen Friedrichs*] Friedrich II. von Preußen (1712-1786).

des edeln ... Josephs] Joseph II. (1741-1790), Kaiser des Heiligen Römischen Reiches Deutscher Nation von 1765-1790.

Carl Theodor] Karl Theodor (1724-1799), ab 1742 Kurfürst von der Pfalz, ab 1777 auch von Bayern.

236 *Titus*] Titus Flavius Vespasianus (9-79), römischer Kaiser.

238 *Baalomaal*] siehe Erl. zu S. 62.

Sire] siehe Erl. zu S. 114.

239 *inexigibeln*] nicht eintreibbaren.

240 *ein zweyter August*] Augustus (63 v. Chr. – 14 n. Chr.), ab 31 v. Chr. Alleinherrscher, erster römischer Kaiser; seine Herrschaft mündete in eine lange Zeit inneren Friedens.

241 *Hymen*] Hymenaios, in der griechischen Mythologie der Gott der Hochzeit.

241 *affectirten*] siehe Erl. zu S. 62.
Fuder] siehe Erl. zu S. 130.
242 *Cicisbei*] (ital.) auch Cicisbeos: Hausfreunde.
244 *Vapeurs*] Blähungen, üble Launen.
246 *Zeloten*] Glaubenseiferer.
die Kanzel zu pauken] Der Kanzelpauker ist ein Eiferer auf der Kanzel, der seine Worte mit Schlägen auf die Brüstung bekräftigt.
anathematisiren] siehe Erl. zu S. 25.
251 *Professor Witte*] Samuel Simon Witte (1738-1802), Professor des Natur- und Völkerrechts in Rostock, veröffentlichte *Ueber den Ursprung der Pyramiden in Egypten und der Ruinen von Persepolis: ein neuer Versuch*, Leipzig 1789.
Axum] siehe Erl. zu S. 88.
263 *Suppliken*] siehe Erl. zu S. 53.
Sennar] siehe Erl. zu S. 45.
264 *vor dem Jahre 1787 geschrieben*] vermutlich ist 1789 gemeint, nämlich die Französische Revolution
266 *der gute Vater Georg*] Georg III. (1738-1820), König von Großbritannien und Irland, Kurfürst von Hannover.
267 *man affectire*] siehe Erl. zu S. 62.
Dequin] siehe Erl. zu S. 45.
Bugia] siehe Erl. zu S. 46.
270 *Staubbesen*] siehe Erl. zu S. 119.
275 *Committenten*] Auftraggeber.
288 *Philipp der zweyte von Spanien*] Philipp II. (1527-1598), seit 1556 König von Spanien.
Herzog von Alba] Fernando Álvarez de Toledo, Herzog von Alba (1507-1582), Feldherr und Staatsmann, von 1567-1573 Statthalter der Spanischen Niederlande, wo er ein Schreckensregiment führte.
Ludwig den Vierzehnten] siehe Erl. zu S. 158.
Alexander der Sechste] Rodrigo de Borja (1431-1503), seit 1492 Papst Alexander VI., skrupelloser Machtpolitiker mit freizügigem Lebenswandel.
292 *Exemtionen*] siehe Erl. zu S. 88.
297 *ex officio*] (lat.) von Amts wegen.
301 *Industrie-Schule*] Verknüpfung von schulischer Erziehung und Wissensvermittlung mit manueller Arbeit, besonders für Kinder unterer sozialer Schichten; im späten 18. Jahrhundert verbreitete Form der Elementarbildung.
319 *Proselyten*] Neubekehrte.
Exemtionen] siehe Erl. zu S. 88.
320 *Sporteln*] Gebühren.
331 *Industrie*] siehe Erl. zu S. 82.

344 *Nachdrucker*] siehe Erl. zu S. 10.
352 *Equipage*] siehe Erl. zu S. 26.
355 *Comes Palatinus*] Hofpfalzgraf. Er hatte z.B. die Vollmacht für die Verleihung von Adelsbriefen, akademischen Titeln und die Ernennung von Notaren.
Olim meminisse juvabit] (lat.) vollständig: forsan et haec olim meminisse iuvabit (Vergil, *Aeneis*, I, 203). Eines Tages wird es vielleicht angenehm sein, sich auch an diese Dinge zu erinnern.

Bibliografische Information der Deutschen Nationalbibliothek

Die Deutsche Nationalbibliothek verzeichnet
diese Publikation in der Deutschen Nationalbibliografie;
detaillierte bibliografische Daten sind im Internet
über http://dnb.d-nb.de abrufbar.

Erste Auflage

www.wallstein-verlag.de
Vom Verlag gesetzt aus der Sabon Roman und der Frutiger Roman
Schmuckhülsengestaltung: Susanne Gerhards, Düsseldorf
unter Verwendung eines unsignierten Kupferstiches aus
»Over de verkeerking met menschen«, Amsterdam 1789 sowie
Knigges Silhouette aus dem »Buch der vollkommenen Freundschaft«
(1780) aus dem Besitz des Historischen Museums, Hannover
Druck und Verarbeitung: Hubert & Co, Göttingen
ISBN 978-3-8353-0410-9

Adolph Freiherr Knigge
Werke

Adolph Freiherr Knigge
Werke

Eine gemeinsame Veröffentlichung
der Wüstenrot Stiftung
und der Deutschen Akademie
für Sprache und Dichtung

Herausgegeben von Pierre-André Bois,
Wolfgang Fenner, Günter Jung, Paul Raabe,
Michael Rüppel und Christine Schrader

Mit einem Essay von
Sibylle Lewitscharoff

Band 4

Adolph Freiherr Knigge

Die Reise nach Braunschweig

Herausgegeben
von Paul Raabe

Des seligen Herrn Etatsraths
Samuel Conrad von Schaafskopf
hinterlassene Papiere

Josephs von Wurmbrand
politisches Glaubensbekenntniß

Herausgegeben von
Pierre-André Bois

Rückblicke, auf den, wenn Gott will,
für Teutschland nun bald geendigten Krieg

Manifest einer nicht geheimen,
sondern sehr öffentlichen Verbindung

Herausgegeben von
Wolfgang Fenner

WALLSTEIN VERLAG

Bibliografische Information der Deutschen Nationalbibliothek

Die Deutsche Nationalbibliothek verzeichnet
diese Publikation in der Deutschen Nationalbibliografie;
detaillierte bibliografische Daten sind im Internet
über http://dnb.d-nb.de abrufbar.

Erste Auflage

www.wallstein-verlag.de
Vom Verlag gesetzt aus der Sabon Roman und der Frutiger Roman
Schmuckhülsengestaltung: Susanne Gerhards, Düsseldorf
unter Verwendung eines unsignierten Kupferstiches aus
»Over de verkeerking met menschen«, Amsterdam 1789 sowie
Knigges Silhouette aus dem »Buch der vollkommenen Freundschaft«
(1780) aus dem Besitz des Historischen Museums, Hannover
Druck und Verarbeitung: Hubert & Co, Göttingen
ISBN 978-3-8353-0410-9

Inhalt

Band 1

Band 2

Band 3

Band 4

Die Reise nach Braunschweig;

ein comischer Roman.

Von

Adolph, Freiherrn Knigge.

Meinem
vieljährigen Freunde
dem Herrn

Doctor und Senator Breuls

in Bremen,

aus herzlicher Hochachtung gewidmet.

Vorrede
zu der ersten Auflage.

Der kleine Roman, den man hier dem Drucke übergiebt, ist, in Stunden der Erholung von ernsthaftern Geschäften, geschrieben, um das Gefühl der heftigen cörperlichen Leiden, wovon der Verfasser seit mehr als Jahres Frist unaufhörlich gepeinigt wurde, durch unschuldigen Scherz zu mildern, geschrieben, um, bey Sorgen mancher Art, durch leichten Witz, sich in harmloser Stimmung zu erhalten. Er macht also auch keinen Anspruch auf die Muße solcher Leser, die tiefsinnige philosophische Betrachtungen und überraschend feine Blicke in die Natur des menschlichen Herzens in solchen Romanen zu finden hoffen.

Der Verfasser hat bis jetzt in seine Schriften ähnlicher Art, die Behandlung wichtigrer Gegenstände einzuflechten und die Sitten der sogenannten höhern Menschenclassen zu schildern gesucht; hier versteigt er sich nicht so hoch und widmet daher diese Arbeit auch nur solchen Lesern, denen es darum zu thun ist, ihre Augen einmal von Höfen, Fürsten, Staatshändeln und gelehrten Kampfplätzen ab, auf ländliche Scenen und lachende Bilder gelenkt wissen zu wollen.

Das ist alles, was der Verfasser von diesem Büchlein zu sagen weiß, um den Gesichtspunct anzuzeigen, aus welchem er beurtheilt zu werden wünscht.

Bremen, um Ostern 1792.

Inhalt.

Erstes Capitel.

Eine ländliche Gesellschaft rüstet sich zu einer Reise, um merkwürdige Dinge zu sehn.

Das mag possirlich aussehn, Herr Pastor!« sagte der Amtmann Waumann zu dem geistlichen Herrn, der, mit dem andern Zeitungsblatte in der Hand, ihm gegenüber saß. »Das mag possirlich aussehn, wenn so ein Mann in der Luft herumfährt und einen Ball unter dem Hintern hat.« »Nicht unter dem salva venia Hintern, excusiren Sie!« erwiederte der Pastor Schottenius, »der Musjö Blanchard sitzt in einem Schiffchen, welches an dem, mit künstlicher Luft gefüllten großen Ballon befestigt ist.« »Was Teufel!« fiel ihm hier der Förster Dornbusch in die Rede, »wie macht es aber der Hexenkerl, daß er damit herumkutschirt? Das kann nicht mit rechten Dingen zugehn.« Nun ließ sich Ehren Schottenius auf eine weitläuftige Beschreibung der Luft-Kutschier-Maschinen ein, und bewies zuerst, daß es auf keine Weise sündlich sey, Versuche von der Art zu machen, wie wohl manche abergläubische Leute meinen mögten. Vielmehr diene die Erforschung der Natur und deren Kräfte zur Verherrlichung des Schöpfers »wie ich dies« fügte er hinzu »in meinen, nun bald im Drucke erscheinenden Predigten, zum öftern bewiesen habe.« Dies war der refrein, welchen er, in der gewöhnlichen Unterhaltung, jedem Satze, den er vortrug, anzuknüpfen pflegte. Er hatte nämlich eine Sammlung von sieben und fünfzig, schreibe 57 Stück Predigten fertig liegen, die er herauszugeben längst beschlossen hatte, und es gab wenig Gegenstände unter dem Monde und wenig Wahrheiten und Vermuthungen, über welche er nicht in diesen Kanzel-Reden Gelegenheit genommen hätte, seine unmaßgebliche Meinung zu sagen. Ehren Schottenius war in der That ein *aufgeklärter Geistlicher* — Es giebt böse Menschen, welche behaupten, das sey eine contradictio in adjecto, oder vielmehr, ein Prediger handle sehr inconsequent, wenn er die Aufklärung befördre; allein unser Herr Pastor wiederlegte durch sein Beyspiel diese Ketzerey. Nur müssen wir uns über den richtigen Begriff des Worts Aufklärung verstehn. Er war kein Mann, der das Gegentheil von dem glaubte und lehrte, als worauf er geschworen hatte und wofür er sich besolden ließ. Er nahm nicht das Lämpchen der Aufklärung in die Hand, um in dem Alterthums-Cabinette speculativer Raritäten und dogmatischer Geheimnisse aufzuräumen; sondern er verwaltete die ihm über diesen Schatz anvertrauete Aufsicht, nach Anweisung seiner Obern und so, wie die mehrsten Bibliothecare in und ausser Klöstern die Aufsicht über die Sammlungen seltner Handschriften zu führen pflegen; denn er bewahrte sie vor nagenden Mäusen und vor verbleichenden Sonnenstrahlen, rührte jedoch nicht anders daran, als wenn er an hohen Festtagen einmal den Staub davon abkehren musste, damit man doch den besuchenden Fremden zeigen könnte, daß sie noch da wären. Seine Aufklärung aber bestand darinn, daß er nicht alle andre menschlichen Kenntnisse auf den einzigen Stamm der Orthodoxie propfen wollte, sondern mit Vergnügen von neuen Entdeckungen in allen Gebiethen der Wissenschaften und Künste reden hörte, ohne sich darum zu kümmern, ob der Schlüssel dazu schon in den mosaischen Geschichtsbüchern zu finden wäre, oder nicht. Er empfahl in seinen Predigten, neben der reinsten christlichen Moral, eine edle Wißbegierde und Empfänglichkeit für alles nützliche Gute und rief oft mit Paulus aus: »prüfet alles, und das Gute behaltet!« Diese vernünftige Stimmung hatte er dadurch erlangt, daß er einige Jahre in dem Hause eines Edelmannes in Halberstadt als Kinderlehrer zugebracht und dort Gelegenheit gehabt hatte, mit Männern von großen Einsichten umzugehn. Freylich hatte er sich nachher auf dem Lande wieder, wie man zu sagen pflegt, ein wenig verlegen; aber immer noch unterschied er sich vortheilhaft unter seinen Amtsbrüdern weit umher. Allein die innere Überzeugung dieses Vorzugs gab ihm auch wohl zuweilen eine etwas zu hohe Meinung von sich selber, so daß er niemand lieber reden hörte, als den Pastor Schottenius; und man hätte versucht werden mögen, zu glauben, er habe nur den, seinem Stande sonst vorgeworfnen *geistlichen* Hochmuth gegen eine Art von *gelehrtem* Stolze vertauscht. Diese Meinung könnte uns nun bewegen, einige scharfsinnige Bemerkungen über die Quellen mancher menschlichen Tugenden zu machen. Wir würden dann zum Beyspiel finden, daß, wenn mancher große Mann durch seine Popularität und Herablassung gegen kleine Leute sich beliebt macht, er eigentlich nur deswegen sich so wenig herausnimt, damit er die überwiegende Stimme des Volks vor sich gewinne; daß also seine Ruhmsucht sich hinter dieser angenommenen Demuth versteckt, oder daß er stolz genug ist, zu glauben, er könne sich nie etwas vergeben durch Herablassung gegen Leute, denen es nicht einfallen dürfte, mit ihm verglichen zu werden; wir würden ferner finden, daß man einen bescheidnen Gelehrten nicht ärger anführen kann, als wenn man ihm nicht lebhaft genug wiederspricht, sobald er von dem geringen Werthe seiner Schriften redet; wir würden endlich finden, daß mancher Edelmann nur deswegen der Abschaffung des Adels, womit man in Frankreich den Anfang gemacht hat, das Wort redet, weil er sich bewusst zu seyn meint, seine unleugbaren innern Verdienste würden ihn noch immer über Andre erheben, wenn auch alle äussere Rücksichten von Stand und Geburt wegfielen. Allein wir, der Autor, haben uns nun einmal vorgenommen, die scharfsinnigen Bemerkungen in unserm Büchlein eben nicht zu häufen, sondern dieselben dem geehrten Leser selber zu überlassen, so sehr wir auch ratione honorarii dabey gewinnen könnten. Also fahren wir in der Erzählung dessen fort, was in des Herrn Amtmanns Waumann Hause in Biesterberg vorgieng.

Hier war es nämlich, wo die drey Herrn, welche wir redend eingeführt haben, am 6ten August 1788, Nachmittags, mit einem geselligen Pfeifchen im Munde, versammelt saßen und die eben angekommnen Zeitungsblätter durchliefen. Folgender Artickel veranlasste das obige Gespräch: »*Braunschweig, den 2ten August,* 1788 den zehnten dieses Monats wird der berühmte Luftschiffer, Herr Blanchard, mit einem großen und schönen Ballon aus unsrer Stadt in die Höhe fahren. Der Zusammenfluß der Fremden, welche dieses bewundernswürdige Schauspiel herbeylockt, wird an diesem Tage ausserordentlich seyn, indem schon jetzt in denen, mit Meßleuten angefüllten Gasthöfen fast kein Zimmer mehr leer ist.«

Nachdem der Pastor Schottenius nun deutlich auseinandergesetzt hatte, was für eine Bewandniß es mit solchen Luft-Fuhrwerken habe, erschallte aus einer Ecke des Zimmers eine Stimme, welche rief: »o Papa! lassen Sie uns doch hinreisen nach Braunschweig und das Ding mit ansehn!« Diese Stimme kam von sonst niemand, als dem jungen Herrn Valentin Waumann, dem eheleiblichen Sohne des Herrn Amtmanns her. Dieser liebenswürdige Jüngling hatte damals sein Alter gebracht auf circa drey und zwanzig Jahre, war ein breitschultriger Junggeselle, in der christlichen Religion auferzogen und nachher der edeln Landwirthschaft zugethan und gewidmet, welcher er sich auch so eifrig ergab, daß sein Herr Vater die Absicht hegte, ihm ein benachbartes Vorwerk, das er mit gepachtet hatte, nebst dem Inventario an Kühen, Schweinen, Pferden, instrumentis rusticis und einer für ihn ausgesuchten Gattinn, nächstens zu übergeben. Musjö Valentin war nie über die Gränzen des Amts Biesterberg hinausgekommen, obgleich der Amtmann oft versprochen hatte, einmal, bevor der junge Herr sich in den Stand der heiligen Ehe begäbe, mit ihm eine Fahrt von einigen Tagereisen zu machen, um in Hildesheim, Braunschweig, Hannover und andern schönen Städten in der Nachbarschaft, die Welt mit ihren Merkwürdigkeiten zu sehn. Als der junge Herr nun, wie gesagt, in der Ecke saß, wo er sich beschäftigte, neue Kerbhölzer für die Dienstleute zu schnitzeln und er dort von den Zeichen und Wundern hörte, welche in Braunschweig in wenig Tagen geschehn sollten, erinnerte er seinen Papa an das Versprechen der Reise. Die Frau Amtmanninn, deren Liebling dies einzige Söhnchen war, unterstützte sein Gesuch; und so wurde dann kurz und gut beschlossen, am nächstkünftigen Sonnabende, als dem Tage vor der großen Luft-Begebenheit, die Reise, nach Braunschweig, geliebt' es Gott, zu unternehmen.

»Potz Element« rief der Förster aus »Herr Amtmann! da reise ich mit; ja! so thue ich, und von da fahre ich auf dem Rückwege die Paar Meilen weiter über Goßlar, wo ich doch hin muß, um meine Grete aus der Penschon abzuholen. Sie verstehen mir Herr Amtmann! und darüber wird den Musche Valentin auch nicht böse werden, denk ich so, ha, ha! Und unser Herr Pastor muß auch mit, und muß uns seine halbe Schäse thun, denn weil ich sonst mant immer reite; so habe ich keine eigne Carrethe, und so aber, so fahren wir in zwey Kutschen; und was der Herr Pastor verzehrt, das bezahle ich, ja! das thue ich.«

Ehren Schottenius war leicht zu bereden, diesen Vorschlag anzunehmen; der Candidat Krebs aus Möllenthal hatte sich ohnehin die Erlaubniß erbeten, am nächsten Sonntage in Biesterberg predigen zu dürfen, und ausser dem Vergnügen der Reise gab diese kostenfreye Luftfahrt dem Pastor noch Gelegenheit, einen längst gehegten Vorsatz auszuführen, nämlich den, sich in Braunschweig nach einem Verleger für seine sieben und fünfzig Predigten umzusehn. Es kam nur noch auf eine Kleinigkeit an, auf die Einwilligung der Frau Pastorinn; da indessen Diese selbst gegenwärtig war und, neben der Frau Amtmanninn sitzend, eben die fünfte Tasse Caffee, auf vielfältiges Bitten, sich hatte wohlschmecken lassen; ließ sich die Sache bald auf's Reine bringen. »Ja! was meinst Du zu dem Vorschlage, mein Schatz;« sprach der Pastor und sah nach den kleinen schwarzen Aeuglein seiner

Gebietherinn, ob sie zürnten, oder lächelten. »I nun; da Du mit so guter Gelegenheit umsonst hinkömmst; warum nicht?« — So war's denn richtig; alles wurde gehörig verabredet, und bald nachher trennte sich die Gesellschaft.

Zweytes Capitel.

Die Abentheuer des ersten Tages, auf der Reise.

Die liebe Sonne hatte am Neunten des Augusts kaum den ersten Blick in das enge Thal geworfen, in welchem an eine kleine Anhöhe gelehnt, das Dorf Biesterberg mit seinen schönen Amtsgebäuden, lag; die Hähne auf den Bauerhöfen weckten nun krähend ihre Damen aus dem Schlafe; der Schulmeister stand, im Camisol ohne Ermeln, unten im Thurm und zog gähnend die Betglocke; die Knechte schlichen schwerfällig aus den Ställen hervor und klopften die Lünzen an den Erndte-Wagen zurecht; die Hirten bliesen in ihr Horn und gaben durch Klatschen das Zeichen, worauf die Mägde, mit bloßen Beinen und mit aufgeraften Reisern in den Händen, das Vieh von den Höfen hinunter trieben — da war schon im Amthause, auf dem Pfarrhofe und in des Försters Wohnung alles auf den Beinen. Des Herrn Amtmanns ehrwürdiger Reisewagen stand geschmiert und bepackt vor der Thür; der Gärtner Caspar bürstete an dem gelben geblümten Plüsche, womit er ausgeschlagen war, und die Haushälterinn steckte Butterbröde und eine gebratne Rehkeule in die Seiten-Tasche. Oben an dem Fenster des Eckzimmers stand der alte Herr, reisefertig angekleidet, in Stiefeln mit Stiefel-Manschetten, und umgürtet mit einem Hirschfänger; Musjö Valentin war unter den Händen seiner Mutter, die ihm die schwarze Halskrause umband, und die blaue mohrne Weste, welche zu enge geworden war, hinten aufschnitt. Er sah stattlich aus, der junge Herr, in seinem perlfarbnen Rocke; die Haare weiß eingepudert, hinten in einen langen dünnen Zopf gebunden. »Spann an, Conrad!« rief dann der Amtmann zum Fenster hinaus seinem Kutscher zu, der schon in der grauen Livree mit grünem Kragen, worauf eine silberne Tresse prangte, um die Kutsche herumgieng. »Spann an! aber ich wette, an dem Pastor liegt es wieder; der wird zu lange geschlafen haben.« — Ungerechte Beschuldigung! Ehren Schottenius gieng schon seit länger als einer Stunde, vom Kopfe bis zu den Füßen schwarz und vollständig angekleidet, bis auf die Perücke nach, die er noch nicht gegen die weisse Nachtmütze vertauscht hatte, mit einer Pfeife Tabac vor seinem Hause auf und nieder; Vor seiner, in der That sehr demüthigen grünen halben Chaise, die mit einem Rücksitze versehn war, standen schon die vom Förster geschickten Nachbars-Pferde angespannt. Nun kam auch Dieser, nachdem er seinen Schnapps genommen hatte, herbey; die geistliche Perücke wurde aufgesetzt, der blaue Ueberrock angezogen: man gieng nach dem Amthause; das wackelnde Fuhrwerk folgte nach und rasselte auf dem Steinpflaster; alles im Dorfe kam an die Fenster. Im Amtshofe waren indessen die vier schwarzbraunen Wallachen angeschirrt worden — Man nahm Abschied, stieg ein, »Nun fahrt zu, in Gottes Namen!« rief der Pastor; Man ließ ihn mit dem Förster in ihrem Fuhrwerke voraus; und so gieng es denn auf dem Wege nach Hildesheim fort.

Unter den Eigenschaften, durch welche man sich in dieser Welt beliebt und geachtet machen kann, behauptet die, ein angenehmer, muntrer Gesellschafter zu seyn, keinen geringen Platz. Sie wird sogar oft höher geschätzt, als manche ächte Tugend, oder ersetzt wenigstens den Mangel derselben. Nirgends aber ist man mit angenehmer Unterhaltung und muntrer Laune willkommner, als auf Reisen, seinen Gefährten. Nun aber besaßen die vier Personen, welche wir so eben des Wegs nach Hildesheim zu spedirt haben, von jener geselligen Eigenschaft herzlich wenig; daher war denn auch die Unterhaltung in den anderthalb Kutschen so eintönig, daß ich mich ausser Stand sehe, etwas daraus mitzutheilen, das den Leser interessieren könnte. Der Förster klagte darüber, daß die Taschen seines geistlichen Nachbars zu dick wären, und daß dies ihm den Raum beengte. Unrecht hatte er nicht; denn in der linken Ueberrocks-Tasche war von der Frau Pastorinn die mitzunehmende reine Wäsche auf einige Tage gesteckt worden, und in der anderen wohnte das Manuscript der bewussten Predigten. Der Förster ruhete daher nicht eher, als bis die Taschen ausgeleert und die darinn beherbergten Sachen in den Sitz-Kasten gelegt waren. Hierauf setzte er sich in eine Lage, die wenigstens für ihn bequemer, als für seinen Nachbar war (aber er bezahlte ja auch für Diesen) und fieng dann an, den einschläfernden Würkungen des genossenen Schnapses nachzugeben, wobey er, so oft der Wagen einen Stoß bekam, mit seinem sinkenden Haupte in die Perücke des geduldigen Pastors gerieth, der dies Ungemach, bey dem Genusse eines Pfeifchens und allerley Meditationen, ohne Murren ertrug. In dem zweyten Wagen las der Herr Amtmann seinem Sohne Collegia über den Zustand der Felder, durch welche sie fuhren, wusste alle Dörfer, von welchen man in einiger Entfernung die Thurmspitzen wahrnahm, mit Namen zu nennen; und Musjö Valentin, der indeß die Witterung von den Butterbröden und dem Braten bekommen hatte, zog sein Taschenmesser hervor, fieng an, sich vorzulegen, und antwortete seinem Vater nur einsylbig und mit vollen Backen.

So gieng die Zeit hin, bis gegen Mittag, da die Gesellschaft in ein Dorf, eine Meile von Hildesheim kam, wo man dann Anstalt machte, Pferde und Menschen mit einem ordentlichen Futter zu versehn, weil man da wohlfeiler zu zehren hoffte, als in der bischöflichen Residenz. Man fragte die Wirthinn, was sie auf den Tisch liefern könnte und bekam Anweisung auf eine Bier-Suppe und ein großes Stück frisch gekochtes Pöckel-Fleisch; Der Herr Amtmann aber vergrößerte diesen Küchenzettel durch Bestellung eines dicken Pfannekuchens. Indeß nun zu diesem Letztern Anstalt gemacht wurde, worüber wohl eine Stunde verstrich, weil die

Pfanne nicht sogleich zu finden war, indem der Knecht dieselbe gebraucht hatte, um darinn einen warmen Umschlag für eines der Pferde zu bereiten, entstand in der Schlafkammer des Wirths ein fürchterlicher Lerm und Zank. Der Herr Pastor glaubte Beruf zu haben, zu versuchen, ob er hier nicht das Amt eines Friedenstifters übernehmen könnte, und gieng in das Zimmer. Er fand den Hausherrn äußerst ergrimmt über sein Eheweib, welches, um das geräucherte Rindfleisch, das den angekommenen Gästen vorgesetzt werden sollte, warm zu halten, ihres Mannesledernes Beinkleid darüber gedeckt hatte. Er hatte es eben anziehn wollen und nun fand er es ausgespannt und rauchend.

Man kann sich leicht vorstellen, daß alle diese Zubereitungen zu dem bestellten Gastmahle unsern Reisenden nicht viel Appetit erweckten. Sobald daher die Rosse gefüttert waren, ließ man wieder anspannen, und die Gesellschaft fuhr fort nach Hildesheim, wo sie in dem berühmten Gasthofe des Herrn Lauenstein abtrat, den sie im Schlafrocke, eine Pfeife in der Hand und eine graue Mütze auf dem Haupte, im Vorplatze spatzierend antrafen. Da man noch zeitig genug zu dem, auf folgenden Nachmittag angekündigten großen aerostatischen Schauspiele in Braunschweig seyn konnte, wenn man Sonntags früh aus Hildesheim fuhr, und das Mittags-Essen in Peina einnahm; so beschloß man, bis zum andern Morgen in jener merkwürdigen Stadt zu verziehn; Die Pferde wurden zurückgeschickt, weil sie in der Erndte nöthig waren, und man bestellte sich Postpferde.

Ein teutscher Original-Roman und ein teutsches Original-Schauspiel sind sehr geschmacklos, wenn nicht darinn von Mahlzeiten die Rede ist, und je weniger oft der Autor selbst zu verzehren hat, desto herrlicher lässt er die Personen seiner Schöpfung speisen und tränken. Ich hoffe daher, meine Leser werden mir's nicht ungnädig aufnehmen, daß ich mit unter sehr viel von den Magen-Angelegenheiten meiner Reisenden rede. Wir wollen ihnen nun noch in Hildesheim etwas Gebacknes zum Caffee reichen lassen, um sie für die schlechte Mittags-Tafel zu entschädigen, und dann mögen sie es aushalten, bis zum Abende, und sich unterdessen ein wenig in der Stadt umsehn. Würklich thaten sie das, giengen in den Dom, und von da in andre Kirchen und Klöster, begafften die Häuser, die ihrer Meinung nach schön gebaut waren, deuteten mit den Fingern auf alles, was ihnen merkwürdig vorkam, zogen vor jedem wohl gekleideten Manne die Hüte ab, und blieben voll Verwundrung stehn und sahen hinterdrein, wenn ihnen ein schmutziger Capuziner oder ein andrer Mönch begegnete.

Ermüdet von dem ungewohnten städtischen Steinpflaster, kehrten sie zurück in das Wirthshaus und traten in das allgemeine Gastzimmer, dessen Fenster nach dem Hofe hinausgehen. Der Herr Amtmann forderte eine Bouteille Bier und Pfeifen; aber kaum hatten sie die Thür geöfnet, als ihnen ein so fürchterlicher Lerm entgegen tobte, daß sie zurückprallten und gar nicht den Muth gehabt haben würden, einzutreten, wenn ihnen nicht ein Mann mit einer Baßstimme zugerufen hätte: »Nur näher, Messiöß! es ist halt eine kleine Probe; Wenn Sie beywohnen wollen, viel Ehre! Sie mögen unser Publicum vorstellen; Setzen Sie Sich da hinter den Tisch!« Der Mann war ein kleiner, dicker Knirps von etwa fünfzig Jahren, dunkelbraunen Angesichts, mit rollenden, etwas roth gefütterten Augen und ganz dünnen schwarzen Haaren. Er trug einen hellgrünen Rock, jetzt zum Frack eingerichtet, doch also, daß man noch an den verschiednen Nuancen der Farbe sehn konnte, wie er sich schon oft nach den Launen der Mode hatte hudeln lassen müssen, und wie er zuweilen mit langen, zuweilen mit kurzen Schößen, dann mit großen, und dann wieder mit kleinen Aufschlägen war versehn worden. Jetzt war er mit etwas geziert, das man einst am Hofe des Herzogs von Würtenberg und nachher, so oft es auf andern Kleidern gesessen eine aufgeheftete Stickerey, tour appliquée genannt hatte. Unsre Gäste waren durch das Geräusch, welches in dem Zimmer herrschte, worinn sich, ausser dem kleinen Herrn, noch viel Personen beyderley Geschlechts befanden, und durch einen fremden Anblick so betäubt, daß sie sich nur gleich auf die, ihnen angewiesenen

Plätze hinsetzten, da dann der Dialog unter allen gegenwärtigen Menschen folgendermaßen fortgieng.

Ein ziemlich altes Frauenzimmer. Ein Verbrechen! und mein Gewissen schweigt? und befiehlt mir zu beharren? Was ist ein Staatsverbrechen?

Der alte Herr. Wenn Du »mein Gewissen« sagst, musst Du den Zeigefinger auf die Herzgrube legen, aber nicht zu tief, sonst zeigt es den Magen an. Ich weiß nicht, Ihr Leute habt noch immer keinen Begriff von ächter Gesticulation. Nun wird geläutet; Wer läutet?

Ein junger Mensch. Ich! *(Er nimt ein Bierglas vom Tisch und schlägt mit der Tabacspfeife daran.)*

Ein Andrer. Was läutet man?

Die Frau. Es ist Mittag.

Der Förster. *(vor sich.)* Es mag den Teufel seyn! Es ist, meiner Six! bald sieben Uhr.

Der Andre. Diese Glocke läutet Euch kein gutes Zeichen.

Die Frau. *(ängstlich.)* Ich ahne es; ich weiß es; mir wird so bange — Albrecht.

Der dicke Herr. Lauter! lauter!

Die Frau. *(brüllt.)* Albrecht! und Du verliessest mich!

Der dicke Herr. Bravo!

Musjö Valentin. *(leise.)* Papa! die Menschen sind toll; Lassen Sie uns machen, daß wir fortkommen!

Der Amtmann. *(leise.)* Herr Pastor! was bedeutet das?

Der Pastor. *(leise zum Amtmanne.)* Ich glaube, es sind Mimi, Histriones, Commödianten-Volk

Der Andre. Entschliesset Euch!

Die Frau. Ich bin ja entschlossen; hab' Euch ja oft gesagt; Hab' nie gewankt.

Der dicke Herr. Nun kömmt der neunte Auftritt.

Ein Dritter. *(tritt hervor.)* Es ist Zeit!

Der Andre. Hört Ihr's?

Die Frau. Gott, was soll mir geschehn? — Wo ist Zenger? — o Albrecht!

Der Dritte. Soll ich?

Der Andre. Ja!

Ein Vierter. *(kömmt hinter dem Ofen hervor.)* Herr Kanzler! Wisst Ihr, wie Schurken und Verräthern mitgefahren wird?

Valentin. *(leise.)* Papa! Sie schimpfen.

Der Andre. Wozu diese Frage?

Der Vierte. Weil Ihr's an Euch selbst bald erfahren sollt. Folgt mir, gnädige Frau!

Der Amtmann. *(leise.)* Es ist eine von der Noblesse.

Der dicke Herr. *(rüttelt den auf dem Schenktische stehenden Messer-Korb und trommelt auf dem Tische.)* Das war das Waffengetöse und Trommeln; Nun spricht Tuchsenhauser.

Der Andre. Verwegner! Agnes soll da bleiben, auf des Herzogs Befehl.

Der Amtmann. Excusiren Sie; hier hat niemand zu befehlen, als der Fürst Bischoff.

Der Vierte. *(zieht ein Messer hervor.)* Verräther! Das gilt mehr, als Dein Herzog. *(Will die Frau fortreissen.)*

Der dicke Herr. Bravo! *(Er giebt ein Zeichen, durch Klopfen an der Thür; Mit einmal stürzen der Hausknecht, ein Taglöhner und noch einige Andre, mit Knütteln bewafnet, herein; Es kömmt zum Kampfe.)*

Der Förster. *(der, als ein reitender Förster, nie anders, als mit Stiefeln und Sporn und bewafnet mit einer Peitsche erschien.)* Nein! das ist zu arg. Willst loslassen Du Sackermenter! Ist das erlaubt, über ein Weibsmensch herzufallen?

Und nun fuhr der Förster hinter dem Tische hervor und — Freylich konnte der gute Mann, der in seinem Leben kein ordentliches Schauspiel gesehn hatte, nicht wohl wissen, daß, was er da hörte, eine Stelle aus dem großen Original-Trauerspiele *Agnes Bernauer* (oder unteutsch zu reden: *Bernauerinn*) war. Der reisende Schauspiel-Director, Herr Stenge war nämlich mit seiner zusammengeraften Gesellschaft Tages zuvor in Hildesheim angekommen, woselbst er die Erlaubniß erhalten hatte, zum Besten der Moralität und zur Beförderung des guten Geschmacks, so lange Vorstellungen von unsern National-Meisterstücken zu geben, bis die ehrlichen Bürger und Handwerksleute nichts mehr zu versetzen haben würden, um vierzehn Vagabonden zu füttern. Bessere Schauspieler-Gesellschaften hatten ihr Auskommen in Hildesheim nicht gefunden; und so war dann doch zu hoffen, daß Mädchen und Jünglinge in romanhafter, schwärmerischer Stimmung und den Künsten der edlen Buhlerey wenigstens nicht ganz hinter der Jugend andrer Städte zurückbleiben würden. Des Herrn Stenge sogenannte Schauspieler-Gesellschaft hatte übrigens noch das eigne Verdienst, daß sie eine wahre Mustercharte von allen deutschen Provincial-Dialecten war; doch führten die mehrsten Mitglieder die sanfte bayerische Mundart. Da das Brauhaus, worinn der Schauplatz errichtet werden sollte, noch nicht in Ordnung war, und man am Montage das eben genannte Trauerspiel mit allen Pomp geben wollte; hatte der Directeur, welcher mit seiner, leider! schon ein wenig bejahrten Frau Liebsten, in dem Gasthofe des Herrn Lauenstein sein Quartier genommen hatte, einen Theil seiner Gesellschaft zu sich bestellt, um einige Scenen aus dem vierten Acte zu probiren. Es war nicht möglich, alles so vollkommen und täuschend darzustellen, als es am Montage auf der Bühne erscheinen sollte; denn da waren die edle Schuster- und die Schneider-Zunft und einige Perückenmacher eingeladen worden, die Personen des Magistrats von Straubingen, der Fürsten und Ritter auf dem Thurniere, der Richter, Knechte, Wachen u. d. gl. vorzustellen, welche Rollen sonst in Berlin und andern Städten wohl mit Musketieren besetzt zu werden pflegen. Heute hatte man den Hausknecht und ein Paar andre Lümmel, die grade im Hause waren, abgerichtet, auf ein zu gebendes Zeichen in das Zimmer zu stürzen, wenn *Tore* mit den Kriegsknechten erscheinen musste. Dem Förster war das Ding zu bunt; Er verstand es nicht, worüber der Streit herkam; als man aber über die ältliche Dame, welche Agnes vorstellte, herfiel, hielt er's für Pflicht, der schwächern Parthey beyzustehn — Also fuhr er, wie wir schon gesagt haben, hinter dem Tische hervor und arbeitete mit seiner

Peitsche auf die Kriegsknechte los. Der dicke Herr Stenge hielt den Mann im grünen Rocke für einen Spaßvogel, der den Kampf täuschender darzustellen suchte, und rief einmal über das andre aus: bravo! bravo! Aber nicht also der Hausknecht und Consorten. Man hatte ihnen, als man sie zu dieser Vorstellung instruirte, nicht gesagt, daß sie ernstlich Schläge bekommen sollten. Da die Sache nun diese Wendung nahm, gefiel ihnen das sehr übel; und weil doch Jeder sich gern seiner Haut wehrt, wenn er kann; blieben sie unserm armen Dornbusch nichts schuldig. Wenn es aber nach dem vortreflichen alten Spruche, ein Trost ist, Gefährten im Unglücke zu haben; so wurde dieser Trost auch dem Förster zu Theil; denn als die Kriegsknechte glaubten, der Grünrock gehöre mit zu der Parthey Derer, welche sie anzugreifen befehligt waren, und er die Sache so ernstlich behandelte; meinten sie auch ein Recht zu haben, sich wegen der empfangnen Hiebe an den Uebrigen zu rächen. In Kurzem war daher die ganze Gesellschaft in zwey Partheyen getheilt; Hier tummelten sich Zwey auf der Erde herum; dort hatte sich ein Paar in die Haare gefaßt; Agnes Bernauer vergaß die Ohnmacht, die in ihrer Rolle stand und schrie laut; ihr Gatte, der Principal, versuchte es, die Kämpfer aus einander zu reissen, indeß der Pastor, der Amtmann und sein Sohn kläglich und ängstlich um Hülfe riefen. Endlich hörte Herr Laustein, der Wirth, daß der Lerm größer war, als zu einer bloßen Probe unumgänglich nöthig schien. Er kam also mit seinen übrigen Hausgenossen herbey. Es wurde ein Waffen-Stillstand gemacht; dann kam es zu Erläuterungen; der Principal versicherte: er freue sich, bey dieser Gelegenheit die Bekanntschaft des Herrn Försters Dornbusch und seiner Gefährten gemacht zu haben, und Dieser schloß mit der Sentenz: »Der Teufel hole solche Commödien !«

Indessen versäumte Herr Stenge nichts, sobald die übrigen Schauspieler, die nicht in demselben Hause wohnten, fort waren, die gute Meinung der Männer aus Biesterberg vor sich zu gewinnen. Er konnte gar nicht aufhören, seine Betrübniß über das unangenehme Misverständniß zu erkennen zu geben; Er kramte dabey so viel herrliche, aus Dramen und Trauerspielen zusammengeflickte Grundsätze aus, sprach so eifrig von den Anstalten, die er getroffen hätte, um unter den Mitgliedern seiner Gesellschaft die strengste Sittlichkeit zu erhalten, und von seinen Beeiferungen, durch gute Auswahl der aufzuführenden Stücke, Wärme für Tugend und Religion zu verbreiten, daß selbst Ehren Schottenius sich geneigt fühlte, den Herrn Stenge und die Frau Gemahlinn für sehr vortrefliche Personen zu halten. An der Abend-Tafel, bey welche der Herr Amtmann Waumann unter andern ein Paar mitgenommner Flaschen voll alten Franzweins producirte, der im vorigen Jahre in Bremen war componirt worden, öfneten sich nun vollends die Gemüther; und als unsre Reisende, nicht gewöhnt, länger als bis zehn Uhr ausser Bette zu bleiben, in die ihnen angewiesenen Zimmer giengen, indeß Herr Stenge noch unten blieb, schieden sie Alle mit Händeschütteln und viel verbindlichen Aeusserungen von einander.

Drittes Capitel.

Der zweyte Tag fängt mit einem neuen Sturme an.
Fortsetzung der Reise, bis Peina.

Es war vier Uhr des Morgens, und noch lag in der bischöflichen Residenz alles, Mann, Weib und Kind, in tiefer Stille versunken; die gnädigen und hochwürdigen Domherrn ruheten aus in den Armen — des Schlafs von erhabnen Meditationen, und sammelten neue Stärke zu — ihrem Leben, voll frommer Aufopferung; Mönch und Nonne, versteht sich, jede einzeln, weideten ihren, aus dem ertödteten Fleische zum Himmel emporstrebenden Geist in den seligen Gefilden des Paradieses, und der ehrliche Bürgersmann schlief sanft, um Kräfte zu sammeln, zu seinen, nicht so einträglichen, aber doch nicht minder nützlichen Geschäften — Da quälte den Amtmann Waumann ein fürchterlicher Traum, wie er noch keinen je geträumt hatte. Wir, der Autor, könnten diesen Traum des Breitern hier erzählen und füglich einen halben Bogen damit anfüllen — sind doch schon manche Bände in allen Formaten geschrieben, die nichts als Träume enthalten! — allein diesmal wollen wir uns begnügen, zu sagen, daß dieses Traums Haupt-Gegenstand der einzige waumannsche Leibes-Erbe, unser liebenswürdiger Valentin war, und zwar in dem Augenblicke der größten Gefahr, darinn eine fromme Christen-Seele nur schweben kann, nämlich in den Klauen des leidigen Satanas und seiner Großmutter. Es dünkte den Amtmann, das Winseln seines Eingebohrnen, abwechselnd mit dem Gebrülle des höllischen Schwefelpfuhl-Principals, zu vernehmen. Geschworen hätte er darauf, daß es kein bloßer Traum wäre, der vor seiner Phantasie schwebte — und nichts glich seinem Schrecken, als er sich nun wirklich gänzlich erwacht fühlte, den geliebten Sohn nicht mehr neben sich im Bette sah, wo er doch des Abends zuvor seinen Platz genommen hatte, sondern als die valentinschen Klagetöne in einiger Entfernung vornehmlich und unverkennbar zu seinen Ohren drangen: »Papa! Papa! ach! sie knebeln mich; sie thun mir den Tod an.« Der Amtmann sprang sogleich von seinem Lager auf, fuhr schnell in seine Beinkleider, ergriff den zweyschneidigen Hirschfänger und riß die Thür auf, durch welche seines Erben Geschrey gedrungen war.

Um die Leser, deren Ungeduld, wie wir, der Autor, das gar nicht anders vermuthen dürfen, aufs Höchste gespannt seyn wird, nicht länger aufzuhalten, wollen wir den ganzen traurigen Vorgang erzählen, der diese Scene des Schreckens veranlasste. In des hochgeehrten Herrn Lauensteins Gasthofe kömmt man, vermittelst einer kleinen Treppe, die, vermuthlich aus Mangel des gehörigen Lichts, ein wenig dunkel ist, zu einem, mit einem Alcoven versehenen Zimmer. Ueber demselben ist ein Appartement von ähnlicher Art, zu welchem man vermöge der Fortsetzung jener Treppe gelangt. Die übrigen Fremden-Zimmer liegen nach andern Seiten des Hauses hin, und in diese entlegne Wohnungen hatte man den Prediger und den Förster einquartiert. Der Theater-Principal war nebst Gattinn, wie bekannt, früher angekommen und hatte daher Besitz von dem untersten jener Alcoven-Zimmer genommen; dem Amtmanne und seinem Sohne hingegen war das im obersten Stockwerke angewiesen worden. Wir haben erzählt, daß die Gesellschaft aus Biesterberg Abends früher als die Priester der Thalia zu Bette giengen. Herr Stenge liebte, wie das zuweilen der Fall bey solchen Künstlern ist, die starken, begeisternden Getränke, und da sein Schutz-Patron, sanctus Apollo, ihm keinen Nectar lieferte; pflegte er sich bescheiden mit Kümmel-Aquavit oder dergleichen zu behelfen. Des Amtmanns alter Franzwein hatte seinen Durst vermehrt; Er ließ sich also noch Brandtewein vom Wirthe geben, schickte seine Frau zu Bette, nahm seine Rolle, als Kaiser Ernst in Agnes Bernauer, vor sich, fieng an trinkend zu studieren und studierend zu trinken; Nach und nach wurde sein kaiserliches Haupt schwerer; Ein kleines Geschäft, dem sich Monarchen und Bauern zu gewissen Zeiten nicht entziehn können, rief ihn in den Hof; Er taumelte irrend herum, gerieth endlich in einen leer stehenden Pferdestall, stolperte, fiel auf das Stroh hin — der Genius des Hauses Bayern wachte über ihn; er schlief sanft ein, sanfter, als sonst wohl Kaiser und Könige schlafen — Moral: *Man kann wohl je zuweilen auf Stroh sanfter, wie auf Eider-Daunen ruhn.*

Unterdessen hatten die Zauberkräfte der ungewohnten Stadt-Küche eine sonderbare Umwälzung (Revolution) in den Verdauungs-Werkzeugen des Musjö Valentin Waumann bewürkt; Er konnte nicht einschlafen, vor Kneipen und Reissen — Wie, wenn der Professor Aloisius Hoffmann in Wien, nach unweisem Genusse der gewürzten Speisen der Aufklärung, seinen, an Wasser-Suppen, Fastenspeisen und Klosterkost gewöhnten Magen in dem unsaubern heimlichen Gemache der Wiener Zeitschrift zu entladen sucht; so sehnte sich unser liebenswürdiger Jüngling nach einer ähnlichen Anstalt für seine Bedürfnisse. Er schlich weg von der Seite seines fest schlafenden Erzeugers, irrte im Hause umher, fand endlich das quasi hoffmannsche Institut, und kehrte, doch nicht verachtet und verspottet, wie der Professor, nach seiner Schlafstelle zurück. Allein unglücklicherweise gerieth er in das untre Zimmer, und weil dies vollkommen wie das obre eingerichtet war, wurde ihm sein Irrthum nicht merklich, sondern er ging dem Alcoven zu, legte sich behende neben — Madam Stenge hin, und schlief ein.

Also schlief er; die Dame schlief; der Herr Amtmann schlief; der Theater-Fürst schlief; folglich wurde bis zu der Morgenstunde niemand der Verwechselung gewahr. Dann aber waren die Dünste des gestrigen Rausches bey dem Herrn Stenge verflogen; Er erhob sich von seinem Lager, erstieg sein Zimmer und fand — was wir wissen.

Als der Amtmann den Schauplatz der Gewaltthätigkeit erreichte, hatte eben der Principal den einzigen waumannschen Erben mit einer Hand an der Gurgel ergriffen, indem er ihm mit der andern ein Taschen-Pistol auf die Brust hielt und dabey fürchterlich declamirte: »Räuber, Ehrenschänder!« rief er aus »Du sollst mir den Frevel theuer bezahlen. Und Du, unkeusches Weib! die Du mein Ehebette befleckest; hast Du vergessen, daß Dein Leben mein Werk ist, daß ich Dir alles aufopferte, daß ich hasse, wie ich liebe?* Was hindert mich, daß ich jeden Eurer Othemzüge in banges Seufzen, Euer verliebtes Girren in Heulen und Zähnklappern verwandle.« »Hat sich was zu klappern« rief der Förster, der indeß, wie alles, was sonst noch im Hause lebte und webte, herbeygekommen war, »Hat sich was zu klappern! das alte Mensch hat ja keinen Zahn mehr im Rachen. Und nun sage mir gleich. Du vermaledeyter Pritschmeister! was Dir der junge Mensch da gethan hat! Oder ist das wieder einer von Deinen Commödien-Späßen, wobey ehrliche Leute Schläge kriegen? Ich rathe Dir's, bleib uns mit Deinem Hocuspocus vom Leibe, oder Du sollst sehn, daß der Förster Dornbusch auch Commödie spielen kann.«

Weit entfernt, sich durch diese Drohungen schrecken zu lassen, erhob vielmehr Herr Stenge nur noch lauter seine Principal-Stimme. Von der andern Seite trat seine Eheliebste mit den heiligsten Betheurungen ihrer Unschuld hervor — Ein Gegenstand, den sie in dreyssig Jahren nicht Gelegenheit zu vertheydigen gefunden hatte! Sie schwor bey den Lichtern des Firmaments, sie habe fest geschlafen und gar nicht geahnet, daß ein Verführer den Platz ihres Mannes bey ihr eingenommen hätte. »Wodurch, schändlicher Bösewicht« schrie sie »habe ich Deine Frechheit ermuntert, daß Du einen so höllischen Anschlag auf meine Tugend wagen durftest?« — »Darum also« fiel ihr hier wieder Herr Stenge in die Rede »habt Ihr mich mit Euren betäubenden Geträn-

* Eine Stelle aus dem Duodrama Medea.

ken in einen Zustand versetzt, in welchem ich meiner Sinne nicht mächtig war?« — Kurz! Beyde spielten ihre Rollen so gut und der dicke Herr war ein zu alter Practicus, als daß er nicht auf den ersten Blick hätte wahrnehmen sollen, was für Vortheil sich aus dieser Verwirrung ziehn ließ. Der Amtmann und seine Gefährten standen in der That wie bezaubert da und wussten nicht, was sie anfangen sollten. Alles sprach gegen Musjö Valentin; das Factum war nicht zu leugnen; das Ehepaar drohete mit gerichtlicher Klage; der Wirth glaubte gleichfalls sein Haus beschimpft — Welch ein Aufsehn, wenn Herr Stenge die Gesellschaft in Verhaft nehmen ließ! Freylich würde sich die Sache vor Gericht aufgeklärt haben; aber der Schimpf — Und die Kutschen standen schon bespannt vor der Thür; Es war keine Zeit zu verliehren, wenn man des Herrn Blanchards Himmelfarth sehn wollte — Was sollte man also thun?

Von der ganzen Gesellschaft war unstreitig der Pastor Schottenius der Vernünftigste. Er merkte bald, daß dem Uebel durch einen Aderlaß, den der Herr Amtmann seinem Geldbeutel verordnen würde, abgeholfen werden konnte. Es bedurfte nicht viel Feinheit, um die Gauner-Familie zu bewegen, hiezu die Hände zu biethen. Mit einer Anweisung auf dreyssig Reichsthaler, die Herr Lauenstein, welcher den Beamten kannte, bezahlte, wurde die Sache in's Reine gebracht; unsre Freunde reisten ab, verschworen sich, ihr Lebenlang an Hildesheim zu denken, und kamen bald ohne weitern Unfall in Peina an.

Viertes Capitel.

Begebenheiten in Peina; Tisch-Gespräche. Kuchen, in des Pastors Unsterblichkeit gehüllt; Die Gesellschaft trennt sich.

Wir sehen es denen Damen und Herrn an, welche dieses unser, wie wir uns schmeicheln, sehr unterhaltende Werk lesen, daß sie, bey der Ueberschrift dieses Capitels, über die Tischgespräche die Köpfe schütteln. Sie mögten die Reisenden nun gern sogleich weiter fortgeschafft wissen, in der Hofnung, daß es da wieder allerley lustige Abentheuer absetzen würde; die Gespräche hingegen werden ihnen, wie sie fürchten, Langeweile machen. Allein Sie irren Sich gewaltig, wenn Sie glauben, daß wir, der Autor, uns darum bekümmern werden. Das müsste doch wahrlich mit andern Dingen zugehn, wenn man uns vorschreiben dürfte, auf welche Weise wir unsre Geschichte erzählen sollten, und wenn es uns verwehrt seyn dürfte, auch einmal unsre Personen mit einander über Gegenstände raisoniren zu lassen, über welche wir unsre Meinung zu sagen einen Trieb fühlen. Ist doch das die einzige schickliche Gelegenheit, die wir in diesem Buche finden können, unsre philosophischen und andern wissenschaftlichen Kenntnisse, die, ohne uns zu rühmen, nicht zu verachten sind, auszukramen!

Diesmal aber ist der Autor sehr unschuldig daran, daß seine Reisende[n] sich so lange in Peina aufhalten. Der Zufluß von Fremden, die aus allen Gegenden zu der blanchardschen Hannswursterey nach Braunschweig reisten, war so unbeschreiblich groß, daß nicht jedermann sogleich Postpferde erhalten konnte. Unsre Freunde aus Biesterberg waren unter der Anzahl Derer, die sich mussten vertrösten lassen, bis ein Paar Gespanne zurückgekommen seyn würden — Bey solchen Gelegenheiten pflegen dann auch vornehme Herrschaften schneller bedient zu werden, obgleich sie gewöhnlich nicht besser bezahlen, als Andre — Sie konnten noch von Glücke sagen: Ein Holländer, der viele Meilen Weges deswegen gereist war, musste sich gefallen lassen, statt des Herrn Blanchards Bekanntschaft, mit der des Herrn Postmeisters in Peina vorlieb zu nehmen; ihnen hingegen versprach man doch, sie zur rechten Zeit nach Braunschweig zu liefern. Und da sie nun einmal ein Paar Stunden in Peina aushalten müssen und sie da in einer großen Gesellschaft von andern Reisenden an der Mittags-Tafel sitzen, muß ich doch entweder erzählen, was sie gegessen, oder was sie gesprochen haben. Das Erste würde sehr kurz zusammen zu fassen seyn, wie Jeder weiß, der einmal im Posthause in Peina getafelt hat; folglich, es hilft nichts dafür, werde ich nicht umhinkönnen, mit den Tischgesprächen aufzuwarten.

Des Herrn Amtmanns respectabler Bauch und sein mit Gold eingefasster blauer Rock hatten ihm, vermöge einer stillschweigenden Convention, den obersten Platz am Tische verschaft; Musjö Valentin ließ sich gleich neben ihm nieder, band die Serviette um den Hals und grinzte freundlich in die Suppen-Schale. Dem Vater zur andern Seite saß, in sehr zierlicher Reise-Kleidung, ein Mann mit einer Protections-Mine, den unsre Freunde so obenhin für einen Regierungs-Hof- oder Cammerrath hielten. Hierneben nahm der Förster Platz; dabey der Pastor. Mit cavaliersmäßigem, leichten Anstande warf sich dann ein junger Herr auf den nächsten Stuhl, trillerte, mezza voce, das Fragment eines kleinen Liedes, und rümpfte die Nase über die, wie es schien, ihm zu gemeine Kost. Der Rest der Gesellschaft bestand aus unbedeutenden Personen, die kein Wort redeten, als wenn sie Wein forderten und sich durch nichts als ihren vortreflichen Appetit bemerklich machten.

Der Amtmann. Nach Ihnen, mein hochgeehrtester Herr!

Der wichtige Mann. Ohne Umstände! Ich bin nicht für Complimente. Apropos! wie fällt in ihren Gegenden die Erndte aus? Sie haben wohl selbst Landhaushalt?

Der Amtmann. Ich habe die Ehre als Amtmann in Seiner **** Diensten zu stehn und habe eine große Pachtung. Ey nun! mit der diesjährigen Erndte ist es —

Der wichtige Mann. Große Pachtung? Das höre ich immer ungern. Freylich werdet Ihr Herren reich dabey — lauter kleine Fürsten! Aber das Land, das Land!

Der junge Herr. *(zu dem Pastor.)* Wie heisst der beste, große Gasthof in Braunschweig?

Pastor. Excusiren Sie! Ich kann nicht dienen. Es ist das erstemal, daß ich mit den —

Förster. Ich logiere mant immer im goldnen Engel; Da ist gute Wartung für Menschen und Vieh.

Einer von den Andern. Meine Herrn! ich nehme mir die Ehre, auf gutes Wohlseyn!

Alle Danke ergebenst! Obligirt! Gleichfalls!

Der wichtige Mann. Bey unserm Collegio sind wir jetzt darüber aus, die Aemter zu vereinzeln und die Ländereyen an Bauern auszuthun. Wir sehen den Nutzen davon ein; Wir wollen den Profit mehrern Familien gönnen; Wir haben darüber jetzt gewisse Grundsätze angenommen, wobey unser Land besser fahren wird.

Der junge Herr. Mich soll wundern, wie man mich in Braunschweig behandeln wird; Ich finde viel Bekannte da — Und ob ich den Herzog verändert finde — Der Kaiser wird es kaum glauben, wenn ich ihm bey meiner Rückkunft sage, wie weit man noch in Hannover zurück ist. (Unsere Freunde machten große Augen.) Sind Sie ein Liebhaber von Music, Herr Pastor?

Pastor. Ich habe ehemals ein wenig Harfe gespielt und gesungen; aber die Amts-Geschäfte lassen mir jetzt wenig Muße zum bloßen Zeitvertreibe übrig.

Der junge Herr. Zeitvertreib? Ich bitte Sie! Kann etwas edler seyn, als die Tonkunst? Was würkt mehr auf Herz und Empfindungen; Kann ein Mensch ein gutes Gemüth haben und kein Freund von Music, und kann ein großer Musiker wohl je ein Bösewicht seyn? An dem Vortrage eines einzigen Adagio will ich hören, ob ein Virtuose edler Gefühle fähig ist, oder nicht.

Pastor. Erlauben Sie, mein Herr! Ich habe das ehemals auch wohl gedacht, habe mich aber nachher überzeugt, daß das alles nur ein Werk mechanischer Uebung ist. Weich macht die Music, das ist gewiß; aber nicht jede sanfte, wollüstige Empfindung ist darum Empfindung edler Art. Die Music hat keine bestimmte Sprache; sie regt luxuriöse Gefühle auf, ohne ihnen eine geordnete Richtung zu geben. Das Herz wird dadurch empfänglich, hier zum Wohlwollen, zur Freundschaft, dort zur Sinnlichkeit und zu grober Wollust. Die Menschen sind sehr geneigt, verschiedne Begriffe zu verwechseln, die man mit denselben Worten ausdrückt. Wir sagen von einem sanguinischen Weichlinge, der über Romanen-Helden Thränen vergiesst: er habe Gefühl, und dasselbe sagen wir von dem Manne, dessen Herz sich für große Gegenstände warm und thätig interessirt; allein vergessen wir nicht, daß Jener darum doch ein Erz-Schurke seyn könne; der wahrhaftig tugendhafte, zu erhabnen Thaten und großmüthigen Aufopferungen fähige Mann hingegen sich durch die Gewalt seiner Vernunft über die Leidenschaften auszeichnen müsse! Kurz! die Tugend besteht nicht in dunkeln Gefühlen, wie ich dies in einer Predigt, die bald im Drucke erscheinen wird, weitläuftig auseinandergesetzt habe. Was ich eben behauptete, wird ja auch durch die Erfahrung bestättigt. Findet man nicht die verworfensten, schlechtesten Leute und die kaum Menschensinn haben, unter den geschicktesten Virtuosen? (Hier stand der junge Herr einen Augenblick auf und gieng hinaus.)

Der Amtmann. *(zu dem wichtigen Manne.)* Um Vergebung! kennen Dieselben den Herrn, der da von Music sprach und der, wie es scheint, mit fürstlichen Personen in genauen Verhältnissen stehn muß?

Der wichtige Mann. Ob ich den Schuft kenne? Wie wollte ich nicht! Das ist ein reisender Flötenspieler; Ein lüderlicher Hund, der, als ich in herrschaftlichen Angelegenheiten in Wetzlar war, dort ein ehrliches Bürgers-Mädchen verführte und mit ihm durchgieng. Hernach ist er einmal Comödiant gewesen; jetzt steht er in Wien bey der Capelle eines Fürsten. Sie haben Recht gehabt, daß Sie ihm die Wahrheit gesagt haben, Herr Pastor! aber das muß man gestehn, der Kerl spielt, wie ein Engel. Solche Pfeifer und Geiger glauben, daß sie die wichtigsten Leute im Staate sind, und daß sie uns eine Gnade erzeigen, wenn sie uns die Thaler aus dem Beutel dudeln. Aber auf unser voriges Gespräch zurück zu kommen, Herr Amtmann! Sie schüttelten den Kopf, als ich von Vertheilung der Amts-Ländereien sprach. —

Der Amtmann. Ich bekenne, daß ich nicht davor bin. Sie werden vielleicht glauben, mein hochgeehrtester Herr! daß ich aus Eigennutz rede; aber das ist gewiß nicht der Fall. Sie belieben zu sagen, die Beamten würden reich bey den großen Pachtungen: allein das hängt davon ab, wie der Contract gemacht ist. Und wäre das auch! Was würde aus unsern Staaten werden, wenn es keine reiche Leute darinn gäbe? Wer sollte in Zeiten der Theurung und des Mangels den Armen Brod und Arbeit geben, ihnen Vorschüsse thun? Der Bauer sammelt nicht; Kommen nun Misjahre, so ist die Noth allgemein. Der wohlhabende Beamte hingegen ist in solchen Calamitäten der allgemeine Cassirer. Sie sagen, wenn die Ländereyen vertheilt würden; lebten mehrere Familien davon. Allein ziehen denn nicht von dem reichen Manne eben so viel Familien ihren Unterhalt? Dem Wucher der Capitalisten und der übermäßigen Bereicherung aber kann ja die Landes-Regierung Einhalt thun.

Unser Herr Amtmann wollte seine cameralistische Abhandlung eben fortsetzen, als dem wichtigen Manne gemeldet wurde, daß der Wagen, in welchem er mit zwey von den stummen Personen abreisen sollte, fertig vor der Thür stünde. Er gieng also von dannen; und kaum hatte er die Thür hinter sich zugezogen, als der Virtuose, der indeß zurückgekommen war, in ein lautes Gelächter ausbrach: »Nun bey meiner Seele!« rief er »das nenn' ich einen Windbeutel! Thut der Kerl nicht so dick, als wenn er ein Minister wäre! Aber wir kennen uns; Ich habe ihn gesehn, als er in Wetzlar, zur Zeit der Visitation, Bedienter bey den ***schen Gesandten war. Er hat mir und dem Cammerrichter manches Glas Wein eingeschenkt, wenn wir bey dem Gesandten speisten. Jetzt ist er Scribent bey der Cammer in ***.«

Den Herrn Amtmann reuete nun seine übergroße Höflichkeit und seine ländliche Gefährten machten in der Stille ihre Bemerkungen über die Wahrheit des Satzes, daß in der großen Welt, in welcher sie so fremd waren, der Schein gewaltig betröge. Indessen war ein Gespann Pferde zurück gekommen; Man konnte also die Hälfte unsrer Freunde nach Braunschweig spediren. Es war nicht rathsam, länger zu warten, weil in jedem Augenblicke neue Fremde ankamen, welche die Pferde wegnahmen. »So will ich dann« sprach Herr Waumann »mit Valentin vorausfahrn. Sobald ein anders Gespann kömmt, folgen Sie nach, und im goldnen Engel finden wir uns wieder.« »Ich sehe« sagte der Virtuose »daß der Herr Amtmann einen Platz leer haben. Wollen Sie so gütig seyn, mich mitzunehmen; so gewinne ich Zeit; Meine Equipage kann nachkommen. Ich wollte gern heute noch, ehe der Lerm losgeht, den Prinzen *** sprechen, der mich erwartet.« — So etwas abzuschlagen, dazu hatte der Herr Amtmann keinen Muth; also nahm er den musicalischen Reisenden mit. »Mein Vetter, der Förster da oben bezahlt für mich« sagte der Virtuose dem Küfer leise in das Ohr, als er hinunter kam, und damit stieg er schnell ein, und sie fuhren ab.

»Wir wollen« sprach der Pastor »dies Stück Kuchen mitnehmen; Es muß doch bezahlt werden. Aufwärter! hat er nicht ein Stück Papier?« Der Aufwärter gieng hinaus, kam bald wieder, und brachte einen halben Bogen, klein beschrieben. »Ach! was ist das?« rief Ehren Schottenius »das ist ja meine Hand. Wo hat Er das Papier gefunden? Ach, Du meine Güte! das ist meine schönste Predigt. Wie ist Er an dies Blatt gekommen?«

O Ihr unsichtbaren Mächte! Schutzgeister, Engel und Teufel, Heilige und Verdammte, Genien, Dämonen! oder wie Ihr heissen möget, die Ihr Eure Nasen in das Gewebe unsrer Schicksale steckt; sprechet, was haben die armen Reisenden aus Biesterberg verbrochen, daß Ihr ihnen so übel mitspielet; war es Euch nicht genug, daß der dienstfertige Förster Dornbusch, für seine gute Absicht, Agnes Bernauer aus den groben Händen des Hausknechts zu erlösen mancherley Streiche leiden mußte; daß der unschuldige Valentin Waumann, als ein Ehebrecher angeklagt, mit Todes-Gefahr bedroht wurde, und daß sein würdiger Erzeuger sich gezwungen sah, aus seinem Seckel seinen einzigen Leibes-Erben von dem zwiefachen Schimpfe loszukaufen. Muß nun noch die Unsterblichkeit, die sich Ehren Schottenius in der Schulbuchhandlung in Braunschweig schwarz auf weiß wollte geben lassen, ein Spiel loser Buben werden? Denn daß Du es nur wissest, geneigter Leser! folgendermaßen war es mit der unglücklichen Predigt zugegangen: Die schönen Beschreibungen und Kupferstiche, welche des berühmten Herrn Blanchards Wind-Reise vorstellten und wodurch die curiosen Liebhaber brodloser Künste herbeygelockt werden sollten, hatten die muntre Jugend in Peina bewogen, die Nachahmung der Luftbälle seit einiger Zeit zum Haupt-Gegenstande ihrer unschuldigen Spiele zu machen. Drey lustige Knaben, die ihr Wesen in dem Hofe des Herrn Postmeisters trieben, wiegten sich eine Zeitlang in der leer stehenden halben Kutsche des Pastors Ehren Schottenius. Ihre Neugier trieb sie endlich auch, in den Bock- und in den Sitzkasten hinein zu blicken; Da fanden sie dann in letzterm unglücklicherweise das Manuscript unsers armen Pastors; und weil sie keinen Begriff von der Wichtigkeit dieser Papiere hatten, erklärten sie das ganze Bündel für eine res nullius, nahmen einige Hefte davon, holten Scheere, Nadeln und Zwirn herbey, begannen, von den Wahrheiten des Christenthums wegzuschneiden, was nicht zu der Form eines Luftballs passte, wie der Doctor Bahrdt von den Kirchensystemen wegschneidet, was ihm nicht rund genug ist, und fiengen dann an, die Stücke zusammen zu nähn, um die Nachahmung einer aerostatischen Maschine zu Stande zu bringen. Der Aufwärter, welcher Papier suchte, nahm den Knaben eins von den Blättern weg, brachte es dem Pastor, wie wir gehört haben, und in welche Klagelieder dann der ehrwürdige Herr bey dem Anblicke dieses Fragments ausbrach, das wollen wir aus Schonung gegen den geneigten Leser, verschweigen. Unsre Erzählungen werden je zuweilen rührend seyn; aber erschüttern wollen wir nicht. Auch können wir Ihnen zum Troste sagen, daß der geistliche Herr noch früh genug in den Hof kam, um den größten Theil des Manuscripts zu retten. Es war eigentlich nur Eine Predigt ganz, und von einer andern die Nutz-Anwendung verlohren gegangen — Ein erträglicher Schaden! Geht doch so manche Predigt ganz, und von den mehrsten die Anwendung verlohren! Da das zweyte Gespann Pferde noch immer nicht zurückgekommen war und Ehren Schottenius die beyden Seiten der Schluß-Vermahnung noch im Kopfe hatte; ließ er sich geschwind einen Bogen reines Papier geben, schrieb sie wieder auf, und hatte doch nun sechs und fünfzig Predigten vollständig — Was in der sieben und fünfzigsten gestanden hatte, war freylich im eigentlichsten Sinne in den Wind geredet.

Wir lassen den geistlichen Herrn schreiben und begleiten unsern Amtmann auf seiner Reise nach Braunschweig.

Fünftes Capitel.

Was dem Herrn Amtmanne und seinem Sohne nach der Trennung von ihren Gefährten begegnet.

Der reisende Virtuose, den wir mit unsern beyden Freunden haben nach Braunschweig abfahren lassen, war, wie leider! die mehrsten Menschen, die sich dieser Lebensart widmen, ein Erz-Taugenichts, der von den Schwächen andrer Leute lebte. Wenn er in einer Stadt die müssigen Music-Liebhaber durch sein Talent und die manntollen Weiber durch seine seelenlose Figur bezaubert hatte, nistete er sich auf eine Zeitlang ein und blieb dort, bis irgend ein verübtes Bubenstück ihn nöthigte, bey Nacht und Nebel fortzugehn, da ihm dann gewöhnlich die Flüche betrogner Gläubiger, mit Undank gelohnter Wohlthäter und verführter Mädchen nachfolgten. Dann trat er zwölf Meilen von da unter anderm Namen auf, hieß in St. Petersburg Monsieur Dubois, in Berlin Signor Carino, in Hamburg Herr Zarowsky und in Wien Herr Leuthammer; erschien bald in gesticktem Frocks, mit zwey Uhren, bald im zerrißnen Ueberrocke, als blinder Paßagier auf dem Postwagen. Sein Herumtreiben unter Menschen aus allen Ständen hatte ihm eine gewisse Wendung, einen Anstrich von Feinheit und Welt gegeben, obgleich er im Grunde äusserst leer und unwissend war. In dem Augenblicke, da wir ihn hier haben auftreten lassen, war er ohne einen Heller Geld zu Fuße nach Peina gekommen, in der Zuversicht, die ihn, wie wir gesehn haben, auch nicht trog, daß er, bey der Menge von Fremden, die itzt nach Braunschweig strömten, leicht einen gutwilligen Mann finden würde, der ihn dahin mitnähme, wo er ein Concert zu geben, oder sonst einen Fang zu thun hoffte. Unsre Landleute aus Biesterberg waren grade die Menschen, deren er bedurfte; Daß er beym Abfahren dem Förster, den er für seinen Vetter ausgab, die Sorgfalt überließ, seine Zeche zu bezahlen, war nur ein kleines Probestück seiner Kunst, im Vorbeygehn; von seinen Reise-Gefährten aber hoffte er größere Vortheile zu ziehn.

Sobald nun die Kutsche das holprichte Steinpflaster in Peina verlassen hatte, fieng Herr Carino an, mit sanfter Stimme und bescheidnem, ehrerbiethigem Wesen, seine Gesellschafter zu unterhalten.

»Der junge Herr« sprach er »sind wohl noch nie in Braunschweig gewesen. Das Gewühl von Menschen wird jetzt ungeheuer groß darinn seyn. Man muß sich da im Gedränge gewaltig in Acht nehmen, daß man nicht bestohlen oder sonst gemißhandelt werde. Ich will wohl rathen, Uhr und Geldbeutel im Gasthofe zurückzulassen. Wir wollen uns dann immer nahe zusammenhalten, und wenn mein hochgeehrtester Herr Amtmann mir Dero Herrn Sohn anvertraun wollen, will ich schon auf's Beste für den jungen Herrn sorgen.«

Dies Anerbieten konnte nicht anders als äußerst dankbar angenommen werden; die übrige Frist bis zur Ankunft in Braunschweig verwendete Herr Carino, sich vollends in dem Zutraun des alten Herrn festzusetzen und ihm mit angenehmen Erzählungen die Zeit zu vertreiben.

Im goldnen Engel fanden unsre Reisende einen solchen Zusammenfluss von Fremden aus allen Gegenden, daß sie nur mit genauer Noth noch ein kleines Zimmer unter dem Dache eingeräumt bekommen konnten, wo sie ihre wenigen Päckereyen absetzen liessen.

»Daß Dich der Tausend!« rief plötzlich der Herr Amtmann Waumann, als ihm auf der Treppe ein dicker Herr, in einem braunen Rocke mit gelben Knöpfen und einer rothen Weste mit Gold besetzt, begegnete »Alter Freund! wie treffen wir uns hier an?« — Es war der Licentiat Bocksleder aus Schöppenstädt, sein Universitäts-Freund, den auch die Neugier hierher getrieben — Und nun hatten sie sich tausend Dinge zu erzählen. »Und weisst Du denn, Herr Bruder Amtmann! daß meine Frau auch mit hier ist und ihr Vater, der Kaufmann Pfeffer? Du musst mir gleich mit zu ihnen; Wir logiren nicht hier im Hause, sondern im Prinzen Eugen; ich suchte nur hier jemand auf. Wir haben noch über zwey Stunden Zeit, ehe der Ball aufsteigt. Mit dem Anfüllen geht auch sehr viel Zeit weg; Und Platz finden wir immer. Laß uns das Spectakel ausser dem Thore jenseit des Grabens ansehn; in der Schanze ist das Gedränge zu groß, und warum sollte man noch Geld dafür ausgeben?«

Der Amtmann machte einige Einwendung, in Rücksicht auf seinen Sohn und, wenn er Den auch mitnehmen wollte, hauptsächlich wegen der andern beyden Gefährten, die noch von Peina nachkommen würden; allein Herr Carino erboth sich, dem jungen Herrn nicht von der Seite zu gehn, mit ihm und, sobald der Pastor und der Förster da seyn würden, auch mit Diesen nach der Contre-Escarpe zu folgen. »Dort, werthester Herr Amtmann!« sagte er »werden wir Sie schon finden; und wenn auch nicht; so treffen wir doch, sobald alles vorbey ist, gegen Abend hier wieder zusammen. Lassen Sie Sich ja nicht von Ihrer angenehmen Gesellschaft abhalten!« Der Vorschlag wurde angenommen, und der Amtmann gieng mit seinem Freunde.

»Sie sind, meiner Six! ein netter Mann, Herr Carino!« sprach Musjö Valentin, als er mit dem Virtuosen allein war. »Ich habe Ihnen recht lieb. Sie sprechen so artig, daß man gern zuhört. Ihr Gespräch ist gleichsam, wie das Wirthshaus-Bier; man wird immer durstiger darnach, jemehr man davon geniesst.« »Und Ihr Witz« erwiederte Herr Carino »ist wie das März-Bier; Er ist auch noch in künftigem Sommer gut, ohne schaal zu werden.« —

Hier wurde ihre Unterhaltung durch die Ankunft eines Bothen aus Peina unterbrochen, den der Hausknecht hereinführte und der nach dem Herrn Amtmann Waumann fragte. Er brachte einen Brief an denselben, und da zu vermuthen war, daß der Inhalt vielleicht wichtig und von der

Art seyn könnte, daß man eilig etwas darauf antworten oder vornehmen müsste, Papa Waumann aber nicht herbeigeholt werden konnte, übrigens auch der Brief wohl keine Geheimnisse zu enthalten schien, indem er nur mit einer Oblate versiegelt war; rieth Herr Carino, denselben zu erbrechen, welches auch geschahe — Er lautete, wie folgt:

Werthgeschätzter Herr Amtmann!

Ein äusserst unerwarteter Vorfall, dessen Erzählung sich nicht wohl der Feder anvertraun lässt, nöthigt den Herrn Förster, seinen Reiseplan zu verändern und von hier sogleich nach Goßlar zu fahren. Erwarten Ew. Wohlgebohren uns also nicht in Braunschweig! Ich gestehe, daß es mir ein wenig nahegeht, das merkwürdige Experiment des Monsieur Blanchard nicht mit ansehn zu können. Auch wegen der Edition meiner Predigten wäre ich gern in Braunschweig gewesen. Allein, was ist zu thun? Mündlich ein Mehreres! Wir hoffen, so Gott will, gegen Ende der Woche wieder in Biesterberg einzutreffen. Ich empfehle mich gehorsamst

Peina, im Posthause,
Sonntags Mittags,
in Eil.

Joh. Gottl. Schottenius.

Musjö Valentin pflegte sich eben nicht den Kopf zu zerbrechen über die Grund-Ursachen, würkenden Ursachen und andern Ursachen der Dinge; also steckte er den Brief in die Tasche und begnügte sich, seinem Gefährten zu erzählen! der Förster habe eine Nichte in Goßlar, die Grete hiesse und die sie ihm, dem jungen Herrn Waumann, gern zur Frau geben wollten, die er aber nicht leiden mögte, weil sie ihm zu städtisch und zu gelehrt wäre. Er fürchtete sich recht davor, sagte er, daß der Förster sie nun mitbringen, und daß man ihm dann gewaltig zusetzen würde, Hochzeit zu machen.

Indeß dies vorgieng, sahen sie nach und nach Schaaren von Menschen zu dem großen Schauspiele hinziehn, und selbst aus dem goldnen Engel lief alles fort, was Beine hatte.

»Nun ist es Zeit« sprach Herr Carino »daß wir uns auch zurüsten. Allein bey solchen Gelegenheiten thut man wohl, durch seine Kleidung ein wenig hervorzuleuchten, damit man vom Pöbel mit Achtung behandelt werde. Vermuthlich haben Sie noch einen bessern Rock im Coffer. Hurtig, den angezogen! Ich habe einen Kamm bey mir; da will ich Ihnen in Eil ein wenig die Haare zurechtkämmen.«

Valentin zog Rock und Weste aus, öfnete den Coffer, holte ein grünes Röckchen mit goldenen Knopflöchern hervor — »Legen Sie dagegen Uhr und Geldbeutel hinein! Und wenn Sie nun noch einmal an einen gewissen Ort gehn wollen;« fuhr Herr Carino fort »so machen Sie geschwind! Ich will indeß alles in den Coffer verschliessen — Es giebt böse Menschen; man muß vorsichtig seyn.«

Herr Valentin lief, im Hemde, wie er war, an den Ort, den man nicht gern nennt; Signor Carino schlich nach, verriegelte, als Jener saß, die Thür von Aussen, kehrte in das Zimmer zurück, packte Geld, Uhr, und was er in der Eil aufraffen konnte, zusammen, flog die Treppe hinunter, verlohr sich in den Haufen und — wird sich wohl in diesem unserm Büchlein gar nicht wiederfinden.

Sechstes Capitel.

Fragment einer Predigt. Unvermuthete Zusammenkunft in Peina. Wie mag das zusammenhängen?

Der Ort, wo wir, als ein gewissenhafter Geschichtschreiber, den hofnungsvollsten Jüngling leider! haben einsperren lassen müssen, ist freylich kein angenehmer Aufenthalt für ihn; allein da wir ihn doch nun vorerst noch nicht von da erlösen können; fühlen wir, so sehr wir uns auch für ihn interessiren, dennoch keinen Beruf, ihm dort Gesellschaft zu leisten; sondern kehren vielmehr nach Peina zurück um zu sehn, was aus unsern andern beyden Freunden geworden ist.

Wir haben gehört, daß der Herr Pastor sich angelegen seyn ließ, die Lücke wieder auszufüllen, welche böse Buben in eine seiner schönsten Predigten gemacht hatten; der Förster Dornbusch warf sich indeß in einen alten Lehnsessel hin, streckte die Beine vorwärts, schlug die Arme in einander, schloß seine Augen, fieng an zu gähnen und schlief ein. Was können wir nun besseres thun, als daß wir, ohne Einen von Beyden zu stöhren, leise hinter Ehren Schottenii Stuhl treten und, was er zu Papier bringt, heimlich in unsre Schreibtafel eintragen? — — Hoho! meine Damen und Herrn! schweigen Sie ja still! Sie können froh seyn, daß ich Ihnen nicht alle sechs und fünfzig Predigten als Beylage zu diesem Romane aufdringe. Sie kommen noch wohlfeil davon; und die Wahrheit zu gestehn, es wäre für die Mehrsten von Ihnen überhaupt nützlicher, wenn Sie mehr Predigten und weniger Romane läsen. Schlimm genug, daß, wenn man Euch einmal wichtige Wahrheiten an das Herz legen will, man die bunte Jacke anziehn muß! und dann mag man sich ja wohl in Acht nehmen, daß man bey ernsthaften Gegenständen nicht zu lange verweile, sonst blättert Ihr, statt zu lesen. Die Märchen und Possen suchet Ihr auf, und das, um dessentwillen das Buch geschrieben ist, überschlaget Ihr. »Ja! Ihro Gnaden lesen nur, um amüsirt zu seyn; von Dero Pflichten sind Sie vollkommen informirt.« — tant mieux! aber ich sehe doch noch keine Früchte davon — Doch wir gerathen in Aerger und das schadet unsrer Gesundheit; also weiter in den Text!

Fragment einer Predigt über die Bewegungsgründe zur Tugend, welche aus eignem und fremdem Beyfalle hergenommen werden.

Die Tugend also bloß um ihrer selbst willen zu lieben und auszuüben, ohne den geringsten Eigennutz, ja! mit schweren Aufopferungen, dazu gehört große Stärke der Seele. Aus bloßer Liebe zu Gott edel zu handeln, das setzt schon ein Herz voll Wärme für Religion voraus. Näher liegen dem sinnlichen Menschen die Bewegungsgründe, die aus dem Beyfalle der Menschen und den daraus zu erwartenden Folgen hergeleitet sind. So verstockt, so schamlos ist kein Bösewicht, so frech keine Verirrte, daß sie nicht wünschen sollten, entweder auf andre Menschen vortheilhafte Eindrücke zu machen, oder wenigstens sich selbst innerlich, wegen irgend einer vorzüglichen Eigenschaft, loben zu können. Sie erklären lieber die Tugend für ein Hirngespinnst, als daß sie bekennen sollten, sie hätten nichts von dem, was sie an Andern schätzenswert finden müssen. Dürften sie keinen Anspruch auf Zuneigung und Liebe machen; so überreden sie sich, andre Leute seyen eben so unfähig, wohlwollende Empfindungen zu hegen, als einzuflößen. Können sie sich nicht geachtet machen; so wollen sie wenigstens gefürchtet seyn. Und mislingt jeder Plan, irgend eine Art von Aufmerksamkeit und Theilnehmung zu erwecken; so mögten sie sich gern so sehr über alle Menschen erhaben glauben, daß niemand als sie, Richter über ihre Handlungen seyn könnte. Dann schaffen sie sich Tugenden von eigner Erfindung; Ihre Schwächen selbst, ja ihre Laster, erheben sie zu diesem Range. Sie schmücken die Gegenstände, zu welchen ihre strafbare Neigungen und Begierden sie hinziehen, mit den reizendsten Farben aus, um ihre Anhänglichkeit daran zu rechtfertigen, und suchen hingegen Vorzüge herabzuwürdigen, gegen welche sie ihre Augen verblendet haben. Wer aber so tief gefallen ist, daß fremder und eigner Beyfall ihm gar nichts mehr werth sind; der ist der schrecklichsten Verzweiflung nahe, für Den steht vergebens sein guter Engel um Barmherzigkeit vom liebreichen Vater im Himmel.

Beyde aber, der innere Beyfall des Herzens und die Meinung andrer Menschen von unserm Werthe können die würksamsten Triebfedern zu Erlangung höherer Vollkommenheit werden; beyde können wohlthätig auf unsre Besserung würken, uns in jeder Art Tugend befestigen, zu jeder, auch noch so mühsamen Pflicht-Erfüllung ermuntern; Nur müssen Beyde zu gleichen Schritten gehn, keine dieser Rücksichten der andern aufgeopfert werden. Wer sich sclavisch abhängig von dem Urtheile des Volks macht, wird bald alle Eigenheit des Characters verliehren; »Stellet Euch nicht dieser Welt gleich,« ruft uns die göttliche Stimme zu, das heisst: folget nicht ohne Auswahl jedem guten und bösen Beyspiele. Wer, wenig bekümmert um den Beyfall seines Gewissens, in allem die herrschenden Sitten nachahmt, wird, um sich dem lasterhaften Haufen gefällig zu machen, auch die herrschenden Sünden annehmen; Er wird ein Schmeichler verderbter Großen, ein unsichrer Freund seyn, und nie die süße Wonne schmecken, welche das innere Bewusstseyn gewährt, ohne Menschenfurcht, grade und redlich, nach Pflicht und Gewissen gehandelt zu haben —— eine Wonne, ach! die allein ruhig machen und wahren Seelen-Frieden geben kann.

Eben so gefährlich aber ist es auch, ohne alle Rücksicht auf fremden Beyfall, keinen andern Richter, als sein eignes Ich, anzuerkennen. Das führt zu der gefährlichsten Sicherheit, zum Eigendünkel, zum Selbstbetruge. Da sehen wir dann uns selbst nur in dem Lichte, das die Leidenschaften auf unsre Handlungen werfen, und messen das Verdienst Andrer nach dem Maßstabe der Aehnlichkeit ab, die sie mit uns haben. Wir schaffen uns Grundsätze, die unsre Begierden schmeicheln, finden eine Entschuldigung für jede, auch von jedermann getadelte Handlung, wenn nur unser eingeschläfertes Gewissen ruhig dabey bleibt. Wir verachten alle Regeln des Anstandes und der Uebereinkunft, die doch dem Menschen, welcher in der bürgerlichen Gesellschaft lebt, unverletzliche Pflichten auflegen. Wir opfern unserm Eigendünkel und unsrer Sinnlichkeit Ehrgefühl, Schaam, Dankbarkeit auf, und zerreißen alle Bande des Bluts und der Freundschaft. Der treue Rathgeber scheint uns ein beschwerlicher Schwätzer; der strenge Warner ein rauher, ungefälliger Mann. Wir fliehn ihn, verschliessen ihm unser Herz und eilen in die Arme des Niederträchtigen, der unsre Leidenschaften schmeichelt. Jede Tugend scheint uns entbehrlich, wenn sie Aufopferung kostet, als wenn es eine Tugend ohne Aufopferung gäbe! Statt den Kampf gegen die Sinnlichkeit zu kämpfen, wo Ruhe und Seligkeit mit Herzens-Wunden erkauft werden müssen, finden wir es bequemer, mit unserm Gewissen in Unterhaltungen zu treten; und der Vergleich ist bald geschlossen, wenn Kläger, Beklagter und Richter nur Eine Person sind.

O! wie manche gute Seele ist durch zu große Sicherheit gefallen — — Zu späte Reue, allgemeine Verachtung, Elend und Jammer sind dann — —

»Ho ho! was Teufel ist nun wieder los?« rief der Förster und sprang vom Stuhle auf, als ihn der Hausknecht, der ungestüm in die Thür trat, aus seinem Mittags Schlafe weckte. »Ich wollte nur sagen,« antwortete der Hausknecht, »daß die Pferde nun gleich kommen werden. Die Mamsel und der Officier, die im Zimmer hier neben an logiren, wollen auch fort, sobald er nur wieder zurückkömmt.« — — »Was für eine Mamsel?« sprach der Pastor.—Wir wollen in des Hausknechts Namen antworten.

In der Nacht vom Sonnabende zum Sonntage kam in Peina im Posthause eine kleine Callesche an, in welcher ein österreichscher Officier mit einem schönen jungen Frauenzimmer saß. Auf die Frage: ob sie gleich weiter wollten, antworteten sie: nein! sie müssten vielmehr hier die Ankunft eines Fremden erwarten. Das Frauenzimmer legte sich zu Bette; der Officier wünschte ihr, mehr ehrerbiethig, als vertraulich, eine gute Nacht, und ließ sich eine andre Cammer anweisen. Am folgenden Tage (das heisst an eben dem, an welchem unsre Freunde das Mittagsmahl in Peina hielten) lief der Officier selbst und schickte auch einigemal vor das Thor hinaus, das nach Hannover führt. Daselbst liegt ein Wirthshaus, welches, wenn ich nicht irre, die Eulenburg heisst; Dort ließ er sich nach einem Fremden erkundigen und bitten, daß man es ihm sogleich melden mögte, wenn er angekommen seyn würde. Uebrigens hielt sich das Pärchen sehr still in dem Zimmer des Posthauses, und schien dem Anblikke so vieler Fremden, welche an diesem Tage da einkehrten, auszuweichen. Endlich, als der Pastor Schottenius eben mit seiner Predigt beschäftigt war, kam ein Knabe aus der Eulenburg gelaufen und brachte dem Officier ein Briefchen. »O Gottlob!« rief der Officier und umarmte das Frauenzimmer. »Er ist da! Er ist da! Nun geht alles nach Wunsche. Ich will hin; Laß Dir die Zeit nicht lange währen, meine Meta! Wir werden uns so mancherley zu erzählen haben. Sobald ich mich aber losreissen kann, eile ich zurück, bringe ihn mit, oder hole Dich ab. Adieu, mein Engel!« — Und damit griff er nach Hut, Stock und Degen, und fort, die Treppe hinunter, zum Hause hinaus, nach der Eulenburg — Das war's, was der Hausknecht erzählte.

»Es ist angespannt,« sagte ein andrer Aufwärter, der in das Zimmer trat; der Pastor raffte seine Papiere zusammen, und der Förster fragte nach der Zeche. »Der Herr Amtmann,« sprach er, »hat mir aufgetragen, für ihn und seinen Sohn mitzubezahlen« — »Ich weiß es« erwiederte der Aufwärter »und auch für Ihren Herrn Vetter« — »Was für einen Vetter?« — »Den Musicus« — »Hole der Teufel, den Kerl! Ich kenne den verfluchten Dudelsack gar nicht« — »Ey! er reist ja mit dem Herrn Amtmanne« — Doch, kurz! von dieser unbedeutenden Sache! der Förster, der nicht geizig war und viel Ehrgefühl besaß, zahlte — freylich nicht ohne Schimpfen und Fluchen; und nun wollten sie fort; allein als sie aus ihrem Zimmer traten, öfnete zufällig das Frauenzimmer eben auch die Thür des ihrigen — »Was, zum Teufel!« schrie der Förster »Grete! Du bist es? Da soll ja das Wetter hineinschlagen! Wo kömmst Du her?« — Und damit drang er in ihre Stube, schlug die Thür hinter sich zu, und ließ den Pastor verwundert draussen stehn.

Sehr laut und stürmisch gieng es nun in dem Zimmer her; Nur einzelne Worte konnte Ehren Schottenius Anfangs verstehn; Dann sagte der Förster: »Nur keine Sperranzien gemacht! das sag' ich Dir; das hilft hier alles nichts; und mit den Ohnmachten wollen wir auch schon fertig werden. Kurz und gut! Du musst gleich fort mit mir. Nach Goßlar will ich Dich zurückführen; Da magst Du Deine Sache ins Reine bringen, und habe ich Unrecht; so ist die Justitz da. Wollen doch sehn, ob ein unmündiges Mädchen mit einem Kerl davonlaufen darf — Und ich rathe Dir, nur hier im Hause kein Aufsehn zu machen; Du hast nichts als den Schimpf davon, denn mit musst Du; davor hilft nichts.« — Herr Dornbusch stürzte dann zum Zimmer hinaus, bat den Pastor, den Brief zu schreiben, den wir gelesen haben; Es wurde ein Bothe fortgeschickt, alles in größter Eil — Jungfer Grete sehnte sich vergebens nach der Zurückkunft ihres Retters; Er kam nicht und sie musste sich, gebadet in Thränen, die einen Stein hätten erweichen mögen, von ihrem grausamen Oheime in den Wagen heben lassen — Fort nach Goßlar gieng die Reise.

Siebentes Capitel.

Der Herr Amtmann geht, den berühmten Luftschiffer auffliegen zu sehn, und trifft bey seiner Zurückkunft den jungen Herrn in einem kläglichen Zustande an.

Ein größeres Gewühl von Menschenkindern, versicherte der Herr Amtmann auf seine Ehre und Reputation, habe er in seinem Leben noch nirgends gesehn, als das hier, durch welches er sich mit seinen Freunden hindurchdrängen musste, um vor das Thor auf den Platz zu kommen, der einer Schanze gegenüber lag, aus welcher Herr Blanchard in die Höhe stieg. Wir sind, bey manchen andern Kenntnissen, die wir besitzen, und die, ohne uns zu rühmen, ein artiges ensemble ausmachen, beym ersten Unterrichte in der Fortification, wie im Hebräischen, sehr vernachlässigt worden, — lieber Gott! man kann ja auch nicht alles wissen — meinen aber, wollen es jedoch nicht gewiß behaupten, daß dieser Platz zu demjenigen Theile der Festungswerke gehörte, den man die Contre-Escarpe nennt. Genug, es war ein großer grüner Platz am Stadtgraben — Doch so weit sind wir noch nicht. Beym Gedränge im Thore verlohr die Frau Licentiatinn Bocksleder ihre Haube; ein Pfund Pferdehaare, in einen Wulst gebunden, womit der Boden der Mütze, faute de mieux, ausgefüllt war, fiel auf die Erde; der Herr Amtmann, welcher die Dame führte, wollte das Bündel aufheben, ein Schuhknecht trat ihm auf die Hand. Dem kleinen David Bocksleder, einem Kinde von zehn Jahren, das eben erst die Blattern überstanden und noch viel rothe Flecke im Gesicht hatte, riß ein Chor-Schüler aus

Muthwillen den falschen Haarzopf aus. Ein lustiger Student aus Helmstädt, der den alten Licentiaten einmal in Schöppenstädt gesehn hatte und dem dieser würdige Mann nicht sehr gefiel, steckte ihm einen Stock zwischen die Beine, worüber er stürzte. Allein durch alle diese kleinen Ungemächlichkeiten des Lebens arbeitete sich dennoch die Gesellschaft hindurch, und kam glücklich auf den Platz in der — nun ja! in der Contre-Escarpe an. Die Sonne brannte heiß auf die Schädel; Die wollnen Perücken sitzen wärmer, als die von Haaren (das kann man uns auf unser Wort glauben, obgleich wir keine tragen) also litt der alte Herr Bocksleder sehr viel von der Hitze. »Es ist teufelmäßig heiß;« sprach er »Wenn wir hier lange stehn müssen; so schmelze ich wie Butter zusammen, oder crepire vor Durst.« »Es dauert wenigstens noch eine Stunde« sagte ein dicker Mann, der mit aufgeknöpfter Weste und einem glänzenden, braunen Gesichte, als wäre es laquirt gewesen, neben ihm stand. »Es dauert wenigstens noch eine Stunde, ehe der Hof von der Tafel aufsteht und herkömmt. Dann erst wird mit der Füllung der Anfang gemacht.« »Wenn nur ein Wirthshaus in der Nähe wäre!« seufzte der Licentiat. »Deren giebt es hier genug« antwortete der dicke Mann. Würklich waren rings umher einzelne Garten- und andre Häuser gelegen, in welchen ächter teutscher Pontac, lübeckscher Franzwein und dergleichen verzapft wurde und unsre Gesellschaft trat in eines von diesen.

Für einen Physiognomiker, für einen Menschen-Beobachter und für einen Maler wäre es ein herrliches Fest gewesen, die Gesellschaft zu sehn, welche hier, theils in den kleinen Zimmern, theils im Vorplatze, im Hofe und im Garten, in einzelne Gruppen vertheilt, ihr Wesen trieb, indeß der grüne Platz, an welchem das Haus stieß und von dem wir geredet haben, einem bunten Gemälde von der Speisung der fünftausend Mann glich, wie man es hie und da in Dorf-Kirchen antrifft. Unsre Gäste aber waren weder Gesichter-Leser, noch Seelen-Späher, noch Künstler; also blieb ihr ganzes Augenmerk auf ein Winkelchen gerichtet, wo sie in Ruhe ihren Durst löschen konnten; und das wies man ihnen in einer Hinterstube, hoch unter dem Dache an; denn alle andere Zimmer waren gepfropft voll. Indessen fehlte es auch hier nicht an Gesellschaft; Zwey Tische fanden sie umringt von Personen beyderley Geschlechts; an einem dritten war noch Raum für sie; der Student aus Helmstädt, dessen wir vorhin erwähnt haben, ein junger Gelehrter, der mit demselben noch auf der Universität gewesen war, jetzt aber in Gandersheim privatisirte und ein Landchyrurgus aus *** in Sachsen, hatten die eine Seite eingenommen; unsre Leute setzten sich ihnen gegenüber.

Wir fühlen einen unwiederstehlichen Trieb, ein Bruchstück aus dem Gespräche dieser interessanten Gesellschaft hier abdrucken zu lassen, und da wir uns nun einmal in Besitz gesetzt haben, solchen Trieben, unter angehoffter hoher Approbation, zu folgen: so wollen wir mit diesem Dialoge andienen, erlauben übrigens den Recensenten, sobald wir von unserm Herrn Verleger das Honorarium werden eingestrichen haben, über die Weitschweifigkeit unsrer Erzählung Ach und Weh zu schreyen.

Der junge Gelehrte. Nun, wahrlich! Es bedarf doch herzlich wenig, um der Menschen Aufmerksamkeit auf sich zu ziehn. Da sind mehr als zehntausend Thoren aus allen Ecken zusammengelaufen, um einen andern Narren einen Bocksprung in die Luft machen zu sehn.

Der Student. Aber Herr Bruder! Du hast Dich doch auch eingestellt.

Gelehrter. Meinst Du, ich würde deswegen auch nur Eine Meile reisen? Originale aller Art zu beobachten, darum bin ich hergekommen. Blanchard habe ich in Frankfurth und in Hamburg aufsteigen gesehn. Vermuthlich wird er sich hier wieder ein Document von fürstlichen und adelichen Personen ausfertigen lassen, daß er so viel tausend Toisen hoch über der Erde geschwebet hat — von Menschen, die, indem sie das schreiben, nicht einmal wissen, was eine Toise ist. Wie sich der Kerl nur einbilden kann, daß er mit einem solchen Zeugnisse bey Gelehrten und Männern von Kenntnissen sich Credit verschaffen werde!

(Die geneigten Leser werden es nicht ungütig aufnehmen, daß der junge Herr auf die Auctorität von Fürsten und Edelleuten in wissenschaftlichen Dingen nicht viel hält. Theils hat er wohl nicht ganz Unrecht, theils ist es jetzt unter den jungen Gelehrten so eingeführt, daß sie alles tadeln, was die höhern Stände sagen und thun, ausser wenn sie ihre Schriften loben. Doch geht dieser Wiederwillen nicht so weit, daß besagte Gelehrte nicht, wo sichs thun lässt, von Fürsten und Edelleuten Schutz und Wohlthaten vorliebnehmen sollten.)

Gelehrter. Der Augenschein kann jeden verständigen Menschen überzeugen, daß seine Angaben um mehr als zwey Drittel übertrieben sind. Noch nie hat er sich bis zu der Höhe irgend eines beträchtlichen Berges erhoben. Betrachte man nur die römischen Zahlen auf dem Zifferblatte eines mäßig hohen Thurms! Sie sind mehrentheils über sechs Fuß lang und scheinen, wenn man unten steht, keine Spanne zu messen. Wie fast unsichtbar klein müsste nun nicht ein Ball erscheinen, dessen Durchschnitt ungefehr nur sechsmal größer ist, als die Länge jener Zahlen, wenn er würklich zu einer so erstaunlichen Höhe emporstiege! — und nun vollends der kleine, geputzte Franzose mit seinem blauen Wämschen und seinem Federbusche! Wie würde der dem Auge verschwinden!

Student. Kann seyn! kann seyn! Wir wollen sehn. Nun, Herr Licentiat! Sie gehen doch diesen Abend in die Comödie?

Licentiat. Ich denke wohl —

Landchirurgus. Ach! was ist an so einer Comödie? Hören Sie! ich habe in Stuttgard die großen Opern gesehn. Da kamen Pferde und Wagen auf das Theater. — Das war noch der Mühe werth.

Gelehrter. O ja! so eine italienische Oper ist, wenn man die gesunde Menschen-Vernunft nur zu Hause lässt, gar unterhaltend zu sehn. Wenn da die Capaunen auf Triumphwägen von Papp sitzen, in Reifröcken und seidnen Strümpfen aus der Schlacht kommen, mit ihren Stimmen, durch die

Nase, im schneidensten Discant Reden voll Heldenmuth an die verkleideten Mousquetiere absingen, welche das römische oder griechische Heer vorstellen; Wenn die Opferpriester in Stiefeletten und Kleb-Locken Processionen anstellen, wobey sie Tritt halten, wie auf der Parade, Mützen von Silberpapier auf den Köpfen und mit Goldschaum beschmierte hölzerne Opfer-Gefäße in den Händen tragen; Wenn Schlachten geliefert werden, in welchen Jeder nur auf sein eignes Schild hauet und Mauern niedergerissen, die von Papier gemacht sind; Wenn der Drachen-Wagen, worin Medea fährt, mit schwarzen Stricken am Himmel festgebunden ist und Apollo, wenn er auf dem bretternen Parnasse sitzt, mit seiner Flachs-Perücke den Staub von den gemalten Wolken abfegt — Ja es ist wahr; das ist groß, herrlich, rührend. Pfui! schämen sollten wir uns, daß wir ein ernsthaftes Volk an den Anblick solcher kindischen Vorstellungen gewöhnen!

Amtmann. Ey, ey! man kann doch aber nicht auf dem Theater alles so —

Gelehrter. Was man nicht mit einiger Täuschung darstellen kann, das muß man lieber gar nicht, als auf so alberne Weise, darstellen. In einem Fingerhute kann man nicht baden und auf unsern armseligen kleinen Theatern kann man keine Schlachten liefern. Sie haben vermuthlich meine neue Abhandlung über die ernsthafte Oper gelesen?

Amtmann. Um Vergebung! darf ich fragen, mit wem ich die Ehre habe —

Gelehrter. Ich bin der Dichter Klingelzieher; Nun werden Sie schon wissen, wo Sie zu Hause sind. Nicht wahr, das dachten Sie nicht, daß der Mann jetzt an Ihrer Seite säße, der Ihnen vielleicht zuweilen mit seinen Liedern eine genußvolle Stunde gemacht hat? Es weiß auch noch niemand in Braunschweig, daß ich hier bin; ich bin eigentlich gekommen, um einmal mit den hiesigen Gelehrten eine Zusammenkunft zu halten.

Amtmann. — Ich bin in der That sehr erfreuet, die Ehre zu haben — obgleich ich gestehn muß, daß ich bis jetzt noch nichts von dem, was aus Dero Feder geflossen —

Gelehrter. *(verächtlich.)* Der Herr Amtmann lesen wohl nicht viel?

Amtmann. O! zu dienen, ja. Freylich im Fache der Belletters, da ist es nun so etwas. Köhlers Gedichte habe ich indessen noch kürzlich wieder gelesen und neulich fiel mir auch ein kleiner Tractat in die Hände, betitelt: »die Leiden des jungen Herrn Werther.«

Licentiat. Bruder Amtmann! die Scharteke kenne ich; das ist nichts für uns. Aber apropos! Ich muß Dir doch meines ältesten Sohns dissertationem inauguralem, de feudis oblatis schicken. Sie ist sehr gründlich abgefasst. Er hat darinn hauptsächlich —

Student. — o weh!

Landchirurgus. Es ist in der That erstaunlich, was für eine Menge von neuen Entdeckungen jetzt in allen Theilen der Wissenschaften gemacht werden, besonders aber in der Natur-Geschichte, Chemie, Wundarzneykunst und überhaupt im medicinischen Fache. So hat man zum Beyspiel jetzt gefunden, daß zwar die gewöhnliche China-Rinde in periodischen Gesichtsschmerzen, Durchfällen, Fiebern, Brand, Lungensucht und so ferner, herrliche Dienste leistet, daß aber die rothe Rinde der röhrichten weit vorzuziehn ist und noch überdies sichrer und ohne Leibschmerzen würkt. Die Hirnwuth hielt man für unheilbar; Ich selbst habe an einem gewissen unglücklichen Professor Hoffmann in Wien vergebens alle Mittel angewendet; es schlug nichts bey ihm an. Nur kürzlich erst hat man — —

So weit war der Landchirurgus in seiner medicinischen Abhandlung gekommen, als plötzlich von allen Seiten her ein Geschrey erscholl: »Se heft en wedder! — Sie haben ihn wieder! Sie haben ihn wieder!« Die ganze Gesellschaft stürzte nun aus dem Hinterzimmer heraus — »Wen haben sie wieder« fragte Jeder, »Wen?« — »I! den Musche Blanchard; Se heft en wedder.«

O! daß ich berufen bin, in diesem Büchlein, das nur guten Humor erwecken und die Gemüther der Leser erheitern sollte, hier das Bild getäuschter Hofnungen aufzustellen!

Aber das Schicksal, das sich gegen die Helden meiner Geschichte verschworen zu haben scheint — (Im Vorbeygehen zu sagen! dies Werk hat das ganz Eigne, daß nicht etwa nur eine einzelne Person der Gegenstand ist, auf den sich das Interesse zusammendrängt, sondern daß die Schicksale der ganzen Gesellschaft aus Biesterberg, wie wir sie im ersten Capitel auftreten liessen, das Thema sind, welches wir in demselben durchführen — — Ein Plan, dessen, wie wir hoffen, auch diejenigen Kunstrichter, welchen wir die Recension nicht selbst einschicken, mit gebührendem Lobe gedenken werden) — — das Schicksal will es also und ich muß meinen Beruf erfüllen.

So manche Meile war der Amtmann mit seinen Gefährten gereist, um den berühmten Blanchard aufsteigen zu sehn; So manche Wiederwärtigkeit hatte er von dem Augenblicke an, da er auf dem Amtshofe einstieg, bis zu dem Momente, wo er nun die Nachricht erwartete, daß der Luftball gefüllt wäre, überwunden; Seinen hofnungsvollen Erben glaubte er der besten Aufsicht übergeben zu haben, glaubte, er stünde jetzt mit ofnem Munde unter dem Haufen der Gaffenden; und ach! er saß in diesem Augenblick — eingekerkert — und wo? Das ahnete sein treues Vaterherz nicht. Noch ruhiger war er über sein eignes Schicksal. Voll Erwartung stürzte er zum Hause hinaus und hoffte nun den Luftwagen über seiner Scheitel daherfahren zu sehn, und — Herr Blanchard war schon vor einer Stunde aufgestiegen; Sie hatten ihn wieder; er hatte sich fern von der Stadt niedergelassen. Die Nachricht, die unsern Freunden der dicke lackirte Mann gegeben hatte, war falsch gewesen. Schon als sie in das Hinterzimmer traten, war der Franzose mit seiner Füllung fertig gewesen und fuhr ab — Unbegreiflich, daß der Herr Amtmann den Lerm des Volks und die Canonenschüsse nicht gehört hatte! Aber da machte er bey seinem Eintritte der Gesellschaft so viele Kratzfüße; darüber war der Moment vergangen. Nachher herrschte eine große Stille, denn jedermann verfolgte den Ball mit seinen Augen. Viele liefen der Gegend zu, wo sie glaubten, daß er sich niederlassen würde, bis endlich, als die Nachricht erscholl, daß er nun würklich gelandet sey, ein neuer Lerm und der Ausruf: »Se heft en wedder!« unsern Beamten aus seiner Ruhe weckte — aber da war's zu spät.

Vergebens würde ich es versuchen, die verschiednen Ausbrüche des Mismuths und der Verzweiflung zu schildern, denen einige Personen, welche in dem unglücklichen Hinterzimmer das schönste aller Schauspiele versäumt hatten, sich überliessen. Andre zogen sich den Unfall weniger zu Herzen. Der Dichter Klingelzieher lachte aus vollem Halse — er hatte nun Stoff zu einem neuen Epigramme. Die Licentiatinn schimpfte auf ihren Mann los (die einzige Art, wie sie sich über jeden Unfall des Lebens zu trösten pflegte!) »Nun! es hat nicht seyn sollen« sprach der Herr Amtmann mit trauriger Mine »Mir ist es nur lieb, daß mein Valentin und die andern Beyden, die doch auch indeß von Peina werden angekommen seyn, diese Merkwürdigkeit in Augenschein genommen haben, um davon zu Hause erzählen zu können.«

Da sich indessen keine Hofnung fassen ließ, die treuen Gefährten aus Biesterberg in dem Gewühle von Menschen hier zu finden; dachte der alte Herr Waumann jetzt nur an seinen Rückzug, um, verabredetermaßen im goldnen Engel sie wieder anzutreffen. Um neuen Wiederwärtigkeiten in dem Gedränge bey dem Eintritte in die Stadt auszuweichen, beschloß unsre Gesellschaft, durch die Contre-Escarpe nach einem andern Thore hin zu gehn, wo sie vermuthlich weniger Volk finden würden. Allein zum Unglück waren die mehrsten Zuschauer auf denselben Einfall gerathen, so daß hier der Zusammenfluß noch größer war, als vorhin beym Herausgehn. Sich wieder zurück durch alle diese Erdensöhne hindurch zu arbeiten, das ließ sich nicht wohl thun; Nun musste man aber, um das nächste Thor zu erreichen, sich über eine Art von Teiche oder Graben setzen lassen; Einige tausend Menschen standen am Ufer und harrten auf den Fährmann; es war aber unglücklicherweise nur ein einziger Nachen zum Ueberfahren da; also gieng es langsam.

Wie hieß doch der Fluß, von welchem die verdammten Heiden fabulirten, daß ein gewisser Charon die Seelen der Verstorbnen da hinüber in die elisäischen Gefilde transportiren müsste? Ohrfeigen habe ich von meinem Informator bekommen, dessen erinnere ich mich noch, als ich bey dieser Stelle im Ovidius nicht Achtung gab; aber wie der Fluß heisst, dessen besinne ich mich nicht mehr. Genug! grade wie diese Wasser-Reise in jene Welt abgebildet zu werden pflegt; so sah es hier aus. So oft der Charon eine Anzahl Pilger hinüber geschafft hatte und nun wieder diesseits landete, war das Herzudrängen der Ungeduldigen so groß, daß würklich Passagiere, die nicht, wie Charons Gäste, nur Seelen, sondern zum Theil dicke, mit braunschweigscher Mumme wohl ausgemästete Cörper waren, Gefahr liefen. Schon war der Licentiat Bocksleder nebst seiner sanften Gemahlinn und dem lieben Kleinen im Nachen; da wollte der Amtmann sich nicht von seinem Freunde trennen; Er drängte sich durch den Haufen, wagte einen Sprung und — hier fällt mir aus Wehmuth die Feder aus der Hand — Wenden wir unsre Blicke nach einer andern Seite!

Herr Carino war kaum mit seiner Beute zum Hause hinaus, als der wackre Jüngling, den er an dem bewussten Orte eingesperrt hatte, nicht ahnend, welch' ein Unfall ihm begegnet war, die Thür des Cabinets ergriff, sie öfnen wollte, aber verriegelt fand. Vergebens wendete er alle Kraft seiner stämmigen Arme an, Holz und Eisen zu sprengen; die Thür wich nicht. Vergebens rief er, schrie er, brüllte er endlich; niemand hörte seine Stimme. Wie Hercules, als er das Hemd der — nun! wie hieß denn der Nickel? — ha! Dejanira ja! das Hemd der Dejanira auf seinem Leichname kleben hatte, so gebehrdete sich Musjö Valentin, so durchschnitt er mit seiner heulenden Stimme die mephitische Luft, von welcher der Leidende jetzt umgeben war — alles umsonst! Als endlich die Kräfte zu sinken anfiengen und die Muskeln, welche seine Lunge ausdehnten, (oder liegen da keine Muskeln? Ich weiß es nicht so eigentlich) herabgespannt waren; da gieng sein Gebrülle in Winseln, Klagen und Seufzen über, und seinen

Augen entquollen salzige Thränen. Ich bitte meine hochgeehrtesten Leser dieser Schilderung einige Aufmerksamkeit zu widmen. Sie werden dann finden, daß ich ohne mich zu rühmen, nicht ganz ungeübt in poetischen Malereyen bin, daß ich das Crescendo und Diminuendo gut anzubringen weiß, und daß mein Ausdruck wenigstens eben so edel und kraftvoll ist, als der unsrer mehrsten Romanen- und Comödienschreiber.

Der Schmerz kann nur auf einen gewissen Grad steigen, wie wir Philosophen das wissen, und dann bricht die Welle und es erfolgt wenigstens auf einige Zeit ein Stillstand. Nachdem der junge Herr Waumann lange genug getobt und gejammert hatte, fand er in der Vorrathscammer seiner Vernunft den Trost, daß doch sein Ungemach nicht ewig dauren könne. Er setzte sich also so bequem, als sich's thun ließ, nieder; seine Augenlider, vom Weinen müde, sanken — er schlief ein. Was konnte er auch bessers thun? Zwar lagen ihm zur Seite wohl ein Paar Blätter von der frankfurthischen gelehrten Zeitung, die ein Reisender da, nebst einigen Maculatur-Bogen von dem Romane Nettchen Rosenfarb hatte liegen lassen; aber Herr Valentin las nicht gern und wer kann denn auch in einem solchen Zustande mit Aufmerksamkeit lesen? Lassen wir ihn nun noch ein Weilchen schlafen! Es ist hohe Zeit, daß wir uns nach seinem theuren Herrn Vater umsehen — Der Himmel weiß, wir haben jetzt alle Hände voll zu thun; Man kann nicht aller Orten zugleich gegenwärtig seyn; indessen ist es doch leichter zu verantworten, einen Menschen auf dem Abtritte eingesperrt, als jemand, der nicht schwimmen kann, im Wasser liegen zu lassen. Und schwimmen konnte der Herr Amtmann nicht; Er wurde aber sogleich herausgezogen, und als er am jenseitigen Ufer gehörig abgetröpfelt war, brachte der Aerger über diesen Vorfall und über das laute Lachen der zahllosen Zuschauer seine durch die Kälte des Wassers erstarrten Glieder und betäubten Lebensgeister wieder so lebhaft in den Gang, daß wir weiter keine schädliche Folgen für seine Gesundheit zu befürchten brauchen. Er eilte nun nach dem Gasthof zurück, um seinen blauen, mit Golde besetzten Rock auszuziehn und trocknen zu lassen.

Welcher neue Kummer ihn aber hier erwartete, das wissen wir. Indessen fand er seinen geliebten Sohn schon aus der Gefangenschaft erlöst. Er war kurz zuvor erwacht, hatte seine Klagetöne auf's Neue angestimmt und dazu ein so vollstimmiges Accompagnement mit den Fäusten an der Thür gemacht, daß endlich von den Hausgenossen, welche indeß heimgekommen waren, Einer ihn gehört und befreyet hatte. Vater und Sohn klagten sich gegenseitig ihr Leid — es war eine herzbrechende Scene — Zum Glück war der Werth dessen, was Herr Carino mitgenommen hatte, nicht groß; allein lag nicht in der ganzen Verkettung ihrer Unglücksfälle schon Ursache genug zur Traurigkeit? Doch überliessen Beyde sich derselben nicht bis zur Verzweiflung; Vielmehr sorgte der Herr Amtmann für seine werthe Gesundheit, zog die nassen Kleidungsstücke aus, legte sich zu Bette, bestellte ein gutes Abend-Essen und unter andern eine erquickende Wein-Suppe; Valentin ließ sich's vor seines Vaters Bette wohlschmecken, und gieng dann auch schlafen. — Wir wünschen ihnen eine angenehme Ruhe.

Achtes Capitel.

Geschichte des Fremden, der in der Eulenburg
vor Peina abgetreten war.

So sehen meine Augen Dich endlich wieder, mein theurer, geliebter Louis!« rief der Fremde in der Eulenburg dem österreichschen Officier entgegen, als Dieser zu ihm in das Zimmer trat und in seine Arme eilte — »Mein Wohlthäter! mehr als Vater! Wie viel Dank!« — stammelte der Officier — »o rede nicht von Dank!« »Wie sollt ich nicht?« — »Komm an mein Herz!« Und so gieng es noch ein Weilchen fort, in abgebrochnen Worten — Ein rührender Auftritt! Der Hausknecht, welcher dem Officiere die Thür öfnete, hat ihn uns beschrieben, und wenn wir unsern Verleger hätten bewegen können, Kupferstiche zu diesem unserm Romane verfertigen zu lassen; so hätte die Darstellung dieser Zusammenkunft eines der schönsten Blätter liefern müssen — Vielleicht lässt er sich noch bewegen, der sechsten oder siebenten Auflage einige Bilderchen beyzufügen; bis dahin mag die jetzige Generation der Leser sich die ganze Geschichte mit dem Pinsel ihrer Phantasie vormalen.

Nachdem diese ersten Entzückungen vorüber waren, reichte der fremde alte Herr dem Officier einen schriftlichen Aufsatz dar: »Hier, mein Lieber!« sprach er »habe ich die Haupt-Begebenheiten meines Lebens, in welche auch die Geschichte Deiner Jugendjahre mit einverwebt ist, zu Papier gebracht. Längst wollte ich Dir diesen Aufsatz schicken; nur die jetzt erfüllte Hoffnung, Dich selbst wieder zu umarmen, hielt mich davon ab. Ich kann ihm ja dann alles mündlich erzählen, sprach ich zu mir selber. Nun aber, da ich wieder bey Dir bin, denke ich doch, es sey besser, ich lasse Dich das schriftlich lesen, weil es einmal aufgezeichnet ist; vielleicht könnte ich ausserdem manches vergessen. Lies es in müßigen Augenblicken durch, und laß uns jetzt die Freude des Wiedersehens recht geniessen!«

Der Officier umarmte nochmals den alten Herrn und steckte das Papier in die Tasche. Da aber die Leser vielleicht ungeduldig werden könnten, bis er es wieder hervorholt; wollen wir hier eine Abschrift dieses Aufsatzes mittheilen.

Geschichte des fremden Herrn in der Eulenburg.

Mein Vater war ein redlicher und geschickter Schullehrer in Blankenburg, am Harze. Freylich war man damals in der Pädagogik noch weit zurück; Man hatte noch nicht die Entdeckung gemacht, daß man der Jugend die ernsthaftesten, wichtigsten, wissenschaftlichen Kenntnisse, selbst von philosophischer Art, durch Kartenspiel und sonst auf tändelnde Weise beybringen könne. Man hielt bey dem Unterrichte sehr viel auf Uebung des Gedächtnisses, durch Auswendiglernen, besonders in den Jahren, wo man so leicht auffasst und so viel Stunden übrig hat, die man nicht besser anwenden kann, als damit, daß man in dem Magazine für die ganze übrige Lebenszeit die rohen Materialien aufhäufe, welche die reifere Vernunft in der Folge ordnet, auswählt und zum herrlichen Genusse für das Alter bearbeitet. Indessen gestehe ich gern daß, wenn irgend etwas, das man lernt, unnütz seyn kann, mein Vater seine Schüler manches unnütze Wort lernen ließ. Uebrigens fühlte er schwer die Last seines undankbaren Berufs — Geringe Besoldung, schwere, vielleicht oft gänzlich verlohrne Arbeit, vom frühen Morgen, bis in die Nacht, und manche Demüthigung von Seiten andrer, weniger nützlicher, aber darum nicht weniger übermüthiger Stände. Er war daher fest entschlossen, seine beyden Söhne, (denn ich hatte, oder vielmehr habe noch einen jüngern Bruder) eine andre Laufbahn antreten zu lassen. Der eine sollte zu Hause, in Blankenburg selbst, die Jägerey lernen — mein Großvater war Oberförster gewesen — ich aber wurde der Kaufmannschaft gewidmet und desfalls zu einem Verwandten nach Nürnberg geschickt.

Wir hatten kaum beyde ein Paar Jahre in dieser neuen Lebensart zugebracht, als mein Vater starb und gar kein Vermögen hinterließ. Dies war grade zu der Zeit des siebenjährigen Krieges; Es wurde im Braunschweigschen ein Jägercorps errichtet und mein Bruder nahm Dienste in demselben. Was mich betrifft; so wollte mir das ruhige Leben am Comtoir-Pulte auch gar nicht gefallen; von allen Seiten her ertönte nichts als Kriegesgeschrey; das machte mir dann Lust, mein Heil bey den Waffen zu suchen. An einem schönen Morgen packte ich meine kleinen Habseligkeiten zusammen, gieng fort aus Nürnberg und ließ mich bey dem Freycorps des französischen Obersten Fischer anwerben.

Es schien, als wenn das Glück meinen raschen Schritt begünstigen wollte; gleich im ersten Feldzuge wurde ich Unterofficier und in dem darauf folgenden wo ich Gelegenheit hatte, bey einigen Vorfällen Muth und Gegenwart des Geistes zu zeigen, Officier. Hierzu kam noch, daß ich ein paarmal sehr reiche Beute machte, jedoch unter Umständen, die, ich darf es mit gutem Gewissen behaupten, meinem Herzen nicht zur Schande gereichten, denn ich hasste das Plündern und alle die Grausamkeiten, welche unsre Leute sich zuweilen erlaubten. Einst — es war im Winter, und wir hatten Ruhe von den Feinden — war ich mit dem Major von Hoym und dem Hauptmanne Faber nach einem Nonnenkloster geritten, welches eben keine strenge Clausur hatte, am wenigsten jetzt, im Kriege, wo man es so genau nicht nehmen durfte, sondern muntre Gesellschaft ganz gern sah und sich sogar gefallen ließ, zuweilen ein Tänzchen mit Officieren zu machen. Dort lernte ich ein Fräulein von Weissenbaum kennen, ein liebenswürdiges, edles Geschöpf, das der Eigennutz ihrer Familie, wieder ihre Neigung, zu dem Klosterzwange verurtheilet hatte. Bey wiederholten Besuchen fühlten wir uns zu einander hingezogen, gestanden uns gegenseitige Liebe, und ohne uns, die wir Beyde kein Vermögen hatten, um die Zukunft zu bekümmern, verabredeten wir, daß ich sie entführen sollte. Mein Freund, der Hauptmann Faber, eine gute, dienstfertige, lustige Seele (Er lebte nachher als Schloßhauptmann am Hofe des Fürsten von Nassau-Saarbrück) leistete mir, bey Ausführung dieses Plans, treue Dienste. Ich nahm meine Geliebte hinter mir auf mein Roß und brachte sie glücklich nach Fritzlar, wo uns niemand kannte und wo ein Geistlicher das Petschaft des priesterlichen Segens auf unsre Verbindung drückte. Acht Tage nach unsrer Hochzeit mussten wir marschiren und meine Frau folgte mir bey der Bagage der Armee, nach Einbeck, wo wir den Rest des Winters zubrachten. Mein Herz schlug mir, voll Verlangen, meine Vaterstadt wiederzusehn, da ich ihr jetzt so viel näher war; aber der Dienst litt es nicht. Das Frühjahr kam heran und wir zogen uns zurück nach Hessen; allein zu meinem Unglücke fiel meine liebe Frau in eine schwere Krankheit, und da sie sich noch obendrein im vierten Monate schwanger befand, war es durchaus unmöglich, sie fortzubringen.

In dieser Verlegenheit bat ich unsern commandirenden General um Erlaubniß, an meinen Bruder, der bey der feindlichen Armee war, schreiben zu dürfen. Die braunschweigischen Jäger standen nicht weit von uns; also hielt es nicht schwer, den Brief sicher in meines Bruders Hände zu liefern, der mir auch sogleich freundschaftlich antwortete. Ich bat ihn nämlich und beschwor ihn bey den Banden des Blutes, sich meines verlassenen Weibes anzunehmen, bis ich Anstalten zu ihrer Wieder-Vereinigung mit mir treffen könnte, und er versprach, alles zu thun, was in seinen Kräften stünde und sich von einem zärtlichen Bruder erwarten liesse. Auch hielt er Wort; Sobald die dortige Gegend wieder in den Händen der alliirten Armee war, eilte er nach Einbeck, besuchte meine kranke Gattinn, gab sich ihr zu erkennen, both ihr seine Hülfe an und empfahl sie, als er mit der Armee fortmusste, einem geschickten und redlichen Arzte, wollte auch

Geld für sie dort lassen, dessen sie jedoch nicht bedurfte, weil ich sie damit versehn hatte.

Mein gutes Weib kränkelte noch fort, bis zur Zeit ihrer Entbindung, so daß man es nicht wagen durfte, sie von Einbeck wegzuführen. Endlich brachte sie einen Knaben zur Welt; allein das schwächliche Kind starb gleich nach seiner Geburt; die Mutter hingegen wurde durch die treue Sorgfalt ihres Arztes gerettet, erhielt nach und nach ihre Kräfte und endlich ihre völlige Gesundheit wieder. Sobald sie im Stande war, zu reisen, dachte ich ernstlich darauf, sie zu mir kommen zu lassen. Es war im Jahr 1762; die französische Armee hielt sich nur mit Mühe noch in Hessen, und weil ich sie also bey mir nicht sicher glaubte, ließ ich sie nach Straßburg bringen, wohin auch ich, gleich nach dem bald daraus erfolgten Frieden, in ihre Arme eilte.

Allein der Frieden, welcher Trost und Ruhe in so manches Herz senkte, war für mich eine Quelle peinlicher Sorgen. Ich wurde reducirt; Das Wenige, was ich durch Beute gesammelt hatte, konnte nicht lange vorhalten, einen großen Theil davon hatte meine Frau schon in Einbeck zusetzen müssen; Was für traurige Aussichten hatte ich daher nicht für die Zukunft? Da indessen doch ein Entschluß gefasst werden musste; folgte ich dem Rath eines Freundes, zog nach Worms und legte dort eine kleine Schule an, in welcher wir, mein Weib und ich, Kindern von beyden Geschlechtern Unterricht im Schreiben, Rechnen und in weiblichen Arbeiten gaben.

Der Erwerb war kümmerlich, den uns dort unser treuer Fleiß verschaffte. Wer nicht die Gabe hat, durch Schleichwege und Unverschämtheit sich hervorzubringen, der bedarf, um nicht zu verhungern, aller Orten, besonders aber in Reichsstädten, mächtiger Vorsprecher, wenn er fortkommen will, und mich kannte niemand in Worms. Die Häuser der Reichen waren uns verschlossen; nur in den niedern Classen fanden wir Eltern, die uns ihre Kinder anvertraueten, nicht aus Zuversicht zu unsrer Geschicklichkeit, sondern weil wir nicht so viel Geld bezahlt nahmen, als Andre. Unser Umgang aber schränkte sich auf ein Paar Nachbar-Häuser ein, in welchen nicht weniger Armuth, als bey uns herrschte. Ich erinnere mich unter andern, daß uns zuweilen an Sonntagen eine Frau besuchte, deren Mann aus Verzweiflung sich dem Trunk ergeben hatte. Wenn nun das arme Weib zu uns kam, pflegte sie das Wenige, was sie noch an silbernen Löffeln und dergleichen übrig hatte, in die Tasche zu stecken, aus Furcht, daß ihr Mann es unterdessen versetzen, und das Geld im Wirthshause verzehren mögte.

Drey Jahre hindurch hielten wir es in Worms aus; dann hatte ich das Glück, durch einen sehr rechtschaffnen Kaufmann, einen gewissen Herrn Schuler, Empfehlung an den Grafen *** in ** zu erhalten, der eines Privat-Secretairs bedurfte. Mein Gesuch fand einige Schwierigkeit, weil er lieber einen unverheyratheten Mann angenommen hätte; doch erhielt ich die Stelle und erwarb mir bald das Zutraun meines guten Herrn.

Der Graf *** war in der That ein sehr edler Mann. Wenn es irgend einen Menschen auf der Welt giebt, der fähig ist, ohne allen Egoismus, ohne Eigennutz und ohne Eitelkeit, das Gute, bloß aus reiner Liebe zum Guten selber zu thun; so war er es gewiß. Man hielt ihn für hartherzig, rauh und geizig; aber wie wenig kannte man sein Herz! Seine jetzige Gemahlinn selbst (Er war zum zweytenmal verheyrathet) suchte ihn in den Ruf zu bringen, als wenn gar nicht mit ihm auszukommen wäre, als wenn er auch die unschuldigsten Freuden den Personen seiner Familie nicht gönnte, und über die geringsten Kleinigkeiten in Zorn geriethe und tobte. Die Wahrheit war, daß sie durch diese Vorwürfe ihn zwingen wollte, zu Schritten zu schweigen, zu welchen kein ehrliebender Mann schweigen darf; daß Alle, die ihn umgaben, seine beyspiellose Milde auf die unverantwortlichste Art mit Füßen traten; und wenn sie ihm lange genug das Maaß des Verdrusses voll gegeben hatten, ohne daß er murrte, sondern sich nur innerlich grämte; Endlich aber, wenn sie noch ein Quentlein in das Gefäß warfen, die Wagschale seiner Geduld in die Höhe schnellte; dann schrie das Weib, dann hieß es: »mein Gott! über eine solche Kleinigkeit fährt der

Mann auf; Man kann es ihm nie recht machen.« Und wenn alle seine Hausgenossen seine Nachsicht und die uneingeschränkte Freyheit, die er ihnen ließ, misbrauchten, und er sich dann betrogen, seine Ehre und seinen guten Namen auf dem Spiele stehn sah; gab er wohl etwas strengere Policey-Gesetze in seinem Hause, aber dann entstand auch allgemeines Murren über seine Härte; dann hieß es: »eine solche Behandlung reize erst recht zu verbothnen Handlungen.«

Eben so ungerecht als die Beschuldigung der Härte, war die des Geizes, welche man dem Grafen machte. Er hatte aber die Grille, durchaus nicht gestatten zu wollen, daß die Welt seine wohlthätigen Handlungen erführe und ihn desfalls lobte. Ich aber, der das Glück hatte, sein Vertraun zu gewinnen, bin Zeuge gewesen von so edeln, großmüthigen Thaten, die gewiß damals Keiner ahnete, die erst nach seinem Tode, durch seine hinterlassnen Briefe offenbar wurden; von schweren Aufopferungen die ihn manchen herben Kampf kosteten, den er aber in der Stille kämpfte. Ich habe gesehn, mit welcher Verleugnung er es zuweilen ertrug, wenn er gerade da am bittersten getadelt wurde, wo er am größten gehandelt hatte; wie er heimlich an der Wohlfarth derer arbeitete, die ihn mehr als einmal bübisch geneckt, verfolgt und mit dem schwärzesten Undanke belohnt hatten; wie er nagenden, unverschuldeten Kummer und Leiden aller Art mit Geduld ertrug und nie auf Andre wälzte, immer in sich selber Trost und Hülfe suchte. Wer ihn um Vorsprache oder Hülfe ansprach, den wies er mehrentheils und zuweilen mit Rauhigkeit zurück; mir aber und zwey andern Vertrauten trug er auf, Hülfsbedürftige aufzusuchen; und wenn er dann, durch Geld oder unermüdete Thätigkeit, das Gute gewürkt und den Unglücklichen gerettet hatte; dann wusste er das Verdienst der Handlung auf einen Dritten zu schieben, Diesen Dank und Ehre einerndten zu lassen. Glaubte ein Geholfner auf die Spur seines unbekannten Wohlthäters gekommen zu seyn, kam zu ihm und stammelte Dank; so fuhr ihm der Graf mit solchem Ungestüme an, daß er sich geirrt zu haben glaubte und das gute Wort bereuete, daß er an diesem unfreundlichen Manne verschwendet hatte.

Eine große Eigenschaft fehlte indessen dem Grafen, eine Eigenschaft, die allen seinen Tugenden hätte die Crone aufsetzen können, nämlich männliche Entschlossenheit und Festigkeit gegen Andre — ich sage: gegen Andre, denn wie strenge er gegen sich selber war, habe ich vorhin erwähnt. Er, den sein unwürdiges Weib als einen Starrkopf und Tyrannen abschilderte, war das Spielwerk eben dieses Weibes, ließ sich von ihr auf alle Weise hintergehn und bey der Nase führen. Machte sie mit ihrem Anhange es ihm gar zu bunt; so tobte er wohl nach seiner Art ein wenig; allein wenn dann die Heuchlerinn die unschuldig Gekränkte, von Gram Niedergebeugte spielte; glaubte er, sich übereilt zu haben und that und litt alles, sein vermeintliches Unrecht wieder gut zu machen. Der verstellten Reue widerstand seine Weichherzigkeit nun vollends gar nicht; Derselbe Schelm konnte ihn zehnmal anführen und eine einzige anscheinend herzliche Bitte konnte ihn in den wichtigsten, überdachtesten Vorsätzen wanken machen.

Ich sah bald mit Wehmuth und Abscheu, welchen schändlichen Misbrauch die Gräfinn von dieser zu sanften Gemüthsarts ihres Gemahls machte. Die ganze Stadt wusste, daß sie auf seinen Namen Schulden machte, und daß sie ein Liebes-Verständniß mit einem elenden Comödianten unterhielt — die ganze Stadt wusste das, sah das mit Verachtung; nur der Graf sah nichts, erfuhr nichts. Oft war ich in Versuchung, ihm die Augen zu öfnen; auch erwartete die Gräfinn, die wohl fühlte, welche Empfindungen mir ihre Aufführung einflößte, nichts anders von mir. Indessen, wenn ich bedachte, wie diese Entdeckung meinem armen Herrn das Herz brechen würde; so verschob ich's von einer Zeit zur andern; Die Vorsehung aber, die nie zugiebt, daß Schandthaten unentdeckt bleiben und die Bosheit triumphiere, brachte diese Händel, ohne meine Mitwirkung an's Licht. Der Graf kam einst unerwartet zu Hause, ertappte seine Gemahlin, an der Seite eines niederträchtigen Buhlen und nun offenbarte sich das ganze Gewebe ihrer Abscheulichkeiten — Aber ach! dieser Schlag war zu hart für meinen guten, gefühlvollen Herrn. Der Kummer warf ihn auf das Krankenbette; er litt nicht lange und verschied in meinen Armen.

Für mich war der Verlust dieses einzigen Wohlthäters eine erschreckliche Begebenheit. Die Gräfinn hasste mich, und wäre das auch nicht der Fall gewesen; so hätte sie mir doch kein Brod geben können. Sie selbst hatte die öconomischen Umstände ihres Gemahls in die größte Verwirrung gebracht. Ihre Schulden überstiegen das baare Vermögen, welches sie erben konnte; die Güter aber waren Lehn und fielen, da der Graf keine Kinder hinterließ, an den Landesherrn zurück — Die äußerste Armuth war nun ihr Erbtheil; und in diesen Zustande, den sie sich selbst bereitet hat, schmachtet sie noch, von niemand bedauert und, um so mehr, da sie jetzt häßlich ist, von jedermann verlassen.

Ich war also ohne Brod, denn bereichert hatte ich mich nicht, obgleich es mir nicht an Gelegenheit gefehlt hätte, etwas zu gewinnen, wenn ich weniger gewissenhaft gewesen wäre. Es war im Winter, am Ende des Jahrs 1769 und meine Frau, die in sieben Jahren keine Kinder gehabt hatte, war eben von einen gesunden kleinen Mädchen entbunden worden — Die Aussichten waren trübe; aber Gott half. Meines verstorbenen Herrn Freunde, in denen das Zutraun, welches er mir bezeugt hatte, eine gute Meinung von mir erweckte, verschafften mir eine kleine Stelle bey der fürstlichen Canzelley — Voll Hofnung und Zuversicht und mit heiterm Gemüthe arbeitete ich nun in meinem neuen Berufe, wurde nicht von drückenden Nahrungssorgen gepeinigt, genoß häusliche Freuden und war noch glücklich genug, auch gegen Andre wohlthätig handeln zu können, wie Du jetzt hören wirst.

Neuntes Capitel.

Fortsetzung dieser Geschichte. Sonderbare Entdeckung. Der Fremde und der Officier finden im Posthause nicht, was sie suchen.

Unter den Hülfsbedürftigen, deren sich mein guter Graf so wohlthätig angenommen hatte, befand sich auch eine interessante Familie, welche meiner Sorgfalt anvertrauet war und deren Umgang mir so viel reine Freuden gewährte, daß ich, wenn auch der Beystand, den ich ihr in meines Herrn Namen leisten musste, mich nicht zu ihnen rief, doch manche Stunde nebst meiner Frau bey diesen guten Menschen zubrachte. Er und sie waren in Frankreich geboren und hatten einst glücklichere Tage erlebt, wovon ich die Geschichte besonders aufgezeichnet habe und Dir mittheilen will. Durch die schwärzeste Cabale und eine Reihe von Widerwärtigkeiten aus ihrem Vaterlande vertrieben, hatte Er kein Mittel unversucht gelassen, was einem Manne von Ehre und Erziehung anständig seyn kann, um in Teutschland für sich und die Seinigen Brod zu erwerben. Hätte er dem Beyspiele so Vieler unter seinen leichtfüßigen Landesleuten folgen und mit erborgten Titeln und gestohlnem Gelde an irgend einem teutschen Hofe als Chevalier oder Marquis auftreten wollen; so würde er seine Familie nicht nur mit Brod sondern auch mit Pasteten haben speisen können; Er hätte sich dann etwa mit einem Paar tausend Gulden Besoldung zum directeur des plaisirs Seiner Durchlaucht ernennen lassen und Madam, welche jung und hübsch war, hätte diese Plaisirs vermehrt. Allein, wie gesagt, er war ein Mann von Ehre und Rechtschaffenheit, Seiner Sprache war er mächtig — Ein seltnes Phänomen bey einem Franzosen! — Er hatte sie studiert; folglich schien ihm eine Stelle als Lehrer derselben, die grade bey den Edelknaben in *** erledigt war, die anständigste Art, seinen Unterhalt zu verdienen. Mein würdiger Graf ***, bey welchem er sich desfalls meldete, prüfte ihn und setzte ihn an. Allein der arme Mann war schwächlich — Sorgen und Kummer hatten so lange an seinem Herzen genagt, bis es endlich brach. Zwey Jahre vor des Grafen Tode verließ er diese Welt, in welcher er so wenig frohe Stunden erlebt hatte; Seine trostlose Witwe, die selbst kränkelte, sah sich nun nebst dem kleinen vierjährigen Knaben verlassen und blickte vor sich hin in eine traurige Zukunft.

Die hohen Preise aller Lebens-Bedürfnisse in den Städten stehen in gar keinem Verhältnisse mit dem Lohne, den man für gemeine, nützliche weibliche Hand-Arbeiten hingiebt, indeß Der, welcher für Luxus und Ueppigkeit würkt, reichlich bezahlt wird. Ein ehrliches Frauenzimmer, welches sich bloß mit Hemder nähen und Strümpfe stricken beschäftigen will, kann, wenn sie das bey ihrem eignen kleinen Haushalt zu bestreiten hat, oder sonst einmal ein Paar Stunden im Tage, oder ein Paar Tage in der Woche ausfallen, wenn es zum Beyspiel an Arbeit fehlt, unmöglich mit diesem Erwerbe auskommen. Putzmacherinnen verdienen freylich schweres Geld; allein diese Lebensart schien der edeln Frau niedrig und zweydeutig; und so litt sie dann, da sie noch obendrein selten ganz gesund war, Mangel. Das wohlthätig ausspähende Auge meines lieben Grafen entdeckte bald ihre Lage und ich bekam Auftrag, zu Hülfe zu eilen. Dies geschah auf eine Weise, die ihr Zartgefühl nicht beleidigen konnte und ich hatte die Freude, zu sehn, wie das gute Weib sich nach und nach aufheiterte; mit ihrer Gesundheit wurde es jedoch immer mislicher. Schon hatte sie seit einem Monate das Bette nicht verlassen können, als der Verlust unsers gemeinschaftlichen Wohlthäters ihr den Rest gab. Einst schickte sie zu mir und ließ mich dringend bitten, sie sogleich zu besuchen. Ich fand sie sehr schwach; alle Anzeigen des nahen Todes waren da. Ihr Sohn — Du mein Louis! Du saßest weinend auf ihrem Bette; Eine Deiner Hände hielt sie zitternd in den ihrigen. Als ich eintrat, bestrebte sie sich, ihre trüben, halb schon gebrochnen Augen freundlich aufzuschlagen; Ein sehnlicher Wunsch, eine dringende Bitte, schien ihr Herz zu pressen; aber die matten Lippen versagten ihr den Dienst, sich durch Worte zu erklären. Sie winkte ihrer Wärterinn und diese brachte mir ein Päckchen mit Briefschaften, begleitet von einem Aufsatze, von ihrer Hand geschrieben, und an mich gerichtet. Sobald sie diese Papiere in meiner Verwahrung sah, schob sie mir Deine Hand, mein lieber Louis! hin, faltete dann die ihrigen — es schien als wenn sie dieselben dankbar zum Himmel emporheben wollte — Dann schloß sie die Augen, fiel in einen Schlummer und erwachte nicht wieder.

Nachdem ich die nöthigen Bestellungen wegen der Beerdigung Deiner lieben Mutter gemacht hatte, nahm ich Dich an meine rechte Hand, das Päcklein mit Briefschaften unter den andern Arm; und so verließ ich das Haus und führte Dich in meine Wohnung.

»Gott hat uns noch ein Kind beschehrt« sprach ich zu meiner Frau, als sie mir in der Thür entgegen kam »Gott hat uns noch ein Kind beschehrt und seinen Segen wird er uns auch dazu beschehren; Dieser kleine Kostgänger soll ihn uns in das Haus bringen.« Und nun erzählte ich dem guten Weibe, was vorgegangen war. Sie bückte sich zu Dir nieder, blickte Dir in's Gesicht, streichelte Dir die Backen, gab Dir einen mütterlichen Kuß, nahm Dir Dein Hütchen ab; und von dem Augenblicke an warst Du unser Kind und theiltest unsre Liebe und Sorgfalt mit der kleinen Margaretha.

Sobald ich Deine Mutter hatte zur Erde bestatten lassen (die Unkosten davon bestritt ich aus dem Verkaufe ihres wenigen Hausraths) fieng ich an, die Briefschaften zu untersuchen, welche sie mir eingehändigt hatte. Es waren Documente, welche Deine gegründeten Ansprüche auf ein beträchtliches Vermögen in Frankreich bewiesen, das man Deinem Vater auf die unrechtmäßigste Weise vorenthalten hatte. In dem Aufsatze von Deiner Mutter Hand, der bey den Acten lag, beschwor sie mich, als ihren einzigen Freund, Dich nicht zu verlassen, sondern Dich an Kindes Statt anzunehmen, demnächst aber, wenn es meine Umstände irgend erlaubten, selbst, oder durch einen sichern Mann, Deine Rechte in Frankreich auszufechten, welches mir unter der jetzigen Regierung gewiß nicht würde fehlen können. — »Ey nun! und wenn auch nicht« rief ich aus »denn mit Processen ist es immer eine misliche Sache; so wird die Vorsehung dem Knaben sonst helfen. Wenn er gesund, redlich und fleissig ist; muß sich auch schon in Teutschland ein Stück Brod für ihn finden.«

Ich fieng nun an, Deinem Unterrichte alle Stunden zu widmen, die mir meine Nahrungs-Geschäfte übrigliessen. Das Schicksal begünstigte meine Beharrlichkeit; Dein heller Kopf und Deine gute Gemüthsart unterstützten meine Bemühungen und, gleich als hättest Du neuen Segen in meine Hütte gebracht, schien sich alles unter meinen und meines wackern Weibes Händen zu verdoppeln.

Allein der Allweise hatte mich zu einem Werkzeuge ausersehn, um Dich in eine bessere Lage zu versetzen, als die war, die den Pflegesohn eines armen Zollschreibers erwartet hätte. Ich fieng schon an, Deinen Proceß in Frankreich ganz zu vergessen; die Papiere lagen bestäubt in einem Winkel, als neue Unglücksfälle mich unsanft aus dieser Ruhe aufweckten, um mir die Freude zu bereiten, die ich heute schmecke. Meine würdige Gattinn starb; Du warst damals zehn Jahre alt und meine Tochter hatte noch nicht den vierten Sommer erlebt. Fest entschlossen, nicht wieder zu heyrathen, wenn ich auch ein Mädchen gefunden hätte, das meine Armuth mit mir hätte theilen wollen, und dabey überzeugt, daß ein Vater, bey aller Sorgfalt, dennoch nicht im Stande ist, der ersten Erziehung eines weiblichen Geschöpfs gehörig vorzustehn, war ich in der That sehr verlegen, was ich mit meiner kleinen Margaretha anfangen sollte.

Indessen hatte ich, seit dem Frieden, welcher dem siebenjährigen Kriege ein Ende machte, nicht aufgehört, mit meinem Bruder in Briefwechsel zu stehn, obgleich unsre Umstände uns keine persönliche Zusammenkunft erlauben wollten. Er war, wie ich, reducirt worden, hatte aber das Glück gehabt, eine einträgliche Försters-Bedienung und dabey eine reiche Frau zu erhalten. Als ich ihm nun den Tod meines lieben Weibes und die Verlegenheit, darinn ich in Ansehung meines Kindes war, meldete, erboth er sich großmüthig, das kleine Mädchen zu sich zu nehmen, da es doch schien, als wenn seine Frau ihn nicht zum Vater machen wollte. Mit dankbarer Freude nahm ich dies an und schickte die Kleine, begleitet von einer treuen alten Magd, auf der Post zu diesem redlichen Bruder — Nun warst Du, lieber Louis! meine einzige häusliche Gesellschaft, und ich verwendete allen Fleiß auf Deine Bildung, als der Tod des alten Fürsten auf einmal mich um meine kleine Bedienung brachte. Das System des Erbprinzen war, wie es fast immer der Fall ist, das Gegentheil von dem zu thun, was sein Herr Vater gethan hatte. Es wurde also auch mit dem Zollwesen eine Umkehrung vorgenommen, manche Besoldungen wurden eingezogen, und unter diesen war auch die meinige.

Mitten aus dieser trüben Aussicht, die mich beynahe zur Verzweiflung gebracht hätte, ließ die weise Vorsehung einen neuen Strahl von Hofnung für mich hervorleuchten. Ich hatte während des Krieges in ***, wo ich einige Wochen in Quartier lag, einen Mann kennen gelernt, der sich meine ganze Hochachtung und Liebe erworben hatte. Damals war er Schiffs-Capitain, und hatte schon mehrmals die Reise nach Ostindien gemacht. Diese Lebensart pflegt sonst zuweilen dem Character Rauhigkeit zu geben; und nicht selten sind solche Männer Prahler und verschrobne Köpfe. Eine merkwürdige Ausnahme davon machte Der, von dem ich rede. Er war ein grader, unbestechbar redlicher Mann, ein gefühlvoller, dienstfertiger, großmüthiger Menschenfreund und dennoch, wo auf ehrliche Weise etwas zu erwerben war, ein achtsamer, speculativer Kaufmann; dabey ein heller und gebildeter Kopf und im Umgange unterhaltend, gefällig und duldend. Der langen Seereisen müde, hatte er in seiner Vaterstadt einen Handel im Großen angefangen, und war zugleich kaiserlicher Consul.

Grade zu der Zeit, als ich meine Bedienung verlohr, reiste er durch ***; er war in einem Bade gewesen, und nun auf dem Rückwege nach Hause begriffen. Mein guter Genius ließ mich ihm auf einen öffentlichen Spatziergange begegnen, wo ich kummervoll auf und nieder gieng; Du, mein Lieber! sprangst munter vor mir her. Vielleicht erinnerst Du Dich noch dieses Tages, denn was uns in dem zarten Alter begegnet, das pflegt sich dem Gedächtnisse, welches dann noch nicht mit so viel Bildern aller Art angefüllt ist, tief einzuprägen.

Es war für ihn und mich eine angenehme Ueberraschung, uns hier wiederzusehn; Er befragte mich theilnehmend um meine Lage; eine Thräne, die in meinem Auge zitterte, sagte ihm einen Theil dessen, was ich auf dem Herzen hatte, und da bey ihm *Unglück ahnen* und *retten wollen* immer eins war, ergriff er mich stillschweigend bey der Hand, und führte mich in den Gasthof, wo er abgetreten war.

Sobald ich ihm meine Geschichte erzählt hatte, war auch sein Plan gemacht. »Den Jungen nehme ich mit mir« sprach er »das ist ein feiner Knabe, den wir schon durch die Welt bringen wollen. Mein Freund, der Oberst von *** in ***schen Diensten, schlägt mir's nicht ab, wenn ich ihn bitte, daß er ihn als Fahnenjunker bey seinem Regimente ansetze. Das er unter guter Aufsicht sey, dafür soll gesorgt werden, und wenn er einmal Officier wird, wollen wir auch schon zu der Equipage und dem Zuschusse Rath schaffen. Ihnen aber, mein Freund! kann ich grade jetzt zu einer Stelle auf einem Schiffe, daß nach dem Cap und von da nach Indien geht verhelfen. Die Stelle wird Anfangs klein seyn, aber ich gebe Ihnen gute Addressen mit, und Sie können, wenn Sie, wie ich nicht zweifle, der Instruction folgen, die ich Ihnen ausschreiben werde, es dort bald zu etwas Höherm bringen.«

Mich von Dir zu trennen, mein Lieber! das kam mir freylich hart an; allein, wenn ich dann wieder überlegte, wie wenig ich für Dich thun konnte, der ich arm und verlassen war, wie viel Du bey dem Tausche gewannst, und welchen sichern Händen ich Dich anvertrauete; so tröstete mich das, und was meine Person betraf; so war mir jeder Winkel des Erdbodens, wo ich Brod fände, gleich willkommen.

Ich legte nun die mir von Deiner Mutter anvertraueten Schriften versiegelt in die Hände unsers großmüthigen Wohlthäters nieder, da ich noch kein Mittel vor mir sah, Gebrauch davon zu machen. Der redliche Consul reiste mit Dir ab, und ich, nachdem ich meine geringen Habseligkeiten verkauft hatte, blieb grade nur noch so lange, bis er mir meine Empfehlungsschreiben und einen Vorschuß von Reisegeld geschickt hatte, da ich dann nach Holland abgieng.

Der Gedanke, daß ich meine einzige Tochter nun vielleicht nie wiedersehn sollte, machte mir den Abschied von meinem Vaterlande schwerer, als ich bey dem ersten Vorschlage meines Freundes geglaubt hatte; Wenigstens wollte ich aber dem Kinde in der Folge die Unannehmlichkeit, für das Schicksal seines Vaters besorgt zu seyn, und den Schmerz über eine so weite Entfernung von ihm, ersparen. Desfalls bat ich meinen Bruder, als ich ihm meinen Entschluß, nach Indien zu gehn, meldete, er mögte niemand hiervon etwas entdecken, sondern jedermann und selbst meiner kleinen Margaretha sagen, ich sey gestorben. »Wenn mich« sprach ich zu mir selber »die Vorsehung einst glücklich wieder aus jenem Welttheile zurückführt; wird die freudige Ueberraschung meiner Tochter, Den wieder zu sehn, der ihr das Leben gegeben hat, um desto größer seyn.« Und diesen frohen Augenblick hoffe ich nun bald zu erleben.

Meine Reise nach Holland und von da nach Indien gieng so glücklich als möglich von Statten, und die Empfehlungen meines redlichen Beschützers waren dort von solchem Gewichte, daß ich sogleich, als Aufseher über zwey Waaren-Lager in Thätigkeit gesetzt und versorgt wurde. Meine Lage war also über Erwartung angenehm; das Clima hatte den wohlthätigsten Einfluß auf meine Gesundheit; die Nachrichten, die ich durch den Consul von Deinem Schicksale erhielt, obgleich nur in allgemeinen Ausdrücken abgefasst, waren sehr erfreulich; auch mein Bruder meldete mir, daß die kleine Margaretha ein gesundes, hübsches und gutes Mädchen sey — und so war ich denn zufrieden, heiter, und dankte dem gütigen Schöpfer in meinem Herzen.

Auf diese Weise verfloß mir eine lange Reyhe von Jahren, ohne die geringste Wiederwärtigkeit. Unter den Kaufleuten, deren Geschäfte ich zu besorgen hatte, war vorzüglich Einer mir sehr gewogen, und vertrauete mir die wichtigsten Dinge an, nachdem ich mir bald eine Fertigkeit in dem Mechanischen dieser Arbeiten und die nöthigen Sprach-Kenntnisse erworben hatte. Endlich, als dieser gute Mann anfieng schwächlich zu werden, rief er mich einmal zu sich, und sagte mir ungefehr folgendes: »Sie haben mir bis jetzt so redlich und eifrig gedient, daß ich nicht ruhig würde sterben können, wenn ich nicht vorher Ihre Treue auf eine Weise belohnt hätte, die dem großen Vermögen angemessen ist, das mir Gott gegeben und das er unter Ihren Händen hat gedeyen lassen. Nun könnte ich Ihnen hier wohl zu einer reichen Frau verhelfen, oder Sie sonst ansäßig machen; allein ich glaube bemerkt zu haben, daß Sie nicht geneigt sind, Sich wieder zu verheyrathen, und daß Sie Sich überhaupt nach Ihrem Vaterlande zurücksehnen. Diesen Wunsch zu befriedigen, dazu fordern mich Dankbarkeit und Freundschaft auf. Ungern trenne ich mich von Ihnen — Doch, meine irdische Laufbahn wird nun wohl bald vollendet seyn. Und wäre das auch nicht; so würde ich mir's doch zum Verbrechen machen, wenn mir mein Privat-Vortheil näher am Herzen läge, als Ihre Glückseligkeit. Nehmen Sie daher diese Summe als ein freundschaftliches Geschenk an! Ich kann sie entbehren; sie ist mir eine Kleinigkeit, und Sie können in Teutschland damit viel ausrichten. Reisen Sie sobald dahin ab, als Sie es gut finden, nehmen meine besten Wünsche mit, und gedenken zuweilen eines Mannes, dem Sie, ausser den öconomischen Dienstleistungen, auch noch durch ihre Bekanntschaft den Vortheil gewährt haben, daß er nun eine bessere Meinung von dem Menschengeschlechte mit aus dieser Welt nimt, als die war, welche ihm bis jetzt so manche traurige Erfahrungen eingeflößt hatten.«

Ich erstarrte fast vor Ueberraschung, als ich die Papiere auseinanderschlug, die er mir eingehändigt hatte, und nun fand, daß es Banco-Noten, zwanzigtausend Ducaten am Werthe, waren. Meine Empfindungen der Dankbarkeit konnte ich nur unvollkommen ausdrücken; Der edle Greis verstand aber auch meine stumme Sprache und fühlte sich vielleicht so glücklich, wie ich mich.

Vor zwey Jahren nun ließ ich mich nach Holland einschiffen. Mit dem Briefe, den ich Dir damals schrieb, und in welchem ich Dir die Freude, Dich wieder zu sehn, zu erkennen gab, ließ ich zugleich einen andern an unsern Consul, den ersten Schöpfer meines Glücks, abgehn. Ich gab ihm von allem Nachricht und bat ihn, mir sogleich das Paquet, welches Deine Forderungen in Frankreich betraf, nach Amsterdam zu schicken. Nur meinem Bruder meldete ich weder die Veränderung meiner Umstände, noch meine Rückkehr nach Europa; Ich wollte ihn auf angenehme Weise überraschen, und das ist auch noch mein Vorsatz.

Sobald ich in Amsterdam in dem Besitze Deiner Documente war, las ich alles sorgfältig durch, was Dein Vater aufgezeichnet hatte, und besann mich dann nicht lange, sondern reiste sogleich nach Paris. Ich will Dich nicht mit einem weitläuftigen Berichte von den Schwierigkeiten aufhalten, die ich dort fand, Deine gegründete Forderung in's Reine zu bringen; aus den Acten selbst wirst Du das sehn — Genug! daß mich der Himmel das Glück hat erleben lassen, Dir ein Vermögen von wenigstens funfzehntausend Livres jährlicher Renten in Sicherheit zu bringen. Jetzt habe ich weiter keinen Wunsch mehr in dieser Welt, als den, an meiner Tochter so viel Freude zu erleben, als mir die vortheilhaften Zeugnisse meines Bruders von ihr zu versprechen scheinen, und sie dann glücklich verheyrathet zu sehn. Ich eile nach Biesterberg, um dort diese mir so theuren Menschen zu umarmen. —

Wie? nach Biesterberg? Herr Autor? Ey! nun ja, mein Hochgeehrtester Leser! stellen Sie Sich doch nicht so überrascht, gleich als hätten Sie es nicht längst gemerkt, daß der Bruder, welchen unser Fremder sucht, kein andrer, als der Herr Förster Dornbusch, und daß die jetzt von ihrem Herrn Oncle wieder nach Goßlar geführte Jungfer Margaretha das oft erwähnte Töchterlein ist! Dies Zusammentreffen hat übrigens, so viel ich es einsehe, nichts Unwahrscheinliches, und ich bitte Sie, mir einen teutschen oder andern Roman zu nennen, in welchen nicht viel unglaublichere Begebenheiten vorkämen. Uebrigens muß ich zur Erläuterung dieser ganzen Geschichte nur noch einige Worte hinzufügen.

Der österreichsche Officier wusste freylich, daß seine Geliebte Margaretha Dornbusch hieß; daß sein Pflegevater denselben Familien-Namen führte, war ihm auch nicht unbekannt; allein da das Frauenzimmer gar nicht ahnen konnte, daß ihr Vater in Ostindien lebte, sondern vielmehr oft erzählt hatte, es sey derselbe längst in Teutschland gestorben, Monsieur de Previllier aber (denn so hieß der Officier) sich's aus den Zeiten seiner Kindheit nicht mehr erinnerte, daß sein Pflegevater zuweilen eines Bruders Erwähnung gethan hatte, ja! da ihm das Andenken an die jüngere Gefährtinn seiner ersten Jugend beynahe gänzlich aus dem Gedächtnisse gekommen war; konnte er unmöglich wissen, daß seine ehemalige Gespielinn und die jetzige Dame seines Herzens eine und dieselbe Person wäre. Jetzt aber (denn der Ostindier theilte ihm wenigstens den Haupt-Inhalt der Geschichte, welche dieser Aufsatz enthielt, mündlich mit) machte er eine Entdeckung, die ihn mit der lebhaftesten Freude erfüllte. Er nahm sich aber vor, den alten Herrn Dornbusch damit zu überraschen. Sobald sich's daher schicklicherweise thun ließ, bat er ihn, mit ihm nach dem Posthause zu gehn, wo er ihm in der Person seines Reisegefährten zu einer sehr interessanten Bekanntschaft zu verhelfen versprach; Sie giengen hin, sobald der Alte sein Mittags-Essen verzehrt hatte.

»Um Gotteswillen!« rief der Hauptmann Previllier und stürzte in das Zimmer, in welchem er den Ostindier ein

Weilchen allein gelassen hatte, um indeß die bewusste Person zu holen, »Was fange ich an? Sie ist fort; Sie ist fort!« — »Wer ist fort?« — »Wie können Sie fragen? Ihre Tochter, meine Geliebte, meine Braut ist fort. Der Förster Dornbusch hat sie mit Gewalt in den Wagen gehoben und ist mit ihr wieder nach Goßlar gefahren.« — »Du bist von Sinnen, Louis! Wie soll meine Tochter, wie soll mein Bruder hierherkommen?« — »O! verlieren wir keine Zeit mit Erzählungen! ich beschwöre Sie. Lassen Sie uns nacheilen! Unterwegens sollen Sie alles erfahren; jetzt nur geschwind angespannt!« — »Aber mein Wagen, meine Päckereyen, mein Bedienter; alles ist draussen im Wirthshause.« — »Ich will hinschicken; Morgen können wir wieder hier seyn; Nur geschwind, daß wir sie noch einholen!«

Der alte Herr sah wohl, das hier nichts zu thun wäre, als dem ungestümen Menschen zu folgen. Sobald daher des Officiers kleine Callesche angespannt war, setzte er sich mit ihm hinein, und fort gieng die Reise nach Goßlar.

Zehntes Capitel.

Etwas von dem jungen Frauenzimmer.
Sie entwischt.

Wir haben den Förster, in Gesellschaft des Pastors Ehren Schottenii, mit dem jungen Frauenzimmer eben so eilig aus Peina fortgeschafft, als jetzt die beyden Herrn, welche ihnen nachreisen, ohne es zu Erläuterungen unter allen diesen Leuten kommen zu lassen. Damit nun unsre Geschichtschreiber-Schulden sich nicht gar zu sehr häufen und wir, wenn endlich alles sich zum Ziele neigt, nicht gar zu viel aus ältern Zeiten nachzuholen haben mögen, was der Leser noch nicht weiß, wollen wir, während diese fünf Personen auf der Reise sind, der Herr Amtmann aber und sein Erbe, im süßen Schlafe, *der müden Natur balsamischen Labsale*, sich erquicken, eine kleine Skizze von dem kurzen Lebenslaufe der Jungfer Margaretha Dornbusch entwerfen.

Sobald der Förster in Biesterberg das ihm von seinem Bruder anvertrauete kostbare Unterpfand in Besitz genommen hatte, beschloß er, das kleine Mädchen wie seine eigne Tochter zu behandeln. Er selbst hatte mit seiner ehelichen Hausfrau keine Kinder erzeugt, aber ein ansehnliches Vermögen erheyrathet, so daß er an Margarethens Erziehung, wenn er und sie auch nicht mit den nöthigen pädagogischen Gaben ausgerüstet waren, doch genug verwenden konnten, um das Kind durch Andere zu einem feinen Frauenzimmer bilden zu lassen.

Der Förster war ein biedrer, aber freylich gänzlich uncultivirter Mann. Sein Handwerk verstand er aus dem Grunde, in der politischen, literarischen und galanten Welt hingegen war er ein Fremdling. Ausser einigen Andachtsbüchern, in denen er Morgens und Abends seine bestimmte Seitenzahl gewissenhaft las, wie man das an den braunen Flecken unten auf dem Rande, wo der geleckte Finger beym Umwenden seinen Stempel hingedruckt hatte, sehn konnte, sodann ausser einer alten Chronic, an welcher die vordersten Blätter fehlten und den Zeitungen, die ihm der Herr Amtmann mittheilte, hatte er sich nie mit Lesen abgegeben, und seit dem Frieden, da er seine jetzige Bedienung antrat, war er des Herumschweifens müde, liebte die Ruhe, kam nur äusserst selten in die benachbarten Städte, und war daher auf alle Weise in einer gewissen Art von Cultur sehr zurückgeblieben. Dagegen hatte er einige andre kleine, unbedeutende Tugenden, die in dieser Welt wenig gelten, und wobey auch in der That nichts herauskömmt. So hielt er zum Beyspiel immer strenge und redlich Wort, theilte gern seinen Bissen mit dem Nothleidenden, ohne nur einmal zu ahnen, daß dies etwas anders als gemeine Christenpflicht wäre und nahm sich jedes Gedrückten und Verlassenen an, wenn er dazu im Stande war, wie wir denn gesehn haben, daß er sich zu seinem großen Schaden, in die bayerischen Händel mischte, als Agnese Bernauer sich im Gedränge befand.

Die kleine Grete wuchs unter der mütterlichen Sorgfalt der Frau Försterinn auf, versprach einst ein hübsches, reizendes Frauenzimmer zu werden, und war der Augapfel ihrer Pflegeeltern; Ehren Schottenius aber machte sich's zum Geschäfte, ihren Geist zu bilden, jedoch ohne die Bestimmung ihres Geschlechts und ihres künftigen Standes — denn zu einer braven Landfrau schien sie ihm einst ausersehn — aus den Augen zu verliehren. Neben dem Unterrichte in den Wahrheiten der christlichen Religion, nach der Form des lutherischen Kirchen-Systems, lehrte er sie eine leserliche Hand und einen wohlgesetzten Brief schreiben, erklärte ihr ein wenig die Landcharte und das Firmaments-Wesen, die vier Species der Rechenkunst und die Bilderchen aus Raffs Naturgeschichte. So erreichte sie das vierzehnte Jahr, da sie dann, in einem neuen schwarzen seidnem Kleide, mit rothen Schleufen und einem großen Blumenstrausse, mit den übrigen Kindern aus dem Dorfe confirmirt wurde, wobey sämmtliche Eltern Thränen vergossen.

In dieser Zeit erweckte der Erzvater der neumodischen Aufklärung, Satanas, der die ganze Welt verführt, den Geist eines pädagogischen Ehepaars, das sich kürzlich in Goßlar niedergelassen hatte, und nun durch die Posaune verschiedner Zeitungsschreiber allen Völkern verkündigen ließ: »Es haben Herr und Madam Deckelschall aus der Schweiz gebürtig, sich entschlossen, sowohl zum Besten der Menschheit überhaupt, als insbesondre zur Gemächlichkeit derjenigen Eltern, welche auf dem Lande wohnten, und folglich nicht Gelegenheit hätten, ihren Kindern zu Hause denjenigen Grad der Bildung zu geben, welchen man jetzt in der feinern Welt forderte, in der Reichsstadt Goßlar am Harze eine Pensions-Anstalt für junge Frauenzimmer zu errichten. Daselbst gäben sie für den sehr mäßigen Preis von *** jährlich, ihren Zöglingen Kost, Wohnung etc., Unterricht im Französischen und Italienischen, in der Music und allen andern, dem weiblichen Geschlechte nöthigen Wissenschaften, Kenntnissen, Künsten, Hand-Arbeiten, in feiner Lebensart und der Gabe, die besten classischen Schriftsteller mit Geschmack, Gefühl und Nutzen zu lesen.«

Dem guten Förster Dornbusch gieng plötzlich ein Licht auf, als er diesen Artikel in der Zeitung las. Es hatte seine Richtigkeit, daß Gretchen von den hier verzeichneten schönen Sachen noch wenig oder gar nichts verstand; Da nun diese Kenntnisse, wie es doch offenbar gedruckt da zu lesen war, einem wohl erzognen Frauenzimmer unentbehrlich waren, Gretchen aber, es koste was es wolle, ein wohl erzognes Frauenzimmer werden sollte; entschloß er sich kurz und gut, seine Nichte nach Goßlar zu bringen. Ehren Schottenius äusserte einige Zweifel, meinete, man müsse sich wohl zuvor genauer nach diesen Leuten erkundigen; allein bey Menschen von des ehrlichen Dornbusch Cultur hat das, was gedruckt ist, ein großes Gewicht; Sein ganzer Glaube an erhabnere Wahrheiten beruhete auf keinem viel dauerhaftern Grunde; also blieb es bey dem Vorsatze und die Nichte wurde nach Goßlar gefahren.

Jetzt muß ich die Leser ein wenig genauer mit dem Herrn Deckelschall und seiner Frau Gemahlinn bekanntmachen. Er war auf Universitäten gewesen, mithin ein Gelehrter; Nur auf solche langweilige Dinge, die man Brod-Wissenschaften nennt, hatte er nicht Lust gehabt, sich zu legen, und da man ohne diese in der bürgerlichen Gesellschaft nicht fortkömmt; war er auf alle Einrichtungen in der jetzigen Welt und auf alle Staats-Verfassungen nicht wohl zu sprechen. Nach manchen vereitelten Versuchen, dennoch irgend ein Aemtchen zu erwischen (welches ihn dann ohne Zweifel mit den Regierungen versöhnt haben würde) beschloß er endlich, Hofmeister junger Herrn zu werden. Er brachte ein Paar Grafen-Söhne, die man ihm anvertrauete, so weit, daß der Eine, dem er, wie er es für Pflicht hielt, seinen Eckel gegen allen bürgerlichen Zwang und alle wissenschaftliche Pedanterey mitgetheilt hatte, durchaus keinem Fürsten dienen wollte, sondern, zum größten Kummer seines nicht so aufgeklärten Vaters, in seinem zwanzigsten Jahre als Musen-Almanachs-Dichter und Music-Liebhaber privatisirte; Der Andre aber, den er, um ihm den Adelstolz aus dem Kopfe zu bringen, überzeugt hatte, daß aller Unterschied der Stände eine Grille wäre, aus seiner Eltern Hause nebst dem Garderoben-Mädchen davonlief und auf einem großen transportablen National-Theater, in den Rollen des Licentiaten Frank und des goldonischen Lügners den Schneidern und Schustern in Speyer, Worms und den benachbarten Städten ungemein gefiel.

In einem von diesen Häusern wurde Herr Deckelschall mit seiner jetzigen Ehefrau bekannt — —. Sie war Gesellschafterinn und Vorleserinn der Frau Gräfinn. Ihre Herzen sympathisirten; Herr Deckelschall spielte ein wenig Clavier; sie sang ein wenig — Was bedarf es mehr, um vereint mit einander glücklich zu leben? An baarem Vermögen fehlte es freylich Beyden; sie besaß jedoch fünfhundert Reichsthaler an Schaustücken und Harz-Gulden; Es ist himmelschreyend, daß man in dieser Welt durchaus Geld haben oder irgend eine nützliche Arbeit verstehn muß, um auszukommen. Indeß verlässt der Himmel zwey liebende Seelen nicht, die mit einander Duetten singen können, und in dieser Hofnung heyratheten sich unsre guten Leute. Nach der Hochzeit überlegte man dann, wovon man leben wollte und, da man sich sogleich auf nichts besinnen konnte, zog man vorerst zu gastfreyen Verwandten, nach Goßlar.

Hätte Herr Deckelschall nicht eine so sehr unleserliche Hand geschrieben; so würde er gewiß sich am liebsten als Copist fortgeholfen haben, weil er gehört hatte, daß Hans Rousseau mit Notenschreiben seinen Unterhalt erworben; allein seine Buchstaben waren von der Art, daß man sie eben so wohl für arabisch, als für teutsch ansehn konnte. — Da es nun mit dem Abschreiben nicht gehn wollte, beschloß er, Autor zu werden. Er schrieb einen Roman, und nachher eine Schmähschrift gegen einen Recensenten, der diesen Roman ein elendes Product genannt hatte. Beyde Bücher fanden keinen Abgang, und er konnte keinen Verleger mehr finden. Madam besaß würklich einige nützliche Talente; sie verstand die Kunst, allerley seidne Zeuge zu färben und russische Talglichter zu giessen; Aber das schien ihnen Beyden eine kleinliche, elende Art von Erwerb, und so entschlossen sie sich dann, ein Erziehungs-Institut anzulegen. Ein Menschenfreund, der, wie die mehrsten Menschenfreunde, kein guter Wirth war, lieh ihnen eine Summe Geldes; Dafür wurden Hausrath und Bücher angeschafft, in welchen das stand, was sie zu lehren versprachen; und damit gieng's los — sie hatten in Monats Frist sechs junge Mädchen bey einander.

Die Operation hatte treflichen Fortgang; den Eltern wurden vierteljährlich angenehme Berichte eingeschickt und die Eltern schickten vierteljährlich angenehme Louisd'ors — was wollte man mehr? Herr Deckelschall errichtete nebenher eine Lese-Gesellschaft und einen gelehrten Clubb, welchen alle Honoratiores in Goßlar besuchten, um dort eine Pfeife Tabac zu rauchen.

Margaretha Dornbusch kam als ein unerfahrnes, aber an Häuslichkeit, Fleiß und Sittsamkeit gewöhntes, hübsches, junges Mädchen in dies Haus. Dabey war ihr natürlich guter Verstand durch den Pastor Schottenius, wie wir gehört haben, ein bischen ausstaffirt worden, wenigstens in so weit, daß sie einigen Geschmack an Büchern und wissenschaftlichen Dingen fand; ja! wir dürfen nicht verschweigen, daß der Herr Pastor ihr Gellerts Schriften zu lesen gegeben, daß er dabey die Unvorsichtigkeit begangen hatte, ihr auch den Theil derselben zu schicken, in welchem die Geschichte der schwedischen Gräfinn stand, und daß dadurch in ihr die erste Lust zur Romanen-Lectüre war erregt worden. Diese Lust nahm in Goßlar ansehnlich zu. Unter viel andern pädagogischen Gaben, welche dem Erzieher-Paare in Goßlar — fehlten, war auch die, ihre jungen Frauenzimmer in beständiger nützlicher Thätigkeit und einer heitern, ruhigen Gemüths-Stimmung zu erhalten — Sie haben Recht Madam! ja, ich weiß es, das ist grade das einzige Haupt-Geheimniß in der weiblichen Erziehung — Nun dann! dies einzige Haupt-Geheimniß besaßen sie nicht. Wir haben aber gehört, daß Herr Deckelschall sich eine Lese-Bibliothek angeschafft hatte — und was für eine Bibliothek? Romanen und Schauspiele, wie des Sandes am Meere, besonders Ritter-Geschichten und dergleichen. Dieser ganze Schatz von Literatur nun war den jungen Frauenzimmern preißgegeben und eben aus diesem Magazine sollten sie die in der Ankündigung versprochne »Gabe, die besten classischen Schriften mit Geschmack, Gefühl und Nutzen zu lesen« schöpfen.

Jungfer Margarethe gieng mit Riesenschritten auf dieser Bahn der Cultur fort, und schon begann ihr, die nur in der Ideenwelt sich herumtummelte, die Alltagswelt wiedrig und eckelhaft zu werden, als ein Gegenstand in derselben sie wieder mit dem würklich lebenden Menschengeschlechte aussöhnte. Welcher Gegenstand das war, ist leicht zu errathen; es war kein andrer, als unser Freund, der Hauptmann Previllier. Dieser gute Mann stand als österreichischer Officier in Goßlar auf Werbung und war Mitglied des von dem Herrn Deckelschall gestifteten Gelehrten-Clubbs. Dies literarische Institut gab ihm zugleich Gelegenheit, genauere Bekanntschaft mit dem Pädagogen zu machen, welche sich dann bald auch auf die weiblichen Zöglinge ausdehnte; Er brachte manche Abend-Stunde in diesem Cirkel zu.

Der Capitain war kein solcher süßer Geck, der sich selbst und allen hübschen Mädchen weiß macht, er sey verliebt in sie; auch war er kein ausschweifender Jüngling, der, wie ein Wolf, um die friedlichen Heerden herum geschlichen wäre, ein Schäfchen zu fangen, das sich sorglos von dem Haufen getrennt hätte; aber er war ein gefühlvoller, junger Mann; Margaretha Dornbusch gefiel ihm und wir verdenken es ihm gar nicht.

Indessen hatte der Herr Förster seit langer Zeit den Plan in seinem Kopfe herumgedreht, seine Nichte an den einzigen Erben des wohlhabenden Herrn Amtmanns Waumann zu verheyrathen. Sein Gretchen glücklich an den Mann gebracht zu sehn, das war Tag und Nacht sein einziger Wunsch. Die Haupt-Erfordernisse des Ehestandes waren bey ihm: eine gute Versorgung und ein gesunder Leib; Beydes hatte Musjö Valentin aufzuweisen. Von der nöthigen Seelen-Sympathie, die, wenigstens in den ersten vier Wochen, so viel Seligkeit in den Ehestand bringt, und von dem Einflusse des Mondenscheins auf dies Wonnegefühl, ließ der arme Mann sich gar nichts träumen. »Dat hab' ich mir so ausgedacht« sprach er zum Herrn Amtmann. »Meine Grete kriegt auch mal einen hübschen Thaler Geld, wenn ich und meine Frau sterben. Wenn aber der Herr Amtmann was anders mit Musche Valentin vorhaben; so soll mein Vorschlag niks gelten, und wir bleiben doch mant gute Freunde.« Allein der Herr Amtmann fand den Vorschlag sehr annehmlich, und der Handel war unter den Eltern bald geschlossen.

Während dieser Verabredungen kam im Oster-Feste das junge Frauenzimmer zum Besuche nach Biesterberg. Jedermann fand sie verändert; Leib und Seele waren anders aufgestutzt; allein sie blieb noch immer das gute, unschuldige Mädchen; weiter als bis auf die Oberfläche hatte sich die

Reform nicht erstreckt. Der Name Margaretha klang ihr zu grob; sie hatte sich Meta getauft — der Förster schüttelte den Kopf. Sie beklagte in Elegien alle Hühner und Tauben, die geschlachtet wurden, obgleich sie tapfer davon mitspeiste, wenn sie auf den Tisch kamen. Doch diese und ähnliche kleine Thorheiten abgerechnet, war sie, wie gesagt, gottlob! noch unverderbt, und Ehren Schottenius, dessen Gutmüthigkeit und christliche Liebe größer als seine practische Menschenkenntniß waren, fand sogar: »sie habe in Goßlar so etwas in ihrem Thun und Lassen angenommen, welches der angenehmen Gesichtsbildung, so der liebe Gott ihr gegeben, neue Annehmlichkeit verleyhe, wofür man dem Schöpfer nicht genug danken könne.« An dem Herrn Deckelschall und seiner Gattin lag es indessen nicht, daß es mit Kopf und Herz nicht ärger aussah.

Während ihrer Abwesenheit von Goßlar erhielt der Hauptmann einen Brief von seinem ehemaligen Pflegevater aus Paris und darinn, doch nur mit kurzen Worten, die Nachricht, daß er so glücklich gewesen wäre, ihm zu dem Besitze eines ansehnlichen Vermögens zu verhelfen, und daß er ihn bald persönlich zu umarmen hoffte. Jetzt erst konnte Previllier ernstlich daran denken, sich eine Gehülfinn zu wählen; und er nahm sich vor, gleich nach Margarethens Zurückkunft, seinen förmlichen Antrag zu thun. Dies geschahe; das junge Mädchen fühlte in dem, was die Frauenzimmer ihr Herz zu nennen pflegen, und über dessen eigentlichen Sitz bey diesem Geschlechte die Weltweisen noch nicht ganz einig sind, Empfindungen, die dem wackern Officier das Wort redeten; und so sank sie dann schmachtend und schamhaft in seine Arme — Auch diese Scene müsste sich, in Kupfer gestochen, vortreflich ausnehmen; Es ist unbegreiflich, daß mein Herr Verleger in der Verstocktheit seines Herzens dafür keinen Sinn hat; aber wir werden ihm kein Manuscript wieder geben, wenn er sich weigert, Bilderchen dazu verfertigen zu lassen. Und doch riskirt der Mann nichts bey unsern Schriften; Sie gehen reissend ab, weil sie lustig zu lesen sind, nicht viel Kopfbrechens kosten und nicht übermäßig lehrreich sind — Er ist ein ruinirter Mann, wenn wir ihm unsre Protection entziehen.

Der Hauptmann erbat sich nun von seiner Schönen die Erlaubniß, auch bey dem Herrn Förster schriftlich die Bewerbung um ihre Hand anbringen zu dürfen, und sie wiedersetzte sich diesem Vorhaben um so weniger, da der Oheim, ihr nie etwas von dem Plane, sie an den jungen Waumann zu verheyrathen, eröfnet hatte. Allein der Erfolg fiel ganz anders aus, als man erwartete; Der alte Dornbusch konnte sich mit dem Gedanken nicht gemein machen, seine schöne Hofnung auf die Verwandschaft mit dem Hause des Herrn Amtmanns aufzugeben, seine Nichte so weit von sich zu lassen und sie noch obendrein einem Kriegsmanne zu geben, der vielleicht heute oder morgen nach Croatien in Garnison oder gar in's Feld ziehn müsste. Es erfolgten daher auf wiederholte Bittschreiben, wiederholte abschlägige Antworten; bald nachher das Verboth, den Werbe-Officier gar nicht mehr zu sehn, und endlich der Befehl sich bereit zu halten, in wenig Tagen nach Biesterberg abgeholt zu werden.

Nun qualificirte sich die Sache zu einer Roman-Scene, und es ließ sich gar nicht mehr ändern, man musste Anstalt zur Entführung machen. Dennoch würde, wie man sicher behaupten darf, unser redlicher Previllier noch vorher einen gelindern Weg versucht, und mündlich den alten Förster zu überreden getrachtet haben; Allein er bekam grade zu der Zeit abermals einen Brief von seinem ostindischen Wohlthäter, welcher ihm seine Ankunft in Teutschland meldete und den Hauptmann bat, ihm einen Ort namhaft zu machen, wo sie sich zuerst sprechen könnten. Hierzu schlug Previllier Peina vor, und seine Absicht war, seinem zweyten Vater daselbst seine Geliebte zu zeigen, und ihn dann zu bereden, mit ihnen nach Biesterberg zu reisen, um dort alles anzuwenden, den Förster zu bereden. Die Anstalten zur Entweichung wurden mit nöthiger Vorsicht gemacht; hätte man deren aber auch weniger angewendet; so würde doch das Pädagogen-Pärchen schwerlich der Flucht ein Hinderniß in den Weg gelegt haben, denn übertrieben ängstliche Aufsicht über die jungen Frauenzimmer war ihr Fehler nicht. Uebrigens wissen die Leser, was den beyden Liebenden in Peina wiederfuhr, und ich könnte nun getrost in der Erzählung dessen fortfahren, was der Jungfer Margaretha begegnete, nachdem ihr Oheim sie auffieng und mit Gewalt wieder nach Goßlar zurückbrachte; Allein ich muß mich erst einer Bemerkung über diesen ganzen Vorfall entledigen, und dann einige moralische Sätze aus dieser Geschichte ziehn, zum Beweise, daß doch im Grunde kein Buch so geringe ist, in welchem nicht einiger Stoff zur Erbauung für lehrbegierige Leser zu finden wäre.

Die Bemerkung ist folgende: Hätten wir diese interessante Geschichte gänzlich erfunden, oder, wie man zu sagen pflegt, aus den Fingern gesogen — gegen welchen Verdacht wir jedoch feyerlich protestiren — so würden wir vielleicht, zur Warnung und zur Lehre für andre, eben so romanhaft gestimmte Frauenzimmer, die Person des Entführers, den Herrn Hauptmann Previllier, als einen Erz-Bösewicht geschildert und das entlaufene Jüngferchen tausendfache Noth und Elend, als die Folge dieser Verirrung, haben erleben lassen. Verdient hätte es das Mädchen und ich hätte da Stellen anbringen können, bey welchen selbst dem Setzer dieser Bogen Thränen über die Backen geträufelt wären; aber Wahrheit bleibt Wahrheit. Diesmal glückte es nun freylich mit der Entführung; denn der Officier war ein Biedermann; aber hatte er nicht eben so wohl ein Schuft seyn können? — Und wie hätte es dann mit ihr ausgesehn? Mademoiselle! Was meinen Sie dazu? —

Und das führt mich nun zu den moralischen Lehren, die sich, sowohl bey des Herrn Deckelschalls und seines Weibes, als bey der holden Meta Geschichte anbringen lassen und worauf ich fleissig Acht zu geben bitte; denn je seltner einen Autor das Moralisiren anwandelt, um desto größern Anspruch darf er ja wohl auf die Aufmerksamkeit der Leser machen; also

Erstlich: Wer in dieser Welt fortkommen will, der thut wohl, wenn er so irgend etwas lernt, womit man im bürgerlichen Leben Brod verdienen kann, es müsste denn seyn, daß sein Magen so beschaffen wäre, daß er vom Schimpfen auf die verkehrten Welt-Einrichtungen satt würde;

Zweitens: Wer heyrathen will, thut nicht übel, wenn er *vor der Hochzeit* überlegt, wovon er nebst Frau Gemahlinn leben wolle; wobey er nicht gar zu viel auf die Gastfreundschaft seiner Verwandten und die Hülfe der Menschenfreunde rechnen darf.

Drittens: Menschen, die zu sonst nichts in der Welt brauchbar sind, sollen keine Erziehungs-Institute anlegen, noch überhaupt sich mit Bildung Andrer abgeben, was für Beyspiele man auch vom Gegentheile anführen mögte.

Viertens: Für junge Leute sind alle Romanen gefährlich, ausser, versteht sich, die, welche wir geschrieben haben und, will's Gott, noch schreiben werden, wenn wir immer Verleger finden, die sich von uns ankörnen lassen;

Fünftens: Man vertraue einen Hühner-Hund, der abgerichtet werden soll, unmaßgeblich niemand an, den man nicht selbst geprüft hat, ob er das Ding auch verstehe. Item dieselbe Regel ist zu beobachten, wenn man sein Kind einem Fremden zur Erziehung übergeben will;

Sechstens: Wer seiner Tochter einen Mann anheyrathen will, kann allenfalls gelegentlich, bevor er die Sache gänzlich in Richtigkeit bringt, das Mädel fragen, ob es den Kerl auch leiden mag; Sonst giebt's zuweilen Unglück.

Siebentes: Mit dem Entführen ist es eine misliche Sache und nimt nicht selten ein lamentables Ende.

Diese sieben Moralien scheinen beym ersten Anblicke ganz gemein und gleichsam trivial: allein nicht nur ist das bey allen moralischen Sätzen der Fall, nämlich, daß sie bekannt genug sind, ohne daß man deswegen darnach handelt, theils gehören diese sieben Stücke würklich zu den auserlesensten und haben viel in recessu, zu Teutsch: im Rückhalte; Endlich auch gewinnen solche alte Moralien durch eine feine, angenehme Einkleidung neuen Reiz, und darinn haben wir, ohne uns zu rühmen, unsre Stärke — Nun weiter!

Warum grade der Herr Förster sich entschloß, mit seiner Nichte wieder nach Goßlar und nicht vielmehr nach Biesterberg zu reisen, das soll Euch, meine werthesten Zuhörer! in dieser Stunde mit wenig Worten auseinandergesetzt werden. Er war ein Mann, der gern alles in's Klare gebracht sah und der es nicht leiden konnte, daß auf seiner oder der Seinigen Ehre eine Makel haften bliebe. Gretchen war heimlich aus Goßlar entwischt; öffentlich musste sie sich also wieder da zeigen, ehe die Sache ruchtbar würde; dort musste zugleich die Untersuchung angestellt werden, ob sie auch durch ihre übrige Aufführung sich und ihre Familie beschimpft und welche Rolle bey dieser ganzen Liebesgeschichte Herr und Madam Deckelschall gespielt hatten. Ueber das alles sollte ihm dann der Magistrat in Goßlar ein Attestat schwarz auf weiß ausfertigen, zu seiner Rechtfertigung bey dem Herrn Amtmanne Waumann.

Man kann sich leicht vorstellen, daß die Gespräche, welche unsre drey Reisende unterwegens führten, nicht von der lustigsten Art waren; die holde Meta klagte und betheuerte, sie werde keinem andern Manne die Hand geben, als ihrem Hauptmanne; der Förster fluchte und appellirte an die Obrigkeit; der Pastor aber kam je zuweilen mit einem von unsern sieben moralischen Sätzen angezogen, den er dann nach seiner Weise ausführte und hinzusetzte: »Diese wichtige Wahrheit habe ich in einer von meinen Predigten, die ich drucken zu lassen die Absicht hatte, weitläuftiger auseinandergesetzt.«

Auf diese Weise kamen sie in Steinbrüggen an, welches ungefehr in der Mitte zwischen Peina und Goßlar liegt; es wurde hier angehalten und der Förster fühlte Beruf, sich mit einem vollständigen Frühstücke zu laben. Während diese Beschäftigung seine ganze Aufmerksamkeit fesselte, gieng Meta aus dem Zimmer, öfnete eine Thür, welche in den kleinen Garten des Wirthshauses führte und gieng in demselben kummervoll auf und nieder. Plötzlich erwachte in ihr der Gedanke: »Wie? wenn Du hier Deinen Hütern entwischtest, in einem der benachbarten Dorfe bey gefühlvollen Leuten

Schutz suchtest, Dich dort versteckt hieltest, und indeß an den Geliebten schriebst, daß er dann käme, Dich abzuholen?« — Dieser Plan hatte etwas so Romanhaftes; sie konnte unmöglich der Versuchung wiederstehn, ihn auszuführen. Daß ihr Brief gewiß den Hauptmann verfehlen musste, der doch wohl nicht, nachdem er sie verlohren, ruhig in Peina sitzen geblieben seyn würde, das und sehr viel andre Dinge überlegte sie nicht. Der Garten hatte eine Hinterthür, die hinaus auf das Feld führte; diese Thür stand offen. Das Feld war mit Hecken eingefasst, hinter welche man sich verstecken, oder vielmehr unbemerkt längst denselben fortlaufen konnte, bis man ein Wäldchen erreichte, oder an eine Straße geriethe, welche nach einer andern Richtung hinführte; auch lagen einige Dörfer in der Nähe — kurz! sie meinte, das Ungefehr werde sie schon einen sichern Weg leiten, ehe man etwas von ihrer Flucht gewahr würde; also lief sie fort, quer über das Feld hin, den Hecken zu, zwischen welchen sie würklich einen hohlen Weg fand, welchen sie verfolgte und — das Uebrige werden wir einst erfahren — kehren wir in das Wirthshaus zurück!

Eine gute halbe Stunde beschäftigte den Förster das Frühstück, und der Pastor rauchte dabey sein Pfeifchen; als endlich Jener seine Nichte vermisste. »Sie ist vorhin in den Garten gegangen, wie ich gesehn habe« sagte Ehren Schottenius, »aber es wird nun auch wohl Zeit seyn, daß wir uns weiter auf den Weg machen. Ich will die Jungfer rufen« — Er gieng; aber fort war sie, war nirgends zu finden. Wir lassen die beyden Herrn, die Wirthinn, den Hausknecht und die Magd sie aufsuchen und knüpfen indeß einen Faden unsrer Geschichte wieder an, den wir lange genug haben liegen lassen.

Eilftes Capitel.

Der Herr Amtmann beschliesst, noch einen Tag in Braunschweig zu verweilen und besucht nebst seinem Sohne das Schauspiel. Etwas Dramaturgisches.

Der Herr Amtmann Waumann und sein liebenswürdiger Sohn hatten nun im sanften Schlafe ihre müden Glieder erquickt und ihr erlittnes Ungemach vergessen. »Sey gutes Muths, Valentinchen!« sagte der Amtmann. »Daß wir den Luftschiffer nicht gesehn haben, das ist freylich unangenehm; aber dafür wollen wir heute in die Comödie gehn. Mein kaltes Bad ist mir auch so übel nicht bekommen, und der Diebstahl lässt sich noch verschmerzen. Ich hätte dem Kerl nicht trauen sollen; Alle Musicanten taugen nichts; das lerne Du von mir! Früh oder spät wird man von so einem Vagabonden immer angeführt. Aber wenn mir der Lumpenhund einmal in das Amt Biesterberg kömmt; soll er seinem Galgen nicht entwischen.«

Aus dieser Erklärung des Herrn Amtmanns erhellt, daß in Biesterberg die peinliche Halsgerichts-Ordnung der Nürnberger eingeführt war, nach welcher man niemand eher hängen lassen darf, als bis man ihn hat. »Aber Papa!« rief der junge Herr »Ich kann mich nun nicht sehn lassen; mein grüner Sonntags-Rock ist mit fort.« »Thut nichts« erwiederte der Amtmann »der graue ist gut genug, und so bald wir nach Hause kommen, soll Dir der Meister Bügelbock ein anders Kleid machen.«

Vater und Sohn kleideten sich nun an, giengen nach dem Gasthofe zum Prinzen Eugen und fanden dort ihre Freunde schon völlig gerüstet am Fenster stehn, wo sie sich an dem ungewöhnten Anblicke der Vorübergehenden und Fahrenden seit sechs Uhr Morgens ergötzt hatten. »Das hatte ich Dir voraussagen wollen, Bruder Amtmann!« sprach der Licentiat, »daß der Kerl Dich anführen würde.« »Ich wollte, Du hättest mir vorausgesagt« erwiederte Herr Waumann »Doch, laß uns nicht mehr daran denken, sondern uns jetzt ein wenig in der Stadt umsehn!« Und damit begaben sie sich auf den Weg, der Amtmann, sein Sohn, Herr Bocksleder, nebst Gattinn und Kind und der Kaufmann Pfeffer, aus Schöppenstädt. Der Zug gieng durch die Hauptstraßen der Stadt, nach dem Meßhause zu; Dann besahen sie die Kunstkammer, spatzierten im Schloßgarten umher, sahen die Parade aufziehn und schleppten sich ermüdet in den Prinzen Eugen zurück, wo der Licentiat für sie sämtlich das Essen bestellt hatte.

»Aber diesen Abend gehen wir doch Alle, so wie wir hier sind, in die Comödie?« sprach der Amtmann, als bey dem Braten seine Lebensgeister sich wieder ein wenig gesammelt hatten. »Das versteht sich« erwiederte der Licentiat »Seit meinem zwölften Jahre habe ich dergleichen nicht gesehn. Damals spielte ich selbst mit; Es war in Hildesheim, auf der Schule. Wir stellten Jonas im Wallfische vor und die Geschichte von Judith und Holofernes.«

Nun begann Herr Bocksleder die Beschreibung dieser geistlichen Schauspiele, womit ich jedoch dem Leser nicht zur Last fallen will. Eine angenehme Nachricht, die der Aufwärter verkündigte, unterbrach dies Gespräch; Er meldete nämlich, daß heute vor dem Schauspiele noch ein Luftball mit einem lebendigen Hunde aufsteigen und nach der Abend-Tafel Mascarade im Opernhause seyn würde. Das alles nun wollten unsre Freunde geniessen und es wurde dazu sogleich Anstalt gemacht. Ausser ihnen saßen noch an demselben Tische (denn man speiste in einem allgemeinen Gastzimmer) nebst verschiednen unbekannten Gästen, der mehrmals erwähnte Student aus Helmstädt und der große Dichter Klingelzieher. Diese beyden jungen Herrn hatten ihre Freude daran, unsre Landsleute, ohne daß sie es merkten, zum Gegenstande ihres Witzes zu machen. Als daher von Mascaraden-Kleidern die Rede war, die ein Jude, welcher draussen stand, der Gesellschaft zu liefern versprochen hatte, versicherten die Spaßvögel, es sey gar keine Freude dabey, nur im Domino oder Tabareau dort zu erscheinen, sondern je auffallender die Verkleidung sey, um desto weniger werde man merken, daß sie vom Lande und daß ihnen solche Vergnügungen fremd seyen. Nur müssten sie ihre Rollen studieren und sich dem Character gemäß betragen, dessen Gewand sie trügen. Der Jude wurde gestimmt, die nöthigen Sachen herbeyzuschaffen und folgendes Costum verabredet. Die Frau Licentiatinn Bocksleder sollte eine weisse Nonne vorstellen, ihren Sohn, wie Amor gekleidet, an ihre Hand nehmen und von ihrem Gemahle, in Gestalt des leidigen Satanas, mit Hörnern versehn, geführt werden; Der Amtmann Waumann wurde bewogen, Weiber-Kleider anzulegen und zwar als Göttinn der Nacht aufzutreten, in einem schwarzen Gewande, mit Sternen von Gold-Papier benäht, wovon Musjö Valentin, wie Arlekin gekleidet, ihm den Schlepp nachtragen sollte. Herr Klingelzieher begnügte sich mit einem Zauberers-Gewande und der Student wählte eine Matrosen-Maske. Uebrigens wurden den leichtgläubigen Leuten ihre Rollen so vorgeschrieben, daß es an den beyden Spaßvögeln nicht lag, wenn die Gesellschaft diesen Abend nicht von Knaben und Pöbel preisgemacht wurde.

Indeß rückte die Zeit heran, wo man den vierfüßigen Luftschiffer auffliegen sehn sollte; Man gieng hin, staunte dies merkwürdige Wunderwerk an und eilte von da in das Schauspiel.

Der junge Herr Waumann, ungewöhnt, anders wie in der Kirche, eine so große Versammlung in einem Hause auf Bänken und Bühnen sitzend zu erblicken, nahm aus Gewohnheit seinen Hut vor's Gesicht, als wollte er sein Gebet verrichten. Sobald aber nun die edle Musica anhob und der Vorhang in die Höhe gezogen wurde; Potz Fickerment! wie riß er da die Augen auf!

»Aber Papa!« rief er aus, als er sich ein wenig von seiner ersten Ueberraschung erholt hatte »Thun denn die Leute nichts als singen und sprechen gar nicht? Und man versteht ja nicht Ein Wort davon.« »Ja, siehst Du, mein Söhnchen!« erwiederte der Vater »das nennt man eine italienische Oper. Ich wollte indessen, wir wären gestern darinn gewesen; da haben sie teutsch gespielt; aber da war der verdammte Vorfall, daß ich im Wasser gelegen hatte.«

Das welsche Singewerk fieng endlich an, unsern Leuten Langeweile zu machen; und da es ohnehin mit den Vorbereitungen zur Mummerey nicht so schnell gehn konnte; beschloß die ganze Gesellschaft, welche sich im Parterre nahe bey einander gehalten hatte, nach dem Wirthshause zurückzukehren.

»Ich glaube« sagte Herr Klingelzieher »Sie würden gestern eben so wenig, als heute, von dem verstanden haben, was auf dem Theater gesprochen wurde; denn, obgleich das, was sie redeten, für teutsch gelten sollte; so waren doch ein Paar Personen darunter, deren oberländischer Provinzial-Dialect immer noch zu rathen übrig ließ, ob man seine Muttersprache, oder eine fremde Mundart hörte. Besonders zeichnet sich bey dieser Gesellschaft Ein Pärchen aus; Die Frau arbeitet sich im Tragischen herum und Er macht den Buffo in den Singespielen, die aus dem Italienischen übersetzt sind: allein er verwandelt diesen Buffo in einen plumpen teutschen Hanswurst, singt einen Baß, den er aus dem Unterleibe hervorgeholt und setzt vor jeden Lautbuchstaben noch ein u, zum Beyspiel! uals uich nuoch uein klueiner Knuabe wuar, statt: als ich noch ein kleiner Knabe war. Von der Dame habe ich mir eine Rede gemerkt, die ich Ihnen doch mittheilen will: U ich Unklickliche! Taß mich toch nie tie Sohne peschinnen hätt! Und tu unkeratner Sonn! Kannst tu ketultig zusenn, taß teine Muhter wie eine pissente Sinterinn ta schtehn muß?«

Herr Klingelzieher declamirte noch viel über die Unverschämtheit solcher Leute, die, aus dem niedrigsten Pöbel entsprungen, ohne Menschen-Welt- und Sprach-Kenntnisse, ohne Sitten, ohne Gefühl, ohne Grundsätze, es wagten, auf die Bühne zu treten, in dem Character von Personen aufzutreten, mit deren Gleichen sie nie den entferntesten Umgang hätten haben können, und dennoch darauf Anspruch zu machen, auf den Geschmack zu würken, den Ton anzugeben, Moralität zu befördern und für achtungswerthe Männer von Wichtigkeit und Bedeutung im Staate zu gelten — Solches Lumpengesindel, setzte er hinzu, das sich's nicht einfallen lassen sollte, dem geringsten Tagelöhner den Rang streitig zu machen!

Ein alter Mann, dem Ansehn nach ein gewesener Officier, welcher bey seiner Flasche Wein in der Ecke saß, nahm nun das Wort: Mein Herr! sagte er, was mich betrifft; so muß ich gestehn, daß ich mich wundre, wenn ich höre, daß wir hie und da in Teutschland noch leidliche Schauspiele haben. Im Ganzen ist die Sache zwar überhaupt eben nicht der Mühe werth, daß man viel davon rede; aber wenn man doch einmal ernsthaft über diesen Gegenstand nachdenken will; so mögte ich wohl fragen, wie es unsre Theater-Dichter und Schauspieler anfangen sollten, ihren Geschmack zu veredeln, sich zu bilden, und wer ihnen die Anstrengung lohnen würde? Herrscht wohl auf zehn Meilen Weges in Teutschland einerley Geschmack und bleibt dieser Geschmack sich wohl zehn Jahre hindurch gleich? Weiß unter hundert Menschen Einer, was er eigentlich von einem guten Schauspiele fordern soll? — Nein! er weiß nur, daß er etwas Neues sehn will, so ein Hin- und Her-Reden und Würken durch einander, bey welchem zuweilen ein unerwarteter Zug ihn überraschen, oder ein lustiger Einfall ihm das Zwergfell erschüttern oder eine einzelne rührende Situation ihn aus seinem Phlegma aufwecken soll. Um die Haltung des Ganzen bekümmert er sich wenig, und wäre diese in einem Stücke meisterhaft und es fehlte dagegen an Verwirrung, an Buntschäckigkeit, oder das Stück wäre nicht neu mehr; so würde ich doch keinem Directeur, dem seine Casse am Herzen läge, rathen, dergleichen Stücke oft zu geben. Denn für den Genuß des Erhabnen in der Kunst, ein Genuß, der für einen ächten Kenner, je öfter er ein Meisterwerk sieht, um desto größer wird — dafür hat das Gros des Publicums nirgends in Teutschland mehr Sinn, sondern will nur immer neue Spielwerke sehn. Ich sage, es hat keinen Sinn mehr dafür; aber hat es ihn je gehabt? ja! wenigstens in einigen Gegenden von Teutschland, zu Lessings Zeiten, zur Zeit der großen hamburgischen Entreprise — Auch findet man noch in Hamburg kleine Haufen von Männern, neben denen unser Einer so gern im Parterre steht, wenn der edle, unnachahmliche, als Mensch und Künstler, als Freund und Gesellschafter gleich verehrungswürdige Schröder, unfähig dem falschen, frivolen Geschmacke zu schmeicheln, die alten ein- und ausländischen Meisterwerke hervorholt, gegen welche unsre neuern Kotzebuiana u.s.w. so erbärmlich abstechen —

Klingelzieher. Wie? des Herrn von Kotzebue Stücke lassen Sie nicht gelten?

Officier. Davon nachher! Lassen Sie mich jetzt nur mein Bild im Allgemeinen ausmalen! Lesen Sie die Verzeichnisse der Stücke, die in den größten Städten Teutschlands in den letzten Jahren sind aufgeführt worden, und Sie werden darüber erstaunen, wie weit man noch in manchen Gegenden unsers Vaterlandes zurück ist und wie weit man in andern schon wieder hinabsinkt! — Die mehrsten Directionen müssen sich doch leider! nach den Forderungen ihres Publicums richten; und wo das nicht der Fall ist, wo der Hof die Stimme führt — ja! da sieht es denn freylich noch kläglicher aus. Ich machte im vorigen Winter eine kleine Reise. In einer nicht unbeträchtlichen Stadt, wo damals ein Theater war, wurde das elende Stück: *die Engländer in America* zweymal begehrt, da hingegen die *Erbschleicher* gar nicht gefielen und Göthens *Geschwister,* — das herzige Stück, so voll Größe und Einfalt! — langweilig gefunden wurde. In einer benachbarten Residenz waren drey Vorstellungen der elenden Farce: *der Teufel ist los* gestopft voll; die herrliche Oper *Cora* fand gar keinen Beyfall. Der Schauspieler, welcher hier ausgepfiffen wird, gilt dort für einen großen Künstler und die Sprache, welche man an der Donau für ächtes, saubres Teutsch verkauft, hält man an der Elbe für unverständliche Beschwörungs-Formeln böser Geister.

Was müssen die Folgen von diesem allen in Rücksicht auf Dichter und Künstler seyn? Sie sind leicht an den Fingern abzuzählen; ich will nur beym Dichter stehn bleiben. Wer etwas besseres in der Welt treiben kann, der widmet seine Talente keiner so undankbaren Arbeit. An fleissiger Ausfeilung theatralischer Producte ist gar nicht zu denken; Wer will sich die Mühe geben, wenn er weiß, daß nach einigen Jahren seine Waare aus der Mode gekommen seyn wird? Alles kömmt nur darauf an, während dieser ephemerischen Existenz, so viel Aufsehn als möglich zu erregen, und das wird am sichersten bewürkt, je abentheuerlicher die Compositionen sind, die man an den Tag fördert. Da flickt man dann Charactere zusammen, von ungeheurer Schöpfung, Situationen, bey deren Anblicke man nicht weiß, ob man lachen, heulen, mit den Zähnen klappern, vomiren oder purgiren soll und Verwicklungen, die nur das Messer einer verzweifelnden Phantasie lösen kann. Das alles wird aufeinander gehäuft, durch einander gepoltert — und das bewundern wir; den Fieber-Kranken, der so etwas in die Welt faselt, lobpreisen, posaunen wir aus; der eitle Thor glaubt sich an der Spitze der Unsterblichen aller Zeitalter und rast immer ärger darauf los, vernachlässigt die würklichen Talente, die in ihm wohnen und die eine weise Critic ausgebildet haben würde. Nach einer kurzen Reyhe von Jahren hat das Publikum *diesen* Rausch ausgeschlafen, kann nicht begreifen, wie es so blind hat seyn können, und rächt seine eigne Thorheit an dem armen Schriftsteller, den es ungerecht gegen seine guten Anlagen, jetzt um so heftiger schmäht und Seiner spottet, je mehr es ihn vorhin erhoben hatte.

Klingelzieher. Nun! und unter diese unbedeutende Mode-Schriftsteller zählen Sie auch den Herrn von Kotzebue?

Officier. Ihn mehr, als irgend einen Andern. Einzelne Scenen in den theatralischen Producten dieses Schnellschreibers verrathen Anlagen; aber in keinem seiner Stücke findet man Ordnung, Plan, Einheit, Würde und Consequenz — des sittlichen Zwecks nicht einmal zu erwähnen.* Zum Beweise, daß ich das nicht so in den Wind hinein rede, will ich, wenn Sie's erlauben, von den Schauspielen des Herrn von Kotzebue eines zergliedern, und zwar eines, das vielleicht von allen am mehrsten allgemeinen Beyfall gefunden hat, wovon sogar Ein Recensent und Dramaturg dem andern das Lob nachgeleyert hat, ich meine *die Indianer in England.*

Klingelzieher. Wahrlich! ein schönes Stück!

Officier. Wir wollen sehn. Ich hoffe, Sie werden kein Urtheil fällen, ohne Gründe erwogen zu haben.

Zuerst lassen Sie uns doch von dem Zwecke reden, den der Verfasser vor Augen hatte, als er dies Stück zu schreiben begann! Können Sie Sich einen solchen einfachen Hauptzweck denken? Ich kann es nicht. Und doch darf man von jedem Kunstwerke mit Recht verlangen, daß es ein bestimmtes Ganze ausmache. Das fühlen selbst schlechte Kupferstecher, und um ihre steifen Compositionen von Dörfern und Flüssen und Menschen und Ziegen und Hündlein nicht mit dem leeren Titel Landschaften abfertigen zu lassen, setzen sie irgend etwas darunter, was *Inhalt* hineinbringen soll, zum Beyspiel: la tranquilité villageoise, oder: le dimanche à la campagne u. s. f. Daß bey einem Schauspiele eine einfache Handlung zum Grunde liegen müsse, daran hat noch niemand gezweifelt, der die Sache versteht; und ich darf hinzusetzen: nicht selten ist ein Schauspiel um desto vorzüglicher, je einfacher, mit wenig Worten sich dieser

* Hier ist ein Anachronismus; ich weiß es wohl. Damals, im Jahre 1788, waren die wenigsten von den Schauspielen des Herrn von Kotzebue, die nachher einiges Aufsehn gemacht haben, schon erschienen. Ich denke aber, die Leser werden es mir verzeyhn, wenn ich, um im Allgemeinen meine Meinung über diesen Gegenstand zu sagen, Beyspiele anführe, die noch in frischem Andenken sind.

Hauptzweck, auf welchen die ganze Handlung und alles Würken der handelnden Personen hinausgeht, ausdrücken lässt. Auf welchen Punct aber concentrirt sich in den Indianern in England das ganze ungetheilte Interesse? Wer ist die Haupt-Person? Welcher moralische Satz, welche Lehre, welche Wahrheit, welche Warnung soll hier anschaulich gemacht werden? kurz! welchen Haupt-Eindruck soll der Zuschauer mit nach Hause nehmen, wenn der Vorhang gefallen ist?

So viel über den Zweck, oder vielmehr über den Mangel an Zweck! Nun zu den einzelnen handelnden Personen und deren Charactern! Eine eben so unbestrittene Regel bey einem guten Schauspiele, als die vorige, ist die: daß alle auftretenden Personen an die Handlung geknüpft seyn sollen, daß sie zum Ganzen nicht nur mitwürken, sondern zu dieser Würkung nothwendig, unentbehrlich seyn müssen. Alles übrige nennt man Flick-Rollen, die von der Armuth des Dichters zeugen. Leider! ist nun freylich in diesem Stücke überhaupt gar keine eigentliche Handlung; aber angenommen, daß man das bischen Thätigkeit, worinn die Personen gesetzt werden, also nennen mögte; so könnte füglich das Ganze seine Endschaft erreichen, ohne den Herrn Musaffery, ohne den Visitator, ohne den Bootsknecht, ohne die beyden Notarien, wenigstens ohne Einen derselben, ohne den kleinen Knaben, allenfalls ohne die alberne Mistriß Smith, ja! ohne den alten Herrn Smith, der auf seinem Stuhle herausgefahren wird, um zu hören und zu sehn und, wenn ihn der Dichter wieder fort haben will, geschimpft oder gestoßen wird, da er dann anfängt zu fluchen oder zu klagen und sich wieder fortrollen lässt.

Verzeichnet sind fast alle Charactere. Gurlis liebenswürdige Naivität hat ein Kunstrichter so meisterhaft geschildert gefunden und Andre haben es ihm nachgelallt — Lassen Sie uns doch, ohne uns um diese Auctorität zu bekümmern, untersuchen, was für ein Werk der Schöpfung diese Gurli ist! Eine alberne Gans zu malen, die von den Dingen dieser Welt nichts weiß, gern einen Mann haben will, lacht, wenn ihr etwas Ungewöhnliches aufstößt, weint, wenn sie an etwas Unangenehmes denkt, sich zu freundlichen Gesichtern hingezogen fühlt und unfreundliche Menschen nicht leiden mag — ist es Kunst, so ein Geschöpf zu malen? Allein dies Bild könnte interessant werden, wenn man das rohe Kind der Schöpfung in Lagen versetzt sähe, wo es aus innerer Güte der menschlichen Natur, eben so groß und edel handelte, als die fein cultivirte Liddy; aber nichts von dem! Doch, was noch mehr ist, dieser ganze Character ist ein Hirngespinnst. Denken Sie Sich, wenn Sie können, ein mannbares und noch obendrein manntolles Mädchen, das, unter Wilden erzogen, wo keine falsche Delicatesse den Schleyer über gewisse natürliche Dinge wirft, noch nicht wissen soll, was ein Männchen und was ein Weibchen ist, und daß Mann und Frau zum Heyrathen nöthig sind! Ein Mädchen, das lange genug in England gewesen ist, um Schreiben gelernt zu haben und, indem es zwey Notarien, die beyden Brüder Smith, Miß Liddy und den alten Musaffery, theils nach der Reyhe, theils auf einmal heyrathen will, zeigt, daß es noch nicht weiß, daß, so wenig in Großbrittanien, als vielleicht in irgend einem Lande des Erdbodens, Vielmännerey erlaubt ist! Eine schöne Naivität!

Fazir ist ein Wilder aus Bengalen und winselt und empfindelt, wie ein Siegwart.

Kaberdars Character ist gar nicht ausgemalt; Musaffery eben so wenig.

Von den alten Smith erfährt man nur so viel, daß er ein gutherziger, schwacher, unbedeutender Sterblicher ist.

Robert, Liddy und Jack sind die einzigen Personen, die Physiognomie haben.

Samuel und der Visitator haben Originalität, aber sie sind so offenbar von teutscher Schöpfung, daß wohl schwerlich in ganz Großbrittanien zwey solcher Charactere werden gefunden werden.

Wenn sich ein teutsches Fräulein mit allen albernen Prätensionen des Adelstolzes an einen englischen Kaufmann verheyrathete; so würde diese Thorheit doch gewiß in dem ersten Jahre ihres Aufenthalts in Großbrittanien schon von ihr weichen: Nichts kann ihr dort Nahrung geben; Man wird sie nicht einmal verstehn. Die ganze Art der Zusammenlebung, die öffentliche persönliche Achtung, deren ein Kaufmann da selbst in viel größerm Maaße, als ein kleiner teutscher Edelmann geniesst; das alles wird ihr die Grillen von ihren Ahnen bald vertreiben — Wie unnatürlich also, daß Mistriß Smith nach zwanzig bis dreyssig Jahren noch den Versuch wagt, diese Narrheit geltend zu machen!*

Die Notarien-Scene ist äusserst comisch; aber sie ist ein hors d'œuvre und gehört nicht dem Herrn von Kotzebue, sondern dem alten Vater Moliere.

Wer Schauspiele schreibt, soll doch auch die Sitten des Landes studieren, in welches er seine Scenen versetzt; auch das vergisst der Herr von Kotzebue, in der Eil, mit welcher er schreibt. Herr Smith heisst Sir John, folglich ist er Baronet, denn kein Andrer führt in England vor seinem Taufnamen den Titel Sir. Er selbst aber sagt, er sey von bürgerlicher Abkunft. Aber sey er Baronet; so kann, bey seinen Lebzeiten, es doch sein Sohn nicht auch seyn; allein auch Dieser nennt sich selbst Sir Samuel Smith.

In England wird niemand zehntausend Pfund lieber in baarem Gelde, als in Banco-Noten haben wollen, wie Herr Samuel.

In England wird gar kein Knaster verkauft und doch will Herr Smith Knaster rauchen.

Wie kömmt ein Engländer zu dem Gleichnisse von einem Pulk Baschkiren?

Mysore ist nie von einem Nabob regiert worden.

* Kürzlich hat der Herr von Kotzebue, der mit Recht so oft die Thorheiten des Adels lächerlich zu machen sucht, auf einmal eine Vertheydigung des Erb-Adels in die wienerische Zeitschrift einrücken lassen. Vermuthlich ist der ganze Aufsatz Ironie. Wie sollte auch ein Mann von seinen Talenten sich auf einmal so tief gesunken fühlen, daß er sich im Ernst zum Mitarbeiter eines so verächtlichen Menschen, wie Aloisius Hoffmann ist, machen wollte?

Dies alles soll nur beweisen, wie wenig dieser Schriftsteller an seinen Werken feilt; und hiervon zeugen noch andre Stellen. Der alte Smith klagt, die Frau habe ihm nicht einmal eine Kanne Porter geben wollen, und doch verschenkt er nachher ein ganzes Faß voll starken Biers an den Bootsknecht.

Im ersten Auftritte theilt Herr Smith vier Segen aus; Im neunten Auftritte des zweyten Aufzugs abermals zwey; Im dreyzehnten bittet Liddy um ein dito und erhält ihn von der Mutter; Im sechsten Auftritte des dritten Aufzugs segnet Kaberdar; Im vierzehnten segnet wiederum Herr Smith und im funfzehnten nochmals der Nabod Kaberdar — Das sind viel christliche und heidnische Segen!

Der alte Officier war in so gutem Zuge, seine dramaturgischen Kenntnisse auszukramen, daß er vermuthlich noch in einer Stunde nicht würde aufgehört haben, wenn nicht Einer aus der Gesellschaft, dem diese Abhandlung vielleicht eben so viel Langeweile verursachte, als meinen Lesern, die Bemerkung gemacht hätte, daß es wohl Zeit seyn würde, sich zur Mascarade auszurüsten. Man nahm also Abschied von ihm, gieng hinauf in des Licentiaten Zimmer, wo die bestellten Ballkleider in Bereitschaft lagen, steckte sich in dies abgeschmackte Costum, zur großen Freude der beyden jungen Spottvögel, und gieng dann in diesem Aufzuge mit einander zu Fuße den Bohlweg hinauf, dem Opernhause zu.

Der Officier stand in der Thür des Gast-Zimmers, als sie die Treppe herunter kamen. »Aber, wie mögen Sie« sprach er »Ihre Zeit mit einer so elenden Unterhaltung verderben? Was für Vergnügen kann ein verständiger Mann daran finden, sich in einem Gewühle von Menschen herumzutreiben, die, ausstaffirt, wie die Narren im Tollhause, sich zwecklos durch einander herumtreiben und drängen; wo eigentlich getanzt werden sollte, und doch niemand, der gern ohne blaue Flecke und Beulen nach Hause gehn will, tanzen mag; wo man verkleidet hingeht, ohne sich seinen Bekannten unkenntlich zu machen, indeß die Unbekannten sich auch ohne Maske, fremd bleiben würden?«

Vielleicht würde der alte Critiker eine eben so lange Abhandlung über die Mascaraden, als über die Schauspiele, zu Tage gefördert haben, wenn nicht unsre Freunde die Unterredung kurz abgebrochen und ihren Weg fortgesetzt hätten. Sie schlichen daher vor ihm vorbey und giengen.

Zwölftes Capitel.

Was der Herr Hauptmann Prevellier dem alten Dornbusch unterwegens erzählt. Zusammenkunft in Steinbrüggen.

Dem Herrn Dornbusch kam die Entdeckung, daß seine Tochter und sein Bruder noch vor zwey Stunden mit ihm zugleich in Peina gewesen wären, wie ein Traum vor. Der Officier fieng an, ihm das ganze Räthsel aufzulösen, sobald sie im Wagen saßen, und die Freude des alten Mannes, so gute Nachrichten von den Seinigen zu erhalten, war jetzt unbeschreiblich. Gern hätte Herr Prevellier diese angenehmen Empfindungen in vollem Maße mit ihm getheilt, wenn nicht die Unruhe über den Verlust seiner Geliebten jeden fröhlichen Gedanken von ihm verscheucht hätte.

Doch, da der Förster und der geistliche Herr kaum vor anderthalb Stunden erst mit dem jungen Frauenzimmer abgefahren waren; schien es mehr als wahrscheinlich, daß sie das Fuhrwerk noch disseits Goßlar einholen würden, und dann hörte ja die Gewalt des Oheims über die Nichte auf und er konnte die Schöne aus der Hand ihres Vaters empfangen. Diese Hofnung erheiterte ihn wieder, und da sein Pflegevater nur kurze, summarische Nachrichten von seinen erlebten Schicksalen nach Ostindien bekommen hatte, vertrieb er, auf das Bitten des alten Herrn, ihm unterwegens die Zeit durch genauere Erzählung dieser Begebenheiten, die wir dann auch den Lesern in seinen eignen Worten mittheilen wollen.

Der redliche Consul, dem Sie mich anvertrauet hatten, handelte von dem Augenblicke an, da ich ihm war übergeben worden, wie ein leiblicher Vater an mir und mein Zutraun und meine Liebe zu ihm wuchsen mit jedem Tage. Er schwatzte nicht viel von zärtlichen Empfindungen und hatte überhaupt in seinem Aeussern nicht jene unteutsche Geschmeidigkeit, wodurch Menschen von geringerm innern Werthe so gern die gute Meinung Derer, die sie fürchten, zu erschleichen pflegen; aber ächte Feinheit des Gefühls, die, bey reellen Veranlassungen, aus seinem wohlwollenden Herzen hervorblickte, thätige Hülfe, ohne viel Wortprunk, vereinigt mit unbestochner Wahrheitsliebe und Würde des Characters, waren die Grundzüge des seinigen. Sobald er mich nun ausgerüstet und meinetwegen Antwort von seinem Freunde, dem Obersten, erhalten hatte, schickte er mich, begleitet von einem treuen Mohren, der sein Bedienter war, mit dem Postwagen nach ***. Daselbst trat ich in einem Gasthofe ab, kleidete mich sauber an, steckte das Empfehlungsschreiben des Consuls in die Tasche und wanderte hin zu meinem Obersten.

Ich muß, ehe ich in meiner Erzählung fortfahre, Ihnen hier ein schwaches Bild von diesem würdigen Kriegesmanne entwerfen. Er war in seinem äussern Betragen rauh, doch von Herzen bieder, sprach sehr wenig, mehrentheils nur in abgebrochnen Sätzen; aber alles, was er sagte, hatte Kraft, Originalität und nicht selten einen Anstrich von eigenthümlichen Witze. Jeden solchen Kernspruch pflegte er dann damit zu beschliessen, daß er ein Paar Noten hinterher sang: »Ich bin« sprach er »nun einmal so; tüh — — — hü; und wer mich so nicht leiden mag der kann mich laufen lassen; »tüh — — — hü.« Nächst dem Soldaten schätze er den redlichen Handwerker am höchsten, höher als die Menschen aus andern Classen. Gelehrte konnte er gar nicht ausstehn. Sie hätten, behauptete er, fast sämmtlich ihre grade, gesunde Vernunft wegstudiert; Alles sey bey ihnen auswendig gelernter Kram; Ihre ganze Weisheit sey an einen langen gekauften Bindfaden (Er zielte damit auf den Systemsgeist) gereyht.

Rührte man nun das eine Ende an, sagte er; so polterte einem immer der ganze Plunder über den Leib und immer derselbe Plunder, man mögte das vorderste oder das hinterste Ende ergreifen. Strenge waren seine Begriffe von Gerechtigkeit und deswegen verzieh er nicht leicht vorsetzliche Beleidigungen, wenn er nicht ungeheuchelte Reue wahrnahm, besonders da, wo nicht sowohl seine Person, als die Tugend selbst war gekränkt worden. Nicht ärger konnte er entrüstet werden, als wenn er darauf zu reden kam, daß gewisse Stände andre nützlichere Menschen-Classen geringschätzten. Einen Sattler, der lange für ihn gearbeitet hatte, entzog er seine Kundschaft, so bald er erfuhr, das er seinen Sohn kein Handwerk lernen lassen, sondern ihn auf Universitäten schicken wollte.

So war der Mann beschaffen, von dem ich mein künftiges Glück erwarten sollte. Als ich bey ihm angemeldet wurde, ließ er mir zuerst meinen Brief abfordern, und nachdem er ihn gelesen hatte, musste ich zu ihm hinaufkommen. Er nickte wiederholt freundlich mit dem Kopfe, ohne ein Wort zu reden, als ich mich ihm näherte; dann stand er auf, ergriff mich bey den Schultern und drehete mich dreymal herum. Als er nun den kleinen Haarbeutel gewahr wurde, den ich, um mich recht herauszuputzen, eingebunden hatte, fieng er laut an zu lachen und rief aus: »hah! ein junk französch Marquis! kann niks teutsch parlier; tüh — — — hü.« Dieser seltsame Empfang verblüffte mich so, daß mir die Thränen in die Augen traten; Das that dem guten Manne weh; Er streichelte mir daher die Backen und sagte liebevoll: »Nur getrost, mein Jüngelchen! Ich will Dich bey mir behalten und einen rechtlichen Kerl aus Dir machen, und der Haarbeutel soll verauctionirt werden; tüh — — — hü.« Noch an demselben Tage wurde dann der Regiments-Schneider geholt, um mir das Maaß zu nehmen; und sechs und dreyssig Stunden nachher stand ich als wohl bestallter Fahnenjunker da. »So lasse ich's gelten; tüh — — — hü!« sang der Oberst und behandelte mich von nun an wie sein eignes Kind. Ich bekam ein Zimmerchen angewiesen, speiste an seinem Tische, lernte das Exerciren, bekam Unterricht im Rechnen und Schreiben, dann auch in den mathematischen Wissenschaften, im Französischen, im Reiten und Fechten und noch obendrein gab mir der großmüthige Mann Taschengeld; Erst nachher habe ich erfahren, daß er von dem Consul keine Entschädigung dafür annahm. Aller dieser Wohlthaten ungeachtet redete er selten ein einziges Wort mit mir: aber auf seinem Gesichte konnte ich es lesen, ob er von meinem Fleisse und meiner Aufführung mehr oder weniger zufrieden war.

Der Haushalt meines Obersten bestand, ausser ihm und seinem Sohne, dem Fähndrich, einem Erz-Taugenichts, der ihm viel heimlichen Kummer machte, aus einem alten tauben Koche, einer einäugigten Soldaten-Wittwe, welche die Betten bereiten und das Haus rein halten musste, einer dikken plumpen Küchen-Magd, zwey Bedienten, die zugleich Soldaten waren, und einem Reitknechte. Der alte Oberst hatte seine Augen aller Orten und eine größere Ordnung und Pünktlichkeit, als in seinem Hause herrschte, konnte man sich kaum denken. Das Gesinde liebte und fürchtete ihn, war treu, fleissig, häuslich und einig unter einander. Des Sonntags, wenn der Herr im Clubb war, holte der Koch eine schmutzige Violine vom Haken herunter, wo sie hieng, fiedelte den Dessauer Marsch, oder einige Tänze, die zu Georg des Andern Zeiten in Hannover, wo er seine Kunst gelernt hatte, Mode gewesen waren, und die Bedienten spielten im Dam-Brette, wozu sie die Steine selbst geschnitzelt hatten. So gieng alles, Jahr aus, Jahr ein, seinen ruhigen, friedlichen Gang fort. Der Oberst war gastfrey, doch nur gegen die Officiere seines Regiments, gieng selten aus, und las, wenn er allein war, alte und neuere historische Bücher.

Ich habe eben gesagt, der Oberst hatte überall in seinem Hause die Augen gehabt; Nur über Einen Gegenstand schien er blind, und der war die Aufführung seines Sohns, des Fähndrichs. Das einzige Kind, die Verlassenschaft einer früh verlohrnen, geliebten Gattinn — Das war es, was sich zu Rechtfertigung dieser Schwäche sagen ließ. Der junge

Mensch führte nicht nur ein ausschweifendes Leben, sondern belog und bestahl auch seinen würdigen Vater, der ihm doch keine Bitte versagte; ja! er rühmte sich dessen laut. Sein Character und sein Wandel waren aber auch auf seinen bleichen, schlaffen Wangen, in seinen matten Augen und aus seinen unsichern, irrenden Blicken zu lesen. Männern war dieser Mensch unerträglich, aber — und leider! habe ich nachher in der Welt oft diese Bemerkung zu wiederholen Gelegenheit gehabt, — den mehrsten gewöhnlichen Weibern gefiel der Unverschämte besser, als ein blühender, tugendhafter, bescheidner Jüngling. Ich fühlte mich bey dem ersten Anblicke von ihm zurückgestoßen und seine Abneigung gegen mich war nicht geringer, sobald er sah, daß ich mich nicht nach seinem Muster bilden, mit ihm nicht gemeinschaftliche Sache machen wollte. Allein er war der Einzige im Hause, der mir abgeneigt war; alle Andre liebten mich, und mein Wohlthäter zeigte mir täglich mehr väterliche Zuneigung, obgleich der Fähndrich keine Gelegenheit versäumte, mich bey ihm anzuschwärzen. Oft war ich in Versuchung, dem Obersten die Betrügereyen seines Sohns zu entdecken; Dankbarkeit schien mich dazu aufzurufen; aber Vorsichtigkeit hielt mich zurück. Indessen begegnete ich dem Bösewichte, selbst in des Vaters Gegenwart, mit der Verachtung, welche er verdiente; und so gerecht war der alte Mann, daß er mir, dieses seines Lieblings wegen, nie sein Wohlwollen entzog.

Ich war beynahe noch ein Knabe, als der Oberst mich dem Herzoge, seinem Herrn, zum Fähndrich vorschlug und, als mein Patent ausgefertigt war, mir eine größere Summe Geldes schenkte, als ich zu meiner Equipirung bedurfte. Allein die Glückseligkeit, die ich an der Seite eines so guten Cheffs und edeln Wohlthäters genoß, dauerte nicht lange; Der alte Herzog, dessen Jugend-Freund er war starb, und der neue Herr warf, wie es zu geschehn pflegt, alles über den Haufen, was sein Vater eingerichtet hatte. Er war ein harter, gefühlloser, hochmüthiger, unwissender und mißtrauischer Mensch. Mit dem Militair wurde eine große Veränderung vorgenommen; Die Officiere wurden aus einem Regimente in das andre versetzt, ohne Rücksicht darauf zu nehmen, wie Wenige von diesen schlecht bezahlten Leuten im Stande waren, die Unkosten einer solchen Veränderung zu bestreiten; ja! es war ihm Ursache genug, jemand an einen andern Ort hin zu verpflanzen, wenn er merkte, daß Dieser gern da geblieben wäre, wo er war.

Mein redlicher Oberst erhielt ein anders Regiment; sein Sohn aber und ich blieben in der bisherigen Garnison und bekamen einen andern Cheff. Dieser war ganz ein Mann nach des Herzogs Wunsche; strenge, pedantisch, ein Camaschen-Held, der von unten auf gedient hatte und seine Untergebnen wie Sclaven behandelte. Ich hätte nun von meiner geringen Gage leben müssen, wenn mein großmüthiger Beschützer mir nicht von Zeit zu Zeit ansehnliche Zuschüsse geschickt hätte; allein meine Lage war darum nicht weniger unangenehm, denn mein neuer Oberst konnte mich nicht leiden, hatte immer etwas an mir auszusetzen und neckte mich unaufhörlich.

In der Stadt wohnte eine verwittwete Rittmeisterinn von Seebach nebst ihrer Tochter, einem liebenswürdigen, sanften und tugendhaften Mädchen. Ich hatte Umgang in dem Hause, wurde von Mutter und Tochter gern gesehn und würde, wäre ich nicht so arm gewesen, gewiß Plan auf ihren Besitz gemacht haben; so aber lehrten mich Vernunft und Pflicht, mich in den Gränzen der Hochachtung und Freundschaft halten und jede andre Neigung unterdrücken. Der Fähndrich aber, mein geschworner Feind, hatte ein Auge auf das Fräulein, so wenig sie ihn auch leiden konnte; und da alle seine Anträge verworfen wurden, glaubte er, ich stünde seinem Glücke im Wege. Eines Abends, als ich grade bey der Frau von Seebach war, kam er betrunken herein und betrug sich so ungezogen, daß ich endlich die Geduld verlohr und ihm Stillschweigen auflegte. Dem jungen Herrn schwoll der Kamm; er stieß Beleidigungen gegen mich aus; die Hitze überwältigte mich; ich warf ihn zur Thür hinaus, und er gieng drohend weg. Nachdem ich den Damen meine Entschuldigungen gemacht hatte, blieb ich noch eine Stunde lang bey ihnen und wollte dann nach Hause, wo ich eine Ausforderung von meinem Feinde erwartete. Es war in der Dämmerung eines Herbst-Abends; Ich mogte ungefehr zwölf Häuser vorbeygegangen seyn und wollte nun in eine enge Gasse einbeugen; als ich von dem Bösewichte und einem andern eben so schlechten Menschen, die sich an der Ecke versteckt gehalten hatten, meuchelmörderischerweise angegriffen wurde. Sie stürmten mit bloßem Degen auf mich ein und ich hatte kaum Zeit, den meinigen zu ziehn, mich an eine Wand zu stellen, um den Rücken frey zu haben und mich in Vertheydigungsstand zu setzen. Bey dem ersten Anfalle hatte Einer von den Schurken nach mir gestoßen, mich aber nur leicht in den linken Arm verwundet. Jetzt drangen sie Beyde ungestüm auf mich ein. Anfangs vertheydigte ich mich nur; da ich aber voraussah, daß ich auf diese Weise leicht ihr Opfer werden könnte, suchte ich wenigstens mir Einem vom Halse zu schaffen. Ich fiel also unerwartet aus, als mir der Fähndrich grade Blöße gab und wollte ihn etwa durch einen Stich in den Arm wehrlos machen; allein ich traf in den Leib; Er stürzte und der Andre entfloh.

Es fiel gleich nach der That zentnerschwer auf mein Herz, daß mein unglückliches Verhängniß mich gezwungen hatte, an dem Sohne meines Wohlthäters vielleicht zum Mörder zu werden; Ich eilte ihm zu Hülfe; Er war nur ohnmächtig, erholte sich bald wieder und war noch stark genug, sich von mir nach seinem Quartiere führen zu lassen. Dort verschaffte ich ihm einen Wundarzt, welcher gleich nach der ersten Untersuchung versicherte, daß gar kein edler Theil verletzt und durchaus keine Lebensgefahr da sey.

Ich würde also über die Folgen dieses Vorfalls, da ich nur Nothwehr geübt hatte, sehr ruhig gewesen seyn, wenn ich weniger die schändliche Denkungsart meines Gegners und seines Beschützers des Obersten, gekannt hätte. Dieser Letztere war jetzt mehr als jemals mein Feind. Er hatte kürzlich einen Unterofficier, bloß deswegen, weil er ihn in der neuen Mondirung angetroffen hatte, die er eigentlich nur auf der Parade tragen sollte, so gefuchtelt, daß der arme Mann davon gestorben war.* Ich hatte mich nicht enthalten können, über diese Greuelthat laut zu reden, und das hatte der Oberst wiedererfahren. Jetzt war die Gelegenheit da, mich seinen Haß fühlen zu lassen, und diese Gelegenheit ließ er nicht entwischen. Die ganze Sache wurde so verdreht und die Art der Untersuchung so unregelmäßig vorgenommen, daß ich, ohne ordentliches Verhör, zu einem Festungs-Arreste auf ein halbes Jahr verurtheilt wurde.

Was war zu thun? ich musste der Gewalt nachgeben. Da mirs indessen erlaubt war, aus meiner Gefangenschaft Briefe fortzuschicken: so schrieb ich nicht nur an meinen würdigen alten Obersten, um ihn um Verzeihung zu bitten, sondern meldete auch meinem guten Consul den Vorfall und meinen Entschluß, gleich nach meiner Befreyung den ***schen Dienst zu verlassen und anderswo mein Glück zu suchen.

Der bayerische Successions-Krieg, welcher grade in dieser Zeit ausbrach, gab mir einen ehrenvollen Vorwand, meinen Abschied zu fordern, indem ich den Herzog bat, mich zu entlassen, damit ich bey der österreichschen Armee ein Paar Feldzüge mitmachen und die militairischen Kenntnisse, welche ich in seinem Dienste zu erlangen das Glück gehabt hätte, practisch ausüben lernen könnte. Der Abschied wurde mir nicht versagt; Wieder die Gewohnheit junger Officiers hatte ich mir von den Geschenken meines Wohlthäters eine Casse von einem Paar hundert Thalern gesammelt; Der Consul vermehrte diese Summe auf die großmüthigste Weise und schickte mir zugleich Empfehlungschreiben an zwey österreichsche Generals; und so war ich dann im Stande, meine Reise zur kaiserlichen Armee anzutreten.

* Diese Anecdote ist wahr — wahr, zur Schande des Bösewichts, eines Obersten von — die Finger jucken mich, den Kerl zu nennen — der vor einigen Jahren diese That begangen und zur Schande des Fürsten; d e r s i e n i c h t b e s t r a f t h a t. Wo dergleichen geschehn und niemand murren darf; nicht wahr, da ist kein Despotismus; da ist das Volk durch die Propaganda aufgehetzt, wenn es endlich ein wenig unruhig wird?

Allein ich hatte vorher noch Eine Pflicht zu erfüllen; ich musste dem würdigen Obersten meine Dankbarkeit darbringen und mich bey ihm rechtfertigen, wenn auch ihn meine Aufführung vielleicht aus einem falschen Gesichtspuncte war vorgestellt worden. Beydes glaubte ich am besten schriftlich thun zu können; doch schonte ich dabey, so viel sichs irgend thun ließ, seines Sohns.

Ich konnte die Antwort nicht abwarten, habe auch seit der Zeit nie wieder eine Zeile von dem edeln Manne gelesen, denn er starb wenig Monate nachher, am Schlagflusse.

Da ich vorher an den großen, guten Kaiser Joseph geschrieben und von ihm die Zusicherung erhalten hatte, als Capitain bey einem der neuerrichteten Frey-Corps angesetzt zu werden, in so fern ich eine gewisse Anzahl Recruten lieferte; machte ich dazu Anstalt, brachte bald in den Rheingegenden einen Theil dieser Mannschaft zusammen, bezahlte für die Fehlenden eine bestimmte Summe, und gieng dann zur Armee.

Die kräftigen Empfehlungsbriefe des Consuls und ein Paar glückliche Vorfälle, die mir Gelegenheit gaben, Diensteifer und einigen Muth zu zeigen, erwarben mir die Achtung meiner Cameraden und die Zufriedenheit meiner Vorgesetzten. Der Krieg dauerte zum Glücke der Völker, nicht lange; die Freycorps giengen dann auseinander; allein ich erhielt die Versprechung, in ein regulaires Regiment eingesetzt zu werden. Um diese Sache nun thätiger betreiben zu können, gieng ich gleich nach dem Frieden, nach Wien. Dort brachte ich beynahe ein halbes Jahr sehr vergnügt zu und machte manche recht interessante Bekanntschaft. Wichtiger als alles Uebrige war mir das Glück, den liebenswürdigen Fürsten in der Nähe bewundern zu können, der ohne Prunk, aus wahrer Wärme für das Gute, so thätig war, Glück und Wahrheit zu verbreiten; der gegen so unendliche Schwierigkeiten, die ihm Dummheit und Bosheit in den Weg legten, muthig ankämpfte, kein Gift, keinen Dolch und keine spitzige Feder fürchtete, weil er wusste, daß die Vorsehung wahre Größe schützt, und daß man nur dann Ursache hat, sich zu fürchten und das Licht zu scheuen, wenn man sich selber nicht trauen, sich selber nicht respectiren darf; und der, wenn er eben so glücklich gewesen wäre, als er gut und eifrig war, von der späten Nachwelt noch mit Bewunderung angestaunt werden würde.

Meine Hofnung, wieder in Thätigkeit zu kommen, wurde bald erfüllt; man setzte mich mit meinem vorigen Range im ***schen Regimente an und bald nachher bekam ich den Befehl, nach Goßlar auf Werbung zu gehn.

Sie wissen, bester Vater! daß ich dort die Bekanntschaft Ihrer liebenswürdigen Tochter machte und was weiter vorgefallen ist; Mögten wir nun nur den Zweck erreichen, sie bald wieder einzuholen! Dann ist es in Ihren Händen, mein Glück, dessen erster Schöpfer Sie gewesen sind, vollkommen zu machen.

Während der Hauptmann Previllier diese seine Geschichte erzählte, blickten sie Beyde oft zum Wagen hinaus, um zu entdecken, ob sich nicht ein Fuhrwerk vor ihnen sehn liesse. Sie fragten Jeden, der ihnen begegnete und erfuhren endlich, daß die bewusste halbe Kutsche ungefehr eine Stunde früher denselben Weg genommen hatte. Diese Nachricht erhielten sie kurz vor Steinbrüggen und als sie dahin kamen, sahen sie den Wagen in einem Hofe stehn. Ihre Freude war unbeschreiblich; sie sprangen aus der Callesche — aber alles im Wirthshause lief durch einander — diese Verwirrung prophezeyete ihnen nichts Gutes. Der Förster rennte wie unsinnig herum und fluchte, wie ein Hesse. Sein Bruder fiel ihm um den Hals — er wusste nicht, wie ihm geschahe — »Bruder! lieber, theurer Bruder! Aber wo ist sie? Wo ist meine Margaretha?« — »Wo sie ist? der Teufel hat sie geholt, das Wettermädchen! Aber finden muß ich sie, und sollte ich die halbe Welt durchrennen.«

So standen die Sachen in Steinbrüggen — Allein es ist Zeit, daß wir wieder zu der Demoiselle zurückkehren, die wir auf freyer Heerstraße allein gelassen haben. Wir sind zu galant, um ihr nicht bald zu Hülfe zu eilen.

Dreyzehntes Capitel.

Jungfer Margaretha Dornbusch begiebt sich in den Schutz einer alten christlichen Dame und setzt sich neuen Gefährlichkeiten aus.

Ja! nicht etwa auf ofner, freyer Heerstraße nur; nein! was noch ärger ist, in einem hohlen Wege haben wir unser Frauenzimmer gelassen. Wie mancherley Gefahren konnte nicht das wehrlose, schwache Geschöpf hier ausgesetzt seyn; Uns treten die Thränen in die Augen, wenn wir alles erwägen, was dem armen Mädchen da hätte begegnen können. »O!« würde hier ein Schriftsteller ausrufen, dem es um die moralische Besserung seiner Leserinnen zu thun wäre — Darauf aber haben wir, im Vorbeigehn zu sagen, es gar nicht angelegt, sondern nur auf Belustigung und Honorarium — »O!« würde er sagen »Ihr leichtsinnigen Kinderchen! wohin kann nicht eine einzige Uebereilung führen! Da spiegelt Euch nun an dem Beyspiele der Jungfer Margaretha Dornbusch, die Ihr jetzt wie eine Landläuferinn an Hecken und Büschen und in hohlen Wegen herumirren sehet und lasset mir das vermaledeyete Roman-Lesen unterwegens, wodurch ihr Euch nur Thorheiten in den Kopf setzet!«

Doch wir wollen uns bey den Ausrufungen nicht aufhalten, sondern schlecht-weg erzählen, was unsrer Schönen begegnete. Sie mogte ungefehr ein Paar hundert Schritte in besagtem hohlen Wege ängstlich eilig fortgerennt seyn, als sie auf eine andere Straße stieß, welche dies Defilé durchkreuzte, zugleich auf derselben eine Kutsche erblickte, die, von drey Pferden gezogen, langsam daher wackelte, und ihr schon ziemlich nahe war. Der Kasten dieses Fuhrwerks sahe für sein Alter noch ganz reputirlich aus, war ein wenig groß und der Untertheil bauchartig ausgeschweift. Mit gelben Nägeln sahe man an den beyden Thüren die Buchstaben v. B. angebracht; Ein kleiner, mit Seehundfell überzogner Koffer war hinten aufgebunden und ein Bettler, der gern mit Gelegenheit reisen wollte, hatte sich diesen zum Sitze gewählt. Ausserdem befanden sich noch zwey Körbe und eine Schachtel an den Bock mit Stricken befestigt; Der Fuhrmann aber, in einem so genannten Futterhemde, mit einer kleinen Tabacs-Pfeife im Munde, gieng neben den drey Gäulen her, die der Autor als ein wenig zu mager schildern müsste, wenn er nicht, aus gewissen Ursachen, die Parthey magrer Geschöpfe nähme. Der Zug gieng langsam und bedächtlich und unsre Demoiselle hatte volle Muße, sich auf den Schritt vorzubereiten, den sie zu thun Willens war, ehe die Kutsche den Platz erreichte, wo die Straße den hohlen Weg durchschnitt.

Ein nicht ganz lieblicher und nicht sehr harmonischer, zweystimmiger weiblicher Gesang, von einem grämlichen Alt und einem durchdringenden Nasen-Sopran in Octaven vorgetragen, schallte aus der Kutsche heraus, deren disseitiges Fenster geöfnet war. Der Fuhrmann brummte, so oft er die Pfeife aus dem Munde nahm, um auszuspucken, im Basse die letzte Note nach; Uebrigens war es die Melodie des Abendliedes: »Nun sich der Tag geendet hat.«

»Ich bitte Sie um Gotteswillen, meine werthesten Frauenzimmer!« rief Margaretha und unterbrach dadurch das andächtige Lallen, »Ich bitte Sie, gönnen Sie mir einen Sitz in Ihrer Kutsche! Wohin Sie auch reisen; Ich verlange nichts als Ihren Schutz, bis zur nächsten Stadt. Ich will Ihnen auf keine Weise beschwerlich seyn. Nur einen sichern Platz gönnen Sie mir bis dahin!« — »Halt still, Nicolaus!« sprach bedächtlich, doch laut, eine alte Dame, indem sie ihre Brille von der Nase nahm, ein Probe-Flickchen von braunem Cammelot, als ein Zeichen, in das Gesangbuch legte, welches sie zuschlug, dann, das kupfrigte Gesicht zum Schlage hinausstreckte und ziemlich unfreundlich fragte: »Was will Sie, Jungfer?« Meta wiederholte ihre Bitte und erzählte ihre Geschichte — Allein man merke wohl, ihre Geschichte war es; doch nicht die, welche ihr begegnet war, sondern die sie erfunden hatte; Es war ein Mixtum compositum von Wahrheit und Nothlüge. Von grausamen Verwandten und einer verhassten Heyrath, wozu man sie arme Wayse zwingen wollte, kam etwas darinn vor; nur der Officier, von welchem sie Rettung erwartete, sobald sie an ihn schreiben würde, wurde aus einem Liebhaber, in einen würdigen Vetter umgeschaffen. Ich hoffe, diese geringe Abweichung von der Wahrheit soll unser junges Frauenzimmer in den Augen der Leser nicht herabsetzen; wenigstens werde ich die *Leserinnen*, die jüngern nämlich, auf meiner Seite haben.

Die alte Dame schüttelte während dieser Erzählung bedächtlich ihr Köpfchen und sagte dann: »Nun! Sie darf einsteigen. Ich reise, so Gott will, nach Braunschweig. Dahin mag Sie mitfahren. Aber dort muß Sie sehn, wie Sie unterkömmt, denn ich kann mich nicht mit fremden Leuten behängen.« Der Wagen wurde geöfnet und Meta übersah jetzt die ganze Gesellschaft, in welche sie eingeführt werden sollte; denn der untere Theil der Kutsche verbarg noch, gleich dem Bauche des trojanischen Pferdes, mehr lebendige Wesen, als von Aussen sichtbar waren. Der alten Dame gegenüber saß ein junges, schwarzäugichtes Cammermädchen, mit einer Hauben Schachtel auf dem Schoße; An der Seite ihrer Gebietherinn hatte ein garstiger grauer Kater Platz genommen; Ein bejahrter, engebrüstiger Mops lag zu den Füßen und neben ihm ein kleiner weiß und braun gefleckter so genannter Spions-Hund; unter dem Himmel der Kutsche aber war, zwischen einigen in Tüchern aufgehängten Hauben, auch ein kleines Vogelbauer befestigt, in welchem ein Canarien-Männlein sein Wesen trieb. Es fand sich grade neben dem Cammermädchen noch Platz genug für Margaretha Dornbusch, um, wenn sie keinen großen Anspruch auf Raum für ihre Beine machte, ziemlich bequem zu sitzen.

Jetzt halte ich es für meine Pflicht, die Leser genauer mit den Personen bekannt zu machen, unter welche wir die Jungfer Dornbusch geführt haben, und dann soll uns nichts abhalten, sie ihre Reise fortsetzen zu lassen. Das Fräulein von Brumbei* war Stiftsdame in ***. Da die Natur, bey Entwerfung des Plans zu ihrer sterblichen Hülle, sich ein wenig verzeichnet und ihre gnädigen Eltern kein baares Vermögen hinterlassen hatten; ergriff sie die Parthey, die Lüste dieser Welt und die zeitlichen Güter zu verachten und sich nach den himmlischen zu sehnen, auf welche sie sich durch fleissiges Beten und Singen ein Recht zu erwerben trachtete. Je älter sie wurde, desto wärmer eiferte sie für Keuschheit und Tugend, und Margaretha hatte den Schutz, den sie ihr angedeyen ließ, größtentheils der Versicherung zu danken, *daß sie dem Ehestande aus dem Wege gelaufen wäre*. Weil aber der Geist des schwachen Menschen nur gar zu oft vom Fleische niedergedrückt wird; hatte sich das Fräulein nach und nach gewöhnt, jenem durch den Genuß eines reinen abgezognen Kirschwassers einen höhern Schwung zu geben, und würklich duftete unsrer Meta, als sie zu ihr in den Wagen stieg, der süße Geruch dieser Panacäe entgegen. Nun aber hatte es sich begeben, daß Beelzebub, welcher den Frommen immerdar auflaurt, einst den Augenblick genützt, als das Fräulein von Brumbei von der besagten Kirsch-Essenz fast viel genossen und dadurch das Fleisch so getödtet hatte, daß alle Achtsamkeit auf den Gebrauch ihrer irdischen Gliedmaßen dahin war — Es hatte sich begeben, sage ich, daß in einer solchen Stunde Beelzebub sie verleitete, die kleine Treppe in ihren Keller hinabzusteigen; ihr Fuß war ausgeglitten, sie war hinabgestürzt und hatte sich die linke Hüfte verrenkt. Der Stifts-Chirurgus wendete alle Kräfte seiner Kunst an, den Schaden zu heilen, nachdem die warmen Um-

* Wir wissen nicht, ob der für die reine Lehre so eifrige Prediger Brumbei, welcher sich kürzlich bey der Inquisition gegen den Ketzer Schulz in ganz Teutschland so berühmt gemacht hat, ein Sprößling jener adelichen Familie ist.

schläge, welche das schwarzäugichte Cammermädchen ohne Unterlaß auflegen musste, nicht helfen wollten — alles vergebens! Dann nahm sie ihre Zuflucht zu dem Scharfrichter in Goßlar, aber mit keinem glücklichern Erfolge. Sie hatte auch einen ganzen Sommer hindurch das Bad bey Verden gebraucht, ohne Besserung zu spüren; worauf sie sich endlich entschloß, nach Braunschweig zu reisen und sich einem Wundarzte anzuvertraun, von dessen Geschicklichkeit bey allerlei Vorfällen ihr ein junger Cavallerie-Officier viel Gutes gesagt hatte — Auf dieser Reise war sie jetzt begriffen.

Sobald Margaretha Platz im Wagen genommen hatte und der Fuhrmann die Pferde antrieb, weiter zu schleichen, fieng zuerst das alte Fräulein an, mit ihren Augen das junge Frauenzimmer zu mustern, wobey sie aus einer kleinen silbernen Tabacs-Dose eine Prise nahm. Dann ließ sie ihrer Neugier den Zügel schiessen und setzte Meta durch eine Menge Fragen in einige Verlegenheit; doch half sich Diese mit aller weiblichen Kunst heraus. Hierauf kam die Reyhe an die nützliche Moral, welche sich aus solchen Begebenheiten ziehn lässt und da hatte sie nun ein weites Feld, gegen die Falschheit der Männer, gegen den Leichtsinn der heutigen Jugend und zum Lobe der Sittsamkeit und Keuschheit zu eifern — Der Canarien-Vogel oben im Bauer pfiff zwischendurch sein Liedchen und machte ein wahres Melodrama aus dieser Declamation — Endlich fieng sie an, über Magenschmerzen zu klagen und holte aus der Kutschen-Tasche ein Fläschgen voll Kirschengeist hervor; und als sie sich damit gelabt hatte, wurden die Gesangbücher wieder aufgeschlagen und Meta musste sich's gefallen lassen, die noch übrigen Strophen des Abendliedes mitzusingen.

Der Tag neigte sich nun würklich zum Ende — es war, wie wir wissen, der Sonntag, an welchem Blanchard in Braunschweig aufstieg. Diese Stadt zu erreichen war heute nicht möglich; Es hatte aber das Fräulein von Brumbei, in einem seitwärts von der Straße gelegenen Dorfe, einen alten Bekannten, den Pastor Reimers, bey welchem sie sich ein Nachtlager erbeten hatte und der sie nebst ihrem Gefolge gastfreundschaftlich aufnahm. Da Dieser nur zwey Betten liefern konnte, musste Meta das eine derselben mit der Cammerjungfer theilen. Susanna war ein muntres Mädchen; Sie hatte vormals in Braunschweig gedient und dort allerley kleine Liebes-Abentheuer bestanden. Die böse Welt pflegt solche unschuldige Verirrungen zuweilen lieblos zu beurtheilen; das war auch Susannen begegnet; arge Lästerzungen hatten ihren Ruf zweydeutig zu machen gesucht; sie war von der Dame, bey welcher sie gedient hatte, nicht auf die ehrenvollste Weise verabschiedet worden und hierauf aus Verzweiflung auf's Land gegangen, da sie dann endlich Gelegenheit gefunden hatte, durch den vorhin erwähnten Cavallerie-Officier dem alten Fräulein empfohlen zu werden. Ihr Verlangen, das liebe Braunschweig wiederzusehn, gab ihr kräftige Gründe ein, ihre Herrschaft in dem Vorsatze, nach dieser Stadt zu reisen, zu bestärken, und niemand war froher, als sie, da diese Reise zu Stande kam.

Nichts ist leichter gestiftet und leichter getrennt, als die Freundschaft und Vertraulichkeit unter jungen Mädchen. Kaum war Susanna mit der Jungfer Dornbusch allein in ihrem Cämmerlein (die alte Dame pflegte sich, mit schwerem Haupte, früh zu Bette zu legen) als sie zuerst begann, ihrem Spotte über das fromme Fräulein freyen Lauf zu lassen; dann entlockte sie Margarethen das Geheimniß ihrer Herzens-Angelegenheit und gewann bald, durch die Theilnahme, welche sie ihr bezeugte, ihr ganzes Zutraun. Wir haben einmal in einem hübschen Buche gelesen, daß junge Frauenzimmer vor allen Andern Ursache haben, in der Wahl ihrer Vertraueten vorsichtig zu seyn; daß so Manche bloß dadurch fallen, daß sie sich solchen Personen in die Hände liefern und Denen tausend gute Eigenschaften zutrauen, welche ihren Leidenschaften schmeicheln. Der Autor jenes Werks hatte dies gar artig auseinandergesetzt; ich kann aber das Buch jetzt nicht wieder auffinden, sonst schriebe ich die Stelle ganz ab; Doch vielleicht nehmen die Leserinnen Gelegenheit, aus der Geschichte unsrer Freundinn selbst, sich die nöthigen Lehren herauszuziehn; wir fahren also in unsrer Erzählung fort.

Am Montage gieng die Reise weiter und unsre Damen erreichten vor Mittag noch die Stadt Braunschweig. Susanna hatte indeß beym Ankleiden ihrer Herrschaft Gelegenheit gefunden, derselben die neue Freundinn so warm zu empfehlen, daß jetzt schon nicht mehr die Rede davon war, sich eher von Margarethen zu trennen, bis diese von ihrem vorgeblichen Vetter würde abgeholt werden.

Das Fräulein von Brumbei hatte sich, auf Empfehlung ihrer Zofe, die ihr ganzes Zutraun besaß, ein Paar kleine Zimmer in dem Hause des Schusters Wöllner, unfern dem Opernhause, für die Zeit ihres Aufenthalts in Braunschweig gemiethet. Dieser Schuster war ein andächtiger Heuchler, der sehr viel von der reinen Lehre und dem innern Lichte redete, seines Amtsbruders Jacob Böhms Schriften las, Betstunden für Personen beyderley Geschlechts in seinem Hause hielt, übrigens aber ein Erz-Schurke war und auf Pfänder liehe — Ich bitte die geneigten Leserinnen nun nochmals zu überlegen, welche schreckliche Folgen die erste Uebereilung der Jungfer Dornbusch für sie hätte haben können, da wir sie jetzt von solchen Menschen umgeben sehn müssen.

Sobald die Gesellschaft Besitz von ihrer Wohnung genommen hatte, setzte sich Meta hin und schrieb dem Freunde ihrer Seele einen zärtlichen Brief. Sie urtheilte nicht ohne Wahrscheinlichkeit, es werde der Hauptmann, sobald er in Peina im Posthause erfahren hätte, wohin der Förster mit ihr gereist sey, auch seinen Weg nach Goßlar genommen haben, wohin er, als Werbe-Officier, ohnehin in wenig Tagen zurückkehren musste. In jedem Falle also schien es ihr am sichersten, dahin ihren Brief mit der Post zu schicken. Hätte sie das früher überlegt; so hätte sie in der That nicht nöthig gehabt, zu entlaufen, denn sie konnte sich doch leicht einbilden, daß Previllier nicht lange säumen würde, ihr nachzureisen, und dann war, an der Seite dieses braven Kriegsmannes, von der Gewalt des Oheims nicht viel zu fürchten. Allein die Idee der Flucht war romanhafter, und folglich wurde sie vorgezogen.

Der Brief war nun fort, und da sie, bis Antwort oder der Liebhaber selbst kommen würde, sicher und unentdeckt in

Braunschweig bleiben konnte; fieng sie an, sich zu erheitern und an dem ungewöhnten Anblicke der Volks-Menge, die zur Meßzeit die Straßen von Braunschweig anfüllt, ihre Augen zu weiden. Susanne aber nützte diese muntre Stimmung, stand neben ihr am Fenster und machte ihr reizende Schilderungen von den Annehmlichkeiten dieser großen Stadt.

So kam der Abend herbey — ein schöner, heitrer Sommer-Abend. Die alte Dame hatte, aus Freude über ihre glückliche Ankunft, ihrer gewöhnlichen Portion Herzstärkung ein Paar Gläser Ratafia hinzugefügt; Das pflegt dann den Schlaf zu befördern; und so war sie schon um acht Uhr zu Bette gegangen. »Es wäre Sünde« sagte Susanne zu ihrer neuen Freundinn »wenn man sich bey dem herrlichen Wetter im Zimmer einsperren wollte. Wenigstens sollten wir doch vor der Hausthür ein wenig auf- und abgehn.« Margaretha Dornbusch ließ sich den Vorschlag gefallen; sie schlenderten Arm in Arm längst dem Opernhause und auf dem benachbarten Kirchhofe hin und her. Nun wurde, wie die Leser wissen, an diesem Montage Mascarade im Opernhause gegeben; Susanne wusste das, denn sie hatte schon, während unsre Freundinn schrieb, allerley Besuche gehabt, Leute verschickt und Verabredungen genommen.

Jetzt fieng sie an, Margarethen, die dergleichen Festen nie beygewohnt hatte, eine reizende Schilderung von dem Vergnügen zu machen, das man auf einem solchen Balle schmekke. »Ich habe einen guten Einfall, meine Liebe!« setzte sie hinzu »Wir könnten uns leicht, als Fledermäuse maskirt, auf eine Stunde hin schleichen. Niemand kennt uns; Wir gehen da miteinander durch das Gewühl von verkleideten Menschen umher. Arm in Arm, wie wir hier gehen. Es wird Sie aufheitern, da Sie doch noch nie keine Mascarade gesehn haben; meine Alte erfährt nichts davon; unsre Wirthsleute sind gute Menschen, und ehe es Bettgehn-Zeit ist, sind wir wieder zu Hause.«

Margarethen wollte Anfangs dieser Plan nicht gefallen; er kam ihr zu kühn vor; allein die Sache schien ja so unschuldig; sie war in einer so ruhigen Stimmung, worauf die angenehme Abend-Luft, das Gefühl einer nie genossenen Freyheit, der Anblick der schönen, lebhaften Straßen und die Hofnung, vielleicht morgen schon den Freund ihres Herzens in ihre Arme eilen zu sehn, vortheilhaft würkten; ihre Neugier, ein ihr so fremdes Schauspiel kennen zu lernen, wurde immer auf's Neue gereitzt, so oft sie, in Kutschen, Porte-Chaisen und zu Fuße, einen frischen Transport von verkleideten Personen beyderley Geschlechts in das nahgelegene Opernhaus eintreten sah — und kurz! sie gab dem Vorschlage Gehör und entschloß sich, den Spaß in der Nähe anzusehn.

Hier, mein Herr! liegen zwey Louisd'or; nehmen Sie dies Geld und lassen mir dafür mit dem Postwagen einen Philosophen kommen, der mir auf bescheidnere Art diesen und ähnliche Wiedersprüche im weiblichen Character erkläre! Ein züchtiges, junges Mädchen, das noch vor vier und zwanzig Stunden voll Verzweiflung war, über die gewaltsame Trennung von dem einzigen geliebten Gegenstande, da sie nun unter fremden Leuten herumirren muß, fern von allem, was ihr theuer und werth ist, rennt jetzt leichtsinnig mit einer zweydeutigen Unbekannten in das Getümmel vermummter Freuden-Kinder; Ein Frauenzimmer, das so viel Bücher über Menschenkenntniß gelesen und aus Romanen gelernt hat, sich entführen zu lassen, ahnet nicht, daß sie einer verdächtigen Rathgeberinn in die Hände gefallen ist, da sie doch gewiß zwanzigmal in ihren Büchern die traurigen Folgen ähnlicher leichtsinniger Schritte geschildert gefunden? Sollen wir hier lauter gegen die schädlichen Würkungen einer übel gewählten Lectüre, oder gegen die Inconsequenzen des schönen Geschlechts declamiren? Es giebt strenge Moralisten, welche behaupten, die Ursache, warum auch die feinste Menschenkunde oft bey Beobachtung des weiblichen Characters scheitre, liege darinn, daß die Frauenzimmer eigentlich gar keinen Character hätten, sondern unaufhörlich von unzusammenhängenden Launen und Grillen regiert würden. Es sey eben so wenig möglich, vorauszusagen, auf welche Weise ein Weib sich in der folgenden Viertelstunde, bey diesem oder jenem Vorfalle betragen mögte, wie es, selbst dem geschicktesten Tanzmeister möglich sey, zu bestimmen, was für Schritte ein herumspringender wilder Indianer machen würde — Wir halten das für baare Verläumdung und glauben vielmehr, es liege die Schuld nur daran, daß theils dies Geschlecht die feinern Uebergänge ihrer Leidenschaften, wodurch ihre Handlungen motivirt werden, sorgfältiger verborgen hielte, theils das Spiel dieser Uebergänge in ihnen schneller als in uns vorgienge. Aber wohin gerathen wir? Bleiben wir bey der Klinge!

Die beyden Frauenzimmer vermummten sich also, en Chauve-souris, schlichen nach dem Opernsaale hin und mischten sich unter den Haufen der Masken. Sie hatten sich kaum einmal von dem Eingange bis zum Ende des Theaters gedrängt, als ein männlicher Domino sogleich die schwarzäugichte Cammerjungfer erkannte, auf sie zueilte, ihr die Hand drückte und ausrief: »Ey, Susannchen! wie kömmst Du hierher?« »Um Gotteswillen!« sagte Margaretha, »wer ist das?« — Es war *ein Vetter*. Aber bald kamen der Vettern so Viele und unter Diesen Manche, die nicht die bescheidenste Sprache führten. »Wie führt Dich der Teufel wieder nach Braunschweig, Du Wettermädchen?« sprach der Eine. »Bey meiner Seele! da ist unsre kleine runde Hexe« sprach der Andre und lachte laut auf. »Und wen hast Du denn da bey Dir?« erschallte die dritte Stimme »Das ist gewiß neue Waare vom Lande!«

Nun erst fieng unsre arme Meta an, zu argwöhnen, daß sie einen übereilten Schritt gethan hätte, daß sie nicht in die beste Gesellschaft gerathen wäre und nun wurde ihr Herzchen schwer und traurig. Indeß hatte sich der Cirkel der alten Bekannten um Susannen und ihre Begleiterinn vermehrt; man fieng an, sich allerley freye Reden gegen sie zu erlauben und zwey junge Herrn drangen mit Ungestüm darauf, daß sie mit ihnen in eine von den Logen gehn sollten.

Margaretha gerieth in die äusserste Verlegenheit und war im Begriff laut zu schreyen, als ein Mann in einem schwarzen Tabareau, der schon eine Zeitlang beyde Mädchen beobachtet und hauptsächlich seine Aufmerksamkeit auf

Margarethens Schuhschnallen (oder waren es Bandschleufen?) geheftet hatte, die ihm bekannt vorkamen, begleitet von einer andern Person, sich mit Gewalt durch den Haufen drängte — »Bey Gott! sie ist es« rief er aus und schloß Meta in seine Arme — Rathen Sie nicht länger, hochgeehrteste Leser! Es war kein Andrer, als der Hauptmann Previllier; und wie der hierherkam, das sollen Sie bald erfahren. Lassen Sie mich nur erst Othem schöpfen!

Vierzehntes Capitel.

Auf der Mascarade in Braunschweig führt der Himmel die Seinigen wunderlich zusammen.

Wir haben die Gesellschaft in Steinbrüggen in dem Augenblicke verlassen, als der alte Dornbusch seinen Bruder, den Förster, nach einer so langjährigen Entfernung, wieder umarmte, die Freude der beyden Brüder aber sowohl, als die des Pastors Schottenius und des Hauptmanns Previllier durch die Flucht des lieben jungen Frauenzimmers sehr gemindert wurde. Ich habe mich bey Schilderung dieser Zusammenkunft nicht lange verweilt; in allen Romanen und Schauspielen können Sie dergleichen Wiedervereinigungs-Scenen beschrieben finden. Zudem konnte man sich nicht dabey aufhalten; es war keine Zeit zu verliehren, um, wo möglich, Margarethen wiederaufzufinden. Die offenstehende Hinterthür des Gartens, in welchem sie spatzieren gegangen war, ließ keinen Zweifel übrig, daß sie da hinaus entflohen wäre; unsre vier Reisende liefen desfalls von dort aus nach verschiednen Richtungen in das weite Feld hinein, blickten um sich her, so weit sie konnten, und fragten jeden Bauer, der ihnen auf diesen Wegen aufstieß, ob ihm kein Frauenzimmer begegnet wäre! Der Förster, als ein guter Waidmann, nahm noch andre Merkzeichen zu Hülfe; Er bemühete sich nämlich, die Fährte von den hohen weiblichen Absätzen aufzuspüren und dies gelang ihm. Sobald er auf der Spur war, pfiff er auf der Hand und versammelte dadurch seine Gesellschafter wieder um sich. Nun giengen

Alle den Fußtritten nach und kamen dann an den vorhin beschriebnen Kreutzweg — aber fort war hier die Spur.

Indessen werden die Leser sich noch eines sichern Bettlers erinnern, der auf dem Reise-Koffer des Fräuleins von Brumbei Platz genommen. Er hatte sich die Erlaubnis dazu von dem Fuhrmanne durch Bitten und einen kleinen Rest Rauchtabac erkauft, zu welchem er, ich weiß nicht wie? gekommen war. Als aber durch Margaretha Dornbusch die Gesellschaft im Wagen und folglich die Last der drey magern Pferde vermehrt wurde, der Tabac auch schon längst verbraucht war, fühlte unser Kutscher nicht länger Beruf, den fremden Gast bey der Bagage zu dulden, sondern zwang ihn, abzusteigen. Der Bettler fand sich christlich in sein Schicksal; bevor er aber seinen Weg zu Fuß fortsetzte, lagerte er sich in das Gras hin, zog ein Stück schwarzes Brod und einen Käse aus seinem Sacke und hielt ofne Tafel, unter Gottes freyem Himmel. Vornehme Leute pflegen schnell zu essen, *ohne Zweifel, weil sie mit ihren, dem Besten der Menschheit gewidmeten Stunden sparsam umgehen;* — (Wir selbst, der Autor, haben uns gewöhnt, sehr geschwind zu speisen; vermuthlich aus Begierde, *vornehm zu thun*, welche Begierde uns der berühmte Professor Casperle Hoffmann kürzlich abgelauert hat; Man lese das dritte Stück seiner wohl geschriebnen Zeitschrift.) — Gemeine Menschen hingegen nehmen sich gewöhnlich alle Muße zu diesem Geschäfte — das ist ja auch der einzige Genuß, bey welchem es ihnen vergönnt ist, die schweren Mühseligkeiten ihres Lebens zu vergessen. Der Bettler speiste noch, als die vier Fremden an diesen Platz kamen; Sie fragten also auch ihn, ob er kein weibliches Geschöpf hier wahrgenommen hätte und erfuhren, daß Margaretha zu der alten Dame in die Kutsche gestiegen und mit ihr auf dem Wege nach Braunschweig fortgefahren wäre. Jetzt wurde Anstalt zum Nachsetzen gemacht; allein durch die Langsamkeit der Postknechte vergieng noch so viel Zeit, daß das Frauenzimmer-Fuhrwerk nun einen Vorsprung von wenigstens einer Stunde gewonnen hatte. Da es jedoch mit den drey Pferden gar nicht schnell gieng; würden die vier Herrn sie gewiß eingeholt haben, hätte nicht, wie im vorigen Capitel ist erzählt worden, das alte Fräulein, von der Straße ab, den Weg nach dem Dorfe zu genommen, wo sie bey dem Pastor Reimers das Nachtlager bestellt hatte. Des Sonntags trifft man wenig Leute im Felde an; unsre Freunde konnten daher niemand finden, der ihnen über diesen Punct Aufklärung gegeben hätte; und als sie nun immer weiter fuhren und endlich ein Dorf erreichten, zeigte sich's, daß niemand eine solche Stifts-Damen-Kutsche wollte gesehn haben.

Verschwunden konnte sie indessen nicht seyn; unsre Gesellschaft wusste, daß die Dame nach Braunschweig hatte reisen wollen; folglich schien es ihnen am zweckmäßigsten, diesen Weg zu verfolgen.

Ich erzähle den Lesern nichts von den Gesprächen, welche die Herrn unterwegens führten. Der alte Dornbusch war ein zu verständiger Mann, um, wenn eine Sache nicht mehr zu ändern war, hintennach lange darüber zu moralisiren; er machte also seinem Bruder um so weniger Vorwürfe über sein Betragen gegen Margarethen, da er die gute Absicht desselben, dem Mädchen einen reichen Mann zu geben, nicht miskennen konnte. Der Förster, von seiner Seite, war sehr zufrieden von der persönlichen Bekanntschaft des Hauptmanns, der Pastor aber konnte nicht ganz seine Neugier unterdrücken, etwas von den Familien-Umständen desselben zu erfahren, da dann der alte Dornbusch sich bewogen fand, die Haupt-Umstände aus den Papieren, welche ihm bey Führung des Processes in Paris zum Leitfaden gedient hatten, zu erzählen, wie folgt. —

Nein, meine hochgeehrtesten Leser! wir wollen es dabey bewenden lassen, die Episoden nehmen sonst kein Ende. Was kann Ihnen damit gedient seyn, genauere Nachricht von dem Geschlechte der Prevelliers zu erhalten? Sind doch die Leute sämtlich tod, deren Schicksale wir da erzählen müssten — bleiben wir bey den Lebendigen! Die einbrechende Nacht bewog die Reisenden, in einem einzeln gelegnen Wirthshause zu übernachten; am andern Tage kamen sie in Braunschweig an.

Das erste Geschäft des Hauptmanns wurde nun, zu erforschen, ob die Frauenzimmer gestern oder heute in das Thor einpassirt wären; allein wie konnte, bey der Menge von Equipagen, die jetzt ein- und ausfuhren, der wachthabende Officier davon Rechenschaft geben? Es wurde also in allen Wirthshäusern Nachfrage angestellt; allein auch da war kein Trost zu holen — Der Abend kam heran, ohne daß man etwas von Margarethen erfuhr.

Jetzt erst fiel es der Gesellschaft ein, daß der Amtmann Waumann nebst seinem Sohne vermuthlich noch in Braunschweig seyn müsste. Man wusste, daß er im goldnen Engel abgetreten war, gieng dahin, erfuhr, daß er im Prinzen Eugen gespeist hatte, suchte ihn da auf und erhielt die Nachricht: er sey zur Mascarade gegangen. Sprechen musste man den Amtmann doch, um ihm von der veränderten Lage der Sache Nachricht zu geben; Es war zu vermuthen, daß er vielleicht erst gegen Morgen zu Hause kommen und dann gleich fortreisen würde; ein guter Genius gab daher dem Hauptmanne den Gedanken ein, einen Tabareau zu miethen, einen Augenblick auf den Ball zu gehn und Waumann, Vater und Sohn, dort aufzusuchen — Der alte Dornbusch begleitete seinen Pflegesohn.

Hier war es nun, wo auf einmal, sehr unerwartet, Previllier seine Geliebte antraf und mit der Ausrufung: »Bey Gott! sie ist es« in seine Arme schloß.

Eine Mascarade ist nicht der Ort zu zärtlichen Scenen von feinerer Art; Ohne daher sich die Zeit zu weitläuftigen Erläuterungen zu nehmen, ja! ohne einmal Margarethen zu sagen, daß der Mann, welchen sie an der Seite ihres Freundes erblickte, ihr Vater wäre bat Previllier sie nur, sogleich mit ihm das Getümmel zu verlassen. Jungfer Susanna hatte sich weislich im Gedränge verlohren, sobald der Capitain seine Meta erkannt hatte; und schon war man im Begriff, aus dem Saale zu gehn, als, zur größten Verwundrung unsrer Freunde, von einer Menge Stimmen laut die Worte erschallten: »Guten Abend, Herr Amtmann Waumann! Guten Abend!« Wie dies zugieng, soll jetzt erzählt werden; ich bilde mir etwas darauf ein, daß keiner meiner hochgeehrtesten Leser es errathen kann.

Die beyden jungen schönen Geister, welche die Gesellschaft aus dem Prinzen Eugen verleitet hatten, die Mascarade zu besuchen, hofften christlich, diese Menschen sollten durch ihre alberne Verkleidung so viel Aufsehn, erregen, daß sie preisgemacht würden; allein es fiel anders aus — niemand bekümmerte sich um die geschmacklosen Masken. Um nun ihres Zwecks nicht zu verfehlen, nahmen sie zu andern losen Streichen ihre Zuflucht. Der Licentiat Bocksleder war so enge in seine Beelzebubs-Haut eingezwängt, daß er, bey dem Gedränge der großen Menge Leute, beynahe ohnmächtig wurde, ehe die Gesellschaft zweymal den Saal auf- und abspatziert war. Der Student schlug ihm daher vor, in ein Nebenzimmer zu gehn, wo Punsch geschenkt wurde; Er that es, seine Familie gieng mit ihm; der Student hatte sich mit einem Manna-Tränklein versehn, welches er ihm auf listige Weise mit dem Punsche eingab; Wir hoffen, es soll ihm nicht übel bekommen, finden aber für gut, ihn zu verlassen, ehe die Arzeney anfängt zu würken. Vermuthlich wird er, nicht mit den angenehmsten Empfindungen, nach Hause geschlichen und am folgenden Tage nach Schöppenstädt zurückgereist seyn. Musjö Valentin war bald des verabredeten Schleppträger-Amts müde; Er fieng also an, auf seine eigne Hand im Saale umherzuwandeln; Nun hatte dann der Dichter Klingelzieher den Herrn Amtmann allein an seiner Seite und um sich für die Langeweile bezahlt zu machen, welche ihm diese Gesellschaft verursachte, führte er ein Schelmenstück aus, worauf er sich vorbereitet hatte. Er heftete nämlich ein Blatt Papier an den Rücken seines Gefährten, worauf mit großen Buchstaben geschrieben stand: »Guten Abend Herr Amtmann Waumann!« Es war natürlich, daß Die, welche unmittelbar hinter ihnen standen und giengen, diese Worte laut herlasen. Anfangs nun, als der gute Amtmann seinen Namen nennen hörte, wunderte es ihn zwar, woher es käme, daß man ihn hier erkannte; doch glaubte er den guten Abend erwiedern zu müssen. Allein kaum drehte er sich, um »einen schönen guten Abend!« zurückzugeben; so erschallte nun von der andern Seite das: »Guten Abend, Herr Amtmann!« Bald war ein großer Cirkel von Kindern und Spaßvögeln um ihn versammelt; Herr Klingelzieher hatte sich unsichtbar gemacht und in dem Augenblicke der größten Verlegenheit, worinn der Amtmann fortgetrieben von einem Haufen guten Abend wünschender Leute sich befand, kam er an den Platz, wo Margaretha, der Hauptmann Prevellier und der alte Dornbusch standen. Sobald Diese sahen, worauf es ankam, näherten sie sich ihm, rissen ihm den Zettel ab, gaben sich zu erkennen und baten ihn, mit ihnen nach Hause zu fahren. Der junge Herr wurde aufgesucht; man verließ die Mascarade und begab sich in den hôtel d'Angleterre, wo sie den Pastor und den Förster antrafen.

Funfzehntes Capitel.

Abreise von Braunschweig. Neue Irrung, die bey dieser Gelegenheit vorgeht.

Wir trauen es dem feinem Geschmacke der Leser dieses Werks zu, daß sie gewiß die Kunst werden bewundert haben, mit welcher der Autor alle Haupt-Personen seines Drama, gleichsam zum fünften Act, in Braunschweig zusammenzuführen gewusst hat. Jetzt scheint nichts zu fehlen, als daß der Hauptmann Previllier mit seiner Meta Hochzeit mache; Ehren Schottenius könnte die Trauung verrichten und bey dieser Gelegenheit seine acht und fünfzigste Rede halten und der Dichter Klingelzieher allenfalls für die Gebühr ein Carmen darauf verfertigen; die Waumanns-Familie aber liesse man mit langer Nase abziehn. Allein da erhalten wir, zu unserm großen Schrecken, so eben einen Brief von dem Herrn Verleger, worinn derselbe meldet, es komme diejenige Bogenzahl beym Drucke nicht heraus, für welche er das Honorarium vorgeschossen, so daß uns dies in die Nothwendigkeit setzt, entweder einen Theil des Geldes wiederherauszugeben, oder aber noch einmal sorgfältig unsre gesammelten Documente und Nachrichten durchzublättern, um zu sehn, ob sich darinn nicht noch Stof zu einigen Seiten findet — Und siehe da! uns ist geholfen. Wir dürfen nur ein Paar kleine Anecdoten aus der Geschichte des Amtmanns und seines Sohnes, die grade in diesen Zeitpunct fallen, mit hier anreyhen, wodurch zugleich den sonderbaren Begebenheiten, welche diesen Personen auf ihrer Reise begegnet sind, die Crone aufgesetzt wird.

Von den übrigen Personen haben wir wenig mehr zu sagen; Daß Margarethe sich ganz gewaltig darüber freute, ihren Vater lebendig vor sich zu sehn; daß Dieser in ihre Verbindung mit dem Hauptmanne einwilligte; daß der Förster froh war, die Sache eine so gute Wendung nehmen zu sehn, und daß der Herr Pastor Gottes reichen Segen und alles ersprießliche Wohlergehn dazu wünschte; das versteht sich nun wohl von selber. Der Herr Amtmann Waumann hingegen schien das Ding Anfangs ein wenig krumm nehmen zu wollen, besonders als er etwas von den ostindischen Geldern witterte, die das Jüngferchen einst erben würde; Indessen sah er bald ein, daß in via juris die Sache gegen Vater und Tochter nicht würde durchzusetzen seyn. Gern hätte er sich nun wenigstens ein rundes Sümmchen Schmerzen-Geld bezahlen lassen; aber der Pastor redete ihm liebreich zu, diesen Wunsch nicht einmal laut zu eröfnen. Da übrigens Herr Valentin, aus Ursachen, die sich noch in diesem Buche entwickeln werden, sich gewaltig froh bezeugte dieser Heyrath aus dem Wege zu kommen; wurde endlich sein Vater ganz beruhigt und stattete dem hochverehrten Brautpaare seine gehorsamste Gratulation ab.

Nun wurden die nöthigen Verabredungen, sowohl wegen der Rückreise, als wegen der künftigen Einrichtungen genommen. Herr Waumann hatte Pferde bestellt, um früh Morgens um vier Uhr nach Biesterberg zurückzukehren; Die übrige Gesellschaft aber hielt es für anständig, erst auf einige Tage nach Goßlar zu fahren, um dort wo Meta künftig, so lange die Werbung dauerte, mit ihrem Gatten wohnen sollte, den bösen Leuten das Maul über ihre Flucht zu stopfen. Dann aber sollte die Hochzeit in des ehrlichen Försters Heymath gefeyert werden. Der alte Dornbusch ließ sich den Plan gefallen, ein, zwey Meilen von Biesterberg gelegnes adeliches Gut zu kaufen und den Rest seines Lebens in der Nähe seines Bruders hinzubringen. Der Amtmann unternahm es, den Handel zu schließen und rechnete dabey auf ein paar Procentchen. Nach diesen Verabredungen schied die Gesellschaft auseinander und empfahl sich gegenseitig, bis auf Wiedersehn.

Es war nahe an drey Uhr nach Mitternacht, als die beyden muthwilligen jungen Gelehrten vom Balle nach Hause kamen; Sie waren, wie der Amtmann, im goldnen Engel abgetreten. Nun schien es ihnen nicht mehr der Mühe werth, sich zu Bette zu legen; folglich beschlossen sie, den Morgen bey einer Pfeife Tabac zu erwarten.

Schon fiengen Langeweile und Müdigkeit an, sie diesen Vorsatz bereuen zu lassen, als ein Postknecht mit vier Pferden, bestimmt die beyden Waumänner in der schönen Amtskutsche bis Peina zu führen, mehr Lebhaftigkeit in das Haus brachte. Er stieß in sein Horn; Hausknecht und Mägde kamen nach und nach auf die Beine; der Amtmann wurde geweckt; das Feuer zum Caffee angelegt; die Kutsche hervorgeholt und geschmiert. Dann stieg der Wagenmeister zu dem Herrn Amtmann hinauf, ließ sich das Geld bezahlen und sagte, als er fortgieng zum Postillon: »Es ist alles richtig gemacht.«

»Ich habe einen närrischen Einfall, Bruder Klingelzieher!« sprach der Student. »Der Postknecht weiß nicht, wen er fahren soll; Wie wäre es, wenn wir, statt des Amtmanns, einstiegen?«

Gedacht; gethan! Die Kutsche stand angespannt vor der Thür; der Koffer war aufgebunden; Herr Waumann und sein Erbe beschäftigten sich noch in ihrem abgelegnen Zimmer mit dem Frühstücke; da kamen die beyden Genies, in ihre Ueberröcke eingehüllt, schnell aus der Thür des goldnen Engels getreten und stiegen ein: »Fahr zu Schwager!« riefen sie. Fort rasselte der alte Reisekasten, ehe jemand im Hause etwas davon gewahr wurde.

Als der Postillon vor das Petri Thor kam, ließ er seine Pferde noch eine kleine Strecke lang einen schnellen Trott laufen? dann hielt er sie zum Schritte an, holte seine Pfeife aus der Tasche hervor, und indem er sie stopfte und sorglos vor sich hinsah, öfneten die jungen Herrn leise eine Kutschen-Thür, stiegen aus, sprangen, ohne von ihm bemerkt zu werden, in einen Garten und liessen das Fuhrwerk leer weiter fahren.

»Jetzt wird es wohl Zeit seyn, mein Söhnchen!« sagte der Amtmann bezahlte seine Zeche und schritt die Treppe herab. »Wo ist denn unsre Kutsche?« fragte er den Hausknecht. Der Hausknecht wusste keinen Bescheid zu geben; niemand wusste zu sagen, was mit dem Fuhrwerke vorgegangen wäre. Endlich, nach vielfachen Erkundigungen, erfuhr man, diese Equipage sey, mit zwey Herrn besetzt, längst schon aus dem Thore gefahren. — »So ist es doch, als wenn mir auf dieser unglücklichen Reise alles verkehrt gehn soll!« rief der Amtmann aus, nahm einen kleinen ofnen Wagen von der Post, und fuhr nach.

Sechzehntes Capitel.

Rückkunft nach Biesterberg. Hochzeiten und Kindtaufe.
Schluß dieser Geschichte.

Der Postillon fuhr mit seiner leeren Kutsche unbekümmert auf dem Wege nach Vechelde und weiter fort. Die Stille, welche in derselben herrschte, schrieb er auf Rechnung des Schlafs, wozu vermuthlich die frühe Tagszeit die Herrn würde eingeladen haben. So kam er nach Peina und hielt vor dem Posthause still; Der Aufwärter, welcher den Wagen kannte, öfnete den Schlag: »Wo ist denn der Herr Amtmann?« fragte er. »Is he nich drinn?« erwiederte der Postillon »so hät en de Düwel hahlt; denn innestegen is he, self Ander; dat heb eck seyen.«* Was war zu thun? Fort war er!

Nach Peina hatte der Herr Amtmann seine eignen Pferde bestellt, um ihn da abzuholen; der Kutscher stand eben vor der Thür und nichts glich seiner Bestürzung, als man weder Vater noch Sohn im Wagen fand. Wohl eine Stunde vergieng unter Beratschlagungen, was anzufangen seyn mögte, um die Verlohrnen wiederzufinden, und endlich war der Kutscher im Begriff, sich zu Pferde zu setzen und sie auf der braunschweigschen Straße zu suchen, als die beyden Herrn in ihrem offnen Wägelchen angefahren kamen.

* »Ist er nicht darinnen: so hat ihn der Teufel geholt, denn eingestiegen ist er, mit noch Einem; das habe ich gesehn.«

Nicht in der angenehmsten Laune nahm nun der Amtmann seine weitre Reise nach Hause vor und ziemlich entschlossen, daß es vorerst die letzte seyn sollte, wozu er sich bereden lassen würde — Doch welchen Verdruß vergisst man nicht in den Armen einer zärtlichen Gattinn? Eine liebevolle Bewillkommung von der Frau Amtmanninn, mehr bedurfte der gute Herr nicht, um wieder froh zu werden. —

»Nur Einen Druck der Hand; nur sanfte Blicke !«

Aber auch dieser Trost sollte ihm diesmal versagt werden. Es giebt Perioden im menschlichen Leben, wo das ganze Heer der bösen, höllischen Geister mit vollen Backen alle Gewitter, Wolken des Schicksals zusammen zu blasen scheint, um dem Lieblinge des Himmels auf der Reise durch diese Welt den Muth zu benehmen. — Diese Allegorie gefällt mir ungemein; ich wollte, ich hätte sie nicht hierher geschrieben, so könnte ich sie einem unsrer neuen Trauerspiel-Fabricanten verkaufen, denen es oft so schwer zu werden scheint, eine Sprache zu führen, die man — nicht redet.

Schon das schien dem Amtmanne sehr verdächtig, daß ihm niemand in der Thür seines Hauses entgegen kam; alle Domestiken waren oben um die Frau Gemahlinn versammelt, deren heulende Stimme, wie ein Nordwind bey Hagelwetter, durch die Luft tobte. Voll banger Ahnung schlich er die Treppe hinauf und ließ seinen Eingebohrnen, den Liebling der Mutter, vorausschreiten. Allein wie erschrak er, als dieser sonst so geliebte Jüngling von der zürnenden Dame mit ungezählten Maulschellen empfangen wurde und dann eine ganze Legion von herben Schimpfreden auf Vater und Sohn losbrach! Seine Ohren hörten Dinge, worüber er den vereitelten Zweck seiner Reise, die Geld-Erpressungen des Herrn Stenge, den Diebstahl des Flötenspielers und den Muthwillen der helmstädtschen Gelehrten vergaß — Fassen wir uns, um die Sache im Zusammenhange vorzutragen!

Wir haben gehört, daß Musjö Valentin stets Abscheu gegen seine Verbindung mit der Jungfer Margaretha Dornbusch bezeugt hatte. Dieser Wiederwillen lag weder in einer Kälte des Temperaments, noch in einer gewissen unerklärbaren Antipathie — nein! das zarte Herz des Jünglings war von andern sanften Banden gefesselt. Auf dem Amtshofe diente als Küchenmagd eine kleine, runde Anna Catharina, zum Unglück für des edlen Jünglings Freyheit, mit einem Stumpf-Näschen, ächt teutschen rothen Haaren und zärtlichen, ins Grünliche spielenden Aeuglein von der Natur beschenkt. Sie sehn und sie lieben war bey Valentin, der damals kaum achtzehn Sommer durchschwitzt hatte, als sie in den Dienst trat — sie sehn und sie lieben war eins. Nun! grausam war sie eben nicht und so fern von Ziererey, daß sie den blöden Schäfer sogar aufmunterte, seine dunkeln Gefühle zu berichtigen. Da sie aber einen Bruder hatte, welcher als Dragoner dem Vaterlande diente und über die Ehre seiner Schwester wachte; hatte sie Diesem die Zusage gethan, dem Sohne des Herrn Amtmanns nicht eher den Minnesold zu geben, bis derselbe ihr ein bündig verfasstes Ehe-Versprechen ausgefertigt haben würde. Dies wurde nun ohne Schwierigkeit erlangt; Von dieser Zeit an lebten sie in paradisischer Vertraulichkeit mit einander, und niemand im Hause ahnete etwas von ihrem Umgange. Ja! Anna Catharina hatte sogar bis zu dem letzten Augenblicke die äusserlich sichtbar werdenden Folgen dieses Bündnisses vor den Augen des neugierigen Publicums zu verbergen gewusst, um nachher mit desto größerm Aufsehn hervorzutreten. Hierzu hatte sie den Zeitpunct der Reise ihres Geliebten nach Braunschweig genützt und Dienstags Abends um fünf Uhr einen gesunden kleinen Waumann zur Welt gebracht. Diese an sich sehr natürliche Begebenheit machte großes Aufsehn im Amthause. Madam Waumann rennte, mit funkelnden Furien-Augen, in die Cammer der von ihrer Bürde entledigten Küchenmagd; allein da fand sie, als Wächter beym Wochenbette, den entschlossenen Kriegesmann stehn, welcher seine theure Schwester gegen alle Gewaltthätigkeiten schützte und mit dem Ehe-Versprechen in der Hand, der Amtmanninn die Rechte der neuen Mutter, in die waumannsche Familie aufgenommen zu werden, demonstrirte. Die alte Dame stürzte wüthend hinaus, berief dann ihr ganzes Haus zusammen, überschüttete

Jeden einzeln mit Vorwürfen, und in diesem Augenblicke erschienen Vater und Sohn vor ihrem Angesichte.

Nachdem der erste Ungestüm vorüber war, wurde beschlossen, sich mit dem Dragoner in Tractaten einzulassen; Man both ihm eine ansehnliche Summe Geldes; aber priesterliche Trauung war der einzige Schluß-Reim, der ihm zu entlocken war; und da der gewissenhafte junge Herr, mit Thränen in den Augen, erklärte, er werde nie ablassen von seiner Anna Catharina; sah der Herr Amtmann wohl ein, daß man der eisernen Nothwendigkeit nachgeben müsste.

Im Grunde ließ sich hier nicht viel von Mißheyrath reden; Einer ähnlichen Begebenheit hatte Valentin sein Daseyn zu danken; Madam Waumann diente einst als Garderoben-Mädchen auf dem adlichen Gute, wo der Herr Amtmann Verwalter war — Also kurz! denn wir eilen nun zum Schlusse: Sobald Ehren Schottenius nach Biesterberg zurückkam wurden Hochzeit und Kindtaufe gefeiert. Der junge Herr Waumann nahm die ihm von seinem Vater abgetretne Pachtung an und lebt jetzt mit seiner Frau, welche die Haushaltung recht gut versteht, vergnügt und glücklich; die Frau Amtmanninn ist versöhnt und hat noch im vorigen Jahre bey ihren Kindern Gevatterinn Stelle vertreten.

Der alte Dornbusch ist Besitzer eines hübschen Guts, das er gekauft hat und findet Geschmack an Garten-Anlagen, wozu ihm sein Bruder allerley Holz-Arten liefert. Von Zeit zu Zeit kömmt der Hauptmann Previllier mit seiner schönen Gattinn, die ihm frohe Tage macht, von Goßlar nach Biesterberg. Der Pastor Schottenius hat einige Hofnung, daß mein Herr Verleger in der nächsten Messe die Herausgabe seiner sechs und fünfzig Predigten besorgen wird. Von den Schicksalen der übrigen Neben-Personen haben wir nichts weiter in Erfahrung bringen können. Die Haupt-Lehre aber die man aus diesem Werklein ziehn mag, sey die: daß, wenn ein Autor nur Leute findet, die ein solches Buch verlegen und lesen wollen, er leicht mit der Beschreibung einer dreytägigen Reise sechzehn gedruckte Bogen anfüllen könne

Des
seligen Herrn Etatsraths
Samuel Conrad
von Schaafskopf
hinterlassene Papiere;
von
seinen Erben herausgegeben.

»Die Narren sollten einem Schriftsteller danken, wenn er ihre Thorheiten so schildert, daß sie selbst in allen Ehren darüber mitlachen können; aber sie verrathen sich mehrentheils durch Zorn.«

1.

Bruchstücke aus der Lebensbeschreibung des Herrn Etatsraths von Schaafskopf; von ihm selbst gesammelt.

Meine Familie ist bekanntlich eine der ältesten, angesehensten und ausgebreitetsten in unserm Vaterlande; ein Zweig derselben aber hat sich in Dännemark niedergelassen und dort vorzüglich sein Glück gemacht. In Teutschland sind, besonders an einige kleinern Höfen im ober- und niederrheinischen Kreise, oft die wichtigsten Hof- und Staats-Bedienungen mit meinen Verwandten besetzt, ja! so wie in manche Domstifter nur Personen aus gewissen Familien aufgenommen werden; so wie der Kaiser, wenn er bey seiner Crönung Ritter schlagen will, erst fragen muß: »ist kein Dalberg da?« so giebt es Provinzen, in denen niemand zu einer Ehrenstelle gelangen kann, der nicht, durch Geburth oder Heyrath, zu dem Stamme Derer von Schaafskopf gehört. Die mehrsten meiner Verwandten aber leben, als Land-Edelleute, auf ihren Gütern. Dies war auch bey meinem wohlseligen Herrn Vater der Fall. Er wohnte mit den Seinigen auf unserm Gute Hammelsburg, war in seiner Jugend Cadet in holländischen Diensten gewesen, hatte sich aber hernach, als er vier und zwanzig Jahre alt war, in Ruhe gesetzt, und für hundert Ducaten einen Cammerherrn-Schlüssel gekauft, wodurch er dann General-Majors Rang bekam.

Ich war in meiner ersten Jugend ein wenig schwächlich, wurde desfalls sorgfältig gewartet und gepflegt, sehr warm gehalten, auch vor frischer Luft und vor körperlicher Bewegung bewahrt. Bis in mein vierzehntes Jahr erhielt ich meine Erziehung von meiner Mutter und vier alten Tanten, die würdige Frauenzimmer waren und die sich gewiß in ihrer Jugend würden verheyrathet haben, wenn sie nicht unglücklicher Weise verwachsen gewesen wären — Lieber Gott!

Seine Gestalt hat man sich nicht selber gegeben; aber heut zu Tage sieht man leider! immer bey dem Heyrathen auf das Aeussere — Sobald ich confirmirt war, verschrieb mein wohlseliger Herr Vater einen Informator für mich. Es war ihm daran gelegen, einen Mann von exemplarischer Rechtgläubigkeit zu finden; desfalls miethete er einen jungen Gottesgelehrten aus dem Würtembergischen, der in einem der dortigen Seminarien der Geistlichkeit war abgerichtet worden. Er gab Diesem einen guten Lohn und ließ ihn, wenn wir keine Fremde hatten, mit an unserm Tische speisen. Mein Gedächtniß ist von je her nicht sehr gut gewesen; allein meinem Herzen gab der Magister Psalmann immer das beste Zeugniß. Der gute Mensch bekam aber bald einen Ruf in sein Vaterland und heyrathete meiner wohlseligen Frau Mutter Cammermädchen, worauf denn mein Herr Vater seliger beschloß, mich auf die Schule nach Kloster Bergen zu schicken. Hier ließ ich es, ohne mich zu rühmen, unter Gottes Segen, an gutem Willen und Fleisse nicht fehlen, war aber fast immer mit Schnupfen und Husten geplagt. Als endlich mein Vater seliger glaubte, daß ich alt genug wäre, auf Universitäten zu gehn, zog ich mit einem Bedienten nach Rinteln und, anderthalb Jahre nachher, nach Kiel. Ich habe viel Collegia gehört, besonders in Rinteln; In Kiel waren die mehrsten Professoren damals verreist. Ich hielt mir auch einen Repetenten und ließ alles in Hefte aufschreiben, die sich noch unter meinen Papieren finden müssen; Mein alter Bedienter Jacob weiß Bescheid, wo sie liegen.

Grade als ich lange genug studiert hatte, starben meine wohlseligen Eltern beyde. Bey meinem Herrn Vater seliger waren wohl Hämorrhoidal-Umstände mit im Spiele; was aber der Mama gefehlt hat, weiß ich nicht. Der Pastor Rehbock hat beyden die Parentationen gehalten, die gedruckt sind und sich noch unter meinen Papieren finden müssen. Jacob weiß auch, wo sie liegen, und daß ich damals honett dafür bezahlt habe.

Der eine Professor in Kiel (Sein Name ist mir wieder entfallen; sie sagten aber Alle, er wäre ein sehr geschickter Mann) rieth mir, auf Reisen zu gehn und gab mir sieben Briefe mit. Ich reiste erst im Osnabrückschen und Westphälschen herum, auch über Bremen, wo der große Roland auf dem Markte steht, und gieng denn ganz hinauf bis nach Straßburg, wo sogar die gemeinen Leute Französisch sprechen können. Was ich Merkwürdiges sah; das schrieb ich alles auf, in ein Buch; Das Buch wird sich auch noch wohl finden, wenn Jacob nachsucht.

Am besten gefiel mir's auf dieser Reise in Manheim. Das ist des Churfürsten von der Pfalz seine Residenz und die schönste Stadt, die ich je gesehn habe; Lauter kleine niedliche Häuser! Da hatte ich nun einen Brief abzugeben an einen Professor, der ein Jesuit war, aber sonst ein sehr ehrlicher Mann. Derselbe rieth mir, in pfälzische Dienste zu treten, welcher Vorschlag mir ungemein wohl anstand. »Es taugt nicht« sagte mein Herr Vater seliger immer »wenn ein junger Mensch sich nicht erst eine Zeitlang in der Welt umher versucht, ehe er sich zur Ruhe begiebt.« Nun hatte er, wie ich schon erzählt habe, in Kriegsdiensten gestanden; allein dies unruhige Leben passte nicht für mich; ich wollte lieber so im Civil etwas werden, hauptsächlich, weil ich doch auf Universitäten gewesen war. Da jedoch mein Gedächtniß schwach ist, wie ich auch schon erzählt habe; so konnte ich mich eben nicht immer auf das besinnen, was ich gelernt hatte und wollte mich daher nicht gern examiniren lassen, wie es in einigen Ländern üblich ist. Das war aber hier nicht nöthig. Der Herr Professor in Manheim machte mich mit einem Juden bekannt, und Dieser brachte es durch sein Vorwort dahin, daß ich Hof-Cammerrath wurde. Mit der Arbeit gieng es nun Anfangs nicht sonderlich, bis ich erst in die Gewohnheit kam; aber der Herr Professor half mir, und zuletzt konnte ich ganz ohne Beystand fertig werden und habe drey Jahre hinter einander die neue Auflage vom pfälzischen Staats-Calender ganz allein besorgt.

Der Herr Professor führte mich auch in einem Hause ein, wo ich ein hübsches Fräulein fand, welches mir bald ausnehmend gefiel. Mein einziger Anstoß war, daß sie sich zur catholischen Religion bekannte; aber der Herr Jesuit benahm mir gänzlich den Widerwillen dagegen und vermogte mich, um das Fräulein anzuhalten, welche mich auch heyrathete. Er machte mir begreiflich, daß bald Ein Hirt und Eine Heerde unter den Christen seyn würde. Hernach war ich bey den Catholiken, wie zu Hause, und wenn in Heidelberg um Ostern die Proceßion gehalten wurde, lieh ich immer meinen damastnen Bräutigams-Schlafrock an Den, welcher den Moses mit den Hörnern vorstellte.

Meine Frau Liebste hatte viel Freunde unter den Vornehmen. Der Herr Minister selbst war uns sehr gewogen und bewürkte, daß ich in München eine gute Stelle erhielt. Als nun die Untersuchung gegen die schändlichen Illuminaten angieng, wurde ich auch dabey gebraucht und erwarb mir das Zutraun des Herrn von Kraitmayer, von Dummhof und des hochwürdigen Paters Frank. Es war in der That Zeit, daß diese Leute ausgerottet wurden, sonst würde es bald in Bayern ausgesehn haben, wie es leider! in andern Ländern, zum Beyspiele im Preussischen, Hannöverschen, Braunschweigischen und in Sachsen aussieht. Kaum war auch dies Illuminaten-Nest zerstöhrt; so fanden die Angesehensten unter den Verführern, die [ich] mit der Rotte Coran, Datan und Abyram vergleiche, aller Orten, sogar in Wien, Schutz und Ehrenstellen — So verderbt ist die Welt, ausser Bayern.

In München hatte ich auch das Glück, in die gebenedeyete Brüderschaft der teutschen Gold- und Rosencreuzer aufgenommen zu werden, und es bey selbiger in kurzer Zeit, durch Gottes Segen, ziemlich weit zu bringen. Diese erhabne Brüderschaft besitzt das natürlich-magische Urim und Thummim, das rechte Urimasda, Asch-Jah, oder das Feuer Gottes, durch welches sie der ganzen Natur ins Herz sehen, Kunst, Weisheit und Tugend erlangen, Gott gefallen und den Menschen dienen können, und dieses, von bösen Menschen verfolgte Häuflein ist es, wovon Jesaias, Cap. LIV. Vers 11. sagt: »Du Geplagte, von allen Wettern Zerrüttete, und Du Trostlose! Siehe, ich bin, der Deine Steine nach der Reihe in Puch setzt und will Dich gründen mit Saphyren;

Deine Thore sollen Carbunkel seyn und alle Deine Grenzen Steine des Verlangens.«

Es konnte aber meine Frau Gemahlinn die Luft in München und das Bier nicht vertragen; deswegen bat sie mich, diesen Ort zu verlassen und brachte es dahin, daß ich wieder in Manheim und zwar beym Lotto angesetzt wurde. Vorher machten wir, ihrer Gesundheit halber, eine Reise nach dem Wilhelmsbade. Dies ist ein berühmter Brunnen-Ort, bey Hanau. Man speist vortreflich da und kann auch allerley mineralische Wasser bekommen.

Dort machten wir die Bekanntschaft eines artigen jungen Officiers unter einem kaiserlichen Frey-Bataillon. Derselbe war, wie sich's fand, ein Vetter von meiner Frau Gemahlinn und bezeugte ihr und mir desfalls viel Freundschaft. Da ich mit ihm zuweilen von geheimen Bündnissen redete, so lenkte er meine Aufmerksamkeit auf den alten, berühmten Pinsel-Orden und versprach, mir zu der Aufnahme in denselben zu verhelfen. Ich hatte diese Verbindung nie, wenigstens unter dem Nahmen nicht, gekannt, obgleich meine hochwürdigen Rosencreuzer-Obern, wie ich nachher erfuhr, mit ihr in genauen Verhältnissen standen und größtentheils nach gleichförmigen Planen handelten. Was mich noch mehr für dieses Bündniß einnahm, war, daß mir auch mein Freund, der Jesuit und Professor in Manheim, als ein Mitglied desselben genannt wurde. Ich musste aber, um zur Aufnahme zu gelangen, eine Reise nach Nürnberg machen, welche Mühe und Unkosten ich mich auch nicht verdriessen ließ. Der Lieutenant, welcher mir Empfehlungsbriefe an einige Patrizier und andre angesehene Mitglieder des Ordens in Nürnberg mitgab, hatte noch die Gefälligkeit, während meiner Abwesenheit, meiner Frau Gemahlinn, die in Manheim blieb, Gesellschaft zu leisten.

Die ganze Einrichtung nun dieses hochverehrten Pinsel-Ordens fand ich, meinem schlechten Verstande nach, vortreflich. Ich habe alle Papiere, welche die Verfassung desselben betreffen und mir mitgetheilt wurden, sorgfältig aufgehoben. Jacob hat sie mir neulich noch in ein Bündel binden müssen, und wenn ich einmal aus diesem Jammerthale abgerufen und in das himmlische Jerusalem versetzt werde, woselbst ich zu den Füßen des großen Zoroasters, Athanasii, Kircheri, Asch-Mezareph und andrer Weisen-Meister, das ächte Buch Jazirah und die Alphabethe des Notariakon und der Gematria studieren werde; dann sollen meine Erben, will's Gott, jene Papiere, zur Belehrung der argen Welt, in Druck herausgeben.*

So weit reichen die von dem Herrn Etatsrathe von Schaafskopf selbst zu Papier gebrachten Nachrichten von seinem Lebenslaufe. Wir, die Herausgeber, fügen denselben nur noch die Erzählung folgender Umstände hinzu: Unser werthester Herr Vetter bekam, nachdem er einige Jahre der wohlthätigen Anstalt des Lotto in Manheim vorgestanden hatte, vermuthlich durch Mitwürkung der geheimen Bündnisse, in welchen er zu stehn das Glück hatte, einen Ruf nach Hessen, welchen er annahm. Hier widmete er sich vorzüglich den so genannten höhern Wissenschaften, als da sind: Alchymie, Trosophie, Erfindung der Universal-Arzeney und Geisterzwang. In diesem Lande behauptete er nun, wie er zu sagen pflegte, recht in seinem Elemente zu seyn. Dennoch verließ er dies Gosen, weil er sich, durch Familien-Verhältnisse und höhere Protection, eine Aussicht in Dännemark eröfnet hatte. Dahin zog er also, bekam den Titel als Etatsrath, kaufte sich ein Gut im Hollsteinischen und starb auf demselben in vorigem Jahre an der Wassersucht. Seine Kinder sind sämtlich auf's beste versorgt.

* welches in den folgenden Blättern hiemit geschieht.

2.

Umständliche Nachricht
von der verbesserten Einrichtung
des uralten Pinsel-Ordens.

Erster Abschnitt.

Von dem Zwecke dieses Ordens.

Der große Hauptzweck des ehrwürdigen, alten, nunmehro auf die festesten Grundsätze zurückgeführten und durch freundschaftliche Association mit andern Verbindungen und Brüderschaften zu einem hohen Grade von Macht gestiegnen Pinsel-Ordens, ist der: *der einreissenden Zuversicht zu der trüglichen menschlichen Vernunft und deren Herrschaft entgegen zu arbeiten; die alte Würde eines auf Autorität und Tradition gestützten Glaubens wieder herzustellen; dem mühsamen und beunruhigenden Untersuchungs- und Forschungsgeiste zu steuern; das Reich der so genannten Aufklärer auf immer zu zerstöhren; Diejenigen, die über ihre Brüder sich erhaben glauben könnten, auf alle Weise zur Demuth zu bringen, um die goldne Mittelmäßigkeit unter den Menschen zu erhalten; das abscheuliche Laster der Toleranz zu bekämpfen; und gegen die vermaledeyete Publicität, Denk-Sprech- und Preß-Freyheit muthig zu streiten.*

Zweyter Abschnitt.

Auszug aus der Geschichte des Ordens.

Es ist der ehrwürdige Pinsel-Orden so alt, wie die Welt, obgleich er nicht immer in einerley Gestalt existirt, bald als politisches System, bald als Religions-Parthey und herrschende Kirche, bald als gelehrte Gesellschaft und Facultät, bald als geheime Verbindung gewürkt und sich offenbahrt hat. Aber seine Spuren waren unverkenntbar in allen Zeitaltern; ihm haben wir unzählige landesherrliche Edicte, Bullen, Abhandlungen, Kunstwerke, Methoden in der Arzeneykunst, Kriege und Friedensschlüsse zu verdanken.

So wie dieser Orden nicht immer in derselben Form thätig gewesen ist; so sind auch seine Macht und sein Einfluß nicht in allen Perioden sich gleich geblieben. Zuweilen bekam die verführerische Vernunft in einzelnen Provinzen die Oberhand; aber stets erhielt in irgend einem Winkel des Erdbodens ein Häuflein ächter Brüder seine Gewalt; ja! in manchen europäischen Ländern sind uns, alle Jahrhunderte hindurch, Monarchen, Staatsmänner, Gelehrte, Priester und Layen treu geblieben.

Unser erster Stifter war der hochwürdige, nun verklärte Bruder Adam! allein durch die abscheuliche List des Erzvaters aller Aufklärer, Satanas, wurde er und wir Alle in namenloses Unglück gestürzt.

Unter den nachfolgenden Patriarchen halfen Manche dem Orden ein wenig wieder auf. Bey der Sündfluth wurden die Documente desselben glücklich gerettet; unser hochwürdiger

Meister Noah hielt sie in einem Kästlein in der Cajüte seines Transportschiffs aufbewahrt. Durch die bekannte Sprach-Verwirrung bey dem Thurmbaue in Babylon, welcher nützliche Bau eigentlich durch unsre Meister war veranstaltet worden, würden unsre Brüder auf immer zerstreuet und getrennt worden seyn, wenn nicht, durch Hülfe unsrer geheimen, einem Eingeweyheten unverkennbaren Zeichen, von denen in der Folge gehandelt werden soll, bald nachher die getrennten Mitglieder sich einander wieder gefunden und vereinigt hätten. Abraham war einer unsrer besten Leute. Die Art, wie er sein Weib Sarah zweymal für seine Schwester ausgab und sich dadurch öconomische und politische Vortheile verschaffte, war ganz in unsrer Manier. Lot war so eifrig für unsre Verbindung, daß er sogar seine Töchter den Männern in Sodom preisgab, um dadurch ein Paar reisende besuchende Brüder von unangenehmen Zudringlichkeiten zu befreyn. Isaac gehörte gleichfalls zu der Verbrüderung, dagegen der Spötter Ismael es offenbar mit den Illuminaten der damaligen Zeit hielt. Unserm Jacob gelang es, über den unruhigen Weltbürger Esau zu triumphiren und ihm die Erstgeburth und des Vaters Segen abzugewinnen, weswegen er von den hochwürdigen Obern sehr gelobt wurde. Hingegen wurde er von seinem Schwiegervater, der ein Weltkind war, in Heyraths-Angelegenheiten überlistet. Allein im Schaafhandel und durch Wegnahme seiner Hausgötzen drängte er es dem alten Laban wieder ein und rettete dadurch die Ehre des Ordens. Die zehn ältesten Söhne des alten Israel würkten treulich für den Orden und schafften den unruhigen Kopf Joseph fort; aber Dieser schwung sich durch seine geheimen Wissenschaften in Egypten empor, und als er nachher seine Familie zu sich berief und sich mit dem Orden wieder aussöhnte, legte er in die höhern Grade desselben die Kunst der Traumdeutung und andre geheime Wissenschaften, die er den Magiern abgelernt hatte, hinein, zeigte auch einen eifrigen Ordensgeist, indem er alle Unterthanen des Königs Pharao durch Finanz-Operationen, zu Leibeignen machte.

Das jüdische Volk, welches nun im Besitze der hohen Mysterien war, nahm, bey seiner Abreise aus Egypten, die goldenen und silbernen Logen-Geräthschaften ihrer bisherigen unrechtmäßigen Obern mit. Auf der Reise zeichnete sich unser großer Clericus Aaron durch die Geschichte mit dem goldnen Kalbe sehr vortheilhaft aus. Bey der Ankunft im gelobten Lande gaben unsre Brüder warnende Beyspiele für Die, welche sich etwa wollten einfallen lassen, sich dem abscheulichen Laster der Toleranz zu ergeben. Bey Eroberung der Stadt Jericho giengen auch allerley Dinge von unsrer Art und Kunst vor. Josuas Firmaments-Arbeiten bewiesen seine Fortschritte in höhern Wissenschaften. Die mehrsten der folgenden Richter waren Mitglieder unsers erhabnen Ordens. Von Simson braucht wohl kaum erwähnt zu werden, daß er alle die herrlichen Thaten mit den Füchsen und so ferner nicht verrichtet, das geistreiche Räthsel nicht erfunden, sich aber auch von seiner Gutmüthigkeit nicht würde haben verführen lassen, der schönen Delila sein Geheimniß zu entdecken, wenn er nicht in den Grundsätzen unsers Ordens wäre erzogen worden. Was Samuel über die Rechte der Könige sagt, beweist seine tiefen, auf unsre Grundsätze des Natur- und Völkerrechts gestützten Einsichten. Nach diesen Grundsätzen handelte denn auch die ganze Reihe der jüdischen Könige, unter denen David durch den kleinen Fürsten-Spaß, den er sich mit Urias machte, Solomon, durch seinen scharfsinnigen Richterspruch, durch seine großen Kenntnisse in reiner Architectur und durch seine tausend Gemahlinnen, die nachfolgenden Könige in Juda und Israel, Alle aber durch Anwendung unsrer Systeme, im Moralischen und Politischen, sich hervorthaten.

Unterdessen war unsre vortrefliche Verbindung auch unter andern Völkern ausgebreitet worden, und nachdem das jüdische Volk in die babylonische und nachher in die persische Gefangenschaft gerathen war, blühete eine Menge der schönsten Logen unsers Systems in Ninive, Babylon, Sardes, in ganz Egypten, Medien und Persien. Nebukadnezar, Sardanapal, Crösus, Kambyses, Pseudo-Smerdis, die Xerxesse,

Ochus und viel andre Monarchen waren Alle unsre durchlauchtigste Brüder.

In den mehrsten Provinzen Griechenlands wollte es Anfangs mit unsrer Praxis nicht fort. Die Verfassung der freyen Republiken ist uns von jeher ungünstig gewesen. Da war kein System-Geist, weder im Politischen, noch Wissenschaftlichen. Die unglücklichen Begriffe von Freyheit, der Mangel an Subordination, die Abschaffung der unumschränkten königlichen Gewalt und Würde, die philosophischen Schulen, darinn Jeder lehren durfte, was er wollte — Du lieber Gott! das alles musste nothwendig unsre Operationen hindern, bis endlich der große Alexander dem Unwesen ein Ende machte, und vorzüglich in den letzten Jahren seiner glorreichen Regierung, sich als ein würdiges Mitglied unsrer Verbrüderung zeigte. Wir müssen bey dieser Gelegenheit nochmals die Bemerkung machen, daß von Anbeginn der Welt her bis auf unsre Zeiten unter allen Selbstherrschern und unumschränkten Herrn unser erlauchter Orden immer geblüht hat, und schon das allein kann seinem innern Werthe und umgekehrt wieder den Vorzügen einer monarchischen Verfassung das Wort reden. Daß aber diese Behauptung wahr ist, wird sich zeigen, wenn wir die ächten Grundsätze des Ordens entwickeln, die, wie man sehn wird, durchaus nicht da gedeyn können, wo sogenannte Freyheit herrscht.

Unter den Römern gieng es uns herrlich, selbst in den Zeiten der vermeintlichen freyen Republic, denn da waren doch noch Patrizier, Sclaven, Luxus, stehende Armeen, Priester, Auguren; und nun vollends unter den Cäsarn und Kaisern — welch' ein Paradies für unsre Ordens-Brüder! Wie viel verdanken wir nicht den durchlauchtigst-hochwürdigen Brüdern August, den die Weltleute einen kalten, eiteln Pedanten schimpfen; Hadrian; Constantin dem Großen, welcher ein Concilium wider die Arianer veranstaltete; Justinian dem Großen, welcher die herrliche Sammlung geistvoller Gesetze, das vortrefliche Corpus Juris verfertigen ließ, seiner Baase Amalasuntha wegen Krieg anfieng und in Regierungs-

Geschäften dem weisen Rathe der Damen folgte — und unter den Kaisern im Orient und Occident so Vielen, die unsrer Verbindung Ehre machen?

Das ganze türkische Reich ist bis auf den heutigen Tag nach unsern Grundsätzen regiert worden.

Nicht so glücklich, besonders seit Peter des Großen Zeiten, sind wir in Rußland gewesen.

Spanien und Portugal sind noch gegenwärtig unsre besten Pflanzschulen und waren es von je her.

In Frankreich war eine unsrer glänzendsten Perioden die der Regierung Ludwigs des Vierzehnten; die Dankbarkeit, welche ihm der Orden schuldig ist, hat unser großer Bruder Bossuet unter andern durch seine herrliche Lobrede auf die Dragonaden an den Tag gelegt.

Mit Untergange des Hauses Stuart bekamen wir in England einen großen Stoß; doch ist Hofnung da, daß, wenn Luxus, Einfluß des Geldes bey den Wahlen, Titelsucht, Sectengeist und Hang zur Mystic fortfahren, so wohlthätig, wie seit einiger Zeit geschehn, in Großbrittanien sich auszubreiten, wir dort wieder ein neues Reich gründen werden.

In Dännemark sind unsre stärksten Colonien; in Schweden, Norwegen, Polen und den Niederlanden fehlt es nicht an muthigen Kämpfern für die gerechte Sache.

In der Schweiz sind uns wenigstens einige größere Cantons treu geblieben.

Von Italien ist es bekannt genug, wie groß dort das Ansehn unsers Ordens ist. Was hätten auch die Päbste, besonders der unvergeßliche Alexander der Sechste, ohne unsern Beystand ausrichten wollen?

Von allen Jahrhunderten ist vorzüglich das sogenannte mittlere Zeitalter reich an unsern Thaten. Die vermaledeyete Reformation drohete uns den Untergang; aber zum Glück sind ihre Folgen nicht ganz so ausgedehnt geworden, als zu befürchten war und unsre hochwürdigen Obern arbeiten mit Eifer daran, daß es dahin nicht komme.

So viel aber lehrt uns die Geschichte, daß von Anbeginn

der Welt her in allen Ländern, ausser in denen, wo die bürgerliche Verfassung auf die gefährlichen Grundsätze von Freyheit und Gleichheit und bloßer gesetzlicher Unterwerfung beruhte, die Völker immer nach unsern Grundsätzen sind regiert worden. Auch hat allein uns die Welt die größten und herrlichsten Anstalten zu danken, welche aber nur in despotischen Staaten gedeyen können, als da sind: Inquisitionen, Tortur, Leibeigenschaft, Bücher-Censur, lettres de cachet, Stiftung von Ritter- und Mönchs-Orden, Bluthochzeiten, Religions-Kriege u. d. gl.

Da wir uns billiger Weise aller Schmeicheleyen enthalten; so wollen wir hier nicht namentlich die jetzt lebenden hohen Potentaten nennen, die wir vorzüglich als durchlauchtige Brüder verehren; (Sie mögten uns einige Empfindlichkeit über ihre beleidigte Bescheidenheit zeigen) können jedoch zum Troste jedes Aufzunehmenden, auf unsre Ehre versichern, daß noch jetzt viel gecrönte Häupter, große und kleine Fürsten, die eifrigsten Mitglieder unsrer Verbindung sind.

Leider! nur haben wir in manchen Ländern heftig zu kämpfen, werden aber überwinden, ja! überwinden. Von dem abtrünnigen Frankreich wollen wir gar nicht reden; allein man nehme nur einmal, wie es jetzt in Teutschland, besonders in den unglücklichen ober- und niedersächsischen Kreisen aussieht! wie frey dort die Menschen reden, schreiben, denken und athmen dürfen! wie sehr sich in Preussen die Denkungsart verändert hat, wenn man sich dagegen in die Zeiten von Friedrich, dem ersten Könige von Preussen, zurückdenkt, welcher deswegen die Vermählung mit der Prinzessinn von Nassau nicht vollzog, weil ihre Mutter ihr, an dem feyerlichen Tage, die Schleppe nicht nachtragen wollte, und deswegen die Holländer mit Zurückziehung seiner Armee bedrohete, weil die Gesandtinn, eine Frau von Lintlo, der Gräfinn von Wartemberg in Berlin am Hofe mit Faustschlägen den Rang streitig machen wollte — O! wo sind jene goldnen Zeiten hin? — Doch sie werden ad majorem dei gloriam wiederkommen; allein es ist Zeit, Ernst zu zeigen, sonst windet man uns hochwürdigen Pinseln das Ruder, das wir so lange in der ganzen policirten Welt geführt haben, aus der Hand.

Wir haben bis dahin nur von der Geschichte des Ordens in Rücksicht auf die politische Verfassung der Welt geredet; was nun die Gelehrsamkeit und Literatur betrifft; so hätten wir ein weites Feld vor uns, wenn wir entwickeln wollten, welchen Einfluß unser erhabner Orden darauf von Anbeginn der Welt her und vorzüglich seit Erfindung der Buchdrucker-Kunst gehabt hat. Hieran kann niemand zweifeln, wenn er bedenkt, daß gewiß von jeden zwölf Bogen, die jemals sind gedruckt worden, eilf mit unsern Grundsätzen angefüllt sind. Man betrachte doch nur, besonders in Teutschland, Frankreich und Holland, die herrliche Menge theologischer, besonders polemischer, exegetischer, homiletischer, ascetischer Schriften; die Legenden; die Werke unsrer lieben Kirchenväter; die Arbeiten der scholastischen Philosophen; die Commentarien über die römischen Gesetze; die philologischen und medicinischen Streitschriften; die mystischen, magisch-cabalistisch-trosophisch-theurgischen, alchymistischen und astrologischen Bücher; die Producte mancher Freymaurer-Secten; die zahllosen Romane, Märchen, Schauspiele, critischen und andern Journalen und Verse-Sammlungen! — Und wer dann noch unsre Einwürkung miskennt; der ist mit sehenden Augen blind. Vorzüglich thätig aber haben sich unsre Mitglieder in den neuern Zeiten in der schönen Literatur gezeigt. Sie haben die Kunst verstanden, bald diesen, bald jenen einförmigen Ton anzugeben, den dann alle junge Schriftsteller ganze Perioden hindurch fortgeleiert haben. Bald war es Tändeley; bald Sturm und Drang; bald Anacreontismus; bald unbändiges Geniewesen; bald Empfindsamkeit; bald Physiognomic; bald Mystic; bald Weltbürgergeist; bald Bardenton; bald Idyllen-Sprache, bald altteutsches Ritterwesen. Und so künstlich wissen dies unsre erhabnen Obern zu veranstalten; daß sie selbst die Gedanken, Form, Art und Weise der Werke solcher verruchten Weltkinder, als Shakespear, Yorik,

Göthe, Wieland, Geßner, Klopstock, Schiller und Andre sind, zu nützen wissen, um durch Nachahmung derselben, die Manier dieser Unholde nach unserm Fuße zu behandeln und zu unsern Zwecken zu nützen.

Dritter Abschnitt.

Von Ausbreitung und Vermehrung des Ordens.

Unser Haupt-Augenmerk, zu Erhaltung und Vermehrung der Gewalt des Ordens, muß auf die Ausbreitung desselben und also auf die Aufnahme würdiger Mitglieder abzielen. Wir haben aber drey Gattungen von Mitgliedern: zuerst solche, die von der Natur schon für unsern Orden geschaffen zu seyn scheinen. Sie würken aus Instinct zu unsern Zwecken, ohne der gesetzmäßigen Aufnahme zu bedürfen. — Wir nennen sie *gebohrne Pinsel.* Dann zweytens solche Männer, die, sey es auch aus kleinem Privat-Eigennutze! (denn welche menschliche Tugend ist ganz unvermischt?) unsre Fortschritte befördern, und unsre Feinde, die Aufklärer und dergleichen Gesindel, verfolgen, weil Diese zugleich ihren Planen im Wege stehen. Auf solche Weise können wir uns rühmen, an den mehrsten geistlichen Corps, besonders an den Jesuiten, sodann an den mystischen Gesellschaften, vorzüglich den Rosencreuzern, endlich an sehr viel unumschränkten Beherrschern der Völker und überhaupt an allen Denjenigen eifrige Freunde zu haben, denen das freye Unwesen der menschlichen Vernunft hinderlich ist — und solche Mitverwandte nennen wir unsre respective *Affilirte, Ordens-Freunde und Beschützer*. Die dritte Gattung ist die der *würklich aufgenommenen Mitglieder*, und von Diesen wollen wir noch etwas weitläuftiger reden.

Um allen Misverständnissen vorzubeugen, erinnern wir, der Schwachen wegen, daß, wenn wir gewissen Ständen,

Nationen und Menschenclassen eine vorzügliche Empfänglichkeit für unser System zuschreiben, wir damit keineswege gesagt haben wollen, daß grade alle Personen aus dieser Classe für unsre Verbindung taugten. Nein! so eitel dürfen die Herrn nicht seyn. Nehmen wir zum Beyspiel gern Geistliche auf, haben wir an dem Pater Cochem und Busenbaum und Götz in Hamburg die größten Stützen unsers Ordens gehabt; so darf doch nicht etwa ein Mann, wie Zollikoffer oder Zaubser, sich einfallen lassen, an die Aufnahme zu denken. Eben so wenig dürfen, wenn wir unsern Widerwillen gegen Leute äussern, die sich mit Erforschung der Natur abgeben und sich gewöhnt haben, nichts für wahr anzunehmen, als wovon Vernunft und Erfahrung ihnen den Beweis geben, wie zum Beyspiel Aerzte und Mathematiker; so dürfen doch, sagen wir, darum einzelne Subjecte aus diesen Classen nicht daran verzweifeln, den Zutritt zu uns zu erlangen. Auch unter ihnen giebt es hie und da würdige Mitglieder des Ordens, besonders wenn sie sich auf eine Bahn versteigen, die ausser ihrer Sphäre ist; und noch neulich haben wir einen großen, berühmten Arzt aufgenommen, der, nachdem er lange unser abgesagtester Feind gewesen war, sich auf einmal bekehrte, von Staatssachen schrieb, alle seine bisherigen Freunde, die Anhänger der gefährlichen Vernunft, mit Ungestüm von sich stieß und zu unsrer Fahne übergieng. Allein bey diesen letztern ist die äusserste Vorsicht anzuwenden, wie überhaupt bey der Aufnahme neuer Mitglieder. Ein einzelner Pinselstreich qualificirt noch nicht zum Eintritte in unsre Verbrüderung. Hätte unser lieber geistlicher Bruder St*** sich nicht weiter hervorgethan, als daß er sich im achtzehnten Jahrhunderte zum Clericus eines Ordens aufnehmen ließ, der schon im vierzehnten gänzlich erloschen war, und hätte er dann, als dies ruchtbar wurde, offenherzig gesagt: »ich bin getäuscht worden, so gut, wie Ihr«, so wäre er ein sehr unbrauchbares Subject für uns gewesen; aber er beharrte, der Gute, der Edle, achtete nicht auf Spott und Schimpf der Weltkinder, und das stempelte ihn zu einem der würdigsten Mitglieder. Wir sind stolz darauf, ihn den Unsrigen nennen zu dürfen;

Unsern theuren Gönnern, den Vätern der Gesellschaft Jesu, haben wir freylich dies Glück zu danken; aber daraus folgt noch nicht, daß der liebe Bruder St*** deswegen ein Jesuit wäre, wie es die Weltkinder haben aussprengen wollen, sollten auch einmal allerley artige Aufnahme-Cäremonien mit seinem äusserlichen Menschen vorgenommen worden seyn. Nein! uns, und nur uns allein, gehört er an; wir lassen uns ihn nicht nehmen. Ueberhaupt bemerken wir, daß die leidigen Aufklärer oft diese beyden Verbindungen verwechseln, und Leute, die nur bey uns aufgenommen sind, und vielleicht einmal gelegentlich jenem Orden einen kleinen Dienst geleistet haben, in den Ruf des Jesuitismus bringen.

Uebrigens soll man vorzüglich bey Anwerbung neuer Mitglieder auf folgende Menschenclassen sein Augenmerk richten, weil die Erfahrung lehrt, daß größtentheils Diese am mehrsten Empfänglichkeit für unser System haben und uns am nützlichsten in der Welt werden können; nämlich auf sehr vornehme und reiche Leute; Fürsten; Edelleute, vor Allen Hofleute und Landjunker; Juristen, besonders bloße Civilisten; Patrizier in Reichsstädten; schöne Geister, vorzüglich die, welche die Verfertigung kleiner Lieder und Epigrammen zu ihrer Lieblings-Beschäftigung machen; Domherrn, Canonici, Ordens-Ritter und Mönche; Residenz-Stadt-Prediger; solche Aerzte, die mehr die Palläste der Großen und die Toiletten der Damen, als die Hütten der Armen besuchen, mit Fürsten in Briefwechsel stehen und auf keine Anfrage antworten, die nicht ein Goldstück zur Beylage hat; Prinzen-Hofmeister; Stallmeister; Jäger; Tanzmeister; Virtuosen, die herumreisen und sich vor Geld hören lassen; Sprachmeister; Mitglieder frommer Secten und mystischer Gesellschaften. In welchen europäischen Ländern und Provinzen aber unsre Arbeiten vorzüglich zu gedeyen pflegen, das ist theils schon gesagt worden, theils braucht man nur noch zu bemerken, daß dies besonders da der Fall ist, wo die eben genannten Menschen-Classen über die andern Bürger ein entschiednes Uebergewicht haben, so daß Diese auf keine Weise dahin gelangen können, irgend eine bedeutende Rolle zu spielen.

Vierter Abschnitt.

Von Erhaltung der Einigkeit und des Zusammenhangs unter den Mitgliedern und der Gewalt über die Feinde des Ordens.

Ein Haupt-Augenmerk unsrer hochwürdigen Obern ist die Erhaltung wahrer, brüderlicher Einigkeit unter den Mitgliedern des Ordens. Sie biethen daher alle Kräfte auf, um jedes ächten Bruders bescheidne Wünsche auf eine solche Weise zu befriedigen, daß sein Vortheil mit dem Interesse der Uebrigen nie in Streit gerathe. Und was wünscht denn auch ein wahrer, vollendeter Pinsel in dieser Welt anders, als Gemächlichkeit und zeitliche Güter? Die zahllose Menge der beschwerlichen geistigen Bedürfnisse überläßt er gern den Weltkindern — ja! wenn er auch gar nichts von jenen erlangen kann; so ist er doch zufrieden, in so fern er nur weiß, daß kein Andrer mehr davon besitzt, als er. Wo wir daher einmal ein Uebergewicht im Staate erlangt haben, da pflegen wir uns bescheiden und brüderlich in die schlechtern irdischen Vortheile zu theilen und die stolzen Geistes-Gaben und Güter den armen Vernunftmenschen preis zu geben.

Kein ärgerlichers Schauspiel aber kann erdacht werden, als wenn zwey Pinsel sich, wie ein Paar Philosophen, vor dem Publico zanken und schimpfen. Dergleichen haben wir noch kürzlich erleben müssen, da gegen einen unsrer würdigsten Brüder, der mit allen Weltkindern in Teutschland in Streit gerathen war, weil sie ihm schnöde Ruhmräthigkeit und dabey grobe Tücke Schuld gaben, ein anders, obgleich heimliches

Mitglied unsers Ordens unter erborgten Nahmen eine Epistel in Versen schrieb. Solche Irrungen aber rühren gewöhnlich daher, daß die Brüder nicht immer wissen, wer zu dieser ausgebreiteten Verbindung gehört; denn wir haben nicht nur Stufen und Grade, sondern auch besondre Neben-Abtheilungen, so daß ein Mann in einem bestimmten Fache für den Pinsel-Orden arbeiten kann, der im Uebrigen zu den schnöden Vernunftmenschen gehört. Das aber müssen wir allen Brüdern, den Aufgenommenen, Affilirten und Ordens-Freunden zum Ruhme nachsagen, daß alle Misverständnisse unter ihnen aufhören und sie Ein Herz und Eine Seele sind, sobald es darauf ankömmt, gegen einen gemeinschaftlichen Feind zu operiren. Wir wollen nun einige Vorschriften geben, wie dies am behendesten und sichersten anzufangen ist.

Die Haupt-Unternehmung gegen unsre Feinde muß darin bestehn, daß man ihnen die Achtung des Publicums, den Muth und die Zuversicht zu sich selber benehme. Wenn daher jemand den Verdacht auf sich ladet, daß er sehr thätig und würksam sey, sich gern durch Gemeinnützigkeit und nicht alltägliche Handlungen auszeichne, sich über wohl hergebrachte alte Gewohnheiten hinaussetze, sich einfallen lasse, gewisse Meinungen, wovon man nicht grade den Grund angeben kann, Vorurtheile zu nennen oder das, was so mancher ehrliche Mann auf Authorität glaubt, bloß deswegen nicht ohne Beweis annehmen zu wollen, weil es mit der so genannten gesunden Vernunft streitet, endlich, daß er gern über kleine Thorheiten lache und satyrisire; so soll man vor einem Solchen, als vor einem unruhigen Kopfe, neuerungssüchtigen, höchst gefährlichen, feindseligen, keine Subordination vertragenden Subjecte, das Gott und Menschen nicht schone, die ganze Christenheit treu-fleißig warnen, und dies nicht nur mündlich und durch bedeutende Mienen und Achselzucken, sondern auch durch Briefe an alle Mitverbündeten in solchen Gegenden, wo er etwa sein zeitliches Glück machen könnte, damit er zu nichts in der Welt gelangen möge. Doch soll dies auf gerechte und liebreiche Weise geschehn, nämlich also, daß man dabey das so genannte Gute nicht verschweige. Man kann daher immer sagen: »Es ist wahr, der Mann hat Verstand; Schade, daß er ihn nicht besser anwendet« oder: »Es fehlt ihm nicht an Kenntnissen; aber leider! taugt sein Herz nicht.« u. s. f. Dies pflegt selten seiner Würkung zu verfehlen; sollte es aber nicht helfen; so darf man auch, der guten Sache wegen, die Sitten des Mannes verdächtig machen; ärgerliche Anecdoten von ihm ausbreiten, wozu kleine, in der Jugend begangne Uebereilungen leicht Stoff liefern. Es giebt dann eine Kunst, die Facta durch die Art der Darstellung umzumodeln und Bewegungsgründe, die er hätte haben können, anzuführen, als wenn er sie würklich gehabt hätte, welches alles man verstehn muß. Kann man die Eitelkeit und Neugier der Frauenzimmer, den Stolz und Eigennutz der Geistlichen zur Rache gegen ihn aufbringen; so ist man des Siegs gewiß. Es findet sich ja auch wohl die Veranlassung, ihn als einen Religions-Spötter abzuschildern. Hat er etwa einmal über die jüdischen Geschichtsbücher, die freylich mit der christlichen Lehre nichts gemein haben, oder über die Patriarchen im Orient, die uns in der That nichts angehen, ein wenig frey geurtheilt; so giebt das Gelegenheit, ihn, als einen Verächter des göttlichen Worts, bey dem Volke anzuschwärzen. Sollte aber ein solcher Wiedersacher zu vorsichtig im Reden und Handeln seyn, als daß man ihm im gemeinen Leben etwas anhaben könnte; so sucht man freundlich sein Zutraun zu gewinnen, ihn treuherzig zu machen und sammelt dann, wenn er sich aufschliesst, seine übereilten Reden, um, wie er es verdient, seine geheimen Tücke der Welt bekannt werden zu lassen. Wenn man auf solche Art Jahre hindurch seinen Feind unaufhörlich geneckt und beunruhigt hat; so müsste es wundersam zugehn, wenn er nicht endlich in Zorn geriethe und in diesem Zorn etwas redete und thäte, *was würklich nicht recht wäre* — und dann hat man ja auf alle Weise gewonnen. Ueberhaupt muß man den erhabnen Grundsatz nie aus den Augen verliehren, daß man durch Ausdauren, wenn man dabey alle Demüthigungen und Erniedrigungen nicht achtet, am Ende immer seinen Zweck erlangt — Und man sage, was man will, *dies* eigentliche Ausdauren verstehen wir besser, als die Kinder der eiteln Vernunft. Auf Männer die sich durch Schriften, in welchen die verblendeten Weltmenschen Weisheit oder Witz bewundern, bekannt machen, soll man vorzüglich aufmerksam seyn. Diese können großes Unheil stiften. Es stehen deren jetzt Viele in Teutschland bey uns auf dem schwarzen Brette, und Lichtenberg, der Sohn der Finsterniß, an ihrer Spitze. Wir wollen unter der Menge der Andern nur den einzigen verstockten Nicolai anführen, der so wohl mit seiner sündlichen allgemeinen deutschen Bibliothek, als auch mit seinen eignen Schriften, nun seit einer langen Reyhe von Jahren uns auf alle nur ersinnliche Weise verfolgt. Angehende Schriftsteller, die es wagen, gegen uns zu Felde zu ziehn, kann man schon zu Paaren treiben, indem man feile Rezensenten an sie hetzt, oder sie als gefährlich verschreyet, oder affectirt, sie als unbedeutend zu verachten. Die Schriften unsrer Leute hingegen lässt man ausposaunen, und im Nothfalle für Geld eine vortheilhafte Rezension derselben in den gelehrten Artikel des hamburgischen Correspondenten einrücken. Im Ganzen aber taugt das Bücherschreiben nicht: Es kömmt nichts dabey heraus, als daß allerley naseweise Wahrheiten unter solchen Menschenclassen ausgebreitet werden, die ohne diesen Unfug gänzlich in unsrer Gewalt bleiben würden. Auch giebt es Gelegenheit, daß Leute, die wir sorgfältig unterdrückt, von öffentlichen Aemtern ausgeschlossen und als unbrauchbare Subjecte geschildert haben, uns zum Trotze, sich durch die Schriftstellerey einen größern Nahmen in der Welt machen, als unsre vornehmsten Mitglieder, die am Ruder sitzen. Das muß nicht seyn; Zuletzt sollten ja wohl der schnöde Verstand und Witz und Talente und Philosophie in der Welt eben so viel gelten, als Rang, Geburt und Sitz und Stimme im Staatsrathe! Daß übrigens die verruchte Preß-Freyheit aller Orten gehindert, für strenge Censur gesorgt werden, und daß man besonders Diejenigen züchtigen müsse, die es wagen, über Gesetze, Verordnungen, öffentliche Anstalten und landesväterliche Einrichtungen ihre Meinung zu sagen, das versteht sich wohl von selber. Zu diesem Endzwecke ist es gut gethan, die Censur in die Hände der Geistlichkeit, oder solcher Männer zu legen, die ehemals sich dem geistlichen Stande gewidmet haben. Ein glorreiches Beyspiel davon sehen wir an unserm hochwürdigen Bruder — Doch, wir nennen ihn lieber nicht; wir beleidigten sonst die Bescheidenheit dieses von den ruchlosen Vernunftmenschen allgemein verhöhnten Märtyrer unsers Ordens.

Wie dem einreissenden Freyheitstriebe, dieser Pest, die zu uns aus Frankreich herüber gekommen ist, entgegengearbeitet werden müsse, davon giebt uns der sehr ehrwürdige Bruder General-Procurator des Ordens, Herr von Sch**ch, in seinem p. J. das Muster. So muß man die Facta verdrehn, die Nachrichten verstümmeln, so einseitig urtheilen, so die Fürsten schmeicheln, so die Schwachen in Furcht setzen — o, unnachahmlicher Sch**ch! wenn Dir das keine Vermehrung Deiner Pension und Deiner Titel einbringt; so ist keine Gerechtigkeit mehr auf Erden.

Nie kann endlich der Orden, um seine Macht zu erhalten und seine Feinde zu stürzen, aufmerksam genug auf die Besetzung aller Bedienungen im Staate seyn. Unsre Vettern, Freunde und Bundesverwandte müssen aller Orten in die ersten Stellen eingeschoben werden, und wo das Häuflein derselben nicht groß genug ist, da setze man wenigstens Solche an, die sich im Verborgnen lenken lassen, denen es nicht einfällt, Aufsehn zu erregen, damit die goldne Mittelmäßigkeit aufrecht erhalten werde; Sela!

Fünfter Abschnitt.

Von der geistigen und sittlichen Bildung der Mitglieder.

Es ist nicht genug, daß unser ehrwürdiger Orden aus einer großen Menge von Mitgliedern bestehe; Sie müssen auch auf Einen Ton gestimmt und zu unsern gemeinnützigen Zwecken gehörig gebildet werden.

Mit dem sichersten und besten Erfolge geschieht dies in der frühern Jugend, und deswegen sollen unsre Mitglieder sich bestreben, nicht nur ihre eignen Kinder den Grundsätzen des Ordens gemäß zu behandeln, zu unterrichten und zu bilden, sondern auch aller Orten Einfluß auf die Erziehung der Jugend zu erhalten. Da aber die Zeiten sich leider! verändern; so können auch unsre Educations-Systeme nicht immer dieselben bleiben. Auch dafür haben unsre lieben, väterlichen Obern gesorgt und besonders seit zwanzig und einigen Jahren eine ganz neue Norm eingeführt, denn Norm muß nun einmal Statt finden; Gleichförmigkeit in der Erziehung ist nothwendig; alle Kinder müssen auf denselben Fuß behandelt werden, und es ist eine Einwendung, worauf man nicht achten muß: »daß sich keine allgemeine Vorschriften für die Erzieher geben liessen, daß nur Erfahrung und Studium der einzelnen Charactere uns lehren müssten, welche Methode bey diesem oder jenem Kinde anwendbar wäre; daß die Natur ihre Gaben mannigfaltig austheilte und eben so mannigfaltig auch die Behandlung der einzelnen Subjecte seyn müsste.« — Das Alles gilt bey uns nichts, und grade unsre einförmige Methode allein kann uns dafür bürgen, daß wir dem Staate Menschen liefern, welche nicht die Grenzen der goldnen Mittelmäßigkeit überspringen. Dies ist der große Hauptzweck, und will man wissen, ob unser Orden in irgend einem Philantropin, oder andern Institute von der Art das Uebergewicht habe! so beleuchte man die daraus hervor in die Welt tretenden Zöglinge! Findet man darunter keine unruhige Köpfe, die in der Welt unnützes Aufsehn machen; so ist die Anstalt gut und empfehlungswerth, und gottlob! das ist bey den mehrsten neuern Anstalten von der Art der Fall. Wir wollen aber von der ältern und neuern Pinsel-Erziehung, von jeder insbesondre reden.

Vormals hielten wir die Kinder in den ersten Jahren sehr warm; sie durften auch nicht zwecklos den Cörper bewegen. Man wickelte sie desfalls fest ein, gab ihnen nachher Schnürbrüste und lies sie, wenn sie gehn konnten, welches sie aber nicht zu früh lernen durften, nicht, wie die Thiere auf dem Felde, herumspringen, sondern gewöhnte sie bey Zeiten, sich, wie erwachsene Personen, sittsam aufzuführen, auch nicht zu reden, als wenn sie gefragt wurden. Die Kleidung war fest an den Leib anschliessend und die Haare wurden bey Zeiten gekräuselt. Man gab dem schwachen Magen nur weiche und warme Speisen und Süßigkeiten, aber desto öfter des Tags. Auch ließ man sie fein lange schlafen und Morgens und Abends, so wie vor und nach den Mahlzeiten, auch wenn die Bethglocke schlug und bey Gewittern, die erforderlichen, auswendig gelernten Gebete hersagen. Der Unterricht bestand in dem Auswendiglernen, und wenn sie ihre Lection nicht ordentlich wussten; so bekamen sie die gehörigen Schläge. Allein man quälte sie nicht über eine bestimmte Zeit in der Schule und sobald die Glocke schlug, kamen sie los. Der Haupt-Unterricht gieng in den ersten vierzehn Jahren auf die dogmatischen Lehren der Kirche hinaus. Man litt nicht, daß sie raisonnirten und nach den Ursachen oder dem Beweise von diesem oder jenem Befehle und Satze fragten, sondern es musste ihnen genug seyn, wenn man ihnen sagte: »es ist so und nicht anders.« Man litt aber nicht, daß sich der Lehrer herausgenommen hätte, sie für Unarten zu bestrafen, die mit dem Lernen nichts gemein hatten, sondern das blieb ein Vorrecht der Eltern. Der Informator wurde angehalten, jungen Herrn von Stande mit der gebührenden Achtung zu begegnen. Ueberhaupt wurde es den Kindern bey Zeiten eingeprägt, was die gemeinen Leute denen von vornehmer Geburt schuldig wären. In der Eltern Gegenwart durften die Kinder nicht reden. So wie die Strafen in Schlägen bestanden; so wurden hingegen Folgsamkeit und Fleiß durch Geld und andre Geschenke, an Spielsachen und Eßwaaren, belohnt. Die Strafe erließ man, wenn ein Fremder für die Kinder bat.

Die neuere Pinsel-Erziehung muß ganz anders tractirt werden, weil sich Zeiten und Menschen verändert haben. Sobald der Knabe in die Welt guckt, wird er in kaltes Wasser getaucht und das so fort alle Tage. Ja! kreische Du nur! Warum haben Deine Eltern so eine papierne Puppe an den Tag gefördert? Darunter kann unsre Methode nicht leiden. Steht der Junge ab; so wäre er doch früh oder spät gestorben; und was ist der Menschheit mit einem solchen Breyklumpen gedient? Die Mutter muß dem Kinde selbst die Brust geben; Ist sie schwächlich; Da sehe sie zu! Wir wollen nicht, daß unsre Kinder mit der Ammen-Milch die unanständigen Gewohnheiten der Bauermenschen einsaugen; und das kann doch nicht fehlen. Kein Gängelband! Müssen doch andre Thiere so lange auf Gottes Erdboden herumkriechen, bis sie sich selber helfen können. Fallen sie sich Löcher in den Kopf; so wird die Wunde mit kaltem Wasser gewaschen; Narben verunstalten nicht. Weite Kleider! Der Knabe muß springen, Purzelbaum schlagen, — Brüche lassen sich heilen — sich mit andern Jungen raufen, sich im Schnee und Kothe herumwälzen — kurz! thun, was er will. Kein Zwang in den glücklichen Jahren der Kindheit! Früh genug wird er das Joch tragen lernen. Er soll den Frühling des Lebens geniessen; Kömmt er nachher in Lagen, wo er seinen eignen Willen verleugnen muß; ey nun! so mag er sich fügen und gewöhnen, so gut er kann. Er muß reden dürfen, was er will, nach allem fragen, nichts thun, nichts glauben, als wovon er Grund und Ursache einsieht. So viel uns daran gelegen ist, daß *Männer* mehr glauben, als selbst denken, so unschädlich, ja! zu unsern Zwecken dienlich ist es, *Knaben* raisonniren zu lassen; denn das giebt ihnen eine Zuversicht zu ihren eignen Einsichten, die vor tiefen Grübeleyen bewahrt. Schläge gehören für Thiere, nicht für vernünftige Wesen, und wenn gleich ein Kind noch kein vernünftiges Wesen ist; so soll es doch dies einst werden. Zudem kann man leicht zu viel strafen, und wenn eine Sache gemisbraucht werden könnte; so wirft man sie lieber ganz weg. Auf Alter, Erfahrung und Stand sollen die Kinder noch gar keine Rücksicht nehmen; Wenn sie einst in die menschliche Gesellschaft treten; so wird ihnen das schon gewiesen werden, und passen sie sich dann nicht da hinein; so mögen sie sich von bürgerlichen Verhältnissen losmachen, für sich leben, oder als Schriftsteller, Pädagogen etc. ganz für unsre Zwecke würken! Das Gedächtniß soll in der Jugend geschont werden; also nichts auswendig gelernt! Fremde Kenntnisse sind nichts werth; man muß alles selbst erfinden. Ueberhaupt aber sind die mehrsten sogenannten Wissenschaften unnütze Pedanterey. Regeln sind Fesseln und Fesseln taugen nicht. Von Sprachen fasst man so viel auf, als nöthig ist, um sich darinn verständlich machen zu können; Was man das Genie, die Philosophie der Sprache nennt, das dient zu nichts und ist sehr mühsam zu erlernen; Alles Mühsame aber soll man fliehn. Der Knabe muß nur dann arbeiten, wenn er Lust dazu fühlt; zum Mühsamen aber hat er nie Lust; also bleibt das Mühsame weg. In spätern Jahren ist noch immer Zeit, sich an Anstrengung und Ueberwindung von Schwierigkeiten zu gewöhnen, ohne welche freylich leider! nichts zu erlangen ist, so lange wir nicht in allen Ländern das Uebergewicht erhalten. Eine goldne Methode beym Unterrichte der Jugend ist die von uns allein erfundne Art, im Spielen zu lehren; Wer früh an diese so nützliche Spielerey gewöhnt worden ist, der wird uns gewiß nie untreu. Ueberhaupt, so sehr auch die neuere Pinsel-Erziehungs-Methode mit der ältern im Widerspruche zu stehn scheint; so führen doch beyde Extreme sicher zu einem Zwecke, zu der goldnen Mittelmäßigkeit. Der Unterschied besteht nur darinn, daß man ehemals den Menschen zu ihrem Besten die Füße band, damit sie ein gewisses schädliches Ziel nicht erreichten, statt daß man sie jezt an Bockssprünge gewöhnt, damit sie darüber hinaushüpfen. Ja! diese letzte Art ist gewiß die zweckmäßigste. Ein unruhiger Kopf kann Mittel erfinden, seine Bande zu lösen; und dann hat er das Ziel noch immer *vor sich*; aber wer einmal einen Sprung *überhin* gethan hat, der sieht nichts mehr vor sich und geräth auf so viel kleine Nebenwege, daß er nie wieder auf den Haupt-Pfad zurückkommen kann.

So viel von Erziehung unsrer Jugend! Auf welche Weise auch erwachsene Mitglieder mit dem Geiste des Ordens genährt werden und nach welchen Grundsätzen im Moralischen, Intellectuellen, Politischen, Oeconomischen u. s. f. ein ächter Pinsel handeln und nicht handeln müsse, das soll in den folgenden Abschnitten gelehrt werden.

Sechster Abschnitt.

Von dem äussern Anstande, der Lebensart, Diät und den Gewohnheiten eines ächten Pinsels.

Die Mitglieder unsers ehrwürdigen Ordens müssen sich im Aeussern und Innern, im Thun und Lassen, von der Rotte der gefährlichen Vernunftmenschen unterscheiden. Ein ächter Pinsel geht still und demüthig einher, wenn vornehme, oder solche Personen gegenwärtig sind, die von den Weltleuten für klug, witzig oder gelehrt gehalten werden. Er heftet dann entweder die Augen auf die Erde, oder wirft seine Blicke ungewiß und flüchtig umher, damit niemand erforsche, ob etwas und was in ihm vorgeht. Doch kann es nicht schaden, wenn er zuweilen bedächtlich aussieht, sollte er auch nichts denken, besonders sobald von etwas die Rede ist, worüber er gar nichts zu sagen weiß. Nach und nach pflegen sich dann der Stirne gewisse Falten einzudrücken, die ein ehrwürdiges Ansehn geben. Ganz anders aber ist sein Betragen, wenn er keine Feinde wittert; Dann blickt Zuversicht und Selbstzufriedenheit aus seinen Augen; dann spricht er viel, laut und entscheidet über alles — Doch davon in der Folge mehr! Seine Stimme sey übrigens ein wenig singend, gedehnt; Er rede also langsam! Das Tragen des Kopfs richtet sich nach den Leuten, die er vor sich hat, so, daß er ihn entweder auf die Seite hänge, oder wanken und wackeln lasse, oder zurückwerfe, oder zwischen die Schultern ziehe, oder die Füße beschaue. Er gehe ein wenig schiebend, langsam und mit gebognen Knien, wobey er auch die Arme bewegen mag;

wenn nur überhaupt alles, was einer Anspannung im Physischen und Geistigen ähnlich sieht, sorgfältig vermieden wird.

Man kann den Mitgliedern nie genug empfehlen, alles bedächtlich und langsam zu thun. »Was lange dauert, wird gut« — Das ist ein goldner Spruch. Fällt etwas auf die Erde; so lasse man es liegen, bis noch etwas dazu fällt; dann ist es, wie man zu sagen pflegt, Ein Aufheben und vermeidet man, sich doppelte Mühe zu machen.

Schlaf und Ruhe sind dem Menschen nothwendig; doch soll man darinn auch nicht zu viel thun. Zwölf Stunden in einer Reyhe fort geschlafen, sind einem gesunden Menschen zur Erquickung hinlänglich. Man braucht desfalls aber nicht gleich aufzustehn. Vielmehr ist es sehr wohlthätig, sein Frühstück im Bette zu nehmen und dabey die Transpiration fortzusetzen. Mehr als dreymal aber soll man sich nicht wecken lassen; Wer dann wiederum einschläft, der versündigt sich an seinen Domestiken, die man nicht unnützerweise quälen muß. Die Nacht hindurch braucht das Ofen-Feuer in der Schlaf-Cammer nicht unterhalten zu werden, und wenn nur des Abends ein Vorrath von Holz eingelegt wird; so bleibt es bis zum Morgen warm.

Bey der Wahl seines Anzugs ist es gut, Frauenzimmer zu Rathe zu ziehen; Diese wissen am besten, was uns gut kleidet und was die neueste Mode fordert.

»Essen und Trinken« pflegt man zu sagen: »hält Leib und Seele zusammen« und »am Tische wird man nicht älter.« Man geize und spare also nichts bey den Ausgaben für die Tafel und übereile sich nicht, wenn man am Tische sitzt, denn das ist sehr ungesund; auch kann man viel mehr geniessen, wenn man langsam speist. Man halte aber seine ordentliche Zeit zu den Mahlzeiten, nämlich: das Frühstück; und nachher gegen Mittag einen Bissen, doch nicht zu viel, zu den Magentropfen; dann die Haupt-Mahlzeit; Nachmittags, beym Kaffee, nach Appetit; hierauf das Vesperbrod, und Abends die ordentliche Mahlzeit; ausserdem aber nichts, es müsste denn ein wenig Obst und ein Glas Wein seyn. Auch zu der Verdauung und den nöthigen Ausleerungen soll man die gehörige Zeit nehmen und sich dabey durch keine Art von Geschäften stöhren lassen; denn Gesundheit geht vor alles. Ist man nicht reich; so muß man freylich mit schlechten, wohlfeilen und wenig Schüsseln vorlieb nehmen; aber sobald man Fremde bey sich bewirthet, besonders wenn sehr vornehme Gäste uns beehren, darf es an nichts fehlen; Man kann sich nachher, wenn man wieder allein ist, dagegen desto einfacher behelfen. Da manche Leute bey Tische blöde sind und nicht zugreifen, so versäume man nicht, seine Gäste zum Essen und Trinken zu nöthigen. Endlich, was den Rang am Tische betrifft; so muß derselbe wohl beobachtet werden.

Die besten und größten Zimmer im Hause hält man, wie sich's versteht, verschlossen, und werden dieselben nur dann gebraucht, wenn man Fremde bey sich sieht; die schlechtern werden bewohnt. Kutscher und Informatorn werden gewöhnlich in's Hinterhaus logiert, damit man keinen Lerm und Tabacks-Gestank in seiner Nachbarschaft habe.

Bey Garten-Anlagen ist der holländische und französische Geschmack zu empfehlen.

Wenn Fremde kommen, muß alles rein im Hause seyn.

Erwartet man jemand, so pflegt man oft das Fenster zu öfnen, um zu sehn, ob er noch nicht kömmt, oder ihm aus Ungeduld entgegen zu gehn. Es ist wohl wahr, daß er dadurch um nichts früher erscheint; allein es kann doch wenigstens nicht schaden.

Bekömmt man einen Brief und erkennt nicht gleich die Hand, welche die Aufschrift geschrieben; so pflegt man denselben wohl mehrmals umzudrehn und hin und her zu rathen, von wem der Brief herrühren könnte, statt daß die eiligen Weltleute ihn geschwind erbrechen, um dies zu erfahren. Wir ziehen, als Prüfung der Geduld, die erste Methode vor.

Wenn man mit jemand redet und ihn etwa dabey an einem Rockknopfe oder Aermel festhält; so hat das den Nutzen, daß er uns nicht entwischen kann, sondern aufmerksam zuhören muß.

Man klagt zuweilen über uns, wenn wir gewisse Dinge zu mechanisch treiben, zum Beyspiel: alle Thüren, auch die, welche andre Leute mit Vorsatz geöfnet hatten, hinter uns zuziehen, oder immer etwas zum Spielen zwischen den Fingern haben, auch alles in die Hand nehmen und zusammendrücken, was wir liegen finden. Allein man überlegt nicht, wie mühsam es seyn würde, wenn man bey jeder kleinen Handlung, die Ursache, warum man sie unternimmt, vorher überdenken sollte; und warum lässt man denn Sachen, welche man nicht will betastet noch zerdrückt haben, umherliegen?

Siebenter Abschnitt.

Noch etwas über die Reden, Gewohnheiten, feine Lebensart, Vergnügungen und Liebhabereyen unsrer Mitglieder.

Wenn, theils durch Instinct, theils durch Bildung, unsre Mitbrüder dahin gelangen, daß sogar in allen ihrem äussern Thun und Lassen die genaueste Gleichförmigkeit herrscht; so muß um so mehr bey wichtigern Gegenständen, nämlich in ihren Beschäftigungen, Reden, Vergnügungen und Liebhabereyen, ein einförmiger Geschmack und eine gemeinschaftliche Methode gefunden werden.

Was den Vortrag in der Rede betrifft; so pflegen die Bösen das Weitschweifigkeit und Unordnung zu nennen, wenn wir die Sache, welche wir erzählen, mit allen Umständen auseinandersetzen und kleine Nebendinge, die uns dabey einfallen, mit einmischen; Allein diese Art dient sehr zur Erläuterung und es vergeht manche Stunde damit.

Seine Muttersprache rein sprechen zu wollen, das ist eine unnütze Pedanterey. Die Leute verstehen uns ja doch, besonders, wenn wir die, in der Gegend, wo wir leben, üblichen Provinzialismen nicht verwerfen.

Es ist nützlich, einen gewissen Vorrath Lieblings-Histörchen und kleiner Schwänke, so viel es das Gedächtniß leidet, in Bereitschaft zu haben, die man dann erzählt und wieder erzählt, so oft sich eine Veranlassung dazu findet. Sind sie artig und lustig; so hört man sie gern oft wiederholen. Räthsel, Kunststückchen und Sprüchwörter, zu rechter Zeit angebracht, besonders in Männer-Gesellschaften, wo sonst leicht der Ton ernsthaft wird, thun auch Würkung.

Pfandspiele, Schenken und Logieren und Cämmerchen Vermiethen schärfen den Witz. Kurze Sprüchwörter-Commödien, die man auswendig lernen und in Gesellschaft spielen kann, haben einige gute Leute ausdrücklich dazu drucken lassen; doch kann man davon nur in größern Gesellschaften Gebrauch machen. Was aber die gewöhnliche Unterhaltung betrift; so wollen wir einiger sehr interessanten Gegenstände derselben Erwähnung thun.

So oft jemand zu uns kömmt; so fragt man, wie er sich befinde; Die Antwort braucht man nicht zu erwarten, sondern man fügt gleich hinzu: man freue sich, ihn wohl zu sehn (denn man setzt voraus, daß ihm wohl sey); Dann kann man ihm sagen, wie das Wetter beschaffen ist.

Es ist angenehm, sich zu erkundigen, wie die Leute mit einander verwandt sind und unerwartet weitläuftige Vetterschaften zu entdekken. Nicht weniger unterhaltend sind die Gespräche über Aehnlichkeiten in der Gesichtsbildung mit Diesem oder Jenen, die man ausfündig macht.

Die Welt wird immer ungeschliffner; unsre Mitglieder sollen sich bestreben, die Höflichkeit, die man jezt verächtlich leere Complimente und Cäremonien nennt, aufrecht zu erhalten. Vornehmern Leuten soll man immer etwas Verbindliches und Schmeichelhaftes sagen.

Von Verstorbnen muß man stets Gutes reden; sie können uns ja nicht mehr schaden.

Man sage nie gradezu seine Meinung, bevor man gehört hat, wie die Mehrsten und Vornehmsten in der Gesellschaft über die Sache denken, denn das wäre unbescheiden. Sagt ein angesehener Mann etwas, das witzig seyn soll; so lache man darüber, wenn man auch nicht eigentlich verstehn sollte, wovon die Rede ist.

Kömmt man in die Nothwendigkeit, über etwas zu disputiren; so rede man so viel und so laut und mische, wenn man dazu aufgelegt ist, so viel Spott hinein, daß dem Andern die Lust vergehe, mit seinen so genannten Vernunftgründen hervorzurücken.

Wenn jemand Dir sein Bildniß zeigt; so musst Du immer

antworten: es habe zwar einige Aehnlichkeit mit ihm, sey aber gar nicht geschmeichelt; er sey da viel zu alt dargestellt!

Wenn uns Eltern ihre Kinder vorführen; so muß man ihnen bezeugen, daß sie dem Vater ausserordentlich gleichen, und daß sie für ihr Alter sehr groß wären. Die kleinen Knaben pflegt man denn zu fragen, was sie einst werden wollen? Immer aber muß man die Kinder in Gegenwart der Mutter loben und vertheydigen, wenn sie sich Verweise vom Vater zuziehen.

Für seine eignen Kinder pflegt man zu antworten, oder ihnen eine verständige Antwort in den Mund zu legen, wenn Fremde sie anreden.

Bittet Dich jemand, zu rathen, wie alt er sey; so rathe immer zehn Jahr weniger, als er sichtbarlich hat!

Wenn man in den Fall kömmt, sich rühmen zu müssen; so sage man doch immer dabey: »ohne mich zu rühmen!«

Dergleichen Floskeln und die Ausdrücke: *unmaßgeblich, wenn ich fragen darf, mit Erlaubniß* u. dgl. und solche allgemein eingeführte Bemerkungen, wie zum Beyspiel: »daß die Zeit schnell hingehe; daß das Schlittenfahren ein kaltes Vergnügen, Music ein angenehmer Zeitvertreib sey« u. s. f. muß man sich eigen machen, denn sie gehören zur guten Lebensart.

Es kann nicht schaden, wenn man ungewisse Gerüchte und Anecdoten nacherzählt. Wenn dadurch auch mancher Unschuldige auf eine Zeitlang in bösen Ruf kömmt; so bleibt doch die Wahrheit nicht immer verborgen; und ganz ohne Grund pflegt doch auch dergleichen nicht zu seyn.

An fremden Tischen lobst Du alle Gerichte, und wenn man Dich zum Essen nöthigt, versicherst Du: »Du habest schon des Guten zu viel genossen.«

Man giebt sich bey den Leuten einiges Ansehn, wenn man sie zuweilen durch seine Reden in Verlegenheit setzt und auf Sachen anspielt, die sie nicht gern hören.

Es giebt uns eine Art von Wichtigkeit, wenn wir in Gesellschaft unserm Nachbar in's Ohr flüstern, sollten wir ihm auch nichts Geheimes zu sagen haben.

Es bedarf wohl keines Beweises, daß für Leute unsrer Art das Kartenspiel eine sehr anständige Unterhaltung ist. Der Nachmittag, an welchem man ohnehin zu keiner Arbeit aufgelegt ist, wird dazu vorzüglich bestimmt.

Im Sommer dienen uns das Kegelschieben und Scheibenschiessen zu einer angenehmen Erholung.

Doch soll man nicht bloß cörperliche Freuden suchen; eine Sammlung von adelichen Petschaften; von Blumen, die man in Töpfen stehn hat; Vögel, in Bauern, die dazu abgerichtet sind, gewisse Stücke zu singen; Hunde, die Kunststücke machen — Das alles beschäftigt, neben dem Vergnügen, das es gewährt, auch zugleich den Geist und ist sehr anzuempfehlen.

Solche mechanische Arbeiten, als da sind: pappene Kästlein zu machen, zu schnitzeln und allerley weibliche Arbeiten, dienen zu einer artigen Erholung.

Auf großen Märkten und Messen — Man pflegt oft die scharfsinnige Bemerkung zu machen, daß es aller Orten fast immer regne, wenn Markt gehalten wird. Es wollen zwar einige Leute behaupten, das sey eine alberne Bemerkung; vielmehr werde umgekehrt fast allgemein zu der Zeit, Markt gehalten, wenn es der Jahrszeit nach zu regnen pflege, nämlich im Frühlinge und Herbste; allein es kann doch nicht schaden, jenen alten Satz zuweilen anzubringen — Doch wir kommen von unserm Gegenstande ab! Auf großen Märkten also und Messen soll man sich im Kaufen nicht übereilen, sondern sich die Zeit nicht verdriessen lassen, manche Stunde der bloßen Beschauung zu widmen. Es pflegen wohl Spottvögel sich darüber aufzuhalten, und die Kaufleute ungeduldig zu werden, wenn man für tausend Thaler Waaren besichtigt und befühlt und nur für Einen Thaler kauft; allein es hat doch seinen Nutzen und die Zeit geht angenehm damit hin.

Bey dem Reisen kömmt eigentlich überhaupt nicht viel heraus und ein gutes altes Sprüchwort sagt: »bleibe im Lande und nähre Dich redlich!« Soll und muß man aber reisen; so nehme man gute Empfehlungsbriefe mit, sonst wahrt uns die Zeit lang; und wem ist es immer gegeben, sich unter ganz fremden Menschen selbst bekannt zu machen? Kann man an entfernten Oertern Landesleute antreffen; so halte man sich zu denen, so braucht man sich um die dortigen Menschen nicht viel zu bekümmern. Man gehe auch auswärts nur mit Personen seines Standes um, besuche vorzüglich die Höfe und die Cirkel der Noblesse! Auf Reisen spare man nichts im äussern Aufwande, damit man, in den Wirthshäusern und sonst, seinen Landesleuten Ehre mache! Weiter als von der einen Seite nach Straßburg, von der andern nach Wien und etwa den Rhein hinunter bis Cöln, braucht man nicht zu reisen; Man ist dann doch auf gewisse Weise in Frankreich, Oesterreich und den Niederlanden gewesen, wenn davon die Rede ist. In Wetzlar hält man sich einige Zeit auf. Wo Bibliotheken sind, lässt man sich dieselben zeigen und sieht die Wachtparaden aufziehn; Wo sich Menagerien, Cabinette und dergleichen befinden, und was sonst zu sehn ist, das kann man am besten von den Lehnlakayen erfahren. Man findet auch auf Reisen die bequemste Gelegenheit, mit den Regeln der Hof-Etikette, des Gesandten-Cäremoniels und dergleichen bekannt zu werden, welches alles sehr nützlich und angenehm zu wissen ist. Zuweilen trifft sich's sehr glücklich, daß man grade zu der Zeit reist, wenn in den Gegenden, die man besucht, etwas Merkwürdiges vorfällt, zum Beyspiel: eine Revüe; eine Kaiserwahl, wo ein ganzer Ochse am Spiesse gebraten wird und so viel fremde Gesandten gegenwärtig sind; das Aufsteigen eines Luftballs; ein Feuerwerk; eine hohe Vermählung; oder, in Kriegszeiten, ein Lager; oder daß Victoria geschossen wird, welches oft geschieht, wenn auch die Schlacht nicht gewonnen ist — Dergleichen pflegt lustig anzusehn zu seyn, in so fern keine Gefahr dabey ist.

Gegen Vornehme und Reiche betrage man sich mit derjenigen Ehrerbiethung und Unterwerfung, die man ihnen schuldig ist; die Geringern und Untergebnen gewöhne man, daß sie nicht vergessen, wer sie und wer wir sind! Leute, die nichts als Talente, Geschicklichkeit und was man Verstand nennt, aber keinen Rang und Titel haben, mögen ganz gute Leute seyn, aber sie gehören nicht in vornehme Gesellschaften. Sie vergessen sich leicht und können es nicht übel nehmen, wenn man sie nicht zulässt. Wollen sie in der Welt etwas gelten, so mögen sie sich einen Adelsbrief, einen Titel, oder in Reichstädten ein Doctor-Diplom kaufen!

Achter Abschnitt.

Moralische Grundsätze und Vorschriften, wonach unsre Mitglieder in wichtigen Fällen handeln sollen.

Das Haupt-Augenmerk der ächten Mitglieder des ehrwürdigen Pinsel-Ordens muß auf das gerichtet seyn, was andre Leute von ihnen sagen. Was hilft die hochbelobte innere Ueberzeugung, daß man recht und nach Grundsätzen gehandelt habe? Kann man doch dafür keine Nuß kaufen! Und was ist in dieser Welt das werth, was nichts einbringt? Vox populi est vox dei; Man muß sich also nach den allgemeinen Meinungen richten und kömmt hier auf Erden mit so genannten Grundsätzen nicht durch. Die Grundsätze müssen sich nach den Umständen fügen; da können stündlich Fälle kommen, wo man aus Gefälligkeit Ausnahmen machen, oder, um sein zeitliches Glück zu gründen, ganz anders handeln muß, als man für recht erkennt.

Ueberhaupt gehören Gefälligkeit und Geschmeidigkeit im höchsten Grade zu den Principal-Tugenden eines vollendeten Ordens-Mitglieds. Das, was die hochfahrenden Weltmenschen Originalität nennen, ist eine eigensinnige alberne Gemüthsart, womit man nicht weit kömmt. Leute, die so etwas Eignes vorstellen wollen, soll man auf alle Art demüthigen. Aber ach! man hat nur gar zu viel mit den bösartigen Vernunftmenschen zu kämpfen. Man muß ihnen mit vereinten Kräften die Stange halten — Keine Duldung gegen sie und gegen ihre Meinung! Verderben sey den beyden neumodischen Cobolden, der so genannten Toleranz und der

Aufklärung geschworen! Ihre Namen müssen verächtlich und stinkend werden unter allen ächten Brüdern; Sela!

Man halte fest an den alten Sitten und Meinungen unsrer Väter, welche die Weltmenschen abscheulicherweise Vorurtheile und Bocksbeutel zu nennen pflegen! Die Neuern suchen allen Glauben an Ueberlieferungen, allen Credit der Autorität und alles Zutraun zu übernatürlichen Würkungen zu Schande zu machen; aber gottlob! noch haben wir in der Schweiz, in Berlin, in München und in so viel Gegenden von Europa erhabne und berühmte Kämpfer für die fromme Sache. »Ein guter Mann (das sind selbst eines Spötters, des berüchtigten Rabelais Worte, welche ihm die Wahrheit wider Willen auspresst) »Ein guter Mann glaubt alles, was ihm gesagt wird, besonders, wenn er gedruckte Zeugnisse darüber in Händen hat, bis man ihm das Gegentheil darthut; und die Theologen lehren uns, es liege in dem Glauben selber das kräftigste Argument für solche Dinge, die gar keine Wahrscheinlichkeit haben.«

Der große Kampf aber wider die Weltmenschen muß mit Politic und Sanftmuth geführt werden, und auf unsern Gesichtern müssen sie immer die süßeste Liebes-Brüderlichkeit und Leidens-Demuth lesen, wenn wir am heftigsten ihren verruchten Werken, Grundsätzen und Machenschaften entgegenarbeiten — »der Sachen Feind, der Menschen Freund!« sagt ein altes, bewährtes Sprüchwort.

Durch äussere christliche gute Werke suche man die wohlverdiente Achtung des Volks zu gewinnen. Wen der himmlische Vater mit irdischen Gütern gesegnet hat, der vergesse nicht Kirchen zu beschenken, Altäre zu bekleiden und öffentliche Armen-Anstalten zu unterstützen! Bey andern Armen und Bettlern, die in die Häuser schleichen und uns allerley Klagen über die Menge zu ernährender Kinder, theure Zeiten und dergleichen Litaneyen vorwinseln, soll man vorsichtig zu Werke gehn. Man pflegt sie schamhafte Armen zu nennen; denn es hat gemeiniglich einen Haken, warum sie sich schämen müssen. Da soll man erst strenge untersuchen, ob sie auch unsrer Wohlthat würdig sind und solchen Herumläufern, statt des geforderten Geldes, tüchtige Wahrheiten auf den Weg geben. Am besten aber ist es, bey seinen Bedienten zu bestellen, daß sie uns vor solchen Leuten verleugnen, die armselig gekleidet sind; denn Die haben immer ein Anliegen.

Da wir Alle schwache Menschen sind und man sich leicht durch seine Gutherzigkeit verleiten lassen kann, gegen die Klugheit zu handeln; so soll man sich lieber, wenn man sich nicht Stärke genug zutrauet, vor dem Anblicke des Elendes hüten. Ueberhaupt, da uns der liebe Schöpfer in diese Welt gesetzt hat, um uns in derselben froh zu machen; so entferne man von sich und den Seinigen alle trüben Gedanken und Bilder von Noth und Tod und Kummer, damit man nicht in Mismuth verfalle, oder sein Gut an Bettler verschwende!

Allein zu milden Stiftungen, zu Collecten für Auswärtige, zu Erbauung von Kirchen und dergleichen, weigre man nicht, sein Schärflein zu reichen! Da sieht man doch, wo es hinkömmt!

Auch in Ertheilung guten Raths, selbst wenn man nicht darum gebeten wird, zeige man seine Wohlthätigkeit! Man suche die kleinen häuslichen Verhältnisse und Familien-Zwistigkeiten zu erfahren, um, wenn es nicht etwa zu Besserung der Menschen nothwendig seyn sollte, die Uneinigkeit zu unterhalten, Frieden zu stiften! Man empfehle auch gute Hausmittel, Recepte, Mirakel-Pflaster und allgemeine Arzeneyen! Unser lieber Bruder der Redacteur des hamburgischen Correspondenten ist angewiesen, dergleichen Mittel in seiner Zeitung zu recommandiren und anzukündigen.

Da viel daran gelegen ist, dem Orden Glanz, Macht, Gewalt und Ansehn zu verschaffen; so sollten die Mitglieder jeder Gelegenheit, sich emporzuschwingen, sich geachtet zu machen, Einfluß und Glücksgüter zu erlangen, nachstreben. Aller Orten soll man es mit der herrschenden Parthey halten und in jedem Streite das Interesse des stärkern Theils ergreifen.

Weil das weibliche Geschlecht sehr viel Einfluß in alle Welthändel zu haben pflegt, so ist es sehr wichtig, die Damen, besonders die alten Matronen, auf seine Seite zu lenken, und ist dies eine Kunst, die besonders studirt werden muß, man soll aber auch ihrem Rathe, in allen wichtigen Fällen, treulich folgen.

Um mit Anstande und Gewichte in der großen Welt zu erscheinen, ist es sehr nützlich, Titel, Orden, Adelsbriefe und dergleichen zu kaufen, wenn man das Geld an eine solche Standes-Erhöhung zu wenden irgend vermag.

Das blinde Glück pflegt Leuten unsrer Art nicht ungünstig zu seyn; nur muß man die Wege betreten, die es uns bahnt. Lotterien und Lotti sind wahre Gold-Gruben für uns; man versäume ja nicht, fleißig einzusetzen!

Große, mühsame Entwürfe hingegen, womit Mancher sich, oder andre Menschen, oder die Welt im Allgemeinen recht weit zu bringen denkt, sind nichts für uns — Das sind lauter Schwärmereyen! Es ist nicht zu begreifen, wie Leute, welche ihre Ruhe lieben, für so etwas Sinn haben können.

Damit man sich nie in Entschlüssen übereile; so fasse man deren keinen einzigen schnell und auf der Stelle, sondern frage erst immer Andre um Rath, so geht man sicher, und kann gewiß seyn, daß man nachher nicht getadelt wird. Sind die Rathgeber nicht einerley Meynung; so ist es am schicklichsten, dem Letzten zu folgen, der gewöhnlich Recht zu haben pflegt. Freylich geht darüber zuweilen der günstige Zeitpunct verlohren; aber das ist doch nicht immer der Fall.

So oft Dich daher jemand um etwas bittet; so sage es nicht gleich zu, sondern erkläre! Du wollest Dich darauf besinnen, und dann höre erst fremde Meinungen darüber!

Alle menschliche Unternehmungen werden am wichtigsten nach dem Erfolge beurtheilt. Deswegen ist es gefährlich, eher Parthey zu ergreifen, ehe man weiß, wie eine Sache ausfallen wird. Ist es zum Beyspiel nicht gewiß, daß die Nord-Americaner allgemein für schändliche Rebellen anerkannt werden würden, wenn sie im Kriege mit England den Kürzern gezogen hätten? Wie weise hat sich nicht deswegen unser lieber Bruder Schirach bis dahin in Ansehung der französischen Revolution betragen! Nur jetzt scheint es fast Zeit zu seyn, daß er andrer Meinung werde, sonst mögten seine Prophezeyhungen nicht eintreffen — Doch wer weiß, wie es noch kommen kann!

Die wenigsten Leute pflegen es gern zu sehn, daß man über Dinge, die nun einmal geschehn, und nicht mehr zu ändern sind, weitläuftig redet und klagt, oder, wenn sie Fehler begangen haben, die sich nicht mehr verbessern lassen, ihnen darüber hinterher gute Lehren giebt. Ja, ja! so etwas schmeckt nicht; aber wer kann dazu schweigen? Das Gegenwärtige und Künftige ist in des Himmels Hand; aber über das Vergangne können wir recht passend und verständig raisonniren und es lassen sich darüber viel gute Sachen sagen, besonders, wie es hätte kommen können, wenn es nicht so gekommen wäre, wie es gekommen ist.

Im vorigen Decennio kamen ein Paar unsrer Mitglieder auf den Gedanken, sich zu stellen, als wollten sie sich ein wenig nach dem Geschmacke der Weltkinder richten. Sie heckten also ein System aus, welches unter dem Namen des Weltbürger-Systems bekannt ist und welches das Eigenthümliche hatte, daß man beym ersten Anblicke glauben sollte, es habe ein Vernunftmensch den Plan dazu angelegt; Bey genauerer Einsicht aber merkte man leicht, daß das Ganze einer Satyre auf die hochfahrenden Entwürfe unserer Feinde nicht unähnlich sah. Die anscheinende Größe davon lag nur in den Worten und bewies, was für ein edles Ding die menschliche Phantasie ist. Dies System diente eigentlich dazu, unsre Halbbrüder herbeyzulocken. Es wurde ihnen nemlich darin bewiesen, daß die natürlichen Bande unter den Menschen, als da sind: die zwischen Eltern und Kindern, zwischen Landesleuten, zwischen Geschwistern, Freunden und dergleichen nichts werth wären; daß man diese alle der großen Wärme für das allgemeine Beste aufopfern müsse. Die guten Narren merkten es nicht, daß das allgemeine Beste ein Unding seyn würde, wenn es nicht auf Uebereinstimmung der einzelnen häuslichen und andern Privat-Glückseligkeiten gebauet wäre, und daß die Wärme für jenes nur dann Stich halten könnte, wenn wir es als Mittel betrachteten, das uns näher liegende Privatwohl zu befestigen. Das Ganze war in die Form einer geheimen Verbindung gebracht und darauf abgesehn, den Leuten so die Köpfe zu verwirren, daß Die, welche auf halbem Wege waren, uns untreu zu werden, dadurch gänzlich zu uns zurückgeführt würden. Allein es gelang nicht; Ein vermaledeyeter Vernunftmensch schrieb ein Buch, betitelt: Enthüllung des Systems der Weltbürger-Republic — und die Mehrsten von Denen, die schon angekörnt waren, giengen wieder ab.

Ueberhaupt will es jetzt mit den geheimen Verbindungen, die uns lange Zeit hindurch so herrliche Dienste geleistet haben, gar nicht mehr fort. Noch haben wir einige Eiferer für die gute Sache, die sonst nichts zu thun haben und sonst zu nichts nützen. Der Eine schreibt so gelehrt und verwirrt, als möglich, über die Nothwendigkeit geheimer Bündnisse und der Andre rezensirt diese Bücher und lobt — aber kein Mensch liest sie. Ein Dritter schickt Hirtenbriefe in die ganze Christenheit umher — aber er bekömmt keine tröstliche Antworten — Doch die Zeiten werden sich ja auch ändern, wenn wir nur ausdauern.

Neunter Abschnitt.

Von den Wissenschaften und Künsten, welche unsre Mitglieder treiben.

Man kann sich in der heutigen Welt nicht ernstlich auf ein einzelnes Fach legen, sondern muß, wenn man irgend fortkommen will, von allem etwas wissen. Man nennt das Polyhistorey; zu teutsch: die Pinsel-Gelehrsamkeit — ein herrliches Ding! Journale und Encyclopedien sind die Quellen, aus denen wir diese Essenz schöpfen, und schon von früher Jugend an wird es heut zu Tage darauf angelegt, daß unsre Leute von allem — ein wenig lernen.

Allein nicht jedes Mitglied des Ordens hat die nöthigen Anlagen, um es zu dieser Allgemeinheit von Kenntniß zu bringen; manche wählen sich daher besondre einzelne Fächer, denen sie sich widmen. Es pflegen sich aber unsre Brüder unter allen Wissenschaften, hauptsächlich in folgenden hervorzuthun: in der dogmatischen Theologie; römischen Jurisprudenz; Heraldic; Genealogie; dem Jagdwesen; der Nelken- und Tulpen-Kenntniß; dem Fracturschreiben; Silhouetten-Schnitzeln u. d. gl. und unter den Handwerken: (denn wir haben Mitglieder aus allen Ständen) in dem Fenstermachen und allen solchen, in welchen, wie in diesem, die Anzahl der erforderlichen Lehrjahre in einem so weisen Verhältnisse mit den Schwierigkeiten, das Handwerk gründlich zu erlernen, steht.

Was die schönen Künste betrifft, so dienen sie nur zur Belustigung; Wer daher sein Brod nicht damit verdienen muß, der hat nicht nöthig einer großen Vollkommenheit darinn nachzustreben, sondern kann sich mit der Mittelmäßigkeit begnügen. Wir haben auch unter Schauspielern, Musikern und Malern vom Handwerke eine Menge würdiger Mitglieder. Wer indessen dergleichen nur als Liebhaberey nebenher treibt; der begnüge sich, was Music betrifft, ein wenig Clavierspielen zu lernen — Ein hübsches Adagio auf einem Flügel geschlagen, ist überaus angenehm zu hören. Hat man es einmal so weit gebracht, daß man auch allenfalls in einem Concerte sich auf diese Weise vernehmen lassen darf; so braucht man weiter keine große Fortschritte zu machen, wenn man nur nichts verlernt.

Bey der Zeichenkunst halte man sich an das Copieren! In der Malerey ist das Portrait-Malen den übrigen Gattungen vorzuziehn. Das Lackiren, Illuminiren und die englische Glas-Malerey sind auch recht hübsche Zeitvertreibe und lassen sich in wenig Stunden lernen.

Es kann nicht schaden, wenn man sich übt, einen guten, fliessenden Vers zu machen. Unsre Musen-Almanachs liefern die besten Muster, wonach man sich bilden kann. Wer ungereimte Verse liebt, die recht poltern; der versuche es, zwey wienerischen Dichtern nachzuahmen, deren Namen schon so klingen wie ihre Verse.

Lectur bildet den Geschmack; Man lese nicht nur die Schriftsteller unsrer Nation, sondern auch die Ausländer! Von Voltairs Werken sind seine ernsthaften philosophischen und historischen allen andern vorzuziehn, denn er ist ein eben so zuverläßiger Geschichtsschreiber, als tiefer Denker. Mercier und Linguet kann man sich zu Mustern wählen, wenn man sich einen gedrungenen, körnichten Styl eigen machen will. Von italiänischen Prosaisten ist der Conte Roberti der Vorzüglichste. In Straßburg wird am besten übersetzt.

In Werken des Geschmacks, besonders was die Würde des Ausdrucks und die Gabe, neue überraschende Dinge in einer nicht gedehnten, gefälligen Schreibart vorzutragen, betrifft, werden wir den Holländern noch lange nachstehn;

doch fehlt es auch uns nicht an Schriftstellern, welche die reinste, edelste Philosophie in das gefällige Gewand, selbst eines Schauspiels, eines Romans oder andern Kunstwerks dieser Art zu hüllen verstehen, und wir sind stolz darauf, die mehrsten dieser vorzüglichen Genies als Mitglieder unsers erhabenen Ordens verehren zu dürfen. Unvergeßlich werden uns immer bleiben die Namen: Vulpius; Masius; Gesellius; Seifried; Y von B...; von B....ck (der sich seit einiger Zeit den Freyherrn von B....ck nennt); L... ätz in A; unser lieber Kotzebue, der von dem Freyherrn Knigge so unbilligerweise öffentlich für einen Schurken erklärte Verfasser des Schauspiels: *Barth mit der eisernen Stirne*, und *der gefährlichen Wette*; von R.... in Z, ein gewisser Prediger, der viel Romane schreibt und auch der französischen Sprache überaus mächtig ist; eine Dame, die wir längst, zur Dankbarkeit für die Menge ihrer geistreichen Schriften als Mitglied des Ordens aufgenommen haben würden, wenn unsre Gesetze nicht das weibliche Geschlecht von der Verbindung ausschlössen — und viel Andre.

Das beste Werk über die teutsche Sprache, welches selbst das vortheilhafteste Zeugniß von des Verfassers Stärke in derselben giebt, ist das eines Mitglieds der berühmtesten Academie; Es führt den Titel: *Ueber das Studium der Sprache, besonders der Muttersprache.*

Von den theatralischen Werken sind die Uebersetzungen der italiänischen Opere buffe, dem Inhalte und der Einkleidung nach, das Sinnreichste und Geschmackvollste.

Unter den critischen Schriften zeichnet sich die *frankfurther gelehrte Zeitung* vortheilhaft aus.

Man kann alle politische Blätter entbehren, wenn man das mit eben so viel Bescheidenheit als Unpartheylichkeit geschriebene *politische Journal* fleißig liest, und man muß erstaunen, wenn man sieht, wie alles so pünctlich eintrifft, was der Prophet Schirach voraus verkündigt.

Unter den übrigen Zeitschriften hat keine so wohlthätige Einflüsse auf die Moralität und die häusliche Glückseligkeit, wie das *Mode-Journal.*

Aechter philosophischer Geist, gründliche Gelehrsamkeit, wahre Toleranz und der bescheidenste Ton herrschen in den mehrsten neuern *Erziehungsschriften.*

Wer in Erkenntniß der Natur und ihrer Kräfte Licht sucht; für den sind des seligen Superintendenten am Blocksberge Prophezeyhungen von den bevorstehenden großen Revolutionen und des halbgeistlichen Herrn in Hildesheim Anweisung zu Erzeugung der Knaben und Mädchen höchst wichtige Werke.

Die neuerlich erschienene Beschreibung eines gewissen Feldzugs lehrt uns, wie man kleine Dinge mit großen Worten sagen, oder besser, wie man unwichtigen Begebenheiten durch wichtige Darstellung Wichtigkeit geben kann.

Eine herrliche Erfindung der neuern Zeiten ist die abgekürzte Orthographie, welche einige gute Leute haben einführen wollen. Man wirft nemlich einige unnütze Buchstaben weg, als da sind: y, h, c, und andre. Dies hat folgende vortrefliche Würkungen: Erstlich fährt man damit den klügelnden Weltmenschen durch den Sinn, die zuweilen behauptet haben, man sollte uns vielmehr noch aufmerksamer auf den feinen Unterschied in der Aussprache eines y und i, einer durch das h gedehnten und ohne dasselbe trocknen Sylbe machen, weil dadurch Wohllaut und Kraft der poetischen Diction gewönnen. Zweytens erspart man damit viel goldene Zeit — Es liesse sich ungefehr berechnen, wie viel Minuten in einem Menschenleben darauf hingehen, so oft die Figur eines h zu zeichnen; Drittens werden die Wörter, die aus fremden Sprachen in die unsrige übergegangen sind, dadurch ganz unkenntlich und einheimisch, wenn man, zum Beyspiel, statt *Capitel*, *Kapitel* schreibt. Endlich erschweren wir damit dem vorwitzigen Ausländer die Mühe, unsre Sprache zu lernen. Wenn er sieht, daß Wörter, auf einerley Art geschrieben, auf verschiedne Weise ausgesprochen werden müssen, daß *Meer* und *mehr* und die letzte Sylbe von *immer*, ferner: *Rath*, *Rad*, und *hat* und *ehr*, *Ehre* und *er*, alles mit denselben Zeichen: *er* und *at* geschrieben werden; so kann er doch nicht so geschwind den Abstammungen der

Wörter nachspüren, weiß nicht, wohin er den Accent legen soll, und sieht also, daß es keine solche Kleinigkeit ist, unsre Sprache zu studieren.

Wissenschaften und Künste, die in unser Fach schlagen, werden von dem Orden kräftig unterstützt. Unser würdiger Bruder Blanchard würde, wenn nicht in allen Städten von Teutschland eine so große Menge unsrer Mitglieder wohnte, nicht so viel nützliche Luftreisen haben machen können. Die Höhe, welche er, seinen gedruckten Berichten nach, jedesmal erreicht hat, ist auch nur von uns gemessen worden, und unser Einfluß verschaffte diesem großen Manne die Ehre, in öffentlichen Schauspielen gecrönt zu werden, obgleich so mancher Vernunftmensch darüber die Achseln zuckt und sich zu sagen erlaubt: »ein solcher elender, unwissender und unnützer Windbeutel müsste von Policey wegen zum Thore hinaus gejagt und die Schauspiel-Directoren, welche ihn crönen, verurtheilt werden, drey Stücke von Vulpius aufzuführen.«

Das Pränumerationen-Sammlen ist ein angenehmes Geschäft und zugleich ein gutes Werk, durch welches man sich um Autorn, die ausserdem schwerlich einen Verleger, oder kein Honorarium bekommen würden, ein großes Verdienst macht. Nebenbey trägt es noch den Gewinnst ein, daß uns die Leute für Beförderer der Wissenschaften halten, und, wie wir schon erwähnt haben, das ist der Punct, worauf alles ankömmt, daß uns die Leute für etwas halten, das ihnen achtungswerth scheint.

Mitglieder unsrer Verbindung, die von vornehmern Stande sind, haben noch kräftigre Mittel in Händen, für Mäcenaten zu gelten. Nur merke man Folgendes: nie lasse man einen Menschen, der mit uns gleiches Standes ist, sich aber durch seine wissenschaftliche Kenntnisse auszuzeichnen sucht, emporkommen! Man rede mit Mitleiden von einem Edelmanne, der sich mit Bücherschreiben abgiebt und unterhalte bey dem Volke die Idee, daß ein Solcher zu keinen bürgerlichen Geschäften tauge! Wir haben ferner zwar gesagt, daß man auch Leute, ohne Stand und Rang, die nichts als Talente haben, an

Demuth gewöhnen und nicht emporkommen lassen müsse; allein das gilt doch nur von Solchen, die sich gar zu sehr über das Mittelmäßige erheben wollen und sich einfallen lassen könnten, diese so genannten Geistes-Vorzüge gegen unsre ererbten, oder theuer erkauften Verdienste in Anschlag zu bringen. Demüthige Poeten hingegen und solche Autorn, die auf nichts Anspruch machen, als ihr beschriebnes Papier gegen Brod umzusetzen, soll man seiner Protection würdigen. Das giebt uns ein Ansehn von Kennerschaft und eigner Gelehrsamkeit, die man in manchen Gegenden selbst einem Edelmanne nicht schimpflich hält. Es pflegen dann solche, nach Schutz und Mahlzeiten strebende Schriftsteller, uns dafür in Gedichten und Zueignungsschriften zu lobpreisen, wodurch wir auch auswärts einen Namen erhalten. Man kann sogar in den Fall kommen, sich selbst herablassen zu müssen, als Autor aufzutreten; Da ist es dann gut, so einen Büchermacher von Profeßion an der Hand zu haben, der das Ding ausarbeitet, wenn man ihm sagt, wovon es handeln soll. Wir kennen einen General, der auf diese Weise in ganz Teutschland sich als Verfasser eines Buchs berühmt gemacht, zu welchem er nichts als das reine Papier hergegeben hat.

Es können also würklich Umstände eintreten, die es nützlich machen, daß ein Mann von Stande auch für einen Beförderer der Gelehrsamkeit gelte; und weil es nun zu viel Zeit wegnehmen würde, sich mit den Pedantereyen der Wissenschaften ernstlich abzugeben; so ist in diesen Fällen die Journal-Lectur und dabey eine große Vorsicht in Gesprächen über literarische Gegenstände zu empfehlen. Der vorhin erwähnte General besitzt diese seltne Gabe, die hauptsächlich darinn besteht, daß man einen Brocken, der aus der kräftigsten Fleischbrühe der Gelehrsamkeit geholt zu seyn scheint, zu rechter Zeit hinwerfe und dann wieder mit bedeutender, wichtiger, oder bescheidner Mine schweige, wenn uns ein Gegenstand zu weit führen könnte — Damit kann man die so genannten größten Männer irre machen.

Academien und gelehrte Gesellschaften, wovon die mehrsten Mitglieder vornehme Herrn sind, werden häufig von unsern durchlauchtigen Beschützern gestiftet und die Verzeichnisse derselben den Staats- und Addreß-Calendern einverleibt.

Steinerne Denkmäler verstorbnen Gelehrten zu setzen, das ist unsern Grundsätzen gar nicht entgegen. Die Hofnung auf *diese* Art von Unsterblichkeit kann nur Mitglieder *unsrer* Brüderschaft reizen, und die hochfahrenden Vernunftmenschen pflegen dafür keinen Sinn zu haben, sondern zu wähnen: «es sey dergleichen eine Satyre auf wahrhaftig große Männer, wie es eine Beleidigung für unsern Wohlthäter seyn würde, wenn wir seinen Namen, um ihn nicht zu vergessen, in unsre Schreibtafel notirten. Zudem würden solche Denkmäler gewöhnlich mehr deswegen gesetzt, um den Namen der Stifter zu verewigen, oder einen Platz zu zieren, der grade keinen Springbrunnen hätte, als um einen großen Mann zu ehren.« — Allein das alles ist nur Gewäsche.

Bey Preisen, die man auf die Beantwortung gewisser gelehrter Fragen setzt, ist nur zu bemerken, daß zu Gegenständen derselben theoretische und speculative Sätze den practischen vorzuziehn sind.

Kann und will man durchaus etwas aus eignem Kopfe schreiben; so folge man wenigstens der Manier irgend eines bekannten und beliebten Schriftstellers und enthalte sich der Thorheit, durch besondre Eigenheit sich auszeichnen zu wollen!

Uebrigens sorgt unser ehrwürdiger Orden dafür, daß nicht allerley kühnes Zeug in die Welt hinein geschrieben werden darf und da, wo die schädliche Preß-Freyheit herrscht, wo man laut über öffentliche Anstalten, Verordnungen, Weltbegebenheiten, oder gar über solche Gegenstände reden darf, die in das Gebieth des Glaubens und nicht der Vernunft gehören — da ist unser Orden noch nicht am Ziele seiner Unternehmungen.

Zehnter Abschnitt.

Politische Grundsätze des Ordens.

Es ist schon gesagt worden, daß wir uns bestreben müssen in allen Ländern für uns und unsre Mitverbundnen zeitliche Vortheile, Geld, Rang und Ehrenstellen zu erlangen; In den geheimen Instructionen unsrer Mittel-Obern aber sind noch besondre Vorschriften gegeben, wie man sich dabey, nach Zeit und Umständen, verhalten soll. Es ist ferner gesagt worden, daß unsre Art zu würken nur in monarchischen Staaten anwendbar ist. Die politischen Grundsätze, welche wir hier entwickeln wollen, und für deren Ausbreitung und Vertheydigung die Mitglieder eifrig sorgen sollen, sind daher keine andre, als die, welche allen getreuen Unterthanen in monarchischen Staaten tief in die Seele geprägt werden müssen, um, besonders in diesen heillosen Zeiten, dem einreissenden Freyheits-Drange zu steuern und zu verhindern, daß die trügliche Vernunft sich nicht anmaße, über die Rechte der Herrscher, Vornehmen und Reichen zu raisonniren, indem das Fundament dieser Rechte blos allein auf Glauben, Autorität und uralten Besitz beruht, folglich keiner weitern Beleuchtung bedarf.

Lasset es Euch doch an das Herz legen, Ihr treuen Mitglieder des ehrwürdigen Pinsel-Ordens! wie sehr Euer eignes Interesse dabey obwaltet, daß alles mit dem Regierungswesen in der Welt so bleibe, wie es ist! Sehet doch das Beyspiel an dem abtrünnigen America, wo man jetzt nicht einmal mehr weiß, was für ein Ding ein Edelmann ist; wo die Leute, unempfindlich gegen Glanz, Titel, äussere Ehre, Orden und Stand, an nichts denken, als an Handel, Wissenschaften, Künste, Ackerbau und dergleichen bürgerliche, gemeine Gegenstände, wo also, und da noch obendrein an keinen Krieg zu denken ist, niemand sein Glück machen kann, der nicht im Schweiß seines Angesichts sein Brod essen, oder seine besten Jahre mit den trocknen Pedantereyen der Wissenschaften verderben will! Es ist unbegreiflich, wie bey solchen Einrichtungen ein so großes Land bestehn kann, da man bis jetzt wenigstens immer gehofft hatte, es würden nur kleine Staaten sich einfallen lassen, bey einer republicanischen Verfassung gedeyen zu können. Werfet einen traurigen Blick auf Frankreich, wo die vermaledeyten Vernunftmenschen es, allem Widerstande ungeachtet, auch dahin gebracht haben, daß wir ganz ausser Brod gesetzt sind und Tausende unsrer lieben Mitglieder, unter Anführung der durchlauchtigsten Brüder, die jetzt in Coblenz Pinsel-Loge halten, am Rheine mit leeren Taschen herumwandern und sich mit dem Gedanken an eine Armee begnügen müssen, wozu sie leider! nichts als die Röcke und Flinten zusammenbringen können, über welche sie mit blutendem Herzen Musterung halten! Was würde aus uns werden, wenn es in allen Ländern so hergienge? wenn es keinen geerbten Adel, keine Hofleute, keine Mönche, Domherrn und Ritter mehr gäbe? wenn jedermann *verdienen* müsste, was er geniesst? wenn die Fürsten andre Grundsätze annähmen und selbst auf den Gedanken geriethen, ihre Macht nur der Sanction der Gesetze, persönlicher Erhabenheit und Tugend, der allgemeinen Liebe und freywilligen Hingebung sich glücklich dünkender, froher, nicht unterjochter Menschen zu verdanken? Was würde aus uns werden?

Nie genug zu bestreiten sind folgende ketzerische, vom Satanas eingegebene, neumodische Sätze: »daß Fürsten und Regenten nur von der freywilligen Wahl und Uebertragung des gesammten Volkes ihre Rechte auf die Herrschaft zu Lehn tragen; daß niemand sich wider Willen in des Andern Schutz und Bothmäßigkeit begeben könne, als wenn er dazu mit Gewalt gezwungen würde; daß nun aber unmöglich Ein Mensch Tausende mit Gewalt zwingen könne, sondern vielmehr der Eine sich nach dem Willen der Tausende richten müsse; daß, wenn aber diese Tausende untereinander darüber einig würden, sich von dem Einzigen regieren zu lassen, die Würkung dieser Uebereinkunft sogleich aufhören müsste, sobald der größere Haufen die Rechte, welche er übertragen gehabt, wieder zurücknähme; daß die Macht des Einen über Viele also immer nur conventionell und allein durch die allgemeine Gewalt existire, folglich von dieser abhängig sey; daß, wenn eine solche Uebereinkunft auf unumschränktes Zutraun zu den Vorzügen, Tugenden und Kräften des gewählten Herrn beruhete, der Contract aufhörte, sobald das Zutraun wegfiele; daß dies persönliche Zutraun und die daraus entstehende Herrschaft eben so wenig von dem Herrscher auf Andre übertragen und vererbt werden, als die Unterthanen die Verbindlichkeit, zu gehorchen, ihren Kindern und Andern, die nichts versprochen, ja! die zur Zeit des Vertrags noch gar nicht existirt hätten, auflegen können; daß Verträge, welche mit den ältesten, heiligsten Gesetzen der gesunden Vernunft streiten, niemand binden, und daß sich nichts verschenken lasse, was uns nicht eigen sey.« — Diese in der Hölle selbst erfundnen Sätze müssen wir ohne Unterlaß bestreiten, und dagegen nachstehende ächte Glaubenslehren treuer Unterthanen in monarchischen Staaten allgemein ausbreiten.

Die Gewalt und Würde der Könige und Fürsten stammt gar nicht von einem gesellschaftlichen Vertrage oder dem freyen Willen der Nationen, sondern noch aus den Zeiten des jüdischen Volks her, dem Gott selbst Könige gab, die gesalbt wurden. Folglich ist die königliche Würde göttlichen Ursprungs, welches auch schon daraus erwiesen werden kann, weil noch heut zu Tage die mehrsten Könige gesalbt werden. Ihre Person ist also heilig, unverletzlich, denn sie sind Statthalter Gottes. Die Unterthanen und deren Leben und Güter, alles ist in ihre Hände gegeben, und so wie ein Vater Herr ist über das Vermögen seiner unmündigen Kinder, welches ihm eigen gehört, und so, wie er ihnen zu Vormündern nach seinem Tode bestellen kann, wen er will; so darf ein König seinem Volke Beherrscher geben, darf die Unterthanen mit allem, was ihnen angehört, vertauschen und verkaufen. Auf diesen unleugbaren Satz beruht denn auch die größere und mindere Macht aller unsrer kleinern Herrn, Fürsten, Grafen und Edelleute, welche ihnen von den Königen durch Verträge und Friedenschlüsse ist übertragen worden. Diese Verträge, obgleich freylich nur einzelne Menschen sie geschlossen haben, sind dennoch, ohne Beystimmung des Volks, gültig, weil die Könige in ihren hohen Personen den ganzen Staat vorstellen und die Unterthanen mit Haut und Haare ihr Eigenthum sind.

Zur gerechten Züchtigung der Völker lässt es der Himmel zuweilen geschehn, daß die Beherrscher der Nationen die verächtlichsten und schwächsten Geschöpfe sind. Da könnte nun freylich ein vorlauter Vernunftmensch meinen, es sey erlaubt, in diesem Falle einen andern Herrn zu wählen; allein mit Nichten! Statthalter ist Statthalter, er sey auch qualificirt und conditionirt, wie er wolle, und solche Zuchtruthen und Geduldproben sind dem Pöbel sehr heilsam. Sie pflegen dann Werkzeuge der Strafgerichte zu werden, auch aus Privat-Leidenschaft Kriege anzufangen (wie, zum Beyspiel, um nicht von neuern Zeiten zu reden, der König Lothar von Lothringen, des Kaisers Lothars mittelster Sohn, einen blutigen Krieg bloß deswegen führte, weil man ihn zwingen wollte, keine Beyschläferinn zu halten). Freylich kostet dergleichen auch viel tausend Unschuldigen das Leben; aber was ist das gegen das Beste des Ganzen? Es sind Fügungen des Himmels, gegen dessen Gesalbten man nicht murren darf.

Nun mögte wohl ein naseweiser Klügler anheben und sagen: »was uns die Könige in Palestina angiengen, und wie der König Rehabeam in Juda seine Gesalbtheit und Monarchen-Rechte auf den König Ludwig von Frankreich habe vererben können?« Aber diesen Aufrührern dient zur Nachricht, daß, ohne Rücksicht auf jene hebräischen Majestätsrechte, der langjährige Besitz und die Unterwerfung unsrer

Vorfahren die heutigen unumschränkten Herrn zu Ausübung jeder willkührlichen Gewalt berechtigen. Mögte denn auch das alles auf einen Vertrag beruhn; so müssen doch die Kinder der Väter Verträge halten. Froh können wir seyn, wenn unsre Vorfahren noch so ziemlich leidliche Bedingungen für uns gemacht haben, zum Beyspiel: daß ein Fürst Keinen von uns hängen lassen darf, wenn — er ihn nicht habhaft werden kann, und daß doch in den mehrsten Ländern Parlamente, Landschafts-Collegia und Gerichtshöfe gestiftet sind, die das, was der Herr befiehlt, erst in eine ordentliche methodische Form bringen. Gesetzt, es wäre in Friedensschlüssen zwischen zwey Königen ausgemacht worden, daß der eine dem andern jährlich zehntausend Paar Ohren und Nasen seiner Unterthanen liefern müsste; ja! so wollte ich doch sehn, ob die Nachkommenschaft nicht verbunden wäre, solche theuer beschworne Friedensschlüsse zu halten, die überhaupt jedermann verbinden, ausser Diejenigen, welche sie geschlossen haben, weil Diese an keinen Eid, der nur gemeine Leute fesselt, gebunden seyn können.

Doch warum wollten wir uns bemühn, solche sonnenklare Sätze noch zu beweisen und weitläuftiger auseinander zu setzen? Wir schreiben ja nur für treue Pinsel-Seelen, denen es nicht einfällt, sich von den Aufrührern im Volke verleiten zu lassen.

Indessen kann keine Art von Vorsichtigkeit von Seiten der Regenten schaden, um zu bewürken, daß das gemeine Volk weder Muth noch Zeit gewinne, auf unruhige Gedanken zu kommen. Desfalls muß darüber gewacht werden, daß die so genannte Aufklärung, diese fürchterliche Hyder, nicht in die niedern Classen eindringe und dafür gesorgt, daß die Erziehung und der Unterricht der verschiednen Stände gehörig gegen einander abstechen! Man steure der gefährlichen Denk- und Preß-Freyheit, und da die erwerbende Classe, besonders der Baurenstand, eigentlich allein bestimmt ist, die Einkünfte des Staats aufzubringen; so belege man diese Classe so zweckmäßig mit Abgaben und Arbeit, daß diesen Leuten der unnütze Kitzel vergehe! In den mittlern Ständen hingegen befördre man den Luxus! Der Bürger wird leicht übermüthig, wenn man ihm erlaubt, im Wohlstande zu leben, und fängt an, sich frey zu fühlen und zu glauben, er könne Unsrer entbehren, wenn er gesund, mäßig und ohne große Bedürfnisse ist. — Und das sey nun genug über die politischen Grundsätze des Ordens.

Eilfter Abschnitt.

Von den Kennzeichen der Mitglieder.

Wir bedürfen nicht, wie andre Orden, solcher Zeichen, Worte und Griffe, durch welche man sich seinen Brüdern pflegt zu erkennen zu geben. Unsre Grundsätze, unser äusserer Anstand, unsre Lebensart, unsre Studien und Beschäftigungen — alles verräth uns. Süß ist es, auf diese Weise, unter einem Haufen unbekannter Menschen, seine treuen Mitarbeiter von den Kindern der Welt zu unterscheiden. In einer zahlreichen Gesellschaft fremder Personen hört man zu seinem großen Aergernisse einen Mann lobpreisen, der den Ruf vorzüglicher Aufklärung, Thätigkeit oder Wohlthätigkeit erhascht hat. Die Vernunftmenschen stimmen allgemein ein Chor zu seiner Ehre an; Man muß das so mit anhören, seufzt innerlich und kann nicht zu Worte kommen. Auf einmal aber dringt aus der Ecke ein dissonirender Ton: »ja! ja! wenn Sie diesen Mann wie ich, vor zehn Jahren gekannt hätten, als er noch in Wien wohnte; Sie würden eine andre Meinung von ihm haben. Nichts als Heucheley steckt hinter seinen großen Handlungen.« — Willkommen Bruder! Du bist Einer der Unsrigen. Oder an einer Wirthshaustafel ist die Rede von der französischen Revolution; Alle Gäste sind von der Parthey der Democraten; nur Einer declamirt feurig zum Vortheile des Adels und der Geistlichkeit — Wahrlich! der gehört uns an; wir umarmen ihn brüderlich.

So grüne und blühe dann immerdar der alte ehrwürdige Pinsel-Orden und zerstöhre die losen Werke der Aufklärer von nun an bis in Ewigkeit!

Josephs von Wurmbrand,
kaiserlich abyssinischen Ex-Ministers,

jezzigen Notarii caesarii publici
in der Reichsstadt Bopfingen,
politisches Glaubensbekenntniß,
mit Hinsicht auf die französische
Revolution und deren Folgen.

Vorrede.

Als ich anfing, dies Buch zu schreiben, da hatte ich, wie man aus der folgenden Einleitung sehen wird, von der wienerischen Zeitschrift nur noch erst die Ankündigung gelesen, die der Herausgeber derselben in dem hamburgischen Correspondenten hatte einrükken lassen, und worin er die Unverschämtheit beging, des Kaisers Majestät als Mitarbeiter seines elenden Journals anzugeben. Kurz nachher erschien das erste Stük jener Zeitschrift, und da ich in demselben einige Männer, für welche ich Achtung hege, auf bübische Weise gelästert fand; so erklärte ich mich darüber im dritten Abschnitte. Gleich darauf kam Hoffmanns zweytes Heft an das Licht; darin stand nun eine schändliche Lüge von mir, und das verleitete mich, nicht nur in öffentlichen Blättern, sondern auch an einigen Stellen in diesem Buche über Aloisius Hoffmann und sein Journal mehr Worte zu verlieren, als diese unwürdigen Gegenstände werth sind — Der Leser wird das gütigst verzeihn.

Indessen bestärkte mich doch die Erfahrung, daß man jezt solche Versuche gegen freimüthige, Wahrheit liebende Schriftsteller wagt, um sie verdächtig zu machen, in dem Vorsazze, nichts mehr über politische Gegenstände zu schreiben, ohne meinen Namen davor zu sezzen; allein da die Form d i e s e s Werks nicht mehr gestattete, daß ich dies auf dem Titelblatte thun konnte; beschloß ich, eine Vorrede mit meiner Unterschrift hinzuzufügen.

Meine Absicht dabey ist, das Publikum zu überzeugen, daß ich mir bewust bin, meine Grundsäzze sind von der Art, daß ich mich ihrer nicht zu schämen brauche, und daß es noch Gegenden in Teutschland giebt, in welchen eine weise Regierung dem Schriftsteller die Freiheit gestattet, über Gegenstände, die der ganzen Menschheit wichtig sind, unbefangen, aber bescheiden seine Meinung zu sagen.

Ich bin — Dank sei der gütigen Vorsehung dafür! — ich bin in einem Lande einheimisch, wo Wahrheit sich nicht zu verstekken braucht, wo der gütigste Monarch und Die, denen er das Ruder des Staats anvertrauet hat, keiner Zwangsmittel und überhaupt keiner künstlichen Anstalten bedürfen, um Aufruhr und Empörung zu hindern. Wenn ich also zuweilen ein wenig heftig gegen Beschränkung der natürlichen Freiheit eifre; so redet nicht Leidenschaft aus mir. Dies kann noch weniger der Fall seyn, wenn ich von den ungerechten Anmaßungen der Edelleute und Priester rede. In diesen nördlichen Gegenden kennen wir den Despotismus aller Art gottlob! nicht aus eigner traurigen Erfahrung; aber ich habe ehemals Gelegenheit gehabt, seine Greuel in der Nähe zu sehn; und das hat Eindrükke in mir zurükgelassen, die meinen Schilderungen einen Anstrich von Bitterkeit geben, welche nicht in meinem Herzen ist.

Uebrigens hoffe ich, daß selbst Die, welche mich zuweilen beschuldigen, ich sey zu partheiisch für eine demokratische Verfassung, wenn sie dies Buch einiger Aufmerksamkeit bis an das Ende würdigen wollen, finden werden, daß ich über diese Gegenstände nachgedacht habe; daß ich nicht zu den enragés gehöre; daß ich vielmehr glaube, man könne ruhig und froh leben in jedem Lande, die Regierungsform möge auch seyn, welche sie wolle, wenn nur eine weise Gesezgebung alle Stände gegen einander vor Mishandlung sichert, und daß ich behaupte, wir haben in Teutschland keine Revolution, weder zu befürchten, noch zu wünschen Ursache, wenn nur die verschiednen Regierungen, statt die Aufklärung zu hindern, mit ihr Hand in Hand fortrükken und die Mittel, Ordnung zu erhalten, mit der Stimmung des Zeitalters in ein richtiges Verhältniß sezzen.

Bremen, im Februar, 1792. Adolph, Freyherr Knigge.

Inhalt.

Einleitung.

Es ist nun ein Jahr verflossen, seit mein Herr Vetter, der Advokat Benjamin Noldmann, in Goßlar, ehemaliger Baalemaal oder Gentilhomme de la Chambre am kaiserlichen Hofe in Gondar, seine Geschichte der Aufklärung in Abyssinien herausgab. Hätte er mich um Rath gefragt; so würde ich ihn davon abgemahnt haben, und ich erschrak nicht wenig, als mir das Buch zu Gesichte kam. Nicht, daß ich glaubte, ein Gentilhomme de la Chambre dürfe nicht auch einmal ein historisch-philosophisch-politisches Werk herausgeben; (hat doch der Gentilhomme ordinaire de la Chambre, Herr von Voltaire, deren viele in die Welt geschikt) allein ich kannte meinen Herrn Vetter zu gut, als daß ich nicht hätte ahnden sollen, er werde schwerlich unterlassen können, mit zu viel Feuer seine republikanischen Kezzereyen auszukramen und andre ein wenig kühne Säzze einzumischen, die ihm leicht misgedeutet und gefährliche Folgen für ihn haben könnten; denn da die beiden grösten Mächte des Erdbodens, Dummheit und Bosheit, in allen Winkeln der Welt ihre Residenten und Agenten haben, welche jeden frey denkenden und frey redenden Mann als einen Aufrührer verdächtig machen; so ist es ein kizlicher Punkt, diesen sich blos zu stellen. Desfalls nun legte ich mich auf Kundschaft, um zu erfahren, welchen Eindruk jenes Buch auf das Publikum gemacht hätte; und da bestätigte sich denn wenigstens ein Theil dessen, was ich befürchtet hatte. Verschiedne geistliche Herrn fanden sich hauptsächlich dadurch beleidigt, daß darin von ihrem Stande und der edeln Dogmatik nicht mit der gehörigen Schonung wäre gesprochen worden; Edelleute meinten, Herr Noldmann mögte nur aus Neid sich gegen den erblichen Adel erklären, weil er selbst das Unglük hätte, von bürgerlicher Abkunft zu seyn; Rechtsgelehrte sagten, Herr Noldmann müsse wohl ein schlechter Jurist seyn, weil er mit Geringschäzzung von der erhabensten und einträglichsten aller Wissenschaften redete; verschiedne Aerzte warfen ihm Undankbarkeit gegen die wohlthätige und zuverlässige Heilkunde vor — kurz! wenn auch jeder heimlich alles so ziemlich der gesunden Vernunft gemäß fand, was mein Herr Vetter über Menschenrechte und bürgerliche Einrichtungen gesagt hatte, so ließ er doch das nicht gelten, was seinen besondern Stand angieng. Nun nahm ich mir gleich damals vor, ein paar Bogen wenigstens zu Vertheidigung der politischen Grundsäzze des Herrn Noldmanns zu schreiben. Ich wollte darin ungefehr folgende Säzze ausführen: »In der Geschichte der Aufklärung von Abyssinien sind Misbräuche in den Staats-Verfassungen gerügt, deren, mehr oder weniger, in jedem Lande angetroffen werden. Das Bild der Ausartung der bürgerlichen Gesellschaften und ihres Wiederspruchs mit den ersten Zwekken des Societäts-Vertrags, ist zwar mit sehr starken Farben ausgemalt; aber nicht, als hätte der Verfasser dadurch zu erkennen geben wollen, daß alle diese Misbräuche in allen Staaten herrschend wären, sondern nur, um aufmerksam zu machen auf die fürchterlichen Folgen, die nothwendig entstehn müssen, wenn man sich immer weiter von den ursprünglichen, heiligen Rechten der Natur entfernt; zu zeigen, wie tief der raffinirte Despotismus mit allen seinen Ressorts, an der Hand des Luxus und der Sittenlosigkeit, die Völker herabwürdigen kann; wie dann aber selbst seine schimmernde Blüthe den Saamen zu einer neuen Sprosse trägt, welche hervorschießt, bald ihn selbst unterdrükt und weit umher Wurzel faßt; wie die, lange Zeit hindurch mishandelten Völker, wenn ihr Elend und der Druk auf's Höchste gestiegen sind, und sie, bey einer andern Ordnung oder Unordnung der Dinge, nichts verlieren, aber vielleicht alles gewinnen können, die Augen öfnen, an der eignen Fakkel des Despotismus, nämlich an der Aufklärung, welche die feinere Cultur herbeigeführt hat, ihr Licht anzünden und damit endlich ihren armseeligen Zustand beleuchten; wie hierauf vergebens alle Mittel angewendet werden, den Stärkern, dessen Namen Legio heißt, wenn er es einsehn gelernt hat, daß er der Stärkere ist, wieder unter das Joch des schwächern einzelnen zurük zu bringen; und welche gewaltsame Umkehrungen, welche blutige Kämpfe alsdann da erfolgen müssen, wo, wenn alle umstürzen helfen, jeder auf seine eigne Weise und zu seinem eignem Vortheile wieder aufbauen will. Heißt das Aufruhr predigen, wenn man ein solches Bild entwirft, damit man die Regierer der Völker warne, es dahin nicht durch eigne Schuld kommen zu lassen? wenn man ihnen begreiflich macht, daß es jezt grade noch Zeit ist, die Saiten herunter zu stimmen, wenn sie nicht reissen sollen? Nie ist dem Herrn Noldmann eingefallen, den Reformator zu spielen und alle Staaten nach dem neuen Systeme seines abyssinischen Prinzen ummodeln zu wollen; aber ein Ideal wollte er aufstellen, von einer, nach den Grundsäzzen der reinsten Vernunft und natürlichen Billigkeit errichteten Verbindung der Menschen zu einem Staatskörper. Es kömt hier nicht auf die Möglichkeit der Ausführung, der Erreichung eines solchen Ideals, sondern darauf kömt es an, daß man, durch Betrachtung desselben, sich überzeuge, wie weit man sich von demselben entfernt hat, damit man, bey Gründung einer neuen Constitution, einen Maaßstab habe, wonach man bestimmen möge, welche Schritte man zurükthun muß, um dem Ideale nahe zu kommen. Ueber solche, der ganzen Menschheit wichtige Gegenstände kann nie genug nachgedacht, gesagt und geschrieben werden. Uebrigens kann man ein sehr ruhiger Bürger seyn, und dennoch manches in seinem Vaterlande anders wünschen, als es ist, sich auch darüber gelegentlich deutlich herauslassen. Man kann gegen Misbräuche in dogmatischen und gottesdienstlichen Sachen eifern, und dennoch nicht nur sehr warm für Religion seyn, sondern auch, ohne Heucheley, die kirchlichen Gebräuche mitmachen, weil sie nun einmal so eingeführt sind. Man kann wünschen, daß alle geheime

Verbindungen aufgehoben würden, und dennoch die Freymäurer-Logen, die nun einmal da sind, besuchen, und darin Gutes wirken. Man kann behaupten, daß, wenn man einen neuen Staat zu errichten hätte, man in demselben keine Schauspiele dulden wollte, und dennoch in dem Staate, darin man lebt, sich des Schauspiels annehmen. Man kann mit Enthusiasmus die Glükseeligkeit einer republikanischen Verfassung erheben, und dennoch ein sehr gehorsamer Unterthan seines Monarchen seyn. Man kann die Thorheiten und Tükken der Menschen rügen, und dennoch die Menschen herzlich lieben und seine eignen Fehler nicht miskennen — Kurz! der philosophische Schriftsteller muß über alles raisonniren dürfen; Raisonnements sind aber weder Gesezze, noch Glaubens-Artikel, noch Fehde-Briefe.«

Diese und ähnliche Säzze wollte ich zu Vertheidigung meines Herrn Vetters, dem geneigten Leser an das Herz legen, als mir die Ankündigung einer periodischen Schrift vor Augen kam, die nun bald in Wien hervortreten wird und in welcher man die neumodischen Philosophen entlarven, abfertigen und das Publikum vor diesen abscheulichen Volks-Aufrührern warnen will. Nun läßt es sich gar nicht denken, daß, bey der Aufklärung und Denkfreiheit, welche jezt im ganzen teutschen Reiche herrschen, einige niedrige, sklavische Schmeichler es wagen sollten, um für sich Pensionen und andre Vortheile zu erringen, dem politischen, theologischen und philosophischen Despotismus und der Verfinsterung das Wort zu reden, die guten Fürsten, die auf halbem Wege sind, ihren Völkern, statt der eisernen, spröden Ketten der willkührlichen Gewalt, die sanften und dauerhaften Bande der Gesezze, der Liebe und der Achtung anzulegen, mistrauisch gegen die freimüthigen, edeln Männer zu machen, die den Muth haben, ihnen, zu ihrem Heile, die Wahrheit zu sagen. Es läßt sich nicht denken, daß die Unternehmer jener periodischen Schrift boshafte Dummköpfe wären, welche sich verschworen hätten, jeden hell denkenden Mann, dessen Licht ihnen etwa zu sehr in die Augen schimmerte, bey dem Volke verdächtig zu machen, ihn zum Schweigen zu nöthigen, oder gar ihm Verfolgung im bürgerlichen Leben zuzuziehn. Es läßt sich nicht denken, daß namenlose, unberühmte Leute die Unverschämtheit haben würden, auf eigne Autorität, ein philosophisches Inquisitionsgericht anzulegen — Nein! ich bin vielmehr überzeugt, daß die in Wien angekündigte Zeitschrift Männer zu Verfassern haben wird, die sich schon durch Schriften und Handlungen in den Ruf aufgeklärter, denkender, uneigennüzziger und edler Eiferer für Wahrheit und Recht gesezt, und daß diese den lobenswerthen Zwek haben, ächte philosophisch-politische Grundsäzze zu entwikkeln; Diejenigen welche sich, ohne Kentniß der Sache, an Beurtheilung großer Welt-Begebenheiten wagen, gütlich zurecht zu weisen, und durch Warnung und richtigen Volks-Unterricht, den gefürchteten bösen Folgen vorzubeugen, welche unvorsichtig vorgetragne Säzze, von falschem Enthusiasmus irregeleiteter Schriftsteller, auf die allgemeine Stimmung haben könnten.

So wenigstens habe ich jene Ankündigung verstanden und das hat mich bewogen, damit auch ich mein Schärflein zu dieser guten Absicht beitragen mögte, meinem ersten Plan, der nur auf Vertheidigung des Herrn Benjamin Noldmanns gieng, zu erweitern. Ich will nämlich in dieser Schrift die Frage abhandeln: *ob und in welchen Fällen den europäischen Staaten, bey der jezzigen, durch zunehmende Denk- und Preß-Freiheit bewürkten Stimmung des Zeitalters, eine Staats-Umwälzung bevorzustehn scheinen mögte?* Und da wohl ohne Zweifel die französische Revolution jezt den grösten Einfluß auf diese Stimmung hat, indem sie so manche Feder und Zunge in Bewegung sezt; so will ich meine Frage also einkleiden: *Welche Folgen haben wir von der französischen Revolution zu fürchten, oder zu hoffen?*

Erster Abschnitt.

Wer kann richtig über große Weltbegebenheiten urtheilen?

Ueber große Weltbegebenheiten kann am richtigsten erst von der Nachkommenschaft geurtheilt werden; nur sie vermag, mit kaltem Blute die Zeugnisse der Zeitgenossen, die, ohne Unterschied, Alle, mehr oder weniger partheiisch sind, zu prüfen und Ursachen, Würkungen und Folgen, die einen durch die andern zu erklären.

Nur der, welcher auch nicht auf die entfernteste Weise mit den handelnden Personen in Verhältnissen steht, darf sich schmeicheln, ein unbefangner Richter zu seyn und das ist bey solchen Ereignissen, die auf ganze Staatskörper Einfluß haben, nie der Fall, so lange wir selbst noch Glieder eines Staatskörpers sind.

Man wende hiergegen nicht ein, daß die Zeit die kleinen Vorfälle vergessen mache, die oft, mehr wie die großen, öffentlichen Ereignisse, als Triebfedern würken! Wer weiß nicht, mit welchen falschen Anekdoten sich die Neuigkeit des Tags trägt! Grade diese werden erst nach und nach berichtigt, erläutert und das ächt Charakteristische bleibt. Doch versteht sich's, daß ich hier von einem Zeitalter rede, in welchem Cultur und Philosophie nicht schlafen. Wer wird leugnen, daß wir jezt richtiger über das Zeitalter Ludwig des Vierzehnten urtheilen, wie die, welche, während seiner Regierung, aus Menschenfurcht, aus Schmeicheley, aus falschem Enthusiasmus ihn bis in den Himmel erhoben, oder aus Rache und Neid ihm vielleicht jede Art von Größe und Tugend absprachen? Wer mögte wohl eine allgemeine Geschichte der Reformation für zuverlässig halten, die im sechzehnten oder siebzehnten Jahrhunderte geschrieben wäre?

Das Gemälde muß erst aus einem Standpunkte beobachtet werden können, wo man es im Ganzen übersieht, ohne von dem Schimmer einzelner Farben, ohne von dem Interesse an einzelnen Gruppen geblendet, ohne durch die kleinen Details zerstreuet zu werden. Unsre individuellen Lagen aber, Vorliebe oder Wiederwillen vor oder gegen unsre und fremde Verfassungen, gegen unsre und fremde Systeme, vor oder gegen Nationen und Personen, die entweder Beförderer oder Stöhrer, Tadler oder Lobpreiser jener Gegenstände sind, determiniren uns, so lange wir mitten in dem Gewühle leben. Kleine, unmerkliche Beziehungen stimmen uns zur Partheylichkeit gegen lebende Personen und gegenwärtige Dinge. Selbst auf den geübten Denker, der sich ganz kalt und unbefangen glaubt, würkt heimlich irgend eine von diesen Rüksichten; wäre es auch nur ein vaterländisches oder ein Erziehungs-Vorurtheil, eine vorgefaßte Meinung von denen, welche sich der Sache annehmen, oder dergleichen.

So unwürdig eines Philosophen es ist, den Werth einer Unternehmung nicht nach der innern Güte des Zweks und der Mittel, sondern nach dem Glükke oder Unglükke des Erfolgs zu würdigen; so scheint es doch bey manchen Fällen, wenn von politischen Umwälzungen die Rede ist, nothwendig, sein Urtheil nicht blos nach moralischen und scientifischen Grundsäzzen einzurichten, sondern der Zeit zu überlassen, dem praktischen Nuzzen den die Veränderung stiftet, der Consequenz der angewendeten Mittel und der Möglichkeit der dauernden Ausführung das Wort zu reden. Da fallen denn nun freilich die Resultate oft ganz anders aus, wie unsre Raisonnements. Als Amerion die heilige, unleugbare Befugniß des Menschen, unbestimte oder von seiner Seite gebrochene Contrakte wieder aufzuheben, sich fremden Schuz zu erbitten, wenn man sich selbst schüzzen kann und die Früchte seines eignen Fleisses nach seiner eignen Weise zu geniessen, gegen das uneigentlich so genannte Mutterland gelten machen wollte; da eiferten nicht nur Moralisten und Rechtsgelehrte wider die Undankbarkeit der Colonien, sondern die Staats-Propheten sahen auch voraus, daß diese, von eigennüzzigen Bösewichtern und Aufrührern irregeleitete, nicht von einem Geiste beseelte, unter sich selber durch Uneinigkeit getrennte Leute, ohne disciplinirte Armee, ohne Gesezze, ohne Bundesgenossen, ohne Geld, ohne Credit, wenig ausrichten und bald zum Gehorsame würden zurükgeführt werden. Den Journal- und Bücherschreibern der damaligen Zeit, besonders dem empfindsamen Herrn Fähndrich Anburey, dessen Beschreibung von Nord-Amerika der Herr Geheimerath Forster übersezt hat, schauderte die Haut, bey Schilderung der Abscheulichkeiten, durch welche die verblendeten Amerikaner sich alles Mitleids unwerth machten und ihr armes Land für Jahrhunderte in eine Wüsteney verwandelten. Er, und mit ihm nicht nur mancher andrer Fähndrich, sondern auch mancher General und Mann von Gewichte, beschrieb die Heere dieser Vagabonden, als Räuber-Rotten, die kaum verdienten von regulirten Truppen zu Paaren getrieben zu werden. Wer hätte auch glauben sollen, daß Leute ohne Schuhe und Strümpfe, die zuweilen blos davon liefen, wo man schiklicher nach dem Takte hätte retiriren sollen, die nicht wusten, was deployiren und durchziehn und dergleichen hieß, und deren Anführer gemeine Kerl, ohne Geburt und Stand waren, daß diese unsre bunten Männerchen mit Gold und Silber geziert, die, unter Anführung von Lords, Grafen und Edelleuten, alles nach dem Tempo zu thun verstanden, schlagen, gefangen nehmen und zum Lande hinausjagen würden? Die Zeitungen und Privat-Briefe waren voll von Zwist und Spaltung, die unter den Mitgliedern des Congresses herrschten, von Trennung und Unterwerfung einzelner Provinzen unter Britanniens Scepter, von allgemeiner Anarchie, Mord und Raube. Und wie sieht es jezt mit diesen Rebellen aus, nachdem kaum der sechste Theil eines Menschenalters seit jener Zeit verflossen ist? Keine Spur mehr von Mangel, Unordnung und Gährung!

In voller Würde, respektirt und gefürchtet von allen Völkern des Erdbodens, steht der neu errichtete Staat da, nachdem er seine Freiheit muthig errungen und sich einen ehrenvollen Frieden verschaft hat — Ein wundersames politisches Phänomen! Menschen, unter verschiednen Himmelsstrichen gebohren, nun in eine Nation zusammengeschmolzen. Provinzen, deren jede sich besondre Gesezze gemacht hat, zu einem großen Staats-Körper vereinigt, ohne gemeinschaftliches einzelnes Oberhaupt, ohne Adel, ohne herrschende Religion, im höchsten Wohlstande und Flor, den nur Freiheit, Frieden, gute Polizey, Handel, Wissenschaften und Künste gewähren können, von Tage zu Tage zunehmend, in brüderlichem Bündnisse mit ihren ehemaligen Vormündern, ein Muster, dem andre Völker nachstreben! Wie gern würde mancher Fürst, der damals von den amerikanischen Rebellen mit der tiefsten Verachtung redete, jezt mit großer Herablassung und Dankbarkeit von der amerikanischen Nation eine kleine Statthalterschaft für einen seiner Prinzen annehmen, wenn dies Volk es zu erkennen wüste, wozu ein Fürstensohn taugt! Wie gern verfertigte jezt ein Schriftsteller, der damals seine Federn gegen den Congreß wezte, eine Lobrede auf die vereinigten Provinzen, wenn ihm das ein Jahrgeld eintragen könte!

Selten also urtheilt die gegenwärtige Generation richtig über die großen Weltbegebenheiten ihrer Zeit; wenigstens wage sich niemand daran, der nicht oft den Versuch gemacht hat, mit philosophischem Blikke, ohne Systemgeist, unpartheiisch (so viel das möglich ist) über allgemeine Gegenstände der Politik, über die Vortheile und Nachtheile einzelner Staatsverfassungen und, an der Hand der Geschichte, über die Ursachen des Glanzes und des Sturzes älterer Reiche und Völker nachzudenken! Es wage sich nicht an diese Arbeit der Mann, dem die kleinern Lokal-Umstände fremd sind, der den Geist, die Stimmung, den Grad der Cultur der Nation, wovon die Rede ist, nur aus Büchern kennt! Es wage sich nicht an diese Arbeit der Stuben-Gelehrte, der bis dahin mehr mit verstorbnen, als mit lebenden Menschen umgegangen ist und der die gewaltigen Stürme des Lebens, welche Leidenschaften aller Art erregen können, nur von dem Fenster seines warmen Studier-Zimmers herab, in ihren fürchterlichen Folgen beäugelt, nie aber ein unmittelbar theilnehmender Zeuge dabey gewesen ist, und nie die ersten, oft sehr kleinen Ursachen der Entstehung beobachtet hat! Endlich wage sich nicht an diese Arbeit der Reisende der das Land mit Postpferden durchstreicht und aus den Gesprächen der einzelnen Anhänger dieser und jener Parthey, die er bey seinem kurzen Aufenthalte in den Städten kennen lernt, den Stoff zu seinen allgemeinen Urtheilen entlehnt!

Nach solchen Voraussezzungen wird man mich nicht in den Verdacht haben, ich wolle diese Grundsäzze bey meinem Raisonnement über die französische Revolution verleugnen, oder ich hielte mich berufen, über dieselbe, so wie über die Vorzüge und Mängel der neuen Constitution zu entscheiden. Meine Absicht ist im Gegentheile, zu zeigen, wie wenig wir noch jezt im Stande sind, in dieser großen Begebenheit klar zu schauen, zu warnen vor übereilten Urtheilen, vor unzeitiger Furcht und vor blindem Eifer, und endlich aufmerksam zu machen auf die allgemeinern Grundsäzze, von denen wir ausgehn müssen, wenn wir etwas Passendes von der französischen Staats-Umwälzung und deren vermuthlichen Folgen sagen wollen.

Zweiter Abschnitt.

Bemerkungen über gewaltsame Revolutionen überhaupt.

Nichts kömt mir alberner vor, als wenn man sich in moralischen und politischen Gemeinsprüchen über die Befugnisse und Nichtbefugnisse einer ganzen Nation, ihre Regierungsform zu ändern, ergießt; wenn man darüber raisonnirt, was ein Volk, wenn es sich empört, hätte thun sollen, und wie es hätte besser und gelinder handeln können und sollen, und ob zu viel oder zu wenig Blut dabey vergossen worden. Ja! wenn von einem Plane die Rede ist, den ein einzelner Mann entwirft; wenn die Frage ist: ob Brissac recht und weise handelte, als er, ehe Heinrich der Vierte sich auf dem Throne befestigt hatte, über dem Entwurfe brütete, aus Frankreich eine freye Republik zu machen; dann läßt sich vielleicht entscheiden, in wie fern er dazu Befugniß und Veranlassung hatte, ob er, bey der damaligen Stimmung und politischen Lage der Nation, sich mit einem glüklichen Erfolge schmeicheln durfte, oder nicht, und welche Mittel er hätte anwenden sollen und können, um seinen Zwek zu erreichen; wenn aber ein ganzes Volk, durch eine lange Reihe von würkenden Ursachen dahin gebracht ist, seine bisherige Regierungsform, die nicht taugte, die nicht in die jezzigen Zeiten, nicht zu dem gegenwärtigen Grade der Cultur paßte, in welcher sich der gröste Theil der Bürger unglüklich fühlte, mit Gewalt über den Haufen zu werfen; wenn sie alle hierzu durch einen Geist belebt werden, den ihre elende, verzweifelte Lage in ihnen erwekt hat; wenn dies also nicht nach einem bestimt angeordneten Plane, sondern durch einen Windstoß geschieht, der auf einmal das Feuer, das lange unter der Asche geglimt hatte, in helle Flammen auflodern macht — wer kann da Ordnung fordern? wer kann da bestimmen, ob zu viel, oder zu wenig geschieht? Schreibe dem Meere vor, wie weit es fortströhmen soll, wenn es den Damm durchbricht, den Jahrhunderte untergraben haben!

Und wenn auch bey solchen gewaltsamen Umwälzungen Scenen vorfallen, bey deren Anblikke die Menschheit zurükschaudert; wer trägt dann die Schuld dieser Gräuel? Ganz gewiß mehr die, gegen welche man sich empört, (oder vielleicht ihre Väter) als die Empörer selbst — Auf sie, die entweder durch despotische Mishandlungen das Volk auf's Aeusserste gebracht, oder durch Beyspiel und Beförderung des schändlichsten Luxus und aller Wollüste wahren Seelen-Adel und Einfalt der Sitten in allen Klassen der Bürger zerstört, oder wenigstens, sorglos in ihrem Berufe, von boshaften, gleißnerischen, raubsüchtigen Schranzen umgeben, die Unterthanen der Verführung, der Plünderung und dem Drukke preis gegeben, es gegen jede Herrschaft, gegen jeden Zwang erbittert, alle Herzen von sich abgelenkt haben — Auf ihnen ruht die Sünde. Die Menschen im Ganzen lieben Ruhe und Frieden, sezzen nicht leicht den mäßigen aber sichern Genuß des Gegenwärtigen auf's Spiel, bey der Aussicht eines mühsam zu erkämpfenden ungewissen Künftigen; allein wenn der Despotismus es dahin gebracht hat, daß die Staats-Verfassung einem Kriege Aller gegen Alle ähnlich sieht; wenn jeder nimt, wo er ungestraft nehmen darf, niemand Gesezze anerkennt, sobald er sich Impunität erschleichen, ertrozzen, oder erwürgen kann; wenn kein Eigenthum mehr respektirt wird; wenn kein Bürger sicher ist, den Erwerb seines Fleißes vor den Klauen der Raubthiere bewahren zu können; wenn man endlich doch Leben und Freiheit wagt, man spiele das große Spiel mit, oder nicht — wer wird es dann auch dem Sanftmüthigsten zum Verbrechen machen wollen, daß er, statt sich geduldig schinden zu lassen, mit drein schlägt, mit zugreift, da, wo so viel zu gewinnen, und keine andre Gefahr zu laufen ist, als die ihm, nicht weniger, täglich in seiner friedlichen Hütte drohte, als er sich auch nicht regte?

Ueberhaupt ist es ganz verlohrne Mühe, zu raisonniren über die Befugnisse eines Volks, seine Regierungs-Verfassung zu ändern. In den großen Plan der Schöpfung gehören diese Umkehrungen; sie sind unvermeidlich; sie werden herbeygeführt durch die Ebben und Fluthen der Cultur; die Menschen sind nur die Werkzeuge in der Hand der alles ordnenden Vorsehung. Ist der Zeitpunkt da, stimmen alle Umstände dazu ein; so sind alle Würkungen einzelner Leute, alle Anstalten der Regenten, alle Predigten und Deklamationen dagegen vergeblich. Das Recht des Stärkern ist in der ganzen Natur herrschend. Worauf sonst, als auf dieses Recht gründen die Despoten ihre Gewalt? womit sonst, als mit diesem Rechte des Stärkern machen sie uns, an der Spizze von hunderttausend Mann, die Gründe, worauf ihre Deduktionen gestüzt sind, anschaulich? Ist dies Recht aber nicht auf ihrer Seite; so haben auch ihre Gründe wenig Gewicht und sie müssen dem nachgeben, der mit mehr Nachdruk den Beweis seiner Rechtmäßigkeit führt. Von der Natur sind nun einmal die Menschen nicht in Classen getheilt, nicht einige zum Gehorchen, andre zum Herrschen bestimt. Der Mensch, der sich von einem Menschen regieren läßt, thut dies entweder, weil er muß, oder weil er will. Er muß, wenn der andre stärker ist, sey es an Cörper, oder Geiste, oder durch Bündnisse mit Mehrern. Er will, wenn er sich behaglich dabey fühlt, oder wenn er in dem Wahne steht, der andre sey auf irgend eine Weise berechtigt, ihm Gesezze vorzuschreiben. Wenn aber kein Uebergewicht da ist; wenn Liebe und Zutraun aufhören; wenn Unzufriedenheit eintritt und Wahn verschwindet — dann demonstrire einmal, drohe einmal, Fürst, Moralist, Staatsmann! und siehe zu, ob du etwas ausrichtest! Denn (möge auch der Saz noch so herbe klingen!) man kann dem Menschen die Nothwendigkeit der Erfüllung aller moralischen Pflichten unwiederleglich beweisen; aber ich weiß nicht, wie man es anfangen kann, einen

Menschen zu überzeugen, daß er eine natürliche, angebohrne Verbindlichkeit auf sich habe, einem andern Menschen von Fleisch und Bein zu gehorchen, wenn er dies nicht glauben will, nicht glauben muß, oder nicht sein Interesse dabey findet, es zu glauben. Seine Vernunft sagt es ihm nicht; die Religion sagt ihm, daß er seiner Obrigkeit gehorchen solle; aber wer diese Obrigkeit seyn soll, und wer das Recht hat, sie einzusezzen, da wir keine Theokratien mehr haben; das sagt sie ihm nicht und das ist doch der Punkt, worauf es ankömt. Gegen Contrakte, die er nicht selbst geschlossen hat, wieder viel Einwendungen finden, wenn sie ihn drükken; die Beförderung der allgemeinen Ruhe, des allgemeinen Wohls kann einen Philosophen bewegen, Privat-Vortheile aufzuopfern, aber nicht den Pöbel — Diesen zum ruhigen Gehorsame zu bringen wenn man ihn, weder durch Wahn, noch Gewalt zwingen kann, dazu giebt es, ich sage es noch einmal, kein andres Mittel, als daß man in ihm den freyen Willen erwekke, gern zu gehorchen. Wie dies möglich zu machen sey, das soll noch, zur Erbauung aller Regenten, in diesen Blättern gezeigt werden, und ich zweifle nicht, einer von ihnen wird mich für dies Recept mit einer kleinen jährlichen Pension von einem paar tausend Thälerchen belohnen. Unter den zahlreichen Geschenken, die sie aus fremden Beuteln nehmen, würde dieses, denke ich, nicht am schlechtesten angelegt seyn; und ich will ihnen dann nie wieder ein Recept aufdringen.

Dritter Abschnitt.

Anwendung dieser Säzze auf die französische Revolution.

Lasset uns nun, was ich von den großen Staats-Umwälzungen überhaupt gesagt habe, auf die französische Revolution anwenden! Unvermeidlich war sie, vorauszusehn war sie, mit allen ihren fürchterlichen Folgen; das wird jezt jeder Geschichtsforscher und Philosoph zugestehn müssen; aber dergleichen mit klaren Worten voraus zu verkündigen, das ist eine kizliche Sache, besonders in despotischen Staaten.

Seit Jahrhunderten seufzte Frankreich unter dem Drukke des fürchterlichsten orientalischen Despotismus. Bekant genug sind die gräulichen Schandthaten, die verheerenden Kriege und die innerlichen Unruhen, durch welche die Regierung der mehrsten Könige aus dem Hause Valois, besonders die des blutdürstigen Ludwig des Eilften und des verächtlichen Carls des Neunten, sich auszeichnete.

Der große, edle Heinrich genoß der ruhigen Tage zu wenige, um seinem armen Volke wieder aufzuhelfen; aber er lebte lange genug, um dies Volk mit der Glükseligkeit, einen guten und weisen König zu haben, bekant zu machen, damit es desto lebhafter den Contrast dieser Zeiten mit den vorigen und nachherigen Regierungen fühlen mögte; und so gab er selbst der Nation den Unterricht, was sie von ihren Königen einst fordern, das Beispiel, worauf sie ihre Monarchen einst hinverweisen könte.

Die männlichen und weiblichen Vormünder des bis zu

seinem Tode minderjährigen, schwachen Ludwig des Dreizehnten verschafften Frankreich Ansehn von Aussen, und Armuth, Sklaverey und Zerstöhrung aller Moralität von Innen.

Auf die tiefste Stufe der Erniedrigung aber wurde die Nation durch den Monarchen Mazarin und nachher durch den kindisch eiteln Tyrannen, der sich den Beynamen des großen Ludwigs geben ließ, herabgestürzt. Die Regierung dieses abscheulichen Menschen war eine ununterbrochene Reihe von glänzenden Niederträchtigkeiten, Grausamkeiten und Verwüstungen. Er spielte mit dem Leben, dem Eigenthume, der Ehre, der Freiheit, der ganzen bürgerlichen, physischen, moralischen und intellektuellen Existenz seiner Mitbürger. Kaum hatte der magre Aachensche Frieden dem Blutvergiessen ein Ende gemacht; so fing er, ohne alle andre Ursache, als weil er seinem Nebenbuhler um Ruhm, Wilhelm von Oranien, die Größe beneidete, welche er nicht erreichen konte, einen neuen Krieg an, der mit dem für Frankreich eben so nachtheiligen Ryswikkischen Frieden, geschlossen wurde. Jeder Staat, der seinem niedrigen Hochmuthe ein Opfer versagte, wurde von ihm genekt, angegriffen und von seinen Räuber- und Banditen-Heeren zu einem Schauplazze grausamer Ermordungen, Verheerungen und Mordbrennereyen gemacht. Das nante er dann Siege und ließ sich dafür von feilen Dichtern lobpreisen und von Malern und Bildhauern der Verachtung der freyen Nachwelt ausstellen. Indeß Hunderttausende in seinem Namen erwürgt wurden, bauete er asiatische Palläste, in denen er mit Histrionen, Schranzen und geilen Weibern Ballette tanzte und Unzucht trieb. Ihm waren beschworne Verträge und das königliche Ehrenwort Kinderpossen, und gleich als wenn ihm die weltlichen Händel nicht Gelegenheit genug gegeben hätten, wie ein reissendes Thier unter friedlichen Menschen herumzufahren, riß er den grausamen und heuchlerischen Pfaffen den Dolch und die Fakkel des Fanatismus aus der Hand und stürzte damit unter seine treuesten und fleißigsten Unterthanen, von denen indeß der fünfte Theil doch seiner Mordlust glüklich entwischte, auswanderte und Wohlstand und Segen mit sich fort in fremde Provinzen trug. Allein seine Lieblings-Waffen waren unredliche Politik, Cabale, Ränke und Bestechungen; mit diesen verbreitete er Mistrauen und Zwist an auswärtigen Höfen und tödtete edle Gesinnungen und große Gefühle in den Herzen seiner Unterthanen. Noch galt er für einen eminenten, glänzenden, gefürchteten Bösewicht; aber auch diesen Schimmer von Größe nahm das Glük ihm im spanischen Successionskriege, in welchem seine, nur für seine Eitelkeit fechtenden Heere fast immer geschlagen, seine Provinzen entvölkert und die Schulden gehäuft wurden. Am Ende seiner Tage blieb dem Elenden keine andre Wonne übrig, als, umgeben von Bettlern, mit der alten Vettel, die er sich hatte zum Eheweibe aufschwäzzen lassen, die Sünden, die er gern noch länger begangen hätte, am Rosenkranze abzubeten. Sprechet, was hatte dieser Bösewicht vor den Vitellien, Diokletiane und Heliogabeln voraus? O! er stand tief unter ihnen. Diese schwachen Tyrannen konten doch noch einen Theil ihrer Schuld auf das Glük und die Verblendung eines Volks schieben, das sich vergriffen hatte, als es ihnen ein Loos zutheilte, dessen sie sich so unwürdig zeigten; auch war die Stimmung des damaligen Zeitalters rauher; aber Ludwig, mit den herrlichsten Anlagen, wenigstens zum Privatmanne, von der Natur ausgerüstet, unter einer Nation und in einer Periode gebohren, die sich durch mildere Sitten auszeichneten, ein Liebhaber und Kenner der schönen Künste — nein! von ihm kann nichts den Fluch abwenden, den so viel Millionen Menschen seinem Andenken nachschikken.

Man könte sich wundern, daß nicht schon damals die französische Nation aus dem fürchterlichen Schlafe erwachte, in welchen der Despotismus sie hineinmanipulirt hatte, daß sie nicht schon damals aufsprang und die unnatürlichen Fesseln abschüttelte, wenn man nicht Rüksicht nehmen müßte, auf ihren herrschenden Charakter und auf das Zusammentreffen vieler Umstände. Sie war von je her gewöhnt, einem einzelnen Beherrscher zu gehorchen, hielt dies für die

Ordnung der Natur, liebte enthusiastisch die monarchische Verfassung und ihre Könige; der äussere Glanz der Thaten, wodurch sie sich, obgleich als Maschine eines hochmüthigen, eiteln Thoren, in den ersten glüklichen Kriegen verherrlichte und andre Völker demüthigte, kizelte den Nationalstolz; der Leichtsinn, der den Franzosen so eigen ist, ließ sie das Elend nicht wahrnehmen, in welches sie nach und nach hineingezogen wurden. Der Prunk der Schauspiele und Feste blendete ihre Augen, wirkte auf ihre Sinnlichkeit, riß die Bürger aller Classen in einen Strudel von Zerstreuungen hinein. Sie sangen, wizzelten und tanzten den Hunger weg. Noch herrschte in dem an Hülfsquellen so reichen Frankreich keine so allgemeine Noth und die nicht irgend eine komische Seite gehabt hätte, auf welche ein lustiger Franzose ein Epigram machen konte; und dann lachte das ganze Volk mit. Die ärgsten Raisonneurs schwiegen auch, oder wurden gar in Lobredner verwandelt, wenn sie einen Brokken von der allgemeinen Beute erhaschen, sich durch Creaturen von Creaturen ein Aemtchen, oder ein Jahrgeld erbetteln konten; ein großer Theil der Nation vergaß das Murren unter dem Geräusche der Waffen — und kurz! die ärgsten Wirkungen des despotischen Unfugs wurden erst unter den folgenden Regierungen recht sichtbar.

Die Regentenschaft des Herzogs von Orleans vollendete den Ruin und die Corruption des französischen Volks, und seine Administration zeichnete sich durch Bubenstükke und Laster aller Art aus, obgleich er selbst mehr ein schwacher Wollüstling, als ein unternehmender Bösewicht war.

Ludwig des Funfzehnten Zeiten sind uns noch so nahe; die Inkonsequenzen und Abscheulichkeiten dieser Regierung; die Diebstähle aller öffentlichen Staats-Bedienten; die in den gesegnetesten Jahren durch die königlichen Getreidepächter künstlich erregte Hungersnoth; die gräuliche Finanz-Verwaltung; die höllische Wirthschaft der raubgierigen und ränkevollen Maitressen; die muthwillig verlohrnen Schlachten, in welchen tapfre Krieger von unbärtigen Knaben, von unwissenden Creaturen der Dame Pompadour und von erkauften Schurken auf die Schlachtbank geliefert wurden; die heimlichen Einkerkerungen und Ermordungen edler Männer, die das Unglük hatten, den Haß der verschwornen Rotte auf sich zu laden; die lettres de cachet; die heillosen Verschwendungen — das Alles ist uns noch in frischem Andenken.

Und so erbte dann der arme, gutmüthige Ludwig der Sechzehnte den Thron, auf welchem er ein Volk beherrschen sollte, das in Noth, Armuth und Verzweiflung schmachtete; der Staat war mit Schulden belastet, das tiefste Verderbniß der Sitten in allen Ständen verbreitet, die wichtigsten Aemter im Reiche hatte man an Bösewichte verhandelt, die tausendmal des Galgens werth waren, an welchem Einige von ihrer Bande nachher ihre rühmliche Laufbahn geendigt haben; der Adel übte ungestraft die ärgste Tyranney gegen den unglüklichen Bauernstand; aus Mangel an Geld und Kredit ruheten die mehrsten Nahrungszweige, die dem Bürger hätten aufhelfen können, bey welchem noch obendrein der verheerende Luxus die unnüzzen Bedürfnisse vervielfältigt hatte; nur der verächtlichste Theil derselben, der sich in den Hauptstädten von diesem Luxus nährte, erschwang sich so viel, daß er den Großen in ihrer Verschwendung nachahmen konte; die Erpressungen aller Art gingen indessen fort; die Auflagen waren unerträglich und unnatürlich; die Geistlichkeit steuerte nichts und verschwelgte in sittenloser Ueppigkeit, was der unglükselige Landmann, im Schweisse seines Angesichts und mit heissen Thränen herbeyschaffte. Der Frieden gab der Nation Muße, diesem allen nachzudenken; das Volk durch Feste zu übertäuben, dazu fehlte es auch an Mitteln; was aber vollends die fürchterlichsten Folgen prophezeyete, war die durch den Despotismus selbst beförderte, nun täglich allgemeiner sich ausbreitende Aufklärung. Eine gewisse raisonnirende Philosophie, die, wenn sie, unter weniger unglüklichen äussern Umständen, von Einfalt der Sitten begleitet ist, die Menschen lehrt, mit ihrem Zustande zufrieden zu seyn, unvermeidliche Widerwärtigkeiten zu ertragen, den Mangel an Wohlstand durch verdoppelte Mäßigkeit zu ersezzen und ihre innere Gemüthsruhe nicht durch gefährliche Plane auf eine ungewisse Zukunft zu stöhren; diese Philosophie, sage ich, hatte einen Anstrich von Bitterkeit angenommen. Sie öfnete dem Volke die Augen über seinen verzweifelten Zustand, erwekte in ihm das Gefühl, nicht länger mehr die schändlichsten Mishandlungen ertragen zu können; man fing an, über ursprüngliche Menschenrechte, über den Beruf der Könige, über die Gültigkeit der Privilegien des Adels und über Pfafferey und Hierarchie laut zu reden und zu schreiben.

Indessen hofft man immer alles von jeder neuen Regierung; also erwartete man auch von Ludwig dem Sechzehnten Milderung des allgemeinen Elendes, Abschaffung der Misbräuche — aber man wartete lange vergebens. Was er hätte thun können und sollen, was die Königin zum Besten gewirkt hat, oder nicht gewirkt hat, ob man die Finanzen besser verwalten, den unnüzzen Aufwand einschränken, redlicher und ofner hätte verfahren können; darüber lasset uns jezt nicht raisonniren! — genug! dem Jammer wurde nicht abgeholfen und die Unruhe und die Gährung nahmen zu. Nun berief man denn endlich die Stände des Reichs; allein von der einen Seite waren schon die Forderungen der lange Zeit mishandelten, oft getäuschten, so genanten untern Stände zu hoch gespant, von der andern schienen Adel und Geistlichkeit gar nicht zu ahnden, daß die Zeit, Uebermuth zu zeigen, ererbte Verdienste gelten zu machen und durch Verjährung geheiligte Misbräuche aufrecht zu erhalten, verstrichen wäre. Man sprach wohl von freywilligen, ansehnlichen Beyträgen, von großmüthigen Aufopferungen, aber der tiers état fand diese Sprache nicht mehr passend. Er war nicht mehr zu überzeugen, daß er, der größere, wichtigere und arbeitsame Theil der Nation, gebohren seyn könte, länger die untergeordnete Rolle zu spielen, sich taxiren, sich im Blinden führen, sich nicht nach bestimten Gesezzen, sondern nach Willkühr regieren zu lassen. Alles Zutrauen, aller guter Wille war verschwunden — Mögen immerhin bösgesinte Stürmer das Feuer angeblasen haben! Genug, dies Feuer war da, glimte in allen Ekken, mußte unvermeidlich einmal mit Ungestüm ausbrechen.

Was für Auftritte nachher erfolgt sind, das ist bekant genug — Noch einmal! ich vermesse mich nicht, darüber zu urtheilen und glaube nicht, daß irgend jemand bey der Lage der Sachen, sagen dürfe: »das hätte man thun, das unterlassen sollen.« Ich glaube, daß die Anarchie kein Werk einzelner Aufrührer, sondern die unvermeidliche Folge der abscheulichen Behandlung ist, durch welche man das Volk auf's Aeusserste getrieben hatte. Ich glaube endlich, daß die Deputirten zwar ihre Vollmachten überschritten sind, daß sie aber dem Geiste des grösten Theils der Nation gemäß gehandelt haben, und daß, wenn sie weniger gethan hätten, neue Empörungen gefolgt seyn würden, bis doch alles endlich auf diesen Punkt des allgemeinen Umsturzes alles dessen, was irgend mit der ehemaligen Staats-Verwaltung zusammenhing, gekommen seyn würde. Dies alles wird schon dadurch bestätigt, daß das Volk freywillig zu Deputirten der zweyten Versammlung noch eifrigere, kühnere Männer (oder vielmehr leider! Jünglinge) gewählt hat, welche die Einschränkungen der königlichen Gewalt noch viel weiter treiben. Schwerlich hätte man zum Beyspiel, bey der jezzigen Stimmung, die Einrichtung von zwey Kammern, wie in England, zu Stande gebracht; und wäre es geschehn: so würden bald die dem Despotismus und den vorigen Misbräuchen ergebnen höhern Stände, neue Trennungen bewirkt haben — So glaube ich; aber ich verlange nicht, irgend jemand zu meinem Glauben zu bekehren.

Ueber diese Revolution, über die neue Constitution und über die Schritte der National-Versammlung muß man jezt so manche widersprechende Urtheile hören und lesen, daß man in der That immer vorsichtiger in seinen Entscheidungen werden sollte. Von Einer Seite schildert man uns diese große Begebenheit als das Werk der verachtungswürdigsten, eigennüzzigsten Bösewichte, Aufrührer und Königsmörder, verschworen das ganze Reich in Elend und Verwirrung zu stürzen, um im Trüben zu fischen. Man schildert uns, die Beschlüsse der Deputirten, als ein Gemische von schreyenden Ungerechtigkeiten und thörichten Hirngespinsten und die Ausschweifungen des Pöbels als unerhörte, nie gesehene Greuel, planmäßig von den Verschwornen veranstaltet. Endlich prophezeyet man dem armen Frankreich den gänzlichen Ruin, oder eine nahe bevorstehende Umkehrung der Dinge durch eine Cont.-Revolution und die Einmischung der übrigen europäischen Mächte. Von der andern Seite erheben die Freunde der Revolution dieselbe, mit allen ihren schon erlebten und noch zu erlebenden Folgen, bis in den Himmel. Sollen wir ihnen glauben; so ist, so lange die Welt steht, noch keine größere, der Menschheit wichtigere und wohlthätigere Begebenheit vorgefallen. Sie lassen uns alle dabey verübten Gewaltthätigkeiten, als nothwendige, durch die Größe des Zweks geheiligte Mittel ansehn. Sie schildern uns die Männer, welche bey diesen Unternehmungen vorangegangen sind, als die edelsten, weisesten, uneigennüzzigsten, kraftvollsten Helden und Philosophen und verkündigen nicht nur der französischen Nation von jezt an die ruhigste, glüklichste Periode, ein goldnes Zeitalter, sondern allen übrigen europäischen Staaten eine baldige Nachfolge. Die gemäßigtere Parthey billigt den Zwek, tadelt aber die Mittel; oder findet, daß man im Ganzen zu weit gegangen sey; oder hoft, daß diese allgemeine Gährung nach und nach alle Gemüther zum Frieden geneigt machen, daß man von beyden Partheyen die Saiten herabstimmen, und am Ende eine monarchische Staatsverfassung wieder herstellen werde, doch also, daß die Gewalt des Königs und der Minister, durch die Mitwirkung gewisser Volks-Representanten, beschränkt sey. Nur Wenige sind weise genug, sich aller entscheidenden Urtheile zu enthalten, das, was geschehn ist, wie unvermeidliche Folge vorhergegangener Misbräuche zu betrachten und die beste Entwiklung von der gütigen und weisen Vorsehung zu erwarten.

Wundern wir uns nicht über die große Verschiedenheit dieser Meinungen! Selbst zwey gleich unpartheyische, gleich einsichtsvolle Reisende können, was sie während dieser Unruhen in Frankreich sehen, aus sehr verschiednen Gesichtspunkten betrachten. Der Eine, wie zum Beyspiel der Herr Rath Campe, durchreist, ehe er den französischen Boden betritt, Gegenden, in welchen von allen Seiten der Anblik der Noth, der Niedergeschlagenheit, der Sklaverey, welche des armen Landmanns Erbtheil in so manchen Provinzen sind, und des Uebermuths und der willkührlichen Anmaßungen der höhern Stände sein moralisches Gefühl empört hat; und nun wird er auf einmal auf einen Schauplaz versezt, wo ein, von der eben mühsam errungnen (wahren, oder, wäre das auch, eingebildeten) Freiheit wonnetrunkenes Volk ihm entgegen jubelt; wo er, im Geräusche dieser allgemeinen Trunkenheit, keinen Seufzer, keine Klage hört; wo die ganze Nation, zu einem herrlichen Feste vereinigt, in dem Augenblikke der Berauschung, alle Privat-Uneinigkeiten und allen Partheygeist vergißt, wo Freund und Feind Hand in Hand um den Altar der Freiheit den Reyhen tanzen, und wo er, in diesem ungeheuren Gewühle, doch auch nicht eine einzige Scene von Unordnung oder Gewaltthätigkeit wahrnimmt, ohne welche in monarchischen Staaten selten das Geburtsfest irgend eines, der Menschheit sehr unwichtigen und unnüzzen Großen gefeyert werden kann — Wen kann es befremden, wenn dieser Mann, bezaubert von dem vorher noch nie genossenen, einzigen Anblikke in seiner Art, von einem Anblikke bezaubert, der den gefühllosesten Menschenfeind mit Wonne und Bewunderung erfüllen müste, wenn dieser Mann, sage ich, sein Herz sich erweitern fühlt, und diese Empfindung sich in ihm erneuert, indem er die Scenen schildert, wobey er ein Zeuge gewesen, wenn er dann mit Wärme einer Revolution das Wort redet, die, wenigstens nach dem, was er gesehn und gehört hat, so viel Millionen Menschen glüklich und froh macht? — Wehe dem verächtlichen Sklaven, der deswegen von dem Kopfe oder von dem Herzen dieses Mannes nachtheilig urtheilen, oder gar es versuchen wollte, ihn, wegen einiger kühnen Ausdrükke oder einiger vielleicht (doch nur vielleicht) übertriebnen Deklamationen, verdächtig oder lächerlich zu machen*!

Ein andrer, nicht weniger hellsehender Reisender, kömmt in eine französische Stadt, wo grade der noch nicht beruhigte Pöbel sich gegen wahre oder vermeintliche Unterdrükker Grausamkeiten aller Art erlaubt, den Gesezzen und der Polizey trozt, die jugendliche Kraft, und die ihm noch neue Freiheit misbraucht, wie Jünglinge, die eben dem Schul-Zwange entkommen sind, ihre Unabhängigkeit zu misbrauchen pflegen; er eilt erschüttert hinweg von diesem Schauplazze blutiger Gewaltthätigkeiten; auf der Rükreise schließt sich einer von denen an ihn, die bey der Revolution, vielleicht ohne alle Schuld, Vermögen, bürgerliche Ehre und Sicherheit eingebüßt haben. Dieser unterhält ihn mit den schreklichen Auftritten, die in seiner Provinz vorgehen; mit Thränen in den Augen schildert er ihm die Noth seiner verlassenen, ehemals wohlhabenden, nun dürftigen, unglüklichen, flüchtigen Familie, die zerstörten Palläste, die Wohnungen, wo sonst Frieden und häusliches Glük zu Hause waren, jezt in Steinhaufen verwandelt, auf denen man unschuldige Bürger mordet — Befremdet es Euch,

* Ich, der ich dies sage, bin gewiß einer von denen, unter welchen Herr Campe am wenigsten seinen Lobredner suchen würde; allein der Unfug, den sich, während ich an diesen Blättern schrieb, ein feiler, unberühmter Fürsten-Schmeichler gegen diesen verdienstvollen Schriftsteller erlaubt hat, bewegt mich, der Wahrheit mein Opfer zu bringen. Die Schritte, die man seit Kurzem gegen jeden unpartheyisch frey redenden und denkenden Mann unternimmt und die heimlich von einer gewissen, sehr bekannten Gesellschaft geleitet werden, der daran gelegen ist, daß das Licht nicht durch die Finsterniß dringe, machen es dem Häuflein unbestochner Wahrheits-Freunde zur Pflicht, ihre kleinen Privat-Zwistigkeiten zu vergessen und sich brüderlich die Hand zur Versöhnung und zur gegenseitigen Vertheidigung zu reichen. Von jezt an, bis sich die Zeiten ändern und Herr Campe dessen nicht mehr bedarf, biethe ich ihm von Herzen jeden Dienst an, den ich ihm mündlich, schriftlich und thätig zu leisten im Stande bin.

wenn dieser Reisende ein Bild von der französischen Revolution entwirft, das jenem, wie die Hölle dem Himmel ähnlich sieht?

Allein nicht nur in der Verschiedenheit der einzelnen Scenen, die ein Fremder in Frankreich wahrnehmen kann, je nachdem er zu dieser, oder zu einer andern Zeit, in dieser oder einer andern Provinz seine Bemerkungen sammelt, liegt der Grund des Widerspruchs in den Urtheilen über die französische Staats-Umwälzung, sondern auch in den Verhältnissen, Stimmungen und herrschenden Ideen der Menschen selbst, die darüber reden und schreiben.

Wer bis dahin eine Herrschers-Rolle gespielt hat und nicht ganz gewiß ist, daß, sobald es auf freywillige Wahl ankäme, die Untergebnen lieber ihm, als einem Andern gehorchen würden, der zittert vor der Möglichkeit, daß man ihm, wenn der Revolutionsgeist allgemein würde, diese Haupt-Rolle abnehmen und eine untergeordnete anweisen könnte. Deswegen giebt es unter den großen und kleinen Monarchen so wenige, die auf die neue Ordnung der Dinge gut zu sprechen sind — vom Länder- und Völker-Beherrscher und Scepter-Führer an, bis auf den Schul-Monarchen herab, der fürchtet, die Discipuli mögten ihm den Bakulum aus der Hand winden. Fast alle, bey den alten Einrichtungen interessirte, an empfangne Huldigung und passiven blinden Gehorsam gewöhnte Personen reden der willkührlichen Gewalt das Wort.

Personen, die in solchen Aemtern und Würden stehen, welche man in freyen Staaten für unbedeutend, unnüz oder gar für verächtlich und schädlich hält, Hofschranzen und andre besoldete, pensionirte und bepfründete Müßiggänger, können den Gedanken nicht ertragen, daß ein System Anhänger finden mögte, das ihre ganze Existenz vernichtet, indem es nur dem Fleiße und dem wahren Verdienste Achtung, Vorrechte und Vortheile einräumt.

Solche Fürsten und Edelleute, die sich bewust sind, daß sie gar nichts mehr seyn würden, wenn sie aufhören sollten, Fürsten und Edelleute zu seyn;

Auch manche bessere, verdienstvollere Männer unter diesen, die aber von Jugend auf mit den Vorurtheilen ihres Standes aufgewachsen und gewöhnt sind, Dinge, deren Werth jezt in Frankreich gänzlich verrufen ist, wo nicht wie Schäzze voll inneren, ächten Gehalts, wenigstens wie eine, durch den Stempel der Convention gewürdigte, nüzliche Waare zu betrachten;

Geadelte Bürger und alle solche Personen, die es sich haben Mühe und Geld kosten lassen, in eine Klasse hinaufzurükken, mit Ständen in Verbindung zu kommen, die sie ausserdem vielleicht verachten würden;

Hohe und niedre Geistliche aller Bekenntnisse, die so gern Religion und Gottes-Verehrung, Theologie, Dogmatik, Kirchen-System und Christuslehre mit einander verwechseln, ihr Amt zu einem besondern Stande im Staate erheben und ihre Sache zur Sache Gottes machen;

Solche Menschen, die überhaupt gegen jede Neuerung eingenommen sind und es gern beym Alten lassen;

Schmeichler; feile, kriechende Schriftsteller, wie der elende Professor Hoffmann in Wien Einer ist, und alle solche Insekten, die unbemerkt herumkriechen und sich fürchten müsten, zertreten zu werden, wenn sie sich nicht in das Unterfutter der Großen dieser Erde einnisteten; an Leib und Seele arme Schlukker, die sich von den Brosamen nähren, welche von der Herren Tische fallen;

Gutmüthige, furchtsame, mitleidige, gefühlvolle und sanguinische Menschen, welche durch die Schilderung der verübten Gewaltthätigkeiten erschüttert und empört werden;

Unterthanen guter Fürsten, besonders in dem nördlichen Theile von Teutschland, die, unter milden Regierungen, bey dem ruhigen Genusse ihres Eigenthums und ihrer Freiheit, gar keinen Begriff vom Despotendrukke haben und — o! der glüklichen Unwissenheit! — das Bedürfniß einer andern Verfassung nicht kennen;

Alle diese stimmen mehr oder weniger lebhaft die allgemeine Meinung gegen die französische Revolution. Man kann ihnen, was die nachtheiligen Eindrükke betrifft, welche sie bewirken, noch diejenigen zugesellen, die, aus unvernünftigem Eifer, ohne Kenntniß der Sache, aus unbändigem Freiheitssinne, aus ungerechter Unzufriedenheit mit den Regierungen, welche nicht so hohe Begriffe, wie sie selbst, von ihren Verdiensten haben, sich unberufen zu ungeschikten Vertheidigern aufwerfen.

Man sollte meinen, die neue Verfassung müste in republikanischen Staaten die eifrigsten Verfechter finden; allein es zeigt sich fast allgemein das Gegentheil. In England affektirte man anfangs dieser großen Begebenheit gar keine Aufmerksamkeit zu widmen. Erst in der Folge hat man mehr Wärme für die Sache, besonders unter denen wahrgenommen, die mit den jezt in England einreissenden Misbräuchen in der Verfassung unzufrieden sind. Dagegen hat sich der Sophist Burke durch eine Schmähschrift, in welcher er seine großen Talente zu falscher Darstellung und Verdrehung offenbarer Thatsachen misbraucht, die Gunst des Ministers erbettelt, um ein Jahrgeld zu erlangen, das er zu theuer mit der allgemeinen Verachtung erkauft. Die Widerlegung, womit der edle Paine ihn zu Boden geschlagen hat, verdient von Freunden und Feinden der Revolution gelesen zu werden.

Was man in Holland über diese Gegenstände urtheilt, kann kaum hierher gehören; denn die vereinigten Niederlande haben jezt, weniger als jemals, eine republikanische Verfassung.

In der Schweiz sind die großen aristokratischen Cantons, wie sich's begreifen läßt, gegen die Sache und die kleinern, glüklichen freyen, halten sich wenig mit politischen Raisonnements über fremde Verfassungen auf. In den italienischen Freystaaten herrscht ein Ton in der Staats-Verwaltung, der zu den in Frankreich angenommnen Grundsäzzen gar nicht passen will.

Unter den teutschen kleinen Freystaaten ist vielleicht Hamburg der einzige, wo man sehr viel warme Bewundrer der neuen französischen Verfassung findet.

Im Ganzen scheint der Nationalstolz der Republiken, bey

dem Genusse ihrer errungnen Freiheit, andern Ländern eben auf die Weise den Besiz dieses Guts zu misgönnen, wie ein Cavalier von alter Familie dem Parvenü und dem geadelten Bürger nicht gewogen zu seyn pflegt.

Diese Bemerkungen treffen aber auf keine Weise die vereinigten Staaten von Nord-Amerika; denn dort herrscht allgemeine Wärme für die französische Revolution. Gegenseitige Dankbarkeit knüpfen beyde Nationen an einander — edle Gefühle, die in despotischen Staaten von Eigennuz und Politik erstikt, aber da heilig gehalten werden, wo wahre Tugend allein Anspruch auf Achtung und Ehrerbietung geben kann! In Amerika haben die Franzosen den Werth der Freiheit kennen gelernt und dort hat sich einer ihrer ersten Männer, ja! gewiß einer der edelsten Männer in der Welt, Fayette ausgebildet. Von der andern Seite verdanken die nordamerikanischen Staaten gröstentheils den Franzosen ihre errungene Unabhängigkeit.

Gegen die Menge derer nun, die wir als nicht unpartheyische Gegner der französischen neuen Verfassung angeführt haben, kann der Haufen derer, die in Europa davor eingenommen sind, freylich nur sehr klein seyn, und selbst unter diesen können wir die nicht für competente Richter gelten lassen, welche, ohne eigentliche Ueberlegung und ohne Kenntniß der Sache, aus blindem Feuer-Eifer für alles Neue und Ausserordentliche, die Parthey jeder Umkehrung der Dinge nehmen. Solche Menschen schaden auch der besten Sache durch ihr Lob. Wie unbeträchtlich bleibt daher nicht die Anzahl der unpartheyischen und gründlichen Beurtheiler jener wichtigen Begebenheit und wie wenig beweist die größere oder kleinere Anzahl der Tadler oder Vertheidiger vor oder gegen dieselbe?

Es bleibt noch eine dritte Klasse von Menschen übrig, nämlich die, welche ihre Meinung darüber gar nicht sagt. Sie besteht theils aus Furchtsamen, die es mit keiner Parthey verderben wollen, theils aus solchen, die sich über nichts bestimmt zu erklären pflegen, sondern die schaafsköpfige Gewohnheit haben, es immer erst abzulauern, wie eine

Sache ausfallen wird, und dann hintennach zu versichern: das hätten sie gleich also vorausgesehn.

Ich glaube nun hinlänglich erwiesen zu haben, daß jezt noch jedes bestimmte Urtheil über das, was in Frankreich geschehn und was davon zu erwarten ist, übereilt seyn würde. Man wende dagegen nicht ein, daß wir offenbare Thatsachen vor uns haben, nach denen wir unsre Meinung berichtigen können! Diese Thatsachen werden uns von Zeitungsschreibern, Journalisten und andern Schriftstellern oft äusserst unvollständig, verstümmelt und entstellt vorgetragen. Nicht Jeder will, nicht Jeder darf schreiben, wie und was er gern schreiben mögte. Vielen von diesen Nachrichten fehlt es durchaus an historischer Glaubwürdigkeit; durch die Art der Darstellung kann jedes Faktum eine ganz andre Gestalt gewinnen. In Frankreich kann jezt fast nicht ein einziger Mensch für einen unbefangenen Zuschauer gehalten werden; der Reisende sieht die größern Wirkungen, aber selten die kleinen Triebfedern; und wenn er uns diese so schildert, wie er sie sich denkt, oder wie ihm andre Leute die Sache vorgestellt haben, uns aber den Beweis schuldig bleibt; — ein Fehler, den einige Schriftsteller, bey Erzählung der merkwürdigen Vorfälle vom fünften und sechsten October begangen haben! — so darf man wohl auf alle Weise vor zu viel Leichtgläubigkeit und voreiliger Beurtheilung warnen.

Alles, was ein unpartheyischer Mann sich daher erlauben darf, über diese große Begebenheit zu sagen, wird, meiner Meinung nach, sich ungefehr auf Folgendes einschränken müssen.

Die französische Revolution wurde unvermeidlich herbeygeführt durch eine Kettenreihe von Begebenheiten und durch die Fortschritte der Cultur und Aufklärung.

So wie die vorige Regierungs-Verfassung war, konnte sie, bey dermaliger Stimmung der Nation, nicht bleiben.

Verkehrte Maaßregeln, welche die Hofparthey gleich anfangs nahm, erbitterten das Volk, vermehrten das Mistraun und bewirkten Gewaltthätigkeit.

Die Lebhaftigkeit des National-Charakters ließ voraussehn, daß nun schnelle und rasche Schritte folgen müsten, und es würde albern seyn, bey allen diesen Umständen, von Franzosen etwas anders zu erwarten.

Alle Gewaltthätigkeiten aber, die vorgegangen sind, alle Ermordungen, alle Plünderungen, Mordbrennereyen, Ausschweifungen und überhaupt alle gesezlose Handlungen sind, in Vergleichung mit den Unordnungen und Greueln, womit von je her ähnliche, ja! viel geringre Vorfälle bezeichnet gewesen, für nichts zu rechnen. Diese Revolution ist eine große, beyspiellose und, sie falle aus, wie sie wolle, sie sey rechtmäßig oder widerrechtlich unternommen worden, der ganzen Menschheit wichtige Begebenheit. Ein Krieg, den irgend ein ehrgeiziger Despot, zu Befriedigung seiner kleinen Leidenschaften führt; ein Krieg von der Art, wie der war, zu welchem Louvois seinen Herrn aufhezte, damit er den Grad von Wichtigkeit wieder erlangen mögte, den er durch einen Fehler in der Baukunst verlohren hatte — so ein Krieg kostet tausendmal mehr Blut und unschuldiges Blut, und zu welchem Zwekke? Ob Gibraltar den Engländern, oder Spaniern gehört, das ist gewiß für die Welt, und vielleicht für das wahre Glük der beyden streitenden Nationen selbst, ein ziemlich unbedeutender Umstand; und dennoch hat der Kampf um diesen Felsen in einigen Stunden mehr Menschen, die gar nicht dabey interessirt waren, das Leben geraubt, als ein jahrlanger Kampf um Freiheit und Gesezze in Frankreich. Alle Gewaltthätigkeiten, über die man so unbändig schreyet, übertreffen wenigstens nicht die Greuel, die man im Jahre 1790, mitten im Frieden, bey dem Matrosen-Pressen in England, im Namen der Regierung verübte. In den Zeiten der Ligue und während der unglüklichen Religions-, oder vielmehr Pfafferey-Kriege (denn es giebt keine Religions-Kriege) war Frankreich ein Schauplaz viel größerer Unordnungen — und über dies alles empört sich das Gefühl der vorgeblichen Menschenfreunde nicht. Daß ein Landesvater Tausende seiner Kinder, (daß es Gott erbarme!) das heist seiner Unterthanen stükweise verhandle, um sie irgendwo, fern von ihrem Vaterlande, todtschiessen zu lassen, wenn damit Geld zu verdienen ist, wovon nachher Buhlerinnen und Müßiggänger unterhalten werden; das erlauben ihm die Menschenfreunde; aber wenn bey so einer allgemeinen Gährung der unbändige Pöbel unter zehn Schelmen auch vielleicht, in der blinden Wuth, ein paar ehrliche Leute, gegen welche man Verdacht hat, aufhenkt; so wird davon ein Lerm gemacht, als wenn kein Mensch in Frankreich seines Lebens sicher wäre.

Untersuchen wir unpartheyisch die Grundsäzze, auf welchen die neue Constitution beruht; so ist es unmöglich, zu leugnen, daß sie den Stempel der gesundesten, reinsten Vernunft tragen. Was die hellsten Köpfe aller Zeitalter einzeln über Menschen-Rechte, Menschen-Verhältnisse und über die reinen Zwekke aller gesellschaftlichen Verträge gesagt haben, das findet man hier in der einfachsten, deutlichsten Ordnung dargestellt und zum Fundament einer Gesezgebung hingelegt, wie es noch nie eine natürlichere, gerechtere in irgend einem Lande der Welt gegeben hat. Ob sie in der Ausübung möglich, und ob die französische Nation dazu reif ist, das gehört zu den Dingen, worüber uns nur die Zeit aufklären kann; aber das behaupte ich, daß es keinen glüklichern Menschen auf Erden geben könne, als einen König, den ein, nach diesen Grundsäzzen regiertes, diesen Gesezzen gehorchendes, nach diesen Begriffen von Recht und Billigkeit handelndes Volk würdig gefunden hat, ihn freywillig an die Spizze des Ganzen zu stellen. Der Erste von vier und zwanzig Millionen freyen Menschen zu seyn, die keinen andern Vorzug anerkennen, als den Tugend, Weisheit und Fleiß gewähren; dabey die Ausübung alles Guten in Händen zu haben, ohne Verantwortung und ohne die Furcht, durch seine Leidenschaften irgend eines Bürgers Unglük bauen zu können, und endlich und in dieser Lage alle Gemächlichkeiten des Lebens und alle äussere Ehre, die irgend ein König fordern kann — Wer diesen Zustand gegen den eines nach Willkühr herrschenden Gebiethers sklavischer Menschen vertauschen mögte, der ist der tiefsten

Verachtung werth, und zitterte auch der halbe Erdboden, wenn er seinen eisernen Scepter schwingt.

Die Abschaffung des Adels und die Schmälerung der Einkünfte der Geistlichkeit, sind freilich harte Artikel für die, welche nun auf einmal sich der Vortheile beraubt sehen, die sie, ohne Mühe und Verdienst, auf Unkosten besserer und arbeitsamerer Menschen besaßen. Um aber beurtheilen zu können, ob das, was man in dieser Rüksicht gethan, nüzlich und gerecht war, müste man erst einige Fragen entscheidend beantworten können, worüber bis jezt die Stimmen wenigstens noch sehr getheilt sind; nämlich: ob nicht, in dem Zustande, darin sich Frankreich bey der Revolution befand, zu völliger Ausrottung des Despotismus, die gänzliche Abschaffung des Adels und die Einschränkung der Geistlichkeit nothwendig war? ob die Begriffe, welche diese privilegirten Stände in die Gesellschaft brachten, und überhaupt ihre Existenz und ihr Einfluß sich mit den Grundsäzzen, worauf die neue Verfassung gestüzt ist, auch nur einigermaßen vereinigen lassen? ob ihre vermeintlichen Rechte auf einen vorauszusezzenden Contrakt, oder auf Usurpation beruhen? ob usurpirte Rechte, die gegen die Ordnung der Natur sind, durch Verjährung geheiligt werden können? ob des römischen Bischofs Gewalt, Fürsten ein- und abzusezzen; die Befugniß, Sünden-Ablaß um Geld feil zu biethen; die, bey einigen uncultivirten Völkern üblichen Menschen-Opfer; Leibeigenschaft; jus primae noctis; alle Inkonsequenzen des türkischen Despotismus und überhaupt alle eingewurzelte Misbräuche, eine geringere Sanktion haben? ob Verbindlichkeiten, die nur allein das Recht des Stärkern hat einführen können, nicht auch durch das Recht des Stärkern wieder aufgehoben werden dürfen? ob alle Contrakte, die auf unbestimmte Zeit geschlossen worden, deswegen ewig dauern müssen, Zeit, Umstände und Bedürfnisse mögen sich verändern, oder nicht? ob überhaupt Menschen Contrakte für die Ewigkeit schließen können? ob man, im Namen einer Generation, die noch nicht existirt, mit solchen Gütern schalten und walten dürfe, die eigentlich auf keine Weise der Gegenstand willkührlicher

Bestimmung seyn können, als da sind: Freiheit, Achtung, bürgerliche Ehre, Herrschers-Recht u. d. gl.?

Wenn man sagt: es seyen die gewählten Repräsentanten des Volks zum Theil Menschen von äusserst zweydeutigem Charakter gewesen; so kann ein unpartheyischer Mann darauf nur Folgendes antworten: der moralische Privat-Charakter dieser Leute kömmt bey ihrer politischen Laufbahn sehr wenig in Anschlag, wenn auch jener Vorwurf erwiesen wäre. Alle Schritte der National-Versammlung, qua talis, geschahen, der Natur der Sache nach, öffentlich; ihre Reden, ihre Vorschläge, ihre Entschlüsse — alles ist klar den sehr strengen Augen des Publikums dargelegt. Mögten sie immerhin geheime, eigennüzzige oder ehrgeizige Absichten gehabt haben; mögten sie immerhin ausschweifende, ränkevolle Leute gewesen seyn! — Es kömmt hier auf die Sache an, die sie mit unerschroknem Muthe durchgesezt, auf das System, das sie eingeführt haben. Ist das gut, ist es der Nation und der Menschheit überhaupt heilsam; wer ist Richter über ihr Herz und ihre Sitten? Und so viel ist denn doch gewiß, daß unter ihnen Männer genannt werden, die bey ihren Mitbürgern in allgemeiner Achtung stehen, von denen auch die boshafteste Verleumdung nicht wagen würde, zu behaupten, sie hätten ihre Hände an den Plan zu einem Bubenstükke legen wollen.

»Viele von ihnen« heist es »haben sich auf Unkosten des gemeinen Wesens bereichert, haben die National-Güter in ihren Nuzzen verwendet.« Möglich, aber nicht erwiesen! Wie betrügerisch und verschwenderisch man aber mit dem öffentlichen Schazze während der vorigen Verfassung umgegangen, das ist erwiesen, ist unter andern in dem berüchtigten rothen Buche nachzulesen. So viel ist übrigens auch begreiflich, daß zwölfhundert Männer nie einen gemeinschaftlichen Complot zum Betruge machen werden. Daß unter diesen Zwölfhunderten gewiß auch Schelme sind, darüber wundre ich mich gar nicht; aber darüber könnte man sich wundern, daß in einer so von Grund aus durch den Despotismus und dessen Gefolge corrumpirten Nation noch sechs ehrliche Leute gefunden werden. Wer ist Schuld daran, wenn Diebereyen und schiefe Streiche aller Art gleichsam als unzertrennlich von der öffentlichen Verwaltung angesehn werden? Hat die Revolution die Menschen so schleunig verderbt? — Die Frage beantwortet sich selbst.

Ganz verschwendet sind indessen die aus dem Verkaufe der geistlichen Güter gelöseten Summen nicht; denn man hat doch wenigstens diejenigen Personen damit entschädigt, welche ehemals Aemter im Staate gekauft hatten, die ihnen nunmehr genommen wurden; und eine Menge unnüzzer Ausgaben, die man vielleicht gemacht hat, fallen theils in der Folge weg, theils sind die Gelder, womit dieselben bestritten worden, in Frankreich selber geblieben und also nicht verlohren gegangen, sondern in Circulation gekommen, wenn sie auch besser hätten verwendet werden können.

»Die Abgaben werden nicht ordentlich entrichtet; man muß also immer von jenem Capitale zuschiessen, um die nöthigen Ausgaben zu bestreiten.« Das ist freilich übel und es ist zu wünschen, daß bald die Ruhe hergestellt werden und das Volk die Gesezze respektiren lernen möge. Was schadet jedoch am Ende diese temporelle Unordnung? Wer kein Geld giebt, der behält es; folglich bleibt es im Lande; Privatleute häufen es in ihren Kasten auf, weil sie es nicht für Papier hingeben wollen; allein lasset die Ruhe auf irgend eine Weise hergestellt seyn; so wird man es bald wieder circuliren sehn.

Den grösten Geld-Raub an Frankreich aber begehen die Emigranten, durch die Summen, welche sie herausziehen. Schon allein der Erz-Dieb Calonne, den man füglich hätte aufhenken können, ohne sich zu versündigen, hat ungeheure Schäzze, die er sich zusammengestohlen hatte, fortgeschleppt. Hieran ist die National-Versammlung nicht Schuld; man müste denn ihre zu milden, nachsichtigen Grundsäzze ihr zum Verbrechen machen wollen, indem sie die Auswanderungen und Exportationen nicht mit Gewalt gehindert hat.

Möge man indessen auch alles baare Geld aus Frankreich wegnehmen; so wird das Reich doch darum noch nicht zu Grunde gerichtet, so lange man nicht den fruchtbaren Boden, die Industrie, den Handel, die Fabriken und Manufakturen mit fortreissen kann. Im Grunde ist das Geld doch nur das Representative, und nicht die Sache selbst. Lasset die armen, verführten Flüchtlinge zurükkehren; (ihre schelmischen Aufrührer mögen bleiben, wo sie wollen!) lasset Frieden hergestellt seyn, Treue und Glauben und Kredit wieder Wurzel fassen, die Gesezze respektirt, Fleiß, guten Muth und Thätigkeit wieder erwekt werden — und Frankreich im Ganzen wird durch alle diese Verwirrungen um nichts ärmer geworden seyn.

Ob aber wohl Hoffnung da sey, die Ruhe bald wieder hergestellt zu sehn; das ist unmöglich vorauszusagen; nur das läßt sich ohne Vermessenheit behaupten, daß, wenn auch, durch eine Gegen-Revolution oder auf andre Weise, alles wieder niedergerissen werden sollte, was die National-Versammlung aufgebauet hat, die ganze Verfassung doch nie wieder auf den alten Fuß kommen kann. Die Begriffe von den Verhältnissen des Volks zu der Regierung, haben zu tiefe Wurzel gefaßt; so etwas wieder auszurotten, dazu würde ein großer Zeitraum gehören, während dessen Cultur und Aufklärung gänzlich zurükgingen und die Nation wieder in einen solchen Zustand von Kindheit versezt würde, in welchem man sich, gegen sein eignes Interesse, blindlings führen läßt. Der größere und stärkere Theil der Nation hat nun einmal die Fesseln abgeschüttelt, hat seine Kräfte kennen gelernt und sich von der Möglichkeit der Ausführung überzeugt. Sie mit Gewalt auf's Neue zu unterjochen, dazu würden sehr große Anstalten erforderlich seyn. Das Reich ist nicht in so schlechtem Vertheidigungsstande, die National-Garden sind nicht so schlecht disciplinirt, als uns die Freunde der aristokratischen Parthey glauben machen wollen. Die innern Zwistigkeiten und Gährungen würden sehr wahrscheinlich aufhören, sobald Frankreich von Aussen her angegriffen und die Vertheidigung des Vaterlandes der gemeinschaftliche

Punkt würde, in welchem sich die lebhafte französische Regsamkeit concentrirte. Und wer sollte sie angreifen? Das Aristokraten-Häuflein macht zwar, nach alter französischer Manier, ungemein viel Lerm, rennt am Rheine durcheinander, wie ein Ameisen-Nest, droht und schimpft gewaltig; allein es fehlt ihm noch an einigen Kleinigkeiten, um die Sache in Ausführung zu bringen. Generale, Officiers, Köche, Friseurs, Wundärzte und Apotheker, auch Marchands parfumeurs und Marketender sind wirklich da; allein das macht doch nur den état major einer französischen Armee aus. Zwar haben sie auch ein paar hübsche Garde-Compagnien, zu welchen kürzlich ein teutscher Reichsfürst seine losgelaßnen Karren-Gefangnen als Rekruten geliefert hat; nur was man gewöhnlich ein Kriegsheer zu nennen pflegt, das fehlt, nebst allem Zubehör, als da ist: argent content, Kredit, Festungen, Magazine, ja sogar der Plaz, auf welchem sie sich zuerst formiren könnten; denn des in der Chronik von Frankreich so berühmten Kardinals von Rohan Besizzungen, auf welchen jezt, im Januar 1792, da ich dies schreibe, das ganze ausgewanderte Frankreich sich niedergelassen hat, sind kaum groß genug, um einen Anti-Revolutions-Clubb darauf zu halten. Zählen sie aber auf den Beystand der europäischen Mächte; so fürchte ich, sie werden sich verrechnen. Warum sollten diese Frankreich angreifen? Um einer Nation die Befugniß streitig zu machen, ihre Regierungsform, mit unbezweifelter Einstimmung ihres Königs, zu verändern? Um eine Constitution über den Haufen zu werfen, die Vernunft, Recht, Treue und Glauben und Frieden mit den Nachbarn zu Grundpfeilern hat? Dazu sind sie zu gerecht. Um die teutschen Reichsfürsten, die in den französischen Staaten Güter haben, mit Gewalt in den Besiz der Rechte zu sezzen, welche sie durch die Revolution verlohren haben? Davon würde doch nur dann die Rede seyn können, wenn erst alle gütliche Mittel umsonst wären versucht worden. Es hat sich ja aber die Nation zu einer Entschädigung erbothen; man muß nur ihre Vorschläge gemeinschaftlich anhören; man muß die ausschweifenden Forderungen der Aristokraten nicht damit vermengen wollen; man muß nicht vergessen, daß jene Reichs-Fürsten, so lange sie sich bey der Abhängigkeit von Frankreich wohl zu befinden glaubten, von ihren französischen Besizzungen dem teutschen Reiche keine Prästanda geleistet, folglich sich auf gewisse Weise von dem Staatskörper losgerissen haben, dessen Schuz sie nun auf einmal reklamiren. Sehr wahrscheinlich werden die übrigen europäischen Mächte der vorsichtigen Politik folgen, welche der weise Leopold bey dieser Gelegenheit zur Richtschnur nimmt. Sie werden ja wohl auch überlegen, daß es bey jezzigen Zeiten nicht rathsam sey, mit den Kriegsvölkern, die hie und da noch zu Hause ein Stükchen Arbeit finden, um Ruhe zu erhalten, in fremde Länder einzufallen, wo die fatale Freiheits-Luft weht, die so leicht anstekt. Sie werden überlegen, daß, bey dem ersten Ausbruche des Krieges, die schönen fruchtbaren teutschen Provinzen, welche unmittelbar an Frankreich grenzen, das Opfer dieses übereilten Schritts, der Schauplaz gräßlicher Verheerungen werden würden.

Und das sey denn genug über die französische Revolution! Reden wir jezt davon, ob andern europäischen Staats-Verfassungen, der Wahrscheinlichkeit nach, ähnliche Umwälzungen bevorstehen und ob zu vermuthen ist, daß die Vorfälle jenseits des Rheins dazu Anlaß geben werden.

Vierter Abschnitt.

Welche Staats-Verfassung ist die beste?

Diese prahlende Ueberschrift scheint anzukündigen, daß ich, Joseph von Wurmbrand, mich unterfangen wolle, von Bopfingen aus zu entscheiden, worüber bis jezt die grösten Staatsmänner noch nicht haben einig werden können, nämlich: welche von den bekannten Staats-Verfassungen das Glük der Völker am kräftigsten befördre? Allein so übel ist es nicht gemeint; ich hoffe im Gegentheil, die Art, wie ich diese Frage beantworten werde, soll den Lesern keinen so nachtheiligen Begriff von meiner Bescheidenheit beybringen.

Also kurz und einfach! Diejenige Staats-Verfassung ist, vorausgesezt, daß sie die übrigen Haupt-Erfordernisse habe, in jeder Periode die beste, welche erstlich mit dem dermaligen Grade der Cultur und den übrigen, der Veränderung unterworfnen Zeit-Umständen in der besten Harmonie steht, und zweitens, so wenig als dies mit Rüksicht auf die Bedürfnisse von Zeit und Umständen möglich ist, die natürliche Freiheit und die ursprünglichen Rechte jedes einzelnen Menschen einschränkt. Diese lezte Forderung ist wohl sehr billig, denn da die Menschen sich doch nur darum in Staaten vereinigt haben, damit ihnen, durch diese Verbindung, eine Summe von Glükseligkeit zu Theil werde, die sie im isolirten Zustande nicht erlangen können; so muß die bürgerliche Verfassung mehr Vortheil gewähren, als sie Aufopferung kostet, sonst ist sie nichts werth. Was aber den ersten Punkt betrifft;

so ist auch dieser wohl keinem Widerspruche unterworfen. Denn so wie ein Vater das kleine Kind, das noch taub für die Stimme der Vernunft ist, mit der Ruthe züchtigt, oder (zwar billige ich diese Methode zu täuschen keineswegs) oder vorgiebt, ein unsichtbarer Genius sage ihm alles, was das Kind, auch wenn es nicht bey ihm sey, unternehme, bey dem erwachsenen Knaben hingegen bessere Bewegungsgründe anwendet; und wie ein kluger Erzieher sich nach der Verschiedenheit der Anlagen und Temperamente der Kinder richtet; so werden auch bey einem Volke, das noch in der Kindheit ist, seine Geistes-Fähigkeiten nicht entwikkelt hat und seine Kräfte nicht kennt, Täuschung und Zwangsmittel eine Wirkung thun, die bey einer cultivirteren und aufgeklärteren Nation verkehrten Eindruck machen würden. Ich glaube daher, daß Regierungskunst und Volks-Religion (oder besser zu sagen, Kirchensystem) nach Zeit und Umständen, nach dem Grade der Cultur und nach der Stimmung der Völker abgeändert werden müssen*. Jedermann würde es unvernünftig finden, wenn es einem Gesezgeber in unsern Zeiten einfiele, die alten sogenannten Gottes-Gerichte wieder einzuführen, in welchen die Wahrheit einer Anklage durch einen Kampf begründet oder widerlegt wurde. Wen vor vierhundert Jahren der Pabst mit Kirchenbann belegte, der galt für einen verlohrnen Mann, und wenn er auch ein König war; heut zu Tage lacht man über die römischen Theater-Blizze; ein Philipp der Andre würde nebst seinem Herzoge von Alba auf dem Throne von Großbritannien eine kurze Rolle spielen; Numa Pompilius würde mit seiner Göttin Egeria auf dem polnischen Reichstage nicht viel durchsezzen, und der alte Gesezgeber der Lacedämonier mit seinen braunen

* Warum ich hier auf einmal die Volks-Religion mit einmenge, davon ist die Ursache leicht einzusehn. Leider! sind die Kirchensysteme so innig mit den Staats-Systemen verwebt, indem der geistliche Despotismus von je her, nach Gelegenheit, dem politischen entweder die Hand gereicht, oder die Stange gehalten hat, daß beyde Gegenstände nicht wohl zu trennen sind.

Suppen in Venedig wenig Beyfall finden. Doch, so wie man in der Pädagogik, bey allen ihren Abänderungen, gewisse allgemeine, aus der Natur geschöpfte Regeln zum Grunde legt, die immer Stich halten; so geht es auch mit den politischen und religiösen Systemen immer gut, wenn nur jene heilige Haupt-Regel: so viel möglich Wahrheit und Freiheit zu respektiren, nie aus den Augen gesezt wird. Hiermit hat die Form nichts zu schaffen, die Regierung mag monarchisch, aristokratisch, demokratisch oder gemischt seyn; und was die Religion betrifft; so mag sie zu einer Angelegenheit des Staats gemacht, oder der Uebereinkunft der Bekenner freygestellt werden; sie mag katholisch, oder protestantisch, oder anders heissen — Alle können, aber sie können auch nur dann sich sichre Dauer versprechen, wenn sie so beschaffen sind, daß sie mit Cultur, Zeit und Umständen in ein richtiges Verhältniß zu bringen sind.

Und welche Staats-Verfassungen, welche Volks-Religionen sind von dieser Art? Diese Frage läßt sich nun nach den obigen Voraussezzungen beantworten. Da alle Oberherrschaft entweder auf dem Rechte des Stärkern, oder auf Uebereinkunft beruht, weil kein Mensch dem andern gehorcht, ausser wenn er entweder muß, oder will; und dann die stärkere Parthey, an Zahl oder Kraft, nie muß, wenn sie nicht will; der Wille zu gehorchen aber bey ihr auf keine andre Weise erwekt werden kann, als indem man sie überzeugt, daß sie sich wohl dabey befinde, welches freylich auch auf eine Zeitlang durch Täuschung, dauerhaft aber nicht anders bewirkt werden kann, als wenn jeder Einzelne sich unter der Oberherrschaft eines Andern glüklicher und sichrer weiß, als, aller Wahrscheinlichkeit nach, in jeder andern Lage; so muß eine Staats-Verfassung, wenn sie nicht fürchten will, über den Haufen geworfen zu werden, sie sey nun monarchisch, republikanisch oder gemischt, das heißt: die Verwaltung sey in Einer Hand, oder in mehrern Händen, also beschaffen seyn, daß die Regierung:

1) nie Gehorsam im Namen Einzelner, sondern nur auf Autorität des Ganzen fordre;

2) keine Haupt-Veränderungen in der Regierungsform vornehme, als mit Beystimmung der größern Anzahl, der sie auch von jedem Schritte Rechenschaft schuldig ist.

3) von dieser größern Anzahl keine Abgaben, Einschränkungen, Dienste oder Aufopferungen und keinen Gehorsam fordre, welche bloß der kleinern Anzahl Vortheile gewähren, ohne das Wohl des Ganzen zu befördern, oder welche die natürliche Freiheit über Gebühr einschränken;

4) keine solche Mittel, sich Gehorsam zu verschaffen, wähle, die in verkehrtem Verhältnisse mit dem Grade der Cultur und der Stimmung des Zeitalters und der Nation stehen.

Handelt eine Regierung nach diesen Grundsäzzen; so wird sie schwerlich eine Revolution, eine Umkehrung, zu befürchten haben.

Und nun, was das Religions-System betrifft! Da der Glaube der Menschen viel weniger wie ihre Handlungen dem Zwange unterworfen seyn, da nicht einmal jeder Einzelne sich selbst Gesezze über das, was er glauben oder nicht glauben will, vorschreiben, folglich das Recht, hierüber zu bestimmen, auch auf keinen Andern, noch auf den ganzen Staat übertragen kann; da ferner das Wesen der Religion einzig darin besteht, daß sie uns, aus den Begriffen, die wir uns von dem göttlichen Wesen machen, kräftigere Bewegungsgründe zu Erfüllung der, von allen vernünftigen Wesen anerkannten Pflichten der Tugend darbiethet; da endlich die äussre Art, der Gottheit unsre Verehrung zu bezeugen, zwar auch keinen eigentlichen obrigkeitlichen Verordnungen unterworfen seyn, ihr wohl aber, durch Uebereinkunft, eine gewisse Grenze gesezt werden kann; so ist:

1) selbst der Stärkere unvermögend, Meinung und Glauben irgend einem Zwange zu unterwerfen;

2) der Stärkere misbraucht sein Ansehn, sündigt gegen Wahrheit und billige Freiheit, wenn er auch nur der freyen Untersuchung religiöser Gegenstände in Schriften und mündlichen Vorträgen, Fesseln anlegen will;

3) die Regierung greift zu weit, wenn sie eine bestimmte Form von äusserer Gottes-Verehrung vorschreiben, eine vor

der andern beschüzzen will. Welcher schwache Mensch kann bestimmen, auf welche Art Gott äusserlich verehrt seyn will? Es kann also keine herrschende Religion geben; Toleranz ist Versündigung, denn tolerиren heißt: sich das Recht anmaßen, zu erlauben; und da ist nichts zu erlauben; durch Einschränkungen solcher Art wird das zeitliche Wohl der Bürger nicht befördert und das ewige Wohl liegt ausser den Grenzen der Staats-Anstalten;

4) der Staat kann aber dafür sorgen, daß keine Kirchensysteme eingeführt werden, welche Lehren verbreiten, die entweder den guten Sitten, der Tugend, oder der bürgerlichen Ruhe gefährlich sind;

5) dasjenige Religionssystem kann sich in jedem Zeitalter sichre Dauer und eifrige Anhänger versprechen, welches uns die würdigsten, erhabensten, einfachsten, jedem Verstande faßlichen Begriffe von der Gottheit giebt, uns dabey die kräftigsten Bewegungsgründe zu aller Art menschlicher und bürgerlicher Tugend liefert und endlich einen solchen äussern Gottesdienst empfiehlt, der dem Geschmakke, den Sitten und der Cultur des Zeitalters angemessen ist. Das Lallen der Kinder und das Geheule der Wilden kann, in Betracht der guten Absicht, Gott auch wohlgefällig seyn; aber — nur von Kindern und Wilden.

Fünfter Abschnitt.

Ob die Welt ohne Staats-Verfassungen und Religions-Systeme bestehn könnte?

Es ist ein herrlicher Traum, den Philosophen geträumt haben, aber es ist auch wohl nur ein Traum, daß einst eine Zeit kommen müste, wo das ganze Menschengeschlecht mündig geworden seyn, den höchsten Grad von Geistes-Bildung erlangt, zugleich seine moralischen Gefühle auf's Höchste veredelt haben und dann keiner Gesezze mehr bedürfen würde, um weise und gut (denn das ist ja einerley) kurz! um seiner Bestimmung gemäß zu handeln.

Das Bild ist zu schön, das dieser Traum unsrer Phantasie darstellt, als daß ich der Versuchung widerstehn könnte, eine Skizze davon zu entwerfen.

Man denke sich jedes Volk des Erdbodens in einem Zustande von Kindheit, in der grösten Einfalt der Sitten! Jede Familie bebauet das Stük Akkers, das ihr bequem liegt; und das Land ist groß genug, ihr eine freye Wahl zu gestatten. Der Boden trägt willig die Früchte des Fleisses, und dieser Ertrag reicht zu, ihre mäßigen Bedürfnisse, ohne große Anstrengung, ohne saure Arbeit, zu befriedigen, ihr alle Nothwendigkeiten des Lebens zu liefern. Bey dieser nüzlichen Geschäftigkeit ist der Mensch an Leib und Seele gesund, ohne Gebrechen, ohne unruhiges Streben, ohne Leiden, ohne Sorgen für die Zukunft, stark und heiter. Aber die Bevölkerung nimmt zu; die Verbindungen werden mannigfaltiger; die Bedürfnisse vervielfältigen sich; und nun erwachen Wünsche und Leidenschaften. Durch Künste, Tausch und Händel entstehen neue Verhältnisse; die Einförmigkeit der Lebensart verschwindet; Mistraun, Begierlichkeit und Neid erzeugen Forderungen, Zwist, Kampf, Streit, Krieg. Es werden Vergleiche geschlossen; neue Vereinigungen, Bündnisse und Trennungen geben dem gesellschaftlichen Leben eine andre Form. Es entstehen Staaten; der Stärkere aber unterjocht den Schwächern; man entwirft Gesezze, über die sich der Mächtige hinaussezt und denen sich der Schuzbedürftige unterwerfen muß. Doch der Schlaue ersezt durch List, was ihm an Kraft fehlt und herrscht über den von geringern Geistes-Fähigkeiten. Täuschung ersezt die Stelle der Gewalt; die Politik eines Einzigen bauet ihren Thron auf die Uneinigkeit und Unentschlossenheit von Millionen. Treue und Glauben, Mäßigkeit und Einfalt verschwinden; die Sitten werden verderbt; jeder lebt nur für sich, hascht nach Genuß, genießt, und begehrt noch immer, nimmt, wo er nehmen kann und hat doch nie genug — Fraget jeden Einzelnen, und keiner ist zufrieden. Nichtswürdige Kleinigkeiten haben Werth erhalten und das, was allein Werth hat, und allein glüklich und ruhig machen kann — das findet der mit Blindheit geschlagne Haufen nicht. Indeß aber hat die Cultur, zugleich mit Einführung des Luxus in alle Klassen der Bürger, Wissenschaften verbreitet und Geistes-Ausbildung befördert. Das rastlose Streben nach Glük und Gemüthsruhe erwekt Nachdenken über diesen verwikkelten Zustand; die sich unglüklich fühlenden Menschen fangen an zu philosophiren, zu raisonniren; und nun kömmt der schönste Theil des Traums, aber, wie es mit Träumen geht, dann ist man auch nahe am Erwachen. Die Menschen werden endlich weise, durch eigne Erfahrungen und durch die Geschichte andrer Völker, und indem sie weise werden, werden sie auch tugendhaft; denn der höchste Grad der Aufklärung ist immer auch der höchste Grad von Güte. Sie öfnen die Augen und sehen: daß alles Streben und Ringen nach Genuß, Besiz und Freude auf nichts abzielt; daß die Befriedigung aller dieser Wünsche keine so große Summe von Glükseligkeit gewährt, als man in dem ersten Zustande der Natur ohne Mühe, auf dem einfachsten Wege findet; daß der am mehrsten besizt, der am wenigsten bedarf; daß nur der Genuß hat, der mäßig genießt; daß Tugend üben, sein eignes Interesse befördern, und tugendhaft seyn, nichts anders heißt, als der Natur gemäß handeln; daß alle bürgerliche Einrichtungen doch nur Kinder des Verderbnisses, nur Mittel sind, das Uebel zu verhindern, oder gut zu machen; daß, statt an diesen ohne Unterlaß zu flikken und auszubessern, es vortheilhafter ist, solcher künstlichen Anstalten gar nicht zu bedürfen; daß alle Gesezze und Handhaber der Gesezze da überflüssig sind, wo jedermann den guten Willen hat, Andre in Ruhe zu lassen, damit man seine Ruhe nicht stöhre; daß über Andre zu herrschen ein sehr nichtswürdiger Vorzug ist. — Und so kommen denn die Menschen am Ende wieder auf den Punkt, von welchem sie ausgegangen; aber um nie wieder zurükzukehren. Denn nun ist die Einfalt ihrer Sitten nicht mehr das Kennzeichen der rohen Unerfahrenheit, sondern das Werk der richtigsten Ueberlegung und Abwägung aller möglichen Verhältnisse und Lagen, das Resultat der reifsten, unverführbarsten Vernunft. Da ist dann der große Plan der Schöpfung vollbracht, das Menschengeschlecht in eine einzige Familie vereinigt und zu seiner ersten hohen Würde, dem Ebenbilde der Gottheit wieder erhoben, das verlohren gegangen war, durch den Genuß der verbothnen Frucht von dem Baume des Erkenntnisses des Guten und Bösen. Nun ist die Erlösung vollbracht; die Wahrheit hat die Menschen frey gemacht und ihnen eine ewige Glükseligkeit erworben.

Derjenige Theil des Traums, welchen uns die religiöse Erziehung des Menschengeschlechts darstellt, ist nicht weniger reizend; Lessing mahlt uns ein Zauberbild davon. Offenbarung ist geoffenbarte Vernunft, Mittheilung von Wahrheiten, die aus der Natur erkannt werden könnten, aber ohne höheren Unterricht nur mühsam gefunden werden. Die heiligen Bücher sind die Elementar-Bücher, welche der allweise Lehrer bey der Erziehung zum Grunde legt. Sie sind den schwachen

Begriffen des Kindes angepaßt. Das Kind muß sinnlich geleitet werden; man giebt ihm die Lehre, in Bilder, in Gleichnisse, selbst in Fabeln eingehüllt. Man zeigt hin auf entfernte Belohnungen und Strafen; man führt nicht jedes Kind denselben Weg; die Methode muß nach Zeit, Umständen und dem Grad der Empfänglichkeit abgeändert werden, bis der Verstand zur Reife gediehn seyn wird; dann bedarf es keiner Täuschung, keiner Bilder mehr. Dann wird es die Wahrheit unmittelbar aus der Quelle selbst schöpfen, ohne Zusaz. Wir sehen noch durch einen Spiegel in ein dunkles Wort; dann aber werden wir ihn sehn, wie er ist.

So weit der herrliche, tröstliche Traum! Daß die Erfahrung aller Zeitalter die Möglichkeit der Erfüllung verdächtig macht; daß wir leider! wahrnehmen, wie die Nationen, statt die Erfahrungen andrer Völker zu nüzzen, immer wieder in dieselben Thorheiten und Verirrungen fallen, statt die Quelle des Uebels aufzusuchen, nur die Form der Verderbnisse ändern, durch gewaltsame Revolutionen das Böse nur noch ärger machen, nicht die Ursachen der Tyranney aus dem Wege räumen, sondern nur von Tyrannen wechseln; daß, wenn Cultur und Verderbnisse auf's Höchste gestiegen sind, fast immer ein Zustand von tiefer Barbarey wieder folgt, so wie nach einem Zeitraume, wo Aufklärung und spizfündige Klügeley die Oberhand hatten, eine Periode voll Aberglauben und Stupidität eintritt — Alle diese Thatsachen aus der Geschichte machen den gutmüthigen, für das Wohl der Menschen glühenden Träumer nicht irre. »Eher« sagt er »kann jener glükliche Zeitpunkt nicht erscheinen, eher kann das unvergängliche Reich der Weisheit und Tugend nicht fest gegründet werden, als bis alle diese Erfahrungen sich in's Unendliche gehäuft haben und alle Völker des Erdbodens den Cirkel der Verderbnisse mehrmals durchlaufen sind. Allein es kann nicht der Plan der Vorsehung seyn, daß das Menschengeschlecht sich ewig in diesem Cirkel von Unvollkommenheit herumdrehn soll. Der Augenblik der lezten Catastrophe ist nur noch nicht da; aber er ist nicht fern; die Begebenheiten der neuern Zeit sind keine

Wiederhohlungen; sie lenken unmittelbar und schnell zum Ziele. Die Gährung ist allgemein und kann zu nichts Kleinem, kann nicht das alte Spiel wieder herbeyführen.« —

Wollte Gott, es wäre also! aber mir scheint diese Hoffnung wenigstens noch zu gewagt. Ja! wenn jeder Einzelne die ganze Reihe von Erfahrungen an sich selber gemacht hätte; so könnte man wohl darauf rechnen, daß dauerhafte Eindrükke davon zurükblieben und seine Bildung vollendeten; allein fremde Erfahrungen dämpfen nicht eigne Leidenschaften und von allgemeinen Begebenheiten macht man selten specielle Anwendung, wenn das liebe Ich in das Spiel kömmt. Ueberhaupt liegt es sehr selten an der Erkenntniß, wenn die Menschen nicht gut und nicht weise handeln. Freylich muß ächte Aufklärung manche Tugenden allgemeiner verbreiten, die in einem Zeitalter, wo Barbarey herrscht, nur selten angetroffen werden; aber immer wird der größere Theil der Menschen in jedem Jahrhunderte unmündig bleiben, wird Lenkung, Gesezze, ja! Zwangsmittel und Täuschung bedürfen. Diese Fesseln trägt auch Jeder gern ohne Murren, wenn der, welcher sie ihm anlegt, nur dabey die Mühe übernimmt, ihm Sicherheit und Ruhe zu verschaffen. Er läßt sich gern einen Theil seiner Unabhängigkeit rauben, wenn er dagegen einen Theil seiner Sorgen von sich abwälzen kann; er thut gern Verzicht auf eignes Denken, wenn der, welcher für ihn denkt, ihm nur Resultate liefert, die ihn beruhigen; er läßt sich gern täuschen, wenn diese Täuschung nur tröstlich ist — kurz! er opfert gern seine Freiheit auf, wenn dies Opfer nur freywillig und für ihn wohlthätig ist, oder scheint.

Nach diesem Maßstabe also muß man alle Regierungs-Verfassungen und Volks-Religions-Systeme beurtheilen, und jede, die auf andern Grundsäzzen beruht, muß früh oder spät scheitern, oder umgestürzt werden, sobald die größere Anzahl die Augen über ihren Zustand öfnet. Hingegen kann jede Verfassung von der Art sich Dauer versprechen, wenn sie jene Grundsäzze respektirt, ihre Form mag seyn, welche sie wolle. Ja! — und vielleicht wird man sich wundern, mich aus diesem Tone reden zu hören — ich glaube fast, obgleich ich anfangs erklärt habe, daß ich hierüber nichts zu entscheiden wagen würde, daß die monarchische Form vielleicht die zwekmäßigste von allen ist. Ich sezze dabey voraus, daß der Monarch ein weiser und guter Mann sey. Ist er das nicht; so muß er wagen, was jede inkonsequente Regierung wagt, nämlich, daß es mit seinem Monarchenwesen keinen Bestand habe. Wir reden aber hier nur von der Form, caeteris paribus.

Ein einzelner Regent hat mehr Antrieb seine Pflicht zu erfüllen, als mehrere; alle Ehre und alle Schande seiner Verwaltung fällt auf Ihn; allen Dank, allen Segen erndtet Er ein; auf Seinen Namen schreibt die Geschichte alles Gute und Böse in die Rechnung. Stehen aber Mehrere am Ruder; so kann Jeder von ihnen, wenn er etwas Böses thut, die Schuld, von sich ab, auf das Ganze wälzen, indeß er nachlässig zum Guten ist, weil der Ruhm davon nicht ihm zu Theil wird. Verschiedenheit der Meinungen und Neid hindern manche nüzliche Ausführung. Weiß der Monarch, daß er, in so fern er seine Pflicht erfüllt, lebenslang Herr bleibt; sieht er also das Land gleichsam als sein Eigenthum an; so wacht er, wie ein guter Haushälter, über das öffentliche Vermögen; sein Interesse ist das Interesse des Ganzen; wo hingegen mehrere nur eine Zeitlang herrschen, da durchkreuzen sich oft die mancherley Privat-Vortheile mit dem allgemeinen Wohl; und wir sind Alle schwache Menschen. Weiß der Monarch, daß auch seine Kinder, in so fern die Nation sie dessen nicht unwürdig findet, einst in seine Stelle treten werden; so kann er diese mit den Grundsäzzen einer weisen Regierungskunst bekannt machen; da hingegen gewählte Repräsentanten, wenn sie unerwartet an die Spizze der Geschäfte gestellt werden, bey allem guten Willen, doch zuweilen noch, aus dem Beutel des Staats, theures Lehrgeld geben müssen. Endlich herrschen bey der Regierung eines Einzigen mehr Schnelligkeit in den Geschäften und Einheit im Plane; und der Monarch kann dennoch alle Kenntnisse einsichtsvoller Männer, deren Rath ihm nicht versagt wird, nüzzen.

Allein, indem man mich der Monarchie das Wort reden hört, vergesse man nicht, welche Bedingungen ich oben bey jeder Gewalt, die Menschen über Menschen ausüben, vorausgesezt habe!

Sechster Abschnitt.

Ob unsre heutigen Staats-Verfassungen auf ächten Grundsäzzen beruhen und der Stimmung des Zeitalters angemessen sind.

Nachdem ich nun im Allgemeinen die Grundsäzze entwikkelt habe, auf welche durchaus eine jede Regierungs-Verfassung gebauet seyn muß, wenn sie zwekmäßig und dauerhaft seyn soll; so lasset uns doch nun auch sehn, ob unsre gegenwärtigen europäischen Staaten nach diesen Grundsäzzen regiert werden, oder nicht, und ob also zu erwarten steht, daß sie noch lange so, wie sie beschaffen sind, bleiben können! Ich glaube, das ist nicht schwer zu beantworten und es bedarf wohl keines weitläuftigen Beweises, um darzuthun, daß die Regierungen der mehrsten cultivirten Länder nach und nach Maximen angenommen haben, die in dem allerauffallendsten Contraste mit den ersten Grundsäzzen des gesellschaftlichen Vertrags stehen — Eine kurze Darstellung wird hinreichen, dies anschaulich zu machen, und dann werden wir zugleich gewahr werden, daß die mehrsten nicht einmal politisch genug sind, solche Mittel zu wählen, die der Stimmung des Zeitalters angemessen sind.

Das römische Recht schon ist ein wahres Alphabeth des Despotismus. Kann man sich einen abscheulichern Grundsaz denken, als den, welcher L. 1. in pr. D. de constitutionibus principum steht? Quod principi placuit, habet legis vigorem. Der Willen, die Phantasie, die Grillen eines einzigen Menschen also sollen die Handlungen von Millionen bestimmen? Darauf kann der Vorsteher eines Irrhauses, oder der Erzieher unmündiger Kinder seine Gewalt stüzzen; in einem wohl geordneten Staate hingegen muß das Gesez eher existiren, als der Handhaber und Executor der Gesezze. Gestattet aber ein Volk seinem Regenten, willkührlich Verordnungen zu machen, die nicht in der Constitution gegründet sind; so ist natürlich zu erwarten, daß diese Herrschaft nur so lange dauern kann, als die Nation, das heist der stärkere Theil, sich das gefallen lassen will, weil sie entweder zu roh und unwissend ist, um über ihre Verhältnisse nachzudenken, oder sich bey den Verordnungen wohl befindet. Also ist eine solche Regierungs-Verfassung allen Gefahren einer Revolution ausgesezt. Wir haben aber in Europa Länder, wo es gar keine Volks-Repräsentanten, Reichsstände, Parlamente, Landstände und dergleichen giebt, sondern wo der Willen des Herrn das höchste Gesez ist; und in diesen Ländern ruht dann die Oberherrschaft auf schwachen Füßen.

Eine sehr unnatürliche, von einigen unsrer Juristen bestimmt oder verblümt behauptete und auch aus den römischen Gesezbüchern, obgleich erzwungen hergeleitete Lehre, ist die: daß der Mensch, indem er das Band der bürgerlichen Gesellschaft geknüpft, seinen natürlichen Rechten entsagt hätte; daß das Völkerrecht das Naturrecht aufhöbe, oder wenigstens dieses durch jenes beschränkt werden könnte — Ein grober Irrthum! Seinen natürlichen Rechten kann niemand entsagen; sie machen einen Theil seiner Menschheit aus; aber übertragen kann er sie, und zwar:

1) nicht mehr Rechte übertragen, als er selbst haben würde, wenn er sie in Person ausüben wollte und

2) kann er zwar einen Contrakt schliessen, der ihn, nicht aber einen solchen, der andre Menschen, am wenigsten die folgende Generation, verbindet.

Nun aber üben unsre Beherrscher Rechte aus, die sich gar nicht aus dem Naturrechte erklären lassen, sondern die vielmehr mit diesem im Widerspruche stehen, die niemand ihnen übertragen konnte, die niemand ihnen übertragen hat, die ihnen nicht angebohren und nicht auf sie vererbt seyn können. Solche Regenten haben dann zu befürchten, daß ihre Gewalt aufhört, sobald der gute Willen, sich dies gefallen zu lassen, lau wird.

Ueberhaupt scheinen die beiden Grundsäzze: daß der Willen des Fürsten das höchste Gesez sey und daß die bürgerliche Verbindung die natürlichen Rechte aufhebe, von den mehrsten europäischen Beherrschern als ein Glaubens-Artikel betrachtet zu werden. Sie sezzen sich und ihre Nachkommen auf ewige Zeiten an die Stelle Derer, durch deren Uebereinkunft sie die Oberherrschaft besizzen, ja! Einige von ihnen scheinen ganz zu vergessen, daß alle Oberherrschaft ursprünglich von freywilliger Uebertragung herrührt und alle Gewalt vom Volke abstammt, dessen Stellvertreter sie sind. Sie sehen das ganze Land als ihr Erbstük, als ihr Eigenthum an; sie vertauschen und verkaufen Provinzen, ohne sich darum zu bekümmern, ob die Unterthanen Lust haben, sich einem andern Herrn zu unterwerfen, oder nicht; sie fordern Abgaben und treiben sie ein, ohne Rechenschaft abzulegen, ob diese Gelder zu Bestreitung der Staats-Bedürfnisse verwendet werden; sie bestreiten aus dem öffentlichen Schazze ihren unnüzzen Aufwand und die Unkosten zu eiteln Vergnügungen und Flitterstaate; sie bestrafen Beleidigungen ihrer eignen Person, wie öffentliche Verbrechen; sie sezzen die übrigen Staatsbedienten nach Willkühr an und ab; sie machen willkührlich neue Gesezze und widerrufen die alten, dispensiren, begnadigen, mildern und verdoppeln die Strafe; sie rauben Freiheit und Leben, ohne vorhergegangnen öffentlichen Prozeß, ohne Bekanntmachung des Verbrechens. Wem schaudert nicht die Haut, wenn er liest, daß Ludwig der Eilfte zwei Prinzen von Armagnac in einem Kerker, in welchem sie nie grade aufrecht stehn und gar nicht gehn konnten, verschmachten ließ, nachdem sie wöchentlich zweimal bis auf's Blut gepeitscht und ihnen vierteljährlich ein Zahn ausgerissen wurde, und daß sich nachher fand, daß sie — gar nichts verbrochen hatten? Man antworte hierauf nicht, daß dergleichen in unsern Tagen nicht mehr geschehe! Erstlich ist das nicht wahr, und dann, wenn es auch so wäre; so bewiese das nichts. Eine Staats-Verfassung, in welcher es nur möglich ist, daß dergleichen geschehn kann und darf, ist nicht besser, wie eine Mördergrube und Räuberhöhle, und wer leugnet, daß dies noch jezt in manchem europäischen Staate geschehn kann und darf? Sie selbst, die Regenten, glauben sich über die Gesezze erhaben, bestrafen Verbrechen, die sie täglich selbst begehen, und an der Seite einer, vor den Augen des Volks unterhaltenen, geehrten, im Glanze des Reichthums und der Hoheit lebenden Maitresse, unterschreiben sie Verdammungs-Urtheile gegen Hurer und Ehebrecher. Zu Befriedigung ihrer Privat-Rache und wo bloß ihr Familien-Interesse im Spiele ist, führen sie blutige Kriege, die Hunderttausende das Leben kosten. Was ging denn der spanische Successions-Krieg die französische Nation an? Was kümmerte es die Schweden, ob der König in Polen Augustus, oder Stanislaus hieß? Sie privilegiren gewisse Ständc auf Unkosten der übrigen Bürger und bestimmen über die öffentliche Ehre, als wenn diese von ihrer Schäzzung abhinge, ein Werk ihrer Schöpfung wäre. Rang, Gewicht und Ansehn sind nicht der Preis des größern Verdienstes, der größern Nüzlichkeit, sondern der Gunst eines Einzelnen. Gefällt dem Fürsten ein Schmeichler, ein müßiggehender Hofschranze vorzüglich wohl; so giebt er ihm den Rang eines Feldherrn und überschüttet ihn mit Reichthümern, die hundert arbeitsame Familien aus dem Elende retten würden. So sind denn die unnüzzesten Bürger die vornehmsten und reichsten, und die, welche mit ihrer Hände Arbeit den Staat aufrecht erhalten, verachtet und dürftig. Wo etwa noch Repräsentanten des Volks, dem Anscheine nach, das Recht haben, zu Abgaben und neuen Einrichtungen ihre Einwilligung zu geben, oder zu verweigern; da werden diese Repräsentanten nicht frey gewählt aus Denen, welche am mehrsten bey solchen Verhandlungen interessirt sind, sondern es sind Personen, die entweder aus Furcht, oder aus Eigennuz, so reden, wie es der Regent gern sieht und die um so williger sind, ihm alles zu geben, was er fordert, da sie das Privilegium haben, keine der Lasten mit zu tragen, sondern sie allein auf die Classen zu wälzen, welche keine Stimme haben. Derjenige Stand, welcher grade am mehrsten leisten und zahlen muß, darf am wenigsten dazu sagen, auf welche Weise er leisten und zahlen will. Friedensschlüsse, die ganzen Nationen neue Verbindlichkeiten auflegen, werden, ohne Rüksprache, von einzelnen Personen beschworen und — gebrochen. Ueber dies alles seine Meinung freymüthig, wenn auch noch so bescheiden, zu sagen, so wichtig auch diese Gegenstände der ganzen Menschheit sind und so unbezweifelt das Recht jedes Mitbürgers ist, sich darum zu bekümmern, wie mit ihm und dem Seinigen gewirthschaftet wird — das gilt für ein Staats-Verbrechen. Giebt es doch in Italien einen Staat, der noch vor wenig Jahren sechstausend Spione besoldete, die jedes Wort von der Art aufsammeln und hinterbringen musten!

Eben so mit Vernunft und Billigkeit streitend, wie die politischen Grundsäzze in dem grösten Theile von Europa, so sind es auch unsre gottesdienstlichen Einrichtungen und kirchlichen Verfassungen. Der Staat maßt sich das Recht an, zu entscheiden, wie man von Gott und göttlichen Dingen denken und reden, und nach welcher Form man dem höchsten Wesen seine Verehrung bezeugen solle. Diese von der weltlichen Regierung dem Schöpfer aller Dinge vorgeschriebne Weise, wie er sich soll anbeten lassen, nennt man dann die herrschende Religion und gute Bürger, die aber nach einer andern Art, ihrer Ueberzeugung gemäß, die heiligste ihrer Pflichten, die keinem Zwange unterworfen seyn kann, erfüllen wollen, können froh seyn, wenn sie geduldet werden. Daß man sie von bürgerlichen Aemtern und Vortheilen ausschliest, versteht sich von selber, und es ist die Frage, ob jemand, der laut sich erklären würde, er glaube nicht an die ewige Verdammniß, auf dem ganzen festen Lande von Europa an irgend einem Orte als Nachtwächter Brod fände. Die Geistlichen machen einen besondern Stand aus und mischen sich in Geschäfte, welche allein die weltliche Regierung angehen, dirigiren den Unterricht der Jugend und lassen den Menschen den vierten Theil seines Lebens, den er anwenden sollte, sich zum guten Bürger zu bilden, mit dem sehr unnüzzen Studium der dogmatischen Lehrsäzze verschwenden, und ihn, wenn er vierzehn Jahre alt ist, angeloben, was er sein ganzes Leben hindurch glauben will, gleich als wenn ein Mensch vorauswissen könnte, was er in der nächst folgenden Stunde glauben wird, und als wenn man nicht Jedem überlassen müste, da, wo es nur auf seine individuelle Ueberzeugung und Glükseligkeit ankömmt, sich ein System zu wählen, das ihm Ruhe und Zufriedenheit gewährt! Noch alberner, wenn das möglich ist, muß es einem Philosophen vorkommen, daß die Fürsten in Friedensschlüssen mit einander darüber einig werden, was ihre sämtlichen Unterthanen künftig glauben sollen. In katholischen Reichen übt denn vollends die Geistlichkeit eine Gewalt aus, die zuweilen sogar der weltlichen Regierung furchtbar ist und die ihr niemand übertragen hat, verschwelgt im Müßiggange das Fett des Landes, verurtheilt ihre Mitglieder, den Trieben der Bestimmung und den Pflichten zu entsagen, wozu die Natur alle Geschöpfe auffordert und entzieht dem Staate thätige Bürger, um sie in Klöster einzusperren. Die vorgeschriebne Art der äussern Gottes-Verehrung besteht in manchen Ländern aus läppischen, kindischen Zeremonien, in andern aus den allerlangweiligsten und geschmaklosesten Gebräuchen.

Alle diese politischen und kirchlichen Systeme nun hindern denn auch den Fortgang der Wissenschaften und hemmen den freyen Untersuchungsgeist. Wem die Natur Talente gegeben hat, Licht zu verbreiten und Wahrheit zu finden, der muß seine schönsten Jahre verschlendern, um sich und die Seinigen fähig zu machen, durch die Menge verwikkelter Verhältnisse hindurch, in die Classe der Wenigen hinaufzurükken, die auf Unkosten der übrigen größern Anzahl leben; die Philosophie darf über alles grübeln, nur nicht über das, was den Menschen am wichtigsten ist; wer Geschichtbücher schreibt, der schildert die Thorheiten und Verirrungen einzelner Personen. Der Gelehrte muß um's Geld arbeiten; er muß sich also nach Zeit, Umständen und den Launen des Publikums richten, statt nur Wahrheit und Schönheit vor

Augen zu haben — Doch, warum sollte ich die Züge häufen, um die Inkonsequenzen unsrer Verfassungen zu schildern? Leugne Einer, wenn er kann, daß das Original zu diesem, mehr oder weniger ähnlichen Bilde, in allen europäischen Staaten anzutreffen ist! Oder sollen wir England ausnehmen? Freylich! wenn wir des Herrn de l'Olme Roman über die englische Constitution für treue Darstellung der Verfassung halten wollen; so findet man nirgends eine zwekmäßigere Gesezgebung, mehr Gleichheit in Vertheilung der Gewalt, mehr persönliche Freyheit und Sicherheit, als in Großbritannien. Aber beleuchten wir ein wenig die Scene; so werden wir andrer Meinung. Des Königs Gewalt über Krieg und Frieden und überhaupt seine monarchische Macht ist dadurch eingeschränkt, daß von der Nation die Verwilligung der zu jeder Unternehmung nöthigen Gelder abhängt; auch darf er, ohne Einstimmung der Parlamente, keine Gesezze geben. Diese Parlamente nun bestehen aus gewählten Repräsentanten, die, wie bekannt ist, nach einer höchst widersinnigen Proportion das ganze Volk vorstellen, so daß eine Universität deren mehr abschikt, als eine ganze Grafschaft. Bestechungen haben, nach Monsieur de l'Olme Versicherung, dabey nicht Statt; aber das ist Keinem, der gewählt werden will, verwehrt, daß er einem Wählenden für einen Korb voll Eyer hundert Pfund Sterling bezahle. Die Hofparthey ist also nicht nur Meister von den Wahlen, sondern kann auch, da sie Ehrenstellen und Pfründen vergiebt, sich nach Gefallen Parthey machen und durch die Ueberstimmen Dinge durchsezzen, wovon jedermann weiß, daß der neun und neunzig Hunderttheil der Nation dagegen ist. Die Justiz wird so verwaltet und die Gesezze sind so klar, daß nirgends in der Welt die streitenden Theile so jämmerlich von den Advokaten geschunden und nirgends in der Welt so himmelschreyende Urtheile gesprochen werden, als in England. Die Friedensrichter sind nicht selten bestechbar; die Geschwornen oft gewissenlose Menschen aus dem niedrigsten Pöbel. Ein Bösewicht, der mich als Dieb angiebt und seine Aussage durch einen Meineid bekräftigt, kann mich ohne Umstände an den Galgen bringen. Durch den geringsten Anstoß gegen übliche Förmlichkeiten wird die gerechteste Sache verlohren und der ärgste Verbrecher bleibt ungestraft, wenn bey seinem Prozesse gegen eine solche Formalität gefehlt ist. Als im Jahre 1790 ein verworfner Mensch die Frauenzimmer auf ofner Straße mörderischer Weise mit Messern anfiel und er endlich entdekt und angeklagt wurde, fehlte nicht viel, daß man ihn hätte ohne Strafe freylassen müssen, weil die Anklage in eine solche Form gebracht war, daß daraus nichts erwiesen werden konnte, als daß er ein paar Löcher in die Kleider einiger Damen gerissen hatte. Ein Mädchen, das Hauben gestohlen hat, wird, wenn auch der Diebstahl selbst erwiesen ist, freygesprochen, wenn der Ankläger aus Versehn Leinewand nennt, was Nesseltuch war. Ein Mann darf seine Frau mit einem Strikke um den Hals, auf dem Markte verkaufen. Vor zwey Jahren geschahe dies in einer englischen Stadt von Gerichts wegen an einer Armen, welche die Gemeine nicht länger zu ernähren Lust hatte. Wenn ein unglüklicher Mensch, einer Kleinigkeit wegen, am Pillori steht; so wird dem Pöbel verstattet, ihn zu Tode zu martern. Von den greulichen Gewaltthätigkeiten, die im Jahre 1790 bey dem Matrosen-Pressen vorgingen, habe ich schon oben geredet; ich will nur noch den Herrn von Archenholz als Zeugen anführen, der uns erzählt, wie damals freye, mit Gewalt angeworbne Menschen, zu Hunderten in enge Schiffsräume zusammengepakt wurden, wo Viele von ihnen, wie im schwarzen Loche in Calcutta, erstikten. Der Unfug der Accise-Bedienten beweist auch nicht, daß Freyheit in England respektirt wird; daß jemand, der die Schwester seiner verstorbnen Frau heyrathet, wie ein Blutschänder bestraft wird, ist eben kein Zeichen einer philosophischen Gesezgebung. Die reichen Geistlichen führen ein ärgerliches und wollüstiges Leben in der Hauptstadt und lassen drey oder vier Landpfarreyen, welche sie an sich gekauft haben, durch Vikarien versehn. Hierzu werden Die gewählt, welche am wenigsten Besoldung fordern; die Gemeinen müssen mit den verworfensten, unwissendsten Menschen zu Seelsorgern vorlieb nehmen, indeß die wirklichen Pfarrer von ihrem theuren Gelde in London Maitressen unterhalten, und nie keinen Fuß in ihre Kirchsprengel sezzen. Die Preß-Freiheit wird von Jahren zu Jahren mehr eingeschränkt. Luxus, Mangel an Treue und Glauben und Unsittlichkeit nehmen auf eine fast unglaubliche Weise überhand. Oeffentlich werden Akademien eröfnet, in welchen man Unterricht im Stehlen giebt; öffentlich werden die Hazard-Spiele geduldet, gegen welche man die strengsten Gesezze gegeben hat; die Menge müßiger, gegen die Ordnung der Natur lebender Menschen vermehrt sich in allen Ständen, und die unerhörtesten, niederträchtigsten Verbrechen und Laster, wovon man täglich Beyspiele sieht, laden den Staatsmann und Philosophen eben nicht ein, die englische Verfassung zum Muster anzupreisen.

So sieht es mit unsern europäischen Staats-Verfassungen aus — leugne das, wer da kann, und vertheydige das, wer da darf! Nicht, daß wir keine edle, große, die heiligen Menschenrechte respektirende Könige und Fürsten hätten; aber wir reden hier nicht von einzelnen Menschen, die sich des Misbrauchs enthalten, den sie von ihrer Gewalt machen könnten, und die so viel möglich den Fehlern auszuweichen, die Gebrechen zu heilen suchen, die in der Constitution liegen; sondern von den Verfassungen selbst reden wir, die von der Art sind, daß keine bestimmte Gesezze jenen möglichen Misbrauch einschränken. Sie sind also gegen die Ordnung der Natur; sie streiten mit dem ersten Zwekke jeder gesellschaftlichen Vereinigung, indem sie, statt die allgemeinen Menschenrechte und die persönliche Sicherheit und Glükseligkeit Aller durch gegenseitigen Schuz zu befördern und gegen Beleidigungen zu sichern, vielmehr ganz darauf eingerichtet zu seyn scheinen, daß eine kleinere Anzahl der Bürger, auf Unkosten der größern Anzahl, ihre Leidenschaften befriedigen, sich Vortheile verschaffen und Vorrechte anmaßen könne, die ihnen nach der Ordnung der Natur nicht zukommen. In den Zeiten der Barbarey nun, wo unter hundert Menschen kaum Einer fähig ist, über seine Verhältnisse nachzudenken, wo dikke Nebel die Augen des großen

Haufens umhüllen und alle Ressorts, aus welchen das Maschinenwerk des Despotismus besteht, ihre volle Kraft haben; da läßt sich eine solche Gewalt über die Menge erlangen. Auch beruht diese Gewalt auf dem heiligen, in der Natur gegründeten Rechte des Stärkern; denn wenn der Schwächere in den Kräften seines Geistes und in seiner Geschiklichkeit Hülfsquellen findet, die ihm den Mangel an körperlicher Prästanz ersezzen, oder wenn er den Stärkern dahin bringen kann, daß er freywillig oder aus ungegründeter Furcht ihm ein Uebergewicht zugesteht; so wird Er ja dadurch der Mächtigere. Allein sobald Jener die Augen öfnet und anfängt sich selber zu erkennen und zu fühlen; dann ist die Zeit der Täuschung aus, und das künstliche Regiment hat ein Ende. Thöricht wäre es, verlangen zu wollen, daß, in einem Zeitalter, wo Cultur und Wissenschaften in allen Ständen zugenommen haben, die alten Gängelbänder, an welchen man unwissende und dumme Menschen leitet, nämlich Vorurtheil, Autorität, Täuschung und blinder Glauben, noch immer den Haufen der Starken im Zaume halten sollten. Und doch verlangen wir nicht nur, diese Albernheit durchzusezzen, sondern wir wollen sogar die Sache per modum contrarium treiben, das heist: indeß das Volk täglich klüger, täglich abgeneigter wird, sich im Blinden führen zu lassen, werden die Ansprüche der Herrscher auf blinden Gehorsam täglich größer — Das Kind behandelte man mit Glimpf und den Mann will man mit der Ruthe züchtigen. Ist es möglich, ist es denkbar, daß dies dauern könne? Nein, gewiß nicht! und ohne Prophet und ohne Aufwiegler zu seyn, kann man es voraus verkündigen, daß allen europäischen Staats-Verfassungen eine nahe Umkehrung bevorsteht.

Siebenter Abschnitt.

Welche Art von Revolution in den Staats-Verfassungen zu erwarten, zu befürchten oder zu hoffen sey?

Man sage doch ja nicht, daß die französische Revolution das Feuer des Aufruhrs in allen Gegenden von Europa anblase, noch daß selbst die kühnsten und unvorsichtigsten Schriftsteller, welche den Rechten der Menschen und der Freyheit das Wort reden, ruhige Völker zu Empörungen verleiten! Ich werde mich bemühn, das Gegentheil solcher Behauptungen in diesem und den folgenden Abschnitten darzuthun.

Ich meine hinlänglich bewiesen zu haben, daß alle europäische Staats-Verfassungen von der Art, daß sie so, wie sie beschaffen sind, bey der jezzigen Stimmung des Zeitalters, nicht dauern können. In Frankreich nun war das Uebel am ärgsten, der Despotismus auf den höchsten Grad gestiegen; zugleich hatte die gegenwirkende Cultur in allen Ständen zugenommen, indeß Armuth und Elend das Volk zur Verzweiflung brachte. Frankreich war also der Theil des Geschwürs, der zu seiner ganzen Reife gelangt war, und der daher zuerst aufbrechen oder durchgestochen werden muste. Statt darüber zu jammern, sollten wir uns freuen, wir andern Europäer, daß nicht zuerst uns die Reihe getroffen, daß wir, wenn wir es nur recht anfangen, uns den Schmerz einer ähnlichen Operation ersparen und durch zertheilende Mittel die materia peccans fortschaffen können. Das Beyspiel unsrer Nachbarn kann für Regenten und Volk heilsam werden. Jene mögen sich daran spiegeln und gewahr werden, was der große Haufen vermag, wenn man ihn auf's Aeusserste treibt und wie wenig die alten Quaksalbereyen gegen ein so eingewurzeltes Uebel wirken; das Volk aber mag durch den Anblik aller Greuel der Anarchie bewogen werden, sich zu keinen übereilten Schritten verleiten zu lassen, nicht, ohne die äusserste Noth, zu gewaltsamen Mitteln zu schreiten und einen leidlichen Zustand von conventioneller Ruhe und Glükseligkeit nicht gegen die ungewissen Folgen einer gänzlichen Umstürzung auf das Spiel zu sezzen!

Also ist es nicht die französische Revolution, welche den Ton von Unzufriedenheit unter den übrigen Völkern anstimmt, sondern umgekehrt, die allgemeine Unzufriedenheit ist zuerst in Frankreich ausgebrochen. Auch sind es nicht die Schriftsteller, die so genannten Aufklärer und Apostel der Freiheit, nach denen Hoffmann, elenden und jämmerlichen Andenkens, mit Gassenkoth wirft, diese Schriftsteller sind es nicht, welche Aufruhr erwekken; sondern die allgemeine Stimme des Volks ist es, die durch diese Schriftsteller redet. Noch nie haben Bücherschreiber große Weltbegebenheiten bewirkt, sondern die veränderte Ordnung der Dinge wirkt im Gegentheil auf den Geist der Bücherschreiber; Jeder fühlt dann dunkel das Bedürfniß zu reden, bis Einer endlich den Mund öfnet. Und wäre Er es nicht; so würde es ein Andrer seyn — Es ist aber Wohlthat, daß dergleichen zur Sprache komme und von allen Seiten beleuchtet werde, weil es noch Zeit ist. Geht die That vor dem Raisonnement her; so ist das Uebel unendlich größer. Luther hat die Reformation bewirkt; aber was für eine Reformation? Eine solche, die nicht ausbleiben konnte, wovon das Bedürfniß in allen christlichen Staaten gefühlt wurde. Ohne dies allgemeine Bedürfniß würde sein Toben und Wirken ohne Nuzzen und ohne Schaden geblieben seyn. Man würde ihn wie einen Schwärmer behandelt, und seinen Reformationsplan, zugleich mit jenes französischen Abts Vorschlägen zu einem ewigen Frieden, belächelt haben.

Wollt Ihr aber wissen, welche Schriftsteller das Volk zum

Aufruhre reizen könnten? Solche Scribler, solche Schmeichler, wie Hoffmann* und seines Gleichen, die sind es, welche, indem sie gegen die gesunde Vernunft und den freyen Untersuchungsgeist zu Felde ziehen, jedem bessern Manne, der noch gern geschwiegen härte, den Mund öfnen. Sie misleiten und verblenden schwache Fürsten die sonst im Begriffe sind, über ihre misliche Lage erleuchtet zu werden, erbittern durch leidenschaftliche Grobheit und machen jede Sache verdächtig, die solcher verächtlichen Vertheydiger bedarf.

»Aber was für Beruf« fragt der Furchtsame »was für Beruf habt Ihr Schriftsteller, Euch in diese Händel zu mischen? Was gehen Euch die Regierungen der Welt an? Wandelt doch Euren Gang in Frieden fort und schreibet über« — Nun? worüber? Ueber was für Gegenstände, wenn man nicht über die schreiben soll, die der ganzen Menschheit interessant und wichtig sind? Hat nicht jeder Bürger im Staate Beruf, sich in Angelegenheiten zu mischen, wovon die Wohlfahrt Aller abhängt? Und wenn Dein eignes Haus nicht brennt; folgt daraus, daß Du Deinen Nachbar nicht warnen dürfest, vor Unvorsichtigkeit mit Feuer und Licht? — Wahrlich! eine schöne Lehre! Also, wenn Millionen über die Mishandlungen eines Einzelnen seufzen; so soll Keiner das Recht haben, die allgemeinen Klagen vor den Richtstuhl zu bringen? »Ja! vor den Richtstuhl« — Und vor welchen? Etwa vor den Richtstuhl Derjenigen, die selbst die Beklagten sind? — Nein! vor den Richtstuhl des Publikums, des gesammten Volks! Dahin gehören solche Klagen, und diese Publicität allein ist das sicherste Mittel, heimlichen Meutereyen und den Einwirkungen im Finstern schleichender Rotten vorzubeugen.

* Doch dieser unwissende Schwäzzer, welcher Professor des teutschen Styls ist, und keine Seite ohne grammatikalische Fehler schreiben kann, der mit beyspielloser Frechheit sich rühmt: der Kayser sey Mitarbeiter an seinem albernen Journale — der wird nun wohl von seinen langöhrichten Mitbrüdern am wenigsten Nachtheil stiften.

»Aber man darf gewisse Wahrheiten eben so wenig laut predigen, als man kleinen Kindern Messer und Scheeren in die Hand geben darf.« — Wer hat Euch das glauben gemacht? Aechte Wahrheiten können unbrauchbare Werkzeuge für Unmündige, aber nie, in keines Menschen Hand gefährliche Waffen seyn. Das Gegentheil haben von jeher nur solche Leute behauptet, die ihren schändlichen Vortheil bey der Verfinsterung finden. Schade um die elende Glükseligkeit, die auf Lügen und Vorurtheilen beruht! Täuschung — selige Täuschung! Das ist eine Dichter-Phrasis und mag beym Liebeln und Empfindeln angenehme Dienste thun; aber wo es heilige Menschenrechte und zeitliche und ewige Glükseligkeit gilt; da hat kein Mensch, kein Engel das Recht, uns zu täuschen.

»Allein habe ich nicht selbst gesagt, daß der gröste Theil des Menschengeschlechts in allen Zeitaltern unmündig und der Täuschung unterworfen bleiben werde?« — ja, werde, leider! werde; aber nicht solle, nicht müsse. Giebt denn das uns das Befugniß, ihn muthwilligerweise zu betrügen, ihm sein Eigenthum an Wahrheit und Weisheit zu schmälern? Wer hat uns zu Vormündern auf ewige Zeiten von gewissen Volks-Classen gemacht, ohne Unterschied, ob unter Diesen nicht vielleicht Menschen sind, deren Verstandskräfte die unsrigen weit übertreffen? Noch einmal! unmündig und schwach bleibt freylich der gröste Theil aller Lebendigen; aber dieser Theil besteht nicht grade aus Bauern. Das wäre ja erschreklich, wenn ein ganzer Stand, und zwar der nüzlichste im Staate, verurtheilt seyn sollte, ewig dumm und unwissend zu bleiben; und es ist thöricht, zu sagen, man werde an ihm zum Wohlthäter, wenn man ihn in einer Täuschung erhält, bey welcher er sich so übel befindet.

Allein nicht nur ist keine Befugniß, es ist auch keine Möglichkeit da, die Aufklärung zurükzuhalten; und wenn sie nun einmal, ohne unser Gebet, ihre Fortschritte macht; so ist es die Pflicht Derer, die über so wichtige Gegenstände reiflicher nachgedacht haben, ihren Mitbürgern den Leitfaden zu bessrer Anordnung ihrer Gedanken zu geben —

das ist wahrer Schriftsteller-Beruf. Auf diese Weise kann der Gelehrte, wenn er das Bedürfniß seines Zeitalters richtig kennt, sehr nüzlich werden. Schaden stiften kann er, wenn das, was er sagt, wirklich ächte Wahrheit ist, nie. Kömmt diese Wahrheit zur Unzeit, das heist: calculirt er das Bedürfniß unrichtig; so wird sie nicht erkannt, nicht verstanden, zieht ihm vielleicht Verfolgung zu; aber Unglük kann Der nie stiften, der ächte Wahrheit geltend macht. Sehr viel mehr Unglük stiftet halbe Aufklärung; Verworrenheit in Begriffen. Und jezt leben wir in einem Zeitalter, das sehr viel Licht verträgt, in welchem man gewisse Wahrheiten nicht zu oft sagen kann. Alle Classen der Bürger lesen, lesen Geschichtsbücher, lesen Zeitungen; sie erfahren dann, daß Tristan l'Hermite mehr als viertausend unschuldige Menschen, unter Ludwig des Eilften Regierung, in der Bastille umkommen ließ; sie erfahren, daß nun die Bastille nicht mehr ist, daß das Volk sie, und mit ihr den Despotismus, zerstöhrt hat. Sie sehen also, daß man so etwas thun kann; sie lesen auch, daß Viele behaupten, man dürfe so etwas thun; sie fangen auch wohl an, zu ahnden, man habe von je her sich angemaßt, alles thun zu dürfen, was man thun konnte — und so ist denn freylich leicht abzusehn, daß auch sie so etwas thun werden, wenn sie wollen.

Hier ist also kein andres Mittel, als den Willen zu lenken und die Vernunft, welche den Willen regiert, zu überzeugen. Jenes ist in der Regenten Hand, dieses ein Geschäft der Schriftsteller. Wenn die Regierungen ihre Pflichten so treu erfüllen und dabey solche, zu dem Zeitalter passende Mittel wählen, daß die Bürger im Staate sich glüklich fühlen; so entsteht kein Misvergnügen, kein Bedürfniß, folglich auch kein Willen, die Ordnung der Dinge zu verändern. Und wenn dann die Schriftsteller die ächten Grundsäzze entwikkeln, worauf die Rechte aller Menschen und ihre Verbindlichkeiten gegen einander beruhen; die Vortheile der bürgerlichen Gesellschaft und die daraus entstehenden Pflichten; die Nothwendigkeit einer gewissen Ordnung und der Unterwürfigkeit gegen die Gesezze; wenn sie dies mit Freymüthigkeit und Klarheit thun; so wird das auf alle Stände gesegneten Einfluß haben; die Regenten werden die Unvermeidlichkeit einer Veränderung in ihren Systemen erkennen und zwekmäßige Mittel wählen, allen Klagen abzuhelfen; das Volk aber wird vorsichtig werden und sich zu keinen tumultuarischen Schritten verleiten lassen.

Achter Abschnitt.

Wie allen gewaltsamen Revolutionen vorgebeugt werden könne.

Wer in seinem Hause sich behaglich fühlt und kein Müßiggänger ist, pflegt sich selten um das zu bekümmern, was der Nachbar in dem Innern seines Hauswesens treibt; und ein Volk, bey welchem ein ziemlich gleich vertheilter Wohlstand und dabey nüzliche Thätigkeit herrschen, pflegt eben keinen leidenschaftlichen Antheil an den Begebenheiten und Gährungen in fremden Ländern zu nehmen. Die Sorge für das allgemeine Wohl geht wenig Leuten so nahe zu Herzen, als die Sorge für das eigne Ich. Wer also Interesse für eine Veränderung in der Staats-Verfassung empfinden soll, der muß überzeugt seyn, daß seine und der Seinigen persönliche Existenz bey dieser Veränderung einen Zuwachs von Vollkommenheit erlangen würde.

Die Anzahl Derer, die Ruhe und Gemächlichkeit lieben und ungern rasche Schritte thun, ist unendlich größer, als die der unruhigen Köpfe, voll rastloser Thätigkeit. Wenig Menschen sezzen gern das gewisse Gute auf's Spiel, gegen das Ungewisse, wonach man mit Gefahr ringen muß. Einzelne Aufwiegler machen wenig Eindruk auf Gemüther, in denen nicht schon der Saamen der Unzufriedenheit keimt; und also sind im Ganzen nur gemishandelte und gemisbrauchte Menschen zum Aufruhre geneigt, oder leicht dazu zu vermögen.

Jeder irgend verständige Mensch weiß, daß man in diesem Erdenleben eine gewisse Summe von Ungemächlichkeiten und Lasten tragen muß. Von Jugend auf wird er an Aufopferungen gewöhnt, und Gewohnheit hat größere Gewalt über ihn, wie alles Uebrige; folglich muß zu dieser Last, seinem Gefühle nach, eine unerträgliche Zugabe kommen, wenn er bewogen werden soll, zu murren und das Gewöhnte unnatürlich zu finden.

Wer nicht gewahr wird, daß es andern Leuten unter denselben Umständen besser geht, als ihm, wird nicht leicht mit seinem Zustande unzufrieden werden.

Liebe und Zuneigung zu Wohlthätern, Dankbarkeit für Schuz und gewährte Sicherheit, Erkenntlichkeit gegen edle und redliche Behandlung, Verehrung hervorstechender Talente und eine Art von Furcht vor überwiegender Klugheit ist allen vernünftigen Wesen von Natur eingeprägt. Nur Menschen von äusserst stürmischen Leidenschaften (und Diese machen gewiß den geringern Theil des großen Haufens aus) verleugnen solche Gefühle.

Wer eine rasche, gefährliche That ausführen will und dazu die Mitwirkung Vieler bedarf, wird nicht leicht sich Andern eröfnen und ihnen seine Plane mittheilen, wenn er nicht gewiß überzeugt ist, daß Diese von eben den Empfindungen, wie er, durchdrungen sind, und das sezt entweder eine allgemein gegründete Unzufriedenheit oder eine allgemeine Corruption der sittlichen Gefühle voraus — An beyden ist die Regierung Schuld.

Aus diesem Allen ziehen wir theoretisch folgende Schlüsse: daß Empörungen in keinem andern, als in einem äusserst verderbten, in einem äusserst unglüklichen, oder in einem äusserst inkonsequent regierten Staate zu Stande gebracht werden können. In dem erstern, weil da der größere Theil der Menschen geneigt ist, ungerecht zu handeln; in dem zweiten, weil da die Menschen, es komme, wie es wolle, nichts zu verlieren haben; und in dem dritten, weil da die Menschen weniger Gefahr fürchten, wenn auch der Anschlag mislingen sollte.

Aber auch aus der Erfahrung läßt sich beweisen, daß nur in solchen Staaten Revolutionen auszubrechen pflegen, in welchen die Regierungen entweder ohne feste Grundsäzze, oder nach grausamen, oder nach unmoralischen Grundsäzzen gehandelt, folglich sich entweder Verachtung, oder Abscheu zugezogen haben.

Peter der Große stürzte alles über den Haufen, woran seine Völker aus Vorurtheil und Gewohnheit hingen. Mit der unumschränktesten Gewalt herrschte er über Leben, Stand, Vorrechte und Vermögen der Unterthanen. Allein er selbst war ein großer, muthiger Mann, der Erste seiner Nation; Er gab das Beyspiel in aller Art von Aufopferung, Gehorsam und Thätigkeit; Alle seine Einrichtungen trugen das Gepräge der Sorgfalt für das allgemeine Wohl; ihr Nuzzen zeigte sich offenbar und sein Despotismus war dem Genie des Volks und dessen Sitten angemessen — also drang er durch, und es kam keine Haupt-Empörung gegen ihn zu Stande, in einem Reiche, wo sonst der kleinste Funken das Feuer des Aufruhrs in helle Flammen auflodern macht.

Carl der Zwölfte opferte seinem unbegränzten Ehrgeize und seinem Eigensinne das Leben und den Wohlstand seiner treuesten, besten Unterthanen, ohne allen Zwek auf, entvölkerte Schweden, stürzte es zu der tiefsten Stufe der Armuth herab und regierte mit beyspielloser Härte und Willkühr — und dennoch fand er den willigsten Gehorsam, ohne Murren — warum? weil er selbst für sich so wenig foderte und, bey allen Verirrungen jener Leidenschaften, so wenig der Sklave weichlicher Begierden und dabey so tapfer wie Keiner, so unermüdet, so wachsam, so populär, so mäßig, so religiös war — kurz! weil er in hohem Grade die Tugenden besaß, für welche sein Volk Sinn hatte, und nie in solche Verirrungen fiel, welche bey diesem Volke die Bewundrung seiner Erhabenheit hätte schwächen müssen.

Und nun das Muster aller Könige, das Wunder aller Zeitalter, Friedrich der Einzige — wer herrschte unumschränkter, willkührlicher als Er? Wer vertrug weniger Widerspruch? Ueber welches Königs Despotismus und Tyranney haben die Ausländer lauter geschrien? — Aber auch nur Ausländer; denn in welchem Lande herrschte je ein wärmerer Enthusiasmus für einen Monarchen, als in Preussen, während der unvergeßlichen Regierung dieses göttlichen Mannes? Aber er respektirte das, was dem Menschen das Heiligste ist, für dessen ruhigen Besiz er gern alles Uebrige aufopfert — Freiheit zu denken, zu reden, zu schreiben, zu glauben und zu bekennen, was in seinem Kopfe oder in seinem Herzen ist, und er wahrmachen zu können meint. Ihm war nicht bange vor Meutereyen, vor Aufwieglern, vor Aufklärern, vor Volks-Verführern. Hier in der freyen Reichsstadt, in der ich lebe, würde ich es nicht wagen, über die Thorheiten eines unbedeutenden kleinen Prinzen so unbefangen zu urtheilen, wie man damals von dem grösten Könige des Erdbodens laut in seinem Vorzimmer in Potsdam reden und über jede seiner Handlungen raisonniren durfte. Aber diese Handlungen brauchten auch nicht das Licht zu scheuen. Da saß er, ohne Leibwache, bey ofnen Thüren, ohne zu fürchten, daß jemand einen Anschlag auf ein Leben wagen würde, das ganz der Thätigkeit für das allgemeine Wohl gewidmet war. Sein Machtspruch bestimmte Auflagen und Abgaben, aber er verschwelgte nicht das Eigenthum der Unterthanen mit Buhlerinnen und Geigern und Pfeifern; alle Ausgaben waren Staats-Bedürfnisse. Wie mancher reiche Privatmann im Lande lebte bequemer, üppiger, glänzender, als Er! Wen ohne sein Verschulden Noth und Unglüksfälle zu Boden schlugen, der konnte, wenn er kein Tagedieb, sondern ein nüzlicher Bürger war, sicher seyn, bey ihm Rettung und Hülfe zu finden. Er ehrte das Verdienst in jedem Stande und seine Freunde waren Menschen, denen kein vernünftiger Mann seine Achtung versagen konnte. Projektmacher, Schwärmer und andächtelnde Heuchler fanden keinen Eingang bey seiner nüchternen Vernunft. Wer arbeitete ämsiger, besser, unermüdeter, pünktlicher wie Er? Strenge Gerechtigkeit leitete jeden seiner Schritte, so weit menschliche Einsicht reichen kann. Nie machte seine Willkühr Ausnahmen von bestimmten Gesezzen; nie verlor er seinen Haupt-Plan aus den Augen, der nicht verheimlicht wurde, der offen da lag, jeder Prüfung ausgestellt. Aber wer hätte auftreten mögen und sagen: ich will besser regieren, als

Er? Wer durfte denken, er sey unerschrokner, scharfsichtiger, schneller bey dringenden Fällen, geschikter begangne Fehler zu verbessern, wachsamer, weniger vergessend? Wer war liebenswürdiger, hinreissender, überredender, wizziger als Er, im geselligen Umgange? Er bezahlte keine Inquisitoren, keine Lobredner und keine Spione; seine Heere beschüzten sein Land, nicht seine Person; seine Sicherheit, seine Unverlezlichkeit beruhete auf seiner Tugend, auf seinem entschieden hohen Werthe, auf der Reinigkeit seiner Absichten und auf der Weisheit seiner Mittel. Er ließ den Leuten nicht aus der Bibel beweisen, daß sie ihm gehorchen müsten, sondern erregte den Willen in ihnen, gern zu thun, was er befahl, weil sie seiner Weisheit trauen durften. Und hätte er tausend Jahre regiert und hätten um ihn her unzählige Volks-Aufklärer und Freiheits-Apostel über die Rechte der Menschheit, über die Befugnisse, sich frey zu machen, über die Gleichheit der Stände und gegen Kirchensysteme geschrieben; nie hätten seine Unterthanen sich zum Aufruhre bewegen lassen; denn sie fühlten sich — die Unvollkommenheit aller menschlichen Anstalten abgerechnet — glüklicher, sichrer, freyer, als irgend ein andres Volk.

Fragt man, warum die Regierung des edeln Kaisers Joseph, dessen Haupt-Augenmerk doch gewiß auch nur das allgemeine Wohl und das Glük seiner Völker war, dennoch durch innerliche Gährungen bezeichnet wurde; so wird es nicht schwer, die Antwort zu finden, wenn man einen Blik auf das Bild wirft, welches ich von des großen Friedrichs Regierung entworfen habe. Grade der Mangel an jener Consequenz in allen, auch den geringsten Schritten des unsterblichen Königs, und an der nie aus den Augen gesezten Rüksicht auf den Grad der Cultur seines Volks, hinderte den für alles Edle und Große so eifrigen Kayser, in Ausführung des Guten; und so konnte denn der Erfolg der Reinigkeit seiner Zwekke nicht entsprechen.

»Aber« wird man mir einwenden »sind denn nie Empörungen ausgebrochen, gegen die weisesten und besten Regenten? Ist nicht der vortrefliche Heinrich der Vierte das Opfer einer solchen Verschwörung gewesen?« Freylich! und wer leugnet denn auch, daß falscher Religions-Eifer gegen gute Fürsten eine Mörderhand bewafnen könne? Aber Königsmord ist ja nicht Umwälzung eines Regierungs-Systems, und vielleicht könnte man Denen, welche der zunehmenden Aufklärung den Vorwurf machen, sie richte Verwirrungen in den Staaten an, grade die Erfahrung entgegensezzen, daß wir Beyspiele von solchen Freveln nur da finden, wo der Fanatismus herrschte und die Aufklärung ihr wohlthätiges Licht noch nicht verbreitet hatte.

Und wenn denn in keinem Lande gewaltsame Umkehrungen zu befürchten sind, wo die Regierung edel und konsequent handelt; welche herrliche Aussichten von Ruhe und Wohlstand haben wir nicht in Teutschland vor uns? — in Teutschland, wo so viel gute Fürsten den besten Willen, ihre Mitbürger glüklich und froh zu machen, mit erhabnen Vorzügen des Geistes verbinden und wo die, welche etwa noch durch fehlerhafte Erziehung und böse Rathgeber irre geleitet sind, auch bald durch gutes Beyspiel, durch die allgemeine Stimme, durch ernsthafte Betrachtungen über die französische Revolution und, welches denn auch nicht schaden kann, durch Furcht, von ihren Vorurtheilen, Irrthümern und falschen Grundsäzzen zurükkommen und einsehn lernen werden, daß ihr Interesse und das Interesse des Volks nur Eines ist?

Reichet also selbst die Hände zur nöthigen Verbesserung, Ihr Regenten! weil es noch Zeit ist! Entsaget den elenden und kostspieligen Kindereyen, worin so Manche von Euch ihren Ruhm, ihre Hoheit, ihren Glanz suchen! Was kann armseliger seyn, als Eure Zirkel von hirnlosen, müßigen Hofschranzen? Versammelt doch um Euch her — Männer, keine Affen! Männer mit Kopf und Herz, die Euch die Wahrheit nicht verhehlen! Was kann unnüzzer seyn, als Eure herausgepuzten Puppen, die Ihr Soldaten nennt, mit denen Ihr, die Ihr vor allen feindlichen Anfällen sicher seyd, mitten im Frieden, den Krieg spielt und denen der Hunger und die Sehnsucht nach ihren väterlichen Hütten aus den

Augen blikken? Was kann geschmakloser seyn, als Eure Feste, Eure Cour- und Galla-Tage, an denen kein Herz Theil nimmt, wo Ihr dem Zwange und der Langeweile Stunden opfert, die Ihr so nüzlich, so segenvoll, so selig verleben könntet?

Gebet Euren Unterthanen das erste Beyspiel in aller Art Tugend und Ehrerbietung gegen natürliche und konventionelle Gesezze, in Mäßigkeit, Arbeitsamkeit, Treue, Wahrheit und Häuslichkeit! Respektiret das ächte Verdienst; zeiget Abscheu gegen Ränke und Cabalen, gegen Ausspäher und Anbringer und suchet das moralische Gefühl Eurer Mitbürger zu veredeln!

Machet Euch nicht zu Nachahmern, zu Dienern, zu Sklaven fremder Fürsten, indeß Ihr selbst zu Hause den Genuß der süßesten Herrschaft, der väterlichen Herrschaft über vernünftige und freye Menschen, die Euch lieben, in vollem Maaße schmekken könnt!

Entsaget der thörichten Eroberungssucht, und überzeuget Euch, daß hundert Menschen glüklich und froh zu machen, unendlich ehrenvoller sey, als Millionen mit Gewalt an das verhaßte Joch des Despotismus zu binden!

Verschanzet Euch nicht in Euren langweiligen Residenzen gegen den armen, durch die Unter-Despoten gemishandelten Landmann, der Euch gern seine Noth klagen mögte! Reiset in die Provinzen; sehet mit eignen Augen, höret mit eignen Ohren und verlasset Euch nicht auf die Berichte Derer, die Euch die Augen verbinden!

Ehret alle nüzlichen Stände und leidet nicht, daß sich gewisse Classen privilegirt glauben, durch Hochmuth, Unwissenheit und Müßiggang sich über fleißige und bessere Menschen zu erheben! Verbannet auf immer den Wahn, daß Verdienste, persönliche Vorzüge und das Recht auf Ehrenstellen und Staatsbedienungen vererbt und angebohren werden können!

Glaubet den schmeichlerischen Buben nicht, die Euch für Statthalter Gottes, ja für Halbgötter ausgeben, den Heuchlern, die Euch wahrheitsliebende Leute verdächtig machen wollen! Sie zittern, aus Furcht entlarvt zu werden und hinter Eure Majestät wollen sie sich verkriechen, damit man ihre Schelmenstükke nicht an den Tag bringe. Sie dürfen den bessern Mann nicht aufkommen lassen, damit Ihr das wahre Verdienst nicht kennen lernet und sie nicht ihr Ansehn verlieren.

Ehret den Mann und danket ihm, der Euch bittre Arzeneyen giebt! Wer Euch sagt, daß Ihr die ersten Diener des Staats seyd, daß Ihr Eure Macht aus den Händen des Volks erhalten habt, (ein Saz, den der gute Kayser Joseph selbst öffentlich bekannte) der meint es redlicher mit Befestigung Eures Throns, der ist ein treuerer Diener, als Eure kriechende Sklaven. Jenen ist der Stellvertreter der Nation heilig, Diese würden Euch noch heute verlassen, wenn ein andrer Tyrann Euch die Krone vom Haupte risse.

Rükket mit fort in der Cultur; leset die Werke der Geschichtschreiber und Philosophen, damit nicht unerwartet Wahrheiten in Cours kommen, worauf Ihr nicht vorbereitet seyd, an deren Misbrauch, wenn ein solcher Misbrauch zu fürchten wäre, niemand Schuld seyn würde, als Ihr, berufene Erzieher des Volks!

Allein glaubet nicht, daß man durch Zwangsmittel und Edikte Meinungen lenken und Aufklärung hindern könne! Erlaubet immer, daß jedermann laut rede, und seyd versichert, daß niemand weniger zu fürchten ist, als der Schwäzzer! Je mehr die Menschen plaudern, desto weniger handeln sie. Widerstand reizt, Einschränkungen erbittern. Verbote von der Art sind das sicherste Kennzeichen einer schwachen Regierung, erwekken den sehr gegründeten Verdacht, daß Eure Schritte nicht sicher sind, daß Eure Grundsäzze das Licht scheuen. Was nicht in Teutschland gedrukt werden darf, wird auswärts verlegt und was nicht öffentlich genossen werden darf, wird heimlich um desto gieriger verschlungen. Wenn die allgemeine Meinung zu Eurem Vortheile spricht; wenn so viel Herzen von Liebe und Verehrung für Euch erfüllt sind, wenn man Euren guten Willen sieht und Euren Einsichten trauet; was kümmert Euch dann das Geschrey einzelner Schwindelköpfe? Und ist das nicht der Fall; so gebet die Rolle ab, die Ihr nicht zu spielen verstehet! Wenn die Wahrheit reift; so trägt sie ihre Frucht und alle Welt sieht, daß von dem Baume gut zu essen, und daß er lieblich anzuschaun ist. Dann seyd weise und stellet Euch an die Spizze der Aufleser, damit es fein ordentlich dabey hergehe! Verbietet Ihr die Frucht; so fallen sie Euch bey Nacht und Nebel darüber her, und wer ist dann Schuld an der Verwirrung und an den blutigen Köpfen?

Fühlt Ihr nun die Nothwendigkeit, bald Eure Systeme, Eure Maximen, Eure Verfassung zu ändern; (und wer von Euch sollte die nicht fühlen?) murrt sogar schon heimlich Euer Volk; so berufet die Landesstände; berufet frey gewählte Repräsentanten aus allen Classen der Bürger; leget ihnen Eure Wünsche, Eure Klagen, Eure guten Entschlüsse vor; Ueberleget gemeinschaftlich mit ihnen, wie zu helfen sey; verheimlichet ihnen nichts! Ihr seyd Ihnen Rechenschaft schuldig; gebet sie freywillig, ehe man sie Euch abnöthigt! Sie werden Euch das zum Verdienste anrechnen und Ihr gewinnt dadurch an Macht und an Würde. Entwerfet bestimmte Gesezze, die dem Genius des Zeitalters angemessen sind, und entsaget aller willkührlichen Gewalt, die niemand verantwortlich seyn will! O! versuchet es, und glaubet, Ihr werdet Euch glüklicher und größer dabey fühlen, als jezt. Aber Eure Vezire, Eure Paschas, die sind es, die Euch dahin nicht kommen lassen wollen — trauet ihnen nicht!

Ich bin ein schlichter Mann, freylich ehemals bey des Kaysers von Abyssinien Majestät kein unbedeutendes Subjekt gewesen, aber jezt Notarius caesarius publicus in Bopfingen, und nichts weiter. Meinetwegen könnte es also wol noch so bunt in der Welt hergehn; ich verlöre nichts dabey. Aber ich denke immer, ich müste doch auch so meine unmaßgebliche Meinung sagen zu dem heutigen Revolutionswesen. Quaeritur: ob Ihr dieses mein opusculum lesen werdet? — Das steht nun freylich dahin; indessen dixi, et liberaui animam meam.

Rückblicke auf den, wenn Gott will, für Teutschland nun bald geendigten Krieg.

Nebst einigen Erläuterungen, die Propaganda, Jacobiner und Illuminaten betreffend.

Es ist ein altes Sprüchwort: »daß man klüger vom Rathhause zu kommen pflege, als man hinauf gegangen sey,« welches wohl so viel sagen will, als: daß der Erfolg der Berathschlagungen oft ganz anders ausfalle, als man es, seiner unmaßgeblichen Meinung nach, vorher vermuthet habe.

Noch unsicherer, als die Vorausbestimmung des Ideen-Ganges, ist die Berechnung der künftigen würklichen Begebenheiten, gegen unsre vorigen, selbst gerechten Erwartungen und gegen die, auch weise angewandten Mittel, jene nach unsern Wünschen zu lenken.

Es ist jedoch ein sehr gewöhnlicher Fehler, den die Menschen begehen, daß sie die Rathschläge und die Bestrebungen ihrer Mitmenschen nur nach dem Erfolge beurtheilen und die richtigsten Theorien verwerfen, wenn durch die Dazwischenkunft kleiner, vorher übersehener, oder unmöglich vorauszubestimmender Nebenzufälle, sich ein andres Resultat zeigt, als was angekündigt worden war.

Diejenigen Männer aber sollten wohl gewiß auf das Zutrauen ihrer Mitbürger Anspruch machen dürfen, deren Rathschläge und Vorhersagungen, bey wiederholten Fällen, nicht nur im Allgemeinen, sondern auch unter solchen Umständen mit Erfolge sind gekrönt worden, daß dadurch die Gründe zu ihren vorhergegangenen Behauptungen das volle Gewicht erhalten haben und man nichts auf Rechnung der Willkühr und des Zufalls hat schreiben können.

Niemand wird leugnen wollen, daß die politischen Begebenheiten in unserm Jahrhunderte solche unerwartete Wendungen genommen, sich so durchkreuzt und so seltene Erscheinungen gezeigt haben, daß selbst große Staatsmänner und philosophische Beobachter nicht im Stande gewesen sind, die Würkung mancher Schritte vorherzusehn und mit Sicherheit die Resultate so verwickelter Berechnungen voraus zu bestimmen. Vorzüglich ist dies bey der französischen Staats-Umwälzung und dem daher entstandnen unglücklichen Kriege der Fall gewesen.

Dennoch hat es nicht an Männern gefehlt, welche in mündlichen Unterredungen, und besonders in Schriften, kühne, zuverlässige Voraussagungen und Urtheile in Beziehung auf diese große Begebenheit gewagt, auch den Regenten und Völkern Maaßregeln vorgeschlagen haben, unter denen man dann nachher einige bewährt gefunden, einige hingegen als voreilig und gefährlich hat anerkennen müssen.

Wir wollen aber hier nicht von den unberufenen politischen Kannengiessern, noch von den kleinen unbedeutenden Propheten, nicht von den Fürsten- und Volks-Schmeichlern, boshaften Aufhetzern, geheimen Ränkeschmiedern, die planmäßig die Verwirrung zu vergrößern, das Feuer von allen Seiten anzublasen suchten, um im Trüben zu fischen und sich nothwendig zu machen, noch endlich von den leidenschaftlichen, von blindem Partheygeiste beseelten Schreyern reden, die ohne Prüfung alles gut, vortreflich und unfehlbar fanden, was von Einer Seite geschah, alles verlästerten, falsch darstellten, was von der andern vorgenommen wurde und mit wüthender Unduldsamkeit über Jeden herfielen, der es wagte, andrer Meinung, als sie, zu seyn — Lasset uns der Zeit und ihrem Gewissen es überlassen, sie zu widerlegen und zu beschämen, in so fern dies nicht schon geschehn ist, und wenden wir uns vielmehr zu denen, die, wenn sie auch im Irrthume geschwebt und Vorurtheilen Raum gegeben, wenigstens sich so geäussert und betragen haben, daß man ihnen Eifer für das Wohl der Menschheit und des Vaterlandes und Wahrheitsliebe zutrauen darf, wären sie auch oft in der Wärme für ihre vermeintlich gute Sache zu weit gegangen und in Uebertreibungen gefallen!

Wenn es sich bey dieser Untersuchung nun ergeben sollte, daß eine von diesen Partheyen gänzlich inconsequent geurtheilt und irrig vorausgesehn, eine andre hingegen nicht nur das, was bis jetzt erfolgt ist, ziemlich genau vorhergesagt, sondern auch, bey den Rathschlägen, welche sie zu geben gewagt, solche Gründe angeführt hätte, welche einfach und einleuchtend, aus der gesunden Vernunft geschöpft und durch ähnliche Beyspiele aus der Geschichte unterstützt gewesen wären; so würde man mit Recht erwarten können, daß das Publicum und vorzüglich diejenigen Personen, welche Einfluß auf Staatsgeschäfte haben, sich von jener Parthey nicht länger irreführen ließen, dieser hingegen, so wohl wegen des Vergangenen, die ihnen bis jetzt vielleicht versagte Gerechtigkeit wiederfahren ließen, als auch wegen dessen, was noch zu erwarten und zu thun seyn möchte, Glauben und Vertrauen schenkten — Einer Untersuchung solcher Art mögen nun diese Blätter gewidmet seyn!

Zwey Hauptpartheyen haben sich vorzüglich unter denen, welche über die französische Revolution geredet und geschrieben haben, ausgezeichnet, die eine, welche ganz Europa gegen jene Nation aufzubiethen und kein Mittel unversucht zu lassen für Pflicht hielt, um die von dem französischen Volke unternommene Staats-Veränderung zu hindern; die andre, welche behauptete, man müsse den Ausgang dieser Unruhen der Vorsehung überlassen, welche gewiß alles zum Besten leiten würde; andre Völker seyen nicht befugt, sich in die innern Angelegenheiten Frankreichs zu mischen und ein desfalls anzufangender Krieg würde zwecklos und für alle übrige, darinn verwickelte Staaten, besonders aber für Teutschland, sehr verderblich seyn. Wir wollen die wichtigsten Sätze der einen und der andern dieser politischen Secten hier in der Kürze vortragen, dem unpartheyischen Leser aber in seinem Urtheile darüber nicht vorgreifen. Er mag dann das, was behauptet und verkündigt worden, gegen das, was geschehn ist, abwägen, um zu entscheiden, welche Parthey bisher sich des Zutrauens verständiger Menschen würdig gemacht, einen richtigen Blick in die politische Zukunft gezeigt hat, und von welcher man daher auch wegen der noch nicht gänzlich erfolgten

Entwicklung, richtige Erläuterungen und Rathschläge erwarten darf.

Zuerst lasset uns die zum Kriege gegen Frankreich aufrufenden Politiker hören! Wir wollen sie in dem Tone redend einführen, den sie seit länger als vier Jahren angestimmt haben.

1) Kein Volk ist berechtigt, seine Staats-Verfassung durch eine Revolution, durch Aufstand gegen die bisherige Regierung, umzuändern. Und daß nun vollends das französische Volk bey dieser Umwälzung die erworbenen durch Verjährung befestigten und geheiligten Rechte und Privilegien einzelner Stände, des Adels und der Geistlichkeit, aufhebt und die Sicherheit des Eigenthums nicht respectirt; dazu können und dürfen die übrigen europäischen Völker nicht schweigen; das dürfen sie nicht gestatten.

2) Die ursprünglichen Menschen-Rechte, auf welche die Franzosen ihre neue Constitution bauen wollen, sind philosophische Grillen, Träume, Theorien, die auf ein, in schon gestifteter, nicht erst zu stiftender bürgerlicher Gesellschaft lebendes Volk, gar nicht mehr anwendbar sind. Das einzuführende System von Freyheit und Gleichheit ist ein Hirngespinst, und kann in der Ausübung kein Menschenalter überleben, am wenigsten bey einer Nation von der Cultur und der Stimmung, wie die französische.

3) In Frankreich war der Fall der äussersten Nothwendigkeit einer solchen gewaltsamen Revolution (wenn auch dieser je Statt finden kann) gar nicht eingetreten. Mißbräuche hatten sich zwar eingeschlichen; allein der König both ja auf alle Weise freywillig die Hände zu Abänderung derselben und zu Einführung einer bessern Administration.

4) Es war nicht der Wille der Nation, zu dieser Umwälzung zu schreiten, sondern das Ganze ist ein Werk einzelner schändlicher Factionisten. Am mehrsten aber haben die zügellosen Schriftsteller dazu beygetragen.

5) Der König war nicht frey, als er diese unsinnige Constitution annahm. Er ist dazu gezwungen worden. Sie ist also ungültig und die mit ihm durch Blutsfreundschaft und Allianzen verbundenen andern europäischen Mächte sind

verpflichtet, die Waffen zu ergreifen, um seine Fesseln zu lösen und die alte Ordnung der Dinge wieder einzuführen.

6) Kaum werden die Heere dieser verbündeten Mächte in Frankreich einrücken; so wird, wie alle französische Emigrirte versichern, der größte Theil der Nation zu ihnen übertreten; die Einwohner der Städte und Dörfer werden sie mit ofnen Armen empfangen und in wenig Monaten wird die Ruhe wieder hergestellt seyn.

Und nachdem der Krieg nun würklich angefangen war, und keine einzige dieser Erwartungen erfüllt wurde, da hieß es:

7) Das Volk wird durch die Verführer geblendet; allein wie lange kann das dauern? Wie wollte sich der zusammengelaufene Pöbel gegen den Kern der geübtesten Krieger, gegen die vereinten Kräfte des größten Theils von Europa vertheidigen können? Es fehlt ihnen an Gelde, an Kriegs-Bedürfnissen; ja! man wird ihnen die Zufuhr aller Lebensmittel, deren sie von Aussen her bedürfen, abschneiden und sie also durch Hunger bezwingen. Im Lande selbst werden innere Unruhen uns die Arbeit erleichtern. Bey den Armeen fehlt es an Kriegszucht, an Subordination; Sie haben keine erfahrne Generale, sind nicht exercirt — kurz! es sind Horden, die bey dem ersten Angriffe davon laufen werden.

Und als nun die folgenden Feldzüge so sehr zum Nachtheile der Verbündeten ausfielen, wovon jedoch die richtigen Umstände, wenn sich das irgend thun ließ, dem Publico verschwiegen, durch feile Zeitungsschreiber und Journalisten der beyderseitige Verlust nie der Wahrheit gemäß angegeben und überhaupt alle Thatsachen auf eine fast lächerliche Weise entstellt vorgetragen wurden;

8) Da nannte man die Tapferkeit der Franzosen Tollkühnheit; die man der Würkung berauschender Getränke, so wie den Erfolg, welchen die feinen Maneuvres ihrer Heerführer hatten, dem Zufalle, unsre, durch ungeschickte Operationen herbeygeführten Widerwärtigkeiten hingegen, heimlichen Verräthereyen zuschrieb.

9) Dabey schrie man allgemein über die Grausamkeiten, welche die Feinde in den eroberten Ländern verübten, über

die Art, wie sie Krieg führten, die man als dem Völkerrechte durchaus zuwider schilderte und ihnen überhaupt ein Verbrechen daraus machte, daß sie nicht, ihrer ersten Erklärung gemäß, sich aller Eroberungen enthielten.

Und als nun ferner die Erbitterung auf das Höchste gestiegen war; als die selbst durch die alliirten Mächte im Innern des Reichs entstandenen und unterhaltenen Factionen, Trennungen, Cabalen und Verschwörungen einzelner Bösewichter losbrachen; als das so oft getäuschte betrogene Volk zu grausamer Rache gereizt wurde und das immer neu angeblasene Feuer der Zwietracht in fürchterliche Flammen ausbrach; als schuldige und unschuldige Menschen ohne Unterschied, und mit ihnen der König, und die Königin, auf grausame und ungesetzmäßige Weise ermordet wurden, der pariser Pöbel Greuel begieng und durch abgeschickte Henker in andern Städten begehn ließ, vor denen die Menschheit zurückbebt;

10) Da schilderte man die ganze französische Nation als Ungeheuer und Canibale; die gefallenen Opfer wurden zu Märtirern erhoben, und jede Tugend, wodurch die edelsten Menschen aller Jahrhunderte sich ein Recht auf Unsterblichkeit erworben haben, wurden nun dem unglücklichen Monarchen und seiner Gemahlin zugeschrieben, um die Verbrechen der Nation desto schwärzer zu malen.

Nachdem nun aber das Glück der Waffen sich von allen Seiten zum Vortheile der Franzosen lenkte und die armen Völker, die durch diesen Meinungskrieg zu Grunde gerichtet wurden, nach Frieden seufzten; da hieß es:

11) Nein! nimmermehr dürft ihr mit dieser Bande von Königsmördern Frieden schliessen; Sie muß ausgerottet, vertilgt werden vom Erdboden. Mit wem wolltet Ihr auch unterhandeln können? Es ist ja keine Regierung, sondern Anarchie in Frankreich. Nur noch ein Feldzug, und Ihr werdet siegreich in Paris einziehen und die Monarchie wieder herstellen. Im Innern des Landes arbeitet man Euch in die Hände; Es kann so nicht dauern, wie es jetzt steht. Die Contre-Revolution ist im Begriffe auszubrechen.

12) Und gesetzt, Ihr machtet Frieden! Wie lange wird der dauern? Glaubt Ihr, daß eine so untreue Nation Wort halten werde? Wenn Ihr die Republik anerkennt; so werdet Ihr dadurch dem vermaledeyeten Freyheits-Systeme die Krone aufsetzen. Bald werden diese Grundsätze auch in Euren Ländern die Oberhand gewinnen. Schon sind sie durch heimliche Emissarien der Franzosen, durch schwärmerische und boshafte Schriftsteller, unter uns ausgebreitet. Wohin man sein Ohr wendet, da hört man das Freyheits- und Gleichheits-Evangelium und Meuterey predigen. Aller Orten offenbaren sich Empöhrungen und Widersetzlichkeit gegen die Obrigkeiten, Verachtung der bürgerlichen Verfassung und der heiligsten Bande der Gesellschaft.

Als nun gegen diese verderblichen Rathschläge und übertriebnen Behauptungen sich unzähliche Stimmen gemäßigter Männer erhoben; da begann erst die unduldsamste Verketzerung; da rief jene Parthey:

13) Nun seht Ihr es! da haben wir die Aufruhr-Prediger! Wer den Frieden mit den Franzosen wünschen kann, der ist ein heimlicher Jacobiner, ein Illuminat und trachtet nach Verderben und Umsturz. Seyd wachsam gegen diese Verführer, Ihr Fürsten! Ihr seyd von ihnen umgeben; Sie sind Euch näher, als Ihr glaubt; Selbst in Euren Cabinetten sitzen Leute von ihrem Anhange.

14) Hier helfen aber keine gelinde Mittel. Ihr müßt das Uebel mit der Wurzel ausrotten. Vor allen Dingen hebet die Preßfreyheit auf; verbiethet alle geheime Bündnisse; lasset über die Gespräche wachen, die geführt werden, sorget für eine strenge Bücher-Censur und hindert die Verbreitung gefährlicher Schriften!

Diese Sprache ist nun bis jetzt mit mehr Bitterkeit und Heftigkeit fortgeführt worden, als bloß strenge Wahrheitsliebe sich zu erlauben pflegt. Lasset uns aber hören, was die andre Parthey hauptsächlich auf jeden dieser Puncte geantwortet hat!

Zum 1sten: Wenn es gewiß wahr ist, daß die Völker nicht das Recht haben, ihre Staats-Verfassungen durch Revolutionen umzuändern; so giebt es wenig Monarchen des Erdbodens, die nicht in unrechtmäßigem Besitze ihrer Kronen wären. Fast alle jetzt regierende Häuser haben die Erhebung ihrer Familie auf den Thron einem Volksaufstande zu danken. Es ist sehr begreiflich, daß der Willen eines Einzigen dem Willen der vereinten Menge weichen müsse, wenn diese es ernstlich darauf anlegt. Wenn ein Despot durch seine Armeen eine Nation unterjocht; so ist es diese bewafnete Menge, die ihn zum Regenten macht. Wenn er durch List über ein Volk herrscht; so ist es abermals die Menge, die ihre Macht seinem Verstande unterwirft. Kurz! immer ist es die Uebereinstimmung der größern oder mächtigern Menge, die das Schicksal der Staaten entscheidet — das Recht des Stärkern! Hier hilft also kein Philosophiren über das, was besser, was der Religion und Moral nach, rechtmäßig wäre; das Recht des Stärkern ist von jeher als überwiegend anerkannt worden, und hat bisher in allen großen Streitigkeiten von der Art entschieden. Wir wollen uns also auch nicht damit aufhalten, zu untersuchen, ob nicht das Befugniß, zu regieren, auf einem Contracte beruhe, der sich von selber aufhebt, wenn die dabey vorausgesetzten Bedingungen von einem der Contrahenten nicht erfüllt werden? Wenigstens hat man bis jetzt noch keinem Könige das Recht streitig gemacht, seine Krone niederzulegen, folglich von seiner Seite den Contract aufzuheben. Dann könnte ferner die Frage entstehn: ob man dergleichen Contracte, auf immerwährende Zeiten und für alle noch nicht existirende Generationen verbindlich, schließen könnte? Und wenn man etwa gar nichts von einem solchen Contracte hören wollte; könnte man vielleicht sagen: jede Staats-Verfassung sey nur eine provisorisch vom ganzen Volke getroffene Einrichtung, zum Besten der Gesellschaft, die jeden Augenblick auch wieder aufgehoben werden könne, wenn veränderte Umstände andre Verfügungen nothwendig machten. Es sey dabey nie auf den Wohlstand und die Erhebung eines einzelnen Subjects, (diese seyen dabey nur zufällige Mittel) sondern auf den Hauptpunct, auf die möglichste Wohlfahrt der bürgerlichen

Gesellschaft, angesehn. Auf dies alles aber brauchen wir uns gar nicht einzulassen. Eine Frage von ganz andrer Art ist auch wieder folgende: Pflegen Staats-Veränderungen, die mit Gewalt von der Masse des Volks durchgesetzt werden, (wenn sich auch ihre Rechtmäßigkeit nicht bezweifeln ließe) gut zu gerathen und eine dauerhafte Ordnung herzustellen? Daß dergleichen, wenn sie von oben herab geschehen, besser ausfallen, planmäßiger angelegt und weniger tumultuarisch ausgeführt werden, als jene; das mag freylich wohl wahr seyn — Allein, noch einmal! was hilft hier alles Raisonniren darüber? Wo Druck ist, da bleibt der Gegendruck nicht aus; das ist die Ordnung der Natur. — Gegen das Gesetz der Nothwendigkeit ist alles Vernünfteln übel angebracht — und das sicherste Mittel gewisse Folgen nicht zu erleben, ist, daß man solche Handlungen vermeide, die dergleichen Folgen herbeyführen müssen. Ein Hausvater, der nicht vorsichtig mit Feuer und Licht umgegangen ist, soll seinen eignen Unverstand anklagen, wenn nachher bey dem Löschen seiner brennenden Wohnung Unordnungen und Diebstähle vorgehen.

Was endlich die Heiligkeit der Rechte des Adels und der Christlichkeit anbetrifft; so würde es wohl schlimm darum aussehn, wenn die ersten Urkunden, auf welchen sie gegründet sind und der Gebrauch und Misbrauch dieser, größtentheils usurpirten Privilegien genauer untersucht werden sollten — Es kann indessen wahr seyn, daß das französische Volk zu weit gegangen ist, indem es alle diese Vorrechte, ohne Entschädigung dafür zu geben, aufgehoben hat; allein es ist nicht einzusehn, was für ein Richteramt hierüber den andern Mächten zukömmt. Glaubt Ihr verbunden zu seyn, diese bey Euren Nachbarn erstandenen Unruhen in der Geburt zu ersticken, damit Euch nicht ein Gleiches widerfahre; so lasset euch sagen, daß es ein viel sicherers Mittel giebt, diesem Unglücke vorzubeugen — Sorget, daß Eure sogenannten Unterthanen keine Ursache haben, über Druck zu klagen! Ohne sehr dringende Veranlassungen kömmt es gewiß zu keinem Aufruhre. Das Volk, besonders in dem kältern

Teutschlande, liebt die Ruhe und trägt gern, was leidlich zu tragen ist. Und wie, wenn Ihr nun mit Eurer Heeresmacht nichts ausrichtet? wenn das Schicksal die Sache der Franzosen mit Siegen krönt? Werdet Ihr dann nicht Eure Gefahr vergrößert haben? Lauert doch erst in der Stille ab, was aus der Gährung entsteht? Dann ist ja nachher noch immer Zeit, Maßregeln zu nehmen. Vielleicht bewürken innere Zwistigkeiten mehr zu Eurem Vortheile, als Ihr mit Euren Armeen auszurichten vermöget. Habt Ihr denn gar nicht die Geschichte der ältern und neuern Zeiten studiert? Lehrt uns diese nicht, daß grade solche innere Zwistigkeiten aufzuhören pflegen, wenn ein Volk von aussen her angegriffen wird, und daß sich dann oft die getrenntesten Gemüther gegen den gemeinschaftlichen Feind vereinigen? Gewiß wünschen die Klügern unter denen, welche an der Spitze der Revolution stehen, nichts eifriger, als einen ziemlich lange dauernden Krieg, welcher der Nation erst den ihr noch fehlenden Gemeingeist und Energie geben kann. Wenn die unruhigen Köpfe dann mit in das Feld geschickt werden, um das Vaterland zu vertheidigen; so haben indeß die Andern Zeit, ihr System planmäßig, ungestöhrt zu gründen. Und gesetzt, es dauerten auch heftige Gährungen im Land fort; so ist es doch wahrscheinlich, daß die Kriegs-Heere daran keinen Theil nehmen werden. Der eigentliche Kern der Nation wird sich also an den Grenzen, in den Lägern bilden, vereinigen und nach geendigten Feldzügen Ruhe, Ordnung und Subordinations-Geist in das Land zurückbringen. Was Eure Armeen mit aus dem Kriege nach Hause zurückbringen werden; das ist eine andere Frage.

Es ist also nicht nur der Gerechtigkeit und Vernunft gemäß, daß Ihr keinen Krieg veranlasset und anfanget, sondern Ihr müßt auch die Gelegenheit dazu vermeiden, wenn sie Euch nahe gelegt wird. Lasset die Factionen ungestöhrt, aber auch ungehetzt, sich an einander reiben und stoßen! und wenn dann die Parthey des Königs klug genug ist; wird sie die Oberhand über den in einem Labyrinthe systemloser Plane herumirrenden, durch Leidenschaften getrennten

Haufen zu gewinnen wissen — Auf jeden Fall wird die Vorsehung dafür sorgen, daß am Ende die wahrhaftig gerechte Sache obsiege.

Zum 2ten: Grillen und Träume sind nun wohl die, von den Franzosen an das Licht gezogene ursprüngliche Menschenrechte nicht; allein daß sie bey der Anwendung auf die bürgerliche Gesellschaft eine große Modification leiden müssen; das ist sehr begreiflich. Indessen war es denn doch nothwendig, bey Umschmelzung einer gänzlich verderbten Staatsverfassung, damit anzufangen, daß man die ersten Elementar-Ideen wieder hervorsuchte, von welchen man vernünftiger Weise ausgehn muß, um die bürgerlichen Einrichtungen so wenig wie möglich mit den natürlichen Verhältnissen der Menschen gegen einander in Widerspruch zu setzen. So wie etwa der, welcher den übertriebenen und üppigen Aufwand in der Kleidung abschaffen wollte, sehr weislich daran handeln würde, wenn er die Menschen voraus daran erinnerte, daß ursprünglich der Zweck aller Kleidung nur der sey, seine Blöße zu decken.

Ob das neue System in Frankreich durchzusetzen seyn werde, oder nicht und ob die Nation dazu reif sey, eine auf so einfache Grundsätze beruhende Verfassung einzuführen und zu erhalten — das lasset uns nicht wagen, zu entscheiden! wir sind aber auch nicht Richter darüber. So viel ist jedoch einleuchtend, daß eine so allgemeine Umstürzung nie würde Statt gefunden haben, wenn nicht die vorigen Regierungen dem Volke alles, was ihnen wesentlich war, so abscheulich verhaßt gemacht hätten. Sollte die Nation endlich gar dahin kommen, das Königthum abzuschaffen; so würde das freylich ein sehr gewagter, gewaltsamer und bedenklicher Schritt seyn; nur komme man dann nicht mit dem alten Gemeinspruche angezogen: »große Reiche müssen monarchisch regiert werden und republicanische Verfassungen schicken sich nur für kleine Staaten.« Dieser Satz ist theoretisch nicht zu beweisen und wird auf keine Weise in Praxi durch die Geschichte älterer und neuerer Zeit bestätigt. Freylich in unsrer, auf Betrug, Ränke, heimlichen Schlichen,

Unterdrückung, Flitterglanz, Ueppigkeit, Erweiterungs-, Eroberungs- und Gewinnsucht gestützten Staatskunst mag dies ein Glaubens-Artikel seyn; Nach der Natur der Sache aber möchte man vielmehr versucht werden, zu behaupten, kleine Staaten seyen, auch schon darum, weil sie leichter zu übersehen sind, besser bey einer monarchischen Verfassung, die sich der patriarchalischen nähere, versorgt, größere hingegen erfordern die Aussicht, die Sorgfalt und die vereinten Kräfte mehrerer weisen Männer. Allein auf den Umfang eines Reichs kömmt es hierbey gar nicht an, sondern freylich auf den Grad der Cultur, Moralität, Corruption, auf die Lage der Länder und auf andre Umstände.

Zum 3ten: Daß es Gott erbarme! Wenn in Frankreich zur Zeit der Revolution das Bedürfniß nach einer bessern Staats-Verfassung nicht dringend war; so kann ein solches Bedürfniß nirgends je Statt haben. Ernstlich kann das aber auch nur von solchen Leuten behauptet werden, denen die, von Königen, Ministern, Maitressen, Lieblingen, Adelichen, Wucherern und Priestern in Frankreich verübten Greuel gänzlich fremd, die in der Geschichte und Kenntniß dieses Landes so wenig zu Hause sind, wie in den Gegenden unter den Erd-Polen.

Und was hat denn der König, was haben die Großen des Reichs zu einer dauerhaften Reform gethan, vorgeschlagen, angebothen? Was für weise Maßregeln haben sie genommen, um der drohenden allgemeinen Gährung vorzubeugen? — Leset doch, wenn Ihr lesen könnt, die Acten und Protocolle der Versammlung der Notablen und der ersten National-Deputirten! Aber die Herrn pflegen ihre Staats-Kenntnisse nicht tiefer, als aus dem Frankfurther Staats-Ristretto und dem salva venia politischen Journale zu schöpfen und die stellen freylich die Sache auf andere Weise dar.

Zum 4ten: Ob es der Willen der Nation, oder nur einzelner Factionisten sey, die unumschränkte Monarchie in Frankreich zu schaffen und überhaupt die Umkehrungen vorzunehmen, die euch so hart an das Herz greifen; das wird die Folge zeigen. Wenn der größte Theil der Nation nicht dazu einwilligt, nicht damit zufrieden ist: so wird nichts ihn abhalten können, jene kleine Anzahl von Factionisten unthätig zu machen, und die alte Regierungsform wieder einzuführen, besonders wenn Ihr fortfahren solltet, Euren edeln, uneigennützigen Beystand dazu anzubiethen. Bis jetzt aber offenbahrt sich eine solche Stimmung im Volke noch eben nicht.

Die armen Schriftsteller als die Triebfedern so großer Revolutionen anzuklagen, das ist die Sprache derer, welche die Wahrheit nicht gern laut werden lassen mögen und in Verewigung aller Art von Stumpfheit, Blindheit und Dummheit der Völker ihren Vortheil finden. Ihnen ist daran gelegen, die Schriftsteller, welche gewisse Dinge an das Licht bringen, verdächtig zu machen, um die Erden-Götter zu bewegen, ihnen Stillschweigen aufzulegen. Vernünftige und unpartheyische Leute aber wissen wohl, daß einzelne Büchermacher nicht die Denkungsart ganzer Nationen mit ihren Federkielen umschaffen können, sondern vielmehr in den Ideengang mit hineingerissen werden, auf welchem die Fortschritte der Cultur das Volk forttreiben, dessen Theile sie sind. Solcher schöpferischen Genien, die ganz neue, in ihrem Zeitalter unerhörte Lehren zu ersinnen und öffentlich vorzutragen, Geist, Kraft und Muth genug hätten, giebt es in Jahrhunderten nur Wenige und diese Wenige stiften weder viel Schaden, noch Nutzen, haben nicht viel Einfluß auf den großen Haufen, werden nicht verstanden, nicht gewürdigt. Wenn aber in allen guten Köpfen gewisse kühne Wahrheiten schon gähren; dann pflegen die Schriftsteller zu Hülfe zu kommen, und wohl etwa Gedanken zur Reife zu bringen, die jedoch auch ohne ihr Zuthun, obgleich nicht so früh, allgemein geworden seyn; Festigkeit und Bestimmtheit bekommen haben würden. Diese Behauptung wird durch die Geschichte der Fortschritte der Cultur aller Zeiten bestättigt und so ist es auch in Frankreich gegangen. Man muß nicht Ursachen und Würkungen verwechseln, noch das, wovon der Grund ganz nahe zu finden ist, in entfernten Gegenden aufsuchen. Luther war ein großer Mann; wäre aber nicht, durch die abscheuliche Tyranney der römischen Hirarchie und durch die Albernheit ihrer Lehrer, der vernünftigste Theil der ganzen Christenheit längst empöhrt gewesen; hätten nicht schon die allmälichen Fortschritte der Cultur die Reformation vorbereitet und hätte nicht das Privat-Interesse so vieler Personen mitgewürkt; so würde Luther nebst seinen Gehülfen, Statt eine große Revolution in ganz Europa zu bewürken, in dem Kerker eines Klosters seine Laufbahn geendigt, und niemand würde sich um ihn bekümmert haben.

Zum 5ten: Der König soll nicht frey gewesen seyn, als er die Constitution annahm? — Nun ja! wenn den Umständen, der Nothwendigkeit, den Ueberredungen, der Pflicht und der Furcht vor unangenehmen Folgen nachgeben, nicht frey handeln heißt; so mag wohl kein Mensch in der Welt gefunden werden, von dem man sagen könnte, er habe freywillig einen Entschluß gefaßt. Wem es aber ein Ernst darum ist, zu einer Sache nicht einzuwilligen; den kann, wenn er sein Leben daran wagen will, keine menschliche Gewalt zwingen. Das ist aber bey dem Könige von Frankreich so wenig der Fall gewesen, daß er vielmehr wiederholt erklärt hat, er erkenne sich für völlig frey. Was für Recht habt nun Ihr, seinen Zustand, dem Inhalte seiner Worte zuwider, auf Eure Weise zu erklären? Welchen Vertrag in der Welt würde man nicht umwerfen können, wenn es erlaubt wäre, solche Einwendungen zu machen? Gesetzt aber auch, der König sey durch Gewalt zu jener Einwilligung gezwungen worden und überhaupt nicht frey und Ihr, die Ihr durch Blutsfreundschaft mit ihm verbunden seyd, hieltet es für Pflicht, ihm beyzustehn; so gehet dann hin und waget Eure werthen Personen daran, ihn zu retten; allein glaubet nicht, daß Eure Völker verbunden sind, bey Tausenden ihr Leben aufzuopfern, weil Euer Herr Vetter sich in Verlegenheit befindet! Was aber die Allianzen betrifft; so habt Ihr, als Vorsteher der Staaten, dergleichen nicht mit Ludwig dem Sechzehnten, sondern mit dem französischen Volke geschlossen und Ihr handelt treulos und brecht diese Verträge, wenn Ihr dasselbe Volk, mit dem Ihr Freundschaft gestiftet habt, mit den Waffen zwingen wollt, in dem Innern seines Landes ein System beyzubehalten, das ihm nicht mehr gefällt, möchte es auch noch so närrisch seyn. Und gewiß werdet Ihr durch Eure kriegerischen Einfälle die Lage des armen Königs und seiner Familie verschlimmern, indem man dann heimliche Verständnisse zwischen ihm und Euch argwöhnen wird. Ja! es ist Eure Pflicht, die ausgewanderten Franzosen, die ihr Vaterland verlassen haben, um mit bewafneter Hand dahin zurückzukehren und die neue Einrichtung wieder umzustürzen, nicht nur auf keine Weise zu unterstützen, oder in Schutz zu nehmen, sondern auch alles anzuwenden, um sie zu bewegen, daß sie wieder heimgehen. Denn wenn Ihr sie würklich für den edelsten Theil der Nation haltet; so wird es Euch auch wohl einleuchten, daß ihre Gegenwart ihrer vermeintlich guten Sache das größte Gewicht geben könne. Einige tausend edle und verständige Menschen und ihr Anhang werden sich ja leicht Einfluß auf die Stimmung ihrer Mitbürger zu verschaffen wissen. Es ist nicht wahr, daß ihre persönliche Sicherheit in Gefahr sey,* in sofern sie sich bis jetzt so betragen haben, daß das Volk nicht in ihnen seine ehemaligen Unterdrücker, Peiniger, Tyrannen, Henker und Henkersknechte sieht. Sollte aber das der Fall seyn (Und lasset es Euch in das Ohr sagen! — das ist der Fall und diese Leute sind größtentheils der Auswurf der menschlichen Gesellschaft)** ja! dann sieht es freylich um ihre gerechte Sache schlimm aus; aber dann schämet Euch auch, daß Ihr die Waffen ergreifen wollt, um die Angelegenheit einer so verächtlichen, des Staubbesens würdigen Rotte zu verfechten! Uebrigens vergesset auch nicht, die künftige Versorgung dieses Heers von Ausgewanderten mit in Euren Plan aufzunehmen, damit Ihr nicht etwa die Grausamkeit begehn möget, nachdem Ihr, durch den mit ihnen gemeinschaftlich geführten Krieg gegen ihr Vaterland, ihnen auf ewig die Hofnung zur Rückkehr

* Nämlich bey dem Anfange der Revolution, wovon hier die Rede ist.

** Daß es auch einzelne edle Menschen unter ihnen giebt; wer wird das leugnen? Aber selbst diese Bessern habe ich oft eben so von dem großen Haufen ihrer Mitausgewanderten urtheilen gehört.

abgeschnitten habt, sie nachher der Noth und Armuth preiß zu geben, oder sie etwa gar, wenn Ihr einen Frieden schließt, aufzuopfern!

Zum 6ten: Und auf das Zeugniß dieser Leute also bauen selbst die berühmtesten Feldherrn und größten Menschenkenner unter Euch ihre Hofnungen zum glücklichen Erfolge der kriegerischen Unternehmungen? Trauet doch vielmehr den Urtheilen, die unpartheyische Reisende über die allgemeine Stimmung des Volks in Frankreich fällen! Diese sagen Euch, daß von dem Augenblicke an, da Ihr mit Euren Heeren über die Grenze rücken werdet, die ganze Nation sich gegen Euch verbinden, Euch jeden Fuß breit Landes streitig machen, daß man Euch alle Zufuhr abschneiden, Euch in Hinterhalte locken, und daß Eure Armee mit Hunger, Noth und Mangel aller Art zu kämpfen haben wird.* Von einer andern Seite aber werden diejenigen teutschen Provinzen, die am nächsten an Frankreich grenzen und die Ihr schwerlich werdet schützen können, das Opfer Eurer Uebereilung werden. Hier haben einige Fürsten, durch den Schutz und Vorschub, deren sie die Emigrirten öffentlich und heimlich gewürdigt und ihre Werbungen begünstigt haben, den Zorn der französischen Nation gereizt. Die Rache wird auf sie, aber leider! nicht etwa auf ihre Personen, sondern auf ihre unglücklichen Länder und auf ihre unschuldigen Nachbarn fallen. Die schönen Rheingegenden werden ein Schauplatz der Verwüstung werden.**

* Man glaube ja nicht, daß dergleichen Prophezeyhungen erst hintennach seyen geschrieben worden, als das Schicksal der verbündeten Heere anfing mislich zu werden; nein! mancher verständige Schriftsteller, und namentlich der Herr von Archenholz, hat diese Sprache geführt, ehe noch der Krieg ausgebrochen war und hat nicht abgelassen zu warnen, selbst als man mit schnellen Schritten auf Paris losmarschirte und drohende Manifeste vorausschickte, die nun vollends den Handel verderben mußten; aber man wollte nicht hören.

** Diese Vorhersagung steht unter andern wörtlich in des so sehr verschrienen Wurmbrands politischem Glaubensbekenntnisse.

Schon allein die Zurüstungen zu Eurem Feldzuge werden, ehe der Krieg anhebt, mehr gekostet haben, als die sämtlichen Besitzungen und Privilegien der deutschen Fürsten im Elsasse, die Euch den nächsten Vorwand zum Streite geben, werth sind. Und kömmt es einmal zum Frieden; so werden doch die Größern unter den Verbündeten, sich um das Interesse der Kleinern wenig bekümmern — der arme Schwache wird die Zeche bezahlen müssen.

Zum 7ten: Mit eben der unweisen Verachtung, mit der Ihr jetzt die französischen Heere Pöbel-Rotten nennt, mit derselben Verachtung sprachen Eure Zunftgenossen ehemals von den Nord-Amerikanern. Aber ich meyne, Ihr habt es damals erfahren, daß Menschen, die für ihre Freyheit (eingebildete, oder wahre, — das ist gleichviel!) streiten und den Feind von ihren eigenen Fluren zu vertreiben haben, muthiger fechten, als Söldlinge, die ohne eigenes Interesse, zu der Mord-Arbeit gedungen und gezwungen, in fremde Besitzungen einbrechen sollen. Gegen Tapferkeit, Kühnheit, oder gar gegen Verzweiflung scheitern alle kleine mechanische Künste, die sich auf Paraden und Revüen so niedlich ausnehmen. Ihr werdet zu Eurem Schaden einsehn lernen, daß Enthusiasmus den Mann im zerlumpten Kittel zu größern Thaten ansporn, als zwey Groschen Löhnung den gepuderten Mann im bunten Röckchen. Vielleicht werdet Ihr die Franzosen Anfangs schlagen; aber ihre ersten Widerwärtigkeiten werden ihnen heilsamer als Euch seyn. Eure Siege werden erst bey ihnen recht den Gemeingeist erwecken und sie die Nothwendigkeit der Subordination und Ordnung lehren. Sie werden sich eine neue Tactik schaffen, die dem augenblicklichen Bedürfnisse angemessen seyn wird. An erfahrnen Anführern wird es ihnen nicht fehlen; sie werden dazu der ausgewanderten Marquis, Comtes und Chevaliers nicht bedürfen. Künftig wird nicht der Schutz einer Kammerfrau, einer Buhlerinn, oder eines Günstlings, den unwissenden Protegé zum Feldmarschalle oder General erheben, sondern das Zutrauen seiner Mitbürger wird den alten, erfahrnen Soldaten aus der Menge auswählen und an die Spitze stellen.

Ihr rechnet so viel auf die innern Unruhen, die Ihr selbst auf die unedelste Weise zu erwecken und zu unterhalten sucht, obgleich Ihr gewaltig schreyet, wenn die Franzosen ein Gleiches in Euren Ländern unternehmen; allein diese Unruhen und Gährungen in Paris und einigen Provincial-Städten werden vermuthlich auf die Armeen Einfluß haben. Das aber werdet Ihr durch Eure Anhetzungen und Intriguen erlangen, daß dort die Erbitterung unter den beyden Haupt-Partheyen fürchterlich zunimmt. Ihr werdet alles, was noch von Aristocraten in Frankreich ist, der Rache preisgeben; es wird Blut in Ströhmen fließen und dies unschuldig vergossene Blut wird einst Euch vor dem Weltrichter anklagen. Ja! Ihr werdet den König mit seiner Familie selbst in Lebensgefahr bringen, und wenn er als ein Opfer Eurer Cabalen fällt; werdet Ihr seine Mörder seyn. Hunger und Mangel, auf deren Beystand Ihr in Frankreich rechnet, dürften wohl sehr unsichre Bundesgenossen für Euch werden. Wenn auch die kriegführenden Fürsten es dahin bringen sollten (welches jedoch nicht wahrscheinlich ist) daß alle Mächte Europens sich mit ihnen vereinigten und also Frankreich keine Art von Zufuhr von Aussen zu erwarten hätte; so möchte es doch wohl nicht leicht seyn ein so großes, fruchtbares, an allen Hülfsquellen reiches Land auszuhungern und in Mangel zu stürzen. Vermehrte Nothwendigkeit wird die Cultur, die Industrie, den Fleiß und den Erfindungsgeist beleben. Man wird Weinberge und Prunkgärten in Ackerfelder umschaffen; man wird im Lande zu gewinnen suchen, was man sonst aus der Fremde hereinführte; von Enthusiasmus beseelt, wird jedermann für die gemeinschaftliche Sache thun und geben, was er vermag und besitzt; man wird den Luxus einschränken und sich unnütze Bedürfnisse versagen; die Güter und Schätze der Geistlichkeit und der Ausgewanderten werden lange Zeit hindurch zureichen, die Kriegskosten zu decken. Das Papiergeld endlich wird vollkommen den etwa entstehenden Mangel an baarer Münze im Lande ersetzen, wenn man darüber einig ist, es für eben so viel gelten zu lassen. Geld ist ja doch auch nur das representative und ein an Menschen und Produkten reiches, fruchtbares Land würde darum noch nicht zu Grunde gerichtet seyn, wenn auch alle baare Münze daraus auf eine Zeitlang verschwunden wäre. Lockt man nun vollends die französischen Heere in unsre Länder; so werden sie da auf fremde Kosten zehren. Dies alles in Erwägung gezogen; bleibt es wenigstens noch zweifelhaft, ob Eure Feinde das Ungemach und den Aufwand des Krieges nicht eben so lange aushalten werden wie Ihr, die Ihr jedes Bedürfniß mit ungeheuren Kosten auf großen Strecken Weges herbeyschaffen müßt. Wenn Ihr nun, zu Aufrechthaltung dessen, was Ihr die gemeinschaftliche Sache aller Könige und Fürsten nennt, Menschen, deren Beschützer und Wohlthäter Ihr seyn solltet und Schätze, die nicht Euer, sondern der Völker Eigenthum sind, werdet aufgeopfert und erschöpft haben; welchen Ersatz versprecht Ihr Euch dann für allen diesen Aufwand, angenommen auch, daß ihr obsiegtet? Wollt Ihr zuletzt Frankreich zerstückeln und einen Brocken für Euch davon nehmen? — Sehr edel und gerecht wäre das nun freylich nicht, und ob nicht unter Euch selbst über die Art der Theilung neuer Zwist entstehen würde; das wäre auch noch zu überlegen. Aber das bey Seite! glaubt Ihr mit diesem Raube Eure zu Grunde gerichteten Unterthanen entschädigen zu können? Und wer giebt ihnen ihre, durch euch gemordeten Väter, Gatten, Brüder und Kinder zurück?

Zum 8ten: Es kann seyn, daß die französischen Kriegsvölker vor der Schlacht zuweilen durch berauschende Getränke ihren Muth anzufeuern suchen. Ganz allein muß jedoch dies Mittel nicht hinreichen, sich den Sieg zu versichern; denn man erzählt ja von einem gewissen General von unsrer Bekanntschaft, daß er in diesem Kriege alle Tage betrunken gewesen sey; und doch ist er immer geschlagen worden. Es giebt aber eine andre Art von Rausch, der zu großen Thaten anfeuern kann, nämlich den Rausch des Enthusiasmus, der fünf und zwanzig Millionen, durch vieljährige unerhörte Mißhandlungen zum Aufruhr gebrachter Menschen, treibt, sich mit aller Kraft den fernern Unterdrückungen zu widersetzen. Gegen solche Menschen ist dann nicht gut für drey Groschen fechten; Sie haben größtentheils nichts mehr zu verliehren, als ihr armseliges Leben und hoffen dagegen alles gewinnen zu können. Aerger wenigstens kann es schwerlich je kommen, als sie es bis jetzt gehabt haben.* Mag sie aber angefeuert haben, was da will; woher auch immer ihre Tapferkeit kommen mag; so leugne einmal, wer da kann, daß sie als Helden fechten, und daß ihre Heerführer, die Ihr so gern verachten mögtet, durch die feinsten Maneuvres, Euren berühmtesten Feldherrn viel zu schaffen machen! Dem Layen kömmt es zwar nicht zu, ein Urtheil über die Aufführung mancher dieser so hochgepriesenen Generale zu fällen, die in dem unglücklichen Kriege einzelne Abtheilungen der verbündeten Armeen angeführt haben; allein es ist nur eine Stimme darüber, in ganz Europa, daß wir bis jetzt mehr durch Ungeschicklichkeit Einiger derselben, durch den Mangel an Uebereinstimmung unter ihnen und durch die berüchtigten Manifeste, als durch die Uebermacht der Feinde verlohren haben. Man braucht wahrlich

* Diese Voraussetzung ist leider! durch die Folge widerlegt worden. Es ist würklich ärger geworden, als es vorher war, indem eine Rotte von schändlichen Bösewichtern einen Despotismus gegen die Nation ausgeübt hat, der an Grausamkeit die Mishandlungen unter den vorigen Tyrannen noch übertraf. Indessen führt uns diese traurige Thatsache zu folgenden Bemerkungen:
1) Nur bey einem durch die vorigen abscheulichen Regierungen moralisch so ganz verderbten Volke, konnte es dahin kommen, wohin es in Frankreich gekommen.
2) Solche fürchterliche Gährungen beweisen zwar, wie mißlich es um den Ausgang von dergleichen gewaltsamen Revolutionen aussehe, beweisen aber nichts gegen das Befugniß der Völker, das Joch der Sclaverey abzuschütteln, noch gegen den Drang der Nothwendigkeit.
3) Wenn eine Nation durch ihre freiwillig gewählten Representanten sich mishandeln läßt, so ist das ihre Schuld; warum leidet sie es? Allein daraus, daß gewählte Obere uns noch ärger drücken können, als nicht gewählte, (wenn wir uns das nehmlich gefallen lassen wollen) folgt noch nicht, daß es besser sey, einen Oberherrn anzuerkennen, der uns schinden zu dürfen ein erbliches und geheiligtes Privilegium habe, und den wir nicht absetzen dürfen.

nicht zu dem erschrecklichen Argwohne von Verrätherey seine Zuflucht zu nehmen, um unser Mißgeschick zu erklären. Lasset es Euch überhaupt gesagt seyn, daß unpartheyische hellsehende Männer von Anfang an, nicht viel auf den Erfolg Eurer furchtbaren Zurüstungen gerechnet haben! Werfet nur einen Blick auf die Reyhe der Bundesgenossen! Von je her ist das Haus Oesterreich nicht eben in dem Rufe von Bereitwilligkeit zu uneigennützigen Aufopferungen gewesen; Englands Herrschsucht und seine Art, die Alliirten zu behandeln, besonders zuletzt, wenn es auf die Bezahlung ankömmt, sind bekannt; die, fast zum Sprüchworte gewordene comische Verfassung einer Reichs-Armee; der, den Franzosen so vortheilhafte, unter den Holländern herrschende Partheygeist; der gänzliche Mangel an Kriegszucht bey den, besser zum Beten und Fasten, als zu kriegerischen Unternehmungen, aufgelegten Spaniern — Dies ganze bundschäckige Gemälde verspricht nicht eben den sichersten Erfolg von dem gemeinschaftlichen Bestreben, einer, aus so heterogenen Theilen zusammengesetzten, von so sehr verschiednem Interesse beseelten Heeresmacht. Je größer die Armeen an Zahl seyn werden, mit denen ihr auf Frankreich losstürmt; um desto sichrer werden sie geschlagen werden. Gebet Acht, wie bald Neid und Mißgunst sich unter die Anführer der verschiedenen Corps werfen, wie einer sich bemühn wird, zu verderben, was der Andre gut gemacht hat; mit welchem Widerwillen Preussen und Oesterreicher, französische Emigrirte und Engländer, englische und spanische Seeleute, neben einander fechten werden. Ja! es wird ein Wunder seyn, wenn nicht am Ende die verbündeten hohen Potentaten mit einander in Streit gerathen und den Franzosen freyes Spiel lassen, über ihre Inconsequenzen zu lachen. Am besten bey dem Allen aber werden sich die weisern, neutral bleibenden Mächte befinden. Indeß die Andern sich ohne Zweck aufreiben, erschöpfen, zu Grunde richten, werden sie die süßen Früchte des Friedens einerndten; Handel, Industrie und Wohlstand werden sich bey ihnen vermehren — Ruhe, vernünftige bürgerliche Freyheit, ächte Aufklärung, Wissenschaften und

Künste werden in solchen Ländern blühen, wo Männer wie Bernstorf* am Ruder sitzen und so gute Fürsten, wie Dännemarks und Schwedens Regenten sind, für das Wohl der ihnen anvertraueten Völker wachen.

Zum 9ten: Die Ungerechtigkeit und Uebertreibung, welche die andre Parthey sich in ihren Urtheilen erlaubt, zwingt uns fast, als Vertheidiger der französischen Revolution aufzutreten, so wenig Beruf wir auch übrigens dazu fühlen. Denn noch einmal! wir haben von Anfang derselben an nichts weiter behaupten wollen, als: daß sie unvermeidlich, durch den Drang der Umstände herbeygeführt, habe erfolgen müssen; daß daher alles Philosophiren über die Rechtmäßigkeit derselben, über die Möglichkeit und Nützlichkeit der Ausführung und über die Grenzen, welche sie nicht hätte überschreiten sollen, Thorheit; daß alles Unglück, welches sie mit sich führt, auf Rechnung der vorigen Regierungen zu schreiben sey, durch welche das französische Volk zu einem so hohen Grade von Verderbtheit und Erbitterung ist gebracht worden; daß aber keine auswärtige Macht das Recht habe, sich in diese Angelegenheit zu mischen; daß ein solches Unternehmen wahrscheinlich sehr unglückliche Folgen haben würde, und daß es weiser gehandelt sey, durch zweckmäßige, auf Gerechtigkeit und Menschenliebe gestützte Mittel, zu verhindern, daß ein gleiches Feuer in andern europäischen Staaten ausbreche — Mehr haben wir eigentlich nicht behaupten wollen; wenn wir aber hören müssen, daß, um nicht nur die französische Revolu-

* Ein mir unbekannter Mann in Böhmen schickte mir neulich eine von ihm geschriebene Lobrede auf Bernstorf, die er gern gedruckt haben, vorher aber mein Urtheil darüber hören wollte. Am Schlusse waren folgende artige Verse angehängt, zu welchen die Anfangsbuchstaben der Wörter aus dem Namen Bernstorff genommen sind.

Bella euitans
Regis Nationisque Salutem
Tutissima Omnium Ratione
Fortiter Firmat.

tion, sondern die ganze Nation überhaupt so verhaßt wie möglich darzustellen, man sich die ungegründetsten Behauptungen erlaubt; so wird es dem gerechten Manne zur Pflicht, dagegen seine Stimme zu erheben.

Dies ist der Fall bey dem Vorwurfe, den man den Franzosen über die in feindlichen Ländern verübten Grausamkeiten macht. Wenn die Völker der Erde die Waffen gegen einander ergreifen; so pflegt es eben nicht zu geschehn, um sich einander wohlzuthun, oder dabey sehr manierlich zu verfahren, sondern um dem Feinde so viel Schaden zuzufügen, als möglich ist. Es ist aber freylich sehr traurig, wenn man in der Geschichte der Kriege liest, daß selbst in neuern Zeiten Völker, die sich der feinsten Cultur rühmten und Armeen, die in dem Rufe der strengsten Mannszucht waren, sich, nicht etwa in der Wuth des Angriffs oder der Vertheidigung, sondern mit kaltem Blute und auf gnädigsten Befehl, gegen wehrlose Geschöpfe, Abscheulichkeiten erlaubt haben, vor denen die Menschheit zurückbebt; und doch liefern der dreyßigjährige, der siebenjährige, der americanische, der türkische, der polnische Krieg und andre sehr traurige Beläge zu diesem Satze. Verfahren ja etwa die Armeen auf Geheiß ihrer Obern und deren Monarchen zuweilen säuberlicher; so geschieht es immer nur aus Politic; sie fürchten entweder das Wiedervergeltungsrecht, oder sie dürfen Provinzen, in denen sie noch länger hausen, die sie vielleicht gar auf immer in Besitz behalten, oder wo sie das Volk gewinnen wollen, nicht gänzlich verwüsten. Wo diese oder andre dergleichen Rücksichten nicht eintreten, da pflegen die Heere der hohen Potentaten zu verfahren, wie es besoldeten Mördern und Räubern zukommt. Man dürfte es also schon nicht ausserordentlich finden, wenn jetzt die Franzosen so handelten, wie alle übrige kriegführende Völker. In einem Meinungs-Kriege aber und wo sich Fanatismus einmischt, ist die Erbitterung noch größer und darf man also da noch weniger Manierlichkeit erwarten. Endlich, wo das Volk in Masse losbricht, da läßt sich auch wohl nicht viel Kriegszucht und Ordnung fordern. Fügte man zu solchen Umständen, die grade in diesem Kriege bey den Franzosen eintreten, noch den hinzu, daß die Nation, von so viel Seiten angegriffen, wohl genöthigt seyn konnte, alle Mittel zu ergreifen, sich furchtbar zu machen, um die Einwohner der Provinzen, in welchen der Schauplatz des Krieges eröfnet war, zu bewegen, auf einen baldigen Frieden zu dringen; so dürfte man sich warlich nicht wundern, wenn man erführe, daß die französischen Heere alle Länder, in welche sie gedrungen wären, mit Feuer und Schwerdt verwüstet hätten. Was soll man aber sagen, wenn im Gegentheil unverdächtige Augenzeugen uns versichern, daß das Betragen der Franzosen als Feinde in Holland, Brabant, Teutschland, Spanien und Italien, wenn gleich nicht durchgehends, doch größtentheils, ohne Vergleichung glimpflicher und sanfter, als das der verbündeten Heere in den Ländern ihrer eignen Bundesgenossen gewesen ist? Daß Jene die armen Bauern, bey denen sie einquartirt gewesen, auf alle Weise erleichtert, getröstet, ihre Vorräthe mit ihnen getheilt haben, und daß sie die Gefangenen fast ohne Ausnahme äusserst gelinde und menschenliebend behandeln? Daß hingegen die Soldaten der Alliirten in manchen Gegenden Verwüstungen haben anrichten dürfen, deren sich Räuber-Banden schämen würden; daß sie ihre eigne Bagage plündern; daß sie die Gefangenen auf die schändlichste Weise mishandeln, ja! diese Aufführung durch niederträchtige Schriftsteller laut vertheidigen und hohe und niedre Personen, die den armen, unter den Händen dieser Henker den Quaalen-Tod sterbenden Franzosen, einen Labetrunk gereicht haben, lästern und sie für heimliche Jacobiner ausschreyen; daß sie in diesem Kriege — Fayette und Leuchsenring mögen reden! — sich über alle bisher angenommene Grundsätze des Völkerrechts und gemeinen Rechts hinaussetzen? Allein freylich! davon schreiben ihre gemiethete Zeitungs- und Journal-Fabricanten nichts.

Der Vorwurf aber, daß die Franzosen ihren zuerst geäusserten, von aller Eroberungssucht entfernten Grundsätzen, nicht treu geblieben seyen, fällt sehr in das Lächerliche. Die Erklärung, niemand Schaden zufügen zu wollen, setzt natürlicher Weise voraus, daß man von niemand angetastet werde, folglich nicht in den Fall der Nothwehr komme. Oder sollten etwa die Franzosen ihren raubsüchtigen Feinden ihr Land preisgeben und es sorgfältig vermeiden, das Kriegs-Theater auf fremden Boden zu verlegen, damit man sie nicht in den Verdacht der Eroberungssucht haben könnte? Einer Nation, die eine so übel angebrachte Großmuth übte, würden in der That die untreuen Nachbarn wohl nicht viel Ruhe lassen und bey allen Händeln würde sie die Zeche bezahlen müssen. Allein man entblödet sich nicht, zu behaupten, die Franzosen hätten zuerst den Krieg angefangen, gleich als wollte man einem Manne, der, wenn eine Bande Mordbrenner heimlich Pechkränze an sein Haus heftete, die jedoch noch nicht angesteckt würden, und er auf wiederholte Fragen: was diese Anstalten zu bedeuten hätten? immer die Antwort erhielte: darum habe er sich nicht zu bekümmern; man meine es gut mit ihm; er hierauf endlich den Stock in die Hand nähme, um das Gesindel zu vertreiben, und man wollte dann diesen Mann beschuldigen, er sey der erste Angreifer gewesen, weil er nicht gewartet habe, bis sein Haus in Flammen stände! Wollt Ihr wissen, ob die Franzosen nach Eroberungen lüstern sind; so biethet ihnen Frieden, erkennet ihre Regierungsform an, unter der Bedingung, daß sie in ihre Grenzen zurückkehren; und wenn sie diese Vorschläge mit ungerechten Forderungen an fremdem Eigenthume beantworten; dann erst habt Ihr Recht, zu klagen und jeder treue Teutsche wird gern die Waffen gegen die Räuber ergreifen.*

* Der Verfasser dieses Aufsatzes findet es nöthig, ein für allemal zu erinnern, daß er die hier verhandelten Gegenstände nur kurz berühren kann, indem er für die Thatsachen und Behauptungen, welche er vorträgt, die Beweise und Grundsätze zusammendrängt, weil er gern auf wenig Bogen einen Auszug von demjenigen liefern wollte, was man ausführlicher, aber zerstreuet, in größern Werken findet. Sein Wunsch ist, daß diese Blätter von gewissen Personen mögen gelesen werden, die nicht gern dicke Bücher durchstudieren. Wer aber Lust hat, vielleicht das Kräftigste und Gründlichste, was sich über den Krieg der coalisirten Mächte mit

Zum 10ten: Wer nicht alles menschliche Gefühl verleugnet, der wird von Abscheu und Schauder ergriffen, bey der Schilderung der Greuel, die von den französischen Sanscülottes unter der Anführung wüthender Bösewichter in diesem unglücklichen Lande sind verübt worden. Ohne Beyspiel in der Geschichte sind solche Scenen freylich nicht,* wie man wohl hat behaupten wollen und bey gewaltsamen Erschütterungen, wenn der Pöbel das Rachschwerdt ergreift, ist das Aeusserste zu erwarten. Auch würde es nimmermehr so weit gekommen seyn, wenn fremde Hände sich nicht hineingemischt hätten. Das alles hat man Euch voraus gesagt. Doch, es ist nun einmal geschehn; Fluch und unauslöschliche Schande aber treffe die, welche durch heimliche Cabalen, Intriguen und Bestechungen das Feuer der Zwietracht unterhalten, sich an jenem grenzenlosen Elende geweidet und gegen so viel unglückliche Schlachtopfer den Blutdurst der mörderischen Rotte entflammt haben! Sie werden einst von dem Richter gerichtet werden, der auch von Euch Rechenschaft fordern wird, die Ihr Euch räuberisch in die Länder ruhiger, freundschaftlicher Nachbarn theilt, mitten im Frieden Festungen überrumpelt und die Besatzung,

Frankreich sagen läßt, zu beherzigen, dem empfiehlt er folgendes Werk: Letters, on the subject of the Concert of Princes etc. by a calm Observer, wovon eine Verteutschung unter dem Titel: Briefe über das Fürsten-Bündniß etc. von einem stillen Beobachter unter dem Druckorte Cöln, 1794 erschienen ist.

* Nicht nur ohne Beyspiel in der Geschichte, sondern man kann sogar dreist behaupten, daß neuerlich das Blutbad, welches der schändliche Suwarow in Praga angestellt hat, die unmenschliche Behandlung der besonders auf der Donau fortgebrachten, französischen Kriegsgefangnen, die Hochverrathsproccsse in England, die Mishandlungen der Clubbisten in Maynz und die Plünderung der Geisseln, den September-Scenen in Paris und den Greueln der französischen Revolutions-Tribunale nichts nachgeben. (Man lese das zweyte Stück des neuen grauen Ungeheuers, das erste Heft der Annalen der leidenden Menschheit und einige Stücke von dem Genius der Zeit.)

die um Gnade bittet, niedersäbelt, die Ihr gegen Bundesgenossen Seeräuber aufhetzet, mit heilig beschwornen Verträgen spielet und dennoch immer Religion, Sorgfalt für das Wohl der Völker, für Ruhe und Sicherheit im Munde führet. Jene Henker in Frankreich haben größtentheils schon den Lohn ihrer Thaten empfangen; Euch erwartet er vielleicht erst jenseit des Grabes; doch wer weiß, wie viel neue und fürchterliche Gährungen gewisse Emissarien noch zu Stande bringen werden! Es ist viel Blut geflossen; Blut von Verräthern und Blut von Unschuldigen; doch wohl, wie man sicher behaupten darf, mehr von ersterem, als von letzterem, denn die Vorsehung ist gerecht, und selbst die, welche Ihr jetzt als Märtirer erhebt und als die edelsten Menschen schildert, wie würden — greifet in Euren Busen! — wie, in welchem ganz andern Gesichtspunkte würden sie Euch erscheinen, wenn Ihr sie in ihrem ehemaligen Glanze beobachtet hättet und dann über ihren Charakter urtheilen solltet? Als das Königspaar, umgeben von den lasterhaftesten und verworfensten Menschen, noch in Versailles und Trianon sultanisirte; da nannte das ganze Volk und jeder unterrichtete Fremde den König einen schwachen, armseligen Mann und erzählte von der Königinn Greuel über Greuel. Jetzt ist kaum ein Platz unter den Heiligen im Himmel, den man für den edeln, tugendhaften Ludwig und für die göttliche Marie Antonie gut genug hält. Ohne in eine von diesen beyden Uebertreibungen zu fallen, lasset uns darüber einig werden, daß jene gekrönte Häupter unter denen Personen, welche das Opfer der Revolution geworden, weder die unschuldigsten, noch die strafwürdigsten gewesen sind! Uebrigens ist der Fall aller dieser Unglücklichen (ausser dem Antheile, den die Krieg- und Intrigue-führenden und cabalirenden Mächte daran haben) das Werk einzelner verruchter Bösewichte, und diese Sünde kann nicht auf dem ganzen Volke ruhn, unter dem es, Trotz der Verderbtheit der Sitten, doch, besonders im Mittelstande, gewiß viel tausend vortrefliche Menschen giebt. Dies widerstreitet unsrer Behauptung, daß die Revolution mit Einstimmung der ganzen Nation vollbracht worden sey, keineswegs. Die Nation wollte die Umkehrung der Dinge, mußte sie wollen, in dem verzweifelten Zustande, darinn sie war; sie übergab diese Angelegenheit einer Anzahl aus ihrer Mitte gewählter Personen. Der große Haufen fällt bey solchen Gelegenheiten fast immer ränkesüchtigen Menschen in die Hände, besonders in einem Lande, wo Schurkereyen aller Art so einheimisch geworden sind. Dann entstehen Factionen ohne Ende, und wenn die Erbitterung unter den Partheyen und das Mistraun auf das Höchste gestiegen sind, wird es den rasenden Demagogen leicht, selbst das sanfteste Volk, unter dem Vorwande der Gerechtigkeit und Rache, zu Abscheulichkeiten zu verleiten, die jeder Einzelne verabscheuet. Indem sie Alle sich endlich Ruhe erkämpfen wollen, arbeiten sie sich immer tiefer in die elendeste Verwirrung hinein — So geht es bey Volks-Aufruhren her und deswegen ist es so wichtig, eine Nation nicht dahin kommen zu lassen, wozu es aber kein andres Mittel giebt, als das, sie nicht zu mishandeln. Diese einfache Wahrheit, die nirgend und nie nöthiger zu hören gewesen ist, als jetzt in Europa, ist Euch von redlichen Schriftstellern oft zugerufen worden; allein es ist, als wenn Ihr mit Taubheit und Blindheit geschlagen wäret.

Zum 11ten: Also mit Königsmördern will man sich in keine Unterhandlungen einlassen? Indessen hat man doch Beyspiele in der Geschichte, daß die frömmsten Monarchen wohl mit Königsmörderinnen, die sich auf den Thron ihrer ermordeten Gatten gewaltsam gedrängt, Allianzen geschlossen haben. Es ist wunderbar, zu hören, wie gewissenhaft auf einmal dieselben Menschen geworden sind, die, wenn es ihr Interesse erfordert, mit den barbarischen Seeräubern enge Freundschaftsbündnisse eingehen, mit den revolutionären Franzosen aber keinen Frieden machen zu dürfen glauben. Sie fragen, mit wem man contrahiren solle? Ey! mit denen, auf deren Befehl viermal hundert tausend Menschen im Felde stehen. Was kümmert es andere Mächte, ob in Frankreich eine rechtmäßige, oder unrechtmäßige, eine billige, oder tyrannische Regierung herrscht? Mit der Nation errichtet man das Bündniß, sich gegenseitig ungeneckt zu lassen; die Vorsteher dieser Nation sind nur die Organe des gesammten Volks. Uebrigens wird ja von den verbündeten Mächten nicht verlangt, daß sie eine gewisse Verfassung in Frankreich sanctioniren und garantiren, sondern nur, daß sie die Existenz dieser Verfassung anerkennen. Morgen nimmt dieselbe vielleicht eine andre Form an — Wohl! das macht in der Hauptsache keinen andern Unterschied, als höchstens in dem Canzleystyl und den Curialien, in so fern die Hauptsache, das friedfertige Verhältniß, bleibt. Ich habe Handlungs- oder andre Geschäfte mit jemand getrieben, der bis jetzt den Namen eines Mannes von bürgerlichem Stande geführt hat. Nun unterschreibt er sich auf einmal als Edelmann, Graf, Besitzer von Rittergütern oder dergleichen und fordert von mir, daß ich ihm künftig diesen Titel beylege; Immerhin! Er komme ihm zu, oder nicht, in so fern es nur immer derselbe, oder ein von ihm bevollmächtigter Mann und mein Geschäfte mit ihm nicht von der Art ist, daß ich mich verbindlich mache, seine Ansprüche auf jene Titel zu verfechten!

Ihr rechnet auf eine baldige Gegenrevolution, zum Vortheil eines Einzigen? Es hat schon lange so geheißen, aber noch ist sie nicht erfolgt. Doch es ist möglich, daß sie erfolge — Geschieht das; so wollen wir dem neuen Könige ein Glückwunschschreiben zufertigen und darinn zu erkennen geben: wir hoffen, die Nation werde unter ihm eben so freundschaftlich gegen uns gesinnt bleiben, als sie es bisher unter der andern Regierung gewesen sey. Dies sind, wie es scheint, die sehr vernünftigen Grundsätze, nach welchen die neutralen Mächte in dieser Angelegenheit verfahren und wobey sie sich sehr wohl befinden. Wenn ihre Unterthanen Verkehr nach Frankreich treiben; so ist es ihnen einerley, ob die Urkunden in diesem Reiche mit den Worten: Par la grace de Dieu, oder mit dem Grusse: Liberté, egalité et fraternité anfangen.

Man trauet seinen Augen kaum, wenn man liest, was für herrliche Rathschläge diejenigen Schriftsteller, welche nichts vom Frieden hören wollen, den verbündeten Mächten geben. Ein hofnungsvoller Jüngling, der Freyherr von Hagern, par la grace de Dieu Geheimerath in Weilburg, schlägt in einem Journale einen Congreß unter den Fürsten vor, zu welchem auch noch andre einsichtsvolle Männer, wie Göthe, Wieland* und — mirabile dictu! — der liebe Herr Rehberg in Hannover eingeladen werden sollen, um den Plan zu einem künftigen Feldzuge zu entwerfen. Nun sind Göthe und Wieland zwey Männer von verehrungswürdigem Character, große unnachahmliche Dichter, erhabene Genies, fähig mit philosophischem Scharfsinne im Allgemeinen über große Weltbegebenheiten zu urtheilen und der Sieur Rehberg soll eine hübsche Canzelleyhand schreiben; aber zu Aufstellung eines solchen Operationsplans gehört doch wohl vertrauete, practische Kenntniß der innern und äussern Verhältnisse der Staaten, die man nur Männern zutrauen kann, die in den Cabinetten grau geworden sind. Ein andrer Schriftsteller, der sonst so verständige Herr Hofrath und Professor Zimmermann in Braunschweig, beweiset in zwey neuerlich erschienenen Schriften, daß Teutschland an Menschen und Schätzen viel reicher als Frankreich sey, folglich den Krieg länger aushalten könne und gewiß obsiegen werde. Schade, daß er uns nicht zugleich das Geheimniß gelehrt hat, diese Menschenmasse mit dem Enthusiasmus zu erfüllen, den Franzosen gewaltsam eine oder andre Verfassung aufzudringen und die reichen Teutschen geneigt zu machen, ihre Geldsäcke zu diesem Entzwecke auszuleeren!

Zum 12ten: Ihr fürchtet, die Franzosen würden den geschlossenen Frieden nicht lange halten, sondern bundbrüchig werden? — Sonderbar! Wollt Ihr uns glauben machen, es sey in Europa, und überhaupt in der ganzen Welt, je anders hergegangen, als daß die Völker dergleichen heilig beschworne Tractate nur so lange zu halten pflegen, als ihr vermeint-

* Unmaßgeblich sollte man auch ein Paar Schauspieler, Tonkünstler und Maler mit zuziehn.
Anmerkung des Setzers.

liches Interesse es erfordert, oder Mangel an Hülfsmitteln sie abhält, über einander herzufallen. Ob die Franzosen gewissenhafter seyn werden? Man könnte es glauben, da ihre Staats-Grundsätze von den bisher herrschend gewesenen so sehr abzuweichen scheinen; allein wir wollen das nicht verbürgen. Glaubet also immerhin, daß sie, wenn Eigennutz und Leidenschaft in das Spiel kommen, eben so eidbrüchig wie Ihr Alle handeln werden! Allein darauf wird man sichre Rechnung machen dürfen, daß, wenn einmal der Krieg überstanden ist, der so ungeheure Aufopferungen gekostet hat, Aufopferungen, die man erst dann recht empfinden wird, die Nation lange Zeit hindurch das Bedürfniß der Ruhe fühlen, und, wenn auch einzelne Factionisten es wagen wollten, das Volk zu neuen Feindseligkeiten aufzuhetzen, es diesen gewiß nicht gelingen wird, weder so große Heere zusammenzutreiben, noch den Enthusiasmus, der die Nation jetzt beseelt, auf's Neue zu erwecken. Von dieser Seite also könnt Ihr sehr ruhig seyn. Was aber die zu befürchtenden Würkungen der Propaganda und die Ausbreitung des französischen Freyheits-Systems betrifft, wenn die Republic anerkannt werden sollte; so ist das eine andre Frage, mit deren Beantwortung wir uns jetzt beschäftigen wollen.

Vor allen Dingen wäre es gut, erst auszumachen, ob denn wohl würklich eine solche Propaganda existire? So viel wir wissen, sind bis jetzt davon noch keine überzeugende Beweise an den Tag gebracht worden. Während des Krieges haben die Franzosen sich freylich bemüht, in den Ländern derjenigen Mächte, gegen deren Soldaten und Intriguen sie zu kämpfen hatten, Unruhen zu erregen, um sie zu zwingen, ihre Kräfte von ihnen ab, dahin zu wenden; sobald aber der Friede geschlossen ist, wird, sehr wahrscheinlich, mit diesem Zwecke, auch jenes Bestreben wegfallen. Die Neufranken werden keine Ursache haben, ihr System in andern Ländern einführen zu wollen. Denn soll dies System Verwirrung anrichten; in wie fern kann dann ihr inneres Interesse dadurch befördert werden, daß ausser Frankreich Empörungen entstehen? Fühlen sie sich glücklich bey ihrer neuen Verfassung;

so würde es eben nicht politisch gehandelt seyn, andern Ländern auch diesen Grad von Glückseligkeit aufzudringen und diese dadurch zu einer Höhe zu erheben, in ihnen einen Flor zu befördern, dessen jede Nation gern ausschließlich sich erfreuen möchte. Uebrigens lehrt uns ja auch schon die Erfahrung, daß diejenigen Mächte, welche eine strenge Neutralität in diesem Kriege beobachtet und sich in die innern Angelegenheiten Frankreichs nicht gemischt haben, über französische Emissarien, über Propaganda, und über von dorther angezettelte Verschwörungen gar keine Klage zu führen Ursache finden. Und sollte denn nun auch weitere Verbreitung gewisser Grundsätze, die in Frankreich in einer so weiten Ausdehnung herrschend geworden sind, im Rathe der Vorsehung beschlossen seyn; so habt Ihr doch nicht zu befürchten, daß sie gerade durch den Friedensschluß mit jenem Reiche bey Euch bewürkt werden mögte; sondern, wenn diese Grundsätze auch in unsern Gegenden feste Wurzel fassen; so können hauptsächlich nur zwey Ursachen dies hervorbringen: erstlich die Fortschritte der Cultur in allen Ständen, durch welche gewisse Wahrheiten zur Reife und in Umlauf kommen und deren Fortschritte Ihr nicht hemmen, sondern nur durch weise Vorkehrungen ihren Mißbrauch verhüten könnt; zweytens ähnliche Mishandlungen des Volks, als die in Frankreich die Geister aufgeregt haben, deren Ihr Euch also zu enthalten, oder davon nachzulassen habt, weil es noch Zeit ist. Und in dieser Rücksicht kann man mit Recht sagen, daß nicht der Frieden, sondern im Gegentheil der Krieg, viel dazu beytragen könnte, dem französischen Freyheits-Systeme unter uns Anhänger zu verschaffen. Denn grade dieser verwüstende Krieg ist es, der das Volk endlich zum Murren und zur Meuterey gegen die Regenten bewegen kann und der zugleich unsre Soldaten genauer mit den, ihnen etwa einleuchtend scheinenden Vortheilen der Revolution für die untern Volks-Classen bekannt macht und in ihnen den Wunsch der Nachfolge erweckt, so daß, wenn er noch fortdauert, vielleicht die Hälfte der Armee als Democraten zurückkömmt, besonders diejenigen, welche in die französische Gefangenschaft gerathen sind; aber dann werden freylich Eure boshafte Rathgeber nicht verfehlen, alle solche Erscheinungen nach ihrer Weise zu erklären und Propaganda, geheime Verbindungen, Jacobiner und Illuminaten mit in das Spiel zu bringen, wie sie es schon jetzt thun.

Aber ist es denn wahr, daß schon jetzt in Teutschland der Revolutionsgeist überhand nimmt? Nichts weniger! Nur niederträchtige Aufhetzer, die ihren Vortheil dabey fanden, das biedre, treue, teutsche Volk seinen Fürsten verdächtig zu machen und den Saamen eines unglücklichen, täglich allgemeiner werdenden, alle Bande der Geselligkeit auflösenden Mistrauens auszustreun, nur diese sind es, die ohne Aufhören über die Würkungen eines Revolutionsgeistes declamiren, der nirgends als in ihren eignen leeren Hirnkasten spukt. Freylich ist das auch ein herrliches Mittel, Privat-Rache an Männern zu üben, die mit Freymüthigkeit gegen Ungerechtigkeit, Bosheit und Thorheit eifern. Wenn man es so weit treiben könnte, diese zum Schweigen zu bringen oder gar einkerkern zu lassen; so hätten herrschsüchtige, räuberische Vezire, Bonzen, Betrüger, Schwärmer und die Nostri, die aller Orten hinter dem Vorhange stehen, freyes Spiel. Aber trotz allem diesem Geschreye, welches übrigens so geschickt wäre, die Gährungen hervorzubringen, die man als schon existirend ankündigt, findet sich dennoch in Teutschland nirgends eine Spur von jener Revolutions-Seuche.

Wenn verständige Schriftsteller, indem sie übrigens als ruhige Bürger, Hausväter und Staatsdiener leben, die gegenseitigen Verhältnisse, Rechte und Pflichten der Regenten und Völker gegen einander beleuchten und vor der Gefahr warnen, die in einem aufgeklärten Zeitalter aus dem Misbrauche der obersten Gewalt entstehn kann, oder wenn sie Schandthaten, die im Verborgenen vorgehen, öffentlich rügen; so muß man diese als wohlthätige Freunde, nicht aber als Aufruhr-Prediger, betrachten.

Wenn ein, von Beamten, Richtern und Advocaten gemishandelter und geplünderter Bauer es wagt, mündlich oder schriftlich, in einer zuversichtlichen Sprache, wie sie das gute

Gewissen eingiebt, die Gerechtigkeit des Regenten zu seiner Hülfe aufzurufen; so ist ein Solcher noch kein Rebelle.

Wenn gewissenhafte Landesstände — eine seltene Erscheinung! — bescheiden, aber männlich und fest, sich den Eingriffen in heilig beschworne Verträge widersetzen, gegen Bedrückungen und willkührliche Erpressungen protestiren und auf die Nothwendigkeit dringen, dem bis auf das Hemd ausgezogenen Volke wenigstens einige beruhigende Auskunft über die Anwendung seiner unaufhörlichen Beysteuern zu geben; so darf man solche Patrioten noch nicht mit dem Namen muthwilliger Unruhe-Stifter brandmarken.

Wenn hie und da in einer Stadt einmal ein Auflauf von Handwerks-Gesellen oder ein Tumult von Studenten die Policey ein Paar Tage hindurch beschäftigt; so ist eine solche Stadt noch nicht in Insurrection — Dergleichen ist von je her vorgefallen.

Das Volk in den verschiedenen teutschen Staaten zeigt bis itzt noch wenig Neigung, sich gegen seine Machthaber aufzulehnen, selbst da nicht, wo der Druck des Despotismus arg genug ist und wo der arme Bauer, wenn der Beamte ihm alles, selbst die Betten, als ein objectum executionis weggenommen hat, auf Laub (denn auch an Stroh fehlt es hie und da) schlafen, seinen Sonntags-Rock versetzen muß und kaum einmal in der Woche etwas Warmes essen darf, damit er die Steuren herbeyschaffe, wovon sein gnädigster Herr einen thörichten Aufwand bestreitet, schwelgt, Buhlerinnen, Lieblinge, Geiger und Pfeifer unterhält und Soldaten-Spielerey treibt. Man hört wohl einmal etwas von entdeckten Verschwörungen, die untersucht werden und von verhafteten Personen, die des Hochverraths sind beschuldigt worden; allein theils können so seltene einzelne Beyspiele nichts für den ganzen Geist der Nation beweisen, theils ist man noch dem Publico den Beweis, durch Vorlegung der Untersuchungs-Acten, schuldig geblieben, daß diese Personen würklich Aufrührer, würklich erwiesen schuldig und nicht etwa das Opfer einer niedrigen Cabale gewesen sind.

Der geduldige Teutsche bezahlt ohne Murren große Abgaben und fragt nicht, wo sein Geld bleibt. Er läßt sich und seine Kinder (obgleich ungern und zuweilen mit einigem Murren) zu einem Kriege anwerben, bey dem sein Vaterland nichts gewinnen, aber alles verliehren kann. Er läßt sich an fremde Mächte vermiethen, verkaufen und erträgt, indeß sein Fürst die starken Subsidien einstreicht, Hunger und Noth und fechtet dennoch tapfer, wenn er nur gut angeführt wird. Allein unwissende Heerführer liefern seine Brüder bey Tausenden auf die Schlachtbank; man schickt in das Land, läßt neue Opfer herbeyholen und niemand widersetzt sich. Um diesen unnöthigen Krieg fortsetzen zu können, um die Wittwen und Waisen der Erschlagenen zu ernähren, um der Kranken und Verwundeten zu pflegen, schlägt man das Einsammeln freywilliger Beyträge vor, und aus allen Städten des teutschen Reichs werden große Summen an Gelde, werden Lebensmittel, Kleidungsstücke, Leinwand und Charpie in Menge zusammengebracht. Endlich gegen Einen Schriftsteller, der mit Kühnheit wider den Despotismus eifert, treten zehn Schreyer, Schirache, Hoffmänner, Zimmermänner u. d. gl. auf und vertheidigen das System der Willkühr, der Unverantwortlichkeit und der Sclaverey — Sind das alles Zeichen von bevorstehenden Empörungen? Gewiß nicht! Aber noch einmal! daß in unserm Zeitalter gewisse Vorurtheile nicht mehr Grund fassen wollen, und dagegen manche wichtige Wahrheiten, die keinesweges neu sind, vormals aber nur von den Weisern erkannt wurden, jetzt in allgemeinern Umlauf kommen; das wird nicht durch die französische Revolution, sondern überhaupt durch die schnellern Fortschritte der Cultur und einer liberalen Denkungsart in allen Ständen bewürkt, welche jedoch nur Tyrannen, Betrüger und Thoren, nicht aber Landesväter, Wohlthäter und verständige Männer scheun dürfen.

Zum 13ten: Schämet Euch, Ihr, die Ihr jeden guten, ruheliebenden Mann, dem die Noth seiner Brüder zu Herzen geht und der das Ende so vielfachen Elendes, den Frieden, sehnlichst wünscht, mit dem Schimpfnamen eines Democraten,

Jacobiners, Illuminaten stempelt! Doch in Eurem Munde werden diese Namen Ehrentitel und man mögte versucht werden, sich für einen Illuminaten auszugeben, blos um nur nicht für Einen von Euch angesehn zu werden. Schämet Euch! Was würdet Ihr sagen, wenn man (und das vielleicht mit größerer Gerechtigkeit) behauptete: Nur diejenigen könnten gegen den Frieden sprechen, die für ihren schändlichen Eigennutz, für ihre heimlichen boshaften Machinationen, oder für ihren übertriebnen Ehrgeiz in der Fortdauer der jetzigen Verwirrung Vortheil und Nahrung fänden? Minister, denen man in Friedenszeiten genauer auf die Finger sehn, in ruhigern Tagen vielleicht Rechenschaft von verschwendeten Schätzen und vergossenem Blute abfordern würde? Feldmarschälle und Generale, deren Rollen aufhören würden wichtig zu seyn, sobald man die Waffen niedergelegt hätte? Kornjuden, Lieferanten, Schleichhändler und der ganze Troß solcher Menschen, die Geld, oder andre Vortheile im Kriege gewinnen; Feinde einer wohlthätigen Aufklärung, die, wenn in den glücklichen Tagen der Ruhe Wissenschaften und Künste ungestöhrt aufblühn könnten, vor den Fortschritten der Vernunft und vor der wieder auflebenden Preß-Freyheit zittern müßten?

Eckelhaft muß jedem vernünftigen Manne das unaufhörliche Schreyen über heimliche Illuminaten und Jacobiner werden, womit das Publicum seit einiger Zeit übertäubt wird. Ohne über die Aenlichkeit oder Verschiedenheit der Grundsätze dieser beyden Gesellschaften in ein Detail zu gehn; ohne die Aechtheit, Vollständigkeit, Unverfälschtheit der Acten zu untersuchen, aus denen man die Anklagen zusammensetzt, welche man gegen die vormaligen Illuminaten vorbringt; (Puncte, worauf es doch wohl bey Beschuldigungen von so abscheulicher Art wesentlich ankömmt) ohne es näher zu beleuchten, warum grade nur einige ehemalige Mitglieder des Illuminaten-Ordens und warum diese nur von bekannten Jesuiten-Freunden angebellt werden, da hingegen andre Mitglieder und unter diesen manche der vornehmsten Häupter der Verbindung, zu nennen, sorgfältig vermieden wird; wollen wir uns begnügen nur folgende Fragen aufzuwerfen:

a) Da es bekannt ist, daß eine sehr große Anzahl der vornehmsten, würdigsten, tugendhaftesten und verständigsten Männer, nicht etwa bloß betrogene Mitglieder, sondern gänzlich unterrichtete Obrer und Vorsteher des Ordens gewesen sind; wie ist es möglich, daß die ächten Grade verrätherische, verderbliche Plane gegen Religion, Staat und Sittlichkeit sollten enthalten haben?

b) Den äussersten Fall aber angenommen, daß man alle diese Männer hätte hintergehn können; würden sie nicht selbst jetzt zur Bestrafung des Frevels, des schändlichen Misbrauchs ihres Zutrauens, laut werden und gegen die Verräther, von welchen sie wären compromittirt worden, Zeugniß ablegen? Da sie sich nichts vorzuwerfen haben könnten; so dürfte falsche Schaam sie nicht davon abhalten. Fällt es aber nicht in die Augen, daß diese Männer deswegen schweigen, weil sie die grundlosen Anklagen namenloser schändlicher Delatoren zu sehr verachten, um sie einiger Aufmerksamkeit und Widerlegung zu würdigen?

c) Wer hat noch einen einzigen überzeugenden Beweis von der jetzigen Fortdauer des Illuminaten-Ordens an das Licht gebracht? Ich, der ich dieses schreibe, bin, wie man es wohl glauben wird (und wenn man es auch nicht glaubte, dennoch behaupten würde, um den Argwohn der Partheylichkeit auf mich zu werfen, statt mich durch Thatsachen zu widerlegen, weil jenes bequemer ist) ich bin selbst Illuminat gewesen und ich kann es nicht leugnen, ich hätte die Fortdauer einer Verbindung von der Art gewünscht, kann aber nirgends eine Spur davon finden, obgleich ich mich gern an den Cirkel anschliessen würde, wenn irgendwo ein solcher Cirkel existirte.*

* In diesen Gesinnungen werde ich täglich mehr bestärkt, je größer der Lerm wird, den die Obscuranten-Rotte schlägt. Auch andre Leute denken so und ich weiß aus sichrer Hand, daß selbst Philo, der so sehr gegen geheime Verbindungen geeifert und in seiner

d) Da jeder Landes-Regierung daran gelegen seyn muß, Bösewichte von der Art, wie Ihr die Illuminaten schildert, zu strenger Verantwortung und Strafe zu ziehn, die Ankläger auch schon viel solcher Verbrecher namhaft gemacht haben und von unleugbaren Beweisen gegen sie reden; woher kömmt es denn, daß bis jetzt noch zu keiner ernstlichen Untersuchung gegen diese geschritten worden ist? Oder sind etwa alle teutsche Fürsten und Minister heimliche Illuminaten?* Wie kömmt es, daß Spartacus der erste Stifter, der General des Ordens, bey einem der edelsten Fürsten Teutschlands Schutz und Unterhalt findet und nach ihm der vornehmste Illuminat, Philo, in einem Lande, wo man doch auch auf dergleichen keinen Spaß versteht, eine ansehnliche Staats-Bedienung bekleidet, obgleich Ihr es wahrlich, besonders gegen Letztern, an Denunciationen nicht habt fehlen lassen.

endlichen Erklärung die Schwäche und Schädlichkeit des ehemaligen Illuminaten-Systems öffentlich bekannt, neulich geäussert hat: wenn irgend etwas ihn mit geheimen Verbindungen aussöhnen und ihn bewegen könnte, das Häuflein wieder zu sammeln; so würde es das unbändige Zetter-Geschrey der Vernunft-Feinde seyn.

* Die Sache ist doch wohl eben so wichtig, wie die Maßregeln gegen die Studenten-Orden, womit sich der hochansehnliche Reichstag in Regensburg in eben der wichtigen Zeit beschäftigte, in welcher man über den französischen National-Convent spottete, weil er, um die Nation gänzlich zu isoliren, an einem neuen Calender arbeitete. Hat man die gegen die ehemaligen Häupter der Illuminaten vorgebrachten Anklagen so mit gehörigen Beweisen belegt, daß eine gerichtliche Untersuchung Statt finden kann; so ist es die Pflicht der Regierungen, diese anzustellen. Fehlt es aber an solchen Beweisen; so wäre es nicht weniger Pflicht, den Verläumdern den Proceß zu machen, damit sie mit ihren langen Ohren an den Schandpfahl genagelt würden. Nach was für Grundsätzen beschränkt Ihr die Preß-Freyheit, wenn der Mann, der theoretische Gegenstände der Staatskunst verhandelt, aufgespürt und bestraft wird, der aber, welcher redliche Männer der Landes-Verrätherey beschuldigt, schreiben darf, was er will?

Lasset uns, zu Erläuterung der vorstehenden vier Fragen, den Vorhang ein wenig lüften, der vor diesen mysteriis diabolicis hergezogen ist!

Die Illuminaten hatten die Jesuiten in Bayern um einen großen Theil ihrer Macht und ihres Ansehns gebracht und überhaupt die verderblichen Grundsätze des ganzen Ordens vor der Welt entwickelt. Dies rief die Lojolaiten zur unversöhnlichen Rache auf. Sie erlauerten die Gelegenheit, und diese fand sich bald, durch die eigne Unvorsichtigkeit der, zum Theil sehr schlecht gewählten Schüler Weishaupts. Die Verfolgung begann; allein es glückte den Jesuiten damals nicht, dieselbe weit über die Grenzen von Bayern hinauszudehnen. (Einige unbedeutende Neckereyen und Klatschereyen abgerechnet, die sie auswärtigen Mitgliedern erweckten) Die ganze Art, wie der Proceß war geführt worden; die Bekanntmachung verstümmelter, verfälschter, nicht documentirter, nicht agnoscirter Schriften und endlich überhaupt der geringe Credit, den die bayersche Regierung sich erworben hatte, verhinderte die zum Nachtheile der Illuminaten abgezweckte allgemeine Würkung auf das Publicum und auf Regenten; vielmehr fanden die Vorzüglichsten von den dort verurtheilten und verwiesenen Mitgliedern in andern Ländern Schutz, willkommne Aufnahme und Ehrenstellen. Die Rache war also nur halb, ja! ihr ganzer Zweck gieng verlohren, aber die vereinigten Bemühungen verständiger Männer gegen die, welche das Reich der Dummheit wieder aufrichten wollten, fortdauerten. Durch jene Verbindung hatten sich die edelsten, für Weisheit und Tugend eifrige Männer genauer kennen gelernt, ihre Erfahrungen sich einander mitgetheilt und sich von der Nothwendigkeit überzeugt, den abscheulichen Planen und Machinationen der Jesuiten und ihrer Affilirten auf alle Weise entgegen zu arbeiten. Wo daher irgend der Fürst der Finsterniß sein Werk trieb, daß man ihm auf die Spur kommen konnte; da wurde der Betrug, die Bosheit aufgedeckt — Ohne weitre Verabredung, ohne Bündniß, wurde aller Orten der Thorheit und Tücke der Krieg gemacht; die weisern Regierungen selbst bothen die Hände dazu, beförderten, oder schützten wenigstens Aufklärung, Publicität, Denk- und Preß-Freyheit — Die Schurken, Pinsel und Flausenmacher hätten aus der Haut fahren mögen. Doch hofften sie noch auf bessere Zeiten für sie und diese Zeiten erschienen dann auch.

Die französische Revolution nämlich erregte bey einigen schwachen und mit ihrem Gewissen nicht ganz in Harmonie lebenden Großen die Besorgniß, es mögte auch dem teutschen Volke einmal einfallen, gewisse ursprüngliche Rechte zu reclamiren. Jedermann weiß, auf welche Weise diese Furcht nach und nach überhand nahm, wie man nun anfieng, die Ausbreitung solcher alten, unumstößlichen Wahrheiten zu fürchten, die ein Jahr vorher jedermann ohne Bedenken laut hatte sagen dürfen; wie arg man solche Männer verketzerte und verfolgte, die es wagten, den Grundsätzen, worauf die neue französische Constitution beruhete, das Wort zu reden; wie man alle nachher in Frankreich vorgehenden Gewaltthätigkeiten und Gährungen für das Werk verführerischer Schriftsteller und überhaupt für die Würkung der Aufklärung ausgab, und wie man nach und nach anfieng, sich nicht zu entblöden, den alten papistischen, durch die Reformation so kräftig bekämpften Grundsatz wieder öffentlich zu predigen: »Es sey für das Glück der Welt nothwendig, den gemeinen Mann in der Unwissenheit über gewisse Gegenstände zu erhalten.«

Hier eröfnete sich nun ein herrlicher Schauplatz für die Jesuiten, um an Verbreitung des Dummheits-Systems auf's Neue zu arbeiten, sich die Aussicht zu eröfnen, einmal wieder eine wichtige Rolle in der Welt zu spielen und zugleich ihren wüthenden Verfolgungsgeist und ihre Rachsucht zu befriedigen. An sie schloß sich, wie man denken kann, der ganze Troß von Rosenkreuzern, Schwärmern aller Art, Schurken und Schöpsen — Eine buntschäckige Legion, von so barocker Mischung, wie eine Reichs-Armee! Der Kampf gegen die gesunde Vernunft begann; die ehemaligen Illuminaten mußten den Namen dazu hergeben. Man machte die herrliche Entdeckung, daß diese noch fortwürkten; daß sie mit den Jacobinern in Frankreich in der engsten Verbindung stünden; (weil einmal kurz vor der Revolution zwey Illuminaten nach Frankreich gereist waren) daß ihr System auf einerley Grundsätzen mit dem der Jacobiner beruhete) obgleich freylich die schwärmerische Absicht Jener war, den gewaltsamen Revolutionen durch allgemeine Aufklärung vorzubeugen und die ganze Welt zu einer einträchtigen Familie umzuschaffen, diese hingegen ihre egoistischen Zwecke auf Umsturz, Gewaltthätigkeit, Zerstöhrung und Trennung angelegt hatten — zwey sehr verschiedene Wege!) Allein, wie gesagt, es war der Obscuranten-Bande, und ist ihr noch jetzt weniger um die Illuminaten zu thun, (indem die Schreyer wohl wissen, daß das, was sie dem Publico von diesen erzählen, Märchen sind) als vielmehr darum, den Fortschritten der Vernunft und Publicität überhaupt Einhalt zu thun, vorzüglich aber ihren Privathaß gegen gewisse einzelne Personen zu befriedigen. Gegen diese schießen sie daher ihre stumpfen Pfeile ab; die übrigen Illuminaten haben so ziemlich Ruhe vor ihnen. Weishaupt war der Stifter des Ordens, der den Jesuiten so gefährlich geworden war; Knigge hatte diesen Orden nicht nur ausgegebreitet und gegen Jesuiten, Rosenkreuzer, gegen geistlichen und weltlichen Despotismus kühn geschrieben, sondern auch durch beissende Satyren alle Pinsel des Erdbodens gegen sich aufgeregt; Nicolai, vereint mit den Herausgebern der berlinischen Monatsschrift und den Verfassern der allgemeinen deutschen Bibliothek, hatte die Künste der hochwürdigen Patrum und ihr Bestreben, so ganz in der Stille die protestantische Welt wieder unter die Gewalt der römischen Hierarchie zu bringen, an den Tag gebracht; Bode aber hatte zuerst entdeckt, daß ein Jahrhundert hindurch der Freymäurer-Orden nichts als eine Maschine in den Händen der Jesuiten gewesen war — Was kann also natürlicher seyn, als daß grade diese vier Männer am heftigsten von jener Rotte angegriffen wurden und noch jetzt verfolgt werden, obgleich der Eine von ihnen schon im Grabe schlummert?

Nichts ist übrigens bequemer, als die Art, wie solche Menschen ihre vorgeblichen Feinde zu bekämpfen trachten. Ein

Mann schreibt ein Buch, in welchem einige Sätze vorkommen, die nicht in das Verfinsterungs-System jener Leute passen. Ein elender anonymer Scribler tritt gegen ihn auf und erklärt ihn gradezu für einen Illuminaten und Jacobiner. Weiß er nicht gewiß, wer das Buch geschrieben hat, so nennt er irgend jemand, dem er feind ist, als Verfasser. Ein andrer vertheidigt den Mann — wohl! so ist auch dieser Illuminat und Jacobiner. Ein kritisches Journal lobt sein Werk — alle Mitarbeiter an diesem Journale sind Jacobiner und Illuminaten. Eine Regierung schützt die Freyheit, seine Meinung über die, der Menschheit wichtigsten Gegenstände zu sagen — Diese Regierung ist in den Händen der Jacobiner und Illuminaten. Auf solche Weise wird man bald damit fertig, alle verständige Männer in Jacobiner und Illuminaten umzuschaffen.*

Nun sind zwar freylich die saubern Herrn nicht sehr glücklich in der Wahl ihrer öffentlichen Sachwalter; die anonymen Ankläger werden, wie billig, mit Verachtung gestraft und die, deren Namen bis jetzt bekannt geworden sind, stehen bey dem Publico eben nicht im Rufe der Wahrheitsliebe, Redlichkeit und Weisheit — Aloisius Hoffmann, Georg von Zimmermann, Habacuc Schirach, Hofstätter, Göchhausen und noch so ein Paar Schächer in Giessen — folglich dürfen sie wohl keinen großen Erfolg von ihren kleinen Teufeleyen erwarten. Keinem redlichen Manne wird, auf die unerwiesenen Anklagen dieser Schreyer, ein Haar gekrümmt werden, so lange noch Gerechtigkeit in der Welt ist. Allein den Schaden stiften sie doch, daß Mistrauen, Verstimmung und Erbitterung zwischen Völker und Regierungen, zwischen Fürsten und treue Diener, zwischen Menschen, die verschieden in Meinungen sind und selbst zwischen vormalige Freunde sich

* Ein witziger Kopf hat kürzlich, um diese Art von Consequenzmacherey zu persiffliren, sehr ernsthaft und gründlich in einer kleinen Schrift, nach der Manier jener Herrn bewiesen, daß der arme Schirach selbst, ohne es zu wissen, ein Jacobiner sey. (Schirach, oder der entlarvte Jakobiner etc. 1795.)

einschleichen. Indessen ist zu hoffen, daß nach dem Frieden dies alles wieder aufhören werde und was die Fortschritte der Aufklärung betrifft; so werden jene arme Wichte keinen derselben hindern.

Zum 14ten: Nichts ist elender, als der Rath, durch heftige Maßregeln, durch Censuren und Verbothe dem vermeintlichen Uebel zu steuern, wovon Ihr träumt. Durch nichts offenbart sich so deutlich die Schwäche einer Regierung und das Bewußtseyn einer schlechten Verwaltung, als durch dergleichen Vorkehrungen. Nichts ist fähiger, Aufruhr im Volke zu erregen, als wenn man die freye Circulation der Gedanken und Meinungen hemmen will. Daß man es damit nicht durchsetzt, versteht sich von selber; aber man greift auch da die Menschen auf der empfindlichsten Seite an und bringt sie zur Verzweiflung. Alles erträgt und duldet der Unterthan gern, wenn ihm nur die Freyheit bleibt, seine Leiden, seine Freuden, seine Hofnungen, seine Grillen und Träume Andern mitzutheilen. Wo am mehrsten gekannengiessert werden darf, da wird am wenigsten im Verborgenen gebrütet; sobald man aber anfängt, sich an diesem letzten Schatten von politischer Freyheit zu vergreifen; entsteht Murren und Meuterey. Das Verbothene fängt an, in vermehrtem Reize zu erscheinen; man verbindet sich heimlich gegen die ungerechten Einschränkungen; selbst Personen, die vormals durch Verschiedenheit der Meinungen getrennt waren, reichen sich nun brüderlich zur gemeinschaftlichen Vertheidigung gegen Geistes-Unterdrücker und gegen Ausspäher die Hände. Euch sollte ja schon die Geschichte älterer und neuerer Zeiten belehren, daß man in Ländern, wo die größte Freyheit, seine Meinung öffentlich zu äussern, herrscht, am wenigsten von Empöhrungen hört. England in seinen bessern Zeiten, Dännemark und Schweden unter den jetzigen weisen Regierungen, mögen Euch zu Beyspielen dienen! Und wollt ihr jetzt Teutschland durchreisen; so werdet Ihr bemerken, daß da, wo jedermann frey reden und schreiben darf, was er will, die größte Ruhe und Ordnung herrschen; da hingegen, wo man strenge Censur-Edikte publicirt, die Lese-Gesellschaften einschränken will und durch Kundschafter das, was über politische Gegenstände geredet wird, erhorchen und ausspähn läßt, zuerst Muthlosigkeit Platz nimmt und dann die Zeichen einer Gährung sich offenbaren, die vielleicht bald das Uebel herbeyführen kann, dem Ihr verbauen wollt. Hierzu kömmt noch, daß man es in Teutschland doch nie dahin bringen kann, daß Vorordnungen von der Art befolgt werden. Wann sind je so viel kühne Flugschriften erschienen, als seit der Zeit, da dergleichen Maßregeln hie und da in Ausübung gebracht werden? Welche Bücher circuliren am häufigsten in den Oesterreichschen Staaten? Grade die, welche in dem Verzeichnisse der verbothenen Schriften prangen. Dieser Catalogus librorum prohibitorum thut dort die Dienste der lobpreisendsten Rezensionen.

Wählet also bessere und edlere Mittel, Ihr Fürsten! um Ruhe, Gehorsam, Ordnung, Zutraun und Eintracht herzustellen und zu erhalten! Machet so bald als möglich unter leidlichen Bedingungen, dem unglücklichem Kriege ein Ende — jeder Frieden ist ehrenvoll, der geschlossen wird, um Bürgerblut zu schonen. Zaudert nicht lange, sonst mögte vielleicht unter den Verbündeten selbst das Feuer der Zwietracht auflodern und das zweyte Uebel ärger als das erste werden — Gott gebe, daß dieser Rath nicht zu spät kommen, und daß es überhaupt noch Zeit seyn möge, einen Theil der unseligen Folgen dieses Krieges von uns abzuleiten. Mögten Regenten und Völker aus dem Beyspiele, das ihnen die Franzosen auf ihre Kosten gegeben haben, lernen, welche fürchterliche Scenen man zu erwarten hat, wenn man durch Mishandlungen aller Art eine Nation zwingt, zu gewaltsamen Umkehrungen zu schreiten! Rufet den Rest Eurer Heere in eure Länder zurück; lasset die armen Söldner ihre bunten Röcke ausziehn und zu ihrem Pfluge, zu ihren Weberstühlen, in ihre friedlichen Hütten zurückkehren! Entsaget allem unnützen Aufwand, allem Flitterstaate, allem Menschenhandel, allen thörichten und kostbaren Spielereyen; befördert durch Beyspiel und zweckmäßige Anstalten, Sittlichkeit, Geistes-Cultur und bessere Erziehung! Lasset Jeden frey reden, glauben, denken und schreiben, was er will, in so fern er niemand muthwillig kränkt und sonst ein ruhiger Bürger ist! Höret die Vorschläge und nehmet den Rath jedes verständigen Mannes zum Besten des Ganzen an! Gebet mit Aufrichtigkeit und Würde Rechenschaft von Anwendung der Schätze, die Euren Händen anvertrauet werden; verschleudert nicht die Summen, die der fleißige Landmann im Schweisse seines Angesichts aufbringt! Unterstützet, ermuntert das verkannte, schüchterne Talent; erleichtert jede Art von Noth und Leiden, so viel an Euch ist! Lasset gleiche Ehre und gleiche Rechte jedem nützlichen Staatsbürger angedeyen; nur der lästige Müßigganger werde verachtet und vernachläßigt! Sorget für klare, bestimmte, dem Genius der Zeit angemessene Gesetze, für unpartheyische, schnelle, nicht kostspielige Justitz und Policey, damit Eigenthum und Freyheit und Leben und Gesundheit gesichert seyen, froher Muth und Zuversicht und Wohlstand im Volke herrschen und Friede und Freude sich küssen mögen, wie das alte Kirchen-Gebet sagt.

Und wenn dann noch in so wohl regierten Ländern sich Spuren von Empörungsgeiste zeigen; so — lasset mich als einen Volksaufwiegler bey den Beinen aufhängen — Meine Addresse ist: à Monsieur N. N. homme de lettres à Coppenhague.

Manifest

einer nicht geheimen, sondern sehr öffentlichen
Verbindung ächter Freunde
der Wahrheit, Rechtschaffenheit
und bürgerlichen Ordnung,
an ihre Zeitgenossen.

Nöthige Einleitung.

Das lesende Publicum wird dringend gebeten, das nachfolgende Manifest nicht etwa halb und flüchtig durchzublättern, sondern ihm vom Anfange bis zu Ende seine ganze Aufmerksamkeit zu widmen. Man wird dann sehn, daß der Inhalt sehr wichtig ist, daß hier nicht brausende, von Phantasie erhitzte Jünglinge, sondern ernste, denkende Männer mit wohlüberlegter Rücksicht auf die Zeitumstände reden, und daß hier eine Unternehmung angekündigt wird, die noch nicht zu berechnende Folgen haben kann. Es sind nur wenig Seiten, auf welchen wir in gedrängter Kürze Gegenstände zu verhandeln gesucht haben, worüber sich dicke Bücher schreiben ließen. Allein weil wir wünschen, daß diese Bogen auch von solchen Personen mögen gelesen werden, die der Anblick eines Buchs zurückscheucht; haben wir manches, was wohl einer größern Ausführung bedürfte, nur entwerfen wollen. Es würde uns sehr leid seyn, wenn diese Kürze unserm Vortrage eine Art von Unbestimmtheit gegeben hätte, die zu Misdeutungen verleiten könnte. Dieß Besorgniß würde besonders die ersten Abschnitte des Manifestes treffen, in welchen Grundsätze aufgestellt werden, die seit einiger Zeit von unverständigen Leuten theils sehr gemisbraucht, theils übel sind verstanden worden. Aufmerksame Leser werden indessen bald gewahr werden, welche Anwendung wir in den folgenden Abschnitten von diesen Wahrheiten machen und wie sehr es uns am Herzen liegt, vor dem unzeitigen Reformations- und Revolutionsgeiste zu warnen, der in schlecht organisirten Köpfen jetzt so viel Verwirrung anrichtet.

I.

Wenn eine Anzahl, im Naturstande lebender Menschen, außer den häuslichen Familien-Bündnissen, noch durch andre gesellschaftliche Bande sich mit einander vereinigt, um, zu gemeinschaftlichem Beystande und gegenseitiger Schonung, dasjenige zu stiften, was wir die bürgerliche Gesellschaft, den Staat nennen; so ist vorauszusetzen, daß gewisse, ihnen Allen, oder den Mehrsten von ihnen wichtig scheinende Bedürfnisse sie von der Nothwendigkeit und Nützlichkeit einer solchen Einrichtung überzeugt haben, um entweder mit vereinten Kräften sich gegen einen auswärtigen Feind und Angreifer zu vertheidigen, oder durch Uebereinkunft den innern Uneinigkeiten, Misverständnissen, oder Streitigkeiten über Gegenstände des Eigenthums vorzubeugen und Einhalt zu thun.

II.

In so fern nun dieß Bedürfniß einer Vereinigung zu irgend einer Art von bürgerlicher Zusammenlebung von der ganzen Masse der Mitglieder gefühlt wird, so, daß die erste Stiftung eines Staats durch freundschaftliche Verabredung geschieht; wird derjenige Vertrag geschlossen, den man den Gesellschafts-Vertrag nennt. Es kann aber auch geschehn, daß einzelne, mit cörperlichen oder geistigen Kräften vorzüglich ausgerüstete Menschen, welche ihren Privat-Nutzen oder das allgemeine Wohl durch eine solche bürgerliche Verbindung zu befördern trachten, diese Ueberlegenheit anwenden, um durch Gewalt, List, Ueberredung, oder durch veranlaßten Zwist, ihre Mitmenschen zu nöthigen, die Vereinigung in eine größere Gesellschaft, in einen Staat, zu wünschen. In diesem leztern Falle, (wenn nämlich eine solche Einrichtung nicht freywillig durch allgemeine Verabredung oder durch den Beschluß der größern Anzahl, sondern durch die Einwirkung Einzelner zu Stande kömmt) muß man dennoch voraussetzen, daß die größere Anzahl sich diesen Zwang gefallen lasse, sey es nun aus gutem Zutraun zu den Rathgebern, oder aus Mangel an Uebereinstimmung unter sich, aus Feigheit, Trägheit, oder dergleichen. Ohne Einwilligung der Majorität wird also kein Staat gestiftet und es lassen sich hieraus folgende Schlüsse ziehn:

1. Bey Stiftung einer jeden bürgerlichen Verfassung liegt ein ausdrücklicher oder stillschweigender, von den gesammten Mitgliedern, oder der größern Anzahl derselben, geschlossener oder angenommener Vertrag zum Grunde.

2. Die Verbindung mehrerer Familien zu Einem Staate ist daher ein Werk der Uebereinkunft, nicht aber der Natur.

3. Wenn die Menschen nicht entweder durch den Trieb, ihren Zustand dadurch vollkommner zu machen, oder durch Nothwendigkeit gezwungen würden, auf diese Weise zusammenzutreten; so würden sie immer nur einzeln, paarweise, oder in Familien abgetheilt leben, ohne mit einander gemeinschaftlich gewisse Zwecke zu erzielen.

4. Am wenigsten kann die Einrichtung von der Natur herrühren, vermöge welcher eine kleinere, schwächere Anzahl die größere und stärkere, wider ihren Willen, nöthigt, sich zu einem gemeinschaftlichen Zwecke, oder gar zum Privat-Vortheile weniger Einzelner, zu vereinigen.

5. Ein jeder Gesellschafts-Vertrag muß abgeändert, auch ganz aufgehoben werden können, wenn die Ursache, warum er geschlossen worden, der Zweck, das Bedürfniß, die Nothwendigkeit desselben wegfällt, oder wenn die Gesammtheit, oder die größere und stärkere Anzahl, ihren Willen zu der Aufhebung gelten macht, und es kann dabei der Privat-Vortheil der wenigen Einzelnen nicht in Anschlag kommen, weil dieser gar nicht der rechtmäßige erste Zweck der Vereinigung gewesen seyn kann.

6. Ist aber eine Majorität nachgiebig genug gewesen, eine Staats-Verbindung zu stiften, deren Zweck nicht das allgemeine Wohl, sondern der Vortheil, Glanz oder Wohlstand einiger Wenigen, auf Kosten und zum Schaden der Menge war; so ist ein solcher Vertrag an sich selbst null und nichtig, für niemand verbindlich und wird gewiß aufgehoben, sobald die Majorität zur Erkenntniß ihrer Uebereilung kömmt.

7. Auf Vernunft und freiem Entschlusse der Menschen also beruht der Grund, so wie die Dauer einer jeden bürgerlichen Verbindung.

III.

Auf welche Weise nun auch ein Staat entstehn mag; so wird es doch allen verständigen Menschen, welche sich zu einer bürgerlichen Gesellschaft vereinigen, gleich einleuchten, daß von diesem Augenblicke an ein Jeder von ihnen einen Theil seiner natürlichen Freyheit aufopfern, oder vielmehr seinem, bis jetzt uneingeschränkt gewesenen freyen Willen gewisse Grenzen setzen müsse, also, daß er von nun an nicht mehr nehme und begehre, als er wünscht, daß Andre wieder von ihm nehmen und begehren mögten; daß er seine Wünsche nicht, ohne Ersatz, auf Unkosten Andrer befriedigen dürfe, und daß er seinen Besitz, seine Ruhe und seine Sicherheit nur dadurch erkaufen könne, daß er den Besitz, die Ruhe und Sicherheit Andrer ungestöhrt lasse.

IV.

Diese Begriffe sind so einfach, daß man denken sollte, es bedürfte, um in der bürgerlichen Gesellschaft Ordnung zu erhalten, weiter keines Gesetzes, als dieses: »Was Ihr wollt, daß Euch die Leute thun sollen, das thut Ihr ihnen!« Allein die Verschiedenheit der Stimmungen und Geistes-Richtungen bringt bald eine Veränderung in dieser Angelegenheit hervor. Die Wünsche und Forderungen der Menschen durchkreuzen sich und es bedarf einer noch zusammengesetztern Einrichtung, um diejenige Ordnung zu erhalten und diejenigen Vortheile zu erlangen, die man sich von der Stiftung einer bürgerlichen Gesellschaft versprochen hatte.

V.

Diese Veränderung geht nach und nach vor. Zuerst, so lange die Verhältnisse nicht sehr verwickelt und die Bedürfnisse nicht sehr vervielfältigt sind, kann Jeder leicht das, was er zu seinem und der Seinigen Unterhalte bedarf und selbst das, was die Freuden seines sehr einfachen Lebens befördert, ohne große Anstrengung und ohne Andern in den Weg zu treten, sich verschaffen. Der Zweck der kürzlich erst gestifteten Vereinigung, die Nothwendigkeit der damit verbundenen gegenseitigen Gefälligkeit und Nachgiebigkeit, ist auch noch allen Mitgliedern des neuen Staats so einleuchtend, daß, wenn etwa kleine Collisionen entstehen, doch Jeder gern dem Streite ausweicht. — Alles geht ruhig seinen Gang, ohne künstliche Anstalten. Allein schon in der folgenden Generation bekommen die Leidenschaften mehr Nahrung und größern Spielraum. Die Bevölkerung nimmt zu; mit ihr vermehren sich Thätigkeit, Bedürfnisse, Wünsche und es treten in Ansehung des Eigenthums ganz neue Fälle ein. Auch verschwindet nun allmählig die natürliche Gleichheit unter den Menschen. Der Eine hat mehr Kraft, Fähigkeit, oder Lust, als der Andre, für sich, für seine Familie und für das allgemeine Beste mitzuwirken; der Faule, Schwache, Ungeschickte und Unentschlossene wird daher dem Fleißigern, Stärkern und Geschicktern verbindlich und von ihm abhängig. Damit jedoch den Verwirrungen vorgebeugt und abgeholfen werde, die daraus entstehen, vereinigt sich die Gesammtheit abermals, um gewisse Vorschriften, Gesetze, Vorsteher des gemeinen Wesens und Strafen zu bestimmen und anzusetzen.

Dieß alles aber geschieht noch auf solche Weise, daß die Majorität wählt und entscheidet — kurz! daß man keine andre Souverainität, als die des gesammten Volks, anerkennt. Auch treffen, wenn von der Wahl solcher Personen die Rede ist, welche über Aufrechterhaltung der Ordnung wachen sollen, die Stimmen mehrentheils zum Vortheile der Tugendhaftesten und Weisesten unter ihnen zusammen. Diese gewinnen bald das Zutraun der Menge und niemand macht ihnen ihre Plätze streitig; Niemand beneidet sie wegen übernommener Aemter, die nur mit Arbeit, Last, Verdruß mancher Art, und noch nicht mit äußern Vortheilen verknüpft sind.

Doch so bleibt es nicht lange; Leidenschaften mischen sich in das Spiel; Ehrgeiz, Eigennutz, Eitelkeit und Herrschsucht fangen an, ihre Wirksamkeit zu äußern. Die der Menge nach geringere, durch größere Thätigkeit und vorzügliche cörperliche oder geistige Kräfte aber überlegene Anzahl sieht es bald ein, daß sich aus der Unvermögenheit, Schutzbedürftigkeit und Furchtsamkeit des großen Haufens der Schwächern Vortheil ziehn läßt. Und so werfen sich dann entweder einzelne oder verbündete Usurpatoren auf, die sich ein solches Uebergewicht zu geben, das ganze Volk so zinsbar und so von sich abhängig zu machen verstehen, daß ihre Willkühr an die Stelle der durch allgemeine Beystimmung gegründeten Gesetze tritt, indeß sie selbst kein für sie verbindliches Gesez anerkennen; daß die ganze Einrichtung der bürgerlichen Gesellschaft nur das Wohlleben der begünstigten kleinern Zahl, auf Kosten der für diese arbeitenden größern, befördert, und daß endlich sogar, statt jener freyen Wahl der Oberhäupter, das erschlichene Recht, die Nation nach Gutdünken zu mishandeln, zu plündern und zu misbrauchen, ein Erbstück gewisser privilegirter Familien wird. Weil aber die Vernunft sich gegen dieß Unwesen empören und ihre Rechte reclamiren könnte; beginnen jene Usurpatoren, auch auf die Vernunft des großen Haufens ihre Herrschaft auszudehnen und allerley Mittel einzuschlagen, um diese zu umwölken, zu verschrauben und ihre Ausbildung zu hindern. Sie nützen hierzu sogar die vorwitzige Begierde der Menschen, über die Grenzen der irdischen, sinnlichen Kenntnisse hinaus, Blicke in die unsichtbare Welt und in die ferne Zukunft zu thun, werfen sich zu Lehrern des Volks auf, geben himmlische Offenbahrungen vor, erfinden Religions-Systeme, lassen durch schlaue Priester dem Volke den Wahn einprägen, daß ihr Herrschers-Beruf von der Gottheit selbst sanctionirt sey, daß die Nichtbefolgung ihrer willkührlichen Verordnungen den Zorn der höhern unsichtbaren Mächte reizen und noch jenseits des Grabes ihnen Strafen zuziehn würde. Auf diese Weise arbeitet dann der geistliche und weltliche Despotismus Hand in Hand auf das Elend der Völker los; was die Menschheit beglücken und vereinigen sollte, trennt und verbreitet Jammer unter sie. Im natürlichen Zustande durfte Jeder auf Kosten des Andern, wenn er nur die Kräfte dazu hatte, sich in den Besitz von Allem setzen, was ihm wünschenswerth schien; jetzt herrscht die herrlichste Ordnung, nach welcher Millionen guter Menschen arbeiten und dabey Hunger und Kummer leiden müssen, um einigen wenigen Schlaueren Ueberfluß und Wohlleben zu verschaffen. Der unselige Despotismus wird auch nach und nach in ein System gebracht; man bestimmt den Grad der Vernunft, den die untergeordneten Classen zu erreichen, Erlaubniß und Vorschub erhalten sollen und was sie denken, reden und glauben dürfen. Benachbarte Staaten gerathen mit einander in Krieg; nicht wenn von Verletzung wahrer Menschenrechte die Rede ist, sondern wenn die Leidenschaften und Begierden der verschiedenen Oberhäupter in Widerspruch fallen; die Kunst ganze Generationen von der Erde zu vertilgen und Menschen, die sich gegenseitig nie beleidigt haben, einander ermorden zu lassen, wird auch zu einer Wissenschaft erhoben; Herrschsucht, Eigennutz, falsche Ehrbegierde und Eitelkeit lösen, zerreissen die ersten, heiligsten Bande; Brüder verfolgen Brüder; Mistraun und Neid treten zwischen Eltern und Kinder; unwichtiger Meinungen wegen erwürgen sie Einer den Andern; Löwen und Tiger in den Wäldern leben in engerer Verbindung unter sich, als die in der bürgerlichen Gesellschaft zur Eintracht vereinigten Menschen.

VI.

Mehr oder weniger gleichen alle Staats-Verfassungen diesem Bilde. — Ein fürchterlich trauriger Anblick! Sollte denn aber auf dem unglücklichen Menschengeschlechte ein ewiger Fluch ruhn? Sollte die Erfahrung so vieler Jahrhunderte uns nicht belehren, daß nur gegenseitige Duldung, Mäßigkeit, Gefälligkeit, bey freyem Gebrauche der Vernunft, allgemeine dauerhafte Glückseligkeit verbreiten können? Es haben Philosophen in jedem Zeitalter freylich geträumt, die Welt werde nicht immer in Verderbniß tiefer sinken, sondern vielmehr, eben durch jene fürchterliche Erfahrungen unterrichtet, zu stets größerer Vollkommenheit hinaufsteigen; es werde einst das Menschengeschlecht wieder, jedoch mit gebildeterer Vernunft, zu der Einfalt seiner ersten Kindheitsjahre zurückkehren und das wahre Glück nur da suchen, wo allein es zu finden ist, in der Weisheit und Tugend. Alsdann werde es ferner keiner künstlichen Anstalten zu Beförderung dieses Glücks bedürfen. Jedermann werde das innere und äussere Bedürfniß, edel und klug zu handeln, fühlen; Staats-Verfassungen und Fürsten und Pfaffen und Gesetze und Strafen und Krieg werden von der Erde verschwinden. — Es ist süß, tröstend, erquickend, so zu träumen; aber so lange unser geistiges Wesen in diesem sinnlichen Cörper wohnt, werden Begierden und Leidenschaften ihren Kampf gegen die Vernunft nicht aufgeben. Es bleibt uns daher die traurige Gewißheit übrig, daß der größte Theil der Menschen nicht fähig ist, nach freyem Willen zu handeln, ohne die Ordnung des Ganzen zu stöhren; daß sie, obgleich Alle mit gleichen

Rechten gebohren, dennoch nicht Alle in gleichem Grade an dem Genusse der reichen Freuden dieses Erdenlebens, Antheil nehmen können; daß immer die Majorität der an cörperlichen oder geistigen Kräften Schwächern und unter sich nie dauerhaft zu Vereinigenden, sich von der Minorität der Stärkern, Klügern, Thätigern und Entschlossenern muß leiten lassen; daß es für diese, wie für Jene, bestimmter Gesetze, Strafen und Zwangsmittel bedarf, um das Gleichgewicht zu erhalten, und daß man also der Staats-Verfassungen nicht entbehren kann. — Nur fragt es sich: was für ein System der bürgerlichen Einrichtung soll man wählen, das nicht zu neuen Misbräuchen führte und mehr Unglück stiftete, als das Leben uncultivirter, nicht in Staatscörper vereinter Naturmenschen?

VII.

Dem verständigen Menschenfreunde wird es nicht schwer, mit einem Rückblicke auf die bisherigen Systeme dieser Art, sich das Ideal einer Staatsverfassung zu denken, die jeder billigen Forderung genugthun würde — nicht auf blinden Gehorsam, sondern auf Vernunft; nicht auf Willkühr, sondern auf klare, vom ganzen Volke gebilligte Gesetze gestützt. Man nehme dabey immer und einzig die Beförderung der allgemeinen Glückseligkeit zum Hauptgegenstande, welchem das Wohlbehagen der Einzelnen ohne Unterschied untergeordnet seyn muß! Man habe keinen andern Zweck, als den, Ordnung, Ruhe, nützliche Geschäftigkeit, Sicherheit des Lebens und des Eigenthums und Genuß unschuldiger Freuden zu befördern! Man schränke die Freyheit keines einzigen Bürgers mehr ein, als nöthig ist, um die Harmonie im Ganzen zu erhalten, verlange keine Opfer, als die, von welchen der Vortheil dem Opfernden mit zu Theil wird, enthalte sich aller willkührlichen Bestimmungen und Verordnungen über gleichgültige Handlungen, die auf den Hauptzweck keinen Einfluß haben; besonders über die Meinungen, den Glauben und über mündliche und schriftliche Mittheilung der Gedanken! Man benehme keinem die Gelegenheit, seine Kräfte, Talente, Kenntnisse und seine Thätigkeit nach seiner Weise anzuwenden und daraus jeden Gewinn zu ziehn, der niemand schädlich ist! Alle müssen ein gleiches Recht auf alle Vorzüge und Annehmlichkeiten haben, welche die gesellschaftliche Verbindung gewähren kann, außer wenn moralische oder intellectuelle Gebrechen sie dieser Vortheile unwürdig machen!

Man suche die Mitglieder des Staats in solche Lagen zu versetzen und darin zu erhalten, in welchen nicht nur innere, sondern auch äussere Belohnungen dem Edeln und Weisen zu Theil werden, knüpfe also das Bestreben, gut und verständig zu handeln, an das Interesse eines Jeden an und begünstige Einfalt, Reinigkeit der Sitten und ächte Menschen- und Bürger-Tugend! Man gebe wenige, aber bestimmte, deutliche Gesetze, die nicht viel zweifelhafte Fälle übrig lassen und halte strenge auf die Unverletzlichkeit und Heiligkeit derselben! Ist es nothwendig, daß über noch nicht bestimmte Gegenstände neue Verordnungen gegeben werden müssen; so geschehe dieß nie ohne Beystimmung der Majorität, oder deren Stellvertreter! Man wähle die besten Mittel, diesen wirklichen Willen der wirklichen Majorität, der dann für den allgemeinen Willen gelten muß, zu erfahren und die möglichst beste Art von Representation! So wohl die höchsten, als die geringern Vorsteher, müssen der freyen Wahl des Volks, dem Zutraun ihrer Mitbürger, keinem ganz unbedingten Erbrechte, ihre Würden zu verdanken haben! Ob nur ein Einziger, oder wie viel ihrer seyn sollen und auf wie lange Zeit; das hängt von besondern und Local-Rücksichten ab. Sie seyen aber ohne Unterschied der Nation verantwortlich, von Zeit zu Zeit Rechenschaft von ihrem Haushalte zu geben schuldig, selbst dem Gesetze unterworfen und durch dieses in Ansehung der Gewalt eingeschränkt; nicht befugt, in Staats-Angelegenheiten willkührlich und geheim zu handeln! Endlich gestatte man einzelnen Ständen und Personen keine Exemtionen, Monopolien und keine Privilegien, als zum Vortheile der Fleißigern und Tugendhaftern!

VIII.

Auf dem Papiere nun ist eine solche Staats-Verfassung leicht entworfen; anders aber steht es um die Ausführung derselben. Viel edle Männer haben bey Gründung oder Verbesserung älterer und neuerer Regierungsformen jene Vorschriften vor Augen gehabt; aber theils gelang es ihnen nur unvollkommen, ihren Plan durchzusetzen, theils arteten auch diejenigen Constitutionen, die unserm Ideale am nächsten kamen, bald durch das rastlose Spiel der Leidenschaften, durch Herrschsucht, Habsucht, Unentschlossenheit, Verkehrtheit, Inconsequenz und durch Zwist unter den Menschen aus. Ist es Wunder, wenn diese Beobachtungen selbst den wohlwollensten Philosophen zuletzt dahin bringen, zu behaupten: es sey der größere Haufen der Sterblichen nur gemacht, von einigen dazu Berufenen wie Blinde geleitet, durch Zwangmittel in Ordnung gehalten zu werden; die Masse des Volks ertrage weder einen gewissen Grad von Aufklärung, noch zu viel Wohlstand und Freyheit; um von dieser und von seiner Vernunft keinen Misbrauch zu machen, müsse man das Volk, wenn nicht in völliger Dummheit und Armuth, doch auf einer nicht zu überschreitenden Stufe von Mittelmäßigkeit und Eingeschränktheit halten? Diese Grundsätze nun sind in ihrer größten Ausdehnung, nicht nur Jahrhunderte hindurch von Pfaffen und Fürsten in Ausübung gebracht worden, sondern auch neuere Vorfälle; unglücklich ausgefallene Staats-Umwälzungen; Ausschweifungen und Verwirrungen, in welche ein Volk gerieth, wenn es die lange getragenen schweren Fesseln des Despotismus abschütteln wollte, nachher aber dieß Ungemach nur gegen das größere einer fürchterlichen Anarchie vertauschte; Sittenlosigkeit, die so oft in dem Gefolge einer liberalern, von wirklichen Vorurtheilen entfesselten Denkungsart, zugleich mit auftrat — das alles hat, selbst unter den bessern Menschen, eine Art von Mistraun gegen alle Volks-Aufklärung erweckt, hat Wörter, welche die edelsten Schätze der Menschheit bezeichnen; ächte Erleuchtung, bedingte Freyheit und Gleichheit, Menschenrechte, Republicanismus und jede Reform, jede, auch noch so nöthige Verbesserung in Staats-Verfassungen, verdächtig gemacht; der Misbrauch hat Zweifel gegen den wohlthätigsten Gebrauch erweckt und in keinem Zeitalter vielleicht ist das System, die Fortschritte der Vernunft zu hindern und aller geistigen Ausbildung, dem Gebrauche einer unschädlichen Freyheit und Behaglichkeit, vorzüglich aber der uneingeschränkten Mittheilung seiner Gedanken und Meinungen in den sogenannten untern Volksclassen Fesseln anzulegen, ängstlicher befestigt worden, als gerade in unserm Jahrhunderte.

IX.

Ist es aber gerecht und billig, deswegen die wohlthätigsten Heils-Quellen zu verstopfen, weil Bösewichte diese Quellen vergiften können? Kann einzelnen Menschen oder gewissen Casten und Innungen das Recht übertragen und auf sie vererbt werden, ein Monopolium über geistige Schätze auszuüben, die von der Hand der Natur zum Genusse für Alle ausgespendet worden sind? Wohin könnte nicht ein solches Monopolium führen? Wer stünde uns dafür ein, daß immer die Weisern und Bessern sich in den Besitz desselben erhalten, und daß nicht vielleicht einige dieser kostbaren Werkzeuge grade in die Hände der schlauesten Bösewichte fallen und von ihnen als Waffen gegen die arglosen Bessern gebraucht werden würden? Wenn es wahr ist, daß nur wenig Menschen fähig sind, einen wahrhaftig nützlichen, unschädlichen Gebrauch von der Geistes-Freyheit zu machen; folgt denn daraus, daß diese Fähigkeit oder Unfähigkeit ganzen Classen und Abtheilungen von Bürgern eigen seyn und bleiben müsse, bis in Ewigkeit? Sollte es nicht allen Menschen, ohne Unterschied des Standes, in welchem sie zufällig gebohren werden, freystehn müssen, über solche Gegenstände, die der ganzen Menschheit die wichtigsten sind, sich zu unterrichten, nachzudenken, ihre Meinung zu sagen und ihre Gedanken gegenseitig auszutauschen? Der unvernünftige Pöbel kann freylich nur mit Gewalt, nicht durch innere Bewegungsgründe, in Ordnung gehalten werden; allein muß es denn durchaus in jedem Lande einen Pöbel geben; und wenn auch nicht alle Menschen zu Philosophen, Gelehrten und

Staatsmännern gebildet werden können; ist es nicht dennoch die Pflicht jeder Regierung, durch Begünstigung einer vernünftigen Volks-Erziehung, dafür zu sorgen, daß allen Bürgern die Gelegenheit dargebothen werde, wenigstens bis auf einen gewissen Grad gleich aufgeklärt über solche Wahrheiten zu werden, die auf ihre ganze menschliche und bürgerliche Existenz, auf ihre Verhältnisse und Pflichten, unmittelbare Beziehung haben? Endlich, ist es denn nicht wirklich ein gänzlich falscher Satz, daß ächte Wahrheit Unheil zu stiften vermöge, größeres Unheil, als jener Geistes-Despotismus, jenes Vernunft-Monopol? Und nun vollends unächte Weisheit — wie sollte die gefährlich werden können, so lange jeder helle Kopf die Freyheit behält, ihr die Larve abzuziehn?

X.

So leicht diese Fragen zu beantworten sind und so viel Gutes auch schon von den besten Köpfen unsers Zeitalters darüber ist gesagt worden; so scheint es doch, als wenn die geistlichen und weltlichen Machthaber sich von gewissen Wahrheiten nicht wollen überzeugen lassen, sondern fester als je darauf beharren, die Volks-Aufklärung zu hindern und in dem großen Haufen alles Freyheits-Gefühl zu ersticken. Pflicht wird es daher, diesen zu sagen, daß, wenn sie auch in der Theorie Recht hätten, sie doch mit der Ausübung nie zu Stande kommen würden; daß es hierzu zu spät ist, daß sie im Begriff stehen, das Uebel ärger zu machen und die Zügel, an welchen sie bis jetzt ziemlich unsanft die Nationen geleitet haben, gänzlich aus den Händen zu verliehren. Dafür hat selbst der Despotismus gesorgt, muß, ohne es zu wollen, immer dafür sorgen, muß dem großen Plane der Schöpfung, das Gleichgewicht der Macht in der Welt zu erhalten und den größten Theil des Menschengeschlechts nicht in eine ewige Sclaverey versinken zu lassen, wider Willen, befördern. Denn wenn ein Einziger den Vorsatz hat, Millionen nach seiner Willkühr zu lenken und dieß Geschäfte systematisch treiben will; so bedarf er nothwendig dazu einer Menge untergeordneter Werkzeuge; diese müssen, um seine Plane ausführen zu können, vernünftige, mit Talenten und Kenntnissen ausgerüstete Menschen seyn. Um dergleichen zu bilden und zugleich aus Eitelkeit, begünstigt er Wissenschaften, Künste, überhaupt feinere Cultur und Aufklärung. Allein diese, wenn erst die Bahn gebrochen ist, rückt dann schneller fort, greift weiter um sich, erstreckt sich auf Gegenstände von ganz andrer Art, als worauf der Despotismus gerechnet hatte. Die Menschen fangen an, über ihren Zustand, über ihre Verhältnisse, Rechte und Pflichten nachzudenken, wollen nicht mehr sich im Blinden leiten lassen, nicht mehr alles auf Autorität annehmen. Sind sie zu arg gedrückt und mishandelt worden; so erwacht nun das Gefühl der Unwürdigkeit der Rolle, welche sie bis dahin gespielt haben. Sie wagen es, die Urkunden zu beleuchten, worauf ihre Tyrannen das Befugniß, sie also herabzuwürdigen, gebauet hatten, und wenn sie diese unächt und erschlichen finden, und nun endlich der Gedanke in ihnen erwacht, daß sie doch eigentlich der stärkere Theil seyen, es folglich in ihrer Macht stehe, sich einer schimpflichen Knechtschaft zu entziehn; dann kömmt es nur darauf an, daß ein Paar unternehmende, unruhige Köpfe sich an die Spitze stellen, um den Umsturz der bisherigen Verfassung zu bewirken. Allein mehrentheils fällt eine solche Umwälzung sehr unglücklich aus. Es ist nicht die reine, heilige Vernunft, sondern Rache ist es, welche hier um den Sieg kämpft und Menschen, denen nicht die ächte Aufklärung, sondern Verzweiflung die Augen geöfnet hat, sind am wenigsten im Stande, eine wünschenswerthe Ordnung der Dinge herzustellen.

XI.

An diesem Allen ist freylich der Despotismus selbst schuld, und um nun dem Uebel zu steuern, das nur er allein angerichtet hat, wählt er — leider! ist das in unsern Tagen der Fall — grade die verkehrten Mittel. Weise Regenten und Machthaber zittern nicht und haben nicht Ursache zu zittern, bey allen Vorfällen dieser Zeit. Sie wirken selbst mit fort in der Aufklärung, wissen diese auf den rechten Weg zu lenken, verliehren nie die Zügel aus den Händen und wechseln nur von Unterthanen. Statt, daß sie vorher, wie Zuchtmeister, einen Haufen roher, vernunftloser Geschöpfe durch Furcht gefesselt hielten, herrschen sie nun, und um so sichrer, als die Weisesten ihres Volks, durch Achtung und Liebe, über verständige, ausgebildete Menschen. Sie modeln die Form ihrer Regierung nach dem Geschmacke des Zeitalters um; die Sache bleibt dieselbe. Die Masse der Menschen läßt sich ja auch so gern und leicht lenken, ist so wenig zum Aufruhre geneigt, in so fern man nur irgend glimpflich zu Werke geht, besonders in dem kältern Teutschland; das Volk vereinigt sich nicht leicht zu wirklichen Meutereyen, wenn auch noch so viel einzelne Unzufriedene darunter sind. Es ist in allen Ländern so sehr an Druck gewöhnt, daß es arg kommen muß, wenn es seine Last unerträglich finden soll. Ein kleiner Schritt von Seiten der Regierung, zur Erleichterung der Unterthanen, begleitet von Aeusserungen, die väterlich und liebreich klingen; eine Rede vom Throne herab, voll philantropischer Declamationen; dabey im Aeussern Popularität, Freundlichkeit und ein einfacher, häuslicher, prunkloser Ton am Hofe — und Bauer und Bürger geben den letzten Heller heraus. Allein nicht einmal so viel Klugheit zeigt der größte Theil unsrer jetzigen Regenten. Von Pfaffen und andern boshaften, eigennützigen; hartherzigen und stumpfsinnigen Menschen irregeleitet, wähnen sie, durch Zwangmittel bewirken zu können, was keine menschliche Macht auszurichten im Stande ist, nämlich die weitern Fortschritte der wohlthätigen Aufklärung zu hemmen, die Barbarey der finstern Zeiten und das Reich des Aberglaubens und der Dummheit wieder herbeyzuführen. Nun werden Einschränkung der Denk- und Preß-Freyheit, Censur-Edicte, Ausspäher, Auflaurer, auf arglose, vertrauete Gespräche, Inquisitionen gegen unschädliche Schwätzer, Zurücksetzung, Verfolgung, Verleumdung freymüthiger Männer — alles wird in Bewegung gesetzt und die bescheidensten Klagen und Vorstellungen zum Frevel gestempelt, um jenen verruchten Zweck zu erreichen. Aber vergebens! Der Funken hat nun einmal gezündet und ist durch kein Mittel wieder zu verlöschen. Wer die Geschichte aufmerksam studiert hat, wird eingestehn müssen, daß ein so hoher Grad von wahrer Geistes-Cultur *in allen Ständen* vielleicht noch nie in der Welt so allgemein gewesen ist, wie jetzt. Um diese wieder zu zerstöhren, müßten auf einmal ganze Generationen von der Erde vertilgt und alle Buchdruckereyen vernichtet werden. Man kann wohl auf eine kurze Zeit an einem Orte, durch Furcht, die Menschen zum Schweigen bringen; allein um desto lauter erheben sie ihre Stimme, in einer andern Gegend, unter günstigern Umständen, oder in glücklichern Zeiten. Und diese Umstände, diese Zeiten bleiben nicht aus. Es gibt noch immer solche weisere Fürsten, wie wir sie vorhin geschildert haben, bey denen Vernunft und Wahrheit Schutz finden, wenn Wahrheit und Vernunft irgend eines Schutzes bedürften. Die Verstandes-Ausbildung der Masse wirkt dann auch auf die Kinder und Jünglinge der höhern, privilegirten Stände. Diese nehmen selbst menschlichere, mildere und freyere Grundsätze an, werden, wenn sie einst zu Männern heranwachsen, die Retter der Menschheit und die Zerstöhrer des Dummheits-Systems. Jene Verbothe, Einschränkungen und Bedrückungen aber reizen zum Widerstande, erbittern die Gemüther, erheben Meinungen, die bis dahin nur noch der Gegenstand theoretischer Abhandlungen waren, zu festen Grundsätzen, zu Glaubens-Artikeln, an deren Vertheidigung man Gut und Blut wagt, verwandeln ruhige Forscher in feurige Sachwalter der bedroheten guten Sache, verbinden Menschen, die bis dahin von einander getrennt waren, zu gemeinschaftlicher Gegenwehr gegen die Geistes-Despoten und erwecken einen Wahrheits- und Freyheits-Fanatismus, der mit den fürchterlichsten Folgen droht. Nur noch kurze Zeit dürfen die verkehrt gesinnten Machthaber in ihren übel berechneten strengen Maßregeln fortfahren; und wir sehen in mehr als einem Lande Auftritte von so abscheulicher Art, wie wir sie in Frankreich kürzlich erlebt haben. Allein dahin darf, dahin muß, dahin soll es gewiß nicht kommen. Es ist Zeit, ernstliche Vorkehrungen dagegen zu treffen und das ist jetzt, wie man hören wird, durch die Vereinigung fest entschlossener Freunde der Wahrheit, Rechtschaffenheit und bürgerlichen Ordnung geschehn.

XII.

Die Unzulänglichkeit und Zweckwidrigkeit aller öffentlichen Anstalten zum Wohl der Welt; die Ausartung aller Staats-Verfassungen und bürgerlichen Verträge; der Misbrauch der oberherrlichen Gewalt; der Unfug der Machthaber und die Betrügereyen derer, die sich zu Lehrern des Volks aufwerfen; das alles ist längst ein Gegenstand der Besorgnisse und Bestrebungen redlicher Menschenfreunde gewesen. Weil diese jedoch bey ihren Bemühungen, den Uebeln entgegen zu arbeiten, von allen Seiten Widersprüche, Hindernisse und Verfolgungen voraussahen; stifteten sie geheime Verbindungen, die lange Zeit hindurch, ohne den erzielten Nutzen zu stiften, der ganzen cultivirten Welt zum Steckenpferde und Spielwerke gedient heben — aber wahrlich zu einem sehr gefährlichen Spielwerke! Es läßt sich nicht leugnen, daß einige dieser geheimen Bündnisse zu den edelsten Zwecken, von uneigennützigen, redlichen und vernünftigen Männern sind errichtet worden, die aber, bey dem innern Bewußtseyn der Unschuld ihrer Absichten, weder die Folgen hinlänglich berechnet, noch sich die sehr wichtige Frage gehörig beantwortet haben: »in wie fern überhaupt der Staat gestatten könne, daß in ihm andre kleine Staaten entstehen, deren Mitglieder sich einander die Verbindlichkeit auflegen, ihre Zwecke und Mittel (die immer, mehr oder weniger, die Zwecke der größern Staats-Verbindung durchkreuzen) vor dem Publico und selbst vor der Obrigkeit geheim zu halten?« Wohin dann auch solche Bündnisse führen; das hat uns die Erfahrung, besonders in diesem Jahrhunderte, gelehrt. Von einer Seite zu zweckloser Zeit- und Geld-Verschwendung; zu Ausbreitung eines verderblichen Cabalen-, Secten- und Verfolgungsgeistes; von der andern, neben allen möglichen Gebrechen und Ungehörigkeiten der bürgerlichen Verfassung, denen abzuhelfen sie doch eigentlich errichtet waren, zu Misbräuchen und Betrügereyen von ganz neuer Art. Denn eben diese geheimen Verbindungen gaben allen Leidenschaften weitern Spielraum und verschaften den Schwärmern, Schurken, Ränkespielern und herrschsüchtigen Bösewichtern jeder Art einen Wirkungskreis, wie sie ihn noch nie gehabt hatten, ihr Wesen im Verborgnen zu treiben. Hier entwarf ein listiger Kopf in der Stille den Plan, durch seine Machinationen die Hände in alle Regierungen zu bekommen und seine Creaturen, mit Zurücksetzung besserer Menschen, in die wichtigsten Staats-Bedienungen einzuschieben. Dort spiegelte ein Fantast seinen Jüngern den Entwurf zu einer allgemeinen Monarchie, zu einer Theocratie, einem Sitten-Regimente, einem tausendjährigen Reiche oder dergleichen vor, in welchem Er jedoch sich die Haupt-Rolle vorbehielt. Bald wollten verkappte Jesuiten oder andre Schelme dieß Vehikel nützen, um die ganze Welt wieder unter das Joch der römischen Hierarchie zurückzubringen, oder, indem sie leichtgläubige Pinsel mit Ammenmärchen von Goldmacherey und Geisterseherey ankörnten, Aberglauben und Dummheit im Volke verewigen, und dabey im Trüben fischen. Diese verschiedenen Banden geriethen dann mit einander in Streit; Jede verlangte das Monopolium, die Menschen am Narrenseile zu führen, ausschließlich für sich zu behalten, verketzerte, verleumdete und betrog die andre, suchte die kleingesinnten Großen der Erde in das Interesse ihrer Albernheiten zu ziehn und überschwemmte das Publicum mit ihren unbedeutenden Streitschriften. Statt daß also diese geheimen Reformations-Anstalten der Welt hätten nützen sollen, beförderten sie vielmehr die allgemeine Verwirrung und dienten jeder Bosheit zur Larve.

XIII.

So stehen die Sachen noch jetzt; und da die Erbitterung unter den beyden Hauptpartheyen, nämlich unter den Vernunft-Freunden und den Dummheit-Beförderern, mit jedem Tage wächst, dabey auch die Maßregeln, welche man gegen diesen Unfug nimmt, immer bedenklicher werden, so daß alles darauf angelegt zu seyn scheint, entweder eine ärgere Geistes-Despotie einzuführen, als noch je in der Welt gewüthet hat — ein Bestreben, das freylich ganz durchzusetzen nicht möglich ist, doch aber in einzelnen Ländern eine Zeit lang viel Unglück stiften und den Fortschritten aller möglichen Kenntnisse nachtheilig seyn kann — oder aber das geduldige Volk, durch den unerträglichsten Druck, endlich aus dem Schlummer zu wecken, zum Aufruhre zu reizen und uns der noch viel grausamern Tyranney eines halb aufgeklärten Pöbels preiszugeben; so ist es denn nun wohl einmal Zeit, daß die verständigern Freunde der Wahrheit, Rechtschaffenheit und Ordnung zusammentreten, um diesem Unwesen durch erlaubte, das Licht nicht scheuende Mittel, ein Ende zu machen, die Rechte der freyen gesunden Vernunft gegen Thorheit, Betrug und Unterdrückung in Schutz zu nehmen und mit vereinten Kräften an Herstellung der bürgerlichen Ordnung, des Friedens und der brüderlichen Duldung zu arbeiten. In vier und zwanzig Städten von Teutschland haben sich schon kleine Cirkel solcher Männer zusammengefügt, sind mit einander in fortdauernden Briefwechsel getreten und laden jeden redlichen und klugen Mann ein, ihrem patriotischen Bunde beyzutreten, der schon jetzt stark genug ist und noch immer stärker werden wird, wenn Personen sich an uns schliessen, die vielleicht aus Muthlosigkeit und aus Furcht vor den hämischen Neckereyen einer gewissen Rotte bis jetzt stumm und unthätig geblieben sind, nun aber erfahren, daß eine Legion entschlossener, fester Wahrheits-Freunde ihnen die Hand zum gemeinschaftlichen Schutze reicht. Wir werden desfalls ruhig erwarten, welchen Eindruck dieß Manifest auf den bessern Theil des Publicums macht und erfahren wir, daß würdige Männer uns näher kennen zu lernen wünschen; so werden wir schon Mittel finden uns diesen zu nähern.

XIV.

Das Personale der jetzt schon thätigen Mitglieder der Gesellschaft namentlich zu kennen, daran kann dem Publico wenig gelegen seyn; genug wenn es unsre Zwecke und die Mittel kennt, deren wir uns bedienen. Es bleibt aber jedem Mitgliede die Freyheit unbenommen, wenn seine Lage es ihm erlaubt, sich als Theilnehmer öffentlich zu nennen. Manche würdige Männer werden durch ihre äussern Verhältnisse davon abgehalten; ja! Andre können und dürfen überhaupt an einer solchen Verbindung nicht Theil nehmen, ohne den Regierungen, unter denen sie stehen und denen sie Gehorsam schuldig sind, verdächtig und verantwortlich zu werden. Diesen rathen wir, sich nicht mit uns einzulassen, denn es streitet durchaus mit unserm Zwecke, daß wir irgend eine Handlung unternehmen, die den Gesetzen der Länder, darinn wir leben, sollten diese Gesetze auch noch so unweise seyn, entgegen ist. Aber freymüthig unsre Meinung über dergleichen Gesetze zu sagen, das werden diejenigen unter uns ohne Scheu thun, die in Provinzen wohnen, wo keine Verbothe solche Aeusserungen zu Verbrechen machen.

XV.

Und nun noch einmal! Es ist hier gar nicht von einer geheimen Verbindung die Rede, in welcher hochwürdige Schelme als Obere hinter dem Vorhange stehen und einen Haufen leichtgläubiger Jünger wie Marionetten handhaben; nicht von Einführung eines gewissen Systems, das einige Köpfe zusammengeflickt haben, um es durch Schüler, die selbst nicht denken können, noch wollen, der Welt aufhängen zu lassen; sondern von einer Gesellschaft solcher Männer, die nur über den einzigen Grundsatz ganz einig sind, *daß keinem Erdensohne der Weg versperrt werden dürfe, das edelste Geschenk des Himmels, die gesunde Vernunft, frey und ungehindert über alle Gegenstände zu Rathe zu ziehn*; Männer, die sich einander beystehen, um dieß Kleinod sich nicht rauben zu lassen, im Uebrigen aber keine gewisse Formen vorschreiben, sondern es einem Jeden überlassen, nach seiner individuellen Ueberzeugung, das, was er für Wahrheit hält, zu lehren und auszuüben, nach seiner Weise so, wie es seine Lage und seine Verhältnisse erlauben; folglich niemand die *Verbindlichkeit auflegen*, sondern ihm nur *Gelegenheit geben*, mit Sicherheit zum Besten des Ganzen — das heißt zum freyen Gebrauche der Vernunft und zu Beförderung der Rechtschaffenheit und bürgerlichen Ordnung mitzuwirken.

XVI.

Wir mischen uns daher keinesweges in politische und kirchliche Händel. Was für eine Regierungsform und was für ein Religions-System in diesem oder jenem Lande die Oberhand haben mögte, darüber können einzelne Mitglieder unsrer correspondirenden Gesellschaft vielleicht Wünsche und Meinungen hegen und äussern; allein wir nehmen daran keinen Theil. Nur das sind wir männlich durchzusetzen fest entschlossen, *daß in unserm lieben Vaterlande*, wie und von wem es auch regiert werde, *kein Geistes-Despotismus Wurzel fasse und kein vorsetzlicher Betrüger das Volk verführe*. Wo wir daher dergleichen wittern, da warnen wir laut und öffentlich davor, entlarven den im Finstern schleichenden Betrug und übernehmen die Vertheidigung jedes, seiner Meinungen wegen, verfolgten und verleumdeten Mannes; auch dann, wenn wir seine Grundsätze nicht billigen. Keiner von uns aber hält sich für unfehlbar und indem wir ein Recht zu haben glauben, unsre Gedanken frey und offen mitzutheilen; so ist es auch gar nicht unsre Absicht, diejenigen zum Schweigen zu bringen, die uns eben so frey und öffentlich widerlegen wollen, sey es in einem ernsthaften, oder satyrischen und spottenden Tone; denn auch wir behalten uns das Recht vor, diese verschiedenen Wege nach den Umständen einzuschlagen. Und so, wie wir bereit sind, der bürgerlichen Ordnung und der Unterwürfigkeit gegen Obrigkeit und Gesetze Gut und Blut zu opfern; so predigen wir Aufruhr, Rebellion und Krieg (doch nur mit geistigen Waffen) gegen alle Unterdrücker der göttlichen, heiligen gesunden Vernunft.

XVII.

Unsre Art zu verfahren aber ist folgende: In jeder der oben erwähnten vier und zwanzig teutschen Städte tragen diejenigen dort wohnenden Männer, welche an der Vereinigung Theil nehmen wollen, Einem von ihnen auf, den Briefwechsel zu übernehmen, welches, wie man hören wird, gar kein beschwerliches Geschäfte ist. Folglich haben wir vier und zwanzig correspondirende Mitglieder, wovon Jeder einem Cirkel von Freunden und Bekannten, den er nach Gutdünken sich wählen und erweitern mag, die erhaltenen Nachrichten mittheilt und ihre Aufträge empfängt. Jeder dieser Correspondenten hält einen oder mehr Bogen Papier in Bereitschaft, worauf er, wenn er Lust und Muße dazu hat, alles dasjenige in kurzen Worten notirt, was er dem Zwecke der Gesellschaft angemessen findet; also Nachrichten, Anfragen, Forderungen, Vorschläge, auch, wenn er will, kleine Abhandlungen über verschiedene Gegenstände. Dieß Heft schickt er zweymal im Monate, nämlich in der Mitte und am Ende desselben, nebst dem, aus einer nahe gelegenen Stadt vierzehn Tage früher mitgetheilt erhaltenen Hefte, dem Mitgliede, an welches er in der nächsten Stadt ist gewiesen worden, mit der Post franco hin. Hierin besteht seine ganze Arbeit. Hat er nichts aufgeschrieben; so muß er wenigstens das Erhaltene zu der gehörigen Zeit weiter befördern und ein leeres Blatt, mit seiner Nummer bezeichnet, dabeylegen. Wenn also, zum Beyspiel, der Correspondent No. 6. in Gotha von dem Correspondenten No. 5. in Eisenach zu Ende des Monats May ein Heft geschickt erhält; so theilt er den Inhalt seinen in Gotha wohnenden Freunden mit, zeichnet das Nöthige heraus, legt am 15ten Junius sein Heft, oder sein leeres Blatt, hinzu und schickt es an den Correspondenten No. 7. nach Erfurt. Um eben diese Zeit erhält er abermals von No. 5. ein Heft, welches er zu Ende des Junius an No. 7. abgehn läßt. Diese unbedeutende Arbeit ist die einzige, wozu sich ein Mitglied verbindlich macht. Alle übrige Wirksamkeit hängt gänzlich von seiner Willkühr ab, mit Rücksicht auf die Lage, in der er sich befindet. Wer nicht Muße oder Ordnungsgeist genug hat, diese geringe Arbeit pünctlich zu besorgen; thut besser, wenn er einem andern Freunde in seinem Wohnorte die Correspondenz aufträgt. Sobald No. 6. nicht zu rechter Zeit von No. 5. die Hefte bekömmt, zeigt er dieß dem Freunde No. 7. an und sucht, wenn eine freundschaftliche Erinnerung vergebens ist, sogleich mit No. 4. Abrede zu nehmen, daß sie in der Stadt, wo No. 5. wohnt, einen andern Correspondenten erhalten und dem Nachläßigen nichts mehr zugeschickt werde. Können sie niemand finden, der den Platz ersetzt; so wird die Stadt vorerst übergeschlagen und bey jeder Verschickung von No. 4. an No. 6. ein leeres Blatt mit No. 5. bezeichnet, beygelegt. Desfalls müssen nothwendig vier in der Reihe auf einander folgende Correspondenten sich dem Namen nach kennen. Von den übrigen ist dieß wenigstens nicht erforderlich, obgleich das Personale, so wie überhaupt alles, was unsre Gesellschaft angeht, kein Geheimniß zu seyn braucht. Weil jedoch einzelne Mitglieder besondre Ursachen haben können, nicht bekannt werden zu wollen; so wird keines von den herumgeschickten Heften mit dem Namen des Absenders, sondern nur mit seiner Nummer bezeichnet. Jedes Heft kömmt auf diese Weise nach Verlauf eines Jahrs (und zwar vielleicht begleitet von mancher interessanten Anmerkung und Erläuterung, oder auch wohl Widerlegung, die irgend eines der andern Mitglieder hinzugefügt hat) in die Hände des ersten Absenders zurück. Und grade deswegen kann die Anonymität einiger Correspondenten zuweilen Nutzen haben, indem dadurch die Aeusserungen und Urtheile, zum Vortheile der Wahrheit, freyer ausfallen.

XVIII.

Es bleibt uns noch übrig, einen Begriff von dem Inhalte dieser Hefte zu geben; durch ein Beyspiel wird dieß am deutlichsten geschehn können. No. 1. mag auf sein Papier Folgendes geschrieben haben:

a) Er empfehle des Herrn N. neu herausgekommenes Werk und wünsche, daß eines der Mitglieder, durch eine ausführliche Recension, das Publicum darauf aufmerksam machen möge.

b) Dagegen halte er es für verdienstlich, die gefährlichen Thorheiten und Schwärmereyen aufzudecken, welche in des Herrn M. Buche enthalten seyen. Seine Lage aber erlaube ihm nicht, dieß Geschäfte zu übernehmen.

c) Er bitte um Erläuterung eines gewissen historischen oder andern wissenschaftlichen Gegenstandes.

d) Herr F. sey ihm als ein sehr redlicher und geschickter Schulmann bekannt geworden. Wenn jemand Gelegenheit habe, ihm eine gute Stelle bey einem Gymnasio zu verschaffen; so werde man dadurch etwas Gutes stiften können.

e) Herr P. sey kürzlich von dem Herrn R. schändlich an seiner Ehre angegriffen und verläumdet worden. Es sey Pflicht der Wahrheitsfreunde, des Herrn P. Vertheidigung zu übernehmen.

f) In dem .... Lande sey kürzlich eine Verordnung erschienen, die sehr unglückliche Folgen haben könne. Es sey der Mühe werth, hierüber in einer Flugschrift freymüthig sich zu äussern. Er aber könne dieß nicht thun, weil er in einem Staate lebe, wo er ohne Censur, den Gesetzen nach, nichts dürfe drucken lassen.

g) In … sey ein Buch erschienen, worinn Grundsätze vorkämen, die, wenn sie übel verstanden würden, dem Volke nothwendig ausschweifende Begriffe von Freyheit und Gleichheit beybringen müßten. Es sey daher wichtig, dieß Buch zu widerlegen und die Greuel einer, durch Pöbel-Regiment entstehenden Anarchie, lebhaft zu schildern. Er bitte, es möge doch ein Mitglied diese verdienstliche Arbeit übernehmen.

h) Der Herzog von …. mache so vortrefliche Einrichtungen in seinem Lande und sey ein so würdiger Regent, daß dieß alles, zur Lehre für andre Fürsten, eine öffentliche Bekanntmachung verdiene. Herr D. habe darüber etwas geschrieben, welches er unter folgenden Bedingungen herausgeben wolle etc. — Wenn man ihm einen Verleger verschaffen könne; so erbitte er sich darüber Nachricht unter der Addresse: An den Hrn. K. in B. u. s. f.

Wenn nun No. 2. dieß Heft erhält; so theilt er den Inhalt, auf eine ihm beliebige Weise, seinen an demselben Orte wohnenden Freunden, binnen den vierzehn Tagen, da er es behalten darf, mit. Hat niemand Muße oder Lust, sich darüber zu äußern; so wird es nur zu rechter Zeit weiter befördert. Will aber jemand etwas dabey bemerken; so befestigt No. 2. das Blatt, worauf dieß geschrieben steht, an das Heft und schickt es also, nebst seinem eignen Hefte, fort. Wir wollen eine Probe von einem solchen hinzugefügten Aufsatze entwerfen:

ad a) An dem Werke des Herrn N. finde ein gewisser Freund noch Folgendes auszusetzen …. Viel zweckmäßiger scheine ihm das über denselben Gegenstand geschriebne Buch des Herrn W.

ad b) Die Enthüllung der Irrthümer in dem Werke des Herrn M. übernähme er. Sie solle nächstens in …. erscheinen.

ad c) Davon wisse niemand hier etwas.

ad d) In P. sey eine gute Stelle offen. Ein Freund könne dem Herrn F. vielleicht dazu behülflich seyn und werde derselbe mit der heutigen Post desfalls an ihn schreiben.

ad e) Dazu könne, aus gewissen Ursachen, hier niemand mitwirken.

ad f) Dieß wolle hier jemand übernehmen; doch sey es gut, wenn es noch von mehrern Orten her geschehe.

ad g) und h) Es finde sich hier niemand, der sich diesem Geschäfte unterziehn könne.

XIX.

Aus dieser Skizze möge man unsre Grundsätze, Zwecke und Mittel wahrnehmen! Man wird daraus sehn, daß diese Verbindung sehr viel Gutes zu bewirken im Stande ist; denn was vermögen nicht allein schon die vereinten Kräfte von vier und zwanzig, in demselben Lande lebenden Männern, deren Jeder wieder einen Cirkel von Freunden und Bekannten in Thätigkeit setzt? Dagegen kann durch diese Gesellschaft, *als Gesellschaft*, nichts Böses unternommen werden. Wenn einzelne Mitglieder dergleichen im Sinne hätten; so würden sie in der Verbindung keinen Vorschub, sondern vielmehr Widerstand finden. Indem wir Publicität, Denk- und Preß-Freyheit beschützen und in Glaubens-Sachen und Meinungen keinen andern Oberherrn, als die freye, gesunde Vernunft, anerkennen; so respectiren wir doch in allen bürgerlichen Verhältnissen die Gesetze und deren Handhaber und erlauben uns auch nicht die kleinste Uebertretung obrigkeitlicher Verordnungen. Wenn wir die Volks-Verführer, Betrüger und diejenigen, welche die Augen der Regenten zu verblenden suchen, entlarven und öffentlich angreifen; so machen wir es uns doch nicht weniger, sondern vielmehr mit doppeltem Eifer, zum angelegentlichsten Geschäfte, die Wohlthäter des Menschengeschlechts in allen Ständen eben so öffentlich auszuzeichnen, fest überzeugt, daß das Lob edler Handlungen wirksamer das Gute befördere, als ein zu eifriges Bestreben, jede Unthat zu rügen. Wenn es uns endlich am Herzen liegt, wichtige Wahrheiten in Umlauf zu bringen, wir auch überzeugt sind, daß hierdurch nie eigentlich Unheil gestiftet werden kann; so ist es doch keineswegs unsre Meinung, den natürlichen Schritten der Aufklärung vorzugreifen, oder die sehr unzweckmäßige Arbeit zu übernehmen, Lehren zu predigen, für die der Genius der Zeit noch nicht empfänglich ist und die in schief organisirten Köpfen Verwirrung stiften könnten.

Es hatten einige unsrer Mitglieder den Plan entworfen, ein eignes Journal, das die Gesellschaft herausgeben sollte, zu Beförderung ihrer Zwecke zu schreiben; allein die größere Anzahl hat diesen Vorschlag standhaft verworfen. Dadurch würde die Gesammtheit die Privat-Meinungen einzelner Mitglieder gleichsam sanctioniren und sich dafür verantwortlich machen; das ist unsrer Absicht gänzlich zuwider. Wir wollen für Jeden gern das Recht erkämpfen, seine Meinung frey sagen zu dürfen; jedoch allein auf seine Rechnung und Verantwortung; Aller Secten-, Ordens- und Systemgeist ist uns ein Greuel.

XX.

Und nun noch vier Worte: Eines an Personen, die unsrer Gesellschaft beytreten wollen; eines an das Publicum; eines an die Regenten und eines an gewisse andre Leute.

1. Jeder rechtschaffene und verständige Mann, der Theil an unsrer Gesellschaft nehmen will, wird uns willkommen seyn. Die Mittel, sich uns zu nähern, werden wir zu verschaffen bemüht seyn, sobald wir sehen, welchen Eindruck dieß Manifest auf den bessern Theil des Publicums macht. Sollten aber solche Menschen, die von Ehrgeiz, Eigennutz, von irgend einer andern unedeln Leidenschaft, oder von Partheywuth regiert werden; sollten Unruhstifter, Fanatiker, Sectirer, von welcher Art sie auch seyn mögten, Fürsten-Schmeichler oder unvernünftige Freyheits-Apostel, sich in unsern Schoß werfen wollen, um entweder unter unserm Schutze ihre gefährlichen Thorheiten und Bosheiten auszubreiten, oder gar unsre Gesellschaft als Werkzeug zu Beförderung ihrer unreinen Absichten zu gebrauchen; so würden solche Leute sich in ihrer Rechnung sehr betrügen. Nicht nur würden sie bey uns keinen Vorschub finden, sondern auch Gefahr laufen, von uns öffentlich dem Publico dargestellt zu werden. Ueberhaupt bitten wir jedermann recht ernstlich, auf gar keine Verschwiegenheit von unsrer Seite in Dingen zu rechnen, die uns nicht unschuldig scheinen könnten und rathen daher, uns nichts zu vertraun, was keine Beleuchtung verträgt.

2. Und nun, da das Publicum sieht, wie offenherzig wir unsre Zwecke und Mittel seiner Prüfung vorlegen; dürfen

wir auch hoffen, daß es uns Gerechtigkeit wiederfahren lassen, uns keine gefährliche, hinterlistige Absichten zutraun und uns nicht mit den ungestümen Schreyern verwechseln, noch diese für Mitglieder der Gesellschaft halten werde, die von Zeit zu Zeit, zum Schaden der guten Sache der Wahrheit, als Verfechter auftreten. Wir billigen so wenig ihren Unfug, daß wir vielmehr alle verständige Männer ersuchen, dagegen und überhaupt gegen jeden Verführer und Betrüger, laut die Stimme zu erheben. Wir wünschen, das Publicum möge auch über uns wachen, damit wir das, was wir ihm versprechen, leisten und uns nie von den Grundsätzen entfernen mögen, die wir hier entwickelt haben.

3. Gut gesinnte, weise Fürsten und Regierungen haben, wie das schon ist gesagt worden, nichts von uns zu besorgen. Wir ehren und befolgen nicht nur alle ihre Verordnungen über solche Gegenstände, die ihrer Gewalt unterworfen sind; sondern weisen auch diejenigen Schriftsteller und Rathgeber, welche die Grenzen der obrigkeitlichen Macht zu schmälern, so wie die, welche dieselbe über Gebühr auszudehnen suchen, und dadurch das Volk zur Widerspenstigkeit reizen könnten, zur Ordnung zurück. Edle Fürsten dürfen uns daher wie ihre eifrigsten Anhänger betrachten; böse hingegen fürchten wir nicht. Wir fordern sie auf, unser, auf Wahrheit, Redlichkeit und Pflicht gestütztes Werk zu zerstöhren. Freylich können sie einzelne freymüthige Männer necken und verfolgen; allein was schadet das dem ewigen Reiche der Wahrheit, der es nie an entschlossenen Vertheidigern und Rächern fehlen wird? Mit allen ihren Edicten und Inquisitionen; mit ihren Gerichtshöfen und Schergen; ja! mit ihren ungeheuren Heeren besoldeter Maschinen, sind sie doch zu ohnmächtig, auch nur eine einzige nützliche Wahrheit wieder aus der Welt zu schaffen. Das Reich der Dummheit, der Vorurtheile und der Autoritäten ist nun einmal zu Ende. Hier ist nicht mehr zu fragen: ob es besser seyn würde, wenn die Völker sich noch, wie ehemals, im Blinden führen ließen — Es ist zu spät; es geht nicht mehr und es mag auch wohl recht gut seyn, daß es nicht mehr also geht. Wären

manche Regierungen nicht so unempfänglich für bessern Rath; so würden sie sich davon überzeugen lassen, daß hier keine gewaltsame Mittel helfen, und daß, wenn sie nur in der Cultur ihres Zeitalters mit fortrücken und sich das Zutraun ihrer Mitbürger erwerben wollten; sie immer an der Spitze stehn, das Heft nie aus den Händen verlieren und durch die von ihren Trabanten so sehr verschriene Aufklärung selbst sichrer als je regieren könnten. Allein das heißt tauben Ohren predigen; und darum sind wir dann heilig und männlich fest entschlossen, wenigstens dafür zu sorgen, daß sie unserm lieben Vaterlande durch ihre verkehrten Maßregeln kein solches Elend aufladen sollen, als Frankreich, durch die Folgen des unleidlichsten Drucks, jetzt leiden muß.

4. Nun noch das Wort an gewisse Leute! — Wer diese Leute sind? — Wir wollen mit ihren Namen dieß Blatt nicht besudeln; es sey genug, zu sagen, daß wir jene Bande unberufener, lichtscheuer Zionswächter, Ketzermacher, Illuminaten-, Democraten- und Jacobiner-Jäger im Sinne haben. Diesen wollen wir nur sagen, daß wir hoffen, sie werden auch uns die Ehre erweisen, uns als gefährliche Aufrührer anzuklagen. Das wird uns überaus angenehm seyn und unsre Sache sehr befördern. Haben Sie bis jetzt mit ihrem Zettergeschreye den Zweck nicht erlangt, auf den sie gerechnet hatten; ist vielmehr Schande, Spott und Verachtung ihr wohlverdienter Gewinn gewesen; so können wir ihnen doch zum Troste sagen, daß sie, ohne es zu wollen, etwas Gutes gestiftet haben. Sie sind es nämlich hauptsächlich gewesen, die durch ihr Toben die würdigsten und thätigsten unter unsern Mitgliedern aus dem Schlummer geweckt, und zu dem Entschlusse gebracht haben, diese Verbindung zu stiften, um endlich einmal dem Unfuge der Obscuranten ein Ende zu machen und die Feinde der Wahrheit, Rechtschaffenheit und bürgerlichen Ordnung muthig zu bekämpfen.

Anhang

Nachwort

Die Reise nach Braunschweig

Die Reise nach Braunschweig ist nach dem *Umgang mit Menschen* Knigges erfolgreichstes und zugleich ist es sein heiterstes Buch, das noch heute gern gelesen wird. Das ist um so überraschender, als es, wie er in seiner kurzen Vorrede schrieb, unter »heftigen cörperlichen Leiden« und »bey Sorgen mancher Art«,[1] entstanden sei. Im November 1790 hatte Adolph Freiherr Knigge seine Amtsgeschäfte als Kurfürstlich Braunschweigisch-Lüneburgischer Oberhauptmann in Bremen aufgenommen und bewohnte mit Frau und Tochter Philippine das alte Pallatium gegenüber dem Dom, der mit seiner Umgebung noch zum Kurfürstentum Hannover gehörte. Er nahm seine Verwaltungsaufgaben trotz seiner chronischen Blasenkrankheit, die ihn immer wieder ans Bett fesselte, ernst. In der freien Reichsstadt fühlte er sich wohl, knüpfte persönliche Beziehungen zu den Honoratioren an und beteiligte sich an dem Liebhabertheater, das am 15. Januar 1791 sogar mit der Aufführung von August von Kotzebues Schauspiel *Die Indianer in England* eröffnet worden war.

Als Reaktion auf die Französische Revolution, die Knigge nach allen negativen Erfahrungen an den despotischen kleinen Fürstenhöfen – wie viele Aufklärungsschriftsteller – be-

1 Hier S. 11.

grüßte, war im Frühjahr 1791 sein politischer Roman *Noldmanns Geschichte der Aufklärung in Abyssinien* erschienen. Zur Herbstmesse 1791 und zur Ostermesse 1792 folgten die beiden satirischen Schriften *Des seligen Herrn Etatsraths Samuel Conrad von Schaafskopf hinterlassene Papiere* und *Josephs von Wurmbrand politisches Glaubensbekenntniß*,[2] deren republikanische Gesinnung dem Verfasser viele Feindschaften nicht nur im Kreise des Adels, sondern auch unter konservativen Schriftstellern, jedoch auch Freunde zuführte, die den mutigen Autor verteidigten.

Gerade in dieser erregenden Zeit veröffentlichte der kranke Oberhauptmann im Frühjahr 1792 seinen ganz unpolitischen komischen Roman *Die Reise nach Braunschweig*. Zwischen 1781 und 1790 hatte er in mehrbändigen Erzählwerken das intrigante Leben an den kleinen Fürstenhöfen angeprangert. Der in Bremen im Herbst 1791 gedruckte kurze Roman *Das Zauberschloß oder Geschichte des Grafen Tunger* war ein Nachklang dieser Lebensgeschichten gescheiterter Angehöriger der »sogenannten höhern Menschenclassen«.[3] Mit Blick auf sein Publikum wollte Knigge die Augen seiner Leser »einmal von Höfen, Fürsten, Staatshändeln und gelehrten Kampfplätzen ab, auf ländliche Scenen und lachende Bilder« lenken. »Durch leichten Witz« wollte der Verfasser selbst »in harmloser Stimmung«[4] bleiben, was ihm in diesem Buch auch gelungen ist.

Zu Anfang stellt Knigge die Hauptfiguren seines Buch vor – die in der Stube des Amtmanns versammelten biederen Reisegefährten –: den wohlbeleibten, selbstgefälligen, sich seiner Würde bewussten Amtmann Waumann, den Dorfpastor Schottenius, dem nichts mehr am Herzen liegt als die Veröffentlichung seiner 56 Predigten, den etwas einfältigen Förster Dornbusch sowie den verwöhnten, unselbstständigen Musjö Valentin, des Amtmanns erwachsenes Söhnchen. Da

2 Vgl. Bd. 2 und 4 dieser Ausgabe.
3 Hier S. 11.
4 Ebda.

der Autor in seiner Erzählung mehrfach das Fehlen der Kupferstiche an den markanten Stellen bedauerte, fügte der Verleger Christian Ritscher in Hannover der neuen Auflage des Buches 1794 den ausklappbaren Stich von Heinrich Ramberg bei. Dort sind auch die drei Ehehälften abgebildet, die ihre Männer sanft, aber resolut beherrschen, ihnen die Reise nach Braunschweig gestatten, denn man hatte aus der Zeitung erfahren, dass dort der Ballonaufstieg des berühmten französischen Ballonfahrers Jean Pierre Blanchard stattfinden würde.

Während die Stationen der Reise – Hildesheim, Peine, Braunschweig – konkret genannt werden, hat man sich das Dorf Biesterberg in der Gegend von Hannover vorzustellen. Dass sich die Reisegruppe dann »verbiestert«, ist nicht verwunderlich. Knigge erzählt genüsslich die Abenteuer, die die weltunerfahrenen Biesterberger in dem Wirtshaus in Hildesheim, dem Posthaus in Peine und schließlich in Braunschweig erleben und überstehen, wo der Amtmann Waumann und sein tolpatschiger Sohn Valentin den Zweck der Reise, den Ballonaufstieg, verfehlen.

In Peine trennen sich auf unvorhergesehene Weise die Wege der vier Reisenden, und es wird eine zweite Geschichte eingeschoben, in der Förster Dornbusch und der ihn begleitende Pastor Schottenius die Ballonfahrt ebenfalls verpassen. Zufällig begegnet der Förster im Posthaus in Peine seiner Pflegetochter Margarethe Dornbusch, die ganz offensichtlich aus ihrem Mädchenpensionat ausgerissen und gerade mit einem abwesenden jungen österreichischen Offizier durchgebrannt ist, der in der Nähe von Peine, auf der Eulenburg, seinen lange verschollenen, aus Indien zurückgekehrten Stiefvater nach langen Jahrzehnten wiedersieht. Ohne dem Mädchen Gehör zu schenken, er möge doch die Rückkehr des Offiziers abwarten, entschließt sich der erboste Förster, seine entlaufene Pflegetochter in seiner Kalesche nach Goslar zurückzubringen. Inzwischen hat der Offizier seinen Stiefvater in die Arme geschlossen, und der Leser erfährt dessen abenteuerliche Lebensgeschichte. Da sie beide das

Mädchen in Peine vermissen, setzen der Offizier und sein Stiefvater dem Förster und dem Pastor nach.

Wie in einer Komödie, in der die Orte und Personen wechseln, kommt es auf dem halben Wege, an einem Gasthaus, in dem fiktiven Steinbrüggen, zu einem unerwarteten Zusammentreffen der vier Männer, zum flüchtig geschilderten Wiedersehen des Försters mit dem Fremden, wobei sich herausstellt, dass dieser sein Bruder ist. Die entwichene Margarethe besteht inzwischen neue Abenteuer, bis sie, wie kann es anders sein, den Offizier auf einer Maskerade im Opernhaus Braunschweig wiederfindet. Im Hotel d' Angleterre feiern die vier Biesterberger, der alte Dornbusch, seine Tochter und der Offizier das Wiedersehen.

Man kehrt auf getrennten Wegen nach Biesterberg zurück, wo der erschöpfte Amtmann, statt seine Gemahlin in die Arme zu schließen, mit einem Schwall von Flüchen von ihr empfangen wird »deren heulende Stimme, wie ein Nordwind bei Hagelwetter, durch die Luft tobte«,[5] denn inzwischen hatte die Küchenmagd Anna Catharina, Musjö Valentin heimlich versprochen, gerade die Frucht ihrer Liebe zur Welt gebracht. Die Biesterberger Gesellschaft schickt sich in die neue Lage. Der alte Dornbusch erwirbt aus seinem geerbten Vermögen ein Gut, dem Besitz seines Bruders benachbart. Seine Tochter Margarethe hatte ihren Offizier in Goslar geheiratet, der einfältige Valentin Waumann lebt glücklich mit Frau und Kind, und Pastor Schottenius hatte einige Hoffnung, dass der Verleger des Verfassers die Herausgabe seiner 56 Predigten besorgen wird.[6] So nimmt die Erzählung der Reise nach Braunschweig ein nicht vorgesehenes Ende.

Anstatt in den Genuss des Ballonaufstiegs zu kommen, wird eine alltägliche Liebesgeschichte mit all ihren Verwicklungen dargestellt, hinter der die Abenteuer der vierköpfigen

5 Hier S. 144.
6 Hier S. 156.

Reisegesellschaft zurücktreten. Der Leser, der in der *Reise nach Braunschweig* eine Schilderung des im ersten Kapitel angekündigten Blanchardschen Ballonaufstiegs erwartet, wird enttäuscht. Es war die Absicht des Autors, der eine tiefe Abneigung gegen die »blanchardsche Hanswursterey«[7] und seine »Luft-Kutschier-Maschine«[8] hegte, auf diese Haupt- und Staatsaktion, die mit allen damals verfügbaren Mitteln angekündigt worden war, nicht einzugehen. Der Aufklärungsschriftsteller stellte immer wieder und nicht zu Unrecht auch die Grenzen der Aufklärung dar.

In Frankfurt am Main war Knigge im Oktober 1785 selbst Zeuge eines Blanchardschen Ballonaufstiegs gewesen, dessen Umstände er im 3. Stück seines *Journals aus Urfstädt* mitteilte, das im Frühjahr 1786 erschien. Nicht die Ballonfahrt hatte ihn angelockt – »Sie werden die Beschreibung derselben bis zum Eckel in den Zeitungen gelesen haben« –, sondern »der große Zusammenfluß von Menschen«. Aus seinen Beobachtungen zog er moralischen Schlüsse, die ihn auch bei der Niederschrift der *Reise nach Braunschweig* geleitet haben werden: »Was für Zweck hatte diese Luft-Spazierfahrt? Für die Naturkunde gar keinen, denn es war kein neuer Versuch, kein neuer Mechanismus; es war nicht darauf angesehn, eine sichere Directionsart ausfindig zu machen, noch Beobachtungen über die Athmosphäre anzustellen – Nein! es war […] ein Possenspiel, lustig anzusehen, für müßige Leute Verschwendung einer Summe, wodurch einige tausend Arme hätten können aus der ängstlichsten Verlegenheit gerissen werden; Aufwand, um auf einer Seite die zweckloseste Neugierde an staunender, mit dem Studium der Natur nicht vertrauter Menschen, und von der andern die Eitelkeit eines Mannes zu befriedigen, der, ohne, wie man sagt, selbst in diesem Fache theoretische Kenntnisse zu haben, zwölfmal seinen Hals daran wagt, um hundertmal seinen Namen in den

7 Hier S. 36.
8 Hier S. 15.

Zeitungen prangen zu sehen. Und deswegen musste der ärmere Theil der Einwohner dieser volkreichen Stadt sein Brod und seine übrigen nöthigsten Bedürfnisse ein paar Wochen hindurch zehnfach theuer bezahlen? Deswegen mussten nothwendige Geschäfte, Gewerbe, Handtierungen, versäumt werden? Deswegen trieb mancher, durch Verpfändung seines bisgen Silber-Geräths, eine Summe auf, mit welcher er seine Familie hätte ein halbes Jahr hindurch, speisen und kleiden können, um dieselbe den Gastwirthen in der Reichsstadt Frankfurt zu überreichen?«[9]

Im Gegensatz zu seinen früheren Romanen ist die *Reise nach Braunschweig* offensichtlich im Winter 1791/92 unter großem Zeitdruck entstanden, was die mangelhafte Ausgewogenheit der Darstellung erklärt. Knigge hatte nach eigenen Angaben in seinem Kontrakt mit dem Verleger 256 Seiten, also 16 Bogen vereinbart. So teilte er das Buch in 16 Kapitel, die jeweils einen Bogen umfasssen. Dem eigentlichen Thema – der Reise nach Braunschweig – sind zehn Kapitel gewidmet, sechs ausführlicheren dagegen der Geschichte der Margarethe Dornbusch, ihrem wiedergefundenen Vater und dessen Pflegesohn, dem Offizier. Es sind drei ineinander geschachtelte Geschichten: die gemeinsame Reise der vier Biesterberger (Kap. 1–4), die Heimkehrergeschichte (Kap. 6, 8–10, 12, 13) und dazwischen als dritte Geschichte die Abenteuer des Amtmanns und seines Sohnes auf der Fahrt von Peine nach Braunschweig (Kap. 5, 7, 11), wo sie einem Gauner, der sich als Virtuose ausgibt, aufsitzen und Vater und Sohn, jeder auf seine Art, den Zweck der Reise, den Ballonaufstieg, verpassen.

Der Autor schaltete mehrfach Texte und Dialoge ein, die im Allgemeinen nur die Bogen füllten, ohne dass sie für den Fortgang der Geschichte relevant wären, z.B. des Pastors »Fragment einer Predigt über die Beweggründe zur Tugend,

9 SW, Bd. 17, S. 586-591, hier S. 588f..

welche aus eigenem und fremden Beifalle hergenommen werden« oder Knigges Missbehagen über die neuen Erziehungsmethoden im Hause des Herrn Deckelschwall und seiner Gemahlin in Goslar, die Margarethe Dornbusch in Pension genommen hatten. Insbesondere erregten den Aufklärungsschriftsteller übertriebene Leselust und das Lesefieber der damaligen Zeit.

Die weitschweifigen Auslassungen eines Gastes über August von Kotzebues Schauspiel *Die Indianer in England* hatten außerdem einen aktuellem Hintergrund: Knigge war empört über die Unverschämtheit des beliebten Dramatikers, der ein Stück *Doctor Bahrdt mit der eisernen Stirn* unter dem Namen Knigges veröffentlicht hatte. Doch der Verfasser musste in einer Fußnote einräumen, dass ihm ein Anachronismus unterlaufen war. Das Stück, über das man sich ereiferte, war ja noch gar nicht geschrieben. Knigge musste seinen Lesern sogar bekennen, dass die dramaturgischen Bemerkungen über das Lustspiel mit dem Thema der Reise in gar keinem Zusammenhang standen. Ebenso mussten die teilweise unappetitlichen Ausfälle gegen den Wiener Antiaufklärer, Professor Leopold Alois Hoffmann, die Leser in Unkenntnis der Zusammenhänge befremden. Solche Einflechtungen zeigen aber, wie sehr sich Knigge verletzt fühlte. Dennoch sind sie Fremdkörper in dem Roman.

Abgesehen von diesen Zwischenstücken, zu denen auch die verschiedenen Dialoge zwischen meist zufällig hinzugekommenen Personen zählen, versteht es Knigge, dem kleinen Roman durch erheiternde Episoden und belustigende Zwischenfälle eine Würze zu geben und durch Anekdoten, Wortspiele und Redensarten aufzulockern. Es fehlt auch nicht an Derbheiten. Streckenweise artet die Erzählung zu einer Burleske aus. Als der arme Valentin in seinem Abtritt eingesperrt ist und niemand sein Klopfen, Jammern und Winseln hörte, heißt es: »Wie Hercules, als er das Hemd der – nun! wie hieß denn der Nickel? – ha! Dejanira ja! das Hemd der Dejanira auf seinem Leichname kleben hatte, so gebehrdete sich Musjo Valentin«.[10] Und als der Postillon auf der Fahrt nach Vechelde sieht, dass nicht seine Gäste, sondern zwei Spitzbuben eingestiegen sind, verfällt dieser ins Plattdeutsche: ›Is he nich drinn?‹ ... so hät en de Düwel hahlt; denn innestegen is he, self Ander; dat heb eck seyen‹«.[11] Da die Leser offensichtlich schon damals das Niederdeutsche nicht verstanden, setzte Knigge übrigens die Übersetzung in die Anmerkung.

Der Untertitel der *Reise nach Braunschweig* lautet *Ein comischer Roman*. Damit ist der Standort zwischen Zeitroman und Satire bezeichnet, im Werk Knigges zwischen dem *Roman meines Lebens* (1781-83) und der Lavater-Parodie *Reise nach Fritzlar im Sommer 1794* (1795). In seinem literaturkritischen Buch *Über Schriftsteller und Schriftstellerey* (1793), in dem er die Rolle des Autors und seines Schaffens, die Forderungen des Publikums, die Gattungen und poetischen Formen abhandelt, geht er in wenigen Sätzen auch auf die Hauptvertreter des komischen Romans ein, der im Gegensatz zur Ernsthaftigkeit des Staatsromans die Handlungen der Menschen, ihren Charakter, ihre herbeigeführte Situation ins Lächerliche, ins Groteske zieht. Knigge leitet das »ächt comische« aus der Komödie ab, es »kann theils in den Charakteren, theils in den Situationen, theils endlich in den witzigen Einfällen beruhen, welche man den Personen in den Mund legt«.[12] Es ist dort, wo »die Thorheit des Menschen von ihrer lächerlichen Seite dargestellt wird«.[13]

Für Knigge war Paul Scarron der markanteste Vertreter in Frankreich. Sein *Roman comicque* (1651) und weitere Werke »können zum Muster in dieser Gattung Schriftstellerey dienen und es ist nicht möglich, mit mehr Scharfsinn und Laune, wie er, besonders in seinem *Gil Blas de Santillana,*

10 Hier S. 63.
11 Hier S.143.
12 SW, Bd. 19, S. 334.
13 SW, Bd. 19, S. 317.

nützliche Wahrheiten und interessante Schilderungen in dem angenehmen Gewand einer leichtfertigen Posse zu hüllen«. Scarrons *komischer Roman* war unter diesem Titel 1765 erneut in Deutschland erschienen. Das andere Vorbild war Henry Fielding mit seinem Roman *The History of the adventures of Joseph Andrews,* in deutscher Übersetzung ebenfalls unter dem Titel *Komischer Roman* (1765) erschienen. Doch in Anlage und Anspruch hat Knigges Roman *Die Reise nach Braunschweig* mit diesen Werken eigentlich nur die Gattungsbezeichnung gemeinsam. Eher möchte man an Laurence Sternes *A Sentimental journey* denken, aber auch hier ist Knigges Nähe zum Burlesken weit entfernt von dem Charme und Witz des englischen Dichters. Zu Knigges literarischen Freunden zählte Johann Gottwerth Müller von Itzehoe (1743-1828), dessen *Siegfried von Lindenberg* (1779), *Die Herrn von Waldheim* (1784) und andere jeweils als »Komische Romane« bezeichnet wurden. Mit ihnen stimmte Knigge insofern überein, als es ihnen auch um »gewöhnliche Dinge« geht, um »Menschen, wie man sie alle Stunden sieht, Vorfälle wie man sie täglich um sich her wahrnimmt, Begebenheiten, deren Gang und Ausgang auch der einfältigste Leser vorherweiß«.[14]

In der Geschichte des komischen Romans hat die *Reise nach Braunschweig* einen festen Platz. In Deutschland war die Gattung zwischen 1780 und 1823 beliebt. Dafür seien einige Titel genannt: Johann Karl Wetzel, *Herrmann und Ulrike. Ein komischer Roman* (1780), Johann Friederich Jünger, *Fritz. Ein komischer Roman* (1796/97), Christian August Fischer, *Conrad. Ein komischer Roman von Gottvertraut Schwamm* (1797), Karl Müchler, *Das Glückskind. Komischer Roman* (1817), Friedrich Laun, *Die Luftschlösser* (1823). Schließlich sei nicht unerwähnt, dass Franz Xaver Huber neun Jahre vor Knigge ein »komisches Heldengedicht« *Der*

14 Müller, Johann Gottwerth: Über Charaktere und Interesse. In Müller, Emmerich. Eine komische Gechichte. Th. 1. Göttingen 1786. S. 13.

Luftball (1783) in Erinnerung an den Aufstieg in Augsburg herausgab.

Die Reise nach Braunschweig hat einen autobiographischen Hintergrund. Knigge kannte die Handelsstadt sehr gut, seine Verwandten lebten dort. Der Ballonaufstieg fand zur Messezeit statt. Die Gasthäuser, die erwähnt werden, gab es tatsächlich: den *(goldenen) Engel*, wo der Amtmann Waumann mit seinem Sohn logiert, den *Prinzen Eugen*, in dem seine Bekannten untergekommen sind, und das *Hotel d'Angleterre*, in dem am letzten Abend alle Biesterberger zusammentreffen. Vom Bohlweg ist die Rede und dem am Ende des Hagenmarkts gelegenen Opernhause. Pastor Schottenius will seine Predigten in der Schulbuchhandlung drucken lassen, die Joachim Heinrich Campe 1786 gegründet hatte. Am letzten Tag macht man einen Spaziergang »durch die Hauptstraßen der Stadt, nach dem Meßhause zu«.[15] Sie besuchen die Kunstkammer, spazieren im Schlossgarten umher, sehen die Parade aufziehen und kehren in das Gasthaus *Zum Prinzen Eugen* zurück.

Der Ballonaufstieg ist keine Kniggesche Fiktion. Er hat tatsächlich an dem im Roman eingangs erwähnten Datum, Sonntag, dem 10. August 1788, stattgefunden, Knigge selbst war an diesem Tag in der Stadt zu Gast[16] und besuchte seinen Freund, den Schauspieldirektor Gustav Friedrich Wilhelm Großmann. Das hatte persönliche Gründe: Wenige Tage zuvor hatte es im Hause Knigge in Hannover eine dramatische Ehekrise gegeben, über die er den Freund in Braunschweig schon brieflich unterrichtet hatte. Nun suchte er offensichtlich Rat und Hilfe. Da Knigge seit 1775 ein heute verschollenes Tagebuch akribisch führte, dürfte er dort seinen Auf-

15 Hier S. 100.

16 »Den 10ten August reis'te ich wieder nach Braunschweig. Mein Freund Großmann ermunterte mich, mit ihm in das Campe'sche Haus zu gehn« (Nachricht an das Publicum [...] In: Jahrbuch für die Menschheit 1789, Bd. 1, S. 170 = SW, Bd. 21, S. 150).

enthalt in Braunschweig notiert haben, vermutlich auch die Ankündigung der Blanchardschen Ballonfahrt, wie sie am 2. August 1788 in den *Braunschweigischen Anzeigen* stand, die die Biesterberger zum Anlass ihrer Reise nach Braunschweig nahmen. So stimmt der Ablauf der Ereignisse mit der Erzählung überein. Am 10. August 1788 fand der 32. Aufstieg Blanchards statt. Abends führte Großmann mit seiner Truppe das Lustspiel *Die Luftbälle* auf, und anderntags fand nach einer Opernaufführung die Maskerade im Opernhaus statt, die im Schlussteil des Romans ein zentrale Rolle spielt.

Wie der Ballonaufstieg verlief, den Knigge in seinem Roman mehr oder minder übergeht – hat er ihn am 10. August 1788 tatsächlich nicht gesehen? – war in den *Braunschweigischen Anzeigen* vom 12. August zu lesen. Der Bericht sei am Ende dieser Einführung zitiert (damit der heutige Leser doch noch auf seine Kosten kommt!):

»Am Sonntage gab uns Herr Blanchard ein in der That prächtiges und erhabenes Schauspiel durch seinen aerostatischen Versuch, welcher über alle Erwartung vortrefflich ausfiel. Um 1 Uhr begab er sich, nachdem er schon verschiedene Tage vorher Veranstaltungen zur Füllung seiner Ballons getroffen hatte, nach dem zu seiner 32sten Luftfahrt bestimmten Platze auf dem Walle, und fing an, den großen Ballon, mit welcher er sich in die Wolken erhob, zu füllen. Um 2 Uhr wurde durch 2 Kanonenschüsse ein Zeichen gegeben, dass die Luftreise wirklich vor sich gehen würde. Um 4 Uhr war der große Ballon völlig gefüllt, und nun füllte er einen kleinen Ballon an, welchen unsre regierende Frau Herzoginn königl. Hoheit um 4 ¼ Uhr loszulassen die Gnade hatte. Genau um 5 Uhr erhob sich Herr Blanchard von der Erde durch Hülfe seiner künstlichen Flügel, welche er statt der Ruder gebrauchte. In seiner Gondel hatte er 90 Pfund Ballast, deren er sich in viermalen entledigte. Wie er mitten über der Stadt schwebte, hatte er eine Höhe von 3640 französische Fuß erreicht. Herr Blanchard bewegte sich über der Stadt durch das Manoeuvriren seiner Flügel, welches man deutlich erkennen und unterscheiden konnte, hin und her, salutirte Baunschweigs Bewohnern mit seiner Fahne, worauf sich das Braunschweigische Roß befand, schwebte ganz nach seiner Willkür bey vollkommen stiller Luft, warf einen Theil seines Ballastes aus und verließ die Stadt, in dem sein Ballon eine Höhe von 4.085 Fuß erreicht hatte. Nachdem er nun allen Ballast ausgeworfen hatte, erreichte er die höchste Höhe bey dem diesmaligen Versuche, 5.869 Fuß. Der Zug war anfänglich Süd-Süd-West, und zuletzt vollkommen West, genau die Route, welche der kleine Ballon genommen hatte. Das Thermometer hatte auf der Erde 20° und auf der höchsten Höhe 5°; die Differenz war also 15°. Herr Blanchard stieg in Gegenwart unserer ganzen hohen Fürstlichen Familie, unter welcher wir auch diesmal den Herzog Friedrich von Braunschweig zu sehen das Glück hatten, vieler hohen Fremden, und eine unzähligen Menge von Zuschauern in die Höhe und ließ sich ohngefähr eine Stunde von der Stadt, auf der sogenannten Lammer Heide nieder. Durch sein Manoeuvriren und durch die Beyhülfe verschiedener, welche ihm nachgeeilt waren, begab er sich wieder an die Stelle, wo er sich erhoben hatte, und verließ seine Gondel. Er wurde darauf, wie im Triumph auf einem hohen Wagen, unter dem unaufhörlichen Jubel und Rufen vieler Tausende: Es lebe Blanchard! durch die Stadt nach dem großen Caffeehause gefahren. Von da wurde er nach dem kleinen Fürstl. Theater begleitet, wo Herr Großmann ihm zu Ehren ein schönes Nachspiel gab. Auf dem großen Caffeehause ward Herrn Blanchard zu Ehren ein Ball veranstaltet.«[17]

17 Vgl. auch: Blanchard, der Luftschiffer. 1.-7. Stück. 30. Juli bis 13. August 1788. Braunschweig: Intelligenz-Comptoir 1788. – Blanchard, Mr.: Relation du 32me voyage aerien. Fait à Bronswic le 19 Aout 1788. Berlin: G. J. Decker [1788]. 31 S.

Die zeitgenössische Kritik nahm das Werk im allgemeinen positiv auf. So schrieb die *Allgemeine Literatur-Zeitung* 1793:

»Die Abentheuer dieser dreytägigen Reise hat das fruchtbare Genie des Herrn von Knigge durch mancherley komische und burleske Situationen, durch nach der Natur bezeichnete Gemälde des bürgerlichen Lebens, durch eingestreute Bemerkungen über deutsches Theater und durch Einflechtung einer *deutschen Novelle*, so unterhaltend zu machen gewußt, daß man nach geendigter Lectüre wünscht, er möchte uns mehrere solche Producte aus dem Fache der komischen Literatur liefern, worinn die meisten bisherigen Versuche der Deutschen verunglückt sind«[18].

In einer trockenen Rezension stellte der braunschweigische Literaturhistoriker Johann Jakob Eschenburg in der *Neuen allgemeinen deutschen Bibliothek* fest, dass man sich »durch ihre Darstellung, und durch die Einmischung mancher, ganz frappante historische komische Züge, nicht nur angenehm genug unterhalten findet, sondern auch nicht ganz ohne Belehrung bleibt«. »Überall verräth sich ein glücklicher Scharfblick des Vf. und eine mehr als gemeine Aufmerksamkeit auf sittliches Benehmen und abstechende Characterzüge«. Er schließt mit der Bemerkung: »Für anhaltende Amüsierung des Lesers und gewöhnlicher Lesegesellschaften ist zur Genüge gesorgt«.[19] Dagegen schließt der Rezensent der *Oberdeutschen allgemeinen Literaturzeitung*[20] mit der nicht unberechtigten Bemerkung: »Aber daß er [der Verfasser] gleich alles frisch von der Faust wegdrucken läßt, daß kann ihm das Publikum nicht vergeben. Man lese den komischen Roman selbst und – urtheile«.

18 Allgemeine Literatur-Zeitung 1793, Bd. 2, Nr. 114, S. 173-174.
19 Neue allgemeine deutsche Bibliothek, Bd. 10, 1794, S. 277-278.
20 Oberdeutsche allgemeine Literaturzeitung Jg. 5, 1792, Bd. 2, Sp. 542.

Im 19. und in der ersten Hälfte des 20. Jahrhunderts hat die Nachwelt nur zwei Bücher Knigges gelten lassen: den allerdings weitgehend verfälschten *Umgang mit Menschen* und *Die Reise nach Braunschweig*. Sie blieb ein gern gelesenes Buch. Die handliche 7. Auflage, 1839, mit einem Vorwort von dem Enkel des Verfassers, Friedrich Wilhelm Freiherrn von Reden herausgegeben,[21] fand durch die 36 Zeichnungen von Georg Osterwald großen Anklang und erfuhr bis 1956 fünf Neuausgaben, woraus man schließen kann, dass die idyllischen Illustrationen im Stil des Biedermeiers sehr zur Verbreitung beitrugen. Das gilt auch für die 17 Auflagen des Buches in *Reclams Universal-Bibliothek* zwischen 1867 und 1916. Immerhin war das Büchlein die Nummer 14 in der erfolgreichen literaturgeschichtlichen Schriftenreihe.

In der Erforschung von Leben und Werk Knigges spielt sein komischer Roman, wie überhaupt sein Romanwerk, eine untergeordnete Rolle. Während die Mitwirkung am Illuminatenorden und seine politische Betätigung im Laufe der letzten 50 Jahre gut erforscht worden sind, fehlt es in Hinsicht auf seine literarischen Schriften an detaillierten Untersuchungen, die Knigge in die Geschichte der Literatur der Spätaufklärung einordnen.

Paul Raabe

21 Der Sohn von Philippine, der Tochter Knigges, beruft sich wohl auf die Familientradition, wenn er schreibt, dass die »Hauptfiguren aus dem Leben gegriffen« seien: Amtmann Waumann und seine Gattin »Copien eines hessischen Beamten und seiner Ehehälfte, welche Knigge während seines Aufenthalts in Hessen-Kassel zu beobachten Gelegenheit fand« und »Des Försters Dornbusch Original war seiner Zeit in Niederhessen zu finden, und nicht weit davon lebte Ehren Schottenius«.

Zum Text

Der Edition liegt die Ausgabe »letzter Hand« zugrunde: Die Reise nach Braunschweig; ein comischer Roman. Von Adolph, Freyherrn Knigge. Zweyte, verbesserte Auflage. Hannover, bey Christian Ritscher, 1794. 256 S. (Knigge, Nr. 41.04). Beigegeben wurde zur Illustration des Textes eine Reproduktion des Kupferstichs aus Nr. 41.03.

Die weiteren Ausgaben zu Lebzeiten:

- Die Reise nach Braunschweig; ein comischer Roman. Von Adolph Freyherrn Knigge. Hannover, bei Christian Ritscher, 1792. 248 S. Erstausgabe. (Knigge, Nr. 41.01)
- Die Reise nach Braunschweig. Ein komischer Roman. Von Adolph Freiherrn Knigge. Mit einem Titelkupfer. Wien, bei Joseph Ochß, 1793. 212 S., 1 Kupfer.
- Nachdruck. (Knigge, Nr. 41.02)
- Die Reise nach Braunschweig; ein comischer Roman. Von Adolph Freyherrn Knigge. Neue Auflage mit einem Kupfer. Hannover, in der Ritscherschen Buchhandlung. 1794. 248 S. Titelauflage mit dem Kupferstich von Ernst Ludwig Riepenhausen nach Johann Heinrich Ramberg. (Knigge, Nr. 41.03)

Außerdem benutzte Ausgaben: Knigge, Nr. 41.07 und Nr. 41.19. Zu weiteren Ausgaben, Übersetzungen und ein Seitenstück vgl. Knigge, Nr. 41.05 – 41.06, Nr. 41.08 – 41.18, Nr. 41.20 – 41.32.

Verwendete Siglen:

AdB	Allgemeine Deutsche Bibliothek.
ADB	Allgemeine Deutsche Biographie, hrsg. von der Historischen Kommission bei der Bayerischen Akademie der Wissenschaften, 55 Bde. und 1 Registerbd., 1875-1912, Nachdr. 1967-1971.
Adelung	Johann Christoph Adelung: Grammatisch-kritisches Wörterbuch der Hochdeutschen Mundart, mit beständiger Vergleichung der übrigen Mundarten, besonders aber der Oberdeutschen. Zweite, vermehrte und verbesserte Ausgabe. 4 Bde. Leipzig 1793–1801.
Knigge	Knigges Werke. Eine Bibliographie der gedruckten Schriften, Kompositionen und Briefe Adolphs, Freyherrn Knigge und seiner Tochter Philippine von Reden, geb. Freiin Knigge; mit einem Anhang: Sekundärliteratur. Zusammengestellt von Ernst August Freiherr Knigge. Göttingen 1996.
SW	Adolph Freiherr Knigge: Sämtliche Werke. In Zusammenarbeit mit Ernst-Otto Fehn u.a. hrsg. von Paul Raabe. Nendeln/Liechtenstein 1978 bzw. München, London, New York, Paris 1992-1993.

9 *Breuls*] der Bremer Arzt und Senator Jacob Breuls (1749-1803).

15 *salva venia*] (lat.) mit Verlaub.

Musjö Blanchard] der bekannte frz. Luftfahrer Jean Pierre Blanchard (1753-1809), dessen Ballonaufstieg in Frankfurt am Main Knigge im Oktober 1785 miterlebte und den er in seinem *Journal aus Urfstädt* (SW, Bd. 17, S. 586-591) porträtierte.

16 *contradictio in adjecto*] (lat.) ein Widerspruch in sich.

eines Edelmannes in Halberstadt] Möglicherweise dachte Knigge an Ernst Ludwig Christoph Freiherrn von Spiegel zum Desenberg (1711-1785), den Halberstädter Domdechanten und Vorgesetzten Wilhelm Ludwig Gleims.

17 *ratione honorarii*] (lat.) im Hinblick auf das Honorar (des Buchhändlers).

18 »*Braunschweig, den 2ten August, 1788*] In den *Braunschweigischen Anzeigen* von Samstag, 2. August 1788, lautet die Ankündigung: »Herr Blanchard wird seine 32ste Luftreise am 10ten August um 3 oder 4 Uhr Nachmittags, zu Braunschweig ohnfehlbar unternehmen. Die Arbeiten, welche seinem ärostatischen Experiment vorhergehen müssen, geschehen alle Tage vor seiner Auffahrt in der Reitbahn ...«

instrumentis rusticis] (lat.) an Ackerbaugeräten.

19 *Kerbhölzer*] schmale dünne Hölzer, in die man Kerben schneidet, um, anstatt einer schriftlichen Rechnung, Geldsummen festzuhalten.

Schäse] deutsche Aussprache von Chaise, »eine halbe Kutsche, zweisitziger Wagen ohne Türen und Vorderwände« (Adelung 1, Sp. 1322).

Carrethe] Carrete, »eine schlechte elende Kutsche« (Adelung 1, Sp. 1310). Aus dem ital. Carreta oder Carretta, Carretto.

21 *Camisol*] kurzes Unterkleid unter dem Oberrock, aus dem Frz. Camisole.

Lünzen] (niederdt.) Bolzen mit Kappe zum Festhalten des Rades auf der Achse.

25 *eine kleine Probe*] Die unerfahrene Reisegesellschaft erlebt in dem Gasthof eine Theaterprobe mit für das vaterländische Trauerspiel von Anton Graf von Törring-Seefeld, *Agnes Bernauerinn* (1780. 112 S.). Die wiedergegebenen Sätze aus dem 4. Akt (8. bis 10. Auftritt), der zur Festnahme von Agnes Bernauer führt, werden durch die Bemerkungen des Prinzipals (der »alte Herr«) und die Ausrufe der Gäste unterbrochen. Zunächst spricht Agnes: »Ein Verbrechen....«, der »Andere« ist Tuchsenhauser, später treten »ein Dritter« – Tore – und »der Vierte« – Zenger – auf – (im Text S. 94-96). – Knigge berichtete übrigens über eine Aufführung im

Schauspielhaus Hannover am 22. November 1788 in seinen »Dramaturgischen Blättern« (SW, Bd. 18, S. 7).

25 *tour appliquée*] aufgenähter Kragen.

26 *Mimi*] Plural von Mimus = Schauspieler (in Komödien).

Histriones] Plural von Histrio = Schauspieler (in Tragödien).

27 *Agnes Bernauer*] siehe Erl. zu S. 25.

29 *»Der Teufel hole solche Commödien!«*] möglicherweise Zitat. Nicht ermittelt.

32 *Priester der Thalia*] In der griechischen Mythologie war Thalia die Muse der Komödie.

33 *Eider-Daunen*] auch Eiderdunen, die zarten Federn vom Bauch der Eiderente, »welche unter allen Flaumfedern die größte Elastizität haben« (Adelung 1, Sp. 1667).

Professor Aloisius Hoffmann] Knigges Erzfeind Leopold Alois Hoffmann (1748-1806) war seit 1790 Professor für Rhetorik in Wien und gab die antiaufklärerische *Wiener Zeitschrift* 1792-93 heraus, in der er und seine Beiträger, vor allem Johann Georg Zimmermann, Knigge als »Volksaufwiegler« beschimpften: vgl. Bd. 2, 1792, H. 6, S. 317-329 (*Adolph Freyherr Knigge dargestellt als deutscher Revolutionsprediger und Demokrat*), ebd. H. 7, S. 55-65 (*Politisches Glaubensbekenntnis deß [...] Freiherrn Knigge*). Diese Ausfälle erklären Knigges Invektiven in dem Roman. In einer Notiz in der *Allgemeinen Literatur-Zeitung* (18. Februar 1792, Nr. 23, Sp. 184) erklärte Knigge »gedachten Hoffmann für einen ehrlosen Lügner« (SW, Bd. 21, S. 373). Die Angriffe von Johann Georg Zimmermann führten zu einem Verleumdungsprozess in Hannover, den Knigge schließlich gewann.

quasi hoffmannsche Institut] Die derbe Abfertigung Hoffmanns (vgl auch S. 60, 109, 134) zeigt, wie tief ihn die Anfeindungen aus Wien getroffen hatten.

34 *daß ich hasse, wie ich liebe?*] Friedrich Wilhelm Gotter, *Gedichte.* Bd. 2. Gotha 1788. S. 485-518: *Medea. Melodrama.* Hier S. 489: »Vergessen, dass Medea / Haßt wie sie liebt?«. – Eine Aufführung hatte Knigge in Gotha erlebt (SW, Bd. 18, S. 508).

Duodrama] Gemeint ist das tragische Geschehen zwischen Medea und Jason. Gotter nannte sein Stück ein Melodrama.

35 *Peina*] Peine, zwischen Hannover und Braunschweig, damals ein Landstädtchen, offensichtlich ein »Lieblingsort« Knigges. In seiner Parodie auf J. C. Lavaters *Reise nach Fritzlar im Sommer 1794* (1795) nennt Knigge den fingierten Verfasser »Titular-Ratzenfänger in Peina«.

37 *mezza voce*] (ital.) mit halber, d.h. verhaltener Stimme.

38 *im goldnen Engel*] In Braunschweig gab es ein Gasthaus »Zum Engel«.

40 *Capitalisten*] Leute, die viele Capitalien, d.h. bares Geld besitzen (nach Adelung 1, Sp. 1303).

42 *Schulbuchhandlung in Braunschweig*] der von Joachim Heinrich Campe 1786 gegründete pädagogische Verlag.

res nullius] (lat.) eine herrenlose Sache.

Doctor Bahrdt] Karl Friedrich Bahrdt (1741-1792), Theologe und Aufklärungsschriftsteller, der sein Amt verlor und in Halle Gastwirt wurde. Gründer der Deutschen Union.

45 *Schöppenstädt*] Landstädtchen zwischen Wolfenbüttel und Helmstedt.

46 *Prinzen Eugen*] damals Gasthaus am Bohlweg in Braunschweig.

Spectakel ausser dem Thore jenseit des Grabens] der Ballonaufstieg vor dem Wenden- und Fallerslebertor im Nordwesten Braunschweigs.

Contre-Escarpe] Außenböschung einer Festungsanlage.

50 *tant mieux!*] (frz.) umso besser.

54 *Sperranzien*] Speranzien oder Sperenzien: Umschweife, Weitläufigkeiten.

55 *Contre-Escarpe*] siehe Erl. zu S. 46.

grüner Platz am Stadtgraben] Wiese zwischen dem Wenden- und dem Fallersleber Tor.

faute de mieux] (frz.) in Ermangelung eines Besseren.

56 *Helmstädt*] Die von den Herzögen zu Braunschweig und Lüneburg gegründete Universität Helmstedt bestand von 1576 bis 1810.

Pontac] südfranzösischer Wein aus Pontac in den Pyrenäen.

57 *Gandersheim*] Reichsstift im Harzvorland nahe Nordhausen.

Blanchard … in Frankfurth und in Hamburg] siehe Erl. zu S. 15. Der Ballonaufstieg in Hamburg fand am 23. August 1786 statt.

viel tausend Toisen] Klafter (Höhenmaß).

58 *diesen Abend in die Comödie?*] Am 10. August 1788 führte die Schauspieltruppe von Gustav Friedrich Wilhelm Großmann das Lustspiel *Die Luftbälle oder Der Liebhaber à la Blanchard* von Christoph Friedrich Bretzner im Komödienhaus am Burgplatz auf.

60 *Belletters*] Belles-lettres: die schönen Wissenschaften, die schöne Literatur.

Köhlers Gedichte] *Geistliche, moralische und scherzhafte Oden* und *Lieder* von Benjamin Friedrich Köhler (1763).

»die Leiden des jungen Herrn Werther.«] Goethes Roman, zuerst erschienen 1774.

dissertationem inauguralem de feudis oblatis] Vielleicht besaß Knigge die *Commentatio historico-iuridica De feudis oblatis* von Johann Nicolaus Bischoff (Helmstedt 1790).

60 *Professor Hoffmann*] siehe Erl. zu S. 33.

63 *Stelle im Ovidius*] Metamorphosen 9. Buch, Vers 168.

Charon] in der griechischen Mythologie der Fährmann, der die Toten über den Fluss Acheron in die Unterwelt brachte.

braunschweigischer Mumme] ein seit dem Mittelalter in Braunschweig gebrautes Bier.

Dejanira] nach der griechischen Mythologie das vergiftete Gewand der Deianeira auf dem Körper ihres todgeweihten Gatten Herkules (Herakles).

mephitische Luft] Gestank.

64 *Crescendo und Diminuendo*] allmähliches Anwachsen der Tonstärke und im Gegensatz dazu das Diminuendo.

Romane Nettchen Rosenfarb] Den anonym erschienenen zweiteiligen Roman, erschienen Leipzig 1782-83, hatte Knigge in der AdB (Bd. 86 1789, S. 443-446) besprochen.

66 *sechsten oder siebenten Auflage*] Knigges Wunsch ging erst in der 7. Auflage 1839 mit den Illustrationen von Georg Osterwald in Erfüllung: vgl. S. 396.

68 *Jägercorps*] Das gab es wirklich. Im Dezember 1759 wurde das Jägercorps zur Verstärkung der braunschweigischen Truppen errichtet und zählte mehr als 500 Mann. Es wurde geleitet von dem zuvor in französischen Diensten stehenden Major August Wilhelm von Hoym, der 1759 zum Obristleutnant befördert wurde.

Major von Hoym] siehe vorstehende Anmerkung. Die Familien Hoym und Knigge waren verwandtschaftlich verbunden.

69 *Fürsten von Nassau-Saarbrück*] der Hof des letzten Fürsten Ludwig von Nassau-Saarbrücken (1745-1794), dessen Schloss in Saarbrücken 1793 von den Franzosen zerstört wurde, war Knigge sehr vertraut (vgl. Knigge, *Briefe, auf einer Reise von Lothringen nach Niedersachsen geschrieben* 1792. 2. Brief S. 8-15).

Fritzlar] auch ein »Lieblingsort« Knigges; siehe Erl. zu S. 35.

Einbeck] Landstadt zwischen Hildesheim und Göttingen.

70 *reducirt*] ausgemustert, entlassen.

87 *Raffs Naturgeschichte*] Raff, Georg Christian: *Naturgeschichte für Kinder zum Gebrauch auf Stadt- und Landschulen.* Göttingen: Dieterich 1778. – 1792 erschien die 4. (vielmehr 7.!) Auflage. Knigge benutzte das Buch zur Erziehung seiner ihm anvertrauten Kinder.

88 *Erzvater der neumodischen Aufklärung, Satanas*] Die Gegner der Aufklärung hielten diese für ein Teufelswerk, ein Werk des Satan.

89 *Licentiaten Frank*] Hauptfigur in dem Lustspiel *Der argwöhnische Ehemann* von Friedrich Wilhelm Gotter (Wien 1781).

89 *goldonischen Lügners*] das Lustspiel *Il bugiardo – Der Lügner* – von Carlo Goldoni (1707-1793). Knigge besprach eine Aufführung in Heidelberg am 18. Juni 1786 im *Pfalzbairischen Museum* (SW, Bd. 21, S. 51).

90 *Hans Rousseau*] der französische Aufklärungsphilosoph Jean-Jacques Rousseau (1712-1778).

Lese-Gesellschaft] Mit der Leserevolution in der Spätaufklärung entstanden Lesegesellschaften, in denen sich Leser zur gemeinsamen Erwerbung und Lektüre von Büchern zusammenschlossen.

gelehrten Clubb] andere Bezeichnung für Lesegesellschaften.

91 *Gellerts Schriften*] die Werke des Schriftstellers Christian Fürchtegott Gellert (1715-1764).

Geschichte der schwedischen Gräfinn] Gellerts Roman erschien 1746-48.

97 *Steinbrüggen*] Bezeichnung für einen fingierten Ort zwischen Peine und Goslar.

99 *peinliche Halsgerichts-Ordnung*] die *Constitio Criminalis Carolina*, die von Kaiser Karl V. 1532 erlassene Strafgerichtsordnung.

100 *Meßhause*] Ein eigenes Messehaus gab es in Braunschweig nicht. Gemeint ist das Große Mosthaus am Burgplatz, die heutige Burg Dankwarderode.

Kunstkammer] Die 1754 entstandene Kunst- und Naturalienkammer, Keimzelle des heutigen Anton-Ulrich-Museums, befand sich seit 1764 im ehemaligen Paulinerkloster am Bohlweg.

Schloßgarten] Der hinter dem Grauhof, dem damaligen Schloss der Herzöge zu Braunschweig und Lüneburg, gelegene Schlossgarten war öffentlich zugänglich.

Prinzen Eugen] siehe Erl. zu S. 46.

Comödie] siehe Erl. zu S. 58.

Mascarade im Opernhause] Die Maskerade fand nicht in dem Opernhaus, dem Theater am Hagenmarkt am Ende des Bohlwegs, statt, sondern im Großen Kaffeehaus in der Breiten Straße nahe dem Altstadtmarkt.

104 *verehrungswürdige Schröder*] der Hamburger Schauspieldirektor Friedrich Ludwig Schröder (1744-1816), mit dem Knigge korrespondierte.

Kotzebuiana] Werke des damals ebenso erfolgeichen wie zwielichtigen Dramatikers August von Kotzebue (1761-1819). Er veröffentlichte frecherweise seine Persiflage *Doktor Bahrdt mit der eisernen Stirn* (1790) unter dem Namen Knigge.

die Engländer in America] Schauspiel in vier Aufzügen. Von Johann Friedrich Ernst Albrecht (Dresden 1790). – Neudruck der Ausgabe 1791 mit einem Nachwort von Michael Rüppel (Hannover 1998).

104 *die Erbschleicher*] Lustspiel von Friedrich Wilhelm Gotter (Leipzig 1789).

Göthens Geschwister] Goethes Schauspiel erschien 1787.

der Teufel ist los] *Der Teufel ist los, ein Mischmasch von Satire, Moral und anderen Kleinigkeiten welche Niemanden als dem Leser gefallen dürfen* (München 1783).

Oper Cora] gleichnamige Oper des französischen Komponisten Etienne-Nicolas Méhul (1763-1817).

105 *vomiren oder purgiren*] sich erbrechen und sich entleeren (Stuhlgang).

106 *die Indianer in England*] Lustspiel von August von Kotzebue, Leipzig 1790.

la tranquilité villagoise] (frz.) Ländliche Ruhe.

le dimanche à la campagne] (frz.) Der Sonntag auf dem Lande.

Anachronismus] was nicht mehr zeitgemäß ist. Kotzebues Lustspiel erschien erst zwei Jahre später.

108 *Siegwart*] Der Briefroman von Johann Martin Miller (1750-1814) war 1776 zuerst erschienen.

109 *Vertheydigung des Erb-Adels in die wienerische Zeitschrift*] August Kotzebue, Fragmente eines Buches über den Adel. In: Wiener Zeitschrift Bd. 2, 1792, H. 4, S. 71-79. Das Buch erschien u. d. T.: Vom Adel. Leipzig 1792.

Aloisius Hoffmann] siehe Erl. zu S. 33.

110 *den Bohlweg hinauf, dem Opernhause zu*] Das Opernhaus befand sich am Hagenmarkt am Ende des Bohlweges.

115 *Dessauer Marsch*] volkstümliche Marschmusik, benannt nach dem »alten Dessauer«, dem Fürsten Leopold I. von Anhalt-Dessau (1676-1747).

Georg des Andern Zeiten in Hannover] Der spätere König Georg II. verbrachte seine Jugend in Hannover, ehe sein Vater 1714 König von Großbritannien wurde.

118 *Mondirung*] die Uniform eines gemeinen Soldaten.

119 der *bayerische Successions-Krieg*] Der bayerische Erbfolgekrieg zwischen Österreich und Bayern fand 1778/79 statt.

120 *Kaiser Joseph*] Joseph II. wurde der Förderer der Aufklärung in Österreich.

122 *Defilé*] Hohlweg.

123 *Cammelot*] Camelott (Adelung): ein dicht gewirkter Stoff aus Kamel- oder Ziegenhaar.

125 *Panacäe*] Arzneimittel.

Prediger Brumbei] Der Berliner evangelische Theologe Karl Wilhelm Brumbey (1757- nach 1799), der wegen seiner Streitsucht vorübergehend aus Preußen ausgewiesen wurde.

125 *Ketzer Schulz*] Johann Heinrich Schulz (1739-1823), brandenburgischer Prediger und Schriftsteller, gegen den 1791, vermutlich auf Betreiben Brumbeys, ein Religionsprozess geführt wurde (vgl. ADB 32, 1891, S. 745-747).

128 *Böhms Schriften*] Der frühbarocke Dichter und Theosoph Jakob Böhme (1575-1624) war ein Schuster.

129 *Meßzeit*] Jeweils im August fand in Braunschweig die Sommermesse, die Laurentiusmesse statt.

ein Paar Gläser Ratafia] Likör aus Fruchtsäften.

dem Opernhause und auf dem benachbarten Kirchhofe] Gegenüber dem Opernhaus am Hagenmarkt befand sich hinter der Katharinenkirche der Katharinenfriedhof.

an diesem Montage Mascarade im Opernhause] siehe Erl. zu S. 100.

131 *en Chauve-souris*] (frz.) Fledermaus.

Tabareau] Mantel.

134 *Professor Casperle Hoffmann*] siehe Erl. zu S. 33.

das dritte Stück] In diesem Stück der *Wiener Zeitschrift* ist der Bezug nicht nachzuweisen.

138 *hôtel d'Angleterre*] bekanntes Hotel an der Breiten Straße in der Nähe des Altstadtmarkts.

139 *Carmen*] (lat.) Festgedicht.

141 *Petri Thor*] westliches Stadttor, Richtung Hannover.

143 *Vechelde*] Ort zwischen Braunschweig und Peine.

144 *»Nur Einen Druck der Hand; nur sanfte Blicke!«*] Anfang der vorletzten Strophe von Ewald Christian von Kleists *Gedicht Amynt*. Statt ›sanfte‹ heißt es ›halbe‹.

146 *sechzehn gedruckte Bogen*] Das sind 256 Seiten, so viele Seiten zählte die Originalausgabe.

P. R.

Nachwort

Samuel Conrad von Schaafskopfs hinterlassene Papiere

Des seligen Herrn Etatsraths Samuel Conrad von Schaafskopf hinterlassene Papiere; von seinen Erben herausgegeben erschien im Herbst 1791, also ein Jahr nach *Noldmann's Geschichte der Aufklärung in Abyssinien* und einige Monate vor *Josephs von Wurmbrand politisches Glaubensbekenntniß mit Hinsicht auf die französische Revolution und deren Folgen*. Dass diese drei Werke Knigge eindeutig als politischen Schriftsteller ausweisen, ist seit den sechziger Jahren des vorigen Jahrhunderts bekannt. Dass sie dem hannoverschen Staatsbeamten viel Ärger vonseiten seiner Hierarchie und (noch mehr!) vonseiten der ab 1791/92 wütenden konterrevolutionären Publizistik einbrachten, ist auch kein Geheimnis. Knigge bekannte sich zu den Idealen der Französischen Revolution. Der *Schaafskopf* trägt seinen politischen Überzeugungen Rechnung. Das kleine Buch ist jedoch keine politische Schrift im engeren Sinne. Knigge schlägt hier nicht, wie er es im *Noldmann* getan hatte, eine Art parlamentarischer Monarchie in all ihren Einzelheiten vor. Er untersucht auch nicht, wie im *Wurmbrand*, den revolutionären Prozess. Sein Buch ist eine Satire, ein Werk also, in dem er kein politisches Programm entwickelt, sondern eine Fiktion, die mit literarischen Mitteln in die philosophischen, religiösen und politischen Debatten der Zeit eingreift.

Satirisch ist schon der Einsatz einer stockreaktionären Figur als Erzähler, die als Anhänger der ältesten Traditionen auftritt und dadurch ihre überholte Gesinnung sichtbar macht. Gefährlich ist der »Pinselorden«, weil er, statt seine politischen Vorstellungen öffentlich vorzutragen, maskiert bleibt. Die »Pinsel« betreuen caritative Anstalten. Sie lehren die politische und gesellschaftliche Anpassung. Sie unterwandern die Staaten auf eine doppelte Weise: sie versuchen, ihre Mitglieder in staatlichen Organen zu installieren, und sie verbreiten Gerüchte. Das Wort »Pinselorden« wird zum erstenmal in einem Brief des braunschweigischen Arztes Joachim Dietrich Brandis (1762-1846) vom 24.3.1791 an Knigge erwähnt, der eindeutig auf den Anlass hinweist, der ihn zum Schreiben des *Schaafskopf* trieb: »Der *Pinselorden* muß Ihnen nicht einen Augenblick mehr Kummer machen; welche Genugthuung kann ehrenvoller für Sie sein, als daß die Kerls sich immer bestreben, Gerüchte von Ihnen zu verbreiten, die stets falsch sind?« Diese Zeilen bestätigen, dass Knigge schon seit einiger Zeit politisch suspekt war. Seit seiner Schrift *Philo's endliche Erklärung und Antwort [...] seine Verbindung mit dem Orden der Illuminaten betreffend* (1788, SW, Bd. 12) war seine Rolle im Illuminatenorden in ganz Deutschland bekannt.

1790 hatte der Dramatiker August von Kotzebue (1761-1819) ein unflätiges Pasquill veröffentlicht, das er mit Knigges Namen unterzeichnet hatte (*Doktor Bahrdt mit der eisernen Stirn, oder die Deutsche Union gegen Zimmermann, ein Schauspiel in fünf Aufzügen. Von Freiherrn Knigge*). Knigge war zu gutem Recht entrüstet, aber auch unruhig: es kursierten nämlich Gerüchte, die ihn als versteckten Anhänger des Geheimbundes »Deutsche Union« des radikalen Aufklärers Karl Friedrich Bahrdt – mit dem er 1788 tatsächlich einen kurzen Briefwechsel unterhielt – denunzierten. 1791 hatte Knigge im *Noldmann* eine Revolution geschildert, die einem Herrscher »von Gottes Gnaden« seinen Thron kostet. Und jetzt die Französische Revolution ... Die Gerüchte über Knigge konnten schlimme Folgen haben. Die Justiz-Kanzlei von Stade hatte eine Untersuchung angeordnet, und Knigge war vorsichtig genug, in einem langen Brief an diese Behörde

(23.10.1791) den ganzen Sachverhalt der Affäre zu schildern. Die Erfindung des »Pinselordens« war zwar eine literarische Kostbarkeit, sie kam aber eigentlich nicht im richtigen Augenblick.

Der hochbegabte Satiriker Knigge lenkt die Aufmerksamkeit des Lesers durch den nahezu ständigen Rekurs auf die Ironie. So gibt er etwa einigen Personen witzige Namen, die sie als geistesarme Anhänger der Tradition ausweisen (»Magister Psalmann«, »Pastor Rehbock« ...), die gerade einmal fähig sind, ein auswendig gelerntes Credo herunterzuleiern. Ein »guter Pinsel« ist grundsätzlich unkritisch und dazu noch feige. So gehört es sich z.B., dass er sich erst dann über gewisse Themen äußert, wenn er die Meinung der anwesenden Respektspersonen gehört hat. Solche satirischen Einfälle finden sich auf nahezu jeder Seite des Werkes. Sie beschreiben nicht den »Pinsel«, sie situieren ihn in der realen Umwelt derjenigen, die ihre Zeit nicht mögen und die irrsinnige Überzeugung nähren, man könne die Gegenwart löschen.

Der Etatsrath Schaafskopf bekennt sich zur Allmacht der Kirchen in religiösen, politischen und persönlichen Angelegenheiten und wird so als lächerliche, ja gefährliche Figur charakterisiert. Für Schaafskopf ist die Toleranz ein »abscheuliches Laster«, das es, will man die Menschheit retten, energisch zu bekämpfen gilt. Seine Freunde sind die Jesuiten, deren Gesellschaft zwar 1773 aufgelöst worden war, die jedoch ihre Ziele heimlich weiter verfolgen, insbesondere als private Erzieher bzw. als Universitätsprofessoren. Sie genießen selbstverständlich die tatkräftige Unterstützung des Papsttums. Somit stellt der *Schaafskopf* Knigges Beitrag zu einer Grunddebatte des 18. Jahrhunderts in Deutschland dar, die die heutige Forschung als »Krise der Aufklärung« bezeichnet. Es handelt sich um die Auseinandersetzung zwischen der rationalistischen Aufklärung und der antirationalistischen Gegenaufklärung. Diese Krise führte seit den siebziger Jahren zu besonders heftigen Kontroversen in der gelehrten Publizistik. Sie betraf den Kampf zwischen einer rationalen, von der Vernunft geleiteten, und einer auf den

Glauben gestützten Interpretation der Natur und der Bestimmung des Menschen. Der »Pinselorden«, »so alt wie die Welt«, ist die Kampforganisation der letzteren, die es sich zur Aufgabe macht, »der einreissenden Zuversicht zu der trügerischen menschlichen Vernunft und deren Herrschaft entgegen zu arbeiten«. Er verfolgt den Zweck, »die alte Würde eines auf Autorität und Tradition gestützten Glaubens wieder herzustellen« und verschreibt sich dem Kampf gegen das Emanzipationsprogramm der Aufklärung. Knigge verbindet also seine politische Reflexion mit einer philosophischen Einstellung. Er hinterfragt im eigentlichen Sinne des Begriffs ideologische Einstellungen und zeigt an konkreten Beispielen, wie irrsinnige Gedanken zu Tragödien führen können, z.B. zu einer Intoleranz, die vor »Bluthochzeiten« und »Inquisitionsgerichten« nicht Halt macht.

Das Buch enthält viele Anspielungen auf Knigges Biographie, die nicht von allen Lesern zu erkennen sind. So wird Schaafskopf früh ein Waisenkind – wie Knigge selbst. Die rheinischen Gegenden, die Knigge gut kannte, werden erwähnt, Heidelberg und Mannheim. Er schildert die höfische Lebenswelt und gewisse Bräuche und Verhaltensweisen, die er in Kassel kennengelernt hatte, z.B. den zugleich gezwungenen und oberflächlichen Charakter der höfischen Geselligkeit.

Wichtige, wenn auch verschlüsselte, doch für viele seiner Leser verständliche Hinweise finden sich in der Schilderung der Geschichte des »Pinselordens« selbst. Knigge verurteilt hier weniger den geheimen Charakter des Ordens, als seine Gefährlichkeit, weil er von schlechten Menschen instrumentalisiert wird. Zu den Hauptfeinden des »Pinselordens« gehören »die abscheulichen Illuminaten«. Sie werden nur einmal genannt, aber es gibt einige Anspielungen auf Knigges Erlebnisse beim bayerischen Orden, etwa die gegenseitige Bespitzelung der Mitglieder oder die Zurücksetzung unzuverlässiger neu rekrutierter »Pinselbrüder« in eine Klasse, in der sie nicht einmal erfahren, dass sie zum Orden gehören. Als besonders überzeugte Pinselfreunde erwähnt er Ignaz Frank, den Beichtvater des Kurfürsten von der Pfalz Karl

Theodor, sowie Kreittmayr, den Chef der bayerischen Staatsverwaltung, die bei der Repression des Illuminatentums eine entscheidende Rolle spielten. Hingegen sind die Rosenkreuzer, mit denen Knigge gebrochen hatte, was sie ihm nie verziehen, dem »Pinselorden« verfallen.

Das Buch ist also auch eine Abrechnung Knigges mit den Geheimbünden. Zu Schaafskopfs Freunden gehören jedoch nicht nur die Zerstörer des Illuminatenordens, sondern vor allem auch Knigges publizistische Gegner: vorrangig Alois Hoffmann, der Herausgeber der 1792 gegründeten *Wiener Zeitschrift*, und Schirach und sein *Politisches Journal.* Andere Zeitschriften werden etwas milder beurteilt, allerdings mit einem kritischen Unterton, so der *Hamburger Correspondent.* Als Erzfeinde der »Pinsel« nennt Knigge die großen Schriftsteller der Zeit, selbstverständlich Goethe, Wieland und vor allem Lichtenberg (den »Sohn der Finsterniß«) und den »verstockte[n] Nicolai«, den Herausgeber der aufgeklärten *Allgemeinen deutschen Bibliothek*, zwei Männer, die die Gegenaufklärung besonders hasste. Er erwähnt auch eine Reihe von Modeschriftstellern, deren Werke er in der *AdB* negativ rezensiert hatte oder die er gering schätzte (z.B. Vulpius).

Der politische Charakter des *Schaafskopf* ist besonders deutlich im zweiten und im zehnten Abschnitt des Buches zu erkennen. Im zweiten Abschnitt werden die Staaten und die Herrscher aufgezählt, in denen der »Pinselorden« blüht oder die ihm verschlossen sind. Den zehnten Abschnitt kann man dagegen als Knigges politisches Glaubensbekenntnis lesen. Hier finden wir eine erste Skizze zu den später im *Wurmbrand* behandelten Themen. Schaafskopf erklärt seine grundsätzliche Abneigung gegen die Gleichheit der Stände, gegen die Abschaffung der Privilegien, gegen das Prinzip der Volkssouveränität, gegen die religiöse Toleranz, gegen die Freiheit der Presse. Nicht zufällig hat Knigge dieses Kapitel an das Ende seiner Satire gestellt, denn das war es, worauf es ihm ankam: Eine Regierung muss die Zeichen der Zeit erkennen. Als besonders verwerfliches Beispiel nennt Schaafskopf »das abtrünnige America«, wo alle Bürger gleich sind, an den Regierungsgeschäften beteiligt werden, und wo der Handel einen großen Aufschwung erlebt.

Knigges Ideal ist das eines Liberalen im politischen wie auch im wirtschaftlichen Sinne. Die Zukunft gehört einem Bürgertum, das fähig ist, die Zeichen der neuen Zeit zu erkennen. Das hat das Bürgertum in Nordamerika getan, das sollen auch die europäischen Völker tun. Dort herrschen religiöse Toleranz, Pressefreiheit und Gleichheit der Stände – alles, was Schaafskopf hasst, alles, was Knigge fordert.

Pierre-André Bois

Zum Text

Des seligen Herrn Etatsraths Samuel Conrad von Schaafskopf hinterlassene Papiere; von seinen Erben herausgegeben erschien anonym im Herbst 1791 (datiert 1792) beim Verleger Christian Ritscher in Hannover. Der Druck enthält die fiktive, polemische Angabe »Breslau, auf Kosten der Herausgeber«. Knigge hatte das Buch mehreren Freunden geschickt, u.a. am 11.12.1791 an Gottfried August Bürger und am 26.12.1791 an Johann Gottwerth Müller. Es wurde 1793 unter Knigges Namen ins Holländische übersetzt. Eine zweite Auflage, ebenfalls mit Knigges Namen, erschien 1796. Im 20. Jahrhundert wurde das Buch viermal neu herausgegeben: von Iring Fetscher (Frankfurt a.M. 1965); von Hedwig Voegt in *Der Traum des Herrn Brick. Essays, Satiren, Utopien* (Berlin 1968, 2. Auflage 1979); im Reprint von Paul Raabe u.a., SW, Bd. 14 und in den von Wolfgang Fenner herausgegebenen AW, Bd. 8. Der *Schaafskopf* wurde in den *Tübingischen gelehrten Anzeigen* (1792, 17. St., S. 135f.) und in der *Neuen allgemeinen deutschen Bibliothek* (1793, Bd. 1, S. 228-235) rezensiert.

Knigge hatte bereits 1788 eine Parodie publiziert (*Ueber Friedrich Wilhelm den Liebreichen und meine Unterredung mit Ihm; von J. C. Meywerk, Chur-Hannöverschem Hosenmacher*. SW, Bd. 19), die ihm den Hass des anvisierten, in Hannover lebenden preußischen Leibarztes Johann Georg Zimmermann eingebracht hatte. Gefährlicher noch war für Knigge sein 1791 erschienener, allerdings von der Zensur genehmigter Roman *Benjamin Noldmann's Geschichte der Aufklärung in Abyssinien* (SW, Bd. 14; Bd. 3 dieser Ausgabe), in dem er ein nahezu republikanisches Staatsmodell darstellte. Zimmermann veröffentlichte in der *Wiener Zeitschrift* einen bissigen Artikel, in dem er Knigge als »Demokrat« und »Revolutionsprediger« verunglimpfte (2/1792, S. 317-329).

Knigge hatte jedoch nicht nur Feinde. Der Hamburger Schriftsteller Heinrich Christoph Albrecht (über ihn s. Walter Grab, *Leben und Werke norddeutscher Jakobiner*, Stuttgart 1973) verteidigte ihn mit einer mit seinem Namen gezeichneten *Rettung der Ehre Adolphs, Freyherrn Knigge, welchen der Herr Hofrath und Ritter von Zimmermann in Hannover als deutschen Demokrat und Revolutionsprediger darzustellen versucht hat* (Hamburg, Bachmann und Gundermann 1792). Diese kleine Broschüre (46 S.) wurde im *Niedersächsischen, sonst Hamburger Mercur sehr vermischten Inhalts* (1/1792, S. 19f.) besprochen. Albrecht musste wieder zur Feder greifen, als der Schweizer Geologe und Vorleser der britischen Königin André De Luc mit in die Polemik eingriff mit *De Luc in Windsor an Zimmermann in Hannover. Aus dem Französischen übersetzt* (Leipzig 1792). Albrecht veröffentlichte eine Gegenschrift unter dem Titel

Erläuterungen über die Rechte der Menschen. Für Deutsche. Veranlaßt durch die Schrift: De Luc in Windsor an Zimmermann in Hannover (Hamburg, Bachmann und Gundermann 1793).
Der *Schaafskopf* wird in mehreren Briefen von und an Knigge erwähnt. Der Ausdruck »Pinselorden« erscheint erstmals in einem Brief des braunschweigischen Arztes Joachim Dietrich Brandis (1762-1846) vom 24.3.1791. In seinem kurzen Schreiben an Müller vom 11.12.1791 nennt Knigge den *Schaafskopf* »eine kleine Posse [...], wovon ich so frey bin, Ihnen ein Exemplar zu überreichen«. Am 17.12.1791 schreibt ihm der Hamburger Publizist Albrecht Wittenberg (1728-1807): »Die Geschichte des Herrn Etatsraths von Schaafskopf habe ich mit Vergnügen gelesen«. An den Schriftsteller Johann Gottwerth Müller (1743-1828) schreibt Knigge am 26.12.1791: »Ich füge hier eine kleine Posse bei [...]. Ich kann noch immer den kleinen Kitzel nicht unterdrücken, über Narrheiten zu lachen und gegen Bübereyen zu eifern«. Der Gießener Dr. August Friedrich Wilhelm Crome (1753-1833) bedankt sich am 14.1.1792 für Knigges »Roman *Schaafskopf*«, den er »mit vielem Lachen gelesen« habe. Dass Knigges Autorschaft noch nicht »offiziell« war, geht aus dem nächsten Satz hervor: »Man darf doch Ihren *Namen* dabei nennen? Bisher that ich es nicht.«
Die Textgestalt dieser Ausgabe folgt der Erstausgabe. Der historische Lautstand blieb ebenso unverändert wie die Grammatik. Offensichtliche Druckfehler wurden stillschweigend korrigiert.
Hervorhebungen des Originals werden *kursiv* wiedergegeben, die Verwendung von Antiqua bei fremdsprachigen Wörtern und Zitaten wird durch Groteskschrift gekennzeichnet, Sperrdruck bleibt erhalten.

Verwendete Siglen:

AW Adolph Freiherr Knigge: Ausgewählte Werke in zehn Bänden. Im Auftrag der Adolph-Freiherr-von-Knigge-Gesellschaft zu Hannover hrsg. von Wolfgang Fenner. Hannover 1991-1996.

SW Adolph Freiherr Knigge: Sämtliche Werke. In Zusammenarbeit mit Ernst-Otto Fehn u.a. hrsg. von Paul Raabe. Nendeln/Liechtenstein 1978 bzw. München, London, New York, Paris 1992-1993.

151 *ein Zweig derselben ... dort vorzüglich sein Glück gemacht*] Gemeint ist vielleicht u.a. das Komplott des privilegierten Adels gegen den gestürzten und 1772 hingerichteten aufgeklärten Premierminister Johann Friedrich Struensee (geb. 1737 in Halle).
»ist kein Dalberg da?«] Seit 1452 wurde diese Frage bei jeder Kaiserkrönung gestellt, in Erinnerung an das Recht der Mitglieder des oberrheinischen Adelsgeschlechts der Dalbergs, als erstes zum Ritter geschlagen zu werden.
Cammerherrn-Schlüssel] Zeichen eines unbezahlten Ehrenhofamtes. Knigge selbst war 1777 zum Sachsen-Weimarischen Kammerherrn ernannt worden, bekam aber keine amtliche Anstellung.

152 *Informator*] Privatlehrer.
Kloster Bergen] Klosterberge, Benediktinerkloster nahe Magdeburg, das nach der Reformation (1565) in ein protestantisches Stift umgewandelt wurde.
Rinteln] Die dortige lutherische Universität wurde 1621 gegründet (1809 aufgelöst).
Kiel] Die Universität wurde 1665 gegründet.
Collegia] Vorlesungen.
Repetenten] Nachhilfelehrer (oft ein Student älteren Semesters).
Parentationen] Trauerreden.
honett] ehrlich, korrekt.

153 *des Churfürsten von der Pfalz seine Residenz*] 1777 erbte der Kurfürst von der Pfalz Karl Theodor (1724-1799) Bayern und verlegte 1778 seine Residenz von Mannheim nach München.
einen Professor, der ein Jesuit war] Gemeint ist der jesuitische Pater Aloysius Ignaz Frank (1725-1795), der ein entschiedener Feind der Aufklärung war.
vom pfälzischen Staats-Calender] Der *Pfälzische* (ab 1778 *Bayerische*) *Hof- und Staats Calender* veröffentlichte u.a. aufklärungsfeindliche Beiträge von Ignaz Frank.

154 *die Untersuchung gegen die schändlichen Illuminaten*] 1785/86 wurde der Illuminatenorden u.a. auf Drängen von Karl Theodors Beichtvater, dem Jesuiten Ignaz Frank, verboten. Eine Verfolgung der ehemaligen Ordensmitglieder begann, die in Bayern hysterische Formen annahm (Gehaltsstreichungen, Dienstentlassungen und Strafversetzungen). Die revolutionsfeindliche Publizistik verbreitete ab 1791/92 die unsinnige Theorie einer illuminatischen Verschwörung gegen Religion und Monarchien und verunglimpfte Knigge aufgrund seiner wichtigen Stellung im Orden (1781/84) als ihren geheimen Fadenzieher.
Kraitmayer] Wiguläus Xaverius Aloysius von Kreittmayr (1705-

1790), bayerischer Hofratskanzler, leitete ab 1758 die gesamte bayerische Staatsverwaltung.

154 *Coran, Datan und Abyram*] Gegner Moses', die von der Erde verschluckt wurden (4. Moses, 16,31-33).

Gold- und Rosencreuzer] ein um die Mitte des 18. Jahrhunderts in Deutschland entstandener rationalismusfeindlicher Mysterienbund. Er führte im Bund mit den Exjesuiten einen besonders hasserfüllten Kampf gegen die Illuminaten. Manche Rosenkreuzer waren der Alchemie ergeben.

Urim und Thummim] (hebr.) Licht und Recht. Heiliges Orakel, das der Hohe Priester der Israeliten befragte, um den Ausgang eines wichtigen Unternehmens vorherzusagen (3. Moses, 8,8).

ich bin, der Deine Steine ... in Puch setzt] Puch: Sinn unsicher. Manche Bibeln geben »Karfunkel« an. Die Luther-Bibel schreibt: »Ich will deine Steine wie einen Schmuck legen«.

155 *einem kaiserlichen Frey-Bataillon*] auf privater Basis rekrutierte und finanzierte Kampftruppe im Dienste eines Herrschers oder eines Feldherrn.

156 *des großen Zoroasters*] Zarathustra, persischer Religionsstifter (um 600 v. Chr.).

Athanasii] Der Heilige Athanasius (um 296-373) bekämpfte energisch den Arianismus und unterstützte mehrere Kaiser des Oströmischen Reiches.

Kircheri] Der jesuitische Gelehrte Athanasius Kircher (1602-1680), der das gesamte Wissen seiner Zeit von der Mathematik, der Optik und der Physik über die alten Sprachen und die Theologie bis hin zur Kabbala zusammenzufassen suchte. Daraus entwickelte er bizarre Theorien.

Jazirah ... Notariakon ... Gematria] Begriffe aus der esoterischen jüdischen Lehre der Kabbala.

Trosophie] eine Pseudophilosophie.

Gosen] Das Land Gosen (Goschen) war eine fruchtbare Gegend zwischen dem Nildelta und dem Sinai, die Joseph seinem Vater Jakob als Wohnsitz zuweisen ließ (1. Moses, 45,10). Hier im Sinne einer paradiesischen Ortschaft.

160 *Bullen*] (Mittelalter) Urkunden.

Sündfluth] Sintflut.

162 *Josuas Firmaments-Arbeiten*] ironische Anspielung auf eine berühmte biblische Episode, in der Josua der Sonne befiehlt, stillzustehen (Josua, 10,12-13).

Unterdessen war unsre vortrefliche Verbindung ... unsre durchlauchtigste Brüder] Knigge geht von der jüdischen Geschichte zu der Geschichte des gesamten Mittleren Orients, gezeichnet von den Machtkämpfen unter seinen Herrschern, über. Die von ihm erwähnten Könige lebten vom 7. bis zum 4. Jahrhundert v. Chr.

163 *Auguren*] Priester im alten Rom.

August] Augustus (63 v. Chr. – 14 n. Chr.), erster römischer Kaiser (31 v. Chr. – 14 n. Chr.).

Hadrian] (76-138), römischer Kaiser (117-138).

Constantin dem Großen] (274-337), römischer Kaiser, der seine Residenz nach Byzanz (später Konstantinopel, heute Istanbul) verlegte und das Christentum zur Staatsreligion erhob. Er bewirkte auf dem Konzil von Nicäa (325) die Verurteilung der Lehre von Arius (Arianismus), die die Wesensgleichheit Gottes und Jesus' verneinte.

Justinian dem Großen] (482-565), Kaiser des Oströmischen Reiches (527-565). Er kodifizierte das bürgerliche Recht. Sein *Corpus juris civilis* lieferte noch im 18. Jahrhundert maßgebend die ideologische Grundlage des deutschen Rechts. Knigge schreibt in *Wurmbrands politisches Glaubensbekenntniß*: »das römische Recht schon ist ein wahres Alphabeth des Despotismus« (SW, Bd. 15, S. 116, in diesem Band S. 266).

164 *Peter des Großen*] (1672-1725), seit 1682 russischer Zar, der seinen Staat mit eiserner Hand modernisierte.

Ludwigs des Vierzehnten] (1638-1715), frz. König seit 1643. Er hob das Toleranzedikt von Nantes auf (1685).

Bossuet] Jacques Bénigne Bossuet (1627-1704), Bischof von Meaux (bei Paris), vertrat in seinen glänzenden Predigten und historischen Schriften die Lehre des königlichen Absolutismus von Gottes Gnaden.

Dragonaden] brutale Zwangsbekehrungen der frz. Protestanten nach 1685 durch die Dragoner (leichte Reiterei).

des Hauses Stuart] katholisches schottisches Herrscherhaus, 1603 bis zum Sturz 1688 auch im Besitz der englischen Krone.

Alexander der Sechste] (1430-1503), 1492 zum Papst gewählt. Er hatte wegen seiner skrupellosen Machtpolitik einen äußerst schlechten Ruf.

165 *lettres de cachet*] (frz.) königliche Haftbefehle ohne Angaben der Begründung und der Haftdauer.

Bluthochzeiten] Anspielung auf die Bartholomäusnacht (24./25.8. 1572), in der mehrere Tausend Protestanten in Paris und in anderen Städten Frankreichs auf Anordnung des Königs Karl IX. ermordet wurden.

Friedrich, dem ersten König von Preußen] (1657-1713). Er wurde nach dem Tod seines Vaters 1688 als Friedrich III. Kurfürst von Brandenburg und krönte sich 1701 in Königsberg selbst als Friedrich I. zum König in Preußen. Er hatte 1684 Sophie Charlotte von Hannover (1668-1705) geheiratet.

165 *Frau von Lintlo*] (eigtl. Lintelo), Gattin des holländischen Gesandten am Hof Friedrichs I. von Preußen.

Gräfinn von Wartemberg] Frau von Johann Kasimir Kolbe, Reichsgraf von Wartenberg (1643-1712), 1688 zunächst Kämmerer des Kurfürsten Friedrich III. von Brandenburg, seit 1696 Oberkämmerer und Günstling des späteren Königs, dessen Politik er bis 1710 beeinflusste. Seine Frau Katharina (geb. Rickers, 1670-1734) hatte er dem König als Mätresse überlassen. Der hier erwähnte Skandal ist historisch überliefert.

ad majorem Dei gloriam] (lat.) Zum größeren Ruhme Gottes. Diese vom Papst Gregor I. in seinen 593/94 geschriebenen *Dialogi* geprägte Formulierung wurde zum Wahlspruch des Jesuitenordens.

166 *homiletischer ... Schriften*] Werke, die sich mit der Geschichte und der Theorie der Predigt befassen.

Yorik] Hauptfigur des berühmten englischen Romans *A Sentimental Journey Through France and Italy* von Laurence Sterne (1713-1768); 1788 von Johann Joachim Christoph Bode u. d. T. *Yoricks empfindsame Reise durch Frankreich und Italien* ins Deutsche übertragen.

167 *Geßner*] Salomon Geßner (1730-1788), beliebter Schweizer Idyllendichter.

169 *Pater Cochem*] Martin von Cochem (1634-1712), Kapuziner, Verfasser zahlreicher theologischer Schriften.

Busenbaum] Hermann Busenbaum (1600-1668), Jesuit, Verfasser einer viel gelesenen theologischen Moralschrift.

Götz in Hamburg] Gemeint ist Johann Melchior Goeze (1717-1786), Hauptpastor in Hamburg, entschiedener Widersacher der religiösen Ansichten der Aufklärung, vor allem bekannt als Gegner Lessings im Fragmentenstreit.

Zollikoffer] Georg Joachim Zollikofer (1730-1788), schweizerischer Theologe, seit 1758 Prediger der reformierten Gemeinden in Leipzig.

Zaubser] Andreas Dominikus Zaupser (1748-1795), Vertreter der Aufklärung in Bayern, 1784 Professor für Philosophie an der Marianischen Landesakademie in München, 1780-1783 Mitglied des Illuminatenordens.

einen großen, berühmten Arzt] Gemeint ist Johann Georg Zimmermann (1728-1795), königlicher Leibarzt in Hannover und abtrünniger Aufklärungsschriftsteller, den Knigge 1788 in seiner Posse *Ueber Friedrich Wilhelm den Liebreichen und meine Unterredung mit Ihm; von J. C. Meywerk, Chur-Hannöverschem Hosenmacher* (SW, Bd. 19) lächerlich gemacht hatte. Zimmermann verzieh es ihm nie und nannte Knigge 1792 in der konterrevolutionären *Wiener Zeitschrift* einen »Volksaufwiegler« und »Revolutionsprediger«. Die Fehde zwischen beiden Männern endete in einem von Knigge angestrengten Prozess wegen Beleidigung (1792-1795), den Zimmermann verlor.

169 *Bruder St****] Johann August von Starck (1741-1816), evangelischer Theologe, seit 1770 Hofprediger in Königsberg und ab 1772 Professor an der dortigen Universität. 1781 wurde er Oberhofprediger in Darmstadt. Er behauptete im Besitz geheimer Überlieferungen des Templerordens zu sein. 1767 hatte er ein »Klerikat der Tempelherren« gegründet, das er 1772 mit der Strikten Observanz zu verschmelzen suchte. Knigge nennt es in *Beytrag zur neuesten Geschichte des Freymaurerordens in zehn Gesprächen* (1786, SW, Bd. 12) eine »Fabel«. Dieses System wurde als Versuch der Jesuiten gedeutet, die Freimaurerei zu unterwandern.

170 *Civilisten*] auf das bürgerliche Recht spezialisierte Juristen.
Canonici] (lat.) Kanonikus (Mitglied eines Dom- oder Stiftskapitels).
die Toiletten] (im 18. Jahrhundert): die Nachttische bzw. die Zimmer der Damen.
vor Geld] für Geld.

171 *Ruhmräthigkeit*] Ruhmredigkeit.

172 *satyrisire*] eine Satire verfasse.

173 *ärgerliche Anecdoten von ihm ausbreiten ... als wenn er sie würklich gehabt hätte*] Schon 1784 in dem Roman *Geschichte Peter Clausens* (SW, Bd. 3; Bd. 1 dieser Ausgabe) und 1787 in *Die Verirrungen des Philosophen oder Geschichte Ludwigs von Seelberg* (SW, Bd. 4) hatte sich Knigge von den geheimen Verbindungen distanziert. In *Philo's endliche Erklärung [...] seine Verbindung mit dem Orden der Illuminaten betreffend* (1788, SW, Bd. 12) hatte er behauptet, er habe nunmehr keine Beziehungen mehr zu geheimen Verbindungen, was übrigens nicht ganz stimmte. Die aufklärungs- und revolutionsfeindliche Publizistik (u.a. seit 1792 die *Wiener Zeitschrift*, ab 1795 die *Eudämonia*) stellte ihn als einen verkappten Illuminaten dar, der schon in seiner Jugend der Religion und den Monarchien einen geheimen Krieg erklärt habe. Als »Beweis« galt seine Begeisterung für die Freimaurerei im Elternhaus und seine Mitgliedschaft in einem Studentenorden in Göttingen (1769-1773).

174 *Lichtenberg*] Georg Christoph Lichtenberg (1742-1799), Naturforscher, Astronom, Physiker und Schriftsteller, einer der originellsten Köpfe der deutschen Aufklärung.
Nicolai] Friedrich Nicolai (1733-1811), aufgeklärter Schriftsteller und Verleger, Herausgeber der *Allgemeinen Deutschen*

Bibliothek (1765-1806), des größten Rezensionsorgans der Aufklärung, für das Knigge seit 1779 bis zu seinem Tod 1266 Rezensionen lieferte (vgl. Adolph Freiherr Knigge, *Rezensionen 1779-1797 in Friedrich Nicolais »Allgemeine deutsche Bibliothek« [...]*. Hrsg. von Ernst August Freiherr Knigge. Göttingen 2009). Nicolai war eine kurze Zeit Illuminat.

174 *affectirt*] (veraltet) affectiren: heucheln, vorgeben.
des hamburgischen Correspondenten] Die *Staats und Gelehrte Zeitung des Hamburgischen unpartheyischen Correspondenten* erschien in Hamburg seit 1731.

175 *Herr von Sch**ch*] Gottlieb Benedikt von Schirach (1743-1804), ein aufklärungsfeindlicher Publizist.
p. J.] Abkürzung für *Politisches Journal*, eine konservative Zeitschrift, die Schirach von 1781 bis 1805 herausgab.
eine Vermehrung Deiner Pension und Deiner Titel einbringt] 1791 wurde Schirachs Pension von 800 auf 1200 Thaler erhöht. 1776 war er von Maria Theresia in den erbländischen Adelsstand erhoben worden. Seit 1783 führte er den Titel eines königlich dänischen Staatsrats.
Sela!] (hebr.) Pausenzeichen in den Psalmen. Umgangssprachlich für abgemacht! Schluss!

177 *in irgend einem Philanthropin*] 1774 hatte der aufgeklärte Pädagoge Johann Bernard Basedow (1724-1790) ein philanthropisches Erziehungsinstitut (das Philanthropin) in Dessau gegründet, dessen Programm von dem berühmten Buch von Jean-Jacques Rousseau *Émile ou De l'éducation* beeinflusst war und viele Nachahmer fand. Basedow forderte eine naturnahe und überkonfessionelle Erziehung, was ihm eine scharfe Kritik der Theologen (u.a. Goeze) einbrachte. Knigge selbst lehnte Basedows Prinzip einer freien Entfaltung des Kindes ab und polemisierte 1788 gegen Joachim Heinrich Campe über die »neuere Pädagogik«. Vgl. SW, *Vermischte Schriften*, Bd. 16 (*Briefe über Erziehung*, S. 35-68) und Bd. 21, S. 149-213 (Auseinandersetzung mit Campe und Ernst Christian Trapp).
Schnürbrüste] Schnürmieder.

183 *Bey Garten-Anlagen ... zu empfehlen*] Gemeint sind die den Park von Versailles kopierenden geometrisch angelegten Gärten im Gegensatz zu den von den Aufklärern geschätzten englischen Landschaftsgärten.

186 *Schenken und Logieren und Cämmerchen Vermiethen*] Gesellschaftsspiele im 18. Jahrhundert.

189 *Cabinette*] Räume für Sammlungen.
Revüe] Truppenschau.
Aufsteigen eines Luftballs] Im Juni 1783 war den frz. Brüdern Montgolfier der erste Aufstieg mit einem Heißluftballon gelun-

gen. Der Luftfahrer Jean-Pierre Blanchard (1753-1809) führte in Braunschweig (August 1788) und in Hannover (November 1791) einen Aufstieg vor. Knigge wählte ersteren zum Thema seines Romans *Die Reise nach Braunschweig* (1792, SW, Bd. 7; in diesem Band S. 7ff.).

189 *Victoria geschossen*] einen Sieg mit Kanonenschüssen feiern.

191 *Vox populi est vox dei*] (lat.) Volkes Stimme ist Gottes Stimme.
die Stange halten] (im 18. Jahrhundert) entgegentreten.
Cobolden] neckische Geister (hier ironische Personifizierung).

192 *Rabelais*] François Rabelais (1494-1553), Arzt und Pfarrer von Meudon (bei Paris), berühmter Autor des Romanzyklus *Gargantua und Pantagruel*. Sein allseitiges Wissen und seine derbhumoristische Ironie machten ihn zu einer der größten Figuren der frz. Renaissance. Das folgende Zitat findet sich im sechsten Kapitel von *Gargantua* (1534).

193 *der Redacteur des hamburgischen Correspondenten*] Joachim Friedrich Leister (1736-1814).
recommandiren] empfehlen.

194 *Matronen*] eigtl. ehrbare ältere Frauen, hier ironisch gemeint.
Lotti] (ital.) Plural von Lotto (Lotterie).
die Nord-Americaner ... den Kürzern gezogen hätten] England musste 1783 nach sieben Jahren Krieg die amerikanische Unabhängigkeit anerkennen.

195 *Decennio*] (ital.) Jahrzehnt.
des Weltbürger-Systems] Gegen die Freimaurer gerichtete Anschuldigung, die Welt in eine antimonarchische »Weltrepublik« umwandeln zu wollen.

196 *Enthüllung des Systems der Weltbürger-Republic*] Gemeint ist die Schrift *Enthüllung des Systems der Weltbürger-Republik. In den Briefen aus der Verlassenschaft eines Freymaurers. Wahrscheinlich manchem Leser um zwanzig Jahre zu spät publizirt*, Rom (= Leipzig) 1786. Der Autor war Ernst August Anton von Göchhausen (1740-1824). Er vertrat die Theorie einer Verschwörung von Freimaurern, Illuminaten und Aufklärern gegen Staat und Religion und sah in der Französischen Revolution ihre Folge. 1763 war er in eine Hallenser Loge aufgenommen worden. Sein Hass galt seit 1786 besonders dem Illuminatenorden.
angekörnt] (mit Körnern) angelockt.

197 *Polyhistorey*] hier ironisch, um ein Werk zu bezeichnen, in dem der Verfasser den Eindruck eines breiten historischen Wissens erwecken will.

198 *Voltairs*] François Marie Arouet, genannt Voltaire (1694-1778), frz. Schriftsteller der Aufklärung, unermüdlicher Vorkämpfer für die Toleranz.
Mercier] Louis-Sébastien Mercier (1740-1814), aufgeklärter frz.

Schriftsteller, Autor einer viel gelesenen Beschreibung von Paris (1781).

198 *Linguet*] Nicolas Simon Henri Linguet (1736-1794), frz. Jurist und Historiker, schrieb seine Erinnerungen über die Bastille, in der er einige Jahre gefangen gehalten worden war.

Conte Roberti] Giovanni Battista Roberti (1719-1786), Jesuit und Theaterdichter.

199 *Vulpius*] Christian August Vulpius (1762-1827), ausgebildeter Jurist, der aus finanziellen Gründen schriftstellerisch tätig wurde, bekannt als Dramatiker und Autor des Erfolgsromans *Rinaldo Rinaldini, der Räuberhauptmann* (1799).

Masius ... L...ätz in A] Johann Nikolaus Gottfried Leberecht Nathanael Masius (eigtl. Meese, 1754 – nach 1830), religiöser Abenteurer; *Gesellius:* vielleicht Georg Gesellius (geb. 1752), bei Hamberger/Meusel (*Das gelehrte Teutschland oder Lexikon der jetzt lebenden teutschen Schriftsteller*, Lemgo 1811) als »wandernder Schriftsteller« bezeichnet; *Seifried:* Heinrich Wilhelm Seifried (1755-1800), Theaterautor; *Y von B...:* Ernst Karl Ludwig Ysenburg von Buri (1747-1806), Theaterautor; *von B...ck:* Ludwig Franz Freiherr von Bilderbeck (1764-1833), Theaterautor; *L...ätz in A:* Heinrich Wilhelm Lawätz (1748-1825), dt. Schriftsteller. – Knigge hatte Theaterstücke der vier letztgenannten Autoren in seinen *Dramatischen Blättern* (SW, Bd. 18), in der *Allgemeinen deutschen Bibliothek* und in der *Neuen Allgemeinen deutschen Bibliothek* negativ rezensiert (siehe AW, Bd. 8, S. 210).

Kotzebue] August von Kotzebue (1761-1819), Schriftsteller, hatte 1790 das boshafte aufklärungs- und freimaurerfeindliche Pasquill *Doctor Bahrdt mit der eisernen Stirn oder Die deutsche Union gegen Zimmermann* unter Knigges Namen veröffentlicht.

der gefährlichen Wette] *Die gefährliche Wette. Ein kleiner Roman* von August von Kotzebue (1790).

R.... in Z] Johann Jacob Christian von Reck (1756 – nach 1812), Theaterautor in Zerbst.

eine Dame] Die Schriftstellerin Marie Sophie von La Roche (1730-1807) fühlte sich hier angesprochen und protestierte in einem pikierten Brief an Knigge (Mai 1792). In seiner Antwort (26. Mai 1792) beteuerte dieser umständlich seine Unschuld.

Ueber das Studium der Sprache, besonders der Muttersprache] Der Autor war Johann Friedrich Mieg (1744-1811), kurpfälzischer Kirchenrat in Heidelberg und ehemaliger Illuminat, mit dem Knigge befreundet war.

Opere buffe] (ital.) komische Opern.

frankfurther gelehrte Zeitung] Erschien von 1772-1790 unter dem Namen *Frankfurter gelehrte Anzeigen*, hrsg. u.a. von Johann Heinrich Merck und Johann Georg Schlosser.

199 *Mode-Journal*] eigtl. *Journal des Luxus und der Moden*, ein illustriertes Magazin, hrsg. von Friedrich Justin Bertuch (1747-1822) und Georg Melchior Kraus (1737-1806), erschien 1786-1827.

200 *die abgekürzte Orthographie ... einführen wollen*] Wahrscheinlich eine Anspielung auf das Buch des kurpfälzischen Meteorologen und Sprachforschers Johann Jakob Hemmer (1733-1790), *Abhandlung über die deutsche Sprache* (1769), in dem er Vorschläge zu einer radikalen phonetischen Reform der deutschen Rechtschreibung machte und u.a. eben diese Beispiele anführte.

201 *Pränumerationen*] Vorauszahlungen.

202 *Profeßion*] Beruf.

205 *der durchlauchtigsten Brüder, die jetzt in Coblenz Pinsel-Loge halten*] Gemeint sind die frz. Adligen, die ab Sommer 1789 aus Frankreich flohen und sich u.a. in Koblenz aufhielten, wo sie versuchten, eine gegenrevolutionäre Armee aufzustellen.

vom Satanas eingegebene, neumodische Sätze] Satanas: Satan. Das folgende Zitat fasst Knigges Empfehlungen zusammen, die er ab der 3. Ausgabe (1790) in sein Buch *Ueber den Umgang mit Menschen* hinzugefügt hatte (s. SW, Bd. 6, S. 569f.).

206 *Contract*] Vertrag.

einem gesellschaftlichen Vertrage] Hinweis auf Jean-Jacques Rousseaus Buch *Du contrat social* (s. Erl. zu S. 218), das Knigges politische Positionen stark beeinflusste.

207 *weil die Könige in ihren hohen Personen den ganzen Staat vorstellen*] Hinweis auf das berühmte (jedoch nicht belegte) Wort Ludwigs XIV. »L'Etat, c'est moi« (Der Staat bin ich).

conditionirt] beschaffen.

König Lothar von Lothringen] Lothar II. (um 835-869), der seine treue kinderlose Gattin Theutberga verstieß und 862 seine Konkubine Waldrada heiratete, die ihm einen Sohn geboren hatte.

Rehabeam] (Roboam), Sohn Salomons, wurde um 926 v. Chr. zum König der jüdischen Stämme Juda und Benjamin proklamiert.

König Ludwig von Frankreich] Gemeint ist Ludwig XIV. Die Behauptung, »Gottes Majestät« sei in erster Linie »in den Königen präsent«, befindet sich in Bossuets Predigt *Über den Ehrgeiz* (1662).

208 *Hyder*] Hydra.

210 *dissonirender*] misstönender.

P.-A. B.

Nachwort

Wurmbrands politisches Glaubensbekenntnis

Der Ausbruch der Französischen Revolution stellte Knigge vor ein Dilemma: sollte er weiterhin als politischer Schriftsteller auftreten oder musste er sich als kurhannoverscher hoher Beamter davor hüten, Partei zu ergreifen? Er hatte 1784 im »Manuscript des Herrn Brick« (in der *Geschichte Peter Clausens*, 2. Theil, Kap. IV-X) die Utopie eines freien und autarken Inselstaats dargestellt. In *Noldmann's Geschichte der Aufklärung in Abyssinien* hatte er 1791 sogar den Sturz einer absoluten Monarchie beschrieben. Das Buch war von der hannoverschen Zensur zugelassen worden, obwohl Knigge immerhin die siegreiche Rebellion der Armee gegen den alten Negus und die Verabschiedung einer Verfassung schilderte, die aus dem »König« (das Wort wurde beibehalten) einen von einer gewählten Volksversammlung ernannten Beamten machte, der nicht einmal mehr die Gesetze beschloss, eine Art parlamentarische Monarchie also. Der *Noldmann* war eine Utopie, und Grundfragen, vor allem das Problem der Gewalt, wurden nicht thematisiert. Mit der Französischen Revolution wurden sie in einer alten Monarchie in den Vordergrund gerückt. Im *Schaafskopf* (1792) hatte er das Problem der Revolution und der Gewalt ausgelassen.

Im Frühjahr 1792 erschien ein Artikel von Johann Georg Zimmermann in der *Wiener Zeitschrift* unter dem Titel *Adolph Freiherr Knigge dargestellt als deutscher Revolu-*

tionsprediger und Democrat (WZ, 2/1792, H. 6, S. 317-329). Zimmermann reagierte auf den *Wurmbrand* mit einem zweiten Artikel in der *WZ*, betitelt *Politisches Glaubensbekenntniß des Kaiserlich Abissinischen Exministers, jetzigen churbraunschweigischen Oberhauptmanns und notarii cesarii publici in der Reichsstadt Bremen Adolphs, Freiherrn Knigge im Auszuge mitgetheilt, von dem Hofrath und Ritter Zimmermann in Hannover* (WZ, 3/1792, H. 7, S. 55-65). Knigges Stellung als vom Kurfürsten (dem britischen König Georg III.) ernannter Beamter wurde recht unbequem. Frankreich war zwar noch eine Monarchie, jedoch waren sämtliche Privilegien abgeschafft worden, und Ludwig XVI. hatte seine frühere Stellung als alleinige Quelle des Rechtes verloren. Seit 1789 hatte es mehrere schwere Unruhen gegeben, die (vor allem am 14. Juli 1791) blutig niedergeschlagen worden waren. Die nach der Verabschiedung der Konstitution gewählten Abgeordneten der Gesetzgebenden Versammlung (Assemblée Législative) führten untereinander immer heftigere Kämpfe. Einige Abgeordnete bzw. Publizisten begannen, eine radikale soziale Gesetzgebung zu fordern. Ende 1791 war das Verhältnis zu den anderen europäischen Staaten äußerst gespannt, und schon war von der Möglichkeit eines Krieges gegen Österreich die Rede. Schließlich schien die Revolution zur Anarchie zu führen. Zimmermanns Anklage, Knigge sei ein »Democrat«, war vielleicht noch gefährlicher als seine Bezeichnung als »Revolutionsprediger«. Sie machte aus ihm einen Anhänger der sogenannten »enragés«, d.h. der französischen Anhänger radikaler Reformen.

Um sich abzusichern, fügte Knigge dem *Wurmbrand* eine mit seinem Namen unterzeichnete *Vorrede* hinzu, die zwar seine Autorschaft bekannt gab, in der er aber entschieden bestritt, zu den »enragés« zu gehören. Auch die Veröffentlichung seines Namens war eine kluge Parade gegen die Anschuldigung, er würde heimlich gegen seinen Landesherrn konspirieren. Seine vorgesetzte Behörde sollte das nicht überzeugen. Der *Wurmbrand* erschien im Juni 1792, am 2. Juli bekam Knigge einen strengen Verweis, unterzeichnet vom Geheimrat Arnßwaldt, der den *Wurmbrand* »eine äußerst anstößige Schrift« nannte und Knigge auf seinen Amtseid hinwies. Knigge geriet in Wut, wie ein handschriftlicher Vermerk auf der Rückseite des Schreibens zeigt. Er wurde jedoch nicht entlassen, sondern lediglich verwarnt. Er wurde angewiesen, künftig alle seine politischen Schriften der Zensur vorzulegen. Dies war für ihn eine harte Strafe und eine Drohung, die er offensichtlich ernst nahm: Bis 1794 schrieb er keine politischen Texte mehr. Zu der für die Autoren verbotener Schriften bestimmten Geldstrafe von 300 Reichsthalern wurde Knigge nicht verurteilt, im Gegensatz zu seinem hannoverschen Verleger Helwing.

Unter Knigges Gegnern war der zum preußischen Leibarzt ernannte Schweizer Johann Georg Zimmermann der aggressivste. Sein Streit mit Knigge geht bis auf das Jahr 1788 zurück. In diesem Jahr hatte Zimmermann einen ausführlichen und naiv-selbstherrlichen Bericht seines kurzen Umgangs mit Friedrich II. in den letzten Wochen vor dessen Tod unter dem Titel *Ueber Friedrich den Großen und meine Unterredungen mit Ihm* veröffentlicht. Er durchsetzte seinen Bericht mit allerlei Beschimpfungen gegen die Berliner Aufklärer, u.a. Nicolai, für dessen *Allgemeine Deutsche Bibliothek* Knigge seit 1779 Rezensionen schrieb. Knigge veröffentlichte eine Parodie, die mit viel Witz die Eitelkeit des in Hannover lebenden Leibarztes persiflierte (*Ueber Friedrich Wilhelm den Liebreichen und meine Unterredung mit Ihm; von J. C. Meywerk, Chur-Hannöverschem Hosenmacher*, 1788, SW, Bd. 19), was Zimmermann ihm nicht verzieh. Der Schweizer Geologe und Meteorologe André De Luc, damals Vorleser der britischen Königin, schaltete sich 1792 in die Polemik zwischen Zimmermann und Knigge mit einem in französischer Sprache verfassten *Brief an Zimmermann* ein, in dem er Knigges religiöse Vorstellungen scharf (und vereinfachend) kritisierte. Zimmermann publizierte davon umgehend eine deutsche Übersetzung. In dem Brief fand sich die Behauptung, dass die Gesellschaft das Recht habe, einen

Mann wie Knigge »zu verstoßen«. Jetzt musste Knigge sich verteidigen, wenn er vermeiden wollte, dass der *Wurmbrand* Anlass zu einem Verfahren vonseiten der hannoverschen Regierung gab. Er beauftragte den hannoverschen Advokaten Heinse mit der Einreichung einer gerichtlichen Klage gegen Zimmermann wegen Beleidigung. 1795 wurde Zimmermann verurteilt und musste die Beschimpfungen als »Democrat« und »Revolutionsprediger« zurücknehmen. Auf die grundsätzliche politische Debatte wurde weder vom Gericht noch von Knigge eingegangen.

Zu Knigges Gegnern gehörte neben Zimmermann und dem Begründer der *Wiener Zeitschrift*, dem Wiener Professor Alois Hoffmann, auch der hannoversche Beamte August Wilhelm Rehberg, der in der Jenaer *Allgemeinen Literatur-Zeitung* eine scharfe Rezension des *Wurmbrand*, in welchem er eine »schlecht maskirte Empfehlung der Revolution« sah, verfasste (*ALZ*, Nr. 261, 3. Okt. 1792, Sp. 17-22). Zu nennen ist außerdem der Oberbefehlshaber der hannoverschen Armee, Feldmarschall Heinrich Wilhelm von Freytag, der seinen Offizieren strengstens verboten hatte, sich über Politik zu unterhalten. Knigge sollte noch 1795 mit ihm zu tun haben!

Knigge hatte jedoch auch viele Freunde, die ihn furchtlos verteidigten. In Hamburg verkehrte er in einem Kreis von begeisterten Anhängern der Französischen Revolution um das Ehepaar Johann Albrecht Heinrich und Sophie Reimarus. Zu ihm zählten u.a. der sehr engagierte Publizist August Hennings, der reiche Kaufmann Georg Heinrich Sieveking, der am 14. Juli 1790 ein Freiheitslied zu Ehren der Revolution gedichtet hatte, der reiche und hoch kultivierte Kaufmann Caspar Voght und viele andere. Knigge, der in Bremen wohnte, unterhielt einen regelmäßigen Briefwechsel mit dem Ehepaar Reimarus, vor allem mit Sophie, die ihn mit allerlei politischen Informationen versorgte. Er stand auch im Briefwechsel mit vielen deutschen Anhängern der Französischen Revolution, z.B. dem Juristen Gerhard Anton von Halem, dem Schauspieler Großmann, dem Buchhändler Michaelis, dem Offizier Graf von Schmettow u.a.m.

Einige waren mutig genug, ihn öffentlich zu verteidigen. Der Hamburger Schriftsteller Heinrich Christoph Albrecht (1763-1800), der auch den Reimarus-Kreis einige Male besuchte, veröffentlichte eine *Rettung der Ehre Adolphs, Freiherrn Knigge, welchen der Herr Hofrath und Ritter von Zimmermann in Hannover als deutschen Revolutionsprediger und Demokraten darzustellen versucht hat* (Bachmann und Gundermann, Hamburg 1792). Albrecht kritisiert zunächst die Art, wie Zimmermann aus ihrem Kontext gelöste Äußerungen zitiere, die keine Rückschlüsse auf die Gesinnung eines Autors erlaubten. Er betont, dass Knigge nur »eine Revolution in den Köpfen« wünsche, »wodurch die Vernunft die Thorheit nicht überwindet, sondern belehrt« (S. 38).

Der aufgeklärte Kieler Professor Johann Heinrich Meyer (1766-1839) verfasste als Antwort auf Rehbergs Rezension eine Verteidigungsschrift unter dem Titel *Gerechtigkeit über die Ungerechtigkeit gegen Knigge, in der allgemeinen Literaturzeitung vom dritten October 1792. Ein Buch über eine Recension* (Karl Ernst Bohn, Kiel 1793). Dass der *Wurmbrand* große Aufmerksamkeit erregte, wird belegt durch Rezensionen in der *Oberdeutschen allgemeinen Literaturzeitung* (1792), in der *Erfurtischen gelehrten Zeitung* (1792), in den *Neuen Leipziger gelehrten Anzeigen* (1792), in den *Tübingischen gelehrten Anzeigen* (1793) und in der *Neuen allgemeinen deutschen Bibliothek* (1797). Die Jahre der Schreckensherrschaft in Frankreich (1793-1794) taten dem Interesse an der Revolution keinen Abbruch, wenn auch Knigge, wie die meisten deutschen Anhänger der Französischen Revolution, den Terror verurteilte.

Die Forschung befasst sich noch heute mit der Frage, ob Knigge ein »Revolutionär« sei. In den sechziger Jahren bis in die siebziger Jahre des vorigen Jahrhunderts hinein wurde er sogar als »deutscher Jakobiner« betrachtet, eine Interpretation, von der heute weitgehend Abstand genommen wird, ohne Knigges engagierter Stellungnahme für die Französische Revolution Abbruch zu tun. Der *Wurmbrand* weist ihn als einen vorausschauenden politischen Schriftsteller aus, der das revolutionäre Ereignis nicht eigentlich *beurteilen*, sondern *verstehen* und *zu verstehen geben* wollte.

Er erkannte als erster den irreversiblen Charakter der Pariser Ereignisse. Er schreibt im dritten Abschnitt: »Diese Revolution ist eine große, beispiellose und, sie falle aus, wie sie wolle, sie sey rechtmäßig oder widerrechtlich unternommen worden, der ganzen Menschheit wichtige Begebenheit« – 30 Jahre vor Goethes 1822 verfasster *Campagne in Frankreich 1792* (den berühmten, auf dem Denkmal der Schlacht bei Valmy eingemeißelten Spruch hatte er im Septemberheft, Jahrgang 1792, des von Friedrich Christoph Cotta herausgegebenen *Strasburgischen politischen Journal* übrigens lesen können ...). Damit ist alles über Knigges Position gesagt, als er den *Wurmbrand* schreibt: die Revolution sei kein Aufruhr, sondern eine Umwälzung überholter Verhältnisse, deren Folgen sich nicht auf Frankreich und das benachbarte deutsche Reich beschränken werden. Es sei also müßig zu hoffen, dass sie durch Presseverbote oder eine bewaffnete Intervention ungeschehen gemacht werden könne.

Noch wichtiger ist die Frage, was diese Umwälzung verursacht hat, und welche Lehre die absolutistischen Staaten daraus ziehen sollten. Knigge entwirft nämlich keine Utopie, auch keine Theorie der Revolution. Er untersucht, wie und warum sie ausgebrochen ist. Deshalb schildert er die Grundzüge der politischen und gesellschaftlichen Verhältnisse seit der Antike. Er hat von ihnen selbstverständlich die Kenntnisse seiner Zeit: Die heutige Forschung weiß, dass die ehemaligen Könige, u.a. Ludwig XI., Ludwig XIV. und Ludwig XV., nicht den Porträts entsprechen, die er von ihnen zeichnet. Über den großen Friedrich spricht man heute ganz anders als vor zweieinhalb Jahrhunderten, ohne seine Faszination durch die Aufklärung und seine bahnbrechenden Reformen zu leugnen. Wichtig ist aber etwas anderes, und zwar, dass Knigge mit diesen historischen Persönlichkeiten soziale Zustände verbindet, die berücksichtigt werden müssen, wenn man die Zustimmung des französischen Volkes zur Revolution verständlich machen will. Das Volk wurde regiert, ohne den geringsten Einfluss auf die es betreffenden Entscheidungen zu haben, war doch die Monarchie von Gottes Gnaden! Hier stellt sich also die Grundfrage der Volkssouveränität. Knigge beschreibt mit Begeisterung die Freude des Pariser Volks über die Dekrete der Konstituante. Er spricht mit großer Achtung von der Nationalversammlung, weil sie das Volk vertritt und in seinem Namen regiert.

Knigge vermittelt seinen Lesern eine grundsätzliche Erkenntnis: Die Privilegierten der absoluten Monarchie (der Adel und die katholische Kirche) lebten von der Produktion der Untertanen. Sie konsumierten, während der dritte Stand (tiers-état) produzierte. Insbesondere die Bauern ächzten unter einer Unzahl von Zwängen und Belastungen und lebten in den ärmsten Verhältnissen. Die Abschaffung der Privilegien setzt für Knigge die Abschaffung des Erbadels voraus. Der Leser erinnert sich an den *Schaafskopf*, in dem Knigge das nordamerikanische Staatsmodell rühmt, in dem niemand weiß, was Adel heißt. Wir wissen heute – und Knigge wusste es auch! –, dass es auch aufgeklärte Adlige gab wie ihn. Hatte nicht der Herzog von Aiguillon in der Nacht vom 3. auf den 4. August 1789 der Nationalversammlung vorgeschlagen, die Privilegien abzuschaffen? Knigge zitiert auch mit großer Sympathie den Marquis de La Fayette, der für die Freiheit Nordamerikas gekämpft hatte. Aber er fällt kein moralisches Urteil, er erklärt Ursachen, das ist einer der wesentlichen Aspekte seiner Schrift: »Die französische Revolution wurde unvermeidlich herbeygeführt durch eine Kettenreihe von Begebenheiten und durch die Fortschritte der Cultur und Aufklärung«. (S. 245). Die Revolution ist ein Prozess. Sie hat Ursachen und Folgen. Und sie hat eine Geschichte. Um sie zu verstehen, muss man ihre Ursachen kennen und sich die Ausgangslage vor Augen führen.

Ein Interpretationsproblem bietet allerdings der letzte Abschnitt, der Appell an die deutschen Monarchen und Fürsten, die Reformen in Angriff zu nehmen, die Knigge für notwendig hält, um einer Revolution in Deutschland vorzubeugen. Manche Kritiker sehen in diesem Abschnitt den Ausdruck einer Absicherung gegen eine Reaktion seiner Vorgesetzten. Andere gehen so weit, darin ein Geständnis sehen zu wollen: Knigge selbst sei es, der sein politisches Engagement relativiere. Dieser Appell an die Fürsten steht im Zusammenhang mit Knigges Verständnis der Revolution als Folge der Aufklärung. Das heißt nicht, dass sie keine rein geschichtlichen Ursachen hat. Die Aufklärung ist auch in einen geschichtlichen Prozess eingebunden. Diese Überzeugung hat Knigge im Illuminatenorden gewonnen. Die Aufklärung macht die Missstände sichtbar und trägt somit zu ihrer Abschaffung bei. Man darf aber nicht vergessen, dass das Wort »Cultur« hier wenig mit Bildung zu tun hat. Die Bedeutung der Aufklärung liegt nicht primär in ihrem Bezug auf die geistige Bildung, sondern auf die Möglichkeit, sich eine solche anzueignen. Sie ist in erster Linie eine Emanzipationsbewegung, wenn auch eine elitäre. Wenn Knigge den Fürsten sagt: »Rükket mit fort in der Cultur«, meint er zunächst den emanzipatorischen Aspekt der Aufklärung. Sein Verständnis der Revolution ist nichts anderes als die Feststellung, dass sie ein Akt der Befreiung ist.

Er weiß sehr gut, dass der historisch notwendige Befreiungsprozess gewaltsam sein kann, wenn seine Notwendigkeit nicht rechtzeitig wahrgenommen wird. Das Hauptrisiko dabei ist die Anarchie, die übrigens das revolutionäre Frankreich auch bedroht. Die Furcht vor der Anarchie ist ein wesentliches Element des politischen Denkens in jener Zeit, und besonders Knigge fürchtete sie. Für ihn ist sie die Kehrseite der Gewalt. Er gibt offen zu, dass eine solch radikale Umwälzung wie die Französische Revolution die Gewalt nicht ausschließt. Er hat sogar Verständnis für die »Schurken«, die einige Profiteure der alten Ordnung aufknüpfen. Aber man muss diese Ausschreitungen als Begleiterscheinung einer Verzweiflung begreifen, deren Ursache in jahrhundertelangen Misshandlungen liegt. Diese Verzweiflung hat nichts mit Moral zu tun, sondern ist Teil des geschichtlichen Prozesses. Wenn die Ursache der Verzweiflung beseitigt sein wird, wird es keine Gewalt mehr geben. Knigge erscheint hier als ein optimistischer Aufklärer. Sein Appell an die deutschen Fürsten ist keine Unterwerfung, sondern eine Hoffnung: Wenn die Fürsten auf die Stimme des Volkes hören, wird in Deutschland keine Revolution ausbrechen. Ob er daran glaubte, ist eine andere Frage, die keiner für ihn beantworten kann.

Knigge war im Grunde ein »Democrat«, aber nicht im zimmermannschen, sondern im heutigen Sinne. Seine Bewunderung der Revolution führt immer wieder auf die Arbeit der ersten französischen Nationalversammlung, der Assemblée Nationale Constituante, zurück, und auf ihr Werk, die erste Verfassung Frankreichs. Er hat den Terror nie akzeptiert, auch wenn er seine Ursachen verstanden hat. Aber die Schuld daran gab er nicht dem Volk, sondern seinen Unterdrückern.

Pierre-André Bois

Josephs von Wurmbrand politisches Glaubensbekenntniß, mit Hinsicht auf die französische Revolution und deren Folgen erschien im März 1792. Das Titelblatt nannte keinen Verfasser, als Druckorte wurden Frankfurt und Leipzig, als Erscheinungsjahr 1792 angegeben. Aber in einer beigefügten Vorrede (datiert Februar 1792) gibt Knigge seine Autorschaft ohne Zweifel zu erkennen. In der Tat wurde der *Wurmbrand* von dem Verleger Christian Friedrich Helwing in Hannover herausgegeben, der eine Strafe von 300 Reichsthalern zahlen musste, weil das Buch nicht der Zensur vorgelegt worden war.

Dass Knigge große Sympathien für die Französische Revolution hegte, wussten seine Leser seit *Benjamin Noldmann's Geschichte der Aufklärung in Abyssinien* (1791, SW, Bd. 14; in dieser Ausgabe Bd. 3). Im neuen Buch wird Wurmbrand als Vetter Noldmanns eingeführt. Der *Noldmann* war aber eine Utopie. Im *Wurmbrand* befasste sich Knigge mit dem brisanten Fall der Revolution in Frankreich. Sein Buch führte in intellektuellen Kreisen zu heftigen politischen Debatten. Der Leser konnte hier in aller Deutlichkeit erfahren, wo die politischen Sympathien des adligen Staatsbeamten lagen: die Revolution in Frankreich hält Knigge für eine »der ganzen Menschheit wichtige Angelegenheit«. Sie hatte ihren König allerdings noch nicht getötet, ihn jedoch total entmachtet und den Adel abgeschafft. Mit dem *Schaafskopf* hatte Knigge die Schwächen der monarchischen Herrschaft zeigen wollen, jetzt schien er sich am monarchischen Prinzip selbst zu vergreifen. Es wundert nicht, dass Knigges Buch gelesen, rezensiert und nachgedruckt wurde.

Für seine Gegner, an der Spitze Johann Georg Zimmermann, war der *Wurmbrand* eine Erweiterung des *Schaafskopf*. Im 2. Band der *Wiener Zeitschrift* hatte er Knigge schon »Democrat« und »Revolutionsprediger« genannt. Der *Wurmbrand* inspirierte ihn zu einem zweiten Artikel: »*Politisches Glaubensbekenntniß des Kaiserlich Abissinischen Exministers, jetzigen Chur-braunschweigischen Oberhauptmanns und Notarii caesarii publici in der Reichsstadt Bremen Adolphs; Freiherrn Knigge im Auszug mitgeteilt, von dem Hofrath und Ritter von Zimmermann in Hannover*« (*Wiener Zeitschrift*, Bd. 3, H. 7, 1792). Die Polemik blieb nicht auf der privaten Ebene. Neben der 1792 vom Wiener Professor für deutsche Literatur Leopold Alois Hoffmann (1748-1806) gegründeten *Wiener Zeitschrift* gab es auch Rezensionen, die ein weitaus größeres Publikum erreichten. Die geschätzte *Allgemeine Literatur-Zeitung* in Jena veröffentlichte einen Artikel von August Wilhelm Rehberg aus Hannover, der den *Wurmbrand* als »eine schlecht maskirte Empfehlung der Revolution« verriss (*ALZ*, 3.10.1792, Nr. 261). Er legte der Obrigkeit nahe, ein Diziplinarverfahren gegen Knigge einzuleiten. Knigges

Hierarchie hatte sich schon am 2.7.1792 eingeschaltet: der Hannoversche Geheimrat Christian Ludwig August von Arnßwaldt warf ihm vor, eine »äußerst anstößige Schrift« herausgegeben zu haben. Knigge wurde ermahnt, »in und außer Lande« nichts mehr zu veröffentlichen, was nicht vorher »gehörig« der Zensur vorgelegt worden sei. Also ein Publikationsverbot für politische Texte.
Knigges Freunde reagierten aber ihrerseits auch. Auf die Rezension von Hardenberg antwortete der Kieler Privatdozent Johann Heinrich Meyer (1766-1839) mit einer Verteidigungsschrift (*Gerechtigkeit über die Ungerechtigkeiten gegen Knigge, in der allgemeinen Literaturzeitung vom dritten October 1792. Ein Buch über eine Recension*, Kiel 1793). Ein anderer Freund, der Diplomat Woldemar Friedrich Graf von Schmettow (1749-1794), verfasste eine kleine Schrift, betitelt *Unmasgeblicher Vorschlag veranlaßt durch Nr. 261, der Jenaischen Litteratur-Zeitung, vom Jahre 1792* (nach seinem Tod in *Kleine Schriften* publiziert, Altona 1795). Weitere Rezensionen: *Oberdeutsche allgemeine Literatur-Zeitung* (Bd. 2, 1792); *Erfurtische gelehrte Zeitung* (1792); *Neue Leipziger gelehrte Anzeigen* (1792); *Tübingische gelehrte Anzeigen* (1793); *Neue allgemeine deutsche Bibliothek*, Bd. 28 (1797).
Ein Nachdruck des *Wurmbrand* wurde 1792 veröffentlicht. Im selben Jahr erschien eine Übersetzung ins Holländische (Doordrecht 1792). Es gibt mehrere moderne Neuausgaben des Buchs: Gerhard Steiner Frankfurt a. M. 1968; Hedwig Voegt in ihrer Werkauswahl *Der Traum des Herrn Brick. Essays, Satiren, Utopien*, Berlin 1968, 2. Aufl. 1979; der Reprint in Bd. 15 der von Paul Raabe herausgegebenen SW; in Bd. 8 der von Wolfgang Fenner herausgegebenen AW; in *Adolph Freiherr Knigge in Bremen*, herausgegeben und kommentiert von Michael Rüppel und Walter Weber, Bremen 1996.
Die Textgestalt dieser Ausgabe folgt der Erstausgabe. Der historische Lautstand blieb ebenso unverändert wie die Grammatik. Offensichtliche Druckfehler wurden stillschweigend korrigiert.
Hervorhebungen des Originals werden *kursiv* wiedergegeben, die Verwendung von Antiqua bei fremdsprachigen Wörtern und Zitaten wird durch Groteskschrift gekennzeichnet, Sperrdruck bleibt erhalten.

Verwendete Siglen:

AW Adolph Freiherr Knigge: Ausgewählte Werke in zehn Bänden. Im Auftrag der Adolph-Freiherr-von-Knigge-Gesellschaft zu Hannover hrsg. von Wolfgang Fenner. Hannover 1991-1996.

SW Adolph Freiherr Knigge: Sämtliche Werke. In Zusammenarbeit mit Ernst-Otto Fehn u.a. hrsg. von Paul Raabe. Nendeln/Liechtenstein 1978 bzw. München, London, New York, Paris 1992-1993.

WZ Wiener Zeitschrift.

213 *der wienerischen Zeitschrift*] Die *Wiener Zeitschrift*, ein revolutionsfeindliches Journal wurde von Leopold Alois Hoffmann (1748-1806), Professor der deutschen Sprache in Wien, herausgegeben und erschien von 1792 bis 1793.
dem hamburgischen Correspondenten] Gemeint ist die seit 1731 in Hamburg erscheinende *Staats- und Gelehrte Zeitung des Hamburgischen unpartheyischen Correspondenten.*
des Kaisers Majestät] Kaiser Leopold II. (1747-1792), der Nachfolger von Joseph II.
einige Männer, für welche ich Achtung hege] Über Knigges Freunde und den liberalen Hamburger Kreis siehe S. 425f.
eine schändliche Lüge von mir] Hoffmann hatte im 2. Stück der WZ einen Artikel veröffentlicht (*Eine aktenmäßige Warnung für leicht zu täuschende Menschen*, Bd. 1, 1792, S. 160-179), in dem er Knigge als Bundesgenossen des radikalen Aufklärers Karl Friedrich Bahrdt (1741-1792) und als Mitbegünder von dessen Deutscher Union denunzierte. Knigge dementierte diese Darstellung in mehreren Zeitungen (s. SW, Bd. 21, Register, S. 200f.). Nach Bahrdts Tod wurde dessen Briefwechsel veröffentlicht, in dem sich allerdings Briefe Knigges befinden, die sein Interesse für Bahrdts Projekt bekunden, jedoch deutlich zeigen, dass er weder Mitglied noch Mitbegünder der Deutschen Union gewesen ist. Die hier kommentierte Behauptung muss als Schutz verstanden werden.

214 *in einem Lande einheimisch*] das Kurfürstentum Hannover, dessen Landesherr der König von England (Georg III., 1760-1820) war.
ich habe ehemals Gelegenheit gehabt ... in der Nähe zu sehen] Knigge stand 1772-1775 als Hofjunker in Diensten des Landgrafen Friedrich von Hessen-Kassel, war danach »Maître des plaisirs« am Hof von dessen Sohn Wilhelm in der Grafschaft Hanau, wo er u.a. mehrere Theateraufführungen organisierte. Im *Roman meines Lebens* (anonym erschienen, 4 Teile, Riga [Frankfurt a.M.] 1781-1783; SW Bd. 1-2) schilderte er die »Greuel des Despotismus«. Vgl. einen Brief vom 7.6.1787: »Der erste Theil war geschrieben, [...] um über gewisse Hof-Scenen, in welche ich verwickelt gewesen, das wahre Licht zu verbreiten.«
eine demokratische Verfassung] eine aus dem allgemeinen Wahlrecht entstandene Verfassung.
enragés] (frz.) Wütende. So wurden diejenigen Revolutionäre genannt, die für radikale soziale Reformen kämpften.

217 *Gentilhomme de la Chambre*] (frz.) Kammerherr.

217 *Gondar*] die damalige Hauptstadt des abyssinischen Reichs.
Geschichte der Aufklärung in Abyssinien] Knigges Roman *Benjamin Noldmann's Geschichte der Aufklärung in Abyssinien, oder Nachricht von seinem und seines Herrn Vetter Aufenthalte an dem Hofe des Großen Negus, oder Priesters Johannes*, 2 Teile (Göttingen 1791; SW, Bd. 14; in dieser Ausgabe Bd. 3). Die Figur von Wurmbrand tritt darin als Vetter Noldmanns auf.
Gentilhomme ordinaire de la Chambre] (frz.) einfacher Kammerherr.
Herr von Voltaire] François-Marie Arouet, genannt (de) Voltaire (1694-1778), frz. Aufklärer und Schriftsteller.
ahnden] (veraltet) ahnen, empfinden.
Residenten] Gesandte.

218 *des Societäts-Vertrags*] Hinweis auf das Buch des frz. Aufklärers Jean-Jacques Rousseau (1712-1778), *Du Contrat social ou Principes du droit politique* (1762, dt. 1763: *Der gesellschaftliche Vertrag oder die Grundregeln des allgemeinen Staatsrechts*).

219 *seines abyssinischen Prinzen*] Im 2. Teil von *Noldmann's Geschichte der Aufklärung [...]* wird eine demokratische Verfassung vom aufgeklärten Sohn des Negus (Königs) ausgearbeitet.
Constitution] Verfassung.
Man kann gegen Misbräuche ... seine eigenen Fehler nicht miskennen] Diese Textpassage ist eine Rechtfertigung Knigges, der als Oberhauptmann in Bremen seine Pflichten äußerst loyal erfüllte. Siehe sein *Tagebuch oder meine Amts-Verrichtungen als Oberhauptmann in Bremen, angefangen bey Antritt meines Dienstes, im September 1790*, in *Adolph Freiherr Knigge in Bremen*, hrsg. und kommentiert von M. Rüppel und W. Weber, Bremen 1996, S. 47-68.

220 *der philosophische Schriftsteller muß über alles raisonniren dürfen*] Kant hatte 1783 in seinem Aufsatz *Beantwortung der Frage: Was ist Aufklärung?* geschrieben: »räsoniert, so viel ihr wollt und worüber ihr wollt; nur gehorcht!«
die Ankündigung einer periodischen Schrift] Das Ankündigungsprospekt der WZ war datiert vom 9.11.1791.
einige niedrige, sklavische Schmeichler ... Pensionen und andre Vortheile zu erringen] Gemeint sind v.a. Alois Hoffmann und der konservative Publizist Gottlob Benedikt von Schirach (1743-1804), Herausgeber des *Politischen Journals*. Schirach hatte eine Zulage erhalten, durch welche seine Pension von 800 auf 1200 Thaler aufgebessert wurde. Auch Hoffmann stand im nicht unbegründeten Verdacht, dem Wiener Hof bezahlte Dienste zu erweisen.

222 *Ludwig des Vierzehnten*] (1638-1715), seit 1643 König von Frankreich.

223 *determiniren*] bestimmen.
scientifischen] wissenschaftlichen.
Amerion] Der italienische Kaufmann und Seefahrer Amerigo Vespucci (1451-1512) bereiste zwischen 1497 und 1504 die Ostküste Südamerikas. Nach ihm wurden die beiden amerikanischen Kontinente benannt.
Contrakte] Verträge.
224 *dem ... Fähndrich Anburey*] Thomas Anburey (1759-1840), Offizier bei der britischen Armee in Nord-Amerika, Autor eine Reisebeschreibung, die Georg Forster u. d. T. *Anburey's Reisen im inneren Amerika* ins Deutsche übersetzte (Berlin 1792).
der Herr Geheimerath Forster] (Johann) Georg (Adam) Forster, Naturforscher und Schriftsteller (1754-1794). Er war ein glühender Bewunderer der Französischen Revolution und 1792 einer der Mitbegründer der Mainzer Republik. Er starb in Paris.
retiriren] sich nach einer verlorenen Schlacht wohlgeordnet zurückziehen.
deployiren] aus geschlossener Kolonne aufmarschieren.
des Congresses] Am 4. Juli 1776 hatten die britischen Kolonien in Nord-Amerika ihre Unabhängigkeit erklärt und den Kongress als Volksvertretung der Vereinigten Staaten geschaffen.
225 *einen ehrenvollen Frieden*] Der Vertrag von Paris (1783), der die Unabhängigkeit der Vereinigten Staaten anerkannte.
ohne gemeinschaftliches einzelnes Oberhaupt] Der erste Präsident der Vereinigten Staaten, George Washington, wurde 1789 gewählt.
Polizey] Verwaltung der öffentlichen Angelegenheiten.
227 *Brissac*] Charles II de Cossé-Brissac (1562-1621) bekämpfte die Hugenotten während der Religionskriege in Frankreich.
Heinrich der Vierte] 1553 geboren, folgte 1589 als erster protestantischer Vertreter des verwandten Hauses Bourbon auf den kinderlosen katholischen Valois Heinrich III., konnte jedoch erst nach seiner Bekehrung zum Katholizismus (1593) den Thron besteigen. Er wurde 1610 ermordet.
228 *einem Kriege Aller gegen Alle*] Hinweis auf den englischen Philosophen Thomas Hobbes (1588-1679), der im Vorwort zum dritten Teil seines Hauptwerkes *Elemente der Philosophie* (1642-58) geschrieben hatte: »Darauf zeige ich nun, daß der Zustand der Menschen außerhalb der bürgerlichen Gesellschaft (den ich den Naturzustand zu nennen mir erlaube) nur der Krieg aller gegen alle ist [...].«
Impunität] Straffreiheit.
230 *Theokratien*] Eine Theokratie (Gottesherrschaft) ist eine ausschließlich religiös legitimierte Herrschaft.
Unter den zahlreichen Geschenken ... nicht am schlechtesten

angelegt seyn] Knigges Güter waren mit einer ererbten Schuld von 100000 Talern belastet und deswegen sequestriert. Er schrieb oft »ums Brot«, bis er 1790 die Anstellung mit festem Gehalt als Oberhauptmann erhielt. Seine Güter konnten erst nach seinem Tod (1796) freigekauft werden.

231 *des fürchterlichsten orientalischen Despotismus*] Der Orient wurde, besonders in (aus Tarnungsgründen gegen die Zensur) dort angesiedelten zeitkritischen Romanen, als Musterbeispiel eines ausschweifenden und grausamen Despotismus dargestellt.

dem Hause Valois] die seit 1328 aus den direkten Kapetingern stammende zweite Dynastie des frz. Königreichs. Sie erlosch 1589 mit dem Mord an Heinrich III.

Ludwig des Eilften] (1423-1483), König von Frankreich seit 1461. Er schlug mehrere Revolten der adligen Vasallen nieder und galt als falsch und (nicht ganz zu Recht) als besonders grausam.

des verächtlichen Carls des Neunten] (1550-1574), frz. König seit 1560. Unter seiner Regierungszeit begannen die Religionskriege (1562-1598). In der Bartholomäusnacht vom 23./24. August 1572 geschah das Massaker der Hugenotten, das er zwar nicht initiierte, an dem er sich jedoch persönlich beteiligte.

Der große, edle Heinrich] Heinrich IV. (1553-1610). Ihm gelang es, den inneren Frieden und die desolate Landwirtschaft wiederherzustellen. 1598 erließ er das Toleranzedikt von Nantes.

Die männlichen und weiblichen Vormünder des ... schwachen Ludwig des Dreizehnten] Ludwig XIII. (1601-1643), seit 1610 frz. König. Während seiner Minderjährigheit (1610-1613) übernahm seine Mutter Maria de Medici (1573-1642) die Regentschaft. 1614-1617 überließ er die Staatsgeschäfte dem von seiner Mutter unterstützten korrupten Concini. 1624 berief er den Kardinal Richelieu (1583-1642) zum leitenden Minister.

232 *den Monarchen Mazarin*] Der Kardinal Mazarin (eigtl. Giulio Mazarini, 1602-1661) war bis zu seinem Tod der Nachfolger von Richelieu. Seine Liebe zum Luxus war sprichwörtlich.

den kindisch eiteln Tyrannen ... geben ließ] Ludwig XIV. übernahm 1661 persönlich das Regiment seines Staates. Er ließ prächtige Monumente bauen, unterstützte Künste, Literatur und Theater, führte aber viele Kriege und hinterließ ein völlig ausgesogenes Land. Knigges Sicht von seiner Herrschaft muss vor allem im Kontext der Kriege auf deutschem Boden verstanden werden, insbesondere in der Pfalz, die mehrmals von französischen Truppen verwüstet wurde. Knigge erwähnt sie u.a. im *Roman meines Lebens* (SW, Bd. 2, S. 480f.), *Ueber Eigennutz und Undank*, ebd., Bd. 11, S. 309f.) und *Journal aus Urfstädt* (ebd., Bd. 17, S. 135).

232 *der magre Aachensche Frieden*] geschlossen 1668 nach dem Devolutionskrieg, unternommen, um Erbschaftsansprüche Frankreichs auf Teile der spanischen Niederlande zu behaupten, die nur zum Teil anerkannt wurden.

Wilhelm von Oranien] Wilhelm III. von Oranien (1650-1702), seit 1672 Stathouder (Statthalter) von Holland und 1688 König von England.

für Frankreich ebenso nachtheiligen Ryswikkischen Frieden] Er beendete 1697 ohne Eroberungen den 1688 ausgebrochenen Krieg gegen die 1686 entstandene Liga von Augsburg.

asiatische Palläste] große und prachtvolle Gebäude.

seine treuesten und fleißigsten Unterthanen ... in fremde Provinzen trug] die Zurücknahme des Toleranzedikts von Nantes (1685) bewirkte die Flucht von ca. 200000 frz. Hugenotten, die sich z.T. in mehreren deutschen Territorien niederlassen durften. Es waren überwiegend Kaufleute, Geistliche, Juristen, Militärs, Techniker, die beim Wiederaufbau nach den Verwüstungen des Dreißigjährigen Kriegs eine große Rolle spielten.

233 *im spanischen Successionskriege*] Der spanische Erbfolgekrieg (1701-1714) führte zwar zur Anerkennung von Ludwigs XIV. Enkel Philipp V. als König von Spanien, hatte aber das Abtreten Frankreichs als stärkster europäischer Macht zugunsten Großbritanniens zur Folge.

der alten Vettel] die alte, unordentliche Frau. Knigge meint hier Françoise d'Aubigné, Marquise de Maintenon (1635-1719), die 1688 Ludwig XIV. heimlich heiratete. Sie war sehr fromm und billigte die Verfolgung der Hugenotten.

Vitellien, Diokletiane und Heliogabeln] Aulus Vitellius (reg. 69), Gaius Jovius Aurelius Valerius Diocletianus (reg. 284-305) und Varius Avitus Bassianus Heliogabalus (reg. 218-222), römische Kaiser. Vitellius war berüchtigt für seine Brutalität, Diocletian leitete eine blutige Christenverfolgung ein und Heliogabal war ein besonders grausamer Tyrann.

234 *des Herzogs von Orleans*] Der Herzog Philipp II. von Orléans (1674-1723), Großvetter Luwigs XIV., übernahm nach dessen Tod (1715) die Regentschaft für Ludwig XV. Unter seiner Regierung erreichten Korruption und Währungsmanipulationen ein bis dahin unbekanntes Ausmaß.

Ludwig des Funfzehnten] (1710-1774), Urenkel Ludwigs XIV., seit 1715 König von Frankreich.

der Dame Pompadour] Antoinette Poisson, Dame Le Normant d'Etiolles (1721-1764), berühmte Mätresse Luwigs XV., die zur Marquise de Pompadour erhoben wurde.

235 *lettres de cachet*] (frz.) willkürliche Haftbefehle des Königs ohne Begründung und Angabe der Haftdauer.

235 *Ludwig der Sechzehnte*] geb. 1754, 1774 Nachfolger Ludwigs XV. Am 21. Januar 1793 hingerichtet.

236 *die Königin*] Marie-Antoinette, geb. 1755, Tochter Kaisers Franz I. und der Kaiserin Maria Theresia, heiratete 1770 den späteren Ludwig XVI. Am 16. Oktober 1793 hingerichtet.

Nun berief man denn endlich die Stände des Reichs] Ludwig XVI. beschloss am 2. August 1788, die Generalstände (*États généraux*) zum 1. Mai 1789 zuzammenzurufen, um eine Lösung für die Überwindung der Finanznot zu finden.

der tiers état] (frz.) Der dritte Stand (die Laien und die Nicht-Adligen) umfasste 97% der Bevölkerung.

taxiren] besteuern.

237 *daß die Deputirten zwar ihre Vollmachten überschritten sind*] Am 17. Juni 1789 proklamierte sich der dritte Stand zur Nationalversammlung (*Assemblée Nationale*) und forderte die beiden anderen Stände auf, sich ihr anzuschließen. Ludwig musste am 27. Juni seine Einwilligung geben. Am 7. Juli proklamierte sich die Nationalversammlung zur *Assemblée Nationale Constituante* (Verfassunggebende Nationalversammlung).

der zweyten Versammlung ... leider! Jünglinge] die Gesetzgebende Versammlung (*Assemblée Législative*), die der neuen Verfassung gemäß die Konstituante am 1. Oktober 1791 ablöste. Die ausscheidenden Mitglieder der Konstituante durften nicht kandidieren, und viele von den 745 neuen Deputierten waren unter 40 Jahre alt.

238 *durch eine Cont.-Revolution und die Einmischung der übrigen europäischen Mächte*] Die ausgewanderten Adligen riefen zu einer Konterrevolution auf, während die europäischen Mächte (vor allem Preußen und Großbritannien) sich abwartend verhielten.

239 *der Herr Rath Campe*] Der braunschweigische Pädagoge und Publizist Joachim Heinrich Campe (1746-1818) war im August 1789 nach Paris gereist und schilderte mit großer Begeisterung die dortigen Ereignisse in Beiträgen für das *Braunschweigische Journal*, die er dann in seinem bis 1792 mehrfach gedruckten Buch *Briefe aus Paris während der französischen Revolution* veröffentlichte. Knigge hatte sich 1788-1789 über pädagogische Fragen mit ihm überworfen (s. Knigges *Briefe über die neuere Erziehungsart*, in *Vermischte Schriften*, SW, Bd. 16, S. 35-68, und die Polemik mit Campe und Trapp, ebd. Bd. 21, , S. 149-213. Campes Beiträge erschienen im *Jahrbuch für die Menschheit* 2. und 3. St., 1788 und im BJ, 1. St., 1789). Jedoch teilten beide Männer eine ähnliche Einstellung zur Französichen Revolution. In einem versöhnlichen Brief (26.6.1792) bedankte sich Campe bei Knigge für die positive Erwähnung im *Wurm-*

brand, zwischen beiden entwickelte sich seitdem ein freundschaftliches Verhältnis.

239 *die ganze Nation, zu einem herrlichen Feste vereinigt*] Hinweis auf das Föderationsfest am 14. Juli 1790 in Paris. Am selben Tage fand, organisiert von dem Kaufmann Heinrich Sieveking auf seinem Landgut in Harvestehude, ein Fest zur Ehre der Französischen Revolution statt, an dem Knigge teilnahm. Er schilderte seine Eindrücke am folgenden Tag in einem begeisterten Brief an seine Tochter Philippine. Das Fest fand ein großes Echo in der norddeutschen Presse.

um den Altar der Freiheit den Reyhen tanzen] Der Reigen (Reyen) war ein volkstümlicher Ausdruck der Freude (vgl. den »Ringeltanz in Reyen«).

240 *ein feiler unberühmter Fürsten-Schmeichler*] Gemeint ist Alois Hoffmann; siehe Erl. zu S. 213 (*der wienerischen Zeitschrift*).

einer gewissen, sehr bekannten Gesellschaft] der Geheimbund der Gold- und Rosenkreuzer, der in der Umgebung des preußischen Königs Friedrich Wilhelm II. intrigierte und eine entscheidende Verantwortung für dessen antiaufklärerisches Religions-Edikt von 1788 trug.

schließt sich einer von denen an ihn an, die ... eingebüßt haben] Gemeint ist ein Emigrant auf der Flucht aus Frankreich.

241 *Discipuli*] (lat.) Schüler.

Bakulum] (lat.) baculum: Stock.

243 *der Sophist Burke*] Der britische Politiker und Schriftsteller Edmund Burke (1729-1797). Er hatte 1790 eine heftige antirevolutionäre Schrift verfasst, u. d. T. *Reflections on the Revolution in France, and on the Proceedings in Certain Societies in London relative to that Event. In a Letter intended to have been sent to a Gentleman in Paris.* Sie wurde auszugsweise schon 1791 ins Deutsche übersetzt, 1793 gab der Publizist Friedrich Gentz (1764-1832) die erste vollständige deutsche Übertragung, versehen mit revolutionsfeindlichen Anmerkungen, heraus.

Die Widerlegung, womit der edle Paine ihn zu Boden geschlagen hat] Der englische Publizist und Vorkämpfer für die amerikanische Unabhängigkeit Thomas Paine (1737-1809) antwortete auf Burkes Schrift mit *The Rigths of Man* (1791), die ein großes Echo in Deutschland fanden. Knigge wurde in den Artikeln der WZ als Wortführer Paines verunglimpft.

die vereinigten Niederlande] Die Vereinigten Provinzen (Holland und andere niederl. Provinzen) bildeten eine Republik, seit dem 17. Jahrhundert konzentrierte jedoch der Generalstatthalter die ganze Macht in seinen Händen.

In der Schweiz ... über fremde Verfassungen auf] Die 13 schweizerischen Kantone hatten je nach dem ständischen Ursprung und dem wirtschaftlichen Gewicht der regierenden Ratsherren sehr unterschiedliche Verfassungen und verhielten sich zu den europäischen Angelegenheiten weitgehend neutral.

243 *In den italienischen Freystaaten*] die Republiken Venedig und Genua.

den teutschen kleinen Freystaaten] Gemeint sind die Frei- und Reichsstädte, darunter Hamburg und Bremen. In beiden Städten hatte Knigge Freunde, besonders in Hamburg.

244 *Fayette ... den Franzosen ihre errungene Unabhängigkeit*] Marie-Joseph Paul Yves Roch Gilbert du Motier, Marquis de La Fayette (1757-1834), frz. Offizier. Er ging 1777 nach Amerika und nahm in der nordamerikanischen Armee als Generalmajor an den Kämpfen um die Unabhängigkeit teil. Es gelang ihm, Ludwig XVI. dazu zu bewegen, die Rebellen (*Insurgenten*) mit Schiffen, Waffen und Geld zu unterstützen. 1789 schloss er sich in Paris dem dritten Stand an und wurde zum Kommandanten der bügerlichen Nationalgarde.

245 *der merkwürdigen Vorfälle vom fünften und sechsten October*] Am 5. Oktober 1789 zogen tausende von Frauen, denen sich die Nationalgarde anschloss, nach Versailles, erstürmten das Schloss und bewirkten am 6. Oktober die Rückführung des Königspaars nach Paris.

Verkehrte Maaßregeln ... bewirkten Gewaltthätigkeit] Um die Königin intrigierte eine Gruppe von radikalen Gegnern der Revolution, die dem schwachen König eine lavierende und oft provozierende Politik einredeten.

246 *Louvois*] François Michel Le Tellier, Marquis de Louvois (1641-1691), Ludwigs XIV. Kriegsminister. Er setzte sich für dessen Eroberungskrieg gegen Holland ein (1672), war für die Verwüstungen der Pfalz (1674 und 1689) verantwortlich und regte 1685 die Aufhebung des Toleranzediktes von Nantes an.

der Kampf um diesen Felsen] 1779-1782 hatten die Spanier unter schweren Verlusten vergeblich versucht, Gibraltar zurückzuerobern.

bey dem Matrosen-Pressen] eine besonders gewalttätige Art, Matrosen aus der Zivilbevölkerung ohne jede verwaltungsmäßige Prozedur zu rekrutieren.

In den Zeiten der Ligue] Während der frz. Religionskriege gründeten frz. Katholiken 1576 eine »Heilige Liga«, um gegen die Protestanten zu kämpfen.

Daß ein Landesvater ... Geld zu verdienen ist] eine in mehreren deutschen Territorien übliche Praxis. Der Landgraf von Hessen-Kassel verkaufte Tausende von den Landeskindern an England, das sie im Krieg gegen die Nordamerikaner einsetzte.

247 *vier und zwanzig Millionen*] die heutige Forschung bestätigt diese Einschätzung.

248 *die Abschaffung des Adels*] Die Konstituante verfügte sie am 19. Juni 1790 durch ein Dekret, das in die neue Verfassung übernommen wurde.

die Schmälerung der Einkünfte der Geistlichkeit] Am 2. November 1789 wurden die kirchlichen Güter der Nation zur Verfügung gestellt, mit der Einschränkung, dass für den Unterhalt der Priester und die Armenpflege gesorgt werde.

des römischen Bischofs] der Papst.

jus primae noctis] (lat.) Erstnachtsrecht. Im Mittelalter angebliches, jedoch nur gelegentlich bezeugtes, Recht des Grundherrn auf die erste Nacht mit der Braut eines Hörigen.

ob alle Contrakte, die auf unbestimmte Zeit geschlossen worden ... Herrschers-Recht u. d. gl. ?] Der Verfassungsentwurf in *Noldmann's Geschichte der Aufklärung in Abyssinien* sah eine Aktualisierung des neuen Gesetzbuchs »nach Ablauf einer gewissen, zu bestimmenden Zeit« vor (SW, Bd. 14, 2. Teil, S. 179; in dieser Ausgabe Bd. 3, S. 282).

249 *qua talis*] (lat.) als solcher.

die National-Güter] die Güter der Kirche und der Emigrierten. Sie wurden von der Nationalversammlung verkauft.

Schazze] Schätze.

dem berüchtigten rothen Buche] Register der geheimen Ausgaben der frz. Monarchie seit Ludwig XV. und Ludwig XVI., 1790 veröffentlicht.

250 *welche ehemals Aemter im Staate gekauft hatten*] Gemeint sind die Steuereintreiber, die Richter und die Offiziere.

weil sie es nicht für Papier hingeben wollen] Die verkauften Nationalgüter konnten mit »Assignaten« (*assignats*) bezahlt werden, einem Papiergeld, dessen Wert schnell sank. Sie wurden 1796 abgeschafft.

der Erz-Dieb Calonne] Charles Alexandre de Calonne (1734-1802), 1783-1787 Generalkontrolleur der Finanzen (Finanzminister), wurde von Ludwig XVI. wegen Veruntreuung von Staatsgeldern entlassen. Er spielte 1790-1792 eine führende Rolle in der Emigration.

251 *ihre schelmischen Anführer*] Gemeint sind die beiden Brüder Ludwigs XVI., der Graf von Provence (1755-1824, 1815 frz. König) und der Graf von Artois (1757-1836, 1824-1830 frz. König). Sie stellten ein Armeekorps unter dem Befehl des Prinzen von Condé (1736-1818) auf.

252 *rennt am Rheine durcheinander*] Die Emigrierten wurden vor der Kriegserklärung Frankreichs (April 1792) aus mehreren deutschen Territorien ausgewiesen.

252 *Marchands parfumeurs*] (frz.) Parfumhändler.
état major] (frz.) Generalstab.
argent content] (frz.) *argent comptant* = Bargeld.
Kardinals von Rohan Besizzungen] Louis René Edouard, prince de Rohan-Guémenée (1734-1803), der eine unrühmliche Rolle in der Halsbandaffäre (1785) gespielt hatte, war Fürsterzbischof von Straßburg. Er emigrierte 1791 in die rheinischen Teile seiner Diözese, die zu einem wichtigen Zentrum der frz. Emigration wurden.
die teutschen Reichsfürsten ... Güter hatten] die nach dem Westfälischen Frieden (1648) im Elsass possessionierten deutschen Fürsten. Nach dem Verlust ihrer Rechte 1789/90 verlangten sie vergeblich eine Entschädigung.
253 *Prästanda*] (lat.) Abgaben.
der weise Leopold ... zur Richtschnur nimmt] Kaiser Leopold II. verhielt sich gegenüber der Französischen Revolution eher zurückhaltend.
255 *die alten sogenannten Gottes-Gerichte*] eine Einrichtung, bei der die Schuld oder Unschuld eines Angeklagten aufgrund eines unmittelbaren Eingreifens der Gottheit als bewiesen galt.
Philipp der Andre] Philipp II. (1527-1598), seit 1556 König von Spanien.
seinem Herzoge von Alba] Fernando Álvarez de Toledo, Herzog von Alba (1507-1582), leitete als Kommandeur der spanischen Truppen eine blutige Repression gegen die aufständischen Niederlande.
Numa Pompilius] nach sagenhafter Überlieferung zweiter König Roms, der dessen langlebige religiöse und bürgerliche Institutionen geschaffen haben soll (7. Jh. v. Chr.).
seiner Göttin Egeria] Nymphe der röm. Mythologie, die als Frau des legendären Königs Numa Pompilius galt, nach dessen Tod vor Gram verhärmte und von Diana aus Mitleid in eine Quelle verwandelt wurde.
Lacedämonier] Spartaner. Ihre Mahlzeiten galten als besonders karg.
258 *toleriren heißt: sich das Recht anmaßen, zu erlauben; und da ist nichts zu erlauben*] Der von Knigge hochgeschätzte Thomas Paine hatte 1791 in seinen *Rights of Man* geschrieben: »Toleranz ist nicht das Gegenteil von Intoleranz, sondern ihre Verfälschung«. Während der Debatte um die *Erklärung der Menschen- und Bürgerrechte* (August 1789) hatte der große revolutionäre Redner Honoré Gabriel Riquetti de Mirabeau (1749-1791) vor der Konstituante das Wort Toleranz als »tyrannisch« bezeichnet, denn »tolerieren« lasse implizite denken, »dass man nicht tolerieren könnte«. Es ist nicht ausgeschlossen, dass

Knigge diese Formulierung in der aufgeklärten Presse gelesen hatte.

260 *philosophiren*] sich im Sinne der Aufklärung mit den religiösen, politischen und gesellschaftlichen Fragen auseinandersetzen.

261 *die religiöse Erziehung des Menschengeschlechts*] Hinweis auf Lessings Schrift *Die Erziehung des Menschengeschlechts* (1780).

Lessing] Gotthold Ephraim Lessing (1729-1781). Knigge weist in dieser Passage auf dessen philosophische und freimaurerische Schriften hin (u.a. *Ernst und Falk. Gespräche für Freimäurer*, 1778). 1778 hatte Knigge Lessing in Wolfenbüttel, wo dieser die Herzog-August-Bibliothek leitete, anlässlich eines bevorstehenden Konvents des Geheimbundes der Strikten Observanz besucht.

die Elementar-Bücher] Grundbücher für die frühe Erziehung.

262 *Wir sehen noch durch einen Spiegel ... ihn sehen, wer er ist*] Hinweis auf Paulus, 1. Brief an die Korinther (13,12): »Wir sehen jetzt durch einen Spiegel in einem dunkeln Wort; dann aber von Angesicht zu Angesicht«.

264 *caeteris paribus*] (lat.) unter im Übrigen gleichen Bedingungen.

266 *des gesellschaftlichen Vertrags*] Hinweis auf J.-J. Rousseaus Buch; siehe Erl. zu S. 218.

Das römische Recht] das kodifizierte geschriebene Recht der Römer, im Gegensatz zum Gewohnheitsrecht der feudalen Zeit. Seit dem 15. Jh. in das europäische Recht eingegangen, bildete es die juristische Grundlage der absolutistischen Herrschaft.

L. 1. in pr. D. de constitutionibus principum] (lat.) Lex prima in principis Digestorum de constitutionibus principum (»Erstes Gesetz im ersten Buch der Gesetzessammlung über die Rechtsstellung der Fürsten«); Textstelle aus dem *Corpus Iuris Civilis*.

Quod principi placuit, habet legis vigorem] (lat.) Was dem Fürsten gefällt, hat Gesetzeskraft.

267 *Executor*] Vollzieher.

268 *zwei Prinzen von Armagnac*] 1464-1477 rebellierten mehrere Vertreter des frz. adligen Hauses d'Armagnac gegen Ludwig XI. Jean d'Armagnac wurde 1473 von Soldaten des Königs ermordet, Jacques d'Armagnac 1477 enthauptet.

269 *Hurer*] Zuhälter.

Was kümmerte es die Schweden ... oder Stanislaus hieß?] Nach dem Tod des polnischen Königs August II. (1733) wurde sein Sohn, der sächsische Kurfürst August, zum König (1733-1763) gewählt. Die von Frankreich und Schweden unterstützten Ansprüche von Stanislaus Leszczynski (Ludwigs XV. Schwiegervater) auf die Krone verursachten einen fünfjährigen Erbfolgekrieg (1733-1738).

270 *in Italien einen Staat*] die Republik Venedig.

272 *des Herrn de l'Olme Roman*] der Genfer Publizist Jean-Louis Delolme (1740-1806) hatte *Constitutions de l'Angleterre, ou état du gouvernement anglais comparé avec la forme républicaine et avec les autres monarchies de l'Europe* (Amsterdam 1771, engl. 1775, dt. 1776) veröffentlicht. Knigge bezeichnet dieses berühmte Werk ironisch als einen Roman, wahrscheinlich weil es darin dem Autor darum ging, die Überlegenheit Englands über alle anderen europäischen Herrschaftssysteme zu zeigen.

273 *Pillori*] Pranger.

den Herrn von Archenholz] Der Publizist Johann Wilhelm von Archenholz (1743-1812) gab seit 1789 die *Annalen der Brittischen Geschichte* heraus. Die von Knigge im ganzen Absatz erwähnten Vorfälle und Beispiele betreffen England und sind der Lieferung vom Jahrgang 1790 (1791 veröffentlicht) entnommen; vgl. genaue Angaben in den *Wurmbrand*-Ausgaben von Gerhard Steiner (Frankfurt a. M. 1968, S. 117) und Wolfgang Fenner (AW, Bd. 10, S. 217).

im schwarzen Loche in Calcutta] Kerker in der brit. Festung dieser indischen Stadt.

Accise] eine Verbrauchssteuer.

einer philosophischen Gesezgebung] einer aufgeklärten vernünftigen Gesetzgebung.

Gemeinen] (im 18. Jh.) Gemeinden.

274 *Hazard-Spiele*] Glücksspiele.

275 *Prästanz*] Stärke, Leistungsfähigkeit.

per modum contrarium] (lat.) durch das Gegenteil angehen (und beweisen).

276 *materia peccans*] (lat.) Krankheitsstoff.

277 *mit jenes französischen Abts Vorschlägen zu einem ewigen Frieden*] Der frz. Abbé Charles Irénée Castel de Saint-Pierre (1658-1743) hatte ein *Projet pour rendre la Paix perpétuelle en Europe* (*Vorschlag zu einem ewigen Frieden in Europa*) veröffentlicht (Utrecht 1713), in dem er die Gründung eines europäischen Staatenbundes vorschlug.

278 *Scribler*] (engl. scribbler) Schreiberling.

Hoffmann und seines Gleichen] zu Alois Hoffmann siehe Erl. zu S. 213. Gemeint sind daneben Johann Georg Zimmermann und August von Kotzebue, die Knigge in ihren Schriften besonders niederträchtig beschimpften.

Professor des teutschen Styls ... ohne grammatikalische Fehler schreiben kann] Gemeint ist Alois Hoffmann, dem vom Publizisten Johann Baptist Alxinger (1755-1797) im *Antihoffmann* (1791) 14 solche Verstöße nachgewiesen wurden.

seinem albernen Journale] Gemeint ist die *Wiener Zeitschrift*.

280 *Tristan l'Hermite*] Louis Tristan L'Hermite (geb. Anfang des 15. Jh.s), skrupelloser und grausamer Großprofos (Oberrichter) und enger Vertrauter des frz. Königs Ludwig XI.
daß nun die Bastille nicht mehr ist] Bereits zwei Tage nach ihrer Erstürmung am 14. Juli 1789 wurde mit dem Abriss der Bastille begonnen, der im Oktober 1790 abgeschlossen war.

282 *daß man in diesem Erdenleben ... wird nicht leicht mit seinem Zustande unzufrieden werden*] Der ganze Absatz muss als ein Stück Autobiographie gelesen werden: Knigge verlor früh seine Eltern, wurde der strengen Aufsicht eines Kammersekretärs anvertraut, lernte an den Höfen von Kassel und Hanau die Unbeständigkeit fürstlicher Gnade kennen und konnte seine verschuldete Erbschaft nie antreten. Erst seine Anstellung im Dienst der hannoverschen Regierung (1790) verschaffte ihm eine gewisse, jedoch ständig bedrohte Sicherheit. Sein leidvolles Leben wird er vier Jahre später in einem Brief an »Aloys Blumauer« (in der Tat ein Wiener Spitzel) vom 21.1.1796 ausführlich schildern. Zu Knigges Biographie siehe Ingo Herrmann, *Knigge. Die Biografie*. Berlin 2007.

284 *Peter der Große*] (1672-1721) Zar von Russland, der sein Land mit eiserner Hand modernisierte.
Carl der Zwölfte] (1682-1718), König von Schweden, der ständig in Kriege gegen Dänemark, Polen und Russland verwickelt wurde, bis er selbst auf dem Schlachtfeld fiel.
das Muster aller Könige ... Friedrich der Einzige] Friedrich II., (1712-1786), seit 1740 König von Preußen. Er prägte die Formeln, der König sei »der erste Diener des Staates« und jeder solle »nach seiner Fasson selig werden«. Seine Reformen der Justiz, seine Toleranz für die aufklärerischen Schriften, sein Pflichtgefühl sowie sein bescheidener Lebensstil machten ihn zum Abgott seiner Generation, die ihm seine oft blutigen Kriege zwischen 1740 und 1763 verzieh.

285 *Hier in der freyen Reichsstadt, in der ich lebe*] Bremen.

286 *aus der Bibel beweisen ... gehorchen müssten*] vgl. den Brief von Paulus an die Römer, 13,10.
der vortreffliche Heinrich der Vierte ... einer solchen Verschwörung] Seine Ermordung wurde den Jesuiten angelastet, die er aus Frankreich ausgewiesen hatte.

287 *die Ihr Soldaten nennt ... den Krieg spielt*] Im *Roman meines Lebens* übt Knigge eine vernichtende Kritik an der gewaltigen »Zerstörungsmaschine«, die jeder Fürst, wäre sein Territorium auch noch so klein, »zu seinem Dienste bereit hat« (SW, Bd. 2, S. 34-38).

288 *Eure Cour- und Galla-Tage*] die Tage, an denen der Regent seinen Hof zu Festen einlädt.

288 *die Euch ... für Halbgötter ausgeben*] die Monarchen »von Gottes Gnaden«.

289 *der gute Kayser Joseph*] Joseph II. (1741-1790) trug seit 1765 den Kaisertitel, teilte jedoch die Funktion mit seiner Mutter Maria Theresia (1717-1780). Er förderte Reformen im Sinne der Aufklärung.

Was nicht in Teutschland gedruckt werden darf ... wird auswärts verlegt] hauptsächlich in Amsterdam.

290 *daß von dem Baume gut zu essen ... ist*] Parodie der biblischen Schöpfungsgeschichte und des Sündenfalls (1. Moses, 1-3).

die Landesstände] Vertretungen der Prälaten, des landsässigen Adels und der Städte, die theoretisch im Zusammenwirken mit den Landesherren regierten. Seit dem 17. Jh. wurden sie mit wenigen Ausnahmen nicht mehr einberufen.

Vezire, ... Paschas] hohe Beamte an orientalischen Höfen.

freylich ehemals bey des Kaysers von Abyssinien Majestät ... in Bopfingen] Siehe *Noldmann's Geschichte der Aufklärung in Abyssinien.*

Quaeritur] (lat.) die Frage ist.

opusculum] (lat.) Werkchen.

dixi, et liberaui animam meam] (lat.) ich habe gesprochen, und meine Seele befreit.

P.-A. B.

Nachwort

Rückblicke auf den, wenn Gott will,
für Teutschland nun bald geendigten Krieg.
Nebst einigen Erläuterungen, die Propaganda,
Jacobiner und Illuminaten betreffend.

Am 25. Mai 1795 schrieb Knigge an Sophie Reimarus in Hamburg: »Für den Genius d[er] Z[eit] hatte ich einen Aufsatz angefangen; allein ich glaube, er wird zu lang für ein Journal, vielleicht auch zu dreist geschrieben. Indessen glaube ich doch, daß der Inhalt dem Bedürfnisse der Zeit angemessen ist.« Daraus lassen sich die Entstehungszeit und ungefähr der Erscheinungszeitpunkt der *Rückblicke* schließen: Ende Mai arbeitete Knigge noch an dem Text. Folglich kann er nicht vor Sommer 1795 erschienen sein.

Als Knigge die *Rückblicke* verfasste, war er in einer ziemlich verzwickten Situation: Er hatte großen Zorn auf seine vorgesetzte Regierung, die ihn vier Wochen lang unter einem dienstlichen Vorwand nach Stade beordert hatte, und dies obwohl er krank und bettlägerig war. In Stade war er in einer Art Schutzhaft gehalten worden, isoliert und fern von seinem Wohn- und Dienstort Bremen. Anlass dafür, Knigge aus Bremen fortzuschaffen, war der Krieg mit Frankreich, der französische Truppen bis nach Norddeutschland geführt hatte. Englische und hannoversche Truppen besetzten Bremen. Die hannoversche Regierung fürchtete anscheinend, Knigge werde für die Gegenseite arbeiten und die Bevölkerung aufwiegeln, die unter dem Krieg litt, insbesondere unter den Einquartierungen. Auch nach dem Separatfrieden zwischen Frankreich und Preußen glaubte niemand ernsthaft an ein Ende der Kriegshandlungen.

Am 2. April 1795 kehrte Knigge gegen den Willen der Regierung und auf eigene Verantwortung nach Bremen zurück. Der Vorfall erregte großes Aufsehen. Selbst in der französischen Zeitung *Moniteur* wurde von Knigges angeblicher Verhaftung berichtet. Dieser reagierte nun auf zweierlei Weise: Einerseits versuchte er, die ganze Angelegenheit herunterzuspielen. Zwar habe ihn der *Moniteur*-Artikel »schamroth« gemacht, doch musste es für seine Vorgesetzten so aussehen, als habe er selbst die Kampagne angestoßen, und so bat er Freunde, beschwichtigende Nachrichten an die Presse weiterzugeben.

Andererseits erwachte sein Kampfgeist. Er schrieb später: »Aber dieser Vorfall hat mich dann auch wieder in Thätigkeit gesetzt. ›Das muß hinfort keinem redlichen Manne mehr begegnen dürfen, was mir begegnet ist. Es ist Zeit, dem Spiele ein Ende zu machen‹. So sprach ich zu mir selbst und beschloß, alle Schonung, alle Vorsicht aufzugeben.«[1] In der Folge entstanden zunächst die *Rückblicke* und später das *Manifest*, nachdem Knigge drei Jahre lang, nach der ihm auferlegten Zensur als Reaktion auf die Veröffentlichung des *Schaafskopf* und des *Wurmbrand* im Jahr 1792, eher zurückhaltend mit Publikationen zu politischen Fragen gewesen war.

Wolfgang Fenner

1 Brief an Blumauer vom 21.1.1796. In: August Fournier: Knigge und Blumauer. In: A. F.: Historische Studien und Skizzen. Dritte Reihe. Wien, Leipzig 1912, S. 26.

Zum Text

Knigges Schrift *Rückblicke* ist im Spätsommer oder Herbst 1795 mit dem fingierten Druckort »Coppenhagen« anonym erschienen. Die reaktionäre Zeitschrift *Eudämonia oder deutsches Volksglück* (2[1796], S. 128) vermutete Knigge als Autor, ebenso wie Knigges Hamburger Briefpartnerin Sophie Reimarus in einem Brief an Knigge vom 13.10.1795.

Die bei J. S. Ersch: Repertorium der deutschen Literatur für die Jahre 1791 bis 1795, Bd. I: VIII, 815, 1799 und Heinsius III, S. 447 angegebenen Bremer Verleger Wilmanns bzw. Müller dürften wohl kaum den Druck besorgt haben. Eher könnte dies, wie in SW, Bd. 24, S. 152 vermutet, über J. H. Campe in Braunschweig geschehen sein.

Einen Neudruck gab es erst wieder 1978 (Neuauflage 1992) in Bd. 15 der SW. Einen Teilnachdruck gab es schon 1796 in der Zeitschrift *Deutschland*, hrsg. von Johann Friedrich Reichardt (Bd. 2, 4. St., S. 151-155). Dem Rezensenten gefielen die *Rückblicke* so gut, dass er kurzerhand den 14. Punkt komplett nachdruckte, und zwar deswegen, weil der 13. ihm zu lang war.

Die Textgestalt dieser Ausgabe folgt der Erstausgabe. Der historische Lautstand blieb ebenso unverändert wie die Grammatik. Offensichtliche Druckfehler wurden stillschweigend korrigiert.

Hervorhebungen des Originals werden *kursiv* wiedergegeben, die Verwendung von Antiqua bei fremdsprachigen Wörtern und Zitaten wird durch Groteskschrift gekennzeichnet, Sperrdruck bleibt erhalten.

Verwendete Siglen:

AW Adolph Freiherr Knigge: Ausgewählte Werke in zehn Bänden. Im Auftrag der Adolph-Freiherr-von-Knigge-Gesellschaft zu Hannover hrsg. von Wolfgang Fenner. Hannover 1991-1996.

Heinsius Wilhelm Heinsius: Allgemeines Bücherlexikon oder vollständiges Alphabetisches Verzeichnis der von 1700 bis Ende 1892 erschienenen Bücher. Leipzig 1812, bey Joh. Friedr. Gleditsch; Leipzig F. A. Brockhaus (ab 1836).

SW Adolph Freiherr Knigge: Sämtliche Werke. In Zusammenarbeit mit Ernst-Otto Fehn u.a. hrsg. von Paul Raabe. Nendeln/Liechtenstein 1978 bzw. München, London, New York, Paris 1992-1993.

294 *besonders in Schriften*] Knigge meint hier wohl in erster Linie seine eigene Schrift *Josephs von Wurmbrand politisches Glaubensbekenntniß* (1792); abgedruckt in diesem Band S. 211ff.
296 *exercirt*] geübt, trainiert.
304 *Frankfurther Staats-Ristretto*] seit 1771 erscheinende Tageszeitung.
salva venia] (lat.) mit Verlaub.
politischen Journale] *Politisches Journal*, seit 1781 in Hamburg erscheinende, seit 1789 antirevolutionäre Zeitschrift mit weiter Verbreitung, hrsg. von Gottlob Benedikt von Schirach (1743-1804).
308 *unpartheyische Reisende*] Seit Beginn der Revolution sind in Deutschland zahlreiche gedruckte Reiseberichte erschienen, darunter auch solche von Knigges Freunden und Bekannten Joachim Heinrich Campe, Gerhard Anton von Halem und Johann Friedrich Reichardt.
Herr von Archenholz] Johann Wilhelm von Archenholz (1743-1812), Publizist, seit 1792 Hrsg. der Zeitschrift *Minerva*.
314 *Bernstorf*] Andreas Peter Graf von Bernstorff (1735-1797), aus Hannover stammender dänischer Minister, der für seine friedenserhaltende Diplomatie bekannt war.
Bella euitans ... Fortiter Firmat] (lat.) Kriege vermeidend stärkt er tapfer das Wohlergehen des Königs und der Nation, indem er jedermann ungefährdet denken lässt.
316 *Fayette*] Marie-Joseph du Motier, Marquis de Lafayette (1757-1834), frz. Politiker, 1791/92 Kommandeur in der frz. Armee.
Leuchsenring] Franz Michael Leuchsenring (1746-1827), hessen-darmstädtischer Hofrat; nach der Revolution Übersiedelung nach Paris.
318 *Letters, on the subject*] von Benjamin Vaughan; anon. Übers.: Briefe über das Fürsten-Bündniß zur Theilung von Pohlen und Frankreich. Von einem stillen Beobachter. Aus dem Englischen. Cölln [i.e. Zürich]: Hammer [i.e. Ziegler] 1794.
321 *Curialien*] Förmlichkeiten.
322 *Freyherr von Hagern*] recte: Hans Christoph Ernst Freiherr von Gagern (1766-1852), seit 1788 Gerichtspräsident und leitender Minister Nassaus.
der liebe Herr Rehberg] August Wilhelm Rehberg (1757-1836), konservativer Beamter und Publizist in Hannover.
Herr Hofrath und Professor Zimmermann] Eberhard August Wilhelm Zimmermann (1743-1815), Professor am Collegium Carolinum in Braunschweig.
zwey neuerlich erschienenen Schriften] *Ernste Hinsicht auf sein*

Vaterland bei Annäherung des Friedens von einem biedern Deutschen. Leipzig 1795, und *Frankreich und die Freistaaten von Nordamerika*. Berlin 1795.

326 *objectum executionis*] (lat.) hier: Objekt der Beschlagnahme.

327 *Charpie*] Zupfleinwand, auch Watte (ein Verbandmittel).

Schirache, Hoffmänner, Zimmermänner] drei extrem revolutionsfeindliche Publizisten: zu Schirach siehe Erl. zu S. 304; Leopold Alois Hoffmann (1748-1806), Herausgeber der *Wiener Zeitschrift*; in ihr publizierte Johann Georg Zimmermann (1728-1795), Leibarzt in Hannover, Artikel, mit denen er Knigges Person denunzierte.

329 *Philo*] Knigges Ordensname im Illuminatenorden.

330 *Maßregeln gegen die Studenten-Orden*] Im Juni 1793 verbot der Reichstag in Regensburg die Studentenorden.

Spartacus] Illuminatenordensname von Adam Weishaupt (1748-1830), dem Gründer des Illuminatenordens. Weishaupt floh nach dem Verbot des Ordens im Jahr 1785 nach Gotha, wo er unter dem Schutz des dortigen Herzogs als Hofrat eine Existenz fand.

331 *mysteriis diabolicis*] (lat.) teuflischen Geheimnissen.

Lojolaiten] Anhänger des Ignatius von Loyola (1491-1556), Stifter des Jesuitenordens.

die Bekanntmachung] die Veröffentlichungen *Einige Originalschriften des Illuminatenordens* und *Nachtrag von weitern Originalschriften*, beide München 1787, durch die bayerische Regierung.

agnoscirter] anerkannter.

332 *Schöpsen*] Schöps: Hammel, Schafskopf.

333 *kurz vor der Revolution*] Eine Reise des führenden Illuminaten Johann Joachim Christoph Bode (1730-1793) in Begleitung des Freimaurers und Illuminaten Christian Wilhelm von dem Bussche (1756-1817) zum Kongress des freimaurerischen Hochgradsystems der Philalethen in Paris im Jahr 1787, bei der Bode auch Illuminaten anwerben konnte, bildete einen Kern der nachrevolutionären konservativen Verschwörungstheorie, die das Wirken der Freimaurer und Illuminaten als Ursache des Ausbruchs der Französischen Revolution darstellte.

Nicolai] Friedrich Nicolai (1733-1811), Buchhändler und Verleger in Berlin, Herausgeber der *Allgemeinen deutschen Bibliothek*.

Herausgebern der berlinischen Monatsschrift] Friedrich Gedike (1754-1803) und Johann Erich Biester (1749-1816), Herausgeber der von 1783 bis 1796 erschienenen aufklärerischen »Berlinischen Monatsschrift«.

Bode] siehe Erl. oben (*kurz vor der Revolution*).

334 *Hofstätter*] Felix Franz Hofstätter (1741-1814), revolutionsfeindlicher österreichischer Schriftsteller.

Göchhausen] Ernst August Anton von Göchhausen (1740-1824), Geheimer Rat in Weimar, Mitarbeiter der konterrevolutionären Zeitschrift *Eudämonia oder deutsches Volksglück, ein Journal für Freunde von Wahrheit und Recht.*

ein Paar Schächer in Giessen] z.B. Ludwig Adolph Christian Grolmann (1741-1809), Regierungsdirektor, ebenfalls Mitarbeiter der *Eudämonia.*

Schirach, oder der entlarvte ...] *Schirach, oder der entlarvte Jakobiner. Eine für alle deutsche Fürsten hochwichtige Entdeckung*. Frankfurt u. Leipzig 1794 (anonym).

336 *Catalogus librorum prohibitorum*] (lat.) Katalog verbotener Bücher.

W. F.

Nachwort

Manifest einer nicht geheimen, sondern sehr öffentlichen Verbindung ächter Freunde der Wahrheit, Rechtschaffenheit und bürgerlichen Ordnung, an ihre Zeitgenossen.

Das *Manifest* erschien Anfang November 1795 mit dem fingierten Verlagsort Wien. Am 11. und 16. November sandte Knigge das Buch an die Eheleute Reimarus in Hamburg und an Andreas Georg Friedrich Rebmann. Am 24. Dezember erläuterte er Sophie Reimarus die Absicht des Werks: Es habe »eigentlich nur die Absicht, die Rotte der Verfinsterer in Furcht zu setzen. Man darf diese Bande keinen Augenblick in Ruhe lassen, muß sie durch den kleinen Krieg ermüden, und zur Verzweiflung bringen. Die Gedrückten und Verfolgten aber müssen mit Muth erfüllt werden und darum ist es gut, wenn sie glauben, daß eine Legion unerschrockener Männer sich zu ihrem Schutze verbunden habe«.

Knigges Situation ist von den gleichen Umständen geprägt wie bei der Veröffentlichung der *Rückblicke*, nämlich von Krankheit sowie dem Konflikt und den Repressalien, denen er nach seiner Rückkehr aus Verbannung nach Stade ausgesetzt war, und es scheint, dass er die im *Manifest* entworfene Organisation ernster genommen hat, als er Sophie Reimarus glauben machen will: Notizen für eine Reise im Sommer 1796 verraten, dass er sich vornahm, verschiedenen Freunden und Bekannten ein Exemplar des *Manifests* zu überreichen. Auch der obskure Briefwechsel ab Februar 1796 mit dem falschen Aloys Blumauer, hinter dem sich die

Wiener Polizei verbarg, legt eher den ernsten Willen Knigges zur Realisierung des Entwurfs nahe.[1] Unter dem Namen des aufklärerischen Wiener Schriftstellers Aloys Blumauer (1755-1798) begann die Wiener Polizei Ende Dezember 1795 einen Briefwechsel mit Knigge, um zum einen ihren Verdacht zu erhärten, dass Knigge der Autor des *Manifests* sei, und zum andern für diesen Fall die Namen von Knigges Mitstreitern in Erfahrung zu bringen.

Das erste Vorhaben gelang der Polizei: Am 21. Januar 1796 antwortete Knigge dem vermeintlichen Blumauer und gab sich als Verfasser zu erkennen. Auch erläutert er in diesem Brief noch einmal die damit verbundene Absicht, ähnlich wie Sophie Reimarus gegenüber, schließt daran aber Überlegungen zur Realisierung des Korrespondentenzirkels an. Er kenne »Männer bey Hunderten, die sich gern damit abgeben würden«, und zwar in »Hamburg, Bremen, Hannover, Celle, Braunschweig, Hildesheim, Cassel, Frankfurth, vielleicht auch Berlin«.[2] Doch der einzige Name, den Knigge nennt, ist der des ehemaligen Generals des Illuminatenordens, Adam Weishaupt. Ihn möchte Knigge nicht dabei haben, denn er sei »herrschsüchtig«. Im Süden Deutschlands und in Österreich solle Blumauer Teilnehmer anwerben.

Indessen verschlimmerte sich Knigges Krankheitszustand: Auf den nächsten Brief »Blumauers«, in dem dieser Namen zu wissen wünschte, antwortete Knigge erst am 14. April 1796. Es ist der letzte erhaltene Brief Knigges. Er berichtet darin von seiner o.e. geplanten Reise, von deren Ergebnis er im August berichten wolle, und dass er hoffe, bis »gegen den 1. October die Sache vollkommen in den Gang gebracht« zu haben. Nur drei Wochen später starb Knigge, makabrerweise zum Glück für diejenigen, deren Namen der Wiener Polizei zu nennen er nicht mehr in der Lage war.

1 Vgl. Aus einer alten Kiste. Hrsg. Hermann Klencke. Leipzig 1853, S. 82-88 und August Fournier: Knigge und Blumauer. In: A. F.: Historische Studien und Skizzen. Dritte Reihe. Wien u. Leipzig 1912, S. 17-29.

2 Fournier, a.a.O., S. 27.

Eines wird an dieser Korrespondenz deutlich, nämlich dass der Titel des *Manifests*, in dem von einer »nicht geheimen« Verbindung die Rede ist, zumindest nach heutigem Verständnis irreführend ist. Knigge hat das aber vermutlich durchaus aufrichtig gemeint. Der Begriff »Geheime Verbindungen« bedeutete für ihn eine bestimmte Form der Organisation, mit der er schon viele Erfahrungen gesammelt hatte, nämlich Vereinigungen mit einer festen hierarchischen Struktur und mit unbekannten Oberen, deren Anweisungen strikt zu befolgen man sich beim Eintritt schriftlich verpflichten musste. Beispiele sind etwa der Illuminaten- und der Rosenkreuzer-Orden. Außenstehenden waren gewöhnlich die Organisationsstruktur und die inneren Regeln dieser Gemeinschaften nicht bekannt.

Knigges nun geplante Gesellschaft dagegen legte ihren Organisationsplan im *Manifest* offen. Hierarchische Strukturen enthält er nicht, nicht einmal einen Vorsitzenden gibt es. Die Namen der Mitglieder dagegen bleiben geheim, sofern sie es wünschen. Unter den gesellschaftlichen Bedingungen, die seinerzeit herrschten, war dies allerdings zum Selbstschutz der Betroffenen nötig, aber nicht Wesensmerkmal der Vereinigung.

In Knigges Augen war ein Verein, dessen Mitgliedernamen nicht öffentlich genannt werden, keine »geheime Verbindung« im engeren Sinne.

Wolfgang Fenner

Zum Text

Das im November 1795 erschienene *Manifest* ist möglicherweise wie die kurz zuvor herausgekommenen *Rückblicke*, durch Joachim Heinrich Campe vermittelt, in Braunschweig erschienen. So vermutet Ernst-Otto Fehn: Knigges »Manifest«. In: P. Chr. Ludz (Hrsg.): *Geheime Gesellschaften*. Heidelberg 1979, S. 388. Danach könnte Friedrich Vieweg der Verleger gewesen sein.
Knigges Schrift ist mehrfach nachgedruckt worden, zuerst im Jahr 1968 (2. Aufl. 1979) in der von Hedwig Voegt edierten Werkauswahl *Der Traum des Herrn Brick*. In den SW ist das *Manifest* in Bd. 15 enthalten, in den AW in Bd. 8. In der 2008 erschienenen Schriftenauswahl Knigges *Über Freimaurer, Illuminaten und echte Freunde der Wahrheit*, von W. Fenner herausgegeben, ist das *Manifest* ebenfalls enthalten.
Die Textgestalt dieser Ausgabe folgt der Erstausgabe. Der historische Lautstand blieb ebenso unverändert wie die Grammatik. Offensichtliche Druckfehler wurden stillschweigend korrigiert.
Hervorhebungen des Originals werden *kursiv* wiedergegeben, die Verwendung von Antiqua bei fremdsprachigen Wörtern und Zitaten wird durch Groteskschrift gekennzeichnet, Sperrdruck bleibt erhalten.

Verwendete Siglen:

AW Adolph Freiherr Knigge: Ausgewählte Werke in zehn Bänden. Im Auftrag der Adolph-Freiherr-von-Knigge-Gesellschaft zu Hannover hrsg. von Wolfgang Fenner. Hannover 1991-1996.

SW Adolph Freiherr Knigge: Sämtliche Werke. In Zusammenarbeit mit Ernst-Otto Fehn u.a. hrsg. von Paul Raabe. Nendeln/Liechtenstein 1978 bzw. München, London, New York, Paris 1992-1993.

342 *Wenn eine Anzahl, im Naturstande*] Knigge war Anhänger der Theorie Jean-Jacques Rousseaus vom Gesellschaftsvertrag, die er in diesem und den folgenden drei Kapiteln wiedergibt.
353 *Exemtionen*] Befreiungen z.B. von Steuern oder Strafen.
364 *Machinationen*] hinterlistige Anstiftungen, Ränke.
verkappte Jesuiten oder andre Schelme] Andeutung von Knigges These, der reaktionäre Rosenkreuzerorden sei von den Jesuiten gelenkt.
ankörnten] von ankörnen: (Vögel, Federvieh mit Körnern) anlocken.
379 *Zionswächter*] Verteidiger des alten Glaubens.
Illuminaten-, Democraten- und Jacobiner-Jäger] Nach Beginn der Französischen Revolution, verstärkt seit 1792, sahen sich viele Intellektuelle in Deutschland, nicht zuletzt Knigge selbst, wegen ihrer tatsächlichen oder vermeintlichen Sympathie für die Ideen der Revolution Denunziation und Verfolgung ausgesetzt, wobei die Begriffe »Illuminat«, »Demokrat« oder »Jakobiner« beinahe synonym verwandt wurden.

W. F.

Lebenstafel

1752 16.10.: Adolph Franz Friedrich Ludwig Freiherr von Knigge wird in Bredenbeck bei Hannover als Sohn von Philipp Carl Freiherr von Knigge und dessen Frau Louise Wilhelmine geboren. Der Vater ist Herr der Güter Bredenbeck und Pattensen, promovierter Jurist und Hofgerichtsrat in Hannover.

1763 8.7.: Tod der Mutter.

1766 11.10.: Tod des Vaters. Für die mit 130 000 Reichstalern verschuldeten Güter wird ein Sequester eingesetzt. Zu Knigges Lebzeiten werden die Schulden nicht mehr abgetragen. Knigge, der bis dahin Hausunterricht genossen hatte, wird von seinen Vormündern in eine private Unterrichtsanstalt gegeben.

1769 In Hannover Eintritt in einen Studentenorden, den Concordienorden. – 23.10.: Immatrikulation als Jurastudent an der Universität Göttingen.

1770 Meister der Göttinger »Gustavs-Loge« des Concordienordens.

1771 19.3.: Bei einem Besuch seiner Tante Juliane Ernestine in Kassel, die mit dem dortigen Minister Moritz Wilhelm von Althaus verheiratet ist, wird Knigge zum Hofjunker ernannt und drei Tage darauf zum Assessor bei der Kriegs- und Domainenkammer. Gleichzeitig wird ihm ein einjähriger Urlaub zur Fortsetzung seines Studiums gewährt.

1772 Frühjahr: Antritt der Hofämter in Kassel.

1773 20.1.: Aufnahme in die Kasseler Freimaurerloge »Zum gekrönten Löwen«. – 22.8.: Hochzeit mit der Hofdame Henriette von Baumbach. – September: Ko-Direktor der hessischen Tabaksfabrik.

1774 25.11.: Geburt der Tochter Philippine Auguste Amalie.

1775 Ende März: Abschied in Kassel; Umzug auf das Gut der Schwiegermutter im hessischen Nentershausen. Bis 1777 vergebliche Bewerbungen um ein Hofamt in Berlin, Darmstadt und Gotha; Reisen nach Karlsruhe, Stuttgart und Metz; Kompositionen, Theaterübersetzungen für Friedrich Ludwig Schröder, erstes Theaterstück *Warder, ein Drama in fünf Aufzügen*. – 26.9.: Stiftung des »Höchsten Grads des Ordens der Freundschaft«.

1776 Sommer: Ernennung zum sachsen-weimarischen Kammerherrn.

1777 August: Umzug nach Hanau, wo Knigge ehrenamtlich am Hof des Erbprinzen Wilhelm von Hessen als »Maître de plaisir« tätig wird. Er gründet ein Liebhabertheater, für das er auch schreibt und komponiert.

1778 Erster Beitrag im Hanauischen Magazin: *Etwas über Theater*. – März: Aufnahme in die neugegründete Hanauer Freimaurerloge »Wilhelmine Caroline«.

1779 April: Beginn der Rezensententätigkeit für Friedrich Nicolais Allgemeine deutsche Bibliothek (bis 1796 mehr als 1 200 Rezensionen).
Herbst: *Allgemeines System für das Volk*.
Knigge publiziert die beiden letzten Gespräche von Lessings *Ernst und Falk*.
Abreise nach Nentershausen, wo Knigge den Winter verbringt.

Theaterstücke. 2 Bde. Hanau u. Offenbach 1779/80.

1780 April: Umzug nach Frankfurt. – Juli: Eintritt in den Illuminatenorden (Ordensname: Philo).
15.11.: Gründung des Frankfurter »Freymaurer-Clubbs«.

1781 *Der Roman meines Lebens*, 4 Bde. bis 1782.
Dezember: Reise über Ingolstadt, wo er Weishaupt besucht, nach München.

1782 Juli: Anwerbung Bodes für den Illuminatenorden beim Wilhelmsbader Freimaurer-Konvent.

1783 Frühjahr: Bruch mit Weishaupt; im Mai Umzug nach Heidelberg.
Geschichte Peter Clausens, 3 Bde. bis 1785.
Predigten, 3 Bde. bis 1788.

1784 Februar: Verhandlungen in Weimar über Knigges Verhalten im Illuminatenorden. – 15.4.: Auf Einladung Schillers Besuch der Uraufführung von *Kabale und Liebe* in Mannheim. – 1.7.: Austritt aus dem Illuminatenorden, für den Knigge schon seit Monaten nicht mehr tätig war.
Herbst: *Gesammlete poetische und prosaische kleinere Schriften*, 2 Bde. bis 1785.

1785 Frühjahr: *Journal aus Urfstädt*, 3 Stücke bis 1786.

1786 *Beytrag zur neuesten Geschichte des Freymaurerordens in neun Gesprächen.*

1787 Frühjahr: *Die Verirrungen des Philosophen oder Geschichte Ludwigs von Seelberg.*
Juni: Umzug nach Hannover.

1788 März: *Ueber den Umgang mit Menschen*, erste Fassung in 2 Teilen, im August die 2. Auflage.
Ueber Friedrich Wilhelm den Liebreichen (Parodie auf Zimmermann).
Juli: Kontakte zur »Deutschen Union« von Carl Friedrich Bahrdt (bis Februar 1789).
September: *Philo's endliche Erklärung.*
4.10.: *Dramaturgische Blätter* (bis Juli 1789).
Ende 1788: *Briefe über die neuere Erziehungsart*; darüber im Frühjahr 1789 Bruch mit den Pädagogen Joachim Heinrich Campe in Braunschweig und Ernst Christian Trapp in Wolfenbüttel.
Übersetzung von *Figaros Heyrath* von Mozart/da Ponte.

1789 Frühjahr: *Geschichte des armen Herrn von Mildenburg*, 3 Bde. bis 1790.
Sommer: Bemühungen um Wiedererlangung des Verfügungsrechts über seine geerbten Güter.

1790 27.2. Bewerbung um die hannoversche Oberhauptmannsstelle in Bremen.
Frühjahr: *Ueber den Umgang mit Menschen*, 3. Aufl. in der endgültigen Fassung in 3 Teilen.
Übersetzung des zweiten Teils der *Bekenntnisse* von Jean-Jacques Rousseau.
Frühjahr und Sommer: Aufenthalte in Hamburg – 14.7.: Erster Jahrestag des Beginns der Französischen Revolution; Teilnahme am Freiheitsfest im Harvestehuder Gartenhaus des Hamburger Kaufmanns Sieveking. – September: Ernennung zum Oberhauptmann und Scholarchen in Bremen. – Anfang November: Dienstantritt in Bremen.

1791 Januar: Mitwirkung bei der Gründung eines Liebhabertheaters in Bremen.
Frühjahr: *Benjamin Noldmanns Geschichte der Aufklärung in Abyssinien.*
Herbst: *Das Zauberschloß oder Geschichte des Grafen Tunger.*
Des seligen Herrn Etatsraths Samuel Conrad von Schaafskopf hinterlassene Papiere (datiert 1792).

1792 Frühjahr: *Ueber den Bücher-Nachdruck.*
Josephs von Wurmbrand politisches Glaubensbekenntniß.
Die Reise nach Braunschweig.
Mai: Beilegung des Streits mit Campe angesichts der Angriffe auf Knigge und Campe wegen ihrer Sympathien für die Französische Revolution. – 2.7.: Scharfer Verweis von der Regierung in Hannover wegen der Veröffentlichung des *Wurmbrand*. – Juli: Kuraufenthalt in Bad Nenndorf. – 18.7.: Beauftragung

des hannoverschen Rechtsanwalts Heise zur Klage gegen Johann Georg Zimmermann wegen der Verunglimpfungen in der *Wiener Zeitschrift*.

1793 Frühjahr: *Briefe, auf einer Reise aus Lothringen nach Niedersachsen geschrieben.*
Ueber Schriftsteller und Schriftstellerey.

1794 Frühjahr: *Geschichte des Amtsraths Gutmann.*
Juni/Juli: Kuraufenthalt in Bad Driburg.
Dezember: *Auszug eines Briefes, die Illuminaten betreffend.*

1795 Anfang März: Unter einem Vorwand befiehlt die hannoversche Regierung Knigge, sich nach Stade zu begeben, als sich französische Truppen Bremen nähern und hannoversche und britische Einquartierungen in Bremen erfolgen sollen. – 2.4.: Knigge reist auf eigene Verantwortung nach Hause, wo ihn eine von hannoverschen Truppen besetzte Wohnung erwartet.
Frühjahr: *Reise nach Fritzlar* (Parodie auf Lavater).
Sommer: Kuraufenthalt in Bad Driburg.
Rückblicke auf den, wenn Gott will, für Teutschland nun bald geendigten Krieg.
Herbst: *Manifest einer nicht geheimen, sondern sehr öffentlichen Verbindung.*
Kurze Darstellung der Schicksale, die den Kaufmann, Herrn Arnold Delius in Bremen, als Folgen seiner nordamerikanischen Handlungs-Unternehmungen betroffen haben.

1796 Januar: Die Wiener Polizei nimmt unter einem Tarnnamen brieflichen Kontakt zu Knigge auf, um ihn wegen des *Manifests* zu befragen.
März: Knigge plant eine Reise, um Kontakte zu pflegen und Freunden das *Manifest* zu überreichen.
Ueber Eigennutz und Undank.
6.5.: Knigge stirbt und wird am 12.5. im Bremer Dom beigesetzt.

W. F.

Auswahlbibliographie

zu Adolph Freiherr Knigge
(zusammengestellt von Wolfgang Dittrich)

1. Werke

Adolph Freiherr Knigge: Sämtliche Werke. In Zusammenarbeit mit Ernst-Otto Fehn u.a. hrsg. von Paul Raabe. Nendeln/Liechtenstein 1978ff. [für die Bde. 1-12, 14-20, 22]. München, London, New York, Paris 1992-1993 [für die Bde. 13, 21, 23, 24]. – Bd. 1-24. [Sigle: SW]

Photomechanischer Nachdruck der Erstausgaben.

Bd. 1-8.	Abt. 1. Romane. – Bd. 1-8. – 1992.
Bd. 9-11.	Abt. 2. Moralphilosophische Schriften. – Bd. 1-3. – 1992.
Bd. 12.13.	Abt. 3. Freimaurer- und Illuminatenschriften. – Bd. 1. 2. – 1992.
Bd. 14.15.	Abt. 4. Politische Schriften. – Bd. 1. 2. – 1992.
Bd. 16-21.	Abt. 5. Vermischte Schriften. – Bd. 1-6. – 1992.
Bd. 22.23.	Abt. 6. Bühnenbearbeitungen. – Bd. 1. 2. – 1992.
Bd. 24.	Erläuterungsband: Rechenschaft – Hinweise – Kommentar – Register. – 1993.

Adolph Freiherr Knigge: Ausgewählte Werke in zehn Bänden. Im Auftrag der Adolph-Freiherr-von-Knigge-Gesellschaft zu Hannover hrsg. von Wolfgang Fenner. Hannover 1991-1996. – Bd. 1-10. [Sigle: AW]

Adolph Freiherr Knigge: Rezensionen 1779-1797 in Friedrich Nicolais »Allgemeine deutsche Bibliothek« und »Neue

Allgemeine deutsche Bibliothek«. Hrsg. von Ernst August Freiherr Knigge. Göttingen 2009. (Das Knigge-Archiv: Schriftenreihe zur Knigge-Forschung; Bd. 4).

2. Briefe

Adolph Freiherr Knigge: Aus einer alten Kiste. Originalbriefe, Handschriften und Dokumente aus dem Nachlasse eines bekannten Mannes. Leipzig 1853. (Wiederaufgefundene Ergänzungen zur Würdigung vergangener Zeiten und Personen) [hrsg. von Friedrich Hermann Klencke].

Faksimile-Druck – Kronberg/Ts. 1979. (Scriptor-Reprints: Aufklärung und Revolution. Deutsche Texte 1790-1810).

Adolph Freiherr Knigge: Ausgewählte Briefe. In: Adolph Freiherr Knigge, Ausgewählte Werke in zehn Bänden. Im Auftrag der Adolph-Freiherr-von-Knigge-Gesellschaft zu Hannover hrsg. von Wolfgang Fenner. Bd. 10. Hannover 1996. S. 21-159.

Adolph Freiherr Knigge – Friedrich Nicolai, Briefwechsel 1779-1795. Mit einer Auswahl und dem Verzeichnis der Rezensionen Knigges in der »Allgemeinen deutschen Bibliothek« hrsg. von Mechthild und Paul Raabe. Göttingen 2004.

3. Bibliographien

Knigges Werke. Eine Bibliographie der gedruckten Schriften, Kompositionen und Briefe Adolphs, Freyherrn Knigge und seiner Tochter Philippine von Reden, geb. Freiin Knigge. Mit einem Anhang: Sekundärliteratur. Zusammengestellt von Ernst August Freiherr Knigge. Göttingen 1996.

Fenner, Wolfgang: Bibliographie. In: Text + Kritik: Zeitschrift für Literatur; 130 = IV/96. München 1996. S. 99-105.

4. *Sammelbände*

Adolph Freiherr Knigge. München 1996. (Text + Kritik. Zeitschrift für Literatur; 130 = IV/96).

Adolph Freiherr Knigge. Neue Studien. Hrsg. von Harro Zimmermann. Unter Mitarbeit von Walter Weber. Bremen 1998.

Zwischen Weltklugheit und Moral. Der Aufklärer Adolph Freiherr Knigge. Hrsg. von Martin Rector. Göttingen 1999. (Das Knigge-Archiv: Schriftenreihe zur Knigge-Forschung; Bd. 2).

»... in mein Vaterland zurückgekehrt«. Adolph Freiherr Knigge in Hannover 1787-1790. Ausstellung und Vorträge anläßlich des 250. Geburtstages von Adolph Freiherrn Knigge am 16. Oktober 2002. Hrsg. von Paul Raabe. Göttingen 2002. (Das Knigge-Archiv: Schriftenreihe zur Knigge-Forschung; Bd. 3).

5. *Zu Leben, Werk und Anschauungen, Wirkungsgeschichte*

Bethmann, Anke u. Gerhard Dongowski: Adolph Freiherr Knigge an der Schwelle zur Moderne. Ein Beitrag zur politischen Ideengeschichte der deutschen Spätaufklärung. Hannover 1994. (Quellen und Darstellungen zur Geschichte Niedersachsens; Bd. 112).

Bois, Pierre-André: Adolph Freiherr Knigge (1752-1796). De la »nouvelle religion« aux Droits de l'homme. L'itinéraire politique d'un aristocrate allemand franc-maçon à la fin du dix-huitième siècle. Wiesbaden 1990. (Wolfenbütteler Forschungen; Bd. 50).

Fehn, Ernst-Otto: Ob Baron Knigge auch wirklich todt ist? Eine Ausstellung zum 225. Geburtstag des Adolph Freiherrn Knigge. Herzog-August-Bibliothek Wolfenbüttel, 8. Oktober bis 8. November 1977. Bearbeitet von Ernst-Otto Fehn, Paul

Raabe und Claus Ritterhoff […]. Wolfenbüttel 1977. (Ausstellungskataloge der Herzog August Bibliothek; Nr. 21).

Fenner, Wolfgang: Knigges Leben anhand seiner Briefe und Schriften. In: Adolph Freiherr Knigge, Ausgewählte Werke in zehn Bänden. Im Auftrag der Adolph-Freiherr-von-Knigge-Gesellschaft zu Hannover hrsg. von Wolfgang Fenner. Bd. 10. Hannover 1996. S. 161-384.

Gödeke, Karl: Adolph Freiherr Knigge: Knigges Leben und Schriften. Hannover 1844.

Göttert, Karl-Heinz: Knigge oder Von den Illusionen des anständigen Lebens. München 1995.

Grabe, Reinhold Th. [d.i.: Hans Georg Brenner]: Das Geheimnis des Adolph Freiherrn von Knigge. Die Wege eines Menschenkenners. 1752-1796. Hamburg, Leipzig 1936.

Hermann, Ingo: Knigge. Die Biografie. Berlin 2007.

Kaeding, Peter: Adolph von Knigge: Begegnungen mit einem freien Herrn. Berlin 1991.

Popp, Joseph: Weltanschauung und Hauptwerke des Freiherrn Adolph Knigge. Zeulenroda, Leipzig 1931.

Schlott, Michael: Zur Wirkungsgeschichte Knigges. In: Zwischen Weltklugheit und Moral. Der Aufklärer Adolph Freiherr Knigge. Hrsg. von Martin Rector. Göttingen 1999. (Das Knigge-Archiv: Schriftenreihe zur Knigge-Forschung; Bd. 2). S. 207-230.

Waldeck, Stefan: Knigge und die soziale Haut: die öffentliche Meinung in den moralphilosophischen Schriften von Adolph Freiherr Knigge. Saarbrücken 2008.

Walter, Michael: »… es stände wohl manches darinn, das einem Gesetzgeber Stoff zum Nachdenken liefern könnte«. Das dichterische Bild Knigges von Staat und Gesellschaft im Dienst der politischen Aufklärung. In: Hallesche Studien zur Wirkung von Sprache und Literatur; 17. (Wissenschaftliche Beiträge / Martin-Luther-Universität Halle-Wittenberg; 1989/15 ‹F 86›). Halle/Saale 1989. S. 4-19.

Wirkungen und Wertungen: Adolph Freiherr Knigge im Urteil der Nachwelt (1796-1994). Eine Dokumentensammlung eingeleitet, erläutert und hrsg. von Michael Schlott unter Mitarbeit von Carsten Behle. Göttingen 1998. (Das Knigge-Archiv: Schriftenreihe zur Knigge-Forschung; Bd. 1).

6. Zu einzelnen Werken

Geschichte Peter Clausens

Neugebauer-Wölk, Monika: Die utopische Struktur gesellschaftlicher Zielprojektionen im Illuminatenbund. In: Die Politisierung des Utopischen im 18. Jahrhundert. Vom utopischen Systementwurf zum Zeitalter der Revolution. Hrsg. von Monika Neugebauer-Wölk u. Richard Saage. Tübingen 1996. (Hallesche Beiträge zur europäischen Aufklärung; 4). S. 169-197.

Schrader, Christine: Krise der Aufklärung und Neuansatz. Knigges »Geschichte Peter Clausens« im Spannungsfeld von Geheimbund und Öffentlichkeit. Stuttgart, Weimar 2001. (M & P Schriftenreihe für Wissenschaft und Forschung: Kulturwissenschaften).

Seiler, Bernd W.: Der Schelm, der nur noch gibt, was er hat: Adolph von Knigge und die Tradition des Schelmenromans. In: Friedrich Kienecker, Peter Wolfersdorf (Hrsg.): Dichtung, Wissenschaft, Unterricht. Rüdiger Frommholz zum 60. Geburtstag. Paderborn [u.a.] [1986]. S. 300-322.

Ueber den Umgang mit Menschen

Berg, Gunhild: Erzählte Menschenkenntnis. Moralische Erzählungen und Verhaltensschriften der deutschen Spätaufklärung. Tübingen 2006. (Hallesche Beiträge zur Europäischen Aufklärung; 30).

Bonfatti, Emilio: La »Civil Conversazione« in Germania. Letteratura del comportamento da Stefano Guazzo a Adolph Knigge. 1574-1788. Udine 1979. (Università degli Studi di Triest, Facolta di Magistero; IIIa Serie, Nr. 4).

Fenner, Wolfgang: Beobachtungen über den Umgang mit Menschen. In: Über die deutsche Höflichkeit. Entwicklung der Kommunikationsvorstellungen in den Schriften über Umgangsformen in den deutschsprachigen Ländern zusammengestellt u. hrsg. von Alain Montandon. Bern [u.a.] 1991. S. 175-184.

Klüger, Ruth: Knigges »Umgang mit Menschen«. Eine Vorlesung. Göttingen 1996. (Göttinger Sudelblätter).

Mitralexi, Katherina: Über den Umgang mit Knigge. Zu Knigges »Umgang mit Menschen« und dessen Rezeption und Veränderung im 19. und 20. Jahrhundert. Freiburg/Br. 1984. (Hochschulsammlung Philosophie: Literaturwissenschaft; Bd. 10).

Pittrof, Thomas: Knigges Aufklärung über den Umgang mit Menschen. München 1989. (Literatur in der Gesellschaft; N.F., Bd. 15).

Rychner, Max: Adolph von Knigge. Verfasser des Buches »Über den Umgang mit Menschen«. In: Ders., Zwischen Mitte und Rand. Aufsätze zur Literatur. Zürich 1964. S. 185-222.

Schlott, Michael: Knigges »Umgang mit Menschen« – eine mißverstandene Erfolgsgeschichte. In: »... in mein Vaterland zurückgekehrt«. Adolph Freiherr Knigge in Hannover 1787-1790. Ausstellung und Vorträge anläßlich des 250. Geburtstages von Adolph Freiherrn Knigge am 16. Oktober 2002. Hrsg. von Paul Raabe. Göttingen 2002. (Das Knigge-Archiv: Schriftenreihe zur Knigge-Forschung; Bd. 3). S. 116-119.

Ueding, Gert: Rhetorische Konstellationen im Umgang mit Menschen. In: Ders., Aufklärung über Rhetorik. Versuche über Beredsamkeit, ihre Theorie und praktische Bewährung. Gert Ueding. Tübingen 1992. (Rhetorik-Forschungen; Bd. 4). S. 103-124.

Zaehle, Barbara: Knigges Umgang mit Menschen und seine Vorläufer: ein Beitrag zur Geschichte der Gesellschaftsethik / von Barbara Zaehle. Heidelberg 1933. (Beiträge zur neueren Literaturgeschichte; N. F.; H. 22).

Benjamin Noldmann's Geschichte der Aufklärung in Abyssinien

Bersier, Gabrielle: Nation kontra König: die französische Revolution im Spiegel der spätaufklärerischen Utopie. In: Der deutsche Roman der Spätaufklärung. Fiktion und Wirklichkeit. Hrsg. von Harro Zimmermann. Heidelberg 1990.(Neue Bremer Beiträge; Bd. 6). S. 154-179.

Bois, Pierre-André: Knigge en Abyssinie ou la pensée politique des lumières entre naïveté et totalitarisme. In: Festschrift für Albert Schneider = Melanges pour Albert Schneider / Fernand Hoffmann u. Joseph Kohnen. Luxembourg 1991. (Publications du Centre Universitaire de Luxembourg. Département des Lettres Allemandes. Germanistik. Fascicule III). S. 95-106.

Kogel, Jörg-Dieter: Knigges ungewöhnliche Empfehlungen zu Aufklärung und Revolution. Berlin [1979]. (Bücherei Oberbaum; No. 1013).

Six, Veronika: Das Äthiopien in Adolph Knigges Roman: Realität oder Hilfsmittel? In: Aethiopica. International Journal of Ethiopian and Eritrean Studies. 2. 1999. S. 144-158.

Walter, Jürgen: Adolph Freiherrn Knigges Roman »Benjamin Noldmanns Geschichte der Aufklärung in Abyssinien«. Kritischer Rationalismus als Satire und Utopie im Zeitalter der deutschen Klassik. In: Germanisch-Romanische Monatsschrift. N.F. 21 = 52. 1971. S. 153-180.

Des seligen Herrn Etatsraths Samuel Conrad
von Schaafskopf hinterlassene Papiere

Bohnert, Christiane: Der Weg vom Wort zur Tat. Maßstab und Wirklichkeitsbezug der Satire 1774-1792. In: The German quarterly. 60. 1987. S. 548-566.

Manifest einer nicht geheimen, sondern sehr öffentlichen
Verbindung ächter Freunde der Wahrheit

Fehn, Ernst-Otto: Knigges »Manifest«. Geheimbundpläne im Zeichen der Französischen Revolution. In: Geheime Gesellschaften. Hrsg. von Peter C. Ludz. Heidelberg 1979. (Wolfenbütteler Studien zur Aufklärung; Bd. 5/1). S. 369-398.

7. *Geheime Gesellschaften, Freimaurer, Illuminaten*

Agethen, Manfred: Geheimbund und Utopie: Illuminaten, Freimaurer und deutsche Spätaufklärung. Mit einem Geleitwort von Eberhard Schmitt. München 1984. (Ancien régime, Aufklärung und Revolution; 11).

Bois, Pierre-André: Adolph Freiherr Knigge und seine freimaurerische Konzeption: eine Wende in der deutschen Freimaurerei? In: »Freimaurerische Wende vor 200 Jahren: 1798. Rückbesinnung und Neuanfang«. 3. Internationale Tagung in Köln 24.-26. April 1998. Hrsg. von Helmut Reinalter im Auftrag der Quatuor Coronati Loge Bayreuth. Bayreuth 1998. (Internationale Tagung / Wissenschaftliche Kommission zur Erforschung der Freimaurerei; 3.) S. 53-65.

Dülmen, Richard van: Der Geheimbund der Illuminaten: Darstellung, Analyse, Dokumentation. Stuttgart-Bad Cannstadt 1975. (Neuzeit im Aufbau; Bd. 1).

Fehn, Ernst-Otto: Biographische Anmerkungen zur Funktion der Freimaurerei im letzten Drittel des 18. Jahrhunderts. In: Tijdschrift voor de Studie van de Verlichting en van het vrije Denken. Brussel: Vrije Universiteit. – 12. 1984. – Deel 3-4, S. 311-324.

Fenner, Wolfgang: »Begierde, etwas Großes zu wirken«: Knigge und die geheimen Verbindungen. In: »... in mein Vaterland zurückgekehrt«. Adolph Freiherr Knigge in Hannover 1787-1790. Ausstellung und Vorträge anläßlich des 250. Geburtstages von Adolph Freiherrn Knigge am 16. Oktober 2002. Hrsg. von Paul Raabe. Göttingen 2002. (Das Knigge-Archiv: Schriftenreihe zur Knigge-Forschung; Bd. 3). S. 104-106.

Fenner, Wolfgang: Knigge, Bode und Weishaupt. Zu Knigges Mitgliedschaft im Illuminatenorden. In: Zwischen Weltklugheit und Moral. Der Aufklärer Adolph Freiherr Knigge. Hrsg. von Martin Rector. Göttingen 1999. (Das Knigge-Archiv: Schriftenreihe zur Knigge-Forschung; Bd. 2). S. 83-91.

Freschi, Marino: Dall'occultismo alla politica: l'itinerario illuministico di Knigge (1752-1796). Istituto universitario orientale; Marino Freschi. Napoli 1979. (AION. Quaderni di studi tedeschi; 14 [vielm.:] 16).

Kobuch, Agatha: Die Deutsche Union: radikale Spätaufklärung, Freimaurerei und Illuminatismus am Vorabend der Französischen Revolution. In: Beiträge zur Archivwissenschaft und Geschichtsforschung. Hrsg. mit Unterstützung der Historischen Kommission der Sächsischen Akademie der Wissenschaften zu Leipzig von Reiner Groß und Manfred Kobuch. Weimar 1977. (Schriftenreihe des Staatsarchivs Dresden; Bd. 10). S. 277-291.

Schüttler, Hermann: Die Mitglieder des Illuminatenordens 1776-1787/93. München 1991.

Stammen, Theo: Adolph Freiherr von Knigge und die Illuminatenbewegung. In: Die Weimarer Klassik und ihre Geheimbünde. Hrsg. von Walter Müller-Seidel u. Wolfgang Riedel. Würzburg 2002. S. 67-89.

Rector, Martin: Die Verleumdung und Verfolgung des »Jakobiners« und Kurhannoverschen Oberhauptmanns Adolph Freiherr Knigge 1790-1796. In: Die Französische Revolution und Niedersachsen 1789-1803. Katalog zur Ausstellung der Niedersächsischen Landesbibliothek. Hrsg. von Reinhard Oberschelp. Hildesheim 1989. (Veröffentlichungen der Niedersächsischen Landesbibliothek Hannover; 9). S. 47-63.

Saine, Thomas P.: Black Bread – White Bread. German Intellectuals and the French Revolution. Columbia, SC. [1988]. (Studies in German Literature, Linguistics and Culture; Vol. 36).

Voegt, Hedwig: Die deutsche jakobinische Literatur und Publizistik 1789-1800. Berlin 1955.

Yuill, William Edward: A genteel Jacobin: Adolf Freiherr von Knigge. In: ›Erfahrung und Überlieferung‹: Festschrift for C. P. Magill. Edited by Hinrich Siefken and Alan Robinson; published by The University of Wales Press on behalf of Saint David's University College Lampeter. Cardiff 1974. S. 42-56. (Trivium: Special Publications; 1)